A

A B C D E F G H I J K L M N O P Q R S T U V W X Y Z

DIDAC

DICCIONARI DE CATALÀ

Coordinació editorial
Marc Sagristà i Artigas

DIDAC

DICCIONARI DE CATALÀ

Direcció
M. Teresa Cabré i Castellví

Coordinació
Marta Albaladejo i Mur

Redacció
Marta Albaladejo i Mur
Marta Folia i Campos
Emili Pascual i Ferrando

Il·lustració
Jordi Vila i Delclòs

Auxiliar de redacció
Marina Albaladejo i Sabaté

Enciclopèdia Catalana
Barcelona

Diccionaris de l'Enciclopèdia
Direcció: Núria Bort i Pié

Coordinació d'aquesta edició:
Elvira de Moragas i Maragall
Mercè Robert i Andreu

Primera edició: juliol del 1995
Segona edició: febrer del 2008
Setena impressió: juliol del 2015

diccionaris@grec.cat
www.grupenciclopedia.cat/diccionaris-de-lenciclopedia/
www.lagalera.cat

Disseny de la coberta original: Claret Serrahima i associats

Disseny interior i nova coberta: CASS

Impressió: Liberdúplex, SL, Carretera BV-2249, km 7,4
Pol. Industrial Torrentfondo, Sant Llorenç d'Hortons

ISBN: 978-84-412-1740-9
Dipòsit Legal: B. 15.392-2011

Un diccionari és molt més que una mostra dels mots d'una llengua

Aquells que consideren que un diccionari és només una eina lingüística són molt lluny de conèixer-ne la seva variadíssima diversitat. Perquè un diccionari és molt més que això; un diccionari és alhora una eina lingüística, cultural, didàctica i social.

- Com a *eina lingüística*, el diccionari exerceix un doble paper. D'una banda, és el dipòsit de les unitats de la llengua, tant de les lèxiques, que hi figuren explícitament, com de les gramaticals, que hi figuren implícitament. D'altra banda, és el testimoni de la vitalitat d'una llengua i de la seva capacitat d'adequació a la realitat, tant a la realitat social diversa com a la realitat social canviant.

- Com a *eina cultural*, un diccionari és una obra que ha de donar una visió objectiva, però realista, del món; que ha de donar una visió actualitzada i adequada a la modernitat, però alhora de caràcter culte; i que ha de donar una visió apropiada de la llengua que representa, però sense oblidar la universalitat. En aquest sentit ha de servir per a transmetre una visió de l'univers des dels valors culturals propis més genuïns.

- Com a *eina didàctica*, i només pel que fa al llenguatge, un diccionari és un instrument de capacitació lingüística que facilita l'aprenentatge d'una llengua i que, alhora, constitueix una bona eina d'ensenyament de la llengua per part dels ensenyants.

- Finalment, com a *eina social*, un diccionari, que s'adreça a uns destinataris específics, té la intenció de cobrir unes determinades funcions lingüístiques i de tenir un determinat valor sociofuncional.

Així doncs, un diccionari podrà ser més o menys gruixut, complet, bo o dolent, però només serà adequat si dóna resposta a les funcions que pretén complir i s'acobla perfectament als destinataris a qui s'adreça.

Així, un diccionari com el DIDAC, que d'ara endavant en direm *escolar* en el sentit més literal del mot, per ser adequat ha de complir unes condicions mínimes requerides per les seves funcions i els seus destinataris, que són bàsicament els estudiants de primària i dels primers cursos de secundària. Aquestes condicions s'organitzen en general a l'entorn de quatre aspectes: els continguts lingüístics, els continguts culturals, la presentació i el nivell d'expressió.

Pel que fa a les informacions lingüístiques, un diccionari *escolar* ha d'incloure totes les paraules i informacions que s'han de conèixer tant en el període corresponent als seus destinataris com les més bàsiques del període immediatament següent. Funcionalment, ha de permetre realitzar les operacions metalingüístiques que es proposa de fer en el programa de llengua dels cursos corresponents a l'edat dels destinataris.

El DIDAC s'ha proposat d'incloure les informacions lingüístiques que cal que coneguin els estudiants a qui s'adreça. Per això, presenta una llista de paraules que es considera alhora suficient i proporcionada dels diversos subcodis lèxics que conformen una llengua (lèxic general, dialectalismes molt generalitzats, tecnicismes bàsics per a seguir les matèries escolars, cultismes que apareixen en les obres científiques de divulgació i en les obres literàries, expressions fixades de mitjana difusió, expressions d'argot representatives de l'edat i alguns manlleus de gran circulació). Conté també un conjunt suficient d'informacions lingüístiques sobre cada paraula, que donen compte del seu ús gramatical formal (morfologia i sintaxi) i semàntic, i un conjunt d'informacions pragmàtiques que permetin utilitzar els mots adequats a cada situació comunicativa i amb el sentit propi que en cada situació han de tenir.

Amb aquestes informacions el DIDAC ha de permetre que els nois i noies que l'utilitzaran ampliïn el vocabulari, coneguin les característiques gramaticals i pragmàtiques de les paraules, i puguin fer les operacions metalingüístiques que requereix el programa escolar. Com a eina de consulta, el DIDAC pot ajudar a aprendre i perfeccionar una llengua; com a eina de reflexió metalingüística, pot ser la font per a observar i manipular les unitats lingüístiques, per a establir petits treballs de recerca sobre els mots, la seva organització i el seu funcionament, per a confirmar hipòtesis i revisar errors.

Pel que fa als continguts culturals, el DIDAC, alhora que vol informar lingüísticament els seus destinataris, també vol contribuir a formar-los, i, en aquest sentit, ha posat una especial atenció tant en les paraules que inclou com en la transmissió dels valors culturals que vehiculen les definicions i els exemples, basats en el reconeixement de la diferència i de la igualtat i el respecte a l'entorn.

La presentació de la informació del DIDAC intenta ser atractiva i fàcil de manejar, tant en el disseny purament formal del diccionari com en l'organització dels materials. La facilitació del maneig d'un diccionari pressuposa una presentació clara dels seus continguts i una organització lògica de les dades. Hem volgut que el DIDAC sigui clar, en el sentit que el qui el consulti pugui identificar amb facilitat les informacions que, tot i formar part de cossos diferents, es refereixen a una mateixa paraula. Hem intentat també que la informació que conté segueixi una organització sistemàtica i ben delimitada.

Finalment, sobre l'expressió, el DIDAC, d'acord amb el nivell dels seus destinataris, ha volgut presentar les dades de la forma més clara i planera possible, facilitant així la comprensió immediata del text.

En conjunt creiem que el DIDAC és no solament un nou diccionari escolar, sinó un DICCIONARI ESCOLAR NOU: *nou* quant a la concepció, *nou* quant a les propostes, *nou* també en la presentació que fa de les dades. Per això, esperem molt d'aquest DIDAC i de la seva *novetat.*

M. Teresa Cabré Castellví
Universitat Pompeu Fabra (Barcelona)

DESCRIPCIÓ DEL DIDAC

Paraules que conté el DIDAC

El DIDAC és un diccionari pensat per a aprendre català i per a resoldre els exercicis propis de l'aprenentatge d'una llengua. Les 15 282 entrades que conté són paraules usuals en la comunicació quotidiana i en les àrees de coneixement de l'ensenyament obligatori.

El DIDAC conté també unes 5 600 paraules sense definició relacionades amb les entrades. Per això el DIDAC conté un total d'unes 20 900 paraules. En els casos en què aquestes paraules relacionades tenen alguna dificultat ortogràfica, se'n presenta la forma femenina i la masculina. Per exemple, a sota de l'entrada *psicologia* hi ha les formes *psicòleg* i *psicòloga*: s'ofereix la forma femenina perquè pot ser útil comprovar-ne l'ortografia, però no es defineix la professió perquè el seu significat és fàcilment deduïble del significat que s'ha explicat a l'entrada. Això permet observar els mecanismes de formació de paraules sense carregar el diccionari d'informació innecessària.

Com a diccionari d'aprenentatge, el DIDAC conté, en general, paraules que pertanyen a la llengua normativa, però també alguna paraula estrangera d'ús molt freqüent; en aquests casos, en la definició s'aclareix que es tracta d'una paraula que no pertany al català.

La selecció de paraules del català que ofereix el DIDAC incorpora la variació característica de qualsevol llengua; per això hi podem trobar paraules i accepcions característiques de diverses èpoques, de diverses zones geogràfiques, de diverses àrees temàtiques i de diversos registres. Quan això passa, en les definicions hi figuren expressions del tipus: *actualment s'usa poc, es diu en expressions formals, es diu al País Valencià, es fa servir com un insult, en química*, etc.

Il·lustracions del DIDAC

El paper de les il·lustracions en un diccionari com el DIDAC no és només decoratiu i motivador. El DIDAC conté 400 il·lustracions situades al costat de les paraules definides i que completen la definició. A més, conté 40 làmines il·lustrades que permeten, d'una banda, observar les coses a què es refereix el diccionari en la situació normal on es troben i, d'altra banda, consultar el vocabulari sobre un tema determinat quan no se sap o no es recorda la paraula que es busca i no es pot consultar alfabèticament.

Definicions del DIDAC

Les definicions del DIDAC són fàcilment comprensibles, són escrites en un llenguatge senzill i planer i expliquen els significats a partir dels trets que han semblat més evidents. Hi ha també explicacions que incorporen informació cultural que permet augmentar el coneixement de la llengua alhora que augmenta el coneixement del món. (D'un animal s'explica si és gran o petit, quin aspecte té, on sol viure i característiques "curioses" com si es menja, com se sol cuinar, si apareix en algunes obres literàries, etc.)

Informacions complementàries

A més de les explicacions de les paraules, el DIDAC conté moltes altres informacions útils per a estudiar llengua o per a escriure.

En primer lloc, ofereix informació abundant sobre ortografia: cada entrada va acompanyada de tota la seva flexió. Això permet saber amb un cop d'ull si una paraula pot tenir dues, tres o quatre formes i veure com s'escriuen sense haver de conèixer quina norma ortogràfica s'ha de fer servir en cada cas per a la formació del plural o del femení. A més, a la columna del costat de les explicacions, hi ha notes que informen sobre dificultats ortogràfiques especials: paraules homòfones, excepcions de normes ortogràfiques, paraules que s'assemblen a l'equivalent castellà, però que s'escriuen amb una ortografia diferent, paraules amb dues formes de plural admeses, etc.

D'altra banda, el DIDAC informa sobre la morfologia de les paraules a través de l'estructuració mateixa de les entrades. En el cas de paraules com *davant*, que són variables o invariables segons la categoria gramatical a què pertanyen, la separació de les diferents accepcions en dues entrades permet observar molt clarament que es tracta d'una paraula invariable quan és preposició i adverbi, però variable quan és nom.

En el cas dels verbs, el DIDAC dóna, al marge de l'esquerra de la definició, el model de conjugació que segueix cada verb i la pàgina del diccionari on es pot trobar el verb model conjugat; també informa dels casos en què el verb de l'entrada és igual que el del model, però amb alguna forma diferent. Així, els models de conjugació es redueixen al mínim i els quadres de verbs conjugats faciliten l'estudi dels grans grups de conjugació.

Finalment, el DIDAC conté una gran quantitat d'informació gramatical. D'una banda, totes les accepcions de totes les paraules, locucions i frases fetes porten indicada, clarament i sense abreviatures, la categoria gramatical; i les locucions i frases fetes es remarquen amb negreta. A més, les categories que tenen una sèrie limitada d'elements, es resumeixen en quadres gramaticals al començament del diccionari. D'altra banda, les definicions i explicacions del DIDAC mostren les possibilitats de combinació de la paraula de l'entrada amb altres paraules.

En el cas dels noms, en la primera accepció s'observa quina mena de determinant porta habitualment aquell nom: si s'acostuma a dir *un*, com *un got*, *el*, com *el saber*, o *els*, com *els diners*; si és una paraula femenina, masculina, o pot tenir els dos gèneres, com *serpent*; o si el gènere depèn de si ens referim a un ésser femení o masculí, com en el cas dels noms de les professions. Si en les altres accepcions del nom, el determinant habitual és el mateix que en la primera, el determinant no es torna a repetir; però si és diferent, s'indica, com, per exemple, en el cas de les accepcions *el turisme* i *un turisme*.

El DIDAC conté moltes altres informacions gramaticals. Les seves explicacions mostren els usos més habituals de les paraules definides. En el cas d'un adjectiu, es pot observar quin tipus de nom sol qualificar o com diverses accepcions qualifiquen diversos noms. En el cas d'un verb, es pot observar quin subjecte sol tenir, quins complements demana, si el verb es pot construir pronominalment o no (hi ha un exemple de construcció pronominal sempre que és possible) o quina preposició és l'exigida pel verb, en el cas dels verbs de règim preposicional.

En general, les definicions dels adverbis, preposicions, conjuncions, interjeccions, determinants i pronoms no mostren el funcionament gramatical de la paraula. Per això, en aquests casos el DIDAC ofereix exemples destacats en cursiva que permeten deduir com s'usen aquestes paraules.

El DIDAC vol ser una eina útil per als estudiants i altres persones que aprenen la llengua; per això, també conté anotacions complementàries sobre altres característiques gramaticals de les paraules. Aquestes anotacions poden aparèixer en el marge esquerre o bé en la definició, i sempre es destaquen gràficament amb color perquè siguin fàcilment localitzables; informen dels verbs que són pronominals o defectius, de les paraules que es poden contraure o apostrofar, que formen part de perífrasis verbals, que van combinades sempre amb una altra paraula, etc.

Tota la gran quantitat d'informació sobre la llengua que el DIDAC presenta d'una manera fàcil i clara serveix per a aprendre català, però també per a reflexionar sobre com funcionen les llengües i per a acostumar-se a consultar els diccionaris i obtenir-ne tota la informació que poden donar.

número de pàgina

paraula que indica l'última entrada de la pàgina

punt per a facilitar la recerca de l'ordre alfabètic

A B C D E F G H I J K L M N O P Q R S T U V W X Y Z

aixada aixades
nom femení
Una aixada és una eina de pagès que consisteix en una fulla ampla de ferro i un mànec. La fulla té forma rectangular i fa un angle agut amb el mànec. Les aixades serveixen per a cavar la terra.
pàgs. 994-995 ③
aixadell, aixadella

aixafar
verb
com *cantar*
◄ pàg. 26
També *xafar*
1 Aplanar una cosa fent-hi pressió al damunt. Quan algú camina sobre la gespa, l'aixafa.
2 Diem que una malaltia, un gran esforç o una altra cosa ens aixafa o ens deixa aixafats, quan ens fa perdre tota la força.
aixafadissa, aixafament

aixecament aixecaments
nom masculí
1 L'aixecament és el fet d'aixecar o aixecar-se algú o alguna cosa. L'aixecament de pesos és una competició de força.
2 Revolta. Els aixecaments provoquen violència a les ciutats o pobles.

aixecar
verb
com *cantar*
◄ pàg. 26
Amb GU davant E, I
1 Portar cap amunt una cosa que era a baix, a terra. A algunes persones els fa mal l'esquena si aixequen pesos. Normalment, quan comença una obra de teatre, s'aixeca el teló.
2 Provocar una reacció determinada. Algunes decisions del govern aixequen protestes.
3 Posar dret algú que està assegut o estirat. Hi ha persones que necessiten que les aixequin perquè elles soles no poden. Quan acabem de dinar, ens aixequem per desparar taula.
usat amb pronom
4 Aixecar-se un poble, un grup de militars, etc., és revoltar-se, agafar les armes contra l'autoritat o contra l'enemic.

aixella aixelles
nom femení
L'aixella és la part de sota del braç, on aquest s'ajunta amb el cos. Ens hi solem posar desodorant. pàgs. 794-795 ⑪

aixeta aixetes
nom femení
1 Una aixeta és un estri, normalment de metall, que hi ha en alguns tubs o recipients per a controlar la sortida d'aigua o d'altres líquids. Les aixetes tenen una maneta per a obrir i tancar el pas dels líquids.
pàg. 593 ㉗, pàg. 1000 ⑬
2 Aixeta de pas pàg. 1000 ④

així
adverbi
1 D'aquesta manera. *No em miris així!*
2 En conseqüència, per aquesta raó. *No queda cap ou? Així, n'haurem d'anar a comprar.*
3 Tant de bo. *Així nevés força! Podríem esquiar!*
locució que fa d'adverbi
4 Així com així vol dir de qualsevol manera, a la babalà. *Les coses no es poden fer així com així, primer s'han de pensar bé.*
locució que fa de conjunció
5 Així que vol dir tot seguit que, de seguida que. *Així que arribi la Maria, sortirem cap a l'estació.*

això
pronom demostratiu
Aquesta paraula s'usa per a referir-se a qualsevol cosa que és a la vora de qui parla o a alguna cosa que ha passat o que s'ha dit fa poc. *Treu això d'aquí, que no puc passar. Això et passa perquè mai no fas cas del que et diuen. Com ets capaç de dir-me això? Això no t'ho creus ni tu. Vols això, o m'ho emporto? No vull això, sinó allò que tens al pis de dalt.*

aixopluc aixoplucs
nom masculí
Un aixopluc és un lloc on posar-se a cobert de la pluja. Si plou molt fort es pot buscar aixopluc en el portal d'una casa i esperar que pari una mica.

aixoplugar
verb
com *cantar*
◄ pàg. 26
Amb GU davant E, I
Protegir una cosa o una persona de la pluja. Una vela pot aixoplugar les plantes d'una terrassa. Normalment, quan plou, les persones s'aixopluguen amb el paraigua o sota els balcons.

aixovar aixovars
nom masculí
L'aixovar és el conjunt de roba, tovalloles, llençols i altres coses que els nuvis aporten al matrimoni. Antigament, les noies començaven a preparar-se l'aixovar des de molt joves.

ajaure
verb
com *treure*
◄ pàg. 42
Ajeure.

ajeure
verb
com *treure*
◄ pàg. 42
També *ajaure*
Diferències: *ajagut, ajaguda, ajaguts, ajagudes*
1 Posar algú o alguna cosa en posició horitzontal, estirat. Diuen que és perillós ajeure els nadons de bocaterrosa. Quan una persona està molt cansada, s'ajeu al llit per dormir.
usat amb pronom
2 Ajeure's en una feina o en una altra cosa és no posar-hi gaire interès ni esforç.

ajornar
verb
com *cantar*
◄ pàg. 26
Deixar alguna cosa per a un altre dia. Si s'ajorna una conferència dues setmanes, es farà quan hagi passat aquest temps.
ajornament, inajornable

ajuda ajudes
nom femení
1 L'ajuda és el fet d'ajudar algú. Per a man-

cació de la pàgina
l lloc de la pàgina
i ha una il·lustració
de la paraula

paraules
de la mateixa
família
de la paraula
definida

ımero per a
a significat
diferent
la paraula

ırmació sobre
ortografia

paraula
es defineix

tres formes
ıe pot tenir
a paraula

frases fetes i locucions on hi ha la paraula definida

categoria gramatical de cada significat de cada paraula

model de conjugació i pàgina on hi ha el verb model conjugat

remarca sobre alguna petita diferència de conjugació amb el verb model

forma pronominal del verb

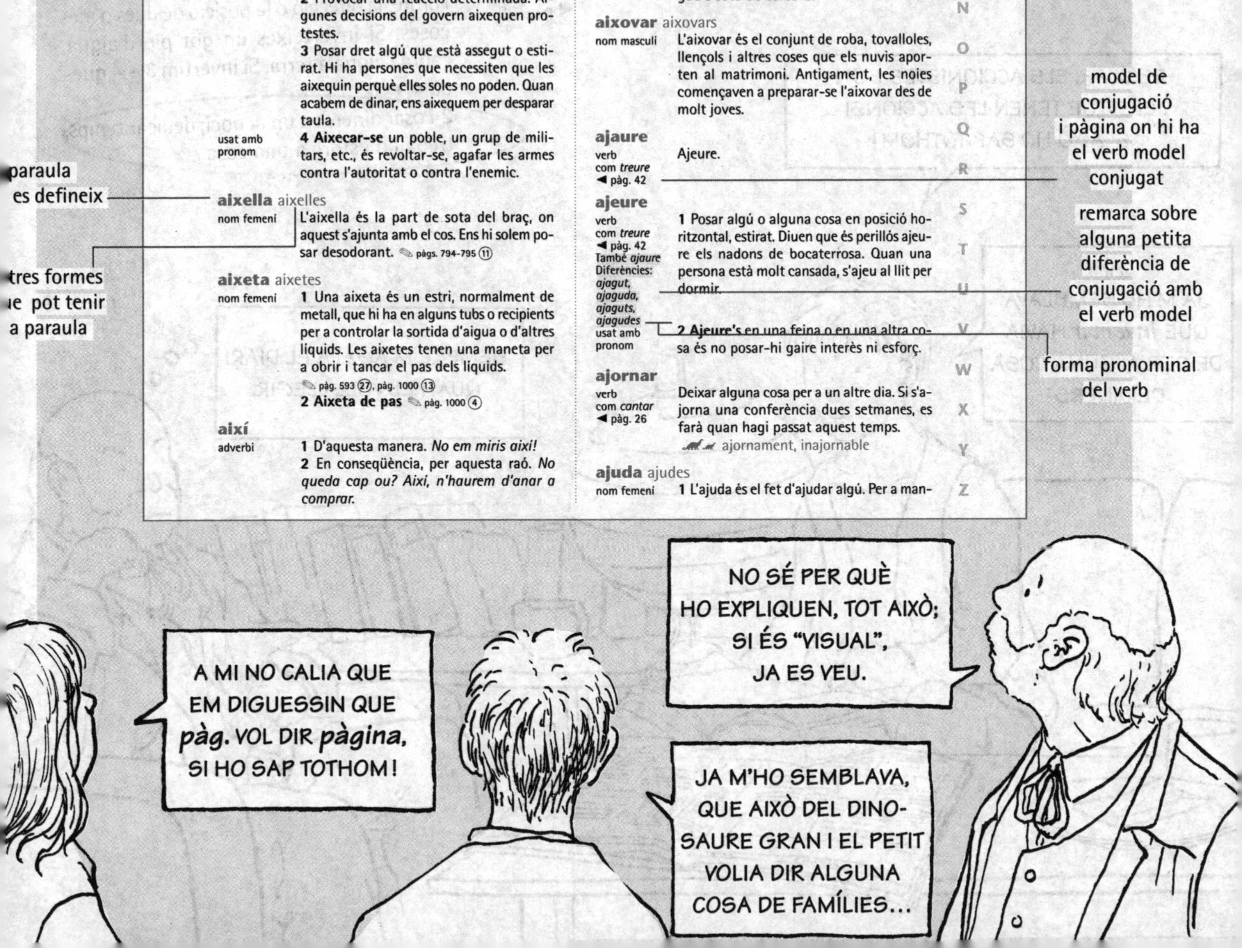

Has llegit una paraula que no comprens. Sembla que és alguna cosa important. T'imagines què és, però no ho saps segur.
Què diu el DIDAC?

L'EMPRESA ESTÀ EN CRISI.
Els accionistes no hi volen tornar a invertir

accionista accionistes
nom masculí i femení
Un o una accionista és una persona que té una o més accions d'una empresa. Els accionistes es reparteixen els beneficis un cop l'any.

invertir
verb
com *servir*
◄ pàg. 28
1 Posar una cosa de cap per avall; canviar l'ordre, la direcció o la posició de dues o més coses. Si inverteixes un got ple d'aigua, caurà l'aigua a terra. Si invertim 3 + 4 queda 4 + 3.
2 Posar diners en un negoci; dedicar temps, treball o esforç a una cosa.

Mai no te'n recordes dels noms de les verdures. Saps que a casa en mengeu dues que són allargades i s'assemblen bastant, però una és morada i porta una tija verda a la punta i l'altra és tota verda amb uns puntets petits. Com es deuen dir? **A veure si hi són, al DIDAC?**

nom de les coses il·lustrades

994 — 995 **la granja i l'hort**

①- paller
②- pagès
③- aixada
④- bleda
⑤- rec
⑥- enciam
⑦- hort
⑧- solc
⑨- femer
⑩- arada
⑪- cort
⑫- truja
⑬- porc
⑭- garrí
⑮- sínia
⑯- sitja
⑰- hivernacle
⑱- gat
⑲- tanca
⑳- gall dindi
㉑- pagesa
㉒- galliner
㉓- falç
㉔- rampí
㉕- conill
㉖- gàbia
㉗- dalla
㉘- gall
㉙- pollet
㉚- gallina
㉛- ànec
㉜- albergínia
㉝- ceba
㉞- pastanaga
㉟- tomàquet
㊱- pebrot
㊲- era
㊳- carxofa
㊴- carbassa
㊵- rave
㊶- carbassó
㊷- bitxo

il·lustració i número que permet saber-ne el nom

ÉS IGUAL DIR UNA PARAULA O UNA ALTRA?

Si busques la paraula *granera*, tots els diccionaris de català et diran que una granera és una escombra; però... és igual dir *granera* que dir *escombra*? Per què a vegades es diu d'una manera i a vegades d'una altra? I les paraules *politja* i *corriola*? Quina diferència hi ha entre una politja i una corriola?

A veure què diu el DIDAC?

granera graneres
nom femení — Escombra. Es diu només en algunes zones.

corriola corrioles
nom femení — Politja. Es diu quan no es parla tècnicament.

defecar
verb
com *cantar*
◄ pàg. 26
Amb QU davant E, I
Fer caca. Es diu en expressions formals.
defecació

Això d'escriure no és tan fàcil com sembla. Quan t'hi poses, comences a dubtar:

«Com s'escriu, *diferencia* o *diferència*? *Vacances* o *bacances*? Em sembla que *savi* és amb ve baixa i *sabio* és amb be alta, o és a l'inrevés? D'això no me'n recordo mai, però sí que recordo que els femenins es fan afegint "a", com a *blanca*, que és el femení de *blanc*. I com s'escriu el masculí de *negra*? És *negr*? I el masculí de *grisa*?

És igual, ho escriuré com em surti i després ho repassaré amb el DIDAC.»

diferència diferències
nom femení
1 Una diferència és allò que fa que una cosa o una persona sigui diferent d'un... tra. El sexe és la principal diferència ... els homes i les dones.

savi savia savis sàvies
adjectiu i nom masculí i femení
Amb V
Que sap moltes coses sobre una matèria determinada o sobre diverses matèries. Einstein i Newton van ser dos grans savis.

vacances
nom femení plural
Unes vacances són un període de temps en què una persona deixa de treballar o d'estudiar i es dedica a reposar, a viatjar i a altres activitats. A l'estiu, la majoria de la gent fa vacances.

negre negra negres
adjectiu
1 Que té el color del carbó. Hi ha un tipus d'olives que són negres.
2 Que és molt fosc. Abans d'una tempesta, el cel està negre. Es diu que una persona té o porta les ungles negres quan hi té molta brutícia.
3 Diem que una cosa és negra quan és molt trista o quan porta una desgràcia. Un

2 **gris** grisa grisos grises
adjectiu
1 Que és del color de l'acer i el ciment. A les fotografies en blanc i negre hi ha molts tons grisos.

VOLS DIR, QUE ES DIU AIXÍ?

Quan parles et sembla que tot el que dius és molt natural. Però comences a escriure, a fer exercicis de llengua, a explicar-li a un amic un dubte que té i... ja no saps què et sona bé i què no. Es diu només *un amor*, o pots dir també *una amor*? I el verb *caure*? És *caure* o *caure's*? I *aprimar* o *aprimar-se*? I què s'ha de dir, *penso en tu* o *penso a tu*? I com es conjuga el verb *dormir*? És tu *dormeixes* o tu *dorms*?

Què diu el DIDAC?

amor amors
nom masculí o femení

1 L'amor és un sentiment molt fort d'afecte cap a una persona estimada o un animal. Hi ha un gran amor entre els fills i els pares. Algunes persones senten una gran amor pels gats.
2 Gran interès per alguna cosa. Algunes persones tenen un gran amor a la música.
3 Persona estimada. Tothom vol el millor...

caure
verb
◄ pàg. 30

1 Perdre l'equilibri i anar a parar a terra. Una persona pot caure de cara, de cul, d'esquena, de clatell, de morros o de costat.
2 Anar des d'un lloc alt fins a terra arrossegat pel propi pes, segons la llei de la gravetat. Així, per exemple, cauen les gotes de la pluja o una pedra dins d'un pou.
3 Separar-se una cosa del...

aprimar
verb
com *cantar*
◄ pàg. 26
usat amb pronom

1 Fer que alguna cosa sigui mé... que tingui menys gruix. El ribot é... na que serveix per a aprimar la fu...
2 **Aprimar-se** és tornar-se prim... pes. Hi ha persones que quan passe... nervis s'aprimen.

pensar
verb
com *cantar*
◄ pàg. 26

1 Fer servir l'enteniment per a conèixer, formar idees, jutjar sobre les coses. Quan una persona té febre no pot pensar amb claredat. Abans de prendre una decisió, hem de pensar-ne les conseqüències.
2 Pensar en algú o en alguna cosa és tenir-los presents a l'enteniment, no oblidar-los. Els enamorats sempre pensen en la persona estimada. Si no penses a agafar les ...rir la porta.

dormir

INDICATIU		
present	**perfet**	
dormo	he	dormit
dorms	has	"
dorm	ha	"
dormim	havem (o hem)	"
dormiu	haveu (o heu)	"
dormen	han	"

	persona	singular masculí	singular femení	plural masculí	plural femení
		el qual *El fill de la veïna, el qual se sentia perjudicat, va protestar*	**la qual** *Ha vingut una amiga del meu germà, la qual és francesa*	**els quals** *Els països del continent asiàtic, els quals són els més pintorescos del món, estan canviant*	**les quals** *El carter va dur dues cartes de correu urgent, les quals anaven dirigides a tu*
		on *Aquesta és la sala on ens reunirem* **que** *El noi que passa pel passadís és el meu germà* **què** *Aquesta és la casa de què et parlava* **qui** *Em sembla que conec l'home de qui parlàveu*			
tònics o forts	1a	**jo** *Jo canto* **mi** *M'ho han dit a mi*		**nosaltres** *Nosaltres cantem* **nós** *Nós, rei d'Aragó*	
tònics o forts	2a	**tu** *Tu cantes*		**vosaltres** *Vosaltres canteu* **vós** *Vós m'ho heu dit*	
tònics o forts	3a	**ell** *Ell canta*	**ella** *Ella canta*	**ells** *Ells canten* *Parlen entre ells*	**elles** *Elles canten* *Parlen entre elles*
tònics o forts	3a	**vostè** *Vostè dirà*		**vostès** *Vostès diran*	
tònics o forts	3a	**si** *Anava contra si mateix*			
àtons o febles	1a	**em (me, m', 'm)** *Em criden (a mi)*		**ens (nos, 'ns)** *Ens criden (a nosaltres)*	
àtons o febles	2a	**et (te, t', 't)** *Et criden (a tu)*		**us (vos)** *Us criden (a vosaltres)*	
àtons o febles	3a	**es (se, s', 's)** *En Joan es renta (a ell)* *En Joan i en Pere es barallen (entre ells)* *Es creu que sí (hom)*			
àtons o febles	3a	**el (lo, l', 'l)** *El portaré (el llibre)*	**la** *La portaré (la llibreta)*	**els (los, 'ls)** *Els portaré (els llibres)*	**les** *Les portaré (les llibretes)*
àtons o febles	3a	**ho** *Ho faré després (això)*			
àtons o febles	3a	**li** *Li donaré el llapis (a ella)*		**els** *Els donaré el llapis (a ells)*	
		en (ne, n', 'n) *En tinc molts (de llibres)* **hi** *Jo no hi era (allí)*			

		DETERMINANTS				
		singular		**plural**		**singular**
		masculí	**femení**	**masculí**	**femení**	**masculí**
ARTICLES		**el (l')** *El lloro* **es** *Es cavall* **lo** *Lo pare* **en (n')** *En Lluís*	**la (l')** *La cacatua* **sa** *Sa taula* **na (n')** *Na Caterina*	**els** *Els lloros* **es (ets)** *Es cavalls* **los** *Los pares*	**les** *Les cacatues* **ses** *Ses taules*	
DEMOSTRATIUS						**aquest** *Aquest llibre* *Vull aquest* **aqueix** *Aqueix llapis* *Porta aqueix* **aquell** *Aquell vestit* *M'agrada aquell*
POSSESSIUS	**tònics**					**meu** *El meu cotxe* *Vull el meu* **teu** *El teu ordinador* *Deixa'm el teu* **seu** *El seu amic* *Veig el seu* **nostre** *El nostre llit* *Dorm al nostre* **vostre** *El vostre coixí* *Agafo el vostre* **ll**
	àtons	**mon** *Mon oncle* **ton** *Ton cosí* **son** *Son germà*	**ma** *Ma tia* **ta** *Ta cosina* **sa** *Sa germana*	**mos** *Mos oncles* **tos** *Tos cosins* **sos** *Sos germans*	**mes** *Mes ties* **tes** *Tes cosines* **ses** *Ses germanes*	
INDEFINITS		**cert** *Cert animal* **tal** **cada** **qualque**	**certa** *Certa persona* *Tal dia* *Cada matí* *Qualque cosa*	**certs** *Certs animals* **tals** **sengles** **qualques**	**certes** *Certes persones* *Tals dies* *Sengles bicicletes* *Qualques persones*	**algun** *Algun caramel* *Dóna-me'n algun* **altre** *Un altre paquet* *En tinc un altre* **cadascun** *Cadascun d'ells* *Un per a cadascu* **mateix** *El mateix abric* *Tinc el mateix* **qualcun** *Qualcun cotxe* *N'has vist qualcun* **tot** *Tot el pastís* *El vull tot* **un** *Un olotí* *En coneixia un* **qualse** **qualsevu** **c**

DETERMINANTS / PRONOMS			PRONOMS
singular	**plural**		
femení	**masculí**	**femení**	
aquesta *Aquesta casa* *Vull aquesta* **aqueixa** *Aqueixa cadira* *Porta aqueixa* **aquella** *Aquella camisa* *M'agrada aquella*	**aquests** *Aquests llibres* *Vull aquests* **aqueixos** *Aqueixos llapis* *Porta aqueixos* **aquells** *Aquells vestits* *M'agraden aquells*	**aquestes** *Aquestes cases* *Vull aquestes* **aqueixes** *Aqueixes cadires* *Porta aqueixes* **aquelles** *Aquelles camises* *M'agraden aquelles*	**això** *Això no m'agrada* **açò** *Dóna'm açò* **allò** *Porta'm allò*
meva (meua) *La meva pilota* *Vull la meva* **teva (teua)** *La teva jaqueta* *Deixa'm la teva* **seva (seua)** *La seva amiga* *Veig la seva* **nostra** *La nostra habitació* *Dorm a la nostra* **vostra** *La vostra coixinera* *Agafo la vostra*	**meus** *Els meus cotxes* *Vull els meus* **teus** *Els teus jocs* *Deixa'm els teus* **seus** *Els seus amics* *Veig els seus*	**meves (meues)** *Les meves pilotes* *Vull les meves* **teves (teues)** *Les teves jaquetes* *Deixa'm les teves* **seves (seues)** *Les seves amigues* *Veig les seves*	
ls alumnes i llur professor *ixò és llur*	**nostres** *Les nostres mantes* *Agafa les nostres* **vostres** *Els vostres coixins* *Agafem els vostres* **llurs** *Els meus cosins i llurs fills* *Els nostres són millors que els llurs*		
alguna *Alguna joguina* *Dóna-me'n alguna* **altra** *Una altra bossa* *En tinc una altra* **cadascuna** *Cadascuna d'elles* *Un per a cadascuna* **mateixa** *La mateixa nevera* *Tinc la mateixa* **qualcuna** *Qualcuna moto* *N'has vist qualcuna?* **tota** *Tota la coca* *La vull tota* **una** *Una olotina* *En coneixia una*	**alguns** *Alguns caramels* *Dóna-me'n alguns* **altres** *Uns altres paquets* *En tinc uns altres* **mateixos** *Els mateixos llapis* *Tinc els mateixos* **qualcuns** *Qualcuns cotxes* *N'has vist qualcuns?* **tots** *Tots els pastissos* *Els vull tots* **uns** *Uns olotins* *En coneixia uns*	**algunes** *Algunes joguines* *Dóna-me'n algunes* **altres** *Unes altres bosses* *En tinc unes altres* **mateixes** *Les mateixes sabates* *Tinc les mateixes* **qualcunes** *Qualcunes motos* *N'has vist qualcunes?* **totes** *Totes les coques* *Les vull totes* **unes** *Unes olotines* *En coneixia unes*	**algú** *M'ha trucat algú?* **altri** *No facis mal a altri* **cadascú** *Cadascú ha fet el que ha volgut* **hom** *Antigament, hom creia que el Sol girava al voltant de la Terra* **ningú** *Encara no ha arribat ningú* **qualcú** *Heu vist qualcú per aquí?* **quelcom** *Prepararé quelcom per sopar* **res** *No em vaig recordar de comprar-li res* **tothom** *Ho ha explicat a tothom*
Un dia qualsevol *Quin dia? Qualsevol* *Una tarda qualsevulla* *Quina tarda? Qualsevulla*	**qualssevol** *Qualssevol mobles* *Quins vols? Qualssevol* **qualssevulla** *Unes tardes qualssevulla* *Quines tardes? Qualssevulla*		
Cap cosa *No en tinc cap*	**ambdós** *Ambdós peus* *M'agraden ambdós*	**ambdues** *Ambdues mans* *M'agraden ambdues*	

DETERMINANTS

	singular		plural	
	masculí	**femení**	**masculí**	**femení**
QUANTITATIUS		**més** *Més pomes* **menys** *Menys peres* **que** *Que gent!*		
NUMERALS — **cardinals**				
NUMERALS — **ordinals**				
INTERROGATIUS				

	singular
	masculí
QUANTITATIUS	**molt** *Molt sucre* / *N'hi ha molt* **poc** *Poc pa* / *N'hi ha poc* **quant** *Quant de bestiar!* / *Quant n'hi ha!* **tant** *Tant vent fa?* / *Tant com ahir* **basta** **gai**
NUMERALS — **cardinals**	**zero** *Zero punts* / *En tinc zero* **un** *Un caramel* / *Dóna-me'n un*
NUMERALS — **ordinals**	**primer** *Primer pis* / *Visc al primer* **segon** *Segon pis* / *Visc al segon*
INTERROGATIUS	**quant** *Quant temps fa?* / *Quant en vols?* **quin** *Quin dia vindràs?* / *No sé quin*

DETERMINANTS			
PRONOMS			PRONOMS
singular	plural		
femení	masculí	femení	
molta *Molta sal* *N'hi ha molta*	**molts** *Molts ganivets* *N'hi ha molts*	**moltes** *Moltes forquilles* *N'hi ha moltes*	
poca *Poca mantega* *N'hi ha poca*	**pocs** *Pocs anissos* *N'hi ha pocs*	**poques** *Poques galetes* *N'hi ha poques*	
quanta *Quanta carn!* *Quanta n'has menjat!*	**quants** *Quants pollets!* *Quants n'hi ha!*	**quantes** *Quantes taronges!* *Quantes n'hi ha!*	
anta *Tanta gana tens?* *Tanta com tu*	**tants** *Tants diners tens?* *Tants com tu*	**tantes** *Tantes monedes tens?* *Tantes com tu*	
Bastant mal de cap *En tinc bastant*	**bastants** *Bastants maldecaps* *En tinc bastants*		
Gaire gana *En tens gaire?*	**gaires** *Gaires ganes* *En tens gaires?*		
força *Vindran força amics* *En vindran força*			
gens *No queda gens de pa* *No en queda gens*			
massa *Hi ha massa gent* *N'hi ha massa*			
prou *No tinc prou diners* *No en tinc prou*			
una *Una piruleta* *Dóna-me'n una*	**uns** *Uns calçotets* *Només en tinc uns*	**unes** *Unes calcetes* *Només en tinc unes*	
	dos *Dos homes* *N'hi ha dos*	**dues** *Dues dones* *N'hi ha dues*	
	tres *Tres bicicletes* *En té tres*		
	quatre *Quatre cases* *En veig quatre*		
primera *Primera porta* *Visc a la primera*	**primers** *Primers dies* *Eren els primers*	**primeres** *Primeres setmanes* *Eren les primeres*	
segona *Segona porta* *Visc a la segona*	**segons** *Segons cursos* *Són els segons*	**segones** *Segones còpies* *Eren les segones*	
quanta *Quanta gent hi ha?* *Quanta n'hi ha?*	**quants** *Quants anys fa?* *Quants en vols?*	**quantes** *Quantes olives hi ha?* *Quantes n'hi ha?*	**com** *Com et trobes?*
quina *Quina casa t'agrada més?* *No sé quina*	**quins** *Quins cromos vols?* *No sé quins*	**quines** *Quines fruites vols?* *No sé quines*	**on** *On has anat?*
			quan *Quan vindreu?*
			què *Què vols, te o cafè?*
			qui *Qui m'ha trucat?*

cantar

INDICATIU

present	perfet
canto	he cantat
cantes	has "
canta	ha "
cantem	havem (o hem) "
canteu	haveu (o heu) "
canten	han "

imperfet	plusquamperfet
cantava	havia cantat
cantaves	havies "
cantava	havia "
cantàvem	havíem "
cantàveu	havíeu "
cantaven	havien "

passat simple i perifràstic		passat anterior simple i perifràstic
cantí	vaig cantar	haguí (o vaig haver) cantat
cantares	vas "	hagueres (o vas haver) "
cantà	va "	hagué (o va haver) "
cantàrem	vam "	haguérem (o vam haver) "
cantàreu	vau "	haguéreu (o vau haver) "
cantaren	van "	hagueren (o van haver) "

futur	futur perfet
cantaré	hauré cantat
cantaràs	hauràs "
cantarà	haurà "
cantarem	haurem "
cantareu	haureu "
cantaran	hauran "

condicional	condicional perfet
cantaria	hauria (o haguera) cantat
cantaries	hauries (o hagueres) "
cantaria	hauria (o haguera) "
cantaríem	hauríem (o haguérem) "
cantaríeu	hauríeu (o haguéreu) "
cantarien	haurien (o hagueren) "

SUBJUNTIU

present	perfet
canti	hagi cantat
cantis	hagis "
canti	hagi "
cantem	hàgim "
canteu	hàgiu "
cantin	hagin "

imperfet	plusquamperfet
cantés	hagués cantat
cantessis	haguessis "
cantés	hagués "
cantéssim	haguéssim "
cantéssiu	haguéssiu "
cantessin	haguessin "

IMPERATIU

canta
canti
cantem
canteu
cantin

INFINITIU

Simple: cantar
Compost: haver cantat

GERUNDI

Simple: cantant
Compost: havent cantat

PARTICIPI

cantat	cantada
cantats	cantades

téme

INDICATIU

present	perfet
temo	he temut
tems	has "
tem–	ha "
temem	havem (o hem) "
temeu	haveu (o heu) "
temen	han "

imperfet	plusquamperfet
temia	havia temut
temies	havies "
temia	havia "
temíem	havíem "
temíeu	havíeu "
temien	havien "

passat simple i perifràstic		passat anterior simple i perifràstic
temí	vaig témer	haguí (o vaig haver) temut
temeres	vas "	hagueres (o vas haver) "
temé	va "	hagué (o va haver) "
temérem	vam "	haguérem (o vam haver) "
teméreu	vau "	haguéreu (o vau haver) "
temeren	van "	hagueren (o van haver) "

futur	futur perfet
temeré	hauré temut
temeràs	hauràs "
temerà	haurà "
temerem	haurem "
temereu	haureu "
temeran	hauran "

condicional	condicional perfet
temeria	hauria (o haguera) temut
temeries	hauries (o hagueres) "
temeria	hauria (o haguera) "
temeríem	hauríem (o haguérem) "
temeríeu	hauríeu (o haguéreu) "
temerien	haurien (o hagueren) "

SUBJUNTIU

present	perfet
temi	hagi temut
temis	hagis "
temi	hagi "
temem	hàgim "
temeu	hàgiu "
temin	hagin "

imperfet	plusquamperfet
temés	hagués temut
temessis	haguessis "
temés	hagués "
teméssim	haguéssim "
teméssiu	haguéssiu "
temessin	haguessin "

IMPERATIU

tem–
temi
temem
temeu
temin

INFINITIU

Simple: témer
Compost: haver temut

GERUNDI

Simple: tement
Compost: havent temut

PARTICIPI

temut	temuda
temuts	temudes

perdre

INDICATIU

present	perfet
perdo	he perdut
perds	has "
perd–	ha "
perdem	havem (o hem) "
perdeu	haveu (o heu) "
perden	han "

imperfet	plusquamperfet
perdia	havia perdut
perdies	havies "
perdia	havia "
perdíem	havíem "
perdíeu	havíeu "
perdien	havien "

passat simple i perifràstic		passat anterior simple i perifràstic
perdí	vaig perdre	haguí (o vaig haver) perdut
perderes	vas "	hagueres (o vas haver) "
perdé	va "	hagué (o va haver) "
perdérem	vam "	haguérem (o vam haver) "
perdéreu	vau "	haguéreu (o vau haver) "
perderen	van "	hagueren (o van haver) "

futur	futur perfet
perdré	hauré perdut
perdràs	hauràs "
perdrà	haurà "
perdrem	haurem "
perdreu	haureu "
perdran	hauran "

condicional	condicional perfet
perdria	hauria (o haguera) perdut
perdries	hauries (o hagueres) "
perdria	hauria (o haguera) "
perdríem	hauríem (o haguérem) "
perdríeu	hauríeu (o haguéreu) "
perdrien	haurien (o hagueren) "

SUBJUNTIU

present	perfet
perdi	hagi perdut
perdis	hagis "
perdi	hagi "
perdem	hàgim "
perdeu	hàgiu "
perdin	hagin "

imperfet	plusquamperfet
perdés	hagués perdut
perdessis	haguessis "
perdés	hagués "
perdéssim	haguéssim "
perdéssiu	haguéssiu "
perdessin	haguessin "

IMPERATIU

perd–
perdi
perdem
perdeu
perdin

INFINITIU

Simple: perdre
Compost: haver perdut

GERUNDI

Simple: perdent
Compost: havent perdut

PARTICIPI

perdut	perduda
perduts	perdudes

dormir

INDICATIU

present	perfet
dormo	he dormit
dorms	has "
dorm–	ha "
dormim	havem (o hem) "
dormiu	haveu (o heu) "
dormen	han "

imperfet	plusquamperfet
dormia	havia dormit
dormies	havies "
dormia	havia "
dormíem	havíem "
dormíeu	havíeu "
dormien	havien "

passat simple i perifràstic		passat anterior simple i perifràstic
dormí	vaig dormir	haguí (o vaig haver) dormit
dormires	vas "	hagueres (o vas haver) "
dormí	va "	hagué (o va haver) "
dormírem	vam "	haguérem (o vam haver) "
dormíreu	vau "	haguéreu (o vau haver) "
dormiren	van "	hagueren (o van haver) "

futur	futur perfet
dormiré	hauré dormit
dormiràs	hauràs "
dormirà	haurà "
dormirem	haurem "
dormireu	haureu "
dormiran	hauran "

condicional	condicional perfet
dormiria	hauria (o haguera) dormit
dormiries	hauries (o hagueres) "
dormiria	hauria (o haguera) "
dormiríem	hauríem (o haguérem) "
dormiríeu	hauríeu (o haguéreu) "
dormirien	haurien (o hagueren) "

SUBJUNTIU

present	perfet
dormi	hagi dormit
dormis	hagis "
dormi	hagi "
dormim	hàgim "
dormiu	hàgiu "
dormin	hagin "

imperfet	plusquamperfet
dormís	hagués dormit
dormissis	haguessis "
dormís	hagués "
dormíssim	haguéssim "
dormíssiu	haguéssiu "
dormissin	haguessin "

IMPERATIU

dorm–
dormi
dormim
dormiu
dormin

INFINITIU

Simple: dormir
Compost: haver dormit

GERUNDI

Simple: dormint
Compost: havent dormit

PARTICIPI

dormit	dormida
dormits	dormides

servir

INDICATIU

present	perfet
serveixo	he servit
serveixes	has "
serveix	ha "
servim	havem (o hem) "
serviu	haveu (o heu) "
serveixen	han "

imperfet	plusquamperfet
servia	havia servit
servies	havies "
servia	havia "
servíem	havíem "
servíeu	havíeu "
servien	havien "

passat simple i perifràstic		passat anterior simple i perifràstic
serví	vaig servir	haguí (o vaig haver) servit
servires	vas "	hagueres (o vas haver) "
serví	va "	hagué (o va haver) "
servírem	vam "	haguérem (o vam haver) "
servíreu	vau "	haguéreu (o vau haver) "
serviren	van "	hagueren (o van haver) "

futur	futur perfet
serviré	hauré servit
serviràs	hauràs "
servirà	haurà "
servirem	haurem "
servireu	haureu "
serviran	hauran "

condicional	condicional perfet
serviria	hauria (o haguera) servit
serviries	hauries (o hagueres) "
serviria	hauria (o haguera) "
serviríem	hauríem (o haguérem) "
serviríeu	hauríeu (o haguéreu) "
servirien	haurien (o hagueren) "

SUBJUNTIU

present	perfet
serveixi	hagi servit
serveixis	hagis "
serveixi	hagi "
servim	hàgim "
serviu	hàgiu "
serveixin	hagin "

imperfet	plusquamperfet
servís	hagués servit
servissis	haguessis "
servís	hagués "
servíssim	haguéssim "
servíssiu	haguéssiu "
servissin	haguessin "

IMPERATIU

serveix
serveixi
servim
serviu
serveixin

INFINITIU

Simple: servir
Compost: haver servit

GERUNDI

Simple: servint
Compost: havent servit

PARTICIPI

servit	servida
servits	servides

ana

INDICATIU

present	perfet
vaig	he anat
vas	has "
va	ha "
anem	havem (o hem) "
aneu	haveu (o heu) "
van	han "

imperfet	plusquamperfet
anava	havia anat
anaves	havies "
anava	havia "
anàvem	havíem "
anàveu	havíeu "
anaven	havien "

passat simple i perifràstic		passat anterior simple i perifràstic
aní	vaig anar	haguí (o vaig haver) anat
anares	vas "	hagueres (o vas haver) "
anà	va "	hagué (o va haver) "
anàrem	vam "	haguérem (o vam haver) "
anàreu	vau "	haguéreu (o vau haver) "
anaren	van "	hagueren (o van haver) "

futur		futur perfet
aniré	iré	hauré anat
aniràs	iràs	hauràs "
anirà	irà	haurà "
anirem	irem	haurem "
anireu	ireu	haureu "
aniran	iran	hauran "

condicional		condicional perfet
aniria	iria	hauria (o haguera) anat
aniries	iries	hauries (o hagueres) "
aniria	iria	hauria (o haguera) "
aniríem	iríem	hauríem (o haguérem) "
aniríeu	iríeu	hauríeu (o haguéreu) "
anirien	irien	haurien (o hagueren) "

SUBJUNTIU

present	perfet
vagi	hagi anat
vagis	hagis "
vagi	hagi "
anem	hàgim "
aneu	hàgiu "
vagin	hagin "

imperfet	plusquamperfet
anés	hagués anat
anessis	haguessis "
anés	hagués "
anéssim	haguéssim "
anéssiu	haguéssiu "
anessin	haguessin "

IMPERATIU

vés
vagi
anem
aneu
vagin

INFINITIU

Simple: anar
Compost: haver anat

GERUNDI

Simple: anant
Compost: havent anat

PARTICIPI

anat	anada
anats	anades

beure

INDICATIU

present	perfet
bec	he begut
beus	has "
beu	ha "
bevem	havem (o hem) "
beveu	haveu (o heu) "
beuen	han "

imperfet	plusquamperfet
bevia	havia begut
bevies	havies "
bevia	havia "
bevíem	havíem "
bevíeu	havíeu "
bevien	havien "

passat simple i perifràstic		passat anterior simple i perifràstic
beguí	vaig beure	haguí (o vaig haver) begut
begueres	vas "	hagueres (o vas haver) "
begué	va "	hagué (o va haver) "
beguérem	vam "	haguérem (o vam haver) "
beguéreu	vau "	haguéreu (o vau haver) "
begueren	van "	hagueren (o van haver) "

futur	futur perfet
beuré	hauré begut
beuràs	hauràs "
beurà	haurà "
beurem	haurem "
beureu	haureu "
beuran	hauran "

condicional	condicional perfet
beuria	hauria (o haguera) begut
beuries	hauries (o hagueres) "
beuria	hauria (o haguera) "
beuríem	hauríem (o haguérem) "
beuríeu	hauríeu (o haguéreu) "
beurien	haurien (o hagueren) "

SUBJUNTIU

present	perfet
begui	hagi begut
beguis	hagis "
begui	hagi "
beguem	hàgim "
begueu	hàgiu "
beguin	hagin "

imperfet	plusquamperfet
begués	hagués begut
beguessis	haguessis "
begués	hagués "
beguéssim	haguéssim "
beguéssiu	haguéssiu "
beguessin	haguessin "

IMPERATIU

beu
begui
beguem
beveu
beguin

INFINITIU

Simple: beure
Compost: haver begut

GERUNDI

Simple: bevent
Compost: havent begut

PARTICIPI

begut	beguda
beguts	begudes

cabre

INDICATIU

present	perfet
cabo	he cabut
caps	has "
cap	ha "
cabem	havem (o hem) "
cabeu	haveu (o heu) "
caben	han "

imperfet	plusquamperfet
cabia	havia cabut
cabies	havies "
cabia	havia "
cabíem	havíem "
cabíeu	havíeu "
cabien	havien "

passat simple i perifràstic		passat anterior simple i perifràstic
cabí	vaig cabre	haguí (o vaig haver) cabut
caberes	vas "	hagueres (o vas haver) "
cabé	va "	hagué (o va haver) "
cabérem	vam "	haguérem (o vam haver) "
cabéreu	vau "	haguéreu (o vau haver) "
caberen	van "	hagueren (o van haver) "

futur	futur perfet
cabré	hauré cabut
cabràs	hauràs "
cabrà	haurà "
cabrem	haurem "
cabreu	haureu "
cabran	hauran "

condicional	condicional perfet
cabria	hauria (o haguera) cabut
cabries	hauries (o hagueres) "
cabria	hauria (o haguera) "
cabríem	hauríem (o haguérem) "
cabríeu	hauríeu (o haguéreu) "
cabrien	haurien (o hagueren) "

SUBJUNTIU

present	perfet
càpiga	hagi cabut
càpigues	hagis "
càpiga	hagi "
capiguem	hàgim "
capigueu	hàgiu "
càpiguen	hagin "

imperfet	plusquamperfet
cabés	hagués cabut
cabessis	haguessis "
cabés	hagués "
cabéssim	haguéssim "
cabéssiu	haguéssiu "
cabessin	haguessin "

IMPERATIU

cap
càpiga
capiguem
cabeu
càpiguen

INFINITIU

Simple: cabre (o caber)
Compost: haver cabut

GERUNDI

Simple: cabent
Compost: havent cabut

PARTICIPI

cabut	cabuda
cabuts	cabudes

canviar

INDICATIU

present	perfet	
canvio	he	canviat
canvies	has	"
canvia	ha	"
canviem	havem (o hem)	"
canvieu	haveu (o heu)	"
canvien	han	"

imperfet	plusquamperfet	
canviava	havia	canviat
canviaves	havies	"
canviava	havia	"
canviàvem	havíem	"
canviàveu	havíeu	"
canviaven	havien	"

passat simple i perifràstic		passat anterior simple i perifràstic	
canvií	vaig canviar	haguí (o vaig haver)	canviat
canviares	vas "	hagueres (o vas haver)	"
canvià	va "	hagué (o va haver)	"
canviàrem	vam "	haguérem (o vam haver)	"
canviàreu	vau "	haguéreu (o vau haver)	"
canviaren	van "	hagueren (o van haver)	"

futur	futur perfet	
canviaré	hauré	canviat
canviaràs	hauràs	"
canviarà	haurà	"
canviarem	haurem	"
canviareu	haureu	"
canviaran	hauran	"

condicional	condicional perfet	
canviaria	hauria (o haguera)	canviat
canviaries	hauries (o hagueres)	"
canviaria	hauria (o haguera)	"
canviaríem	hauríem (o haguérem)	"
canviaríeu	hauríeu (o haguéreu)	"
canviarien	haurien (o hagueren)	"

SUBJUNTIU

present	perfet	
canviï	hagi	canviat
canviïs	hagis	"
canviï	hagi	"
canviem	hàgim	"
canvieu	hàgiu	"
canviïn	hagin	"

imperfet	plusquamperfet	
canviés	hagués	canviat
canviessis	haguessis	"
canviés	hagués	"
canviéssim	haguéssim	"
canviéssiu	haguéssiu	"
canviessin	haguessin	"

IMPERATIU

canvia
canviï
canviem
canvieu
canviïn

INFINITIU

Simple: canviar
Compost: haver canviat

GERUNDI

Simple: canviant
Compost: havent canviat

PARTICIPI

canviat	canviada
canviats	canviades

caur

INDICATIU

present	perfet	
caic	he	caigut
caus	has	"
cau	ha	"
caiem	havem (o hem)	"
caieu	haveu (o heu)	"
cauen	han	"

imperfet	plusquamperfet	
queia	havia	caigut
queies	havies	"
queia	havia	"
quèiem	havíem	"
quèieu	havíeu	"
queien	havien	"

passat simple i perifràstic		passat anterior simple i perifràstic	
caiguí	vaig caure	haguí (o vaig haver)	caigut
caigueres	vas "	hagueres (o vas haver)	"
caigué	va "	hagué (o va haver)	"
caiguérem	vam "	haguérem (o vam haver)	"
caiguéreu	vau "	haguéreu (o vau haver)	"
caigueren	van "	hagueren (o van haver)	"

futur	futur perfet	
cauré	hauré	caigut
cauràs	hauràs	"
caurà	haurà	"
caurem	haurem	"
caureu	haureu	"
cauran	hauran	"

condicional	condicional perfet	
cauria	hauria (o haguera)	caigut
cauries	hauries (o hagueres)	"
cauria	hauria (o haguera)	"
cauríem	hauríem (o haguérem)	"
cauríeu	hauríeu (o haguéreu)	"
caurien	haurien (o hagueren)	"

SUBJUNTIU

present	perfet	
caigui	hagi	caigut
caiguis	hagis	"
caigui	hagi	"
caiguem	hàgim	"
caigueu	hàgiu	"
caiguin	hagin	"

imperfet	plusquamperfet	
caigués	hagués	caigut
caiguessis	haguessis	"
caigués	hagués	"
caiguéssim	haguéssim	"
caiguéssiu	haguéssiu	"
caiguessin	haguessin	"

IMPERATIU

cau
caigui
caiguem
caieu
caiguin

INFINITIU

Simple: caure
Compost: haver caigut

GERUNDI

Simple: caient
Compost: havent caigut

PARTICIPI

caigut	caiguda
caiguts	caigudes

complaure

INDICATIU

present	perfet
complac	he complagut
complaus	has "
complau	ha "
complaem	havem (o hem) "
complaeu	haveu (o heu) "
complauen	han "

imperfet	plusquamperfet
complaïa	havia complagut
complaïes	havies "
complaïa	havia "
complaíem	havíem "
complaíeu	havíeu "
complaïen	havien "

passat simple i perifràstic		passat anterior simple i perifràstic
complaguí	vaig complaure	haguí (o vaig haver) complagut
complagueres	vas "	hagueres (o vas haver) "
complagué	va "	hagué (o va haver) "
complaguérem	vam "	haguérem (o vam haver) "
complaguéreu	vau "	haguéreu (o vau haver) "
complagueren	van "	hagueren (o van haver) "

futur	futur perfet
complauré	hauré complagut
complauràs	hauràs "
complaurà	haurà "
complaurem	haurem "
complaureu	haureu "
complauran	hauran "

condicional	condicional perfet
complauria	hauria (o haguera) complagut
complauries	hauries (o hagueres) "
complauria	hauria (o haguera) "
complauríem	hauríem (o haguérem) "
complauríeu	hauríeu (o haguéreu) "
complaurien	haurien (o hagueren) "

SUBJUNTIU

present	perfet
complagui	hagi complagut
complaguis	hagis "
complagui	hagi "
complaguem	hàgim "
complagueu	hàgiu "
complaguin	hagin "

imperfet	plusquamperfet
complagués	hagués complagut
complaguessis	haguessis "
complagués	hagués "
complaguéssim	haguéssim "
complaguéssiu	haguéssiu "
complaguessin	haguessin "

IMPERATIU

complau
complagui
complaguem
complaeu
complaguin

INFINITIU

Simple: complaure
Compost: haver complagut

GERUNDI

Simple: complaent
Compost: havent complagut

PARTICIPI

complagut	complaguda
complaguts	complagudes

conèixer

INDICATIU

present	perfet
conec	he conegut
coneixes	has "
coneix	ha "
coneixem	havem (o hem) "
coneixeu	haveu (o heu) "
coneixen	han "

imperfet	plusquamperfet
coneixia	havia conegut
coneixies	havies "
coneixia	havia "
coneixíem	havíem "
coneixíeu	havíeu "
coneixien	havien "

passat simple i perifràstic		passat anterior simple i perifràstic
coneguí	vaig conèixer	haguí (o vaig haver) conegut
conegueres	vas "	hagueres (o vas haver) "
conegué	va "	hagué (o va haver) "
coneguérem	vam "	haguérem (o vam haver) "
coneguéreu	vau "	haguéreu (o vau haver) "
conegueren	van "	hagueren (o van haver) "

futur	futur perfet
coneixeré	hauré conegut
coneixeràs	hauràs "
coneixerà	haurà "
coneixerem	haurem "
coneixereu	haureu "
coneixeran	hauran "

condicional	condicional perfet
coneixeria	hauria (o haguera) conegut
coneixeries	hauries (o hagueres) "
coneixeria	hauria (o haguera) "
coneixeríem	hauríem (o haguérem) "
coneixeríeu	hauríeu (o haguéreu) "
coneixerien	haurien (o hagueren) "

SUBJUNTIU

present	perfet
conegui	hagi conegut
coneguis	hagis "
conegui	hagi "
coneguem	hàgim "
conegueu	hàgiu "
coneguin	hagin "

imperfet	plusquamperfet
conegués	hagués conegut
coneguessis	haguessis "
conegués	hagués "
coneguéssim	haguéssim "
coneguéssiu	haguéssiu "
coneguessin	haguessin "

IMPERATIU

coneix
conegui
coneguem
coneixeu
coneguin

INFINITIU

Simple: conèixer
Compost: haver conegut

GERUNDI

Simple: coneixent
Compost: havent conegut

PARTICIPI

conegut	coneguda
coneguts	conegudes

córrer

INDICATIU

present	perfet
corro	he corregut
corres	has "
corre	ha "
correm	havem (o hem) "
correu	haveu (o heu) "
corren	han "

imperfet	plusquamperfet
corria	havia corregut
corries	havies "
corria	havia "
corríem	havíem "
corríeu	havíeu "
corrien	havien "

passat simple i perifràstic		passat anterior simple i perifràstic
correguí	vaig córrer	haguí (o vaig haver) corregut
corregueres	vas "	hagueres (o vas haver) "
corregué	va "	hagué (o va haver) "
correguérem	vam "	haguérem (o vam haver) "
correguéreu	vau "	haguéreu (o vau haver) "
corregueren	van "	hagueren (o van haver) "

futur	futur perfet
correré	hauré corregut
correràs	hauràs "
correrà	haurà "
correrem	haurem "
correreu	haureu "
correran	hauran "

condicional	condicional perfet
correria	hauria (o haguera) corregut
correries	hauries (o hagueres) "
correria	hauria (o haguera) "
correríem	hauríem (o haguérem) "
correríeu	hauríeu (o haguéreu) "
correrien	haurien (o hagueren) "

SUBJUNTIU

present	perfet
corri	hagi corregut
corris	hagis "
corri	hagi "
correguem (o correm)	hàgim "
corregueu (o correu)	hàgiu "
corrin	hagin "

imperfet	plusquamperfet
corregués	hagués corregut
correguessis	haguessis "
corregués	hagués "
correguéssim	haguéssim "
correguéssiu	haguéssiu "
correguessin	haguessin "

IMPERATIU

corre
corri
correguem (o correm)
correu
corrin

INFINITIU

Simple: córrer
Compost: haver corregut

GERUNDI

Simple: corrent
Compost: havent corregut

PARTICIPI

corregut	correguda
correguts	corregudes

di

INDICATIU

present	perfet
dic	he dit
dius	has "
diu	ha "
diem	havem (o hem) "
dieu	haveu (o heu) "
diuen	han "

imperfet	plusquamperfet
deia	havia dit
deies	havies "
deia	havia "
dèiem	havíem "
dèieu	havíeu "
deien	havien "

passat simple i perifràstic		passat anterior simple i perifràstic
diguí	vaig dir	haguí (o vaig haver) dit
digueres	vas "	hagueres (o vas haver) "
digué	va "	hagué (o va haver) "
diguérem	vam "	haguérem (o vam haver) "
diguéreu	vau "	haguéreu (o vau haver) "
digueren	van "	hagueren (o van haver) "

futur	futur perfet
diré	hauré dit
diràs	hauràs "
dirà	haurà "
direm	haurem "
direu	haureu "
diran	hauran "

condicional	condicional perfet
diria	hauria (o haguera) dit
diries	hauries (o hagueres) "
diria	hauria (o haguera) "
diríem	hauríem (o haguérem) "
diríeu	hauríeu (o haguéreu) "
dirien	haurien (o hagueren) "

SUBJUNTIU

present	perfet
digui	hagi dit
diguis	hagis "
digui	hagi "
diguem	hàgim "
digueu	hàgiu "
diguin	hagin "

imperfet	plusquamperfet
digués	hagués dit
diguessis	haguessis "
digués	hagués "
diguéssim	haguéssim "
diguéssiu	haguéssiu "
diguessin	haguessin "

IMPERATIU

digues
digui
diguem
digueu
diguin

INFINITIU

Simple: dir
Compost: haver dit

GERUNDI

Simple: dient
Compost: havent dit

PARTICIPI

dit	dita
dits	dites

dur

INDICATIU

present	perfet
duc	he dut
duus (o dus)	has "
duu (o du)	ha "
duem	havem (o hem) "
dueu	haveu (o heu) "
duen	han "

imperfet	plusquamperfet
duia	havia dut
duies	havies "
duia	havia "
dúiem	havíem "
dúieu	havíeu "
duien	havien "

passat simple i perifràstic		passat anterior simple i perifràstic
duguí	vaig dur	haguí (o vaig haver) dut
dugueres	vas "	hagueres (o vas haver) "
dugué	va "	hagué (o va haver) "
duguérem	vam "	haguérem (o vam haver) "
duguéreu	vau "	haguéreu (o vau haver) "
dugueren	van "	hagueren (o van haver) "

futur	futur perfet
duré	hauré dut
duràs	hauràs "
durà	haurà "
durem	haurem "
dureu	haureu "
duran	hauran "

condicional	condicional perfet
duria	hauria (o haguera) dut
duries	hauries (o hagueres) "
duria	hauria (o haguera) "
duríem	hauríem (o haguérem) "
duríeu	hauríeu (o haguéreu) "
durien	haurien (o hagueren) "

SUBJUNTIU

present	perfet
dugui	hagi dut
duguis	hagis "
dugui	hagi "
duguem	hàgim "
dugueu	hàgiu "
duguin	hagin "

imperfet	plusquamperfet
dugués	hagués dut
duguessis	haguessis "
dugués	hagués "
duguéssim	haguéssim "
duguéssiu	haguéssiu "
duguessin	haguessin "

IMPERATIU	INFINITIU
duu (o du)	Simple: dur
dugui	Compost: haver dut
duguem	**GERUNDI**
dueu	Simple: duent
duguin	Compost: havent dut

PARTICIPI

dut	duta
duts	dutes

eixir

INDICATIU

present	perfet
ixo	he eixit
ixes	has "
ix	ha "
eixim	havem (o hem) "
eixiu	haveu (o heu) "
ixen	han "

imperfet	plusquamperfet
eixia	havia eixit
eixies	havies "
eixia	havia "
eixíem	havíem "
eixíeu	havíeu "
eixien	havien "

passat simple i perifràstic		passat anterior simple i perifràstic
eixí	vaig eixir	haguí (o vaig haver) eixit
eixires	vas "	hagueres (o vas haver) "
eixí	va "	hagué (o va haver) "
eixírem	vam "	haguérem (o vam haver) "
eixíreu	vau "	haguéreu (o vau haver) "
eixiren	van "	hagueren (o van haver) "

futur	futur perfet
eixiré	hauré eixit
eixiràs	hauràs "
eixirà	haurà "
eixirem	haurem "
eixireu	haureu "
eixiran	hauran "

condicional	condicional perfet
eixiria	hauria (o haguera) eixit
eixiries	hauries (o hagueres) "
eixiria	hauria (o haguera) "
eixiríem	hauríem (o haguérem) "
eixiríeu	hauríeu (o haguéreu) "
eixirien	haurien (o hagueren) "

SUBJUNTIU

present	perfet
ixi	hagi eixit
ixis	hagis "
ixi	hagi "
eixim	hàgim "
eixiu	hàgiu "
ixin	hagin "

imperfet	plusquamperfet
eixis	hagués eixit
eixissis	haguessis "
eixís	hagués "
eixíssim	haguéssim "
eixíssiu	haguéssiu "
eixissin	haguessin "

IMPERATIU	INFINITIU
ix	Simple: eixir
ixi	Compost: haver eixit
eixim	**GERUNDI**
eixiu	Simple: eixint
ixin	Compost: havent eixit

PARTICIPI

eixit	eixida
eixits	eixides

escriure

INDICATIU

present	perfet
escric	he escrit
escrius	has "
escriu	ha "
escrivim	havem (o hem) "
escriviu	haveu (o heu) "
escriuen	han "

imperfet	plusquamperfet
escrivia	havia escrit
escrivies	havies "
escrivia	havia "
escrivíem	havíem "
escrivíeu	havíeu "
escrivien	havien "

passat simple*		passat anterior simple i perifràstic
escriví	escriguí	haguí (o vaig haver) escrit
escrivires	escrigueres	hagueres (o vas haver) "
escriví	escrigué	hagué (o va haver) "
escrivírem	escriguérem	haguérem (o vam haver) "
escrivíreu	escriguéreu	haguéreu (o vau haver) "
escriviren	escrigueren	hagueren (o van haver) "

futur	futur perfet
escriuré	hauré escrit
escriuràs	hauràs "
escriurà	haurà "
escriurem	haurem "
escriureu	haureu "
escriuran	hauran "

condicional	condicional perfet
escriuria	hauria (o haguera) escrit
escriuries	hauries (o hagueres) "
escriuria	hauria (o haguera) "
escriuríem	hauríem (o haguérem) "
escriuríeu	hauríeu (o haguéreu) "
escriurien	haurien (o hagueren) "

SUBJUNTIU

present	perfet
escrigui	hagi escrit
escriguis	hagis "
escrigui	hagi "
escriguem	hàgim "
escrigueu	hàgiu "
escriguin	hagin "

imperfet		plusquamperfet
escrivís	escrigués	hagués escrit
escrivissis	escriguessis	haguessis "
escrivís	escrigués	hagués "
escrivíssim	escriguéssim	haguéssim "
escrivíssiu	escriguéssiu	haguéssiu "
escrivissin	escriguéssin	haguessin "

IMPERATIU

escriu
escrigui
escriguem
escriviu
escriguin

INFINITIU

Simple: escriure
Compost: haver escrit

GERUNDI

Simple: escrivint
Compost: havent escrit

*passat perifràstic

vaig escriure, vas escriure, va escriure, etc.

PARTICIPI

escrit	escrita
escrits	escrites

estar

INDICATIU

present	perfet
estic	he estat
estàs	has "
està	ha "
estem	havem (o hem) "
esteu	haveu (o heu) "
estan	han "

imperfet	plusquamperfet
estava	havia estat
estaves	havies "
estava	havia "
estàvem	havíem "
estàveu	havíeu "
estaven	havien "

passat simple i perifràstic		passat anterior simple i perifràstic
estiguí	vaig estar	haguí (o vaig haver) estat
estigueres	vas "	hagueres (o vas haver) "
estigué	va "	hagué (o va haver) "
estiguérem	vam "	haguérem (o vam haver) "
estiguéreu	vau "	haguéreu (o vau haver) "
estigueren	van "	hagueren (o van haver) "

futur	futur perfet
estaré	hauré estat
estaràs	hauràs "
estarà	haurà "
estarem	haurem "
estareu	haureu "
estaran	hauran "

condicional	condicional perfet
estaria	hauria (o haguera) estat
estaries	hauries (o hagueres) "
estaria	hauria (o haguera) "
estaríem	hauríem (o haguérem) "
estaríeu	hauríeu (o haguéreu) "
estarien	haurien (o hagueren) "

SUBJUNTIU

present	perfet
estigui	hagi estat
estiguis	hagis "
estigui	hagi "
estiguem	hàgim "
estigueu	hàgiu "
estiguin	hagin "

imperfet	plusquamperfet
estigués	hagués estat
estiguessis	haguessis "
estigués	hagués "
estiguéssim	haguéssim "
estiguéssiu	haguéssiu "
estiguessin	haguessin "

IMPERATIU

estigues
estigui
estiguem
estigueu
estiguin

INFINITIU

Simple: estar
Compost: haver estat

GERUNDI

Simple: estant
Compost: havent estat

PARTICIPI

estat	estada
estats	estades

fer

INDICATIU

present	perfet	
faig	he	fet
fas	has	"
fa	ha	"
fem	havem (o hem)	"
feu	haveu (o heu)	"
fan	han	"

imperfet	plusquamperfet	
feia	havia	fet
feies	havies	"
feia	havia	"
fèiem	havíem	"
fèieu	havíeu	"
feien	havien	"

passat simple i perifràstic			passat anterior simple i perifràstic	
fiu	vaig	fer	haguí (o vaig haver)	fet
feres	vas	"	hagueres (o vas haver)	"
féu	va	"	hagué (o va haver)	"
férem	vam	"	haguérem (o vam haver)	"
féreu	vau	"	haguéreu (o vau haver)	"
feren	van	"	hagueren (o van haver)	"

futur	futur perfet	
faré	hauré	fet
faràs	hauràs	"
farà	haurà	"
farem	haurem	"
fareu	haureu	"
faran	hauran	"

condicional	condicional perfet	
faria	hauria (o haguera)	fet
faries	hauries (o hagueres)	"
faria	hauria (o haguera)	"
faríem	hauríem (o haguérem)	"
faríeu	hauríeu (o haguéreu)	"
farien	haurien (o hagueren)	"

SUBJUNTIU

present	perfet	
faci	hagi	fet
facis	hagis	"
faci	hagi	"
fem (o facem)	hàgim	"
feu (o faceu)	hàgiu	"
facin	hagin	"

imperfet	plusquamperfet	
fes	hagués	fet
fessis	haguessis	"
fes	hagués	"
féssim	haguéssim	"
féssiu	haguéssiu	"
fessin	haguessin	"

IMPERATIU

fes
faci
fem (o facem)
feu
facin

INFINITIU

Simple: fer
Compost: haver fet

GERUNDI

Simple: fent
Compost: havent fet

PARTICIPI

fet	feta
fets	fetes

fondre

INDICATIU

present	perfet	
fonc	he	fos
fons	has	"
fon	ha	"
fonem	havem (o hem)	"
foneu	haveu (o heu)	"
fonen	han	"

imperfet	plusquamperfet	
fonia	havia	fos
fonies	havies	"
fonia	havia	"
foníem	havíem	"
foníeu	havíeu	"
fonien	havien	"

passat simple i perifràstic			passat anterior simple i perifràstic	
fonguí	vaig	fondre	haguí (o vaig haver)	fos
fongueres	vas	"	hagueres (o vas haver)	"
fongué	va	"	hagué (o va haver)	"
fonguérem	vam	"	haguérem (o vam haver)	"
fonguéreu	vau	"	haguéreu (o vau haver)	"
fongueren	van	"	hagueren (o van haver)	"

futur	futur perfet	
fondré	hauré	fos
fondràs	hauràs	"
fondrà	haurà	"
fondrem	haurem	"
fondreu	haureu	"
fondran	hauran	"

condicional	condicional perfet	
fondria	hauria (o haguera)	fos
fondries	hauries (o hagueres)	"
fondria	hauria (o haguera)	"
fondríem	hauríem (o haguérem)	"
fondríeu	hauríeu (o haguéreu)	"
fondrien	haurien (o hagueren)	"

SUBJUNTIU

present	perfet	
fongui	hagi	fos
fonguis	hagis	"
fongui	hagi	"
fonguem	hàgim	"
fongueu	hàgiu	"
fonguin	hagin	"

imperfet	plusquamperfet	
fongués	hagués	fos
fonguessis	haguessis	"
fongués	hagués	"
fonguéssim	haguéssim	"
fonguéssiu	haguéssiu	"
fonguessin	haguessin	"

IMPERATIU

fon
fongui
fonguem
foneu
fonguin

INFINITIU

Simple: fondre
Compost: haver fos

GERUNDI

Simple: fonent
Compost: havent fos

PARTICIPI

fos	fosa
fosos	foses

haver 1

INDICATIU

present	perfet
he (o haig)	he hagut
has	has "
ha	ha "
havem (o hem)	havem (o hem) "
haveu (o heu)	haveu (o heu) "
han	han "

imperfet	plusquamperfet
havia	havia hagut
havies	havies "
havia	havia "
havíem	havíem "
havíeu	havíeu "
havien	havien "

passat simple i perifràstic		passat anterior simple i perifràstic
haguí	vaig haver	haguí (o vaig haver) hagut
hagueres	vas "	hagueres (o vas haver) "
hagué	va "	hagué (o va haver) "
haguérem	vam "	haguérem (o vam haver) "
haguéreu	vau "	haguéreu (o vau haver) "
hagueren	van "	hagueren (o van haver) "

futur	futur perfet
hauré	hauré hagut
hauràs	hauràs "
haurà	haurà "
haurem	haurem "
haureu	haureu "
hauran	hauran "

condicional	condicional perfet
hauria (o haguera)	hauria (o haguera) hagut
hauries (o hagueres)	hauries (o hagueres) "
hauria (o haguera)	hauria (o haguera) "
hauríem (o haguérem)	hauríem (o haguérem) "
hauríeu (o haguéreu)	hauríeu (o haguéreu) "
haurien (o hagueren)	haurien (o hagueren) "

SUBJUNTIU

present	perfet
hagi	hagi hagut
hagis	hagis "
hagi	hagi "
hàgim (o haguem)	hàgim "
hàgiu (o hagueu)	hàgiu "
hagin	hagin "

imperfet	plusquamperfet
hagués	hagués hagut
haguessis	haguessis "
hagués	hagués "
haguéssim	haguéssim "
haguéssiu	haguéssiu "
haguessin	haguessin "

IMPERATIU

[manca]

INFINITIU

Simple: haver
Compost: haver hagut

GERUNDI

Simple: havent
Compost: havent hagut

PARTICIPI

hagut	haguda
haguts	hagudes

haver 2 (o heure)

INDICATIU

present	perfet
hec	he hagut
heus	has "
heu	ha "
havem	havem (o hem) "
haveu	haveu (o heu) "
heuen	han "

imperfet	plusquamperfet
havia	havia hagut
havies	havies "
havia	havia "
havíem	havíem "
havíeu	havíeu "
havien	havien "

passat simple i perifràstic		passat anterior simple i perifràstic
haguí	vaig haver	haguí (o vaig haver) hagut
hagueres	vas "	hagueres (o vas haver) "
hagué	va "	hagué (o va haver) "
haguérem	vam "	haguérem (o vam haver) "
haguéreu	vau "	haguéreu (o vau haver) "
hagueren	van "	hagueren (o van haver) "

futur	futur perfet
hauré	hauré hagut
hauràs	hauràs "
haurà	haurà "
haurem	haurem "
haureu	haureu "
hauran	hauran "

condicional	condicional perfet
hauria	hauria (o haguera) hagut
hauries	hauries (o hagueres) "
hauria	hauria (o haguera) "
hauríem	hauríem (o haguérem) "
hauríeu	hauríeu (o haguéreu) "
haurien	haurien (o hagueren) "

SUBJUNTIU

present	perfet
hegui	hagi hagut
heguis	hagis "
hegui	hagi "
haguem	hàgim "
hagueu	hàgiu "
heguin	hagin "

imperfet	plusquamperfet
hagués	hagués hagut
haguessis	haguessis "
hagués	hagués "
haguéssim	haguéssim "
haguéssiu	haguéssiu "
haguessin	haguessin "

IMPERATIU

heu
hegui
haguem
haveu
heguin

INFINITIU

Simple: haver (o heure)
Compost: haver hagut

GERUNDI

Simple: havent
Compost: havent hagut

PARTICIPI

hagut	haguda
haguts	hagudes

lluir

INDICATIU

present	perfet
lluo	he lluït
lluus	has "
lluu (o llu)	ha "
lluïm	havem (o hem) "
lluïu	haveu (o heu) "
lluen	han "

imperfet	plusquamperfet
lluïa	havia lluït
lluïes	havies "
lluïa	havia "
lluíem	havíem "
lluíeu	havíeu "
lluïen	havien "

passat simple i perifràstic		passat anterior simple i perifràstic
lluí	vaig lluir	haguí (o vaig haver) lluït
lluïres	vas "	hagueres (o vas haver) "
lluí	va "	hagué (o va haver) "
lluírem	vam "	haguérem (o vam haver) "
lluíreu	vau "	haguéreu (o vau haver) "
lluïren	van "	hagueren (o van haver) "

futur	futur perfet
lluiré	hauré lluït
lluiràs	hauràs "
lluirà	haurà "
lluirem	haurem "
lluireu	haureu "
lluiran	hauran "

condicional	condicional perfet
lluiria	hauria (o haguera) lluït
lluiries	hauries (o hagueres) "
lluiria	hauria (o haguera) "
lluiríem	hauríem (o haguérem) "
lluiríeu	hauríeu (o haguéreu) "
lluirien	haurien (o hagueren) "

SUBJUNTIU

present	perfet
lluï	hagi lluït
lluïs	hagis "
lluï	hagi "
lluïm	hàgim "
lluïu	hàgiu "
lluïn	hagin "

imperfet	plusquamperfet
lluís	hagués lluït
lluïssis	haguessis "
lluís	hagués "
lluíssim	haguéssim "
lluíssiu	haguéssiu "
lluïssin	haguessin "

IMPERATIU

lluu (o llu)
lluï
lluïm
lluïu
lluïn

INFINITIU

Simple: lluir
Compost: haver lluït

GERUNDI

Simple: lluint
Compost: havent lluït

PARTICIPI

lluït	lluïda
lluïts	lluïdes

néixer (o nàixer)

INDICATIU

present	perfet
neixo (o naixo)	he nascut
neixes (o naixes)	has "
neix (o naix)	ha "
naixem	havem (o hem) "
naixeu	haveu (o heu) "
neixen (o naixen)	han "

imperfet	plusquamperfet
naixia	havia nascut
naixies	havies "
naixia	havia "
naixíem	havíem "
naixíeu	havíeu "
naixien	havien "

passat simple*		passat anterior simple i perifràstic
naixí	nasquí	haguí (o vaig haver) nascut
naixeres	nasqueres	hagueres (o vas haver) "
naixé	nasqué	hagué (o va haver) "
naixérem	nasquérem	haguérem (o vam haver) "
naixéreu	nasquéreu	haguéreu (o vau haver) "
naixeren	nasqueren	hagueren (o van haver) "

futur	futur perfet
naixeré	hauré nascut
naixeràs	hauràs "
naixerà	haurà "
naixerem	haurem "
naixereu	haureu "
naixeran	hauran "

condicional	condicional perfet
naixeria	hauria (o haguera) nascut
naixeries	hauries (o hagueres) "
naixeria	hauria (o haguera) "
naixeríem	hauríem (o haguérem) "
naixeríeu	hauríeu (o haguéreu) "
naixerien	haurien (o hagueren) "

SUBJUNTIU

present		perfet
neixi	naixi	hagi nascut
neixis	naixis	hagis "
neixi	naixi	hagi "
naixem	nasquem	hàgim "
naixeu	nasqueu	hàgiu "
neixin	naixin	hagin "

imperfet		plusquamperfet
naixés	nasqués	hagués nascut
naixessis	nasquessis	haguessis "
naixés	nasqués	hagués "
naixéssim	nasquéssim	haguéssim "
naixéssiu	nasquéssiu	haguéssiu "
naixessin	nasquessin	haguessin "

IMPERATIU

neix (o naix)
neixi (o naixi)
naixem (o nasquem)
naixeu
neixin (o naixin)

INFINITIU

Simple: néixer (o nàixer)
Compost: haver nascut

GERUNDI

Simple: naixent
Compost: havent nascut

***passat perifràstic**

vaig néixer (o nàixer),
vas néixer (o nàixer), etc.

PARTICIPI

nascut	nascuda
nascuts	nascudes

(amb el verb ésser: nat)

poder

INDICATIU

present	perfet
puc	he pogut
pots	has "
pot	ha "
podem	havem (o hem) "
podeu	haveu (o heu) "
poden	han "

imperfet	plusquamperfet
podia	havia pogut
podies	havies "
podia	havia "
podíem	havíem "
podíeu	havíeu "
podien	havien "

passat simple i perifràstic		passat anterior simple i perifràstic
poguí	vaig poder	haguí (o vaig haver) pogut
pogueres	vas "	hagueres (o vas haver) "
pogué	va "	hagué (o va haver) "
poguérem	vam "	haguérem (o vam haver) "
poguéreu	vau "	haguéreu (o vau haver) "
pogueren	van "	hagueren (o van haver) "

futur	futur perfet
podré	hauré pogut
podràs	hauràs "
podrà	haurà "
podrem	haurem "
podreu	haureu "
podran	hauran "

condicional	condicional perfet
podria	hauria (o haguera) pogut
podries	hauries (o hagueres) "
podria	hauria (o haguera) "
podríem	hauríem (o haguérem) "
podríeu	hauríeu (o haguéreu) "
podrien	haurien (o hagueren) "

SUBJUNTIU

present	perfet
pugui	hagi pogut
puguis	hagis "
pugui	hagi "
puguem	hàgim "
pugueu	hàgiu "
puguin	hagin "

imperfet	plusquamperfet
pogués	hagués pogut
poguessis	haguessis "
pogués	hagués "
poguéssim	haguéssim "
poguéssiu	haguéssiu "
poguessin	haguessin "

IMPERATIU

pugues
pugui
puguem
pugueu
puguin

INFINITIU

Simple: poder
Compost: haver pogut

GERUNDI

Simple: podent
Compost: havent pogut

PARTICIPI

pogut	poguda
poguts	pogudes

prendre

INDICATIU

present	perfet
prenc	he pres
prens	has "
pren	ha "
prenem	havem (o hem) "
preneu	haveu (o heu) "
prenen	han "

imperfet	plusquamperfet
prenia	havia pres
prenies	havies "
prenia	havia "
preníem	havíem "
preníeu	havíeu "
prenien	havien "

passat simple i perifràstic		passat anterior simple i perifràstic
prenguí	vaig prendre	haguí (o vaig haver) pres
prengueres	vas "	hagueres (o vas haver) "
prengué	va "	hagué (o va haver) "
prenguérem	vam "	haguérem (o vam haver) "
prenguéreu	vau "	haguéreu (o vau haver) "
prengueren	van "	hagueren (o van haver) "

futur	futur perfet
prendré	hauré pres
prendràs	hauràs "
prendrà	haurà "
prendrem	haurem "
prendreu	haureu "
prendran	hauran "

condicional	condicional perfet
prendria	hauria (o haguera) pres
prendries	hauries (o hagueres) "
prendria	hauria (o haguera) "
prendríem	hauríem (o haguérem) "
prendríeu	hauríeu (o haguéreu) "
prendrien	haurien (o hagueren) "

SUBJUNTIU

present	perfet
prengui	hagi pres
prenguis	hagis "
prengui	hagi "
prenguem	hàgim "
prengueu	hàgiu "
prenguin	hagin "

imperfet	plusquamperfet
prengués	hagués pres
prenguessis	haguessis "
prengués	hagués "
prenguéssim	haguéssim "
prenguéssiu	haguéssiu "
prenguessin	haguessin "

IMPERATIU

pren
prengui
prenguem
preneu
prenguin

INFINITIU

Simple: prendre
Compost: haver pres

GERUNDI

Simple: prenent
Compost: havent pres

PARTICIPI

pres	presa
presos	preses

reduir

INDICATIU

present	**perfet**	
redueixo	he	reduït
redueixes	has	"
redueix	ha	"
reduïm	havem (o hem)	"
reduïu	haveu (o heu)	"
redueixen	han	"

imperfet	**plusquamperfet**	
reduïa	havia	reduït
reduïes	havies	"
reduïa	havia	"
reduíem	havíem	"
reduíeu	havíeu	"
reduïen	havien	"

passat simple i perifràstic		**passat anterior simple i perifràstic**	
reduí	vaig reduir	haguí (o vaig haver)	reduït
reduïres	vas "	hagueres (o vas haver)	"
reduí	va "	hagué (o va haver)	"
reduírem	vam "	haguérem (o vam haver)	"
reduíreu	vau "	haguéreu (o vau haver)	"
reduïren	van "	hagueren (o van haver)	"

futur	**futur perfet**	
reduiré	hauré	reduït
reduiràs	hauràs	"
reduirà	haurà	"
reduirem	haurem	"
reduireu	haureu	"
reduiran	hauran	"

condicional	**condicional perfet**	
reduiria	hauria (o haguera)	reduït
reduiries	hauries (o hagueres)	"
reduiria	hauria (o haguera)	"
reduiríem	hauríem (o haguérem)	"
reduiríeu	hauríeu (o haguéreu)	"
reduirien	haurien (o hagueren)	"

SUBJUNTIU

present	**perfet**	
redueixi	hagi	reduït
redueixis	hagis	"
redueixi	hagi	"
reduïm	hàgim	"
reduïu	hàgiu	"
redueixin	hagin	"

imperfet	**plusquamperfet**	
reduís	hagués	reduït
reduïssis	haguessis	"
reduís	hagués	"
reduíssim	haguéssim	"
reduíssiu	haguéssiu	"
reduïssin	haguessin	"

IMPERATIU

redueix
redueixi
reduïm
reduïu
redueixin

INFINITIU

Simple: reduir
Compost: haver reduït

GERUNDI

Simple: reduint
Compost: havent reduït

PARTICIPI

reduït	reduïda
reduïts	reduïdes

romandre

INDICATIU

present	**perfet**	
romanc	he	romàs
romans	has	"
roman	ha	"
romanem	havem (o hem)	"
romaneu	haveu (o heu)	"
romanen	han	"

imperfet	**plusquamperfet**	
romania	havia	romàs
romanies	havies	"
romania	havia	"
romaníem	havíem	"
romaníeu	havíeu	"
romanien	havien	"

passat simple i perifràstic		**passat anterior simple i perifràstic**	
romanguí	vaig romandre	haguí (o vaig haver)	romàs
romangueres	vas "	hagueres (o vas haver)	"
romangué	va "	hagué (o va haver)	"
romanguérem	vam "	haguérem (o vam haver)	"
romanguéreu	vau "	haguéreu (o vau haver)	"
romangueren	van "	hagueren (o van haver)	"

futur	**futur perfet**	
romandré	hauré	romàs
romandràs	hauràs	"
romandrà	haurà	"
romandrem	haurem	"
romandreu	haureu	"
romandran	hauran	"

condicional	**condicional perfet**	
romandria	hauria (o haguera)	romàs
romandries	hauries (o hagueres)	"
romandria	hauria (o haguera)	"
romandríem	hauríem (o haguérem)	"
romandríeu	hauríeu (o haguéreu)	"
romandrien	haurien (o hagueren)	"

SUBJUNTIU

present	**perfet**	
romangui	hagi	romàs
romanguis	hagis	"
romangui	hagi	"
romanguem	hàgim	"
romangueu	hàgiu	"
romanguin	hagin	"

imperfet	**plusquamperfet**	
romangués	hagués	romàs
romanguessis	haguessis	"
romangués	hagués	"
romanguessim	haguéssim	"
romanguéssiu	haguéssiu	"
romanguessin	haguessin	"

IMPERATIU

roman
romangui
romanguem
romaneu
romanguin

INFINITIU

Simple: romandre
Compost: haver romàs

GERUNDI

Simple: romanent
Compost: havent romàs

PARTICIPI

romàs	romasa
romasos	romases

saber

INDICATIU

present	perfet
sé	he sabut
saps	has "
sap	ha "
sabem	havem (o hem) "
sabeu	haveu (o heu) "
saben	han "

imperfet	plusquamperfet
sabia	havia sabut
sabies	havies "
sabia	havia "
sabíem	havíem "
sabíeu	havíeu "
sabien	havien "

passat simple i perifràstic		passat anterior simple i perifràstic
sabí	vaig saber	haguí (o vaig haver) sabut
saberes	vas "	hagueres (o vas haver) "
sabé	va "	hagué (o va haver) "
sabérem	vam "	haguérem (o vam haver) "
sabéreu	vau "	haguéreu (o vau haver) "
saberen	van "	hagueren (o van haver) "

futur	futur perfet
sabré	hauré sabut
sabràs	hauràs "
sabrà	haurà "
sabrem	haurem "
sabreu	haureu "
sabran	hauran "

condicional	condicional perfet
sabria	hauria (o haguera) sabut
sabries	hauries (o hagueres) "
sabria	hauria (o haguera) "
sabríem	hauríem (o haguérem) "
sabríeu	hauríeu (o haguéreu) "
sabrien	haurien (o hagueren) "

SUBJUNTIU

present	perfet
sàpiga	hagi sabut
sàpigues	hagis "
sàpiga	hagi "
sapiguem	hàgim "
sapigueu	hàgiu "
sàpiguen	hagin "

imperfet	plusquamperfet
sabés	hagués sabut
sabessis	haguessis "
sabés	hagués "
sabéssim	haguéssim "
sabéssiu	haguéssiu "
sabessin	haguessin "

IMPERATIU

sàpigues
sàpiga
sapiguem
sapigueu
sàpiguen

INFINITIU

Simple: saber
Compost: haver sabut

GERUNDI

Simple: sabent
Compost: havent sabut

PARTICIPI

sabut	sabuda
sabuts	sabudes

ser (o ésser)

INDICATIU

present	perfet
sóc (o só)	he estat
ets	has "
és	ha "
som	havem (o hem) "
sou	haveu (o heu) "
són	han "

imperfet	plusquamperfet
era	havia estat
eres	havies "
era	havia "
érem	havíem "
éreu	havíeu "
eren	havien "

passat simple i perifràstic		passat anterior simple i perifràstic
fui	vaig ésser	haguí (o vaig haver) estat
fores	vas "	hagueres (o vas haver) "
fou	va "	hagué (o va haver) "
fórem	vam "	haguérem (o vam haver) "
fóreu	vau "	haguéreu (o vau haver) "
foren	van "	hagueren (o van haver) "

futur	futur perfet
seré	hauré estat
seràs	hauràs "
serà	haurà "
serem	haurem "
sereu	haureu "
seran	hauran "

condicional		condicional perfet
seria	fóra	hauria (o haguera) estat
series	fores	hauries (o hagueres) "
seria	fóra	hauria (o haguera) "
seríem	fórem	hauríem (o haguérem) "
seríeu	fóreu	hauríeu (o haguéreu) "
serien	foren	haurien (o hagueren) "

SUBJUNTIU

present	perfet
sigui	hagi estat
siguis	hagis "
sigui	hagi "
siguem	hàgim "
sigueu	hàgiu "
siguin	hagin "

imperfet	plusquamperfet
fos	hagués estat
fossis	haguessis "
fos	hagués "
fóssim	haguéssim "
fóssiu	haguéssiu "
fossin	haguessin "

IMPERATIU

sigues
sigui
siguem
sigueu
siguin

INFINITIU

Simple: ser (o ésser)
Compost: haver estat

GERUNDI

Simple: sent (o essent)
Compost: havent estat

PARTICIPI

estat	estada
estats	estades

seure

INDICATIU

present	perfet	
sec	he	segut
seus	has	"
seu	ha	"
seiem	havem (o hem)	"
seieu	haveu (o heu)	"
seuen	han	"

imperfet	plusquamperfet	
seia	havia	segut
seies	havies	"
seia	havia	"
sèiem	havíem	"
sèieu	havíeu	"
seien	havien	"

passat simple i perifràstic		passat anterior simple i perifràstic	
seguí	vaig seure	haguí (o vaig haver)	segut
segueres	vas "	hagueres (o vas haver)	"
segué	va "	hagué (o va haver)	"
seguérem	vam "	haguérem (o vam haver)	"
seguéreu	vau "	haguéreu (o vau haver)	"
segueren	van "	hagueren (o van haver)	"

futur	futur perfet	
seuré	hauré	segut
seuràs	hauràs	"
seurà	haurà	"
seurem	haurem	"
seureu	haureu	"
seuran	hauran	"

condicional	condicional perfet	
seuria	hauria (o haguera)	segut
seuries	hauries (o hagueres)	"
seuria	hauria (o haguera)	"
seuríem	hauríem (o haguérem)	"
seuríeu	hauríeu (o haguéreu)	"
seurien	haurien (o hagueren)	"

SUBJUNTIU

present	perfet	
segui	hagi	segut
seguis	hagis	"
segui	hagi	"
seguem	hàgim	"
segueu	hàgiu	"
seguin	hagin	"

imperfet	plusquamperfet	
segués	hagués	segut
seguessis	haguessis	"
segués	hagués	"
seguéssim	haguéssim	"
seguéssiu	haguéssiu	"
seguessin	haguessin	"

IMPERATIU

seu
segui
seguem
seieu
seguin

INFINITIU

Simple: seure
Compost: haver segut

GERUNDI

Simple: seient
Compost: havent segut

PARTICIPI

segut	seguda
seguts	segudes

sortir

INDICATIU

present	perfet	
surto	he	sortit
surts	has	"
surt	ha	"
sortim	havem (o hem)	"
sortiu	haveu (o heu)	"
surten	han	"

imperfet	plusquamperfet	
sortia	havia	sortit
sorties	havies	"
sortia	havia	"
sortíem	havíem	"
sortíeu	havíeu	"
sortien	havien	"

passat simple i perifràstic		passat anterior simple i perifràstic	
sortí	vaig sortir	haguí (o vaig haver)	sortit
sortires	vas "	hagueres (o vas haver)	"
sortí	va "	hagué (o va haver)	"
sortírem	vam "	haguérem (o vam haver)	"
sortíreu	vau "	haguéreu (o vau haver)	"
sortiren	van "	hagueren (o van haver)	"

futur	futur perfet	
sortiré	hauré	sortit
sortiràs	hauràs	"
sortirà	haurà	"
sortirem	haurem	"
sortireu	haureu	"
sortiran	hauran	"

condicional	condicional perfet	
sortiria	hauria (o haguera)	sortit
sortiries	hauries (o hagueres)	"
sortiria	hauria (o haguera)	"
sortiríem	hauríem (o haguérem)	"
sortiríeu	hauríeu (o haguéreu)	"
sortirien	haurien (o hagueren)	"

SUBJUNTIU

present	perfet	
surti	hagi	sortit
surtis	hagis	"
surti	hagi	"
sortim	hàgim	"
sortiu	hàgiu	"
surtin	hagin	"

imperfet	plusquamperfet	
sortís	hagués	sortit
sortissis	haguessis	"
sortís	hagués	"
sortíssim	haguéssim	"
sortíssiu	haguéssiu	"
sortissin	haguessin	"

IMPERATIU

surt
surti
sortim
sortiu
surtin

INFINITIU

Simple: sortir
Compost: haver sortit

GERUNDI

Simple: sortint
Compost: havent sortit

PARTICIPI

sortit	sortida
sortits	sortides

tenir

INDICATIU

present	perfet
tinc	he tingut
tens	has "
té	ha "
tenim	havem (o hem) "
teniu	haveu (o heu) "
tenen	han "

imperfet	plusquamperfet
tenia	havia tingut
tenies	havies "
tenia	havia "
teníem	havíem "
teníeu	havíeu "
tenien	havien "

passat simple i perifràstic		passat anterior simple i perifràstic
tinguí	vaig tenir	haguí (o vaig haver) tingut
tingueres	vas "	hagueres (o vas haver) "
tingué	va "	hagué (o va haver) "
tinguérem	vam "	haguérem (o vam haver) "
tinguéreu	vau "	haguéreu (o vau haver) "
tingueren	van "	hagueren (o van haver) "

futur	futur perfet
tindré	hauré tingut
tindràs	hauràs "
tindrà	haurà "
tindrem	haurem "
tindreu	haureu "
tindran	hauran "

condicional	condicional perfet
tindria	hauria (o haguera) tingut
tindries	hauries (o hagueres) "
tindria	hauria (o haguera) "
tindríem	hauríem (o haguérem) "
tindríeu	hauríeu (o haguéreu) "
tindrien	haurien (o hagueren) "

SUBJUNTIU

present	perfet
tingui	hagi tingut
tinguis	hagis "
tingui	hagi "
tinguem	hàgim "
tingueu	hàgiu "
tinguin	hagin "

imperfet	plusquamperfet
tingués	hagués tingut
tinguessis	haguessis "
tingués	hagués "
tinguéssim	haguéssim "
tinguéssiu	haguéssiu "
tinguessin	haguessin "

IMPERATIU

té (o ten, tingues)
tingui
tinguem
teniu (o tingueu)
tinguin

INFINITIU

Simple: tenir (o tindre)
Compost: haver tingut

GERUNDI

Simple: tenint
Compost: havent tingut

PARTICIPI

tingut	tinguda
tinguts	tingudes

treure (o traure)

INDICATIU

present	perfet
trec (o trac)	he tret
treus (o traus)	has "
treu (o trau)	ha "
traiem	havem (o hem) "
traieu	haveu (o heu) "
treuen (o trauen)	han "

imperfet	plusquamperfet
treia	havia tret
treies	havies "
treia	havia "
trèiem	havíem "
trèieu	havíeu "
treien	havien "

passat simple*	passat anterior simple i perifràstic
traguí	haguí (o vaig haver) tret
tragueres	hagueres (o vas haver) "
tragué	hagué (o va haver) "
traguérem	haguérem (o vam haver) "
traguéreu	haguéreu (o vau haver) "
tragueren	hagueren (o van haver) "

futur	futur perfet
trauré	hauré tret
trauràs	hauràs "
traurà	haurà "
traurem	haurem "
traureu	haureu "
trauran	hauran "

condicional	condicional perfet
trauria	hauria (o haguera) tret
trauries	hauries (o hagueres) "
trauria	hauria (o haguera) "
trauríem	hauríem (o haguérem) "
trauríeu	hauríeu (o haguéreu) "
traurien	haurien (o hagueren) "

SUBJUNTIU

present	perfet
tregui (o tragui)	hagi tret
treguis (o traguis)	hagis "
tregui (o tragui)	hagi "
traguem	hàgim "
tragueu	hàgiu "
treguin (o traguin)	hagin "

imperfet	plusquamperfet
tragués	hagués tret
traguessis	haguessis "
tragués	hagués "
traguéssim	haguéssim "
traguéssiu	haguéssiu "
traguessin	haguessin "

IMPERATIU

treu (o trau)
tregui (o tragui)
traguem
traieu
treguin (o traguin)

INFINITIU

Simple: treure (o traure)
Compost: haver tret

GERUNDI

Simple: traient
Compost: havent tret

*** passat perifràstic**

vaig treure (o traure),
vas treure (o traure), etc.

PARTICIPI

tret	treta
trets	tretes

valer

INDICATIU

present	perfet
valc	he valgut
vals	has "
val	ha "
valem	havem (o hem) "
valeu	haveu (o heu) "
valen	han "

imperfet	plusquamperfet
valia	havia valgut
valies	havies "
valia	havia "
valíem	havíem "
valíeu	havíeu "
valien	havien "

passat simple i perifràstic		passat anterior simple i perifràstic
valguí	vaig valer	haguí (o vaig haver) valgut
valgueres	vas "	hagueres (o vas haver) "
valgué	va "	hagué (o va haver) "
valguérem	vam "	haguérem (o vam haver) "
valguéreu	vau "	haguéreu (o vau haver) "
valgueren	van "	hagueren (o van haver) "

futur	futur perfet
valdré	hauré valgut
valdràs	hauràs "
valdrà	haurà "
valdrem	haurem "
valdreu	haureu "
valdran	hauran "

condicional	condicional perfet
valdria	hauria (o haguera) valgut
valdries	hauries (o hagueres) "
valdria	hauria (o haguera) "
valdríem	hauríem (o haguérem) "
valdríeu	hauríeu (o haguéreu) "
valdrien	haurien (o hagueren) "

SUBJUNTIU

present	perfet
valgui	hagi valgut
valguis	hagis "
valgui	hagi "
valguem	hàgim "
valgueu	hàgiu "
valguin	hagin "

imperfet	plusquamperfet
valgués	hagués valgut
valguessis	haguessis "
valgués	hagués "
valguéssim	haguéssim "
valguéssiu	haguéssiu "
valguessin	haguessin "

IMPERATIU

val
valgui
valguem
valeu
valguin

INFINITIU

Simple: valer (o valdre)
Compost: haver valgut

GERUNDI

Simple: valent
Compost: havent valgut

PARTICIPI

valgut	valguda
valguts	valgudes

veure

INDICATIU

present	perfet
veig	he vist
veus	has "
veu	ha "
veiem	havem (o hem) "
veieu	haveu (o heu) "
veuen	han "

imperfet	plusquamperfet
veia	havia vist
veies	havies "
veia	havia "
vèiem	havíem "
vèieu	havíeu "
veien	havien "

passat simple*	passat anterior simple i perifràstic
viu	haguí (o vaig haver) vist
veieres (o veres)	hagueres (o vas haver) "
veié (o véu)	hagué (o va haver) "
veiérem (o vérem)	haguérem (o vam haver) "
veiéreu (o véreu)	haguéreu (o vau haver) "
veieren (o veren)	hagueren (o van haver) "

futur	futur perfet
veuré	hauré vist
veuràs	hauràs "
veurà	haurà "
veurem	haurem "
veureu	haureu "
veuran	hauran "

condicional	condicional perfet
veuria	hauria (o haguera) vist
veuries	hauries (o hagueres) "
veuria	hauria (o haguera) "
veuríem	hauríem (o haguérem) "
veuríeu	hauríeu (o haguéreu) "
veurien	haurien (o hagueren) "

SUBJUNTIU

present	perfet
vegi	hagi vist
vegis	hagis "
vegi	hagi "
vegem	hàgim "
vegeu	hàgiu "
vegin	hagin "

imperfet	plusquamperfet
veiés	hagués vist
veiessis	haguessis "
veiés	hagués "
veiéssim	haguéssim "
veiéssiu	haguéssiu "
veiessin	haguessin "

IMPERATIU

veges (o ves)
vegi
vegem
vegeu (o veieu)
vegin

INFINITIU

Simple: veure
Compost: haver vist

GERUNDI

Simple: veient
Compost: havent vist

*** passat perifràstic**

vaig veure, vas veure, va veure, etc.

PARTICIPI

vist	vista
vists (o vistos)	vistes

viure

INDICATIU

present	perfet
visc	he viscut
vius	has "
viu	ha "
vivim	havem (o hem) "
viviu	haveu (o heu) "
viuen	han "

imperfet	plusquamperfet
vivia	havia viscut
vivies	havies "
vivia	havia "
vivíem	havíem "
vivíeu	havíeu "
vivien	havien "

passat simple i perifràstic		passat anterior simple i perifràstic
visquí	vaig viure	haguí (o vaig haver) viscut
visqueres	vas "	hagueres (o vas haver) "
visqué	va "	hagué (o va haver) "
visquérem	vam "	haguérem (o vam haver) "
visquéreu	vau "	haguéreu (o vau haver) "
visqueren	van "	hagueren (o van haver) "

futur	futur perfet
viuré	hauré viscut
viuràs	hauràs "
viurà	haurà "
viurem	haurem "
viureu	haureu "
viuran	hauran "

condicional	condicional perfet
viuria	hauria (o haguera) viscut
viuries	hauries (o hagueres) "
viuria	hauria (o haguera) "
viuríem	hauríem (o haguérem) "
viuríeu	hauríeu (o haguéreu) "
viurien	haurien (o hagueren) "

SUBJUNTIU

present	perfet
visqui	hagi viscut
visquis	hagis "
visqui	hagi "
visquem	hàgim "
visqueu	hàgiu "
visquin	hagin "

imperfet	plusquamperfet
visqués	hagués viscut
visquessis	haguessis "
visqués	hagués "
visquéssim	haguéssim "
visquéssiu	haguéssiu "
visquessin	haguessin "

IMPERATIU

viu
visqui
visquem
viviu
visquin

INFINITIU

Simple: viure
Compost: haver viscut

GERUNDI

Simple: vivint
Compost: havent viscut

PARTICIPI

viscut	viscuda
viscuts	viscudes

voler

INDICATIU

present	perfet
vull	he volgut
vols	has "
vol	ha "
volem	havem (o hem) "
voleu	haveu (o heu) "
volen	han "

imperfet	plusquamperfet
volia	havia volgut
volies	havies "
volia	havia "
volíem	havíem "
volíeu	havíeu "
volien	havien "

passat simple i perifràstic		passat anterior simple i perifràstic
volguí	vaig voler	haguí (o vaig haver) volgut
volgueres	vas "	hagueres (o vas haver) "
volgué	va "	hagué (o va haver) "
volguérem	vam "	haguérem (o vam haver) "
volguéreu	vau "	haguéreu (o vau haver) "
volgueren	van "	hagueren (o van haver) "

futur	futur perfet
voldré	hauré volgut
voldràs	hauràs "
voldrà	haurà "
voldrem	haurem "
voldreu	haureu "
voldran	hauran "

condicional	condicional perfet
voldria	hauria (o haguera) volgut
voldries	hauries (o hagueres) "
voldria	hauria (o haguera) "
voldríem	hauríem (o haguérem) "
voldríeu	hauríeu (o haguéreu) "
voldrien	haurien (o hagueren) "

SUBJUNTIU

present	perfet
vulgui	hagi volgut
vulguis	hagis "
vulgui	hagi "
vulguem	hàgim "
vulgueu	hàgiu "
vulguin	hagin "

imperfet	plusquamperfet
volgués	hagués volgut
volguessis	haguessis "
volgués	hagués "
volguéssim	haguéssim "
volguéssiu	haguéssiu "
volguessin	haguessin "

IMPERATIU

vulgues
vulgui
vulguem
vulgueu
vulguin

INFINITIU

Simple: voler
Compost: haver volgut

GERUNDI

Simple: volent
Compost: havent volgut

PARTICIPI

volgut	volguda
volguts	volgudes

ÍNDEX DE LÀMINES TEMÀTIQUES

1
a as
nom femení

1 Nom de la lletra *a*, *A*. Primera lletra de l'alfabet català. Pot representar dos sons: el so de [a], com a *pa*, o el so de vocal neutra [ə], com a *pipa*. Quan porta accent, sempre el porta cap al mateix cantó, com a *mà*.

frase feta

2 **No saber ni la a** és no saber res, ser molt ignorant.

2
a
preposició

S'usa en casos com aquests:

- *Viure a Catalunya, ser al menjador o a la sala d'estar.*
- *A quina hora dinem?, a les tres dinarem, dinarem al migdia o a la tarda.*
- *Anar a la platja, arribar a 100 anys, arribar a final de mes, un viatge de Barcelona a París.*
- *Escriure una carta a la Pepeta, ser útil a la humanitat.*
- *Una truita a la francesa, calamars a la romana.*
- *Seure a taula, viure a pagès, sentir a dir, veure a venir.*

Davant d'*el* i d'*els*, s'escriu *al* i *als*:

- *Aquest és el Pepet, li he dit al Pepet i a la Pepeta. Als amics els agrada estar junts.*

Forma part d'algunes perífrasis verbals:

- *Anava a trucar-te ara mateix i tu has trucat primer.*
- *Començava a ploure i vam plegar.*
- *Tornarem a sofrir, tornarem a lluitar, tornarem a vèncer.*
- *Aquest gos ve a ser com el meu, només té les orelles una mica diferents.*

Hi ha verbs que van seguits de la preposició *a*:

- *Acostumar-se a, negar-se a, limitar-se a, arriscar-se a, tardar a,* etc.

àbac àbacs
nom masculí

Un àbac és un estri per a comptar i calcular. Els àbacs tenen un marc de fusta, uns filferros que el travessen de banda a banda i unes boles foradades que corren al llarg d'aquests filferros. Actualment, els àbacs només es fan servir en alguns països, com ara la Xina.

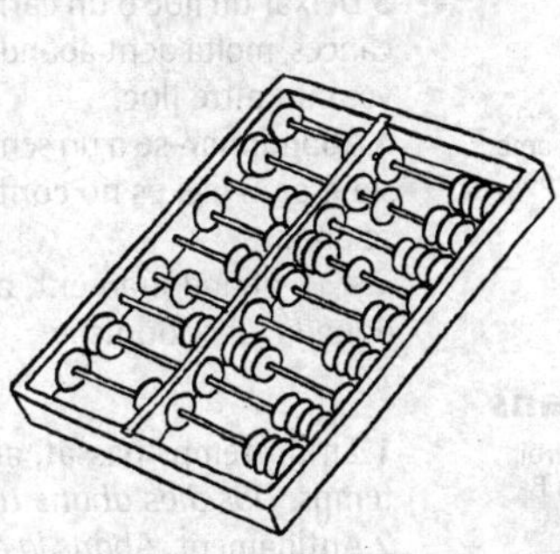

Un àbac

A B C D E F G H I J K L M N O P Q R S T U V W X Y Z

abadessa abadesses
nom femení — L'abadessa és la monja que mana en un monestir o en un convent de monges.

abadia abadies
nom femení — Una abadia és un monestir dirigit per un abat o per una abadessa.

abaixar
verb com *cantar* ◄ pàg. 26 — **1** Fer anar alguna cosa cap a baix. Quan estem avergonyits per alguna cosa, abaixem el cap i mirem cap a terra. També podem abaixar la vela d'una barca o les màniques de la camisa.
2 Disminuir. Quan arriben les rebaixes, les botigues abaixen els preus. També es pot abaixar el foc o el volum de la ràdio.
usat amb pronom — **3 Abaixar-se** és inclinar-se, ajupir-se. Quan veus un bolet t'has d'abaixar a collir-lo.

abalançar-se
verb usat amb pronom com *cantar* ◄ pàg. 26 Amb C davant E, I — **1** Tirar-se endavant, abocar-se sobre una cosa de manera que el cos faci balança. És perillós abalançar-se sobre les baranes dels balcons.
2 Tirar-se sobre una persona de manera molt ràpida i amb força. Als nens petits els agrada abalançar-se sobre els seus pares.

abaltir-se
verb usat amb pronom com *servir* ◄ pàg. 28 — Mig adormir-se. Després d'un bon dinar, hi ha qui s'abalteix damunt del sofà.
abaltiment

abandó abandons
nom masculí — L'abandó és el fet d'abandonar algú o alguna cosa. Les lleis castiguen l'abandó de criatures acabades de néixer.

abandonar
verb com *cantar* ◄ pàg. 26 — **1** Separar-se d'algú o alguna cosa i no preocupar-se'n més. Els nens, quan es fan grans, abandonen les joguines.
2 Renunciar a una competició esportiva, a una partida, a un projecte o a una idea; retirar-se. Als escacs, quan es veu la partida perduda, es pot abandonar i no continuar jugant.
3 Deixar un lloc o un càrrec. Durant les vacances, molta gent abandona la ciutat i se'n va a un altre lloc.
usat amb pronom — **4 Abandonar-se** a un sentiment, a una passió o a un vici és no controlar-los; deixar-se anar.
abandonament, abandonat, abandonada, abandonisme

abans
adverbi Amb B — **1** En un temps passat, anterior a un altre temps. *Dos dies abans tot era clar.*
2 Antigament. *Abans la gent es moria més jove que ara.*
3 En un lloc anterior. *La pàgina 3 és abans; la pàgina 10 és més endavant.*
adjectiu — **4** Que va abans, que és anterior. *L'any abans encara no es coneixien.*
locució que fa de preposició — **5 abans de** s'usa en casos com aquest:
• *Abans de sopar llegim el diari.*
locució que fa de conjunció — **6 abans que** s'usa en casos com aquest:
• *Abans que sigui massa tard, fes-te una revisió.*

abans-d'ahir
adverbi Amb B — **1** Abans-d'ahir és el dia abans del d'ahir. *Si ahir era dimarts, abans-d'ahir era dilluns.*
2 Abans-d'ahir l'altre és el dia abans del d'abans-d'ahir. *Si abans-d'ahir era dilluns, abans-d'ahir l'altre era diumenge.*

abaratir
verb com *servir* ◄ pàg. 28 — Abaixar el preu d'una cosa. En algunes èpoques de l'any, les botigues abarateixen els seus productes.
abaratiment

abarrotat abarrotada abarrotats abarrotades
adjectiu — Un local o un mitjà de transport està abarrotat quan està molt ple de coses o de persones.

abassegar
verb com *cantar* ◄ pàg. 26 Amb GU davant E, I — Agafar la màxima quantitat possible d'alguna cosa. A la cavalcada de Reis, els nens intenten abassegar tants caramels com poden.

abast abasts
nom masculí També *abastos* — **1** Una cosa està a l'abast quan s'hi arriba fàcilment. Si a taula tens la sal a l'abast de la mà, la pots agafar només estirant la mà. Diem que un llibre és a l'abast de tothom, si qualsevol persona el pot entendre.
2 Distància fins on pot arribar un projectil, una emissora de ràdio o de televisió, la llum d'un far, etc. Alguns míssils tenen un abast de més de 10 000 quilòmetres.
frase feta — **3 Donar l'abast** és poder fer tota la feina que cal. Hi havia tres persones despatxant i no donaven l'abast.

abastament abastaments
nom masculí — L'abastament és el conjunt d'aliments o d'altres coses que necessita una població o un grup de persones. Quan hi ha una guerra s'ha de tenir en compte l'abastament de les tropes.

abastar
verb com *cantar* ◄ pàg. 26 — **1** Arribar a una cosa que està alta o que està lluny. Amb la mà pots abastar les pomes de les branques més baixes. Quan estàs en un extrem d'una taula, no abastes les coses que són a l'altre extrem; te les han d'acostar.

2 Donar abastament a una població o a un grup de persones. Els mercats abasten la ciutat.

abat abats
nom masculí
L'abat és el monjo que mana en un monestir.
abacial, abadal, abadiat

abatre
verb
com *perdre*
◄ pàg. 27

1 Tirar a terra, fer caure a terra. Els caçadors abaten les perdius a trets.
2 Abaixar alguna cosa que està dreta. Els seients de la majoria de cotxes es poden abatre.
3 Matar una persona amb una arma. Diem, per exemple, que uns assassins van abatre una persona a trets de pistola.
4 Fer perdre la força física o moral, desanimar. Els fracassos en una investigació poden abatre els científics que la fan. Hi ha persones que s'abaten per molt poca cosa.
usat amb pronom
5 Abatre's sobre alguna cosa és tirar-s'hi a sobre amb força. Alguns ocells s'abaten sobre les seves preses per caçar-les.
abatiment

abdicar
verb
com *cantar*
◄ pàg. 26
Amb QU davant E, I

Renunciar a alguna cosa que es té. Els reis abdiquen la corona o el tron quan renuncien a regnar.
abdicació

abdomen abdòmens
nom masculí
1 L'abdomen és la part del cos humà que conté l'estómac, els intestins i altres vísceres com els ronyons i el fetge. Juntament amb el tòrax, forma el tronc de la persona.
2 Part final del cos d'alguns animals, com les papallones i les aranyes.

abdominal abdominals
adjectiu
Que té relació amb l'abdomen. Els exercicis abdominals fan forta la panxa.

abecé abecés
nom masculí
Alfabet.

abecedari abecedaris
nom masculí
Alfabet. La paraula *abecedari* és formada amb el nom de les primeres lletres del nostre alfabet.

abella abelles
nom femení
Una abella és un insecte petit que té el cos fosc amb ratlles i cobert de pèls. Al final del cos, té un fibló verinós que produeix una picada dolorosa. Les abelles viuen en ruscos i produeixen mel i cera.

abellir
verb
com *servir*
◄ pàg. 28

1 Agradar alguna cosa, venir de gust. Quan plou no ens abelleix sortir a passejar.
usat amb pronom
2 Abellir-se a fer una cosa és estar d'acord a fer-la, accedir-hi. Si t'abelleixes a anar a comprar, després no s'hi val a dir que no hi vols anar.

abellot abellots
nom masculí
Un abellot és una abella mascle.

aberració aberracions
nom femení
Una aberració és un error, una desviació del que és normal i lògic. Tirar coses per la finestra per fer mal a qui passi per sota és una aberració.

aberrant aberrants
adjectiu
Que és una aberració. Una conducta aberrant és, per exemple, circular amb el cotxe en sentit contrari.

abeurar
verb
com *cantar*
◄ pàg. 26

Donar beure abundantment als animals. Els carreters abeuraven els matxos a les fonts.
abeurador

abillar
verb
com *cantar*
◄ pàg. 26

Adornar algú amb vestits molt elegants i amb joies i complements. El diumenge de Rams, alguns pares abillen les criatures i les acompanyen a beneir les palmes i els palmons.

abís abissos
nom masculí
Abisme.

abisme abismes
nom masculí
Un abisme és una profunditat molt gran com, per exemple, un precipici.
abismal, abismar

abissal abissals
adjectiu
Que viu o és als llocs més profunds del mar. Entre la fauna abissal hi ha peixos molt estranys.

abjurar
verb
com *cantar*
◄ pàg. 26

Renunciar, sovint d'una manera solemne, a una religió, a una creença o a una opinió. Quan un musulmà es converteix al cristianisme, abjura de la seva religió.

ablanir
verb
com *servir*
◄ pàg. 28

1 Fer que una cosa es torni blana o tova. La calor ablaneix la mantega. El pa s'ablaneix amb aigua.
2 Quan diem que ablanim una pena o una situació dolorosa volem dir que la fem més suau. Per a ablanir el mal de queixal, va bé prendre una aspirina.

ablatiu ablatius
nom masculí
L'ablatiu és el cas d'algunes llengües com el llatí que sol indicar els complements circumstancials. La paraula llatina *rosa* en ablatiu té la forma *rosa*.

ablució ablucions

nom femení — Una persona fa les seves ablucions al matí quan es renta. En algunes religions, es fan ablucions no només per a netejar-se el cos, sinó també per a purificar l'ànima.

abnegació abnegacions

nom femení — L'abnegació d'una persona és el fet de sacrificar-se i d'esforçar-se voluntàriament per ajudar els altres sense obtenir res a canvi. L'abnegació dels pares fa que els fills tinguin una vida millor.

abnegat, abnegada

abocador abocadors

nom masculí — Un abocador és un lloc on es llencen coses, especialment deixalles, runes i escombraries. Hi ha abocadors que no estan permesos.

abocar

verb
com *cantar*
◄ pàg. 26
Amb QU davant E, I

1 Fer sortir d'un recipient, inclinant-lo, el que hi ha a dins. Per a servir cafè dins d'una tassa s'ha d'abocar la cafetera. Si aboquem un gerro d'aigua, ho mullarem tot.

usat amb pronom — **2 Abocar-se** és inclinar la part de dalt del cos cap endavant, sovint traient-la per una obertura. Quan cridem algú des d'una finestra, ens hi aboquem una mica a fi que ens pugui veure.

3 Abocar-se a una activitat o a una persona és dedicar-s'hi molt. Hi ha persones que quan una cosa els agrada molt, s'hi aboquen de ple i no fan res més.

abolicionisme abolicionismes

nom masculí — L'abolicionisme és la doctrina dels qui pensen que no hi ha d'haver esclaus. L'abolicionisme va començar a la Gran Bretanya cap al final del segle XVIII.

abolicionista

abolir

verb
com *servir*
◄ pàg. 28

Fer desaparèixer una llei, un costum, un ús o una institució. La majoria de governs d'Europa han abolit la pena de mort.

abolició

abominable abominables

adjectiu — Una cosa o una persona és abominable quan és molt dolenta o causa horror. Els atemptats terroristes són abominables.

abonament abonaments

nom masculí — Un abonament és una quantitat de diners que es paga per poder fer ús d'una cosa o d'un servei durant un temps determinat. L'abonament a un diari et permet rebre'l a casa cada dia.

abonar

verb
com *cantar*
◄ pàg. 26

1 Pagar uns diners. Si t'abonen 1 000 euros al teu compte corrent és que te'ls ingressen.

2 Quan t'abonen l'envàs d'una beguda, et tornen els diners que havies deixat en dipòsit a canvi d'aquest envàs.

abonat, abonada

abonyegar

verb
com *cantar*
◄ pàg. 26
Amb GU davant E, I

Deformar una cosa fent-hi bonys. Els cops abonyeguen la carrosseria dels cotxes. Quan una olla cau a terra, s'abonyega.

abonyec, abonyegadura

abordar

verb
com *cantar*
◄ pàg. 26

1 Diem que una persona aborda una conversa o una feina quan la comença.

2 Acostar un vaixell a un altre fins a tocar-lo o fins a xocar-hi. Els guardacostes aborden les embarcacions dels contrabandistes i els confisquen la mercaderia. Antigament, quan dues naus volien lluitar, s'abordaven.

3 Arribar a una riba o a un port. Els vaixells aborden als ports de les ciutats per descarregar.

abordatge

aborigen aborígens

adjectiu — 1 Que és del país on viu. Els apatxes són una tribu aborigen d'Amèrica.

nom masculí i femení plurals — 2 Els o les aborígens són els primers habitants d'un país.

abraçada abraçades

nom femení — Una abraçada és el fet d'abraçar algú o alguna cosa.

abracadabra abracadabres

nom masculí — Mot de la càbala que es portava com a amulet i que es creia que curava la febre i altres malalties.

abraçar

verb
com *cantar*
◄ pàg. 26
Amb C davant E, I

1 Envoltar o estrènyer una persona o una cosa amb els braços. Si el tronc d'un arbre és molt gruixut, no el podem abraçar. Algunes persones quan se saluden s'abracen.

2 Contenir alguna cosa totalment. Els Països Catalans abracen el Principat de Catalunya, el País Valencià i les Illes Balears.

3 Quan una persona abraça amb la mirada alguna cosa molt gran és que la veu tota.

abraçadora

abrandar

verb
com *cantar*
◄ pàg. 26

Abrandar un foc o un incendi és fer-lo créixer. Es pot abrandar una foguera si s'hi posa més llenya.

abraonar-se

verb usat amb pronom
com *cantar*
◄ pàg. 26

Llançar-se l'un contra l'altre, agafar-se per lluitar. Si un gos s'abraona damunt d'algú és que l'ataca.

abrasar
verb
com *cantar*
◄ pàg. 26
1 Cremar una cosa fins a convertir-la en brasa. Per a fer una costellada s'ha d'abrasar la llenya.
2 Una cosa abrasa quan escalfa molt. A l'estiu, el sol abrasa l'aire.

abrasiu abrasiva abrasius abrasives
adjectiu i nom masculí
Un material abrasiu és un material que quan frega una superfície la desgasta, n'arrenca una part. Els abrasius poden ser líquids o sòlids. El diamant, el quars i l'esmeril són abrasius.

abreujar
verb
com *cantar*
◄ pàg. 26
Amb G davant E, I
Fer que una cosa sigui més breu, més curta. Quan abreugem una paraula, li traiem una o més lletres; per exemple, es pot abreujar *diccionari* com a *dicc.*
abreujament

abreviatura abreviatures
nom femení
Una abreviatura és la representació d'una paraula per una o més de les seves lletres. *Etc.* és una abreviatura d'*etcètera*.
abreviació, abreviar

abric abrics
nom masculí
1 Un abric és una peça de vestir de màniga llarga que arriba fins a sota del genoll i que es corda per davant. Els abrics es porten per damunt de l'altra roba per protegir-se del fred.
locució que fa de preposició
2 **A l'abric de** vol dir en un lloc protegit per alguna cosa, cobert per alguna cosa. *Com que hi havia temporal, les barques s'havien posat a l'abric del port.*

abrigar
verb
com *cantar*
◄ pàg. 26
Amb GU davant E, I
Protegir algú del fred. La roba d'hivern abriga més que la d'estiu. A l'hivern, cal que ens abriguem bé per a no agafar un refredat.
abrigall

abril abrils
nom masculí
L'abril és el quart mes de l'any. Té 30 dies. Per l'abril floreixen els rosers.

abrillantar
verb
com *cantar*
◄ pàg. 26
Fer que una cosa brilli. Hi ha productes especials per a abrillantar els objectes d'or i de plata.

abrivar
verb
com *cantar*
◄ pàg. 26
Fer agafar velocitat o força a alguna cosa. Els genets abriven els cavalls quan volen córrer.
abrivada

abrogar
verb
com *cantar*
◄ pàg. 26
Amb GU davant E, I
Anul·lar una llei, un decret o un reglament. Quan s'abroga una llei, sempre hi ha polèmica.
abrogació

abrupte abrupta abruptes
adjectiu
Un lloc és abrupte quan fa una baixada molt forta. Les muntanyes abruptes són perilloses.

abscés abscessos
nom masculí
Un abscés és una acumulació de pus en alguna part del cos. Els abscessos es produeixen per algun tipus d'infecció.

abscissa abscisses
nom femení
En matemàtiques, l'abscissa d'uns eixos de coordenades és la línia horitzontal.

absència absències
nom femení
Amb BS
1 L'absència d'una persona o d'una cosa és el fet de ser absent. Quan notes l'absència d'algú, notes que no hi és.
2 Falta, mancança d'alguna cosa. L'absència d'alumnes fa que una escola hagi de tancar.

absent absents
adjectiu
Amb BS
1 Que no és en un lloc. Els alumnes absents de classe han d'explicar als professors per què no hi han anat.
2 Diem que una persona està absent o té un aire absent quan està distreta i no està atenta al que passa.
absentar

absenta absentes
nom femení
L'absenta és una beguda alcohòlica molt forta, de color verd i de gust i olor d'anís.

absentisme absentismes
nom masculí
Amb BS
L'absentisme és el fet de no ser una persona al lloc on hauria de ser. Hi ha absentisme laboral quan un treballador no va a l'empresa quan li toca.

àbsida àbsides
nom femení
Absis.

absis absis
nom masculí
També *àbsida*
Un absis és una part d'una església que sobresurt del darrere. L'absis es veu des de fora i acostuma a tenir forma de mitja rodona.

Un absis

A B C D E F G H I J K L M N O P Q R S T U V W X Y Z

A B C D E F G H I J K L M N O P Q R S T U V W X Y Z

absoldre
verb com *valer* ◄ pàg. 43
Diferències: *absolt, absolta, absolts, absoltes*
Alliberar algú d'una pena, d'una obligació o d'una responsabilitat; perdonar-lo. Els jutges absolen els acusats d'un crim quan saben que són innocents. Si absolien una persona del servei militar, no l'havia de fer.
absolució

absolut absoluta absoluts absolutes
adjectiu
1 Sense límits, condicions ni excepcions. Quan el metge et diu que has de fer repòs absolut, has de descansar del tot. Els dictadors tenen un poder absolut perquè manen ells tots sols.
locució que fa d'adverbi
2 **En absolut** vol dir de cap manera. *No m'importa acompanyar-te a comprar, en absolut.*

absolutament
adverbi
D'una manera absoluta, del tot. *Menjar és absolutament necessari per a viure.*

absolutisme absolutismes
nom masculí
L'absolutisme és un sistema de govern on tot el poder recau sobre una sola persona o una institució.
absolutista

absorbent absorbents
adjectiu i nom masculí
Que absorbeix. El cotó és un bon absorbent.

absorbir
verb com *servir* ◄ pàg. 28
1 Una substància absorbeix un líquid quan deixa que penetri a dins seu i el reté. Les esponges absorbeixen l'aigua.
2 Diem que una feina, un negoci o una altra activitat absorbeix una persona quan ocupa tot el seu temps.

absorció absorcions
nom femení
1 L'absorció és el fet d'absorbir alguna cosa. Les plantes fan una absorció d'aigua i de sals minerals dissoltes a través de les arrels.
2 L'**absorció intestinal** és l'absorció dels aliments que es produeix en els intestins durant la digestió.

absort absorta absorts absortes
adjectiu
Ple de gran admiració. Quan una persona veu per primera vegada el mar es queda absorta.

abstemi abstèmia abstemis abstèmies
adjectiu i nom masculí i femení
Que no beu vi ni altres begudes alcohòliques. Els abstemis no beuen per raons de salut, de moral o de religió.

abstenir-se
verb usat amb pronom com *tenir* ◄ pàg. 42
Diferència: *abstén* o *abstingues*
Deixar de fer o de prendre alguna cosa. Quan una persona té mal de coll, s'absté de prendre coses fredes.
abstenció, abstencionisme

abstinència abstinències
nom femení
L'abstinència és el fet d'abstenir-se d'alguna cosa. Hi ha religions que manen fer abstinència uns dies determinats.

abstracte abstracta abstractes
adjectiu
1 Una cosa és abstracta quan no es veu ni es pot tocar, com una idea, un concepte o un sentiment. *Bellesa, alegria* i *llibertat* són noms abstractes.
2 L'art abstracte és una forma d'art que fa servir línies, punts, formes i colors. L'art abstracte no representa objectes, persones ni paisatges concrets.

abstraure
verb com *treure* ◄ pàg. 42
Abstreure.

abstreure
verb com *treure* ◄ pàg. 42
També *abstraure*
1 Considerar una part d'alguna cosa de manera separada. Si abstreus el color d'un cotxe, només et fixes en el color que té, i no en la forma.
usat amb pronom
2 **Abstreure's** és aïllar-se pensant en alguna cosa sense tenir en compte res del que passa pel voltant. Algunes persones, quan s'abstreuen, no senten res del que els diuen.
abstracció, abstret

abstrús abstrusa abstrusos abstruses
adjectiu
Que és difícil d'entendre. Alguns poemes són abstrusos.

absurd absurda absurds absurdes
adjectiu i nom masculí
Que no té sentit. És un absurd pensar que un elefant pot parlar com una persona.
absurditat

abúlia abúlies
nom femení
Una persona té abúlia quan no té ganes de fer res. Si algú nota que té abúlia, és millor que consulti un metge.
abúlic

abundància abundàncies
nom femení
L'abundància és el fet d'abundar alguna cosa. Els països on hi ha molta abundància de tot són països rics.
abundor, sobreabundància

abundant abundants
adjectiu
Que abunda. A la tardor, en alguns boscos els bolets són molt abundants.

abundar

verb com *cantar* ◄ pàg. 26 — Haver-hi molta quantitat d'alguna cosa. En alguns rius abunden els peixos.
sobreabundar

abundós abundosa abundosos abundoses

adjectiu — Abundant.

aburgesar-se

verb usat amb pronom com *cantar* ◄ pàg. 26 — Agafar els mateixos costums que els burgesos. Algunes persones, quan guanyen molts diners, s'aburgesen i els gasten en capricis luxosos.

abusar

verb com *cantar* ◄ pàg. 26 — **1** Fer servir malament alguna cosa, fer-la servir massa. Si s'abusa dels dolços, es fan malbé les dents.
2 Quan una persona abusa de la confiança o de l'amistat d'algú, se n'aprofita. Hi ha companys que abusen dels altres i deixen que els facin tota la feina.
abús

abusiu abusiva abusius abusives

adjectiu — Que és exagerat, que abusa d'alguna cosa. Si un full de paper costés 1 euro, tindria un preu abusiu.

acaballes

nom femení plural — **1** Les acaballes són els últims moments d'una festa, d'un espectacle o d'un altre esdeveniment. A les acaballes d'un segle, sempre s'imagina com serà el següent.
frase feta — **2** Quan una cosa **està a les acaballes** és que està a punt d'acabar-se.

acabament acabaments

nom masculí — L'acabament és el final d'alguna cosa. Sovint, les pel·lícules tenen un acabament feliç.

acabar

verb com *cantar* ◄ pàg. 26 — **1** Fer que una cosa que s'havia començat arribi al final. Quan acabes la lectura d'un llibre, en pots començar un altre.
2 Consumir del tot una cosa, no deixar-ne gens. Quan una persona s'acaba tot el pa, no en queda per als altres.
3 Arribar una cosa al seu final. El curs escolar acaba el mes de juny.
frase feta i verb usat amb pronom — **4** Quan una cosa **s'acaba de fer** és que s'ha fet fa molt poc. El pa acabat de fer encara és calent.
acabat, acabada

acàcia acàcies

nom femení — Una acàcia és un arbre que té unes fulles petites i el fruit en forma de mongeta tendra. A l'hivern perd les fulles. Algunes de les espècies d'acàcia reben el nom de *mimosa*.

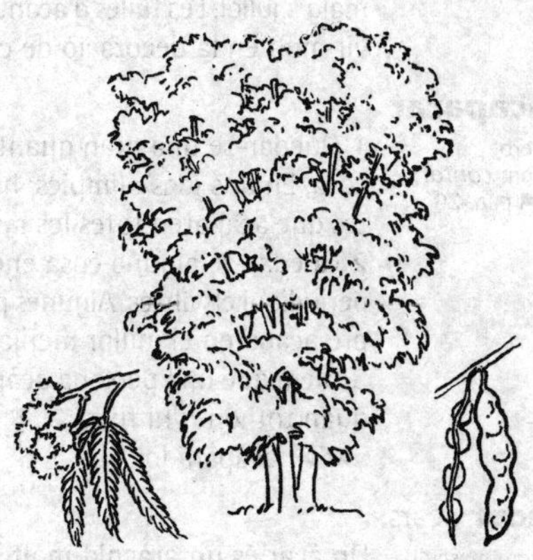

Una acàcia

acadèmia acadèmies

nom femení — **1** Una acadèmia és una escola privada on es poden estudiar algunes carreres, oficis o idiomes. Normalment, les acadèmies no donen títols oficials.
2 Escola d'ensenyament artístic, on s'estudia música, dansa, dibuix i altres coses.
3 Societat que es proposa fer avançar els estudis en ciències i arts. L'Acadèmia de Belles Arts i l'Acadèmia de Medicina en són dos exemples.
acadèmic, academicisme

acampanat acampanada acampanats acampanades

adjectiu — Que té forma de campana. En algunes èpoques, s'han portat els baixos dels pantalons acampanats.

acampar

verb com *cantar* ◄ pàg. 26 — Instal·lar-se, un grup de persones, al camp per a passar-hi un o més dies, normalment amb tendes de campanya. Si acampes a la vora d'un riu, t'hi podràs banyar sovint.
acampada

acant acants

nom masculí — L'acant és una planta de fulles grans, que no cauen a l'hivern, de color verd fosc i amb

Un capitell amb fulles d'acant

A B C D E F G H I J K L M N O P Q R S T U V W X Y Z

les vores amb entrants i sortints. Floreix de maig a juliol. Les fulles d'acant s'han fet servir molt en la decoració de capitells.

acaparar
verb
com *cantar*
◄ pàg. 26

1 Quedar-se una gran quantitat d'alguna cosa. En uns jocs olímpics, hi ha esportistes que acaparen totes les medalles.
2 Quedar-se alguna cosa encara que això perjudiqui els altres. Algunes persones sempre acaparen el millor menjar de la taula.
3 Diem que una persona acapara l'atenció quan tothom s'hi fixa.
acaparador

àcar àcars
nom masculí

Un àcar és un aràcnid molt petit que sovint és paràsit. És com una aranya amb el cos arrodonit i sense separacions. Les paparres dels gossos són àcars.

acariciar
verb
com *canviar*
◄ pàg. 30
Amb dièresi

Fer carícies, tocar suaument. A molts animals, els agrada que els acariciïn.

acaronar
verb
com *cantar*
◄ pàg. 26

1 Acaronar algú és acostar-se'l d'una manera dolça i amorosa per a protegir-lo. Les mares acaronen els seus fills quan són petits.
2 Acariciar.

acatar
verb
com *cantar*
◄ pàg. 26

Respectar, obeir. Si un treballador acata les ordres del seu cap, li fa cas.
acatament

acatarrar-se
verb usat amb pronom
com *cantar*
◄ pàg. 26

Agafar un catarro. Quan una persona s'acatarra, té molta tos.

accedir
verb
com *servir*
◄ pàg. 28

1 Entrar en un lloc. Per a accedir a la universitat, has de fer un examen i aprovar-lo. A algunes cases s'hi accedeix pujant uns quants graons.
2 Quan una persona accedeix a una idea, a una demanda o a un desig és que hi dóna el seu consentiment, hi està d'acord. Si accedeixes a fer un viatge amb uns amics, és perquè t'han convençut i el vols fer.
accessible, accessió, inaccessible

accelerador acceleradors
nom masculí
Amb CC

Un accelerador és un mecanisme que fa que un motor vagi més de pressa. Si es vol que un cotxe corri més, s'ha de pitjar el pedal de l'accelerador. ✎ cotxe per dins

accelerar
verb
com *cantar*
◄ pàg. 26
Amb CC

1 Fer que un moviment o un procés vagi més ràpid. Quan una persona fa tard a un lloc, accelera el pas i camina més de pressa.
2 Augmentar la velocitat d'un vehicle; en els cotxes es fa pitjant el pedal de l'accelerador. A les autopistes es pot accelerar més que a les carreteres.
acceleració

accent accents
nom masculí
Amb CC

1 L'accent d'una paraula o d'una frase és allò que fa que una de les seves síl·labes sigui més intensa o més llarga quan es pronuncia. L'accent de *cadira* és sobre la segona síl·laba, *di*, que diem amb més intensitat que les altres. Hi ha paraules molt llargues que tenen dos accents, com *mediambiental*, que té accent a *me* i a *tal*.
2 L'**accent gràfic** és una ratlleta inclinada que posem sobre algunes vocals per indicar com s'ha de pronunciar una paraula determinada. En català hi ha l'accent obert (`) i l'accent tancat (´). La paraula *ós* porta accent gràfic perquè es podria confondre amb *os*.
3 L'**accent obert** o **greu** és l'accent gràfic que indica que una vocal es pronuncia oberta o greu. Va d'esquerra a dreta (à), al revés que els accents del castellà. *Desè* s'escriu amb accent obert. Poden portar accent greu les lletres *a*, *e* i *o*.
4 L'**accent tancat** o **agut** és l'accent gràfic que indica que una vocal es pronuncia tancada o aguda. Va de dreta a esquerra (í) com els accents del castellà. *Cartó* porta accent tancat. Poden portar accent agut les lletres *e*, *i* i *u*.
5 Manera de pronunciar i d'entonar una llengua que té la gent que viu en una zona determinada. Els habitants de l'Empordà i els de Barcelona tenen accents diferents. Els estrangers que parlen català tenen un accent diferent del nostre.

accentuar
verb
com *canviar*
◄ pàg. 30
Amb dièresi
Amb CC

1 Escriure un accent gràfic sobre una vocal. En la paraula *música* accentuem la *u*.
2 Pronunciar una síl·laba o una vocal amb força. Quan es recita un vers, s'accentuen les síl·labes més importants.
3 Quan diem que accentuem una forma, un sentiment o alguna altra cosa, volem dir que el remarquem per tal que sigui més fàcil de veure. Les caricatures accentuen les faccions de les persones.

usat amb pronom

4 Quan una sensació, una malaltia o una acció **s'accentua** es fa més forta, més intensa.

accepció accepcions

nom femení
Amb CC

Una accepció és cadascun dels significats d'una paraula. En aquest diccionari, trobaràs quatre accepcions de la paraula *banc*: un seient llarg i estret, una empresa que fa negocis amb diners, un grup de peixos i la taula de treball del fuster.

acceptar

verb
com *cantar*
◄ pàg. 26
Amb CC

1 Estar d'acord a rebre alguna cosa que algú t'ofereix. Quan ens donen una invitació per al cinema i hi volem anar, l'acceptem.

2 Estar d'acord amb alguna cosa. Si acceptes una teoria, creus que és correcta.

3 Acceptar una persona és estar d'acord que formi part del nostre grup o de la nostra família. Quan som nous en un lloc, ens agrada que ens acceptin.

acceptable, acceptació

accés accessos

nom masculí

1 L'accés a un lloc o a una persona és el fet d'arribar-hi. Els passadissos acostumen a donar accés a diverses habitacions. Alguns polítics són de difícil accés.

2 Un accés és un camí o una obertura que permet entrar en un lloc. Els accessos a una ciutat són els carrers i les carreteres per on s'hi pot entrar.

3 Augment molt fort de tos, de febre o d'un altre fenomen semblant. Quan tens un accés de tos, pots prendre't un caramel.

accèssit accèssits

nom masculí

Un accèssit, en un concurs, és una recompensa una mica més baixa que el premi. Es dóna a la persona a qui li ha faltat poc per a guanyar.

accessori accessòria accessoris accessòries

adjectiu
i nom masculí

Que no és molt important, que acompanya una cosa principal. Hi ha botigues que només venen accessoris de cotxe: retrovisors, eixugaparabrises, llums de boira, etc.

accident accidents

nom masculí

1 Un accident és un fet que passa sense voler i que, sovint, provoca algun ferit o alguna destrucció. Els accidents més habituals són a la carretera o a la feina.

2 Un **accident geogràfic** és qualsevol canvi de la superfície de la Terra: un riu, una muntanya, un cap, un golf, etc.

locució que fa d'adverbi

3 **Per accident** vol dir per casualitat. *Ens vam trobar per accident tot passejant pel carrer.*

accidental, accidentar-se

accidentat accidentada accidentats accidentades

adjectiu

1 Que té accidents. Una vida accidentada és una vida amb moltes desgràcies. Un terreny accidentat no és pla, sinó que té barrancs i muntanyes.

nom masculí
i femení

2 Persona que ha tingut un accident. Alguns accidentats no poden tornar a caminar.

accídia accídies

nom femení

Quan una persona té accídia no té ganes de fer res.

acció accions

nom femení

1 Una acció és allò que una persona o una cosa fa. Ajudar a travessar el carrer a un cec és una bona acció. L'acció del motor d'un cotxe fa que es mogui. A les persones d'acció els agrada fer moltes coses i viure aventures.

2 Moviment del cos que indica que s'està a punt de fer alguna cosa. Si una persona fa l'acció de pegar a algú, només ho fa veure, però no li arriba a pegar.

3 L'acció d'una narració, d'una pel·lícula o d'una obra de teatre és tot allò que hi passa. A les pel·lícules d'acció hi passen moltes aventures.

4 Cadascuna de les parts iguals del capital d'una empresa. Les persones que tenen accions d'una empresa tenen el dret de cobrar-ne beneficis. Les accions es poden comprar i vendre sempre que es vulgui.

accionariat, inacció, interacció

accionar

verb
com *cantar*
◄ pàg. 26

Posar en marxa una màquina o un mecanisme, fer-lo funcionar. Si s'acciona el fre d'un cotxe, es frena.

accionista accionistes

nom masculí
i femení

Un o una accionista és una persona que té una o més accions d'una empresa. Els accionistes es reparteixen els beneficis un cop l'any.

acer acers

nom masculí

1 L'acer és un aliatge de ferro i carboni. Alguns acers porten també petites quantitats de silici, manganès, crom, etc. És molt dur i alhora elàstic. Amb acer es fabriquen cables, bigues, ponts, vies de tren, etc.

2 L'**acer inoxidable** és un aliatge d'acer amb altres metalls, especialment amb crom i níquel. És molt resistent, difícil de desgastar i no es rovella. Molts objectes de cuina es fabriquen d'acer inoxidable.

locució que fa d'adjectiu

3 Una cosa o una persona és **d'acer** quan és molt dura i forta, com l'acer.

acerar

A B C D E F G H I J K L M N O P Q R S T U V W X Y Z

acerb acerba acerbs acerbes
adjectiu
1 Que té un gust aspre. Algunes fruites, com el raïm o la pinya, quan encara són verdes, són acerbes.
2 Diem d'una crítica o d'una actitud que és acerba quan és desagradable i cruel.

acèrrim acèrrima acèrrims acèrrimes
adjectiu
Que és molt ferm en una opinió o en una lluita. Astèrix i Obèlix són enemics acèrrims dels romans.

acetat acetats
nom masculí
Un acetat és un compost químic derivat de l'àcid acètic. Es fa servir en diverses indústries. El paper d'acetat és un plàstic transparent que serveix per a escriure-hi o dibuixar-hi.

acètic acètica acètics acètiques
adjectiu
1 Del vinagre, que es refereix al vinagre o que produeix vinagre.
2 L'**àcid acètic** és un líquid incolor d'olor forta molt característica. És un dels principals components del vinagre. Es fa servir en les indústries química i tèxtil, en fotografia, en la conservació dels aliments, etc. La seva fórmula és: CH_3COOH.

acetilè acetilens
nom masculí
L'acetilè és un hidrocarbur inflamable que crema amb una flama molt brillant. Es fa servir com a combustible per a fer llum, en la indústria química i per a tallar o soldar metalls. La seva fórmula és: C_2H_2.

acetona acetones
nom femení
L'acetona és un líquid incolor, d'olor molt forta i penetrant, que es mescla amb l'aigua i amb l'alcohol. Es fa servir sobretot com a dissolvent de pintures, vernissos i altres substàncies. L'esmalt de les ungles es pot treure amb acetona. La seva fórmula és: C_3H_6O.

ací
adverbi
Aquí.

acicular aciculars
adjectiu
Que té forma d'agulla. Les fulles dels pins són aciculars. limbe

àcid àcida àcids àcides
adjectiu
Amb D
1 Que té un gust picant, semblant al del vinagre o al de la llimona. La taronja, quan encara és verda, és àcida i després es torna dolça.
nom masculí
2 Un àcid és un compost químic que conté hidrogen i que fa tornar vermell el paper de tornassol. Amb els metalls forma les substàncies anomenades *sals*. El vinagre és format per un àcid anomenat *acètic*.
acidesa

aclamar
verb
com *cantar*
◄ pàg. 26
Fer crits d'alegria i d'entusiasme a favor d'algú o d'alguna cosa. Quan un equip de futbol guanya un títol important, els seus seguidors aclamen els jugadors.
aclamació

aclaparar
verb
com *cantar*
◄ pàg. 26
1 Doblegar, fer caure sota un pes o una càrrega excessiva. Les pomes poden aclaparar una pomera que encara és molt jove.
2 Es diu que la feina o les preocupacions aclaparen una persona quan fan que senti que ja no pot més.
3 Fer perdre les forces. Algunes malalties, com l'hepatitis, aclaparen les persones que les pateixen.
aclaparador, aclaparat, aclaparada

aclariment aclariments
nom masculí
Un aclariment és el fet d'aclarir alguna cosa. Són aclariments les explicacions que completen un llibre, un treball, etc.

aclarir
verb
com *servir*
◄ pàg. 28
1 Fer que una cosa sigui més clara. A les perruqueries fan servir productes que aclareixen el cabell. Normalment, després d'una tempesta els núvols se'n van i el cel s'aclareix.
2 Quan diem a una persona que ens aclareixi alguna cosa, volem dir que ens l'expliqui de manera que la puguem entendre.
3 Esbandir.
4 Fer que una cosa sigui menys espessa. Quan la xocolata desfeta és massa espessa, es pot aclarir amb llet.
aclaridor

aclimatar
verb
com *cantar*
◄ pàg. 26
Fer que una persona, un animal o una planta s'acostumi a viure en un clima que és diferent del del seu país. Els hivernacles permeten aclimatar fruites tropicals en llocs freds. Les persones fredoliques no s'aclimaten als pobles on neva molt.

aclofar-se
verb usat amb pronom
com *cantar*
◄ pàg. 26
Deixar-se anar damunt d'un seient amb tota comoditat. A vegades, quan arribes a casa molt cansat, t'aclofes al sofà i no fas res.

aclucar
verb
com *cantar*
◄ pàg. 26
Amb QU davant E, I
1 Aclucar els ulls és tancar-los. Sovint, quan et fan una foto amb flaix, acluques els ulls. Quan una persona té molta son, se li acluquen els ulls.
frase feta
2 **No poder aclucar l'ull** és no poder dormir. Hi ha qui quan està molt nerviós no pot aclucar l'ull.

acne acnes
nom femení — L'acne és una infecció de la pell que fa que surtin grans i barbs. L'acne afecta moltes persones joves, sobretot a la cara, al pit i a l'esquena.

açò
pronom demostratiu — Això. Es diu només en algunes zones.

acoblar
verb com *cantar* ◄ pàg. 26 — **1** Ajuntar dues peces o dues màquines de manera que encaixin o que puguin funcionar juntes. Quan fas un trencaclosques, acobles totes les peces.
2 Unir dos animals per tal que tinguin fills. En alguns llocs, els pagesos ja no acoblen les vaques i els toros, sinó que fan la inseminació artificial. El boc i la cabra s'acoblen i tenen cabrits.
acoblament

acòlit acòlita acòlits acòlites
nom masculí i femení — **1** Escolà.
2 Els acòlits d'una persona són els seus ajudants i acompanyants. Els reis tenen diversos acòlits.

acollida acollides
nom femení — Acolliment.

acolliment acolliments
nom masculí. També *acollida* — L'acolliment és el fet d'acollir algú o alguna cosa. Quan vas a casa d'uns amics, t'agrada que et facin un bon acolliment.

acollir
verb com *sortir* ◄ pàg. 41 — **1** Rebre a casa una persona. Si una persona acull un amic, pot convidar-lo a sopar i a dormir.
2 Rebre una notícia, una opinió, un consell, etc., d'una manera determinada. Quan t'agrada una proposta que et fan, l'aculls amb entusiasme.
acollidor

acollonir
verb com *servir* ◄ pàg. 28 — Fer agafar por a algú. A algunes persones els acolloneix agafar un avió. Si a la nit sents sorolls estranys a casa teva, et pots acollonir. Es considera una paraula grollera.

acolorir
verb com *servir* ◄ pàg. 28 — Pintar de color un dibuix, un gravat o una altra imatge. Hi ha quaderns amb dibuixos sense pintar que es poden acolorir com es vulgui.

acomboiar
verb com *canviar* ◄ pàg. 30. Amb dièresi — Acompanyar algú o alguna cosa d'un lloc a un altre per protegir-lo. Hi ha persones que es dediquen a acomboiar reis, polítics o altres personatges importants.

acomiadament acomiadaments
nom masculí — Un acomiadament és el fet d'acomiadar algú. Les fàbriques en crisi fan acomiadaments de treballadors.

acomiadar
verb com *cantar* ◄ pàg. 26 — **1** Dir adéu a algú que se'n va. A les estacions, sempre hi ha gent que acomiada els amics i familiars.
2 Fer fora de la feina una persona, deixar-la sense feina. Quan una empresa acomiada alguns treballadors és perquè no té prou diners.
usat amb pronom — **3** **Acomiadar-se** és dir adéu quan marxem d'un lloc o quan ens separem d'algú. A final de curs, ens acomiadem dels companys.

acomodador acomodadora acomodadors acomodadores
nom masculí i femení — Persona encarregada, en un cinema, en un teatre o en una altra sala d'espectacles, d'acompanyar els espectadors fins als seus seients. pàgs. 394-395 (8)

acomodar
verb com *cantar* ◄ pàg. 26 — **1** Posar una cosa o una persona de manera que vagi bé amb una altra o que s'hi adapti. Un professor ha d'acomodar les seves explicacions als alumnes que té. Els ulls s'acomoden a la foscor a poc a poc.
2 Posar algú o alguna cosa en un lloc còmode. En un hospital, acomoden els malalts en llits.
acomodatici, acomodatícia

acomodat acomodada acomodats acomodades
adjectiu — Una persona acomodada és bastant rica i no té problemes de diners.

acompanyant acompanyanta acompanyants acompanyantes
nom masculí i femení — Persona que n'acompanya una altra. Els acompanyants d'una cantant són les persones que toquen els instruments mentre ella canta.

acompanyar
verb com *cantar* ◄ pàg. 26 — **1** Portar algú a un lloc, guiant-lo o vigilant-lo. Quan els nens són petits se'ls ha d'acompanyar a l'escola; després ja hi poden anar sols.
2 Anar amb algú a un lloc per fer el mateix que ell fa. Quan acompanyes una persona al cinema, vas a veure una pel·lícula amb ella.
3 Ajuntar una cosa amb una altra de més important. El bistec s'acompanya amb patates fregides o amb verdura.
acompanyament

acomplexar

verb, com *cantar* ◄ pàg. 26 — Fer agafar complexos a algú. Hi ha persones molt altes i fortes que acomplexen les escanyolides. No és bo acomplexar-se, cadascú és com és.

acomplir

verb, com *servir* ◄ pàg. 28 — Diferències: *acomplert, acomplerta, acomplerts, acomplertes* — Fer una cosa que s'havia de fer. Algunes persones no marxen de vacances si no han acomplert les seves obligacions.

acompliment

acompte acomptes

nom masculí — Un acompte és una quantitat de diners que una persona dóna a compte del preu total d'una cosa. Si pagues un vestit en dues vegades, has de pagar dos acomptes.

aconduir

verb, com *reduir* ◄ pàg. 39 — Amb dièresi — Col·locar de manera adequada i convenient les coses que s'han de transportar o que s'han de guardar. La fruita que es ven a l'estranger s'ha d'aconduir bé perquè no es faci malbé pel camí.

aconseguir

verb, com *servir* ◄ pàg. 28

1 Arribar a tenir alguna cosa. Si estudies molt, aconseguiràs bones notes.

2 Arribar a una persona o a una cosa que avança, anant de pressa darrere seu. Si anant d'excursió s'agafa una drecera, s'aconsegueix el grup d'excursionistes que ha sortit abans.

aconseguiment

aconsellar

verb, com *cantar* ◄ pàg. 26

1 Donar consell a algú, dir-li què és el millor que pot fer. Hi ha programes de televisió on un especialista aconsella el públic.

usat amb pronom — **2 Aconsellar-se** és demanar consell a algú. Abans de prendre una gran decisió és convenient que t'aconsellis.

aconsellable

acontentar

verb, com *cantar* ◄ pàg. 26

1 Fer content algú satisfent els seus desitjos. Alguns jocs només acontenten els guanyadors. Hi ha nens que amb una pilota ja s'acontenten.

frase feta — **2 Ser de bon** o **mal acontentar** és ser fàcil o difícil d'acontentar.

acoquinar

verb, com *cantar* ◄ pàg. 26 — Fer agafar por a algú. Alguns gossos acoquinen les persones. Hi ha nens que s'acoquinen per qualsevol cosa.

acord acords

nom masculí

1 Un acord és una decisió que prenen dues o més persones. A vegades s'ha de discutir molt fins que s'arriba a un acord.

2 En música, conjunt de dues o més notes que sonen al mateix temps i que produeixen un so agradable.

interjecció — **3 D'acord** és una expressió que diem quan una cosa ens sembla bé. *D'acord! Si no em pots portar el llibre avui porta-me'l demà.*

frase feta — **4 Estar d'acord** amb una o més persones és pensar de la mateixa manera.

acordar

verb, com *cantar* ◄ pàg. 26 — Prendre un acord. A l'escola, cada classe acorda qui serà el delegat.

acordió acordions

nom masculí — Un acordió és un instrument musical de vent que és format per una manxa, un teclat que fa la melodia i un conjunt de botons que fan l'acompanyament. L'aire produït per la manxa fa sonar les llengüetes de l'instrument. Alguns acordions senzills no tenen teclat.

acordonar

verb, com *cantar* ◄ pàg. 26 — Posar un cordó o una altra cosa semblant en un lloc perquè no hi passi ningú. Quan s'incendia un edifici l'acordonen per tal que la gent no s'hi acosti.

acorralar

verb, com *cantar* ◄ pàg. 26 — Fer que algú es quedi en un lloc sense poder sortir ni escapar-se. Quan uns gossos acorralen algú, borden al seu voltant.

acostar

verb, com *cantar* ◄ pàg. 26 — Fer que una cosa o una persona sigui més a prop d'una altra. Si acostes els peus al foc, se t'escalfaran. Quan el fred s'acosta, traiem la roba d'hivern de l'armari.

acostumar

verb, com *cantar* ◄ pàg. 26

1 Fer que algú agafi un costum. Si tens un gos, l'has d'acostumar a no embrutar la casa. Quan una persona va a viure a un altre país, s'acostuma al clima que hi ha.

2 Quan algú acostuma a fer una cosa és que la fa normalment. Algunes persones acostumen a cantar mentre es dutxen.

desacostumar, desacostumat, desacostumada, malacostumar

acotar

verb, com *cantar* ◄ pàg. 26

1 Apropar una cosa a una altra fins que es toquin. Si algú vol escoltar la conversa de l'habitació del costat, acota l'orella a la paret.

usat amb pronom — **2 Acotar-se** és inclinar la part de dalt del cos cap a terra. Quan una persona porta molt de pes a l'esquena, s'acota quan camina.

frase feta — **3 Acotar el cap** és abaixar-lo fins que la barba toca el pit.

acotació

acotxar

verb
com *cantar*
◄ pàg. 26

1 Tapar bé una persona amb els llençols i les robes del llit per tal que no passi fred. Quan ets petit els pares t'acotxen.

2 Abaixar, ajupir. Les persones altes acotxen el cap quan passen per algunes portes. Quan una persona va al bosc a collir bolets, s'acotxa cada vegada que en troba.

acovardir

verb
com *servir*
◄ pàg. 28

1 Fer agafar por a algú. A algunes persones els llamps i els trons les acovardeixen molt.

usat amb pronom

2 Acovardir-se és agafar por. És normal acovardir-se davant d'una amenaça de mort.

àcrata àcrates

adjectiu i nom masculí i femení

Anarquista.

acràcia

acre acres

adjectiu

1 Que té un gust o una olor molt forts i irritants. L'amoníac i el salfumant són productes acres.

2 Diem d'una persona que té una actitud, un caràcter o un humor acre quan és agressiva i ofèn els altres.

acritud

acreditar

verb
com *cantar*
◄ pàg. 26

1 Fer que una cosa o una persona sigui digna de crèdit. Les pel·lícules que ha fet Steven Spielberg l'acrediten com a bon director de cine.

2 Assegurar que una cosa és veritat. Els carnets d'un club acrediten que una persona n'és sòcia.

3 Un estat acredita una persona quan diu que serà el seu ambaixador o representant davant d'un altre estat.

acreditatiu, acreditativa

acròbata acròbates

nom masculí i femení

Un o una acròbata és una persona que fa salts, equilibris i altres exercicis sobre una corda, una bicicleta, un cavall, etc. Als circs sol haver-hi acròbates.

acrobàcia

acròpoli acròpolis

nom femení
També *acròpolis*

L'acròpoli és la part més alta i fortificada de les ciutats gregues antigues, sovint situada damunt d'un turó. L'acròpoli servia sobretot com a lloc de defensa en moments de perill.

acròpolis acròpolis

nom femení

Acròpoli.

acròstic acròstica acròstics acròstiques

adjectiu i nom masculí

Un poema o un altre escrit és acròstic quan les primeres lletres de cada vers es poden llegir de dalt a baix i formen una paraula o una frase. Alguns escriptors fan acròstics amb el seu nom.

acta actes

nom femení
Amb A final
Diferent d'*acte*

Una acta és un document formal que explica exactament qui ha parlat i què s'ha decidit en una assemblea, un congrés o una altra reunió.

acte actes

nom masculí
Amb E final
Diferent d'*acta*

1 Un acte és qualsevol fet realitzat per una persona. Donar menjar a la gent que ho necessita és un bon acte.

2 Fet públic on, sovint, se celebra alguna cosa. Quan hi ha un concurs, es fa un acte de lliurament dels premis.

3 Cadascuna de les parts d'una obra de teatre. Normalment, quan s'acaba un acte s'abaixa el teló.

4 Dues persones fan l'acte sexual quan uneixen els seus òrgans sexuals.

locució que fa d'adverbi

5 A l'acte vol dir al moment, de seguida. *Em van cridar i vaig contestar a l'acte.*

frase feta

6 Fer acte de presència és presentar-se en un lloc, anar-hi.

entreacte

actini actinis

nom masculí

L'actini és un element químic radioactiu que es troba en petitíssima quantitat en els minerals d'urani. El seu símbol és: Ac.

actínia actínies

nom femení

Una actínia és un animal marí de mida grossa i de forma cilíndrica que viu enganxat a les roques. Les actínies són pòlips, de color vermellós. Tenen per tot el cos, i especialment en els tentacles, cèl·lules verinoses. Quan tenen els tentacles estesos, les actínies semblen flors.

Un acròbata

actitud actituds
nom femení
1 L'actitud d'una persona és el comportament que mostra quins són els seus pensaments i els seus sentiments. Els professors valoren molt que els estudiants tinguin una actitud curiosa.
2 Posició del cos, manera de posar-se. Algunes persones tenen una actitud deixada quan seuen en un sofà.

actiu activa actius actives
adjectiu
1 Que actua o que pot actuar. Els volcans actius poden entrar en erupció en qualsevol moment.
2 Que té o fa molta activitat. En un dia molt actiu, no pares d'anar amunt i avall. Per aconseguir el poder, els partits han de fer una política activa.
nom masculí
3 L'actiu d'una empresa és el conjunt de diners que té o que li han deixat.
inactiu, interactiu, inactiva, interactiva

activar
verb
com *cantar*
◄ pàg. 26
Fer que una cosa vagi més ràpida, que s'acabi més de pressa. Hi ha substàncies que activen les reaccions químiques.
desactivar, reactivar

activista activistes
adjectiu i nom masculí i femení
Que fa propaganda o que participa de manera activa en un partit polític, un sindicat, etc. Les activistes feministes lluiten pels drets de la dona.
activisme

activitat activitats
nom femení
1 Una activitat és allò que es fa a part de les obligacions de cada dia. Hi ha nens que, quan surten de l'escola, van a fer altres activitats: natació, anglès, música, etc.
2 Moviment, dinamisme, energia. Els dissabtes al matí, als mercats hi ha molta activitat, molta gent comprant i passejant.
inactivitat

actor actriu actors actrius
nom masculí i femení
Persona que representa personatges al teatre, al cinema, a la ràdio o a la televisió. Quan a l'escola es fa una obra de teatre, els alumnes que hi participen fan d'actors i d'actrius.

actuació actuacions
nom femení
Una actuació és el fet d'actuar. Quan un artista fa una bona actuació, rep molts aplaudiments.

actual actuals
adjectiu
Que existeix en el moment present, que no és antic. La contaminació del medi és un problema actual.
actualitzar

actualitat actualitats
nom femení
1 L'actualitat és la característica d'allò que és actual, d'aquest moment. Amb el temps, les notícies perden actualitat.
2 Tot el que passa al món en aquest moment. Per a conèixer l'actualitat, s'ha de llegir el diari.

actualment
adverbi
En aquest moment, en els nostres temps. *Actualment, ja no es fan servir els llums d'oli.*

actuar
verb
com *canviar*
◄ pàg. 30
Amb dièresi
1 Fer alguna cosa, entrar en acció. Quan un malalt té un atac de cor, els metges han d'actuar ràpidament.
2 Comportar-se d'una manera determinada. Hi ha persones que quan estan davant de molta gent actuen diferent de com actuen sempre.
3 Representar un paper en una pel·lícula o en una obra de teatre. Quan els actors actuen per primera vegada, passen molts nervis.

acudir
verb
com *servir*
◄ pàg. 28
o *dormir*
◄ pàg. 27
Diferències: *acuts, acut*
1 Anar a un lloc per algun motiu determinat. Quan acut molta gent a una reunió, s'ha de tenir una sala ben gran.
usat amb pronom
2 Acudir-se una cosa a algú és tenir una idea. Quan no se t'acut cap tema de redacció, pots demanar consell a algú.

acudit acudits
nom masculí
1 Un acudit és un joc de paraules o una historieta divertida que s'explica per fer riure la gent. Els humoristes expliquen acudits en els seus espectacles.
2 Idea o pensada divertida, enginyosa o original.
3 Dibuix que explica alguna situació divertida. Normalment, als diaris hi ha algun acudit sobre un tema d'actualitat.

acuit acuits
nom masculí
També *cuit*
L'acuit és un joc que consisteix a amagar-se totes les persones que hi juguen menys una. Aquesta persona ha de buscar i trobar totes les altres.

acumular
verb
com *cantar*
◄ pàg. 26
1 Ajuntar o reunir una gran quantitat d'alguna cosa. Les persones avares només volen acumular molts diners. Quan estàs de vacances, se t'acumulen les cartes a la bústia.
2 Diem que una persona acumula riqueses, coneixements, diplomes, etc., quan en té molts.
acumulació, acumulatiu, acumulativa

acupuntura acupuntures

nom femení — L'acupuntura és un tipus de medicina que cura les malalties amb unes agulles especials que es claven al cos de les persones que estan malaltes. L'acupuntura es va començar a fer servir a la Xina.

acurat acurada acurats acurades

adjectiu — Que és fet amb molta cura. Quan vols fer una feina acurada, has de dedicar-hi temps i fixar-te molt a fer-ho bé.

acusar

verb, com *cantar* ◄ pàg. 26 — **1** Dir que algú és culpable d'una cosa. A ningú li agraden les persones que sempre acusen els altres. Quan algú s'acusa d'haver trencat un plat, diu que ho ha fet.

2 Fer que alguna cosa es noti. La mala cara que fa acusa que una persona està malalta.

frase feta — **3 Acusar recepció** d'una carta, d'un paquet o d'una altra cosa és dir que s'ha rebut.

acusació, acusador

acusat acusada acusats acusades

nom masculí i femení — Persona que és acusada d'algun delicte. En els judicis, la defensa mira de demostrar que els acusats no són culpables.

acusatiu acusatius

nom masculí — **1** L'acusatiu és el cas d'algunes llengües com el llatí que sol indicar el complement directe. La paraula llatina *rosa* en acusatiu té la forma *rosam*.

adjectiu i nom masculí — **2** El complement acusatiu és el complement directe. A la frase *L'estudiant escriu una carta a la seva professora*, l'acusatiu és *una carta*.

acústic acústica acústics acústiques

adjectiu — **1** Que està relacionat amb l'oïda o amb l'acústica. Els clàxons i les sirenes dels cotxes emeten senyals acústics.

nom femení — **2** L'acústica és la ciència que estudia el so.

3 L'acústica d'una sala és el conjunt de característiques que fan que el so s'hi senti bé o malament. Els auditoris de música han de tenir molt bona acústica.

acutangle acutangles

adjectiu — Un triangle és acutangle quan té els tres angles aguts.

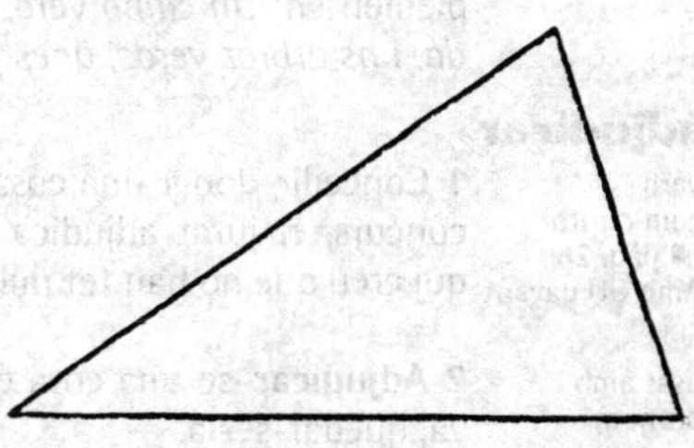

Un triangle acutangle

adagi adagis

nom masculí — Un adagi és una dita popular antiga que dóna un consell.

adagio adagios

nom masculí — Un adagio és una composició musical de ritme més lent que l'andante. Dins d'algunes simfonies i sonates hi ha adagios. És una paraula italiana.

adaptació adaptacions

nom femení — L'adaptació d'algú o d'alguna cosa és el fet d'adaptar o d'adaptar-se. L'adaptació d'alguns animals a un clima molt diferent del seu és difícil.

adaptar

verb, com *cantar* ◄ pàg. 26 — **1** Fer correspondre dues coses, ajustar-les per tal que vagin bé. Si es vol fer una cançó d'una poesia, s'ha d'adaptar la música a la lletra. Quan un tap no s'adapta a una ampolla és que no tanca bé.

usat amb pronom — **2 Adaptar-se** és acostumar-se a una situació nova. Quan una persona va a viure a un altre país s'ha d'adaptar al menjar, als horaris, al clima, etc.

adaptable, inadaptable, inadaptat, inadaptada

addicció addiccions

nom femení, Amb DD — Una addicció és un costum molt fort de fer alguna cosa. L'addicció a les drogues és un costum molt difícil de controlar.

addició addicions

nom femení, Amb DD — **1** Es fa una addició quan s'afegeix una cosa a una altra. L'addició de sucre a la llet fa que la llet es torni dolça.

2 En matemàtiques, suma.

addicional

addicte addicta addictes

adjectiu i nom masculí i femení, Amb DD — Que té una addicció. Els addictes a l'estudi es passen gairebé tot el dia estudiant.

additiu additius

nom masculí, Amb DD — Un additiu és una substància que s'afegeix a un producte per canviar-ne el gust, l'olor, etc. Els colorants són uns additius que es posen als aliments per canviar-los el color.

adduir

verb, com *reduir* ◄ pàg. 39, Amb DD, Amb dièresi — Donar proves, raons o arguments per aconseguir alguna cosa. Hi ha qui addueix que està molt cansat quan no vol fer una feina.

adepte adepta adeptes

adjectiu i nom masculí i femení — Que és partidari d'una persona, d'una idea, d'una religió, etc. Els adeptes d'un partit polític el voten quan hi ha eleccions.

adequat adequada adequats adequades
adjectiu
Amb Q
Que va molt bé, que serveix per a un fi, que combina o lliga bé amb una altra cosa. Un banyador és un vestit adequat per a anar a la platja.
adequar, inadequat, inadequada

adés
adverbi
Fa molt poc temps o d'aquí a molt poc temps. Es diu només en algunes zones i també s'usa en llenguatge literari. *Adés ha trucat en Josep. Adés sortirem a comprar.*

adesiara
adverbi
De tant en tant. Es diu només en algunes zones i també s'usa en llenguatge literari. *Anava al cine adesiara, no hi anava gaire sovint.*

1
adéu
interjecció
Paraula que diem quan marxem d'un lloc, quan se'n va algú o quan saludem una persona que ens trobem pel carrer. *Adéu! Fins demà!*

2
adéu adéus
nom masculí
Un adéu és el fet de saludar-se dues o més persones al moment de separar-se o d'anar-se'n d'un lloc. Al final d'alguns actes, la gent canta "L'hora dels adéus".

adéu-siau
interjecció
Adéu.

adherència adherències
nom femení
L'adherència és el fet d'agafar-se una cosa a una altra. L'adherència de les rodes d'un cotxe és important per tal que quan giri molt ràpid no rellisqui.

adhesió adhesions
nom femení
Amb S
L'adhesió és el fet d'unir-se a alguna cosa, un grup, una organització, una idea. Els presos polítics reben l'adhesió dels seus companys de partit.
adherir

adhesiu adhesiva adhesius adhesives
adjectiu
1 Que enganxa o es pot enganxar. La pega és una substància adhesiva.
nom masculí
2 Un adhesiu és una etiqueta dibuixada o escrita que s'enganxa sense posar-hi pega. Normalment, els adhesius fan propaganda d'alguna cosa.

ad hoc
locució que fa d'adverbi
Expressió llatina que vol dir *per a això, expressament. Aquesta funda d'ulleres és feta ad hoc, té la mida exacta de les meves ulleres.*

àdhuc
adverbi
Fins i tot. Es diu quan es parla formalment. *Hi eren tots, àdhuc els seus cunyats.*

adient adients
adjectiu
Que s'adiu. La fruita són unes postres adients a qualsevol època de l'any.

adinerat adinerada adinerats adinerades
adjectiu
Que té molts diners, que és ric. La gent adinerada no ha d'estar sempre vigilant de no gastar.

adipós adiposa adiposos adiposes
adjectiu
Que és format de greix. El teixit adipós del nostre cos és el greix.

adir-se
verb usat amb pronom
com *dir*
◄ pàg. 32
Anar bé una cosa amb una altra. Una camisa i uns pantalons s'adiuen si formen una bona combinació.

adjacent adjacents
adjectiu
Dues coses són adjacents quan estan l'una al costat de l'altra. Dos angles adjacents tenen un costat comú i l'altre costat sobre la mateixa recta.

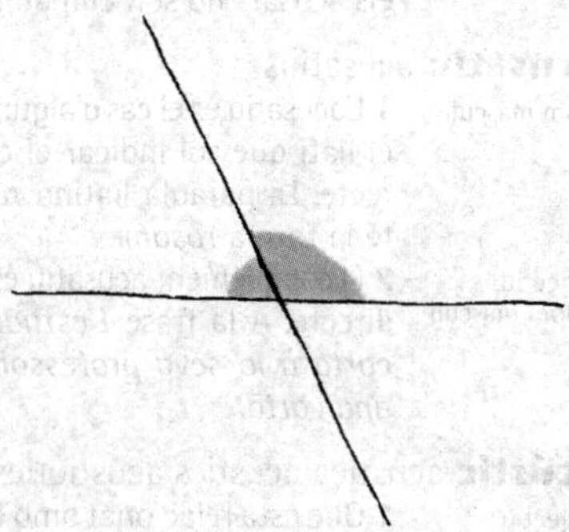
Dos angles adjacents

adjectiu adjectius
nom masculí
Amb CT
Un adjectiu és un tipus de paraula que complementa un o més noms i en diu alguna característica. La majoria d'adjectius van darrere d'un nom o del verb *ser* o *estar*. A *La casa és verda*, l'adjectiu *verda* ens diu el color de la casa. Els adjectius tenen formes diferents segons el nombre i el gènere i concorden amb el nom que complementen: *Un camp verd, una casa verda, uns arbres verds, unes prunes verdes.*

adjudicar
verb
com *cantar*
◄ pàg. 26
Amb QU davant E, I
1 Concedir, donar una cosa a algú. En un concurs, el jurat adjudica els premis als qui creu que ho han fet millor.
usat amb pronom
2 **Adjudicar-se** una cosa és fer-se-la seva, quedar-se-la.
adjudicació

adjuntar
verb
com *cantar*
◄ pàg. 26

Unir una cosa a una altra. A alguns treballs, s'hi adjunta un capítol de gràfics i dades. En un missatge de correu electrònic es poden adjuntar fitxers de text, imatges, etc.
adjunt

admetre
verb
com *perdre*
◄ pàg. 27
Diferències:
admès, admesa, admesos, admeses

1 Acceptar una persona en un lloc o en un grup. Si admeten una persona en una empresa, volen que hi treballi.
2 Acceptar alguna cosa. En alguns restaurants no admeten propines.
3 Reconèixer que alguna cosa és veritat. Algunes persones no admeten mai que s'han equivocat.
admissible, inadmissible, readmetre

administració administracions
nom femení

1 L'administració és el fet d'administrar alguna cosa. L'administració de medicaments s'ha de vigilar molt.
2 L'administració d'una empresa, d'una escola o d'una altra organització és el conjunt de gent que l'administra o la dirigeix.
3 L'**Administració pública** és el conjunt de persones i d'organitzacions que formen part de l'Estat. Els funcionaris treballen a l'Administració pública.

administrar
verb
com *cantar*
◄ pàg. 26

1 Ocupar-se de l'economia d'una casa, d'una empresa o d'una persona. Quan algú administra un negoci té molta responsabilitat.
2 Encarregar-se dels problemes d'un poble, d'una ciutat o d'un país. Els ajuntaments de cada poble o ciutat són els encarregats d'administrar-lo.
3 Fer prendre un medicament a algú. Als hospitals, els infermers administren els medicaments als malalts.
administrador, administrat, administrada, ministrar

administratiu administrativa administratius administratives

adjectiu
1 Que està relacionat amb l'administració. La feina dels secretaris és administrativa.

nom masculí i femení
2 Persona que treballa a l'administració. Normalment, els administratius fan feines d'oficina. pàg. 996 (2)

admiració admiracions
nom femení

L'admiració és l'emoció que ens produeix una persona o una cosa que té alguna característica extraordinària. Els fans d'un conjunt de rock senten admiració per la música que fa.

admirar
verb
com *cantar*
◄ pàg. 26

1 Mirar amb admiració, sentir admiració per algú o alguna cosa. Moltes vegades els seguidors d'un partit polític admiren els seus líders.

usat amb pronom
2 **Admirar-se** d'alguna cosa és sentir sorpresa o estranyar-se per aquesta cosa. Alguns s'admiren del fet que amb tantes guerres encara siguem vius.
admirable, admirador

admiratiu admirativa admiratius admiratives
adjectiu

Que indica admiració. *Quin paisatge tan meravellós!* és una oració admirativa.

admissió admissions
nom femení

L'admissió és el fet d'admetre algú o alguna cosa. Alguns locals es reserven el dret d'admissió dels clients.
readmissió

admonició admonicions
nom femení

Una admonició és el fet d'advertir una persona d'alguna cosa que fa malament. Si reps una admonició, has de mirar de corregir-te.

adob adobs
nom masculí
Amb B

1 Un adob és el fet d'adobar alguna cosa. Si l'adob d'un rellotge és molt car, val més comprar-ne un de nou.
2 Substància que es tira a la terra per ferla més fèrtil. Els fems es fan servir com a adob.
3 Ingredient que es fa servir per a adobar carns, llegums i altres aliments.
4 Ingredient que es fa servir per a adobar les pells.

adobar
verb
com *cantar*
◄ pàg. 26

1 Reparar una cosa que està espatllada o trencada. Si tens una sabata amb la sola foradada, el sabater te l'adobarà.
2 Tirar adob a la terra per fer-la més fèrtil.
3 Preparar la carn o un altre aliment amb alguns ingredients, com sal, oli, espècies, etc. Per a poder-les menjar, les olives s'han d'adobar.
4 Preparar les pells dels animals per poderne fer sabates, cinturons, bosses o altres coses.
adobador, adoberia

adolescent adolescents
adjectiu i nom masculí i femení

Una persona és adolescent quan ja no és una criatura, però encara no és prou madura per a ser considerada adulta. Als quinze anys, els adolescents ja no són nens, però encara no són adults.
adolescència

A B C D E F G H I J K L M N O P Q R S T U V W X Y Z

adolorit adolorida adolorits adolorides
adjectiu — Quan una persona té tot el cos adolorit, o només una part, hi sent dolor, li fa mal.
adolorat, adolorada, adolorir

adonar-se
verb usat amb pronom com *cantar* ◄ pàg. 26 — Descobrir una cosa que fa uns moments ens havia passat desapercebuda. De vegades t'adones que has perdut alguna cosa quan ja fa temps que no la tens.

adoptar
verb com *cantar* ◄ pàg. 26 — 1 Fer entrar dins la família, de manera legal, un infant nascut d'uns altres pares, considerant-lo com a fill propi. Algunes parelles que no poden tenir fills, els adopten.
2 Fer-se seva una manera de pensar o d'actuar, una actitud, una opinió, etc. Alguns fills adopten els mateixos gestos dels pares.
adopció, adoptiu, adoptiva

adorable adorables
adjectiu — Que és digne de ser adorat. Hi ha persones adorables, encantadores.

adoració adoracions
nom femení — L'adoració és el fet d'adorar algú o alguna cosa. Els pares senten una gran adoració pels seus fills.

adorar
verb com *cantar* ◄ pàg. 26 — 1 Demostrar un gran respecte a una divinitat, fer-li honor. Algunes religions, com el cristianisme i el judaisme, adoren un sol déu.
2 Tenir una gran estimació per algú o alguna cosa. Hi ha persones que adoren llegir, els agrada molt.

adormir
verb com *dormir* ◄ pàg. 27 — 1 Fer dormir algú. Hi ha persones que expliquen contes als seus fills petits per tal d'adormir-los. D'altres s'adormen quan miren la televisió.
2 Fer tornar insensible una part del cos. Abans d'una operació t'adormen per tal que no notis cap mal. Quan se t'adorm un braç gairebé no el pots moure i si te'l toques no notes res.
usat amb pronom — 3 Diem que una persona **s'adorm** fent una cosa quan la fa molt a poc a poc.
adormissar-se

adorn adorns
nom masculí — Adornament.

adornament adornaments
nom masculí — 1 L'adornament és el fet d'adornar o d'adornar-se. Abans d'algunes festes majors es fa l'adornament dels carrers.
2 Tot allò que serveix per a adornar. Normalment, les sales de festa tenen molts adornaments.

adornar
verb com *cantar* ◄ pàg. 26 — Afegir elements a alguna cosa per tal que sigui més bonica. Per Nadal, moltes famílies adornen les cases.

adossar
verb com *cantar* ◄ pàg. 26 — Recolzar l'esquena o la part de darrere d'una cosa contra una altra cosa. Normalment, adossem els armaris a la paret i no els deixem al mig de les habitacions. Quan una persona es mareja, s'adossa a una cosa ferma per no caure.

adquirir
verb com *servir* ◄ pàg. 28 — Obtenir alguna cosa o comprar-la. Si una persona no adquireix loteria, és impossible que li toqui la grossa. Quan algú adquireix fama d'egoista és perquè no comparteix mai les coses amb els altres.
adquisició

adquisitiu adquisitiva adquisitius adquisitives
adjectiu — Que permet adquirir alguna cosa. El poder adquisitiu d'una persona és la seva capacitat per a comprar. Si ara tens més poder adquisitiu, pots comprar més coses que abans.

adreça adreces
nom femení — 1 L'adreça postal d'una persona és el conjunt d'indicacions del lloc on viu: el nom del carrer, el número, la ciutat, etc. Si es vol enviar una carta a algú, s'ha d'escriure l'adreça al sobre.
2 L'**adreça electrònica** d'una persona és el conjunt de lletres o números que hem d'escriure per enviar-li un missatge per correu electrònic. Les adreces electròniques inclouen una arrova.

adreçador adreçadors
nom masculí — 1 Un adreçador és una eina semblant al ribot, de forma allargada, amb un agafador i una fulla tallant. Serveix per a allisar fustes i treballar-les.
frase feta — 2 **Passar algú per l'adreçador** és obligar-lo a comportar-se d'una manera determinada.

adreçar
verb com *cantar* ◄ pàg. 26 Amb C davant E, I — 1 Posar recta una cosa que està torta. Les canyes tendres s'adrecen soles quan para el vent que les tomba.
2 Posar rectes les rodes d'un cotxe.
3 Fer que un missatge arribi a algú. Podem adreçar la paraula als companys o una carta a una amiga.
4 Quan diem que adrecem una persona volem dir que li fem corregir el seu comportament. Els pares adrecen els seus fills.

adrogueria adrogueries

nom femení — Una adrogueria és una botiga on es venen espècies i altres productes habituals, sobretot aliments. A l'adrogueria pots comprar pasta de sopa, pebre o olives.

adroguer

adular

verb
com *cantar*
◄ pàg. 26

Dir a algú coses boniques i agradables per fer que estigui a favor nostre. Les persones que sempre adulen els altres no són de fiar.

adulació

adult adulta adults adultes

adjectiu i nom masculí i femení — Una persona és adulta quan ja ha passat l'adolescència, quan ja és gran i madura. Els adults tenen més responsabilitats: poden treballar i viure sols.

adultesa

adúlter adúltera adúlters adúlteres

adjectiu — Que està relacionat amb l'adulteri o que el comet.

adulterar

verb
com *cantar*
◄ pàg. 26

Barrejar una substància, un aliment o un medicament amb una substància estranya fent que perdi les seves característiques principals. La llei castiga les empreses que adulteren la llet.

adulteració

adulteri adulteris

nom masculí — Una persona casada comet adulteri quan té relacions sexuals amb una persona que no és el seu marit o la seva muller.

adust adusta adusts adustes

adjectiu
També *adustos*

1 Que està cremat o com si estigués cremat. A l'estiu, si fa sol i fa temps que no plou, les terres estan seques i adustes.

2 Una persona és adusta quan és seriosa i poc amable.

advent advents

nom masculí — L'advent és el període de temps que precedeix el Nadal i que comença el quart diumenge abans d'aquesta festa. Durant l'advent, els cristians es preparen per al naixement de Crist.

adventici adventícia adventicis adventícies

adjectiu — Que apareix de manera accidental i espontània, sense saber per què. Les plantes adventícies creixen sense que ningú les cultivi.

adverbi adverbis

nom masculí — Un adverbi és un tipus de paraula que complementa un verb, un adjectiu o un altre adverbi. Hi ha adverbis de lloc, de temps, de manera, de quantitat, d'afirmació, de negació i de dubte. A *Ell és molt atractiu*, l'adverbi *molt* ens diu en quina quantitat és atractiu ell. La forma dels adverbis és sempre la mateixa: *Aquest cotxe corre molt, aquesta tortuga corre molt, aquests cotxes corren molt.*

adverbial

adversari adversària adversaris adversàries

adjectiu i nom masculí i femení — Que va en contra d'un altre en un joc, una lluita, un judici, etc. L'adversari d'un equip de futbol és l'equip contrari.

adversitat adversitats

nom femení — L'adversitat és la mala sort, el conjunt de desgràcies i de coses desfavorables que algú ha de suportar. Una vida plena d'adversitats és plena d'entrebancs i de problemes. Qui sempre té problemes s'acostuma a l'adversitat.

advers

advertiment advertiments

nom masculí

1 Un advertiment és el fet d'advertir alguna cosa.

2 Introducció curta que hi ha al principi d'un llibre i que n'explica alguna característica important.

advertir

verb
com *servir*
◄ pàg. 28

1 Avisar algú d'alguna cosa que li convé saber; fer-li saber alguna cosa. Si un nen ha d'anar al metge i no pot anar a classe, ho ha d'advertir al professor.

2 Adonar-se d'alguna cosa, notar-la. Si adverteixes una falta en un escrit, la veus, la descobreixes.

advertència, inadvertència, inadvertit, inadvertida

advocat advocada advocats advocades

nom masculí i femení
Amb DV

Persona que es dedica a defensar els interessos dels altres davant dels tribunals. Normalment, en un judici hi ha un advocat que defensa l'acusat i un que l'acusa.

advocacia, advocar

aeri aèria aeris aèries

adjectiu — Que està relacionat amb l'aire. L'avió, l'helicòpter i el globus són transports aeris.

antiaeri, antiaèria

aeròbic aeròbics

nom masculí — L'aeròbic és un tipus de gimnàstica que consisteix a fer una sèrie de moviments ràpids acompanyats de música. Quan es fa aeròbic és molt important controlar la respiració.

aerodinàmic aerodinàmica aerodinàmics aerodinàmiques

adjectiu — 1 Que té una forma acabada en punta per a disminuir la resistència de l'aire i poder anar més ràpid. Els cotxes de fórmula 1 són aerodinàmics.

nom femení — **2** L'aerodinàmica és la ciència que estudia el moviment dels objectes en relació amb l'aire que els envolta.

aeròdrom aeròdroms

nom masculí — Un aeròdrom és un terreny preparat per a permetre l'aterratge, l'enlairament i altres operacions dels avions. Als aeròdroms, sovint hi ha avions particulars o militars.

aerogenerador aerogeneradors

nom masculí — Un aerogenerador és un aparell que capta l'energia del vent i la converteix en energia elèctrica. Els aerogeneradors s'instal·len en llocs on acostuma a fer molt de vent.

aeromodelisme aeromodelismes

nom masculí — L'aeromodelisme és la tècnica de construir i de fer volar models petits d'avions i d'helicòpters.

aeronau aeronaus

nom femení — Una aeronau és un vehicle preparat per a moure's per l'aire. Els avions, els dirigibles i els coets espacials són aeronaus.

aeronauta

aeronàutica aeronàutiques

nom femení — L'aeronàutica és la ciència que estudia la construcció i el funcionament de les aeronaus.

aeroplà aeroplans

nom masculí — Nom que es donava antigament als avions.

aeroport aeroports

nom masculí — Un aeroport és un conjunt d'instal·lacions i pistes que permeten als avions de passatgers i de mercaderies aterrar i enlairar-se. Normalment, als aeroports hi ha serveis per als passatgers: botigues, restaurants i altres.

aerosol aerosols

nom masculí — Esprai.

aeròstat aeròstats

nom masculí — Un aeròstat és un aparell per a volar que s'aguanta en l'aire perquè a dins té un gas més lleuger que l'aire. Els aeròstats típics són els globus i els dirigibles.

aerostàtic

afable afables

adjectiu — Que és agradable, que és amable amb els altres. Les persones afables no s'enfaden gaire.

afabilitat

afait afaits

nom masculí — L'afait és una substància que es fa servir per a cuidar la pell i per a tenir-la neta i suau. Aquesta paraula actualment s'usa poc.

afaitapagesos afaitapagesos

nom masculí i femení — Un o una afaitapagesos és una persona que intenta treure diners de la gent enganyant-la amb mals negocis.

afaitapobres afaitapobres

nom masculí i femení — Un o una afaitapobres és una persona que no té diners i que pertany a una classe social baixa.

afaitar

verb com *cantar* ◄ pàg. 26 — **1** Tallar els pèls de la barba, del bigoti o d'una altra part del cos.

2 Diem que ens han afaitat la cartera o una altra cosa quan ens l'han robada.

afaitada, afaitadora

afalac afalacs

nom masculí — Quan afalaguem algú, li fem un afalac o afalacs. Les persones antipàtiques no reben gaires afalacs.

afalagar

verb com *cantar* ◄ pàg. 26 Amb GU davant E, I — **1** Demostrar a algú que l'estimem i el respectem. A tothom li agrada que l'afalaguin.

2 Quan una cosa t'afalaga, et fa sentir orgullós. T'afalaga que una professora et digui que has fet una feina molt ben feta.

afalagador, afalagadures

afamat afamada afamats afamades

adjectiu — Que té molta gana. Quan s'està afamat només es pensa en menjar.

afanar

verb com *cantar* ◄ pàg. 26 — Robar d'amagat. Si t'afanen la cartera, te la prenen sense que te n'adonis.

afany afanys

nom masculí — **1** L'afany és l'esforç que fem per a aconseguir alguna cosa. Quan es fa una cosa amb molt d'afany, es fa treballant-hi molt i esforçant-s'hi.

2 Gran desig d'alguna cosa. Algunes persones tenen afany de riqueses, volen arribar a ser molt riques.

afanyar-se

verb usat amb pronom com *cantar* ◄ pàg. 26 — Donar-se pressa a fer una cosa. Quan per dinar hi ha una cosa que t'agrada molt, t'afanyes a arribar a casa.

afartar

verb com *cantar* ◄ pàg. 26 — **1** Fer que algú quedi ben tip. Hi ha fondes que afarten els clients. Si una persona s'afarta de xocolata, segurament tindrà mal de panxa.

2 Diem que una cosa o una persona ens afarta quan ens cansa i ens molesta.

usat amb pronom — **3 Afartar-se** d'una cosa és fer-la moltes vegades o molta estona fins a cansar-se'n.

Sovint, els nens petits no deixen de plorar fins que se n'afarten.

afavorir

verb
com *servir*
◄ pàg. 28

1 Fer alguna cosa per a ajudar algú. Es pot afavorir algú amb una almoina o donant-li allotjament.
2 Diem que alguna cosa afavoreix algú quan és bona per a ell. Ser alt afavoreix les persones que volen jugar a bàsquet.
3 Ajudar al creixement o al progrés d'alguna cosa. La pluja afavoreix l'agricultura.
4 Un pentinat, un color, un vestit o una altra cosa afavoreix una persona quan li queda bé i fa que es vegi més bonica.

afeblir

verb
com *servir*
◄ pàg. 28

Fer que algú o alguna cosa es torni feble. La son afebleix les persones. Quan les flors no tenen prou aigua s'afebleixen, cauen els pètals i les tiges es dobleguen.

afecció afeccions

nom femení

1 Afició.
2 Malaltia. Quan es té una afecció de la vista s'ha d'anar a l'oculista.
afeccionar-se, afeccionat, afeccionada

afectar

verb
com *cantar*
◄ pàg. 26

1 Provocar una impressió forta. La mort d'una persona estimada afecta molt.
2 Una cosa n'afecta una altra quan li provoca algun canvi. La pluja afecta els camps; el tabac afecta els pulmons.

usat amb pronom

3 **Afectar-se** és impressionar-se. Molta gent s'afecta amb les pel·lícules de por.
afectació, afectat, afectada

afecte afectes

nom masculí

1 L'afecte és qualsevol dels sentiments que ens commouen: l'amor, l'odi, la compassió, l'enveja, etc.
2 Estimació que tenim per una persona. Els pares tenen un gran afecte pels seus fills.
afectiu, afectiva, afectivitat

afectuós afectuosa afectuosos afectuoses

adjectiu

Que sent o mostra afecte.

afegir

verb
com *servir*
◄ pàg. 28

1 Unir una cosa a una altra que ja hi era, posar-la de més. S'afegeixen espècies al menjar per fer-lo més gustós.
2 Ajuntar diferents peces o trossos per a formar un sol objecte. Quan un gerro es trenca, es poden afegir amb pega les peces trencades.
afegidura, afegit, sobreafegir

afegitó afegitons

nom masculí

Un afegitó és una cosa que s'afegeix a una altra. Quan uns pantalons queden curts es poden allargar amb un afegitó de roba.

afer afers

nom masculí

1 Un afer és una cosa important que s'ha de fer, un problema que s'ha de resoldre, un negoci, etc.
2 Tenir un afer amb una persona és tenir-hi relacions íntimes.
3 El ministeri d'afers estrangers d'un país és l'organisme de l'administració que s'encarrega de les relacions amb els altres països.

aferrar

verb
com *cantar*
◄ pàg. 26

1 Agafar fort una cosa o una persona. Els ocells de presa aferren amb les urpes les seves preses. Quan una persona té por de caure, s'aferra a la primera cosa que troba.

usat amb pronom

2 **Aferrar-se** a una idea, a un costum o a una creença és insistir-hi, sense canviar d'opinió.
3 Diem que una persona **s'aferra** a una altra persona o a una cosa quan no pot separar-se'n, no la pot deixar.
aferrada, aferrador, aferrall, aferrament

aferrissat aferrissada aferrissats aferrissades

adjectiu

Quan un combat és aferrissat, els combatents lluiten molt fort, amb fúria. En una discussió aferrissada, tots volen tenir raó.

afí afins

adjectiu

1 Que té afinitats. Quan dues persones tenen idees afins s'entenen molt bé.
2 Dos edificis o dos terrenys són afins quan estan l'un al costat de l'altre i es toquen.

afició aficions

nom femení
També *afecció*

Una afició és el fet de tenir un gran interès i amor per alguna cosa. Hi ha persones que tenen una gran afició per l'atletisme, els agrada molt.

aficionar-se

verb usat amb pronom
com *cantar*
◄ pàg. 26

Agafar afició a alguna cosa. Quan una persona s'aficiona a anar al cinema, hi va molt sovint.

aficionat aficionada aficionats aficionades

adjectiu i nom masculí i femení

Que té afició per alguna cosa. Els aficionats al futbol van a veure els partits que juga el seu equip.

afilar

verb
com *cantar*
◄ pàg. 26

Esmolar.
afilador, afilat, afilada

afiliat afiliada afiliats afiliades

adjectiu i nom masculí i femení

Que forma part d'una associació, d'un partit polític o d'un gremi. Hi ha sindicats que tenen molts afiliats.
afiliació, afiliar

A B C D E F G H I J K L M N O P Q R S T U V W X Y Z

afillar
verb
com *cantar*
◄ pàg. 26
Adoptar algú com a fill. Per a afillar un nen cal passar molts tràmits legals.

afinar
verb
com *cantar*
◄ pàg. 26
1 Fer més fina alguna cosa. Hi ha productes que afinen la pell, la fan més suau. Algunes persones s'afinen les mans posant-s'hi crema.
2 Afinar un instrument és fer que soni bé. Abans de començar un concert, sempre s'afinen els instruments.
3 Encertar exactament una nota musical quan cantes o toques un instrument.

afinitat afinitats
nom femení
L'afinitat entre dues coses o dues persones és el fet d'assemblar-se, de tenir molts punts en comú. Entre una biòloga i una metgessa hi ha afinitat.

afirmació afirmacions
nom femení
1 Una afirmació és el fet d'afirmar alguna cosa.
2 Frase que diu alguna cosa que no es nega, ni es posa en dubte, ni es pregunta. *M'agrada la música* és una afirmació.

afirmar
verb
com *cantar*
◄ pàg. 26
1 Dir que una cosa és veritat. *Afirmar* és el contrari de *negar*.
2 Dir que sí. A vegades no volem parlar i afirmem alguna cosa movent el cap amunt i avall.
reafirmar

afirmatiu afirmativa afirmatius afirmatives
adjectiu
1 Que afirma alguna cosa.
2 En gramàtica, hi ha adverbis afirmatius i frases afirmatives. *El sol surt cada dia* és una frase afirmativa.

afix afixos
nom masculí
Un afix és una partícula que s'afegeix a la part invariable d'una paraula per formarne una altra de significat diferent. Hi ha tres tipus d'afixos segons el lloc on s'afegeixen: prefixos, infixos i sufixos. Amb el prefix *in* i la part invariable *suficient* es forma la paraula *insuficient*.

afixar
verb
com *cantar*
◄ pàg. 26
1 Clavar o enganxar un anunci, un cartell o una altra informació en una paret, un tauler, etc. En una campanya electoral, s'afixen molts cartells per donar a conèixer els candidats.
2 Afegir un afix a l'arrel d'una paraula. Si afixem el sufix *-ista* a la paraula *taxi*, tindrem *taxista*.

aflicció aflixcions
nom femení
Una aflicció és una pena molt gran o un dolor que una desgràcia ens produeix.

afligir
verb
com *servir*
◄ pàg. 28
1 Causar aflicció. Les males notícies ens afligeixen. Hem de procurar no afligir els nostres amics.
usat amb pronom
2 **Afligir-se** és posar-se molt trist, sentir aflicció. Les persones ens afligim quan es moren parents o amics que estimem.

afligit afligida afligits afligides
adjectiu
Que sofreix aflicció. Les persones afligides estan tristes.

aflorar
verb
com *cantar*
◄ pàg. 26
1 Una planta, una roca o una altra cosa aflora quan surt a la superfície. Hi ha minerals que afloren i es poden arrencar fàcilment.
2 Diem que un problema, una tendència o una altra cosa aflora quan comença a notar-se.

afluència afluències
nom femení
1 L'afluència és el fet d'anar moltes persones a un lloc o d'haver-hi moltes persones en un lloc. Els dissabtes al matí hi ha una gran afluència de gent al mercat.
2 L'afluència d'un líquid és el fet de córrer i anar a parar a un lloc. L'afluència de la sang al cor és necessària per a viure.

afluent afluents
nom masculí
Un afluent és un riu que desemboca en un altre de més important. El Matarranya és un afluent de l'Ebre.

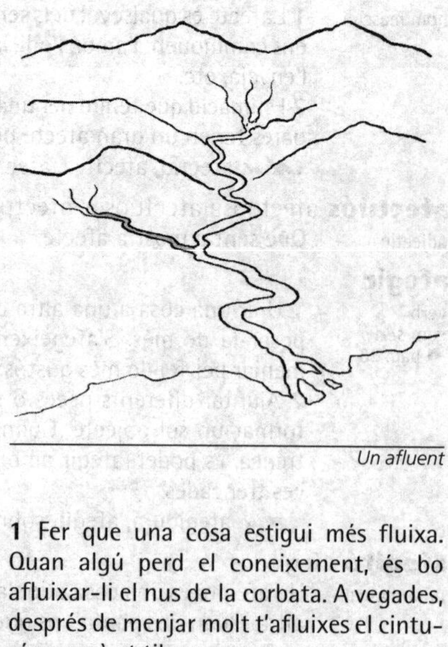
Un afluent

afluixar
verb
com *cantar*
◄ pàg. 26
1 Fer que una cosa estigui més fluixa. Quan algú perd el coneixement, és bo afluixar-li el nus de la corbata. A vegades, després de menjar molt t'afluixes el cinturó perquè et tiba massa.

2 Fer que una cosa deixi de ser forta o intensa. Si afluixes el ritme de feina, no en fas tanta.
3 Perdre força una cosa. La febre afluixa amb alguns medicaments.
4 Fer menys esforç en una cosa. Si un atleta afluixa en una carrera, els altres li passen al davant.
5 Cedir. Si després de demanar molt una cosa a algú, aquesta persona afluixa, vol dir que t'ho deixa fer.
frase feta — **6 Afluixar la bossa** és donar diners.

afonia afonies
nom femení — L'afonia és la pèrdua o la disminució de la veu a causa d'un problema a les cordes vocals o a la laringe. Si una persona fa un gran esforç amb la veu, pot tenir afonia.
afònic

afores
nom masculí plural — Els afores d'una població són els voltants. Normalment, les fàbriques són als afores de les ciutats.

aforisme aforismes
nom masculí — Un aforisme és una frase curta que resumeix una norma filosòfica, artística o científica sense argumentar-la. *Respecta els altres si vols que ells et respectin a tu* és un aforisme.

afortunat afortunada afortunats afortunades
adjectiu — Que la fortuna l'afavoreix, que té sort. Les persones afortunades en el joc solen guanyar. En un dia afortunat, tot ens va bé.
afortunadament, desafortunat, desafortunada

africà africana africans africanes
adjectiu — **1** De l'Àfrica. *Les diverses ètnies i llengües africanes.*
nom masculí i femení — **2** Persona que és de l'Àfrica o que hi viu.

africat africada africats africades
adjectiu — Un so és africat quan es pronuncia en dos moments, un d'oclusiu i un altre, a continuació, de fricatiu. Els sons de *tg* de *metge* i de *tx* de *despatx* són africats.

afrodisíac afrodisíaca afrodisíacs afrodisíaques
adjectiu i nom masculí — Que estimula el desig sexual. Es diu que el marisc i les espècies són bons afrodisíacs.

afront afronts
nom masculí — Un afront és un insult o una ofensa que es diu o es fa públicament a algú. Hi ha persones que quan reben un afront s'enfaden molt i reaccionen violentament.

afrontar
verb
com *cantar*
◄ pàg. 26
1 Plantar cara a algú o a alguna cosa sense tenir por. A vegades no ens atrevim a afrontar els problemes.
2 Posar dues persones l'una al davant de l'altra per saber quina de les dues diu la veritat. A vegades, els jutges afronten testimonis que expliquen la mateixa cosa de maneres diferents.

afuar
verb
com *canviar*
◄ pàg. 30
Amb dièresi
Aprimar una cosa per un costat, fer que acabi en punta.

afusellar
verb
com *cantar*
◄ pàg. 26
1 Matar algú disparant un o més fusells alhora. A la guerra, alguns militars afusellen els espies enemics.
2 Es diu que afuselles una cosa quan la copies i fas veure que l'has feta tu. Alguns escriptors han afusellat trossos de llibres d'altres autors.
afusellament

agafador agafadors
nom masculí — **1** Un agafador és un drap gruixut o un coixinet per a agafar coses calentes sense cremar-se. Per a treure una olla del foc es pot fer servir un agafador.
2 Part per on s'agafen algunes coses. Les cafeteres italianes tenen un agafador.

agafar
verb
com *cantar*
◄ pàg. 26
1 Subjectar una persona o una cosa amb les mans o amb un instrument; tenir una cosa a les mans i no deixar-la anar. Quan agafem una persona, un animal o una cosa, els fem nostres i els tenim de manera que no se'n poden anar o podem portar-los d'una banda a l'altra. Podem agafar un pot pel mànec o una galleda per la nansa. Si volem llegir, agafem un llibre de la biblioteca. Agafem algú pel braç o per la cintura. Les coses petites es poden agafar amb pinces. Els animals agafen amb les dents, amb el bec, amb les potes.
2 Fer-se seva una cosa, quedar-se les coses que són dels altres. Quan no trobem el bolígraf, preguntem qui ens l'ha agafat.
3 Acceptar, fer nostra una cosa que ens donen. Si per fer una feina ens ofereixen diners, els agafem.
4 El verb agafar es fa servir amb altres significats molt habituals: *Agafar un taxi, el metro, l'autobús. Agafarem l'autopista de la costa. Un cotxe agafa molta velocitat. Si beus molt de cafè, no podràs agafar el son. Agafar un constipat, la grip, mal de coll. Enmig del corrent d'aire agafaràs fred. Ha agafat el vici de cridar, el costum de*

A B C D E F G H I J K L M N O P Q R S T U V W X Y Z

cantar a la dutxa. Esperant-lo, he agafat molts nervis. Si no correm, ens agafarà la pluja. Un menjar que ha agafat un gust amarg. Agafar-se a la barana per no caure. El rostit s'ha agafat a la cassola. No et posis nerviós i agafa-t'ho bé, això que t'han dit.*

agafatós, agafatosa

agafa-sopes agafa-sopes

nom masculí i femení — Un o una agafa-sopes és una persona molt lenta fent les coses, que s'entreté molt.

agarrar

verb com *cantar* ◄ pàg. 26 — Agafar. Es diu només en algunes zones.

agarrat agarrada agarrats agarrades

adjectiu — Una persona és agarrada quan és egoista i no dóna mai res.

àgata àgates

nom femení — L'àgata és una varietat de quars molt dura, translúcida, que té normalment tires de colors diferents. És una pedra preciosa que s'ha usat des de temps antics per a fer joies, camafeus i objectes de decoració.

agemolir-se

verb usat amb pronom com *servir* ◄ pàg. 28 — Abaixar el cos, encongir-se, normalment per por, per fred o per una cosa semblant. Alguns gossos s'agemoleixen quan els renyen.

agençar

verb com *cantar* ◄ pàg. 26 Amb C davant E, I — Arreglar, posar les coses de la manera que sigui més adequada. Quan es tenen convidats a casa s'agença l'habitació on s'allotjaran per tal que estiguin còmodes.

agència agències

nom femení — **1** Una agència és un lloc on hi ha instal·lada una empresa que fa uns determinats serveis. Hi ha agències de viatges, de publicitat i de transports que acostumen a fer d'intermediàries entre els clients i els treballadors que fan els serveis.
2 Establiment d'una empresa que depèn d'un de central o principal. Les caixes d'estalvis i els bancs tenen agències a les ciutats i als pobles més importants.

agenda agendes

nom femení — Una agenda és un llibret on hi ha marcats tots els dies de l'any i que es fa servir per a apuntar cada dia les coses que s'han de fer. Si t'apuntes les coses a l'agenda, no te n'oblides.

agenollar-se

verb usat amb pronom com *cantar* ◄ pàg. 26 — Posar-se de genolls.

agent agents

nom masculí — **1** Un agent és una substància, una força o una altra cosa que actua o que pot produir algun efecte. El vent i les pluges són agents atmosfèrics que afecten les plantes.

nom masculí i femení — **2** Un o una agent és una persona que treballa per a una altra persona o per a una col·lectivitat. Hi ha, per exemple, agents de policia, d'assegurances i de negocis.

agermanat agermanada agermanats agermanades

adjectiu — Que està unit per una amistat, una ideologia o un interès d'algun tipus. Algunes ciutats de Catalunya estan agermanades amb ciutats d'Occitània.

àgil àgils

adjectiu — **1** Que es mou amb facilitat i rapidesa. Els bons pianistes tenen els dits molt àgils.
2 Diem d'algú que té una ment àgil quan pensa amb rapidesa.

agilitat

agilitar

verb com *cantar* ◄ pàg. 26 També *agilitzar* — **1** Fer àgil. Els pianistes agiliten els dits amb exercicis diaris.
2 Fer que algunes coses vagin més de pressa, que alguns problemes se solucionin aviat. Les trameses per correu es poden agilitar.

agilitzar

verb com *cantar* ◄ pàg. 26 — Agilitar.

agitar

verb com *cantar* ◄ pàg. 26 — **1** Moure una cosa d'un costat cap a un altre amb força. Algunes ampolles, com les de suc de fruita, s'han d'agitar abans d'obrir-les. Quan hi ha tempesta el mar s'agita.
2 Es diu que algú agita algú altre si fa que s'inquieti, que deixi d'estar tranquil. Els revolucionaris russos agitaven el poble i el posaven en contra del tsar. Quan el resultat del partit no és bo, els aficionats s'agiten i criden contra el seu equip.

agitació

aglà aglans

nom masculí o femení — Gla.

aglomeració aglomeracions

nom femení — Una aglomeració és un conjunt de coses o persones que estan molt juntes.

A B C D E F G H I J K L M N O P Q R S T U V W X Y Z

aglomerar
verb
com *cantar*
◀ pàg. 26

Reunir coses o persones en una massa compacta. Hi ha insectes que aglomeren la terra i formen boletes. Quan hi ha moltes onades, la sorra s'aglomera a les platges.

aglomerant, aglomerat

aglutinar
verb
com *cantar*
◀ pàg. 26

1 Unir diverses coses de manera que s'enganxin i formin un sol objecte. La calor desfà alguns materials i els aglutina.

2 Diem que aglutinem un grup de persones quan fem que estiguin unides.

3 Ajuntar una o més paraules per formar-ne una de sola.

aglutinació, aglutinant

agnòstic agnòstica agnòstics agnòstiques
nom masculí i femení

Persona que diu que no es pot saber si Déu existeix.

agnosticisme

agombolar
verb
com *cantar*
◀ pàg. 26

1 Tenir cura d'algú, prestar-li molta atenció. Les mainaderes agombolen els infants.

locució que fa d'adjectiu

2 Una persona és **bona d'agombolar** quan s'acomoda o s'adapta a qualsevol cosa.

agonia agonies
nom femení

L'agonia és l'estat d'angoixa de les persones que estan a punt de morir.

agònic, agonitzar

àgora àgores
nom femení

L'àgora és la plaça principal de les ciutats de la Grècia antiga. La gent es trobava a l'àgora per fer la majoria d'actes públics.

agosarat agosarada agosarats agosarades
adjectiu

Atrevit. Les persones agosarades no tenen por.

agost agosts
nom masculí
També *agostos*

L'agost és el vuitè mes de l'any. Té 31 dies. Normalment, a l'agost es fan les vacances.

agostar, agostejar

agradable agradables
adjectiu

Que agrada, que produeix una bona sensació. Les roses fan una olor agradable.

agradar
verb
com *cantar*
◀ pàg. 26

1 Una cosa o una persona agrada a algú quan li fa bona impressió i el satisfà. A moltes persones els agrada la xocolata.

usat amb pronom

2 **Agradar-se** dues persones és sentir atracció l'una per l'altra, enamorar-se.

agradós, agradosa

agrair
verb
com *reduir*
◀ pàg. 39
Amb dièresi

Dir a algú que estàs content per una cosa que t'ha fet o t'ha donat. A vegades els favors s'agraeixen donant les gràcies o regalant bombons.

agraïment, agraït, agraïda

agranar
verb
com *cantar*
◀ pàg. 26

Escombrar. Es diu només en algunes zones.

agrari agrària agraris agràries
adjectiu

Del camp. Les fruites i les verdures són productes agraris.

agre agra agres
adjectiu

1 Que té un gust àcid desagradable. Quan la llet es torna agra s'ha de llençar.

2 Diem que una persona o una cosa és agra quan és agressiva i fereix. Les persones amb caràcter agre tenen poques amistats.

agrejar, agrir, agror

agredir
verb
com *servir*
◀ pàg. 28

Atacar algú per fer-li mal. Les persones que agredeixen els altres sense cap motiu no són bones persones.

agressió, agressor

agredolç agredolça agredolços agredolces
adjectiu

1 Que té un gust agre i dolç al mateix temps. Els xinesos cuinen molts plats amb salsa agredolça.

2 Diem que una resposta, una actitud o un caràcter és agredolç quan és desagradable i molest.

agregar
verb
com *cantar*
◀ pàg. 26
Amb GU davant E, I

Unir una persona o una cosa a una altra cosa o a un conjunt de persones o de coses. Quan agregues sucre a la llet, es torna més dolça. Si un pianista s'agrega a una orquestra, entra a formar-ne part.

agregat

agressiu agressiva agressius agressives
adjectiu

1 Una persona és agressiva quan té tendència a atacar, a provocar i a ofendre els altres.

2 Diem que un moviment, una paraula o un discurs és agressiu quan és brusc o provocatiu.

agressivitat agressivitats
nom femení

L'agressivitat és la característica del que és agressiu. Les pel·lícules amb molta agressivitat pot ser que no ens deixin dormir bé.

agrest agresta agrests agrestes
adjectiu
També *agrestos*

1 Que és propi del camp. Els camperols porten una vida agresta. Les plantes agres-

A B C D E F G H I J K L M N O P Q R S T U V W X Y Z

A B C D E F G H I J K L M N O P Q R S T U V W X Y Z

tes creixen als camps sense que ningú les cultivi.
2 Mig salvatge, ple d'herbes i d'arbustos. Alguns boscos són agrestos.
3 Diem que una persona té un caràcter, unes maneres o uns costums agrestos quan no és gaire delicada.

agreujar
verb
com *cantar* ◄ pàg. 26
Amb G davant E, I
Fer que una cosa sigui més greu. La sequera agreuja la misèria d'algunes zones. Quan les malalties s'agreugen, són més difícils de curar.
agreujament

agrícola agrícoles
adjectiu
Amb A final
Que està relacionat amb l'agricultura. Les eines agrícoles han evolucionat molt amb el temps.

agricultura agricultures
nom femení
L'agricultura és l'art de cultivar la terra.
agricultor

agrimensor agrimensora agrimensors agrimensores
nom masculí i femení
Persona que es dedica a mesurar els terrenys.

agrònom agrònoma agrònoms agrònomes
nom masculí i femení
Persona especialista en les tècniques i els mètodes que es fan servir en l'agricultura.

agropecuari agropecuària agropecuaris agropecuàries
adjectiu
De l'agricultura i la ramaderia.

agrupament agrupaments
nom masculí
1 Un agrupament és el fet d'agrupar o d'agrupar-se coses o persones.
2 Un **agrupament escolta** és un grup de nois i noies que es troben i fan excursions i acampades a l'aire lliure.

agrupar
verb
com *cantar* ◄ pàg. 26
Reunir persones o coses en un o més grups. Quan ordenes els apunts, els agrupes per assignatures i per temes. Per a jugar un partit de futbol, els jugadors s'agrupen en dos equips.
agrupació

aguait aguaits
nom masculí
Una persona està a l'aguait quan es posa en un lloc amagat i vigila per descobrir alguna cosa. Els caçadors es posen a l'aguait i esperen en silenci que surtin els conills.
aguaitar

aguantar
verb
com *cantar* ◄ pàg. 26
1 Fer que alguna cosa no caigui o no es mogui. Sovint dues columnes aguanten una arcada, cada una per un costat. Algunes persones grans s'aguanten amb un bastó.
2 Resistir alguna cosa. Aguantem el fred, la pluja, la respiració, etc.
usat amb pronom
3 **Aguantar-se** és no fer una cosa que es té ganes de fer. Si estàs a punt d'escridassar algú però t'aguantes, no ho arribes a fer.
aguant, inaguantable

àguila àguiles
nom femení
També *àliga*
Una àguila és un ocell de rapinya gros, amb un bec fort i corbat, les ales llargues i les urpes molt fortes. Hi ha molts tipus d'àguiles, com l'àguila imperial, l'àguila pescadora i l'àguila reial. N'hi ha per tot el món i viuen sovint en llocs on és difícil arribar-hi.

aguilenc aguilenca aguilencs aguilenques
adjectiu
Un nas aguilenc és un nas prim i corbat, semblant al bec de l'àguila.

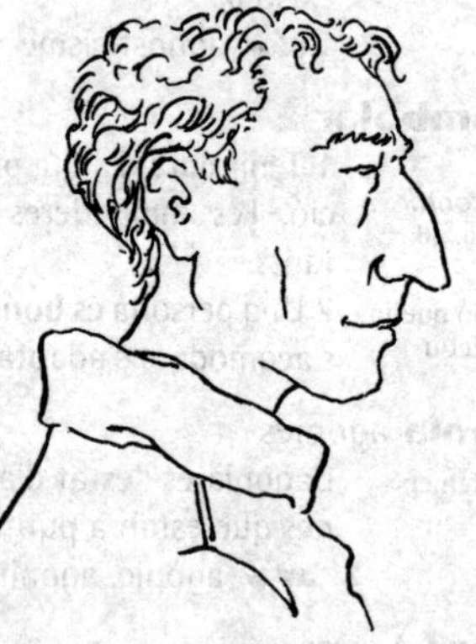
Un nas aguilenc

aguiló aguilons
nom masculí
També *aligó*
Un aguiló és el petit de l'àguila.

aguilot aguilots
nom masculí
Aligot.

agulla agulles
nom femení
1 Una agulla és una barreta de metall, de fusta o d'un altre material dur que en un extrem acaba en punta i en l'altre hi té un forat per a passar-hi un fil, una beta o una altra cosa. Les agulles serveixen per a cosir.
2 Qualsevol barreta de metall o d'un altre material dur acabada en punta. Hi ha, per exemple, agulles de cap, agulles de fer mitja, agulles d'injecció, etc.
3 Una **agulla d'un rellotge** és cada una de les barretes petites i primes que marquen les hores, els minuts i els segons. L'agulla de les hores és la més curta, i la dels segons, la més estreta.

4 Una **agulla d'estendre** és una pinça per a estendre la roba. págs. 594-595 (36)
5 Una **agulla imperdible** és una agulla en forma de U allargada que es clava a la roba o en una altra cosa i es tanca per la punta perquè no s'escapi.
frase feta 6 Quan una cosa és com **buscar una agulla en un paller** vol dir que és impossible.

agulló agullons
nom masculí
Fibló.
agullonar

agut aguda aguts agudes
adjectiu
1 Que acaba en una punta molt fina. Les banyes dels bous són agudes.
2 Una malaltia o una sensació és aguda quan és molt intensa i curta.
3 Diem que una persona, un acudit, un escrit, etc., és agut quan és graciós, enginyós, subtil.
4 Una paraula és aguda quan l'última síl·laba es pronuncia amb més força. Les paraules agudes porten accent gràfic si acaben en vocal, *as*, *es*, *is*, *os*, *us*, *en* i *in*.
adjectiu i nom masculí 5 Un so agut és molt penetrant, com la veu d'un nen petit o el so d'un xiulet. Els aguts d'una melodia són les notes més altes.
agudesa, aguditzar

agutzil agutzils
nom masculí
Algutzir.

ah
interjecció
Paraula que expressa emocions com l'alegria, el dolor, la sorpresa, etc. *Ah!, ja ha arribat en Joan! Ah!, m'he torçat el turmell!*

ahir
adverbi
Amb H
Ahir és el dia que va abans d'avui. *Si avui és dimarts, ahir era dilluns.*

ai
interjecció
1 Paraula que expressa dolor. *Ai!, m'he enganxat el dit a la porta!*
2 Paraula que diem quan ens adonem que ens hem oblidat una cosa o que ens hem equivocat. *Ai!, la cartera! Ai!, aquest exercici no s'havia de fer!*

aigua aigües
nom femení
1 L'aigua és un líquid incolor que no té gust ni fa olor. L'aigua és formada d'oxigen i d'hidrogen. És un gran dissolvent. Es torna sòlida a 0°C i forma el gel, i bull a 100°C. La seva fórmula és: H_2O.
2 L'**aigua destil·lada** és una aigua de gran puresa que s'obté per destil·lació. No conté sals en dissolució.
3 L'**aigua oxigenada** és un líquid que no té color, que es pot mesclar amb l'aigua i l'alcohol i que quan s'escalfa dóna aigua i oxigen. Aclareix els colors dels teixits i dels cabells. Es fa servir com a desinfectant de les ferides. La seva fórmula és: H_2O_2.
frase feta 4 **Estar amb l'aigua al coll** és estar en una situació desesperada.
5 **Fer venir aigua a la boca** és fer venir ganes de menjar alguna cosa. Els pastissos acostumen a fer venir aigua a la boca.
6 Una cosa **és més clara que l'aigua** quan és evident.
7 **Treure l'aigua clara** d'alguna cosa és aclarir-la, solucionar-la.
aiguada, aiguader

aiguabarreig aiguabarreigs
nom masculí
També *aiguabarrejos*
1 Un aiguabarreig és el lloc on dos o més rius s'ajunten i en formen un de sol.
2 Conjunt de coses barrejades. Els quadres d'alguns pintors són un aiguabarreig de colors.
aiguabarrejar

aiguafort aiguaforts
nom masculí
1 L'aiguafort és una tècnica que consisteix a dibuixar sobre d'una planxa metàl·lica mitjançant un àcid. Quan la planxa s'unta de tinta i es posa sobre un paper, les línies del dibuix que han quedat marcades a la planxa queden de color negre i la resta del paper, de color blanc.
2 Un aiguafort és un dibuix fet amb aquesta tècnica.

aigualir
verb
com *servir*
◄ pàg. 28
1 Afegir aigua a un suc, a un licor o a un altre líquid.
2 Diem que algú o alguna cosa aigualeix una festa, una cerimònia o un altre acte, quan la interromp, l'esguerra. La pluja aigualeix les festes que es fan a l'aire lliure.
aigualit, aigualida

aiguamel aiguamels
nom femení
L'aiguamel és una beguda feta amb aigua, mel i espècies com la canyella. La mitologia diu que era la beguda dels déus.

aiguamoll aiguamolls
nom masculí
Un aiguamoll és una extensió de terreny coberta d'aigua que es forma a la costa. Als aiguamolls hi ha molts animals, sobretot ocells.

aiguanaf aiguanafs
nom masculí
L'aiguanaf és una aigua que s'obté de les flors del taronger. L'aiguanaf fa que alguns productes tinguin una olor agradable, i també es fa servir en medicina com a sedant.

aiguaneu aiguaneus
nom femení
L'aiguaneu és una barreja de pluja i neu.

Quan cau aiguaneu, les muntanyes no queden nevades, perquè quan els flocs toquen a terra es desfan.

aiguardent aiguardents

nom masculí — L'aiguardent és una beguda alcohòlica molt forta que s'obté a partir del vi, de suc de fruites i d'altres productes naturals.

aiguarràs aiguarrasos

nom masculí — L'aiguarràs és un líquid transparent que té una olor molt forta i que es fa servir sobretot com a dissolvent de pintures i vernissos.

aiguat aiguats

nom masculí — Un aiguat és una pluja molt forta que pot arribar a produir inundacions. A la tardor acostumen a caure aiguats.

aigüera aigüeres

nom femení — Una aigüera és una pica per a rentar els plats. Les aigüeres tenen un forat per a deixar sortir l'aigua.

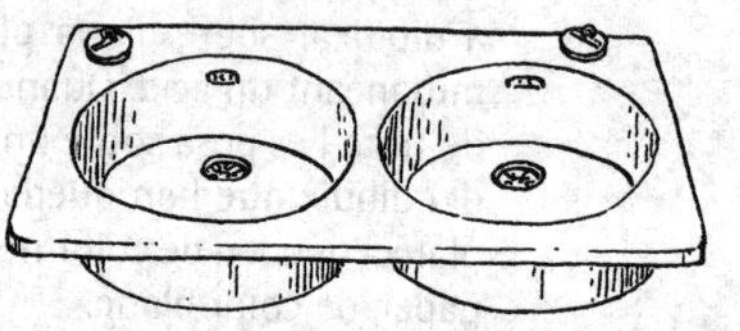

Una aigüera

aïllant aïllants

adjectiu i nom masculí — Que aïlla del corrent, de la calor, del soroll o d'altres coses. La fusta i el suro són uns bons aïllants.

aïllar

verb com *cantar* ◄ pàg. 26 — **1** Separar una persona o una cosa de totes les altres. *A vegades els metges aïllen els malalts que tenen malalties contagioses.*

2 No deixar passar el corrent, la calor, el soroll o altres coses. *El plàstic aïlla de l'electricitat.*

usat amb pronom — **3 Aïllar-se** és pensar o fer alguna cosa sense tenir en compte res del que passa al voltant. *Quan una persona s'aïlla, vol estar sola i que ningú no la molesti.*

aïllador, aïllament, aïllat, aïllada

aïrar-se

verb usat amb pronom com *cantar* ◄ pàg. 26 — Enfadar-se molt. *Algunes persones, quan s'aïren, es posen violentes i trenquen el que tenen al voltant.*

aire aires

nom masculí — **1** L'aire és la mescla de gasos que formen l'atmosfera de la Terra. Conté sobretot oxigen, nitrogen i diòxid de carboni. *Els éssers vius necessiten l'aire per a respirar.*

2 Vent. *L'aire mou les fulles dels arbres.*

3 L'**aire condicionat** és un sistema de ventilació que fa que l'aire surti d'uns aparells a la temperatura que es vol. ✎ pàg. 593 (13)

locució que fa d'adverbi — **4 A l'aire lliure** és en un lloc descobert. *Farem una festa a l'aire lliure; esperem que no plogui!*

5 Deixar una cosa **en l'aire** és deixar-la sense resoldre. *El professor va deixar una pregunta en l'aire perquè penséssim en la resposta.*

frase feta — **6 Canviar d'aires** és canviar de clima, d'ambient.

7 Dues persones **tenen un aire** quan s'assemblen.

airejar

verb com *cantar* ◄ pàg. 26 Amb G davant E, I — **1** Renovar l'aire d'un lloc tancat. *Quan aireges l'habitació, obres la finestra.*

2 Posar una cosa o una persona de manera que li toqui l'aire. *Quan un vestit fa olor de fum, l'airegem. Els balcons o els jardins són bons llocs per a airejar-se.*

airós airosa airosos airoses

adjectiu — **1** Un temps o un lloc és airós quan hi fa molt d'aire.

frase feta — **2 Sortir airós** d'un afer o d'una altra cosa és sortir-ne amb èxit.

aixa aixes

nom femení — Una aixa és una eina de fuster per a tallar la fusta o per a fer-la més prima. Està formada per una fulla de ferro ampla i corbada i un mànec de fusta.

aixà

adverbi — **Així i aixà** vol dir d'aquesta i d'aquella manera.

aixada aixades

nom femení — Una aixada és una eina de pagès que consisteix en una fulla ampla de ferro i un mànec. La fulla té forma rectangular i fa un angle agut amb el mànec. Les aixades serveixen per a cavar la terra.

✎ pàgs. 994-995 (3)

aixadell, aixadella

aixafar

verb com *cantar* ◄ pàg. 26 També *xafar* — **1** Aplanar una cosa fent-hi pressió al damunt. *Quan algú camina sobre la gespa, l'aixafa.*

2 Diem que una malaltia, un gran esforç o una altra cosa ens aixafa o ens deixa aixafats, quan ens fa perdre tota la força.

aixafadissa, aixafament

aixecament aixecaments

nom masculí — **1** L'aixecament és el fet d'aixecar o aixecar-se algú o alguna cosa. *L'aixecament de pesos és una competició de força.*

2 Revolta. *Els aixecaments provoquen violència a les ciutats o pobles.*

aixecar

verb
com *cantar*
◄ pàg. 26
Amb GU davant E, I

1 Portar cap amunt una cosa que era a baix, a terra. A algunes persones els fa mal l'esquena si aixequen pesos. Normalment, quan comença una obra de teatre, s'aixeca el teló.
2 Provocar una reacció determinada. Algunes decisions del govern aixequen protestes.
3 Posar dret algú que està assegut o estirat. Hi ha persones que necessiten que les aixequin perquè elles soles no poden. Quan acabem de dinar, ens aixequem per desparar taula.

usat amb pronom

4 **Aixecar-se** un poble, un grup de militars, etc., és revoltar-se, agafar les armes contra l'autoritat o contra l'enemic.

aixella aixelles

nom femení

L'aixella és la part de sota del braç, on aquest s'ajunta amb el cos. Ens hi solem posar desodorant. ✎ pàgs. 794-795 ⑪

aixeta aixetes

nom femení

1 Una aixeta és un estri, normalment de metall, que hi ha en alguns tubs o recipients per a controlar la sortida d'aigua o d'altres líquids. Les aixetes tenen una maneta per a obrir i tancar el pas dels líquids.
✎ pàg. 593 ㉗, pàg. 1000 ⑬
2 **Aixeta de pas** ✎ pàg. 1000 ④

així

adverbi

1 D'aquesta manera. *No em miris així!*
2 En conseqüència, per aquesta raó. *No queda cap ou? Així, n'haurem d'anar a comprar.*
3 Tant de bo. *Així nevés força! Podríem esquiar!*

locució que fa d'adverbi

4 **Així com així** vol dir de qualsevol manera, a la babalà. *Les coses no es poden fer així com així, primer s'han de pensar bé.*

locució que fa de conjunció

5 **Així que** vol dir tot seguit que, de seguida que. *Així que arribi la Maria, sortirem cap a l'estació.*

això

pronom demostratiu

Aquesta paraula s'usa per a referir-se a qualsevol cosa que és a la vora de qui parla o a alguna cosa que ha passat o que s'ha dit fa poc. *Treu això d'aquí, que no puc passar. Això et passa perquè mai no fas cas del que et diuen. Com ets capaç de dir-me això? Això no t'ho creus ni tu. Vols això, o m'ho emporto? No vull això, sinó allò que tens al pis de dalt.*

aixopluc aixoplucs

nom masculí

Un aixopluc és un lloc on posar-se a cobert de la pluja. Si plou molt fort es pot buscar aixopluc en el portal d'una casa i esperar que pari una mica.

aixoplugar

verb
com *cantar*
◄ pàg. 26
Amb GU davant E, I

Protegir una cosa o una persona de la pluja. Una vela pot aixoplugar les plantes d'una terrassa. Normalment, quan plou, les persones s'aixopluguen amb el paraigua o sota els balcons.

aixovar aixovars

nom masculí

L'aixovar és el conjunt de roba, tovalloles, llençols i altres coses que els nuvis aporten al matrimoni. Antigament, les noies començaven a preparar-se l'aixovar des de molt joves.

ajaure

verb
com *treure*
◄ pàg. 42

Ajeure.

ajeure

verb
com *treure*
◄ pàg. 42
També *ajaure*
Diferències: *ajagut, ajaguda, ajaguts, ajagudes*

1 Posar algú o alguna cosa en posició horitzontal, estirat. Diuen que és perillós ajeure els nadons de bocaterrosa. Quan una persona està molt cansada, s'ajeu al llit per dormir.

usat amb pronom

2 **Ajeure's** en una feina o en una altra cosa és no posar-hi gaire interès ni esforç.

ajornar

verb
com *cantar*
◄ pàg. 26

Deixar alguna cosa per a un altre dia. Si s'ajorna una conferència dues setmanes, es farà quan hagi passat aquest temps.
ajornament, inajornable

ajuda ajudes

nom femení

1 L'ajuda és el fet d'ajudar algú. Per a mantenir neta una ciutat, es necessita l'ajuda de tothom.
2 Allò que serveix per a ajudar. Els electrodomèstics són una gran ajuda per a les feines de casa.

ajudant ajudanta ajudants ajudantes

nom masculí i femení

Persona que n'ajuda una altra a fer alguna feina. Hi ha, per exemple, ajudants de cuina o ajudants de laboratori.

ajudar

verb
com *cantar*
◄ pàg. 26

1 Participar en la feina d'algú perquè li resulti més fàcil; posar-se a la seva disposició. Els infermers ajuden els metges en les operacions.
2 Fer alguna cosa per tal que algú deixi de tenir problemes. Sempre que es pugui, s'ha d'ajudar els amics donant-los consells i suport.

ajuntament ajuntaments

nom masculí

1 Un ajuntament és una institució formada per un alcalde o una alcaldessa i uns re-

gidors que governen un poble o una ciutat.
2 Edifici on es reuneixen i treballen aquestes persones.

ajuntar

verb
com *cantar*
◄ pàg. 26

1 Posar juntes dues o més coses o persones. Per a fer una truita de patates, has d'ajuntar ous i patates.

usat amb pronom

2 **Ajuntar-se** dues persones és viure juntes com a parella sense estar casades.

ajupir-se

verb usat amb pronom
com *dormir*
◄ pàg. 27

Abaixar el cos doblegant les cames. A vegades, per a fer el nus de les sabates, t'ajups. pàg. 796 ④

ajustar

verb
com *cantar*
◄ pàg. 26

1 Fer que una cosa vagi bé amb alguna altra, que hi encaixi. Si una persona s'aprima molt, s'haurà d'ajustar els vestits.
2 Decidir les condicions d'un tracte. Es pot ajustar, per exemple, un casament, la pau, una feina i el preu d'una cosa.
3 Ajustar la porta, la finestra i els finestrons és deixar-los gairebé tancats, però no del tot. Si la porta de casa està ajustada, no es necessita la clau per a obrir-la.
ajust, ajustament, reajustament, reajustar

ajut ajuts

nom masculí

Ajuda.

al als

preposició més article

Paraula formada per la unió de *a* i *el* o *a* i *els*. Aquesta contracció no es fa quan *el* té darrere una paraula que comença amb vocal o *h*:
• *Demanarem als comediants que ens facin una representació. Demanarem al metge què hem de prendre. Demanarem a l'alcalde que ens posi un semàfor.*

ala ales

nom femení

1 Una ala és una part del cos d'alguns animals que els permet volar. Els ocells tenen una ala a cada costat del cos.
2 Qualsevol part d'una cosa que s'assembla a una ala. Per exemple, les ales d'un barret, d'un avió o d'una taula.
3 Una **ala delta** és un aparell per a volar sense motor, que està format per una tela en forma de triangle i uns ferros on s'aguanta la persona que vola.

nom masculí i femení
També *aler*

4 L'ala d'un equip de bàsquet o d'algun altre esport és el jugador que ataca pels costats del camp.
alar, alat, alot

alabar

verb
com *cantar*
◄ pàg. 26

Lloar.
alabança

alabarda alabardes

nom femení

Una alabarda és una arma semblant a una llança que entre el pal de fusta i la punta de ferro té, per un costat, una fulla com de destral i, per l'altre, una punta recta o corbada cap avall.

Una alabarda

alabastre alabastres

nom masculí

L'alabastre és un tipus de guix blanquinós i translúcid que s'usa per a fer escultures, retaules i objectes de decoració.

alacantí alacantina alacantins alacantines

adjectiu

1 D'Alacant. *El torró alacantí.*

nom masculí i femení

2 Persona que és d'Alacant o que hi viu.

alambí alambins

nom masculí

Un alambí és un aparell per a destil·lar substàncies líquides. És format per una caldera d'on surt un tub que porta el vapor que es forma a la caldera a un recipient on es refreda i es converteix en líquid.
alambinar

alarb alarbs

nom masculí

1 Àrab.

frase feta

2 **Anar com un alarb** és anar mal vestit.

alarit alarits

nom masculí

Un alarit és un crit molt fort. Els moros, quan entraven en batalla, feien grans alarits.

alarma alarmes

nom femení

1 Una alarma és un avís o un senyal que es fa per avisar que hi ha algun perill. Quan plou molt i hi ha risc d'inundacions, es dóna l'alarma perquè la gent estigui preparada.
2 Mecanisme per a avisar d'alguna cosa. En algunes cases, quan hi ha molt de fum sona una alarma per a avisar que potser hi ha un incendi.

alarmar
verb
com *cantar*
◀ pàg. 26
Posar en alarma o esverar algú, fer-lo estar inquiet. El foc alarma els animals del bosc. Quan hi ha un gran incendi en una ciutat, la població s'alarma.
alarmant

alarmista alarmistes
nom masculí i femení
Un o una alarmista és una persona que es dedica a escampar notícies per a espantar la gent.

alba albes
nom femení
1 L'alba és el moment del dia en què la llum del sol es comença a veure.
2 Túnica de color blanc, llarga fins als peus, que el capellà porta sota la casulla quan celebra missa.

albada albades
nom femení
L'albada és el temps que passa entre el moment en què es comença a veure la claror del sol i el moment en què surt el sol.

albanès albanesa albanesos albaneses
adjectiu
1 D'Albània. *Els Alps albanesos.*
nom masculí i femení
2 Persona que és d'Albània o que hi viu.
nom masculí
3 L'albanès és la llengua que es parla a Albània.

albarà albarans
nom masculí
Un albarà és un paper que normalment acompanya les mercaderies quan es porten a qui les compra. Indica quins productes hi ha, la quantitat, el preu, la data de lliurament i altres coses semblants.

albatros albatros
nom masculí
Un albatros és un ocell marí molt gran, amb el bec llarg i fort i la cua curta. Els albatros poden fer volades molt llargues i només ponen un ou a l'any. S'alimenten de peixos i de cefalòpodes.

àlber àlbers
nom masculí
Un àlber és un arbre de fulles caduques, bastant alt i que té l'escorça llisa i blanca amb algunes taques fosques. Les fulles dels àlbers són verdes per sobre i blanques i peludes per sota. Els àlbers viuen a les terres baixes situades prop dels rius i als boscos no gaire alts.
albereda

albercoc albercocs
nom masculí
Un albercoc és un fruit comestible, petit i arrodonit, de color groc fosc. Té un sol pinyol gros i la pell suau, semblant al vellut. Els albercocs es fan servir com a fruita i per a fer melmelada. pàg. 397 ⑩
albercoquer

alberg albergs
nom masculí
Amb G
1 Un alberg és una casa on poden dormir excursionistes o altres persones que ho necessiten.
2 Els albergs de joventut acullen gent jove de tot el món a preus barats.

albergar
verb
com *cantar*
◀ pàg. 26
Amb GU davant E, I
Donar allotjament a algú. Si una persona alberga algú a casa seva, deixa que s'hi quedi a dormir.

albergínia albergínies
nom femení
Una albergínia és un fruit d'horta de forma allargada, més prima a la part on hi ha la tija i més ampla i arrodonida a la part de baix. És de color morat per fora i blanquinós per dins. La tija que la uneix a la planta té unes petites punxes. Es pot menjar arrebossada, escalivada i en truita.
pàgs. 994-995 ㉜
alberginiera

albí albina albins albines
adjectiu i nom masculí i femení
Que té la pell, els cabells i els ulls més clars del normal perquè li falta pigment. Els albins són molt sensibles al sol.

albir albirs
nom masculí
1 L'albir d'una persona és l'opinió que té sobre alguna cosa. Tots tenim dret a actuar segons el nostre albir.
2 El **lliure albir** és la capacitat d'una persona per a decidir per ella mateixa el que vulgui.

albirar
verb
com *cantar*
◀ pàg. 26
Veure alguna cosa de lluny sense acabar de distingir-la bé. Si albires un grup de gent que s'acosta, el veus però no saps qui són.

albufera albuferes
nom femení
Una albufera és una extensió d'aigua salada separada del mar per un tros de terra o de sorra. Normalment, les albuferes són poc profundes.

àlbum àlbums
nom masculí
Un àlbum és un llibre en blanc per a guardar-hi dibuixos, fotografies, treballs de l'escola, segells, etc.

albúmina albúmines
nom femení
L'albúmina és una substància que forma la part més important del sèrum de la sang i que també es troba a la llet, a la clara d'ou i a altres substàncies. Amb la calor l'albúmina es coagula.

alçada alçades
nom femení
Alçària, sobretot d'una persona o d'un animal.

A B C D E F G H I J K L M N O P Q R S T U V W X Y Z

alcalde alcaldes

nom masculí i femení Persona que presideix l'ajuntament d'un poble o d'una ciutat. Els alcaldes i les alcaldes són elegits pels ciutadans.

alcaldia

alcaldessa alcaldesses

nom femení Una alcaldessa és una dona que és alcalde.

alçament alçaments

nom masculí Revolta. L'alçament del general Franco va iniciar la Guerra Civil Espanyola.

alçaprem alçaprems

nom masculí Un alçaprem és una barra rígida amb un punt de suport que funciona com una palanca i que serveix per a aixecar i moure objectes que pesen.

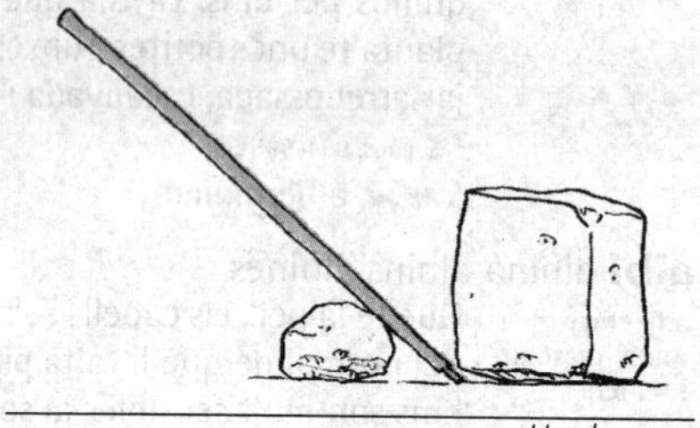

Un alçaprem

alçar

verb
com cantar
◄ pàg. 26
Amb C davant E, I

1 Portar una cosa cap amunt. Si es vol fer una pregunta a classe, s'ha d'alçar el braç. Si ens alcem de puntetes, som una mica més alts.

2 Diem que alcem la veu, el coratge o la moral quan fem que siguin més forts, més intensos.

3 Alçar els preus, els impostos, els lloguers, etc., és apujar-los.

4 Edificar una cosa. Durant l'edat mitjana es van alçar catedrals i monestirs molt grans. S'alcen, per exemple, cinemes, esglésies i torres.

sobrealçar

alçària alçàries

nom femení L'alçària d'una cosa és la mida que té des de la base fins a la part més alta. L'Everest té una alçària d'uns 8 848 metres. També parlem de l'alçària d'una persona.

alcàsser alcàssers

nom masculí Un alcàsser és un palau fortificat o un castell on vivien el rei o el príncep.

alcavot alcavota alcavots alcavotes

nom masculí i femení Persona que fa de mitjancera i d'encobridora entre dues persones que tenen relacions íntimes d'amagat.

alcohol alcohols

nom masculí L'alcohol és un líquid compost de carboni, hidrogen i oxigen que no té color i fa una olor molt forta. S'inflama amb molta facilitat. Es fa servir per a desinfectar les ferides, per a fer algunes begudes, com els licors, etc.

alcoholisme, alcoholitzar

alcohòlic alcohòlica alcohòlics alcohòliques

adjectiu 1 Que té alcohol. El vi, el conyac i el whisky són begudes alcohòliques.

nom masculí i femení 2 Persona que és addicta a prendre begudes alcohòliques.

alcoià alcoiana alcoians alcoianes

adjectiu 1 D'Alcoi. *Les festes de moros i cristians alcoianes.*

nom masculí i femení 2 Persona que és d'Alcoi o que hi viu.

alcoranista alcoranistes

nom masculí Un alcoranista és una persona que es dedica a explicar l'Alcorà, que és el llibre sagrat dels musulmans.

alcova alcoves

nom femení Una alcova és una cambra petita o una part d'una cambra on hi ha un o més llits, i que està separada de la resta per un arc, una vidriera o una altra divisió.

aldarull aldarulls

nom masculí Hi ha aldarull quan hi ha molt de soroll, crits, moviment de gent amunt i avall, etc. Si hi ha aldarull en un lloc, és difícil posar-se a estudiar.

aldea aldees

nom femení Una aldea era un poble molt petit que depenia d'un altre de més gran. Normalment, aquesta paraula es feia servir per a referir-se a llocs de moriscos o de fora dels Països Catalans.

alè alens

nom masculí 1 L'alè és l'aire que traiem per la boca quan respirem.

frase feta 2 **Aguantar-se l'alè** és estar una estona sense respirar.

3 **Perdre l'alè** és quedar-se gairebé sense poder respirar després d'haver fet un gran esforç.

alenada

aleatori aleatòria aleatoris aleatòries

adjectiu Una cosa és aleatòria quan és insegura, perquè depèn de la sort o de l'atzar. El fet que toqui el premi d'un concurs on s'ha participat és aleatori.

alegrar

verb
com cantar
◄ pàg. 26

1 Fer sentir alegria a algú. Les bones notícies ens alegren. Els bons amics s'alegren dels èxits dels seus companys.

2 Fer que alguna cosa tingui alegria. Les flors alegren les cases. Hi ha persones molt divertides que sempre alegren les festes.

alegre alegres
adjectiu
Amb E final
1 Que està content, que sent alegria. Els dies que fa sol, la gent està més alegre que els dies que plou.
2 Que manifesta alegria. Quan una persona riu, fa una cara alegre.
3 També diem que una persona està alegre quan està animada i contenta perquè ha begut una mica massa d'alcohol.
4 Un color és alegre quan és molt clar i intens. El vermell és un color alegre.
alegrement

alegria alegries
nom femení
L'alegria és un sentiment de satisfacció i de plaer que et produeix alguna cosa. Sovint, quan sents alegria, rius, somrius o saltes i balles. Quan veus un amic que feia molt que no veies, tens una gran alegria.

alegrois
nom masculí plural
Els alegrois són manifestacions d'alegria. Alguns nens, quan els dónes un caramel, fan grans alegrois, estan molt contents.

alemany alemanya alemanys alemanyes
adjectiu **1** D'Alemanya. *La música alemanya.*
nom masculí i femení **2** Persona que és d'Alemanya o que hi viu.
nom masculí **3** L'alemany és la llengua que es parla a Alemanya, Àustria i una part de Suïssa.

alenar
verb
com *cantar*
◄ pàg. 26
Treure aire per la boca, respirar.

alentir
verb
com *servir*
◄ pàg. 26
Fer que alguna cosa vagi més lenta. Els senyals de límit de velocitat obliguen a alentir la marxa. Si els batecs del cor s'alenteixen molt, la persona es pot trobar molt malament.

aler alera alers aleres
nom masculí i femení
Ala d'un equip de bàsquet o d'algun altre esport.

aleró alerons
nom masculí
Un aleró és una aleta que es pot moure i que està situada a la part del darrere de l'ala d'un avió. Els alerons serveixen per a fer les maniobres.

1
alerta
interjecció
Paraula que es fa servir per a avisar algú d'un perill. *Alerta!, no travessis el carrer que vénen cotxes.*
alertar

2
alerta alertes
nom femení
1 Una alerta és un avís o un senyal que es fa quan hi ha un perill. Si hi ha meduses a la platja, es dóna l'alerta perquè la gent no es banyi.
frase feta **2** **Anar** o **estar alerta** és anar o estar amb atenció, vigilar.

aleshores
adverbi
Diferent d'*a les hores*
1 En aquell moment. *Jo vaig néixer el 1901; aleshores, no hi havia tants cotxes com ara.*
2 En aquest cas. *Plou? Aleshores agafaré el paraigua.*

aleta aletes
nom femení
1 Una aleta és cadascun dels apèndixs que tenen els peixos per a poder-se moure per l'aigua.
2 Peça plana d'alguns aparells que surt cap enfora com les aletes d'un peix. Es parla de les aletes d'un ventilador o d'una hèlice.

aletejar
verb
com *cantar*
◄ pàg. 26
Amb G davant E, I
1 Un ocell aleteja quan mou les ales. A vegades, els ocells aletegen sense volar.
2 Un peix aleteja quan mou les aletes fora de l'aigua.

alexandrí alexandrina alexandrins alexandrines
adjectiu
1 D'Alexandria o d'alguns personatges importants que es deien Alexandre, com Alexandre el Gran.
2 Un vers alexandrí és un vers de catorze síl·labes dividit en dos fragments de set.

alfa alfes
nom femení
Nom de la primera lletra de l'alfabet grec α, A.

alfabet alfabets
nom masculí
L'alfabet d'una llengua és el conjunt de lletres que es fan servir per a escriure-la, posades en un ordre determinat. La paraula *alfabet* és formada amb el nom de les dues primeres lletres de l'alfabet grec: *alfa* i *beta*.
alfabètic

alfabetitzar
verb
com *cantar*
◄ pàg. 26
1 Posar per ordre alfabètic una llista de paraules, frases o noms. Les guies de telèfons s'alfabetitzen perquè sigui més fàcil trobar un nom.
2 Ensenyar de llegir i d'escriure a algú, sobretot a una persona gran.
alfabetització

alfàbrega alfàbregues
nom femení
Una alfàbrega és una planta de fulles verdes petites i flors blanques o rosades agrupades en pisos al capdamunt de la tija. Fa molta olor i es fa servir com a condiment, sobretot per a fer salses, com el pesto.

A

alfac alfacs
nom masculí — Un alfac és una acumulació de terra o de sorra que es forma a les desembocadures dels rius amb materials que els mateixos rius arrosseguen. Quan els alfacs són molt grans, poden arribar a formar albuferes.

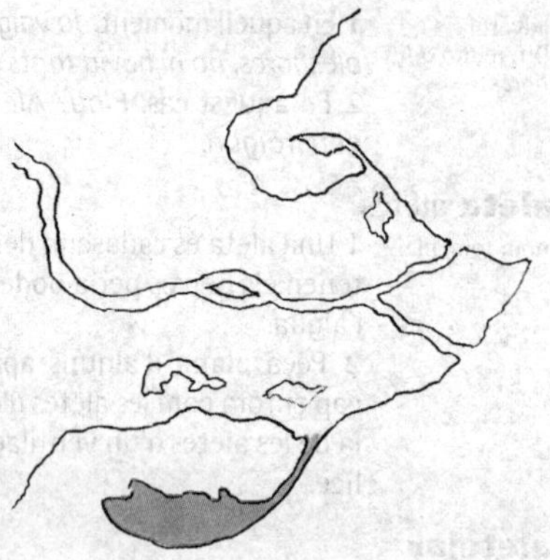

Un alfac

alfals alfals
nom masculí — L'alfals és una planta bastant alta, que té les fulles dividides en tres parts i les flors de color morat. El fruit és un llegum. L'alfals es fa servir sobretot com a menjar per als animals.
alfalsar

alfange alfanges
nom masculí — Un alfange és un sabre curt i corbat que només talla per un costat. Els guerrers àrabs i d'altres pobles orientals feien servir alfanges.

alferes alferes
nom masculí i femení — Un o una alferes és un oficial que ocupa el lloc més baix de la carrera militar.

alfil alfils
nom masculí — Un alfil és una peça del joc dels escacs que es mou en diagonal endavant i endarrere, una o més caselles alhora, sense passar per sobre de cap altra peça. Quan comença la partida, cada jugador té dos alfils.

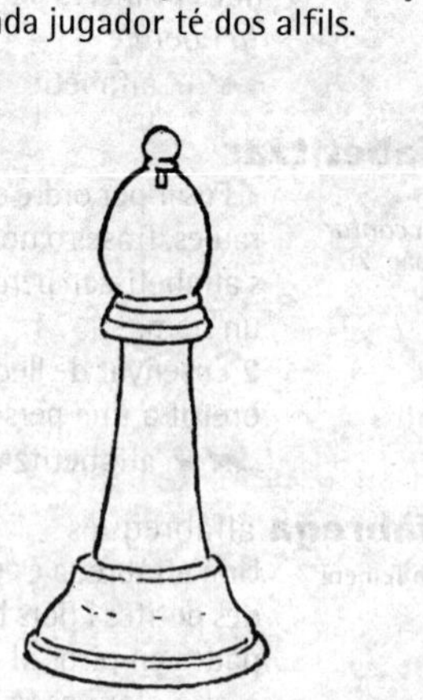

Un alfil

alforja alforges
nom femení — Una alforja és un conjunt de dos sacs que estan col·locats un a cada extrem d'un tros de roba llarg, de manera que si es posa a l'espatlla d'una persona o a l'esquena d'un animal penja un sac per cada banda.

alga algues
nom femení — Una alga és un organisme que viu a l'aigua, de colors i de formes diversos i que no té ni fulles ni arrels ni flors. Algunes algues es fan servir com a medicament o com a aliment.

àlgebra àlgebres
nom femení — L'àlgebra és la branca de les matemàtiques que estudia la manera general de resoldre totes les qüestions que es puguin proposar amb quantitats. Per a aconseguir-ho, a més de números, l'àlgebra fa servir lletres, com *a*, *b*, *x*, *y*, *z*, que poden representar qualsevol quantitat.
algebraic, algèbric

algeps algeps
nom masculí — Guix. Es diu al País Valencià.

algerià algeriana algerians algerianes
adjectiu — **1** D'Algèria. *El gas natural algerià.*
nom masculí i femení — **2** Persona que és d'Algèria o que hi viu.

àlgid àlgida àlgids àlgides
adjectiu — El període, o el punt, àlgid d'una malaltia, d'un negoci o d'una altra cosa és el moment més greu o el més important.

algorisme algorismes
nom masculí — Un algorisme és el conjunt dels passos que s'han de seguir per a resoldre una operació determinada. Els programes d'informàtica són algorismes escrits en un llenguatge especial.

algú
pronom indefinit — Aquesta paraula s'usa per a referir-se a alguna persona sense precisar exactament quina. *Si truquen a la porta, sabem que hi ha algú a fora, però fins que no obrim no sabrem qui és. No ho entenc: he deixat el llum apagat i algú l'ha encès.*

alguerès algueresa algueresos algueresses
adjectiu — **1** De l'Alguer. *La marina algueresa.*
nom masculí i femení — **2** Persona que és de l'Alguer o que hi viu.
nom masculí — **3** L'alguerès és la varietat del català que es parla a l'Alguer.

algun alguna alguns algunes
determinant i pronom indefinits — **1** De les coses o persones possibles, només una o unes quantes. *A la biblioteca trobaràs algun llibre que et servirà. Ja han plantat els enciams; alguns creixen molt de pressa.*

B C D E F G H I J K L M N O P Q R S T U V W X Y Z

locució que fa de pronom

2 Alguna cosa es refereix a una idea, un fet o una cosa que no se sap o no es vol especificar exactament què és. *Què vols de postres? No ho sé, alguna cosa que no tingui sucre. Segur que hi ha alguna cosa que encara no has fet mai.*

algutzir algutzirs

nom masculí
També *agutzil*

Un algutzir és un funcionari que treballa a l'ajuntament i que fa les feines que li mana l'alcalde o alguna altra persona de l'ajuntament.

alhora

adverbi
Diferent d'*a l'hora*

Al mateix temps. *Primer aniré a comprar i després faré el sopar, però no puc fer les dues coses alhora.*

aliança aliances

nom femení

1 Una aliança és el fet d'aliar-se dues o més persones o coses.
2 Anell de casament.

aliar

verb
com *canviar*
◄ pàg. 30
Amb dièresi
usat amb pronom

1 Fer un aliatge. Per a obtenir bronze, s'ha d'aliar coure i estany fonent-los.
2 Aliar-se dos o més pobles, partits, persones, etc., és unir-se mitjançant un tractat o un pacte per fer alguna cosa junts. Durant les guerres mundials, uns països es van aliar per lluitar junts contra uns altres països.

aliat, aliada

aliatge aliatges

nom masculí

Un aliatge és una combinació de dos o més metalls. L'acer és un aliatge de ferro i carboni i és més dur que el ferro sol.

alicates

nom femení plural

Unes alicates són una eina formada per dues peces metàl·liques enganxades en forma de creu que es poden obrir i tancar com unes estisores. Normalment tenen la punta quadrada i serveixen per a tallar i doblegar filferro, cables i altres coses.

pàg. 993 (22)

aliè aliena aliens alienes

adjectiu

1 Que és d'una altra persona. L'interès per saber si hi ha neu a les pistes d'esquí és aliè a les persones que no esquien.
2 Que no té relació amb algú o amb alguna cosa. Les persones alienes a una construcció no poden entrar a la zona d'obres.

alienar

verb
com *cantar*
◄ pàg. 26

Fer perdre el seny a algú, fer-lo tornar boig. Es diu que les sectes alienen perquè fan que els seus adeptes no prenguin decisions pròpies.

alienació

àlies àlies

nom masculí

L'àlies d'una persona és el nom amb què se la coneix, a part del seu nom i els seus cognoms de veritat. *Conqueridor* és l'àlies amb què és conegut Jaume I de Catalunya i Aragó.

àliga àligues

nom femení

Àguila.

aligó aligons

nom masculí

Aguiló.

aligot aligots

nom masculí
També *aguilot*

Un aligot és un ocell de rapinya, menys fort que l'àguila, amb les ales llargues, el coll curt i la cua ampla, en forma de ventall. Normalment, fa el niu als arbres i s'alimenta de talps, llangardaixos, ocells petits i altres animals.

aliment aliments

nom masculí

1 Un aliment és una substància necessària per a fer créixer i donar energia als éssers vius. La llet és l'aliment dels nadons.
2 Allò que serveix per a mantenir alguna cosa. La llenya és l'aliment principal del foc.

alimentació alimentacions

nom femení

1 L'alimentació és el fet d'alimentar o d'alimentar-se. Una bona alimentació és important per a la salut.
2 Conjunt d'aliments. En una botiga d'alimentació o a la secció d'alimentació d'un supermercat es venen verdures, embotits i altres aliments.

alimentar

verb
com *cantar*
◄ pàg. 26

1 Donar aliment a algú. Els ocells alimenten els seus fills amb cucs. Els bebès s'alimenten de llet.
2 Diem que alimentem alguna cosa quan la fem créixer. Per exemple, podem alimentar un foc amb llenya.

alimentós, alimentosa, sobrealimentar

alimentari alimentària alimentaris alimentàries

adjectiu

Dels aliments, que està relacionat amb els aliments. Les galetes i els formatges són productes alimentaris. Quan algú té problemes alimentaris, ha d'anar al metge.

alinear

verb
com *canviar*
◄ pàg. 30
Amb dièresi

Posar diferents coses o persones en línia recta, unes al costat de les altres. Els paletes alineen els maons per a fer parets. Quan els soldats han de fer una desfilada, s'alineen en files.

alineació, alineament

alisis
nom masculí plural — Els alisis són uns vents de les regions tropicals que bufen tot l'any i que són més intensos a l'hivern. A la banda nord de l'equador bufen de nord-est a sud-oest, i a la banda sud, de sud-est a nord-oest.

aljamia aljamies
nom femení — L'aljamia és l'escriptura d'una llengua romànica en lletres aràbigues o hebrees.

aljub aljubs
nom masculí — Cisterna.

all alls
nom masculí — Un all és una planta d'horta que té una tija amb una part a sota terra que es fa rodona i es menja, la cabeça, i una part a fora amb fulles verdes. Quan l'all és tendre, és allargat i es pot menjar amb fulles i tot. La cabeça dels alls és formada per grans, té un gust molt fort i picant i es fa servir per a fer allioli, sofregits i altres menjars.
allada

allà
adverbi — En aquell lloc, lluny d'on és qui parla. *Allà, a dalt la muntanya, hi ha un refugi.*

allargador allargadors
nom masculí — Un allargador és un cable elèctric que es pot connectar a un aparell per fer-lo arribar més lluny. Si es vol moure l'estufa de lloc, però el cable és massa curt, es pot fer servir un allargador.

allargar
verb
com *cantar*
◄ pàg. 26
Amb GU davant E, I
1 Fer que una cosa sigui més llarga. Quan les mànigues de la camisa et van curtes, te les has d'allargar. Si uns músics allarguen un concert, fan que duri més. Pel gener, els dies s'allarguen.
2 Donar una cosa a algú que és a prop estirant el braç. Si en una taula no arribes a l'aigua, demanes que te l'allarguin.
allargament, allargassar, allargat, allargada

allau allaus
nom femení — 1 Una allau és una massa de neu que es desprèn i cau muntanya avall. Les allaus són molt perilloses perquè hi poden quedar atrapades persones.
2 Diem que hi ha una allau de gent o una allau de coses quan n'hi ha una gran quantitat.

al·legar
verb
com *cantar*
◄ pàg. 26
Amb GU davant E, I
Fer servir una cosa com a argument o com a excusa. Quan una persona no va a un lloc on estava convidada, pot al·legar que estava malalta o que tenia un compromís.

al·legoria al·legories
nom femení — Una al·legoria és la representació d'una cosa o d'una idea mitjançant un objecte que s'hi assembla o que s'hi relaciona. L'al·legoria de la justícia és una balança.
al·legòric

allegro allegros
nom masculí — Un allegro és una composició musical que té un ritme força ràpid i viu, però menys que el presto. És una paraula italiana.

al·leluia
interjecció — 1 Exclamació que expressa alegria i agraïment i que es fa servir a les celebracions de l'Església, sobretot durant el temps de Pasqua.
2 Crit d'alegria que es fa quan s'ha acabat o s'ha aconseguit alguna cosa. *Al·leluia, podré anar a esquiar!*

al·lèrgia al·lèrgies
nom femení — Una persona té al·lèrgia a alguna cosa quan li produeix una reacció estranya, es posa malalta, li surten grans, esternuda tot sovint, etc. El pol·len de les plantes, alguns medicaments i la pell d'algunes fruites poden produir al·lèrgia.
al·lèrgic

alletar
verb
com *cantar*
◄ pàg. 26
Donar llet a un infant o a un animal acabat de néixer. Normalment, les mares alleten els fills amb la llet dels seus pits.

alleugerir
verb
com *servir*
◄ pàg. 28
1 Fer que alguna cosa sigui més lleugera, treure-li pes. Alleugerim una maleta si la buidem una mica perquè no pesi tant. A l'estiu, ens alleugerim de roba.
2 Alleugerir el pas o la marxa d'algú o d'alguna cosa és fer que vagi més ràpid. Quan una persona té pressa, alleugereix el pas.

alleujar
verb
com *cantar*
◄ pàg. 26
Amb G davant E, I
Fer que un dolor o un sofriment sigui menys fort i més fàcil de suportar. Alguns medicaments alleugen el mal de cap.
alleujament

allí
adverbi — Allà. *Ho he deixat allí, damunt de la taula.*

alliberar
verb
com *cantar*
◄ pàg. 26
1 Fer que algú sigui lliure. Quan una persona treu la corretja a un gos i el deixa córrer, l'allibera.
2 Treure o salvar algú d'un perill, d'una molèstia, etc. L'ajuda dels pares i professors et pot alliberar de moltes preocupacions. Sovint, ens alliberem del mal de cap prenent alguna medicina.
alliberador, alliberament

al·licient al·licients
nom masculí
Un al·licient és allò que atrau i anima a fer alguna cosa. Guanyar un premi de poesia és un al·licient per a seguir escrivint-ne.

alliçonar
verb
com *cantar*
◄ pàg. 26
Donar una lliçó a algú, ensenyar-li alguna cosa. Els experts en un ofici alliçonen els aprenents sobre com han de fer les coses.
alliçonador, alliçonament

allioli alliolis
nom masculí
L'allioli és una salsa espessa d'un color groguenc, feta amb alls ben picats i barrejats amb oli. L'allioli és molt típic dels Països Catalans i es menja sobretot acompanyant carn a la brasa i cargols. pàg. 400 ⑳

allipebre allipebres
nom masculí
L'allipebre és un plat típic valencià fet amb peix, sobretot amb anguiles, acompanyat d'una picada d'alls, ametlles, julivert i pebre vermell.

allisar
verb
com *cantar*
◄ pàg. 26
Fer que una cosa quedi llisa. Si quan fas el llit no allises ben bé els llençols, hi queden arrugues.
allisada

allistar-se
verb usat amb pronom
com *cantar*
◄ pàg. 26
Apuntar-se en una llista, sobretot per a entrar en un exèrcit, en una escola o en un altre lloc. Alguns nois s'allisten a l'exèrcit voluntàriament.

allitar-se
verb usat amb pronom
com *cantar*
◄ pàg. 26
També *enllitar-se*
Posar-se al llit perquè s'està malalt. Quan una persona té febre convé que s'alliti.

al·literació al·literacions
nom femení
Una al·literació és el fet de repetir-se el mateix so dins d'una frase. *Setze jutges mengen fetge d'un penjat* és una al·literació.

allò
pronom demostratiu
Aquesta paraula s'usa per a referir-se a qualsevol cosa que és lluny de qui parla o a una cosa que s'ha dit o que ha passat ja fa temps. *Treu allò d'allà, que la gent no podrà passar. Quan em va passar allò vaig patir molt, sort que ho he superat. Vas comprar allò, o te'n vas oblidar? I com t'estava dient... allò va ser fabulós.*

al·lot al·lota al·lots al·lotes
nom masculí i femení
Noi o noia. Es diu a les Illes Balears.

allotjament allotjaments
nom masculí
Un allotjament és un lloc on s'està allotjat. Els hotels, hostals i albergs són diferents tipus d'allotjament.

allotjar
verb
com *cantar*
◄ pàg. 26
Amb TG davant E, I
Donar habitació a algú durant un cert temps, acollir-lo. És divertit allotjar uns amics a casa. Molts excursionistes s'allotgen als refugis d'alta muntanya.

al·lucinar
verb
com *cantar*
◄ pàg. 26
1 Tenir visions, imaginar que es veuen o se senten coses que en realitat no existeixen. Algunes malalties i algunes drogues poden fer al·lucinar.
2 Diem que una cosa ens al·lucina quan ens impressiona molt.
al·lucinació, al·lucinant, al·lucinogen

al·ludir
verb
com *servir*
◄ pàg. 28
1 Referir-se a una persona o a una cosa sense anomenar-la. En una conversa et sents al·ludit quan, encara que no diguin el teu nom, saps que parlen de tu.
2 Parlar d'algú o d'alguna cosa en un discurs o en un escrit. Quan un professor explica la Revolució Francesa, al·ludeix Lluís XVI de França.
al·lusió, al·lusiu, al·lusiva

allunyar
verb
com *cantar*
◄ pàg. 26
Fer que una cosa o una persona estigui més lluny. Hi ha vidres que fan l'efecte òptic d'allunyar els objectes i es veuen més petits. Si una persona s'allunya de la vora del foc, no notarà l'escalfor.
allunyament

al·luvió al·luvions
nom masculí
1 Un al·luvió és una gran quantitat d'aigua que pot provocar una inundació.
2 Conjunt de sorra, pedres, fang, etc., que un riu o un altre corrent d'aigua ha transportat i que s'ha dipositat en algun lloc. Els deltes són formats pels al·luvions dels rius.
al·luvial

almadrava almadraves
nom femení
Una almadrava és una xarxa molt gran, amb compartiments, que es deixa posada dins l'aigua a prop de la costa per a pescar tonyines o altres peixos grans. Els peixos que hi entren no en poden sortir.

almanac almanacs
nom masculí
Un almanac és un calendari que, a més de dir els dies de l'any, indica les festes, els sants i altres dades.

almanco
adverbi
Almenys. Es diu a les Illes Balears i a l'Alguer.

almàssera almàsseres
nom femení — Una almàssera és un molí d'oli. A les almàsseres, s'hi molen les olives.

almenys
adverbi — Com a mínim. *No sé quants anys té, però almenys en té cinquanta.*

almirall almiralls
nom masculí — Un almirall és un oficial que ocupa el lloc més alt en la marina.

almívar almívars
nom masculí Amb V — Un almívar és un líquid espès fet amb sucre dissolt en aigua i cuit. L'almívar es fa servir per a conservar algunes fruites, com el préssec i la pinya.

almogàver almogàvers
nom masculí — Un almogàver era un soldat d'unes tropes de mercenaris que van aparèixer a la Península Ibèrica per lluitar contra els musulmans, al segle XIII. Els almogàvers més famosos són els que, al segle XIV, lluitaren a Itàlia i a Bizanci a les ordres dels reis catalans.

almohade almohades
nom masculí i femení — Un o una almohade és un membre d'una secta islàmica que va dominar al nord d'Àfrica i a la Península Ibèrica entre els segles XII i XIII.

almoina almoines
nom femení — Una almoina és una donació de diners, de roba, de menjar o d'una altra cosa que es fa a una persona que ho necessita. A les grans ciutats hi ha gent que demana almoina pels carrers.

almoràvit almoràvits
nom masculí i femení — Un o una almoràvit és un membre d'una secta islàmica que va dominar al nord d'Àfrica i a la Península Ibèrica entre els segles XI i XII.

almorratxa almorratxes
nom femení — Una almorratxa és un recipient de vidre o de terrissa que té diferents brocs i que serveix per a escampar aigua.

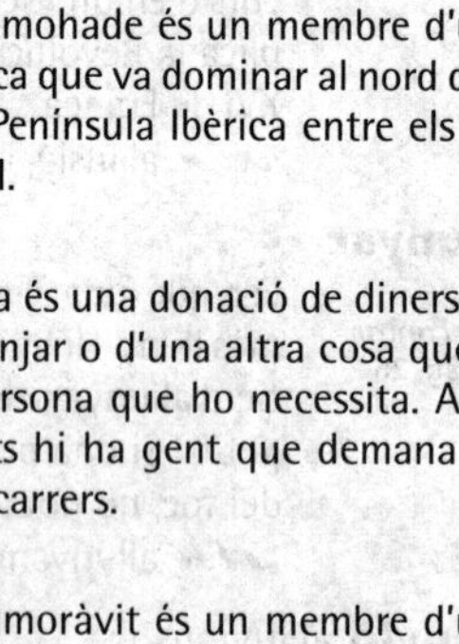
Una almorratxa

alosa aloses
nom femení — Una alosa és un ocell petit, de color terrós per sobre i clar per sota. Té la cua llarga i amb algunes plomes blanques. Quan vola, fa un cant llarg i musical. Viu a tot Europa.

alou alous
nom masculí — A l'edat mitjana, una persona tenia una terra en alou quan era totalment seva i no havia de pagar res a ningú.

alpaca alpaques
nom femení — **1** Nom que es dóna a diferents aliatges compostos de coure, zinc i níquel. L'alpaca és dura i d'un color semblant al de la plata. Amb alpaca es fan coberts, monedes, peces d'aparells i objectes de decoració.
2 Una alpaca és un mamífer molt semblant a la llama però més petit, de pèl llarg i fi, que viu a l'Amèrica del Sud. Amb llana d'alpaca es fan abrics.

alpí alpina alpins alpines
adjectiu — Dels Alps o de les muntanyes altes. El clima alpí és molt fred.

alpinisme alpinismes
nom masculí — L'alpinisme és un esport que consisteix a pujar muntanyes altes o d'accés difícil. Per a practicar l'alpinisme s'ha d'anar equipat amb cordes, piolets i altres materials d'escalada.
alpinista

alqueria alqueries
nom femení — Una alqueria és una casa de camp amb terreny de cultiu. Normalment, les alqueries són grans i estan apartades dels pobles i de les ciutats.

alquímia alquímies
nom femení — L'alquímia era una química màgica que es feia a l'edat mitjana i que pretenia trobar una substància que transformés un metall qualsevol en or i que allargués la vida indefinidament.
alquimista

alsacià alsaciana alsacians alsacianes
adjectiu — **1** D'Alsàcia. *Els vins alsacians.*
nom masculí i femení — **2** Persona que és d'Alsàcia o que hi viu.
nom masculí — **3** L'alsacià és el dialecte alemany que es parla a Alsàcia.

1
alt alta alts altes
adjectiu — **1** Que té més alçària de la normal. Hi ha persones altes i persones baixes. Els edificis alts tenen molts pisos.
2 Que és lluny de terra. Al migdia és quan el sol està en el seu punt més alt.
3 Diem que la temperatura és alta quan fa

calor. Quan una persona té un sou alt volem dir que cobra molts diners.

frase feta **4 Anar amb el cap alt** vol dir anar amb el cap dret, mirant cap amunt.

5 Passar per alt una cosa és ometre-la, oblidar-la.

2
alt alts

nom masculí

1 L'alt d'una persona o d'una cosa és la seva alçària o alçada. Les porteries de futbol tenen uns 7 metres d'ample i 2,5 d'alt.

nom masculí plural

2 Els alts d'una cosa són la part més alta, que és més lluny de terra. Els alts d'un armari són els compartiments que són més a prop del sostre.

3 Els **alts i baixos** d'un terreny són les pujades i baixades que fa. També parlem dels alts i baixos d'una malaltia, d'una fortuna, per indicar-ne els diversos canvis.

3
alt

adverbi

1 A força altura. *Els avions volen alt.*

2 En veu forta. *La Maria parla molt alt quan parla per telèfon.*

alta altes

nom femení

1 Quan a un treballador que estava malalt li donen l'alta li donen permís per a tornar a treballar. Per tal que el metge doni l'alta a algú, primer ha d'haver estat de baixa.

frase feta 2 **Donar-se d'alta** d'un club, d'una associació, de la subscripció a una revista, etc., és apuntar-s'hi.

altar altars

nom masculí

1 Un altar és una taula de pedra que hi ha a les esglésies on se situa el sacerdot quan celebra la missa. ✎ pàg. 598 ⑧

2 Lloc elevat en forma de taula on s'oferien sacrificis als déus.

altaveu altaveus

nom masculí

Un altaveu és un aparell que fa que els sons que es produeixen davant d'un micròfon sonin més fort, amb més intensitat.

altell altells

nom masculí

Un altell és una petita elevació en el terreny.

alterar

verb
com *cantar*
◄ pàg. 26

1 Fer que una cosa sigui diferent de com era abans, canviar-ne alguna característica. Els colorants alteren el color de les substàncies.

2 Falsificar. Si algú altera una història, li afegeix coses que no són veritat.

3 Fer sortir algú o alguna cosa del seu estat normal. Les pel·lícules de por alteren algunes persones. Hi ha qui s'altera quan sona el telèfon molt tard.

alterable, alteració, inalterable

altercat altercats

nom masculí

Un altercat és una discussió violenta entre dues o més persones. Als carrers, a vegades hi ha altercats entre conductors.

altercar

altern alterna alterns alternes

adjectiu

Que passa un dia sí i un dia no. Si tens classes de català alternes, les tens, per exemple, dimarts i dijous.

alternador alternadors

nom masculí

Un alternador és un aparell elèctric que transforma el corrent continu en corrent altern. Els cotxes tenen un alternador que funciona quan el motor està engegat i que carrega la bateria.

alternar

verb
com *cantar*
◄ pàg. 26

1 Fer alguna cosa dues o més persones, primer una, després l'altra, i així successivament. Dos professors de música alternen quan cada vegada fa la classe un d'ells.

2 Repetir coses, primer una, després l'altra, i així successivament. És important alternar l'estudi amb la diversió.

3 Trobar-se una o més coses en un mateix lloc, grup, etc. Sovint, als boscos alternen diferents tipus d'arbres.

4 Relacionar-se amb la gent. Si vas a aprendre un idioma a l'estranger, has d'alternar amb la gent del país.

alternança

alternatiu alternativa alternatius alternatives

adjectiu

1 Que es fa de manera alternada, primer una cosa i després una altra. La successió del dia i la nit és alternativa: un ve després de l'altra, sempre de la mateixa manera.

2 Que ofereix una altra oportunitat a part de la que ja teníem. Si hi ha una carretera tallada, cal buscar-ne una d'alternativa que porti al mateix lloc. Hi ha energies alternatives, medicina alternativa, etc.

alternativa alternatives

nom femení

Una alternativa és la possibilitat que es té d'escollir entre dues o més coses. Si tens les alternatives d'anar de vacances a la platja o a la muntanya, escull la que t'agrada més.

altesa alteses

nom femení

Títol o tractament que es dóna als prínceps i a les princeses. *Altesa, que vol res més? No, gràcies.*

altímetre altímetres

nom masculí

Un altímetre és un aparell que porten els avions i altres aparells voladors per a indicar a quina altura estan respecte del mar o del terreny que tenen a sota.

altiplà altiplans
nom masculí — Un altiplà és una superfície més o menys plana que s'eleva del terreny. La Meseta és un gran altiplà que hi ha al centre de la Península Ibèrica.

altisonant altisonants
adjectiu — Que sona alt, solemne i pompós. Les persones importants sovint fan servir un llenguatge altisonant.

altitud altituds
nom femení — L'altitud és l'altura d'un lloc respecte al nivell del mar. Normalment, mesurem l'altitud en metres. La pica d'Estats té una altitud de 3 143 metres.

altiu altiva altius altives
adjectiu — Que sent o expressa orgull. Les persones altives creuen que són millors que les altres.
altivesa

1
alto
interjecció — Crit que es fa servir per a indicar a algú que s'aturi, que deixi de fer el que estava fent. *Alto! No continuïs estirant.*

2
alto altos
nom masculí — Un alto és una parada que es fa per descansar.

altocúmul altocúmuls
nom masculí
També *altocúmulus* — Un altocúmul és un núvol mitjà, que pot anar de 2 000 a 6 000 metres d'altura. Els altocúmuls formen grans masses arrodonides, més grosses que els cirrocúmuls, semblants a boles de cotó fluix aixafades. Indiquen pluja.

altocúmulus altocúmulus
nom masculí — Altocúmul.

alto el foc altos el foc
nom masculí — Un alto el foc és el fet de posar fi a les lluites entre enemics que estan en guerra.

altostrat altostrats
nom masculí
També *altostratus* — Un altostrat és un núvol mitjà, que pot anar dels 2 000 als 6 000 metres d'altura. Els altostrats formen vels o capes com els cirrostrats, però no deixen passar la llum del sol. Indiquen pluges o nevades.

altostratus altostratus
nom masculí — Altostrat.

altrament
adverbi — **1** D'una altra manera. *Pensava altrament que jo, per això vam discutir.*
conjunció — **2** En cas contrari, si no fos per això. *Em va assegurar que vindria; altrament, no l'esperaria tanta estona.*

altre altra altres
determinant i pronom indefinits — **1** Aquesta paraula s'usa per a indicar que no és la mateixa persona o la mateixa cosa que la que s'ha dit abans. Sempre porta al davant *un*, *el* o *de*:
• *Em deixaràs un altre llibre? Els dos jerseis m'agraden, però l'un és de màniga curta i l'altre de màniga llarga. Aquesta jaqueta no m'agrada; em quedaré l'altra. Aquestes no m'agraden, ensenyeu-me'n d'altres.*
2 Encara un més. Sempre porta al davant *un*:
• *Me'n pot posar un altre quilo. Tinc dues llibretes, però encara en necessitaré una altra.*
3 Restant. Pot anar sense *un* al davant:
• *Han portat pintures, pinzells i totes altres eines de pintors. Té aquests dos paquets, els altres te'ls donaré demà.*
adjectiu — **4** Que és diferent, que no és com una altra cosa o persona. Darrere d'un nom o d'un pronom:
• *Una vocal altra que* U *és la* A, *la* E, *la* I *o la* O. *Aquesta directora és tota altra que la que hi havia abans.*
determinant i pronom indefinits — **5** **L'un i l'altre** vol dir ambdós. Si guanyes el primer i el segon premi d'un concurs, els guanyes tots dos, l'un i l'altre.
pronom indefinit — **6** **Els altres** és tothom que no és un mateix, l'altra gent.

altri
pronom indefinit — Aquesta paraula s'usa per a referir-se als altres. *Treballar per a altri és més esclau que treballar per a un mateix. No facis mal a altri.*

altruista altruistes
adjectiu i nom masculí i femení — Que es preocupa pel bé dels altres sense treure'n cap profit i encara que això el perjudiqui. Els altruistes són persones generoses.
altruisme

altura altures
nom femení — **1** L'altura és la distància vertical que hi ha des d'un punt fins a terra. Els avions volen a una gran altura.
2 En geometria, l'altura d'una figura o d'un cos amb volum és un tros de recta perpendicular a la base i que va fins a l'extrem oposat.
3 Punt o nivell on està o on arriba algú o alguna cosa. A aquestes altures de la història, sembla mentida que encara hi hagi guerres.

alumini aluminis
nom masculí — L'alumini és un element metàl·lic blanc, lleuger i inoxidable. Hi ha olles i cassons que són d'alumini. El seu símbol és: Al.

alumne alumna alumnes

nom masculí i femení — Persona que rep ensenyament d'un professor o d'una professora. Una escola sempre necessita alumnes i professors.

pàgs. 998-999 ⑦, ⑲

alumnat, alumnessa

alvèol alvèols

nom masculí — **1** Un alvèol és un foradet, una petita cavitat. La bresca de les abelles és formada per alvèols. En els pulmons, hi ha uns petits alvèols on la sang agafa l'oxigen.

pàgs. 798-799 (57)

2 Un **alvèol dental** és cadascun dels forats on hi ha col·locades les dents. Les genives cobreixen els alvèols dentals.

alveolar alveolars

adjectiu — **1** Dels alvèols.

2 Un so és alveolar quan el pronunciem tocant els alvèols dentals amb la llengua. Són alveolars els sons consonàntics de les paraules *ossa, ozó, ona, hola, hora* i *raó.*

nom femení — **3** Una alveolar és una lletra que representa un so alveolar.

alvocat alvocats

nom masculí — Un alvocat és un fruit en forma de pera, amb una pell rugosa i de color verd fosc o negre, un pinyol gran i llis, i la polpa molt saborosa i d'un color groc verdós. L'alvocat es pot menjar com a entrant o com a postres perquè no és dolç. pàg. 397 ⑦

alzina alzines

nom femení
Amb Z — **1** Una alzina és un arbre amb les branques molt espesses i les fulles petites, dures, de color verd fosc tot l'any. En algunes alzines, aquestes fulles són dentades i punxen. El tronc és rugós i de color fosc. El fruit de l'alzina és una gla. Les alzines són abundants a Catalunya.

2 Una **alzina surera** és una surera.

alzinar

amable amables

adjectiu
Amb E final — **1** Una persona és amable quan és educada, agradable de tractar, afectuosa i bondadosa amb els altres.

2 Les paraules, cartes, mirades o altres coses són amables quan són agradables i no ofenen.

amabilitat

amagar

verb
com *cantar*
◄ pàg. 26
Amb GU davant E, I — **1** Posar una cosa en un lloc secret per tal que una altra persona no la vegi o no la trobi. Alguns pares amaguen les galetes i la xocolata als fills. Si no vols que et reconeguin, pots amagar-te darrere d'una màscara.

2 Diem que amaguem un fet, una notícia o una altra cosa a algú quan no li ho expliquem i fem el possible perquè no ho sàpiga.

d'amagat

locució que fa d'adverbi — Una cosa es fa d'amagat quan es fa en secret, amagant-se. *Van entrar a la cuina d'amagat, sense que ningú els veiés, i van agafar unes quantes galetes.*

amagatall amagatalls

nom masculí — Un amagatall és un lloc bo per a amagar alguna cosa o per a amagar-se algú. Els gossos busquen amagatalls molt curiosos per als ossos.

d'amagatotis

locució que fa d'adverbi — D'amagat.

amainar

verb
com *cantar*
◄ pàg. 26 — **1** Disminuir el vent, la pluja, la calor o una altra cosa relacionada amb el temps. Als vespres d'estiu, la calor amaina una mica.

2 Diem que una malaltia, un dolor, un desig o una cosa semblant amaina quan es fa més suau.

amanida amanides

nom femení — Una amanida és un menjar fet amb enciam, tomàquet, ceba, pastanaga, olives i altres vegetals, tot cru i amanit amb oli, sal i vinagre. Es poden fer amanides molt variades amb diferents ingredients, com arròs, pasta o formatges i salses diverses.

pàg. 400 (30)

amanir

verb
com *servir*
◄ pàg. 28 — Posar oli, sal, vinagre o altres condiments a alguns menjars. Quan demanes una amanida en un restaurant, et porten les setrilleres perquè te l'amaneixis al teu gust.

amanita amanites

nom femení — Una amanita és un tipus de bolet que quan és jove està embolicat per un vel blanc que li dóna l'aspecte d'un ou. Quan les amanites maduren, el vel es trenca i surten el peu i el barret. Les restes d'aquest vel solen formar una funda a la part de baix del peu i clapes blanques damunt del barret. Hi ha amanites molt verinoses; d'altres són molt bones per a menjar.

amansir

verb
com *servir*
◄ pàg. 28 — Fer que un animal es torni menys ferotge, domesticar-lo. Les carícies amanseixen els gats.

amansar

A B C D E F G H I J K L M N O P Q R S T U V W X Y Z

amant amants

adjectiu i nom masculí i femení

1 Que té afició per alguna cosa. Els amants del cinema van a veure tantes pel·lícules com poden.

2 Dues persones són amants quan tenen relacions íntimes sense estar casades.

amanuense amanuenses

nom masculí

Un amanuense és una persona que escrivia a mà alguna cosa que li dictaven o copiava. Abans que s'inventés la impremta hi havia amanuenses.

amanyagar

verb com *cantar* ◄ pàg. 26 Amb GU davant E, I

Acariciar.

amanyac

amar

verb com *cantar* ◄ pàg. 26

Sentir amor per una persona o una cosa, estimar-la. Els pares amen els seus fills. Aquesta paraula s'usa poc.

1
amarar

verb com *cantar* ◄ pàg. 26 També *amerar*

1 Mullar una cosa amb un líquid de manera que n'absorbeixi el màxim possible. La pluja amara la roba estesa.

locució que fa d'adjectiu

2 Una persona **amarada de suor** està molt suada.

2
amarar

verb com *cantar* ◄ pàg. 26

Posar-se sobre l'aigua del mar o d'un llac un hidroavió o un altre aparell volador. Per a poder amarar, els hidroavions no tenen rodes, sinó una mena d'esquís molt amples.

amaratge

amarg amarga amargs amargues

adjectiu

1 Que té un gust fort, aspre i gens dolç. Com que el cafè és amarg, hi ha gent que s'hi posa sucre. Les medicines amargues costen de prendre.

2 Diem que una situació, un sentiment o una altra cosa és amarg quan produeix pena o dolor.

amargor, amarguejar, amarguesa

amargant amargants

adjectiu

Que és amarg. L'escarola és amargant.

amargar

verb com *cantar* ◄ pàg. 26 Amb GU davant E, I

1 Tenir un gust amarg. Quan les ametlles amarguen són molt dolentes.

2 Diem que algú o alguna cosa ens amarga quan ens molesta molt i ens ho fa passar malament.

amarra amarres

nom femení

Una amarra és una corda, una cadena o una altra cosa semblant que es fa servir per a amarrar els vaixells.

amarrar

verb com *cantar* ◄ pàg. 26

Lligar alguna cosa a un lloc fix amb cordes, cadenes o una altra cosa semblant. Els navegants amarren els vaixells al moll quan no han d'anar enlloc.

amassar

verb com *cantar* ◄ pàg. 26

1 Ajuntar alguna cosa en gran quantitat, acumular-la. El negoci del petroli ha permès amassar grans fortunes.

usat amb pronom

2 Amassar-se és ajuntar-se molt, de manera que sembli una massa. Sovint, la gent s'amassa al voltant d'un accident.

amatent amatents

adjectiu

Una persona és amatent quan sempre està a punt per a fer les coses i les fa amb rapidesa.

amateur amateurs

nom masculí i femení

Un o una amateur és una persona que fa un esport o una activitat artística perquè li agrada, sense dedicar-s'hi com a professional. Molts actors de teatre són amateurs: treballen i quan tenen temps lliure preparen les seves obres. És una paraula francesa.

amazona amazones

nom femení Amb Z

1 Una amazona és una dona que munta a cavall.

2 Dona guerrera de la mitologia grega que muntava a cavall amb molta habilitat.

amb

preposició Diferent d'*en* i d'*em*

S'usa en casos com aquests:

- *Jugar amb un company; carn amb suc; parlar amb els amics.*
- *Clavar un clau amb el martell; escriure amb bona lletra.*
- *Topar un cotxe amb un tren.*
- *Viatjar amb tren, amb bici, amb taxi, amb catifa voladora.*

ambaixada ambaixades

nom femení Amb A

Una ambaixada és el lloc on treballen l'ambaixador o l'ambaixadora i els seus empleats. Les ambaixades fan serveis com, per exemple, donar informació sobre el país que representen i fer visats.

ambaixador ambaixadora ambaixadors ambaixadores

nom masculí i femení Amb A

Persona que representa el seu país en un altre país.

ambdós ambdues

determinant i pronom indefinits

Tots dos, totes dues. *Algunes tennistes fan servir ambdues mans per a agafar la raqueta. Vaig conèixer dos nois al tren; ambdós eren suecs.*

ambició ambicions

nom femení
L'ambició és un gran desig d'aconseguir alguna cosa important: fama, poder, riquesa, etc. Algunes persones tenen l'ambició d'arribar a ser estrelles de cinema.
ambicionar

ambiciós ambiciosa ambiciosos ambicioses

adjectiu
Que té o que indica ambició. Un projecte ambiciós és un projecte que pretén aconseguir coses gairebé impossibles.

ambidextre ambidextra ambidextres

adjectiu i nom masculí i femení
Que pot fer servir la mà dreta i la mà esquerra amb la mateixa habilitat. Els ambidextres, per tant, poden escriure amb les dues mans.

ambient ambients

nom masculí
1 L'ambient és l'atmosfera, l'aire, que hi ha en un lloc. Quan l'ambient d'una sala està molt carregat, és millor obrir la finestra.
2 Animació que hi ha en un lloc. Per Nadal, als carrers hi ha molt d'ambient.
3 Medi. Les falgueres creixen en ambients humits.
ambiental

ambientador ambientadors

nom masculí
Un ambientador és una substància que fa olor i que serveix per a dissimular la pudor de l'ambient.

ambientar

verb com *cantar* ◄ pàg. 26
1 Situar en un ambient. Per a ambientar una pel·lícula al segle XV, els decorats, els vestits i els pentinats han de ser de l'època.
2 Preparar alguna cosa per a crear un ambient. Quan ambientes un lloc per a fer una festa, hi pots penjar globus i serpentines.

usat amb pronom
3 **Ambientar-se** és adaptar-se a una situació o a un lloc nous. A algunes persones els costa molt ambientar-se a un país diferent.

ambigu ambigua ambigus ambigües

adjectiu
Una paraula o una frase és ambigua quan pot voler dir dues coses diferents. La frase *La cua és curta* és ambigua, ja que pot ser la cua d'un animal o la cua del cine.
ambigüitat

àmbit àmbits

nom masculí
1 L'àmbit d'una cosa és el seu contorn.
2 Espai que queda dins del contorn d'una cosa. No hi ha cap gos que parli en l'àmbit de la Terra.

ambivalent ambivalents

adjectiu
Que pot tenir dos sentits, dues interpretacions. Les expressions ambivalents són ambigües. Parlar amb frases ambivalents pot provocar malentesos.

ambre ambres

nom masculí
L'ambre és una resina vegetal fòssil endurida, groguenca, opaca o una mica transparent. Es fa servir per a fer vernissos i objectes d'ornament, com collarets.

ambrosia ambrosies

nom femení
L'ambrosia era un menjar molt dolç que, segons la mitologia grega, prenien els déus, els herois i els cavalls divins, i que els feia immortals.

ambulància ambulàncies

nom femení
Una ambulància és un vehicle preparat per a transportar malalts o ferits. Quan les ambulàncies tenen pressa fan sonar la sirena i fan girar els llums que porten al sostre.
pàg. 597 (24)

ambulant ambulants

adjectiu
Que va d'un lloc a un altre. Els venedors ambulants es desplacen per la ciutat o d'un poble a un altre i venen en parades que han de muntar i desmuntar cada vegada.

ambulatori ambulatoris

nom masculí
Un ambulatori és un local públic on hi ha diversos metges i especialistes que visiten malalts i fan receptes de medicaments.

amè amena amens amenes

adjectiu
Un espectacle, una feina o una altra activitat és amena quan entreté i fa que t'ho passis bé. Les pel·lícules o els llibres amens són agradables i es fan curts.
amenitat, amenitzar

amén

interjecció
Paraula hebrea que vol dir *això és veritat* i *això és desitjable* i que es diu, a les misses o quan es resa, al final de les oracions.

amenaçar

verb com *cantar* ◄ pàg. 26 Amb C davant E, I
1 Fer saber a algú amb paraules o amb gestos que es té la intenció de fer-li mal o de perjudicar-lo. Si amenacen algú de mort, és que el volen matar.
2 Donar senyals d'estar a punt de passar alguna cosa dolenta o desagradable. Els núvols negres amenacen tempestes.
amenaça, amenaçador

amerar

verb com *cantar* ◄ pàg. 26
Amarar, mullar molt.

americà americana americans americanes

adjectiu
1 D'Amèrica. *Els indis americans.*

nom masculí i femení
2 Persona que és d'Amèrica o que hi viu.

nom masculí
3 L'americà és l'anglès que es parla a Amèrica.
americanisme

A B C D E F G H I J K L M N O P Q R S T U V W X Y Z

americana americanes
nom femení
Una americana és una peça de vestir de tela i amb màniques que tapa el cos fins una mica més avall de la cintura, que es corda al davant amb botons i que es porta sobre d'una camisa o d'un jersei. En alguns llocs de luxe, els homes han de portar americana i corbata.

amerindi ameríndia amerindis ameríndies
nom masculí i femení
Indi o índia d'Amèrica.

ametista ametistes
nom femení
L'ametista és una varietat de quars que es presenta en forma de cristalls de color violeta o blavós. És una pedra preciosa, molt apreciada sobretot quan és violeta i transparent.

ametlla ametlles
nom femení
Amb TLL
Una ametlla és una fruita seca, de forma allargada i de color blanc. Té una pell marró fosc i una closca dura marró clar. És la llavor de l'ametller. Les ametlles es mengen crues o torrades. Les picades de molts menjars, els torrons i el massapà porten ametlla.

Una ametlla

ametller ametllers
nom masculí
Amb TLL
Un ametller és un arbre de fulles verdes i allargades i de flors blanques o rosades que surten a finals de l'hivern. El fruit de l'ametller és l'ametlló, i la llavor, l'ametlla. Viu a les zones temperades.

ametlló ametllons
nom masculí
Amb TLL
1 L'ametlló és el fruit de l'ametller. Està format per una closca verda i carnosa que conté la llavor, l'ametlla.
2 Ametlla tendra.

amfibi amfíbia amfibis amfíbies
adjectiu
1 Que pot viure tant a l'aigua com a la terra. Les granotes són animals amfibis.
2 Un vehicle amfibi és un vehicle preparat per a circular tant per aigua com per terra.
nom masculí
3 Un amfibi és un animal vertebrat que viu a l'aigua i a terra i que després de néixer passa per diverses formes fins a arribar a la de l'animal adult. En la forma de larva, els amfibis semblen peixos petits i respiren per brànquies; els adults respiren per pulmons i a través de la pell. El cos dels amfibis sempre està humit. Les granotes, els gripaus i les salamandres són amfibis.

amfiteatre amfiteatres
nom masculí
1 Un amfiteatre era un edifici de forma rodona o el·líptica, amb grades al voltant, on se celebraven espectacles diversos.
2 L'amfiteatre d'un teatre modern és el conjunt de seients col·locats en semicercle que hi ha a la part de darrere i dels costats de la platea.

amfitrió amfitriona amfitrions amfitriones
nom masculí i femení
Amb MF
Persona que té convidats a casa i que procura que estiguin bé. L'amfitrió d'una festa rep els convidats i els presenta.

àmfora àmfores
nom femení
Amb MF
Una àmfora és una mena de gerro de ceràmica amb dues nanses. Antigament, les àmfores es feien servir per a transportar líquids. Actualment, es fan servir sobretot per a decorar.

amiant amiants
nom masculí
L'amiant és un mineral format de fibres molt resistents al foc i a l'escalfor. Es fa servir per a fer teixits, fundes o altres recobriments que han de suportar temperatures molt altes. A vegades, els bombers porten uns vestits especials d'amiant.

amic amiga amics amigues
nom masculí i femení
1 L'amic o l'amiga d'algú és una persona estimada que no és la seva parella ni és de la família. Els amics tenen una bona relació i fan coses junts.
2 Persona que té afició per algú o per alguna cosa. Sovint, els amics dels animals en tenen algun a casa.
amical, amigable

amidar
verb
com *cantar*
◄ pàg. 26
Prendre les mides d'alguna cosa. Quan amides una habitació fas servir una cinta mètrica.

amígdala amígdales
nom femení
Una amígdala és cadascuna de les dues glàndules vermelloses que les persones i alguns animals tenen una a cada costat de la gola. Quan es tenen angines, les amígdales s'inflamen.

aminoàcid aminoàcids

nom masculí — Un aminoàcid és una substància que hi ha a les proteïnes animals que és necessària per al creixement i el manteniment del cos humà. Alguns aminoàcids són imprescindibles per a viure.

amistat amistats

nom femení — **1** L'amistat és el que els amics senten l'un per l'altre. Quan tens amistat amb una persona, tens ganes de parlar-hi i de fer coses amb ella.
2 Persona amb qui es té amistat. Els teus amics i les teves amigues són les teves amistats.

amistós amistosa amistosos amistoses

adjectiu — **1** Que expressa amistat.
2 En els esports, un partit és amistós quan no forma part de cap competició.

amnèsia amnèsies

nom femení — L'amnèsia és la pèrdua de la memòria. Quan una persona té amnèsia pot ser que no recordi el seu nom o la seva família.

amnistia amnisties

nom femení — Una amnistia és un perdó general que el govern dóna als acusats d'alguns delictes, sobretot dels polítics. Si es dóna l'amnistia a uns presos, se'ls deixa lliures.
amnistiar

amo amos

nom masculí — **1** L'amo d'una empresa, d'una fàbrica o d'un altre negoci n'és el propietari i la persona que mana els treballadors.
2 Propietari d'un objecte, d'una casa o d'una altra cosa. Si ets l'amo d'una bicicleta, és teva i pots fer-la servir sempre que vulguis.

amoïnar

verb com *cantar* ◄ pàg. 26 — **1** Molestar algú, no deixar-lo tranquil. Quan un soroll t'amoïna, no treballes a gust.

usat amb pronom — **2 Amoïnar-se** és preocupar-se per alguna cosa. No cal amoïnar-se si la primera paella que fem no surt gaire bona.
amoïnós, amoïnosa

amollar

verb com *cantar* ◄ pàg. 26 — Deixar anar algú o alguna cosa, afluixant. Es pot amollar un cable o una corda, per exemple. Quan s'amolla el bestiar, se li obre la porta de l'estable perquè vagi a pasturar.

amonestació amonestacions

nom femení — **1** Una amonestació és el fet d'amonestar algú.
2 Llista de persones que estan a punt de casar-se que es penja a l'església. Si algú sap d'algun impediment perquè es casin, ho ha de dir.

amonestar

verb com *cantar* ◄ pàg. 26 — Renyar algú, avisar-lo que ha fet malament alguna cosa per tal que es corregeixi. En alguns esports, els àrbitres amonesten els jugadors si cometen una falta.
amonestament

amoníac amoníacs

nom masculí — L'amoníac és un gas incolor compost de nitrogen i d'hidrogen i que té una olor molt forta i desagradable. Provoca irritació als ulls i al coll. Es fa servir molt en la indústria de colorants i en la fabricació de gel. Aplicat sobre una picada d'animal, calma el dolor. La seva fórmula és: NH_3.

amor amors

nom masculí o femení — **1** L'amor és un sentiment molt fort d'afecte cap a una persona estimada o un animal. Hi ha un gran amor entre els fills i els pares. Algunes persones senten una gran amor pels gats.
2 Gran interès per alguna cosa. Algunes persones tenen un gran amor a la música.
3 Persona estimada. Tothom vol el millor per al seu amor.
4 L'amor propi és el desig de quedar bé davant dels altres.

locució que fa d'adverbi — **5** Quan es fa una cosa **per amor a l'art** es fa sense treure'n cap profit, sense cobrar ni esperar res a canvi. *He fet aquest treball per amor a l'art; la professora no ens l'havia demanat.*

frase feta — **6 Fer l'amor** és fer l'acte sexual.
enamorar

amorf amorfa amorfs amorfes

adjectiu — Que no té una forma determinada. El fang és amorf.

amorós amorosa amorosos amoroses

adjectiu — **1** Que sent o que manifesta amor. Les persones amoroses són molt tendres i afectuoses.
2 Diem que una cosa és amorosa quan és suau, tova i fàcil de treballar. Una roba amorosa és molt agradable de tocar.

amorosir

verb com *servir* ◄ pàg. 28 — Fer que alguna cosa es torni més suau. La crema de llet amoroseix algunes salses. Quan el vent s'amoroseix, deixa de bufar tan fort.

amorrar

verb com *cantar* ◄ pàg. 26 — **1** Posar algú amb la cara o amb la boca arran de terra o tocant un altre objecte. Si caus jugant a futbol, pot ser que t'amorris a terra.

Continua a la pàgina següent

A B C D E F G H I J K L M N O P Q R S T U V W X Y Z

usat amb pronom — **2 Amorrar-se** a una ampolla, a un càntir, etc., és tocar amb els llavis el broc per beure-hi.

amortallar

verb
com *cantar*
◄ pàg. 26

Embolicar una persona morta amb una mortalla per a posar-la dins de la caixa.

amortidor amortidors

nom masculí

Un amortidor és un dispositiu que tenen els vehicles per a fer que no es notin tant les sotragades provocades pels sots de la carretera o dels carrers i camins. ✎ moto

amortiment, amortir

amortitzar

verb
com *cantar*
◄ pàg. 26

1 Tornar un deute a poc a poc amb pagaments successius. Un préstec de 18 000 euros es pot amortitzar en deu anys pagant 1 800 euros cada any.

2 Treure profit dels diners que s'han pagat per a comprar una màquina o una altra cosa. Si compres un ordinador portàtil molt car i no el fas servir gaire, no l'amortitzaràs.

amortització

amotinar-se

verb usat amb pronom
com *cantar*
◄ pàg. 26

Revoltar-se contra l'autoritat. A vegades hi ha presoners que no estan d'acord amb una nova norma de la presó i s'amotinen.

amotinament

ampere amperes

nom masculí

Un ampere és una unitat que mesura la intensitat d'un corrent elèctric. El seu símbol és: A.

ampit ampits

nom masculí

1 Un ampit és una paret o una barana d'un pont, d'un terrat o d'un balcó que arriba a l'alçària del pit i que serveix de protecció. ✎ pàg. 593 ⑩

2 L'ampit d'una finestra és la part plana del cantó de baix, on ens podem recolzar o on podem posar testos.

amplada amplades

nom femení — Amplària.

amplària amplàries

nom femení

L'amplària d'una cosa és la distància que hi ha d'un costat a l'altre. L'amplària d'un carrer és la distància entre una vorera i l'altra.

ample ampla amples

adjectiu

1 Que té una amplada considerable. Un carrer de cinc carrils és ample.

2 Un vestit, un calçat o una altra peça de vestir és ample quan no s'ajusta ben bé al cos.

3 Que hi ha lloc, que hi caben bé altres coses o persones. Quan no hi ha gaire gent al tren, s'hi va ample.

nom masculí — **4** Amplada. Les porteries de futbol tenen uns 7 metres d'ample i 2,5 d'alt.

eixamplar

ampli àmplia amplis àmplies

adjectiu

Que és extens o que té molta capacitat. Una explicació àmplia sobre un tema és llarga i detallada. Per a fer una festa amb cent convidats es necessita una sala molt àmplia.

amplitud

ampliació ampliacions

nom femení

Una ampliació és el fet d'ampliar alguna cosa. L'ampliació d'una fotocòpia és més gran que l'original.

ampliar

verb
com *canviar*
◄ pàg. 30
Amb dièresi

Fer que una cosa sigui més àmplia. Quan amplies un tema que han explicat a classe, pots fer servir una enciclopèdia.

amplificador amplificadors

nom masculí

Un amplificador és un aparell que serveix per a fer que un so sigui més fort. Les cadenes de música porten un amplificador per tal que el so se senti bé.

amplificar

ampolla ampolles

nom femení

1 Una ampolla és un recipient allargat, de vidre, de plàstic o d'un altre material, amb un coll llarg i estret, que serveix per a contenir líquids. ✎ pàg. 396 ⑬

2 Contingut d'una ampolla. Algunes persones es beuen una ampolla de llet per esmorzar.

frase feta — **3** Diem que una cosa és **bufar i fer ampolles** quan és molt fàcil de fer.

ampostí ampostina ampostins ampostines

adjectiu — **1** D'Amposta. *Els arrossars ampostins.*

nom masculí i femení — **2** Persona que és d'Amposta o que hi viu.

ampul·lós ampul·losa ampul·losos ampul·loses

adjectiu

Un llenguatge o un estil és ampul·lós quan és molt solemne i exagerat. Les persones que fan servir aquest llenguatge també es diuen *ampul·loses.*

amputar

verb
com *cantar*
◄ pàg. 26

Tallar i separar del cos un membre o una part d'un membre. A vegades no hi ha altre remei que amputar una cama malalta que té gangrena.

amputació

amulet amulets

nom masculí

Un amulet és un objecte que es creu que porta bona sort i que protegeix contra les desgràcies. Sovint, els amulets es porten penjats al coll.

amunt
adverbi
1 En direcció de baix a dalt, d'un lloc a un altre de més alt. *Si camines muntanya amunt, arribaràs al cim.*
locució que fa d'adverbi
2 **Amunt i avall** vol dir ara cap a una direcció i ara cap a l'altra. *Vam passejar amunt i avall tot el dia.*

amuntegar
verb
com *cantar*
◄ pàg. 26
Amb GU davant E, I
1 Amuntegar coses és aplegar-les fent-ne un munt. Quan escombrem, amuntegem la brutícia en un racó i després la recollim.
2 Diem que amuntegem riqueses o altres coses quan les acumulem.
amuntegament

anaconda anacondes
nom femení
Una anaconda és una boa del tipus més gran que existeix, ja que pot arribar a fer 11 metres. Les anacondes viuen a l'Amèrica del Sud i no són verinoses, però ofeguen els ocells i els mamífers per menjar-se'ls.

anacoreta anacoretes
nom masculí i femení
Un o una anacoreta és una persona que es retira a un lloc solitari per viure en silenci i dedicar-se a la pregària i a la penitència.

anacrònic anacrònica anacrònics anacròniques
adjectiu
Un fet o una cosa és anacrònic quan està fora de la seva època. Si en una pel·lícula de l'edat mitjana els personatges portessin rellotge, seria un fet anacrònic.
anacronisme

anada anades
nom femení
1 Una anada és el fet d'anar a un lloc. En un viatge a Mallorca, es pot fer l'anada amb vaixell i la tornada amb avió.
2 Excursió. Les anades a la muntanya són molt divertides.

anagrama anagrames
nom masculí
Un anagrama és una paraula que s'obté canviant l'ordre de les lletres d'una altra paraula. Per exemple, *amor* és l'anagrama de *Roma*.

anal anals
adjectiu
De l'anus. L'aleta anal dels peixos és situada a la part de darrere del ventre.

anàleg anàloga anàlegs anàlogues
adjectiu
Que té analogia amb una altra cosa. Quan dues paraules són anàlogues, s'assemblen en alguna cosa, com *vesteixo* i *serveixo*.

analfabet analfabeta analfabets analfabetes
nom masculí i femení
Persona que no sap llegir ni escriure. Els analfabets poden seguir cursos d'alfabetització.
analfabetisme

analgèsic analgèsics
nom masculí
Un analgèsic és un medicament que serveix per a eliminar el dolor d'una part del cos o de tot el cos. Quan tens mal de queixal, el dentista et pot receptar un analgèsic.
analgèsia

anàlisi anàlisis
nom femení
Amb S
1 Una anàlisi és l'estudi de tots els elements que formen una cosa. Les anàlisis de sang es fan per saber si hi ha alguna substància estranya a la sang. L'anàlisi d'un text ajuda a entendre'l millor.
2 L'**anàlisi gramatical** d'una frase és un exercici que consisteix a identificar la categoria gramatical i la funció sintàctica de les paraules que formen la frase.
analista, analític

analitzar
verb
com *cantar*
◄ pàg. 26
Fer l'anàlisi d'alguna cosa. Quan, de sobte, moren els peixos d'un riu, cal analitzar-ne l'aigua per a saber quina ha estat la causa de la seva mort.

analogia analogies
nom femení
L'analogia és la semblança que hi ha entre dues o més coses diferents. Entre el gos i el llop hi ha una analogia, s'assemblen.
analògic

ananàs ananàs
nom masculí
Un ananàs és una planta que té les fulles llargues, rígides i estretes, de color groc per les vores i verd pel mig, i la tija molt curta. El seu fruit també es diu *ananàs* o *pinya*.

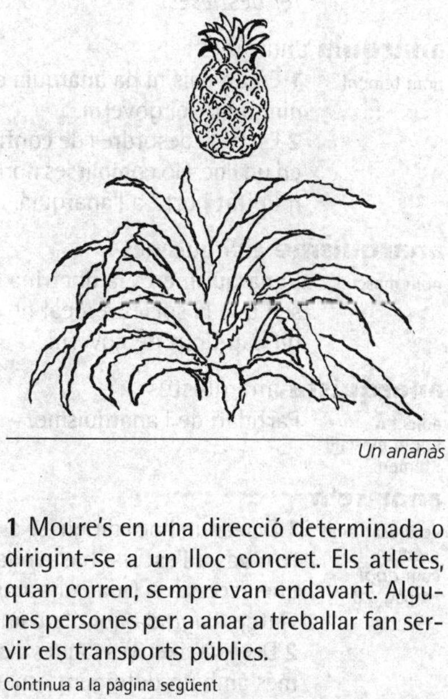
Un ananàs

anar
verb
◄ pàg. 28
1 Moure's en una direcció determinada o dirigint-se a un lloc concret. Els atletes, quan corren, sempre van endavant. Algunes persones per a anar a treballar fan servir els transports públics.

Continua a la pàgina següent

2 Moure's passant d'un lloc a un altre per un camí o amb un vehicle determinats, o d'una manera determinada. Els avions van per l'aire i els vaixells van pel mar.
3 Funcionar. La majoria de rellotges van amb piles. Quan una bicicleta va malament, s'ha de reparar.
4 Vendre's una mercaderia a un preu determinat. Normalment, el peix va més car que la carn.
5 Presentar-se vestit o arreglat d'una manera determinada. Per exemple, es pot anar despullat, mudat, descalç, amb barret o en banyador.
6 Un vestit, unes sabates o una altra cosa ens van bé quan són de la nostra mida, ens són còmodes de portar i ens queden bé.
7 Un camí o un vehicle va a algun lloc determinat quan hi porta. Es diu que tots els camins van a Roma.
8 Tenir el seu lloc en un espai determinat. Els llibres van a les prestatgeries i les cadires van al voltant de la taula.
9 Haver-hi una distància o una diferència entre dos punts. Del tres al set hi van quatre números. Alguns carrers van d'una punta a l'altra de la ciutat.
10 Fem servir la paraula *anar* sense referir-nos a cap moviment en diverses expressions, com ara: *Aquí cadascú va a la seva. Amb aquesta decisió no aniràs enlloc. Això va com va, unes vegades es perd i unes altres es guanya. No pot ser! On anirem a parar? Vés amb compte!, no t'entrebanquis! L'Emili va al darrere de la Maria. Quan ens deixem anar som capaços de fer bestieses.*

anarquia anarquies
nom femení
1 En un país hi ha anarquia quan no hi ha ningú que el governi.
2 Estat de desordre i de confusió que hi ha en un lloc. No complir les normes d'una comunitat porta a l'anarquia.

anarquisme anarquismes
nom masculí
L'anarquisme és la doctrina dels qui pensen que la societat ideal no hauria de tenir cap tipus de govern.

anarquista anarquistes
adjectiu i nom masculí i femení
Partidari de l'anarquisme.

anar-se'n
verb usat amb pronom com *anar* ◄ pàg. 28
1 Deixar un lloc i dirigir-se a un altre. Quan te'n vas a l'escola, has d'agafar els llibres que necessites. Quan uns amics se'n van de viatge, t'agrada que t'enviïn una postal.
2 Desaparèixer. Les taques d'oli se'n van només amb un detergent especial.
3 Escapar-se el líquid, el gra o una altra cosa del recipient perquè hi ha un forat o una esquerda. Quan una cantimplora està mal tancada, l'aigua de dins se'n va.
4 Se te'n va la mà o el peu quan no l'atures a temps o no el controles. Quan serveixes vi a algú i se te'n va la mà, n'hi poses massa. També se te'n pot anar una idea del cap.

anatomia anatomies
nom femení
L'anatomia és la ciència que estudia com estan fets els éssers vius i com són els seus òrgans. Els metges estudien l'anatomia de les persones; els veterinaris, la dels animals.
anatòmic

anca anques
nom femení
Una anca és cada una de les dues meitats de la part del final de l'esquena de les persones i d'alguns animals. Si dues persones munten el mateix cavall, la de darrere va sobre les anques del cavall.

ancestral ancestrals
adjectiu
Que està relacionat amb els avantpassats. Fer cagar el tió la nit de Nadal és un costum ancestral.

ancià anciana ancians ancianes
adjectiu i nom masculí i femení
Una persona és anciana quan té molts anys. Normalment, els ancians tenen algun problema de salut.

àncora àncores
nom femení
Una àncora és una peça de ferro que els vaixells porten lligada amb una corda o una cadena i que, quan es vol que el vaixell no es mogui, es tira al fons del mar. És formada per una barra i uns braços acabats amb un ganxo que li surten per sota.
ancorar, ancoratge

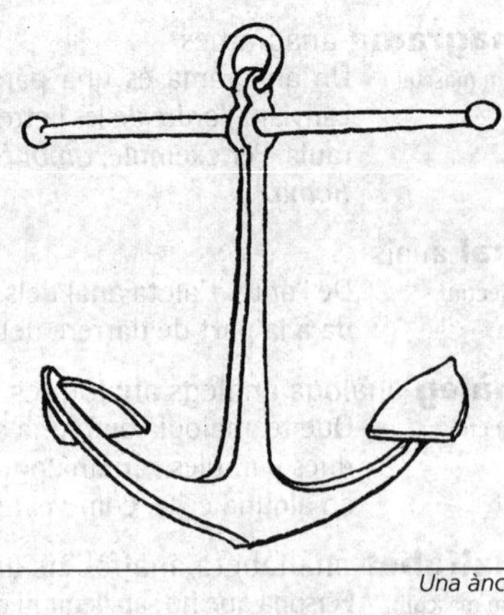

Una àncora

andalús andalusa andalusos andaluses
adjectiu
1 D'Andalusia. *Els balls andalusos.*

nom masculí i femení — **2** Persona que és d'Andalusia o que hi viu.

andana andanes

nom femení — L'andana d'una estació de metro o de tren és l'espai que hi ha al costat de la via, on s'esperen els passatgers. pàg. 193 (13)

andante andantes

nom masculí — Un andante és una composició musical que té un ritme lent, com el d'una persona que camina tranquil·lament. És una paraula italiana.

andorrà andorrana andorrans andorranes

adjectiu — **1** D'Andorra. *Els coprínceps andorrans.*

nom masculí i femení — **2** Persona que és d'Andorra o que hi viu.

androceu androceus

nom masculí — L'androceu és el conjunt dels estams d'una flor, on hi ha el pol·len.

androide androides

nom masculí — Un androide és un robot amb forma humana. Sovint, a les pel·lícules que representen el futur surten androides.

andròmina andròmines

nom femení — Una andròmina és una màquina, un moble o un altre objecte que està fet malbé, que fa nosa i que ja no serveix per a res. A totes les cases hi sol haver andròmines.

ànec ànecs

nom masculí
Amb C
També *ànet*

1 Un ànec és un ocell baix i rabassut que té el coll curt i el bec groc, ample i pla. Té les potes curtes i els dits enganxats per una membrana; per això neda molt bé. Els submarinistes es posen una mena de sabates que s'anomenen peus d'ànec. pàgs. 994-995 (31)
2 Mascle d'aquesta espècie.

anècdota anècdotes

nom femení — Una anècdota és una petita història curiosa i no gaire important. La manera com dues persones casades es van conèixer és una anècdota de la seva vida.

anecdòtic

àneda ànedes

nom femení — Ànega.

ànega ànegues

nom femení
També *àneda*

L'ànega és la femella de l'ànec.

anell anells

nom masculí — **1** Un anell és una joia petita i rodona, feta d'or, de plata o d'un altre material, que es porta als dits de les mans. Normalment, les persones casades porten l'anell de casament al dit anular de la mà esquerra.
2 Cosa que té una forma semblant a la d'un anell, per exemple, els cercles que envolten el planeta Saturn.

frase feta — **3 Anar com l'anell al dit** és anar bé, ser adequat. *Em va com l'anell al dit que m'ajudis amb les matemàtiques!*

anella anelles

nom femení — **1** Una anella és una peça de metall, de fusta o d'un altre material, en forma de cercle, que serveix per a agafar o mantenir lligada alguna cosa. Als costats d'un bagul hi ha unes anelles que fan de nansa.
2 Cadascuna de les peces d'una cadena.

nom femení plural — **3** Les anelles són un aparell gimnàstic format per dues anelles que pengen d'unes cordes agafades al sostre o a una barra metàl·lica.

anèl·lid anèl·lids

nom masculí — Un anèl·lid és un tipus d'animal invertebrat que té el cos cilíndric o aplanat i format per una sèrie de segments en forma d'anells. Els anèl·lids no tenen apèndixs articulats i la seva sang pot ser vermella, verdosa o incolora. La sangonera i els cucs de terra són anèl·lids.

anèmia anèmies

nom femení — L'anèmia és la falta de glòbuls vermells a la sang. Sovint, les persones que tenen anèmia se senten molt cansades.

anèmic

anemòmetre anemòmetres

nom masculí — Un anemòmetre és un aparell per a mesurar la velocitat del vent.

anemone anemones

nom femení — Una anemone és una planta de jardí petita que fa unes flors molt obertes i de diversos colors molt vius.

anestèsia anestèsies

nom femení
Amb S

L'anestèsia és la falta de la sensació de tacte o de dolor en una part del cos o en tot el cos. Els metges, abans d'operar, fan servir anestèsics que provoquen l'anestèsia general o local.

anestesiar, anestèsic, anestesista

ànet ànets

nom masculí — Ànec.

anfós anfossos

nom masculí — Nero.

àngel àngels

nom masculí — **1** Segons el cristianisme i l'islam, un àngel és un ésser que fa de missatger entre Déu i els homes. En els dibuixos, els àngels són uns nens amb ales. Es diu que els àngels no tenen sexe.
2 Diem que una persona és un àngel quan és molt bona i té molt bon cor.

Continua a la pàgina següent

3 **L'àngel de la guarda** és un àngel que vigila i protegeix cada persona.
angelet, angèlic

àngela
interjecció — Expressió que vol dir *això mateix! -Així que demà te'n vas a la Xina? -Àngela, i d'allí aniré a Hong Kong.*

angelical angelicals
adjectiu — Que sembla un àngel per la seva bondat, innocència i bellesa. Les criatures, quan dormen, són angelicals.

angina angines
nom femení — 1 Una persona té angines quan té una inflamació a la part de dins del coll. Quan tens angines, acostumes a tenir febre.
2 **L'angina de pit** és una malaltia greu que produeix un gran dolor a la zona del voltant del cor i que no deixa respirar bé.

angle angles
nom masculí — 1 Un angle és l'espai pla que hi ha entre dues semirectes que comencen al mateix punt. Els triangles tenen tres angles i els quadrilàters en tenen quatre.
2 Lloc on s'ajunten dues parets o una paret i el sostre o el terra. L'angle que formen les parets d'una habitació és un racó, i el que formen les parets d'una casa, vista des del carrer, és una cantonada.
3 Un **angle agut** és més tancat que un angle recte; val menys de 90 graus.
4 Un **angle complet** és el que val 360 graus.
5 Un **angle còncau** és el que val més de 180 graus.
6 Un **angle convex** és el que val menys de 180 graus.
7 Un **angle obtús** és més obert que un angle recte; val més de 90 graus.
8 Un **angle recte** té els costats perpendiculars i té 90 graus. Un quadrat té quatre angles rectes.

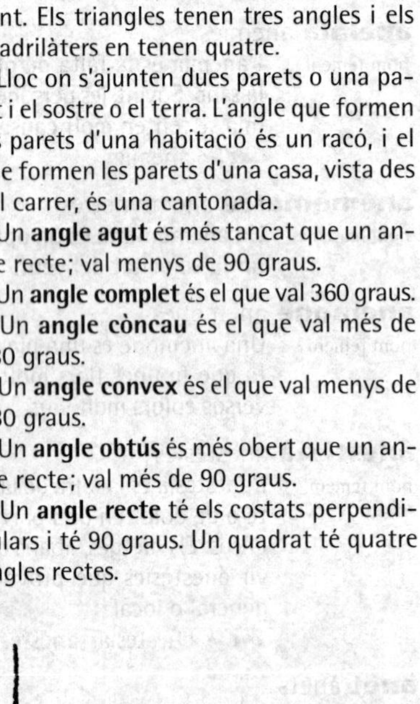

Un angle recte

9 Dos angles són complementaris quan la seva suma val 90 graus.
10 Dos angles són suplementaris quan la seva suma val 180 graus.

anglès anglesa anglesos angleses
adjectiu — 1 D'Anglaterra. *L'humor anglès.*
nom masculí i femení — 2 Persona que és d'Anglaterra o que hi viu.
nom masculí — 3 L'anglès és la llengua que es parla a la Gran Bretanya, a les seves antigues colònies, als Estats Units d'Amèrica i a gran part d'Irlanda.

anglicisme anglicismes
nom masculí — Un anglicisme és una paraula o una expressió de l'anglès que es fa servir en una altra llengua. *Pàrquing* i *xou* són dos anglicismes del català.

anglosaxó anglosaxona anglosaxons anglosaxones
adjectiu i nom masculí i femení — Que està relacionat amb els països que parlen anglès. Alguns anglosaxons creuen que la seva llengua és la més important.

angoixa angoixes
nom femení — L'angoixa és una sensació de malestar i d'inquietud. La mort, un perill o una desgràcia poden provocar angoixa.
angoixant, angoixar, angoixós, angoixosa

angost angosta angosts angostes
adjectiu
També *angostos* — Un carrer, un camí o un altre lloc de pas és angost quan és molt estret.

anguila anguiles
nom femení — Una anguila és un peix de cos allargat, cilíndric i molt prim, semblant a una serp. És de color fosc, negrós, grisós o verdós, amb el ventre més clar. Viu als rius i als estanys, però se'n va al mar a criar.

angula angules
nom femení — L'angula és la cria de l'anguila. Neix al mar i es trasllada als rius. Les angules es poden menjar i són molt cares.

angular angulars
adjectiu — Que està relacionat amb els angles o que té forma d'angle. La lletra *L* és angular.

angulós angulosa angulosos anguloses
adjectiu — 1 Que té parts acabades en angle. Els mobles angulosos són un perill per als nens. Algunes persones tenen la cara angulosa.
2 Diem que una persona té un caràcter angulós quan té un caràcter difícil, desagradable i poc refinat.

angúnia angúnies
nom femení — 1 L'angúnia és un malestar molt desagradable provocat per la por que passi algu-

na cosa dolenta. Alguns pares passen angúnia quan els fills arriben tard.
frase feta — **2** Una cosa **fa angúnia** quan produeix una sensació molt desagradable. A moltes persones els fa angúnia veure sang.
anguniejar, anguniós, anguniosa

anhel anhels
nom masculí — Un anhel és un desig molt gran d'alguna cosa. Si una persona espera amb anhel anar de viatge i no hi pot anar, s'endú una gran desil·lusió.
anhelar, anhelós, anhelosa

ànim ànims
nom masculí — **1** L'ànim és l'entusiasme i les ganes que es tenen de fer alguna cosa. Està bé que les persones grans tinguin ànims de fer excursions.
2 Intenció de fer alguna cosa. Si una persona té ànim de fer una donació, vol fer-la.
3 L'estat d'ànim d'una persona és la manera com es troba en un moment determinat, els seus sentiments, les ganes i les intencions de fer coses.
animós, animosa

ànima ànimes
nom femení — **1** Segons la filosofia i la religió, l'ànima és l'element invisible dels éssers vius que fa que tinguin vida. L'ànima no és a cap lloc del cos. Segons algunes religions, l'ànima de les persones continua existint després de la mort del cos.
2 Persona, ésser humà. Si no hi ha ni una ànima pels carrers, vol dir que no hi ha ningú.
3 Diem que algú és una **ànima en pena** quan és infeliç i està molt trist. Alguns esportistes, després de perdre una competició important, semblen una ànima en pena.
frase feta — **4** Quan una cosa **arriba a l'ànima** a algú, el commou i l'emociona. A tots ens arriba a l'ànima que els amics es recordin de nosaltres.
5 **Caure l'ànima als peus** és tenir una gran decepció.
anímic, animisme

animador animadora animadors animadores
adjectiu — **1** Que anima. Una botiga té un començament animador si el primer dia que obre ven molt.
nom masculí i femení — **2** Persona encarregada d'organitzar activitats i distraccions per a un grup. A les colònies d'estiu, els nens van acompanyats d'animadors.

animal animals
nom masculí — **1** Un animal és un ésser viu que es pot desplaçar sol. Un ésser humà, un peix i un elefant són animals. Les persones són animals racionals; els altres animals són animals irracionals.
2 Ésser viu que no és ni una planta ni una persona. Dins d'un zoo hi ha molts animals diferents.
3 Diem que algú és un animal quan no es comporta gaire bé i fa bestieses. Es fa servir com un insult.
adjectiu — **4** Dels animals. El regne animal és el conjunt de les persones i els animals.

animalada animalades
nom femení — Bestiesa.

animar
verb com *cantar* ◄ pàg. 26 — **1** Donar ànims a algú. En un camp de futbol, els aficionats animen els jugadors del seu equip. A les festes, la gent s'anima, riu i balla.
frase feta i verb usat amb pronom — **2** **Animar-se a fer una cosa** és decidir-se a fer-la. Quan fa bon temps, la gent s'anima a sortir a passejar.
animació

animat animada animats animades
adjectiu — Que té vida. Les plantes, les persones i els animals són éssers animats. Una conversa, una festa, una persona o una altra cosa és animada quan és alegre i plena de vida i de moviment.
inanimat, inanimada

animositat animositats
nom femení — **1** Una persona té animositat quan és molt animada.
2 Sentiment d'estar contra algú i voler-li mal.

anió anions
nom masculí — Un anió és un ió que té càrrega negativa.

aniquilar
verb com *cantar* ◄ pàg. 26 — Eliminar del tot algú o alguna cosa, destruir-lo. Quan algú aniquila una persona, la mata. També es pot aniquilar un exèrcit o la força i el poder d'algú.

anís anissos
nom masculí — **1** L'anís és una planta que fa unes flors blanques i que té unes llavors petites i molt aromàtiques. Aquestes llavors es fan servir per a fer dolços, begudes i infusions.
2 Un anís és un confit rodó i blanc fet amb un gra d'anís envoltat d'una capa de sucre dur. També es diuen *anissos* altres confits petits.
3 Beguda alcohòlica molt dolça feta amb la llavor de l'anís.

anit
adverbi — **1** A la nit d'avui. *On soparem anit?*
2 A la nit d'ahir. *Anit vam anar a ballar.*

A B C D E F G H I J K L M N O P Q R S T U V W X Y Z

anivellar
verb
com *cantar*
◄ pàg. 26

1 Igualar una superfície, fer que quedi totalment plana. Abans de fer una carretera o una autopista, cal anivellar el terra on es vol fer.
2 Fer que dues o més coses estiguin al mateix nivell, a la mateixa altura. Si anivellen el sou de dues persones, cobraran la mateixa quantitat.
anivellació, anivellament

aniversari aniversaris
nom masculí

1 L'aniversari d'una persona és el dia que fa anys que va néixer. Normalment, celebrem el nostre aniversari apagant les espelmes d'un pastís.
2 L'aniversari d'un fet important és el dia que fa anys que va passar.

annals
nom masculí plural
Amb NN

Uns annals són una explicació ordenada cronològicament de fets històrics.

annex annexos
nom masculí
Amb NN

1 Un annex és una cosa que s'ajunta a una altra de més important i la completa. Un llibre pot portar annexos amb fotografies, mapes i quadres de dades.
2 Construcció que pertany a una altra de més gran. Una casa pot tenir el garatge en un annex.
annexar

annexió annexions
nom femení
Amb NN

L'annexió d'un territori a un estat és el fet d'ajuntar-se a aquest estat i passar a estar sota la seva autoritat. La guerra entre països fronterers sol acabar amb l'annexió de territoris.
annexionar

ànode ànodes
nom masculí

L'ànode és un dels dos elèctrodes o elements conductors d'una pila elèctrica, de la bateria d'un cotxe o d'un altre dispositiu elèctric per on es connecten per a produir el corrent elèctric. L'ànode és l'elèctrode positiu, ja que rep ions negatius.

anodí anodina anodins anodines
adjectiu

Que no té cap interès. Quan dues persones parlen de coses anodines, parlen de coses sense importància. Les pel·lícules anodines són avorrides.

anoll anolls
nom masculí

Un anoll és un cabrit o un vedell que té entre un i dos anys d'edat.

anòmal anòmala anòmals anòmales
adjectiu

Que no és normal. Elefants i camells caminant pel mig del carrer seria una situació anòmala en una de les nostres ciutats.
anomalia

anomenada anomenades
nom femení

Una cosa o una persona té anomenada quan té fama i la gent la coneix. Es pot tenir bona o mala anomenada. Les calçotades de Valls tenen molta anomenada.

anomenar
verb
com *cantar*
◄ pàg. 26

1 Donar un nom a algú o a alguna cosa. Quan uns pares han de tenir un fill, pensen com l'anomenaran.
2 Dir el nom d'algú o d'alguna cosa. Quan un professor passa llista a la classe, anomena tots els alumnes.

usat amb pronom

3 Anomenar-se d'una manera determinada és dir-se d'aquesta manera. Alguns nois s'anomenen Joan, Roger o Miquel, i algunes noies, Maria, Rosa o Taís.

anònim anònima anònims anònimes
adjectiu

1 Una obra és anònima quan no se sap qui l'ha feta.

nom masculí

2 Un anònim és un escrit o una trucada telefònica que no se sap de qui és. Els segrestadors envien anònims a la família dels segrestats.
anonimat

anorac anoracs
nom masculí

Un anorac és una peça de vestir gruixuda, amb mànigues, que tapa el cos fins a la cintura i que abriga molt. Els excursionistes porten anoracs impermeables.

anorèxia anorèxies
nom femení

L'anorèxia és una malaltia relacionada amb l'alimentació. La persona que la pateix deixa de menjar o menja molt poc per causes psicològiques, se sent grassa encara que no ho estigui i contínuament es vol aprimar.

anormal anormals
adjectiu

Que no és normal. Un dia que faci molt de sol, és anormal que la gent vagi amb paraigua.
anormalitat

anorrear
verb
com *canviar*
◄ pàg. 30
Amb dièresi

Aniquilar.

anotar
verb
com *cantar*
◄ pàg. 26

Prendre nota d'alguna cosa, apuntar-la en un paper per no oblidar-se'n. Abans d'anar al mercat, hi ha persones que anoten tot el que necessiten.
anotació, anotador

anquilosar
verb
com *cantar*
◄ pàg. 26

Fer que una articulació no es pugui moure normalment. L'artrosi és una malaltia que anquilosa les articulacions. Amb l'edat, les articulacions s'anquilosen.

ans
adverbi 1 Abans.
conjunció 2 Sinó que. *No van llençar el menjar que els havia sobrat, ans se'l van menjar per sopar.*

ansa anses
nom femení Nansa.

ànsia ànsies
nom femení 1 L'ànsia és la preocupació que una persona té per algú o per alguna cosa. Algunes persones passen ànsia quan arriben tard a un lloc.
2 Desig molt fort d'alguna cosa. Si tens ànsia d'arribar a ser un atleta professional, hauràs de lluitar molt per a aconseguir-ho.
ansiós, ansiosa

ansietat ansietats
nom femení L'ansietat és una sensació d'inquietud i d'inseguretat provocada per alguna cosa futura o incerta. Hi ha persones que, quan han d'actuar en públic, tenen ansietat.

ant ants
nom masculí Un ant és un mamífer remugant bastant corpulent, amb les potes llargues, l'esquena una mica geperuda i el coll curt amb una cresta a la part de dalt. Té la cua curta i, el mascle, una gran cornamenta. Els ants viuen en zones fredes.

antagonisme antagonismes
nom masculí L'antagonisme és l'oposició que existeix entre persones, països, partits polítics o idees. Quan dues persones tenen antagonisme d'idees, és fàcil que discuteixin sovint.
antagònic

antany
adverbi L'any passat o, també, en temps passats. *Antany els cotxes eren de cavalls.*

antàrtic antàrtica antàrtics antàrtiques
adjectiu Del pol sud o que hi és a prop. El clima antàrtic és el més fred de tot el món.

antecedent antecedents
adjectiu 1 Que antecedeix, que és anterior. La definició antecedent era la d'*antàrtic* i va abans que aquesta.
nom masculí 2 Un antecedent és allò que antecedeix. Els antecedents d'una revolució són el conjunt de fets que passen abans i que ens ajuden a entendre-la.
3 L'antecedent d'un pronom és un nom sol o acompanyat de determinants i complements, que es refereix a la mateixa persona o a la mateixa cosa que el pronom. En la frase *La noia que porta un barret es diu Maria*, l'antecedent de *que* és *la noia*.

antecedir
verb
com *servir*
◄ pàg. 28
Anar davant d'una altra persona o cosa en el temps, l'espai o l'ordre. El mes de febrer antecedeix el mes de març. Normalment, el rebedor d'una casa antecedeix el menjador.

antecessor antecessora antecessors antecessores
nom masculí i femení 1 Persona que ha ocupat un càrrec abans que una altra. L'antecessor de Jordi Pujol com a president de la Generalitat de Catalunya va ser Josep Tarradellas.
2 Avantpassat.

antediluvià antediluviana antediluvians antediluvianes
adjectiu 1 Que és anterior al diluvi universal. Alguns animals, com els dinosaures, es diu que són antediluvians.
2 Diem que una cosa és antediluviana quan és molt antiga i passada de moda.

antelació antelacions
nom femení Una cosa es produeix amb antelació quan es produeix abans del temps previst o fixat. Hi ha persones que, quan han d'agafar un tren, arriben a l'estació amb una hora d'antelació.

antena antenes
nom femení 1 Una antena és cadascun dels dos o quatre òrgans prims i llargs que tenen al cap alguns animals, com els insectes o els crustacis. Les antenes els serveixen per a orientar-se. Les formigues i les llagostes tenen antenes.
2 Aparell o fil metàl·lic que serveix per a rebre o enviar senyals de ràdio, o de televisió o de telefonia mòbil. Moltes antenes de televisió estan col·locades als terrats de les cases. pàg. 593 (7)

antepenúltim antepenúltima antepenúltims antepenúltimes
adjectiu Que va just abans del penúltim. L'accent de les paraules esdrúixoles recau sobre l'antepenúltima síl·laba, com a la paraula *mú-si-ca*.

anteposar
verb
com *cantar*
◄ pàg. 26
Posar una cosa davant o abans d'una altra. Si una persona anteposa els estudis a la diversió, els dóna més importància, creu que primer s'ha d'estudiar i després divertir-se.
anteposició

antera anteres
nom femení L'antera és la part de dalt dels estams de les flors, on hi ha el pol·len. flor

anterior anteriors

adjectiu — **1** Que existeix o que passa abans que una altra cosa. L'art romànic és anterior al gòtic. L'any 1993 és l'any anterior al 1994.

2 Del davant. *Anterior* és el contrari de *posterior*. Els gats tenen dues potes anteriors i dues de posteriors.

anterioritat

anteriorment

adverbi — En un temps anterior, abans. Anteriorment, hem definit la paraula *anterior*.

antibiòtic antibiòtics

nom masculí — Un antibiòtic és un medicament que ataca els microbis que provoquen malalties. La penicil·lina és un antibiòtic.

antic antiga antics antigues

adjectiu — **1** Que existeix des de fa molt de temps. Les piràmides d'Egipte són construccions molt antigues.

2 Que va existir fa temps o que és d'una època passada. A Empúries hi ha les restes d'una antiga ciutat grega.

nom masculí plural — **3** Els antics són les persones d'èpoques passades. Els antics no sabien que la Terra és rodona.

antigalla, antigor

anticicló anticiclons

nom masculí — Un anticicló és una zona de l'atmosfera amb pressions altes. Quan hi ha anticicló, el temps és estable, sense canvis bruscos. En els mapes del temps, les zones d'anticicló s'assenyalen amb una A.

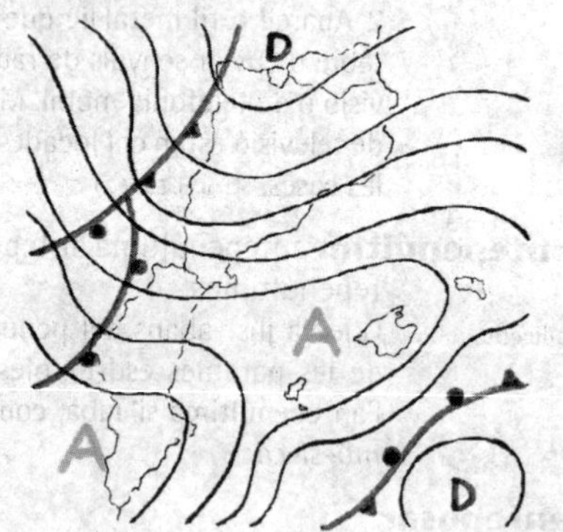

Un anticicló

anticipar

verb, com *cantar* ◄ pàg. 26 — **1** Fer alguna cosa abans del temps que toca o abans del dia que s'havia dit que es faria. De vegades s'anticipa una conferència perquè qui parla ha de marxar de viatge.

usat amb pronom — **2 Anticipar-se** és fer una cosa abans que algú altre. Si un amic se t'anticipa a comunicar una notícia, ell la diu primer.

3 Anticipar-se una cosa és passar abans del temps previst. Quan el fred s'anticipa, hem de treure la roba d'hivern abans d'hora.

anticipació

anticonceptiu anticonceptius

nom masculí — Un anticonceptiu és un producte o un procediment que impedeix que una dona quedi embarassada.

anticòs anticossos

nom masculí — Un anticòs és una substància que produeix el nostre organisme per a actuar contra un virus o un altre element estrany. Els anticossos ens defensen de les malalties.

antídot antídots

nom masculí — **1** Un antídot és un medicament que es fa servir contra els efectes d'un verí.

2 Diem que una cosa és un antídot quan és una solució per a evitar un mal. Hi ha qui creu que riure és un bon antídot per a no estar trist.

antiestètic antiestètica antiestètics antiestètiques

adjectiu — Que és lleig o que fa lleig. Algunes imitacions de poca qualitat són antiestètiques.

antifaç antifaços

nom masculí — Un antifaç és una peça de roba, de cartó o d'un altre material, amb forats per als ulls, que es fa servir per a tapar-se la cara, sobretot la part del voltant dels ulls. Els antifaços es porten molt per a disfressar-se.

antigament

adverbi — En temps antics, fa molt de temps. Antigament, la gent no viatjava tant com ara.

antiguitat antiguitats

nom femení — **1** L'antiguitat és la característica del que és antic. L'antiguitat d'una escultura es pot saber estudiant-ne les característiques.

2 L'antiguitat és el període de la història que va des de la prehistòria fins a la caiguda de l'imperi romà, al segle V.

nom femení plural — **3** Les antiguitats són objectes antics. En alguns museus es poden veure antiguitats.

antílop antílops

nom masculí — Nom d'un tipus de mamífers remugants que tenen les potes llargues i primes, el coll allargat, i unes banyes normalment acabades en punta. Els antílops viuen a l'Àsia i a l'Àfrica. Les gaseles són antílops.

antimoni antimonis

nom masculí — L'antimoni és un element metàl·lic de color platejat, dur, però que es trenca fàcilment. Es fa servir, sobretot, en aliatges amb altres elements perquè aquests es tornin més durs. El seu símbol és: Sb.

antipatia antipaties
nom femení — L'antipatia és un sentiment desagradable que tenim cap a una persona que no ens cau bé.

antipàtic antipàtica antipàtics antipàtiques
adjectiu — Que inspira antipatia. Les persones que no són amables ens semblen antipàtiques.

antípoda antípodes
nom masculí i femení — **1** Un o una antípoda és una persona que, en relació amb una altra, viu justament a la regió situada a l'extrem oposat de la Terra. Els habitants de Nova Zelanda són els nostres antípodes.
2 Diem que una persona o una cosa és l'antípoda d'una altra quan són completament diferents, oposades.
nom masculí plural — **3** Els antípodes són la part de la Terra que hi ha justament a l'extrem oposat d'un punt. Catalunya es troba als antípodes de Nova Zelanda.

antiquari antiquària antiquaris antiquàries
nom masculí i femení — Persona que es dedica a comprar i a vendre antiguitats o a col·leccionar-ne.

antiquat antiquada antiquats antiquades
adjectiu — Que està passat de moda, que pertany a temps antics. És una idea antiquada pensar que les dones han de treballar a casa.

antisemitisme antisemitismes
nom masculí — L'antisemitisme és una actitud racista contra els jueus. L'antisemitisme dels nazis va costar la vida a sis milions de jueus.

antisèptic antisèptica antisèptics antisèptiques
adjectiu i nom masculí — Una substància antisèptica és un medicament per a eliminar microbis o per a impedir que n'hi pugui haver. L'alcohol i l'aigua oxigenada són uns bons antisèptics.

antítesi antítesis
nom femení — **1** L'antítesi entre dues coses, persones o idees és l'oposició. Si dues persones són l'antítesi l'una de l'altra, és que són completament diferents.
2 En literatura, fet de posar dues paraules o dues idees totalment oposades en una mateixa frase. *És quan dormo, que hi veig clar* és una antítesi.

antologia antologies
nom femení — Una antologia és un recull de textos que es fa seguint algun criteri: que siguin d'una mateixa època, d'un mateix tema, d'un mateix autor, etc.
antològic

antònim antònima antònims antònimes
adjectiu i nom masculí — Una paraula és antònima d'una altra quan té un significat contrari. *Fred* és l'antònim de *calor* i *davant* és l'antònim de *darrere*.

antonomàsia antonomàsies
nom femení — L'antonomàsia és l'ús d'un nom comú o d'un adjectiu en lloc del nom de la persona o a l'inrevés. Així, podem dir que l'*apòstol* és per antonomàsia *sant Pau* o que *un bon pintor* és *un Picasso*.

antracita antracites
nom femení — L'antracita és el carbó fòssil més antic i de poder calorífic més gran. És de color negre o gris fosc i quan crema fa una flama curta i blava i no desprèn fum.

antre antres
nom masculí — **1** Un antre és una caverna, una cova.
2 Diem que un local és un antre quan és fosc, estrany o té mala fama.

antropòfag antropòfaga antropòfags antropòfagues
adjectiu i nom masculí i femení — Que menja carn humana. Els antropòfags també es diuen *caníbals*.
antropofàgia

antropoide antropoides
adjectiu — Un animal antropoide és un animal que s'assembla molt a l'ésser humà, com per exemple el ximpanzé i el goril·la.

antropologia antropologies
nom femení — L'antropologia és la ciència que estudia l'ésser humà. Es fixa, entre altres coses, en el comportament i la cultura de diferents civilitzacions.
antropòleg, antropòloga

antropomorf antropomorfa antropomorfs antropomorfes
adjectiu i nom masculí — Que s'assembla a l'ésser humà, que té forma humana. El ximpanzé i l'orangutan són antropomorfs.

antropomorfisme antropomorfismes
nom masculí — L'antropomorfisme és la representació amb forma i característiques humanes d'una cosa que no ho és, sobretot d'un déu.
antropomòrfic

antropònim antropònims
nom masculí — Un antropònim és un nom de persona. *Pere* i *Marta* són antropònims.
antroponímia

d'antuvi
locució que fa d'adverbi — D'antuvi o de bell antuvi vol dir de primer moment, abans de tota altra cosa. *De bell antuvi, ja ho sabia.*

anual anuals
adjectiu — **1** Que es fa o que passa cada any. Les revistes anuals treuen un exemplar a l'any.

Continua a la pàgina següent

2 Que dura un any. Si una persona té un contracte anual en una empresa, hi té feina durant un any.
anualitat

anuari anuaris
nom masculí — Un anuari és un llibre o una revista que es publica un cop l'any. Alguns anuaris resumeixen tot el que ha passat durant l'any anterior.

anular anulars
adjectiu — **1** Que té forma d'anell.
2 El dit anular és el quart dit de la mà, el que està al costat del dit petit. És un costum que les persones casades portin un anell al dit anular.

anul·lar
verb, com *cantar* ◄ pàg. 26 — Fer que una cosa sigui nul·la. Quan un jugador de bàsquet comet una falta abans de fer una cistella, l'àrbitre anul·la la cistella i no se sumen els punts.
anul·lació

anunci anuncis
nom masculí — **1** Un anunci és el fet d'anunciar alguna cosa. L'anunci d'un naixement sempre és una bona notícia.
2 Text escrit, imatge o paraules que anuncien alguna cosa. Els anuncis es fan arribar al públic a través de la premsa, la ràdio o la televisió. Normalment, als diaris hi ha una secció d'anuncis que demanen i ofereixen coses diverses.

anunciar
verb, com *cantar* ◄ pàg. 30, Amb dièresi — Una cosa a algú, fer-la pública. Quan una parella anuncia que es casa, sovint ho fa enviant participacions als seus amics.
2 Indicar alguna cosa abans que passi. Podem dir, per exemple, que els núvols negres anuncien pluja.
3 Fer saber a la gent l'existència i les qualitats d'un producte, d'un servei o d'una altra cosa per tal que el comprin, el facin servir, etc. A la televisió s'anuncien molts productes de neteja.

anus anus
nom masculí — L'anus és el forat del cos per on surten els excrements. És entre les galtes del cul i al final del tub digestiu. pàgs. 798-799 (49)

anvers anversos
nom masculí — **1** L'anvers d'una fulla és la part de sobre, la que normalment rep els raigs del sol.
2 Part del davant d'un full de paper. L'anvers dels fulls d'un llibre és la pàgina que hi ha a la dreta.
3 Cara d'una moneda. A l'anvers hi acostuma a haver el dibuix d'una cara.

anxova anxoves
nom femení — L'anxova és el seitó, sobretot premsat i salat, o bé en llauna. Podem menjar un entrepà d'anxoves o olives farcides d'anxova.

any anys
nom masculí — **1** Un any és el període de temps que tarda la Terra a fer una volta a l'entorn del Sol. Un any té 365 dies i quart.
2 Període de dotze mesos que va de l'1 de gener al 31 de desembre. L'abril és el quart mes de l'any.
3 Període de dotze mesos comptats a partir d'un dia o d'un moment determinats. El 25 de juliol de 1993 va fer un any de l'inici dels Jocs Olímpics a Barcelona.
4 Un **any de traspàs** és un any que té 366 dies. N'hi ha un cada quatre anys.
frase feta — **5 Ser de l'any de la picor** vol dir ser molt antic, de fa molt de temps.
6 Diem que una cosa **fa anys i panys** que va passar, quan fa molt de temps.
anyader, anyadera, anyenc, anyer, anyívol

anyada anyades
nom femení — L'anyada és la quantitat de fruits d'una classe o el conjunt de fruits que ha donat la terra en un any. Si hi ha una bona anyada de raïm, vol dir que se n'ha collit molt i de bona qualitat.

anyal anyals
adjectiu — **1** Anual, que passa o se celebra cada any. Nadal i Pasqua són festes anyals.
2 Que és de l'any actual, que s'ha collit o ha nascut aquest any. Parlem, per exemple, d'ametlles anyals, d'un be anyal, etc.

anyell anyells
nom masculí — Un anyell és el petit de l'ovella.

aombrar
verb, com *cantar* ◄ pàg. 26 — Cobrir d'ombra, omplir de tenebra. Els núvols de tempesta cobreixen el cel i aombren la terra.

aorta aortes
nom femení — L'aorta és l'artèria principal del nostre cos. Surt del ventricle esquerre del cor i distribueix la sang per tot el cos, excepte els pulmons.
aòrtic, aòrtica, aortitis

apa
interjecció — **1** Paraula que es fa servir per a animar algú a fer alguna cosa o a moure's. *Apa, noi, vés a comprar el pa!*
2 Indica que no s'està d'acord amb alguna cosa. *Ara no soparé, apa!*

apadrinar
verb
com *cantar*
◄ pàg. 26
Fer de padrí o de padrina d'algú en un acte públic. Quan es bateja una persona, un home i una dona l'apadrinen.

apagallums apagallums
nom masculí
Un apagallums és un estri de metall en forma d'embut, enganxat al final d'un pal, que serveix per a apagar espelmes i ciris.

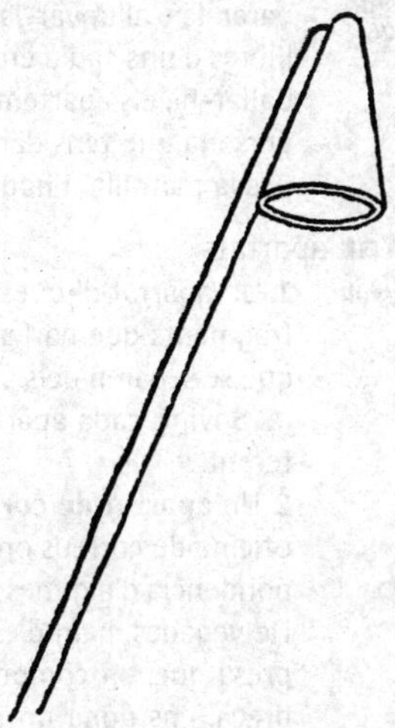

Un apagallums

apagar
verb
com *cantar*
◄ pàg. 26
Amb GU davant E, I
1 Fer que una cosa deixi de cremar o de fer llum. Podem fer servir un extintor quan apaguem un foc petit. Les espelmes s'apaguen quan fa vent.
2 Fer que un aparell deixi de funcionar. Podem apagar la ràdio, la televisió o l'ordinador.

apaïsat apaïsada apaïsats apaïsades
adjectiu
Un llibre, un paper, un quadre o un altre objecte rectangular és apaïsat quan és més ample que alt. Les pissarres de les escoles són apaïsades.

apaivagar
verb
com *cantar*
◄ pàg. 26
Amb GU davant E, I
Calmar persones que estan agitades, nervioses o excitades. A vegades costa d'apaivagar la ira d'algunes persones. També diem que el vent s'apaivaga quan deixa de bufar fort.

apallissar
verb
com *cantar*
◄ pàg. 26
1 Donar una pallissa a algú. Algunes persones violentes n'apallissen d'altres sense cap motiu.
2 Diem que algú ens apallissa quan, en un joc o en una competició, ens guanya per molta diferència. Si un equip marca set gols a un altre que no n'ha fet cap, l'ha ben apallissat.

apamar
verb
com *cantar*
◄ pàg. 26
1 Mesurar una cosa a pams. Es pot apamar la llargada d'una taula o un tros de roba.
frase feta
2 **Tenir apamada** una cosa o una persona és conèixer-la molt bé. Quan algú ha viscut molts anys en una mateixa casa, la té apamada.

apanyar
verb
com *cantar*
◄ pàg. 26
1 Apanyar una cosa és reparar-la, fer que torni a funcionar. Podem apanyar unes sabates, un rellotge o un cotxe.
usat amb pronom
2 **Apanyar-se** és espavilar-se. Quan diem a algú que ja s'apanyarà, el deixem sol i no l'ajudem a resoldre un problema o a fer alguna cosa.

aparador aparadors
nom masculí
Un aparador d'una botiga és una vitrina que dóna al carrer, on hi ha exposades algunes de les coses que s'hi venen.
✎ pàgs. 398-399 (38)

aparatós aparatosa aparatosos aparatoses
adjectiu
Una cosa és aparatosa quan és molt espectacular, exagerada o llampant. Si una persona cau a terra i arrossega tres persones més, fa una caiguda aparatosa.

aparcament aparcaments
nom masculí
1 Un aparcament és el fet d'aparcar. Un bon aparcament es fa sense tocar ni el cotxe del davant ni el del darrere.
2 Lloc on es pot aparcar un vehicle. Hi ha aparcaments a l'aire lliure i altres que són subterranis.

aparcar
verb
com *cantar*
◄ pàg. 26
Amb QU davant E, I
Col·locar un cotxe o un altre vehicle en un lloc i deixar-l'hi durant un temps. Quan s'aparca un cotxe, sovint cal fer maniobres endavant i endarrere.

aparèixer
verb
com *conèixer*
◄ pàg. 31
1 Deixar-se veure algú o alguna cosa. Cada matí, el sol apareix per l'horitzó. Si dius a algú que ja apareixeràs per la plaça, vols dir que ja hi aniràs. Algunes persones diuen que de tant en tant se'ls apareixen fantasmes.
2 Començar a existir alguna cosa, com un diari, un llibre o una moda. Quan apareix el primer número d'una revista, se'n fa una presentació.
3 Trobar una cosa que s'havia perdut. A vegades, les coses que perds apareixen quan menys t'ho esperes, després d'haver-les buscades molt.

aparell aparells
nom masculí
1 Un aparell és un objecte, una màquina o un mecanisme per a fer una cosa deter-

A B C D E F G H I J K L M N O P Q R S T U V W X Y Z

minada. Hi ha, per exemple, aparells de ràdio, d'alarma, i aparells electrodomèstics.
2 Conjunt d'òrgans que fan una funció determinada. Hi ha, per exemple, l'aparell respiratori, l'aparell digestiu i l'aparell urinari.
3 Aparell de música ✎ pàgs. 594-595 (2)

aparellador aparelladora aparelladors aparelladores
nom masculí i femení — Persona que es dedica a controlar les obres d'una construcció, a vigilar que tot es faci segons els plans i solucionar els problemes que hi hagi. Els aparelladors són els ajudants dels arquitectes.

aparellar
verb com *cantar* ◄ pàg. 26
1 Preparar els elements necessaris per a fer alguna cosa. Aparellem el sopar o una sala per a un banquet.
2 Formar parella. Quan pleguem la roba aparellem els mitjons. Els nois i les noies s'aparellen per ballar.
usat amb pronom — **3** Els animals **s'aparellen** quan el mascle s'uneix amb la femella.
aparellament

aparença aparences
nom femení — **1** L'aparença d'una cosa o d'una persona és el seu aspecte exterior. No es poden jutjar les coses ni les persones per la seva aparença; primer s'han de conèixer.
2 Allò que sembla alguna cosa però que en realitat no és. En aparença, el Sol dóna voltes a l'entorn de la Terra, però en realitat és a l'inrevés.
frase feta — **3 Salvar les aparences** és dissimular alguna cosa que no es vol que se sàpiga.

aparent aparents
adjectiu — **1** Que es pot veure clarament. Quan algú fa una cosa sense un motiu aparent, no se sap ben bé per què ho fa.
2 Que sembla una cosa que no és. El Sol fa un moviment aparent al voltant de la Terra.

aparentar
verb com *cantar* ◄ pàg. 26
Tenir aspecte d'alguna cosa. Algunes persones aparenten més anys dels que tenen en realitat, semblen més grans.

aparició aparicions
nom femení — L'aparició d'algú o d'alguna cosa és el fet d'aparèixer. L'aparició de la ràdio va ser un gran esdeveniment.

apart aparts
nom masculí — Un apart és allò que es diu a part del tema que s'està tractant, sobretot en una obra de teatre. Quan t'expliquen una cosa en un apart, pot ser que no vulguin que la senti ningú més.

apartament apartaments
nom masculí — Un apartament és un lloc per a viure en un bloc de pisos. Alguns apartaments tenen només un parell d'habitacions i la cuina i el menjador en una sola peça. També hi ha apartaments grans i luxosos.

apartar
verb com *cantar* ◄ pàg. 26
Posar una cosa o una persona a part, separar-la o allunyar-la d'una altra. Quan els llibres d'una taula ens molesten per a treballar-hi, els apartem. Si, en un cinema, la persona que tens darrere et diu que li tapes la pantalla, t'hauràs d'apartar.

apartat apartats
nom masculí — **1** Un apartat d'un escrit és cadascun dels fragments que parlen d'un mateix tema i que se separen dels altres d'alguna manera. Sovint, cada apartat té un número diferent.
2 Un **apartat de correus** és un lloc d'una oficina de correus on es guarda la correspondència d'algunes persones o empreses. De vegades, hem d'escriure a alguna empresa que, en comptes de donar-nos l'adreça, ens dóna un número d'apartat de correus.

apartheid apartheids
nom masculí — L'apartheid és un sistema de discriminació de races que es va establir a la República de Sud-àfrica l'any 1948 i que donava privilegis als blancs: hi havia locals i serveis que només eren per als blancs. És una paraula de la llengua germànica que es parla a Sud-àfrica.

apassionar
verb com *cantar* ◄ pàg. 26
Apassionar algú és fer que senti passió per alguna cosa, que li agradi o que li interessi molt. La lectura apassiona moltes persones. A algunes persones els apassionen la música, l'esport o les històries de por.
apassionament, apassionant, apassionat, apassionada

àpat àpats
nom masculí — Un àpat és cadascuna de les menjades importants que es fan durant el dia. Els àpats principals són l'esmorzar, el dinar i el sopar. Algunes persones entre àpat i àpat mengen alguna altra cosa.

apatia apaties
nom femení — L'apatia és la falta d'energia, d'interès i de ganes de fer coses. Quan una persona està deprimida, sol sentir apatia.
apàtic

apàtrida apàtrides

nom masculí i femení — Un o una apàtrida és una persona que no té cap nacionalitat.

apatxe apatxes

adjectiu — **1** Dels apatxes, nom que es refereix a diverses tribus índies del sud-oest dels Estats Units d'Amèrica, com els chiricaues i els mescaleros.

nom masculí i femení — **2** Un o una apatxe és una persona d'una d'aquestes tribus.

apedaçar

verb com *cantar* ◄ pàg. 26 Amb C davant E, I — **1** Posar pedaços a la roba. Si uns pantalons es foraden dels genolls, es poden apedaçar amb unes genolleres.

2 Millorar alguna cosa que estava espatllada, o que no anava bé, sense deixar-la reparada del tot. Si es trenca la pota d'una cadira, de moment es pot apedaçar amb un cordill.

apedregar

verb com *cantar* ◄ pàg. 26 Amb GU davant E, I — Tirar pedres contra algú o alguna cosa. Si una persona apedrega un vidre, segurament el trencarà.

apegalós apegalosa apegalosos apegaloses

adjectiu — **1** Que enganxa, que és enganxós. La mel és apegalosa.

2 Diem que una persona és apegalosa quan es fa pesada de tan amable com és.

apelfat apelfada apelfats apelfades

adjectiu — Que és semblant a la pelfa, perquè és recobert d'un pèl suau i dens. Les samarretes apelfades abriguen molt.

apel·lar

verb com *cantar* ◄ pàg. 26 — **1** Demanar a un jutge o a un tribunal que revisi una sentència que es creu que és injusta. La persona condemnada apel·la a un tribunal superior.

2 Recórrer a una persona o a una institució perquè ens solucioni una dificultat. Es pot apel·lar als bons sentiments d'algú amb l'esperança que ajudarà els altres.

apel·lació, inapel·lable

apel·latiu apel·latius

nom masculí — Un apel·latiu és un nom que es dóna a algú o a alguna cosa a part del que ja té. Un apel·latiu de Mallorca és *l'illa de la calma.*

apendicitis apendicitis

nom femení — Una apendicitis és una inflamació del tros petit de budell que es diu *apèndix.*

apèndix apèndixs

nom masculí — **1** Un apèndix és una cosa que s'afegeix a una altra i que la completa. Un garatge és un apèndix d'una casa.

2 L'apèndix d'un llibre és el conjunt de notes, de documents o de fotografies que s'afegeix al final de l'obra i que complementa el text. Un atles té un apèndix amb la llista de les poblacions que s'hi poden trobar.

3 L'apèndix és un tros petit de budell, prim, d'uns 8 centímetres de llargària i sense sortida, que hi ha al començament de l'intestí gros. És unit a la paret del cec; quan s'inflama, normalment s'ha de treure amb una operació. pàgs. 798-799 (46)

4 Part del cos d'un animal que està unida a una part principal o més important. Les potes i les antenes dels insectes són apèndixs.

aperitiu aperitius

nom masculí — Un aperitiu és una beguda i una mica de menjar, com ara olives, canapès, anxoves, etc., que es pren normalment abans de dinar. A vegades, després d'algunes inauguracions o en actes oficials se serveix un aperitiu.

apetència apetències

nom femení — L'apetència és el desig de les coses que ens satisfan o que l'organisme necessita, sobretot del menjar.

inapetència, inapetent

apetit apetits

nom masculí — L'apetit és el desig de menjar, la gana. Algunes malalties fan perdre l'apetit.

apetir

apetitós apetitosa apetitosos apetitoses

adjectiu — Que fa venir apetit, ganes de menjar. Moltes persones pensen que els pastissos són apetitosos.

àpex àpexs

nom masculí — L'àpex és l'extrem superior o la punta d'alguna cosa. L'àpex d'una muntanya és el cim. L'àpex de la llengua és la part que surt primer quan la traiem de la boca.

api apis

nom masculí — Un api és una planta comestible que fa molta olor i té un gust fort. Les seves flors són blanquinoses i té unes tiges llargues i gruixudes i unes fulles semblants a les del julivert. L'api es cultiva als horts i es posa a les amanides i al caldo.

apiadar-se

verb usat amb pronom com *cantar* ◄ pàg. 26 — Tenir pietat o compadir-se d'algú o d'alguna cosa. Si una persona té bon cor, s'apiadarà de la gent que passa necessitats i l'ajudarà.

apicultura apicultures
nom femení — L'apicultura és la tècnica de criar abelles per a obtenir-ne mel, cera i altres productes.
apicultor

apilar
verb, com *cantar* ◄ pàg. 26 — Posar una cosa sobre una altra formant una pila. Es poden apilar papers, llibres, caixes o llenya.

apilonar
verb, com *cantar* ◄ pàg. 26 — Apilar. Abans de construir una paret, s'apilonen els maons a prop d'on s'ha de treballar.

apilotar
verb, com *cantar* ◄ pàg. 26 — Ajuntar coses soltes en un pilot. A vegades, apilotem la roba bruta en un racó abans de posar-la a rentar. A la tardor, les fulles s'apiloten sota dels arbres.

apinyar
verb, com *cantar* ◄ pàg. 26 — Ajuntar molt estretament coses o persones. Les empreses de transport apinyen els paquets per portar-ne molts en cada viatge. En un ascensor, sovint s'apinyen moltes persones.

aplacar
verb, com *cantar* ◄ pàg. 26, Amb QU davant E, I — Calmar un dolor, un sentiment o una tristesa. Les aspirines aplaquen el mal de cap.

aplanar
verb, com *cantar* ◄ pàg. 26 — **1** Fer que una superfície quedi totalment plana, sense desigualtats. Abans de fer una carretera, s'aplana bé el terreny on s'ha de construir.
2 Posar plana una cosa, estendre-la en una superfície. Si aplanes una catifa, la col·loques a terra de manera que no faci arrugues.
3 Deixar cansat i desanimat algú. Els grans esforços i les malalties ens aplanen.
usat amb pronom — **4 Aplanar-se** a fer una cosa és conformar-se a fer-la. Les persones tossudes no s'aplanen fàcilment a canviar d'opinió.

aplaudiment aplaudiments
nom masculí — Un aplaudiment és el fet d'aplaudir. Quan els actors de teatre acaben l'actuació, reben els aplaudiments del públic.

aplaudir
verb, com *servir* ◄ pàg. 28 — **1** Picar de mans per demostrar que ens ha agradat alguna cosa, que estem d'acord amb alguna cosa o que estem contents. Quan la persona que fa anys apaga les espelmes del pastís d'aniversari, tothom aplaudeix.
2 Quan diem que aplaudim una cosa que algú diu o fa, volem dir que hi estem d'acord.

aplec aplecs
nom masculí — **1** Un aplec és un conjunt de persones o de coses aplegades. Hi ha aplecs de joves que es troben per fer un esport o sortir d'excursió.
2 Reunió de gent en algun lloc a l'aire lliure per celebrar una festa. Es fan aplecs religiosos en una ermita o aplecs festius per ballar sardanes.

aplegar
verb, com *cantar* ◄ pàg. 26, Amb GU davant E, I — Reunir diverses persones, animals o coses. Quan es fa tard, els pastors apleguen les ovelles i les tanquen a l'estable.

aplic aplics
nom masculí — Un aplic és un llum petit que es col·loca a la paret.

aplicació aplicacions
nom femení — **1** Una aplicació és el fet d'aplicar alguna cosa. L'aplicació d'algunes pomades a un malalt s'ha de fer a unes hores determinades.
2 Ornament que es posa a una cosa que és d'un material diferent. Hi ha jaquetes de punt que porten aplicacions de pell.
3 Ús que es pot fer d'una cosa. El plàstic té moltes aplicacions en la indústria: bosses, envasos, etc.
4 En matemàtiques, correspondència entre dos conjunts en què cada element del primer conjunt es correspon amb un i només un element del segon conjunt.
5 En informàtica, una aplicació és un programa.

aplicar
verb, com *cantar* ◄ pàg. 26, Amb QU davant E, I — **1** Posar una cosa sobre una altra de manera que la cobreixi o que hi quedi enganxada. En alguns mals, s'apliquen draps calents sobre el cos per calmar el dolor. També es pot aplicar una capa de pintura a la paret o un ornament a un vestit.
2 Fer servir una cosa o posar-la en pràctica. Quan fem un viatge a l'estranger, apliquem els coneixements d'idiomes que tenim.
usat amb pronom — **3 Aplicar-se** és posar esforç i interès en alguna cosa. Les estudiantes que s'apliquen molt passen moltes hores estudiant.
aplicable, inaplicable

aplicat aplicada aplicats aplicades
adjectiu — Que s'aplica. Els alumnes aplicats aprenen moltes coses.

aplom aploms
nom masculí — L'aplom d'una persona és la seguretat que té a l'hora de comportar-se, de parlar i de

fer altres coses. Els models caminen amb molt d'aplom.

apocalipsi apocalipsis

nom propi masculí — 1 L'Apocalipsi és un llibre de la Bíblia que descriu de manera fantàstica les coses que passaran a la fi del món i el triomf de Crist i de l'Església.

nom femení — 2 Diem que una cosa és una apocalipsi quan és una gran catàstrofe.

apocalíptic

apocat apocada apocats apocades

adjectiu — Una persona és apocada quan és tímida i no té gaire energia o empenta. A les persones apocades els costa parlar en públic.

apoderar

verb com *cantar* ◄ pàg. 26 — 1 Donar poders a algú perquè faci alguna cosa en nom nostre. Una artista pot apoderar la seva representant perquè signi els contractes.

usat amb pronom — 2 **Apoderar-se** d'alguna cosa és fer-se-la seva, quedar-se-la. Hi ha persones que s'apoderen de les cases abandonades.

apoderat apoderada apoderats apoderades

nom masculí i femení — Persona que té permís per a actuar en nom d'una altra persona o per a representar-la. L'apoderat d'una agència bancària pot signar talons com si fos el banc.

apogeu apogeus

nom masculí — 1 L'apogeu de la Lluna, d'un altre astre o d'un satèl·lit artificial és el punt de la seva òrbita que està més lluny de la Terra.

2 Punt culminant d'una cosa. Quan un atleta està en l'apogeu de la seva carrera, està en el millor moment.

apolític apolítica apolítics apolítiques

adjectiu — 1 No polític. Si una manifestació és apolítica, no ha estat organitzada per motius polítics.

2 Una persona és apolítica quan no s'ocupa de política ni hi està interessada.

apologia apologies

nom femení — Una apologia és un discurs o un escrit que defensa o fa elogis d'algú o d'alguna cosa. Un escrit contra la guerra i les revoltes armades és una apologia de la pau.

apologètic

aportar

verb com *cantar* ◄ pàg. 26 — 1 Posar cadascú la part que li toca en una unió, en una empresa o en una societat. Quan es munta un negoci, els socis aporten diners: cada un, una quantitat.

2 Presentar proves o arguments. En un judici, els advocats aporten tantes proves com poden per a demostrar la culpabilitat o la innocència de l'acusat.

aportació

aposició aposicions

nom femení — Una aposició és un nom que va al darrere d'un altre i en dóna alguna informació. En l'expressió *el riu Llobregat*, *Llobregat* és una aposició respecte de *riu*.

apòsit apòsits

nom masculí — Un apòsit és una bena, una gasa, un cotó o una cosa semblant que es posa damunt d'una ferida per a protegir-la de les infeccions. Els apòsits es poden impregnar amb pomades o líquids que curen la ferida.

aposta apostes

nom femení — Juguesca.

apostar

verb com *cantar* ◄ pàg. 26 — Pactar dues o més persones que qui encerti alguna cosa o guanyi en algun joc s'emportarà els diners o una altra cosa que s'hagi dit. Algunes persones aposten diners quan juguen a cartes.

a posteriori

locució que fa d'adverbi — Expressió llatina que vol dir *després d'haver passat alguna cosa. Vaig saber a posteriori que havia estat a l'hospital, quan ja n'havia sortit.*

apòstol apòstols

nom masculí — 1 Un apòstol és cadascun dels dotze deixebles de Jesús que, segons els Evangelis, tenien la missió de predicar la fe cristiana.

2 Persona que divulga una doctrina o una idea. Podem parlar dels apòstols del pacifisme o dels apòstols de l'ecologisme.

apostòlic

apòstrof apòstrofs

nom masculí — Un apòstrof és un signe ortogràfic (') que es fa servir per a indicar que s'ha suprimit una vocal. Posem apòstrof a *l'illa* perquè la *a* de l'article *la* s'ha suprimit.

apostrofar

apòstrofe apòstrofes

nom masculí — 1 Un apòstrofe és un recurs que es fa servir en literatura i que consisteix a aturar-se a la meitat d'un discurs per dirigir la paraula a algú, ja sigui real o imaginari.

2 Paraula que es diu a algú d'una manera una mica brusca.

apotecari apotecària apotecaris apotecàries

nom masculí i femení — 1 Antigament, persona que preparava medicaments.

2 Farmacèutic.

A B C D E F G H I J K L M N O P Q R S T U V W X Y Z

A B C D E F G H I J K L M N O P Q R S T U V W X Y Z

apotema apotemes
nom femení — L'apotema d'un polígon regular és el segment que hi ha del centre del polígon al punt mitjà d'un dels seus costats. És perpendicular a aquest costat.

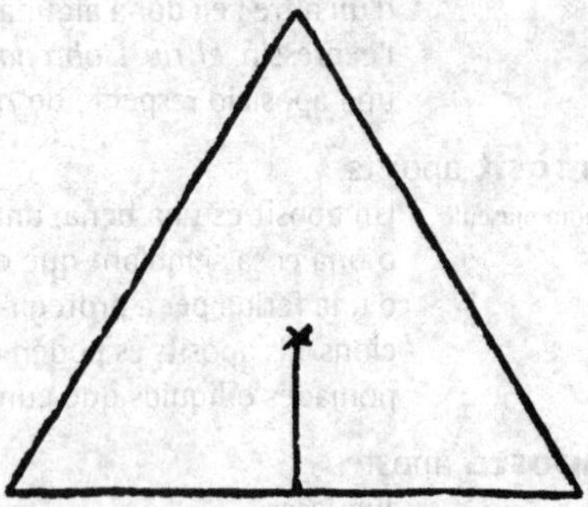

L'apotema d'un triangle

apoteosi apoteosis
nom femení — **1** Una apoteosi és un conjunt de mostres d'exaltació que es fan a algú. Quan un equip esportiu ha guanyat alguna competició important, els aficionats el reben amb una gran apoteosi.
2 Part final, brillant i molt impressionant, d'un acte, d'un espectacle, d'una competició esportiva. Algunes festes acaben amb una apoteosi de focs artificials.
apoteòsic

apreciar
verb com *canviar* ◄ pàg. 30 — Amb dièresi
1 Tenir estimació a algú. Les persones apreciem molt els nostres familiars i amics.
2 Valorar algú o alguna cosa, reconèixer el mèrit que té. Per a apreciar la música, cal tenir sensibilitat.
3 Determinar el valor d'alguna cosa. Si aprecies la distància que hi ha entre dues cases, la mesures.
apreciació, inapreciable

aprendre
verb com *prendre* ◄ pàg. 38 — Diferència: *aprèn, après*
Arribar a conèixer o a saber fer alguna cosa mitjançant l'estudi o la pràctica. Les persones aprenem a parlar aproximadament quan tenim dos anys o dos anys i mig. Quan s'estudia jardineria, s'aprèn a fer jardins i a cuidar-los.

aprenent aprenenta aprenents aprenentes
nom masculí i femení — Persona, normalment jove, que aprèn algun ofici practicant-lo amb algú que ja el sap. Hi ha, per exemple, aprenents de fuster, de dependent, de forner, etc.

aprenentatge aprenentatges
nom masculí — L'aprenentatge és el fet d'aprendre alguna cosa. Per a ser un bon matemàtic, calen molts anys d'aprenentatge.

aprensió aprensions
nom femení — L'aprensió és una sensació desagradable o de por que se sent contra algú o contra alguna cosa. Algunes persones tenen aprensió als animals perquè pensen que els faran mal.
aprensiu, aprensiva

apressar
verb com *cantar* ◄ pàg. 26
1 Donar pressa a algú, fer que vagi més ràpid. A vegades, els municipals apressen els cotxes perquè circulin més ràpid. En alguns teatres, si no t'apresses a comprar les entrades pots quedar-te'n sense.
2 Ser urgent alguna cosa. Quan la feina apressa, cal fer hores extres per a acabar-la.

aprimar
verb com *cantar* ◄ pàg. 26
1 Fer que alguna cosa sigui més prima, que tingui menys gruix. El ribot és una eina que serveix per a aprimar la fusta.
usat amb pronom — **2** **Aprimar-se** és tornar-se prim, perdre pes. Hi ha persones que quan passen molts nervis s'aprimen.

a priori
locució que fa d'adverbi — Expressió llatina que vol dir *abans de passar alguna cosa. Ja sabíem a priori qui guanyaria el partit.*

aprofitament aprofitaments
nom masculí — L'aprofitament és el fet d'aprofitar o d'aprofitar-se d'algú o d'alguna cosa. Quan hi ha secada, l'aprofitament de l'aigua és molt important.

aprofitar
verb com *cantar* ◄ pàg. 26
1 Treure profit d'alguna cosa, fer-la servir adequadament. Si aprofites la tarda per a estudiar, tens el vespre lliure per a veure una pel·lícula, llegir un llibre o descansar.
2 Fer profit una cosa a algú, anar-li bé. Dormir les hores necessàries aprofita a tothom.
usat amb pronom — **3** **Aprofitar-se** d'algú o d'alguna cosa és fer-lo servir per a treure'n algun benefici. Si una persona copia un treball d'una altra, s'aprofita, sense haver de treballar, de la feina que ha fet l'altra.

aprofitat aprofitada aprofitats aprofitades
adjectiu — **1** Que s'aprofita. El porc és un animal molt aprofitat: se'n fan pernils, botifarres, cansalada, etc.
2 Es diu que una persona és aprofitada quan s'aprofita de les altres persones i de les situacions.

aprofundir
verb com *servir* ◄ pàg. 28
1 Fer que una cosa sigui més profunda. Per a aprofundir un pou, es necessiten estris i materials especials.
2 Diem que aprofundim en un tema quan

l'estudiem molt a fons per saber-ne tots els detalls. Els metges han aprofundit molt en l'estudi d'algunes malalties.

apropar
verb
com *cantar*
◄ pàg. 26

Acostar.

apropiar
verb
com *canviar*
◄ pàg. 30
Amb dièresi
usat amb
pronom

1 Fer que una cosa que és d'algú passi a ser d'una altra persona. Normalment, els pares apropien els béns als seus fills.
2 Diem que algú **s'apropia** les coses, les idees, les iniciatives, els projectes o els mèrits dels altres quan actua com si fossin seus. Alguns joves s'apropien la roba dels seus germans.
apropiació

apropiat apropiada apropiats apropiades
adjectiu

Adequat o convenient a una situació o a una persona determinades. La roba de màniga curta és apropiada a l'estiu.

aprovació aprovacions
nom femení

Una aprovació és el fet d'aprovar alguna cosa. Quan una persona manifesta la seva aprovació a un projecte, diu que hi està d'acord.

aprovar
verb
com *cantar*
◄ pàg. 26

1 Trobar bé alguna cosa, donar-la com a bona. Si els jugadors d'un equip de futbol no aproven la decisió de l'àrbitre, es queixen. El parlament és l'encarregat de decidir si una llei s'aprova o no s'aprova.
2 Donar la qualificació d'aprovat a un alumne. Els professors estan contents de poder aprovar els seus alumnes.
3 Obtenir la qualificació d'aprovat. Quan aproves un examen amb una bona nota, tens una gran satisfacció.

aprovat aprovats
nom masculí

Un aprovat és una nota que indica que una persona que estudia ha aconseguit un nivell de coneixements suficients en els seus estudis.

aprovisionar
verb
com *cantar*
◄ pàg. 26

Donar provisions a una ciutat o a un grup de persones. Quan un poble queda bloquejat per la neu, se l'ha d'aprovisionar amb avionetes o helicòpters. Els alpinistes que han de fer una expedició, s'aprovisionen de tot el que necessiten.

aproximació aproximacions
nom femení

1 L'aproximació d'algú o d'alguna cosa és el fet d'aproximar-se. Quan un avió fa l'aproximació a la pista d'aterratge, va reduint velocitat.
2 Una aproximació és una quantitat o una altra cosa que s'assembla molt a una altra, que gairebé és igual. 14,75 és una aproximació de 15.

aproximadament
adverbi

D'una manera aproximada, gairebé. *Eren aproximadament les nou, l'hora de sopar.*

aproximar
verb
com *cantar*
◄ pàg. 26

Acostar.
aproximat, aproximada, aproximatiu, aproximativa

apte apta aptes
adjectiu

1 Que és adequat per a alguna cosa determinada. Podem dir que una persona és apta per a una feina o que una sala és apta per a fer-hi una festa.
2 Que ha aprovat en un examen o en una altra prova. Un examen suspès no és apte.
malapte

aptitud aptituds
nom femení

L'aptitud és la capacitat i la disposició que té una persona per a fer alguna cosa. Quan una persona té aptituds per a la música, pot dedicar-s'hi.

apujar
verb
com *cantar*
◄ pàg. 26
Amb G davant
E, I

1 Fer que un preu, un sou o una altra quantitat sigui més alt. Quan t'apugen el sou, guanyes més diners que abans.
2 Fer que alguna cosa tingui més intensitat. Es pot apujar la calefacció, el llum o el volum de la ràdio.

apunt apunts
nom masculí

1 Un apunt és un dibuix d'alguna cosa que s'està veient, que es fa amb poc temps i amb poques línies i serveix per a recordar-ne la forma i la disposició.

nom masculí
plural

2 Els apunts són les notes que es prenen quan s'escolta una explicació o quan es llegeix un llibre per a poder recordar el que s'ha sentit o s'ha llegit.

apuntador apuntadora apuntadors apuntadores
nom masculí
i femení

Persona que dicta el paper als actors de teatre quan s'obliden del que han de dir. Els apuntadors se situen a prop dels actors per tal que el públic no els senti.

apuntalar
verb
com *cantar*
◄ pàg. 26

Aguantar alguna cosa amb un o més puntals. Quan les branques d'un arbre estan massa plenes de fruita, les apuntalen per tal que no toquin a terra.

apuntar
verb
com *cantar*
◄ pàg. 26

1 Prendre nota d'alguna cosa. Per a no oblidar un telèfon, és millor apuntar-lo a l'agenda.

Continua a la pàgina següent

2 Escriure en una llista el nom d'una persona que vol entrar en una associació o participar en una activitat. Quan organitzem un sopar, apuntem la gent que ha de venir.
3 Apuntar un tema en una conversa o en un discurs és insinuar-lo, començar a parlar-ne sense dir-ne gaire cosa.
4 Anar dient a algú en veu baixa el que ha de dir quan no se'n recorda o no ho sap ben bé. Els apuntadors apunten el text als actors de teatre.
5 Dirigir la punta d'una arma cap a l'objecte que es vol tocar. Abans de disparar una escopeta, s'apunta cap a l'objectiu amb el punt de mira.
6 Començar a sortir alguna cosa. Quan a un infant li apunten les dents, li fa mal la boca. També apunta el dia, l'alba, el blat, apunten les banyes a un animal, etc.

apunyalar
verb
com *cantar*
◄ pàg. 26
Clavar un punyal a algú. Quan apunyalen una persona, li surt sang de la ferida.

aquarel·la aquarel·les
nom femení
L'aquarel·la és un tipus de pintura feta amb colors barrejats amb aigua. Els quadres pintats amb aquarel·la tenen uns colors pàl·lids.

aquari aquaris
nom masculí
També *aquàrium*
1 Un aquari és un recipient de vidre amb aigua on es tenen peixos i plantes aquàtiques. Als zoos hi ha uns aquaris molt grans.
2 El signe d'aquari és l'onzè del zodíac; és el signe de les persones nascudes entre el 20 de gener i el 19 de febrer.

aquàrium aquàriums
nom masculí
Un aquàrium és un aquari de peixos.

aquarterar
verb
com *cantar*
◄ pàg. 26
Fer que una tropa es quedi dins de la caserna per a estar preparada si hi ha perill.
aquarterament

aquàtic aquàtica aquàtics aquàtiques
adjectiu
Que viu a l'aigua, que està relacionat amb l'aigua. Els peixos són animals aquàtics. La natació és un esport aquàtic.
aqüífer, aquós, aquosa, subaquàtic

aqüeducte aqüeductes
nom masculí
Un aqüeducte és una construcció en forma de pont per a transportar aigua d'un costat a l'altre d'una vall. L'aqüeducte de Segòvia és molt alt i té molts arcs.

aqueix aqueixa aqueixos aqueixes
determinant demostratiu
1 Aquesta paraula s'usa per a indicar una cosa o una persona que és més a la vora de qui escolta o llegeix que de qui parla o escriu. S'usa sobretot en llenguatge formal. *Aqueix pis teu és molt petit, per això he reservat una habitació a l'hotel.*
pronom demostratiu
2 S'usa en casos com aquest:
• *Aquest pis és sorollós, però me l'estimo més que aqueix: el teu és massa petit.*

aquelarre aquelarres
nom masculí
Un aquelarre és una reunió de bruixes o bruixots. Els aquelarres van ser freqüents al País Basc durant els segles XVII i XVIII.

aquell aquella aquells aquelles
determinant demostratiu
1 Aquesta paraula s'usa per a indicar una cosa o una persona que és lluny de qui parla o de qui escolta o bé per a referir-se a un fet que va passar fa molt temps. *Aquell dia sí que va ser emocionant! Aquell vestit se'm va descosir i ja no me l'he posat més. Porta'm aquell cubell d'allà baix, si et plau.*
pronom demostratiu
2 S'usa en casos com aquests:
• *Aquests mobles són de mala qualitat; aquells sí que eren bons! Aquella va ser la millor època de la nostra vida.*
determinant i pronom demostratiu
3 En una conversa, en un discurs o en un escrit, indica que ens referim a una cosa que s'ha esmentat abans que una altra de més propera. *Hi havia un noi alt i cepat i un de baixet i escanyolit: aquell noi no parava de mirar-me, però jo em mirava aquest. Els bolets tenen dues parts: un petit tronc i una part plana que el cobreix; aquell és el peu i aquesta és el barret.*

aquest aquesta aquests aquestes
determinant demostratiu
1 Aquesta paraula s'usa per a indicar una cosa o una persona que és a la vora de qui parla o per a referir-se a un fet que ha passat fa poc. *Aquest any les vacances seran millors que l'any passat. Para la taula i posa-hi aquestes copes. Aquests enciams són plantats de fa poc.*
pronom demostratiu
2 S'usa en casos com aquests:
• *No vol aquells bolígrafs, sinó aquests d'aquí. Vull un llibre. Ja l'has llegit, aquest? Quin mes cobrarem? Aquest mateix.*
determinant i pronom demostratiu
3 En una conversa, en un escrit o en un discurs, indica que ens referim a una cosa que acaba d'esmentar-se. *I doncs li diu si vol anar al partit; aquest partit era la final de la lliga. El cervell es divideix en dues meitats: l'hemisferi esquerre i l'hemisferi dret; en aquest hi ha les terminacions nervioses dels sentits.*

aquí
adverbi
1 En aquest lloc, a la vora d'on és qui parla. *Sóc a París, demà surto d'aquí i vaig a Londres.*

2 En aquest moment, en el moment en què s'està parlant. *D'aquí a Nadal hauria de llegir dos llibres.*

1
ara ares
nom femení — 1 Una ara és un altar on els antics feien sacrificis.
2 Pedra consagrada que forma part de l'altar d'una església.

2
ara
adverbi — 1 En aquest moment, en el moment en què s'està parlant. *Ara mateix he arribat de l'escola.*
conjunció — 2 Malgrat això. *M'agradaria que anéssim al cine; ara, si no pots, ja hi anirem un altre dia.*
locució que fa d'adverbi — 3 **Ara per ara** vol dir de moment. *La sala és buida; ara per ara no ha arribat ningú.*

àrab àrabs
adjectiu Amb B — 1 D'Aràbia i dels països on es parla àrab. *Un califa àrab.*
nom masculí i femení — 2 Persona que és d'Aràbia, o d'un país on es parla àrab, o que hi viu.
nom masculí — 3 L'àrab és la llengua que es parla a Aràbia i en alguns països del nord d'Àfrica i del sud-oest d'Àsia. L'àrab fa servir un alfabet diferent del que fem servir nosaltres.
aràbic, aràbiga

arabesc arabescs
nom masculí També *arabescos* — Un arabesc és una decoració feta amb moltes ratlles corbes que es creuen entre si i formen figures geomètriques molt diverses.

aràcnid aràcnids
nom masculí — Un aràcnid és un artròpode sense antenes ni ales, amb quatre parells de potes i el cos format pel cap i l'abdomen. Les aranyes i els escorpins són aràcnids.

arada arades
nom femení — Una arada és una eina de camp per a obrir solcs a la terra. Les arades són tirades per un mul o una altra bèstia o bé per un tractor. pàgs. 994-995 (10)

aragonès aragonesa aragonesos aragoneses
adjectiu — 1 D'Aragó. *La jota aragonesa.*
nom masculí i femení — 2 Persona que és d'Aragó o que hi viu.
nom masculí — 3 L'aragonès és un dialecte del castellà parlat a Aragó.

aram arams
nom masculí — L'aram és el coure treballat en forma de xapa, de canonada o de fil metàl·lic. Antigament se'n feien cassoles, cassons i cullerots; ara hi ha gent que posa aquests objectes com a decoració.

aranès aranesa aranesos araneses
adjectiu — 1 De la Vall d'Aran. *L'olla aranesa.*
nom masculí i femení — 2 Persona que és de la Vall d'Aran o que hi viu.
nom masculí — 3 L'aranès és el dialecte occità que es parla a la Vall d'Aran. És una varietat del gascó.

aranja aranges
nom femení — 1 Una aranja és un fruit molt semblant a la taronja, però més gran i de color groc clar. Té un gust àcid i una mica amarg.
pàg. 397 (24)
2 Una **aranja gran** és un fruit semblant a l'aranja, però més gros.

aranya aranyes
nom femení — 1 Una aranya és un aràcnid que fabrica un fil de seda i teixeix teranyines per a caçar insectes i per a desplaçar-se. Algunes aranyes són verinoses. Viuen a tots els països del món i n'hi ha que poden arribar als 9 centímetres de llargària.
2 Nom de diferents objectes que tenen forma d'aranya, com alguns llums que pengen del sostre.

aranyó aranyons
nom masculí — Un aranyó és un fruit molt petit i rodó, de color blau fosc i de gust molt aspre. Els aranyons es fan servir per a fer alguns medicaments.
aranyoner

aranzel aranzels
nom masculí — Un aranzel és una quantitat de diners fixada que s'ha de pagar a canvi d'alguns serveis de l'Administració pública. A la duana, per exemple, per a passar alguns productes d'un país a un altre s'ha de pagar un aranzel. Els productes que circulen dins la Unió Europea no paguen aranzels.

arbequí arbequina arbequins arbequines
adjectiu — 1 D'Arbeca, poble del municipi de les Garrigues. *Les oliveres arbequines.*
nom masculí i femení — 2 Persona que és d'Arbeca o que hi viu.
nom femení — 3 Tipus d'olives molt petites i amargues, de pell molt fina, que donen un oli de gran qualitat.

arbitrar
verb com *cantar* ◄ pàg. 26 — Fer d'àrbitre en una competició esportiva. La persona que arbitra un partit de bàsquet ha d'estar pendent de tot el que passa a la pista.
arbitratge

arbitrari arbitrària arbitraris arbitràries
adjectiu — Una cosa és arbitrària quan depèn només de la voluntat o del caprici d'algú. Un càs-

A B C D E F G H I J K L M N O P Q R S T U V W X Y Z

tig arbitrari no respon a cap norma, sinó al caprici de qui castiga.

arbitrarietat

àrbitre àrbitra àrbitres

nom masculí i femení — Persona que, en una competició esportiva, és l'encarregada de fer que es compleixin les regles del joc. Els àrbitres sempre porten un xiulet.

arboç arboços

nom masculí — Un arboç és un arbust d'uns tres o quatre metres d'alçària, de fulles grans, brillants, lanceolades i dentades. Fa unes flors de color blanc groguenc que tenen forma d'esquella i que s'agrupen en rams al final de les branques. Els seus fruits són les cireres d'arboç, que es poden menjar.

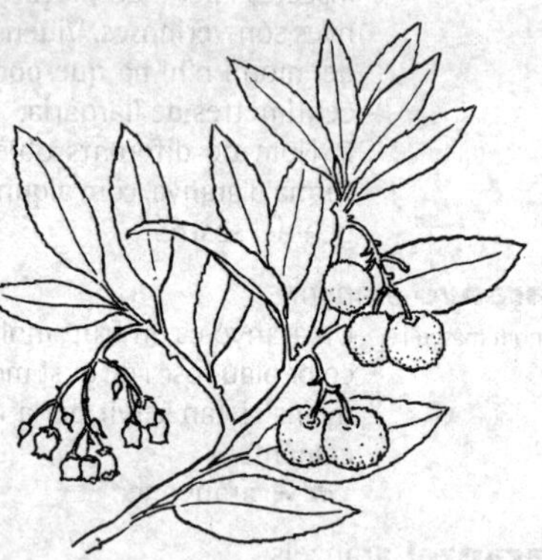

Una branca d'arboç

arboradura arboradures

nom femení — L'arboradura d'una embarcació de vela és el conjunt dels pals i de les altres peces de fusta i de ferro que aguanten les veles.

pàgs. 194-195 (3)

arbre arbres

nom masculí — **1** Un arbre és una planta que té una sola tija gruixuda i dura, que es diu *tronc*, d'on surten un conjunt de branques que porten fulles. La majoria dels arbres són alts i forts; n'hi ha que fan fruites que es poden menjar. Dels arbres se'n treu la llenya per a fer foc i la fusta per a fer mobles i altres coses.
2 Un **arbre genealògic** és una representació de tots els ascendents i descendents d'una família o d'una persona mitjançant el dibuix d'un arbre. Les branques que surten del tronc representen la generació més antiga i de cada branca surten noves branques que representen les noves generacions.

arbori, arborícola

arbreda arbredes

nom femení — Una arbreda és un camp plantat d'arbres.

arbust arbusts

nom masculí. També *arbustos* — Un arbust és una planta que no arriba als cinc metres d'alçària i que té unes quantes tiges més o menys dures, d'on surten diverses branques amb fulles. Alguns arbustos tenen espines o punxes; d'altres fan fruites que es poden menjar.

arc arcs

nom masculí — **1** Un arc és una arma per a llançar fletxes. Es fa amb una vara forta i flexible amb les puntes unides per una corda molt tibant.
2 En matemàtiques, tros d'una circumferència.
3 Qualsevol cosa que té forma corba, com l'arc que fan les celles.
4 Part d'una casa, d'una església o d'una altra construcció que té forma d'arc. Els romans, quan havien guanyat una guerra, feien un monument en forma d'arc que es deia *arc de triomf*. També hi ha arcs de triomf moderns.
5 L'**arc de Sant Martí** és un arc de colors que es forma al cel quan plou i fa sol al mateix temps.

arquejar, arquer

arç arços

nom masculí — **1** Un arç és un arbust que té espines o punxes.
2 Un **arç blanc** és un arbust que viu entre bardisses i en boscos humits. Fa unes fulles molt retallades, semblants a les del julivert. Les branques acaben en espines molt fortes. Les seves flors, petites i de color blanc rosat, tenen propietats medicinals. Els seus fruits són les ciretes de pastor, que es poden menjar.

arca arques

nom femení — **1** Una arca és una caixa gran amb una tapa plana que serveix per a guardar-hi coses. Normalment, les arques són de fusta.

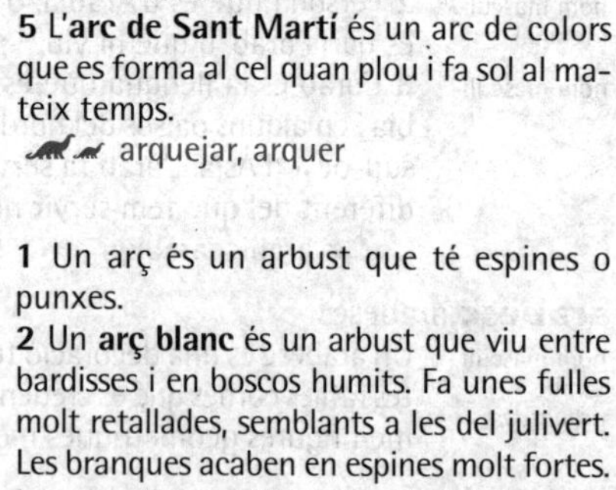

Un arbre genealògic

2 Segons la Bíblia, l'**arca de Noè** és la nau que va construir Noè per a salvar del diluvi universal la seva família i una parella de cada espècie d'animals.
arqueta

arcabús arcabussos
nom masculí
Un arcabús és una arma de foc antiga que és allargada i semblant a un fusell.

arcada arcades
nom femení
1 Una arcada és una obertura que té columnes a banda i banda i es tanca per dalt en forma d'arc; normalment serveix de pas. Algunes places tenen un porxo amb arcades.
2 Gest que fa un músic quan passa l'arquet per damunt de les cordes d'un instrument com el violí.
3 Moviment brusc de l'estómac que es produeix abans de vomitar.

arcaic arcaica arcaics arcaiques
adjectiu
Del temps antic. Anar en carro és una manera arcaica de viatjar.
arcaisme, arcaïtzant

arcàngel arcàngels
nom masculí
Segons el cristianisme i l'islam, un arcàngel és un àngel amb una missió molt important. L'arcàngel Gabriel va anunciar a la Verge Maria que seria mare de Jesús.

arcbotant arcbotants
nom masculí
Un arcbotant és un arc que uneix la paret d'una construcció amb un contrafort. Els arcbotants són típics de l'estil gòtic.
pàg. 599 (6)

ardent ardents
adjectiu
1 Que crema o que és molt calent. Sovint, a l'estiu fa un sol ardent. És perillós deixar la llar de foc amb brases ardents durant la nit.
2 Que és ple de passió. Diem que una persona és defensora ardent de la llibertat quan la defensa amb molts ànims.

ardit ardida ardits ardides
adjectiu
Atrevit, valent, que no té por. Les persones que fan esports de risc, com l'alpinisme, han de ser ardides.

ardor ardors
nom masculí o femení
1 L'ardor és la característica del que és ardent. A l'estiu, el sol té un ardor molt intens. Els treballadors dels forns han de suportar les ardors del foc.
2 Calor molt intensa. No tothom pot resistir l'ardor dels deserts africans.
3 **L'ardor d'estómac** és una sensació de cremor que se sent a vegades en aquesta part del cos.
ardorós, ardorosa

ardu àrdua ardus àrdues
adjectiu
Que és difícil de fer, que requereix un gran esforç. Quan uns bombers apaguen un gran incendi, realitzen una tasca àrdua.

àrea àrees
nom femení
1 Una àrea és un tros de superfície terrestre, de terreny. A Castella hi ha extenses àrees de cultiu de cereals.
2 En matemàtiques, mesura d'una superfície. L'àrea d'un rectangle de dos metres d'ample i quatre metres de llarg és de vuit metres quadrats.
3 Unitat de mesura de superfície que equival a cent metres quadrats i que es fa servir, sobretot, per a mesurar terrenys.
4 L'àrea d'un camp d'esports és la part que és més a prop de la porteria. Una falta comesa dins l'àrea es castiga amb un penal.

arena arenes
nom femení
1 Sorra.
2 L'arena és la part central d'un circ o d'una plaça de toros. És on es fan els espectacles i sol ser de sorra.
arenal, arenós, arenosa

areng arengs
nom masculí
Un areng és un peix semblant a la sardina però més gros, que pot fer uns 35 centímetres de llarg. És de color blau fosc a l'esquena i platejat al ventre. Els arengs es pesquen al nord de l'Atlàntic i es mengen frescos, en conserva, salats o fumats.

arengada arengades
nom femení
Una arengada és una sardina premsada i preparada amb salmorra. Les arengades fan una olor forta i tenen un gust salat, molt saborós. Habitualment es mengen fregides o a la brasa.

arengar
verb
com *cantar*
◄ pàg. 26
Amb GU davant E, I
Fer un discurs a un conjunt de persones per a animar-les a fer alguna cosa. Els generals arenguen els soldats abans d'una batalla.
arenga

areny arenys
nom masculí
Un areny és un terreny de sorra que hi ha al costat del mar, d'un riu o d'un altre corrent d'aigua. Una platja, per exemple, és un areny.

aresta arestes
nom femení
Una aresta és cadascun dels segments que es formen quan s'ajunten dues cares d'una figura geomètrica. Un cub té dotze arestes.

A B C D E F G H I J K L M N O P Q R S T U V W X Y Z

argamassa argamasses
nom femení — L'argamassa és una barreja de calç, sorra i aigua que es fa servir per a ajuntar maons, pedres o rajoles en la construcció.

argelaga argelagues
nom femení — Una argelaga és un arbust de color verd grisenc que té moltes espines, molt poques fulles i unes flors petites de color groc intens que s'obren a la primavera.

argent argents
nom masculí — **1** Plata.
2 L'**argent viu** és el mercuri.
argentar, argenter, argenteria, argentifer

argila argiles
nom femení — L'argila és una terra que quan es barreja amb aigua forma una pasta fàcil de modelar i que es torna dura quan es cou. Per això, l'argila es fa servir per a fer vasos, gerros i escultures.
argilós, argilosa

argó argons
nom masculí — L'argó és un gas noble que es fa servir com a gas conductor dins dels tubs fluorescents i en metal·lúrgia. El seu símbol és: A.

argolla argolles
nom femení — **1** Una argolla és una anella grossa de ferro o d'un altre metall. Les portes de moltes masies s'obren estirant una argolla.
2 Anella petita de metall, de fusta o d'un altre material que es fa servir per a guardar el tovalló i saber de qui és.

argot argots
nom masculí — Un argot és una varietat de llengua que fa servir un grup de persones que treballen juntes o que es relacionen molt. Quan parlen entre elles, usen la llengua que parlen normalment, però amb moltes paraules i expressions que la resta de gent no comprèn. Els lladres o els estudiants usen expressions d'argot com *la bòfia* o *donar carbassa.*
argòtic

argúcia argúcies
nom femení — Una argúcia és una mentida dita de manera enginyosa per enganyar algú.
arguciós, arguciosa

argüir
verb
com *servir*
◄ pàg. 28 — Donar raons a favor i en contra d'una opinió o d'una altra cosa. Les persones ecologistes argüeixen que si no vigilem podem gastar tots els recursos naturals.

argument arguments
nom masculí — **1** Un argument és un raonament per a convèncer que una opinió és la millor. En una discussió política sempre hi ha arguments a favor i arguments en contra de l'actuació del govern.
2 Conjunt de fets d'una obra de teatre, d'una pel·lícula, d'una novel·la o d'un poema. Si abans de llegir un llibre t'expliquen l'argument, ja saps com acabarà.

argumentar
verb
com *cantar*
◄ pàg. 26 — Presentar arguments a favor o en contra d'alguna opinió.
argumentació

ari ària aris àries
nom masculí i femení — Persona d'un antic poble que probablement vivia a les estepes del centre d'Àsia i al sud de Rússia.

ària àries
nom femení — Una ària d'una òpera és un fragment cantat per un dels personatges principals. Les àries són peces musicals per a lluïment dels artistes i algunes són molt conegudes.

àrid àrida àrids àrides
adjectiu
Amb D — **1** Sec, sense vegetació. Els deserts són zones molt àrides.
2 Diem que un tema, una lectura, una feina o una altra cosa és àrida quan costa molt d'esforç i no és gaire atractiva. Hi ha qui opina que estudiar llatí és àrid.
aridesa

àries àries
nom masculí — El signe d'àries és el primer del zodíac; és el signe de les persones nascudes entre el 20 de març i el 20 d'abril.

ariet ariets
nom masculí — Un ariet és un instrument que es feia servir per a enderrocar muralles, portes o altres obstacles. Estava format per un pal llarg i pesant que a l'extrem tenia una peça de metall, sovint en forma de cap de moltó.

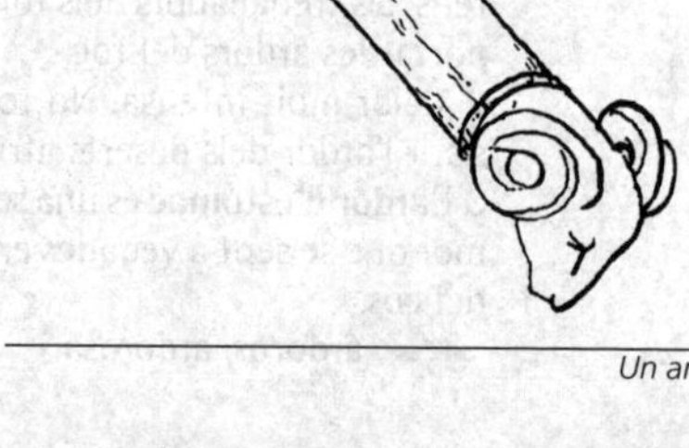

Un ariet

aristocràcia aristocràcies

nom femení — **1** L'aristocràcia és una classe social formada per persones nobles, amb títols nobiliaris.
2 Forma de govern en què el poder està en mans dels nobles i de les classes socials altes. L'aristocràcia era el sistema de govern que hi havia a l'antiga Grècia abans d'haver-hi la democràcia.
aristocràtic

aristòcrata aristòcrates

nom masculí i femení, Amb A final — Un o una aristòcrata és una persona que pertany a l'aristocràcia.

aritmètic aritmètica aritmètics aritmètiques

adjectiu — **1** De l'aritmètica o dels nombres. Les sumes, les restes, les multiplicacions i les divisions són operacions aritmètiques.
nom femení — **2** L'aritmètica és la part de les matemàtiques que estudia els nombres i les operacions que s'hi poden fer.

arítmia arítmies

nom femení — Una persona té arítmia quan els batecs del cor no segueixen el ritme normal.

arlequí arlequins

nom masculí — Un arlequí és un personatge còmic que porta un vestit de triangles de molts colors, una màscara negra i un barret.

arma armes

nom femení — **1** Una arma és un estri per a atacar o per a defensar-se, com una bomba, una sageta o un canó.
2 Qualsevol cosa que pot servir per a atacar o per a defensar-se. Les armes d'alguns animals són les ungles, les dents o les banyes.
3 Cadascun dels cossos que formen un exèrcit, com l'arma d'infanteria o l'arma de cavalleria.
4 Una **arma blanca** és una arma que pot ferir amb la punta o el tall, com els punyals, les espases o les navalles.
5 Una **arma de foc** és una arma que llança projectils, com una escopeta, una pistola o un fusell.
armeria

armada armades

nom femení — L'armada d'un país és el conjunt dels vaixells de guerra que té.

armadillo armadillos

nom masculí — Un armadillo és un mamífer que té el cap, el cos i la cua recoberts d'una espècie de cuirassa formada per petites escates que li permet, en cas de perill, enroscar-se i formar una bola. Els armadillos tenen les potes del davant amb dits molt forts per a poder cavar. S'alimenten d'insectes i viuen a Amèrica.

armador armadora armadors armadores

nom masculí i femení — Persona o empresa que prepara i equipa un vaixell per tal que tingui tot el que necessita.

armadura armadures

nom femení — **1** Una armadura és el conjunt de peces de metall que els guerrers de l'edat mitjana portaven sobre el cos per a protegir-se de l'enemic.

Una armadura

2 Peça o conjunt de peces que formen la part rígida que aguanta alguna cosa. L'armadura d'un llit és la superfície que hi ha sota del matalàs amb les potes que l'aguanten. L'armadura d'unes ulleres és l'estructura que aguanta els vidres.
3 En música, conjunt de signes que es posen al començament dels pentagrames d'una partitura i que indiquen el to en què està escrita. Va després de la clau i abans de la indicació del compàs.

armament armaments

nom masculí — **1** L'armament és el fet d'armar o armar-se una persona o un col·lectiu. Si es col·labora en l'armament d'un país, se li faciliten armes.
2 Conjunt d'armes d'un exèrcit, d'una persona, d'un vaixell, etc.

armar

verb, com *cantar* ◄ pàg. 26
1 Donar armes a algú. Quan armen una tropa amb fusells, els en donen un a cadascú. Els països s'armen per a poder defensar-se si els ataquen.
2 Ajuntar les peces d'un aparell o d'un moble per a poder-lo fer servir. Hi ha prestatgeries que es venen desmuntades i s'han d'armar a casa.
3 Diem que algú arma una gresca, un ball, un desgavell o una altra cosa quan ho organitza o ho provoca. Uns veïns poden armar gresca fins a la matinada. Una tempesta pot armar un gran enrenou.

armari armaris
nom masculí — Un armari és un moble amb portes, que té, a dins, prestatges, penjadors o calaixos per a guardar-hi roba, llibres, papers o altres coses. Hi ha armaris que estan encastats a la paret. A les cuines, hi sol haver alguns armaris penjats a la paret. pàgs. 594-595 (28)

armeni armènia armenis armènies
adjectiu — 1 D'Armènia. *L'Església armènia.*
nom masculí i femení — 2 Persona que és d'Armènia o que hi viu.
nom masculí — 3 L'armeni és la llengua que es parla a Armènia. L'armeni s'escriu amb un alfabet diferent del nostre.

armilla armilles
nom femení — Una armilla és una peça de vestir sense mànigues que cobreix el pit i l'esquena. Normalment es corda al davant amb botons i es porta sobre d'una camisa.

armistici armisticis
nom masculí — Un armistici és un acord que signen dos països que estan en guerra quan decideixen estar un temps sense combats encara que la guerra no s'hagi acabat.

arna arnes
nom femení — 1 Una arna és una papallona petita de color blanquinós. Les seves larves roseguen i foraden les mantes i els vestits de llana.
2 Una arna és un rusc d'abelles.

arnar-se
verb usat amb pronom com *cantar* ◄ pàg. 26 — Fer-se malbé la roba perquè les arnes la roseguen. Per evitar que les mantes de llana s'arnin, hi posem unes boles blanques de naftalina o altres insecticides.

arnès arnesos
nom masculí — 1 L'arnès d'un cavaller és l'armadura.
2 Guarniments d'un cavall, d'un mul, etc.

àrnica àrniques
nom femení — L'àrnica és una planta medicinal que té una tija llarga i fa unes flors de color taronja. Amb una substància que es treu d'aquesta planta es prepara un líquid contra els cops que es diu *tintura d'àrnica o àrnica.*

aroma aromes
nom femení — Una aroma és una olor bona i agradable. Algunes fruites tropicals fan molta aroma. També parlem de l'aroma d'un bon cafè.
aromatitzar

aromàtic aromàtica aromàtics aromàtiques
adjectiu — Que té aroma. La farigola i l'orenga són plantes molt aromàtiques.

arpa arpes
nom femení — Una arpa és un instrument musical de corda format per un marc triangular que conté les cordes. Es toca fent vibrar les cordes amb els dits. pàgs. 394-395 (2) (29)

arpegi arpegis
nom masculí — En música, un arpegi és el conjunt de les notes d'un acord que es fan sonar una després de l'altra.

arpillera arpilleres
nom femení — L'arpillera és un teixit gruixut i aspre que es fa servir per a embolicar coses que s'han de transportar i per a fer sacs.

arpó arpons
nom masculí — Un arpó és un instrument de pesca que consisteix en una barra de fusta o de ferro que acaba en una punta de fletxa o en una punta i uns ganxos que no deixen que la presa s'escapi. Els arpons es fan servir per a pescar peixos grossos.

arquebisbe arquebisbes
nom masculí — Un arquebisbe és un bisbe que governa una diòcesi molt important i que és considerat superior als altres bisbes.
arquebisbat

arqueologia arqueologies
nom femení — L'arqueologia és l'estudi de les ruïnes, les restes i els monuments dels pobles molt antics. En arqueologia, es fan excavacions i es troben ossos i ruïnes de cases.
arqueòleg, arqueòloga, arqueològic

arquet arquets
nom masculí — Un arquet és un estri per a fer vibrar les cordes d'alguns instruments musicals, com el violí i el violoncel. Està format per una vareta de fusta una mica corbada amb les puntes unides per un conjunt de crins de cavall molt tibants. pàgs. 394-395 (13)

arquitectura arquitectures
nom femení — L'arquitectura és la ciència i la tècnica de la construcció de cases i altres edificis. Quan parlem d'arquitectura gòtica, modernista, funcional, etc., ens referim als estils i a les maneres de construir.
arquitecte pàg. 593 (17), arquitecta, arquitectònic

arquitrau arquitraus
nom masculí — Un arquitrau és una pedra rectangular que descansa sobre el capitell d'una columna.

arquivolta arquivoltes
nom femení — Una arquivolta és un conjunt de motllures que formen com una sèrie d'arcs a la part del damunt d'una porta o d'una finestra.
pàg. 599 (11)

arrabassar
verb
com *cantar*
◄ pàg. 26

1 Prendre amb violència alguna cosa a algú. Quan es diu que un criminal ha arrabassat la vida d'algú és que l'ha assassinat.
2 Arrencar una planta. Els huracans arrabassen arbres molt grossos.

arracada arracades
nom femení

1 Una arracada és un adornament que es porta a l'orella. Hi ha arracades de moltes menes diferents.
2 Dues o més cireres unides per la cua.
3 Es diu que una persona és una arracada quan és molt pesada i molesta molt.

arraconar
verb
com *cantar*
◄ pàg. 26

1 Posar en un racó, apartar cap a un costat. Si s'ha de ballar en una sala, la gent arracona les taules i les cadires i deixa espai al mig.
2 Abandonar una cosa que ja és vella i inútil. Alguns models de cotxe ja fa temps que s'han arraconat.
3 No fer cas d'una persona o d'una cosa, deixar-la de banda. Quan juguem no hem d'arraconar cap company.

arrambar
verb
com *cantar*
◄ pàg. 26

1 Posar una cosa a tocar d'una altra, sobretot quan es vol deixar pas lliure o fer espai. Els armaris es posen arrambats a una paret. En alguns llocs estrets ens hem d'arrambar per a deixar passar la gent.

usat amb pronom

2 **Arrambar-se** a una persona és acostar-s'hi, posar-s'hi molt a prop, a tocar. En alguns balls, les parelles s'arramben.

arran
adverbi

1 Al mateix nivell de la base, del naixement. *Com que hi ha una passa de polls, li han tallat els cabells ben arran.*
2 Molt a prop d'un límit. *Si omples el got tan arran et caurà l'aigua.*

preposició

3 Molt a prop d'una cosa, gairebé tocant. Sempre va seguit de *de* o d'un possessiu. *L'avió volava arran de les cases. Van tallar els arbres del parc arran de terra.*
4 Immediatament després d'una cosa, com a conseqüència d'una cosa. *Es van fer amigues arran d'una festa de fi de curs.*

arranar
verb
com *cantar*
◄ pàg. 26

1 Tallar una cosa arran, gairebé des de la seva base. Les ungles es poden arranar o deixar-les una mica llargues.
2 Arrasar un poble o un edifici.

arrancar
verb
com *cantar*
◄ pàg. 26
Amb QU davant E, I

Arrencar.

arranjar
verb
com *cantar*
◄ pàg. 26
Amb G davant E, I

1 Disposar o preparar les coses de la manera més convenient. Pots arranjar una sala per a fer una festa, o els llibres, la bossa o la motxilla quan surts d'excursió.

usat amb pronom

2 **Arranjar-se** és espavilar-se, trobar la manera de solucionar alguna cosa, d'evitar un perill, etc. Hi ha persones que saben arranjar-se bé en qualsevol situació; d'altres no saben mai què han de fer.

arranjament

arrap arraps
nom masculí

Esgarrapada.

arrapar
verb
com *cantar*
◄ pàg. 26

1 Esgarrapar.

usat amb pronom

2 **Arrapar-se** és agafar-se fort a una persona o a una cosa. Les plantes enfiladisses s'arrapen a les parets dels jardins.

arrapada

arrasar
verb
com *cantar*
◄ pàg. 26

1 Enderrocar totalment, no deixar pedra sobre pedra. Alguns terratrèmols arrasen les cases de pobles sencers.
2 Fer malbé un sembrat, destruir-lo totalment. Les plagues de llagostes a vegades arrasen els camps d'alguns països africans.

arraulir-se
verb usat amb pronom
com *servir*
◄ pàg. 28

Arrupir-se, arronsar-se. Quan tenim fred, ens arraulim.

arrauxat arrauxada arrauxats arrauxades
adjectiu

Que li agafen rauxes, que fa les coses sense pensar-les gaire. Les persones arrauxades sovint s'equivoquen.

arravatar-se
verb usat amb pronom
com *cantar*
◄ pàg. 26
Amb A
Amb V

Irritar-se, enfadar-se. És difícil de conviure amb persones que s'arravaten sovint.

arrebossar
verb
com *cantar*
◄ pàg. 26

1 Cobrir un aliment amb ou i farina o pa ratllat abans de fregir-lo. Les croquetes i les escalopes s'han d'arrebossar. El menjar arrebossat té una crosta una mica dura.
2 Cobrir una paret amb una capa de guix o de ciment. Abans de pintar, els paletes arrebossen les parets de les cases.

arrecerar
verb
com *cantar*
◄ pàg. 26

Posar una cosa o una persona a tocar d'alguna cosa. Es pot arrecerar una taula a la paret, per exemple. Quan plou, la gent s'arrecera a les façanes de les cases per no

A B C D E F G H I J K L M N O P Q R S T U V W X Y Z

mullar-se tant. Si estem arrecerats ens protegim del vent i de la pluja.

arreglar

verb
com *cantar*
◄ pàg. 26

1 Fer que una cosa espatllada torni a funcionar. Es pot arreglar un rellotge, un cotxe, etc. També es poden arreglar unes sabates o una situació complicada.
2 Arranjar.
3 Diem que una persona o una família està arreglada quan té diners.

usat amb pronom

4 **Arreglar-se** és espavilar-se, arranjar-se. Quan diem a algú que ja s'arreglarà, deixem que faci ell sol les coses i no l'ajudem.
5 També diem que una persona **s'arregla** quan es vesteix, es pentina i es prepara per sortir al carrer, assistir a un acte, anar a un espectacle, etc. Hi ha persones que sempre van ben arreglades.

arrel arrels

nom femení
També *rel*

1 L'arrel d'una planta és la part que normalment està sota terra i creix en sentit contrari al tronc. Les arrels aguanten els arbres i les altres plantes i absorbeixen l'aigua i les substàncies minerals de la terra. ✎ planta
2 Part d'una dent, d'una ungla o d'un cabell per on s'agafa al cos.
3 Origen o causa d'alguna cosa. Es diu, per exemple, que la misèria és l'arrel de moltes desgràcies.
4 En matemàtiques, nombre que multiplicat per si mateix diverses vegades dóna un altre nombre. L'arrel quadrada de 16 = 4, ja que 4 × 4 = 16; l'arrel cúbica de 27 = 3, ja que 3 × 3 × 3 = 27.
5 L'arrel d'una paraula és la part que no varia i porta més significat. És la paraula sense les terminacions, els prefixos, etc. L'arrel de *gates* i *gatets* és *gat*.

arrelar

verb
com *cantar*
◄ pàg. 26

1 Una planta arrela quan treu arrels, quan s'agafa a terra amb una arrel o amb arrels. Els rosers s'arrelen millor en un jardí que en un test.
2 Es diu que un sentiment, una idea, un vici ha arrelat en algú quan és molt difícil de treure, de fer-lo desaparèixer.

usat amb pronom

3 **Arrelar-se** en un lloc és quedar-s'hi a viure i agafar-ne els costums. Alguns estrangers s'han arrelat a la Costa Brava catalana.

arrelament

arremangar

verb
com *cantar*
◄ pàg. 26
Amb GU davant E, I

Arromangar.

arrencaqueixals arrencaqueixals

nom masculí

Manera informal de dir *dentista*.

arrencar

verb
com *cantar*
◄ pàg. 26
També *arrancar*
Amb QU davant E, I

1 Separar una cosa del lloc on està agafada estirant-la amb força. Els pagesos arrenquen les patates, les cebes i altres plantes per collir-les; també es pot arrencar un arbre o la branca d'un arbre, un cabell, un queixal, un clau de la paret, etc.
2 Aconseguir o obtenir una cosa d'una persona amb esforç i treball. Si una persona és molt avara, no se li pot arrencar ni un duro. També diem que hem arrencat d'algú la promesa de fer una cosa.
3 Començar a funcionar o a moure's. Diem, per exemple, que el motor del cotxe no arrenca, que un tren arrenca o que una persona ha arrencat a córrer.
4 Començar a fer una cosa. Un ocell arrenca el vol, una criatura arrenca el plor, una olla arrenca el bull.
5 Tenir alguna cosa el seu naixement o punt de partida en una altra. Les branques d'un arbre arrenquen del tronc.

arrendar

verb
com *cantar*
◄ pàg. 26

La persona propietària d'una casa, d'un pis o d'un camp l'arrenda quan, a canvi d'uns diners, deixa que altres persones el facin servir durant un temps. Arrendar un pis o una casa és llogar-los.

arrendament, arrendatari, arrendatària

arrenglerar

verb
com *cantar*
◄ pàg. 26

Posar formant renglera o filera. Es poden arrenglerar les cadires d'una sala o els arbres de la vora d'una carretera. Abans d'un partit internacional, els futbolistes i els àrbitres s'arrengleren i escolten els himnes dels seus països.

arrepapar-se

verb usat amb pronom
◄ pàg. 26
També *reparar-se*

Posar-se en un sofà, en una butaca o en un altre seient semblant, amb tota comoditat, ben repenjat d'esquena i braços. Hi ha persones que després de dinar s'arrepapen al sofà i fan una becaina.

arreplegar

verb
com *cantar*
◄ pàg. 26
Amb GU davant E, I

1 Agafar o recollir coses que estan escampades per terra o per un altre lloc o abandonades, per quedar-se-les o guardar-les. Al bosc, pots arreplegar pinyes i castanyes que cauen dels arbres. També es diu a vegades que, al mar, algunes xarxes arrepleguen tota mena de peixos i altres animals.
2 Reunir o recollir persones o animals. Si vols jugar a futbol, pots arreplegar uns

A B C D E F G H I J K L M N O P Q R S T U V W X Y Z

quants companys i fer dos equips. Hi ha gent que arreplega els gossos abandonats.
3 Ser atacat per una malaltia o per una altra cosa. A l'hivern és fàcil arreplegar un constipat o la grip. Pots dir també que la pluja t'ha arreplegat sense paraigua i t'has mullat.
4 Si dius a una persona que l'arreplegaràs és que l'agafaràs, l'atraparàs.

arreplegats arreplegades
nom masculí i femení plurals — Es diu que unes persones són uns arreplegats quan formen un grup que vol fer una cosa i no saben com fer-la; quan no tenen capacitat per a fer una feina. Un grup de teatre és una colla d'arreplegats quan no saben actuar.

arrere
adverbi — Endarrere.

arrest arrests
nom masculí
También *arrestos* — Un arrest és el fet d'arrestar. Es diu que una persona està en arrest domiciliari si per ordre de la policia o d'un jutge no pot sortir de casa durant un temps.

arrestar
verb
com *cantar*
◄ pàg. 26 — Fer presonera una persona, detenir-la. Quan un soldat no compleix el reglament, els seus comandants l'arresten. La policia arresta els delinqüents.

arreu
adverbi — **1** A tots els llocs, per totes bandes. *No podíem estar mai sols, trobàvem gent arreu. Plovia pertot arreu.*
preposició — **2** S'usa en casos com aquest:
• *Té negocis arreu del món.*

arreus
nom masculí plural — Guarniments d'un cavall, d'un mul, etc.

arri
interjecció — Paraula que es fa servir per a fer caminar els cavalls, els muls i altres animals semblants.

1
arriar
verb
com *canviar*
◄ pàg. 30
Amb dièresi — Fer caminar els cavalls, els muls i altres animals semblants.

2
arriar
verb
com *canviar*
◄ pàg. 30
Amb dièresi — Fer baixar la vela d'una embarcació o una bandera que està hissada. Quan entren a port, les barques arrien les veles.

arribada arribades
nom femení — **1** L'arribada d'algú o d'alguna cosa és el fet d'arribar. A l'estació, la gent espera l'arribada dels trens.
2 Part final d'una cursa.
3 La línia d'arribada és el lloc precís on acaba una cursa. El corredor, el cotxe, la bicicleta, etc., que passa primer per aquesta línia, és el guanyador.

arribar
verb
com *cantar*
◄ pàg. 26
Amb B — **1** Acabar un viatge, aconseguir el final d'un camí. Les barques arriben a port, un tren arriba a l'estació, les persones arriben a la feina o a casa.
2 Una carta o un paquet arriba quan el rep la persona a qui va destinat.
3 Si en una inundació l'aigua arriba fins als balcons de les cases, és que hi ha pujat. També es diu, per exemple, que el foc arriba fins a un lloc, que una persona molt alta arriba a dalt de l'armari o que els nens petits no arriben a la taula.
4 Una persona arriba a ministre, a pianista, a futbolista, etc., si aconsegueix ser-ho.
5 Parlant del temps, es diu que ha arribat l'hivern o que aviat arribaran els mesos d'estiu; també arriba el moment que esperem o el dia que hem de fer una cosa.
6 Una cosa no arriba quan no n'hi ha prou: pot ser que no ens arribi el menjar que tenim o que els diners no arribin a final de mes.
usat amb pronom — **7** **Arribar-se** a un lloc que és a prop és anar-hi.

arribista arribistes
nom masculí i femení — Un o una arribista és una persona que vol arribar de pressa i per tots els mitjans a obtenir un càrrec.

arrimar
verb
com *cantar*
◄ pàg. 26 — Posar una cosa tocant a una altra. Els armaris normalment s'arrimen a les parets. Si ens arrimem massa a la cuina, ens embrutarem.

arriscar
verb
com *cantar*
◄ pàg. 26
Amb QU davant E, I — Exposar a un risc, posar en perill. Algunes persones arrisquen molts diners en el joc. Els bombers sovint s'arrisquen molt quan lluiten contra els incendis.

arrissar
verb
com *cantar*
◄ pàg. 26 — Fer que els cabells o el pèl es cargolin i formin anells o espirals. Quan es mullen, els cabells s'arrissen.

arrissat arrissada arrissats arrissades
adjectiu — Que està cargolat en forma d'anells o espirals. Hi ha gossos que tenen el pèl molt arrissat.

A B C D E F G H I J K L M N O P Q R S T U V W X Y Z

arrodonir
verb
com *servir*
◄ pàg. 28
1 Fer que una cosa sigui rodona.
2 Fer que una cosa sigui més completa, més ben acabada.
3 Arrodonir un nombre és canviar-lo per un de més senzill i de valor gairebé igual. Així, 123,5 es pot arrodonir en 123 o en 124.
arrodoniment

arrogància arrogàncies
nom femení
Una persona té arrogància quan creu que té molt de valor, molta importància o molt de poder, i ho manifesta davant dels altres. A vegades, els personatges famosos tracten amb arrogància els periodistes.
arrogant

arromangar
verb
com *cantar*
◄ pàg. 26
També *arremangar*
Amb GU davant E, I
Girar cap amunt la part de baix de les mànigues, de les faldilles o dels pantalons, replegant-la damunt d'ella mateixa. Quan fa calor, ens arromanguem les mànigues de la camisa. I per passar per un lloc amb aigua, ens arromanguem els baixos dels pantalons.

arronsar
verb
com *cantar*
◄ pàg. 26
1 Fer que les cames o els braços s'acostin al cos doblegant-los o ajuntant-los tot el que es pugui. Les persones molt altes, quan van en un cotxe petit, han d'arronsar les cames. Si tenim fred al llit, ens arronsem i així sentim més la calor del cos.
2 Quan arronsem les espatlles és que no sabem una cosa o que ens és igual. Si arronsem les celles és que estem enfadats.
usat amb pronom
3 Diem que una persona **s'arronsa** quan no té valor per a fer una cosa i de seguida es rendeix.

arrop arrops
nom masculí
L'arrop és un menjar molt dolç fet amb suc de raïm, trossos de fruites i sucre bullits. Té un color fosc i és molt espès.

arròs arrossos
nom masculí
Amb S
L'arròs és un aliment que surt de l'espiga d'una planta que es cultiva en camps plens d'aigua. Els grans d'arròs són petits, allargats i normalment de color blanc. La paella és un menjar fet amb arròs.
arrossaire

arrossada arrossades
nom femení
Una arrossada és una menjada d'arròs que fan una colla de persones. Normalment és un dinar.

arrossar arrossars
nom masculí
Un arrossar és un camp plantat d'arròs.

arrossegar
verb
com *cantar*
◄ pàg. 26
Amb GU davant E, I
1 Fer moure una persona o una cosa estirant-la sense aixecar-la de terra. Si arrossegues una cadira per terra faràs soroll.
2 Quan una persona camina sense aixecar els peus de terra diem que camina arrossegant els peus.
usat amb pronom
3 **Arrossegar-se** és moure's i avançar amb el cos en contacte amb el terra, com fan els animals que no tenen potes. Les serps, per exemple, s'arrosseguen.
4 Diem que una cosa que penja **s'arrossega** quan toca o frega el terra, com passa amb unes cortines massa llargues.
arrossegada, arrossegadís, arrossegadissa, arrossegador, arrossegament

arrova arroves
nom femení
També *rova*
1 Una arrova és una mesura de pes que equival a 10,4 quilos.
2 Símbol (@) que es fa servir en les adreces electròniques per a separar el nom de l'usuari del nom del servidor.

arrufar
verb
com *cantar*
◄ pàg. 26
1 Contreure una part de la cara fent que la pell faci arrugues. Quan una persona està preocupada arrufa el front.
frase feta
2 Es diu que una persona **arrufa el nas** o **les celles** quan una cosa no li agrada.

arruga arrugues
nom femení
1 Una arruga és un plec o un petit solc que es fa a la pell. Quan una persona es fa gran se li fan arrugues a la cara i a les mans.
2 Plec o ratlla que es fa en una roba quan ha estat mal plegada, s'ha rentat, etc. Si vols treure les arrugues d'una camisa, l'hauràs de planxar.

arrugar
verb
com *cantar*
◄ pàg. 26
Amb GU davant E, I
Fer arrugues en una cosa. Si seiem damunt d'un jersei, l'arrugarem. Els vestits s'arruguen si no es pengen bé. També diem que a una persona se li arruga la cara quan es fa vella.

arruïnar
verb
com *cantar*
◄ pàg. 26
1 Fer que algú perdi tots els seus diners o els seus negocis. Les secades i les inundacions poden arruïnar molts pagesos. Quan hi ha una crisi econòmica, molta gent i moltes indústries s'arruïnen.
2 Fer caure una construcció, destruir totalment alguna cosa. El pas del temps i la intempèrie arruïna molts monuments. També podem dir que una tempesta ha arruïnat els sembrats o que una malaltia arruïnarà la salut d'una persona.

arruixadora arruixadores
nom femení — Regadora. Es diu només en algunes zones.

arrupir-se
verb usat amb pronom com *servir* ◄ pàg. 28 — Posar els braços i les cames ben junts amb el cos, com si volguéssim que el cos es fes més petit. Quan tenim fred ens arrupim.

arsenal arsenals
nom masculí — 1 Un arsenal és un magatzem o dipòsit d'armes i d'altre material de guerra. Quan una persona té moltes armes a casa seva també es diu que hi té un arsenal.
2 Lloc on es fa la construcció i la reparació dels vaixells de guerra.

arsènic arsènics
nom masculí — L'arsènic és un element químic sòlid, de color gris metàl·lic, que es fa servir barrejat amb el plom per a fer perdigons. Alguns dels seus compostos són molt verinosos. El seu símbol és: As.

1
art arts
nom masculí — 1 Un art és una habilitat per a fer bé certes coses; es pot aprendre estudiant i amb l'experiència. L'art de viure bé és el més difícil d'aprendre.
nom femení — 2 Una art és el conjunt de les regles i dels coneixements per a fer una cosa. Es parla, per exemple, de l'art de cuinar, de l'art de navegar o de l'art de construir cases.
3 Les **belles arts** són les arts que expressen la bellesa amb el color, la forma, el llenguatge i el so i tenen com a resultat obres d'art. Són la pintura, l'escultura, l'arquitectura, la música, la poesia i la dansa. Hi ha obres d'art a tots els països i en totes les èpoques: art asteca, català, etc.; art romànic, modern, etc.
nom masculí — 4 L'**art dramàtic** és el teatre.
5 El **setè art** és el cine.

2
art arts
nom masculí — Un art de pescar és un conjunt de xarxes. Els arts d'encerclament són conjunts de xarxes que poden pescar molts peixos alhora.

artefacte artefactes
nom masculí — Un artefacte és una màquina o un aparell de mida grossa i fet de manera senzilla i poc tècnica. Comparats amb els automòbils d'ara, els primers cotxes eren uns artefactes.

artell artells
nom masculí — Un artell és una juntura dels ossos dels peus i de les mans. També es diuen *artells* les peces articulades de les potes i de les antenes d'alguns animals com els insectes, les aranyes i les llagostes de mar.

artèria artèries
nom femení — 1 Una artèria és un conducte que porta la sang des del cor cap a les diverses parts del cos. pàgs. 798-799 (82)
2 Via de comunicació important, com una carretera, una autopista o un carrer gran. Les artèries de les grans ciutats van plenes de cotxes.
arterial

arteriosclerosi arteriosclerosis
nom femení — L'arteriosclerosi és una malaltia que fa que les artèries s'endureixin, s'engruixeixin i perdin elasticitat. Normalment és una malaltia de les persones grans.

artesà artesana artesans artesanes
adjectiu — 1 Dels artesans o de l'artesania. En algunes fires es venen productes artesans, que no estan fets de manera industrial, sinó amb artesania: formatges, dolços, espardenyes, perfums, etc.
nom masculí i femení — 2 Persona que es dedica a l'artesania. Els artesans mai no fan objectes en sèrie, de manera industrial.

artesanal artesanals
adjectiu — Artesà.

artesania artesanies
nom femení — L'artesania és l'activitat de fer objectes a mà, amb aparells senzills i de manera tradicional.
artesanat

àrtic àrtica àrtics àrtiques
adjectiu — Del pol nord o de la regió del pol nord. L'oceà Àrtic és el que hi ha al nord de la Terra, al pol nord.

article articles
nom masculí — 1 Un article és un determinant que acompanya el nom i indica que ens referim a un element conegut o a l'espècie en general. En la frase *El gat va saltar*, *el* ens diu que no es tracta d'un gat qualsevol. En la frase *El gat és un mamífer*, *el* ens diu que parlem de tots els gats. L'article té formes diferents per al masculí, el femení, el singular i el plural: *el*, *la*, *els*, *les*.
2 Un article és un escrit sobre un tema que surt publicat en un diari o en una revista. Hi ha articles de política, d'economia, d'esports, d'actualitat, etc. pàg. 996 (26)
3 Cada una de les paraules explicades per un diccionari o una enciclopèdia. *Artesania*, *àrtic* i *article*, amb totes les definicions i explicacions que contenen, són tres articles del nostre diccionari.

Continua a la pàgina següent

4 Cada una de les parts, les normes o les explicacions d'una llei, d'un reglament, d'un tractat, etc. Els articles normalment van numerats. La Declaració Universal dels Drets Humans, per exemple, té trenta articles.
5 Objecte que es pot comprar o vendre. En un supermercat pots trobar articles d'alimentació, de neteja, de perfumeria i d'altres.

articulació articulacions
nom femení
1 Una articulació és la zona del cos on s'ajunten dos ossos. Les articulacions de les cames i dels braços fan que els puguem bellugar. També es diuen *articulacions* els llocs on s'ajunten les diverses parts de les potes i de les antenes d'alguns animals.
2 Unió mòbil de dues parts o peces d'una màquina, d'un instrument. Si no hi hagués diverses articulacions, el volant d'un cotxe no podria fer girar les rodes.
3 Fem l'articulació d'una vocal o d'una consonant quan belluguem els llavis, la llengua i altres òrgans per a fer aquests sons.
articular, articulat, articulada

artífex artífexs
nom masculí i femení
1 Un o una artífex és una persona que fa treballs artístics o delicats amb les mans, com els joiers.
2 Persona que és l'autor o l'autora d'alguna cosa. Parlem, per exemple, dels artífexs d'una victòria esportiva o de l'artífex d'un nou restaurant.

artifici artificis
nom masculí
1 Un artifici és un truc o una habilitat per a imitar una cosa, dissimular les seves imperfeccions o produir un efecte determinat. Si una persona gran es pinta molt i es posa vestits com els joves, fa artificis per a dissimular l'edat que té.
2 Objecte per a fer llums i sorolls fabricat amb pólvora i altres substàncies. Els coets i els petards són artificis. Els focs d'artifici són bonics.
artificiós, artificiosa

artificial artificials
adjectiu
Que no és natural, sinó fet per una persona. Les flors artificials imiten les naturals, però es fan amb paper, roba o plàstic.

artiga artigues
nom femení
Una artiga és un tros de terra on hi havia bosc i que s'ha preparat per a fer-hi un camp.

artiller artillera artillers artilleres
nom masculí i femení
Soldat o soldada que pertany a l'artilleria o que dispara una peça d'artilleria.

artilleria artilleries
nom femení
1 L'artilleria és el conjunt dels canons, dels morters i altres armes de foc que hi ha en un exèrcit, en un vaixell, en una plaça forta, etc. L'artilleria pesant són els canons de gran calibre.
2 Part d'un exèrcit on hi ha els canons i altres armes de foc.

artista artistes
nom masculí i femení
Amb A final
1 Un o una artista és una persona que practica una de les belles arts, que fa obres d'art. Els músics, els pintors, els escultors i els ballarins són artistes.
2 Persona que treballa en un espectacle, que fa una obra de teatre, que interpreta una pel·lícula. Hi ha persones que col·leccionen fotografies d'artistes de cine.
3 Diem que una persona és un o una artista quan fa ben feta una cosa. Algunes cuineres, per exemple, són unes artistes, ja que fan menjars molt bons.

artístic artística artístics artístiques
adjectiu
De l'art o dels artistes. Una cosa és artística quan és feta amb art, quan és bonica i ben treballada.

artritis artritis
nom femení
Una artritis és una inflamació de les articulacions dels ossos.

artròpode artròpodes
nom masculí
Un artròpode és un animal invertebrat que té les potes i les antenes articulades i el cos recobert d'una substància dura. Els insectes, els aràcnids, els miriàpodes i els crustacis són artròpodes. És el grup més nombrós del regne animal.

artrosi artrosis
nom femení
Una artrosi és una malaltia de les articulacions dels ossos que no provoca inflamació. És molt freqüent en les articulacions de les vèrtebres de les persones ancianes.

arxiduc arxiducs
nom masculí
Un arxiduc és un duc més important que els altres. Els prínceps i emperadors de la casa d'Àustria tenien el títol d'arxiduc.
arxiducat

arxiduquessa arxiduquesses
nom femení
Esposa d'un arxiduc. Les dones de la casa imperial d'Àustria tenien el títol d'arxiduquessa.

arxipèlag arxipèlags
nom masculí
Un arxipèlag és un grup d'illes. Les Canàries i les Balears són arxipèlags. illa

arxiu arxius

nom masculí — **1** Un arxiu és un local on es guarden documents, o un moble amb calaixos o prestatges on hi ha recollits i classificats documents, fitxes, fotografies, cartes, etc. Alguns arxius, com els del govern i els de la policia, són secrets i no els pot consultar qualsevol persona. pàg. 996 (8)
2 També es diu *arxiu* el conjunt dels documents que una persona, una societat, una empresa, etc., conserva classificats i ordenats.
arxivar, arxiver

arxivador arxivadors

nom masculí — Un arxivador és un moble, una capsa, un calaix o una carpeta que algú fa servir d'arxiu. A moltes oficines, la correspondència es guarda en arxivadors metàl·lics. pàgs. 998-999 (6)

as asos

nom masculí — **1** Un as és cada una de les cartes d'una baralla que porta el número 1. carta
2 Es diu que una persona és un as quan és sempre la primera, quan obté sovint la victòria. Parlem dels asos del futbol o d'un as de l'aviació.

ascendència ascendències

nom femení — L'ascendència d'una persona és el conjunt dels parents que han fet possible que ella existeixi. La teva ascendència són els teus pares, els teus avis, els pares dels teus avis, etc.

ascendir

verb
com *servir*
◄ pàg. 28 — **1** Pujar. No tothom pot ascendir a l'Himàlaia. També diem que els preus han ascendit o que un compte ascendeix a trescents euros.
2 Passar o fer passar d'una categoria o d'un càrrec baix a un altre de més alt. Només alguns militars ascendeixen a generals. En un banc, una caixera pot ascendir a directora d'agència.
ascendent

ascens ascensos

nom masculí — Un ascens és el fet de passar d'un lloc, una categoria o un treball baix a un altre de més alt. En algunes empreses, els ascensos són el premi a molts anys de treball.

ascensor ascensors

nom masculí — Un ascensor és un aparell que puja i baixa persones o coses des d'un pis d'un edifici a un altre pis. Uns cables, moguts per un motor, estiren l'ascensor.
ascensorista

asceta ascetes

nom masculí i femení — Un o una asceta és una persona que per motius religiosos es dedica a fer oració i a viure de manera molt senzilla, sense cap comoditat.
ascètic, ascetisme

ase ases

nom masculí — **1** Un ase és un mamífer semblant al cavall, però més petit. Té les orelles molt llargues i es fa servir sobretot com a bèstia de càrrega.
2 Mascle d'aquesta espècie.
3 Es diu que una persona és un ase o un tros d'ase quan és poc intel·ligent.

asèptic asèptica asèptics asèptiques

adjectiu
Amb S — Que no té bacteris ni microbis que puguin provocar una infecció. Les habitacions dels hospitals han de ser asèptiques.

asfalt asfalts

nom masculí — L'asfalt és un material gairebé sòlid que es fa amb productes trets del petroli. És de color negre i molt impermeable. S'usa per a fer el paviment dels carrers i de les carreteres.

asfaltar

verb
com *cantar*
◄ pàg. 26 — Fer el paviment d'un carrer o d'una carretera amb asfalt. També es pot asfaltar un terrat per a fer-lo impermeable.

asfixiar

verb
com *canviar*
◄ pàg. 30
Amb dièresi — **1** Matar una persona o un animal no deixant-los respirar o fent que respirin un gas que és tòxic. Algunes serps s'enrosquen al cos de les seves preses i les asfixien.
2 Fer que no es pugui respirar bé. Els llocs tancats i plens de gent ens asfixien. Fora de l'aigua, els peixos s'asfixien i moren.
asfixia

asiàtic asiàtica asiàtics asiàtiques

adjectiu — **1** De l'Àsia. *El te asiàtic.*
2 Es diu que una persona viu amb luxe asiàtic si viu amb molt de luxe.

nom masculí i femení — **3** Persona que és de l'Àsia o que hi viu.

asil asils

nom masculí — **1** Un asil és un lloc on acullen persones que són pobres o no tenen casa. Molts asils són per a persones grans.
2 L'**asil polític** és la protecció que un país dóna a una persona estrangera que és perseguida al seu país.

asma asmes

nom femení — L'asma és una malaltia dels bronquis que fa que les persones no puguin respirar bé.
asmàtic

A B C D E F G H I J K L M N O P Q R S T U V W X Y Z

aspa aspes
nom femení — Una aspa és el conjunt format per dos o més pals o barres units en forma de X. Són aspes, per exemple, els braços d'un molí de vent o les pales d'un ventilador.

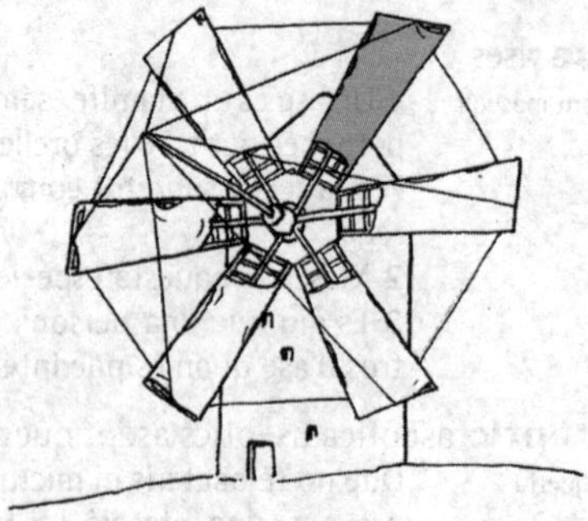

Una aspa

aspecte aspectes
nom masculí — L'aspecte d'una persona o d'una cosa és la forma de presentar-se o d'aparèixer davant nostre. No podem jutjar les persones només pel seu aspecte físic.

aspersió aspersions
nom femení — Regar per aspersió és regar escampant aigua en forma de gotes molt petites, com una pluja. Molts camps i jardins es reguen per aspersió.

àspid àspids
nom masculí — Un àspid és una serp verinosa. Es diu sobretot d'un escurçó que viu als Pirineus i en altres llocs de muntanya i d'una cobra que es troba a Egipte.

aspiració aspiracions
nom femení — 1 Una aspiració és el fet d'aspirar. Quan respirem fem aspiracions d'aire.
2 Una persona té aspiracions quan té desigs de fer o d'aconseguir una cosa. Les nostres aspiracions de tocar el piano s'han realitzat si aconseguim de fer-ho.

aspirador aspiradora aspiradors aspiradores
adjectiu — 1 Que aspira. En algunes indústries es fan servir màquines aspiradores.
nom femení — 2 Una aspiradora és un aparell electrodomèstic que recull la brutícia i la pols xuclant-les.

aspirar
verb
com *cantar*
◄ pàg. 26
1 Fer entrar aire cap als pulmons. Quan fem gimnàstica aspirem amb més força que quan respirem normalment. També es pot aspirar un gas, un perfum o el fum d'una pipa.
2 Una màquina o un aparell aspira quan atrau cap a dins o absorbeix un líquid, un gas o qualsevol altra substància. Podem aspirar la pols amb un aspirador i l'aigua d'un pou amb una bomba.
3 Una persona aspira a una cosa quan la desitja molt i treballa per aconseguir-la. Totes les atletes aspiren a la medalla d'or.
aspirant

aspirina aspirines
nom femení — L'aspirina és un medicament contra el dolor i les molèsties dels refredats i la grip. Les aspirines poden tenir la forma de pastilles petites i rodones o bé poden ser efervescents.

aspre aspra aspres
adjectiu — Que és desagradable al tacte perquè té la superfície plena de desigualtats. Una pedra sense polir és aspra al tacte. També diem que algunes coses són aspres quan, amb els altres sentits, notem que són poc fines. Les fruites verdes són aspres.
aspresa, aspror

assabentar
verb
com *cantar*
◄ pàg. 26
Fer saber una cosa a algú, donar-li una notícia. Els diaris ens assabenten de les coses que passen. Quan ens assabentem d'una cosa, comencem a saber-la, ens n'han donat la notícia.

assaborir
verb
com *servir*
◄ pàg. 28
1 Menjar o beure una cosa a poc a poc i amb atenció per notar-ne bé el gust. Les persones que estimen la bona cuina assaboreixen el menjar.
2 Passar-s'ho bé amb una cosa o una activitat, sense presses i amb tranquil·litat. Podem assaborir un paisatge, una obra d'art o un llibre que estem llegint.

assaig assaigs
nom masculí
També *assajos*
1 Un assaig és una prova que fem amb un aparell, una màquina, un medicament o un altre producte per veure si funciona bé o si dóna resultat. Les fàbriques d'automòbils fan diversos assaigs dels models nous de cotxes.
2 L'assaig d'una obra de teatre o d'un altre espectacle és una actuació sense públic que fan els artistes per veure si saben bé els papers i si tot surt bé.
3 Escrit en què un autor exposa les seves opinions sobre un tema concret. Hi ha assaigs filosòfics, polítics, històrics, etc.

assajar
verb
com *cantar*
◄ pàg. 26
Amb G davant E, I
1 Fer l'assaig d'una màquina, d'una obra de teatre, etc. Quan han de fer un concert, els músics assagen moltes hores.
2 Provar o intentar de fer una cosa. Els alpinistes sovint assagen noves vies per a pujar a les muntanyes.

assalariat assalariada assalariats assalariades

nom masculí i femení — Persona que treballa per a una altra, o per a una empresa, a canvi d'uns diners. És pràcticament el mateix que treballador.

assalt assalts

nom masculí — **1** Un assalt és el fet d'assaltar. Antigament, les muralles defensaven els castells dels assalts dels enemics.
2 Cada una de les parts d'un combat de boxa. Els assalts duren tres minuts.

assaltar

verb com *cantar* ◄ pàg. 26 — **1** Entrar violentament en un lloc per apoderar-se'n o per robar. En altres temps, els pirates assaltaven els vaixells. També diem que uns lladres han assaltat una persona o un banc.
2 Entrar molta gent en un lloc de manera brusca. El primer dia de rebaixes les multituds assalten algunes botigues i magatzems.
3 Quan ens assalta un pensament o una idea és que ens ve de sobte al cap. També podem dir que la mort o una malaltia ha assaltat una persona.
assaltant

assaonar

verb com *cantar* ◄ pàg. 26 — **1** Posar en un menjar sal, oli, vinagre, espècies i altres condiments per a fer-lo més gustós.
2 Netejar i preparar les pells dels animals per a poder-ne fer sabates, bosses i altres objectes.
usat amb pronom — **3** **Assaonar-se** és madurar. Les fruites que s'assaonen a l'arbre són molt bones.

assassí assassina assassins assassines

nom masculí i femení, Amb A — Persona que assassina o que pot assassinar. També parlem a vegades d'una màquina assassina o d'una mà assassina.

assassinar

verb com *cantar* ◄ pàg. 26, Amb A — Matar persones amb intenció de fer-ho. En un teatre de Washington, van assassinar el president nord-americà Abraham Lincoln.
assassinat

assecador assecadora assecadors assecadores

adjectiu — **1** Que asseca.
nom femení — **2** Una assecadora és una màquina per a assecar roba.
nom masculí — **3** Un assecador és un aparell electrodomèstic per a assecar els cabells.

assecar

verb com *cantar* ◄ pàg. 26, Amb QU davant E, I — **1** Treure l'aigua o la humitat d'una cosa, fer que quedi seca. Quan ens rentem el cap ens assequem els cabells. També diem que el sol de l'estiu asseca les plantes i els rierols.
usat amb pronom — **2** **Assecar-se** és quedar-se sense aigua, sense humitat. Després de rentar-la, la roba s'ha d'estendre perquè s'assequi.
assecant

assedegat assedegada assedegats assedegades

adjectiu — **1** Que té molta set. Després d'una excursió, quan estem assedegats, és un plaer beure aigua fresca.
2 Que desitja molt una cosa, que la busca amb totes les forces. Podem dir que una persona està assedegada de diners, d'amor o de fama.

assegurança assegurances

nom femení — Una assegurança és un contracte amb una companyia que, a canvi de pagar-li una quantitat de diners, ens ajudarà si patim un accident, un robatori o una altra desgràcia. Algunes assegurances dels cotxes són obligatòries.

assegurar

verb com *cantar* ◄ pàg. 26 — **1** Afirmar que una cosa és veritat, que una notícia és certa. Si algú ens assegura que ens ajudarà, segur que ho farà.
2 Fer una assegurança. Podem assegurar la casa contra incendis o robatoris, o el cotxe a tot risc.
3 Fer que una cosa o una persona estigui ben posada, agafada o lligada. Quan posem paquets a la baca del cotxe, els assegurem a fi que no caiguin.
usat amb pronom — **4** **Assegurar-se** d'una cosa és comprovar-la per estar-ne ben segurs. Abans d'anar a dormir, ens assegurem que el gas de la cuina estigui ben tancat.

assemblar-se

verb usat amb pronom com *cantar* ◄ pàg. 26 — Tenir dues persones o dues coses característiques o qualitats gairebé iguals. Hi ha un tipus de germans bessons que s'assemblen molt.

assemblea assemblees

nom femení, Amb E — Una assemblea és una reunió de persones que discuteixen sobre un tema que han de decidir. Es poden reunir en assemblea els obrers d'una fàbrica, els estudiants d'una facultat o els membres d'una associació de veïns.

assentar

verb com *cantar* ◄ pàg. 26 — **1** Posar una cosa sobre la seva base. Els arquitectes assenten els edificis sobre uns bons fonaments.
usat amb pronom — **2** **Assentar-se** un grup de persones en un lloc és quedar-s'hi a viure. Molts immigrants africans s'assenten en ciutats europees.
frase feta — **3** Un aliment **s'assenta bé** si el païm sense dificultats, si no ens fa mal d'estómac.
assentament

A B C D E F G H I J K L M N O P Q R S T U V W X Y Z

assentir

verb com *servir* ◄ pàg. 28

Dir que sí, que estem d'acord amb el que diu una altra persona. A vegades assentim al que ens proposen fent un gest amb el cap.

assentiment

assenyalar

verb com *cantar* ◄ pàg. 26

1 Mostrar o indicar una persona o una cosa als altres amb un gest o un altre senyal. Quan et pregunten quins són els teus llibres, els assenyales amb el dit.

2 Ser el senyal d'alguna cosa. Hi ha núvols que assenyalen tempesta i altres que assenyalen bon temps.

3 Posar-se d'acord en una data, fixar un dia per a fer una cosa. Es pot assenyalar la data d'una excursió.

assenyalat, assenyalada

assenyat assenyada assenyats assenyades

adjectiu

Que té seny, que es comporta bé i no fa coses estranyes ni perilloses. Els conductors assenyats sempre fan cas dels senyals de circulació.

assequible assequibles

adjectiu

Una cosa és assequible si la podem obtenir fàcilment. Alguns cotxes només són assequibles si es tenen molts diners. Hi ha estudis que són assequibles a tothom.

inassequible

asserenar

verb com *cantar* ◄ pàg. 26

1 Fer que el temps es posi serè. Sovint el vent s'emporta els núvols i asserena el temps.

usat amb pronom

2 El cel **s'asserena** quan després d'una tempesta surt el sol.

3 Diem que una persona **s'asserena** quan deixa d'estar enfadada i torna a estar tranquil·la.

assessorar

verb com *cantar* ◄ pàg. 26

Un especialista assessora una persona o una institució quan li dóna consell sobre un tema que coneix molt bé. Abans de comprar un cotxe nou o una casa, convé assessorar-se bé, consultar persones expertes.

assessor, assessorament, assessoria

assestar

verb com *cantar* ◄ pàg. 26

Donar cops a algú, clavar un ganivet o un altre objecte semblant, disparar una arma de foc contra algú. Es diu, per exemple, que algú ha assestat tres punyalades a un altre.

assetjar

verb com *cantar* ◄ pàg. 26 Amb TG davant E, I

Posar setge a un castell, una fortalesa, una ciutat. Al segle XV, els turcs van assetjar Constantinoble i la van conquistar. També la neu ens pot assetjar en un hotel de muntanya si no ens deixa sortir.

asseure

verb com *seure* ◄ pàg. 41

1 Asseiem una persona quan la posem en una cadira, un banc o un altre seient. Els pares asseuen els nens petits al cotxet per a dur-los a passejar.

usat amb pronom

2 Una persona **s'asseu** quan posa el cul i la part de les cuixes sobre un seient o una cosa que fa de seient. Ens podem asseure a terra, sobre coixins o en una cadira.

asseverar

verb com *cantar* ◄ pàg. 26

Dir una cosa amb tota seguretat. Si asseveres que has vist una persona és que estàs completament segur d'haver-la vist.

asseveració

assidu assídua assidus assídues

adjectiu

1 Que va molt sovint a un lloc. Alguns restaurants tenen clients assidus.

2 Una activitat assídua, la fem molt sovint, constantment.

assiduïtat

assignar

verb com *cantar* ◄ pàg. 26

1 Indicar o assenyalar quina cosa correspon a algú. Quan t'assignen un lloc a la classe, et diuen quin és el teu lloc. També ens poden assignar un company o una feina.

2 Fixar o assenyalar una cosa. Les autoritats assignen un dia per a les eleccions.

assignació

assignatura assignatures

nom femení

Una assignatura és cada una de les ciències o de les parts d'una ciència diferents que s'ensenyen en un curs. Les matemàtiques, la llengua, l'educació física i la filosofia són assignatures d'alguns plans d'estudis.

assimilar

verb com *cantar* ◄ pàg. 26

1 Fer que una cosa s'assembli a una altra. Quan dues persones viuen juntes, sovint assimilen els seus gustos.

2 Transformar els aliments, les begudes o els medicaments en substàncies del cos. Si no assimilem bé el menjar, podem caure malalts.

3 Una persona assimila el que li expliquen quan ho entén i ho recorda. També es diu que algú ha assimilat perfectament les idees d'un altre si les ha acceptades.

assimilable, assimilació

assistència assistències

nom femení

1 L'assistència és el fet d'assistir a un lloc. Si algú ens diu que confia en la nostra assistència a una festa és que ens hi espera.
2 Conjunt de les persones que hi ha en un local. Quan hi ha poca assistència en un teatre és que no hi ha gaire públic.
3 Es dóna o es presta assistència a una persona quan se l'ajuda, se la porta a un hospital, etc. Els metges estan obligats a prestar assistència en cas d'accident.

1
assistent assistents

adjectiu i nom masculí i femení

Que assisteix a un acte, que va a un lloc. Les assistents a alguns balls molt solemnes han de portar vestit llarg.

2
assistent assistenta assistents assistentes

nom masculí i femení

Persona que assisteix altres persones en alguns actes o algunes feines. Hi ha soldats que fan d'assistents dels seus comandants. Les assistentes socials ajuden a solucionar els problemes dels barris i de les famílies.

assistir

verb com *servir* ◄ pàg. 28

1 Estar present en una representació de teatre, en una festa, etc. Si diem que assistirem al casament d'algú és que hi anirem.
2 Ajudar algú, atendre'l, donar-li o fer-li el que necessita. Els serveis d'urgència dels hospitals assisteixen les persones dia i nit. Hi ha infermers que assisteixen els metges mentre fan una operació.

associació associacions

nom femení

1 Una associació és el fet d'associar o d'associar-se. Quan dos o més bancs fan una associació és que s'ajunten i formen un banc més gran.
2 Grup de persones que s'han unit per fer o compartir alguna cosa. Les associacions de veïns lluiten per millorar els barris. Les escoles tenen una associació de pares.

associar

verb com *canviar* ◄ pàg. 30 Amb dièresi

1 Fer que una o més persones siguin els nostres socis, els nostres companys en una empresa, en una feina, etc. Els exploradors associaven guies nadius a les seves expedicions. Cada vegada hi ha més fabricants que s'associen amb empreses estrangeres.
2 Associem una idea amb una altra quan l'una ens fa pensar en l'altra. Algunes persones sempre associaran el sol de l'estiu amb la platja.
3 Unir, ajuntar. Hi ha elements químics que no es poden associar.

associatiu, associativa

assolar

verb com *cantar* ◄ pàg. 26

Destruir totalment, arrasar. A vegades els tifons assolen les costes de Florida.

assolellat assolellada assolellats assolellades

adjectiu

Un lloc és assolellat quan hi toca el sol. Els pobles de muntanya i les masies sempre s'han fet en indrets assolellats.

assolellar

assolir

verb com *servir* ◄ pàg. 28

Aconseguir una cosa, fer-la nostra. Als jocs olímpics, només alguns esportistes assoleixen la medalla d'or.

assolible, assolidor, assoliment, inassolible

assortiment assortiments

nom masculí

Un assortiment és un conjunt de classes diferents d'un mateix menjar. Podem fer un sopar amb assortiments de patés i de formatges. Un assortiment de galetes és un conjunt de galetes variades.

assortir

verb com *servir* ◄ pàg. 28

Fer que una botiga o un magatzem tingui tots els productes que ha de vendre. Els fabricants de iogurts assorteixen diàriament els supermercats. En una botiga ben assortida, hi pots trobar de tot.

assortidor

assossegar

verb com *cantar* ◄ pàg. 26 Amb GU davant E, I

Calmar una persona que està molt nerviosa. Quan rebem una mala notícia, hem d'intentar assossegar-nos i pensar amb serenitat.

assossec, desassossec

assotar

verb com *cantar* ◄ pàg. 26

Donar cops a una persona amb un fuet o un altre estri per a pegar. Antigament, s'assotava els delinqüents públicament.

assot

assumir

verb com *servir* ◄ pàg. 28

Acceptar un treball, un càrrec, una obligació. Una persona assumeix un deute quan diu que el pagarà; si assumeix la responsabilitat d'una cosa és que se n'encarrega.

assumpte assumptes

nom masculí Amb MPT

1 L'assumpte d'una obra literària o d'una pel·lícula és el seu argument, les coses que s'hi expliquen; l'assumpte d'una discussió o d'una negociació és allò que es tracta.
2 Afer, negoci. La gent diu, per exemple, que ha de resoldre un assumpte molt important o que no vol que ningú es fiqui en els seus assumptes.

A B C D E F G H I J K L M N O P Q R S T U V W X Y Z

assut assuts
nom masculí
Un assut és una paret feta en un riu per aturar les aigües o desviar-les.

assutzena assutzenes
nom femení
Una assutzena és una planta herbàcia de fulles lanceolades que fa unes flors grosses, blanques i molt oloroses, que s'obren com una campana. Les assutzenes es planten als jardins.

ast asts
nom masculí
També *astos*
Un ast és una barra prima de ferro on es posen pollastres i conills per a rostir-los. L'ast es passa per dins de l'animal i es fa voltar damunt del foc. El pollastre a l'ast fet amb foc de llenya és molt saborós.
enastar

asta astes
nom femení
1 L'asta és el pal que aguanta una bandera. Quan ha mort un personatge important, les banderes del país es posen a mitja asta en senyal de dol.
2 Pal d'una llança o d'una alabarda.

asteca asteques
adjectiu
1 Dels asteques. *La llengua asteca.*
nom masculí i femení
2 Persona d'un poble indi que vivia a Mèxic en l'època del descobriment d'Amèrica.

astenosfera astenosferes
nom femení
L'astenosfera és la segona capa de la Terra, per sota de la litosfera i per damunt de la mesosfera.

asterisc asteriscs
nom masculí
També *asteriscos*
Un asterisc és un signe semblant a una estrelleta de moltes puntes (*) que es troba en els llibres al costat d'algunes paraules. Es fa servir per a indicar una remissió, una nota a peu de pàgina, una forma irregular, etc.

asteroide asteroides
nom masculí
Un asteroide és un planeta petit. Hi ha molts asteroides entre Júpiter i Mart.

astigmatisme astigmatismes
nom masculí
L'astigmatisme és un defecte de la vista que fa que es vegin una mica deformades les imatges i poc clar el contorn de les coses.

astor astors
nom masculí
Un astor és un ocell de rapinya de forma i colors semblants a l'esparver, però més gros, ja que pot arribar als 60 centímetres. Té les ales arrodonides, la cua llarga i un vol molt ràpid.

astorar
verb
com *cantar*
◄ pàg. 26
Causar un espant molt gran. Si diem que una notícia ens ha deixat astorats és que ens ha impressionat molt.
astorament

astracan astracans
nom masculí
L'astracan és la pell dels anyells molt joves d'una raça de bens del Turquestan. El pèl és arrissat i de color negre o molt fosc. És molt apreciat per a fer abrics.

astracanada astracanades
nom femení
Una astracanada és una peça de teatre que fa riure pel seu argument ple de disbarats i pels acudits absurds dels protagonistes.

astre astres
nom masculí
Un astre és qualsevol cos celeste que hi ha al firmament, com les estrelles i els planetes. El Sol és l'astre del dia; la Lluna, l'astre de la nit.

astringent astringents
adjectiu
Que asseca i contrau la pell i els teixits del cos. L'alcohol és un líquid astringent.

astrofísica astrofísiques
nom femení
L'astrofísica és la branca de l'astronomia que estudia els astres amb els mètodes de la física. Fa servir telescopis i aparells que capten les radiacions que arriben dels astres.

astrologia astrologies
nom femení
L'astrologia és l'estudi de les relacions i les influències que poden haver-hi entre els astres i les persones. Amb els signes del zodíac, per exemple, diu que es pot saber com és cada persona i les coses que li passaran.
astròleg, astròloga

astronauta astronautes
nom masculí i femení
Un o una astronauta és una persona que va en una nau espacial. Els astronautes porten uns vestits molt complicats i floten dins de la nau.
astronau, astronàutica

astronomia astronomies
nom femení
L'astronomia és la ciència que estudia els cossos celestes i els seus moviments, la seva posició, la seva naturalesa, etc.
astrònom, astrònoma

astronòmic astronòmica astronòmics astronòmiques
adjectiu
1 De l'astronomia. Els observatoris astronòmics tenen telescopis molt perfectes.
2 Diem que una cosa té un preu astronòmic o val una quantitat astronòmica quan costa molts diners.

astrugància astrugàncies

nom femení — Aquesta paraula es fa servir en les expressions *bona astrugància*, que vol dir bona sort, i *mala astrugància*, que vol dir mala sort.

astúcia astúcies

nom femení — Una persona té astúcia quan aconsegueix el que vol de manera amagada i enganyant si convé, i sense que els altres ho vegin. També es diu que alguns animals fan servir l'astúcia per a caçar les seves preses.

asturià asturiana asturians asturianes

adjectiu — 1 D'Astúries. *Una fabada asturiana.*

nom masculí i femení — 2 Persona que és d'Astúries o que hi viu.

nom masculí — 3 Bable.

astut astuta astuts astutes

adjectiu — Que té astúcia, que fa les coses amb astúcia. Una persona astuta no es deixa enganyar fàcilment.

atabalar

verb com *cantar* ◄ pàg. 26 — 1 Marejar i cansar amb sorolls. El trànsit d'alguns carrers sovint ens atabala.
2 Fer que una persona no tingui el cap clar, que no sàpiga què ha de fer o dir, que se li confonguin les idees. Els exàmens atabalen alguns alumnes. La primera vegada que condueixen un cotxe, moltes persones s'atabalen.
atabalador, atabalament

atac atacs

nom masculí — 1 Un atac és el fet d'atacar. Podem parlar d'un atac de l'aviació, de l'atac dels microbis en una malaltia o d'un equip de futbol que juga a l'atac.
2 Una persona té o pateix un atac quan li ve de cop un mal o una malaltia. Els atacs de cor són sempre perillosos.
3 Diem que una persona ha tingut un atac de nervis quan s'ha posat molt nerviosa. També parlem d'un atac d'ira o d'un atac de riure.

atacar

verb com *cantar* ◄ pàg. 26 Amb QU davant E, I — 1 Anar contra algú o alguna cosa per ferli mal, guanyar-lo o apoderar-se'n. Els exèrcits ataquen els enemics, i els davanters d'un equip de futbol ataquen la porteria contrària.
2 Actuar sobre una cosa fent-la malbé, destruint-la. Podem dir que el tabac ataca els pulmons o que els àcids ataquen els metalls.
3 Si ataquem una feina és que comencem a fer-la.
atacant

atansar

verb com *cantar* ◄ pàg. 26 — Acostar una persona o una cosa a una altra fins a tocar. Si un company t'atansa un llibre és que te'l posa a les mans. Quan diem a algú que s'atansi és que volem que vingui ben a prop nostre.

atapeir

verb com *reduir* ◄ pàg. 39 Amb dièresi — Fer més compacta una cosa fent-hi pressió; fer que no hi hagi buits. Si atapeïm la roba d'un calaix, n'hi podem posar més. Si un tren va molt ple, la gent s'atapeeix en els vagons.
atapeït, atapeïda

atàvic atàvica atàvics atàviques

adjectiu — Dels avantpassats. Un costum atàvic, com el de menjar carn a la brasa, ja el tenien fa molts anys els nostres avantpassats.

ateisme ateismes

nom masculí — L'ateisme és la doctrina dels qui diuen que Déu no existeix.

atemorir

verb com *servir* ◄ pàg. 28 — Fer que una persona senti temor, tingui por. Els crits atemoreixen els infants.

atemptar

verb com *cantar* ◄ pàg. 26 — Fer un atemptat. Es diu que algú va atemptar contra un president, o que alguns conductors atempten contra la vida dels altres.

atemptat atemptats

nom masculí — 1 Un atemptat és una acció violenta que es fa contra algú per a matar-lo o contra alguna cosa per a destruir-la. Els presidents d'alguns països han mort en un atemptat.
2 Es diu que una cosa és un atemptat quan ens perjudica, quan és dolenta o mal feta. La destrucció dels boscos és un atemptat contra la natura.

1
atenció atencions

nom femení — 1 L'atenció és el fet de fixar-nos molt bé en una cosa, de posar-hi l'enteniment i els sentits sense distreure'ns per res. Si prestem atenció a les explicacions de classe, les entendrem millor. Hi ha persones que fan bestieses per cridar l'atenció.
2 Una atenció és una cosa que es fa per educació, per cortesia, per amistat o per afecte. Quan reps moltes atencions és que algú et tracta molt bé, amb molt d'amor.

2
atenció

interjecció — Paraula que es fa servir per a avisar algú, per a dir-li que posi atenció. *Atenció!, que hi ha gel a la carretera.*

A B C D E F G H I J K L M N O P Q R S T U V W X Y Z

atendre
verb
com *prendre*
◄ pàg. 38
Diferències:
atén, atès

1 Escoltar amb atenció, posar atenció en alguna cosa. Hi ha alumnes que mai no atenen, sempre estan distrets.
2 Fer cas d'alguna cosa, tenir-la en compte. Sempre hem d'atendre els bons consells que ens donen.
3 Tenir cura d'algú, tenir-li atencions. Quan fem una festa, hem d'atendre els convidats i mirar que no els falti res.
4 En una botiga, ocupar-se dels clients, servir-los. És agradable trobar un venedor que ens atén amb amabilitat.

ateneu ateneus
nom masculí
Amb U

Un ateneu és una associació que fomenta els coneixements científics, literaris i artístics de les persones que hi pertanyen. Per això, s'hi fan conferències i cursos, hi ha una bona biblioteca i s'hi reben moltes revistes.

atent atenta atents atentes
adjectiu

1 Que posa atenció. Quan conduïm un cotxe hem d'estar molt atents als senyals de circulació.
2 Que és molt amable, que té atencions amb les persones. Les persones atentes procuren que qui està al seu costat s'hi trobi a gust.

atentament
adverbi

1 Amb atenció i interès. *Tots escoltàvem atentament el que deia el professor. Mirava tan atentament el quadre que no es va adonar que els seus companys havien marxat.*
2 Amb educació i respecte, amb moltes atencions. Sempre hem de saludar atentament. En acabar una carta, a vegades s'escriu: *Atentament*, i tot seguit la signatura.

atenuar
verb
com *canviar*
◄ pàg. 30
Amb dièresi

Disminuir la gravetat o la importància d'una cosa. Les paraules de consol atenuen el dolor d'una persona.
atenuant

atènyer
verb
com *témer*
◄ pàg. 26
Diferències:
atès, atesa, atesos, ateses

1 Arribar caminant o corrent a un lloc. Podem dir que atenyem el cim d'una muntanya quan hi arribem després d'hores de camí.
2 Aconseguir una cosa. Alguns artistes, després de molt treball, atenyen la fama.

aterrar
verb
com *cantar*
◄ pàg. 26

1 Fer caure a terra, abatre. Els terratrèmols aterren edificis, arbres i pals de telèfon.
2 Un avió aterra quan deixa de volar i es posa sobre el terra o la pista d'un aeroport. Quan els avions aterren van a poca velocitat. També pot aterrar una càpsula espacial o un ocell.

aterratge aterratges
nom masculí

L'aterratge és el fet d'aterrar un avió, un altre aparell volador o un ocell. Quan hi ha tempesta sobre l'aeroport, els aterratges són difícils.

aterrir
verb
com *servir*
◄ pàg. 28

1 Fer molta por, causar terror. Es diu, per exemple, que els terroristes aterreixen la població amb atemptats.

usat amb pronom

2 **Aterrir-se** és sentir terror, agafar molta por. Algunes persones s'aterreixen si han d'agafar un avió.

atès que
locució que fa de conjunció

Considerant que, com que, ja que. *Atès que es preveuen nevades durant el cap de setmana, suspendrem l'excursió.*

atestat atestats
nom masculí

Un atestat és un escrit que fa la policia o la guàrdia urbana on s'explica com s'ha produït un accident, un robatori o un altre fet.

ateu atea ateus atees
adjectiu i nom masculí i femení

Que diu que Déu no existeix. Els ateus no acostumen a anar a l'església.

atiar
verb
com *canviar*
◄ pàg. 30
Amb dièresi

1 Fer que un foc cremi millor, que s'encengui més. El foc d'una llar es pot atiar bellugant els troncs, bufant o ventant.
2 Fer que un animal es mogui, cridi o ataqui. Si algú ens atia els gossos és que fa que ens bordin i ens ataquin.
3 Fer que augmenti i creixi una passió, un sentiment. Hi ha malentesos que poden atiar l'odi entre dues famílies.

àtic àtics
nom masculí

Un àtic és un pis situat a dalt de tot d'un edifici, sovint sota mateix de la teulada o del terrat. Els àtics acostumen a tenir terrassa. A vegades, per damunt de l'àtic, hi ha encara el sobreàtic. pàg. 593 ③

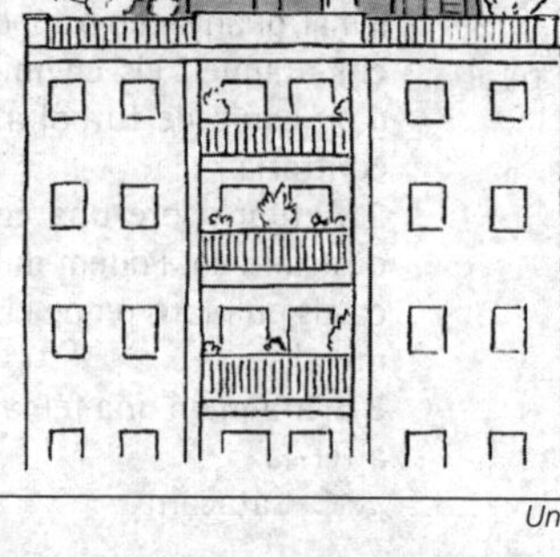

Un àtic

atipar
verb
com *cantar*
◄ pàg. 26
1 Donar molt menjar a algú. Hi ha pares que atipen massa els fills, perquè creuen que és millor que estiguin grassos.
usat amb pronom
2 Atipar-se és menjar molt, fins a quedar sense gens de gana. Quan diem que ens hem atipat d'un menjar és que n'hem menjat molt. Si una persona no s'atipa mai és que sempre té gana.
3 Es diu que **ens atipem** d'una persona quan estem cansats de tractar-hi, se'ns fa pesada, no volem veure-la més. També ens podem atipar d'un joc, d'una feina o d'estar en un lloc.

atípic atípica atípics atípiques
adjectiu
Que no és típic, que no té les característiques típiques. La balena és un mamífer atípic, ja que viu al mar i sembla un peix.

atlàntic atlàntica atlàntics atlàntiques
adjectiu
De l'oceà Atlàntic. Els països atlàntics són els de l'Amèrica del Nord i de l'oest d'Europa.

atles atles
nom masculí
Un atles és un llibre de mapes. Hi ha atles de geografia i atles d'història.

atleta atletes
nom masculí i femení
1 Un o una atleta és una persona que practica l'atletisme.
2 Persona que és molt forta i té uns bons músculs. Els jugadors de bàsquet són uns atletes.
atlètic

atletisme atletismes
nom masculí
L'atletisme és el conjunt d'exercicis esportius que demanen molta agilitat o força, com les curses de velocitat, els salts d'alçada i de llargada, i el llançament de pesos i de javelina. En una olimpíada se celebren moltes proves d'atletisme, amb participació d'atletes de tot el món.

atmosfera atmosferes
nom femení
Mot pla
1 L'atmosfera és la capa gasosa que envolta la Terra. També es diu *atmosfera* el conjunt de gasos que hi ha al voltant dels altres astres.
2 L'aire que hi ha en un local. Quan una habitació no s'ha ventilat diem que hi ha l'atmosfera carregada o viciada.

atmosfèric atmosfèrica atmosfèrics atmosfèriques
adjectiu
De l'atmosfera. La pluja, la neu, els núvols i el vent són fenòmens atmosfèrics.

atol atols
nom masculí
Un atol és una illa de corall. Els atols tenen forma d'anell i al mig hi ha aigua del mar. N'hi ha a l'oceà Pacífic.

àtom àtoms
nom masculí
Un àtom és la part més petita d'un element químic que pot intervenir en una combinació química. Dos àtoms d'hidrogen i un àtom d'oxigen formen una molècula d'aigua.

atòmic atòmica atòmics atòmiques
adjectiu
De l'àtom. L'energia atòmica és la del nucli de l'àtom i es fa servir a les centrals nuclears per a produir energia elèctrica.
antiatòmic

àton àtona àtons àtones
adjectiu
Que no porta accent i que es pronuncia sense accentuar. A la paraula *català*, les síl·labes *ca* i *ta* són àtones.

L'atletisme

A B C D E F G H I J K L M N O P Q R S T U V W X Y Z

atònit atònita atònits atònites
adjectiu — Que està molt sorprès, sense saber què dir. Sovint ens quedem atònits quan ens anuncien una gran desgràcia.

atonyinar
verb, com *cantar* ◄ pàg. 26 — Donar cops a algú, pegar. Només es diu de manera informal.

atordir
verb, com *servir* ◄ pàg. 28 — Un soroll molt fort, un cop o una gran impressió ens atordeix quan ens deixa sense poder pensar i com si no tinguéssim sentits. Quan veuen un accident, algunes persones s'atordeixen i no saben què han de fer.

atorgar
verb, com *cantar* ◄ pàg. 26, Amb GU davant E, I — **1** Donar una cosa a algú com un favor o perquè la demana. Es diu, per exemple, que els reis atorgaven títols de noblesa o que una persona atorga el perdó a una altra.
2 Una persona atorga testament quan l'escriu o el dicta.

atracament atracaments
nom masculí — Un atracament és el fet d'atracar. Parlem de l'atracament d'un vaixell al port i, molt sovint, de l'atracament a un banc per robar.

atracar
verb, com *cantar* ◄ pàg. 26, Amb QU davant E, I — **1** Robar en un banc, una joieria o un altre lloc amenaçant les persones que hi ha. També es pot atracar una persona que va pel carrer.
2 Posar una embarcació a tocar del moll o d'una altra embarcació, assegurar-la a fi que no es bellugui. Els vaixells molt grans no poden atracar en alguns ports petits.
usat amb pronom — **3** **Atracar-se** és menjar molt. Si t'atraques a l'hora de sopar, pot ser que dormis malament.

atracció atraccions
nom femení — **1** L'atracció és el fet d'atreure. Hi ha una forta atracció entre el ferro i l'imant.
2 Una persona sent atracció per una altra o per una cosa quan hi pensa molt i vol estar amb ella o la vol tenir.
3 Una atracció és cada un dels números musicals, de ball, etc., d'alguns espectacles i cada un dels jocs d'alguns locals de diversió. En un parc d'atraccions hi ha moltes coses per a entretenir-se: cavallets, tobogans, muntanyes russes, autos de xoc, tir al blanc, etc.

atractiu atractiva atractius atractives
adjectiu — **1** Una persona o una cosa és atractiva quan ens crida l'atenció i desperta el nostre interès. L'exploració de l'espai és un tema molt atractiu.
nom masculí — **2** Un atractiu és qualsevol característica d'una cosa o d'una persona que ens atreu o sedueix. La bellesa, la joventut i la simpatia són atractius que tothom aprecia molt.

atrafegat atrafegada atrafegats atrafegades
adjectiu — Estem atrafegats quan tenim molta feina i estem ocupats en un treball difícil o urgent. Els últims dies del curs, a l'escola tothom va molt atrafegat.
atrafegament, atrafegar-se

atrapar
verb, com *cantar* ◄ pàg. 26 — **1** Agafar algú o alguna cosa que fuig, que es mou, que s'escapa. Es pot atrapar un ocell, un lladre, un cotxe que ens va al davant o la pilota que algú ens llança.
2 Descobrir algú fent una cosa d'amagat. Es diu, per exemple, que han atrapat algú que estava robant. Atrapar una persona en una mentida és descobrir que no ens ha dit la veritat.

atraure
verb, com *treure* ◄ pàg. 42 — Atreure.

atreure
verb, com *treure* ◄ pàg. 42, També *atraure* — **1** Una cosa n'atreu una altra quan fa que s'acosti cap a ella. L'imant atreu el ferro, i les càrregues elèctriques positives i negatives s'atreuen.
2 Dues persones s'atreuen quan senten simpatia l'una per l'altra i es volen conèixer i estar juntes.
3 Fer que vagi molta gent a un lloc. A l'hivern, les estacions d'esquí atreuen molts esquiadors.
4 Despertar l'interès, agradar. Les pel·lícules d'aventures atreuen els joves.

atreviment atreviments
nom masculí — L'atreviment és el fet d'atrevir-se a fer una cosa.

atrevir-se
verb usat amb pronom, com *servir* ◄ pàg. 28 — **1** Tenir el coratge, la valentia de fer una cosa. Algunes persones no s'atreveixen a viatjar amb avió.
2 Fer o dir sense vergonya una cosa que no està bé o que pot molestar els altres. No es comprèn que algunes persones s'atreveixin a estafar els seus amics.
atrevit, atrevida

atri atris
nom masculí — Un atri és un espai cobert que hi ha a l'entrada de les esglésies, i també un pati interior d'alguns edificis. Sovint, els atris estan envoltats de columnes.

A B C D E F G H I J K L M N O P Q R S T U V W X Y Z

atribuir

verb
com *reduir*
◄ pàg. 39
Amb dièresi

1 Quan atribuïm una cosa a algú o a alguna cosa volem dir que n'és la causa. Els incendis dels boscos sovint s'atribueixen a piròmans.
2 Considerar que alguna cosa és d'algú. Quan t'atribueixen unes paraules és que creuen que realment les has dites.
atribució

atribut atributs

nom masculí

1 Un atribut és una qualitat o una característica pròpia d'una persona o d'una cosa. Es diu, per exemple, que la intel·ligència i el llenguatge són atributs dels éssers humans.
2 En gramàtica, paraula o grup de paraules que qualifiquen un nom. En la frase *La persiana és verda*, l'atribut de *persiana* és *verda*.

atrinxerar

verb
com *cantar*
◄ pàg. 26

1 Tancar un lloc amb trinxeres. L'ús dels avions de combat fa que sigui bastant inútil atrinxerar un poble per a defensar-lo.

usat amb pronom

2 **Atrinxerar-se** és posar-se en una trinxera per a defensar-se dels atacs enemics.

atroç atroços atroces

adjectiu

1 Molt cruel. Es parla, per exemple, d'un crim atroç, d'una matança atroç.
2 També diem que és atroç una cosa molt forta, molt violenta. Pot fer un fred atroç o podem tenir un mal d'esquena atroç.

atrocitat atrocitats

nom femení

1 L'atrocitat és la característica de les coses atroces. No es pot oblidar l'atrocitat d'alguns bombardejos.
2 Una atrocitat és un acte molt cruel i violent. En una guerra sempre es cometen atrocitats.
3 Diem també que és una atrocitat una cosa totalment equivocada, un insult, una acció perillosa. Conduir borratxo és una atrocitat.

atròfia atròfies

nom femení

1 Hi ha atròfia en un òrgan o en una part del cos quan no creix normalment.
2 També parlem de l'atròfia de les capacitats d'una persona. Si tens atròfia de la imaginació, no pots inventar històries.
atrofiar

atropellar

verb
com *cantar*
◄ pàg. 26

1 Topar un cotxe o un altre vehicle amb una persona o un animal i fer-li mal. Un tramvia va atropellar Antoni Gaudí.
2 Una malaltia, un treball, una desgràcia ens atropella quan ens deixa sense forces i sense il·lusions.

usat amb pronom

3 Una persona **s'atropella** si parla massa de pressa o fa les coses sense ordre i amb presses. Si estàs molt nerviós i has d'explicar una cosa, t'atropellaràs.

atrotinat atrotinada atrotinats atrotinades

adjectiu

1 Espatllat, fet malbé per l'ús. Els cotxes atrotinats ja no es poden vendre; s'han de portar a desballestar.
2 Una persona està atrotinada de salut quan té poca salut; si està atrotinada de diners és que no en té gaires.

frase feta

3 **Anar atrotinat** és portar vestits fets malbé, estripats i bruts.

atuell atuells

nom masculí

Un atuell és qualsevol recipient. Els pots, les olles i les cassoles són atuells de cuina.

atuir

verb
com *reduir*
◄ pàg. 39
Amb dièresi

Deixar algú com si estigués mort. Un cop fort al cap atueix la persona i li fa perdre els sentits.

atur aturs

nom masculí

L'atur és la falta de llocs de treball. Es vol combatre l'atur i que la gent trobi feina. Un treballador està en atur quan ha perdut la feina i no en troba una altra.

aturar

verb
com *cantar*
◄ pàg. 26

Impedir que una cosa o una persona continuï fent un moviment o una acció. Un bon porter de futbol ha d'aturar la pilota i no deixar-la entrar a la porteria. Quan el semàfor es posa vermell, els cotxes s'aturen.
aturada, aturador

aturat aturada aturats aturades

adjectiu

1 Que té poc esperit, pocs ànims per a fer les coses. Una persona aturada no acaba mai la feina.

adjectiu i nom masculí i femení

2 Que ha perdut la feina, desocupat.

atxa atxes

nom femení

1 Una atxa és un ciri molt gran i gruixut que es porta a les processons.

interjecció

2 **Endavant les atxes!** és una expressió que es diu quan es vol animar a continuar fent una cosa que és difícil.

atzabeja atzabeges

nom femení

L'atzabeja és una varietat de lignit negre molt compacte i lluent. Amb atzabeja es fan botons i objectes d'adornament.

atzagaiada atzagaiades

nom femení

Una atzagaiada és un acció que es fa sense reflexionar.

atzar atzars
nom masculí
Amb TZ
1 L'atzar és la casualitat o la sort. Les coses que passen per atzar no se sap per què passen. En un sorteig, els premis i els números surten a l'atzar.
2 En un joc d'atzar és la sort qui decideix el guanyador. Són jocs d'atzar les loteries, la ruleta i els daus.
atzarós, atzarosa

atzavara atzavares
nom femení
Una atzavara és una planta que té unes fulles molt grans i carnoses, de color verd, amb espines a les vores. Aquestes fulles són amples quan surten de la planta i es fan més estretes a la punta.

atzucac atzucacs
nom masculí
Un atzucac és un carreró sense sortida. Es diu que un assumpte està en un atzucac quan no se sap com s'ha de resoldre.

1
au aus
nom femení
Ocell.

2
au
interjecció
Paraula que es fa servir per a incitar a fer una cosa, a prendre una decisió. *Au, anem tots a jugar. Au, no ploris més.*

auca auques
nom femení
Una auca és un seguit de dibuixos acompanyats cadascun d'un text escrit que explica una història o la vida d'una persona.

aucell aucells
nom masculí
Ocell. Es diu només en algunes zones.

audaç audaços audaces
adjectiu
Una persona audaç és atrevida i no s'espanta per res. Els grans exploradors eren persones audaces.
audàcia

audició audicions
nom femení
1 L'audició és el fet d'oir. Les persones sordes tenen dificultats d'audició.
2 Una audició és un concert o una altra activitat d'escoltar. Pot ser una audició de música simfònica, de poemes, etc.
audible

audiència audiències
nom femení
1 Una persona important concedeix una audiència quan deixa que la visitin i parlin amb ella les persones que abans ho han demanat. Molts catòlics que van a Roma assisteixen a les audiències del papa.
2 Nombre de persones que escolten un programa de ràdio o veuen un canal de televisió. Totes les emissores volen augmentar la seva audiència.
3 Fet d'escoltar, un jutge o un tribunal, el que diuen els acusats i els testimonis. El lloc on es fan les audiències també es diu audiència.

audiovisual audiovisuals
adjectiu
Que és alhora de la vista i de l'oïda. L'ensenyament amb mètodes audiovisuals fa servir, a més de llibres, magnetòfons, pel·lícules i vídeos.

auditiu auditiva auditius auditives
adjectiu
Del sentit o dels òrgans de l'oïda. El conducte auditiu porta els sons cap a dins de l'orella.

auditori auditoris
nom masculí
1 L'auditori d'un concert, d'una conferència, etc., és el conjunt de persones que hi assisteixen.
2 Un auditori és un local on es fan concerts, conferències o altres actes semblants.

auge auges
nom masculí
Una cosa està en auge quan té cada vegada més importància, quan es troba en el millor moment. La indústria dels mòbils encara està en auge.

augment augments
nom masculí
Amb GM
1 L'augment és el fet d'augmentar. Quan hi ha un augment de sou és que ens donen més diners per la nostra feina.
2 Diferència entre la quantitat d'abans i la de després de l'augment. Si una cosa que val 1 euro passa a costar-ne 1,50, l'augment és de 50 cèntims.
3 Diem que un microscopi o un aparell semblant té molts augments quan les coses que hi mirem es veuen molt grans.

augmentar
verb
com *cantar*
◄ pàg. 26
Amb GM
1 Fer més gran una quantitat o un nombre. Es pot augmentar la llargària d'una cosa, el preu d'un objecte o el sou d'un treballador.
2 Créixer una cosa, fer-se més gran una quantitat. Diem, per exemple, que els impostos augmenten dia a dia.
augmentatiu, augmentativa

auguri auguris
nom masculí
Un auguri és qualsevol senyal o indici, bo o dolent, d'una cosa. Quan tenim bons auguris d'un negoci és que creiem que tot anirà bé.
augurar

august augusts
nom masculí
També *augustos*
Un august és un pallasso de circ que acostuma a anar vestit de manera estrafolària i a portar el nas vermell. L'august forma parella amb el clown i fa el paper de babau.

aula aules
nom femení
1 Una aula és un lloc on es fan les classes en els col·legis i altres centres d'ensenyament.
2 L'**aula magna** d'una universitat o d'un col·legi és una sala gran on se celebren actes especials, com la lliçó inaugural del curs.

aura aures
nom femení
Una aura és un vent suau. Es diu que una persona exhala una aura de bondat o de bellesa quan es vol dir que és molt bona o molt bonica. És una paraula usada sobretot en poesia.

aurèola aurèoles
nom femení
Mot esdrúixol
1 Una aurèola és un cercle de llum que hi ha al voltant d'una cosa. Els pintors representaven els sants i les santes amb una aurèola al voltant del cap. A vegades, la Lluna té una aurèola.
2 Es diu que una persona té aurèola de savi o de gran escriptor quan tothom diu que n'és molt.

aurícula aurícules
nom femení
1 L'aurícula és el pavelló de l'orella, la part que es pot veure.
2 Cada una de les dues cavitats que hi ha a la part de dalt del cor on entra la sang que porten les venes o les artèries pulmonars. De les aurícules, la sang passa als ventricles. pàgs. 798-799 (76) (77)

auricular auriculars
adjectiu
1 De l'orella, de les aurícules o de l'audició. Un testimoni auricular és la persona que diu el que ha sentit.
2 El dit auricular de la mà és el dit petit.
nom masculí
3 Un auricular és un aparell que es connecta a una ràdio, un reproductor de so o un televisor, i permet de portar-ne el so directament a l'orella. Normalment, es fan servir un parell d'auriculars que s'aguanten amb una corretja o una tira de plàstic que passa per damunt del cap. També es diu *auricular* la part del telèfon que ens posem a l'orella.

aurora aurores
nom femení
1 L'aurora és la claror que hi ha abans de la sortida del sol. També es diu *aurora* el moment en què surt el sol.
2 Una **aurora boreal** és un fenomen lluminós especial que es produeix a la part que és més al nord de la Terra.

auspici auspicis
nom masculí
1 Auguri.
2 Una persona o una cosa està sota els auspicis d'algú quan té la seva protecció. Alguns museus estan sota els auspicis de persones riques.

auster austera austers austeres
adjectiu
1 Que viu sense luxes ni riqueses. La gent pobra ha de portar una vida austera.
2 Que és senzill, sense adornaments. Hi ha mobles d'un estil molt auster.
austeritat

austral australs
adjectiu
1 Que està relacionat amb el sud. Les terres de l'Amèrica del Sud són terres australs.
nom masculí
2 L'austral és la moneda de l'Argentina.

australià australiana australians australianes
adjectiu
1 D'Austràlia. *Els cangurs australians.*
nom masculí i femení
2 Persona que és d'Austràlia o que hi viu.

austríac austríaca austríacs austríaques
adjectiu
1 D'Àustria. *Els emperadors austríacs.*
nom masculí i femení
2 Persona que és d'Àustria o que hi viu.

autarquia autarquies
nom femení
L'autarquia és la situació d'una societat que no necessita res que vingui de fora.

autèntic autèntica autèntics autèntiques
adjectiu
Que és realment el que sembla, que no és fals ni falsificat. Hi ha joies autèntiques i de bijuteria.
autenticar, autenticitat, autentificar

auto autos
nom masculí
1 Forma abreujada de *automòbil.*
2 Els **autos de xoc** són una diversió que hi ha als parcs d'atraccions que consisteix en uns cotxes elèctrics petits on poden pujar una o dues persones. Es fan córrer per una pista tancada i la gent els fa xocar entre ells. No es fan malbé perquè tenen unes gomes molt fortes al voltant.

autobiografia autobiografies
nom femení
Una autobiografia és la biografia d'una persona escrita per ella mateixa.

autobús autobusos
nom masculí
Un autobús és un vehicle automòbil amb molts seients que transporta persones dins d'una ciutat o d'una ciutat a una altra. Les línies d'autobusos són fixes i tenen indicades les parades que han de fer.
pàg. 597 (21)

autocar autocars
nom masculí
Un autocar és un vehicle automòbil amb molts seients que transporta persones per carretera d'un lloc a un altre, sovint a una distància gran. També hi ha autocars que porten els escolars al col·legi.

A B C D E F G H I J K L M N O P Q R S T U V W X Y Z

autocrítica autocrítiques
nom femení — Una persona fa autocrítica quan es critica a si mateixa. Alguns autors de teatre, quan estrenen una obra, en fan l'autocrítica, diuen el que ha anat malament.

autòcton autòctona autòctons autòctones
adjectiu i nom masculí — Que és del mateix país on viu o es produeix. Els mangos i els kiwis no són fruites autòctones de Catalunya. Els autòctons d'un país són els indígenes, els aborígens.

autodeterminació autodeterminacions
nom femení — L'autodeterminació és l'acció d'un grup humà que decideix lliurement la manera de viure en un territori. Es parla sobretot del dret d'autodeterminació d'una nació quan pot escollir entre l'autonomia o la independència.

autodidacte autodidacta autodidactes
adjectiu — Una persona és autodidacta quan ha après les coses per ella mateixa, sense que ningú les hi hagi ensenyades.
autodidàctic

autoescola autoescoles
nom femení — Una autoescola és una escola on s'aprèn a conduir cotxes, motos i altres vehicles.

autoestop autoestops
nom masculí — Una persona fa autoestop quan en una carretera demana als conductors si la volen portar, sense pagar res, al lloc on va.

autogestió autogestions
nom femení — Hi ha autogestió en una empresa, en una societat, quan els treballadors o les persones que la formen en porten l'organització i la direcció.

autogir autogirs
nom masculí — Un autogir és un aparell d'aviació sense ales, que porta un motor amb hèlice al davant o al darrere i una hèlice gran sense motor al damunt. Els autogirs són un intermedi entre els avions i els helicòpters. Hi ha uns autogirs petits i lleugers que es fan servir per a pràctiques esportives.

autogovern autogoverns
nom masculí — Un país té autogovern quan pot decidir per ell mateix en qüestions de política, d'economia, socials, etc. Les colònies europees a l'Àfrica no tenien autogovern.

autògraf autògrafa autògrafs autògrafes
adjectiu — 1 Que és escrit de la pròpia mà de l'autor. Si parlem d'una carta autògrafa de Napoleó vol dir que la va escriure aquest emperador.
nom masculí — 2 Un autògraf és la firma d'una persona famosa. Hi ha col·leccionistes d'autògrafs d'artistes de cine.

autòmat autòmats
nom masculí — Un autòmat és una màquina que té la figura i els moviments semblants als d'una persona o d'un animal. Els robots que tenen forma humana són autòmats.

automàtic automàtica automàtics automàtiques
adjectiu — 1 Que es fa sense voler i sense pensar-hi. Quan caminem fem molts moviments automàtics.
2 Que funciona per mecànica o per electricitat, sense intervenció de la persona. El canvi de marxes automàtic d'un cotxe no necessita que canviem la marxa: ho fa tot sol.
3 Que passa sempre com a conseqüència d'una altra cosa. L'augment de preu de la gasolina produeix una pujada automàtica del preu d'altres productes.
automatisme

automòbil automòbils
adjectiu Amb B — 1 Un vehicle és automòbil si porta un motor que el fa moure i una persona el pot fer girar cap allà on vol. Un tanc, una excavadora o un camió són vehicles automòbils.
nom masculí — 2 Un automòbil és un cotxe de motor.

automobilisme automobilismes
nom masculí Amb B — L'automobilisme és l'esport que es fa amb automòbils. Les curses de fórmula 1 i els ral·lis són proves d'automobilisme.
automobilista

autònom autònoma autònoms autònomes
adjectiu — 1 Que es governa per les seves pròpies lleis, que té independència en alguns aspectes. Es parla, per exemple, d'un territori autònom o d'una comunitat autònoma.
2 Que es pot moure i actuar per si mateix, que no depèn d'un altre. Les persones som autònomes: podem fer una cosa o una altra amb independència.
3 Un treballador és autònom quan fa feines pel seu compte i no depèn de cap empresa.

autonomia autonomies
nom femení — L'autonomia és la característica del que és autònom. Un territori o una nació té autonomia si pot fer algunes coses sense dependre d'un govern central. L'Estatut d'Autonomia de Catalunya és un document que diu què pot fer el govern de Catalunya.
autonòmic

autopista autopistes

nom femení Una autopista és una carretera molt ampla, amb diverses vies de circulació i sense encreuaments al mateix nivell, on els cotxes poden circular molt ràpids. En una autopista hi ha poques entrades i sortides, i els cotxes que van en una direcció i els que van en sentit contrari estan separats.

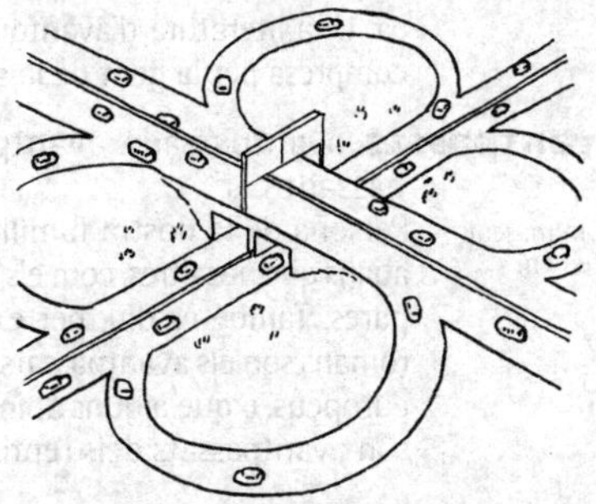

Una autopista

autòpsia autòpsies

nom femení Una autòpsia és l'examen i l'estudi que es fa d'una persona morta per saber-ne les causes de la mort. Les autòpsies es fan sobretot en casos d'assassinat i d'accident.

autor autora autors autores

nom masculí i femení Persona que ha fet una cosa. Els novel·listes, els pintors i els escultors són autors de les seves obres.

autoretrat autoretrats

nom masculí Amb R Un autoretrat és el retrat d'una persona fet per ella mateixa. Alguns grans pintors, com Goya i Van Gogh, ens han deixat el seu autoretrat.

autoritari autoritària autoritaris autoritàries

adjectiu Que imposa les seves ordres i no admet que li demanin explicacions. Un bon mestre no pot ser autoritari.

autoritat autoritats

nom femení 1 Una persona té autoritat quan pot manar o governar els altres.
2 També es diu que té autoritat una persona quan sap moltes coses i pot ensenyar, educar o aconsellar.
3 Una autoritat és una persona que mana o governa. Les autoritats municipals són l'alcalde i els seus consellers o regidors.

autoritzar

verb com *cantar* ◄ pàg. 26 Donar permís per a fer una cosa. A la ciutat, només es pot aparcar als llocs que han estat autoritzats.
autorització

autoservei autoserveis

nom masculí Un autoservei és una botiga o un restaurant on agafes els productes o els plats que vols i després els pagues a la caixa.

autosuficient autosuficients

adjectiu Que no necessita dels altres. No hi ha cap país que sigui autosuficient; tots necessiten importar productes d'altres països.

autovia autovies

nom femení Una autovia és una carretera de circulació ràpida i amb diverses vies, com una autopista, però amb les entrades sense control i amb encreuaments al mateix nivell.

1
auxili auxilis

nom masculí Un auxili és una ajuda que es dóna o es demana quan hi ha un perill, un accident o una necessitat molt gran.

2
auxili

interjecció Paraula per a demanar ajuda quan s'està en perill. *Auxili!, ajudeu-me, que no sé nedar!*

auxiliar auxiliars

adjectiu 1 Que ajuda. Podem parlar, per exemple, d'un professor auxiliar, d'una tauleta auxiliar o de tropes auxiliars.

nom masculí i femení 2 Un o una auxiliar és una persona que col·labora en alguna cosa. Hi ha auxiliars de laboratori, de clínica, etc. També diem que algú és un auxiliar nostre en una feina o, fins i tot, que un diccionari és un bon auxiliar per a aprendre una llengua.

aval avals

nom masculí Un aval és un escrit firmat per una persona que es compromet a tornar els diners que un banc ha deixat a algú, si aquest no pot fer-ho. Els bancs no et deixen diners si no tens avals.
avalar

avall

adverbi Amb V En direcció de dalt a baix, d'un lloc més alt a un altre de més baix. *Les llàgrimes li queien galtes avall.*

avalot avalots

nom masculí Hi ha un avalot quan un grup nombrós de persones crida i protesta contra algú o alguna cosa. Sovint en els avalots hi ha també accions violentes: es tiren pedres o es cremen cotxes.
avalotar

avaluació avaluacions

nom femení Amb A 1 Una avaluació és el fet d'avaluar.
2 Moment del curs que es fa servir per a avaluar els alumnes.

A B C D E F G H I J K L M N O P Q R S T U V W X Y Z

avaluar
verb, com *canviar* ◄ pàg. 30, Amb dièresi, Amb A
Determinar el valor d'una cosa, el pes que fa, els diners que costa. Quan hi ha una inundació o un gran incendi, s'han d'avaluar els danys i les pèrdues.

avançament avançaments
nom masculí
Un avançament és el fet d'avançar. A la majoria de països, els cotxes han de fer els avançaments per l'esquerra.

avançar
verb, com *cantar* ◄ pàg. 26, Amb C davant E, I
1 Moure una cosa cap endavant. Quan caminem, avancem primer un peu i després l'altre.
2 Passar al davant d'algú o d'alguna cosa. A la carretera, els cotxes només avancen quan no ve un altre cotxe de cara.
3 Fer que una cosa sigui abans, més aviat del que tocava. Es pot avançar la data del casament, la sortida d'un avió, l'hora de dinar o un examen.
4 Avançar diners és donar-los abans del dia corresponent.
5 Quan avancem el rellotge fem que marqui una hora més tard de la que indica. Si un rellotge s'avança és que no va bé i marca l'hora com si fos més tard.
6 Quan diem que hem avançat molt una feina és que hem treballat molt i aviat l'acabarem.
7 Una cosa o una persona avança quan va endavant i progressa. Diem, per exemple, que les ciències avancen o que avancem molt en els estudis.
usat amb pronom
8 **Avançar-se** és passar al davant. Quan fem una excursió, sempre hi ha qui s'avança per arribar abans que els altres.
avanç, avançat, avançada

avant
adverbi
Endavant.

avantatge avantatges
nom masculí
1 L'avantatge és la distància que separa dos vehicles o dues persones que corren o caminen. Hi ha curses que es guanyen amb un avantatge de dècimes de segon.
2 Cosa o circumstància que és bona, que ens afavoreix respecte dels altres. Viure prop de l'escola o de la feina és un avantatge.

avantatjar
verb, com *cantar* ◄ pàg. 26, Amb TG davant E, I
Portar avantatge, anar més endavant que un altre. En un campionat, l'equip que va al davant avantatja tots els altres.

avantatjós avantatjosa avantatjosos avantatjoses
adjectiu
Que dóna avantatges, que és favorable. Una compra és avantatjosa si pagues pocs diners per una cosa molt bona.

avantbraç avantbraços
nom masculí
L'avantbraç és la part del braç que va des del colze fins al canell o puny de la mà.
pàgs. 794-795 ②

avantguarda avantguardes
nom femení
1 L'avantguarda d'un exèrcit o d'una tropa que avança és el grup de soldats que va al davant.
2 Conjunt de persones que fan coses molt noves, modernes i diferents de les de la seva època. Una literatura d'avantguarda no és ben compresa per la gent de la seva època.

avantpassat avantpassada avantpassats avantpassades
nom masculí i femení
Persona de la nostra família que ha viscut abans que nosaltres, com els besavis i els seus pares. També es diu, per exemple, que els romans són els avantpassats d'alguns pobles europeus, o que alguns animals prehistòrics són avantpassats dels rèptils actuals.

avar avara avars avares
adjectiu i nom masculí i femení
Que li agrada molt tenir diners i no vol gastar-ne. Els avars mai no fan regals ni ajuden econòmicament els altres.
avarícia, avariciós, avariciosa

avarar
verb, com *cantar* ◄ pàg. 26
Posar una embarcació a l'aigua, sobretot la primera vegada, un cop s'ha acabat de construir. Quan a les drassanes avaren un vaixell gran, es trenca una ampolla de xampany contra el buc.

avarca avarques
nom femení
Una avarca és una sandàlia senzilla que té una sola de cuir o de goma que es lliga amb corretges al turmell. Les avarques menorquines tenen una peça ampla al davant i una tira estreta per darrere el taló.

avaria avaries
nom femení, Amb A
Un cotxe, una màquina o un aparell té una avaria quan se li trenca una peça o algun mecanisme se li espatlla. Algunes avaries fan que el cotxe no pugui funcionar.
avariar

avatar avatars
nom masculí
Un avatar és cada una de les coses que li passen a algú, cada un dels canvis que fa. Les biografies expliquen els avatars de la vida de les persones famoses.

avellana avellanes
nom femení
Una avellana és una fruita seca, de forma rodona i de color blanc. Té una pell de color marró i una closca dura també marró. Les avellanes són més petites que les ametlles i es mengen crues o torrades.
avellaner

avemaria avemaries
nom femení — L'avemaria és una oració que es resa a la Mare de Déu.

avena avenes
nom femení — Civada.

avenc avencs
nom masculí — Un avenc és una cavitat natural subterrània que forma com un pou. Hi ha persones que exploren els avencs baixant-hi amb cordes o escales.

avenç avenços
nom masculí — Progrés. L'avenç de la informàtica és constant. Al segle XX hi va haver grans avenços en les ciències.
avançar

avenir avenirs
nom masculí — L'avenir és el futur, les coses que passaran més endavant. Ningú no pot saber amb seguretat com serà l'avenir de la Terra.

avenir-se
verb usat amb pronom
com *tenir*
◄ pàg. 42
Diferència: *avén.*
— **1** Estar d'acord dues o més persones, entendre's bé. Si t'avens amb una persona pots ser amic seu. És bonic que els germans estiguin ben avinguts.
frase feta — **2 No saber-se avenir** d'una cosa és estranyar-se'n molt, no entendre com ha pogut passar. A vegades no sabem avenir-nos de les bestieses que fan algunes persones.

aventura aventures
nom femení — **1** Una aventura és una cosa emocionant i extraordinària que ens passa o que fem. Volar amb un globus per damunt dels Pirineus és una aventura.
locució que fa d'adverbi — **2** Una cosa es fa **a l'aventura** si es fa sense pensar-la gaire, deixant-la a l'atzar. *Viatjar a l'aventura és divertit, però pot portar problemes.*

aventurar
verb
com *cantar*
◄ pàg. 26
— **1** Posar en perill, exposar a l'aventura. Algunes persones aventuren els seus diners en el joc.
usat amb pronom — **2 Aventurar-se** és provar de fer una cosa, atrevir-se a fer-la. Sovint els pescadors s'aventuren a sortir a la mar, encara que faci mal temps.

aventurer aventurera aventurers aventureres
nom masculí i femení — Persona que passa moltes aventures, que busca les aventures. Els exploradors de l'Àfrica eren grans aventurers.

averany averanys
nom masculí — Auguri.

avergonyir
verb
com *servir*
◄ pàg. 28
— **1** Fer que una persona passi vergonya. Si renyem una persona davant d'altres, l'avergonyim.
usat amb pronom — **2 Avergonyir-se** és passar vergonya. Hi ha persones que mai no s'avergonyeixen dels disbarats que fan.

aversió aversions
nom femení — Una persona té o sent aversió a algú o alguna cosa si no li agrada gens i no vol tenir-hi cap relació o cap tracte. Alguns conductors tenen aversió a viatjar de nit.

avesar
verb
com *cantar*
◄ pàg. 26
— Fer que algú s'acostumi a una cosa. De ben petits, ja ens van avesar a menjar amb cullera i forquilla. Si estàs avesat a anar a dormir d'hora, quan no ho pots fer ho trobes a faltar.

avet avets
nom masculí
Amb V
— Un avet és un arbre que viu en llocs humits i freds i forma boscos a l'alta muntanya. Pot arribar als 50 metres d'alçària. Les seves branques, horitzontals i més llargues a la part de baix i més curtes a la de dalt, li donen una forma de piràmide o campana. Les fulles són de color verd intens i en té tot l'any.

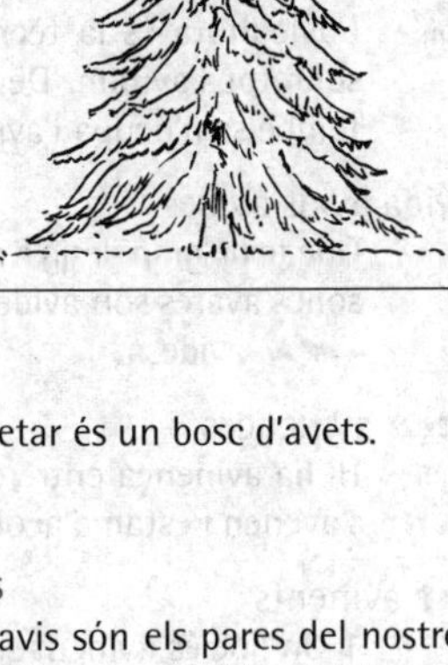

Un avet

avetar avetars
nom masculí
Diferent d'*avatar*
— Un avetar és un bosc d'avets.

avi àvia avis àvies
nom masculí i femení
Amb V
— **1** Els avis són els pares del nostre pare o de la nostra mare. Tots tenim dos avis i dues àvies.
2 Persona gran. Els casals d'avis organitzen excursions i altres activitats.

A B C D E F G H I J K L M N O P Q R S T U V W X Y Z

aviació aviacions
nom femení — **1** L'aviació és el conjunt de les activitats que es fan amb avions. La història de l'aviació és molt moderna.
2 Conjunt d'avions i d'instal·lacions complementàries que té un estat, una companyia aèria, etc. Hi ha aviació militar i aviació civil, per al transport de passatgers i mercaderies.

aviador aviadora aviadors aviadores
nom masculí i femení — Persona que guia un avió.

aviar
verb, com *canviar* ◄ pàg. 30, Amb dièresi — Deixar anar, donar sortida. Quan destapes la banyera, avies l'aigua que hi havia. Un pastor avia les ovelles si obre el corral.

aviat
adverbi, Amb V — **1** Al cap de poc temps; d'aquí a poc temps. *Va arribar la tardor i aviat els arbres van quedar sense fulles. Aviat vindrà l'Anna i soparem.*
2 D'hora, de matí. *Algunes persones es lleven molt aviat.*

aviciar
verb, com *canviar* ◄ pàg. 30, Amb dièresi — **1** Tractar una persona tan bé i amb tanta amabilitat que se li deixa fer tot el que vol i mai no se li diu que no. Les persones grans sovint avicien els nens deixant-los menjar caramels sempre que volen.
usat amb pronom — **2 Aviciar-se** és agafar un vici, acostumar-se a una cosa i no poder-la deixar. Hi ha persones que s'avicien a menjar molta xocolata.

avícola avícoles
adjectiu — De l'avicultura. En una granja avícola es crien pollastres i gallines.

avicultura avicultures
nom femení — L'avicultura és la tècnica de criar ocells, sobretot l'aviram. De la producció d'ous també se n'ocupa l'avicultura.

àvid àvida àvids àvides
adjectiu — Que té un gran desig d'alguna cosa. Les persones avares són àvides de diners.
avidesa

avinença avinences
nom femení — Hi ha avinença entre dues persones quan s'avenen i estan d'acord.

avinent avinents
adjectiu — **1** Un lloc és avinent si és a prop i s'hi pot anar fàcilment. Una casa dalt d'una muntanya no és gaire avinent.
frase feta — **2 Fer avinent** una cosa és recordar-la a algú.

avinentesa avinenteses
nom femení — Una avinentesa és l'ocasió o l'oportunitat d'una cosa. Si anem a París, tindrem l'avinentesa de visitar el museu del Louvre. Al final d'una carta, a vegades es diu: *Aprofito l'avinentesa per a saludar-vos.*

avinguda avingudes
nom femení — **1** Una avinguda és un carrer ample, sovint amb arbres i voravies per a passejar-hi. Totes les grans ciutats tenen avingudes.
pàg. 597 (6)
2 En un riu o una riera hi ha una avinguda quan augmenta molt la quantitat d'aigua que porta.

avió avions
nom masculí — Un avió és una aeronau amb ales i motor. Hi ha avions d'hèlix i avions de reacció, avions de passatgers i avions militars.
pàg. 196 (5)

avioneta avionetes
nom femení — Una avioneta és un avió petit, amb un o dos motors de poca potència. Algunes avionetes es fan servir per a aprendre a volar.
pàg. 196 (1)

aviram avirams
nom masculí — L'aviram és el conjunt d'ocells que es crien en corrals i en granges per a aprofitar-ne la carn i els ous. Són aviram els pollastres, les gallines, les oques, els ànecs i altres.

avís avisos
nom masculí — **1** Un avís és el fet d'avisar. Ens poden donar un avís per telèfon o per escrit.
2 Escrit o paraules per a avisar d'una cosa. El tauler d'avisos d'una oficina ens fa saber els horaris i altres coses.

avisar
verb, com *cantar* ◄ pàg. 26 — **1** Fer saber una cosa a algú perquè pugui fer el que li convingui. Alguns senyals de circulació ens avisen dels perills que hi ha en una carretera.
2 Aconsellar. Hi ha persones que per més que les avisin mai no fan cas de res.

avitaminosi avitaminosis
nom femení — Una avitaminosi és un estat de malaltia produït per la falta d'una o més vitamines.

avituallar
verb, com *cantar* ◄ pàg. 26 — Portar vitualles a un grup de persones, un poble o un exèrcit. Quan neva molt, alguns pobles no es poden avituallar per carretera.
avituallament

A B C D E F G H I J K L M N O P Q R S T U V W X Y Z

avivar

verb
com *cantar*
◄ pàg. 26

Fer que una cosa sigui més viva, més intensa. Es pot avivar l'amor, el nostre interès per la ciència o el joc d'un equip. Quan fa vent, els incendis dels boscos s'aviven.

avorriment avorriments

nom masculí
Amb O
Amb V

Una persona té avorriment quan està avorrida. Es pot combatre l'avorriment fent esport, llegint una bona novel·la o anant al cine.

avorrir

verb
com *servir*
◄ pàg. 28
Amb O a l'arrel
Amb V

1 Una cosa ens avorreix quan no ens diverteix i la trobem pesada i sense cap interès. A vegades, les converses de les persones grans avorreixen els infants.
2 Agafar aversió o repugnància a alguna cosa. Si menges sempre patates, les avorriràs.

usat amb pronom

3 Una persona **s'avorreix** quan no sap què fer i no troba res que sigui interessant. Quan estem malalts i no podem jugar ni sortir al carrer, sovint ens avorrim.

avorrit avorrida avorrits avorrides

adjectiu
Amb V

1 Una cosa és avorrida quan se'ns fa pesada i no ens interessa gens. Un llibre avorrit costa de llegir i l'acabem deixant.
2 Una persona és avorrida quan no sap divertir-se i no li agrada jugar o passar-s'ho bé amb els altres. Hem de procurar no ser avorrits quan estem amb els companys.

avortament avortaments

nom masculí
Amb V

Un avortament és el fet d'avortar. Una caiguda pot provocar l'avortament.

avortar

verb
com *cantar*
◄ pàg. 26
Amb V

Una dona embarassada avorta si expulsa el fetus abans del temps, quan encara no pot viure. Es pot avortar per una malaltia o per altres motius.
abortiu, abortiva, avortí, avortó

avui

adverbi

1 En el dia que som quan parlem o escrivim. *Si ahir era dijous i demà és dissabte, avui és divendres.*
2 En el temps present, actualment. *Avui es fabriquen cotxes més potents que abans.*

locució que fa d'adverbi

3 **Avui dia** o **avui en dia** vol dir en l'època actual. *Avui en dia, moltes persones treballen amb ordinadors.*

axil·la axil·les

nom femení

Aixella.
axil·lar

axioma axiomes

nom masculí

Un axioma és una veritat o una afirmació científica que tothom accepta i que no cal discutir ni provar.

àzim àzima àzims àzimes

adjectiu

Que no porta llevat. El pa àzim es fa servir per a celebrar la missa.

b
nom femení — Segona lletra de l'alfabet català. Aquesta lletra, a final de paraula, es pronuncia com la *P*. Per exemple, la *B* i la *P* de *verb* i de *serp* es pronuncien igual. En la parla de molts catalans, la *B* es pronuncia igual que la *V*.

a la babalà
locució que fa d'adverbi — Fer o dir coses a la babalà és fer-les o dir-les sense posar-hi atenció, sense reflexionar. *No facis massa cas del que diu en Joan; sempre diu les coses a la babalà.*

babau babaua babaus babaues
adjectiu i nom masculí i femení — Que no té malícia, que tot ho troba bé. Un babau es deixa enganyar fàcilment.

babeca babeques
nom femení — Òliba.

bable bables
nom masculí — El bable és la parla popular i tradicional d'Astúries.

babol babols
nom masculí — Rosella.

babord babords
nom masculí
Amb D — El babord d'una embarcació és el costat que tenim a l'esquerra quan, des de dins, ens posem de cara a la part del davant o proa.
✎ embarcació.

babutxa babutxes
nom femení — Una babutxa és una sabata sense taló i oberta pel darrere que fan servir sobretot els àrabs.

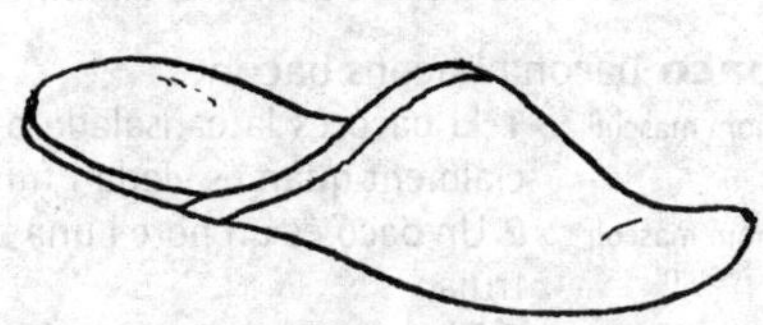

Una babutxa

baca baques
nom femení
Diferent de *vaca* — La baca d'un cotxe o d'un altre vehicle és la plataforma que es posa damunt del sostre per a poder transportar paquets o maletes.

bacallà bacallans
nom masculí — **1** Un bacallà és un peix gros, que pot fer més d'un metre de llargària. És d'un color marronós o verd oliva, amb taques fosques a

l'esquena i els costats. Té un petit apèndix sota de la mandíbula inferior. Es ven fresc o salat. El bacallà salat s'ha de posar en remull abans de cuinar-lo. págs. 398-399 (25)
2 Una persona seca com un bacallà és molt prima. Si un nen està sec com un bacallà pot ser que estigui malalt.

frase feta — 3 **Tallar el bacallà** és manar i tenir poder.
bacallaneria págs. 398-399 (22)

bacallaner bacallanera bacallaners bacallaneres
adjectiu — 1 Que està relacionat amb el bacallà. Una flota bacallanera és la que es dedica a la pesca del bacallà.
nom masculí i femení — 2 Persona que ven bacallà. págs. 398-399 (24)

bacanal bacanals
nom femení — Una bacanal és una reunió on la gent beu i menja sense mesura i es diverteix. El nom ve de les festes que es feien en honor de Bacus, el déu del vi, a la Roma antiga.

bacarà bacaràs
nom masculí — El bacarà és un joc de cartes. Guanya qui s'acosta més als nou punts.

bací bacins
nom masculí — Un bací és un plat de metall que antigament els barbers posaven sota la barba dels clients quan els afaitaven.

bacil bacils
nom masculí — Un bacil és un bacteri que té forma de bastó. Els bacils causen malalties molt greus. La tuberculosi és provocada pel bacil de Koch.

bacina bacines
nom femení — Una bacina és una safata o plata de metall que es fa servir per a portar alguna cosa o per a demanar almoina.

bacó bacona bacons bacones
nom masculí — 1 El bacó és la cansalada del porc, especialment quan és viada i fumada.
nom masculí i femení — 2 Un bacó és un porc i una bacona és una truja.
3 Diem que una persona és un bacó o una bacona quan és molt bruta.

bacteri bacteris
nom masculí — Un bacteri és un tipus de microbi. Alguns bacteris són causa de malalties i infeccions. D'altres són beneficiosos, com els que intervenen en l'elaboració del formatge.

bàcul bàculs
nom masculí — El bàcul és un bastó de metall, sovint daurat i amb adornaments, que porta el bisbe en algunes ocasions importants com a senyal de la seva autoritat.

badabadoc badabadocs
nom masculí — Badoc.

badada badades
nom femení — Una badada és una equivocació, una cosa que no hem fet bé perquè estàvem distrets. Es pot perdre un partit de futbol per una badada del porter.

badall badalls
nom masculí — 1 Fem un badall quan, sense voler, obrim molt la boca i la tornem a tancar. Fem badalls quan tenim son o gana.
2 Entrepà o sandvitx.
frase feta — 3 **Fer l'últim badall** és morir.

badallar
verb com *cantar* ◄ pàg. 26 — Fer un badall o badalls. Quan tenim son sovint badallem.

badana badanes
nom femení — La badana és la pell d'ovella molt prima i suau preparada per a fer guants, sabates o peces de vestir.

badar
verb com *cantar* ◄ pàg. 26 — 1 Estar molt distret, sense fixar-se en el que es fa. És molt perillós badar quan es condueix un cotxe o es travessa un carrer amb molta circulació.
2 Mirar una cosa de manera distreta, sense posar-hi tota l'atenció. La gent sovint bada davant dels aparadors de les botigues.
frase feta — 3 **No badar boca** és estar callat, no dir res.
4 Quan diem que **no val a badar** estem indicant que hem d'anar amb molt de compte, que hem d'estar atents al que fem.

badia badies
nom femení — Una badia és una entrada que fa el mar cap a dins de la costa. Quan una badia és molt gran s'anomena *golf*.

badiu badius
nom masculí — 1 El badiu és l'eixida d'una casa. Hi sol haver plantes i llum de dia.
2 Nariu.

badoc badoca badocs badoques
adjectiu i nom masculí i femení — Que bada, que només mira, sense intervenir o participar. Quan se celebra un casament sempre hi ha badocs que miren.
badocar, badoquejar, badoqueria, embadocar

baf bafs
nom masculí — El baf és el vapor que surt d'un líquid molt calent. Quan tens el nas tapat, van molt bé els bafs d'eucaliptus.

bafarada bafarades
nom femení — Una bafarada és un baf o una olor molt forts i que sovint molesten. Quan ens aturem en

① Una badia. ② Un cap. ③ Un golf.

una gasolinera, a vegades ens arriba una bafarada de gasolina.

bafle bafles
nom masculí — Un bafle és un aparell per a sentir els sons produïts per un reproductor de so. Té uns foradets petits i molt junts per on surt el so.

baga bagues
nom femení — **1** Una baga és un nus que es fa al final d'una corda o d'un cordill i que forma una anella. Els cordons de les sabates es corden fent baga.
2 Cargol de fusteria que acaba en una anella. Es fa servir per a penjar-hi alguna cosa.

bagassa bagasses
nom femení — Prostituta.

bagatel·la bagatel·les
nom femení — Una bagatel·la és una cosa sense importància. Si et distreus amb bagatel·les, potser no tindràs temps d'acabar la feina.

bagatge bagatges
nom masculí — **1** El bagatge és allò que porta algú quan va de viatge.
2 Conjunt dels coneixements i recursos que té una persona. Un bon bagatge cultural fa la vida més interessant.

bagenc bagenca bagencs bagenques
adjectiu — **1** Del Bages. *La indústria cotonera bagenca.*
nom masculí i femení — **2** Persona que és del Bages o que hi viu.

baguet baguets
nom femení — Una baguet és una barra de pa molt llarga i estreta. Les baguets són típiques de França.

bagul baguls
nom masculí — **1** Un bagul és una caixa grossa de fusta o un altre material, sovint recoberta de pell i reforçada amb tires de metall. Es fa servir per a guardar o transportar roba o altres coses. Els baguls tenen tapa i pany.
2 Taüt, caixa de morts.

bah
interjecció — Paraula que indica falta d'interès, incredulitat, despreocupació o menyspreu. *Bah!, tot el que expliques no té cap interès. Bah!, bah!, no et preocupis que tot s'arreglarà.*

baia baies
nom femení — Una baia és un fruit d'un arbre o d'una planta que té la pell prima i l'interior carnós, com el raïm.

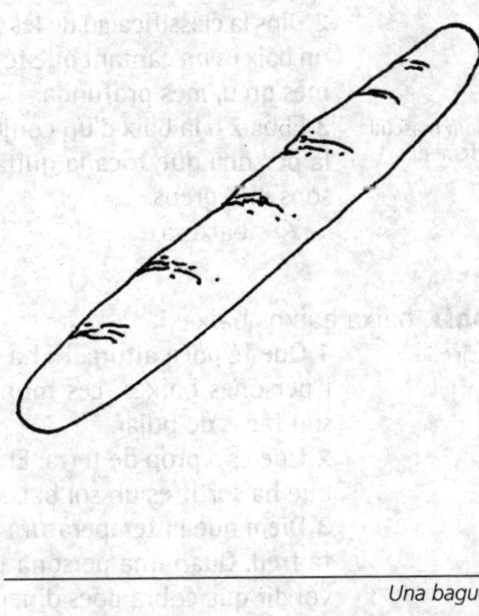

Una baguet

baiard baiards

nom masculí Un baiard és un aparell per a transportar pesos que té dues barres llargues unides per diferents travessers que formen una plataforma. Es porta entre dues persones: una aixeca els caps del davant de les barres i l'altra els del darrere.

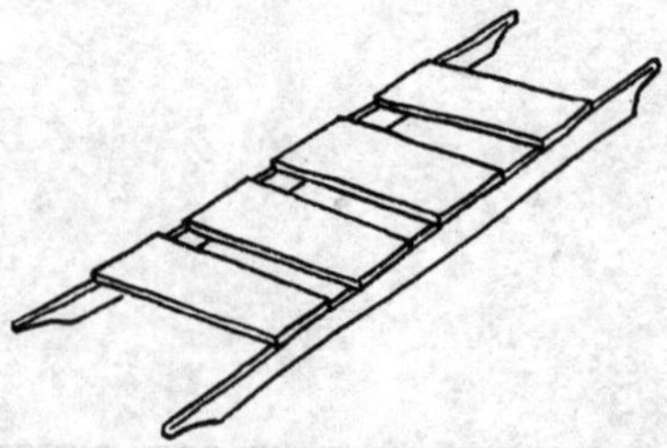

Un baiard

baieta baietes

nom femení **1** Una baieta és un drap gruixut i absorbent, que es fa servir per a fregar i eixugar. Quan hi ha aigua a terra, la recollim amb la baieta. ✎ pàgs. 594-595 (34)
2 Passar la baieta és fregar el terra.

baioneta baionetes

nom femení Una baioneta és una mena de punyal llarg que es posa a la punta d'una arma de foc, especialment del fusell, per a la lluita cos a cos.

1 **baix** baixos

nom masculí **1** El baix o els baixos d'una cosa és la part més baixa, que és més a prop de terra. Els baixos d'una casa són els pisos o les habitacions que són més a prop del carrer; els baixos d'uns pantalons són la part que és més a prop dels peus o de les sabates. ✎ pàg. 593 (39)
2 Dins la classificació de les veus humanes, un baix és un cantant que té el tipus de veu més greu, més profunda.

nom masculí i femení **3** El baix o la baix d'un conjunt musical és la persona que toca la guitarra que fa els sons més greus.
baixesa

2 **baix** baixa baixos baixes

adjectiu **1** Que té poca altura. *Hi ha persones altes i persones baixes. Les muntanyes baixes són fàcils de pujar.*
2 Que és a prop de terra. *El sol que fa poc que ha sortit és un sol baix.*
3 Diem que la temperatura és baixa quan fa fred. Quan una persona té un sou baix vol dir que cobra pocs diners.

frase feta **4 Anar amb el cap baix** o **amb els ulls baixos** vol dir anar mirant cap a terra.

3 **baix**

adverbi **1** A no gaire altura. *Aquells ocells volen molt baix.*
2 En veu fluixa. *No volia que el sentissin i parlava molt baix.*

baixa baixes

nom femení **1** Un treballador està de baixa o ha agafat la baixa quan no pot anar a la feina per una malaltia o un accident. El metge li fa o li dóna la baixa.

frase feta **2 Donar-se de baixa** d'un club, d'una associació, d'una subscripció a una revista, etc., és deixar d'estar-hi apuntat.

baixà baixàs

nom masculí Paixà.

baixada baixades

nom femení **1** Una baixada és el fet de baixar d'algun lloc. Després de fer la pujada de la muntanya per una banda, podem fer la baixada per l'altra.
2 Carrer o camí per on es pot baixar. *Baixada del castell, Baixada de l'església, Baixada de la font, etc.*
3 Un camí o un carrer fa baixada quan té un pendent molt fort, vist des de dalt. Tot el que fa baixada, vist des de baix, fa pujada.

baixador baixadors

nom masculí Un baixador és un lloc on els trens s'aturen perquè els passatgers puguin pujar o baixar. Els baixadors no són tan grans ni tan importants com les estacions.

baixamar baixamars

nom femení La baixamar és la marea baixa.

baixar

verb com cantar ◄ pàg. 26
1 Anar des d'un lloc que és alt fins a un lloc que és baix. Podem baixar des del cinquè pis fins a la planta baixa amb l'ascensor o per les escales. Si baixes l'escala molt de pressa pots caure.
2 Agafar una cosa que és a dalt i portar-la a baix. Quan arriba l'hivern, baixem les mantes de l'armari.
3 Passar a un nivell més baix, a un grau inferior. Quan fa fred, la temperatura baixa.
4 Copiar informació en un ordinador des d'una xarxa informàtica. Podem baixar informació d'Internet per fer treballs de l'escola.

bajà bajana bajans bajanes

adjectiu i nom masculí i femení Que és ximple. Si unes persones van pels carrers, de matinada, cridant i cantant, es comporten com uns bajans.

bajanada bajanades
nom femení Bestiesa, ximpleria.

bajoca bajoques
nom femení **1** La bajoca és la part exterior de les mongetes, els pèsols, les faves i altres llegums. És com una funda ajuntada per les vores que conté els grans de llegum. Les mongetes sovint es mengen tendres, sense treure'ls la bajoca.
2 Mongeta tendra. Es diu sobretot en algunes zones.

1
bala bales
nom femení Una bala de paper, de palla, de draps, etc., és una gran quantitat d'aquests materials ben premsada i lligada amb filferros o amb cordes. Al port hi ha sovint bales de cotó que els vaixells han descarregat.

2
bala bales
nom femení **1** Una bala és un projectil que disparen les armes de foc. Els revòlvers i les pistoles porten carregadors amb moltes bales.
2 Bola petita de ferro, pedra, vidre o plàstic per a jugar. ✎ pàg. 997 ⑨
locució que fa d'adverbi **3** Córrer, passar o anar **com una bala** és anar molt de pressa. Els cotxes de fórmula 1 corren com una bala.
antibales, balístic

balada balades
nom femení **1** Una balada és un petit poema sobre llegendes i tradicions que es divideix en estrofes iguals i té, sovint, una tornada. Els joglars medievals cantaven balades acompanyant-se amb un instrument musical.
2 Música que acompanya el text d'una balada.

baladre baladres
nom masculí Un baladre és un arbust de 2 a 4 metres d'alçària, de fulles lanceolades, gruixudes i sempre verdes. Les seves flors són grosses, de color rosa, blanc o vermell, i fan molta olor. Es planta en jardins.

baladrejar
verb
com *cantar*
◄ pàg. 26
Amb G davant E, I
Fer crits, moure escàndol. Algunes persones no saben parlar tranquil·lament, només baladregen.
baladreig, baladrer

balaguerí balaguerina balaguerins balaguerines
adjectiu **1** De Balaguer.
nom masculí i femení **2** Persona que és de Balaguer o que hi viu.

balalaica balalaiques
nom femení Una balalaica és un instrument musical de corda que té la caixa triangular. És molt popular a Rússia.

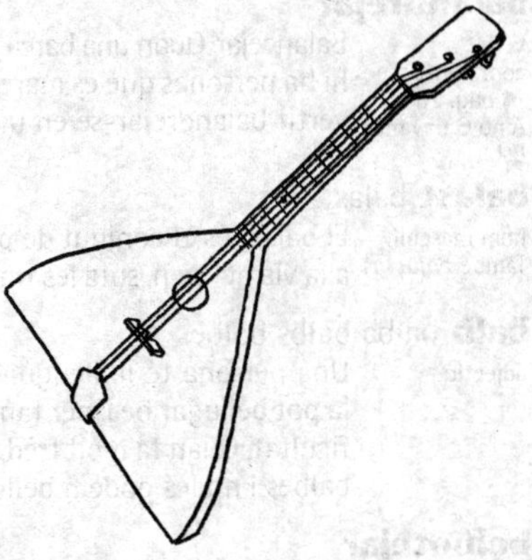
Una balalaica

balanç balanços
nom masculí **1** El balanç és el moviment que fan les coses quan es mouen d'un cantó a l'altre. Les barques sempre tenen un moviment de balanç, perquè el mar les belluga.
2 Una empresa o una persona fa balanç quan repassa la seva economia.

balança balances
nom femení **1** Una balança és un aparell que es fa servir per a pesar. A les botigues hi ha balances elèctriques automàtiques que donen a la vegada el pes i el preu dels productes.
✎ pàgs. 398-399 ㉘, pàg. 1000 ⑨
2 El signe de balança és el setè del zodíac; és el signe de les persones nascudes entre el 23 de setembre i el 21 d'octubre.
3 Una **balança de precisió** és una balança molt exacta.

balancejar
verb
com *cantar*
◄ pàg. 26
Amb G davant E, I
Fer que una cosa es mogui d'un cantó a l'altre. El vent balanceja les antenes de la televisió. Les barques es balancegen perquè el mar les fa bellugar.
balanceig

balancí balancins
nom masculí Un balancí és una mena de cadira que té les potes unides a unes fustes arquejades i, així, la persona que hi seu es pot balancejar endavant i endarrere.

balandra balandres
nom femení Una balandra és una embarcació de vela d'un sol pal. Antigament es feia servir per al transport o la pesca i actualment per a viatges de plaer.

balandre balandres
nom masculí Un balandre és un tipus de balandra construït especialment per a competicions esportives.

A B C D E F G H I J K L M N O P Q R S T U V W X Y Z

A B C D E F G H I J K L M N O P Q R S T U V W X Y Z

balandrejar
verb
com *cantar*
◀ pàg. 26
Amb G davant E, I
Balancejar. Quan una barca balandreja molt, hi ha persones que es maregen. És molt divertit balandrejar-se en un gronxador.

balast balasts
nom masculí
També *balastos*
El balast és el conjunt de pedres que hi ha a la via del tren, sota les travesses i els rails.

balb balba balbs balbes
adjectiu
Una persona té la llengua balba quan no la pot bellugar bé i, per tant, parla amb dificultat. Quan fa molt fred, tenim les mans balbes i no les podem bellugar fàcilment.

balbotejar
verb
com *cantar*
◀ pàg. 26
Amb G davant E, I
Parlar imperfectament perquè no se sap o no es pot parlar. Els nens petits primer balbotegen i després ja parlen.

balbucejar
verb
com *cantar*
◀ pàg. 26
Amb G davant E, I
Parlar dient les paraules de manera poc clara, pronunciant-les com si no se sabés què s'ha de dir. Algunes malalties fan que les persones balbucegin.
balbucient

balcànic balcànica balcànics balcàniques
adjectiu
1 Dels Balcans. *La regió balcànica.*
nom masculí i femení
2 Persona que és dels Balcans o que hi viu.

balcó balcons
nom masculí
Un balcó és un sortint amb barana que hi ha a les façanes de les cases. La gent surt al balcó per veure el carrer. ✎ pàg. 593 ⑳

balda baldes
nom femení
La balda d'una porta o d'una finestra és una peça de fusta o de ferro que gira i s'encaixa en un forat o en una altra peça buida. Impedeix que la porta o la finestra es pugui obrir des de fora.

baldaquí baldaquins
nom masculí
Un baldaquí és una peça de fusta, de roba o d'un altre material que es col·loca per damunt d'un altar o d'una imatge religiosa. S'aguanta amb unes columnes o fixat a la paret o al sostre.

baldat baldada baldats baldades
adjectiu
Molt cansat i sense forces. Després d'una bona excursió a peu, estem baldats.
baldament, baldar

balder baldera balders balderes
adjectiu
Que va gran, que no ajusta bé. Algunes persones porten la roba molt baldera; d'altres prefereixen els vestits ben ajustats.

baldó baldons
nom masculí
Un baldó és una balda petita.

baldufa baldufes
nom femení
1 Una baldufa és una joguina ampla de dalt i estreta de baix que es fa giravoltar sobre la part més prima. Per fer girar la baldufa, la majoria de les vegades es fa servir un cordill que s'hi lliga i després s'estira ràpidament.

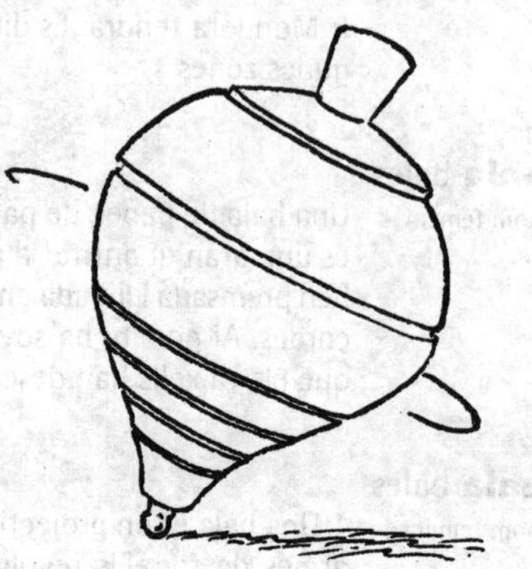
Una baldufa

2 Persona molt baixa.

balear balears
adjectiu
1 De les Illes Balears. *El turisme balear.*
nom masculí i femení
2 Persona que és de les Illes Balears o que hi viu.

balena balenes
nom femení
Una balena és un mamífer que viu al mar i té forma de peix. És l'animal més gros que es coneix actualment.
balener

balenó balenons
nom masculí
Un balenó és un petit de la balena.

balí balins
nom masculí
Un balí és una bala rodona molt petita que es fa servir sobretot en les escopetes d'aire comprimit. Els cartutxos de les escopetes de caça van plens de balins.

baliga-balaga baliga-balagues
nom masculí i femení
Un o una baliga-balaga és una persona que no compleix les seves responsabilitats, que es comporta de manera poc seriosa. No es pot confiar que els baliga-balagues et facin bé la feina.

balisa balises
nom femení
Una balisa és un senyal que es posa al mar, a les carreteres o als aeroports per indicar una direcció, el lloc d'un accident, etc. Les pistes d'aterratge dels avions es marquen, a la nit, amb balises lluminoses.
abalisar

ball balls
nom masculí — Diferent de *vall*
1 El ball és el fet de ballar.
2 Un ball és un seguit de moviments i de passos que una o més persones fan seguint una música. El vals, el tango i la samba són balls.
3 Local on les persones van a ballar.

ballar
verb com *cantar* ◀ pàg. 26
1 Una persona balla quan fa un seguit de passos i de moviments, sola o amb parella, seguint una música. Algunes persones ballen molt bé.
2 Interpretar un ball. Ballar bé el tango és molt difícil.
3 Una cosa balla quan es belluga perquè no està ben fixada o no encaixa bé. Si una cadira balla és que té les potes desiguals.
frase feta — 4 **Fer ballar el cap** a una persona és atabalar-la, marejar-la amb explicacions.
ballable, ballador, ballaruga

ballarí ballarina ballarins ballarines
nom masculí i femení — Persona que té com a professió ballar. El cine musical ens ha fet conèixer grans ballarins i ballarines.

ballesta ballestes
nom femení
1 Una ballesta és una arma per a llançar sagetes o fletxes. És com un arc petit que va posat sobre un mànec de fusta.
2 Les ballestes d'un cotxe són unes làmines d'acer molt fortes que formen part de la suspensió. Estan situades prop de les rodes.
ballester

ballet ballets
nom masculí — Un ballet és un espectacle de ball amb ballarins i ballarines.

fer ballmanetes
frase feta — Fer ballmanetes és picar de mans. És un joc que es fa amb els nens petits asseguts a la falda.

balma balmes
nom femení — Una balma és una cova petita, que no entra gaire endins. Els excursionistes, quan plou, a vegades es refugien a les balmes.

balneari balnearis
nom masculí — Un balneari és un hotel on hi ha aigua medicinal. Als balnearis, els clients es banyen en aquesta aigua.

baló balons
nom masculí
1 Un baló és una pilota gran inflada d'aire, com les de jugar a futbol.
2 Globus aerostàtic.

a balquena
locució que fa d'adverbi — Si d'una cosa n'hi ha a balquena, n'hi ha molta, en abundància. *En aquell sopar, hi havia menjar a balquena; ningú no es va quedar amb gana.*

bàlsam bàlsams
nom masculí
1 Un bàlsam és una substància olorosa que es treu d'alguns arbres.
2 Producte farmacèutic semblant a una crema o un oli molt espès que serveix per a fer fregues, per a calmar la irritació de la pell o per a altres usos.
balsàmic, embalsamar

bàltic bàltica bàltics bàltiques
adjectiu — 1 De la mar Bàltica.
nom masculí — 2 El bàltic és la llengua antiga que ha donat origen a les actuals llengües bàltiques, el lituà i el letó.

baluard baluards
nom masculí
1 Un baluard és una construcció de defensa que hi ha a les muralles. Els baluards tenen forma de pentàgon.

Un baluard

2 Qualsevol protecció o defensa.

balustrada balustrades
nom femení — Una balustrada és una barana formada per una barra llarga i ampla que està posada sobre uns barrots més o menys adornats.
balustre

Una balustrada

A B C D E F G H I J K L M N O P Q R S T U V W X Y Z

bàmbol bàmbola bàmbols bàmboles

nom masculí i femení — Persona que és ximple o beneita. Es diu a les Illes Balears.

bambolina bambolines

nom femení — Una bambolina és cada una de les tires de paper o de tela pintades que formen la part de dalt dels decorats dels teatres. Les bambolines van penjades del sostre de l'escenari.

bambú bambús

nom masculí — El bambú és una planta flexible i resistent que té el tronc en forma de canya. Les canyes de bambú es troben principalment als països tropicals.

ban bans

nom masculí — Un ban és una ordre de les autoritats que es dóna a conèixer a tota la població recitant-la o bé amb cartells enganxats a les parets. El ban del rei Carnestoltes ens diu quines normes haurem de seguir durant els dies de carnaval.

banal banals

adjectiu — Que no té cap importància ni interès, que és vulgar i ordinari. Les converses banals són una pèrdua de temps.

banalitat, banalitzar

banana bananes

nom femení — Plàtan.

bananer

banc bancs

nom masculí — **1** Un banc és un seient llarg i estret on poden seure algunes persones. Els bancs poden tenir respatller o no. Als parcs i a les estacions de tren hi ha bancs. pàg. 598 (14)

2 Empresa que fa negocis amb els diners. A vegades, quan la gent necessita diners, els demana al banc.

3 Grup de molts peixos de la mateixa classe que van junts. Els pescadors aprofiten els bancs de sardines per a pescar-les.

4 Un **banc de fuster** és una taula llarga i forta que té en una de les potes un cargol de banc. Hi treballen els fusters i altres artesans. pàg. 993 (25)

bancada, bancalada, bancari, bancària

banca banques

nom femení — **1** Banc de diners. El conjunt de bancs d'un país també s'anomena *banca*.

2 En alguns jocs dels casinos, com el bacarà, persona que juga contra tots els altres. Quan els altres jugadors fan saltar la banca és que han guanyat tots els diners que tenia la banca.

bancal bancals

nom masculí — Un bancal és un tros de terra plana cultivada. Els bancals sovint estan separats per marges de pedres.

bancarrota bancarrotes

nom femení — Un comerciant, un fabricant o un banc està en bancarrota quan no pot pagar o tornar els diners que deu.

1
banda bandes

nom femení — Una banda és un tros llarg i no gaire ample de paper, de roba, de cuir, etc. Els reis i els guanyadors d'un premi porten a vegades una banda de roba posada sobre el pit.

2
banda bandes

nom femení — **1** Una banda és cadascun dels costats d'una cosa. Podem caminar per la banda dreta o per la banda esquerra d'un carrer. També diem que el vent bufa de la banda de ponent.

2 Indret, lloc. A l'estiu, es veuen turistes per totes bandes.

locució que fa d'adverbi — **3 A banda i banda** vol dir a tots dos costats. *Com que hi havia cotxes aparcats a banda i banda, el camió no podia passar.*

3
banda bandes

nom femení — **1** Una banda és un grup de persones que sovint porten armes i fan malifetes. A Chicago hi havia bandes de gàngsters.

2 Grup de músics que toca instruments de vent i tambors. Les bandes de música a vegades acompanyen les processons i altres desfilades.

bandada bandades

nom femení — Una bandada d'ocells és un grup d'ocells que passa volant. A les llacunes i als deltes, es veuen bandades d'ànecs.

bandarra bandarres

nom masculí i femení — **1** Un o una bandarra és una persona que enganya, que es comporta malament amb els altres.

nom femení — **2** Prostituta. Es diu de manera informal.

bandera banderes

nom femení — Una bandera és un tros de tela amb colors i dibuixos diversos que representa un país o un grup. Totes les nacions tenen la seva bandera. Hi ha també banderes de ciutats, de partits polítics, de clubs de futbol, d'associacions, etc.

abanderar, banderejar, banderer, embanderar

banderí banderins

nom masculí — Un banderí és una bandera petita que acostuma a ser triangular. Les persones que col·leccionen banderins en tenen de moltes ciutats i clubs.

bandit bandida bandits bandides
nom masculí i femení — Persona que comet robatoris o crims.
bandidatge

bàndol bàndols
nom masculí — Un bàndol és un grup de persones unides per a fer o per a defensar una cosa. En una guerra o en una baralla, hi ha el bàndol que guanya i el bàndol que perd.
bandositat

bandoler bandolers
nom masculí — Un bandoler era un lladre que robava a la gent pels camins. Els bandolers formaven bàndols i vivien sovint amagats a la muntanya.
bandolerisme

bandolera bandoleres
nom femení — Una bandolera és una tira o banda de cuir que es porta damunt del pit per a penjar-hi una arma de foc.

bandúrria bandúrries
nom femení — Una bandúrria és un instrument musical de corda més petit que la guitarra, amb el mànec molt curt i la caixa en forma de pera. Té sis cordes dobles i es toca amb un plectre.

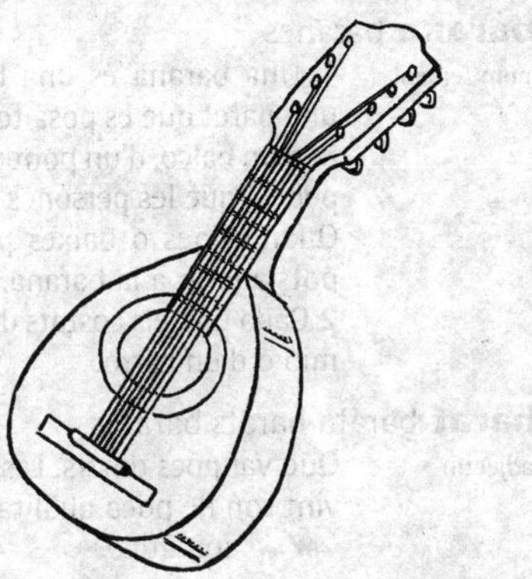

Una bandúrria

banjo banjos
nom masculí — Un banjo és un instrument musical de corda que té el mànec llarg i la caixa rodona recoberta amb pell. Pot tenir 4, 5, 6 o 9 cordes. Era habitual en les primeres orquestres de jazz.

banquer banquera banquers banqueres
nom masculí i femení — Persona que es dedica al negoci de la banca o que dirigeix un banc.

banquet banquets
nom masculí — Un banquet és un dinar o un sopar amb molts convidats. Diem que hem fet un banquet quan hem menjat coses molt bones i abundants.

banqueta banquetes
nom femení — Una banqueta és un banc on seuen l'entrenador i els jugadors de reserva d'un equip de futbol, de bàsquet, etc., durant el partit.

bantu bantus
adjectiu — **1** Dels bantus.
nom masculí i femení — **2** Un o una bantu és una persona que pertany a un conjunt de pobles de pell negra que viuen al sud de l'Àfrica. Els bantus parlen llengües molt semblants.

banús banussos
nom masculí — Eben.

bany banys
nom masculí — **1** Un bany és el fet de banyar o de banyar-se. A l'estiu prenem banys de mar.
2 Habitació d'una casa on hi ha el lavabo, la banyera o la dutxa, el vàter i el bidet. El bany ha d'estar ben il·luminat i ventilat.
págs. 594-595 (18)
3 Quan un objecte està recobert d'una capa fina d'or o de plata, diem que té un bany d'aquests metalls.
4 Prenem un **bany de sol** quan prenem una estona el sol.
banyista

banya banyes
nom femení — **1** Una banya és cada una de les puntes grosses i dures que alguns mamífers tenen al cap. Els toros braus tenen dues banyes molt fortes i punxegudes. Les banyes del cérvol semblen les branques d'un arbre.
2 S'anomenen també *banyes* les antenes o apèndixs que els insectes i els cargols tenen al cap.
3 Bony que surt al front quan ens hi donem un cop.

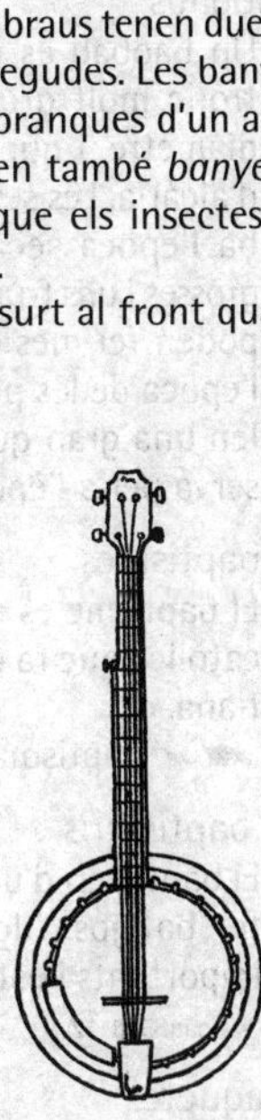

Un banjo

A B C D E F G H I J K L M N O P Q R S T U V W X Y Z

banyador banyadors
nom masculí — Un banyador és la peça de vestir que ens posem per a anar a la platja o per a nedar en una piscina. Els banyadors dels nois poden ser uns eslips o uns pantalons curts; els de les noies poden ser sencers o de dues peces (biquini).

banyam banyams
nom masculí — El banyam d'un animal com un toro o una cabra és el conjunt de les banyes.

banyar
verb com *cantar* ◄ pàg. 26 — **1** Posar una persona o una bèstia dins de l'aigua per a rentar-la o refrescar-la. Per a banyar les criatures petites es fan servir unes banyeres portàtils especials.
usat amb pronom — **2 Banyar-se** és rentar-se o refrescar-se a la dutxa o a la banyera i també ficar-se a l'aigua del mar o d'una piscina. A l'estiu, ens banyem i prenem el sol a la platja.

banyera banyeres
nom femení — Una banyera és un recipient gran que hi ha al bany, i que es fa servir per a banyar-se. Sovint, a la banyera hi ha també dutxa.
pàgs. 594-595 (19)

banyolí banyolina banyolins banyolines
adjectiu — **1** De Banyoles. *L'estany banyolí.*
nom masculí i femení — **2** Persona que és de Banyoles o que hi viu.

banyut banyuda banyuts banyudes
adjectiu — Que té banyes. Els toros són animals banyuts.

baobab baobabs
nom masculí — Un baobab és un arbre africà que té un tronc molt gruixut, fins a 15 metres de diàmetre, i que pot arribar als 20 metres d'alçària. Les seves fulles cauen quan arriba l'època seca. Fa unes flors blanques grosses i uns fruits comestibles allargats que poden fer més de 30 centímetres. Durant l'època de les pluges, els baobabs acumulen una gran quantitat d'aigua com a reserva per a l'època seca.

baptisme baptismes
nom masculí — El baptisme és un sagrament de l'Església catòlica que fa que una persona sigui cristiana.
baptismal

baptisteri baptisteris
nom masculí — El baptisteri d'una església és un lloc per a fer batejos. Alguns baptisteris són molt importants i estan separats de l'església.
pàg. 598 (12)

baqueta baquetes
nom femení — **1** Una baqueta és una barra prima de ferro o de fusta per a netejar o carregar armes de foc.
2 Vareta amb una petita bola a la punta que serveix per a tocar el xilòfon i altres instruments de percussió. pàgs. 394-395 (20)
frase feta — **3 Tractar a baqueta** algú és tractar-lo malament, amb molta severitat.
baquetejar

bàquic bàquica bàquics bàquiques
adjectiu — Del déu Bacus o dels seus ritus. Les festes bàquiques que celebraven els romans eren una disbauxa i s'hi bevia molt vi.

bar bars
nom masculí — Un bar és un local on la gent va a prendre cafè i altres begudes i a menjar alguna cosa. Als bars hi ha taules i un taulell amb tamborets. pàgs. 398-399 (43)

baralla baralles
nom femení — **1** Una baralla és el fet de barallar-se.
2 El joc complet de cartes. La baralla espanyola té 48 cartes amb quatre figures: oros, bastons, copes i espases. La baralla francesa té 52 cartes amb quatre figures: diamants, piques, cors i trèvols.
pàg. 393 (15)

barallar-se
verb usat amb pronom com *cantar* ◄ pàg. 26 — Discutir molt fort dues o més persones, que poden fins i tot donar-se cops. Diu el refrany que dos no es barallen si un no vol.

barana baranes
nom femení — **1** Una barana és una barra, un reixat o una paret que es posa tot al llarg de la vora d'un balcó, d'un pont o d'una escala. Impedeix que les persones caiguin daltabaix. Quan puges o baixes per una escala, et pots agafar a la barana. pàg. 593 (19)
2 Cada un dels costats de la caixa d'un camió o d'un carro.

barat barata barats barates
adjectiu — Que val pocs diners. Les coses barates sovint són de poca qualitat.
abaratir

baratar
verb com *cantar* ◄ pàg. 26 — Canviar una cosa per una altra. Quan fem una col·lecció de cromos, baratem els repetits pels que no tenim.
barata

barb [1] barbs
nom masculí — Un barb és un granet de greix que surt generalment a la cara i a l'esquena.

barb [2] barbs
nom masculí — Un barb és un peix d'aigua dolça que, a cada

banda de la boca, té com unes barbes. Els barbs viuen en alguns rius de Catalunya i del País Valencià. Alguns poden arribar als 70 centímetres de llargària; d'altres no passen dels 20 centímetres.

barba barbes
nom femení
1 La barba és el conjunt de pèls que els homes tenen a la part de sota de la cara. Algunes barbes van d'una orella a l'altra. pàg. 793 (3)
2 Pèls o apèndixs semblants a una barba que tenen alguns animals com els bocs.
3 Les barbes de les balenes són les làmines dures i flexibles que tenen a la boca. Serveixen per a filtrar l'aliment.
barbada, barballera, barbat, barbó

barbacoa barbacoes
nom femení
Una barbacoa és una mena de fogó amb unes graelles que es fa servir per a fer peix o carn a la brasa. Algunes barbacoes es poden transportar; d'altres es construeixen fixes, sovint en un lloc exterior.

barballera barballeres
nom femení
1 Sotabarba. Algunes persones grasses tenen molta barballera.
2 Part de pell que penja de sota el coll del bou i d'altres animals.

barbamec barbameca barbamecs barbameques
adjectiu
Es diu barbamec de l'home adult que no té pèl a la cara o del noi que es fa l'home.

bàrbar bàrbars bàrbares
adjectiu i nom masculí i femení
1 Els pobles bàrbars eren els pobles que no pertanyien a l'imperi romà. Els bàrbars van vèncer els romans.
adjectiu
2 Una persona bàrbara és una persona cruel, incivilitzada o mal educada.
barbàric, barbàrie

barbarisme barbarismes
nom masculí
Un barbarisme és una falta que es fa quan es parla o s'escriu una llengua. Sobretot són barbarismes les paraules d'una altra llengua usades incorrectament en lloc de les de la llengua pròpia.

barbaritat barbaritats
nom femení
1 Una barbaritat és una cosa mal feta, una acció que fa mal a algú. Quan hi ha una guerra es cometen moltes barbaritats.
2 Equivocació molt grossa. És una barbaritat deixar que els infants juguin amb foc.

barber barbera barbers barberes
nom masculí i femení
Persona que talla els cabells i afaita.

barberia barberies
nom femení
La barberia és el local on treballen els barbers.

barbeta barbetes
nom femení
La barbeta és la part de la cara de sota la boca. Alguns homes porten la barbeta tapada per la barba. pàg. 793 (12)

barbitúric barbitúrics
nom masculí
Un barbitúric és un producte químic que es fa servir per a tranquil·litzar.

barbotejar
verb
com *cantar*
◄ pàg. 26
Amb G davant E, I
Parlar entre dents, de manera poc clara. Si barboteges, els altres no t'entendran.

barbut barbuda barbuts barbudes
adjectiu
Que té molta barba o que porta barba.

barca barques
nom femení
Una barca és una embarcació petita, generalment de fusta, que es fa servir per a pescar o per a fer travessies curtes. Les barques es fan anar amb veles, amb rems o amb motor.
barcada, barquejar, embarcar

barcassa barcasses
nom femení
Una barcassa és una barca grossa que es fa servir als ports, generalment per a carregar i descarregar vaixells.

barceloní barcelonina barcelonins barcelonines
adjectiu
1 De Barcelona. *La Rambla barcelonina.*
nom masculí i femení
2 Persona que és de Barcelona o que hi viu.
barcelonès, barcelonesa

barcelonista barcelonistes
nom masculí i femení
Un o una barcelonista és una persona que és seguidora del Futbol Club Barcelona.

bard bards
nom masculí
Un bard era un poeta dels antics celtes que componia i recitava versos. Asseguratòrix és el bard del poble d'Astèrix i Obèlix, i sempre està cantant.

bardissa bardisses
nom femení
Una bardissa és un conjunt espès de plantes que punxen. Si travesses una bardissa t'esgarrinxaràs les cames. A vegades les bardisses es fan servir per a tancar un camp i evitar que hi entrin les bèsties.
bardissar, embardissar

barem barems
nom masculí
Un barem és una taula de números que són resultat de comptes generalment complicats.

bari baris
nom masculí
El bari és un element metàl·lic de color blanc molt difícil d'obtenir en estat pur. Els seus compostos es fan servir molt en diverses indústries: vidres i ceràmiques, mis-

tos i explosius, colors i pintures, etc. El seu símbol és: Ba.

baríton barítons

nom masculí — Dins la classificació de les veus humanes, un baríton és un cantant que té la veu més greu que el tenor i més aguda que el baix.

barjaula barjaules

nom femení — Prostituta.

barnilla barnilles

nom femení — **1** Una barnilla és cada una de les làmines o barretes que aguanten la tela d'un paraigua, d'una ombrel·la o d'un ventall.
2 Les barnilles són les barbes de les balenes.

barnús barnussos

nom masculí — Un barnús és una bata de roba de tovallola que ens posem en sortir del bany o de la dutxa. No té botons i es corda amb un cinturó.

baró barons

nom masculí Amb B — **1** Un baró és un home que té un títol de noblesa per sota del de vescomte.
2 Home que ja ha arribat a l'edat adulta.
3 Un **sant baró** és un home bo, que és respectat per la gent.
baronia

baròmetre baròmetres

nom masculí — Un baròmetre és un aparell per a mesurar la pressió atmosfèrica.

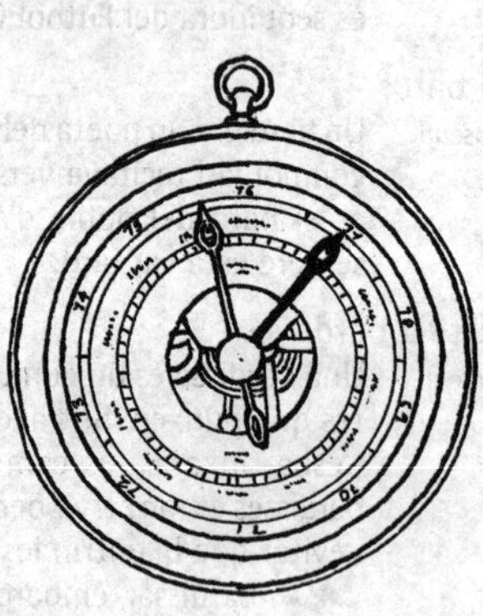

Un baròmetre

baronessa baronesses

nom femení — **1** Una baronessa és una dona que té un títol de noblesa per sota del de vescomtessa.
2 Esposa d'un baró.

barquer barquera barquers barqueres

nom masculí i femení — Persona que condueix una barca o que lloga barques a la gent.

1
barra barres

nom femení — **1** Una barra és un tros de ferro, de fusta o d'un altre material que és més llarg que ample. Per a penjar les cortines sovint es fan servir barres de metall o de fusta.
2 Banda o ratlla ampla que travessa una bandera. La bandera catalana té quatre barres vermelles.
3 Una barra de pa és una peça de pa de forma allargada.
barrat, barrada, embarrar

2
barra barres

nom femení — **1** La barra d'una persona o d'un animal és cada una de les dues mandíbules. Quan masteguem, la barra de dalt queda fixa i la de baix obre i tanca la boca.

frase feta — **2** Una persona **té barra** quan abusa dels altres i no té cap vergonya de fer o de dir coses que poden molestar o perjudicar.

barrabassada barrabassades

nom femení — Una barrabassada és una equivocació molt grossa, un disbarat.

barraca barraques

nom femení — **1** Una barraca és una construcció molt senzilla que es fa servir per a guardar-hi eines, per a refugiar-s'hi en cas de mal temps, per a estar-s'hi el vigilant d'unes obres, etc.
2 Casa petita i rústica amb la teulada molt punxeguda que hi ha sobretot a l'Horta del País Valencià. pàg. 596 (3)
3 Casa petita i molt pobra que hi ha a vegades en alguns barris dels afores de les ciutats grans.
barraquisme

barracó barracons

nom masculí — Un barracó és un edifici molt senzill, d'una sola planta, que es fa servir només durant un temps limitat. Mentre es fan obres en una escola, els alumnes poden seguir estudiant en barracons.

barral barrals

nom masculí — **1** Un barral és un recipient normalment de fusta per a portar vi, oli o qualsevol altre líquid.

frase feta — **2** **Ploure a bots i barrals** és ploure molt.
barralet, barraló

barranc barrancs

nom masculí — Un barranc és una excavació llarga i profunda feta en un terreny per les pluges. Les parets dels barrancs sovint són molt pendents i estan cobertes d'herbes i arbustos. Al fons dels barrancs hi sol haver un corrent d'aigua.
embarrancar

barrar

verb
com *cantar*
◄ pàg. 26

1 Posar darrere d'una porta o d'una finestra una barra de ferro o de fusta per a impedir que es puguin obrir des de fora. Al camp, els pagesos barraven les portes per a evitar que entressin lladres.

2 Posar un obstacle en un lloc per a impedir que la gent hi passi. Quan es crema un bosc, els bombers barren alguns camins.

frase feta — 3 **Barrar el pas** a algú és no deixar-lo passar.

barreja barreges

nom femení — Una barreja és la unió de diverses coses com si en fossin una de sola. També és la reunió de grups de coses diferents en un sol grup. Pots fer una barreja d'aigua i llet, o una barreja de fitxes blanques i negres.

barrejar

verb
com *cantar*
◄ pàg. 26
Amb G davant E, I

1 Unir coses diverses en una de sola, reunir grups de coses per a formar un sol grup. Hi ha coses que es barregen i es poden tornar a separar, com les cartes de la baralla; altres coses, en canvi, si es barregen, ja no es poden separar, com el cafè i la llet.

usat amb pronom — 2 **Barrejar-se** és ficar-se dins d'un grup de gent diferent. A l'antiga Roma, els amos no es barrejaven amb els esclaus.

barrera barreres

nom femení

1 Una barrera és una barra o una altra mena de tanca que es fa servir per a impedir el pas. Els passos a nivell es tanquen amb barreres que es fan baixar quan ha de passar un tren.

2 Qualsevol impediment natural o artificial que no deixa passar o no deixa fer una cosa. Una muntanya és una barrera natural.

3 Tipus de protecció que hi ha sovint a les vores de les carreteres per evitar que els cotxes caiguin en un precipici.

4 Grup de jugadors d'un equip de futbol que es posen davant de la pròpia porteria quan un contrari es disposa a llançar una falta.

barret barrets

nom masculí

1 Un barret és una peça de vestir que serveix per a cobrir-se el cap. Els barrets consten d'un casquet de forma i característiques diferents i d'una vora o ala tot al voltant.

2 Un **barret de copa** és rodó i alt i té la part de dalt plana. Els barrets de copa acostumen a ser negres i es consideren molt elegants.

frase feta — 3 Diem que **n'hi ha per a tirar el barret al foc** quan una cosa no ha sortit bé o quan tenim dificultats i ja estem cansats d'esforçar-nos.

barretet barretets

nom masculí — Pagellida.

barretina barretines

nom femení

1 Una barretina és una peça de vestir en forma de bossa allargada que es porta al cap. Havia estat molt usada pels pagesos i els pescadors catalans. La més comuna és de color vermell.

2 Colador de cuina fet de roba. Té forma d'embut i s'agafa amb un mànec.

barri barris

nom masculí

1 Un barri és una part d'una ciutat o d'un poble. Els barris tenen places, botigues, cinemes, mercats, etc.

2 Reixat que tanca un pati.

frase feta — 3 **Anar-se'n a l'altre barri** és morir-se.

barriada

barricada barricades

nom femení — Una barricada és un conjunt d'entrebancs diversos que es posen en un carrer o una carretera per a tallar el pas. Quan hi ha manifestacions al carrer, a vegades es fan barricades.

barril barrils

nom masculí

1 Un barril és una bóta petita. Sovint la cervesa es transporta i es distribueix en barrils.

2 Caixa rodona i plana de fusta per a transportar i vendre arengades.

embarrilar

barrila barriles

nom femení — Fer barrila és fer gresca i divertir-se.

barrim-barram

adverbi — Fer les coses barrim-barram és fer-les de manera desordenada, sense posar-hi atenció. *No et refiïs del Manel, sempre fa la feina barrim-barram.*

barrina barrines

nom femení

1 Una barrina és una eina que es fa servir per a fer forats. És com un clau llarg que acaba en una punta cargolada. Es fa girar amb un mànec que amb la punta fa una forma de T. pàg. 993 (26)

2 Un avió cau en barrina quan baixa ràpidament amb el morro cap a terra i giravoltant.

barrinada

barrinar

verb
com *cantar*
◄ pàg. 26

1 Trencar o rebentar una roca, una paret, etc., amb explosius posats dins d'uns forats que s'hi han fet. Quan es construeix una carretera es barrinen trossos de muntanya.

2 Es diu que una persona barrina quan rumia o pensa molt un tema. Els infants entremaliats sempre barrinen quina en faran.

barroc barroca barrocs barroques

adjectiu i nom masculí — **1** L'estil barroc és un estil artístic que hi va haver a Europa entre finals del segle XVI i principis del XVIII. En arquitectura, el barroc fa servir molts adornaments, sovint daurats.

adjectiu — **2** Es diu que una cosa és barroca quan és recargolada i massa complicada.

barroer barroera barroers barroeres

adjectiu i nom masculí i femení — **1** Una persona és barroera quan treballa malament i no deixa les feines ben acabades.

adjectiu — **2** Una feina barroera és una feina mal feta o mal acabada.

barroeria

barrot barrots

nom masculí — **1** Un barrot és una barra gruixuda i curta. A vegades, es posa un barrot de ferro darrere les finestres i les portes tancades per a evitar que es puguin obrir des de fora.

2 Cadascun dels pals o de les barres que hi ha en una finestra, en una barana o en una reixa. Les baranes d'alguns llitets de nens petits tenen barrots. Els graons de les escales de pintor també són anomenats *barrots*.

barrufet barrufeta barrufets barrufetes

nom masculí i femení — **1** Personatge molt popular d'un còmic. Els barrufets són de color blau, i al seu poble hi ha també una barrufeta.

nom masculí — **2** El barrufet és el dimoni en algunes rondalles infantils.

3 Follet, personatge entremaliat d'algunes llegendes i contes.

barrut barruda barruts barrudes

adjectiu — Una persona barruda és la que s'aprofita dels altres per interessos personals, que n'abusa. Els barruts no poden ser bons amics.

basa bases

nom femení — **1** En alguns jocs de cartes, una basa és el conjunt de les cartes jugades en una volta. Si hi ha tres jugadors, en una basa hi ha tres cartes; si n'hi ha quatre, quatre cartes.

2 Un jugador fa una basa quan la guanya. En alguns jocs guanya qui fa més bases.

basalt basalts

nom masculí — El basalt és una roca de color fosc que es forma quan la lava dels volcans es refreda. Es fa servir en construcció.

1
basar basars

nom masculí — **1** Un basar és una botiga on pots comprar coses diverses o productes determinats a bon preu, com rellotges, electrodomèstics, objectes de regal, etc.

2 Mercat públic dels països àrabs. Als basars es barregen tota mena d'objectes i de productes: vestits, estores, perfums, espècies, treballs d'artesania, menjar, etc.

2
basar

verb, com cantar ◄ pàg. 26 — **1** Posar una cosa sobre una base que l'aguanti. Basar un edifici en un terreny dèbil és perillós, ja que es pot ensorrar.

usat amb pronom — **2** **Basar-se** en una cosa és tenir-la com a argument, com a prova del que diem. Encara no sabem en què es basen algunes teories polítiques.

basarda basardes

nom femení — Una cosa fa basarda quan ens sembla que ens pot fer mal o que pot posar-nos en perill. La foscor de la nit, una tempesta, un lloc solitari fan basarda.

basc basca bascs basques

adjectiu. Amb B. També bascos — **1** Del País Basc. *El joc de pilota basca.*

nom masculí i femení — **2** Persona que és del País Basc o que hi viu.

nom masculí — **3** El basc és la llengua que es parla al País Basc.

basca basques

nom femení — **1** Una basca és una inquietud o angúnia.

2 Tenir basques és tenir nàusees, ganes de vomitar.

3 Tenir una basca o caure en basca és desmaiar-se.

basquejar

bàscula bàscules

nom femení — Una bàscula és un aparell per a pesar coses grosses o persones. Hi ha bàscules que es fan servir per a pesar camions carregats.

bascular

verb, com cantar ◄ pàg. 26 — Fer un moviment amunt i avall els dos extrems d'un objecte mentre el seu centre es manté fix.

base bases

nom femení. Amb E final — **1** Una base és qualsevol cosa que fa de suport d'una altra cosa. Els fonaments són la base d'un edifici.

2 La part de sota d'un mur, d'una torre, d'una columna o d'una estàtua és la seva base.

3 En química, una base és una substància que reacciona amb els àcids i dóna els compostos anomenats *sals*. Les bases retornen el color al paper de tornassol que ha estat canviat abans pels àcids.

4 En geometria, costat o cara d'una figura que es considera que és la part sobre la qual descansa aquesta figura.

5 La base d'una potència com 5^3 és el número de sota, que s'ha de multiplicar per

ell mateix tantes vegades com indica l'exponent per a obtenir la potència. Així $5^3 = 5 \times 5 \times 5$.
6 Conjunt dels edificis, del material i de les persones que hi ha en un lloc amb finalitats militars o científiques. A l'Antàrtida hi ha bases de diverses nacions. A Europa hi ha bases aèries nord-americanes.
7 Una **base de dades** és un programa informàtic que pot guardar una gran quantitat de dades, de manera organitzada i estructurada, i que permet que es puguin consultar fàcilment quan es necessitin.
nom masculí i femení **8** El o la base d'un equip de bàsquet és el jugador que organitza i dirigeix el joc de l'equip.

bàsic bàsica bàsics bàsiques
adjectiu Que és essencial o fonamental, que no pot faltar. Els elements bàsics d'un cotxe són el motor i les rodes. Un vocabulari bàsic recull les paraules més habituals d'una llengua.

basílica basíliques
nom femení **1** La basílica és una construcció del temps dels romans que consisteix en una gran sala rectangular amb columnes. Servia sovint de lloc de reunió.
2 Església gran i important que té el títol de basílica concedit pel papa, com Montserrat i la Mercè de Barcelona.

basilisc basiliscs
nom masculí También *basiliscos* **1** Un basilisc és un animal llegendari que té el cos com una serp, les potes de gall i la cua en forma de llança. Té també dues ales i escup foc per la boca.
2 Rèptil amb potes que viu a l'Amèrica tropical. Es mou molt de pressa i pot córrer sobre l'aigua.

bàsquet bàsquets
nom masculí El bàsquet és un esport que consisteix a introduir una pilota en una cistella penjada. Hi juguen dos equips de cinc jugadors.

bassa basses
nom femení **1** Una bassa és un dipòsit gran i obert per la part superior, que serveix per a recollir l'aigua de la pluja o d'una font.
frase feta **2** Diem que la mar o una altra cosa **està com una bassa d'oli** quan està molt tranquil·la.

bassal bassals
nom masculí Un bassal és una quantitat gran d'aigua escampada per terra. Quan plou es formen bassals al carrer.

bast basta basts bastes
adjectiu També *bastos* **1** Que és poc fi, poc delicat. Usem habitualment aquesta paraula per parlar de la roba, d'un aliment, d'una peça de fusta o de metall que no ha estat ben polida.
2 Una persona basta és poc educada, poc fina en el tracte.

bastaix bastaixos
nom masculí Un bastaix és una persona que té la feina de portar coses de pes a coll.

a bastament
locució que fa d'adverbi Si d'una cosa n'hi ha a bastament, n'hi ha en molta quantitat.

1
bastant bastants
adjectiu Que hi ha una quantitat o un nombre regular o suficient d'alguna cosa. Si tenim bastants llibres és que no en tenim gaires però tampoc no en tenim pocs. *Queden bastants cadires al menjador. -Que hi ha bastants cadires per a tots? -Sí, ja n'hi ha bastants.*

2
bastant
adverbi D'una manera suficient, força. *El Puigmal és una muntanya bastant alta.*

bastar
verb com *cantar* ◄ pàg. 26 **1** Haver-n'hi prou, d'alguna cosa. Per poder portar cotxe no basta saber-ne; s'ha de tenir també el carnet de conduir.
frase feta i verb usat amb pronom **2 Bastar-se a si mateix** és no necessitar l'ajut de ningú.

bastard bastarda bastards bastardes
adjectiu i nom masculí i femení Es deien fills bastards els que havien nascut d'un pare i d'una mare que no eren marit i muller. Els bastards dels reis no podien heretar la corona.

bastida bastides
nom femení Una bastida és una construcció provisional que munten els paletes o els pintors per poder treballar en llocs alts. Les bastides es fan amb tubs de ferro o amb taulons de fusta.

bastidor bastidors
nom masculí **1** Un bastidor és una estructura de fusta o de metall que aguanta alguna cosa. Les teles dels pintors s'aguanten amb un bastidor de fusta; la carrosseria d'un cotxe va muntada damunt d'un bastidor de metall molt fort.
2 Els bastidors són les teles o papers pintats que formen part d'un decorat de teatre. Es posen a dreta i esquerra de l'escenari.

bastiment bastiments

nom masculí — El bastiment d'una finestra o d'una porta és la part que va agafada fortament a la paret. En el bastiment es collen les frontisses que aguanten la porta o la finestra.

bastió bastions

nom masculí — Un bastió és una construcció de defensa. A les muralles sovint hi ha bastions en forma de torre.

bastir

verb
com *servir*
◄ pàg. 28
Diferent de *vestir*

Construir, edificar. Els egipcis van bastir les piràmides per a enterrar-hi els faraons. A l'edat mitjana es bastien grans catedrals.

bastó bastons

nom masculí — **1** Un bastó és un pal de fusta recte i rodó que es pot agafar amb la mà. Els bastons es fan servir sovint per a repenjar-s'hi caminant. Les persones grans acostumen a portar bastó.

2 Barreta de pa llarga i molt prima, sense molla.

3 Els jugadors de golf donen cops a la pilota amb el bastó de golf i els esquiadors es donen impuls amb els bastons d'esquí.

nom masculí plural — **4** Els bastons són una de les quatre sèries de cartes de la baralla. De manera informal, es diuen *bastos*.

bastonejar, bastoner

bastonada bastonades

nom femení — Una bastonada és un cop donat amb un bastó.

bastos

nom masculí plural — Manera informal de dir els bastons del joc de cartes.

bata bates

nom femení — Una bata és una peça de vestir amb mànigues que es fa servir per a treballar o per a estar per casa. Als hospitals, els metges acostumen a portar bates blanques.

de bat a bat

locució que fa d'adverbi — Obrir de bat a bat una porta o una finestra és obrir-les del tot.

batall batalls

nom masculí — El batall d'una campana és la peça que la fa sonar. Penja dins de la campana i va lligat amb una corda per a poder-lo moure. Les esquelles també tenen batall.

batalla batalles

nom femení — **1** Una batalla és una lluita entre dos exèrcits enemics. El camp de batalla és el lloc on es fa la batalla.

locució que fa d'adjectiu — **2** Un objecte és **de batalla** quan el fem servir cada dia i el tractem sense gaires miraments.

batallar

batalló batallons

nom masculí — Un batalló d'un exèrcit és un conjunt de soldats d'infanteria que reuneix diverses companyies.

batata batates

nom femení — Moniato.

batec batecs

nom masculí — Un batec és cada un dels moviments que fa el cor. Els batecs fan córrer la sang per dins de les artèries i les venes.

batedor batedora batedors batedores

adjectiu — **1** Que bat.

nom femení — **2** Una batedora és un aparell de cuina que serveix per a triturar i mesclar els aliments.

3 Màquina de batre el blat i altres cereals.

bategar

verb
com *cantar*
◄ pàg. 26
Amb GU davant E, I

Fer el cor els moviments naturals de contracció i dilatació per a impulsar la sang. Si el cor d'una persona o d'un animal deixa de bategar, la persona o l'animal mor.

bateig bateigs

nom masculí
També *batejos*

El bateig és la cerimònia de celebració del baptisme. Després del bateig d'un infant, s'acostuma a fer una festa i es reparteixen bosses de confits.

batejar

verb
com *cantar*
◄ pàg. 26
Amb G davant E, I

1 Batejar una persona és fer que sigui cristiana. Quan es bateja algú se li tira aigua al cap i es diuen unes paraules.

2 Aigualir, tirar aigua al vi o a la llet. El vi batejat és molt fluix.

batent batents

adjectiu — **1** Que bat, que va topant contra alguna cosa. Una porta batent té una molla i es tanca tota sola.

nom masculí — **2** Un batent és cadascuna de les fulles d'una porta o d'una finestra.

bateria bateries

nom femení — **1** Una bateria és un grup de màquines que treballen juntes, de llums que s'encenen tots alhora o d'armes que disparen al mateix temps.

2 La bateria d'un cotxe és la part del motor que fa l'electricitat necessària per a fer-lo anar i per a encendre els llums. Si la bateria es descarrega del tot, el cotxe no s'engega.

3 Conjunt de tambors, platerets i altres instruments de percussió que toca un sol músic.

Una bateria

4 Una **bateria de cuina** és un conjunt de pots i olles per a cuinar.

locució que fa d'adverbi — 5 Aparcar **en bateria** és posar les motos o els cotxes l'un al costat de l'altre i no l'un darrere l'altre.

batí batins

nom masculí — Un batí és una bata curta que se cenyeix a la cintura amb un cordó. La gent es posa batí quan és a casa.

batibull batibulls

nom masculí — Un batibull és un gran desordre, una situació amb molts crits i soroll.

batiscaf batiscafs

nom masculí — Un batiscaf és un tipus de submarí que pot baixar a profunditats molt grans. Amb els batiscafs es fan exploracions submarines.

batista batistes

nom femení — La batista és un teixit de lli o de cotó, blanc i molt fi. Amb batista es fa roba interior i de nen petit.

batlle batllessa batlles batllesses

nom masculí i femení — Alcalde.

batraci batracis

nom masculí — Un batraci és un tipus d'animal amfibi. Una granota o un gripau, per exemple, són batracis.

batre

verb
com *perdre*
◄ pàg. 27

1 Separar els grans dels cereals de la palla o bé les llavors dels llegums de la beina. Abans els pagesos batien el blat, les mongetes o els cigrons a l'era. També es baten les olives, les ametlles, les nous, etc., a cops de bastó per a fer-les caure de l'arbre.

2 Batre ous és remenar-los ben fort amb una forquilla. També es baten la nata i altres aliments.

3 Topar una cosa que es mou contra un obstacle. Quan fa vent, les portes baten i fan soroll.

frase feta — 4 **Batre un rècord** en un esport és obtenir un resultat més bo que el millor que s'havia fet abans.

batuda batudes

nom femení — 1 Una batuda és el fet de batre.

2 Conjunt de feines per a batre els cereals. Quan la batuda és feta, s'ha separat el blat de la palla.

3 Donar una batuda a algú és apallissar-lo.

4 Fet de córrer els caçadors pel bosc a fi

La bateria d'un cotxe

A B C D E F G H I J K L M N O P Q R S T U V W X Y Z

que els animals surtin dels seus amagatalls.
5 La policia fa una batuda quan ressegueix un barri o una zona i agafa els delinqüents que troba.

batussa batusses
nom femení — Una batussa és una baralla o una discussió forta. Als camps de futbol, a vegades hi ha batusses entre els aficionats d'un o altre equip.
esbatussar-se

batut batuts
nom masculí — Un batut és una beguda refrescant feta normalment amb llet i fruita o xocolata. Els batuts es fan en una batedora.

batuta batutes
nom femení — Una batuta és una vareta prima i allargada que fa servir el director d'una orquestra per a marcar el ritme i guiar els músics. Amb la batuta, els músics entenen millor els gestos del director. pàgs. 394-395 (5)

batxillerat batxillerats
nom masculí — El batxillerat és un cicle d'estudis que se segueix després d'haver acabat l'ensenyament obligatori. Prepara per als estudis universitaris. Tenir el batxillerat és haver fet aquests estudis.
batxiller

batzegada batzegades
nom femení — Una batzegada és un cop sobtat i violent que ens fa moure i canviar de posició. Si un autobús frena en sec, la batzegada fa caure els passatgers.

baula baules
nom femení — **1** Una baula és cada una de les anelles d'una cadena.

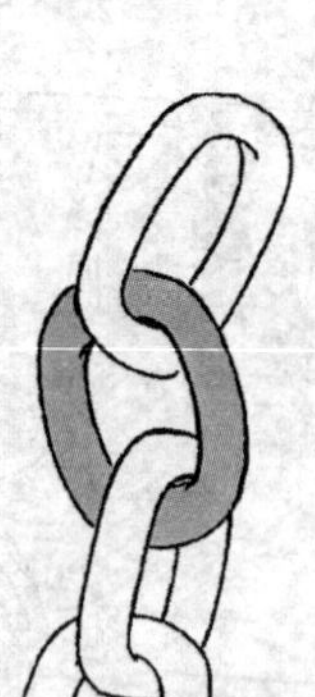

Una baula

2 Anella grossa de ferro que serveix per a picar a la porta d'una casa. També se'n diu *baula* de l'anella que serveix per a estirar la porta i tancar-la.

bauxita bauxites
nom femení — La bauxita és una roca formada per compostos d'alumini. De la bauxita roja es treu l'alumini i amb la bauxita blanca es fan ciments i altres productes industrials. Les bauxites contenen també ferro.

bava baves
nom femení, Amb V — **1** La bava és la saliva abundant que cau de la boca. Els nens petits acostumen a fer moltes baves.
2 La bava d'un cargol o d'un llimac és el líquid espès i blanquinós que deixen sobre el terra quan es mouen.
frase feta — **3** Diem que a algú **li cau la bava** quan està molt satisfet amb alguna cosa. A les àvies i als avis els cau la bava quan veuen els néts.
4 Una persona **té mala bava** quan es comporta amb dolenteria.
baveig, bavejar, bavós, bavosa

bazuca bazuques
nom masculí — Un bazuca és una arma portàtil que llança projectils explosius. Els bazuques es fan servir principalment contra els tancs.

1
be bes
nom femení — Nom de la lletra *b*, *B*.

2
be bens
nom masculí, Sense accent gràfic — Un be és una ovella, mascle o femella.

Un be

1
bé béns
nom masculí, Amb accent gràfic — **1** Un bé és qualsevol cosa que dóna a una persona felicitat, satisfacció o benestar. La pau i la bona amistat són béns estimats per tothom.
2 Un bé és una nota d'estudis que està per sobre de l'aprovat i per sota del notable.
3 Els béns d'una persona són els diners, les cases, els mobles, etc., que té.
locució que fa de determinant — **4** Quan hi ha **un bé de Déu** d'alguna cosa és que n'hi ha molta quantitat.

2
bé

adverbi — Es diu *ben* al davant d'adjectius, adverbis i formes verbals.
1 Tal com es pot desitjar, amb satisfacció, feliçment. *Em trobo bé. Hi estic molt bé, en aquesta casa. Una feina ben acabada.*
2 De bona manera, rectament, de manera conforme al deure. *Un vestit molt ben cosit. Els nens s'han portat bé.*
3 En alt grau, en una mesura considerable. *És ben llarga, aquesta carretera.*
4 Davant d'una forma verbal. Del tot, completament. *L'han ben enganyat. S'ha ben cregut que vindrà amb nosaltres.*

locució que fa d'adverbi — **5** **Ben bé** vol dir del tot, sense faltar-hi res, sense por d'exagerar. *Era ben bé com el seu pare. Ja fa ben bé dos mesos de l'accident. Hi caben ben bé trenta cotxes.*

frase feta — **6** **Anar bé** és anar pel bon camí. *Anem bé per arribar al riu?*
7 Diem que una cosa **ve bé** si és oportuna, convenient, si s'ajusta al que volem o necessitem. Quan tenim calor i set, sempre ens ve bé un refresc.

3
bé

interjecció — Paraula que indica que s'està d'acord amb alguna cosa que un altre ha fet, que s'ha entès el que ens han dit: *Bé!, molt bé!, el nostre equip ha jugat de meravella.*
També s'usa per a començar a parlar: *Bé, ens veurem demà a l'escola.*
A vegades es repeteix en frases com:
• *Bé, bé, ja li telefonaré després.*

beat beata beats beates

nom masculí i femení — **1** Persona ja morta que l'Església catòlica considera que ha dut una vida cristiana exemplar i que ha arribat a la glòria del Cel. Molts beats després són declarats sants.
2 Persona que té molta devoció, que va molt a l'església.
beatífic, beatificar, beatitud

bebè bebès

nom masculí — Un bebè és un nen o una nena petits.

bec becs

nom masculí — **1** El bec dels ocells és la part exterior de la boca que és dura i serveix per a picar i per a agafar els aliments. Sovint el bec és punxegut.
2 Part final dura de la boca d'altres animals com la balena i la tortuga.
3 Part de la flauta dolça on el músic posa els llavis per tocar.
4 Part sortint que hi ha a la vora d'una gerra per a poder abocar-ne el contingut sense que vessi.

beca beques

nom femení — Una beca és una quantitat de diners que un col·legi o una altra institució dóna a un estudiant per a pagar-li els estudis.
becar, becari, becària

becada becades

nom femení — Una becada és un ocell marró i groc, d'uns 35 centímetres, que té el bec molt llarg i prim. Alguns restaurants fan receptes molt refinades amb becada.

becaina becaines

nom femení — Una becaina és una dormida curta. Després de dinar, es pot fer una becaina.

becaire becaires

nom masculí — Un becaire és un signe que es posa davant d'una nota musical per a anul·lar l'efecte d'un bemoll o d'un sostingut.

Un becaire

beceroles

nom femení plural — **1** Les beceroles d'una ciència o d'un art són els coneixements més senzills i elementals.
2 Llibre per a aprendre a llegir. Normalment les beceroles tenen una lliçó per a cada lletra de l'abecedari.

bedoll bedolls

nom masculí — Un bedoll és un arbre alt que té l'escorça de color blanquinós. Es fa en llocs de muntanya.

beduí beduïna beduïns beduïnes

adjectiu — **1** Dels beduïns.

nom masculí i femení — **2** Persona nòmada que viu en zones desèrtiques de Palestina i de l'Àfrica del Nord.

befa befes

nom femení — Una befa és una burla que es fa d'algú. Hi ha persones mal educades que sempre fan befa dels defectes dels altres.

begònia begònies

nom femení — Una begònia és una planta de fulles arrodonides de color verd fosc molt lluent. Fa unes flors petites amb molts pètals, de color blanc, rosa o vermellós. Quan floreixen, les begònies fan moltes flors.

beguda begudes

nom femení — **1** Una beguda és qualsevol líquid que podem beure. La cola és una beguda refrescant; la llet és una beguda que alimenta.
2 La beguda és el fet de prendre begudes

alcohòliques contínuament. Hi ha persones que tenen molts problemes per culpa de la beguda.

begut beguda beguts begudes

adjectiu — Una persona està beguda quan ha pres massa begudes alcohòliques i s'ha emborratxat.

beina beines

nom femení
Sense dièresi — **1** La beina d'una espasa, d'un punyal, d'un ganivet o d'unes tisores és la funda on es guarden perquè no tallin o punxin. També es diu *beina* la funda d'un paraigua o d'una escopeta.

2 La beina d'un cartutx és la part on hi ha la càrrega explosiva que fa sortir la bala.

3 La beina d'una fulla d'algunes plantes és un eixamplament del pecíol en el lloc on aquest s'uneix amb la tija. La beina envolta i recobreix un tros de la tija.

embeinar

beisbol beisbols

nom masculí — El beisbol és un joc entre dos equips que es juga amb una pilota i uns bastons que es diuen *bats*. Guanya l'equip que fa més voltes per uns indrets marcats del camp, les bases, mentre que l'equip que recull intenta agafar la pilota que un jugador de l'equip que corre ha llançat amb el bat.

beix beixos

adjectiu i nom masculí — Que és de color gris groguenc. El beix és un color que combina bé amb els altres.

beixamel beixamels

nom femení — La beixamel és la salsa blanca feta de mantega, farina i llet que es posa per damunt dels canelons i d'alguns altres menjars.

bel bels

nom masculí — Un bel és un crit de l'ovella o de la cabra.

belar

verb
com *cantar*
◄ pàg. 26 — Fer el seu crit l'ovella o la cabra.

belga belgues

adjectiu — **1** De Bèlgica. *La cervesa belga.*

nom masculí i femení — **2** Persona que és de Bèlgica o que hi viu.

bell bella bells belles

adjectiu
Diferent de *vell* — **1** Que és molt bonic, que és ple de bellesa.

2 Diem que algú és una bel·líssima persona quan és molt bo.

locució que fa d'adverbi — **3** Trobar-se **al bell mig** d'un lloc és trobar-s'hi realment al mig. *Va ensopegar i va anar a parar al bell mig de la plaça.*

embellir

bellesa belleses

nom femení
Diferent de *vellesa* — La bellesa d'una persona o d'una cosa és el conjunt de qualitats i de gràcies que la fan agradable i estimable.

bèl·lic bèl·lica bèl·lics bèl·liques

adjectiu — De la guerra. La història és plena de conflictes bèl·lics.

bel·licista, bel·licós, bel·licosa

bel·ligerant bel·ligerants

adjectiu i nom masculí — Que està en guerra. En una guerra, els bel·ligerants són els països que hi participen.

bel·ligerància

bellugar

verb
com *cantar*
◄ pàg. 26
Amb GU davant E, I — **1** Fer moure una cosa i especialment una part del cos, desplaçant-la. Quan fem gimnàstica bellugem molt els braços i les cames.

usat amb pronom — **2 Bellugar-se** és moure's, passar d'un lloc a un altre, no estar quiet. Quan fa vent les fulles dels arbres es belluguen. També diem que a algú se li belluga un queixal, que un clau que no està ben fixat es belluga i que els peixos acabats de pescar encara es belluguen.

bellugadís, bellugadissa, bellugueig

belluguet belluguets

nom masculí — Un belluguet és una persona que es mou contínuament i no sap estar quieta enlloc.

bemoll bemolls

nom masculí i adjectiu — Un bemoll és un signe que es posa davant d'una nota musical per fer que soni un semitò per sota del seu so natural. Un si bemoll és un si afectat per un bemoll.

Un bemoll

ben

adverbi — És la forma de l'adverbi *bé* quan va davant d'un altre adverbi, d'un adjectiu o d'un verb. *Ha arribat ben tard. Un dia ben bonic. Una feina ben acabada.*

bena benes

nom femení
Amb B
Diferent de *vena* — **1** Una bena és una tira de drap que es fa servir per a tapar ferides o per a embolicar alguna part del cos. Les cames i els braços trencats s'emboliquen amb benes i guix per a evitar que es belluguin.

frase feta — **2 Tenir una bena als ulls** és no veure el que passa, viure enganyat.

embenar

benastrugança benastrugances
nom femení — Tenir benastrugança és tenir bona sort.

benaurança benaurances
nom femení — 1 La benaurança és un estat de felicitat completa.
2 Les benaurances són unes frases de Jesús que comencen per la paraula *benaurats*.
benaurat, benaurada

benaventurança benaventurances
nom femení — Benaurança.
benaventurat, benaventurada

benedicció benediccions
nom femení — 1 La benedicció d'una persona o d'una cosa és el fet de beneir-la. El diumenge de Rams es fa la benedicció de les palmes i els palmons.
2 Diem que una cosa és una benedicció quan és molt favorable, quan ens ajuda molt. La pluja és una benedicció quan els camps estan molt secs.

benedictí benedictina benedictins benedictines
adjectiu — 1 Que està relacionat amb sant Benet o amb els benedictins i les benedictines.
nom masculí i femení — 2 Monjo o monja que viu segons els ensenyaments de sant Benet. Els monjos de Montserrat són benedictins.

benefactor benefactora benefactors benefactores
nom masculí i femení — Persona que ajuda els altres o que dóna diners a un hospital, un asil, un convent. Els descobridors dels antibiòtics són benefactors de la humanitat.

beneficència beneficències
nom femení — Una persona o una associació fa beneficència quan ajuda les persones necessitades amb diners, roba o aliments.
benèfic

benefici beneficis
nom masculí — 1 El benefici d'un negoci és la quantitat de diners que guanyen els propietaris després d'haver pagat tots els costos. Quan una empresa guanya molts diners diem que ha obtingut un benefici molt alt.
2 Un benefici és un favor o un bé que rebem. Sempre rebem beneficis dels bons amics.
beneficiar, beneficiari, beneficiària

beneficiós beneficiosa beneficiosos beneficioses
adjectiu — Que dóna beneficis, que és bo i útil. Caminar és beneficiós per a la salut.

beneir
verb com *reduir* ◄ pàg. 39 Amb dièresi — Dir unes paraules i fer uns gestos especials demanant que Déu protegeixi una persona o una cosa. A l'església, el sacerdot beneeix els fidels amb el senyal de la creu.

beneit beneita beneits beneites
adjectiu i nom masculí i femení — 1 Ximple, babau.
adjectiu — 2 **L'aigua beneita** és l'aigua beneïda.
beneiteria

beneït beneïda beneïts beneïdes
adjectiu — Que s'ha beneït. L'aigua beneïda es posa en unes piques a l'entrada de les esglésies.
beneitera

amb el benentès que
locució que fa de conjunció — Amb la condició que. *Vindré de viatge amb el benentès que hagi acabat la feina; si no l'acabo, no podré venir.*

beneplàcit beneplàcits
nom masculí — El beneplàcit és el permís o el consentiment que dóna la persona que mana a qui l'obeeix. Abans els fills no es casaven sense el beneplàcit dels pares.

benestant benestants
adjectiu — Que viu bé, amb comoditats, amb els diners suficients. Les classes benestants barcelonines van anar a viure a l'Eixample.

benestar benestars
nom masculí — El benestar és la situació de la persona que es troba bé i té tot el que necessita.

benèvol benèvola benèvols benèvoles
adjectiu — Que té bona voluntat respecte a algú. Un jutge benèvol vol que els acusats no siguin culpables i, si ho són, que rebin càstigs suaus.
benevolència

bengala bengales
nom femení — 1 Una bengala és un foc artificial que es dispara amb coets o pistoles, i es fa servir per a senyalitzar o il·luminar durant la nit, per exemple quan es busquen els supervivents d'un accident.
2 Bastonet que té la part de dalt sucada amb un producte que, un cop encès, fa llum i guspires. Per Sant Joan es tiren petards i s'encenen bengales.

benigne benigna benignes
adjectiu — 1 Que acostuma a perdonar, que és molt benèvol. Hi ha pares que són benignes amb els fills i d'altres que són més severs.
2 Un clima benigne o una temperatura benigna és suau, ni fa molt fred ni molta calor.
3 Un tumor benigne no és perillós, es pot operar sense problemes i no causa la mort.
benignitat

benjamí benjamina benjamins benjamines
nom masculí i femení — Fill més petit d'una família i el preferit dels pares.

benparlat benparlada benparlats benparlades
adjectiu
Amb NP
Que parla amb educació, sense paraules grolleres.

benpensant benpensants
adjectiu i nom masculí i femení
Amb NP
Que té seny, que pensa com la majoria de la gent. Una persona benpensant no entén que algú cremi els boscos.

benvinguda benvingudes
nom femení
La benvinguda és el fet de rebre algú que arriba. Donem la benvinguda a una persona quan li diem que estem contents de la seva arribada.

benvingut benvinguda benvinguts benvingudes
adjectiu
1 Una persona és benvinguda quan ens agrada que vingui a veure'ns, quan ens alegra veure-la.
2 Una cosa és benvinguda quan arriba a temps i és beneficiosa. En temps de sequera, la pluja és benvinguda.

benvist benvista benvists benvistes
adjectiu
També *benvistos*
Que té bona fama, que és estimat o estimada per la gent.
malvist

benvolent benvolents
adjectiu
Benèvol.
benvolença

benvolgut benvolguda benvolguts benvolgudes
adjectiu
Que és estimat. Podem començar una carta dient: *Benvolgut amic*, o *Benvolguda Teresa.*

benzina benzines
nom femení
Gasolina.
benzinera

benzinera benzineres
nom femení
Gasolinera.

berbena berbenes
nom femení
Una berbena és una planta que fa entre 60 i 80 centímetres d'alçària, de flors petites de color lila, agrupades en forma de raïm. Té propietats medicinals i antigament es creia que podia despertar l'amor d'una persona. Es recollia en dies especials, sobretot durant la nit de Sant Joan.

1
berenar berenars
nom masculí
El berenar és l'àpat que fem a mitja tarda entre el dinar i el sopar. El pa amb xocolata és un bon berenar.
berena, berenada

2
berenar
verb
com *cantar*
◄ pàg. 26
Menjar el berenar. Algunes persones, si berenen, ja no sopen.

bergant berganta bergants bergantes
nom masculí i femení
Persona que és dolenta, que fa malifetes. Els pirates eren uns bons bergants.

bergantí bergantins
nom masculí
Un bergantí és un vaixell que té dos pals amb veles de forma quadrada.

Un bergantí

berguedà berguedana berguedans berguedanes
adjectiu
1 Del Berguedà o de Berga. *La màquina de filar berguedana.*
nom masculí i femení
2 Persona que és del Berguedà o de Berga o que hi viu.

beril·li beril·lis
nom masculí
El beril·li és un element metàl·lic dur, brillant, de color gris clar que es fa servir molt per a obtenir aliatges amb coure i amb níquel. El seu símbol és: Be.

berlina berlines
nom femení
1 Una berlina és un cotxe de cavalls tancat, amb quatre rodes.
2 Automòbil amb quatre portes.

berlinès berlinesa berlinesos berlineses
adjectiu
1 De Berlín. *La indústria berlinesa.*
nom masculí i femení
2 Persona que és de Berlín o que hi viu.

bermudes
nom femení plural
Unes bermudes són uns pantalons que arriben fins a sobre del genoll. Es porten a l'estiu.

bernat bernats
nom masculí
1 Paraula que forma part del nom d'alguns animals.
2 Un **bernat pescaire** és un ocell gris que es troba a la vora dels rius a la tardor i a l'hivern.
3 Un **bernat pudent** és un insecte verdós i més gros que una mosca que fa una olor molt forta.
4 Un **bernat ermità** és un cranc que també es diu *ermità.*

berruga berrugues
nom femení
Amb B
Una berruga és una taca que es fa a la pell. A vegades té forma de bony. A l'escorça

i a les fulles dels arbres també s'hi formen berrugues.

bes besos
nom masculí — Petó.

besada besades
nom femení — Bes, petó.

besamans besamans
nom masculí — Fer un besamans és besar les mans d'una persona en senyal de respecte i d'obediència. Actualment, encara es fa besamans a les reines.

besar
verb com *cantar* ◄ pàg. 26 — Fer un bes o petó. Als casaments, és costum que tothom besi la núvia.

besavi besàvia besavis besàvies
nom masculí i femení — Els besavis d'algú són els pares dels seus avis.

bescantar
verb com *cantar* ◄ pàg. 26 — Parlar malament d'una persona o d'una cosa. És una acció molt lletja bescantar els amics.

bescoll bescolls
nom masculí — El bescoll és la part del darrere del coll, el clatell.

bescuit bescuits
nom masculí — **1** Un bescuit és un gelat d'ous, sucre i nata que no té cap altre gust.
2 Pasta feta amb farina, ous i sucre, com el pa de pessic.

besnét besnéta besnéts besnétes
nom masculí i femení — Els besnéts d'algú són els fills dels seus néts.

bessó bessona bessons bessones
adjectiu i nom masculí i femení — **1** Són bessons els germans o les germanes que han nascut en un mateix part. Normalment, els bessons s'assemblen entre ells.
adjectiu — **2** Alguns fruits que surten enganxats de dos en dos o alguns òrgans o aparells que treballen junts també s'anomenen *bessons*. Dos plàtans bessons tenen una sola pell.
nom masculí — **3** Els bessons són els dos músculs iguals que hi ha al panxell de la cama. pàg. 800 ⑲
nom masculí plural — **4** El signe de bessons és el tercer del zodíac; és el signe de les persones nascudes entre el 21 de maig i el 21 de juny.

bessonada bessonades
nom femení — Tenir una bessonada és tenir dos o més fills en un sol embaràs o part.

bèstia bèsties
nom femení — **1** Una bèstia és un animal.
2 Diem que una persona és una mala bèstia quan és molt dolenta i fa mal als altres.
nom masculí i femení — **3** Un o una bèstia és una persona que tracta malament els altres.
adjectiu — **4** Que fa ximpleries.
bestialitat, bestiari

bestial bestials
adjectiu — Que es comporta com una bèstia salvatge. També es diu que una cosa és bestial quan és extraordinària.

bestiar bestiars
nom masculí — El bestiar és el conjunt de bèsties d'una mateixa classe o bé totes les bèsties d'una casa de pagès, d'una granja, d'un ramat. Hi ha persones que es dediquen a la cria de bestiar.

bestiesa bestieses
nom femení — Una bestiesa és una paraula o una acció poc sensata. També és una cosa banal.

bestiola bestioles
nom femení — Una bestiola és una bèstia petita. Els ratolins de camp i els insectes són bestioles.

bestreta bestretes
nom femení — **1** Una bestreta és una quantitat de diners que s'ha anticipat. Si un treballador demana una bestreta del sou, no vol esperar per a cobrar el dia que toca.
locució que fa d'adverbi — **2** Pagar **a la bestreta** és pagar per endavant, abans de rebre res a canvi.
bestreure

best-seller best-sellers
nom masculí — Un best-seller és un llibre que compra molta gent, el que més s'ha venut durant un temps. És una paraula anglesa.

besuc besucs
nom masculí — Un besuc és un peix que té el cos oblong, el cap gros i els ulls també grossos de color rosat. És de color blanc platejat i rosat i fa uns 45 centímetres de llargada. S'acostuma a menjar fet al forn.

beta betes
nom femení — Nom de la segona lletra de l'alfabet grec β, B. Precisament, començava per les lletres alfa i beta, d'aquí ve el nom d'*alfabet*.

betum betums
nom masculí — **1** El betum és la crema o pasta per a netejar i enllustrar les sabates.
2 Substància química que forma part de l'asfalt de les carreteres.
embetumar

beuratge beuratges
nom masculí — **1** Poció.
2 Un beuratge és una beguda desagradable.

A **B** C D E F G H I J K L M N O P Q R S T U V W X Y Z

beure

verb ◄ pàg. 29 — Amb B Diferent de *veure*
1 Posar-se un líquid a la boca i empassar-se'l. Els animals necessiten beure aigua.
2 Consumir moltes begudes alcohòliques. Les persones que beuen arriba un dia que es posen molt malaltes.

usat amb pronom
3 **Beure's** un got de llet, una tassa de cafè, una copa de xampany, etc., és empassar-se la beguda que contenen.

abeurar

bevedor bevedora bevedors bevedores

adjectiu i nom masculí i femení
Que beu molt, especialment begudes alcohòliques.

biaix biaixos

nom masculí
1 El biaix d'una cosa és la direcció obliqua, en diagonal, que té o que pren. El biaix de la torre de Pisa és cada vegada més gran.

locució que fa d'adverbi
2 **De biaix** o **al biaix** és en diagonal. *Si llesqueu l'embotit de biaix, els talls sortiran més llargs.*

esbiaixar

bianual bianuals

adjectiu
Que es fa o que passa dues vegades l'any. Una planta amb floració bianual fa flors dos cops per any.

biberó biberons

nom masculí
Un biberó és una ampolla especial per a donar llet als nens petits. Porta una goma que sembla el mugró del pit de la mare.

bibliòfil bibliòfila bibliòfils bibliòfiles

nom masculí i femení
Persona que és molt aficionada als llibres, sobretot als que són valuosos i difícils de trobar. Als bibliòfils els agrada anar a les llibreries.

bibliografia bibliografies

nom femení
Una bibliografia és una llista de llibres i d'altres publicacions que tracten d'un tema determinat. Quan presentem un treball per escrit, hi posem la bibliografia, és a dir, els llibres que hem consultat.

bibliògraf, bibliogràfic

biblioteca biblioteques

nom femení
Una biblioteca és un lloc on hi ha llibres ben ordenats i col·locats a fi que la gent els pugui consultar o llegir. Algunes persones tenen biblioteques molt grans. Les biblioteques públiques et permeten consultar llibres que no tens a casa. pàgs. 998-999 (1)

bibliotecari bibliotecària bibliotecaris bibliotecàries

nom masculí i femení
Persona que s'encarrega d'una biblioteca.

bicarbonat bicarbonats

nom masculí
En química, un bicarbonat és una sal formada per l'àcid carbònic i un metall que ha substituït un dels hidrògens d'aquell. El bicarbonat que a vegades es pren quan es té una mala digestió o que es posa a l'aigua per a estovar els llegums és el de sodi, de fórmula $NaHCo_3$.

bíceps bíceps

nom masculí
1 El bíceps és un múscul que té dos tendons per a unir-se a l'os. Quan a algú se li noten molt els bíceps dels braços es diu que fa bola. pàg. 800 (12)
2 El **bíceps crural** és un múscul llarg que hi ha a la part del darrere de la cuixa. pàg. 800 (18)

bici bicis

nom femení
Forma abreujada de *bicicleta*.

bicicleta bicicletes

nom femení — També *bici*
Una bicicleta és un vehicle de dues o tres rodes que es fa córrer fent girar uns pedals. A les bicicletes petites, els pedals mouen directament la roda; a les bicicletes grans, els pedals mouen les rodes a través d'una cadena.

bicoca bicoques

nom femení
Diem informalment que una cosa és una bicoca quan es pot comprar pagant menys del que val o quan es pot tenir sense esforç. Si quan compres un bolígraf et regalen un televisor, has trobat una bicoca.

bidell bidella bidells bidelles

nom masculí i femení
El bidell o una bidella d'una escola o d'un centre és la persona que atén la porteria i fa encàrrecs.

bidet bidets

nom masculí
Un bidet és una mena de banyera petita que hi ha al bany per a rentar-se els genitals, el cul i els peus. pàgs. 594-595 (20)

bidó bidons

nom masculí
Un bidó és un recipient gros per a guardar o transportar líquids, especialment petroli i gasolina. Els bidons acostumen a ser de metall i de forma cilíndrica.

biela bieles

nom femení
Una biela és una barra metàl·lica molt forta que en algunes màquines transmet el moviment d'una peça a una altra. Les locomotores de vapor tenen bieles que mouen les rodes.

bielorús bielorussa bielorussos bielorusses

adjectiu
1 De Bielorússia. *La República bielorussa.*

nom masculí i femení
2 Persona que és de Bielorússia o que hi viu.

nom masculí
3 El bielorús és la llengua que es parla a Bielorússia.

bienni biennis

nom masculí
Amb NN

Un bienni és un espai de temps de dos anys.

biennal

bifurcació bifurcacions

nom femení

Hi ha una bifurcació en una carretera, en una via de tren o en el tronc d'un arbre quan es divideix en dos ramals o dues branques. Si no hi ha indicacions, en una bifurcació et pots equivocar de camí.

bifurcar-se

biga bigues

nom femení
Amb B

Una biga és una barra grossa de fusta o de ferro que es fa servir per a aguantar el sostre de les cases.

embigar

bigàmia bigàmies

nom femení

La bigàmia és el fet que algú estigui casat amb dues persones al mateix temps. La bigàmia és prohibida en molts països, com el nostre.

bígam

bigarrat bigarrada bigarrats bigarrades

adjectiu

Que té diferents colors mal combinats.

bigot bigots

nom masculí

Bigoti.

bigoti bigotis

nom masculí
També *bigot*

1 El bigoti és el conjunt de pèls que surten damunt del llavi de dalt. Al final del segle XIX els homes solien dur bigoti.

pàg. 793 ④

frase feta

2 Caure de bigotis és caure de cara cap a terra.

3 Llepar-s'hi els bigotis és trobar molt bo un menjar.

bigotut, bigotuda

bijuteria bijuteries

nom femení

Els objectes de bijuteria semblen joies i estan fets amb metalls que imiten la plata i l'or i amb vidres que semblen pedres precioses.

bilabial bilabials

adjectiu

1 Un so és bilabial quan es pronuncia amb els dos llavis en contacte. Són bilabials els sons consonàntics de les paraules *mà*, *pa* i *bombó*.

nom femení

2 Una bilabial és una lletra que representa un so bilabial.

bilingüe bilingües

adjectiu

Que és escrit en dues llengües o que coneix dues llengües. Moltes persones són bilingües.

bilingüisme bilingüismes

nom masculí

El bilingüisme és la característica del que és bilingüe.

bilió bilions

nom masculí

Un bilió és un milió de milions.

bilis bilis

nom femení

La bilis és un líquid de color groc verd i gust amargant que es fa al fetge. Intervé en la digestió dels aliments.

biliar

billar billars

nom masculí

El billar és un joc d'habilitat que es juga amb

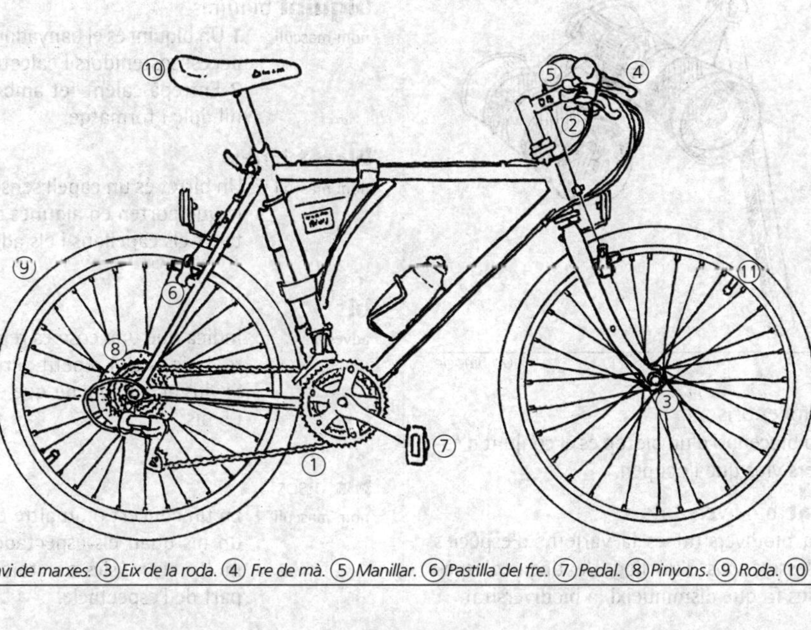

① Cadena. ② Canvi de marxes. ③ Eix de la roda. ④ Fre de mà. ⑤ Manillar. ⑥ Pastilla del fre. ⑦ Pedal. ⑧ Pinyons. ⑨ Roda. ⑩ Seient. ⑪ Vàlvula.

Una bicicleta

boles de colors i uns pals rodons i llargs anomenats *tacs*. Els tacs impulsen les boles i les fan xocar entre elles damunt d'una taula rectangular que té una barana baixa al voltant. pàg. 393 (1)
billarista

bimba bimbes
nom femení — Pilota. Es diu de manera informal.

bimensual bimensuals
adjectiu — Que es fa o que passa dues vegades al mes. Una revista bimensual surt cada quinze dies.

binari binària binaris binàries
adjectiu — Que té dos elements, dues parts.

bingo bingos
nom masculí — **1** El bingo és un joc de sort en què els jugadors tenen uns cartons amb números i els van marcant a mesura que canten els números d'unes boles que van sortint per atzar. Guanya qui aconsegueix tenir plens tots els números d'una línia o d'un cartó i diu: *Bingo!* Quan es juga a casa, aquest joc es diu de la plena, del quinto o de la quinta.
2 Local on es juga a aquest joc.

binocle binocles
nom masculí — Un binocle, o uns binocles, és una mena d'ulleres graduables muntades en un suport per a veure bé coses que són lluny. Al teatre, a vegades la gent usa binocles per a veure millor l'escenari.

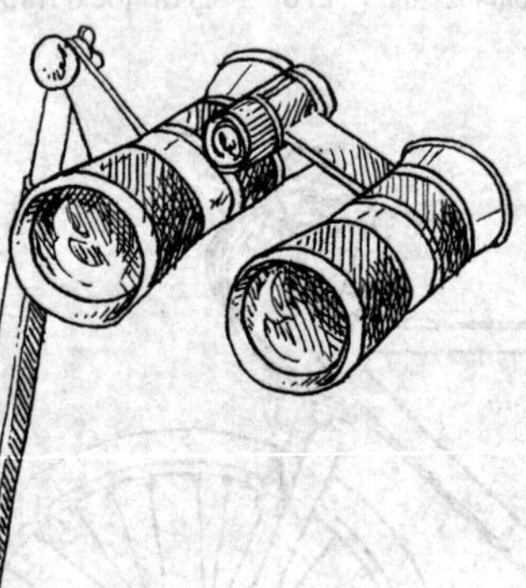

Un binocle

biocenosi biocenosis
nom femení — La biocenosi d'un biòtop és el conjunt d'éssers vius que l'ocupen.

biodiversitat biodiversitats
nom femení — La biodiversitat és la varietat d'espècies d'éssers vius d'un lloc. L'extinció d'espècies fa que disminueixi la biodiversitat.

biògraf biògrafa biògrafs biògrafes
nom masculí i femení — Persona que escriu la biografia d'algú.

biografia biografies
nom femení — Una biografia és un llibre o un escrit que explica la vida d'una persona.
biogràfic

biologia biologies
nom femení — La biologia és la ciència que estudia els éssers vius.
biòleg, biòloga, biològic

biòpsia biòpsies
nom femení — Una biòpsia és un examen que fa un metge d'un petit fragment de carn o de pell d'una persona. Amb les biòpsies es pot saber, per exemple, si hi ha un càncer.

biosfera biosferes
nom femení — La biosfera és la part de la Terra on hi ha els éssers vius. És formada per la superfície del planeta, les aigües dels llacs, dels rius i dels mars i per part de l'atmosfera.

biòtop biòtops
nom masculí — Un biòtop és un lloc ocupat per un conjunt d'animals i de plantes que hi viuen de manera permanent i depenen els uns dels altres.

bipartidisme bipartidismes
nom masculí — El bipartidisme és el sistema polític dels països on només hi ha dos partits o on gairebé tothom vota dos grans partits.

bípede bípeda bípedes
adjectiu — Que camina sobre dos peus. L'ésser humà és un animal bípede.

biquini biquinis
nom masculí — **1** Un biquini és el banyador femení de dues peces: sostenidors i calcetes.
2 Entrepà calent fet amb pa anglès, pernil dolç i formatge.

birret birrets
nom masculí — Un birret és un capell sense ala i amb borla que porten en algunes ocasions importants els capellans i els advocats.

1 bis
adverbi — Indica que una cosa és repetida. El número 4 bis és el 4 repetit per segona vegada. Si vius al 5 bis vol dir que el teu carrer té 5 i 5 bis.

2 bis bisos
nom masculí — En un concert o un altre espectacle, es fa un bis quan els espectadors aplaudeixen molt i els músics o actors repeteixen una part de l'espectacle.

bisbalenc bisbalenca bisbalencs bisbalenques

adjectiu — 1 De la Bisbal d'Empordà. *La terrissa bisbalenca.*

nom masculí i femení — 2 Persona que és de la Bisbal d'Empordà o que hi viu.

bisbat bisbats

nom masculí — Un bisbat és un territori on mana un bisbe.

bisbe bisbes

nom masculí — 1 Un bisbe és un capellà que ha rebut una consagració especial i està encarregat de dirigir els fidels i els capellans d'un territori. Els bisbes són els ajudants del papa de Roma per tot el món.

2 Mena de botifarra cuita, curta i gruixuda, feta amb un tros de budell gros.

frase feta — 3 Dues persones **fan un bisbe** quan diuen una mateixa paraula alhora.

bisectriu bisectrius

nom femení — En geometria, la bisectriu d'un angle és la semirecta amb origen al vèrtex de l'angle i que divideix l'angle en dues parts iguals. ✎ mediatriu

bisetmanal bisetmanals

adjectiu — Que es fa o que passa dos cops per setmana. Si la classe de llengua és els dilluns i els dimecres, és bisetmanal.

bisexual bisexuals

adjectiu i nom masculí i femení — 1 Hermafrodita.

2 Una persona bisexual sent atracció sexual cap als dos sexes. Als bisexuals els agraden tant els homes com les dones.

bisíl·lab bisíl·laba bisíl·labs bisíl·labes

adjectiu i nom masculí — Disíl·lab.

bismut bismuts

nom masculí — El bismut és un element metàl·lic d'un color blanc groguenc brillant, tirant a rosat, que es pot convertir fàcilment en pols i és molt mal conductor de la calor. Es fa servir per a obtenir alguns aliatges, en la indústria farmacèutica i en d'altres. El seu símbol és: Bi.

bisó bisons

nom masculí
Diferent de *visó* — Un bisó és un mamífer gros, semblant a un bou, que té un gep a l'esquena. Els indis nord-americans el caçaven.

bistec bistecs

nom masculí — Un bistec és un tall de carn per a fregir o fer a la planxa.

bisturí bisturís

nom masculí — Un bisturí és una mena de ganivet molt fi i tallant que fan servir els metges.

bíter bíters

nom masculí — Un bíter és una beguda alcohòlica de gust amarg i d'un color vermellós.

bitlla bitlles

nom femení — 1 Una bitlla és una peça de fusta més ampla de baix que de dalt. Les bitlles es fan servir per a jugar a un joc que consisteix a posar-les dretes formant un grup i fer-les caure llançant una bola. ✎ pàg. 997 ⑥

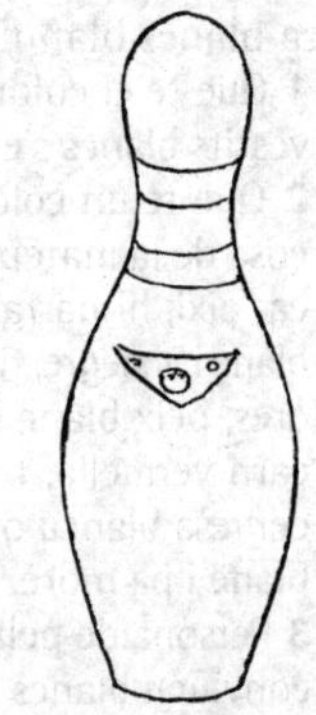

Una bitlla

2 Peça rodona on va enrotllat el fil en una màquina de teixir.

bitllet bitllets

nom masculí — 1 Un bitllet és un paper que es compra per poder viatjar en metro, en tren o en autobús.

2 Un bitllet de loteria és un paper que porta un número i ens permet de cobrar el premi si ha tocat aquest número en el sorteig.

3 Un bitllet de banc és un paper que té un valor determinat i serveix de diner.

bitllo-bitllo

adverbi
També *trinco-trinco* — Pagar bitllo-bitllo és pagar al comptat, de seguida. *Després de molts esforços, vaig pagar el cotxe bitllo-bitllo.*

bitxo bitxos

nom masculí — Un bitxo és una classe de pebrot petit, verd o vermell, que és molt picant. ✎ pàgs. 994-995 ㊷

bivac bivacs

nom masculí — Un bivac és un campament per a passar la nit al ras. Si fas bivac i es posa a ploure, segur que et mullaràs. bivaquejar

bixest bixests

adjectiu
També *bixestos* — Un any bixest és un any que té 366 dies. N'hi ha un cada quatre anys.

bizantí bizantina bizantins bizantines

adjectiu — 1 De Bizanci o de l'imperi bizantí.

2 Diem que una qüestió és bizantina quan

A B C D E F G H I J K L M N O P Q R S T U V W X Y Z

A B C D E F G H I J K L M N O P Q R S T U V W X Y Z

es tracta d'un tema de conversa o de discussió que no serveix per a res, que es perd en mil detalls sense importància.

nom masculí i femení — **3** Persona que era de Bizanci o de l'imperi bizantí o que hi vivia.

bla blana blans blanes

adjectiu — **1** Tou.
2 Suau.
ablanir, blanesa

blanc blanca blancs blanques

adjectiu — **1** Que té el color de la llet i de la neu. Els vestits blancs s'embruten molt.
2 Que té un color més clar que una altra cosa de la mateixa mena, però que és fosca; així, hi ha raïm blanc i raïm negre, vi blanc i vi negre, figues blanques i figues negres, peix blanc i peix blau, carn blanca i carn vermella, fusta blanca i fusta fosca, cervesa blanca o rossa i cervesa negra, pa blanc i pa morè.

nom masculí i femení — **3** Persona de pell blanca. En alguns països conviuen blancs i negres.

nom masculí — **4** El blanc és el color de la neu.
5 Punt que es vol tocar quan es dispara una arma de foc, una fletxa, etc. Els soldats han de fer pràctiques de tir al blanc. Quan encerten el blanc, es diu que han fet blanc o diana.

locució que fa d'adjectiu — **6** En un full o un paper **en blanc** no hi ha res escrit, no s'hi ha fet cap senyal.

nom masculí — **7** El **blanc de l'ou** és la clara.
8 El **blanc de l'ull** és la part clara que hi ha al voltant de la nineta.

frase feta — **9** **Donar carta blanca** a una persona és deixar-li fer el que vulgui.
blancor, blanquinós, blanquinosa, emblancar, emblanquir, emblanquinar

blanca blanques

nom femení — Una blanca és una de les formes d'escriure una nota musical. Les blanques duren el doble que les negres. nota

blanquejar

verb
com *cantar*
◄ pàg. 26
Amb G davant E, I — **1** Emblanquinar.
2 Fer tornar blancs alguns productes i aliments que naturalment no ho són, com el sucre.
3 **Blanquejar diners** és posar en negocis permesos diners que s'han obtingut il·legalment. Les persones que blanquegen diners procedents de la venda de droga són perseguides per la llei.
blanqueig

blasfemar

verb
com *cantar*
◄ pàg. 26 — Dir blasfèmies.
blasfem

blasfèmia blasfèmies

nom femení — Una blasfèmia és una paraula o una frase que es diu contra Déu o les coses de la religió.

blasmar

verb
com *cantar*
◄ pàg. 26 — Desaprovar una persona, creure que les seves actituds són incorrectes. És comprensible blasmar els amics que et deixen quan els necessites.

blasó blasons

nom masculí — **1** El blasó és l'art d'explicar i d'entendre els escuts d'armes.
2 El blasó d'una família o d'una ciutat és el conjunt de l'escut, les insígnies i altres símbols que la identifiquen.

blat blats

nom masculí — **1** El blat és un cereal de grans petits i arrodonits, grocs per fora i blancs per dins, que serveixen d'aliment. Dels grans de blat es treu la farina per a cuinar i fer el pa.
2 El **blat de moro** és un cereal que fa unes panotxes amb uns grans grossos de color groc que serveixen d'aliment. Molts animals de corral, com les gallines, mengen blat de moro.
blader, blatdemorar

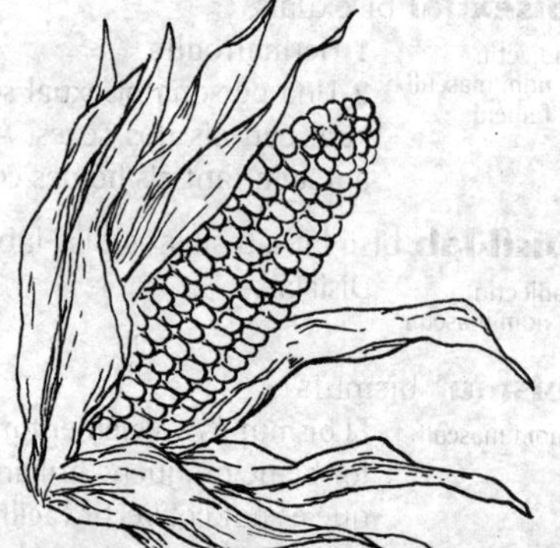

Blat de moro

blau blava blaus blaves

adjectiu
Amb U o V — **1** Que té el color del cel o del mar quan es veu de lluny.

nom masculí — **2** El blau és el color del cel.
3 Un blau és una taca blavosa que ens surt a la cama o en una altra part del cos quan ens hi hem donat un cop.
blavenc, blavor, blavós, blavosa, emblavir

blauet blauets

nom masculí — **1** Un blauet és un ocell petit que té l'esquena de color blau verdós.

2 Planta que creix en els sembrats i fa unes flors blaves.

blaugrana blaugrana

adjectiu — Els colors blaugrana són els del Futbol Club Barcelona.

blaverol blaverols

nom masculí — Un blaverol és un bony amb un blau que ens fem quan ens donem un cop fort.

blavet blavets

nom masculí — **1** El blavet o blau és una substància blava que es posa a l'aigua quan es renta la roba i fa que quedi molt blanca.

frase feta — **2** Diem que a algú **li han fet un vestit de blavet** quan l'han apallissat.

ble blens

nom masculí — **1** El ble d'una espelma, d'un ciri o d'un llum de petroli és el cordonet o la cinta per on s'encenen i cremen.

2 Un ble de cabells és un grup de cabells que cau damunt del front.

bleda bledes

nom femení — **1** Una bleda és una planta que fa unes fulles grosses de color verd lluent i es menja com a verdura. Les bledes es mengen sobretot bullides. pàgs. 994-995 (4)

2 Diem que una persona és una bleda quan és poc espavilada, poc enèrgica.

bleda-rave bleda-raves

nom femení — Una bleda-rave és una planta semblant a la bleda que fa una arrel molt grossa. Aquesta arrel serveix per a aliment del bestiar i per a fer sucre.

bleixar

verb
com *cantar*
◄ pàg. 26

Respirar amb cansament. Quan s'acaba un partit de bàsquet o de futbol els jugadors bleixen.

blindar

verb
com *cantar*
◄ pàg. 26

Cobrir un vaixell, un cotxe, una habitació o una altra cosa amb planxes de ferro o d'acer per a protegir-los de les bales, les explosions o el foc. Hi ha persones que blinden les portes de casa per a impedir que hi entrin els lladres.

blindatge

blindat blindada blindats blindades

adjectiu — Que s'ha blindat. Els personatges importants sovint van en cotxes blindats.

bloc blocs

nom masculí — **1** Un bloc és un grup de fulls de paper units per un filferro en espiral o d'altres formes. Els fulls d'un bloc es poden arrencar fàcilment.

2 Tros molt gros i pesant de pedra o de metall. Per protegir la costa de les onades, s'hi posen blocs de pedra.

3 Un bloc de pisos és un edifici alt amb molts pisos.

locució que fa d'adverbi — **4** Tractar diverses coses **en bloc** és tractar-les conjuntament, de manera global.

blocar

verb
com *cantar*
◄ pàg. 26
Amb QU davant E, I

1 Bloquejar.

2 Blocar la pilota el porter d'un equip de futbol és agafar-la amb les dues mans.

blocaus blocaus

nom masculí — Un blocaus és una construcció fortificada per als soldats. En cas de guerra hi poden viure sense haver de sortir.

bloquejar

verb
com *cantar*
◄ pàg. 26
Amb G davant E, I
També *blocar*

1 Fer que una casa, una ciutat, una carretera, etc. estigui aïllada, que no es pugui comunicar o no s'hi pugui passar. A l'hivern, la neu bloqueja molts pobles de muntanya.

2 Fer que un aparell no funcioni, que una cosa no es pugui moure. Els panys de seguretat es poden bloquejar perquè ningú no els obri. Diem que una màquina o un mecanisme es bloqueja quan no es pot moure o funcionar.

bloqueig, desbloquejar

bluf blufs

nom masculí — Un bluf és una cosa que algú diu que és molt bona, però que en realitat no té cap valor.

bo bona bons bones

adjectiu — Es diu *bon* al davant del nom, i *bo* quan va al darrere.

1 Que és útil, que produeix beneficis, que dóna satisfaccions. *Un bon negoci. Un consell bo. Una bona feina. Aigua bona per a la salut.*

2 Que té molt bon gust, que és saborós. *Un menjar molt bo.*

3 Que es porta bé amb els altres, que no fa mal a ningú. *Una persona bona.*

4 Que és de molta qualitat, que fa molt bé el que ha de fer, que treballa molt bé, que no té avaries, etc. *Un bon treballador. Un bon alumne. Un cotxe molt bo. Un bon bolígraf.*

5 Que és fàcil o còmode de fer, de portar, de treballar, etc. *Aliments bons de coure. Cistell de bon portar.*

6 Millor que una altra cosa. *Posar-se l'americana bona, els pantalons bons.*

7 Estar bo és tenir salut, no estar malalt.

interjecció — **8 Bon dia** i **bona nit** són maneres de saludar al matí i al vespre.

locució que fa d'adverbi — **9** Anar, sortir, fer les coses **a la bona de Déu** vol dir de qualsevol manera, sense ordre.

10 A les bones vol dir sense enfadar-se,

A B C D E F G H I J K L M N O P Q R S T U V W X Y Z

de manera amistosa. *Ordenaràs l'habitació a les bones o ens haurem d'enfadar?*

frase feta — **11 Fer-la bona** és fer una gran barbaritat.
bonesa

boa boes
nom femení — Una boa és una serp molt grossa i forta que s'enrosca al voltant del cos dels animals i els ofega. Algunes boes poden fer 4 metres de llargada.

bòbila bòbiles
nom femení — Una bòbila és una fàbrica de rajoles i teules de terrissa.

bobina bobines
nom femení — 1 Una bobina és un fil o un cable enrotllat a una peça rodona de fusta, cartó o metall. Les màquines de cosir fan servir bobines de fil.
2 Una bobina elèctrica és un fil elèctric enrotllat que crea un camp magnètic quan hi passa l'electricitat.
rebobinar

bobò bobons
nom masculí — Un bobò és un caramel o una altra llaminadura. Ho diuen les criatures o les persones grans quan parlen amb elles.

boc bocs
nom masculí — El boc és el mascle de la cabra. Els bocs tenen molt de pèl i fan una olor forta.

boç boços
nom masculí — Morrió.
emboçar

boca boques
nom femení — 1 La boca dels animals i de les persones és la part del cos per on fan entrar el menjar cap a dins del cos. A la boca hi ha la llengua i les dents. pàg. 793 (13)
2 Qualsevol forat per on es pugui entrar o sortir d'un lloc, es pugui escapar un líquid, etc. Així, parlem de la boca d'un túnel, d'una cova, d'un port, d'una gerra.
3 La boca d'una arma de foc és la part del davant per on surt la bala.
4 Boca de claveguera pàg. 597 (18)
5 Una **boca de reg** o **de regatge** és una sortida d'aigua on es pot connectar una mànega per a regar.
embocar

bocabadat bocabadada bocabadats bocabadades
adjectiu — Que té la boca oberta. Quan una persona té una sorpresa, es diu que ha quedat bocabadada.

bocamoll bocamolla bocamolls bocamolles
adjectiu — Una persona bocamolla és la que diu de seguida als altres les coses que havia de mantenir en secret.

bocassa bocasses
nom femení — Tenir bocassa és tenir mal gust de boca perquè s'ha fet una mala digestió.

bocaterrós bocaterrosa bocaterrosos bocaterroses
adjectiu — Que està de boca a terra. Dormir de bocaterrosa és dormir de cara cap avall.
pàg. 796 (6)

bocí bocins
nom masculí — 1 Un bocí és un trosset de qualsevol cosa, però especialment de formatge, de pa o de carn.
frase feta — **2 Agradar-li els bons bocins** a algú és agradar-li les coses bones de menjar.
esbocinar

bocoi bocois
nom masculí — 1 Un bocoi és una mena de bóta que té vuit cèrcols i és més baixa que les bótes ordinàries.
2 Diem que una persona sembla un bocoi quan és molt grassa i baixeta.

a bocons
locució que fa d'adverbi — De boca cap avall. *Quan era petita dormia a bocons, ara dormo de panxa enlaire.*

boda bodes
nom femení — 1 Casament, noces.
interjecció — 2 Diem **a bodes em convides** quan ens agrada molt una cosa que algú ens proposa. *Que si vull venir de vacances? A bodes em convides!*

bodega bodegues
nom femení — La bodega d'un vaixell mercant és el lloc sota coberta on es posa la càrrega.

bodegó bodegons
nom masculí — Un bodegó és una pintura o un dibuix que representa fruites, gerros, flors o petits objectes, però no persones ni animals.

bòfega bòfegues
nom femení — 1 Butllofa.
2 Una bòfega és un bony que es forma en una capa de pintura, de vernís, etc.

boga bogues
nom femení — La boga és una planta de fulles dures, molt llargues i dretes, que serveix per a fer seients de cadira, estores, etc. Les cadires de boga es fan malbé quan les cordes de boga es trenquen.

bogeria bogeries
nom femení — 1 La bogeria és l'estat de la persona que és boja. Hi ha persones que pateixen atacs de bogeria.
2 Fer o dir una bogeria és fer o dir una cosa estranya, sense sentit, totalment absurda.
3 Diem que algú té una bogeria per una cosa quan li agrada molt i no pensa en res

més. Hi ha persones que tenen una bogeria per la música.
bojor

bohemi bohèmia bohemis bohèmies
adjectiu 1 De Bohèmia. *Les cristalleries bohèmies.*
nom masculí i femení 2 Persona que és de Bohèmia o que hi viu.
3 Persona, sobretot artista, que va d'un lloc a un altre, sense un treball fix i sense gaires diners, i que estima la vida desordenada.

boia boies
nom femení 1 Una boia és un objecte que es manté flotant en el mar per a indicar alguna cosa. Quan es fan campionats de barques de vela, el recorregut es marca amb boies.
pàgs. 194-195 (21)
2 La boia del dipòsit del vàter és una bola buida que flota i fa que es tanqui o s'obri l'entrada d'aigua del dipòsit.

boicot boicots
nom masculí Fer el boicot a algú o a alguna cosa és aïllar-los, no tenir-hi cap mena de relació. A vegades, per raons comercials, es fa el boicot als productes que vénen d'un altre país.
boicotejar

boig boja boigs boges
adjectiu i nom masculí i femení També *bojos* 1 Persona que ha perdut la raó, que es comporta de manera molt estranya. Les persones boges pateixen una malaltia mental.
adjectiu 2 Es diu que algú és boig o fa el boig quan fa coses que no són normals, com si no tingués enteniment.
3 Si algú té una afició boja per alguna cosa és que hi té una afició extraordinària, sense mida. També diem que una persona sent un amor boig per una altra persona, o que té una alegria boja.
bogejar, embogir, esbojarrar-se

boina boines
nom femení Una boina és una peça de roba rodona i generalment negra que es porta al cap. Els bascos porten unes boines molt grosses que es diuen *txapeles.*

boira boires
nom femení 1 La boira és com un fum molt dens que es fa quan hi ha molta humitat. És formada per gotetes d'aigua barrejades amb l'aire. Quan hi ha boira a la carretera, no es veuen els altres cotxes.
frase feta 2 **Anar a escampar la boira** és sortir d'un lloc per a airejar-se.
antiboira, boirina, emboirar

boirós boirosa boirosos boiroses
adjectiu Amb boira. Un cel boirós està cobert per la boira.

boix boixos
nom masculí 1 Un boix és un arbust que fa fulles verdes tot l'any i unes flors de color blanquinós. Té una fusta molt dura que serveix per a fer les peces del joc d'escacs, instruments de música i altres coses.
2 Un **boix grèvol** és un grèvol.

boixet boixets
nom masculí Un boixet és un pal petit de fusta de boix per a fer puntes de coixí. Quan es treballa ràpid els boixets es toquen i fan un so agradable.

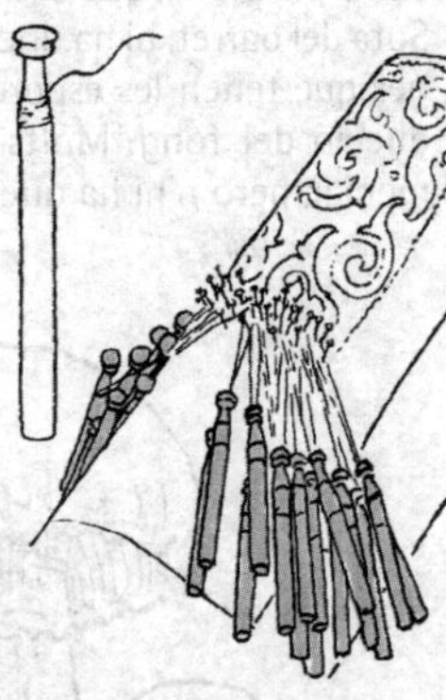
Un boixet

bol[1] bols
nom masculí Un bol és una tassa gran sense nanses. Sovint la gent es pren la llet en bols de terrissa, perquè s'hi poden sucar bé les galetes o els cereals torrats.

bol[2] bols
nom masculí El **bol alimentari** és la massa d'aliments mastegats i insalivats que ens empassem.

bola boles
nom femení 1 Una bola és un objecte rodó fet de qualsevol material. Les boles del joc de billar, per exemple, són de marfil. Quan neva, la canalla fa boles de neu.
2 Una bola del món és una representació de la Terra de mida petita per a poder estudiar geografia.
3 **Bola de billar** pàg. 393 (3)

bolcar
verb com *cantar* ◄ pàg. 26 Amb B Amb QU davant E, I
1 Fer caure una cosa cap a un costat.
2 Tombar-se un vehicle i caure cap a un costat. Un cotxe pot bolcar si agafa un revolt a molta velocitat. Les motos es bolquen molt fàcilment.
3 Posar els bolquers a un nen petit.

boldo boldos

nom masculí — El boldo és un arbre que fa fulles i flors molt oloroses. Les infusions de fulles de boldo són molt bones per al fetge.

bolero boleros

nom masculí — Un bolero és una cançó i una dansa d'origen espanyol.

bolet bolets

nom masculí — **1** Un bolet és l'òrgan reproductor d'un fong. Molts bolets tenen una forma com de paraigua, amb un tronc que es diu *peu* o *cama* i a sobre una part ampla, més aviat de forma plana, que es diu *barret* o *capell*. Sota del barret, hi ha unes làmines molt fines que tenen les espores per a la reproducció del fong. Molts bolets es poden menjar, però n'hi ha que són verinosos.

pàg. 400 (28)

Uns bolets

frase feta — **2 Donar un bolet** és donar una bufetada o un cop al cap amb la mà.

3 Estar tocat del bolet és estar boig, no tenir el cap sa.

boletada, boletaire

bòlid bòlids

nom masculí — **1** Meteorit.

2 Un bòlid és un cotxe que pot córrer molt, com els de les curses de fórmula 1.

bolígraf bolígrafs

nom masculí — Un bolígraf és un estri per a escriure que té un dipòsit de tinta i una petita bola dura a la punta, per on s'escriu.

pàgs. 998-999 (17)

bòlit bòlits

nom masculí — **1** Un bòlit és una peça cilíndrica de fusta que es fa saltar donant-li un cop per jugar.

frase feta — **2 Anar de bòlit** és anar amb presses i fer les coses de qualsevol manera perquè es té molta feina o moltes preocupacions.

bolívar bolívars

nom masculí — El bolívar és la moneda de Veneçuela.

bolquer bolquers

nom masculí — **1** Un bolquer és un tros de roba que es feia servir per a tapar el cos i les cames de les criatures molt petites. Una criatura de bolquers és un bebè.

2 Calcetes fetes amb un material absorbent que es posen als nens petits perquè recullin el pipí i la caca. Quan un bebè es fa caca, hem de canviar-li el bolquer.

bolquet bolquets

nom masculí — **1** Un bolquet és un carretó que té una sola roda al davant.

2 Un camió o un vagó de bolquet és un camió o un vagó amb una caixa que s'aixeca per a descarregar.

bolxevic bolxevics

nom masculí i femení — Els bolxevics eren els socialistes russos que van guanyar la Revolució del 1917. Lenin era bolxevic.

bomba bombes

nom femení — **1** Una bomba és una substància explosiva tancada dins d'un dipòsit de ferro o d'un altre material fort. Les bombes es llancen des d'avions o es posen en un lloc i es fan explotar a distància.

2 Aparell amb un motor que es fa servir per a pujar aigua d'un pou, treure-la d'un lloc inundat o passar aigua o un altre líquid d'un dipòsit a un altre.

1
bombar

verb, com *cantar* ◄ pàg. 26 — Fer circular aigua o un altre líquid amb una bomba. Quan s'inunda un soterrani, els bombers bomben l'aigua i la treuen.

bombat, bombada

2
bombar

verb, com *cantar* ◄ pàg. 26 — **1** Fer que la part de fora d'una cosa s'infli i agafi forma de panxa. La humitat pot bombar el paper de les parets.

2 Un jugador de futbol bomba la pilota quan la passa aixecant-la per damunt dels altres jugadors. Els córners s'acostumen a picar bombant la pilota sobre la porteria contrària.

3 Si a un estudiant l'han bombat és que l'han suspès.

bombardejar

verb, com *cantar* ◄ pàg. 26 Amb G davant E, I — Llançar bombes per a atacar. A la Segona Guerra Mundial es van bombardejar moltes ciutats europees.

bombardeig

bombarder bombarders
nom masculí — Un bombarder és un avió militar per a tirar bombes.

bombatxos
nom masculí plural — Uns bombatxos són uns pantalons molt amples que es corden per la part de baix a la cama. Abans, els jugadors de golf portaven bombatxos.

bomber bombera bombers bomberes
nom masculí i femení — Persona que es dedica a apagar els incendis.

bombeta bombetes
nom femení — Una bombeta elèctrica és un objecte de vidre i de metall que es connecta a l'electricitat i fa llum. Porta a dins un fil metàl·lic que s'encén quan hi passa el corrent elèctric.

bombo bombos
nom masculí — **1** Un bombo és un tambor molt gros que es toca amb una maça.
2 El bombo d'una màquina de rentar roba és el dipòsit on es posa la roba.

bombó bombons
nom masculí — Un bombó és un dolç de xocolata. Hi ha bombons farcits amb fruita o licors.

bombolla bombolles
nom femení — Una bombolla és una boleta d'aire envoltada d'una capa molt fina d'aigua o d'un altre líquid. Quan bull, l'aigua fa bombolles. Les aigües minerals amb gas tenen bombolles.

bombollejar
verb
com *cantar* ◄ pàg. 26
Amb G davant E, I
Fer bombolles un líquid com, per exemple, l'aigua amb gas, el xampany o el brou que tenim al foc.

bombona bombones
nom femení — **1** Una bombona és una ampolla grossa de vidre que serveix per a transportar alguns líquids com els àcids.
2 Una bombona de butà és un recipient de metall que conté gas butà. Les bombones de butà són d'un color semblant al de la taronja.

bon
adjectiu — Manera de dir *bo* quan va davant d'un nom. *És un bon noi.*

bonament
adverbi — Senzillament, sense gaire esforç. *Si no et trobes gaire bé, fes el que bonament puguis.*

bonança bonances
nom femení — **1** Hi ha bonança a la mar quan està tranquil·la i no es belluga.
2 Fa bonança quan fa un temps bo, amb una temperatura agradable.

bonàs bonassa bonassos bonasses
adjectiu — Que és bo i pacífic, que té un bon caràcter.

bonaventura bonaventures
nom femení — Dir la bonaventura a una persona és dir-li les coses que li passaran. Hi ha persones que diuen la bonaventura mirant les mans de la gent.

bondat bondats
nom femení — **1** Una persona té bondat quan és bona, quan no fa mal a ningú.
frase feta — **2 Fer bondat** és portar-se bé, no fer coses mal fetes. Els pares sempre diuen als fills que facin bondat.
bondadós, bondadosa

bonet bonets
nom masculí — Un bonet és un barret petit i baix de quatre puntes que portaven abans els capellans.

bonhomia bonhomies
nom femení — Una persona té bonhomia quan és bona i amable.
bonhomiós, bonhomiosa

bonic bonica bonics boniques
adjectiu — Que ens agrada per la seva gràcia, la seva bellesa o la seva elegància.

bonifaci bonifàcia bonifacis bonifàcies
adjectiu — Que és senzill i bo. Les persones bonifàcies mai no es barallen.

bonificació bonificacions
nom femení — Una bonificació és una quantitat de diners que es dóna a algú de més a més o fent-li un descompte en un preu.
bonificar

bonítol bonítols
nom masculí — Un bonítol és un peix semblant a la tonyina però més petit, ja que fa normalment uns 50-60 centímetres de llargària. És d'un color blau verdós que es fa clar als costats i al ventre i té unes ratlles fosques damunt de l'esquena. La seva carn és molt apreciada i es menja fresca i sobretot en conserva.

bonsai bonsais
nom masculí — Un bonsai és un arbre que es fa créixer en un test i es retalla de manera que tingui una mida molt més petita de la normal. La tècnica del bonsai l'han feta popular els japonesos.

bony bonys
nom masculí — **1** Un bony és un sortint de forma arrodonida que es fa en alguna part del cos, so-

bretot al cap o al front, quan ens hi donem un cop.
2 Sortint que hi ha o que es fa en alguna cosa. Diu el refrany que olla vella, bony o forat.
abonyegar

bonyegut bonyeguda bonyeguts bonyegudes
adjectiu — Que és ple de bonys.

boom booms
nom masculí — Hi ha un boom d'una cosa quan de sobte n'hi ha molt. Als anys noranta hi va haver el boom de les consoles de vídeo. És una paraula anglesa.

bor bors
nom masculí — El bor és un element químic dur com el diamant que es troba només combinat amb altres elements. Es fa servir en la indústria metal·lúrgica i en els reactors nuclears. El seu símbol és: B.

[1] **bord** bords
nom masculí — El bord d'una embarcació és cada un dels seus costats. El bord de la dreta es diu estribord; el bord de l'esquerra, babord. Pujar a bord és pujar a l'embarcació.

[2] **bord** borda bords bordes
adjectiu — 1 Un arbre bord és el que no fa fruit.
2 Una planta borda és la que s'assembla a una altra de la mateixa classe.
adjectiu i nom masculí i femení — 3 Bastard.

[1] **borda** bordes
nom femení — La borda d'una embarcació és la part superior dels seus costats. Tirar per la borda és tirar a l'aigua des de dalt d'una embarcació.

[2] **borda** bordes
nom femení — Una borda és una casa que el pagès té al camp que no és la masia principal.
pàg. 596 (8)

bordar
verb com *cantar* ◄ pàg. 26 — Fer el seu crit el gos. Els gossos que vigilen borden quan senten soroll o veuen una persona estranya.

bordegàs bordegassa bordegassos bordegasses
nom masculí i femení — Xicot, noi. Es diu de manera informal.

bordell bordells
nom masculí — Prostíbul.

bordó bordons
nom masculí — Un bordó era un bastó alt que portaven els pelegrins quan viatjaven a peu.

boreal boreals
adjectiu — Que és del nord o situat al nord.

borgenc borgenca borgencs borgenques
adjectiu — 1 De les Borges Blanques. *L'oli borgenc.*
nom masculí i femení — 2 Persona que és de les Borges Blanques o que hi viu.

borinot borinots
nom masculí — Un borinot és un insecte que sembla una abella i que quan vola fa un soroll molt fort. Els borinots tenen el cos pelut.

borla borles
nom femení — Una borla és un grup de molts fils o petits cordons de seda o de llana que formen una bola. Les borles es fan servir sovint per a adornar gorres o altres peces de vestir.

borni bòrnia bornis bòrnies
adjectiu — Que ha perdut un dels dos ulls.

borra borres
nom femení — 1 La borra és el conjunt de trossets de seda, de llana, de cotó, etc., que queda per terra a les fàbriques de teixits quan es treballen els fils i les robes.
2 Mena de pèls o cabells que surten a les flors d'algunes plantes.

borrall borralls
nom masculí — 1 Borralló.
2 Un borrall és un trosset molt petit d'alguna cosa.
frase feta — 3 **No saber** o **no entendre un borrall** d'alguna cosa és no saber-ne o no entendre-hi gens.

borralló borrallons
nom masculí — 1 Un borralló és un floc de neu.
2 Grup petit de trossets de llana, de seda o de cotó.

borràs borrassos
nom masculí — 1 El borràs és la part més basta de l'estopa de cànem sense netejar.
frase feta — 2 **Anar a mal borràs** o **de mal borràs** és anar malament, arruïnar-se. Si una empresa va a mal borràs, haurà de tancar.

borrasca borrasques
nom femení — Una borrasca és un vent molt fort que va acompanyat de pluja, de neu o de pedra.
borrascós, borrascosa, emborrascar-se

borratja borratges
nom femení Amb TJ — Una borratja és una planta de fulles grosses, ovalades, i de tija robusta de 30 a 60 centímetres d'alçària. Fa flors grosses de co-

lor blau. Les fulles i la tija tenen molts pèls que fan que no siguin gens fines al tacte. Les borratges es mengen bullides com a verdura i en forma de bunyols.

borratxo borratxa borratxos borratxes

adjectiu i nom masculí i femení — **1** Que ha begut molt vi o altres begudes alcohòliques. Els borratxos caminen de tort i poden fer barbaritats.

nom masculí — **2** Un borratxo és un dolç molt tou mullat amb un licor.

borratxera

borrec borrega borrecs borregues

nom masculí i femení — **1** Ovella que té d'un a dos anys.

nom femení — **2** Una borrega és un sac de gemecs.

borrego borregos

nom masculí — Un borrego és una llesca torrada d'una pasta feta amb farina, sucre i comí. Els borregos són molt bons sucats amb llet.

borrianenc borrianenca borrianencs borrianenques

adjectiu — **1** De Borriana.

nom masculí i femení — **2** Persona que és de Borriana o que hi viu.

borrissol borrissols

nom masculí — **1** Un borrissol és la pols barrejada amb trossets molt petits de llana o de cotó que es forma sota dels llits.

2 Mena de pèls o fils molt petits i fins que fan la llana i el cotó.

3 Pèl molt fi que surt a la cara.

4 Mena de pèl molt fi que hi ha a la pell d'algunes fruites. Si eixugues un préssec li trauràs el borrissol.

borrim

borromba borrombes

nom femení — Una borromba és una esquella grossa.

borrós borrosa borrosos borroses

adjectiu — Que no es veu gaire bé, que no es dibuixa clarament. Una fotografia mal enfocada surt borrosa.

borsa borses

nom femení — Una borsa és un local on es fan negocis i inversions de diners. Els diaris informen dels preus que s'han negociat a la borsa.

borsari, borsària

bosc boscs

nom masculí — También *boscos* — Un bosc és un lloc a la muntanya on hi ha molts arbres i plantes. Als boscos hi viuen animals diversos.

boscà, boscana, boscatge, boscós, boscosa, bosquerol, emboscar

boscúria boscúries

nom femení — **1** Una boscúria és un bosc gran i amb molts arbres.

2 La boscúria d'un bosc és la seva espessor. Quan un animal s'amaga entre la boscúria ja no el pots trobar.

bosnià bosniana bosnians bosnianes

adjectiu — **1** De Bòsnia. *Els musulmans bosnians.*

nom masculí i femení — **2** Persona que és de Bòsnia o que hi viu.

bossa bosses

nom femení — **1** Una bossa és una mena de saquet amb nanses per a portar-hi menjar, roba o altres coses. Al supermercat donen bosses de plàstic per a posar-hi les coses que hem comprat.

2 Qualsevol recipient flexible, amb nanses o amb una corretja per a agafar-lo, que es fa servir per a portar coses o per a anar de viatge.

3 Saquet amb cordons o tanca on es portaven els diners. Els bandolers exigien els diners dient: "La bossa o la vida!"

embossar

bot[1] bots

nom masculí — Un bot és un recipient de pell que es fa servir per a posar liquids, especialment vi. Hi ha bots grossos per a transportar el vi i d'altres de petits amb un broc per a poder beure.

bot[2] bots

nom masculí — **1** Un bot és un salt que un animal o una persona fa de sobte. pàg. 796 (1)

2 Moviment cap amunt que fa una pilota de goma o una altra cosa flexible quan toca a terra.

locució que fa d'adverbi — **3** Una cosa es fa **a bots i empentes** quan es fa de pressa. *Havia de donar el treball l'endemà, i el vaig haver d'acabar a bots i empentes.*

bot[3] bots

nom masculí — **1** Un bot és una barca petita sense coberta.

2 Un **bot salvavides** és un bot que hi ha als vaixells per a salvar la gent en un naufragi. A cada vaixell hi ha uns quants bots salvavides. Alguns són de goma inflable.

bota botes

nom femení — Sense accent gràfic — **1** Una bota és una sabata que tapa part de la cama o tota la cama. Les botes de muntar són especials per a anar a cavall.

2 Calçat especial que es fa servir en alguns esports. Els futbolistes juguen amb botes.

bóta bótes

nom femení — Amb accent gràfic — **1** Una bóta és un recipient de fusta rodó, més ample del mig que dels extrems, per a posar-hi vi o altres begudes. Els cellers de vi són plens de bótes.

Continua a la pàgina següent

2 Bot petit per a beure vi.
boter, embotar

botànic botànica botànics botàniques
adjectiu — 1 De la botànica. En un jardí botànic hi ha moltes plantes diferents que poden ser estudiades.
nom masculí i femení — 2 Persona que es dedica a la botànica, que és especialista en botànica.
nom femení — 3 La botànica és la ciència que estudia les plantes.

botar
verb
com *cantar*
◄ pàg. 26
També *botre* — Fer un bot, una persona, un animal o una cosa flexible, com una pilota. Les pilotes desinflades no boten.

botavant botavants
nom masculí — 1 Un botavant és un pal llarg que fan servir els raiers o els pescadors per a evitar que l'embarcació toqui la ribera.
frase feta — 2 **Enviar** o **engegar al botavant** una persona és treure-se-la del davant de mala manera.

botella botelles
nom femení — 1 Ampolla per a líquids. La llet, el vi i l'oli es venen en botelles.
2 Bot o bóta per a beure vi.
3 Recipient cilíndric de ferro que es fa servir per a transportar gasos.
embotellar

boterut boteruda boteruts boterudes
adjectiu — Una cosa és boteruda quan té bonys i no és plana.

botí botins
nom masculí — El botí d'un combat o d'una guerra és el conjunt de les coses de valor que els vencedors prenen a les persones que han perdut. Els pirates es quedaven la càrrega dels vaixells com a botí.

botifarra botifarres
nom femení
Amb O — Una botifarra és una mena d'embotit. Hi ha botifarra crua, per a fregir, i botifarra cuita, que pot ser blanca o negra.

botifler botiflera botiflers botifleres
nom masculí i femení — Persona que va amb els enemics del seu país. Aquest nom es va donar als partidaris de Felip V de Castella en la guerra de Successió.

botiga botigues
nom femení — Una botiga és un lloc on es poden comprar diversos productes. Hi ha noms de botigues que depenen de les coses que s'hi venen, com la carnisseria, la xarcuteria, la sabateria o la camiseria.

botiguer botiguera botiguers botigueres
nom masculí i femení — Persona que té una botiga.

botó botons
nom masculí — 1 Un botó és una peça petita i rodona que va cosida als vestits, als pantalons, a les camises, etc., i que serveix per a cordar-los. Els botons tenen uns foradets per on es cusen. Es corden, passant-los pels traus.
2 Peça rodona semblant a un botó que es pitja o es fa girar per a engegar o aturar un mecanisme o un aparell. Els timbres dels pisos es toquen amb botons.
3 Els **botons de puny** d'una camisa són dues peces de metall semblants a uns botons unides per una cadeneta. Es fan servir per a cordar els punys d'algunes camises. Alguns botons de puny són d'or o de plata.
frase feta — 4 **Anar vestit de vint-i-un botó** és anar molt elegant.

botre
verb
com *perdre*
◄ pàg. 27 — Botar.

botxa botxes
nom femení — 1 Una botxa és una bola per a jugar al joc de botxes.
2 El joc de botxes és un joc entre dos equips que es juga amb boles de fusta o de metall. Primer es tira una bola més petita que es diu *bolig*, i després els jugadors fan que les seves botxes rodolin i que s'acostin tant com sigui possible al bolig. Guanya l'equip que s'hi acosta més.

El joc de botxes

botxí botxins
nom masculí — Un botxí és una persona que s'encarrega de matar els condemnats a mort. Els botxins també assotaven els reus o aplicaven altres càstigs. Diem que una persona és un botxí quan és molt cruel o castiga molt.

botzina botzines
nom femení — Una botzina és un aparell que fa soroll i serveix per a avisar la gent. Els cotxes antics portaven botzines d'aire; els cotxes moderns tenen botzines elèctriques que es diuen *clàxons*.

A B C D E F G H I J K L M N O P Q R S T U V W X Y Z

bou bous
nom masculí — **1** Un bou és un mamífer gros i fort que té dues banyes punxegudes amb la punta corbada cap amunt. El bou brau és el toro, que es fa servir per a criar o es toreja; el bou que és pacífic es fa servir per a treballar la terra. En alguns pobles es fan corregudes de bous com a diversió.
2 El bou és la carn de bou. págs. 398-399 (34)
frase feta — **3 Perdre el bou i les esquelles** o **perdre bous i esquelles** és perdre-ho tot.

bover bovers
adjectiu i nom masculí — El cargol bover, o el bover, és un cargol gros i de color fosc. És molt apreciat pels menjadors de cargols.

boví bovina bovins bovines
adjectiu — El bestiar boví és format per les vaques, els bous, els vedells i les vedelles.

boxa boxes
nom femení — La boxa és un esport de combat entre dues persones que es donen cops de puny amb uns guants especials.
boxador

boxar
verb com *cantar* ◄ pàg. 26 — Boxejar.

boxejador boxejadora boxejadors boxejadores
nom masculí i femení — Persona que practica la boxa.

boxejar
verb com *cantar* ◄ pàg. 26 Amb G davant E, I També *boxar* — Lluitar dues persones en un combat de boxa. Per a boxejar s'ha de tenir molta agilitat de cames i molta força als punys.

bòxer bòxers
nom masculí — Un bòxer és un gos de raça alt i molt musculat, que té les orelles tallades en punta i dretes, i el pèl curt i de color marró o ratllat. És un gos de guarda.

braç braços
nom masculí — **1** El braç és la part del cos humà que va des de l'espatlla fins a la ma. Les persones tenim dos braços. págs. 794-795 (5)
2 Peça llarga que surt d'una màquina o d'un aparell i que treballa com si fos un braç. A les fàbriques de cotxes hi ha màquines que tenen braços que cargolen i solden.
3 Els braços d'una cadira o d'una butaca són els barrots que hi ha als costats, on la persona que hi seu pot reposar els braços.
4 Els braços d'un canelobre són les diferents parts acabades en un forat on es posen les espelmes.
5 Un **braç de gitano** és un pastís en forma de tub fet amb una capa fina de pa de pessic enrotllada i farcida de nata, de crema o de xocolata. pàg. 400 (18)
frase feta — **6 Estar de braços plegats** o **amb els braços plegats** és no fer res.
7 Estirar més el braç que la màniga és gastar més diners dels que es tenen.
bracejar

braça braces
nom femení — **1** La braça és un dels estils de la natació esportiva.
2 Mesura de longitud que fan servir els mariners per a conèixer la profunditat.

braçada braçades
nom femení — Una braçada és cadascun dels moviments dels braços que es fan quan es neda.

braçal braçals
nom masculí — Un braçal és una tira de roba que es posa al voltant del braç, més amunt del colze, i que serveix de distintiu. El capità d'un equip de futbol porta un braçal.

braçalet braçalets
nom masculí — Un braçalet és un adornament en forma d'anella o de cadena que es porta al voltant del canell.

bracer bracera bracers braceres
nom masculí i femení — Persona que treballa al camp.

de bracet
locució que fa d'adverbi — Anar de bracet amb algú és anar al seu costat amb el braç de l'un repenjat en el de l'altre.

braguer braguers
nom masculí — **1** El braguer d'una cabra o d'una vaca és el conjunt de les mamelles. Quan aquests animals porten molta llet, el braguer està inflat.
2 Aparell d'ortopèdia per a mantenir subjectades les hèrnies.

bragues
nom femení plural — Unes bragues són unes calces de dona.

bragueta braguetes
nom femení — La bragueta d'uns pantalons és la part del davant que es pot obrir descordant-ne els botons o abaixant-ne la cremallera.

braille brailles
nom masculí — El braille és el sistema de signes que fan servir els cecs per a escriure i llegir. En braille, les lletres es fan amb uns punts que sobresurten del paper i es llegeixen passant els dits pel damunt. És una paraula francesa.

bram brams
nom masculí — **1** Un bram és un crit de l'ase o de la somera.
2 Crit molt fort.

bramar
verb, com *cantar* ◄ pàg. 26 — **1** Fer el seu crit l'ase o la somera.
2 Plorar molt fort una criatura, fer crits molt forts una persona.

bramul bramuls
nom masculí — Un bramul és un crit del bou o de la vaca.

bramular
verb, com *cantar* ◄ pàg. 26 — Fer el seu crit el bou o la vaca.

branca branques
nom femení — **1** Una branca és una part d'un arbre. Les branques surten del tronc i tenen fulles. A les branques més primes s'hi fan les flors i els fruits.
2 Les branques d'una ciència, d'un art, etc., són les diferents parts o divisions que té.
branquilló, esbrancar

brancam brancams
nom masculí — El brancam és el conjunt de les branques d'un arbre.

brancatge brancatges
nom masculí — Brancam.

brandar
verb, com *cantar* ◄ pàg. 26 — **1** Brandar una espasa, un punyal o una arma semblant és portar-la a la mà bellugant-la com si s'anés a atacar algú.
2 Brandar el cap o la cua és bellugar-los d'una banda a l'altra.

brandi brandis
nom masculí — Un brandi és un tipus de beguda alcohòlica semblant al conyac. També s'anomena *brandi* el mateix conyac.

brànquia brànquies
nom femení — Una brànquia és un òrgan en forma de làmina o de filament que hi ha al costat del cap dels peixos i altres animals aquàtics. Les brànquies serveixen per a respirar.
branquial

braó braons
nom masculí — **1** El braó és la part del braç que va de l'espatlla al colze. El braó de la cama és la part de la cama que va del genoll al tronc.
2 El braó d'un animal de quatre potes és la part de baix de les potes, fins al turmell.
3 Diem que una persona té braó quan té força i és molt valenta.

brasa brases
nom femení — **1** Una brasa és un tros de carbó o de fusta que està encès i crema, però que no fa flama.
locució que fa d'adjectiu i d'adverbi — **2** Un aliment és o es fa **a la brasa** quan es cou directament damunt de les brases. *Dissabte vam menjar costelles a la brasa amb allioli.*
frase feta — **3 Fugir del foc i caure a les brases** vol dir sortir d'una situació dolenta i ficar-se en una altra de pitjor.
abrasar

braser brasers
nom masculí — **1** Un braser és una pila de brases. Quan hi ha un bon braser es pot fer pa torrat.
2 Recipient de metall on es posen les brases i es fa cremar un tipus de carbó per a escalfar una habitació.

brasiler brasilera brasilers brasileres
adjectiu — **1** Del Brasil. *El cafè brasiler.*
nom masculí i femení — **2** Persona que és del Brasil o que hi viu.
nom masculí — **3** El brasiler és la llengua portuguesa que es parla al Brasil.

brau brava braus braves
adjectiu — **1** Que és molt valent.
2 Un animal brau és un animal salvatge, no domesticat.
3 Una costa brava és una costa amb molts penya-segats i poques platges.
adjectiu i nom masculí — **4** Un brau o un bou brau és un bou que no ha estat castrat i, per tant, es fa servir per a la reproducció. Hi ha braus que envesteixen amb força i es toregen a les corrides.
bravejar, bravesa

bravada bravades
nom femení — Una bravada és una pudor molt forta.

bravata bravates
nom femení — Una bravata és un seguit de paraules que diu una persona per amenaçar i fer creure que és valenta.

bravo
interjecció — Exclamació per a aplaudir un artista o una altra persona que ha actuat o que ha fet la seva feina molt bé.

brea brees
nom femení — La brea és un líquid espès i negrós que es treu de la fusta, del carbó i sobretot del quitrà. S'usa per a fer que les fustes d'algunes embarcacions siguin impermeables.

breakdance breakdances
nom masculí — El breakdance és un ball que es fa amb moviments bruscos, postures estranyes i piruetes. Va néixer als Estats Units d'Amèrica. És una paraula anglesa.

brega bregues
nom femení — Una brega és una baralla o un combat.

A B C D E F G H I J K L M N O P Q R S T U V W X Y Z

bregar

verb
com *cantar*
◀ pàg. 26
Amb GU davant E, I

Esforçar-se molt i obtenir alguna cosa superant les dificultats. Per ser un bon pianista s'ha de bregar molt, tocar moltes hores cada dia.

bresca bresques

nom femení

Una bresca d'un rusc és el conjunt de foradets fets de cera on les abelles dipositen la mel.

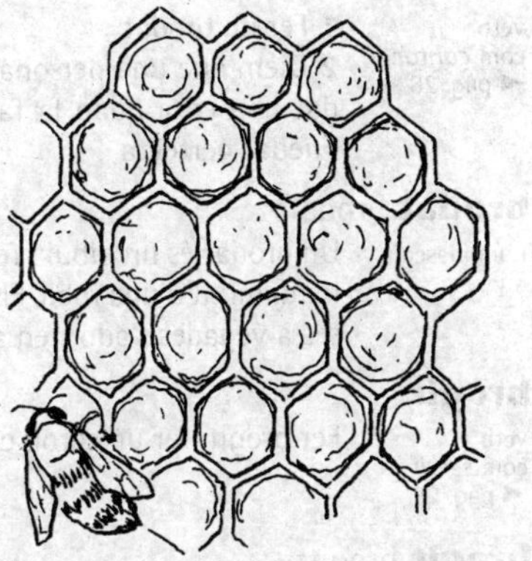

Una bresca

bresquilla bresquilles

nom femení

La bresquilla és una varietat de préssec, primerenc, petit i amb molt de sabor.

bressar

verb
com *cantar*
◀ pàg. 26

Gronxar, especialment el bressol d'una criatura.

bressol bressols

nom masculí

1 Un bressol és un llit per a criatures que es pot balancejar. Amb el moviment del bressol, els nadons s'adormen.

2 Es diu que un lloc és el bressol d'una cosa quan és on aquesta ha nascut. Així, diem que l'antiga Grècia és el bressol de la filosofia.

bressola, bressoleig

bressolar

verb
com *cantar*
◀ pàg. 26

Bressar. Un bebè se sol adormir si la mare el bressola suaument.

bretó bretona bretons bretones

adjectiu
1 De Bretanya. *Els cavalls de raça bretona.*

nom masculí i femení
2 Persona que és de Bretanya o que hi viu.

nom masculí
3 El bretó és la llengua que es parla a Bretanya.

brètol brètola brètols brètoles

nom masculí i femení

Persona que fa malifetes, que no té escrúpols.

bretolada

bretxa bretxes

nom femení

Una bretxa és un forat o una escletxa grossa feta en un mur o en una paret. Antigament, els canons obrien bretxes a les muralles que permetien als atacants entrar a les fortaleses.

breu breus

adjectiu
1 Que té una durada molt curta.

locució que fa d'adverbi
2 En breus dies vol dir al cap de pocs dies. *En breus dies els arribarà la carta que els hem enviat.*

3 En breu vol dir al cap de poca estona. *En breu començarà la pel·lícula que els havíem anunciat.*

abreujar, brevetat

breument

adverbi

Amb brevetat, sense estar-hi gaire temps. *Em van explicar breument el que havia passat, però no ho vaig entendre gaire.*

breviari breviaris

nom masculí

Un breviari és un llibre de l'Església catòlica que conté els textos que resen els eclesiàstics i els religiosos.

bri brins

nom masculí

Un bri és un trosset molt petit d'una cosa. Quan diem que no passa ni un bri d'aire és que no en fa gens.

bricolatge bricolatges

nom masculí

El bricolatge és el conjunt de petites feines que una persona que no és professional fa per millorar casa seva i passar l'estona. Molta gent fa bricolatge el cap de setmana: pinta una finestra, canvia unes aixetes, etc.

brida brides

nom femení

1 La brida d'un cavall o d'un mul és el conjunt de corretges amb el fre i les regnes que se li posa al cap per subjectar-lo i dirigir-lo.

2 Corretja de metall que ajunta diferents peces d'una màquina entre elles. Els tubs que van a parar a un motor hi són fixats amb brides.

locució que fa d'adverbi
3 Anar un cavall **a tota brida** o **a brida abatuda** és anar molt de pressa, córrer molt. *El cavall anava a tota brida i era molt difícil de controlar.*

embridar

brigada brigades

nom femení

Una brigada és un grup de treballadors, de policies o de soldats. La brigada criminal de la policia s'encarrega dels casos d'assassinats.

brillant brillants

adjectiu
1 Que brilla.

2 Un artista, un metge, un advocat, etc., és

A B C D E F G H I J K L M N O P Q R S T U V W X Y Z

brillant quan té moltes qualitats, quan fa perfectament la seva feina. Una persona ha fet una carrera brillant o uns estudis brillants quan ha tret molt bones notes.
abrillantador, abrillantar, brillantor

brillantina brillantines
nom femení — La brillantina és un preparat que es posa als cabells per fer-los lluents i que quedin ben pentinats. Avui, la brillantina no es fa servir gaire.

brillar
verb, com *cantar* ◄ pàg. 26 — **1** Fer una llum viva. El sol brilla de dia i els estels brillen de nit.
2 Diem que una persona brilla per la seva intel·ligència o per la seva bondat quan és molt intel·ligent o molt bona.
frase feta — **3** Una persona **brilla per la seva absència** quan tothom veu que no hi és.

brindar
verb, com *cantar* ◄ pàg. 26 — **1** Dir unes paraules en honor d'algú o d'alguna cosa mentre s'aixeca la copa o el got que s'està a punt de beure. Sovint les persones que brinden fan xocar les copes o els gots.
2 Quan brindem la casa a una persona volem dir que li oferim la casa perquè hi passi uns dies. Quan brindem l'amistat a algú és que volem ser amics seus.
usat amb pronom — **3 Brindar-se** és oferir-se a fer alguna cosa. Si et brindes a fregar els plats és que els vols fregar tu.

brindis brindis
nom masculí — Un brindis és el fet de brindar i les paraules que es diuen quan es brinda, per exemple: *Salut!*

brioix brioixos
nom masculí — Un brioix és una pasta dolça, de molla molt flonja, feta amb farina, mantega i ous. Els brioixos són com un panet allargat, més estret de les puntes que del mig. pàg. 400 (4)

brisa brises
nom femení — Una brisa és un ventet molt suau que bufa als llocs de la costa. Les brises marines refresquen l'ambient calorós de l'estiu.

britànic britànica britànics britàniques
adjectiu — **1** De les Illes Britàniques. *La monarquia britànica.*
nom masculí i femení — **2** Persona que és de les Illes Britàniques o que hi viu.

broc brocs
nom masculí — **1** El broc d'un càntir o d'un porró és la part per on es beu o per on s'omple. Hi ha un broc per a omplir i un broc petit per a beure.
2 Part d'un recipient per on s'aboca el líquid que conté.
frase feta — **3 No estar per brocs** és no voler atendre les excuses o les explicacions inútils d'algú.

broca broques
nom femení — Una broca és una peça d'acer allargada i cilíndrica, amb solcs en forma d'espiral, usada per a foradar. Les broques es posen a la punta de les màquines de foradar.
pàg. 993 (21)
embrocar

brodar
verb, com *cantar* ◄ pàg. 26 — **1** Fer un brodat.
2 Diem que una persona broda o ha brodat una cosa quan la fa molt bé o li ha quedat perfecta.

brodat brodats
nom masculí — Un brodat és un dibuix fet amb fils de color damunt d'una roba. Els vestits i les bruses a vegades s'adornen amb brodats.

brogir
verb, com *servir* ◄ pàg. 28 — Fer brogit, fer un soroll confús.

brogit brogits
nom masculí — Un brogit és un soroll continuat, com el que fa una gran quantitat de gent dins d'un local o el mar quan trenca contra les roques.

brollador brolladors
nom masculí — **1** Un brollador d'aigua és un lloc del camp o de la muntanya on surt aigua de terra. En algunes contrades hi ha brolladors d'aigua calenta.
2 Construcció que hi ha en alguns parcs i jardins d'on es fa sortir un raig o diversos raigs d'aigua cap amunt i cap als costats per a fer bonic. Hi ha brolladors molt grans que, de nit, fan jocs de llum i aigua.

brollar
verb, com *cantar* ◄ pàg. 26 — Sortir aigua o un altre líquid de la terra o d'un recipient. Quan hi ha sequera algunes fonts no brollen.

brom broms
nom masculí — El brom és un element químic no metàl·lic que a temperatura normal és un líquid de color vermell fosc. Desprèn uns vapors bruns tòxics d'una olor molt desagradable. Es fa servir per a fabricar l'emulsió de les pel·lícules fotogràfiques, en farmàcia, etc. El seu símbol és: Br.

1
broma bromes
nom femení — Boira.
bromall, bromós, bromosa

broma² bromes
nom femení
1 Una broma és una cosa que es fa o que es diu per riure's d'una persona o per divertir-se una estona. Algunes bromes poden molestar i fer que la gent s'enfadi.
2 Diem que una persona està de broma o fa broma quan només fa o diu coses per divertir-se i passar-s'ho bé.
locució que fa d'adverbi
3 Quan una cosa es diu o es fa **de broma** és que no es diu o no es fa de debò, sinó només per a riure. *Jo ho deia de broma, però ell s'ho va prendre seriosament.*
bromejar

bromera bromeres
nom femení
Escuma.

bromista bromistes
adjectiu i nom masculí i femení
Que fa moltes bromes, que sempre està de broma. Els bromistes a vegades molesten.

bronqui bronquis
nom masculí
Un bronqui és un tub que hi ha als pulmons per a recollir l'aire que ha entrat per la boca. Les persones tenim dos bronquis, un a cada pulmó. pàgs. 798-799 (54)
bronquial

bronquíol bronquíols
nom masculí
Un bronquíol és cada un dels petits tubs que hi ha dins dels pulmons. Els bronquíols són la continuació dels bronquis. pàgs. 798-799 (53)

bronquitis bronquitis
nom femení
La bronquitis és una malaltia dels bronquis. Quan una persona té bronquitis tus molt.

bronze bronzes
nom masculí
El bronze és un aliatge de coure i estany, de color groc vermellós, fàcil d'obtenir i de treballar. Es fa servir per a fabricar campanes d'esglésies, engranatges, canelobres, estàtues, etc.

bronzejar
verb
com *cantar* ◄ pàg. 26
Amb G davant E, I
Fer que la pell es posi morena, com del color del bronze. Hi ha aparells elèctrics que bronzegen com el sol.
bronzejat

broquet broquets
nom masculí
1 Un broquet és un tub que es posa en un extrem d'un puro o d'un cigarret per fumar-lo sense que toqui els llavis.
2 Part de les pipes de fumar que es posa a la boca.
3 Extrem d'un tub que permet connectar-lo amb un altre tub.

broqueta broquetes
nom femení
Una broqueta és un palet o una mena d'agulla llarga on s'enfilen trossos de carn, peix o verdures per a coure'ls i menjar-los. Les broquetes de carn queden molt gustoses fetes a la barbacoa. pàg. 400 (14)

bròquil bròquils
nom masculí
1 Un bròquil és una hortalissa de la família de la col. Es menja la flor, que és molt grossa i de color verd o morat.
frase feta
2 Es diu que **s'ha acabat el bròquil** quan algú vol tallar una conversa o acabar amb una situació molesta.

brossa brosses
nom femení
1 La brossa és el conjunt de branquetes, fulles seques i altres restes vegetals que hi ha als boscos o als jardins. També és el conjunt de les herbes i els arbustos que hi ha en un bosc. Sovint, la brossa no deixa caminar bé pel bosc.
2 Una brossa és un tros molt petit d'alguna cosa. Quan fa vent, ens pot entrar una brossa a l'ull.
3 Escombraries.

brossaire brossaires
nom masculí i femení
Escombriaire.

brossat brossats
nom masculí
Mató.

brot brots
nom masculí
1 Un brot d'una planta és una branqueta jove, que comença a créixer.
frase feta
2 **No fer brot** és no fer res.
3 **No dir brot** és no dir res.

brotar
verb
com *cantar* ◄ pàg. 26
Fer brots una planta.
brotada

brotxa brotxes
nom femení
1 Una brotxa és un pinzell gros i rodó per a pintar parets i sostres. pàg. 993 (30)
2 Una brotxa d'afaitar és una mena de pinzell petit i rodó per a escampar per la barba el sabó d'afaitar.

brou brous
nom masculí
1 Un brou és aigua que ha bullit juntament amb verdures, carn, patates i altres aliments. El brou de gallina o de pollastre se sol prendre quan fa fred.
2 Un **brou de cultiu** és un líquid especial on hi ha animals i plantes microscòpics que han de ser estudiats. Els brous de cultiu es fan servir als laboratoris de medicina i de farmàcia.

bru bruna bruns brunes
adjectiu
Que té un color gris fosc o un color tirant a negre.
embrunir

A B C D E F G H I J K L M N O P Q R S T U V W X Y Z

bruc brucs
nom masculí
1 Un bruc és un arbust que té fulles verdes tot l'any i fa unes flors petites de color blanc o rosa. Algunes pipes de fumar es fan amb fusta de bruc. Amb les branquetes seques del bruc es fan tanques i coberts.
locució que fa d'adverbi
2 **Sense suc ni bruc** vol dir sense importància.

bruel bruels
nom masculí
Bramul.

1
bruixa bruixes
nom femení
1 Una bruixa és una dona que fa màgia o que la gent es pensa que en fa. A molts contes de fades surten bruixes dolentes.
2 Dona que és vella, lletja i dolenta.
embruixar

2
bruixa bruixes
nom femení
Una bruixa és un peix de cos pla, com la palaia i el llenguado, amb els ulls situats en una banda del cos. És de color bru i de forma ovalada una mica allargada. Té espines al voltant del cos.

bruixeria bruixeries
nom femení
La bruixeria és el conjunt de les coses màgiques que fan les bruixes i els bruixots.

brúixola brúixoles
nom femení
Una brúixola és un aparell per a saber cap a on s'ha d'anar. Porta una petita fletxa que indica sempre la direcció nord. Els excursionistes i els exploradors porten una brúixola per no perdre's.

bruixot bruixots
nom masculí
Un bruixot és un home que fa pràctiques màgiques com les bruixes. En algunes tribus d'Àfrica i d'Àsia hi ha un bruixot que fa d'endevi i de metge.

brunyir
verb
com *servir*
◄ pàg. 28
Fregar les pedres i els metalls perquè brillin.

brunzir
verb
com *dormir*
◄ pàg. 27
o *servir*
◄ pàg. 28
Fer un soroll intens i curt una cosa que es mou molt de pressa dins l'aire. Una bala disparada o una pedra llançada brunzen.
brunzit

brusa bruses
nom femení
Una brusa és una peça de vestir de dona que arriba fins a la cintura. Es corda pel davant i pot ser amb mànigues o sense.

brusc brusca bruscs brusques
adjectiu
També *bruscos*
1 Que es fa o es diu de cop i de manera violenta. Quan hi ha un canvi brusc de temperatura, la gent es constipa.
2 Una persona brusca és poc amable i diu les coses de mala manera.
brusquedat

1
brut bruta bruts brutes
adjectiu
1 Que no està net, que és ple de taques, de greix o de pols, que fa temps que no s'ha rentat.
2 Un producte brut és el que no ha estat treballat ni manipulat per l'home, com el petroli quan surt de la terra.
3 Un xampany brut és el que no porta sucre afegit.
4 Un negoci brut és prohibit per les lleis i pot fer mal a algunes persones. El tràfic de drogues és un negoci brut.

2
brut
adverbi
1 De manera bruta. *Aquests paletes han treballat molt brut.*
locució que fa d'adjectiu i d'adverbi
2 Un treball o un exercici és o es fa **en brut** quan es fa de manera que es pugui corregir i canviar fins a deixar-lo tal com el volem. *Tenia la redacció en brut i després no vaig tenir temps de passar-la en net.*
frase feta
3 **Jugar brut** és jugar o fer les coses amb trampes i enganys.
embrutar

brutal brutals
adjectiu
Que és molt violent, que sembla fet per una bèstia salvatge. A totes les guerres es fan accions brutals i cruels.
brutalitat

brutícia brutícies
nom femení
Les coses brutes tenen brutícia. La brutícia de les ungles fa molt fàstic.

buata buates
nom femení
La buata és una tela molt gruixuda que s'enganxa entremig de dues teles primes per fer una roba gruixuda i tova. La roba d'alguns anoracs i bates d'hivern porta buata.

bub-bub bub-bubs
nom masculí
Onomatopeia que imita el crit del gos. Quan el gos fa bub-bub, és senyal que s'acosta algú.

bubota bubotes
nom femení
Espantall.

buc bucs
nom masculí
1 Un buc és qualsevol objecte que és buit per dins. El buc d'un vaixell o d'un avió és

la part principal buida on van els passatgers, els tripulants i la càrrega.
2 El buc d'una casa és el conjunt format per les parets i la teulada.
3 Rusc de les abelles.

bucal bucals
adjectiu Amb U — De la boca. La neteja bucal és important per a la salut.

bucaner bucaners
nom masculí — Un bucaner era un aventurer dels segles XVII i XVIII que es dedicava a robar per les terres espanyoles d'Amèrica.

bucle bucles
nom masculí — **1** Un bucle és un rull de cabells de forma cilíndrica.
2 Alguns aparells o parts del cos tenen forma de bucle i es diuen així.

bucòlic bucòlica bucòlics bucòliques
adjectiu — Que és dels pastors, que imita la vida tranquil·la dels pastors de manera idealitzada. La poesia bucòlica tracta del camp, les flors, els ocells, etc.

budell budells
nom masculí — **1** Un budell és un tros d'intestí.
nom masculí plural — **2** Els budells són l'intestí sencer. A vegades els budells ens fan soroll.
frase feta — **3 Tenir sempre un budell buit** és tenir sempre molta gana.
esbudellar

budisme budismes
nom masculí — El budisme és la doctrina religiosa dels seguidors de Buda. El budisme està molt estès per Àsia.

budista budistes
nom masculí i femení — Un o una budista és una persona que practica el budisme.

1
buf bufs
nom masculí — Un buf és l'aire que es fa quan una persona bufa.

2
buf bufa bufs bufes
adjectiu — Que és còmic, divertit. Una òpera bufa és una òpera que fa riure i acaba bé.

1
bufa bufes
nom femení — Bufetada.

2
bufa
interjecció — Paraula que diem quan una cosa ens causa sorpresa o no ens sembla bé.

bufada bufades
nom femení — Cada vegada que bufem fem una bufada. Sovint apaguem les espelmes amb una bufada.

bufador bufadors
nom masculí — **1** Un bufador és un lloc on sol bufar el vent.
2 Forat per on surt aire de sota terra.
3 Forat a les roques de prop del mar per on surten esquitxos d'aigua.
4 Aparell que fa una flama molt forta que serveix per a unir coses de metall. Els bufadors porten una bombona de gas.

búfal búfals
nom masculí — Un búfal és un mamífer gros, semblant a un bou, amb les banyes corbades cap enrere, que viu sobretot a l'Àfrica i a l'Índia.

bufanda bufandes
nom femení — Una bufanda és una tira llarga i ampla de roba per a tapar-se el coll i la boca quan fa fred. Les bufandes gairebé sempre són de llana.

bufar
verb com *cantar* ◄ pàg. 26 — **1** Fer sortir aire de la boca posant els llavis com si anéssim a dir una "u".
2 Dirigir l'aire que surt de la boca sobre una flama per a apagar-la, sobre un menjar calent per a refredar-lo, etc.
3 Quan fa vent diem que bufa el vent.
usat amb pronom — **4 Bufar-se** una cosa, com el guix d'una paret o la crosta del pa, és fer-s'hi un bony, aixecar-se una part de la superfície.
bufera

bufet bufets
nom masculí — **1** Un bufet és un moble on es desen els gots, els plats i els coberts que fem servir per a menjar. págs. 594-595 (58)
2 Taula on es posen els entrepans, els canapès i les begudes en una festa.
3 En un restaurant hi ha **bufet lliure** quan pots triar entre molts plats i pots menjarne tot el que vulguis.

bufeta bufetes
nom femení — **1** Una bufeta és una mena de bossa que les persones i alguns animals tenen a dins de diferents parts del cos per a contenir líquids.
2 La **bufeta de l'orina** és el receptacle on es recull l'orina abans de sortir del cos. pàg. 798-799 (61)

bufetada bufetades
nom femení Amb U — Una bufetada és un cop que es dóna a la cara amb el palmell de la mà.

bufetejar
verb com *cantar* ◄ pàg. 26 Amb G davant E, I — Pegar bufetades. Les persones que es barallen a vegades es bufetegen i es donen puntades de peu.

1
bufó bufons
nom masculí — Un bufó era una persona que vivia amb els senyors medievals i treballava distraient-los i fent-los riure.
bufonada

2
bufó bufona bufons bufones
adjectiu — Que és petit i graciós. Sovint diem que una cosa o una persona és bufona quan és bonica.

bugada bugades
nom femení — La bugada és la feina de rentar la roba. Fer bugada és rentar la roba; estendre la bugada és penjar la roba rentada a fi que s'assequi.
bugader, bugaderia

bugia bugies
nom femení — 1 Espelma.
2 Una bugia de cotxe o de moto és una peça que funciona amb electricitat i encén la gasolina que fa anar el motor. moto

buidar
verb com *cantar* ◄ pàg. 26 — 1 Treure tot el que hi ha en un lloc. Quan tornem de comprar, buidem les bosses que hem portat.
2 Diem que un cine, un metro o un camp de futbol es buida quan tothom en surt.
frase feta — 3 **Buidar el pap** és dir clarament tot el que algú pensa d'un assumpte que abans no havia volgut comentar.

buirac buiracs
nom masculí — Carcaix.

buit buida buits buides
adjectiu — 1 Una bossa, una ampolla, un dipòsit, un calaix estan buits quan no hi ha res a dins.
2 Un local, un autobús, una classe estan buits quan no hi ha persones a dins.
nom masculí — 3 Un buit és un lloc o un espai on no hi ha cap cosa ni cap persona. Quan dius que tens un buit a l'estómac és que tens molta gana.
buidesa, buidor

bulb bulbs
nom masculí — 1 Un bulb és una part d'algunes plantes que és enterrada com les arrels. Els alls i les cebes són bulbs.
2 El **bulb raquidi** és una part arrodonida que hi ha a dalt de tot de la medul·la espinal. Regula la circulació de la sang, la respiració, i altres funcions. pàgs. 798-799 (30)

buldog buldogs
nom masculí — Un buldog és un gos de raça corpulent i brau, que té el musell molt pla i la cua i el pèl curts. És un gos de guarda.

buldòzer buldòzers
nom masculí — Un buldòzer és una màquina excavadora que porta al davant una pala molt gran per a arrencar terra i roques i carregar-les als camions. Els buldòzers treballen en la construcció de carreteres.

bulevard bulevards
nom masculí — Un bulevard és un carrer ample, sovint amb arbres. Als bulevards hi ha moltes botigues, bars i restaurants.

búlgar búlgara búlgars búlgares
adjectiu — 1 De Bulgària. *L'Església ortodoxa búlgara.*
nom masculí i femení — 2 Persona que és de Bulgària o que hi viu.
nom masculí — 3 El búlgar és la llengua que es parla a Bulgària.
4 Un búlgar és un pastís rodó i allargat recobert de xocolata. pàg. 400 (11)

1
bull bulls
nom masculí — 1 El bull és el moviment que fa un líquid quan el fem bullir.
frase feta — 2 Un líquid **arrenca el bull** quan comença a bullir.
3 Diem que a una persona **li falta un bull** quan és una mica boja i fa coses estranyes.

2
bull bulls
nom masculí — Un bull és una mena de botifarra que s'ha fet bullir. Hi ha bulls blancs i bulls negres.

bullent bullents
adjectiu — Que bull. L'oli bullent crema molt.

bulliciós bulliciosa bulliciosos bullicioses
adjectiu — 1 Una persona bulliciosa és inquieta, crida i fa broma.
2 Un lloc bulliciós és ple de gent que crida i va amunt i avall.

bullir
verb com *dormir* ◄ pàg. 27 — 1 Moure's violentament un líquid que és al foc quan arriba a una temperatura determinada. L'aigua bull als 100 graus i fa bombolles i treu vapor.
2 També diem que bullen els aliments que fem coure amb aigua bullent, com les verdures i les patates.
frase feta — 3 Diem que a una persona **li bull la sang** quan està molt enrabiada o molt excitada.

bullit bullits
nom masculí — Carn d'olla.

bum bums
nom masculí — Onomatopeia que imita el soroll d'una explosió o d'un cop fort. *Quan es va sentir el bum de l'explosió, tothom va sortir corrents.*

bumerang bumerangs
nom masculí — Un bumerang és un bastó pla, gruixut i de forma corba que es llança amb la mà i es fa servir com a arma. Alguns bumerangs tornen cap a la persona que els ha llançat.

bungalou bungalous
nom masculí — Un bungalou és un tipus d'apartament o de xalet que hi ha en alguns llocs de platja o de muntanya.

búnquer búnquers
nom masculí — Un búnquer és una construcció per a protegir dels bombardejos. Generalment és de ciment armat.

bunyol bunyols
nom masculí — **1** Un bunyol és una massa feta amb farina, ou i altres ingredients i després fregida. Els bunyols tenen forma rodona. N'hi ha de dolços i de salats, com els de bacallà.
2 Diem que una cosa és un bunyol quan està mal feta.

burg burgs
nom masculí — A l'edat mitjana, un burg era un nucli urbà format al voltant d'un castell o d'una ciutat emmurallada.

burgès burgesa burgesos burgeses
nom masculí i femení — **1** Persona que pertany a la burgesia.
2 Es diu que algú és un burgès quan té molts diners i viu molt bé.
aburgesar-se

burgesia burgesies
nom femení — La burgesia és la classe social de les persones que tenen diners o empreses.

burí burins
nom masculí — Un burí és una eina d'acer semblant al cisell per a gravar metall, pedra o fusta.

burilla burilles
nom femení — **1** Una burilla és el trosset final que es llença d'un cigarret o d'un puro. Les burilles s'han d'apagar bé i deixar-les als cendrers.
2 Tap de nas. Fer burilles és ficar-se el dit al nas.

burlar-se
verb usat amb pronom com *cantar* ◄ pàg. 26 — **1** Riure's d'una persona o d'una cosa, ferhi broma amb mala intenció. Burlar-se dels errors dels altres és molt lleig.
2 Burlar-se d'una llei o d'una ordre és no fer-ne cas, no obeir-la.
burla, burlesc

burleta burletes
nom masculí i femení — **1** Un o una burleta és una persona que sempre es burla de tot.
adjectiu — **2** Quan una cosa es diu en to burleta es diu com fent-ne burla.

buró burós
nom masculí — **1** Un buró és una taula de despatx amb compartiments i calaixos.
2 Grup de persones que dirigeixen una associació o un partit polítics.

burocràcia burocràcies
nom femení — La burocràcia és el conjunt de feines que fan les persones que treballen a les oficines i als despatxos del govern d'un estat o d'un ajuntament. Quan hi ha massa burocràcia tot es fa molt lentament i se segueixen procediments inútils.
burocràtic

burra burres
nom femení — Somera.

burret burrets
nom masculí — Un burret és un peix petit, que fa uns cinc centímetres com a màxim, de cos allargat i recobert d'escates molt petites. És de color marró pàl·lid amb unes taques més clares damunt de l'esquena. Té el cap gros i arrodonit i el cos més prim.

burro burra burros burres
nom masculí — **1** Ase.
2 Diem que una persona treballa com un burro o va carregada com un burro quan treballa molt o va molt carregada.
nom masculí i femení — **3** Persona que no és gaire intel·ligent o que fa coses estúpides. Aquesta paraula es fa servir com un insult.
burrada

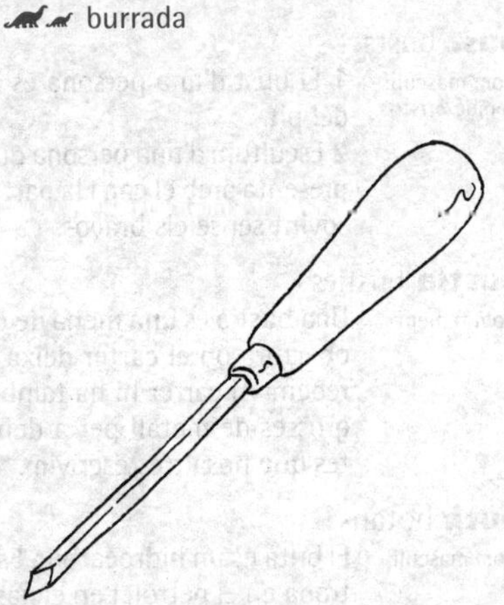
Un burí

burxar
verb
com *cantar*
◄ pàg. 26
1 Ficar un bastonet, un filferro, etc., en un forat o en un lloc semblant per veure què hi ha, per fer sortir un animalet, etc.
2 Diem que una persona burxa quan insisteix per aconseguir que algú faci una cosa o li digui el que sap. Si un amic està molt decidit a no anar d'excursió, no cal que burxis, que no hi anirà.
burxada, burxó

bus [1] bussos
nom masculí i femení
Un o una bus és una persona que baixa molt dins del mar amb un vestit resistent i impermeable. Els bussos reben aire per a respirar des del vaixell que els baixa i puja.
bussejador, bussejar

bus [2] busos
nom masculí
Forma abreujada de *autobús*.

busca busques
nom femení
1 Una busca és un trosset molt petit d'alguna cosa, com una palleta o una brossa.
2 La busca d'un rellotge és cada una de les agulles que marquen les hores.

buscall buscalls
nom masculí
Un buscall és un tros de llenya.

buscar
verb
com *cantar*
◄ pàg. 26
Amb QU davant E, I
Mirar de trobar o de descobrir una cosa o una persona. No pots donar per perduda una cosa fins que no l'hagis buscada bé. Quan diem que anem a buscar algú és que anem a trobar-lo i el farem venir amb nosaltres.

busca-raons busca-raons
nom masculí i femení
Un o una busca-raons és una persona que sempre fa que hi hagi discussions i baralles. Els busca-raons no tenen gaires amics.

bust busts
nom masculí
També *bustos*
1 El bust d'una persona és la part de dalt del pit.
2 Escultura d'una persona que només la representa amb el cap i la part de dalt del pit, sovint sense els braços.

bústia bústies
nom femení
Una bústia és una mena de capsa amb una obertura on el carter deixa les cartes que rebem. Al carrer hi ha també unes bústies grosses de metall per a deixar-hi les cartes que nosaltres escrivim. pàg. 597 (23)

butà butans
nom masculí
El butà és un hidrocarbur. És un gas que es troba en el petroli i en el gas natural. Es fa servir com a combustible a moltes cases per a cuinar i escalfar l'aigua i la casa. Es transporta i es reparteix per les cases dins d'unes bombones de color vermellós. La seva fórmula és: C_4H_{10}.
butaner

butaca butaques
nom femení
1 Una butaca és una cadira gran amb braços i el respatller una mica inclinat cap enrere. Sovint les butaques estan encoixinades. pàgs. 594-595 (63)
2 Els seients dels cines i dels teatres s'anomenen també *butaques*.

butlla butlles
nom femení
Una butlla papal és un document on el papa dóna algun privilegi.

butlleta butlletes
nom femení
Una butlleta és un full de paper imprès per a comunicar alguna cosa a algú, per a fer la subscripció a una revista, etc.

butlletí butlletins
nom masculí
Amb U
Amb TLL
Un butlletí és una revista que publica un centre excursionista, un grup de teatre, una societat de metges o arquitectes, etc. Gairebé tots els governs tenen un butlletí per a donar a conèixer les coses que la gent ha de fer o saber.

butllofa butllofes
nom femení
1 Una butllofa és com un bony que surt a la pell d'una persona quan es crema. També surten butllofes quan es porten sabates molt estretes o quan una cosa aspra, com una corda, ens frega les mans.
2 Mentida.
embutllofar

butxaca butxaques
nom femení
Amb U
1 Una butxaca és una bosseta que hi ha als pantalons, les camises, etc., on podem portar el mocador, el portamonedes i altres coses.
2 Diners que té una persona. Per això es diu, per exemple, que una persona ho paga tot de la seva butxaca, és a dir, amb els seus diners.
locució que fa d'adjectiu
3 Un llibre **de butxaca** és un llibre de mida petita, que es pot portar en una butxaca. Això es diu també d'altres coses, com una ràdio o una llanterna.
frase feta
4 **Tenir la butxaca foradada** és gastar molts diners sense necessitat.
5 Quan diem que algú **ens ha escurat les butxaques** és que ens ha fet gastar tot el que teníem.
butxaquejar, embutxacar

c
nom femení — Tercera lletra de l'alfabet català. Quan va davant de *A, O, U* o a final de paraula, representa el so de [k], com a *casa*; quan va davant de *E, I*, representa el so de [s], com a *cel*. En alguns casos, quan va davant de *A, O, U* o a final de paraula, té el so de [s] i es converteix en ç, com a *plaça* o a *feliç*.

1
ca cans
nom masculí — **1** Gos. Es diu a les Illes Balears.
2 Un **ca eivissenc** és un llebrer eivissenc.

2
ca cas
nom femení — Nom de la lletra *k, K*.

3
ca
nom femení — Paraula que serveix per a introduir el nom d'una casa. Aquesta paraula, quan va davant de *el* o de *en*, forma *cal* o *can: Ca la Pepa, cal Pepet, can Jaume.*

4
ca
interjecció — Exclamació que expressa incredulitat respecte al que l'altra persona ha dit. *-Tinc moltes terres a l'Havana. -Ca! No t'ho creus ni tu.*

cabal cabals
nom masculí — **1** El cabal d'una persona és el conjunt de propietats i riqueses que té. Quan una persona té molts cabals és que té molts diners.
2 El cabal d'un riu és la quantitat d'aigua que porta. Normalment s'indica en metres cúbics per segon (m^3/s).
frase feta — **3 Fer cabal** és fer cas.
acabalar, acabalat, acabalada

càbala càbales
nom femení — **1** La càbala és un conjunt de teories i símbols, basats en la Bíblia, que feien servir alguns jueus i homes medievals.
frase feta — **2 Fer càbales** és fer suposicions per endevinar alguna cosa.

cabalístic cabalística cabalístics cabalístiques
adjectiu — **1** De la càbala.
2 Secret.

cabalós cabalosa cabalosos cabaloses
adjectiu — Un riu és molt cabalós si porta molta aigua.

cabana cabanes
nom femení — Cabanya.

cabanya cabanyes
nom femení
També *cabana* — Una cabanya és una caseta de camp senzilla. Pot servir per a passar-hi la nit el

A B C D E F G H I J K L M N O P Q R S T U V W X Y Z

bestiar, els pastors, els guardes, etc. En alguns països càlids la gent viu en cabanyes.

cabaret cabarets

nom masculí — Un cabaret és un local on es poden veure espectacles i on se serveixen begudes. Els artistes de cabaret canten, ballen i van molt guarnits.

cabàs cabassos

nom masculí — **1** Un cabàs és una bossa flexible i amb dues nanses que serveix per a transportar sorra, pedres, o altres coses de pes. També hi ha cabassos que es fan servir quan es va a comprar al mercat.

frase feta — **2 Fer-ne una com un cabàs** és fer una cosa molt rara, mal feta, sense sentit. Si agafes el cotxe sense permís de conduir en fas una com un cabàs.

cabassejar, encabassar

cabdal cabdals

adjectiu, Amb BD — Que és molt important. Un escriptor cabdal és un gran escriptor.

cabdell cabdells

nom masculí, Amb BD — Un cabdell de fil és una bola de fil enrotllat sobre ell mateix. La llana es guarda en cabdells.

cabdellar

verb, com *cantar* ◄ pàg. 26, Amb BD — Enrotllar fil formant un cabdell.

cabdill cabdills

nom masculí, Amb BD — El cabdill d'un país, d'un exèrcit o d'un grup és la persona que el mana.

cabeça cabeces

nom femení — **1** La cabeça d'una planta és la part rodona i grossa que creix sota terra. Els alls, les cebes i els lliris tenen cabeça.

2 Cabeça d'alls ✎ pàg. 400 (21)

cabell cabells

nom masculí — **1** Un cabell és un pèl del cap d'una persona. Si portes els cabells ben pentinats fas més bona cara. ✎ pàg. 793 (18)

2 Conjunt dels cabells. Algunes persones tenen tot el cabell blanc.

3 El **cabell d'àngel** és una confitura dolça que té forma de fils blanquinosos. Es fa amb carbassa i es posa dins dels pastissets i dels tortells.

frase feta — **4 Estirar-se els cabells** és lamentar alguna cosa que s'ha fet.

cabellera cabelleres

nom femení — **1** La cabellera d'una persona és el conjunt dels seus cabells, sobretot quan són molt llargs.

2 Pelussa de les panotxes.

3 Crinera dels cavalls.

cabellut cabelluda cabelluts cabelludes

adjectiu — Que té molts cabells.

caber

verb, com *cabre* ◄ pàg. 29 — Cabre. Per més que s'hi esforci, una persona gran no pot caber en un llit de nen petit.

cabestre cabestres

nom masculí — El cabestre d'un cavall és una corretja que porta lligada al cap per a conduir-lo.

encabestrar

cabestrell cabestrells

nom masculí — Un cabestrell és un embenatge o mocador passat pel coll que serveix per a aguantar el braç o la mà a l'alçada del pit. Si et trenques el braç, te l'enguixen i el portes en cabestrell perquè et pesi menys.

Un cabestrell

cabina cabines

nom femení — **1** Una cabina és una habitació molt petita d'un vehicle, d'una construcció o d'un aparell, que està separada de la resta. Un camió o una grua es condueix des de la cabina. Les cabines dels vaixells són per a dormir-hi.

2 Cabina de comandament ✎ pàg. 196 (12)

3 Una **cabina telefònica** és una caseta on hi ha un telèfon públic. ✎ pàg. 597 (12)

cabirol cabirols

nom masculí — Un cabirol és un mamífer remugant semblant a un cérvol però més petit. Els mascles tenen banyes, petites i acabades en dues puntes. Els cabirols són molt ràpids, dòcils i pacífics. N'hi ha als Pirineus.

Un cabirol

cable cables

nom masculí

1 Un cable és un cordó format per fils metàl·lics. Alguns cables van embolicats amb una funda, generalment de plàstic.

2 Un **cable elèctric** és un cable per on passa l'electricitat. Els fils dels cables elèctrics són de coure.

cabòria cabòries

nom femení

Una cabòria és una preocupació. Fer-se cabòries és preocupar-se sense motiu per alguna cosa.

caboriejar, encaboriar

cabota cabotes

nom femení

La cabota d'un clau és el cantó més gruixut. Els cargols de ferreteria tenen una ratlla a la cabota per a posar-hi el tornavís.

cabotatge cabotatges

nom masculí

El cabotatge és un tipus de navegació. Els vaixells que fan cabotatge van de port en port seguint la costa.

cabra cabres

nom femení

1 Una cabra és un mamífer semblant al be, però amb el pèl curt i de color negre o ros. Té la cua també molt curta. Amb la llet de cabra es fan formatges molt gustosos.

Una cabra

2 Cranc marí de closca bonyeguda que té deu potes llargues. Amb les cabres es fa sopa, arròs i fideus.

frase feta

3 **Estar com una cabra** és ser molt esbojarrat.

4 **Fer el negoci d'en Robert amb les cabres** és fer un mal negoci.

5 Es diu que una criatura **ha mamat llet de cabra** si és molt entremaliada i no para de bellugar-se.

cabrer

cabrales cabrales

nom masculí

El cabrales és un formatge d'ovella o de cabra d'olor molt forta i gust picant que es fa, sobretot, a Astúries. Té un color verdós i s'embolica amb fulles d'arbre.

cabre

verb
◄ pàg. 29
També caber

1 Poder estar una cosa dins d'una altra. El diccionari cap a la cartera. Nosaltres no cabem dins d'un formiguer.

frase feta

2 **No cabre al cap** una cosa és no poder entendre que sigui o que passi. A la majoria de la gent no li cap al cap que encara hi hagi guerres.

cabriola cabrioles

nom femení

Una cabriola és un salt que fa una persona o un animal, sobretot quan balla o juga.

cabrit cabrits

nom masculí

Un cabrit és el petit de la cabra.

cabró cabrons

nom masculí

Boc. Aquesta paraula a vegades es fa servir com un insult i es considera grollera.

cabrum cabrums

adjectiu i nom masculí

El bestiar cabrum és el conjunt format per les cabres, els bocs i els cabrits. El cabrum és propi de llocs de muntanya.

cabuda cabudes

nom femení

La cabuda d'un recipient, d'una caixa, d'un local, etc., és la quantitat de líquid, d'objectes, de gent, etc., que hi cap. Una habitació petita té poca cabuda i un estadi de futbol en té molta.

cabussar-se

verb usat amb pronom com cantar ◄ pàg. 26

Capbussar-se. En algunes activitats aquàtiques, les persones es cabussen amb ulleres i una bombona d'oxigen a l'esquena per a respirar.

cabut cabuda cabuts cabudes

adjectiu

1 Que té el cap gros.

2 Tossut. Les persones cabudes no fan cas dels advertiments dels altres.

A B C D E F G H I J K L M N O P Q R S T U V W X Y Z

caca caques

nom femení — **1** La caca és l'excrement sòlid que les persones i els animals expulsen del cos després d'haver digerit els aliments.
2 Una caca és qualsevol cosa molt bruta.

1
caça caces

nom femení — **1** La caça és el fet de caçar.
2 Conjunt d'animals que es vol caçar o que ja s'ha caçat. Als països amb boscos hi ha molta caça.

2
caça caces

nom masculí — Un caça és un avió de combat molt ràpid i molt ben armat.

caçador caçadora caçadors caçadores

adjectiu — **1** Que caça. Els llebrers són gossos caçadors.

nom masculí i femení — **2** Persona que es dedica a la caça d'animals.

caçadora caçadores

nom femení — Una caçadora és una jaqueta de llana o de pell i curta fins a la cintura que fan servir els caçadors i alguns esportistes. N'hi ha que també es porten com una peça de vestir normal.

caçapapallones caçapapallones

nom masculí — Un caçapapallones és una bossa de xarxa molt fina amb un mànec. Es fa servir per a agafar papallones sense fer-les malbé.

caçar

verb
com *cantar*
◄ pàg. 26
Amb C davant E, I

1 Perseguir un animal i matar-lo o agafar-lo. A la majoria dels països, es caça per diversió o per esport; hi ha, però, algunes tribus i alguns pobles que cacen per alimentar-se.
2 També diem, per exemple, que els gats cacen rates, ja que les atrapen i les maten.

cacatua cacatues

nom femení — Una cacatua és un ocell semblant a un lloro que té un conjunt de plomes de colors damunt del cap. Aquestes plomes es poden bellugar. Les cacatues tenen el bec fort i volen molt bé. Amb el bec s'ajuden a enfilar-se als arbres. Poden aprendre a repetir paraules. Viuen a Austràlia i a Oceania.

cacau cacaus

nom masculí
Amb U

El cacau és una substància que es fa servir per a fer xocolata. Es treu del fruit d'un arbre tropical que també es diu *cacau*. El cacau en pols, barrejat amb altres productes, el prenem amb la llet i té molt d'aliment.

cacauer

cacauet cacauets

nom masculí
Sense H

Un cacauet és una fruita seca allargada i groga; té una closca tova que conté unes llavors arrodonides i cobertes d'una pellofa vermellosa. Els cacauets es mengen pelats, torrats i salats, com a aperitiu. També se'n treu un oli.

cacera caceres

nom femení — La cacera és l'activitat dels caçadors. Quan van de cacera vol dir que surten a caçar. I fan una bona cacera quan agafen molts conills o altres animals.

cacic cacics

nom masculí — Un cacic és una persona que fa fer el que vol a les persones del lloc on viu i abusa del poder que té. Els cacics, per exemple, diuen a qui s'ha de votar en unes eleccions.

caciquisme

cacofonia cacofonies

nom femení — Una cacofonia és una repetició dels mateixos sons o les mateixes síl·labes dins d'una frase. Això produeix un efecte estrany o desagradable. Per exemple, si dius *roca calenta* fas una cacofonia en ajuntar el *-ca* de *roca* amb el *ca-* de *calenta*.

cactus cactus

nom masculí — Un cactus és una planta que té les fulles convertides en punxes o espines. Els cactus viuen en llocs desèrtics i secs. Poden guardar una gran quantitat d'aigua dins de la tija. Alguns es fan servir com a plantes decoratives per les seves formes curioses.

cada

determinant indefinit — **1** Aquesta paraula s'usa per a indicar per separat les persones o les coses que formen part d'un grup o d'un conjunt. Quan diem que una cosa passa cada dia és que passa tots els dies. Sempre va davant d'un nom.
• *Per Nadal, cada ovella al seu corral. Feu gimnàstica cada dia i us trobareu millor. Cada llibre de la biblioteca ha de tenir una fitxa.*

determinant i pronom indefinits — **2 Cada un** vol dir cadascun. Cadascun de nosaltres sap el que més li convé.

pronom indefinit — **3 Cada u** vol dir cadascú. Cada u sap el que li agrada.

cadafal cadafals

nom masculí — Un cadafal és una plataforma elevada que es posa en un lloc públic per fer-hi un espectacle o un acte especial. Es muntaven cadafals per executar els condemnats a mort davant de la gent.

1 – catenària
2 – consigna
3 – pantògraf
4 – locomotora elèctrica
5 – revisora
6 – vagó de passatgers
7 – túnel
8 – via
9 – cap d'estació
10 – topall
11 – equipatge
12 – paquet
13 – andana
14 – carril
15 – travessa
16 – vagó cisterna
17 – vagó de mercaderies

1 – petrolier
2 – transatlàntic
3 – arboradura
4 – cobert
5 – escullera
6 – popa
7 – proa
8 – vela
9 – moll
10 – remolcador
11 – veler
12 – pont

13 – grua
14 – taxi
15 – timó
16 – quilla
17 – pal
18 – drassana
19 – iot
20 – coberta
21 – boia
22 – escotilla
23 – llanxa

1 – avioneta
2 – globus aerostàtic
3 – dirigible
4 – planador
5 – avió
6 – tren d'aterratge
7 – torre de control
8 – hangar
9 – helicòpter
10 – pista
11 – hostessa
12 – cabina de comandament
13 – pilot
14 – hidroavió

Sant Pau de Fenollet
FENOLLEDA
Perpinyà
CAPCIR
Prada
ROSSELLÓ
VALL D'ARAN
Viella
PALLARS SOBIRÀ
ANDORRA
Andorra la Vella
ALTA CERDANYA
Formiguera
CONFLENT
Montlluís
Ceret
VALLESPIR
ALTA RIBAGORÇA
Sort
Puigcerdà
el Pont de Suert
la Seu d'Urgell
CERDANYA
ALT EMPORDÀ
RIBAGORÇA
RIPOLLÈS
Figueres
PALLARS JUSSÀ
ALT URGELL
BERGUEDÀ
GARROTXA
Ripoll
Olot
PLA DE L'ESTANY
Tremp
Banyoles
Benavarri
SOLSONÈS
Berga
OSONA
GIRONÈS
Solsona
Girona
la Bisbal d'Empordà
LLITERA
NOGUERA
Vic
SELVA
BAIX EMPORDÀ
Tamarit de Llitera
Santa Coloma de Farners
BAGES
Balaguer
SEGARRA
VALLÈS ORIENTAL
Lleida
Mollerussa
Tàrrega
Manresa
Granollers
Cervera
VALLÈS OCCIDENTAL
MARESME
PLA D'URGELL
Igualada
Fraga
URGELL
ANOIA
Terrassa
Mataró
Sabadell
SEGRIÀ
les Borges Blanques
CONCA DE BARBERÀ
BARCELONÈS
BAIX CINCA
GARRIGUES
Vilafranca del Penedès
Barcelona
ALT CAMP
Montblanc
Sant Feliu de Llobregat
Valls
ALT PENEDÈS
BAIX LLOBREGAT
PRIORAT
el Vendrell
GARRAF
RIBERA D'EBRE
Falset
Reus
Vilanova i la Geltrú
TERRA ALTA
BAIX PENEDÈS
Tarragona
BAIX CAMP
TARRAGONÈS
Móra d'Ebre
Gandesa
MATARRANYA
BAIX EBRE
Tortosa
Vall-de-roures
Amposta
Morella
MONTSIÀ
ELS PORTS
BAIX MAESTRAT
Vinaròs
ALT MAESTRAT
Albocàcer
ALCALATÉN
ALT MILLARS
l'Alcora
PLANA ALTA
Fontes
Castelló de la Plana
ALT PALÀNCIA
PLANA BAIXA
Sogorb
Borriana
Xelva
ELS SERRANS
CAMP DE TÚRIA
CAMP DE MORVEDRE
Sagunt
Llíria
HORTA NORD
Xiva de Bunyol
HORTA OEST
València
VALÈNCIA
FOIA DE BUNYOL
HORTA SUD
Cofrents
RIBERA ALTA
Sueca
VALL DE COFRENTS
Alzira
RIBERA BAIXA
CANAL DE NAVARRÉS
SAFOR
Énguera
Xàtiva
Gandia
COSTERA
VALL D'ALBAIDA
Dénia
Ontinyent
Cocentaina
MARINA ALTA
COMTAT
Alcoi
Villena
ALCOIÀ
ALT VINALOPÓ
MARINA BAIXA
la Vila Joiosa
Elda
VINALOPÓ MITJÀ
ALACANTÍ
Alacant
Elx
BAIX VINALOPÓ
Oriola
BAIX SEGURA
Ademús
MENORCA
Maó
MALLORCA
Palma de Mallorca
EIVISSA
Eivissa

OCEÀ ÀRTIC
Illes de la Reina Elisabet
Mar de Beaufort
Baffin
Grenlàndia (Din.)
Jan Mayen
ISLÀNDIA
Alaska (EUA)
Mar de Bering
Illes Aleutianes
CANADÀ
Mar del Labrador
Terranova
ESTATS UNITS D'AMÈRICA
OCEÀ ATLÀNTIC
PORTUGAL
Açores (Port.)
Madeira (Port.)
Illes Canàries (Esp.)
SÀHARA OCCIDENTAL
MAURITÀNIA
CAP VERD
SENEGAL
33
34
GUINEA
SIERRA LEONE
LIBÈRIA
Illes Bermudes (RU)
OCEÀ PACÍFIC
Illes Hawaii (EUA)
BAHAMES
MÈXIC
CUBA
REPÚBLICA DOMINICANA
HAITÍ
JAMAICA
20
21
22
23
24
25
26
27
28
29
30
31
32
BELIZE
GUATEMALA
HONDURES
EL SALVADOR
NICARAGUA
Antilles Neerlandeses
TRINITAT I TOBAGO
COSTA RICA
Clipperton (Fr.)
Illa de Coco (Costa Rica)
PANAMÀ
VENEÇUELA
GUYANA
35
Guaiana Francesa
Malpelo (Colòmbia)
COLÒMBIA
Arxipèlag de Galàpagos (Equador)
EQUADOR
KIRIBATI
Tokelau
SAMOA
Samoa Nord-americana (EUA)
36
TONGA
Illes Cook
Polinèsia Francesa
Pitcairn (RU)
PERÚ
BRASIL
BOLÍVIA
PARAGUAI
Illes dels Desventurados (Xile)
Illa de Pasqua (Xile)
Sala y Gómez (Xile)
Illes Kermadec (N. Zel.)
Arxipèlag Juan Fernández (Xile)
URUGUAI
XILE
ARGENTINA
Illes Chatham (N. Zel.)
OCEÀ PACÍFIC
Illes Falkland/ Illes Malvines (RU)
Geòrgia del Sud (RU)
Mar de Scotia
Illes Sandwich del Sud (RU)
Illes Shetland del Sud (RU)
Illes Òrcades Australs (RU)
ANTÀRTIDA

Terra de Francesc Josep
Terra del Nord
OCEÀ ÀRTIC
Nova Terra
Illes de la Nova Sibèria
Mar de Barentsz
NORUEGA
SUÈCIA
FINLÀNDIA
RÚSSIA
ESTÒNIA
LETÒNIA
LITUÀNIA
(Rússia)
Mar Bàltic
BIELORÚSSIA
POLÒNIA
UCRAÏNA
KAZAKHSTAN
MONGÒLIA
Mar d'Okhotsk
Illes Kurils
HONGRIA
MOLDÀVIA
ROMANIA
SÈRBIA
BULGÀRIA
Mar Negra
GEÒRGIA
ARMÈNIA
AZERBAIDJAN
Mar Caspia
Mar d'Aral
UZBEKISTAN
KIRGUIZISTAN
TURKMENISTAN
TADJIKISTAN
COREA DEL NORD
Mar del Japó
JAPÓ
COREA DEL SUD
GRÈCIA
TURQUIA
XINA
OCEÀ PACÍFIC
MALTA
Mediterrània
XIPRE
SÍRIA
LÍBAN
ISRAEL
IRAQ
IRAN
AFGANISTAN
PAKISTAN
JORDÀNIA
KUWAIT
NEPAL
BHUTAN
LÍBIA
EGIPTE
ARÀBIA SAUDITA
OMAN
ÍNDIA
BANGLA DESH
TAIWAN
Mar Roja
MYANMAR
LAOS
VIETNAM
Mar de la Xina Meridional
Mar de les Filipines
FILIPINES
Illes Marianes Septentrionals (EUA)
Guam (EUA)
MARSHALL
TXAD
SUDAN
ERITREA
IEMEN
Mar d'Aràbia
TAILÀNDIA
CAMBODJA
ESTATS FEDERATS DE MICRONÈSIA
DJIBOUTI
Socotra (Iemen)
Illes Lacadives (Índia)
Illes Andaman (Índia)
PALAU
REPÚBLICA CENTREAFRICANA
ETIÒPIA
SOMÀLIA
SRI LANKA
Illes Nicobar (Índia)
BRUNEI
MALDIVES
MALÀISIA
SINGAPUR
CONGO
REPÚBLICA DEMOCRÀTICA DEL CONGO
UGANDA
KENYA
GABON
RWANDA
BURUNDI
SEYCHELLES
NAURU
KIRIBATI
PAPUA NOVA GUINEA
INDONÈSIA
TUVALU
Territori britànic de l'Oceà Índic
TANZÀNIA
TIMOR DE L'EST
ILLES SALOMÓ
ANGOLA
COMORES
OCEÀ ÍNDIC
Mar del Corall
FIJI
ZÀMBIA
MALAWI
Mayotte (Fr.)
VANUATU
ZIMBABWE
MOÇAMBIC
MADAGASCAR
MAURICI
Nova Caledònia (Fr.)
NAMÍBIA
BOTSWANA
Reunió (Fr.)
AUSTRÀLIA
SWAZILÀNDIA
LESOTHO
REPÚBLICA DE SUD-ÀFRICA
ALBÀNIA 15
ANDORRA 10
Anguilla (RU) 23
ANTIGUA I BARBUDA 25
BAHRAIN 17
BARBADOS 30
BÈLGICA 2
BÒSNIA I HERCEGOVINA 9
CIUTAT DEL VATICÀ 13
CROÀCIA 8
DOMINICA 27
ESLOVÀQUIA 5
ESLOVÈNIA 7
GÀMBIA 33
GRENADA 31
Guadeloupe (Fr.) 26
GUINEA BISSAU 34
Illes Verges Americanes 22
Illes Verges Britàniques 21
Illes Wallis i Futuna (Fr.) 36
LIECHTENSTEIN 6
LUXEMBURG 3
MACEDÒNIA 16
Martinica (Fr.) 28
MÒNACO 11
MONTENEGRO 14
PAÏSOS BAIXOS 1
Puerto Rico (EUA) 20
QATAR 18
REPÚBLICA TXECA 4
SAINT KITTS I NEVIS 24
SAINT LUCIA 29
SAINT VINCENT I LES GRENADINES 32
SAN MARINO 12
SURINAM 35
UNIÓ DELS EMIRATS ÀRABS 19
NOVA ZELANDA
Mar de Tasmània
Illes Crozet (Fr.)
Illes Antípodes (N. Zel.)
Illes Auckland (N. Zel.)
Macquarie (Austràlia)
ANTÀRTIDA

Reykjavik
Islandès
Feroès
Noruec
Oslo
Suec
Estocolm
Finès
Hèlsinki
Sant Petersburg
Tallinn
Estonià
Riga
Letó
Moscou
Rus
Lituà
Vilnius
Rus
Minsk
Bielorús
Gaèlic escocès
Glasgow
Belfast
Gaèlic irlandès
Dublín
Manchester
Gal·lès
Anglès
Londres
Danès
Copenhaguen
Frisó
Hamburg
l'Haia
Amsterdam
Flamenc o neerlandès
Brussel·les
Berlín
Cauxibi
Varsòvia
Polonès
Kíev
Ucraïnès
Bonn
Luxemburg
Alemany
Praga
Txec
Eslovac
Bretó
París
Francès
Munic
Viena
Bratislava
Budapest
Hongarès
Chisinau
Berna
Vaduz
Ginebra
Eslovè
Ljubljana
Zagreb
Romanès
la Corunya
Gallec
Sant Sebastià
Basc
Occità
Milà
Retoromànic
Belgrad
Bucarest
Porto
Portuguès
Castellà
Marsella
Mònaco
Sarajevo
Serbocroat
Lisboa
Madrid
Barcelona
Cors
Italià
Podgorica
Búlgar
Sofia
Català
València
Roma
Albanès
Skopje
Istanbul
Sevilla
Palma de Mallorca
Sard
Nàpols
Tirana
Macedònic
Ankara
Càller
Turc
Grec
Atenes
Nicòsia
Maltès
0
1.000 km
Fronteres d'estats

cadarn cadarns

nom masculí — Refredat, constipat. Quan es passa fred en un lloc, es pot agafar un bon cadarn. És una paraula poc usada.

cadascú

pronom indefinit — Aquesta paraula s'usa per a referir-se a totes les persones indicant per separat cada una d'elles. *Cadascú ha fet el que ha volgut. Que cadascú porti el seu berenar.*

cadascun cadascuna cadascuns cadascunes

determinant i pronom indefinits — Aquesta paraula s'usa per a referir-se a les persones o a les coses que formen part d'un grup. *Si cadascun de nosaltres porta alguna cosa de menjar, farem un bon sopar. Necessitem quatre noies, i cadascuna haurà de fer una feina diferent.*

cadastre cadastres

nom masculí — Un cadastre és una llista on hi ha les finques d'un país o d'una regió i on s'explica les característiques que tenen i la mida que fan. A través del cadastre, se sap el valor d'una finca i els impostos que s'han de pagar.

cadastral

cadàver cadàvers

nom masculí — El cadàver d'una persona o d'un animal és el seu cos mort.

cadell cadells

nom masculí — Un cadell és un gos que fa poc que ha nascut. Els petits d'altres mamífers com el llop, el lleó i l'ós també es diuen *cadells*.

cadellar

cadena cadenes

nom femení — 1 Una cadena és un conjunt d'anelles de ferro unides i posades l'una darrere l'altra. Les cadenes es fan servir per a aixecar pesos, pujar i baixar l'àncora d'un vaixell, tancar un camí, etc. bicicleta

2 Una cadena de supermercats o d'altres botigues és un conjunt d'aquests establiments que són del mateix amo i estan repartits per diferents llocs.

3 Una cadena de televisió o de ràdio és una emissora o un conjunt d'emissores.

4 Les cadenes d'un cotxe són un conjunt de cadenes que es posen a les rodes per a evitar que el cotxe patini quan hi ha neu o glaç.

encadenar

cadenat cadenats

nom masculí — Un cadenat és un pany portàtil i movible. Porta una peça rodona i corba que es fa passar per unes anelles que hi ha a la porta, la caixa, etc., que es vol tancar.

cadència cadències

nom femení — 1 La cadència d'una frase o d'un vers és la bona combinació dels mots i dels accents que fa que tingui ritme i soni bé.

2 Acabament d'una frase musical.

3 Hi ha cadència en un moviment, en un so, en un fenomen qualsevol si es va repetint de manera regular. Les imatges d'una pel·lícula passen pel projector amb una cadència determinada: cada segon passen 24 fotogrames.

cadenciós, cadenciosa

cadernera caderneres

nom femení — Una cadernera és un ocell d'uns 12 centímetres de llargària que té les plomes fosques i una taca vermella al cap. Els costats del cap són blancs. El seu aliment preferit són les llavors dels cards. Fa un cant molt bonic.

cadet cadets

nom masculí i femení — Un o una cadet és un alumne d'una acadèmia militar.

cadira cadires

nom femení — 1 Una cadira és un seient amb respatller i per a una sola persona. Les cadires de vegades tenen braços. pàgs. 594-595 ⑭

2 Una **cadira de rodes** és un seient especial que porta rodes per a desplaçar-se les persones que no poden caminar.

3 La **cadira elèctrica** és un aparell en forma de cadira on els condemnats a mort reben una descàrrega molt forta d'electricitat que els mata. La cadira elèctrica es fa servir en alguns estats dels Estats Units d'Amèrica.

frase feta — 4 Diem que **n'hi ha per a llogar-hi cadires** quan passa una cosa extraordinària, estranya.

cadiraire, cadireta

cadmi cadmis

nom masculí — El cadmi és un element metàl·lic de color blavós, tou i que molt fàcilment forma fils i làmines. Es fa servir en molts aliatges i en els reactors atòmics. El seu símbol és: Cd.

caduc caduca caducs caduques

adjectiu — 1 Que és molt vell, que aviat desapareixerà perquè té poca vida, poca força.

2 Les fulles dels arbres són caduques quan cauen a la tardor i tornen a sortir a la primavera.

caducar

verb com *cantar* ◄ pàg. 26 Amb QU davant E, I — 1 Una cosa caduca quan ja no es fa servir, quan ha passat de moda. Amb el pas del temps, molts costums caduquen.

2 Un aliment caduca quan ha passat un determinat període de temps des de la pre-

paració o la fabricació i pot ser que s'hagi fet malbé.
caducitat

cafè cafès
nom masculí
1 El cafè és una beguda de color negre i sabor amarg. Es fa amb els grans d'una planta que també es diu *cafè*. És molt estimulant i per això a vegades no deixa dormir a la nit.
2 Un cafè és un local on se serveixen sobretot cafè i licors. Sovint els amics es troben al cafè per xerrar.
cafetar, cafeter

cafeïna cafeïnes
nom femení
La cafeïna és la substància que fa que el cafè sigui estimulant i no deixi dormir. El te també porta cafeïna.

cafetera cafeteres
nom femení
1 Una cafetera és un aparell per a fer cafè. Les cafeteres italianes fan el cafè molt bo.
2 Gerra especial amb broc llarg i tapadora per a servir el cafè a taula.
3 Diem que un rellotge, una màquina, un cotxe, etc., és una cafetera quan s'espatlla sovint i funciona malament.

cafeteria cafeteries
nom femení
Una cafeteria és un local on se serveixen cafè, begudes, menjars lleugers i plats combinats.

cafre cafres
nom masculí i femení
1 Nom que els europeus van donar a unes tribus negres de l'Àfrica del sud.
2 Diem que una persona és una cafre quan és molt cruel i es comporta amb brutalitat.

cagadubtes cagadubtes
nom masculí i femení
Un o una cagadubtes és una persona que mai no sap què ha de fer, que li costa decidir-se.

cagalló cagallons
nom masculí
1 Un cagalló és cada una de les boles petites de caca que fan les cabres, les ovelles i altres animals. Sabem que un ramat de cabres ha passat per un camí pels cagallons que hi ha.
2 Diem que un home és un cagalló quan té molta por. Es considera una paraula grollera.

caganiu caganius
nom masculí
El caganiu és l'ocell més petit que hi ha en un niu. És també el fill més petit d'una família.

cagar
verb
com *cantar*
◄ pàg. 26
Amb GU davant E, I
1 Fer caca un animal o una persona.
frase feta
2 Cagar-la és fer una cosa malament.
frase feta i verb usat amb pronom
3 Cagar-se de por o **estar cagat de por** és tenir molta por.
caganer, cagarada, cagarel·la

cagarines
nom femení plural
També *cagarrines*
Tenir cagarines és fer molta caca i molt líquida.

cagarrines
nom femení plural
Cagarines.

cagarro cagarros
nom masculí
Un cagarro és un tros de caca de forma llarga i rodona com la forma del budell per on ha passat.

caiac caiacs
nom masculí
Un caiac és una barca de rems estreta i acabada en punxa a la proa i a la popa. Els esquimals i els indis de l'Amèrica del Nord feien servir caiacs. També hi ha caiacs esportius per a baixar pels rius.

caiguda caigudes
nom femení
1 Una caiguda és el fet de caure. Les caigudes des de llocs molt alts sovint són mortals.
2 La caiguda d'una ciutat, d'una plaça forta, etc., és la seva rendició o la seva conquesta per les tropes enemigues.

caiman caimans
nom masculí
Un caiman és un rèptil gros semblant a un cocodril. Els caimans tenen el morro curt i viuen a l'Amèrica del Sud.

caire caires
nom masculí
1 El caire és la línia on s'ajunten dues superfícies que formen angle. En un dau, per exemple, hi ha un caire en cada punt on s'ajunten dues cares. Un dau té sis cares i dotze caires.
2 El caire d'un assumpte, d'una situació, etc., és l'aspecte que té. Si una discussió pren un caire violent, val més no continuar-la.

caixa caixes
nom femení
1 Una caixa és un recipient gran de forma quadrada o rectangular on es guarden o transporten coses de tota mena. La fruita s'acostuma a vendre en caixes de fusta.
2 Lloc d'una botiga o d'un supermercat on paguem les coses que hem comprat.
3 Una **caixa de cabals** o **caixa forta** és una caixa especial de ferro, que costa molt d'obrir, on es guarden diners i documents importants.
4 Una **caixa de morts** és un taüt.

A B C D E F G H I J K L M N O P Q R S T U V W X Y Z

5 La **caixa negra** dels avions és un aparell tancat on queden enregistrades les converses dels pilots amb la torre de control. Es fa servir per a conèixer les causes dels accidents.
6 **Caixa de núvia** págs. 594-595 (4)
caixer, encaixar

caixabanc caixabancs
nom masculí — Un caixabanc és una caixa amb tapa que fa de banc per a seure-hi.

caixó caixons
nom masculí — Un caixó és una caixa més aviat petita que serveix per a guardar-hi coses.
encaixonar

cal cals
nom femení més article — Paraula formada per la unió de *ca*, casa, i *el* o de *ca* i *els*. Aquesta contracció no es fa quan *el* té darrere una paraula que comença amb vocal o *h*:
- *Cal Miquel, ca l'Antoni.*

cala cales
nom femení — Una cala és una entrada que fa el mar en una costa alta i muntanyosa. A moltes cales de la Costa Brava hi ha una petita platja.

calabós calabossos
nom masculí — Un calabós és una habitació vigilada d'un castell, d'un campament militar o d'una presó on tanquen les persones detingudes.

caladís caladissa caladissos caladisses
adjectiu — Que es pot abaixar. Els castells medievals tenien portes caladisses.

calafatar
verb com *cantar* ◄ pàg. 26 — Tapar amb estopa i brea les juntures de les fustes que formen el buc d'una embarcació perquè l'aigua no hi entri.
calafatejar

calaix calaixos
nom masculí — 1 Un calaix és una mena de caixó que hi ha en alguns mobles com els armaris i les taules de despatx. Els calaixos són corredissos: surten cap enfora estirant-los i entren cap dins empenyent-los.
págs. 594-595 (15)
2 Lloc on es guarden els diners en una botiga. Per això es diu que s'ha fet molt de calaix quan hi ha hagut moltes vendes.
3 Un **calaix de sastre** és un conjunt de coses diverses, sovint desordenades i confuses.

calaixera calaixeres
nom femení — Una calaixera és un moble que consisteix en uns quants calaixos posats un damunt de l'altre. Normalment, les calaixeres tenen 5 o 6 pisos de calaixos. págs. 594-595 (25)

calamar calamars
nom masculí — Calamars.

calamars calamars
nom masculí
També *calàmarsos* — Un calamars és un mol·lusc cefalòpode de forma allargada, amb el cos tou, en forma de sac i amb deu potes al cap. És comestible i sovint es menja a la romana tallat en rodanxes. págs. 398-399 (11)

calamarsa calamarses
nom femení — La calamarsa és una pluja de trossets de gel. Quan aquests trossets són grossos, la calamarsa fa malbé les plantes.

calamarsada calamarsades
nom femení — Una calamarsada és la caiguda de calamarsa. Les calamarsades deixen el terra blanc de trossets de gel.

calamitat calamitats
nom femení — Una calamitat és una desgràcia, un fet que fa mal a les persones, als països, etc. Les inundacions i els incendis són calamitats.

calàpet calàpets
nom masculí — Gripau.

calar
verb com *cantar* ◄ pàg. 26 — 1 Penetrar l'aigua de la pluja en un cos permeable, com una peça de vestir, fins que quedi xop. Quan plou i no portem paraigua, la pluja ens cala la roba.
frase feta — 2 **Calar foc** a una cosa és encendre-la, fer que cremi. Quan es cala foc en una casa s'ha d'avisar els bombers.
3 **Calar la baioneta** és posar-la a la punta del fusell.

calat calats
nom masculí — Un calat és un dibuix que es fa en un teixit traient-ne alguns fils. Els buits deixats pels fils que s'han tret van marcant la forma del dibuix. També es fan calats sobre peces d'un altre material fent-hi forats que segueixen les línies del dibuix.

calavera calaveres
nom femení — Una calavera és l'esquelet del cap d'una persona. A les ampolles de verí i als pals d'electricitat sovint s'hi posa una calavera per indicar perill de mort.

calb calba calbs calbes
adjectiu i nom masculí i femení
Amb B — Que no té cabells, que ha perdut els cabells. Els calbs poden portar perruca i que no es noti que ho són.

calba calbes
nom femení
Amb B — La calba és la part sense cabells del cap d'una persona calba. Si s'han perdut tots els cabells, la calba és tot el cap.

calbot calbots
nom masculí — Un calbot és un cop donat al cap amb la mà.

A B C D E F G H I J K L M N O P Q R S T U V W X Y Z

calç calçs
nom femení — La calç és un compost de calci de color blanc que es fa servir per a emblanquinar parets i en la construcció de cases.
encalcinar

calçada calçades
nom femení — Una calçada és la part d'un carrer o d'una carretera per on circulen els cotxes i les motos. A banda i banda de la calçada d'un carrer hi ha les voreres.
✎ pàg. 597 ⑲

calçador calçadors
nom masculí — Un calçador és un estri per a posar-se les sabates. És com una petita pala una mica corbada.

calcar
verb
com *cantar*
◄ pàg. 26
Amb QU davant E, I
1 Copiar exactament un dibuix posant-hi al damunt un paper fi i resseguint el dibuix amb un llapis.
2 Imitar, copiar. Hi ha pintors que calquen les obres d'artistes antics.
calc

calçar
verb
com *cantar*
◄ pàg. 26
Amb C davant E, I
1 Posar les sabates o un altre calçat a una persona. Els pares calcen els nens quan són petits. Quan has de caminar molt, et calces unes sabates còmodes.
2 Si diem que una persona calça un 39, un 40, etc., és que necessita sabates d'aquest número.

calcari calcària calcaris calcàries
adjectiu — Que conté carbonat de calci. La calç s'obté de les roques calcàries.

calçasses calçasses
nom masculí — Es diu que un home és un calçasses si fa tot el que li diu la seva dona i no fa res per pròpia voluntat. Es diu de manera informal i moltes vegades es fa servir com a insult.

calçat calçats
nom masculí — Un calçat és qualsevol dels objectes fabricats per a cobrir-nos els peus i no anar descalços. Les sabates, les sandàlies, les botes, les sabatilles i els mocassins són calçats.

calces
nom femení plural
1 Unes calces són una peça de roba interior que porten les dones. Cobreixen la part del cos que va de la cintura al començament de les cuixes.
2 En alguns llocs, les calces són els pantalons. A les Balears, les calces són les mitges.

calcetes
nom femení plural — Unes calcetes són unes calces de dona.

calci calcis
nom masculí — El calci és un element metàl·lic molt tou, de color blanc, que crema amb una flama molt brillant i que molt fàcilment forma fils i làmines. El calci fa que els nostres ossos siguin forts i ens fa créixer de manera normal. La llet, els formatges, els iogurts i les verdures porten calci. És un dels principals components del guix, dels ciments i de diversos adobs de les terres de cultiu. El seu símbol és: Ca.

calcificació calcificacions
nom femení — La calcificació és el dipòsit de sals de calci en determinats cartílags per a formar els ossos. Quan la calcificació no es fa bé, la persona creix malament i els ossos són dèbils.
calcificar

calcigar
verb
com *cantar*
◄ pàg. 26
Amb GU davant E, I
Posar els peus damunt una cosa, per caminar-hi o per sostenir-s'hi; trepitjar. Es diu només en algunes zones.

calçó calçons
nom masculí
1 Polaina.
2 Pantaló.

calcomania calcomanies
nom femení — Una calcomania és un dibuix de colors que va enganxat a un paper engomat. Es desenganxa del paper amb aigua i es pot enganxar damunt d'una rajola o d'una altra superfície per decorar-la.

calçot calçots
nom masculí — Un calçot és una ceba de forma allargada que es menja feta a la brasa.

calçotada calçotades
nom femení — Una calçotada és una menjada de calçots i de carn a la brasa. Els calçots es mengen amb salsa de romesco.

calçotets
nom masculí plural — Uns calçotets són una peça de roba interior que porten els homes. Cobreixen la part del cos que va de la cintura al començament de les cuixes.

1 càlcul càlculs
nom masculí — Un càlcul és el fet de calcular alguna cosa. Els arquitectes han de fer molts càlculs quan projecten un edifici.

2 càlcul càlculs
nom masculí — Un càlcul és una pedra que es fa al cos, per exemple, als ronyons, i dóna molèsties.

calculador calculadora calculadors calculadores

adjectiu — **1** Una persona és calculadora quan pensa molt bé les coses que ha de fer, els diners que pot gastar, etc.

nom femení — **2** Una calculadora és una màquina que permet fer càlculs i resoldre problemes matemàtics. Hi ha calculadores molt petites que van amb piles.

calcular

verb
com *cantar*
◄ pàg. 26

1 Obtenir una quantitat que volem saber a partir de les quantitats que ja sabem i per mitjà d'operacions matemàtiques. Els enginyers que fan un pont han de calcular molt bé el pes que podrà suportar.

2 Preveure o suposar alguna cosa per les dades o circumstàncies que en coneixem. Per exemple, calculem que algú no vindrà a sopar perquè està molt refredat.

calda caldes

nom femení — Diem que fa calda quan fa molta calor.

caldejar

caldera calderes

nom femení — **1** Una caldera és un recipient gran i rodó per a bullir o escalfar aigua, preparar menjar, etc.

2 Dipòsit gran o conjunt de tubs d'alguns aparells o màquines on s'escalfa o es fa bullir aigua. Les màquines dels trens de vapor tenien calderes. També hi ha caldera a les calefaccions d'aigua calenta.

calderada, calderer, calderó

caldo caldos

nom masculí — Brou.

caldre

verb
com *valer*
◄ pàg. 43
També *caler*
Només es conjuga en algunes persones

1 Ser necessari, fer falta. Cal que hi hagi neu per a anar a esquiar. A una persona intel·ligent no li calen gaires explicacions. Per a volar de Barcelona a París en una hora caldria un avió molt ràpid.

locució que fa d'adjectiu i d'adverbi — **2** Diem que una cosa o una persona és o es comporta **com cal** quan és correcta, està bé, es comporta perfectament.

calefacció calefaccions

nom femení — La calefacció d'una casa o d'un local és el conjunt dels aparells i les instal·lacions que serveixen per a escalfar-los quan fa fred.

pàg. 593 (24)

calefactor calefactora calefactors calefactores

adjectiu i nom masculí — Un aparell és calefactor si produeix calor per a escalfar un edifici, un local o una habitació. Hi ha calefactors elèctrics que porten un ventilador que envia aire calent.

calendari calendaris

nom masculí — **1** Un calendari és un full o un conjunt de fulls on hi ha escrits els mesos, les setmanes i els dies de l'any. Amb el calendari sabem quins dies són festa, ja que solen anar marcats amb un color diferent que els dies laborables.

2 El calendari és la distribució dels dies de l'any feta a través de diversos càlculs. Hi ha països que tenen un calendari diferent del que nosaltres fem servir.

calent calenta calents calentes

adjectiu — **1** Que té una temperatura més alta que la del nostre cos. A l'hivern ens dutxem amb aigua calenta.

2 Que escalfa molt o que manté la calor. Les mantes de llana són molt calentes.

frase feta — **3 Ser el més calent a l'aigüera** és no haver-hi res cuinat quan és l'hora de menjar. També et poden dir que el més calent és a l'aigüera, si avui has de tenir un treball acabat i encara no l'has començat.

caler

verb
com *valer*
◄ pàg. 43

Caldre.

calés

nom masculí plural — Manera informal de dir *diners*.

calfred calfreds

nom masculí — Un calfred és una sensació de fred i de calor que ens fa tremolar. Ens vénen calfreds, per exemple, quan tenim febre.

calibre calibres

nom masculí — **1** El calibre d'una pistola, d'una escopeta o d'una peça d'artilleria és l'amplada que té el seu canó. També es diu *calibre* l'amplada de les bales.

2 Diàmetre de la part de dins d'un tub. Les canonades d'un oleoducte tenen més calibre, són més amples, que les que porten l'aigua per dins de casa nostra.

calibrar

càlid càlida càlids càlides

adjectiu — **1** Que és calorós. El clima dels països africans és càlid.

2 Una trobada, una rebuda o una relació càlida és plena d'afecte.

3 Un color càlid és un color vermellós o grogós. El granat i el carbassa són colors càlids.

calidesa

calidoscopi calidoscopis

nom masculí — Un calidoscopi és un tub que porta a dins vidres de colors i miralls disposats de ma-

A B C D E F G H I J K L M N O P Q R S T U V W X Y Z

nera que, si es mira per un cantó i es fa girar, es veuen figures geomètriques de colors que van canviant de forma contínuament. Mirar per un calidoscopi és molt entretingut.

califa califes

nom masculí — Un califa era un rei dels musulmans. Els califes de Bagdad van ser molt importants.
califat

calipàndria calipàndries

nom femení — Una calipàndria és un constipat molt fort. Només es diu de manera informal.

calitja calitges

nom femení — La calitja és com la boira que no deixa veure clarament les coses de lluny. És provocada per granets de pols, de fum, etc., que queden suspesos en l'aire.

caliu calius

nom masculí — El caliu és la barreja de brases enceses i cendra que queda d'un foc quan ja s'ha cremat la llenya i s'han apagat les flames. Al caliu d'una llar de foc s'hi poden coure patates amb pell.

1
call calls

nom masculí — **1** Un call és un tros de pell molt dura dels peus o de les mans. Els calls es fan perquè hi ha un fregament constant de la pell amb una eina, amb la sabata, etc.
2 El **call de la mà** és el palmell de la mà.

2
call calls

nom masculí — **1** Un call és un pas estret i fondo entre dues parets. També es diu *call* el lloc on un riu passa encaixat entre vores altes.
2 A les ciutats medievals catalanes, el call era el barri on vivien els jueus.

callar

verb, com *cantar* ◄ pàg. 26 — **1** No dir cap paraula, estar en silenci. Per a escoltar, has de callar. En un concert, o en un teatre, les persones callen, no parlen.

frase feta — **2 Fer callar** algú és no deixar-lo parlar, fer-lo estar en silenci.

cal·ligrafia cal·ligrafies

nom femení — Es fa cal·ligrafia quan s'escriu amb lletres boniques i elegants. També es diu *cal·ligrafia* la manera d'escriure a mà que té cada persona.

cal·ligrama cal·ligrames

nom masculí — Un cal·ligrama és un poema que amb les seves lletres forma un dibuix que està relacionat amb el tema que tracta.

callista callistes

nom masculí i femení — Pedicur.

callositat callositats

nom femení — Duricia.

calma calmes

nom femení — **1** Hi ha calma en un lloc, en una feina, en un grup de persones, etc., quan tot està tranquil, no hi ha sorolls, ni presses, ni moviments. Als pobles petits hi ha molta calma.
2 Una persona té calma quan fa les coses amb tranquil·litat i no es posa nerviosa.
3 El mar i el vent estan en calma quan no es belluguen, quan no hi ha onades i no bufa el vent.
encalmar

calmar

verb, com *cantar* ◄ pàg. 26 — **1** Fer que no hi hagi agitació ni soroll, que desaparegui el malestar i es recuperi la tranquil·litat. Sovint costa de calmar les persones que són molt nervioses.
2 Calmar un dolor, una pena, etc., és ferlos disminuir, ajudar a suportar-los. Els caramels calmen la tos.

usat amb pronom — **3 Calmar-se** és tranquil·litzar-se, deixar l'agitació, els nervis, el malestar.
calmant, calmós, calmosa

caló calós

nom masculí — **1** Es diuen *caló* les llengües pròpies dels gitanos de la Península Ibèrica.
2 Llenguatge secret dels lladres i altres delinqüents. Té algunes paraules que vénen del caló dels gitanos.

calor calors

nom femení — **1** La calor és la sensació que sentim quan hi ha una temperatura molt alta. Tenim calor a l'estiu, o quan som a la vora del foc o d'una estufa.
2 Quan una cosa es fa amb calor vol dir que es fa amb entusiasme, amb passió, amb molta animació.
3 Una peça de roba fa calor quan és molt calenta i abriga massa.
4 En un lloc hi fa calor quan hi ha una temperatura massa alta.
acalorament, acalorar, caloria, calorímetre

calorífic calorífica calorífics calorífiques

adjectiu — Que fa calor, que escalfa. Si una estufa té més poder calorífic que una altra és que dóna més calor.

calorós calorosa calorosos caloroses

adjectiu — Un lloc és calorós quan hi fa molta calor. El nord d'Àfrica és molt calorós.

calúmnia calúmnies
nom femení — Una calúmnia és una cosa dolenta i falsa que es diu d'algú. Acusar una persona d'un robatori que no ha comès és una calúmnia.
calumniar

calvari calvaris
nom masculí — **1** Un calvari és una escultura que representa la mort de Jesucrist a la creu.
2 Situació de moltes penes i sofriments. Les persones que han estat en un camp de concentració han passat un calvari.

calvície calvícies
nom femení Amb V — La calvície és la falta de cabells.

calze calzes
nom masculí — **1** Un calze és una copa de metall que es fa servir a la missa per a posar-hi el vi.
2 El calze és la part de la flor que protegeix la corol·la. És verd i està format per unes fulletes que es diuen *sèpals*. És al cantó de fora de la flor i la uneix amb la tija. ✎ flor

cama cames
nom femení — **1** La cama és la part del cos que va des del genoll fins al peu. Sovint també anomenem *cama* el conjunt de la cuixa i la cama. Les cames són per a caminar.
frase feta — **2 Anar a estirar les cames** és anar a passejar.

camacurt camacurta camacurts camacurtes
adjectiu — Que té les cames curtes.

camafeu camafeus
nom masculí — Un camafeu és un objecte d'adornament que es fa esculpint figures en relleu en una pedra preciosa. Acostuma a tenir capes de colors diferents.

Un camafeu

camal camals
nom masculí — Un camal és cada una de les dues parts d'uns pantalons que tapa les cames.

camaleó camaleons
nom masculí — **1** Un camaleó és un rèptil que pot canviar el color de la pell per adaptar-se al paisatge i passar desapercebut. Amb els dits i la cua es pot agafar a les branques dels arbres. S'alimenta d'insectes que caça amb la llengua, que és molt llarga i àgil. Alguns camaleons són petits com una granota. N'hi ha al sud de la Península Ibèrica, al Marroc i en alguns països orientals, com l'Índia.
2 Diem que una persona és un camaleó quan canvia fàcilment d'opinió o de conducta per adaptar-se als altres.

camàlic camàlics
nom masculí — Un camàlic és una persona que, a canvi de diners, transporta maletes i altres coses pesades. Per això quan algú va molt carregat diem que sembla un camàlic.

camallarg camallarga camallargs camallargues
adjectiu — **1** Que té les cames llargues.
2 Un ocell camallarg té les potes molt llargues, com la cigonya o el flamenc.

camamilla camamilles
nom femení — La camamilla és una planta olorosa de flors grogues petites. Amb aquestes flors es fa una infusió que ajuda a fer la digestió.

camarada camarades
nom masculí i femení — **1** Un o una camarada és una persona que fa activitats amb nosaltres, com estudiar, jugar, etc.
2 En alguns partits polítics i en algunes associacions, els membres es diuen camarades entre ells.

camarilla camarilles
nom femení — Una camarilla és un grup petit de persones que influeix secretament sobre el govern d'un país o sobre un personatge important.

cama-sec cama-secs
nom masculí — Un cama-sec és un bolet petit, amb un barret que fa de 2 a 6 centímetres d'ample, de forma aplanada i una mica corba del mig. És de color groc blanquinós i té el peu prim. És comestible. Els cama-secs que venen assecats es diuen *moixernons*.

cambra cambres
nom femení — **1** Una cambra és qualsevol habitació d'una casa, d'un pis, d'un palau, etc.
2 En alguns països, la cambra és el lloc on es reuneixen els diputats i senadors.

cambrer cambrera cambrers cambreres
nom masculí i femení — **1** Persona que serveix el menjar i les begudes en un bar o en un restaurant.
✎ pàg. 396 ① ②, pàgs. 398-399 ㉖
2 Persona que s'encarrega de les habitacions en un hotel, un vaixell o un tren.

A B C D E F G H I J K L M N O P Q R S T U V W X Y Z

A B C D E F G H I J K L M N O P Q R S T U V W X Y Z

camèlia camèlies
nom femení — Una camèlia és una flor grossa, molt bonica, de molts pètals, uns dins dels altres, com les roses. Les camèlies poden ser blanques, vermelloses o rosades. Es fan en temps fred.

camell camells
nom masculí — **1** Un camell és un mamífer remugant gran, de potes llargues i primes, coll llarg i fort i un o dos geps a l'esquena. El camell que té un sol gep és el dromedari; viu a l'Aràbia, a Egipte i en altres regions africanes. N'hi ha també a les illes Canàries. El camell de dos geps és propi de l'Àsia. Els camells poden estar molt de temps sense beure aigua.
2 Mascle d'aquesta espècie.
nom masculí i femení — **3** Un o una camell és una persona que ven droga en petites quantitats.

camella camelles
nom femení — La camella és la femella del camell.

càmera càmeres
nom femení — Una càmera és un aparell per a fer pel·lícules o fotografies. Hi ha càmeres de vídeo, de televisió, de cine i de fotografia.

camerino camerinos
nom masculí — Un camerino és l'habitació que hi ha als teatres on els artistes es canvien de roba, es maquillen o descansen.

càmfora càmfores
nom femení — La càmfora és una substància sòlida, blanca, que té una olor característica i es fa servir en la indústria química. A vegades la naftalina es diu també *càmfora.*

camí camins
nom masculí — **1** Un camí és un tros de terreny més o menys llarg i estret per a anar d'un lloc a un altre.
2 El camí és la distància recorreguda per una persona o per una cosa. Si en un viatge diem que hem fet molt de camí és que hem recorregut una gran distància.
3 Un **camí de cabres** és un camí amb molta pujada i difícil de passar-hi.
4 El **camí de ronda** d'un castell o d'una fortificació és un passadís que recorre tota la muralla per la part de dins. S'hi posaven els soldats que vigilaven o defensaven el lloc fortificat. pàg. 600 (2)
5 Un **camí ral** és un camí reial, que era del rei. Els camins rals eren els camins públics més importants, abans de construir les carreteres modernes.
frase feta — **6 Posar-se en camí** és començar a caminar, iniciar la marxa.
caminal, caminant

caminada caminades
nom femení — Una caminada és un passeig llarg a peu. Les caminades pel bosc són molt sanes.

caminar
verb com *cantar* ◄ pàg. 26 — Anar a peu d'un lloc a un altre. Convé caminar una estona cada dia.

camió camions
nom masculí — Un camió és un cotxe gran i fort preparat especialment per a transportar coses. Els camions tenen una cabina per al conductor i una caixa per a la càrrega.

camioner camionera camioners camioneres
nom masculí i femení — Persona que condueix un camió.

camioneta camionetes
nom femení — Una camioneta és un camió petit.

camisa camises
nom femení — **1** Una camisa és una peça de vestir amb mànigues i cordada per davant que cobreix el cos des del coll fins a la cintura. Es porta damunt de la pell o d'una samarreta.
2 Una **camisa de dormir** és una peça de vestir semblant a un vestit que porten habitualment les dones per a dormir.
frase feta — **3 Aixecar la camisa** a una persona és enganyar-la.
4 Anar en cos o **en mànigues de camisa** és anar sense res damunt la camisa.
camiseria

camiseta camisetes
nom femení — Samarreta.

camp camps
nom masculí — **1** Un camp és un tros de terreny on es planten patates, blat, tomàquets, etc.
2 El camp és la part d'un país on no hi ha ciutats. Al camp, hi trobem terres cultivades, boscos i granges d'animals, i també petits pobles i llogarets.
3 Tros de terreny preparat especialment per a jugar-hi a futbol, a rugbi o a altres esports.
4 Un **camp d'aviació** és un lloc on aterren i s'enlairen avions. Dels camps d'aviació importants en diem *aeroports.*
5 Un **camp de concentració** és un lloc tancat i vigilat on hi ha presoners de guerra.
campestre

campal campals
adjectiu — **1** Que té lloc en un camp ras. Una batalla campal es feia entre dos exèrcits que podien maniobrar en un terreny sense obstacles.
2 Es parla d'una batalla campal quan un

grup nombrós de persones es barallen en un espai gran.

campament campaments

nom masculí
1 Un campament és un conjunt de tendes muntades a l'aire lliure per a fer una acampada o practicar els esports de muntanya.
2 Un **campament militar** és un conjunt de construccions senzilles on l'exèrcit fa instrucció o maniobres.

campana campanes

nom femení
1 Una campana és un instrument en forma de vas rodó posat de cap per avall que es fa sonar donant-li cops per dins o per fora. Les esglésies acostumen a tenir campanes. Es toquen per advertir l'hora de la missa o quan es fa una processó.
✎ pàg. 599 ④
2 Instrument que hi ha a les orquestres per a imitar el so de les campanes. Està format per un conjunt de tubs de mida diferent que pengen d'una barra. ✎ pàgs. 394-395 ⑲
3 Una persona sorda com una campana és una persona molt sorda.
4 Una **campana extractora** és un objecte gran en forma de campana que hi ha sobre els fogons de la cuina, o a la llar de foc, per a expulsar-ne els fums. ✎ pàgs. 594-595 ㊴

frase feta
5 **Fer campana** és no anar a l'escola quan hi ha classe.
6 **Fer una volta de campana** és fer una volta completa sobre si mateix.
acampanat, acampanada, campanada

campanar campanars

nom masculí
1 El campanar d'una església és el lloc on hi ha les campanes. Sovint és una torre alta amb grans obertures perquè es difongui bé el so. ✎ pàg. 599 ②

locució que fa d'adjectiu
2 Una persona **alta com un campanar** és una persona molt alta.

campaneta campanetes

nom femení
1 Una campaneta és una campana petita que es pot agafar amb la mà. Les campanetes es fan servir per a indicar alguna cosa, cridar una persona, imposar silenci en una reunió, etc.
2 Flor que té forma de campana. Al camp, hi ha campanetes de colors molt diversos.
3 La **campaneta del coll** és una part del final del paladar que penja al fons de la boca.

campanya campanyes

nom femení
Una campanya és una sèrie d'activitats que fa un grup de persones per a obtenir alguna cosa. Així, un exèrcit en guerra fa una campanya militar per conquistar una ciutat; els partits polítics fan campanyes electorals quan arriben les eleccions; els fabricants fan campanyes de publicitat per vendre els seus productes; els ecologistes fan campanyes per conservar la naturalesa.

campar

verb
com *cantar*
◄ pàg. 26
1 Anar vivint, passar la vida. La persona que té una feina i cobra un sou pot anar campant; la que està sense feina no se la campa gaire bé.

frase feta
2 **Campi qui pugui** es diu per a indicar que tothom s'espavili i s'escapi o surti d'una situació com millor pugui fer-ho.

camperol camperola camperols camperoles

adjectiu
1 Que és propi del camp. Alguns costums camperols es van perdent.

nom masculí i femení
2 Pagès o pagesa.

càmping càmpings

nom masculí
1 Un càmping és un lloc especialment preparat per a muntar-hi tendes de campanya i viure uns dies a l'aire lliure. Alguns càmpings tenen moltes comoditats: aigua corrent, servei de bar i de restaurant, bugaderia per a rentar la roba, etc.
2 Una persona fa càmping quan passa uns dies de vacances vivint a l'aire lliure en una tenda de campanya o en una caravana.

campió campiona campions campiones

nom masculí i femení
Persona que ha guanyat una competició esportiva o un torneig.

campionat campionats

nom masculí
Un campionat és un conjunt de partits o de proves esportives que fan diversos equips o esportistes per veure qui guanya. Hi ha campionats de futbol, de motociclisme, de ciclisme, d'atletisme, etc.

campus campus

nom masculí
El campus d'una universitat o d'una escola és tot el terreny on hi ha els edificis, els camps d'esports, els jardins, etc. En algunes universitats, les persones que hi treballen o hi estudien tenen pisos dins del campus.

camuflar

verb
com *cantar*
◄ pàg. 26
Tapar una cosa amb roba, herbes, terra, etc., perquè no es vegi. A la guerra, els soldats camuflen les armes i els vehicles amb branques d'arbres. Alguns animals es camuflen entre les pedres o la vegetació.
camuflament, camuflatge

camussa camusses

nom femení
1 Isard.
2 Una camussa és un tros de pell d'isard, de cabra, d'ovella, etc., treballat de manera que quedi prim, molt fi i flexible. Les camusses són de color groc pàl·lid i es fan ser-

vir per a fabricar guants i barrets i per a netejar vidres i objectes polits. Hi ha camusses sintètiques que imiten les de pell.

can
nom femení més article — Paraula formada per la unió de *ca* i *en*:
• *Can Jaume.*

canadenc canadenca canadencs canadenques
adjectiu — 1 Del Canadà. *Els boscos canadencs.*
nom masculí i femení — 2 Persona que és del Canadà o que hi viu.

1
canal canals
nom masculí — 1 Un canal és una excavació construïda per conduir l'aigua d'un riu o d'un llac cap a un altre lloc. La majoria dels canals es fan per regar els camps o per portar aigua a una població.
2 Via navegable que ha estat construïda per unir dos mars o dos oceans. Hi ha dos canals importants: el de Panamà i el de Suez.
3 Tros de mar estret que separa dos territoris. El canal de la Mànega separa Anglaterra i França.
4 Un canal de televisió és una emissora de televisió. Cada canal fa els seus programes.
5 Un **canal semicircular** és cada un dels tres conductes de forma semicircular que hi ha a l'orella interna i que regulen el sentit de l'equilibri. pàgs. 798-799 (4)

2
canal canals
nom femení — 1 Una canal és un tub obert de terrissa o de metall que recull l'aigua que surt d'un lloc o que s'escorre de la teulada.
frase feta — 2 **Obrir en canal** un animal és obrir-li el cos per la meitat de dalt a baix.
acanalar, acanalat, acanalada, canalera

canalitzar
verb com *cantar* ◄ pàg. 26 — 1 Fer que un riu sigui navegable, convertir-lo en canal.
2 Portar aigua des d'un riu, una font, etc., cap a un altre lloc a través de canals, recs o tubs. L'aigua de molts rius es canalitza per poder regar els camps i portar aigua a les poblacions.
canalitzable, canalització

canalla canalles
nom femení — 1 Mainada. Els parvularis són plens de canalla.
nom masculí — 2 Un canalla és un home molt dolent.
canallada

canaló canalons
nom masculí — Un canaló és una canal que hi ha a l'extrem de la teulada per a escopir l'aigua de la pluja al carrer. pàg. 593 (9)

canapè canapès
nom masculí — Un canapè és una llesqueta de pa de motlle que porta al damunt un trosset de formatge o de pernil, una anxova, una mica de caviar, etc. pàg. 400 (6)

1
canari canaris
nom masculí — Un canari és un ocell que té un cant molt bonic. Normalment, els canaris són de color groc i la gent els té en gàbies.

2
canari canària canaris canàries
adjectiu — 1 De les illes Canàries. *Els plàtans canaris.*
nom masculí i femení — 2 Persona que és de les illes Canàries o que hi viu.

canastra canastres
nom femení — Una canastra és un cistell gran que té dues nanses.

cancell cancells
nom masculí — Un cancell és una porta amb unes parets de fusta o d'obra que es col·loca darrere de la porta d'entrada d'una església o d'un altre edifici. Serveix per a evitar que l'aire del carrer entri directament a l'edifici. pàg. 598 (10)

cancel·lar
verb com *cantar* ◄ pàg. 26 — Cancel·lar un compromís, una oferta, un document, etc., és anul·lar-los.

canceller cancellera cancellers cancelleres
nom masculí — 1 Un canceller és una persona que tenia un càrrec de govern important en alguns estats i en algunes corts.
nom masculí i femení — 2 Nom que en alguns països sud-americans es dóna al ministre d'afers estrangers.
3 Persona que, després del cap principal, té el càrrec més important en una ambaixada o en un consolat.
cancelleria

càncer càncers
nom masculí — 1 Un càncer és una malaltia molt greu que afecta els teixits del cos. Les cèl·lules canceroses creixen molt de pressa i de manera anormal. Els tumors malignes són càncers.
2 El signe de càncer és el quart del zodíac; és el signe de les persones nascudes entre el 21 de juny i el 23 de juliol.
cancerigen, cancerígena, cancerós, cancerosa

cançó cançons
nom femení — 1 Una cançó és un poema o un altre text que va acompanyat de música per a ser cantat. Tots els pobles tenen cançons tradicionals.

2 Una cosa és la **cançó de l'enfadós** quan es repeteix moltes vegades de manera que cansa i molesta els qui l'escolten.

cançoner cançoners
nom masculí — Un cançoner és un llibre de cançons.

candela candeles
nom femení — 1 Una candela és una metxa de cotó envoltada de cera o de greix que quan s'encén fa llum. Les candeles, com els ciris, s'encenen a les processons i en alguns actes a l'església.
2 Moc que penja del nas.
candeler

candi candis
adjectiu — El sucre candi és un sucre en forma de cristalls.

càndid càndida càndids càndides
adjectiu
Amb D — Una persona càndida és la que no té malícia i no desconfia de ningú.
candidesa

candidat candidata candidats candidates
nom masculí i femení — Persona que es presenta a unes eleccions, a una prova o a un examen per obtenir un càrrec o una feina.

candor candors
nom masculí i femení — Una persona té candor quan és ingènua i innocent i fa les coses sense malícia.
candorós, candorosa

canell canells
nom masculí — El canell de la mà és la part que la uneix amb l'avantbraç. En el canell esquerre la majoria de les persones porten el rellotge de polsera. págs. 794-795 (3)
canellera

canella canelles
nom femení — Una canella és el canonet o l'aixeta per on surt l'aigua d'una font.

caneló canelons
nom masculí — Un caneló és una làmina de pasta de farina cargolada en forma de tub i plena de carn, de peix o de verdures. Els canelons es gratinen amb formatge ratllat després de cobrir-los amb beixamel. pàg. 400 (24)

canelobre canelobres
nom masculí — Un canelobre és un objecte per a fer llum que té dos o més braços on es posen candeles o espelmes. Alguns canelobres són molt bonics i es posen a les taules i damunt dels mobles com a ornament.

cànem cànems
nom masculí
Amb E — El cànem és un producte vegetal que serveix per a fer espardenyes, cordes i cordills. Es treu d'una planta que també es diu *cànem*.
canemàs

canesú canesús
nom masculí — El canesú d'una camisa o d'un vestit és una peça de roba que hi ha a la part de sobre el pit. En el canesú, s'hi cusen el coll i les mànigues.

canguelí canguelis
nom masculí — Tenir cangueli és tenir por. És una paraula caló que es fa servir quan es parla informalment.

cangur cangurs
nom masculí — 1 Un cangur és un mamífer d'Austràlia que té la cua grossa i les potes del darrere també grosses i més llargues que les del davant. Camina i corre fent salts. Les mares porten els petits dins d'una bossa que tenen a la part de fora de la panxa.
nom masculí i femení — 2 Un o una cangur és una persona que treballa cuidant les criatures d'una família quan els pares d'aquestes criatures no hi són.

caní canina canins canines
adjectiu — 1 Dels gossos. Hi ha moltes races canines.
2 Una dent canina és un ullal.
frase feta — 3 **Tenir una gana canina** és tenir molta gana.

caníbal caníbals
nom masculí i femení — Un o una caníbal és una persona que menja carn d'altres persones.
canibalisme

caniche caniches
nom masculí — Un caniche és un gos de raça de mida mitjana, que té les orelles llargues i caigudes i molt pèl llarg i arrissat de color blanc, gris o negre. És un gos de companyia. És una paraula francesa.

canícula canícules
nom femení — La canícula és el període de l'estiu que fa més calor. Agafa una part de juliol i una altra d'agost. Durant la canícula s'està molt bé a la platja.

canó canons
nom masculí — 1 Un canó és un objecte en forma de tub.
2 Arma de foc que llança projectils molt grossos a una gran distància.
3 El canó d'una escopeta o d'una pistola és la part allargada i rodona per on surt la bala.
4 Part de la ploma dels ocells per on s'agafa al cos.
locució que fa d'adverbi — 5 Disparar **a boca de canó** és disparar de molt a prop, gairebé tocant.
encanonar

A B C D E F G H I J K L M N O P Q R S T U V W X Y Z

canoa canoes

nom femení — Una canoa és una barca de rems i sense timó. Té forma allargada i acaba en punta pel davant i pel darrere. Alguns indis americans usaven canoes. Hi ha també canoes esportives per a baixar pels rius.

cànon cànons

nom masculí — **1** Un cànon és una llei, una regla o una norma. Es diuen *cànons* sobretot les lleis de l'Església catòlica.
2 Conjunt de les normes que diuen com han de ser les proporcions i la simetria en arquitectura i en escultura.
3 Llista. L'Església catòlica té un cànon de llibres sagrats.
4 Composició musical a diferents veus que van entrant l'una darrere l'altra repetint la mateixa melodia.
5 Quantitat que s'ha de pagar per un servei o un bé llogat.
canònic

canonada canonades

nom femení — **1** Una canonada és un tret disparat per un canó.
2 Tub que es fa servir per a portar aigua, gas, petroli, etc., d'un lloc a un altre. Les canonades d'una casa són estretes; les d'una refineria de petroli són amples. pàg. 593 (22)
acanonar

canonge canonges

nom masculí — Un canonge és cada un dels capellans encarregats de les celebracions religioses d'una catedral.

canonitzar

verb com *cantar* ◄ pàg. 26 — Dir l'Església catòlica que una persona cristiana és sant o santa i inscriure el seu nom en la llista dels sants. Quan es canonitza una persona, es fa una celebració molt solemne al Vaticà.
canonització

canós canosa canosos canoses

adjectiu — Que té els cabells blancs. Les persones grans acostumen a ser canoses.

cansalada cansalades

nom femení — **1** La cansalada és el greix del porc. Es conserva amb sal i es fa servir per a cuinar.
frase feta — **2 Suar la cansalada** és suar molt o treballar amb molts esforços.
cansalader pàgs. 398-399 (18)

cansaladeria cansaladeries

nom femení — Una cansaladeria és una botiga on venen cansalada, llom, embotits i altres productes del porc. pàgs. 398-399 (15)

cansament cansaments

nom masculí — Tenim cansament quan hem treballat molt o hem fet un gran esforç. El cansament desapareix quan descansem.

cansar

verb com *cantar* ◄ pàg. 26 — **1** Un esforç, un treball, una feina cansen quan ens fan perdre les forces i les ganes de continuar fent-los. Cosir cansa la vista. Quan et canses molt, necessites dormir.
2 Diem que una conversa, una música o una feina ens cansa quan ens avorreix i ja no hi tenim cap interès.
cansat, cansada

cant cants

nom masculí — **1** El cant és l'art de cantar. Les persones que es dediquen al cant han de cuidar molt la veu.
2 Un cant és una melodia, una cançó.
3 El cant dels ocells és el seguit de sons bonics que fan aquests animals.

cantant cantants

nom masculí i femení — Un o una cantant és una persona que es dedica a cantar en els teatres, les sales de concert, els festivals, etc. Hi ha cantants d'òpera, cantants de rock i d'altres estils.

cantar

verb ◄ pàg. 26 — **1** Produir amb la veu un conjunt de sons que formen una melodia.
2 Cantar una cançó, un himne o una altra obra musical és reproduir-ne en veu alta la lletra i la música.
frase feta — **3 Fer cantar** una persona és fer-li dir alguna cosa que volia mantenir en secret. Es diu de manera informal.
cantaire, cantatriu, cantor, cantussejar

cantarella cantarelles

nom femení — Una persona parla amb cantarella si diu les coses amb una entonació que ens resulta estranya perquè no és com la nostra manera de parlar. Per la cantarella, podem saber de quin lloc són les persones.
cantarellejar

cantautor cantautora cantautors cantautores

nom masculí i femení — Cantant que és autor o autora de les cançons que canta.

cantell cantells

nom masculí — El cantell d'una taula, d'una moneda, d'una rajola, etc., és el cantó més estret. Fer que una moneda s'aguanti de cantell és molt difícil.
cantellut, cantelluda

cànter cànters

nom masculí — Càntir. Es diu només en algunes zones.

canterano canteranos

nom masculí — Un canterano és un moble amb calaixos que a la part de dalt té una tapa inclinada que, quan s'obre, serveix de taula per a llegir o escriure. Els canteranos tenen, a la part on hi ha la tapa, petits calaixos i compartiments.

càntic càntics

nom masculí — Un càntic és un poema amb música que s'ha escrit per a una cerimònia religiosa o per a celebrar algun esdeveniment especial.

cantimplora cantimplores

nom femení — Una cantimplora és una ampolla de forma plana que es fa servir per a portar aigua quan es va d'excursió o de viatge. Les cantimplores són de metall o de plàstic i tenen tap de rosca.

cantina cantines

nom femení — Una cantina és el bar que hi ha a les estacions, a les casernes i a les universitats.
cantiner

càntir càntirs

nom masculí — Un càntir és un recipient on es posa aigua per a beure a galet. És més ample de dalt que de baix i té una nansa i dos brocs: un de gros per a omplir-lo i un de petit per a beure.

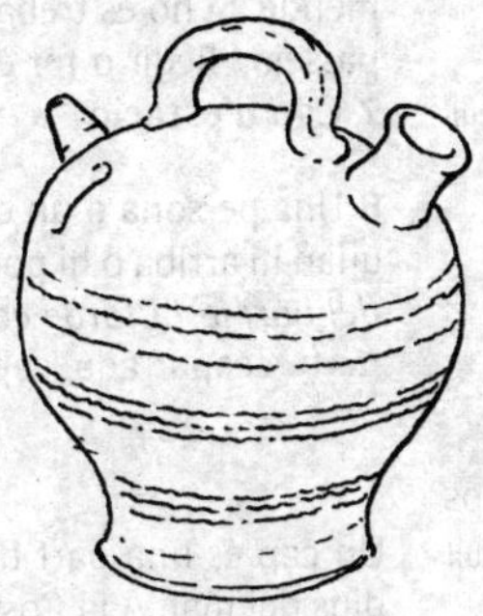

Un càntir

cantó cantons

nom masculí — 1 Un cantó és el racó on es troben dues parets d'una habitació, el lloc on s'ajunten els dos costats d'un moble, etc.
2 Banda o costat d'una cosa o d'un lloc. Així, parlem del cantó dret d'un moble, del cantó de baix d'un carrer, del cantó més estret d'una moneda, etc.

locució que fa d'adverbi — 3 Una cosa està **de cantó** si està inclinada. Si algú porta el barret de cantó és que no el porta recte.
acantonar

cantonada cantonades

nom femení — Una cantonada és el punt on es troben les voreres i les cases de dos carrers que s'encreuen. A cada cruïlla hi ha quatre cantonades. pàg. 597 (4)

cantussejar

verb
com *cantar*
◄ pàg. 26
Amb G davant E, I

Cantar en veu baixa. Hi ha persones que cantussegen mentre treballen.

cànula cànules

nom femení — Una cànula és un tub petit i obert dels dos cantons que es posa en una obertura del cos durant algunes malalties. Permet que el cos expulsi o absorbeixi líquids.

canvi canvis

nom masculí
Amb NV

1 Un canvi és el resultat de canviar alguna cosa.
2 Fem un canvi quan donem una cosa a una persona i aquesta ens en dóna una altra.
3 El canvi és els diners que ens donen quan hem pagat amb un bitllet o una moneda que val més que el preu de la cosa que hem comprat. Si la compra val 18 euros i donem un bitllet de 50 euros, ens tornen 32 euros de canvi.
4 El **canvi de marxes** d'un cotxe és el mecanisme que permet passar d'una marxa a una altra. La palanca del canvi de marxes sol estar a la dreta del conductor. També hi ha cotxes que tenen el canvi de marxes automàtic. bicicleta, cotxe per dins, moto

locució que fa d'adverbi — 5 **En canvi** vol dir al contrari. *Les germanes són simpàtiques; en canvi, el germà és antipàtic.*
bescanvi, bescanviar, canvista

canviar

verb
◄ pàg. 30
Amb dièresi
Amb NV

1 Treure una persona o una cosa del lloc on era i posar-n'hi una altra. Es pot canviar la directora d'una fàbrica per una altra o la tovallola del lavabo.
2 Donar una cosa a una persona i rebre'n una altra. Canviant cromos és més fàcil acabar una col·lecció.
3 Canviar diners és donar un bitllet o una moneda d'un valor determinat i rebre bitllets o monedes més petits que sumen el mateix valor. Si canvies un bitllet de deu euros et poden donar deu monedes d'un euro.
4 Diem que una persona o una cosa ha canviat quan ja no és com era abans. Les persones canvien amb el pas dels anys.

usat amb pronom — 5 **Canviar-se** de roba una persona és treure's la roba que portava i posar-se'n una altra.

canya canyes

nom femení — 1 Una canya és una planta que té un tronc buit i unes fulles llargues i primes que surten del tronc. Les canyes creixen prop dels barrancs i les rieres. Amb les canyes seques es fan cistells i canyissos.

2 Tija buida del blat i altres plantes.

3 La **canya de bambú** és el bambú.

4 Una **canya de pescar** és un bastó llarg i flexible que porta un fil molt fort a la punta més prima. Enganxat a aquest fil hi ha un ham. Es fa servir per a pescar, principalment als rius.

5 La **canya de sucre** és una planta semblant a la canya dels barrancs que es fa servir per a obtenir sucre. A Cuba hi ha moltes plantacions de canya de sucre.

canyada, canyissada, canyissar, encanyissar

canyar canyars

nom masculí — Un canyar és un lloc on hi ha moltes canyes.

[1] **canyella** canyelles

nom femení — La canyella és una espècia aromàtica que es fa servir en pastisseria. Pot ser en pols o com un petit tronc que es desfà en làmines. Les làmines marrons que de vegades porta la crema catalana són de canyella.

canyeller

[2] **canyella** canyelles

nom femení — La canyella de la cama és la part del davant. págs. 794-795 (23)

canyet canyets

nom masculí — **1** Un canyet és un lloc on es llençaven o enterraven les bèsties mortes.

frase feta — **2 Anar al canyet** és morir-se.

canyís canyissos

nom masculí — Un canyís és un reixat fet de canyes. Els canyissos es fan servir, entre altres coses, per a assecar figues i raïm.

caoba caobes

nom femení — La caoba és una fusta molt dura de color vermellós que es treu d'un arbre que també es diu *caoba*. És de bon treballar i s'usa per a fer mobles.

caolí caolins

nom masculí — El caolí és una argila de color blanc que conté molta quantitat d'un compost d'alumini. Es fa servir per a fabricar porcellana i terrissa blanca.

caos caos

nom masculí — Un caos és un desordre i una confusió grans, on ningú no s'entén.

caòtic caòtica caòtics caòtiques

adjectiu — Que és molt desordenat, ple de confusió.

En una guerra es produeixen situacions caòtiques. Una persona caòtica és molt confusa d'idees.

[1] **cap** caps

nom masculí — **1** El cap és la part de dalt del cos de les persones i de molts animals. En alguns animals, com les serps i els insectes, el cap és a la part del davant del cos. Al cap hi ha la boca, els ulls, les orelles i el cervell.

2 Part per on es considera que comença una cosa. Per això, parlem del cap d'una corda, del cap d'un carrer o del cap d'un tren.

nom masculí i femení — **3** Un o una cap és una persona que és responsable d'una cosa o que la dirigeix. Per exemple, el cap d'estació, la cap d'una oficina, la cap d'un taller.

nom masculí — **4** A vegades parlem del cap sense referir-nos ben bé a la part del cos o al començament: *Has begut massa i la beguda t'ha pujat al cap. Se'ns ha ficat al cap una bestiesa i la volem fer de totes passades. Em balla pel cap alguna cosa i no la recordo. Ha fet un cop de cap i ha pres una decisió precipitada. Un fet estrany no té cap ni peus. Hem acabat un llibre i l'hem llegit de cap a peus.*

5 El **cap d'any** és el primer dia de l'any.

6 El **cap de setmana** és el dissabte i el diumenge. Si no es treballa, es pot descansar, passejar, llegir o fer esport.

nom masculí i femení — **7 Cap d'estació** pàg. 193 (9)

frase feta — **8** Una persona o un camí **fa cap** a un lloc quan hi arriba o hi porta. *T'esperarem dins del bar; ja hi faràs cap.*

caparrada, caparró, capejar

[2] **cap** caps

nom masculí — Un cap és una part de la costa que entra dins del mar. A la Costa Brava hi ha el cap de Creus, el cap de Begur i el cap Roig.

badia

[3] **cap**

determinant i pronom indefinits — Aquesta paraula s'usa per a indicar que no hi ha persones o coses. Vol dir el mateix que zero.

Només s'usa en frases negatives, interrogatives o condicionals:

- *Al planeta Mart, no hi viu cap persona. Quantes ampolles queden a la nevera? No en queda cap.* Si cap de vosaltres vol venir, que vingui.

Només es refereix a coses que es poden comptar per unitats.

- *No hi ha gens de pa ni cap ensaïmada.*

4
cap
preposició

1 En direcció a. *Vas cap a Arenys? Doncs vinc amb tu.*
Cap s'escriu sol quan va davant d'adverbi i en altres casos es combina amb *a*:
• *Vine cap aquí. Cap allà hi falta gent. Vés cap avall i després gira cap a la dreta.*
2 A la vora d'un lloc o d'un moment en el temps. *Sant Iscle és cap a Arenys. Cap a les onze sortirem a esmorzar. Cap a finals d'abril sempre plou.*

locució que fa d'adverbi
3 **Cap al tard** és després de post el sol. *Vindrem cap al tard.*

capa capes
nom femení

1 Una capa és una peça de roba llarga, oberta pel davant i sense mànigues, que es porta tirada a les espatlles i damunt del vestit. Algunes capes porten caputxa.
2 Quan estenem o apliquem una cosa damunt d'una altra diem que hi posem una capa. Així, parlem d'una capa de pintura sobre la paret, d'una capa de mantega sobre el pa o d'una capa de sucre. També parlem d'una capa de neu o de pols quan recobreixen el terra o alguna cosa.
3 Les capes d'un sòl, de l'atmosfera o de la Terra són les diferents zones que hi ha unes a sobre de les altres.

capaç capaços capaces
adjectiu

1 Que pot contenir una determinada quantitat d'alguna cosa. Diem, per exemple, que un dipòsit és capaç per a cent litres o que una furgoneta és poc capaç.
2 Que pot fer una cosa, que té la força, la intel·ligència o l'habilitat per a fer-la. A vegades diem a algú: *A que no ets capaç de fer això?* per desafiar-lo o estimular-lo a fer alguna cosa.
capacitar

capacitat capacitats
nom femení

1 La capacitat d'un local, d'un vehicle, d'un recipient, etc., és la quantitat de persones, de coses, de líquid, etc., que hi caben o que hi podem posar. Un pot de mig litre té poca capacitat si el comparem amb un bidó de cent litres.
2 Diem que una persona té capacitat per a fer una cosa quan té la intel·ligència i les qualitats necessàries per a fer-la. Hi ha persones que tenen una gran capacitat de treball i fan molta feina.

pel cap alt
locució que fa d'adverbi

Com a màxim. *En aquest local hi caben pel cap alt 300 persones.*

capar
verb
com *cantar*
◄ pàg. 26

Castrar.

caparrut caparruda caparruts caparrudes
adjectiu

Que és tossut, que no vol cedir quan se li fica una cosa al cap.
caparrudesa

capatàs capatassa capatassos capatasses
nom masculí i femení

Persona que dirigeix una colla de treballadors.

capbaix capbaixa capbaixos capbaixes
adjectiu

Amb el cap baix, inclinat cap endavant, en senyal de preocupació o de desànim. Quan les renyen, les persones acostumen a quedar tristes i capbaixes.

pel cap baix
locució que fa d'adverbi

Com a mínim. *Amb tanta gent, pel cap baix necessitarem 30 quilos de pa.*

capbussar-se
verb usat amb pronom
com *cantar*
◄ pàg. 26
També *cabussar-se*

Enfonsar-se de cap dins l'aigua. Quan et llances des del trampolí, et capbusses. Sense un aparell amb oxigen, no podem capbussar-nos gaire estona.

capbussó capbussons
nom masculí

1 Un capbussó és el fet de capbussar-se. A la platja, és divertit jugar a fer capbussons.
2 Tombarella.

capçada capçades
nom femení

La capçada d'un arbre és el conjunt de les seves branques. El xiprer té la capçada prima i alta; l'avet, la té en forma triangular.

capçal capçals
nom masculí

1 El capçal d'un llit és la part on hi ha el coixí.
2 El capçal d'un magnetòfon o d'un aparell de vídeo és la peça que fa la lectura de la cinta impresa.

capçalera capçaleres
nom femení

1 La capçalera d'un llit és la barana o l'element decoratiu que hi ha a la part on van els coixins.
2 La capçalera d'un riu és el lloc on neix.
3 Nom d'una persona o d'una empresa que hi ha imprès a la part de dalt d'alguns papers de carta. També hi figuren l'adreça i altres dades.
4 Títol d'un diari. pàg. 996 (23)

capcinada capcinades
nom femení

Una capcinada és cada un dels moviments que fa amb el cap una persona que s'adorm sense estar ben ajaguda. Quan es fan capcinades, el cap s'inclina cap endavant.
capcinejar

capciós capciosa capciosos capcioses

adjectiu — Una pregunta, una argumentació o un raonament són capciosos si es fan amb la intenció d'enganyar.

capciró capcirons

nom masculí — El capciró d'una cosa és el trosset de la punta o de l'extrem. Quan fa fred, se'ns gelen els capcirons dels dits.

al capdamunt

locució que fa d'adverbi — 1 A la part més alta, al cim. *Les muntanyes altes solen tenir neu al capdamunt.*

frase feta — 2 **Estar fins al capdamunt** d'una persona o d'una cosa és estar-ne tip, cansat de suportar-la.

al capdavall

locució que fa d'adverbi — 1 Finalment, en conclusió. *Al capdavall ha dit la veritat. Deixa'l córrer: al capdavall és ben boig!*

2 A la part més baixa, al fons, al final. *Al capdavall, les cartes porten la firma.*

al capdavant

locució que fa d'adverbi — Al davant de tot. *La màquina dels trens va al capdavant.*

capdavanter

al cap de

locució que fa de preposició — Quan hagi passat un temps determinat. *Al cap d'una hora apaga el foc. Va marxar a París i en va tornar al cap de tres anys. Al cap d'una estona de començar a treballar ja se'n cansa.*

capell capells

nom masculí — Barret.

capellina

capella capelles

nom femení — 1 Una capella és una església petita.

2 Local d'un col·legi, d'un palau, d'un convent, etc., on se celebra la missa i altres actes religiosos.

3 Part d'una catedral o d'una altra església gran on hi ha un altar i una imatge de Crist, de la Mare de Déu o d'un sant. La capella més important és la del Santíssim, on es guarda l'eucaristia.

capellania, capelleta

capellà capellans

nom masculí — 1 Un capellà és un home que s'ha consagrat al servei de l'Església i dels fidels cristians. Els capellans poden dir missa. A l'Església protestant d'Anglaterra també hi ha capellanes.

frase feta — 2 **Tirar capellans** és fer esquitxos amb la saliva quan es parla.

capficar-se

verb usat amb pronom com cantar ◄ pàg. 26 *Amb QU davant E, I* — Preocupar-se molt per alguna cosa. Hi ha persones que es capfiquen per qüestions sense importància. Si no acabes la feina avui, no t'hi capfiquis; l'acabaràs demà.

capgirar

verb com cantar ◄ pàg. 26 — 1 Fer que la part de dalt d'una cosa vagi a baix; posar les coses al revés, que allà on hi havia el cap hi hagi els peus.

2 Entendre, dir o fer les coses al revés. A vegades dues persones discuteixen perquè una ha capgirat les paraules de l'altra.

capgirell capgirells

nom masculí — Tombarella.

capgròs capgrossa capgrossos capgrosses

adjectiu — 1 Que té el cap molt gros.

nom masculí — 2 Un capgròs és la larva de les granotes i dels gripaus. Els capgrossos tenen la part del cap molt grossa i una cua ampla. Viuen sempre a l'aigua i respiren per brànquies.

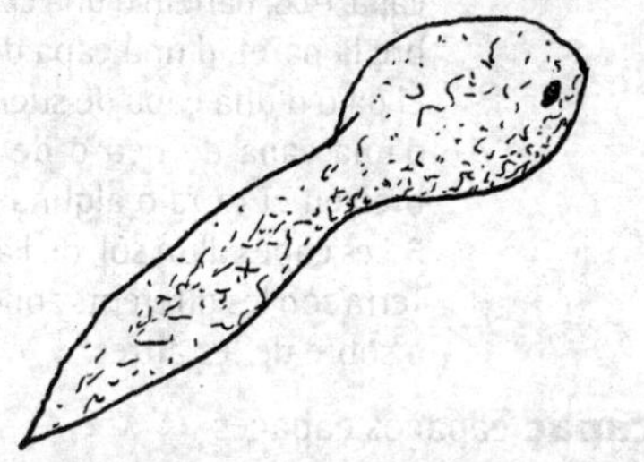

Un capgròs

3 Figura buida de cartó que representa un cap molt gros. Porta uns forats a la part dels ulls que permeten que la persona que se la posa al cap pugui veure-hi. En algunes processons i cercaviles es passegen pels carrers capgrossos i gegants.

al cap i a la fi

locució que fa d'adverbi — Després de tot, en definitiva, resumint el que s'ha dit fins ara i encara que hi hagi alguna cosa en contra. *Sempre la van ajudar i fins i tot li van deixar diners; al cap i a la fi, eren els seus cosins.*

capicua capicues

nom masculí — Un número és un capicua quan té les mateixes xifres al davant i al darrere. 431134 és un capicua.

capicular

verb com cantar ◄ pàg. 26 — Posar dues coses semblants l'una al costat de l'altra, però al revés, de manera que l'extrem de l'una estigui a l'altra banda de l'extrem de l'altra. Si dues persones dormen capiculades, el cap de l'una queda a la banda on l'altra té els peus.

capil·lar capil·lars
adjectiu
1 Dels cabells o que es fa servir per als cabells. El xampú és un producte capil·lar.
2 Que és fi o prim com un cabell.
nom masculí
3 Un capil·lar és un vas sanguini que és molt prim. págs. 798-799 (83)
capil·laritat

capità capitana capitans capitanes
nom masculí i femení
1 Persona que mana un grup de gent, especialment de soldats.
2 En alguns esports com el futbol o l'handbol, jugador o jugadora que representa l'equip i transmet als companys les orientacions de l'entrenador.
capitania

1
capital capitals
adjectiu
1 Que és molt important, la part essencial d'una cosa. Un error capital és un gran error.
nom femení
2 La capital d'un país és la ciutat més important. A la capital hi ha el govern. També tenen capital les comarques i les regions.

2
capital capitals
nom masculí
El capital d'una persona, una empresa, una societat esportiva, etc., són els diners que té. També són capital les cases, les obres d'art i les joies.
capitalitzar

capitalista capitalistes
adjectiu
1 Una societat o una economia capitalista és la que busca el màxim de benefici econòmic. En aquestes societats, les persones particulars són els propietaris dels negocis.
nom masculí i femení
2 Un o una capitalista és una persona que té diners i fa negocis.
capitalisme

capitell capitells
nom masculí
Un capitell és la part de dalt d'una columna on comença un arc o una volta. Als capitells sovint hi ha representades figures humanes i d'animals. pàg. 598 (5)

capítol capítols
nom masculí
Amb O
1 Un capítol és cada una de les parts principals que té un llibre o un altre escrit.
2 Reunió de frares o de monges per a tractar dels assumptes de la comunitat.

capitomba capitombes
nom femení
Tombarella. Es diu només en algunes zones.

capitost capitosts
nom masculí i femení
També *capitostos*
Un o una capitost és una persona que mana un grup de gent, de soldats.

capitular
verb
com *cantar*
◄ pàg. 26
Amb U
1 Posar-se d'acord amb l'enemic per a la rendició d'un lloc o d'un exèrcit. A les guerres, per evitar la mort dels soldats, molts generals capitulen.
2 Es diu que algú capitula quan finalment accepta les condicions o les propostes dels altres. No hem de capitular quan sabem que tenim raó.
capitulació

capmàs capmasos
nom masculí
Fer un capmàs és fixar un preu global per a un conjunt de coses de valor diferent per a vendre-les totes juntes.

1
capó capons
nom masculí
Un capó és un pollastre que ha estat castrat perquè així s'engreixa més. Els capons es mengen tradicionalment per Nadal.

2
capó capós
nom masculí
El capó d'un cotxe és la part de la carrosseria que tapa el motor. cotxe per fora

capoll capolls
nom masculí
1 El capoll d'alguns animals com el cuc de seda i les aranyes és una funda protectora feta amb fils semblants a la seda. Dins del capoll hi ha la larva o els ous d'on sortiran les cries.
2 Poncella.

caporal caporala caporals caporales
nom masculí i femení
Militar que té el grau més baix.

capota capotes
nom femení
Una capota és una coberta que porten alguns cotxes i que es pot plegar i desplegar quan es vol.

caprici capricis
nom masculí
Capritx.
capriciós, capriciosa

capricorn capricorns
nom masculí
El signe de capricorn és el desè del zodíac; és el signe de les persones nascudes entre el 22 de desembre i el 20 de gener.

capritx capritxos
nom masculí
També *caprici*
Un capritx és un desig que ens ve de sobte de fer una cosa. Sempre s'ha dit que les dones embarassades tenen capritxos una mica rars.
encapritxar-se

capritxós capritxosa capritxosos capritxoses
adjectiu
1 Que té capritxos, que fa les coses per capritx.
2 Diem que una cosa és capritxosa quan és una mica estranya i crida l'atenció.

A B C D E F G H I J K L M N O P Q R S T U V W X Y Z

cap-roig cap-roigs
nom masculí. També *cap-rojos*
Escórpora.

capsa capses
nom femení
1 Una capsa és un recipient petit de fusta, cartó, metall o plàstic que es fa servir per a guardar o transportar coses. Normalment, les capses tenen tapa. Una capsa és més petita que una caixa i s'hi posen sabates, bombons, mistos i altres coses.
frase feta
2 Diem que una persona **sembla que surti de la capsa** quan va molt elegant, molt ben vestida.
encapsar

capsigrany capsigranys
nom masculí
1 Un capsigrany és un ocell petit que té la part de dalt del cap de color marró, amb una franja negra pel davant dels ulls, com un antifaç. La resta del cos és marronós i blanc. S'alimenta d'insectes que caça i clava a les espines de les plantes. El bec és corbat en forma de ganxo.
2 Diem que una persona és un capsigrany quan té poc seny i fa imprudències.

càpsula càpsules
nom femení
1 Una càpsula és una coberta protectora que tenen alguns òrgans delicats o alguns microorganismes.
2 La càpsula d'un projectil és el lloc on hi ha l'explosiu que fa que s'encengui la càrrega explosiva.
3 Capseta minúscula de forma rodona o allargada que conté medicaments que tenen mal gust. Les càpsules s'empassen i el mal gust no es nota a la boca.
4 Part d'un vehicle espacial on va la tripulació.
encapsular

captaire captaires
nom masculí i femení
Un o una captaire és una persona que es dedica a demanar almoina. A les portes de les esglésies sovint hi ha captaires.

captar
verb com *cantar* ◄ pàg. 26
1 Demanar almoina. A les grans ciutats hi ha gent que capta pel carrer.
2 Agafar o recollir alguna cosa per treure'n un profit. Es pot captar l'aigua d'una font o l'energia solar, per exemple. També diem que captem les emissores de ràdio o els senyals de la televisió.
usat amb pronom
3 **Captar-se** l'atenció, la simpatia, la voluntat d'algú és fer que ens escolti, ens apreciï, ens estimi.
acaptar, acapte, capta

captenir-se
verb usat amb pronom com *tenir* ◄ pàg. 42
Diferència: *captén* o *captingues*
Comportar-se o actuar d'una manera bona o dolenta. Sempre ens hem de captenir correctament amb els companys. Les persones que es captenen amb educació són molt apreciades.
capteniment

captiu captiva captius captives
adjectiu i nom masculí i femení
Que no té llibertat, que és a la presó. Antigament els captius eren deixats anar quan els familiars pagaven un rescat.
captivitat, captiveri

captivar
verb com *cantar* ◄ pàg. 26
1 Fer presoner, agafar captiu.
2 Diem que una persona o una cosa ens captiva si ens agrada molt i ens atrau per la seva bellesa, per la seva perfecció o per qualsevol altra qualitat. La veu d'algunes cantants captiva el públic.
captivador

capturar
verb com *cantar* ◄ pàg. 26
Agafar una persona o un animal, fer-los presoners o caçar-los.
captura

caputxa caputxes
nom femení
Una caputxa és la part d'un anorac o d'una peça de vestir que serveix per a cobrir-se el cap.
encaputxar

caputxino caputxinos
nom masculí
Un caputxino és un cafè amb llet que fa una mica d'escuma i porta xocolata en pols pel damunt. Els caputxinos són típics d'Itàlia.

Un caputxino

capvespre capvespres

nom masculí — El capvespre és el moment del dia en què el sol ja s'ha post i es comença a fer fosc.

capvuitada capvuitades

nom femení — La capvuitada d'una festa o d'un esdeveniment és el dia que fa la setmana justa de la seva celebració. La capvuitada de Nadal és el dia 1 de gener.

1
caqui caquis

nom masculí — Un caqui és una fruita grossa, rodona i tova, de color vermell clar, que sembla un tomàquet. Els caquis alimenten molt i quan són madurs són molt dolços.

pàg. 397 (14)

2
caqui caquis

adjectiu — 1 Que és d'un color gris tirant a verd. Molts uniformes militars són caquis.

nom masculí — 2 El caqui és el color dels uniformes dels soldats d'infanteria.

1
car

conjunció — Perquè. Actualment s'usa poc. *No et vaig poder trucar, car no vaig trobar el teu número de telèfon.*

2
car cara cars cares

adjectiu — 1 Una cosa és cara quan val molts diners.

frase feta — 2 **Costar car** és pagar molt per una cosa o sortir molt perjudicat d'un assumpte.

encarir

cara cares

nom femení — 1 La cara és la part del davant del cap de les persones i d'alguns animals.

2 Part del davant del cos humà o d'una cosa. Diem que una persona està de cara a nosaltres, que algú ha caigut de cara o que en un carrer els cotxes ens vénen de cara. La cara d'un edifici és la façana.

3 Cada un dels costats d'una cosa. Els teixits i les pells, per exemple, tenen una cara bona, que és la que es posa a la part de fora i es veu, i una cara dolenta, que queda a la part de dins.

4 Cada una de les superfícies planes que formen un poliedre.

5 La cara d'una moneda és la part on hi ha representada la cara del rei o d'un altre personatge important. Jugar a cara o creu és tirar una moneda enlaire i veure en quina posició queda quan arriba a terra.

6 La paraula *cara* surt en moltes frases que tenen significats diferents: *Fer mala (o bona) cara. Caure la cara de vergonya. Tenir la cara molt gruixuda (o molt dura). Trobar-se cara a cara dues persones. Plantar cara a algú.*

acarament, acarar, acaronar

carabassa carabasses

nom femení — Carbassa.

carabassó carabassons

nom masculí — Carbassó.

caràcter caràcters

nom masculí — 1 El caràcter d'una persona és la seva manera de ser i de comportar-se. Hi ha qui té un caràcter pacífic i qui té un caràcter violent.

2 Característica o conjunt de característiques que ens fan veure que uns animals, un país, una gent, etc., són diferents d'uns altres.

3 Un caràcter és una lletra o un signe dels que es fan servir per a escriure. Nosaltres escrivim amb caràcters llatins, que són diferents dels que fan servir els àrabs o els russos.

4 Diem que una persona té caràcter quan és valenta i té ànims i no cedeix fàcilment.

característic característica característics característiques

adjectiu — 1 Que és propi d'algú o d'alguna cosa. Una propietat característica del sucre és la dolçor.

nom femení — 2 Una característica és qualsevol tret o propietat que ens fa conèixer com és una cosa. Les fruites es diferencien per les seves característiques: color, gust, mida, pinyol, etc.

caracteritzar

verb com *cantar* ◄ pàg. 26 — Dir les característiques que fan diferent una cosa d'una altra. La febre i el mal de cap caracteritzen algunes malalties. La neu es caracteritza pel color blanc i per la fredor.

caragirat caragirada caragirats caragirades

adjectiu — Que és traïdor, que enganya els altres.

caragol caragols

nom masculí — Cargol.

caragolar

verb com *cantar* ◄ pàg. 26 — Cargolar.

carai

interjecció — Paraula que es diu en lloc de *carall* perquè no es considera tan grollera. *Carai, quin fred que fa, avui!*

1
carall caralls

nom masculí — Penis. Es diu de manera informal.

A B C D E F G H I J K L M N O P Q R S T U V W X Y Z

A B C D E F G H I J K L M N O P Q R S T U V W X Y Z

carall [2]
interjecció — Paraula que es fa servir per a indicar admiració, estranyesa o enuig. Es considera una paraula grollera. *Carall, si que és tard! No em molestis més, carall!*

carallot carallots
nom masculí — Diem que una persona és un carallot quan té poc enteniment i és molt aturada.

caram
interjecció — Exclamació per a expressar admiració o estranyesa. *Caram, encara hem de fer tot això per a demà!*

carambola caramboles
nom femení — **1** Es fa una carambola en el joc del billar quan amb la bola que es tira es toquen les altres dues boles.
locució que fa d'adverbi — **2 Per carambola** vol dir sense voler o per casualitat, de manera indirecta. *Faig de taxista per carambola; jo volia fer una altra feina, però he acabat portant un taxi.*

caramel caramels
nom masculí — **1** Un caramel és un dolç petit i dur que pot tenir gust de fruita, d'anís, de cafè, etc. Quan és l'aniversari d'algú hi ha el costum de repartir caramels.
2 El caramel és el sucre cremat. Alguns flams porten caramel pel damunt.

caramell caramells
nom masculí — **1** Un caramell és un tros prim de gel que penja d'un lloc. Quan fa molt fred, es formen caramells a les branques dels arbres.
2 Estalactita.

caramelles
nom femení plural — Les caramelles són les cançons populars que colles de persones canten pels carrers de molts pobles durant les festes de Pasqua.

caramull caramulls
nom masculí — El caramull és la part d'una cosa que sobresurt del recipient on és. Quan menges un gelat de cucurutxo vas llepant el caramull.
acaramullar

carantoines
nom femení plural — Les carantoines són les carícies o els afalacs que es fan a una persona. Les persones que s'estimen es fan carantoines.

carassa carasses
nom femení — Una carassa és una cara grossa. Fer carasses és fer ganyotes.

caravana caravanes
nom femení — **1** Una caravana és un grup de persones que viatgen juntes amb els seus animals de càrrega o amb els seus vehicles. A l'Orient, les caravanes es formaven per a travessar el desert; a l'oest americà, per a entrar en territoris indis i colonitzar-los.
2 Rulot.
3 Una caravana a la carretera o a l'autopista és una fila molt gran de cotxes que no poden córrer o avançar perquè hi ha massa trànsit.

caravel·la caravel·les
nom femení
Amb V — Una caravel·la és una embarcació dels segles XIV a XVII que al principi portava dos o tres pals i veles triangulars. Els espanyols i els portuguesos van fer servir caravel·les en el descobriment d'Amèrica.

Una caravel·la

carbassa carbasses
nom femení
També *carabassa* — **1** Una carbassa és un fruit molt gros, de color blanc o groc vermellós, amb moltes llavors, que es fa servir com a aliment de les persones i d'algunes bèsties. Amb la carbassa blanca es fa la confitura de cabell d'àngel.
págs. 994-995 (39)
adjectiu — **2** Que és del color de les taronges i les mandarines.
nom masculí — **3** El carbassa és el color de les taronges; es fa barrejant el groc i el vermell.
frase feta — **4 Donar carbassa** a un alumne és suspendre'l. Una carbassa és un suspens.
carbassera, carbassot

carbassó carbassons
nom masculí
També *carabassó* — Un carbassó és un fruit de la família de la carbassa però de forma allargada i de color verd o groc. Es menja bullit, en truita, fregit o en puré. págs. 994-995 (41)

carbó carbons
nom masculí — **1** El carbó és una substància sòlida de color negre o molt fosc que conté principalment carboni i es fa servir com a combustible en algunes calefaccions, en les màquines de tren de foc i en algunes indústries. Es tren-

ca fàcilment i embruta molt. El carbó vegetal es fa cremant llenya. El carbó mineral prové de vegetals que en èpoques antiquíssimes van quedar enterrats. N'hi ha de diverses classes, que es diferencien sobretot per la quantitat de carboni que contenen.

2 El **carbó de coc** és el coc.

carbonet, carbonissa, carbonitzar

carbonat carbonats

nom masculí — Un carbonat és una substància composta de carboni, oxigen i un metall. És una sal que prové de l'àcid carbònic. El marbre està format de carbonat de calci.

carboner carbonera carboners carboneres

nom masculí i femení — **1** Persona que fa carbó vegetal o que ven carbó.

nom femení — **2** Una carbonera és un lloc on es guarda el carbó.

3 Pila de fusta coberta amb herbes i terra per a fer el carbó vegetal.

carboni carbonis

nom masculí — El carboni és un element no metàl·lic molt important a la naturalesa, ja que forma part de moltes substàncies. En el carbó hi ha una gran quantitat de carboni. El carboni pur és el diamant. El seu símbol és: C.

carbònic

carbonífer carbonífera carbonífers carboníferes

adjectiu — **1** Que conté carbó mineral. Al Berguedà hi ha terrenys carbonífers.

nom masculí — **2** El carbonífer és el quart període de l'era primària. Hi van viure moltes plantes de mida molt gran, que van produir grans dipòsits de carbó mineral. Fou també l'època de molts amfibis i artròpodes.

carbur carburs

nom masculí — Un carbur és un compost de carboni i un metall. El carbur de calci es barrejava amb aigua en els llums de carbur per obtenir acetilè i fer llum.

carburador carburadors

nom masculí — El carburador d'un cotxe o d'un altre vehicle és la part del motor on es barreja la gasolina amb l'aire. ✎ moto

carburant carburants

nom masculí — Un carburant és un combustible líquid, com el petroli i la gasolina. El carburant dels avions és diferent del que fan servir els cotxes.

carburar

verb, com *cantar* ◄ pàg. 26 — **1** Mesclar el carburant amb l'aire en un motor de cotxe, de camió, etc., en la proporció convenient perquè la mescla resultant es pugui inflamar.

2 Es diu que una persona o una cosa carbura si funciona, si va bé. Es diu de manera informal.

carca carques

adjectiu — Una persona és carca quan té idees i comportaments antiquats.

carcaix carcaixos

nom masculí — Un carcaix és un estoig per a portar fletxes.

carcanada carcanades

nom femení — **1** La carcanada d'un pollastre o d'un altre ocell és el que queda quan se li han tret les ales, les cuixes i la carn.

2 Esquelet d'una persona o d'un animal.

frase feta — **3** **Suar la carcanada** és suar molt.

carcassa carcasses

nom femení — **1** La carcassa és el conjunt d'elements que sostenen o aguanten alguna cosa. La carcassa d'una casa són les bigues, les barres, les parets, etc., que fan que s'aguanti.

2 Esquelet o carcanada d'una bèstia o d'una persona.

carceller carcellera carcellers carcelleres

nom masculí i femení, També *escarceller* — Persona que vigila una presó. A les presons antigues, el carceller guardava les claus de les cel·les on eren tancats els presoners.

card cards

nom masculí — Un card és una planta que té fulles arrissades i espinoses i flors amb punxes.

cardot

cardar

verb, com *cantar* ◄ pàg. 26 — **1** Cardar la llana i el cotó és passar-hi una mena de pinta que fa que es puguin filar millor.

2 Fer l'acte sexual. Es considera una paraula grollera.

cardenal cardenals

nom masculí — Un cardenal és un eclesiàstic molt important que ajuda el papa en el govern de l'Església. Els cardenals elegeixen el papa.

cardíac cardíaca cardíacs cardíaques

adjectiu — Del cor, que està relacionat amb el cor. Algunes malalties cardíaques fan que la persona s'ofegui.

càrdies càrdies

nom masculí — El càrdies és un orifici que comunica l'esòfag amb l'estómac. ✎ pàgs. 798-799 (36)

A B C D E F G H I J K L M N O P Q R S T U V W X Y Z

cardinal cardinals
adjectiu
1 Que té una gran importància, que és fonamental. Es diu que la prudència i la justícia són virtuts cardinals.
2 Un número cardinal representa el nombre d'elements d'un conjunt. 2, 3... 10, etc., són números cardinals.
3 Els punts cardinals de la Terra són els quatre principals: nord, sud, est i oest.

cardiologia cardiologies
nom femení
La cardiologia és la branca de la medicina que tracta les malalties del cor.
cardiòleg, cardiòloga

carei careis
nom masculí
El carei és un material que s'obté de la closca d'un tipus de tortuga que també es diu *carei*. Amb el carei es fabriquen botons, pintes i altres objectes.

carena carenes
nom femení
La carena d'una muntanya o d'una serralada és la part de dalt. Quan s'arriba a la carena es poden veure les terres situades a banda i banda.

carència carències
nom femení
Hi ha carència d'una cosa quan no n'hi ha. La carència de vitamines provoca malalties.

carestia caresties
nom femení
1 Hi ha carestia d'una cosa quan no n'hi ha gaire, quan en falta. Alguns països africans tenen carestia d'aliments.
2 Diem que hi ha carestia quan les coses que s'han de comprar són molt cares.

careta caretes
nom femení
Una careta és un tros de roba per a tapar la cara amb uns forats per als ulls i la boca. Les persones es posen careta per a impedir que les reconeguin, per exemple, quan celebren el carnaval.

cargol cargols
nom masculí
També *caragol*
1 Un cargol és un mol·lusc que té el cos tou, unes petites banyes al cap i una closca de forma arrodonida. Els cargols no tenen potes i per avançar s'arrosseguen. Hi ha també cargols de mar, que tenen la closca de formes molt variades; alguns la tenen amb moltes punxes.
2 Peça allargada de ferro semblant a un clau que té el cantó de la punta en forma d'espiral. Molts cargols tenen un tall a la cabota per a poder-hi posar el tornavís i collar-los. Es diuen també *claus de rosca* o *visos*.
3 Conducte de l'orella interna, enrotllat en forma d'espiral i encarregat de l'audició. És un tub ple de líquid i proveït d'una membrana que es comunica amb el nervi acústic. págs. 798-799 (6)
4 Un **cargol de banc** és una eina que té dues barres que s'acosten o se separen enroscant un cargol molt gros. Va collada en un banc de treball i serveix per a fixar-hi la peça que s'ha de treballar. pàg. 993 (11)
cargolí

cargolar
verb
com *cantar*
◄ pàg. 26
També *caragolar*
1 Fer girar un paper, una tela, un plàstic, etc., sobre si mateix i que quedi en forma de tub.
2 Fer girar una cosa flexible, com un cordill, un floc de cabells, etc., sobre si mateixa amb un moviment en espiral. És més fàcil cargolar un fil de cosir que un filferro. Quan es mullen, els cabells sovint es cargolen sols.
3 Fer entrar un cargol en una fusta o una paret donant-li voltes amb un tornavís.

caricatura caricatures
nom femení
Una caricatura és el retrat dibuixat d'una persona on s'han exagerat les seves característiques per a fer riure. A les caricatures, el dibuixant, per exemple, fa que es vegi molt si la persona té el nas llarg, pocs cabells, si és alta o baixa, prima o grossa, etc.
caricaturista

Una caricatura

carícia carícies
nom femení
Una carícia és una demostració d'amor o d'afecte que es fa tocant amb la mà. Els infants necessiten les carícies dels seus pares.
acariciar

càries càries
nom femení
Una càries a les dents és una malaltia que les fa malbé. Ens rentem les dents després de menjar per evitar les càries.

carilló carillons
nom masculí
Un carilló és un grup de campanes grosses

i petites que quan toquen fan música. Alguns rellotges situats en torres o campanars tenen un carilló que toca una cançó quan sonen les hores.

carisma carismes
nom masculí Diem que una persona té carisma quan es guanya la confiança dels altres i té molts amics i seguidors. Alguns polítics i artistes tenen un gran carisma.
carismàtic

caritat caritats
nom femení **1** La caritat és l'amor i la compassió que ens fa ajudar els altres i no fer-los cap mal.
2 Una caritat és una almoina. Fem caritat quan donem alguna cosa a les persones que ho necessiten. Sovint, pel carrer, hi ha pobres que demanen caritat.
caritatiu, caritativa

carlí carlina carlins carlines
adjectiu **1** Dels carlins. Durant el segle XIX hi va haver tres guerres carlines.
nom masculí i femení **2** Persona que vol que els successors del príncep Carles de Borbó siguin reis d'Espanya.
carlisme

carlista carlistes
adjectiu i nom masculí i femení Carlí.

carmanyola carmanyoles
nom femení Una carmanyola és un recipient de metall o de plàstic per a portar el menjar quan es va de viatge o es fa una excursió. Les carmanyoles han de tapar molt bé perquè el menjar no es faci malbé.

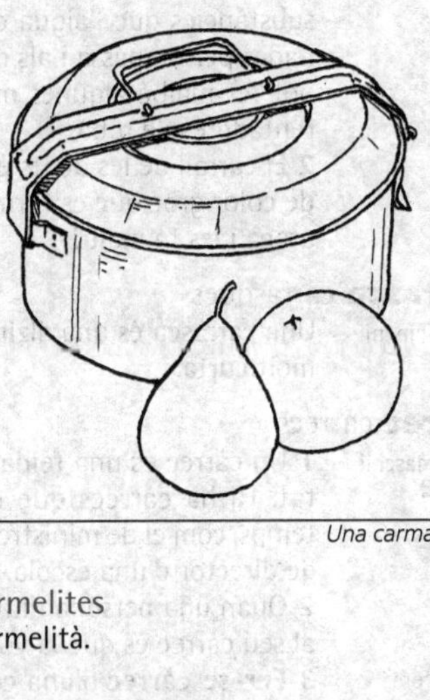

Una carmanyola

carmelita carmelites
nom masculí i femení Carmelità.

carmelità carmelitana carmelitans carmelitanes
adjectiu **1** Dels carmelitans, que està relacionat amb els carmelitans o les carmelitanes.
També *carmelita*
nom masculí i femení **2** Religiós o religiosa d'un dels ordes o de les congregacions que porten el nom de la Mare de Déu del Carme. Santa Teresa de Jesús era una carmelitana.

carmesí carmesina carmesins carmesines
adjectiu **1** Que té un color vermell fosc, tirant a blau.
nom masculí **2** El carmesí és el color entre vermell i blau que és més blavós que el carmí i més vermellós que el púrpura.

carmí carmins
adjectiu **1** Que és de color vermell fosc, semblant al carmesí però no tan blavós. Alguns pintallavis són de color carmí.
nom masculí **2** El carmí és el color carmí.

carn carns
nom femení **1** La carn de les persones i dels animals és el conjunt dels músculs. No són carn, doncs, ni la pell, ni els ossos, ni les vísceres.
2 Part del cos dels animals que es menja com a aliment. La carn de pollastre és blanca; la carn de vedella és vermella.
3 La **carn d'olla** és el conjunt de verdures i carn que es bull per fer escudella i es menja com a segon plat. S'hi posa col, patates, cigrons, pilota, botifarra, cansalada, pollastre, gallina i carn. pàg. 400 ⑬
carnada, carnal, carnassa, carnatge, carner, carni, càrnia, encarnar

carnaval carnavals
nom masculí El carnaval és una festa que es fa abans de començar la quaresma. Durant el carnaval la gent es disfressa, balla i fa desfilades molt divertides.

carnestoltes carnestoltes
nom masculí **1** Carnaval.
2 El carnestoltes és un ninot que es crema l'últim dia de les festes de carnaval.
frase feta **3** **Anar fet un carnestoltes** és anar vestit d'una manera ridícula, amb mal gust.
4 **Ser un carnestoltes** és ser una persona poc formal, poc seriosa.

carnet carnets
nom masculí **1** Un carnet és una cartolina petita en forma de targeta que porta el nom, l'adreça i altres dades d'una persona. Els socis dels clubs de futbol, per exemple, tenen un carnet per a entrar al camp.
2 El **carnet d'identitat** és un document que té cada ciutadà d'un estat i diu qui és, on viu, quants anys té i altres dades personals. Per a entrar en alguns llocs, s'ha de presentar el carnet d'identitat.
3 El **carnet escolar** és un quadern on consten el nom, l'edat i altres dades d'un estudiant i també les notes que treu en cada curs.

A B C D E F G H I J K L M N O P Q R S T U V W X Y Z

carnisser carnissera carnissers carnisseres
adjectiu
1 Un animal carnisser és el que menja principalment la carn d'altres animals. Els llops i els lleons són carnissers.
2 Diem que una persona és carnissera quan li agrada molt menjar carn.
3 Una persona és carnissera quan és molt cruel i fa mal als altres.
nom masculí i femení
4 Persona que ven carn. pàgs. 398-399 (30)

carnisseria carnisseries
nom femení
1 Una carnisseria és una botiga on venen carn, sobretot de vedella, de bou i de be. pàgs. 398-399 (27)
2 Diem que en un lloc o en una guerra hi ha hagut una carnisseria quan ha mort molta gent.

carnívor carnívora carnívors carnívores
adjectiu i nom masculí
Que menja carn, que s'alimenta principalment de carn. Els carnívors, per exemple els tigres, tenen les dents molt fortes i els ullals molt desenvolupats per a poder esquinçar la carn.

carnós carnosa carnosos carnoses
adjectiu
1 Que és de carn o semblant a la carn.
2 Una persona té les cames o els braços carnosos quan els té molt gruixuts, amb molta carn.
3 Les fulles o els fruits d'algunes plantes són carnosos quan són gruixuts i tous com si fossin de carn.

carnot carnots
nom masculí
Un carnot és un bony de carn que es forma en alguna part del cos. Al nas surten uns carnots que sovint s'han de treure amb una operació.

carolingi carolíngia carolingis carolíngies
adjectiu i nom masculí i femení
De l'emperador Carlemany. Els carolingis són els reis que van succeir aquest emperador.

carota carotes
nom femení
1 Una carota és una cara pintada amb molts colors que les persones es posen damunt de la seva cara per fer riure o disfressar-se. Molta gent porta carotes durant el carnaval.
2 Ganyota.

carp carps
nom masculí
El carp és el conjunt de vuit ossos que formen el canell de la mà. pàg. 797 (18)

carpa carpes
nom femení
Una carpa és un peix de cos alt i de cap gros que viu als rius i als llacs. És de color verdós i té escates molt grosses. Algunes carpes poden fer un metre de llargària.

carpeta carpetes
nom femení
Una carpeta és una bossa per a desar-hi papers formada per dues tapes dures unides per un cantó. Les carpetes sovint es tanquen amb unes gomes o amb unes vetes. pàgs. 998-999 (10)

carpó carpons
nom masculí
El carpó és l'últim os de la columna vertebral. També es diu així el tros final del cos dels pollastres i les gallines.

carquinyoli carquinyolis
nom masculí
Un carquinyoli és una pasta seca molt torrada feta amb farina, ou, sucre i ametlles. Els carquinyolis són molt durs; per això s'acostumen a menjar sucats. pàg. 400 (5)

carrabina carrabines
nom femení
Una carrabina és una arma de foc semblant a un fusell, però més curta i lleugera. Les carrabines es fan servir en les competicions de tir i en la cacera d'animals grossos.

carrabiner carrabiners
nom masculí
1 Un carrabiner és un soldat que porta una carrabina.
2 Guàrdia que controla i vigila les fronteres, els ports i les costes. Els carrabiners impedien que s'entressin coses de contraban.

carraca carraques
nom femení
Diem que un cotxe o un altre objecte és una carraca quan és molt vell i no va bé. Aquest nom ve d'uns vaixells de càrrega antics que eren molt lents i pesants.

carrall carralls
nom masculí
1 El carrall és una barreja de calç i altres substàncies que l'aigua deixa a les canonades per on passa i als dipòsits. El carrall pot fer malbé algunes màquines com les rentadores de roba.
2 El carrall de les dents és una substància de color groc que es forma a les dents, les ataca i les fa malbé.

carrasca carrasques
nom femení
Una carrasca és una alzina que té la fulla molt curta.

càrrec càrrecs
nom masculí
Amb C
1 Un càrrec és una feina de responsabilitat. Hi ha càrrecs que ocupen molt de temps, com el de ministre d'un govern o el de director d'una escola.
2 Quan una persona diu que una cosa va al seu càrrec és que la vol pagar.
frase feta
3 **Fer-se càrrec** d'una cosa o d'una persona és ocupar-se'n, vigilar-la, cuidar-la, etc. Els pares s'han de fer càrrec dels seus fills. També diem que ens fem càrrec d'u-

na cosa quan la comprenem, sabem de què es tracta.

càrrega càrregues

nom femení

1 Una càrrega és qualsevol cosa que una persona o un vehicle transporta d'un lloc a un altre. Un camió pot portar més càrrega que una furgoneta.

2 La càrrega d'una arma de foc o d'una bomba és la quantitat de projectils o d'explosius que porta.

3 En un combat militar es fa una càrrega quan els soldats d'infanteria o la cavalleria es llancen a l'atac contra l'enemic amb molta empenta i tots alhora.

4 Diem que una cosa o una persona és una càrrega quan és molt difícil de cuidar o de mantenir.

carregar

verb
com *cantar* ◄ pàg. 26
Amb GU davant E, I

1 Posar sobre una persona o un vehicle les coses que ha de transportar d'un lloc a un altre. Al port, hi ha grues potents per a carregar les mercaderies als vaixells. Hi ha homes que es carreguen sacs de trenta quilos a l'espatlla.

2 Posar en una arma les bales, en una estufa o un forn el combustible, en una màquina de fotografiar el rodet de fotografies, etc.

3 Fer una càrrega els soldats o la cavalleria.

frase feta

4 **Carregar els neulers a algú** és fer-li fer la part més difícil d'una feina.

5 A vegades parlem de *carregar* sense referir-nos a posar res: diem que un menjar carrega l'estómac i no ens deixa pair bé; diem que un vi carrega el cap; diem que el cel és carregat de núvols o diem que una persona està carregada de manies o de diners.

carregador, carregament, carregós, carregosa

carrer carrers

nom masculí

1 Un carrer d'una ciutat o d'un poble és un lloc de pas per on circulen els vehicles i caminen les persones per anar d'una banda a l'altra. A cada cantó dels carrers hi ha cases i botigues. ✎ pàg. 597 ⑦

2 Cadascuna de les divisions d'una pista d'atletisme o d'una piscina de competició per on corre o neda un esportista.

carrerada, carrerany

carrera carreres

nom femení

1 Conjunt dels estudis que una persona ha de fer per a poder ser metge, enginyer, professor, advocat, etc. Hi ha carreres molt antigues, com la de medicina.

2 Es fa una carrera en una mitja quan s'hi fa un forat i els fils s'escapen tot al llarg d'una franja estreta.

carreró carrerons

nom masculí

1 Un carreró és un carrer estret.

2 Carrer d'una pista d'atletisme o d'una piscina.

3 Un **carreró sense sortida** és un carrer que només és obert per una banda. Diem que una persona es troba en un carreró sense sortida quan es troba en una dificultat molt grossa i no la pot solucionar.

carreta carretes

nom femení

Una carreta és un carro baix, llarg i estret, sense baranes, que és estirat per dos animals. En alguns llocs també es diu *carreta* d'un carro gros i reforçat per a transportar càrregues molt pesants.

carretada carretades

nom femení

1 Una carretada és la quantitat de càrrega que transporta un carro o una carreta en una vegada.

2 Gran quantitat d'una cosa. Diem, per exemple, que algú té una carretada de llibres quan en té molts.

locució que fa d'adverbi

3 **A carretades** vol dir en molta quantitat. *Hi havia rebaixes i algunes persones compraven les coses a carretades.*

carreter carretera carreters carreteres

nom masculí i femení

Persona que condueix o que construeix carros o carretes.

carretera carreteres

nom femení

Una carretera és un tros de terreny ample i llarg per on circulen els cotxes i les persones per anar a un poble, a una ciutat o un país. Les carreteres generalment estan asfaltades; algunes segueixen els antics camins amples per on passaven els carros.

carretó carretons

nom masculí

1 Un carretó és un carro petit que pot ser estirat per una persona o un animal.

2 Vehicle petit amb una sola roda al davant i dos braços que sostenen una caixa on es posa la càrrega per a transportar-la. Els paletes sovint fan servir carretons.

3 Vehicle, generalment amb motor, que es fa servir per a transportar i distribuir càrregues en un magatzem, per a descarregar i carregar un camió, etc. Alguns carretons es diuen *elevadors* perquè poden aixecar la càrrega amb uns braços mecànics que tenen al davant.

carreu carreus

nom masculí

Un carreu és una pedra grossa tallada en forma de rectangle que es fa servir en la construcció de parets i muralles.

carril carrils

nom masculí **1** Un carril és cadascuna de les dues barres llargues de ferro d'una via de tren.
pàg. 193 (14)
2 Barra resistent per on circula un vehicle suspès o per on es desplaça un mecanisme o una peça. Al Japó hi ha trens que es desplacen penjats d'un carril.
3 Cada una de les divisions que hi ha en una autopista o en una carretera ampla per on circulen els cotxes. Els carrils estan separats per línies marcades en el paviment.
encarrilar

carrilet carrilets

nom masculí Un carrilet és un tren de via estreta. Els carrilets circulen entre ciutats o pobles que no estan gaire lluny.

carrincló carrinclona carrinclons carrinclones

adjectiu i nom masculí i femení Que és ridícul i passat de moda.
carrincloneria

carro carros

nom masculí **1** Un carro és un vehicle per a transportar càrrega format normalment per una plataforma amb dues rodes grosses i dos braços al davant on va enganxat l'animal que l'estira: un cavall, un mul, etc.
2 Vehicle lleuger de dues rodes que alguns pobles antics, com els romans, feien servir per a la guerra o per a desplaçar-se. Era obert pel darrere i tirat per dos o quatre cavalls. El de quatre cavalls es deia *quadriga*.
3 El carro d'una màquina d'escriure o d'una impressora és el cilindre de cautxú on es posa el paper. A vegades es desplaça d'un cantó a l'altre.
4 Nom popular de la constel·lació de l'Óssa Major. El carro petit és l'Óssa Menor.
5 Un **carro de combat** és un tanc.
6 Carro de postres pàg. 396 (6)
carretejar, carretel·la

carronya carronyes

nom femení Una carronya és una bèstia morta. Alguns animals, com els voltors, s'alimenten de carronyes.
carronyaire, carronyer

carrossa carrosses

nom femení Una carrossa és un cotxe de cavalls molt luxós que fan servir els reis i els personatges molt importants. Els Reis Mags desfilen en carrosses.

carrosseria carrosseries

nom femení La carrosseria d'un cotxe és la part que cobreix el motor, tots els altres mecanismes i l'interior. A la carrosseria també hi ha les portes, les finestres i el portaequipatge.

carruatge carruatges

nom masculí Un carruatge és qualsevol vehicle estirat per un animal. Són carruatges, doncs, els carros, les carrosses i els cotxes de cavalls.

carrusel carrusels

nom masculí Un carrusel és un espectacle que fan diverses persones que saben muntar molt bé a cavall. En un carrusel, els cavalls giren en cercle i fan figures diverses com si fos un ballet.

carta cartes

nom femení **1** Una carta és un paper escrit que enviem a una persona per comunicar-li alguna cosa. Les cartes normalment s'envien tancades en un sobre i amb un segell de correus.
2 Cada una de les cartolines amb dibuixos o figures per a jugar a cartes. També hi ha cartes que es fan servir per a fer jocs de màgia. pàg. 393 (16)
3 La carta d'un restaurant és el full o els

① ② ③ ④

①*As.* ②*Sota.* ③*Cavall.* ④*Rei.*

Cartes de jugar

fulls de paper o de cartó on hi ha escrits els plats i les begudes que es poden demanar, amb el preu. ✎ pàg. 396 ㉒

cartejar

cartabó cartabons

nom masculí — Un cartabó és un instrument per a fer angles rectes o de 45 graus i rectes paral·leles. Els cartabons tenen forma de triangle isòsceles rectangle.

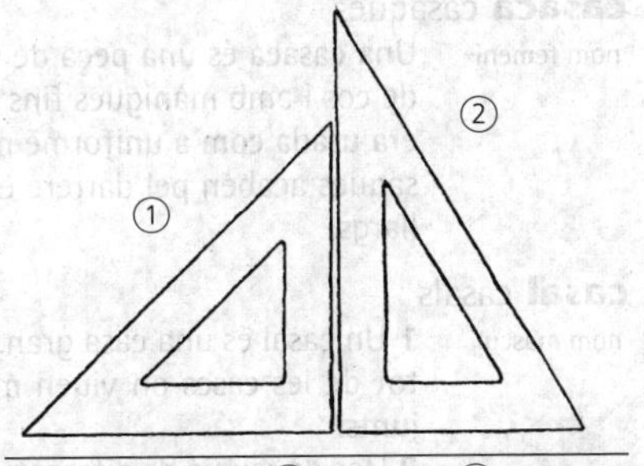

① *Un cartabó.* ② *Un escaire.*

cartaginès cartaginesa cartaginesos cartagineses

adjectiu i nom masculí i femení — De l'antiga Cartago. Els cartaginesos van lluitar amb els romans a les guerres púniques.

cartell cartells

nom masculí — Un cartell és un full molt gran amb un text escrit que es penja en un lloc on la gent el pugui veure i llegir. Els cartells de publicitat sovint porten també fotografies o dibuixos. ✎ pàg. 597 ⑧

cartellera cartelleres

nom femení — Una cartellera és una llista dels cines, dels teatres i d'altres locals on diu el nom de les pel·lícules i els espectacles que s'hi fan i els horaris de les sessions. Les cartelleres surten als diaris.

carter cartera carters carteres

nom masculí i femení — Persona que reparteix les cartes enviades per correu postal.

càrter càrters

nom masculí — Un càrter és una caixa de metall que protegeix alguns mecanismes dels motors dels cotxes o d'altres vehicles. El càrter no deixa entrar la pols i l'aigua. En la majoria dels cotxes, també fa de dipòsit de l'oli lubrificant. ✎ moto

cartera carteres

nom femení — **1** Una cartera és una bossa de forma i materials diversos per a portar llapis, llibres, llibretes, papers de la feina, documents, etc.

2 Objecte petit i pla, normalment de pell, que es porta a la butxaca i té compartiments per a posar-hi bitllets de banc, targetes i el carnet d'identitat.

carterista

cartílag cartílags

nom masculí — El cartílag és un dels teixits que formen el cos de les persones i d'alguns animals. És més tou que els ossos i més fort que la carn. Hi ha cartílag a les articulacions dels ossos.

cartilaginós, cartilaginosa

cartilla cartilles

nom femení — Una cartilla és una mena de llibreta on s'apunten coses que s'han de saber d'una persona. Els soldats tenen una cartilla militar; els alumnes d'un col·legi tenen una cartilla escolar, que també es diu *carnet escolar*.

cartipàs cartipassos

nom masculí — Un cartipàs és una llibreta per a aprendre a escriure. Té els fulls amb unes ratlles que serveixen de guia per a fer les lletres.

cartó cartons

nom masculí — També *cartró* — El cartó és un paper molt gruixut i rígid. Amb cartó es fan les tapes d'alguns llibres i també joguines com cavalls i ninots.

encartonar-se

cartografia cartografies

nom femení — La cartografia és la tècnica de fer mapes i plànols.

cartògraf, cartògrafa

cartoixa cartoixes

nom femení — Una cartoixa és un monestir on viuen monjos de l'orde fundat per sant Bru. A les cartoixes sempre hi ha un gran silenci.

cartolina cartolines

nom femení — Una cartolina és un paper gruixut. Amb les cartolines es fan targetes i postals. Les fem servir també per als treballs manuals.

cartomància cartomàncies

nom femení — La cartomància és la pràctica d'endevinar el futur tirant les cartes.

cartró cartrons

nom masculí — Cartó.

cartutx cartutxos

nom masculí — **1** Un cartutx és un projectil d'escopeta o de fusell que porta la bala i la pólvora juntes dins d'una funda rodona de metall o de cartó. Sovint els cartutxos de caça no porten bales, sinó perdigons.

2 Càrrega de dinamita o de pólvora envoltada per una funda en forma de cilindre i amb una metxa per a encendre-la.

3 Conjunt de monedes iguals que s'emboliquen en forma de tub amb un paper per a guardar-les o transportar-les.

encartutxar

cartutxera cartutxeres

nom femení — Una cartutxera és un cinturó, una bossa o un saquet on es porten els cartutxos d'un fusell o d'una escopeta.

carxofa carxofes

nom femení — També *escarxofa* — Una carxofa és un vegetal comestible de color verd que té una forma com de pinya, amb moltes fulles gruixudes que es poden separar una a una. Es menja crua ben amanida, bullida o en truita. págs. 994-995 (38)

carxofera carxoferes

nom femení — També *escarxofera* — Una carxofera és una planta que fa carxofes. Les carxoferes tenen unes fulles grans amb punxes i flors de color blau violeta.

cas casos

nom masculí — **1** Un cas és una cosa que ha succeït o que pot succeir, entre moltes altres coses que són possibles. A la vida de les persones sempre hi ha casos estranys, coses que passen i no es poden explicar.

2 En algunes llengües com el llatí, forma que té una paraula segons el paper que fa dins de l'oració. La forma *rosam* és el cas acusatiu de la paraula llatina *rosa* quan fa de complement directe. Si la mateixa paraula fa de complement indirecte, té la forma *rosae*, pròpia del cas datiu.

3 Fem servir la paraula *cas* amb un significat semblant a *fet, situació, circumstància*, etc., en expressions com les següents: *En cas que vingui, avisa'm. El cas és que no vull anar amb ell. Posa't en el seu cas i veuràs que té raó. Li va passar un cas com un cabàs.*

locució que fa d'adverbi — **4 Per si de cas** vol dir per més seguretat. *Em sembla que val tres euros, però, per si de cas, deixa-me'n sis.*

frase feta — **5 Estar al cas** és controlar la situació. *És una bona dependenta: està al cas de tot i no se li escapa cap detall.*

6 Fer cas d'una cosa o d'una persona és tenir-la en compte, obeir-la. Els conductors han de fer cas dels semàfors. Hi ha nois que no fan cas de ningú.

casuístic

casa cases

nom femení — **1** Una casa és qualsevol construcció on viuen les persones. A les ciutats, hi ha cases de pisos; al camp, hi ha cases de pagès.

2 Lloc o construcció on viu o s'amaga un animal, com, per exemple, la casa del gos o el rusc o casa de les abelles; també diem que la closca dels cargols i de les tortugues és la seva casa.

3 Les cases adossades són grups de cases construïdes unes al costat de les altres, de manera que tenen parets comunes. Normalment, totes tenen la façana i els patis iguals. pàg. 596 (7)

4 Diem que una falta, una veritat, un error, etc., és com una casa quan és molt gros, molt important.

locució que fa d'adjectiu — **5** Una cosa és **d'estar per casa** quan té poc valor i està feta de qualsevol manera, sense fixar-s'hi gaire.

casaca casaques

nom femení — Una casaca és una peça de vestir cenyida de cos i amb mànigues fins als punys que era usada com a uniforme militar. Les casaques acaben pel darrere en dos faldons llargs.

casal casals

nom masculí — **1** Un casal és una casa gran. Es diu sobretot de les cases on viuen molts familiars junts.

2 Lloc de reunió de diferents grups de persones que fan activitats com teatre, excursionisme i conferències. A molts pobles i barris hi ha, per exemple, el casal dels joves, el casal de la gent gran i altres.

casalici

casalot casalots

nom masculí — Un casalot és una casa gran que és vella i està en ruïnes.

casament casaments

nom masculí — Un casament és una celebració que es fa quan es casen dues persones.

casar

verb — com *cantar* ◀ pàg. 26 — **1** Unir en matrimoni. Els jutges de pau estan autoritzats per a casar. Generalment les persones es casen perquè s'estimen i volen viure juntes.

2 Ajuntar dues coses, fer que coincideixin. Una porta ha de casar amb el seu marc.

casc cascs

nom masculí — També *cascos* — **1** Un casc és un barret fet de material dur que algunes persones es posen al cap per a protegir-lo i no prendre mal. Porten casc, per exemple, els bombers, els motoristes, alguns treballadors i els soldats. Les armadures dels guerrers antics tenien un casc que tapava el cap i la cara.

2 El casc d'un cavall, d'un mul, d'un ase, etc., és la part de baix de tot de la pota, que toca a terra quan l'animal camina. Els cascos són durs i s'hi claven les ferradures per evitar que es desgastin.

cascada cascades

nom femení — Una cascada és una caiguda de l'aigua d'un riu per un precipici. A vegades es fan cascades artificials en alguns parcs. Són molt famoses les cascades del riu Niàgara, a l'Amèrica del Nord.

cascall cascalls
nom masculí
El cascall és una planta herbàcia que té la tija buida per dins i fa unes flors roses, blaves o violades i uns fruits que formen com una càpsula o capseta tancada. D'aquestes càpsules se'n treu un suc lletós que conté opi.

cascavell cascavells
nom masculí
Amb V
1 Un cascavell és una boleta de metall buida que a dins té un trosset de ferro o de llautó que la fa sonar quan es belluga. Els cavalls i els muls que tiraven dels carros portaven cascavells al voltant del coll. Algunes persones també posen un cascavell al coll del seu gat.
2 Una serp de cascavell és una serp verinosa d'Amèrica que al final de la cua té un conjunt d'anells que quan es belluguen fan soroll.
frase feta
3 Posar el cascavell al gat és encarregar-se d'una cosa difícil i perillosa.

caseïna caseïnes
nom femení
La caseïna és una substància que hi ha a la llet. És important en l'alimentació dels bebès.

casella caselles
nom femení
1 Caseta.
2 Una casella és cada una de les divisions quadrades o rectangulars que hi ha en un objecte o un paper. Les caselles del joc d'escacs són blanques i negres. A la recepció d'alguns hotels hi ha unes caselles buides per a posar-hi les claus de les habitacions. Quan omples alguns impresos has d'escriure cada lletra en una casella.
encasellar

caseria caseries
nom femení
També *caseriu*
Una caseria és un grup de cases separat d'una població.

caseriu caserius
nom masculí
Caseria.

caserna casernes
nom femení
Una caserna és un edifici on viuen soldats o altres grups de persones com els guàrdies civils, els policies o els bombers.

caseta casetes
nom femení
1 Una caseta és una casa petita. Els guardaboscos i altres vigilants tenen una caseta que els serveix de recer.
2 Caseta de gos pàgs. 594-595 (69)

casino casinos
nom masculí
1 Un casino és un local on es reuneixen o es troben grups de persones per fer activitats culturals o de diversió. En alguns pobles, el casino és un bar important, on hi ha sala de jocs i de televisió. Alguns casinos només deixen entrar els socis.
2 Local on es juga a la ruleta, a les cartes i a altres jocs d'atzar. Alguns casinos són molt grans i luxosos.

casolà casolana casolans casolanes
adjectiu
Que és de la casa, que li agrada molt estar a casa. Els animals casolans són els que viuen amb les persones, com els gats i els gossos. Un menjar casolà és fet a casa o de la manera que es fa a casa.

casori casoris
nom masculí
Manera informal de dir *casament*.

caspa caspes
nom femení
Una persona té caspa quan se li desprenen uns trossets molt fins de la pell del cap. La caspa és de color blanc i té tacte greixós. Hi ha xampús per al tractament de la caspa.

casquet casquets
nom masculí
1 Un casquet és una peça rodona de tela o de pell per a cobrir-se el cap.
2 Cartutx metàl·lic buit. Quan es dispara un fusell o una pistola els casquets cauen a terra; així podem saber els trets que algú ha disparat.
encasquetar

casserola casseroles
nom femení
Una casserola és un recipient de cuina metàl·lic per a guisar. Les casseroles són més amples que altes i tenen un mànec o dues nanses.

casset cassets
nom femení
1 Una casset és una cinta de plàstic o d'un altre material per a gravar-hi música i escoltar-la en un magnetòfon. Les cassets giren endavant i endarrere dins d'una capsa plana.
nom masculí
2 Un casset és un aparell on es posen les cassets per a gravar-les o escoltar-les. És com anomenem normalment els magnetòfons.

cassó cassons
nom masculí
Un cassó és un recipient de cuina metàl·lic, petit, i amb mànec. Els cassons són més amples que alts.

cassola cassoles
nom femení
Una cassola és un recipient de cuina rodó per a fer rostits i altres guisats. Les cassoles són més amples que altes i tenen dues

A B C D E F G H I J K L M N O P Q R S T U V W X Y Z

nanses. N'hi ha de terrissa i de metall.

págs. 594-595 (55)

cast casta casts castes

adjectiu · També *castos* — Una persona casta només té relacions sexuals que són considerades morals i lícites.

castedat

casta castes

nom femení — 1 La casta és la raça o el llinatge d'una persona o d'un animal. Un gos és de bona casta si és de raça i no té cap defecte. Una persona és de casta noble si els seus avantpassats eren de la noblesa.

2 Una casta és cada un dels grups de persones que formen la societat de l'Índia. Les persones de la mateixa casta tenen els mateixos costums i religió.

castany castanya castanys castanyes

adjectiu — 1 Que és d'un color marró clar, semblant a la pell de les castanyes.

nom masculí — 2 El castany és el color dels cabells de les persones que el tenen marró.

castanya castanyes

nom femení — 1 Una castanya és un fruit comestible de forma rodona i una mica plana que té una pell dura de color marró. La part que es menja és de color groc. Les castanyes es mengen crues, torrades o bullides a la tardor i a l'hivern.

2 Cop fort donat amb la mà al cap o a la cara d'algú. També diem que s'ha pegat una castanya el cotxe que topa contra una cosa o la persona que fa una caiguda molt forta.

frase feta — 3 **Treure les castanyes del foc** és donar solució a una situació complicada i que suposa un risc. Hi ha qui espera que els altres li treguin les castanyes del foc.

castanyer

castanyada castanyades

nom femení — Una castanyada és una menjada de castanyes i panellets. Es fa sobretot el vespre abans del dia 1 de novembre, diada de Tots Sants.

castanyoles

nom femení plural — Unes castanyoles són un instrument de música popular que consisteix en dues peces de fusta o de marfil de forma arrodonida que estan unides per un cordonet. Es lliguen al dit gros de la mà i es toquen fent xocar una peça contra l'altra.

castell castells

nom masculí — 1 Un castell és un edifici o un conjunt edificat construït amb parets molt fortes i gruixudes i defensat amb muralles i torres de pedra. Als castells hi vivien els senyors feudals. Es troben en llocs alts, difícils d'assaltar.

2 Torre humana que aixequen els castellers o xiquets de Valls.

encastellar

castellà castellana castellans castellanes

adjectiu — 1 De Castella. *La literatura castellana.*

nom masculí i femení — 2 Persona que és de Castella o que hi viu.

nom masculí — 3 El castellà és una de les llengües que es parlen a l'Estat espanyol i a la majoria de països de l'Amèrica del Sud.

castellanisme castellanismes

nom masculí — Un castellanisme és una paraula o una expressió del castellà que es fa servir en una altra llengua. Parlant en català, *algo* és un castellanisme.

casteller castellera castellers castelleres

nom masculí i femení — Persona que forma part de les colles que fan les torres humanes anomenades *castells*.

castellonenc castellonenca castellonencs castellonenques

adjectiu — 1 De Castelló de la Plana. *El grau castellonenc.*

nom masculí i femení — 2 Persona que és de Castelló de la Plana o que hi viu.

càstig càstigs

nom masculí · Amb G — Un càstig és una cosa desagradable que algú imposa a una persona perquè s'ha portat malament. Abans hi havia càstigs molt durs, com assotar o deixar sense menjar.

castigar

verb · com *cantar* ◄ pàg. 26 · Amb GU davant E, I — Imposar un càstig. Si els fills es porten malament, a vegades els pares els castiguen.

castís castissa castissos castisses

adjectiu — Que és de bona classe, pur. Un gos castís és de bona raça.

castor castors

nom masculí — Un castor és un mamífer rosegador que té un pelatge marró molt bonic i suau. Els castors viuen a les vores d'alguns rius d'Europa, d'Àsia i de l'Amèrica del Nord.

castrar

verb · com *cantar* ◄ pàg. 26 — Castrar un home o un animal és deixar-lo sense els òrgans sexuals. Un bou és un toro castrat.

castració

castrense castrenses

adjectiu — De l'exèrcit, dels campaments o de les casernes militars. Els capellans castrenses diuen missa per als soldats.

casual casuals

adjectiu — Una cosa és casual quan passa sense que la preparem o l'esperem. A vegades els científics fan descobriments casuals.

casualitat casualitats

nom femení — La casualitat és la característica de les coses casuals. Si et trobes algú per casualitat, és que no t'ho esperaves.

casulla casulles

nom femení — Una casulla és un vestit especial que es posa el sacerdot quan ha de dir missa. És oberta pels costats i es passa pel cap.

cataclisme cataclismes

nom masculí — **1** Un cataclisme és un gran desastre que passa a la superfície de la Terra. Els cataclismes són provocats pels terratrèmols, els volcans i les inundacions.
2 Diem que hi ha hagut un cataclisme quan ha tingut lloc una guerra o un desastre semblant.

catacumba catacumbes

nom femení — Una catacumba és una galeria sota terra que fa de cementiri. Les catacumbes més famoses són a Roma.

català catalana catalans catalanes

adjectiu — **1** De Catalunya. *El xampany català.*
nom masculí i femení — **2** Persona que és de Catalunya o que hi viu.
nom masculí — **3** El català és la llengua que es parla als Països Catalans.
catalanista, catalanitat, catalanitzar, catalanòfil

catalanisme catalanismes

nom masculí — **1** El catalanisme és l'estima i el respecte per Catalunya, la seva llengua i els seus costums. És també l'activitat política d'alguns partits i algunes persones en favor de Catalunya.
2 Un catalanisme és una paraula o una expressió catalana que es fa servir en una altra llengua. En castellà, per exemple, són catalanismes *añoranza* i *clavel*.

catàleg catàlegs

nom masculí — Un catàleg és una llista ordenada d'alguna cosa. Hi ha catàlegs de llibres, d'obres d'art, de monedes, etc.
catalogar

catalitzar

verb
com *cantar*
◀ pàg. 26
1 Una substància o un producte catalitza una reacció química quan fa que vagi més de pressa o més a poc a poc. Les vitamines catalitzen les reaccions químiques de la digestió.
2 Diem que una cosa o una persona catalitza alguna cosa quan fa que es produeixi, que passi realment. Així, les accions i les paraules de Gandhi van catalitzar el desig d'independència de l'Índia.
catalitzador

cataplasma cataplasmes

nom masculí — **1** Un cataplasma és una pasta tova i humida posada entre dos trossos de roba. Els cataplasmes es posaven sobre la part del cos que feia mal o estava inflamada.
2 Es diu que una persona és un cataplasma quan té molts mals.

catapulta catapultes

nom femení — **1** Una catapulta és una màquina de guerra antiga per a llançar pedres i altres projectils grossos a molta distància.
2 Mecanisme de la coberta dels portaavions que ajuda els avions de reacció a enlairar-se.
catapultar

cataracta cataractes

nom femení — Una cataracta és una malaltia de l'ull que fa perdre la vista. Les cataractes es produeixen quan el cristal·lí perd transparència.

catarro catarros

nom masculí — **1** Un catarro és una malaltia contagiosa que dóna molta tos. La tenen sobretot les criatures.
2 Diem que es pateix un catarro nasal quan la part de dins del nas s'inflama.
acatarrar-se, catarral

catarsi catarsis

nom femení — Una persona fa una catarsi quan una acció que fa o una cosa que li passa li permet d'eliminar del seu interior una gran preocupació o un gran dolor.

catàstrofe catàstrofes

nom femení
Amb E final
Una catàstrofe és un succés amb moltes desgràcies i morts. Quan s'estavella un avió hi ha una catàstrofe aèria.
catastròfic

catau cataus

nom masculí — Un catau és un lloc on s'amaga o on sol anar un animal o una persona.

catecisme catecismes

nom masculí — **1** Un catecisme és un llibre en què s'explica la doctrina cristiana. El text de la majoria de catecismes té forma de preguntes i respostes.

Continua a la pàgina següent

2 Llibre que presenta els principis d'una doctrina política o social de manera clara i resumida.

càtedra càtedres

nom femení — **1** Una càtedra de la universitat és un càrrec de professor d'una assignatura determinada. Per a tenir una càtedra s'ha d'haver estudiat molt.
2 Seient oficial d'un personatge important, com el que fa servir el bisbe quan diu missa a la catedral. pàg. 598 (9)

catedràtic

catedral catedrals

nom femení — Una catedral és una església molt important i sovint molt gran que hi ha a les ciutats on viu un bisbe.

categoria categories

nom femení — **1** Una categoria és cada un dels grups que es poden fer de les coses o les persones segons la importància, la qualitat, el càrrec o la professió que tenen, etc.
2 Les **categories gramaticals** són els diferents tipus de paraules que hi pot haver segons la forma que tenen i la manera com es poden combinar. En aquest diccionari, a l'esquerra de cada definició hi ha la categoria gramatical de la paraula: nom, adjectiu, verb, preposició, etc.
3 Diem que una cosa és de categoria quan té molta qualitat. El menjar dels restaurants de categoria és molt bo.

categòric

catenària catenàries

nom femení — Una catenària és un conjunt de cables que donen electricitat als trens elèctrics i als tramvies. Va penjada d'uns pals tot al llarg de les vies. pàg. 193 (1)

catequesi catequesis

nom femení — La catequesi és l'ensenyament de la doctrina cristiana. A les parròquies hi ha catequesi per als nens i nenes que han de fer la primera comunió.

catequista, catequitzar

caterva caterves

nom femení — Una caterva és un grup desordenat de persones o d'animals.

catet catets

nom masculí — Un catet és cadascun dels dos costats de l'angle recte d'un triangle rectangle.

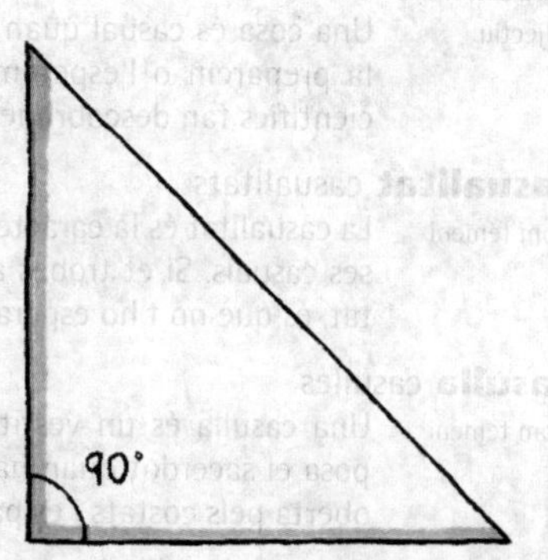

Els catets d'un triangle

catifa catifes

nom femení — Una catifa és un teixit gruixut que es posa damunt del terra d'una habitació o dels graons d'una escala. Les catifes protegeixen del fred i serveixen d'adornament.

encatifar

catió cations

nom masculí — Un catió és un ió que té càrrega positiva.

càtode càtodes

nom masculí — El càtode és un dels dos elèctrodes o elements conductors d'una pila elèctrica, de la bateria d'un cotxe o d'un altre dispositiu elèctric per on es connecten per a produir el corrent elèctric. El càtode és l'elèctrode negatiu, ja que rep ions positius.

catòlic catòlica catòlics catòliques

adjectiu — **1** Que és de l'Església que té com a màxima autoritat el papa de Roma. La religió catòlica és molt important en alguns països europeus com el nostre.

nom masculí i femení — **2** Persona que pertany a l'Església catòlica.

catolicisme

catorze catorzes

determinant numeral — **1** Catorze coses són tretze més una.

nom masculí — **2** El catorze és el nom del 14.

catorzè, catorzena

catre catres

nom masculí — Un catre és un llit molt senzill per a una sola persona. Té dues barres que aguanten una tela o un matalàs i quatre potes que es poden plegar.

catúfol catúfols

nom masculí — **1** Un catúfol és cada un dels recipients o caixons que hi ha en una sínia que treu aigua d'un pou. Els catúfols pugen plens d'aigua i baixen buits.

frase feta — **2** **Fer catúfols** és repapiejar.

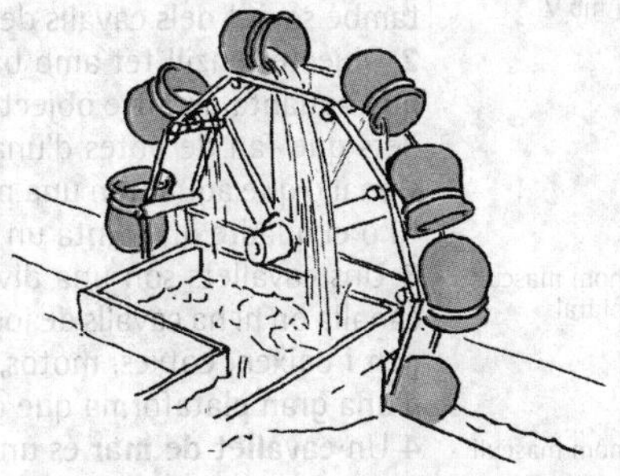

Els catúfols d'una sínia

catxalot catxalots

nom masculí — Un catxalot és un mamífer que viu al mar. És semblant a una balena. Té el cap molt gros i de forma arrodonida.

catxap catxaps

nom masculí — Llorigó.

catxerulo catxerulos

nom masculí — Un catxerulo és un estel que es fa volar quan fa vent. Es diu al País Valencià.

cau caus

nom masculí — **1** Un cau és un forat a terra que fa un animal per a amagar-s'hi. També es diu així qualsevol amagatall o refugi d'una bèstia salvatge.

2 Lloc brut i desendreçat que una persona fa servir de refugi o d'habitació.

3 Lloc on treballa una persona o on es reuneix un grup de persones. Els escoltes es troben al cau. Només es diu de manera informal.

frase feta — **4 Parlar a cau d'orella** és parlar en veu molt baixa, dient les coses a l'orella.

encauar-se

caudal caudals

adjectiu — De la cua dels animals. L'aleta caudal dels peixos és la que tenen al final del cos.

caure

verb ◄ pàg. 30 — **1** Perdre l'equilibri i anar a parar a terra. Una persona pot caure de cara, de cul, d'esquena, de clatell, de morros o de costat.

2 Anar des d'un lloc alt fins a terra arrossegat pel propi pes, segons la llei de la gravetat. Així, per exemple, cauen les gotes de la pluja o una pedra dins d'un pou.

3 Separar-se una cosa del lloc on està agafada. Cauen les dents i els cabells de les persones, o les fulles dels arbres.

4 Morir en una batalla, en una guerra. A les guerres mundials van caure milers de soldats.

5 Anar a parar a una situació dolenta. Quan hi ha guerra, moltes famílies cauen en la misèria i en la ruïna.

6 La roba ens cau bé o malament segons si ens va bé o no. Una persona ens cau bé o malament segons si ens agrada o no.

caient

causa causes

nom femení — **1** La causa d'una cosa és allò que fa que passi. Quan es diu que es desconeixen les causes d'un accident és que no se sap què l'ha provocat.

2 Quan diem que una persona defensa una causa és que està a favor d'unes idees, d'un programa polític o d'unes accions en particular. Tothom ha de defensar la causa de la pau.

frase feta — **3 Parlar amb coneixement de causa** és parlar sabent el que es diu.

causal, causalitat

causar

verb com *cantar* ◄ pàg. 26 — Ser la causa d'alguna cosa. A vegades les pluges causen inundacions.

causant

càustic càustica càustics càustiques

adjectiu — **1** Una substància és càustica quan fa malbé les coses que toca, com si les cremés. El salfumant és càustic i no s'ha de tocar mai.

2 Diem que una persona és càustica quan parla malament de la gent, quan diu coses que fan mal.

caut cauta cauts cautes

adjectiu — Que fa les coses amb cautela.

incaut

cautela cauteles

nom femení — Una persona actua amb cautela quan pensa molt bé les coses abans de fer-les i vigila els perills que hi ha. La cautela és molt necessària quan s'han de fer alguns negocis.

cautelós, cautelosa

cauteritzar

verb com *cantar* ◄ pàg. 26 — Cauteritzar una ferida és cremar-la amb un ferro molt calent o amb un producte càustic. En algunes operacions, en comptes de cosir la ferida, es cauteritza.

cautxú cautxús

nom masculí — El cautxú és una goma elàstica que es fa servir sobretot per a fer pneumàtics de cotxes i motos. Es treu del suc d'uns arbres tropicals.

1 cava caves

nom femení — **1** Una cava és una part dels cellers, on es fa el xampany i es guarden els vins que ja estan elaborats. La majoria de les caves són subterrànies.

nom masculí — **2** Un cava és un xampany fet a Catalunya.

cava 2 caves

nom femení — Una cava és una vena que porta la sang al cor. Hi ha una cava superior i una cava inferior.

cavalcar

verb, com *cantar* ◄ pàg. 26, Amb V, Amb QU davant E, I — Anar sobre l'esquena d'un cavall, mul, etc., i dirigir-lo. Per a cavalcar amb comoditat, es fan servir les selles.

cavalcada, cavalcadura

cavall cavalls

nom masculí, Amb V — **1** Un cavall és un mamífer gros que menja herba. Té pèls llargs a la cua i a la part del darrere del coll i les orelles més petites que els burros i els muls. Hi ha cavalls que corren molt; altres són forts i treballen al camp o arrosseguen carros. Els cavalls es cavalquen.

2 Mascle d'aquesta espècie.

3 Cada una de les cartes de la baralla que porta pintada la figura d'un home a cavall i té el número 11. ✎ carta

4 Manera informal d'anomenar la droga que es diu *heroïna.*

5 Un **cavall marí** és un peix pla que té la cua cargolada i el cap semblant al d'un cavall. No té la forma allargada dels peixos ni escates. Té el cos protegit per una coberta dura, i neda amb el cap amunt i la cua avall.

cavallerís, cavallerissa, cavallí, cavallina, cavallot

cavalla cavalles

nom femení, Amb V — **1** Verat.

2 Egua. Es diu a la Catalunya del Nord i a Andorra.

cavaller cavallers

nom masculí, Amb V — **1** Un cavaller és un home que munta a cavall.

2 A l'edat mitjana, home que estava al servei del rei o d'un senyor, amb el seu cavall i les seves armes. Els cavallers participaven en torneigs.

3 Home que és molt educat i tracta molt bé els altres. També es diu com a paraula de cortesia i respecte en lloc de *senyor.*

cavalleria, cavallerós, cavallerosa

cavalleresc cavalleresca cavallerescs cavalleresques

adjectiu, També *cavallerescos*, Amb V — Dels cavallers. Les novel·les cavalleresques tracten dels costums i les proeses dels antics cavallers.

cavallet cavallets

nom masculí, Amb V — **1** Un cavallet és un cavall petit. Es diu també sovint dels cavalls de joguina.

2 Objecte senzill fet amb barres de fusta que aguanta un altre objecte. Hi ha cavallets que fan de potes d'una taula provisional o que aguanten una pissarra portàtil o el quadre que pinta un artista.

nom masculí plural — **3** Uns cavallets són una diversió per a la canalla on hi ha cavalls de joguina que pugen i baixen, cotxes, motos, etc., damunt d'una gran plataforma que gira.

nom masculí — **4** Un **cavallet de mar** és un cavall marí.

cavar

verb, com *cantar* ◄ pàg. 26 — **1** Remoure la terra d'un camp amb una eina com l'aixada o el càvec. Abans de plantar, s'ha de cavar.

2 Fer a terra un sot o un fossat. Abans, la gent cavava fosses per enterrar els morts.

càvec càvecs

nom masculí — Un càvec és una eina semblant a una aixada però amb la fulla més estreta i en forma de triangle o de trapezi. Serveix per a cavar el terra.

caverna cavernes

nom femení — Una caverna és una cavitat profunda que es fa en una muntanya o sota terra. Alguns pobles primitius vivien en cavernes.

cavernós, cavernosa

cavernícola cavernícoles

adjectiu i nom masculí i femení — **1** Que viu en cavernes.

2 Es diu que una persona és cavernícola quan defensa idees antiquades i costums passats de moda.

caviar caviars

nom masculí — El caviar és un menjar de color fosc, de tacte enganxós i de gust salat molt fort. Està format de petits ous rodons d'un peix que es diu *esturió.* És molt famós el caviar de Rússia.

cavil·lar

verb, com *cantar* ◄ pàg. 26 — Pensar molt en una cosa. Hi ha persones que cavil·len molt i no fan res.

cavil·lació

cavitat cavitats

nom femení — **1** Una cavitat és un espai buit que hi ha a dins d'una roca, d'una muntanya o sota terra. Alguns animals fan servir les cavitats naturals com a cau.

2 Part del cos que és buida. A dins de la cavitat del crani hi ha el cervell.

CD-ROM

nom masculí — Un CD-ROM és un disc compacte que pot contenir una gran quantitat d'informació, música, fotos, programes informàtics, etc.

Aquesta informació es pot consultar a través d'un dispositiu adequat que porten els ordinadors. pàg. 996 (14)

ce ces

nom femení — **1** Nom de la lletra c, *C*.
2 Ce trencada és el nom de la lletra ç, *Ç*. Representa el mateix so que la *s* de *sal*. Sempre s'escriu davant *A*, *O* o *U* a final de paraula, com a *força, cançó, forçut, feliç*.

ceba cebes

nom femení — **1** Una ceba és una planta d'horta que té una tija amb una part a sota terra que es fa rodona i es menja, la cabeça, i una part a fora amb fulles verdes. Quan la ceba és tendra té forma allargada i es pot menjar amb fulles i tot. Es posa a les amanides i als sofregits. pàgs. 994-995 (33)
2 Mania, idea fixa d'alguna cosa. Alguns tenen la ceba del rock i altres la del futbol.

locució que fa d'adjectiu — **3** Es diu en to de burla que algú és **de la ceba** quan és molt catalanista.

ceballot ceballots

nom masculí — **1** Un ceballot és un grill d'una ceba que és molt madura i també una ceba tendra collida abans d'hora.
2 Es diu que una persona és un ceballot quan és curta d'enteniment i no entén les coses. Aquesta paraula es fa servir com un insult.

ceballut ceballuda ceballuts ceballudes

adjectiu — Que té una ceba, una idea fixa al cap. No es pot discutir amb persones ceballudes.

cec cega cecs cegues

adjectiu i nom masculí i femení — **1** Que no hi veu perquè ha perdut o no té el sentit de la vista. Molts cecs porten un gos que els fa de guia.

adjectiu — **2** Que fa les coses sense pensar a causa d'una passió molt forta. Per això es diu que l'amor fa cegues les persones.

nom masculí — **3** El cec és la primera part del budell gros. pàgs. 798-799 (45)

locució que fa d'adverbi — **4 A cegues** és sense veure-hi, amb els ulls tancats. Es diu que una persona va a cegues quan no sap què ha de fer.
cegar, ceguetat

cedir

verb com *servir* ◄ pàg. 28 — **1** Donar o deixar una cosa a una persona perquè la faci servir. Un propietari pot cedir uns terrenys a un ajuntament; tu pots cedir el teu lloc a un company.
2 Deixar de resistir en una baralla o una discussió. A vegades, encara que tinguis raó, hauràs de cedir si no vols acabar malament.

frase feta — **3 Cedir el pas** és deixar passar. Un cotxe ha de cedir el pas als altres quan li vénen per la dreta o quan ho indica un senyal.
cessió

cedre cedres

nom masculí — Un cedre és un arbre de la família dels pins molt gran i bonic, sempre verd, amb les branques que comencen ran de terra. La seva fusta és vermellosa i no es podreix.

cèdula cèdules

nom femení — Una cèdula és un paper escrit en el qual es comunica alguna cosa.

cefalòpode cefalòpodes

nom masculí — Un cefalòpode és un mol·lusc marí que té potes al cap. Quan s'han de defensar, els cefalòpodes llancen un líquid espès de color negrós que es diu *tinta*. Els calamars, les sípies i els pops són cefalòpodes.

ceguesa cegueses

nom femení — La ceguesa és la pèrdua de la vista. Algunes persones grans pateixen de ceguesa.

cel cels

nom masculí — **1** El cel és la part de l'espai situada damunt nostre, on hi ha els núvols, el Sol, la Lluna i les estrelles. Normalment, veiem el cel de color blau.
2 Segons la majoria de religions, lloc on hi ha Déu, els àngels i els sants, i on van a viure les persones que s'han portat bé en aquesta vida.
3 Una casa té **cel ras** si el sostre és llis, amb les bigues tapades.
celeste, celestial

celebració celebracions

nom femení — Una celebració és el fet de celebrar alguna cosa.

celebrar

verb com *cantar* ◄ pàg. 26 — **1** Fer una festa i estar contents perquè és el sant o l'aniversari d'algú o perquè ha passat una cosa important i agradable. Durant l'any celebrem diades molt tradicionals, com Nadal i Pasqua.
2 Celebrar un acte religiós o social és ferlo d'una manera solemne i seguint les normes establertes. Un casament es pot celebrar a l'església o al jutjat.

cèlebre cèlebres

adjectiu Amb E final — Que és molt conegut, molt important. Hi ha compositors cèlebres, com Mozart, i altres que són desconeguts.
celebèrrim, celebritat

celeritat celeritats

nom femení — Fer les coses amb celeritat és fer-les molt de pressa.

A B C D E F G H I J K L M N O P Q R S T U V W X Y Z

cèlibe cèlibes
nom masculí i femení — Un o una cèlibe és una persona que no és casada.
celibat

celístia celísties
nom femení — La celístia és la claror dels estels.

cella celles
nom femení — **1** Les celles són les ratlles primes de pèls que hi ha sota el front i damunt dels ulls. Algunes persones tenen les celles molt espesses. pàg. 793 (2), pàgs. 798-799 (12)
frase feta — **2 Cremar-se les celles** és pensar molt, estudiar amb molta atenció una cosa.

cel·la cel·les
nom femení — **1** Una cel·la és una habitació petita, normalment per a una sola persona, com les dels frares o de les monges en un convent i les de les persones tancades en una presó.
2 Cadascun dels compartiments petits d'una bresca on les abelles deixen la mel.

celler cellers
nom masculí — **1** Un celler és un local o una indústria on es fabrica vi. Els cellers que fan xampany són molt importants al Penedès.
2 Habitació d'una casa on es guarden les begudes i alguns aliments. Ha de ser un lloc fresc i sec.

cel·lofana cel·lofanes
nom femení — El paper de cel·lofana és una mena de paper molt fi i transparent. N'hi ha de colors i es fa servir per a embolicar.

cèl·lula cèl·lules
nom femení — **1** Una cèl·lula és un element molt petit on hi ha vida. Tots els animals i les plantes són formats de cèl·lules. També hi ha plantes i animals microscòpics que només tenen una cèl·lula.

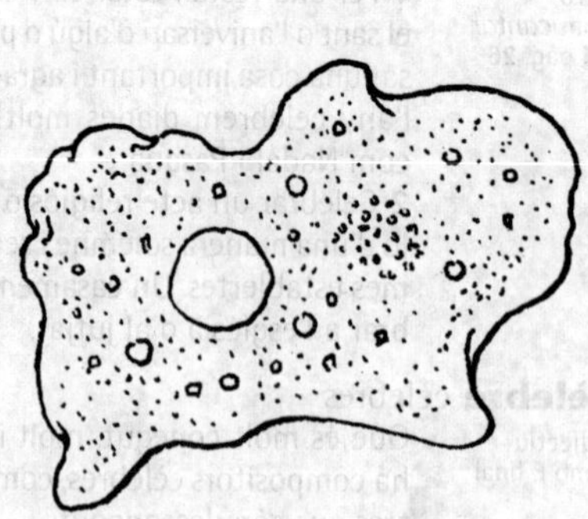

Una cèl·lula

2 Una **cèl·lula fotoelèctrica** és un dispositiu electrònic que transforma un raig de llum en un corrent elèctric. La porta d'alguns garatges s'obre amb una cèl·lula fotoelèctrica.
cel·lular, pluricel·lular, unicel·lular

cel·lulitis cel·lulitis
nom femení — La cel·lulitis és una acumulació de greix en alguns llocs del cos, com la part de dalt de les cuixes.

cel·luloide cel·luloides
nom masculí — El cel·luloide és un plàstic molt inflamable que es fa servir en la fabricació de les pel·lícules de cine i de les pilotes de ping-pong.

cel·lulosa cel·luloses
nom femení — La cel·lulosa és una substància que es troba a la fusta i que es fa servir en la fabricació del paper.

celobert celoberts
nom masculí — Un celobert és un pati interior obert per dalt que hi ha als edificis de pisos. Pel celobert entra la llum i l'aire i es pot veure el cel.

celta celtes
nom masculí i femení — Un o una celta era una persona d'un poble molt antic que des del centre d'Europa es va estendre per molts països. A Irlanda i a Galícia hi van viure els celtes.
cèltic

cementeri cementeris
nom masculí — Cementiri. Es diu només en algunes zones.

cementiri cementiris
nom masculí — Un cementiri és un lloc on enterren els morts.
També *cementeri*

cena cenes
nom femení — **1** Paraula que es feia servir antigament en lloc de *sopar*.
nom propi femení — **2** Segons els Evangelis, la Cena o la Santa Cena és el sopar que va fer Jesús amb els seus deixebles abans de la passió i la mort.
cenacle

cendra cendres
nom femení — **1** La cendra és una pols de color gris que queda després d'haver cremat llenya, carbó i paper. El tabac i altres substàncies també deixen cendra.
2 Restes del cos d'una persona morta després d'haver-lo incinerat. Alguns pobles conserven les cendres dels avantpassats en unes urnes especials.
cendrós, cendrosa, encendrar

cendrer cendrers
nom masculí — Un cendrer és un recipient petit, de forma diversa, on es posa la cendra dels cigarrets i dels puros. També s'hi deixen les puntes apagades dels cigarrets i dels puros.
pàg. 393 (13)

cens censos
nom masculí — Un cens és una llista oficial dels habitants d'una població o de les persones que poden votar en unes eleccions. Aquest últim es diu *cens electoral.*
censar

censor censora censors censores
nom masculí i femení — Persona que ha de vigilar el comportament i les coses que diuen i escriuen els membres d'una societat o d'un grup. En una dictadura, sempre hi ha censors que han de donar permís per a publicar llibres i revistes.

censura censures
nom femení — La censura és l'examen d'una doctrina, una conducta, un llibre, etc., pels censors i l'aprovació o prohibició que en fan després. La censura de llibres va contra la llibertat d'expressió.
censurar

cent cents centes
determinant numeral — **1** Cent coses són deu vegades deu coses.
nom masculí — **2** El cent és el nom del 100.
frase feta — **3 Fer** o **dir una cosa cent vegades** és ferla o dir-la moltes vegades.
centè, centenari, centenni, cèntuple, centuplicar, centúria, centurió

centau centaus
nom masculí — Un centau és una centèsima part de la moneda d'alguns països americans.

centaure centaures
nom masculí — Un centaure és un ésser fantàstic que, segons la mitologia, té el cap i el pit d'home i la resta del cos de cavall. Hi ha també una constel·lació que es diu *centaure.*

centcames centcames
nom masculí — Un centcames és un animal petit, que sembla un cuc, amb moltes potes curtes. Els centcames fugen de la llum i viuen en llocs foscos.

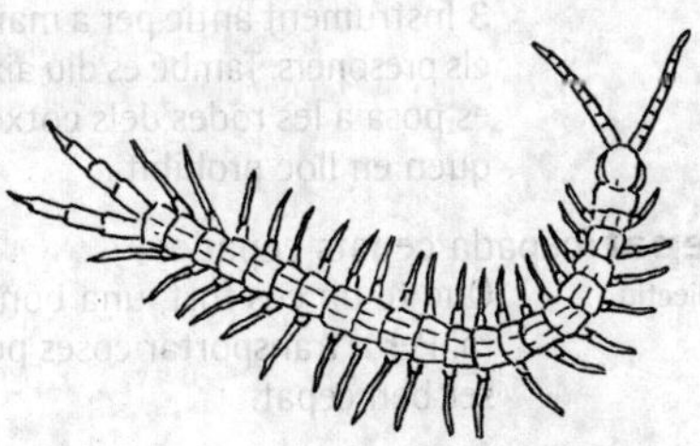

Un centcames

centella centelles
nom femení — **1** Una centella és una figura lluminosa de durada molt curta que fa un llamp o una altra descàrrega elèctrica. Té forma de ziga-zag o de branca d'arbre.
2 Trosset encès que salta d'una cosa que està cremant. Quan tires llenya al foc salten moltes centelles.
3 Una persona és viva com una centella si és molt espavilada, molt llesta.
centellejar

centena centenes
nom femení — Una centena és un conjunt de cent unitats.

centenar centenars
nom masculí — Un centenar és un conjunt de cent coses de la mateixa classe. Si diem que en un local hi ha un centenar de persones és que n'hi ha cent o gairebé cent.

centèsim centèsima centèsims centèsimes
adjectiu — **1** Una centèsima part d'un objecte o d'una quantitat és una de les cent parts iguals que ens queden si la dividim entre cent. La centèsima part de 100 és 1.
nom masculí i femení — **2** Un centèsim o una centèsima d'un objecte o d'una quantitat és una centèsima part. Les centèsimes de segon es fan servir per a comparar amb molta exactitud els temps que fan els esportistes.

centígrad centígrada centígrads centígrades
adjectiu — Els graus centígrads són els que mesuren les temperatures amb una escala on cada grau és una centèsima part entre dos punts: el 0, la temperatura del gel quan es fon, i el 100, la de l'aigua quan bull. 15°C són 15 graus centígrads. Els termòmetres de casa donen les temperatures en graus centígrads.

centigram centigrams
nom masculí — Un centigram és la centèsima part d'un gram.

centilitre centilitres
nom masculí — Un centilitre és la centèsima part d'un litre.

cèntim cèntims
nom masculí — Un cèntim és la centèsima part d'un euro i d'altres monedes, com l'antiga pesseta. Quan dius que no tens cèntims és que no tens diners. Si diem que una persona té molts cèntims és que és molt rica.

centímetre centímetres
nom masculí — **1** Un centímetre és la centèsima part d'un metre.
2 Cinta de roba o de plàstic dividida en centímetres que serveix per a prendre mides. Els centímetres es fan servir a les sastreries i altres botigues.

A B C D E F G H I J K L M N O P Q R S T U V W X Y Z

centpeus centpeus
nom masculí
Centcames.

central centrals
adjectiu
1 Que és del centre, que està situat al centre. Un partit de futbol comença sempre a la part central del camp.
2 Que és molt important. Un dels problemes centrals de les grans ciutats és la circulació de cotxes.
adjectiu i nom femení
3 Una oficina central, un magatzem central, un mercat central, etc., són molt grans i importants. Les centrals d'algunes empreses tenen altres oficines sota la seva direcció que es diuen *sucursals*.
nom femení
4 Una central és un conjunt d'instal·lacions tècniques per a fer un servei a la gent o per a distribuir alguna cosa. Hi ha centrals elèctriques, nuclears, telefòniques i altres.

centraleta centraletes
nom femení
Una centraleta de telèfons és un equip que permet de connectar els aparells de dins d'una empresa o d'un edifici amb les trucades que arriben de fora.

centralista centralistes
adjectiu i nom masculí i femení
Una política o un govern és centralista quan vol que una regió tingui tot el poder i mani sobre les altres. Els centralistes no deixen que les altres regions siguin realment independents.

centrar
verb
com *cantar*
◄ pàg. 26
1 Posar una cosa al centre d'una altra o al mig d'un espai. Quan pengem un quadre i el centrem és que el posem al mig de la paret.
2 Diem que una persona centra una conferència, una activitat, etc., en alguna cosa quan fa que aquesta cosa sigui la més important. Alguns partits polítics centren el seu programa en les relacions internacionals.
3 En alguns esports, com el futbol, enviar un jugador la pilota des de l'extrem cap al mig de l'àrea contrària perquè un company pugui rematar.

centre centres
nom masculí
1 El centre d'una cosa és el punt situat ben bé al mig. Quan poses un objecte al centre de la taula, el poses al mig.
2 Lloc on es reuneixen determinades persones o es fan activitats científiques, tècniques o esportives. Parlem, per exemple, d'un centre excursionista, cultural, mèdic o d'acolliment de persones necessitades.
3 El centre d'una ciutat és la zona on hi ha monuments importants, l'ajuntament, botigues, etc.
4 Una cosa o una persona és el centre de les converses o de l'interès quan tothom en parla.
centralisme, centralitzar

centrecampista centrecampistes
nom masculí i femení
En alguns esports de pilota, mig.

cèntric cèntrica cèntrics cèntriques
adjectiu
Que és al centre d'un lloc o d'una cosa. En un carrer cèntric hi ha molta animació i molt de trànsit.

centrífug centrífuga centrífugs centrífugues
adjectiu
Que fa que les coses vagin de dins cap a fora. Quan una cosa gira molt de pressa es produeix una força centrífuga, com passa amb els tambors de les màquines de rentar, que quan giren fan que l'aigua surti de la roba.

centrifugar
verb
com *cantar*
◄ pàg. 26
Amb GU davant E, I
Sotmetre una cosa a la força centrífuga. La roba molt delicada no es pot centrifugar a la rentadora, perquè es fa malbé.
centrifugadora

centrípet centrípeta centrípets centrípetes
adjectiu
Que fa que les coses vagin de fora cap a dins. La força centrípeta és el contrari de la força centrífuga.

cenyir
verb
com *servir*
◄ pàg. 28
Posar una tira de roba, un cinturó, una corretja, etc., al voltant d'una part del cos, sobretot de la cintura. Diem que una peça de vestir és o va molt cenyida quan s'ajusta molt al cos.

cep ceps
nom masculí
1 Un cep és una planta que fa raïm. Els ceps són baixos i tenen el tronc gruixut i recargolat i les fulles amples i amb entrants i sortints. Les vinyes estan formades de molts ceps.
2 Bolet de forma arrodonida, d'uns 5 a 16 centímetres d'ample, de color bru clar a bru fosc, amb el marge sempre més clar. El peu és gruixut i dur. Els ceps són comestibles.
3 Instrument antic per a mantenir agafats els presoners. També es diu així l'aparell que es posa a les rodes dels cotxes quan aparquen en lloc prohibit.

cepat cepada cepats cepades
adjectiu
Que té un cos fort, una bona musculatura. Per a transportar coses pesants s'ha de ser ben cepat.

ceptre ceptres
nom masculí
Un ceptre és una mena de bastó que representa l'autoritat dels reis i dels emperadors. En els retrats, els reis sovint apareixen amb el ceptre i la corona.

cera ceres

nom femení — **1** La cera és una substància de color groc que es fon amb la calor. La fan les abelles i serveix per a fer espelmes.

2 Ser o estar groc com la cera és ser o estar molt pàl·lid.

frase feta — **3** Diem que **no hi ha més cera que la que crema** quan no hi ha altra cosa que el que es veu o es diu.

ceri, cèria, encerar

ceràmica ceràmiques

nom femení — **1** La ceràmica és la fabricació d'objectes amb argila que es cou al forn. Hi ha plats i gerros de ceràmica, decorats i pintats, que són obres d'art.

2 Una ceràmica és un gerro, un càntir o qualsevol altre objecte fet amb argila cuita. Hi ha ceràmiques xineses molt antigues.

ceràmic, ceramista

cerç cerços

nom masculí — El cerç és el vent fred que bufa del nord-oest.

cercador cercadors

nom masculí — Un cercador és un programa informàtic que serveix per a buscar informació a Internet a partir d'una o més paraules.

cercar

verb
com *cantar*
◄ pàg. 26
Amb QU davant E, I — Buscar.

cerca

cercavila cercaviles

nom femení — Una cercavila és un recorregut que fa un grup de persones pels carrers d'una població per a anunciar una celebració o el començament d'una festa. A les cercaviles hi van músics i, a vegades, gegants i capgrossos.

cercle cercles

nom masculí — **1** El cercle és la superfície que queda dins d'una circumferència. És una rodona plana.

2 Diem que unes persones o unes coses estan en cercle quan estan posades fent una circumferència al voltant d'un centre.

3 Local on es reuneixen determinats grups de persones per a poder parlar, jugar i fer altres activitats culturals i científiques. A Catalunya hi ha diversos cercles artístics.

4 Una persona es troba en un **cercle viciós** quan es troba en una situació sense sortida i només pot aconseguir-ne la solució per mitjà d'aquesta mateixa solució. Per a trobar feina, cal tenir experiència; però, per a tenir experiència, cal trobar feina: això és un cercle viciós.

cerclar, encerclar

cèrcol cèrcols

nom masculí — Un cèrcol és una tira de ferro o de fusta corbada i unida per les dues puntes. Les fustes que formen les bótes de vi s'uneixen amb cèrcols de ferro.

encercolar

cerdà cerdana cerdans cerdanes

adjectiu — **1** De la Cerdanya. *Bellver i Martinet són pobles cerdans.*

nom masculí i femení — **2** Persona que és de la Cerdanya o que hi viu.

cereal cereals

nom masculí — Un cereal és una planta que fa els fruits en forma de grans units a una espiga, com el blat i l'arròs, o a una panotxa, com el blat de moro. Els cereals són un gran aliment.

cerealista

cerebel cerebels

nom masculí — El cerebel és un òrgan que hi ha dins del cap al cantó del darrere i sota del cervell. És part de l'encèfal i fa que coordinem els moviments. págs. 798-799 (29)

① ② ③

①*Un cercle.* ②*Una circumferència.* ③*Una esfera.*

A B C D E F G H I J K L M N O P Q R S T U V W X Y Z

cerebral cerebrals

adjectiu Amb B — **1** Del cervell. Hi ha dos hemisferis cerebrals: l'esquerre i el dret.

2 Diem que una persona és molt cerebral quan pensa molt les coses i no es deixa portar pels sentiments.

ceri ceris

nom masculí — El ceri és un element metàl·lic semblant al ferro i molt dur. Es crema fàcilment a una temperatura molt baixa. El seu símbol és: Ce.

cerilla cerilles

nom femení — Misto.

cerimònia cerimònies

nom femení — Una cerimònia és un acte o un conjunt d'actes que es fan per celebrar una festa religiosa, una coronació, un casament, una inauguració, etc. Els casaments dels reis són cerimònies seguides per molta gent.

cerimonial, cerimoniós, cerimoniosa

cerra cerres

nom femení — Una cerra és un pèl gruixut i aspre, com els que hi ha a la pell dels porcs i a la cua dels cavalls. Amb les cerres es fan pinzells i raspalls.

cert certa certs certes

adjectiu — **1** Una cosa és certa quan és veritat, quan és exactament com s'explica. Hi ha pel·lícules sobre històries certes.

determinant indefinit — **2** Una mena de. *No sabria dir ben bé de quin color és aquesta camisa, però té un cert to entre blau i rosa.*

3 Aquesta paraula s'usa per a parlar de persones o de coses sense dir-ne el nom. *Certes persones no són de fiar. Certs animals es poden menjar.*

locució que fa d'adverbi — **4** Saber una cosa **de ciència certa** o **del cert** és saber-la amb tota seguretat. *Sabia del cert que no m'agradava el formatge i em va portar a sopar a una formatgeria.*

frase feta — **5 Tenir per certa una cosa** és estar-ne segur.

certament, certesa, certitud

certamen certàmens

nom masculí — Un certamen és un concurs de música o de literatura amb premis per a les persones que guanyen.

certificat certificada certificats certificades

adjectiu — **1** Una carta és certificada quan el servei de correus ens assegura que arribarà a la seva destinació i no es perdrà. Per correu certificat, també es poden enviar paquets.

nom masculí — **2** Un certificat és un document on es diu oficialment alguna cosa. Un certificat mèdic, per exemple, diu que no tens cap malaltia; un certificat d'estudis indica els cursos i les assignatures que has fet.

certificar

cervatell cervatells

nom masculí — Un cervatell és el petit del cérvol.

cervató cervatons

nom masculí — Cervatell.

cervell cervells

nom masculí Amb V — **1** El cervell és un òrgan tou, de forma arrodonida i amb molts plecs que hi ha dins del cap de les persones. Molts animals també tenen cervell. És una part de l'encèfal. El pensament i els moviments voluntaris depenen del cervell. págs. 798-799 (27)

frase feta — **2 Tenir un cervell de pardal** és tenir molt poc enteniment o fer moltes bestieses.

cerverí cerverina cerverins cerverines

adjectiu — **1** De Cervera. *La universitat cerverina.*

nom masculí i femení — **2** Persona que és de Cervera o que hi viu.

cervesa cerveses

nom femení — La cervesa és una beguda alcohòlica que es fa amb ordi i altres cereals i llúpol. És de color groc i fa espuma. Té gust amarg.

cerveseria

cervical cervicals

adjectiu — Del coll, situat al coll. Les vèrtebres cervicals són les que tenim al coll, dalt de tot de la columna vertebral.

cérvol cérvols

nom masculí — **1** Un cérvol és un mamífer remugant gros, de cos fort i àgil i de color marronós. Fa anys, hi havia molts cérvols als boscos d'Europa.

2 Mascle d'aquesta espècie. Els cérvols tenen unes banyes que semblen les branques d'un arbre.

cérvola cérvoles

nom femení — La cérvola és la femella del cérvol. Les cérvoles no tenen banyes.

cèsar cèsars

nom masculí — El cèsar era l'emperador dels romans.

cesària cesàries

nom femení — Una cesària és una operació per a treure un infant del ventre de la mare. Les cesàries es fan quan la criatura no pot néixer de manera natural.

cesi cesis

nom masculí — El cesi és un element metàl·lic tou de color groc clar. És molt bon conductor de l'electricitat i de la calor. Es fa servir en la fabricació de cèl·lules fotoelèctriques. El seu símbol és: Cs.

cessar
verb com *cantar* ◄ pàg. 26
1 Una cosa cessa quan s'acaba. Quan cessen els combats, es pot firmar la pau.
2 Deixar de fer una cosa. Quan una artista cessa la seva actuació, el públic aplaudeix.
incessant

cesura cesures
nom femení
Una cesura és una pausa que divideix un vers en dues parts. Hi ha cesura, per exemple, en aquest vers de Maragall: *Toquen les trompetes vénen els soldats.*

cetaci cetacis
nom masculí
Un cetaci és un mamífer que té el cos allargat, semblant al dels peixos, i viu al mar. Són cetacis les balenes, els dofins i els catxalots.

charter charters
adjectiu i nom masculí
Xàrter. És una paraula anglesa.

cianur cianurs
nom masculí
Un cianur és un derivat d'un àcid que s'anomena *cianhídric.* El cianur de potassi és una metzina molt forta.

ciàtica ciàtiques
nom femení
La ciàtica és la inflamació d'un nervi, el ciàtic, que baixa per la cama. Quan es té ciàtica no es pot caminar bé i se sent molt de dolor a la cama o darrere l'esquena, a la part dels ronyons.

cibernètica cibernètiques
nom femení
La cibernètica és la ciència que estudia la manera com es comuniquen i es controlen els animals i ho compara amb les màquines. Amb la cibernètica es poden construir robots.

cicatriu cicatrius
nom femení
Una cicatriu és el senyal que deixa a la pell una ferida que ja s'ha curat. Les persones operades tenen cicatrius en el lloc de l'operació.
cicatritzar

cicerone cicerones
nom masculí i femení
Un o una cicerone és una persona que ensenya als forasters les obres d'art, els monuments i els paisatges d'una ciutat o d'un país.

cicle cicles
nom masculí
1 Un cicle és una sèrie de fets que es van repetint amb el mateix ordre. Quan arriba l'últim, es torna a repetir el primer. El cicle de l'aigua a la natura comença quan l'aigua s'evapora, i acaba quan arriba als mars i pot tornar-se a evaporar.

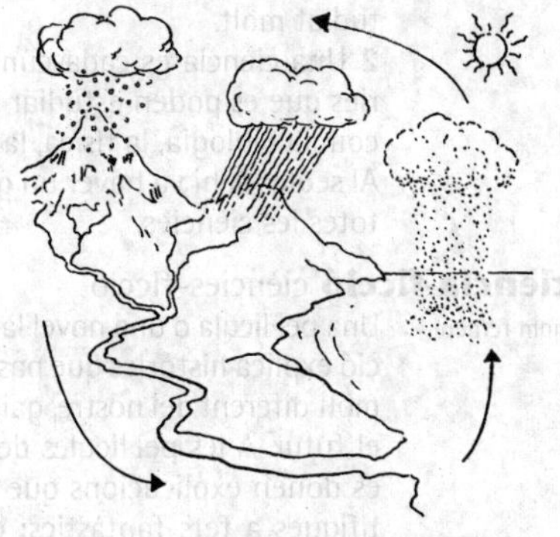

El cicle de l'aigua

2 Sèrie d'actes que se celebren durant un temps determinat, com un cicle de conferències, de concerts o de pel·lícules d'un director.

ciclista ciclistes
nom masculí i femení
Un o una ciclista és una persona que va en bicicleta o que es dedica a l'esport de la bicicleta.
ciclisme

cicló ciclons
nom masculí
Un cicló és una tempestat molt violenta, amb vents que avancen a gran velocitat girant al voltant d'un centre. Els ciclons arranquen els arbres i destrueixen les cases.

ciclomotor ciclomotors
nom masculí
Un ciclomotor és una bicicleta que porta un petit motor. Aquest s'engega fent anar els pedals.

ciclostilar
verb com *cantar* ◄ pàg. 26
Reproduir escrits o dibuixos amb una multicopista.
ciclostil

ciclotró ciclotrons
nom masculí
Un ciclotró és un aparell per a l'estudi de les partícules de l'àtom. Els ciclotrons fan que aquestes partícules agafin una gran velocitat.

cicuta cicutes
nom femení
Una cicuta és una planta de fulles grosses i flors blanques que pot arribar als 2 metres d'altura. Fa una olor desagradable i conté unes substàncies molt verinoses. A la Grècia antiga, alguns personatges, com Sòcrates, es van emmetzinar amb cicuta.

ciència ciències
nom femení
1 La ciència és el conjunt de tots els coneixements que les persones obtenen amb l'estudi i el treball. Una persona té molta

A B C D E F G H I J K L M N O P Q R S T U V W X Y Z

ciència quan coneix moltes coses i ha estudiat molt.

2 Una ciència és cadascuna de les matèries que es poden estudiar separadament, com la biologia, la física, la geografia, etc. Al segle XX hi va haver un gran progrés de totes les ciències.

ciència-ficció ciències-ficció
nom femení — Una pel·lícula o una novel·la de ciència-ficció explica històries que passen en un món molt diferent del nostre, gairebé sempre en el futur. A les pel·lícules de ciència-ficció es donen explicacions que semblen científiques a fets fantàstics: extraterrestres, animals molt grans, etc.

científic científica científics científiques
adjectiu — **1** De la ciència o de les ciències. Si dius que a la Lluna hi ha habitants, dius una cosa que no és científica, no està d'acord amb els estudis de la ciència.
nom masculí i femení — **2** Persona que es dedica a la ciència, que fa treballs d'investigació. Marie Curie va ser una científica que va investigar sobre la radioactivitat i va aïllar el radi pur.

cigala cigales
nom femení — **1** Una cigala és un insecte gros, de color gris, amb les ales transparents i molt llargues. A l'estiu s'agafa als troncs i a les branques dels arbres i fa un soroll monòton. El cant de les cigales només s'atura quan es fa fosc.
2 Crustaci marí semblant a la llagosta, però amb el cos més gruixut i les antenes curtes i molt amples, com unes fulles. Té la closca marró i rugosa. Les cigales es mengen.
3 Manera informal de dir *penis*.

cigaló cigalons
nom masculí — Un cigaló és un cafè amb un raget de licor, sobretot de conyac, d'anís o de rom. També es diu *cigaló* d'una copeta d'aquests mateixos licors.

cigar cigars
nom masculí
També *cigarro* — Puro.

cigarret cigarrets
nom masculí
També *cigarro* — Un cigarret és un petit cilindre que es fuma, fet amb fulles de tabac picades i embolicades amb un paper especial, el paper de fumar.

cigarro cigarros
nom masculí — **1** Cigar.
2 Cigarret.

cigne cignes
nom masculí — Un cigne és un ocell del mateix grup que els ànecs i les oques, que té un coll molt llarg en forma de S i el bec vermell. Els cignes neden i volen molt bé. La majoria de cignes són blancs, però n'hi ha alguns de negres. L'aneguet lleig del conte era un cigne.

cigonya cigonyes
nom femení — Una cigonya és un ocell gran que té les potes i el bec molt llargs i de color vermell. Les cigonyes fan el niu dalt de les torres i dels campanars. A l'hivern van a l'Àfrica i a l'estiu tornen a Europa. A vegades es diu que les criatures vénen de París i que les porta la cigonya.

cigonyal cigonyals
nom masculí — Un cigonyal és una barra metàl·lica formada per diverses peces en angle recte. Els cotxes porten un cigonyal que transmet el moviment del motor a les rodes.

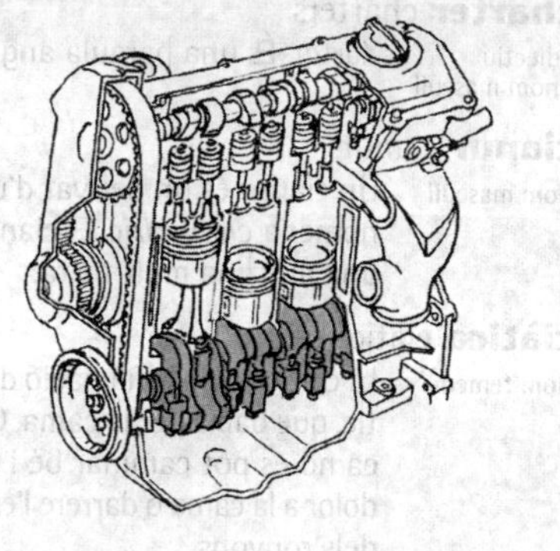

El cigonyal d'un cotxe

cigró cigrons
nom masculí
Amb C — Un cigró és un llegum de forma arrodonida i de color carbassa clar. Els cigrons es posen a l'escudella o es mengen bullits o estofats.
cigronera

cili cilis
nom masculí — Un cili és un pèl o un petit apèndix que hi ha en alguna part del cos. Les pestanyes, per exemple, són cilis. Alguns éssers vius molt petits tenen cilis al voltant del cos que els serveixen per a bellugar-se.

cilindrada cilindrades
nom femení — La cilindrada d'un motor és la quantitat de combustible que cap en els seus cilindres. Es mesura en centímetres cúbics. Un cotxe de molta cilindrada pot córrer molt.

cilindre cilindres
nom masculí — **1** Un cilindre és un cos geomètric que té el mateix diàmetre en tota la seva llargada i que acaba en un cercle a cada extrem.

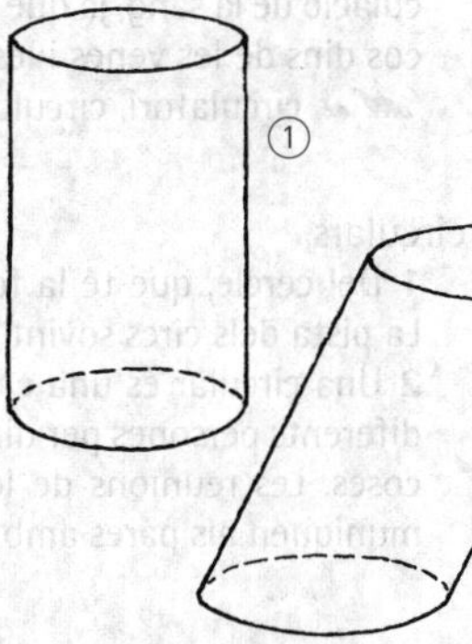

① *Un cilindre.* ② *Un cilindre oblic.*

2 Peça cilíndrica dels motors, buida per dins, on entra el combustible que, un cop encès, farà moure l'èmbol o pistó. Els cotxes i les motos amb molts cilindres tenen molta potència.

cilíndric cilíndrica cilíndrics cilíndriques
adjectiu — Que té forma de cilindre. Les neules són cilíndriques.

cim cims
nom masculí — **1** El cim d'una cosa és la part més alta. Al cim dels campanars sovint hi ha un parallamps.
2 Part més alta d'una muntanya. L'Everest és el cim més alt de la Terra.
3 Diem que un o una artista o una altra personalitat ha arribat al cim de la fama o de la glòria quan té molt d'èxit.
cimal, cimall, cimera

cimbori cimboris
nom masculí — Un cimbori és una part d'un edifici que aguanta una cúpula. Els cimboris sovint tenen finestres per a donar llum a l'edifici. La majoria de les catedrals tenen cimbori i cúpula.

ciment ciments
nom masculí — El ciment és un material en pols de color gris blanc que es fa servir en la construcció i reparació de cases, pisos, parets, etc. Es barreja amb aigua i al cap de poc temps es torna dur com una pedra.
pàg. 593 (40)
cimentar

cinabri cinabris
nom masculí — El cinabri és un compost de mercuri i de sofre, de color vermellós. És el mineral d'on es treu el mercuri. La seva fórmula és: HgS.

cinc cincs
determinant numeral — **1** Cinc coses són quatre més una.
nom masculí — **2** El cinc és el nom del 5.

cinc-cents cinc-centes
determinant numeral — **1** Cinc-centes coses són cinc vegades cent coses.
nom masculí — **2** El cinc-cents és el nom del 500.
cinc-centè

cine cines
nom masculí — **1** El cine és l'art i la tècnica de fer pel·lícules. Avui, el cine és una gran indústria amb artistes, directors, productors, tècnics de filmació i de so, departaments d'efectes especials, etc.
2 Un cine és un local on es projecten pel·lícules. Hi ha gent que prefereix anar al cine que veure la televisió.
cineasta, cine-club, cinèfil

cinema cinemes
nom masculí
Amb A final — Cine.
cinematògraf, cinematografia, cinematogràfic

cingla cingles
nom femení
Diferent de *cingle* — Una cingla és una corretja que lliga la sella per sota de la panxa del cavall.

cingle cingles
nom masculí — Un cingle és una roca o un conjunt de roques molt altes que acaben en un precipici. Els cingles es troben als cims o als pendents de les muntanyes.
cinglera, encinglar-se

cínic cínica cínics cíniques
adjectiu — Una persona és cínica quan es burla de l'honradesa i de la bondat de la gent, no sent vergonya de res i fa el contrari del que diu. Una actitud cínica és, per exemple, dir que es vol la pau i vendre armes a fi que hi hagi guerra.
cinisme

cinquanta cinquantes
determinant numeral — **1** Cinquanta coses són cinc vegades deu coses.
nom masculí — **2** El cinquanta és el nom del 50.
cinquantè, cinquantena

cinquè cinquena cinquens cinquenes
determinant numeral i nom masculí i femení — **1** Que té el número d'ordre 5. Carles cinquè va ser emperador d'Alemanya i rei d'Espanya. El cinquè d'una fila ve després del quart.
determinant numeral — **2** Una cinquena part d'una cosa és una de les cinc parts iguals que ens queden si la dividim entre cinc. La cinquena part de 30 és 6.

cinta cintes
nom femení — **1** Una cinta és una tira de roba llarga i estreta. Les cintes de colors serveixen per a adornar un barret, recollir els cabells, lligar el paquet d'un regal, etc.
Continua a la pàgina següent

2 Qualsevol tira llarga d'un altre material. Les màquines d'escriure porten una cinta on hi ha la tinta. Les pel·lícules de cine es graven en una cinta de cel·luloide. Els vídeos i els cassets graven en una cinta magnètica.
3 Peix de color rosa que té el cos pla i molt llarg i els ulls molt grossos. Les cintes es posen a les sopes de peix.
4 Una **cinta aïllant** és una cinta adhesiva que serveix per a protegir les unions dels cables elèctrics.
encintar

cintura cintures
nom femení
1 La cintura és la part més estreta del tronc d'una persona, per on es pot doblegar endavant, enrere i cap als costats. Els pantalons es corden a la cintura.
pàgs. 794-795 (12)
2 Part d'un vestit que correspon a la cintura.

cinturó cinturons
nom masculí
1 Un cinturó és una peça allargada de roba o de pell que es posa al voltant de la cintura per subjectar els pantalons o per marcar la cintura d'un vestit. La majoria dels cinturons es corden amb una sivella.
2 Cosa situada al voltant d'una altra, com algunes carreteres que envolten les ciutats.
3 El **cinturó de seguretat** és una tira de material molt fort que aguanta el cos de les persones que van en un cotxe i impedeix que es facin mal en una topada.

cinyell cinyells
nom masculí
Un cinyell és qualsevol cosa, com una corda, una cinta o una corretja, que es pot fer servir de cinturó.

circ circs
nom masculí
Un circ és un local, sovint de forma rodona i cobert amb una gran vela, on es fa un espectacle molt variat: pallassos, domadors de feres, acròbates, màgia, etc. Els artistes actuen en un lloc central que es diu *pista*.

circuit circuits
nom masculí
1 Un circuit és un recorregut que han de fer els participants en una cursa esportiva. A Europa hi ha diversos circuits de cotxes de fórmula 1.
2 Un circuit elèctric està format per fils conductors i altres elements per on pot passar el corrent elèctric.

circulació circulacions
nom femení
La circulació és el fet de circular. Hi ha molta circulació en un carrer quan hi passen molts cotxes. També parlem de la circulació de la sang, ja que aquesta corre pel cos dins de les venes i les artèries.
circulatori, circulatòria

1
circular circulars
adjectiu
1 Del cercle, que té la forma d'un cercle. La pista dels circs sovint és circular.
nom femení
2 Una circular és una carta que s'envia a diferents persones per dir-los les mateixes coses. Les reunions de les escoles es comuniquen als pares amb una circular.

2
circular
verb
com *cantar*
◄ pàg. 26
1 Moure's una cosa de manera que pot tornar al punt de partida. La sang circula pel nostre cos i retorna al cor.
2 Anar i venir, passar d'una banda a l'altra. Pels carrers principals d'una ciutat, hi circulen molts cotxes i persones. Hi ha qui fa circular notícies falses.

circumcisió circumcisions
nom femení
Es fa la circumcisió a un nen o a un home quan se li talla el prepuci. Per als jueus, la circumcisió és un acte religiós.

circumferència circumferències
nom femení
Amb MF
Una circumferència és una línia corba tancada que té tots els punts a la mateixa distància d'un punt interior que es diu *centre*. Les circumferències es poden fer girant el compàs al voltant del centre. cercle

circumflex circumflexos
adjectiu
i nom masculí
Amb MF
L'accent circumflex és un signe gràfic que té forma de ve invertida (ˆ). Es fa servir a vegades per a indicar que s'ha eliminat una lletra en una paraula. En textos antics trobem escrit *prô*, amb circumflex, en lloc de *però*.

circumloqui circumloquis
nom masculí
Una persona fa un circumloqui quan diu amb moltes paraules una cosa que podria dir-se amb una sola paraula o amb molt poques.

circumscripció circumscripcions
nom femení
Una circumscripció és una divisió d'un territori. Quan hi ha eleccions, per exemple, l'autoritat estableix unes circumscripcions electorals.

circumstància circumstàncies
nom femení
Amb MS
Una circumstància és cadascuna de les coses que ens permeten conèixer com s'ha produït un fet. La neu, el fred, la boira o el gel poden ser circumstàncies d'un accident de cotxe.
circumstancial

circumval·lació circumval·lacions

nom femení — Una carretera, un autobús, un passeig, etc., fa una circumval·lació quan dóna la volta a una població o a un barri per la part de fora. Moltes grans ciutats han construït carreteres de circumval·lació per a impedir que els camions passin pel centre.

cirera cireres

nom femení — **1** Una cirera és un fruit rodó de color vermell, que té un pinyol a dins i un gust molt dolç. Les cireres sovint van agafades de dues en dues o de tres en tres per una tija llarga i prima. Es mengen senceres, sense treure'n la pell. pàg. 397 (21)
2 Una **cirera d'arboç** és una fruita rodona, petita i de color vermell que surt d'un arbust que es diu *arboç*. La part de fora no és fina, sinó que té granets. Les cireres d'arboç no tenen pinyol.
cirerer

cirereta de pastor ciberetes de pastor

nom femení — Una cirereta de pastor és una fruita rodona, petita com un pèsol i de color vermell que surt d'un arbust que es diu *arç blanc*. Té la pell fina, la carn farinosa i una mica dolça, i no té pinyol.

ciri ciris

nom masculí — **1** Un ciri és una espelma de cera molt gran que s'encén a les esglésies o es porta a les processons.
2 Es diu que un futbolista fa un ciri quan el seu xut enlaira la pilota cap amunt i la fa tornar a caure gairebé al mateix lloc.

frase feta — **3 Sortir amb un ciri trencat** és dir coses fora de lloc, que no vénen al cas.
enciriar

ciríl·lic ciríl·lica ciríl·lics ciríl·liques

adjectiu — L'alfabet ciríl·lic és el que fan servir alguns pobles orientals, com els russos, els búlgars i els ucraïnesos. Porta aquest nom perquè es creu que el va inventar sant Ciril.

cirrocúmul cirrocúmuls

nom masculí
També *cirrocúmulus* — Un cirrocúmul és un núvol alt, a uns 7 000 metres d'altura, que té forma de petites masses arrodonides, de color blanc, molt juntes i arrenglerades. Els cirrocúmuls indiquen un canvi de temps passatger.

cirrocúmulus cirrocúmulus

nom masculí — Cirrocúmul.

cirrosi cirrosis

nom femení — La cirrosi és una malaltia molt greu del fetge. A vegades és causada per l'excés de begudes alcohòliques.

cirrostrat cirrostrats

nom masculí
També *cirrostratus* — Un cirrostrat és un núvol alt, entre 6 000 i 10 000 metres d'altura. Els cirrostrats tenen forma de vel o capa de color blanquinós i moltes vegades fan anells o corones al voltant del Sol o de la Lluna. Indiquen la possible arribada del mal temps.

cirrostratus cirrostratus

nom masculí — Cirrostrat.

cirrus cirrus

nom masculí — Un cirrus és un núvol alt, de 7 000 a 9 000 metres d'altura, que forma filaments o franges molt estrets que deixen passar la llum del sol. Els cirrus indiquen un canvi de temps possible en un termini de 24 hores.

cirurgia cirurgies

nom femení — La cirurgia és la branca de la medicina que es proposa tractar les malalties o els defectes físics amb operacions.
cirurgià, cirurgiana

cisalla cisalles

nom femení — **1** Una cisalla és un instrument per a tallar planxes de metall, fulls grans de paper o cartó o per a retallar fotografies. És com un ganivet gran que és agafat per un cantó en un dels costats d'una taula. pàg. 993 (10)
2 Tisores grosses i fortes per a tallar planxes de metall.

cisar

verb
com *cantar*
◄ pàg. 26 — **1** Retallar amb la cisalla o amb unes tisores les vores d'una peça de metall, de tela, de cartó o d'un altre material a fi que tingui la forma adequada.
2 Quedar-se d'amagat alguns diners d'una altra persona que se li haurien de tornar. Es diu que hi ha persones que quan van a comprar cisen, perquè no tornen el canvi.

cisell cisells

nom masculí — Un cisell és una eina per a treballar pedra, metall o fusta a cops de martell. És una barra de metall llarga i plana que acaba en una vora tallant. Els escultors fan servir sovint el cisell.

cisma cismes

nom masculí — Un cisma és una divisió dins d'una comunitat religiosa, d'una església o d'una secta. També hi ha un cisma en un partit polític o en un moviment artístic quan dues parts tenen opinions diferents.
cismàtic

cistell cistells

nom masculí — Un cistell és un recipient fet de vimets entrecreuats o d'una altra fibra semblant, més ample que alt, que té una nansa o

dues per a portar-lo. Els cistells acostumen a tenir forma ovalada.
encistellar

cistella cistelles
nom femení — **1** Una cistella és un cistell gran. Per Nadal, hi ha persones que compren o regalen unes cistelles molt ben adornades, plenes de begudes, de torrons i d'altres coses de menjar.
2 Xarxa rodona i sense fons, penjada d'un cèrcol de ferro, on s'ha de fer entrar la pilota en el bàsquet.

cisterna cisternes
nom femení — Una cisterna és un dipòsit tancat on es recull i es guarda l'aigua de la pluja. Algunes cisternes són subterrànies. L'aigua de la cisterna serveix per a regar i en alguns llocs també per a beure.

cistitis cistitis
nom femení — Una cistitis és una inflamació de la bufeta de l'orina. Les persones que pateixen cistitis tenen ganes d'orinar molt sovint.

cita cites
nom femení — **1** Una persona té una cita quan s'ha de trobar amb algú altre en un lloc i a una hora determinats.
2 Citació.

citació citacions
nom femení — Una persona fa una citació d'una personalitat quan diu paraules que aquesta ha dit o ha escrit. Alguns llibres antics estan plens de citacions dels poetes clàssics.

citar
verb com *cantar* ◄ pàg. 26 — **1** Avisar algú a fi que vingui a un lloc a una hora determinada. Quan es fa un judici, el jutge ha de citar els testimonis. Es diu quan es parla formalment.
2 Fer una citació d'un personatge important en una conferència, en un llibre, etc.
citació

cítara cítares
nom femení — Una cítara és un instrument de música que té les cordes posades damunt d'una caixa de fusta plana i sense mànec. Es toca amb un plectre.

citologia citologies
nom femení — **1** La citologia és la part de la biologia que estudia la cèl·lula.
2 Anàlisi de les cèl·lules de l'úter i de la vagina d'una dona per a veure si té alguna malaltia.

citoplasma citoplasmes
nom masculí — El citoplasma és la part de la cèl·lula situada entre el nucli i la membrana exterior. En el citoplasma hi ha elements molt importants per a l'alimentació de la cèl·lula.

cítric cítrics
nom masculí — Un cítric és un fruit de forma rodona, amb la pell gruixuda i la part de dins molt sucosa i dividida en grills. El gust és àcid, però molt dolç quan el cítric és madur. Els cítrics més coneguts són la taronja, la mandarina i la llimona.

ciuró ciurons
nom masculí — Cigró. Es diu només en algunes zones.

ciutadà ciutadana ciutadans ciutadanes
adjectiu — **1** De les ciutats. La vida ciutadana és diferent de la dels pobles.
nom masculí i femení — **2** Persona que viu en una ciutat.
ciutadania

ciutadella ciutadelles
nom femení — Una ciutadella és una fortalesa construïda al costat d'una ciutat per defensar-la o dominar-la.

ciutat ciutats
nom femení — Una ciutat és un lloc on viuen moltes persones, amb cases, carrers, botigues i tots els serveis necessaris. A les ciutats es necessiten transports públics.

civada civades
nom femení — La civada és un cereal que es fa en una planta que té una tija amb moltes espigues petites al final. Per esmorzar hi ha persones que prenen flocs de civada amb la llet. La civada es fa servir també per a alimentar el bestiar.

civet civets
nom masculí — Un civet és un guisat de carn fet amb vi, ceba, cansalada i herbes. També s'hi afegeix una mica de sang del mateix animal. El civet es prepara sobretot amb animals de caça com la llebre i el senglar.

civil civils
adjectiu — **1** Dels ciutadans. Sovint es distingeix la vida civil de la vida que fan els militars, els policies i els religiosos. Hi ha autoritats civils, militars i eclesiàstiques.
2 La **guàrdia civil** és una mena de policia que s'encarrega del trànsit a les carreteres i autopistes i de feines de vigilància i seguretat.
3 Un matrimoni civil és el que se celebra davant d'un jutge i no en una església, davant d'un sacerdot.
nom masculí i femení — **4** Un o una civil és una persona que no és ni un militar ni un eclesiàstic. També és un o una guàrdia civil.
incivil

civilització civilitzacions
nom femení
1 La civilització és el progrés que fan les persones en cultura, educació, llibertat i convivència de les unes amb les altres. El dia que s'acabin les guerres, la civilització del món haurà avançat molt.
2 Manera de viure, de pensar, de fer obres artístiques, etc., d'un poble. Es parla, per exemple, de la civilització grega o de les antigues civilitzacions americanes.
civilitzar, incivilitzat, incivilitzada

civisme civismes
nom masculí
Una persona té civisme o es comporta amb civisme quan respecta les lleis i contribueix al benestar dels altres ciutadans. Els qui destrossen les coses de tots, com les cabines de telèfons, les papereres o els parcs, no tenen gens de civisme.
cívic, incívic

claca claques
nom femení
La claca d'un teatre o d'un altre espectacle és un grup de gent que rep diners per anar-hi i aplaudir.

clacar
verb
com *cantar*
◄ pàg. 26
Amb QU davant E, I
Fer el seu crit les oques i els ànecs. Quan en una masia les oques claquen, els pagesos saben que s'acosta algú.

clam clams
nom masculí
Un clam és un crit, sobretot quan és fort i s'allarga. Es diu sovint per a indicar els crits de molta gent que demana una cosa, que es queixa o que expressa un sentiment.

clamar
verb
com *cantar*
◄ pàg. 26
1 Cridar, llançar clams. Els aficionats clamen contra l'àrbitre quan s'equivoca en un partit de futbol.
2 Es diu que un crim o un altre fet clama venjança quan és molt horrorós i tothom vol trobar-ne el culpable.

clamor clamors
nom masculí i femení
Un clamor o una clamor és un conjunt de veus i crits de persones que es queixen, aclamen algú o demanen alguna cosa. El clamor dels espectadors d'alguns partits de futbol se sent des de fora del camp.
clamorós, clamorosa

clan clans
nom masculí
1 Un clan és un grup de persones que estan unides i provenen d'un avantpassat comú. Alguns pobles antics estaven organitzats en clans.
2 Grup de persones unides per uns interessos comuns o una mateixa professió. Es parla, per exemple, del clan dels advocats, dels banquers, etc.

clandestí clandestina clandestins clandestines
adjectiu
Que es fa d'amagat, que és secret. Una reunió clandestina es fa sense que ho sàpiga l'autoritat.

clap claps
nom masculí
Un clap és una petita extensió d'un terreny o d'una altra superfície que és diferent de la resta. Quan hi ha un clap de bosc enmig d'una plana és que hi ha un lloc amb uns quants arbres.

clapa clapes
nom femení
Una clapa és un clap, sobretot quan és de color. Quan ha nevat poc, diem que només hi ha clapes de neu.

clapar
verb
com *cantar*
◄ pàg. 26
Manera informal de dir *dormir*.

clapit clapits
nom masculí
Un clapit és un crit agut i penetrant que fa un gos de caça quan descobreix una presa. Amb els clapits, els gossos avisen els caçadors.
clapir

clapoteig clapoteigs
nom masculí
També *clapotejos*
El clapoteig és el soroll apagat que fa l'aigua d'un llac o d'una bassa quan es belluga. Les ones del mar, quan arriben sense força a les roques, també fan clapoteig.
clapotejar

claqué claqués
nom masculí
El claqué és una forma de ballar que marca el ritme de la música amb uns cops que els ballarins donen al terra amb els talons i les puntes de les sabates. Les sabates de claqué porten unes plaques de metall que fan un soroll típic.

1
clar clara clars clares
adjectiu
1 Que rep molta llum o que fa llum. Un dia clar és un dia amb sol i sense núvols. Una habitació o una casa és clara quan hi entra molta llum del sol.
2 Un color clar és poc pujat de to, s'acosta al blanc. És el contrari del fosc.
3 L'aigua és clara quan és pura i transparent i no té brosses que l'embrutin.
4 Que és poc dens, poc espès. Un bosc clar té pocs arbres. La xocolata desfeta pot ser clara o espessa.
5 Diem que una cosa és clara quan tothom l'entén de seguida. Una persona és clara quan escriu i parla de manera senzilla i diu les coses tal com són.

Continua a la pàgina següent

A B C D E F G H I J K L M N O P Q R S T U V W X Y Z

6 Diem que una persona té el cap clar quan raona molt bé i entén perfectament les coses.

nom masculí — 7 Un **clar de lluna** és la resplendor que fa la lluna.

interjecció — 8 Diem **és clar** quan donem una cosa per certa i sabuda. *-Ets la mare de la teva filla? -És clar!*

frase feta — 9 **Fer-se clar** és fer-se de dia, començar a sortir el sol.

aclarir, claredat, claricia, clarificar

clar [2]

adverbi — D'una manera clara. *Era miop i si no es posava les ulleres no hi veia clar.*

clara clares

nom femení — La clara és la part de l'ou que envolta el rovell. És un líquid transparent i molt dens. Quan es fa un ou ferrat es fa més dura i es torna blanca.

claraboia claraboies

nom femení — Una claraboia és una finestra que hi ha en un sostre, o a la part alta d'una paret, per on entra la llum. Els patis interiors d'algunes cases de pisos tenen claraboies.

pàg. 593 (21)

clarejar

verb, com *cantar* ◄ pàg. 26 Amb G davant E, I

1 Fer-se de dia. Quan ets a muntanya, és bonic llevar-se d'hora i veure com clareja.

2 Un color o una roba clareja quan té tons clars, poc forts.

3 Una cosa clareja quan és poc espessa, poc densa. Els boscos claregen quan s'hi han tallat molts arbres.

clarí clarins

nom masculí — Un clarí és un instrument de vent, fet de metall, semblant a la trompeta però sense forats ni mecanismes per a moure amb els dits. Té un so molt agut i brillant i es va fer servir molt a les bandes militars.

clariana clarianes

nom femení — 1 Una clariana és un petit espai que s'obre entre els núvols, entre les fulles dels arbres, en el cabell d'una persona, etc.

2 Tros de terreny sense arbres dins d'un bosc. Quan anem d'excursió podem muntar la tenda en una clariana.

clarinet clarinets

nom masculí — Un clarinet és un instrument de vent, fet de fusta, que té forma de tub llarg i cilíndric. Té forats que es tapen amb unes petites palanques de metall. La part per on surt el so té forma de campana.

pàgs. 394-395 (25) (35)

clarividència clarividències

nom femení — Una persona té clarividència quan veu clar el que pot passar, les conseqüències d'una acció, els resultats d'un negoci, etc.

claror clarors

nom femení — La claror és la llum que fan les coses enceses o que cremen. En un lloc ben il·luminat, hi ha molta claror.

classe classes

nom femení — 1 Una classe és el conjunt dels alumnes d'un col·legi o d'un altre centre d'ensenyament que fan els mateixos estudis. La classe de sisè, per exemple, són els que estudien sisè curs.

2 Sessió d'ensenyament. Un curs de redacció pot tenir 50 classes d'una hora. A cada classe hi ha explicacions, preguntes i exercicis pràctics. L'assistència a les classes és molt important.

3 Aula.

4 Conjunt de persones, d'animals o de coses que s'assemblen per unes característiques que tenen en comú. Hi ha moltes classes d'embotits: llonganissa, fuet, sobrassada, etc.

5 Conjunt d'animals o de plantes que tenen unes mateixes característiques. En la classificació científica, la classe va abans de l'ordre. El gat és de la classe dels mamífers.

6 Les classes d'una societat són els grups de persones que fan una mateixa feina, porten un mateix tipus de vida, pensen igual, etc. Hi ha la classe política, la classe treballadora, la classe mitjana i altres.

7 En els trens, els avions, els vaixells, etc., es pot viatjar en primera classe, en segona classe o en classe turista, segons el preu que es paga pel bitllet i la comoditat del viatge.

clàssic clàssica clàssics clàssiques

adjectiu i nom masculí, Amb C — 1 Que és un model que s'ha d'imitar en l'art i en la literatura. Totes les llengües tenen els seus autors clàssics que han escrit grans obres.

adjectiu — 2 L'antiguitat clàssica és el temps de Grècia i Roma antigues, quan hi va haver grans artistes i escriptors.

3 La música clàssica és una música escrita per a orquestra o instruments com el violí i el piano per compositors antics i moderns seguint una llarga tradició tècnica de la música occidental. Es diferencia del folklore, de la música de ball, del jazz, del rock i d'altres formes de música moderna.

4 Que és poc actual, poc modern o molt seriós. Els vestits clàssics no passen mai de moda.

classicisme classicismes
nom masculí
S'anomena classicisme qualsevol moviment artístic i literari que té com a models els grans artistes i escriptors de Grècia i Roma antigues.

classificar
verb
com *cantar*
◄ pàg. 26
Amb QU davant E, I
1 Distribuir coses o persones en grups, posar-los en el lloc que els correspon. Els científics classifiquen els animals i les plantes per a estudiar-los millor.
usat amb pronom
2 **Classificar-se** és quedar seleccionat en una competició esportiva, en un concurs o en una altra prova eliminatòria. Només uns quants equips es classifiquen per al mundial de futbol.
classificació

classista classistes
adjectiu i nom masculí i femení
Una persona és classista quan vol que hi hagi separació entre les classes socials i no es vol barrejar amb la gent que no és de la seva classe. Algunes persones molt riques són classistes.

clatell clatells
nom masculí
1 Nuca.
frase feta
2 Diem que una persona **porta** o **té llana al clatell** quan és molt ingènua i s'ho creu tot.
clatellada

clatellot clatellots
nom masculí
Un clatellot és un cop que es dóna al clatell.

1
clau claus
nom masculí
1 Un clau és una barreta rodona, prima i llarga de ferro que acaba en punta i té un cap pla per on es pica amb un martell. Els claus serveixen per a unir fustes o penjar coses a la paret.
2 Una persona és seca com un clau quan és molt prima.
3 Un **clau de rosca** és un cargol per a enroscar.

2
clau claus
nom femení
1 Una clau és una peça de metall que s'introdueix en el forat d'un pany per a obrir o tancar una porta, un calaix o una capsa.
2 Allò que permet saber o resoldre alguna cosa. Hi ha llibres que porten la clau dels exercicis i així nosaltres mateixos els podem corregir.
3 Eina per a cargolar o descargolar cargols o femelles. Una clau anglesa ens permet treure femelles de mida diferent.
pàg. 993 ②
4 Signe que es posa al començament de les composicions de música i que dóna el nom de les notes. Per al piano es fan servir la clau de sol i la de fa.
5 Signe que uneix diversos elements en una classificació, dues o més línies en un escrit, etc.: {a, b, c}.
6 En alguns esports de lluita, acció que es fa contra l'adversari per immobilitzar-lo o derrotar-lo. Els agents de policia saben fer claus per desarmar i detenir els delinqüents.
7 La clau d'un arc o d'una volta és l'última pedra que s'hi col·loca. Va al mig i fa que es mantingui l'equilibri de les altres.
8 **Clau de volta** pàg. 598 ②

claudàtor claudàtors
nom masculí
Un claudàtor és un signe semblant a un parèntesi quadrat: [a,b,c]. Els claudàtors es fan servir, per exemple, per a donar alguna explicació dins d'un text que va entre parèntesis.

claudicar
verb
com *cantar*
◄ pàg. 26
Amb QU davant E, I
Una persona claudica quan falta al seu deure o no és fidel als seus principis. Ningú no pot claudicar en la defensa dels drets humans.

clauer clauers
nom masculí
Un clauer és un objecte per a portar claus. Hi ha empreses que regalen clauers amb el seu nom per fer propaganda.

claustre claustres
nom masculí
1 El claustre d'un monestir o d'un altre edifici és un passadís cobert que té en una banda una paret i a l'altra un conjunt de pòrtics o de columnes. Al mig, hi ha un pati o un jardí. pàg. 599 ⑤
2 El claustre d'una universitat o d'un altre centre d'ensenyament és el conjunt de les persones que el dirigeixen i hi donen classes.
3 El **claustre matern** és l'úter. Les criatures estan en el claustre matern abans de néixer.
enclaustrar

claustrofòbia claustrofòbies
nom femení
Una persona té claustrofòbia quan li fan por els llocs tancats. Quan es té claustrofòbia no es pot entrar en una cova.

clàusula clàusules
nom femení
1 Una clàusula és cada una de les parts d'un document legal com un testament, un pacte o un contracte.
2 En gramàtica, oració.

clausura clausures
nom femení
1 La clausura és el fet de tancar un local o de donar per acabades una festa, una exposició o una altra activitat. Al final dels

jocs olímpics hi ha un acte de clausura molt bonic.

2 Conjunt dels llocs d'un convent o d'un monestir on no pot entrar la gent de fora. Una monja és de clausura quan no surt mai o surt molt poc del seu convent.

clausurar

clavar
verb
com *cantar*
◄ pàg. 26

1 Fer entrar a cops de martell un clau en una fusta, en una paret o en un altre lloc. Quan la paret és dura costa clavar els claus.

2 Introduir un objecte que té punxa, com una agulla o una espasa, en un altre objecte o en el cos d'una persona.

3 Fixar una cosa o unir dues coses amb claus. La sola de les sabates es pot enganxar amb cola o es pot clavar.

4 Clavar una bufetada, una puntada de peu, etc., és donar-la. També es diu que algú clava un crit, un escàndol, un disgust, una mentida.

clavat clavada clavats clavades
adjectiu i nom masculí
1 Una persona és clavada a una altra quan s'assemblen molt i gairebé es poden confondre. Alguns bessons són clavats.
adjectiu
2 Una peça de roba ens va clavada quan ens cau molt bé i sembla feta a mida.

clavecí clavecins
nom masculí
Un clavecí és un instrument de música que té teclat i cordes com un piano. La forma recorda també la d'un piano de cua. Les cordes es fan vibrar amb unes pinces que es mouen amb les tecles. Es tocava molt en temps de Bach.

claveguera clavegueres
nom femení
Una claveguera és una galeria o un tub que hi ha sota els carrers. Hi van a parar les aigües brutes de les cases. Totes les ciutats tenen una xarxa de clavegueres molt gran.

clavegueram clavegierams
nom masculí
El clavegueram d'una ciutat o d'un poble és el conjunt de les seves clavegueres.

clavell clavells
nom masculí
1 Un clavell és una flor que té els pètals com arrugats i acabats en forma de serreta. Pot ser de color blanc, vermell, groc o blau. Alguns clavells fan molta olor. Es planten als jardins i en testos. Totes les floristes venen poms de clavells.

2 Un **clavell de moro** és una planta herbàcia que té unes fulles allargades amb una tija prima que aguanta unes altres fulles més petites. Fa unes flors petites de color taronja o groc. És originària de Mèxic i es planta en jardins i en testos.

clavellina clavellines
nom femení
Una clavellina és una planta que fa clavells.

clavicordi clavicordis
nom masculí
Un clavicordi és un instrument de música que té teclat i cordes que es fan sonar amb uns martellets que les piquen. La caixa dels clavicordis és de forma rectangular. Aquest instrument és l'avantpassat del piano.

clavícula clavícules
nom femení
La clavícula és un os llarg i prim que és situat a la part de dalt i del davant del tòrax. Té forma de S allargada i uneix l'omòplat amb l'estern. Hi ha dues clavícules, una a cada banda. pàg. 797 (11)

clavilla clavilles
nom femení
1 Una clavilla és una peça cilíndrica de fusta o de metall que es pot posar en un forat fet en un objecte. Les cordes dels instruments com la guitarra o el violí van enrotllades en unes clavilles que hi ha al final del mànec.

2 Les clavilles d'un endoll elèctric són les peces metàl·liques que es fiquen dins dels forats de la presa de corrent.

enclavillar

clàxon clàxons
nom masculí
El clàxon d'un cotxe o d'un altre vehicle és el mecanisme que la persona que condueix fa sonar per avisar la gent que va pel carrer o els altres vehicles.

cleca cleques
nom femení
Manera informal de dir *bufetada*.

cleda cledes
nom femení
Una cleda és un lloc tancat per a tenir-hi animals.

clemàstecs
nom masculí plural
Els clemàstecs d'una llar de foc són una cadena i uns ganxos que hi ha a la xemeneia per a penjar-hi les olles o els perols damunt del foc.

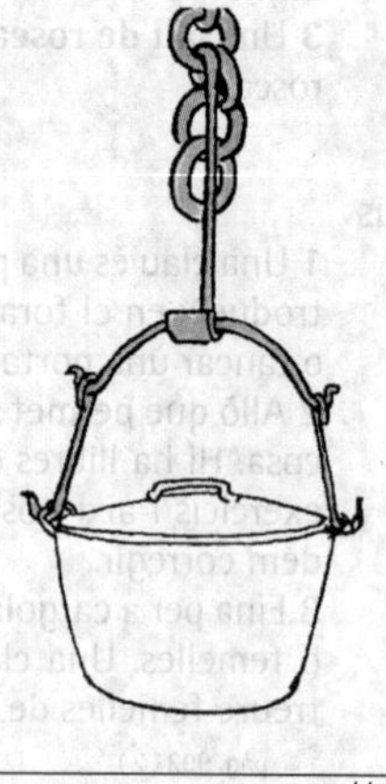

Uns clemàstecs

clemència clemències
nom femení
Una persona té clemència quan perdona el culpable d'una malifeta o no el castiga gaire. Els criminals a vegades demanen clemència als jutges.
clement

clenxa clenxes
nom femení
Quan ens pentinem ens fem una clenxa si amb la pinta separem els cabells cap a un cantó i cap a l'altre del cap i deixem una ratlla al mig. Es pot fer una clenxa al mig o a un costat. pàg. 793 (9)
clenxar, clenxinar

clepsa clepses
nom femení
Manera informal de dir *cap* o *intel·ligència*.

cleptomania cleptomanies
nom femení
La cleptomania és un trastorn mental que fa que les persones tinguin l'obsessió de robar.

clergue clergues
nom masculí
Un clergue és un capellà o un bisbe.
clergat

clero cleros
nom masculí
El clero és el conjunt dels clergues.
anticlericalisme, anticlerical, clerecia, clerical, clericalisme, clericat

clic clics
nom masculí
Un clic és el fet de clicar. Per a obrir un programa del nostre ordinador, fem dos clics sobre la seva icona.

clicar
verb
com *cantar*
◄ pàg. 26
Amb QU davant E, I
Prémer un dels botons del ratolí de l'ordinador i deixar-lo anar molt ràpid per tal de seleccionar una opció de la pantalla. Quan cliquem amb el botó dret del ratolí, ens apareixen diverses funcions per a triar.

client clienta clients clientes
nom masculí i femení
Persona que compra en una botiga o un altre establiment, que s'està en un hotel, que menja en un restaurant o que rep els serveis d'un metge o d'un altre professional. Les empreses han de tenir contents els clients si no volen que vagin a una altra empresa.
clientela

clima climes
nom masculí
El clima és el conjunt de les característiques que té el temps en un lloc determinat: si hi fa fred o calor, si hi plou molt o poc, si hi ha molta o poca humitat. El pol nord té un clima molt diferent del d'un desert.
aclimatar, climàtic, climatologia

climatitzar
verb
com *cantar*
◄ pàg. 26
Fer que l'aire i la temperatura d'un local o d'un vehicle siguin els més favorables i agradables a les persones. Els cines i molts trens estan climatitzats.
climatització

clímax clímaxs
nom masculí
El clímax d'una pel·lícula o d'una novel·la és el moment de màxima emoció, quan ja es comença a preparar el final.

clínica clíniques
nom femení
Una clínica és un establiment amb metges i infermers on hi ha habitacions per als malalts. Les clíniques són més petites que els hospitals i a vegades no poden atendre algunes malalties.
clínic

clip clips
nom masculí
Un clip és un objecte petit de metall, o d'un altre material, per a subjectar els cabells o per a mantenir junts els fulls de paper.

clissar
verb
com *cantar*
◄ pàg. 26
Manera informal de dir *veure*. Quan algú diu que ha clissat una persona és que ja sap com és i quines intencions té.

clítoris clítoris
nom masculí
El clítoris és un òrgan petit que hi ha a la part del davant de la vulva.

clivella clivelles
nom femení
Una clivella és un tall més o menys profund que es fa a la pell, en una capa de pintura, en una fusta, al terra, etc. A l'hivern a vegades es fan clivelles a les mans.
clivellar

clixé clixés
nom masculí
1 Un clixé és la planxa o el paper especial on hi ha els textos, dibuixos, etc., que s'han d'imprimir o reproduir en una impremta o en una multicopista.
2 Pel·lícula on hi ha el negatiu de les fotografies. A partir d'un clixé es poden fer moltes còpies.

cloaca cloaques
nom femení
La cloaca és la part final del tub digestiu d'alguns animals com els ocells i els rèptils.

cloc-piu cloc-pius
adjectiu
Es diu que una persona o un ocell està o va cloc-piu si està malalt, si no es troba bé.

cloenda cloendes
nom femení
La cloenda d'un acte, d'una conferència, d'una conversa, etc., és la part final, allò que es diu per acabar.

clòfia clòfies
nom femení — Clofolla.

clofolla clofolles
nom femení — La clofolla d'alguns fruits és la part dura, com de fusta, que s'ha de trencar per a poder-nos-els menjar. És com una capseta que té a dins el fruit. Les avellanes, les nous i els pinyons tenen clofolla.
esclofollar

cloïssa cloïsses
nom femení — Una cloïssa és un mol·lusc de dues valves ovalades amb unes ratlletes molt fines concèntriques. Viu al mar i és un menjar molt apreciat, tant si és fresc com en conserva.

Una cloïssa

cloquer cloquers
nom masculí — Campanar.

clor clors
nom masculí — El clor és un gas de color verdós i olor molt forta que fa molt mal als ulls i als pulmons si es respira. Forma part de la sal de cuina i del lleixiu. És un gran desinfectant i per això es posa a l'aigua de les piscines. El seu símbol és: Cl.
clorat, clorada, clorhídric

clorofil·la clorofil·les
nom femení — La clorofil·la és la substància que dóna el color verd a les plantes. Gràcies a la clorofil·la les plantes verdes fan la fotosíntesi.

cloroform cloroforms
nom masculí — El cloroform és un compost químic de clor, carboni i hidrogen que es feia servir per a adormir els malalts que s'havien d'operar. És un líquid d'olor forta. La seva fórmula és: $CHCl_3$.

clorur clorurs
nom masculí — Un clorur és un compost químic de clor i un altre element que no sigui ni l'oxigen ni l'hidrogen. El clorur més conegut és el de sodi: NaCl, la sal de cuina.

clos closa closos closes
adjectiu — 1 Tancat. Si tens la boca closa no pots parlar.
nom masculí — 2 Un clos és un terreny tancat per una paret o per una tanca qualsevol.

closca closques
nom femení — 1 La closca d'un animal és la part dura que n'envolta i en protegeix el cos. Els cargols, les petxines, les llagostes de mar i les tortugues tenen closca.
2 Clofolla.
3 Part de fora de l'ou. És de color blanc o ros i es trenca de seguida quan s'hi dóna un cop.
4 La closca del cap és el conjunt dels ossos del crani. Es diu de manera informal.

clot clots
nom masculí — 1 Un clot és una part que queda més fonda en un terreny o en una altra superfície. La pluja i el mal temps fan clots en algunes carreteres.
2 Diem que algú se n'ha anat al clot quan s'ha mort.
clotada, enclotar

cloure
verb
com *complaure*
◄ pàg. 31
Diferències:
clos, closa, closos, closes
— Tancar. Si no cloem bé l'ampolla, l'aigua amb gas s'esbrava. Quan es clou un acte vol dir que s'acaba.

clova cloves
nom femení — Clofolla.
clovella

clown clowns
nom masculí — Un clown és un pallasso de circ que acostuma a portar la cara blanca i uns vestits molt llampants. El clown forma parella amb l'august i fa el paper de llest. És una paraula anglesa.

club clubs
nom masculí
Amb B
— 1 Un club és una associació de persones que s'uneixen per fer una activitat política, cultural, esportiva o de diversió. Els socis d'un club de futbol són els seguidors d'un equip. Els clubs tenen socis, junta directiva i local.
2 Un club nocturn és un cabaret.

cluc clucs
adjectiu — 1 Un ull cluc és un ull tancat. Si una persona camina amb els ulls clucs es pot donar un cop.
frase feta — 2 **Saber a ulls clucs** una cosa és conèixer-la molt bé.

cnidari cnidaris
nom masculí — Un cnidari és un animal marí que té el cos tou i de formes diferents. Els cnidaris semblen plantes i n'hi ha de dos tipus: uns que són fixos, els pòlips, i uns altres que es mouen, les meduses. Els coralls són esquelets de cnidaris.

coa coes
nom femení — Cua. Es diu al País Valencià i a les Illes Balears.

coacció coaccions
nom femení — Algú fa coacció sobre una persona quan l'obliga a fer o a dir coses i no la deixa actuar amb llibertat.

coàgul coàguls
nom masculí — Un coàgul és una mica de sang que s'ha tornat dura, com una pedreta. És molt perillós que es formin coàguls a les venes, ja que no deixen que la sang circuli bé.
coagulació

coagular-se
verb usat amb pronom com *cantar* ◄ pàg. 26 — Un líquid es coagula quan una substància que conté es torna sòlida i se separa de la resta, que continua sent líquida. Es diu sobretot de la llet i de la sang.

coala coales
nom masculí — Un coala és un mamífer semblant a un ós petit, sense cua i amb les orelles molt grosses i peludes. Té el cos curt i gruixut i el cap gros. Viu a Austràlia entre els eucaliptus, ja que s'alimenta de les fulles d'aquests arbres.

coalició coalicions
nom femení — Una coalició és una unió de persones, de partits polítics o de nacions per a fer junts alguna cosa. Quan hi ha eleccions, sovint es fan coalicions de partits.
coalitzar-se

coartada coartades
nom femení — Una persona té una coartada quan pot demostrar que a l'hora que s'ha comès un crim o un altre delicte era en un altre lloc i amb altres persones. Tots els sospitosos d'un crim han de presentar la seva coartada.

coartar
verb com *cantar* ◄ pàg. 26 — Una persona coarta la voluntat o la llibertat d'algú quan no li deixa fer el que vol.

cobai cobais
nom masculí — Un cobai és un mamífer petit semblant a un ratolí sense cua, que té les orelles i les potes curtes. Els cobais s'han fet servir per a fer experiments en els laboratoris.

cobalt cobalts
nom masculí — El cobalt és un element metàl·lic dur, de color de plata, que costa molt de fondre. Es fa servir en la indústria de la ceràmica per a fer colors i també en medicina. El seu símbol és: Co.

cobdícia cobdícies
nom femení — Una persona té cobdícia quan vol tenir molts diners i només pensa en la manera de guanyar-ne.
cobdiciós, cobdiciosa

cobejar
verb com *cantar* ◄ pàg. 26 Amb G davant E, I — Desitjar molt una cosa o una persona, voler-les tenir de la manera que sigui.
cobejança, cobejós, cobejosa

cobert coberta coberts cobertes
adjectiu — **1** Tapat o protegit per una cosa que hi ha posada al damunt. Als països musulmans, algunes dones porten la cara coberta amb un vel.
2 El cel està cobert quan hi ha núvols i no es pot veure el sol.
nom masculí — **3** Un cobert és un lloc que és protegit per una teulada o per un sostre i sovint també per parets. A totes les masies hi ha coberts per a guardar-hi les eines, la palla i fins i tot algun animal. ✎ pàgs. 194-195 (4)
4 Un cobert és el conjunt d'una forquilla, una cullera i un ganivet de taula.
5 Menjar per a una persona que prepara un hotel, una fonda o un restaurant a un preu determinat. Quan menges el cobert és que no has triat els plats de la carta.
frase feta — **6 Estar a cobert** vol dir estar protegits, defensats. Quan neva o plou és bo estar a cobert i no a la intempèrie.
cobertora, cobertura

coberta cobertes
nom femení — **1** Una coberta és qualsevol cosa que es col·loca sobre una altra per protegir-la o tapar-la. La coberta o les cobertes d'un llibre impedeixen que es faci malbé.
2 La coberta d'una embarcació és la part que tanca per dalt el buc. És a l'aire lliure i cobreix les bodegues, les cabines i les altres dependències. ✎ pàgs. 194-195 (20)
3 La coberta d'un pneumàtic és la part de fora que tapa la cambra inflada d'aire. En els pneumàtics sense cambra, la coberta tanca hermèticament i s'infla d'aire.
sobrecoberta

coberteria coberteries
nom femení — La coberteria és el conjunt de forquilles, culleres, ganivets i altres estris que es fan servir a taula per a menjar o per a servir els aliments. En algunes cases hi ha dues coberteries, la de cada dia i la dels dies especials.

cobertor cobertors
nom masculí — Un cobertor és una peça de roba, de pell o de plàstic que es posa damunt d'una cosa per protegir-la o per fer bonic.

A B C D E F G H I J K L M N O P Q R S T U V W X Y Z

cobla cobles
nom femení — Una cobla és una orquestra d'onze músics que toca sardanes. Hi ha instruments de vent, com el flabiol, la tenora i el trombó, i un contrabaix.

cobra cobres
nom femení — Una cobra és una serp molt verinosa que quan vol atacar eixampla la part de darrere del cap. Les cobres són molt abundants a l'Índia i a l'Àfrica.

cobrador cobradora cobradors cobradores
nom masculí i femení — Persona que s'encarrega de cobrar. A molts autobusos, el conductor fa de cobrador.

cobrar
verb, com *cantar* ◄ pàg. 26 — **1** Rebre diners com a pagament d'una feina, d'un premi, d'un servei que s'ha prestat. Hi ha persones que cobren sous molt alts.
2 Quan algú diu a un altre que cobrarà és que l'amenaça de donar-li una bufetada o de castigar-lo. Es diu de manera informal.
cobrament

cobrellit cobrellits
nom masculí — Un cobrellit és una peça de roba que posem damunt del llit per cobrir els llençols i les mantes. A l'hivern s'acostumen a posar cobrellits gruixuts. pàgs. 594-595 (26)

cobretaula cobretaules
nom masculí — Un cobretaula és una peça de roba o d'un altre material que posem damunt d'una taula per cobrir-la.

cobriment cobriments
nom masculí — **1** Quan es cobreix una cosa es fa un cobriment.
2 Una persona té un **cobriment de cor** quan es desmaia o es troba molt malament per una fallada del cor.

cobrir
verb, com *servir* ◄ pàg. 28; Amb O a l'arrel; Diferències: *cobert, coberta, coberts, cobertes* — **1** Posar una cosa damunt o per sobre d'una altra per adornar-la, protegir-la o amagar-la. Podem cobrir el piano amb una funda i així no s'embruta.
2 Cobrir una casa és posar-hi el sostre o la teulada.
usat amb pronom — **3 Cobrir-se** el cap o la cara és posar-se el barret o tapar-se la cara amb un vel o una màscara.

1
coc cocs
nom masculí — El coc és un carbó que no es treu de les mines, sinó que s'obté de l'hulla en algunes fàbriques.

2
coc cocs
nom masculí — Un coc és un bacteri que té forma rodona.

1
coca coques
nom femení — **1** Una coca és un menjar fet amb una massa com la del pa i altres ingredients. Les coques són primes. Per Sant Joan mengem coques de fruita i de llardons.
frase feta — **2** Una cosa **queda com una coca** si s'aixafa molt.

2
coca coques
nom femení — Una coca és un arbust que viu als Andes. De les seves fulles es treu la cocaïna.

coça coces
nom femení — Guitza.

cocaïna cocaïnes
nom femení — La cocaïna és una substància de gust amarg que es fa servir en medicina per a produir anestèsia. És una droga molt forta.
cocaïnòman

cocció coccions
nom femení — Una cocció és el fet de coure. El pa és més bo quan se n'ha fet una bona cocció.

coco cocos
nom masculí — **1** Un coco és un fruit gros que té la part de fora molt dura, de color marró i amb pèls. La part de dins, que es menja, és blanca i forta. El coco porta també a dins un líquid dolç que és molt bo de beure. pàg. 397 (6)
2 Cop que es dóna amb el cap contra alguna cosa. Ho diuen els nens petits o les persones grans quan parlen amb ells.
cocoter

cocodril cocodrils
nom masculí — Un cocodril és un rèptil molt gros que viu en diversos rius d'Àsia, d'Àfrica i d'Amèrica. Té les quatre potes molt curtes, la pell dura, la cua gruixuda i el morro llarg, amb moltes dents. El cocodril del Nil pot fer 4 metres de llarg.

còctel còctels
nom masculí — **1** Un còctel és una barreja de licors o d'altres begudes.
2 Reunió de persones amb motiu d'una celebració, de la presentació d'un llibre, etc., on es poden prendre begudes, canapès i altres coses.

còdex còdexs
nom masculí — Un còdex és un llibre antic escrit a mà. Les biblioteques dels monestirs guarden molts còdexs.

codi codis
nom masculí — **1** Un codi és un conjunt de lleis. Hi ha el

codi civil, el codi militar, el codi de comerç i altres.

2 El codi de la circulació és el conjunt de normes que han de saber les persones que condueixen un vehicle. Ens diu, per exemple, quan s'han d'encendre els llums.

3 Conjunt de lletres i de números que identifiquen un producte o una persona, que permeten fer determinades operacions o manipular alguns aparells, etc. Per a treure diners d'un caixer automàtic amb una targeta, cal un número de codi secret que només sap la persona propietària de la targeta.

codificar

còdol còdols

nom masculí — Un còdol és una pedra que s'ha fet llisa i fina per l'acció de l'aigua. Els còdols es troben sobretot a les rieres i a les vores dels rius.

codony codonys

nom masculí — Un codony és una fruita de gust molt aspre que es fa servir sobretot per a fer codonyat. És com una pera grossa de color groc i pell rugosa.

codonyer

codonyat codonyats

nom masculí — El codonyat és una confitura feta amb codony. És sòlida i es talla a trossos amb un ganivet.

coeducació coeducacions

nom femení — En una escola hi ha coeducació quan s'eduquen junts les nenes i els nens.

coeficient coeficients

nom masculí — En matemàtiques, un coeficient és un número o una lletra que no varia i que multiplica un altre número o lletra que pot anar variant. El coeficient de 3b és el 3 i la b és una variable.

coet coets

nom masculí
Sense H — **1** Un coet és un tub de cartó ple d'un material explosiu que porta una metxa i una canya prima i llarga a la part del darrere. Quan s'encén la metxa, surt disparat enlaire i esclata fent molt de soroll o deixant anar llums de colors.

2 Vehicle que és llançat a l'espai per fer exploracions científiques.

locució que fa d'adverbi — **3** Anar o córrer **com un coet** és anar o córrer molt de pressa. *Li feien por les serps, i quan en veia una corria com un coet.*

coetani coetània coetanis coetànies

adjectiu — Una persona o una cosa és coetània d'una altra quan existeixen en una mateixa època. Brahms i Schumann eren dos músics coetanis: tots dos van viure al segle XIX.

còfia còfies

nom femení — Una còfia és una mena de gorra feta de roba que s'estreny amb unes cintes i es corda sota la barba. Abans, els nens petits i les cambreres portaven còfia.

cofoi cofoia cofois cofoies

adjectiu — Que està molt satisfet i content amb alguna cosa. Si has treballat molt i et donen un primer premi, et pots sentir cofoi.

cofre cofres

nom masculí — Un cofre és una capsa grossa de metall o de fusta, de forma rectangular, amb tapa i pany. A les pel·lícules de pirates sempre surten cofres plens de joies.

cofurna cofurnes

nom femení — Una cofurna és una casa o una habitació petita, mal endreçada i fosca.

cognom cognoms

nom masculí — El cognom és el nom de família que passa de pares a fills. Tots tenim dos cognoms, el de la família del pare i el de la família de la mare. Els cognoms s'escriuen després del nom.

cogombre cogombres

nom masculí — Un cogombre és un fruit de color verd i forma allargada que es posa a les amanides. La pell és rugosa i s'acostuma a treure. La part que es menja és de color blanc groguenc i té moltes llavors al mig.

cohabitar

verb
com *cantar*
◄ pàg. 26 — Viure juntes dues o més persones. Normalment, els membres d'una parella cohabiten en una mateixa casa.

coherència coherències

nom femení — **1** Hi ha coherència en un discurs o unes paraules quan estan ben relacionats i les idees estan expressades de manera lògica i ordenada.

2 Una persona té coherència quan fa les coses d'acord amb el que diu i el que pensa.

coherent

cohesió cohesions

nom femení — Hi ha cohesió entre coses o persones quan es mantenen unides i no se separen. Hi ha cohesió, per exemple, entre les molècules que formen el nostre cos.

cohibir

verb
com *servir*
◄ pàg. 28 — Fer que una persona no pugui actuar amb llibertat, no es pugui expressar amb sinceritat. Les persones desconegudes a vegades cohibeixen les criatures, fan que tinguin vergonya de parlar. Quan ens renyen massa sovint, ens sentim cohibits.

A B C D E F G H I J K L M N O P Q R S T U V W X Y Z

coi
interjecció
Exclamació que expressa sorpresa, disgust, etc. Es diu per evitar dir *cony. Coi!, quina bestiesa acabes de fer.*

coincidir
verb
com *servir*
◄ pàg. 28
1 Trobar-se en el mateix lloc. Pots coincidir amb una amiga en una festa. Dues línies que coincideixen tenen un punt en comú.
2 Passar dues coses al mateix temps. A vegades, a la televisió coincideix un partit de futbol amb una bona pel·lícula.
3 Si dues persones coincideixen en els gustos o en les idees és que tenen els mateixos gustos i pensen igual.
coincidència, coincident

coiot coiots
nom masculí
Un coiot és un mamífer carnívor semblant al llop, però més petit. Té molt de pèl i és de color gris. Viu a les planures del sud dels Estats Units.

coïssor coïssors
nom femení
Sentim coïssor en una part del cos quan ens pica i ens fa un mal semblant al que fa l'alcohol damunt d'una ferida.

coit coits
nom masculí
El coit és la unió sexual d'un mascle i una femella, d'un home i una dona.

coix coixa coixos coixes
adjectiu
1 Una cadira o una taula és coixa si té una pota més curta que les altres i no s'aguanta bé.
2 Diem que una persona té una cama coixa o que un animal té una pota coixa quan hi tenen un defecte i no poden caminar bé.
adjectiu i nom masculí i femení
3 Que camina malament perquè té un defecte a les cames o li falta una cama. Els coixos poden fer servir crosses.
locució que fa d'adverbi
4 Anar o saltar **a peu coix** és anar o saltar amb un peu enlaire sense tocar a terra. *A veure qui arriba abans a l'altra banda a peu coix!*
coixesa

coixejar
verb
com *cantar*
◄ pàg. 26
Amb G davant E, I
Anar coix, ser coix. Quan t'has torçat un peu coixeges durant una bona estona.

coixí coixins
nom masculí
1 Un coixí és una mena de sac de roba cosit per tots els costats i ple de llana, de ploma o d'una altra cosa tova. Quan dormim acostumem a posar el cap sobre un coixí.
pàgs. 594-595 (9)
2 Un **coixí de seguretat** és una bossa d'aire que s'infla automàticament dins dels cotxes quan es produeix un xoc. Serveix per a protegir els ocupants del vehicle.
encoixinar

coixinera coixineres
nom femení
Una coixinera és una funda de coixí. Les coixineres del llit s'han de rentar sovint.

coixinet coixinets
nom masculí
1 Un coixinet és un coixí petit.
2 Element rodó de metall en forma d'anell dins del qual gira l'eix d'una màquina.

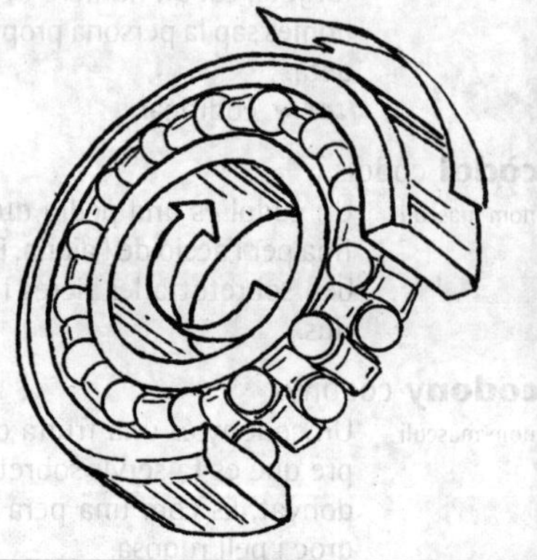
Un coixinet

col cols
nom femení
1 Una col és una planta grossa que té unes fulles verdes molt amples i arrugades que a vegades estan molt juntes i formen com una pilota. Es menja sovint bullida amb patates.
2 Les **cols de Brussel·les** són unes cols petites que es cuinen senceres.

1 cola coles
nom femení
La cola és un producte per a enganxar fusta, paper o cartó. Quan fem treballs manuals a vegades necessitem cola.
encolar

2 cola coles
nom femení
1 Una cola és un arbre de l'Àfrica que es cultiva per les seves llavors, que porten cafeïna.
2 Beguda picant feta amb diversos productes entre els quals hi ha sovint un derivat de la llavor de la cola.

colador coladors
nom masculí
Un colador és un estri de cuina per a colar. N'hi ha de metall, amb foradets molt petits, i de roba. S'agafa amb un mànec.

colar
verb
com *cantar*
◄ pàg. 26
1 Fer passar un líquid a través d'un drap, d'una capa de sorra, d'un colador, etc., per separar-ne els sòlids que porta. Si no

vols trobar marro al cafè, l'has de colar.

usat amb pronom — **2 Colar-se** és posar-se en una cua per davant d'altres persones que han arribat abans.

3 Colar-se és entrar en un lloc sense permís o sense pagar. En alguns locals hi ha vigilants a la porta perquè la gent no es coli.

colada

coleòpter coleòpters

nom masculí — Un coleòpter és un insecte que té unes ales molt dures que estan sobre d'unes altres ales més fines. Són coleòpters els escarabats i els corcs.

1
còlera còleres

nom masculí — El còlera és una malaltia molt greu que provoca diarrees i vòmits. Es transmet per un microbi a través d'aigües infectades.

2
còlera còleres

nom femení — La còlera és un sentiment d'estar molt enfadat. Si ens deixem portar per la còlera podem fer moltes bestieses.

colèric, encolerir-se

colesterol colesterols

nom masculí — El colesterol és una substància que hi ha al nostre cos, sobretot al fetge i als intestins. Quan n'hi ha molt es poden produir malalties greus al cor i a les venes.

colgar

verb, com *cantar* ◀ pàg. 26, Amb GU davant E, I

1 Posar una cosa dins d'un clot i cobrir-la amb la terra o la sorra que s'ha tret en fer el clot. Les llavors de les plantes s'han de colgar.

2 Cobrir del tot o gairebé del tot una persona o una cosa. Quan s'ensorra una casa a vegades hi ha gent que queda colgada sota la runa.

usat amb pronom — **3 Colgar-se** és ficar-se al llit.

colibrí colibrís

nom masculí — Un colibrí és un ocell propi d'Amèrica que té uns colors vius i un bec molt llarg i fi per a xuclar el nèctar de les flors. Els colibrís mouen les ales molt de pressa i es poden mantenir suspesos a l'aire sense avançar. Són de mida petita: algunes classes de colibrís són els ocells més petits que hi ha.

còlic còlics

nom masculí — **1** Un còlic és un dolor molt fort a la panxa.

2 Diarrea.

coliflor coliflors

nom femení — Una coliflor és una hortalissa de la família de la col. Es menja la flor, que és molt grossa i de color blanc. Té una olor forta i es menja bullida, acompanyada de mongetes, o gratinada.

coliseu coliseus

nom masculí — Un coliseu és un teatre gran o un local semblant on es fan espectacles.

1
coll colls

nom masculí — **1** El coll és la part del cos de l'home i de molts animals que uneix el cap amb el tronc. Alguns gossos porten un collar al voltant del coll. pàg. 793 (20)

2 Part d'una peça de vestir que toca o envolta el coll. Els jerseis de coll alt abriguen molt.

3 Part de dins del coll. Quan tenim mal de coll sentim dolor a la gola, al fons de la boca.

4 El coll d'una ampolla és la part estreta a prop del lloc per on surt el líquid.

frase feta — **5** Si diem que **tenim el peu al coll** a una feina és que ja l'estem acabant.

2
coll colls

nom masculí — Un coll és un lloc en una serralada per on un camí o una carretera pot passar d'una banda a l'altra.

colla colles

nom femení — **1** Una colla és unes quantes persones que van juntes per fer alguna cosa. Hi ha colles d'amics que surten molt sovint.

2 Grup o conjunt de coses o d'animals. Algunes persones tenen a casa una colla de gats.

col·laborar

verb, com *cantar* ◀ pàg. 26 — Dues o més persones col·laboren quan treballen juntes en una mateixa feina o participen en un projecte o un treball d'altres persones.

col·laboració, col·laboracionisme, col·laboracionista, col·laborador

collada collades

nom femení — Una collada és un coll de muntanya. Per la collada de Toses es pot anar de Ripoll a Puigcerdà.

collage collages

nom masculí — Un collage és un conjunt de retalls de papers, diaris i roba enganxats sobre una tela o una fusta. Alguns collages són obres d'art molt originals. És una paraula francesa.

col·lapsar

verb, com *cantar* ◀ pàg. 26 — **1** Aturar el funcionament normal d'una carretera, d'una fàbrica, d'un país, etc. Les guerres col·lapsen l'economia.

Continua a la pàgina següent

A B C D E F G H I J K L M N O P Q R S T U V W X Y Z

usat amb pronom — **2 Col·lapsar-se** és aturar-se el funcionament normal d'una cosa o d'una persona. Es pot col·lapsar una autopista quan hi circulen molts cotxes, o una persona si té més feina de la que pot fer.

col·lapse

1
collar collars

nom masculí — **1** Un collar és una cadena o una corretja que es posa al voltant del coll d'un animal. Per a lligar un gos li has de posar un collar.
2 Collaret.

2
collar

verb com *cantar* ◄ pàg. 26 — **1** Unir dues o més peces amb cargols i femelles. Les diferents parts d'un moble poden estar encolades o collades.
2 Cargolar un cargol de fuster.
3 Diem que algú colla una persona quan no li deixa fer el que vol i la fa obeir.

collaret collarets

nom masculí — Un collaret és una joia o un adornament que es posa al voltant del coll. Els collarets de perles són molt elegants.

col·lecció col·leccions

nom femení — Una col·lecció és un conjunt de coses de la mateixa classe que una persona ha reunit i ha classificat. Hi ha col·leccions d'obres d'art, de cromos i de moltes altres coses.

col·leccionar

verb com *cantar* ◄ pàg. 26 — Fer col·lecció d'alguna cosa. Moltes persones col·leccionen segells.

col·leccionable, col·leccionista

col·lecta col·lectes

nom femení — Una col·lecta és el fet de recollir diners, menjar o roba destinats sobretot a persones necessitades. Sovint es fan col·lectes en favor de la Creu Roja, dels països del Tercer Món, etc.

col·lector

col·lectiu col·lectiva col·lectius col·lectives

adjectiu — **1** Que és de moltes persones, que és fet per molta gent. Quan prepares una festa amb altres persones estàs fent un treball col·lectiu.
2 Un nom col·lectiu és singular, però representa un conjunt de coses. *Ramat* és un nom col·lectiu.

nom masculí — **3** Un col·lectiu és un conjunt de persones. El col·lectiu d'advocats sense feina és força gran.

col·lectivisme, col·lectivitat, col·lectivitzar

col·lega col·legues

nom masculí i femení — Un o una col·lega és una persona que treballa o estudia amb nosaltres.

col·legi col·legis

nom masculí — **1** Un col·legi és un lloc on els nens i les nenes van a aprendre. Als col·legis hi ha classes, patis, biblioteca, etc.
2 Associació formada per persones que tenen una mateixa professió, com els advocats i els metges.
3 Un **col·legi electoral** és el lloc on les persones d'una zona han d'anar a votar quan hi ha eleccions.

col·legial, col·legiar, col·legiat, col·legiada

a collibè

locució que fa d'adverbi — Portar una persona a collibè és portar-la asseguda sobre el coll amb una cama damunt de l'espatlla dreta i l'altra cama damunt de l'espatlla esquerra. També es diu quan es porta muntada sobre la part baixa de l'esquena. ✎ pàg. 796 ②

collir

verb com *sortir* ◄ pàg. 41 O i U a l'arrel — **1** Agafar coses que hi ha escampades per terra o una cosa que ha caigut a terra. Si llences papers a terra, els hauràs de collir.
2 Agafar la fruita dels arbres, els productes del camp o flors, herbes i bolets de la muntanya. El raïm es cull passat l'estiu.

col·liri col·liris

nom masculí — Un col·liri és un medicament líquid per a posar als ulls. Hi ha col·liris que curen infeccions.

col·lisió col·lisions

nom femení — **1** Hi ha una col·lisió entre dos cossos quan xoquen l'un contra l'altre. Una col·lisió entre un cotxe i un autobús pot provocar moltes víctimes.
2 Enfrontament entre grups de persones. Hi pot haver una col·lisió entre la policia i uns manifestants.

collita collites

nom femení — La collita és el fet de recollir la fruita i els productes del camp. Quan hi ha una bona collita és que s'ha produït molt.

colló collons

nom masculí — **1** Manera informal de dir *testicle*.
2 Aquesta paraula es fa servir com a exclamació i en moltes expressions que són considerades grolleres: *No em toquis els collons. Estic fins als collons d'esperar. Collons!, com plou!*

acollonir

col·locació col·locacions

nom femení — **1** La col·locació és la manera d'estar col·locada una persona o una cosa. Un porter de futbol té bona col·locació quan sap on s'ha de posar per a tapar bé la porteria.

2 Una persona té una col·locació quan té un lloc de treball.

col·locar
verb
com *cantar*
◄ pàg. 26
Amb QU davant E, I

1 Posar una persona o una cosa en un lloc, en una posició. En una biblioteca, els llibres s'han de col·locar ordenats per temes i per autors.
2 Posar una persona en una feina o en un càrrec. La direcció de les empreses col·loca persones de la seva confiança en llocs de responsabilitat. Quan acaben els estudis, no tots els joves es col·loquen de seguida.

collonut collonuda collonuts collonudes
adjectiu
Manera informal de dir que una cosa és molt bona, que ens agrada molt o que una persona és ferma, estupenda. *Passarem unes vacances collonudes. Tinc un amic collonut.*

col·loqui col·loquis
nom masculí
Un col·loqui és un intercanvi d'opinions entre diverses persones. Es fan col·loquis després d'algunes conferències i en alguns programes de televisió.

col·loquial col·loquials
adjectiu
Una manera de parlar és col·loquial quan és informal, com les converses que tenim amb la família i amb els amics.

colobra colobres
nom femení
Al nostre país, es diuen colobres les serps que no són verinoses, per diferenciar-les dels escurçons. Poden fer des de mig metre fins a més de dos metres i s'alimenten de mamífers petits, ocells i altres rèptils.

colofó colofons
nom masculí
1 El colofó d'un llibre és un escrit que hi ha a l'última pàgina on posa el nom de l'impressor i el lloc i la data d'impressió.
2 Acabament d'un acte, d'una festa.

colom coloms
nom masculí
1 Un colom és un ocell de mida mitjana, cos arrodonit, cap petit i cua ampla. Generalment els coloms tenen un color gris blau, però també n'hi ha de blancs. N'hi ha molts a les nostres ciutats. El colom és el símbol de la pau.
2 Mascle d'aquesta espècie.
colomar, colomassa, colomí

coloma colomes
nom femení
La coloma és la femella del colom.

còlon còlons
nom masculí
El còlon és el tros llarg de budell situat abans del recte. Té una amplada d'uns 4 a 6 centímetres i una llargada d'un metre i mig aproximadament. ✎ pàgs. 798-799 (47)

1
colònia colònies
nom femení
Una colònia és un líquid amb alcohol i perfum que fem servir per a pentinar-nos o per a fer bona olor.

2
colònia colònies
nom femení
1 Una colònia és un territori ocupat i governat per una nació fora de les seves fronteres. Els europeus van tenir moltes colònies a l'Àfrica.
2 Grup de persones d'un mateix país que viuen en una població d'un altre país. A Amèrica hi ha moltes colònies de catalans.
3 Conjunt de gent treballadora que vivia en un mateix lloc prop de la fàbrica i que tenia allà mateix les botigues, els llocs de diversió, l'església, etc. A la vora del Llobregat hi ha algunes antigues colònies tèxtils.
nom femení plural
4 Unes colònies són uns dies d'esbarjo, i a vegades també de treball, que es passen fora del lloc on es viu. Les cases de colònies acostumen a ser a la muntanya. Es pot anar de colònies amb l'escola, amb la parròquia o amb una altra institució.
colonial

colonialisme colonialismes
nom masculí
El colonialisme és la doctrina que diu que unes nacions tenen dret a tenir colònies en altres països i a dominar els seus habitants.

colonitzar
verb
com *cantar*
◄ pàg. 26
Establir colònies en un altre país, imposar als seus habitants els costums i la llengua de les persones que hi van a viure. Els conquistadors espanyols van colonitzar la major part d'Amèrica.
colonitzador

color colors
nom masculí
1 El color és la característica de les coses que fa que les puguem veure. Una cosa verda i una cosa vermella les veiem diferents pel color. Les coses que no són transparents poden ser de molts colors.
2 Llapis que té la mina d'un color diferent del negre. Els colors, o llapis de color, es fan servir per a pintar i dibuixar.
3 Diem que una persona ha perdut el color quan no es troba bé i la cara se li torna molt pàl·lida.
4 Pujar els colors a la cara és posar-se vermell.
acolorir, bicolor, colorant, colorar, colorit

coloraina coloraines
nom femení
Unes coloraines són una barreja de colors molt vius. Als nens petits els agraden els dibuixos i les joguines amb coloraines.

coloret colorets
nom masculí — Un coloret és una pasta de color vermell o rosa que les persones es posen per maquillar-se. El coloret remarca el color de la cara o dissimula alguns defectes.

colós colossos
nom masculí — Un colós és un home o un animal molt gran i molt fort. És també una estàtua molt gran, com les que hi ha en alguns temples egipcis: és famosa la del colós de Rodes, que feia 32 metres d'altura.

colossal colossals
adjectiu — 1 Una cosa és colossal quan és molt gran. A Orient hi ha estàtues de Buda que són colossals.
2 Diem que una persona té una memòria o una fortuna colossal si té molta memòria o molts diners.

colp colps
nom masculí — Cop. Es diu al País Valencià.
colpejar

colpir
verb
com *servir*
◄ pàg. 28
1 Tocar o ferir amb força. A les guerres antigues, els soldats colpien els enemics amb les espases.
2 Un fet ens colpeix quan ens causa una forta impressió. Els accidents d'aviació sempre colpeixen la gent.
colpidor

coltell coltells
nom masculí — Un coltell és un ganivet o un punyal.

columna columnes
nom femení — 1 Una columna és un element de construcció que es fa servir per a aguantar un sostre o un arc. Les columnes són més altes que amples. N'hi ha que tenen al damunt una estàtua i fan d'adornament.
pàg. 598 ④
2 Qualsevol cosa que és alta i dreta, com la columna de mercuri d'un termòmetre o una columna de fum. En un quadre que representa dades, les que estan posades en sentit vertical són columnes.
3 La **columna vertebral** és una part de l'esquelet d'alguns animals formada per un conjunt d'ossos col·locats un damunt de l'altre en forma de columna. És l'eix més important del cos i, en les persones, va des del clatell fins a la pelvis. pàg. 797 ⑩
columnata

colze colzes
nom masculí — 1 El colze és la part del braç per on es pot doblegar cap endavant. Les persones que juguen al tennis han de tenir molta força als colzes. pàgs. 794-795 ⑲
2 Part d'un vestit, d'una camisa, etc., que correspon als colzes.
3 Un colze és una peça que fa angle. Les canonades, quan fan cantonada, porten un colze.
frase feta — 4 **Aixecar el colze** és beure molt de vi.
colzada

com
adverbi — 1 De la mateixa manera que. *La Maria estava blanca com la neu.*
adverbi i pronom interrogatiu — 2 Aquesta paraula s'usa per a preguntar de quina manera. *Com has vingut, avui? No recordo com es diu la meva dentista.*
conjunció — 3 Pel fet que, ja que. *Com que no arribaves, me n'he anat.*
interjecció — 4 Exclamació que expressa sorpresa. *Com! Són les set i encara no has dinat!*
locució que fa de preposició — 5 **Com a** vol dir en qualitat de, amb la condició de. *Com a metge, et recomano que et quedis al llit uns quants dies.*

1
coma comes
nom masculí — Una persona està en estat de coma quan per un accident o per una malaltia està com adormida, ha perdut la consciència. Es pot estar en coma molts dies.

2
coma comes
nom femení — 1 Una coma és un signe de puntuació (,) que en els escrits separa grups de paraules que gramaticalment no depenen els uns dels altres. *El meu germà, que és un panxacontent, viu com vol.*
2 En matemàtiques, es fa servir per a separar els decimals dels números enters: 3,45.

3
coma comes
nom femení — Una coma és un terreny pla enfonsat entre muntanyes. Hi ha molts llocs de l'alta muntanya que porten el nom de coma, com la Coma Negra o la Coma de Vaca.

comanda comandes
nom femení — Una persona fa una comanda quan demana a un comerciant o a un fabricant que li vengui una quantitat d'un producte. Els grans magatzems fan comandes a molts països.

comandament comandaments
nom masculí — 1 Una persona té el comandament quan mana i els altres fan el que diu.
2 El comandament de l'exèrcit és el grup de militars importants que donen les ordres.
3 El quadre de comandament d'un avió, d'un cotxe, etc., és el conjunt de palanques,

A B C D E F G H I J K L M N O P Q R S T U V W X Y Z

botons i indicadors que permeten de conduir-lo.

4 El **comandament a distància** d'un televisor, d'un vídeo o d'un altre aparell electrònic és un objecte petit que ens permet fer-los funcionar des del lloc on som.

comandar

comandant comandanta comandants comandantes

nom masculí i femení — Persona que mana. Hi ha comandants a l'exèrcit. Els pilots dels avions també es diuen *comandants*.

comandància

comando comandos

nom masculí — Un comando és un grup de soldats molt ben entrenats i armats per a dur a terme missions difícils i perilloses. També es parla de comandos guerrillers o terroristes, grups de persones armades que lluiten contra el govern o fan atemptats.

comarca comarques

nom femení — Una comarca és un territori petit que té unes característiques semblants i una ciutat o un poble gran com a capital. Les persones de la comarca del Berguedà fan algunes gestions a la capital, Berga.

comarcal

comare comares

nom femení — Per als pares d'un nen o d'una nena batejats, la comare és la padrina del bateig.

combat combats

nom masculí — Un combat és una lluita entre dues persones o entre les tropes de dos exèrcits.

combatent, combatiu, combativa

combatre

verb com *perdre* ◄ pàg. 27 — **1** Fer un combat. A la guerra es combat cos a cos.

2 Lluitar contra un mal, una malaltia. Es parla, per exemple, de combatre la fam del món o d'un xarop que combat la tos.

combinació combinacions

nom femení — **1** Una combinació és el fet de combinar. Hi ha combinacions de colors que són agradables.

2 Peça de roba interior de dona que es posa sota del vestit.

combinar

verb com *cantar* ◄ pàg. 26 — **1** Posar juntes dues o més coses de manera que es complementin. Si vols resoldre un trencaclosques, has de combinar bé les peces.

2 En química, unir dos o més elements, un element i un compost o dos o més compostos per a formar un altre compost. Combinant hidrogen i oxigen obtenim aigua.

comboi combois

nom masculí Amb B — **1** Un comboi és un grup de vehicles de transport que van junts en una mateixa direcció.

2 Tren.

combregar

verb com *cantar* ◄ pàg. 26 Amb GU davant E, I — **1** Rebre la sagrada comunió. Quan es combrega per primera vegada es fa la primera comunió.

2 Dues o més persones combreguen amb els ideals o les idees quan pensen el mateix i defensen les mateixes coses.

combustible combustibles

adjectiu — **1** Que es pot encendre i cremar. El paper és una substància combustible.

nom masculí — **2** Un combustible és una substància que es fa servir per a fer anar els cotxes, els avions, les calderes de la calefacció, les cuines, etc. El carbó, el petroli i el gas natural són combustibles.

combustió combustions

nom femení — Quan una substància es crema hi ha una combustió. Els cotxes funcionen perquè en el motor hi ha combustió de la gasolina.

comèdia comèdies

nom femení — **1** Una comèdia és una obra de teatre o una pel·lícula que fa riure i és divertida.

2 Una persona fa comèdia quan vol fer veure que li passa una cosa i no és veritat. Si fas comèdia sovint, el dia que et trobis malament no et faran cas.

comediògraf

comediant comedianta comediants comediantes

nom masculí i femení — **1** Artista que fa comèdies al teatre.

2 Persona que fa veure que li passen coses que no són veritat.

començament començaments

nom masculí — El començament és la primera part d'una cosa, el primer moment. Hi ha negocis que van bé al començament i acaben malament.

començar

verb com *cantar* ◄ pàg. 26 Amb C davant E, I — **1** Fer la primera part d'una cosa. Els paletes comencen les cases pels fonaments.

2 Estar una cosa als seus primers moments. Quan comença un partit de futbol no sabem encara el resultat.

3 Diem que comença a ploure o a nevar quan cauen les primeres gotes d'aigua o els primers flocs de neu.

comensal comensals

nom masculí i femení — Un o una comensal és cada una de les persones que mengen juntes a taula. En un convit molt important hi pot haver 500 comensals.

comensalisme

A B C D E F G H I J K L M N O P Q R S T U V W X Y Z

comentar
verb
com *cantar*
◄ pàg. 26
Fer un comentari o comentaris. A la televisió hi ha persones que comenten les notícies.
comentarista

comentari comentaris
nom masculí
Un comentari és una explicació o una observació que es fa d'un fet o d'una obra d'art. Als diaris hi ha periodistes que fan comentaris de política, d'esports o d'espectacles.

comerç comerços
nom masculí
1 El comerç és la compra, la venda i l'intercanvi de mercaderies. Avui hi ha comerç entre tots els països del món.
2 Botiga. Hi ha comerços d'alimentació, d'objectes de regal, etc.
comercialitzar, comerciant, comerciar

comercial comercials
adjectiu
Del comerç. Un producte és comercial quan es ven i es compra molt.

comesa comeses
nom femení
Una comesa és un encàrrec que algú ha de fer o una missió que ha de dur a terme. Els professors tenen la comesa d'educar els seus alumnes.

comestible comestibles
adjectiu i nom masculí
Una cosa comestible es pot menjar. Els comestibles poden ser naturals, com les fruites, o fabricats, com els iogurts.

cometa cometes
nom masculí
Un cometa és un astre que porta una llarga cua i es veu passar pel cel durant un temps bastant curt. Tots els cometes tenen un nom. És molt conegut el cometa Halley.

cometes
nom femení plural
Les cometes són un signe de puntuació que es posa al principi i al final d'un text que reprodueix les paraules d'una altra persona, un títol, un pensament o una expressió considerada incorrecta. Hi ha dues classes de cometes: « » i " ". *"Voilà" no és una paraula catalana.*

cometre
verb
com *perdre*
◄ pàg. 27
Diferències: *comès, comesa, comesos, comeses*
Fer una cosa dolenta, que fa mal, que està mal feta. Es diu, per exemple, que una persona ha comès una infracció de trànsit. En una guerra, les persones cometen moltes barbaritats.

comí comins
nom masculí
Un comí és un fruit en forma de boles petites que té un gust semblant al de l'anís i es posa en algunes coques i pastes de pastisseria. Es treu d'una planta que també es diu *comí*.

comiat comiats
nom masculí
Fem el comiat d'una persona quan li diem *adéu*. Quan una persona estimada se'n va lluny de nosaltres, el comiat sol ser trist.
acomiadament, acomiadar

1
còmic còmica còmics còmiques
adjectiu
1 Que fa riure. Algunes pel·lícules de Charlot són còmiques.
nom masculí i femení
2 Artista que fa obres de teatre o pel·lícules còmiques.

2
còmic còmics
nom masculí
Un còmic és una història explicada amb una sèrie de dibuixos l'un al costat de l'altre. Normalment els dibuixos porten escrits petits textos. Hi ha còmics humorístics, de ciència-ficció, etc.

comicis
nom masculí plural
Els comicis són els actes i les reunions que es fan quan hi ha eleccions. Quan es va a votar es participa en els comicis.

comissar
verb
com *cantar*
◄ pàg. 26
Amb SS
Agafar la policia les coses que els lladres han robat o que algú volia entrar de contraban al país. Els guàrdies de les fronteres sovint comissen tabac i drogues.

comissari comissària comissaris comissàries
nom masculí i femení
Amb SS
1 Policia que mana un grup de policies i és responsable d'una comissaria.
2 Persona que s'encarrega d'algun assumpte per ordre d'un superior.

comissaria comissaries
nom femení
Amb SS
Una comissaria de policia és un lloc on hi ha diversos agents i un comissari. La gent va a les comissaries a presentar denúncies i a treure's el carnet d'identitat.

comissió comissions
nom femení
Amb SS
1 Una comissió és una reunió de persones que tenen l'encàrrec de fer alguna cosa. La comissió de festes d'un poble s'ocupa de contractar músics, de decorar els carrers i d'organitzar-ho tot.
2 Quantitat de diners que es dóna a una persona que ha ajudat a fer un negoci. Els intermediaris que venen pisos cobren una comissió per cada venda que fan.

comissura comissures
nom femení
Amb SS
Una comissura és el lloc on s'ajunten dues parts del cos que es poden obrir. A la cara tenim les comissures dels llavis.

comitè comitès

nom masculí — Un comitè és un grup de persones que han estat escollides per una organització per a tractar alguna qüestió. El Comitè Olímpic Internacional és responsable dels jocs olímpics.

comitiva comitives

nom femení — Una comitiva és un grup de persones que acompanyen una persona important. En els actes oficials, els reis porten la seva comitiva.

commemorar

verb
com *cantar*
◄ pàg. 26 — Fer memòria d'una cosa, celebrar el record d'un fet important. Els arcs de triomf commemoren victòries militars.

commemoració, commemoratiu, commemorativa

commiseració commiseracions

nom femení — Una persona sent commiseració quan li sap greu el mal que pateix una altra.

commoure

verb
com *beure*
◄ pàg. 29 — Fer que una persona s'emocioni, que tingui sentiments de compassió, de tendresa, d'admiració. Els pares es commouen quan veuen plorar els fills.

commoció, commovedor, commovible

commutar

verb
com *cantar*
◄ pàg. 26 — 1 Canviar una cosa per una altra. A vegades el jutge commutava la pena de mort per la condemna a cadena perpètua.

2 Fer passar el corrent elèctric d'un circuit a un altre.

còmoda còmodes

nom femení — Calaixera.

còmode còmoda còmodes

adjectiu — 1 Que és pràctic i s'adapta molt bé a les necessitats de les persones. Unes sabates còmodes no molesten ni fan mal.

2 Una persona còmoda vol viure tranquil·la i no vol tenir complicacions.

3 Estem còmodes en un lloc quan ens hi trobem bé i no ens molesta ni la llum, ni el fred, ni el soroll.

incòmode

comodí comodins

nom masculí — Jòquer.

comoditat comoditats

nom femení — 1 La comoditat és la qualitat de les coses que són còmodes. Un xandall és una peça de vestir de molta comoditat.

nom femení plural — 2 Les comoditats són les coses que ens fan estar bé i ens ajuden a ser feliços. Les cases modernes tenen moltes comoditats: aigua calenta, telèfon, electricitat, etc.

incomoditat

compacte compacta compactes

adjectiu — 1 Una cosa és compacta quan els elements que la formen estan molt units. La fusta és més compacta que la llana.

2 Unes persones formen un grup compacte quan estan molt juntes.

adjectiu i nom masculí — 3 Un disc compacte és un disc de música de mida petita que se sent molt bé. La música dels compactes es grava i es reprodueix per mitjà d'un raig làser.

compadir

verb
com *servir*
◄ pàg. 28 — Sentir compassió i pena per algú. Tots hem de compadir-nos de la gent que pateix una guerra.

compaginar

verb
com *cantar*
◄ pàg. 26 — 1 Fer dues o més activitats diferents una mateixa persona. Molts estudiants compaginen els estudis amb l'esport i el treball.

2 Combinar en les pàgines d'un llibre o d'una altra publicació els textos amb els dibuixos o les fotografies.

company companya companys companyes

nom masculí i femení — Persona que n'acompanya una altra, que comparteix amb ella els estudis, les aficions, els esports. Hem de tractar bé els companys.

companyia companyies

nom femení — 1 Una persona fa companyia a una altra quan s'està al seu costat i no la deixa sola. Els malalts i les persones grans necessiten companyia.

2 Un animal de companyia viu amb les persones. Els gats i els gossos són animals de companyia.

3 Una bona companyia és un amic que ens estima i ens ajuda. Una mala companyia és una persona que dóna mals consells.

4 Organització que es dedica a un negoci determinat. Hi ha companyies elèctriques, d'aviació, d'assegurances i altres.

5 Grup de soldats, de policies o de guàrdies civils manat per un capità.

6 Una companyia de teatre és un grup d'actors i actrius, amb el director i altres persones, que fan obres de teatre.

companyonia companyonies

nom femení — Hi ha companyonia quan els companys i les companyes s'entenen bé i s'ajuden.

comparar

verb
com *cantar*
◄ pàg. 26 — 1 Examinar dues o més coses o persones per veure si són iguals o diferents, si s'as-

semblen o no, si una és millor que l'altra.

2 Diem que dues persones o dues coses no es poden comparar quan són molt diferents. La velocitat d'un avió no es pot comparar amb la d'una bicicleta.

comparació, comparança, incomparable

compare compares

nom masculí — Per als pares d'un nen o d'una nena batejats, el compare és el padrí de bateig.

comparèixer

verb
com *conèixer*
◄ pàg. 31

Presentar-se, arribar. Es diu sobretot quan una persona ha d'anar a un judici o presentar-se davant d'un tribunal.

compareixença

comparsa comparses

nom masculí i femení — 1 Un o una comparsa és una persona que participa en una desfilada com les que es fan la nit de Reis i per carnaval.

2 Personatge que no diu res o que té molt poca importància en una obra de teatre.

nom femení — 3 Una comparsa és un grup de persones que en algunes festes, com les de carnaval, desfilen disfressades de la mateixa manera.

compartiment compartiments

nom masculí — Un compartiment és cadascuna de les divisions que hi ha en un espai a fi que quedin separades ordenadament les persones o les coses. Hi ha carteres que tenen un compartiment per a les monedes i un altre per als bitllets. Alguns trens de passatgers tenen els vagons dividits en compartiments.

compartir

verb
com *servir*
◄ pàg. 28

1 Dividir una cosa i repartir-la entre diverses persones. És bonic compartir un pastís d'aniversari amb els amics.

2 Fer servir les mateixes coses dues o més persones. Els germans acostumen a compartir els llibres i els jocs.

3 Diem que compartim les idees, els sentiments o les opinions d'una altra persona quan coincidim amb ella.

compàs compassos

nom masculí — 1 Un compàs és un instrument per a dibuixar circumferències i prendre mides. Consta de dues barretes de metall unides per una de les seves puntes. Una de les barretes es manté fixa i l'altra es fa girar.

págs. 998-999 (14)

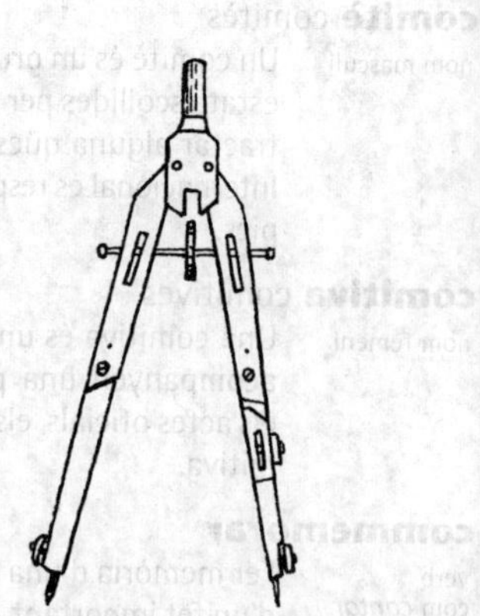

Un compàs

2 En música, cada una de les divisions d'una composició musical. Els compassos van separats en el pentagrama per ratlles verticals.

compassió compassions

nom femení — Una persona té compassió quan sent pena i dolor pel sofriment dels altres. La compassió i la commiseració són semblants.

compassiu, compassiva

compatible compatibles

adjectiu — Dues coses són compatibles quan poden estar juntes i l'una no exclou l'altra. Un aparell és compatible amb un altre quan funcionen amb el mateix sistema.

incompatibilitat, incompatible

compatriota compatriotes

nom masculí i femení — Un o una compatriota és una persona que té la mateixa pàtria que unes altres.

compendi compendis

nom masculí — Un compendi és una explicació resumida de les coses més importants d'una assignatura, d'una ciència, etc. Hi ha compendis de geografia, d'astronomia i d'altres matèries.

compendiar

compenetració compenetracions

nom femení — Hi ha compenetració entre dues o més persones quan s'entenen molt bé i poden fer juntes moltes coses.

compenetrar-se

compensar

verb
com *cantar*
◄ pàg. 26

Anul·lar o equilibrar els efectes d'una cosa amb una altra cosa. Algunes empreses compensen els excessos de feina amb pagaments extraordinaris.

compensació, descompensar

competència competències

nom femení — 1 Hi ha competència entre les persones

quan han d'obtenir una mateixa cosa i lluiten per aconseguir-la. Hi ha competència entre empreses o comerciants quan venen els mateixos productes. Quan tenen molta competència, les empreses abaixen els preus.

2 Una persona o una institució té competència en un assumpte quan pot manar i decidir.

3 Una persona té competència en una cosa quan en sap molt. Per a traduir obres literàries d'una llengua a una altra s'ha de tenir molta competència en les dues llengües.

incompetència

competent competents

adjectiu

Que sap molt d'una cosa, que coneix molt bé el seu ofici. Les empreses necessiten persones competents.

incompetent

competició competicions

nom femení

Una competició és una prova esportiva on participen diversos equips o esportistes. Hi ha competicions de futbol, de bàsquet, de cotxes, etc.

competir

verb
com *servir*
◄ pàg. 28

1 Lluitar i esforçar-se dues o més persones, dos o més equips, per aconseguir una mateixa cosa o per ser els primers. No podem competir amb els grans atletes.

2 Un producte competeix amb un altre quan tots dos tenen una qualitat i unes característiques semblants. Alguns vins del nostre país són tan bons que poden competir amb els de França.

competidor, competitiu, competitiva

compilar

verb
com *cantar*
◄ pàg. 26

Recopilar.

compilació

complaure

verb
◄ pàg. 31

1 Fer que una persona estigui contenta, satisfer els seus desigs. Els regals sempre ens complauen.

usat amb pronom

2 Complaure's en una cosa és trobar-hi molt de plaer i satisfacció. Els nuvis es complauen a anunciar el seu casament.

complaença

complement complements

nom masculí

1 Un complement és qualsevol cosa que fa més completa i acabada una altra cosa. Un atles és un bon complement d'un llibre de geografia.

2 Paraula o grup de paraules que van darrere d'unes altres que fan de nucli i n'expliquen alguna cosa. A *La casa del pare*, les paraules *del pare* són complement de *la casa*.

3 El **complement circumstancial** és un complement del verb que dóna informació sobre el temps, el lloc o altres circumstàncies. En la frase *Ahir vaig escriure la carta*, hi ha un complement circumstancial de temps: *ahir*. Els complements circumstancials poden anar al davant de tot o al darrere de la frase i, si se suprimeixen, la frase es continua entenent bé.

4 El **complement directe** és un complement del verb que es pot substituir pels pronoms *el, la, els, les, en, ho, em, et, es, ens* i *us*. En la frase *La noia convida el seu germà*, el complement directe és: *el seu germà*, perquè podem dir: *el convida*.

5 El **complement indirecte** és un complement del verb que es pot substituir pels pronoms *li, els, em, et, es, ens* i *us*. En la frase *Escric una carta a la Maria*, el complement indirecte és: *a la Maria*, perquè podem dir: *li escric una carta*. Les frases que tenen complement indirecte també poden tenir complement directe; en aquest cas, és *una carta*.

complementar, complementari, complementària

complet completa complets completes

adjectiu

Que és tot sencer, que té tots els seus elements. Un taxi o un autobús va complet quan té tots els llocs ocupats i no hi cap ningú més.

completament

completar

verb
com *cantar*
◄ pàg. 26

Afegir a una cosa el que li falta per a estar sencera i completa. Una col·lecció de segells mai no es pot completar; sempre en surten de nous.

complex complexa complexos complexes

adjectiu

1 Que té moltes parts diverses, que és complicat. L'economia d'un país és molt complexa.

nom masculí

2 Una persona té un complex quan està preocupada perquè creu que no és tan maca, tan intel·ligent, tan simpàtica, etc., com les altres persones.

acomplexar

complexió complexions

nom femení

La complexió d'una persona és la seva constitució física. Hi ha qui té una complexió forta i qui té una complexió dèbil.

complicar

verb
com *cantar*
◄ pàg. 26
Amb QU davant E I

1 Fer que una discussió, una feina, etc., sigui cada vegada més difícil. Tenir animals complica la vida de qui els té.

Continua a la pàgina següent

usat amb pronom — **2** Una malaltia **es complica** quan es fa més greu.
complicació, complicat, complicada

còmplice còmplices
nom masculí i femení — Un o una còmplice és una persona que ajuda a cometre un delicte. Els còmplices d'un assassinat també són condemnats.
complicitat

complidor complidora complidors complidores
adjectiu i nom masculí i femení — Que compleix, que fa el que ha de fer. Els complidors sempre acaben les feines a temps.

compliment compliments
nom masculí — **1** El compliment és el fet de complir o de complir-se alguna cosa. Es parla del compliment d'una promesa, d'un encàrrec, etc.
2 Un compliment és una expressió de salutació, de felicitació, d'excusa, etc., que diem a una persona. Si guanyem un premi, tothom ens diu compliments.
frase feta — **3 Fer compliments** és estar-se d'una cosa per timidesa o vergonya. Hi ha gent que quan ens convida a menjar una cosa ens diu: *Agafa'n, no facis compliments.*
incompliment

complir
verb, com *servir* ◄ pàg. 28, Amb O a l'arrel, També *complert, complerta, complerts, complertes* — **1** Fer el que s'ha dit o promès o el que una persona ha manat. No ens podem fiar de les persones que no compleixen les seves promeses.
2 Fer anys una persona. No tothom pot complir cent anys.
3 Una profecia, un desig, una il·lusió, etc., es compleix quan passa o es realitza.
incomplir

complot complots
nom masculí — Un complot és un pla preparat en secret per algunes persones contra la vida o el benestar d'algú.

compondre
verb, com *fondre* ◄ pàg. 35, Diferències: *compost, composta, compostos, compostes* — **1** Escriure una obra de música, una novel·la o una poesia. Alguns músics no componen, només toquen.
2 Formar una sola cosa amb diversos elements. Si ajuntes flors pots compondre un ram.
3 Diverses persones o diversos elements, fer un grup o un tot. Es parla dels músics que componen un grup musical o dels ossos que componen l'esquelet. L'aigua es compon d'oxigen i d'hidrogen.
recompondre

component components
nom masculí — Un component és cada una de les persones o de les coses que formen part d'un grup, d'un conjunt, d'un tot. Convé que els components d'un equip de futbol s'entenguin bé entre ells.

comporta comportes
nom femení — Una comporta és una porta que hi ha als pantans i als canals per a graduar o impedir el pas de l'aigua. Quan els pantans estan molt plens s'han d'obrir les comportes.

comportament comportaments
nom masculí — El comportament és la manera de comportar-se. Quan fem les coses ben fetes tenim un bon comportament.

comportar
verb, com *cantar* ◄ pàg. 26 — **1** Una cosa en comporta una altra quan l'existència de l'una fa que l'altra existeixi. El dia comporta la nit; la feina comporta un esforç.
usat amb pronom — **2 Comportar-se** és actuar d'una manera determinada. Ens podem comportar com persones educades o com uns bèsties.

composició composicions
nom femení — **1** La composició és el fet de compondre alguna cosa. Alguns novel·listes dediquen molt de temps a la composició de les seves obres.
2 Una composició musical és una obra de música, com una simfonia o una cançó.
3 La composició d'una cosa és la manera com és feta, els elements que la formen. Els químics estudien la composició de les substàncies. És obligatori que els envasos de medicaments i d'aliments n'indiquin la composició.

compositor compositora compositors compositores
nom masculí i femení — Persona que escriu obres de música.

compost composta composts compostes
adjectiu, També *compostos* — **1** Format per dos o més elements. L'aigua és una substància composta. *Celobert* i *llevataps* són paraules compostes. 345 és un nombre compost.
2 Els temps compostos dels verbs es formen amb *haver* i el participi passat: *He sortit* és una forma d'un temps compost del verb *sortir*.
nom masculí — **3** Un compost és una substància constituïda per elements diversos. Els compostos químics són molt importants a la natura.

compota compotes
nom femení — Una compota és un menjar fet amb fruita tallada a trossos o sencera i bullida amb sucre. Alguns pastissos de fruita porten compota de poma.

compra compres
nom femení — La compra és el fet de comprar i les coses

que s'han comprat. Fem una bona compra quan trobem coses de qualitat a bon preu.

compravenda

comprar

verb
com *cantar*
◄ pàg. 26

1 Fer que una cosa sigui nostra després de pagar els diners que val. Ara, la gent compra sovint amb targetes de crèdit.

2 Diem que es compra una persona quan se li donen diners per fer una cosa que sense cobrar no faria.

comprador

comprendre

verb
com *prendre*
◄ pàg. 38
Diferència:
comprèn, comprès

1 Entendre. A vegades no comprenem la conducta d'algunes persones.

2 Incloure o contenir alguna cosa com a part d'un conjunt. Així diem que una comarca comprèn diversos pobles.

comprensible, incomprensible, incomprès, incompresa

comprensió comprensions

nom femení

1 Tenim comprensió d'un problema, d'un fet, d'una situació, quan l'entenem, quan sabem què ha passat, com resoldre'l, etc.

2 Tenim comprensió amb una persona quan volem entendre per què ha fet una cosa i no la renyem.

comprensiu, comprensiva

compresa compreses

nom femení

Una compresa és una peça petita de cotó o d'un altre material absorbent per a retenir líquids o secrecions del cos humà.

comprimir

verb
com *servir*
◄ pàg. 28

Fer que una cosa ocupi menys espai fenthi pressió a sobre. Alguns mecanismes funcionen amb aire comprimit.

compressió

comprimit comprimits

nom masculí

Un comprimit és un medicament en forma de pastilla.

comprometre

verb
com *perdre*
◄ pàg. 27
Diferències:
compromès, compromesa, compromesos, compromeses

1 Posar una cosa o una persona en una situació difícil o perillosa. Prendre moltes medicines compromet la nostra salut. Si diem una cosa que és un secret, podem comprometre la persona que ens l'ha confiat.

usat amb pronom

2 **Comprometre's** és obligar-se a fer una cosa. Si lloguem un pis, ens comprometem a pagar-ne el lloguer.

compromís compromisos

nom masculí

1 Una persona té un compromís quan s'ha compromès a fer una cosa: ha d'assistir a un acte, ha de sopar amb algú, etc.

2 Un compromís és una situació difícil i complicada. Una persona es pot trobar en un compromís si vol dir la veritat i no vol acusar un amic.

compromissari, compromissària

comprovar

verb
com *cantar*
◄ pàg. 26

Assegurar-se que una cosa és com ha de ser, que una màquina funciona bé, que ens diuen la veritat. Abans de donar un escrit, s'ha de rellegir i comprovar que estigui bé.

comprovació, comprovant

comptabilitat comptabilitats

nom femení

La comptabilitat d'un negoci, d'una empresa o d'una persona és el conjunt dels comptes que es fan per a saber els diners que es paguen i que es cobren.

comptable comptables

adjectiu

1 Que pot ser comptat. Les butaques d'un cine són comptables; la veritat, en canvi, és incomptable.

nom masculí i femení

2 Un o una comptable és una persona que s'encarrega de la comptabilitat d'una empresa o d'un negoci.

comptabilitzar, incomptable

comptador comptadors

nom masculí

Un comptador és un aparell que ens diu la quantitat de gas, d'aigua o d'electricitat que gastem.

comptagotes comptagotes

nom masculí

Un comptagotes és un tub petit de vidre per a fer caure un líquid gota a gota. Alguns medicaments s'han de mesurar amb comptagotes.

comptaquilòmetres comptaquilòmetres

nom masculí

Un comptaquilòmetres és un aparell que ens diu els quilòmetres que hem fet amb un cotxe o amb un altre vehicle.

comptar

verb
com *cantar*
◄ pàg. 26
Amb MPT

1 Dir els números pel seu ordre. Es pot comptar fins a deu, fins a cent, etc.

2 Calcular quantes coses hi ha en un conjunt. Després de comptar-les diem, per exemple, que tenim deu pomes.

3 Mesurar el temps. Podem comptar els minuts que triguem a fer una feina o a córrer 100 metres.

4 Quan diem que comptem amb algú o amb alguna cosa és que hi confiem, esperem que ens ajudi.

5 Una cosa o una persona no compta quan no serveix per a res.

compta-revolucions compta-revolucions

nom masculí

Un compta-revolucions és un aparell que permet saber les voltes que fa el motor d'un cotxe o d'un altre vehicle.

A B C D E F G H I J K L M N O P Q R S T U V W X Y Z

A B C D E F G H I J K L M N O P Q R S T U V W X Y Z

al comptat

locució que fa d'adverbi
Amb MPT

Paguem al comptat alguna cosa quan la paguem al mateix moment que la comprem. *Em vaig comprar una bicicleta i la vaig pagar al comptat.*

compte comptes

nom masculí
Amb MPT

1 Un compte és el fet de comptar alguna cosa, el càlcul d'una quantitat. Quan es fan comptes s'ha d'estar atent per no equivocar-se.
2 Quantitat que s'ha de pagar per un servei rebut o per un producte. Quan acabem de menjar en un restaurant, demanem el compte.
3 Atenció o vigilància que s'ha de posar en alguna cosa. Les coses de vidre s'han de tractar amb molt de compte.
4 Una persona té un compte en un banc o en una caixa d'estalvis quan hi té dipositats diners i en pot disposar com vulgui. Es diu també *compte corrent.*

locució que fa d'adverbi

5 Donar una quantitat **a compte** és avançar una part de diners d'una quantitat que s'ha de pagar. *He deixat vint euros a compte i encara n'he de pagar trenta més.*

locució que fa de preposició

6 **En compte de** o **en comptes de** vol dir en lloc de, en substitució de. *M'ha portat cinc quilos de pomes en comptes dels tres que li havia demanat.*

frase feta

7 **Donar compte** d'una cosa és explicar-la. La llei de la gravetat dóna compte de per què les coses cauen.
8 **Passar comptes** amb algú és veure el que li hem de pagar o li hem de cobrar.

compulsar

verb
com *cantar*
◄ pàg. 26

Compulsar una còpia és dir oficialment que és igual que l'original.

compungit compungida compungits compungides

adjectiu

Una persona està compungida quan sent tristesa per una cosa que ha fet malament.

còmput còmputs

nom masculí

Un còmput és un seguit de càlculs per a obtenir unes dades, un resultat. Quan s'ha de fer un calendari, s'ha de fer el còmput de les festes i dels dies que seran diumenge.
computar

computadora computadores

nom femení

Ordinador.

comtat comtats

nom masculí
Amb MT

1 Un comtat és el territori governat per un comte.
2 Títol i dignitat de comte.

comte comtes

nom masculí
Amb MT

1 Un comte és un home que té el títol de noblesa que està per sota del de marquès.
2 Durant l'edat mitjana, senyor que governava un territori en nom del rei.
comtal

comtessa comtesses

nom femení
Amb MT

1 Una comtessa és una dona que té el títol de noblesa que està per sota del de marquesa.
2 Esposa d'un comte.

comú comuna comuns comunes

adjectiu

1 Que és de diferents persones, que ho fan servir dues o més persones. Algunes cases tenen jardins comuns: hi poden anar tots els veïns.
2 Que és normal i corrent, que és molt abundant. Els pins són comuns a les nostres muntanyes.

nom femení

3 Una comuna és un vàter sense tubs de sortida i sense aigua corrent. Les comunes eren freqüents a les cases de camp.
comunal

comunicació comunicacions

nom femení

1 La comunicació és el fet de comunicar alguna cosa o de comunicar-se dues o més persones. La ràdio, la televisió i el telèfon són mitjans de comunicació.
2 Una comunicació és una notícia, un missatge que algú rep.
3 Posar-se en comunicació amb algú és telefonar-li, escriure-li una carta, etc.

nom femení plural

4 Les comunicacions d'un país són els serveis de correus, de telèfons, les carreteres, els trens i els altres mitjans de transport.
incomunicació

comunicar

verb
com *cantar*
◄ pàg. 26
Amb QU davant E, I

1 Fer saber una cosa a una altra persona. Podem comunicar notícies, sentiments o secrets.
2 Unir, posar en relació. Les carreteres comuniquen les ciutats.
3 Un telèfon comunica quan la línia està ocupada i no podem parlar.

usat amb pronom

4 **Comunicar-se** és entrar en relació, compartir idees, sentiments, etc., dues o més persones. Dues habitacions o dues coses es comuniquen quan hi ha una obertura per a passar de l'una a l'altra.
comunicat, comunicatiu, comunicativa, incomunicar, incomunicat, incomunicada

comunió comunions

nom femení

1 Hi ha comunió entre dues o més persones quan participen d'uns mateixos ideals i sentiments.

2 En la religió catòlica, la comunió és el sagrament de l'eucaristia. Rebre la comunió és combregar.
3 La **primera comunió** és la festa que se celebra la primera vegada que una persona cristiana rep l'eucaristia.

comunisme comunismes
nom masculí
El comunisme és la doctrina social i política dels qui diuen que les coses són de tots i que els diners s'han de distribuir de manera igual entre tothom.
comunista

comunitat comunitats
nom femení
1 Una comunitat és un grup de persones que viuen juntes o que tenen els mateixos interessos, creuen les mateixes coses, etc.
2 Nom d'algunes associacions internacionals, com la Comunitat Econòmica Europea.
3 Hi ha comunitat d'idees, de llengua o d'altres coses entre diverses persones quan tenen les mateixes idees, la mateixa llengua, etc.
4 Una **comunitat autònoma** és una part del territori de l'Estat espanyol que té un govern propi i pot decidir per ell mateix algunes qüestions polítiques, socials, econòmiques, etc. Andalusia és una comunitat autònoma.
comunitari, comunitària

con cons
nom masculí
Un con és una figura geomètrica o un objecte que acaba en punta i té la base rodona. Les paperines tenen forma de con.

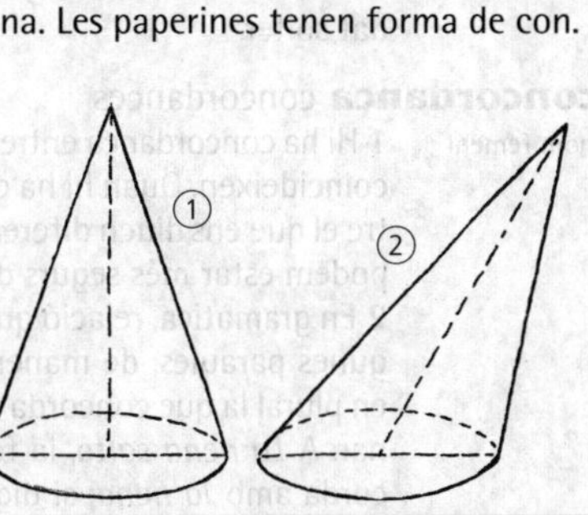

①Un con. ②Un con oblic.

conat conats
nom masculí
Un conat és el començament d'una cosa que després no es fa o no passa. Quan hi ha un conat d'incendi és que començava un foc, però s'apaga de seguida.

conca conques
nom femení
1 Una conca és un territori envoltat de muntanyes. La ciutat de Tremp és situada en una conca.
2 Cavitat on hi ha els ulls.
3 La conca d'un riu és tot el terreny per on corren aquest riu i els seus afluents.
4 Una conca minera és un lloc on hi ha mines.

còncau còncava còncaus còncaves
adjectiu
Que té la part del mig enfonsada cap dins, en forma de mitja lluna. És el contrari de *convex*.
concavitat

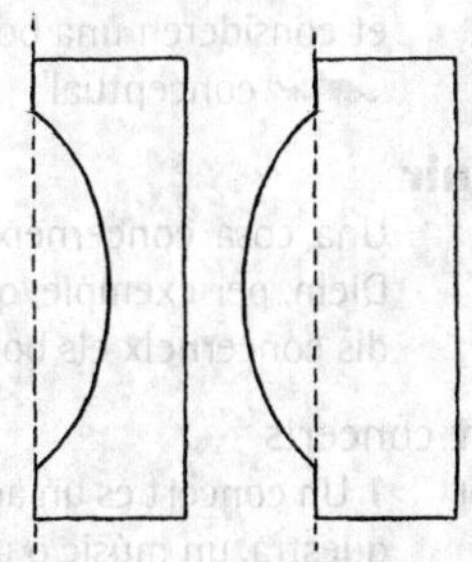
Còncau i convex

concebre
verb
com *perdre*
◄ pàg. 27
Diferències:
conceps, concep
1 Quedar embarassada una dona.
2 Una persona concep una idea, un pensament, l'argument d'una novel·la, etc., quan li vénen al pensament.
concepció, inconcebible

concedir
verb
com *servir*
◄ pàg. 28
Una persona que té poder concedeix una cosa a algú quan la hi dóna. Només les autoritats de trànsit poden concedir el carnet de conduir.

concentració concentracions
nom femení
La concentració és el fet de concentrar o de concentrar-se. Abans del partit, els entrenadors fan la concentració de l'equip en un lloc tranquil.

concentrar
verb
com *cantar*
◄ pàg. 26
1 Fer que coses disperses es trobin en un mateix centre o punt. Amb una lupa podem concentrar els raigs de sol i encendre un paper.
2 Reunir persones o coses en un mateix lloc. Quan hi ha perill d'invasió, els governs concentren tropes a les fronteres.
usat amb pronom
3 **Concentrar-se** és reunir-se diverses persones o coses en un mateix lloc.
4 Una persona **es concentra** quan posa tota l'atenció en una cosa i no es distreu.
5 Una substància **es concentra** quan es torna cada vegada més espessa, més densa, més forta de gust. Com més bull un brou, més es concentra.
concentrat, concentrada

concèntric concèntrica concèntrics concèntriques
adjectiu — Que té el mateix centre. La llanda i el pneumàtic d'una roda són concèntrics.

concepte conceptes
nom masculí — **1** El concepte d'una cosa és la idea que en tenim, com si fos la seva imatge en el nostre pensament.
2 Opinió que tenim d'algú o d'alguna cosa. Si tenen un bon concepte de tu és que et consideren una bona persona.
conceptual

concernir
verb, com *servir* ◄ pàg. 28 — Una cosa concerneix algú quan l'afecta. Diem, per exemple, que apagar els incendis concerneix els bombers.

concert concerts
nom masculí — **1** Un concert és un acte públic on una orquestra, un músic o un conjunt interpreta peces de música. Als concerts de rock hi van milers de persones.
2 Composició musical escrita per a un o pocs instruments solistes i una orquestra. Són molt coneguts els concerts per a piano i orquestra de Beethoven.
3 Acord entre diverses persones o nacions. Hi ha un concert econòmic entre els països d'Europa.
concertista

concertar
verb, com *cantar* ◄ pàg. 26 — Posar-se d'acord dues o més persones en una cosa. Podem concertar una cita, una sortida a la platja, etc. Els països en guerra poden concertar la pau.

concessió concessions
nom femení — **1** Una concessió és el fet o el resultat de concedir alguna cosa. La concessió dels premis Nobel sempre és notícia.
2 Quan unes persones o uns països han d'arribar a un acord, les dues parts han de fer concessions, han de renunciar a alguna cosa.

concessionari concessionària concessionaris concessionàries
nom masculí i femení — Persona o companyia que ha rebut d'un organisme oficial o d'una empresa el dret a fer una obra, a explotar un negoci o a vendre un producte.

concili concilis
nom masculí — Un concili és una reunió dels bisbes i altres personatges de l'Església catòlica per a tractar temes importants. Entre un concili i un altre passen molts anys.

conciliar
verb, com *canviar* ◄ pàg. 30, Amb dièresi — Fer que dues o més persones es posin d'acord sobre alguna cosa. En els judicis, els jutges intenten conciliar les parts oposades.
conciliable

concís concisa concisos concises
adjectiu — Que només diu o escriu les coses que són importants. Un escrit concís prescindeix de molts detalls innecessaris.
concisió

conclave conclaves
nom masculí — Un conclave és una reunió secreta dels cardenals de l'Església per a escollir un nou papa.

concloure
verb, com *complaure* ◄ pàg. 31, Diferència: *conclòs, conclosa, conclosos, concloses* — **1** Arribar a una solució, a una cosa certa, després d'examinar les dades que es tenen. Quan ha escoltat tots els testimonis, el jurat pot concloure que un acusat és culpable o innocent.
2 Posar fi a una cosa. La festa dels Reis conclou les vacances de Nadal.

conclusió conclusions
nom femení — **1** La conclusió d'una cosa és el seu acabament, la solució definitiva.
2 Decisió o conseqüència que és fruit de l'examen i de l'estudi d'una cosa. Després d'una investigació detallada, un detectiu ha de treure conclusions.

conco concos
nom masculí — Un conco és un home gran que s'ha quedat solter.

concordança concordances
nom femení — **1** Hi ha concordança entre dues coses quan coincideixen. Quan hi ha concordança entre el que ens diuen diferents especialistes, podem estar més segurs d'una malaltia.
2 En gramàtica, relació que hi ha entre algunes paraules, de manera que si una va en plural la que concorda també hi ha d'anar. A *La nena salta*, la forma *salta* concorda amb *la nena*; si diguéssim *La nena salten*, no hi hauria concordança.

concordar
verb, com *cantar* ◄ pàg. 26 — Estar en concordança. Sovint les nostres aficions no concorden amb les d'altres persones. El verb i el seu subjecte han de concordar.

concòrdia concòrdies
nom femení — Hi ha concòrdia entre dues o més persones quan s'entenen bé i no es barallen.

concret concreta concrets concretes
adjectiu — Que es pot veure i tocar, que existeix real-

ment. Una cadira, un llibre i una pilota són coses concretes. En gramàtica, els noms concrets són els que indiquen les coses reals, que no són abstractes.
concreció, concretar

concubí concubina concubins concubines
nom masculí i femení — Persona que viu amb una altra com si fossin marit i muller sense estar casats.

concurrència concurrències
nom femení — La concurrència és el conjunt de persones que van a un lloc, que assisteixen a un espectacle o a una reunió. Quan hi ha molta concurrència en un teatre has de tenir entrada reservada.

concurs concursos
nom masculí — 1 Un concurs és una prova o un conjunt de proves que fan diverses persones per a obtenir un premi o un lloc de treball. A la televisió sovint hi ha concursos. També es fan concursos de gossos i d'altres animals.
2 Diem que una cosa es fa amb el nostre concurs quan nosaltres ajudem a fer-la.
concursant, concursar

condecoració condecoracions
nom femení — Una condecoració és un premi que es dóna a una persona que ha fet alguna cosa important a favor de la societat o de l'exèrcit. Les condecoracions més habituals són medalles.
condecorar

Una condecoració

condeixeble condeixebla condeixebles
nom masculí i femení — Persona que és company d'escola i d'estudis.

condemnar
verb com *cantar* ◄ pàg. 26 — 1 Dir que una persona és culpable d'un crim o d'una cosa mal feta i imposar-li un càstig. A la majoria de països ja no es pot condemnar a mort.
2 Opinar que una cosa està mal feta, considerar-la digna de càstig. Moltes persones condemnen la guerra.
condemna, condemnat, condemnada

condensador condensadora condensadors condensadores
adjectiu — 1 Que condensa.
nom masculí — 2 Un condensador és un aparell que pot acumular electricitat. Els aparells de ràdio porten condensadors.

condensar
verb com *cantar* ◄ pàg. 26 — 1 Fer més densa una cosa. Condensem un caldo si el fem bullir molta estona.
2 Fer que un vapor, un gas, es torni líquid. El fred condensa el vapor d'aigua en forma de gotes molt petites.
3 Resumir un escrit o una altra cosa. Alguns llibres es podrien condensar en unes quantes pàgines.
condensació

condescendent condescendents
adjectiu — Una persona és condescendent quan deixa fer alguna cosa a algú o quan dóna el que li demanen. Alguns pares són massa condescendents i deixen que els fills facin el que vulguin.

condició condicions
nom femení — 1 Una condició és qualsevol cosa que és necessària per a fer una altra cosa. Regar les plantes és una condició perquè no s'assequin.
2 Les condicions d'un pacte o d'un contracte són les coses que les persones que els firmen han de complir necessàriament.
3 Qualitats naturals d'una persona. Hi ha nois que tenen moltes condicions per a jugar a futbol.
4 Estat o situació d'una cosa. Un aliment està en males condicions quan s'ha fet malbé.
5 Situació d'una persona dins la societat. Parlem de la condició d'estrangers, de menors d'edat, etc.
condicionar

condicional condicionals
adjectiu — 1 Que depèn d'una o més condicions. Una persona està en llibertat condicional quan el jutge la deixa lliure amb algunes condicions: no sortir de la ciutat on viu, presentar-se al jutjat cada setmana i altres.
adjectiu i nom masculí — 2 En gramàtica, el temps condicional d'un verb és el que surt en frases condicionals, que expressen condicions. En la frase: *Jo cantaria si tu m'ho demanessis*, el verb *cantaria* és en condicional.
incondicional

A B C D E F G H I J K L M N O P Q R S T U V W X Y Z

condicionament condicionaments

nom masculí — Un condicionament és qualsevol fet o circumstància que influeix en una persona i que pot fer que actuï d'una manera o d'una altra. No tenir diners és un condicionament que pot fer que algú robi, però moltes persones que no tenen diners no roben.

condiment condiments

nom masculí — Un condiment és una substància que es posa al menjar per a donar-li més gust. La sal, el pebre i el safrà són condiments.
condimentar

condó condons

nom masculí — Preservatiu.

condol condols

nom masculí — El condol és el dolor i la pena que sentim pel sofriment dels altres. Quan es mor una persona coneguda, expressem el nostre condol a la família.
condolença

còndor còndors

nom masculí — Un còndor és un ocell de rapinya gros que té el bec gruixut, fort i corbat i un collar de plomes blanques a la part de baix del coll. Viu als Andes i s'alimenta d'animals morts.

conducta conductes

nom femení
Amb A final — La conducta és la manera de portar-se o de fer les coses una persona. Diem que algú té bona conducta quan es porta bé.

conducte conductes

nom masculí
Amb E final — 1 Un conducte és qualsevol objecte més o menys llarg per on pot passar un líquid o un gas per a anar d'un lloc a un altre. Les canonades i els oleoductes són conductes.
2 Òrgan del cos que té forma de tub, com el conducte lacrimal, les venes o les artèries.
3 **Conducte auditiu extern** ✎ pàgs. 798-799 (2)
4 Un **conducte deferent** és cada un dels dos conductes del cos dels homes que comunica els testicles amb la uretra. Hi circulen els espermatozoides. ✎ pàgs. 798-799 (70)

conductor conductora conductors conductores

adjectiu — 1 Que condueix. Un fil conductor deixa passar l'electricitat.

nom masculí i femení — 2 Persona que condueix un vehicle.

conduir

verb
com *reduir*
◄ pàg. 39
Amb dièresi — 1 Portar una cosa o una persona d'un lloc a un altre vigilant-la. Quan hi ha un accident, les ambulàncies condueixen els ferits a l'hospital.
2 Fer anar un cotxe o un altre vehicle. Hi ha persones que condueixen molt bé.
3 Portar a un lloc determinat. Es diu, per exemple, que una carretera condueix a Girona.
4 Fer passar, deixar passar a través seu. Els metalls condueixen l'electricitat, la deixen passar.
5 Diem també que un director condueix una orquestra o que un general va conduir l'exèrcit a la victòria.
conducció

conegut coneguda coneguts conegudes

adjectiu — 1 Que sabem què és o qui és. Un artista, una òpera, etc., són coneguts quan hi ha molta gent que els coneix.

nom masculí i femení — 2 Persona a qui saludem i amb qui parlem a vegades, però que no és amiga nostra. Els veïns de l'escala són coneguts.
inconegut, inconeguda

coneixement coneixements

nom masculí — 1 Una persona té coneixement quan pot conèixer i pot pensar. Les criatures molt petites es diu que encara no tenen coneixement.

nom masculí plural — 2 Els coneixements d'una persona són les coses que sap. Les persones sàvies tenen molts coneixements.

frase feta — 3 Una persona **perd el coneixement** quan es desmaia i no sent ni veu res.

coneixença coneixences

nom femení — 1 Tenim coneixença d'una cosa quan sabem que existeix i sabem com és. Abans de Colom, els europeus no tenien coneixença d'Amèrica.
2 Una coneixença és una persona coneguda. Els artistes tenen moltes coneixences.

conèixer

verb
◄ pàg. 31 — 1 Conèixer una cosa o una persona és saber com és o saber qui és. Als pobles petits, tothom es coneix.
2 Haver estudiat una matèria, una assignatura. Hi ha persones que coneixen moltes llengües.
3 Tenir experiència d'una cosa, haver-la patit, suportat o passat. En alguns països tropicals no es coneix el fred.
4 Reconèixer, distingir. Els gossos coneixen la veu del seu amo.
coneixedor

confecció confeccions

nom femení — 1 La confecció és el fet de confeccionar. La confecció d'un cotxe necessita moltes peces.
2 La roba de confecció és la que no es fa a mida, sinó que ja es compra feta.

confeccionar
verb
com *cantar*
◄ pàg. 26
Fer una obra combinant-ne els diversos components. Es pot confeccionar una màquina, un menjar, etc. Es confeccionen peces de vestir quan es fan en sèrie, segons unes mides establertes.

confederació confederacions
nom femení
Una confederació és un conjunt de governants, de països o d'estats que s'uneixen temporalment per aconseguir un objectiu.

confegir
verb
com *servir*
◄ pàg. 28
Tornar a ajuntar els trossos d'una cosa trencada. Un gerro trencat es pot confegir amb una bona goma d'enganxar.

conferència conferències
nom femení
1 Una conferència és una explicació d'un tema científic, cultural o literari que fa una persona davant d'un públic.
2 Reunió o conversa entre dues o més persones per a tractar d'algun assumpte. Els polítics importants celebren conferències sobre la pau.
3 Trucada telefònica entre dues ciutats o dos països.
conferenciant

confessar
verb
com *cantar*
◄ pàg. 26
Amb SS
1 Dir que s'ha fet una cosa, sobretot quan és una cosa mal feta. Es diu que una persona confessa els seus crims o el robatori comès en un local. No tots els detinguts es confessen culpables.
2 Dir sincerament el que pensem. A vegades hem de confessar que no treballem amb prou interès.
usat amb pronom
3 Una persona catòlica **es confessa** quan diu els pecats i les faltes a un sacerdot en el sagrament de la penitència.
confessió, confessor, inconfessable

confessional confessionals
adjectiu
Amb SS
Que és d'una religió o d'una secta. En una escola confessional hi ha classes de religió.

confessionari confessionaris
nom masculí
Amb SS
A les esglésies catòliques, un confessionari és un moble amb un seient per al sacerdot i un lloc per al fidel on aquest es confessa. ✎ pàg. 598 ⑦

confeti confetis
nom masculí
Paperets.

confí confins
nom masculí
1 El confí d'una regió, d'una comarca o d'un país és el lloc on acaba, la frontera. Als confins de Catalunya, a l'oest, hi ha l'Aragó.
2 Es diu que un lloc és als confins del món o de la Terra quan és molt lluny.

confiança confiances
nom femení
1 Una persona té confiança en una altra quan sap que no li farà cap mal ni l'enganyarà, sinó que l'ajudarà en tot. Les persones serioses ens inspiren confiança.
2 Manera sincera, senzilla i natural de tractar-se els familiars i els amics. Entre els pares i els fills hi ha d'haver molta confiança.
3 També diem que tenim confiança en una cosa quan esperem que ens vagi bé, que surti com volem.

confiar
verb
com *canviar*
◄ pàg. 30
Amb dièresi
1 Tenir confiança en una persona o en una cosa. Confiem en els amics, en el nostre treball, que guanyarem un partit, etc.
2 Fer que algú s'encarregui d'una persona o d'una cosa. Els pares confien els seus fills només a persones responsables.
3 Dir una cosa personal o íntima a una persona. No podem confiar un secret a un desconegut.
confiat, confiada

confidència confidències
nom femení
Una confidència és una cosa secreta o molt personal que diem a una persona. Les confidències que ens fan no les podem explicar.
confidencial, confident

confinar
verb
com *cantar*
◄ pàg. 26
1 Dues regions o dos països confinen quan tenen frontera comuna i són veïns. Catalunya i França confinen.
2 Fer que una persona estigui aïllada o tancada en un lloc. Algunes malalties confinen les persones que les pateixen a casa seva durant molts dies.
confinament

confirmar
verb
com *cantar*
◄ pàg. 26
1 Fer que una cosa sigui més ferma, més segura. L'arribada d'uns homes a la Lluna va confirmar la creença que en aquest astre no hi ha habitants.
2 Comprovar que una cosa és certa, assegurar-nos que és com ens pensàvem. Es pot confirmar una notícia o la reserva d'un hotel.
3 En el catolicisme, celebrar un sagrament que fa més ferma la fe de les persones batejades.
confirmació

confiscació confiscacions
nom femení
Es fa una confiscació quan l'autoritat es queda coses que eren d'una persona. Als països en què hi ha fronteres, la policia fa confiscacions de productes de contraban.
confiscar

A B C D E F G H I J K L M N O P Q R S T U V W X Y Z

A B C D E F G H I J K L M N O P Q R S T U V W X Y Z

confit confits
nom masculí — Un confit és un gra d'anís, un pinyó, una avellana o una ametlla envoltats d'una capa de sucre dur. Els confits d'ametlla es reparteixen en els casaments i en els batejos.
confiteria

confitar
verb com *cantar* ◄ pàg. 26 — 1 Posar un aliment en oli, en vinagre, en vi, etc., per conservar-lo.
2 Bullir fruita amb sucre. Les fruites confitades són molt dolces.
usat amb pronom — 3 Diem a algú que **es confiti** una cosa quan no ens la vol donar o deixar i ens sap greu. *No em deixes els apunts? Doncs confita-te'ls, no els vull!*

confitura confitures
nom femení — 1 Una confitura és una fruita confitada. Si es desfà i queda com un líquid molt espès, es diu melmelada.
frase feta — 2 **Al pot petit hi ha la bona confitura** es diu quan es vol destacar les bones qualitats d'una persona que és petita.

conflentí conflentina conflentins conflentines
adjectiu — 1 Del Conflent.
nom masculí i femení — 2 Persona que és del Conflent o que hi viu.
conflentà, conflentana

conflicte conflictes
nom masculí — Un conflicte és una lluita o una discussió entre persones o entre països. El món és ple de conflictes per qüestions de religió. Els diners porten molts conflictes.
conflictiu, conflictiva

confluència confluències
nom femení — Hi ha confluència entre dues coses quan es troben o s'ajunten. La confluència de dos rius és el lloc on s'ajunten i formen un sol riu.

confondre
verb com *fondre* ◄ pàg. 35 Diferència: *confós* — 1 Dues coses es confonen quan es barregen i no es pot distingir l'una de l'altra. Les aigües de dos rius es confonen quan un desemboca en l'altre.
2 Creure que una persona o una cosa és una altra. Moltes persones confonen els germans bessons.
3 Fer passar vergonya a algú, deixar-lo sense saber què dir. Quan ens descobreixen un defecte, ens confonen.
inconfusible

conformar-se
verb usat amb pronom com *cantar* ◄ pàg. 26 — Acceptar una cosa, una obligació, etc., per força, quan no podem fer altra cosa. Ens hem de conformar amb la nostra manera de ser.
conformisme, conformista, inconformista

conforme conformes
adjectiu — 1 Que es correspon amb una llei, una ordre, un model. Els arquitectes comproven que les obres siguin conformes amb els plànols.
2 Estem conformes amb una cosa o una persona quan hi estem d'acord, quan l'acceptem. Les persones discuteixen quan no estan conformes les unes amb les altres.
conformitat

confort conforts
nom masculí — Les coses tenen o donen confort quan ens fan sentir còmodes. La calefacció i l'aire condicionat formen part del confort d'una casa.

confortable confortables
adjectiu — Que dóna benestar i comoditat. Un lloc de treball ben il·luminat i ventilat és confortable.

confortar
verb com *cantar* ◄ pàg. 26 — Donar consol i força en les desgràcies i en el dolor. Quan es mor una persona amiga, hem de confortar la família.

confraria confraries
nom femení — 1 Una confraria és una associació de persones cristianes unides per una finalitat religiosa o d'ajuda a la gent. Les confraries porten el nom d'una marededéu, d'un sant, etc.
2 Associació de persones que fan un mateix ofici. Hi ha confraries de pescadors.
confrare, confraressa

confraternitzar
verb com *cantar* ◄ pàg. 26 — Tractar algunes persones com si fossin amics o companys. El racisme impedeix que confraternitzin els negres i els blancs.

confrontació confrontacions
nom femení — 1 Hi ha confrontació entre dues persones quan algú les posa l'una al davant de l'altra per tal que es puguin comparar les coses que diuen. Un advocat pot demanar una confrontació entre un acusat i uns testimonis.
2 Comparació de dos documents, dues cartes, etc.
3 Una confrontació armada és una lluita o un combat entre grups o països.

confús confusa confusos confuses
adjectiu — Que és poc clar, que no es veu bé o no s'entén. Amb un mapa confús és fàcil que et perdis.

confusió confusions

nom femení

1 Una confusió és el fet de confondre una cosa o una persona amb una altra.
2 Hi ha confusió en un lloc quan hi ha molt de desordre i crits i ningú no sap què fer.
confusionari, confusionària, confusionisme

congelador congeladors

nom masculí

Un congelador és un aparell o la part d'una nevera on es congelen i es conserven aliments.

congelar

verb
com *cantar*
◄ pàg. 26

1 Fer que un líquid passi a ser sòlid. Les neveres modernes congelen l'aigua i en fan glaçons. Quan fa molt de fred, l'oli es congela.
2 Posar aliments a una temperatura molt baixa i així poder-los conservar molt de temps.
3 Congelar un sou o un lloguer és impedir que s'apugin.
anticongelant, congelació, congelat ✎ pàgs. 398-399 (45)

congeniar

verb
com *canviar*
◄ pàg. 30
Amb dièresi

Entendre's molt bé dues persones que tenen una manera de ser o uns gustos semblants. És difícil conviure amb algú quan no hi congeniem.

congènit congènita congènits congènites

adjectiu

Que es té des del naixement. Hi ha malalties que són congènites.

congestió congestions

nom femení

1 Una congestió és una acumulació de sang en alguna part del cos. Les congestions cerebrals són molt perilloses.
2 Diem que hi ha una congestió en una carretera o en un altre lloc quan hi ha massa cotxes o massa persones.
congestionar, descongestió

conglomerat conglomerats

nom masculí

1 Un conglomerat és un material de construcció format per trossos de pedres o de minerals units per una substància com el ciment.
2 Roca formada per fragments arrodonits que provenen d'altres roques arrencades per l'erosió. En un conglomerat hi ha elements que tenen més de 2 mil·límetres, altres que són més petits i una substància que fa de ciment i els manté units. Les muntanyes de Montserrat són de conglomerat.
3 Un conglomerat de persones, de partits polítics, d'associacions, etc., és un grup que s'ha unit per aconseguir una finalitat.
conglomerar

congost congosts

nom masculí
També *congostos*

Un congost és un pas estret i profund entre muntanyes. Normalment al fons dels congostos hi passa un riu.

Un congost

congratular

verb
com *cantar*
◄ pàg. 26

Dir a algú l'alegria que sentim per una cosa bona que ha fet o que li ha passat. Tots ens congratulem quan un company rep un premi.

congre congres

nom masculí

Un congre és un peix que té el cos cilíndric, prim i allargat com el d'una anguila, sense escates i de color molt fosc. Les femelles són més llargues i grosses que els mascles i poden fer més de dos metres. La carn del congre és molt apreciada.

congregació congregacions

nom femení

1 Una congregació és una associació de persones religioses que tenen obligació de fer oració o obres de caritat.
2 Una congregació religiosa és un conjunt de comunitats de religiosos o de religioses que tenen la mateixa regla i es dediquen a les mateixes activitats. Les escolàpies i els salesians són congregacions religioses que es dediquen a l'ensenyament.

congregar

verb
com *cantar*
◄ pàg. 26
Amb GU davant E, I

Aplegar o reunir diverses persones. Hi ha líders religiosos que congreguen milers de seguidors als llocs on van. Quan hi ha competicions esportives es congreguen molts aficionats.

congrés congressos

nom masculí

1 Un congrés és una reunió de persones enteses en una ciència. En els congressos, els científics donen a conèixer els resultats de les seves investigacions.
2 Nom que rep el lloc de reunió dels diputats en alguns països, com Espanya.
congressista

congruent congruents
adjectiu — Una cosa és congruent quan es correspon bé amb una altra, quan les dues s'ajusten bé. Les nostres accions han de ser congruents amb la nostra manera de pensar.
congruència, incongruència, incongruent

cònic cònica cònics còniques
adjectiu — Que té la forma d'un con. La punta d'un llapis nou té forma cònica.

conill conills
nom masculí — **1** Un conill és un mamífer de mida mitjana que té les orelles llargues i les potes del darrere més llargues que les del davant i molt fortes. Normalment és de color gris, però també n'hi ha de blancs. Hi ha conills que es crien en gàbies. La seva carn es menja i la pell és molt apreciada.
pàgs. 398-399 (36) pàg. 400 (29), pàgs. 994-995 (25)

Un conill

2 Mascle d'aquesta espècie.
3 Un **conill porquí** o **d'Índies** és un cobai.
conillar, coniller

conilla conilles
nom femení — La conilla és la femella del conill.

conjectura conjectures
nom femení — Una conjectura és una idea o una suposició que ens fem d'una cosa per dades o indicis poc segurs. Abans d'un partit de futbol només podem fer conjectures sobre el resultat.

conjugació conjugacions
nom femení — **1** La conjugació d'un verb és el conjunt de totes les formes que pot tenir en els seus temps, modes, persones i nombres.
2 Cada un dels tres models de verbs que hi ha en català. *Cantar* és de la primera conjugació; *perdre* i *témer* són de la segona; *servir* és de la tercera.
conjugar

cònjuge cònjuges
nom masculí i femení — El o la cònjuge d'una persona és el seu marit o la seva muller. Es diu en textos legals.
conjugal

conjunció conjuncions
nom femení — **1** Hi ha conjunció entre dues coses quan s'ajunten o es troben.
2 En gramàtica, una conjunció és un tipus de paraula que uneix paraules, grups de paraules o oracions. Les conjuncions no canvien de forma, sempre s'escriuen igual. A les expressions: *pa i xocolata, pa amb tomàquet i xocolata amb llet, dormir bé i llevar-se d'hora*, la paraula *i* és una conjunció.

conjunt conjunta conjunts conjuntes
adjectiu — **1** Unit amb una altra persona o cosa. Una acció conjunta es fa en grup, no la fa una persona sola.
nom masculí — **2** Un conjunt és una reunió o un grup de persones, d'animals o de coses. Una orquestra és un conjunt de músics; un ramat és un conjunt d'ovelles o d'altres animals.
3 Grup de músics o de cantants. Alguns conjunts de rock són coneguts a tot el món.
4 Dues o més peces de vestir fetes per anar juntes. Hi ha conjunts de faldilla, brusa i jaqueta.
locució que fa d'adverbi — **5 En conjunt** vol dir de manera general. *En conjunt, els pobles són més petits que les ciutats.*

conjuntament
adverbi — Tots junts, units amb altres. *En aquella obra de teatre vaig veure com els tècnics treballaven conjuntament amb els actors.*

conjuntura conjuntures
nom femení — Una conjuntura és una combinació de circumstàncies que permeten fer una cosa. Les persones que fan negocis han d'aprofitar les millors conjuntures.

conjur conjurs
nom masculí — Un conjur és un seguit de paraules i gestos sempre iguals que es fan per allunyar els mals i fer obeir els dimonis i altres esperits. Diuen les llegendes que les bruixes feien conjurs.
conjuració

conjura conjures
nom femení — Una conjura és un pacte secret entre diverses persones per a anar contra altres persones, canviar un govern o fer fora un rei.
conjuració

conjurar
verb com *cantar* ◄ pàg. 26 — **1** Fer conjurs. Alguns pobles antics conjuraven els morts.
usat amb pronom — **2 Conjurar-se** és fer una conjura. Diem que tot es conjura contra nosaltres quan les coses ens surten malament.

connectar

verb
com *cantar*
◄ pàg. 26
Amb NN

1 Posar en contacte un aparell elèctric amb el corrent per fer-lo funcionar. La majoria dels aparells porten un cordó amb un endoll per a poder connectar-los.
2 Unir dos mecanismes, dos tubs, etc. Es poden connectar diverses pantalles a un ordinador central.
3 Fer que hi hagi una comunicació, una relació entre dues coses. Les autopistes connecten de manera ràpida les ciutats.

connector connectora connectors connectores

adjectiu — 1 Que serveix per a connectar.

nom masculí
Amb NN

2 Un connector és una paraula o una locució que relaciona paraules o grups de paraules. Les conjuncions i les preposicions són connectors. En la frase *La mare i el pare*, *i* és un connector. Els connectors no tenen gaire significat.

connexió connexions

nom femení
Amb NN

1 Quan es connecta una cosa es fa una connexió.
2 Hi ha connexió entre dos aparells quan estan connectats.
3 Hi ha connexió entre dues idees o dos fets quan estan relacionats.
connex, inconnex, inconnexió

connotació connotacions

nom femení — Una paraula o un fet té una connotació quan té un altre significat a més del que és o del que significa. Les paraules *ous*, *pebrots* i *figa* tenen connotacions sexuals.

conquerir

verb
com *servir*
◄ pàg. 28

Conquistar.
conqueridor

conquesta conquestes

nom femení — Conquista.

conquilla conquilles

nom femení — Una conquilla és una closca de mol·lusc.

conquista conquistes

nom femení

1 Una conquista és el fet de conquistar.
2 Persona conquistada per una altra persona. Hi ha persones molt seductores que tenen més d'una conquista.

conquistar

verb
com *cantar*
◄ pàg. 26

1 En una guerra, entrar per la força en un país, un territori o una ciutat i quedar-se'l. Jaume I va conquistar Mallorca.
2 Obtenir alguna cosa amb esforç i habilitat. Es pot conquistar el primer lloc en una competició.
3 Fer una persona que una altra s'enamori d'ella.
conquistador

conrear

verb
com *canviar*
◄ pàg. 30
Amb dièresi

Cultivar.

conreu conreus

nom masculí — Cultiu.

consagrar

verb
com *cantar*
◄ pàg. 26

1 Fer que una persona o una cosa estigui dedicada al servei de Déu o de la religió.
2 A la missa, dir el sacerdot les paraules que fan que el pa i el vi siguin el cos i la sang de Jesucrist.
3 Dedicar la vida, l'esforç, etc., a una finalitat. Els equips d'investigació consagren el seu treball a fer descobriments.
consagració

consanguini consanguínia consanguinis consanguínies

adjectiu — Una persona és consanguínia d'una altra quan tenen els mateixos avantpassats. Els cosins són consanguinis.
consanguinitat

consciència consciències

nom femení

1 La consciència és el coneixement que una persona té d'ella mateixa i de les coses que veu, diu o fa. Quan algú no sap el que fa, no té consciència dels seus actes.
2 Capacitat que tenen les persones de saber quines són les seves obligacions i quines coses són bones o dolentes. Si fas una cosa mal feta, tindràs mala consciència.

locució que fa d'adverbi — 3 Una cosa està feta **a consciència** quan està molt ben feta. *Vaig buscar a consciència per tots els racons i no vaig trobar les claus que havia perdut.*

frase feta — 4 **Perdre la consciència** és quedar inconscient, perdre els sentits.
conscienciar, inconsciència, inconscient

conscient conscients

adjectiu

1 Que s'adona de les coses, que sap perfectament el que fa. Quan som petits no som conscients que podem prendre mal.
2 Que no ha perdut els sentits i s'adona del que passa al seu voltant. Quan a algú li posen una anestèsia total, deixa d'estar conscient.

consecutiu consecutiva consecutius consecutives

adjectiu — Dues o més coses són consecutives quan van l'una darrere l'altra sense interrupció. Si has treballat quatre setmanes consecutives, has treballat quatre setmanes seguides.

conseqüent conseqüents

adjectiu — 1 Que ve a continuació, com a resultat d'una cosa. Els efectes conseqüents a un terratrèmol són cases ensorrades i carreteres tallades.

locució que fa d'adverbi **2 Per conseqüent** vol dir com a conseqüència. *Plou molt; per conseqüent, no podrem sortir.*

consell consells

nom masculí
Amb S

1 Un consell és una opinió que es dóna a una persona sobre el que ha de fer. Si et diuen que pensis abans de parlar, et donen un bon consell.

2 Grup de persones que dirigeix o aconsella, com el consell de ministres d'un estat, el consell d'administració d'una empresa, etc.

aconsellar

conseller consellera consellers conselleres

nom masculí i femení
Amb S

1 Persona que dóna consells.

2 Persona que pertany a un consell, com els consellers d'un banc.

3 Persona que és la màxima responsable d'una conselleria a la Generalitat de Catalunya.

conselleria conselleries

nom femení
Amb S

Una conselleria és un dels departaments de govern de la Generalitat de Catalunya.

consens consensos

nom masculí Hi ha consens entre dues o més persones o entre grups quan s'han posat d'acord en alguna cosa. Si hi ha consens, es poden prendre acords.

consentir

verb
com dormir
◄ *pàg. 27*

Permetre que es faci una cosa. Hi ha pares que ho consenten tot als fills.

consentiment

conseqüència conseqüències

nom femení **1** Una conseqüència és un fet que resulta d'un altre fet. Una guerra té conseqüències molt greus: morts, persones presoneres, cases destruïdes.

locució que fa de preposició **2 A conseqüència de** és com a resultat de. *S'ha trencat una cama a conseqüència d'una caiguda.*

locució que fa d'adverbi **3 En conseqüència** és per tant. *Ha plogut; en conseqüència, hem d'agafar el paraigua.*

conseqüent, inconseqüència, inconseqüent

conserge conserges

nom masculí i femení Un o una conserge és una persona que s'encarrega de la vigilància, de les claus, de l'entrada, etc., d'un edifici. En alguns llocs els conserges contesten al telèfon o fan fotocòpies.

consergeria

conserva conserves

nom femení Una conserva és un aliment tancat hermèticament dins d'un pot, d'una llauna o d'una ampolla. Es pot guardar durant molt de temps i no es fa malbé. Hi ha molts aliments que es fan en conserva: les sardines, la pinya, els bolets, etc.

conservador conservadora conservadors conservadores

adjectiu **1** Un govern o un partit polític és conservador si és enemic dels canvis i de tot allò que pugui alterar la manera de fer tradicional. Les persones que no volien abolir l'esclavitud tenien actituds conservadores.

nom masculí i femení **2** Persona que és membre d'un partit conservador o que defensa una política conservadora.

3 Persona que s'encarrega de guardar i conservar una cosa. La conservadora d'un museu ha de tenir una bona cultura artística.

nom masculí **4** Un conservador dels aliments és un conservant.

conservant conservants

nom masculí Un conservant és un producte o una substància que s'afegeix en molt poca quantitat a alguns aliments per impedir que es facin malbé. Els aliments que porten conservants es poden menjar molt temps després d'envasats.

conservar

verb
com cantar
◄ *pàg. 26*

1 Cuidar una cosa o mantenir-la en bon estat, sense que es trenqui ni es faci malbé. Una alimentació sana ajuda a conservar la salut. Les neveres i els congeladors conserven els aliments durant molts dies.

usat amb pronom **2 Conservar-se** és no fer-se malbé, mantenir-se en bon estat. El peix no es pot conservar gaire temps, s'ha de cuinar aviat. Hi ha persones grans que es conserven molt bé: semblen més joves.

conservació, conservadorisme

conservatori conservatoris

nom masculí Un conservatori és una escola de música. S'hi estudia piano, solfeig, harmonia, etc.

considerable considerables

adjectiu Que té importància, que s'ha de tenir en compte. Una suma de diners considerable són molts diners.

considerar

verb
com cantar
◄ *pàg. 26*

1 Pensar en una cosa examinant-la en tots els seus aspectes. Hem de considerar les conseqüències del que fem.

2 Dir el que pensem d'una cosa o d'una persona. Molta gent considera que els banys de mar són bons per a la salut.

consideració, considerat, considerada

A B C D E F G H I J K L M N O P Q R S T U V W X Y Z

consigna consignes

nom femení

1 Una consigna és una paraula o una frase que s'ha de dir per poder passar per un lloc on hi ha vigilància.

2 Ordre o instrucció que es dóna a un grup de persones. En un partit polític se segueixen les consignes dels líders.

3 Lloc d'una estació de trens on es poden deixar els equipatges durant un temps.

pàg. 193 ②

consirós consirosa consirosos consiroses

adjectiu

Preocupat.

consistent consistents

adjectiu

1 Que és dur i resistent. Els cotxes s'han de fabricar amb materials consistents.

2 Un líquid consistent és molt espès. Una melmelada és més consistent que la llet.

3 Que consisteix en alguna cosa. Hi ha premis consistents en diners, en viatges o en altres regals.

consistència, inconsistència, inconsistent

consistir

verb
com *servir*
◄ pàg. 28

1 Consistir en una cosa és estar format per aquesta cosa, ser equivalent a aquesta cosa. Una cadira consisteix en un seient, unes potes i un respatller; la feina dels carters consisteix a repartir les cartes.

2 Ser la causa d'alguna cosa. La ciència encara no ha descobert en què consisteixen algunes malalties.

consistori consistoris

nom masculí

1 El consistori d'una ciutat o d'un poble és l'ajuntament.

2 Reunió del papa amb els seus cardenals.

consol consols

nom masculí

Un consol és una cosa o una persona que consola. Pensar que no estem sols és un consol.

consolació, desconsol

cònsol cònsols

nom masculí i femení
Amb O
També *consolessa*

Un o una cònsol és una persona que en un país estranger s'encarrega de protegir i d'ajudar els ciutadans del seu país.

consolat, consular

consola consoles

nom femení

1 Una consola és una taula molt adornada que es posa arrambada a una paret, normalment sota d'un mirall.

2 Aparell de jocs de vídeo.

Una consola

consolar

verb
com *cantar*
◄ pàg. 26

Fer que una persona tingui menys pena i dolor. Si tenim un disgust, la companyia dels amics ens consola.

consolidar

verb
com *cantar*
◄ pàg. 26

Fer que una cosa sigui més forta, més sòlida. Els edificis molt alts han de tenir ben consolidats els fonaments. Amb el temps es consoliden les amistats.

consolidació

consomé consomés

nom masculí

Un consomé és un brou que s'ha fet bullir molta estona i així té molt de gust i molta substància.

consonant consonants

adjectiu

1 Dos sons són consonants quan sonen al mateix temps; dues paraules són consonants quan acaben igual; *martell* i *castell* tenen rima consonant.

nom femení

2 Una consonant és un so del llenguatge que no es pronuncia sol: quan parlem va acompanyat d'alguna vocal. També es diuen consonants les lletres que representen aquests sons: b, c, g, r, etc.

consonància, consonàntic

consorci consorcis

nom masculí

Un consorci és un grup de persones o de societats que tenen els mateixos interessos o fan les mateixes coses.

consort consorts

nom masculí i femení

El o la consort d'una persona és el seu marit o la seva muller. Es diu en textos legals.

conspiració conspiracions

nom femení

Una conspiració és un pacte secret entre diverses persones amb finalitats polítiques: canviar de govern, fer caure un rei, fer un atemptat, etc.

conspirar

constància constàncies
nom femení — Una persona té constància quan no es cansa de fer una cosa i es manté en els propòsits. Si estudies amb constància arribaràs a saber molt.
inconstància

constant constants
adjectiu — 1 Que té constància. Les persones constants aconsegueixen el que volen.
2 Que no canvia. Per l'autopista es pot mantenir una velocitat constant durant molta estona.
nom femení — 3 En matemàtiques, una constant és una quantitat que sempre té el mateix valor en qualsevol càlcul. El número π; és una constant: se li dóna sempre el valor de 3,1416.
inconstant

constar
verb
com *cantar*
◄ pàg. 26
1 Constar d'unes parts o d'uns elements és tenir-los. Un matrimoni, per exemple, consta de marit i muller.
2 Una cosa consta quan la sabem del cert. No consta que hi hagi habitants a Mart.

constatar
verb
com *cantar*
◄ pàg. 26
Comprovar una cosa, veure que és certa. Si veiem unes petjades podem constatar que ha passat algú.
constatació

constel·lació constel·lacions
nom femení — Una constel·lació és un grup d'estels. Cada constel·lació té un nom: Óssa Menor, Taure, Peixos, etc.

constipar-se
verb usat amb pronom
com *cantar*
◄ pàg. 26
Agafar un constipat. Quan fa fred és fàcil constipar-se.

constipat constipats
nom masculí — Un constipat és una malaltia que afecta el nas i la gola i que provoca malestar, tos i mocs.

constitució constitucions
nom femení — 1 Una constitució és el fet de constituir. Per a la constitució d'una empresa es necessiten diners.
2 La constitució d'una persona és la forma i les característiques del seu cos: si és alta, prima, forta, sana, etc.
3 Conjunt de les lleis fonamentals d'un país. Una constitució diu com ha de ser el govern, quins drets tenen els ciutadans, etc.
constitucional, inconstitucional

constituent constituents
adjectiu i nom masculí — 1 Que forma part de la composició d'alguna cosa. El subjecte i el predicat són dos constituents d'una frase.
adjectiu — 2 Que té poder per a establir o per a reformar una constitució. Una assemblea constituent és formada per persones amb càrrec polític.

constituir
verb
com *reduir*
◄ pàg. 39
Amb dièresi
1 Ser parts o elements d'una cosa. Els pares i els fills constitueixen la família.
2 Establir o organitzar un grup, una empresa, una societat, etc. Es pot constituir un equip de treball o una indústria d'automòbils.
3 A vegades té el mateix significat que *ser*, en frases com: *Aquestes paraules constitueixen un insult.*

construcció construccions
nom femení — 1 Una construcció es el fet de construir una cosa. La construcció d'algunes catedrals va durar molts anys.
2 Una construcció és una cosa construïda: una casa, un bloc de pisos, un magatzem, etc. No hi pot haver construccions a les platges.
3 Art i tècnica de fer les cases. Els paletes i els manobres són treballadors de la construcció.
4 Manera com és redactada una frase, com s'uneixen els seus components. Aquesta frase té una construcció estranya: *El que no és és allò que no és.*

construir
verb
com *reduir*
◄ pàg. 39
Amb dièresi
Fer una cosa ajuntant les seves parts segons un projecte o un pla. Es pot construir una casa, una màquina, una teoria o una frase.
constructiu, constructiva, constructor

consuetudinari consuetudinària consuetudinaris consuetudinàries
adjectiu — Que és habitual. Un dret consuetudinari és el dret que es té de fer una cosa perquè ja hi ha el costum de fer-la.

consulta consultes
nom femení — 1 Una consulta és el fet de consultar. Per a la consulta dels diccionaris cal saber l'alfabet.
2 Lloc on un metge o un advocat rep els clients.
3 Una consulta de metges és una reunió de metges que intercanvien opinions sobre una persona malalta.
consultori

consultar
verb
com *cantar*
◄ pàg. 26
1 Demanar l'opinió o el consell d'una persona. Si no et trobes bé, pots consultar el metge.
2 Buscar informació en un llibre, en un dia-

ri, etc. Per a informar-nos sobre geografia, podem consultar un atles.

consum consums
nom masculí
1 El consum és allò que fan les persones quan mengen aliments o quan gasten aigua, electricitat, roba i altres coses necessàries. En una societat de consum la gent gasta molt.
2 El consum d'un cotxe o d'un altre aparell és el combustible que gasta. Hi ha cotxes que tenen un consum de gasolina molt baix.

consumar
verb
com *cantar*
◄ pàg. 26
Fer una cosa completament. Un artista consuma una obra quan l'acaba. Un delicte frustrat és un delicte que no s'ha consumat.

consumició consumicions
nom femení
Una consumició és una beguda o el menjar que es pren en un bar o en un restaurant.

consumidor consumidora consumidors consumidores
adjectiu i nom masculí i femení
Que consumeix, que gasta. Als supermercats sempre hi ha ofertes per als consumidors.

consumir
verb
com *servir*
◄ pàg. 28
o *dormir*
◄ pàg. 27
1 Destruir a poc a poc alguna cosa fins que desapareix per l'ús, l'acció del foc, etc. Els incendis de l'estiu consumeixen molts boscos. També diem que un cotxe consumeix molta gasolina.
2 Menjar aliments. Quan fa calor, la gent consumeix molts gelats i fruita fresca.
3 Es diu que una malaltia o una desgràcia consumeix una persona quan li fa perdre la força i les ganes de viure.
usat amb pronom
4 Consumir-se és gastar-se, destruir-se. Les persones es poden consumir per una malaltia o per una gran pena.

consumisme consumismes
nom masculí
Hi ha consumisme en una societat quan la gent compra coses que no són necessàries. La publicitat fa que hi hagi més consumisme.

contacte contactes
nom masculí
1 Un contacte és el fet de tocar-se dues o més coses o persones. Les rodes del tren fan contacte amb les vies.
2 Una persona està en contacte amb una altra quan es parlen, es telefonen, es veuen.
3 Dispositiu que permet que passi el corrent elèctric per un circuit. La clau de contacte d'un cotxe serveix per a engegar-lo.
contactar

contagiar
verb
com *canviar*
◄ pàg. 30
Amb dièresi
Transmetre una malaltia a una altra persona. Una mossegada de gos pot contagiar la ràbia. Hi ha infeccions que es contagien amb molta facilitat.
contagi

contagiós contagiosa contagiosos contagioses
adjectiu
Una malaltia és contagiosa quan passa de les persones malaltes a les sanes. La grip és contagiosa.

contaminació contaminacions
nom femení
Hi ha contaminació de l'aigua, de l'aire, dels aliments, etc., quan contenen productes o substàncies que són dolents per a la salut de les persones i dels animals.

contaminar
verb
com *cantar*
◄ pàg. 26
Fer que hi hagi contaminació a l'aigua, a l'aire, als aliments, etc. Algunes indústries contaminen els rius i els boscos.
contaminant

contar
verb
com *cantar*
◄ pàg. 26
Explicar una cosa amb detall. Quan som petits ens agrada que ens contin rondalles i contes.

conte contes
nom masculí
Un conte és una explicació d'una història inventada. Els contes poden ser amb personatges reals o inventats. Fan passar l'estona i alguns ensenyen a comportar-se. El conte de la *Caputxeta Vermella* ensenya que s'ha de fer cas a la mare.

contemplar
verb
com *cantar*
◄ pàg. 26
1 Mirar una cosa o una persona amb atenció i tranquil·litat, sense presses. Es pot contemplar un paisatge, una obra d'art, la bellesa d'una persona.
2 Donar a una persona tots els gustos, tot el que vol. A vegades, s'ha de contemplar els malalts.
contemplació, contemplatiu, contemplativa

contemporani contemporània contemporanis contemporànies
adjectiu
1 Que és del mateix temps, de la mateixa època que un altre. Les persones que coneixes són contemporànies teves.
2 Que és d'ara, del nostre temps. Es parla, per exemple, de novel·listes contemporanis, d'art contemporani, etc. La història contemporània és la que explica els fets des de la Revolució Francesa fins als nostres dies.

contemporitzar
verb
com *cantar*
◄ pàg. 26
Acceptar algunes de les coses que fan o diuen les persones que no pensen com nosaltres per obtenir a canvi alguna cosa que volem.

A B C D E F G H I J K L M N O P Q R S T U V W X Y Z

A B C D E F G H I J K L M N O P Q R S T U V W X Y Z

contenciós contenciosa contenciosos contenciosses

adjectiu — Que es refereix a una discussió jurídica. En un assumpte contenciós cal que intervinguin advocats.

contendent contendents

adjectiu i nom masculí i femení — Que lluita amb un altre. A vegades és perillós voler separar els contendents d'una baralla.

contenidor contenidors

nom masculí — Un contenidor és un dipòsit gran que es posa al carrer per a llençar-hi runa, escombraries i coses velles. També hi ha contenidors per a transportar mercaderies.

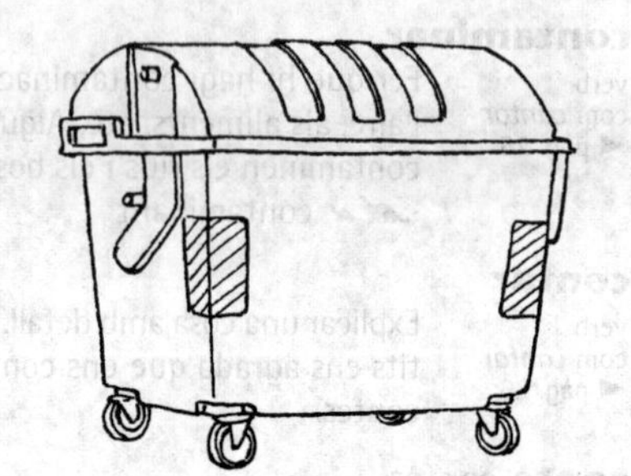

Un contenidor

contenir

verb
com *tenir*
◄ pàg. 42
Diferència: *contén o contingues*

1 Tenir dintre seu alguna cosa. Aquest diccionari conté moltes paraules i explicacions.

2 Impedir que una cosa o una persona s'escapi, surti del lloc on és. Quan les vores d'un riu no poden contenir l'aigua, hi ha inundacions.

usat amb pronom — **3 Contenir-se** és no deixar-se emportar per la ira, no expressar els sentiments. Algunes persones tenen vergonya de plorar i es contenen.

continència

content contenta contents contentes

adjectiu — 1 Que està satisfet amb el que fa i el que té; que té bon humor i alegria; que creu que les coses li van bé. Quan guanyem un premi estem molt contents.

2 Diem que estem contents d'una persona si creiem que fa les coses ben fetes i que es porta bé.

acontentar, descontent, malcontent

contesa conteses

nom femení — Una contesa és una lluita, una discussió o una baralla. Quan hi ha eleccions, hi ha una contesa electoral: els diversos partits lluiten per la victòria.

contestar

verb
com *cantar*
◄ pàg. 26

1 Dir o escriure una cosa a la persona que ens ha fet una pregunta, ens ha telefonat, etc. Quan reps un correu electrònic, l'has de contestar.

2 Dir que no estem d'acord amb algú quan ens mana alguna cosa o quan ens renya.

contesta, contestació, contestador, contestatari, contestatària

context contexts

nom masculí
També *contextos*

1 El context d'una frase o d'una paraula són les altres frases o paraules que l'envolten i que ajuden a comprendre'n el significat. En la frase: *La roda ha perdut un cargol*, comprenem pel context de quina classe de cargols es parla.

2 El context d'un fet és la situació que l'envolta. Per a explicar l'inici d'una guerra, cal conèixer el context històric.

contigu contigua contigus contigües

adjectiu — Que està en contacte amb una altra cosa. Dues cases són contigües quan estan separades només per una paret.

continent continents

nom masculí — 1 Un continent és una cosa que en té una altra dins. Una capsa de sabates és el continent i les sabates són el contingut.

2 Cada una de les divisions que fem de la Terra: Europa, Àsia, Àfrica, Amèrica i Oceania. Els continents estan separats pels mars i pels oceans.

continental, intercontinental

contingut continguts

nom masculí — El contingut d'un vas, d'una capsa o de qualsevol altre recipient és allò que té a dins. La llet és el contingut d'una ampolla de llet.

continu contínua continus contínues

adjectiu — Que va tot seguit, sense interrupcions. En un dia de pluja contínua no para de ploure.

continuïtat

continuació continuacions

nom femení — 1 La continuació és el fet de continuar. Tots volem que ens expliquin la continuació d'una història.

locució que fa d'adverbi — 2 **A continuació** vol dir tot seguit, immediatament després d'una cosa. *Volíem fer una truita, vam batre els ous i a continuació els vam posar a la paella.*

continuar

verb
com *canviar*
◄ pàg. 30
Amb dièresi

1 Continuem una cosa quan la tornem a fer després d'haver-la deixat abandonada. Si continues llegint després de sopar és que havies deixat la lectura per anar a sopar, i, en acabat, tornes a agafar el llibre.

2 Una cosa continua si dura i encara no s'a-

caba. Quan la febre d'un malalt continua és que encara no baixa.

contorn contorns
nom masculí
El contorn d'una cosa és la línia que segueix tota la seva part de fora. El contorn d'un llibre és de línies rectes; el d'una pilota és rodó.

contorsió contorsions
nom femení
Una contorsió és un moviment exagerat i estrany de la cara, dels braços, de les cames. Alguns músics de rock, quan actuen, fan contorsions.

contorsionista contorsionistes
nom masculí i femení
Un o una contorsionista és un o una artista de circ o d'un espectacle semblant que fa contorsions, cargolant les cames i els braços per damunt del cos.
contorsionisme

1
contra
preposició
1 En una direcció fins a topar amb alguna cosa. *El tren ha topat contra una vaca que hi havia a la via. La pluja bat contra els vidres.*
2 En contacte amb. *Estaven un contra l'altre per no tenir fred.*
3 En oposició a. *Nedar contra el corrent és molt cansat. Un bany amb aigua freda és un remei contra la febre.*
locució que fa d'adverbi i de preposició
4 Anar **en contra** és oposar-se a alguna cosa o persona. *Diguis el que diguis, ell hi anirà en contra. No sé si estic en contra d'ell o en contra teu.*
locució que fa d'adverbi
5 **Per contra** vol dir al contrari. *Tu sempre has estat molt forta; per contra, jo sóc dèbil.*

2
contra contres
nom masculí
1 Els contres d'una cosa són la part menys bona. Abans de prendre una decisió important, cal pensar en els pros i els contres.
nom femení
2 Fer o portar la contra a algú és anar contra les seves opinions.

contraatacar
verb
com *cantar*
◄ pàg. 26
Amb QU davant E, I
Passar de manera ràpida de la defensa a l'atac.
contraatac

contrabaix contrabaixos
nom masculí
Un contrabaix és un instrument de corda que té la forma d'un violí, però és molt més gran. Normalment té quatre cordes i fa un so molt baix. El músic que el toca ha d'estar dret. ✎ pàgs. 394-395 (4) (42)

contraban contrabans
nom masculí
El contraban és el fet d'entrar en un país mercaderies prohibides o que no han pagat els impostos d'entrada. El contraban és il·legal.

contrabandista contrabandistes
nom masculí i femení
Un o una contrabandista és una persona que passa coses de contraban. Els contrabandistes són perseguits per la policia de fronteres.

contracció contraccions
nom femení
1 Hi ha una contracció quan una cosa es contreu. El fred provoca la contracció del mercuri dels termòmetres.
2 Unió de dos mots en un de sol. *Del* és la contracció de *de* i *el*.

contraceptiu contraceptius
nom masculí
Anticonceptiu.
contracepció

a contracor
locució que fa d'adverbi
Si fem una cosa a contracor és que no tenim ganes de fer-la. *Anava a veure aquella pel·lícula a contracor; en realitat, en volia veure una altra.*

contractar
verb
com *cantar*
◄ pàg. 26
Fer un contracte amb una persona o amb una empresa que especifica la feina que ha de fer i les condicions econòmiques. Quan una empresa contracta una persona, es compromet a pagar-li un sou.

contracte contractes
nom masculí
Un contracte és un acord firmat per dues o més persones o empreses que es comprometen a complir determinades obligacions. Els artistes de cine firmen contractes amb les empreses productores de pel·lícules.

contrada contrades
nom femení
Una contrada és una extensió de territori. A la Costa Brava hi ha contrades de gran bellesa.

contradir
verb
com *dir*
◄ pàg. 32
Diferència: *contradigues contradiu*
1 Dir el contrari del que diu algú. Quan expliquem una cosa que és veritat no ens agrada que ens contradiguin. Als busca-raons, els agrada contradir els altres i discutir-s'hi.
usat amb pronom
2 **Contradir-se** és dir el contrari del que s'ha dit abans. Quan es contradiu la persona que fa de testimoni en un judici, li fan més preguntes.
contradicció, contradictori, contradictòria

contrafet contrafeta contrafets contrafetes
adjectiu
Que és tort o que té una forma que no és normal. Un tomàquet contrafet és ple de bonys.

A B C D E F G H I J K L M N O P Q R S T U V W X Y Z

contrafort contraforts
nom masculí
Un contrafort és un pilar adossat a la part de fora d'un mur per a fer de reforç. A vegades, els contraforts estan units al mur a través d'un arc que es diu *arcbotant*.
✎ pàg. 599 ⑧

contraindicació contraindicacions
nom femení
Una contraindicació és qualsevol cosa que fa que no es pugui prendre un medicament o seguir un tractament. Tenir úlcera d'estómac o estar prenent altres medicaments poden ser contraindicacions.

contrallum contrallums
nom masculí
Un objecte està a contrallum quan està situat entre nosaltres i la llum i només en veiem la silueta. Quan fem una fotografia de cara al sol, estem fent un contrallum.

contralt contralts
nom masculí i femení
Dins la classificació de les veus humanes, un o una contralt és un cantant, especialment dona, que té el tipus de veu més greu. Alguns nens també poden tenir veu de contralt.

contrapès contrapesos
nom masculí
Un contrapès és un pes que fa força contra un altre pes. En un ascensor hi ha uns contrapesos que impedeixen que baixi de cop.

contraportada contraportades
nom femení
La contraportada d'un llibre o d'una revista és la pàgina que ve després de la portada. S'hi posen dades com l'any de l'edició i el nombre d'exemplars.

contrarestar
verb
com *cantar*
◄ pàg. 26
Amb R
Anul·lar els efectes d'una cosa amb una altra cosa. La destrucció d'un bosc per un incendi s'ha de contrarestar plantant arbres nous.

contrari contrària contraris contràries
adjectiu
1 Que s'oposa a alguna cosa; que és a l'altre cantó, en un lloc oposat; que va a la inversa. Moltes persones són contràries a la pena de mort. Si un cotxe circula per una carretera en direcció contrària, pot provocar un accident.
nom masculí
2 El contrari d'una cosa és una altra cosa del tot oposada. El contrari del fred és la calor.
nom masculí i femení
3 Persona que està en contra nostra o que juga contra nosaltres en un partit. Un jugador de futbol ha de fer gols a la porteria del contrari.
locució que fa d'adverbi
4 **Al contrari** vol dir al revés, de manera oposada. *En Carles és malaltís, i la Marta, al contrari, no es posa mai malalta.*

contrarietat contrarietats
nom femení
Una contrarietat és qualsevol cosa que no ens deixa fer el que volem o que ens ho fa difícil. Posar-se malalt abans d'una excursió és una contrarietat.

contrasenya contrasenyes
nom femení
1 Una contrasenya és un objecte o unes paraules que només tenen o coneixen les persones d'un grup. Els soldats fan servir contrasenyes per a saber qui és dels seus.
2 Conjunt de lletres o de números que s'han de saber per a poder entrar en un ordinador o en algunes pàgines web. Si només tu saps la contrasenya del teu correu electrònic, ningú més podrà llegir els teus missatges.

contrast contrasts
nom masculí
També *contrastos*
Hi ha contrast entre dues coses quan, posades l'una al costat de l'altra, es veu que són molt diferents. Hi ha més contrast entre el negre i el vermell que entre el negre i el gris.

contrastar
verb
com *cantar*
◄ pàg. 26
1 Veure's molt diferents dues coses. Quan neva, el blanc de la neu contrasta amb el verd dels arbres.
2 Es diu que una cosa s'ha de contrastar quan s'ha de revisar per veure si és correcta. En una malaltia complicada és millor contrastar el diagnòstic d'un metge amb l'opinió d'altres metges.

contratemps contratemps
nom masculí
Un contratemps és una cosa molesta i desagradable que ha passat i que ens impedeix fer el que volíem. Una grip és un contratemps que no ens deixa sortir d'excursió.

contraure
verb
com *traure*
◄ pàg. 42
Contreure.

contravenir
verb
com *tenir*
◄ pàg. 42
Diferència: *contravén*
Anar en contra d'una llei, d'un reglament. Si un jugador de futbol que no és el porter toca la pilota amb les mans contravé a les normes del joc.

contreure
verb
com *treure*
◄ pàg. 42
També *contraure*
1 Fer o fer-se més petita una cosa. El fred contreu els metalls. Els músculs del nostre cos es contreuen quan fem determinats moviments.
2 Agafar una malaltia, un vici, un costum. Hi ha malalties que es contreuen menjant aliments en mal estat.
frase feta
3 **Contreure matrimoni** és casar-se.

contribució contribucions
nom femení
1 Una contribució és una quantitat de di-

ners que algú dóna per a una obra que fan diverses persones.

2 Diners que paguen els ciutadans a l'Estat o als ajuntaments. Les persones que tenen una botiga paguen diverses contribucions.

3 Participació en una activitat. Una pel·lícula demana la contribució de moltes persones.

contribuir

verb
com *reduir*
◄ pàg. 39
Amb dièresi

1 Donar una quantitat de diners per a fer alguna cosa. Molta gent contribueix en les campanyes a favor del Tercer Món.

2 Prendre part en una cosa, ajudar a fer una cosa. Tots els ciutadans contribuïm al funcionament del país.

contribuent

contrincant contrincants

nom masculí i femení

Un o una contrincant és una persona que lluita contra altres persones per aconseguir alguna cosa. Són contrincants els equips que juguen en un campionat esportiu per guanyar el mateix títol.

control controls

nom masculí

El control és el fet de controlar o de controlar-se. A les fronteres hi ha control de les persones i de les mercaderies. És molt perillós que la persona que condueix un cotxe en perdi el control.

descontrol

controlar

verb
com *cantar*
◄ pàg. 26

1 Mirar amb molta atenció que tot funcioni bé, que tot es faci com s'ha de fer. Els guàrdies controlen la circulació dels cotxes.

2 Diem que una persona ens controla si ens vigila molt i no ens deixa fer algunes coses.

usat amb pronom

3 **Controlar-se** és tenir domini de si mateix. Si una persona no es controla, de seguida crida i s'enfada.

incontrolable

controvèrsia controvèrsies

nom femení

Una controvèrsia és una discussió entre diverses persones sobre un tema. Hi ha molta controvèrsia sobre l'origen de la Terra, les diverses teories no coincideixen.

contundent contundents

adjectiu

1 Que serveix per a donar cops, que pot produir una contusió. Un martell és un objecte contundent.

2 Es diu que una cosa és contundent quan és clara i no pot ser discutida. Una victòria contundent és guanyar, per exemple, per 5 a 0.

contundència

contusió contusions

nom femení

Una contusió és el mal que fa un cop o un xoc amb una cosa. Les contusions no fan ferides per fora ni trenquen cap os.

contusionar

conurbació conurbacions

nom femení

Hi ha una conurbació quan dues o més ciutats que estan molt properes van creixent fins que s'uneixen i desapareixen els espais rurals que hi havia entremig. La conurbació de Barcelona es forma amb municipis com Badalona, l'Hospitalet, Cornellà, etc.

convalescent convalescents

adjectiu i nom masculí i femení

Que recupera les forces i la salut després d'una malaltia. Els convalescents necessiten repòs i una alimentació adequada.

convalescència

convèncer

verb
com *témer*
◄ pàg. 26
Amb Ç davant O
Diferències:
convences, convenç

1 Fer que algú accepti el que li diem, que faci el que volem. Les persones tossudes són difícils de convèncer.

2 Una persona està convençuda d'una cosa quan n'està molt segura i creu que és veritat. Estem convençuts que no hi ha habitants a la Lluna.

convenciment

convenció convencions

nom femení

1 Una convenció és un costum o una opinió que tothom segueix de comú acord. Saludar-se donant-se la mà és una convenció, es podria fer d'una altra manera.

2 Reunió de persones d'una mateixa professió. En alguns hotels hi ha sales de convencions.

convencional

conveni convenis

nom masculí

1 Un conveni és un acord entre dues o més persones, com el que es fa a les empreses entre els treballadors i els empresaris.

2 Un **conveni col·lectiu** és un acord vàlid per a totes les empreses del mateix sector: de la construcció, del tèxtil, etc.

convenient convenients

adjectiu

Que convé, que és oportú i ens va bé. Quan fa fred, és convenient tenir calefacció.

conveniència

convenir

verb
com *tenir*
◄ pàg. 42
Diferència:
convén

1 Anar bé, ser útil. Diuen que no convé veure aigua després de menjar fruita.

2 Posar-se d'acord dues o més persones. Si has convingut d'anar al cine, no facis esperar.

convent convents

nom masculí

Un convent és un edifici on viuen monges o frares. Als convents hi ha molt de silenci.

convergència convergències
nom femení
Hi ha convergència quan dues o més coses es troben en un mateix punt. En una plaça hi ha la convergència de diversos carrers.
convergir

convers conversa conversos converses
adjectiu i nom masculí i femení
Que ha passat d'una religió a una altra. Es diuen conversos sobretot els jueus i els musulmans que s'han fet cristians.

conversa converses
nom femení
Dues o més persones tenen una conversa quan passen una estona parlant. Hi ha persones que saben mantenir converses molt agradables.

conversar
verb
com *cantar*
◀ pàg. 26
Tenir una conversa. És agradable conversar mentre dinem o sopem.
conversació

convertir
verb
com *servir*
◀ pàg. 28
1 Fer que una cosa passi a ser-ne una altra. En els contes hi ha prínceps que converteixen en granotes.
2 Fer que una persona canviï de religió. Els missioners volien que els indígenes es convertissin al cristianisme. Una persona es converteix de les seves idees quan canvia de manera de pensar.
conversió

convex convexa convexos convexes
adjectiu
Que té la part del mig sortint cap enfora en forma de mitja lluna. És el contrari de *còncau*. ✎ còncau
convexitat

convicció conviccions
nom femení
1 Una persona parla o actua amb convicció si està convençuda del que diu o del que fa. Tots els científics defensen les seves teories amb convicció.
2 Les conviccions d'una persona són les idees més importants que té, les que fan que es comporti d'una manera determinada. Hi ha qui pren molts medicaments perquè té la convicció que així tindrà més salut.

convicte convicta convictes
adjectiu
La persona acusada d'un delicte és convicta quan s'ha demostrat que és culpable, encara que no ho hagi confessat.

convidar
verb
com *cantar*
◀ pàg. 26
1 Dir a algú que vingui amb nosaltres a una festa, una sortida o una altra cosa agradable. A tots ens agrada que ens convidin a un casament.
2 Quan diem que algú convida és que paga la beguda, el menjar, etc.
3 Fer que vingui el desig d'una cosa. El bon temps convida a anar a la muntanya.

convidat convidada convidats convidades
nom masculí i femení
Persona que ha estat convidada a un casament, a una festa, etc.

convincent convincents
adjectiu
Que convenç. Si et donen un argument convincent, pots canviar d'opinió.

convit convits
nom masculí
Un convit és una festa, un dinar, etc., on anem com a convidats. Quan una parella es casa fa un convit amb els familiars i els amics.

conviure
verb
com *viure*
◀ pàg. 44
Viure juntes dues o més persones. És difícil conviure amb persones que són brutes.
convivència

convocar
verb
com *cantar*
◀ pàg. 26
Amb QU davant E, I
1 Avisar algú que vagi a una reunió, una celebració, etc. Sovint, el president del govern convoca els ministres al seu despatx.
2 Anunciar que se celebrarà un concurs, un examen, una manifestació, etc. Quan es convoquen eleccions, els ciutadans han d'anar a votar.
convocatori, convocatòria, desconvocar

convulsió convulsions
nom femení
1 Una convulsió és una contracció dels músculs. Quan una persona té convulsions, belluga els braços i les cames sense voler. Algunes malalties produeixen convulsions.
2 Es parla també de convulsions polítiques, socials, etc., quan passen coses que provoquen malestar a la gent.

conxorxa conxorxes
nom femení
Una conxorxa és un tracte secret entre diverses persones per a alguna cosa mal feta. Hi ha delinqüents que fan conxorxa per obtenir diners.

cony conys
nom masculí
1 Vulva. Es considera una paraula grollera.
2 També es fa servir com una exclamació que expressa sorpresa, disgust, etc. *Cony!, què hi fots tu, aquí?*

conya conyes
nom femení
Manera informal de dir *broma, burla*. Una persona està de conya quan fa broma. Una cosa de conya és molt bona. Hi ha pastissos que són de conya.

conyac conyacs
nom masculí
El conyac és una beguda alcohòlica feta amb vi. Té un sabor molt fort i és de color

A B C D E F G H I J K L M N O P Q R S T U V W X Y Z

marró. Es deixa molt de temps en bótes de roure.

cooficial cooficials

adjectiu

Que és oficial juntament amb una altra cosa. Dues llengües són cooficials en un lloc quan es pot fer servir l'una o l'altra en els contractes, en els jutjats, en els actes públics, etc.

cooperar

verb
com *cantar*
◄ pàg. 26

Participar amb altres persones en una obra o en una feina, ajudar-les. La majoria dels alumnes cooperen en la festa de final de curs.
cooperació, cooperatiu

cooperativa cooperatives

nom femení

Una cooperativa és una societat de treballadors que s'uneixen per fabricar i vendre els seus productes. Les cooperatives de pagesos tenen màquines que fan servir tots els socis.

coordenada coordenades

nom femení

En matemàtiques, les coordenades d'un punt són dos números que serveixen per a situar-lo dins d'uns eixos. El primer número correspon a l'eix de les abscisses, i l'altre al de les ordenades. En el joc dels vaixells, la ratlla de les lletres i la dels números formen un eix de coordenades.

coordinar

verb
com *cantar*
◄ pàg. 26

Organitzar i dirigir diverses coses o persones per obtenir un resultat comú. En una escola hi ha persones que coordinen els horaris, les avaluacions, etc.
coordinació

coordinat coordinada coordinats coordinades

adjectiu

En gramàtica, dos elements són coordinats si estan lligats entre ells amb una partícula i tots dos tenen la mateixa categoria que si van sols. *En Joan i la Maria* són dos sintagmes nominals coordinats, no n'hi ha cap que sigui més important que l'altre. Les oracions coordinades s'uneixen amb conjuncions. *Posa l'olla al foc i espera que arrenqui el bull.*

cop cops

nom masculí
També *colp*

1 Un cop és un xoc violent contra una cosa. Ens podem donar un cop de cap a la porta o ens poden donar un cop amb un bastó.
2 Senyal que deixa un xoc. Els futbolistes tenen les cames plenes de cops.
3 Desgràcia que impressiona molt. La mort de la mare és un cop per als fills.
4 Cada un dels moviments que fa una màquina o que fem amb un aparell. Podem donar dos cops de planxa a una camisa o anar a un lloc amb un cop de cotxe.
5 Vegada. Si has anat dos cops al cine és que hi has anat dues vegades.
6 Una persona té un cop d'aire quan no es troba bé perquè ha estat al mig del corrent d'aire.
7 Un cop de telèfon és una telefonada. Un cop de vent és una ventada forta i curta.
8 Un **cop de puny** és un cop que es dóna amb la mà tancada.
9 Una habitació, una casa, etc., es diu que és un **cop de puny** quan és molt petita.
10 Donar un **cop d'ull** és mirar una cosa sense gaire atenció, per sobre.

locució que fa d'adverbi

11 **De cop** vol dir sense pensar-s'ho gaire, de manera ràpida. *Estava assegut tranquil·lament i, de cop, es va aixecar.*

frase feta

12 **Donar un cop de mà** a algú és ajudar-lo en una feina.

copa copes

nom femení

1 Una copa és un vas per a beure que té peu. Els antics bebien en copes grosses de fusta i de metall. Nosaltres les tenim de vidre. ✎ pàg. 396 ⑳
2 Trofeu en forma de copa que es dóna en moltes competicions esportives.
3 Capçada.

nom femení plural

4 Les copes són una de les quatre sèries de cartes de la baralla.

nom femení

5 La copa d'un barret és la part on es fica el cap.

copejar

verb
com *cantar*
◄ pàg. 26
Amb G davant E, I

Donar cops. Els timbals es copegen amb unes barres primes de fusta.

còpia còpies

nom femení

1 Una còpia és un objecte o un escrit que es fa igual que un altre. Algunes còpies d'obres d'art no es distingeixen dels originals.

locució que fa de preposició

2 **A còpia de** vol dir fent servir moltes vegades una cosa. *Va guanyar el premi a còpia de molts esforços.*
copiós, copiosa

copiar

verb
com *canviar*
◄ pàg. 30
Amb dièresi

1 Fer una cosa exactament igual que una altra. Alguns pintors copien els quadres famosos d'altres pintors.
2 En un examen, mirar d'amagat el que un altre escriu, un llibre o els apunts i escriure el mateix. Els alumnes que han estudiat no necessiten copiar.
3 Diem que una persona en copia una altra quan fa les mateixes coses, es vesteix igual, etc.

copó copons

nom masculí

Un copó és una copa d'or o de plata per a guardar les hòsties consagrades a la missa.

A B C D E F G H I J K L M N O P Q R S T U V W X Y Z

A B C D E F G H I J K L M N O P Q R S T U V W X Y Z

copsar
verb
com *cantar* ◄ pàg. 26

1 Agafar al vol. Els porters de futbol sovint copsen la pilota amb les dues mans.
2 Si diem que hem copsat una cosa és que l'hem entesa. No tothom copsa el significat de les paraules difícils.

còpula còpules
nom femení

1 Una còpula és un mot que uneix dues paraules o dues oracions. Les conjuncions són còpules.
2 Unió del mascle amb la femella.

copular
verb
com *cantar* ◄ pàg. 26

Unir-se el mascle amb la femella.

copulatiu copulativa copulatius copulatives
adjectiu

Que lliga una cosa amb una altra. Es diu sobretot dels mots o del verb que fan d'unió entre paraules o oracions. El verb *ser* és un verb copulatiu, uneix el subjecte a un complement: *La persiana és verda.*

copyright copyrights
nom masculí

El copyright d'un llibre ens diu quina editorial o quin autor n'és el propietari. S'indica a la contraportada amb el signe ©. És una paraula anglesa.

coquetejar
verb
com *cantar* ◄ pàg. 26
Amb G davant E, I

Una persona coqueteja quan intenta agradar a una altra i despertar-li un interès amorós. Quan dues persones coquetegen, encara no s'estimen.

coquet, coqueta

1
cor cors
nom masculí

1 El cor és l'òrgan més important de la circulació de la sang. Els moviments de contracció i de dilatació de les cavitats del cor fan circular la sang per tot el cos. Si el cor es para, la persona es mor.
2 Dibuix o objecte que representa un cor. Es pinta un cor amb una fletxa per dir que dos s'estimen.
3 Part més important i més amagada d'una cosa. El cor d'una poma és la part de dins, on hi ha les llavors.
4 Sentiments i amor d'una persona. Diem que una persona té bon cor, que parla amb el cor a la mà, que ha donat el seu cor a una altra persona, etc.
5 Tenir mal de cor és tenir gana, sentir una sensació de buit a l'estómac.

locució que fa d'adverbi
6 Donar o fer una cosa **de tot cor** és donar-la o fer-la amb sinceritat i generositat. *T'agraeixo de tot cor que m'hagis vingut a veure.*

frase feta
7 Quan **estem amb l'ai al cor** és que estem molt espantats, patint per si passa una desgràcia.
8 Una persona **fa el cor fort** quan fa veure que no pateix i que no s'espanta.

2
cor cors
nom masculí

1 Un cor és un grup de persones que canten juntes.
2 Part d'una església on se situa el cor que canta i on hi sol haver l'orgue. A moltes esglésies el cor és en un lloc elevat, damunt de l'entrada.

corejar, corista

coragre coragres
nom masculí

Una persona té coragre quan sent un malestar a l'estómac, com si li cremés, i li puja a la boca un gust àcid desagradable.

coral corals
adjectiu

1 Dels cors o de la música que es canta a cor.

adjectiu i nom femení
2 Una societat coral o una coral és un cor de persones que canten.

nom masculí
3 Un coral és una composició musical que es canta a cor. Són cèlebres els corals religiosos de Bach.

corall coralls
nom masculí

El corall és l'esquelet d'un animal marí que es diu pòlip. Té la forma d'un arbre i és molt dur. Amb el corall vermell es fan joies.

coral·lí, coral·lina

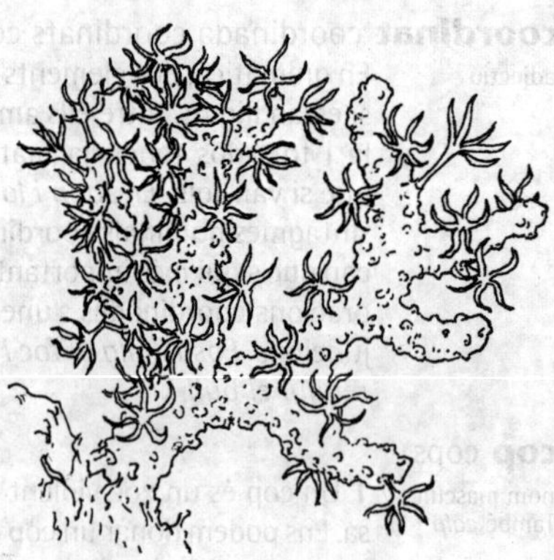

Un corall

coratge coratges
nom masculí

Una persona té coratge quan és valenta i no es fa enrere davant de les dificultats i del perill. Els bombers han de tenir molt de coratge en la seva feina.

coratjós, coratjosa, encoratjar

1
corb corbs

nom masculí
Amb B

Un corb és un ocell de color negre intens que té el bec molt fort. Fa un crit molt característic. S'alimenta de tota mena d'animals i de carronyes. Quan vola alt descriu cercles. Els corbs formen grups nombrosos.

corba

2
corb corba corbs corbes

adjectiu

1 Que no segueix la línia recta, sinó que té forma de mitja lluna o de mitja rodona. Els àrabs portaven espases corbes, les simitarres.

nom femení

2 Una corba és una línia corba o un tros corb d'alguna cosa. Les carreteres no són sempre rectes, sinó que, de tant en tant, tenen corbes.

corbar

verb
com *cantar*
◄ pàg. 26
També *encorbar*

1 Fer que una cosa no sigui recta, sinó que tingui forma de mitja lluna. Per a fer un arc de tirar fletxes, s'ha de corbar una branca d'arbre o una fusta flexible.

usat amb pronom

2 Una cosa **es corba** quan agafa una forma d'arc, com passa amb una branca d'arbre carregada de fruita.

corbata corbates

nom femení

Una corbata és una tira de seda o d'una altra roba de qualitat que es lliga al voltant del coll de la camisa amb un nus estret i penja damunt del pit. No tothom sap fer el nus de la corbata.

corbatí corbatins

nom masculí

Un corbatí és un llaç que es posa al davant del coll de la camisa, al lloc on es fa el nus quan es porta corbata. Quan un home es vesteix de frac, porta corbatí.

corbeta corbetes

nom femení

Una corbeta és un vaixell de guerra molt ràpid i lleuger preparat sobretot per a lluitar contra submarins.

corc corcs

nom masculí

Un corc és un adult o una larva d'algunes espècies d'insectes. Els corcs són petits i viuen en els vegetals que els alimenten; roseguen la fusta o es mengen l'arròs, la farina i altres aliments.

corcar

verb
com *cantar*
◄ pàg. 26
Amb QU davant E, I

1 Rosegar un corc la fusta, l'arròs, etc. Diem que una fusta o un aliment s'ha corcat quan hi han entrat els corcs. La fusta corcada és plena de foradets i es trenca fàcilment.

usat amb pronom

2 Una dent **es corca** quan es forada per la càries.

corcó corcons

nom masculí

1 Corc.

2 Una persona és un corcó quan és molt pesada i ens molesta dient-nos sempre les mateixes coses.

corcoll corcolls

nom masculí

1 Nuca, clatell.

frase feta

2 **Anar de corcoll** és anar malament alguna cosa o estar una persona molt enfeinada i atabalada.

3 **Caure de corcoll** és caure de cap enrere, de clatell.

corda cordes

nom femení

1 Una corda és un conjunt de fils de cànem, d'espart o d'una altra matèria que s'ajunten torçant-los els uns damunt dels altres fins que formen com un sol fil gruixut. Les cordes serveixen per a lligar, estirar i penjar.

2 Mena de fil de metall o d'un altre material que forma part d'alguns instruments com la guitarra, el violí i el piano. Les cordes es fan vibrar i produeixen el so. Els instruments que tenen cordes es diuen instruments de corda.

3 Mecanisme que tenen alguns rellotges i algunes joguines i que els fa funcionar. Per a donar corda, s'ha de fer girar una clau.

4 Diem que una persona té molta corda quan no para de parlar.

5 Les **cordes vocals** són un conjunt de músculs petits que tenim a la glotis i que amb la respiració vibren i produeixen sons.

encordar

cordar

verb
com *cantar*
◄ pàg. 26

Tancar una camisa, un vestit o una altra peça de vestir amb els botons, la cremallera, etc. Ens cordem les sabates quan lliguem els cordons que porten.

cordell cordells

nom masculí

Cordill. Es diu només en algunes zones.

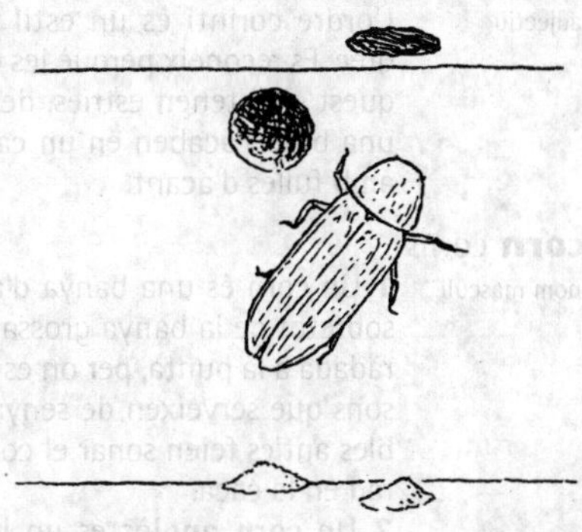

Un corc

corder corders

nom masculí Anyell, be.

cordialitat cordialitats

nom femení Hi ha cordialitat quan les coses es fan amb simpatia i afecte, amb bons sentiments. Els amics sempre se saluden amb cordialitat.

cordial

cordiforme cordiformes

adjectiu Que té forma de cor. Les fulles d'algunes plantes són cordiformes. limbe

cordill cordills

nom masculí Un cordill és una corda molt prima. Els cordills es fan servir per a lligar paquets, penjar objectes, etc. Els caps de les botifarres es lliguen amb cordills.

cordó cordons

nom masculí **1** Un cordó és un cordill fet amb seda, llana, cotó, etc., de gruix i mida diversos. Els cordons són de color i es fan servir per a cordar les sabates, cenyir-se un vestit, tancar i obrir una cortina, etc.

2 Conjunt de persones que es posen l'una al costat de l'altra per impedir el pas. A vegades, quan hi ha hagut un accident, la policia forma un cordó en un carrer.

acordonar, encordonar

coreografia coreografies

nom femení La coreografia és l'art de preparar balls anotant els passos que s'han de fer i els desplaçaments de les persones del ballet. En un espectacle musical hi ha una bona coreografia quan les danses van ben coordinades amb la música, els llums i altres efectes.

corfa corfes

nom femení La corfa d'una fruita o del formatge és la pell; la corfa d'una avellana o d'una ametlla és la closca; la corfa d'un arbre és l'escorça.

corinti coríntia corintis coríntíes

adjectiu L'ordre corinti és un estil arquitectònic grec. Es reconeix perquè les columnes d'aquest estil tenen estries, descansen sobre una base i acaben en un capitell decorat amb fulles d'acant.

corn corns

nom masculí **1** Un corn és una banya d'animal. Es diu sobretot de la banya grossa buidada i foradada a la punta, per on es bufa per a fer sons que serveixen de senyal. Alguns pobles antics feien sonar el corn en la guerra i en la caça.

2 Un **corn anglès** és un instrument de vent, de fusta, semblant a un oboè, però més llarg i de so més greu. La part del final s'eixampla molt.

cornamenta cornamentes

nom femení Banyam.

cornamusa cornamuses

nom femení Sac de gemecs.

córner córners

nom masculí En el futbol, la pilota surt a córner quan un jugador la llança fora del camp per la línia que hi ha darrere de la porteria del seu equip.

corneta cornetes

nom femení Una corneta és un instrument musical de vent, semblant a la trompeta, però més petit i de so més agut. A les bandes militars hi ha cornetes.

cornetí cornetins

nom masculí Un cornetí és un instrument musical de vent, molt semblant a la trompeta, que fa un so molt agut i una mica estrident. Actualment, es fa servir sobretot a les bandes; a les orquestres es fa servir la trompeta.

còrnia còrnies

nom femení **1** La còrnia és la part de davant de l'ull. És transparent, fa una mica de panxa i cobreix l'iris i la pupil·la. págs. 798-799 (20)

2 També es diu *còrnia* la capa més exterior de la pell.

cornisa cornises

nom femení Una cornisa és un element sortint que hi ha a la part de dalt de la façana d'un edifici.

cornut cornuda cornuts cornudes

adjectiu **1** Que té banyes o corns. Els bous, els cérvols i les cabres són animals cornuts.

nom masculí i femení **2** Persona a qui la seva parella ha enganyat amb algú altre. Es fa servir com un insult.

frase feta **3 Ser cornut i pagar el beure** es diu quan una persona fa un favor a algú i només rep mals tractes i insults.

corol·la corol·les

nom femení La corol·la d'una flor és la part més vistosa. És constituïda pels pètals i envoltada pel calze. flor

1
corona corones

nom femení **1** Una corona és una joia en forma de cèrcol, d'or o de plata i pedres precioses, que es posen al cap els reis i les reines, els emperadors i les emperadrius.

2 Qualsevol adornament que envolta el cap com una corona. Els poetes a vegades

es representen amb una corona de llorer.
3 Quan es diu que algú desitja la corona és que vol ser rei. Si perd la corona és que ha deixat de ser rei.
4 Nom de diverses coses que tenen forma de corona, com la corona de flors que es dedica a una persona difunta, un pastís rodó, etc.
coronació, coronar

2
corona corones
nom femení — La corona és la moneda de Noruega, de Suècia i d'altres països europeus. La moneda d'Islàndia es diu *nova corona.*

coronel coronela coronels coroneles
nom masculí i femení — Militar que mana un regiment de soldats. Està per sobre d'un tinent coronel i per sota d'un general.

coroneta coronetes
nom femení — La coroneta és el punt més alt del cap, a la part del darrere. Hi ha homes que comencen a quedar calbs per la coroneta.

corporació corporacions
nom femení — Una corporació és un grup de persones unides per unes mateixes normes i que defensen les mateixes coses. Un ajuntament és una corporació municipal. També són corporacions les associacions de metges, advocats, etc.
corporatiu, coporativa, corporativisme

corporal corporals
adjectiu — Del cos. La gimnàstica és un exercici corporal.
corpori, corpòria, incorpori, incorpòria

corprendre
verb com *prendre* ◄ pàg. 38 Diferència: *corprèn, corprès* — Guanyar-se el cor, l'amor d'algú. Alguns actes d'ajuda als altres ens corprenen.

corpulent corpulenta corpulents corpulentes
adjectiu — Que és molt fort; que és alt i gros. Hi ha persones corpulentes i també arbres corpulents.
corpulència

corpus corpus
nom propi masculí — **1** El Corpus és una festa de l'Església que se celebra a l'entrada de l'estiu i que recorda quan Jesucrist va instituir l'eucaristia.
nom masculí — **2** Un corpus és un recull d'escrits sobre una matèria determinada.

corpuscle corpuscles
nom masculí — Un corpuscle és un tros molt petit de matèria, un cos petitíssim, que no es veu a simple vista. Els electrons són corpuscles.

corral corrals
nom masculí — Un corral és un lloc tancat per a guardar-hi el bestiar. En algunes granges hi ha el corral dels porcs i el de les gallines.
acorralar, encorralar

correcció correccions
nom femení — **1** Una correcció és el fet de corregir. Hem d'acceptar que ens facin la correcció d'una cosa mal feta.
2 Paraula o frase que algú ha corregit en un escrit. Un dictat amb moltes errades estarà ple de correccions.
3 Una persona actua, escriu o parla amb correcció quan ho fa bé i sense faltes.
correccional, corrector ✎ pàg. 996 (11)

correcte correcta correctes
adjectiu — **1** Que està ben fet, ben escrit, ben dit. En una redacció correcta no hi ha faltes.
2 Una persona és correcta quan fa les coses ben fetes, amb educació.

correctiu correctiva correctius correctives
adjectiu i nom masculí — Que corregeix o vol corregir alguna cosa. La gimnàstica correctiva pot millorar les desviacions de la columna vertebral. Quan algú imposa un correctiu a una persona, li posa un càstig.

a corre-cuita
locució que fa d'adverbi — Quan fas una cosa a corre-cuita la fas sense dedicar-hi el temps necessari. *Em vaig adonar que era molt tard i em vaig posar a fer el sopar a corre-cuita.*

corredís corredissa corredissos corredisses
adjectiu — **1** Una cosa corredissa és la que pot córrer damunt d'una altra que està fixa. Hi ha portes, finestres i cortines corredisses.
2 Un llaç o un nus corredís és el que es pot estrènyer més o menys estirant de la corda. Els vaquers de l'oest americà feien servir llaços corredissos.

corredissa corredisses
nom femení — Una corredissa és una correguda curta. Diem que en un lloc hi ha corredisses quan les persones surten corrent o van molt de pressa amunt i avall. Quan comença a ploure de cop, hi ha moltes corredisses pel carrer.

corredor corredora corredors corredores
adjectiu — **1** Que corre. Els cavalls són animals corredors.
nom masculí i femení — **2** Persona que participa en una cursa. Hi ha corredors d'atletisme, de ciclisme, de cotxes, etc.

Continua a la pàgina següent

A B C D E F G H I J K L M N O P Q R S T U V W X Y Z

nom masculí — **3** Un corredor és un lloc de pas llarg i estret en una casa, en un magatzem, en una embarcació o en un altre lloc. En una escola hi ha corredors que porten a les classes.

corregir

verb
com *servir*
◄ pàg. 28

1 Canviar una cosa que està mal feta a fi que estigui bé. Quan has acabat d'escriure una redacció, la tornes a llegir i corregeixes les faltes que hi ha.
2 Dir a algú que ha fet una cosa mal feta. Els pares i les mares corregeixen els fills. Una persona es corregeix quan deixa de fer coses mal fetes i es porta bé.
incorregible

correguda corregudes

nom femení — **1** Una correguda és el fet de córrer. Els gats joves, quan juguen, fan moltes corregudes.
2 Una correguda de bicicletes, de cotxes, d'atletes, etc., és una cursa.
3 Una **correguda de bous** és una festa popular on es fan córrer bous pels carrers d'una població.

locució que fa d'adverbi — **4** Quan vas a un lloc **en una correguda** hi vas de pressa, en poca estona. *Vaig anar a comprar en una correguda.*

correlatiu correlativa correlatius correlatives

adjectiu i nom masculí — Dues coses són correlatives quan una depèn de l'altra. L'edat i l'experiència sovint són correlatives: a més edat, més experiència.

corrent corrents

adjectiu — **1** Diem que l'aigua és corrent quan corre i no està estancada. Els rius tenen aigua corrent.
2 Que és present, que passa ara. El mes corrent és el mes en què estem.
3 Una moneda corrent és la que es fa servir en l'època actual.
4 Una paraula, una idea, una opinió o una altra cosa és corrent si tothom la coneix, la diu o la fa servir.

nom masculí — **5** Un corrent d'aigua és una quantitat d'aigua que corre, que va d'un lloc a un altre. En algunes coves subterrànies hi ha corrents d'aigua molt forts.
6 Hi ha corrent d'aire en un lloc quan és obert al davant i al darrere i l'aire hi circula sense impediment. Si ens posem en un corrent d'aire podem agafar un constipat.
7 El corrent elèctric és el moviment de càrregues elèctriques a través d'un conductor. No hi ha corrent quan no hi ha electricitat i no podem encendre els llums.
8 El **corrent altern** és el corrent elèctric en el qual el sentit de moviment dels electrons canvia contínuament de sentit. Els electrodomèstics que tenim a la cuina funcionen amb corrent altern.
9 El **corrent continu** és el corrent elèctric en el qual el sentit de moviment dels electrons no canvia.

locució que fa d'adverbi — **10** Quan estàs **al corrent** d'una cosa és que la coneixes, que saps de què va. *Aquests dies no llegeixo el diari i no estic al corrent del que passa pel món.*

corrents

adverbi — Molt de pressa. *Vine corrents que hi ha algú que t'espera!*

córrer

verb
◄ pàg. 32

1 Anar d'un lloc a un altre a peu molt més de pressa que caminant. Quan corres et dónes impuls ara amb una cama ara amb l'altra.
2 Anar un vehicle a molta velocitat. Hi ha cotxes petits que corren molt.
3 Anar molt de pressa o fer molt de pressa una cosa. Hi ha persones que corren molt quan llegeixen.
4 Moure's una cosa sobre una altra. El tren corre sobre la via i la punta del bolígraf corre sobre el paper.
5 Moure's l'aigua d'un riu, d'un torrent, etc., o l'aire. Hi ha dies d'estiu que no corre gens d'aire.
6 Una persona corre un perill quan li pot passar una desgràcia. També es diu que algú ha de córrer amb el risc de fer una cosa.
7 Anar per un lloc, viatjar per un país. Hi ha persones que han corregut tot Europa.

frase feta — **8** **Deixar-ho córrer** és no parlar més d'una cosa, no pensar-hi més. Si per una cosa sense importància veus que t'has d'enfadar amb un amic, val més que ho deixis córrer.
corriment

correspondència correspondències

nom femení — **1** La correspondència és el fet de correspondre o de correspondre's. A vegades no hi ha correspondència entre el que diem i el que fem.
2 Dues persones tenen correspondència quan s'escriuen cartes.
3 La correspondència d'una persona o d'una empresa és el conjunt de cartes que rep i envia.

correspondre

verb
com *fondre*
◄ pàg. 35
Diferències:
correspost, corresposta, correspostos, correspostes

1 Una cosa correspon a una altra quan es poden relacionar. Els dits de la mà dreta es corresponen amb els de la mà esquerra.
2 Si a una persona li correspon una cosa és que se la mereix o que l'ha de fer. Als primers en un concurs els correspon el primer premi. Si es reparteixen les feines de casa, a un li correspon parar taula i a un altre fer el dinar.

3 Tenir per una persona els mateixos sentiments que ella té per nosaltres. A vegades l'amor que se sent per algú no és correspost.
4 Una persona correspon a un favor, un regal, etc., quan dóna les gràcies, fa un regal, etc.

corresponent corresponents
adjectiu
Que correspon o que és d'algú o d'alguna cosa. Cada ampolla té el tap corresponent.

corresponsal corresponsals
nom masculí i femení
Un o una corresponsal és un o una periodista que envia els seus articles o que parla des d'un país estranger o des d'una altra població. Les televisions tenen corresponsals als llocs on hi ha guerra i a les principals ciutats del món. ✎ pàg. 996 ⑳

corretja corretges
nom femení
1 Una corretja és una tira de cuir o d'un material semblant. Hi ha corretges amb sivella per a aguantar els pantalons. Algunes corretges fan funcionar màquines, com la corretja del ventilador d'un cotxe.
frase feta
2 Una persona **té corretja** si aguanta les bromes i les burles.

corretjola corretjoles
nom femení
1 Una corretjola és una planta enfiladissa que pot arribar als dos metres de llargada. Fa unes flors blanques o rosades en forma de campaneta. Surt als sembrats, als marges i a les vores dels camins.
2 Cama-sec.

correu correus
nom masculí
Amb U
1 El correu d'una persona o d'una empresa és el conjunt de les cartes que rep o que envia. Els bancs tenen molt de correu.
2 El servei de correus d'un país s'encarrega de transportar i repartir les cartes i paquets que la gent envia. A correus hi treballa molta gent.
3 Antigament, un correu era una persona que portava la correspondència d'un lloc a un altre.
4 El **correu electrònic** és un sistema que permet enviar i rebre missatges entre dos o més ordinadors a través d'una xarxa informàtica. Podem enviar fotografies per correu electrònic.

corrida corrides
nom femení
Una corrida és un espectacle que es fa en una plaça rodona on un torero i altres persones s'enfronten a un toro brau fins que el maten amb una espasa. És una paraula castellana.

corriol corriols
nom masculí
Un corriol és un camí estret.

corriola corrioles
nom femení
Politja. Es diu quan no es parla tècnicament.

corró corrons
nom masculí
Un corró és qualsevol instrument o objecte en forma de tub, de fusta o d'un altre material dur, que es fa girar sobre una cosa i l'aplana, l'aixafa o l'estén. Hi ha corrons per a pintar les parets més ràpidament que amb brotxa. A la cuina i a les pastisseries es fan servir uns corrons de fusta per a estirar algunes masses. ✎ pàg. 593 ⑭

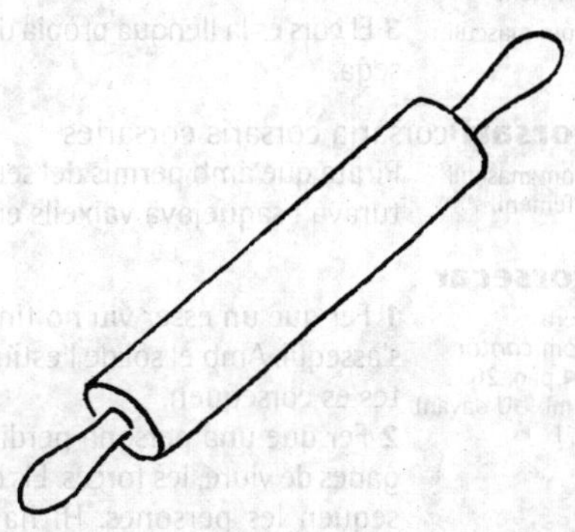

Un corró

corroborar
verb
com *cantar*
◄ pàg. 26
Confirmar o assegurar el que s'havia fet o dit abans. Els científics corroboren les seves teories amb experiments.

corrompre
verb
com *perdre*
◄ pàg. 27
1 Fer que els aliments es podreixin i es facin malbé; que l'aigua o l'aire no siguin bons per a beure i respirar. La humitat corromp alguns aliments. Fora de la nevera, el peix es corromp de seguida.
2 Fer que una persona o una cosa es torni dolenta o vagi contra la llei. La màfia corromp moltes persones donant-los diners.

corrosiu corrosiva corrosius corrosives
adjectiu i nom masculí
Una substància o un producte és corrosiu si destrueix i desgasta les coses. El salfumant és molt corrosiu: si cau damunt del terra, el taca.
corroir, corrosió

corrua corrues
nom femení
Una corrua és un grup de persones o de vehicles que avancen els uns darrere els altres. Quan hi ha caravana en una carretera, veiem una corrua de cotxes.

corrupció corrupcions
nom femení
1 La corrupció és el fet de corrompre o de corrompre's. S'evita la corrupció dels aliments posant-los a la nevera.
2 Una persona culpable de corrupció ha fet

A B C D E F G H I J K L M N O P Q R S T U V W X Y Z

A B C D E F G H I J K L M N O P Q R S T U V W X Y Z

alguna cosa il·legal per a guanyar diners. En un govern no hi ha d'haver corrupció.

corrupte corrupta corruptes

adjectiu — Una persona amb un càrrec públic és corrupta quan no compleix les seves obligacions perquè algú li dóna diners. A les pel·lícules surten policies corruptes.

corruptela, incorrupte, incorruptible

cors corsa corsos corses

adjectiu — 1 De Còrsega.

nom masculí i femení — 2 Persona que és de Còrsega o que hi viu.

nom masculí — 3 El cors és la llengua pròpia de l'illa de Còrsega.

corsari corsària corsaris corsàries

nom masculí i femení — Pirata que amb permís del seu govern capturava i saquejava vaixells enemics.

corsecar

verb com *cantar* ◄ pàg. 26 Amb QU davant E, I

1 Fer que un ésser viu no tingui humitat i s'assequi. Amb el sol de l'estiu moltes plantes es corsequen.

2 Fer que una persona perdi la il·lusió, les ganes de viure, les forces. Els disgustos corsequen les persones. Hi ha gent que es corseca per la falta d'amics i d'amor.

corser corsers

nom masculí — Nom que es donava al cavall que participava en els torneigs i en els combats. Aquesta paraula es fa servir també en poesia.

1
cort corts

nom femení — Una cort és un lloc tancat on hi ha animals, sobretot porcs. Diem que una casa sembla una cort quan està molt bruta.

págs. 994-995 (11)

2
cort corts

nom femení — 1 La cort d'un rei o d'una reina és el conjunt de les persones que estan al seu voltant: els seus familiars, amics i ajudants.

nom femení plural — 2 A l'Estat espanyol, les corts són el conjunt dels diputats i dels senadors que aproven les lleis i col·laboren amb el govern.

frase feta — 3 **Fer la cort** a una dona és dir-li coses boniques i anar amb ella per conquistar-la.

cortesà, cortesana

cortès cortesa cortesos corteses

adjectiu — Que és molt amable, molt educat i molt atent. Les persones corteses es fan estimar.

cortesia, descortesia

còrtex còrtexs

nom masculí — El còrtex és la part de fora d'alguns òrgans del cos. El còrtex cerebral és la capa exterior del cervell.

cortina cortines

nom femení — 1 Una cortina és una peça de roba que es penja davant d'una finestra, d'una porta o d'un altre espai. Hi ha cortines molt boniques que fan d'adornament.

págs. 594-595 (17)

2 Qualsevol cosa que en tapa alguna altra. Podem parlar d'una cortina de fum o de muntanyes.

corxera corxeres

nom femení — Una corxera és una de les formes d'escriure una nota musical. Les corxeres duren la meitat que les negres. nota

cos cossos

nom masculí — 1 El cos d'una persona o d'un animal és el conjunt del cap, el tronc i les extremitats, o bé només la part del tronc.

2 Cadàver d'una persona. Quan hi ha una inundació, els bombers busquen els cossos dels desapareguts.

3 El cos d'un vestit o d'una camisa és la part que cobreix el tronc. Quan anem en cos de camisa és que no portem res damunt de la camisa.

4 Part més important d'una cosa. El cos d'una carta és la part central, la que n'explica el motiu.

5 Qualsevol substància sòlida, líquida o gasosa. L'oxigen és un cos simple; l'aigua és un cos compost.

6 Conjunt de persones que fan la mateixa feina, com el cos de bombers o el cos de policia.

cós cóssos

nom masculí — 1 Un cós és una cursa a peu o a cavall que es fa en algunes festes populars.

2 Espai dins una població on hi ha una casa o on s'ha de construir una casa. Una casa de dos cóssos és força gran.

cosa coses

nom femení — 1 Una cosa és tot el que hi ha al món que no és ni persona, ni animal ni planta. Un rellotge o una pedra són coses.

2 La paraula *cosa* es fa servir sovint per a indicar objectes, paraules o esdeveniments que no sabem ben bé què són o com són. Diem que hem ensopegat amb una cosa, que ens han dit una cosa, que hem trobat una cosa o que farem una cosa meravellosa.

locució que fa d'adverbi — 3 **Com una mala** cosa vol dir molt, de manera exagerada. *He trobat una ametlla amarga com una mala cosa.*

4 **Alguna cosa** es diu quan es parla de manera general, sense precisar: *Si vols alguna cosa, m'ho dius. Veig alguna cosa, però no sé què és.*

5 Una persona és **poca cosa** quan no té gai-

re salut o és dèbil de caràcter i no té personalitat.

locució que fa de pronom — **6 Cosa que** vol dir la qual cosa. *El Pepet dorm bé, cosa que m'alegra molt.*

cosac cosaca cosacs cosaques

nom masculí i femení — Persona que pertany a un poble que viu en algunes regions de Rússia, d'Ucraïna i de Polònia. Els cosacs van formar grups de soldats molt valents de l'exèrcit rus.

cosí cosina cosins cosines

nom masculí i femení — El cosí o la cosina d'una persona és el fill o la filla d'un oncle o d'una tia.

cosir

verb com *sortir* ◄ pàg. 41 O i U a l'arrel Diferència: *cuses* — 1 Unir dues o més peces de roba o d'un altre material amb un fil que es passa amb una agulla. Cosim un botó quan l'agafem amb fil a una peça de vestir.

frase feta — **2 Cosir a punyalades** o **a bales** una persona és matar-la amb moltes punyalades o disparant-li moltes bales.

cosidor, descosir

cosmètic cosmètica cosmètics cosmètiques

adjectiu i nom masculí — 1 Que serveix per a cuidar i fer més bonics els cabells, la pell, els llavis i els ulls. Alguns cosmètics protegeixen dels raigs de sol.

nom femení — 2 La cosmètica és la tècnica de produir i d'usar els cosmètics.

cosmonauta cosmonautes

nom masculí i femení — Astronauta.

cosmopolita cosmopolites

adjectiu — 1 Una persona és cosmopolita quan ha viatjat molt i coneix molts països.
2 Les plantes i els animals cosmopolites viuen per tot el món. Els insectes són cosmopolites: n'hi ha a tot arreu.
3 En una ciutat cosmopolita hi ha sempre gent de llocs diferents.

cosmos cosmos

nom masculí — El cosmos és l'univers tot sencer: el nostre món i tots els altres.

còsmic, cosmologia, cosmonau, cosmovisió, microcosmos

cosset cossets

nom masculí — Un cosset és una peça de vestir que cobreix el bust. Hi ha vestits que tenen el cosset de punt i la resta de roba.

cossi cossis

nom masculí — Un cossi és un recipient gros i alt, més ample de dalt que de baix. En un cossi s'hi pot remullar roba.

cost costs

nom masculí També *costos* — El cost d'una cosa és el que costa. Comprem un jersei a preu de cost quan només paguem el que val fabricar-lo.

costejar

costa costes

nom femení — 1 La costa és la franja de terra que toca el mar o que és vora el mar. Catalunya té molts quilòmetres de costa.
2 Una costa és un terreny que fa pendent.

coster, costerut, costeruda

costaner costanera costaners costaneres

adjectiu — De la costa. A l'estiu, els pobles costaners reben molts visitants.

costar

verb com *cantar* ◄ pàg. 26 — 1 Una cosa costa quan s'han de pagar diners per a tenir-la. Si preguntem quant costa un rellotge, volem saber-ne el preu.
2 Una cosa ens costa quan necessitem molt de temps o molt d'esforç per a fer-la o per a aprendre-la. Aixecar 100 quilos costa molt.

costat costats

nom masculí — 1 Un costat és la part dreta o la part esquerra del cos d'una persona, d'un animal o d'un objecte. Algunes persones sempre dormen sobre el costat esquerre.
2 Cada una de les línies que formen una figura geomètrica. Un triangle té tres costats.

locució que fa de preposició — **3 Al costat de** vol dir molt a prop, a la vora de. *Passejava al costat de la Maria, però després va venir al meu costat.*

frase feta — **4 Fer costat** a algú és ajudar-lo i defensar-lo.

costella costelles

nom femení — 1 Una costella és cada un dels ossos de forma corba que tenim al pit, des de la columna vertebral fins a l'estern. ✎ pàg. 797 ⑭
2 Carn de les costelles del be, la vedella o el bou. Les costelles es mengen a la brasa.

costellada

costós costosa costosos costoses

adjectiu — Que costa molt. Fer un viatge al voltant del món és molt costós.

costum costums

nom masculí — Un costum és una manera de fer que es repeteix sovint, que és sempre igual. Tenim el costum de dormir a la nit. Països molt llunyans tenen costums diferents dels nostres.

acostumar, costumisme

costura costures

nom femení — 1 La costura és l'ofici de cosir, de fer vestits. Els qui es dediquen a l'alta costura fan vestits de molt luxe.

Continua a la pàgina següent

2 Una costura és una fila de punts fets amb fil i agulla que uneix dues peces de roba. Quan es descús una costura sembla que hi hagi un forat.
costurer

cot cota cots cotes
adjectiu
Inclinat avall, mirant cap a terra. Les persones tristes sovint van amb el cap cot.

1
cota cotes
nom femení
En un mapa, una cota és un nombre que indica l'altura d'un lloc. A l'hivern, la neu pot arribar a cotes molt baixes, als 500 metres.

2
cota cotes
nom femení
Una cota era una protecció del cos que feien servir els guerrers i els cavallers. La cota de malles era feta amb anelles de ferro.

cotilèdon cotilèdons
nom masculí
Un cotilèdon és la primera fulla, o cada una de les dues primeres fulles, que surt de l'embrió d'algunes plantes. Els cotilèdons intervenen en la nutrició de la planta al principi.

cotilla cotilles
nom femení
1 Una cotilla és una peça de roba interior femenina que sosté el pit i els costats.
2 Faixa dura i molt ajustada que es posa a algunes persones que pateixen de la columna vertebral.
encotillar

cotitzar
verb
com *cantar*
◄ pàg. 26
1 Pagar els socis d'una associació o d'un club la quantitat que tenen assignada.
2 Unes accions cotitzen a la borsa quan tenen un preu i la gent les pot comprar o vendre.
3 Es diu que una cosa es cotitza molt quan tothom la vol. Les bones amistats sempre es cotitzen.
cotització

cotna cotnes
nom femení
Una cotna és una pell dura i gruixuda, com la dels formatges. La cotna de la cansalada s'infla quan es fregeix.

cotó cotons
nom masculí
1 El cotó és una fibra vegetal blanca que serveix per a teixir.
2 Teixit suau i fresc que es fa servir molt en la confecció de la roba interior, vestits i roba de llit.
3 El **cotó fluix** és la fibra del cotó preparada en forma d'una massa blanca molt flonja i suau. Es fa servir per a desinfectar ferides o treure el maquillatge.

cotoner cotonera cotoners cotoneres
adjectiu
1 Del cotó. La indústria cotonera és important a Catalunya.
nom masculí
2 El cotoner és la planta que fa el cotó. Quan s'obren els fruits, apareix una borra blanca, el cotó.

cotorra cotorres
nom femení
1 Una cotorra és un ocell molt semblant als lloros i als papagais o guacamais, però

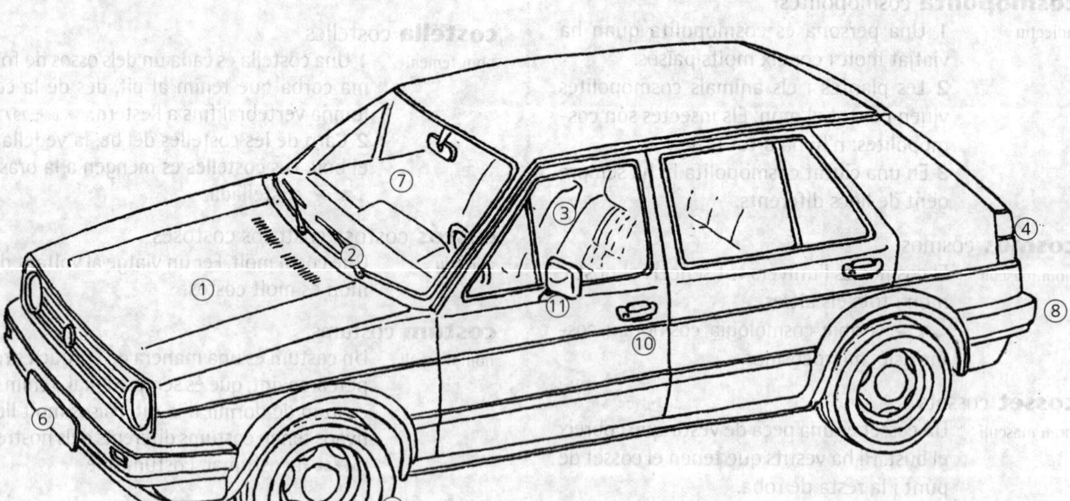

① *Capó.* ② *Eixugaparabrises.* ③ *Finestreta.* ④ *Intermitent.* ⑤ *Llanda.* ⑥ *Matrícula.* ⑦ *Parabrisa.* ⑧ *Para-xocs.* ⑨ *Pneumàtic.* ⑩ *Porta.* ⑪ *Retrovisor.*

Parts del cotxe per fora

A B C D E F G H I J K L M N O P Q R S T U V W X Y Z

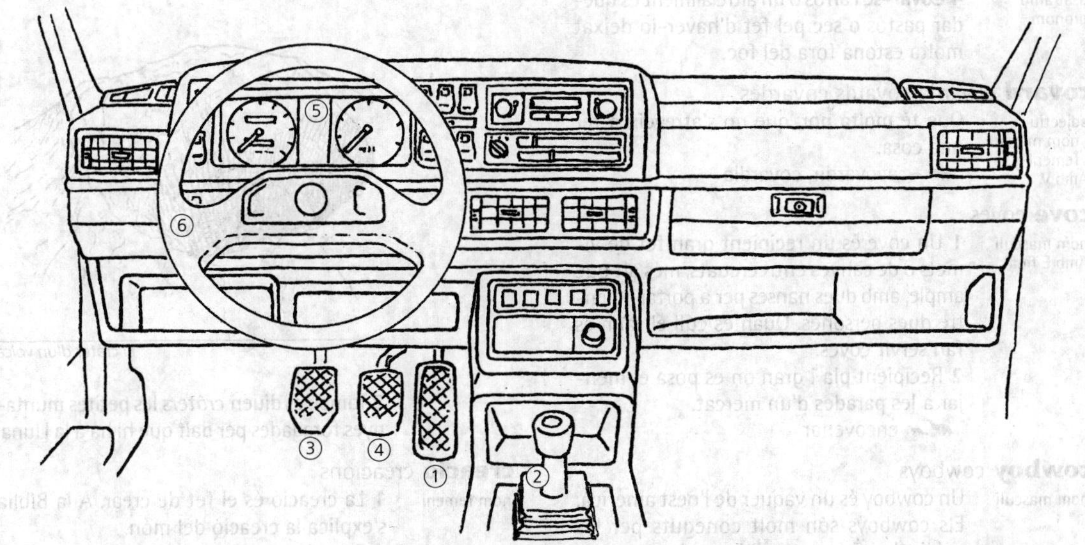

①Accelerador. ②Canvi de marxes. ③Embragatge. ④Fre. ⑤Quadre de comandament. ⑥Volant.

Parts del cotxe per dins

una mica més petit. És de colors variats, però sobretot verd. Les cotorres són de l'Amèrica central i del Brasil i la gent les té en gàbies.

2 Es diu que una persona és una cotorra quan parla molt.

cotxe cotxes

nom masculí

1 Un cotxe és un vehicle amb rodes i un motor que es desplaça per terra sense que l'arrosseguin. ✎ pàgs. 594-595 ㉟

2 Un cotxe de cavalls és un carruatge per al transport de persones. En algunes ciutats, hi ha cotxes de cavalls que els turistes poden llogar.

3 En un tren, vagó de passatgers.

cotxer, cotxera, encotxar

cotxet cotxets

nom masculí

Un cotxet és un vehicle petit on es porta una criatura.

cotxinilla cotxinilles

nom femení

Una cotxinilla és un insecte petit que ataca plantes i arbres. Algunes cotxinilles tenen forma de bola i no s'hi veuen potes ni cap. Abans, d'un tipus de cotxinilla se'n treia un colorant vermellós.

1
coure coures

nom masculí

El coure és un element metàl·lic de color vermell com la terra que es pot estirar en fils i combinar molt bé amb altres metalls. És bon conductor de l'electricitat i de la calor. El llautó i el bronze són dos aliatges de coure. Els fils elèctrics són de coure. El seu símbol és: Cu.

2
coure

verb
com *complaure*
◄ pàg. 31
Diferències:
cuit, cuita, cuits, cuites

1 Preparar un aliment posant-lo al foc o al forn per a no menjar-lo cru. Hi ha persones que volen la carn molt cuita, que no en surti sang. El pa i les pizzes es couen al forn.

2 Posar en un forn altres coses que no són aliments. Es couen les peces de porcellana, els maons, les teules, etc.

3 Diem que una cosa cou quan ens fa una sensació com si cremés. L'alcohol cou molt quan te'l poses en una ferida. Amb aquest significat, el participi és *cogut, coguda, coguts, cogudes.*

coent

cova coves

nom femení
Amb A final

Una cova és una cavitat que hi ha a la terra o en una muntanya. Alguns pobles antics vivien en coves.

encovar

covar

verb
com *cantar*
◄ pàg. 26

1 Una gallina o un altre ocell cova els ous quan s'hi posa a sobre i els escalfa fins que surten els pollets.

2 Es diu que una persona cova una cosa quan hi pensa molt i espera el moment de fer-la.

3 Covar un constipat o una altra malaltia és portar-los ja uns dies al cos abans que es notin.

Continua a la pàgina següent

usat amb pronom — **4 Covar-se** l'arròs o un altre aliment és quedar pastós o sec pel fet d'haver-lo deixat molta estona fora del foc.

covard covarda covards covardes

adjectiu i nom masculí i femení
Amb V

Que té molta por, que no s'atreveix a fer una cosa.

acovardir, covardia

cove coves

nom masculí
Amb E final

1 Un cove és un recipient gran fet de vímets o de canyes entrecreuats, més alt que ample, amb dues nanses per a portar-lo entre dues persones. Quan es cull el raïm es fan servir coves.

2 Recipient pla i gran on es posa el menjar a les parades d'un mercat.

encovenar

cowboy cowboys

nom masculí — Un cowboy és un vaquer de l'oest americà. Els cowboys són molt coneguts per les pel·lícules. És una paraula anglesa.

coxal coxals

adjectiu — **1** Que està relacionat amb el maluc.

nom masculí — **2** El coxal és cada un dels dos ossos plans que hi ha a la pelvis i que uneixen la columna vertebral amb el fèmur. ✎ pàg. 797 (21)

crac cracs

nom masculí — **1** Onomatopeia que imita el soroll d'una cosa que es trenca. *Es va sentir un crac i la biga es va partir per la meitat.*

2 Un crac és una situació de ruïna i desastre econòmic. Amb el crac d'una gran empresa molta gent es queda sense feina.

cranc crancs

nom masculí — **1** Un cranc és un crustaci que té el cos molt ample i la closca plana, amb dues pinces molt grosses a la part del davant. La majoria dels crancs viuen al mar. Els crancs de riu tenen el cos més llarg i quan es bullen es tornen de color vermell.

2 El signe de cranc és el signe de càncer.

crani cranis

nom masculí — El crani és el conjunt dels ossos que formen el cap. Dins del crani hi ha el cervell.

cràpula cràpules

nom masculí — Un cràpula és un home que s'emborratxa molt i fa disbauxes.

cras crassa crassos crasses

adjectiu — Un error cras és molt gros, es veu molt. Tenir una ignorància crassa és no saber res.

cràter cràters

nom masculí — **1** Un cràter és el forat gran de la part de dalt d'un volcà. Pel cràter surten el fum, les flames i la lava del volcà.

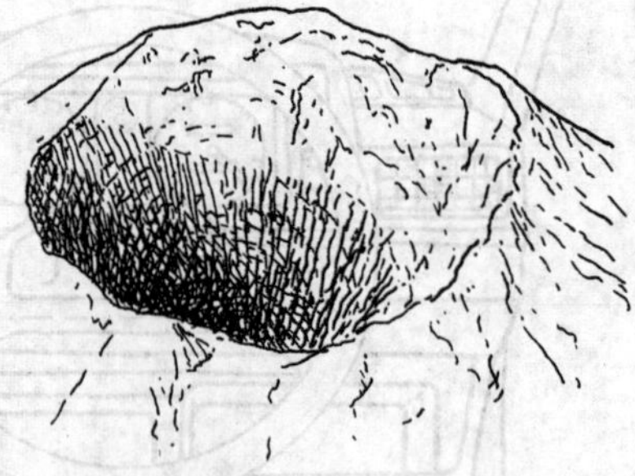

El cràter d'un volcà

2 També es diuen *cràters* les petites muntanyes foradades per dalt que hi ha a la Lluna.

creació creacions

nom femení — **1** La creació és el fet de crear. A la Bíblia s'explica la creació del món.

2 Totes les coses que hi ha al món i que es creu que Déu ha creat.

3 Una persona fa una creació quan compon una obra o fa una cosa que abans no existia. Les obres d'un artista són les seves creacions. Per a la creació d'una nova indústria, calen molts diners.

crear

verb
com *canviar*
◄ pàg. 30
Amb dièresi

Fer una cosa que abans no existia. Algunes religions diuen que Déu ha creat el món.

creador

creatiu creativa creatius creatives

adjectiu — Que té creativitat. Les persones que fan el disseny dels vestits han de ser creatives.

creativitat creativitats

nom femení — Una persona té creativitat quan imagina i inventa coses originals, noves i boniques.

crec crecs

nom masculí — Onomatopeia que imita el soroll d'una cosa que es trenca, crac.

credencial credencials

nom femení — Una credencial és una carta o un document que assegura alguna cosa d'una persona o d'una cosa. Per a entrar en alguns llocs, cal portar una credencial amb el nom i el càrrec de la persona.

crèdit crèdits

nom masculí — **1** Un crèdit és una quantitat de diners que un banc ens deixa i que nosaltres hem d'anar tornant. Per a comprar una casa o un cotxe, es pot demanar un crèdit.

2 Les anotacions de crèdit d'un compte corrent són les entrades de diners.

3 Es diu que una persona té crèdit quan s'hi pot confiar perquè sempre torna els diners que li deixen i paga el que deu.
4 Donar crèdit a una notícia és creure que és certa. Es diu que algú no dóna crèdit als seus ulls, quan no pot creure el que veu.
creditor

credo credos
nom masculí
1 El credo és una oració religiosa on hi ha les veritats més importants que creuen els cristians. Comença amb la paraula llatina *credo*.
2 També es diu *credo* al conjunt de les creences d'una religió, d'un partit polític o d'una tendència.

crèdul crèdula crèduls crèdules
adjectiu
Que s'ho creu tot. Creure que encara hi ha dinosaures és ser molt crèdul.
credulitat

creença creences
nom femení
1 Una creença és qualsevol cosa que una persona creu. Els fidels de les diverses religions tenen creences diferents.
2 Fet de creure una cosa. No tot el que ens diuen és digne de creença.

cregut creguda creguts cregudes
adjectiu i nom masculí i femení
Una persona és creguda quan es pensa que és molt bona, molt bonica, molt intel·ligent. Hi ha savis molt famosos, però gens creguts.

creient creients
adjectiu i nom masculí i femení
1 Que creu en una religió, que practica una fe religiosa. Els creients estan convençuts que Déu existeix.
adjectiu
2 Una persona és creient quan fa cas del que li manen. Els fills creients obeeixen els seus pares.

creïlla creïlles
nom femení
Patata. Es diu al País Valencià.

creixement creixements
nom masculí
Hi ha creixement quan una persona o una cosa creix. La llet i els formatges són molt bons per al creixement. Al segle XX, hi va haver un gran creixement de les ciutats.

creixen créixens
nom masculí
El creixen és una planta que viu en llocs on hi ha aigua neta. Fa unes flors blanques que s'ajunten com un raïm. Les fulles són petites i verdes i surten a banda i banda de la tija. Els créixens tenen molta vitamina C i es poden menjar amanits.

creixença creixences
nom femení
Creixement.

creixent creixents
adjectiu
Que creix, que augmenta cada vegada més. La Lluna és creixent quan té forma de D i va cap a la lluna plena. La Terra té un nombre creixent d'habitants.

créixer
verb
com *néixer*
◄ pàg. 37
1 Augmentar de mida un ésser viu, fer-se gran. La majoria dels animals creixen més de pressa que les persones.
2 Augmentar de mida o de volum alguna cosa. Els cabells i les ungles ens creixen.

1
crema cremes
nom femení
1 La crema és un menjar dolç molt espès, de color groc, fet amb ous, llet, midó o farina, sucre i canyella. Un cop feta, s'hi pot cremar sucre pel damunt i es fa la crema cremada. És tradicional menjar crema per Sant Josep.
2 La crema de la llet és el greix. Una llet descremada és sense greix.
3 Sopa molt espessa feta amb aliments triturats. Hi ha cremes de verdures, de marisc, de llegums.
4 Producte cosmètic espès com la crema. Quan tens les mans tallades, t'hi pots posar una crema.
5 Grup de les persones més importants d'una societat. Si es diu que la crema dels polítics del país ha assistit a un acte és que hi havia els polítics més coneguts.
cremós, cremosa

2
crema cremes
nom femení
Una crema és el fet de cremar o de cremar-se. La nit de Sant Josep, es fa la crema de les falles a València, que informalment es diu *cremà*.

cremada cremades
nom femení
1 Una cremada és el mal que ens fem quan toquem el foc o una cosa molt calenta. Les cremades a vegades deixen senyal a la pell.
2 Fet de cremar o de cremar-se.

cremallera cremalleres
nom femení
1 Una cremallera és un sistema per a tancar un vestit o uns pantalons. Té dues vores de dents que s'encaixen per mitjà d'una peça que puja i baixa.
nom masculí
2 Un cremallera és un tren que pot pujar pendents molt forts perquè porta una roda amb dents que encaixa amb una via que també té dents.

cremar
verb, com *cantar* ◄ pàg. 26
1 Fer que una cosa quedi destruïda pel foc. Hem d'impedir que els boscos es cremin.
2 Quan una cosa crema és que el foc la fa malbé, la fa desaparèixer. El paper i la fusta cremen molt bé.
3 Una cosa crema quan està tan calenta que si la toquem ens fa mal. Quan la llet crema no ens la podem beure. El sol de l'estiu crema quan és molt fort i ens pot fet mal a la pell.
usat amb pronom
4 Un menjar **es crema** si el tenim massa temps al foc i es queda negre.
recremar

cremat cremats
nom masculí
Un cremat és una beguda feta amb rom, pell de llimona, sucre, canyella i cafè que es fa cremar fins que desapareix gairebé tot l'alcohol.

crematístic crematística crematístics crematístiques
adjectiu
Dels diners. Si una persona té interessos crematístics en una cosa és que pensa guanyar-hi diners.

crematori crematòria crematoris crematòries
adjectiu i nom masculí
Que es fa servir per a cremar. Un forn crematori o un crematori és un lloc on es cremen els cadàvers.

cremor cremors
nom femení
Quan sentim cremor en una part del cos ens fa un mal que sembla que ens cremi. Algunes persones tenen cremor d'estómac després de menjar.

crep creps
nom femení
Una crep és una galeta prima feta amb una pasta de farina, sucre, ous i llet o aigua, i cuita a la paella. S'acostuma a menjar farcida d'algun ingredient dolç o salat, com melmelada, xocolata, pernil i formatge, etc., i doblegada o enrotllada.
creperia

crepitar
verb, com *cantar* ◄ pàg. 26
Fer uns sorolls semblants al de la llenya quan es trenca. Quan hi tires branquetes seques, el foc crepita.

crepuscle crepuscles
nom masculí
1 El crepuscle és la claror que hi ha al cel quan el sol s'ha post i encara no és de nit o abans de sortir el sol.
2 El crepuscle d'una cosa és el seu final.

crescuda crescudes
nom femení
Una crescuda és el fet de créixer. La crescuda dels rius pot provocar inundacions. Quan una criatura ha fet una crescuda s'ha fet més alta.

crespar
verb, com *cantar* ◄ pàg. 26, També *encrespar*
Arrissar el cabell fent ondes molt petites.

crespó crespons
nom masculí
El crespó és un teixit que es fa amb fils de seda i que té un aspecte ondulat. Quan una persona important mor, es posa un crespó de color negre a les banderes dels llocs oficials.

cresta crestes
nom femení
1 Una cresta és una part carnosa que els galls i les gallines tenen damunt del cap. Fa unes puntes com les dents d'una serra. La dels galls és grossa i de color vermell.
2 Part sortint i estreta d'algunes coses que sembla una cresta de gall, com la part superior d'una muntanya, d'alguns pentinats, d'un casc o d'una onada.

cretí cretina cretins cretines
nom masculí i femení
1 Persona que pateix una malaltia que provoca defectes físics i falta d'intel·ligència.
adjectiu
2 Que és estúpid, que fa bestieses. Aquesta paraula es fa servir com un insult.

creu creus
nom femení
1 Una creu és un objecte format per un pal vertical travessat per un altre d'horitzontal (+). La creu és el símbol del cristianisme. Per això es troba a les esglésies.
2 Senyal en forma de creu (+) o d'aspa (×) que es fa servir per a indicar alguna cosa. En alguns impresos, s'han de posar creus per a marcar les respostes.
3 Condecoració que té forma de creu.
4 La creu d'una moneda és la part contrària a la cara. Hi sol haver una creu o un escut.
5 Sofriment o treball molt gran i pesat, que dura molt de temps. Hi ha malalties que són una creu.
locució que fa d'adverbi
6 Posar dues coses **en creu** és posar-ne una horitzontal i l'altra vertical formant una creu. Quan posem els braços en creu els tenim en posició horitzontal, formant una creu amb el cos.

creuar
verb, com *cantar* ◄ pàg. 26
Passar d'un costat a l'altre. Es pot creuar una via de tren, un llac, una carretera, etc. Els carrers s'han de creuar pels passos de vianants.

creuer creuers
nom masculí
1 Un creuer és un viatge turístic que es fa per mar o per un riu navegable. El vaixell fa d'hotel i la gent visita les ciutats on aquest s'atura.

2 Vaixell de guerra més lleuger que el cuirassat i més gran que el destructor que fa missions de vigilància i de lluita contra submarins.
3 A les esglésies que tenen forma de creu, lloc on s'encreuen la nau central i la nau transversal que forma els braços de la creu.

creure
verb com *seure* ◄ pàg. 41
1 Admetre, acceptar, que una cosa és certa i real, que és veritat, estar-ne convençut. Quan creiem el que ens diu algú, estem segurs que no ens diu una mentida. Hi ha persones que creuen que Déu existeix.
2 Obeir, fer el que algú ens diu. Els gossos ensenyats creuen els seus amos: s'acosten quan els criden.
3 Pensar que una cosa és possible, suposar que passarà, que serà com imaginem. Si creus que plourà, no n'estàs segur.
4 Acceptar que Déu existeix, admetre les veritats i els preceptes d'una religió i practicar-la. Es diu que les persones que creuen tenen fe.
frase feta
5 **Fer creure** una cosa és dir que és certa, fer que algú l'admeti com a veritat quan en realitat és mentida. Algunes persones ens volen fer creure que hi ha bruixes.
6 Una persona **es creu que és qui sap què** si es pensa que és molt important.
credibilitat, creïble

cria cries
nom femení
1 Una cria és un animal que ha nascut fa poc i encara mama. Les cries de gos no es poden vacunar fins que són una mica grans.
2 Una persona es dedica a la cria d'animals quan s'encarrega de la seva reproducció i alimentació. Hi ha qui fa cria de pollastres i qui fa cria de gossos.
3 Un animal ha fet cria quan ha tingut petits.

criar
verb com *canviar* ◄ pàg. 30
Amb dièresi
1 Fer que una criatura o un animal s'alimentin i creixin. Els mamífers crien els seus fills amb llet.
2 Dedicar-se a la cria d'animals. Actualment, els pollastres es crien en granges molt grans.
3 Fer cria un animal. Una gata pot criar dos cops l'any.
criança

criat criada criats criades
nom masculí i femení
Persona que a canvi d'uns diners fa les feines de la casa d'una altra persona. Els criats viuen a la casa on treballen.

criatura criatures
nom femení
1 Una criatura és un nen o una nena petits. Un parvulari és ple de criatures.
2 Qualsevol cosa, animal o persona que hi ha al món si es considera que ha estat creada per Déu.
3 Es diu que una persona és o sembla una criatura quan fa coses que no són pròpies de la seva edat.
criaturada, criaturer

crida crides
nom femení
1 Una persona o una organització fa una crida quan exposa opinions o fets que considera interessants per als altres. Els ecologistes fan crides per a impedir que es matin més balenes.
2 Es diu que una persona sent la crida del bosc, de la natura, de l'amor, etc., quan sembla que aquestes coses la cridin.

cridaner cridanera cridaners cridaneres
adjectiu i nom masculí i femení
1 Que crida molt. Els cridaners sovint fan mal de cap.
adjectiu
2 Un color cridaner és clar, viu i brillant.

cridar
verb com *cantar* ◄ pàg. 26
1 Fer crits. Hi ha persones que quan s'enfaden criden i insulten.
2 Avisar algú i fer que vingui on som. Quan et criden al telèfon és que hi ha algú que truca perquè vol parlar amb tu.
3 Dir alguna cosa cridant. Quan hi ha un accident la gent crida auxili.

cridòria cridòries
nom femení
Una cridòria és un seguit de crits. A l'hora de l'esbarjo, a les escoles hi ha molta cridòria.

crim crims
nom masculí
1 Un crim és una acció molt dolenta, que va contra la llei i fa mal a la gent. Matar una persona és un crim.
2 Cosa que considerem mal feta o injusta. És un crim que hi hagi criatures abandonades.

criminal criminals
adjectiu
1 Que tracta dels crims, com un judici criminal o el dret criminal.
2 Que és un crim. Posar bombes en llocs on hi ha gent és una acció criminal.
nom masculí i femení
3 Un o una criminal és una persona que ha comès un crim. Alguns criminals no han estat descoberts.

crinera crineres
nom femení
La crinera d'un animal és el conjunt dels pèls llargs que té damunt del coll. Cada pèl es diu *crin*.
crin, crina

crioll criolla criolls criolles
nom masculí i femení
Es deien criolls els fills dels espanyols o d'altres europeus nascuts a l'Amèrica co-

lonitzada pels espanyols. Els criolls van lluitar per la independència d'Amèrica.

cripta criptes

nom femení — Una cripta és un lloc situat sota d'una església que serveix de capella o de sepultura.

pàg. 598 (15)

críptic críptica críptics críptiques

adjectiu — Que és difícil d'entendre. Els científics a vegades fan servir paraules críptiques.

criptó criptons

nom masculí — El criptó és un gas noble que es fa servir, barrejat amb el xenó, per a posar-lo dins de les bombetes elèctriques. El seu símbol és: Kr.

criptògam criptògama criptògams criptògames

adjectiu i nom femení — Que no fa flors ni llavors. Una falguera és una criptògama.

crisàlide crisàlides

nom femení — Una crisàlide és una papallona que s'està formant, que ja ha deixat de ser larva, però que encara no és papallona adulta. La crisàlide viu dins d'una mena de funda.

crisantem crisantems

nom masculí — Un crisantem és una flor grossa i rodona amb molts pètals petits. Els crisantems més corrents són grocs o morats, però n'hi ha d'altres colors. Es fan servir molt com a adornament.

crisi crisis

nom femení Amb S — 1 Una crisi és una situació difícil, amb molts problemes i coses que no van bé. Pot passar una crisi un país, una empresa o una persona.
2 Canvi brusc en una malaltia, tant si va millor com si va més malament.

crisma crismes

nom masculí i femení — 1 El crisma o la crisma és un oli beneït que l'Església fa servir en alguns sagraments.

nom femení — 2 Manera informal de dir *cap*.

crispació crispacions

nom femení — 1 Una crispació és una contracció brusca dels músculs o dels nervis.
2 Es diu que una persona té crispació quan s'ha enfadat o molestat.

crispeta crispetes

nom femení — Una crispeta és un gra de blat de moro que, en escalfar-se, s'obre en forma de flor. Hi ha bosses preparades per a fer crispetes al microones.

cristall cristalls

nom masculí — 1 El cristall és un tipus de vidre de molta qualitat per a fabricar gerros, copes i objectes d'adornament. És molt clar i quan se li dóna un cop fa un so molt bonic.
2 Un cristall és un mineral que es presenta a la natura amb una estructura ordenada de manera regular. Els diamants són cristalls de carboni.

cristal·lografia

cristalleria cristalleries

nom femení — Una cristalleria és un conjunt de gots, copes i altres vasos de cristall per a posar a taula. Són molt famoses les cristalleries fetes a Bohèmia.

cristal·lí cristal·lina cristal·lins cristal·lines

adjectiu — 1 Que és de cristall o semblant al cristall. L'aigua d'una font és cristal·lina quan és molt neta.
2 Que es presenta a la natura en forma de cristall. Els diamants, les maragdes i els robins són cristal·lins.

nom masculí — 3 El cristal·lí és la part de l'ull que hi ha darrere la nineta. Funciona com una lent que dirigeix els raigs de llum sobre la retina.

pàgs. 798-799 (21)

cristal·litzar

verb com *cantar* ◄ pàg. 26 — 1 Un mineral cristal·litza quan agafa la forma d'un cristall.
2 Es diu que una idea o un projecte han cristal·litzat si han quedat clars i ben definits.

cristià cristiana cristians cristianes

adjectiu — 1 De Jesucrist o del cristianisme.

nom masculí i femení — 2 Persona que està batejada i que segueix la religió cristiana.

cristiandat, cristianitzar

cristianisme cristianismes

nom masculí — El cristianisme és la religió dels seguidors de Jesucrist.

crit crits

nom masculí — Un crit és un so o una paraula que es fa o es diu amb veu molt forta. Quan ens fem mal, fem crits de dolor. Una persona parla a crits quan tot ho diu amb una veu molt forta.

criteri criteris

nom masculí — 1 Un criteri és una norma o un principi que ens permet opinar sobre alguna cosa. Quan les autoritats han de donar un permís, han de seguir algun criteri: que la persona que el demana sigui major d'edat, que no hagi comès cap delicte, etc.
2 Diem que una persona té criteri quan sap com ha de fer les coses i es comporta correctament.

crítica crítiques

nom femení — 1 Una crítica és una opinió sobre les qualitats i els defectes d'una cosa. Els diaris pu-

bliquen crítiques de pel·lícules, d'obres de teatre i de llibres.
2 Paraules que destaquen els defectes d'una persona o d'una cosa, que diuen que no està bé. Els polítics han d'aguantar moltes crítiques.

criticar
verb
com *cantar*
◄ pàg. 26
Amb QU davant E, I
Fer una crítica d'una cosa, sobretot d'una obra artística, d'una pel·lícula. Hi ha persones que ho critiquen tot i no troben res ben fet.
crític

croada croades
nom femení
Una croada era una expedició que els cristians feien contra els musulmans per conquerir Terra Santa, els llocs de Palestina on va viure i morir Jesucrist. Les croades es van produir entre el segle XI i el segle XIII.
croat

croat croata croats croates
adjectiu
1 De Croàcia.
nom masculí i femení
2 Persona que és de Croàcia o que hi viu.

croissant croissants
nom masculí
Un croissant és una pasta de pastisseria en forma de mitja lluna. Es fa amb farina, llet i mantega. És una paraula francesa.
pàg. 400 (2)

crol crols
nom masculí
El crol és una manera de nedar amb el cos pla de cara cap avall, bellugant les cames amunt i avall i donant-se impuls ara amb un braç ara amb l'altre.

crom croms
nom masculí
El crom és un element metàl·lic molt dur de color blanc gris. Es fa servir per a recobrir altres metalls i per a obtenir acer inoxidable. El seu símbol és: Cr.
cromat, cromada

cromàtic cromàtica cromàtics cromàtiques
adjectiu
Dels colors. En una pintura amb variació cromàtica hi ha molts colors.
cromatisme

cromo cromos
nom masculí
1 Un cromo és un paper petit amb un dibuix o una fotografia, que, juntament amb altres, forma una col·lecció. Els cromos es poden enganxar en un àlbum.
2 Es diu que una persona sembla un cromo quan va molt pintada o vestida amb molts colors.

cromosoma cromosomes
nom masculí
Un cromosoma és una estructura en forma de bastonet que hi ha al nucli de la cèl·lula i que conté els gens que després es passen de pares a fills. Les cèl·lules humanes tenen 46 cromosomes, excepte els òvuls i els espermatozoides, que en tenen 23.

crònic crònica crònics cròniques
adjectiu
Que no s'acaba, que no es pot solucionar. Una malaltia crònica ja no es pot curar. La falta d'aparcament és un problema crònic de les grans ciutats.

crònica cròniques
nom femení
1 Una crònica és un relat d'un fet històric explicat en l'ordre que va passar. La crònica de Jaume I explica els fets més importants d'aquest rei.
2 Conjunt d'informacions o notícies que es donen per la ràdio o per la televisió sobre un tema determinat. Hi ha cròniques polítiques, esportives o d'espectacles.
cronicó, cronista

cronologia cronologies
nom femení
1 La cronologia és la ciència que estudia i fixa les dates dels fets històrics.
2 Una cronologia és una llista de personatges i de fets, amb els anys en què van viure i van tenir lloc.
cronològic

cronòmetre cronòmetres
nom masculí
Un cronòmetre és un instrument molt exacte per a mesurar el temps: mesura minuts, segons i dècimes de segon. A les proves esportives es fan servir cronòmetres.
cronometrar, cronometratge

croquet croquets
nom masculí
El croquet és un joc que consisteix a fer passar unes boles de fusta per sota d'uns arcs posats a terra. Les boles es fan moure picant-les amb una maça de mànec llarg.

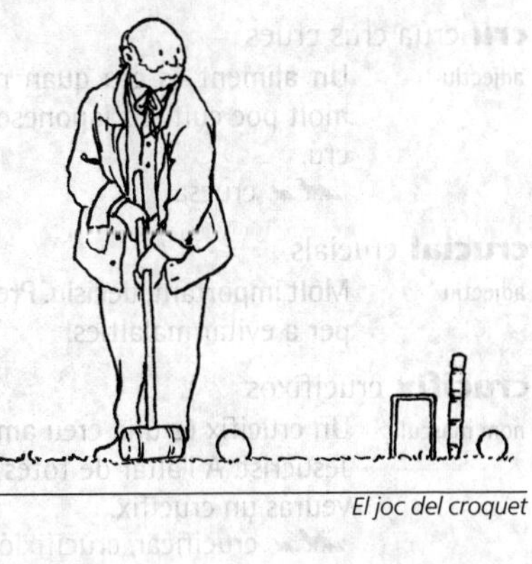
El joc del croquet

croqueta croquetes
nom femení
Una croqueta és un menjar que té forma allargada i rodona. És una pasta molt espessa, arrebossada i fregida. Es poden fer

croquetes amb pernil, pollastre, carn, bacallà, etc.

croquis croquis

nom masculí — Un croquis és un dibuix fet de manera ràpida i amb pocs detalls.

crossa crosses

nom femení — Una crossa és un bastó especial per a les persones que van coixes. N'hi ha de fusta i de metall.

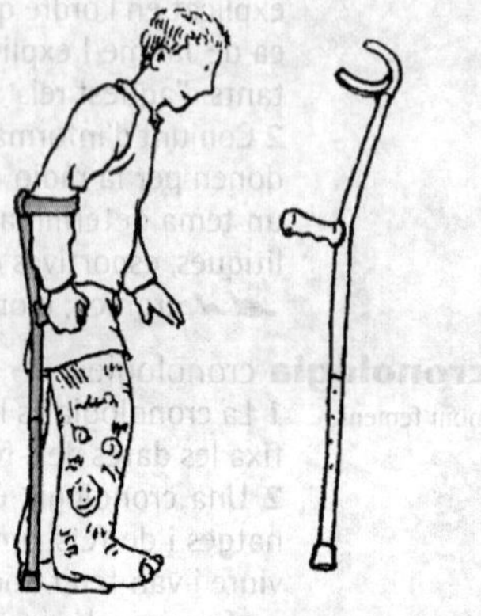

Una crossa

crosta crostes

nom femení — 1 La crosta d'una cosa és la part de fora quan és més dura que la de dins. La crosta del pa torrat és dura.
2 En una ferida es fa una crosta quan la sang que n'ha sortit s'asseca i tapa la ferida. Quan la ferida es cura, la crosta cau.

crostó crostons

nom masculí — 1 Un crostó és cada un dels dos extrems d'una barra de pa.
frase feta — 2 **Tocar el crostó** a algú és pegar-li.
escrostonar

cru crua crus crues

adjectiu — Un aliment és cru quan no és cuit o és molt poc cuit. Els japonesos mengen peix cru.
cruesa

crucial crucials

adjectiu — Molt important, decisiu. Prevenir és crucial per a evitar malalties.

crucifix crucifixos

nom masculí — Un crucifix és una creu amb la imatge de Jesucrist. A l'altar de totes les esglésies hi veuràs un crucifix.
crucificar, crucifixió

cruel cruels

adjectiu — Que fa sofrir, que li agrada fer sofrir.
crueltat, encruelir

cruent cruenta cruents cruentes

adjectiu — Que fa sang. Un combat és cruent quan la gent es fereix i es mata.
incruent

cruïlla cruïlles

nom femení — Una cruïlla és el lloc on s'encreuen dos o més camins o carrers. A les autopistes no hi ha cruïlles. pàg. 597 (1)

cruixir

verb com *dormir* ◄ pàg. 27
Diferència: *cruixes*

1 Fer un seguit de petits sorolls algunes coses quan s'arruguen, es trenquen, es dobleguen o freguen entre si. Quan camines per algunes cases antigues, les bigues cruixen.
2 Fer soroll les dents quan freguen les de dalt amb les de baix.
3 Diem que una feina, una caminada, un gran esforç ens ha cruixit si ens ha deixat molt cansats.
cruixent, cruiximent, cruixit

crupier crupiers

nom masculí i femení — Un o una crupier és la persona que s'encarrega de les taules de joc als casinos.

cruspir-se

verb usat amb pronom com *servir* ◄ pàg. 28

Manera informal de dir *menjar-se*. Si tenim molta gana, ens cruspim un entrepà en un tres i no res.

crustaci crustacis

nom masculí — Un crustaci és un artròpode que té diversos apèndixs, com potes i antenes, i el cos cobert per una closca dura. La majoria dels crustacis viuen al mar i són comestibles, com la llagosta, la gamba, el llagostí i la galera.

cu cus

nom femení — Nom de la lletra *q*, *Q*.

cua cues

nom femení
Amb C

1 La cua és la part del final del cos d'alguns animals. La cua dels mamífers és una continuació de la columna vertebral; la dels ocells és un grup de plomes; la dels peixos és una aleta.
2 Part final d'una cosa, com la cua d'un vestit, d'un avió o d'una processó.
3 Grup de cabells units amb una goma, una cinta, etc., i deixats anar pel darrere del cap.
4 Grup de persones posades l'una darrere l'altra que esperen per comprar, per entrar al cine, etc.
frase feta — 5 **Girar cua** és donar la volta i anar-se'n.
6 Una persona **se'n va amb la cua entre cames** si no aconsegueix el que volia.
cuejar

cub cubs
nom masculí
Amb B
1 Un cub és un poliedre que té sis cares que són sis quadrats iguals. Un dau de jugar al parxís té la forma de cub.

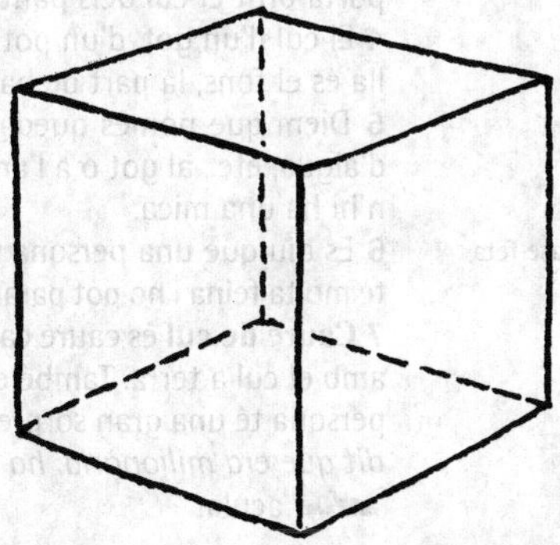

Un cub

2 El cub d'una quantitat és el resultat de multiplicar aquesta quantitat tres vegades per ella mateixa. El cub de 3 és 27 i es representa 3^3, que vol dir $3 \times 3 \times 3$.
cubicar, cubisme

cubà cubana cubans cubanes
adjectiu
1 De Cuba. *El tabac cubà.*
nom masculí i femení
2 Persona que és de Cuba o que hi viu.

cubell cubells
nom masculí
Un cubell és un recipient rodó, normalment més estret de baix que de dalt i amb una o dues nanses. A les cases, les escombraries es llencen en un cubell de plàstic.

cubeta cubetes
nom femení
1 Una cubeta és un recipient normalment quadrat o rectangular que és molt poc fondo. En els laboratoris de química i de fotografia es fan servir cubetes.
2 Part d'un baròmetre on hi ha mercuri i on es posa el tub obert que ens marcarà la pressió.

cúbic cúbica cúbics cúbiques
adjectiu
Que té forma de cub.

cúbit cúbits
nom masculí
El cúbit és un os llarg que juntament amb el radi forma l'avantbraç. Ocupa la part de dins i és una mica més llarg que el radi.
pàg. 797 (16)

cuc cucs
nom masculí
Un cuc és un animal invertebrat que té el cos cilíndric, llarg, tou i prim. Els cucs s'arrosseguen i n'hi ha que per caminar s'arronsen i s'estiren.

cuca cuques
nom femení
1 Una cuca és qualsevol animal petit, com un insecte o una aranya.
2 Una **cuca de llum** és un insecte que a la nit fa llum de color verd amb uns òrgans que té als últims anells de l'abdomen.

cucanya cucanyes
nom femení
Una cucanya és un pal llarg i llis per on s'enfila una persona per a agafar el premi que hi ha a l'altre extrem. Sovint s'unta amb greix o sabó i així rellisca i el joc és més difícil. Les cucanyes es fan en algunes festes populars.

cucurutxo cucurutxos
nom masculí
1 Un cucurutxo és un tros de paper o de cartó que s'enrotlla en forma de con i fa de paperina per a posar-hi ametlles, caramels i altres llaminadures.
2 Gelat que es menja posat en una galeta que té forma de cucurutxo.

cucut cucuts
nom masculí
Un cucut és un ocell petit de color grisenc i amb la panxa blanca amb ratlles fosques. A la primavera fa un cant molt característic, com si digués *cu-cut.*

cuidar
verb
com *cantar*
◄ pàg. 26
1 Encarregar-se d'algú o d'alguna cosa, vigilar que no els passi res, fer que estiguin bé. Els infants i els vells necessiten que algú els cuidi.
usat amb pronom
2 Una persona **es cuida** quan vigila molt el que menja i el que fa per tal de no caure malalta o fer-se mal. Algú es cuida d'una persona o d'una cosa si n'és responsable i en té cura.
cuidador

cuina cuines
nom femení
1 La cuina és el lloc on es fa el menjar; és també l'aparell elèctric, de gas o d'un altre combustible per a coure els aliments. Les cuines d'alguns restaurants són molt grans.
pàgs. 594-595 (53)
2 Tècnica de preparar els diversos menjars. Hi ha cuineres que fan classes de cuina.
3 Conjunt dels plats típics d'un país. La cuina catalana té molts plats de bolets.

cuinar
verb
com *cantar*
◄ pàg. 26
Preparar els aliments, fer el menjar. Cuinar un bon arròs no és fàcil. Si no saps cuinar, algú t'ha de fer el dinar.

cuiner cuinera cuiners cuineres
nom masculí i femení
Persona que té per ofici cuinar. Als restaurants, hi treballen cuiners i cuineres.
pàg. 396 (5)

cuir cuirs
nom masculí — Cuiro.

cuirassa cuirasses
nom femení — **1** Una cuirassa era una peça de cuiro o de metall que cobria el pit i l'esquena dels guerrers i els servia de defensa.
2 Conjunt de planxes d'acer o de ferro que cobreixen els tancs i els vaixells de guerra.
3 Closca dura d'alguns animals com la tortuga.

cuirassat cuirassats
nom masculí — Un cuirassat és un vaixell de guerra gran, que té el buc molt fort i porta molts canons.

cuiro cuiros
nom masculí
També *cuir* — **1** El cuiro és la pell d'un animal gros, com el bou i la vaca, que es neteja i prepara per a fer-ne cinturons, pilotes i altres objectes. El cuiro és gruixut i fort.
2 El **cuiro cabellut** és la pell del cap, d'on surten els cabells.

1
cuit cuita cuits cuites
adjectiu — Un aliment és cuit quan s'ha preparat al foc i ja es pot menjar. El pa és un menjar cuit; l'amanida, en canvi, és crua. Una rajola, una porcellana, és cuita quan ja s'ha fet dura i es pot treure del forn.

2
cuit cuits
nom femení — Acuit.

a cuita-corrents
locució que fa d'adverbi — A corre-cuita.

cuitar
verb
com *cantar*
◀ pàg. 26 — Fer de pressa una cosa, donar-se pressa. Quan et donen pressa, et diuen: *Cuita, no t'entretinguis.*

cuixa cuixes
nom femení — **1** La cuixa és la part de la cama que va des del tronc fins al genoll. L'os principal de la cuixa és el fèmur. ✎ pàgs. 794-795 (21)
2 Part de dalt de la pota d'alguns animals. Parlem d'una cuixa de pollastre o de be.

cuixot cuixots
nom masculí — **1** Un cuixot és una cuixa de porc o de bou salada. Un cuixot de porc és un pernil.
2 Camal.

cul culs
nom masculí — **1** El cul és la part de baix i de darrere del cos, al final de l'esquena. Quan seiem, el nostre cos descansa sobre el cul. També es diu *cul* la part del darrere de molts animals. ✎ pàgs. 794-795 (8)
2 El cul o el forat del cul és la manera informal de dir *anus.* Les parts sexuals a vegades també es diuen *cul.*
3 Part del darrere d'una cosa. Es parla, per exemple, del cul d'un cotxe o que algú porta brut el cul dels pantalons.
4 El cul d'un got, d'un pot o d'una ampolla és el fons, la part de baix.
5 Diem que només queda un cul de llet, d'aigua, etc., al got o a l'ampolla si només n'hi ha una mica.
frase feta — **6** Es diu que una persona **va de cul** quan té molta feina i no pot parar ni un moment.
7 Caure de cul és caure cap enrere tocant amb el cul a terra. També es diu quan una persona té una gran sorpresa: *Quan li han dit que era milionària, ha caigut de cul.*
acular

culata culates
nom femení — **1** La culata és la part del darrere d'algunes coses, sobretot de les armes de foc. La culata d'una pistola serveix per a agafar-la.
2 Peça de metall que tapa la part de sobre dels cilindres del motor d'un cotxe.

cul-de-sac culs-de-sac
nom masculí — Un cul-de-sac és un carrer sense sortida. Si un cotxe es fica en un cul-de-sac ha de fer marxa enrere.

culinari culinària culinaris culinàries
adjectiu — De la cuina. Una persona té aficions culinàries quan li agrada fer menjars.

culler cullers
nom masculí — Un culler és una cullera grossa i fonda, sovint de forma rodona, per a servir la sopa o un guisat amb molt de suc.
✎ pàg. 396 (3), pàgs. 594-595 (48)

cullera culleres
nom femení — Una cullera és un estri per a menjar sopes o altres menjars amb molt de suc. Té un mànec i al final una part ovalada i fonda. També hi ha culleres de fusta per a remenar el menjar quan és al foc. ✎ pàg. 396 (19)

cullerada cullerades
nom femení — **1** Una cullerada és la quantitat de menjar o de líquid que cap en una cullera. Si poses tres cullerades de sucre a la llet, et quedarà molt dolça.
frase feta — **2** Diem que una persona **fica cullerada** en una conversa o en un assumpte si hi participa.

cullereta culleretes
nom femení — **1** Una cullereta és una cullera petita per a prendre gelats, postres com la crema o cafè. ✎ pàg. 396 (16)
2 Capgròs de les granotes i dels gripaus.

cullerot cullerots
nom masculí
1 Culler.
2 Capgròs de les granotes i dels gripaus.

culminant culminants
adjectiu
Que és el més alt, el més important, el més interessant. L'escena culminant d'una pel·lícula d'aventures és quan els bons guanyen i tot se soluciona.
culminació, culminar

culot culots
nom masculí
Un culot és una peça metàl·lica rodona i amb rosca que tenen les bombetes. És la part per on es connecten a l'electricitat.

culpa culpes
nom femení
1 Una culpa és un mal comportament, una falta comesa voluntàriament. La Bíblia diu que Déu perdona les culpes de la gent.
2 Una persona o una cosa té la culpa d'una cosa quan ha fet que passés. La pluja té la culpa que no puguem sortir a comprar.
culpar, inculpar

culpable culpables
adjectiu i nom masculí i femení
Que té la culpa d'alguna cosa, que ha fet una cosa dolenta. Quan passa alguna desgràcia, la gent busca un culpable.
culpabilitat

1
culte cultes
nom masculí
El culte és el conjunt de les accions que fan i les oracions que resen les persones religioses per a lloar Déu i donar-li gràcies. Alguns pobles donaven culte al Sol perquè el consideraven sagrat.

2
culte culta cultes
adjectiu
Que sap moltes coses, que té molta cultura. Si estudies i aprens molt, seràs una persona molt culta.
cultisme, inculte

cultiu cultius
nom masculí
1 El cultiu és el fet de cultivar. Al delta de l'Ebre hi ha gent que es dedica al cultiu de l'arròs.
2 Terra plantada i cultivada. Hi ha cultius de regadiu i cultius de secà.

cultivar
verb com *cantar* ◄ pàg. 26
Treballar la terra perquè doni fruits. Les persones que cultiven patates, les planten, les reguen, adoben la terra, etc.

cultura cultures
nom femení
1 La cultura és el conjunt de les obres científiques i literàries, de les tradicions i dels costums d'una nació o de tot el món. Es pot parlar de la cultura francesa, mediterrània, grega o universal.
2 Conjunt dels coneixements científics, artístics i literaris que té una persona. Les persones de cultura poden conversar sobre moltes coses.
culturalisme, incultura

cultural culturals
adjectiu
De la cultura. Els concerts i les exposicions d'art són activitats culturals.

culturista culturistes
nom masculí i femení
Un o una culturista és una persona que es dedica a un conjunt d'activitats físiques que desenrotllen molt la musculatura.

cúmul cúmuls
nom masculí
També *cúmulus*
1 Un cúmul és un núvol mitjà, que pot anar dels 1 000 fins als 4 000 metres d'altura. És una gran massa blanquinosa i arrodonida que recorda un tros de cotó fluix. La part de baix és plana i fosca. Els cúmuls indiquen bon temps. Si es formen durant el dia poden donar lloc als cumulonimbes.
2 Hi ha un cúmul de coses quan n'hi ha moltes. Hi ha dies que els informatius de la televisió són cúmuls de desgràcies.

cumulonimbe cumulonimbes
nom masculí
També *cumulonimbus*
Un cumulonimbe és un núvol que pot anar des dels 1 000 fins als 12 000 o els 15 000 metres d'altura. Els cumulonimbes formen grans masses en forma de barreres que semblen ocupar tot el cel. Indiquen tempestats i calamarsades.

cumulonimbus cumulonimbus
nom masculí
Cumulonimbe.

cúmulus cúmulus
nom masculí
Un cúmulus és un núvol que es diu també *cúmul*.

cuneta cunetes
nom femení
Una cuneta és un solc que es fa a banda i banda d'una carretera per recollir l'aigua de la pluja. A vegades els cotxes surten de la carretera i van a parar a la cuneta.

cunyat cunyada cunyats cunyades
nom masculí i femení
Persona que és casada amb el nostre germà o la nostra germana. Nosaltres som també cunyats d'aquesta persona.

cup cups
nom masculí
Amb P
Un cup és un dipòsit per a trepitjar-hi el raïm i fer-ne suc. Amb aquest suc es fa el vi. Hi ha cups fets de pedra amb les parets enrajolades.

cuplet cuplets
nom masculí
Un cuplet és una cançó de lletra divertida i alegre, dividida en estrofes i normalment

amb una tornada. Els cuplets van ser molt famosos a començament del segle XX.

cupletista

cupó cupons

nom masculí — Un cupó és un paper que ens permet participar en un sorteig, obtenir un regal, etc. Algunes empreses regalen cupons quan compres els seus productes.

cúpula cúpules

nom femení — **1** Una cúpula és una coberta de forma arrodonida que fa de sostre d'un edifici o d'una part d'un edifici. Hi ha cúpules en construccions grans i importants, com palaus i esglésies. pàg. 599 ①

2 La cúpula d'un telescopi és la coberta exterior rodona que s'obre per a poder enfocar l'aparell cap al cel.

cura cures

nom femení — **1** Tenim cura d'una cosa o d'una persona quan la vigilem i procurem que no es faci malbé o que es trobi bé. Els metges i les infermeres tenen cura dels malalts.

2 Si fem una cosa amb molta cura és que la fem amb molta atenció, procurant que ens quedi molt bé.

3 Es fa una cura a una persona malalta o ferida quan se li donen medicaments, se li desinfecta una ferida, etc. Hi ha persones que van a un balneari o a una clínica a fer una cura d'aigües medicinals o de repòs.

acurat, acurada, curós, curosa

curandero curandera curanderos curanderes

nom masculí i femení — Persona que es dedica a curar malalts sense ser metge, fent servir massatges, herbes i medicaments naturals i casolans.

curar

verb com *cantar* ◀ pàg. 26 — **1** Fer que un malalt es posi bo, que una malaltia desaparegui. No hi ha remeis que curin la grip. Una persona s'ha curat quan ja es troba bé.

2 Curar una ferida és netejar-la, desinfectar-la i posar-hi una pomada o un altre medicament. També podem curar una part del cos malalta i que no tingui cap ferida.

curació, curatiu, curativa, incurable

cúria cúries

nom femení — Una cúria és el conjunt de persones i d'organismes que hi ha al servei de l'Església catòlica o d'una diòcesi en concret.

curiós curiosa curiosos curioses

adjectiu — **1** Que té o sent curiositat. Les persones que investiguen han de ser curioses i fer-se moltes preguntes.

2 Que és rar o interessant, que no passa sovint. El camaleó és un animal curiós: pot canviar de color.

3 Es diu que una persona és curiosa si va sempre molt neta i endreçada.

curiositat curiositats

nom femení — **1** Una persona té o sent curiositat quan vol saber tot el que passa, fins i tot les coses que no li importen. El comportament d'alguns animals desperta la curiositat de la gent.

2 Cosa rara o estranya, que crida l'atenció. El món dels insectes és ple de curiositats.

encuriosir

currículum currículums

nom masculí — Un currículum és un escrit on hi ha les dades personals, els estudis i altres activitats que ha fet una persona. Quan es busca feina, s'ha de presentar el currículum. També es diu *curriculum vitae*, en la forma llatina.

curs cursos

nom masculí — **1** El curs d'una cosa que es mou és el camí que fa. Si seguim el curs d'un riu, fem el mateix camí que fa el riu.

2 Conjunt de les etapes d'una cosa. Una malaltia ha de seguir el seu curs, des que comença fins que desapareix.

3 Temps de l'any en què els estudiants tenen classe. El curs sol començar al setembre i acabar al juny.

4 Part d'uns estudis que es fa en un any; conjunt dels estudiants que fan la mateixa part dels seus estudis. Després del primer curs ve el segon. A molts llocs, els de l'últim curs fan un viatge.

5 Conjunt de lliçons i de pràctiques d'un ensenyament. Hi ha cursos d'anglès, de cuina, d'esquí, etc.

6 Una moneda o un bitllet de banc és de **curs legal** quan serveix per a comprar i vendre.

frase feta — **7 Donar curs** a una cosa és deixar-la anar, no deturar-la. Quan s'obre la comporta d'un pantà es dóna curs a l'aigua.

cursa curses

nom femení — **1** Una cursa és el fet de córrer persones, animals o vehicles per veure qui és més ràpid i arriba primer a la meta. Hi ha curses d'atletisme, de cotxes, de cavalls, de bicicletes, etc.

2 En una **cursa de relleus** corren diversos atletes que fan cada un un tros del recorregut total. També hi ha curses de relleus en natació.

cursar

verb com *cantar* ◀ pàg. 26 — **1** Seguir uns estudis, assistir a un curs per aprendre alguna cosa. A la universitat, es poden cursar assignatures molt diferents.

2 Fer que un document arribi a la persona a qui va dirigit. Per a detenir una persona, primer s'ha de cursar una ordre de detenció.

curset cursets
nom masculí
Un curset és un curs curt sobre una matèria determinada. Si vols aprendre a esquiar, has de fer un curset d'esquí.
cursetista

cursi cursis
adjectiu i nom masculí i femení
Que vol ser elegant, modern, fi, i, en canvi, resulta ridícul i fa riure.
cursileria

cursiu cursiva cursius cursives
adjectiu i nom femení
Una lletra d'impremta es diu cursiva quan és inclinada cap a la dreta. *Aquesta frase està escrita en cursiva.*

curt curta curts curtes
adjectiu
1 Que té poca llargada. Hi ha qui porta el cabell llarg i qui porta el cabell curt.
2 Que té una llargada més petita de la normal. Algunes persones tenen les cames curtes.
3 Que dura molt poc. A l'hivern els dies són curts.
frase feta
4 **Anar curt de diners** és no tenir gaires diners.
5 **Fer** o **tallar curt** d'una cosa és no tenir-ne prou, haver-ne comprat poca.
6 **Ser curt d'enteniment** és tenir poca intel·ligència.
7 **Ser curt de vista** és tenir miopia.

curtcircuit curtcircuits
nom masculí
En un circuit elèctric es provoca un curtcircuit quan es toquen dos fils o altres elements que porten electricitat i que no han d'estar en contacte. Els curtcircuits fan saltar els ploms.

curtmetratge curtmetratges
nom masculí
Un curtmetratge és una pel·lícula de cine que dura uns trenta-cinc minuts.

curull curulla curulls curulles
adjectiu
1 Que està molt ple, fins a vessar. Si et donen una paperina tan plena de caramels que no la pots tancar, està curulla.
nom masculí
2 Caramull.

curvatura curvatures
nom femení
Amb U i V
Un objecte, una línia, fa curvatura quan no és recte, sinó que té forma corba. La pantalla d'alguns televisors fa curvatura.

curvilini curvilínia curvilinis curvilínies
adjectiu
Que segueix una línia corba, que té corbes. Les carreteres de muntanya són curvilínies.

cuscús cuscussos
nom masculí
Un cuscús és un plat típic de l'Àfrica del nord fet amb sèmola de blat de moro o d'arròs cuita al vapor i amb trossos de carn, de verdures, etc.

cúspide cúspides
nom femení
Es diu *cúspide* la punta d'algunes coses punxegudes com una piràmide, un con o una muntanya. Quan neva, la cúspide d'algunes muntanyes queda blanca.

custòdia custòdies
nom femení
1 La custòdia és el fet de custodiar una persona o una cosa. Quan els pares se separen o es divorcien, han de decidir qui tindrà la custòdia dels fills.
2 Una custòdia és un objecte fet amb metalls preciosos que es fa servir a les esglésies per a posar a la vista dels fidels l'hòstia consagrada.

custodiar
verb
com *canviar* ◄ pàg. 30
Amb dièresi
Una persona custodia una cosa o una altra persona quan la vigila i la cuida. La biblioteca del monestir de Poblet custodia llibres molt antics.
custodi

cutani cutània cutanis cutànies
adjectiu
De la pell, del cutis. Un animal té respiració cutània quan respira a través de la pell.

cutícula cutícules
nom femení
Una cutícula és una capa fina i delicada que cobreix alguns òrgans que estan en contacte amb l'exterior, sobretot, la que envolta la part de sota de l'ungla. Quan es fa la manicura, es treuen les cutícules seques.

cutis cutis
nom masculí
El cutis és la pell de les persones, sobretot la de la cara. Hi ha cremes que ajuden a mantenir un cutis sense arrugues.

d
nom femení — Quarta lletra de l'alfabet català. Aquesta lletra a final de paraula es pronuncia com la *T*. Per exemple, la *D* i la *T* de *fred* i *net* es pronuncien igual.

d'
preposició — *D'* és la forma de la paraula *de* quan va davant de vocal o de *H*:
• *Hi estic d'acord. D'històries, n'hi ha moltes.*

dacsa dacses
nom femení — Blat de moro. Es diu al País Valencià.
dacsar

dactilar dactilars
adjectiu — Dels dits. Cada persona té unes empremtes dactilars diferents.

dada dades
nom femení — Una dada és una informació que es coneix sobre algú o alguna cosa. Les teves dades personals són el nom i els cognoms, la data i el lloc de naixement, l'adreça, etc.

daga dagues
nom femení — Una daga és una arma de fulla curta que sembla una espasa.

daina daines
nom femení — **1** Una daina és un mamífer semblant a un cérvol però més petit, que a penes arriba a un metre d'alçària. Els mascles tenen dues banyes que són cilíndriques a la part de baix i s'obren en forma de pala a l'extrem. Les daines viuen en diverses regions europees. Són animals fàcils de domesticar.
frase feta — **2 Córrer com una daina** és córrer molt.

Una daina

daixò
Daixonses.

daixonses
És una paraula que es diu de manera informal en lloc d'una altra (nom, adjectiu o

verb) quan no ens en recordem o no la volem dir perquè sonaria malament. *M'he descuidat els daixonses. Vaig anar de vacances a... daixonses... a Itàlia. No li toquis els daixonses, que és molt malcarat. És una bèstia molt daixonses. Cada dia em daixonses a les vuit.*
També es diu per cridar algú o per començar a parlar. *Daixonses! T'he de dir una cosa... Saps què? Daixonses... va venir l'Emili i ens va convidar a xampany.*
Daixonses es combina amb *dallonses.*
• *En daixonses i en dallonses ja se sap: són amics. Després de molts daixonses i dallonses, vam anar a dinar.*

dàlia dàlies
nom femení — Una dàlia és una planta herbàcia d'origen mexicà que té les fulles dentades o serrades. Fa unes flors grosses, molt vistoses, de color vermell, groc, blanc o rosat, amb molts pètals acabats en punta.

dalla dalles
nom femení — Una dalla és una eina amb un mànec llarg i una fulla punxeguda i corbada que serveix per a segar l'herba. Sovint la mort es representa amb una dona que porta una dalla. pàgs. 994-995 (27)
dallar

dallò
Dallonses.

dallonses
Daixonses. *La dallonses és molt madura. L'han operat i porta els dallonses embenats. M'he dallonses les claus. Dallonses! Vine cap aquí. La daixonses i la dallonses van sempre juntes.*

dàlmata dàlmates
adjectiu — 1 De Dalmàcia. *La costa dàlmata.*
nom masculí i femení — 2 Persona que és de Dalmàcia o que hi viu.
nom masculí — 3 Un dàlmata és un gos de raça alt, vigorós i actiu, que té les orelles mitjanes i caigudes i el pèl curt i blanc amb taques rodones i negres. És un gos de companyia.

1
dalt
adverbi — 1 A la part alta. *Puja dalt i baixa'm l'estora.*
També pot ser *a dalt*:
• *Vés a dalt.*
preposició — 2 S'usa en casos com aquests:
• *Dalt l'armari hi ha un ratolí. Al pis de dalt de casa meva, hi viu el meu cosí.*
També pot ser *a dalt, dalt de* i *a dalt de*:
• *El llapis és a dalt el prestatge. El llapis és dalt del prestatge. El llapis és a dalt del prestatge.*
locució que fa d'adverbi i de preposició — 3 **De dalt a baix** és d'un extrem a l'altre en sentit vertical. *Portava el vestit brut de dalt a baix. Prendré mides de dalt a baix de la paret.*
4 **Dalt de tot** és la part més alta. *Després de molt esforç vam arribar dalt de tot. Els excursionistes han pujat dalt de tot de la muntanya.*

2
dalt dalts
nom masculí — El dalt d'una cosa és la part més alta. El dalt d'una casa és el pis de dalt de tot.

1
daltabaix
adverbi — 1 De dalt fins a baix, fins a terra. *El gerro ha caigut daltabaix i s'ha trencat.*
preposició — 2 S'usa en casos com aquest:
• *Va caure daltabaix del llit i, per sort, no es va fer mal.*

2
daltabaix daltabaixos
nom masculí — Un daltabaix és una calamitat que ho capgira tot. La guerra és un daltabaix: mor molta gent, les fàbriques no funcionen, les collites es perden.

daltonisme daltonismes
nom masculí — El daltonisme és un defecte de la vista que fa que una persona no distingeixi alguns colors. Moltes persones que tenen daltonisme no distingeixen el vermell i el verd, veuen el mateix color.

dama dames
nom femení — 1 Una dama és una senyora elegant i distingida. També les dones de les famílies nobles, com les marqueses o les baronesses, són anomenades *dames*. Actualment s'usa poc.
2 Nom de la reina en el joc dels escacs i nom del peó que arriba al final de l'escaquer en el joc de dames.
3 El joc de dames és un joc entre dues persones que es juga sobre el tauler d'escacs amb unes peces blanques i negres de forma rodona i plana. Cada jugador té dotze peces que només es poden moure en diagonal.

damisel·la damisel·les
nom femení — 1 Una damisel·la és una noia jove. S'usa en llenguatge poètic o molt refinat.
2 Espiadimonis.

damnificar
verb com *cantar* ◄ pàg. 26 Amb QU davant E, I — Fer mal. Les tempestes molt fortes damnifiquen els conreus. Sovint els qui han estat damnificats reben una ajuda econòmica del govern.
damnificació, damnificat, damnificada

1
damunt

adverbi
1 A sobre d'algú o d'alguna cosa. *Sempre el porta damunt, el nen.*
També pot ser *a damunt* o *al damunt*.
• *És a damunt. On deixo el llibre? Deixa'l aquí al damunt.*

preposició
2 S'usa en casos com aquest:
• *Porta un jersei damunt la samarreta.*
També pot ser *a damunt, damunt de, a damunt de* o *al damunt de*:
• *A damunt la nevera hi ha la fruita; damunt de les estovalles, els plats i a damunt dels tovallons, els coberts. Sempre tinc un llibre al damunt de la tauleta de nit.*

locució que fa d'adverbi
3 Fer una cosa **per damunt** o **pel damunt** és fer-la superficialment, sense fixar-s'hi gaire. *Ha llegit el diari pel damunt.*

2
damunt damunts

nom masculí
El damunt d'una cosa és la part de dalt. El damunt d'algunes taules és de plàstic i es pot netejar molt bé.

dandi dandis

nom masculí
Un dandi és un home molt elegant i refinat.

danès danesa danesos daneses

adjectiu
1 De Dinamarca. *La península danesa de Jutlàndia.*

nom masculí i femení
2 Persona que és de Dinamarca o que hi viu.

nom masculí
3 El danès és la llengua que es parla a Dinamarca.
4 Un **gran danès** o **danès** és un dog alemany.

dansa danses

nom femení
Amb S
1 Ball. La sardana és una dansa popular.
2 La dansa és l'art de dansar. Si vols ser ballarí o ballarina, has d'estudiar dansa en una acadèmia.

frase feta
3 Posar en dansa alguna cosa vol dir començar-la a fer.

dansaire dansaires

nom masculí i femení
Amb S
Un o una dansaire és una persona que dansa.

dansar

verb
com *cantar*
◄ pàg. 26
Amb S
Ballar.

dany danys

nom masculí
Un dany és un mal que es fa a una persona o a una cosa. Un incendi causa molts danys.
danyar, danyós, danyosa

dar

verb
com *cantar*
◄ pàg. 26
Diferències:
di, da, des
Només es conjuga en algunes persones
Donar.

dard dards

nom masculí
Un dard és una fletxa petita que s'agafa amb dos dits i es tira fent força amb el braç. En el joc dels dards guanya qui encerta la diana. pàg. 393 ④

darrer darrera darrers darreres

adjectiu
Últim. El mes de desembre és el darrer mes de l'any. Si ets la darrera d'una cua de gent, no tens ningú darrere teu.
darrerenc

darrerament

adverbi
En els darrers temps. *Darrerament no em trobo gaire bé.*

1
darrere

adverbi
1 A la part d'una persona que és al cantó de l'esquena, o a la part d'una cosa que és al contrari de davant; a la part d'una cosa contrària al cantó on és qui parla. *Em fa mal aquí darrere. A l'estiu dormim darrere, que no fa tanta calor com a la part del davant de la casa. Surt de darrere, que aquí no et veig.*
També pot ser *a darrere* o *al darrere*:
• *A darrere hi ha la catedral. Puja al darrere i et deixo a l'estació.*

preposició
2 S'usa en casos com aquests:
• *A darrere casa hi ha un restaurant bonissim. Posa't darrere meu.*
També pot ser *darrere de, a darrere, a darrere de* o *al darrere de*:
• *Des de Girona, Barcelona queda darrere del Besòs; des de Tarragona, a darrere el Llobregat. A darrere d'un vagó hi va un altre vagó. Al darrere d'un bon dinar van bé unes bones postres.*

frase feta
3 Anar darrere d'algú és buscar-lo per a obtenir-ne alguna cosa. *Tant anar-li al darrere, i ara que té el contracte firmat ja no se'n recorda, d'ella.*

2
darrere darreres

nom masculí
El darrere d'una persona és la part contrària a la cara o al cantó cap a on camina. Algunes coses també tenen darrere. El darrere dels cotxes acostuma a portar la roda de recanvi.

darreria darreries

nom femení — **1** La darreria d'una cosa és la part final. La darreria de la vida és la mort. Les darreries d'un àpat són les postres o l'últim plat que se serveix.

locució que fa d'adverbi i de preposició — **2 A la darreria** vol dir cap al final. *Sempre es recorda de les coses a la darreria. Som a la darreria de desembre, aviat serà Nadal.*

dàrsena dàrsenes

nom femení — Una dàrsena és un lloc dins d'un port o un canal que està especialment protegit per a carregar i descarregar vaixells.

data dates

nom femení — Una data és un dia, un mes o un any concrets. Quan s'escriu una carta s'hi ha de posar la data.

datació, datar

dàtil dàtils

nom masculí — Un dàtil és un fruit d'un tipus de palmera. Els dàtils són allargats, de color marronós i molt dolços.

datiler

datiu datius

nom masculí — **1** El datiu és el cas d'algunes llengües com el llatí que sol indicar el complement indirecte. La paraula llatina *rosa* en datiu té la forma *rosae*.

adjectiu i nom masculí — **2** El complement datiu és el complement indirecte. A la frase *L'estudiant escriu una carta a la seva professora*, el datiu és *a la seva professora*.

dau daus

nom masculí — Un dau és un petit cub que té marcat amb punts i a cada cara un número de l'1 al 6. Els daus es fan servir per a jugar al parxís, a l'oca i a altres jocs. pàg. 393 (8)

daurada daurades

nom femení — Orada.

daurar

verb com *cantar* ◄ pàg. 26 — Cobrir un objecte amb una capa d'or.

davall

adverbi Amb A — **1** A la part de sota d'un altre objecte. *Posa la planta on millor quedi: damunt la taula o davall.*

2 En un llibre o en un altre escrit, a continuació, en un lloc de l'escrit que es llegirà més endavant. *Us fem comanda dels productes davall especificats.*

preposició — **3** S'usa en casos com aquests:

- *Davall la caçadora porto un jersei gruixut. A l'estiu, davall un arbre s'està fresc.*

També pot ser *davall de*:

- *Davall dels zero graus fa molt de fred.*

davallada davallades

nom femení — **1** Una davallada és el fet de davallar.

2 Camí que fa baixada.

davallar

verb com *cantar* ◄ pàg. 26 — **1** Anar des d'un lloc a un altre de més baix. Les rambles acostumen a davallar des de les muntanyes fins al mar.

2 Recórrer una escala, una baixada, de dalt a baix. Si davalles corrent un pendent molt fort, pots caure.

davallador, davallant

1 davant

adverbi Amb A — **1** A la part d'una persona on hi ha la cara, o a la part cap a on es mou o cap a on està orientada una cosa; al començament d'una cua o d'una llista. *Posa't davant, que et vull veure.*

També pot ser *a davant* o *al davant*.

- *Tu passa a davant. A mi m'agrada anar al davant.*

preposició — **2** S'usa en casos com aquest:

- *El cotxe era davant seu i no el veia.*

També pot ser *a davant, davant de, a davant de* o *al davant de*:

- *A davant la taula hi ha un moble. Una casa davant del mar té molt bona vista. Els acusats es presenten a davant de la jutgessa.* Al davant de la Maria hi havia tot el poble mirant.

locució que fa d'adverbi i de preposició — **3** Dues coses o persones estan **davant per davant** quan estan encarades. *Els pisos del replà són davant per davant. Sovint als passadissos unes portes són davant per davant de les altres.*

2 davant davants

nom masculí Amb A — El davant d'una persona és la part on hi ha la cara i el pit. També parlem del davant d'algunes coses. Als davants d'una casa hi ha l'entrada principal.

davantal davantals

nom masculí Amb A — Un davantal és una peça de vestir que serveix per a no tacar-se la part del davant del vestit. Quan has de cuinar, t'has de posar un davantal.

davanter davantera davanters davanteres

adjectiu i nom masculí i femení — **1** Que va o està posat al davant. Els davanters d'una cursa són els qui van primers.

nom masculí i femení Amb A — **2** En un esport com el futbol, jugador o jugadora que juga més a prop de la porteria contrària. Les davanteres fan la majoria dels gols.

1
de des
nom femení — Nom de la lletra *d, D.*

2
de
preposició — S'usa en casos com aquests:
• *Venim de passejar, vi d'Alella, un habitant d'Amèrica.*
• *La filla de la veïna, el cotxe de la mare.*
• *Suc de taronja, moble de fusta.*
• *Un quadre de Picasso.*
• *Parlar de bestieses.*
• *De dilluns a divendres, de nou a una.*
• *Una dotzena d'ous, un grup d'amics.*
• *Una camisa blanca i una de negra.*
• *Hi ha persones bones i dolentes / De persones, n'hi ha de bones i de dolentes.*
• *Vull carn / De carn? Sí que en vull!*
Forma part d'algunes perífrasis verbals:
• *Heu de tenir paciència, s'ha d'estudiar gramàtica.*
• *Acabo d'arribar, acaben de dir que vénen i ja són aquí.*
Hi ha verbs que van seguits de la preposició *de*:
• *Parlar de, saber de, queixar-se de, adonar-se de, penedir-se de, dubtar de, oblidar-se de, riure's de, burlar-se de*, etc.
Davant de paraules que comencen amb vocal o *h*, s'escriu *d'*:
• *Coca d'oli, partit d'hoquei.*
Davant de les paraules *el* i *els*, s'hi uneix i forma les contraccions *del* i *dels*:
• *El fang del carrer, l'amiga dels animals.*

dea dees
nom femení — Deessa.

deambular
verb, com *cantar* ◄ pàg. 26 — Caminar sense anar a cap lloc en especial.
deambulatori

Un davantal

debades
adverbi, També *endebades* — **1** Una cosa feta debades és una cosa feta inútilment. *Tota aquella feinada la vam fer debades, no va servir per a res.*
2 Quan una cosa es dóna debades, es dóna de franc, sense pagar. *M'han deixat entrar al cine debades!*

debanadora debanadores
nom femení — Una debanadora és un aparell que debana fils.

debanar
verb, com *cantar* ◄ pàg. 26 — Anar agafant i enrotllant el fil d'una madeixa per a formar un rodet o un cabdell.

debat debats
nom masculí — Un debat és una discussió sobre algun tema. A la televisió es fan molts debats.

debatre
verb, com *perdre* ◄ pàg. 27 — **1** Discutir un tema amb una o més persones.
usat amb pronom — **2 Debatre's** és lluitar per escapar-se o salvar-se d'algun perill. Els peixos es debaten per sortir de les xarxes.

dèbil dèbils
adjectiu — Que no té força. Quan estàs malalt et sents dèbil.
debilitat

debilitar
verb, com *cantar* ◄ pàg. 26 — Fer dèbil. Algunes malalties debiliten molt.

dèbit dèbits
nom masculí — El dèbit són els diners que algú deu. Les anotacions de dèbit d'un compte corrent són les sortides de diners.

de debò
locució que fa d'adjectiu i d'adverbi — **1** De veritat; realment. *Li han regalat un cavall de debò. La xocolata és bona de debò.*
locució que fa d'adverbi — **2** També s'usa per a confirmar una cosa que diem. *Això, t'ho compraré demà, de debò.*

debut debuts
nom masculí — El debut d'un actor o d'un conjunt de persones que es dediquen a l'espectacle és el fet de sortir per primera vegada davant del públic.
debutar

dècada dècades
nom femení — Una dècada és un conjunt de deu anys o deu dies seguits. Un segle té deu dècades.

decadència decadències
nom femení — Una persona, una cultura o un moviment artístic entren en decadència quan passen d'un bon moment a una situació dolenta.

Continua a la pàgina següent

A B C D E F G H I J K L M N O P Q R S T U V W X Y Z

Una idea està en decadència quan va perdent seguidors.

decadent

decaedre decaedres

nom masculí
També decàedre

Un decaedre és un poliedre de deu cares.

decàgon decàgons

nom masculí

Un decàgon és un polígon de deu costats.

decaïment decaïments

nom masculí

El decaïment d'una persona és la falta de forces i d'ànim. Algunes malalties produeixen el decaïment del malalt.

decàleg decàlegs

nom masculí

1 Un decàleg és un conjunt de deu normes. Es parla, per exemple, del decàleg del bon venedor, del mestre, de l'automobilista, etc.
2 Segons el cristianisme, el decàleg és el conjunt dels deu manaments de la llei de Déu.

decandir-se

verb usat amb pronom
com *servir*
◄ pàg. 28

Anar perdent força, debilitar-se. Si menges poc et decandiràs.

decantar

verb
com *cantar*
◄ pàg. 26

1 Tombar alguna cosa cap a un costat. Per a servir aigua en un got, decantem l'ampolla.

usat amb pronom

2 Una persona **es decanta** quan se separa cap a un cantó. Si a la classe tapes el de darrere, t'hauràs de decantar.
3 **Decantar-se** per alguna cosa vol dir preferir-la a una altra.

decapitar

verb
com *cantar*
◄ pàg. 26

Tallar el cap. Antigament, en alguns països, els condemnats a mort eren decapitats.

decapitació

decàpode decàpodes

nom masculí

1 Un decàpode és un tipus de crustaci que té deu potes a l'abdomen. El cranc de mar és un decàpode.
2 Tipus de cefalòpode que té vuit braços i dos tentacles amb ventoses. La sípia és un decàpode.

decasíl·lab decasíl·laba decasíl·labs decasíl·labes

adjectiu

1 Que té deu síl·labes.

nom masculí

2 Un decasíl·lab és un vers de deu síl·labes.

decaure

verb
com *caure*
◄ pàg. 30

Entrar en decadència. Podem dir que decauen els costums d'un poble, que el joc d'un equip ha decaigut o que una persona decau quan es fa vella.

decebre

verb
com *perdre*
◄ pàg. 27
Diferències:
deceps, decep

Causar una decepció. Un company et decep quan et promet una cosa i després no compleix la promesa.

decenni decennis

nom masculí

Un decenni és un conjunt de deu anys seguits.

decent decents

adjectiu

1 Una persona decent és una persona que es comporta bé i que respecta els altres. Les pel·lícules, els llibres o les paraules són decents si són respectuosos.
2 Una cosa és decent quan està bastant bé. Una persona té un sou decent quan cobra prou per viure.

decència

decepció decepcions

nom femení

Tens una decepció quan et penses que una cosa serà d'una manera i resulta que no ho és. Quan vas a veure una pel·lícula que creus que serà molt bona i no t'agrada gens t'endús una decepció.

decibel decibels

nom masculí

Un decibel és una unitat de mesura de la intensitat dels sons. Si en un carrer hi ha molt de soroll, hi ha una quantitat gran de decibels; una música suau té pocs decibels. El seu símbol és: dB.

decidir

verb
com *servir*
◄ pàg. 28

1 Fer una elecció entre diverses possibilitats. Quan et proposen dos jocs has de decidir a quin prefereixes jugar.
2 Fer arribar a un resultat definitiu. Una jugada en els escacs decideix una partida quan fa que un dels jugadors guanyi.

usat amb pronom

3 **Decidir-se** a fer una cosa és animar-se a fer-la. Quan et decideixes a estudiar francès és que t'ho proposes de debò.

decidit decidida decidits decidides

adjectiu

Que no li costa gens decidir-se, que fa les coses sense dubtes i sense por. Tots els grans exploradors eren persones molt decidides.

decigram decigrams

nom masculí

Un decigram és una desena part d'un gram. El seu símbol és: dg.

decilitre decilitres

nom masculí

Un decilitre és una desena part d'un litre. El seu símbol és: dl.

dècim dècima dècims dècimes

determinant numeral

1 Una dècima part d'una cosa és una de les deu parts iguals que ens queden si la dividim entre deu. La dècima part de 100 és 10.

nom masculí
2 Un dècim d'una cosa és una dècima part.
3 Un dècim de loteria és la desena part d'un bitllet de loteria. Si tens un dècim d'un bitllet premiat amb 10 milions, només et pagaran 1 milió.

nom femení
4 Una dècima és cada una de les deu divisions d'un grau de temperatura. Quan tens unes dècimes de febre, tens una mica de febre.

decimal decimals

adjectiu i nom masculí
1 Un número decimal o un decimal és un número representat amb una coma i una o més xifres a cada costat. Les xifres de l'esquerra de la coma representen unitats completes, i les de la dreta, parts d'una unitat. 3,25 representa una quantitat que és més gran que 3, però que no arriba a 4.

nom masculí
2 Xifra que és a la dreta de la coma d'un número decimal i representa una part d'unitat: 3,25 té dos decimals.

decímetre decímetres

nom masculí
Un decímetre és la desena part d'un metre. El seu símbol és: dm.

decisió decisions

nom femení
Amb S
1 Una decisió és el fet de decidir. Quan tries un plat d'un menú, prens una decisió.
2 Una persona actua amb decisió quan està segura del que fa i no li costa gens de posar-se a fer-ho. Quan es declara un incendi, els bombers actuen amb decisió.
decisori, decisòria

decisiu decisiva decisius decisives

adjectiu
Que fa decidir alguna cosa. Un gol decisiu en un partit de futbol és el gol que fa que un dels dos equips guanyi.

declamar

verb
com *cantar*
◄ pàg. 26
Dir en veu alta un text, amb una entonació i uns gestos que el facin entendre millor.
declamació, declamatori, declamatòria

declarar

verb
com *cantar*
◄ pàg. 26
1 Dir el que sents o el que penses. Hi ha persones que mai no declaren les intencions que tenen.
2 Dir algú el que sap, donar informació sobre un fet, comunicar alguna cosa. Diem, per exemple, que les autoritats han declarat que no hi haurà augment del preu de les coses. Quan passes una frontera declares a la duana les coses que portes.
3 Declarar en un judici és dir davant del jutge tot el que se sap sobre un cas concret. Els qui declaren en un judici han de dir la veritat.
4 Un país declara la guerra a un altre quan li diu oficialment que començarà a lluitar-hi.

usat amb pronom
5 **Declarar-se** a algú és dir-li que l'estimes.
6 Un incendi, una malaltia o una tempestat **es declara** quan comença a veure's clarament. Es declara una epidèmia de còlera quan es descobreixen els primers malalts.
declaració

declaratiu declarativa declaratius declaratives

adjectiu
Que declara, que explica, alguna cosa. Una oració declarativa afirma o nega alguna cosa, com: *No trobo les claus del cotxe.*

declinar

verb
com *cantar*
◄ pàg. 26
1 No acceptar alguna cosa que ens ofereixen. Les persones importants sovint estan massa ocupades i han de declinar invitacions.
2 Baixar després d'arribar al punt més alt. El sol declina a partir del migdia.
3 En algunes llengües com el llatí, dir per ordre les diferents formes que té una paraula.
4 Diem que un imperi, un ofici, etc., declina quan perd importància i s'acosta a la seva fi.
declinació, declinatori, declinatòria

decor decors

nom masculí
El decor és el fet de comportar-se bé, amb educació, i de vestir i parlar d'una manera decent. Una persona falta al decor si, per exemple, entra amb banyador en una església.

decoració decoracions

nom femení
1 La decoració és l'art que té com a finalitat adornar o complementar objectes i edificis. Els estudiants de decoració han de tenir bon gust i saber dibuixar.
2 Manera d'estar decorat un lloc o una cosa. Es pot parlar de la decoració d'un palau, d'una botiga, d'un cine, etc. També es diu *decoració* dels decorats d'un teatre.

decorar

verb
com *cantar*
◄ pàg. 26
1 Posar diferents objectes en un lloc perquè quedi més bonic. Quan decorem l'arbre de Nadal hi pengem garlandes.
2 Posar dibuixos en un objecte o pintar damunt d'un objecte per fer-lo més bonic. Alguns pintors decoren peces de ceràmica.
decorador, decoratiu, decorativa, decorativisme

decorat decorats

nom masculí
Un decorat és un conjunt de construccions de cartó, roba, fusta o d'altres materials que en el teatre i en el cine representen els llocs on passa l'acció. Alguns decorats del cine són molt complets, amb carrers, edificis, ponts, etc.

decorós decorosa decorosos decoroses
adjectiu
Que està d'acord amb el decor. Els insults i les paraules grolleres no són decorosos.
indecorós, indecorosa

decreixent decreixents
adjectiu
Que decreix.

decréixer
verb
com *néixer*
◄ pàg. 37
Fer-se petit a poc a poc. La Lluna creix i decreix.

decrèpit decrèpita decrèpits decrèpites
adjectiu
Una persona està decrèpita quan és molt vella i ha perdut gairebé totes les facultats físiques. Algunes institucions acullen els ancians decrèpits que no tenen família.
decrepitud

decret decrets
nom masculí
Un decret és una ordre de les autoritats que diu què s'ha de fer i què no s'ha de fer. Sempre es publica en els diaris oficials.
decretar

decúbit decúbits
nom masculí
El decúbit és la posició del nostre cos quan estem ajaguts. Si estem en decúbit dorsal estem estirats de panxa enlaire.

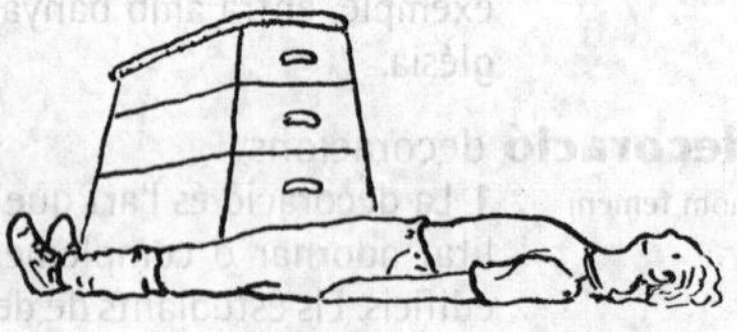
Posició de decúbit

decurs decursos
nom masculí
Transcurs. En el decurs d'un any passen moltes coses.

dedicar
verb
com *cantar*
◄ pàg. 26
Amb QU davant E, I
1 Dedicar una obra o un monument a algú és posar-hi el seu nom en senyal d'agraïment o de reconeixement. En alguns llibres hi ha un escrit que recorda a qui estan dedicats.
usat amb pronom
2 **Dedicar-se** a alguna cosa és treballar-hi. Els escriptors es dediquen a escriure llibres.
dedicació

dedicatòria dedicatòries
nom femení
Una dedicatòria és un escrit per a dedicar una cosa a algú. A les primeres pàgines d'alguns llibres, l'autor hi posa una dedicatòria, com: *Als meus pares.*

deduir
verb
com *reduir*
◄ pàg. 39
Amb dièresi
1 Arribar a una conclusió mitjançant el que veus o el que et diuen. Si surts al carrer i està mullat, dedueixes que ha plogut.
2 Treure una part d'alguna quantitat. Quan et fan un descompte et dedueixen una part del preu d'una cosa.
deducció, deductiu, deductiva

deessa deesses
nom femení
Una deessa és una divinitat femenina. Venus és la deessa de l'amor.

defallir
verb
com *servir*
◄ pàg. 28
Perdre l'ànim i les forces, debilitar-se. Quan poses molt d'esforç en una cosa i no et surt bé, pot ser que defalleixis. Les persones malaltes sovint defalleixen.
defallença, defalliment

defecar
verb
com *cantar*
◄ pàg. 26
Amb QU davant E, I
Fer caca. Es diu en expressions formals.
defecació

defecte defectes
nom masculí
Un defecte és una característica o una actitud d'una persona o una cosa que no és com hauria de ser. Si a una cadira li falta una pota, diem que té un defecte.
defectuós, defectuosa

defectiu defectiva defectius defectives
adjectiu
Un nom o un verb és defectiu quan no té alguna de les formes de la flexió o de la conjugació. El verb *nevar* és defectiu perquè només té la tercera persona del singular: *neva*; no pots dir *jo nevo.*

defendre
verb
com *prendre*
◄ pàg. 38
Diferència: *defèn, defès*
Defensar.

defensa defenses
nom femení
1 Una defensa és el fet de defensar algú o alguna cosa. Hi ha gossos que surten en defensa del seu amo quan algú l'ataca.
2 Qualsevol cosa que serveix per a defensar o defensar-se. Les muralles eren les defenses d'un castell. Quan no tenim prou defenses contra els microbis, ens podem posar malalts.
3 En un judici, la defensa de l'acusat és la persona o l'equip que el defensen.
nom masculí i femení
4 En un esport com el futbol, un o una defensa és el jugador o la jugadora que defensa la pròpia porteria.
indefensió

defensar

verb
com *cantar*
◄ pàg. 26

1 Ajudar algú o alguna cosa contra un atac o un perill. El karate t'ensenya a defensar-te.
2 Demostrar que una persona no és culpable. En un judici, hi ha un advocat que defensa l'acusat.

defensiu, defensiva

defensor defensora defensors defensores

adjectiu
i nom masculí
i femení

Que defensa algú o alguna cosa. El defensor o la defensora del poble és la persona encarregada de defensar els drets dels ciutadans.

deferència deferències

nom femení

Una persona té o mostra deferència amb una altra quan la tracta amb amabilitat i atenció. És una deferència a una dona embarassada cedir-li el seient a l'autobús.

deficient deficients

adjectiu

1 Que li falta alguna cosa important. Una salut deficient és una salut no gaire bona.

nom masculí
i femení

2 Un o una deficient és una persona que no es pot valer completament. Hi ha un llenguatge de signes per als deficients auditius.

deficiència

dèficit dèficits

nom masculí

El dèficit és la quantitat de diners que falta quan es gasta més del que es guanya. Si una empresa gasta 30 milions i en guanya 25, té un dèficit de 5 milions.

deficitari, deficitària

definició definicions

nom femení

Una definició és l'explicació del significat d'una paraula. Un diccionari és ple de definicions.

definir

verb
com *servir*
◄ pàg. 28

1 Explicar el significat d'una paraula. Amb aquesta frase hem definit el verb *definir*.
2 Indicar els límits d'una cosa, determinar-la o fixar-la. Es poden definir les regles d'un joc, els poders que tindrà una persona o les condicions d'un contracte.

usat amb
pronom

3 Una persona **es defineix** quan dóna la seva opinió sobre un tema o quan diu clarament el que pensa.

definitori, definitòria

definitiu definitiva definitius definitives

adjectiu

1 Que ja no es pot canviar. Fins que no s'acaba un partit de tennis, de futbol, etc., el resultat no és definitiu.

locució que fa
d'adverbi

2 **En definitiva** vol dir a la fi, al capdavall. *En definitiva, aquesta pel·lícula no és tan bona com ens havien dit.*

definitivament

defora

adverbi
i preposició

Fora.

deformar

verb
com *cantar*
◄ pàg. 26

1 Canviar la forma d'alguna cosa. Hi ha miralls que deformen la silueta.
2 Explicar alguna cosa de manera diferent de com va passar en realitat. A vegades deformem una mica una història per fer-la més divertida.

usat amb
pronom

3 **Deformar-se** una cosa és perdre la seva forma. Quan es mullen les sabates es deformen.

deformació

deforme deformes

adjectiu

Que no té la forma que hauria de tenir. Hi ha taronges deformes, que en comptes de ser rodones tenen bonys.

deformitat

defraudar

verb
com *cantar*
◄ pàg. 26

1 Una cosa o una persona et defrauda quan no és o no es comporta com t'esperaves. Hi ha obres de teatre que defrauden els espectadors.
2 Defraudar l'Estat és enganyar-lo no pagant els impostos. També es pot defraudar una persona quan li deus diners i no els hi pagues.

defugir

verb
com *dormir*
◄ pàg. 27
Diferències:
defuges, defuig
Amb J davant O

Intentar evitar algú o alguna cosa. Quan no vols contestar una pregunta la defuges contestant una altra cosa.

indefugible

defunció defuncions

nom femení

Mort d'una persona. Als ajuntaments hi ha un registre de defuncions.

degà degana degans deganes

nom masculí
i femení

1 El degà o la degana d'una institució, com per exemple d'una facultat universitària, és la persona escollida per a presidir-la.
2 Persona que és la que fa més temps que forma part d'un grup. La degana d'un diari és la periodista que fa més anys que hi treballa.

degenerar

verb
com *cantar*
◄ pàg. 26

1 Una espècie o una raça degenera quan perd les característiques i les bones qualitats. Les races de gossos degeneren si es barregen entre elles.
2 Es diu que una comunitat degenera si la gent perd els bons costums.

degeneració

A B C D E F G H I J K L M N O P Q R S T U V W X Y Z

deglució deglucions
nom femení
La deglució és el fet d'empassar-se el menjar. Amb la deglució, el bol alimentari passa a l'estómac.

deglutir
verb
com *servir*
◄ pàg. 28
Empassar-se el menjar. Hi ha animals que degluteixen els aliments sense mastegar-los.

degollar
verb
com *cantar*
◄ pàg. 26
Tallar el coll a una persona o a un animal.
degolladissa, degollament

degotall degotalls
nom masculí
Hi ha un degotall quan un líquid degota. Al sostre de moltes coves hi ha degotalls d'aigua.

degotar
verb
com *cantar*
◄ pàg. 26
Caure de gota en gota. Després de la pluja, l'aigua degota de les fulles dels arbres.
degotejar

degoter degoters
nom masculí
Gotera.

degradació degradacions
nom femení
1 Es fa la degradació d'un militar o d'una autoritat quan se'l destitueix i se'l fa passar a una categoria molt baixa. La degradació és un càstig per haver comès una falta molt greu.
2 Pèrdua de les bones qualitats d'una cosa, dels bons costums d'una persona. Hi ha una degradació constant dels edificis antics.
degradant, degradar

degudament
adverbi
Tal com cal. *Havia fet degudament el treball i no el vaig haver de repetir.*

degustació degustacions
nom femení
Fem la degustació d'un menjar o d'una beguda quan els tastem per veure si són bons, si ens agraden. El menú de degustació d'alguns restaurants és un assortiment de petites racions dels seus millors plats.
degustar

deïtat deïtats
nom femení
Divinitat.

deix deixos
nom masculí
Un deix és una manera de pronunciar les paraules o de dir les coses pròpia d'una persona o d'un grup de persones. El deix dels mallorquins és diferent del dels lleidatans.

deixalla deixalles
nom femení
Les deixalles són tot allò que no es pot aprofitar, les escombraries. Les deixalles d'un dinar són els ossos, les pells i els trossos de menjar que queden al plat.

deixalleria deixalleries
nom femení
Una deixalleria és un lloc preparat per a rebre les deixalles que no es poden tirar als contenidors que hi ha al carrer. Les bombetes, les pintures i els petits electrodomèstics que volem llençar s'han de portar a una deixalleria.

deixar
verb
com *cantar*
◄ pàg. 26
1 Posar una cosa en un lloc. Deixem els llibres damunt la taula. A vegades no recordem on hem deixat les claus.

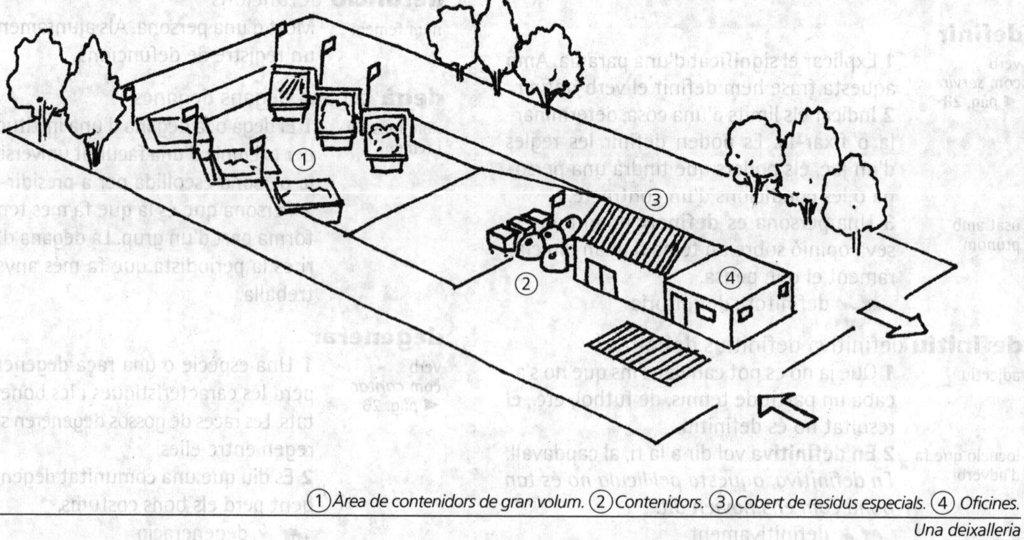

① *Àrea de contenidors de gran volum.* ② *Contenidors.* ③ *Cobert de residus especials.* ④ *Oficines.*

Una deixalleria

2 Fer que una persona o una cosa es quedi en el lloc on és. Deixem l'abric a casa o les claus a la porta. Els pares deixen sovint els nens amb els avis.

3 No continuar fent una cosa. Es pot deixar el treball, una feina o els estudis.

4 Si deixem una cosa que és nostra a una altra persona vol dir que li donem permís per a fer-la servir durant un temps i després ens l'ha de tornar. Els bons companys es deixen els apunts de classe. Hi ha persones que mai no deixen diners als altres.

5 Anar-se'n d'un lloc. Moltes persones deixen el seu país i van a buscar feina en altres països.

6 Una persona deixa la família o la seva parella quan ja no vol continuar amb elles.

7 Donar una cosa a algú. Si una persona en morir ens deixa tots els seus diners és que ens els dóna.

8 Fer que una persona o una cosa quedi d'una manera determinada. Podem dir que ens deixin tranquils, que una excursió ens ha deixat molt cansats, que la tempesta ha deixat els camps fets malbé o que deixarem els plats ben nets.

9 El verb *deixar* forma part d'algunes perífrasis verbals amb significats diversos: *No em deixen anar a la festa. No el van deixar entrar en tot el dia. Deixa anar el gos una estona. Deixa'm fer a mi que tinc més força. Deixa-li veure les fotografies. No deixis caure el gerro que es trencaria. Han deixat escapar l'ocell. Deixa de riure, vols? No deixava de dir bestieses. Vaig deixar d'estudiar a les quatre.*

usat amb pronom — 10 **Deixar-se** una cosa és no agafar-la, oblidar-la en un lloc, descuidar-se-la. Si et deixes les claus, no podràs obrir la porta de casa.

11 Una persona **es deixa** quan no es preocupa de si mateixa i va bruta, mal arreglada.

frase feta — 12 **Deixar córrer** una cosa és no pensar-hi més, no preocupar-se'n. Les persones sensates deixen córrer les discussions inútils.

deixa, deixadesa, deixant

deixat deixada deixats deixades

adjectiu — 1 Ser deixat és no preocupar-se gaire per les coses pròpies. Una persona deixada no sap mai on té les coses.

frase feta — 2 **Anar molt deixat** és anar vestit de qualsevol manera.

deixatar

verb, com *cantar* ◄ pàg. 26 — Fer que una cosa sòlida es desfaci i es barregi amb un líquid. Per fer alguns pastissos deixatem rovells d'ou amb llet.

deixeble deixebla deixebles

nom masculí i femení — Persona que rep l'ensenyament d'un mestre. Els alumnes d'un professor són els seus deixebles.

deixondir

verb, com *servir* ◄ pàg. 28 — Animar, espavilar, despertar. De bon matí, una dutxa d'aigua freda et deixondeix.

deixondiment

deixuplines

nom femení plural — Unes deixuplines són un conjunt de cordes primes, de tires de cuir o de cadenetes, que es feien servir per a assotar els delinqüents. També les usaven per a donar-se cops les persones que feien penitència.

dejorn

adverbi — De matí, d'hora. *Demà ens llevarem dejorn i esmorzarem pel camí.*

dejú dejuna dejuns dejunes

adjectiu — Una persona està dejuna o en dejú quan no ha menjat res des del començament del dia.

dejunar

verb, com *cantar* ◄ pàg. 26 — No menjar o menjar molt poc durant un temps. Hi ha religions que manen dejunar uns dies assenyalats.

dejuni dejunis

nom masculí — El dejuni és el fet de dejunar.

del dels

preposició més article — Paraula formada per la unió de *de* i *el* o *de* i *els*. Aquesta contracció no es fa quan *el* té darrere una paraula que comença amb vocal o *h*:

• *La pols del camí, la persona dels nostres somnis, la vida dels esquimals, sortir de l'hospital, l'escalada de l'Everest.*

delatar

verb, com *cantar* ◄ pàg. 26 — 1 Denunciar. Els lladres a vegades delaten els seus companys.

2 Descobrir alguna cosa que es volia amagar. Portar el voltant de la boca brut de xocolata delata que n'has menjat, no te'n pots amagar.

delació, delator

delco delcos

nom masculí — El delco d'un cotxe és un aparell format per un condensador i altres mecanismes que serveix per a distribuir el corrent elèctric a cada una de les bugies.

Vegeu la il·lustració a la pàgina següent

A
B
C
D
E
F
G
H
I
J
K
L
M
N
O
P
Q
R
S
T
U
V
W
X
Y
Z

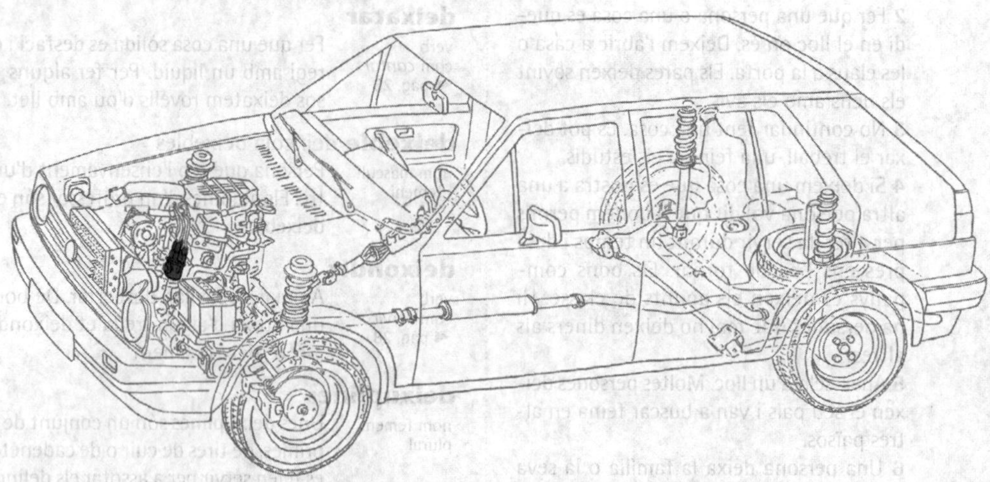

El delco d'un cotxe

delectar
verb
com *cantar*
◄ pàg. 26
Fer sentir un gran plaer, una gran satisfacció. A l'estiu, els banys de mar i les begudes fresques ens delecten. Algunes persones es delecten en la lectura de llibres d'història.
delectable, delectació, delectança

delegar
verb
com *cantar*
◄ pàg. 26
Amb GU davant E, I
Donar poder o permís a una persona perquè faci una cosa en nom nostre. El president del govern a vegades delega en un ministre alguna de les seves obligacions.
delegació

delegat delegada delegats delegades
nom masculí i femení
Persona encarregada d'una cosa en nom d'altres persones. El delegat d'una classe ha de parlar amb els professors de part dels companys.

deler delers
nom masculí
El deler és la passió o el gran desig que es posa en una activitat, en una persona, en una cosa. Fer una cosa amb deler és fer-la amb moltes ganes i il·lusió.
adelerat, adelerada, delejar, delerós, delerosa

delfí delfins
nom masculí
El delfí era el fill gran del rei de França i, per tant, l'hereu.

delfinari delfinaris
nom masculí
Un delfinari és un lloc on hi ha dofins perquè la gent pugui veure com són i què fan. Molts zoològics tenen delfinaris.

deliberadament
adverbi
Expressament. *Va trencar el vidre deliberadament i va poder entrar per la finestra de casa.*

deliberar
verb
com *cantar*
◄ pàg. 26
Pensar les raons a favor o en contra d'alguna cosa abans de prendre una decisió. Dir una cosa sense deliberar significa dir-la sense pensar-hi.
deliberació, deliberat, deliberada

delicat delicada delicats delicades
adjectiu
1 Que és molt agradable i fi. El perfum de roses és molt delicat.
2 Que és dèbil, que tot li fa mal. Les persones delicades es posen malaltes molt sovint.
3 Que es fa malbé de seguida, que s'espatlla fàcilment.
4 Fer o dir una cosa de manera delicada és fer-la o dir-la mirant de no molestar ningú.
delicadesa, indelicadesa, indelicat, indelicada

delícia delícies
nom femení
1 Una delícia és una gran satisfacció, un gran plaer, que et produeix alguna cosa. Quan et donen una bona notícia dius: "Quina delícia!"
2 Cosa que t'agrada molt, que et causa un gran plaer. Estar de vacances és una delícia.

deliciós deliciosa deliciosos delicioses
adjectiu
Que t'agrada molt. A la tardor, les fulles dels arbres tenen un color deliciós.

delicte delictes
nom masculí
Un delicte és un acte prohibit per la llei. Robar és un delicte.
delictiu, delictiva

delimitar
verb
com *cantar*
◄ pàg. 26
Assenyalar els límits d'alguna cosa. Les fronteres d'un país el delimiten i el separen dels països veïns.

delineant delineants
nom masculí i femení — Persona que té per ofici dibuixar plans d'obres i construccions. Els delineants són auxiliars dels arquitectes.

delinear
verb com *canviar* ◄ pàg. 30 Amb dièresi — Traçar les línies principals d'una figura.

delinqüent delinqüents
nom masculí i femení — Un o una delinqüent és una persona que comet un delicte. A la presó hi ha lladres i altres delinqüents.
delinqüència

delinquir
verb com *servir* ◄ pàg. 28 — Cometre un delicte. La persona que delinqueix sap que pot acabar a la presó.

deliri deliris
nom masculí — 1 Un deliri és un estat poc normal que ens fa dir coses sense gaire sentit. Si tens molta febre pots tenir deliris.
2 Diem que tenim un deliri per una persona o una cosa quan sentim un gran amor, una gran passió per ella.
delirant, delirar

delir-se
verb usat amb pronom com *servir* ◄ pàg. 28 — Delir-se per alguna cosa és tenir moltes ganes de fer-la. A l'estiu et deleixes per anar a la platja.

delit delits
nom masculí — El delit és el plaer i l'ànim de fer coses. Fer una cosa amb delit és fer-la de gust.
delitar, delitós, delitosa

delmar
verb com *cantar* ◄ pàg. 26 — 1 Una guerra, una malaltia o la fam delma la població quan provoca la mort de moltes persones. La pesta negra va delmar la població d'Europa.
2 Matar, com a càstig, un presoner de cada deu en una guerra.

delme delmes
nom masculí — El delme era la desena part de la collita i els vassalls el pagaven al seu senyor o al rei. També es pagaven delmes a l'Església i als monestirs.

delta deltes
nom masculí — 1 Un delta és un espai de terra en forma de triangle que es fa a la desembocadura d'alguns rius. Els deltes es formen pels sediments dels materials que els rius arrosseguen.
nom femení — 2 Nom de la quarta lletra de l'alfabet grec δ, Δ.

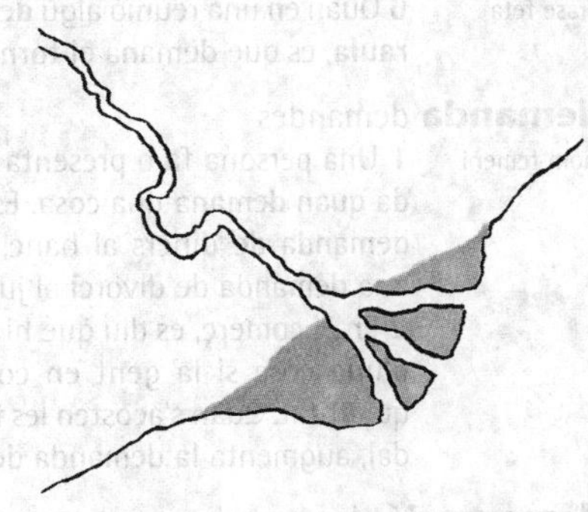

El delta d'un riu

deltoide deltoides
nom masculí — El deltoide és un múscul que uneix el braç a l'espatlla i que és situat a la part de dalt de tot del braç. ✎ pàg. 800 (11)

1
demà
adverbi — 1 Demà és el dia després d'avui. *Recordeu que demà anirem d'excursió.*
locució que fa d'adverbi — 2 **Demà passat** és el segon dia després d'avui. *Demà passat estarem molt cansats, perquè demà anirem d'excursió.*
3 **Demà passat l'altre** és el segon dia després de demà. *Demà passat l'altre és la festa major: només falten tres dies.*

2
demà demans
nom masculí — El demà és el futur. *No pensar en el demà és no ser previsor.*

demacrat demacrada demacrats demacrades
adjectiu — Que està molt prim i té mal color de cara, com si estigués malalt.

demagògia demagògies
nom femení — Diem que algú fa demagògia quan vol convèncer els altres amb arguments falsos o fent servir les emocions. A vegades, els polítics fan demagògia per aconseguir que els votin.
demagog, demagògic

demanar
verb com *cantar* ◄ pàg. 26 — 1 Dir a algú que vols alguna cosa d'ell. Els nens petits sempre demanen als pares que els comprin coses.
2 Demanar la mà d'una noia és expressar que t'hi vols casar. Antigament, el noi havia de demanar als pares de la noia la seva mà.
3 Quan et demanen a algun lloc volen que hi vagis. Si et demanen al telèfon és que volen parlar amb tu.
4 Preguntar.
5 Posar preu a alguna cosa. Si et demanen deu euros per un llibre, vol dir que els has de pagar si el vols.

Continua a la pàgina següent

frase feta — 6 Quan en una reunió algú **demana la paraula**, és que demana el torn per parlar.

demanda demandes

nom femení

1 Una persona fa o presenta una demanda quan demana una cosa. Es pot fer una demanda de diners al banc, o presentar una demanda de divorci al jutge.

2 En el comerç, es diu que hi ha demanda d'una cosa si la gent en compra molta quantitat. Quan s'acosten les festes de Nadal, augmenta la demanda de torrons.

demarcació demarcacions

nom femení

1 Una demarcació és un tros de territori que té uns límits marcats. Una província, una regió o una comarca són demarcacions.

2 Es fa la demarcació entre dues coses quan se les separa i distingeix. En una empresa, per exemple, hi ha d'haver una demarcació clara de les diverses feines.

dement dements

nom masculí i femení

Un o una dement és una persona que està boja.

demència, demencial

democràcia democràcies

nom femení

Una democràcia és un sistema polític on els ciutadans escullen a través d'eleccions lliures les persones que han de tenir el poder.

demòcrata, democratitzar

democràtic democràtica democràtics democràtiques

adjectiu

Que està d'acord amb la democràcia.

antidemocràtic

demografia demografies

nom femení

La demografia és la ciència que estudia la població a través de dades estadístiques: la quantitat de naixements, la quantitat de morts, l'edat de les persones, les migracions, etc.

demogràfic

demolir

verb
com *servir*
◄ pàg. 28

Enderrocar. Després d'un terratrèmol, s'han de demolir moltes cases per construir-les millor.

demolició

demoníac demoníaca demoníacs demoníaques

adjectiu

Que està relacionat amb el dimoni.

demora demores

nom femení

Hi ha demora en un mitjà de transport, en una feina, en un servei, quan va amb retard i no compleix l'horari. Es diu, per exemple, que un tren circula amb una demora de mitja hora.

demostrar

verb
com *cantar*
◄ pàg. 26

1 Fer veure el perquè d'una cosa mitjançant el raonament. El fet que viatjant sempre en la mateixa direcció es faci la volta al món, demostra que la Terra és rodona.

2 Manifestar què sents i què penses. Quan cantes, saltes i rius demostres la teva alegria.

demostració, indemostrable

demostratiu demostrativa demostratius demostratives

adjectiu

1 Que demostra. En matemàtiques es fan servir procediments demostratius complicats.

2 Un determinant o un pronom demostratius ens diuen si una cosa o una persona és a prop o lluny de nosaltres. Si diem *aquesta carpeta*, volem dir que és la de més a prop nostre, no *aquella* d'allà baix. Si diem *aquest dia*, ens referim a un dia de no fa gaire, mentre que si parlem d'*aquell dia* podem estar parlant d'un dia molt llunyà, de fa molts anys. *Aquesta sempre fa cares estranyes. Aquell viatge sí que va ser divertit. Això és molt millor que allò. No vull ni allò, ni allò de més enllà.*

dempeus

adverbi

Estar dempeus és estar dret. *Quan fas cua al cinema estàs dempeus.*

denegar

verb
com *cantar*
◄ pàg. 26
Amb GU davant E, I

No concedir una cosa que algú ha demanat. En alguns casos, el jutge denega un permís.

denigrar

verb
com *cantar*
◄ pàg. 26

Dir mal d'una persona o d'una cosa perquè els altres no la valorin. Hi ha persones que denigren els treballadors estrangers.

denigrant

denominació denominacions

nom femení

1 Una denominació és el fet de posar nom a una persona o una cosa. Els científics s'encarreguen de la denominació de tots els animals i plantes.

2 Un producte té **denominació d'origen** quan se li reconeixen les característiques dels productes del lloc on s'ha fet. El vi del Penedès porta una etiqueta amb la denominació d'origen.

denominador denominadors

nom masculí

El denominador d'una fracció és el número que hi ha sota de la ratlleta. Indica en quantes parts iguals s'ha dividit la unitat. El denominador de 3/5 és 5.

denominar

verb
com *cantar*
◄ pàg. 26

Posar un nom a una persona o a una cosa.
denominatiu, denominativa

denotar

verb
com *cantar*
◄ pàg. 26

Indicar, significar. Una febre alta denota que hi ha una infecció. Les afirmacions de certes persones denoten la seva ignorància.

denou denous

determinant numeral i nom masculí

Dinou. Es diu només en algunes zones.

dens densa densos denses

adjectiu

1 Espès, que conté molta cosa en un espai molt petit. Diem que un bosc és dens quan hi ha molts arbres, branques i fulles.
2 Pesant. El plom és molt dens.
3 Que és molt ple d'informació. En un llibre o en un discurs dens hi ha moltes idees.

densitat densitats

nom femení

La densitat és la característica de les coses denses. La densitat de població d'un país o d'una ciutat és el nombre d'habitants que hi ha a cada km^2.
densímetre

dent dents

nom femení

1 Una dent és cadascuna de les peces blanques que tenim dins la boca i que serveixen per a mastegar. Les dents de llet són les primeres que ens surten. pàg. 793 (14)
2 Una dent és cadascuna de les parts sortints, com si fossin dents, que tenen alguns objectes. Per exemple, les dents d'una serra o de la peça rodona on van els pedals i la cadena d'una bicicleta.
dentari, dentària, dentut, dentuda, desdentat, desdentada, esdentegar

dentada dentades

nom femení

1 Mossegada.
2 Una dentada és un cop de dents d'un animal quan n'agafa un altre.

dentadura dentadures

nom femení

La dentadura és el conjunt de les dents d'un home o d'un animal. Quan a algú se li fan malbé les dents o li cauen, es pot posar una dentadura artificial o postissa per poder mastegar.

dental dentals

adjectiu

1 De les dents. La higiene dental és imprescindible.
2 Un so és dental quan el pronunciem tocant les dents amb la llengua. Són dentals els sons consonàntics de les paraules *dau* i *te*.

nom femení

3 Una dental és una lletra que representa un so dental.

dentat dentada dentats dentades

adjectiu

1 Que té dents. Hi ha plantes que tenen les fulles dentades, amb la vora amb entrants i sortints com unes dents. limbe

nom masculí

2 El dentat és el conjunt de les dents.

fer denteta

frase feta

Fer denteta o fer dentetes és fer enveja als altres menjant coses bones. Si menges bombons i els teus companys no en poden menjar, els fas dentetes.

dentició denticions

nom femení

La dentició és el fet de formar-se i sortir les dents. Les persones tenen dues denticions: una als pocs mesos de vida i l'altra entre els cinc i els deu anys.

dentífric dentífrics

nom masculí

Dentifrici.

–Des que faig règim et dediques a fer-me dentetes

A B C D E F G H I J K L M N O P Q R S T U V W X Y Z

dentifrici dentifricis
nom masculí — Un dentifrici és una pasta que es fa servir per a netejar les dents.
També *dentífric*

dentista dentistes
nom masculí i femení — Un o una dentista és un metge o una metgessa de les dents.

denunciar
verb com *canviar* ◄ pàg. 30 Amb dièresi — Explicar a la justícia que s'ha comès un crim. Si vols denunciar un robatori has d'anar a la policia.
denúncia, denunciador, denunciant

departament departaments
nom masculí — **1** Un departament d'un vagó de tren és cadascuna de les parts en què es divideix. A cada departament hi ha diversos passatgers.
2 Cadascuna de les divisions d'una fàbrica, d'una oficina, d'un centre d'estudis o d'una institució oficial. El departament d'una universitat és el conjunt de professors i alumnes que estudien una mateixa matèria.

depauperar
verb com *cantar* ◄ pàg. 26 — Fer tornar pobre. Les guerres sempre depauperen els països.

dependència dependències
nom femení — **1** La dependència és el fet de dependre d'algú o d'alguna cosa.
2 Conjunt dels dependents d'una botiga.
3 Les dependències d'una casa són les construccions o habitacions que hi estan unides, com el garatge, els estables o la bugaderia.

1
dependent dependents
adjectiu — Que depèn d'algú o d'alguna cosa.

2
dependent dependenta dependents dependentes
nom masculí i femení — Persona que treballa en una botiga i que atén els clients.

dependre
verb com *prendre* ◄ pàg. 38 Diferència: *depèn, depès* — **1** Estar, una cosa, condicionada per una altra. Les anades a la platja depenen del temps, perquè si plou no hi pots anar.
2 Estar sota l'administració o el govern d'algú. Les escoles públiques depenen de l'Estat.
3 Una persona depèn d'una altra quan està sota el seu domini. Els fills, fins que no es fan grans, depenen dels pares.

depilar
verb com *cantar* ◄ pàg. 26 — Arrencar o fer caure el pèl. Es pot depilar amb pinces, amb cera, amb una màquina de depilar elèctrica, o amb altres mètodes.
depilació, depilatori, depilatòria

deplorar
verb com *cantar* ◄ pàg. 26 — Sentir molt alguna cosa. Podem deplorar la mort d'una persona o qualsevol altra desgràcia.
deplorable

deportació deportacions
nom femení — La deportació d'algú és el fet de deportar-lo.

deportar
verb com *cantar* ◄ pàg. 26 — Expulsar una persona del seu país com a càstig i portar-la a un lloc estrany d'on no pot sortir. Els francesos deportaven alguns condemnats a la Guaiana.

deposició deposicions
nom femení — **1** Una deposició és el conjunt de coses sòlides que un líquid deixa al fons d'un recipient. A vegades, el vi fa deposicions de petites brosses al fons de l'ampolla.
2 Es fa la deposició d'un governant quan se li pren el poder.
3 Les deposicions d'una persona són els seus excrements. Els metges parlen, per exemple, de deposicions clares o d'una deposició amb sang.

depòsit depòsits
nom masculí — Dipòsit. Es diu només en algunes zones.

depravat depravada depravats depravades
adjectiu i nom masculí i femení — Una persona és depravada quan no es comporta segons la moral i fins i tot pot fer mal per gust. Els depravats no respecten ningú.

depredador depredadors
nom masculí — Un depredador és un animal que captura altres animals per a alimentar-se.
depredar

depressió depressions
nom femení — **1** Una persona té una depressió quan se sent dèbil, trista i no té ganes de fer res.
2 Una depressió és una extensió de terreny situada més avall, més fonda, que els terrenys que l'envolten. Entre els Pirineus i les muntanyes de la costa hi ha la Depressió Central.
3 Una **depressió atmosfèrica** és l'estat de l'atmosfera quan hi ha pressions baixes que provoquen mal temps. En els mapes del temps, les zones de depressió s'assenyalen amb una D.
depressiu, depressiva, depriment

deprimit deprimida deprimits deprimides
adjectiu — Una persona està deprimida quan passa una depressió i està trista.
deprimir

depuradora depuradores
nom femení — Una depuradora és una màquina que depura l'aigua contaminada.

depurar
verb
com *cantar*
◄ pàg. 26
Treure les impureses d'alguna cosa, netejar-la. Podem depurar l'aigua, la sang o l'aire.
depuració, depuratiu, depurativa, depuratori, depuratòria

dèria dèries
nom femení
Una dèria és una idea fixa de fer alguna cosa. Cadascú té les seves dèries: anar vestit de blau o jugar a futbolí poden ser dèries.
enderiar-se

derivar
verb
com *cantar*
◄ pàg. 26
1 Tenir l'origen en alguna cosa. El català deriva del llatí i hi ha paraules que deriven d'unes altres, com per exemple *ciutadà* de *ciutat*.
2 Derivar les aigües d'un riu és fer-les sortir del seu lloc per portar-les cap a un altre. A vegades els pagesos deriven les aigües d'un riu per a tenir aigua als camps.
deriva, derivació, derivatiu, derivativa

derivat derivats
nom masculí
1 Un derivat és un mot que s'ha format a partir d'un altre mot. *Escolar* és un derivat d'*escola*.
2 Qualsevol cosa que ve d'una altra. El formatge és un derivat de la llet.

derma dermes
nom masculí
També *dermis*
El derma és la capa més gruixuda de la nostra pell. És situat a la part de dins, sota de l'epidermis.
dèrmic

dermatologia dermatologies
nom femení
La dermatologia és la branca de la medicina que tracta de la pell.
dermatòleg, dermatòloga

dermis dermis
nom femení
Derma.

derogar
verb
com *cantar*
◄ pàg. 26
Amb GU davant E, I
L'autoritat, el govern, deroga una llei quan decideix que ja no s'ha de complir més i l'anul·la.
derogació

derrapar
verb
com *cantar*
◄ pàg. 26
Patinar les rodes d'un vehicle. Quan la carretera està mullada els cotxes derrapen.
derrapada, derrapatge

derrota derrotes
nom femení
Una derrota és el fet de ser vençut. Una batalla perduda és una derrota. Si un partit ha perdut les eleccions, ha tingut una derrota electoral.
derrotar

derrotista derrotistes
nom masculí i femení
Un o una derrotista és una persona que sempre diu que les coses van malament, que res no sortirà bé.
derrotisme

derruir
verb
com *reduir*
◄ pàg. 39
Amb dièresi
Enderrocar.

des
preposició
Des és una paraula que no es diu ni s'escriu mai sola. Quan va amb la preposició *de* s'usa en casos com aquests:
- *El viatge des de París és pesat. Des del tren de la costa es veu el mar.*
- *Des de l'any 1980 fins a l'any 1995 van passar quinze anys. Des d'ara ens estimarem molt.*

Quan *des* va amb la conjunció *que* s'usa en casos com aquests:
- *Estic cansada des que viatjo tant. Des que va venir el pianista, no parem de ballar.*

desacatar
verb
com *cantar*
◄ pàg. 26
Faltar al respecte i a l'obediència que s'ha de tenir a una autoritat. Un militar comet una falta greu si desacata les ordres dels seus superiors.

desacord desacords
nom masculí
Hi ha desacord entre dues o més persones si no estan d'acord. Si en una reunió la gent està en desacord, es pot fer una votació i deixar de discutir.

desacreditar
verb
com *cantar*
◄ pàg. 26
Fer perdre la confiança que es tenia en algú. Hi ha persones que malparlen dels companys de treball per desacreditar-los. Quan una persona roba uns diners es desacredita davant de tothom.

desafiar
verb
com *canviar*
◄ pàg. 30
Amb dièresi
1 Provocar algú a lluitar o a competir. Si desafies algú a un partit de tennis és que vols jugar amb ell per demostrar que tu en saps més.
2 Desafiar alguna cosa és no tenir-li por. Diem, per exemple, que els alpinistes desafien la muntanya.
desafiador, desafiament

desafinar
verb
com *cantar*
◄ pàg. 26
usat amb pronom
1 No encertar exactament una nota musical quan cantes o toques un instrument.
2 Un instrument musical **es desafina** quan deixa de sonar bé. Si fa molt de temps que no toques un piano, es desafina.
desafinat, desafinada

A B C D E F G H I J K L M N O P Q R S T U V W X Y Z

desaforat desaforada desaforats desaforades

adjectiu — Una cosa és desaforada si és molt gran, exagerada, gairebé una bogeria. El preu d'alguns cotxes de luxe és desaforat.

desagradable desagradables

adjectiu — Que no és gens agradable. Les males olors són desagradables.

desagradar

verb, com *cantar* ◄ pàg. 26 — No agradar una persona o una cosa, fer una mala impressió. Ens desagrada, per exemple, haver-nos de llevar molt d'hora cada matí.

desagraït desagraïda desagraïts desagraïdes

adjectiu i nom masculí i femení — Que no és gens agraït. Un desagraït no demostra als que li fan favors que està content.

desagraïment

desajust desajusts

nom masculí. També *desajustos* — Hi ha desajust entre dues peces d'una màquina o d'un aparell quan no encaixen o no ajusten bé. També diem que hi ha un desajust entre el que diu i el que fa una persona, si les dues coses no coincideixen.

desallotjar

verb, com *cantar* ◄ pàg. 26. Amb TG davant E, I — Treure algú o alguna cosa del lloc on era. Quan desallotges una sala fas fora tota la gent que hi ha.

desallotjament

desamor desamors

nom masculí o femení — El desamor o la desamor és la falta d'amor. El desamor d'un fill és molt dolorós per als pares.

desanimar

verb, com *cantar* ◄ pàg. 26 — Fer perdre les ganes de fer una cosa. Si s'ha de fer una excursió, la pluja desanima. Si una cosa no et surt bé pot ser que et desanimis i que no la vulguis tornar a fer.

desànim, desanimació

desaparèixer

verb, com *conèixer* ◄ pàg. 31 — 1 Deixar d'estar a la vista. Quan el sol es pon desapareix darrere les muntanyes.
2 Deixar d'existir. Els dinosaures van desaparèixer, ja no n'hi ha.

desaparegut, desapareguda

desaparició desaparicions

nom femení — La desaparició d'una cosa o d'una persona és el fet de desaparèixer.

desapercebut desapercebuda desapercebuts desapercebudes

adjectiu — Quan et passa desapercebuda una cosa o una persona, no te n'adones que hi és. Si a la biblioteca et passa desapercebut un llibre, no el trobes.

inapercebut, inapercebuda

desaprensiu desaprensiva desaprensius desaprensives

adjectiu — Que no té manies ni escrúpols i fa coses mal fetes. Els pagesos es queixen dels desaprensius que els roben fruita.

desaprofitar

verb, com *cantar* ◄ pàg. 26 — No fer servir una cosa, no treure'n profit. Desaprofitem el temps d'estudi, els dies de vacances o l'ocasió de veure una bona pel·lícula.

desaprofitat desaprofitada desaprofitats desaprofitades

adjectiu — 1 Una cosa és desaprofitada quan es perd i ningú no la fa servir. El menjar que sobra i es llença és desaprofitat.
2 Una persona és desaprofitada si perd el temps i no avança en els estudis o en la feina.

desaprovar

verb, com *cantar* ◄ pàg. 26 — No estar d'acord amb algú o alguna cosa. Podem desaprovar les paraules d'algú si pensem diferent.

desaprovació

desar

verb, com *cantar* ◄ pàg. 26 — Posar una cosa al seu lloc mentre no la fas servir. La roba que no t'has de posar, la deses a l'armari.

desarmar

verb, com *cantar* ◄ pàg. 26 — Prendre o fer deixar les armes a algú. La policia sempre desarma els detinguts.

desarmament

desarrelat desarrelada desarrelats desarrelades

adjectiu i nom masculí i femení — Que ha perdut els lligams que l'unien amb el seu país, amb la seva família, amb la seva gent. Alguns emigrants se senten desarrelats, sense pàtria.

desarrelar

desarticular

verb, com *cantar* ◄ pàg. 26 — 1 Fer que deixin d'estar unides dues coses. Es poden desarticular les peces d'una màquina o els ossos del braç.
2 Desfer o destruir una organització, un pla, una activitat. Sovint la policia desarticula bandes d'estafadors.

desastre desastres

nom masculí — 1 Un desastre és una gran desgràcia. Els incendis dels boscos són un desastre.
2 Una cosa és un desastre quan va malament, quan és un fracàs.
3 Una persona és un desastre quan tot ho fa malament.

desastrós desastrosa desastrosos desastroses

adjectiu — 1 Que és un desastre, que causa un desastre. La falta de pluges és desastrosa per a l'agricultura.

2 Que és molt dolent. A vegades, el nostre equip fa un partit desastrós.

desatendre

verb com *prendre* ◀ pàg. 38
Diferències: *desatén, desatès*

1 No posar atenció en una cosa, no ocupar-se d'algú o d'alguna cosa. Un metge no pot desatendre els seus pacients.
2 No fer cas. Si desatens els consells dels qui t'estimen, et pots equivocar.

desavantatge desavantatges

nom masculí

1 Un desavantatge és una cosa o una situació que no és favorable, que no va prou bé. Per a algunes feines, no saber idiomes és un desavantatge.
2 El desavantatge és la distància que separa un vehicle del que va al davant.
3 Estar en desavantatge és estar en una situació més dolenta que algú altre.

desballestar

verb com *cantar* ◀ pàg. 26

1 Desfer un aparell, una màquina, separar-ne les diverses peces. Hi ha llocs on desballesten els cotxes vells.
2 Desbaratar. Una tempesta ens pot desballestar l'excursió que volíem fer.

usat amb pronom

3 Un aparell **es desballesta** quan s'espatlla; una persona es desballesta si es torna boja.
desballestament

desbancar

verb com *cantar* ◀ pàg. 26
Amb QU davant E, I

1 Prendre el lloc o el càrrec a una persona. Hi ha artistes joves que treballen molt bé i sovint desbanquen els veterans.
2 En alguns jocs, com la ruleta, guanyar la resta de jugadors tots els diners que la banca ha apostat.

desbandada desbandades

nom femení

Fugir a la desbandada és fugir desordenadament, cadascú per un costat diferent.
desbandar-se

desbarat desbarats

nom masculí

Disbarat. Es diu només en algunes zones.

desbaratar

verb com *cantar* ◀ pàg. 26

Fer anar malament alguna cosa, desfer-la, espatllar-la. El mal temps desbarata les excursions.
desbaratament, desbaratat, desbaratada

desbarrar

verb com *cantar* ◀ pàg. 26

1 Treure la barra que tanca una porta o una finestra.
2 Diem que una persona desbarra quan diu coses exagerades i que poden molestar, i no es controla gens.

desbocar-se

verb usat amb pronom com *cantar* ◀ pàg. 26
Amb QU davant E, I

Un cavall o un mul es desboca si es posa a córrer sense obeir les ordres de la persona que el munta. Si un cavall es desboca, costa molt fer-lo aturar.

desbordar

verb com *cantar* ◀ pàg. 26

1 Fer que l'aigua d'un riu pugi per damunt de les vores. Pel setembre, les pluges desborden les rieres. Quan plou molt, els rius es desborden.
2 Diem que una cosa ens desborda quan va més enllà de la nostra capacitat i no la podem controlar.
desbordament

descabdellar

verb com *cantar* ◀ pàg. 26

Desenrotllar el fil d'un cabdell. Quan es fa mitja el cabdell es va descabdellant tot sol.

El gat descabdella la llana

descafeïnat descafeïnada descafeïnats descafeïnades

adjectiu

Que no té cafeïna.

descalç descalça descalços descalces

adjectiu

Que no porta sabates. A l'estiu ve de gust anar descalç.
descalçar

descalcificar

verb com *cantar* ◀ pàg. 26
Amb QU davant E, I

Fer reduir la quantitat de calci. Hi ha detergents que descalcifiquen l'aigua. Alguns aliments, com la llet, impedeixen que els ossos es descalcifiquin.

descaminar

verb com *cantar* ◀ pàg. 26

Fer perdre el camí a una persona. Si et donen una adreça malament, et descaminen i no trobes la casa que busques. Per un lloc desconegut, és fàcil descaminar-se.

descampat descampats

nom masculí

Un descampat és un tros de terra sense cases i sense plantes prop d'un poble o d'una ciutat.

A B C D E F G H I J K L M N O P Q R S T U V W X Y Z

descans descansos
nom masculí
Un descans és el fet de descansar. El diumenge és el dia de descans.

descansar
verb
com *cantar*
◄ pàg. 26
1 Reposar, deixar de fer una feina, un exercici físic, per tal que desaparegui el cansament. Quan fas una caminada molt llarga has d'anar descansant.
2 Dormir.
3 També pots descansar una part del cos o una màquina quan fas que deixi de funcionar. Si et diuen que descansis la llengua és que estàs parlant massa.
descansat, descansada

descanviar
verb
com *canviar*
◄ pàg. 30
Amb dièresi
Donar una quantitat de diners i rebre, a canvi, la mateixa quantitat en monedes o bitllets més petits. Per a descanviar pots anar al banc.

descapotable descapotables
adjectiu i nom masculí
Diem que un cotxe és descapotable si se li pot treure o plegar la capota.
descapotar

descarat descarada descarats descarades
adjectiu i nom masculí i femení
Que parla o actua sense respecte.
descarar-se

descargolar
verb
com *cantar*
◄ pàg. 26
1 Fer que una cosa deixi d'estar cargolada.
2 Treure un cargol o clau de rosca de la fusta, la paret, etc., on es troba cargolat. Per a descargolar un cargol necessites un tornavís.

descarnat descarnada descarnats descarnades
adjectiu
1 Que no té gens de carn. Un os descarnat és totalment pelat. Es diu que una persona té la cara descarnada si està molt prima.
2 Una cosa és descarnada quan està totalment pelada, sense res que la cobreixi. Un terreny descarnat no té plantes ni arbres.

descàrrec descàrrecs
nom masculí
Fer o dir una cosa per descàrrec de consciència és fer-la o dir-la per quedar tranquil de consciència i no sentir-se culpable.

descàrrega descàrregues
nom femení
1 Una descàrrega és el fet de descarregar coses. La descàrrega de mercaderies és una feina pesada.
2 Conjunt de trets de diferents armes de foc que disparen totes a la vegada.
3 Quan rebem una **descàrrega elèctrica** ens passa el corrent i això, de vegades, fa molt mal. Si toques un endoll pots rebre una descàrrega elèctrica.

descarregar
verb
com *cantar*
◄ pàg. 26
Amb GU davant E, I
1 Treure la càrrega de dins un vehicle o de sobre d'algú.
2 Treure la càrrega d'una arma de foc. Acabada la cacera, els caçadors descarreguen les escopetes per motius de seguretat.
3 Si descarregues algú de feina vol dir que l'ajudes a fer-la.
descarregador

descarrilar
verb
com *cantar*
◄ pàg. 26
Sortir, les rodes d'un tren, d'un tramvia, etc., dels carrils de la via per on circula.
descarrilament

descartar
verb
com *cantar*
◄ pàg. 26
1 Excloure o separar una persona o una cosa d'un conjunt, no comptar amb ella. Quan ha de formar l'equip, l'entrenador descarta els jugadors lesionats.
usat amb pronom
2 En els jocs de cartes, els jugadors **es descarten** quan deixen les cartes que no volen.

descavalcar
verb
com *cantar*
◄ pàg. 26
Amb QU davant E, I
Baixar del cavall.

descendència descendències
nom femení
La descendència d'una persona és el conjunt dels seus fills, dels seus néts, dels fills d'aquests, etc. Si algú no ha tingut descendència, és que no ha tingut fills.

descendir
verb
com *servir*
◄ pàg. 28
1 Baixar, anar de dalt a baix. Els avions descendeixen quan han d'aterrar.
2 Ser fill d'algú o dels seus fills o dels fills dels fills. Nosaltres descendim dels nostres pares i dels homes primitius.
descendent

descens descensos
nom masculí
1 Baixada.
2 El descens és una prova olímpica d'esquí que consisteix a baixar per una pista amb el màxim de velocitat.

descentralitzar
verb
com *cantar*
◄ pàg. 26
Fer que les coses que es fan en un país o en una empresa no depenguin d'un govern o d'una direcció central que és lluny dels administrats, sinó de diversos governs o direccions que són més a prop.

descloure

verb, com *complaure* ◄ pàg. 31. Diferències: *desclòs, desclosa, desclosos, descloses*
Obrir. Quan les poncelles es desclouen surt la flor. És una paraula usada sobretot en poesia.

descobert descoberta descoberts descobertes

adjectiu — **1** Que no és cobert. En un cotxe descobert no hi ha la part del sostre i ens toca l'aire i el sol.

nom masculí — **2** Una persona té un descobert en el compte corrent del banc quan ha gastat més diners dels que hi tenia.

locució que fa d'adverbi — **3** Estar **al descobert** és estar a l'aire lliure, sense cap protecció ni lloc de refugi.

descobriment descobriments

nom masculí — Quan descobreixes una cosa fas un descobriment. El descobriment del pol nord es va fer al principi del segle XX.

descobrir

verb, com *servir* ◄ pàg. 28. Diferències: *descobert, descoberta, descoberts, descobertes.*
1 Fer que una cosa o una persona deixi d'estar tapada o coberta. Quan s'inauguren alguns locals, les autoritats descobreixen una placa que commemora l'acte.
2 Conèixer o trobar per primera vegada una cosa que estava amagada o que no es coneixia. Colom va descobrir Amèrica.
3 Inventar. Es diu que els xinesos van descobrir la pólvora.
descoberta, descobridor

descodificar

verb, com *cantar* ◄ pàg. 26. Amb QU davant E, I
Descodificar un escrit o un missatge és passar-lo d'un codi de signes que no s'entenen a un llenguatge normal, que és comprensible.

descollar

verb, com *cantar* ◄ pàg. 26
Fer que alguna cosa deixi d'estar collada. Per a desmuntar un moble s'han de descollar els cargols.

descolorit descolorida descolorits descolorides

adjectiu — Que ha perdut el color, que no té color. Una persona té la cara descolorida quan està pàl·lida.
descolorir

descompondre

verb, com *fondre* ◄ pàg. 35. Diferències: *descompost, descomposta, descompostos, descompostes*
1 Separar els elements que formen una cosa. Si descomponem aigua, obtenim hidrogen i oxigen. També es diu que un polígon es pot descompondre en triangles.

usat amb pronom — **2 Descompondre's** és fer-se malbé. Si deixes carn fora de la nevera, al cap d'uns dies es descompon i no es pot menjar.

descomponedor descomponedora descomponedors descomponedores

adjectiu i nom masculí — Un organisme descomponedor és el que aprofita l'energia que hi ha en la matèria orgànica dels cadàvers dels animals i en les restes vegetals i la transforma en matèria inorgànica. Els bacteris i els fongs són descomponedors.

descomposició descomposicions

nom femení — La descomposició és el fet de descompondre o de descompondre's alguna cosa.

descompressió descompressions

nom femení — Es fa la descompressió quan disminueix una pressió forta que el cos humà suportava. Els bussos i els submarinistes que han baixat a molta profunditat han de pujar a poc a poc a la superfície de l'aigua: fan una descompressió lenta. Si no, el canvi brusc de pressió els faria mal.

descomptar

verb, com *cantar* ◄ pàg. 26
1 No comptar. Si descomptem el cap de setmana, una setmana té cinc dies.
2 Fer un descompte. Si et descompten un deu per cent d'un preu, de cada euro només en pagues noranta cèntims.

usat amb pronom — **3 Descomptar-se** és equivocar-se en un compte o un càlcul.

locució que fa d'adverbi — **4 Per descomptat** vol dir sens dubte. *Vindràs al cine aquest vespre? Per descomptat.*

descompte descomptes

nom masculí — Un descompte és una quantitat de diners que es treu d'un preu que s'ha de pagar. A les rebaixes hi ha grans descomptes.

descomunal descomunals

adjectiu — Que és extraordinari, molt més gran del normal. A vegades es cullen tomàquets descomunals, de la mida d'una síndria.

desconcertar

verb, com *cantar* ◄ pàg. 26
Fer perdre la seguretat a algú, deixar-lo sense saber què fer. Si algú ens dóna una mala notícia rient, ens desconcerta.
desconcert, desconcertador, desconcertant

desconèixer

verb, com *conèixer* ◄ pàg. 31
1 No conèixer. Si desconeixes un tema vol dir que no en saps res.
2 Diem que una persona està desconeguda quan la trobem molt canviada.
desconegut, desconeguda, desconeixença, desconeixement

desconfiar
verb, com *canviar* ◄ pàg. 30, Amb dièresi
No tenir confiança. No és bo desconfiar de tothom.
desconfiança

descongelar
verb, com *cantar* ◄ pàg. 26
Deixar un aliment congelat a una temperatura de més de 0°C perquè deixi d'estar congelat i ens el puguem menjar.

desconnectar
verb, com *cantar* ◄ pàg. 26
Fer que dues coses deixin d'estar connectades. Si el desconnectes de l'electricitat, l'ordinador deixa de funcionar.
desconnectador, desconnexió

descoratjador descoratjadora descoratjadors descoratjadores
adjectiu
Que fa perdre el coratge, que desanima. És descoratjador que busquis durant tres hores unes claus i no les trobis.

descordar
verb, com *cantar* ◄ pàg. 26
Fer que alguna cosa deixi d'estar cordada: treure el botó del trau, desfer el nus de la sabata, baixar la cremallera, etc.
descordat, descordada

descórrer
verb, com *córrer* ◄ pàg. 32
Fer córrer una cortina de manera que no estigui tancada. Si descorres les cortines entra més llum a les habitacions.

descosit descosits
nom masculí
1 Un descosit és una part d'una costura que ha deixat d'estar cosida. Quan tens un descosit, l'has de tornar a cosir.
frase feta
2 **Parlar pels descosits** és parlar molt.
descosir

Un descosit

descrèdit descrèdits
nom masculí
Un descrèdit és la pèrdua de la bona fama d'una persona. És un descrèdit que algú faci una estafa o robi diners del lloc on treballa.

descremat descremada descremats descremades
adjectiu
Un producte derivat de la llet és descremat quan li han tret el greix. Molts règims recomanen prendre iogurts descremats.

descripció descripcions
nom femení
Una descripció és l'explicació d'alguna cosa amb detall. Quan es fa la descripció d'una persona, s'han d'explicar totes les seves característiques: si és alta o baixa, jove o vella, de quin color té els cabells i els ulls, com camina, quin caràcter té, etc.
indescriptible

descriure
verb, com *escriure* ◄ pàg. 34
1 Fer una descripció.
2 Traçar o seguir una línia. Diem que un projectil descriu una línia corba quan és disparat.
descriptiu, descriptiva

descuidar-se
verb usat amb pronom, com *cantar* ◄ pàg. 26
1 No recordar-se de fer alguna cosa. Si no entens una paraula, no et descuidis de buscar-la en el diccionari.
2 Oblidar-se d'agafar alguna cosa. Les persones distretes sempre es descuiden les claus o el paraigua.

descuit descuits
nom masculí
Quan tens un descuit és que et descuides alguna cosa.

descurat descurada descurats descurades
adjectiu
1 Que és fet sense cura, sense posar-hi atenció. Fa vergonya presentar un treball descurat.
2 Diem que una persona va descurada quan va bruta i mal vestida.

desdejuni desdejunis
nom masculí
Un desdejuni és un esmorzar petit que et prens quan et lleves: un suc de taronja, un got de llet, un parell de galetes, etc.
desdejunar-se

desdeny desdenys
nom masculí
Menyspreu. No hem de tractar ningú amb desdeny.
desdenyar

a desdir
locució que fa d'adverbi
Si d'una cosa n'hi ha a desdir vol dir que n'hi ha molta. *Després de la nevada, hi havia neu a desdir.*

desdir-se
verb usat amb pronom, com *dir* ◄ pàg. 32, Diferència: *desdigues, desdiu*
Canviar d'opinió. Si et desdius d'anar al cinema és que havies decidit anar-hi i ara dius que no.

desè desena desens desenes

determinant numeral i nom masculí i femení
1 Que té el número d'ordre 10. El desè pis d'un edifici és a sobre del novè. Al desè d'una cursa no li donen cap medalla.

determinant numeral
2 Una desena part d'una cosa és una de les deu parts iguals que ens queden si la dividim entre deu. La desena part de 100 és 10.

nom masculí
3 Un desè és 1/10.

desembarassar

verb com *cantar* ◄ pàg. 26
1 Desembarassar un local és treure'n totes les coses que fan nosa.

usat amb pronom
2 **Desembarassar-se** d'una feina és acabar-la. També ens podem desembarassar d'una persona que ens molesta.

desembarcar

verb com *cantar* ◄ pàg. 26 Amb QU davant E, I
1 Sortir algú d'una embarcació. Tornant d'Amèrica, Colom va desembarcar a Barcelona.
2 Treure algú o alguna cosa d'una embarcació.

desembarcador, desembarcament

desembeinar

verb com *cantar* ◄ pàg. 26
Treure de la beina una espasa, un ganivet o una eina.

desembocadura desembocadures

nom femení
Una desembocadura és el lloc on un riu desemboca al mar o a un altre riu, o també el lloc on un carrer desemboca a una plaça.

desembocar

verb com *cantar* ◄ pàg. 26 Amb QU davant E, I
Sortir per un lloc estret a un lloc més ample. Els rius desemboquen al mar o en un altre riu més gran.

desembolicar

verb com *cantar* ◄ pàg. 26 Amb QU davant E, I
Treure el paper, el plàstic, etc., que embolica alguna cosa. Si volem saber què hi ha dins un paquet, l'hem de desembolicar.

desembors desemborsos

nom masculí
Un desembors és una quantitat de diners que paguem. Per comprar un pis s'ha de fer un gran desembors.

desemborsar

desembre desembres

nom masculí
El desembre és el dotzè i últim mes de l'any. Té 31 dies. Nadal és pel desembre.

desembussar

verb com *cantar* ◄ pàg. 26
Treure un embús. Quan un lavabo no s'empassa l'aigua, s'ha de desembussar.

desembussador

desembutxacar

verb com *cantar* ◄ pàg. 26 Amb QU davant E, I
Pagar una quantitat de diners. Si vols fer un viatge per tot el món, hauràs de desembutxacar molts diners.

desemmascarar

verb com *cantar* ◄ pàg. 26
1 Treure la màscara a algú.
2 Desemmascarar una persona és fer-la conèixer tal com és de debò, sense que pugui dissimular o amagar res.

desempallegar-se

verb usat amb pronom com *cantar* ◄ pàg. 26 Amb GU davant E, I
Alliberar-se d'algú o d'alguna cosa que ens molesta o que no ens agrada. Quan et vols desempallegar d'una feina és que no vols fer-la.

desemparar

verb com *cantar* ◄ pàg. 26
Deixar algú sense ajuda i sense protecció. No es pot desemparar una criatura, perquè ella sola no podrà viure.

desempat desempats

nom masculí
Es fa un desempat quan en un partit o en una partida dos jugadors o dos equips estan empatats. Per veure qui acaba guanyant, es continua jugant o es fa un altre partit.

desempatar

desena desenes

nom femení
Una desena és un conjunt de deu unitats. Una centena té deu desenes.

desenal, desenari

desencadenar

verb com *cantar* ◄ pàg. 26
1 Treure les cadenes a algú o a alguna cosa.

usat amb pronom
2 **Desencadenar-se** una cosa es manifestar-se de forma violenta. Sovint a l'estiu es desencadenen tempestes molt fortes.

desencadenant

desencallar

verb com *cantar* ◄ pàg. 26
Treure alguna cosa del lloc on s'ha encallat.

desencantar

verb com *cantar* ◄ pàg. 26
Fer que algú o alguna cosa deixi d'estar encantat. En els contes, el príncep desencanta la princesa fent-li un petó.

desencant

desendollar

verb com *cantar* ◄ pàg. 26
Treure d'un endoll. Quan acabes d'assecar-te els cabells has de desendollar l'assecador.

desendreçar
verb com *cantar* ◄ pàg. 26
Amb C davant E, I
Fer que alguna cosa deixi d'estar endreçada. Si desendreces molt les teves coses, hauràs d'endreçar-les sovint.
desendreçat, desendreçada

desenfocar
verb com *cantar* ◄ pàg. 26
Amb QU davant E, I
Fer que una imatge deixi d'estar enfocada i es vegi borrosa. Les fotografies que estan desenfocades no són clares.

desenfrenat desenfrenada desenfrenats desenfrenades
adjectiu
Que no té fre ni moderació. Una activitat desenfrenada és molt gran, molt intensa. Anar a una velocitat desenfrenada és córrer molt.

desenfundar
verb com *cantar* ◄ pàg. 26
Treure la funda a una cosa. Abans de fer servir la guitarra l'has de desenfundar.

desenganxar
verb com *cantar* ◄ pàg. 26
Treure una cosa d'allà on està enganxada. Quan s'ha de canviar la màquina del tren, la desenganxen dels vagons.

desengany desenganys
nom masculí
Una persona té un desengany quan veu que una cosa o una persona no és com ella creia o s'esperava. Quan un amic en qui confiàvem no ens ajuda, tenim un desengany.
desenganyar

desenllaç desenllaços
nom masculí
El desenllaç d'una situació difícil i complicada és l'esdeveniment final que hi dóna solució. A les pel·lícules i a les novel·les, el desenllaç sol ser quan els bons guanyen els dolents o quan es casen el noi i la noia.
desenllaçar

desenrotllar
verb com *cantar* ◄ pàg. 26
1 Fer que una cosa deixi d'estar enrotllada. Si estires un rotlle de paper de cuina, el desenrotllaràs.
2 Desenvolupar.
desenrotllament

desentendre's
verb usat amb pronom com *prendre* ◄ pàg. 38
Diferències: *desentén, desentès*
frase feta
1 No voler participar en alguna cosa. No ens podem desentendre de les desgràcies de la gent. Molta gent es desentén dels partits de futbol, no hi tenen cap interès.
2 **Fer el desentès** és fer veure que no sents o no entens el que et diuen.

desenterrar
verb com *cantar* ◄ pàg. 26
Treure de sota terra un mort, un animal, un objecte, que és enterrat.

desentonar
verb com *cantar* ◄ pàg. 26
1 Fer un to diferent del to que s'ha de fer en una cançó o una altra música.
2 Destacar de manera desagradable d'un conjunt. Una camisa de quadres desentona amb un vestit de flors.

desentranyar
verb com *cantar* ◄ pàg. 26
1 Arrencar les entranyes.
2 Arribar a saber una cosa amagada o complicada. De vegades, per desentranyar qui ha fet un assassinat es necessiten anys.

desenvolupament desenvolupaments
nom masculí
El desenvolupament és el fet de desenvolupar o desenvolupar-se alguna cosa. Quan un país creix i progressa parlem del seu desenvolupament.

desenvolupar
verb com *cantar* ◄ pàg. 26
1 Fer créixer i millorar alguna cosa. Fer esport desenvolupa els músculs. Un país es desenvolupa si produeix més i l'economia millora.
2 Desenvolupar una idea és explicar-la, donar-ne més detalls.

desequilibri desequilibris
nom masculí
El desequilibri és la falta d'equilibri. Entre alguns països hi ha un gran desequilibri econòmic: uns són molt pobres i els altres molt rics.
desequilibrar, desequilibrat, desequilibrada

desert deserta deserts desertes
adjectiu
1 Que és buit, que no hi ha res ni ningú. A l'hivern, les platges són desertes.
nom masculí
2 Un desert és un lloc molt sec, sense vegetació i on no hi viu ningú. El desert del Sàhara és el més gran del món.
desèrtic, desertitzar

Un desert

desertar

verb
com *cantar*
◄ pàg. 26

Un soldat deserta quan abandona el seu lloc o deixa l'exèrcit sense permís. En totes les guerres, hi ha militars que deserten. També es diu que una persona ha desertat del seu partit polític, de les seves obligacions, etc.

deserció, desertor

desertificació desertificacions

nom femení

La desertificació és un procés de desertització causat per l'activitat dels humans. La desforestació provoca la desertificació de moltes zones de la Terra.

desertificar

desertització desertitzacions

nom femení

La desertització és un procés natural que converteix lentament una terra fèrtil en un desert. L'erosió del sòl per la pluja, el vent i el foc és una causa natural que provoca la desertització.

desertitzar

a la desesperada

locució que fa d'adverbi

Una cosa es fa a la desesperada quan es fa amb presses i posant-hi molt d'esforç. *Els jugadors d'un equip de futbol juguen a la desesperada quan es llancen a l'atac els últims minuts del partit per aconseguir un gol.*

desesperar

verb
com *cantar*
◄ pàg. 26

Deixar de tenir esperança en algú o alguna cosa. Si un esportista s'ha entrenat molt per a un partit i l'ha perdut, pot ser que es desesperi.

desesperació, desesperant, desesperat, desesperada

desestabilitzar

verb
com *cantar*
◄ pàg. 26

Fer perdre l'estabilitat. Es diu que unes persones o unes activitats desestabilitzen un país quan provoquen malestar i por a la gent i no deixen que les coses funcionin.

desestimar

verb
com *cantar*
◄ pàg. 26

No tenir en compte una petició, un document que presenta una persona o una possibilitat. Si un jutge desestima unes proves considera que no són importants.

desfalc desfalcs

nom masculí

Una persona fa un desfalc quan agafa uns diners que no són seus i que ha de vigilar o guardar. Si el caixer d'un banc s'emporta els diners fa un desfalc.

desfasament desfasaments

nom masculí

Hi ha un desfasament entre dues coses quan una és més vella o més antiga que l'altra, o hi ha una gran diferència entre les dues. El desfasament tècnic entre alguns països africans i els països europeus és molt gran.

desfavorable desfavorables

adjectiu

Que no és favorable.

desfer

verb
com *fer*
◄ pàg. 35
Diferències:
desfàs, desfà, desfés

1 Separar les parts d'una cosa, fer que deixi de ser com era, desmuntar, deslligar, desordenar allò que ja està fet. Així, desfem una casa, un trencaclosques, un nus, un llit, etc.
2 Fer que algunes coses es fonguin o es dissolguin. El sol desfà la neu i la calor desfà la xocolata. El sucre es desfà en aigua.
3 Derrotar totalment; fer perdre l'ànim, les ganes de fer coses. Si a algú li passen moltes desgràcies, es pot quedar desfet, abatut.

usat amb pronom

4 Desfer-se d'una persona o d'una cosa és desempallegar-se'n, deixar-la, fer-la desaparèixer.

desfermar

verb
com *cantar*
◄ pàg. 26

Fer que alguna cosa deixi d'estar fermada.

desferra desferres

nom femení

La desferra, o les desferres, és el que queda d'una cosa destruïda o feta malbé. Alguns artistes fan obres d'art amb les desferres de cotxes, avions o màquines.

desfeta desfetes

nom femení

Una desfeta és una derrota completa.

desfici desficis

nom masculí

Un desfici és una intranquil·litat que sentim quan tenim un dolor, una preocupació o un desig molt fort. Quan tenim molta picor ens rasquem amb desfici.

desfigurar

verb
com *cantar*
◄ pàg. 26

Canviar l'aspecte exterior, la cara, els ulls, etc., d'una persona o canviar les característiques més importants d'una cosa. En alguns accidents, la gent queda desfigurada.

desfilar

verb
com *cantar*
◄ pàg. 26

Caminar un grup de persones, l'una darrere l'altra, per fer una processó, una manifestació, etc.

desfilada

desfogar-se

verb usat amb pronom
com *cantar*
◄ pàg. 26
Amb GU davant E, I

Manifestar lliurement els sentiments. A vegades, quan una persona s'enfada, es desfoga cridant.

desforestació desforestacions

nom femení

Es fa una desforestació quan es talla o es destrueix un bosc. Els incendis de l'estiu provoquen la desforestació de moltes zones del país.

desgana desganes

nom femení — Falta de gana de menjar o de ganes de fer una cosa. És normal tenir desgana de fer coses avorrides.

desgastar

verb
com *cantar*
◄ pàg. 26
Fer malbé alguna cosa que es fa servir molt. La sola de les sabates es desgasta amb el caminar.
desgast

desgavell desgavells

nom masculí — Un desgavell és un desordre complet. Quan hi ha un desgavell no hi ha qui s'entengui.
desgavellament, desgavellar

desgel desgels

nom masculí — Desglaç.
desgelar

desglaç desglaços

nom masculí — El desglaç és el fet de desfer-se el gel i la neu de les muntanyes quan comença a fer menys fred.
desglaçar

desglossar

verb
com *cantar*
◄ pàg. 26
Separar les diverses parts d'un escrit, els diferents temes d'un llibre, les quantitats que formen un compte. Si desglossem, per exemple, una factura, separem els impostos de la quantitat total.

desgràcia desgràcies

nom femení — **1** Una desgràcia és una cosa molt dolenta, un accident que fa molt mal. Al món hi ha moltes desgràcies, com les guerres i la fam.

locució que fa d'adverbi — **2 Per desgràcia** vol dir per mala sort. *Em va caure el gerro a terra i, per desgràcia, es va trencar.*
desgraciadament

desgraciar

verb
com *canviar*
◄ pàg. 30
Amb dièresi
Fer malbé una cosa, fer mal a una persona. Si mulles un llibre, el desgraciaràs. En els accidents de cotxe es desgracia molta gent.

desgraciat desgraciada desgraciats desgraciades

adjectiu — Que té desgràcia o mala sort.

a desgrat

locució que fa d'adverbi — Fer una cosa a desgrat és fer-la sense ganes. *Va anar d'excursió a desgrat perquè no es trobava gaire bé.*

desgravar

verb
com *cantar*
◄ pàg. 26
Rebaixar la quantitat de diners que hem de pagar d'impostos. Algunes factures desgraven.

desguàs desguassos

nom masculí — Un desguàs és un lloc per on cau l'aigua bruta o l'aigua de pluja. El forat que hi ha a les aigüeres és el desguàs; a les vores dels carrers hi ha desguassos.

desguassar

verb
com *cantar*
◄ pàg. 26
1 Desembocar un riu al mar o en un llac. El Llobregat desguassa al Mediterrani.
2 Treure l'aigua d'un lloc on està aturada. Quan s'inunda un soterrani, els bombers el desguassen amb una bomba.

deshabitat deshabitada deshabitats deshabitades

adjectiu — Un lloc és deshabitat o una casa és deshabitada quan no hi viu ningú. Els deserts són deshabitats.

desheretar

verb
com *cantar*
◄ pàg. 26
Fer que una persona no rebi l'herència que li correspondria. Alguns pares deshereten els fills que no s'han portat bé.
desheretat, desheretada

deshidratació deshidratacions

nom femení — **1** Una persona pateix deshidratació si per la calor, o per una malaltia, el seu cos perd molta aigua. En cas de deshidratació, s'han de beure molts líquids.
2 La deshidratació d'una substància és el fet de treure-li l'aigua que conté.
deshidratar

deshonest deshonesta deshonests deshonestes

adjectiu
També *deshonestos*
Que no és honest. Les persones que estafen els altres són deshonestes.
deshonestedat

deshonrar

verb
com *cantar*
◄ pàg. 26
Fer perdre l'honra i la bona reputació a algú.
deshonra, deshonrós, deshonrosa

a deshora

locució que fa d'adverbi — Fer les coses a deshora és fer-les fora d'hora, quan no toca. *Va arribar a deshora, quan ja se n'havia anat tothom.*

desideràtum desideràtums

nom masculí — Un desideràtum és una cosa que algú desitja molt, que vol aconseguir. El desideràtum d'una persona malalta és posar-se bona.

desídia desídies

nom femení — Una persona fa les coses amb desídia quan no hi posa interès i les fa sense ganes. Si estudies amb desídia aprendràs molt poc.

desig desigs

nom masculí
També *desitjos*
Un desig és el fet de desitjar alguna cosa. Es diu que quan veus caure un estel t'has de pensar un desig.

designar

verb
com *cantar*
◄ pàg. 26

Escollir algú perquè faci una cosa determinada. Quan arriben les eleccions, els partits designen els seus candidats.

designació, designi

desigual desiguals

adjectiu

Que no és igual. Un temps desigual canvia molt sovint: ara fa fred, ara fa calor; ara fa sol, ara plou.

desigualar, desigualtat

desil·lusionar

verb
com *cantar*
◄ pàg. 26

Fer perdre la il·lusió. Si promets una cosa a una criatura i no la hi dónes, la desil·lusionaràs. No ens hem de desil·lusionar quan les coses no surten bé.

desil·lusió

desinència desinències

nom femení

En gramàtica, una desinència és una lletra o un grup de lletres que s'uneix al darrere de l'arrel d'una paraula per a indicar el cas, el temps i la persona del verb o el plural. En català, per exemple, la *-s* és desinència de plural: *noi/nois.*

desinfectar

verb
com *cantar*
◄ pàg. 26

Netejar una cosa per a eliminar-ne els microbis. Les ferides s'han de desinfectar.

desinfectant

desinflamar

verb
com *cantar*
◄ pàg. 26

Fer que baixi o desaparegui una inflamació. El gel desinflama la part del cos on t'has donat un cop. Hi ha bonys que es desinflamen amb el repòs.

desinflar

verb
com *cantar*
◄ pàg. 26

Treure l'aire, l'aigua, etc., d'alguna cosa inflada. Si desinfles un globus, es fa cada vegada més petit. Quan es desinfla la roda de la bicicleta li hem de tornar a posar aire.

desinhibir

verb
com *servir*
◄ pàg. 28

Fer que una persona no estigui inhibida. Hi ha medicaments que desinhibeixen. Ens desinhibim quan perdem la vergonya i ens comportem amb naturalitat davant dels altres.

desintegrar

verb
com *cantar*
◄ pàg. 26

Fer trossos alguna cosa o dividir-la en les parts que la componen. Els cops de martell poden desintegrar una roca.

desintegració

desinterès desinteressos

nom masculí

El desinterès és la falta d'interès per algú o per alguna cosa. Si tens desinterès pels diners, no t'importen gaire.

desinteressar

desintoxicació desintoxicacions

nom femení

Es fa una desintoxicació quan s'eliminen les substàncies tòxiques o verinoses que hi ha a l'organisme.

desintoxicar

desistir

verb
com *servir*
◄ pàg. 28

Desistir de fer una cosa és abandonar la idea de fer-la o deixar de fer-la.

desitjar

verb
com *cantar*
◄ pàg. 26
Amb TG davant E, I

1 Quan desitgem una cosa, ens agrada tant que volem que sigui nostra. Si desitgem una persona, ens agrada molt i volem que ens estimi. Si desitgem un fet, volem que passi. Podem desitjar recuperar-nos d'una malaltia, un viatge fabulós o un bon any per als amics.

frase feta

2 Una cosa **deixa molt a desitjar** quan li falta molt per a ser perfecta.

desitjable, desitjós, desitjosa, indesitjable

deslletar

verb
com *cantar*
◄ pàg. 26

Deixar d'alletar un infant o un animal. Els pares deslleten els fills quan ja comencen a menjar coses sòlides.

deslligar

verb
com *cantar*
◄ pàg. 26
Amb GU davant E, I

1 Treure allò que lliga algú o alguna cosa. Per treure'ns les sabates, ens deslliguem els cordons.

usat amb pronom

2 Deslligar-se d'algú és deixar de tenir-hi una relació molt intensa.

deslliurar

verb
com *cantar*
◄ pàg. 26

Alliberar.

deslliuració, deslliurament

desllorigador desllorigadors

nom masculí

1 Un desllorigador és qualsevol articulació dels ossos.

2 El desllorigador d'una situació complicada, d'un assumpte difícil, és allò que ens en dóna la solució.

desllorigar

verb
com *cantar*
◄ pàg. 26
Amb GU davant E, I

Desarticular, dislocar. Un cop fort ens pot desllorigar un os del braç.

deslluir

verb
com *reduir*
◄ pàg. 39
Amb dièresi

Fer que una cosa no llueixi, que no surti com esperàvem. El mal temps sempre desllueix les festes a l'aire lliure.

desmai desmais

nom masculí

1 Un desmai és el resultat de desmaiar-se.

2 Arbre que té les branques llargues, flexibles i que pengen cap avall. Les fulles són petites i de color verd clar. pàgs. 594-595 (67)

Vegeu la il·lustració a la pàgina següent

A B C D E F G H I J K L M N O P Q R S T U V W X Y Z

Un desmai

desmaiar-se
verb usat amb pronom com *canviar* ◄ pàg. 30 Amb dièresi
Perdre els sentits durant un moment. Si quan et desmaies estàs dret, caus a terra.
desmaiat, desmaiada

desmamar
verb com *cantar* ◄ pàg. 26
Deslletar. Algunes mares desmamen de seguida la criatura i li donen biberó.

desmanegat desmanegada desmanegats desmanegades
adjectiu
1 Que no té mànec.
2 Una persona desmanegada és una persona que no es preocupa per la manera de vestir i és molt deixada.
3 Una cosa desmanegada és una cosa que és vella i està espatllada.

desmantellar
verb com *cantar* ◄ pàg. 26
Desfer o desmuntar una cosa que està organitzada o muntada. La policia desmantella els grups terroristes.

desmarcar-se
verb usat amb pronom com *cantar* ◄ pàg. 26 Amb QU davant E, I
En el futbol i altres jocs d'equip, un jugador es desmarca quan evita que els contraris el marquin. Un davanter ha de saber desmarcar-se i entrar a l'àrea amb la pilota controlada.

desmembrament desmembraments
nom masculí
1 Es fa un desmembrament quan es divideix el cos d'un animal separant-ne els membres.
2 També es parla del desmembrament d'una família quan els seus membres se separen, o del desmembrament d'un estat, si les diferents regions s'independitzen.

desmenjat desmenjada desmenjats desmenjades
adjectiu
1 Que no té gana. Quan tens febre estàs desmenjat.
frase feta
2 **Fer el desmenjat** és fer veure que no ens interessa alguna cosa que en realitat desitgem. Si et mors de ganes d'anar a una festa, t'hi conviden, però dius que ja t'ho pensaràs, fas el desmenjat.

desmentir
verb com *servir* ◄ pàg. 28
Dir que no és veritat alguna cosa que s'ha dit. Quan algú desmenteix una notícia del diari és que aquest ha publicat una cosa que no és certa.

desmesurat desmesurada desmesurats desmesurades
adjectiu
Que és molt gran. Una ambició desmesurada a vegades fa cometre barbaritats.
desmesura

desmitificar
verb com *cantar* ◄ pàg. 26 Amb QU davant E, I
Fer que una cosa o una persona deixi de tenir importància i ja no sigui considerada un mite. Conèixer la vida privada d'alguns personatges fa que els desmitifiquem.

desmoralitzar
verb usat amb pronom com *cantar* ◄ pàg. 26
Desanimar. La falta d'èxit desmoralitza els artistes. És lògic que una persona es desmoralitzi si tot li surt malament.
desmoralització, desmoralitzador

desmuntar
verb com *cantar* ◄ pàg. 26
1 Separar les parts, les peces d'alguna cosa. Per a reparar un rellotge s'ha de desmuntar, treure-li les peces.
2 Descavalcar.
desmuntable, desmuntatge

desnatat desnatada desnatats desnatades
adjectiu
Descremat. Hi ha persones que han de prendre llet desnatada.

desnaturalitzat desnaturalitzada desnaturalitzats desnaturalitzades
adjectiu
Que no té els bons sentiments naturals que hauria de tenir. Es diu, per exemple, que uns pares són desnaturalitzats si no estimen els seus fills.

desnerit desnerida desnerits desnerides
adjectiu
Que és molt prim i sembla que estigui mal alimentat.

desnivell desnivells
nom masculí
Un desnivell és una diferència de nivell entre dos llocs. Entre el cim i el peu d'una muntanya hi ha un gran desnivell.

desnodrir-se
verb usat amb pronom com *servir* ◄ pàg. 28
Patir desnutrició. En alguns països africans, hi ha moltes criatures que es desnodreixen.

desnonar
verb com *cantar* ◄ pàg. 26
1 Fer fora un treballador de l'empresa, o una persona del pis que té llogat. La persona propietària d'un pis pot desnonar els llogaters que no paguen.

2 Un metge desnona un malalt quan li diu que no es pot curar, que no té remei.

desnucar

verb
com *cantar*
◀ pàg. 26
Amb QU davant E, I

Trencar o dislocar els ossos de la nuca. El reposacaps del cotxe impedeix que un accident desnuqui el conductor. Si una persona cau d'un lloc alt es pot desnucar.

desnutrició desnutricions

nom femení

La desnutrició és la malaltia de la persona o de l'animal que no s'alimenta bé i està molt dèbil.

desobeir

verb
com *reduir*
◀ pàg. 39
Amb dièresi

No obeir. Si desobeeixes un senyal de circulació pots provocar un accident.

desobediència, desobedient

desocupar

verb
com *cantar*
◀ pàg. 26

Fer que una cosa no estigui ocupada. Quan desocupes un pis t'emportes les teves coses.

desocupació

desocupat desocupada desocupats desocupades

adjectiu

1 Que no és ocupat o que no fa res. Si estem desocupats, podem anar al cine.

adjectiu i nom masculí i femení

2 Que ha perdut la feina. Als desocupats, a vegades els costa trobar un altre lloc de treball.

desodorant desodorants

nom masculí

Un desodorant és una substància que es fa servir per a eliminar i evitar les males olors. Ens posem desodorant per no fer olor de suat.

desodorar

Un desodorant

desolat desolada desolats desolades

adjectiu

1 Un lloc desolat és un lloc on no hi viu ningú.

2 Una persona desolada és una persona que està molt trista.

desolació, desolador, desolar

desorbitat desorbitada desorbitats desorbitades

adjectiu

Desmesurat. Si un cotxe té un preu desorbitat, és que costa molts milers d'euros.

desorbitar

desordenar

verb
com *cantar*
◀ pàg. 26

Fer que una cosa deixi d'estar ordenada.

desordenat, desordenada

desordre desordres

nom masculí

1 El desordre és el fet de no estar les coses al seu lloc. Una habitació està en desordre quan el llit no està fet, la roba no és al seu lloc i la taula és plena de papers.

2 Un desordre és una acció violenta que es fa contra la convivència de la gent o contra les lleis d'un país o d'una ciutat. En alguns països, sempre hi ha desordres al carrer.

desori desoris

nom masculí

Un desori és un estat de desordre molt gran. Una classe plena de gent cridant i fent gresca és un desori.

desorientar

verb
com *cantar*
◀ pàg. 26

Fer que algú deixi d'estar orientat. La boira et desorienta perquè no et deixa veure on ets i cap a on has d'anar.

desorientació, desorientat, desorientada

desossar

verb
com *cantar*
◀ pàg. 26

Separar els ossos d'un animal de la carn. Els xinesos, quan cuinen pollastre, el desossen i el tallen ben petit.

desparar

verb
com *cantar*
◀ pàg. 26

Treure les coses de sobre d'una taula o d'un altre moble. Quan acabes de dinar, has de desparar la taula.

En Pere despara la taula

despatx despatxos

nom masculí

1 Un despatx és el lloc on una persona treballa professionalment i rep els seus clients. Alguns professionals, com els advocats, comparteixen el despatx.

2 El despatx d'una casa és el lloc on es té la taula i els llibres per a treballar.

despatxar
verb
com *cantar*
◄ pàg. 26
1 Acomiadar algú d'algun lloc, fer-lo fora. Quan despatxen una persona de l'empresa on treballava, es queda sense feina.
2 Vendre en una botiga. A la fleca, et despatxen quan t'arriba la tanda.
3 Acabar una feina, enllestir-la. Un treball urgent s'ha de despatxar de seguida.

despectiu despectiva despectius despectives
adjectiu
Que indica menyspreu. Burlar-se d'una persona traient la llengua és un gest despectiu.

despenjar
verb
com *cantar*
◄ pàg. 26
Amb G davant E, I
1 Fer que alguna cosa o algú deixi d'estar penjat. Per a netejar els quadres cal despenjar-los de la paret. Si un abric es despenja és que no estava ben penjat.
2 Despenjar el telèfon és agafar l'auricular per parlar o per impedir que ens truquin.
usat amb pronom
3 Diem que una persona **es despenja** quan diu coses estrambòtiques i que no vénen al cas.

despentinar
verb
com *cantar*
◄ pàg. 26
Desfer el pentinat. Portar barret despentina els cabells.

despenyar
verb
com *cantar*
◄ pàg. 26
Estimbar.

desperfecte desperfectes
nom masculí
Una cosa té un desperfecte quan se li ha trencat o fet malbé alguna peça poc important.

despert desperta desperts despertes
adjectiu
1 No adormit.
2 Diem d'una persona que és desperta quan és espavilada.

despertador despertadors
nom masculí
Un despertador és un rellotge per a despertar. El despertador té un mecanisme a dins que s'engega i fa sonar una alarma a l'hora que volem.

despertar
verb
com *cantar*
◄ pàg. 26
1 Fer que algú deixi de dormir. El despertador et desperta a l'hora que vols.
2 Quan diem que se'ns desperta la gana o l'interès per alguna cosa és que comencem a tenir gana o interès.

despesa despeses
nom femení
Una despesa és la quantitat de diners que et gastes quan compres o pagues alguna cosa. Una persona fa moltes despeses quan ha de pagar molts diners.

despietat despietada despietats despietades
adjectiu
Que és molt cruel i no sent compassió pel mal dels altres.

despistar
verb
com *cantar*
◄ pàg. 26
1 Fer perdre la pista. Quan algú et segueix i el vols despistar, intentes que no sàpiga per on has anat.
usat amb pronom
2 **Despistar-se** és equivocar-se de camí, de lloc; no estar al cas.

despistat despistada despistats despistades
adjectiu
Que va distret, que no sap on és ni què ha de fer. Les persones despistades no poden fer encàrrecs de molta responsabilitat.

despit despits
nom masculí
El despit és el malestar que sent una persona quan algú l'ha tractada amb menyspreu o ha preferit una altra persona. Podem prendre decisions equivocades si actuem per despit.

desplaçar
verb
com *cantar*
◄ pàg. 26
Amb C davant E, I
1 Treure alguna cosa del seu lloc. Una taula que molesta es pot desplaçar una mica a la dreta. Els terratrèmols desplacen les vies del tren.
usat amb pronom
2 **Desplaçar-se** és moure's algú o alguna cosa d'un lloc a un altre. Els vaixells es desplacen pel mar.
desplaçament

desplegar
verb
com *cantar*
◄ pàg. 26
Amb GU davant E, I
1 Fer que alguna cosa deixi d'estar plegada. Els ocells despleguen les ales per a volar.
2 Posar plenament en acció. Els partits despleguen les seves forces en una campanya electoral. Per fer una feina difícil cal desplegar tota la nostra energia.
desplegament, desplegat, desplegada

desplomar-se
verb usat amb pronom
com *cantar*
◄ pàg. 26
Caure a terra verticalment. Si quan et desmaies estàs dret, et desplomes.

despoblament despoblaments
nom masculí
Hi ha un despoblament en un lloc quan la població disminueix. Alguns pobles de muntanya han sofert un despoblament gran; n'hi ha que han quedat abandonats.

despoblat despoblada despoblats despoblades
adjectiu
1 Que no està poblat, que és deshabitat.
nom masculí
2 Un despoblat és un poble o un grup de cases on ja no hi viu ningú.
despoblació, despoblar

desposseir
verb
com *reduir*
◄ pàg. 39
Amb dièresi
Prendre a una persona una cosa que tenia. Si un noble era traïdor, el rei el desposseïa de les terres i dels béns.

dèspota dèspotes
nom masculí i femení
Un o una dèspota és una persona que obliga els altres a fer el que ella vol sense donar explicacions i sense pensar en el que és més convenient. Els dèspotes acostumen a tractar els altres malament i amb crueltat.
despòtic, despotisme

desprendre
verb
com *prendre*
◄ pàg. 38
Diferències: *desprèn, desprès*
1 Separar una cosa d'allà on és agafada. Per a pintar la paret va bé desprendre primer la pintura antiga. Si no enganxes bé una cosa, es desprèn de seguida. La conclusió d'un raonament es desprèn de tot el que s'ha dit abans.
2 Exhalar. Les flors desprenen olor.
3 Deduir. Si algú et diu que t'espera a sopar demà, desprens que et convida.
usat amb pronom
4 **Desprendre's** d'alguna cosa és abandonar-la, fer-la desaparèixer.
despreniment

despreocupat despreocupada despreocupats despreocupades
adjectiu
Que no es preocupa per les coses.
despreocupació, despreocupar-se

després
adverbi
1 Més tard. *Primer anirem al cinema i després anirem a sopar.*
locució que fa de preposició
2 **Després de** s'usa en casos com aquests:
• *Després d'esmorzar, sortirem a passejar. Just després de parlar amb tu, em va trucar la Maria.*

desprès despresa despresos despreses
adjectiu
Que és generós, que dóna de seguida les coses que té.

desprestigi desprestigis
nom masculí
El desprestigi és la pèrdua del prestigi o de la fama d'algú. És un desprestigi per a un banc que el director sigui una persona que fa estafes.

desprevingut desprevinguda desprevinguts desprevingudes
adjectiu
Quan una cosa ens agafa desprevinguts, ens agafa per sorpresa.

desproporcionat desproporcionada desproporcionats desproporcionades
adjectiu
Que és molt gran o molt petit comparat amb una altra cosa. Si hem fet un esforç desproporcionat és que hem treballat molt i el resultat és escàs o petit.

desproveït desproveïda desproveïts desproveïdes
adjectiu
Que no té alguna cosa, que li falta alguna cosa. Una ciutat desproveïda de petroli no en té. Alguns animals estan desproveïts de banyes.

despullar
verb
com *cantar*
◄ pàg. 26
1 Treure la roba a algú. Abans de banyar un nen petit, l'has de despullar. Quan anem a dormir, ens despullem.
2 Diem que el vent despulla els arbres quan els deixa sense fulles.
despulla

despuntar
verb
com *cantar*
◄ pàg. 26
1 Trencar la punta d'alguna cosa. Si fem servir un ganivet com a tornavís, el podem despuntar. Quan se'ns despunta el llapis, hem de tornar a fer-li punta.
2 Una cosa comença a despuntar quan comença a sortir, com les fulles a la primavera i el sol al matí.
3 Una persona despunta en una cosa quan en sap molt. Einstein despuntava en física.

despús-ahir
adverbi
Abans-d'ahir. Es diu només en algunes zones.

despús-demà
adverbi
Demà passat. Es diu només en algunes zones.

desqualificar
verb
com *cantar*
◄ pàg. 26
Amb QU davant E, I
1 Dir que una persona no està preparada per a un càrrec, que no sap fer una feina. Si una empresa no funciona bé, segurament que els propietaris desqualificaran el director.
2 Fer fora d'una prova o competició un jugador o un equip pel fet que ha comès una falta contra el reglament.

dessagnar-se
verb usat amb pronom
com *cantar*
◄ pàg. 26
Perdre molta sang. Si et fas un tall molt profund et pots dessagnar.
dessagnament

dessalar
verb
com *cantar*
◄ pàg. 26
Treure la sal d'un aliment salat. Abans de cuinar-lo, dessalem el bacallà.

dessecar
verb
com *cantar*
◄ pàg. 26
Amb QU davant E, I
Fer que un aliment s'assequi al sol mitjançant alguna tècnica. Per a guardar els bolets molt de temps, s'han de dessecar.
dessecació, dessecament

desset dessets
determinant numeral i nom masculí
Disset. Es diu només en algunes zones.

dessota
adverbi
Sota.

dessuadora dessuadores
nom femení
Una dessuadora és una samarreta de màniga llarga que es fa servir sobretot per a fer esport.

destacament destacaments
nom masculí
Un destacament és un grup de soldats o de policies separats de la resta dels seus companys per a fer una acció. L'ONU envia destacaments dels seus soldats a les zones on hi ha conflictes.

destacar
verb
com *cantar*
◄ pàg. 26
Amb QU davant E, I
1 Una cosa destaca entre d'altres del mateix tipus o una persona destaca entre d'altres quan tenen una característica que les fa molt diferents: ser més alta, més bonica, més gran, etc.
2 Separar una persona o un grup de persones d'un conjunt i enviar-les a fer una missió. Quan se celebra el campionat mundial de futbol, els diaris hi destaquen els seus corresponsals.
destacat, destacada

destapar
verb
com *cantar*
◄ pàg. 26
1 Treure el tap d'algun lloc. Per a servir el vi, primer cal destapar l'ampolla.
usat amb pronom
2 **Destapar-se** és treure's del damunt la roba del llit.
3 Diem que una persona **es destapa** quan es mostra de cop tal com és. A una persona tímida, li costa molt destapar-se.

destarotar
verb
com *cantar*
◄ pàg. 26
Desconcertar.

destenyir
verb
com *servir*
◄ pàg. 28
Una cosa destenyeix quan perd color. Els vestits poden destenyir quan els rentes o quan els toca molt el sol.

desterrar
verb
com *cantar*
◄ pàg. 26
Obligar algú a marxar del seu país.
desterrament

destí destins
nom masculí
1 El destí és el conjunt de coses que t'han de passar en el futur. Segons algunes religions antigues, el destí de cada persona estava decidit abans que nasqués i no es podia canviar de cap manera.
2 Destinació.

destil·lar
verb
com *cantar*
◄ pàg. 26
Escalfar un líquid per a separar-ne alguns dels elements que conté o per a obtenir un altre producte. L'aigua destil·lada és més pura que la que surt de l'aixeta, ja que li han tret sals i gasos. S'usa per a bateries de cotxe, planxes, etc.
destil·lació, destil·lat, destil·lada, destil·leria

destinació destinacions
nom femení
1 La destinació és la finalitat d'algú o d'alguna cosa. La destinació de molts animals és servir d'aliment.
2 Lloc on va algú o alguna cosa. La destinació d'un tren és l'estació on fa l'última parada.

destinar
verb
com *cantar*
◄ pàg. 26
1 Fer servir alguna cosa per a fer una altra cosa determinada. Es poden destinar diners a comprar una bicicleta o a convidar els amics.
2 Donar a algú un càrrec, dir-li en quin lloc ha de fer la seva feina. Els comandaments militars destinen els soldats a les diverses casernes.
destinatari, destinatària

destituir
verb
com *reduir*
◄ pàg. 39
Amb dièresi
Fer fora algú d'un càrrec. Si un entrenador de futbol no fa la feina ben feta, el destitueixen.
destitució

destorb destorbs
nom masculí
Un destorb és qualsevol cosa o persona que destorba. Feina feta no fa destorb.

destorbar
verb
com *cantar*
◄ pàg. 26
Fer nosa, ser un obstacle. Quan estudiem, els crits i el xivarri ens destorben.

destral destrals
nom femení
Una destral és una eina per a tallar. Té un mànec llarg de fusta i una fulla plana de ferro. Els llenyataires tallen la fusta amb una destral.

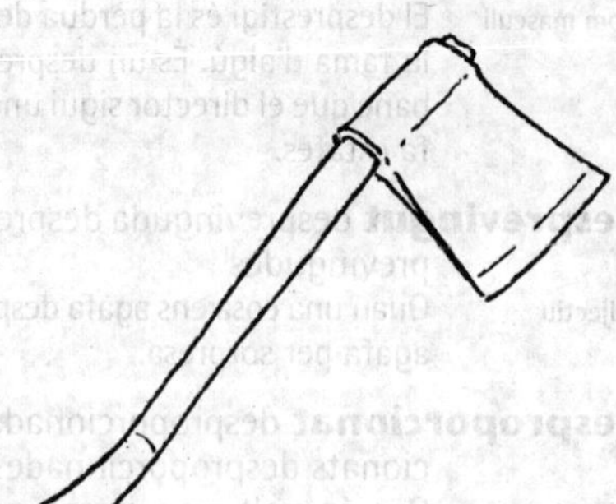

Una destral

A B C D E F G H I J K L M N O P Q R S T U V W X Y Z

destraler destralera destralers destraleres
adjectiu — Diem que una persona és destralera quan fa les coses malament, sense fixar-s'hi gens.

destre destra destres
adjectiu — 1 Dret, no esquerre. La majoria de gent escriu amb la mà destra.
2 Una persona destra és una persona hàbil, experta en alguna cosa.
maldestre

destrempar
verb, com *cantar* ◄ pàg. 26 — 1 Fer que no estigui trempat.
usat amb pronom — 2 Es diu de manera informal que algú **s'ha destrempat** quan s'ha desanimat.

destresa destreses
nom femení — Habilitat.

destriar
verb, com *canviar* ◄ pàg. 30, Amb dièresi — Separar alguna cosa que està barrejada amb altres. Destriar els quatre pals d'una baralla de cartes és separar-los, fer una pila de cartes per a cada pal.
indestriable

destronar
verb, com *cantar* ◄ pàg. 26 — Fer fora el rei o la reina del tron, és a dir, del poder. També es diu que una persona en destrona una altra quan la fa fora i li pren el lloc.
destronament

destrossar
verb, com *cantar* ◄ pàg. 26 — Trencar i fer malbé alguna cosa de manera que ja no es pugui recuperar. Els terratrèmols destrossen moltes ciutats.
destrossa

destrucció destruccions
nom femení — La destrucció és el resultat de destruir alguna cosa.

destructor destructora destructors destructores
adjectiu — 1 Que destrueix. Els tifons i els terratrèmols són fenòmens naturals destructors.
nom masculí — 2 Un destructor és un vaixell de guerra no gaire gran, però molt ràpid. Els destructors protegeixen altres vaixells i lluiten contra els submarins.

destruir
verb, com *reduir* ◄ pàg. 39, Amb dièresi — Desfer o destrossar alguna cosa. Els incendis destrueixen els boscos.
destructiu, destructiva

desús desusos
nom masculí — Una cosa està en desús quan no es fa servir. Les neveres de barres de gel han caigut en desús.
desusat, desusada

desvagat desvagada desvagats desvagades
adjectiu — Que no té feina ni res a fer.

desvalgut desvalguda desvalguts desvalgudes
adjectiu — Una persona desvalguda no té forces ni recursos per a viure, necessita ajuda d'algú altre.

desvalisar
verb, com *cantar* ◄ pàg. 26 — Desvalisar algú és treure-li totes les coses que porta. Els bandolers desvalisaven les persones que anaven de camí.

desvariejar
verb, com *cantar* ◄ pàg. 26, Amb G davant E, I — Dir coses sense sentit. Quan tens molta febre o quan estàs molt excitat desvarieges.
desvari

desventura desventures
nom femení — Una desventura és una desgràcia molt gran.
desventurat, desventurada

desvergonyit desvergonyida desvergonyits desvergonyides
adjectiu i nom masculí i femení — Que no té vergonya. Un desvergonyit actua i diu les coses sense respecte.

desvetllar
verb, com *cantar* ◄ pàg. 26 — 1 Treure la son. El cafè desvetlla i no deixa dormir.
2 Diem que es desvetlla l'interès per alguna cosa quan es comença a tenir interès per aquesta cosa.
desvetllament

desviar
verb, com *canviar* ◄ pàg. 30, Amb dièresi — 1 Separar algú o alguna cosa del seu camí o de la seva direcció normal.
usat amb pronom — 2 Diem que algunes persones **es desvien** del bon camí quan cometen accions dolentes.
desviació, desviat, desviada

desvincular
verb, com *cantar* ◄ pàg. 26 — Fer que una persona o una cosa deixi d'estar unida a una altra. El divorci desvincula el marit de la muller i la muller del marit. Si ens desvinculem d'un grup d'amics ja no continuem veient-nos.

desvirtuar
verb, com *canviar* ◄ pàg. 30, Amb dièresi — Treure força a una cosa, fer que perdi valor o alguna característica important. Si afegeixes aigua a un bon vi, el desvirtues.

desviure's
verb usat amb pronom, com *viure* ◄ pàg. 44 — 1 Tenir un gran interès i afecte per una persona, tractar-la molt bé. La majoria de pares es desviuen pels seus fills.
2 Tenir una gran afició per una cosa. Et pots

desviure per la lectura, pel cine o per la música pop.

desxifrar

verb, com cantar ◄ pàg. 26
Llegir un escrit en un alfabet o en un idioma que no coneixem. Per a entendre un jeroglífic l'hem de desxifrar.
indesxifrable

detall detalls

nom masculí
1 Un detall és una part petita d'alguna cosa. En un quadre d'un paisatge ens podem fixar en el detall d'una petita flor.
2 Fet poc important que forma part d'un altre que ho és més. Els detalls d'una expedició a l'Himàlaia són: el color de la roba que porten els alpinistes, el menjar que els agrada més, el nom de les vitamines que prenen, etc.

locució que fa d'adverbi
3 Comprar o vendre **al detall** és fer-ho en petites quantitats.

detallar

verb, com cantar ◄ pàg. 26
Explicar una cosa amb tots els detalls.

detallista detallistes

adjectiu
1 Una persona és detallista quan posa molta atenció en els detalls, en tots els aspectes d'una cosa.

nom masculí i femení
2 Un o una detallista és una persona que ven al detall en una botiga o un mercat.

detectar

verb, com cantar ◄ pàg. 26
Descobrir, notar que hi ha alguna cosa amagada. Els metges poden detectar amb alguns aparells malalties que no es veuen.
detecció, detector

detectiu detectiva detectius detectives

nom masculí i femení
Persona que es dedica a investigar uns fets determinants per encàrrec d'un client. Els detectius vigilen tot el que fan les persones que ells investiguen.
detectivesc

detenció detencions

nom femení
Una detenció és el fet de detenir algú o alguna cosa. Quan hi ha una baralla en un bar, la policia fa detencions.

deteniment deteniments

nom masculí
Fem les coses amb deteniment quan hi dediquem molt de temps i tenim en compte tots els detalls. Els naturalistes examinen les plantes amb deteniment.

detenir

verb, com tenir ◄ pàg. 42
Diferència: detén o detingues
1 No deixar que algú o alguna cosa vagi endavant. El semàfor vermell deté el trànsit.
2 Guardar, quedar-se alguna cosa durant un cert temps. Alguns esportistes detenen el títol de campió durant molts anys.
3 Agafar algú, la policia, perquè creu que ha fet una cosa dolenta. Després de detenir una persona, la poden posar a la presó.

usat amb pronom
4 Detenir-se és parar-se, aturar la marxa. Un cotxe es deté quan se li acaba la benzina. Ens detenim en alguna cosa quan hi pensem o l'examinem amb atenció.
detentor

detergent detergents

nom masculí
Un detergent és un producte que barrejat amb aigua serveix per a netejar. El sabó és el detergent més antic.

deteriorar

verb, com cantar ◄ pàg. 26
Fer malbé, espatllar alguna cosa. La salut, a mesura que passa el temps, es deteriora.
deterioració

determinació determinacions

nom femení
Una persona pren una determinació quan decideix de fer una cosa.

determinant determinants

adjectiu
1 Que determina, que fa que una persona sigui d'una manera i no d'una altra. Canviar-se de casa és determinant a l'hora de comprar mobles.

nom masculí
2 Un determinant és un tipus de paraula que acostuma a anar davant del nom i ens diu de qui és, quant n'hi ha, si és femení o masculí, conegut o desconegut, o si és proper o llunyà. En les expressions: *la nostra flor, tres flors, alguna flor, cap flor, una flor, la flor, aquesta flor, aquella flor*, les paraules que van davant del nom *flor* són determinants. Els determinants varien en gènere i en nombre segons el nom que determinen: *un clavell, una rosella, uns lliris, unes hortènsies.*

determinar

verb, com cantar ◄ pàg. 26
1 Fixar alguna cosa després d'haver-hi pensat. Els científics van determinar la distància entre la Terra i el Sol.
2 Decidir. Determinar on es vol anar de vacances no sempre és fàcil. Abans de determinar-se a fer una cosa s'han de preveure totes les conseqüències.
determinatiu, determinativa

determinat determinada determinats determinades

adjectiu
1 Una cosa està determinada quan ha estat fixada exactament. Així, les festes que hem de fer estan determinades en el calendari.
2 Que és concret, especial o particular. Algunes multes només es posen en casos determinats.
3 Una persona determinada és una persona decidida, que fa les coses sense dubtar.

determini determinis

nom masculí — Un determini és el fet de determinar-se una persona a fer una cosa. Si prens el determini d'estudiar medicina és que vols ser metge.

detestar

verb, com *cantar* ◄ pàg. 26 — No agradar gens a algú alguna cosa, odiar. Algunes persones detesten l'olor d'all.

detestable

detingudament

adverbi — Fer una cosa detingudament és fer-la a poc a poc i pensant-hi molt. *Mirava els segells detingudament per veure quins li faltaven.*

detingut detinguda detinguts detingudes

adjectiu i nom masculí i femení — Que ha estat detingut. Els detinguts poden anar a la presó.

detonació detonacions

nom femení — Una detonació és un soroll molt fort que se sent quan alguna cosa explota. Quan es dispara una arma de foc es produeix una detonació.

detonador, detonant, detonar

detractor detractora detractors detractores

nom masculí i femení — Els detractors d'una cosa són els qui en parlen malament i li treuen mèrits davant de la gent. Sovint, les persones del govern tenen molts detractors.

detriment detriments

nom masculí — Un detriment és un dany o un perjudici que es fa a poc a poc. Menjar molts dolços va en detriment de la salut perquè fa malbé les dents.

deturar

verb, com *cantar* ◄ pàg. 26 — Aturar.

1
deu deus

determinant numeral, Sense accent gràfic — **1** Deu coses són nou més una.

nom masculí — **2** El deu és el nom del 10.

2
deu deus

nom femení, Sense accent gràfic — Una deu és una font, un lloc per on surt aigua de la terra.

déu déus

nom propi masculí, Amb accent gràfic — **1** Segons algunes religions, Déu és el creador de totes les coses, l'ésser superior, que és etern i que ho pot tot.

nom masculí — **2** Un déu és qualsevol ésser sobrenatural. Alguns pobles consideren que certs objectes són déus i tenen poders màgics.

1
deure

verb, com *beure* ◄ pàg. 29 — **1** Haver de pagar a algú alguna cosa. Hi ha persones que sempre deuen diners.
2 Ser probable o possible alguna cosa. Quan veiem el terra mullat pensem que deu haver plogut.
3 Quan algú diu que deu un favor a una persona és que aquesta li ha fet un favor; si diu que li deu la vida és que l'ha salvat de morir.

2
deure deures

nom masculí — **1** Un deure és una cosa que s'ha de fer, una obligació. Totes les persones tenim el deure de respectar els altres.
2 Els deures són els exercicis escolars que els alumnes han de fer a casa.

deute deutes

nom masculí — Un deute és allò que es deu a algú, uns diners que s'han de pagar.

deutor

devaluació devaluacions

nom femení — Hi ha devaluació d'una moneda quan el govern fa que tingui un valor més baix que el que tenia abans, comparada amb les monedes d'altres països.

devaluar

devastar

verb, com *cantar* ◄ pàg. 26 — Destruir un territori totalment. Les grans inundacions ho devasten tot.

devastació

devers

preposició — En direcció a, cap a. *L'exèrcit avança devers la capital.*

devesa deveses

nom femení — Una devesa és un tros de terra ple d'herbes que es fa servir per a pasturar els animals.

devoció devocions

nom femení — Tenir devoció a algú o a alguna cosa és tenir-li un gran respecte i una estimació especial. Hi ha fills que tenen una gran devoció als seus pares.

devocionari

devolució devolucions

nom femení — Una devolució és el fet de tornar alguna cosa a la persona que l'havia enviada, deixada o donada. Si envies un paquet i en fan la devolució, el tornaràs a rebre.

devorar

verb, com *cantar* ◄ pàg. 26 — **1** Menjar, un animal, la seva presa o les plantes i els fruits que són el seu aliment.
2 Menjar alguna cosa amb un gran desig i molt ràpid. Quan tens molta gana devores el menjar, te l'acabes en un moment.

A B C D E F G H I J K L M N O P Q R S T U V W X Y Z

devot devota devots devotes
adjectiu i nom masculí i femení — Que té devoció a Déu o a les coses santes. A la majoria de les religions, els devots fan oració i porten ofrenes als temples.

devuit devuits
determinant numeral i nom masculí — Divuit. Es diu només en algunes zones.

dia dies
nom masculí, Amb A final — **1** El dia és l'espai de temps que va des que surt el sol fins que es pon. A l'estiu el dia és més llarg que la nit.
2 Espai de temps que dura 24 hores. Una setmana té set dies.
locució que fa d'adjectiu — **3** Un dia **de cada dia** és un dia que no és festa. Els dies de cada dia anem al col·legi.
adiar

diabetis diabetis
nom femení — La diabetis és una malaltia que fa que hi hagi molt de sucre a la sang i que es tinguin moltes ganes d'orinar, de beure i de menjar. Les persones que pateixen diabetis han de seguir una dieta especial.
diabètic

diable diables
nom masculí — **1** Segons les religions, el diable és l'esperit que representa el mal.
2 Diem que una persona és un diable quan és molt entremaliada o molt dolenta.
3 Els diables són uns personatges disfressats amb capa, cua i banyes que tiren petards pels carrers quan se celebren algunes festes.
diableria, diablessa, diabló, diabòlic

diàbolo diàbolos
nom masculí — El diàbolo és un joc que consisteix a fer rodar i llançar enlaire una peça amb un cordill que s'agafa amb les mans. Quan la peça baixa, es recull amb el mateix cordill i es torna a llançar. La peça que roda té dos cons units per la punta.

Un diàbolo

diacrític diacrítica diacrítics diacrítiques
adjectiu i nom masculí — Un signe diacrític és un signe que es posa en una lletra per indicar que té un valor especial. La dièresi és un diacrític que a *pingüí* ens indica que hem de pronunciar la *u*. L'accent diacrític de *és* serveix per a diferenciar aquesta forma del verb *ser* del pronom *es*, de quan diem *es mou*.

diacronia diacronies
nom femení — La diacronia és la manera d'estudiar una llengua, una qüestió de gramàtica o una paraula des del punt de vista dels canvis que ha sofert en el temps.

diada diades
nom femení — Una diada és un dia especial perquè se celebra alguna cosa. La diada del Llibre és el dia de Sant Jordi, i es venen llibres i roses pel carrer.

diadema diademes
nom femení — **1** Una diadema és una cinta o un arc rígid que algunes dones es posen al cap per a apartar-se els cabells de la cara.
2 Corona decorada que els reis es posen al cap.

diàfan diàfana diàfans diàfanes
adjectiu — Transparent.

diafragma diafragmes
nom masculí, Amb A final — El diafragma és un múscul que tenim sota els pulmons i que separa la cavitat del pit de la del ventre. Els moviments del diafragma ens permeten respirar bé.
✎ pàgs. 798-799 (56)

diagnòstic diagnòstics
nom masculí — Un metge fa el diagnòstic d'una malaltia quan diu quina és, després d'examinar el malalt i de veure els símptomes que presenta.
diagnosi, diagnosticar

diagonal diagonals
nom femení — Una diagonal és un segment que uneix dos vèrtexs de cares diferents d'un polígon. Un quadrat té dues diagonals.

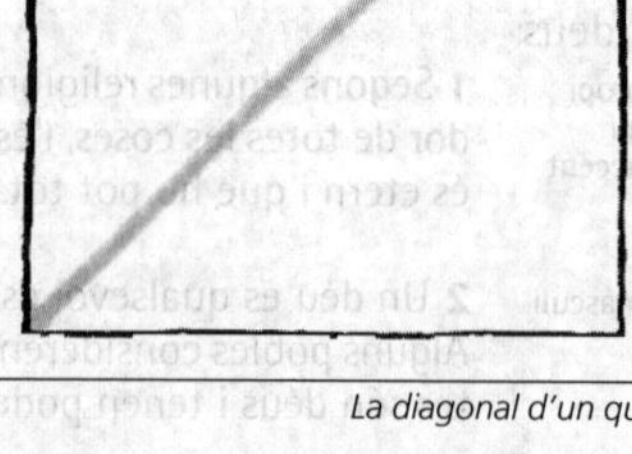
La diagonal d'un quadrat

diagrama diagrames
nom masculí Un diagrama és un dibuix que ens ajuda a explicar alguna cosa.

dial dials
nom masculí El dial d'un aparell de ràdio és la línia o la rodona amb números que indica les diverses emissores. Sovint es busquen les emissores al dial amb una agulla que belluguem amb un comandament.

dialecte dialectes
nom masculí Un dialecte és cadascuna de les diferents maneres de parlar una llengua en les diferents zones on es parla. Els dialectes del català són: el rossellonès, el català central, el balear, l'alguerès, el català nord-occidental i el valencià.
dialectal, dialectologia

dialèctic dialèctica dialèctics dialèctiques
adjectiu 1 De la dialèctica, fet amb dialèctica.
nom femení 2 Una persona té una bona dialèctica quan sap discutir i exposar bé les seves opinions. La dialèctica és també la manera de raonar que té en compte les coses i els seus contraris i en va obtenint conclusions.

diàleg diàlegs
nom masculí Un diàleg és una conversa entre dues o més persones. Normalment, en una obra de teatre hi ha molts diàlegs.

diàlisi diàlisis
nom femení Es fa una diàlisi a una persona malalta quan se li treuen amb un aparell les substàncies dolentes que té a la sang. Les diàlisis es fan quan els ronyons no funcionen bé i no poden netejar la sang.

dialogar
verb
com *cantar*
◄ pàg. 26
Amb GU davant E, I
Mantenir un diàleg. No es pot dialogar amb les persones que no saben escoltar els altres.

diamant diamants
nom masculí Un diamant és una pedra preciosa de molt valor, formada per carboni pur. Els diamants són transparents, brillen molt i són molt durs.

diàmetre diàmetres
nom masculí El diàmetre d'una cosa rodona és la distància en línia recta que hi ha d'un costat a l'altre passant pel mig.

diana dianes
nom femení Una diana és la part central d'un blanc de fer punteria. En el joc dels dards guanya qui encerta la diana. pàg. 393 (5)

diantre
interjecció Expressió que indica sorpresa. *Diantre, i tu què hi fas aquí?*

diapasó diapasons
nom masculí Un diapasó és un petit instrument metàl·lic en forma de U que quan vibra dóna la nota *la*. El diapasó serveix per a agafar el to quan comences a cantar una cançó o per a afinar instruments.

diapositiva diapositives
nom femení Una diapositiva és una fotografia transparent que no es pot veure si no és amb una màquina que li fa passar la llum a través. Les diapositives es projecten en una pantalla i es veuen molt grans.

diari diària diaris diàries
adjectiu 1 Que es fa cada dia. Normalment, fem tres àpats diaris: l'esmorzar, el dinar i el sopar.
nom masculí 2 Un diari és una publicació que surt cada dia i que explica les notícies.
3 El diari d'una persona és una llibreta on escriu cada dia tot el que li ha passat o el que pensa.
diàriament

diarrea diarrees
nom femení Quan una persona té diarrea va de ventre molt sovint i la caca li surt molt líquida.

diàspora diàspores
nom femení La diàspora d'un poble, d'un grup ètnic, cultural o religiós, és el fet que els seus membres hagin de viure separats en diferents llocs del món. Els jueus vivien en la diàspora: no tenien un territori propi i hi havia jueus a molts països.

diàstole diàstoles
nom femení Una diàstole és un moviment de dilatació del cor que fa que la sang passi de les aurícules als ventricles. pàgs. 798-799 (80)

diatriba diatribes
nom femení Una diatriba és una crítica molt forta contra algú o alguna cosa.

dibuix dibuixos
nom masculí 1 Un dibuix és la representació de la imatge d'una persona o d'una cosa damunt d'un paper, d'una paret o d'una altra superfície.
2 El dibuix és l'art de dibuixar. Molta gent estudia dibuix per ser bons dibuixants.
3 Una pel·lícula de **dibuixos animats** és una pel·lícula feta amb molts dibuixos posats l'un darrere l'altre. Quan aquests dibuixos es projecten de pressa sembla que es moguin.

dibuixar
verb com *cantar* ◄ pàg. 26 — Fer un dibuix.
dibuixant ✎ pàg. 996 ⑰

dic dics
nom masculí — Un dic es una paret que es construeix al mar per a protegir un port de les onades. També hi ha dics a les vores dels rius i dels llacs.

dicció diccions
nom femení — La dicció és la manera de dir o de pronunciar les paraules. Els actors han de tenir una dicció clara, s'ha d'entendre bé el que diuen.

diccionari diccionaris
nom masculí — Un diccionari és un llibre que explica què volen dir les paraules d'una llengua o d'un tema determinat. Normalment, les paraules dels diccionaris segueixen l'ordre alfabètic. ✎ pàgs. 998-999 ⑧

dicotomia dicotomies
nom femení — 1 Una dicotomia és la divisió d'una cosa en dues.
2 Sistema de classificació que només divideix les coses de dues en dues.

dictador dictadora dictadors dictadores
nom masculí i femení — Persona que mana tota sola, sense ser controlada per ningú. Els dictadors no deixen que la gent tingui llibertat.

dictadura dictadures
nom femení — Hi ha una dictadura en un país quan hi governa un dictador. En una dictadura no hi ha llibertat de premsa.

dictamen dictàmens
nom masculí — Un dictamen és l'opinió que una persona entesa dóna sobre una cosa. Quan s'investiga un accident d'avió, és important el dictamen d'un tècnic.
dictaminar

dictar
verb com *cantar* ◄ pàg. 26 — Dir o llegir alguna cosa en veu alta perquè algú l'escrigui.

dictat dictats
nom masculí — Un dictat és un exercici d'escola que consisteix a escriure allò que algú diu en veu alta. Els dictats ajuden a millorar l'ortografia.

dida dides
nom femení — Una dida és una dona que alimenta amb la llet dels seus pits la criatura d'una altra dona.

didàctic didàctica didàctics didàctiques
adjectiu — 1 De l'ensenyament, que serveix per a ensenyar o instruir. Un llibre de text és didàctic si explica les coses d'una manera clara i ens les fa aprendre fàcilment.
nom femení — 2 La didàctica és la ciència que tracta de la manera d'ensenyar.

didal didals
nom masculí — Un didal és una peça que es posa a la punta del dit per a empènyer l'agulla quan es cus i no fer-se mal. És com un petit tub tancat per un cantó.

dièresi dièresis
nom femení — Una dièresi és un signe gràfic que es representa amb dos punts (¨) i que s'escriu a vegades sobre la *i* o la *u*. La dièresi ens indica que dues vocals s'han de pronunciar en síl·labes diferents; per això *reina* té dues síl·labes i *reïna* en té tres. També ens pot indicar que una *u* s'ha de pronunciar, com a *pingüí*.

dièsel dièsels
adjectiu i nom masculí — Un motor dièsel és un motor de cotxe, de camió o d'un altre vehicle que no té carburador ni bugies i que funciona amb gasoil.

dieta dietes
nom femení — Una dieta és el fet de controlar el que es beu i es menja. Per a aprimar-se s'ha de seguir una dieta. També hi ha dietes sense sal, dietes per als diabètics, etc.
dietètic, dietista

dietari dietaris
nom masculí — Un dietari és un llibre on s'apunta el que es guanya i el que es gasta cada dia en una casa.

difamar
verb com *cantar* ◄ pàg. 26 — Dir mal d'una persona i fer que tingui mala fama. Alguns polítics difamen els seus contrincants per fer-los perdre les eleccions.
difamació, difamatori, difamatòria

diferència diferències
nom femení — 1 Una diferència és allò que fa que una cosa o una persona sigui diferent d'una altra. El sexe és la principal diferència entre els homes i les dones.
2 La diferència entre dues quantitats és el resultat de restar la més petita de la més gran. Entre 80 i 70 hi ha una diferència de 10.
diferenciació, diferencial

diferenciar
verb com *canviar* ◄ pàg. 30 Amb dièresi — 1 Fer que dues coses siguin diferents. L'accent diferencia *bé* de *be*.
2 Veure que una cosa és diferent d'una altra. Hi ha persones que no saben diferenciar un lluç d'un besuc.
usat amb pronom — 3 **Diferenciar-se** d'algú o d'alguna cosa és ser diferent. Les persones es diferencien

A B C D E F G H I J K L M N O P Q R S T U V W X Y Z

externament pel color dels cabells i dels ulls, l'alçada, etc.

diferent diferents

adjectiu — 1 Que no és igual, que no s'assembla. Una balena i un elefant són molt diferents.

adjectiu plural — 2 Diferents coses són unes quantes coses. Si has llegit diferents llibres vol dir que n'has llegit més d'un.

diferir

verb
com *servir*
◄ pàg. 28

1 No ser igual, tenir diferències. Si l'opinió d'algú difereix de la teva és que aquesta persona pensa diferent de tu.
2 Deixar per a més endavant. Si diferim el pagament d'una factura no la paguem el dia que toca.

en diferit

locució que fa d'adverbi — Un programa de ràdio o de televisió és en diferit quan no es transmet en el moment que es fa, sinó que està gravat i la gent el sent o el veu més tard.

difícil difícils

adjectiu — 1 Que no és fàcil, que s'ha de fer un esforç per a fer, aconseguir, solucionar o entendre alguna cosa. Construir les piràmides de pedra sense la maquinària moderna havia de ser difícil.
2 Una persona difícil és una persona que costa de tractar.
difícilment, dificultós, dificultosa

dificultar

verb
com *cantar*
◄ pàg. 26

Fer difícil una cosa. La boira dificulta la visibilitat.

dificultat dificultats

nom femení — 1 La dificultat és allò que fa que una cosa sigui difícil. Tots els alpinistes coneixen la dificultat de pujar a l'Everest.
2 Cosa difícil, obstacle. Les persones sense feina han de superar greus dificultats.

difondre

verb
com *fondre*
◄ pàg. 35
Diferència: *difós*

Escampar alguna cosa amplament, estendre-la en totes direccions. El sol difon la seva llum per tot el món. Difondre una notícia és fer-la saber a tothom.
difusor

diftèria diftèries

nom femení — La diftèria és una malaltia contagiosa molt greu produïda per un bacil. La tenen sobretot les criatures entre un i cinc anys. Fa que s'inflamin la gola i altres parts de dins del coll i que la persona malalta no pugui respirar bé.

diftong diftongs

nom masculí — Un diftong és un grup de dues vocals que es pronuncien en una mateixa síl·laba. Una de les vocals sempre ha de ser una *i* o una *u*. Quan la *i* o la *u* va al darrere, el diftong és decreixent, com a *mai* i *peu*. Quan va al davant, és creixent, com a *quan* i *llengua*.

difuminar

verb
com *cantar*
◄ pàg. 26

Fer que les línies d'un dibuix siguin poc marcades, que el color o les ombres siguin cada vegada més clars a mesura que s'allunyen de l'objecte dibuixat. Un bon dibuixant ha de saber difuminar bé les ombres. També es diu que, quan hi ha boira, el paisatge i els objectes es difuminen, no es veuen clars.

difunt difunta difunts difuntes

nom masculí i femení — Persona morta. El dos de novembre és el dia dels difunts.

difús difusa difusos difuses

adjectiu — Una cosa és difusa quan no és clara ni té ben fixats els límits. Quan hi ha boira, les coses es veuen difuses.

difusió difusions

nom femení — La difusió és el resultat de difondre alguna cosa. Alguns diaris tenen molta difusió, els llegeix molta gent.

digerir

verb
com *servir*
◄ pàg. 28

Fer la digestió. Algunes malalties impedeixen digerir bé.

digestió digestions

nom femení — La digestió és el procés que fa que el cos absorbeixi els aliments que mengem. Si fas una mala digestió, tens mal d'estómac.
digestible

digestiu digestiva digestius digestives

adjectiu — Que està relacionat amb la digestió. L'aparell digestiu és el conjunt d'òrgans que funcionen durant la digestió.

dígit dígits

nom masculí — Un dígit és cadascun dels signes d'un sistema de numeració. El número d'un compte bancari té vint dígits, és molt llarg.

digital digitals

adjectiu — 1 Dels dits. Quan et fan el carnet d'identitat t'hi fan posar les empremtes digitals.
2 Són digitals els aparells o els sistemes que funcionen amb dígits. Els rellotges digitals donen les hores amb números. Les centrals telefòniques digitals ofereixen molts serveis que les analògiques no permetien.

digitígrad digitígrada digitígrads digitígrades

adjectiu i nom masculí — Un mamífer és digitígrad si quan camina només posa a terra els dits i deixa la planta enlaire. Un tigre és un digitígrad.

diglòssia diglòssies
nom femení — En lingüística, es diu que en un país hi ha diglòssia quan es fan servir dues llengües, però una es considera més important i s'usa formalment, i l'altra es considera inferior i s'usa només oralment i de manera informal. Quan hi ha diglòssia la llengua important s'imposa en tots els usos i l'altra llengua tendeix a desaparèixer.

dignar-se
verb usat amb pronom com *cantar* ◄ pàg. 26 — Accedir una persona a fer una cosa que algú li demana o espera d'ella. Les persones orgulloses sovint no es dignen a contestar una salutació.

dignatari dignatària dignataris dignatàries
nom masculí i femení — Persona que té molta autoritat, especialment en un govern.

digne digna dignes
adjectiu — **1** Que és bo i correcte. Enganyar els companys no és una conducta digna.
2 Que està bé, que és suficient. Un sou digne permet de viure sense preocupacions.
3 Una persona és digna d'una cosa quan la mereix, quan li correspon. La feina dels bombers és digna d'estima i d'admiració.

dignitat dignitats
nom femení — **1** La dignitat és la qualitat de les coses o les persones que són dignes. Quan es parla de la dignitat de la persona es vol dir que tothom ha de ser respectat i ben tractat.
2 Una dignitat és un càrrec d'autoritat. La persona que té aquest càrrec és també una dignitat.
dignificar

dígraf dígrafs
nom masculí — Un dígraf és un grup de dues lletres que representa un so. Alguns dígrafs del català són: *ny, rr, ss, ll.*

digressió digressions
nom femení — Una digressió és una part d'un discurs o d'un escrit que es desvia del tema principal.

dijous dijous
nom masculí — El dijous és el quart dia de la setmana.

dilació dilacions
nom femení — Hi ha dilació en una cosa quan no es fa a temps, quan es deixa per a més endavant. Si has de fer un treball sense dilació és que l'has de fer sense retard.

dilapidar
verb com *cantar* ◄ pàg. 26 — Gastar tots els diners i altres béns sense necessitat, fent compres inútils i desmesurades. Hi ha hereus que dilapiden la fortuna dels pares en poc temps.

dilatar
verb com *cantar* ◄ pàg. 26 — Fer més ampla una cosa, més gran. La calor dilata alguns materials, com el ferro. La nina de l'ull es dilata quan és fosc.
dilatació

dilema dilemes
nom masculí — Una persona es troba en un dilema quan ha d'escollir entre dues coses i no sap què fer. O et quedes a estudiar o surts amb la colla d'amics: heus aquí un dilema.

diligència diligències
nom femení — **1** Tenir diligència és ser diligent.
2 Una diligència és un encàrrec que s'ha de fer, normalment, fora de casa.
3 Carruatge gran que servia, antigament, per a transportar persones.

diligent diligents
adjectiu — Que fa les coses amb rapidesa i eficàcia.

dilluns dilluns
nom masculí — El dilluns és el primer dia de la setmana.

dilucidar
verb com *cantar* ◄ pàg. 26 — Fer que una qüestió o un assumpte s'entengui millor. Les investigacions dels tècnics ajuden a dilucidar les causes d'un incendi.

diluir
verb com *reduir* ◄ pàg. 39 Amb dièresi — Desfer una substància en un líquid. El sucre es dilueix en aigua.

diluvi diluvis
nom masculí — **1** Un diluvi és una pluja molt forta.
2 El **diluvi universal** és el nom de la gran ploguda i inundació que, segons explica la Bíblia, va arrasar antigament la terra.

diluviar
verb com *canviar* ◄ pàg. 30 Amb dièresi — Ploure molt i amb força.

dimanar
verb com *cantar* ◄ pàg. 26 — Provenir. Hi ha qui diu que totes les coses dimanen de Déu.

dimarts dimarts
nom masculí — El dimarts és el segon dia de la setmana.

dimecres dimecres
nom masculí — El dimecres és el tercer dia de la setmana.

dimensió dimensions
nom femení — **1** Les dimensions d'alguna cosa són les mides que té: la llargada o l'alçada, l'amplada i el gruix. Si compres un moble, t'has de fixar en les dimensions per saber si t'hi cabrà.

2 Una pel·lícula en tres dimensions es veu com si tingués relleu.
dimensional

diminut diminuta diminuts diminutes
adjectiu — Que és molt petit. Les puces són diminutes.

diminutiu diminutius
nom masculí — Un diminutiu és un nom que indica que una cosa és més petita que una altra de la mateixa classe. *Caseta* és un diminutiu de *casa*.

dimitir
verb
com *servir*
◄ pàg. 28
Abandonar voluntàriament un càrrec. Si el president d'un club esportiu dimiteix, se n'ha d'escollir un altre.
dimissió, dimissionari, dimissionària

dimoni dimonis
nom masculí — Diable.
endimoniat, endimoniada

dina dines
nom femení — Una dina és una unitat de força del sistema cegesimal. Equival a la força que, aplicada sobre un gram en un segon, li comunica una velocitat d'un centímetre per segon. El seu símbol és: dyn.

dinàmic dinàmica dinàmics dinàmiques
adjectiu — 1 Una persona dinàmica és molt activa i sempre està fent coses.
nom femení — 2 Quan parlem de la dinàmica d'alguna cosa ens referim al seu funcionament. En algunes oficines les gestions tenen una dinàmica lenta.
dinamisme, dinamitzar

dinamita dinamites
nom femení — La dinamita és un explosiu sòlid molt potent fet amb nitroglicerina.
dinamitar, dinamiter

dinamo dinamos
nom femení — Una dinamo és una màquina que produeix corrent elèctric. Els motors dels cotxes tenen una dinamo.

dinamòmetre dinamòmetres
nom masculí — Un dinamòmetre és un aparell per a mesurar una força, com la potència d'un motor o la força muscular d'una persona.

1
dinar dinars
nom masculí — El dinar és l'àpat que fem al migdia. Diu el refrany que un bon dinar fa de bon esperar.
dinada

2
dinar
verb
com *cantar*
◄ pàg. 26
Menjar el dinar. És millor menjar una paella per dinar que per sopar.

dinastia dinasties
nom femení — Una dinastia és el conjunt de reis d'una mateixa família. La història d'Egipte es divideix en trenta-una dinasties.
dinàstic

dindi díndia dindis díndies
adjectiu — De l'Índia, usat només en *gall dindi*, *polla díndia* i *blat dindi*.

diner diners
nom masculí — 1 Els diners són el conjunt de monedes i bitllets de banc que té l'Estat o una persona. Quan compres una cosa, l'has de pagar amb diners, amb xecs o amb targetes de crèdit. El diner no dóna la felicitat, però ajuda bastant.
2 Un diner és una moneda.
frase feta — 3 **Fer diners** és guanyar molts diners.
4 **Tocar diners** és cobrar-ne.
adinerar, dineral

dinosaure dinosaures
nom masculí — Un dinosaure és un rèptil que va viure fa milions d'anys, a l'era secundària, sobretot en el període anomenat *juràssic*. Alguns dinosaures eren molt grossos, com els diplodocs. N'hi havia que caminaven sobre les quatre potes, com el brontosaure, o bé sobre les dues del darrere, com el tiranosaure. Alguns menjaven herba i d'altres eren carnívors. Hi havia dinosaures per tots els continents. El triceratops, l'estegosaure i l'iguanodont són també dinosaures.

dinou dinous
determinant numeral — 1 Dinou coses són divuit més una.
nom masculí — 2 El dinou és el nom del 19.
dinovè, dinovena

1
dins
adverbi — 1 En un punt situat en un espai limitat. *Fa més fred a dins que no a fora. Allà dins hi ha molts tresors. Mirar dins des de la porta.*
preposició — 2 S'usa en casos com aquests:
- *Posar una ploma dins l'estoig. Dins aquest partit hi ha tendències diverses.*
- *Dins el segle XX es van fer molts invents.*

També pot ser *dins de*:
- *Dins de tres anys no ens recordarem de res. Dins d'aquesta habitació s'està molt calent.*

2
dins dins
nom masculí — El dins d'una cosa és la part interior. *Molta gent pinta o empapera el dins dels armaris.*

dintre dintres

adverbi i preposició i nom masculí — Dins.

dinyar-la

verb com *cantar* ◄ pàg. 26 — Manera informal de dir *morir*.

diòcesi diòcesis

nom femení — Bisbat. Es diu quan es parla formalment.
arxidiòcesi, diocesà, diocesana

diòptria diòptries

nom femení. Mot esdrúixol — Una diòptria és una unitat que fan servir els oculistes per a mesurar la vista de la gent que no s'hi veu bé. Els vidres de les ulleres tenen més o menys diòptries segons les necessitats de cada persona.
diòptric

diorama diorames

nom masculí — Un diorama és un petit escenari amb figures, objectes i decorats que representa una escena històrica o un paisatge.

diòxid diòxids

nom masculí — Un diòxid és un compost químic de dos elements que conté dos àtoms d'oxigen. La sílice, SiO_2, és el diòxid de silici.

diplodoc diplodocs

nom masculí — Un diplodoc és un tipus de dinosaure molt gros. Caminava sobre les quatre potes i tenia el coll i la cua molt llargs i el cap petit. S'han trobat esquelets de diplodoc que fan uns 32 metres de llargària.

diploma diplomes

nom masculí — Un diploma és un document que et donen quan has aconseguit un premi o has fet uns estudis. Si acabes una carrera universitària et donen un diploma.
diplomat, diplomada

diplomàcia diplomàcies

nom femení — 1 La diplomàcia és l'activitat de negociar i relacionar-se els diversos estats i nacions entre si.
2 Una persona té diplomàcia o es comporta amb diplomàcia si manté bones relacions amb tothom i soluciona assumptes difícils.

diplomàtic diplomàtica diplomàtics diplomàtiques

adjectiu — 1 De la diplomàcia. Si un país trenca les relacions diplomàtiques amb un altre pot esclatar una guerra.
2 Una persona és diplomàtica si té diplomàcia, si es comporta amb diplomàcia.

nom masculí i femení — 3 Persona que es dedica a la diplomàcia.

dipòsit dipòsits

nom masculí — 1 Un dipòsit és el fet de dipositar alguna cosa en algun lloc. Quan fas el dipòsit d'uns diners al banc és que els hi ingresses.
2 Allò que es diposita. Si un fabricant de sabons deixa un dipòsit a un adroguer, el dipòsit és la quantitat de sabó del fabricant que l'adroguer té a la seva botiga.
3 Lloc on es diposita o guarda alguna cosa. Els vàters tenen un dipòsit d'aigua. Els cotxes i les motos porten un dipòsit de combustible. ✎ moto ✎ pàg. 593 ⑤
dipositari, dipositària

dipositar

verb com *cantar* ◄ pàg. 26 — Posar alguna cosa en un lloc segur. La gent diposita els diners en un banc.

Un diorama

díptic díptics

nom masculí — 1 Un díptic és el conjunt de dues tauletes de fusta amb imatges pintades que es pot tancar i obrir com un llibre.
2 Full imprès que es doblega per la meitat i es tanca com un llibre. Els díptics es fan servir sovint en programes de festes i en la propaganda comercial.

diputació diputacions

nom femení — La diputació és una institució que s'encarrega de dirigir i administrar una província.
diputar

diputat diputada diputats diputades

nom masculí i femení — Cadascuna de les persones escollides per a formar part d'un parlament. Els diputats parlen sobre les lleis i les voten.

dir

verb
◄ pàg. 32

1 Donar a conèixer, comunicar el que pensem o volem. Podem dir una cosa parlant, escrivint o amb signes.
2 Si no tenim res a dir sobre un tema és que hi estem d'acord.
3 Pronunciar una paraula o paraules. Hi ha persones que no saben dir *fetge*. Si diem *Adéu* és que saludem.
4 Una paraula o una expressió en vol dir una altra quan significa el mateix. *Water* en anglès vol dir *aigua*.

usat amb pronom — 5 **Dir-se** és anomenar-se. Quan preguntem a algú *Com et dius?*, volem saber el seu nom.

frase feta — 6 **És a dir** és una expressió que fem servir per a aclarir una cosa que hem dit: *Això és un ofidi, és a dir, una serp.*
7 **No dir ni piu** és no dir res.

direcció direccions

nom femení — 1 La direcció és el punt cap on ens dirigim, el camí que hem de seguir per arribar a un lloc. Si un tren surt en direcció a França és que va a França.
2 Fet de dirigir algú o alguna cosa. El director d'un grup de teatre en porta la direcció.
3 La direcció d'una escola, una fàbrica, una empresa, etc., és la persona o les persones que la dirigeixen.
4 La direcció d'un cotxe és el conjunt del volant i altres mecanismes que serveixen per a girar les rodes i fer-lo anar per on es vol.

1
directe directa directes

adjectiu — 1 Que va d'un lloc a un altre sense aturar-se pel camí. Els trens directes no paren a totes les estacions.
2 Tenim una relació directa amb algú quan podem parlar-hi sense que abans hàgim de parlar amb una altra persona. Si tens relació directa amb la directora pots tractar-hi sense que intervingui el seu secretari.
3 Ser directe és dir les coses clarament, sense embuts. Si ets massa directe, pot ser que algunes persones es molestin.
directament

2
directe

adverbi — 1 Directament. *Quan surti de l'escola vindré directe a casa.*

locució que fa d'adverbi — 2 Un programa de ràdio o de televisió es transmet **en directe** quan es transmet en el mateix moment que es fa.

directiu directiva directius directives

adjectiu i nom masculí i femení — 1 Que dirigeix una empresa, un club esportiu o una associació. Podem parlar d'un comitè directiu o dels directius i les directives d'un club.

nom femení — 2 Una directiva és un grup de persones que dirigeixen una empresa o un club. Es diu també *junta directiva*.

director directora directors directores

nom masculí i femení — 1 Persona que dirigeix una organització, entitat, etc. Decideix la finalitat de l'organització i planifica com arribar-hi.
pàg. 996 (1)
2 Persona que dirigeix una activitat artística. En una orquestra, una pel·lícula o una obra de teatre, el director o la directora coordina i dóna consells als artistes.

nom masculí — 3 **Director d'orquestra** pàgs. 394-395 (6)

directori directoris

nom masculí — 1 Un directori és un conjunt de normes o

Un diplodoc: el dinosaure més gros de tots

A B C D E F G H I J K L M N O P Q R S T U V W X Y Z

de regles per a dirigir una cosa. El directori d'unes obres, per exemple, diu com s'han d'anar fent.
2 El directori d'un ordinador és un quadre que ens diu tot el que hi ha a la memòria i l'espai que hi ocupa.

directriu directrius
nom femení — Una directriu és una norma que diu com s'ha de comportar una persona o un grup. Els militants d'un partit polític han de seguir les directrius dels seus líders.

dirigent dirigents
adjectiu i nom masculí i femení — Que dirigeix. Els dirigents d'un país són les persones que manen: el president, el cap d'estat, els ministres, etc.

dirigible dirigibles
nom masculí — Un dirigible és un globus aerostàtic de forma allargada que té motor i timó. Els dirigibles es desplacen per l'aire com els avions.
pàg. 196 (3)

dirigir
verb com *servir* ◄ pàg. 28
1 Fer que algú o alguna cosa es mogui o vagi cap a algun lloc. Els pilots són els encarregats de dirigir els avions.
2 Fer funcionar una cosa o una organització d'una manera determinada. Dirigir una orquestra és fer que toqui bé.
usat amb pronom — **3 Dirigir-se** a algun lloc és anar-hi.
4 Dirigir-se a algú és parlar-hi o escriure-li. Si et dirigeixes a una persona gran que no coneixes li acostumes a parlar de vostè.
dirigisme

disbarat disbarats
nom masculí — Fer o dir un disbarat és fer o dir una cosa sense sentit, totalment equivocada. Dir que has vist un cavall de color verd és un disbarat.

disbauxa disbauxes
nom femení — Una disbauxa és un excés o un abús en el menjar, en el beure i en les diversions.
disbauxar

disc discs
nom masculí También *discos*
1 Un disc és qualsevol objecte rodó i pla. Les monedes tenen forma de disc.
2 Objecte per a gravar música o altres sons que es posa en un tocadiscos per a fer-lo sonar. Actualment es fan servir molt els discos compactes, que poden contenir molta música, són petits i no es ratllen.
discografia, discogràfic

discapacitat discapacitada discapacitats discapacitades
adjectiu i nom masculí i femení — **1** Minusvàlid.
nom femení — **2** Minusvalidesa.

discernir
verb com *servir* ◄ pàg. 28
Distingir alguna cosa amb els sentits i, especialment, amb el pensament. A vegades és difícil discernir si algú diu la veritat o si diu una mentida.
discerniment

disciplina disciplines
nom femení — **1** La disciplina és el conjunt de normes que hi ha en un grup per a mantenir l'ordre.
2 Matèria d'estudi i d'ensenyament. La literatura és una disciplina.
disciplinar, disciplinari, disciplinària, disciplinat, disciplinada

discjòquei discjòqueis
nom masculí i femení — Un o una discjòquei és la persona que s'encarrega d'escollir i de posar la música en una discoteca, una emissora de ràdio, etc.

discòbol discòbols
nom masculí — Un discòbol és un atleta que llança el disc. El *Discòbol* de Miró és una escultura clàssica molt famosa.

díscol díscola díscols díscoles
adjectiu — Una persona és díscola quan no obeeix, no fa les coses que li manen i sempre protesta. Es diu sobretot dels joves.

disconforme disconformes
adjectiu — No conforme. Si un jugador està disconforme amb la decisió de l'àrbitre és que no hi està d'acord.

discontinu discontínua discontinus discontínues
adjectiu — No continu. Les línies discontínues de la carretera permeten avançar.
discontinuïtat

discordant discordants
adjectiu — Que no està d'acord. Si tens una opinió discordant de la dels teus amics, dieu coses diferents.

discòrdia discòrdies
nom femení — Hi ha discòrdia entre dues o més persones quan tenen opinions, sentiments o interessos diferents i no poden ser amigues.

discórrer
verb com *córrer* ◄ pàg. 32
1 Pensar raonadament, inventar, idear alguna cosa com a solució. En un problema de matemàtiques s'ha de discórrer una solució.
2 Parlar molt sobre un tema de manera ordenada, com passa quan algú fa una conferència.

discoteca discoteques
nom femení — Una discoteca és un local on la gent va a ballar i a escoltar música.

discrepar

verb
com *cantar*
◄ pàg. 26

1 Ser diferent una cosa d'una altra. Democràcia i dictadura són dues formes polítiques que discrepen.
2 No estar d'acord amb algú. Quan discrepes de l'opinió d'una persona és que no penses com ella.
discrepància, discrepant

discret discreta discrets discretes

adjectiu

1 Una persona o una cosa és discreta quan no es fa notar, quan passa desapercebuda. A una persona discreta no li agrada molestar els altres.
2 Que sap guardar els secrets.
discreció, discrecional

discriminar

verb
com *cantar*
◄ pàg. 26

Tractar algú com si fos d'una categoria més baixa o pitjor que la nostra. Alguns països encara discriminen els negres, els estrangers o les dones.
discriminació, discriminatori, discriminatòria, indiscriminat, indiscriminada

disculpar

verb
com *cantar*
◄ pàg. 26

1 Perdonar algú, considerar que no té culpa d'alguna cosa. Si disculpes una persona és que la justifiques i expliques les excuses que té.

usat amb pronom

2 **Disculpar-se** és demanar perdó per alguna cosa. Si no has fet el que t'havien demanat, t'has de disculpar.
disculpa, disculpable

discurs discursos

nom masculí

Un discurs és un conjunt de coses que es diuen davant d'un públic sobre un tema que s'ha preparat abans. Normalment, en una inauguració oficial alguna autoritat fa un discurs.
discursiu, discursiva

discussió discussions

nom femení
Amb SS

Una discussió és el fet de discutir alguna cosa. Algunes discussions poden ser molt violentes.

discutir

verb
com *servir*
◄ pàg. 28

1 Examinar amb atenció alguna cosa, considerant els punts a favor i els punts en contra. Abans d'aprovar una llei, els polítics la discuteixen molt.
2 Dues o més persones discuteixen quan no estan d'acord en alguna cosa i cadascuna exposa les seves idees i opinions.
discutible

disenteria disenteries

nom femení

La disenteria és una malaltia contagiosa produïda per bacteris que infecten l'aparell digestiu. Provoca diarrees amb sang, febre i dolor d'estómac.

disfressa disfresses

nom femení

Una disfressa és un vestit o un conjunt de coses que la gent es posa quan es disfressa.

disfressar

verb
com *cantar*
◄ pàg. 26

Vestir algú d'una manera que no és normal i que li canvia l'aspecte. Per carnestoltes tothom es disfressa de coses diferents: de pallasso, de ratolí, de fada, etc.

disgregar

verb
com *cantar*
◄ pàg. 26
Amb GU davant E, I

Separar una cosa en les parts que la formen. Si piques una pedra amb un martell es va disgregant a poc a poc.
disgregació

disgust disgusts

nom masculí
També *disgustos*

Un disgust és una sensació molt desagradable produïda per un fet o pel comportament d'algú. Quan una persona perd un amic té un disgust.

disgustar

verb
com *cantar*
◄ pàg. 26

Fer que algú tingui un disgust. Si trenquem un objecte de valor d'una persona, la disgustarem. No cal disgustar-se per coses sense importància.

disíl·lab disíl·laba disíl·labs disíl·labes

adjectiu i nom masculí

Que té dues síl·labes. Un disíl·lab és un mot de dues síl·labes. *Tia* i *paper* són disíl·labs.
disil·làbic, disil·làbica

disjunt disjunta disjunts disjuntes

adjectiu

En matemàtiques, dos conjunts són disjunts quan són formats per elements diferents. A = {1, 2} i B = {3, 4} són dos conjunts disjunts. El conjunt dels homes i el de les dones són disjunts.
disjunció, disjuntor

dislèxia dislèxies

nom femení

La dislèxia és el fet de tenir problemes per a llegir i escriure.

dislocar

verb
com *cantar*
◄ pàg. 26
Amb QU davant E, I

Treure un os o una altra cosa del seu lloc. Esquiant ens podem dislocar un turmell. Quan un os es disloca s'ha de tornar a posar a lloc.
dislocació

disminuir

verb
com *reduir*
◄ pàg. 39
Amb dièresi

Fer més petit, menys intens, etc. Si la temperatura disminueix vol dir que baixa, que fa més fred. Si disminueixen els teus estalvis, no tens tants diners com tenies abans.
disminució

disminuït disminuïda disminuïts disminuïdes

nom masculí i femení

Persona que no té totes les facultats físiques o mentals.

dispar dispars
adjectiu — Que és diferent. Si tu i jo tenim gustos dispars no ens agraden les mateixes coses.
disparitat

disparar
verb com *cantar* ◄ pàg. 26 — Fer que una arma deixi anar el projectil. Per a disparar una escopeta s'ha de prémer el gallet.

dispendi dispendis
nom masculí — Un dispendi és una gran despesa. Comprar un bon cotxe és fer un dispendi.
dispendiós, dispendiosa

dispensar
verb com *cantar* ◄ pàg. 26 — **1** Permetre a algú que no compleixi una obligació. Quan hem d'anar al metge, ens dispensen d'anar a classe.
2 Perdonar o disculpar. Sovint les mares saben dispensar les malifetes dels seus fills.
3 S'usa aquest verb com a fórmula de cortesia en frases com aquestes: *Dispensi, em pot dir quina hora és? Dispensa, però ara no et puc atendre.*
dispensa

dispensari dispensaris
nom masculí — Un dispensari és un lloc on es fan cures poc importants i es donen alguns medicaments.

dispers dispersa dispersos disperses
adjectiu — Que és dispersat. Les llavors disperses pel vent fan néixer nous arbres. Es diu que una persona és dispersa si no es concentra en el que fa.

dispersar
verb com *cantar* ◄ pàg. 26 — Separar persones o coses en direccions diferents. Si un grup de gent va a buscar bolets, s'ha de dispersar pel bosc per a trobar-ne més. El vent dispersa el pol·len de les flors.
dispersió

dispesa dispeses
nom femení — Una dispesa és una casa on es pot dormir i menjar a canvi d'una quantitat de diners. Hi ha estudiants que viuen lluny de casa seva i han d'estar en una dispesa.
dispeser

displicent displicents
adjectiu — Que no té interès per res, que no troba gust en res. Les persones displicents no són gaire divertides.

disponible disponibles
adjectiu — Que se'n pot disposar. Una habitació disponible en una dispesa és una habitació buida i que es pot ocupar.
disponibilitat

disposar
verb com *cantar* ◄ pàg. 26 — **1** Col·locar coses o persones d'una manera determinada. Quan fas un sopar, has de pensar com disposaràs els convidats, qui seurà al costat de qui.
2 Tenir alguna cosa que es pot fer servir. Les escoles disposen de patis per a jugar.
3 Regular, decidir que una cosa sigui d'una manera determinada. Les lleis disposen les obligacions dels ciutadans.
usat amb pronom — **4** **Disposar-se** a fer alguna cosa és preparar-se a fer-la.
indisposar

disposició disposicions
nom femení — **1** La disposició d'una cosa és la manera com està disposada. Quan penses en la disposició dels mobles, penses com els posaràs.
2 Manera com et trobes per a fer alguna cosa. Quan tens febre, no estàs en disposició d'anar a l'escola.
3 Quan una cosa o una persona està a disposició d'algú és que està al seu servei. Si tens un ordinador a la teva disposició, el pots fer servir quan vulguis.
indisposició

dispositiu dispositius
nom masculí — Un dispositiu és una peça o un conjunt de peces d'una màquina que tenen una funció determinada. Les alarmes tenen un dispositiu que les fa sonar.

disputar
verb com *cantar* ◄ pàg. 26 — **1** Discutir dues o més persones sobre alguna cosa. En un debat sempre es disputa un tema o un altre.
2 Lluitar amb algú per a aconseguir la mateixa cosa. Si dos amics es disputen una pilota vol dir que els dos la volen.
disputa

disquet disquets
nom masculí — Un disquet és un disc petit per a copiar i guardar informació dels ordinadors. Els disquets s'usen cada vegada menys.

disquisició disquisicions
nom femení — Una disquisició és una recerca sobre una qüestió feta amb molts detalls. A vegades resulten ensopides les disquisicions dels economistes sobre les fluctuacions de les monedes.

dissabte dissabtes
nom masculí Amb BT — **1** El dissabte és el sisè dia de la setmana.
frase feta — **2** **Fer dissabte** és fer una neteja general.

dissecar

verb
com *cantar*
◄ pàg. 26
Amb QU davant E, I

1 Obrir un animal o una planta i separar-ne les parts per poder-ne veure l'estructura.
2 Preparar un animal mort per a conservar-lo de manera que tingui la mateixa aparença que quan era viu.
dissecació, dissecció

disseminar

verb
com *cantar*
◄ pàg. 26

Escampar algú o alguna cosa en un espai gran. Els microbis es disseminen per l'aire.

dissentir

verb
com *servir*
◄ pàg. 28

Tenir opinions diferents dues o més persones. A vegades els metges dissenteixen en la manera de tractar una malaltia.
dissensió

disseny dissenys

nom masculí
Amb SS

Un disseny és un dibuix d'un objecte per a poder-lo construir. Quan es fa el disseny d'un moble, d'un llum, d'una cadira, etc., es procura que quedin bonics i que siguin útils.
dissenyador, dissenyar

disset dissets

determinant numeral

1 Disset coses són setze més una.

nom masculí

2 El disset és el nom del 17.
dissetè, dissetena

dissident dissidents

adjectiu i nom masculí i femení

Que s'ha separat d'un grup religiós, artístic, polític, etc., perquè deixa d'estar-hi d'acord. A vegades els dissidents són perseguits.
dissidència

dissimular

verb
com *cantar*
◄ pàg. 26

1 Amagar alguna cosa, no deixar que els altres la vegin. Per dissimular les arrugues de la cara una persona es pot maquillar.
2 Fer el desentès. Si sents que algú et crida i dissimules és que fas veure que no el sents.
dissimulació, dissimulat, dissimulada

dissipar

verb
com *cantar*
◄ pàg. 26

1 Fer desaparèixer alguna cosa, especialment evaporant-la. Amb el vent es dissipa la boira.
2 Gastar sense preocupar-se per res. Es pot dissipar una fortuna en despeses capritxoses.
dissipació

dissociació dissociacions

nom femení

Hi ha una dissociació quan se separen les diverses parts d'una cosa. La dissociació d'una molècula d'aigua dóna un àtom d'oxigen i dos d'hidrogen.

dissoldre

verb
com *valer*
◄ pàg. 43
Amb SS
Diferències: *dissolt, dissolta, dissolts, dissoltes*

1 Desfer una cosa separant les parts que la formen. Si es dissol una reunió, un matrimoni, etc., vol dir que s'acaba.
2 Posar una substància dins d'un líquid i fer que s'hi barregi. Per fer beixamel dissolem farina en llet. Les aspirines es dissolen en aigua.
dissoluble, dissolvent

dissolució dissolucions

nom femení

Una dissolució és el fet o el resultat de dissoldre o dissoldre's alguna cosa. Una dissolució de sal en aigua va bé per a netejar el nas.

dissolut dissoluta dissoluts dissolutes

adjectiu i nom masculí i femení

Que porta una vida plena de vicis i de desordre.

dissonant dissonants

adjectiu

Que no sona bé. En algunes músiques hi ha acords dissonants.

dissort dissorts

nom femení

Desgràcia.
dissortadament

dissortat dissortada dissortats dissortades

adjectiu

Desgraciat.

dissuadir

verb
com *servir*
◄ pàg. 28

Convèncer algú que no faci alguna cosa que vol fer. Si vols fer un viatge i te'n dissuadeixen, al final no el fas.
dissuasió, dissuasiu, dissuasiva

distància distàncies

nom femení

1 La distància entre dues coses, dues persones o dues idees és la separació que hi ha entre elles. La distància entre poblacions, la mesurem en quilòmetres.

locució que fa d'adjectiu i d'adverbi

2 **A distància** vol dir lluny o que actua des de lluny. *Estudiar a distància pot ser molt pràctic. Un comandament a distància apaga i encén els electrodomèstics sense tocar-los.*

frase feta

3 Diem que **guardem** o **mantenim les distàncies** amb algú quan no hi volem tenir gaire tracte.
distanciar

distanciar-se

verb usat amb pronom
com *canviar*
◄ pàg. 30
Amb dièresi

Dues persones es distancien quan deixen de tenir coses en comú.

distant distants

adjectiu

1 Que dista. París és molt distant de Barcelona.
2 Que no tracta amb la gent, que se separa dels altres. Es diu, per exemple, que una

A B C D E F G H I J K L M N O P Q R S T U V W X Y Z

A B C D E F G H I J K L M N O P Q R S T U V W X Y Z

persona té una actitud distant si no explica els seus sentiments o no participa en les conversacions.

distar
verb
com *cantar*
◄ pàg. 26

Estar més o menys lluny. Tarragona dista de Barcelona uns 100 quilòmetres.

distensió distensions
nom femení

1 Quan alguna part del nostre cos s'estira més del compte sense arribar a trencar-se tenim una distensió. Hi ha distensions de lligaments, de la pell, de l'estómac, etc.
2 També diem que hi ha una distensió quan una situació política o social que era plena de conflictes i baralles comença a solucionar-se.

distinció distincions
nom femení

1 Hi ha una distinció quan dues o més persones o coses es poden distingir.
2 La distinció és la característica de la persona que és distingida.
3 Premi, condecoració o títol d'honor que es dóna a algú. Els grans científics sempre reben distincions.
frase feta
4 **Fer distincions** entre persones és fer diferències. Els professors no fan distincions entre els alumnes.

distingir
verb
com *servir*
◄ pàg. 28

1 Fer que dues coses o dues persones es diferenciïn, no es confonguin. Per a distingir unes vaques d'unes altres se'ls posa una marca a l'orella.
2 Reconèixer una persona o una cosa entre d'altres per alguna característica. En alguns casos és molt difícil distingir dos bessons.
3 Veure de manera clara alguna cosa. Des d'algunes muntanyes es distingeix el mar.
usat amb pronom
4 **Distingir-se** per alguna cosa és destacar per aquesta cosa. Una persona es distingeix pel seu coneixement de l'anglès quan en sap molt.

distingit distingida distingits distingides
adjectiu

Una persona és distingida quan destaca pels seus mèrits o per la seva manera de comportar-se amb educació, amb maneres agradables i fines. Una persona distingida mai no dirà paraules grolleres.

distint distinta distints distintes
adjectiu

Diferent. El vermell i el blau són dos colors ben distints.
indistint

distintiu distintiva distintius distintives
adjectiu i nom masculí

Que serveix per a distingir. Un distintiu dels reis és la corona.

distorsionar
verb
com *cantar*
◄ pàg. 26

1 Produir una deformació o un canvi en una cosa de manera que no es pot veure o sentir bé. Hi ha aparells que distorsionen la veu i fan que no se sàpiga qui parla.
2 Canviar el sentit de les paraules o les accions d'una persona. A vegades, els diaris distorsionen les declaracions dels polítics.
distorsió

distracció distraccions
nom femení

1 Una distracció és el fet de distreure o distreure's. Quan es condueix un cotxe no es pot tenir cap distracció.
2 Objecte, joc, activitat o afecció que distreu. Llegir llibres és una distracció.

distraure
verb
com *traure*
◄ pàg. 42

Distreure.

distret distreta distrets distretes
adjectiu

1 Una persona distreta no es fixa en el que fa, es distreu molt.
2 Una cosa és distreta quan distreu o diverteix. Hi ha pel·lícules molt distretes i d'altres que sembla que no s'acabin mai.

distreure
verb
com *treure*
◄ pàg. 42
També *distraure*

1 Apartar l'atenció d'algú d'allò que està fent. Fer els deures davant la televisió distreu.
2 Fer que passis una bona estona. El cine distreu molt.
usat amb pronom
3 **Distreure's** és no posar atenció en el que s'està fent. També és passar l'estona amb jocs i coses que entretenen.
4 Quan una persona **s'ha distret** de fer una cosa, és que s'ha oblidat de fer-la.

distribució distribucions
nom femení

La distribució és el fet de distribuir o distribuir-se alguna cosa. Els carters cada dia fan la distribució de les cartes.

distribuir
verb
com *reduir*
◄ pàg. 39
Amb dièresi

Repartir alguna cosa entre diferents persones o diferents llocs. Quan es fa un treball en grup, s'ha de distribuir la feina entre els membres del grup. Hi ha empreses que distribueixen aliments, llibres i altres productes, els porten als supermercats, a les llibreries, etc.
distribuïdor, distributiu, distributiva, redistribuir

districte districtes
nom masculí

Un districte és una divisió que es fa d'un territori. El districte postal és una divisió dels pobles i les ciutats per a repartir les cartes més fàcilment.

disturbi disturbis
nom masculí — Un disturbi és una acció violenta que trenca la pau i la tranquil·litat d'un lloc. La policia és l'encarregada de controlar els disturbis.

dit dits
nom masculí — **1** Un dit és cadascuna de les cinc parts del cos primes i allargades que tenim al final de cada mà i de cada peu. A la part de sobre de les puntes dels dits hi tenim les ungles. pàgs. 794-795 (17)
2 Mesura que equival al gruix normal d'un dit. Si només queden dos dits de vi en una ampolla és que en queda molt poc.
frase feta — **3 Anar com anell al dit** és ser molt adequat a allò que es necessita.
4 Llepar-se els dits és trobar molt bo un menjar.
5 No tenir dos dits de front és no tenir gens de seny.

dita dites
nom femení — Una dita és una frase feta que es diu comunament a propòsit d'alguna cosa. *Pel maig cada dia un raig* és una dita popular.

ditada ditades
nom femení — Una ditada és el senyal que deixa un dit sobre alguna cosa. Les fotografies s'agafen per les vores per no deixar-hi ditades.

ditirambe ditirambes
nom masculí — Un ditirambe és un poema que manifesta molt afecte i molta alegria per una persona o per una cosa.

diumenge diumenges
nom masculí — El diumenge és el setè i últim dia de la setmana. Generalment es fa festa.
endiumenjar-se

diürètic diürètica diürètics diürètiques
adjectiu i nom masculí
Amb dièresi — Que fa orinar. Alguns malalts han de prendre diürètics.

diürn diürna diürns diürnes
adjectiu
Amb dièresi — **1** Que es refereix a quan és de dia, no de nit. Les hores diürnes són, aproximadament, de set del matí a vuit del vespre.
2 Que passa en l'espai de 24 hores. La Terra té un moviment diürn, que cada dia és el mateix.

divagar
verb
com *cantar*
◄ pàg. 26
Amb GU davant E, I — Diem que una persona divaga quan parla ara d'una cosa ara d'una altra que no tenen res a veure amb el tema que es tracta.
divagació

divan divans
nom masculí — Un divan és una espècie de sofà baix, sense respatller, que es posa normalment contra la paret i es decora amb coixins.

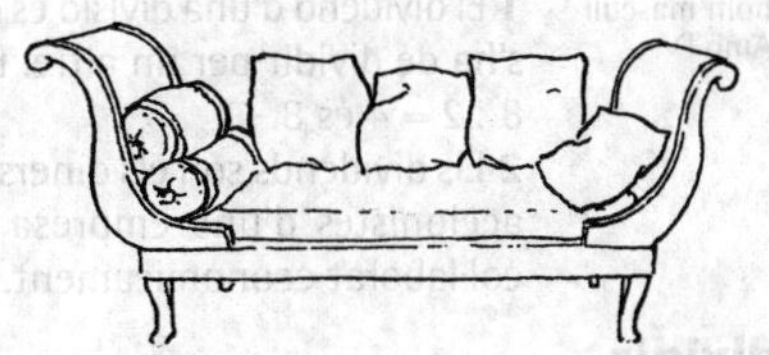
Un divan

divendres divendres
nom masculí — El divendres és el cinquè dia de la setmana.

divergent divergents
adjectiu — **1** Dues coses són divergents quan es van separant cada vegada més l'una de l'altra. Els raigs d'una roda de bicicleta són divergents.
2 Diferents, discordants. Dues persones poden tenir opinions o maneres de ser divergents i, en canvi, ser amigues.

divers diversa diversos diverses
adjectiu — **1** Que és de naturalesa, forma, classe, etc., diferent. Si ens fan regals diversos poden ser, per exemple, una joguina, dos llibres, uns pantalons i un sac de dormir.
2 Diverses coses són unes quantes coses. Si dius alguna cosa a diverses persones vol dir que ho dius a més d'una.

diversificar
verb
com *cantar*
◄ pàg. 26
Amb QU davant E, I — Fer divers, diferent. Si es diversifica la indústria d'un país vol dir que es fabriquen coses diferents.

diversió diversions
nom femení — Una diversió és una activitat que ens diverteix.

diversitat diversitats
nom femení — Hi ha diversitat quan hi ha coses diverses, persones o animals diferents. Als boscos hi ha gran diversitat de plantes.

divertir
verb
com *servir*
◄ pàg. 28 — **1** Fer passar una estona agradable i entretinguda. Els pallassos sempre diverteixen la canalla.
usat amb pronom — **2 Divertir-se** és passar-s'ho bé. Quan ens divertim, el temps sembla que passi molt de pressa.
divertiment, divertit, divertida

diví divina divins divines
adjectiu — **1** Que és dels déus, o de Déu, com la bondat divina.
2 Que és molt perfecte, molt bo.
divinitzar

A B C D E F G H I J K L M N O P Q R S T U V W X Y Z

dividend dividends

nom masculí
Amb D

1 El dividend d'una divisió és el nombre que s'ha de dividir per un altre. El dividend de 8 : 2 = 4 és 8.
2 Els dividends són els diners que reben els accionistes d'una empresa per haver-hi col·laborat econòmicament.

dividir

verb
com *servir*
◄ pàg. 28

1 Repartir un conjunt de coses o persones en grups més petits.
2 Fer dues o més parts d'alguna cosa. Una paret que divideix el menjador el separa en dues parts.
3 Fer una operació matemàtica per repartir en parts iguals una quantitat entre una altra. Si dividim 8 entre 2 ens quedaran 2 grups de 4.
divisibilitat, divisible, indivís, indivisa, indivisible

divinitat divinitats

nom femení

1 La divinitat és la característica del que és diví.
2 Una divinitat és un déu o una deessa. Els romans adoraven moltes divinitats.
3 Es diu que una persona o una cosa és una divinitat quan és molt bonica, molt bona o quan ens agrada molt.

divisa divises

nom femení

La divisa és la moneda estrangera.

divisió divisions

nom femení

1 Una divisió és el fet de dividir.
2 Operació matemàtica. 8 : 2 = 4 és una divisió.
3 Diem que hi ha divisió entre les persones quan no estan d'acord.
divisionari, divisionària

divisor divisors

nom masculí

1 El divisor d'una divisió és el nombre que en divideix un altre. El divisor de 8 : 2 = 4 és 2.
2 Un número és un divisor d'un altre quan, en fer la divisió, aquesta és exacta.

divisori divisòria divisoris divisòries

adjectiu

Que serveix per a dividir. Una frontera és una línia divisòria entre dos països.

divo diva divos dives

nom masculí
i femení

Cantant de molta fama.

divorci divorcis

nom masculí

1 El divorci entre dues persones casades és el reconeixement del fet que ja no volen continuar estant juntes. Dues persones casades només poden demanar el divorci si les lleis del país ho permeten.
2 Diem que hi ha divorci quan s'han separat dues coses o persones que abans estaven juntes.
divorciar

divuit divuits

determinant
numeral

1 Divuit coses són disset més una.

nom masculí

2 El divuit és el nom del 18.
divuitè, divuitena

divulgar

verb
com *cantar*
◄ pàg. 26
Amb GU davant
E, I

Fer que moltes persones coneguin un fet. Quan un fet es divulga es diu que es fa públic.
divulgació

1
do dos

nom masculí

El do és la primera nota d'una escala musical. Després del do ve el re.

2
do dons

nom masculí

1 Un do és una cosa que es dóna. Fer un do és fer un regal.
2 Es diu que una persona té un do quan té alguna qualitat sense haver-se esforçat per aconseguir-la. No tothom té el do de la música.

doblar

verb
com *cantar*
◄ pàg. 26

1 Fer que alguna cosa sigui el doble del que era. Si dobles el preu d'una cosa que val 100, valdrà 200.
2 Doblar una pel·lícula és traduir-la a un idioma diferent i canviar-li les veus. Veiem moltes pel·lícules doblades al català i que eren parlades en anglès.

doblatge doblatges

nom masculí

El doblatge d'una pel·lícula és el fet de doblar-la.

doble dobles

adjectiu

1 Una cosa doble és com dues vegades aquesta cosa. Algunes persones, quan tenen molta son, es prenen un cafè doble.

nom masculí

2 El doble d'una quantitat és el resultat de multiplicar-la per 2. El doble de 4 és 8.
3 El doble d'una persona és aquella que se li assembla molt. En una pel·lícula, el doble d'un actor fa les escenes difícils o perilloses.

doblegar

verb
com *cantar*
◄ pàg. 26
Amb GU davant
E, I

1 Plegar un paper, una roba, un filferro, etc., posant una part sobre l'altra. Si doblegues un full pel mig queden dues parts iguals.
2 Doblegar algú és fer-li fer allò que no volia.
doblec, doblegament

dobler doblers

nom masculí — **1** Un dobler és una moneda antiga.

nom masculí plural — **2** Tenir doblers és tenir diners.

docència docències

nom femení — La docència és la feina de les persones que fan classes.

docent docents

adjectiu — **1** El personal docent és el conjunt de persones que es dediquen a ensenyar.
2 Un centre docent és un lloc on s'ensenya. Les escoles, els instituts i les universitats són centres docents.

dòcil dòcils

adjectiu — Que es deixa manar i fa cas. Un gos dòcil fa tot el que li dius.
docilitat, indòcil, indocilitat

docte docta doctes

adjectiu — Que sap moltes coses, especialment d'un tema, per exemple, de la literatura catalana del segle XVI.
indocte

doctor doctora doctors doctores

nom masculí i femení — **1** Persona que ha fet els estudis de doctorat.
2 Persona que és metge o metgessa.

nom masculí — **3 Doctor "honoris causa"** és un títol que donen les universitats a algunes persones famoses que no hi han estudiat.
doctoral

doctorar

verb com *cantar* ◀ pàg. 26 — Donar el títol de doctor.

doctorat doctorats

nom masculí — El doctorat és el títol de nivell més alt que donen les universitats als estudiants.

doctrina doctrines

nom femení — La doctrina d'una persona o d'un grup és el conjunt de coneixements i regles de conducta que creuen veritables. La doctrina cristiana és el conjunt de principis i normes que creuen els cristians.
adoctrinar, doctrinal

doctrinari doctrinària doctrinaris doctrinàries

adjectiu i nom masculí i femení — Que fa més cas d'una doctrina que de les coses pràctiques que es poden comprovar.

document documents

nom masculí — **1** Un document és un escrit que dóna informació sobre algú o alguna cosa. També un disc, o un altre objecte, pot ser un document d'una època.
2 El **document nacional d'identitat (DNI)** és una targeta plastificada que té cada persona de l'Estat espanyol amb les dades personals i una fotografia. Si tens carnet d'identitat pots demostrar qui ets.

documentació documentacions

nom femení — **1** La documentació sobre un tema és el conjunt de documents que en parlen.
2 La documentació d'una persona és el conjunt de documents més necessaris: el carnet d'identitat, el de conduir, etc. Si perds la documentació, l'has de tornar a fer nova.

documental documentals

adjectiu — **1** Que està relacionat amb els documents.

nom masculí — **2** Un documental és una pel·lícula o un programa de televisió, sobre fets reals, que es fa amb la intenció d'informar.

documentalista documentalistes

nom masculí i femení — Un o una documentalista és una persona que es dedica a reunir, classificar i repartir informacions en una biblioteca, un diari o una altra organització. pàg. 996 (4)

documentar

verb com *cantar* ◀ pàg. 26 — **1** Donar informació amb documents.

usat amb pronom — **2 Documentar-se** és buscar informació. Quan has de fer un treball t'has de documentar consultant llibres, Internet, etc.

dofí dofins

nom masculí — Un dofí és un mamífer que viu al mar i sembla un peix. Pot arribar a fer dos metres i mig i té el morro llarg i prim.

Un dofí

dogal dogals

nom masculí — **1** Un dogal és una corda que serveix per a lligar el bestiar pel coll. Es feia servir també per penjar pel coll els condemnats a mort.

frase feta — **2 Estar amb el dogal al coll** és estar en una situació molt difícil i desesperada.

A B C D E F G H I J K L M N O P Q R S T U V W X Y Z

dog alemany dogs alemanys
nom masculí — Un dog alemany és un gos de raça molt alt, robust i elegant, que té el morro una mica pla, les orelles petites i dretes, la cua llarga i el pèl curt. És un gos de guarda.

dogma dogmes
nom masculí
Amb A final — 1 Un dogma és una afirmació que s'imposa autoritàriament i que no es pot contradir amb raonaments.
2 Part d'una doctrina religiosa que s'ha d'acceptar per fe i no es pot discutir.
dogmatisme, dogmatitzar

dogmàtic dogmàtica dogmàtics dogmàtiques
adjectiu — 1 Que té relació amb els dogmes.
2 Una persona dogmàtica defensa les seves opinions com si fossin dogmes.

en doina
locució que fa d'adverbi — Es diu que tot va en doina quan tot va d'un cantó a l'altre i hi ha desordre. *On hi ha criatures petites tot va en doina.*

a dojo
locució que fa d'adverbi — Si d'alguna cosa n'hi ha a dojo, n'hi ha molta quantitat. *Vam poder esquiar molt bé perquè hi havia neu a dojo.*

dol dols
nom masculí — 1 El dol és una gran pena que sentim quan mor una persona estimada o passa una desgràcia important.
2 També se li diu dol al conjunt de persones que van a un enterrament.
frase feta — 3 **Portar dol** o **anar de dol** és vestir-se de manera especial per demostrar als altres el sentiment de tristesa. A Catalunya els vestits de dol són negres.

dòlar dòlars
nom masculí — El dòlar és la moneda dels Estats Units d'Amèrica, d'Austràlia, del Canadà i d'altres països.

dolç dolça dolços dolces
adjectiu — 1 Que té un gust com el de la mel. Quan posem sucre a una beguda la fem dolça.
2 De vegades es diu que el menjar és dolç quan no porta prou sal.
3 L'aigua dolça és la dels rius i llacs, que no és salada com la del mar.
4 Diem que una cosa o una persona és dolça quan és tan agradable com el gust del sucre. Una persona és dolça si és amable i suau.
nom masculí — 5 Un dolç és un aliment que porta sucre o mel, com els pastissos i les fruites confitades.
6 Els dolços són uns pastissos petits que es mengen com a postres o quan celebrem alguna cosa. N'hi ha de coco, de xocolata, de fruita, de mantega, etc.
dolcejar, dolcesa

dolçaina dolçaines
nom femení — Una dolçaina és un instrument musical de fusta semblant al flabiol però més llarg i amb la part final més ampla.

dolçor dolçors
nom femení — La dolçor és la característica de les coses dolces.

doldre
verb
com *valer*
◄ pàg. 43
També *doler*
Només es conjuga en algunes persones — Saber greu alguna cosa. El fet que un amic no pugui venir a la teva festa d'aniversari et dol.

dolent dolenta dolents dolentes
adjectiu — 1 Que no es porta bé amb els altres, que li agrada fer mal. Les persones dolentes es queden sense amics.
2 Que no té bon gust. Un menjar molt amarg és dolent.
3 Que és de poca qualitat, que es fa malbé de seguida, que no serveix per a alguna cosa determinada. A un llapis dolent se li trenca la mina contínuament.
4 Una cosa és dolenta quan fa mal o perjudica. Fumar és dolent per a la salut.
nom masculí i femení — 5 Mala persona. Els dolents de les pel·lícules sempre perden.
dolenteria

doler
verb
com *valer*
◄ pàg. 43 — Doldre.

doll dolls
nom masculí — 1 Un doll és un raig d'aigua o d'un altre líquid que surt d'algun lloc amb força.
locució que fa d'adverbi — 2 **A doll** vol dir en abundància. *Li rajava la sang a doll i vam haver d'anar al metge ràpidament.*

dolmen dòlmens
nom masculí — Un dolmen és una tomba prehistòrica feta amb pedres molt grans. Els dòlmens són formats per una pedra plana col·locada damunt de dues o més pedres verticals.

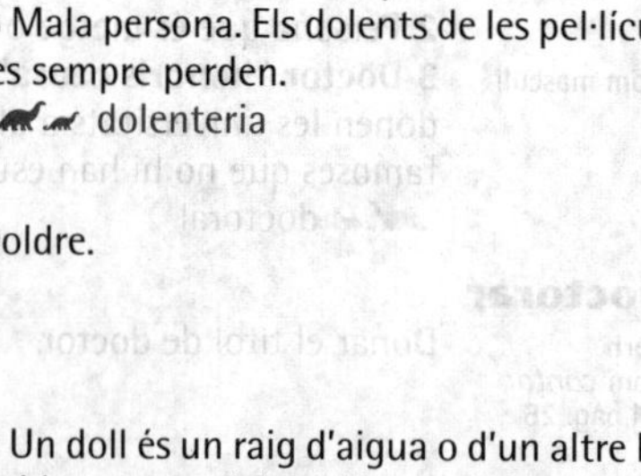

Un dolmen

dolor dolors

nom masculí — El dolor és una sensació desagradable que sentim quan alguna cosa ens fa mal.
adolorar, adolorir, adolorit, adolorida

dolorós dolorosa dolorosos doloroses

adjectiu — Que produeix dolor. Un cop de puny és dolorós.

domador domadora domadors domadores

nom masculí i femení — Persona que doma animals.

domar

verb, com *cantar* ◄ pàg. 26 — Fer que un animal salvatge et faci cas. Els lleons d'un circ no són perillosos perquè estan domats.

domàs domassos

nom masculí — Un domàs és un teixit de seda o de cotó d'un sol color que fa dibuixos amb tons brillants i mats. Hi ha cobrellits que són de domàs.

domèstic domèstica domèstics domèstiques

adjectiu — 1 De la casa. Escombrar, fregar i rentar plats són feines domèstiques.
2 Un animal domèstic és criat a casa, no és salvatge. Els gats i els gossos són els animals domèstics més habituals.

domesticar

verb, com *cantar* ◄ pàg. 26, Amb QU davant E, I — Fer que un animal salvatge deixi de ser-ho. Si domestiques un animal es torna més obedient i pot viure amb tu.

domicili domicilis

nom masculí — El domicili és el lloc on viu algú. Quan una persona canvia de domicili ha de dir la nova adreça als seus amics.
domiciliar, domiciliari, domiciliària

domiciliació domiciliacions

nom femení — La domiciliació d'una persona és el lloc on rep els rebuts que ha de pagar. Si té domiciliació bancària és que paga per banc.

dominant dominants

adjectiu — Que domina, que és la més important. La religió dominant en un país és la que té més fidels, com el cristianisme a França i l'islam a l'Iran.

dominar

verb, com *cantar* ◄ pàg. 26 — 1 Tenir poder sobre algú o alguna cosa. Els romans van dominar molts pobles.
2 Tenir un gran coneixement sobre alguna cosa. Si domines l'anglès és que el saps perfectament.
3 Ser una cosa la més freqüent, la que es veu més. A Suècia dominen els rossos sobre els morens.

usat amb pronom — 4 **Dominar-se** és controlar-se. Una persona es domina quan no plora encara que estigui trista.

domini dominis

nom masculí — 1 El domini és el fet de dominar algú o alguna cosa o de dominar-se.
2 Quan una cosa és del domini públic és que la sap tothom.
dominació, dominador

dominic dominica dominics dominiques

adjectiu i nom masculí i femení — Dominicà.

dominicà dominicana dominicans dominicanes

adjectiu, També *dominic* — 1 Que té relació amb sant Domènec o amb els dominicans i les dominicanes.

nom masculí i femení — 2 Religiós o religiosa d'un dels ordes o de les congregacions que porten el nom de sant Domènec.

dominical dominicals

adjectiu — 1 Que té relació amb el diumenge. El descans dominical és el descans del diumenge.

nom masculí — 2 Un dominical és una revista que els diaris publiquen els diumenges.

dòmino dòminos

nom masculí — El dòmino és un joc que es juga amb 28 fitxes en forma de rectangle. Aquestes fitxes tenen dues parts iguals, i en cada una de les parts hi ha marcat amb punts un número del 0 al 6. ✎ pàg. 393 ⑲

dona dones

nom femení, Sense accent gràfic — 1 Una dona és una persona del sexe femení.
2 La dona d'un home és la seva muller.

donar

verb, com *cantar* ◄ pàg. 26, Diferències: *dónes, dóna* — 1 Donar a algú una cosa és fer que una cosa que abans no era seva després ho sigui. Si et donen una cosa, no has de pagar res ni fer res a canvi.
2 Donar una cosa per una altra és canviar-la.
3 Acostar alguna cosa a algú perquè la pugui agafar. Si, quan ets a taula, no arribes al pa, pots demanar que te'l donin.
4 Si una finestra o una porta donen a un lloc és que són situades cap a aquest lloc. Des d'un balcó que dóna al carrer es pot veure el carrer.
5 Fem servir la paraula *donar* davant d'altres paraules, amb significats diversos. *Donar una alegria, donar una idea, donar una notícia, donar la raó, donar la mà, donar una bufetada, donar les gràcies, donar una explicació, donar un remei, donar*

A B C D E F G H I J K L M N O P Q R S T U V W X Y Z

una beguda, donar corda al rellotge, donar nom a una cosa.

usat amb pronom — **6 Donar-se** algú és deixar de lluitar i reconèixer que ha perdut. Si en un joc et dónes, l'altre guanya i el joc s'acaba.

7 Donar-se un vestit o unes sabates és fer-se més amples.

frase feta — **8 Donar a conèixer** una cosa és fer que els altres la coneguin.

9 Diem d'una cosa que **tant se'ns en dóna**, quan no ens importa.

donació, donant

donatiu donatius

nom masculí — Un donatiu és una quantitat de diners o una altra cosa que es dóna a una persona que ho necessita. Quan hi ha un terratrèmol en un país, fem donatius de diners, de roba i de menjar.

doncs

conjunció — En conseqüència. *No vols més gelat? Doncs, me l'acabaré jo.*

donzella donzelles

nom femení, Amb Z — **1** Una donzella és una dona que no s'ha casat.

2 Dona que treballa de serventa.

dopar-se

verb usat amb pronom, com *cantar* ◄ pàg. 26 — Un esportista es dopa quan pren drogues perquè vol tenir un rendiment més bo. Dopar-se és prohibit.

dopatge, dòping

dòric dòrica dòrics dòriques

adjectiu — L'ordre dòric és un estil arquitectònic grec. Es coneix perquè les columnes d'aquest estil tenen estries, no tenen base, i acaben en un capitell molt senzill.

dormilega dormilegues

adjectiu i nom masculí i femení — Que dorm molt.

dormilec

dormir

verb ◄ pàg. 27 — **1** Estar una persona o un animal en un estat de repòs, amb els ulls tancats, sense saber què passa al seu voltant i sense controlar el que pensa.

2 Dormir com un soc o **com un tronc** és dormir molt profundament.

dormida, dormisquejar, endormiscar-se

dormitar

verb, com *cantar* ◄ pàg. 26 — Estar mig adormit. Després de dinar, algunes persones s'asseuen en una butaca i dormiten una estona.

dormitori dormitoris

nom masculí — Un dormitori d'una casa és una habitació on es dorm. Als dormitoris sempre hi ha un o més llits. ✎ pàgs. 594-595 ⑫

dors dorsos

nom masculí — **1** El dors d'una persona és l'esquena, la part del darrere.

2 El dors d'una cosa que té dues cares és la cara del revés. El dors d'un paper escrit és la part del darrere. El dors de les fulles d'una planta és la part que mira cap a terra.

3 El dors de la llengua, de la mà o del peu és la part de damunt.

dorsal dorsals

adjectiu — **1** Del dors, situat al dors o a l'esquena. L'espina dorsal recorre l'esquena de dalt a baix.

nom masculí — **2** Un dorsal és un número que els esportistes porten a la samarreta, a la part de l'esquena.

3 El **dorsal ample** és cada un dels dos músculs que hi ha a banda i banda de la part de baix de l'esquena. ✎ pàg. 800 ⑩

dos dues dosos

determinant numeral — **1** Dues coses són una més una.

nom masculí — **2** El dos és el nom del 2.

locució que fa d'adverbi — **3** Quan una cosa passa **cada dos per tres** vol dir que passa molt sovint. *Sonava el telèfon cada dos per tres i no podia treballar bé.*

4 De dos en dos vol dir en parella, en grups de dos. *Feu aquest exercici de dos en dos, amb el company que teniu al costat.*

frase feta — **5 Tocar el dos** és anar-se'n.

dos-cents dues-centes

determinant numeral — **1** Dues-centes coses són dues vegades cent coses.

nom masculí — **2** El dos-cents és el nom del 200.

dosi dosis

nom femení, Amb S — **1** Una dosi és una quantitat determinada d'una substància. La dosi d'un medicament és una quantitat que s'ha de prendre d'una vegada o en un període de temps.

2 Quan diem que algú té una bona dosi de paciència o d'una altra qualitat, bona o dolenta, volem dir que en té molta.

dosificar

verb, com *cantar* ◄ pàg. 26, Amb QU davant E, I — Establir la dosi d'un medicament o d'una altra substància que s'ha de prendre o que s'ha de fer servir.

dosificació

dosser dossers

nom masculí — Un dosser és un adornament que es posa damunt d'un altar, un llit o un tron, cobrint-los com un sostre.

El dosser d'un llit

dossier dossiers
nom masculí — Un dossier és una carpeta amb tots els documents sobre un mateix tema o una mateixa persona. Els metges tenen un dossier de cada pacient.

dot dots
nom masculí — El dot és la quantitat de diners i altres coses que la muller dóna al marit quan es casen. Actualment el dot es manté a molt pocs països, com per exemple a l'Índia.
dotar

dotació dotacions
nom femení — **1** Una dotació és una quantitat de diners, com la que es dóna quan toca un premi. Es diu, per exemple, que el primer premi de la loteria té una dotació d'un milió d'euros.
2 La dotació d'un vaixell de guerra és el conjunt de persones que hi ha a bord.

dotze dotzes
determinant numeral — **1** Dotze coses són onze més una.
nom masculí — **2** El dotze és el nom del 12.
dotzè

dotzena dotzenes
nom femení — Una dotzena és un conjunt de dotze coses de la mateixa classe. Generalment els ous es venen a dotzenes.
adotzenar

dovella dovelles
nom femení — Una dovella és un bloc de pedra que es fa servir per a construir arcs i voltes. Les dovelles tenen forma de tascó: són més amples de dalt que de baix i així, quan s'ajunten, donen la forma arrodonida als arcs.
adovellat, adovellada

drac dracs
nom masculí — **1** Un drac és un animal fabulós molt gran, verd, amb ales i que, sovint, treu foc per la boca. Els herois dels contes lluiten contra el drac i sempre el guanyen.
2 Figura gran en forma de drac que treu foc per la boca i es fa sortir al carrer en algunes festes.

dracma dracmes
nom femení — Una dracma és una moneda grega antiga. Es diu també *dracma* la moneda de Grècia que va ser substituïda per l'euro.

dragar
verb
com *cantar*
◄ pàg. 26
Amb GU davant E, I
Treure del fons d'un riu, d'un canal, etc., sorra, fang, pedres o brutícia. Els ports es draguen per permetre que hi entrin vaixells grans.

dragó dragons
nom masculí — **1** Un dragó és un rèptil de color gris, semblant a la sargantana. Els dits dels dragons són plans i s'enganxen amb molta facilitat a les superfícies.
2 Mascle d'aquesta espècie.

dragona dragones
nom femení — La dragona és la femella del dragó.

drama drames
nom masculí
Amb A final
1 Un drama és una obra de teatre on passen moltes coses, algunes de tristes i altres d'alegres. El drama té coses de la tragèdia i de la comèdia.
2 Situació de la vida real que és trista i que commou molt. Hi ha programes de televisió que ensenyen molts drames.
dramatisme, dramatitzar

dramàtic dramàtica dramàtics dramàtiques
adjectiu — **1** Que es refereix al teatre, i especialment al drama. Un autor dramàtic escriu obres de teatre.
2 Una cosa dramàtica és trista i commou molt.

dramaturg dramaturga dramaturgs dramaturgues
nom masculí i femení — Persona que escriu obres de teatre. Shakespeare era un gran dramaturg.
dramatúrgia

drap draps
nom masculí — **1** Un drap és un tros de roba per a netejar. A la majoria de les cases hi ha draps de la pols i draps de cuina.
2 El drap és un tipus de teixit de llana.
frase feta — **3 Anar a tot drap** és córrer molt.
4 Deixar algú **com un drap brut** és criticar-lo molt.

drapaire drapaires
nom masculí i femení — **1** Un o una drapaire és una persona que compra draps vells, papers i ampolles de vidre. Actualment queden molt pocs drapaires.

Continua a la pàgina següent

A B C D E F G H I J K L M N O P Q R S T U V W X Y Z

frase feta — 2 Quan diem que una cosa **és bona per al drapaire** volem dir que és tan vella que ja la podem llençar.

drassana drassanes

nom femení — Una drassana és el lloc on es fabriquen i es reparen els vaixells. Les drassanes estan prop del mar o a la vora dels rius.

✎ pàgs. 194-195 ⑱

dràstic dràstica dràstics dràstiques

adjectiu — 1 Que actua d'una manera ràpida i violenta. Un verí és dràstic si mata de seguida.

2 Que es fa amb energia, sense contemplacions. Matar els animals d'una granja quan hi ha perill d'epidèmia és una solució dràstica.

dreçar

verb, com *cantar* ◀ pàg. 26 Amb C davant E, I — 1 Posar recta una cosa que està torta. Un arbre que creix tort encara es pot dreçar.

usat amb pronom — 2 **Dreçar-se** és posar-se dret.

drecera dreceres

nom femení — 1 Una drecera és un camí més curt i més recte que el principal.

frase feta — 2 **Fer drecera** és anar a un lloc pel camí més curt.

drenar

verb, com *cantar* ◀ pàg. 26 — 1 Treure l'aigua d'un terreny.

2 Fer que surti el pus o una altra secreció d'una ferida.

drenatge

1 **dret** drets

nom masculí — 1 El dret és el conjunt de normes i lleis que hi ha en una societat.

2 Quan una persona estudia dret és que vol saber quines són i com funcionen aquestes lleis. Per a ser advocat s'ha d'estudiar dret.

3 Possibilitat de les persones de fer, tenir, exigir, fer servir, etc., tot el que la llei permet. Si treballes tens dret a cobrar un sou i si pagues una cosa tens dret a quedar-te-la.

2 **dret** dreta drets dretes

adjectiu — 1 Recte, sense corbes. Els pals de les porteries de futbol són ben drets.

2 En posició vertical, dempeus. Quan els seients de l'autobús estan ocupats, has d'anar dret.

3 Que està al costat contrari d'on tenim el cor. En una carta, la data s'ha de posar a la part dreta del full.

4 Anar de dret a algun lloc és anar-hi directament, sense aturar-se enlloc.

nom femení — 5 La dreta és el costat dret. Al nostre país, els cotxes circulen per la dreta de la carretera.

6 Mà dreta. La majoria de gent escriu amb la dreta.

7 En política, conjunt de les persones i els partits que són conservadors.

8 Un partit de dretes és un partit conservador.

dretura, dreturer

dretà dretana dretans dretanes

adjectiu — 1 Que sap fer servir millor la mà dreta que l'esquerra.

2 Que pertany a un partit polític conservador, de dretes.

driblar

verb, com *cantar* ◀ pàg. 26 — En el futbol i altres esports, córrer amb la pilota al davant, sense perdre'n el control i esquivant els contraris.

dring drings

nom masculí — El dring és el so que fa un objecte que dringa. Les copes de cristall tenen un dring molt bonic.

dringadissa

dringar

verb, com *cantar* ◀ pàg. 26 Amb GU davant E, I — Sonar, un objecte de vidre o metall, quan rep un cop. Quan les monedes cauen a terra, dringuen.

droga drogues

nom femení — 1 Una droga és una substància que serveix per a fer medicaments, productes químics, etc.

2 Substància que es pren per a canviar l'estat d'ànim. Les persones que s'acostumen a prendre drogues acaben necessitant-les per a poder trobar-se bé.

antidroga, drogar, drogodependència

drogoaddicte drogoaddicta drogoaddictes

nom masculí i femení — Persona que és addicta a les drogues i no pot deixar de prendre'n. Els drogoaddictes necessiten ajuda mèdica i psicològica per a abandonar les drogues.

drogoaddicció

drogueria drogueries

nom femení — Una drogueria és una botiga on es venen productes de neteja, pintures i vernissos, productes químics, etc.

dromedari dromedaris

nom masculí — Un dromedari és un camell amb un sol gep. A Egipte hi ha molts dromedaris.

dropo dropa dropos dropes
adjectiu i nom masculí i femení — 1 Que no li agrada gens treballar. Un dropo pot passar-se el dia dormint i jaient al sofà.
frase feta — **2 Fer el dropo** és estar sense fer res.
endropir

druida druides
nom masculí — Un druida era un sacerdot de l'antiga Gàl·lia que organitzava les cerimònies religioses, feia d'endeví i de mag i administrava la justícia. Panoràmix és el druida del poble de l'Astèrix i l'Obèlix i fa la poció màgica.
druídic, druídica, druïdisme

Un druida

druïdessa druïdesses
nom femení — Sacerdotessa de l'antiga Gàl·lia.

drupa drupes
nom femení — Una drupa és un fruit carnós que té a dins un pinyol molt gros. Són drupes, per exemple, les prunes, les cireres i els préssecs.

dual duals
adjectiu — Que és de dos; que és format de dues parts o que té dues possibilitats. Si a la televisió fan una pel·lícula en sistema dual, pots escollir veure-la en la versió original o en la versió doblada.

duana duanes
nom femení — La duana és un lloc que hi ha a les fronteres dels països, als ports i als aeroports, per a controlar el pas de les mercaderies d'un país a un altre.
duaner

dubitatiu dubitativa dubitatius dubitatives
adjectiu — Que indica dubte. *No sé si vindré demà* és una oració dubitativa.

dubtar
verb com *cantar* ◄ pàg. 26 — 1 No estar segur d'alguna cosa. Si dubtes de com s'escriu una paraula, l'has de buscar en el diccionari.
2 No acabar-se de creure alguna cosa. Si saps que alguna persona sempre diu mentides, dubtes de les coses que t'explica.

dubte dubtes
nom masculí Amb BT — 1 Un dubte és el fet de dubtar d'algú o d'alguna cosa. Quan no hi ha dubte d'alguna cosa és que és certa.
locució que fa d'adverbi — **2 Sens dubte** vol dir amb seguretat o molt probablement. *Sens dubte, ara llegeixes un diccionari.*
frase feta — **3 Sortir de dubtes** és trobar la solució a un dubte que es tenia.
dubtós, dubtosa

1
duc ducs
nom masculí — Un duc és un home que té el títol de noblesa que està per sobre del de marquès.
ducal, ducat

2
duc ducs
nom masculí — Un duc és un ocell de rapinya nocturn semblant al mussol però més gran, ja que pot fer fins a 70 centímetres. Damunt del cap té dos grups de plomes llargues que formen com unes orelles. Els ulls són grossos i de color groc fosc, i les plomes, de color terrós amb taques o ratlles de color marró fosc. Pot caçar vertebrats tan grossos com ell.

dúctil dúctils
adjectiu — 1 Un sòlid és dúctil quan es pot estirar sense que es trenqui i s'allarga en forma de fils. El coure és molt dúctil.
2 Diem d'algú que és dúctil quan és flexible i es deixa persuadir amb facilitat. Una persona dúctil, no costa gaire convèncer-la per a fer qualsevol cosa.
ductilitat

duel duels
nom masculí — Un duel és un combat entre dues persones per a solucionar una qüestió d'honor. Per exemple, quan una persona n'havia insultat una altra es feia un duel, seguint unes normes molt estrictes, i podia ser que una de les dues persones morís. Actualment, el duel ja no existeix a cap país.

dues
determinant numeral — Forma femenina de *dos. Hi havia dues noies a l'estació.*

duet duets
nom masculí — Duo.

dulcificar
verb com *cantar* ◄ pàg. 26 Amb QU davant E, I — Endolcir.

duna dunes
nom femení — Una duna és una muntanya petita de sorra acumulada pel vent. Les dunes es troben als deserts i a les vores del mar.

duo duos
nom masculí — **1** Un duo és un conjunt de dues persones que canten juntes.
2 Composició musical per a dues veus o dos instruments.

duodè duodens
nom masculí — El duodè és la primera part de l'intestí prim. Comença després de l'estómac.
✎ pàgs. 798-799 (42)

dúplex dúplexs
nom masculí — Un dúplex és un pis dividit en dues plantes que s'uneixen per una escala interior. Normalment, els dúplexs se situen als últims pisos d'un edifici.

duplicat duplicats
nom masculí — Un duplicat és una còpia exacta d'una cosa. Podem tenir, per exemple, el duplicat d'un contracte o d'una clau.
duplicació, duplicar

duquessa duquesses
nom femení — **1** Una duquessa és una dona que té el títol de noblesa que està per damunt del de marquesa.
2 Esposa d'un duc.

1
dur
verb
◄ pàg. 33 — Portar.

2
dur dura durs dures
adjectiu — **1** Que costa molt d'enfonsar-hi alguna cosa, de penetrar-hi, de ratllar. El ferro és més dur que la cera.
2 Que és menys tou o flexible del que és normal. El pa del dia abans és dur.
3 Que demana un esforç, que és difícil. Un esport dur cansa molt i demana molt entrenament.
frase feta — **4** Quan diem que algú **és dur d'orella** volem dir que no hi sent gaire bé.
5 **Tenir el cap dur** és ser molt tossut.
endurir

durada durades
nom femení — La durada d'una cosa és l'espai de temps que dura. La durada d'un partit de bàsquet és de 40 minuts.

durant
preposició — Dins l'espai de temps que dura alguna cosa. *Durant les vacances, moltes botigues tanquen. T'he esperat durant una hora.*

durar
verb
com *cantar*
◄ pàg. 26 — **1** Continuar existint. Si cuides bé una planta, dura molt.
2 Ocupar un espai de temps determinat, d'una data a una altra. Un curs escolar dura nou mesos.
durador, duratiu, durativa

duresa dureses
nom femení — La duresa és la característica del que és dur.

durícia durícies
nom femení — Una durícia és un tros de la pell del cos que es fa molt dur. Si es camina molt es fan durícies als peus.

duro duros
nom masculí — **1** Un duro és una antiga moneda de cinc pessetes.
frase feta — **2** **No tenir ni un duro** és no tenir diners.

dutxa dutxes
nom femení — **1** Una dutxa és un raig d'aigua dirigit sobre el cos o sobre una part del cos per a netejar-se o refrescar-se.
2 Bany pres amb aquest raig d'aigua.
3 Aparell i lloc per a dutxar-se.
4 Diem que algú rep una **dutxa d'aigua freda** quan li arriba una notícia dolenta que no s'esperava.

dutxar-se
verb usat amb pronom
com *cantar*
◄ pàg. 26 — Prendre una dutxa.

DVD
nom masculí — **1** Un DVD és un disc petit que pot contenir una gran quantitat de dades, d'imatges i de música. La qualitat del so i de les imatges d'un DVD és més bona que la d'un CD-ROM. Podem enregistrar tota una pel·lícula en un sol DVD.
2 Aparell que permet veure o sentir les dades, les imatges o la música que conté aquest disc, i també enregistrar-hi informació.

e es
nom femení
Nom de la lletra e, *E*. Cinquena lletra de l'alfabet català. Pot representar tres sons: el so obert de [ɛ], com a *mel*; el so tancat de [e], com a *pell*, i en alguns llocs el so de [ə], com a *torre*. Pot portar accent obert: *dèbil*, o tancat: *néixer*.

eben ébens
nom masculí
L'eben és una fusta de color fosc molt dura, que els insectes no poden fer malbé. Es treu d'uns arbres d'Àsia i d'Àfrica i es fa servir per a fabricar instruments de música i mobles.

ebenista ebenistes
nom masculí i femení
Un o una ebenista és una persona que treballa fustes de qualitat, com l'eben, i fa objectes amb molts detalls. ✎ pàg. 593 (38)

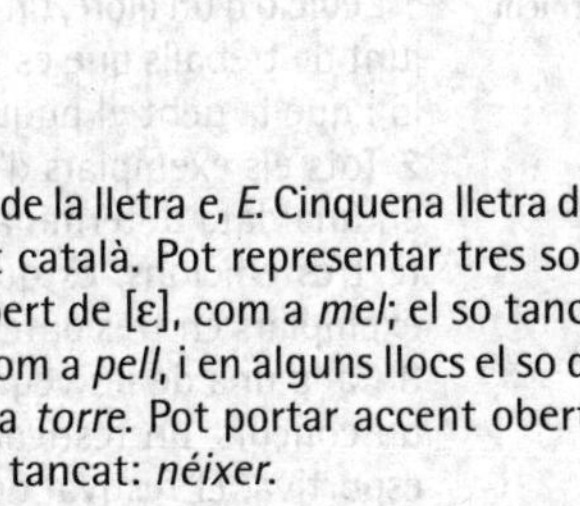

Un eclipsi de sol

ebri èbria ebris èbries
adjectiu
Borratxo, embriac. Una persona èbria no ha de conduir un cotxe.

ebullició ebullicions
nom femení
L'ebullició és el fenomen que es produeix quan l'aigua o un altre líquid bull. En l'ebullició, es formen bombolles que pugen i es rebenten a la superfície, el líquid es belluga i treu vapor.

eclèctic eclèctica eclèctics eclèctiques
adjectiu i nom masculí i femení
Que escull de cada doctrina, de cada teoria, allò que li sembla millor; que admet opinions diferents sobre les coses. Els eclèctics estan disposats a buscar solucions diferents per al mateix problema.

eclesiàstic eclesiàstica eclesiàstics eclesiàstiques
adjectiu
1 De l'Església i dels capellans i religiosos.
nom masculí
2 Clergue. Els eclesiàstics abans portaven sotana.

eclipsi eclipsis
nom masculí
Hi ha un eclipsi quan un astre tapa del tot o en part un altre astre. Si la Lluna es posa entre el Sol i la Terra, hi ha un eclipsi de Sol; si la Terra es posa entre el Sol i la Lluna, hi ha un eclipsi de Lluna.
eclipsar, eclíptic, eclíptica

eco ecos
nom masculí — L'eco és la repetició d'un so que se sent en llocs com les muntanyes, perquè les ones sonores reboten i tornen a l'orella per segona vegada. Quan hi ha eco, sembla que algú contesti els nostres crits.

ecografia ecografies
nom femení — **1** L'ecografia és la tècnica d'examen dels òrgans del cos per mitjà de la reflexió d'ones de so enviades a través de la pell. L'ecografia no perjudica la persona i es fa servir molt en el control dels embarassos.
2 Una ecografia és la imatge o fotografia obtinguda amb aquesta tècnica i la sessió d'examen d'una persona.

ecologia ecologies
nom femení — L'ecologia és la part de la biologia que estudia les relacions entre els éssers vius i el medi on viuen.
ecològic, ecologista

economat economats
nom masculí — Un economat és un supermercat on poden comprar més bé de preu algunes persones, com els treballadors d'una fàbrica o els socis d'una cooperativa.

economia economies
nom femení — **1** L'economia és la ciència que estudia la manera de funcionar el diner, les compres i les vendes, la creació de riquesa i la producció de béns.
2 Manera com l'Estat, una empresa o una família organitza i administra els diners i altres béns. Es diu que algú té una bona economia quan té diners.
nom femení plural — **3** Una persona fa economies quan estalvia diners.
economista, economitzar

econòmic econòmica econòmics econòmiques
adjectiu — De l'economia. Els problemes econòmics afecten la vida política de tots els països.

ecosistema ecosistemes
nom masculí — Un ecosistema és el conjunt dels éssers vius i del medi natural que hi ha en un lloc. Un llac, amb els peixos, els insectes i altres animals, el tipus d'arbres i plantes que s'hi troben, i les característiques de les seves aigües, és un ecosistema.

ecs
interjecció — Paraula que expressa fàstic o repugnància. *Ecs! Quina casa més bruta!*

èczema èczemes
nom masculí
Mot esdrúixol — Un èczema és una malaltia de la pell que fa sortir unes butllofes que piquen molt. Alguns èczemes es produeixen pel contacte amb detergents.

edat edats
nom femení — **1** L'edat d'una persona, d'un animal o d'una planta és la quantitat d'anys que fa que va néixer. Una persona d'edat té molts anys.
2 Cada una de les etapes de la vida de les persones. Es considera que les persones tenim quatre edats: la infantesa, la joventut, la maduresa i la vellesa.
3 Cada una de les etapes de la prehistòria: edat de la pedra, edat del bronze i edat del ferro, o de la història: edat antiga, edat mitjana, edat moderna i edat contemporània.

edelweiss edelweiss
nom masculí — Flor de neu. És una paraula alemanya.

edema edemes
nom masculí — Una persona pateix un edema quan se li ha acumulat una gran quantitat de líquid en algun òrgan o teixit del cos.

edèn edens
nom propi masculí — **1** Segons la Bíblia, l'Edèn és el lloc on hi havia el paradís terrenal.
nom masculí — **2** Un edèn és un lloc molt agradable, on s'està molt bé.

edició edicions
nom femení — **1** L'edició d'un llibre, un diari, etc., és el conjunt de treballs que es fan per a imprimir-lo i que la gent el pugui llegir.
2 Tots els exemplars d'una obra publicats en una data determinada. Si una novel·la té tres edicions, és que se n'han imprès exemplars en tres dates diferents.
3 Cada una de les vegades que se celebra un concurs, un festival o una competició esportiva. El festival de cine de Canes ha celebrat ja moltes edicions.
coedició

edicte edictes
nom masculí — Un edicte és una ordre donada per escrit per una autoritat. Sovint, els edictes de l'ajuntament es publiquen en els diaris.

edificant edificants
adjectiu — Que edifica els altres amb els seus bons exemples. És edificant veure persones que s'esforcen a ajudar els altres.

edificar
verb
com *cantar*
◄ pàg. 26
Amb QU davant E, I — **1** Construir un edifici. A les zones verdes no es pot edificar.
2 Fer que altres persones es portin bé, s'animin a tenir bons sentiments, veient la nostra bona conducta.
edificació

edifici edificis
nom masculí — Un edifici és qualsevol construcció bastant gran on viuen o treballen les persones. Són edificis les cases, els palaus, els

blocs de pisos, les esglésies, els teatres, etc.
pàg. 596 (4)

edil edils
nom masculí i femení
Un o una edil és un regidor o una regidora d'un ajuntament.

editar
verb com *cantar* ◄ pàg. 26
Preparar i posar a la venda un llibre, un diari, una pel·lícula, un disc, etc. Algunes editorials només editen obres en fascicles.
editor

editorial editorials
adjectiu
1 Que està relacionat amb les persones i les empreses que editen. Corregir, paginar i imprimir són feines editorials.
nom femení
2 Una editorial és una empresa que es dedica a la publicació de llibres, revistes i diaris. També hi ha editorials dedicades a la música.
nom masculí
3 Un editorial és un escrit, normalment sense firmar, que representa l'opinió del diari o de la revista que el publica. Els editorials es posen en un lloc destacat de la publicació.

edredó edredons
nom masculí
Un edredó és una peça de roba plena de plomissol o de fibra sintètica que es posa damunt del llit per a donar escalfor.

educació educacions
nom femení
1 L'educació és el fet d'educar i d'ensenyar. Per a l'educació de les criatures sordes calen coneixements especials.
2 Conjunt de coneixements intel·lectuals, culturals i morals que té una persona. Alguns estudiants tenen una educació molt completa.
3 Una persona té educació si sap comportar-se bé amb els altres i no fa cap cosa que pugui molestar. És de mala educació no saludar quan arribem a un lloc.

educar
verb com *cantar* ◄ pàg. 26
Amb QU davant E, I
1 Donar a una persona els coneixements que necessita i ensenyar-li com s'ha de comportar. Tots necessitem que algú ens eduqui.
2 Ensenyar un animal, com un gos o un cavall, a fer les coses que volem.
3 Fer que funcioni millor un sentit o un membre. Els cantants dediquen molt de temps a educar la veu.
educador, educatiu, educativa

educat educada educats educades
adjectiu
Que ha rebut una bona educació, que es comporta correctament. Una persona ben educada no fa crits ni insulta els altres.

edulcorant edulcorants
adjectiu i nom masculí
Que dóna als aliments i als medicaments un gust dolç. El sucre és un edulcorant natural.
edulcorar

efa efes
nom femení
Nom de la lletra *f*, *F*.

efecte efectes
nom masculí
1 Un efecte és el resultat d'haver actuat una persona o una cosa. Es diu que no hi ha causa sense efecte. Tenir la pell morena és un efecte dels raigs de sol.
2 Una cosa o una persona ens fa efecte si ens impressiona, ens interessa i fa que ens hi fixem. Un medicament fa efecte si actua i dóna el resultat que se n'espera.
3 Els efectes d'una persona són les coses que té: roba, eines, la cartera, el rellotge, etc.
locució que fa d'adverbi
4 **En efecte** vol dir certament, efectivament, i es fa servir per a confirmar el que s'ha dit abans. *En efecte, tens raó amb això que dius.*
frase feta
5 **Fer l'efecte** d'una cosa és semblar que és aquesta cosa: *Quan neva fa l'efecte que cauen trossets de cotó fluix. Em fa l'efecte que no vindran.*
efectisme, efectista

efectiu efectiva efectius efectives
adjectiu
1 Que és eficaç. L'aspirina és un medicament efectiu contra el mal de cap.
nom masculí
2 L'efectiu és el diner, en bitllets i monedes. Quan es paga en efectiu no es fa servir un xec o la targeta de crèdit.
nom masculí plural
3 Els efectius d'un exèrcit, de la policia o d'una empresa és el conjunt de les persones que hi pertanyen.
efectivitat

efectivament
adverbi
Que és ben bé així, realment. Serveix per a confirmar el que s'ha dit abans. *Van dir que guanyarien i, efectivament, han guanyat.*

efectuar
verb com *canviar* ◄ pàg. 30
Amb dièresi
Efectuar una cosa és fer-la. Quan es compra a terminis, s'efectuen pagaments mensuals.

efemèride efemèrides
nom femení
1 Una efemèride és un fet important que ha succeït. El final d'una guerra és una efemèride que celebren moltes nacions.
2 Nota o article que es publica el dia de l'aniversari d'un fet important i que el recorda o celebra.
nom femení plural
3 Les efemèrides d'un dia concret són les coses importants que van passar en aquest mateix dia d'anys diferents.

A B C D E F G H I J K L M N O P Q R S T U V W X Y Z

efeminat efeminada efeminats efeminades

adjectiu i nom masculí. Amb E — Que fa gestos i té un comportament com els d'una dona.
→ efeminar

efervescent efervescents

adjectiu — Una substància és efervescent quan, posada dins de l'aigua, fa bombolles i es va desfent a poc a poc. Hi ha medicaments que són efervescents.
→ efervescència

eficaç eficaços eficaces

adjectiu — **1** Que produeix l'efecte esperat, que va bé per a una cosa determinada. Hi ha remeis eficaços contra moltes malalties.
2 Una persona o una organització eficaç és eficient.
→ ineficaç

eficàcia eficàcies

nom femení — L'eficàcia és la característica de les coses i les persones que són eficaces.

eficiència eficiències

nom femení — L'eficiència és la característica de les persones i les coses que són eficients.

eficient eficients

adjectiu — Que dóna bons resultats, que fa la feina ben feta. Una persona eficient és molt útil en la feina que fa. Hi ha secretaris molt eficients.
→ ineficient

efígie efígies

nom femení — L'efígie d'una persona és la seva imatge reproduïda en una medalla, una estampa, un quadre o una escultura. Es conserven diverses efígies de Napoleó.

efímer efímera efímers efímeres

adjectiu — Que dura poc temps. Hi ha insectes que tenen una vida efímera: moren el mateix dia que neixen.

efluvi efluvis

nom masculí — Un efluvi és un conjunt de partícules molt petites que s'escapen d'alguna cosa i arriben als nostres sentits. L'efluvi de les flors és l'olor que fan.

efusiu efusiva efusius efusives

adjectiu — Que manifesta o indica els sentiments d'una manera molt viva, amb molt d'afecte. Una salutació efusiva es fa amb molts petons i moltes abraçades.

egipci egípcia egipcis egípcies

adjectiu — **1** D'Egipte. *Les piràmides egípcies.*
nom masculí i femení — **2** Persona que és d'Egipte o que hi viu.
→ egipcià, egipciana

ègloga ègloges

nom femení — Una ègloga és una composició poètica que idealitza la vida dels pastors i la vida camperola en general.

egocèntric egocèntrica egocèntrics egocèntriques

adjectiu i nom masculí i femení — Una persona és egocèntrica quan pensa que és molt important i que tothom se n'ha de preocupar, com si fos el centre de tot.
→ egocentrisme

egoista egoistes

adjectiu i nom masculí i femení — Una persona és egoista quan només es preocupa d'ella mateixa i mai no ajuda els altres. Als egoistes no els agrada compartir les seves coses.
→ egoisme

egòlatra egòlatres

adjectiu i nom masculí i femení — Una persona és egòlatra quan s'estima a si mateixa de manera excessiva.
→ egolatria

egua egües

nom femení. També *euga* — L'egua és la femella del cavall.

eguinar

verb, com *cantar* ◄ pàg. 26 — Fer el seu crit el cavall o l'egua.

eh

interjecció — **1** Paraula que diem quan no hem entès una cosa i volem que ens la repeteixin o ens l'aclareixin. *Eh? Què has dit?*
2 Paraula que diem just abans o després de preguntar o de dir alguna cosa, esperant que ens diguin que sí. *Eh que avui he arribat d'hora? Avui he arribat d'hora, eh?*
3 Paraula que fem servir per a cridar l'atenció d'algú. *Eh, Miquel, som aquí!*

ehem

interjecció — Paraula que fem servir per a cridar l'atenció d'algú d'una manera dissimulada.

ei

interjecció — **1** Paraula que fem servir per a cridar l'atenció d'algú. *Ei, no trepitgis les flors!*
2 Paraula que fem servir per a saludar algú. *Ei, bon dia!*

eina eines

nom femení — Una eina és qualsevol instrument que agafem amb les mans per a treballar un material. La serra és una eina per a tallar la fusta o el metall.

eivissenc eivissenca eivissencs eivissenques

adjectiu — **1** De l'illa d'Eivissa. *Les salines eivissenques.*
nom masculí i femení — **2** Persona que és de l'illa d'Eivissa o que hi viu.

1
eix eixos
nom masculí
1 Un eix és una barra cilíndrica que passa pel mig d'una roda o d'una altra peça semblant i fa que pugui girar. Els cotxes porten dos eixos: un uneix les rodes del davant i un altre les del darrere. bicicleta
2 En matemàtiques, l'eix d'una figura geomètrica és una recta que la travessa. L'eix de la Terra és una línia imaginària que passa pels dos pols.
3 Cosa o persona que és l'element principal d'un conjunt. L'economia és l'eix de moltes converses.
4 Un **eix de simetria** és una línia imaginària que divideix una figura, un objecte o qualsevol cos en dues parts iguals i simètriques. L'eix de simetria del cos humà passa pel mig de la cara i deixa un ull a cada banda.
5 Uns **eixos de coordenades** són dues línies perpendiculars que poden indicar la situació d'un punt en una superfície.

2
eix eixa eixos eixes
determinant i pronom demostratius
Aqueix.

eixam eixams
nom masculí
1 Un eixam és un grup nombrós d'insectes o d'altres animals petits. Si et fiques dins d'un eixam de mosquits, et poden picar.

Un eixam d'abelles

2 Grup d'abelles que abandonen un rusc, juntament amb una reina, per anar a construir un altre niu
3 Gran nombre de persones o de coses juntes. A la tardor, a terra hi ha un eixam de fulles seques.

eixamplar
verb
com *cantar*
◄ pàg. 26
Fer més ample. Si les sabates et van estretes, el sabater te les pot eixamplar. Quan arriben a la desembocadura, els rius s'eixamplen.

eixample eixamples
nom masculí
1 Es fa un eixample quan s'eixampla una cosa. L'augment de cotxes fa que sigui necessari l'eixample de moltes carreteres.
2 Conjunt de carrers i de cases que es construeixen quan es decideix fer més gran una ciutat. Cerdà va planificar l'eixample de Barcelona.
eixamplament

eixàrcia eixàrcies
nom femení
Una eixàrcia és una xarxa de pescar.

eixarcolar
verb
com *cantar*
◄ pàg. 26
Arrencar les males herbes d'un camp sembrat.

eixarrancar-se
verb usat amb pronom
com *cantar*
◄ pàg. 26
Amb QU davant E, I
Separar les cames. Per anar en moto o muntar a cavall, ens hem d'eixarrancar.

eixarreït eixarreïda eixarreïts eixarreïdes
adjectiu
Que està molt sec, molt eixut. Un tall de carn massa fregit queda eixarreït, poc tendre.

eixelebrat eixelebrada eixelebrats eixelebrades
adjectiu i nom masculí i femení
Que actua sense pensar, que no mira el que fa. Un eixelebrat s'equivoca molt.

eixerit eixerida eixerits eixerides
adjectiu
1 Que és molt despert i alegre, que és hàbil i sap resoldre bé les coses que ha de fer.
2 Una persona és eixerida com un pèsol o com un gínjol si és molt llesta i eixerida.

eixida eixides
nom femení
1 Una eixida és un petit pati, cobert o descobert, situat al darrere o al costat d'una casa. La galeria coberta que hi ha al costat de la cuina d'alguns pisos també és una eixida.
2 Sortida.

eixir
verb
◄ pàg. 33
Sortir.

eixorc eixorca eixorcs eixorques
adjectiu
Estèril. Un arbre eixorc no dóna fruit.

eixordador eixordadora eixordadors eixordadores
adjectiu
Que eixorda. Els avions fan un soroll eixordador.

eixordar
verb
com *cantar*
◄ pàg. 26
Un soroll molt fort ens eixorda si ens deixa com sords, sense poder sentir res més. Alguns conjunts de rock fan una música que eixorda.

eixorivir
verb
com *servir*
◄ pàg. 28
1 Deixondir, fer que algú deixi d'estar mig adormit. A l'estiu, l'aire fresc del matí ens eixoriveix.

Continua a la pàgina següent

A B C D E F G H I J K L M N O P Q R S T U V W X Y Z

usat amb pronom — **2** Un malalt **s'eixoriveix** quan es comença a trobar millor i està animat.

eixugacabells eixugacabells

nom masculí — Un eixugacabells és un assecador de cabells.

eixugamà eixugamans

nom masculí. També *eixugamans* — Un eixugamà és un drap per a eixugar-se les mans. A la cuina, va bé tenir-hi un parell d'eixugamans. pàgs. 594-595 (57)

eixugamans eixugamans

nom masculí — Eixugamà.

eixugaparabrises eixugaparabrises

nom masculí — Un eixugaparabrises és un aparell que porten els cotxes damunt del parabrisa per a apartar l'aigua de la pluja. És una tira de goma unida a una barreta que es mou de dreta a esquerra per damunt del vidre. La majoria dels cotxes en porten dos. Hi ha cotxes que en porten un al vidre del darrere. cotxe per fora

eixugar

verb, com *cantar* ◄ pàg. 26. Amb GU davant E, I — **1** Assecar una cosa mullada passant-hi una roba o un paper. Després de dutxar-nos, ens eixuguem amb una tovallola.
2 Assecar una cosa mullada fent que l'aigua o la humitat s'evapori. El sol eixuga de seguida la roba estesa. Els texans triguen molt a eixugar-se.

usat amb pronom — **3** Un pou, un riu o una font **s'eixuga** quan queda sense aigua.
eixugador

eixugavidres eixugavidres

nom masculí — **1** Un eixugavidres és un aparell per a netejar i eixugar els vidres. Té un mànec unit a una peça que porta una tira de goma. Aquesta goma passa pel vidre moll i s'emporta l'aigua.
2 Eixugaparabrises.

eixut eixuta eixuts eixutes

adjectiu — Que està sec, que no té aigua ni humitat. Si la roba no està ben eixuta, no es pot plegar i desar.

ejacular

verb, com *cantar* ◄ pàg. 26 — Expulsar el semen.
ejaculació

1 el la els les

determinant article — S'usa en casos com aquests:
- *El llibre que m'has demanat està exhaurit. He vist uns cotxes. Els cotxes eren japonesos.*
- *El gos és un animal domèstic. La serp, en canvi, no ho és.*
- *El bo d'estudiar és aprendre cada dia coses noves.*
- *El que és millor és que no vinguis si no quedem.*

El i *la* poden anar davant de nom de persona quan la persona és coneguda.
- *El Josep i la Maria són germans bessons.*

El s'escriu *l'* quan va davant de vocal o de *H* i *la* s'escriu *l'* davant de *A, E, O*, davant de *I* i *U* tòniques i davant de *H* seguida d'aquestes mateixes vocals:
- *L'home, l'ànec, l'invertebrat.*
- *L'església, l'illa, la inversora, l'hora, la hipòtesi.*

2 el els

pronom personal — S'usa en casos com aquests:
- *El veig cada dia* (l'Emili). *No el trobo enlloc* (el rellotge). *La compraré jo* (la mantega). *Les portaré jo* (les postres).

També pot tenir les formes *l'*, *'l* i *lo* segons com es combina amb el verb i altres pronoms:
- *L'escriuré demà, el treball. Me l'he trobat pel carrer.*
- *Porta'l posat. Dóna-me'l.*
- *Vaig acompanyar-lo a l'escola.*

ela eles

nom femení — Nom de la lletra *l, L*.

elaboració elaboracions

nom femení — L'elaboració és el fet d'elaborar una cosa, la manera de fer-la. Per a l'elaboració del pa es necessiten farina, aigua i llevat.

elaborar

verb, com *cantar* ◄ pàg. 26 — Fer una cosa, produir-la. Les abelles elaboren la mel; una pastissera elabora uns dolços boníssims; el fetge elabora la bilis.

elàstic elàstica elàstics elàstiques

adjectiu — **1** Que es pot estirar i pot tornar a la forma d'abans sense trencar-se. Les gomes elàstiques serveixen per a subjectar papers.

nom masculí plural — **2** Uns elàstics són unes cintes de goma o de teixit elàstic que es passen per damunt les espatlles i es corden als pantalons per a aguantar-los. Si no es porten elàstics, els pantalons se sostenen amb un cinturó.
elasticitat

elecció eleccions

nom femení — L'elecció d'una cosa o d'una persona és el fet d'elegir-la. Quan hi ha eleccions, anem a votar per a escollir els nostres representants.
electoral

electe electa electes

adjectiu — Que ha estat elegit per a un càrrec però no l'exerceix perquè encara no n'ha pres possessió.

elector electora electors electores

nom masculí i femení — Persona que té dret a votar en unes eleccions. Tots els partits volen atreure els electors indecisos, que no saben a qui escollir.

electorat

elèctric elèctrica elèctrics elèctriques

adjectiu — De l'electricitat o que funciona amb electricitat. Actualment, és difícil viure sense energia elèctrica.

electricista electricistes

nom masculí i femení — Un o una electricista és una persona que fa instal·lacions d'electricitat i les repara quan s'espatllen. Hi ha electricistes que arreglen aparells elèctrics. pàg. 593 (44)

electricitat electricitats

nom femení — L'electricitat és l'energia que a través de fils conductors, endolls i interruptors ens permet de tenir llum i de fer funcionar la majoria dels aparells de casa nostra. L'electricitat es produeix en centrals tèrmiques, en centrals hidroelèctriques o en centrals nuclears.

electritzar

electrificar

verb com *cantar* ◄ pàg. 26 Amb QU davant E, I

1 Fer que una màquina, un tren o una fàbrica funcionin amb electricitat. Ja fa anys que es van electrificar els ferrocarrils.

2 Posar electricitat en un poble o una casa. Hi ha petits poblets de muntanya que encara no estan electrificats.

electró electrons

nom masculí — Un electró és una partícula que es troba al voltant del nucli d'un àtom. Els electrons tenen càrrega elèctrica negativa.

electrocardiograma electrocardiogrames

nom masculí — Un electrocardiograma és un gràfic dels moviments del cor obtingut amb un aparell que capta els fenòmens elèctrics que s'hi produeixen. Els electrocardiogrames es fan servir en medicina per a estudiar si el cor està bé o hi ha alguna malaltia.

electrocutar

verb com *cantar* ◄ pàg. 26

1 Matar algú amb descàrregues elèctriques. En alguns països electrocuten els condemnats a mort.

usat amb pronom — 2 **Electrocutar-se** és morir per haver rebut una descàrrega elèctrica.

elèctrode elèctrodes

nom masculí Mot esdrúixol — Un elèctrode és un element conductor de l'electricitat a través del qual el corrent elèctric pot entrar en un medi, com un gas o un líquid, o sortir-ne. La pila d'una llanterna i la bateria d'un cotxe tenen dos elèctrodes, que es diuen ànode i càtode.

electrodomèstic electrodomèstica electrodomèstics electrodomèstiques

adjectiu i nom masculí — Un aparell electrodomèstic serveix per a fer feines a casa i funciona amb electricitat. Els electrodomèstics més habituals són la nevera, la rentadora i la planxa.

electroencefalograma electroencefalogrames

nom masculí — Un electroencefalograma és un gràfic de l'activitat del cervell obtingut amb un aparell que capta els fenòmens elèctrics que s'hi produeixen. Els electroencefalogrames es fan servir en medicina per a conèixer l'estat i el funcionament del cervell.

electroimant electroimants

nom masculí — Un electroimant és un tros de ferro que porta tot al voltant un fil conductor de l'electricitat. En passar el corrent elèctric pel fil, la peça de ferro es comporta com un imant. Amb els electroimants es fabriquen grues molt potents per a recollir objectes o trossos de ferro.

electròlisi electròlisis

nom femení — L'electròlisi és la separació dels elements d'un compost produïda pel corrent elèctric.

electròlit electròlits

nom masculí — L'electròlit és el compost que es descompon en l'electròlisi.

electromagnetisme electromagnetismes

nom masculí — 1 L'electromagnetisme és el magnetisme produït per un corrent elèctric. Els electroimants funcionen per electromagnetisme.

2 Part de la física que estudia les relacions entre l'electricitat i el magnetisme.

electromagnètic

electrònic electrònica electrònics electròniques

adjectiu — 1 De l'electrònica o dels electrons. Les consoles dels videojocs són aparells electrònics.

nom femení — 2 L'electrònica és la part de la física que estudia els canvis i els moviments de les partícules elèctriques i l'acció de les forces electromagnètiques i els fa servir en aparells que reben i transmeten informació. L'electrònica ha fet possible la televisió, la ràdio i els ordinadors.

elefant elefants

nom masculí — Un elefant és un mamífer molt gros. És l'animal terrestre més gros que hi ha. Té les orelles grosses, el nas en forma de trompa i dos ullals molt llargs que són les seves defenses. Viu a l'Àfrica i a l'Àsia. S'alimenta de plantes i fulles dels arbres, que agafa amb la trompa.

elefantí, elefantina

elefanta elefantes

nom femení — L'elefanta és la femella de l'elefant.

elegant elegants

adjectiu — **1** Una persona és elegant quan porta vestits bonics, ben fets i ben combinats, i es mou i parla amb naturalitat i distinció.
2 Un moble o un vestit elegant és de qualitat, fet amb bon gust.
3 Un restaurant o un altre local elegant és de categoria, molt ben decorat, i hi van clients distingits.
elegància, inelegant

elegia elegies

nom femení — Una elegia és una poesia que tracta un tema trist, com la mort d'una persona estimada.
elegíac

elegir

verb com *servir* ◄ pàg. 28 — Escollir per a un fi determinat. En unes eleccions elegim per votació.

element elements

nom masculí — **1** Un element és cada una de les coses que es poden unir per a formar-ne una altra, cada una de les parts d'una cosa. Les potes, el seient i el respatller són els elements d'una cadira.
2 En química, substància que no es pot descompondre en una altra de més simple. Els metalls són elements químics. Els elements es classifiquen en la taula periòdica.
3 Medi on viu un animal o una planta. L'aire és l'element dels ocells; l'aigua, l'element dels peixos.
4 Persona que forma part d'un grup. Si en una classe hi ha molt bons elements és que hi ha alumnes que treballen molt bé.
5 Diem que algú és un element o un bon element per indicar que no es porta gens bé.
6 Fenomen natural que pot fer mal o destruir, com una tempesta o el vent. Les cases ens protegeixen dels elements.
7 Tenim tots els elements per a fer una cosa si tenim tots els mitjans i els materials que necessitem.

elemental elementals

adjectiu — Que és molt senzill i es pot entendre fàcilment, que només dóna les dades bàsiques. Una gramàtica elemental explica molt poques coses. Sherlock Holmes sempre deia: "Elemental, estimat Watson."

elenc elencs

nom masculí — **1** Un elenc és una llista dels actors i de les actrius d'una obra de teatre o d'un altre espectacle.
2 Qualsevol catàleg o llista.

elevació elevacions

nom femení — **1** Es fa una elevació quan s'eleva una cosa.
2 Part d'una cosa situada més amunt que les altres. Una muntanya és una elevació del terreny.

elevar

verb com *cantar* ◄ pàg. 26 — **1** Pujar una cosa, fer que estigui més amunt. Hi ha grues que eleven materials de construcció molt pesants. L'aigua d'un pou es pot elevar amb una bomba.
2 Fer que una cosa sigui més intensa, més alta, que tingui més valor. Es pot elevar el preu del pa, la temperatura d'un forn o la pressió d'un gas.
3 Elevar al tron una persona és fer que sigui rei o reina.
4 En matemàtiques, elevar un número a un altre és multiplicar-lo tantes vegades per ell mateix com indiqui l'altre número: $2^3 = 2 \times 2 \times 2$.
5 Elevar un monument o un temple és fer-lo, construir-lo. Els egipcis van elevar les piràmides com a tombes dels faraons.

usat amb pronom — **6** Una cosa **s'eleva** més que una altra quan és més alta. L'Everest s'eleva per damunt dels 8 000 metres.
elevador, elevat, elevada

elidir

verb com *servir* ◄ pàg. 28 — Suprimir un so quan es parla o una lletra quan s'escriu. Si escrius *l'arma*, elideixes la *a* de l'article *la*.

eliminar

verb com *cantar* ◄ pàg. 26 — **1** Treure d'una llista o d'un escrit un nom o una paraula; treure d'un grup una persona; treure d'un mot una o més lletres. Si de *copa* elimines la *a*, et queda *cop*.
2 Fer fora d'una competició esportiva, d'un campionat o d'un concurs. Els equips que juguen una final han eliminat molts competidors.
3 Treure fora del cos una substància. Amb l'orina eliminem aigua, àcid úric, amoníac i altres substàncies.
4 Matar una persona o un animal. Els insecticides eliminen els mosquits.
eliminació, eliminatori, eliminatòria

elis

interjecció — Paraula que es fa servir per a fer burla d'algú o fer-li dentetes. *Elis, elis, el meu tros de pastís és més gros que el teu!*

elit elits

nom femení — Una elit és una minoria limitada. No tothom pot ser de l'elit dels directors d'orquestra, dels milionaris o de les persones que viuen als castells.

elitisme elitismes

nom masculí — L'elitisme és la doctrina que defensa que hi ha d'haver elits que dirigeixin la societat.
elitista

èlitre èlitres

nom masculí — Un èlitre és cadascuna de les dues ales dures que tenen alguns insectes, com els coleòpters. Els èlitres no serveixen per a volar. Sovint tapen un altre parell d'ales més fines i flexibles, i protegeixen el cos de l'animal.

elixir elixirs

nom masculí — Un elixir és un líquid compost de substàncies medicinals. Hi ha elixirs que desinfecten la boca. Els alquimistes feien l'elixir de la llarga vida o de l'eterna joventut.

ell ella ells elles

pronom personal — Aquesta paraula, la diu la persona que parla per a referir-se a una o més persones que no són ni qui parla ni qui escolta. *Ell no ha pogut venir. Vaig anar al cine amb ella. A les deu, ni ell ni ella no m'havien trucat. Sabeu alguna cosa d'ells? Elles tenen raó.*

el·lipse el·lipses

nom femení — Una el·lipse és una figura geomètrica corba, tancada i plana, diferent de la circumferència.

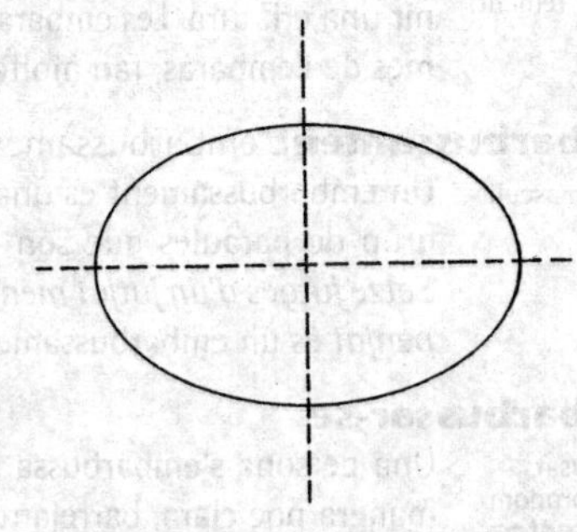

Una el·lipse

el·lipsi el·lipsis

nom femení — És fa una el·lipsi quan s'elimina una o més paraules d'una frase sense que se'n perdi el significat. Si dius: *La Marta se'n va a París; jo, a Turquia*, has fet una el·lipsi: *me'n vaig* no ho dius, però s'entén.

el·líptic el·líptica el·líptics el·líptiques

adjectiu — **1** De l'el·lipse, semblant a una el·lipse. L'òrbita de la Terra al voltant del Sol és el·líptica. Les fulles d'algunes plantes són el·líptiques. limbe
2 De l'el·lipsi, que conté una el·lipsi. A la frase *Vaig a berenar*, el subjecte, *jo*, és el·líptic: no es diu, però tothom l'entén.

elm elms

nom masculí — Un elm és la part d'una armadura que cobria el cap. Hi havia elms que tapaven també tota la cara i portaven una visera davant dels ulls que es podia obrir.

elocució elocucions

nom femení — L'elocució és la manera de parlar que té una persona. És com la redacció de la llengua parlada. Si tens una elocució clara és que t'expliques molt bé.

elogi elogis

nom masculí — Un elogi és una paraula o unes frases en favor d'algú o d'alguna cosa que en destaca els mèrits. Una bona pel·lícula rep els elogis de les crítiques de cinema.
elogiar, elogiós, elogiosa

eloqüent eloqüents

adjectiu — Que explica molt bé les coses, que convenç les persones que l'escolten. Si un polític és eloqüent, pot tenir molts vots.
eloqüència

1
els

determinant article — Forma plural de l'article *el*:
• *Els homes de la casa. Els poders ocults. Els cotxes que vaig veure.*

2
els

pronom personal — **1** Forma plural del pronom *el*:
• *Els frego cada dia* (els plats).
2 Forma plural del pronom *li*:
• *A la mare, li regalarem un llibre* (a ella) *i, a les cosines, els regalarem un disc a cada una* (a elles).

elucubració elucubracions

nom femení — Una persona fa elucubracions quan pensa molt sobre una cosa i fa raonaments estranys, poc clars. Hi ha qui fa elucubracions sobre els extraterrestres i els ovnis.
elucubrar

eludir

verb com *servir* ◀ pàg. 28 — Evitar una cosa, escapar-se'n, amb habilitat o amb alguna trampa. Algunes persones eludeixen pagar els impostos.
eludible, ineludible

elxà elxana elxans elxanes

adjectiu — **1** D'Elx. *Les palmeres elxanes.*
nom masculí i femení — **2** Persona que és d'Elx o que hi viu.

em

pronom personal Diferent d'*amb* i d'*en* — S'usa en casos com aquests:
• *Em llevo a les set. No em miris així.*
També pot tenir les formes *m'*, *'m* i *me* segons com es combina amb el verb i altres pronoms:

Continua a la pàgina següent

• *M'agrada pintar. Podràs portar-m'hi?*
• *Dóna'm aquest paper. Ahir se'm va trencar el gerro.*
• *He de llevar-me d'hora. Me'l va prendre.*
Té la mateixa forma tant si es refereix a un nom femení o a un masculí:
• *-Maria, què et preocupa? -Em preocupen les guerres.*
• *-Joan, què et preocupa? -Em preocupen les guerres.*

ema emes
nom femení — Nom de la lletra *m, M.*

emanar
verb com *cantar* ◄ pàg. 26 — **1** Sortir o escapar-se, una olor, un vapor, una radiació, d'un cos o d'un objecte. De les flors emanen moltes olors.
2 Tenir l'origen, procedir. Les lleis emanen del govern.
emanació

emancipar
verb com *cantar* ◄ pàg. 26 — Fer que una cosa deixi d'estar sota l'autoritat dels pares o dels tutors, o una nació sota la dominació d'una altra. Molts països han emancipat les seves colònies, els han donat la independència. Quan les persones s'emancipen, poden viure soles.
emancipació

embadalir
verb com *servir* ◄ pàg. 28 — Una cosa ens embadaleix quan ens agrada tant que ens quedem mirant-la sense pensar ni veure res més. Hi ha qui s'embadaleix davant d'un paisatge.

embadocar
verb com *cantar* ◄ pàg. 26 Amb QU davant E, I — Una cosa ens embadoca quan atreu tant la nostra atenció que no podem deixar de mirar-la. Molta gent s'embadoca mirant aparadors.

embafar
verb com *cantar* ◄ pàg. 26 — Un menjar o una beguda ens embafa quan és molt dolç o molt espès o està fet amb molt d'oli, i ens deixa de seguida com si estiguéssim tips.

embalar
verb com *cantar* ◄ pàg. 26 — **1** Posar objectes en caixes o embolicar-los bé per a poder-los transportar. Les peces de vidre i de ceràmica s'han d'embalar amb palla o cartons ondulats.
usat amb pronom — **2** **Embalar-se** és córrer cada vegada més de pressa. Quan fa baixada, la bicicleta s'embala.
3 Una persona **s'embala** parlant quan s'anima i diu moltes coses sense parar.
desembalar

embalatge embalatges
nom masculí — **1** L'embalatge és el fet d'embalar. L'embalatge d'obres d'art és una feina complicada.
2 Un embalatge és qualsevol caixa, capsa o bossa per a posar-hi objectes i poder-los transportar amb seguretat. Els embalatges més habituals són de cartó o de plàstic.

embalsamar
verb com *cantar* ◄ pàg. 26 — **1** Tractar un cadàver amb substàncies que el conserven i evitar així que es descompongui. Els antics egipcis embalsamaven els seus faraons.
2 Dissecar un animal.

embalum embalums
nom masculí — L'embalum d'una cosa és la seva grandària, el seu volum, sobretot quan ocupa molt d'espai. Un camió amb remolc fa molt d'embalum.

embaràs embarassos
nom masculí — L'embaràs és l'estat de la dona que està embarassada i també el temps que dura aquest estat. Un embaràs dura nou mesos.
embarassar

embarassada embarassades
adjectiu i nom femení — Una dona està embarassada quan ha de tenir una criatura. Les embarassades, l'últim mes de l'embaràs, fan molta panxa.

embarbussament embarbussaments
nom masculí — Un embarbussament és una paraula o un grup de paraules que són difícils de dir. *Setze jutges d'un jutjat mengen fetge d'un penjat* és un embarbussament.

embarbussar-se
verb usat amb pronom com *cantar* ◄ pàg. 26 — Una persona s'embarbussa quan parla de manera poc clara, barrejant les paraules i deixant les coses a mig dir. Si t'embarbusses, ningú no t'entén.

embarcació embarcacions
nom femení — Una embarcació és qualsevol vehicle que pot anar per l'aigua, com els vaixells, les barques i els remolcadors.

embarcar
verb com *cantar* ◄ pàg. 26 Amb QU davant E, I — **1** Pujar persones o mercaderies en una embarcació o en un avió. Al segle XIX, molts europeus es van embarcar cap a Amèrica.
2 Es diu que a algú l'han embarcat en una cosa quan l'han fet participar o entrar en una empresa difícil o perillosa.
embarcador

embargar
verb, com *cantar* ◀ pàg. 26. Amb GU davant E, I
Quedar-se algú la casa, els mobles o altres béns d'una persona perquè no paga els deutes o ha comès un delicte. A una persona que no paga els deutes li poden embargar la casa.
embarg, embargament

embarrancar
verb, com *cantar* ◀ pàg. 26. Amb QU davant E, I
Una embarcació embarranca quan queda atrapada per les roques o per la sorra.

embassament embassaments
nom masculí
1 L'embassament és el fet d'embassar o d'embassar-se alguna cosa.
2 Un embassament és un llac que es fa tancant les aigües d'un riu amb una paret. Els embassaments també es diuen *pantans* i es fan servir per a regar i per a produir electricitat.

embassar
verb, com *cantar* ◀ pàg. 26
Aturar l'aigua d'un riu o d'una riera per a fer una bassa o un embassament. Les companyies elèctriques embassen l'aigua dels rius per a fer electricitat. Si plou molt, s'embassa molta aigua als pantans.
embassada

embastar
verb, com *cantar* ◀ pàg. 26
1 Ajuntar les peces d'un vestit amb passades llargues de fil per a poder-lo emprovar, abans de cosir-lo.
2 Una cosa està embastada quan només està començada. Si tens un treball embastat, encara et queda molta feina.
embasta

embat embats
nom masculí
Un embat és un cop fort donat per les ones o pel vent contra les roques o una embarcació. Els embats del mar poden tombar una barca.

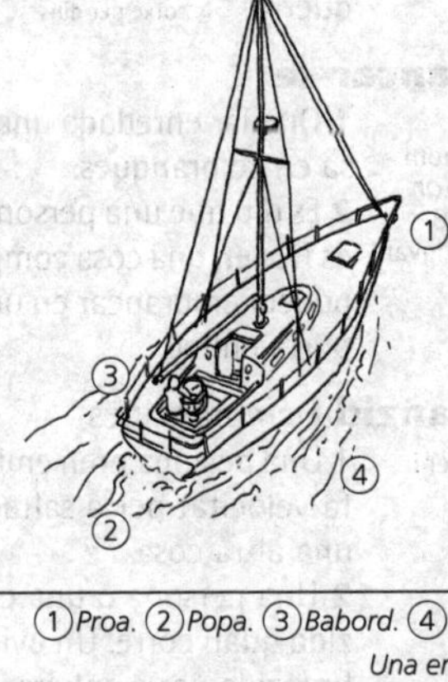

①*Proa.* ②*Popa.* ③*Babord.* ④*Estribord.*
Una embarcació

embeinar
verb, com *cantar* ◀ pàg. 26
Ficar una espasa, un ganivet o una eina a la beina.

embellir
verb, com *servir* ◀ pàg. 28
Fer que una cosa o una persona sigui més bella, més bonica. Si posem flors a la terrassa, l'embellirem.

embenar
verb, com *cantar* ◀ pàg. 26
Tapar una ferida o embolicar una part del cos amb benes. Si una persona es torça un peu, l'ha de portar uns dies embenat.
embenatge

embigat embigats
nom masculí
Un embigat és el conjunt de les bigues d'un sostre o d'una teulada. Hi ha embigats de fusta i embigats de ferro.

emblanquinar
verb, com *cantar* ◀ pàg. 26
1 Pintar de blanc.
2 Donar una capa de calç o de guix diluït en aigua a una paret o a una casa. Alguns pobles són de color blanc, perquè la gent emblanquina les cases.

emblema emblemes
nom masculí
Un emblema és un signe visible d'una idea, d'un lloc, d'una persona o d'un grup de persones. L'emblema de Lluís XIV de França era el sol. L'emblema de la justícia és la balança.

emblemàtic emblemàtica emblemàtics emblemàtiques
adjectiu
1 Dels emblemes.
2 Una cosa és emblemàtica quan és molt característica d'un lloc o d'un grup de persones. Fer concursos de tallar troncs és emblemàtic del País Basc.

embocadura embocadures
nom femení
1 L'embocadura d'un port o d'un carrer és el lloc per on s'entra; l'embocadura d'un riu és la part final, per on desemboca.
2 Part d'un instrument de vent que es posa a la boca per a tocar-lo.

embogir
verb, com *servir* ◀ pàg. 28
1 Tornar-se boig. Quan una persona embogeix necessita tractament psiquiàtric.
2 Fer tornar boig. Els sorolls dels petards embogeixen els gossos.

emboirar-se
verb usat amb pronom, com *cantar* ◀ pàg. 26
Cobrir-se o omplir-se de boira. A l'hivern, alguns trams de carretera s'emboiren sovint.

èmbol èmbols
nom masculí
1 Un èmbol és una peça que s'ajusta perfectament dins d'un dipòsit cilíndric i que

s'hi pot moure amunt i avall. Les xeringues de donar injeccions funcionen amb un èmbol que fa entrar i sortir el líquid.
2 Trosset dur d'alguna substància del cos que la sang pot arrossegar per les venes i les artèries.

embolcallar
verb
com *cantar*
◄ pàg. 26
1 Embolcallar una criatura és posar-li els bolquers.
2 Embolcallar una cosa és cobrir-la amb un paper o un drap. Els egipcis embolcallaven les mòmies amb moltes tires de drap.
embolcall

embòlia embòlies
nom femení
Una persona té o pateix una embòlia quan la sang no li pot circular perquè un èmbol tapa una vena o una artèria.

embolic embolics
nom masculí
1 Un embolic és el resultat d'embolicar-se una cosa. Els embolics de fil costen molt de desfer.
2 Conjunt de fets complicats, situació difícil d'on costa molt sortir. Per l'afany de diners, hi ha persones que es fiquen en molts embolics.

embolicar
verb
com *cantar*
◄ pàg. 26
Amb QU davant E, I
1 Cobrir totalment una cosa amb paper, roba o una altra matèria flexible com el plàstic. A les botigues de regals, emboliquen els objectes amb papers bonics.
usat amb pronom
2 Embolicar-se és embullar-se. Si portes els cabells llargs i se t'emboliquen, et costarà molt pentinar-te. Quan els fils de cosir s'emboliquen no hi ha qui els separi.
3 Una persona **s'embolica** amb algú o amb alguna cosa quan comença una relació que serà complicada o es fica en una situació perillosa i difícil.
4 Embolicar-se és empatollar-se. Si algú diu coses sense sentit, inexactes o falses, és normal que li diguin: "Què t'emboliques?, no saps el que estàs dient!"
frase feta
5 Embolicar la troca és complicar les coses, fer que una discussió o una situació sigui encara més difícil.

embornal embornals
nom masculí
Un embornal és un forat que hi ha a banda i banda d'un carrer, al costat de les voravies. Pels embornals l'aigua de la pluja va a les clavegueres de la ciutat. pàg. 597 (26)

emborratxar
verb
com *cantar*
◄ pàg. 26
1 Fer que una persona begui molta quantitat d'una beguda alcohòlica. En algunes pel·lícules els dolents emborratxen el protagonista per a aprofitar-se'n. Quan algú s'emborratxa no sap el que fa.
2 Mullar ben bé el pa de pessic amb licor perquè resulti més gustós.

emboscada emboscades
nom femení
Un grup de persones paren una emboscada quan s'amaguen en un lloc per a atacar una altra persona o unes altres persones. En la guerra de guerrilles, es preparen emboscades a l'exèrcit.
emboscar

embotellar
verb
com *cantar*
◄ pàg. 26
Posar en una botella o en botelles. Als cellers, hi ha màquines automàtiques que embotellen el vi i el xampany.
embotellador, embotellament

embotir
verb
com *servir*
◄ pàg. 28
Amb O
Omplir una cosa amb una altra fins que quedi ben plena. Les botifarres es fan embotint un budell amb carn picada.

embotit embotida embotits embotides
adjectiu i nom masculí
Amb O
1 Molt ple. Si un local està embotit de gent és que ja no hi cap ningú més.
nom masculí
2 Un embotit és un budell de porc o una funda allargada d'un altre material que s'omple de carn picada, generalment de porc, espècies i, de vegades, altres ingredients. Hi ha embotits molt diferents: botifarra, salsitxa, fuet, xoriço, etc.

embragar
verb
com *cantar*
◄ pàg. 26
Amb GU davant E, I
Fer que el moviment del motor d'un cotxe passi als mecanismes d'una de les marxes. Un cop entrada la marxa que volem, s'ha d'embragar deixant anar el pedal d'embragatge.
desembragar

embragatge embragatges
nom masculí
L'embragatge d'un cotxe és el mecanisme que permet canviar les marxes. El pedal d'embragatge es fa anar amb el peu esquerre. cotxe per dins

embrancar-se
verb usat amb pronom
com *cantar*
◄ pàg. 26
Amb QU davant E, I
1 Quedar enredada una persona o una cosa entre branques.
2 Es diu que una persona s'embranca quan es fica en una cosa complicada o difícil. Ens podem embrancar en una discussió que no porta enlloc.

embranzida embranzides
nom femení
1 Una persona pren embranzida quan agafa velocitat per a saltar un obstacle o fer una altra cosa.
2 Una persona o una cosa porta embranzida quan corre. Un avió ha de portar embranzida per a enlairar-se.

embriac embriaga embriacs embriagues

adjectiu i nom masculí i femení — Borratxo. Els embriacs a vegades no saben el que fan.
embriaguesa

embriagar

verb com *cantar* ◄ pàg. 26 Amb GU davant E, I — Emborratxar. Si donen molt de conyac a una persona, l'embriagaran. La gent que no veu mai s'embriaga amb un no res de vi.

embrió embrions

nom masculí — **1** Un embrió és un ésser viu en els primers temps del seu desenvolupament, quan encara s'està formant. Els embrions humans estan tancats dins del ventre de les mares; quan tenen més de dos mesos es diuen *fetus*.
2 Es diu que una cosa està en embrió quan comença a formar-se.
embriologia, embrionari, embrionària

embrollar

verb com *cantar* ◄ pàg. 26 — Fer que una situació es compliqui i s'enredi. Les persones que diuen mentides sempre embrollen les coses.

embromar-se

verb usat amb pronom com *cantar* ◄ pàg. 26 — **1** Posar-se núvol el cel.
2 Posar-se la boira en un lloc.
3 Constipar-se de nas. Quan ens embromem tenim el nas tapat.

embruixar

verb com *cantar* ◄ pàg. 26 — Fer que una persona o una cosa estigui sota l'acció de la màgia o de la bruixeria. A les històries de por surten cases embruixades.
embruix, embruixador, embruixament

embrutar

verb com *cantar* ◄ pàg. 26 — Fer que una persona o una cosa estigui bruta. Alguns gossos embruten els carrers. Si t'embrutes les mans, te les hauràs de rentar.

embull embulls

nom masculí — **1** Hi ha un embull en una cosa quan s'ha embullat. Si es fa un embull en un rodet de fil, costa molt desfer-lo.
2 Cosa que una persona fa o diu per a enganyar. No es pot confiar en persones que sempre van amb embulls.

embullar

verb com *cantar* ◄ pàg. 26 — **1** Fer que els cabells, uns fils o la llana d'una troca es barregin i sigui difícil separarlos. El vent embulla els cabells. Si s'embulla un cordill i s'hi fan nusos, no es pot aprofitar.

usat amb pronom — **2** Un assumpte, una discussió, **s'embulla** si es complica molt i és difícil sortir-se'n. Quan l'economia d'un país s'embulla, ningú no es posa d'acord.
desembullar

embús embussos

nom masculí — Un embús és qualsevol cosa que no deixa passar. Si hi ha un embús en una canonada del lavabo, l'aigua no pot sortir. Es forma un embús en un carrer o en una carretera quan hi ha molts cotxes i no poden circular.

embussar

verb com *cantar* ◄ pàg. 26 — Tapar amb un embús. Si llencem trossos de menjar a l'aigüera, l'embussarem. Si s'embussa el lavabo, l'haurem de desembussar.

embut embuts

nom masculí — **1** Un embut és un estri per a omplir una ampolla o un altre recipient sense que el líquid es vessi. És molt ample per la part de dalt i es va tancant cap a la part de baix, on hi ha un tub que es posa dins del recipient que s'ha d'omplir. pàg. 1000 (14)

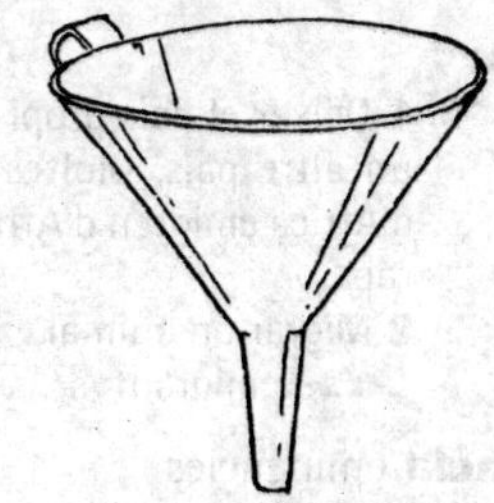

Un embut

2 Es diu que una persona parla amb embuts quan no diu les coses clarament.

embutxacar

verb com *cantar* ◄ pàg. 26 Amb QU davant E, I — **1** Ficar a la butxaca. Si una cosa és molt grossa, no la pots embutxacar.

usat amb pronom — **2** **Embutxacar-se** és quedar-se una quantitat de diners. En el negoci de les armes, hi ha persones que s'embutxaquen molts milions.

emergència emergències

nom femení — Una emergència és una situació difícil, un accident, que s'ha de solucionar de seguida. Els bombers sempre estan preparats per si es presenta una emergència.

emergir

verb com *servir* ◄ pàg. 28 — Sortir una cosa de dins de l'aigua. Quan un submarí emergeix, surt a la superfície.

emetre

verb
com *perdre*
◄ pàg. 27
Diferències: *emès, emesa, emesos, emeses*

1 Fer sortir fora de si alguna cosa. Una estufa és un aparell que emet calor.
2 Expressar o manifestar una opinió, un judici, un vot, etc. Hi ha revistes que emeten les opinions d'un sol partit polític.
3 Fer programes una emissora de ràdio o de televisió. Hi ha ràdios que emeten totes les hores del dia.
4 Posar bitllets de banc i monedes en circulació. Només el Banc d'Espanya pot emetre diners a Espanya.

èmfasi èmfasis

nom masculí o femení
Amb MF

Posem èmfasi en una paraula o en una frase quan la pronunciem amb força, amb una entonació que la destaca. Quan parlem posem molt èmfasi en les coses que ens semblen importants. També es diu que un polític remarca amb un èmfasi especial allò que ha fet bé.
emfasitzar, emfàtic, emfatitzar

emigració emigracions

nom femení

L'emigració és el fet d'emigrar. En un país hi ha emigració quan els seus habitants emigren, se'n van.

emigrar

verb
com *cantar*
◄ pàg. 26

1 Deixar el país propi per anar a viure en un altre país. Moltes persones del nord d'Àfrica emigren d'Àfrica i immigren a Europa.
2 Migrar un animal.
emigrant

eminència eminències

nom femení

1 Una eminència és una persona que és molt sàvia i que destaca molt en el camp artístic o científic. Maria Curie va ser una eminència de la física.
2 Títol que es dóna als cardenals de l'Església.

eminent eminents

adjectiu

1 Que és alt, elevat. Els castells es construïen en llocs eminents.
2 Una persona és eminent quan és molt important pels seus mèrits. Mozart i Beethoven són músics eminents.

emir emirs

nom masculí

Un emir és un príncep o un governant d'alguns països àrabs.
emirat

emissari emissària emissaris emissàries

nom masculí i femení

Persona que és enviada per fer una missió.

emissor emissora emissors emissores

adjectiu

1 Que emet. Un focus és un aparell emissor de llum.

nom masculí

2 Un emissor és qualsevol aparell que permet d'enviar missatges a distància a través d'ones electromagnètiques. Aquests missatges es reben en un receptor.

nom femení

3 Una emissora és un conjunt d'aparells i d'instal·lacions que permet enviar a distància música, paraules i imatges. Hi ha emissores de ràdio i de televisió.
emissió

emmagatzemar

verb
com *cantar*
◄ pàg. 26

1 Posar productes i mercaderies en un magatzem. Alguns comerciants emmagatzemen la fruita i després la van venent.
2 Un aparell emmagatzema energia o una altra cosa quan en guarda per a fer-la servir més tard. La bateria d'un cotxe emmagatzema electricitat.

emmalaltir

verb
com *servir*
◄ pàg. 28

1 Posar-se malalt. Si una persona no menja ni dorm ben segur que emmalaltirà. Hi ha gent que s'emmalalteix perquè viu en llocs poc saludables.
2 Fer posar malalt. La humitat i el fred emmalalteixen les persones delicades.

emmanillar

verb
com *cantar*
◄ pàg. 26

Posar les manilles a una persona. La policia, quan agafa un delinqüent, l'emmanilla.

emmarcar

verb
com *cantar*
◄ pàg. 26
Amb QU davant E, I

Posar dins d'un marc. Si vols penjar un quadre a la paret, l'hauràs d'emmarcar.

emmascarar

verb
com *cantar*
◄ pàg. 26

1 Embrutar amb carbó, amb sutge o amb les restes d'una foguera. La llar de foc emmascara les paelles. Si remenes les cendres, t'emmascararàs.
2 Tapar la cara amb una màscara. Els maquilladors a vegades emmascaren les actrius. Els lladres que assalten un banc s'emmascaren.
mascarar

emmenar

verb
com *cantar*
◄ pàg. 26

Emportar-se una cosa o una persona, ferla anar amb si d'un lloc a un altre. Si un company no es troba bé, el pots emmenar a casa seva.

emmerdar

verb
com *cantar*
◄ pàg. 26

1 Embrutar de merda.
2 Es diu que algú ha emmerdat una persona quan l'ha ficada en un assumpte difícil o perillós. Només es diu de manera informal.

emmetzinar
verb
com *cantar*
◄ pàg. 26

1 Donar una metzina a algú, matar-lo amb una metzina. Alguns personatges històrics emmetzinaven els seus enemics. Hi ha persones que s'han emmetzinat amb les pastilles per a dormir.
2 Posar metzina en un menjar, una beguda o una altra cosa. La madrastra va emmetzinar una poma perquè volia matar la Blancaneu.

emmidonar
verb
com *cantar*
◄ pàg. 26

Posar midó desfet en aigua al coll i als punys d'una camisa perquè quedin forts i ben planxats. Els teixits actuals es planxen, però no s'emmidonen.

emmirallar-se
verb usat amb pronom
com *cantar*
◄ pàg. 26

1 Mirar-se en un mirall. Les persones presumides no acaben mai d'emmirallar-se.
2 Es diu que una persona s'emmiralla en algú quan l'imita i en segueix els exemples. Els nens que juguen al futbol s'emmirallen en els grans jugadors.

emmordassar
verb
com *cantar*
◄ pàg. 26

Posar una mordassa a algú. Si ens emmordassen no podem cridar ni parlar.

emmorenir
verb
com *servir*
◄ pàg. 28

Fer que la pell d'una persona agafi color. A la platja, el sol ens emmoreneix el cos.

emmotllar
verb
com *cantar*
◄ pàg. 26

1 Donar forma a una cosa tova posant-la en un motllo. La pasta del pa de pessic i altres pastissos s'ha d'emmotllar i posar al forn.

usat amb pronom

2 Una persona **s'emmotlla** a les circumstàncies quan actua d'acord amb la situació, sense enfrontaments. Per a conviure, cal emmotllar-se a la manera de ser dels altres.

emmudir
verb
com *servir*
◄ pàg. 28

1 Perdre la paraula, tornar-se mut. Diem que una persona emmudeix quan no diu res i està molta estona sense parlar.
2 Emmudim un so si no el pronunciem. La *r* final d'algunes paraules s'emmudeix en el parlar de molts catalans: *fe*(*r*).

emmurallar
verb
com *cantar*
◄ pàg. 26

Posar muralles a un lloc. Els antics emmurallaven les ciutats per a defensar-se.

emmurriar-se
verb usat amb pronom
com *canviar*
◄ pàg. 30
Amb dièresi

Una persona s'emmurria quan s'enfada i posa una cara molt seriosa perquè tothom vegi que està enfadada. Si estàs emmurriat no tens ganes de parlar.

emoció emocions
nom femení

Una emoció és un sentiment molt fort de pena, d'amor, de plaer, d'alegria, etc. Hi ha pel·lícules que desperten emocions fortes i fan plorar el públic.

emocionar
verb
com *cantar*
◄ pàg. 26

1 Causar emoció. La felicitat d'una parella que es casa ens emociona.

usat amb pronom

2 Emocionar-se és sentir emoció o emocions. Algunes persones s'emocionen molt amb les pel·lícules romàntiques.

emocionant

emoluments
nom masculí plural

Els emoluments d'un funcionari o d'un altre empleat són els diners que cobra. S'usa sobretot en textos legals.

emotiu emotiva emotius emotives
adjectiu

1 Que causa emoció. Per als pares, el casament dels fills és un acte molt emotiu.
2 Una persona és emotiva si s'emociona fàcilment.

emotivitat

empadronar
verb
com *cantar*
◄ pàg. 26

Inscriure una persona en el padró. Si no estem empadronats, no podem participar en les eleccions. Per a empadronar-nos hem d'anar a l'ajuntament i omplir uns impresos.

empaitar
verb
com *cantar*
◄ pàg. 26

Córrer darrere d'algú per atrapar-lo. Els gossos de caça empaiten conills i llebres.

empal·lidir
verb
com *servir*
◄ pàg. 28

Perdre el color de la cara, tornar-se pàl·lid. Quan una persona rep una mala notícia, sovint empal·lideix.

empalmar
verb
com *cantar*
◄ pàg. 26

1 Unir dues fustes, dues cordes, dos fils, etc., pels extrems. Si empalmes dues escales pots enfilar-te més amunt.
2 Diem que empalmem una feina, o una altra cosa, amb una altra quan n'acabem una i en comencem tot seguit una altra.

empanada empanades
nom femení
També *panada*

Una empanada és un full de pasta de farina farcit de carn picada, tonyina, espinacs o un altre menjar, i fregit. Hi ha empanades que tenen forma de semicercle.

empanar

empantanegar
verb
com *cantar*
◄ pàg. 26
Amb GU davant E, I

Impedir que un assumpte o una empresa vagi endavant, que una persona pugui actuar. Una feina empantanegada està aturada, una persona empantanegada no sap què fer.

empaperar
verb
com *cantar*
◄ pàg. 26

Cobrir de paper pintat una o més parets. Algunes habitacions queden millor empaperades que pintades.

empapussar
verb
com *cantar*
◄ pàg. 26

Empapussar una criatura o un animal és fer-los menjar posant-los l'aliment a la boca. Alguns pares empapussen els fills perquè mengin de pressa.

empaquetar
verb
com *cantar*
◄ pàg. 26

Fer un o més paquets amb una cosa o algunes coses. A les fàbriques, hi ha màquines que empaqueten automàticament.

emparar
verb
com *cantar*
◄ pàg. 26
Amb E

1 Ajudar i protegir algú contra el perill. La llei empara els ciutadans, ja que els defensa dels lladres i altres malfactors.

usat amb pronom

2 **Emparar-se** amb algú o amb alguna cosa és posar-se sota la seva protecció. Si plou, ens podem emparar amb un paraigua.

empara

emparaular
verb
com *cantar*
◄ pàg. 26

Arribar a un acord amb algú de paraula. Si emparaules un viatge amb els amics és que heu decidit viatjar junts, però encara no heu comprat els bitllets.

emparedar
verb
com *cantar*
◄ pàg. 26

Tapar amb una paret. Es pot emparedar la porta d'una casa en ruïnes per evitar que hi entri gent.

aparedar

emparentar
verb
com *cantar*
◄ pàg. 26

Fer-se parent d'algú. Quan una persona es casa, emparenta amb la família de la dona o del marit.

emparrat emparrats
nom masculí

Un emparrat és un cobert fet amb barres o llistons de fusta que aguanten una parra o una altra planta que s'hi enfila.

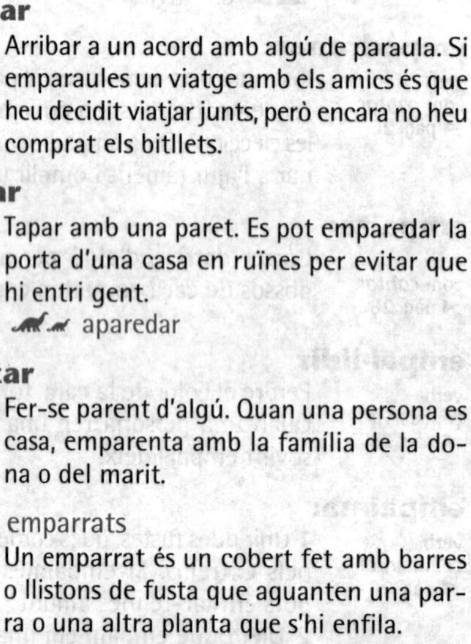

Un emparrat

empassar-se
verb usat amb pronom
com *cantar*
◄ pàg. 26

1 Fer passar coll avall una cosa que tenim a la boca. El menjar s'ha d'empassar ben mastegat.

2 Diem que ens empassem una pel·lícula o tots els programes de televisió quan els mirem encara que no tinguin gaire qualitat.

empastar
verb
com *cantar*
◄ pàg. 26

1 Cobrir o omplir de pasta. Abans de pintar una paret, s'han d'empastar els forats que hi hagi.

2 Omplir amb una pasta especial el forat que hi ha en una dent. Si el dentista empasta un queixal, no l'ha d'arrencar.

empastifar
verb
com *cantar*
◄ pàg. 26

1 Embrutar amb una substància enganxosa o pastosa. Quan mengem xocolata desfeta a vegades ens empastifem la cara.

2 Embrutar una cosa. Hi ha persones que empastifen les parets escrivint-hi coses.

empatar
verb
com *cantar*
◄ pàg. 26

Tenir el mateix nombre de punts o de gols que un altre jugador o que un altre equip. Quan dos equips empaten, cap dels dos no guanya.

empat

empatollar-se
verb usat amb pronom
com *cantar*
◄ pàg. 26

Dir coses sense sentit, sense solta ni volta. *No t'empatollis, que no saps res de mi. Què s'empatolla, ara, aquest home?*

empatxar
verb
com *cantar*
◄ pàg. 26

Provocar una digestió molt pesada, deixar sense ganes de menjar. Els dolços empatxen si se'n mengen molts.

empatx

empedrat empedrats
nom masculí

1 Un empedrat és un terra fet amb pedres.

2 Amanida feta amb mongetes seques, ceba, tomàquet, olives i, a vegades, bacallà esqueixat.

empedrar

empedreït empedreïda empedreïts empedreïdes
adjectiu

Que no pot deixar un vici o un costum. Un jugador de cartes empedreït no pot deixar el joc.

empelt empelts
nom masculí

1 Un empelt és una part d'un arbre o d'una planta que s'enganxa a un altre arbre o planta. En les plantes de jardí es fan empelts per tal d'obtenir flors més grosses i més boniques.

2 Trosset de pell, de carn o d'os que es treu d'un lloc del cos i es posa en un altre

lloc. A les persones que tenen cremades importants, se'ls fan empelts de pell.
empeltar

empenta empentes

nom femení — **1** Una empenta és un cop violent que es dóna a una cosa o a una persona per ferla moure o apartar-la. En un autobús molt ple, ens poden donar empentes.
2 Força, velocitat o energia d'una cosa o d'una persona. Si un riu baixa molt ple, l'empenta de l'aigua pot emportar-se els arbres de la riba.
empentar, empentejar

empenya empenyes

nom femení — L'empenya és la part de dalt del peu i la part de la sabata que queda a sobre, on hi ha els cordons.

empènyer

verb
com *témer*
◄ pàg. 26
Diferències: *empès, empesa, empesos, empeses.*

Fer força sobre una cosa o una persona des del darrere per a moure-la. Quan un cotxe s'encalla en el fang, algú l'ha d'empènyer, ja que les rodes patinen.

empenyorar

verb
com *cantar*
◄ pàg. 26

Deixar en poder d'una persona una joia o una altra cosa de valor a canvi de diners. Les coses que s'han empenyorat es recuperen quan es tornen els diners.
desempenyorar

emperador emperadriu emperadors emperadrius

nom masculí i femení — **1** Persona que governa un imperi. August i Claudi van ser emperadors romans. La reina d'Anglaterra tenia el títol d'emperadriu de l'Índia.

nom masculí — **2** Peix que té el cos allargat, alt a la part del llom i una mica pla, amb la part del cap molt arrodonida i els ulls situats molt baixos, prop de la boca. És de color blau a l'esquena i de tonalitats rosades i platejades a la resta del cos. S'alimenta de plàncton i pot arribar als dos metres de llargària. La seva carn té un sabor fort. Un cop tallat, hi ha qui el confon amb el peix espasa. El mateix peix espasa a vegades rep el nom d'*emperador*.

empescar-se

verb usat amb pronom
com *cantar*
◄ pàg. 26
Amb QU davant E, I

Inventar, imaginar. Alguns guionistes de cine s'empesquen aventures formidables. Només es diu de manera informal.

empestar

verb
com *cantar*
◄ pàg. 26

Omplir de pudor molt forta. Els fums d'algunes indústries empesten l'aire.

empestat empestada empestats empestades

nom masculí i femení — Persona atacada per la pesta. Quan hi havia pesta, la gent fugia dels empestats.

empetitir

verb
com *servir*
◄ pàg. 28

Fer més petit, fer que una persona o una cosa sembli més petita. Hi ha lents que empetiteixen les imatges.
empetitiment

empiocar-se

verb usat amb pronom
com *cantar*
◄ pàg. 26
Amb QU davant E, I

Posar-se malalt. Quan arriba l'hivern, moltes persones grans s'empioquen. Només es diu de manera informal.

empipador empipadora empipadors empipadores

adjectiu i nom masculí i femení — Que empipa. Llevar-se cada dia a toc de despertador és molt empipador. Si ets un empipador aviat no tindràs amics.

empipar

verb
com *cantar*
◄ pàg. 26

Molestar, fer que una persona s'enfadi. Hi ha persones que s'ho passen bé empipant els altres. No ens hem d'empipar per coses de poca importància. Només es diu de manera informal.

empíric empírica empírics empíriques

adjectiu — Que té en compte l'experiència, les coses que passen, la pràctica. Si volem tenir un coneixement empíric de la química, hem de fer experiments.
empirisme

empitjorar

verb
com *cantar*
◄ pàg. 26

1 Trobar-se més malament un malalt, una persona delicada. Moltes persones grans empitjoren quan fa fred.
2 Anar més malament una cosa. Si una empresa en crisi empitjora, haurà d'acabar tancant.
empitjorament

emplaçament emplaçaments

nom masculí — L'emplaçament d'una cosa és el lloc on es troba, la situació geogràfica. L'emplaçament de les incineradores d'escombraries és un problema, ningú no les vol a prop seu.

emplaçar

verb
com *cantar*
◄ pàg. 26
Amb C davant E, I

Situar o construir en un lloc determinat. Els antics emplaçaven els castells en llocs alts.

emplastre emplastres

nom masculí — **1** Un emplastre és un drap que porta una preparació medicinal espessa i enganxosa i que es posa damunt d'una part del cos. Antigament els emplastres es feien servir molt.

Continua a la pàgina següent

2 Cosa que té un aspecte espès i enganxós com un emplastre. Un arròs massa cuit i covat queda fet un emplastre.

empleat empleada empleats empleades

nom masculí i femení — Persona que treballa a sou en feines administratives, en botigues o en altres serveis. Els treballadors d'una fàbrica són obrers; els d'un banc, empleats.

emplenar

verb com *cantar* ◄ pàg. 26 — Omplir. Els dies de festa, les carreteres s'emplenen de cotxes.

empobrir

verb com *servir* ◄ pàg. 28 — Fer tornar pobre. La falta d'aigua empobreix molts pobles africans. Una persona s'empobreix si gasta més del que guanya.

empobriment

empolainar-se

verb usat amb pronom com *cantar* ◄ pàg. 26 — Posar-se vestits i adornaments elegants i bonics. La gent que va a un casament sempre s'empolaina.

empolsar

verb com *cantar* ◄ pàg. 26 També *empolsinar* — Cobrir de pols. Si serrem una fusta empolsem el terra. Els cotxes que circulen per pistes de muntanya s'empolsen molt.

desempolsar

empolsinar

verb com *cantar* ◄ pàg. 26 — Empolsar.

empordanès empordanesa empordanesos empordaneses

adjectiu — 1 De l'Empordà. *Els aiguamolls empordanesos.*

nom masculí i femení — 2 Persona que és de l'Empordà o que hi viu.

empori emporis

nom masculí — Un empori és una ciutat que té molt de comerç, molta riquesa, moltes activitats artístiques i culturals.

emportar-se

verb usat amb pronom com *cantar* ◄ pàg. 26 — 1 Agafar una persona o una cosa, treure-la del lloc on és i portar-la amb nosaltres. Hi ha qui no s'emporta cap llibre quan surt de vacances. Els pares acostumen a emportar-se els fills d'excursió.

2 Prendre, agafar les coses que són d'un altre. A vegades l'encarregat d'un negoci fuig emportant-se tots els diners de la caixa.

3 Treure d'un lloc o arrossegar una cosa, de manera violenta. Quan un riu es desborda s'emporta tot el que troba cap a mar.

4 Rebre o aconseguir una cosa. Podem emportar-nos un premi, els aplaudiments del públic o un disgust.

empostissat empostissats

nom masculí — Un empostissat és un terra o un sostre fet amb posts. Quan hi ha un incendi en una casa antiga, els empostissats es cremen de seguida.

emprar

verb com *cantar* ◄ pàg. 26 — Usar, fer servir. Per fer algunes feines cal emprar un ordinador. És una paraula poc usada.

empremta empremtes

nom femení — Una empremta és un senyal que una persona, un animal o un objecte deixa sobre una cosa. Al carnet d'identitat, hi ha les teves empremtes digitals.

emprendre

verb com *prendre* ◄ pàg. 38 Diferència: *emprèn, emprès* — Posar-se a fer alguna cosa, començar-la. Quan emprenem un viatge llarg diem adéu als amics.

emprenedor emprenedora emprenedors emprenedores

adjectiu i nom masculí i femení — Una persona emprenedora s'arrisca a fer coses, és activa i fa molta feina. Els descobridors de noves terres eren gent emprenedora.

emprenyar

verb com *cantar* ◄ pàg. 26 — Empipar. Es considera una paraula grollera.

empresa empreses

nom femení — 1 Una empresa és tot allò que fem o volem fer, sobretot quan demana esforç i treball. Escriure una novel·la és una empresa llarga.

2 Negoci, conjunt de persones, locals i aparells que fabriquen, compren, venen, fan un servei, etc. Les indústries, els supermercats i les companyies de transports són empreses i han de guanyar diners.

empresari empresària empresaris empresàries

nom masculí i femení — Persona que dirigeix una empresa o que té una empresa. *La fabricanta* és una novel·la sobre una empresària catalana de l'època de la industrialització.

empresarial

empresonar

verb com *cantar* ◄ pàg. 26 — Ficar algú a la presó. Els turcs van empresonar Cervantes.

empresonament

emprèstit emprèstits

nom masculí — Un emprèstit és un préstec, sobretot el que es fa a l'Estat, a un organisme oficial o a una empresa.

emprovar
verb
com *cantar*
◄ pàg. 26

Posar a algú una peça de vestir per veure si li va bé. Els modistes emproven la roba abans de cosir-la del tot. Quan anem a comprar-nos uns pantalons, ens els emprovem.
emprova, emprovador

empudegar
verb
com *cantar*
◄ pàg. 26
Amb GU davant E, I

Omplir de pudor, de males olors. Els abocadors d'escombraries empudeguen l'aire.

empunyadura empunyadures
nom femení

L'empunyadura d'una espasa, d'un punyal o d'un altre objecte és la part per on l'agafem.

empunyar
verb
com *cantar*
◄ pàg. 26

Agafar una cosa fortament amb la mà. Els cavallers medievals necessitaven molta força per a empunyar les espases.

emular
verb
com *cantar*
◄ pàg. 26

Provar d'igualar o superar algú en una cosa. Els atletes volen emular els rècords dels seus companys.

emulsió emulsions
nom femení

1 Una emulsió és un líquid on hi ha sense barrejar-se gotes molt petites d'un altre líquid. L'aigua i l'oli no es barregen, sinó que quan es baten formen una emulsió.
2 Substància química que recobreix les pel·lícules i els papers fotogràfics. L'emulsió és la part que la llum modifica quan es fa la fotografia.
emulsionar

1
en
preposició
Diferent d'*em* i d'*amb*

S'usa en casos com aquests:
• *Viure en un pis petit, trobar-se en una situació compromesa.*
• *Trobar-se en una sala més gran, refugiar-se en algun país neutral, pujar en aquella muntanya.*
• *Fer una cosa en un moment o en quinze dies.*
• *Els acords presos en la reunió, l'explicació que hi ha en el diccionari.*
• *En el nostre cas, en el moment de la sortida, en totes les nostres vides.*
• *En arribar a l'hotel, la noia va saludar els amics.*
Hi ha verbs que van seguits de la preposició *en*:
• *Pensar en, tardar en, tenir interès en*, etc.

2
en
pronom adverbial

S'usa en casos com aquests:
• *Ell ve del metro, i jo també en vinc* (del metro). *Hi he entrat a les cinc i en surto ara* (d'allà).
• *El Manel sempre parla de la Maria però jo no en parlo mai* (d'ella). *Ja t'ho havia dit; no te'n recordes* (d'allò). *Es va casar amb el fill de la portera i se'n va divorciar l'any passat* (del fill de la portera).
• *Em demanes diners i no en tinc* (de diners). *- Posi'm carn magra. - Quanta en vol?* (de carn magra). *De llet, n'he begut molta.*
• *És metge o no n'és* (de metge). *Com n'és, d'espavilat, el nen.*
També pot tenir les formes *n'*, *'n* i *-ne* segons com es combina amb el verb i altres pronoms.
• *N'estic tipa. Posa-n'hi una mica més.*
• *Posa'n més. Porta'n un altre.*
• *Vull parlar-ne a fons, és un tema molt interessant. Parleu-ne i quan us hàgiu decidit ja m'ho direu.*
Té la mateixa forma tant si es refereix a un nom femení, masculí, singular o plural.
• *De feina, en té molta.*
• *De diners, en té pocs.*
• *De pis, no en té.*
• *D'obligacions, en té moltes.*

3
en na
determinant article

S'usa davant dels noms de persona quan es tracta de persones conegudes:
• *En Pere i na Joana.*
En algunes zones s'usa *el* o *la* per comptes d'*en* o *na*.
• *El Pere i la Joana. En Pere i la Joana.*
Davant de noms començats amb vocal o *H* s'escriu *n'*.
• *N'Eugènia, n'Albert.*

ena enes
nom femení

Nom de la lletra *n*, *N*.

enagos
nom masculí plural

Uns enagos són una peça de roba interior femenina que es porta de la cintura en avall per sota les faldilles. Antigament les dones portaven uns enagos rígids i acampanats.

enaltir
verb
com *servir*
◄ pàg. 28

Dir coses bones d'una persona o d'una cosa. Tots els països enalteixen les seves personalitats cèlebres.

enamorar
verb
com *cantar*
◄ pàg. 26

1 Inspirar amor. Algunes artistes de cine enamoren tots els adolescents. Quan una persona s'enamora només vol estar amb la persona estimada.
2 Una persona o una cosa ens enamora quan ens agrada molt veure-la o sentir-la. Hi ha música que enamora.
enamorament, enamorat, enamorada

A B C D E F G H I J K L M N O P Q R S T U V W X Y Z

enarborar
verb com *cantar* ◄ pàg. 26
Aixecar enlaire una bandera, hissar-la. Els vaixells pirates enarboren una bandera negra amb una calavera.

enardir
verb com *servir* ◄ pàg. 28
Excitar els ànims d'algú per a la lluita o per a l'acció. El públic enardeix els futbolistes quan vol que marquin un gol. Els boxejadors s'enardeixen durant el combat.

ençà
adverbi
1 Cap aquí, en direcció on som. *El camp de futbol serà d'aquestes dues línies ençà.*
2 A partir d'un moment passat. *No l'he vist de dissabte ençà.*

encabir
verb com *servir* ◄ pàg. 28
També *enquibir*
Ficar una persona o una cosa en un lloc fent-li cabre. En una habitació petita no s'hi poden encabir cent persones.

encaboriat encaboriada encaboriats encaboriades
adjectiu
Ple de cabòries. Quan arriben els exàmens els estudiants van encaboriats.

encabritar-se
verb usat amb pronom com *cantar* ◄ pàg. 26
Aixecar un cavall el cos i les potes del davant aguantant-se només amb les potes del darrere. Quan un cavall s'encabrita pot fer caure el genet.

encadenar
verb com *cantar* ◄ pàg. 26
1 Lligar amb una cadena o amb cadenes. Encadenar la moto impedeix que la robin.
usat amb pronom
2 Dues o més coses **s'encadenen** quan vénen l'una darrere l'altra com les anelles d'una cadena. Els mesos de l'any s'encadenen: quan acaba un, comença l'altre.

encaixada encaixades
nom femení
Dues persones fan una encaixada quan se saluden donant-se la mà.

encaixar
verb com *cantar* ◄ pàg. 26
1 Entrar, o fer entrar, una cosa dins d'una altra de manera que quedi ben ajustada. Per fer un trencaclosques has d'encaixar bé les peces.
2 Donar-se la mà dues persones quan se saluden.
3 Posar una cosa en caixes. Els pagesos encaixen la fruita per vendre-la a plaça.
encaix

encaixonar
verb com *cantar* ◄ pàg. 26
1 Posar una cosa en un caixó o en caixons.
2 Posar una cosa o una persona en un lloc molt estret. Si quedem encaixonats en una sala on hi ha molta gent, ens costarà de sortir.

encalçar
verb com *cantar* ◄ pàg. 26
Amb C davant E, I
Córrer darrere d'algú o d'un vehicle per atrapar-lo. És inútil que encalcem una moto anant a peu; mai no l'atraparem.
encalç

encallar
verb com *cantar* ◄ pàg. 26
1 Un vehicle encalla o s'encalla quan no pot continuar avançant perquè hi ha un obstacle. Quan hi ha neu a la carretera, molts cotxes s'encallen.
2 Una embarcació ha encallat quan ha quedat atrapada a la sorra o entre les roques.
3 Es diu que una conversa, un negoci o una altra cosa està encallada quan no pot continuar.
usat amb pronom
4 Un mecanisme o un aparell **s'encalla** quan hi ha alguna cosa que no el deixa continuar funcionant. Si s'encalla un pany no es pot tancar la porta.

encalmar-se
verb usat amb pronom com *cantar* ◄ pàg. 26
Posar-se el temps o el mar en calma. En un mar encalmat es pot navegar sense perill.

encaminar
verb com *cantar* ◄ pàg. 26
1 Posar en camí, fer anar cap a un lloc. Si encamines un grup d'excursionistes, els dius cap a on han d'anar.
usat amb pronom
2 **Encaminar-se** és posar-se en camí. Al matí, la gent s'encamina a la feina.

encant encants
nom masculí
Una persona o una cosa té encant quan ens agrada i ens causa plaer. Diem que una persona és un encant quan és molt simpàtica i agradable.

encantament encantaments
nom masculí
Hi ha un encantament quan s'encanta una persona per art de màgia. Als contes sovint hi ha bruixes que fan encantaments.

encantar
verb com *cantar* ◄ pàg. 26
1 Actuar sobre una persona o una cosa amb poders secrets i paraules misterioses. En alguns contes, la bruixa encanta el príncep i el converteix en un gripau.
2 Una persona o una cosa ens encanta si ens agrada molt. A algunes persones els encanten les novel·les romàntiques.
usat amb pronom
3 **Encantar-se** és quedar-se molta estona contemplant una cosa, distreure's del que s'està fent. Si t'encantes, no acabaràs mai la feina.
encantador

encantat encantada encantats encantades

adjectiu i nom masculí i femení

1 Que ha sofert un encantament màgic. En els contes, un bosc encantat és ple de sorpreses.

2 Que sempre està com distret de les coses que ha de fer. Hi ha persones que es queden encantades davant de la televisió.

encanteri encanteris

nom masculí

Un encanteri és una acció o unes paraules màgiques que fan un encantament. Algunes persones creuen en encanteris i en bruixes.

encanyissada encanyissades

nom femení

Una encanyissada és un tancat, un sostre o una altra construcció feta amb canyes.

encanyissar, encanyissat

encaparrar

verb com *cantar* ◄ pàg. 26

1 Causar mal de cap, marejar. Moltes hores seguides d'estudi encaparren i convé prendre una mica l'aire.

usat amb pronom

2 **Encaparrar-se** és preocupar-se, capficar-se. No ens hem d'encaparrar per les coses sense importància. Només es diu de manera informal.

encapçalar

verb com *cantar* ◄ pàg. 26

1 Posar un títol, una frase o una nota al començament d'un llibre o d'un escrit. Normalment encapçalem una carta amb la data i el nom de la persona a qui l'escrivim.

2 Anar al davant. Les cercaviles van encapçalades per un grup de músics.

encapçalament

encapotar-se

verb usat amb pronom com *cantar* ◄ pàg. 26

Cobrir-se el cel de núvols de pluja. Quan el cel s'encapota es posa de color gris.

encapritxar-se

verb usat amb pronom com *cantar* ◄ pàg. 26

Agafar un capritx, sentir una gran afició per una cosa o per una persona. Quan els nens petits s'encapritxen amb una joguina no en volen cap altra.

encara

adverbi

1 Paraula que indica que una cosa continua passant o, amb un *no* al darrere, que no ha passat o no ha començat. *Quan vam sortir del cinema encara plovia. Si a les cinc encara no han arribat, marxarem.*

2 Amb tot això; a més d'això. *Li han regalat un munt de coses i encara es queixa. Ha comprat tres pantalons i, encara, cinc camises.*

locució que fa de conjunció

3 **Encara que** indica l'obstacle malgrat el qual alguna cosa passa o té lloc. *Encara que no faci sol, demà anirem a la platja.*

encarar

verb com *cantar* ◄ pàg. 26

1 Dirigir cap a algú o alguna cosa. Si no vols cansar-te la vista, has d'encarar la llum al llibre que llegeixes.

2 Posar la cara d'una cosa damunt o davant de la cara d'una altra cosa. Quan encarem dos miralls, els posem l'un davant de l'altre.

3 Fer que dues persones es trobin cara a cara. Els tribunals a vegades encaren un acusat amb un testimoni. Si t'encares amb algú és que hi vols discutir.

encarcarat encarcarada encarcarats encarcarades

adjectiu

Que no és flexible. Les persones molt grans van encarcarades, no es poden bellugar bé.

encarir

verb com *servir* ◄ pàg. 28

Fer que una cosa sigui cara, apujar-ne el preu. Augmentar els impostos encareix les mercaderies. Quan s'acosten algunes festes, hi ha productes de menjar que s'encareixen.

encariment

encarnar

verb com *cantar* ◄ pàg. 26

1 Representar un personatge en una obra de teatre o en una pel·lícula. Grans actors anglesos han encarnat Hamlet. Diem que una persona encarna la bondat o l'alegria quan és molt bona o molt alegre.

usat amb pronom

2 Segons el cristianisme, el Fill de Déu es **va encarnar**: es va fer home i va néixer de la Verge Maria.

encarnació

encàrrec encàrrecs

nom masculí

Un encàrrec és una cosa que algú ens ha dit que hem de fer. Si tenim l'encàrrec d'anar a comprar, hem de sortir al carrer.

encarregar

verb com *cantar* ◄ pàg. 26 Amb GU davant E, I

1 Dir a una persona que faci una cosa, que sigui responsable d'algú o d'alguna cosa. Si t'encarreguen la vigilància d'una criatura, has de procurar que no prengui mal.

usat amb pronom

2 **Encarregar-se** d'una cosa és fer-la, serne responsable. Hi ha guàrdies que s'encarreguen del control dels aeroports.

encarregat encarregada encarregats encarregades

nom masculí i femení

Persona que s'encarrega d'una cosa, que n'és responsable. L'encarregada d'una botiga diu als empleats com han de vendre i portar els comptes.

encarrilar

verb com *cantar* ◄ pàg. 26

1 Fer que un vehicle vagi pel carril o pel camí que li correspon. Si un vagó de tren descarrila, s'ha de tornar a encarrilar.

2 Fer que un negoci o un assumpte vagi

A B C D E F G H I J K L M N O P Q R S T U V W X Y Z

per bon camí, que arribi al resultat que volem. Un equip de futbol encarrila la victòria quan comença a marcar gols.

encartonar-se
verb usat amb pronom com *cantar* ◄ pàg. 26
Una cosa flexible s'encartona quan queda forta i rígida com un cartó. Quan s'assequen, algunes baietes s'encartonen.

encasquetar
verb com *cantar* ◄ pàg. 26
1 Ficar ben endins, fins a les orelles, una gorra o un barret.
usat amb pronom
2 Una arma de foc **s'encasqueta** quan no es pot continuar disparant ja que el casquet d'una bala ha quedat a dins.

encastar
verb com *cantar* ◄ pàg. 26
1 Unir una cosa amb una altra fent que una part d'aquella entri dins d'aquesta altra cosa. Els joiers encasten pedres precioses en els anells; una part de la pedra queda dins de l'anell. Un armari encastat a la paret no es pot moure del seu lloc.
2 Unir perfectament una cosa amb una altra. Quan empaperem una habitació, encastem el paper a la paret.

encaterinar-se
verb usat amb pronom com *cantar* ◄ pàg. 26
Encapritxar-se. Si algú s'encaterina d'una persona, li agrada, n'està mig enamorat.

encauar-se
verb usat amb pronom com *cantar* ◄ pàg. 26
Entrar una bèstia en el seu cau. Molts animalets del bosc, quan senten soroll, s'encauen.

encavalcat encavalcada encavalcats encavalcades
adjectiu
1 Muntat a cavall.
2 En poesia, dos versos són encavalcats quan una frase que comença al primer vers continua al segon.
encavalcament

encèfal encèfals
nom masculí
L'encèfal és el conjunt d'òrgans que hi ha dins del crani. És format pel cervell, el cerebel i el bulb raquidi. ✎ pàgs. 798-799 (26)
encefàlic

encegar
verb com *cantar* ◄ pàg. 26 Amb GU davant E, I
1 Privar per uns moments de l'ús de la vista. Quan sortim d'un lloc fosc, la llum del sol ens encega.
2 Fer que una persona no tingui l'enteniment clar, no pugui distingir el que és bo o convenient. Quan l'odi encega una persona la deixa sense enteniment i pot fer moltes desgràcies.

encenall encenalls
nom masculí
Un encenall és un trosset prim i cargolat de fusta que es fa quan es treballa la fusta amb un ribot o una eina semblant. El terra de les fusteries sovint és ple d'encenalls.

encendre
verb com *prendre* ◄ pàg. 38 Diferències: *encén, encès*
1 Fer que una cosa cremi. Si se'n va la llum, encens una espelma.
2 Fer que funcioni un llum elèctric o un aparell que va amb electricitat. Podem encendre una bombeta o la televisió.
usat amb pronom
3 **Encendre's** és posar-se a cremar. El paper i la palla s'encenen fàcilment.

encenedor encenedors
nom masculí
Un encenedor és un aparell per a encendre. La majoria de la gent que fuma porta un encenedor.

encens encensos
nom masculí
L'encens és una substància sòlida que quan crema desprèn una olor forta i perfumada. Es fa servir a l'església o com a ambientador en forma de barretes.
encensar

encerar
verb com *cantar* ◄ pàg. 26
Recobrir amb una capa de cera. Si el parquet s'encera brilla molt i es conserva millor.

encerclar
verb com *cantar* ◄ pàg. 26
Tancar dins d'un cercle. Hi ha exàmens on has d'encerclar la resposta correcta.
encerclament

encertar
verb com *cantar* ◄ pàg. 26
1 Descobrir o endevinar una cosa per casualitat. Si encertes els resultats d'una quiniela, tens premi.
2 Fer que un projectil arribi al punt on el dirigim. Quan es fan pràctiques de tir, com més lluny és la diana, més difícil és encertar-la.
3 Fer bé una cosa, un pla que havíem pensat. Hem encertat el lloc d'una excursió quan tothom s'ho passa bé i està content d'haver-hi anat.
desencert, encert, encertat, encertada

encetar
verb com *cantar* ◄ pàg. 26
1 Treure un primer tros d'una cosa que està sencera, començar-la a gastar. Quan talles el primer crostó, encetes una barra de pa.
2 Aixecar la pell d'una part del cos o fer mal a la pell. Unes sabates estretes i dures encetèn els peus. Quan patim un refredat, se'ns enceta el nas de tant mocarnos.

A B C D E F G H I J K L M N O P Q R S T U V W X Y Z

enciam enciams

nom masculí — Un enciam és una planta que fa moltes fulles juntes, llargues i altes, de color verd les de fora i de color més blanc les de dins. Es menja en amanides.
✎ pàg. 400 (22), pàgs. 994-995 (6)
enciamada

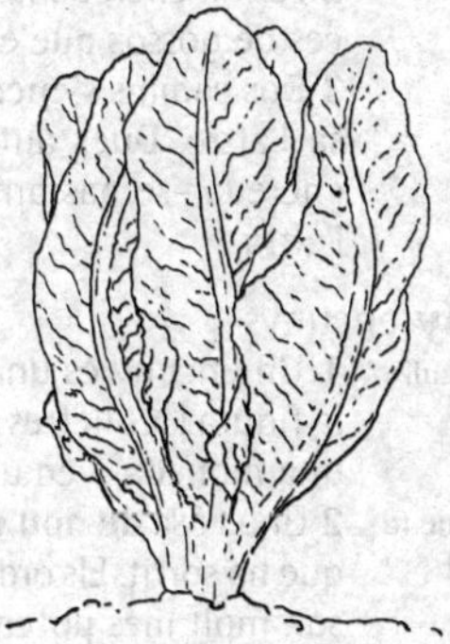
Un enciam

encíclica encícliques

nom femení — Una encíclica és un escrit del papa que tracta temes de la doctrina catòlica.

enciclopèdia enciclopèdies

nom femení — Una enciclopèdia és un llibre o una col·lecció de llibres que expliquen tots els coneixements humans o d'alguna ciència o art en particular. Les enciclopèdies normalment es consulten per ordre alfabètic i tenen molts volums. També n'hi ha que es poden consultar a Internet.
enciclopedisme

enciclopèdic enciclopèdica enciclopèdics enciclopèdiques

adjectiu — **1** De les enciclopèdies. Un diccionari enciclopèdic dóna molta informació.
2 Es diu que una persona té coneixements enciclopèdics quan sap moltes coses.

encinta encintes

adjectiu — Una dona està encinta quan està embarassada.

encís encisos

nom masculí — **1** Una persona o una cosa té encís si ens encisa. Els poetes parlen de l'encís de la primavera.
2 Encanteri.
desencís

encisar

verb
com *cantar*
◄ pàg. 26
1 Una persona o una cosa ens encisa si ens agrada molt i ens atrau per la seva bellesa, simpatia i altres qualitats. Algunes cantants encisen el públic per la seva veu i la seva bellesa.
2 Encantar, embruixar. Segons la mitologia, les sirenes encisaven els navegants.
desencisar, encisador

encistellar

verb
com *cantar*
◄ pàg. 26
1 Posar una cosa en un cistell. Les fruites delicades, com els maduixots, s'han d'encistellar amb molt de compte.
2 En el bàsquet, introduir la pilota dins la cistella.

enclaustrar-se

verb usat amb pronom
com *cantar*
◄ pàg. 26
1 Tancar-se algú en un convent. Abans, algunes persones s'enclaustraven molt joves.
2 Diem que una persona s'enclaustra quan es tanca a casa i a penes surt al carrer.

enclavament enclavaments

nom masculí — Un enclavament és un territori d'un estat o d'un país situat a dins d'un altre estat o país. Llívia és un enclavament de l'Estat espanyol dins de l'Estat francès.

enclotat enclotada enclotats enclotades

adjectiu — Situat o ficat dins un clot o en un lloc molt fondo. Alguns pobles estan enclotats entre muntanyes.

enclusa encluses

nom femení — **1** Una enclusa és un bloc d'acer sobre el qual es piquen amb un martell les peces de ferro o d'un altre metall per a donar-los forma. Les encluses són planes per la part de dalt. ✎ pàg. 993 (9)
2 Os de l'orella mitjana situat entre el martell i l'estrep. ✎ pàgs. 798-799 (8)

encobrir

verb
com *servir*
◄ pàg. 28
Tapar o ocultar una persona que actua malament o una cosa mal feta. Algunes persones encobreixen un delinqüent perquè se l'estimen.
encobridor, encobriment

encofrat encofrats

nom masculí — Un encofrat és un motlle que s'omple de formigó per a fer columnes, murs, bigues, etc., d'una casa en construcció.
encofrador

encoixinat encoixinada encoixinats encoixinades

adjectiu — Cobert de coixins. Les butaques encoixinades tenen el seient tou i còmode.

encolar

verb
com *cantar*
◄ pàg. 26
Cobrir amb una capa de cola, enganxar una cosa amb cola. Quan s'empapera una habitació, el paper s'ha d'encolar abans de posar-lo a la paret.

encolomar
verb
com *cantar*
◄ pàg. 26
Passar a una altra persona una feina o un encàrrec difícil o molest que havíem de fer nosaltres. Les persones mandroses miren d'encolomar les seves obligacions. Es diu de manera informal.

encomanar
verb
com *cantar*
◄ pàg. 26
1 Demanar a algú que faci una feina o s'encarregui d'alguna cosa. Si no podem sortir de casa, encomanem a un altre que ens vagi a comprar el que necessitem.
2 Contagiar. La grip s'encomana fàcilment.
usat amb pronom
3 Una persona **s'encomana** a Déu, als sants o a una altra persona quan es posa sota la seva protecció i demana la seva ajuda.
encomanadís, encomanadissa

encongir
verb
com *servir*
◄ pàg. 28
1 Arronsar. Per dormir en un llit petit, una persona molt alta ha d'encongir les cames.
usat amb pronom
2 **Encongir-se** és fer-se més petit. Si un jersei s'encongeix, ja no te'l podràs posar; pots regalar-lo a una persona més prima.

encontorns
nom masculí plural
Voltants.

encontre encontres
nom masculí
1 Un encontre és una trobada de dues o més persones. A vegades tenim un encontre casual amb gent que fa temps que no veiem.
frase feta
2 **Anar** o **sortir a l'encontre** d'una persona és anar-la a buscar, dirigir-se cap a ella fins a trobar-la.

encoratjar
verb
com *cantar*
◄ pàg. 26
Amb TG davant E, I
Donar ànim, coratge. Tots hem d'encoratjar les persones que treballen per la pau. Quan reben un premi, les persones s'encoratgen.
encoratjador, encoratjament

encorbar
verb
com *cantar*
◄ pàg. 26
Corbar.

encrespar
verb
com *cantar*
◄ pàg. 26
1 Crespar.
usat amb pronom
2 **Encrespar-se** és alçar-se onades en el mar. Quan fa molt de vent, el mar s'encrespa.

encreuament encreuaments
nom masculí
1 Un encreuament és un lloc on es creuen dos carrers, camins o dues carreteres. En els encreuaments sempre hi ha un cotxe que ha de fer estop.
2 Es fa un encreuament entre dos animals semblants quan se'ls ajunta i tenen fills. Els muls surten de l'encreuament entre un cavall i una burra o un burro i una euga.

encreuar
verb
com *cantar*
◄ pàg. 26
1 Posar dues coses de manera que formin una creu. Encreuant barres de ferro es construeix una reixa.
2 Fer un encreuament d'animals. Hi ha races de gossos que es poden encreuar.
usat amb pronom
3 Dos camins **s'encreuen** quan un travessa l'altre. Dues autopistes només poden encreuar-se passant l'una per damunt de l'altra.

encuny encunys
nom masculí
1 Un encuny és una peça d'acer on hi ha la figura i les lletres que s'han de gravar en una moneda o en una medalla.
locució que fa d'adjectiu
2 Una cosa **de nou encuny** és nova, fa poc que ha sortit. Els ordinadors de nou encuny són molt més potents que els antics.

encunyar
verb
com *cantar*
◄ pàg. 26
Fabricar una moneda o una medalla amb l'encuny. El Banc d'Espanya és l'únic que pot encunyar monedes a Espanya.
encunyació

encuriosir
verb
com *servir*
◄ pàg. 28
Despertar la curiositat d'algú. Els jocs de mans encurioseixen la majoria de la gent.

endarrere
adverbi
1 En direcció a la banda que és darrere d'algú. *Feu una passa endarrere. Hem corregut tant que hem deixat els altres força endarrere.*
2 Cap al temps passat. *Dies endarrere vaig veure una pel·lícula molt bona.*

endarrerir-se
verb usat amb pronom
com *servir*
◄ pàg. 28
1 Quedar-se enrere en una marxa. Si passejant amb els companys t'endarrereixes, ells t'hauran d'esperar.
2 No anar a l'hora, no fer una cosa en el temps que toca. Un tren s'endarrereix quan arriba més tard de l'hora prevista. Tens feina endarrerida si encara has de fer coses que ja hauries d'haver acabat.
3 Un rellotge s'endarrereix quan indica una hora que ja ha passat perquè és més tard.
endarreriment

endavant
adverbi
1 En direcció a la banda que és davant d'algú. *Feu una passa endavant. Els altres van molt endavant, arribaran abans que nosaltres.*
2 Cap al temps que ha de venir. *Ja ens veurem més endavant!*

A B C D E F G H I J K L M N O P Q R S T U V W X Y Z

1 – billar
2 – tac
3 – bola de billar
4 – dard
5 – diana
6 – trencaclosques
7 – parxís
8 – dau
9 – llufa
10 – escaquer
11 – peça
12 – escacs
13 – cendrer
14 – sucrera
15 – baralla
16 – carta
17 – fitxes
18 – tassa
19 – dòmino
20 – got

1 – tuba
2 – arpa
3 – llotja
4 – contrabaix
5 – batuta
6 – director d'orquestra
7 – espectador
8 – acomodador
9 – violí
10 – trombó
11 – oboè
12 – fagot
13 – arquet
14 – viola
15 – flauta travessera
16 – violoncel
17 – escenari
18 – platerets
19 – campanes
20 – baqueta
21 – xilòfon
22 – partitura

(23) – trompeta
(24) – trompa
(25) – clarinet
(26) – pandereta
(27) – triangle
(28) – timbal
(29) – arpa
(30) – violins primers
(31) – violins segons
(32) – instruments de percussió
(33) – trompes
(34) – trompetes
(35) – clarinets
(36) – flautes
(37) – violes
(38) – trombons i tuba
(39) – fagots
(40) – oboès
(41) – violoncels
(42) – contrabaixos

el restaurant

1 – cambrera
2 – cambrer
3 – culler
4 – sopera
5 – cuinera
6 – carro de postres
7 – gerro
8 – tetera
9 – tovalló
10 – estovalles
11 – forquilla
12 – xampanyera
13 – ampolla
14 – plat fondo
15 – gerra
16 – cullereta
17 – plat pla
18 – ganivet
19 – cullera
20 – copa
21 – salsera
22 – carta

1 – taronja
2 – plàtan
3 – síndria
4 – llimona
5 – meló
6 – coco
7 – alvocat
8 – mandarina
9 – magrana
10 – albercoc
11 – préssec
12 – poma
13 – figa
14 – caqui
15 – maduixot
16 – maduixa
17 – pera
18 – nespra
19 – pruna
20 – kiwi
21 – cirera
22 – raïm
23 – xirimoia
24 – aranja

1 – peixateria
2 – fruiteria
3 – peixatera
4 – fruita seca
5 – parada
6 – verdulaire

7 – llamàntol
8 – gamba
9 – sardina
10 – musclo
11 – calamars
12 – lluç

13 – tonyina
14 – julivert
15 – cansaladeria
16 – fuet
17 – pernil
18 – cansalader

19 – salsitxa
20 – carn magra
21 – llom
22 – bacallaneria
23 – olives
24 – bacallanera

25 – bacallà
26 – cambrer
27 – carnisseria
28 – balança
29 – tallant
30 – carnissera
31 – piló
32 – xai
33 – vedella
34 – bou
35 – polleria
36 – conill
37 – pollastraire
38 – aparador
39 – pollastre
40 – formatgeria
41 – iogurt
42 – formatge
43 – bar
44 – ous
45 – congelats

1 – pa de pessic
2 – croissant
3 – ulleres
4 – brioix
5 – carquinyolis
6 – canapès
7 – postres de músic
8 – tortell
9 – pastís
10 – neula
11 – búlgar
12 – mongetes amb botifarra
13 – escudella i carn d'olla
14 – broqueta
15 – entremès
16 – ensaïmada
17 – rebosteria
18 – braç de gitano
19 – morter
20 – allioli
21 – cabeça d'alls
22 – enciam
23 – truita de patates
24 – canelons
25 – xocolata
26 – lionesa
27 – melindro
28 – bolets
29 – conill amb carg
30 – amanida
31 – pa amb tomàq
32 – sarsuela

locució que fa d'adverbi — **3 Per endavant** vol dir anticipadament. Podem donar les gràcies per endavant o pagar una cosa per endavant. *Vaig pagar el vestit per endavant, quan encara no estava acabat.*

endebades
adverbi — Debades.

endegar
verb, com *cantar* ◄ pàg. 26, Amb GU davant E, I
1 Fer que una cosa vagi per bon camí, que funcioni bé i que tingui èxit. Si una botiga està endegada, té molts clients i ven molt.
2 Arranjar, endreçar. Després de fer la feina, convé endegar l'habitació.

endemà endemans
nom masculí — L'endemà d'un dia és el dia que ve després. L'endemà de Nadal és Sant Esteve. L'endemà de dilluns és dimarts.

endemés
adverbi — A més a més. *Em van portar un record d'Holanda i, endemés, un munt de formatges.*

endèmic endèmica endèmics endèmiques
adjectiu — Una malaltia és endèmica quan és sempre present en un lloc. La malària és endèmica a les zones pantanoses. Es diu que la fam, la guerra o un altre mal són endèmics en alguns països si sempre n'hi ha.

endergues
nom femení plural — Les endergues són els mobles o altres estris atrotinats i inútils. A les cases grans i velles, sempre hi trobaràs endergues.

enderiar-se
verb usat amb pronom, com *canviar* ◄ pàg. 30, Amb dièresi
Agafar una dèria. Hi ha col·leccionistes que s'han enderiat a trobar peces úniques.

enderroc enderrocs
nom masculí
1 Un enderroc és el fet d'enderrocar una cosa. L'enderroc d'edificis grans es fa amb explosius.
2 Runa. Hi ha empreses que compren els ferros que queden entre l'enderroc de les cases enderrocades.

enderrocar
verb, com *cantar* ◄ pàg. 26, Amb QU davant E, I
1 Tirar a terra, desfer, una construcció. Per fer pisos nous, els arquitectes enderroquen cases velles i atrotinades. Quan hi ha un terratrèmol s'enderroquen alguns edificis.
2 Fer caure una persona o una cosa que estava dreta o enlairada. Es pot enderrocar una estàtua, per exemple. També es diu que una revolució ha enderrocat el govern d'un país.
enderrocament

endeví endevina endevins endevines
nom masculí i femení — Persona que endevina les coses que han de passar. Les endevines surten als contes amb una bola de vidre on veuen el futur.
endevinador, endevinaire, endevineta

endevinalla endevinalles
nom femení — Una endevinalla és un text curt que defineix una cosa sense dir què és, només en dóna pistes. Hi ha una endevinalla que diu: "Una capseta blanca que s'obre i no es tanca. Què és?", i s'ha d'endevinar que és l'ou.

endevinar
verb, com *cantar* ◄ pàg. 26
1 Trobar la solució d'una cosa que és poc clara, descobrir una cosa que no sabíem per una pista que ens donen. Si endevines el número que sortirà en una rifa, et tocarà el premi.
2 Conèixer les coses amagades o que han de passar en el futur. Diuen que hi ha persones que ens poden endevinar el futur mirant les línies de les mans.
3 Fer una cosa que surt bé, escollir una bona opció. Els productors d'algunes pel·lícules de molt d'èxit l'han endevinada, han guanyat molts diners.

endins
adverbi — En direcció a la part de dins d'una cosa. *El vaixell s'allunyava mar endins.*

endinsar
verb, com *cantar* ◄ pàg. 26, Amb S
Ficar endins, introduir. Per endinsar un clau a la paret fem servir un martell. És perillós endinsar-se en el mar amb una barca petita.

endintre
adverbi — Endins.

endinyar
verb, com *cantar* ◄ pàg. 26
1 Endinyar un cop o una bufetada és donar-los.
2 Donar o vendre una cosa dolenta com si fos bona. En algunes fires, s'ha de vigilar que no ens endinyin objectes espatllats. Només es diu de manera informal.

endiumenjar-se
verb usat amb pronom, com *cantar* ◄ pàg. 26, Amb G davant E, I
Vestir-se amb roba dels dies de festa, posar-se molt elegant. En els casaments, la gent va molt endiumenjada.

endívia endívies
nom femení, Amb V
Una endívia és una planta que fa moltes fulles allargades, molt juntes i atapeïdes, de color blanc grogós. Aquestes fulles se separen i es mengen amanides o amb una salsa de formatge de Rocafort.

A B C D E F G H I J K L M N O P Q R S T U V W X Y Z

endocarpi endocarpis

nom masculí — L'endocarpi és la part d'alguns fruits que envolta la llavor. En fruites com el préssec i l'albercoc, l'endocarpi és molt dur i forma el pinyol.

endocrí endocrina endocrins endocrines

adjectiu — Que està relacionat amb les glàndules del cos que produeixen líquids que no surten a fora. La tiroide és una glàndula endocrina, produeix un líquid que passa a la sang.

endolcir

verb, com *servir* ◄ pàg. 28 — **1** Fer que una cosa sigui dolça. Podem endolcir el te amb sucre o amb mel.
2 Es diu que algú o alguna cosa endolceix els mals o el dolor d'una persona si l'ajuda a suportar-los, a passar-los millor.

endoll endolls

nom masculí — Un endoll és un dispositiu per a connectar un aparell, una màquina o un llum al corrent elèctric. Els endolls que porten el corrent es col·loquen a la paret i tenen dos foradets per on entren les clavilles dels endolls dels aparells que s'hi connecten.

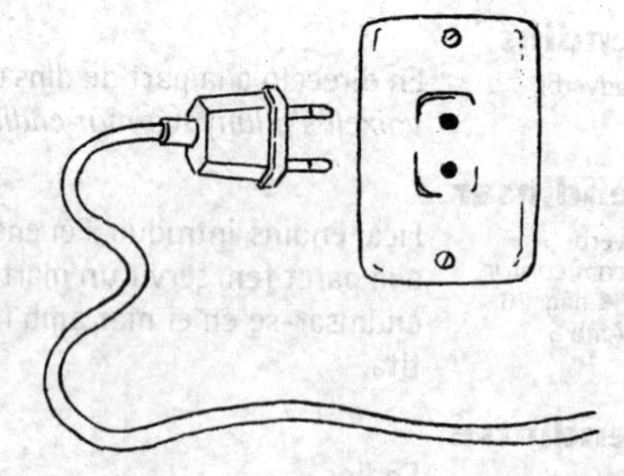

Un endoll

endollar

verb, com *cantar* ◄ pàg. 26 — Connectar un aparell elèctric perquè hi arribi el corrent i l'aparell funcioni. Si no l'endollem, la televisió no pot funcionar.

endormiscar-se

verb usat amb pronom, com *cantar* ◄ pàg. 26, Amb QU davant E, I — Mig adormir-se. Algunes persones, després de dinar, s'endormisquen.
endormiscament

endossar

verb, com *cantar* ◄ pàg. 26 — Encolomar.

endrapar

verb, com *cantar* ◄ pàg. 26 — Menjar molt i amb molta gana. Normalment, les criatures petites endrapen que dóna gust. Només es diu de manera informal.

endreçar

verb, com *cantar* ◄ pàg. 26, Amb C davant E, I — Posar en ordre una casa, una habitació, la taula de treball, etc., fer que tot estigui net i al seu lloc. Si endreces les teves coses, les trobaràs més fàcilment.
endreç, endreça

endreçat endreçada endreçats endreçades

adjectiu — Una persona és endreçada si li agrada tenir-ho tot ben ordenat. Una persona va endreçada si va neta i polida.

endurir

verb, com *servir* ◄ pàg. 28 — Fer que una cosa sigui dura o més dura. La calor i el temps sec endureixen el ciment de seguida. El pa s'endureix a mesura que passen els dies.
enduriment

endur-se

verb usat amb pronom, com *dur* ◄ pàg. 33 — Emportar-se. Hi ha persones que es poden endur la feina a casa. Quan un amic pren mal, ens enduem un disgust.

ènema ènemes

nom masculí — Lavativa.

enemic enemiga enemics enemigues

adjectiu i nom masculí i femení — **1** Que és contrari a algú, que mira de ferli mal, de perjudicar-lo. Les persones de bon caràcter no tenen enemics.
2 Que lluita contra un altre en una guerra o en una batalla. Alguns pobles d'Europa han estat enemics durant molt de temps.
3 Que és contrari a alguna cosa. Els enemics de les centrals nuclears a vegades organitzen manifestacions.

enemistar

verb, com *cantar* ◄ pàg. 26 — **1** Fer que es perdi una amistat, que dues o més persones siguin enemigues.

usat amb pronom — **2** **Enemistar-se** és deixar de ser amigues dues o més persones. El mal caràcter d'algunes persones fa que s'enemistin amb tothom.
enemistat

energètic energètica energètics energètiques

adjectiu — Que produeix o dóna energia. El sucre i les ametlles són aliments energètics. Els recursos energètics d'un país, com el petroli i l'electricitat, donen energia a les seves indústries.

energia energies

nom femení — L'energia és la força que tenen les coses i les persones per poder fer un treball, per produir un canvi o una transformació. Hi ha energia elèctrica, química, atòmica, etc. Per enlairar un coet espacial es necessita molta energia. Una persona gran té poca energia, i es cansa aviat.

enèrgic enèrgica enèrgics enèrgiques
adjectiu
Que té energia, que actua amb molta força. Una persona enèrgica fa les coses amb empenta i les acaba amb èxit.

energumen energúmena energúmens energúmenes
nom masculí i femení
Persona que està tan excitada per una passió o un succés que sembla que estigui boja. Alguns aficionats al futbol es comporten com energúmens.

enervant enervants
adjectiu
Que fa perdre el nervi, que disminueix les forces i l'energia d'algú. La calor de l'estiu és enervant, ens deixa sense ganes de fer res.

enèsim enèsima enèsims enèsimes
adjectiu
1 En una sèrie o successió, el terme enèsim és el que ocupa un lloc indeterminat. En la sèrie de números 1, 2, 3, 4, ... , el terme enèsim pot ser qualsevol número, com 100, 3 000 o 5 601. Es representa per *n*.
2 Diem o fem una cosa per enèsima vegada quan abans l'hem dita o l'hem feta molts cops. *Et dic per enèsima vegada que t'estiguis quiet!*

enfadar
verb
com *cantar*
◄ pàg. 26
1 Causar disgust o enuig a algú, molestar-lo molt, fer que se senti malament. Quan una criatura no es porta bé fa enfadar els pares.
usat amb pronom
2 **Enfadar-se** és disgustar-se molt, sentir indignació per algú o alguna cosa que no ens agrada, tenir mal humor. Quan diem a algú que no s'enfadi és que hem fet una cosa que no li agrada i no volem que s'ho prengui malament.

enfadós enfadosa enfadosos enfadoses
adjectiu
Que fa enfadar, que causa molèsties o disgust. Les persones enfadoses tenen pocs amics.

enfangar-se
verb usat amb pronom
com *cantar*
◄ pàg. 26
Amb QU davant E, I
Embrutar-se de fang. Si fem passar el cotxe per una pista de terra quan ha plogut, se'ns enfangarà.

enfarfegar
verb
com *cantar*
◄ pàg. 26
Amb GU davant E, I
Omplir de molts adornaments, d'accessoris, de detalls sense importància. Les cases enfarfegades de quadres, de cortines i d'objectes decoratius semblen museus.

enfarfollar-se
verb usat amb pronom
com *cantar*
◄ pàg. 26
1 Parlar de manera poc clara, com entropessant amb les paraules. Si parles menjant caramels, pot ser que t'enfarfollis.
2 Empatollar-se.

enfarinar
verb
com *cantar*
◄ pàg. 26
Cobrir de farina. Normalment, el peix s'enfarina abans de fregir-lo.

enfeinat enfeinada enfeinats enfeinades
adjectiu
Que té molta feina. A final de curs, els estudiants van enfeinats.
desenfeinat, desenfeinada

enfiladís enfiladissa enfiladissos enfiladisses
adjectiu
Una planta és enfiladissa quan puja per un tronc o per una paret i s'hi arrapa. L'heura, la mongetera i les lianes són plantes enfiladisses.

enfilar
verb
com *cantar*
◄ pàg. 26
1 Fer passar un fil, un cordill, etc., per un forat. Si vols cosir-te un botó, hauràs d'enfilar una agulla.
2 Travessar algunes coses amb un fil, un cordill, una agulla llarga, etc., que les mantindrà unides. S'enfilen perles per fer un collaret i trossets de carn per fer una broqueta.
3 Una persona o un vehicle enfila un carrer, un camí, etc., quan hi entra i comença a circular-hi. Per anar a França, hi ha qui enfila l'autopista i no la deixa fins a la frontera.
usat amb pronom
4 **Enfilar-se** és pujar en un lloc ajudant-se amb les mans i els peus. Els escaladors s'enfilen per roques molt dretes.
5 Una planta **s'enfila** quan puja arrapant-se a una paret, un tronc o una canya.
6 Diem que una persona **s'enfila** quan es molesta i s'enfada. Quan discuteixen, algunes persones s'enfilen molt i perden el control.
enfilall

enfitar
verb
com *cantar*
◄ pàg. 26
Un aliment ens enfita quan ens deixa molt tips i ens fa sentir repugnància de menjar. Menjar amb massa greix ens enfita. Hi ha persones que s'enfiten quan mengen coses molt dolces.
enfit, enfitament

enfocar
verb
com *cantar*
◄ pàg. 26
Amb QU davant E, I
1 Fer que un aparell fotogràfic o òptic doni una imatge clara d'allò que es vol fotografiar o veure. En una fotografia mal enfocada les imatges es veuen borroses.
2 Dirigir un focus o un llum cap a un lloc. Els fars dels cotxes enfoquen la carretera.
3 Dirigir el pensament o l'acció en un sentit o en un altre. Si enfoques bé un treball és que has trobat un bon tema i la manera d'aconseguir-ne informació.
enfocament

A B C D E F G H I J K L M N O P Q R S T U V W X Y Z

enfonsar
verb com *cantar* ◀ pàg. 26 Amb S — **1** Fer anar cap al fons, fer que una cosa penetri profundament dins d'una altra. Quan instal·les un para-sol a la platja, enfonses el mànec a la sorra i s'aguanta.
2 Trencar una cosa fent-la caure a trossos. Els bombers sovint enfonsen portes i finestres per poder llançar aigua als edificis incendiats.
usat amb pronom — **3 Enfonsar-se** és anar cap al fons. Una barca molt carregada es pot enfonsar.
4 Enfonsar-se és caure a trossos, trencar-se. Els sostres de les cases abandonades s'enfonsen fàcilment.
enfonsament

enfora
adverbi — Cap a la part de fora. *Ha sortit enfora.*

enfornar
verb com *cantar* ◀ pàg. 26 — Posar al forn alguna cosa per coure-la. Podem enfornar pa, peces de ceràmica i altres coses.

enfortir
verb com *servir* ◀ pàg. 28 — Fer fort o més fort. L'esport i la gimnàstica enforteixen els músculs. Després d'algunes malalties, convé enfortir-se amb vitamines i una bona alimentació.

enfosquir
verb com *servir* ◀ pàg. 28 — **1** Fer tornar fosc o més fosc. El fum enfosqueix les parets de la cuina.
usat amb pronom — **2 Enfosquir-se** és tornar-se fosc, perdre color. Amb el temps, les pintures s'enfosqueixen. A l'hivern el dia s'enfosqueix molt d'hora, aviat es fa de nit.

enfront enfronts
nom masculí — **1** L'enfront és la part del davant d'un edifici, la façana o fatxada.
locució que fa de preposició — **2 Enfront de** vol dir davant per davant. *Tenia una casa molt bonica enfront del mar.*

enfrontar-se
verb usat amb pronom com *cantar* ◀ pàg. 26 — Lluitar o competir entre si dues persones, dos exèrcits, dos equips esportius. En un campionat mundial de futbol, s'enfronten els millors equips.
enfrontament

enfurir
verb com *servir* ◀ pàg. 28 — Provocar la fúria d'una persona o d'un animal. Diuen que el color vermell enfureix els toros. Quan un gos s'enfureix et pot mossegar.

enfurismar
verb com *cantar* ◀ pàg. 26 — Fer enfadar, enfurir. Les injustícies enfurismen la majoria de persones. Algunes persones, quan s'enfurismen, no saben el que fan.

enfurrunyar-se
verb usat amb pronom com *cantar* ◀ pàg. 26 — Enfadar-se, emmurriar-se. Quan discuteix, la gent s'enfurrunya i no es parla durant algun temps.

engabiar
verb com *canviar* ◀ pàg. 30 Amb dièresi — Tancar dins d'una gàbia. Ja fa molts anys que les persones engabien alguns ocells que canten.

engalanar
verb com *cantar* ◀ pàg. 26 — Posar adornaments a una persona o a una cosa. Per la festa major, els pobles engalanen els carrers.

engalipar
verb com *cantar* ◀ pàg. 26 — Enganyar amb falses promeses, amb bones paraules. La propaganda d'alguns productes engalipa la gent. Es diu de manera informal.

enganxar
verb com *cantar* ◀ pàg. 26 — **1** Unir dues coses amb cola o amb un altre producte. Molts cartells de propaganda s'enganxen a la paret.
2 Unir dues coses amb un ganxo o ganxos o amb un mecanisme. Els vagons de tren van enganxats l'un amb l'altre.
3 Una cosa n'enganxa una altra quan l'agafa o subjecta i no la deixa anar. Si la cadena de la bicicleta t'enganxa la roba, te la pot estripar.
usat amb pronom — **4 Enganxar-se** és quedar agafada una cosa a una altra. Quan fa molta calor, la roba se'ns enganxa a la pell. Si t'enganxes els dits en una porta et pots fer molt de mal.
enganxós, enganxosa, enganxifós, enganxifosa

engany enganys
nom masculí — Un engany és una acció o unes paraules que algú fa o diu per a enganyar. La publicitat que diu mentides dels productes és un engany.

enganyar
verb com *cantar* ◀ pàg. 26 — **1** Fer creure a una persona una cosa que no és certa. Si et diuen que la Lluna és més gran que el Sol t'estan enganyant.
2 Fer que una persona s'equivoqui, fer-li una estafa. Ens enganyen si ens venen una cosa dolenta com si fos bona.
enganyós, enganyosa

enganyifa enganyifes
nom femení — Una enganyifa és una cosa que es diu o es fa per a enganyar. Alguns productes per a aprimar-se són una enganyifa.

engarjolar
verb com *cantar* ◀ pàg. 26 — Ficar algú a la garjola o presó. Es diu de manera informal.

engatar-se
verb usat amb pronom com *cantar* ◄ pàg. 26
Emborratxar-se. Es diu de manera informal.

engavanyar
verb com *cantar* ◄ pàg. 26
Una peça de roba ens engavanya quan no ens deixa bellugar bé. Els vestits llargs que portaven les dones devien engavanyar molt.

engegar
verb com *cantar* ◄ pàg. 26
Amb GU davant E, I
1 Fer que una cosa comenci a funcionar, a anar. Quan fa fred, engeguem la calefacció.
2 Disparar. Les metralladores engeguen moltes bales seguides.
3 Deixar anar, llançar. Es pot engegar un insult, una mentida, o una cosa daltabaix de la finestra.
4 Engegar una persona és dir-li de males maneres que se'n vagi, que ens deixi tranquils. A ningú no li agrada que l'engeguin a passeig.
engegada

engelosir
verb com *servir* ◄ pàg. 28
Fer que una persona senti gelosia. El naixement d'una criatura pot engelosir els germans grans.

engendrar
verb com *cantar* ◄ pàg. 26
1 Fer que es comenci a formar un fill. Un mascle engendra un fill quan deixa embarassada la femella. Des que s'engendra una persona fins que neix passen uns nou mesos.
2 Fer que neixi o es produeixi una cosa. L'odi engendra baralles i violència.
engendrament

enginy enginys
nom masculí
L'enginy és la capacitat d'inventar o imaginar coses. Per a resoldre situacions difícils es necessita molt d'enginy.
enginyar, enginyós, enginyosa

enginyer enginyera enginyers enginyeres
nom masculí i femení
Especialista en la construcció i el funcionament de màquines, carreteres, centrals elèctriques, mines, indústries, etc. Els enginyers navals saben com construir els vaixells.
enginyeria

engiponar
verb com *cantar* ◄ pàg. 26
Arreglar o preparar una cosa sense posar-hi gaire atenció, a corre-cuita. Es diu de manera informal. Si fas un treball mal engiponat acabaràs aviat, però no estarà bé. Si t'has adormit, t'has d'engiponar la roba com puguis per a no fer tard.

englantina englantines
nom femení
1 Una englantina és una rosa d'un roser silvestre.
2 Flor d'or que es dóna com a premi a la millor poesia patriòtica en els jocs florals.

englobar
verb com *cantar* ◄ pàg. 26
Reunir diverses coses en un sol tot, fer entrar una cosa en un conjunt. Les ciències naturals engloben la biologia, la física i la química.

engolir
verb com *servir* ◄ pàg. 28
1 Fer passar una cosa per la gola, des de la boca cap a dins del cos. Quan tenim mal de coll, ens costa engolir els aliments. Si algú s'engoleix tot un pastís, pot tenir mal de ventre.
2 Un corrent d'aigua, un conducte o un forat engoleix una cosa quan la xucla i se l'emporta cap dins. Quan plou, les clavegueres engoleixen l'aigua.

engonal engonals
nom masculí
L'engonal és la part del cos on s'ajunta cada cuixa amb el ventre. pàgs. 794-795 ⑮

engorjat engorjada engorjats engorjades
adjectiu
1 Ficat entre roques formant un pas estret. Quan un riu va engorjat no té vores.
nom masculí
2 Un engorjat és un congost.

engorronir-se
verb usat amb pronom com *servir* ◄ pàg. 28
Perdre les ganes de fer coses que demanin un esforç, agafar mandra. Quan fa molta calor, ens engorronim i només volem estar tranquils a la fresca.

engraellat engraellats
nom masculí
Un engraellat és un conjunt de barres que formen una reixa o graella.

engranatge engranatges
nom masculí
Un engranatge és un conjunt de rodes dentades que treballen juntes. Les dents d'una roda s'encaixen amb els buits d'una altra i així es transmet el moviment de l'una a l'altra. Els rellotges mecànics tenen molts engranatges.
engranar

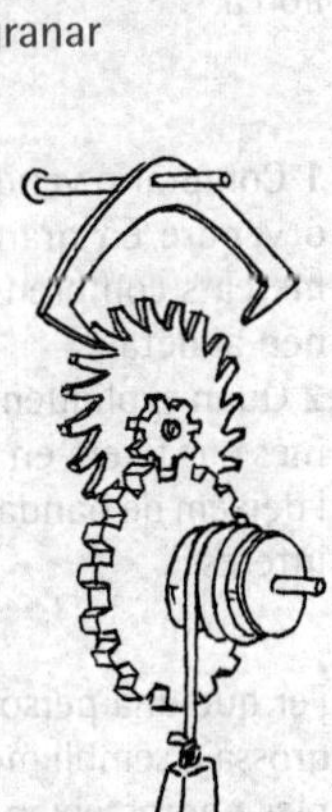
Un engranatge

A B C D E F G H I J K L M N O P Q R S T U V W X Y Z

A B C D E F G H I J K L M N O P Q R S T U V W X Y Z

engrandir
verb
com *servir*
◄ pàg. 28

Fer més gran. La majoria dels reis engrandien els seus territoris conquistant-ne d'altres. Un poble s'engrandeix quan hi va a viure molta gent.

engrapadora engrapadores
nom femení
També *grapadora*

Una engrapadora és una màquina per a posar grapes. Hi ha engrapadores molt petites que només agafen dos o tres fulls.

engrapar
verb
com *cantar*
◄ pàg. 26
També *grapar*

1 Agafar molt fort amb la grapa, amb la mà. Quan un porter no pot engrapar la pilota, la treu amb els punys.

2 Unir papers amb grapes.

engreixar
verb
com *cantar*
◄ pàg. 26

1 Un aliment engreixa quan fa augmentar de pes. Sens dubte que els dolços engreixen.

2 Una persona engreixa un animal quan fa que augmenti de pes amb una alimentació adequada. Hi ha granges que es dediquen a engreixar porcs i vedells.

usat amb pronom

3 **Engreixar-se** és posar greix, tornar-se gras, augmentar de pes. Alguns malalts mengen poc i s'engreixen molt.

engreix, engreixament

engrescar
verb
com *cantar*
◄ pàg. 26
Amb QU davant E, I

Animar a fer una cosa. Si t'agrada la muntanya, no cal que t'engresquin a anar d'excursió. Si t'engresques a fer un viatge i després no pots fer-lo, et sabrà greu.

engronsadora engronsadores
nom femení

Gronxador. Es diu al País Valencià i a Mallorca.

engronsar
verb
com *cantar*
◄ pàg. 26

Gronxar. Es diu al País Valencià i a Mallorca.

a l'engròs
locució que fa d'adverbi

1 Comprar o vendre a l'engròs és comprar o vendre en grans quantitats. Els supermercats compren a l'engròs i després venen al detall.

2 Quan expliquem una cosa a l'engròs només ens fixem en el que és més important i deixem de banda els detalls que no tenen interès.

engrossir
verb
com *servir*
◄ pàg. 28

Fer que una persona o una cosa sigui més grossa o sembli més grossa. Els vestits amples engrosseixen la persona que els porta. Quan una bola de neu cau muntanya avall s'engrosseix.

engruixir
verb
com *servir*
◄ pàg. 28

Augmentar el gruix d'una cosa. Si es vol un bon aïllament, s'han d'engruixir les parets de les cases. Amb els anys, els troncs dels arbres s'engruixeixen.

engruna engrunes
nom femení

1 Una engruna és un trosset molt petit d'alguna cosa, sobretot de pa. Quan es talla una barra de pa, sempre es fan engrunes.

2 Les engrunes d'un àpat són les sobres d'aliments. Hi ha qui alimenta el gos amb les engrunes.

engrunar

engrut engruts
nom masculí

L'engrut és una barreja de farina o midó i aigua que es fa servir per a enganxar.

engrutar

enguany
adverbi

Aquest any. *Enguany aniré de vacances a Austràlia.*

enguixar
verb
com *cantar*
◄ pàg. 26

1 Cobrir d'una capa de guix. Abans de pintar-les, les parets dels pisos s'han d'enguixar.

2 Posar una vena amb guix a una part del cos. Quan algú es trenca una cama, la hi han d'enguixar.

enhorabona enhorabones
nom femení

Una enhorabona és una felicitació. Quan una persona es casa li donem l'enhorabona.

enigma enigmes
nom masculí

1 Un enigma és una paraula o unes paraules de significat misteriós o desconegut. Algunes inscripcions antigues encara són enigmes per a nosaltres.

2 Cosa o persona difícil d'explicar o d'entendre. No se sap si hi ha altres mons habitats: és un enigma.

enigmàtic

enjogassat enjogassada enjogassats enjogassades
adjectiu

Que té ganes de jugar, que sempre estaria jugant. Els gossos, quan són cadells, són molt enjogassats.

enjogassar-se

enjoiar
verb
com *canviar*
◄ pàg. 30
Amb dièresi

Adornar amb joies. Hi ha persones que sempre van enjoiades; d'altres només s'enjoien quan van a una festa.

enlairar
verb
com *cantar*
◄ pàg. 26

Alçar enlaire. Si no fa vent, no es pot enlairar un estel. Alguns avions poden enlairar-se verticalment.

enlairament

enlaire
adverbi
1 A una distància més o menys gran de terra. Els avions volen molt enlaire.
2 Diem que una qüestió, una discussió, un negoci, etc., és enlaire quan és pendent, sense resoldre.

enllà
adverbi
Cap allà, en direcció d'aquí cap allà. *Moveu-vos una mica enllà, que em feu nosa.*

enllaç enllaços
nom masculí
1 Un enllaç és una unió o una connexió d'una cosa amb una altra. En un enllaç entre dues línies de ferrocarril es pot fer canvi de tren.
nom masculí i femení
2 Un o una enllaç és una persona que s'encarrega de la comunicació entre altres persones o grups. L'enllaç sindical d'una empresa parla a la direcció en nom dels treballadors.
nom masculí
3 Un **enllaç matrimonial** és un casament.

enllaçar
verb
com *cantar*
◄ pàg. 26
Amb C davant E, I
1 Fer que hi hagi un enllaç entre dues o més coses. Les carreteres i els ferrocarrils enllacen les ciutats d'un país.
usat amb pronom
2 **Enllaçar-se** és casar-se.

enllaminir
verb
com *servir*
◄ pàg. 28
Enllepolir.

enllardar
verb
com *cantar*
◄ pàg. 26
1 Recobrir amb llard un aliment abans de coure'l. Algunes receptes diuen que s'ha d'enllardar la carn quan s'ha de fer al forn.
2 Embrutar amb llard o amb una altra substància greixosa. Els fregits enllarden les paelles. Si t'aboques oli pel damunt t'enllardaràs.

enllepolir
verb
com *servir*
◄ pàg. 28
1 Atreure amb una cosa dolça, bona, agradable. Un gos ens seguirà si l'enllepolim amb allò que li agrada.
usat amb pronom
2 **Enllepolir-se** és acostumar-se algú a una cosa pel fet que li agrada molt. És fàcil d'enllepolir-se amb la xocolata.

enllestir
verb
com *servir*
◄ pàg. 28
Acabar de fer una feina, un treball. Un escrit de tres pàgines no es pot enllestir en dos minuts.

enlletgir
verb
com *servir*
◄ pàg. 28
Fer tornar lleig, fer que una persona o una cosa sembli lletja. Hi ha pentinats que enlletgeixen la persona. Amb el temps, algunes robes s'enlletgeixen.

enllitar-se
verb usat amb pronom
com *cantar*
◄ pàg. 26
Allitar-se.

enlloc
adverbi
Diferent d'*en lloc*
En cap banda, en cap lloc. *L'hem buscat pertot arreu i no l'hem trobat enlloc.*

enllosat enllosats
nom masculí
1 Un enllosat és un terra fet amb lloses.
2 Conjunt de lloses que formen la coberta d'una casa. Les teulades de moltes cases de muntanya són enllosats de pissarra.

enlluernar
verb
com *cantar*
◄ pàg. 26
1 Una llum molt forta ens enlluerna quan ens deixa sense poder veure-hi. Les ulleres fosques eviten que el sol ens enlluerni. Estem enlluernats quan entrem en un lloc amb poca claror i no veiem res, perquè tenim els ulls acostumats a la llum de fora.
2 Una cosa ens enlluerna si ens fascina per la seva bellesa, la seva esplendor o la seva riquesa.
enlluernament

enllumenar
verb
com *cantar*
◄ pàg. 26
1 Posar un llum o llums en un lloc. L'ajuntament és l'encarregat d'enllumenar els carrers de la ciutat.
2 Fer llum en un lloc, il·luminar-lo. A les ciutats i als pobles hi ha fanals que enllumenen els carrers.

enllumenat enllumenats
nom masculí
L'enllumenat d'una ciutat, d'un carrer o d'un altre lloc públic és el conjunt de fanals i altres llums que hi ha. L'enllumenat avui dia és elèctric. pàg. 593 ④

enllustrar
verb
com *cantar*
◄ pàg. 26
Fer que alguns objectes estiguin nets i brillants, posant-hi un producte de neteja i passant-hi un drap o un raspall. Les sabates s'enllustren amb betum.
enllustrador, llustrar

enmig de
locució que fa de preposició
Amb NM
Al centre, dins d'un conjunt de coses o persones. *Em vaig perdre enmig de tota aquella gentada.*

ennegrir
verb
com *servir*
◄ pàg. 28
1 Fer que una cosa es torni negra. El fum ennegreix les parets de les cuines.
usat amb pronom
2 **Ennegrir-se** és tornar-se negre, enfosquir-se. El cel s'ennegreix quan s'omple de núvols.

ennuegar-se

verb usat amb pronom com *cantar* ◄ pàg. 26
Amb GU davant E, I

Una persona o un animal s'ennuega quan una cosa se li ha quedat a la gola i no el deixa respirar bé. S'ha de vigilar que les criatures no s'ennueguin amb els pinyols.

ennuvolar-se

verb usat amb pronom com *cantar* ◄ pàg. 26

Cobrir-se de núvols el cel. Quan està ennuvolat, no es veu el sol.

enologia enologies

nom femení

L'enologia és la tècnica de la preparació i la conservació dels vins.
enòleg, enòloga

enorme enormes

adjectiu

Molt gran. Les balenes són animals enormes. Construir les piràmides devia tenir una dificultat enorme.
enormitat

enquadernar

verb com *cantar* ◄ pàg. 26

1 Posar tapes o cobertes a un llibre. Hi ha llibres molt valuosos que s'enquadernen amb pell.
2 Reunir un conjunt d'escrits, de dibuixos, etc., i posar-hi unes cobertes com si fos un llibre.
enquadernació

enquadrar

verb com *cantar* ◄ pàg. 26

Triar les imatges que volem fotografiar o filmar amb una càmera de fotografia o de cine i situar-les de la manera més convenient. Segons com enquadrem una persona, es pot veure sencera o només la cara.
enquadrament

enquesta enquestes

nom femení

Una enquesta és una sèrie de preguntes sobre un tema que es fan a moltes persones per saber la seva opinió. Quan hi ha eleccions, es fan enquestes per conèixer a qui votarà la gent.
enquestar

enquibir

verb com *servir* ◄ pàg. 28

Encabir.

enquistar-se

verb usat amb pronom com *cantar* ◄ pàg. 26

Tancar-se dins un quist. Es pot enquistar un tumor, un pèl o un gra.

enrabiar

verb com *canviar* ◄ pàg. 30
Amb dièresi

Fer que algú s'enfadi molt. Si una cosa ens fa enrabiar, ens molesta molt i no ens agrada gens. Les persones que no tenen gaire paciència s'enrabien sovint.
enrabiada

enrajolar

verb com *cantar* ◄ pàg. 26

Posar rajoles en un paviment o en una paret. Els banys i les cuines normalment s'enrajolen.

enramada enramades

nom femení

1 Una enramada és un lloc cobert per un sostre fet amb rames entrellaçades. A l'estiu, sota d'una enramada s'hi està fresc.
2 Conjunt de rames i fulles que es posen per adornar una casa, una porta o un carrer. Hi ha pobles que fan enramades en algunes festes.

enrampar

verb com *cantar* ◄ pàg. 26

1 Fer que una persona tingui rampa. El fred sovint enrampa les cames i els braços.
2 Un cable, un aparell o un endoll enrampa si ens passa el corrent quan el toquem.

usat amb pronom

3 **Enrampar-se** és agafar rampa. Quan nedem, a vegades ens enrampem i ens hem d'aturar.
4 Una persona **s'enrampa** quan toca un aparell elèctric o un endoll i li passa el corrent.

enraonar

verb com *cantar* ◄ pàg. 26

1 Parlar. Hi ha persones que sempre enraonen, no callen mai.
2 Parlar dues o més persones entre elles, mantenir una conversa. A taula, la gent menja i enraona alhora.
enraonadissa, enraonador, enraonia

enraonat enraonada enraonats enraonades

adjectiu

Raonable. Un preu enraonat està bé, no és exagerat.

enrarir-se

verb usat amb pronom com *servir* ◄ pàg. 28

En física, un gas s'enrareix quan es fa menys dens. Diem que l'aire està enrarit quan no es pot respirar bé perquè té poc oxigen.

enravenar

verb com *cantar* ◄ pàg. 26

1 Fer que una cosa es posi dreta i rígida. Quan un gat s'espanta, enravena la cua.
2 Es diu que una persona va enravenada si camina molt dreta i tibada.

enredar

verb com *cantar* ◄ pàg. 26

1 Ficar algú en un embolic, en una situació difícil o complicada. Els estafadors enreden la gent amb la promesa de grans negocis.
2 Enganyar.

enregistrar

verb com *cantar* ◄ pàg. 26

1 Registrar.
2 Enregistrar un disc, una casset, un DVD, etc., és posar-hi sons, imatges o dades per poder-les reproduir sempre que es vulgui. Algunes cantants famoses han enregistrat molts discos.
enregistrament

enreixat enreixats
nom masculí
Un enreixat és un conjunt de barres o de llistons que formen una reixa. En alguns jardins hi ha enreixats de fusta per on s'enfilen els rosers.
enreixar

enrenou enrenous
nom masculí
Amb R
Renou.

enrere
adverbi
Endarrere.

enretirar
verb
com *cantar*
◄ pàg. 26
Tirar endarrere. Si volem fer espai en una habitació, hem d'enretirar el llit i els altres mobles. Si una persona s'enretira es posa més enrere que unes altres.

enrevenxinar-se
verb usat amb pronom
com *cantar*
◄ pàg. 26
1 Una persona s'enrevenxina quan no vol fer el que li manen.
2 Enfadar-se molt.

enrevessat enrevessada enrevessats enrevessades
adjectiu
Que és molt complicat, que presenta moltes dificultats. Els jeroglífics enrevessats costen d'endevinar.

enrinxolar-se
verb usat amb pronom
com *cantar*
◄ pàg. 26
Cargolar-se una cosa en espiral, fent rínxols. Hi ha qui té el cabell llis i qui el té enrinxolat.

enriquir
verb
com *servir*
◄ pàg. 28
1 Fer guanyar diners. Alguns negocis enriqueixen els qui els fan. Hi ha persones que s'enriqueixen de pressa amb les inversions de borsa.
2 Guanyar paraules una llengua, guanyar experiència una persona. El vocabulari mariner català ha enriquit moltes llengües de la Mediterrània. Les persones ens enriquim amb tot el que aprenem.

enrocar
verb
com *cantar*
◄ pàg. 26
Amb QU davant E, I
En el joc d'escacs, moure el rei dues caselles cap a una torre i posar la torre a la primera casella de l'altre costat del rei. Qui enroca mou dues peces en una sola jugada.

enrogallar-se
verb usat amb pronom
com *cantar*
◄ pàg. 26
Una persona s'enrogalla quan agafa una veu fosca i ronca, com si tingués una cosa a la gola. Si se'ns ha enrogallat la veu, podem prendre caramels de mel.

enrogir
verb
com *servir*
◄ pàg. 28
Fer tornar roig. Quan el sol es pon, enrogeix els núvols. Els tomàquets s'enrogeixen quan maduren.

enrojolar-se
verb usat amb pronom
com *cantar*
◄ pàg. 26
Tornar-se vermella una persona per vergonya o timidesa, ruboritzar-se. Quan t'enrojoles, notes que les galtes se t'escalfen.

enrolar
verb
com *cantar*
◄ pàg. 26
Llogar una persona com a mariner d'una embarcació. Per a viatges perillosos, calia enrolar persones fortes i valentes. Alguns aventurers s'enrolaven en vaixells que anaven a països exòtics.

enroscar
verb
com *cantar*
◄ pàg. 26
Amb QU davant E, I
1 Cargolar. Les serps es poden enroscar al voltant del cos d'un altre animal i ofegar-lo.
2 Unir dues peces que tenen rosca fent que l'espiral d'una entri dins de l'espiral de l'altra. La clau anglesa serveix per a enroscar les femelles als mascles.
desenroscar

enrossir
verb
com *servir*
◄ pàg. 28
Fer tornar ros. El sol enrosseix els cabells. La carn posada al forn s'enrosseix.

enrotllar
verb
com *cantar*
◄ pàg. 26
1 Donar a una cosa la forma de rotllo. Les catifes s'enrotllen quan s'han de guardar.
2 Envoltar, encerclar.

enrunar
verb
com *cantar*
◄ pàg. 26
Destruir un edifici, convertir-lo en runes. Una explosió de gas pot enrunar un bloc de pisos. Algunes esglésies romàniques es van enrunant amb el pas dels segles.

1
ens ens
nom masculí
Un ens és un ésser. Es diu en filosofia.

2
ens
pronom personal
S'usa en casos com aquests:
• *Ens portarà un pastís. Mai no ens volen dir res.*
També pot tenir les formes *'ns* i *nos* segons com es combina amb el verb i altres pronoms:
• *Porta'ns alguna cosa de París. Se'ns acaba la paciència.*
• *Digueu-nos tot el que sabeu.*
Té la mateixa forma tant si es refereix a un nom femení o a un masculí:
• *-Noies, què preferiu? -Ens és igual.*
• *-Nois, què preferiu? -Ens és igual.*

ensabonar
verb
com *cantar*
◄ pàg. 26
Mullar amb sabó i aigua una persona o una cosa per rentar-la. Ens ensabonem el cap quan ens el rentem amb xampú.
ensabonada

ensagnar

verb com *cantar* ◄ pàg. 26 També *ensangonar*

Tacar amb sang. Si et surt sang del nas, de seguida ensagnaràs el mocador.

ensaïmada ensaïmades

nom femení

Una ensaïmada és una pasta rodona feta amb farina, ou, sucre i saïm. Se li dóna la forma d'un cargol. A Mallorca i a Menorca es fan unes ensaïmades grosses farcides de cabell d'àngel o de sobrassada.

✎ pàg. 400 ⑯

ensalada ensalades

nom femení

1 Amanida.

2 L'**ensalada russa** és un menjar fet amb patates i altres verdures, cuites i tallades a trossets. Pel damunt, s'hi posa maionesa.

ensalivar

verb com *cantar* ◄ pàg. 26

1 Mullar amb saliva. Hi ha gent que ensaliva els segells per a enganxar-los a les cartes. Quan masteguem, els aliments s'ensaliven.

frase feta

2 Un menjar **fa ensalivar** quan té molt bon aspecte i ens desperta la gana.

ensangonar

verb com *cantar* ◄ pàg. 26

Ensagnar.

ensarronar

verb com *cantar* ◄ pàg. 26

Enredar, enganyar. Si a algú li venen un rellotge de llautó fent-lo passar per or, l'han ben ensarronat!

ensellar

verb com *cantar* ◄ pàg. 26

Posar la sella a un animal de muntar. Un genet ha de saber ensellar el cavall.

ensems

adverbi

1 Junts, plegats. *Hi anirem tots ensems.*

2 Al mateix temps, alhora. *Tornaré a la biblioteca tots dos llibres ensems.*

ensenya ensenyes

nom femení

Estendard.

ensenyament ensenyaments

nom masculí

1 L'ensenyament és l'activitat d'ensenyar. Hi ha moltes persones dedicades a l'ensenyament.

2 Conjunt de coses ensenyades. No tothom ha rebut bons ensenyaments.

3 Sistema i mètodes d'ensenyar i educar. Ara l'ensenyament de la música és molt diferent d'abans.

ensenyar

verb com *cantar* ◄ pàg. 26

1 Comunicar a algú coneixements sobre alguna cosa que no sap, donar-li explicacions, fer-li classes. Hi ha mestres que ensenyen molt bé les matemàtiques, amb les seves explicacions s'aprèn molt.

2 Deixar veure una cosa, mostrar-la. Quan ens fan un regal, ens agrada ensenyar-lo a tothom.

3 Ensenyar una part del cos és no tapar-la. Si portem màniga curta, ensenyem els braços.

4 Indicar, assenyalar. Si vas a l'estranger i no saps la llengua del país, has d'ensenyar les coses que vols comprar.

frase feta

5 Diem que algú **ensenya les dents** quan demostra que sap defensar-se.

ensenyança, ensenyant

ensenyorir-se

verb usat amb pronom com *servir* ◄ pàg. 28

Fer-se senyor o amo d'alguna cosa. Les persones ambicioses s'ensenyoreixen de tot el que poden.

ensinistrar

verb com *cantar* ◄ pàg. 26

Fer que una persona o un animal sàpiguen fer més coses. Hi ha persones que ensinistren els gossos de vigilància.

ensinistrament

ensonyat ensonyada ensonyats ensonyades

adjectiu

Que té son. Si estem ensonyats no llegim amb atenció.

ensopegar

verb com *cantar* ◄ pàg. 26 Amb GU davant E, I

1 Topar amb els peus contra alguna cosa quan anem caminant. Si deixes paquets per terra, algú hi ensopegarà.

2 Trobar per casualitat. A vegades ensopegues amb persones que fa anys que no has vist.

3 Quan ensopegues una cosa és que l'encertes, et surt bé. Si ensopeguem un restaurant, mengem bé i a bon preu.

ensopegada

ensopir

verb com *servir* ◄ pàg. 28

1 Fer que una persona estigui mig adormida, tingui el cap poc clar. La febre ens ensopeix.

2 Avorrir. Si una pel·lícula t'ha ensopit és que no era gaire divertida. És normal que algunes converses ensopeixin la canalla.

ensopidor, ensopiment

ensordir

verb com *servir* ◄ pàg. 28

1 Eixordar. La música molt forta ens ensordeix.

usat amb pronom

2 **Ensordir-se** una consonant és passar de sonora a sorda. La *b*, que és sonora, s'ensordeix a final de paraula i sona *p*, com a *àrab*.

ensordidor

A B C D E F G H I J K L M N O P Q R S T U V W X Y Z

ensorrar-se

verb usat amb pronom com *cantar* ◄ pàg. 26

1 Enfonsar-se una cosa a la sorra. *En una platja, les rodes d'un cotxe s'ensorren.*

2 Enfonsar-se un edifici, un sostre, un pis, etc. *Quan hi ha un terratrèmol, moltes cases s'ensorren.*

ensorrada, ensorrament

ensota

adverbi

En direcció cap a sota. *No posis els coberts tan ensota que ens haurem d'ajupir molt per a agafar-los.*

ensucrat ensucrada ensucrats ensucrades

adjectiu

Que porta sucre. *El cabell d'àngel és molt ensucrat.*

ensucrar

ensumar

verb com *cantar* ◄ pàg. 26

Aspirar amb força l'aire pel nas per sentir l'olor d'una cosa. *Quan entrem en una cuina, si ensumem podem saber el menjar que hi fan.*

ensurt ensurts

nom masculí

Un ensurt és una sensació de por o d'espant que tenim de cop i que després passa. *Quan estàs dormint i sona el telèfon pots tenir un ensurt.*

entabanar

verb com *cantar* ◄ pàg. 26

Enganyar amb bones paraules, fer promeses a algú per convèncer-lo que faci una cosa. *Una persona gran pot entabanar fàcilment una criatura.*

entaforar

verb com *cantar* ◄ pàg. 26

1 Posar una cosa en un forat, un racó o un amagatall, de manera que costa de trobar. *Si necessites el diccionari per treballar, no l'has d'entaforar dins d'un armari.*

usat amb pronom

2 **Entaforar-se** és amagar-se. *Hi ha insectes que s'entaforen a l'escorça dels arbres.*

entapissar

verb com *cantar* ◄ pàg. 26

1 Cobrir amb un tapís o amb tapissos. *En alguns palaus, entapissaven les parets de les habitacions.*

2 Cobrir o folrar cadires, butaques o altres mobles amb roba de tapisseria.

entatxonar

verb com *cantar* ◄ pàg. 26

Posar una cosa dins d'una altra de manera que aquesta quedi ben plena. *Els excursionistes entatxonen dins la motxilla la roba i totes les coses que necessiten.*

entaular

verb com *cantar* ◄ pàg. 26

1 Posar les peces en el tauler d'escacs o d'un altre joc per començar a jugar-hi.

2 Diem que entaulem una conversa, una discussió, etc., quan la comencem.

usat amb pronom

3 **Entaular-se** és asseure's a taula per començar a menjar. *Si sona el telèfon quan estem entaulats i ens posem a parlar, se'ns refredarà el menjar.*

entaulament, entaulat

enteixinat enteixinats

nom masculí

Un enteixinat és un sostre que té dibuixos en relleu de forma quadrada, rodona o d'altra mena com a adornament. *La majoria dels enteixinats són de fusta.*

entelar

verb com *cantar* ◄ pàg. 26

1 Recobrir un vidre o un objecte brillant de metall d'una capa molt fina de vapor d'aigua. *Si tires l'alè sobre un mirall l'entelaràs i no t'hi veuràs bé. Amb el fred els vidres s'entelen.*

usat amb pronom

2 Diem que el sol **s'entela** quan va quedant tapat per una capa fina de núvols.

entelèquia entelèquies

nom femení

Una entelèquia és una persona o una cosa que algú s'imagina, però que no és veritat. *Pensar que algú pot viure 300 anys és una entelèquia.*

entendre

verb com *prendre* ◄ pàg. 38 Diferències: *entén, entès*

1 Fer-se una idea clara sobre què és una cosa, què significa una paraula, què diu una persona, etc. *Pots entendre el francès, les matemàtiques o el comportament d'un amic. Si la lletra d'una persona no s'entén, no podrem saber què ha escrit.*

2 Saber molt d'una cosa, ser-ne un expert. *Si no entenem de mecànica, no podem reparar un cotxe.*

usat amb pronom

3 **Entendre's** dues o més persones és estar d'acord, tenir un caràcter semblant i els mateixos gustos.

sobreentendre

entendrir

verb com *servir* ◄ pàg. 28

1 Fer tornar tendra o més tendra una cosa. *Bullim les verdures per entendrir-les.*

2 Diem que una cosa ens entendreix quan ens fa sentir tendresa, sentiments d'afecte, de compassió. *Una criatura abandonada pels pares ens entendreix.*

entenedor entenedora entenedors entenedores

adjectiu

Que es pot entendre fàcilment. *Els refranys són entenedors; en canvi, la poesia barroca no ho és tant.*

enteniment enteniments

nom masculí

1 L'enteniment d'una persona és la seva capacitat d'entendre les coses, la seva intel·ligència. *L'enteniment d'una persona gran no és igual que el d'un nen petit.*

2 Es diu que una persona té poc enteni-

ment o molt d'enteniment segons si fa bestieses o si es comporta bé.

entenimentat entenimentada entenimentats entenimentades

adjectiu — Que té molt d'enteniment, que es comporta bé i amb seny. Una amiga entenimentada no et farà mai una mala jugada.

enter entera enters enteres

adjectiu — **1** Que és sencer, que té totes les seves parts o tota la seva extensió. Si passes la nit entera sense dormir, no dorms gens.
2 Una fulla d'una planta és entera si té la vora llisa. Les fulles del llorer són enteres.
limbe

nom masculí — **3** En matemàtiques, un enter és un número sense decimals.
enterament

enterbolir

verb com *servir* ◄ pàg. 28 — **1** Fer que un líquid sigui tèrbol, poc clar. Un raget de vi dins l'aigua l'enterboleix. Quan plou molt, l'aigua d'algunes fonts s'enterboleix.
2 Es diu que una cosa enterboleix l'enteniment o el cap d'algú quan fa que no pugui pensar bé, que no tingui el cap clar. La son ens enterboleix.

enteresa enteres̲es

nom femení — Una persona té enteresa o es comporta amb enteresa quan compleix bé els seus deures, sense por i amb coratge.

enterrament enterraments

nom masculí — Un enterrament és l'acte d'enterrar una persona morta. Els enterraments són tristos.

enterramorts enterramorts

nom masculí i femení — Un o una enterramorts és una persona que té per ofici enterrar morts.

enterrar

verb com *cantar* ◄ pàg. 26 — **1** Posar sota terra, colgar una cosa. Si volem que neixi una planta, hem d'enterrar una llavor.
2 Posar un cadàver en un clot i cobrir-lo de terra o posar-lo en una construcció funerària, com un nínxol o un mausoleu. Quan mor una persona, s'ha d'esperar unes hores abans d'enterrar-la.

entès entesa entesos enteses

adjectiu — **1** Que sap molt d'una cosa, que hi entén. Una entomòloga és una dona entesa en insectes.

nom femení — **2** Hi ha entesa entre dues o més persones quan s'entenen i estan d'acord. Si es firma un pacte és perquè s'ha arribat a una entesa.

entestar-se

verb usat amb pronom com *cantar* ◄ pàg. 26 — Una persona s'entesta en una opinió o en una actitud si n'està molt segura i ningú no la pot fer canviar. Si ens hem equivocat, no ens hem d'entestar a defensar aquesta equivocació.

entitat entitats

nom femení — **1** Una entitat és una empresa, una societat, un grup de persones amb una finalitat. Els bancs són entitats que mouen molts diners.
2 Una cosa té entitat quan existeix o quan té importància. Els fantasmes no tenen entitat. El negoci de la compravenda d'armes té molta entitat, mou molts diners.

entomar

verb com *cantar* ◄ pàg. 26
També *tomar* — Agafar parant la mà, un sac, etc., una cosa que algú ens tira o que cau d'algun lloc. Si jugues a bàsquet has de saber entomar la pilota que els companys et passen.

entomologia entomologies

nom femení — L'entomologia és la part de la zoologia que estudia els insectes.
entomòleg, entomòloga

entonació entonacions

nom femení — L'entonació és el fet d'entonar una cançó. Una persona té una bona entonació si entona bé i no desafina.

entonar

verb com *cantar* ◄ pàg. 26 — **1** Començar a cantar una melodia, una cançó.
2 Donar a les notes musicals el to correcte. Si una persona no entona, no pot cantar bé.
3 Diem que una cosa ens entona quan ens dóna forces i ens fa estar actius i desperts. Un bon cafè entona l'organisme. A l'hivern, la xocolata calenta entona molt.

entorn entorns

nom masculí — **1** Contorn d'una cosa.

nom masculí plural — **2** Els entorns d'un lloc són els voltants més pròxims.

locució que fa d'adverbi — **3** **A l'entorn de** vol dir al voltant de. *Quan ens asseiem per dinar, ens posem a l'entorn de la taula.*

entornpeu entornpeus

nom masculí — **1** Un entornpeu és una peça de fusta llarga i plana que forma o cobreix la part inferior de la barana d'un balcó o d'una escala.
2 Sòcol d'una paret.

Un entornpeu

entortolligar

verb
com *cantar*
◄ pàg. 26
Amb GU davant E, I

Posar una cosa al voltant d'una altra fent cercles o espirals. Si entortolligues un cordill a un bastó, vas donant voltes al cordill fins que el bastó queda com embolicat. Les serps s'entortolliguen al cos de les seves preses.

entossudir-se

verb usat amb pronom
com *servir*
◄ pàg. 28

Entestar-se. Hi ha qui s'entossudeix a defensar les pròpies opinions encara que siguin errònies.

entrada entrades

nom femení

1 L'entrada d'una persona o d'una cosa és el fet d'entrar en un lloc. A les fronteres es controlen les entrades de cotxes i de mercaderies.

2 Lloc per on s'entra. Parlem de l'entrada d'una casa, d'un pis, d'uns magatzems, d'una cova, d'un port, etc. ✎ pàg. 593 (47)

3 Cartolina o paper petit que es compra per a poder entrar en un cine o un altre espectacle. Si l'entrada és numerada tenim el seient reservat i només podem seure-hi nosaltres.

4 Cadascuna de les divisions del text d'un diccionari o d'una enciclopèdia. Cada entrada correspon a una paraula; ara llegeixes l'entrada *entrada.*

5 En una orquestra, l'entrada d'un instrument o d'un conjunt d'instruments és quan comencen a tocar.

6 Començament d'una cosa. L'entrada de l'estiu és a finals de juny.

locució que fa d'adverbi

7 D'entrada vol dir des del començament. *D'entrada, no em va caure gaire bé, però ara som d'allò més amics.*

entrampar-se

verb usat amb pronom
com *cantar*
◄ pàg. 26

Diem que una persona s'entrampa quan gasta més del que té i deu molts diners que potser no podrà pagar.

entrant entrants

adjectiu

1 Que entra. Alguns mobles tenen uns elements entrants i altres de sortints. La setmana entrant, el mes entrant, l'any entrant són els que vindran després del mes, la setmana i l'any on som ara.

nom masculí

2 Un entrant és la part d'una cosa que entra, que es fica endins. Un golf és un entrant de la costa.

3 Cada un dels plats de menjar que se serveixen abans del plat fort o important. Els entremesos i les amanides es prenen com a entrants.

entranya entranyes

nom femení

1 Les entranyes són els òrgans de dins del cos, com el cor, els pulmons i els budells. Les mares porten els fills a les entranyes abans del naixement.

2 Part interior o profunda d'algú o d'alguna cosa. La lava dels volcans surt de les entranyes de la terra.

3 Sentiments d'una persona. Es diu que una persona no té entranyes quan no té compassió ni bons sentiments.

entranyable

entrar

verb
com *cantar*
◄ pàg. 26

1 Passar de fora a dins d'un lloc. Entrem a casa, a la classe, en un cine, etc. També entra el sol o la pols per una finestra.

2 Fer passar una cosa de fora a dins. Els transportistes entren els mobles pel balcó.

3 Passar a formar part d'una associació, ser admès en un lloc. No tothom pot entrar a la universitat.

4 Prendre part en alguna cosa. Per entrar en alguns negocis s'han de tenir molts diners.

5 Formar part d'una cosa. En el formigó, hi entren ferro i ciment.

6 Una peça de vestir ens entra si ens la podem posar. Si tens un 38 de peu, no t'entraran les sabates del 35.

7 Fem servir la paraula *entrar* amb significats diversos, com ara: *Entrar en combat un soldat o un exèrcit. Li havia entrat un dubte, una gran tristesa. Deixar l'hivern i entrar a la primavera. La física no li entra, no la pot aprendre.*

entre

preposició

1 En l'espai que separa dues persones o coses. *Estava asseguda entre la Núria i el Pere.*

2 En el temps que separa dos moments o dos esdeveniments. *Vindré entre les quatre i les cinc.*

3 Indica relació d'una cosa o d'una persona amb una altra. *Entre el Joan i el Lluís hi havia una gran amistat. Dues rectes paral·leles entre elles.*

Continua a la pàgina següent

4 Dins d'un conjunt de coses o de persones, formant-ne part. *Es troba entre els millors compositors.*

entrebancar

verb
com *cantar*
◄ pàg. 26
Amb QU davant E, I

1 Posar-se una cosa entre les cames d'algú i no deixar-lo caminar bé. Al bosc, sovint hi ha branques i arrels que ens entrebanquen.

usat amb pronom

2 **Entrebancar-se** és trobar-se una cosa entre les cames que no ens deixa caminar bé. Quan hi ha un incendi en un edifici i tothom vol sortir-ne, és molt perillós que hi hagi gent que s'entrebanqui i caigui.

entrebanc

entrecot entrecots

nom masculí

Un entrecot és un tall de carn de la part de les costelles.

entrecreuar-se

verb usat amb pronom
com *cantar*
◄ pàg. 26

Creuar-se entre si fils, cordes, línies, etc.

entrecuix entrecuixos

nom masculí

L'entrecuix d'una persona és la part del cos on s'uneixen les dues cuixes.

entregar

verb
com *cantar*
◄ pàg. 26
Amb GU davant E, I

1 Donar una cosa a algú. Els treballs de curs s'han d'entregar el dia indicat.

usat amb pronom

2 **Entregar-se** a una cosa és dedicar-s'hi intensament. Els grans pianistes s'entreguen a la música.

entrega

d'entreguerres

locució que fa d'adverbi

Que va des d'una guerra a l'altra. *Quan parlem del període d'entreguerres, normalment ens referim als anys que hi ha entre les dues guerres mundials.*

entrellaçar

verb
com *cantar*
◄ pàg. 26
Amb C davant E, I

Unir una cosa amb una altra, creuant-les. El cordill es fa entrellaçant fibres vegetals. En els teixits, els fils s'entrellacen.

entrellat entrellats

nom masculí

Treure l'entrellat d'un fet, d'una cosa misteriosa, és saber què ha passat realment, descobrir-ne la veritat. Ningú no ha pogut treure l'entrellat de l'assassinat del president Kennedy.

entremaliat entremaliada entremaliats entremaliades

adjectiu

Una criatura entremaliada no para de fer coses que no estan bé o que poden ser perilloses. Si una nena és molt entremaliada, cal vigilar que no jugui amb mistos o amb pots de vidre.

entremaliadura

entremès entremesos

nom masculí

Un entremès és un plat de menjar fred que se serveix al començament d'un dinar o d'un sopar. Normalment als entremesos hi ha embotits, ou dur, ensalada russa, olives i formatge. pàg. 400 (15)

entremig entremigs

adverbi

1 Al mig de, entre. *Aquells magatzems estaven tan plens que en Joan es va perdre entremig de la gent.*

nom masculí
També *entremitjos*

2 Un entremig és un interval, l'espai entre dues coses o l'espai de temps entre dues dates.

entrenar

verb
com *cantar*
◄ pàg. 26

1 Dirigir la preparació dels esportistes, ensenyar-los tècniques de l'esport que han de practicar.

usat amb pronom

2 **Entrenar-se** és preparar-se físicament i tècnicament per a mantenir-se en forma o per a una prova esportiva. Les tennistes s'han d'entrenar moltes hores al dia.

entrenador, entrenament

entreobrir

verb
com *dormir*
◄ pàg. 27
Diferències: *entreobres, entreobre, entreobert, entreoberta, entreoberts, entreobertes*

Obrir només una mica. Si entreobres els ulls no hi veus bé. Podem entreobrir una finestra amb la finalitat de deixar entrar una mica de llum i d'aire. Quan anem al dentista no n'hi ha prou d'entreobrir la boca, l'hem d'obrir del tot.

entrepà entrepans

nom masculí

Un entrepà és un tros de pa obert per la meitat o dues llesques de pa amb embotit, formatge o un altre menjar a dins. Per esmorzar podem menjar un entrepà.

entresòl entresòls

nom masculí
Amb S.
Amb accent gràfic

Un entresòl és un pis situat damunt de la planta baixa d'un edifici, abans del principal o del primer.

entresuar

verb
com *canviar*
◄ pàg. 30
Amb dièresi

Suar una mica. Quan jugant entresues no t'has de posar al mig d'un corrent d'aire.

entretant

adverbi

Mentrestant.

entretemps entretemps

nom masculí

L'entretemps és la temporada de tardor o de primavera, quan encara no fa ni massa fred ni massa calor. La roba d'entretemps no abriga gaire.

entretenir

verb
com *tenir*
◄ pàg. 42
Diferència: *entretén* o *entretingues*

1 Fer que una persona passi agradablement el temps. Els dibuixos infantils entretenen les criatures. Hi ha qui s'entreté amb la lectura de novel·les.

2 Entretenim una persona quan no deixem que faci la seva feina o que vagi on ha d'anar. Si entretens un amic pel carrer, potser faràs que arribi tard. Quan hem d'acabar una feina urgent, no ens podem entretenir amb altres coses.

entreteniment, entretingut, entretinguda

entreveure

verb
com *veure*
◄ pàg. 43

1 Veure a mitges, de manera poc clara. Quan hi ha boira només entreveiem els arbres i les cases.

2 Diem que una persona entreveu una cosa quan comença a veure-la, a conèixer-la. Si entreveus el final de l'hivern pots començar a pensar en les vacances.

entrevista entrevistes

nom femení

1 Una entrevista és una reunió entre dues o més persones que han de parlar d'alguna cosa. Quan se selecciona personal per a una feina, es fa una entrevista a diverses persones fins que es troba la millor.

2 Sèrie de preguntes que es fan a un personatge en un mitjà de comunicació per saber com és i com pensa. Quan s'acosten eleccions, la televisió fa entrevistes als líders polítics.

entrevistador, entrevistar

entristir

verb
com *servir*
◄ pàg. 28

Fer que una persona es posi trista. La mort d'una persona estimada entristeix la família. Hi ha persones que s'entristeixen quan plou.

entristidor

entroncar

verb
com *cantar*
◄ pàg. 26
Amb QU davant E, I

1 Fer-se parent d'una família. Els Borbons han entroncat amb la família reial de Grècia.

2 Ajuntar-se dues línies de tren o dues carreteres en una.

3 Diem que una cosa entronca amb una altra quan es troben o quan una és continuació de l'altra. La música d'alguns compositors entronca amb el folklore del seu país.

entronitzar

verb
com *cantar*
◄ pàg. 26

Col·locar en el tron. Quan s'entronitza un rei, una reina o el papa, es fa una cerimònia solemne.

entropessar

verb
com *cantar*
◄ pàg. 26

Ensopegar.

entumir

verb
com *servir*
◄ pàg. 28

Inflar els membres del cos i no deixar-los moure bé per una mala circulació de la sang. El fred entumeix les mans. Si els dits s'entumeixen, no es pot tocar bé el piano.

entusiasmar

verb
com *cantar*
◄ pàg. 26

Fer que una persona estigui molt contenta, que senti una gran admiració, un gran interès per algú o per alguna cosa. Els conjunts de rock entusiasmen els seus fans. Hi ha persones que s'entusiasmen amb l'esquí.

entusiasme, entusiasta, entusiàstic

enuig enuigs

nom masculí
També *enutjos*

L'enuig és la sensació que tenim quan una cosa no ens agrada o quan algú ens molesta. Si algú té un gran enuig, està de mal humor.

enumerar

verb
com *cantar*
◄ pàg. 26

Anar dient totes les coses d'una sèrie o les parts d'un conjunt l'una darrere l'altra. Si enumeres els mesos de l'any diràs: *gener, febrer, març*, etc.

enumeració

enunciat enunciats

nom masculí

Un enunciat és un text que diu alguna cosa amb poques paraules però molt precises. L'enunciat d'un problema de matemàtiques ens ha de donar totes les dades per resoldre'l.

enunciar

enutjar

verb
com *cantar*
◄ pàg. 26
Amb TG davant E, I
usat amb pronom

1 Fer enfadar, causar enuig. Algunes persones enutgen els altres amb bromes pesades.

2 **Enutjar-se** és enfadar-se. No ens hem d'enutjar per coses sense importància.

envà envans

nom masculí

Un envà és una paret prima que separa les habitacions d'una casa. Si traiem l'envà que separa dues habitacions, fem una habitació més gran. ✎ pàgs. 594-595 (42)

envair

verb
com *reduir*
◄ pàg. 39
Amb dièresi

1 Entrar per la força en un territori o en un altre lloc. Moltes guerres han començat quan un exèrcit d'un país ha envaït un altre país.

2 Entrar molta gent o molts animals en un lloc. Quan hi ha rebaixes, els compradors envaeixen els magatzems.

A B C D E F G H I J K L M N O P Q R S T U V W X Y Z

envanir

verb com *servir* ◄ pàg. 28 — 1 Fer agafar vanitat. Si fas moltes lloances a algú, el pots envanir.

usat amb pronom — 2 **Envanir-se** és agafar vanitat, pensar, algú, que és molt bo o molt savi. Hi ha persones que si tenen èxit s'envaneixen.

envàs envasos

nom masculí — Un envàs és una ampolla, una capsa o un altre recipient on es posa un producte per transportar-lo o conservar-lo. La llet es ven en envasos de cartó, de plàstic o de vidre.

envasar

enveja enveges

nom femení — 1 Tenir enveja és desitjar les coses que té una altra persona. És normal l'enveja que una persona malalta té de la salut dels altres.

2 Sentiment de tristesa o d'odi que sent una persona contra una altra que té coses que ella no té. Hi ha persones que per enveja diuen mal dels altres.

envejar

verb com *cantar* ◄ pàg. 26 Amb G davant E, I — Tenir enveja d'una cosa, sentir enveja contra algú. Les persones que envegen els altres no viuen tranquil·les.

envejable, envejós, envejosa

envelat envelats

nom masculí — Un envelat és un cobert fet amb trossos grans de lona o de roba. A dins se celebren balls o altres actes. En algunes festes majors es munten envelats.

envellir

verb com *servir* ◄ pàg. 28 — Tornar-se vell. Amb el temps, tot envelleix. Quan algú s'envelleix, sovint els cabells se li tornen blancs.

envelliment

envergadura envergadures

nom femení — 1 L'envergadura és la distància que hi ha entre les puntes de les ales d'un ocell, quan les té desplegades, o d'un avió. L'envergadura d'una àguila és més gran que la d'un colom.

2 Una cosa és d'envergadura o té envergadura quan és molt important. El negoci del petroli és de molta envergadura.

enverinar

verb com *cantar* ◄ pàg. 26 — Matar amb un verí. Hi ha productes que enverinen les rates. Algunes persones s'han enverinat amb bolets que no són comestibles.

enverinament

envermellir

verb com *servir* ◄ pàg. 28 — 1 Fer tornar vermell. El sol envermelleix la pell de les persones que la tenen molt blanca.

usat amb pronom — 2 **Envermellir-se** és posar-se vermell. Sovint ens envermellim quan tenim vergonya.

envernissador envernissadora envernissadors envernissadores

nom masculí i femení — Persona que té per ofici envernissar mobles, fustes o altres coses. ✎ pàg. 593 (36), pàg. 993 (28)

envernissar

verb com *cantar* ◄ pàg. 26 — Donar una capa de vernís. Els mobles de fusta blanca es poden envernissar o pintar.

envers

preposició — Vers.

envestir

verb com *servir* ◄ pàg. 28 Amb V — Anar amb força a topar amb algú o alguna cosa. A les corrides, el toro ha d'envestir la capa.

envestida

enviar

verb com *canviar* ◄ pàg. 30 Amb dièresi — 1 Fer que una persona o una cosa vagi cap a un lloc. Els governs envien representants als organismes internacionals. Enviem les cartes per correu.

usat amb pronom — 2 **Enviar-se** una cosa és empassar-se-la. Si t'envies la sopa molt calenta, et cremaràs la gargamella.

envilir

verb com *servir* ◄ pàg. 28 — Fer que una persona sigui vil, dolenta i menyspreable. L'odi és un sentiment que envileix. Quan una persona diu coses falses d'una altra, s'envileix.

enviliment

a les envistes de

locució que fa de preposició — Quan som a les envistes d'un lloc és que som en un punt des d'on ja el podem veure. *Quan s'arriba a les envistes de la neu se sent ja la frescor.*

envitricollat envitricollada envitricollats envitricollades

adjectiu — Que és complicat i difícil. Els detectius a vegades han de resoldre casos envitricollats.

enviudar

verb com *cantar* ◄ pàg. 26 — Quedar-se viuda o viudo. Si una persona enviuda, es pot tornar a casar.

envolar-se

verb usat amb pronom com *cantar* ◄ pàg. 26 — Anar-se'n volant un ocell, aixecar el vol un avió o un altre aparell volador. Per envolar-se, els avions han d'agafar molta velocitat.

envol

envoltar
verb, com *cantar* ◄ pàg. 26 — Ser al voltant d'algú o d'alguna cosa formant un cercle. Antigament, les muralles envoltaven algunes ciutats. Els governants s'envolten de col·laboradors.

enxampar
verb, com *cantar* ◄ pàg. 26 — Atrapar. Si enxampen algú en una mentida és que descobreixen que no diu la veritat. Es diu de manera informal.

enxaneta enxanetes
nom masculí i femení — L'enxaneta d'una colla de castellers és el nen o la nena que puja dalt de tot dels castells.

enxarxar
verb, com *cantar* ◄ pàg. 26 — 1 Agafar amb una xarxa. Els pescadors enxarxen peixos grossos i deixen escapar els petits.
usat amb pronom — 2 **Enxarxar-se** és quedar agafat en una xarxa. Es diu que una persona s'enxarxa quan es fica en una situació o en un assumpte difícils, d'on li costarà molt sortir.

enxubat enxubada enxubats enxubades
adjectiu — Un lloc enxubat és tancat i poc ventilat. Les habitacions sense finestres són enxubades.

enyor enyors
nom masculí — Enyorança.

enyorança enyorances
nom femení — L'enyorança és la pena i el dolor que sentim per una persona que se n'ha anat o per una cosa que hem perdut. Els emigrants senten enyorança de la seva terra.

enyorar
verb, com *cantar* ◄ pàg. 26 — Trobar a faltar una persona que no està amb nosaltres o una cosa que hem perdut. Tothom enyora les vacances. Hi ha persones que quan passen molts dies fora de casa s'enyoren.

enze enzes
nom masculí i femení — Un o una enze és una persona aturada, que no sap mai què ha de fer, que sembla poc intel·ligent. Es fa servir com un insult.

enzim enzims
nom masculí — Un enzim és una substància que intervé en les reaccions químiques que tenen lloc en el cos dels animals. Els enzims fan que aquestes reaccions siguin més ràpides.

eòlic eòlica eòlics eòliques
adjectiu — Del vent, produït pel vent. L'energia eòlica pot produir electricitat.

ep
interjecció — Paraula que es fa servir per a cridar l'atenció a algú. *Ep!, t'ha caigut aquest paper a terra!*

èpic èpica èpics èpiques
adjectiu — Una poesia o una narració és èpica quan explica els fets d'herois o d'heroïnes. *Tirant lo Blanc* és una novel·la èpica.

epicentre epicentres
nom masculí — L'epicentre és el punt de la superfície de la Terra que és més a prop del lloc de dins de la Terra on comença un terratrèmol.

epidèmia epidèmies
nom femení — Una epidèmia és una malaltia que afecta moltes persones alhora i durant algun temps. Gairebé tots els hiverns hi ha una epidèmia de grip.

epidermis epidermis
nom femení — L'epidermis és la capa més prima de la nostra pell. És situada a la part de fora, damunt del derma. Tot el cos humà és envoltat per l'epidermis.

epifania epifanies
nom propi femení — 1 L'Epifania és la festa dels Reis Mags, el 6 de gener.
nom femení — 2 Una epifania és l'aparició de Déu o d'un déu entre els éssers humans.

epiglotis epiglotis
nom femení — L'epiglotis és una làmina de cartílag que tapa l'entrada de la laringe en el moment que ens empassem la saliva o els aliments per evitar que vagin als pulmons.

epíleg epílegs
nom masculí — L'epíleg és la part final d'un llibre o d'un altre escrit.

epilèpsia epilèpsies
nom femení — L'epilèpsia és una malaltia dels nervis que fa que la persona es desmaï i tingui convulsions.

episcopat episcopats
nom masculí — 1 L'episcopat és el conjunt de tots els bisbes del món o d'una nació.
2 Càrrec de bisbe.
episcopal

episodi episodis
nom masculí — 1 Un episodi és cada un dels esdeveniments que tenen lloc en la vida d'una persona o en una època històrica. Les guerres són episodis dramàtics de la història dels pobles.
2 Capítol d'un serial de ràdio o de televisió, d'una novel·la o d'un conte.
episòdic

epístola epístoles
nom femení — 1 Una epístola és una carta que s'envia a una persona. S'usa en llenguatge literari.
nom propi femení — 2 Una Epístola és cada una de les cartes que, segons la Bíblia, alguns apòstols van escriure

A B C D E F G H I J K L M N O P Q R S T U V W X Y Z

A B C D E F G H I J K L M N O P Q R S T U V W X Y Z

als fidels cristians. A la missa es llegeixen fragments d'aquestes Epístoles.
epistolar, epistolari

epitafi epitafis
nom masculí — Un epitafi és una frase o un conjunt de frases que s'escriuen damunt la tomba d'algú.

epítet epítets
nom masculí — **1** Un epítet és un adjectiu que no afegeix informació sobre el nom, sinó que només indica una característica que ja se sap que la cosa anomenada té. Per exemple: *la neu blanca* o *el cel blau.*
2 Paraula que es diu a algú com a elogi o com a insult.

època èpoques
nom femení — Una època és un espai de temps llarg que es coneix per algun fet important que tothom recorda. El segle XVI és una època de grans descobriments geogràfics. Totes les persones grans recorden l'època de quan anaven a l'escola.

epopeia epopeies
nom femení — **1** Una epopeia és un poema llarg que explica les aventures d'un heroi o d'una heroïna o llegendes dels humans i dels déus.
2 Diem que una cosa és una epopeia si té moltes dificultats i ens costa molts esforços i treballs. Pujar a l'Everest és una epopeia.

èpsilon èpsilons
nom femení — Nom de la cinquena lletra de l'alfabet grec ε, Ε.

equació equacions
nom femení — En matemàtiques, una equació és una igualtat entre dues expressions, com $4 + 3x + 2x = 14$. A les equacions hi ha números i lletres. Les lletres són les incògnites i, si resolem l'equació, descobrim a quin número equivalen.

equador equadors
nom masculí — L'equador és el paral·lel que divideix la Terra en dues meitats iguals. L'equador està a la mateixa distància del pol nord i del pol sud.

equànime equànimes
adjectiu — Una persona és equànime quan actua amb justícia i no es deixa influir pels sentiments. Els jutges han de ser equànimes.

equatorial equatorials
adjectiu — De l'equador, situat a l'equador. El clima equatorial és humit i calorós.

eqüestre eqüestres
adjectiu — Que té relació amb els cavalls o amb les persones que munten a cavall. Una estàtua eqüestre representa un personatge muntat a cavall.

equí equina equins equines
adjectiu — Dels cavalls. La pesta equina és una malaltia dels cavalls.

equidistant equidistants
adjectiu — Que és situat a la mateixa distància d'un lloc que d'un altre. Barcelona és equidistant de Tarragona i de Girona.
equidistar

equilàter equilàtera equilàters equilàteres
adjectiu — Una figura geomètrica és equilàtera quan té tots els costats iguals. Un triangle equilàter té els tres costats iguals.

equilibrar
verb
com *cantar*
◄ pàg. 26 — Posar en equilibri, fer que dues coses estiguin al mateix nivell, tinguin la mateixa força. Si hem de pesar en una balança, hem d'equilibrar els dos plats.

equilibrat equilibrada equilibrats equilibrades
adjectiu — Diem que una cosa o una persona és equilibrada quan totes les seves parts estan ben repartides, quan les seves característiques són harmonioses. Una persona equilibrada no fa bogeries.

equilibri equilibris
nom masculí — Una persona o una cosa està en equilibri quan es manté dreta i no cau, quan és al centre i no va ni a un cantó ni a l'altre. Si vols anar en bicicleta, has de saber mantenir l'equilibri.

equilibrista equilibristes
nom masculí i femení — Un o una equilibrista és una persona que al circ o al teatre fa jocs d'equilibri: fer voltes amb una bicicleta d'una sola roda i altres.

equinocci equinoccis
nom masculí — Un equinocci és cada un dels dos moments de l'any en què el dia i la nit tenen la mateixa durada en tots els punts de la Terra, perquè el Sol és damunt de l'equador. Hi ha un equinocci de primavera i un de tardor.
equinoccial

equinoderm equinoderms
nom masculí — Un equinoderm és un animal invertebrat que viu al mar i té el cos cobert de punxes. Són equinoderms les garotes o eriçons de mar i les estrelles de mar.

equip equips
nom masculí — **1** Un equip és un grup de persones que practiquen juntes un esport o juguen en un campionat. Els equips de futbol tenen onze jugadors.

2 Grup de persones que fan una mateixa feina, que tenen una mateixa responsabilitat. En una escola hi ha l'equip de direcció i l'equip de professorat.
3 Roba, calçat i estris que una persona fa servir en una feina o en un esport. Les botes formen part de l'equip d'esquí.
equipament

equipar
verb
com *cantar*
◄ pàg. 26
Donar a algú tot el que necessita per a fer una cosa. Es pot equipar un grup de submarinistes amb bombones d'oxigen o una cuina amb electrodomèstics moderns.

equiparar
verb
com *cantar*
◄ pàg. 26
Comparar una cosa amb una altra i considerar-les iguals. Les lleis modernes han equiparat els drets de la dona i els de l'home.

equipatge equipatges
nom masculí
L'equipatge és el conjunt de les maletes, els paquets i les bosses que una persona porta quan viatja. pàg. 193 (11)

equitació equitacions
nom femení
L'equitació és l'esport de muntar a cavall.

equitatiu equitativa equitatius equitatives
adjectiu
Que actua o es fa d'acord amb la justícia. És equitatiu que dues persones cobrin la mateixa quantitat de diners si fan la mateixa feina.

equivalent equivalents
adjectiu
1 Que equival. Cent cèntims són equivalents a un euro.
nom masculí
2 L'equivalent d'una cosa és allò que és igual en pes, en valor, en força, etc. L'equivalent d'un quilòmetre són 1 000 metres.

equivaler
verb
com *valer*
◄ pàg. 43
Tenir el mateix valor, el mateix preu, el mateix significat. Una tona equival a 1 000 quilos.
equivalència

equívoc equívoca equívocs equívoques
adjectiu
1 Una cosa és equívoca quan es pot entendre o interpretar de dues o més maneres diferents. *He vist un cargol* és una frase equívoca: puc haver vist un animal o un clau amb rosca.
nom masculí
2 Un equívoc és una equivocació, una cosa que no és clara, que s'ha entès malament. Moltes discussions comencen per un equívoc: algú no ha entès bé el que li deien.
inequívoc

equivocació equivocacions
nom femení
Quan una persona s'equivoca comet una equivocació.

equivocar-se
verb usat amb pronom
com *cantar*
◄ pàg. 26
Amb QU davant E, I
Fer una altra cosa en lloc de la que havíem de fer, prendre una cosa per una altra, cometre un error. Si una persona s'equivoca de camí no arribarà al lloc on va. Tots ens equivoquem moltes vegades.

1
era eres
nom femení
Una era és un terreny pla al costat d'una casa de pagès on s'estenen els cereals i altres aliments amb pellofa, com els cigrons, per batre'ls. Les eres són de terra o estan enrajolades. pàgs. 994-995 (37)

2
era eres
nom femení
1 Una era és un espai llarg de temps que comença amb un fet important. L'era cristiana comença amb el naixement de Crist; l'era atòmica, amb l'aplicació de l'energia nuclear.
2 Part de la història de la Terra, segons la divisió que en fa la geologia. Hi ha les eres primària, secundària, terciària i quaternària.

eradicar
verb
com *cantar*
◄ pàg. 26
Amb QU davant E, I
Treure radicalment una cosa dolenta. Moltes persones treballen per eradicar la fam dels països que en pateixen.

erari eraris
nom masculí
L'erari és el conjunt dels diners i de l'or que té l'Estat, i també el lloc on es guarda. Quan paguem impostos, els nostres diners passen a l'erari.

erecció ereccions
nom femení
1 L'erecció d'una estàtua o d'un edifici és el fet d'erigir-los.
2 Hi ha una erecció en algunes parts toves del cos quan hi entra molta sang i es posen dures. Es parla sobretot de l'erecció del penis en els homes.

erecte erecta erectes
adjectiu
1 Que està dret, en posició vertical. Si una persona camina erecta no s'inclina ni abaixa el cap.
2 Que està en erecció. A vegades, el penis està erecte.

eremita eremites
nom masculí i femení
També *ermità*
Un o una eremita és una persona que viu sola en un lloc aïllat, normalment per motius religiosos.

ergo
conjunció
Paraula llatina que es fa servir per a anunciar la conclusió d'un raonament. *En tenies*

A B C D E F G H I J K L M N O P Q R S T U V W X Y Z

A B C D E F G H I J K L M N O P Q R S T U V W X Y Z

cent i ara només en trobes noranta: ergo, n'has perdut deu.

eriçar-se
verb usat amb pronom com *cantar* ◄ pàg. 26
Amb Ç davant O

Posar-se drets els cabells o els pèls com les punxes d'un eriçó. Quan un gat s'espanta, se li ericen l'esquena i la cua.

eriçó eriçons
nom masculí

1 Un eriçó és un mamífer que pot fer uns 30 cm de llargada i que té el cos cobert de punxes. Per defensar-se dels perills s'enrotlla i es converteix en una bola plena de punxes. Té les potes molt curtes i s'alimenta de fruites, insectes i altres animals petits.

Un eriçó

2 Un **eriçó de mar** és un animal marí de forma rodona que té el cos cobert d'una mena de closca dura plena de punxes. Quan es menja té un gust fort de mar.

erigir
verb com *servir* ◄ pàg. 28

Alçar un monument, una estàtua, un edifici, construir-los. A l'edat mitjana, es van erigir moltes catedrals.

eritròcit eritròcits
nom masculí

Un eritròcit és una cèl·lula de la sang que conté hemoglobina i s'encarrega de transportar l'oxigen per totes les parts del cos. Els eritròcits són les cèl·lules més abundants de la sang i li donen el color vermell que té.

erm erma erms ermes
adjectiu

1 Un terreny és erm quan no hi habita ningú o no s'hi cultiva cap planta. Els deserts són territoris erms.

nom masculí

2 Un erm és un lloc sense camps conreats i deshabitat. Alguns cristians es retiraven als erms i feien vida solitària.

ermot

ermini erminis
nom masculí

Un ermini és un mamífer carnívor de cos allargat que fa uns 35 cm. Té el pèl molt suau, de color blanc a l'hivern i de tons grocs vermellosos a l'estiu. La punta de la cua sempre és de color negre. Amb la pell dels erminis es fan peces de vestir.

Un ermini

ermita ermites
nom femení

Una ermita és una església o capella petita. Moltes ermites són a la muntanya i estan dedicades a la Mare de Déu. La gent hi celebra aplecs i romiatges.

ermitatge

ermità ermitana ermitans ermitanes
nom masculí i femení

1 Persona que viu en una ermita i se n'encarrega.
2 Eremita.

nom masculí

3 Tipus de cranc d'abdomen pla i poc desenvolupat que es protegeix ocupant la closca buida d'un cargol.

erosió erosions
nom femení

Hi ha erosió en un terreny, en una roca o en una construcció quan es va desgastant per l'acció dels fenòmens atmosfèrics com la pluja i el vent. Les muntanyes punxegudes queden arrodonides per l'erosió que pateixen durant anys.

erosionar
verb com *cantar* ◄ pàg. 26

Provocar erosió. Els corrents d'aigua erosionen la terra i fan que hi hagi barrancs i congostos.

erotisme erotismes
nom masculí

L'erotisme és la recerca del plaer sexual amb tots els mitjans possibles, fins i tot els artístics. En una pel·lícula hi ha erotisme si hi ha escenes de relacions amoroses o sexuals.

eròtic

erra erres
nom femení

Nom de la lletra *r*, *R*.

errada errades
nom femení

1 Una errada és una equivocació, una cosa que no s'hauria d'haver fet. Les errades d'un conductor poden provocar un accident.
2 Falta que es comet escrivint o parlant. Si en un llibre hi ha moltes errades és que no s'ha corregit bé.

errar

verb
com *cantar*
◄ pàg. 26

1 Anar d'una banda a l'altra, sense una destinació fixa, sense un lloc on parar. Els vagabunds són persones que erren, com si anessin perdudes.
2 Equivocar-se, no encertar. Un tirador que erra el tret no fa diana.
errant, erràtic

errata errates

nom femení

Una errata és una errada o equivocació feta en un llibre o un altre imprès. Una fe d'errates és una llista amb les equivocacions que hi ha en un llibre.

error errors

nom masculí

1 Un error és una afirmació, una idea o una doctrina que no és veritat, que està equivocada. Dir que la Terra és quadrada és un error. Un error de càlcul o de mesura pot fer fracassar un experiment.
2 Errada.
erroni, errònia

eructe eructes

nom masculí

Rot. No és de bona educació fer eructes a la taula. Es diu quan es parla formalment.

erudit erudita erudits erudites

adjectiu
i nom masculí
i femení

Que sap moltes coses, que té molts coneixements d'història, de literatura, d'art, etc.
erudició

eruga erugues

nom femení

1 Una eruga és la larva d'una papallona. Les erugues tenen forma de cuc, tenen potes i s'alimenten de plantes. Els cucs de seda són erugues.
2 Cinta metàl·lica formada per diverses peces mòbils que porten alguns vehicles en lloc de rodes. Alguns tractors, les excavadores i els tancs fan servir erugues.

erupció erupcions

nom femení

1 Una erupció és la sortida de foc, pedres i lava d'un volcà. L'erupció d'alguns volcans ha provocat moltes víctimes i destrosses.
2 Aparició a la pell de grans, taques vermelles o de petites ferides amb pus. La verola provoca erupcions.

1
es

pronom
personal
Sense accent
gràfic

S'usa en casos com aquests:
• *Ella es banya a la platja. Els nois es deien coses els uns als altres.*
• *Es va sentir un crit. Aquesta roba es porta molt, ara. Es diu que apujaran els preus.*
També pot tenir les formes *s'*, *'s* i *se* segons com es combina amb el verb i altres pronoms:
• *Sempre s'aixecava el primer. Va mirar-s'ho de lluny.*
• *Va asseure's a la cadira.*
• *Va posar-se dret. Se te l'ha emportat.*
Té la mateixa forma tant si es refereix a un nom femení, a un masculí, a un singular o a un plural:
• *La Mireia es renta les dents.*
• *En Pere es pentina.*
• *Els nois es reuneixen.*
• *Les noies es reuneixen.*

2
es sa es (o ets) ses

determinant
article

S'usa a les Illes Balears i en algunes zones de la Costa Brava en casos com aquests:
• *Es cavall, s'hostal, sa cuina, s'al·lota, es frares, ets ossos, ses dones.*

esbadellar-se

verb usat
amb pronom
com *cantar*
◄ pàg. 26

Obrir-se una flor, una pinya o una altra cosa que s'obri de manera semblant. Amb el foc, les pinyes s'esbadellen i es poden treure els pinyons.

esbalair

verb
com *reduir*
◄ pàg. 39
Amb dièresi

Una cosa ens esbalaeix quan ens deixa una mica espantats, admirats i meravellats. És normal que els fenòmens meteorològics ens esbalaeixin. Moltes persones s'esbalaeixen quan fa tempesta a l'alta muntanya.

esbandir

verb
com *servir*
◄ pàg. 28

1 Treure amb aigua neta el sabó d'una cosa ensabonada. Les màquines de rentar roba primer renten i després esbandeixen.

usat amb
pronom

2 Esbandir-se és treure's el sabó del cos o dels cabells quan ens els rentem. Quan et dutxes, primer t'ensabones i després t'esbandeixes.

esbargir-se

verb usat amb
pronom
com *servir*
◄ pàg. 28

Fer una activitat, com passejar, jugar o anar al cine, que ens descansi i ens distregui de la feina i de les preocupacions. Després de moltes hores d'estudi, convé sortir una estona i esbargir-se.

esbarjo esbarjos

nom masculí

Un esbarjo és una estona de descans, de joc o de diversió enmig de la feina o de l'estudi. Als col·legis es fa esbarjo sortint al pati a jugar.

esbarriar

verb
com *canviar*
◄ pàg. 30
Amb dièresi

Treure una cosa del seu lloc i deixar-la on costarà de trobar, escampar coses que estaven ben ordenades. Si tens els llibres i els papers esbarriats, els hauràs d'endreçar.

esbart esbarts

nom masculí

1 Un esbart és un grup de persones o d'animals. Alguns ocells volen en esbarts.

Continua a la pàgina següent

2 Grup o associació de persones que es dediquen a les cançons i als balls tradicionals i populars.

esbarzer esbarzers
nom masculí
Un esbarzer és una planta de la família dels rosers que té uns troncs forts i llargs plens de punxes. Fa unes flors petites de color blanc. Els seus fruits són les mores. Les punxes dels esbarzers s'enganxen a la roba i a la pell i et poden fer esgarrinxades.

esbatanar
verb
com *cantar*
◄ pàg. 26
Obrir completament una porta o una finestra. Quan hem de ventilar una casa, convé esbatanar totes les finestres.

esbatussar-se
verb usat amb pronom
com *cantar*
◄ pàg. 26
Barallar-se donant-se cops. Si dos s'esbatussen, convé separar-los abans no es facin mal.

esberlar
verb
com *cantar*
◄ pàg. 26
Fer que una cosa dura s'obri en dues o més parts. Si un meló ens cau a terra, s'esberla.
esberla

esbirro esbirros
nom masculí
Un esbirro és una persona que tortura i mata seguint les ordres de qui el mana. També es diu *esbirro* d'un home sense sentiments ni compassió.

esblaimar-se
verb usat amb pronom
com *cantar*
◄ pàg. 26
Perdre el color. Quan fa dies que no mengen, les persones s'esblaimen.

esbocinar
verb
com *cantar*
◄ pàg. 26
Fer bocins d'una cosa. Si vols donar pa als coloms, l'has d'esbocinar ben petit. Les peces de ceràmica s'esbocinen quan cauen a terra.

esbojarrat esbojarrada esbojarrats esbojarrades
adjectiu i nom masculí i femení
Que fa coses de boig, que obra sense reflexionar. Una persona esbojarrada no pensa en les conseqüències del que fa.

esbombar
verb
com *cantar*
◄ pàg. 26
Fer que tothom conegui una notícia, un secret. Les revistes del cor esbomben els problemes amorosos de gent famosa. Les notícies escandaloses s'esbomben ràpidament.

esborrador esborradors
nom masculí
Un esborrador és un estri de fusta amb una roba gruixuda enganxada per a esborrar la pissarra. Es pot usar com a esborrador un tros de drap. ✎ pàgs. 998-999 ⑫

esborrall esborralls
nom masculí
Un esborrall és una taca que es fa al paper mentre escrivim. Un bon bolígraf mai no fa esborralls.

esborrany esborranys
nom masculí
Un esborrany és un primer escrit o un primer projecte d'una cosa. En l'esborrany d'una redacció, hi fem els canvis i les correccions que volem, i després escrivim la redacció en net.

esborrar
verb
com *cantar*
◄ pàg. 26
Fer desaparèixer una cosa escrita, dibuixada, pintada, gravada, etc. Per esborrar les lletres escrites en un paper, fem servir una goma d'esborrar.

esborronar
verb
com *cantar*
◄ pàg. 26
1 Posar els pèls de punta, fer posar pell de gallina. El fred ens esborrona.
2 Espantar molt, causar horror. La violència d'algunes pel·lícules esborrona les persones porugues. Hi ha persones que s'esborronen quan veuen un accident d'avió.
esborronador

esbós esbossos
nom masculí
Un esbós és una primera prova d'una obra artística. Els esbossos de les pintures dels grans artistes tenen també molt de valor.
esbossar

esbotzar
verb
com *cantar*
◄ pàg. 26
Fer que una cosa s'obri o es trenqui per una força feta des de fora. De vegades, els bombers han d'esbotzar les portes de les cases per entrar a apagar el foc.

esbravar-se
verb usat amb pronom
com *cantar*
◄ pàg. 26
1 Un líquid s'esbrava quan perd l'olor o el gust que tenia. Si deixem l'ampolla destapada, la colònia s'esbravarà.
2 Una persona s'esbrava si demostra els seus sentiments, si no es reprimeix. Als camps de futbol els aficionats s'esbraven cridant i aplaudint.

esbrinar
verb
com *cantar*
◄ pàg. 26
Arribar a conèixer la veritat d'una cosa buscant-la fins que es descobreix. A la policia li costa esbrinar les causes de molts crims.

esbroncar
verb
com *cantar*
◄ pàg. 26
Amb QU davant E, I
Fer crits i insults contra algú. Quan l'àrbitre no xiula un penal, tothom l'esbronca.
esbronc

esbufegar
verb
com *cantar*
◄ pàg. 26
Amb GU davant E, I
Respirar molt de pressa, bufant molt, a causa del cansament, d'una malaltia o d'una excitació. Si pugem molts pisos a peu, arribarem a dalt esbufegant.
esbufec

esbullar
verb com *cantar* ◄ pàg. 26
Escampar o separar una cosa que estava unida. El vent ens esbulla els cabells.

esca esques
nom femení
1 L'esca és un material molt sec que s'encén fàcilment. Es fa amb la polpa d'un bolet. Abans s'encenia el foc amb l'esca i amb les espurnes que es feien rascant una pedra.
2 Es diu que una cosa o una persona és l'esca d'una cosa quan n'és la causa o l'estímul. Un mal company és l'esca per a fer malifetes.

escabellar
verb com *cantar* ◄ pàg. 26
Desordenar els cabells, despentinar. Si el vent ens escabella, ens haurem de pentinar. Els motoristes s'escabellen quan es treuen el casc.
escabellat, escabellada

escabetx escabetxos
nom masculí
L'escabetx és una salsa feta amb oli, vinagre, pebre vermell i llorer. Alguns peixos i carns es guisen o s'adoben amb escabetx.

escabetxar
verb com *cantar* ◄ pàg. 26
1 Posar un aliment en escabetx, amanir-lo amb escabetx. Per escabetxar sardines, primer es fregeixen i després s'hi tira l'escabetx pel damunt.
2 Matar. Es diu de manera informal.
escabetxada

escabrós escabrosa escabrosos escabroses
adjectiu
1 Un terreny o un camí és escabrós quan és ple de pedres, de sots, de pujades i baixades, i costa de passar-hi.
2 Es diu que una novel·la o una pel·lícula és escabrosa si hi ha escenes que es consideren immorals.

escac escacs
nom masculí
1 Un escac és cada una de les caselles o quadrets del tauler de jugar als escacs o a les dames.
nom masculí plural
2 Els escacs són un joc entre dues persones que es juga en un tauler dividit en seixanta-quatre quadrets o caselles, la meitat de color blanc i l'altra meitat de color negre. Cada jugador té setze peces: rei, reina o dama, dues torres, dos alfils, dos cavalls i vuit peons. Guanya qui aconsegueix de matar el rei contrari. Quan el seu rei està en perill, s'avisa el contrari dient-li: *Escac!* I quan el rei ja no es pot escapar i la partida s'ha acabat, se li diu: *Escac i mat!*
✎ pàg. 393 ⑫

escadusser escadussera escadussers escadusseres
adjectiu
1 Una cosa és escadussera quan sobra d'un conjunt o d'una quantitat que es compta, quan no es pot aparellar amb cap altra. Set pomes són tres parells de pomes i una poma escadussera.
2 Hi ha algun client escadusser, algun cotxe escadusser, alguna fulla escadussera quan només n'hi ha algun, quan n'hi ha molt pocs.

escafandre escafandres
nom masculí
Un escafandre és un vestit que cobreix tot el cos i que tanca hermèticament. Les persones usen escafandre per a estar sota l'aigua molta estona, o per a sortir de les naus espacials en òrbita.
escafandrisme

escagarrinar-se
verb usat amb pronom com *cantar* ◄ pàg. 26
Tenir molta por, cagar-se de por. Es considera una paraula grollera.

escaient escaients
adjectiu
Que escau, que va bé, que és adequat i encertat. Un bon diccionari és un regal escaient per a una persona que estudia.

escaig escaigs
nom masculí
L'escaig és la quantitat petita que hi ha de més en una quantitat exacta. Si tens trescents discos i escaig, en tens tres-cents i uns quants més, tant poden ser cinc com setanta-vuit.

1
escaiola escaioles
nom femení
L'escaiola és una planta que fa uns grans petits i allargats que també es diuen *escaiola*. Es cultiva per a donar de menjar als ocells de gàbia com els canaris.

2
escaiola escaioles
nom femení
L'escaiola és una pasta feta amb un guix molt fi, de color blanc, i aigua. Serveix per a fer figures, per a decorar les cases i per a enguixar sostres i parets.

escaire escaires
nom masculí
Diferent d'*esquadra*
1 Un escaire és un instrument de dibuix format per dos regles units en forma de L, de T o de triangle. Serveix per a dibuixar angles i línies paral·leles. ✎ pàgs. 998-999 ⑮ ✎ cartabó
2 Qualsevol objecte o peça que té forma de L, com els dos angles de la part de dalt d'una porteria de futbol.
escairar

escala escales
nom femení
1 Una escala és una construcció amb esglaons que ens permet pujar i baixar d'un

lloc a un altre. En els edificis alts hi ha d'haver escales d'emergència per a sortir-ne en cas d'incendi. ✎ pàg. 593 (31)

Unes escales

2 Aparell de fusta o de metall que es pot portar amunt i avall i que té uns travessers per a posar els peus i poder pujar a un lloc alt. Algunes escales s'obren en angle i s'aguanten soles; d'altres són d'una sola peça i s'han de recolzar a la paret.

3 Sistema de divisions iguals per a prendre mides o mesurar alguna cosa. L'escala d'un termòmetre és dividida en graus de temperatura.

4 Port o aeroport on arriba un vaixell o aterra un avió. En un vol sense escales, l'avió va directe a la seva destinació.

5 Proporció que hi ha entre la mida d'un dibuix o d'un mapa i la mida real dels objectes o dels llocs representats. Un mapa de carreteres a escala 1:500 vol dir que cada centímetre del paper són 500 centímetres en la realitat, és a dir, 5 metres.

6 Una **escala musical** és una sèrie de notes que van seguides, com do, re, mi, fa, sol, la, si.

locució que fa d'adverbi — **7 A gran escala** vol dir amb molts elements, amb una gran quantitat de mitjans. *Les empreses importants compren a gran escala, no fan compres petites.*

escalabrar

verb, com *cantar* ◄ pàg. 26 — Trencar el cap a algú, fer una ferida al cap. Quan es tiren pedres, hi ha perill d'escalabrar algú.

escalada escalades

nom femení — Una escalada és el fet d'escalar un lloc. L'esport d'escalada consisteix a pujar parets de muntanyes amb l'ajut de les mans, els peus i unes cordes.

escalador

escalafó escalafons

nom masculí — Un escalafó és la llista de les persones que treballen en un centre oficial classificades segons el seu càrrec, la seva antiguitat, els seus mèrits, etc. La majoria dels militars ascendeixen de categoria seguint l'escalafó de l'exèrcit.

escalar

verb, com *cantar* ◄ pàg. 26 — Pujar una paret, una muntanya o un altre lloc difícil per mitjà d'escales movibles o de cordes, o només amb la força de les mans i dels peus. Quan atacaven un castell, els assaltants escalaven les muralles.

escaldar

verb, com *cantar* ◄ pàg. 26 — **1** Tirar aigua bullent sobre una cosa. Si escaldes unes llesques de pa en un plat amb una branca de farigola, faràs una sopa de farigola.

2 Es diu que han escaldat algú quan l'han enganyat. També es diu que algú s'ha escaldat quan ha fet una cosa i li ha sortit malament.

usat amb pronom — **3 Escaldar-se** és cremar-se amb aigua bullent. A la cuina, hem de vigilar de no cremar-nos o escaldar-nos.

4 Una persona **s'escalda** quan per la calor, per la suor o per un fregament se li inflama la pell d'una part del cos.

escaldufar

verb, com *cantar* ◄ pàg. 26 — Escaldar un aliment, coure'l una mica. Si algú escaldufa unes patates, només les deixa bullir una estona.

escalè escalena escalens escalenes

adjectiu — En matemàtiques, un triangle escalè té els tres costats desiguals. Les cares d'una piràmide escalena són triangles escalens.

escalfador escalfadors

nom masculí — Un escalfador és un aparell que fa que l'aigua de la cuina i del bany sigui calenta. Els escalfadors funcionen amb electricitat o amb gas. ✎ pàg. 593 (28)

escalfallits escalfallits

nom masculí — Un escalfallits és un recipient rodó amb una tapa foradada i un mànec per a escalfar el llit. Dins del recipient es posaven brases.

escalfapanxes escalfapanxes

nom masculí — Un escalfapanxes és una llar de foc petita.

escalfar

verb, com *cantar* ◄ pàg. 26 — **1** Donar escalfor, augmentar la temperatura d'una cosa, fer que estigui més calenta. A l'hivern hem d'escalfar l'aigua de la dutxa més que a l'estiu. Si el motor del cotxe s'escalfa massa, s'ha de parar.

2 Pegar o apallissar algú.

3 Un o una esportista escalfa quan fa uns exercicis senzills i unes corregudes curtes i es prepara per a entrar en el terreny de joc. Els futbolistes s'escalfen a la banda del camp.

usat amb pronom — 4 Una discussió o una baralla **s'escalfa** si cada vegada és més forta i les persones estan com més va més excitades.

escalfor escalfors

nom femení — L'escalfor és la calor que desprèn una cosa que crema o que està calenta. Si en un lloc hi ha molta calefacció, hi fa molta escalfor.

escalinata escalinates

nom femení — Una escalinata és una escala ampla construïda a la part de fora o en el vestíbul d'un edifici. Alguns palaus tenen escalinates de marbre molt boniques.

escalivar

verb com *cantar* ◄ pàg. 26 — 1 Coure al caliu. Es poden escalivar, sobretot, patates, pebrots, cebes, albergínies, pomes i altres aliments semblants.
2 Escarmentar. Si escalives la persona que et molesta, et deixarà tranquil i no hi tornarà.

escalivat escalivada escalivats escalivades

adjectiu — 1 Un menjar escalivat és cuit al caliu. Les verdures escalivades queden amb la pell negra i es pelen fàcilment.

nom femení — 2 Una escalivada és una amanida feta amb albergínies, pebrots, tomàquets i cebes escalivats.

escaló escalons

nom masculí — 1 Esglaó.
2 Cada un dels travessers d'una escala portàtil.

escalonar

verb com *cantar* ◄ pàg. 26 — Esglaonar.

escalopa escalopes

nom femení — Una escalopa és un tall de carn prim, arrebossat i fregit.

escalpel escalpels

nom masculí — Un escalpel és un ganivet petit, de fulla prima acabada en punxa, que serveix per a dissecar.

escalunya escalunyes

nom femení — Una escalunya és una planta d'horta semblant a la ceba. La seva tija és un bulb, com la de la ceba, i es menja en sofregits i en salses.

escama escames

nom femení — Escata.

escamarlà escamarlans

nom masculí — Un escamarlà és un crustaci de color vermellós que té el cos allargat i fa de quinze a vint centímetres. El cap també és allargat i és més ample que el cos. Té al davant dues potes grosses i fortes acabades en pinces. Els escamarlans es posen a l'arròs o es mengen a la brasa.

escambell escambells

nom masculí — 1 Tamboret. Hi ha escambells molt baixos que es fan servir per a posar-hi els peus quan estem asseguts.

frase feta — 2 Es diu que una persona **ha caigut de l'escambell** quan ha perdut el càrrec o els avantatges que tenia.

escamot escamots

nom masculí — 1 Un escamot és un grup petit de persones que van juntes. Hi ha escamots de policies, de soldats, etc.
2 Ramat petit, de pocs animals.

escamotejar

verb com *cantar* ◄ pàg. 26 Amb G davant E, I — 1 Fer desaparèixer una cosa de davant d'una persona sense que aquesta vegi com ho han fet. Els mags escamotegen cartes i el públic mai no veu el truc.
2 Prendre algú alguna cosa. Si ens han escamotejat la cartera és que ens l'han robada.

escampar

verb com *cantar* ◄ pàg. 26 — 1 Fer que una cosa que estava reunida o aplegada se separi i s'estengui, ocupi més lloc. Quan aboquem un got, l'aigua s'escampa per la taula. També diem que una flor escampa un perfum agradable o que una notícia s'ha escampat de seguida.

frase feta — 2 Anar a **escampar la boira** és sortir a airejar-se, a passejar.

escampall

escandalitzar

verb com *cantar* ◄ pàg. 26 — Ferir els sentiments d'algú amb paraules o accions que són considerades immorals, injustes o il·legals. El fet que un polític faci una estafa escandalitza molta gent. Hi ha persones que s'escandalitzen quan veuen algú despullat.

escandall escandalls

nom masculí — 1 Es fa l'escandall d'un producte quan se n'examinen mostres i es fan proves per a saber quant costarà la fabricació i a quin preu es podrà vendre.
2 Un escandall és un tros de plom que es posa al final d'un cordill i es deixa caure dins l'aigua per saber quina profunditat té el mar o un riu en un lloc determinat.

escandallar

escandinau escandinava escandinaus escandinaves

adjectiu — 1 D'Escandinàvia. *Els fiords escandinaus.*

nom masculí i femení — 2 Persona que és d'Escandinàvia o que hi viu.

escàndol escàndols
nom masculí
1 Un escàndol és qualsevol paraula o acció que escandalitza. Hi ha un escàndol públic quan una persona molt coneguda fa una cosa mal feta i tothom ho sap.
2 Molt de soroll i de xivarri. Quan els veïns fan escàndol no es pot dormir tranquil.
escandalós, escandalosa

escàner escàners
nom masculí
Un escàner és un aparell electrònic que per mitjà de raigs de llum, raigs X, electrons, etc., examina la superfície d'un objecte, una zona del cos humà, etc., resseguint-ne sistemàticament totes les parts. El resultat d'aquest examen es veu en una pantalla. Un tipus d'escàner es fa servir en medicina.
escaneig, escanejar

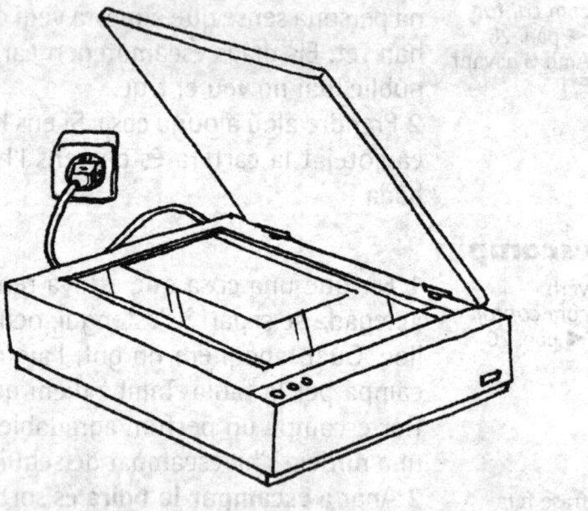

Un escàner

escanyar
verb
com *cantar*
◄ pàg. 26
1 Matar una persona o un animal agafant-lo pel coll i no deixant-lo respirar.
2 Diem que una corbata o una camisa ens escanya si va massa justa i ens estreny el coll.
usat amb pronom
3 **Escanyar-se** és no poder respirar perquè una cosa ens tapa la gola o ens estreny el coll. Algunes persones s'han escanyat empassant-se un pinyol de fruita o un osset.

escanyolit escanyolida escanyolits escanyolides
adjectiu
Que és molt prim i dèbil. Un gos mal alimentat és escanyolit.

escaparata escaparates
nom femení
Una escaparata és una vitrina on hi ha la imatge d'un sant o una santa o un objecte d'art.

escapar-se
verb usat amb pronom
com *cantar*
◄ pàg. 26
1 Allunyar-se una persona o un animal d'algú o d'alguna cosa que el tenia agafat, aconseguir sortir d'una presó, d'un perill. Si obrim la gàbia d'un canari, és fàcil que s'escapi.
2 Sortir una cosa del lloc on està tancada o retinguda. Quan una aixeta no tanca bé, l'aigua s'escapa.
3 Diem que una cosa se'ns escapa de les mans quan no la podem controlar. A vegades, al servei de seguretat d'una discoteca se li escapa la situació de les mans. Si en una conversa se'ns escapa una cosa és que l'hem dita i no ho havíem de fer.
escapada, escapament, escapatòria

escapçar
verb
com *cantar*
◄ pàg. 26
Amb C davant E, I
1 Tallar la punta o l'extrem d'una cosa.
2 En el joc de cartes, la persona que escapça divideix la baralla en dos blocs després que el qui dóna les cartes les hagi remenades.
escapça

escapolir-se
verb usat amb pronom
com *servir*
◄ pàg. 28
Escapar-se algú d'un perill, de la presó; deixar les persones amb qui estem sense que elles ho vegin. Hi ha delinqüents que s'han escapolit diverses vegades de la policia.
escàpol

escàpula escàpules
nom femení
Omòplat.

escapulari escapularis
nom masculí
1 Un escapulari és un grup de dos trossets de tela beneïts i dues cintes llargues que els uneixen. Es passa pel cap i es porta penjat damunt del pit i de l'esquena per devoció. En els escapularis hi sol haver una imatge religiosa.
2 Tira ampla de tela amb un forat per on es passa el cap i que algunes monges i alguns frares porten penjat sobre el pit i l'esquena damunt de l'hàbit.

escaquer escaquers
nom masculí
Un escaquer és una peça quadrada dividida en seixanta-quatre caselles o compartiments per a jugar als escacs o a les dames. La meitat de les caselles són blanques i l'altra meitat són negres. ✎ pàg. 393 ⑩

escarabat escarabats
nom masculí
1 Un escarabat és un insecte que té el cos de forma ovalada i de color negre. S'alimenta d'excrements dels animals. Fa boles petites amb aquests excrements i les arrossega cap al lloc on viu. També es diuen *escarabats* molts altres insectes.
2 Un **escarabat de cuina** és un insecte de forma llarga i arrodonida, de color fosc, marró o negre, que té unes antenes llargues. Viu en llocs foscos i humits. A vegades n'hi ha per les cases, sobretot a la cuina.

A B C D E F G H I J K L M N O P Q R S T U V W X Y Z

escarafalls
nom masculí plural — Una persona fa escarafalls quan diu moltes vegades i de manera exagerada que una cosa no li agrada. Si una persona té molta gana, no farà escarafalls de cap menjar.

escaramussa escaramusses
nom femení — Una escaramussa és un combat poc important, entre grups petits de combatents.

escarbotar
verb com *cantar* ◄ pàg. 26 — Treure, rascant o fregant, la part de dalt d'alguna cosa. Si ens escarbotem un gra, pot ser que en surti sang. Les gallines escarboten el terra per a trobar cucs i insectes.

escarceller escarcellera escarcellers escarcelleres
nom masculí i femení — Carceller.

escardalenc escardalenca escardalencs escardalenques
adjectiu — **1** Que és molt prim de cos. A una persona escardalenca se li veuen les costelles sota la pell.
2 Que fa un so agut i estrident. Una veu escardalenca és desagradable a l'orella.

escarlata escarlates
adjectiu — **1** Que és d'un color vermell viu una mica groguenc.
nom masculí — **2** L'escarlata és el color escarlata.

escarlatina escarlatines
nom femení — L'escarlatina és una malaltia contagiosa que provoca una inflamació del coll i taques de color vermell a la pell. S'agafa sobretot de petit.

escarmentar
verb com *cantar* ◄ pàg. 26 — **1** Una persona o un animal escarmenta quan aprèn que si torna a fer una cosa el renyaran o es farà mal. Qui s'ha cremat tirant petards, és fàcil que s'hagi escarmentat i no en vulgui tirar més.
2 Fer que una persona o un animal escarmenti. Els domadors escarmenten els lleons a cops de fuet.
escarment

escarnir
verb com *servir* ◄ pàg. 28 — Riure's d'algú, fer-ne burla. Si una persona escarneix la veu o els gestos d'una altra és que els imita per fer riure.
escarn, escarni

escarola escaroles
nom femení — Una escarola és una planta d'horta, semblant a un enciam, que té les fulles retallades, com arrissades, i un gust amargant. És de color verd groc i es menja amanida.

escarpat escarpada escarpats escarpades
adjectiu — Que és alt i fa molt de pendent. És gairebé impossible enfilar-se per roques escarpades: fan molta pujada.

escarpí escarpins
nom masculí — Un escarpí és una sabata lleugera de pell, amb una sola molt prima.

escarpra escarpres
nom femení — Una escarpra és una eina que sembla un clau de ferro gros i molt gruixut amb un tall en lloc de punta. Es pica amb un martell o una maceta per a treballar la pedra o per a fer forats a la paret.

escarransit escarransida escarransits escarransides
adjectiu i nom masculí i femení — **1** Que no és generós, que no dóna ni ofereix gaires coses. Les persones escarransides mai no conviden ningú. D'un escarransit, no n'esperis un bon regal.
adjectiu — **2** Que és poc abundant, escàs i de poca qualitat. Amb un entrepà escarransit no et passarà la gana.
3 Que no ha crescut bé, que ha quedat petit. Si no es poden regar bé, les plantes creixen escarransides.

escarràs escarrassos
nom masculí — Una persona és un escarràs quan fa molta feina o la feina més pesada. Si ets un escarràs de feina és que ets una persona molt treballadora.

escarrassar-se
verb usat amb pronom com *cantar* ◄ pàg. 26 — Treballar molt, posar molt d'esforç en una cosa. Si una casa és gran, ens hem d'escarrassar molt per a tenir-la neta. Si ens escarrassem a deixar l'habitació neta, no ens agrada que s'embruti de seguida.

escarxofa escarxofes
nom femení — Carxofa.

escarxofar-se
verb usat amb pronom com *cantar* ◄ pàg. 26 — Posar-se ben ample i amb tota comoditat en un seient. Si ens escarxofem en un sofà, no deixem lloc per a altres persones.

escarxofera escarxoferes
nom femení — Carxofera.

escàs escassa escassos escasses
adjectiu — Que no n'hi ha gaire, que no arriba a la mida o a la quantitat necessària. Si una persona va escassa de diners no pot comprar gaires coses.
escassament, escassesa, escassetat

escassejar
verb
com *cantar*
◄ pàg. 26
Amb G davant E, I

1 Una cosa escasseja quan n'hi ha poca quantitat, quan és escassa. Als països en guerra escassegen els aliments i les medicines.
2 Escatimar. No hem d'escassejar l'aigua a les plantes.

escata escates
nom femení
També *escama*

Una escata és cadascuna de les plaques petites que estan per damunt de la pell d'alguns animals, com els rèptils i els peixos. També hi ha escates a les potes dels ocells. Si passes un ganivet per una sardina, li faràs saltar les escates.
escatós, escatosa

escatainar
verb
com *cantar*
◄ pàg. 26

Fer el seu crit la gallina. Quan han post un ou, les gallines escatainen.
escataineig

escatar
verb
com *cantar*
◄ pàg. 26

1 Treure les escates d'un peix. Abans de fregir-les, les arengades es poden escatar.
2 Treure rascant tot allò que forma una capa sobre una superfície. La pintura vella d'una paret s'ha d'escatar abans de pintar-hi de nou.

escatimar
verb
com *cantar*
◄ pàg. 26

No donar a algú la quantitat que necessita d'una cosa. Els pares mai no escatimen el menjar als fills.

escatir
verb
com *servir*
◄ pàg. 28

1 Discutir si una cosa és això o allò. Els savis encara escateixen el significat d'algunes inscripcions antigues.
2 Dilucidar. No sempre es pot escatir si algú és autor d'un crim.

escatològic escatològica escatològics escatològiques
adjectiu

Un escrit, una conversa, un acudit és escatològic si parla d'excrements.

escaure
verb
com *caure*
◄ pàg. 30

Caure bé un vestit, un adornament, anar bé una cosa amb la manera de ser d'algú. A una persona gran, no li escau fer criaturades.

escena escenes
nom femení

1 L'escena d'un teatre és l'escenari. Una artista surt a escena quan apareix davant del públic i comença a actuar.
2 Una escena és cada una de les divisions breus d'una obra de teatre o d'una pel·lícula. En l'acció que passa en una escena, hi ha tota l'estona els mateixos personatges.
escènic, escenificar

escenari escenaris
nom masculí

1 L'escenari d'un teatre és el lloc on es representa l'obra o l'espectacle. A l'escenari hi ha els decorats i el teló, i hi actuen els artistes. ✎ pàgs. 394-395 ⑰
2 Lloc on passa l'acció d'una pel·lícula o bé on passa o ha passat alguna cosa. Quan hi ha un crim, la policia en va a veure l'escenari.

escenografia escenografies
nom femení

1 L'escenografia és la tècnica de muntar decorats de teatre, de cinema, de televisió o de qualsevol espectacle.
2 Conjunt de decorats d'un espectacle. Alguns grups musicals actuen amb una escenografia sensacional.

escepticisme escepticismes
nom masculí

1 L'escepticisme és la doctrina de la filosofia que diu que no es pot conèixer la veritat.
2 Es diu que una persona té escepticisme quan dubta o desconfia gairebé de tot.
escèptic

escissió escissions
nom femení

Una escissió és una separació, una divisió, d'una cosa que abans estava unida. En un partit polític hi ha una escissió quan una part de les persones que el formaven creen un partit nou.

esclafar
verb
com *cantar*
◄ pàg. 26

Trencar o aplanar una cosa amb una pressió forta, amb un cop. Si piques nous amb un martell les esclafaràs.

esclafir
verb
com *servir*
◄ pàg. 28

1 Fer un soroll sec i agut, com el d'un tret d'arma de foc o el d'una cosa que es trenca. A vegades, quan ens freguem les mans, els dits esclafeixen.

frase feta

2 Esclafir de riure o **de plorar** és posar-se a riure o a plorar molt fort, fent molt de soroll.
esclafit

esclarir
verb
com *servir*
◄ pàg. 28

1 Fer que una cosa no estigui embullada, sinó ben clara i separada. Per esclarir els cabells es fa servir una pinta de pues amples.

frase feta i verb usat amb pronom

2 Esclarir-se el cel o **el temps** és començar a fer més bo, allunyar-se els núvols.
3 Esclarir-se el dia és fer-se de dia, començar a sortir el sol.

esclat esclats
nom masculí

1 Hi ha un esclat quan alguna cosa esclata o rebenta. L'esclat d'una bomba o d'una tempesta pot agafar per sorpresa.
2 Llum viva que una cosa desprèn. Les ulleres de sol impedeixen que l'esclat del sol ens faci mal a la vista.

A B C D E F G H I J K L M N O P Q R S T U V W X Y Z

esclatar
verb
com *cantar*
◄ pàg. 26
1 Trencar-se una cosa fent molt de soroll i llançant trossos tot al voltant. Quan esclata una bomba, els fragments de metralla poden ferir molta gent.
2 Una tempesta, la pluja o un xàfec esclata quan comença a haver-hi llamps i trons i a caure l'aigua.
3 Es diu que una cosa esclata quan comença. Al final d'un concert, esclaten els aplaudiments del públic.
esclatant

esclata-sang esclata-sangs
nom masculí
1 Rovelló.
2 Pinetell.

esclau esclava esclaus esclaves
nom masculí i femení
1 Persona que no és lliure, que està totalment sota el domini d'una altra que n'és la propietària. A l'Antic Egipte, els esclaus van construir les piràmides.
2 Persona que està sotmesa a una altra persona o a una cosa que la domina. Es diu que algú és esclau de la feina, de la moda o d'un vici.
esclavatge, esclavitud, esclavitzar

esclavisme esclavismes
nom masculí
L'esclavisme és la doctrina que diu que hi ha d'haver esclaus. També és el comerç i el tràfic d'esclaus. A la guerra de Secessió nord-americana, el sud defensava l'esclavisme.

esclerosi esclerosis
nom femení
Hi ha esclerosi en un teixit o en un òrgan si es torna dur. Quan les persones envelleixen, es produeix l'esclerosi de les cèl·lules.

escleròtica escleròtiques
nom femení
L'escleròtica és la membrana que hi ha a la part de fora de l'ull. És dura i de color blanc. pàgs. 798-799 (22)

escletxa escletxes
nom femení
Una escletxa és una obertura estreta entre dues peces que no ajusten prou. Les finestres velles no tanquen bé i deixen moltes escletxes per on entra la llum.

esclòfia esclòfies
nom femení
Clofolla.

esclop esclops
nom masculí
1 Un esclop és un calçat fet de fusta tot d'una peça. Els esclops es fan servir per a caminar per llocs on hi ha aigua o fang.
2 Calçat de cuir, descobert pel darrere i amb una sola molt gruixuda de fusta o de suro.

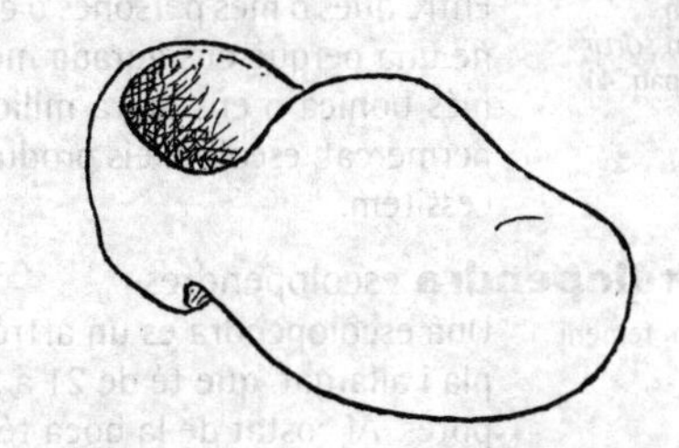
Un esclop

escó escons
nom masculí
També *escon*
1 Un escó és un banc llarg que té un respatller alt. A moltes masies hi ha un escó al voltant de la llar de foc.
2 Seient o banc dels diputats en el congrés o en el parlament. Quan es diu que en unes eleccions un partit ha aconseguit deu escons és que ha aconseguit deu diputats.

escocès escocesa escocesos escoceses
adjectiu
1 D'Escòcia. *El whisky escocès.*
nom masculí i femení
2 Persona que és d'Escòcia o que hi viu.

escodrinyar
verb
com *cantar*
◄ pàg. 26
Examinar o mirar una cosa amb molta atenció, tractant de conèixer-la bé, sense que se'ns escapi res. Els detectius escodrinyen el lloc d'un crim buscant pistes.

escola escoles
nom femení
1 Una escola és un lloc on es fan classes i les persones van a aprendre. La majoria de les escoles són per a nois i noies des del parvulari fins que van a la universitat o comencen a treballar. Hi ha també escoles de música, d'anglès i d'altres matèries.
2 Conjunt de deixebles que segueixen una mateixa doctrina filosòfica, artística, etc. L'escola de pintura d'Olot destaca pels paisatges.
escolaritat, escolaritzar

escolà escolana escolans escolanes
nom masculí i femení
Persona que ajuda a missa o a altres celebracions religioses.
escolania

escolar escolars
adjectiu
1 De l'escola. El curs escolar comença el setembre.
nom masculí i femení
2 Un o una escolar és una persona que va a l'escola.

escolar-se
verb usat amb pronom
com *cantar*
◄ pàg. 26
Sortir un líquid d'un recipient o d'un lloc a través d'un forat, un tub, etc. Quan plou, l'aigua dels terrats s'escola pels forats de desguàs.

A B C D E F G H I J K L M N O P Q R S T U V W X Y Z

A B C D E F G H I J K L M N O P Q R S T U V W X Y Z

escollir
verb
com *sortir*
◄ pàg. 41
Entre dues o més persones o coses, agafar-ne una perquè ens agrada més, la trobem més bonica o ens anirà millor. En un supermercat, escollim els productes que necessitem.

escolopendra escolopendres
nom femení
Una escolopendra és un artròpode de cos pla i allargat, que té de 21 a 23 parells de potes. Al costat de la boca té dues ungles llargues verinoses per matar les seves preses. Les escolopendres viuen sota les pedres.

escolta escoltes
nom masculí i femení
Un o una escolta és un noi o una noia que pertany a un moviment dedicat a l'educació de la joventut. Els escoltes estan en contacte amb la natura i organitzen excursions i campaments.
escoltisme

escoltar
verb
com *cantar*
◄ pàg. 26
1 Posar atenció a les coses que diu una persona, aplicar l'orella a sentir sorolls, música o altres sons. Si una persona ens diu que l'escoltem bé és que ens ha d'explicar una cosa important.
2 Fer cas de les coses que ens diuen. Hem d'escoltar els consells de les persones que tenen més experiència que nosaltres.

escombra escombres
nom femení
Una escombra és un estri de neteja que consisteix en un pal o una canya que porta lligat en un extrem un feix de tires vegetals o de plàstic. Algunes escombres acaben en un raspall de plàstic. D'altres, són formades per branques d'arbustos.
págs. 594-595 (39)

escombrar
verb
com *cantar*
◄ pàg. 26
Netejar el terra fent córrer les coses que l'embruten cap a un cantó amb una escombra. A la ciutat, hi ha escombriaires que escombren els carrers.

escombraries
nom femení plural
Les escombraries són les restes del menjar, els papers, els plàstics i totes les altres coses que llencem. A la cuina, tenim el cubell de les escombraries amb una bossa de plàstic per a llençar-les. És important separar els diferents tipus d'escombraries i llençar-les als contenidors corresponents perquè es puguin reciclar. págs. 594-595 (49)

escombriaire escombriaires
nom masculí i femení
Un o una escombriaire és una persona que recull les escombraries o que escombra els carrers.

escometre
verb
com *perdre*
◄ pàg. 27
Diferències: *escomès, escomesa, escomesos, escomeses*
1 Anar contra algú amb força, atacar-lo. Quan un gos té la ràbia pot escometre les persones i mossegar-les. En temps antics, els enemics s'escometien a cops de bastó.
2 Començar un treball, una feina, posar-se a fer una cosa. Els treballadors del túnel sota el canal de la Mànega van escometre una empresa difícil.
escomesa

escon escons
nom masculí
Escó.

escopeta escopetes
nom femení
Una escopeta és una arma de foc llarga i portàtil que dispara cartutxos de perdigons. Les escopetes es fan servir per a caçar i normalment són de dos canons.
escopetada

escopetejar
verb
com *cantar*
◄ pàg. 26
Amb G davant E, I
1 Disparar trets d'escopeta.
frase feta
2 Diem que una persona **va escopetejada** quan està molt enfeinada i no té un moment de tranquil·litat. A final de curs, tots anem una mica escopetejats.

escopinada escopinades
nom femení
Una escopinada és una mica de saliva que algú escup. Tirar escopinades a una persona és una manera molt grollera d'insultar-la.

escopinya escopinyes
nom femení
Una escopinya és un mol·lusc que té les dues petxines iguals i en forma de cor. Algunes escopinyes tenen la closca amb estries. Les escopinyes en conserva es prenen quan es fa el vermut.

escopir
verb
com *sortir*
◄ pàg. 41
O i U a l'arrel
1 Llançar saliva de la boca amb força. Algunes persones tenen el mal costum d'escopir davant dels altres.
2 Llançar a fora una cosa que tenim a la boca. Si ens posem a la boca una ametlla amarga, l'escopim de seguida.
escopidor

escorbut escorbuts
nom masculí
L'escorbut és una malaltia provocada per la falta de vitamina C i la falta d'higiene. Causa ferides a la pell i inflamació de les genives. Antigament, la patien els mariners que estaven molt de temps en alta mar.

escorça escorces
nom femení — **1** L'escorça d'un arbre és la part de fora del tronc i de les branques. És molt seca i a vegades es pot fer saltar a trossos fàcilment.
2 Coberta dura d'algunes fruites, com la magrana.
3 L'**escorça terrestre** és el conjunt de les roques que formen la part més exterior de la Terra. L'escorça va des de la superfície fins a uns 30-50 quilòmetres de profunditat.
escorçar

escorcollar
verb
com *cantar*
◄ pàg. 26
1 Examinar atentament un lloc, un moble, un amagatall per veure si hi ha una persona o una cosa que estem buscant. A la duana, la policia de fronteres escorcolla els vehicles.
2 Passar les mans per tot el cos d'una persona, mirar-li les butxaques, per descobrir si porta armes o amaga alguna altra cosa. En alguns locals, els agents de seguretat escorcollen els qui hi volen entrar.
escorcoll

escòria escòries
nom femení — **1** L'escòria és el producte que se separa dels metalls o dels minerals quan es fonen.
2 Part més dolenta d'una cosa. Es diu que algunes persones són l'escòria de la societat quan es considera que no es comporten bé.

escorpí escorpins
nom masculí — **1** Un escorpí és un aràcnid que té el cos allargat i acabat en una mena d'ungla punxeguda verinosa. Les dues potes del davant acaben en unes pinces grosses. Els escorpins es posen a sota les pedres i la seva picada fa molt de mal.
2 El signe d'escorpí és el signe d'escorpió.

escorpió escorpions
nom masculí
També escorpí
El signe d'escorpió és el vuitè del zodíac; és el signe de les persones nascudes entre el 21 d'octubre i el 21 de novembre.

escórpora escórpores
nom femení — Una escórpora és un peix que té la part de davant del cos molt alta i la part del darrere més prima, amb el cap i els ulls grossos. És de color vermellós, té escates grosses i unes espines o punxes verinoses a l'aleta dorsal. La mida més habitual és d'uns 30 centímetres de llargària, però algunes escórpores poden arribar als 50. La seva carn és molt gustosa i s'acostuma a menjar en sopa o en suquet.

escorredor escorredora escorredors escorredores
adjectiu — **1** Un nus o un llaç és escorredor quan es pot desfer senzillament estirant el fil, el cordill o la cinta que el formen. Les sabates es corden fent un nus escorredor als cordons.

Un nus escorredor

nom femení — **2** Una escorredora és un estri de cuina que té el fons ple de forats grossos per a escórrer els aliments. ✎ pàgs. 594-595 (44)

escorreplats escorreplats
nom masculí — Un escorreplats és un marc de fusta o d'un altre material on hi ha uns buits per a posar drets els plats després de rentats. Algunes cuines tenen l'escorreplats penjat damunt de l'aigüera.

escórrer
verb
com *córrer*
◄ pàg. 32
1 Fer que surti l'aigua o un altre líquid d'un recipient o d'un lloc fins que no en quedi gens. Hem d'escórrer bé les ampolles d'oli abans de llençar-les. Després d'esbandir els plats, deixem que s'escorrin.
2 Desfer els punts d'un teixit o les bagues d'un nus estirant el fil, el cordó o la cinta. A vegades, estirem un cap de fil i escorrem tota la vora d'un vestit. Quan una mitja s'escorre, s'hi fa una carrera.

escorrialles
nom femení plural
1 Les escorrialles d'un líquid són les últimes gotes que hi ha en un recipient. Amb les escorrialles d'una cafetera no podràs prendre una tassa de cafè.
2 Es diuen escorrialles les restes o els últims trossos de qualsevol cosa. Si algú rep les escorrialles d'una herència, no li han deixat gairebé res.

escorta escortes
nom femení — Una escorta és un grup de persones que n'acompanyen una altra per protegir-la, rendir-li honor o evitar que s'escapi. Tots els caps de govern porten una escorta personal.
escortar

escorxador escorxadors
nom masculí — Un escorxador és un local on es mata, s'escorxa i es trosseja el bestiar que serveix d'aliment.

escorxar
verb
com *cantar*
◄ pàg. 26
Treure la pell d'un animal. Abans de trossejar-los, els bens s'han d'escorxar.

1
escot escots
nom masculí
L'escot és la part que ha de pagar cada una de les persones que han gastat juntes una quantitat. Si quatre persones han de pagar 100 euros, a cada una li toca pagar un escot de 25. Es paga una cosa a escot quan es paga entre tots.

2
escot escots
nom masculí
1 L'escot d'un vestit és la part de sota del coll que deixa descoberta una part del pit o de l'esquena. Els vestits d'estiu tenen un escot molt gran. Un vestit és escotat si té molt d'escot.
2 Part del pit que l'escot d'un vestit deixa descobert.
escotar, escotat, escotada

escotilla escotilles
nom femení
Una escotilla és una obertura que comunica la coberta d'una embarcació amb la part de dins. En els submarins l'escotilla serveix per a entrar a la nau o sortir-ne.
pàgs. 194-195 (22)
escotilló

escreix escreixos
nom masculí
1 L'escreix d'una quantitat que s'ha de pagar és els diners de més que s'hi afegeixen. Si hem de pagar 300 euros i en paguem 355, hi ha un escreix de 55 euros.
locució que fa d'adverbi
2 Fer una cosa o tornar un favor **amb escreix** és fer més del que era necessari. *Li van pagar els favors que havia fet amb escreix.*

escriba escribes
nom masculí
Amb B
1 A l'Egipte antic i a altres pobles d'Orient, un escriba era una persona que escrivia o copiava textos.
2 Segons la Bíblia, persona que coneixia la llei dels jueus i explicava les escriptures sagrades.

escridassar
verb
com *cantar*
◄ pàg. 26
1 Fer crits a algú per renyar-lo. A ningú no li agrada que l'escridassin quan s'ha equivocat.
usat amb pronom
2 **Escridassar-se** és barallar-se o discutir-se a crits. Hi ha qui comença escridassant-se i acaba a bufetades.

escriptor escriptora escriptors escriptores
nom masculí i femení
Amb PT
Persona que escriu llibres, articles, etc.

escriptori escriptoris
nom masculí
Amb PT
Un escriptori és una taula amb calaixos per a guardar-hi papers i els estris d'escriure, i on podem seure per a escriure.

escriptura escriptures
nom femení
Amb PT
1 L'escriptura és el fet d'escriure. No se sap qui va descobrir l'escriptura.
2 Una escriptura és una manera d'escriure. L'escriptura xinesa és diferent de la nostra.
3 Document on hi ha les condicions de la compravenda d'una propietat. Quan es compra una casa, se n'ha de fer l'escriptura.
escripturar

escrit escrits
nom masculí
Un escrit és una cosa que algú ha escrit, com una carta o un llibre. En alguns museus hi ha escrits molt antics.

escriure
verb
◄ pàg. 34
1 Posar paraules en un paper o en una altra cosa amb un llapis, un bolígraf o qualsevol estri o màquina adequats. Encara hi ha persones que no saben de llegir ni d'escriure.
2 Fer un llibre o una obra musical. Es pot escriure una novel·la o una simfonia.
3 Dir coses per carta. Quan estem de vacances escrivim als amics. Les persones que s'estimen i estan lluny s'escriuen sovint.

escrivà escrivans
nom masculí
Amb V
Un escrivà era una persona que s'encarregava de redactar contractes i altres documents.
escrivania

escrivent escrivents
nom masculí i femení
Amb V
Un o una escrivent és una persona que escriu coses que un altre li diu.

escrostonar
verb
com *cantar*
◄ pàg. 26
1 Treure els crostons o la crosta del pa.
2 Fer saltar trossets d'alguna cosa. La humitat escrostona la pintura de les parets. Les peces de ceràmica s'escrostonen amb els cops.

escrot escrots
nom masculí
L'escrot és una bossa de pell rugosa i prima que envolta els testicles.
pàgs. 798-799 (74)

escrúpol escrúpols
nom masculí
Amb O
Un escrúpol és un petit dubte sobre si una cosa està bé o malament. Una persona amb escrúpols no fa segons quines coses per por de ser injusta o immoral. Els estafadors són persones sense escrúpols.
escrupolós, escrupolosa

escrutar
verb
com *cantar*
◄ pàg. 26
1 Investigar a fons per saber alguna cosa. Els astrònoms escruten el cel amb telescopis molt potents.

2 Fer l'escrutini d'una votació. Els resultats d'unes eleccions són definitius quan s'han escrutat tots els vots.

inescrutable

escrutini escrutinis

nom masculí

Un escrutini és l'acció d'examinar i comptar els vots que hi ha hagut en una votació o en unes eleccions.

escudar-se

verb usat amb pronom com *cantar* ◄ pàg. 26

Tapar-se amb l'escut dels cops de l'adversari. Diem que algú s'escuda en una persona o en una cosa quan la fa servir com a excusa o com a defensa.

escudella escudelles

nom femení

Una escudella és un plat d'arròs, fideus o una altra pasta que s'ha bullit amb brou. pàg. 400 (13)

escudeller

escudellar

verb com *cantar* ◄ pàg. 26

Posar l'escudella o la sopa als plats. Quan escudellem el brou, fem servir un cullerot.

escuder escuders

nom masculí

Un escuder era un jove noble que acompanyava un cavaller per portar-li l'escut i servir-lo.

escuderia escuderies

nom femení

Una escuderia de motos o de cotxes de cursa és l'equip dels corredors, els mecànics i altres persones que participen juntes en competicions. Algunes marques de cotxes tenen escuderia pròpia.

escull esculls

nom masculí

1 Un escull és una roca que sobresurt de l'aigua del mar o que és molt a prop de la superfície. Els esculls són molt perillosos per a les embarcacions.

2 Obstacle o dificultat greu que trobem per a fer una cosa. Algunes artistes famoses han hagut de superar molts esculls: les crítiques de la família, la falta de diners i d'altres.

escullera esculleres

nom femení

Una escullera és una protecció contra les onades del mar feta amb pedres molt grosses tirades a l'aigua que formen com una muralla. Els ports estan protegits per una escullera. pàgs. 194-195 (5)

esculpir

verb com *servir* ◄ pàg. 28

Treballar una pedra o un altre material dur per fer una figura o un adornament. Els romans esculpien en marbre les estàtues d'alguns emperadors.

escultor escultora escultors escultores

nom masculí i femení

Artista que esculpeix, que fa escultures.

escultura escultures

nom femení

Una escultura és una obra d'art feta esculpint. A les portalades de les catedrals hi ha moltes escultures.

escultòric, escultural

escuma escumes

nom femení
També *espuma*

L'escuma és el conjunt de bombolles blanques que es forma a la superfície d'alguns líquids quan es remenen amb força. La cervesa i el xampany fan escuma. També en fa el sabó dins l'aigua de la banyera.

escumar, escumejar, escumós, escumosa

escumadora escumadores

nom femení

Una escumadora és un estri de cuina que té un mànec llarg i una pala plana, rodona i plena de forats. Es fa servir per a treure l'escuma del brou o els aliments fregits de la paella. pàgs. 594-595 (51)

escurabutxaques escurabutxaques

nom femení

Una escurabutxaques és una màquina de jugar que funciona amb monedes. Si s'encerten per sort unes determinades combinacions, dóna diners com a premi.

escuradents escuradents

nom masculí

Un escuradents és un trosset prim i petit de fusta acabat en punta per les dues bandes que es fa servir per a escurar-se les dents o per a altres coses.

escuradeta escuradetes

nom femení

Fireta. Es diu al País Valencià.

escurar

verb com *cantar* ◄ pàg. 26

1 Netejar un recipient o un conducte traient la brutícia que ha quedat enganxada a les parets o dipositada al fons. Es pot escurar un pou o una xemeneia.

2 No deixar gens de menjar en un plat, una safata, etc., o gens de líquid en un got, una ampolla, etc. Quan tenim gana escurem bé els plats i no hi deixem ni un gra d'arròs.

frase feta

3 **Escurar les butxaques** d'algú és fer-li gastar tots els diners que porta.

frase feta i verb usat amb pronom

4 **Escurar-se les dents** és treure els trossets de menjar que s'han posat entre les dents.

escura-xemeneies escura-xemeneies

nom masculí i femení

Un o una escura-xemeneies és una persona que escura xemeneies.

escurçar
verb
com *cantar*
◄ pàg. 26
Amb C davant E, I
Fer que una cosa sigui més curta. Si una faldilla et va massa llarga, te la pots escurçar. Hi ha robes que quan es renten per primera vegada s'escurcen.

escurçó escurçons
nom masculí
Un escurçó és una serp molt verinosa. Els escurçons que habiten a Catalunya no arriben a 1 metre de llargada i tenen el cos gruixut i el cap ample i de forma triangular.

escusat escusats
nom masculí
Vàter.

escut escuts
nom masculí
1 Un escut és una làmina de metall, de cuir o de fusta que els guerrers portaven al braç esquerre per a defensar-se dels cops o de les fletxes dels enemics.
2 Objecte que representa uns reis, una família noble, un país, una ciutat, un equip de futbol, etc. Els escuts es diferencien pels colors i els dibuixos.
3 Moneda de Portugal abans de la seva substitució per l'euro.

esdentegat esdentegada esdentegats esdentegades
adjectiu
Que ha perdut totes o gairebé totes les dents. Una persona esdentegada es pot posar dents postisses.
esdentegar

esdevenidor esdevenidora esdevenidors esdevenidores
adjectiu
1 Que és futur, que encara ha de passar. Diuen que les pitonisses coneixen els fets esdevenidors.
nom masculí
2 L'esdevenidor és el futur, allò que li passarà a una persona. Els nostres estudis d'ara ens preparen per a l'esdevenidor.

esdeveniment esdeveniments
nom masculí
Un esdeveniment és una cosa que ha passat, un fet important. L'arribada dels homes a la Lluna va ser un gran esdeveniment.

esdevenir
verb
com *tenir*
◄ pàg. 42
Diferència: *esdevén*
1 Passar d'un estat a un altre, d'una situació a una altra. Les criatures esdevenen persones grans.
usat amb pronom
2 **Esdevenir-se** un fet és succeir. El descobriment d'Amèrica es va esdevenir l'any 1492.

esdrúixol esdrúixola esdrúixols esdrúixoles
adjectiu
Que té l'accent sobre l'antepenúltima síl·laba. *Gènere* és una paraula esdrúixola.

esfenoide esfenoides
nom masculí
L'esfenoide és un os situat al costat esquerre del cap, entre el frontal i el temporal. pàg. 797 ④

esfera esferes
nom femení
1 Una esfera és un cos geomètric amb volum que té tots els punts de la seva superfície a la mateixa distància d'un altre punt interior anomenat *centre*. Les pilotes de futbol tenen forma d'esfera. cercle
2 L'esfera d'un rellotge és la superfície plana on hi ha els números i damunt la qual giren les agulles.
3 Una **esfera terrestre** és un globus de cartó, de fusta o de plàstic que representa la Terra. Es fa servir per a estudiar geografia.
esfèric

esfereir
verb
com *reduir*
◄ pàg. 39
Amb dièresi
Espantar molt, causar molta por. Un gos que borda esfereeix les criatures. Hi ha persones que s'esfereeixen amb els trons d'una tempesta.
esfereïdor

esfilagarsar
verb
com *cantar*
◄ pàg. 26
Desfer un tros de roba o una peça de vestir deixant molts fils penjant. Hi ha qui esfilagarsa els baixos dels pantalons per anar a la moda. La roba vella s'esfilagarsa fàcilment.

esfínter esfínters
nom masculí
Un esfínter és un múscul en forma d'anell que tanca i obre alguns orificis del nostre cos com l'anus.

esfinx esfinxs
nom masculí o femení
1 Un o una esfinx és un animal fabulós amb cap i bust de dona, i ales i cos de lleó.
2 Es diu que una persona és una esfinx quan mai no es pot saber què pensa.

esfondrar
verb
com *cantar*
◄ pàg. 26
Ensorrar o destruir un edifici. Actualment, els tècnics esfondren blocs de pisos amb explosions controlades. Quan hi ha un terratrèmol s'esfondren moltes cases.

esforç esforços
nom masculí
Un esforç és el fet d'esforçar-se. Si una persona pateix del cor no pot fer grans esforços.

esforçar-se
verb usat amb pronom
com *cantar*
◄ pàg. 26
Amb C davant E, I
Fer servir tota la força física, intel·lectual o moral per a fer un treball, per a superar un obstacle o per a aconseguir una cosa. Per més que s'esforci, una formiga no pot portar trenta quilos.

esfullar
verb
com *cantar*
◄ pàg. 26
Treure les fulles d'una planta o els pètals d'una flor. Per netejar l'enciam, primer s'ha d'esfullar. Les roses s'esfullen de seguida.

esfumar

verb
com *cantar*
◄ pàg. 26
1 Difuminar.

usat amb pronom
2 Esfumar-se una persona és desaparèixer, anar-se'n sense que ningú la vegi.

esgargamellar-se

verb usat amb pronom
com *cantar*
◄ pàg. 26
Fer-se mal a la gola de tant de cridar. Si tens una persona a deu quilòmetres, encara que t'esgargamellis no et sentirà.

esgarip esgarips

nom masculí
Un esgarip és un xiscle, un crit penetrant. Les persones fem esgarips quan ens espantem.

esgarrany esgarranys

nom masculí
Esgarrinxada, estrip. Es diu sobretot en algunes zones.

esgarrapada esgarrapades

nom femení
1 Una esgarrapada és una ferida allargada que es fa a la pell amb les ungles o amb les urpes d'un animal. Els gats a vegades fan esgarrapades que es poden infectar.

locució que fa d'adverbi
2 Amb una esgarrapada vol dir molt de pressa. *Com que feia tard, vaig haver de preparar l'entrepà amb una esgarrapada.*

esgarrapar

verb
com *cantar*
◄ pàg. 26
1 Fer una esgarrapada. Els gats esgarrapen. Quan dues persones es barallen, poden pegar-se o esgarrapar-se.
2 Gratar o rascar la terra amb les potes alguns animals, com les gallines i els conills.

esgarrar

verb
com *cantar*
◄ pàg. 26
Estripar, esquinçar. Es diu sobretot al País Valencià.

esgarriacries esgarriacries

nom masculí i femení
Un o una esgarriacries és una persona que posa dificultats a les coses, que no deixa que vagin bé. Un esgarriacries ens amagarà la pilota i no podrem jugar.

esgarriar-se

verb usat amb pronom
com *canviar*
◄ pàg. 30
Amb dièresi
1 Una persona o un animal s'esgarria quan perd el camí o se separa de la colla o del ramat. En algunes excursions ens podem esgarriar si no portem una bona guia.
2 Es diu que una persona s'ha esgarriat quan ha deixat de ser bona i honrada, fa coses mal fetes i va per mal camí.

esgarrifança esgarrifances

nom femení
Una esgarrifança és un tremolor de tot el cos amb sensació de fred. La febre, la por o una gran emoció provoquen esgarrifances.

esgarrifar

verb
com *cantar*
◄ pàg. 26
Provocar una esgarrifança o esgarrifances. Els incendis forestals fan esgarrifar. Hi ha persones que s'esgarrifen només de pensar que han de pujar en un avió.

esgarrifós esgarrifosa esgarrifosos esgarrifoses

adjectiu
Que produeix esgarrifances de por, que espanta o impressiona molt. Alguns accidents de cotxe són esgarrifosos.

esgarrinxada esgarrinxades

nom femení
Una esgarrinxada és una ferida allargada feta a la pell amb un esbarzer, una agulla o una altra cosa que tingui punxes. Si anem per un bosc ple de brossa, ens farem esgarrinxades a les cames.

esgarrinxar

verb
com *cantar*
◄ pàg. 26
Fer esgarrinxades. Les plantes amb punxes esgarrinxen. Si passes la mà per una fusta amb claus, t'esgarrinxaràs.

esgarró esgarrons

nom masculí
Estrip. Es diu sobretot al País Valencià.

esglai esglais

nom masculí
Un esglai és un moment de por que tenim per un perill, per una cosa que ens pot fer mal o per una desgràcia. Les pel·lícules de terror ens poden provocar més d'un esglai.

esglaiar

verb
com *canviar*
◄ pàg. 30
Amb dièresi
Fer molta por, espantar. L'incendi d'una casa és un fet que ens esglaia. Algunes persones s'esglaien quan es parla de fantasmes.

esglaó esglaons

nom masculí
Un esglaó és cada una de les superfícies planes i estretes on posem els peus quan pugem o baixem per una escala. Cada esglaó està posat més amunt que el que hi ha abans. Quan tenim pressa pugem els esglaons de dos en dos. pàg. 593 (32)

esglaonar

verb
com *cantar*
◄ pàg. 26
1 Posar un grup de persones o de coses formant com una escala. Podem esglaonar els llibres d'un prestatge des dels més alts als més baixos.
2 Posar persones o coses en un lloc deixant una distància entre cada una. Els senyals en forma de con groc que es posen a les autopistes no van seguits, sinó esglaonats.

església esglésies

nom femení
1 Una església és un edifici sagrat dels catòlics i d'altres cristians, on celebren la missa, els casaments i altres sagraments. Les catedrals són esglésies.
2 Reunió o comunitat dels cristians dirigida per un bisbe o pel papa de Roma.
eclesial

esgotar

verb
com *cantar*
◄ pàg. 26
1 Buidar completament un recipient, sense deixar-hi ni una gota. Si esgotem un dipòsit d'aigua, haurem d'esperar que es torni a omplir.

Continua a la pàgina següent

2 Gastar completament una cosa, acabar-se-la, no deixar-ne gens. Els humans poden esgotar el petroli i altres recursos naturals.

usat amb pronom — **3 Esgotar-se** és acabar-se, no quedar gens d'una cosa. L'edició d'un llibre s'esgota quan s'ha venut molt i ja no n'hi ha cap exemplar.

4 Esgotar-se és cansar-se molt, quedar sense forces després d'un treball intens. Alguns atletes queden esgotats quan acaben una cursa de velocitat.

esgrafiat esgrafiats
nom masculí — Un esgrafiat és un dibuix que es fa en una paret traient la capa de pintura o de guix que hi ha al damunt i deixant al descobert la capa que hi ha sota, que és d'un altre color. Els esgrafiats tenen relleu. Hi ha esgrafiats a les façanes d'algunes cases.

esgrima esgrimes
nom femení — L'esgrima és un esport que consisteix a lluitar amb l'espasa o el floret per a tocar el cos del contrincant sense que ell ens toqui. Les persones que fan esgrima es tapen la cara amb una màscara de filferro per no fer-se mal.

esgrimir
verb com *servir* ◄ pàg. 28 — 1 Fer servir una arma o una cosa com si fos una arma per a atacar o defensar-se. En un atracament els lladres solen esgrimir pistoles i navalles.

2 Fer servir arguments, proves, documents, etc., contra algú en un debat o una discussió. Per a convèncer una persona s'han d'esgrimir bones raons.

esgrogueït esgrogueïda esgrogueïts esgrogueïdes
adjectiu — Que ha perdut el color i ha agafat un color grogós. Quan una persona es mareja, té la cara esgrogueïda. Els diaris vells són esgrogueïts.

esguard esguards
nom masculí — L'esguard d'una persona és la mirada. Les persones contentes tenen un esguard alegre.

esgüell esgüells
nom masculí — Un esgüell és un xiscle que fan alguns animals, com els porcs, els conills i les rates.
esgüellar

esguerrar
verb com *cantar* ◄ pàg. 26 — 1 Fer malament una cosa, fer-la malbé. Una avaria de l'electricitat ens pot esguerrar tota la feina que hem fet a l'ordinador. Quan fa mal temps, s'esguerren moltes excursions.

2 Fer perdre un braç o una cama. Els accidents de cotxe esguerren algunes persones. Hi ha homes que es van esguerrar a la guerra.

esguerrat esguerrada esguerrats esguerrades
adjectiu — 1 Que no ha quedat bé, que està fet malbé. Un treball esguerrat s'ha de repetir.

adjectiu i nom masculí i femení — 2 Que li falta un braç o una cama, o que els té mal formats. Alguns esguerrats necessiten crosses per a caminar.

esguitar
verb com *cantar* ◄ pàg. 26 — Esquitxar. Es diu al País Valencià.

eslip eslips
nom masculí — Un eslip és un banyador d'home o uns calçotets molt curts i ajustats. Els esportistes que fan natació porten eslips.

esllanguir-se
verb usat amb pronom com *servir* ◄ pàg. 28 — Aprimar-se molt. Alguns malalts s'esllangueixen.

esllavissar-se
verb usat amb pronom com *cantar* ◄ pàg. 26 — Caure una massa de terra o de pedres d'un marge, d'un mur o d'una muntanya rellliscant sobre el terreny. En algunes carreteres de muntanya, la terra de les vores s'esllavissa i talla la circulació.
esllavissada

esllomar-se
verb usat amb pronom com *cantar* ◄ pàg. 26 — Fer-se mal a la part de baix de l'esquena, a la zona dels ronyons. Si una persona transporta coses molt pesades, es pot esllomar.

eslògan eslògans
nom masculí — Un eslògan és una frase curta que serveix per a fer publicitat d'un producte o per a convèncer d'alguna cosa. A les manifestacions es criden eslògans de protesta.

eslora eslores
nom femení — L'eslora d'una embarcació és la llargada que fa.

eslovac eslovaca eslovacs eslovaques
adjectiu — 1 D'Eslovàquia. *La bandera eslovaca és blanca, blava i vermella.*

nom masculí i femení — 2 Persona que és d'Eslovàquia o que hi viu.

nom masculí — 3 L'eslovac és la llengua que es parla a Eslovàquia.

eslovè eslovena eslovens eslovenes
adjectiu — 1 D'Eslovènia. *El Sava és un riu eslovè.*

nom masculí i femení — 2 Persona que és d'Eslovènia o que hi viu.

nom masculí — 3 L'eslovè és la llengua que es parla a Eslovènia i en algunes zones d'Àustria.

esma esmes
nom femení — 1 Una persona fa les coses d'esma si les fa sense pensar-hi, de manera automàtica.

A B C D E F G H I J K L M N O P Q R S T U V W X Y Z

Quan fas el mateix camí cada dia, l'acabes fent d'esma.

2 Es diu que algú no té esma de fer una cosa quan no té ganes de fer-la.

desesma

esmaixar

verb
com *cantar*
◄ pàg. 26

1 En el bàsquet, fer entrar la pilota amb força de dalt a baix dins la cistella i acompanyant-la amb la mà.

2 En el tennis, copejar la pilota de dalt a baix amb força per enviar-la lluny de l'abast de l'adversari.

esmaixada

esmalt esmalts

nom masculí

1 Un esmalt és un dibuix de colors fet damunt d'un objecte amb un vernís que s'hi enganxa amb foc o escalfor. Els esmalts tenen colors brillants i es fan sobre metall, porcellana, terrissa, etc.

2 Vernís de fer esmalts.

3 Substància blanca i dura que recobreix les dents.

esmaperdut esmaperduda esmaperduts esmaperdudes

adjectiu

Que està desorientat, sense saber on anar ni què fer. Si ens donen una mala notícia, ens quedem esmaperduts.

esmenar

verb
com *cantar*
◄ pàg. 26

1 Corregir una cosa. El corrector d'un llibre esmena totes les faltes que hi troba.

usat amb pronom

2 **Esmenar-se** és corregir-se, portar-se més bé. Si ens esmenem d'una cosa mal feta, no la tornem a fer.

esmena

esment esments

frase feta

1 **Tenir esment** d'una cosa és saber-la, tenir-ne notícia. Algunes persones encara no tenen esment que la humanitat ha arribat a la Lluna.

2 **Fer esment** d'una cosa és dir-la, comunicar-la a algú. Si ens han dit un secret, no en podem fer esment.

esmentar

verb
com *cantar*
◄ pàg. 26

Dir una cosa, comunicar-la a algú. Quan no estem segurs d'una cosa, val més no esmentar-la.

esmerçar

verb
com *cantar*
◄ pàg. 26
Amb C davant E, I

Gastar diners o esforços, energia, temps, etc., en una feina, en un negoci, etc. Alguns fabricants han d'esmerçar molts diners en la renovació de maquinària.

esmeril esmerils

nom masculí

L'esmeril és una roca formada per una mescla d'òxid d'alumini i compostos de ferro i de magnesi. És molt dur i es fa servir per a polir metalls i treballar les pedres precioses.

esmerilar

verb
com *cantar*
◄ pàg. 26

Fer que una superfície quedi més fina i brillant fregant-la amb esmeril.

esmicolar

verb
com *cantar*
◄ pàg. 26

Fer miques d'una cosa, trencar a miques. Si piques amb un martell un got de vidre, l'esmicolaràs. El pa sec s'esmicola.

esmocar

verb
com *cantar*
◄ pàg. 26
Amb QU davant E, I

Treure la moca d'un animal. El peix s'ha d'esmocar abans de fregir-lo.

esmolar

verb
com *cantar*
◄ pàg. 26

Fer que el tall d'un ganivet, d'unes tisores o d'una altra eina talli bé. A les carnisseries han d'esmolar molt bé els ganivets. També s'esmolen les puntes d'algunes eines per fer-les més agudes, més penetrants.

esmolet esmolets

nom masculí

1 Un esmolet és una persona que esmola ganivets, tisores i altres utensilis.

2 Es diu que una persona és un esmolet quan és molt espavilada i eixerida.

esmòquing esmòquings

nom masculí

Un esmòquing és una jaqueta d'home que té unes solapes amples i brillants de seda. Els esmòquings es porten en ocasions especials, de nit, quan es vol anar elegant. Normalment són negres, però també poden ser blancs o blau fosc.

esmorteir

verb
com *reduir*
◄ pàg. 39
Amb dièresi

Fer que una cosa sigui menys viva i menys intensa. Les finestres amb vidre doble esmorteeixen els sorolls del carrer.

1
esmorzar esmorzars

nom masculí
Amb Z

L'esmorzar és l'àpat que fem al matí. Cal fer un bon esmorzar abans de posar-se a treballar.

2
esmorzar

verb
com *cantar*
◄ pàg. 26
Amb Z

Menjar l'esmorzar. Hi ha persones que no esmorzen.

esmotxar

verb
com *cantar*
◄ pàg. 26

1 Retallar la vora d'una cosa de manera que faci un entrant.

2 Retallar les parts sortints d'una cosa.

3 Tallar les puntes de les branques d'un arbre o de les plantes d'un jardí per a igualar-les.

A B C D E F G H I J K L M N O P Q R S T U V W X Y Z

esmunyir-se

verb usat amb pronom com *dormir* ◄ pàg. 27

Una persona o un animal s'esmuny quan passa o s'escapa lliscant per un lloc estret. Els peixos s'esmunyen entre les mans i és difícil agafar-los.

esmussar

verb com *cantar* ◄ pàg. 26

Fer malbé el tall o la punta d'un ganivet o d'una eina. Si tallem fusta amb un ganivet de cuina, l'esmussarem.

esnifar

verb com *cantar* ◄ pàg. 26

Aspirar cocaïna o una altra droga en pols pel nas.

esnifada

esnob esnobs

nom masculí i femení

Un o una esnob és una persona que accepta de seguida les idees, les modes i els gustos nous i extravagants. Els esnobs creuen que així demostren intel·ligència i bon gust.

esòfag esòfags

nom masculí

L'esòfag és un conducte que va de la faringe a l'estómac. págs. 798-799 (35)

esotèric esotèrica esotèrics esotèriques

adjectiu

Que és secret, amagat. Llegir les línies de les mans és una pràctica esotèrica, misteriosa.

espacial espacials

adjectiu
Diferent d'*especial*

De l'espai. Hi ha naus espacials que han anat a la Lluna i a Mart.

espadat espadada espadats espadades

adjectiu

1 Que fa un pendent molt fort, que és gairebé vertical. La Costa Brava és espadada.

nom masculí

2 Un espadat és un penya-segat. Els espadats només es poden pujar escalant.

espadatxí espadatxina espadatxins espadatxines

nom masculí i femení

Persona que sap manejar molt bé l'espasa. Segons la novel·la, D'Artagnan i els tres mosqueters eren grans espadatxins.

espagueti espaguetis

nom masculí

Un espagueti és un menjar de pasta de farina que té forma allargada i prima. Els espaguetis es mengen bullits i acompanyats d'una salsa.

espai espais

nom masculí

1 L'espai és el lloc molt gran, sense límits, on hi ha totes les coses, les persones, els planetes i les estrelles. Els científics han enviat molts satèl·lits a l'espai.

2 Lloc que ocupa o pot ocupar una persona o una cosa. Si en una habitació hi ha molt d'espai, hi cap molta gent.

3 Separació que hi ha entre dues persones o coses. S'ha de deixar espai suficient entre un armari i un altre moble per a poder obrir la porta.

4 Part determinada de temps. Per pujar algunes muntanyes, s'ha de caminar per espai de tres hores.

5 Cada una de les parts d'un programa de ràdio o de televisió. Hi ha espais informatius, d'esports, de cinema, etc.

espaiat espaiada espaiats espaiades

adjectiu

Dues o més coses estan espaiades quan estan posades a distància l'una de l'altra, quan hi ha espai entre elles. Les files de butaques d'un cine estan espaiades.

espaiós espaiosa espaiosos espaioses

adjectiu

Que és molt ample, molt gran, que hi cap molta gent. En un menjador espaiós, hi cap una taula gran.

espalmador espalmadors

nom masculí

Raspall. Es diu al País Valencià i a les Illes Balears.

espalmar

espalmatòria espalmatòries

nom femení

Palmatòria.

espant espants

nom masculí

Un espant és una por molt gran, que ve de sobte.

espantall espantalls

nom masculí

Un espantall és qualsevol objecte que espanta. Es diu sobretot dels espantaocells que es posen als camps.

espantaocells espantaocells

nom masculí

Un espantaocells és un objecte que es posa al camp i als horts per espantar els ocells. Els espantaocells solen ser ninots vestits com una persona.

Un espantaocells

espantar

verb
com *cantar*
◄ pàg. 26

Fer por, causar espant. Les pel·lícules de monstres espanten algunes persones. Els ocells s'espanten quan veuen una persona.

espanta-sogres espanta-sogres

nom masculí

Un espanta-sogres és una joguina feta amb un canó de paper cargolat que, si es bufa per un cantó, es descargola fent un soroll estrident. En algunes festes, hi ha espanta-sogres, globus i paperets de colors.

espantós espantosa espantosos espantoses

adjectiu

Que causa espant. A les guerres es cometen crims espantosos.

espanyar

verb
com *cantar*
◄ pàg. 26

Fer saltar el pany d'una porta o d'un altre lloc. Espanyar una porta blindada costa molt.

espanyol espanyola espanyols espanyoles

adjectiu

1 D'Espanya. *Els vins espanyols.*

nom masculí i femení

2 Persona que és d'Espanya o que hi viu.

nom masculí

3 Castellà, llengua castellana.

espaordir

verb
com *servir*
◄ pàg. 28

Espantar. El soroll dels trons espaordeix algunes persones, però no pot fer cap mal.

esparadrap esparadraps

nom masculí

L'esparadrap és una cinta de roba que porta una goma que enganxa. Serveix per a subjectar gases o cotó fluix damunt d'una ferida.

espardenya espardenyes

nom femení

Una espardenya és un calçat fet amb roba que té la sola d'espart, de cànem o de goma. Sovint es lliga a la cama amb vetes.

espargir

verb
com *servir*
◄ pàg. 28

Escampar, dispersar. Si una ventada espargeix els núvols, no plourà. Quan pasturen, els bens s'espargeixen pel camp.

esparracar

verb
com *cantar*
◄ pàg. 26
Amb QU davant E, I

Fer estrips a la roba. Si passem entre esbarzers se'ns poden esparracar els pantalons.

esparracat, esparracada

espàrrec espàrrecs

nom masculí
Amb E
Amb C

Un espàrrec és un aliment llarg i cilíndric que surt del bulb d'una planta. Els espàrrecs que trobem al bosc són verds i prims. Quan es cultiven es fan molt gruixuts i poden ser verds o grogosos. Es poden menjar bullits o en conserva i acompanyats de maionesa.

esparreguera

espart esparts

nom masculí

L'espart és una planta herbàcia que pot fer més d'un metre d'alçària i que fa unes fulles llargues i primes que costen molt de trencar. Amb espart es fan cordes, soles d'espardenyes i cabassos.

espartà espartana espartans espartanes

adjectiu

1 D'Esparta, estat de l'antiga Grècia.

2 Es diu que una persona o una educació és espartana si és molt dura i exigent.

nom masculí i femení

3 Persona que era d'Esparta o que hi vivia. Els espartans educaven els joves de manera que fossin soldats molt forts.

esparver esparvers

nom masculí

Un esparver és un ocell de rapinya petit, que no arriba als 40 centímetres. Viu als boscos de Catalunya. És de color marró grisós i té la part del pit ratllada.

esparverar

verb
com *cantar*
◄ pàg. 26

Una cosa ens esparvera quan ens fa molta por. Els sorolls molt forts esparveren els gossos i els fan bordar. Les persones valentes no s'esparveren per qualsevol cosa.

espasa espases

nom femení

1 Una espasa és una arma blanca que consta d'una làmina llarga i prima d'acer amb un pom o mànec per agafar-la. Acaba en punta i talla per les vores. Les espases antigues eren molt grosses i s'agafaven amb les dues mans.

nom femení plural

2 Les espases són una de les quatre sèries de cartes de la baralla.

espasme espasmes

nom masculí

Un espasme és una contracció dels músculs que es fa sense voler.

espatlla espatlles

nom femení
Amb TLL

1 L'espatlla és la part de dalt del cos a cada costat del coll. Hi ha una espatlla dreta i una espatlla esquerra. És formada pels ossos que uneixen el braç al tronc.

págs. 794-795 (6)

frase feta

2 Arronsar-se o **encongir-se d'espatlles** és fer un moviment amb les espatlles, alçant-les, per a indicar que no sabem una cosa o que no ens importa.

espatllar

verb
com *cantar*
◄ pàg. 26
Amb TLL

Fer malbé una cosa, fer que un rellotge o un altre aparell no vagi bé, no funcioni. Si hem espatllat el rellotge no sabrem quina hora és. Quan el cotxe s'espatlla, s'ha de portar al taller.

espatllera espatlleres

nom femení
Amb TLL

1 Respatller.

2 L'espatllera és la peça de l'armadura d'un guerrer que cobria l'espatlla.

Continua a la pàgina següent

A B C D E F G H I J K L M N O P Q R S T U V W X Y Z

3 Aparell de gimnàstica que té forma d'escala i que es posa agafat a una paret.

espàtula espàtules

nom femení — Una espàtula és una eina en forma de pala petita i prima, amb mànec. Els pintors fan servir espàtules per a tapar els forats de les parets.

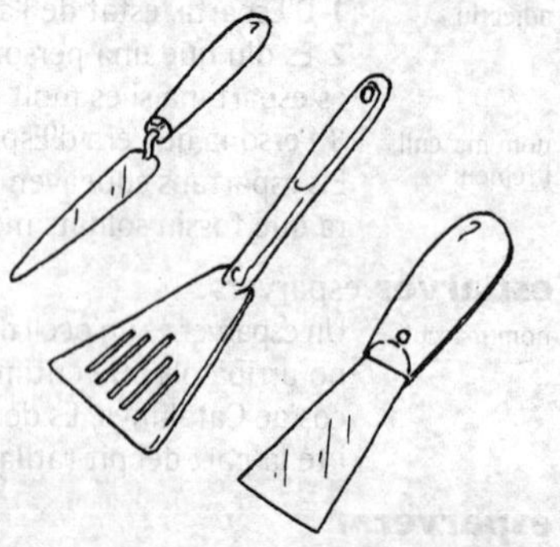

Unes espàtules

espavilar

verb, com *cantar* ◄ pàg. 26, Amb V, usat amb pronom — **1** Fer que una persona entengui i sàpiga fer les coses, que tingui l'enteniment despert. L'aire fresc ens espavila quan estem ensopits.
2 Si diem a una persona que **s'espavili**, volem que vagi de pressa, que no perdi temps.

espavilat espavilada espavilats espavilades

adjectiu i nom masculí i femení, Amb V — Que té l'enteniment despert, que és molt viu i fa les coses de pressa, sense perdre temps.

espècia espècies

nom femení, Amb A final, Diferent d'*espècie* — Una espècia és una substància vegetal que té una olor i un gust molt forts, aromàtics o picants, i que es fa servir per a cuinar. El pebre, el safrà i la canyella són espècies.

especial especials

adjectiu, Diferent d'*espacial* — **1** Que és diferent dels altres, que no és comú ni corrent. El casament d'una persona és una festa molt especial.
2 Que està preparat expressament per a una cosa en concret, que només es fa servir en algunes situacions. Hi ha cotxes especials fabricats per a curses de fórmula 1.

especialista especialistes

nom masculí i femení — Un o una especialista és una persona que coneix molt bé una ciència, un art o una professió. Una pediatra és una especialista en criatures.

especialitzar-se

verb usat amb pronom, com *cantar* ◄ pàg. 26 — Estudiar una branca del saber que serveix per a coses molt concretes, dedicar-se a una professió que és una part d'una altra més general. Els oculistes són els metges que s'han especialitzat en les malalties dels ulls.

espècie espècies

nom femení, Amb E final, Diferent d'*espècia* — **1** Una espècie és un grup de plantes o d'animals que tenen les mateixes característiques i s'assemblen molt. En la classificació científica, l'espècie ve després del gènere.
2 Diem que una cosa és una espècie d'una altra cosa quan les dues s'assemblen. Podem dir que una balalaica és una espècie de guitarra.

frase feta — **3 Pagar en espècie** és donar coses com fruita, roba, joies, etc., en lloc de diners quan es compra alguna cosa.

específic específica específics específiques

adjectiu — **1** Que fa que una espècie animal o vegetal sigui diferent d'una altra. Parlar és específic de les persones.
2 Que és propi o característic d'una malaltia o d'un medicament. La febre és específica de les infeccions.

nom masculí — **3** Un específic és un medicament. Hi ha específics que només es venen amb recepta.

especificar

verb, com *cantar* ◄ pàg. 26, Amb QU davant E, I — Dir o explicar en detall alguna cosa. En una recepta de cuina, s'han d'especificar les quantitats dels ingredients.

espècimen espècimens

nom masculí — Un espècimen és una mostra d'una cosa, una part que ens fa veure com és la resta. Als zoològics hi ha espècimens d'animals exòtics.

espectacle espectacles

nom masculí — **1** Un espectacle és qualsevol activitat que la gent mira com a diversió i entreteniment. El teatre, el cine i el circ són espectacles.
2 Cosa important i digna d'atenció que es pot veure o contemplar. Una posta de sol és un espectacle molt bonic.

espectacular espectaculars

adjectiu — Que crida l'atenció, que és un espectacle perquè és gran, important o bonic. La sortida d'un coet espacial és espectacular.

espectador espectadora espectadors espectadores

nom masculí i femení — Persona que assisteix a un espectacle o que mira amb atenció una cosa. Els partits de futbol tenen molts espectadors.

✎ pàgs. 394-395 ⑦

espectre espectres

nom masculí — **1** Un espectre és un fantasma, una persona morta que algú creu que se li apareix.
2 L'**espectre solar** és el conjunt de colors que es formen quan es descompon la llum del Sol a través d'un prisma. Els colors de l'arc de Sant Martí són els de l'espectre solar.

especular
verb
com *cantar*
◄ pàg. 26
1 Pensar en una cosa, fer teories sobre un tema. Els científics especulen sobre l'origen de la vida.
2 Comprar i vendre aprofitant els canvis de preu. A vegades s'especula amb un terreny: es compra a 5 i es ven a 100 al cap de poc.

espeleologia espeleologies
nom femení
1 L'espeleologia és l'estudi científic de les coves i dels avencs.
2 Esport que consisteix a baixar a les coves i als avencs.
espeleòleg, espeleòloga

espellifar
verb
com *cantar*
◄ pàg. 26
Fer malbé la roba, destrossar-la. Els gats domèstics a vegades espellifen els sofàs i les cadires.

espellifat espellifada espellifats espellifades
adjectiu
1 Que està estripat, fet malbé. Una camisa espellifada s'ha de llençar.
2 Que porta la roba estripada i foradada. Alguns vagabunds van ben espellifats.

espelma espelmes
nom femení
Una espelma és una candela curta i gruixuda. Ara només encenem espelmes quan ens quedem una estona sense llum elèctrica, en els pastissos d'aniversari, a les esglésies, o bé per fer bonic.

espenta espentes
nom femení
Empenta. Es diu només en algunes zones.

espera esperes
nom femení
L'espera és el fet d'esperar algú. Val més fer una estona d'espera que perdre el tren. Si una cosa no té espera, s'ha de fer de seguida.

esperança esperances
nom femení
1 L'esperança és la confiança que tenim d'aconseguir una cosa. Hi ha persones que tenen l'esperança que els tocarà la loteria, estan convençudes que passarà.
2 Una persona o una cosa és la nostra esperança si creiem que ens ajudarà en les dificultats que tenim. Una operació pot ser l'única esperança d'un malalt.
desesperança, desesperançar

esperanto esperantos
nom masculí
L'esperanto és un idioma inventat per fer que s'entengui fàcilment la gent de tot el món. No és l'idioma de cap país i és molt fàcil d'aprendre.

esperar
verb
com *cantar*
◄ pàg. 26
1 Creure i confiar que passarà allò que desitgem. Tots els aficionats esperen que guanyi el seu equip.
2 Estar en un lloc fins que arribi una persona o una cosa. A les estacions, sempre hi ha gent esperant el tren.
3 Una persona o una cosa es fa esperar quan triga molt.
frase feta
4 Es diu que una dona **espera un fill** o **un nen** o **una criatura** quan està embarassada.

esperit esperits
nom masculí
1 Es diu que l'esperit d'una persona és l'ànima, la part invisible que fa pensar, sentir i estimar.
2 Un esperit és un ésser invisible, sense cos. Segons les religions, Déu i els àngels són esperits.
3 Ànim que té una persona per a fer les coses. Si algú té un esperit valent i decidit no s'espanta amb les dificultats.
4 Conjunt dels sentiments o de les idees que hi ha en un grup. L'esperit de lluita d'un equip de bàsquet pot fer que guanyi una competició.
5 L'**esperit del vi** és l'alcohol.

esperitat esperitada esperitats esperitades
adjectiu
Que està posseït per esperits dolents. Es diu que algú sembla un esperitat o que va com un esperitat si fa les coses com si estigués boig, molt espantat o esverat.

esperma espermes
nom femení
1 Semen.
2 L'**esperma de balena** és una substància oliosa que es treu del cap dels catxalots i d'algunes balenes. Es fa servir en la indústria dels sabons i dels cosmètics.

espermatozoide espermatozoides
nom masculí
Un espermatozoide és una cèl·lula sexual masculina d'un animal o d'una planta. Si penetra en un òvul femení, hi ha una fecundació i naixerà un nou ésser.

esperó esperons
nom masculí
1 Un esperó és una peça de metall que es posa al taló de la bota de muntar per a donar cops al cavall i fer-lo córrer. Consisteix en dues barres unides en forma de U que aguanten una rodeta amb dents.

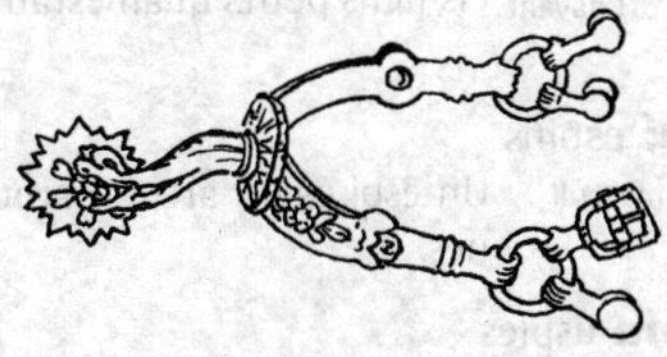

Un esperó

2 Ungla molt forta que tenen els galls i altres animals a la part de darrere de la pota.

A B C D E F G H I J K L M N O P Q R S T U V W X Y Z

A B C D E F G H I J K L M N O P Q R S T U V W X Y Z

esperonar
verb
com *cantar*
◄ pàg. 26
1 Donar cops al cavall amb els esperons.
2 Animar, estimular. En un partit compromès, el públic esperona el seu equip favorit.

esperpèntic esperpèntica esperpèntics esperpèntiques
adjectiu
Una cosa esperpèntica és absurda, exagerada i fora del que és normal.

espès espessa espessos espesses
adjectiu
1 Que és molt poc líquid i costa d'abocar. La mel és espessa.
2 Una cosa és espessa si té els seus elements molt junts, si hi ha molts components en un espai petit. En un bosc espès hi ha molts arbres i estan un a tocar de l'altre.
espessor

espesseir
verb
com *reduir*
◄ pàg. 39
Amb dièresi
Espessir.

espessir
verb
com *servir*
◄ pàg. 28
També *espesseir*
Fer més espès. Per espessir la beixamel, s'hi ha d'afegir farina. La xocolata desfeta, quan es refreda, s'espesseix.

espetec espetecs
nom masculí
1 Un espetec és un soroll sec que fa una cosa que es trenca o esclata. Quan la sal cau al foc fa espetecs.
2 Fuet de menjar.

espetegar
verb
com *cantar*
◄ pàg. 26
Amb GU davant E, I
Fer un espetec o espetecs. La llenya seca espetega quan es crema.

espeternec espeternecs
nom masculí
Un espeternec és cada un dels moviments que fa amb les cames la persona que espeternega.

espeternegar
verb
com *cantar*
◄ pàg. 26
Amb GU davant E, I
Moure les cames amb violència, agitant-les per defensar-se o alliberar-se, o com fan els nens petits quan estan enrabiats.

espí espins
nom masculí
Un espí és un arç, un arbust que té espines.

espia espies
nom masculí i femení
Un o una espia és una persona que es dedica a espiar els altres. Els governs tenen espies que donen informació sobre altres països.

espiadimonis espiadimonis
nom masculí
Un espiadimonis és un insecte que té el cos molt llarg i de colors lluents, els ulls grossos i dos parells d'ales llargues i transparents. Quan volen semblen petits avions. Viuen en llocs on hi ha aigua, com les basses i els regs.

espiar
verb
com *canviar*
◄ pàg. 30
Amb dièresi
Tractar de conèixer, d'amagat, el que fa o diu algú, o com és una cosa. Quan hi ha guerra, s'envien persones que espien els secrets militars de l'exèrcit enemic.

espiera espieres
nom femení
Una espiera és un forat fet en una porta o en una paret per poder veure des de dins el que passa a fora.

espieta espietes
nom masculí i femení
Un o una espieta és una persona que, sense ser espia professional, espia el que fan els altres i després ho explica.

espifiada espifiades
nom femení
Una espifiada és una equivocació, una cosa que surt malament. Quan un futbolista tira fora un penal fa una bona espifiada.

espiga espigues
nom femení
Una espiga és el conjunt de grans d'un cereal que es forma a la part final de cada tija. Les espigues tenen els grans agrupats i uns apèndixs llargs, prims i punxeguts al final de cada gra.

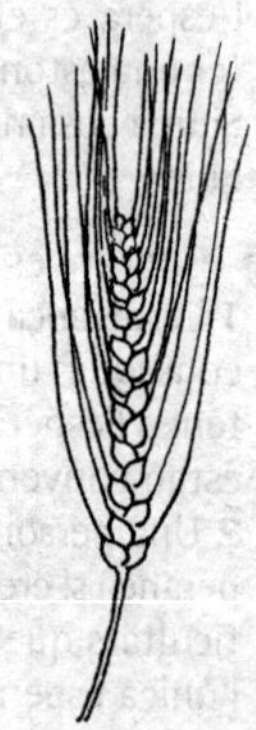

Una espiga

espigall espigalls
nom masculí
L'espigall d'una col i d'altres plantes semblants és la flor que els surt al cap del tronxo.

espigó espigons
nom masculí
Un espigó és una construcció de pedres feta a la vora d'un riu o del mar com a defensa contra l'aigua.

espígol espígols
nom masculí Un espígol és una planta herbàcia que té fulles lanceolades i flors blaves petites, agrupades al final d'una tija. També se'n diu *lavanda*, i amb els olis que es treuen de les seves flors es fabrica l'aigua de lavanda.

espigolar
verb com *cantar* ◄ pàg. 26 **1** Collir les espigues que han quedat en un camp després de segar.
2 Agafar coses ara d'un lloc ara d'un altre. Si espigoles les notícies esportives del diari, vas passant les pàgines buscant només les que són d'esports.

espill espills
nom masculí Mirall. Es diu sobretot en algunes zones.

espina espines
nom femení **1** Una espina és cada un dels ossos d'un peix. El conjunt de les espines forma l'esquelet del peix. Algunes espines punxen molt i a vegades se'ns claven a la boca quan mengem peix.
2 Cada un dels elements durs i acabats en punta que tenen algunes plantes. Els esbarzers i els rosers tenen espines.
3 L'**espina dorsal** és la columna vertebral.
frase feta **4 Fer mala espina** una cosa és tenir el pressentiment que no anirà bé, que serà dolenta o desagradable.

espinac espinacs
nom masculí Un espinac és una planta d'horta de color verd fosc que té les fulles en forma de punta de fletxa. Els espinacs tenen ferro i vitamines i es mengen bullits o passats per la paella amb panses i pinyons.

espinada espinades
nom femení L'espinada és la columna vertebral.

espinal espinals
adjectiu De la columna vertebral. Dins de la columna vertebral hi ha la medul·la espinal.

espingarda espingardes
nom femení Una espingarda és una escopeta molt llarga que feien servir els moros.

espinguet espinguets
nom masculí **1** Un espinguet és un crit o un so agut, com el d'una criatura que plora o el d'una trompeta. Una persona té veu d'espinguet si té una veu molt aguda.
2 Persona que xiscla o crida.

espinós espinosa espinosos espinoses
adjectiu **1** Que té espines. Els rosers són plantes espinoses.
2 Es diu que una feina, una discussió o una altra cosa és espinosa si és difícil i complicada.

espira espires
nom femení Espurna.

espiral espirals
nom femení Una espiral és una línia corba que parteix d'un punt i dóna voltes al voltant d'alguna cosa allunyant-se'n cada vegada més. Les molles tenen forma d'espiral. El filferro que aguanta els fulls d'algunes llibretes és una espiral.

espirar
verb com *cantar* ◄ pàg. 26 Diferent d'*expirar* Bufar de manera suau. És una paraula usada sobretot en poesia.

espiritisme espiritismes
nom masculí L'espiritisme és la doctrina que diu que les persones es poden comunicar amb els esperits dels morts.

espiritual espirituals
adjectiu **1** De l'esperit, de l'ànima. Fer oració és una activitat espiritual.
2 Que és esperit. Déu i els àngels són éssers espirituals.
3 Que es dedica a les coses de l'ànima o de la religió. Les monges han de ser persones espirituals.

espirituós espirituosa espirituosos espirituoses
adjectiu Una beguda és espirituosa quan conté alcohol, com el conyac, el rom o el xerès.

espitllera espitlleres
nom femení Una espitllera és una obertura llarga i estreta que hi ha en una muralla per a disparar una arma des de dins. ✎ pàg. 600 ⑨

espitregar-se
verb usat amb pronom com *cantar* ◄ pàg. 26 Amb GU davant E, I Descordar-se la roba de manera que el pit quedi descobert, destapar-se el pit. A l'estiu, molts homes van espitregats, amb la camisa descordada.

esplai esplais
nom masculí L'esplai és el conjunt de les activitats que es fan per a divertir-se. Hi ha centres d'esplai per a nois i noies on es juga i s'organitzen excursions.

esplaiar-se
verb usat amb pronom com *canviar* ◄ pàg. 30 Amb dièresi **1** Explicar a algú les coses que ens preocupen, dir-li el que ens passa. Tots necessitem una persona de confiança amb qui esplaiar-nos.
2 Divertir-se, passar una estona agradable. Les vacances són per a esplaiar-se al camp o a la platja.

A B C D E F G H I J K L M N O P Q R S T U V W X Y Z

esplanada esplanades
nom femení — Una esplanada és un terreny pla.

esplèndid esplèndida esplèndids esplèndides
adjectiu
Amb D — 1 Que té esplendor. Si fa un sol esplèndid es pot anar a la platja.
2 Que és molt gran, molt bonic, molt bo. Una bicicleta és un regal esplèndid.
3 Una persona és esplèndida si fa molts regals i tracta molt bé els altres quan els convida. Els avars no són esplèndids.

esplendor esplendors
nom femení — 1 Una cosa té esplendor quan brilla molt, com el sol a l'estiu.
adjectiu — 2 Es diu que una persona, una ciutat o una cultura està en un moment d'esplendor si és molt important.

esplet esplets
nom masculí — Un esplet és una gran quantitat d'una cosa. A la primavera, hi ha un esplet de flors al camp.

espluga esplugues
nom femení — Cova.

espoleta espoletes
nom femení — Una espoleta és un mecanisme per a provocar l'explosió que porten algunes armes com les bombes o les mines.

espoli espolis
nom masculí — Espoliació.

espoliació espoliacions
nom femení
També *espoli* — Una espoliació és el fet de prendre a algú les coses que són seves. Un país fa l'espoliació d'un altre quan s'emporta les seves obres d'art o els seus recursos naturals.

espolsar
verb
com *cantar*
◄ pàg. 26
Amb S — Treure la pols o les brosses que hi ha en una cosa donant-li cops o sacsejant-la. Espolsem les estovalles després de menjar. Quan surten de l'aigua, els gossos s'espolsen i ho esquitxen tot.

esponerós esponerosa esponerosos esponeroses
adjectiu — Molt abundant, amb un aspecte exterior que fa goig de veure. Un arbre esponerós té moltes branques i fulles i creix sa i fort.

esponja esponges
nom femení — 1 Una esponja és un animal marí que té el cos tou i de forma arrodonida. El seu esquelet és molt flexible i ple de forats, i pot absorbir molta aigua i deixar-la anar fàcilment. Els esquelets de les esponges, anomenats també *esponges*, es fan servir al bany per a rentar-nos.
2 Tros de material flexible i ple de forats, com una esponja, que es fa servir al bany i a la cuina per a netejar. Les esponges acostumen a ser de plàstic.

esponjós esponjosa esponjosos esponjoses
adjectiu — Que és flexible com les esponges, que és tou i ple de forats, com una esponja. Hi ha plàstics esponjosos que es fan servir per a fer coixins.

espontani espontània espontanis espontànies
adjectiu — 1 Que surt o que es fa sol, sense intervenir-hi ningú. Les plantes del bosc són espontànies. Un amic ens ofereix una ajuda espontània si decideix ajudar-nos sense que nosaltres li ho demanem.
2 Una persona és espontània quan diu les coses tal com les sent, i es comporta de manera senzilla i natural.
espontaneïtat

espora espores
nom femení — Una espora és una cèl·lula o un grup de cèl·lules que intervé en la reproducció d'alguns vegetals i dels fongs.

esporangi esporangis
nom masculí — L'esporangi és l'òrgan d'alguns vegetals i dels fongs on es formen i es guarden les espores.

esporgar
verb
com *cantar*
◄ pàg. 26
Amb GU davant E, I — Podar.

esport esports
nom masculí — Un esport és una activitat física que es fa com a diversió, espectacle o competició. La natació és un esport molt complet. El futbol i el bàsquet són esports d'equip.
esportista

esportiu esportiva esportius esportives
adjectiu — 1 Dels esports. Tots els diaris tenen una secció esportiva.
2 Un jugador o un equip té un comportament esportiu si compleix el reglament i es comporta bé amb els contraris.
esportivitat

esporuguir
verb
com *servir*
◄ pàg. 28 — Fer agafar por a algú. Les històries de fantasmes esporugueixen algunes persones. Si un gos s'esporugueix no serveix per a vigilar una casa.

espòs esposa esposos esposes
nom masculí i femení — Persona unida en matrimoni amb una altra. Després del casament, el promès i la promesa ja són espòs i esposa. S'usa quan es parla formalment.

A B C D E F G H I J K L M N O P Q R S T U V W X Y Z

esposar
verb
com *cantar*
◄ pàg. 26
1 Unir en matrimoni, o prendre per marit o per muller. Antigament, els pares esposaven molt joves els fills i les filles.

usat amb pronom
2 **Esposar-se** és fer la promesa de casar-se, i també unir-se en matrimoni, casar-se. Moltes núvies s'esposen vestides de blanc.

esprai esprais
nom masculí
Un esprai és un recipient amb un líquid a dins que surt, escampat en gotes molt fines, per la pressió d'un gas, quan premem un botó. Es fa servir, sobretot, en productes cosmètics i en insecticides.

espremedora espremedores
nom femení
Una espremedora és un aparell de cuina per a esprémer fruita i fer-ne suc. N'hi ha de manuals i d'elèctriques.

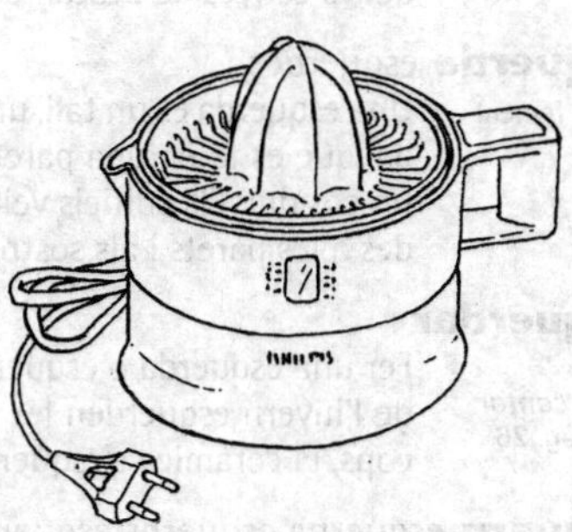
Una espremedora

esprémer
verb
com *témer*
◄ pàg. 26
1 Prémer amb força una cosa per a fer-ne sortir el suc o el líquid que conté. Podem esprémer una taronja o una peça de roba mullada.

frase feta i verb usat amb pronom
2 Es diu que algú **s'esprem el cervell** si pensa molt en la solució d'una cosa.

esprimatxat esprimatxada esprimatxats esprimatxades
adjectiu
Que és molt prim per l'alçada que té. Hi ha malalties que deixen esprimatxada la persona que les pateix.

esprint esprints
nom masculí
L'esprint és la marxa més ràpida que en una cursa fan atletes i ciclistes per intentar superar els adversaris en els últims metres abans de la meta.
esprintador, esprintar

espuçar
verb
com *cantar*
◄ pàg. 26
Amb C davant E, I
Treure les puces. Hi ha insecticides especials per a espuçar els animals domèstics. Els gossos s'espucen amb les potes del darrere.

espuma espumes
nom femení
Escuma.
espumós, espumosa

espuri espúria espuris espúries
adjectiu
1 Bastard. Abans, les criatures espúries es recollien en asils.
2 Que no és bo, que no és autèntic. Els barbarismes són mots espuris de la llengua.

espurna espurnes
nom femení
1 Una espurna és un trosset encès que es desprèn d'una cosa que crema o de dues coses que es freguen amb força. Surten espurnes d'una llar de foc o d'algunes eines quan s'hi treballa.
2 Tros molt petit d'una cosa. Si només poses una espurna de sucre a la llet, no la trobaràs dolça.

espurnejar
verb
com *cantar*
◄ pàg. 26
Amb G davant E, I
Llançar espurnes. Les llars de foc a vegades espurnegen.

esput esputs
nom masculí
Un esput és una barreja de saliva i mocs o sang que es treu per la boca. Les malalties dels pulmons produeixen esputs.

esquadra esquadres
nom femení
Diferent d'*escaire*
1 Una esquadra és un conjunt de vaixells de guerra que actuen junts.
2 Grup de persones armades sota les ordres d'una que les mana.
esquadrilla

esquadró esquadrons
nom masculí
Un esquadró és una divisió de la cavalleria o de l'aviació d'un exèrcit.

esquaix esquaixos
nom masculí
L'esquaix és un joc de pilota que es juga fent rebotar la pilota, amb una raqueta, contra les parets d'una pista rectangular tancada. Hi poden jugar dos o quatre jugadors.

esqual esquals
nom masculí
Un esqual és un tauró o un peix semblant.

esquarterar
verb
com *cantar*
◄ pàg. 26
Fer trossos del cos d'un animal. Els vedells s'han d'esquarterar abans de vendre'ls al mercat.

esqueix esqueixos
nom masculí
Un esqueix és una planta o un trosset de tija d'una planta que s'enterra perquè surti una altra planta. Els geranis es reprodueixen fàcilment amb un esqueix.

esqueixat esqueixada esqueixats esqueixades
adjectiu
1 Que ha estat trencat o arrencat. Les pe-

A B C D E F G H I J K L M N O P Q R S T U V W X Y Z

dregades deixen moltes plantes esqueixades. El bacallà esqueixat és un tros de bacallà fet a trossets llargs i no gaire amples.

nom femení — **2** Una esqueixada és una amanida feta amb trossets de bacallà o tonyina, tomàquets, pebrot i olives negres.

esqueixar

esquela esqueles

nom femení — Una esquela és un paper imprès o una nota publicada en un diari per a comunicar alguna cosa. Les esqueles més habituals són les mortuòries, que fan saber la mort d'una persona.

esquelet esquelets

nom masculí — **1** Un esquelet és el conjunt dels ossos d'una persona o d'un animal. En algunes excavacions, s'han trobat esquelets molt antics.

2 Part de dins d'alguna cosa que aguanta les altres parts. Hi ha columnes que tenen un esquelet de ferro.

esquelètic esquelètica esquelètics esquelètiques

adjectiu — **1** De l'esquelet.

2 Molt prim. Una persona que està esquelètica pot fer un règim per a engreixar-se.

esquella esquelles

nom femení — Una esquella és una mena de campana petita que es posa al coll d'alguns dels animals que van en ramat. Els bens i les vaques que porten esquella fan de guia dels altres.

esquellerinc

esquellot esquellots

nom masculí — Esquella.

esquema esquemes

nom masculí, Amb A final — Un esquema és la representació d'una cosa de manera senzilla, amb línies, paraules i dibuixos fàcils d'entendre. Si has d'ensenyar el camí per anar a una casa, pots fer un esquema dels carrers que hi porten. També podem fer esquemes de les lliçons que hem d'estudiar.

esquemàtic

esquena esquenes

nom femení — **1** L'esquena és la part del darrere del cos de les persones, des dels muscles fins a la cintura. També es diu *esquena* la part de dalt del cos d'alguns animals, com els cavalls i els gossos, des del coll fins a les anques. págs. 794-795 (7)

2 L'esquena d'un ganivet o d'una eina és la part contrària al tall.

3 Manera de nedar amb el cos pla de cara cap amunt, bellugant les cames amunt i avall i donant-se impuls ara amb un braç ara amb l'altre.

locució que fa d'adverbi — **4** **D'esquena** a algú o a alguna cosa vol dir amb l'esquena mirant cap a ells. *Em vaig posar d'esquena a la Núria per no veure-la.*

frase feta — **5** **Girar** o **donar l'esquena** a algú és negar-li un favor, no ajudar-lo.

6 Es diu que una persona **s'ho tira tot a l'esquena** quan no es preocupa ni s'amoïna per res.

esquenadret esquenadreta esquenadrets esquenadretes

adjectiu — Gandul. Si una persona és esquenadreta, no li interessa la feina.

esquer esquers

nom masculí — L'esquer és el menjar que serveix per a atreure els peixos o els ocells i poder-los agafar. Els pescadors posen esquer als hams de les canyes de pescar.

esquerda esquerdes

nom femení — Una esquerda és un tall, una obertura llarga, que es fa en una paret, a la terra o en un cos dur. Els edificis vells tenen esquerdes a les parets i als sostres.

esquerdar

verb, com *cantar* ◄ pàg. 26 — Fer una esquerda o esquerdes. Les gelades de l'hivern esquerden les roques. Amb els cops, la ceràmica s'esquerda.

esquerp esquerpa esquerps esquerpes

adjectiu — Que no li agrada la companyia dels altres, que fuig d'estar amb la gent. Les persones esquerpes no tenen mai conversa.

esquerrà esquerrana esquerrans esquerranes

adjectiu i nom masculí i femení — Que fa servir la mà esquerra en lloc de la dreta en la majoria de coses que fa. Els esquerrans escriuen amb l'esquerra.

esquerrer

esquerre esquerra esquerres

adjectiu — **1** Que és situat al mateix costat on tenim el cor. Les persones tenim un ull esquerre i un de dret. Quan estem asseguts en una taula llarga podem tenir una persona a la dreta i una altra a l'esquerra.

nom femení — **2** L'esquerra és el costat esquerre. A la carretera, els avançaments s'han de fer per l'esquerra.

3 Mà esquerra. Algunes persones mengen amb l'esquerra.

4 En política, conjunt de les persones i dels partits que són progressistes.

5 Un partit d'esquerres és un partit progressista.

esquí esquís

nom masculí — **1** Un esquí és cadascuna de les dues planxes estretes, llargues i dures que es posen als peus per a lliscar damunt la neu. Els esquís tenen la punta corbada cap amunt i s'agafen a una bota especial.

2 L'esquí és un esport que consisteix a lliscar per la neu mantenint l'equilibri damunt d'uns esquís.

Esquí

3 L'**esquí aquàtic** és un esport que es fa lliscant sobre l'aigua amb uns esquís especials.

esquiar

verb
com *canviar*
◄ pàg. 30
Amb dièresi

Lliscar damunt la neu amb esquís, practicar l'esport de l'esquí.

esquiador

esquifit esquifida esquifits esquifides

adjectiu

Que és molt petit, molt estret, que no arriba a la mida normal. Una persona esquifida és baixeta i molt prima.

esquilar

verb
com *cantar*
◄ pàg. 26

1 Tallar el pèl d'un animal. Les ovelles s'esquilen per a obtenir-ne la llana.

2 Tallar els cabells d'una persona. Es diu de manera informal.

3 Fer pagar a algú molts diners per una cosa de poc valor. Es diu de manera informal.

esquimal esquimals

adjectiu
i nom masculí
i femení

Un o una esquimal és una persona que viu a les regions situades més al nord de la Terra, on sempre hi ha gel. Els esquimals estan molt acostumats al fred i fan cases de gel, els iglús.

esquinçar

verb
com *cantar*
◄ pàg. 26
Amb C davant E, I

Trencar, separar en dos o més trossos una roba o un paper amb una estirada. Si t'enganxes la camisa en un clau i estires, l'esquinçaràs.

esquinç

esquirol esquirols

nom masculí

1 Un esquirol és un mamífer rosegador que fa uns 45 centímetres de llargada, té la cua llarga i peluda i els dits, les ungles i les dents molt forts. Els esquirols s'enfilen als arbres i salten de branca en branca amb molta agilitat. Són de color marró o gris.

Un esquirol

nom masculí
i femení

2 Un o una esquirol és una persona que treballa quan els seus companys fan vaga.

esquitllar-se

verb usat
amb pronom
com *cantar*
◄ pàg. 26

1 Una cosa s'esquitlla quan rellisca i se separa del lloc on la volíem posar o clavar. Si se t'esquitlla el clau que estàs clavant, et pots picar els dits amb el martell.

2 Una persona s'esquitlla si passa per un lloc sense que la vegi ningú. És molt difícil esquitllar-se dins d'un local si hi ha un vigilant a la porta.

esquitllada

d'esquitllentes

locució que fa
d'adverbi

Una persona passa d'esquitllentes per un lloc si passa esquitllant-se, sense que la vegin. *Els gats sempre sembla que passin d'esquitllentes: no fan gens de soroll.*

esquitx esquitxos

nom masculí

1 Un esquitx és una petita quantitat d'aigua o d'un altre líquid que surt amb força i ens pot mullar. Quan ens dutxem, a vegades fem molts esquitxos i mullem el terra.

2 Petita quantitat d'una cosa. Amb un esquitx de sal, l'amanida queda més saborosa.

esquitxar

verb
com *cantar*
◄ pàg. 26

Fer esquitxos. Algunes fonts esquitxen i si t'hi acostes quedes tot mullat.

esquitxada

esquiu esquiva esquius esquives

adjectiu

Que no vol tractar amb la gent, que no accepta de conversar. Amb una persona esquiva és difícil fer-hi amistat.

esquivar

verb
com *cantar*
◄ pàg. 26

1 Fer un moviment perquè una cosa no ens toqui, per no xocar amb algú o amb alguna cosa. Si el davanter esquiva el porter, és ben segur que marcarà un gol.

Continua a la pàgina següent

2 Si una persona esquiva algú no vol parlar-hi, no el vol veure.

esquizofrènia esquizofrènies
nom femení
Amb Z
L'esquizofrènia és una malaltia mental que fa que la persona malalta es pensi que és una altra persona i no es recordi de moltes coses que li han passat.
esquizofrènic

essa esses
nom femení
Nom de la lletra *s*, *S*.

essència essències
nom femení
1 L'essència de les coses és allò que fa que siguin el que són. L'essència no pot canviar ni pot desaparèixer.
2 Part o element més important d'una cosa. L'essència de la gastronomia és cuinar amb aliments de primera qualitat.
3 Substància olorosa que es treu d'una planta. Amb l'essència de les roses es fa colònia.
4 Gasolina.

essencial essencials
adjectiu
1 Que és molt important, molt necessari. El cor i el cervell són òrgans essencials de la persona.
2 D'essència de plantes. L'oli essencial de romaní fa molta olor.
essencialment

1
ésser
verb
◄ pàg. 40
Ser.

2
ésser éssers
nom masculí
1 Un ésser és qualsevol cosa que és o que existeix. Les pedres, els arbres, els estels, els animals, els homes i les dones són éssers. També hi ha éssers que imaginem, com les fades o els centaures.
2 L'ésser és l'essència o l'existència d'algú o d'alguna cosa. Els pares ens han donat l'ésser.
3 Un **ésser humà** és una persona, un home o una dona.

1
est ests
nom masculí
L'est és un dels quatre punts cardinals, aquell per on surt el sol. Itàlia és situada a l'est de Catalunya.

2
est esta estos estes
determinant i pronom demostratius
Aquest. Es diu només en algunes zones.

establa estables
nom femení
Una establa és un estable d'animals.

1
estable estables
nom masculí
També *establa*
Un estable és un lloc cobert on es guarden animals com les vaques, les ovelles i els cavalls.

2
estable estables
adjectiu
Que no es mou o que no canvia de lloc fàcilment, que s'aguanta bé. Una taula amb quatre potes és estable. Una situació estable es manté molt de temps igual.
estabilitat, estabilitzar, inestabilitat, inestable

establia establies
nom femení
Estable.

establiment establiments
nom masculí
1 L'establiment és el fet d'establir una cosa. L'establiment d'indústries químiques s'ha de fer evitant la contaminació.
2 Un establiment és un lloc, un edifici, dedicat a una activitat com el comerç o la indústria. Els magatzems, les fàbriques de pinso o els balnearis són establiments.

establir
verb
com *servir*
◄ pàg. 28
Diferències: *establert, establerta, establerts, establertes*
1 Posar o crear una cosa en un lloc. Els romans van establir ciutats per tota la Mediterrània.
2 Dir com s'ha de fer una cosa. El reglament del futbol estableix quan una falta és penal.
usat amb pronom
3 **Establir-se** en un lloc és quedar-s'hi a viure. Molts emigrants europeus s'han establert a l'Amèrica del Nord.
4 Una persona o un negoci **s'estableix** en un lloc si hi obre una botiga. Hi ha supermercats que s'estableixen a totes les ciutats importants.

estabornir
verb
com *servir*
◄ pàg. 28
Fer perdre els sentits amb un cop al cap. Als escorxadors, estaborneixen els animals abans de matar-los.

estabular
verb
com *cantar*
◄ pàg. 26
Posar animals en estables per a criar-los.

estaca estaques
nom femení
1 Una estaca és un pal que acaba en punta i es clava a terra o en un altre lloc. Sovint, les estaques es fan servir per a lligar-hi un animal amb una corda.
2 Pal que es fa servir com a bastó.
estacada

estacar
verb
com *cantar* ◄ pàg. 26
Amb QU davant E, I
Lligar un animal en una estaca clavada a terra, en una paret o en un altre lloc.

estació estacions
nom femení
1 Una estació és un lloc on s'aturen els trens, els metros i els autobusos. A les estacions finals dels trens sempre hi ha molt moviment de passatgers.
2 Cada un dels quatre períodes de temps que formen un any: la primavera, l'estiu, la tardor i l'hivern.
estacional

estacionament estacionaments
nom masculí
Es fa un estacionament quan es deixa un vehicle en un lloc durant un cert temps. L'estacionament de cotxes es fa habitualment en els aparcaments.
estacionar

estacionari estacionària estacionaris estacionàries
adjectiu
Que no canvia, que no millora ni empitjora. En una malaltia estacionària el malalt no es cura, però tampoc no es troba més malament.

estada estades
nom femení
Una estada és el temps que passem en un lloc. Durant les vacances podem fer estades al camp o a la muntanya.

estadant estadanta estadants estadantes
nom masculí i femení
Llogater.

estadi estadis
nom masculí
1 Un estadi és un camp d'esports gran, on caben molts espectadors. La majoria dels estadis són d'equips de futbol.
2 Fase, període. La infància i la vellesa són dos estadis de la vida humana.

estadista estadistes
nom masculí i femení
Un o una estadista és una persona que governa un estat o un país. També es diuen estadistes les persones que entenen molt de política o que es dediquen a la política.

estadística estadístiques
nom femení
L'estadística és la ciència que fa servir les matemàtiques per a l'estudi i el coneixement en general de fenòmens que no es coneixen en detall. No se saben les causes del càncer, però l'estadística ens diu que les persones que fumen tenen més probabilitat que les altres de patir-lo.
estadístic

estafa estafes
nom femení
Una persona fa una estafa quan obté diners per una cosa dolenta o falsa, quan dóna a una altra menys diners dels que li ha promès o quan es queda diners que no són seus.

estafar
verb
com *cantar* ◄ pàg. 26
Fer una estafa. Si et cobren dos-cents euros per un rellotge que només en val cent, t'han estafat.
estafador

estafeta estafetes
nom femení
Una estafeta és un local del servei de correus on es poden deixar o recollir cartes i paquets. ✎ pàg. 597 ⑩

estalactita estalactites
nom femení
Una estalactita és una massa dura en forma de con que baixa des del sostre d'algunes coves cap a terra. Les estalactites són de calç i es formen en evaporar-se l'aigua de les gotes que rellisquen del sostre.

estalagmita estalagmites
nom femení
Una estalagmita és una massa dura en forma de con que puja des del terra d'algunes coves cap al sostre. Les estalagmites són de calç i es formen en evaporar-se les gotes d'aigua que cauen sobre el terra.

estalonar
verb
com *cantar* ◄ pàg. 26
1 Anar darrere d'algú trepitjant-li els talons, traient-li les sabates pel taló. Quan hi ha molta gent en un lloc, és fàcil que algú ens estaloni.
2 Seguir algú molt de prop, estar gairebé a tocar. Si en una persecució estalonem el qui va al davant, aviat l'agafarem.

estalvi estalvis
nom masculí
1 Un estalvi és la quantitat de diners o d'una altra cosa que una persona ha estalviat. També es parla de l'estalvi d'energia i d'aigua que han de fer els països del món.
nom masculí plural
2 Uns estalvis són un estri pla i prim de metall, fusta o un altre material per a posar-hi les olles o les cassoles del menjar quan les portem a taula. Amb els estalvis no es cremen ni s'embruten les estovalles.

estalviar
verb
com *canviar* ◄ pàg. 30
Amb dièresi
No gastar o no fer servir una part d'una cosa que tenim. Podem estalviar diners, paper, electricitat, etc. Diem que algú estalvia esforços quan no s'esforça gaire a fer una cosa.

estalzim estalzims
nom masculí
Sutge.

estam estams
nom masculí
1 Un estam és un òrgan reproductor mas-

A B C D E F G H I J K L M N O P Q R S T U V W X Y Z

culí de les plantes que fan flors. Els estams tenen forma de filament i es troben dins de les flors, al costat del pistil. A la punta tenen un saquet o receptacle, l'antera, on hi ha els granets de pol·len. flor

2 Tipus de teixit de llana. Amb estam es fan vestits d'home.

estament estaments

nom masculí — Un estament és un grup de persones que dins de la societat fan una mateixa feina o tenen unes característiques semblants. Avui, per a pertànyer a l'estament dels metges, cal estudiar medicina. Antigament, per a pertànyer a un estament hi havia normes molt estrictes.

estampa estampes

nom femení — **1** Una estampa és una cartolina petita on hi ha impresa la imatge de la Mare de Déu, de Nostre Senyor o d'un sant. En algunes esglésies venen estampes.

2 Aspecte o figura d'una persona o d'un animal. Un cavall amb bona estampa és bonic, està ben format.

estampar

verb, com *cantar* ◄ pàg. 26 — **1** Deixar la marca d'una cosa sobre una altra cosa. Quan caminem per la platja, estampem els peus a la sorra.

2 Fer que un dibuix, uns colors, unes figures quedin marcats sobre un paper, una tela o un altre material. Hi ha fàbriques on estampen robes de colors per a fer vestits.

estampació, estampat

estanc estancs

nom masculí — Un estanc és una botiga on venen tabac i segells de correus. A la majoria dels estancs també s'hi poden comprar sobres de cartes, encenedors i altres articles.

estança estances

nom femení — Habitació.

estancat estancada estancats estancades

adjectiu — Que està aturat, que no pot córrer o continuar circulant. L'aigua estancada es podreix i fa pudor. Si un projecte està estancat no va endavant.

estancament, estancar

estand estands

nom masculí — Un estand és una instal·lació que una empresa o una entitat munta en una fira o una exposició per a vendre o fer propaganda dels seus productes, donar a conèixer les activitats que fa, etc.

estàndard estàndards

adjectiu — **1** Que és ordinari, normal, que té les mateixes característiques que molts altres. Les peces de molts aparells són de mida estàndard, i així es poden canviar fàcilment.

adjectiu i nom masculí — **2** El llenguatge estàndard o l'estàndard d'una llengua és una manera de parlar-la o d'escriure-la que és la més fàcil d'entendre per a tothom. Els mitjans de comunicació i els llibres d'idiomes fan servir l'estàndard.

estandardització, estandarditzar

1
estant estants

nom masculí — Prestatge.

2
estant estants

adjectiu — **1** Que s'està en un lloc.

2 Quan algú veu, mira o sent alguna cosa des d'un lloc estant és que la veu, la mira o la sent mentre és en aquest lloc.

1
estany estanys

nom masculí — **1** Un estany és un llac no gaire gran. Als Pirineus hi ha molts estanys.

2 Bassa o piscina construïda en un parc o jardí com a adornament.

2
estany estanys

nom masculí — L'estany és un element metàl·lic blanc brillant que té poca duresa i es pot convertir fàcilment en làmines. Serveix per a fabricar llaunes de conserva, per a recobrir altres metalls i per a fer soldadures, entre altres coses. El seu símbol és: Sn.

estaquirot estaquirots

nom masculí — Un estaquirot és una persona aturada, que fa nosa o que no fa el que hauria de fer. Aquesta paraula es fa servir com un insult.

estar

verb ◄ pàg. 34 — **1** Viure en un lloc, habitar una casa. *Sóc de Girona, però estic a Berga des de fa quatre anys. El meu germà s'està a Londres des de fa un any.*

2 Tenir la feina en un lloc. *El director està en aquest despatx, però ara no hi és.*

3 Mantenir-se una persona en una situació, en una posició. *Van estar amagats tota la nit. S'estava dret a l'entrada del cine. No està mai quiet. Aquí estarem més frescos. Estar dret o assegut. Estava trist, enrabiat.*

4 Deixar de fer una cosa, acabar de moure's, de treballar. *Estigues, i no em molestis més. Per mi no estigueu, continueu parlant.*

5 Haver acabat, estar a punt. *Ja estic gairebé de la feina. L'arròs ja està.*

6 Tardar, usar un temps a fer una cosa. *De*

la feina a casa hi estic vint minuts. El tren està dues hores fins a Lleida.

7 Estar en un lloc és no moure-se'n, aturar-s'hi durant un temps. *Estigues a la plaça fins que jo arribi. No hi estaré gaire, a la botiga. Estar-se a casa tota la tarda.*

8 El verb *estar* s'usa en moltes altres expressions, sempre amb la idea de mantenir-se en un estat, en una posició o en una condició. *Les finestres van estar obertes dues hores. L'aigua del riu està estancada. La botiga estarà tancada deu dies. Deixa els llibres tal com estaven.*

frase feta i verb usat amb pronom — **9 Estar-se de** fer una cosa és no fer-la. *Els diabètics s'estan de menjar sucre i dolços.*

estarrufar-se

verb usat amb pronom com *cantar* ◄ pàg. 26

1 Posar-se drets els cabells d'una persona o el pèl o les plomes d'un animal. Quan un gat s'espanta, se li estarrufa tot el pèl i se li aixeca la cua i l'esquena.

2 Es diu que una persona s'estarrufa quan està molt satisfeta i orgullosa d'una cosa.

estat estats

nom masculí

1 Manera com algú o alguna cosa és o es troba. Si una persona té un bon estat de salut és que està sana, es troba bé. Una eina en mal estat no es pot fer servir.

2 Quan es pregunta l'estat d'una persona es vol saber si és soltera, casada o viuda.

3 Un estat és una nació o un conjunt de nacions que formen una unitat política. A l'ONU hi ha representants de la majoria d'estats del món.

estatal

estatge estatges

nom masculí

Un estatge és un lloc on s'està algú, una habitació, un local. L'estatge social d'un club és el lloc on es reuneixen els socis.

estatger

estàtic estàtica estàtics estàtiques

adjectiu

Que no es belluga ni produeix moviment, que està en repòs. Els antics es pensaven que la Terra estava estàtica i que el Sol es bellugava.

estàtua estàtues

nom femení

Una estàtua és una figura que representa una persona o un animal. A les places de moltes ciutats hi ha estàtues de pedra.

estatuari, estatuària

estatunidenc estatunidenca estatunidencs estatunidenques

adjectiu — **1** Dels Estats Units d'Amèrica. *El cinema estatunidenc.*

nom masculí i femení — **2** Persona que és dels Estats Units d'Amèrica o que hi viu.

estatura estatures

nom femení

L'estatura d'una persona és l'alçària que té, la mida que fa des dels peus fins al cap. La majoria dels jugadors de bàsquet tenen una gran estatura.

estatut estatuts

nom masculí

1 Un estatut és una llei, una norma. Totes les associacions i tots els clubs tenen estatuts que els socis han de complir.

2 Un **estatut d'autonomia** és un conjunt de lleis perquè una nació o regió que forma part d'un estat pugui tenir un govern propi.

estatutari, estatutària

estavellar

verb com *cantar* ◄ pàg. 26

1 Fer trossos una cosa llançant-la amb violència contra una altra o donant-hi cops. A les curses de cotxes, a vegades els conductors estavellen el seu vehicle contra la tanca de protecció. La boira fa que a vegades s'estavellin avions.

frase feta — **2 Fer un sol que estavella** és fer molt de sol a l'estiu.

estel estels

nom masculí

1 Un estel és una estrella, un astre que té llum pròpia. Les nits d'estiu, el cel es veu ple d'estels.

2 Tros de tela o de paper muntat en uns llistonets que es fa volar per la força del vent. Els estels es porten agafats amb un cordill i tenen una cua. N'hi ha de moltes formes i de molts colors. ✎ pàg. 997 ③

estel·lar

estela esteles

nom femení

Una estela és un monument en forma de pilar o de làpida on generalment hi ha una inscripció. Els arqueòlegs han trobat esteles funeràries de pobles antics.

estelat estelada estelats estelades

adjectiu — **1** Que és ple d'estels o adornat amb estels. Algunes banderes són estelades.

nom femení — **2** L'estelada és el conjunt dels estels del cel.

estella estelles

nom femení Amb E

Una estella és un tros allargat que es desprèn d'una fusta quan aquesta es talla amb una destral o es trenca. Remenant fustes trencades ens podem clavar una estella.

estellar, estellicó

estellós estellosa estellosos estelloses

adjectiu Amb E

1 Una fusta o una altra matèria és estellosa si fa estelles amb facilitat.

2 Una carn és estellosa si té fibres molt dures i costa de mastegar.

A B C D E F G H I J K L M N O P Q R S T U V W X Y Z

estenalles

nom femení plural
També tenalles

Unes estenalles són una eina semblant a les alicates que acaben en forma de dues mitges anelles que s'obren i es tanquen per tallar. Serveixen sobretot per a arrencar claus i tallar filferros. pàg. 993 (16)

estendard estendards

nom masculí Un estendard és una bandera d'un cap d'estat o d'una de les divisions dels exèrcits, com la cavalleria. També hi ha estendards d'algunes associacions religioses o civils, que són gairebé quadrats i van penjats d'un pal horitzontal.

Un estendard

estendre

verb
com prendre ◄ pàg. 38
Diferències: estén, estès

1 Posar ben llarga i plana una cosa que està plegada o arronsada. Després de rentar-la, la roba s'ha d'estendre perquè s'assequi.

2 Posar una cosa per damunt d'una superfície i fer que l'ocupi tota. Podem estendre mantega sobre una llesca de pa.

3 Fer que una corda, un fil o un cable vagi d'un punt a un altre. Si estenem un cordill i el subjectem per les dues bandes, el podem fer servir d'estenedor de roba.

4 Es diu que algú estén els seus dominis, el seu poder o la seva influència quan cada vegada en té més.

5 Posar per escrit un document legal, com una escriptura, o firmar un taló o xec. Si algú ens ha estès un taló sense fons, no el podrem cobrar.

usat amb pronom **6** Una moda **s'estén** quan cada vegada hi ha més gent que la segueix. També es pot estendre un costum o un vici.

estenedor estenedors

nom masculí Un estenedor és un conjunt de cordes, de filferros, etc., penjats de banda a banda d'un lloc, on es pot estendre alguna cosa perquè s'assequi. A les galeries de les cases hi sol haver un estenedor per a la roba.

estentori estentòria estentoris estentòries

adjectiu Una veu o un crit són estentoris si són molt forts.

estepa estepes

nom femení Una estepa és una extensió gran i plana de terreny, sense arbres i amb una vegetació resistent a la sequera.

estepari, estepària

estereofònic estereofònica estereofònics estereofòniques

adjectiu Un aparell musical és estereofònic si el so surt per diversos altaveus i fa la sensació d'estar davant de l'orquestra o del conjunt que toca.

estereofonia

estèril estèrils

adjectiu Que no dóna fruit, que no es pot reproduir. Si una persona és estèril, no pot tenir fills.

esterilitzar

verb
com cantar ◄ pàg. 26

1 Fer que una persona o un animal no pugui tenir fills. Els veterinaris operen les gosses per a esterilitzar-les.

2 Destruir els bacteris que hi ha en una cosa. Les empreses lleteres esterilitzen la llet abans d'embotellar-la.

esterilitat, esterilització

estern esterns

nom masculí
També estèrnum

L'estern és un os pla i allargat que hi ha a la part de dalt del pit. Alguns parells de costelles s'uneixen pel davant amb l'estern. pàg. 797 (13)

esternoclidomastoïdal esternoclidomastoïdals

nom masculí L'esternoclidomastoïdal és un múscul del coll que permet que el puguem moure i girar. pàg. 800 (6)

esternudar

verb
com cantar ◄ pàg. 26

Fer un esternut o esternuts. Quan tenim un refredat, esternudem sovint.

estèrnum estèrnums

nom masculí Estern.

esternut esternuts

nom masculí Un esternut és una sortida violenta i sorollosa d'aire pel nas i per la boca. Quan fem un esternut, sentim pessigolles al nas.

estès estesa estesos esteses

adjectiu
Amb S

1 Allargat i pla. Alguns ocells planegen amb les ales esteses, sense moure-les.

2 Ajagut tot llarg, sense sentits. Quan una persona es desmaia, cau estesa a terra.

3 Una moda o un costum són estesos si tothom els segueix.

nom femení **4** Una estesa és un conjunt de coses esteses o escampades. A la tardor, hi ha una estesa de fulles dels arbres per terra.

estètic estètica estètics estètiques

adjectiu — **1** Que està relacionat amb la bellesa, amb les coses boniques. La cirurgia estètica és la cirurgia que es fa per embellir o corregir defectes de l'aspecte d'una persona.
2 Que és bonic. Algunes decoracions amb barreja de colors són poc estètiques.

nom femení — **3** L'estètica és la doctrina que tracta de la bellesa.

esteticisme, esteticista

estiatge estiatges

nom masculí — L'estiatge és la disminució de la quantitat d'aigua que porta un riu. Els rius mediterranis tenen l'estiatge a l'estiu.

estiba estibes

nom femení — **1** Una estiba és una pila de coses feta de manera que ocupin el mínim lloc possible. Quan es fan estibes amb les coses que transporta una embarcació, es procura que la càrrega no es pugui bellugar.
2 L'estiba d'una embarcació és el fet de carregar-la.

estibar

estibador estibadora estibadors estibadores

nom masculí i femení — Persona que s'encarrega de col·locar la càrrega d'una embarcació.

estic estics

nom masculí — Un estic és un bastó que acaba en una mena de pala corba per a jugar a les diverses classes d'hoquei.

estigma estigmes

nom masculí — **1** Un estigma és un senyal o una marca que es feia sobre la pell dels criminals o dels esclaus.
2 Acció dolenta d'una persona que fa que ningú no vulgui saber res d'aquesta persona. Abandonar un fill és un estigma per als pares.
3 Part de dalt del pistil d'una flor on es diposita el pol·len. flor

estigmatitzar

estil estils

nom masculí — **1** L'estil és la manera pròpia d'expressar-se o de fer les seves obres un artista, un escriptor.
2 Manera que té cada persona de fer les coses o un esportista de practicar l'esport. Es diu que una persona té estil si és elegant o si sap fer una activitat, com jugar, cantar, ballar, segons les regles establertes.
3 Cada una de les maneres de practicar l'esport de la natació: estil papallona, braça, crol i esquena.
4 Part del pistil d'una flor que aguanta l'estigma. Té forma de petit tub que té, a la part de baix, l'ovari de la flor.

estilístic, estilitzar

estilar-se

verb usat amb pronom com *cantar* ◄ pàg. 26 — Una cosa s'estila quan s'acostuma a fer. Abans s'estilava portar barret. Ara s'estilen molt els pantalons texans.

estilet estilets

nom masculí — Un estilet és un punyal de fulla molt estreta.

estilista estilistes

nom masculí i femení — Un o una estilista és un o una artista que té un estil molt bonic, molt elegant.

estilogràfic estilogràfica estilogràfics estilogràfiques

adjectiu — **1** Que està relacionat amb la manera d'escriure fent línies amb algun instrument, com un llapis, una ploma o un bolígraf. La nostra escriptura és estilogràfica.

nom femení — **2** Una estilogràfica és una ploma per a escriure que porta un dipòsit amb tinta al mànec.

estima estimes

nom femení — **1** L'estima d'una cosa és el valor o el preu que té. Els diamants són pedres precioses de molta estima.
2 Bona opinió que tenim d'una persona o d'una cosa. Si tenim algú en molta estima, li tenim molt d'afecte.

estimació estimacions

nom femení — **1** Tenim estimació a algú o a alguna cosa quan l'estimem. Els pares senten una gran estimació pels fills.
2 Quan fem l'estimació d'una cosa calculem el valor que té, els diners que ens costarà. Per saber els impostos que ha de pagar una persona, es fan estimacions de les coses que té.

estimar

verb com *cantar* ◄ pàg. 26 — **1** Sentir molt d'afecte, molt d'amor per algú o per alguna cosa. Les persones enamorades s'estimen i voldrien estar sempre juntes. Si estimes els companys mai no els faràs mal.
2 Calcular el preu i el valor d'una cosa a partir d'algunes dades, encara que no es tinguin totes. Els joiers saben estimar les joies i els objectes d'or. Les autoritats a vegades han d'estimar les pèrdues provocades per un temporal.

frase feta i verb usat amb pronom — **3 Estimar-se més** és preferir, voler més una cosa que una altra. A l'estiu, tothom s'estima més anar a la platja que quedar-se a casa.

inestimable, sobreestimar, subestimar

estimatiu estimativa estimatius estimatives

adjectiu — El preu o el valor estimatiu d'una cosa és

el que s'ha estimat, el que se li ha calculat. El càlcul estimatiu del preu d'una casa pot donar una quantitat més alta o més baixa que el preu que ha costat.

estimball estimballs
nom masculí — Un estimball és un lloc per on es pot estimbar algú.

estimbar
verb com *cantar* ◄ pàg. 26 — Fer caure daltabaix des d'un lloc molt alt. Les allaus a vegades estimben els alpinistes. En els revolts perillosos, poden estimbar-se els cotxes.

estímul estímuls
nom masculí — Un estímul és qualsevol cosa que excita, que fa treballar, que augmenta l'activitat, l'esforç, les ganes. La promesa d'un premi és un estímul en la feina.
estimulant, estimular

estintolar-se
verb usat amb pronom com *cantar* ◄ pàg. 26 — Posar-se descansant en una cosa que està ferma i segura per mantenir-se també ferm i no caure. Les persones grans, quan caminen, s'estintolen en un bastó.

estipendi estipendis
nom masculí — Un estipendi és una quantitat de diners que es dóna a una persona pel seu treball.

estipular
verb com *cantar* ◄ pàg. 26 — Posar-se d'acord amb les coses que hi ha d'haver en un contracte. Quan es lloga un pis, el propietari i el llogater estipulen el preu i la durada del lloguer.

estirabot estirabots
nom masculí — Un estirabot és una cosa inconvenient i sense sentit dita per una persona. Els bromistes sempre surten amb estirabots enmig de converses serioses.

estirar
verb com *cantar* ◄ pàg. 26 — **1** Fer força a l'extrem d'una cosa cap a nosaltres per fer-la sortir enfora, posar-la tibant, arrossegar-la, etc. Si volem obrir un calaix, l'hem d'estirar. Encara que estiris molt fort, no podràs moure una pedra que pesi una tona.
2 Una persona estira els braços i les cames si els estén, els posa ben rectes.
3 Posar una persona ajaguda en un lloc. Quan algú es mareja l'estirem al llit o en un lloc adequat.
usat amb pronom — **4** **Estirar-se** és ajeure's per a descansar o dormir. Hi ha persones que després de dinar s'estiren una estoneta.
5 **Estirar-se** és fer un gest amb el cos i els braços, allargant-los i obrint-los. Ens estirem quan tenim mandra o son.
6 Es diu que una criatura **s'estira** quan creix molt de pressa.
frase feta — **7** **Estirar les orelles** a algú és renyar-lo.
estirada

estirat estirada estirats estirades
adjectiu — **1** Una cosa està estirada si està allargada, estesa o tibant. Els cables que sostenen els ponts han d'estar ben estirats.
2 Una persona o una bèstia estan estirades si estan ajagudes per a descansar o dormir.
3 Es diu que una persona és estirada si és poc amable i es considera superior als altres.

estiregassar
verb com *cantar* ◄ pàg. 26 — Estirar amb força una cosa. Si estiregasses les vores d'un jersei li faràs agafar mala forma.

estirp estirps
nom femení — L'estirp d'una persona són els seus avantpassats, la família d'on procedeix. Es parla d'estirps sobretot en els reis i persones nobles.

estisores
nom femení plural. També *tisores* — Unes estisores són un instrument de tallar format per dues làmines de metall que tenen tall per un cantó i estan unides pel mig. Quan s'obren tenen forma de X. Cada làmina acaba en un forat per on es passa el dit per poder-les agafar i obrir-les i tancar-les. Les estisores per tallar carn són molt més grosses que les de tallar paper. pàg. 1000 ⑲

estisoreta estisoretes
nom femení. També *tisoreta* — Papaorelles.

estiu estius
nom masculí — L'estiu és l'estació de l'any que ve després de la primavera i abans de la tardor. Comença el 21 de juny i acaba el 21 de setembre. A l'estiu fa calor.
estiueig, estiuenc, estival

estiuejant estiuejants
nom masculí i femení — Un o una estiuejant és una persona que estiueja.

estiuejar
verb com *cantar* ◄ pàg. 26. Amb G davant E, I — Passar l'estiu en un lloc diferent del domicili habitual. Molts estrangers estiuegen a la Costa Brava.

estiuet estiuets
nom masculí — L'estiuet de Sant Martí són uns dies de bon temps i de temperatura agradable que fa pels volts de la festa de Sant Martí, el dia 11 de novembre.

A B C D E F G H I J K L M N O P Q R S T U V W X Y Z

[1] **estoc** estocs
nom masculí — Un estoc és una espasa que es fa servir en l'esgrima. També es diu *estoc* l'espasa dels toreros.

[2] **estoc** estocs
nom masculí — Un estoc és una quantitat de mercaderia que hi ha en un magatzem, en una botiga, en un mercat o en una embarcació. Si un producte no es ven, els estocs s'acumulen als magatzems.

estofa estofes
nom femení — **1** L'estofa és el material amb el qual s'ha fet una cosa. Un moble de bona estofa és de fusta bona i ben treballada.
2 Es diu que una persona és de bona estofa si té bons sentiments i fa les coses ben fetes. Es diu que hi ha gent de mala estofa i persones que són de la mateixa estofa, de la mateixa mena o classe.

estofar
verb, com *cantar* ◄ pàg. 26 — Fer un estofat.

estofat estofats
nom masculí — Un estofat és un guisat de carn, de llegums o d'un altre menjar que es cou a foc lent en una olla o cassola ben tapada. Als estofats, s'hi posa oli, vi, ceba i altres ingredients.

estoic estoica estoics estoiques
adjectiu — Que suporta amb serenitat els sofriments i les desgràcies, que està tranquil enmig de les alegries i dels dolors.
estoïcisme

estoig estoigs
nom masculí, També *estotjos* — Un estoig és una caixa per a desar-hi un objecte. A les papereries hi ha estoigs amb un bolígraf i una estilogràfica.
estotjar

estol estols
nom masculí — **1** Un estol és un grup de persones o d'animals. Els ocells migradors volen formant estols.
2 Grup de vaixells, esquadra.

estola estoles
nom femení — Una estola és una banda estreta de roba que els sacerdots catòlics es posen damunt de les espatlles, per darrere del coll, quan celebren missa o en altres ocasions. L'estola penja a banda i banda pel davant del cos.

estoma estomes
nom masculí — Una estoma és cada un dels forats petitíssims que hi ha a les fulles de les plantes. Els estomes serveixen per a la respiració de les plantes.

estómac estómacs
nom masculí — L'estómac és l'òrgan del cos on els aliments es barregen amb el suc gàstric per a fer la digestió. És com una bossa on van a parar els aliments abans de passar als budells.
pàgs. 798-799 (37)

estomacal estomacals
adjectiu — **1** De l'estómac. Algunes molèsties estomacals es calmen amb una mica de bicarbonat.
2 Que és bo per a l'estómac. Diuen que els licors estomacals ajuden a pair bé.

estomacar
verb, com *cantar* ◄ pàg. 26, Amb QU davant E, I — Donar cops a algú, apallissar-lo. A vegades, alguns aficionats han volgut estomacar l'àrbitre d'un partit. Es diu de manera informal.

estomatologia estomatologies
nom femení — L'estomatologia és la part de la medicina que estudia la boca i les seves malalties.

estona estones
nom femení — **1** Una estona és un espai de temps una mica llarg. Si una persona fa estona que és fora és que ja fa bastant que ha marxat.
locució que fa d'adverbi — **2 A estones** vol dir de tant en tant. *No acabaré mai aquest treball, perquè només m'hi puc posar a estones!*

estonià estoniana estonians estonianes
adjectiu — **1** D'Estònia. *El Peipus és un llac estonià.*
nom masculí i femení — **2** Persona que és d'Estònia o que hi viu.
nom masculí — **3** L'estonià és la llengua que es parla a Estònia.

estop estops
nom masculí, També *stop* — Un estop és un senyal de circulació que hi ha en alguns encreuaments de carrers o de carreteres. Avisa els conductors del fet que s'han d'aturar.

estopa estopes
nom femení — L'estopa és la part basta que es treu del lli i del cànem quan es treballen. Amb l'estopa es fa un fil gruixut i de poca qualitat que es fa servir per a impedir que les aixetes perdin.

estora estores
nom femení — Una estora és una catifa feta amb tires d'espart o d'una altra matèria vegetal entrellaçades. Hi ha unes estores petites que es posen a l'entrada de les cases per a eixugar-se les sabates.

estornell estornells
nom masculí — Un estornell és un ocell de color negre amb

taques blanques i reflexos verdosos. Pot fer uns 22 centímetres de llargada i té el bec llarg i punxegut.

estossegar
verb
com *cantar*
◄ pàg. 26
Amb GU davant E, I
Tossir. El fum fa estossegar. Quan estem molt constipats, normalment estosseguem.
estossec

estossinar
verb
com *cantar*
◄ pàg. 26
Donar cops a algú fins a estabornir-lo o matar-lo.

estovalles
nom femení plural
També *tovalles*
Unes estovalles són una peça de roba que s'estén sobre la taula quan s'ha de dinar o sopar. Damunt de les estovalles es posen els gots, els plats i els coberts.
pàg. 396 ⑩, pàgs. 594-595 ⑥①

estovar
verb
com *cantar*
◄ pàg. 26
1 Fer que una cosa es torni tova. La calor estova la xocolata i fa que s'enganxi als dits.
2 Apallissar, donar cops. Es diu de manera informal.

estrabisme estrabismes
nom masculí
L'estrabisme és un defecte de la vista que fa que els dos ulls no mirin en la mateixa direcció.

estrada estrades
nom femení
Una estrada és un lloc elevat en una sala o una habitació per a posar-hi un tron, la presidència d'una reunió, la mesa d'un tribunal, etc. En els judicis, el jutge pot demanar que un testimoni pugi a l'estrada.

estrafer
verb
com *fer*
◄ pàg. 35
Diferències: *estrafàs, estrafà, estrafés*
1 Imitar els gestos, la veu, els posats, etc., d'una altra persona. Hi ha humoristes que fan riure estrafent els polítics.
2 Canviar alguna característica d'un mateix per a fer riure o perquè no ens coneguin. Les persones que doblen pel·lícules sovint han d'estrafer la veu.

estrafolari estrafolària estrafolaris estrafolàries
adjectiu
Que és estrany, que crida l'atenció pels vestits que porta i les coses que fa o diu. Alguns pintors han estat personatges estrafolaris.

estragó estragons
nom masculí
L'estragó és una herba que fa de 40 a 70 centímetres d'alçada i té unes fulles lanceolades, aromàtiques i picants que es fan servir per a cuinar. Algunes mostasses porten estragó.

estrall estralls
nom masculí
Un estrall és una destrucció, un gran dany, la mort de molta gent, etc. Les guerres causen molts estralls.

estrambòtic estrambòtica estrambòtics estrambòtiques
adjectiu
Estrafolari, extravagant. Per carnaval, algunes persones es posen vestits i màscares estrambòtics.

estranger estrangera estrangers estrangeres
adjectiu
Amb S
1 Que és d'un altre país. Molts equips de futbol tenen jugadors estrangers. Hi ha estrangeres que estudien català.
nom masculí
2 L'estranger és el conjunt dels països que no són el nostre. Si viatges per l'estranger podràs practicar diversos idiomes.
estrangeria, estrangerisme

estrangular
verb
com *cantar*
◄ pàg. 26
1 Escanyar.
2 Fer pressió sobre un conducte per impedir que hi passi el líquid o el gas.

estrany estranya estranys estranyes
adjectiu
Amb S
1 Que no és com els altres, que té alguna cosa inexplicable o extraordinària, que desperta la curiositat, l'atenció. Al fons del mar hi ha animals estranys. Si sentim un soroll estrany, volem saber què és.
adjectiu i nom masculí i femení
2 Que no és de la nostra família. Els gossos de defensa ataquen els estranys.
frase feta
3 Fer estrany és estranyar, causar sorpresa. Ens pot fer estrany trobar-nos algú que fa molts anys que no vèiem.
estranyesa

estranyar
verb
com *cantar*
◄ pàg. 26
Amb S
Una cosa ens estranya si no sabem què és, si desperta la nostra curiositat perquè no és normal ni habitual. T'estranya que una amiga que és sempre puntual un dia no arribi a l'hora. Algunes persones s'estranyen que els japonesos mengin peix cru.

estraperlo estraperlos
nom masculí
L'estraperlo és un negoci il·legal de productes que l'Estat controla. Després de la Guerra Civil Espanyola, l'Estat controlava els aliments, però alguns negociants en venien d'estraperlo a preus molt cars.

estrassa estrasses
nom femení
L'estrassa és un conjunt de trossos de drap bast. Es fa servir per a fabricar el paper d'estrassa.

estrat estrats
nom masculí
1 Un estrat és cada una de les capes de roques que s'han format en un terreny per acumulació de sediments. Els geòlegs estudien els estrats i així poden saber quins materials hi ha.

También *estratus* 2 Núvol baix, per sota dels 2 000 metres d'altura, que forma una gran capa grisa molt uniforme. Els estrats indiquen que hi haurà boires.

estratagema estratagemes
nom masculí Un estratagema és qualsevol cosa que es fa per a enganyar algú. A la guerra es fan sovint estratagemes per a confondre l'enemic.

estratègia estratègies
nom femení **1** L'estratègia és la manera com algú actua per a obtenir alguna cosa, per a aconseguir un resultat. Cada empresa segueix una estratègia diferent per a augmentar els seus beneficis.
2 Manera de planejar i dirigir les operacions de guerra. Els alts comandaments militars han de saber molta estratègia.
estrateg, estratègic

estratocúmul estratocúmuls
nom masculí
També *estratocúmulus*
Un estratocúmul és un núvol baix, per sota dels 2 000 metres d'altura. Els estratocúmuls formen masses grans i denses, que no deixen passar la llum del sol, i per sota són foscos. Queden més avall que les muntanyes altes i des dels cims semblen un mar de núvols.

estratocúmulus estratocúmulus
nom masculí Estratocúmul.

estratosfera estratosferes
nom femení L'estratosfera és la capa de l'atmosfera de la Terra que es troba damunt de la troposfera, entre els 12 i els 40-60 quilòmetres d'altitud. En aquesta part de l'atmosfera, hi ha la capa d'ozó.

estratus estratus
nom masculí Un estratus és un núvol que es diu també *estrat.*

estrebada estrebades
nom femení Una estrebada és un esforç violent que fem estirant per a arrencar, desfer o arrossegar alguna cosa. Si se t'enganxa el vestit i fas una estrebada, és segur que l'esquinçaràs.
estrebar

estrella estrelles
nom femení **1** Una estrella és un astre que brilla al cel amb llum pròpia. El Sol és una estrella.
2 Figura que representa una estrella. Es dibuixa amb un cercle envoltat de puntes o amb un seguit de raigs que surten d'un punt central. A moltes banderes, hi ha estrelles.
3 Artista de cinema. Les estrelles de Hollywood són conegudes a tot el món.

Unes estrelles

4 Una **estrella fugaç** és un meteorit que entra a l'atmosfera i s'encén. Sembla una estrella que es mou ràpidament pel cel i desapareix tot seguit.
frase feta **5** Es diu que una persona **té mala estrella** si no té sort i tot li surt malament.
estrellat, estrellada

estremir-se
verb usat amb pronom com *servir* ◄ pàg. 28
1 Una cosa s'estremeix quan tremola de manera molt forta. Els trons fan que els vidres s'estremeixin.
2 També es diu que una persona s'estremeix si tremola de fred, de por, etc.
estremiment

estrenar
verb com *cantar* ◄ pàg. 26
1 Fer servir una cosa per primera vegada. Estrenar un vestit sempre fa il·lusió. Diu el refrany que "per Nadal qui res no estrena res no val".
2 Representar, tocar o projectar per primera vegada una obra de teatre, una composició musical o una pel·lícula. Quan s'estrena una bona pel·lícula, hi ha cues al cinema per a veure-la.
usat amb pronom **3** **Estrenar-se** és fer per primera vegada una cosa. Si t'han donat el carnet, ja et pots estrenar a conduir.
estrena

estrènyer
verb com *témer* ◄ pàg. 26
Diferències: *estret, estreta, estrets, estretes.*
1 Fer més estret. Si uns pantalons ens van massa amples, es poden estrènyer.
2 Fer pressió per tots costats sobre una cosa. Unes sabates massa justes ens estrenyen els peus i ens fan mal.
3 Fer que diferents persones o coses estiguin més acostades i ocupin un espai més petit. En un aparcament per a dos cotxes, si els estrenyem, n'hi podem aparcar tres.
usat amb pronom **4** **Estrènyer-se** és fer-se més estret, o posar-se més junts en un lloc. En un banc de set, si s'estrenyen, hi caben vuit o nou persones.

A B C D E F G H I J K L M N O P Q R S T U V W X Y Z

estrep estreps

nom masculí — **1** Un estrep és cada una de les dues peces foradades on posen els peus les persones que munten a cavall. Els estreps pengen a banda i banda de la sella.

2 Esglaó per a pujar a un vehicle o per a baixar-ne. També es diu *estrep* la barra on posa els peus la persona que va en moto.

✎ moto

3 Os situat a la part de més endins de l'orella mitjana articulat amb l'enclusa.

✎ pàgs. 798-799 (9)

frase feta — **4** Es diu que una persona **perd els estreps** quan està molt enfadada i crida i insulta perquè no es pot dominar.

estrèpit estrèpits

nom masculí — Un estrèpit és un soroll molt fort. Els trons fan estrèpit.

estrepitós, estrepitosa

estreptomicina estreptomicines

nom femení — L'estreptomicina és un antibiòtic molt fort.

estrès estressos

nom masculí — Una persona té estrès si es troba malament, cansada i nerviosa, perquè té massa feina o moltes preocupacions. L'estrès no deixa dormir bé a la nit.

estressar

estret estreta estrets estretes

adjectiu — **1** Que és molt poc ample. Les carreteres de muntanya acostumen a ser estretes.

2 Que estreny, que queda molt ajustat. Un vestit molt estret és incòmode.

nom masculí — **3** Un estret és un tros de mar que separa dues terres molt pròximes. La majoria dels estrets fan de pas entre dos mars. L'estret de Gibraltar separa Espanya d'Àfrica.

estretesa

estretor estretors

nom femení — **1** Una cosa té estretor quan és molt estreta. L'estretor d'alguns ponts fa que no puguin passar camions.

2 Falta de diners i d'altres coses per viure. Les persones que no troben feina passen moltes estretors.

estri estris

nom masculí — Un estri és qualsevol objecte que podem manejar per a fer un treball o prestar un servei. Els llapis són estris per a escriure; les paelles i les escorredores són estris de cuina.

estria estries

nom femení — Una estria és una línia enfonsada que hi ha en alguna cosa. Les estries són com clots molt estrets i llargs. Hi ha columnes que tenen estries com a adornament.

estriat, estriada

estribord estribords

nom masculí
Amb D — L'estribord d'una embarcació és el costat que tenim a la dreta quan, des de dins, ens posem de cara a la part del davant o proa.

✎ embarcació

estricnina estricnines

nom femení — L'estricnina és una substància molt verinosa que es treu de diverses plantes. Es fa servir per a matar rates i altres animals perjudicials.

estricte estricta estrictes

adjectiu — **1** Que està totalment d'acord amb el que està manat, amb la norma, i no se'n desvia gens. Els jutges han de vigilar pel compliment estricte de les lleis.

2 Una persona és estricta si compleix exactament tot el que està manat. Un conductor estricte fa cas de tots els senyals de trànsit encara que no el vegi ningú.

estrictament

estrident estridents

adjectiu — Que té un so agut i desagradable, que molesta a l'orella. Les músiques estridents fan mal de cap.

estridència

estrip estrips

nom masculí — Es fa un estrip en una peça de roba quan s'esquinça o es trenca. Si t'enganxes els pantalons en un clau, t'hi faràs un estrip. Hi ha qui porta estrips a la roba per a seguir la moda.

estripar

verb
com *cantar*
◄ pàg. 26 — Trencar o esquinçar la roba o un paper. Hi ha persones que estripen de seguida les cartes que reben. La roba vella s'estripa fàcilment.

estrofa estrofes

nom femení — Una estrofa és cada una de les parts d'un poema o d'una cançó. Hi ha cançons que tenen una estrofa que es va repetint.

estroncar

verb
com *cantar*
◄ pàg. 26
Amb QU davant E, I — Fer que un líquid deixi de rajar, de sortir d'un lloc. A vegades costa d'estroncar la sang d'una ferida. A l'estiu hi ha fonts que s'estronquen i no tenen aigua.

estronci estroncis

nom masculí — L'estronci és un element metàl·lic de color blanc, bastant dur. Alguns dels seus compostos es fan servir per a fer petards i coets que fan llum vermella. El seu símbol és: Sr.

estropellar
verb
com *cantar*
◄ pàg. 26
Fer malbé, destrossar. Les pedregades estropellen els cultius. Algunes joguines amb piles s'estropellen de seguida.

estruç estruços
nom masculí
Un estruç és un ocell molt gros, el més gros que hi ha. És de color negre o gris i té el coll molt llarg i el cap petit. El bec és ample i aixafat, en forma de triangle. Els estruços no volen però corren a gran velocitat. Viuen a l'Àfrica. Quan els estruços senten un perill amaguen el cap a terra o sota l'ala.

estructura estructures
nom femení
1 L'estructura d'una cosa és la manera com estan posades i ordenades les seves parts o els seus elements. Si mirem l'índex d'un llibre podem veure quina estructura té.
2 Una estructura és un conjunt d'elements o de peces que aguanten alguna cosa. Els edificis moderns tenen estructures de ferro i de formigó armat.
estructural, estructuralisme

estructurar
verb
com *cantar*
◄ pàg. 26
Donar a una cosa una estructura, ordenar els elements o les parts que la componen. Els ensenyants han d'estructurar bé les classes.

estuari estuaris
nom masculí
Un estuari és una zona ampla que es forma a la desembocadura d'alguns rius. Als estuaris, l'aigua del mar entra sovint cap dins de la part final del riu.

estucar
verb
com *cantar*
◄ pàg. 26
Amb QU davant E, I
Revestir una paret, una columna, etc., amb una pasta feta de calç o guix i pols de marbre. Les parets que han estat estucades semblen més rústiques.

estudi estudis
nom masculí
1 L'estudi és el fet d'estudiar. Les persones que investiguen dediquen molt de temps a l'estudi.
2 Treball que una persona ha fet sobre un tema concret. S'han publicat molts estudis sobre l'origen de la vida.
3 Lloc on treballa un artista, un científic, un escriptor, etc. A l'estudi, hi ha sempre els estris de treball o els llibres que la persona necessita. ✎ pàgs. 594-595 ①
4 Lloc preparat per a filmar escenes de pel·lícules o programes de televisió. Als estudis, de vegades s'hi construeixen decorats.
nom masculí plural
5 Els estudis d'una persona són les assignatures i els temes que estudia o ha estudiat en un col·legi o en una universitat. Algunes economistes han fet estudis a l'estranger.
estudiós, estudiosa

estudiant estudianta estudiants estudiantes
nom masculí i femení
Persona que estudia, que encara està fent uns cursos o una carrera.
estudiantil

estudiar
verb
com *canviar*
◄ pàg. 30
Amb dièresi
1 Llegir llibres, assistir a classes, fer comprovacions i exercicis per a conèixer alguna cosa. Per a estudiar els animals va bé tenir un zoològic a prop. Es pot estudiar medicina, arqueologia o piano.
2 Aprendre de memòria coneixements sobre un tema. Abans d'un examen s'ha d'estudiar.
3 Examinar amb atenció una cosa, mirar-la amb detall. Quan preparem un viatge, convé estudiar les carreteres per on passarem.

estufa estufes
nom femení
Una estufa és un aparell per a escalfar una habitació o un altre lloc de la casa. Hi ha estufes elèctriques, de gas butà, de llenya i de carbó.

estupefacte estupefacta estupefactes
adjectiu
Que queda molt admirat, molt estranyat davant d'una cosa, sense saber què dir ni què fer. Que una persona no sàpiga com es diu ens deixa estupefactes.
estupefacció

estupefaent estupefaents
nom masculí
Un estupefaent és una substància que es compra, es ven i es pren com una droga. El tràfic d'estupefaents mou molts diners.

estupend estupenda estupends estupendes
adjectiu
Una cosa o una persona és estupenda si és molt bona, molt bonica. A l'estiu és estupend anar al camp i a la platja.

estúpid estúpida estúpids estúpides
adjectiu i nom masculí i femení
Que té poc enteniment, que molesta els altres amb el seu comportament, amb les seves paraules. Les persones estúpides fan que la gent s'enfadi. També parlem de paraules i de conductes estúpides. Es fa servir com un insult.
estupidesa

estupor estupors
nom masculí o femení
Una persona té estupor quan es queda com aturada i paralitzada per una cosa que li sembla extraordinària, estranya, meravellosa. Alguns paisatges d'alta muntanya ens causen estupor.

esturió esturions
nom masculí
Un esturió és un peix de cos allargat i bastant prim, amb un musell llarg que té a sota quatre apèndixs que formen com una barba. És de color gris verdós a l'esquena, blanc de plata als costats i rosat o blanc al ventre. Els esturions poden arribar als tres metres de llargària, però normalment fan entre dos metres i un metre i mig. Viuen al mar però entren a la part baixa dels rius per a fer-hi la posta. Amb els ous d'aquest peix es fabrica el caviar.

esvair
verb
com *reduir*
◄ pàg. 39
Amb dièresi
Desfer una cosa, fer-la desaparèixer. El vent esvaeix els núvols. Quan s'esvaeix la boira, es pot veure el sol.
esvaïment

esvalotar
verb
com *cantar*
◄ pàg. 26
Fer molt soroll, molts crits. Sempre hi ha grups de persones que esvaloten de nit pels carrers. Les criatures s'esvaloten de seguida quan són moltes a jugar.
esvalot

esvalotat esvalotada esvalotats esvalotades
adjectiu i nom masculí i femení
Que fa les coses sense pensar-les, amb presses. Si anem esvalotats, segur que ens equivocarem en moltes coses.

esvàstica esvàstiques
nom femení
Una esvàstica és una creu que té els quatre braços doblegats en angle recte. Els nazis alemanys la van fer servir com a símbol.

esvelt esvelta esvelts esveltes
adjectiu
Amb V
Que té unes formes lleugeres i allargades, que és àgil i es mou amb elegància. Les persones que fan de model han de ser esveltes.
esveltesa

esventar
verb
com *cantar*
◄ pàg. 26
1 Escampar una cosa al vent. Hi ha persones que esventen les cendres dels seus difunts.
2 Fer que una cosa sigui coneguda, que una notícia corri. Els diaris i la televisió esventen la vida privada dels famosos.

esventrar
verb
com *cantar*
◄ pàg. 26
1 Obrir el ventre a un animal. Als escorxadors, esventren els vedells després de matar-los.
2 Trencar completament, fer a trossos. Les bombes esventren els edificis.

esverar
verb
com *cantar*
◄ pàg. 26
Fer perdre la serenitat i la tranquil·litat, posar en estat d'alarma. La notícia d'una epidèmia pot esverar la població. Quan una persona s'esvera no sap el que fa.
esverament

esverat esverada esverats esverades
adjectiu
1 Que està molt espantat, que ha perdut la serenitat per alguna cosa que ha passat. Quan es cala foc en un local, el públic corre esverat.
nom masculí i femení
2 Es diu que algú és un esverat si sempre va de pressa i tot ho fa corrents.

esvoranc esvorancs
nom masculí
Un esvoranc és un buit que es fa en una cosa quan en cau un tros. Quan esclata una bomba, la metralla fa esvorancs a les parets.

et
pronom personal
S'usa en casos com aquests:
- *No et vaig veure. Et regalaré una rosa.*

També pot tenir les formes *t'*, *'t* i *te* segons com es combina amb el verb i altres pronoms:
- *No t'havia reconegut. No volia dir-t'ho.*
- *Posa't la jaqueta. Se't veu la trampa.*
- *Mou-te, que fas tard! Vés-te'n.*

Té la mateixa forma tant si es refereix a un nom femení o a un masculí:
- *La Maria et donarà les instruccions, Joan.*
- *En Jaume et farà el sopar, Marta.*

età etans
nom masculí
L'età és un hidrocarbur. És un gas que no té color ni fa olor. Es fa servir com a combustible i en la indústria química, i és un dels components del gas natural. La seva fórmula és: C_2H_6.

etapa etapes
nom femení
1 Una etapa és cadascuna de les divisions d'una cursa, d'un viatge o d'una excursió. La Volta Ciclista a Catalunya té etapes de muntanya als Pirineus.
2 Cada una de les parts de temps que comporta fer una cosa, seguir un procés. La joventut i la vellesa són dues etapes de la vida.

etcètera
locució que fa d'adverbi
Paraula que es diu després d'unes quantes coses que hem dit per a indicar que encara en podríem dir més. És la forma catalana de l'expressió llatina que vol dir: "i la resta". S'escriu sovint en la forma breu *etc.* *Les persones mengen de tot: fruita, verdura, carn, etc.*

èter èters
nom masculí
L'èter és una substància líquida que es converteix fàcilment en gas i que és inflamable. S'havia fet servir per a adormir els malalts abans d'una operació. Actualment s'usa molt com a dissolvent en els laboratoris.

eteri etèria eteris etèries
adjectiu
Que és molt lleuger, que gairebé no es pot veure ni tocar. El cloroform i l'èter desprenen uns vapors eteris que poden marejar i adormir.

etern eterna eterns eternes
adjectiu
Que no té principi ni fi, que durarà sempre. La majoria de religions diuen que només Déu és etern. Un amor etern és un amor per sempre.
eternitat, eternitzar

ètic ètica ètics ètiques
adjectiu
1 Que es fa segons les normes de l'ètica, que es comporta d'acord amb les obligacions i els deures que té. Informar d'acord amb la veritat és una conducta ètica.
nom femení
2 L'ètica és la ciència que tracta del comportament bo o dolent de les persones, de les coses que estan ben fetes o mal fetes. Es diu que una persona no té ètica quan enganya, roba i estafa els altres.

etílic etílica etílics etíliques
adjectiu
Que fa referència a l'alcohol i a les begudes alcohòliques. Si un licor té un gran contingut etílic porta molt d'alcohol.

ètim ètims
nom masculí
L'ètim d'una paraula és la forma d'on prové. El mot llatí *piscis* és l'ètim del català *peix*.

etimologia etimologies
nom femení
L'etimologia és la ciència que estudia d'on vénen les paraules. Ens diu, per exemple, que la paraula *pa* ve del llatí *panis*.
etimològic

etiqueta etiquetes
nom femení
1 Una etiqueta és un trosset de paper, de cartolina o de roba que es posa en un producte per a indicar-ne el preu, la mida i altres informacions. Abans d'estrenar un vestit, li traiem les etiquetes que porta penjades.
2 Manera de comportar-se i de vestir que s'ha de complir obligatòriament en certes cerimonies solemnes. En alguns banquets, l'etiqueta diu qui ha d'entrar primer al menjador, on han de seure els diversos convidats i com han de vestir. El frac, el jaqué i l'esmòquing són vestits d'etiqueta.
etiquetar

ètnia ètnies
nom femení
Una ètnia és un grup de persones que tenen unes mateixes característiques, com la llengua i els costums. A molts estats africans hi viuen persones d'ètnies diferents.
ètnic

etnografia etnografies
nom femení
L'etnografia és la ciència que estudia els costums i les tradicions dels pobles del món.

etnologia etnologies
nom femení
L'etnologia és la ciència que estudia els diversos pobles i ètnies del món.

etrusc etrusca etruscs etrusques
adjectiu
També *etruscos*
1 D'Etrúria, antiga regió d'Itàlia, al nord de Roma. *L'art etrusc és molt antic.*
nom masculí i femení
2 Persona que era d'Etrúria o que hi vivia. Els etruscos tingueren una cultura molt important durant els segles VII-IV abans de Crist.

ets
determinant article
S'usa a les Illes Balears com a forma plural de l'article *es* quan va davant de vocal.
• *Ets ossos.*

etzibar
verb
com *cantar*
◄ pàg. 26
1 Donar un cop a algú, pegar-li. Si un cavall t'etziba una guitza et pot fer molt mal.
2 Llançar amb violència una cosa contra algú o contra alguna cosa. Ens poden etzibar una pedra o un insult.

eucaliptus eucaliptus
nom masculí
Un eucaliptus és un arbre propi d'Austràlia i de Malàisia que ha estat plantat en molts països per a repoblar alguns boscos i aprofitar-ne la fusta. Creix de pressa, pot ser molt alt i té les fulles lanceolades i enteres. Els fruits són petits, durs i de color gris verdós. Amb les fulles, les flors i els fruits es fan infusions i vapors que ajuden a respirar bé i a curar els constipats.

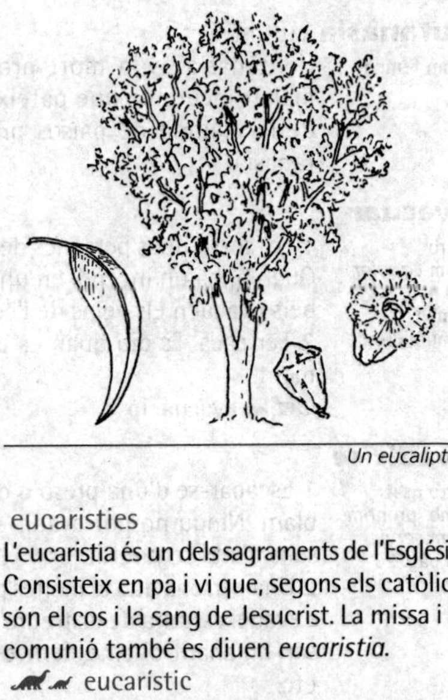

Un eucaliptus

eucaristia eucaristies
nom femení
L'eucaristia és un dels sagraments de l'Església. Consisteix en pa i vi que, segons els catòlics, són el cos i la sang de Jesucrist. La missa i la comunió també es diuen *eucaristia*.
eucarístic

A B C D E F G H I J K L M N O P Q R S T U V W X Y Z

eufemisme eufemismes
nom masculí — Un eufemisme és una paraula o una expressió que es diu en lloc d'una altra que es considera grollera o de poca educació. *Òndia* o *ostres* són eufemismes per no dir *hòstia*.
eufèmic

eufòria eufòries
nom femení — Una persona té o sent eufòria quan està molt contenta, molt animada i es troba molt bé. Quan guanya el seu equip, els aficionats estan plens d'eufòria.
eufòric

euga eugues
nom femení — Egua.

eunuc eunucs
nom masculí — 1 Un eunuc era un home castrat que guardava les dones en els harems.
2 Qualsevol home que no té els òrgans genitals externs a causa d'un accident o d'una operació.

euro euros
nom masculí — L'euro és la moneda de la majoria d'estats de la Unió Europea. Actualment fan servir l'euro Alemanya, Àustria, Bèlgica, Eslovàquia, Eslovènia, Espanya, Estònia, Finlàndia, França, Grècia, Irlanda, Itàlia, Luxemburg, Malta, els Països Baixos, Portugal i Xipre.

europeu europea europeus europees
adjectiu — 1 D'Europa. *La unió dels països europeus.*
nom masculí i femení — 2 Persona que és d'Europa o que hi viu.
europeisme, europeista, europeïtzar

èuscar èuscars
nom masculí — Nom que rep la llengua basca.

eutanàsia eutanàsies
nom femení — L'eutanàsia és la mort provocada d'un malalt incurable que pateix molt. La llei de la majoria de països prohibeix l'eutanàsia.

evacuar
verb
com *canviar*
◄ pàg. 30
Amb C
Amb dièresi
1 Fer sortir unes persones del lloc on eren. Quan hi ha un incendi en un pis, els bombers evacuen els veïns de l'edifici.
2 Fer caca. Es diu quan es parla tècnicament.
evacuació

evadir-se
verb usat amb pronom
com *servir*
◄ pàg. 28
1 Escapar-se d'una presó o d'un lloc semblant. Ningú no pot evadir-se de les presons d'alta seguretat.
2 Una persona que té moltes preocupacions s'evadeix si mira de distreure's i de no pensar-hi, anant al cine, fent esport, llegint, etc.

evangeli evangelis
nom masculí — 1 L'evangeli és la doctrina de Jesucrist recollida pels primers cristians. Segons l'evangeli, hem d'estimar els altres com ens estimem a nosaltres.
nom propi masculí — 2 Un Evangeli és cada un dels quatre llibres de la Bíblia on s'explica la vida i la doctrina de Jesucrist. A la missa, es llegeixen fragments dels Evangelis.
evangèlic, evangelitzar

evangelista evangelistes
nom masculí — Un evangelista és un dels autors dels Evangelis. Els evangelistes són sant Mateu, sant Marc, sant Lluc i sant Joan.

evaporar
verb
com *cantar*
◄ pàg. 26
1 Convertir un líquid en vapor. La calor evapora l'aigua dels rius. Quan es posa vi en un menjar, l'alcohol s'evapora de seguida.
2 Es diu que una persona o una cosa s'ha evaporat si ha desaparegut o s'ha escapat.
evaporació

evasió evasions
nom femení — Una evasió és el fet d'evadir-se. A les presons hi ha guàrdies que impedeixen l'evasió dels presos.
evasiu, evasiva

eventual eventuals
adjectiu — Que no és fix ni segur, que pot passar o no. Si un treballador és eventual només té feina per una temporada.
eventualitat

evident evidents
adjectiu — Que és molt clar, que s'entén de seguida, que tothom ho veu i no es pot negar. És evident que un mosquit és més petit que un elefant.
evidència, evidenciar, evidentment

evitar
verb
com *cantar*
◄ pàg. 26
1 Fer el possible per no trobar-se amb alguna cosa, per no suportar una molèstia, per no patir un sofriment, un perill. Els calmants eviten que els malalts sentin el dolor.
2 Si una persona ens evita és que no ens vol veure ni parlar amb nosaltres.

evocar
verb
com *cantar*
◄ pàg. 26
Amb QU davant E, I
Fer que una cosa vingui a la memòria, a la imaginació. Una cançó pot evocar el dia que una persona es va enamorar.
evocació, evocatiu, evocativa

evolució evolucions
nom femení — 1 L'evolució d'una persona o d'una cosa és el conjunt de canvis que fa al llarg del temps. La història ens ensenya l'evolució dels països.

2 Moviments que fa una persona, un animal o una màquina. Les evolucions d'una patinadora artística són molt boniques.
evolutiu, evolutiva

evolucionar
verb
com *cantar*
◄ pàg. 26
1 Sofrir una evolució. Quan una malaltia evoluciona favorablement, el malalt es posarà bé.
2 Fer evolucions, moviments. Els artistes d'un ballet evolucionen damunt de l'escenari seguint la música.

evolucionisme evolucionismes
nom masculí
L'evolucionisme és la doctrina que diu que tots els éssers vius actuals provenen per evolució d'altres éssers que havien existit abans.

exabrupte exabruptes
nom masculí
Un exabrupte és una cosa que es diu de manera brusca, sense pensar-hi gens. Hi ha persones que només parlen amb exabruptes i paraules grolleres.

exacerbar
verb
com *cantar*
◄ pàg. 26
1 Fer que una persona s'enfadi molt. Les equivocacions de l'àrbitre exacerben els aficionats.
2 Fer que una ferida faci més mal o que augmenti la intensitat d'un sentiment, d'una passió. Quan hi ha una guerra, s'exacerba l'odi de la gent.

exacte exacta exactes
adjectiu
1 Que està d'acord amb la veritat, amb la regla establerta. Podem parlar de la descripció exacta d'un ocell o de l'hora exacta de sortida d'un tren.
2 Que ha estat calculat o mesurat perfectament, que no és aproximat. Les balances automàtiques donen el pes exacte de les mercaderies.
3 Es diu que dues persones o dues coses són exactes si són iguals o s'assemblen molt. Hi ha fills que són exactes als seus pares.
exactament, exactitud

exagerar
verb
com *cantar*
◄ pàg. 26
1 Explicar una cosa com si fos més gran i més important del que és en realitat. La majoria de persones exageren quan expliquen els seus viatges.
2 Fer més del que ens demanen, del que és normal o necessari. Exageres si convides uns amics a berenar i prepares deu entrepans per a cada un.
exageració

exagerat exagerada exagerats exagerades
adjectiu
1 Una cosa és exagerada quan és més gran del que seria normal, quan no es correspon amb el que hauria de ser. Tres euros per un caramel és un preu exagerat.
adjectiu i nom masculí i femení
2 Una persona és exagerada si exagera quan explica les coses. Amb els exagerats, mai no saps què és veritat i què és mentida.

exalçar
verb
com *cantar*
◄ pàg. 26
Amb C davant E, I
Dir que una persona o una cosa és molt gran, molt bonica, molt bona. Tots els països exalcen els seus herois i els seus artistes.

exaltat exaltada exaltats exaltades
adjectiu i nom masculí i femení
Que es deixa emportar fàcilment per les emocions, les passions o les idees. Quan una persona està exaltada gairebé no veu el que passa al seu voltant. Els revolucionaris sempre han estat uns exaltats.
exaltació, exaltar

examen exàmens
nom masculí
1 Un examen és el fet d'examinar algú o alguna cosa. Es pot fer l'examen d'una persona malalta, de l'economia d'una empresa o d'un cotxe abandonat.
2 Exercicis o proves orals o escrites que fa una persona per veure si sap una cosa o està preparada per a fer una feina. Si no s'estudia, no es poden aprovar els exàmens.

examinar
verb
com *cantar*
◄ pàg. 26
1 Mirar amb atenció una persona o una cosa, fixant-se en tots els detalls, per saber com és, com es troba, etc. Si no et trobes bé, el metge t'examinarà.
2 Posar un examen a una persona. A final de curs, els professors examinen els alumnes.
usat amb pronom
3 **Examinar-se** és fer un examen. No tothom es pot examinar del carnet de conduir.

exànime exànimes
adjectiu
Que no té vida, que no dóna senyals de vida. Si una persona està exànime no es belluga ni respira.

exasperar
verb
com *cantar*
◄ pàg. 26
Fer que algú estigui molt nerviós i enfadat. La falta de puntualitat dels trens exaspera els viatgers. Algunes persones s'exasperen si els altres els porten la contrària.
exasperació

excavació excavacions
nom femení
1 Una excavació és el fet d'excavar en un lloc. En algunes excavacions, els arqueòlegs han descobert tombes molt antigues.
2 Forat llarg, ample i més o menys profund que es fa quan s'excava en un lloc. Les excavacions que fan els talps poden ser molt llargues.

excavador excavadora excavadors excavadores

adjectiu — **1** Que excava. Els talps són animals excavadors.

nom femení — **2** Una excavadora és una màquina que es fa servir en obres públiques per a excavar.

excavar

verb, com *cantar* ◄ pàg. 26 — Fer en un terreny sots, forats i galeries. Per fer el metro, s'han d'excavar els carrers de la ciutat. Els talps excaven galeries sota terra.

excedència excedències

nom femení — Un treballador o un funcionari està en excedència si deixa el seu lloc de treball, però pot tornar-hi, si vol, al cap d'un temps. Si algú té una excedència de dos anys, no pot tornar a la feina quan només n'ha passat un.

excedent excedents

adjectiu i nom masculí — Que sobra, que n'hi ha més del necessari. Quan hi ha un excedent de productes, es poden guardar perquè no es gasten tots.

excel·lent excel·lents

adjectiu — **1** De molta qualitat, molt bo. Els formatges francesos són excel·lents.

nom masculí — **2** Un excel·lent és la millor nota que es pot treure en uns estudis; per sobre només hi ha la matrícula d'honor.

excel·lència, excel·lentíssim, excel·lir

excels excelsa excelsos excelses

adjectiu — Que és molt bo, molt important, que està per damunt de moltes altres persones o coses. Alguns diuen que Mozart és un músic excels.

excèntric excèntrica excèntrics excèntriques

adjectiu — **1** Que és allunyat del centre, que no té el mateix centre o que no passa pel centre. Un barri excèntric és lluny del centre de la ciutat.

adjectiu i nom masculí i femení — **2** Es diu que una persona és excèntrica quan fa coses estranyes, viu i es vesteix d'una manera rara. Alguns artistes són uns excèntrics.

excentricitat

excepció excepcions

nom femení — Una excepció és una cosa que no segueix la norma o que no és habitual. *Jersei* i *injecció* són excepcions de la regla de gramàtica que diu que davant de *e* s'escriu *g*.

excepcional excepcionals

adjectiu — **1** Que és rar, poc habitual. En alguns lloc de l'Àfrica la pluja és excepcional: gairebé no plou mai.

2 Que és molt bo, molt gran, millor que la majoria. Goya és un pintor excepcional.

excepte

preposició — Aquesta paraula s'usa per a indicar que algú o alguna cosa no s'inclou en un conjunt o en un grup. *Va venir tothom excepte la Maria.*

exceptuar

excés excessos

nom masculí — Hi ha un excés d'una cosa si n'hi ha més del que és necessari o normal. Un excés d'aigua pot matar les plantes. Si una persona comet excessos en el menjar és que menja massa.

excessiu excessiva excessius excessives

adjectiu, Amb SS — Que n'hi ha més del que és necessari o normal. La calor excessiva pot fer que una persona perdi els sentits.

excessivament

excipient excipients

nom masculí — Un excipient és una substància que es barreja amb una medicina i fa que aquesta es pugui prendre de manera més fàcil. La majoria dels excipients fan que els medicaments tinguin bon gust.

excitar

verb, com *cantar* ◄ pàg. 26 — Fer que una persona o un animal estigui nerviós, que se li faci més viu un sentiment, més forta una passió. El cafè excita i no deixa dormir. Hi ha gent que s'excita quan sent molt soroll.

excitació, excitant

exclamació exclamacions

nom femení — Una exclamació és una onomatopeia, una paraula o una frase que algú diu quan té una sorpresa, una alegria o una pena. Les exclamacions s'escriuen amb el signe *!*, d'exclamació, al final. *Oh!*, *Caram!* o *Déu meu!* són exclamacions.

exclamar

verb, com *cantar* ◄ pàg. 26 — **1** Dir una exclamació. Si algú exclama "Pobre de mi!" és que li ha passat una desgràcia.

usat amb pronom — **2** **Exclamar-se** és dir paraules per a protestar o queixar-se. Algunes persones s'exclamen quan han de fer cua per a comprar.

exclamatiu exclamativa exclamatius exclamatives

adjectiu — Una paraula o una frase és exclamativa si es diu amb un to més alt del normal i expressa un sentiment de sorpresa, de disgust, d'alegria. També pot ser una frase que crida l'atenció. *Quina calor que fa avui!* i *Vigila!* són frases exclamatives.

excloure
verb, com *complaure* ◄ pàg. 31. Diferències: *exclòs, exclosa, exclosos, excloses*
Treure algú o alguna cosa d'un lloc, no deixar que una persona participi en alguna cosa. Quan l'entrenadora exclou una jugadora de l'equip, no la deixa jugar. Si t'exclouen d'una reunió no hi pots entrar.

exclusiu exclusiva exclusius exclusives
adjectiu
1 Que és únic, que no n'hi ha un altre d'igual, que només és d'una persona i de cap altra. Les dissenyadores de moda fan models exclusius, per a una sola persona.
nom femení
2 Una exclusiva és una notícia o un reportatge que només el publica un diari o una revista. Hi ha revistes que paguen diners per a tenir l'exclusiva dels casaments dels reis i les reines.
exclusió, exclusivament, exclusivista

excomunicar
verb, com *cantar* ◄ pàg. 26. Amb QU davant E, I
Separar algú de l'Església catòlica i no deixar-lo participar en la missa i en els altres sagraments. Quan un rei cometia un crim, el papa l'excomunicava.
excomunicació, excomunió

excreció excrecions
nom femení
1 L'excreció d'una substància és el fet de treure-la o expulsar-la del cos. Quan es té una cistitis, l'excreció de l'orina fa mal.
2 Una excreció és qualsevol substància que s'elimina o s'expulsa del cos. L'orina, la suor i els mocs són excrecions.

excrement excrements
nom masculí
Un excrement és qualsevol excreció. Es diuen sobretot *excrements* el pipí i la caca d'una persona o d'un animal. Els excrements fan molta pudor.

excrescència excrescències
nom femení
Una excrescència és un bony, un cos estrany, que es forma sobre la pell, un os o la fulla o el tronc d'una planta. Alguns insectes provoquen excrescències a les branques dels arbres.

excretar
verb, com *cantar* ◄ pàg. 26
Treure excrecions o excrements del cos. Les persones i els animals excreten suor a través de la pell.

excretor excretora excretors excretores
adjectiu
Que està relacionat amb l'excreció. L'aparell excretor de la persona està format principalment pels ronyons i la bufeta de l'orina.

exculpar
verb, com *cantar* ◄ pàg. 26
Dir que una persona no té la culpa d'una cosa. Els advocats defensors procuren exculpar els seus clients. Quan hem fet una bestiesa, exculpar-nos no serveix de res.

excursió excursions
nom femení
Una excursió és una sortida curta al camp, a la muntanya o a un lloc bonic i interessant. Les agències de viatges fan excursions amb autocar.
excursionisme

excursionista excursionistes
adjectiu
1 De les excursions, que fa excursions. Si ets d'un centre excursionista aprendràs moltes coses del país.
nom masculí i femení
2 Un o una excursionista és una persona que es dedica a fer excursions com a esport o com a activitat científica.

excusa excuses
nom femení
Una excusa és allò que diu algú quan no vol fer una cosa o anar a un lloc o quan ha d'explicar una cosa que ha fet malament. Quan una persona arriba tard, normalment dóna alguna excusa: l'aparcament, el tren, el telèfon, etc.

excusar
verb, com *cantar* ◄ pàg. 26
1 Quan excusem una persona expliquem als altres els motius que tenia per fer una cosa. Tots intentem excusar els nostres amics.
usat amb pronom
2 **Excusar-se** és donar o presentar excuses als altres, demanar perdó d'una cosa o explicar els motius d'haver-la fet. Si un venedor s'equivoca en el preu, s'excusa per la seva distracció.
inexcusable

excusat excusats
nom masculí
Vàter.

execrable execrables
adjectiu
Una cosa és execrable quan l'hem de condemnar, quan no la podem estimar ni voler. Els atemptats terroristes són execrables.

executar
verb, com *cantar* ◄ pàg. 26. Amb X
1 Fer una cosa que està manada o projectada per algú. Els soldats executen les ordres dels seus comandaments; els operaris executen els plans de l'arquitecte.
2 Cantar o tocar amb un instrument una obra musical. Algunes composicions de Liszt són difícils d'executar.
3 Matar una persona condemnada a mort.
execució, executor

executiu executiva executius executives
nom masculí i femení. Amb X
Persona que participa en la direcció d'una empresa, d'un negoci. Els executius dediquen moltes hores a la seva feina i viatgen sovint.

exemplar exemplars
adjectiu. Amb X
1 Que fa les coses bé o que està ben fet, i serveix d'exemple als altres. Una metgessa exemplar atén els malalts amb paciència i professionalitat.

Continua a la pàgina següent

A B C D E F G H I J K L M N O P Q R S T U V W X Y Z

nom masculí

2 Un exemplar és cada un dels llibres, dels dibuixos, dels diaris, etc., que formen part d'una edició o impressió. Si es venen tots els exemplars d'un llibre, se n'haurà de fer una altra edició.

3 Cada un dels animals, de les plantes o dels objectes que hi ha en una col·lecció o que té una persona. Al zoo hi ha exemplars d'animals que viuen en altres països.

exemple exemples

nom masculí
Amb X

1 Un exemple és una frase, una acció, un objecte, etc., que es fa servir per a explicar una cosa o aclarir-la. Els diccionaris tenen exemples que ajuden a entendre les definicions. El rossinyol és un exemple d'ocell.

2 Persona o cosa que podem seguir o imitar. Les persones que enganyen són un mal exemple. La bondat d'algunes persones és un exemple per a tothom.

locució que fa de conjunció

3 Fem servir l'expressió **per exemple** per a presentar un cas concret de les coses que estem explicant. *Hi ha rèptils que tenen potes; per exemple, les sargantanes.*

exemplaritat

exemplificar

verb
com *cantar*
◄ pàg. 26
Amb QU davant E, I
Amb X

Posar un exemple o exemples d'una cosa. Podem exemplificar l'art egipci amb fotografies de les piràmides, dels temples i de les estàtues dels faraons.

exempt exempta exempts exemptes

adjectiu
Amb MPT

Que no ha de fer una cosa, que està lliure d'una obligació. Un noi exempt del servei militar no havia d'anar a fer el soldat.

exèquies

nom femení plural

Les exèquies són les cerimònies que es fan per a una persona morta. Els funerals i les misses d'enterrament formen part de les exèquies.

exercici exercicis

nom masculí
Amb X

1 Un exercici és un treball o una pràctica que fem per a aprendre uns coneixements. Les redaccions són exercicis per a aprendre a escriure bé.

2 Examen o prova que fa una persona que s'examina. En unes oposicions, hi ha exercicis escrits i orals.

3 Activitat física que fem per a conservar la salut o per a preparar-nos per a un esport. Caminar és un bon exercici.

4 Fet d'exercir una professió, un càrrec. Abans d'arribar a l'exercici de la medicina cal estudiar i fer pràctiques en hospitals.

exercir

verb
com *servir*
◄ pàg. 28
Amb X

1 Fer que una força, una acció, un poder, etc., actuï sobre algú o alguna cosa. Els pares exerceixen molta influència sobre els fills els primers anys de vida.

2 Complir els deures d'un càrrec, d'una professió. Es pot exercir de metge, d'advocadessa, d'ambaixador, etc.

3 Fer ús d'un dret o d'un privilegi. Quan hi ha eleccions, exercim el dret de votar.

exèrcit exèrcits

nom masculí
Amb X

L'exèrcit és el conjunt de les forces militars que té un país. Un exèrcit consta de persones, armes i vehicles.

exercitar

verb
com *cantar*
◄ pàg. 26
Amb X

Fer treballar de manera adequada una persona, una cosa o una part del cos per a entrenar-la o fer-li adquirir habilitat. Els entrenadors de futbol exerciten els jugadors a treure córners. Els pianistes exerciten constantment els dits.

exhalar

verb
com *cantar*
◄ pàg. 26

Deixar anar un vapor o una olor. Algunes roses exhalen un perfum intens. També es diu que una persona ha exhalat un sospir o un crit de dolor.

exhalació

exhaurir

verb
com *servir*
◄ pàg. 28

1 Treure d'un recipient tot el líquid que hi ha. Podem exhaurir l'aigua d'un dipòsit o la llet d'una ampolla.

2 Fer desaparèixer totalment una cosa, fer que no n'hi hagi. D'aquí a uns anys exhaurirem el petroli i el carbó que hi ha a la terra.

usat amb pronom

3 Una cosa **s'exhaureix** quan s'acaba, quan ja no en queda. Un llibre s'ha exhaurit si no en trobem cap exemplar a les llibreries.

inexhaurible

exhaust exhausta exhausts exhaustes

adjectiu
També *exhaustos*

Que està exhaurit, que ja no n'hi ha. Si un pou està exhaust, és que no té ni gota d'aigua. Una persona està exhausta si està molt cansada i ja no té forces.

exhaustiu exhaustiva exhaustius exhaustives

adjectiu

Que diu tots els casos, totes les possibilitats d'una cosa, que dóna totes les dades d'una qüestió. En una llista exhaustiva dels metalls, els hem de posar tots i no n'hi pot faltar cap.

exhibicionista exhibicionistes

nom masculí i femení

Un o una exhibicionista és una persona que vol que els altres la mirin o que es presenta davant dels altres despullada.

exhibir

verb
com *servir*
◄ pàg. 28

1 Presentar a la vista d'algú, ensenyar una cosa perquè la miri una persona, el públic, els clients, etc. Els models saben exhibir amb elegància els vestits que porten. Una persona pot exhibir un rellotge d'or o la força que té. També podem exhibir el passaport si la policia ens el demana.

usat amb pronom

2 Una persona **s'exhibeix** si es fa veure, si es presenta davant dels altres de manera que tothom la miri.

exhibició, exhibicionisme

exhortar

verb
com *cantar*
◄ pàg. 26

Demanar a algú que faci una cosa amb paraules que l'animin. Els metges exhorten els malalts a fer una vida més sana.

exhortació

exhortatiu exhortativa exhortatius exhortatives

adjectiu

Una frase és exhortativa si es fa servir per a aconsellar, demanar, manar o prohibir. *Tothom estarà més content si intentes fer bona cara* i *Fes bona cara* són frases exhortatives.

exhumar

verb
com *cantar*
◄ pàg. 26

1 Desenterrar un cadàver o restes humanes.

2 Es diu que algú exhuma textos antics o objectes artístics si fa que la gent els conegui, els pugui veure.

exigent exigents

adjectiu

Que exigeix molt als altres, que no es conforma amb coses de poca qualitat o mal fetes. Els pares exigents volen que els fills siguin perfectes.

exigir

verb
com *servir*
◄ pàg. 28

1 Demanar una cosa amb força i com si manéssim, ja que hi tenim dret o tenim autoritat per fer-ho. Si s'ha suspès una funció, podem exigir que ens tornin els diners de l'entrada. La policia pot exigir que li ensenyem la documentació.

2 Demanar molt, fer treballar molt. Algunes carreres exigeixen moltes hores d'estudi.

exigència

exigu exigua exigus exigües

adjectiu

Que és escàs, petit, que no n'hi ha prou. Si una collita és exigua, la gent no tindrà prou menjar.

exigüitat

exili exilis

nom masculí

L'exili és el càstig que s'imposa a una persona de sortir del seu país i anar a viure a un altre lloc. També hi ha persones que van a l'exili perquè corren algun perill al seu país.

exiliar, exiliat, exiliada

eximir

verb
com *servir*
◄ pàg. 28

Fer que una persona quedi lliure d'una obligació, d'una càrrega, d'un treball. Algunes malalties eximeixen d'anar a treballar.

existència existències

nom femení

1 L'existència és el fet d'existir. Els ateus no creuen en l'existència de Déu.

2 Vida d'una persona. Alguns artistes han tingut una existència desgraciada.

nom femení plural

3 Les existències d'un magatzem o d'una botiga són els productes que encara hi ha per vendre. Si s'esgoten les existències, s'ha de tornar a comprar o a fabricar.

existencial, existencialisme, existent

existir

verb
com *servir*
◄ pàg. 28

Estar algú o alguna cosa de debò en el món o en l'univers. La Terra existeix des de fa molts milions d'anys. Els cangurs només existeixen a Austràlia.

coexistir

èxit èxits

nom masculí

Una persona o una cosa té èxit si va bé, si agrada molt a la gent, si tothom la coneix. Una pel·lícula té èxit si la va a veure molta gent.

ex-libris ex-libris

nom masculí

Un ex-libris és un dibuix, sovint acompanyat d'unes paraules, que una persona posa en els seus llibres. Els ex-libris ens fan saber de qui és un llibre.

èxode èxodes

nom masculí

1 Segons la Bíblia, l'èxode és la sortida d'Egipte que van fer els jueus per anar a la terra promesa.

2 Es diu que hi ha un èxode si molta gent va d'un lloc a un altre. Actualment, hi ha un èxode dels habitants dels països pobres cap als països rics.

exorbitant exorbitants

adjectiu

Que és molt gran, exagerat, desproporcionat. Els preus dels cotxes de luxe són exorbitants.

exorcisme exorcismes

nom masculí

Un exorcisme és una pregària o una cerimònia que fan les persones que creuen en el dimoni per a fer-lo sortir del cos d'una persona.

exorcista, exorcitzar

A B C D E F G H I J K L M N O P Q R S T U V W X Y Z

exordi exordis
nom masculí — L'exordi és el començament, la introducció d'una obra literària o d'un discurs.

exosfera exosferes
nom femení — L'exosfera és la capa de l'atmosfera de la Terra situada més amunt, fins a uns 800 quilòmetres d'altitud. Després de l'exosfera hi ha l'espai on es troben els estels i els altres cossos celestes.

exosquelet exosquelets
nom masculí — Un exosquelet és una capa dura que cobreix el cos d'un animal per a protegir-lo. La closca d'una tortuga o d'una llagosta de mar és un exosquelet.

exòtic exòtica exòtics exòtiques
adjectiu — Que és d'un país diferent del nostre, que és estrany, poc conegut per nosaltres. L'estruç és un ocell exòtic.
exotisme

expandir
verb
com *servir*
◄ pàg. 28
Causar l'expansió d'una cosa, fer que ocupi més espai, que s'estengui. La calor expandeix els gasos. Si una notícia s'expandeix, la coneix tothom.

expansió expansions
nom femení — **1** Una expansió és un augment del volum d'un gas. La calor produeix l'expansió dels gasos.
2 L'expansió d'un país és el fet d'ocupar altres territoris, de conquistar-los. L'expansió dels pobles bàrbars va provocar la caiguda de l'imperi romà.
3 Es diu que una idea o una doctrina té una gran expansió si tothom la coneix o l'accepta.
4 Es diu que hi ha expansió econòmica quan els negocis i la feina van bé, es compra i es ven molt.
expansionisme

expansionar-se
verb usat amb pronom
com *cantar*
◄ pàg. 26
Una persona s'expansiona quan dóna a conèixer als altres els seus sentiments. Quan hem rebut una gran alegria, necessitem expansionar-nos, fer que tothom ho sàpiga.

expansiu expansiva expansius expansives
adjectiu — **1** Que provoca una expansió. Quan explota una bomba, l'ona expansiva dels gasos trenca els vidres de les cases.
2 Una persona és expansiva si fa saber als altres de seguida els seus sentiments.

expatriar
verb
com *canviar*
◄ pàg. 30
Amb dièresi
Fer que algú vagi lluny de la seva pàtria. Alguns governs expatrien els seus enemics polítics. Si una persona s'expatria, troba a faltar la seva terra.

expectació expectacions
nom femení — Hi ha expectació quan tothom espera amb molta curiositat i interès que passi una cosa. La final d'un campionat de futbol desperta una gran expectació.
expectant

expectativa expectatives
nom femení — **1** Tenim expectativa o expectatives d'una cosa quan estem gairebé segurs que l'aconseguirem. Si tens expectatives d'un viatge a Mallorca, tens moltes possibilitats d'anar-hi.
frase feta — **2 Estar a l'expectativa** d'una cosa és estar esperant-la i no fer res fins que passi. Si estàs a l'expectativa d'un regal que et fa molta il·lusió, pot ser que la nit abans et costi molt adormir-te.

expectorar
verb
com *cantar*
◄ pàg. 26
Tossir i treure per la boca les mucositats que s'han format als òrgans de la respiració, com els pulmons. Hi ha pastilles que fan expectorar.

expedició expedicions
nom femení — **1** Una expedició és una anada de persones a un lloc per a fer-hi activitats militars, científiques o esportives. Cada any s'organitzen expedicions a l'Himàlaia.
2 Es fa una expedició quan s'envia una mercaderia o una altra cosa.
expedicionari, expedicionària

expedient expedients
nom masculí — Un expedient és un conjunt de papers que tracten d'un assumpte o d'un negoci. En l'expedient d'un estudiant hi ha indicades les notes que ha tret.

expedir
verb
com *servir*
◄ pàg. 28
Enviar una cosa a algun lloc. Els grans ports expedeixen cada dia mercaderies a tot el món.

expeditiu expeditiva expeditius expeditives
adjectiu — Que actua de pressa i fa les coses bé. Si una persona és expeditiva, aviat acaba la feina.

expel·lir
verb
com *servir*
◄ pàg. 28
Llançar a fora. En algunes malalties, els malalts expel·leixen sang amb l'orina.

expenedor expenedora expenedors expenedores
nom masculí i femení — **1** Persona que ven per càrrec d'una altra. Els expenedors de tabac o de gasolina venen els productes de les grans companyies.
nom masculí — **2** Un expenedor és una màquina automàtica que ven tabac, xiclets, begudes i altres coses. Funciona amb monedes que es tiren per una petita obertura.

A B C D E F G H I J K L M N O P Q R S T U V W X Y Z

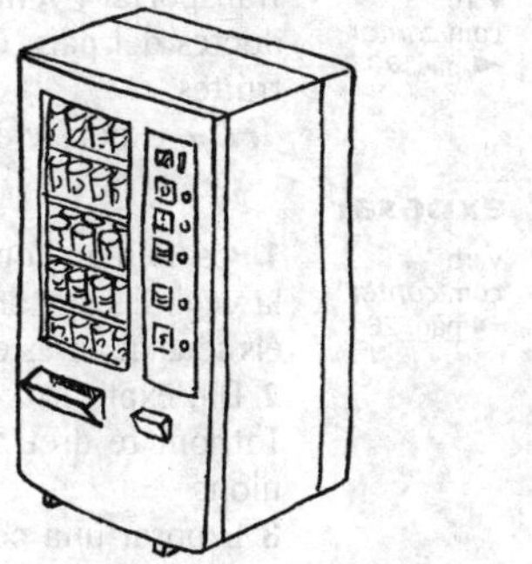

Un expenedor

expenses

nom femení plural — Despeses. Si tens les expenses pagades en un hotel, no has de pagar res.

experiència experiències

nom femení — **1** L'experiència és el coneixement que tenim d'una cosa pel fet que l'hem estudiada molt o que en tenim pràctica. Si acabes de treure el carnet de conduir, no tens experiència de portar el cotxe.
2 Una experiència és una cosa que ens ha passat i que ens ha fet bé o mal, segons el cas. Quan fem un viatge llarg, sempre tenim experiències agradables per a explicar.

inexperiència

experiment experiments

nom masculí — Un experiment és una prova que fem per veure si obtenim el resultat que ens esperem. Els químics, fent experiments, han descobert molts minerals.

experimental

experimentar

verb, com *cantar* ◄ pàg. 26 — **1** Fer experiments. Als laboratoris farmacèutics, sovint s'experimenta amb cobais.
2 Passar una experiència o experiències, ser afectat per una cosa. Hi ha persones que mai no han experimentat què és passar gana. Quan un malalt experimenta un canvi es troba millor o es troba pitjor.

experimentat experimentada experimentats experimentades

adjectiu — Que té molta experiència en una cosa, que sap moltes coses per experiència. Un mecànic experimentat descobreix aviat l'avaria del cotxe.

expert experta experts expertes

adjectiu i nom masculí i femení — Que sap molt d'una cosa, que en té molta experiència. Els bons restaurants tenen cuineres expertes.

expertesa, inexpert

expiar

verb, com *canviar* ◄ pàg. 30, Amb dièresi — Una persona expia el seu crim o una altra cosa mal feta si compleix el càstig o la pena que li han imposat. La majoria dels delinqüents expien les seves malifetes a la presó.

expirar

verb, com *cantar* ◄ pàg. 26 — **1** Deixar anar per la boca i pel nas l'aire que ha servit per a respirar. Quan respirem, primer inspirem i després expirem.
2 Morir. Hi ha persones que expiren sense sofrir.
3 Acabar una cosa que té una durada determinada. Quan expiren les vacances s'ha de tornar a la feina.

expiració

explanar

verb, com *cantar* ◄ pàg. 26 — Explicar una cosa poc clara, fer que s'entengui.

explicació explicacions

nom femení — **1** Es fa una explicació quan s'explica una cosa a algú. El professorat ajuda a aprendre amb les seves explicacions.
2 Allò que explica una cosa, que fa que s'entengui. Encara no s'ha trobat l'explicació de l'origen de la vida.
3 Demanar explicacions és demanar a algú que justifiqui el que ha fet. Si se'ns trenca una peça de museu, segur que ens demanaran explicacions.

explicar

verb, com *cantar* ◄ pàg. 26, Amb QU davant E, I — **1** Dir clarament com és una cosa, donar-la a conèixer amb tots els detalls i amb exemples a fi que sigui ben entesa. Podem explicar les matemàtiques o una història d'amor.
2 Una cosa n'explica una altra quan fa que l'entenguem. La falta d'aigua explica que alguns països passin fam.
usat amb pronom — **3** **Explicar-se** una cosa, un fet, és entendre'l, conèixer per què passa. No s'explica que hi hagi encara guerres al món.

inexplicable

explicatiu explicativa explicatius explicatives

adjectiu — Que explica. Una nota explicativa fa saber les raons, les causes o els motius d'alguna cosa.

explícit explícita explícits explícites

adjectiu — Que es diu clarament, sense amagar res. Alguns informes mèdics no són gens explícits, no s'hi entén res.

explícitament, explicitar

explorar

verb com *cantar* ◄ pàg. 26 — **1** Anar per un país o per un lloc per veure com és, quines plantes hi ha o quins animals hi viuen.

2 Examinar el cos d'una persona o algun dels seus òrgans per veure si es troba bé. Els metges exploren els pacients amb l'ajut d'aparells diversos.

exploració, explorador, exploratori, exploratòria

explosió explosions

nom femení Amb S — Hi ha una explosió quan una cosa explota. Les explosions fan un soroll molt fort i provoquen incendis.

explosiu explosiva explosius explosives

adjectiu — **1** Que està relacionat amb les explosions, que pot provocar una explosió. La pólvora i la dinamita són substàncies explosives.

nom masculí — **2** Un explosiu és un producte que pot provocar una explosió. La goma-2 és un explosiu fàcil de manejar.

explotació explotacions

nom femení — **1** Una explotació és un conjunt de locals i de màquines que es fan servir per a una activitat agrícola o industrial. Una explotació minera és situada prop d'una mina.

2 Es diu que hi ha explotació d'una persona si algú la fa treballar molt i li paga molt poc.

explotar

verb com *cantar* ◄ pàg. 26 — **1** Una substància, un aparell o un producte explota quan deixa anar de manera violenta i ràpida una gran quantitat d'energia que ho trenca tot i fa saltar les coses per l'aire. Les bombones de butà poden explotar si no es tracten bé.

2 Explotar un negoci, com una granja o una botiga, és fer que doni beneficis.

3 Es diu que una persona explota els altres si els fa treballar molt i els paga molt malament.

explotador, inexplotable

exponent exponents

nom masculí — **1** L'exponent d'una potència com 5^3 és el número petit que es posa a la dreta i una mica més amunt del número de la base. Indica quantes vegades la base s'ha de multiplicar per ella mateixa per a obtenir la potència. Així: $5^3 = 5 \times 5 \times 5$.

2 Persona, animal o cosa que serveix d'exemple, de model. Diem, per exemple, que la *Venus de Milo* és un clar exponent de l'escultura grega.

exportar

verb com *cantar* ◄ pàg. 26 — Transportar i vendre a l'estranger els productes del país. Catalunya exporta vins i fruites.

exportació, exportador

exposar

verb com *cantar* ◄ pàg. 26 — **1** Posar en un lloc una cosa perquè la gent la vegi. Els pintors, per exemple, exposen els seus quadres en galeries d'art.

2 Dir, explicar o manifestar alguna cosa. Tothom té dret a exposar les seves opinions.

3 Exposar una persona o una cosa a una altra és fer que en rebi la influència. Si exposes un rodet de fotografia a la llum del sol, el faràs malbé.

usat amb pronom — **4 Exposar-se** és posar-se en perill, actuar de manera que es pot prendre mal. Si no t'abrigues bé a l'hivern, t'exposes a agafar una pulmonia.

exposició exposicions

nom femení — **1** L'exposició d'una persona o d'una cosa a la llum o a les radiacions atòmiques és el fet de deixar que aquestes les afectin.

2 Algú fa una exposició quan exposa les seves obres o els seus productes. Es fan exposicions de pintura, d'escultura, de llibres antics, de flors, etc.

3 Una persona fa l'exposició d'un projecte o d'un tema quan l'explica als altres.

expositiu, expositiva, expositor

expòsit expòsita expòsits expòsites

adjectiu i nom masculí i femení — Es diu que una criatura és expòsita si ha estat abandonada pels seus pares i recollida per altres persones. Els expòsits eren deixats a les portes dels convents.

1
exprés expressa expressos expresses

adjectiu — **1** Que es diu o es mana clarament. Si es dóna una ordre expressa, tots sabem que l'hem de complir.

adjectiu i nom masculí — **2** Un cafè exprés es fa amb aigua molt calenta i a pressió, en unes cafeteres grans com les dels bars i restaurants. L'exprés és més gustós que els altres cafès.

nom masculí — **3** Un exprés és un tren de passatgers que circula de pressa i que només s'atura en algunes estacions.

2
exprés

adverbi — Expressament. *Aquella tauleta era feta exprés per a posar-hi la televisió.*

expressament

adverbi — Una cosa es fa expressament si es fa volent, amb tot el coneixement i totes les ganes. *El van castigar perquè havia fet mal expressament a un company de classe.*

expressar

verb
com *cantar*
◄ pàg. 26

1 Donar a conèixer als altres el que pensem, la nostra opinió, els nostres sentiments, amb paraules, amb gestos o d'una altra manera. Podem expressar la nostra alegria amb crits i aplaudiments.

usat amb pronom

2 Una persona **s'expressa** molt bé si parla o escriu perfectament. Els escriptors s'expressen a través dels seus llibres.

expressiu, expressiva, inexpressable, inexpressiu, inexpressiva

expressió expressions

nom femení

1 L'expressió d'una cosa és el fet d'expressar-la. Riure i aplaudir és l'expressió de la nostra alegria.

2 Una expressió és el gest que fem per a expressar un sentiment. Diem que algú té una expressió de dolor o de fàstic, per exemple.

3 Manera d'expressar-se, de parlar. Els actors de teatre han de tenir una expressió correcta, clara i plena de matisos.

4 Grup de paraules que tenen un significat determinat. *N'hi ha per a llogar-hi cadires* és una expressió catalana.

expressionisme expressionismes

nom masculí

L'expressionisme és un moviment artístic europeu que va tenir molta importància entre el 1905 i el 1933. Els artistes de l'expressionisme volien manifestar els seus sentiments i les seves sensacions, sobretot de por i d'angoixa, a través de les seves obres.

expressionista

expropiació expropiacions

nom femení

L'Estat o un ajuntament fa l'expropiació d'una casa, d'un terreny o d'una altra cosa quan se'ls queda perquè hi ha de construir una autopista o un altre servei. A canvi, la persona que els tenia rep uns diners.

expropiar

expulsar

verb
com *cantar*
◄ pàg. 26
Amb X

Fer fora d'un lloc. Es pot expulsar, per exemple, un alumne d'un col·legi, unes persones que molesten d'un local o un soci d'un club.

expulsió

expurgar

verb
com *cantar*
◄ pàg. 26
Amb GU davant E, I

Treure d'un llibre o d'una obra semblant tot allò que es considera que és incorrecte, que pot ofendre o molestar. Les dictadures tenen censors que expurguen totes les obres que s'editen.

exquisit exquisida exquisits exquisides

adjectiu

Que té un gust molt bo, que ens agrada perquè és delicat, fi, elegant. Podem parlar d'unes postres exquisides o d'un perfum exquisit.

exquisidesa

èxtasi èxtasis

nom masculí

Una persona està en èxtasi quan està dominada completament per un sentiment d'alegria, d'admiració o de benestar, i no veu ni sent res més.

extens extensa extensos extenses

adjectiu

Que és molt gran, que ocupa molt d'espai, molt de terreny. Amèrica és un continent molt extens.

extensió extensions

nom femení

1 L'extensió d'una cosa és l'espai, el terreny que ocupa. El desert del Sàhara té una gran extensió, de molts quilòmetres. També es parla d'una extensió de terra o d'aigua per a indicar un tros gran de terra o d'aigua.

2 Fem una extensió quan estenem o allarguem una part del cos, com els braços o les cames.

extensible

extensiu extensiva extensius extensives

adjectiu

1 Que s'estén o s'aplica a més persones o coses que abans. Si l'ensenyament obligatori es fa extensiu fins als setze anys, afecta més persones que quan era obligatori només fins als catorze.

2 Un cultiu és extensiu si es fa en camps molt grans, que ocupen molt d'espai. A Castella hi ha un cultiu extensiu de blat.

extensor extensors

adjectiu

1 Que serveix per a estendre. Podem parlar, per exemple, de músculs extensors.

nom masculí

2 Els extensors dels dits són els músculs que permeten estendre i moure els dits.

✎ pàg. 800 (14)

extenuació extenuacions

nom femení

Una persona pateix extenuació si es queda sense forces. Si un corredor arriba a l'extenuació, està tan cansat que ja no pot continuar.

exterior exteriors

adjectiu

1 Que és la part de fora, que es veu des de fora. La part exterior de la fruita és la pell o la closca.

nom masculí

2 L'exterior d'una persona o d'una cosa és el que queda a fora. La porta d'entrada d'un pis permet passar de l'exterior a l'interior.

exterioritzar

verb com *cantar* ◄ pàg. 26 — Treure a fora, a l'exterior, sentiments o pensaments. Una persona exterioritza el seu dolor plorant. Les idees es poden exterioritzar amb les paraules.

exterminar

verb com *cantar* ◄ pàg. 26 — Destruir o matar les persones o els animals d'un lloc, sense deixar-ne ni un. Els raticides són productes que exterminen les rates.

extermini

extern externa externs externes

adjectiu — Situat fora, que actua des de fora o que ve de fora. Les ungles i els cabells són parts externes del cos humà. Les pomades són medicaments d'ús extern.

extinció extincions

nom femení — Una extinció és el fet d'extingir o d'extingir-se. Els bombers s'encarreguen de l'extinció dels incendis. Hi ha perill d'extinció de les balenes.

extint

extingir

verb com *servir* ◄ pàg. 28 — Fer que algú o alguna cosa s'acabi, deixi d'existir o de viure. Els bombers extingeixen els incendis. Una malaltia pot extingir la vida d'una persona. Si no es protegeixen, les balenes i els elefants s'extingiran.

extintor extintors

nom masculí — Un extintor és un aparell per a apagar foc. La majoria dels extintors són unes ampolles de metall de color vermell. N'hi ha a tots els locals públics, penjats de la paret.

extirpar

verb com *cantar* ◄ pàg. 26 — Treure un òrgan malalt o una part d'un òrgan malalt de dins del cos. Hi ha tumors petits que es poden extirpar fàcilment.

extirpació

extorsió extorsions

nom femení — Es fa extorsió a una persona si se li pren alguna cosa o se li fa pagar diners fent-li por o amenaçant-la.

extra extres

adjectiu — **1** Que és molt bo, de més qualitat que altres. Una xocolata extra porta més cacau. **2** Si fas un treball extra, fas més feina de la que et toca. Si cobres una paga extra, reps el sou normal i una altra quantitat semblant o igual.

nom masculí — **3** Quan fem un extra fem una cosa especial, fora del que és normal. Si sempre dinem a casa, fem un extra quan anem a un restaurant.

nom masculí i femení — **4** Un o una extra és una persona que surt en una pel·lícula però no fa cap paper important. A les pel·lícules de guerra sempre hi ha molts extres que fan de soldats.

extracció extraccions

nom femení — Es fa una extracció quan s'extreu alguna cosa. Parlem de l'extracció del petroli, de l'extracció d'una bala o de l'extracció d'una dent.

extracte extractes

nom masculí — **1** Un extracte és un resum o una selecció de textos que es fa d'un llibre o d'un altre escrit. Un extracte d'un compte bancari és un resum dels moviments de diners.
2 Substància que s'ha tret d'una altra i que és molt concentrada. Un extracte de perfum fa molta olor.

extradició extradicions

nom femení — Un país fa extradició d'una persona estrangera quan l'agafa i la posa en mans de les autoritats del seu país. Sovint els governs fan extradicions de delinqüents que han fugit de la policia i s'han escapat a l'estranger.

extralimitar-se

verb usat amb pronom com *cantar* ◄ pàg. 26 — Una persona s'extralimita si fa una cosa que no li toca fer o que li han dit que no faci. Un empleat s'extralimita si mana com si fos el director quan aquest no hi és.

extraordinari extraordinària extraordinaris extraordinàries

adjectiu — **1** Que està fora del que és normal o habitual. Una despesa extraordinària ens fa gastar més diners dels que pensàvem.
2 Molt gran, molt bonic, de gran qualitat o importància. Mozart és un músic extraordinari.

nom masculí — **3** Un extraordinari és un extra, una cosa que fem de més a més, com menjar dues postres o fer un viatge de plaer un dia de cada dia.

extrapolar

verb com *cantar* ◄ pàg. 26 — Treure una frase del lloc on s'ha dit i donar-li un sentit diferent del que té. Hi ha diaris que extrapolen els discursos dels polítics i els fan dir coses que no han dit.

extraradi extraradis

nom masculí — L'extraradi d'una ciutat és el conjunt dels barris que estan molt lluny del centre. La gent que viu a l'extraradi ha d'agafar el metro, l'autobús o el cotxe si va a treballar o a comprar al centre.

extraterrestre extraterrestres

adjectiu i nom masculí i femení — Que és de fora de la Terra, que ve de fora del nostre planeta. Hi ha persones que diuen que han vist extraterrestres que baixaven de naus espacials.

extraure

verb, com *traure* ◄ pàg. 42 — Extreure.

extravagant extravagants

adjectiu — Que és estrany, poc normal, que fa o diu coses sense gaire sentit. Si una persona vesteix de manera extravagant, tothom se la mira.
extravagància

extravertit extravertida extravertits extravertides

adjectiu — Una persona és extravertida si parla molt i explica a tothom les coses que li passen.

extraviar-se

verb usat amb pronom, com *canviar* ◄ pàg. 30, Amb dièresi — Una persona s'extravia quan perd el camí i no sap per on ha d'anar. Una cosa s'extravia si es perd i no la trobem.

extrem extrema extrems extremes

adjectiu — **1** Que es troba en el darrer lloc, al final de tot, molt lluny del centre. La part extrema del sud d'Àfrica és el cap de Bona Esperança.
2 Que és molt gran, que té molta força, molta intensitat. Si fa una temperatura extrema, fa una calor insuportable o un fred que ho congela tot.

nom masculí — **3** L'extrem d'una cosa és la part situada al principi o al final. Als extrems dels dits hi ha les ungles.

nom masculí i femení — **4** Un o una extrem és un jugador o una jugadora de futbol o d'altres esports semblants que juga per les bandes o zones laterals del camp.

frase feta — **5** Diem que algú **porta una cosa a l'extrem** o **a l'últim extrem** si exagera i fa que tingui molta importància. Una discussió sobre futbol mai no s'ha de portar a l'extrem.
extremament

extremar

verb, com *cantar* ◄ pàg. 26 — Portar les coses a l'extrem, donar-los molta importància. Quan la carretera està mullada, el conductor del cotxe ha d'extremar la vigilància i les precaucions.

extremat extremada extremats extremades

adjectiu — **1** Una persona és extremada si dóna molta importància a qualsevol cosa i tot ho exagera; si es fa un tallet al dit, plora com si s'hagués tallat tota la mà.
2 Una persona extremada porta vestits molt moderns i diferents dels normals, amb colors vius i cridaners. Un vestit extremat és original, diferent i crida l'atenció.
extremadament

extremeny extremenya extremenys extremenyes

adjectiu — **1** D'Extremadura. *El xoriço extremeny.*

nom masculí i femení — **2** Persona que és d'Extremadura o que hi viu.

extremista extremistes

nom masculí i femení — Un o una extremista és una persona que defensa idees i actituds molt exagerades i vol canviar-ho tot en la política.

extremitat extremitats

nom femení — **1** L'extremitat d'una cosa és la part final, l'extrem. Les banderes es posen a l'extremitat d'un pal anomenat *asta*.
2 Una extremitat és cada un dels braços i cada una de les cames d'una persona. El cos d'una persona és format pel cap, el tronc i les extremitats. També són extremitats les potes i la cua d'un animal.

extremunció extremuncions

nom femení — L'extremunció és el sagrament de l'Església catòlica que es dóna a les persones molt malaltes o en perill de mort.

extreure

verb, com *treure* ◄ pàg. 42, També *extraure* — **1** Treure una cosa del lloc on és agafada, enganxada o clavada. Es pot extreure carbó d'una mina, una dent de la boca, una punxa de la cama o un tumor de dins del cos.
2 Fer sortir el suc o una altra cosa d'una planta o d'un fruit. El sucre s'extreu de la remolatxa o de la canya de sucre.
extractiu, extractiva, extractor, extret

extrínsec extrínseca extrínsecs extrínseques

adjectiu — Que ve de fora, que no forma part d'una cosa. Una característica extrínseca d'una casa és que hi toqui el sol, i una d'intrínseca, que tingui habitacions i cuina.

exuberant exuberants

adjectiu — Que és molt abundant, que té gran quantitat d'alguna cosa. Un jardí exuberant és ple de plantes, flors i arbres.
exuberància

exultant exultants

adjectiu — Molt content i alegre. Quan hem acabat el curs i comencem les vacances, estem exultants.

exvot exvots

nom masculí — Un exvot és una fotografia, un quadre o una figura de cera que les persones cristianes pengen al sostre o a les parets d'algunes capelles o ermites. Els exvots es fan per donar gràcies a la Mare de Déu, a un sant o a una santa per un favor que han concedit a algú.

F

f
nom femení
Sisena lletra de l'alfabet català. A final de paraula només es troba en alguns casos, com *baf, buf, aiguanaf* o *bolígraf.*

fa fas
nom masculí
El fa és la quarta nota d'una escala musical. Després del fa ve el sol.

fàbrica fàbriques
nom femení
Una fàbrica és un edifici amb màquines i materials per a fer cotxes, mobles, teixits i altres productes. A les fàbriques, hi treballa molta gent.

fabricar
verb
com *cantar*
◄ pàg. 20
Amb QU davant E, I
Fer mercaderies i altres productes fent servir màquines i materials diversos. Quan es fabrica paper es necessita fusta.
fabricació, fabricant

fabril fabrils
adjectiu
De les fàbriques o de la fabricació. Si en un país hi ha molta activitat fabril, es fabriquen moltes coses.

fabulós fabulosa fabulosos fabuloses
adjectiu
1 Que està relacionat amb les faules i amb la mitologia antiga. Els monstres i els dracs són animals fabulosos.
2 Que és molt gran, molt bo, gairebé increïble. Hi ha persones que tenen una memòria fabulosa i recorden llistes llarguíssimes de números. Si has passat un dia fabulós, t'has divertit molt i has estat molt bé.
fabulació, fabulista

faç faços
nom femení
1 Cara. Es fa servir en literatura.
2 La faç de la Terra és la superfície de la Terra.

façana façanes
nom femení
Una façana és cadascuna de les parets d'un edifici que es veuen des del carrer. A la façana principal hi ha la porta per a entrar a l'edifici. pàg. 593 (8)

facció faccions
nom femení
1 Una facció és un grup de persones unides per a fer alguna cosa, sovint violenta. En una guerra hi ha una facció que lluita contra una altra.
nom femení plural
2 Les faccions de la cara d'una persona són les línies que la caracteritzen: la forma dels ulls, del nas, dels pòmuls i dels llavis.
facciós, facciosa

facècia facècies
nom femení
Una facècia és qualsevol cosa que es diu o que es fa per fer riure, com, per exemple,

A B C D E F G H I J K L M N O P Q R S T U V W X Y Z

un acudit. Hi ha persones que es passen el dia dient facècies.

faceciós, faceciosa

faceta facetes

nom femení — **1** Una faceta és cadascuna de les cares d'un poliedre quan són petites. Un cub té sis facetes.
2 Cadascuna de les cares d'una pedra preciosa un cop tallada per a fer-ne joies. La reflexió de la llum en les diverses facetes d'un diamant fa que aquest brilli intensament.
3 Cadascun dels diversos aspectes que presenta algú o alguna cosa. Una persona pot tenir diverses facetes en la seva vida, pot ser metgessa, pintora, jardinera i atleta al mateix temps.

facial facials

adjectiu — De la cara. Una crema facial serveix per a mantenir fresca i suau la pell de la cara.

fàcil fàcils

adjectiu — **1** Que no costa gaire de fer o d'aconseguir. Fer una truita a la francesa és fàcil.
2 Que és possible o probable. Si no portes paraigua i plou, és fàcil que et mullis.

facilitar

verb, com *cantar* ◄ pàg. 26 — **1** Fer que una cosa sigui més fàcil. Els ordinadors faciliten moltes feines mecàniques.
2 Proporcionar una cosa a algú. Si has de fer un treball de classe i no tens prou material, pots demanar al professor que te'n faciliti.

facilitat facilitats

nom femení — **1** La facilitat és la característica del que és fàcil. La facilitat d'una feina fa que tothom la sàpiga fer.
2 Quan una persona té facilitat per a alguna cosa, la fa bé i sense gaire esforç. Es pot tenir facilitat per a aprendre idiomes, per a les matemàtiques o per a la pintura.
3 Les facilitats de pagament són unes condicions econòmiques que fan que una cosa sigui més fàcil de pagar. Quan una persona compra un cotxe, li donen facilitats de pagament: per exemple, el pot pagar durant dos anys.

facinerós facinerosa facinerosos facineroses

adjectiu i nom masculí i femení — Malfactor. Hi ha bandes de facinerosos que es dediquen a robar pisos.

facsímil facsímils

nom masculí — **1** Un facsímil és una còpia exacta d'un escrit, d'un dibuix, etc. Alguns llibres actuals són facsímils de llibres antics i únics.
2 Fax.

factible factibles

adjectiu — Que es pot fer. Caminar i parlar a la vegada és factible; caminar i seure no ho és.

fàctic fàctica fàctics fàctiques

adjectiu — Els poders fàctics d'un estat són els grups que, sense tenir un reconeixement legal, influeixen en la política del país, com la banca o les grans empreses.

factor factors

nom masculí — **1** Un factor és cadascun dels elements o circumstàncies que fan que una cosa sigui com és o es produeixi d'una manera determinada. El mal temps i la neu a la carretera poden ser dos factors decisius per a anul·lar un viatge.
2 Cadascuna de les quantitats que es multipliquen en una multiplicació. A $3 \times 4 = 12$, 3 i 4 són els factors.

factoria factories

nom femení — Una factoria és un establiment comercial o industrial d'una empresa. Hi ha empreses que tenen factories a tot el món.

factòtum factòtums

nom masculí i femení — El o la factòtum d'una casa, d'una empresa o d'un afer és la persona encarregada de fer-ho tot.

factura factures

nom femení — Una factura és una nota on hi ha la relació de les mercaderies que s'han venut o dels serveis que s'han ofert a algú, amb els preus corresponents. Les factures es donen a les persones que les han de pagar.

facturació, facturar

facultat facultats

nom femení — **1** Una facultat és la capacitat d'una persona per a fer alguna cosa. Tots els humans tenim la facultat de pensar i la de sentir.
2 Poder i dret de fer alguna cosa. Alguns guàrdies tenen la facultat de posar multes.
3 Cadascuna de les diferents seccions dels estudis universitaris. Hi ha la facultat de medicina, de filologia, de dret, d'econòmiques, d'història, etc.

nom femení plural — **4** Les facultats d'una persona són el conjunt de condicions físiques i psíquiques que necessita per a fer alguna cosa. Quan un atleta està en plenitud de facultats, està molt ben preparat i pot fer una bona marca.

facultar

facultatiu facultativa facultatius facultatives

adjectiu — **1** Que no és obligatori, que es pot fer o es pot deixar de fer. A la universitat, l'assistència a classe és facultativa.

nom masculí i femení — **2** Persona que té un títol legal per a treballar en alguna professió científica o tècnica. Els metges són facultatius i les metgesses són facultatives.

fada fades

nom femení — Una fada és un personatge dels contes representat per una dona. Les fades tenen poders màgics i fan encanteris, com per exemple convertir un príncep en gripau.
fadar

fadrí fadrina fadrins fadrines

nom masculí i femení — **1** Persona jove, en edat de casar-se. Actualment s'usa poc.
2 Persona soltera. Actualment s'usa poc.
fadrinalla

faena faenes

nom femení — Feina. Es diu només en algunes zones.

fageda fagedes

nom femení — Una fageda és un bosc de faigs.

fagòcit fagòcits

nom masculí — Un fagòcit és una cèl·lula que destrueix els microbis i els altres elements estranys que troba en els organismes.
fagocitar, fagocitosi

fagot fagots

nom masculí — Un fagot és un instrument de vent que consisteix en un tub de fusta de més d'un metre de llarg. Aquest tub té uns forats i va unit de costat a un altre tub més petit que acaba en una peça corbada en forma de S, per on es toca. pàgs. 394-395 ⑫ ㊴

faig faigs

nom masculí. També *fajos* — Un faig és un arbre que viu en llocs humits i té el tronc recte i l'escorça llisa, de color gris clar. Les seves fulles són ovalades i les perd a l'hivern. Els faigs creixen de pressa i poden arribar a ser molt grans. La seva fusta és molt bona.

faisà faisans

nom masculí — Un faisà és un ocell gros que té unes plomes marrons i vermelloses molt boniques i una cua llarga. El cap és de color fosc. Es cria en granges i la seva carn és molt bona.

faisó faisons

nom femení — Manera. Cadascú té una faisó de parlar diferent. Actualment s'usa poc.

faixa faixes

nom femení — **1** Una faixa és una peça de roba molt més llarga que ampla que es col·loca al voltant de la cintura per a cenyir el cos. Els camperols d'abans portaven faixa.
2 Qualsevol cosa que té la forma llarga i estreta d'una faixa. Es pot pintar una faixa de color en una paret. Hi ha revistes que s'envien per correu i porten una faixa de paper al voltant amb l'adreça on han d'anar.
3 Peça de roba interior de material elàstic que va molt cenyida al cos i que serveix per a aguantar el ventre.
enfaixar, faixar, faixí

falaguer falaguera falaguers falagueres

adjectiu — Que és agradable i dóna satisfaccions. Una criatura falaguera és simpàtica i fa petons i abraçades.
falagueria

falange falanges

nom femení — Una falange és cadascun dels ossos petits que formen els dits dels peus i de les mans. pàg. 797 ⑳㉘

falç falçs

nom femení — Una falç és una eina per a tallar herba o per a segar blat. És formada per un mànec de fusta curt i una fulla de ferro en forma de mig cercle que talla molt per la part de dins. pàgs. 994-995 ㉓

falca falques

nom femení — **1** Una falca és qualsevol objecte que es posa entre dues coses. Si no es vol que una taula amb una pota més curta que les altres es mogui, s'hi pot posar una falca.
2 Una **falca publicitària** és un bloc d'anuncis dins d'un programa de ràdio o de televisió.
falcar

falcó falcons

nom masculí — Un falcó és un ocell de rapinya de mida mitjana que té el bec molt fort. El cos és de color gris fosc, amb el pit i la panxa blancs amb taques grises. Els falcons eren entrenats per a caçar coloms i altres ocells en ple vol.
falconer

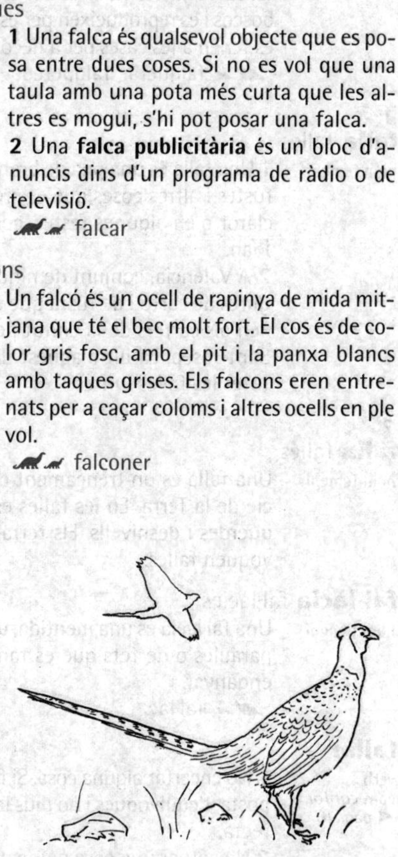

Un faisà

falda faldes

nom femení — **1** La falda és la part d'un vestit que cobreix el cos de la cintura cap avall.
2 Replà que es forma entre la cintura i els genolls quan una persona està asseguda. Als nens petits els agrada seure a la falda dels seus pares.
3 Part baixa d'una muntanya o d'una serralada. Hi ha pobles situats a la falda de les muntanyes.

falder, faldó

faldilla faldilles

nom femení — **1** Una faldilla és una peça de vestir que va de cintura en avall i envolta les cames. Alguns escocesos porten faldilles de quadres.
2 Una **faldilla pantaló** és una faldilla dividida en dos camals, com els dels pantalons, però més amples.

falguera falgueres

nom femení — Una falguera és una planta que té una tija sota terra. Per fora fa unes tiges llargues que tenen a banda i banda unes fulles primes i allargades. Les tiges noves surten cargolades i es van descargolant des de baix fins a la punta. Les falgueres viuen en zones humides dels boscos i es reprodueixen per espores. També es tenen a les cases per a decorar.

falguerar, falguereda

[1] **falla** falles

nom femení — **1** Una falla és una pila de branques seques, fustes i altres coses que es cremen per fer claror o en algunes festes, com la de Sant Joan.
2 A València, conjunt de ninots i altres figures de cartó i de fusta que es construeixen als carrers de la ciutat per la festa de Sant Josep. La nit d'aquest dia es cremen totes les falles juntes.

[2] **falla** falles

nom femení — Una falla és un trencament de la superfície de la Terra. En les falles es formen esquerdes i desnivells. Els terratrèmols provoquen falles.

fal·làcia fal·làcies

nom femení — Una fal·làcia és una mentida, un conjunt de paraules o de fets que es fan servir per a enganyar.

fal·laç

fallar

verb com *cantar* ◄ pàg. 26 — **1** No encertar alguna cosa. Si falles una resposta, t'equivoques i no dius la solució correcta.
2 No actuar una cosa o una persona en un moment determinat de la manera que s'esperava. Quan estem malalts ens fallen les forces i ens sentim dèbils. Un amic et falla si li demanes ajuda i no vol ajudar-te.

fallada

fal·lera fal·leres

nom femení — Una fal·lera és un gran desig d'alguna cosa o una afició molt forta per algú o per alguna cosa. Hi ha persones que tenen una gran fal·lera per la música.

fal·lible fal·libles

adjectiu — Que es pot equivocar. Totes les persones som fal·libles.

infal·libilitat, infal·lible

fallida fallides

nom femení — Una empresa o un comerç fa fallida quan es queda sense diners i no pot continuar fent els seus pagaments. Quan una empresa fa fallida, ha de tancar.

fallir

fal·lus fal·lus

nom masculí — **1** Un fal·lus és qualsevol objecte que representa un penis. Alguns pobles antics feien servir fal·lus com a símbol de fecunditat.
2 Penis.

fàl·lic

falòrnia falòrnies

nom femení — Una falòrnia és una idea equivocada o una cosa sense gaire sentit que es diu com si fos decisiva i segura. Es fa servir sobretot en frases com *No em vinguis amb falòrnies*, *Tot això són falòrnies* o *No estic per falòrnies.*

fals falsa falsos falses

adjectiu — **1** Que no és veritat, que és mentida. En un judici no es poden fer declaracions falses.
2 Que no és autèntic. Les joies falses són una imitació de les que són bones.

adjectiu i nom masculí i femení — **3** Que no diu la veritat, que enganya els altres fent veure que és d'una manera que en realitat no és. Normalment, quan t'adones que un company és un fals, deixes de confiar-hi.

falsedat, falsejar, falsia

falsari falsària falsaris falsàries

nom masculí i femení — Persona que diu coses que són falses. No es pot confiar en els falsaris.

falset falsets

nom masculí — El falset és una veu més aguda del que és normal, sobretot la que fan els homes quan imiten la veu aguda de les dones.

falsificació falsificacions

nom femení — Una falsificació és el fet de fer una cosa falsa o de canviar una cosa de manera que en sembli una altra. La falsificació de diners, de firmes o de documents és un delicte. Les falsificacions de quadres que es fan passar per autèntics valen molts diners, però són una enganyifa.

falsificador, falsificar

falta faltes

nom femení

1 Una falta és el fet de faltar. Sovint, no podem fer tot el que ens agradaria per falta de temps.

2 Acció que va en contra d'un deure, d'una obligació o d'una regla. Quan un alumne està malalt, sovint fa moltes faltes a l'escola. S'ha de vigilar molt de no fer faltes d'ortografia.

frase feta

3 **Fer falta** una cosa o una persona és ser necessària. Per a jugar una partida d'escacs, et fa falta una altra persona, el tauler i les peces.

faltar

verb
com *cantar*
◄ pàg. 26

1 Una cosa falta a algú o a alguna cosa quan no la té o quan no hi és. Si falten fulls a un llibre, podem anar a canviar-lo. A algunes nines només els falta parlar. Si et falten deu euros per a tenir-ne cinquanta, només en tens quaranta.

2 No anar a un lloc on s'ha d'anar. Si faltes a classe, a la feina o a una cita, has d'avisar.

3 Quedar un cert temps perquè passi alguna cosa. Al novembre només falta un mes per a acabar l'any.

4 Ofendre algú, insultar-lo, no tenir-li el respecte que es mereix. Hi ha qui quan està molt nerviós i preocupat falta als qui l'envolten.

frase feta

5 **Faltar a la paraula** és no fer el que s'havia dit que es faria. També es pot faltar al propi deure, a la veritat o a una promesa.

6 **Trobar a faltar** una cosa o una persona és adonar-se que no és al lloc on hauria de ser. Si obres l'estoig i no hi ha el llapis que hi tens sempre, el trobes a faltar.

7 **Trobar a faltar** algú o alguna cosa que és lluny és enyorar-lo. Si fas un viatge llarg, trobaràs a faltar els amics d'aquí.

falua falues

nom femení
També *faluga*

Una falua és una embarcació petita de rems que es fa servir sobretot per a transportar persones distingides d'una nau a terra o a l'inrevés.

faluga falugues

nom femení

1 Es diu que una persona o un animal és una faluga si és petit i es belluga molt. Algunes criatures corren com falugues i es fiquen pertot arreu.

2 Falua.

fam fams

nom femení

1 La fam és el desig molt fort de menjar. Quan mengem, ens passa la fam.

2 Diem que una persona té fam d'alguna cosa quan té moltes ganes de fer-la o d'aconseguir-la. Hi ha polítics que tenen fam de poder.

afamar, afamat, afamada, famèlic, famolenc

fama fames

nom femení

1 Una persona o una cosa té fama quan tothom la coneix i en parla. Es pot tenir bona o mala fama. Quan un restaurant té molta fama, hi va molta gent.

2 Opinió que la gent té d'una persona perquè és molt bona en la seva feina, en el seu art o en una altra cosa. Hi ha qui té fama de valent, però en realitat no ho és.

família famílies

nom femení

1 Una família és el grup de persones que són parents. Formen part de la família, els pares, els fills, els avis, els oncles, els cosins i altres.

2 Conjunt de fills. Una parella que té família és que té fills.

3 Conjunt d'animals o de plantes que tenen unes mateixes característiques. En la classificació científica, la família va després de l'ordre i abans del gènere. El gat és de la família dels fèlids.

4 Una **família de mots** és el conjunt de mots que tenen la mateixa arrel. *Casa, caseta* i *casalot* són de la mateixa família de mots.

familiar familiars

adjectiu

1 De la família. Per Nadal s'acostuma a fer un dinar familiar, amb tota la família.

2 Una cosa és familiar a algú quan li és coneguda i no la troba gens estranya. Quan la cara d'algú ens és familiar, ens sona haver-la vist abans.

3 Un estil, un tracte o un llenguatge és familiar quan és senzill, íntim, com el que es fa servir entre persones de la mateixa família.

nom masculí i femení

4 Un o una familiar és cadascuna de les persones que formen una família. Els avis, els cosins, els germans i els pares són alguns dels teus familiars.

familiaritat, familiaritzar

famós famosa famosos famoses

adjectiu

Que té molta fama. Picasso és un pintor molt famós.

fan fans

nom masculí i femení

Un o una fan és una persona que admira profundament algú o que és molt aficionada a alguna cosa. Alguns artistes i cantants tenen molts i moltes fans. Es pot ser fan del ciclisme, de l'òpera o de la lectura.

fanal fanals

nom masculí — Un fanal és un aparell que serveix per a il·luminar els carrers a la nit. Normalment es compon d'una caixa o d'un globus de vidre amb un llum a dins i un pal llarg o bé un suport que el fixa a terra o a la paret. També hi ha fanals de mà. pàg. 597 (17)

fanaler, fanalet

fanàtic fanàtica fanàtics fanàtiques

adjectiu i nom masculí i femení — **1** Que defensa una creença religiosa o política amb massa entusiasme, amb una passió excessiva. Alguns fanàtics han causat la mort dels seus seguidors.

2 Diem que una persona és fanàtica d'algú quan li té una gran admiració. Si és fanàtica d'alguna cosa, és que hi té molta afició. Els fanàtics de l'art van tan sovint com poden a veure exposicions.

fanatisme, fanatitzar

fanerògam fanerògama fanerògams fanerògames

adjectiu i nom femení — Que fa flors i llavors. Un roser és una fanerògama.

fanfarró fanfarrona fanfarrons fanfarrones

adjectiu i nom masculí i femení — Que presumeix molt de les coses que fa i exagera les pròpies qualitats. Els fanfarrons no sempre diuen la veritat, sovint s'inventen coses.

fanfarronada, fanfarronejar, fanfarroneria

fang fangs

nom masculí — El fang és una barreja de terra i aigua. Quan plou queden tots els camins de terra plens de fang.

enfangar, fangar, fangós, fangosa, fanguer, fanguissar

fangueig fangueigs

nom masculí
També *fanguejos* — Es diu que en un lloc de pas hi ha fangueig quan és ple de fang. Sovint, a prop de les fonts es forma un gran fangueig.

fantasia fantasies

nom femení — **1** La fantasia és la capacitat d'imaginar coses. Molts contes i històries són creats per la fantasia, no són reals.

locució que fa d'adjectiu — **2** Un adornament és **de fantasia** quan és molt vistós però de poc valor. Es pot portar, per exemple, roba o arracades de fantasia.

fantasieig, fantasiejar, fantasiós, fantasiosa

fantasma fantasmes

nom masculí — **1** Un fantasma és un personatge imaginari que sovint representa l'esperit d'una persona morta que espanta els vius. Els fantasmes s'acostumen a dibuixar com si fossin uns llençols blancs amb ulls.

nom masculí i femení — **2** Diem que una persona és un o una fantasma quan presumeix molt de les coses que fa. Del que diu un fantasma, no te'n pots fiar, pot ser mentida.

fantasmal

fantàstic fantàstica fantàstics fantàstiques

adjectiu — **1** De la fantasia, que no és real. L'unicorn és un animal fantàstic, que no ha existit mai.

2 Una cosa o una persona és fantàstica quan és extraordinària, admirable, excel·lent. Veure tot Catalunya des d'un avió és una visió fantàstica.

fantotxe fantotxes

nom masculí — Un fantotxe és una persona molt presumida, que vol fer creure als altres el que no és. Val més no fer cas dels fantotxes.

faquir faquirs

nom masculí i femení — Un o una faquir és una persona que en un espectacle fa coses com clavar-se espases o caminar sobre claus, vidres i brases sense sentir dolor. Als circs, a vegades hi actuen faquirs.

far fars

nom masculí — **1** Un far és una torre alta que hi ha prop de la costa i que té un llum molt potent a la part de dalt. Els fars serveixen per a guiar els navegants de nit i evitar accidents.

2 Llum que hi ha a la part del davant dels vehicles per a il·luminar el camí a la nit o quan hi ha poca llum. Les motos porten un far; els cotxes en porten dos. moto

faroner

faramalla faramalles

nom femení — **1** Una faramalla de coses és un conjunt de coses inútils massa abundants o molt vistoses.

2 Una faramalla de persones o d'animals és un grup molt sorollós.

faràndula faràndules

nom femení — **1** Una faràndula era una colla de comediants que anava de poble en poble fent espectacles populars.

2 Es diu que una persona és de la faràndula quan pertany al món del teatre i dels espectacles.

faraó faraona faraons faraones

nom masculí i femení — Persona que regnava a l'antic Egipte.

faraònic

farbalà farbalans

nom masculí — Un farbalà és una tira de roba, cosida per la part de dalt a un vestit o a una altra peça de roba, que serveix d'adornament. Algu-

A B C D E F G H I J K L M N O P Q R S T U V W X Y Z

nes cortines porten farbalans a la part de baix.

farcell farcells

nom masculí Un farcell és qualsevol cosa embolicada amb un tros de roba que es lliga per les puntes per poder-ho transportar. Abans la gent portava roba o altres coses d'un cantó a l'altre amb els mocadors de fer farcells. També es diuen *farcells* alguns menjars que van embolicats, com els farcellets de col.

enfarcellar

farcir

verb
com *servir*
◄ pàg. 28

1 Omplir de carn o d'altres ingredients un pollastre, un peix, un pastís, etc. Les empanades es poden farcir de tonyina, d'espinacs o d'un altre menjar.

2 Omplir molt una cosa. Algunes persones farceixen la casa de flors, en tenen pertot arreu.

farciment, farcit, farcida

farda fardes

nom femení 1 La farda és el conjunt de coses que portem en un viatge o en una excursió, sobretot les de menjar.

2 En un lloc hi ha molta farda quan hi ha moltes coses inútils que fan nosa.

farga fargues

nom femení 1 Una farga és un taller on es treballen els metalls amb el foc per a donar-los la forma que es vulgui.

2 La **farga catalana** era un procediment per a obtenir ferro. El mineral s'escalfava amb carbó vegetal fins que se'n podia separar el ferro. Es va fer servir molt durant l'edat mitjana i fins al segle XVIII.

fargaire, fargar

farigola farigoles

nom femení Una farigola és una planta molt aromàtica que forma mates baixes de fulles primes lanceolades i flors petites de color blanquinós o rosat. Les tiges són com petits troncs, molt forts. Amb la farigola es fan sopes de pa i infusions.

farina farines

nom femení La farina és una pols blanca que s'obté molent els grans de blat i d'altres cereals. El pa es fa amb farina.

enfarinar, fariner, farinós, farinosa

farinera borda farineres bordes

nom femení Una farinera borda és un bolet del grup de les amanites, molt verinós. Té un barret carnós de color verd grogós o verd oliva, a vegades també groc o blanquinós, que fa de 5 a 15 centímetres d'ample. Quan el bolet és jove, el barret és molt rodó, com un globus; quan és madur, és més pla. El peu és de color blanquinós i té un anell blanc sota el barret.

farinetes

nom femení
plural

Unes farinetes són un menjar fet de farina i altres ingredients barrejats amb aigua. Els nens petits prenen farinetes quan no tenen dents.

faringe faringes

nom femení
Amb E final

La faringe és el tros del tub digestiu que va de la boca a l'esòfag. Per la faringe hi passen l'aire que respirem i els aliments que mengem. ✎ pàgs. 798-799 (34)

faringitis faringitis

nom femení Una faringitis és una inflamació de la faringe.

fariseu farisea fariseus farisees

nom masculí
i femení

1 Persona d'una secta jueva que va aparèixer al segle II aC. Els fariseus surten als Evangelis.

2 Es diu que algú és un fariseu quan fa veure que és molt religiós i en realitat no ho és.

farisaic, fariseisme

faristol faristols

nom masculí Un faristol és un moble de fusta o de metall, amb peu o sense, una mica inclinat, que serveix per a col·locar-hi un llibre, un full escrit o una altra cosa i poder-lo llegir o mirar amb més comoditat. En un concert, els músics tenen un faristol al davant amb la partitura.

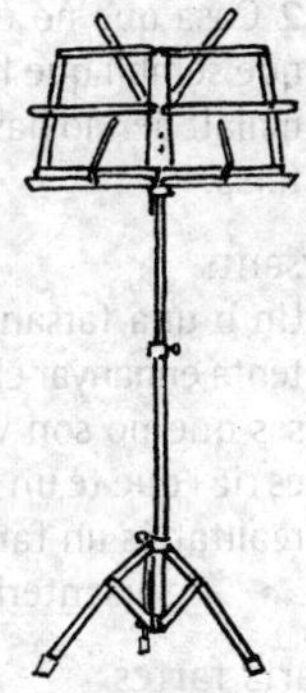

Un faristol

fàrmac fàrmacs

nom masculí Un fàrmac és una substància natural o sintètica que actua sobre les funcions del cos de les persones i dels animals que en prenen. Els fàrmacs per a curar una malaltia són els medicaments.

farmacologia

A B C D E F G H I J K L M N O P Q R S T U V W X Y Z

farmacèutic farmacèutica farmacèutics farmacèutiques

adjectiu — **1** De la farmàcia. Els productes farmacèutics es venen a les farmàcies.

nom masculí i femení — **2** Persona que ven i prepara medicaments en una farmàcia o que ha estudiat la carrera de farmàcia.

farmàcia farmàcies

nom femení — **1** Una farmàcia és una botiga on es preparen i es venen medicaments.

2 Ciència que estudia els fàrmacs i la manera adequada de combinar-los.

farmaciola farmacioles

nom femení — Una farmaciola és un armari petit o un estoig on hi ha medicaments, gases, tiretes i altres remeis. Quan es va d'excursió és convenient portar una farmaciola per a curar ferides poc importants.

farola faroles

nom femení — Far.

farratge farratges

nom masculí — El farratge és l'herba que es dóna com a aliment al bestiar.

farratger

farrigo-farrago farrigo-farragos

nom masculí — Un farrigo-farrago de coses és una barreja de coses mal ordenades. Hi ha persones que, sovint, tenen un farrigo-farrago de papers damunt la taula.

farsa farses

nom femení — **1** Una farsa és una obra de teatre còmica i divertida on els personatges s'enganyen els uns als altres.

2 Cosa que no és veritat, però que es vol que sembli que ho és. Si algú diu que està malalt per no haver d'anar a un lloc fa una farsa.

farsant farsants

nom masculí i femení — Un o una farsant és una persona que intenta enganyar els altres fent-los creure coses que no són veritat. Hi ha qui diu que és ric i que té un càrrec important, però en realitat és un farsant.

farsanteria

fart farta farts fartes

adjectiu — **1** Que ha menjat fins a no poder més. Normalment, quan s'està fart no es tenen ganes de fer esport.

2 Diem que estem farts d'alguna cosa quan ja n'estem cansats. Podem estar farts de discutir, de caminar o de planxar.

nom masculí — **3** Un fart és el fet de menjar molta quantitat d'alguna cosa. Els farts de bombons provoquen mals de panxa.

frase feta — **4 Fer-se un fart** de riure, de plorar o de cantar és riure, plorar o cantar molt.

afartar, fartaner

fascicle fascicles

nom masculí — Un fascicle és cadascuna de les parts d'un llibre o d'una col·lecció de llibres que es van comprant a mesura que es van publicant. Algunes obres llargues, com les enciclopèdies i les històries de l'art, es venen en fascicles.

fascinar

verb
com cantar
◄ pàg. 26

Una cosa o una persona ens fascina quan ens agrada molt i ens atreu d'una manera molt forta. Als nens petits els fascina que els expliquin contes.

fascinació, fascinador, fascinant

fase fases

nom femení
Amb E final

Una fase és cadascuna de les parts que hi ha en el desenvolupament d'una cosa o d'una persona. La infància, l'adolescència i la maduresa són tres fases de la vida de les persones. Normalment, les malalties tenen diferents fases.

fast fasts

nom masculí
També fastos

Un fast és un luxe extraordinari. Alguns artistes de cinema viuen envoltats de fastos i riqueses.

fàstic fàstics

nom masculí
Amb C

1 El fàstic és una sensació molt desagradable que ens causa una cosa que ens sembla lletja, dolenta, bruta i que no volem veure ni tocar. A algunes persones, les aranyes i les erugues els fan fàstic.

frase feta — **2 Dir fàstics d'algú** és criticar-lo, dir-ne coses dolentes.

3 Una cosa **està feta un fàstic** quan està molt bruta, desordenada o d'una manera que fa fàstic.

fastiguejar

fastigós fastigosa fastigosos fastigoses

adjectiu — **1** Que fa fàstic. Alguns medicaments tenen un gust fastigós.

2 Una persona és fastigosa si sent fàstic de les coses. Quan es té molta gana, no es pot ser fastigós amb el menjar.

fastuós fastuosa fastuosos fastuoses

adjectiu — De molt de luxe. Antigament, a les corts es feien festes fastuoses.

fastuositat

1
fat fats

nom masculí — Segons els antics, el fat era una força o un déu que decidia el futur de les coses o de les persones. El fat no es podia canviar.

2
fat fada fats fades

adjectiu — **1** Un menjar és fat quan li falta sal i no té gust. Hi ha qui posa sal a les patates fregides perquè les troba fades.
2 Una persona o una cosa és fada quan no té gaire gràcia i és avorrida.
fadejar, fadesa, fador

fatal fatals

adjectiu — **1** De conseqüències molt greus, que fins i tot poden portar a la destrucció o a la mort. Hi ha qui esquiant ha fet una caiguda fatal.
2 Diem que una cosa és fatal quan és molt dolenta. Si un pastís ens ha sortit fatal, no té bon aspecte ni bon gust.
3 Que és inevitable, que passarà necessàriament com estava dit. La mort és fatal: tots ens hem de morir.
fatalisme, fatalitat

fatiga fatigues

nom femení — Cansament. Després d'haver caminat durant set hores, sentim una gran fatiga.
fatic, fatigós, fatigosa

fatigar

verb
com *cantar*
◄ pàg. 26
Amb GU davant E, I

Cansar. Hi ha feines que fatiguen, com la de paleta. Les persones grans de seguida es fatiguen.
fatigant

fato fatos

nom masculí — **1** Equipatge, bagatge. Quan es fa una sortida de dos dies, no cal portar gaire fato.
2 Conjunt de coses en general, com articles de comerç, ingredients del menjar, etc. Si en un guisat hi ha molt de fato, hi ha aliments diversos i abundants, com en la carn d'olla.

fatu fàtua fatus fàtues

adjectiu — **1** Una persona és fàtua quan està molt orgullosa d'ella mateixa i ho mostra.
2 També diem que són fàtues les expressions i les actituds de les persones fàtues.
fatuïtat, infatuar

fatxa fatxes

nom femení — La fatxa d'una persona és el seu aspecte exterior. Hi ha persones que tenen una fatxa tan estranya que tothom se les mira.

fatxada fatxades

nom femení — Façana.

fatxenda fatxendes

nom masculí i femení — Un o una fatxenda és una persona que presumeix molt de les seves qualitats i de les coses que fa.
fatxenderia

faula faules

nom femení — **1** Una faula és una història imaginària on els personatges sovint són animals o objectes que parlen i actuen com les persones. Normalment, de les faules se'n treu un ensenyament o una lliçó moral.
2 Cosa que s'explica i que no és veritat.

fauna faunes

nom femení — La fauna és el conjunt d'animals d'un país, d'una regió o d'una època determinada. Els lleons i les girafes formen part de la fauna africana.

faune faunes

nom masculí — Un faune és un ésser fantàstic que, segons la mitologia, té forma humana, però amb banyes i potes de cabra. Els faunes vivien als boscos.

fava faves

nom femení
Amb V

1 Una fava és un llegum semblant a una mongeta, però més grossa, i de color verd clar. Les faves es mengen bullides, estofades i d'altres maneres.
2 Bufetada.

adjectiu i nom masculí i femení — **3** Fleuma. Hi ha persones tan faves que no saben ni agafar encàrrecs per telèfon.

frase feta — **4 No poder dir ni fava** és no poder parlar de tan cansat com s'està.
5 Ser faves comptades una cosa és ser molt segura, no haver-hi dubte. Que dos i dos són quatre són faves comptades.
favera

favor favors

nom masculí o femení — **1** Un favor o una favor és una ajuda que fem a algú sense esperar res a canvi. Si deixem els apunts de classe a un company, li fem un favor.
2 Disposició d'ajudar algú i d'oferir-li un tracte especial. Si respectem els nostres amics, rebrem el seu favor.

frase feta — **3 Anar** o **estar a favor** d'algú o d'alguna cosa vol dir defensar-lo, donar-li suport. Si en un partit de bàsquet vas a favor d'un equip, vols que guanyi.

favorable favorables

adjectiu — Que afavoreix, que va a favor d'algú o d'alguna cosa. La pluja és favorable a l'agricultura.

favorit favorita favorits favorites

adjectiu — **1** Que és el que agrada més. Tothom té un llibre, una pel·lícula o un esport favorits.

nom masculí i femení — **2** Persona que rep un tracte especial d'algú. Alguns reis tenien favorits i favorites.

favoritisme favoritismes

nom masculí — El favoritisme és el fet d'afavorir només unes persones, perquè se les coneix o se les prefereix, encara que no s'ho mereixin. S'ha de tractar tothom de la mateixa manera, sense favoritismes.

fax faxos

nom masculí — **1** Un fax és un aparell per a enviar documents, dibuixos o fotografies a distància, a través del telèfon. pàg. 996 (13)
2 Document que s'envia per aquest aparell.

fe fes

nom femení — **1** La fe és la confiança que es té en algú o en alguna cosa. Si una persona té fe en un metge, creu que la curarà.
2 Fet de creure en Déu. Les persones que tenen fe solen anar a l'església.
3 **Bona** o **mala fe** vol dir bona o mala intenció. Quan algú va de mala fe enganya els altres i se n'aprofita.

feble febles

adjectiu
Amb E final — Dèbil. Una veu feble gairebé no se sent.
afeblir, feblesa

febrada febrades

nom femení — Una febrada és una febre molt forta. Quan tens una febrada t'has de quedar al llit.

febre febres

nom femení — **1** La febre és una pujada de la temperatura del cos que es produeix quan tenim alguna malaltia. El termòmetre ens indica si tenim febre.
2 Diem que ens agafa la febre per alguna cosa quan ens agafa una gran afició i desig per aquesta cosa. Si t'agafa la febre del tennis, no pares de jugar-hi.
enfebrar-se, febril, febrós, febrosa

febrer febrers

nom masculí — El febrer és el segon mes de l'any. El febrer és l'únic mes que té 28 dies, o 29 els anys de traspàs.

fecal fecals

adjectiu — Dels excrements. Les matèries fecals són els excrements.

fècula fècules

nom femení — La fècula és el midó de les patates i d'altres tubercles, com la mandioca. La fècula es fa servir per a fer farina.
feculent

fecund fecunda fecunds fecundes

adjectiu — **1** Que dóna fruit; que produeix molt. Els conills són animals fecunds. Un terreny regat és fecund.
2 Diem que un escriptor o un artista és molt fecund quan fa moltes obres.
fecunditat, infecund

fecundació fecundacions

nom femení — La fecundació és la unió d'una cèl·lula femenina i una cèl·lula masculina per a formar un nou ésser. En els mamífers i altres animals la fecundació es produeix dins el cos de la femella.

fecundar

verb
com *cantar*
◄ pàg. 26 — **1** Fer una fecundació. A l'època de zel, els mascles fecunden les femelles.
2 Fer que una cosa sigui fecunda. La pluja fecunda els camps.

federació federacions

nom femení — **1** Una federació és un conjunt de partits polítics, de clubs esportius o d'altres associacions units per uns interessos comuns. La Federació Espanyola de Futbol és la responsable del Campionat de Lliga.
2 Estat format per la unió de diversos estats. Els Estats Units d'Amèrica són una federació.
federar, federatiu, federativa

federal federals

adjectiu — D'una federació. La capital federal dels Estats Units d'Amèrica és Washington.
federalisme, federalista

fefaent fefaents

adjectiu — Un document o un testimoni és fefaent quan serveix de prova definitiva per a demostrar alguna cosa.

feina feines

nom femení — **1** Una feina és un treball que es fa per obligació o per necessitat, per guanyar-se la vida. Si t'agraden els animals i la teva feina és cuidar-los, treballaràs a gust.
2 Cosa que s'ha de fer. Si has de parar la taula i has de fer el dinar, tens dues feines.
3 La feina és la quantitat de coses que has de fer. Si has d'estudiar dos exàmens i fer tres treballs, tens molta feina.

locució que fa d'adverbi — **4** **Amb prou feines** vol dir a penes, difícilment. *Em fa mal el peu, amb prou feines puc caminar.*
enfeinat, enfeinada, feinejar

feinada feinades

nom femení — Quan tenim una feinada, tenim molta feina. Netejar bé un pis gran és una feinada.

feinejar

verb
com *cantar*
◄ pàg. 26
Amb G davant E, I — Fer feines variades i no gaire cansades. Hi ha persones que s'entretenen feinejant pel jardí.

feiner feinera feiners feineres

adjectiu — **1** Que li agrada treballar. Les persones feineres no saben estar-se quietes, sempre han de fer una cosa o altra.

A B C D E F G H I J K L M N O P Q R S T U V W X Y Z

2 Un dia feiner és un dia que es treballa, que no es fa festa. Les botigues obren els dies feiners i, a vegades, també els festius.

malfeiner

feix feixos

nom masculí

1 Un feix és un conjunt de coses posades l'una al costat de l'altra i lligades per evitar que se separin. Per exemple, un feix de llenya, d'herba o de claus.

2 Diem que hi ha un feix de papers, de problemes o d'una altra cosa quan n'hi ha una gran quantitat. Si una persona té un feix d'anys, és molt vella.

enfeixar

feixa feixes

nom femení

Una feixa és un tros de terra per a cultivar.

feixisme feixismes

nom masculí

El feixisme és un sistema polític on hi ha un únic partit i un governant que controla totes les activitats, no accepta cap oposició i fa servir la violència per a eliminar els adversaris. Mussolini va ser el fundador del feixisme, a Itàlia, al principi del segle XX.

feixista

feixuc feixuga feixucs feixugues

adjectiu

1 Que pesa i és difícil de moure o d'aixecar. Per a transportar una caixa molt feixuga, es necessita més d'una persona.

2 Que es mou amb dificultat. Sovint, les persones grans tenen les cames feixugues.

3 Diem que una feina, una malaltia, una temperatura és feixuga quan és difícil de suportar.

afeixugar, feixuguesa

fel fels

nom masculí o femení

Bilis.

feldspat feldspats

nom masculí

Un feldspat és un mineral compost d'oxigen, silici i alumini i un dels metalls següents: sodi, potassi, calci o bari. Els feldspats formen part de moltes roques, com el granit.

felí felina felins felines

adjectiu

1 Que és propi del conjunt d'animals de la família dels gats, que té relació amb aquests animals. Es diu que una persona té una vista felina si hi veu molt bé de nit, com els gats.

nom masculí
També *fèlid*

2 Un felí és un mamífer carnívor, de cap arrodonit i musell curt, amb bigotis, ungles que poden sortir i entrar dins dels dits, i una gran agilitat de moviments. Són felins els gats, els lleons, els tigres, els lleopards i altres.

feliç feliços felices

adjectiu

1 Que té o que sent felicitat. Alguns pintors, que ara són molt famosos, no van ser gaire feliços.

2 Que dóna felicitat. Quan ens comuniquen una notícia feliç, ens posem contents.

3 Es diu que una persona és feliç quan és tranquil·la i no es preocupa gaire per les coses. Només es diu de manera informal.

feliçment, infeliç

felicitació felicitacions

nom femení

Una felicitació és un escrit o unes paraules amb què es felicita algú. Per Nadal, els amics s'envien felicitacions.

felicitar

verb
com *cantar*
◄ pàg. 26

1 Expressar a algú la satisfacció que se sent per la seva felicitat o per algun fet feliç que li hagi passat. Quan guanyes un concurs, els companys et feliciten.

2 Desitjar a algú que sigui ben feliç amb motiu d'alguna data assenyalada: el sant, l'aniversari, Nadal, etc.

usat amb pronom

3 Felicitar-se és estar content d'haver fet alguna cosa. Sempre ens hem de felicitar d'haver ajudat els altres.

felicitat felicitats

nom femení

1 La felicitat és una sensació de molta satisfacció, de gran benestar.

interjecció

2 Felicitats és una expressió per a felicitar algú. *Felicitats! Per molts anys! Que passis un bon dia del teu aniversari.*

infelicitat

fèlid fèlids

nom masculí

Felí.

feligrès feligresa feligresos feligreses

nom masculí i femení

Persona que pertany a una parròquia.

feligresia

feltre feltres

nom masculí

El feltre és una tela gruixuda i rígida, feta amb llana o pèl ben enganxats, que serveix per a fer barrets i filtres.

fem fems

nom masculí

1 El fem és l'excrement d'un animal.

2 Els fems són els excrements d'alguns animals domèstics, com els conills, les gallines i els cavalls, barrejats amb la palla del seu jaç. Els fems es fan servir com a adob dels camps.

femar

femella femelles

nom femení

1 Una femella és un animal de sexe femení. La gata és la femella del gat.

2 Peça de metall foradada, normalment amb una espiral per dins, on s'introdueix una altra peça anomenada *mascle*. Alguns cargols se subjecten amb femelles.

Vegeu il·lustració a la pàgina següent

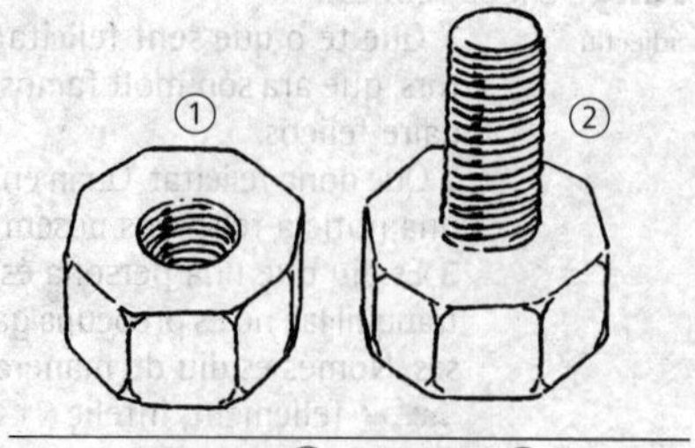

①Una femella. ②Un mascle.

femení femenina femenins femenines

adjectiu — **1** De la dona. Sovint, la veu femenina és més aguda que la masculina.
2 gènere femení En gramàtica, una paraula té el gènere femení quan pot concordar amb paraules com *la, les, alguna, algunes, meva, meves, una, unes, aquella, aquelles*, etc. Poden tenir forma femenina els noms, els pronoms, els determinants i els adjectius. *Casa* és una paraula femenina. El femení de *gat* és *gata*.
feminització, feminitzar

femer femers

nom masculí — Un femer és un lloc on es guarden els fems perquè fermentin. pàgs. 994-995 ⑨

feminisme feminismes

nom masculí — El feminisme és un moviment social que té com a finalitat aconseguir la igualtat de la dona respecte a l'home en tots els àmbits.
feminista

feminitat feminitats

nom femení — La feminitat és el conjunt de característiques pròpies de la dona.

femta femtes

nom femení — La femta és l'excrement d'una persona o d'un animal.
femtar

fèmur fèmurs

nom masculí — El fèmur és l'os de la cuixa. Va de la pelvis al genoll i és l'os més llarg del cos.
pàg. 797 ㉒

fenc fencs

nom masculí — Un fenc és una planta herbàcia que fa una tija molt dreta i alta i flors de color vermell o granat. Les fulles estan dividides en tres parts. Es cultiva com a aliment del bestiar.

fenici fenícia fenicis fenícies

adjectiu — **1** De Fenícia. *L'alfabet fenici.*

nom masculí i femení — **2** Persona que era de Fenícia, aproximadament el que avui és el Líban, o que hi vivia. Els fenicis eren molt bons comerciants.

nom masculí — **3** El fenici és la llengua que parlaven els antics fenicis.

fènix fènixs

nom masculí — **1** El fènix era un ocell fabulós que els antics creien que era únic i que cada vegada que es moria tornava a néixer de les seves cendres.
2 Diem que una persona o una cosa és un fènix quan és única, molt bona.

fenomen fenòmens

nom masculí — **1** Un fenomen és un fet que es pot observar i estudiar. Els meteoròlegs ens expliquen els fenòmens del temps, com la pluja i la neu.
2 Persona o cosa que presenta alguna característica extraordinària. Bach i Mozart van ser dos fenòmens de la música.

fenomenal fenomenals

adjectiu — Molt bo, extraordinari. L'arribada d'uns homes a la Lluna va ser un succés fenomenal.

fer

verb ◄ pàg. 35 — **1** Donar existència a una cosa. Per a fer pa necessitem farina. Algunes cantants fan cançons molt boniques.
2 Formar o formar-se una cosa, reunint o reunint-se les seves parts o transformant una altra cosa. Si reuneixes dotze ous faràs una dotzena. Amb els préssecs, les prunes i les taronges, es fa melmelada.
3 Realitzar una acció, efectuar un moviment, practicar una activitat, causar un efecte. Es pot fer, per exemple, una pregunta, una caminada, una lectura, un salt, un petó, una carícia, una estona de gimnàstica, una carta, una truita, el dinar, la neteja de la casa, un soroll, un xiulet, una rialla, etc.
4 El verb *fer* s'usa sovint amb significats diferents que poden ser expressats per altres verbs: *La gata ha fet tres gatets. Les gallines fan ous. Ha fet sang amb l'orina. En aquest test, hi farem clavells. Vaig a fer un cafè al bar. S'han de fer els vidres, que estan molt bruts. La sopa que he pres m'ha fet mal. Arbres que fan molta ombra. No recordo com feia aquella cançó. Fa molt bon temps. Fa calor. Fa dos dies que faig règim. No el facis plorar. Ja ha fet quaranta anys. La faré secretària meva. Diu que es farà futbolista. Quants anys li fas, a la Marta? Es va fer del club ja fa deu anys. Un pis que fa cent metres quadrats. Feia temps que no venia. Mentre m'espero, faré temps llegint el diari. Amb deu quilos ja farem. No l'entretinguis, que fa tard. Quan li ho vaig dir, ella va fer: Quina desgràcia! Fa de mestre a Girona. Aquest xicot no fa per tu, nena.*

A B C D E F G H I J K L M N O P Q R S T U V W X Y Z

Són dues famílies que no es fan per culpa d'un negoci. Quan te n'has fet, del cotxe nou? Em va fer un petó i una abraçada.

fera feres
nom femení — 1 Una fera és un animal carnisser, que no està domesticat. Els lleons i els tigres són feres.
frase feta — 2 **Posar-se fet una fera** és enfadar-se molt. Hi ha qui es posa fet una fera quan li agafen les coses sense permís.
feram, feresa

feredat feredats
nom femení — Una cosa fa feredat quan fa molta por, quan causa horror. Els morts i les destruccions d'un terratrèmol fan feredat.

feréstec feréstega feréstecs feréstegues
adjectiu Amb C — 1 Un animal és feréstec quan és salvatge. El porc senglar és un animal feréstec.
2 Diem que una persona és feréstega si s'allunya de la gent i és difícil de tractar.
3 Diem que una persona o una cosa és feréstega si fa basarda, si ens fa por. De nit, els boscos grans i densos són feréstecs.
ferest

fèretre fèretres
nom masculí — Taüt. Només es diu de manera formal.

ferida ferides
nom femení — Una ferida és un mal fet en una part del cos per un cop, una caiguda, un instrument, etc. Els talls i les cremades són ferides.

ferir
verb com *servir* ◄ pàg. 28 — 1 Fer una ferida a algú. Jugant amb les tisores podem ferir els companys. Si et fereixes amb una punxa, t'has de desinfectar la ferida.
2 Diem que ferim els sentiments, l'honor o l'amor propi d'algú quan el molestem molt, expliquem als altres coses que l'afecten o li fem passar vergonya amb el que fem o diem.

ferit ferida ferits ferides
adjectiu i nom masculí i femení — Que ha rebut una o més ferides. Els ferits en un accident s'han de portar a l'hospital.

ferm ferma ferms fermes
adjectiu — 1 Que és fort, que aguanta bé, que no cau ni tremola. Normalment, les persones joves tenen els músculs ferms. Les muralles dels castells havien de ser fermes.
2 Que té seguretat i decisió. Algunes persones parlen amb una veu tan ferma que sembla que no dubtin mai de res.
3 Diem que una persona és ferma quan és eixerida, agradable i treballadora.
afermar, fermesa

fermall fermalls
nom masculí — 1 Un fermall és qualsevol cosa que es fa servir per a fermar o lligar alguna cosa.
2 Objecte d'or, de plata o d'un altre material format per dues peces que s'encaixen. Els fermalls serveixen per a aguantar dues vores d'un vestit o com a ornament.

fermar
verb com *cantar* ◄ pàg. 26 — Lligar una cosa amb una altra de manera que no es pugui separar. Quan no es fa servir una barca, es ferma al moll. També es fermen els animals a un arbre, a una anella o a un pal.

ferment ferments
nom masculí — Enzim.

fermentació fermentacions
nom femení — La fermentació és la transformació d'una substància en una altra a causa del contacte amb llevats, bacteris o fongs. El formatge prové de la fermentació de la llet.

fermentar
verb com *cantar* ◄ pàg. 26 — 1 Sofrir fermentació una substància. El suc de raïm fermenta i es converteix en vi.
2 Produir la fermentació d'una substància. Les indústries làcties fermenten la llet per a obtenir iogurts i formatges.

feroç feroços feroces
adjectiu — 1 Que és cruel i sanguinari. En una guerra, els combats són feroços.
2 Un animal és feroç quan ataca i devora altres animals tan grans com ell. El llop és un animal feroç.
ferocitat

ferotge ferotges
adjectiu — Feroç, salvatge.
ferotgia

ferradura ferradures
nom femení — 1 Una ferradura és una peça estreta de ferro en forma d'arc que s'adapta i es fixa amb claus a la peülla d'un cavall, d'un mul o d'un ase. Les ferradures serveixen per a protegir les peülles d'aquests animals.

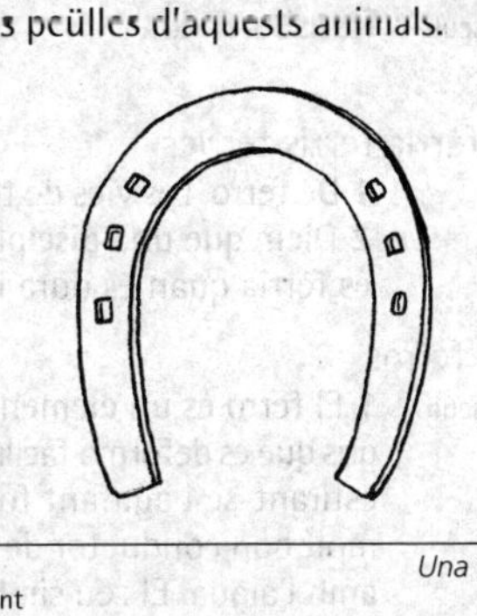

Una ferradura

Continua a la pàgina següent

locució que fa d'adjectiu — **2** Un arc és **de ferradura** si té forma de ferradura. Els arcs de ferradura són característics de l'arquitectura àrab.

ferralla ferralles

nom femení — La ferralla és el conjunt de peces, trossos o retalls de ferro vell, per a llençar. Després d'un xoc fort, la planxa d'un cotxe és un munt de ferralla.

ferramenta ferramentes

nom femení — **1** La ferramenta és el conjunt d'eines, d'armes o d'altres objectes de ferro.
2 Conjunt de peces de ferro que formen part d'alguna cosa. Parlem, per exemple, de la ferramenta d'un edifici.
3 Manera informal de dir *dentadura*.

ferrar

verb com *cantar* ◄ pàg. 26 — **1** Adornar o reforçar un objecte amb ferro. Quan es ferra una roda de carro, se li posa un cèrcol de ferro.
2 Clavar les ferradures a les peülles d'un animal.
ferrador

ferrat ferrada ferrats ferrades

adjectiu — **1** Adornat o reforçat amb ferro. Les portes d'algunes cases antigues són ferrades.
2 Un ou ferrat és un ou fregit sense batre'l.

ferreny ferrenya ferrenys ferrenyes

adjectiu — Una persona és ferrenya quan és forta, robusta i té un caràcter dur. També podem parlar d'una cara o d'un posat ferrenys.

ferrer ferrera ferrers ferreres

nom masculí i femení — Persona que treballa el ferro o que fabrica objectes de ferro.
ferreria

ferreteria ferreteries

nom femení — Una ferreteria és una botiga on es venen objectes de ferro i d'altres metalls, com claus, eines, etc.
ferreter

1
ferri ferris

nom masculí — Transbordador.

2
ferri fèrria ferris fèrries

adjectiu — **1** De ferro. Les vies de tren són vies fèrries.
2 Diem que una disciplina o una voluntat és fèrria quan és dura i constant.

ferro ferros

nom masculí — **1** El ferro és un element metàl·lic de color gris que es deforma fàcilment quan s'escalfa, estirant-se i agafant forma de làmines. És molt bon conductor de la calor i es rovella amb l'aigua. El seu símbol és: Fe.
2 Tros de ferro. El ferro d'una llança és la punta de la llança. Algunes persones es guanyen la vida comprant i venent ferros.
3 Diem que una persona té una salut de ferro quan és molt resistent i no es posa mai malalta.
ferroveller, ferruginós, ferruginosa

ferrocarril ferrocarrils

nom masculí — El ferrocarril és el sistema de transport i de comunicació que consisteix en trens de passatgers i de mercaderies que circulen per damunt de dues barres de ferro paral·leles, les vies o carrils. El primer ferrocarril de Catalunya va ser el de Barcelona a Mataró, inaugurat l'any 1848.

ferroviari ferroviària ferroviaris ferroviàries

adjectiu — **1** Del ferrocarril, que té relació amb el ferrocarril. La circulació ferroviària es controla actualment amb ordinadors.

nom masculí i femení — **2** Persona que treballa en els ferrocarrils.

fèrtil fèrtils

adjectiu — **1** Que produeix molt, que dóna molts fruits. Els terrenys ben regats són fèrtils.
2 Que pot tenir fills. A partir de l'adolescència, les persones sanes comencen a ser fèrtils.
3 Diem que una persona és fèrtil quan produeix moltes idees, moltes obres, etc. Haydn és un músic fèrtil, va compondre més de 100 simfonies.
fertilitat, infèrtil, infertilitat

fertilitzar

verb com *cantar* ◄ pàg. 26 — Fer que una terra sigui fèrtil o més fèrtil. Els adobs fertilitzen els camps.
fertilitzant

ferum ferums

nom femení — **1** Una ferum és una olor molt forta que fan alguns animals, sobretot els salvatges i els que estan tancats. Una granja de porcs es coneix de seguida per la ferum d'aquests animals.
2 Pudor forta, sobretot la que fan la carn, el peix i altres coses quan es comencen a fer malbé. La ferum de les escombraries és molt desagradable.

fervor fervors

nom masculí o femení — El fervor o la fervor és l'esforç, l'interès i l'entusiasme que es posa en alguna cosa. Si a una persona li agrada la feina que fa, treballa amb fervor. Les persones molt religioses resen amb fervor.
enfervorir

fesol fesols

nom masculí — Mongeta.
fesolera

fesomia fesomies
nom femení — Fisonomia.

festa festes
nom femení — 1 Una festa és una reunió de persones que es fa en honor d'algú o d'alguna cosa o per divertir-se. Quan celebrem l'aniversari ens agrada fer una festa amb els amics.
2 Dia que se celebra alguna cosa i que no es treballa. El 25 de desembre és la festa de Nadal per als cristians.
3 Carícia o demostració d'afecte que es fa a algú. Hi ha persones que de seguida fan festes als nens petits.
4 La **festa major** d'un poble o d'una ciutat és la festa que es fa per celebrar el dia del seu patró o la seva patrona. Sovint, les festes majors duren més d'un dia.
frase feta — 5 **Fer festa** és no treballar o no anar a la feina o a l'escola.

festejar
verb
com *cantar*
◄ pàg. 26
Amb G davant E, I
Tenir relació un noi i una noia que s'estimen. Sovint, els qui festegen volen casar-se o anar a viure junts.
festeig

festí festins
nom masculí — Un festí és un àpat de festa, esplèndid, amb menjars molt bons, que es fa en honor d'algú o d'alguna cosa. Algunes persones, quan es casen, fan un festí.

festiu festiva festius festives
adjectiu — 1 De festa, propi de les festes. A vegades, a les escoles es fan activitats festives: berenars, disfresses, representacions de teatre i altres.
2 Un dia festiu és un dia de festa. El diumenge és un dia festiu per a molta gent.

festival festivals
nom masculí — Un festival és un conjunt de representacions musicals, teatrals o de cinema que es fan en un lloc durant un període de temps curt. El festival de cine de Canes és molt famós.

festivitat festivitats
nom femení — Una festivitat és un dia de festa en el qual l'Església commemora algun sant o algun esdeveniment important. Nadal i Pasqua són festivitats populars.

festuc festucs
nom masculí — Pistatxo.

fet fets
nom masculí — 1 Un fet és l'acció de fer alguna cosa. El fet de córrer molts quilòmetres fa que les persones que corren suïn molt.
2 Qualsevol cosa que una persona fa o ha fet. Portar un jersei de llana quan fa molta calor és un fet estrany.
3 Qualsevol cosa que passa o que ha passat. Quan la policia fa una investigació, examina bé els fets.
4 **Fet i amagar** és un joc infantil on tots els que juguen s'han d'amagar menys un, que és qui ha de trobar els altres.
locució que fa d'adverbi — 5 **De fet** vol dir efectivament, en definitiva. *Mereix les nostres felicitacions perquè, de fet, és ell qui ha organitzat la festa.*

feta fetes
nom femení — Una feta és un fet especial, que destaca per la seva importància. Hi ha fetes que no s'obliden, com la d'haver pujat al cim de la muntanya més alta del món.

fetal fetals
adjectiu — Del fetus, que té relació amb el fetus. La posició fetal és la mateixa que té el fetus dins el ventre de la mare.

fetge fetges
nom masculí — 1 El fetge és un òrgan del cos de les persones i dels animals vertebrats que produeix la bilis i que intervé en la digestió. En les persones és situat sota dels pulmons, a la part dreta del cos. És la víscera més grossa que tenim. pàgs. 798-799 (38)
frase feta — 2 **Posar-se pedres al fetge** és preocupar-se molt per alguna cosa.
3 **Treure el fetge per la boca** és fer un esforç molt gran, cansar-se molt. Després de córrer una marató, els atletes treuen el fetge per la boca.

fètid fètida fètids fètides
adjectiu — Que fa una pudor molt forta. A les clavegueres hi ha aigua fètida.

fetilleria fetilleries
nom femení — Una fetilleria és un encanteri, una pràctica màgica que fan les bruixes i els bruixots. La majoria dels científics no fan cas de l'astrologia i de les fetilleries de mags i endevins.

fetitxe fetitxes
nom masculí — 1 Un fetitxe és un objecte que algunes persones o alguns pobles veneren perquè creuen que té uns poders màgics o sobrenaturals.
2 Amulet.

fetus fetus
nom masculí — Un fetus és el cos d'una persona o d'alguns animals quan encara és dins el ventre de la mare i es va desenvolupant.

feu feus
nom masculí
Sense accent gràfic
A l'edat mitjana, un feu era un territori que un senyor donava a un vassall a canvi que se'n fes càrrec. Una part del que es produïa en el feu era per al senyor.
feudal, infeudar

A B C D E F G H I J K L M N O P Q R S T U V W X Y Z

feudalisme feudalismes
nom masculí — El feudalisme era el sistema de vida que hi havia a l'edat mitjana i que es basava en l'existència dels feus: els vassalls s'ocupaven dels feus i havien de servir i defensar el senyor feudal.

1
fi fins
nom femení — **1** La fi és el punt últim o la part última d'alguna cosa. La nit és la fi del dia; la mort és la fi de la vida.
nom masculí — **2** El fi és allò que es vol aconseguir amb qualsevol acció. El fi d'estudiar medicina és arribar a ser metge o metgessa.
locució que fa d'adverbi — **3 A la fi** o **per fi** vol dir després d'haver esperat molt o d'haver costat molt alguna cosa. *Després de discutir molt, a la fi hem decidit anar a la muntanya.*

2
fi fina fins fines
adjectiu — **1** Que és dividit en trossos molt petits. La sorra d'algunes platges és molt fina.
2 Que és molt prim, de poc gruix. Un paper fi s'esquinça de seguida.
3 Que és molt llis o molt suau. Hi ha persones que tenen la pell molt fina. Una colònia fina gairebé no es nota.
4 Una persona és fina si és molt ben educada i es comporta amb elegància i bones maneres. Les persones fines no diuen res ni fan res que pugui molestar els altres.
frase feta — **5 Anar fina** una cosa és funcionar molt bé. Hi ha motors que van molt fins.
afinar, finesa, finor

fiança fiances
nom femení — Una fiança és una quantitat de diners o una altra cosa que es dóna a algú per assegurar-li que es complirà una obligació. Quan es lloga un cotxe, s'ha de deixar una fiança.

fiar
verb
com *canviar*
◄ pàg. 30
Amb dièresi
1 Donar, deixar o dir una cosa a algú en qui es té confiança. Quan fies un secret a un amic, esperes que no digui res a ningú.
2 Vendre una cosa a algú sense que pagui al mateix moment. Quan et coneixen en una botiga, si no portes diners et fien.
usat amb pronom — **3 Fiar-se** d'algú o d'alguna cosa és tenir-hi confiança, saber que no ens fallarà. És millor no fiar-se de la memòria i apuntar-se les coses.
fiabilitat, fiable

fiasco fiascos
nom masculí — Un fiasco és un fracàs o un mal resultat d'una cosa que s'esperava que aniria bé. Quan una obra de teatre és un fiasco, no dura gaire a la cartellera.

fibló fiblons
nom masculí — **1** Un fibló és una punxa que tenen alguns animals al final del cos i que fan servir per a picar. Les vespes tenen fibló.
2 Diem que una cosa és un fibló quan ens serveix com a estímul. Per a algunes persones, les bones notes són com un fibló que les fa estudiar més.
fiblada, fiblar

fibra fibres
nom femení — **1** Una fibra és cadascun dels filaments allargats que formen alguns minerals, alguns teixits del cos dels animals i dels vegetals. Les fibres de la fusta segueixen la forma del tronc de l'arbre. Al nostre cos tenim les fibres dels músculs. Les robes es fan amb fibres vegetals, com el cotó, animals, com la llana, o sintètiques, com el niló.
2 Component dels aliments vegetals constituït principalment per cel·lulosa. La fibra és molt important per al bon funcionament dels intestins i ajuda a evitar el restrenyiment. La fruita, els llegums i els cereals integrals porten molta fibra.
fibrós, fibrosa

fíbula fíbules
nom femení — Una fíbula és una sivella o un fermall de ferro, de bronze o de metalls preciosos que servia per a subjectar les peces de vestir. Els romans i els grecs feien servir fíbules.

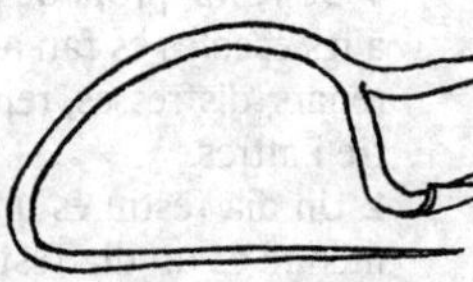

Una fíbula

ficar
verb
com *cantar*
◄ pàg. 26
Amb QU davant E, I
1 Fer que una cosa entri dins d'una altra. Una clau trencada no es pot ficar al pany. Quan als nens petits els comencen a sortir les dents, es fiquen les mans a la boca. També diem que algú es fica la mà a la butxaca o que es fica al llit aviat.
2 Aquest verb es fa servir també amb el significat de posar o posar-se, d'entrar o fer entrar, d'intervenir o fer intervenir, en frases com les següents: *No sap on ha ficat el rellotge. On t'havies ficat, que no et veia? Es va ficar a l'habitació del noi. Volien ficar la noia en un col·legi del poble. Sempre es fica on no el demanen. El van ficar en un bon embolic.*
frase feta — **3** Quan una persona **fica el nas pertot arreu** intenta saber coses dels altres encara que no siguin assumpte seu.

ficció ficcions
nom femení — Una ficció és qualsevol cosa que una persona s'imagina o s'inventa. A les pel·lícules de ficció surten moltes coses que en la realitat no existeixen.

fictici fictícia ficticis fictícies
adjectiu — Que és de ficció, que no existeix en la realitat. L'Astèrix i l'Obèlix són personatges ficticis.

ficus ficus
nom masculí — Un ficus és una planta que prové de zones tropicals i que es té en testos i jardins per a decorar. Té les fulles carnoses, grosses i gruixudes, de contorn arrodonit i de color verd fosc brillant. Quan les fulles noves ja es poden obrir, surten d'una funda vermellosa que hi ha al capdamunt de cada branca. Els ficus es poden fer molt grans.

fidedigne fidedigna fidedignes
adjectiu — Una persona o una cosa és fidedigna quan es pot creure, quan sabem que diu la veritat o que és veritat. Els anuncis de productes no sempre són fidedignes, a vegades enganyen els consumidors.

fidel fidels
adjectiu — **1** Una persona és fidel quan compleix els compromisos, quan s'hi pot confiar perquè saps que no fallarà. Els amics fidels sempre et guardaran un secret. Una persona és fidel a la seva parella quan no té relacions sexuals amb altres persones.
2 Diem que una traducció, una còpia o una altra cosa semblant és fidel quan és exacta, quan és verídica. Una història fidel explica exactament el que va passar.
nom masculí i femení — **3** Un o una fidel és una persona que pertany a una religió. Els fidels cristians i els fidels musulmans són molts milions.
fidelitat, infidel, infidelitat

fideu fideus
nom masculí — **1** Un fideu és un menjar de pasta de farina que té forma allargada i prima i que pot ser foradat del mig. Els fideus que es posen a la sopa són molt petits i prims i es diuen *de cabell d'àngel.*
frase feta — **2** Ser **prim com un fideu** o **semblar un fideu** és ser molt prim.

figa figues
nom femení — **1** Una figa és un fruit tou en forma de pera i de color vermellós per dintre, amb molts granets. Hi ha figues blanques, de pell verda, i figues negres, de pell morada molt fosca. pàg. 397 ⑬
2 Una **figa de moro** és una fruita rodona i més llarga que ampla, amb una pell gruixuda plena de punxes que agafa un color groc vermellós quan és madura. La part de dins, que es menja, és de color grogós o vermellós i té pinyols petits. Es fa en un cactus que té les branques en forma de pales de color verd amb moltes punxes i fa unes flors de color groc taronja.
nom masculí i femení — **3** Diem que una persona és un figa o una figa quan és molt delicada i no té mai energies per a fer res.
frase feta — **4 Això són figues d'un altre paner** significa que allò que algú diu és un tema diferent, que no té relació amb el que s'estava dient.
5 Fer figa és defallir, perdre les forces. Quan les cames et fan figa, estàs tan cansat que no pots ni caminar.
figuera

figaflor figaflors
nom femení — **1** Una figaflor és un tipus de figa que surt pel juny o pel juliol, més d'hora que les altres.
nom masculí i femení — **2** Diem que una persona és un figaflor o una figaflor si és poc espavilada, poc enèrgica.

figuerenc figuerenca figuerencs figuerenques
adjectiu — **1** De Figueres. *El museu figuerenc.*
nom masculí i femení — **2** Persona que és de Figueres o que hi viu.

figura figures
nom femení — **1** La figura d'algú o d'alguna cosa és la forma que té. Hi ha persones que tenen una figura atlètica.
2 Dibuix, pintura o escultura que representa la forma d'algú o d'alguna cosa. Als museus de cera hi ha figures de personatges coneguts.
3 Persona que destaca en alguna cosa. Gaudí va ser una de les grans figures del modernisme.

figurant figuranta figurants figurantes
nom masculí i femení — En el teatre, persona encarregada de representar un personatge poc important que no ha de dir res.

figurar
verb com *cantar* ◄ pàg. 26 — **1** Representar algú o alguna cosa mitjançant el dibuix, la pintura o l'escultura. Hi ha quadres que figuren escenes religioses.
2 Formar part d'un conjunt de coses o de persones. Si el nostre nom figura a la llista de guanyadors d'un concurs, estem molt contents. Algunes notícies figuren a tots els diaris.
3 Voler fer creure una cosa que no és veritat. Si figures que te'n vas, només ho fas veure, en realitat et quedes.

Continua a la pàgina següent

usat amb pronom — **4 Figurar-se** una cosa és imaginar-se-la, creure que és així. Antigament, es figuraven que la Terra era plana.
figuració, transfigurar

figuratiu figurativa figuratius figuratives
adjectiu — L'art figuratiu és una forma d'art que representa coses que existeixen en la realitat. Una pintura figurativa és el contrari d'una d'abstracta.

figurí figurins
nom masculí — Un figurí és un dibuix que representa un vestit en petit. Els figurins es fan servir com a model quan algú s'ha de fer un vestit.

fil fils
nom masculí — **1** Un fil és una tira molt prima i llarga formada d'una matèria com el cotó o la llana, que serveix per a cosir, per a fer teixits, etc. Per a arreglar un estrip es necessita fil i agulla.
2 Cosa flexible, llarga i prima, semblant a un fil. El telèfon i el corrent elèctric funcionen a través de fils metàl·lics.
3 Tall d'un ganivet o d'una eina. El fil de les estisores s'ha d'esmolar de tant en tant.
4 Quan parlem del fil d'una pel·lícula, d'una novel·la o d'un discurs, ens referim a l'argument, al conjunt d'idees que van l'una darrere l'altra. Si una persona perd el fil d'una conversa, es distreu i no sap de què estan parlant.
frase feta — **5 Posar fil a l'agulla** és començar a fer alguna cosa. El que costa més d'una redacció és posar fil a l'agulla.

fila files
nom femení — **1** Una fila és un conjunt de persones o de coses posades l'una al costat de l'altra, o l'una al darrere de l'altra, formant una línia recta. Quan fan cua, les persones es posen en fila. Als teatres hi ha moltes files de butaques. pàg. 997 ②
2 La fila d'una persona és l'aspecte que té. Els malalts fan mala fila.
locució que fa d'adverbi — **3 En fila índia** vol dir l'un darrere l'altre. *Vam passar per un camí molt estret i ens vam haver de posar en fila índia.*

filaberquí filaberquins
nom masculí — Un filaberquí és una eina per a foradar que consisteix en una maneta en forma de C que té una broca en una punta i un pom a l'altra. Per a fer girar la broca i fer un forat, es donen voltes a la maneta.
pàg. 993 ㉗

filagarsa filagarses
nom femení — Una filagarsa és un conjunt de fils que pengen d'un tros de roba. Quan els jerseis i els vestits es fan vells, s'omplen de filagarses.
esfilagarsar

filament filaments
nom masculí — Un filament és una cosa que té forma de fil. Les bombetes elèctriques tenen un filament metàl·lic a dins.

filantropia filantropies
nom femení — La filantropia és un sentiment que fa que les persones ajudin les altres persones, per amor a la humanitat.
filantrop, filantròpic

filar
verb com *cantar* ◄ pàg. 26 — **1** Transformar en fil. Hi ha unes màquines especials que filen la llana, el cotó i el lli.
2 Fer, l'aranya i el cuc de seda, un fil per a la teranyina i per al capoll.
frase feta — **3 Filar prim** és fixar-se molt en les coses, fins i tot en els detalls més petits.
filador

filat filats
nom masculí — **1** El filat és el resultat de filar. Abans, els filats es feien a mà; ara es fan amb màquines.
2 Un filat és un teixit de filferro o de plàstic per a tancar una obertura o un espai. Perquè no s'escapin els animals, alguns corrals es tanquen amb un filat.
3 Xarxa de pescar.

filatèlia filatèlies
nom femení — La filatèlia és l'estudi dels segells de correus i l'afició a col·leccionar-los.
filatèlic

filatura filatures
nom femení — **1** La filatura és el conjunt d'operacions que es fan per a convertir un material en fil.
2 Una filatura és una fàbrica on es fan aquestes operacions.

filera fileres
nom femení — Fila.
afilerar

filet filets
nom masculí — **1** Un filet és un tros de carn de bou o de vedella que es treu de la part del llom i que no té ossos ni tendons. Els filets són molt apreciats en gastronomia.
2 Tros prim de peix o de carn sense espines ni ossos.

filferro filferros
nom masculí — El filferro és un fil d'acer molt flexible i molt fort. Serveix per a fer cables, filats, etc., i per a lligar o subjectar.

filharmònic filharmònica filharmònics filharmòniques
adjectiu — Una orquestra o una societat filharmònica és la que fa concerts i altres activitats per a fer créixer l'interès de la gent per la música.
filharmonia

filibuster filibustera filibusters filibusteres
nom masculí i femení — Pirata que durant el segle XVII navegava pel mar de les Antilles.

filigrana filigranes
nom femení — 1 Una filigrana és un adornament fet amb fils d'or o de plata entrellaçats.
2 Senyal que es fa en el paper en el moment de fabricar-lo i que només es pot veure a contrallum. Els bitllets de banc porten una filigrana.
3 Diem que una cosa és una filigrana si és plena de detalls, és difícil de fer i està molt ben feta.

filípica filípiques
nom femení — Una filípica és un discurs violent contra algú. Si reps una filípica, et renyen amb paraules molt fortes.

estar de filis
frase feta — Estar de filis és estar de bon humor. Quan estàs de filis tens ganes de fer coses.

fill filla fills filles
nom masculí i femení — 1 Persona o animal amb relació al seu pare i a la seva mare. Si ets fill únic, no tens germans.
2 Persona amb relació al país, al poble o a la regió on ha nascut. Dalí era fill de Figueres.
3 El **fill polític** o la **filla política** són el gendre i la nora.
afillar, filiació, filial

fillastre fillastra fillastres
nom masculí i femení — Fill o filla que el marit o la muller d'algú ha tingut en un altre matrimoni.

fillol fillola fillols filloles
nom masculí i femení — Persona amb relació als seus padrins. Per Pasqua, els padrins regalen la mona als seus fillols.

fil·loxera fil·loxeres
nom femení — 1 Una fil·loxera és un insecte molt petit que ataca les arrels dels ceps.
2 La fil·loxera és una malaltia provocada a les vinyes per l'insecte del mateix nom.

film films
nom masculí — Un film és una pel·lícula de cine. Hi ha films romàntics, de ciència-ficció, de terror i d'acció.
filmografia

filmar
verb, com *cantar* ◄ pàg. 26 — Gravar imatges i veus amb una càmera de cine o de vídeo per a fer una pel·lícula.
filmació

filmoteca filmoteques
nom femení — Una filmoteca és un lloc on es guarden i es projecten pel·lícules. Gràcies a les filmoteques es poden veure pel·lícules antigues.

filó filons
nom masculí — Un filó és una massa de mineral, estreta i allargada, que apareix a les esquerdes de roques o de terrenys. Hi ha filons que tenen uns quants metres de gruix i uns quants quilòmetres de llargària.

filologia filologies
nom femení — La filologia és la ciència que estudia la llengua i la literatura.
filòleg, filòloga

filosa filoses
nom femení — Una filosa és un instrument per a filar a mà que consisteix en un bastó llarg eixamplat per la part de dalt, en la qual es col·loca el material que es vol filar.

filosofia filosofies
nom femení — 1 La filosofia és la ciència que vol donar una explicació de l'origen i de la finalitat de l'ésser humà, dels seus coneixements i del seu pensament, i també de tota la natura.
2 Diem que una persona es pren alguna cosa amb filosofia quan se la pren tranquil·lament encara que no sigui gaire bona o agradable.
filòsof, filosofal, filosofar, filosòfic

filtrar
verb, com *cantar* ◄ pàg. 26 — Fer passar un líquid o un gas a través d'un filtre. Quan l'aigua està tèrbola la filtrem per netejar-la. En algunes cases la humitat es filtra per les parets.
filtració, infiltració, infiltrar

filtre filtres
nom masculí — 1 Un filtre és un material amb porus o un aparell amb uns forats molt petits que deixa passar un líquid a través seu, però que, en canvi, impedeix que passin les partícules sòlides que hi ha barrejades amb el líquid. Si les cafeteres no portessin un filtre, el marro es barrejaria amb el cafè.
2 Material o aparell que no deixa passar alguna cosa que fa nosa o que no va bé. A l'estiu, perquè la pell no se'ns cremi, ens posem una crema que fa de filtre solar.

filustrar
verb, com *cantar* ◄ pàg. 26 — Clissar.

fimosi fimosis
nom femení Un nen té fimosi quan la pell que cobreix la part final del penis és massa estreta i no deixa sortir el gland. La fimosi s'ha d'operar.

final finals
adjectiu 1 Que és a la fi d'una cosa. Sovint, els focs artificials acaben amb una traca final.
nom masculí 2 El final d'una cosa és la seva fi. Moltes persones volen que les pel·lícules tinguin un final feliç.
nom femení 3 Una final és l'última prova d'una competició esportiva o d'un concurs, on es decideix qui és el guanyador. La final del campionat mundial de futbol és un gran esdeveniment per als aficionats.
finalista, finalitzar

finalitat finalitats
nom femení La finalitat d'una cosa és el seu fi. La finalitat del pacifisme és que no hi hagi guerres.

finalment
adverbi 1 A la fi, per fi. *Finalment, vam arribar al cim de la muntanya.*
2 Per acabar, en últim lloc. *Finalment, exposaré les conclusions d'aquest treball.*

finançar
verb
com *cantar*
◄ pàg. 26
Amb C davant E, I
Donar els diners que es necessiten per a fer alguna cosa. Algunes empreses financen espectacles o clubs esportius.
finança, finançament

financer financera financers financeres
adjectiu 1 Que està relacionat amb els diners i amb els negocis. Una empresa té problemes financers si no guanya prou diners per a pagar els deutes.
nom masculí i femení 2 Persona que es dedica a fer negocis i a deixar diners als qui fan negocis. Els financers han de saber quins negocis són els millors.

finat finada finats finades
adjectiu i nom masculí i femení Difunt. A l'enterrament d'un finat il·lustre, hi va molta gent. Es diu quan es parla formalment.

finca finques
nom femení Una finca és un edifici o un terreny, situat al camp o a la ciutat, que és propietat d'algú. Les persones riques acostumen a tenir moltes finques.

finès finesa finesos fineses
adjectiu 1 Dels finesos o de la seva llengua. *Els dialectes finesos.*
nom masculí i femení 2 Persona que pertany a un poble que viu a Finlàndia, Livònia i altres països del nord d'Europa. Són finesos els finlandesos i els estonians.
nom masculí 3 El finès és la llengua que parlen els finesos.

finestra finestres
nom femení 1 Una finestra és una obertura feta a la paret d'un edifici per a deixar que hi entri aire i llum i per a mirar de dins a fora.
pàg. 593 (11)
2 Cada una de les obertures semblants a una finestra que hi ha als cotxes, als vagons de tren i a altres vehicles. Per les finestres podem veure el paisatge. Normalment, les finestres estan tancades amb vidres. Les dels avions no es poden obrir.
frase feta 3 **Tirar la casa per la finestra** és gastar molts diners.

finestral finestrals
nom masculí Un finestral és una finestra gran. Pels finestrals entra molta llum.

finestreta finestretes
nom femení 1 Una finestreta és una finestra d'un cotxe, d'un vagó de tren o d'un altre vehicle. A l'estiu, portem les finestretes del cotxe amb el vidre abaixat. cotxe per fora
2 Finestra petita que hi ha a les oficines, a les taquilles o a altres llocs, per on es cobra, es paga, es recullen documents, es demana informació, etc. Les finestretes dels bancs es protegeixen amb vidres molt gruixuts.

finestró finestrons
nom masculí Un finestró és cadascuna de les portetes de fusta que hi ha a les finestres i a les portes dels balcons per a no deixar passar la llum.

fingir
verb
com *servir*
◄ pàg. 28
Una persona fingeix una cosa quan vol que els altres creguin que aquesta cosa és veritat i realment no ho és. Quan algú no vol saludar un conegut, fingeix que no l'ha vist.

finir
verb
com *servir*
◄ pàg. 28
1 Donar fi a una cosa, acabar-la. Quan l'empresa constructora fineix els treballs en una casa, es pot començar a decorar.
2 Una cosa fineix quan arriba a la seva fi, quan s'acaba. El curs escolar fineix el mes de juny.

finit finita finits finites
adjectiu Que té límits, que té fi. La vida de les plantes, dels animals i de les persones és finita.

finlandès finlandesa finlandesos finlandeses
adjectiu 1 De Finlàndia. *Els llacs finlandesos.*
nom masculí i femení 2 Persona que és de Finlàndia o que hi viu.

nom masculí — **3** El finlandès és el finès que es parla a Finlàndia.

fins

preposició — **1** Aquesta paraula indica el lloc on s'arriba. *T'acompanyo fins allà.*
També pot ser *fins a* o *fins en*:
- *Anirem fins a la plaça. Vam anar passejant fins en aquella cova.*

2 Aquesta paraula indica un moment en el temps o bé el moment final d'un període. *No ho faré fins demà. Ha plogut fins ara.*
També pot ser *fins a*:
- *Fins al dia 30 inclusivament. No et veuré fins al mes vinent.*

adverbi — **3** Fins i tot. *Estava tan emocionat, que fins plorava.*

locució que fa d'adverbi — **4 Fins i tot** és una expressió que indica que allò que es diu és extraordinari o sorprenent. *Anem d'excursió cada cap de setmana, fins i tot quan plou.*

finta fintes

nom femení — En alguns esports, com el futbol, la boxa o l'esgrima, una finta és un gest o un moviment que un jugador fa per enganyar el contrari o per esquivar-lo.

fiord fiords

nom masculí — Un fiord és un entrant del mar a la costa, llarg, estret i profund, situat entre penyasegats. Els fiords es troben sobretot a Noruega.

fira fires

nom femení — **1** Una fira és un mercat que es fa uns dies assenyalats en un lloc. En una fira, es mostren, es venen i es compren coses diverses. Hi ha fires de bestiar, de menjar, de maquinària agrícola, etc.
2 Conjunt d'atraccions i d'entreteniments que s'instal·len en algun lloc perquè la gent s'ho passi bé. Sovint, a les festes majors hi ha una fira.
firaire

firal firals

nom masculí — Un firal és el lloc on es fa una fira.

firar-se

verb usat amb pronom com *cantar* ◄ pàg. 26 — Comprar. A l'època de rebaixes, ens podem firar jerseis ben barats. Es diu de manera informal.

fireta firetes

nom femení — La fireta és el conjunt de plats, olles i altres objectes de cuina petits per a jugar a cuinar. La fireta acostuma a ser de terrissa, de llauna o de plàstic. pàg. 997 ⑩

firma firmes

nom femení — La firma d'una persona és el seu nom i el seu cognom escrits juntament amb la rúbrica al final d'una carta o d'un document. La firma indica que se n'és l'autor o que s'està d'acord amb el que s'hi diu.

firmament firmaments

nom masculí — El firmament és el cel, l'espai per on es mouen els astres. Podem dir que el firmament és ple d'estrelles.

firmar

verb com *cantar* ◄ pàg. 26 — Posar la firma en algun lloc. Quan et fas el carnet d'identitat, firmes diversos papers.

fisc fiscs

nom masculí. També *fiscos* — El fisc és l'administració que s'encarrega de cobrar els impostos.

fiscal fiscals

adjectiu — **1** Que està relacionat amb el fisc. Les persones que no paguen els impostos tenen un deute fiscal.

nom masculí i femení — **2** Un o una fiscal és una persona que, en els judicis, acusa la persona jutjada i ha de demostrar que és culpable.
fiscalia, fiscalitzar

físic física físics físiques

adjectiu — **1** Que està relacionat amb la natura i amb les coses materials, les que es poden veure i tocar. Als mapes físics hi surten les muntanyes, els rius, els llacs, etc.
2 Que està relacionat amb el cos de les persones. L'exercici físic és molt important per a estar en forma.
3 Que està relacionat amb la física. Els fenòmens físics, com el so i la llum, són els que estudia la física.

nom femení — **4** La física és la ciència que estudia els fenòmens de la natura i les característiques de les coses materials. Estudia, per exemple, la llum, la calor, el so i l'electricitat.

nom masculí i femení — **5** Persona que es dedica a la física. Einstein va ser un gran físic.

nom masculí — **6** El físic d'una persona és el seu cos, sobretot el seu aspecte exterior. Els atletes tenen un físic musculós.

fisiologia fisiologies

nom femení — La fisiologia és la branca de la biologia que estudia el funcionament dels òrgans dels éssers vius.
fisiòleg, fisiòloga, fisiològic

fisioteràpia fisioteràpies

nom femení — La fisioteràpia és el tractament d'algunes malalties aprofitant recursos físics naturals com l'aigua, l'aire, l'electricitat i la calor.
fisioterapeuta

A B C D E F G H I J K L M N O P Q R S T U V W X Y Z

fisonomia fisonomies

nom femení
També *fesomia*

1 La fisonomia d'una persona és el conjunt de faccions de la seva cara. Els bessons acostumen a tenir una fisonomia molt semblant.

2 La fisonomia d'una cosa és el seu aspecte, la manera com la veiem. Un terratrèmol fa canviar la fisonomia d'una ciutat.

fisonomista

fissió fissions

nom femení

Una fissió és una divisió del nucli d'un àtom en dues parts. Quan hi ha una fissió, es produeix una gran quantitat d'energia.

fissura fissures

nom femení

Una fissura és una esquerda o un tall. En una caiguda molt forta, pots fer-te una fissura en un os.

fístula fístules

nom femení

Una fístula és un conducte estret que, en una infecció, es fa sota la pell i per on passa un líquid del cos. A vegades, quan es tanca una ferida infectada, es forma una fístula per on surt pus.

fit fita fits fites

adjectiu

1 Quan tenim la mirada o els ulls fits en alguna cosa, la mirem de manera fixa, sense separar la mirada o els ulls.

locució que fa d'adverbi

2 De fit a fit vol dir amb la vista fixa. *Es miraven de fit a fit, sense deixar de mirar-se.*

fita fites

nom femení

1 Una fita és un senyal de pedra o d'un altre material que indica els límits d'una propietat o els quilòmetres d'una carretera o d'una via de tren.

2 Objectiu. La fita de molts atletes és aconseguir una medalla als jocs olímpics.

fitxa fitxes

nom femení

1 Una fitxa és un full de paper o una cartolina on s'escriuen dades d'un mateix tipus. A les biblioteques, cada llibre té una fitxa, amb el títol, el nom de l'autor, la col·lecció, etc. págs. 998-999 (5)

2 Peça petita de materials diferents que es fa servir per a jugar a alguns jocs, com el dòmino o el parxís, o per a fer funcionar alguns aparells. pàg. 393 (17)

3 Full amb exercicis sobre un tema determinat d'estudi.

fitxar

verb
com *cantar*
◄ pàg. 26

1 Escriure en una fitxa les dades d'una persona, d'un llibre o d'una altra cosa. Quan deté algú, la policia el fitxa.

2 Quan una entitat esportiva fitxa algú, el contracta per tal que formi part del seu equip. Els equips que tenen pocs diners no poden fitxar grans jugadors. Un jugador fitxa per un equip quan es compromet a jugar en aquest equip.

3 Els treballadors d'una empresa fitxen quan marquen en una fitxa l'hora que entren a la feina i l'hora que en surten.

fitxatge

fitxer fitxers

nom masculí

1 Un fitxer és un calaix, una capsa o un moble per a posar-hi fitxes.

2 En informàtica, conjunt de dades que es guarden amb un mateix nom a l'ordinador. Podem guardar els treballs d'escola en diferents fitxers.

fix fixa fixos fixes

adjectiu

1 Col·locat de manera que no es pugui moure ni caure. Per a penjar un quadre, cal un clau fix a la paret.

2 Que no canvia. Als calendaris hi ha unes festes fixes, com Nadal, que sempre és el 25 de desembre, i festes que cada any cauen en un dia diferent. Si una persona no té una residència fixa, contínuament canvia de casa.

3 Una persona és fixa en una feina quan té un contracte per sempre.

4 Diem que una persona té la mirada fixa en alguna cosa quan no deixa de mirar-la.

fixació fixacions

nom femení

1 Una fixació és el fet de fixar alguna cosa. La fixació d'uns prestatges a la paret s'ha de fer ben feta perquè no caiguin.

2 Una persona té una fixació per alguna cosa quan no pot deixar de pensar-hi o de fer-la.

3 Les fixacions d'uns esquís són les peces metàl·liques que serveixen per a fixar les botes als esquís.

fixar

verb
com *cantar*
◄ pàg. 26

1 Col·locar una cosa de manera que no es mogui ni caigui, clavant-la, enganxant-la, etc. Hi ha persones que fixen cartells a les parets per a anunciar alguna cosa.

2 Fer que una cosa sigui permanent, que no s'esborri ni desaparegui. Quan es fa un dibuix amb ceres, s'ha de fixar perquè es conservi millor.

3 Establir o decidir alguna cosa. Quan s'organitza un campionat, es fixen les normes que caldrà seguir. És complicat fixar una data que vagi bé a tothom quan s'ha de reunir molta gent.

usat amb pronom

4 Fixar-se en algú o en alguna cosa és dirigir-hi l'atenció amb molt d'interès. Si t'expliquen un tema que t'agrada, t'hi fixes molt.

fixador, malfixar-se

flabiol flabiols

nom masculí — **1** Un flabiol és un instrument semblant a la flauta, però més petit i amb un so més agut. Es toca només amb una mà. A les cobles de sardanes sempre hi ha un flabiol.

frase feta — **2 Anar darrere d'algú amb un flabiol sonant** vol dir perseguir-lo inútilment perquè faci alguna cosa.

flac flaca flacs flaques

adjectiu — **1** Prim. Quan les vaques estan molt flaques, fan poca llet.

2 Dèbil, sense força i sense ànims. Sovint, les persones molt grans són flaques de cames i de memòria.

aflaquir, flaquejar, flaquesa

flàccid flàccida flàccids flàccides

adjectiu — Que és tou. Les persones molt grasses tenen la carn flàccida.

flacciditat

flagel flagels

nom masculí — Un flagel és un apèndix allargat en forma de fil que tenen alguns microorganismes, com els protozous i els bacteris, per a poder-se moure i agafar-se a algunes superfícies.

flagel·lat, flagel·lada

flagell flagells

nom masculí — **1** Un flagell és un fuet de pegar o d'assotar.

2 Diem que una cosa és un flagell quan és un desastre, una gran desgràcia. Els incendis de l'estiu són un flagell que destrueix els boscos.

flagel·lació, flagel·lar

flagrant flagrants

adjectiu — Un crim o un delicte és flagrant quan es comet davant dels ulls d'algú i és tan evident que ningú no el pot negar. Si la policia agafa una persona en flagrant delicte, l'enxampa en el moment en què el fa.

flairar

verb com *cantar* ◄ pàg. 26 — **1** Olorar, sentir olor. Els gossos de caça flairen el rastre dels conills.

2 Fer olor. A la primavera, les flors flairen.

flaire flaires

nom femení Amb E final — Olor. La flaire de les roses és molt agradable.

flairós, flairosa

flaix flaixos

nom masculí També *flash* — Un flaix és un aparell que fa una llum molt intensa durant molt poc temps i que permet fer fotografies quan hi ha poca llum. N'hi ha que van incorporats a la càmera de fotografiar.

flam flams

nom masculí — Un flam és un menjar dolç fet amb llet, sucre i ous que es cou i es torna sòlid en un motlle. Els flams són tous i solen tenir forma de got petit posat a l'inrevés. El flam amb nata és molt bo.

flama flames

nom femení — Una flama és un conjunt de gasos encesos que es mou i que surt d'una cosa que crema. Les flames d'una llar de foc són vermelles i grogues: les dels fogons de gas són blavoses.

flamejar, flamíger

flamant flamants

adjectiu — **1** Que fa flama. Per Sant Joan, als pobles i a les ciutats hi ha fogueres flamants.

2 Una cosa és flamant quan és molt nova, acabada de fer o d'estrenar. A tothom li agrada passejar-se amb un cotxe flamant.

flamarada flamarades

nom femení — Una flamarada és una flama que s'alça d'un foc i que s'apaga ràpidament. Quan cremen les falles de València, en surten grans flamarades.

flamenc flamenca flamencs flamenques

adjectiu — **1** De Flandes. *La pintura flamenca.*

nom masculí i femení — **2** Persona que és de Flandes o que hi viu.

nom masculí — **3** Nom que també rep el neerlandès.

4 El flamenc és el cant i el ball propis d'Andalusia.

5 Un flamenc és un ocell gros que viu en llocs on hi ha aigua, com els deltes dels rius. Té el coll i les potes molt llargs i els estira quan vola. La majoria dels flamencs són d'un color rosat molt bonic, amb plomes negres al final de les ales. S'alimenten de petits crustacis, peixets, insectes i algues.

flamet flamets

nom masculí — Un flamet és un dolç petit, tou i fi, fet de rovell d'ou ensucrat. Els flamets normalment tenen forma de petit flam. Algunes pastisseries els fan grossos i de forma gairebé quadrada.

flanc flancs

nom masculí — Un flanc és cadascun dels costats d'una persona, d'un animal o d'una cosa qualsevol. Els flancs d'un vaixell s'anomenen estribord i babord.

flanquejar

flascó flascons

nom masculí — Un flascó és un recipient petit amb el coll estret per a guardar-hi líquids o pólvores. Els flascons de colònia acostumen a ser de vidre.

flash flashes
nom masculí — Flaix. És una paraula anglesa.

flashback flashbacks
nom masculí — Un flashback és una escena d'una pel·lícula que explica fets que han passat abans del que s'està representant. És una paraula anglesa.

flassada flassades
nom femení — Una flassada és una manta que es posa al llit per a estar més abrigat. Les flassades es fan servir a l'hivern.

flat flats
nom masculí — Una persona té flat quan sent un dolor intens i breu que ve de cop a la part alta de l'abdomen, normalment en un costat. El flat se sent a vegades quan s'està fent un exercici físic, com córrer.

flatositat flatositats
nom femení — Una persona té flatositat si té molts gasos acumulats al tub digestiu. Alguns aliments, com les mongetes, produeixen flatositat.

flauta flautes
nom femení — **1** Una flauta és un instrument de vent que consisteix en un tub de fusta o d'un altre material amb uns forats que es tapen amb els dits i un altre forat en un extrem per on es bufa. La flauta dolça i la flauta travessera són les més comunes. págs. 394-395 (36)
2 Flauta travessera págs. 394-395 (15)
aflautat, aflautada, flautista

flebitis flebitis
nom femení — Una flebitis és una inflamació d'una vena.

fleca fleques
nom femení — Una fleca és un forn de pa i una botiga on es ven pa. A les fleques solen vendre també croissants i altres pastes.
flequer

flegma flegmes
nom femení — **1** Una flegma és una mucositat anormal del nas o de la boca que ve dels bronquis.
2 Actitud d'algú que fa les coses amb molta calma, sense posar-se mai nerviós. Quan una persona és innocent, pot respondre amb flegma les preguntes d'un interrogatori.
flegmàtic

flegmó flegmons
nom masculí — Un flegmó és una inflamació sovint dolorosa on es forma pus. Els flegmons es produeixen, sobretot, a les genives.

fletxa fletxes
nom femení — **1** Una fletxa és una arma que es llança amb un arc o una ballesta. És formada per un pal prim i llarg de fusta que en un extrem té una punta afilada de ferro, i en l'altre, a vegades, unes aletes de ploma o de metall.
2 Qualsevol cosa que s'assembla a una fletxa. Sovint, per a indicar la direcció dels llocs, es fan servir fletxes.

fleuma fleumes
adjectiu i nom masculí i femení — Una persona és fleuma quan no té caràcter i és poc decidida. Els fleumes no s'arrisquen mai en res.

flexible flexibles
adjectiu — **1** Que es pot doblegar fàcilment sense que es trenqui. La majoria de sabates són flexibles.
2 Diem que una persona és flexible quan s'adapta fàcilment a diverses circumstàncies o a les influències dels altres. Les persones flexibles no s'acostumen a barallar.
flexibilitat

flexió flexions
nom femení — **1** La flexió d'una cosa és el fet de doblegar-la o doblegar-se. Les flexions del cos són exercicis gimnàstics.
2 La flexió d'una paraula és el conjunt de modificacions que experimenta quan es conjuga o quan canvia de gènere i nombre. La flexió del verb *cantar* dóna les paraules: *canto*, *cantessis*, *cantaries* o *cantant*.
flexionar, inflexió

flipar
verb com *cantar* ◄ pàg. 26
1 Diem que una persona flipa quan està sorpresa per alguna cosa que li ha cridat molt l'atenció. Si veus un senglar travessant un carrer d'una ciutat, flipes. Es diu de manera informal.
2 Si flipes amb alguna cosa és que t'entusiasma. Hi ha persones que flipen amb els focs artificials. Es diu de manera informal.

flirt flirts
nom masculí — **1** Dues persones tenen un flirt quan tenen una relació amorosa durant poc temps. Els flirts no es prenen gaire seriosament.
2 Persona amb qui es manté un flirt.
flirteig, flirtejar

floc flocs
nom masculí — **1** Un floc és un conjunt petit de llana, de seda, de cotó, de cabell o d'una altra cosa. Per a portar serrell, cal que et tallin alguns flocs de cabell.
2 Un floc de neu és cadascun dels trossets de neu que cauen quan neva.

flonjo flonja flonjos flonges
adjectiu — Que és tou i esponjós. Els coixins acostumen a ser flonjos.
flonjor

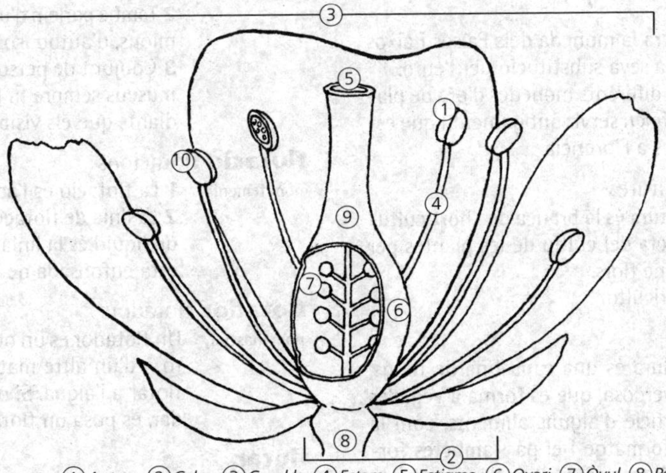

(1) Antera. (2) Calze. (3) Corol·la. (4) Estam. (5) Estigma. (6) Ovari. (7) Òvul. (8) Peduncle. (9) Pistil. (10) Pol·len.

Parts de la flor

flor flors

nom femení

1 Una flor és un òrgan de reproducció d'una planta. En les plantes que tenen flor, la flor es converteix en el fruit i dins del fruit hi ha les llavors que faran néixer una nova planta. La majoria de flors són de colors molt bonics i es fan servir com a adornament. ✎ planta

2 Una **flor de lis** és una planta herbàcia que fa una única flor de color vermell que té tres pètals interiors aixecats i tres d'exteriors que pengen.

3 També es diu **flor de lis** una figura que s'usa en heràldica i representa una flor formada per un pètal central recte i dos pètals corbats cap enfora a banda i banda, units per una anella. És un símbol dels reis i de les reines de França.

Una flor de lis

4 Una **flor de neu** és una planta herbàcia que no arriba a un pam d'alçària i que es fa a l'alta muntanya. Té unes fulles verdes i unes altres de color blanc que s'obren en forma d'estrella; damunt d'aquestes fulles es formen unes flors petites també blanques.

frase feta

5 Es diu que una cosa **és flors i violes** si és fàcil de fer i ens agrada fer-la.

floral, florejar, florera

flora flores

nom femení

1 La flora és el conjunt de plantes que creixen en un país, una regió o una època determinada. La flora dels Països Catalans és molt variada.

2 Conjunt de bacteris que creixen en un òrgan. La flora intestinal intervé en la digestió dels aliments.

floració floracions

nom femení

La floració és el fet d'obrir-se les flors. La floració dels ametllers es produeix a l'hivern.

florent florents

adjectiu

1 Que està en flor. A la primavera, hi ha molts arbres florents.

2 Quan parlem d'un negoci, un comerç, un país o una altra cosa florent, volem dir que està en un bon moment.

floret[1] florets

nom masculí

Un floret és un conjunt de persones o de coses que estan entre les millors. Als jocs olímpics sempre hi ha un floret d'atletes.

floret[2] florets

nom masculí

Un floret és una espasa molt flexible i amb una boleta a la punta que es fa servir en esgrima.

floreta floretes

nom femení

Una floreta és una paraula que es diu a algú per a afalagar-lo. A tothom li agrada que li tirin floretes.

florí florins

nom masculí

1 El florí era la moneda dels Països Baixos abans de la seva substitució per l'euro.

2 Nom de diferents monedes d'or i de plata que es feien servir antigament i que estaven fetes a Florència.

floricultura floricultures

nom femení

La floricultura és la branca de l'horticultura que tracta del cultiu de les plantes per a obtenir-ne flors.

floricultor

floridura floridures

nom femení
Diferent de *floritura*

Una floridura és una capa fina de fongs, blanca o verdosa, que es forma a vegades a la superfície d'alguns aliments, com la fruita, el formatge i el pa. També es formen floridures sobre altres coses quan hi ha humitat.

florir

verb
com *servir*
◄ pàg. 28

1 Quan les plantes floreixen, fan flor. Els rosers floreixen a l'abril.

2 Diem que la indústria, el comerç, l'art o una altra cosa floreix quan comença a desenvolupar-se i prospera.

usat amb pronom

3 **Florir-se** un aliment o una altra cosa és cobrir-se de floridura. La humitat fa que el pa es floreixi.

4 Diem que **ens florim** esperant algú quan ens cansem d'esperar-lo i ens posem nerviosos.

florida

florista floristes

nom masculí i femení

Un o una florista és una persona que ven flors.

floristeria

florit florida florits florides

adjectiu

1 Que té flors. Un camp d'ametllers florits és molt bonic. A algunes persones els agraden els vestits florits.

2 Que té floridura. Les taronges florides no es poden menjar.

3 Diem que un llenguatge o un estil és florit quan té molts adornaments. L'art rococó és molt florit.

nom masculí

4 Floridura. El florit del pa no es pot menjar.

floritura floritures

nom femení
Diferent de *floridura*

Una floritura és un adornament que s'afegeix a alguna cosa. Quan tenim poc temps per a explicar alguna cosa, ens deixem de floritures i expliquem de seguida els fets.

flota flotes

nom femení

1 Una flota és un conjunt de vaixells que naveguen junts o que són d'un mateix tipus. Hi ha flotes de vaixells de guerra, de pesca, de comerç, etc.

2 També parlem d'una flota d'avions, de camions, d'autobusos o d'altres vehicles.

3 Conjunt de persones que van juntes. Als museus sempre hi ha alguna flota d'estudiants que els visiten.

flotació flotacions

nom femení

1 La flotació és l'acte de flotar.

2 La línia de flotació d'un cos que flota en un líquid és la línia que separa la part que està enfonsada de la que no ho està.

flotador flotadors

nom masculí

Un flotador és un objecte de plàstic, de suro o d'un altre material que serveix per a flotar a l'aigua. Si una persona no sap nedar, es posa un flotador.

flotar

verb
com *cantar*
◄ pàg. 26

Aguantar-se una cosa a la superfície d'un líquid sense enfonsar-se. El suro flota sobre l'aigua; en canvi, les pedres se'n van al fons.

fluctuar

verb
com *canviar*
◄ pàg. 30
Amb dièresi

Una cosa fluctua quan canvia sovint de situació, pujant i baixant. Els preus fluctuen quan varien molt. També fluctua el caràcter d'algunes persones.

fluctuació

fluid fluida fluids fluides

adjectiu
Amb D
Sense dièresi

1 Que flueix. L'aigua és una substància fluida.

2 Diem que el llenguatge és fluid quan surt d'una manera natural i fàcil. Costa molt arribar a tenir una parla fluida en una llengua estrangera.

3 Diem que el trànsit és fluid quan no hi ha embussos i els cotxes poden circular bé.

nom masculí

4 Un fluid és un líquid o un gas.

fluïdificar

fluïdesa fluïdeses

nom femení

La fluïdesa és la característica del que és fluid. Hi ha persones que tenen molta fluïdesa de paraula.

fluir

verb
com *reduir*
◄ pàg. 39
Amb dièresi

Un líquid flueix quan corre, com l'aigua dels rius i la sang de les venes.

fluix fluixa fluixos fluixes

adjectiu

1 Que no tiba o no queda prou fort. Si es planta una tenda de campanya amb les cordes fluixes, el vent se la pot emportar.

2 Sense gaire força, suau. Podem parlar d'un cop, d'un vent, d'una veu, d'un color o d'un vi fluixos.

frase feta

3 **Anar fluix de ventre** és fer caca molt sovint.

afluixar, fluixedat, fluixejar

fluor fluors

nom masculí
Mot agut

El fluor és un gas corrosiu i tòxic, de color groc verdós i d'olor desagradable. Els seus compostos protegeixen les dents contra la càries. El seu símbol és: F.

fluorescent fluorescents

nom masculí

Un fluorescent és un tub de vidre amb unes peces de metall als costats que es connecta a l'electricitat i fa una llum molt clara. A dins dels fluorescents hi ha un gas.

fluorescència

fluvial fluvials

adjectiu

Dels rius, que està relacionat amb els rius. La navegació fluvial és la que es fa pels rius.

flux fluxos

nom masculí

1 Un flux és un moviment continu d'una cosa en una direcció determinada. El flux de l'aigua d'un riu sempre va de la muntanya cap al mar.

2 Pujada de la marea. El contrari del flux és el reflux, quan la marea baixa.

fòbia fòbies

nom femení

Una persona té fòbia a una persona o a una cosa quan no la pot suportar o li té por. Hi ha qui té fòbia als llocs tancats.

foc focs

nom masculí

1 El foc és la calor i la llum produïdes per una cosa que crema. El foc fa flames i fum.

2 Conjunt de llenya, de carbó o d'altres materials preparats per a cremar. Quan la llenya del foc és humida, costa d'encendre.

3 Descàrrega d'armes de foc. Quan es dispara una pistola, es fa foc. També diem, per exemple, que algú està sota el foc enemic, o que en un lloc hi ha un foc intens. Per manar que algú dispari es diu: *Foc!*

4 Un foc és una foguera. Als focs de Sant Joan, la gent hi tira mobles vells.

nom masculí plural

5 Els **focs artificials** són un conjunt de dispositius a base de pólvora que fan explosions i llums de colors. Es diuen també *focs d'artifici*.

frase feta

6 Treure foc pels queixals és estar molt enfadat.

fogaina, fogar, fogata, foguerada

foca foques

nom femení

Una foca és un mamífer de cos gros i de color fosc. Viu en aigües fredes, té el cap petit i les potes en forma d'aleta que li permeten nedar i arrossegar-se per terra. Les foques mengen peixos i crustacis.

focus focus

nom masculí

1 Un focus és un punt on neix alguna cosa i des d'on s'escampa cap a diversos llocs. Un misto mal apagat pot ser el focus d'un incendi.

2 Aparell elèctric que fa molta llum. Quan es roda una pel·lícula en un lloc fosc, es fan servir focus.

fofo fofa fofos fofes

adjectiu

Una persona és fofa quan està grassa i té la carn tova.

fogó fogons

nom masculí

1 Un fogó és la part d'una cuina on es posen les olles i les paelles per a escalfar o cuinar el menjar. Hi ha fogons de gas, que fan flames, i fogons elèctrics. Per a anar d'excursió, fem servir uns fogons portàtils.

2 Fogó d'alcohol pàg. 1000 (18)

fogós fogosa fogosos fogoses

adjectiu

Que és molt apassionat o que té molta energia. Els cavalls fogosos no pararien de córrer amunt i avall.

fogositat

fogot fogots

nom masculí

1 Un fogot és una branca que es fa servir per a fer foc en alguns forns.

frase feta

2 Tenir fogots és sentir molta calor de sobte. Quan tenim fogots se'ns posa la cara vermella.

foguera fogueres

nom femení

Una foguera és una pila de fustes, papers i altres materials que s'encén a terra i fa flames. Per Sant Joan, els carrers són plens de fogueres.

foie gras foie gras

nom masculí

El foie gras és una pasta feta de fetge d'oca, d'ànec o de porc, amb ous, mantega i altres ingredients. Podem menjar foie gras en un entrepà o en un canapè. És una paraula francesa.

folgat folgada folgats folgades

adjectiu

Una peça de vestir és folgada quan és ampla i no estreny. Els bombatxos són uns pantalons folgats.

foli folis

nom masculí

1 Un foli és un full de paper d'una mida determinada, 22 per 32 centímetres.

2 Número que indica la pàgina d'un llibre. Els folis van posats a la part de dalt o a la part de baix de cada pàgina, per sobre o per sota del text.

foliar

folk folks

nom masculí

El folk és un tipus de música popular. És una paraula anglesa.

folklore folklores
nom masculí — El folklore és el conjunt de tradicions, costums, llegendes, festes, música, etc., d'un país o d'una regió.
folklòric

foll folla folls folles
adjectiu i nom masculí i femení — **1** Boig. Una persona que fa moltes animalades es comporta com un foll.
adjectiu — **2** Un animal és foll quan és rabiós.
enfollir

follar
verb com *cantar* ◄ pàg. 26 — Fer l'amor, fer l'acte sexual. Es considera una paraula grollera.

follet follets
nom masculí — Un follet és un personatge dels contes representat per una persona molt menuda. Els follets viuen molts anys, tenen poders màgics i són entremaliats. Es troben sobretot als boscos.

follia follies
nom femení — Bogeria.

folrar
verb com *cantar* ◄ pàg. 26 — **1** Cobrir alguna cosa amb una roba, un paper o un altre material per protegir-la o ferla més gruixuda. Quan hem de fer servir molt un llibre, el folrem.
usat amb pronom — **2 Folrar-se** és guanyar molts diners en poc temps.

folre folres
nom masculí — Un folre és un tros de roba, de paper, de plàstic o d'un altre material que es fa servir per a folrar. Hi ha jaquetes que porten un folre de seda per la part de dins.

folro folros
nom masculí — Folre.

fomentar
verb com *cantar* ◄ pàg. 26 — Promoure alguna cosa, fer que s'estengui. Hi ha campanyes de publicitat que fomenten la lectura i fan que la gent llegeixi més.
foment

fona fones
nom femení — Una fona és una arma per a tirar pedres. Té una tira curta de cuir o d'un altre material flexible, on es posa la pedra, i una corda per cada costat per a agafar-la.

fonament fonaments
nom masculí — **1** El fonament d'una paret, d'una casa o d'una altra construcció és la part de sota terra que l'aguanta. Els fonaments es fan amb formigó.
2 Part principal d'una idea o d'una cosa que és la base de les altres parts. Conèixer les lletres és el fonament de la lectura. El fonament de les religions és la fe.
fonamentar

fonamental fonamentals
adjectiu — Que és molt important. Menjar és fonamental per a viure.

fonamentalment
adverbi — Principalment, sobretot. *Feia servir el cotxe fonamentalment per a anar a treballar.*

fonda fondes
nom femení — Una fonda és una casa on, pagant, es pot menjar i dormir.

fondal fondals
nom masculí — Fondalada.

fondalada fondalades
nom femení — Una fondalada és un tros de terreny més enfonsat que els que l'envolten.

fondària fondàries
nom femení — Profunditat. Alguns pous tenen molta fondària.

fondejar
verb com *cantar* ◄ pàg. 26 Amb G davant E, I — **1** Fer que un vaixell quedi aturat en un lloc, tirant l'àncora al fons del mar. Quan algú va a pescar, fondeja la barca on creu que hi haurà peixos.
2 Un vaixell fondeja quan està aturat en algun lloc amb l'àncora a l'aigua. Al port, hi fondegen molts vaixells.

fondo fonda fondos fondes
adjectiu — **1** Que va molt endins. Hi ha coves, pous i barrancs molt fondos. Si et claves un vidre, et pots fer una ferida fonda.
2 Un recipient fondo té el fons més endins que un que no ho és. En un plat fondo, s'hi pot menjar sopa.
enfondir

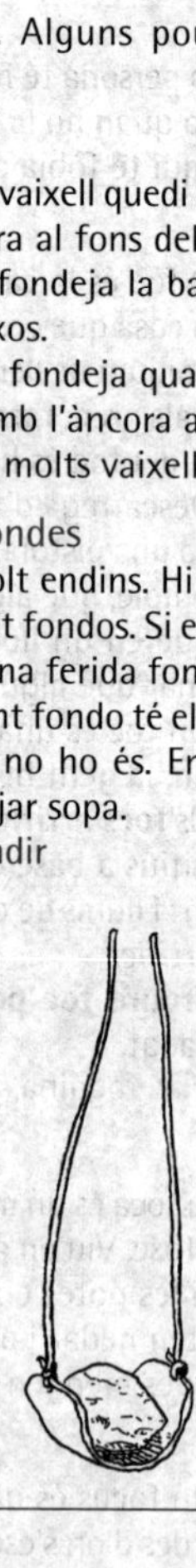

Una fona

fondre

verb
◄ pàg. 35

1 Fer que un sòlid es torni líquid escalfant-lo. Les flames d'una espelma fonen la cera. Quan fa calor, la neu es fon.

2 Dissoldre un sòlid dins d'un líquid. Podem fondre cacau en pols en llet calenta. El sucre es fon en el cafè.

3 Unir dues o més coses de manera que en formin una de sola. Si dues escoles es fonen, en formen una de més gran.

usat amb pronom

4 **Fondre's** algú o alguna cosa és desaparèixer d'un lloc. Si no trobes les claus, penses que s'han fos. Quan passem molta vergonya, ens agradaria fondre'ns.

5 **Fondre's** una bombeta o un plom és trencar-se el fil metàl·lic que porten a dins i deixar de fer llum o de funcionar.

frase feta

6 **Fondre's a la boca** un menjar és ser molt bo, molt suau.

fosa

fonedís fonedissa fonedissos fonedisses

adjectiu

1 Que es fon o desapareix amb facilitat. Els gelats són fonedissos.

frase feta

2 **Fer-se fonedís** és desaparèixer d'un lloc. Quan no t'interessa que et trobin, et fas fonedís.

fonema fonemes

nom masculí

Un fonema és la unitat sonora mínima d'una llengua, reconeguda per les persones que parlen aquesta llengua, i que els permet diferenciar significats. *Mar* i *bar* es diferencien per un fonema.

foneria foneries

nom femení

Una foneria és una indústria o un taller on es fonen metalls. A les foneries hi ha uns forns molt grans.

fonètic fonètica fonètics fonètiques

adjectiu

1 Que està relacionat amb la veu de les persones i amb els sons del llenguatge. Un alfabet fonètic representa cada so amb un símbol.

nom femení

2 La fonètica és la branca de la lingüística que estudia com es pronuncien els sons del llenguatge.

fong fongs

nom masculí

Un fong és un ésser viu molt senzill, més que un vegetal. Els fongs viuen en llocs humits, sobretot sobre el sòl dels boscos o dels camps, en els aliments fets malbé, etc. N'hi ha que causen malalties als animals, a les plantes o a les persones. Alguns són microscòpics. Hi ha fongs que tenen un aparell reproductor gros, de forma i color variats, que es diu *bolet*.

fonògraf fonògrafs

nom masculí

Un fonògraf és un aparell antic per a reproduir música o altres sons. Consta d'una agulla que corre al voltant d'un cilindre que es fa girar manualment i d'una trompa per on surt el so.

Un fonògraf

fonoll fonolls

nom masculí

Un fonoll és una planta herbàcia que fa unes tiges molt llargues i primes, unes fulles primes i dividides, i unes flors petites, de color groc, que s'agrupen com si formessin una flor més gran. El fonoll té una olor i un gust forts i agradables, semblants als de l'anís. Es fa servir per a cuinar.

fonologia fonologies

nom femení

La fonologia és la branca de la lingüística que estudia els fonemes de cada llengua.

fons fons

nom masculí

1 El fons d'un recipient, d'una cova, d'un llac, d'una sala o d'una altra cosa és la part que queda més endins. Si tires una pedra en una piscina, anirà a parar al fons.

2 Part que queda darrere dels dibuixos, de les figures o dels adornaments que hi ha en una cosa. Podem fer la fotografia d'una persona amb unes muntanyes de fons.

3 Quan parlem del fons d'un problema o d'una qüestió, volem dir la part essencial, la més important. Per a arribar al fons d'una investigació, s'han de fer moltes preguntes.

4 Conjunt de diners, llibres o altres coses que estan a la disposició d'algú. El fons d'algunes biblioteques és molt ampli. Si una persona no té fons al banc, no pot pagar amb un taló.

afonar, enfonsar

font fonts

nom femení

1 Una font és un lloc per on surt aigua de la terra. L'aigua de les fonts de muntanya acostuma a sortir molt freda.

2 Construcció de pedra, de ferro o d'un al-

tre material amb una o més aixetes o canals per on es fa sortir aigua. Sovint, l'aigua de les fonts cau en una pica.
✎ pàg. 997 ④
3 Diem que una cosa és la font d'una altra quan n'és l'origen o la causa. Dir mentides pot ser la font de molts problemes. Si una persona treballa, té una font d'ingressos.

fora
adverbi
Sense accent gràfic
1 En un lloc que no és dins. *T'esperaré fora. Mirava fora des de la finestra. Jo no surto, que allà fora fa molt de fred.*
2 Al camp o en una altra ciutat o un altre país. *Ens agrada sortir fora els caps de setmana i fer excursions. Aquest estiu marxarem fora; anirem a Finlàndia.*
locució que fa de preposició
3 Fora de s'usa en casos com aquests:
• *Sempre deixa la roba fora de l'armari. Aquests dies és fora de la ciutat.*
4 Fora de vol dir excepte. *Ho sap tothom, fora de la Joana.*
forà, forana

foradar
verb
com *cantar*
◀ pàg. 26
Fer un forat en alguna cosa. Quan es fa un túnel, es forada la muntanya.

foragitar
verb
com *cantar*
◀ pàg. 26
Fer fora algú o alguna cosa d'un lloc. En alguns països foragiten els estrangers si no tenen permís de residència.

forassenyat forassenyada forassenyats forassenyades
adjectiu
Que no té seny. Les persones forassenyades fan coses sense pensar si poden perjudicar els altres.

foraster forastera forasters forasteres
adjectiu i nom masculí i femení
1 Una persona és forastera quan viu per un temps en un poble o en un país que no són els seus. Els forasters no solen conèixer les tradicions del país on són.
adjectiu
2 Diem que un costum, una moda o una altra cosa és forastera d'un lloc quan no n'és pròpia. Menjar pizzes és un costum foraster.

forat forats
nom masculí
1 Un forat és un espai buit que travessa una cosa d'una banda a l'altra. Les agulles de cosir tenen un forat per on es passa el fil. Quan obres una porta, poses la clau al forat del pany.
2 Espai buit que hi ha o que es fa en alguna cosa. Les xinxetes fan forats a les parets. Quan es planten flors al jardí, es fan forats a la terra per posar-hi la llavor.
foradat, foradada

forca forques
nom femení
1 Una forca és una eina de camp que consta d'un pal llarg amb dues o més puntes també llargues en un extrem. Les forques serveixen per a apilotar herbes, carregar feixos de palla i altres feines.

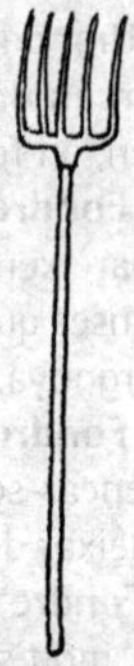
Una forca

2 Aparell format per dos pals de fusta, un d'horitzontal i un de vertical, col·locats en forma de 7 o de T, on, en alguns països, es pengen els condemnats a mort.
enforcar, forcadura

1
força forces
nom femení
1 La força és la possibilitat de fer grans esforços físics, com aixecar pesos o donar cops forts. L'Obèlix és un personatge que té molta força, pot aixecar menhirs. Els cavalls i altres animals de càrrega tenen molta força.
2 Intensitat. La força del vent pot arribar a tombar arbres.
3 En física, allò que és capaç de fer que un cos s'aturi, es mogui o canviï de forma. La força centrífuga fa que les coses es moguin de dins cap a fora.
nom femení plural
4 Les **forces de l'ordre** són els cossos de policia encarregats de mantenir l'ordre públic. Les forces de l'ordre sempre vigilen que en una manifestació no hi hagi problemes.
locució que fa d'adverbi
5 Fer una cosa **per força** és fer-la encara que no es vulgui. *Estava enfadat perquè li havien fet pujar la muntanya per força.*
locució que fa de preposició
6 A força de indica que una cosa s'ha fet servir com a mitjà moltes vegades. *A força de practicar molt amb el piano, va arribar a ser un bon pianista.*
forçós, forçosa

2
força
determinant i pronom quantitatius
1 Aquesta paraula indica que d'una cosa n'hi ha gran quantitat. *A la festa vam menjar força caramels. -Quants caramels has menjat? -Ui!, força.*

Sempre té la mateixa forma:
- *Tens força habilitat.*
- *Tens força habilitats.*
- *Tens força amics.*

adverbi — **2** Considerablement, en un grau alt. *Treballa força bé i, a més, es diverteix força.*

forçar
verb
com *cantar*
◄ pàg. 26
Amb C davant E, I

1 Obligar algú a fer una cosa. Si ens forcen a fer una feina, no treballarem amb gaire il·lusió.
2 Fer servir la força per a obrir una cosa o per a fer funcionar un mecanisme. Sovint, els lladres forcen les portes de les cases per a entrar-hi a robar.
forçat, forçada

forcejar
verb
com *cantar*
◄ pàg. 26
Amb G davant E, I

Fer força per alliberar-se d'alguna cosa, per escapar-se, per desenganxar-se d'algun lloc, per fer funcionar un mecanisme, etc. Si un pany no funciona, per més que forcegem no l'obrirem pas.

fòrceps fòrceps
nom masculí — Un fòrceps és un instrument que té forma de pinça i que serveix per a acabar de treure el nadó en els parts difícils.

forçut forçuda forçuts forçudes
adjectiu — Que té molta força muscular. Per aixecar 60 quilos s'ha de ser molt forçut.

forense forenses
nom masculí i femení — Un o una forense és un metge o una metgessa que treballa en un jutjat.

forestal forestals
adjectiu — Dels boscos. Els guàrdies forestals vigilen que la gent no faci foc als boscos.

forfollar
verb
com *cantar*
◄ pàg. 26

1 Remenar amb la mà un conjunt de coses per veure quantes n'hi ha o per triarne o agafar-ne alguna. Quan has perdut uns papers, forfolles pels calaixos per veure si els trobes.
2 Moure una clau o un ferro dins d'un pany o d'un altre mecanisme per obrir-lo o ferlo funcionar. Si no hi poses la clau bona, per molt que forfollis el pany, no l'obriràs.

fòrint fòrints
nom masculí — El fòrint és la moneda principal d'Hongria.

forja forges
nom femení — Farga.

forjar
verb
com *cantar*
◄ pàg. 26
Amb G davant E, I

1 Treballar un metall, donar-li forma amb un martell. Els metalls es forgen després d'escalfar-los molt.
2 Es diu que algú forja una cosa quan la crea o la forma amb esforç. En una llengua, es forgen constantment paraules noves.
3 Diem que forgem somnis, mentides, idees o il·lusions quan ens els inventem o els imaginem.
forjat, forjada

forma formes
nom femení

1 La forma d'una cosa és la seva aparença externa, el conjunt de línies que formen el seu contorn. La forma d'una pilota és rodona.
2 Manera. La millor forma d'aprendre una llengua és anar al país on la parlen.
frase feta — **3** **Estar en forma** és estar en bones condicions per a fer esport o qualsevol altra activitat física. Algunes persones corren cada dia una estona i així estan en forma.

formació formacions
nom femení

1 La formació d'alguna cosa és el fet de formar-la o de formar-se. La formació dels núvols depèn de la humitat de l'aire i de la temperatura.
2 Educació o conjunt de coneixements que té una persona. La formació professional prepara per al món del treball.
3 Conjunt de soldats, o d'altres persones, ordenats en files. Els músics d'una banda acostumen a tocar en formació.
malformació

formal formals
adjectiu

1 Dit amb claredat, precisió, i segons les normes. Si es fa una promesa formal, s'ha de complir.
2 Una persona és formal quan és seriosa i compleix els seus compromisos.
formalista, formalitat, formalitzar

formar
verb
com *cantar*
◄ pàg. 26

1 Fer alguna cosa donant-li una forma determinada; crear o produir una cosa. Els escultors formen estàtues amb diferents materials. El vent forma dunes a la sorra dels deserts.
2 Fer una sola cosa amb diversos elements. Si reuneixes segells, pots formar una col·lecció.
3 Educar algú, donar-li coneixements. Les escoles formen els alumnes.
4 Posar-se en ordre un conjunt de soldats o altres persones. Els militars formen en files.
formatiu, formativa

format formats
nom masculí — El format d'un llibre, d'un full de paper, d'una fotografia o d'una pel·lícula és la mida i la forma que tenen.

formatge formatges
nom masculí
El formatge és un aliment sòlid que es fa amb llet de vaca, de cabra o d'ovella. N'hi ha de molts tipus: sec, tendre, fresc, de bola, de Rocafort o Roquefort, de Gruyère, etc. Als macarrons, s'hi sol posar formatge ratllat. págs. 398-399 (42)
formatgera, formatgeria
págs. 398-399 (40)

formatget formatgets
nom masculí
Un formatget és un tros petit de formatge cremós que va embolicat en paper d'alumini. Els formatgets en forma de triangle es venen dins unes capses rodones.

Un formatget

forment forments
nom masculí
Blat. Actualment s'usa molt poc.

formidable formidables
adjectiu
Que és extraordinari, molt bo, molt gran, etc. Quan les collites de raïm són formidables, es pot fer molt de vi.

formiga formigues
nom femení
Una formiga és un insecte petit, negre o vermell, que viu sota terra o als troncs dels arbres en grups molt grans i ben organitzats. Les formigues tenen dues antenes i algunes tenen ales.

formigó formigons
nom masculí
1 El formigó és un material molt dur, fet amb una barreja de pedres petites, sorra i ciment, que serveix per a fer construccions. pàg. 593 (16)
2 Formigueig.

formigonera formigoneres
nom femení
1 Una formigonera és una màquina formada per un dipòsit que gira on es barregen els ingredients del formigó. pàg. 593 (41)
2 Camió que en lloc de caixa per a la càrrega porta un dipòsit gran que gira per a fer formigó.

formigueig formigueigs
nom masculí
També *formiguejos*
Un formigueig és una sensació desagradable de picor semblant a la que produeixen les formigues quan corren per sobre la pell.
formiguejar

formiguer formiguers
nom masculí
1 Un formiguer és el lloc on viu una munió de formigues. A dins dels formiguers hi ha moltes galeries.
2 Conjunt de formigues que viuen en un mateix lloc.
3 Diem que un lloc és un formiguer quan hi ha moltes persones o animals que van amunt i avall.

formol formols
nom masculí
El formol és una substància líquida que es fa servir com a desinfectant.

formós formosa formosos formoses
adjectiu
Que té unes formes boniques; que és ple de bellesa. Pels Pirineus, hi ha uns paisatges molt formosos.
formosor

fórmula fórmules
nom femení
1 Una fórmula és una manera fixada de dir o de fer alguna cosa. *Si us plau* i *per favor* són fórmules de cortesia. Per a fer una bona salsa, cal conèixer la fórmula.
2 Expressió d'un fet general, d'una regla o d'un principi mitjançant signes. La fórmula per a calcular l'àrea d'un rectangle és A = base × altura.
3 En química, combinació de lletres i números que representa els elements químics que formen una substància. La fórmula de l'aigua és H_2O.
4 Cadascuna de les categories en què es divideixen els cotxes que participen en curses. Els cotxes de la fórmula 1 són els més ràpids.
formulisme

formular
verb
com *cantar*
◄ pàg. 26
1 Expressar, per escrit o de paraula i d'una manera clara i precisa, un desig, una demanda, un pensament, etc. Els clients d'un local poden formular les seves queixes a través del llibre de reclamacions.
2 Expressar alguna cosa amb una fórmula. Hi ha uns exercicis de química que consisteixen a formular compostos químics.

formulari formularis
nom masculí
1 Un formulari és un paper on hi ha diverses preguntes i on s'han de posar algunes dades, com el nom i els cognoms, la data de naixement i l'adreça. Per a demanar el carnet d'identitat, s'ha d'omplir un formulari.
2 Recull de fórmules.

forn forns

nom masculí

1 Un forn és un lloc tancat on es produeix calor que serveix per a coure menjars o objectes. Té una obertura per a posar i treure les coses que s'hi couen. N'hi ha de diferents tipus: forn de pa, de vidre, de terrissa, etc. pàgs. 594-595 (56)

2 Fleca.

3 Un forn de microones és un microones.

4 Diem que un lloc és un forn quan hi fa molta calor.

enfornar, fornada

fornal fornals

nom femení

Una fornal és un forn de carbó que tenen els ferrers per a escalfar el ferro que han de treballar.

forner fornera forners forneres

nom masculí i femení

Persona que fa pa o en ven. Els forners es lleven molt d'hora per fer el pa.

fornicar

verb
com *cantar*
◄ pàg. 26
Amb QU davant E, I

Tenir relacions sexuals amb una persona que no és el marit o la muller. Actualment s'usa poc.

fornir

verb
com *servir*
◄ pàg. 28

Fer que algú o alguna cosa tingui el que necessita. Els rius forneixen aigua a les centrals elèctriques i als camps.

fornit fornida fornits fornides

adjectiu

Una persona és fornida quan té els ossos grossos i els músculs forts.

forqueta forquetes

nom femení

Forquilla. Es diu només en algunes zones.

forquilla forquilles

nom femení

Una forquilla és un estri per a menjar aliments sòlids. Té un mànec i al final unes pues per on s'agafen els aliments i es porten a la boca. pàg. 396 (11)

enforquillar

forrellat forrellats

nom masculí

Un forrellat es una barreta de ferro que es fa córrer per dins d'unes anelles fixades a una porta o a una finestra i que s'encaixa en una altra anella o en un forat que hi ha al bastiment. Així, la porta o la finestra queda tancada.

forrolla forrolles

nom femení

1 Una forrolla és una pala de ferro per a remenar les brases de la llar de foc.

frase feta

2 Una persona o una cosa **fa forrolla** si està de moda, si se'n parla molt. Quan una pel·lícula fa forrolla, tothom la va a veure.

fort forta forts fortes

adjectiu
Amb T

1 Que té molta força o que és molt resistent. Els bous són animals forts.

2 Que costa de fer-se malbé, que és dur i resistent. La carrosseria d'alguns cotxes és forta, dura molts anys.

3 Es diu que algunes coses són fortes quan es noten molt, fan molt d'efecte. A l'estiu acostuma a fer una calor molt forta. També parlem d'un desig, d'un licor o d'un dolor forts.

adverbi

4 Amb força. *Parlava tan fort que tothom el sentia. El concert els havia agradat molt i aplaudien picant fort de mans.*

nom masculí

5 El fort d'una persona és allò que més li agrada i que coneix millor. El fort d'alguns estudiants és la història; el d'altres, la llengua.

6 Un fort és una construcció que protegeix un lloc o una ciutat contra els atacs de l'enemic. A l'oest nord-americà, l'exèrcit tenia forts en territori indi.

enfortir, fortí, fortitud

fortalesa fortaleses

nom femení

1 La fortalesa és la característica del que és fort. Alguns vidres tenen una gran fortalesa: són blindats i no es trenquen.

2 Una fortalesa és una construcció fortificada. Els castells medievals eren fortaleses.

fortament

adverbi

D'una manera forta. *El clau estava fixat a la paret tan fortament que costava d'arrencar.*

fortificació fortificacions

nom femení

1 Una fortificació és el fet de fortificar un lloc. En la fortificació d'una ciutat, el primer que s'acostuma a fer és la muralla.

2 Conjunt d'obres que es construeixen per a defensar un poble o una ciutat dels enemics. Normalment, les fortificacions tenen torres des d'on es vigila.

fortificar

verb
com *cantar*
◄ pàg. 26
Amb QU davant E, I

Construir muralles i altres obres de defensa al voltant d'una ciutat o d'un altre lloc. Quan s'acosta una guerra, es fortifiquen les ciutats.

fortor fortors

nom femení

Una fortor és una pudor forta. Les corts de porcs fan fortor.

fortuït fortuïta fortuïts fortuïtes

adjectiu

Una cosa és fortuïta quan passa per accident, sense preveure-la. Les trobades fortuïtes entre dos amics a l'estranger fan gràcia.

fortuna fortunes

nom femení — **1** Sort. Les persones poden tenir bona o mala fortuna en el joc.

2 Béns d'una persona. Si algú té una gran fortuna, és molt ric.

frase feta — **3** Una persona **fa fortuna** si es fa rica. Un llibre, un espectacle o una altra obra fa fortuna quan té èxit.

infortunat, infortunada, infortuni

fòrum fòrums

nom masculí — **1** El fòrum era el centre de les ciutats romanes on hi havia el mercat, on es reunia la gent i on es feien diverses activitats.

2 Un fòrum és una reunió on pot anar tothom per a parlar sobre algun tema. En els fòrums d'Internet podem donar la nostra opinió escrivint, en una pàgina web, missatges que altres persones poden llegir i contestar.

fosc fosca foscs fosques

adjectiu
També foscos — **1** Que rep molt poca llum o que no en rep gens. Les nits que no hi ha lluna són fosques.

2 Un color és fosc quan s'acosta al negre. És el contrari de *clar*. El blau marí és fosc.

3 Diem que una cosa és fosca quan costa d'entendre. Una persona és fosca quan escriu o parla de manera complicada.

nom femení — **4** La fosca és la foscor. A algunes persones, la fosca els fa por.

locució que fa d'adverbi — **5 A les fosques** vol dir sense llum o amb molt poca llum. *Li feia mal la vista i havia d'estar a les fosques.*

frase feta — **6 Fer-se fosc** és fer-se de nit.

enfosquir, fosquejar

foscor foscors

nom femení — La foscor és la falta de llum i de claror. Hi ha qui per a dormir necessita la foscor de la nit.

fosfat fosfats

nom masculí — Un fosfat és una substància composta de fòsfor, oxigen i un metall. És una sal que prové de l'àcid fosfòric. El fosfat de calci es fa servir com a adob en agricultura.

fòsfor fòsfors

nom masculí — El fòsfor és un element químic sòlid que brilla en la foscor i s'encén fàcilment. Hi ha un fòsfor blanc, molt verinós, i un fòsfor vermell, que no és tòxic. El fòsfor es fa servir per a fabricar mistos i raticides. El seu símbol és: P.

fosforescent fosforescents

adjectiu — Que fa llum en la foscor. Alguns senyals de carretera són fosforescents i es veuen molt bé quan es viatja de nit.

fosforescència

fossa fosses

nom femení — **1** Una fossa és un forat fet a terra, sobretot el que es fa per a enterrar-hi una persona morta.

2 Nom d'alguns forats del cos humà que tenen l'entrada més ampla que el fons. Les fosses nasals són els dos forats del nas.

pàgs. 798-799 (50)

fossar fossars

nom masculí — Cementiri.

fossat fossats

nom masculí — Un fossat és una excavació ampla, llarga i profunda que envolta un castell o una fortalesa. Sovint, els fossats eren plens d'aigua per a impedir que els assaltants s'acostessin a les muralles. pàg. 600 (11)

fòssil fòssils

nom masculí — Un animal, una planta o un mineral és fòssil si va existir fa molt de temps i ha conservat la seva forma externa convertida en pedra. També es diuen *fòssils* els animals i les plantes que s'han trobat molt ben conservats dins de trossos d'ambre o enterrats en el gel de llocs com Sibèria.

fotesa foteses

nom femení — Bagatel·la. No val la pena perdre el temps discutint per foteses.

fotimer fotimers

nom masculí — Un fotimer és una gran quantitat. Hi ha persones que han vist una mateixa pel·lícula un fotimer de vegades. Es diu de manera informal.

foto fotos

nom femení — Forma abreujada de *fotografia*. Tots tenim algun àlbum de fotos.

fotocòpia fotocòpies

nom femení — Una fotocòpia és una còpia d'un escrit, d'un dibuix, d'una fotografia, etc., que es fa amb una màquina directament sobre un paper. Les fotocòpies es fan mitjançant un procediment fotogràfic.

fotocopiar

verb
com canviar
◄ pàg. 30
Amb dièresi — Fer una o més fotocòpies d'alguna cosa. Quan un professor vol repartir un full d'exercicis als seus alumnes, el fotocopia.

fotogènic fotogènica fotogènics fotogèniques

adjectiu — Una persona és fotogènica quan queda molt bé a les fotografies.

fotogènia

fotògraf fotògrafa fotògrafs fotògrafes

nom masculí i femení — Persona que fa fotografies o que es dedica a la fotografia. Hi ha fotògrafes que treballen per a diaris o revistes. pàg. 996 (6)

fotografia fotografies

nom femení — **1** La fotografia és la tècnica d'obtenir imatges fixes, mitjançant una càmera fotogràfica, en un suport que pot ser una pel·lícula sensible als raigs de llum, o bé en un format digital.

També *foto* — **2** Una fotografia és una imatge obtinguda amb aquesta tècnica. Amb les càmeres digitals, les imatges es poden veure immediatament en la mateixa càmera i també en un ordinador. Antigament, les fotografies només eren en blanc i negre; ara, també n'hi ha en color. ✎ pàg. 996 (24)

fotografiar

verb, com *canviar* ◄ pàg. 30, Amb dièresi — Fer fotografies. Quan es fa un viatge es fotografia tot allò que agrada o que sorprèn.

fotogràfic fotogràfica fotogràfics fotogràfiques

adjectiu — Que està relacionat amb la fotografia. En els safaris fotogràfics no es mata els animals.

fotograma fotogrames

nom masculí — Un fotograma és cadascuna de les petites fotografies que formen una pel·lícula de cine.

fotolit fotolits

nom masculí — Un fotolit és un clixé fotogràfic d'una pàgina d'un llibre o d'una altra publicació. S'usa en algunes formes d'impressió.

fotonovel·la fotonovel·les

nom femení — Una fotonovel·la és una novel·la o un conte explicats amb una sèrie de fotografies acompanyades de diàlegs i de comentaris.

fotosíntesi fotosíntesis

nom femení — La fotosíntesi és el conjunt de reaccions que la llum del sol provoca en les plantes verdes. Gràcies a la fotosíntesi les plantes s'alimenten i creixen.

fotre

verb, com *perdre* ◄ pàg. 27 — **1** És una paraula que vol dir fer l'acte sexual, però que, generalment, es diu de manera informal per comptes de *fer, pegar, prendre, molestar, llençar* i *posar. Què hi tots aquí? No t'esperava. Et fotré un cop de puny que cauràs a terra. M'han fotut la cartera i ara no tinc diners. El vent em fot molt, no puc ni caminar! Hem fotut la cadira a les escombraries, només molestava. Com que no m'hi veia, m'he fotut un mitjó de cada color.*

usat amb pronom — **2 Fotre's** d'algú o d'alguna cosa és riure-se'n. A ningú no li agrada que es fotin d'ell. Només es diu de manera informal.

interjecció — **3 No fotis** o **no fotem** o **no foteu** són expressions que es fan servir per a demostrar sorpresa. Només es diuen de manera informal. *Que avui és dijous? No fotis! Em pensava que era divendres!*

frase feta — **4** Es diu que algú **fot el camp** quan marxa d'un lloc. Només es diu de manera informal. *Si ningú no m'escolta fotré el camp i ja ens veurem un altre dia.*

fotut fotuda fotuts fotudes

adjectiu — **1** Que està malalt, molt cansat, trist o preocupat. Si un gran esforç et deixa fotut, pot ser que et faci mal tot el cos i necessitis descansar. Només es diu de manera informal.
2 Trencat o espatllat. Quan algú té el cotxe fotut, l'ha de portar al taller. Només es diu de manera informal.

fra fras

nom masculí — Forma abreujada de *frare* que es fa servir davant del nom d'alguns religiosos, com els carmelitans i els franciscans: *Fra Joan de la Mare de Déu.*

frac fracs

nom masculí — Un frac és una jaqueta d'home que per davant només arriba fins a la cintura i per darrere s'allarga en dues peces fins als genolls. Els fracs sempre van descordats. Es porten quan se surt de nit i es vol anar elegant.

Un frac

fracàs fracassos

nom masculí — Un fracàs és una cosa que no surt bé, un resultat molt dolent. Una festa és un fracàs si la gent no s'ho passa bé.

fracassar

verb, com *cantar* ◄ pàg. 26 — No tenir èxit algú o alguna cosa. Quan una empresa fracassa, perd diners i ha de tancar.

fracció fraccions

nom femení — **1** Una fracció és un tros d'alguna cosa. Un centímetre és una fracció d'un metre.
2 Manera de representar un número que consisteix en dos números separats per una ratlleta. En la fracció 3/7, el 3 és el numerador i el 7 és el denominador. El 7 indica que la unitat s'ha dividit en 7 parts iguals.

Continua a la pàgina següent

El 3 indica que d'aquestes 7 parts se n'agafen 3.

fraccionar, fraccionari, fraccionària

fractura fractures

nom femení — Es produeix una fractura quan es trenca alguna cosa. Les persones ancianes sofreixen sovint la fractura del fèmur.

fracturar

fraga fragues

nom femení — Maduixot. Es diu només en algunes zones.

fragància fragàncies

nom femení — Una fragància és una olor suau i agradable. Hi ha sabons de bany que fan molta fragància.

fragant

fragata fragates

nom femení — **1** Una fragata és un vaixell de vela de tres pals.

Una fragata

2 Vaixell de guerra de 3 000 a 5 000 tones preparat per a acompanyar altres vaixells i defensar-los dels atacs d'avions i de submarins.

fragatí fragatina fragatins fragatines

adjectiu — **1** De Fraga. *Els conreus de fruita fragatins.*

nom masculí i femení — **2** Persona que és de Fraga o que hi viu.

fràgil fràgils

adjectiu — **1** Que es trenca fàcilment. Els objectes de vidre són fràgils.

2 Diem que una persona té una salut o una constitució fràgil quan és dèbil, delicada i es posa malalta sovint.

fragilitat

fragment fragments

nom masculí — Un fragment és un tros o una part d'una cosa. Podem parlar d'un fragment d'un text o dels fragments d'un gerro trencat.

fragmentació, fragmentar, fragmentari, fragmentària

1
franc francs

nom masculí — El franc era la moneda de França, Bèlgica i Luxemburg abans de la seva substitució per l'euro. El franc és la moneda de Suïssa, dels territoris francesos del Pacífic i de diversos països d'Àfrica.

2
franc franca francs franques

adjectiu — **1** Que expressa el que sent i el que pensa sense amagar res. Les persones franques no diuen mentides.

2 Que no ha de pagar impostos i no ha de complir algunes obligacions. En un port franc es poden comprar productes molt bé de preu.

locució que fa d'adverbi — **3 De franc** vol dir sense pagar. *Vam entrar de franc al cinema perquè ens hi havien convidat.*

francament

adverbi — Amb franquesa, de veritat. *Francament, no m'esperava aquest ram de roses.*

francès francesa francesos franceses

adjectiu — **1** De França. *La Revolució Francesa.*

nom masculí i femení — **2** Persona que és de França o que hi viu. Els francesos mengen molt formatge.

nom masculí — **3** El francès és la llengua que es parla a França. També es parla a part de Bèlgica i del Canadà, en alguns cantons de Suïssa i en diversos països africans.

frase feta — **4 Anar-se'n a la francesa** és anar-se'n sense dir res.

afrancesat, afrancesada, francesisme

francesilla francesilles

nom femení — Una francesilla és una cosa extraordinària que comporta una despesa no molt gran. Si et toquen uns diners en una loteria, et pots permetre una francesilla i fer un viatge a l'estranger.

franciscà franciscana franciscans franciscanes

adjectiu — **1** Relacionat amb sant Francesc d'Assís o amb els franciscans i les franciscanes.

nom masculí i femení — **2** Religiós o religiosa d'un dels ordes o de les congregacions que porten el nom de sant Francesc d'Assís i que segueixen els seus ensenyaments. Francesc Eiximenis era franciscà.

francmaçó francmaçona francmaçons francmaçones

nom masculí i femení — Maçó.

francmaçoneria

francoprovençal francoprovençals

nom masculí — El francoprovençal és el conjunt de dialectes relacionats amb el francès i amb el provençal que es parlen en una zona que comprèn el sud-est de França, l'oest de Suïssa i la Vall d'Aosta italiana.

franctirador franctiradora franctiradors franctiradores

nom masculí i femení — Persona que lluita individualment, sense pertànyer a cap exèrcit, o soldat que des d'un lloc amagat dispara contra persones o soldats enemics.

franel·la franel·les

nom femení — La franel·la és un teixit lleuger i fi de llana o de cotó que té borrissol per un costat. *Els jerseis de franel·la abriguen molt.*

franja franges

nom femení — Una franja és un tros allargat de roba, de paper, de terreny, etc. *Alguns vestits porten una franja de flors. Moltes banderes tenen franges de diferents colors.*

franqueig franqueigs

nom masculí
També *franquejos*

1 El franqueig d'una carta o d'un paquet enviats per correu és el fet de posar-los els segells corresponents.

2 Quantitat de diners que es posa en segells en una carta o un paquet. *Les cartes a l'estranger tenen un franqueig més car que les que s'envien dins del país.*

franquejar

franquesa franqueses

nom femení — La franquesa és la característica de les persones que són franques. *A tothom li agrada que li parlin amb franquesa.*

franquícia franquícies

nom femení — Una franquícia és un privilegi que tenen algunes persones o empreses de no pagar impostos o de no haver de complir unes obligacions. *Alguns centres oficials tenen franquícia postal, no han de posar segells quan envien cartes.*

franquisme franquismes

nom masculí — El franquisme és el règim polític de dictadura que hi va haver a l'Estat espanyol entre el 1939 i el 1975. *El general Franco tenia el poder i no hi havia partits ni llibertat.*

frare frares

nom masculí — Un frare és un religiós que pertany a certs ordes, com els dominicans, franciscans, carmelitans i altres.

frase frases

nom femení
Amb E final

1 Una frase és un conjunt de paraules que té un significat i que és suficient per a dir, preguntar o exclamar alguna cosa. Les frases tenen un subjecte i un predicat que concorden entre ells. En un escrit, les frases completes, que no formen part d'una altra frase, comencen amb majúscula i acaben amb punt, punt i coma, punts suspensius, interrogant o signe d'admiració. *Pots tancar la porta?* és una frase.

2 Una **frase feta** és una frase que sempre té la mateixa forma i el mateix significat. Aquest significat és diferent del de les paraules que la formen si les pensem d'una en una. *Estar com un llum* és una frase feta que vol dir *estar boig*; no vol dir "semblar una bombeta".

fratern fraterna fraterns fraternes

adjectiu — Dels germans. *Les relacions fraternes acostumen a ser bones.*

fraternal, fraternitat, fraternitzar

fratricida fratricides

nom masculí i femení — Un o una fratricida és una persona que ha matat el seu germà o la seva germana.

fratricidi

frau fraus

nom masculí — Un frau és un engany fet per treure algun benefici encara que es perjudiqui algú altre. *Si una joieria ven peces de vidre tallades com si fossin diamants, comet un frau.*

fraudulent

fraula fraules

nom femení — Maduixa. Es diu a les Illes Balears i al País Valencià.

fre frens

nom masculí

1 Un fre és un mecanisme que fa que un vehicle o una altra màquina vagin més a poc a poc o s'aturin del tot. *És perillós anar amb una bicicleta sense frens.* cotxe per dins

2 Instrument de ferro en forma d'anella que es posa dins la boca dels cavalls i dels muls per a subjectar-los i dirigir-los. *Les regnes es lliguen als frens.*

3 **Fre de mà** bicicleta

frec frecs

nom masculí — **1** Fregament. *El frec d'una sabata pot fer sortir butllofes.*

locució que fa d'adverbi i de preposició — **2** **A frec** o **frec a frec** vol dir molt a prop, a punt de tocar alguna cosa. *Aquell cotxe ens ha passat a frec. La pilota va passar a frec de la porteria, però no hi va entrar.*

fred freda freds fredes

adjectiu
Amb D

1 Que té una temperatura més baixa que la del nostre cos. *A l'estiu vénen de gust les begudes fredes.*

2 Que no té prou escalfor. *Hi ha menjars que quan són freds no valen res.*

3 Un color fred és un color verdós o blavós. *El turquesa és fred.*

4 Diem que una persona és freda quan no

demostra els seus sentiments i és poc comunicativa.

nom masculí **5** El fred és la sensació que sentim quan hi ha una temperatura molt baixa. A l'hivern, si no volem passar fred, hem d'encendre la calefacció.

frase feta **6 Fa fred** en un lloc quan hi ha una temperatura molt baixa. Als països del nord d'Europa hi fa molt fred.

enfredorir, fredejar, refredar

fredolic fredolica fredolics fredoliques

adjectiu **1** Una persona és fredolica quan té fred de seguida. Hi ha qui és tan fredolic que fins i tot a l'estiu dorm amb una manta al llit.

nom masculí **2** Un fredolic és un bolet que té el barret prim i carnós, de forma corba i de color gris, d'uns 4 a 8 centímetres d'ample. El peu és de color blanc. Es diu *fredolic* perquè se'n troben ben entrat l'hivern, quan els altres bolets ja no es fan. És comestible.

fredor fredors

nom femení La fredor és la característica del que és fred. A l'hivern no ens banyem al mar per la fredor de l'aigua.

frega fregues

nom femení Una frega és el fet de fregar una part del cos amb la mà per a aplicar-hi una crema, un líquid o una altra substància que calmin el dolor o que curin. Les fregues van bé per al mal d'esquena.

fregadís fregadissos

nom masculí Hi ha fregadís entre dues coses quan freguen de manera contínua. Els pneumàtics dels cotxes es gasten pel fregadís amb la carretera.

fregall fregalls

nom masculí Un fregall és qualsevol estri d'espart, de fils metàl·lics o de plàstic que serveix per a fregar els plats, els fogons, les rajoles o altres coses.

fregament fregaments

nom masculí Hi ha un fregament quan dues coses freguen. Les soles de les sabates es gasten pel fregament amb el terra.

fregar

verb
com cantar
◄ pàg. 26
Amb GU davant E, I

1 Passar un drap o una baieta mullats per damunt d'una cosa per netejar-la. Abans de fregar el terra convé escombrar-lo.

2 Una cosa frega amb una altra quan en moure's la va tocant contínuament. Si la roda de la bicicleta es torça una mica, fregarà amb el parafang.

3 Tocar lleugerament algú o alguna cosa en passar-hi molt a prop. En un camí molt estret, pot ser que el cotxe fregui un arbre i es faci una rascada a la pintura.

fregir

verb
com servir
◄ pàg. 28

Coure un aliment amb oli, mantega o llard bullents. Els francesos acostumen a fregir els aliments amb mantega. La ceba es fregeix més de pressa que el tomàquet.

fregidora, fritada

freixe freixes

nom masculí Un freixe és un arbre de la mateixa família de l'olivera, que viu sobretot en llocs humits, prop de rius i torrents, i que a l'hivern perd la fulla. Té l'escorça de color gris i pot arribar als 20 metres d'alçària. La seva fusta és de color clar, forta i de bona qualitat.

freixura freixures

nom femení La freixura d'un animal són les entranyes, sobretot els pulmons. Hi ha gent que dóna de menjar freixura als gats.

frenar

verb
com cantar
◄ pàg. 26

Fer que una màquina, un vehicle, un cavall, etc., vagi més lent o s'aturi del tot. Quan un semàfor es posa vermell, s'ha de frenar el cotxe. Si una bicicleta no frena, se li han de revisar els frens.

frenada, irrefrenable

frenesí frenesís

nom masculí Un frenesí és una gran excitació. Quan al públic li agrada molt l'espectacle, aplaudeix amb frenesí.

frenesia

frenètic frenètica frenètics frenètiques

adjectiu Que està molt excitat i nerviós. Tenir algú al costat que no pari de fer sorolls posa frenètiques algunes persones.

frenopàtic frenopàtica frenopàtics frenopàtiques

adjectiu Que està relacionat amb les malalties mentals. Un hospital frenopàtic és un manicomi.

freqüència freqüències

nom femení **1** La freqüència és la característica del que és freqüent. Els aficionats al cine intenten anar-hi amb molta freqüència, molt sovint.

2 Quantitat de vegades que es repeteix una cosa en un període de temps. Si hi ha molta freqüència de trens en una línia, vol dir que hi passen molts trens.

freqüentar, infreqüència

freqüent freqüents

adjectiu Que es repeteix sovint. A Escòcia les pluges són molt freqüents.

infreqüent

freqüentment
adverbi — D'una manera freqüent, sovint. *M'agrada anar a sopar fora freqüentment.*

fresa freses
nom femení — Una fresa és una eina per a donar formes diverses a les peces metàl·liques.
pàg. 993 (5)
fresar

fresc fresca frescs fresques
adjectiu
També *frescos*
1 Una mica fred. A l'estiu, vénen de gust les begudes fresques.
2 Que acaba de passar o s'acaba de fer, que és recent. Una notícia fresca no la coneix tothom. La sang fresca encara és líquida, no s'ha assecat.
3 Un aliment és fresc quan fa poc que s'ha agafat o collit i conserva totes les seves qualitats. El peix fresc és més bo que el congelat.
4 Diem que una persona és fresca quan no es preocupa gaire per les coses i va a la seva sense mirar si perjudica els altres. A una persona fresca no li fa res arribar tard i fer esperar els companys.
nom femení — 5 La fresca és un temps fresc. Si fa fresca, abans de sortir ens posem un jersei. A l'estiu, prendre la fresca és agradable.
nom masculí — 6 Un fresc és una pintura feta amb colors barrejats amb aigua sobre una paret arrebossada amb calç i sorra. Moltes esglésies estan decorades amb frescos.
frase feta — 7 Diem que algú **es pren una cosa a la fresca** quan se la pren tranquil·lament, sense preocupar-se.
frescor, fresquejar

fressa fresses
nom femení — Una fressa és un soroll continuat, com el que fan les aigües dels rius o les fulles dels arbres quan es mouen pel vent.

freturós freturosa freturosos freturoses
adjectiu — Que li falta alguna cosa. Als països freturosos d'aliments hi mor molta gent.

fricandó fricandós
nom masculí — El fricandó és un menjar fet de carn quisada amb suc, a base de ceba, tomàquet, herbes i bolets.

fricatiu fricativa fricatius fricatives
adjectiu — 1 Una consonant és fricativa quan els òrgans que es fan servir en la pronunciació s'acosten tant que l'aire fa un so de fregament quan surt de la boca; els sons fricatius es poden fer tan llargs com es vulgui. Són fricatius, per exemple, els sons consonàntics de les paraules *fa* i *so*.
nom femení — 2 Les fricatives són les lletres que representen els sons fricatius.

fricció friccions
nom femení — 1 Una fricció és el fet de fregar una cosa amb una altra. La fricció d'un moble amb la paret fa que aquesta es ratlli.
2 Frega. Podem fer friccions amb colònia.
3 Diem que hi ha friccions entre dues persones, dos partits o dos grups quan no estan d'acord i discuteixen.

frígid frígida frígids frígides
adjectiu — 1 Que és molt fred. Els països del nord d'Europa tenen hiverns frígids.
2 Una dona és frígida quan no pot sentir el plaer sexual.
frigidesa

frigorífic frigorífica frigorífics frigorífiques
adjectiu — 1 Que produeix fred. Els escorxadors tenen cambres frigorífiques on es conserva la carn.
nom masculí — 2 Un frigorífic és una nevera.

fris frisos
nom masculí — Un fris és una franja de pedra sovint decorada que hi ha a la part de dalt de la façana d'alguns edificis. El fris se situa per sota del frontó i de la cornisa, quan n'hi ha.

Un fris

frisar
verb
com *cantar*
◄ pàg. 26
Estar impacient mentre s'espera alguna cosa. Quan veuen un partit de futbol, moltes persones frisen perquè s'acabi. La gent que té molta gana es frisa perquè arribi l'hora de dinar.
frisança, frisor

frívol frívola frívols frívoles
adjectiu — 1 Que és poc important i poc seriós. Una conversa frívola fa passar l'estona.
2 Una persona és frívola quan només s'interessa per coses de poca importància i poc serioses.
frivolitat

fronda frondes
nom femení — 1 Fullatge. Els arbres de les selves acostumen a tenir la fronda molt espessa.
2 Nom de les fulles de les falgueres.

frondós frondosa frondosos frondoses
adjectiu — Que és ple de branques i de fulles. Els boscos molt frondosos són foscos i frescos.
frondositat

front fronts
nom masculí — **1** El front d'una persona és la part de dalt de la cara, des de les celles fins on comencen els cabells. pàg. 793 (8)
2 Extensió de terreny on tenen lloc els combats en una guerra. Si una persona va al front, va a lluitar.
locució que fa d'adverbi — **3 De front** vol dir de la part del davant. *La llum em venia de front i em molestava.*
frontal

frontal frontals
adjectiu — **1** Del front.
nom masculí — **2** El frontal és l'os del cap que forma el front. pàg. 797 (1)
3 Múscul que hi ha sobre de l'os frontal. pàg. 800 (2)

frontera fronteres
nom femení — Una frontera és una línia que separa dos països diferents.
fronterer

frontis frontis
nom masculí — **1** El frontis d'un edifici és la façana, la part del davant.
2 Part de davant d'un moble. Al frontis de molts armaris hi ha dues portes.

frontissa frontisses
nom femení — Una frontissa és un conjunt de dues plaques de metall unides per un eix que permet que girin. Les frontisses es posen a les portes i a les finestres perquè es puguin obrir i tancar i per unir-les al bastiment.

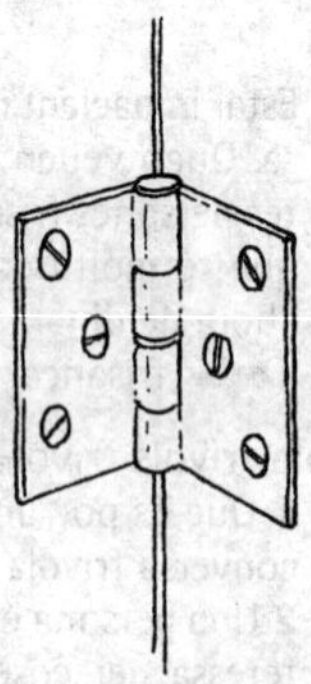
Una frontissa

frontó frontons
nom masculí — **1** Un frontó és un element decoratiu de forma triangular o arrodonida que hi ha a la part de dalt d'algunes façanes o d'alguns pòrtics. Els frontons són més amples que alts.

El frontó d'un temple

2 Paret contra la qual es llança la pilota en alguns jocs com la pilota basca.
3 Edifici on es juga a certs jocs de pilota.

fructífer fructífera fructífers fructíferes
adjectiu — Que dóna fruit o resultat. Una terra ben regada és molt fructífera. Quan un esforç és fructífer, val la pena fer-lo.

frugal frugals
adjectiu — **1** Un menjar és frugal quan és senzill i poc abundant. Dues pomes i un tall de formatge és un dinar frugal.
2 Una persona és frugal quan menja coses senzilles i poc abundants. Si es porta una vida frugal, no es menja gaire.
frugalitat

fruir
verb
com *reduir*
◄ pàg. 39
Amb dièresi — Sentir un gran plaer per alguna cosa. Quan estem de vacances, fruïm del temps lliure.
fruïció

fruit fruits
nom masculí
Sense dièresi — **1** Un fruit és un òrgan d'una planta que prové de la transformació de la flor. El fruit conté una o més llavors i quan és madur se separa de la planta. Molts fruits són comestibles, com els tomàquets, els préssecs i les maduixes. planta
2 Resultat, bo o dolent, que dóna alguna cosa. Una bona pel·lícula és fruit del treball de molta gent.
fructicultura, fructificar, fructuós, fructuosa, fruitós, fruitosa

fruita fruites
nom femení — **1** La fruita són els fruits comestibles d'alguns arbres i plantes. Les pomes, les taronges, els préssecs, les cireres, els melons, el raïm, etc., són fruites. La fruita es menja sola o al final dels àpats.
2 La **fruita seca** és la fruita deixada assecar o bé els fruits que tenen clofolla. Són

fruites seques les panses, les figues seques, les ametlles, les avellanes, els pinyons, etc.
pàgs. 398-399 ④
fruital, fruitar

fruiter fruitera fruiters fruiteres
adjectiu **1** Que dóna fruit. Les pomeres i els presseguers són arbres fruiters.
nom masculí i femení **2** Persona que ven fruita. Hi ha pagesos que els dies de mercat fan de fruiters i venen la seva fruita.
nom femení **3** Una fruitera és un plat o un altre recipient per a posar-hi fruita. A l'hora de les postres, portem la fruitera a la taula.

fruiteria fruiteries
nom femení Una fruiteria és una botiga on es ven fruita. pàgs. 398-399 ②

frunzir
verb com servir ◄ pàg. 28 Fer plecs petits a una roba o a un paper. Les cortines es frunzeixen per la part de dalt.

frustració frustracions
nom femení Una persona té una frustració quan es pensa que una cosa serà d'una manera i resulta que no ho és. Si algú està convençut que li donaran un premi i, finalment, el donen a una altra persona, pot patir una frustració.
frustrador, frustrant, frustrar

fúcsia fúcsies
adjectiu **1** Que és de color rosa fosc o vermell violeta.
nom masculí **2** El fúcsia és el color rosa fosc o vermell violeta.
nom femení **3** Una fúcsia és una planta amb tiges fortes com les d'un arbust, fulles de forma ovalada i flors amb pètals grans i separats, de color blanc o vermellós, molt boniques.

fuel fuels
nom masculí El fuel és un combustible líquid espès i de color fosc que s'obté del petroli. Es fa servir molt per a calefacció.

fuet fuets
nom masculí **1** Un fuet és un embotit com la llonganissa, prlm I llarg com un fuet de pegar.
pàgs. 398-399 ⑯
2 Corretja o corda prima que es fa servir per a pegar els cavalls, els muls, etc., per fer-los caminar. Sovint la corda o la corretja va agafada amb un mànec.
fuetada

fuetejar
verb com cantar ◄ pàg. 26 Amb G davant E, I Pegar amb un fuet. Els carreters fuetejaven els animals de tir perquè anessin més de pressa.

fuga fugues
nom femení **1** Fugida.
2 Una fuga és el fet de sortir un gas o un líquid d'un tub o un recipient perquè hi ha una esquerda o està mal tancat. Les fugues de gas a les cuines són molt perilloses.
3 Composició musical que té un mateix tema que es va repetint de diferents maneres.

fugaç fugaços fugaces
adjectiu Que dura molt poc. La llum que fa un llamp és forta, però fugaç.
fugacitat

fugida fugides
nom femení Una fugida és el fet de fugir.

fugir
verb com dormir ◄ pàg. 27 Diferències: fuges, fuig Amb J davant O **1** Marxar o anar-se'n corrents per evitar un perill o un mal. Quan es declara un incendi, la gent fuig.
2 Escapar-se una persona o un animal del lloc on era tancat. De vegades els presos fugen de la presó.
frase feta **3** **Fugir d'estudi** és canviar de tema. Hi ha persones que quan els fas una pregunta, per comptes de contestar-te, fugen d'estudi i et parlen d'una altra cosa.

fugisser fugissera fugissers fugisseres
adjectiu Que passa de pressa; que dura poc temps. Moltes il·lusions són fugisseres.

fugitiu fugitiva fugitius fugitives
adjectiu i nom masculí i femení Que fuig o que ha fugit. Els fugitius sempre s'han d'amagar.

fuita fuites
nom femení Fuga de gas o de líquid. Les fuites d'aigua ho inunden tot.

fulard fulards
nom masculí Un fulard és un mocador gran, generalment de seda, que es porta al coll.

fulcre fulcres
nom masculí El fulcre d'una palanca és el seu punt de suport.

fulgent fulgents
adjectiu Que és molt brillant.

fulgor fulgors
nom masculí o femení El fulgor o la fulgor és la llum molt forta i brillant que surt d'una cosa. La fulgor del sol no ens deixa mirar-lo directament.

fulgurar
verb com cantar ◄ pàg. 26 Llançar raigs de llum. El sol i els estels fulguren.
fulgurant

full fulls

nom masculí — Un full és un paper que serveix per a escriure-hi o dibuixar-hi. Generalment els fulls són blancs i rectangulars.

pàgs. 998-999 (13)

fullet

fulla fulles

nom femení — **1** Una fulla és cadascuna de les parts dels arbres i de les plantes que surt de les branques i de la tija. Les fulles habitualment són planes i de color verd, però les dels cactus són molt primes i punxen.

planta

2 La fulla d'un ganivet o d'una altra eina de tall és la làmina de metall que serveix per a tallar.

3 Les fulles d'una finestra o d'una porta són les dues parts que s'obren i es tanquen.

4 Una **fulla d'afaitar** és una làmina molt prima i tallant que es posa en una maquineta especial i serveix per a afaitar-se.

esfullar, foliar

fullam fullams

nom masculí — Fullatge.

fullaraca fullaraques

nom femení — **1** La fullaraca és el conjunt de les fulles seques que han caigut dels arbres. A la tardor, el terra s'omple de fullaraca.

2 Diem que un escrit, un discurs o una cosa semblant és fullaraca quan no diu res nou ni interessant.

fullat fullada fullats fullades

adjectiu — Que té fulla. A l'estiu tots els arbres són fullats.

fullatge fullatges

nom masculí — El fullatge és el conjunt de les fulles d'un arbre o d'una planta.

fullejar

verb com *cantar* ◄ pàg. 26 Amb G davant E, I — Passar els fulls o les pàgines d'un llibre, d'un diari o d'una revista sense llegir-ho tot. Si fulleges un tebeo només mires els dibuixos o en llegeixes trossos breus.

fulletó fulletons

nom masculí — Un fulletó és la part d'un diari o d'una revista que es pot col·leccionar i relligar per a formar un llibre. Abans es publicaven unes novel·les de fulletó molt llargues i complicades, semblants als serials de la televisió.

fullola fulloles

nom femení — Una fullola és una làmina molt prima de fusta.

fulminant fulminants

adjectiu — **1** Que actua de manera molt ràpida. Hi ha medicaments que són fulminants perquè fan efecte de seguida.

2 Una malaltia és fulminant si ve de cop i causa la mort. Els atacs de cor normalment són fulminants.

fulminar

verb com *cantar* ◄ pàg. 26 — **1** Quan una persona mor a causa de la caiguda d'un llamp, diem que ha estat fulminada pel llamp.

frase feta — **2** Diem que algú ens **fulmina amb la mirada** quan ens mira amb la cara enfadada i com si ens amenacés.

fum fums

nom masculí — **1** El fum és l'aire barrejat amb partícules de carbó que es veu sortir de les coses que cremen. A les cases, el fum surt per la xemeneia.

frase feta — **2** Es diu que una persona **té fums** quan és orgullosa o es pensa que és millor que les altres.

fumant, fumarada, fumerol

fumador fumadora fumadors fumadores

nom masculí i femení — Persona que té el costum de fumar tabac. Als trens hi ha vagons reservats als fumadors.

fumar

verb com *cantar* ◄ pàg. 26 — **1** Anar xuclant i traient el fum del tabac encès d'un puro, d'un cigarret o d'una pipa. Hi ha persones que fumen molt; altres fumen algun cigarret de tant en tant.

2 Fumem un aliment o una altra cosa quan fem que li toqui el fum. Hi ha indústries que fumen el salmó o alguns embotits i així es conserven millor.

3 Una cosa fuma quan treu fum. Els aliments calents fumen.

fumat fumada fumats fumades

adjectiu — Que ha estat sotmès a l'acció del fum. Alguns aliments com la cansalada i el salmó es conserven fumats i tenen un gust especial.

fumejar

verb com *cantar* ◄ pàg. 26 Amb G davant E, I — Treure fum. Quan les llars de foc estan enceses, les xemeneies fumegen. Les pipes fumegen més que els cigarrets.

fúmer

verb com *témer* ◄ pàg. 26 — La paraula *fúmer* es diu en lloc de *fotre* quan no es vol ser tan informal. *Vaig relliscar i em vaig fúmer de cap.*

fumera fumeres

nom femení — **1** Una fumera és una massa de fum que surt d'una cosa que crema. La llenya humida costa d'encendre i fa molta fumera.

2 Xemeneia. Es diu només en algunes zones.
3 Es diu que una persona té fumera quan té moltes ganes de fumar tabac.

fumeral fumerals
nom masculí — Xemeneia. Es diu només en algunes zones.

fumigar
verb
com *cantar*
◄ pàg. 26
Amb GU davant E, I
Ruixar una planta o un camp amb un insecticida.
fumigació, fumigant

fumut fumuda fumuts fumudes
adjectiu — La paraula *fumut* es diu en lloc de *fotut* quan no es vol ser tan informal. *Tinc la grip i estic ben fumuda. M'han fumut la cartera.*

funàmbul funàmbula funàmbuls funàmbules
nom masculí i femení — Persona que camina, balla i fa equilibris sobre una corda estirada. Als circs acostuma a haver-hi funàmbuls.

funció funcions
nom femení
1 La funció d'una persona, d'un òrgan del cos, d'una màquina, etc., és allò que ha de fer, la seva missió. La funció dels professors és ensenyar coses als alumnes. La funció del cor és distribuir la sang per tot el cos. La funció d'uns frens és frenar.
2 Qualsevol tipus de representació de teatre, de circ, de màgia, etc. Els teatres acostumen a fer una funció cada dia.
funcional

funcionament funcionaments
nom masculí — El funcionament d'alguna cosa és la manera com funciona. Si no coneixes el funcionament d'un ordinador, no pots fer-lo servir.

funcionar
verb
com *cantar*
◄ pàg. 26
Una cosa funciona quan compleix la seva funció, quan va bé. Si els llums de la bicicleta no funcionen, s'han de canviar. Si no saps com funciona un aparell, has de llegir les instruccions.

funcionari funcionària funcionaris funcionàries
nom masculí i femení — Persona que treballa a l'Administració pública.

funda fundes
nom femení — Una funda és un objecte de roba, de cuir o d'un altre material flexible que fem servir per a cobrir una cosa perquè no s'embruti, no es trenqui, etc. Tenim fundes de mobles, d'ulleres, de paraigua, d'estisores i moltes altres.
enfundar

fundar
verb
com *cantar*
◄ pàg. 26
1 Construir una ciutat, crear un establiment o una institució, com una empresa, una escola o un hospital. Segons una llegenda, Ròmul va fundar Roma.
usat amb pronom
2 **Fundar-se** en una cosa és basar-se en aquesta cosa. Algunes teories històriques es funden en els descobriments arqueològics.
fundació, fundador, infundat, infundada

fúnebre fúnebres
adjectiu
1 Que està relacionat amb els morts. Les cerimònies fúnebres són tristes.
2 Que és trist, que fa pensar en la mort. El negre i el morat són colors fúnebres.

funeral funerals
nom masculí — Un funeral és una cerimònia religiosa que l'Església celebra amb motiu de la mort d'una persona.

funerari funerària funeraris funeràries
adjectiu
1 Que està relacionat amb la mort i l'enterrament de les persones. Tots els pobles tenen cerimònies i ritus funeraris.
nom femení
2 Una funerària és una empresa que s'encarrega dels enterraments de les persones difuntes.

funest funesta funests funestes
adjectiu
També *funestos*
Que porta desgràcia o que té conseqüències molt dolentes. Els accidents d'avió són funestos, hi moren moltes persones.

funicular funiculars
nom masculí — Un funicular és un vehicle semblant a un vagó de tren que, gràcies a la força d'un cable que l'arrossega, pot pujar i baixar per una via que té un pendent molt fort.

fur furs
nom masculí
1 Un fur és una llei especial concedida a un territori o a una població. A l'època medieval, moltes ciutats tenien furs que els reis i els senyors havien de respectar.
2 Tipus de jutge o de tribunal que es fa càrrec dels casos d'una persona o d'una entitat determinades. Hi ha el fur civil, el fur militar i el fur eclesiàstic.

fura fures
nom femení
1 Una fura és un mamífer carnívor que fa de 40 a 55 centímetres de llargària i té el cos llarg i prim, les cames curtes, el cap arrodonit i les orelles petites. És de color groguenc a l'esquena i bru a la resta del cos. Fa una pudor forta. Les fures s'han fet servir per a caçar conills.
Continua a la pàgina següent

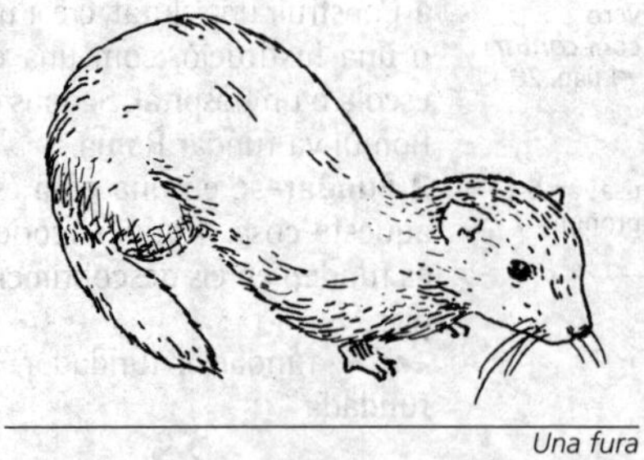

Una fura

2 Diem que una persona és una fura quan es posa pertot arreu i vol saber-ho tot.

furgar
verb
com *cantar*
◄ pàg. 26
Amb GU davant E, I
Remenar la part de dins d'una cosa amb la mà, amb un bastó o amb un altre estri. Es pot furgar la paperera per trobar uns papers perduts o el cau d'una bestiola per fer-la sortir.

furgó furgons
nom masculí
Un furgó és un vehicle cobert per a transportar equipatges, queviures, mercaderies, municions, etc. Els bancs traslladen diners amb furgons blindats. Els furgons dels trens són uns vagons que transporten el correu, els equipatges i algunes mercaderies.

furgoneta furgonetes
nom femení
Una furgoneta és un vehicle automòbil de quatre rodes, més petit que un camió, per a transportar mercaderies i altres objectes. Les furgonetes no tenen seients a la part del darrere i la càrrega i la descàrrega es fa per unes portes grans que hi ha al darrere o als costats.

fúria fúries
nom femení
1 La fúria és una ràbia molt forta que porta a reaccions violentes. Quan dos animals lluiten amb fúria és millor no acostar-s'hi.
locució que fa d'adverbi
2 Posar-se fet una fúria vol dir enfadar-se molt. A vegades, quan una persona descobreix que l'han enganyada, es posa feta una fúria.
enfuriar, enfurir, furient

furibund furibunda furibunds furibundes
adjectiu
Molt enfadat, ple de fúria. Si una persona està furibunda, val més no fer-li bromes.

furiós furiosa furiosos furioses
adjectiu
1 Que està ple de furor. Un gos furiós ens pot mossegar.
2 Molt fort i violent. Les tempestes furioses fan por.

furóncol furóncols
nom masculí
Un furóncol és una inflamació molt dolorosa d'una zona de la pell que té pus a dins.

furor furors
nom masculí o femení
1 El furor o la furor és una còlera molt forta i violenta. No és bo deixar-se emportar pel furor, ja que es poden fer i dir moltes bestieses.
2 Entusiasme o passió per alguna cosa. Segons les modes, hi ha furor per un tipus de roba o un altre.
frase feta
3 Fer furor una cosa és tenir molt d'èxit. Algunes cantants fan furor entre la gent jove.

furt furts
nom masculí
1 Un furt és el fet de furtar alguna cosa. És fàcil descobrir els furts, però no els lladres.
2 La cosa que ha estat furtada. Quan el furt és un quadre famós, no es pot vendre a cap botiga, perquè es descobriria que és robat.

furtar
verb
com *cantar*
◄ pàg. 26
Robar una cosa d'amagat, sense violència. Hi ha persones que furten fruita dels horts.

furtiu furtiva furtius furtives
adjectiu
1 Que es fa d'amagat, sense cridar l'atenció. Si fas mirades furtives al rellotge, les fas ràpidament per evitar que et vegin.
2 Una persona és furtiva quan fa alguna cosa d'amagat o sense permís. Un caçador furtiu caça en un lloc on no pot fer-ho.

fus fusos
nom masculí
Un fus és una barreta de fusta, més ampla del mig que dels extrems, que es fa servir, quan es fila a mà, per a enrotllar el fil a mesura que es va fent.

fusa fuses
nom femení
Una fusa és una de les formes d'escriure una nota musical. Les fuses duren la meitat d'una semicorxera. nota

fusell fusells
nom masculí
Un fusell és una arma de foc llarga i portàtil, semblant a una escopeta però més potent. Els fusells són propis dels soldats d'infanteria.
afusellar

fusible fusibles
nom masculí
Un fusible és un dispositiu de seguretat de les instal·lacions elèctriques que, si hi ha un curtcircuit o un altre problema, salta o es fon i interromp el pas del corrent. Quan salten els fusibles, ens quedem sense llum.

fusió fusions

nom femení

1 Una fusió és el fet de convertir-se una cosa sòlida en una cosa líquida. Amb el sol i la calor es produeix la fusió de la neu.

2 Hi ha una fusió de partits polítics, d'interessos, d'idees, etc., quan s'uneixen.

fusionar

fusta fustes

nom femení

1 La fusta és la matèria dura dels troncs i de les branques dels arbres. Amb la fusta es fan mobles i pasta de paper. També serveix per a encendre estufes i llars de foc.

2 Tros de fusta. Per Sant Joan es fan fogueres amb fustes i cartons.

enfustar

fuster fustera fusters fusteres

nom masculí i femení

Persona que treballa la fusta i fa objectes de fusta, com mobles i joguines.

pàg. 593 (23), pàg. 993 (19)

fusteria fusteries

nom femení

Una fusteria és un taller on treballa un fuster o una fustera. En una fusteria hi ha eines com el ribot, el xerrac i el martell.

fustigar

verb
com *cantar*
◄ pàg. 26
Amb GU davant E, I

Assotar, fuetejar. Quan volen que corrin molt, els genets fustiguen els cavalls.

futbol futbols

nom masculí
Mot agut

1 El futbol és un esport que consisteix a introduir una pilota, impulsant-la amb els peus i el cap, en una porteria. Hi juguen dos equips d'onze jugadors en un camp de mides grans, a l'aire lliure. Els jugadors no poden tocar la pilota amb les mans. Només pot fer-ho el porter dins de la seva àrea.

2 El **futbol sala** és un esport que es juga com el futbol, però amb sis jugadors a cada equip i en un camp més petit, normalment cobert, que té el terra dur.

3 El **futbol americà** és un esport semblant al rugbi però més violent i més espectacular. Es juga molt als Estats Units d'Amèrica.

futbolí

futbolista futbolistes

nom masculí i femení

Un o una futbolista és una persona que juga a futbol.

futilesa futileses

nom femení

Una futilesa és una cosa sense gens d'importància. Si algú només explica futileses, no cal que li prestis gaire atenció.

fútil, futilitat

fúting fútings

nom masculí

El fúting és un exercici físic que consisteix en un seguit de marxes i de corregudes fetes amb un ritme regular. Les persones practiquen el fúting per mantenir-se en forma.

futur futura futurs futures

adjectiu

1 Que ha de venir o que ha de passar. Es diu que les generacions futures viuran més anys.

nom masculí

2 El futur és el temps que ha de venir. Els endevins intenten descobrir què passarà en el futur.

3 Temps del verb que indica que l'acció passarà o es farà més endavant, en el futur. En la frase *Sortirem demà i anirem a la muntanya*, *sortirem* i *anirem* són verbs en futur.

g
nom femení
Setena lletra de l'alfabet català. Aquesta lletra a final de paraula es pronuncia com la *C*: la *G* i la *C* de *càstig* i de *fàstic* es pronuncien igual. Quan va davant de *A, O, U* representa el so de [g], com a *gos*; quan va davant de *E, I* representa el so de [ʒ], com a *gel*. El dígraf *GU* es pronuncia sempre [g], com a *guerra*. La *g* també pot formar part dels dígrafs *IG* i *TG*, com a *passeig* i a *formatge*.

gàbia gàbies
nom femení
Una gàbia és una caixa tancada, amb un o més costats fets amb barres, filferros o llistons, per a guardar-hi ocells i altres animals. Als zoos hi ha algunes gàbies molt grans.
pàgs. 994-995 (26)
engabiar

gabinet gabinets
nom masculí
1 El gabinet d'un metge, d'un advocat o d'un notari és el despatx on treballen.
2 Un gabinet és una cambra que serveix per a estudiar una ciència o un art determinats, amb aparells, llibres i altres materials especials. En un gabinet de química hi ha mostres de minerals i de diverses substàncies.
3 Nom que a vegades es dóna al conjunt de ministres d'un estat.

gaèlic gaèlics
nom masculí
El gaèlic és el nom que rep la parla dels escocesos i la dels irlandesos.

gafa gafes
nom femení
1 Una gafa és una peça de ferro que serveix per a ajuntar dues coses, per a mantenir quieta una peça que es vol treballar, etc.
2 Filferro o vareta que es fixa a un objecte perquè s'agafi a un suport. Les ulleres tenen dues gafes que s'aguanten una a cada orella.

gafet gafets
nom masculí
Un gafet és una peça de metall en forma de ganxo que s'encaixa en una altra peça en forma d'anella que es diu *gafeta*. Els gafets serveixen per a cordar o aguantar peces de vestir o altres coses.
gafeta

gafeta gafetes
nom femení
Una gafeta és una anella petita de metall per on es fa passar el gafet.

gai gais
adjectiu i nom masculí
Homosexual. El Front d'Alliberament Gai lluita pels drets dels homosexuals.

gaiato gaiatos
nom masculí — Un gaiato és un bastó llarg que fan servir els pastors i que té la part de dalt corbada.

1
gaire gaires
determinant i pronom quantitatius — Aquesta paraula indica quantitat, molt.
S'usa darrere de *no* i *sense* i en frases interrogatives i condicionals:
- *No té gaires amics. S'han quedat sense gaires amics.*
- *Té gaires amics? No gaires.*
- *Si trigues gaire temps, ja no podràs fer-ho.*

2
gaire
adverbi — En quantitat, molt.
S'usa en frases negatives, interrogatives i condicionals:
- *Que treballa gaire? No gaire: de tant en tant fa alguna feineta. És gaire alta? No gaire, fa un metre i mig. No em trobo gaire bé.*

gairebé
adverbi
Diferent de *gaire bé* — No ben bé, no del tot, però faltant-hi poc. *Ja ha arribat gairebé tothom. He acabat gairebé tot el que havia de fer.*

de gairell
locució que fa d'adverbi — Expressió que vol dir *desviat cap a un costat. Portava el barret de gairell i gairebé li tapava un ull.*

gaita gaites
nom femení — Sac de gemecs. La gaita és l'instrument típic del folklore dels gallecs, dels asturians i dels escocesos.

gal gal·la gals gal·les
adjectiu — **1** De l'antiga Gàl·lia. *Els guerrers gals.*
nom masculí i femení — **2** Persona que era d'un poble de l'antiga Gàl·lia, aproximadament el que avui és França, o que hi vivia.

gala gales
nom femení — Una festa, una reunió o un altre esdeveniment és de gala quan és molt luxós. En un sopar de gala s'ha d'anar ben vestit. El jaqué i el frac són vestits de gala.

galà galana galans galanes
adjectiu — Que és bonic, que agrada pels seus encants. A la tardor, una vall plena d'arbres amb fulles de diferents tons és un paisatge galà.

galaic galaica galaics galaiques
adjectiu — Gallec.

galant galants
adjectiu — **1** Un home galant és un home que és amable i delicat amb les dones.
nom masculí — **2** Un galant és un actor que representa un dels personatges principals, normalment jove, en una obra de teatre o en una pel·lícula.
galanteig, galantejar, galanteria

galàpet galàpets
nom masculí — Gripau.

galàxia galàxies
nom femení — Una galàxia és cadascun dels conjunts d'estrelles que hi ha a l'espai. La Via Làctia és una galàxia, on hi ha la Terra i el Sol.
galàctic

galdós galdosa galdosos galdoses
adjectiu — Es diu que una persona o una cosa és galdosa quan hauria de ser bonica, graciosa, neta, agradable, etc., i és tot el contrari. Quan una persona porta un vestit brut i trencat, podem dir que va ben galdosa.

galena galenes
nom femení — La galena és el mineral del qual s'extreu plom. És de color gris blavós i de brillantor metàl·lica. Es parteix fàcilment en forma de cub. Els cristalls de galena es feien servir en uns aparells de ràdio senzills. La seva fórmula és: SPb.

galera galeres
nom femení — **1** Una galera és un vaixell de guerra antic, llarg, estret i baix, que es movia amb veles i amb rems. Les persones que remaven acostumaven a ser presoners.
2 Crustaci d'un color groguenc clar que té el cos allargat i pla. A la part del cap té dos apèndixs molt amples acabats en una ungla que li serveixen per a agafar. Les galeres són comestibles.
3 A les impremtes, planxa de fusta o de metall on es posaven les línies de lletres per a fer un motlle.

galerada galerades
nom femení — Una galerada és un full de paper on hi ha un text que s'ha de corregir abans d'imprimir-lo. Un cop corregides les galerades, a la impremta es munten les pàgines de l'obra que s'ha d'imprimir.

galeria galeries
nom femení — **1** Una galeria és una sala ampla i llarga, que pot tenir arcs o columnes i vidrieres als costats.
2 Espai que hi ha a la part del darrere d'algunes cases que serveix sobretot per a estendre-hi la roba.
3 Camí o conjunt de camins fets a sota terra per les persones o els animals. Les mines de minerals estan comunicades per galeries. Els talps i els conills fan el cau excavant galeries al bosc.

nom femení plural **4** Unes galeries són un conjunt de botigues que estan situades en un mateix lloc cobert.

nom femení **5** Una **galeria d'art** és un local on s'exposen al públic i es venen pintures i altres obres d'art.

galet galets

nom masculí **1** El galet d'un càntir o d'un porró és el broc petit, per on beu normalment la gent. Quan es beu a galet no es toca amb els llavis el càntir o el porró, sinó que es deixa caure el líquid a la boca.

2 Tipus de pasta de sopa en forma de colze que quan bull es fa molt grossa. Els galets grans es posen a l'escudella de Nadal.

frase feta **3** Es diu que una persona **beu a galet** quan es creu tot el que li diuen.

galeta galetes

nom femení Una galeta és un menjar fet de farina, sucre, mantega, ous i altres aliments, com xocolata. Hi ha unes galetes rodones que es diuen *galetes maria.*

galifardeu galifardeus

nom masculí Xicot, noi. Només es diu de manera informal.

galimaties galimaties

nom masculí Un galimaties és un embolic, una confusió o un desordre. Si una redacció és un galimaties, no s'entén res del que s'hi explica.

galindaina galindaines

nom femení **1** Una galindaina és un adornament de poc valor. A algunes persones els agrada molt comprar-se galindaines.

2 Cosa sense importància. Quan una persona té molta feina, no està per galindaines.

galió galions

nom masculí Un galió és un vaixell antic, de guerra i de comerç, gros, alt i sense rems, i amb tres o quatre pals de veles. Els galions van ser molt usats en el transport de metalls preciosos d'Amèrica els segles XVI i XVII.

galipàndria galipàndries

nom femení Calipàndria.

gall galls

nom masculí **1** Un gall és un ocell de corral que té una cresta vermella grossa i les plomes de color marró vermellós i altres tons. És el mascle de la gallina. Els galls gairebé no volen.

✎ pàgs. 994-995 (28)

2 Diem que una persona és un gall quan en un poble o en un altre lloc vol manarho tot i vol ser molt important.

3 Nota musical aguda i desafinada que fa una persona quan canta.

4 Un **gall dindi** és un ocell gros de la mateixa família dels galls i de les gallines. Té les plomes de color bru, amb tonalitats verdes brillants. Al cap, al coll i damunt del bec té una excrescència de carn de color vermell. La carn del gall dindi és molt apreciada. Molta gent en menja per Nadal.

✎ pàgs. 994-995 (20)

Un gall dindi

gallard gallarda gallards gallardes

adjectiu **1** Una persona és gallarda quan és ben plantada i té un aspecte sa.

2 També diem que una persona és gallarda quan és valenta i no es fa enrere davant de les dificultats.

gallardet gallardets

nom masculí Un gallardet és una bandereta llarga i estreta, normalment en forma de triangle, que es posa a la part de dalt dels pals d'un vaixell i que serveix d'insígnia o per a fer senyals.

gallaret gallarets

nom masculí Rosella. Es diu només en algunes zones.

gallec gallega gallecs gallegues

adjectiu **1** De Galícia. *La gaita gallega.*

nom masculí i femení **2** Persona que és de Galícia o que hi viu.

nom masculí **3** El gallec és la llengua que es parla a Galícia.

galleda galledes

nom femení **1** Una galleda és un recipient alt, més ample de dalt que de baix, amb una nansa que va d'un costat a l'altre. Serveix per a transportar o per a guardar un líquid. Per a treure aigua d'un pou, es fa servir una galleda.

✎ pàgs. 594-595 (41)

frase feta **2** Diem que algú **fica els peus a la galleda** o **es fica de peus a la galleda** quan diu o fa una cosa en un moment que no és gens oportú o quan s'equivoca en alguna cosa.

A B C D E F G H I J K L M N O P Q R S T U V W X Y Z

gallejar
verb
com *cantar*
◄ pàg. 26
Amb G davant E, I

Fer-se l'important, presumir. Les persones que gallegen moltes vegades acaben fent el ridícul.

gal·lès gal·lesa gal·lesos gal·leses
adjectiu — **1** De Gal·les. *Les mines de carbó gal·leses.*
nom masculí i femení — **2** Persona que és de Gal·les o que hi viu. El príncep de Gal·les no és gal·lès.
nom masculí — **3** El gal·lès és la llengua que es parla a Gal·les.

gallet gallets
nom masculí — **1** El gallet d'una arma de foc és la palanca petita que hi ha a la part de sota per a disparar-la. El gallet es fa moure amb un dit.
2 Penell.

gallina gallines
nom femení — **1** Una gallina és un ocell de corral bastant gros, que té la cresta més petita que el gall i les potes curtes, de color groc. És la femella del gall. Hi ha gallines de color marró i gallines de color blanc. Les gallines ponen ous. La seva carn fa un brou que té molt d'aliment. ✎ pàgs. 994-995 (30)
adjectiu i nom masculí i femení — **2** Diem que una persona és gallina quan és covarda. Els bombers no poden ser gallines, han de ser molt valents. Es diu de manera informal.
nom femení — **3** **La gallina cega** és un joc on una persona porta els ulls tapats amb un mocador i ha d'agafar algú dels qui té pel voltant i endevinar qui és.
gallinaire

gallinassa gallinasses
nom femení — La gallinassa és l'excrement de les gallines.

galliner galliners
nom masculí — **1** Un galliner és un lloc tancat per a tenir-hi gallines o altres ocells, com pollastres, oques i ànecs. ✎ pàgs. 994-995 (22)
2 Part més alta d'un teatre o d'un cinema, i més allunyada de l'escenari o de la pantalla, que té uns preus més barats que els altres llocs de la sala.
frase feta — **3** Una reunió de gent **és un galliner** quan hi ha molt soroll i tothom parla alhora.

galó galons
nom masculí — **1** Un galó és una cinta estreta i forta, de seda, de llana, de fil d'or o de plata, que serveix per a adornar vestits o altres coses.
2 Un galó és un distintiu de teixit que els generals, els capitans i altres càrrecs militars porten a l'uniforme perquè se sàpiga quin és el seu càrrec.
engalonar

galop galops
nom masculí — El galop és la manera més ràpida de córrer d'un cavall. Quan un cavall va al galop, avança fent salts sobre les potes del davant i les del darrere, que es mouen gairebé alhora.

galopar
verb
com *cantar*
◄ pàg. 26

1 Un cavall galopa quan va al galop.
2 Una persona galopa quan cavalca un cavall que va al galop.

galta galtes
nom femení — **1** Una galta és cadascun dels dos costats de la cara que van dels ulls fins a la barbeta. Quan passem vergonya, les galtes se'ns posen vermelles. ✎ pàg. 793 (11)
2 Les **galtes del cul** són les natges.
frase feta — **3** Una persona **té galtes** quan té barra.
engaltar, galtada

galtaplè galtaplena galtaplens galtaplenes
adjectiu — Que té les galtes plenes, grosses. Les persones galtaplenes tenen la cara arrodonida.

galtera galteres
nom femení — **1** Una galtera és cadascuna de les dues corretges d'un casc, d'una gorra, etc., que es lliguen sota la barbeta per tal que no caigui.
nom femení plural — **2** Les galteres són una inflamació de les glàndules de la saliva que provoca que les galtes s'inflin i agafin un color vermell. És una infecció pròpia de les criatures.

galvana galvanes
nom femení — Mandra.

galzeran galzerans
nom masculí — Un galzeran és un arbust que pot arribar als 80 centímetres d'alçària i que té dues classes de tiges: unes tenen forma cilíndrica, i unes altres semblen fulles lanceolades acabades en punxa. Els galzerans viuen en els boscos mediterranis i fan unes flors petites i uns fruits rodons de color vermell. Les branques amb fruits del galzeran es fan servir com a adornament per Nadal.

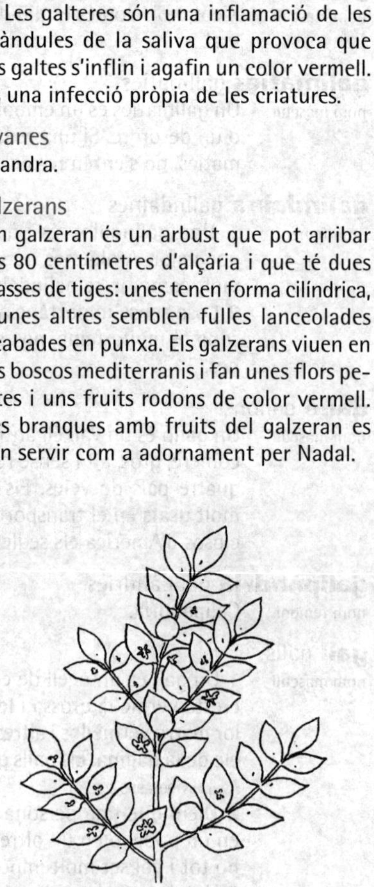

Una branca de galzeran

gamarús gamarussa gamarussos gamarusses

nom masculí — **1** Un gamarús és un ocell de rapinya nocturn de la mateixa família del mussol. Té el cap rodó, els ulls grossos i de color negre i les plomes de color bru. Fa uns 40 centímetres i viu en els forats dels arbres.

nom masculí i femení — **2** Diem que algú és un gamarús quan és poc intel·ligent, despistat o aturat.

1
gamba gambes

nom femení — Una gamba és un crustaci de color rosat o vermell que té el cos allargat i en forma corba. Es distingeix clarament el cos del cap, on hi ha unes antenes llargues i els ulls de color negre. Les potes de les gambes també són molt llargues. La seva carn és molt saborosa i es menja a la planxa, amb all i julivert. També es posen gambes a l'arròs o es cuinen d'altres maneres. ✎ pàgs. 398-399 ⑧

2
gamba gambes

nom femení — Cama. Es diu que una persona té bona gamba si té les cames llargues i fa molta via caminant.

gambada gambades

nom femení — Una gambada és una passa llarga. Per cada gambada d'un jugador de bàsquet, nosaltres n'hem de fer dues o tres. Si diem que arribem a un lloc amb quatre gambades, volem dir que hi arribem en molt poc temps.

gambal gambals

nom masculí — **1** Cama.

2 Es diu que una persona és curta de gambals quan no entén les coses, quan no és gaire intel·ligent.

gamberro gamberra gamberros gamberres

nom masculí i femení — Persona que fa accions que van contra les normes del civisme o del bon comportament i que molesta els altres. En algunes manifestacions hi ha gamberros que trenquen cabines telefòniques.

gamberrada, gamberrisme

gamma gammes

nom femení Amb MM — **1** Una gamma és una sèrie de coses del mateix tipus amb algunes diferències. Es parla, sobretot, de gammes de colors. Als supermercats hi ha una gran gamma de mantegues i formatges, n'hi ha de moltes marques.

2 Escala musical.

3 Nom de la tercera lletra de l'alfabet grec γ, Γ.

gana ganes

nom femení — **1** La gana és el desig de menjar. Algunes malalties fan perdre la gana.

2 Desig de fer alguna cosa o que passi alguna cosa. Quan tenim febre, no tenim ganes de llegir. En temps de sequera, els pagesos tenen ganes que plogui.

locució que fa d'adverbi — **3 De bona gana** vol dir amb molt de gust. *Faré el sopar de bona gana: m'encanta cuinar.*

4 De mala gana vol dir sense cap interès ni cap il·lusió. *Si m'has de fer aquest favor de mala gana, no cal que me'l facis!*

frase feta — **5 Donar la gana** a algú de fer una cosa és voler fer-la. Hi ha persones que sempre fan el que els dóna la gana, sense pensar en els altres.

ganàpia ganàpies

nom masculí i femení — Un o una ganàpia és una persona gran que fa coses de criatures o que no són pròpies de la seva edat.

gandul gandula ganduls gandules

adjectiu i nom masculí i femení — **1** Que no vol treballar ni fer esforços, que tot li fa mandra. Els ganduls són capaços de no veure una pel·lícula que els agradi molt per no haver d'anar fins al cinema.

nom femení — **2** Una gandula és una cadira plegable que té el seient de roba i les potes formades per unes barres unides en forma d'aspa. El moviment d'aquestes barres permet que la gandula es pugui posar gairebé horitzontal i així la persona es pot estirar.

engandulir, gandulejar

ganduleria ganduleries

nom femení — La ganduleria és la característica del qui és gandul.

1
ganga gangues

nom femení — La ganga és la terra i la pedra que hi ha enganxada a alguns minerals quan els treuen de la mina.

2
ganga gangues

nom femení — **1** Una ganga és una cosa que es compra a un preu molt més baix que el normal. A les rebaixes es poden trobar gangues.

2 Cosa que s'aconsegueix sense gaire esforç o per casualitat. Que et toqui la loteria és una ganga.

gangli ganglis

nom masculí — **1** Un gangli és una zona una mica més gruixuda que es forma en els nervis i en alguns vasos del cos, com els que transporten la limfa.

2 Tumor petit i dur que es forma als músculs i als tendons.

gangrena gangrenes

nom femení — La gangrena és la mort dels teixits d'una part del cos produïda perquè no hi circula prou sang, per la infecció d'una ferida, etc.

gangrenar-se

gàngster gàngsters
nom masculí Un gàngster era una persona que pertanyia a una banda de criminals dels Estats Units d'Amèrica. Els gàngsters es dedicaven a negocis que anaven en contra de la llei.

gànguil gànguils
nom masculí Diem que una persona és un gànguil quan és molt alta i prima i té les cames llargues.

ganivet ganivets
nom masculí Un ganivet és un instrument per a tallar que està format per un mànec i una fulla amb una vora afilada d'acer. Quan mengem carn, la tallem amb un ganivet.

pàg. 396 (18)

ganivetada

ganiveta ganivetes
nom femení Una ganiveta és un ganivet gros, com el de tallar el pa.

ganso gansa gansos ganses
adjectiu i nom masculí i femení Una persona és gansa quan fa les coses molt a poc a poc i no les acaba mai a temps.

gansoner gansonera gansoners gansoneres
adjectiu Ganso.

ganxet ganxets
nom masculí **1** Un ganxet és una barreta de metall, de fusta o de plàstic, amb la punta doblegada formant un petit ganxo, que serveix per a fer a mà treballs de punt.
2 Treball fet amb un ganxet. Els cobrellits de ganxet són fets a mà.

ganxo ganxos
nom masculí Un ganxo és una peça de metall, de forma corbada i acabada en punta, per a penjar-hi o agafar-hi alguna cosa. A les cansaladeries, els pernils pengen d'un ganxo.

ganya ganyes
nom femení **1** Brànquia.
2 Es diu que una persona fa ganyes si fa ganyotes. Les begudes molt àcides ens fan fer ganyes.

ganyot ganyots
nom masculí **1** Faringe.
2 Ganyota.

ganyota ganyotes
nom femení Una ganyota és un gest estrany fet amb la cara. Quan fas ganyotes, arronses el nas, mous la boca o els ulls, etc. Sovint, quan una cosa ens fa fàstic, fem una ganyota.

fer la gara-gara
frase feta Fer la gara-gara a algú és afalagar-lo i fer-li compliments per a aconseguir que estigui a favor nostre.

garantia garanties
nom femení **1** Una garantia és allò que serveix per a assegurar alguna cosa. Quan demanes un llibre en algunes biblioteques, has de deixar el carnet d'identitat com a garantia que no t'emportaràs el llibre.
2 La garantia d'un producte és el fet de poder-lo canviar o arreglar sense haver de pagar quan ja fa un temps que s'ha comprat. Segons els productes, hi ha garanties d'un any, de dos o de més.

garantir
verb
com *servir*
◄ pàg. 28
1 Assegurar que alguna cosa és veritat, és real; fer creure alguna cosa. Si et garanteixen que t'ho passaràs bé en una festa, segur que hi vas.
2 Assegurar que un producte funciona bé i comprometre's a canviar-lo o a reparar-lo gratuïtament si s'espatlla poc després d'haver-lo venut. Hi ha marques que garanteixen els seus productes per més temps que altres.

garant

garapinyat garapinyada garapinyats garapinyades
adjectiu Una ametlla, una nou o una altra fruita seca és garapinyada quan està coberta per una capa de sucre cuit. Les ametlles garapinyades són d'un color marronós.

garatge garatges
nom masculí Un garatge és un local on es guarden cotxes, motos i altres vehicles. pàgs. 594-595 (33)

garatgista

garba garbes
nom femení Una garba és un feix d'espigues tallades.

garbell garbells
nom masculí Un garbell és un recipient amb el fons ple de forats iguals que serveix per a separar objectes de mida diferent, deixant passar només els més petits. Al camp, es fan servir garbells per a triar els cereals.

garbellar
verb
com *cantar*
◄ pàg. 26
Passar gra, sorra o altres coses pel garbell. Es diu que s'ha de garbellar el blat de la palla per dir que s'ha de separar el bo del dolent.

garbera garberes
nom femení Una garbera és una pila de garbes.

garbí garbins
nom masculí El garbí és el vent que bufa del sud-oest.

A B C D E F G H I J K L M N O P Q R S T U V W X Y Z

garbuix garbuixos
nom masculí
Un garbuix és un embolic, una barreja desordenada de coses o de persones. Quan hi ha un accident al carrer, s'organitza un garbuix de cotxes. Si ens expliquen moltes coses alhora, ens fem un garbuix i no entenem res.

gardènia gardènies
nom femení
Una gardènia és una mata que fa uns 90 centímetres d'alçària, amb fulles de color verd fosc, lluents i amb aspecte com de cera. Fa unes flors blanques molt oloroses, que tenen els pètals ficats els uns dins els altres, com els de les roses.

garfi garfis
nom masculí
Un garfi és un ganxo punxegut.

garfir
verb
com *servir*
◄ pàg. 28
Agafar algú o alguna cosa amb força i clavant-li les ungles. Alguns animals, com els tigres i els lleons, garfeixen les seves preses.

gargall gargalls
nom masculí
1 Escopinada.
2 Esput.

gargamella gargamelles
nom femení
Gola. Només es diu de manera informal.

gargamelló gargamellons
nom masculí
Campaneta del coll.

gàrgara gàrgares
nom femení
Fer gàrgares és tenir un líquid a la gola fent-lo moure amb l'aire que traiem dels pulmons. Els metges recomanen fer gàrgares per a curar algunes infeccions del coll.
gargarisme

gàrgola gàrgoles
nom femení
Una gàrgola és una canal que hi ha a les teulades o als coberts dels edificis; serveix perquè s'escorri l'aigua de la pluja. Les gàrgoles d'algunes catedrals tenen forma d'animal, de monstre o de cara de persona.
pàg. 599 ⑫

gargot gargots
nom masculí
Un gargot és una ratlla, una lletra o un dibuix mal fets o fets sense saber-ne gaire. Quan comencen a escriure o a dibuixar, les criatures només fan gargots.

gargotejar
verb
com *cantar*
◄ pàg. 26
Amb G davant E, I
Fer gargots. Per tal que un nen petit no s'avorreixi, li pots donar un full i deixar que gargotegi.

garita garites
nom femení
Una garita és una torre petita o una caseta que serveix per a protegir del fred un soldat o altres persones que fan guàrdia o que vigilen alguna cosa. Les garites acostumen a tenir finestres llargues i estretes.
pàg. 600 ③

garjola garjoles
nom femení
Manera informal de dir *presó*.
engarjolar

garlaire garlaires
adjectiu i nom masculí i femení
Que garla molt, que és molt xerraire. Els garlaires no acostumen a escoltar els altres, només volen que els escoltin a ells.

garlanda garlandes
nom femení
Una garlanda és una cadena de flors o de fulles que es fa servir com a adornament. Per Nadal, molta gent decora la casa amb garlandes.
engarlandar

garlar
verb
com *cantar*
◄ pàg. 26
Parlar molt i sense dir res important, només pel gust de parlar. Algunes persones, quan van a comprar, no paren de garlar amb els que venen.

garlopa garlopes
nom femení
Una garlopa és un ribot llarg amb un agafador per a la mà. Amb les garlopes es treballen fustes grosses. pàg. 993 ㉓

garnatxa garnatxes
nom femení
1 La garnatxa és un tipus de raïm de color moradenc, molt delicat i de bon gust.
2 Vi que s'obté de la garnatxa. És molt coneguda la garnatxa de l'Empordà.

garneu garneua garneus garneues
adjectiu
Que és astut, que fa les coses amb mala intenció. No et pots refiar de les persones garneues.

garota garotes
nom femení
Eriçó de mar.

garra garres
nom femení
La garra d'una persona o d'un animal és la part de la cama o de la pota que va del genoll al turmell.

garrafa garrafes
nom femení
Una garrafa és una ampolla molt ampla i amb el coll curt que acostuma a anar recoberta d'una funda de vímet, d'espart o de plàstic. Té unes nanses per tal de poder-la agafar millor.

garranyic garranyics
nom masculí
Grinyol.

garratibat garratibada garratibats garratibades
adjectiu
1 Amb les cames rígides, sense poder-les moure. Un pinçament d'esquena ens pot deixar garratibats.
Continua a la pàgina següent

2 Diem que una cosa deixa garratibat algú si el deixa molt sorprès i admirat. Quan a una persona li diuen que se li ha cremat la casa, es queda garratibada.

garrell garrella garrells garrelles
adjectiu — Que té les cames tortes, amb la part dels genolls oberta cap enfora, de manera que quan està dret els genolls se separen i els turmells s'acosten.

garrepa garrepes
adjectiu i nom masculí i femení — Gasiu. No esperis que una persona garrepa et convidi a fer el vermut. Només es diu de manera informal.

garrí garrina garrins garrines
nom masculí i femení — Porc o porca petits. pàgs. 994-995 (14)
garrinar

garric garrics
nom masculí — Un garric és un arbust de la família de les alzines i dels roures que normalment no fa més d'un metre d'alçària. Creix molt a poc a poc i les seves fulles són de color verd clar lluent i punxen. El seu fruit és una gla bastant grossa.

garriga garrigues
nom femení — Una garriga és un conjunt dens de plantes punxoses de fulla dura i perenne, que creixen en un tros de terra sense que ningú les cultivi. A les garrigues, hi ha sobretot garric.

garró garrons
nom masculí — 1 Turmell.
frase feta — 2 **Portar els mitjons** o **les mitges al garró** és portar-los tirats cap avall, cap als garrons.

garrofa garrofes
nom femení — 1 Una garrofa és un fruit de forma allargada i plana, amb la pell arrugada i d'un color marró molt fosc i brillant. Les garrofes es fan servir com a aliment del bestiar i també en la indústria alimentària.

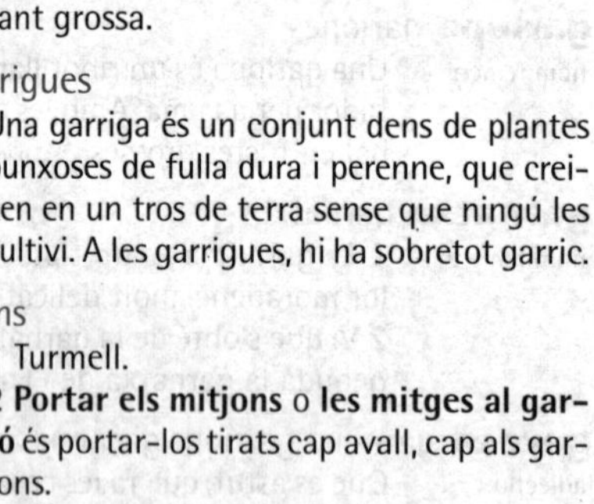

① *Un garrofer.* ② *Una garrofa.*

frase feta — 2 **Guanyar-se les garrofes** vol dir treballar i guanyar diners per viure. Algunes persones, de ben joves, s'han hagut d'espavilar i guanyar-se les garrofes.
garrofer

garrot garrots
nom masculí — Un garrot és un bastó gruixut. Es pot matar una bèstia a cops de garrot.
garrotar

garrotada garrotades
nom femení — Una garrotada és un cop de garrot o de bastó. Si rebem una garrotada, quedarem adolorits.

garrotxa garrotxes
nom femení — Una garrotxa és un terreny desigual, trencat, per on és difícil caminar.

garrotxí garrotxina garrotxins garrotxines
adjectiu — 1 De la Garrotxa. *Els volcans garrotxins.*
nom masculí i femení — 2 Persona que és de la Garrotxa o que hi viu.

garsa garses
nom femení — Una garsa és un ocell gros de color negre brillant, amb reflexos verdosos a les ales i a la cua, que és molt llarga. La panxa i algunes de les plomes de les ales són de color blanc. Les garses són molt abundants als camps de cereals i sovint les podem veure prop de les carreteres. S'alimenten d'insectes, cargols, fruites, ous d'altres ocells, patates i carn morta. Es diu que les garses roben joies i petits objectes brillants.

gas gasos
nom masculí — 1 Un gas és una substància que ha d'estar sempre tancada en un recipient, perquè, si no, s'escaparia. Els gasos es poden comprimir. L'aire que respirem és una mescla de gasos; el butà i el gas natural que fem servir a la cuina són també gasos. Quan un gas es refreda molt es pot tornar líquid.
2 En química, els **gasos nobles** són un grup d'elements que es troben en forma de gas en petites quantitats en l'aire. Són incolors i inodors, i resulta molt difícil de fer-los combinar entre ells i amb altres elements. Els gasos nobles són l'heli, el neó, l'argó, el criptó, el xenó i el radó.
gasificar, gasòmetre

gasa gases
nom femení — Una gasa és una tela molt fina que està feta amb els fils molt separats. Hi ha gases que es fan servir per a cobrir les ferides.

gascó gascona gascons gascones
adjectiu — 1 De Gascunya. *Els ducs gascons.*
nom masculí i femení — 2 Persona que és de Gascunya o que hi viu.

nom masculí **3** El gascó és un dialecte de l'occità que es parla a Gascunya i a la Vall d'Aran.

gasela gaseles
nom femení Una gasela és un antílop petit, molt àgil, amb els ulls grossos i que corre molt. Les gaseles tenen les banyes corbades cap endarrere.

gaseta gasetes
nom femení **1** Una gaseta és una revista o un diari que dóna notícies polítiques, culturals, científiques, etc. Hi ha, per exemple, gasetes d'art, de literatura i universitàries.
frase feta **2 Ser la gaseta del barri** o **del poble** és saber i explicar a tothom tot el que passa al barri o al poble.

gasiu gasiva gasius gasives
adjectiu i nom masculí i femení Que vigila molt de no gastar diners, que no és gens generós. Els gasius no fan mai regals ni conviden els seus amics.
gasiveria

gasoducte gasoductes
nom masculí Un gasoducte és un conducte metàl·lic gran que serveix per a transportar un gas des del lloc on es produeix fins al lloc on s'ha de consumir.

gasòfia gasòfies
nom femení Una gasòfia és un menjar fet amb les restes d'altres menjars barrejades.

gasoil gasoils
nom masculí El gasoil és un líquid semblant a la gasolina que es fa servir com a combustible d'uns motors especials, anomenats *dièsel*. El gasoil és més barat que la gasolina. Els camions i alguns cotxes funcionen amb gasoil.

gasolina gasolines
nom femení La gasolina és un líquid inflamable que s'obté del petroli i que es fa servir com a combustible dels cotxes, de les motos, dels avions, etc. Quan un cotxe es queda sense gasolina, es para.

gasolinera gasolineres
nom femení Una gasolinera és un lloc on es ven gasolina i altres combustibles.

gasós gasosa gasosos gasoses
adjectiu **1** Que és un gas o que conté gas. Les substàncies gasoses s'han de tenir en recipients tancats hermèticament.
nom femení **2** La gasosa és una beguda dolça i refrescant feta amb aigua, un gas que fa bombolles i aromes diversos.

gaspatxo gaspatxos
nom masculí El gaspatxo és un menjar fred fet amb tomàquet, ceba, cogombre, molles de pa, pebre, sal, aigua, oli i vinagre, tot barrejat i triturat. Es menja sobretot a l'estiu.

gastar
verb com *cantar* ◄ pàg. 26
1 Fer desaparèixer una cosa a poc a poc fent-la servir. Alguns cotxes gasten molta gasolina. Les soles de les sabates es gasten amb el temps.
2 Fer servir diners per a comprar o per a obtenir alguna cosa. Les famílies nombroses gasten molt en menjar. És convenient no gastar-se tots els diners i estalviar-ne uns quants.

gàstric gàstrica gàstrics gàstriques
adjectiu Que està relacionat amb l'estómac. El suc gàstric és un líquid que es fa a l'estómac.

gastritis gastritis
nom femení Una gastritis és una inflamació de la mucosa de l'estómac.

gastroenteritis gastroenteritis
nom femení Una gastroenteritis és una inflamació de les mucoses de l'estómac i dels intestins.

gastronomia gastronomies
nom femení La gastronomia és l'art de menjar bé i de conèixer tot el que té relació amb la preparació dels aliments perquè siguin més saborosos.
gastrònom

1
gat gats
nom masculí **1** Un gat és un mamífer que s'alimenta principalment de carn, té molt bona vista, una oïda molt fina i un gran sentit de l'orientació. Té uns bigotis molt sensibles, la llengua aspra i unes ungles que pot ensenyar i amagar quan vol. Els gats salten i s'enfilen amb molta agilitat. N'hi ha de salvatges, i diverses races que són domèstiques. Són molt apreciats els gats perses, els siamesos i els d'angora. ✎ pàgs. 994-995 (18)
2 Mascle d'aquesta espècie.
3 Un **gat mesquer** és una geneta.
4 Un **gat salvatge** és un gat més gran i més robust que el gat domèstic i amb la cua més arrodonida. Té el pelatge de color de crema amb unes ratlles fosques.
5 Un **gat vell** és una persona que té molta experiència i sap molts trucs. A un gat vell, és molt difícil enganyar-lo.
6 Es diu que en un lloc hi ha **quatre gats** quan hi ha molt poques persones.
frase feta **7** Dues persones **estan com gat i gos** si sempre s'estan barallant.
gatada, gatinar, gatonar

2
gat gats
nom masculí Un gat és un aparell per a aixecar objectes molt pesats a poca altura. Quan s'ha de canviar una roda, cal aixecar el cotxe amb un gat.

gata gates

nom femení — **1** La gata és la femella del gat.
2 Una **gata maula** és un o una maula.

gatejar

verb
com *cantar*
◄ pàg. 26
Amb G davant E, I

Anar amb els dos peus i les dues mans tocant a terra. Quan encara no saben caminar, les criatures gategen.

gatera gateres

nom femení — Una gatera és un forat rodó fet a la part baixa d'una porta o d'una paret per a deixar entrar i sortir els gats.

gatonera gatoneres

nom femení — Gatera.

gatosa gatoses

nom femení — Una gatosa és un arbust de color verd intens que fa branques denses amb moltes punxes. Té poques fulles i moltes flors de color groc que surten a l'hivern. És semblant a l'argelaga i viu en llocs secs.

gatzara gatzares

nom femení — La gatzara és el soroll i la cridòria que fa un grup de gent quan estan contents. A les festes d'aniversari s'acostuma a cantar i a fer gatzara.

a la gatzoneta

locució que fa d'adverbi — Amb les cames arronsades de manera que les natges toquen els talons. *Tenia les cames cansades d'estar tanta estona a la gatzoneta.*

gaudir

verb
com *servir*
◄ pàg. 28

1 Fruir. Moltes persones gaudeixen escoltant música.
2 Gaudir d'una cosa és tenir-la i treure'n un benefici, un profit. Gaudir de bona salut és molt important.

gaudi, gaudiment

gautxo gautxa gautxos gautxes

nom masculí i femení — Persona que viu a les pampes d'Amèrica del Sud i que es dedica a la ramaderia.

gavadal gavadals

nom masculí — **1** Un gavadal és un recipient on es renten els plats, es netegen els aliments, es remullen alguns objectes, es posa menjar als animals, etc.

locució que fa de determinant — **2 Un gavadal** de coses és una gran quantitat. Els cuiners saben un gavadal de receptes.

locució que fa d'adverbi — **3 A gavadals** vol dir en gran quantitat. *En aquella biblioteca, hi ha llibres a gavadals.*

gavardina gavardines

nom femení
Amb V

Una gavardina és un abric fet amb una roba més prima que sovint és impermeable. Les gavardines acostumen a portar cinturó.

gavarra gavarres

nom femení — Barcassa.

gavatx gavatxa gavatxos gavatxes

adjectiu i nom masculí i femení — Francès. Es diu quan es parla en un to despectiu.

gaveta gavetes

nom femení — Una gaveta és un recipient quadrat amb les parets inclinades cap enfora i amb nanses. Els paletes la fan servir per a pastar guix, ciment i altres materials. ✎ pàg. 593 (45)

gavina gavines

nom femení — Una gavina és un ocell gros, de color blanc grisenc, que viu a la costa i s'alimenta sobretot de peixos. Té el bec llarg i prim. A molts llocs de platja podem veure les gavines xisclant i volant damunt del mar.

ge ges

nom femení — Nom de la lletra *g, G.*

gebre gebres

nom masculí — El gebre és la rosada gelada que cobreix les herbes baixes i la terra. Després d'una nit molt freda, els jardins queden blancs de gebre.

gebrar

gec gecs

nom masculí — Un gec era una peça de vestir d'home semblant a l'americana. Actualment, es diu *gec* a qualsevol peça de vestir llarga fins una mica més avall de la cintura i amb màniques.

geca geques

nom femení — Gec.

gegant geganta gegants gegantes

adjectiu — **1** Que és molt gran. En alguns boscos hi ha arbres gegants.

nom masculí i femení — **2** Personatge fabulós de la mitologia grega i de la literatura que és molt alt i que té molta força.
3 Ninot de fusta o de cartó molt alt que en algunes festes es passeja pels carrers. Dins del gegant hi va una persona que fa que camini i es mogui. A les cercaviles hi ha gegants, gegantes i capgrossos.
4 Diem que algú és un gegant quan és molt alt.

agegantar, engegantir, geganter, gegantesc

gegantí gegantina gegantins gegantines

adjectiu — Que és molt gran. Els Alps són unes muntanyes gegantines.

geisha geishes

nom femení — Una geisha és una noia japonesa que ha

A B C D E F G H I J K L M N O P Q R S T U V W X Y Z

després a ballar, a cantar, a recitar poesia, i a servir el te. És una paraula japonesa.

gel [1] gels

nom masculí

1 El gel és l'aigua que ha passat de ser líquida a ser sòlida a causa del fred. L'aigua es converteix en gel a una temperatura de 0°C.

frase feta

2 **Trencar el gel** és començar una conversa, una relació, etc., que ningú no s'atrevia a començar.

gelabror, geliu, geliua, gelor

gel [2] gels

nom masculí

Un gel és un sabó líquid que es fa servir per a rentar-se el cos o les mans.

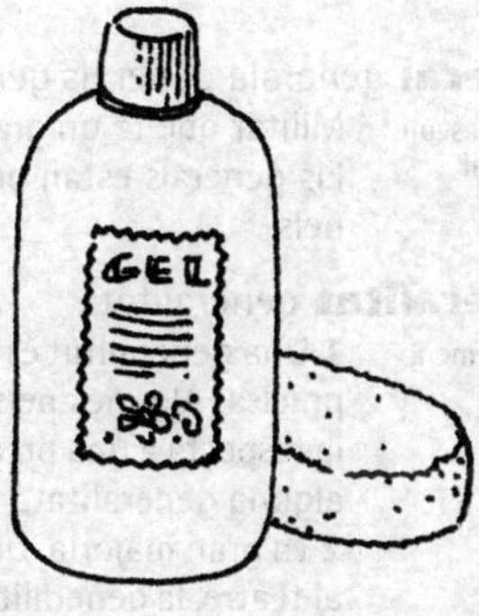

Gel de bany

gelada gelades

nom femení

1 Una gelada és el fet de gelar-se l'aigua dels canals, de les basses, etc., a causa d'una baixada de la temperatura per sota dels 0°C. Les gelades poden fer malbé els cultius.

2 Gebre. Si al matí hi ha gelada, a la nit ha fet molt fred.

gelar

verb
com *cantar*
◄ pàg. 26

1 Transformar l'aigua en gel. El fred molt intens gela l'aigua dels rius i dels llacs. En alguns llocs, a l'hivern es gela l'aigua de les canonades.

Només es conjuga en algunes persones

2 Formar-se gebre. Quan una nit gela, l'endemà tots els jardins són blancs.

frase feta i verb usat amb pronom

3 **Gelar-se de fred** és tenir molt de fred. Si vas a esquiar poc abrigat, et pots gelar de fred.

gelat gelada gelats gelades

adjectiu

1 Que s'ha convertit en gel. La neu és aigua gelada.

2 Molt fred. Hi ha persones que sempre tenen els peus gelats.

nom masculí

3 Un gelat és un menjar tou i cremós fet amb llet, sucre i altres ingredients, tot barrejat i congelat. N'hi ha de maduixa, de llimona, de xocolata, etc.

gelateria

gelatina gelatines

nom femení

1 La gelatina és el brou de carn que quan es refreda es torna espès, tou, elàstic i transparent.

2 Substància sòlida, tova, que no té color, olor, ni gust i deixa passar la llum. Es fa servir en la indústria alimentària i farmacèutica i per a preparar pel·lícules fotogràfiques.

gelatinós, gelatinosa

gelea gelees

nom femení

1 Una gelea és un aliment que s'obté fent bullir suc de fruita amb sucre. Les gelees són sòlides i molt toves, amb un aspecte semblant al del codonyat. Hi ha gelea de maduixa, de gerd i d'altres fruites.

2 La **gelea reial** és una substància produïda per les abelles per a alimentar les larves. És molt nutritiva i es pren com a aliment o com a medicament.

gelera geleres

nom femení

Glacera.

gèlid gèlida gèlids gèlides

adjectiu

Fred com el gel. Les nits gèlides no ve de gust sortir a passejar.

gelós gelosa gelosos geloses

adjectiu

Que sent gelosia. Els nens petits acostumen a posar-se gelosos quan tenen un germanet.

gelosia gelosies

nom femení

1 La gelosia és un sentiment de por que algú estimat prefereixi una altra persona més que a un mateix.

2 Enveja que algú sent d'una persona que té una cosa que a ell li agradaria tenir.

3 Enreixat de fusta que tapa algunes finestres. Des de darrere d'una gelosia pots mirar sense que et vegin.

engelosir

gema gemes

nom femení

1 Rovell d'ou.

2 Petit dolç sec de forma arrodonida fet amb rovell d'ou ensucrat.

gemec gemecs

nom masculí

Un gemec és un crit que expressa dolor o pena. Si se senten els gemecs d'alguna persona, s'ha d'anar a veure què li passa.

gemegós, gemegosa

A B C D E F G H I J K L M N O P Q R S T U V W X Y Z

A B C D E F G H I J K L M N O P Q R S T U V W X Y Z

gemegar
verb
com *cantar*
◄ pàg. 26
Amb GU davant E, I
Fer gemecs. Quan una persona es trenca una cama, sol gemegar.

geminat geminada geminats geminades
adjectiu
Que és format per dos elements iguals. A la paraula *col·lecció* hi ha una ela geminada.

gemma gemmes
nom femení
Amb MM
1 Una gemma és una pedra preciosa. També es diuen *gemmes* les perles i el corall, un cop tallat i polit. Amb les gemmes es fan joies i objectes d'adornament.
2 La gemma d'una planta és un òrgan petit d'on sortirà una tija, una branca o una flor.

gen gens
nom masculí
Un gen és cadascun dels petits elements que formen part d'un cromosoma i que fan que algunes característiques dels pares passin als fills, com per exemple el color dels ulls o dels cabells.

gendarme gendarmes
nom masculí i femení
Un o una gendarme és un agent de policia de França o d'alguns altres països.
gendarmeria

gendre gendres
nom masculí
El gendre d'una persona és el marit de la seva filla o del seu fill.

genealogia genealogies
nom femení
1 La genealogia d'una persona és la sèrie de parents que han existit abans que ella.
2 Ciència que estudia les relacions de parentiu entre les persones d'una família. La genealogia ens fa conèixer els casaments dels reis i de les reines d'Europa i els fills que van tenir.
genealògic

gener geners
nom masculí
El gener és el primer mes de l'any. Té 31 dies. Pel gener acostuma a ploure i a fer fred.

generació generacions
nom femení
1 La generació és el fet de generar. Les calefaccions serveixen per a la generació de calor. Per a la generació d'un mamífer, calen una femella i un mascle.
2 Una generació és un conjunt de persones que han nascut més o menys a la mateixa època. Els pares, els fills i els néts d'una família pertanyen a tres generacions diferents.

generador generadora generadors generadores
adjectiu
1 Que genera. L'odi és generador de baralles.
nom masculí
2 Un generador és una màquina que produeix energia elèctrica. La dinamo que porten algunes bicicletes és un generador.

1
general generals
adjectiu
1 Que es refereix a tot un conjunt de persones o de coses o a la majoria. El codi de la circulació conté normes generals per a tots els vehicles i normes particulars per a les motos. L'índex general d'un llibre ens informa del seu contingut.
locució que fa d'adverbi
2 En general vol dir en conjunt, sense tenir en compte els detalls o els casos especials. *Les persones, en general, viuen millor ara que fa cent anys.*
3 En general vol dir normalment, amb freqüència. *Pel febrer, en general fa fred.*

2
general generala generals generales
nom masculí i femení
Militar que té un grau molt alt a l'exèrcit. Els generals estan per damunt dels coronels.

generalitat generalitats
nom femení
1 Una generalitat és una idea general, poc precisa. Algunes persones, quan no saben la resposta a una pregunta, contesten amb alguna generalitat.
2 La gran majoria. Quan es proposa d'anar al teatre, la generalitat dels alumnes acostuma a estar-hi d'acord.
3 Nom dels governs de Catalunya i del País Valencià.

generalment
adverbi
D'una manera general. *Generalment, fem tres àpats al dia.*

generar
verb
com *cantar*
◄ pàg. 26
1 Produir, fer néixer, crear alguna cosa. El fregament de dos cossos genera calor.
2 Engendrar una criatura.
generatiu, generativa

gènere gèneres
nom masculí
1 Un gènere és un conjunt d'animals o de plantes que tenen unes mateixes característiques. En la classificació científica, el gènere va després de la família i abans de l'espècie. El gat és del gènere *Felis.*
2 Conjunt de coses que tenen unes característiques semblants. Una barca i un vaixell són coses del mateix gènere.
3 En gramàtica, el gènere d'una paraula pot ser femení o masculí. Els noms, adjectius, determinants i pronoms poden portar marques que ens indiquen si són de gènere masculí o femení i quan van junts han de concordar en el gènere. Les paraules *La ra-*

teta presumida són del gènere femení i les paraules *un noi presumit* són del gènere masculí.

4 Conjunt de productes que es compren i es venen. Els supermercats tenen gènere molt variat: fruita i verdura, llet, ous, xarcuteria, etc.

5 Tela, roba. La seda és un gènere suau i agradable.

genèric genèrica genèrics genèriques
adjectiu — Que es refereix a un conjunt d'elements d'un mateix gènere. *Gos* és un nom genèric per a parlar dels diferents tipus de gossos que hi ha.

generós generosa generosos generoses
adjectiu — Que li agrada donar i compartir amb els altres les coses que té. Les persones generoses no són gens egoistes.
generositat

gènesi gènesis
nom femení — La gènesi d'una cosa és la manera com s'ha originat o com s'ha format. La gènesi de la pluja és l'evaporació de l'aigua del mar i dels rius.

genet geneta genets genetes
nom masculí i femení — Persona que munta a cavall.

geneta genetes
nom femení — Una geneta és un mamífer carnívor semblant a un gat però més gran, de color terrós amb taques fosques. Té la cua i el morro llargs i fa una olor molt forta de mesc.

Una geneta

genètic genètica genètics genètiques
adjectiu — Que està relacionat amb la genètica. El color dels ulls és una característica genètica que els fills hereten dels pares.

genètica genètiques
nom femení — La genètica és la branca de la biologia que estudia les característiques que es transmeten per herència, com el color de la pell.
genetista

geni genis
nom masculí — **1** Un geni és una persona que és molt bona en alguna cosa i que destaca per sobre dels altres. Mozart era un geni de la música.

2 Personatge d'alguns contes que té poders màgics. Al conte d'Aladí, apareix un geni quan es frega una llàntia.

3 Manera de ser, caràcter d'una persona, d'un poble, etc. Les persones que tenen mal geni s'enfaden amb facilitat.
genial, genialitat

genital genitals
adjectiu — **1** Que està relacionat amb els òrgans de la reproducció.
nom masculí plural — **2** Els genitals són els òrgans que intervenen en la reproducció.

genitiu genitius
nom masculí — El genitiu és el cas d'algunes llengües, com el llatí, que sol indicar la possessió i altres determinacions del nom. La paraula llatina *rosa* té en genitiu singular la forma *rosae*.

geniüt geniüda geniüts geniüdes
adjectiu — Que té un geni molt fort. Les persones geniüdes s'enfaden amb facilitat.

geniva genives
nom femení — La geniva és la part carnosa que recobreix les arrels de les dents. Les genives són molt delicades i a vegades sagnen.

genocidi genocidis
nom masculí — Un genocidi és l'eliminació o la persecució d'un poble per motius polítics, ètnics o de religió. El genocidi més nombrós del segle XX va ser el dels jueus per part dels nazis alemanys.

genoll genolls
nom masculí — **1** Un genoll és la part del cos on s'ajunten la cuixa i la cama. El moviment que fan els genolls ens permet seure i caminar.
pàgs. 794-795 (1)
locució que fa d'adverbi — **2** **De genolls** vol dir amb els genolls tocant a terra i aguantant el pes del cos. *Estava cansat d'estar tanta estona de genolls.* pàg. 796 (5)
agenollar-se, de genollons

genollera genolleres
nom femení — Una genollera és un tros de roba, de pell o d'un altre material que es posa sobre els genolls per a protegir-los. Els porters d'hoquei porten genolleres. També es diuen *genolleres* els pedaços que posem als pantalons quan se'ns foraden de la part dels genolls.

gens

determinant i pronom quantitatius — 1 Aquesta paraula s'usa per a indicar que no n'hi ha d'una cosa que no es compta per unitats.

S'usa en frases negatives, interrogatives i condicionals i va amb la paraula *de*:

- *No queda gens de pa.*
- *Si fa gens de vent, aquests papers volaran.*
- *No hi ha gens de llet ni cap iogurt.*
- *Que fa gens de fred? - No, no en fa gens.*

locució que fa d'adverbi — 2 **Gens ni mica** o **gens ni gota** vol dir absolutament no. *Això no m'agrada gens ni mica. No ha quedat gens ni mica de pastís.*

adverbi — 3 S'usa per a negar o per a posar en dubte característiques o accions. *No és gens eixerit. No llegeix gens. No treballa gens malament. Si fos gens prudent no hauria dit aquesta bestiesa.*

gent gents

nom femení — La gent són les persones en conjunt, en general. A l'estiu, hi ha molta gent a les platges.

gentalla, genteta, gentola

gentada gentades

nom femení — Una gentada és una gran quantitat de gent reunida en un mateix lloc. Per Nadal, a moltes botigues hi ha una gentada que no s'hi cap.

gentil gentils

adjectiu — Que és amable, educat i atent amb els altres. Les persones gentils ajuden els altres sense esperar res a canvi.

gentilesa

gentilici gentilicis

nom masculí — Un gentilici és un nom o un adjectiu que serveix per a indicar de quin lloc és una persona. *Valenciana* i *lleidatà* són gentilicis.

gentussa gentusses

nom femení — Púrria. Es diu de manera informal.

genuflexió genuflexions

nom femení — Una genuflexió és el fet de doblegar un genoll o tots dos en senyal de respecte o de submissió. Antigament, quan se saludava el rei, es feia una genuflexió.

genuí genuïna genuïns genuïnes

adjectiu — Que és realment el que sembla, que és autèntic. Els diamants genuïns tenen molt de valor.

geografia geografies

nom femení — La geografia és la ciència que estudia i descriu la Terra: les muntanyes, els continents, els mars, els països i les persones que hi viuen. També estudia els diferents climes de la Terra, amb les plantes, els animals i els productes naturals que hi ha.

geògraf, geògrafa

geogràfic geogràfica geogràfics geogràfiques

adjectiu — De la geografia, que està relacionat amb la geografia. Les muntanyes i els rius són accidents geogràfics.

geologia geologies

nom femení — La geologia és la ciència que estudia la formació de la Terra, els materials que la componen i la seva estructura actual.

geòleg, geòloga, geològic

geometria geometries

nom femení — La geometria és la branca de les matemàtiques que estudia les característiques de l'espai, de les línies, dels angles, dels plans i de les figures; les seves relacions i la manera com es mesuren.

geomètric geomètrica geomètrics geomètriques

adjectiu — Que està relacionat amb la geometria. Els triangles són figures geomètriques.

geoplà geoplans

nom masculí — Un geoplà és un joc per a estudiar la geometria del pla. Consisteix en una taula quadrada amb uns claus clavats a una mateixa distància, de manera que enganxant-hi unes gomes elàstiques es poden fer diverses figures i estudiar-ne les característiques geomètriques.

gep geps

nom masculí — 1 Un gep és un bony que sobresurt de l'esquena o del pit d'una persona, produït per una desviació de la columna vertebral o de l'estern.

2 Bony que els camells i els dromedaris tenen a l'esquena. Els camells tenen dos geps; els dromedaris, només un.

gepa gepes

nom femení — Gep. Es diu només en algunes zones.

geperut geperuda geperuts geperudes

adjectiu i nom masculí i femení — Una persona és geperuda quan té un gep. Diu el refrany que cap geperut no es veu el gep.

gerani geranis

nom masculí — Un gerani és una planta de fulles arrodonides i amb entrants i sortints, una mica arrugades i amb nervis molt marcats. Les tiges són gruixudes i estan cobertes d'un borrissol blanc. Fa unes flors formades per altres petites flors de pètals de colors vermellosos o de color blanc.

1
gerd gerds

nom masculí. També gerdó — Un gerd és un fruit comestible petit i arrodonit, de color vermell i de gust agredolç,

que es fa en un arbust. La melmelada de gerd és molt saborosa.
gerdera

2
gerd gerda gerds gerdes
adjectiu — Tendre i fresc. L'herba dels prats després de la pluja és gerda.

gerdó gerdons
nom masculí — Gerd.
gerdonera

gerent gerents
nom masculí i femení — Un o una gerent és una persona que dirigeix els afers econòmics d'una empresa o d'un negoci.
gerència

geriatria geriatries
nom femení — La geriatria és la part de la medicina que estudia les malalties pròpies de les persones velles.
geriatre, geriatra

geriàtric geriàtrica geriàtrics geriàtriques
adjectiu — Que està relacionat amb la geriatria. Els centres geriàtrics s'ocupen de les persones velles.

germà germana germans germanes
nom masculí i femení — 1 Persona que ha nascut del mateix pare i de la mateixa mare que una altra. Els fills únics no tenen germans. També es pot ser germà només de pare o només de mare.
2 Persona que està unida a una altra per una gran amistat, per la mateixa fe religiosa, per uns mateixos sentiments i opinions, etc.
3 Nom que es dóna a alguns religiosos i religioses.
adjectiu — 4 Que té el mateix origen que un altre, que s'assembla molt a un altre. El català i el francès són dues llengües germanes; totes dues vénen del llatí.
agermanament, agermanar

germanastre germanastra germanastres
nom masculí i femení — El germanastre o la germanastra d'algú és el fill o la filla de la dona del seu pare o del marit de la seva mare.

germandat germandats
nom femení — 1 Una germandat és el conjunt de germans d'una família i la relació de parentiu que hi ha entre ells.
2 Associació de persones amb uns interessos comuns que s'ha creat per a ajudar-se els uns als altres en cas de necessitat.

germani germanis
nom masculí — El germani és un element químic sòlid, de color gris metàl·lic. És dur i fràgil, i es fa servir per a fer transistors i altres dispositius electrònics. El seu símbol és: Ge.

germànic germànica germànics germàniques
adjectiu — 1 Dels germànics. *Les llengües germàniques.*
nom masculí i femení — 2 Persona d'un dels pobles europeus que antigament vivien a la Germània.
germanisme, germanística

germanor germanors
nom femení — La germanor entre dues o més persones és l'afecte i l'estimació que es tenen, com si fossin germanes.

germen gèrmens
nom masculí — 1 Un germen és un conjunt de cèl·lules que quan es desenvolupen donen origen a un animal, a una planta o a un òrgan.
2 Microbi.

germinar
verb com *cantar* ◄ pàg. 26 — Una llavor o una espora germina quan comença a créixer o a desenvolupar-se.

gernació gernacions
nom femení — Una gernació és una gran quantitat de gent. A l'estiu, en algunes platges hi ha una gernació que no s'hi cap.

gerontologia gerontologies
nom femení — La gerontologia és la ciència que estudia la vellesa en general, els problemes que planteja i els processos que fan que les persones envelleixin.
gerontòleg, gerontòloga

gerra gerres
nom femení — Una gerra és un recipient de terrissa, de vidre o de metall que té la boca ampla i que acostuma a fer panxa. N'hi ha de molts tipus, amb el coll curt o sense coll, amb nanses petites o sense nanses, etc. Les gerres es fan servir per a posar-hi líquids, mel, confitura i altres coses. pàg. 396 (15)
gerrer, gerreria

gerro gerros
nom masculí — Un gerro és un tipus de gerra, a vegades amb bec i nansa, que serveix per a posar-hi flors o líquids. En alguns restaurants, serveixen l'aigua i el vi en gerros.
pàg. 396 (7)

gerundi gerundis
nom masculí — El gerundi és una de les formes no personals dels verbs. Indica que l'acció està passant al mateix temps que una altra acció o al mateix temps que s'està parlant. Els gerundis acaben en *-ant*, *-ent* i *-int*, com *cantant, movent* i *dormint*. En la frase *Estan tocant la nostra cançó*, *tocant* és un verb en gerundi.

A B C D E F G H I J K L M N O P Q R S T U V W X Y Z

gespa gespes
nom femení
Una gespa és un tipus d'herba petita i espessa que es planta per cobrir un tros de terreny. Els jardins d'algunes cases tenen gespa. La gespa dels camps de futbol costa de mantenir en bon estat.

gessamí gessamins
nom masculí
Un gessamí és una planta enfiladissa que pot fer més de quatre metres d'alçària i que té unes fulles llargues lanceolades. Les seves flors, els gessamins, són petites, amb quatre pètals de color blanc, i fan molta olor.

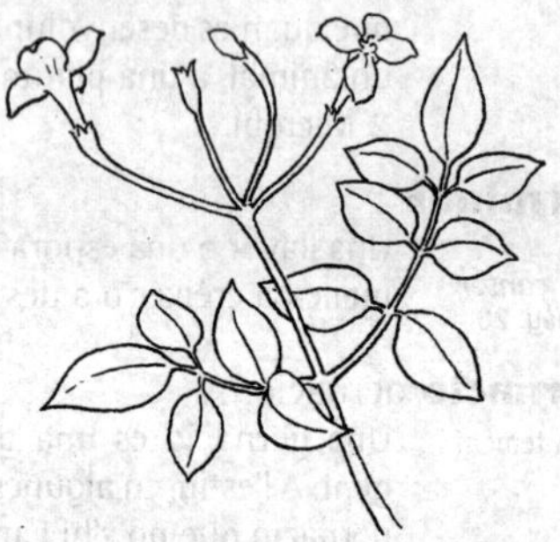

Un gessamí

gest gests
nom masculí
També *gestos*
1 Un gest és un moviment d'alguna part del nostre cos que acostuma a expressar alguna cosa. Quan parlem, acompanyem les paraules amb gestos.
2 Un **mal gest** és un moviment d'una part del cos que fa que sentim dolor o que ens lesionem. Un mal gest amb el peu ens fa anar coixos.

gesta gestes
nom femení
Una gesta és un fet digne de ser recordat. La primera volta al món és una gesta geogràfica; el descobriment de la penicil·lina, una gesta científica.

gestació gestacions
nom femení
1 La gestació és l'embaràs, el procés de formació de l'embrió dins de la mare. El període de gestació de les persones és de nou mesos.
2 Parlem de la gestació d'un poema, d'una teoria o d'una altra cosa, quan ens referim al procés de la seva formació, que acostuma a ser lent.

gestant gestants
nom femení
Una gestant és una dona embarassada.

gesticular
verb
com *cantar*
◄ pàg. 26
Fer gestos. Hi ha persones que quan parlen gesticulen molt.
gesticulació

gestió gestions
nom femení
1 Una gestió és cadascuna de les coses que s'han de fer per aconseguir alguna cosa. Per a demanar una beca d'estudis, cal fer diverses gestions.
2 Conjunt d'operacions que es fan per a dirigir o portar els afers d'una empresa o d'un negoci. Una bona gestió fa que les empreses guanyin diners.
gestionar

gestor gestora gestors gestores
adjectiu
1 Que fa gestions. Quan s'ha de fer una exposició universal de productes, una comissió gestora s'encarrega de preparar-la.
nom masculí i femení
2 Persona que porta la gestió d'una empresa, d'un negoci, etc., o que s'encarrega de solucionar assumptes d'una altra persona.
gestoria

gibrell gibrells
nom masculí
Un gibrell és un recipient rodó, ample i poc profund de terrissa, de metall o de plàstic per a rentar plats, roba, etc.
gibrella

gibrelleta gibrelletes
nom femení
Orinal.

gimcana gimcanes
nom femení
Una gimcana és un joc que consisteix a fer un recorregut a peu, amb bicicleta, amb cotxe, etc., i anar superant una sèrie de proves o de dificultats.

gimnàs gimnasos
nom masculí
Un gimnàs és un lloc preparat per a fer-hi gimnàstica i on hi ha els aparells adequats. Les escoles acostumen a tenir un gimnàs.

gimnàstic gimnàstica gimnàstics gimnàstiques
adjectiu
1 Un exercici gimnàstic és qualsevol dels exercicis que es fan amb la gimnàstica.
nom femení
2 La gimnàstica és una activitat que consisteix a fer una sèrie d'exercicis amb el cos per a desenvolupar-lo bé i mantenir-se àgil, sa i en forma. Hi ha atletes que es dediquen a la gimnàstica esportiva, amb proves com les anelles, el poltre i les paral·leles.
gimnasta

gin gins
nom masculí
Ginebra.

ginebra ginebres
nom femení
La ginebra és una beguda alcohòlica feta amb aigua i amb alcohol obtingut de diferents cereals. S'hi posen ginebrons i substàncies aromàtiques per a donar-li el gust que té.

ginebre ginebres
nom masculí — Un ginebre és un arbust de fulles petites, allargades i acabades en punxa. A la part de sota, aquestes fulles tenen una ratlla ampla de color blanquinós.

ginebró ginebrons
nom masculí — Un ginebró és un fruit del ginebre. Té forma rodona, de la mida d'un pèsol, i és de color blau fosc i molt perfumat. Els ginebrons es fan servir en la fabricació de la ginebra.

ginecologia ginecologies
nom femení — La ginecologia és la branca de la medicina que estudia els òrgans de la reproducció de la dona.
ginecòleg, ginecòloga, ginecològic

ginesta ginestes
nom femení — Una ginesta és un arbust que fa unes branques cilíndriques, verdes i llargues, amb molt poques fulles, i unes flors de color groc, oloroses. Pot fer més de dos metres d'alçada i floreix a la primavera.

gingebre gingebres
nom masculí — Un gingebre és una planta herbàcia de fulles grosses i flors groguenques que fa una tija subterrània molt aromàtica usada com a condiment. Es cultiva molt als països del sud-est d'Àsia.

gingival gingivals
adjectiu — De les genives, que té relació amb les genives. Quan tenim una infecció gingival, hem d'anar al dentista.

gingivitis gingivitis
nom femení — Una gingivitis és una inflamació de les genives.

gínjol gínjols
nom masculí — 1 Un gínjol és un fruit comestible, de la mida d'una oliva i de color rogenc. Els gínjols van bé per a les molèsties del pit.
frase feta — 2 Diem que una persona **està més contenta que un gínjol** quan està molt contenta. També diem que una persona és més eixerida o més trempada que un gínjol quan ho és molt.
ginjoler

giny ginys
nom masculí — 1 Un giny és un mitjà que algú s'inventa per a aconseguir alguna cosa. Els estafadors, amb els seus ginys i les seves trampes, aconsegueixen que els altres els donin diners.
2 Aparell o màquina. Un tanc és un giny de guerra; un satèl·lit artificial és un giny espacial.

gir girs
nom masculí — 1 Una roda, una hèlice o una altra cosa fa un gir quan gira al voltant del seu eix. Els girs de l'hèlice d'un helicòpter fan un vent molt fort.
2 Manera de dir o de construir les frases, pròpia d'una persona o d'un lloc.
3 Fet d'enviar diners per correu o per telègraf. Es parla, doncs, de girs postals o de girs telegràfics.

gira gires
nom femení — 1 La gira d'una cosa és la part de sota o de dins, que queda a la vista quan es doblega, com la gira del llençol.
2 Viatge que es fa seguint un itinerari determinat. Alguns artistes fan gires per tot el món amb el seu espectacle.

girada girades
nom femení — Una girada és el fet de girar o de girar-se algú o alguna cosa. La girada d'una truita a la paella no és cosa fàcil. Si el cotxe ha de fer una girada a la dreta, s'ha de girar el volant en aquesta direcció.

girafa girafes
nom femení — Una girafa és un mamífer que té el coll molt llarg, les potes també llargues i prime, i la pell clara amb taques marronoses. Les girafes són herbívores i viuen a les sabanes africanes.

giragonsa giragonses
nom femení — Una giragonsa és una corba, un revolt, un canvi de direcció. Hi ha persones que es maregen quan van en cotxe per carreteres que fan moltes giragonses.

girapeix girapeixos
nom masculí — Escumadora.

girar
verb
com *cantar*
◄ pàg. 26
1 Moure's donant voltes al voltant de si mateix o d'una altra cosa. La Terra gira sobre ella mateixa. Els planetes giren al voltant del Sol.
2 Deixar la direcció que se seguia per a agafar-ne una altra. En algunes travessies es pot girar a la dreta i a l'esquerra.
3 Canviar de posició una cosa donant-li la volta, fent que la part de sota passi a sobre, la part del davant al darrere, etc. Podem girar un matalàs, una truita o els fulls d'un llibre.
usat amb pronom — 4 **Girar-se** és donar mitja volta amb tot el cos o només amb una part del cos. Si algú ens crida pel carrer, ens girem a veure qui és.
5 Si **es gira** vent és que comença a fer vent. Si a una persona se li gira feina és que ha de fer-ne molta.

Continua a la pàgina següent

frase feta — **6 Girar cua** és donar mitja volta per a anar-se'n. Si sortim a comprar i la botiga és tancada, girem cua i tornem cap a casa.
7 Girar full vol dir canviar de conversa, d'idea; passar d'una cosa a l'altra. Ara girem full i passem a una altra definició.
8 Girar l'esquena a algú és no ajudar-lo quan ho necessita.
giratori, giratòria

gira-sol gira-sols
nom masculí — Un gira-sol és una planta que pot fer d'un a tres metres d'alçària, de fulles grosses en forma de cor i flors també molt grosses, rodones, amb molts pètals de color groc intens. Al mig de la flor hi ha les llavors. A cada flor n'hi ha moltes i es poden menjar torrades i salades. D'aquestes llavors se'n treu un oli de cuina. Els gira-sols es cultiven en camps i les flors van girant durant el dia segons on és el sol.

giravolt giravolts
nom masculí — Una persona o una cosa fa un giravolt si fa una volta completa sobre ella mateixa quan és enlaire. Els ballarins fan uns giravolts espectaculars.

giravoltar
verb
com *cantar*
◄ pàg. 26
Moure's al voltant d'un eix. Quan tanquem una porta, fem giravoltar la clau.
giravolta

gírgola gírgoles
nom femení — Una gírgola és un bolet comestible de barret carnós, de forma convexa quan és jove i de forma plana quan és madur, d'uns 4 a 15 centímetres d'ample. És de color gris grogós o blanquinós. El peu sol ser llarg i sovint no és recte, sinó ondulat.

gironí gironina gironins gironines
adjectiu — **1** De Girona. *La costa gironina.*
nom masculí i femení — **2** Persona que és de Girona o que hi viu.
gironès

gitano gitana gitanos gitanes
adjectiu — **1** Dels gitanos. Els parlars gitanos de la Península Ibèrica es diuen *caló.*
nom masculí i femení — **2** Persona que pertany a una tribu nòmada que va néixer a l'Índia i que es va estendre fa molts anys per Europa. Els gitanos tenen una llengua pròpia i uns costums característics.

gitar
verb
com *cantar*
◄ pàg. 26
1 Llançar, tirar. Hi ha gent que es distreu gitant pedres al riu.
usat amb pronom — **2 Gitar-se** és estirar-se, posar-se dins el llit. Quan estem molt cansats, ens gitem més d'hora que els altres dies.

gla glans
nom femení
També *aglà*
Una gla és un fruita seca d'alguns arbres com l'alzina i el roure. És allargada, de color verd o marró quan és madura, i en una punta porta una caputxa dura d'un color més clar. Hi ha porcs que s'alimenten de glans.
glaner

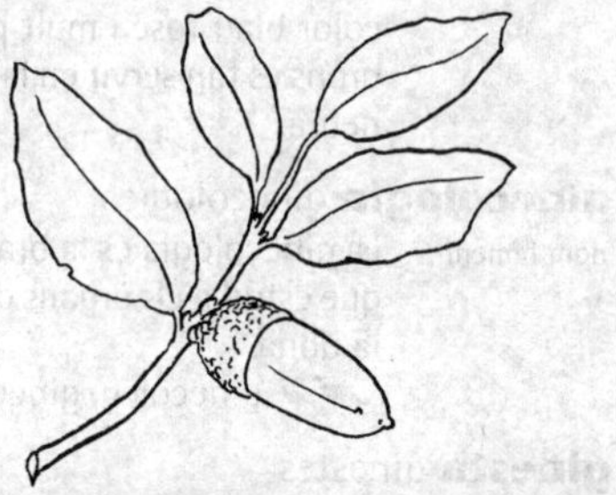

Una gla

glaç glaços
nom masculí — Gel. Als pols de la Terra hi ha grans extensions de glaç.

glaçada glaçades
nom femení — Gelada. Quan hi ha glaçades fortes, alguns cultius es poden perdre.

glaçar
verb
com *cantar*
◄ pàg. 26
Amb C davant E, I
Gelar. Si es vol glaçar l'aigua, la temperatura ha de baixar fins als 0°C. Quan fa molt fred, l'oli dels setrills i l'aigua dels dipòsits es glacen.

glacera glaceres
nom femení — Una glacera és una massa de gel acumulada a les parts altes de les muntanyes que sempre estan nevades. Les glaceres es van movent molt lentament cap a baix, cap a la vall.

glacial glacials
adjectiu — **1** Molt fred. Els hiverns d'alguns països del nord d'Europa són glacials.
2 Les terres i els mars glacials són els que hi ha a les zones més fredes de la Terra i on hi ha molta quantitat de gel. Els oceans Àrtic i Antàrtic s'anomenen *glacials.*

glaçó glaçons
nom masculí — Un glaçó és un tros petit de gel que es fa servir per a refredar. Normalment té forma de cub. A l'estiu ens agrada prendre begudes amb glaçons.

gladiador gladiadors
nom masculí — Un gladiador era una persona que en els circs romans lluitava contra una altra persona o contra un animal. Els gladiadors morien lluitant si no els perdonaven.

gladiol gladiols
nom masculí — Un gladiol és una planta que té fulles allargades i estretes i fa unes flors de color vermell, groc vermellós o blanc, agrupades en raïm. Els gladiols es planten en jardins i són molt decoratius.

gland glands
nom masculí — El gland és la part final del penis o del clítoris. Està recobert per una pell molt fina.

glàndula glàndules
nom femení — 1 Una glàndula és un òrgan que produeix líquids necessaris per al cos o que s'han d'eliminar.
2 Una **glàndula lacrimal** és cada una de les glàndules que produeixen llàgrimes. pàgs. 798-799 (11)
3 Una **glàndula salival** és cada una de les glàndules que produeixen saliva.

glatir
verb
com *servir*
◄ pàg. 28
1 El cor glateix quan batega amb força. Després d'una cursa el cor ens glateix.
2 Estar inquiet perquè es vol una cosa difícil d'aconseguir. Els gossos glateixen quan se'ls ensenyen ossos i no se'ls en dóna cap.

gleva gleves
nom femení — 1 Una gleva és una porció de terra compacta que s'aixeca quan es llaura, quan es cava, etc.
2 En el feudalisme, nom que rebia la terra que s'assignava als serfs per tal que la cultivessin.
3 Coàgul. Una gleva pot impedir que la sang circuli bé i provocar una malaltia greu.
aglevar-se

glicerina glicerines
nom femení — La glicerina és un líquid incolor i dolç, molt espès i viscós. Es fa servir en la fabricació de la nitroglicerina i altres explosius, de productes cosmètics i farmacèutics, etc.

global globals
adjectiu — Que es refereix a tot un conjunt, no a les seves parts. El preu global d'un viatge ho inclou tot: el transport, l'allotjament, el menjar i les altres despeses.
globalització

glòbul glòbuls
nom masculí — 1 Un glòbul és una cèl·lula de forma arrodonida o ovalada que es troba en diversos líquids del nostre cos, sobretot en la sang. A la sang hi ha glòbuls blancs i glòbuls vermells.
2 Un **glòbul blanc** és un leucòcit.
3 Un **glòbul vermell** és un eritròcit.

globus globus
nom masculí — 1 Un globus és una bossa petita de goma que s'infla amb aire o amb gas i queda amb una forma arrodonida. En algunes festes s'inflen globus de colors i es deixen anar.
2 Objecte que té forma d'esfera o de rodona. Alguns llums porten un globus de vidre blanc que tapa la bombeta.
3 En els còmics, espai encerclat per una línia que surt de la boca dels personatges. En els globus s'escriu el que els personatges diuen o pensen.
4 Un **globus aerostàtic**, o simplement un globus, és un aeròstat sense motor que té normalment forma d'esfera. Porta penjada una cistella gran on poden viatjar una o més persones. pàg. 196 (2)

Un globus aerostàtic

5 El **globus ocular** és la part esfèrica de dins de l'ull que rep la llum. És format per diversos òrgans de la visió: l'iris, la pupil·la, la retina, el cristal·lí, etc. pàgs. 798-799 (13)
6 El **globus terraqüi** és la Terra o l'esfera que la representa. pàgs. 998-999 (2)

glop glops
nom masculí — Un glop és la quantitat de líquid que es pot empassar en una sola vegada. Quan es tasta un vi, se'n fa un glop.

glopada glopades
nom femení — Una glopada és la quantitat de líquid o de fum que cap a la boca o que en surt d'un sol cop. Els nadons a vegades treuen glopades de llet.

glopejar
verb
com *cantar*
◄ pàg. 26
Amb G davant E, I
Tenir un glop de líquid a la boca, remoure'l i escopir-lo per tal de netejar-se la boca. Després de rentar-nos les dents, glopegem aigua.
glopeig

glòria glòries
nom femení — 1 La glòria és l'honor, l'admiració i el pres-

tigi que aconsegueix algú per haver fet alguna cosa important i reconeguda per molta gent. Quan un escriptor guanya un premi de literatura, es cobreix de glòria.
2 Segons algunes religions, la glòria és el cel, on hi ha Déu.
3 Diem que un lloc o una cosa és una glòria quan ens causa gran plaer i satisfacció.
gloriós, gloriosa

gloriejar
verb
com *cantar*
◄ pàg. 26
Amb G davant E, I
1 Glorificar. Tots els pobles gloriegen els seus personatges importants: músics, escriptors, polítics, etc.
usat amb pronom
2 Gloriejar-se d'alguna cosa és estar-ne orgullós i presumir-ne.

glorieta glorietes
nom femení
Una glorieta és una placeta coberta en un jardí que acostuma a estar tancada per enreixats amb plantes enfiladisses.

glorificar
verb
com *cantar*
◄ pàg. 26
Amb QU davant E, I
Lloar algú reconeixent la seva glòria. A vegades es fan actes per a glorificar alguns artistes.

glossa glosses
nom femení
Una glossa és una explicació, una nota o un comentari que s'afegeix a un text. En alguns escrits, les paraules difícils d'entendre van acompanyades d'una glossa.
glossar, glossari

glotis glotis
nom femení
La glotis és l'obertura de la part de dalt de la laringe.

glúcid glúcids
nom masculí
Un glúcid és una substància que conté carboni, hidrogen i oxigen i que dóna energia. Els glúcids són el principal component de l'alimentació de les persones i dels animals. El sucre i el midó són glúcids.

glucosa glucoses
nom femení
La glucosa és el tipus de sucre que es troba al raïm i a altres fruites i també a la sang de les persones i dels animals. La glucosa és un glúcid.

gluten glutens
nom masculí
El gluten és una substància formada per proteïnes que es troba en els grans de midó del blat. És important en la fabricació del pa.

gluti glútia glutis glúties
adjectiu
1 De les natges, que està relacionat amb les natges.
nom masculí
2 El gluti és un múscul que hi ha a les natges. pàg. 800 (17)

gnom gnoms
nom masculí
Un gnom és un personatge imaginari de la mitologia dels països del nord d'Europa i dels contes que té l'aspecte d'un nan.

gobelet gobelets
nom masculí
Un gobelet és un recipient en forma de got que es fa servir per a moure i tirar els daus en alguns jocs de taula. Els mags també fan servir gobelets en alguns jocs de mans.

Un gobelet

gofra gofres
nom femení
Una gofra és una galeta rectangular feta amb una pasta a base de farina i mel, que es cou en un motlle especial en forma de reixeta. Les gofres s'acostumen a menjar calentes i amb sucre, xocolata, nata o melmelada per sobre.

goig goigs
nom masculí
També *gojos*
1 El goig és l'emoció, la satisfacció i el plaer que se senten en algunes ocasions.
nom masculí pural
2 Uns goigs són uns versos que es canten en honor de la Mare de Déu o d'un sant o una santa.
frase feta
3 Fer goig és ser agradable de veure. Els camps plens de flors fan goig.

gol gols
nom masculí
En el futbol i en altres esports de pilota, es marca gol quan es fa entrar la pilota a la porteria de l'equip contrari.
golejada, golejador, golejar

gola goles
nom femení
1 La gola és la part de dins del coll per on passen els aliments de la boca a l'esòfag. També es diu *gola* la part de fora del davant del coll.
2 Desig molt fort de menjar i de beure. A vegades mengem per gola, però en realitat no tenim gana.
engolir, golós, golosa, golosia

golafre golafres
adjectiu i nom masculí i femení — Que menja molt, que no pararia mai de menjar. Els golafres només pensen a menjar.

goleta goletes
nom femení — Una goleta és un vaixell de vela de dos o més pals amb el buc de línies més fines que el dels altres velers.

1
golf golfs
nom masculí — Un golf és una part de mar que entra dins de la costa. A la Costa Brava hi ha el golf de Roses. ✎ badia
engolfar-se

2
golf golfs
nom masculí — El golf és un joc que consisteix a donar una sèrie de cops amb un bastó a una pilota petita per tal d'anar-la introduint als diferents forats fets en un camp de gespa.

golfes
nom femení plural — Les golfes d'una casa són l'espai que hi ha entre la teulada i el sostre del pis més alt. Serveixen per a protegir la casa del fred i de la calor i s'hi acostumen a guardar coses velles que ja no es fan servir.

goll golls
nom masculí — Un goll és un tumor benigne que es forma a la part del davant del coll.

golut goluda goluts golludes
adjectiu i nom masculí i femení — Golafre.

goma gomes
nom femení — **1** La goma és un material fet amb una substància enganxosa del mateix nom que surt d'algunes plantes. És elàstica i difícil de trencar. Els pneumàtics i algunes pilotes són fets de goma.
2 Petit objecte de goma que serveix per a esborrar. Hi ha gomes de molts colors i de formes diferents. ✎ pàgs. 998-999 ㉓
3 Tira de goma estreta i elàstica que es fa servir per a diverses coses, com per a aguantar-se els cabells o lligar un enciam.
engomar

de gom a gom
locució que fa d'adverbi — Omplint del tot algun espai. *Havia plogut molt i els rius baixaven de gom a gom. Aquell local era ple de gom a gom, no hi cabia ningú més.*

gomet gomets
nom masculí — Un gomet és un paperet adhesiu per a fer dibuixos i exercicis d'escola. N'hi ha de moltes formes i colors.

góndola góndoles
nom femení — Una góndola és un tipus de barca llarga i estreta, amb el fons pla, que és típica de Venècia.

Una góndola

gong gongs
nom masculí — Un gong és un instrument de percussió. Té un disc de bronze que es copeja amb una maça. El gong és d'origen xinès.

gorg gorgs
nom masculí. També *gorga* — Un gorg és una bassa gran i fonda que es forma en alguns rius. L'aigua hi corre molt a poc a poc.
engorgar-se

gorga gorgues
nom femení — Gorg.

gori-gori gori-goris
nom masculí — Un gori-gori és un cant fúnebre dels enterraments. Només es diu de manera informal.

goril·la goril·les
nom masculí — Un goril·la és un simi molt gros i corpulent que viu a les selves de l'Àfrica. Els goril·les són els animals més grossos dels que s'assemblen a les persones.

gorja gorges
nom femení — **1** Gola.
2 Una gorja és un pas estret entre muntanyes que fan un pendent molt fort.
engorjar

gormand gormanda gormands gormandes
adjectiu i nom masculí i femení — Que li agrada menjar bé i amb plats abundants. Els gormands coneixen bé els bons restaurants.

gorra gorres
nom femení — **1** Una gorra és una peça rodona de roba, de pell o de punt, sense ales, per a cobrir-se el cap. Hi ha gorres amb visera i d'altres adornades amb borles o amb alguna altra cosa.

Continua a la pàgina següent

locució que fa d'adverbi — 2 Fer una cosa **de gorra** és fer-la sense pagar un mateix, pagant un altre. *Vam anar de gorra al cinema, ens hi van convidar.*

gorrejar
verb
com *cantar* ◀ pàg. 26
Amb G davant E, I

Menjar, beure o anar a algun lloc de gorra. Els amics de les persones que gorregen molt arriba un moment que no les conviden més.

gos gossos
nom masculí

1 Un gos és un mamífer que s'alimenta principalment de carn, té l'oïda i l'olfacte molt fins i acostuma a viure amb les persones. Els homes primitius ja havien domesticat gossos i aprofitaven els seus serveis. Hi ha gossos de moltes races (dàlmates, mastins, etc.). N'hi ha de caça, de pastor, de guarda i de companyia.
2 Mascle d'aquesta espècie.
3 Un **gos d'atura** és un gos de raça de mida mitjana, fort, actiu i espavilat, que té les orelles punxegudes i cobertes de pèls i el pèl llarg i aspre. És un gos de pastor. Aquesta raça és pròpia de Catalunya.
4 Un **gos de muntanya dels Pirineus** és un gos de raça corpulent, fort i tranquil, que té les orelles caigudes i el pèl blanc, llis i espès. És un gos de guarda.
5 Un **gos llop** és un pastor alemany.
6 Un **gos pigall** és un gos que està ensenyat per a guiar les persones cegues quan caminen o quan van amb transports públics.
locució que fa d'adverbi — 7 Diem que algú fa les coses **com un gos** quan les fa amb docilitat. *Sempre va al darrere de la noia com un gos i l'obeeix com un gos.*
locució que fa d'adjectiu — 8 Diem que una cosa és **de color de gos com fuig** quan no se sap de quin color és.
frase feta — 9 Diem que **es lliguen els gossos amb llonganisses** quan hi ha molts diners i es gasta molt.

gossera

gosar
verb
com *cantar* ◀ pàg. 26

Tenir el coratge o la valentia de fer alguna cosa. Algunes persones no gosen caminar pels boscos de nit per si les bèsties les ataquen.

gosadia

gossa gosses
nom femení

La gossa és la femella del gos.

1
got gots
nom masculí

1 Un got és un recipient de vidre, de plàstic o de metall, de forma cilíndrica, sense peu i sense nansa, per a beure. Quan parem taula, hi posem els plats, els gots i els coberts. pàg. 393 ⑳
frase feta — 2 Diem que una persona **s'ofega en un got d'aigua** quan no sap superar els petits problemes, les coses sense importància.

2
got goda gots godes
adjectiu — 1 Dels gots, relacionat amb els gots. *Les invasions godes.*
nom masculí i femení — 2 Persona que era d'un poble germànic que en els primers segles després de Crist va envair gran part de l'imperi romà.

gota gotes
nom femení

1 Una gota és una quantitat molt petita d'un líquid de forma arrodonida. Quan veus que cauen gotes de pluja, agafes el paraigua.
2 Petita quantitat d'un líquid. Si només es beu una gota de vi, no fa mal.
3 Malaltia que produeix una inflamació molt dolorosa de les articulacions, com el dit gros del peu, el genoll o el canell.
determinant quantitatiu i adverbi — 4 Gens. Si no tens gota de gana, no vols menjar res. Si no menges gota, acabaràs amb una malaltia.
frase feta — 5 **Caure quatre gotes** és ploure poc.
6 **Ser** o **semblar dues gotes d'aigua** és assemblar-se molt dues persones.

gotejar

gotellada gotellades
nom femení

Una gotellada és una pluja curta i amb gotes grosses.

gotera goteres
nom femení

Una gotera és un forat o una esquerda al sostre o a la teulada d'una casa o d'un altre lloc per on cau l'aigua de la pluja a gotes. Quan hi ha goteres, s'hi poden posar galledes a sota.

gòtic gòtica gòtics gòtiques
adjectiu — 1 Que està relacionat amb els gots i amb la seva llengua.
2 L'art gòtic és un estil d'arquitectura que va néixer al nord de França al segle XII i es va desenvolupar durant els segles XIII, XIV i XV. Les catedrals gòtiques tenen grans finestrals amb vitralls.
nom masculí — 3 El gòtic és la llengua que parlaven els gots.

gotim gotims
nom masculí

Un gotim és una porció d'un raïm, uns quants grans de raïm. Quan no volem menjar tot el raïm, n'agafem uns quants gotims.

govern governs
nom masculí
Amb V

1 El govern d'alguna cosa és el fet de governar-la. El govern d'una casa comporta moltes responsabilitats.
2 El govern d'un estat és el conjunt de persones que el dirigeixen. La majoria de go-

verns consten d'un president i els seus ministres.
governamental, governatiu, governativa

governador governadora governadors governadores

nom masculí i femení Amb V — Persona que governa una ciutat, una província o un altre territori.

governar

verb com *cantar* ◄ pàg. 26 Amb V — Dirigir algú o alguna cosa, sobretot un país. Si es vol engegar un negoci, s'ha de saber com governar-lo. Quan hi ha eleccions, la gent escull les persones que vol que governin.
governable, governació, governant, ingovernable

gra grans

nom masculí — 1 El gra és el fruit dels cereals. Les gallines mengen gra.
2 Un gra és cadascun dels petits fruits o llavors dels cereals o d'altres plantes. Els grans d'arròs són més petits que els grans de cafè.
3 Cadascun dels elements petits d'alguns fruits que forma un conjunt amb altres d'iguals, com en el raïm o la magrana. Per cap d'any, mengem dotze grans de raïm.
4 Part molt petita i arrodonida d'alguna cosa. Alguns embotits porten grans de pebre que els fan una mica picants.
5 Petit bony que surt a la pell d'alguna part del cos. En alguns grans, s'hi fa pus.

frase feta — 6 **Anar al gra** en una conversa, en l'explicació d'un projecte, etc., és dir o explicar les coses importants, sense entretenir-se en els detalls.
7 **Fer-ne un gra massa** és dir o fer alguna cosa més del que calia.
desgranar, esgranar

gràcia gràcies

nom femení — 1 La gràcia d'una persona o d'una cosa és allò que fa que ens agradi, ens atregui o ens diverteixi. Hi ha ballarines que es mouen amb molta gràcia.

nom femení plural — 2 Gràcies o moltes gràcies és una expressió que es fa servir per a agrair alguna cosa a algú. Quan et fan un regal, sempre dónes les gràcies.

locució que fa de preposició — 3 **Gràcies a** vol dir mitjançant algú o alguna cosa. *Gràcies als ordinadors podem fer algunes feines més ràpidament.*

frase feta — 4 Una cosa o una persona **fa gràcia** a algú quan li agrada o el diverteix. Et pot fer gràcia la manera com un amic explica els acudits.
5 Diem que una cosa **té gràcia** quan ens sorprèn d'una manera desagradable. Té gràcia que una persona, després d'haver demanat molt un llibre, no se'l vulgui llegir.
agraciar, gràcil

graciós graciosa graciosos gracioses

adjectiu — Que fa o que té gràcia, que és divertit. Hi ha pel·lícules molt gracioses, no es pot parar de riure.

grada grades

nom femení — 1 Una grada és un esglaó més llarg i ample que no pas alt. Els altars de moltes esglésies estan separats del lloc on hi ha la gent per unes grades.
2 Esglaó força alt i llarg que serveix de seient per a diverses persones. El conjunt d'aquests esglaons que trobem, per exemple, en un estadi, també es diu *grada*.
graderia

graduar

verb com *canviar* ◄ pàg. 30 Amb dièresi — 1 Marcar en un objecte o en un aparell els diferents graus o divisions que serviran per a mesurar alguna cosa. Es graduen els termòmetres, les provetes, els matrassos, alguns gerros, etc.
2 Donar a una cosa un grau determinat, fer que n'hi hagi més o menys, que tingui una intensitat determinada. Abans d'entrar a la dutxa graduem la temperatura de l'aigua.

usat amb pronom — 3 **Graduar-se** una persona és obtenir un grau o un títol en una universitat o en l'exèrcit.
graduació

graella graelles

nom femení — Una graella és un estri de cuina per a coure carn o altres aliments directament sobre les brases del foc. És formada per una sèrie de barres primes de ferro, col·locades l'una al costat de l'altra una mica separades, i per un mànec també de ferro.
engraellar, graellada

grafema grafemes

nom masculí — Un grafema és la representació gràfica d'un so. *T, S, M, A* i *P* són grafemes.

grafia grafies

nom femení — La grafia d'una paraula o d'un so és la lletra o el conjunt de lletres que fem servir per a escriure'ls.

gràfic gràfica gràfics gràfiques

adjectiu — 1 Que està relacionat amb l'escriptura. Els accents gràfics del català són els signes (´) i (`).
2 Que representa alguna cosa mitjançant el dibuix. En alguns llibres de ciències naturals, hi ha la representació gràfica de les diferents parts del cos humà.

Continua a la pàgina següent

nom masculí o femení — 3 Un gràfic o una gràfica és un dibuix o un esquema que ens ajuda a explicar alguna cosa. Es pot fer una gràfica de l'augment de població d'una ciutat.

grafista grafistes

nom masculí i femení — Un o una grafista és una persona que, a les indústries de fer llibres, s'encarrega dels dibuixos i altres elements gràfics, com els tipus de lletra, els títols i la portada.

grafisme

grafit grafits

nom masculí — **1** El grafit és una varietat de carboni. És un mineral de color gris negrós que es fa servir sobretot per a fer mines de llapis.
2 Dibuix o escrit fet damunt d'una paret, d'un monument, etc. Les parets d'alguns carrers són plenes de grafits.

grafologia grafologies

nom femení — La grafologia és l'estudi del caràcter d'una persona a través de la seva escriptura.

grafòleg, grafòloga

gralla gralles

nom femení — **1** Una gralla és un ocell de la mateixa família del corb, de color gris negre, amb la part del cap gris blanc. Pot fer uns 33 centímetres de llargària i viu en zones on hi ha camps cultivats i llocs habitats. Fa un crit molt característic.
2 Instrument musical de vent, de fusta, semblant al clarinet, amb un so estrident característic. Es toca en algunes festes populars, sobretot quan es fa una cercavila.

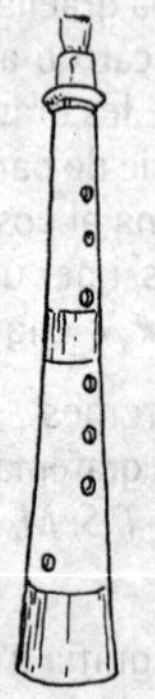

Una gralla

gram grams

nom masculí — Un gram és una unitat de massa que equival a la mil·lèsima part d'un quilogram. El seu símbol és: g. Una ploma d'un ocell pot pesar un gram.

gramàtica gramàtiques

nom femení — **1** La gramàtica és la ciència que estudia l'estructura i el funcionament d'una llengua, les normes que cal saber per a parlar-la i escriure-la. Si volem escriure en anglès, ens cal estudiar la gramàtica d'aquesta llengua.
2 Una gramàtica és un llibre que explica les normes d'una llengua.

gramàtic, gramatical

gramòfon gramòfons

nom masculí — Un gramòfon és un aparell antic per a reproduir música o altres sons. Consta d'una agulla que corre al voltant d'un disc i d'una trompa per on surt el so. Per a fer-lo funcionar se li donava corda manualment.

gramola gramoles

nom femení — Una gramola és un model de gramòfon que funciona amb electricitat i amb un altaveu.

gran grans

adjectiu — **1** Que és més llarg, més alt i més ample, que és més fort o que n'hi ha més en comparació amb una altra cosa o amb el que es considera normal. En una casa gran, hi cap molta gent. Els gegants són ninots molt grans.
2 Que és important, que destaca per alguna cosa. Beethoven va ser un gran compositor.

adjectiu i nom masculí i femení — **3** Que té més edat que una altra persona. A les famílies hi ha germans grans i germans petits. No sempre els grans d'una classe són més alts que els altres.

adjectiu i nom masculí plural — **4** Una persona és gran quan ja té una edat avançada, és adulta i s'acosta a la vellesa. S'ha de tenir respecte pels grans.

frase feta — **5 Fer-se gran** vol dir créixer. Els nens petits es fan grans molt de pressa.

engrandir, grandejar, grandesa

grana granes

nom femení — **1** Una grana és una llavor. Si es volen tenir flors al jardí, s'han de plantar granes.

nom masculí — **2** El grana és un color vermell fosc. La samarreta dels jugadors del Futbol Club Barcelona és de color blau i grana.

granada granades

nom femení — Una granada és una bola de ferro plena de pólvora o d'un altre explosiu que es llança amb la mà o amb una arma de foc. Les granades exploten quan xoquen amb alguna cosa.

granar

verb com *cantar* ◄ pàg. 26 — Un cereal grana quan produeix gra. Segons el temps que fa, el blat grana més tard o més d'hora.

granat [1] granats

adjectiu — **1** Que és d'un color vermell fosc, semblant al carmí però una mica més fosc. Els grans de la magrana són granats.

nom masculí — **2** El granat és un color vermell fosc.
3 Pedra preciosa de color vermell fosc que es fa servir en joieria. És un compost de ferro, alumini i silici.

granat [2] granada granats granades
adjectiu — **1** Que ja té el gra ben format. *Les espigues ben granades indiquen una bona collita.*
2 Diem que una persona és granada quan ja és gran i madura.

grandària grandàries
nom femení — La grandària d'una cosa és la mida que té, la seva extensió. *Una taula per a trenta persones ha de tenir una bona grandària.*

grandiloqüent grandiloqüents
adjectiu — Que fa servir unes paraules o unes expressions complicades i solemnes quan parla o quan escriu. *Si un discurs és grandiloqüent, hi haurà persones que no l'entendran.*

grandiós grandiosa grandiosos grandioses
adjectiu — Que és molt gran. *A l'Àsia hi ha muntanyes grandioses, com l'Himàlaia.*

a granel
locució que fa d'adverbi — Sense envàs, sense empaquetar. *Vaig comprar mig quilo de cafè a granel.*

granellut granelluda granelluts granelludes
adjectiu — Que té grans a la pell. *Les persones afectades d'acne són granelludes.*
granellada

graner graners
nom masculí — Un graner és un lloc on es guarda el gra dels cereals.

granera graneres
nom femení — Escombra. Es diu només en algunes zones.

granger grangera grangers grangeres
nom masculí i femení — Persona que té o que porta una granja agrícola o de bestiar.

granís granissos
nom masculí — Calamarsa.

granissat granissats
nom masculí Amb SS — Un granissat és una beguda mig congelada que fa grumolls. *Els granissats es prenen sobretot quan fa calor i n'hi ha de gustos diferents: llimona, cafè, etc.*

granit granits
nom masculí — El granit és una roca compacta i dura formada per quars, mica i feldspat. *Es fa servir molt en construcció i en decoració.*
granític

granívor granívora granívors granívores
adjectiu — Un animal granívor és un animal que s'alimenta de grans. *Les gallines són granívores.*

granja granges
nom femení — **1** Una granja és una casa de pagès amb un terreny per a cultivar i amb altres edificis per a criar vaques, porcs, gallines, etc.
2 Botiga on es ven llet, formatge, nata i altres productes derivats. *En algunes granges també es poden consumir cafès amb llet, xocolata desfeta, suïssos, etc.*

granollerí granollerina granollerins granollerines
adjectiu — **1** De Granollers. *La Porxada granollerina.*
nom masculí i femení — **2** Persona que és de Granollers o que hi viu.

granot granots
nom masculí — Granota. Es diu a Mallorca.

granota granotes
nom femení — Una granota és un amfibi sense cua, amb els ulls sortints i les potes del darrere molt llargues per a fer grans salts. *S'alimenta d'insectes, de cucs, etc., i pon els ous a l'aigua. Els mascles fan un crit fort i desagradable. Les granotes petites són molt diferents de les adultes i s'anomenen capgrossos.*

graó graons
nom masculí — Esglaó.

grapa grapes
nom femení — **1** La grapa d'un animal o d'una persona és la part de les extremitats que toca a terra quan camina. *Els tigres ataquen les seves preses amb les grapes.*
2 Mà d'una persona. Es diu de manera informal.
3 Una grapa és una peça de ferro doblegada per les puntes que serveix per a unir papers, teixits o altres coses. *Les grapes es posen amb unes màquines que es diuen engrapadores.*
locució que fa d'adverbi — **4 De quatre grapes** vol dir amb els dos peus i les dues mans tocant a terra. *Encara no caminava i anava tot el dia de quatre grapes amunt i avall.* pàg. 796 ③
engrapar

grapada grapades
nom femení — **1** Una grapada és un cop donat amb la grapa. *Amb un parell de grapades, un ós pot matar un altre animal.*
2 Fet de posar la grapa o la mà damunt d'alguna cosa agafant-la amb força. *Si pegues una grapada al braç d'algú, no el deixes marxar.*
3 Grapat. *Quan fem arròs, en posem una grapada per persona.*

grapadora grapadores
nom femení — Engrapadora.

grapar
verb
com *cantar*
◄ pàg. 26
Unir papers amb grapes, engrapar.

grapat grapats
nom masculí
1 Un grapat és la quantitat d'una cosa que cap dins d'una mà tancada. Quan tirem les llenties a la cassola, les agafem a grapats.
locució que fa de determinant
2 Diem que hi ha **un grapat** d'una cosa quan n'hi ha molta quantitat. Una persona té un grapat d'anys quan en té molts.
locució que fa d'adverbi
3 A grapats vol dir en gran quantitat. *Era una botiga molt temptadora: hi havia caramels i altres dolços a grapats!*

grapejar
verb
com *cantar*
◄ pàg. 26
Amb G davant E, I
Tocar algú o alguna cosa amb les mans de manera poc delicada. Els bebès ploren quan passen per moltes mans i els grapegen diverses persones.

gras grassa grassos grasses
adjectiu
1 Que té molt de greix. L'oli i la mantega són aliments grassos. Les persones massa grasses poden tenir problemes de salut.
2 Una cosa és grassa quan té un aspecte o unes característiques semblants al greix. Hi ha xampús especials per a la gent que té els cabells grassos.

grat grata grats grates
adjectiu
1 Agradable. Quan estem entre amics, estem en una companyia grata.
nom masculí
2 El grat és la satisfacció o el gust que una persona troba en algú o alguna cosa. Hi ha gent que no troba mai res del seu grat i sempre ho critica tot.
locució que fa d'adverbi
3 De grat o **de bon grat** vol dir amb molt de gust. *Em va demanar un favor i jo l'hi vaig fer de bon grat.*
4 De mal grat vol dir per força, per obligació. *Vaig anar a la seva festa d'aniversari de mal grat.*

gratacel gratacels
nom masculí
Un gratacel és un edifici que té molts més pisos del que és normal. Hi ha gratacels de més de cinquanta pisos. Els primers gratacels es van construir als Estats Units d'Amèrica. ✎ pàg. 596 ①

gratar
verb
com *cantar*
◄ pàg. 26
1 Fregar alguna cosa amb les ungles. Si algú ens ho demana, li gratem l'esquena. Quan ens pica una part del cos, ens gratem.
2 Fregar fort amb les ungles o les urpes la terra, una fusta o una altra cosa traientne una part de la seva superfície. Els gossos graten la terra per a enterrar els ossos.

gratificació gratificacions
nom femení
Una gratificació és una recompensa que es dóna a algú per un servei, per un favor, pel seu bon comportament, etc. Les propines són petites gratificacions.
→ gratificar

gratinar
verb
com *cantar*
◄ pàg. 26
Posar un menjar al forn per tal que la part de dalt agafi un color daurat i quedi cruixent. Els canelons gratinats al forn queden bonissims.
→ gratinador

gratis
adverbi
De franc. *L'entrada d'aquell espectacle era gratis, no s'havia de pagar.*

gratitud gratituds
nom femení
La gratitud és un sentiment d'agraïment cap a una persona que ens ha fet un servei, un favor o un bé. Sovint, els regals són una mostra de gratitud.

gratuït gratuïta gratuïts gratuïtes
adjectiu
Que no s'ha de pagar. L'entrada a algunes exposicions és gratuïta.

grau graus
nom masculí
1 Un grau és una unitat de mesura de la temperatura. També es mesuren en graus els angles i les begudes alcohòliques. Els graus es representen amb el símbol (°). El cos té una temperatura d'uns 36 o 37 graus. Un angle recte té 90°. Alguns licors tenen 40°.
2 Lloc o nivell que ocupa algú o alguna cosa en una classificació o en una ordenació. Els alumnes de primer grau són més petits que els de tercer grau. Un coronel té un grau militar més important que el de capità.
3 Nom que rep el port d'algunes ciutats. *El grau de València. El grau de Castelló.*
4 En matemàtiques, el grau d'un polinomi és l'exponent més alt dels termes que el formen. El polinomi $4y^5 - 2y^3 + x^2$ és de grau 5.
→ gradual

grava graves
nom femení
La grava és un material format per trossos petits de pedra que es fa servir per a fer camins, carreteres, formigó, etc.
→ engravar

gravació gravacions
nom femení
Amb V
Es fa una gravació quan es grava un disc de música, una cinta de vídeo, un DVD, etc.

gravamen gravàmens
nom masculí
Un gravamen és un impost o una altra obligació econòmica que s'ha de pagar per alguna cosa, especialment per una casa o una finca.

gravar
verb
com *cantar*
◄ pàg. 26
Amb V
1 Fer un dibuix o escriure unes lletres en una pedra, una fusta o una altra matèria dura amb un punxó, un cisell o un burí. Molts nuvis fan gravar les seves inicials a la part de dins dels anells de casament.
2 Fer un dibuix damunt d'una planxa de metall o de fusta per poder-lo reproduir després en còpies de paper. Molts artistes han gravat obres seves i les còpies valen molts diners.
3 Enregistrar un disc de música, una cinta de vídeo, un DVD, etc. Amb els aparells de vídeo o amb el DVD podem gravar les pel·lícules de la televisió que ens agraden.
gravador, gravat

gravetat gravetats
nom femení
1 La gravetat és la força d'atracció de la Terra sobre els cossos materials. La gravetat fa que les coses tinguin pes i que una pedra caigui cap avall.
2 Característica o estat del que és greu. Si una persona s'ha fet ferides de molta gravetat, s'ha de portar a un hospital.

gràvid gràvida gràvids gràvides
adjectiu
Una dona gràvida és una dona embarassada. Un úter gràvid conté un embrió o un fetus.

gravíssim gravíssima gravíssims gravíssimes
adjectiu
Molt greu. Saltar-se un estop és una infracció gravíssima. Un malalt gravíssim està en perill de mort.

gravitar
verb
com *cantar*
◄ pàg. 26
1 Un cos gravita quan carrega el seu pes sobre un altre cos. Els arcs graviten sobre dues columnes o dos pilars.
2 Moure's un cos segons l'atracció que un altre cos exerceix sobre seu. La Terra gravita al voltant del Sol.

grec grega grecs gregues
adjectiu
1 De Grècia. *Les illes gregues.*
nom masculí i femení
2 Persona que és de Grècia o que hi viu. Els grecs acostumen a dinar molt tard.
nom masculí
3 El grec és la llengua que es parla a Grècia. El grec fa servir un alfabet diferent del que fem servir nosaltres.

greda gredes
nom femení
La greda és una argila arenosa de color blanquinós que es fa servir sobretot per a treure taques.

gregal gregals
nom masculí
El gregal és el vent que bufa del nord-est.

gregari gregària gregaris gregàries
adjectiu
Que té tendència a viure en ramats o en grups. Les ovelles són animals gregaris.

gregorià gregoriana gregorians gregorianes
adjectiu
1 Que està relacionat amb algun dels papes anomenats Gregori. El calendari gregorià és el que nosaltres seguim.
adjectiu i nom masculí
2 El cant gregorià o el gregorià és una forma de cant religiós pròpia de l'Església catòlica que es canta en llatí i a una sola veu.

greix greixos
nom masculí
1 Un greix és una substància densa i relliscosa, que té un tacte com el de l'oli, embruta i no se'n va amb aigua. Són greixos, per exemple, l'oli dels cotxes, el llard i el sèu. Els greixos són molt importants en la nostra alimentació.
2 Substància de color blanquinós que es troba al cos dels animals i de les persones, sota la pell. Quan una persona té molt de greix està molt grassa. El greix protegeix els animals del fred.
engreixar, engreixinar, greixar, greixatge, greixera

greixós greixosa greixosos greixoses
adjectiu
Que és com el greix, que taca com l'oli o el greix o que està brut de greix. El pernil i la mantega són aliments greixosos. Si toques oli et quedaran les mans greixoses.

gremi gremis
nom masculí
Un gremi és una associació de persones que tenen el mateix ofici i que fan el mateix treball. Hi ha, per exemple, el gremi de fusters, el de serrallers o el de mecànics. Els gremis eren molt importants a l'edat mitjana.
gremial

grenya grenyes
nom femení
Una grenya és un floc de cabells mal pentinats. Portar el cap ple de grenyes és anar despentinat, amb els cabells embullats.

gres gresos
nom masculí
El gres és un tipus de ceràmica molt dura i resistent. Amb gres es fan rajoles per als paviments i el bany.

gresca gresques
nom femení
Les persones fan gresca si es diverteixen menjant, rient, cantant, etc., fent molt de soroll. Per la revetlla de Sant Joan sempre hi ha molta gresca al carrer.

gresol gresols
nom masculí
Un gresol és un recipient més ample de dalt que de baix que es fa servir per a fondre substàncies amb temperatures molt altes. Els gresols són d'una matèria que no es crema, com la porcellana, el grafit i la pedra. pàg. 1000 ⑩

A B C D E F G H I J K L M N O P Q R S T U V W X Y Z

A B C D E F G H I J K L M N O P Q R S T U V W X Y Z

greu greus

adjectiu — **1** Que és molt important, molt difícil de resoldre, molt perillós. Una ferida o una malaltia greu posa la persona en perill de mort. Un conflicte greu entre dos països pot acabar en una guerra.

2 Si una persona està greu és que està molt malalta.

3 Que té o demostra una gran serietat, molta dignitat. Si una persona té un posat greu no riu ni es mostra simpàtica.

4 Un so o una veu greus no són aguts. Els homes tenen la veu més greu que els nens. Les notes del piano que es toquen amb la mà esquerra tenen sons greus.

frase feta — **5 Saber greu** és fer pena, causar disgust. Sempre ens sap greu que els nostres amics estiguin malalts.

agreujar

greuge greuges

nom masculí — Un greuge és una ofensa, una paraula o una acció que ha molestat molt una persona. Publicar una notícia falsa sobre algú és un greuge que es pot denunciar a l'autoritat.

grèvol grèvols

nom masculí — Un grèvol és un arbust de 2 a 10 metres d'alçària que té unes fulles retallades que punxen i que fa unes flors petites de color blanquinós. Els fruits són petits, rodons i de color vermell. Les branques de grèvol són un adornament típic de les festes de Nadal.

grifoll grifolls

nom masculí — Un grifoll és un grill d'una fruita. Les taronges tenen diversos grifolls.

1 grill grills

nom masculí — Un grill és un insecte amb el cos curt i de color negre que fa un soroll molt característic fregant unes ales dures anomenades *èlitres*.

2 grill grills

nom masculí — **1** Un grill és una branqueta jove que surt en un bulb o en un tubercle. Les patates que es guarden molt de temps s'omplen de grills.

2 Cadascuna de les parts allargades i una mica corbes d'algunes fruites, com la taronja o la mandarina. Quan separem els grills d'una taronja, moltes vegades ens esquitxem amb el suc.

grillar

verb
com *cantar*
◄ pàg. 26

Un bulb o un tubercle grilla quan li surten grills. Si es deixen molt de temps en un lloc, les patates grillen i s'arruguen.

grilló grillons

nom masculí — **1** Un grilló és una peça de ferro en forma d'arc, amb un forat a cada punta per a poder-la tancar, que es feia servir per a lligar una cadena al coll, al braç o als peus dels presoners.

2 Grill d'un bulb, d'un tubercle o d'una fruita. Quan repartim una taronja, en donem dos o tres grillons a cada persona.

grimpar

verb
com *cantar*
◄ pàg. 26

Enfilar-se amb l'ajuda de les mans. Els micos grimpen pels arbres.

grinyol grinyols

nom masculí — **1** Un grinyol és un crit de dolor d'un gos, d'un llop o d'un altre animal. Quan un gos està nerviós per alguna cosa també fa grinyols.

2 Soroll agut i desagradable que fan dues coses quan es freguen. Perquè una porta no grinyoli, s'ha de posar una mica d'oli a les frontisses.

grinyolar

verb
com *cantar*
◄ pàg. 26

Fer grinyols. Si es trepitja la pota d'un gos, el pobre animal sortirà grinyolant. Les reixes de ferro rovellades grinyolen.

grip grips

nom femení o masculí — La grip o el grip és una malaltia contagiosa que dóna febre, esgarrifances, mal de cap i mal de coll. La grip és provocada per un virus i s'agafa sobretot a l'hivern.

engripar-se, engripat, engripada

gripau gripaus

nom masculí — Un gripau és un amfibi molt semblant a la granota però més gros i robust, amb les potes més curtes i la pell més aspra. Caminen molt a poc a poc i no salten gaire.

Un gripau

1 gris grisos

nom masculí — Griso.

2 gris grisa grisos grises

adjectiu — **1** Que és del color de l'acer i el ciment. A les fotografies en blanc i negre hi ha molts tons grisos.

nom masculí — **2** El gris és el color del ciment. Barrejant blanc i negre s'obté el gris.
grisenc, grisor, grisós, grisosa

griso grisos
nom masculí
També *gris*
Un griso és un aire fi i gelat. Quan a l'hivern diem que fa molt de griso és que fa molt de fred.

grisú grisús
nom masculí
El grisú és un gas inflamable que es fa a les mines de carbó. És una mescla de metà o d'un altre hidrocarbur amb altres gasos com l'oxigen i el nitrogen. Quan el grisú s'ajunta amb l'aire produeix explosions molt fortes.

groc groga grocs grogues
adjectiu — **1** Que té el color de la llimona o del plàtan.
nom masculí — **2** El groc és el color de la llimona.
engroguir, grogor, grogós, grogosa, groguejar, groguenc

grog grogs
nom masculí
Amb G
Un grog és una beguda feta amb aigua calenta, sucre, un licor fort i suc de llimona. Algunes persones prenen un grog quan estan molt constipades.

grogui groguis
adjectiu
Una persona està grogui o es queda grogui quan no pot pensar amb claredat per efecte de la son, d'un medicament, d'una impressió forta o d'un cop. Un boxejador està grogui quan rep un cop molt fort i queda desorientat i sense força. A vegades ens quedem groguis davant del televisor quan tenim molta son. Es diu de manera informal.

groller grollera grollers grolleres
adjectiu i nom masculí i femení
Que és poc fi, poc delicat, poc elegant. Hi ha paraules, com *merda* i *collons*, que es consideren grolleres i la gent educada no les diu davant dels altres. Amb una roba grollera no es fan vestits d'etiqueta. Els grollers són molt poc educats.
grolleria

gronxador gronxadors
nom masculí
Un gronxador és un seient penjat de dues cordes o dues cadenes que permeten que es pugui moure endavant i endarrere. Als parcs infantils, sol haver-hi gronxadors.
pàgs. 594-595 (68)

gronxar
verb
com *cantar*
◄ pàg. 26
Fer que una cosa es mogui endavant i endarrere o d'un costat a un altre. El vent gronxa les branques dels arbres. Als gronxadors, els pares acostumen a gronxar els fills. Quan els nens ja són grans es gronxen sols.

grop grops
nom masculí — **1** Un grop és un bony que surt al tronc d'un arbre. Al lloc on hi ha un grop, la fusta és de color i forma diferents. Les fustes que tenen grops no són gaire bones i es poden trencar pels llocs on hi havia el grop.
2 Nuvolada de tempesta que es forma de cop i volta. A vegades, el grop agafa els excursionistes de sorpresa i els deixa ben molls.

gropa gropes
nom femení
La gropa d'un cavall, d'un ase o d'un altre animal semblant és la part del darrere de l'esquena.

gros grossa grossos grosses
adjectiu — **1** Que és molt gran, que té molt volum i necessita molt espai. Els elefants i les balenes són animals grossos.
2 Que té més volum que altres coses semblants. A la mà, per exemple, tenim el dit gros i el dit petit. Sempre s'ha dit que el peix gros es menja el petit.
3 Es diu que una cosa és grossa si és molt important, si n'hi ha molta, si és molt greu, etc. Una suma grossa de diners són molts diners. Una pena grossa fa patir molt. Si una persona l'ha feta grossa és que s'ha equivocat molt, que ha fet una desgràcia.
frase feta — **4** Una dona **està grossa** si està embarassada i fa molta panxa.
nom masculí — **5** El gros d'un conjunt de persones o coses és la part principal, la més nombrosa. Si un atleta s'escapa sol, deixa enrere el gros de la cursa, la resta dels corredors.
nom femení — **6** La grossa és el premi més important d'un sorteig com la loteria. Tothom que hi juga espera que li toqui la grossa de Nadal.
engrossir, grossària, grossor

grosella groselles
nom femení
Una grosella és un fruit de color vermellós i de la mida d'una cirera que quan és madur té un gust agredolç. Es fa servir per a fer melmelada i xarop.

grosser grossera grossers grosseres
adjectiu
Que és poc educat, poc fi i poc delicat. Una persona grossera insulta els altres i els tracta malament.
grosseria

grotesc grotesca grotescs grotesques
adjectiu
També *grotescos*
Que fa riure de tan estrany, lleig o absurd com és. Una persona gran vestida com una criatura és grotesca.

grua grues
nom femení — **1** Una grua és una màquina per a aixecar coses molt pesades i per a transportar-les d'un lloc a un altre a una distància més o

menys petita. Està formada per un braç horitzontal o inclinat que es mou i un cable amb un ganxo. pàgs. 194-195 (13)
2 Camió amb una grua petita al darrere per a traslladar cotxes que tenen una avaria o que han aparcat en un lloc prohibit.

gruar
verb
com *canviar*
◄ pàg. 30
Amb dièresi
Desitjar molt una cosa que es fa esperar o que costa d'aconseguir. Si algú no té prou diners, haurà de gruar el cotxe nou fins que el pugui comprar. Quan ens fan gruar per una cosa, fan que la desitgem, però no ens la donen.

gruix gruixos
nom masculí
El gruix d'una cosa és la seva dimensió més petita, que no és ni la llargada ni l'amplada. El gruix d'un llibre depèn del nombre de pàgines que tingui. Si una paret té molt de gruix, no deixa passar el soroll.
engruixar, engruixir, gruixària

gruixut gruixuda gruixuts gruixudes
adjectiu
1 Que té molt de gruix o més gruix del normal. Alguns bolígrafs fan una lletra molt gruixuda i d'altres la fan més fina. Els llibres gruixuts tenen moltes pàgines.
2 Una veu o un so és gruixut quan és greu. Quan una persona té afonia, fa una veu gruixuda.
3 Diem que una cosa és gruixuda quan és molt molesta o greu. Anar-se'n de viatge sense dir res a ningú és molt gruixut; els altres es queden preocupats.

grum grums
nom masculí i femení
Un o una grum és una persona jove que es dedica a fer encàrrecs i gestions en un hotel, en un club o en un altre establiment semblant. Els grums acostumen a portar uniforme i gorra.

grumet grumets
nom masculí i femení
Un o una grumet és una persona jove que aprèn a ser mariner.

grumoll grumolls
nom masculí
Un grumoll és una bola petita d'un aliment o d'una altra substància que s'ha format en barrejar-la dins d'un líquid. Si la beixamel no es remena bé, hi trobarem grumolls de farina.
agrumollar-se

gruny grunys
nom masculí
Un gruny és un crit del porc i d'altres animals.

grunyir
verb
com *dormir*
◄ pàg. 27
1 Fer grunys els porcs i altres animals. Quan els gossos no coneixen algú que se'ls acosta acostumen a grunyir.
2 Diem que una persona gruny quan no para de queixar-se.
grunyit

grup grups
nom masculí
Un grup és unes quantes persones, uns quants animals o unes quantes coses que estan juntes o que van juntes. Quan fem un treball en grup, no el fem nosaltres sols, sinó amb altres. Les Balears són un grup d'illes.

gruta grutes
nom femení
Una gruta és una cavitat natural o feta per una persona. A vegades les grutes són explorades per espeleòlegs o visitades per turistes.

guacamai guacamais
nom masculí
Un guacamai és un ocell de la mateixa família dels lloros i les cacatues que pot arribar als 90 centímetres de llargària. Té la cua tan o més llarga que el cos i és de colors vius: blau, groc, verd i negre. Els guacamais viuen al centre i al sud d'Amèrica.

guaita guaites
nom femení
1 La guaita és el fet de guaitar o de vigilar un lloc. A les presons, no sempre fan la guaita les mateixes persones, sinó que es van canviant.
2 Conjunt de persones que fan la guaita, la vigilància.
nom masculí i femení
3 Un o una guaita és una persona que vigila. Als castells antics, els guaites vigilaven des de les torres.

guaitar
verb
com *cantar*
◄ pàg. 26
1 Vigilar un lloc, observar, mirar. Quan esperes l'autobús, guaites el carrer a veure si arriba.
2 Es diu quan es vol que algú miri una cosa o hi posi atenció. *Guaita quin ocell més gros! Guaiteu què m'ha dit!*

gual guals
nom masculí
1 Un gual és una part d'un riu poc profunda per on es pot passar caminant fàcilment. Si volem travessar un riu i no hi ha cap pont, haurem de passar per un gual.
2 Part més baixa d'una vorera que hi ha davant d'un garatge, d'un magatzem o d'un altre establiment per a facilitar l'entrada i la sortida dels cotxes. Als guals, no s'hi pot aparcar. pàg. 597 (11)

guano guanos
nom masculí
El guano és una substància formada pels excrements i els cadàvers dels ocells marins. Es troba a les costes on hi ha gran quantitat d'aquests ocells. És molt ric en fosfats i per això s'ha fet servir com a adob de la terra.

A B C D E F G H I J K L M N O P Q R S T U V W X Y Z

guant guants

nom masculí — Un guant és una peça de vestir que serveix per a cobrir les mans i que s'adapta a la forma de la mà. La gent es posa guants quan fa fred, o per a fregar, esquiar, etc.

guanter, guantera

guany guanys

nom masculí — Un guany és allò que una persona guanya. Quan algú ven una casa, pot obtenir molts guanys.

guanyador guanyadora guanyadors guanyadores

adjectiu i nom masculí i femení — Que guanya. Els guanyadors d'un concurs reben un premi.

guanyar

verb com *cantar* ◄ pàg. 26

1 Obtenir diners, un premi o una altra cosa com a resultat d'un treball, d'un esforç, d'un mèrit, etc. Només alguns grans científics i escriptors guanyen el premi Nobel.

2 Obtenir la victòria en una competició. Les persones que guanyen una cursa reben una copa o una medalla.

3 Millorar. Els llibres de ciències naturals guanyen molt si tenen il·lustracions.

guapo guapa guapos guapes

adjectiu — Bonic.

guarda guardes

nom masculí i femení

1 Un o una guarda és una persona encarregada de vigilar algú o alguna cosa. Els guardes forestals vigilen els boscos.

2 Guarda de seguretat ✎ pàg. 996 ③

guardaagulles guardaagulles

nom masculí i femení — Un o una guardaagulles és una persona que s'encarrega dels canvis de via en les línies de tren.

guardabarrera guardabarreres

nom masculí i femení — Un o una guardabarrera és una persona que, en un pas a nivell, té cura de baixar les barreres, posar les cadenes, etc., quan ha de passar un tren.

guardabosc guardaboscs

nom masculí i femení. També *guardaboscos* — Un o una guardabosc és una persona encarregada de vigilar els boscos d'una zona determinada.

guardacostes guardacostes

nom masculí — Un guardacostes és un vaixell encarregat de vigilar les costes i d'impedir que hi hagi contraban.

guardaespatlles guardaespatlles

nom masculí i femení — Un o una guardaespatlles és una persona que n'acompanya una altra per protegir-la de possibles agressions.

guardapols guardapols

nom masculí

1 Un guardapols és qualsevol cosa que es posa sobre un objecte per evitar que s'embruti de pols.

2 Bata llarga que la gent es posa sobre els vestits per evitar que s'embrutin de pols.

guardar

verb com *cantar* ◄ pàg. 26

1 Vigilar algú o alguna cosa. Els pastors guarden els ramats a les muntanyes. Als museus acostuma a haver-hi algú que guarda la porta.

2 Vigilar que algú o alguna cosa estigui en un lloc adequat o en un estat determinat; conservar algú o alguna cosa, mantenir-los. La llet fresca i altres aliments s'han de guardar a la nevera.

3 Reservar. En alguns teatres encarregues les entrades per telèfon i te les guarden.

usat amb pronom — **4 Guardar-se** de fer una cosa és evitar de fer-la. Ens hem de guardar de fer mal als altres.

frase feta — **5 Guardar silenci** és callar. Durant un examen s'ha de guardar silenci.

guarda-roba guarda-robes

nom masculí

1 Un guarda-roba és un lloc per a guardar la roba de vestir.

2 Als teatres, en alguns restaurants o en altres locals, lloc on es pot deixar l'abric, el barret, la bossa, el paraigua, etc.

guarderia guarderies

nom femení — Una guarderia és un lloc on es poden deixar els nens petits amb unes persones que en tenen cura. Quan encara no tenen l'edat per a anar a l'escola, hi ha criatures que van a una guarderia.

guardià guardiana guardians guardianes

nom masculí i femení — Persona encarregada de vigilar un lloc públic, un establiment, etc. Els guardians dels museus vigilen que ningú no toqui o faci malbé els objectes exposats.

guàrdia guàrdies

nom femení — **1** Una guàrdia és un conjunt de soldats o de gent armada encarregats de vigilar algú o alguna cosa. Les casernes de l'exèrcit sempre són vigilades per una guàrdia.

nom masculí i femení — **2** Un o una guàrdia és una persona que forma part d'una guàrdia. Els guàrdies municipals o urbans controlen el trànsit dins de les ciutats. Els guàrdies civils controlen el trànsit fora de les ciutats.

3 Guàrdia municipal ✎ pàg. 597 ㉚

locució que fa d'adjectiu — **4** Un hospital, una farmàcia o un altre servei està **de guàrdia** quan funciona fora de les hores normals, a les nits o els caps de setmana. Hi ha metges de guàrdia que atenen els malalts durant la nit.

guardiola guardioles
nom femení 1 Una guardiola és un recipient tancat per a guardar-hi diners. Les guardioles tenen una escletxa per on es tiren les monedes. N'hi ha que són de terrissa i només es poden obrir trencant-les.
frase feta 2 **Fer guardiola** és estalviar diners. Hi ha qui fa guardiola per a comprar-se una bicicleta i qui en fa per a fer un viatge.
enguardiolar

guardó guardons
nom masculí Recompensa.

guaret guarets
nom masculí El guaret és un sistema de cultiu que consisteix a deixar reposar un terreny, un any sí un any no, per tal que sigui més fèrtil.

guarir
verb com *servir* ◄ pàg. 28 Curar, fer que un malalt es posi bo, que desaparegui una malaltia. No hi ha medicaments que guareixin els refredats.
guarible, guarició, guariment, inguarible

guarisme guarismes
nom masculí Xifra.

guarnició guarnicions
nom femení 1 Una guarnició és un conjunt de soldats que hi ha en una població o en un edifici per a defensar-los.
2 Menjar que acompanya un plat principal. Unes patates fregides, unes verdures o una amanida poden ser la guarnició d'un plat de carn o de peix.
3 Element que es posa com a adornament en un vestit, en una cortina, etc.

guarniment guarniments
nom masculí 1 Quan guarnim una persona o una cosa fem un guarniment. En algunes festes, es fa el guarniment dels carrers.
2 Un guarniment és qualsevol cosa per a adornar. Les joies, per exemple, són guarniments.
3 Els guarniments d'un cavall, d'un mul o d'un altre animal semblant són el conjunt de les corretges, el collar, la sella, la brida, etc., que se li posen per a muntar-lo, enganxar-lo al carro, etc.

guarnir
verb com *servir* ◄ pàg. 28 1 Posar a una persona o a una cosa els objectes o elements que serveixen per a adornar-la o completar-la. Podem guarnir un vestit amb llaços, botons i puntes o una persona amb joies. També es guarneixen els cavalls, amb la sella, la brida, i els altres guarniments.
2 Vestir o arreglar algú, sobretot una criatura, d'una manera estranya, que fa riure.

guatlla guatlles
nom femení Una guatlla és un ocell petit de color de terra, amb ratlles a l'esquena. Les guatlles són migradores: a l'hivern van cap a l'Àfrica. Viuen entre l'herba de les prades i en els camps de cereals. També es crien en granges i la seva carn és molt apreciada.

gúbia gúbies
nom femení Una gúbia és una eina de fuster formada per una làmina de metall en forma de mitja canya que per un cantó talla i per l'altre va unida a un mànec de fusta.

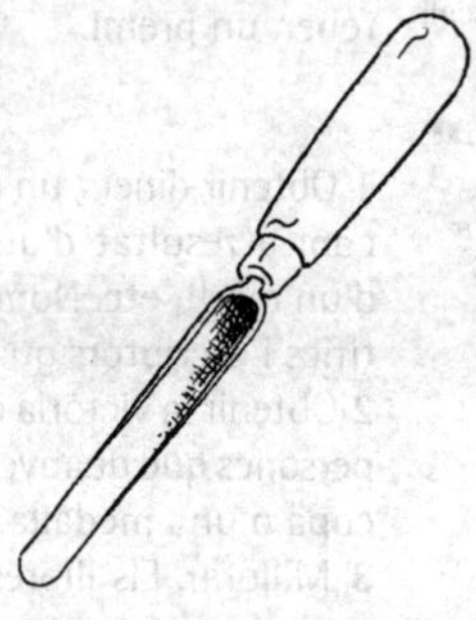

Una gúbia

guèiser guèisers
nom masculí Un guèiser és un raig d'aigua calenta i de vapor que surt de terra de manera intermitent. A Islàndia, Nova Zelanda i als Estats Units hi ha guèisers.

Un guèiser

guenyo guenya guenyos guenyes
adjectiu i nom masculí i femení Una persona és guenya quan els seus dos ulls no miren en la mateixa direcció. Els guenyos, doncs, pateixen d'estrabisme.

guepard guepards
nom masculí Un guepard és un mamífer carnívor de cos esvelt, cap petit, potes altes i pèl curt, de color grogós i amb taques negres. Viu en zones de l'Índia i de l'Àfrica i es considera que és el més ràpid dels mamífers.

guerra guerres

nom femení
1 Una guerra és una lluita amb armes entre dos o més països. En una guerra mundial, hi ha diversos països implicats.
2 Una **guerra civil** es fa entre persones d'un mateix país. La Guerra Civil Espanyola va ser del 1936 al 1939.
aguerrir, guerrejar

guerrer guerrera guerrers guerreres

adjectiu
1 Que està relacionat amb la guerra. Al llarg de la història hi ha hagut sempre activitats guerreres.

nom masculí i femení
2 Persona que lluita en una guerra o en un combat. Els samurais eren guerrers japonesos.

guerrilla guerrilles

nom femení
Una guerrilla és un grup petit de combatents que no formen part de cap exèrcit organitzat i que lluiten contra l'exèrcit i el govern d'un país amb atacs per sorpresa, amb emboscades, etc. En alguns països sudamericans hi ha guerrilles que volen fer caure els governs.
guerriller

guerxo guerxa guerxos guerxes

adjectiu
1 Desviat de la línia recta; tort. Quan una porta és guerxa, no tanca bé.

adjectiu i nom masculí i femení
2 Guenyo. Els guerxos tenen estrabisme.
enguerxir, guerxar

guia guies

nom masculí i femení
1 Un o una guia és una persona que acompanya algú per a ensenyar-li el camí. És perillós anar per les muntanyes sense cap guia.

nom femení
2 Cosa que indica o que ajuda a trobar el camí que s'ha de seguir per a anar a un lloc. Les indicacions de les carreteres serveixen de guia.
3 Una guia és un llibre on es pot trobar la informació necessària per a visitar un museu, una ciutat, un país, etc. Quan preparem un viatge, consultem una guia del lloc on anem. La guia de telèfons permet trobar el número de telèfon que es busca.
4 Objecte o aparell per a dirigir el moviment d'alguna cosa. Les guies d'una cortina permeten poder-les córrer i descórrer.

guiar

verb
com *canviar*
◄ pàg. 30
Amb dièresi
usat amb pronom
1 Fer de guia; ser el guia o la guia d'algú. Els grups de turistes acostumen a anar amb algú que els guia.
2 **Guiar-se** és orientar-se. Els mariners es guien per l'estrella polar.
guiatge

guilla guilles

nom femení
Guineu.

guillar

verb
com *cantar*
◄ pàg. 26
usat amb pronom
1 Fugir. Val més guillar del lloc on hi ha baralles. Només es diu de manera informal.
2 Diem que una persona **s'ha guillat** quan ha perdut l'enteniment, s'ha tornat boja. Només es diu de manera informal.

guillotina guillotines

nom femení
Una guillotina és un aparell per a matar els condemnats a mort tallant-los el cap. A França es va fer servir la guillotina durant la Revolució Francesa.
guillotinar

guinda guindes

nom femení
Una guinda és una fruita petita, de forma arrodonida i de color negre o vermell fosc, que té un gust agredolç. Les guindes es fan servir per a fer licors.
guinder

guineu guineus

nom femení
Una guineu és un mamífer carnívor que té el morro estret, les orelles dretes i punxegudes, el cos prim, la cua llarga i grossa i el pelatge suau i vermellós. Les guineus s'alimenten d'altres animals, com gallines i petits mamífers.

Una guineu

guinyol guinyols

nom masculí
Putxinel·li. També es diu *guinyol* el teatre que es fa amb putxinel·lis.

guió guions

nom masculí
1 Un guió és un resum d'un tema o d'un discurs. Les persones que fan conferències acostumen a portar un guió del que volen dir que els serveix de guia.
2 Argument d'una pel·lícula, d'un programa de televisió o de ràdio, etc., on s'indica què s'ha de fer, què s'ha de dir, quina música ha de sonar, el decorat, etc.
3 Signe de puntuació (—) que en els escrits separa frases o grups de paraules que aclareixen el que s'està dient. També es posa al començament del que diu cada persona en una conversa. *La meva cosina —que és belga— no pot ni tastar la xocolata. —Què dius? —Que no vull venir. —Per què? —Perquè no.*

guionet guionets
nom masculí — Un guionet és un guió petit (-), com el que es fa servir per a separar les paraules al final d'una ratlla o per a ajuntar un verb amb un pronom feble. *Haver-hi* porta un guionet.

guionista guionistes
nom masculí i femení — Un o una guionista és una persona que fa guions de cinema, de ràdio, de televisió, etc. Hi ha guionistes que tenen molta imaginació.

guipar
verb com *cantar* ◄ pàg. 26 — **1** Mirar de lluny o d'amagat. No està bé guipar els exàmens dels altres. Només es diu de manera informal.
2 Guipar-hi vol dir veure-hi. Les persones que no hi guipen s'han de posar ulleres. Només es diu de manera informal.

guirigall guirigalls
nom masculí — Un guirigall és una confusió que es produeix quan hi ha moltes persones que parlen i criden alhora.

guisar
verb com *cantar* ◄ pàg. 26 — Cuinar, coure un menjar amb suc i altres condiments que li donen gust. Sovint, les àvies guisen molt bé.
guisat

guitarra guitarres
nom femení — **1** Una guitarra és un instrument musical de corda que es toca amb els dits. Normalment les guitarres tenen sis cordes posades damunt d'una caixa buida de fusta en forma de 8, amb un forat al mig, i un mànec dividit en diferents parts.
2 Una **guitarra elèctrica** és una guitarra que no té la caixa buida i es connecta a un amplificador i a uns altaveus per a augmentar el so de les cordes. Les guitarres elèctriques són habituals en els conjunts de rock.
frase feta — **3 Aixafar la guitarra** a algú és desfer-li els plans, no deixar-li fer allò que tenia previst. Quan vols anar a la platja, esperes que el temps no t'aixafi la guitarra.
guitarrista, guitarró

guitza guitzes
nom femení Amb TZ — **1** Una guitza és un cop donat per un cavall, un ase o un mul, amb una pota o amb les dues potes del darrere. Quan tiren guitzes, els animals aixequen les potes i les llancen amb força cap enrere.
frase feta — **2 Fer la guitza** a algú és molestar-lo.

guix guixos
nom masculí — **1** El guix és un sulfat de calci. És tou i acostuma a ser de color blanc. Es fa servir en construcció i per a fer escultures. Una de les seves varietats és l'alabastre. La seva fórmula és: $CaSO_4$.
2 Substància en pols blanca, feta amb guix, que barrejada amb aigua s'endureix ràpidament. Per això es fa servir en la construcció per a recobrir parets i també per a fer escultures i objectes decoratius.
pàg. 593 (46)
3 Un guix és una barreta d'aquesta substància per a escriure a la pissarra. pàg. 998-999 (11)
enguixar, guixaire pàgs. 593 (18), guixer

guixar
verb com *cantar* ◄ pàg. 26 — **1** Un tros de guix, un llapis, un bolígraf o un altre estri guixa quan deixa marques o ratlles sobre una superfície. Les plomes que no tenen tinta no guixen.
2 Fer una o més ratlles damunt d'una superfície amb un estri per a escriure. Als nens petits, els agrada guixar les parets.

gurmet gurmets
nom masculí i femení — Un o una gurmet és una persona que coneix i sap apreciar la bona cuina i els bons vins. També es diu que són gurmets les persones aficionades a menjar bé.

guru gurus
nom masculí — Un guru és un sacerdot hindú que fa de mestre espiritual de les altres persones.

guspira guspires
nom femení — Espurna.
guspirejar

gust gusts
nom masculí També *gustos* — **1** El gust és el sentit que ens permet reconèixer els sabors. En algunes malalties es perd el gust i no es distingeix si el menjar és dolç o salat.
2 Sabor. Alguns medicaments tenen mal gust.
3 Quan fem una cosa de gust o amb gust la fem amb satisfacció, perquè ens agrada.
4 Els gustos d'una persona són les seves preferències, les coses que li agraden més. Cadascú té els seus gustos: uns prefereixen la platja; d'altres, la muntanya.
5 Una persona té gust quan sap distingir entre allò que és bonic i el que no ho és, entre el que queda bé i el que no, entre el que és elegant i el que no, etc.

gustós gustosa gustosos gustoses
adjectiu — Que té bon gust o que té un gust intens. Si poses espècies al menjar, queda més gustós.
gustosament

gutural guturals
adjectiu — **1** De la gola o gargamella.
2 Un so gutural és velar.

h
nom femení
Vuitena lletra de l'alfabet català. Aquesta lletra no representa cap so en català perquè no es pronuncia. Només es pronuncia en forma d'aspiració en algunes onomatopeies, com *ha, ha*, i en algunes paraules estrangeres, com *hobby*.

ha
interjecció
Paraula que expressa sorpresa o satisfacció i, repetida diverses vegades, la rialla d'una persona. *Ha, ha, quin arròs més bo que ens menjarem! Ha, ha, ha, que divertida, aquesta pel·lícula!*

hàbil hàbils
adjectiu
1 Que pot fer una cosa, que té les condicions necessàries per a fer-la. Algunes persones no són hàbils per a ser soldats professionals.
2 Que té facilitat per a fer coses, que treballa bé i ràpid amb les mans. Un mecànic de cotxes ha de ser hàbil muntant i desmuntant peces.
3 Que sap obtenir el que vol, que diu el que convé en cada moment. Els polítics han de ser hàbils.
inhàbil

habilitar
verb
com *cantar*
◀ pàg. 26
1 Fer que una cosa serveixi per a una funció que no és la que fa normalment. Si tenim molts convidats, podem habilitar una sala gran com a menjador.
2 Donar permís a una persona per a fer una cosa. El carnet de conduir ens habilita per a portar cotxe.

habilitat habilitats
nom femení
1 L'habilitat és la característica de la persona o de l'animal que és hàbil. Els gats s'enfilen amb molta habilitat.
2 Allò que fa una persona o un animal hàbil. Sempre sorprenen les habilitats dels animals d'un circ.

hàbit hàbits
nom masculí
1 Costum. L'hàbit de llegir fa que no ens avorrim.
2 Un hàbit és un vestit que porten els frares, els monjos i les monges. Normalment, els hàbits són llargs fins als peus.

habitació habitacions
nom femení
Una habitació és cada un dels espais separats per parets que hi ha en una casa o un pis, sobretot els que es fan servir per a dormir. Hi ha apartaments petits que només tenen una habitació.

habitacle habitacles
nom masculí — Un habitacle és qualsevol lloc on poden viure les persones. Els habitacles més corrents són les cases i els pisos.

habitant habitants
nom masculí i femení — Un o una habitant és una persona que viu en un lloc. Algunes comarques tenen pocs habitants.

habitar
verb com *cantar* ◄ pàg. 26 — Viure, estar-se en un lloc. Els lapons habiten terres molt fredes. Els cangurs habiten a Austràlia.
habitable

hàbitat hàbitats
nom masculí — L'hàbitat d'un animal o d'una planta és el medi on viu. Hi ha animals que no poden viure fora del seu hàbitat. Les persones, en canvi, ens adaptem a tots els hàbitats.

habitatge habitatges
nom masculí — Un habitatge és una casa o un pis per a viure-hi. Es parla sovint de construir habitatges dignes o dels problemes de l'habitatge.

habitual habituals
adjectiu — Que es fa sovint de la mateixa manera, que es repeteix per costum. Els clients habituals d'un restaurant són les persones que hi van molt sovint.
inhabitual

habitud habituds
nom femení — Costum. Hi ha qui té l'habitud de reposar després de dinar.
habituar

hac hacs
nom femení — Nom de la lletra *h, H.*

haca haques
nom femení — Una haca és un cavall petit i fort.

haixix haixixs
nom masculí — L'haixix és una droga que es treu d'una planta que es diu *cànem indi.* Fumar haixix pot provocar al·lucinacions.

hala
interjecció — Paraula que es fa servir per a donar ànims a algú o per a donar-li pressa. *Hala!, corre, que fem tard!*

hàlit hàlits
nom masculí — Alè. Es fa servir en literatura.

halo halos
nom masculí — 1 Un halo és un cercle lluminós que es veu a vegades al voltant del Sol i de la Lluna. Els halos tenen colors semblants als de l'arc de Sant Martí.
2 Aurèola que en les fotografies apareix al voltant d'un punt lluminós.

halogen halògena halògens halògenes
adjectiu — 1 Dels halògens, que té relació amb els halògens. Una làmpada o bombeta halògena és una bombeta elèctrica que conté a dins una certa quantitat d'un halogen. Les bombetes halògenes duren més i fan més llum que les altres.
nom masculí — 2 Un halogen és cada un dels elements químics de la columna VIIB de la taula periòdica. Els halògens són cinc: fluor, clor, brom, iode i àstat.

halterofília halterofílies
nom femení — L'halterofília és l'esport que consisteix a aixecar una barra de ferro que porta dues boles molt pesants als extrems.

ham hams
nom masculí Amb H — Un ham és un ganxo petit de ferro per a pescar. L'ham va al final d'un fil de pescar i s'hi posa un cuc o un altre esquer que atregui els peixos.

hamaca hamaques
nom femení — Una hamaca és una xarxa o una tela que es penja entre dos arbres i serveix per a estirar-s'hi.

hamburguesa hamburgueses
nom femení — Una hamburguesa és un tall de carn picada que té forma rodona i plana. Les hamburgueses es mengen sovint dins d'un panet.
hamburgueseria

hàmster hàmsters
nom masculí — Un hàmster és un mamífer rosegador, semblant a un ratolí, que es pot tenir a casa. Té les orelles, les potes i la cua curtes. Transporta el menjar en unes bosses que té a la part de dins del coll.

handbol handbols
nom masculí — L'handbol és un joc de pilota que es juga entre dos equips de set jugadors cada un. La pilota s'ha de fer entrar amb les mans en una porteria més estreta que la del futbol.

handicap handicaps
nom masculí — Desavantatge. Una persona baixa té un handicap si vol ser jugadora de bàsquet.

hangar hangars
nom masculí — Un hangar és un lloc cobert per a guardar-hi els avions. ✎ pàg. 196 ⑧

harakiri harakiris
nom masculí — L'harakiri és la manera com els antics guerrers japonesos es mataven: s'obrien el ventre amb una espasa.

A B C D E F G H I J K L M N O P Q R S T U V W X Y Z

harem harems
nom masculí — Un harem és el lloc on viuen les dones d'un home musulmà. També es diu *harem* el conjunt d'aquestes dones.

harmonia harmonies
nom femení — **1** Hi ha harmonia entre dues o més coses si combinen bé, si fan una sensació agradable. Podem parlar de l'harmonia de colors i de formes d'un paisatge.
2 Hi ha harmonia entre dues o més persones si s'entenen bé i són amigues.
3 En música, l'art de combinar els sons i els acords.
harmoniós, harmonitzar

harmònic harmònica harmònics harmòniques
adjectiu — **1** De l'harmonia, que té relació amb l'harmonia.
nom femení — **2** Una harmònica és un instrument musical de vent que es toca amb la boca, bufant i aspirant l'aire. Consta d'un suport allargat de fusta o de metall que té diversos forats on hi ha les llengüetes metàl·liques que fan el so. La persona que toca l'harmònica la fa moure entre els llavis.
inharmònic

harmònium harmòniums
nom masculí — Un harmònium és un instrument musical de vent que es toca amb un teclat com el piano i l'orgue. L'aire per a fer-lo sonar es fa amb uns pedals. Els harmòniums són instruments d'església.

harpia harpies
nom femení — **1** Una harpia és un animal de la mitologia mig dona i mig ocell. Té cara i bust de dona, i ales, potes i cua com un ocell.
2 Dona molt dolenta i cruel.

havà havans
adjectiu — **1** De l'Havana.
nom masculí i femení — **2** Persona que és de l'Havana o que hi viu.
nom masculí — **3** Un havà és un puro fet a Cuba.

havanera havaneres
nom femení — Una havanera és una cançó de ritme lent que va néixer a l'Illa de Cuba. Les havaneres s'han fet molt populars a la Costa Brava.

haver
verb
com *haver 2* ◄ pàg. 36
com *haver 1* ◄ pàg. 36
Amb V
1 Tenir. *La guineu, quan no les pot haver, diu que són verdes.* Actualment s'usa poc.
2 Com a verb auxiliar es fa servir per a formar els temps compostos: *He sortit de casa. Has dormit tres hores.*
3 Amb **haver de** i un infinitiu es formen frases que indiquen necessitat o obligació: *Hem de sortir a les vuit. S'han de trobar a mig camí.*
4 Amb **haver-hi** s'indica que una cosa existeix, es troba, es dóna o succeeix: *Hi ha dues dones a la porta. Demà no hi haurà pa. No hi havia ningú al pis.* També diem: *De Barcelona a Tarragona hi ha uns cent quilòmetres.* Només es conjuga en tercera persona.

haveria haveries
nom femení — Una haveria és una bèstia de càrrega, com un mul o un burro.

hebreu hebrea hebreus hebrees
adjectiu — **1** Dels hebreus. *La llei hebrea.*
nom masculí i femení — **2** Persona que pertanyia a un poble que va conquistar Palestina i hi va viure. Els hebreus surten a la Bíblia i es diuen també *israelites* i *jueus*.
nom masculí — **3** L'hebreu és la llengua dels hebreus, que és avui la de l'Estat d'Israel.
hebraisme

hecatombe hecatombes
nom femení — Una hecatombe és una gran matança de persones o una desgràcia on mor molta gent.

hectàrea hectàrees
nom femení — Una hectàrea és una mesura de superfície que equival a cent àrees, o sigui deu mil metres quadrats. El seu símbol és: ha.

hectogram hectograms
nom masculí — Un hectogram és una mesura de massa que equival a cent grams. El seu símbol és: hg.

hectolitre hectolitres
nom masculí — Un hectolitre és una mesura de capacitat que equival a cent litres. El seu símbol és: hl.

hectòmetre hectòmetres
nom masculí — Un hectòmetre és una mesura de longitud que equival a cent metres. El seu símbol és: hm.

hedonista hedonistes
adjectiu — Una persona és hedonista si pensa que el plaer i la satisfacció és el més important de la vida.

hegemonia hegemonies
nom femení — Un país té hegemonia sobre un altre quan el domina pel fet que és més ric, més gran o més important. També es parla de l'hegemonia artística d'una ciutat o de l'hegemonia política d'un grup de persones.
hegemònic

heli helis
nom masculí — L'heli és un gas noble que es fa servir, sobretot, per a inflar dirigibles i globus aerostàtics, ja que no es pot inflamar. El seu símbol és: He.

A B C D E F G H I J K L M N O P Q R S T U V W X Y Z

hèlice hèlices

nom femení. També *hèlix* — Una hèlice és un grup de pales o aletes unides que giren per l'acció d'un motor i fan moure algunes embarcacions i alguns avions.

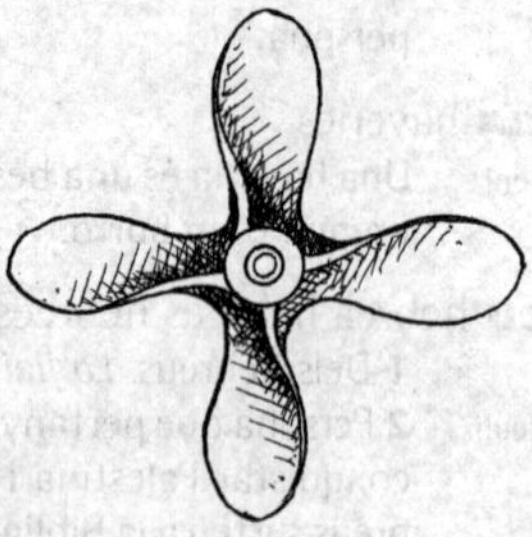

Una hèlice

helicòpter helicòpters

nom masculí — Un helicòpter és un vehicle volador que pot enlairar-se i aterrar verticalment i aturar-se enlaire sense caure. Porta una hèlice molt gran a la part de dalt i una altra de petita a la cua. pàg. 196 (9)

hèlix hèlixs

nom femení — Hèlice.

hel·lènic hel·lènica hel·lènics hel·lèniques

adjectiu — De l'antiga Grècia. *Els pobles hel·lènics.* hel·lenisme

helvètic helvètica helvètics helvètiques

adjectiu — De Suïssa. *La Confederació Helvètica.*

hematia hematies

nom femení — Eritròcit.

hematoma hematomes

nom masculí — Un hematoma és un blau produït per un cop. Es diu quan es parla tècnicament.

hemeroteca hemeroteques

nom femení — Una hemeroteca és un lloc on es guarden i es poden consultar diaris i revistes.

hemicicle hemicicles

nom masculí — Un hemicicle és una sala, una graderia o una altra construcció que té forma de semicercle. En alguns parlaments, els diputats estan asseguts en un hemicicle.

hemiplegia hemiplegies

nom femení — L'hemiplegia és la paràlisi de la meitat dreta o esquerra del cos.

hemisferi hemisferis

nom masculí — 1 Un hemisferi és cada una de les dues parts de la Terra separades per l'equador. Europa és situada a l'hemisferi nord; l'Antàrtida, a l'hemisferi sud.
2 Cadascuna de les dues meitats d'una esfera.
3 Cadascuna de les dues meitats del cervell o del cerebel. pàgs. 798-799 (28)

hemofília hemofílies

nom femení — L'hemofília és una malaltia hereditària que es caracteritza per la tendència a tenir hemorràgies. La sang de les persones amb hemofília no es coagula bé.

hemoglobina hemoglobines

nom femení — L'hemoglobina és la substància colorant dels eritròcits o glòbuls vermells de la sang. És una proteïna que conté ferro i transporta l'oxigen cap als diferents teixits del cos.

hemorràgia hemorràgies

nom femení — Una hemorràgia és una gran quantitat de sang que s'escapa d'una vena o d'una artèria. Si no s'atura, pot provocar la mort de la persona.

hemorroide hemorroides

nom femení — Una hemorroide és una inflamació d'una vena de l'anus o del recte.

hendecasíl·lab hendecasíl·laba hendecasíl·labs hendecasíl·labes

adjectiu — 1 Que té onze síl·labes.
nom masculí — 2 Un hendecasíl·lab és un vers d'onze síl·labes.

hepàtic hepàtica hepàtics hepàtiques

adjectiu — Del fetge. L'hepatitis és una malaltia hepàtica.

hepatitis hepatitis

nom femení — L'hepatitis és una inflamació del fetge.

heptaedre heptaedres

nom masculí. També heptàedre — Un heptaedre és un poliedre de set cares.

heptàgon heptàgons

nom masculí — Un heptàgon és un polígon de set costats.

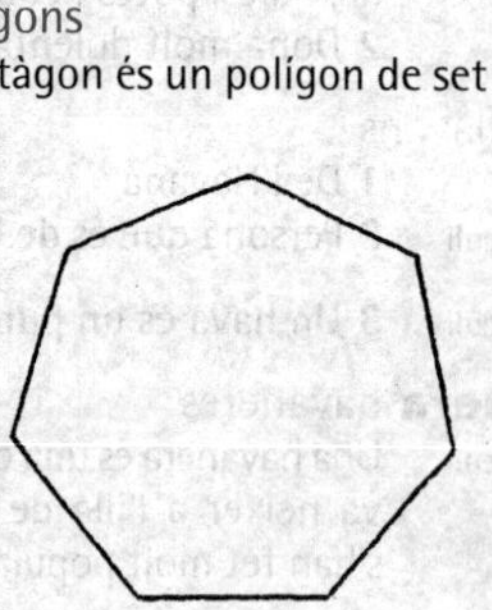

Un heptàgon

heptasíl·lab heptasíl·laba heptasíl·labs heptasíl·labes

adjectiu — 1 Que té set síl·labes.
nom masculí — 2 Un heptasíl·lab és un vers de set síl·labes.

herald heralds

nom masculí — 1 Un herald era una persona que a l'edat mitjana portava missatges i s'encarregava d'organitzar les festes dels cavallers.

2 Es diu que una persona és un herald quan porta notícies o va al capdavant d'un grup.

heràldica heràldiques

nom femení — L'heràldica és l'estudi dels escuts d'armes dels nobles, de les ciutats, dels països, etc.

heraldista

herba herbes

nom femení — **1** Una herba és una planta, sovint de mida petita, que no té la tija dura com els arbres i els arbustos i que creix a la natura sense que les persones la plantin. La majoria d'herbes es poden arrencar i tallar fàcilment amb les mans.

2 Conjunt d'herbes. Diem, per exemple, que ens ajaiem sobre l'herba o que portem un sac d'herba.

3 Si una persona es pren una tassa d'herbes es pren una infusió d'una o més herbes medicinals, com la camamilla, la til·la o la menta.

4 Una **mala herba** és una herba que creix en un sembrat o un camp i que s'ha d'arrencar, ja que perjudica les plantes que hi creixen.

5 Les **fines herbes** són unes herbes aromàtiques, com l'orenga i la farigola, que es fan servir per a cuinar.

frase feta — **6** Diem que una cosa desagradable **creix com una mala herba** quan creix i s'escampa molt de pressa.

enherbar

herbaci herbàcia herbacis herbàcies

adjectiu — De les herbes, semblant a una herba. Una planta herbàcia és una herba.

herbari herbaris

nom masculí — Un herbari és una col·lecció de plantes que fan els estudiants per a poder-les analitzar. Els herbaris sovint es fan amb plantes assecades posades entre fulls de paper.

✎ pàg. 1000 ⑯

herbei herbeis

nom masculí — L'herbei és l'herba espessa que hi ha damunt d'un terreny.

herbicida herbicides

nom masculí — Un herbicida és una substància o un producte per a matar les males herbes dels camps.

herbívor herbívora herbívors herbívores

adjectiu — Que menja plantes. Els conills i les cabres són animals herbívors.

herbolari herbolària herbolaris herbolàries

nom masculí i femení — **1** Persona que coneix les herbes medicinals i que les ven.

nom masculí — **2** Un herbolari és una botiga on es venen aquestes herbes.

herculi hercúlia herculis hercúlies

adjectiu — **1** D'Hèrcules, déu de la mitologia que tenia molta força.

2 Un treball herculi demana molta força; una persona hercúlia és molt forta. Si has fet un esforç herculi per acabar una feina, és que has treballat molt.

hereditari hereditària hereditaris hereditàries

adjectiu — De l'herència o que es transmet per herència. Una malaltia hereditària passa de pares a fills.

herència herències

nom femení — **1** L'herència és el conjunt de totes les coses que una persona, en morir, deixa a una altra.

2 Una característica es transmet per herència si passa de pares a fills. El color dels ulls es transmet per herència.

heretar

verb com *cantar* ◄ pàg. 26

1 Rebre una herència. Els fills acostumen a heretar els béns dels pares.

2 Rebre els fills una malaltia, una característica, una qualitat, que també tenen els pares. Es diu, per exemple, que una noia ha heretat la intel·ligència de la mare.

hereditat

heretat heretats

nom femení — Una heretat és una finca, una propietat, situada al camp.

heretgia heretgies

nom femení — Una heretgia és una doctrina contrària als dogmes d'una religió. En algunes èpoques es castigava els culpables d'heretgia.

heretge, herètic

hereu hereva hereus hereves

nom masculí i femení — Persona que rep una herència. Es diu també que els europeus som hereus de Grècia i Roma.

hermafrodita hermafrodites

adjectiu — Que té els dos sexes en un mateix individu, que és alhora mascle i femella. Els cargols són hermafrodites.

hermètic hermètica hermètics hermètiques

adjectiu — Que tanca perfectament, que no deixa passar l'aire. Són hermètiques, per exemple, les càpsules espacials dels astronautes. Molts envasos per a guardar aliments són hermètics.

hèrnia hèrnies

nom femení — Es produeix una hèrnia quan un òrgan o una part d'un òrgan surt del seu lloc. Un tros de budell, per exemple, pot sortir del seu lloc per una trencadura de la paret que envolta els òrgans del ventre.

herniar, herniat, herniada

A B C D E F G H I J K L M N O P Q R S T U V W X Y Z

heroi heroïna herois heroïnes
nom masculí i femení
1 Persona molt valenta que fa accions perilloses en favor dels altres. Agustina d'Aragó va ser una heroïna de la guerra del Francès.
2 Persona que és molt admirada, que destaca en una festa, un esport, un espectacle.
3 Personatge principal d'una novel·la, d'una pel·lícula, d'una llegenda.
heroic, heroïcitat, heroisme

heroïna heroïnes
nom femení
L'heroïna és una droga molt tòxica que es treu de l'opi. Prendre heroïna és molt perillós, perquè crea addicció.

heroïnòman heroïnòmana heroïnòmans heroïnòmanes
nom masculí i femení
Persona addicta a l'heroïna. Hi ha centres on els heroïnòmans poden fer cures de desintoxicació.

heterodox heterodoxa heterodoxos heterodoxes
adjectiu
Que se separa dels principis o les creences d'una religió, d'una doctrina política o d'una teoria.

heterogeni heterogènia heterogenis heterogènies
adjectiu
Que està format de coses diferents. En un grup heterogeni hi ha persones d'origen i costums diversos.

heterosexual heterosexuals
adjectiu
1 La relació heterosexual és la relació sexual entre un home i una dona.
adjectiu i nom masculí i femení
2 Una persona és heterosexual quan sent atracció per les persones que no són del seu sexe.

heura heures
nom femení
Una heura és una planta enfiladissa de fulles de color verd fosc i flors d'un to groc verdós. Les heures tenen una llargada variable, es fan en llocs humits i s'arrapen a les parets de les cases, a les roques i als arbres. págs. 594-595 (31)

heure
verb
◄ pàg. 36
Haver amb el significat de *tenir*.

heus aquí
Heus aquí és una expressió que es diu quan es comença a explicar una cosa o quan ensenyem alguna cosa. *Heus aquí que una vegada, en un poble molt llunyà... Heus aquí el quadre que he pintat.*

hexaedre hexaedres
nom masculí
També hexàedre
Un hexaedre és un poliedre de sis cares. El cub és un hexaedre.

hexàgon hexàgons
nom masculí
Un hexàgon és un polígon de sis costats. Les cel·les de les abelles tenen forma d'hexàgon.
hexagonal

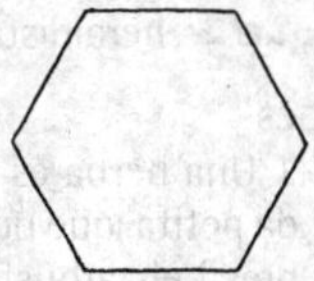

Un hexàgon

hexasíl·lab hexasíl·laba hexasíl·labs hexasíl·labes
adjectiu
1 Que té sis síl·labes.
nom masculí
2 Un hexasíl·lab és un vers de sis síl·labes.

1
hi
pronom adverbial
S'usa en casos com aquests:
• *Han anat a casa dels pares i hi han arribat a les 11* (a casa els pares). *Quan jo tornava de la feina, ell hi anava* (a la feina).
• *Es pensava que el coneixia bé, però quan s'hi va casar va veure que no* (a ell). *Com estàs amb ella? - Hi estic molt bé* (amb ella).
• *Veig que sempre penses en ella. No ho creguis, no hi penso gaire* (en ella). *Ja t'acostumaràs al clima. Fa massa fred, no m'hi puc acostumar* (al clima).
• *Deia que no es tornaria groc i s'hi ha tornat* (groc). *Abans cantava alegre i ara ja no hi canto* (alegre). *Ningú no creia que es tornaria feixista i s'hi ha tornat* (feixista).
• *Hi ha molta gent. Hi haurà pastissos i refrescos. Hi havia una ermita.*
• *No hi veig gaire. És un músic sord i no hi sent gens.*
Hi sempre té la mateixa forma:
• *Vull treballar-hi. Hi vull treballar. Hi estaré una estona.*

2
hi
pronom personal
1 Forma de *li* quan coincideix amb els pronoms *el, la, els, les*, i a vegades *en.*
• *L'hi dono* (el llibre). *La hi dono* (la llibreta). *Els hi dono* (els llibres). *Les hi dono* (les notícies).
Aquesta forma no s'usa al País Valencià:
• *Li'l dono* (el llibre). *Li la dono* (la llibreta), etc.
2 També és la forma de *li* i *els* quan coincideixen amb els pronoms *em, et, ens* i *us.*
• *Em van presentar a ell. M'hi van presentar.*

hibernar
verb
com *cantar*
◄ pàg. 26
Diferent d'*hivernar*

Passar l'hivern alguns animals tancats en els caus, amb molt poca activitat o com si estiguessin dormint. Les marmotes i els eriçons hibernen.
hibernació

híbrid híbrida híbrids híbrides
adjectiu
Que resulta de la unió de dues espècies animals o vegetals diferents. Un mul és un híbrid de cavall i burra o d'euga i burro.

hidra hidres
nom femení
L'hidra és un monstre de la mitologia que té molts caps. Si se n'hi talla un, n'hi surten dos més.

hidrat hidrats
nom masculí
1 Un hidrat és una substància que conté molècules d'aigua en la seva composició química.
2 Un **hidrat de carboni** és un glúcid.

hidratant hidratants
adjectiu
Que dóna humitat, que afegeix aigua. Una crema hidratant fa que la pell no s'assequi.
hidratar

hidràulic hidràulica hidràulics hidràuliques
adjectiu
1 Que funciona o es mou per l'acció de l'aigua o d'un altre líquid. L'energia hidràulica és la que s'obté de la força de l'aigua en els salts d'aigua, en les preses i en els canals dels rius.
2 Un fre hidràulic funciona per la pressió d'un oli sobre els mecanismes que frenen.

hidroavió hidroavions
nom masculí
Un hidroavió és un avió que s'enlaira des de l'aigua i aterra sobre l'aigua.
pàg. 196 (14)

hidrocarbur hidrocarburs
nom masculí
Un hidrocarbur és un compost químic format per carboni i hidrogen. Els hidrocarburs es fan servir molt com a combustibles. El butà i la gasolina són hidrocarburs.

hidroelèctric hidroelèctrica hidroelèctrics hidroelèctriques
adjectiu
De l'electricitat que s'obté per l'energia de la força de l'aigua. L'energia hidroelèctrica es produeix a les centrals que aprofiten l'aigua dels rius.

hidrofòbia hidrofòbies
nom femení
1 Una persona o un animal té hidrofòbia quan té por de l'aigua.
2 Malaltia infecciosa dels gossos que es diu també *ràbia*.

hidrogen hidrògens
nom masculí
L'hidrogen és l'element químic més simple i més lleuger que existeix. És un gas que no té color, olor ni gust, i que crema fàcilment. No es troba lliure. El seu símbol és: H.
hidrogenar

hidrografia hidrografies
nom femení
La hidrografia és la ciència que estudia els mars, els rius i els llacs.
hidrogràfic

hidròlisi hidròlisis
nom femení
Una hidròlisi és la descomposició d'una substància química per l'acció de l'aigua. Les hidròlisis es fan servir molt en química. En el cos humà, la hidròlisi de les proteïnes dóna aminoàcids.

hidromel hidromels
nom masculí
Aiguamel.

hidrosfera hidrosferes
nom femení
La hidrosfera és la part de la Terra que està ocupada per aigua. Els oceans, els mars, els llacs, els rius, la neu i el gel formen la hidrosfera. La hidrosfera, la litosfera i l'atmosfera són les tres grans divisions de la Terra.

hidròxid hidròxids
nom masculí
Un hidròxid és un compost químic format de tres elements: oxigen, hidrogen i un metall. L'hidròxid de sodi, per exemple, té la fórmula $NaOH$.

hiena hienes
nom femení
Una hiena és un mamífer carnívor que viu a l'Àfrica i a l'Àsia. És semblant a un gos de mida mitjana, té el pèl de color gris amb taques i s'alimenta d'animals morts.

Una hiena

hieràtic hieràtica hieràtics hieràtiques
adjectiu
Que no deixa veure cap sentiment, que és seriós i solemne. Una actitud hieràtica imposa respecte.

higiene higienes
nom femení
Amb E final

La higiene és el conjunt de les coses que fem per mantenir la netedat i la salut del nostre cos. Rentar-nos les dents, dutxar-nos, desinfectar una ferida o netejar bé les coses són mesures d'higiene.
higiènic

A B C D E F G H I J K L M N O P Q R S T U V W X Y Z

higròmetre higròmetres
nom masculí — Un higròmetre és un aparell per a mesurar el grau d'humitat de l'atmosfera.

hilarant hilarants
adjectiu — Que fa riure. El gas hilarant és un compost de nitrogen que provoca les rialles de la persona que el respira.

hilaritat hilaritats
nom femení — Una cosa o una persona provoca hilaritat quan fa riure molt. No tots els còmics saben despertar la hilaritat del públic.

himen hímens
nom masculí — L'himen d'una dona és una membrana que tanca en part l'entrada de la vagina.

himne himnes
nom masculí — Un himne és un poema o una composició musical dedicats a algú o a alguna cosa. Totes les nacions del món tenen himne i bandera.

hindú hindús
adjectiu — **1** De l'Índia o de l'hinduisme. *El te hindú.*
nom masculí i femení — **2** Persona que és de l'Índia o que hi viu, indi. Els hindús són un poble molt antic i ple de tradicions.

hinduisme hinduismes
nom masculí — L'hinduisme és la religió més important de l'Índia.
hinduista

hipèrbaton hipèrbatons
nom masculí — Un hipèrbaton és una figura de retòrica que consisteix a canviar l'ordre normal de les paraules. *Bella és la vida!* és un hipèrbaton.

hipèrbole hipèrboles
nom femení — Una hipèrbole és una gran exageració que es fa parlant. Si dius que has vist un gos tan gran que semblava un elefant, fas una hipèrbole.

hipermetropia hipermetropies
nom femení — La hipermetropia és un defecte de l'ull que fa que la persona no vegi bé les coses que té a prop.

hipersensible hipersensibles
adjectiu — Que és molt sensible. Una persona hipersensible es molesta per qualsevol cosa.

hipertensió hipertensions
nom femení — La hipertensió és l'augment de la pressió d'un líquid dins d'una cavitat del cos. En la hipertensió arterial augmenta la pressió de la sang de les artèries.

hip-hop hip-hop
nom masculí — El hip-hop és un moviment juvenil que es manifesta a través del rap, el breakdance i els grafits. Va néixer als Estats Units d'Amèrica als anys vuitanta del segle XX. És una paraula anglesa.

hípica hípiques
nom femení — L'hípica és el conjunt dels esports i de les activitats d'esplai que es fan amb cavalls.
hípic

hipnotisme hipnotismes
nom masculí — Una persona fa hipnotisme quan hipnotitza algú.
hipnòtic

hipnotitzar
verb com *cantar* ◄ pàg. 26 — Fer que una persona quedi com adormida i faci tot el que se li diu. Hi ha mags que hipnotitzen persones del públic en els seus espectacles.

hipocondríac hipocondríaca hipocondríacs hipocondríaques
adjectiu i nom masculí i femení — Que sempre pensa que està malalt i parla sovint de malalties. Als hipocondríacs els agrada anar al metge.

hipocràtic hipocràtica hipocràtics hipocràtiques
adjectiu — El jurament hipocràtic és una sèrie de normes de respecte a la vida i d'atenció als malalts que va establir Hipòcrates, un metge de l'Antiga Grècia. Els metges han intentat sempre de seguir aquestes normes.

hipòcrita hipòcrites
adjectiu i nom masculí i femení Amb A final — Que fa veure que té uns sentiments que no té realment, que diu i fa el contrari del que pensa de debò. Els hipòcrites no són de fiar.
hipocresia

hipodèrmic hipodèrmica hipodèrmics hipodèrmiques
adjectiu — Que és sota la pell.

hipòdrom hipòdroms
nom masculí — Un hipòdrom és un lloc on es fan curses de cavalls.

hipòfisi hipòfisis
nom femení — La hipòfisi és un òrgan molt petit, en forma de mongeta, situat a la base del crani. Regula la major part de funcions de l'organisme.

hipopòtam hipopòtams
nom masculí — Un hipopòtam és un mamífer gros, que té la pell gruixuda i sense pèl, el cap i la boca molt grossos i les potes gruixudes i curtes. Viu als rius i als llacs de l'Àfrica.

hipoteca hipoteques
nom femení — Una persona fa una hipoteca quan posa com a garantia d'un deute un pis, una ca-

sa o una finca que són seus. Si no paga, la persona a la qual deu els diners se li queda el pis, la casa o la finca.
hipotecar

hipotensió hipotensions
nom femení La hipotensió és la disminució de la pressió d'un líquid dins d'una cavitat del cos.

hipotenusa hipotenuses
nom femení La hipotenusa d'un triangle rectangle és el costat oposat a l'angle recte.

hipòtesi hipòtesis
nom femení Una hipòtesi és una explicació o una teoria que no se sap si és bona, però que permet de treballar i treure conclusions. Quan s'investiga un accident, s'estudien diverses hipòtesis.
hipotètic

hirsut hirsuta hirsuts hirsutes
adjectiu Cobert de pèls aspres i durs. Una barba hirsuta fa de mal afaitar.

hisenda hisendes
nom femení **1** La hisenda d'una persona és el conjunt dels béns i les riqueses que té.
2 Heretat.
3 El Ministeri d'Hisenda és l'encarregat a l'Estat espanyol de recaptar els impostos i administrar els diners. La declaració de renda es presenta a Hisenda per saber quant s'ha de pagar.
hisendat, hisendada

hispà hispana hispans hispanes
adjectiu **1** De l'antiga Hispània, d'Espanya o dels països d'Amèrica on es parla espanyol. *Els pobles hispans. Les comunitats hispanes dels Estats Units d'Amèrica.*
nom masculí i femení **2** Els hispans són els espanyols o els habitants dels Estats Units d'Amèrica que parlen espanyol.
hispanista, hispanística

hispànic hispànica hispànics hispàniques
adjectiu **1** Hispà.
2 Les llengües hispàniques són les llengües que vénen del llatí i es parlen a la Península Ibèrica: aragonès, bable, castellà o espanyol, català, gallec i portuguès.

hispanoamericà hispanoamericana hispanoamericans hispanoamericanes
adjectiu **1** Dels països d'Amèrica on es parla espanyol. *El folklore hispanoamericà.*
nom masculí i femení **2** Persona que és d'aquests països o que hi viu.

hissar
verb com *cantar* ◄ pàg. 26 Amb H
Fer pujar enlaire una roba estirant la corda on està agafada. S'hissen les veles d'una barca i les banderes.

histèria histèries
nom femení **1** La histèria és una malaltia mental que provoca trastorns en el cos, ja que pot impedir de moure's o de parlar.
2 Excitació nerviosa molt intensa.
histèric

histologia histologies
nom femení La histologia és la branca de la biologia que estudia l'estructura dels teixits dels éssers vius.

història històries
nom femení **1** La història és el conjunt dels esdeveniments que han passat al món. També la ciència que ho estudia.
2 Llibre on s'explica la història d'un país o de tots els països del món. Hi ha històries d'Espanya, de Catalunya, de França o històries universals.
3 Una història és una narració inventada o de veritat que s'explica a algú.
historiador, historial, historiar

històric històrica històrics històriques
adjectiu De la història. Una novel·la històrica explica coses que han passat realment.

historieta historietes
nom femení **1** Una historieta és una narració curta, que explica una aventura o un fet divertit.
2 Una **historieta il·lustrada** és un còmic.

hivern hiverns
nom masculí Amb H L'hivern és l'estació de l'any que ve després de la tardor. Comença el 21 de desembre i acaba el 21 de març. A l'hivern fa fred.
hivernal

hivernacle hivernacles
nom masculí Un hivernacle és un lloc cobert on es protegeixen les plantes del fred. El sostre i les parets deixen passar la llum. pàgs. 994-995 (17)

hivernar
verb com *cantar* ◄ pàg. 26 Diferent d'*hibernar*
Passar l'hivern en un lloc. Alguns jubilats dels països nòrdics hivernen a la Costa Brava.

ho
pronom personal
S'usa en casos com aquests:
• *Això, no s'ho creurà ningú. Jo diria que ha trucat en Jaume, però no ho sé segur.*
• *Estava trist, ara ja no ho està. No sé si és boig; però ho sembla. És metge o no ho és?*
Sempre té la mateixa forma:
• *Ho és. Penja-ho. M'ho sembla.*

hobby hobbies
nom masculí Un hobby és un joc o una activitat que ens agrada molt i que practiquem quan tenim temps lliure. És una paraula anglesa.

hola
interjecció — Paraula que es fa servir per a saludar algú. *Hola, bon dia!*

holandès holandesa holandesos holandeses
adjectiu — **1** D'Holanda. *El formatge de bola holandès.*
nom masculí i femení — **2** Persona que és d'Holanda o que hi viu.
nom masculí — **3** Nom que també es dóna al neerlandès.

holocaust holocausts
nom masculí
També *holocaustos* — **1** Un holocaust era, a l'antic Israel, un sacrifici religiós on es cremava un animal.
2 Gran matança de persones. Es diu sobretot de l'extermini dels jueus durant l'època dels nazis.

holograma hologrames
nom masculí — Un holograma és una fotografia que dóna la sensació de relleu. Els hologrames es veuen per l'acció d'un raig làser.

hom
pronom indefinit — **1** Aquesta paraula s'usa sempre com a subjecte d'un verb per a referir-se a la gent en general, a una o a més persones sense dir exactament quines. *Antigament, hom creia que el Sol girava al voltant de la Terra.*
2 Un o una; a vegades, qui parla. *Hi ha casos en què hom no sap què fer.*
També pot ser *un hom*:
• *Un hom sempre esmorza a la mateixa hora.*

home homes
nom masculí — **1** Persona, ésser humà. L'home és l'únic animal que té la capacitat de parlar.
2 Un home és una persona del sexe masculí.
3 Persona adulta del sexe masculí. Quan et fas home, deixes de ser un noi.
4 L'home d'una dona és el seu marit o la seva parella.
5 L'**home del sac** és un personatge fantàstic que els grans feien servir per a espantar les criatures, ja que els deien que, si no es portaven bé, se les emportaria dins d'un sac.

homenatge homenatges
nom masculí — Un homenatge és una celebració o una festa que es fa en honor d'una persona important.
homenatjar

homeopatia homeopaties
nom femení — L'homeopatia és una manera de curar les malalties amb petites quantitats de substàncies que, si es prenguessin en dosis grans, provocarien les mateixes malalties.

homicida homicides
adjectiu — **1** Que causa la mort d'una persona, que serveix per a matar. L'arma homicida d'un crim és la que s'ha fet servir per a cometre'l.
nom masculí i femení — **2** Un o una homicida és una persona que en mata una altra.
homicidi

homilia homilies
nom femení — Una homilia és un comentari que el sacerdot fa durant la missa dels textos de la Bíblia que s'han llegit abans.

homòfon homòfona homòfons homòfones
adjectiu i nom masculí — Un mot és homòfon d'un altre quan es pronuncia igual, però significa coses diferents i s'escriu diferent. *Cub* i *cup* són homòfons.

homogeni homogènia homogenis homogènies
adjectiu i nom masculí — Que és de la mateixa classe o naturalesa, que és format per coses o persones semblants. El granit no és una roca homogènia: és format per grans de quars, feldspat i mica.
homogeneïtat, homogeneïtzar

homògraf homògrafa homògrafs homògrafes
adjectiu i nom masculí — Un mot és homògraf d'un altre quan s'escriu igual, però significa coses diferents. Els homògrafs poden pronunciar-se igual o no. *Seu* (catedral) i *seu* (del verb seure) són homògrafs i es pronuncien igual. *Te* (la infusió) i *te* (el pronom) són homògrafs i es pronuncien diferent.

homòleg homòloga homòlegs homòlogues
adjectiu — Que es correspon amb un altre, que té les mateixes característiques d'un altre. El president del govern d'alguns països és homòleg del primer ministre d'altres països.

homònim homònima homònims homònimes
adjectiu — **1** Que té el mateix nom. La Barcelona de Catalunya i la Barcelona de Veneçuela són ciutats homònimes.
adjectiu i nom masculí — **2** Un mot és homònim d'un altre quan s'escriu i es pronuncia igual, però significa coses diferents. *Deu* (10) i *deu* (del verb *deure*) són dos homònims.
nom masculí i femení — **3** L'homònim d'una persona és una altra que es diu com ella. Si et dius Marta, totes les noies que també es diuen Marta són les teves homònimes.
homonímia

homosexual homosexuals
adjectiu i nom masculí i femení — Que sent atracció per les persones del mateix sexe. La societat no ha de discriminar els homosexuals.
homosexualitat

honest honesta honests honestes
adjectiu
També *honestos*
Que és honrat, que fa el que ha de fer i compleix bé les seves obligacions. Quan treballem amb una persona honesta, estem segurs que no ens estafarà.
honestedat

hongarès hongaresa hongaresos hongareses
adjectiu
1 D'Hongria. *Les danses hongareses de Brahms.*
nom masculí i femení
2 Persona que és d'Hongria o que hi viu.
nom masculí
3 L'hongarès és la llengua que es parla a Hongria.

honor honors
nom masculí o femení
També *honra*
1 L'honor és la característica moral que fa que una persona es comporti sempre segons el que creu correcte i bo. Una persona que té honor compleix sempre la seva paraula.
2 Motiu d'orgull, de glòria. Rebre el premi Nobel és un honor molt gran. Algunes persones consideren un honor que una filla arribi a ministra.
3 Quan fem una cosa en honor d'algú li demostrem que l'apreciem, que mereix la nostra estima.
nom masculí o femení plural
4 Els honors són les demostracions d'estima i de respecte que es fan a una persona en ocasió del seu aniversari, la seva jubilació, la concessió d'un premi, una visita oficial, etc.
5 Els **honors fúnebres** són les cerimònies que es fan per una persona morta. També es diuen *honres fúnebres.*
frase feta
6 Quan **donem paraula d'honor** és que jurem o prometem que farem una cosa amb tota seguretat.
honorabilitat, honorable, honorar

honorari honorària honoraris honoràries
adjectiu
1 Que continua tenint un càrrec o un títol com un honor, sense que tingui les responsabilitats que tenia abans. Hi ha, per exemple, presidents honoraris, cònsols honoraris o membres honoraris d'una associació.
nom masculí plural
2 Els honoraris són els diners que una persona especialista cobra per una feina o per un servei que ha fet. Hi ha advocats que cobren honoraris molt alts.

honorífic honorífica honorífics honorífiques
adjectiu
Que es concedeix només com un honor, sense cap responsabilitat ni cap avantatge econòmic. *Doctor honoris causa* d'una universitat és un títol honorífic.

honra honres
nom femení
Honor.
honrar, honrós, honrosa

honradesa honradeses
nom femení
L'honradesa és la característica de la persona que és honrada, d'allò que és honrat.

honrat honrada honrats honrades
adjectiu
Que fa sempre el que ha de fer i compleix bé les seves obligacions, que no enganya o estafa, sinó que actua d'acord amb les lleis. Es parla també de la conducta honrada o del benefici honrat d'una persona.

hoquei hoqueis
nom masculí
L'hoquei és un esport que es juga entre dos equips que han d'introduir una pilota petita o un disc dins de la porteria donant-li un cop amb un bastó anomenat *estic.* Hi ha tres classes d'hoquei: sobre patins, sobre herba i sobre gel.

hora hores
nom femení
1 Una hora és una unitat de temps que és igual a una vint-i-quatrena part d'un dia. L'hora té 60 minuts i 3 600 segons.
2 Temps o moment de fer una cosa o en què passa alguna cosa. Quan és hora de llevar-se sovint costa sortir del llit.
3 Una **hora punta** és un moment del dia amb molta circulació de cotxes i molta gent pel carrer, amb molta activitat pertot arreu. A les hores punta, hi ha embussos de trànsit.
interjecció
4 **I bona hora** és una expressió que es diu després de les salutacions *Bon dia* i *Bona nit. -Bon dia! -Bon dia i bona hora!, què volia?*
locució que fa d'adverbi
5 Si arribem **a l'hora** és que som puntuals, arribem quan havíem quedat que ho faríem. *Sort que he arribat a l'hora, si no, se m'hauria escapat el tren.*
6 **D'hora** vol dir aviat, a una hora poc avançada. *Vaig arribar d'hora al cine perquè volia agafar un bon lloc.*
frase feta
7 **Anar a l'hora** és funcionar bé, anar bé. Si un rellotge va a l'hora no s'avança ni s'endarrereix. Hi ha persones que mai no van a l'hora.

horabaixa horabaixes
nom masculí o femení
L'horabaixa és el moment del dia pròxim a la posta del sol. En algunes contrades, l'horabaixa és la tarda.

horari horària horaris horàries
adjectiu
1 De les hores, relacionat amb l'hora. Durant l'any, es fan dos canvis horaris per a estalviar energia.
nom masculí
2 Un horari és una ordenació de les hores d'unes classes, d'unes feines o de les sortides i les arribades d'un mitjà de transport. A les estacions hi ha els horaris dels trens en llocs visibles.

Continua a la pàgina següent

3 Busca del rellotge que marca les hores. L'horari acostuma a ser més curt que la minutera.

horitzó horitzons
nom masculí
Amb TZ
1 L'horitzó és el punt més llunyà on arriba la nostra vista. Forma una línia on sembla que el cel s'ajunti amb la terra o amb el mar.
2 Es diu que una persona té molts horitzons quan té molts projectes, molts ideals. També es diu que l'horitzó de la ciència o del coneixement s'eixampla: cada vegada se saben més coses.

horitzontal horitzontals
adjectiu
Amb TZ
Que segueix la línia de l'horitzó, que va de dreta a esquerra, sense cap inclinació. Si ens estirem sobre el terra d'una habitació, estem en posició horitzontal.

hormona hormones
nom femení
Una hormona és una substància produïda per una glàndula que, transportada per la sang, actua sobre algun òrgan del cos, excitant-lo o inhibint-lo. Hi ha hormones que intervenen en el creixement de les persones.
hormonal

horòscop horòscops
nom masculí
L'horòscop és la indicació de les coses que poden passar a les persones segons el seu signe del zodíac. Hi ha revistes que publiquen els horòscops.

horrible horribles
adjectiu
1 Que causa horror. En una guerra, es fan crims horribles.
2 Que és molt lleig, molt dolent. Es diu, per exemple, que una moda és horrible.

horripilant horripilants
adjectiu
Horrible. En algunes pel·lícules es veuen assassinats horripilants.

horror horrors
nom masculí o femení
L'horror és un sentiment de rebuig i de repulsió davant d'una cosa lletja, que ens repugna o que ens fa molta por. Els accidents d'avió causen horror a molta gent.
horroritzar, horrorós, horrorosa

hort horts
nom masculí
1 Un hort és un tros de terra on es cultiven verdures i llegums. Sovint, hi ha plantat algun arbre fruiter. pàgs. 994-995 (7)
frase feta
2 Es diu que una persona **ve** o **baixa de l'hort** quan no sap una cosa que ja coneix tothom.

horta hortes
nom femení
Una horta és un terreny extens, regat amb l'aigua d'un riu, on es cultiven verdures, llegums i arbres fruiters. Són molt importants les hortes de Múrcia i València.

hortalissa hortalisses
nom femení
Una hortalissa és qualsevol planta de menjar que es cultiva als horts i a les hortes. Els enciams, els cogombres i les cols són hortalisses.

hortènsia hortènsies
nom femení
Una hortènsia és una planta que pot fer fins a un metre i mig d'alçària, de fulles grosses, serrades i de forma ovalada. Fa les flors grosses, arrodonides, de colors rosa o blau. Les hortènsies es planten en jardins i en testos.

horticultura horticultures
nom femení
L'horticultura és la branca de l'agricultura que s'encarrega del cultiu dels horts i de les hortes.
horticultor

hortolà hortolana hortolans hortolanes
nom masculí i femení
Persona que cultiva un hort.

hospici hospicis
nom masculí
Un hospici és un lloc on es recullen i es cuiden criatures abandonades i persones pobres sense casa.

hospital hospitals
nom masculí
Un hospital és un edifici gran on hi ha els aparells i el personal mèdic necessari per a atendre i curar les persones malaltes o ferides. Els hospitals tenen habitacions per als malalts, quiròfans, servei d'urgències i molts altres serveis.
hospitalari, hospitalària, hospitalitzar

hospitalitat hospitalitats
nom femení
Una persona té hospitalitat quan rep a casa seva les altres persones i els ofereix menjar i lloc per a dormir. Hi ha pobles amb més hospitalitat que d'altres.

host hosts
nom femení
Una host és un exèrcit en peu de guerra o un grup de persones armades disposades al combat. Aquesta paraula actualment s'usa poc.

hostal hostals
nom masculí
1 Un hostal és una casa on, pagant, una persona pot menjar i dormir.
2 Nom que es dóna actualment a algunes fondes, hotels i restaurants.
hostaler

hostaleria hostaleries
nom femení
Hoteleria.

A B C D E F G H I J K L M N O P Q R S T U V W X Y Z

hoste hostessa hostes hostesses

nom masculí i femení — **1** Persona que viu una temporada a casa d'una altra, sense pagar. Els amics que passen unes vacances a casa nostra són els nostres hostes.
2 Client d'una fonda o d'un hotel.
3 Persona que rep algú a casa seva i li ofereix menjar i lloc per a dormir.
4 Persona que s'encarrega d'acompanyar i ajudar les persones que participen en una fira, en un congrés, etc., o d'atendre els passatgers d'un avió.
pàg. 196 (11)
hostatjar

hòstia hòsties

nom femení — **1** Una hòstia és una làmina molt fina de color blanc i forma rodona feta de pa sense llevat, que el sacerdot consagra durant la missa. Les hòsties es reparteixen als fidels a l'hora de la comunió.
2 Cop fort que es dóna a una persona o que aquesta es dóna contra una cosa. Es diu, per exemple, que algú s'ha fotut una hòstia amb el cotxe contra un arbre. Es considera una paraula grollera.

interjecció — **3** Exclamació que es fa servir per a expressar malestar, sorpresa o indignació. Es considera una paraula grollera. *Hòstia, nano!, què hi fots tu aquí?*

hostil hostils

adjectiu — Que és enemic, que es comporta com un enemic. Un territori és hostil quan les persones hi viuen amb moltes dificultats.
hostilitat, hostilitzar

hotel hotels

nom masculí — Un hotel és un edifici amb habitacions on, pagant, una persona pot viure durant un temps. Sovint els hotels disposen de molts serveis per als hostes: bars, salons, restaurant, piscina i altres.
hoteler

hoteleria hoteleries

nom femení
També *hostaleria* — L'hoteleria és el conjunt de les activitats pròpies dels hotels, les fondes i els restaurants, i també la professió de les persones que s'hi dediquen. Hi ha persones que estudien hoteleria.

hui

adverbi — Avui. Es diu al País Valencià.

huit huits

adjectiu i nom masculí — Vuit. Es diu al País Valencià.

hule hules

nom masculí — Un hule és una tela que es pinta i es cobreix amb un vernís impermeable. Els hules es fan servir sobretot com a estovalles. Avui hi ha plàstics que els imiten.

hulla hulles

nom femení — L'hulla és un carbó mineral que té un gran contingut de carboni, entre un 74 i un 94%. Té menys poder calorífic que l'antracita i més que el lignit. És de color negre brillant i es fa servir com a combustible i per a obtenir gas i carbó de coc.

hum

interjecció — **1** Paraula que diem quan desconfiem d'alguna cosa o quan no ens l'acabem de creure. *Hum, vols dir que això és veritat?*
2 Paraula que diem quan una cosa és molt bona o quan ens agrada molt. *Hum, que bo, aquest pastís!*

humà humana humans humanes

adjectiu
Amb U — **1** De les persones, dels éssers racionals. La psicologia, l'antropologia i la història són ciències humanes perquè estudien la persona i les seves activitats.
2 Que tracta bé els altres, que és amable i comprensiu. Un comportament humà és respectuós amb els altres.

nom masculí plural — **3** Els humans són les persones, la humanitat sencera.
humanitzar, infrahumà, infrahumana, sobrehumà

humanista humanistes

nom masculí i femení — Un o una humanista és una persona que es dedica a l'estudi de les humanitats.
humanisme, humanística

humanitat humanitats

nom femení
Amb U — **1** La humanitat és el conjunt dels éssers humans, totes les persones del món.
2 Una persona té humanitat quan tracta bé els altres i sent compassió de les desgràcies que passen. Els presoners han de ser tractats amb humanitat.

nom femení plural — **3** Les humanitats són els estudis de llengües antigues, d'art i d'història.
humanitari, humanitària, inhumanitat

húmer húmers

nom masculí — L'húmer és l'os del braç que va des de l'espatlla al colze. pàg. 797 (15)

humil humils

adjectiu — **1** Que es considera menys important que els altres, que no presumeix ni dóna a conèixer els seus mèrits o les seves qualitats. Una persona humil no vol que l'afalaguin.
2 Que és pobre, que és de classe social baixa. Alguns grans artistes eren fills de famílies humils.
humilitat

humiliar
verb
com *canviar*
◄ pàg. 30
Amb dièresi
usat amb
pronom

1 Fer que una persona passi vergonya, dir-li o fer-li fer coses que la deixen malament davant dels altres.
2 Humiliar-se és comportar-se com una persona humil i acceptar que els altres són més importants.
humiliació, humiliant

humit humida humits humides
adjectiu
Que té una mica d'aigua o d'un altre líquid, que està una mica mullat. Si una camisa encara està humida, no te la pots posar.

humitat humitats
nom femení
Les coses humides tenen humitat. Les coves i els soterranis són llocs on hi ha molta humitat.

humitejar
verb
com *cantar*
◄ pàg. 26
Amb G davant
E, I

Mullar una mica alguna cosa, fer que estigui humida. Per a planxar, va bé humitejar la roba. Quan cau la rosada, les plantes i el terra s'humitegen.

humor humors
nom masculí
1 L'humor és la manera com estem o ens sentim respecte a les coses i als altres. Si estem de bon humor, tot ens sembla bé; si estem de mal humor, res no ens agrada.
2 Una pel·lícula o una novel·la d'humor fa riure.
3 Un humor és qualsevol líquid del cos d'un animal o d'una planta. Actualment s'usa poc.
4 L'**humor aquós** és un líquid que es troba entre la còrnia i el cristal·lí de l'ull dels vertebrats i dels cefalòpodes. págs. 798-799 (18)
5 L'**humor vitri** és un líquid que es troba entre el cristal·lí i la retina de l'ull dels vertebrats i dels cefalòpodes. págs. 798-799 (25)
humorisme, humorista, humorístic

humus humus
nom masculí
L'humus és el conjunt de matèria orgànica que hi ha a la capa superficial d'una terra o un sòl. Es forma per la descomposició de restes de vegetals i d'animals. La terra amb humus és molt bona per a les plantes.

huracà huracans
nom masculí
1 Un huracà és un cicló de les zones del mar Carib. Els huracans causen moltes destrosses.
2 Vent molt fort.
huracanat, huracanada

hurra
interjecció
Paraula que diem quan guanyem alguna cosa i tenim molta alegria. *Hurra!, hem guanyat el partit!*

hússar hússars
nom masculí
Un hússar és un soldat de cavalleria que portava un uniforme molt brillant i luxós. Els hússars eren d'origen hongarès i van ser imitats per altres països.

1
i is

nom femení — **1** Nom de la lletra *i*, *I*. També es pot dir *i llatina*. Novena lletra de l'alfabet català. Pot representar una vocal [i], com a *oli*, i una consonant [j], com a *iogurt*. Pot formar part dels dígrafs *IX* i *IG*, com a *caixa* i a *passeig*. Quan porta accent, sempre el porta cap al mateix cantó, com a *camí*.
2 I grega és el nom de la lletra *y*, *Y*.

2
i

conjunció — **1** Aquesta paraula uneix paraules, grups de paraules o oracions. *Avui compraré formatge i pernil. Avui compraré formatge de cabra i pernil dolç. Quin temps més estrany!, plou i fa sol alhora.*
2 Es fa servir al principi d'una frase i pot introduir una pregunta o una exclamació. *Anirem d'excursió; i farem el cim. I tu, què penses fer l'any que ve? I ara!, no diguis mentides!*

iai iaia iais iaies

nom masculí i femení — Manera informal i afectuosa d'anomenar l'avi o l'àvia. Ho diuen els nens petits i també algunes persones grans.

ianqui ianquis

adjectiu i nom masculí i femení
Amb I — Dels Estats Units d'Amèrica. El beisbol és un esport ianqui. Els ianquis són descendents dels britànics que van anar a Amèrica.

iber ibera ibers iberes

adjectiu
Mot agut — **1** D'Ibèria, nom antic de la Península Ibèrica.

nom masculí i femení — **2** Persona que era d'un poble que va viure a la Península Ibèrica abans dels romans.

ibèric ibèrica ibèrics ibèriques

adjectiu — Iber. La *Dama d'Elx* és una escultura ibèrica. La Península Ibèrica és formada per Espanya i Portugal.

iberoamericà iberoamericana iberoamericans iberoamericanes

adjectiu i nom masculí i femení — Hispanoamericà. A les nacions iberoamericanes es parlen diverses llengües índies, a més del castellà.

ibídem

adverbi — Aquesta paraula es fa servir en els textos escrits per a indicar que alguna cosa ja s'ha dit abans. En la nota: *8. Ibídem, pàg. 125*, s'indica que es parla sobre el mateix tema a la pàgina 125 del llibre que s'està llegint o d'una altra obra que s'ha citat abans.

iceberg icebergs

nom masculí — Un iceberg és un tros molt gros de gel que flota en el mar. Els icebergs són perillosos per a les embarcacions.

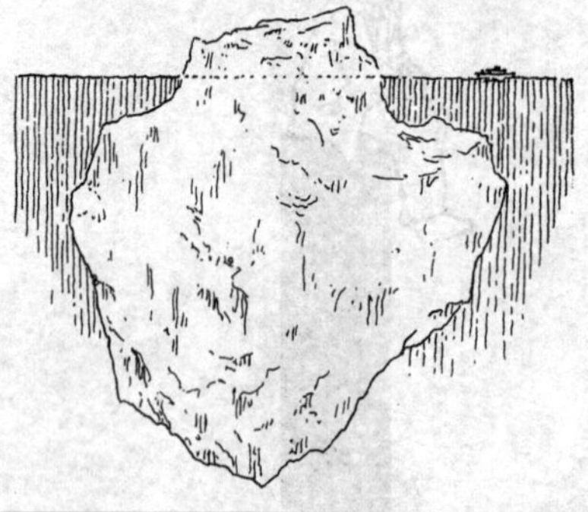

Un iceberg

icona icones

nom femení — **1** Una icona és una imatge religiosa, de Crist o de la Mare de Déu, pintada sobre fusta. Les icones són molt populars a Rússia.
2 Imatge que representa alguna cosa perquè se li assembla. Una fotografia teva no ets tu, és una icona que et representa. En informàtica, les icones són els petits dibuixos que hi ha a la pantalla i que representen un programa o una funció.

icònic, iconografia

ics ics

nom femení — Nom de la lletra *x*, *X*. A les quinieles del futbol, s'hi posen uns, dosos i ics.

icterícia icterícies

nom femení — Una persona té icterícia quan té a la sang una gran quantitat d'una substància groga produïda pel fetge. La icterícia indica que hi ha una malaltia i fa que la cara i altres parts del cos siguin de color groc.

idea idees

nom femení — **1** Una idea és una imatge o una representació mental de les coses o de les persones. Els filòsofs són persones de grans idees.
2 Coneixement o noció general d'una cosa. Algunes persones no tenen ni idea de com és una foca.
3 Cosa que ens ve al cap, que pensem o que volem fer. Anar a la platja quan fa molta calor és una gran idea.

ideal ideals

adjectiu — **1** Que no té existència real, que només ho tenim a l'enteniment. Els meridians de la Terra són línies ideals inventades pels geògrafs.
2 Una cosa és ideal si és molt bona, si va molt bé o és molt adequada. La muntanya és un lloc ideal per a fer excursions.

nom masculí — **3** L'ideal d'una persona és allò que voldria fer, allò que li agradaria fer o obtenir. Molta gent ha mort pels seus ideals polítics o religiosos.

idealisme, idealista

idealitzar

verb
com *cantar*
◄ pàg. 26

Creure o pensar que una persona o una cosa és molt perfecta, que no té defectes. Els enamorats idealitzen la persona estimada.

idear

verb
com *canviar*
◄ pàg. 30
Amb dièresi

Tenir la idea d'una cosa, inventar-la, pensar com es podria fer. Els enginyers de ferrocarrils van idear els trens de gran velocitat.

ideari idearis

nom masculí — L'ideari d'una persona o d'un grup és el conjunt de les seves idees i creences. En una democràcia, els diversos partits tenen idearis diferents.

ídem

adverbi — Igual, la mateixa cosa. Aquesta paraula es fa servir en les enumeracions o en les citacions per a evitar la repetició d'una paraula o una frase.

idèntic idèntica idèntics idèntiques

adjectiu — **1** Que és igual que un altre, que no hi ha cap diferència. Algunes germanes bessones són idèntiques.
2 També es diu que una persona o una cosa és idèntica a una altra si s'assemblen molt. Hi ha criatures que són idèntiques als pares.

identificar

verb
com *cantar*
◄ pàg. 26
Amb QU davant E, I

1 Comprovar que una persona o una cosa és la que busquem o pensem. Quan s'ha comès un assassinat, la policia identifica el cadàver, descobreix de qui es tracta.

usat amb pronom — **2 Identificar-se** és donar-se a conèixer, demostrar amb un document que som la persona que diem.
3 Una persona **s'identifica** amb una altra si tenen els mateixos gustos, les mateixes idees i aficions.

identificació

identitat identitats

nom femení — **1** Dues persones o dues coses idèntiques tenen identitat. Els amics podem tenir identitat de gustos i d'aficions.
2 La identitat d'una persona és el fet de ser realment ella i no una altra. Els carnets serveixen per a demostrar la nostra identitat.

ideologia ideologies

nom femení — La ideologia d'una persona o d'un grup és el conjunt de les idees que defensen. Un partit polític pot tenir una ideologia liberal, conservadora, nacionalista, etc.

ideològic

idil·li idil·lis
nom masculí
1 Un idil·li és una poesia que descriu de manera ideal la vida dels pastors i de la gent del camp i els seus amors.
2 Es diu que les persones tenen un idil·li quan estan enamorades i s'estimen.
idil·lic

idioma idiomes
nom masculí
Amb A final
Un idioma és una llengua, la manera de parlar d'una nació o d'un poble. En una escola d'idiomes podem estudiar anglès, francès, alemany, etc.
idiomàtic

idiosincràsia idiosincràsies
nom femení
La idiosincràsia d'una persona o d'un poble és la seva manera de ser, les característiques que els fan diferents dels altres.

idiota idiotes
adjectiu i nom masculí i femení
Que té poca intel·ligència, que és deficient mental. Aquesta paraula es fa servir com un insult.
idiotesa

ídol ídols
nom masculí
1 Un ídol és una imatge que representa un déu o un personatge religiós.
2 Personatge famós que té moltes persones que el segueixen i l'estimen. Alguns actors han estat l'ídol d'una generació.

idòlatra idòlatres
nom masculí i femení
Un o una idòlatra és una persona que adora un ídol o una cosa material com si fos Déu.
idolatrar, idolatria

idoni idònia idonis idònies
adjectiu
Que té les qualitats i condicions ideals per a alguna cosa. Una persona alta i àgil és idònia per a jugar a bàsquet.
idoneïtat

ien iens
nom masculí
El ien és la moneda del Japó.

iglú iglús
nom masculí
Un iglú és una casa petita feta amb gel pels esquimals. Els iglús tenen forma rodona.

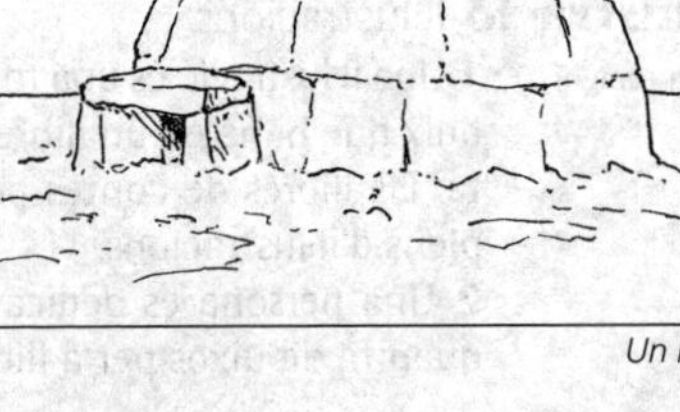

Un iglú

igni ígnia ignis ígnies
adjectiu
Del foc. Les roques ígnies són les que s'han format en refredar-se els materials encesos que hi ha dins de la Terra.

ignomínia ignomínies
nom femení
Una ignomínia és una conducta o una acció dolenta, que tothom condemna i menysprea. Es diu que una persona s'ha cobert d'ignomínia quan ha fet una cosa molt dolenta.
ignominiós, ignominiosa

ignorant ignorants
adjectiu i nom masculí i femení
Que sap molt poques coses o no sap res sobre un tema.

ignorar
verb
com *cantar*
◄ pàg. 26
No saber una cosa, no tenir notícia d'una cosa. Quan s'ignora el parador d'una persona, ningú no sap on és.
ignorància

ignot ignota ignots ignotes
adjectiu
Que no és conegut. Actualment ja no queden terres ignotes, totes han estat descobertes.

igual iguals
adjectiu
Que és com una altra cosa o persona o com un altre animal. Entre dues coses iguals no hi ha cap diferència. Tots els televisors del mateix model són iguals.

igualadí igualadina igualadins igualadines
adjectiu
1 D'Igualada. *El gènere de punt igualadí.*
nom masculí i femení
2 Persona que és d'Igualada o que hi viu.

igualar
verb
com *cantar*
◄ pàg. 26
1 Fer que dues o més coses siguin iguals. Una empresa pot igualar els sous de les persones que hi treballen perquè tothom cobri igual.
2 Fer que les parts d'una cosa siguin iguals, traient el que sobra, les diferències, els desnivells, etc. Quan es fa una carretera, s'ha d'igualar el terreny.
3 Un esportista iguala un resultat o un rècord si aconsegueix el mateix resultat o el mateix temps que un altre.
igualitari, igualitària, inigualable

igualment
adverbi
1 D'una manera igual. *Va trencar el vidre de la finestra amb una pilota, i el dia abans ja n'havia trencat un altre igualment.*
interjecció
2 Paraula que es diu en algunes respostes en què desitgem a l'altra persona el mateix que ella ens ha desitjat a nosaltres. -*Bones vacances! -Gràcies, igualment!*

igualtat igualtats
nom femení Hi ha igualtat entre dues o més persones o coses quan són iguals. Quan hi ha igualtat en un país és que totes les persones tenen els mateixos drets.

iguana iguanes
nom femení Una iguana és un rèptil de forma semblant als llangardaixos i als caimans, que té una cresta llarga damunt de l'esquena, una bossa sota del coll i els dits acabats en punta. Les iguanes viuen per tot Amèrica i algunes poden fer més d'un metre i mig de llargària.

ili ilis
nom masculí L'ili és la tercera i última part de l'intestí prim. págs. 798-799 (44)

illa illes
nom femení **1** Una illa és una part de terra envoltada d'aigua per tots costats. Les Balears i les Canàries són illes.
2 Grup d'edificis d'una ciutat envoltat de carrers. pàg. 597 (5)

il·legal il·legals
adjectiu Que no és legal, que és contrari a la llei. Les drogues són il·legals.
il·legalitat

il·legible il·legibles
adjectiu
També illegible Que no es pot llegir. Hi ha persones que fan una lletra il·legible.

il·legítim il·legítima il·legítims il·legítimes
adjectiu Que no és legítim. Quan algú a qui no li pertoca es declara rei, es diu que és un rei il·legítim.

illenc illenca illencs illenques
adjectiu **1** De les illes o d'una illa.
nom masculí i femení **2** Persona que viu en una illa.

il·lès il·lesa il·lesos il·leses
adjectiu Que no ha rebut cap mal, cap dany. Si una persona surt il·lesa d'un accident, és que no té cap ferida.

il·lícit il·lícita il·lícits il·lícites
adjectiu Que no és lícit, que no es pot fer perquè la llei ho prohibeix. El contraban de tabac és una activitat il·lícita.

il·limitat il·limitada il·limitats il·limitades
adjectiu Que no té límits. Quan tens una confiança il·limitada en algú és que te'n fies molt, saps que no t'enganyarà mai.

il·localitzable il·localitzables
adjectiu Que no es pot trobar, que no sabem on és. Si te'n vas lluny i no deixes ni telèfon ni adreça, seràs il·localitzable.

il·lògic il·lògica il·lògics il·lògiques
adjectiu Que no és lògic, que no té sentit. És il·lògic pensar que una persona pot viure 300 anys.

illot illots
nom masculí Un illot és una illa petita. La majoria dels illots estan deshabitats.

il·luminació il·luminacions
nom femení **1** La il·luminació d'un lloc és el fet de posar-hi llums. La il·luminació dels monuments artístics fa molt bonic a la nit.
2 Conjunt dels llums que hi ha en un local, en un carrer o en un altre lloc. Si treballes amb una il·luminació dolenta et farà mal la vista.

il·luminar
verb
com cantar
◄ pàg. 26
1 Fer llum sobre una cosa, donar llum, claror. Els fars dels cotxes serveixen per a il·luminar la carretera.
2 Posar llums en un edifici, un monument, un local, etc. En algunes festes, la gent il·lumina els carrers.
3 Es diu que a una persona se li il·lumina la cara o se li il·luminen els ulls si està molt contenta, si es veu molt feliç.

il·lús il·lusa il·lusos il·luses
adjectiu i nom masculí i femení Que es deixa enganyar amb facilitat, que es deixa portar per les il·lusions. Són il·luses les persones que pensen que els tocarà la rifa perquè han comprat un dècim.

il·lusió il·lusions
nom femení **1** Una il·lusió és una equivocació dels sentits. La persona que pateix un miratge al desert té una il·lusió òptica.
2 Una persona es fa il·lusions quan s'imagina que més endavant viurà coses molt bones. Es diu que algú viu d'il·lusions si sempre espera coses fantàstiques que no passaran.
3 Alegria i ganes de fer una cosa que ens agrada molt. Tots esperem les vacances amb molta il·lusió.
il·lusionar, il·lusori, il·lusòria

il·lusionista il·lusionistes
nom masculí i femení Un o una il·lusionista és una persona que fa jocs de màgia com a espectacle.

il·lustració il·lustracions
nom femení **1** Una il·lustració és una fotografia o un dibuix que hi ha en un llibre o en una revista. Els llibres de contes per a infants són plens d'il·lustracions.
2 Una persona es dedica a la il·lustració quan fa dibuixos per a llibres i revistes.

A B C D E F G H I J K L M N O P Q R S T U V W X Y Z

il·lustrador il·lustradora il·lustradors il·lustradores

nom masculí i femení — Persona que fa il·lustracions per a un llibre o per a una revista. L'escriptora Lola Anglada era també la il·lustradora dels seus contes.

il·lustrar

verb com *cantar* ◄ pàg. 26 — **1** Fer els dibuixos o buscar les fotografies per a un llibre o per a una revista.
2 Aclarir un text, explicar una cosa, amb comentaris, exemples o imatges. Els llibres de text tenen fotografies i esquemes que il·lustren les lliçons.

usat amb pronom — **3 Il·lustrar-se** és aprendre coses, llegir i estudiar per a saber.
il·lustratiu, il·lustrativa

il·lustre il·lustres

adjectiu — Una persona o una família és il·lustre quan tothom la coneix per les seves qualitats. Tots els pobles tenen ciutadans i ciutadanes il·lustres: novel·listes, persones dedicades a la política, etc.
il·lustríssim

imaginar

verb com *cantar* ◄ pàg. 26 — **1** Formar imatges mentals de les coses. Quan ens expliquen una història fantàstica, tots imaginem com són els personatges.
2 Inventar una cosa, pensar com ha de ser. Les primeres persones que volien volar van imaginar unes bicicletes amb ales.

usat amb pronom — **3 Imaginar-se** una cosa és creure o suposar que ha de ser d'una manera, formar-se'n una idea sense base suficient. Si ens imaginem que algú vindrà demà, no n'estem segurs.
imaginació, imaginatiu, imaginativa, inimaginable

imaginari imaginària imaginaris imaginàries

adjectiu — Que només existeix en la nostra imaginació. Blancaneu i els set nans són personatges imaginaris.

imam imams

nom masculí — Un imam és una persona encarregada de dirigir les oracions col·lectives dels musulmans.

imant imants

nom masculí — Un imant és un mineral o un objecte que atrau el ferro i altres metalls. Molts imants tenen forma de ferradura.
imantar

imatge imatges

nom femení Amb E final — **1** La imatge d'una persona o d'una cosa és la seva figura quan la veiem en un mirall, en una pel·lícula, en una fotografia o a la televisió. Una escultura o una pintura també és la imatge d'una persona.
2 Escultura, pintura o estampa que representa la Mare de Déu, Jesucrist, un sant o una santa. La imatge de la Mare de Déu de Montserrat és negra.
3 Manera com una persona es presenta, es pentina, es vesteix. Es diu que una persona ha canviat d'imatge quan es fa un altre pentinat o es vesteix amb un estil diferent.
4 Representació d'una cosa que tenim a l'enteniment o a la memòria. Tots guardem bones imatges dels llocs bonics on hem estat.
imatgeria

imbatible imbatibles

adjectiu — Una persona o un equip esportiu és imbatible quan ningú no els pot guanyar.

imbecil imbecils

adjectiu i nom masculí i femení — Imbècil.

imbècil imbècils

adjectiu i nom masculí i femení També *imbecil* — Que no té gaire enteniment, que és estúpid. Aquesta paraula es fa servir com un insult.
imbecil·litat

imberbe imberbes

adjectiu — Que no té barba. Els nois joves són imberbes.

imbuir

verb com *reduir* ◄ pàg. 39 Amb dièresi — Infondre. Els bons educadors imbueixen sentiments d'amistat i de respecte als seus alumnes.

imitar

verb com *cantar* ◄ pàg. 26 — **1** Fer les mateixes coses que fa un altre. Hi ha persones que imiten el cant dels ocells.
2 Una cosa n'imita una altra quan s'hi assembla i es poden confondre. Els objectes de bijuteria imiten les joies autèntiques.
imitació, imitador, imitatiu, imitativa

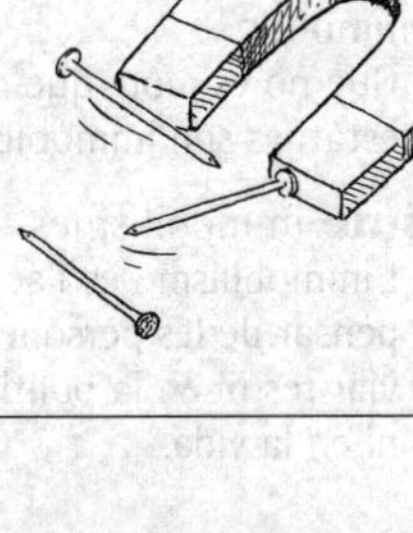

Un imant

A B C D E F G H I J K L M N O P Q R S T U V W X Y Z

immediat immediata immediats immediates
adjectiu
Amb MM
Que passa de seguida, que no hi ha espai ni temps pel mig. *Si un medicament té efectes immediats, notem molt aviat que ens va bé.*
immediatesa, mediat

immediatament
adverbi
Amb MM
De seguida, sense esperar. *Aquesta carta és urgent, l'hem d'enviar immediatament.*

immemorial immemorials
adjectiu
Amb MM
Que és molt antic, que ja no recordem quan va començar. *El costum d'encendre fogueres per Sant Joan és immemorial.*

immens immensa immensos immenses
adjectiu
Amb MM
Que és molt gran. *L'oceà Pacífic és immens.*
immensitat

immersió immersions
nom femení
Amb MM
1 Una persona o una cosa fa una immersió quan es fica dins de l'aigua del mar o dins d'un altre líquid. *Hi ha esportistes que es dediquen a la pràctica de la immersió submarina.*
2 La **immersió lingüística** és una manera d'aprendre una llengua que no és la que es parla a casa. Es tracta d'estudiar-la i, a més, estar en un lloc on tot el dia calgui usar-la.
immergir

immigració immigracions
nom femení
Amb MM
En un país hi ha immigració quan hi arriben habitants d'un altre lloc per a treballar-hi i quedar-s'hi a viure. *Al Maresme hi ha molta immigració dels països africans.*

immigrar
verb
com *cantar*
◄ pàg. 26
Amb MM
Arribar a un país, per a treballar-hi i quedar-s'hi a viure, les persones que són d'un altre país. *Moltes persones africanes immigren a Europa i emigren d'Àfrica.*
immigrant, immigratori, immigratòria

imminent imminents
adjectiu
Amb MM
Que succeirà de seguida. *El xiulet del cap d'estació avisa que la sortida del tren és imminent.*
imminència

immòbil immòbils
adjectiu
Amb MM
Que no es mou, que no es pot moure. *Les estàtues són immòbils.*

immobilisme immobilismes
nom masculí
Amb MM
L'immobilisme és l'actitud i la manera de pensar de les persones que no volen canviar res ni en la política, ni en la societat, ni en la vida.

immobilitzar
verb
com *cantar*
◄ pàg. 26
Amb MM
Fer que una persona, un animal o una cosa no es pugui bellugar. *Si algú es trenca un braç, l'hi enguixen per immobilitzar-lo.*

immoble immobles
adjectiu
Amb MM
1 Un bé immoble és allò que té una persona i que no es pot moure del lloc on és, com una casa, un pis i una finca. Es diu quan es parla tècnicament.
nom masculí
2 Un immoble és un edifici, una casa.
immobiliari, immobiliària

immolar
verb
com *cantar*
◄ pàg. 26
Amb MM
Matar una persona o un animal i oferir-los a Déu o als déus. *Els jueus i els musulmans immolen anyells en algunes festes.*
immolació

immoral immorals
adjectiu
Amb MM
Que va contra la moral, que no fa cas de les normes morals. *Fa anys, algunes persones deien que banyar-se en biquini era immoral.*
immoralitat

immortal immortals
adjectiu
Amb MM
1 Que no pot morir, que viurà sempre. *Totes les religions diuen que Déu és immortal.*
2 Es diu que una persona o una obra és immortal si sempre serà recordada i apreciada.
immortalitat, immortalitzar

immund immunda immunds immundes
adjectiu
Amb MM
Molt brut. *Les corts dels porcs acostumen a ser llocs immunds.*
immundícia

immune immunes
adjectiu
Amb MM
Que no pot ser atacat per una malaltia. *La vacuna del xarampió fa que les persones siguin immunes a aquesta malaltia.*
immunitari, immunitària, immunitat, immunitzar

immutable immutables
adjectiu
Amb MM
1 Que no canvia. *El cicle de les quatre estacions de l'any és immutable.*
2 Es diu que una persona és immutable quan manté la mateixa expressió de la cara, el mateix posat i la mateixa manera de fer tant en les situacions difícils com en les bones.

immutar-se
verb usat amb pronom
com *cantar*
◄ pàg. 26
Amb MM
Una persona s'immuta si es posa nerviosa o s'emociona per alguna cosa. *Hi ha gent que no s'immuta per res: ni pels insults ni per les lloances.*

impaciència impaciències
nom femení
La impaciència és la falta de paciència, de tranquil·litat quan s'espera algú o alguna

cosa. Sempre esperem amb impaciència que arribin les vacances.

impacient impacients

adjectiu — Que té impaciència, que no sap esperar tranquil·lament. Quan ens fan un regal, estem impacients per veure què és.

impacientar

impacte impactes

nom masculí — **1** Un impacte és un xoc fort d'una cosa contra una altra. Amb l'impacte d'una bala en una paret, pot ser que la bala hi quedi incrustada.

2 Una notícia, una cosa que ha passat ens fa impacte quan ens impressiona molt, ens espanta o ens preocupa.

impassible impassibles

adjectiu — **1** Que no pot patir, que res no li fa mal. Les persones no som impassibles.

2 Que no sent cap emoció, que no es posa nerviós. No podem estar impassibles davant de les desgràcies humanes.

impàvid impàvida impàvids impàvides

adjectiu — Que no té por, que no sent cap emoció, impassible.

impecable impecables

adjectiu — Perfecte, molt ben fet, sense faltes ni defectes. Si una persona vesteix de manera impecable, és que va molt elegant en tots els detalls: la roba, els complements i el pentinat.

impedir

verb com *servir* ◄ pàg. 28 — Fer que una cosa no succeeixi, que no passi, que no es pugui dur a terme. Les barreres d'un pas a nivell impedeixen que els cotxes travessin les vies quan arriba un tren.

impediment

impedit impedida impedits impedides

nom masculí i femení — Persona que no pot fer servir els braços o les cames. Hi ha impedits que han d'anar en cadira de rodes.

impensable impensables

adjectiu — **1** Que no es pot pensar. La quantitat d'astres que hi ha al cosmos és impensable.

2 Diem que una cosa és impensable quan estem gairebé segurs que no passarà, que no és possible. És impensable que alguns dels nostres amics siguin extraterrestres.

imperar

verb com *cantar* ◄ pàg. 26 — **1** Manar sobre un territori i unes persones, dominar com un rei o un emperador. Napoleó va imperar sobre molts països d'Europa.

2 Es diu que una moda, una música o una altra cosa impera quan la segueix o la fa tothom.

imperant

imperatiu imperativa imperatius imperatives

adjectiu — **1** Que mana o impera, que indica obligació. Si una persona parla en to imperatiu, és que està manant.

nom masculí — **2** L'imperatiu és el temps del verb que serveix per a manar o demanar una cosa. També és el mode del verb que només té aquest temps. En la frase *Vine, no t'entretinguis més!, vine* és un verb en imperatiu.

imperdible imperdibles

nom masculí o femení — Un o una imperdible és una agulla imperdible.

imperfecte imperfecta imperfectes

adjectiu — Que no és perfecte, que té defectes. La persona que té una visió imperfecta s'ha de posar ulleres.

imperfecció

imperfet imperfeta imperfets imperfetes

adjectiu — **1** Que no està acabat. La *Sagrada Família* de Barcelona és una obra imperfeta.

nom masculí — **2** L'imperfet és un temps del verb que indica que l'acció encara no s'ha acabat. En la frase *Encara sortia el sol quan em vaig llevar, sortia* és un verb en imperfet.

imperi imperis

nom masculí — Un imperi és un territori extens governat per una autoritat que té molt poder personal. L'imperi romà s'estenia per gran part d'Europa i part d'Àsia.

imperial imperials

adjectiu — De l'imperi, de l'emperador o de l'emperadriu.

imperialisme imperialismes

nom masculí — L'imperialisme és la manera de fer d'un estat o d'una nació que es vol imposar als altres i dominar-los. L'imperialisme provoca moltes guerres.

imperialista

impermeable impermeables

adjectiu — **1** Que no deixa que l'aigua o que un altre líquid passi a través seu. Si un terreny és impermeable, l'aigua de la pluja no hi penetra.

nom masculí — **2** Un impermeable és una peça de vestir que cobreix tot el cos i que es posa damunt dels vestits quan plou. Els impermeables porten caputxa i es fan amb una roba que no deixa passar l'aigua.

impermeabilitzar

A B C D E F G H I J K L M N O P Q R S T U V W X Y Z

impertinent impertinents
adjectiu i nom masculí i femení — Una persona és impertinent quan diu o fa coses que molesten els altres, o quan demana coses que no se li poden donar. També hi ha preguntes i actituds impertinents, que molesten.
impertinència

ímpetu ímpetus
nom masculí — L'ímpetu és la força o la violència que hi ha o que posem en una cosa. Quan hi ha tempesta, l'ímpetu del vent pot fer caure els arbres i les antenes de televisió.
impetuós, impetuosa

implantar
verb com *cantar* ◄ pàg. 26 — **1** Fer que un costum, una llei o una altra cosa es comenci a seguir, a dur a la pràctica. Els responsables del trànsit van implantar la norma del casc obligatori per a les persones que van en moto.
2 Posar en el cos dents artificials o cabells i trossos de pell d'una altra part del cos. Quan a algú li falten dents, n'hi poden implantar de noves, fetes d'or o d'un altre material.
implantació

implicar
verb com *cantar* ◄ pàg. 26 Amb QU davant E, I — Fer que una cosa hagi de passar, que s'hagi de fer. Comprar un producte implica haver-lo de pagar.
implicació

implícit implícita implícits implícites
adjectiu — Que no es diu clarament, però que es pot entendre per altres coses. Les persones que voten un partit hi tenen una confiança implícita: creuen que governarà bé.

implorar
verb com *cantar* ◄ pàg. 26 — Demanar una cosa important per favor o per pietat, gairebé plorant.

imponent imponents
adjectiu — Que impressiona, que provoca admiració, respecte o temor perquè és gran, fort o bonic. L'Everest és una muntanya imponent.

import imports
nom masculí — L'import d'una cosa és el seu preu, els diners que hem de pagar per tenir-la o comprar-la.

importància importàncies
nom femení — **1** La importància és la característica de les coses importants. No ens hem de discutir per coses sense importància.
2 Es diu que una persona es dóna importància quan va dient que té moltes qualitats i que ho fa tot bé.

important importants
adjectiu — **1** Que fa molta falta, que té un gran valor o un gran interès. Trobar la solució de la sida és important.
2 Una quantitat important de llibres, de diners o d'una altra cosa és molta quantitat. Un nombre important de persones són moltes persones.
3 Una persona és important quan tothom la coneix, quan és una autoritat, una artista, té un càrrec, etc.

importar
verb com *cantar* ◄ pàg. 26 — **1** Una persona o una cosa ens importa quan té interès o valor per a nosaltres, quan la necessitem o ens agrada. A algunes persones els diners els importen molt, sempre hi pensen. Quan ens diuen que una cosa no ens importa és que no ens la volen dir.
2 Comprar productes a l'estranger i portar-los al propi país. La majoria dels estats europeus importen petroli i cafè; hi ha països que viuen d'aquestes importacions.
importació, importador

imposar
verb com *cantar* ◄ pàg. 26 — **1** Fer suportar a algú una càrrega, una obligació, un deure, etc.; obligar-lo a fer una cosa. La policia imposa multes a les persones que no respecten el codi de circulació.
2 Una cosa o una persona imposa quan ens causa respecte, admiració o por. Les muntanyes molt altes imposen.
3 Posar uns diners en una llibreta d'estalvis o en un compte corrent. Hi ha bancs que, quan hi imposes molts diners, et fan un regal.
usat amb pronom — **4** **Imposar-se** és fer-se respectar i obeir. Les persones que manen s'han d'imposar a les que estan sota les seves ordres.
5 Si **t'imposes** una cosa és que la vols fer, te la poses com una obligació. La persona que s'imposa fer gimnàstica cada dia ha de tenir força de voluntat.
6 Una persona **s'imposa** a una altra o a unes altres si és millor que elles, si les guanya. En els esports, els millors equips s'imposen als que no juguen bé.
imposant, impositor

imposició imposicions
nom femení — **1** Quan s'imposa una cosa es fa una imposició. Hi ha persones que no suporten imposicions de ningú, no volen tenir cap obligació.
2 Quantitat de diners que es posa en una llibreta d'estalvis o en un compte corrent. Les imposicions a termini fix donen més interessos.

impossible impossibles
adjectiu — Que no és possible, que no es pot fer, que no pot ser. És impossible que una persona visqui 300 anys.
impossibilitar, impossibilitat

impost imposts
nom masculí. També *impostos* — Un impost és una quantitat de diners que les persones i les empreses han de pagar a l'estat, a l'ajuntament o a un altre poder públic.
impositiu, impositiva

impostor impostora impostors impostores
nom masculí i femení — Persona que es fa passar per una altra, que vol enganyar els altres dient que té un càrrec o un títol que no és seu. Un impostor que es fa passar per metge pot fer mal als malalts.
impostura

impotència impotències
nom femení — **1** La impotència és la falta de potència, de força, per a fer una cosa. Si reduïm algú a la impotència no li deixem fer res.
2 Un home pateix d'impotència quan no pot tenir fills o no pot tenir relacions sexuals.
impotent

imprecís imprecisa imprecisos imprecises
adjectiu — Que no és precís, que és poc clar. Si tenim una idea imprecisa del viatge que farem, no sabem ben bé per on passarem.
imprecisió

impregnar
verb com *cantar* ◄ pàg. 26 — Fer que les partícules d'una cosa s'introdueixin en una altra, que una cosa quedi plena d'una altra. Per desinfectar una ferida, impregnem un cotó fluix amb alcohol. Les parets de les cuines s'impregnen de greix i s'han de netejar.
impregnació

impremta impremtes
nom femení. Amb MT — **1** La impremta és l'art i la tècnica d'imprimir. Gutenberg és l'inventor de la impremta.
2 Una impremta és un taller on s'imprimeixen llibres, dibuixos, gravats, etc. Les impremtes fan olor de tinta d'imprimir, i hi ha màquines que fan molt de soroll.

imprès impresa impresos impreses
adjectiu — **1** Un llibre o un altre escrit és imprès quan s'ha fet en una impremta.
nom masculí — **2** Un imprès és un escrit que ha estat reproduït en una impremta. Sovint trobem a la bústia molts impresos de propaganda.

imprescindible imprescindibles
adjectiu — Una persona o una cosa és imprescindible quan es necessita molt i no es pot estar sense ella. En algunes feines, els ordinadors ja són imprescindibles.

impressió impressions
nom femení — **1** La impressió és el fet d'imprimir un llibre o una altra cosa. La impressió dels diaris es fa durant la nit.
2 Efecte o sensació molt forts que ens fa una persona o una cosa. Hi ha accidents de cotxe que fan molta impressió. Pujar a les muntanyes russes fa impressió.
3 Diem que tenim la impressió d'una cosa quan creiem o opinem que serà o que passarà d'una manera determinada. Si tens la impressió que et faran un regal és que et sembla que te'l faran.

impressionant impressionants
adjectiu — Que causa molta impressió; que és molt gran, molt bo, molt bonic. L'enlairament d'una nau espacial és impressionant.

impressionar
verb com *cantar* ◄ pàg. 26 — Causar en el nostre ànim una gran impressió, un gran efecte. Hi ha coses que ens impressionen perquè ens agraden i ens semblen boniques i meravelloses; d'altres, ens impressionen perquè ens fan por, pena o fàstic.
impressionable

impressionisme impressionismes
nom masculí — L'impressionisme és un estil de pintura i de música que intenta donar a conèixer només les impressions que les coses provoquen en l'artista. Va néixer a França al final del segle XIX.
impressionista

impressor impressora impressors impressores
nom masculí i femení — **1** Persona que té una impremta, que imprimeix llibres, revistes i altres publicacions.
nom femení — **2** Una impressora és una màquina que imprimeix les dades, els textos, etc., que surten d'un ordinador.

imprevist imprevista imprevists imprevistes
adjectiu i nom masculí. També *imprevistos* — No previst, que no pensàvem que passaria. Una excursió imprevista s'ha de pagar a banda, no està comptada des del començament de curs. En una casa sempre hi ha imprevistos: reparacions, malalties, etc.

imprimir
verb com *servir* ◄ pàg. 28. Diferències: *imprès, impresa, impresos, impreses* — **1** Deixar la marca o el senyal d'una cosa sobre una altra. Els animals imprimeixen les seves petjades sobre la neu.
2 Passar als fulls de paper el text definitiu d'un llibre, d'un diari o d'una revista i ferne moltes còpies. Actualment hi ha màquines que imprimeixen molt de pressa, en una hora fan molts exemplars.

Continua a la pàgina següent

3 Copiar sobre paper amb una impressora les dades, els dibuixos o els textos fets en un ordinador.

improperi improperis
nom masculí
Un improperi és un insult, una injúria. Quan dues persones es barallen i discuteixen, s'omplen d'improperis.

improvisar
verb
com *cantar*
◄ pàg. 26
Fer una cosa sense haver-la preparat o estudiat abans. Hi ha pianistes que saben improvisar melodies.
improvisació

d'improvís
locució que fa d'adverbi
Una cosa passa d'improvís si passa de cop, de manera inesperada, sense que es pugui preveure. Quan es posa a ploure d'improvís, tothom ha de córrer a buscar aixopluc.

imprudent imprudents
adjectiu i nom masculí i femení
Que no és prudent. Si conduïm el cotxe de manera imprudent, podem fer mal a algú.
imprudència

impugnar
verb
com *cantar*
◄ pàg. 26
Dir que una cosa no és correcta o que no val. Si algú ha fet trampa en unes eleccions, es poden impugnar i s'han de repetir.
impugnació

impuls impulsos
nom masculí
1 Un impuls és una força que es fa sobre una cosa, una empenta que se li dóna per fer-la moure. Els vaixells de vela avancen per l'impuls del vent. Es diu que algú o alguna cosa porta impuls quan es mou amb força.
2 Desig fort, força interior, que ens fa fer alguna cosa. Les persones solem sentir l'impuls d'estimar.

impulsar
verb
com *cantar*
◄ pàg. 26
1 Donar impuls a una cosa, fer-hi força per a moure-la. Per impulsar una nau espacial quan s'enlaira, es necessita molt de combustible.
2 Fer que es dugui a terme una activitat, un acte, un projecte o una obra. Hi ha associacions que impulsen la conservació de la natura.

impulsiu impulsiva impulsius impulsives
adjectiu i nom masculí i femení
Una persona és impulsiva quan es deixa portar de seguida pels seus sentiments i fa les coses sense pensar-les.
impulsivitat

impune impunes
adjectiu
Sense càstig. Un crim queda impune quan el seu autor no rep cap càstig.
impunitat

impuresa impureses
nom femení
1 La impuresa és la característica de les coses que no estan netes, que no són pures. En algunes platges, la impuresa de l'aigua fa que agafem malalties.
2 Una impuresa és qualsevol substància barrejada amb una cosa que fa que aquesta no tingui qualitat, que no sigui bona. Si un vi té impureses s'ha de filtrar i purificar.
impur

inacabable inacabables
adjectiu
Que no s'acaba mai. Quan la feina que fas és avorrida, et sembla inacabable.
inacabat, inacabada

inanició inanicions
nom femení
La inanició és la falta de forces pel fet que no es prenen aliments. Si una persona s'ha mort d'inanició és que no menjava.

inaugurar
verb
com *cantar*
◄ pàg. 26
Començar una cosa, obrir un local per primera vegada, fent un acte solemne o una festa. Es pot inaugurar un curs a la universitat, una exposició de pintures o una autopista.
inauguració, inaugural

inca inques
adjectiu
1 Dels inques. *L'imperi inca.*
nom masculí i femení
2 Un o una inca és un membre d'un poble indi que vivia sobretot a l'actual Perú. Els inques van formar un gran imperi als segles XIII-XV.
incaic

incandescent incandescents
adjectiu
Que fa molta llum pel fet que està encès, cremant. El filament de les bombetes elèctriques es posa incandescent.
incandescència

incansable incansables
adjectiu
Que no es cansa mai, que li costa molt cansar-se. Els infants, quan juguen, són incansables.

incapaç incapaços incapaces
adjectiu
Que no pot fer una cosa. Un bebè és incapaç de conduir un cotxe.
incapacitar, incapacitat, incapacitada

incendi incendis
nom masculí
Un incendi és un foc gros que es va estenent i que pot cremar una casa, un bosc o una ciutat. A l'estiu hi ha incendis forestals.
incendiari, incendiària

A B C D E F G H I J K L M N O P Q R S T U V W X Y Z

incendiar

verb
com *canviar*
◀ pàg. 30
Amb dièresi

1 Calar foc a una cosa, fer que cremi. Un cigarret mal apagat o un llamp poden incendiar el bosc.

usat amb pronom

2 **Incendiar-se** una cosa és posar-se a cremar.

incentiu incentius

nom masculí

Un incentiu és una cosa que incita, que estimula. Un bon regal és un incentiu per a fer una feina pesada.

incentivar

incert incerta incerts incertes

adjectiu

Que no se sap de manera certa, que no és segur. El futur de les persones és incert, ningú no sap què passarà.

incertesa, incertitud

incest incests

nom masculí
També *incestos*

Un incest és una relació sexual entre persones que són de la mateixa família i que no es poden casar. Hi pot haver incest entre germans, però no entre cosins.

incestuós, incestuosa

incident incidents

nom masculí

Un incident és un fet sense importància que passa mentre està passant una altra cosa més important. La lesió d'un jugador és un incident en un partit de futbol.

incidència, incidental

incidir

verb
com *servir*
◀ pàg. 28

Caure un projectil, un raig de llum o una radiació sobre una superfície. Quan la llum del sol incideix sobre les pedres precioses, les fa brillar.

incinerar

verb
com *cantar*
◀ pàg. 26

Cremar una cosa fins a convertir-la en cendres. Al nostre país es poden incinerar els cadàvers.

incineració, incinerador, incineradora

incipient incipients

adjectiu

Que comença a ser o a manifestar-se. Quan tenim una tos incipient, només tossim una mica.

incís incisos

nom masculí

Un incís és una explicació que es fa enmig d'una conversa o d'un escrit. Els incisos s'aparten del tema que s'està tractant.

incisiu incisiva incisius incisives

adjectiu i nom femení

Que serveix per a tallar, que està preparat per a tallar. Les dents incisives són les que tenim a la part del davant, entre els ullals. Les persones tenim vuit incisives.

incisió

incitar

verb
com *cantar*
◀ pàg. 26

Animar, moure a fer una cosa. L'afany de diners incita algunes persones a robar i a estafar.

incitació, incitant

inclement inclements

adjectiu

1 Que no té clemència. Els pares no poden ser inclements amb els fills, han de saber perdonar.

2 Es diu que el temps és inclement quan plou, neva i hi ha tempestes.

inclemència

inclinació inclinacions

nom femení

1 Una cosa té inclinació si no està vertical, sinó que està desviada cap a algun costat. Diuen que la inclinació de la torre de Pisa cada vegada és més gran. Per saludar, a vegades es fa una inclinació de cap.

2 Les inclinacions d'una persona són les seves aficions, les coses que li agraden. Molts artistes, de petits, ja tenien inclinació a la pintura.

inclinar

verb
com *cantar*
◀ pàg. 26

1 Desviar una cosa de la posició o de la direcció que tenia. El vent inclina els arbres i les antenes de televisió.

usat amb pronom

2 **Inclinar-se** és desviar-se, canviar de direcció. Es pot dir que un camí s'inclina cap a la dreta o cap al sud.

3 Diem que **ens inclinem** cap a una cosa si la preferim, si pensem fer-la o hi tenim tendència. Hi ha persones que s'inclinen per la música clàssica.

incloure

verb
com *complaure*
◀ pàg. 31
Diferències:
inclòs, inclosa, inclosos, incloses

1 Posar una cosa dins d'una altra. Podem incloure un nom en una llista o diners en un sobre de cartes.

2 Contenir una cosa una altra cosa, tenir-la a dintre. Si el preu d'un menú inclou la beguda vol dir que no es paga a part.

inclusió, inclusiu, inclusiva

inclusivament

adverbi

Incloent l'última cosa que s'ha dit. *Tancarem la botiga de l'1 al 25 d'agost inclusivament.*

incògnit incògnita incògnits incògnites

adjectiu

1 Que no és conegut. Els governants de països llunyans són incògnits per a nosaltres.

nom femení

2 La incògnita d'una equació o d'un problema és la quantitat desconeguda que s'ha de trobar. En l'equació $x + 3 = 4$, la x és la incògnita.

3 Diem que una cosa és una incògnita quan és desconeguda. La vida al segle XXV és una incògnita.

Continua a la pàgina següent

locució que fa d'adverbi — **4** Es diu que una persona viatja o va **d'incògnit** si no vol que la coneguin i vol passar desapercebuda. *Portava barret, ulleres i un bigoti fals perquè volia viatjar d'incògnit.*

incoherent incoherents

adjectiu — Que no té coherència. Les persones que han perdut el seny diuen i fan coses incoherents.

incoherència

incolor incolora incolors incolores

adjectiu — Que no té color. L'aigua pura és incolora.

incombustible incombustibles

adjectiu — Que no es pot cremar. Els bombers porten vestits incombustibles.

incomplet incompleta incomplets incompletes

adjectiu — Que no és complet. Schubert va deixar incompleta una simfonia.

inconvenient inconvenients

adjectiu — **1** Que no és convenient. Una paraula inconvenient pot molestar les persones que la senten.

nom masculí — **2** Un inconvenient és qualsevol cosa que molesta, que fa difícil una feina, que complica una situació. Viure lluny del lloc de treball té molts inconvenients.

inconveniència

incorporar

verb, com cantar ◄ pàg. 26 — **1** Fer que una persona passi a formar part d'un grup; fer que una cosa sigui part d'una altra cosa. Al principi de cada temporada, els equips de futbol incorporen nous jugadors. En una beixamel, s'ha d'incorporar la llet molt a poc a poc.

usat amb pronom — **2** **Incorporar-se** és entrar a formar part d'un equip, d'una empresa, d'una associació, etc.

3 Diem que una persona **s'incorpora** quan s'aixeca de mig cos per amunt. Si una persona malalta ha de menjar, s'ha d'incorporar.

incorporació

incorrecció incorreccions

nom femení — Una incorrecció és una cosa mal feta, una equivocació. Les faltes d'ortografia són incorreccions en un escrit.

incorrecte, incorrecta

incrèdul incrèdula incrèduls incrèdules

adjectiu i nom masculí i femení — **1** Que no creu el que li diuen.

2 Que no té fe religiosa.

incredulitat

increïble increïbles

adjectiu — Que no es pot creure, que és molt difícil de creure. S'usa sovint per a indicar que una persona o una cosa és molt bonica, molt bona, etc.

increment increments

nom masculí — Una cosa té o rep un increment quan augmenta. La població d'un país té un increment si hi ha més persones de les que hi havia.

incrementar

verb, com cantar ◄ pàg. 26 — Augmentar, fer que una cosa sigui més gran. Es pot incrementar la indústria d'un país o el preu d'un hotel.

increpar

verb, com cantar ◄ pàg. 26 — Renyar amb paraules molt dures. Les persones que condueixen solen increpar els vianants que no passen pels llocs indicats.

increpació

incrustar

verb, com cantar ◄ pàg. 26 — **1** Posar pedres, metalls o altres materials com a adornament en uns talls o uns forats fets en la superfície d'un objecte. Es poden incrustar diamants en un anell d'or.

usat amb pronom — **2** **Incrustar-se** una cosa en una altra és fixar-s'hi, entrar-hi. En un tiroteig, les bales es poden incrustar a la paret.

incrustació

incubadora incubadores

nom femení — Una incubadora és un aparell on es posen les criatures que han nascut abans d'hora. A les incubadores, els infants tenen les condicions que necessiten per a viure.

incubació, incubar

inculcar

verb, com cantar ◄ pàg. 26, Amb QU davant E, I — Repetir moltes vegades una cosa a una persona perquè li quedi ben gravada a l'enteniment o a la memòria. Les bones maneres de comportar-se s'inculquen des de ben aviat.

incumbència incumbències

nom femení — Una obligació o una feina és de la meva incumbència si sóc jo qui l'ha de complir o fer. Si una cosa no és de la nostra incumbència, no cal que ens en preocupem.

incunable incunables

nom masculí — Un incunable és un llibre imprès durant els primers anys de funcionament de la impremta, des de l'any 1450 aproximadament fins al 1500. Els incunables tenen molt de valor.

incursió incursions

nom femení — **1** Un exèrcit, un grup de soldats o un comando fa una incursió quan entra en un territori enemic per fer una operació militar.

2 Es diu que una persona fa una incursió en una feina o en una activitat si s'hi dedica durant un temps. Un pintor pot fer una incursió en el camp de l'escultura.

indagar

verb
com *cantar*
◄ pàg. 26
Amb GU davant E, I

Mirar de saber o de descobrir alguna cosa. Si una persona desapareix, els familiars indaguen on és.
indagació

indecent indecents

adjectiu

Que no és decent.
indecència

indecís indecisa indecisos indecises

adjectiu

1 Que no està decidit, que no se sap segur. El resultat d'unes eleccions és indecís fins que no s'han escrutat tots els vots.
2 Que no sap decidir-se, que no sap què ha de fer. Una persona indecisa pot trigar molta estona a triar un regal.
indecisió

indefens indefensa indefensos indefenses

adjectiu

Que no es pot defensar o que no sap defensar-se. Els infants són persones indefenses.

indefinit indefinida indefinits indefinides

adjectiu

1 Que no és definit, que no és clar. Si una paret té un color indefinit, no veiem si és blanca o grisa.
2 Que no s'acaba, que no té un límit marcat. Un contracte de lloguer o de treball indefinit dura molt de temps.
3 Un pronom o un determinant són indefinits si indiquen una persona o cosa no concreta, que no és exacta. *Alguns* i *unes quantes* són formes indefinides.
indefinible

indeleble indelebles

adjectiu

Que no es pot esborrar. El llapis es pot esborrar amb una goma; el bolígraf, en canvi, és indeleble.

indemne indemnes

adjectiu

Que no ha sofert cap mal, cap dany. Alguns polítics han sortit indemnes d'un atemptat.

indemnització indemnitzacions

nom femení

Una indemnització és una quantitat de diners que es dóna a la persona que ha sofert un dany o la pèrdua d'una cosa que era seva. Si l'Estat es queda un terreny per fer una carretera, ha de pagar una indemnització als propietaris.
indemnitzar

independència independències

nom femení

La independència és la situació o l'estat de la persona o del país que és independent. La persona que viu sola té molta independència.
independitzar

independent independents

adjectiu

Que no depèn d'un altre ni està unit a un altre, que és lliure. Una persona independent té idees pròpies i expressa les seves opinions sense por. Les nacions independents no estan unides a una altra nació o a un estat.

independentisme independentismes

nom masculí

L'independentisme és el moviment polític que defensa la independència dels pobles i de les nacions.

indestructible indestructibles

adjectiu

Que no es pot destruir.

indeterminat indeterminada indeterminats indeterminades

adjectiu

Que no està determinat ni fixat. Si te'n vas a fora per un temps indeterminat no saps si t'hi estaràs una setmana o un mes. Una quantitat indeterminada no sabem quant és exactament.
indeterminació

índex índexs

nom masculí

1 Un índex és una llista que hi ha al començament o al final dels llibres on se n'indica el contingut. Hi ha índexs de capítols, de noms propis, d'il·lustracions, etc.
2 L'índex és el dit de la mà que ve després del dit gros. És el dit que fem servir per a assenyalar.

indi índia indis índies

adjectiu

1 De l'Índia o dels indis d'Amèrica. *Els temples indis. Les tribus índies.*

nom masculí i femení

2 Persona que és de l'Índia o que hi viu. La majoria dels indis són hinduistes.
3 Membre de qualsevol dels pobles originaris d'Amèrica. Els indis d'Amèrica del Nord també es diuen *pellroges.*

indicació indicacions

nom femení

Una indicació és qualsevol cosa, paraula o senyal que serveix per a indicar. Quan anem en cotxe, hem d'estar atents a les indicacions que hi ha a la carretera.

indicador indicadora indicadors indicadores

adjectiu i nom masculí

Que indica, que serveix per a indicar. A les autopistes hi ha senyals indicadors de boira. Els cotxes porten diversos indicadors: de la gasolina, de la velocitat, etc.

indicar

verb
com *cantar*
◄ pàg. 26
Amb QU davant E, I

1 Dir una cosa amb paraules o amb senyals. Un senyal d'estop ens indica que hem d'aturar el cotxe.
2 Ser signe o senyal d'alguna cosa. Hi ha núvols que indiquen pluja.
3 Donar un consell o una explicació curta. Tots necessitem que ens indiquin com hem de fer les coses.

A B C D E F G H I J K L M N O P Q R S T U V W X Y Z

indicatiu indicativa indicatius indicatives
adjectiu — 1 Que indica, que serveix per a indicar. Les lletres WC en una porta són indicatives d'un lavabo.
nom masculí — 2 L'indicatiu d'un verb és el mode que agrupa els temps que expressen accions reals. A la frase *Menjo pa amb tomàquet*, *menjo* és un verb en indicatiu.

indici indicis
nom masculí — Un indici és qualsevol senyal que ens fa veure que una cosa ha passat o que pot passar. La febre és un indici de la grip.

indiferència indiferències
nom femení — La indiferència és la falta d'interès que sentim per algú o per alguna cosa. Hi ha persones que senten una gran indiferència pel futbol.

indiferent indiferents
adjectiu — 1 Que li és igual una cosa que una altra, que no té cap interès per una cosa determinada. Una persona indiferent no es preocupa si algú necessita ajuda.
2 Una cosa ens és indiferent quan ens és igual fer-la o no fer-la, quan no la preferim a una altra cosa. A alguns estudiants, els és indiferent fer un examen oral o escrit.

indígena indígenes
adjectiu i nom masculí i femení, Amb A final — 1 Que ha nascut en el mateix país on viu.
2 Que és d'un dels pobles primitius d'Àsia, d'Àfrica o d'Amèrica anteriors a l'arribada dels colonitzadors. Els indis són els indígenes americans.

indigent indigents
adjectiu i nom masculí i femení — Una persona és indigent quan li falten les coses necessàries per a viure. Hi ha organitzacions que ajuden els indigents.
indigència

indigest indigesta indigests indigestes
adjectiu, També *indigestos* — Un menjar és indigest si costa de digerir. El meló és indigest segons com es menja.
indigestar-se, indigestió

indignar
verb com *cantar* ◄ pàg. 26 — Fer que una persona s'enfadi molt per una cosa mal feta, dolenta o injusta. La violència contra els animals o les persones ens ha d'indignar. Hi ha gent que només s'indigna quan perd el seu equip de futbol.
indignació, indignant

indigne indigna indignes
adjectiu — Que no és digne. Una persona mentidera i tramposa és indigna de la nostra amistat.
indignitat

indiot indiots
nom masculí — Gall dindi.

indirecte indirecta indirectes
adjectiu — 1 Que no va de dret a una cosa, a un fi o a un resultat; que no ve directament d'una cosa. Si seguim un camí indirecte per pujar a un cim, passarem per molts llocs i donarem voltes.
nom femení — 2 Una indirecta és una cosa que no es diu clarament, però que la persona a qui va dirigida entén clarament. *Em sembla que tenies feina* pot ser una indirecta per dir-te que fas nosa i que te'n vagis.

indisciplina indisciplines
nom femení — La indisciplina és la falta de disciplina. Els comandaments militars no poden permetre la indisciplina.
indisciplinar-se, indisciplinat, indisciplinada

indiscret indiscreta indiscrets indiscretes
adjectiu — Una persona és indiscreta quan pregunta coses que no ha de saber o explica coses que no ha d'explicar. Les preguntes sobre la vida privada són indiscretes si no hi ha molta confiança.
indiscreció

indiscutible indiscutibles
adjectiu — Que no es pot discutir, que és molt clar, molt segur. És indiscutible que les persones som éssers mortals.

indispensable indispensables
adjectiu — Que fa molta falta, que és totalment necessari. Per a viatjar a alguns països és indispensable el passaport.

individu individua individus individues
nom masculí i femení — Qualsevol persona o qualsevol ésser, com una planta o un animal, que pertany a un grup. Les persones són individus de l'espècie humana.

individual individuals
adjectiu — 1 De l'individu. Les característiques individuals fan que cada persona sigui diferent.
2 Que és per a una sola persona. En una habitació individual d'un hotel, només hi ha un llit.
individualitat, individualitzar

individualisme individualismes
nom masculí — L'individualisme és la manera de ser de les persones que tot ho volen fer soles i només pensen en elles. Si jugues en un equip no et pots deixar portar per l'individualisme.
individualista

indocumentat indocumentada indocumentats indocumentades
adjectiu — Que no té o que no porta cap document que digui qui és. Si viatgem indocumentats, la policia ens pot detenir.

índole índoles
nom femení — L'índole és la manera de ser d'algú. Els terriers són gossos d'índole tranquil·la.

indret indrets
nom masculí — Un indret és un lloc determinat dins d'un altre lloc més gran. A Mallorca hi ha indrets molt bonics, com la costa de Deià.

indubtable indubtables
adjectiu — Una cosa és indubtable quan és totalment certa i no en podem dubtar. És indubtable que la Terra és rodona.

induir
verb
com *reduir*
◄ pàg. 39
Amb dièresi — Portar algú a fer, a creure o a dir alguna cosa. El progrés tècnic ens indueix a pensar que algunes malalties aviat desapareixeran.
inducció, inductiu, inductiva, inductor

indulgent indulgents
adjectiu — Una persona és indulgent quan perdona fàcilment les faltes dels altres. Els guàrdies indulgents no posen gaires multes.
indulgència

indult indults
nom masculí — Un indult és un perdó especial que l'autoritat concedeix a persones que són a la presó.
indultar

indumentària indumentàries
nom femení — La indumentària és el conjunt dels vestits de les persones. Un museu d'indumentària exposa vestits de diverses èpoques.

indústria indústries
nom femení — **1** La indústria és el conjunt d'activitats humanes dedicades a transformar les primeres matèries en productes mitjançant maquinària. La indústria de la fusta converteix els arbres en mobles, portes i altres objectes.
2 Una indústria és una empresa que es dedica a la transformació d'alguna matèria i a la fabricació d'algun producte. Les indústries lleteres envasen la llet.
industrialització, industrialitzar

industrial industrials
adjectiu — **1** De la indústria, que està relacionat amb la indústria. La fabricació de cotxes és una activitat industrial molt important.
nom masculí i femení — **2** Un o una industrial és una persona que es dedica a la indústria o que té una indústria.

inèdit inèdita inèdits inèdites
adjectiu — Una novel·la o una obra d'art és inèdita si encara no s'ha publicat o no es coneix.

inepte inepta ineptes
adjectiu — Que no té aptituds per a fer una cosa. Si una persona és inepta per als idiomes, no es pot dedicar a traduir.

inèrcia inèrcies
nom femení — **1** La inèrcia és la força que fa que les coses continuïn aturades o en moviment, si no hi ha una altra força que les faci canviar. Quan un cotxe arrenca, el motor ha de fer molta força per a vèncer la inèrcia que mantenia aturat el vehicle; quan el cotxe frena, la inèrcia fa que encara continuï corrent uns segons.
2 Es diu que una persona es deixa portar per la inèrcia o que fa les coses per inèrcia si fa sempre les mateixes coses i no té voluntat per a canviar.

inert inerta inerts inertes
adjectiu — Que està com mort, que no es mou per si mateix, que no té vida. Una persona desmaiada té el cos inert. Els mobles són objectes inerts.

inesperat inesperada inesperats inesperades
adjectiu — Que passa sense esperar-ho. Una visita inesperada es presenta sense avisar.

inevitable inevitables
adjectiu — Que no es pot evitar, que passarà encara que no ho vulguem. Hi ha qui diu que a l'estiu els incendis forestals són inevitables.

inexistent inexistents
adjectiu — Que no existeix, que no n'hi ha. La majoria de la gent creu que els extraterrestres són inexistents.
inexistència

infàmia infàmies
nom femení — Una infàmia és una cosa mal feta, una gran maldat. L'infanticidi és una infàmia.
infamant, infamar, infame

infància infàncies
nom femení — La infància és el primer període de la vida de les persones. Comença amb el naixement i arriba fins a l'adolescència.

infant infants
nom masculí — **1** Un infant és un nen o una nena petits. A l'escola, els infants fan educació infantil.
2 A Espanya, fill o parent del rei que no és hereu de la corona.
infantament

infanta infantes
nom femení — A Espanya, filla o parenta del rei. Les infantes no poden regnar si tenen un germà baró.

infantar
verb, com *cantar* ◄ pàg. 26 — Donar a llum una criatura, parir. La majoria de dones infanten el fill en una clínica.

infanteria infanteries
nom femení — La infanteria és el conjunt dels soldats d'un exèrcit que lluiten a peu.

infantesa infanteses
nom femení — Infància.

infanticidi infanticidis
nom masculí — Una persona comet un infanticidi quan mata un infant, sobretot quan és acabat de néixer.

infantil infantils
adjectiu — 1 Dels nens i de les nenes petits, que hi té relació, que està pensat per als infants. Els llibres infantils tenen poca lletra i molts dibuixos.
2 Es diu que una persona és infantil quan diu o fa coses que semblen de nen petit.
infantilisme

infart infarts
nom masculí — Una persona té o pateix un infart quan la sang no li arriba bé al cor o a un altre òrgan. Els infarts es produeixen perquè algun obstacle, com un coàgul, no deixa passar la sang.

infatigable infatigables
adjectiu — Que no es cansa mai.

infecció infeccions
nom femení — Hi ha una infecció quan entren dins del cos microbis que provoquen malalties. Les vacunes serveixen per a impedir algunes infeccions.
infecciós, infecciosa

infectar
verb, com *cantar* ◄ pàg. 26 — Produir una infecció. La grip infecta cada any moltes persones. Si una ferida no es neteja bé es pot infectar.
infecte, infecta

inferior inferiors
adjectiu — 1 Que està situat més avall que una altra cosa, a la part baixa, més a prop de la base o del fons. Els peus estan a la part inferior del nostre cos.
2 Es diu que una cosa és inferior a una altra si és més dolenta, més pobra, menys important, etc. En un hotel de categoria inferior, no hi ha gaires luxes ni comoditats.
nom masculí i femení — 3 Un o una inferior és la persona que ha d'obeir les ordres d'una altra. Els soldats són els inferiors d'un capità.
inferioritat

infermer infermera infermers infermeres
nom masculí i femení — Persona que cuida els malalts i els ferits. Els infermers i les infermeres són ajudants dels metges i les metgesses.
infermeria

infern inferns
nom masculí — 1 En moltes religions, l'infern és el lloc ple de sofriments on van a parar les persones dolentes després de la mort.
2 Es diu que un lloc és un infern quan s'hi està molt malament, hi ha moltes baralles, molta violència.
infernal

ínfim ínfima ínfims ínfimes
adjectiu — Que està molt avall, que és molt inferior, molt dolent. Les coses molt barates solen tenir una qualitat ínfima.

infinit infinita infinits infinites
adjectiu — 1 Que no té fi, que no té límits. Els científics diuen que l'espai és infinit.
2 Es diu que una cosa és infinita quan és molt gran. Si una persona té una paciència infinita és que no s'enfada mai.
infinitud

infinitat infinitats
nom femení — Una infinitat d'una cosa és una gran quantitat, un gran nombre. En un formiguer, hi ha una infinitat de formigues.

infinitiu infinitius
nom masculí — L'infinitiu és la forma no personal del verb que fem servir per a anomenar-lo. Els infinitius, en català, acaben en *-ar, -er, -re* i *-ir*: *cantar, fer, veure* i *tenir*.

infix infixos
nom masculí — Un infix és un afix que es posa entre l'arrel de la paraula i un sufix. *Llargarut*, per exemple, porta l'infix *-ar*: *llarg/ar/ut*.

inflable inflables
adjectiu — Que es pot inflar. A la platja fem servir matalassos inflables.

inflamable inflamables
adjectiu — Que es crema fàcilment. L'alcohol és inflamable.

inflamar
verb, com *cantar* ◄ pàg. 26 — 1 Fer que una cosa s'encengui, cremi fent flames. A les gasolineres no s'ha de fumar perquè una guspira podria inflamar la gasolina. No es pot encendre foc on hi ha alcohol, perquè s'inflama de seguida.
usat amb pronom — 2 Una part del cos **s'inflama** quan es posa molt calenta, vermella i inflada perquè hi ha una malaltia.
inflamació, ininflamable

A B C D E F G H I J K L M N O P Q R S T U V W X Y Z

inflar
verb
com *cantar*
◀ pàg. 26
Amb NF

1 Fer entrar aire o un gas dins d'una cosa que pot augmentar de volum i agafar forma. S'inflen les pilotes de futbol, els globus aerostàtics i els pneumàtics.

usat amb pronom

2 Una part del cos **s'infla** quan, per un cop o per una malaltia, es fa més grossa i hi surt un bony. Quan ens torcem un peu, sovint s'infla i ens hem d'esperar que baixi la inflamació.

inflació, inflament

inflexible inflexibles
adjectiu

Que no és flexible. Una barra de ferro gruixuda és inflexible. Una persona inflexible no canvia mai d'opinió.

inflexibilitat

inflorescència inflorescències
nom femení

Una inflorescència és un conjunt de flors que estan juntes en una sola branca de la planta. La ginesta fa inflorescències de color groc a la primavera.

influència influències
nom femení

1 La influència és l'efecte d'una cosa sobre una altra. La llum té influència sobre les plantes, les fa créixer.

2 Poder o capacitat que té una persona d'influir sobre una altra. Hi ha persones que tenen molta influència en un país perquè són amigues dels governants.

influir
verb
com *reduir*
◀ pàg. 39
Amb dièresi

Causar un efecte sobre una persona o una cosa, fer que canviï o que faci determinades coses. Una sèrie de televisió sobre un hospital pot influir en molts joves i fer que vulguin estudiar medicina.

influent

infondre
verb
com *fondre*
◀ pàg. 35
Diferència: *infós*

Fer que algú experimenti un efecte en el cos, en l'ànim o en l'enteniment. Hi ha pel·lícules que infonen por i d'altres que infonen esperança.

infús, infusa

informació informacions
nom femení

1 La informació és el fet d'informar o d'informar-se. Els diaris, la ràdio i la televisió són mitjans d'informació.

2 Notícia, conjunt de notícies sobre una cosa o conjunt dels coneixements que tenim d'una cosa. Si tenim molta informació sobre un país és que el coneixem molt bé, sabem com és i totes les coses que s'hi fan.

3 Lloc d'un aeroport, d'uns magatzems o d'un altre local on ens poden dir el que necessitem saber, com els horaris, els preus, etc.

informal informals
adjectiu

1 Que no és formal, que no compleix la seva paraula o els seus compromisos.

2 Que és senzill, que no es fa segons normes molt estrictes. Quan fa vacances, o està per casa, la gent vesteix de manera informal, amb vestits còmodes.

informalitat

informar
verb
com *cantar*
◀ pàg. 26

1 Fer que algú sàpiga una cosa, donar-li notícies del que ha passat. Els periodistes són els encarregats d'informar la gent de les coses que passen al món.

usat amb pronom

2 Una persona **s'informa** quan llegeix els diaris, escolta les notícies o busca dades a les revistes i als llibres.

informador, informant

informàtica informàtiques
nom femení

La informàtica és el conjunt de tècniques i activitats que tracten la informació i la guarden de manera ràpida i automàtica, amb els ordinadors.

informàtic, informatitzar

informatiu informativa informatius informatives
adjectiu

1 Que informa o que serveix per a informar. Els diaris solen tenir una secció informativa dels programes de cine i de televisió.

nom masculí

2 Un informatiu és un programa de ràdio o de televisió que dóna notícies.

informe informes
nom masculí

Un informe és un conjunt de dades que es dóna a algú sobre una persona o una cosa. Els informes es poden fer de paraula o per escrit.

infracció infraccions
nom femení

Es comet una infracció quan no es compleix una norma o una llei. Algunes de les infraccions de trànsit més freqüents són saltar-se un estop i aparcar en lloc prohibit.

infringir

infractor infractora infractors infractores
nom masculí i femení

Persona que ha comès una infracció. La policia retira el carnet de conduir a alguns infractors.

infraestructura infraestructures
nom femení

La infraestructura d'un país o d'una societat és tot allò que permet que funcioni, que hi hagi treball i que es produeixi riquesa. Formen part de la infraestructura els telèfons, les carreteres i els trens.

in fraganti
locució que fa d'adverbi

Es diu que es troba o s'agafa una persona in fraganti si se la troba o agafa en el mateix moment que comet un crim o que fa

A B C D E F G H I J K L M N O P Q R S T U V W X Y Z

una cosa dolenta. És una expressió llatina. *No podia dir que no havia robat perquè el van agafar in fraganti.*

infraroig infraroja infraroigs infraroges

adjectiu i nom masculí
També *infrarojos*

Els raigs infraroigs o les radiacions infraroges estan més enllà de la llum visible: no es poden veure, però produeixen calor. Es fan servir per a fer fotografies quan no hi ha llum i en alguns aparells militars que permeten veure-hi enmig de la foscor.

infusió infusions

nom femení

Es fa una infusió quan es tira aigua molt calenta sobre unes herbes, sobre les fulles de te o sobre el cafè. La beguda que en resulta també es diu *infusió*. Les infusions de camamilla són digestives.

ingent ingents

adjectiu

Molt gran, molt nombrós. La construcció del túnel sota el canal de la Mànega ha suposat esforços ingents.

ingenu ingènua ingenus ingènues

adjectiu

Una persona és ingènua si s'ho creu tot, no té malícia i no veu la mala intenció de les altres persones.

ingenuïtat

ingerència ingerències

nom femení

Es comet o es fa una ingerència quan algú es fica en un assumpte o en una feina que no li importa, que no li correspon. La ingerència d'uns països en els afers interns d'altres països ha provocat moltes guerres.

ingerir

verb
com *servir*
◄ pàg. 28

1 Prendre aliments, begudes o medecines. Alguns malalts molt greus només poden ingerir aigua.

usat amb pronom

2 Ingerir-se és cometre una ingerència. La gent es molesta si ens ingerim en els seus assumptes.

ingestió

ingrat ingrata ingrats ingrates

adjectiu

1 Desagradable. Recollir les escombraries és una feina ingrata.

2 Desagraït. Mai no hem de ser ingrats amb les persones que ens fan favors.

ingratitud

ingredient ingredients

nom masculí

Un ingredient és una de les substàncies o dels productes que formen part d'una barreja. Els ingredients de la truita de patates són: ous, patates, oli i sal.

ingrés ingressos

nom masculí

1 L'ingrés és el fet d'ingressar. No tots els estudiants fan l'ingrés a la universitat.

2 Fem un ingrés quan posem diners en una llibreta d'estalvis o en un compte corrent.

3 Els ingressos d'una persona són els diners que guanya.

ingressar

verb
com *cantar*
◄ pàg. 26

1 Entrar en una associació, en un col·legi, en un hospital o en un altre lloc.

2 Posar diners en una llibreta d'estalvis o en un compte corrent.

inhabitable inhabitables

adjectiu

Que no s'hi pot viure. Una casa que s'ha cremat és inhabitable.

inhabitat, inhabitada

inhalar

verb
com *cantar*
◄ pàg. 26

Aspirar un vapor, un gas o un líquid en gotes molt petites. Si una persona inhala els gasos dels cotxes es pot intoxicar.

inhalació, inhalador

inhibir

verb
com *servir*
◄ pàg. 28

1 Fer que una persona no digui el que pensa o no faci les coses amb naturalitat. Si renyem molt algú, l'inhibim i no ens explicarà res.

usat amb pronom

2 Inhibir-se és no participar en una cosa, no voler prendre-hi part. Si t'inhibeixes en un debat, no hi dónes la teva opinió.

inhibició

inhòspit inhòspita inhòspits inhòspites

adjectiu

Un territori, un país o un clima és inhòspit quan no té bones condicions per a viure-hi i s'hi està malament. La Sibèria és una zona inhòspita.

inhumà inhumana inhumans inhumanes

adjectiu

Que no té humanitat, que tracta malament els altres. En alguns països, els presos són tractats de manera inhumana.

inhumar

verb
com *cantar*
◄ pàg. 26

Enterrar un cadàver. En alguns casos, es fa l'autòpsia d'un difunt abans d'inhumar-lo.

inhumació

inici inicis

nom masculí

Començament. L'inici de les vacances fa molta il·lusió.

inicial inicials

adjectiu

1 Que és a l'inici, que indica el començament. *R* és la consonant inicial de la paraula *rei*. Tenir febre és el símptoma inicial de moltes malalties.

nom femení plural

2 Les inicials d'una persona són la primera lletra del seu nom i dels seus cognoms. Hi ha persones que porten les inicials brodades als mocadors.

iniciar
verb
com *canviar*
◄ pàg. 30
Amb dièresi
1 Començar una cosa. Es pot iniciar la construcció d'una autopista, el curs acadèmic o una investigació.
2 Donar a algú els coneixements sobre alguna cosa. Hi ha cursos que inicien en les arts marcials.
iniciació, iniciàtic

iniciativa iniciatives
nom femení
Una persona té iniciativa si és la primera a proposar i organitzar les coses. Es diu que algú pren la iniciativa quan és el primer a fer una cosa i s'avança als altres. La indústria japonesa porta la iniciativa en alguns productes electrònics.

inimitable inimitables
adjectiu
Que no es pot imitar. Alguns pintors tenen un estil inimitable.

iniquitat iniquitats
nom femení
Una iniquitat és una cosa molt mal feta, una injustícia molt gran.

injecció injeccions
nom femení
Amb J
1 Una injecció és un medicament que es fa entrar dins del cos a través d'una xeringa.
2 Acció d'injectar.

injectar
verb
com *cantar*
◄ pàg. 26
Amb J
1 Fer entrar un líquid, un medicament, dins del cos amb una xeringa. A vegades, quan tenim una infecció, el metge ens injecta antibiòtics.
2 Fer entrar un líquid o un gas dins d'una substància o dins un organisme. Els escorpins injecten verí a les seves preses.
injectable

injúria injúries
nom femení
Una injúria és una paraula o una acció que ofèn algú, que és un insult molt greu.
injuriar, injuriós, injuriosa

injust injusta injusts injustes
adjectiu
També *injustos*
Que no és just. És injust que dues persones no cobrin el mateix per fer la mateixa feina.

injustícia injustícies
nom femení
1 La injustícia és la falta de justícia. En alguns resultats esportius hi ha injustícia.
2 Una injustícia és una acció injusta. No contractar una persona perquè no és del nostre país és una injustícia.

innat innata innats innates
adjectiu
Que ho tenim des del naixement. Es diu que algunes persones tenen una habilitat innata per a la música.

innocència innocències
nom femení
Amb NN
Una persona té innocència quan és innocent. L'advocat defensor ha de provar la innocència de la persona acusada.

innocent innocents
adjectiu
i nom masculí
i femení
Amb NN
1 Que no ha fet cap mal, que no ha comès cap delicte. Els jutges han de decidir si una persona és innocent o culpable.
2 Que se'l pot enganyar fàcilment, que s'ho creu tot i que no coneix el mal. Les criatures són innocents.

innombrable innombrables
adjectiu
Que són molts, en nombre molt gran. Els insectes que hi ha al món són innombrables. Dos bilions d'euros és una quantitat innombrable.

innovació innovacions
nom femení
Amb NN
Una innovació és una cosa nova, un canvi. Els cotxes moderns porten moltes innovacions que n'augmenten la seguretat.
innovador, innovar

inocular
verb
com *cantar*
◄ pàg. 26
Fer entrar en el cos microbis, una substància verinosa, una droga, etc. Els escorpins inoculen el seu verí amb una ungla que tenen al final del cos.
inoculació

inodor inodora inodors inodores
adjectiu
Que no fa cap olor. L'aigua pura és inodora.

inofensiu inofensiva inofensius inofensives
adjectiu
Que no fa cap mal. Les ratapinyades són animals inofensius.

inòpia inòpies
nom femení
La inòpia és la pobresa, la necessitat que passa una persona. Hi ha persones que viuen en la més absoluta inòpia, que no tenen diners ni per a menjar.

inorgànic inorgànica inorgànics inorgàniques
adjectiu
1 Que no és orgànic, que no té vida. Les pedres són cossos inorgànics.
2 En química, es diuen inorgànics els elements simples, com els metalls, i la majoria de les substàncies compostes que formen part del món físic, com l'aigua, els sulfats, els carbonats, etc.

inoxidable inoxidables
adjectiu
Que no es pot oxidar o rovellar. Moltes olles i cassons que es fan servir per a cuinar són d'acer inoxidable.

inquiet inquieta inquiets inquietes
adjectiu
1 Que no sap estar tranquil, que està preocupat per alguna cosa, que té por que passi alguna cosa. Quan esperem algú i no arriba, estem inquiets.

Continua a la pàgina següent

2 Es diu que una persona és inquieta si sent curiositat per les coses i sempre està observant, llegint i estudiant.
inquietant, inquietar

inquietud inquietuds

nom femení — 1 Una persona té o sent inquietud quan està inquieta. Quan no sabem res de les persones que estimem, sentim inquietud.
2 Una persona té inquietuds si sent curiositat, si es preocupa per les coses, té ganes de treballar i llegeix i estudia molt.

inquilí inquilina inquilins inquilines

nom masculí i femení — Llogater d'un pis o d'una casa.

inrevés inrevessos

nom masculí — 1 L'inrevés d'una cosa és la part oposada o contrària al dret. L'inrevés de les fulles dels arbres és de color verd més clar i mira cap al terra.

locució que fa d'adverbi — 2 **A l'inrevés** vol dir en sentit oposat, el de dalt a baix, el de davant al darrere i el de dins a la part de fora. *Em vaig posar la camisa a l'inrevés i se'm veien totes les costures.*

insalivació insalivacions

nom femení — La insalivació és el fet d'insalivar. Una bona digestió comença amb la insalivació.

insalivar

verb com *cantar* ◄ pàg. 26 — Barrejar els aliments amb la saliva dins de la boca. Si insalives bé el menjar, faràs millors digestions.

inscripció inscripcions

nom femení — 1 Es fa una inscripció quan s'inscriu una persona en un lloc. Si vols assistir a un curset d'estiu, primer has de fer la inscripció.
2 Una inscripció és un escrit fet en un objecte. Els arqueòlegs troben pedres amb inscripcions escrites en llengües antigues.

inscriure

verb com *escriure* ◄ pàg. 34 — 1 Apuntar el nom d'una persona en una llista o en un fitxer. Per a participar en una cursa atlètica, els organitzadors ens han d'inscriure. Si vols fer un curset i no t'hi inscrius a temps, et pots quedar sense plaça.
2 Gravar sobre un objecte unes paraules, un escrit. A la majoria de les sepultures, la gent inscriu el nom i les dates de naixement i de mort de la persona enterrada.

insecte insectes

nom masculí — Un insecte és un artròpode que té sis potes i el cos dividit en tres parts: el cap, el tòrax i l'abdomen. Els insectes poden tenir quatre o dues ales o no tenir-ne cap. Són insectes les papallones i les formigues.
desinsectar

insecticida insecticides

nom masculí Amb A final — Un insecticida és un producte que mata insectes.

insectívor insectívora insectívors insectívores

adjectiu — 1 Un animal és insectívor si s'alimenta d'insectes. La majoria dels ocells són insectívors.

nom masculí — 2 Un insectívor és un mamífer que té el morro molt llarg i sovint acabat en una petita trompa. Els insectívors són de mida petita, de 3 a 45 centímetres, i s'alimenten d'insectes i d'altres animals petits. La musaranya, l'eriçó i el talp són insectívors.

insegur insegura insegurs insegures

adjectiu — Que no va segur, que no està segur. Quan el temps és insegur és possible que plogui. Si una persona camina insegura, ha de portar bastó.
inseguretat

inseminació inseminacions

nom femení — 1 La inseminació és l'arribada del semen a l'òvul per a fer la fecundació.
2 Es fa la **inseminació artificial** quan el semen fecunda l'òvul sense intervenció dels òrgans sexuals del mascle. En els animals, la fan els veterinaris; en les persones, els metges.
inseminar

insensible insensibles

adjectiu — Que no sent, que no té sensibilitat. Quan han d'operar una persona, la deixen insensible perquè no noti el dolor. Es diu que una persona és insensible quan no pateix pels altres i no manifesta cap sentiment.
insensibilitat, insensibilitzar

inseparable inseparables

adjectiu — Que no es pot separar. Dues persones són inseparables si sempre van juntes.

inserir

verb com *servir* ◄ pàg. 28 — Fer que una cosa s'introdueixi, entri, dins una altra. Quan escrivim en un ordinador, podem inserir frases i paraules en el lloc del text que vulguem.
inserció

insígnia insígnies

nom femení — 1 Una insígnia és un senyal que indica la dignitat, el grau o el càrrec d'una persona. Els comandaments de l'exèrcit es distingeixen per les insígnies que porten.
2 Petit escut d'un club o d'una associació. Alguns aficionats de futbol porten la insígnia del seu equip a la solapa.

insignificant insignificants

adjectiu — Que no significa res, que no té cap valor, cap importància. Un cèntim d'euro és una quantitat de diners insignificant.
insignificança

insinuar

verb, com *canviar* ◄ pàg. 30, Amb dièresi — **1** Fer que una cosa s'entengui sense dir-la clarament. A vegades, la gent insinua coses només per veure com reaccionen els altres.

usat amb pronom — **2** Una cosa **s'insinua** quan comença a aparèixer, a veure's. Quan hi ha molta boira les coses només s'insinuen.
3 Una persona **s'insinua** si indica amb algun signe, amb les paraules o amb els gestos que vol tenir relacions amoroses.
insinuació

insípid insípida insípids insípides

adjectiu — Que no té cap gust. L'aigua pura és insípida.
insipidesa

insistència insistències

nom femení — La insistència és el fet d'insistir. Si una cosa t'interessa molt, la demanes amb insistència.

insistir

verb, com *servir* ◄ pàg. 28 — Fer o demanar moltes vegades una cosa. Si parles i no et senten, hauràs d'insistir.
insistent

insolació insolacions

nom femení — **1** Una persona agafa una insolació quan es troba malament perquè li ha tocat massa el sol. Les insolacions donen mal de cap, febre i vòmits.
2 Part del dia en què fa sol. Al migdia és quan la insolació és més forta.

insolent insolents

adjectiu i nom masculí i femení — Que contesta de mala manera, que diu paraules que molesten i ofenen. Els insolents no accepten mai que els renyin.
insolència, insolentar-se

insòlit insòlita insòlits insòlites

adjectiu — Que passa poques vegades, que és estrany o extraordinari. Que nevi el mes de juliol és insòlit al nostre país.

insoluble insolubles

adjectiu — **1** Que no es pot dissoldre. L'oli és insoluble en l'aigua.
2 Es diu que un problema és insoluble quan no té solució, no es pot resoldre.

insomni insomnis

nom masculí — Una persona té insomni quan no pot dormir. Algunes persones pateixen d'insomni perquè tenen moltes preocupacions.
insomne

inspeccionar

verb, com *cantar* ◄ pàg. 26 — Examinar amb molta atenció una cosa. Als aeroports, hi ha guàrdies que inspeccionen els equipatges.
inspecció

inspector inspectora inspectors inspectores

nom masculí i femení — Persona que s'encarrega d'inspeccionar i de vigilar. Els inspectors de policia interroguen els testimonis d'un crim i dirigeixen les investigacions.

inspiració inspiracions

nom femení — **1** Fem una inspiració quan respirem i deixem que l'aire entri cap als pulmons.
2 Una persona té inspiració si se li acudeixen bones idees per a fer coses. La inspiració és molt important per als artistes.

inspirar

verb, com *cantar* ◄ pàg. 26 — **1** Fer entrar aire als pulmons. Quan respirem, primer inspirem l'aire i després l'expirem.
2 Una persona o una cosa ens inspira si fa que tinguem idees, sentiments i afectes, si ens fa pensar i treballar. L'amor ha inspirat sempre els poetes.

usat amb pronom — **3 Inspirar-se** és agafar idees d'una persona o d'una cosa per a fer una altra cosa. Moltes pel·lícules s'inspiren en novel·les famoses.

instal·lació instal·lacions

nom femení — **1** Fem una instal·lació quan ens instal·lem en un lloc o instal·lem alguna cosa. La instal·lació del gas a les cases l'ha de fer una persona especialitzada.
2 Una instal·lació és un conjunt d'edificis, de mecanismes, de tubs, etc., que serveixen per a alguna cosa. Hi ha instal·lacions esportives, elèctriques, de televisió, etc.

instal·lar

verb, com *cantar* ◄ pàg. 26 — **1** Posar un aparell o una màquina en el lloc on ha de funcionar. Es pot instal·lar el telèfon en una casa o l'aire condicionat en un cotxe.
2 Posar una persona o una cosa en un lloc. Quan tenim amics a casa, els instal·lem de la manera més còmoda possible.

usat amb pronom — **3** Una persona **s'instal·la** en una casa quan hi va a viure i col·loca totes les coses en el lloc corresponent.

instància instàncies

nom femení — Una instància és un escrit que fem per demanar alguna cosa a algú que mana i ens la pot concedir. Per a matricular-se en alguns col·legis, s'ha de presentar una instància a la direcció del centre.

A B C D E F G H I J K L M N O P Q R S T U V W X Y Z

instant instants
nom masculí — Un instant és un període de temps molt curt. Si fem una cosa en un instant, la fem molt de pressa.

instantani instantània instantanis instantànies
adjectiu — Que passa molt de pressa. Si un verí produeix una mort instantània, l'animal o la persona mor en uns segons.

instar
verb, com *cantar* ◄ pàg. 26 — Demanar amb molta insistència que algú faci una cosa. Les autoritats de trànsit insten els conductors a conduir amb prudència.

instigar
verb, com *cantar* ◄ pàg. 26, Amb GU davant E, I — Pressionar algú per tal que faci una cosa. Hi ha persones que roben perquè les instiguen.
instigació, instigador

instint instints
nom masculí — Un instint és un impuls natural dels éssers vius que fa que es comportin d'una manera determinada sense que ningú els ho hagi ensenyat. Els animals tenen l'instint de menjar.
instintiu, instintiva

institució institucions
nom femení — 1 Es fa una institució quan s'institueix alguna cosa. Ja fa molts anys que es va fer la institució dels premis Nobel.
2 Una institució és una associació o organització de persones que volen fer alguna cosa. Els hospitals són institucions destinades a les persones malaltes.
institucional, institucionalitzar

instituir
verb, com *reduir* ◄ pàg. 39, Amb dièresi — Donar principi a una cosa, fundar-la o crear-la. Els Oscar de Hollywood es van instituir l'any 1928.

institut instituts
nom masculí — 1 Un institut és un centre públic on es fa l'ensenyament secundari. Es pot fer l'ESO i el batxillerat en un col·legi privat o en un institut.
2 Nom que reben altres centres d'ensenyament i algunes associacions científiques i culturals: *Institut d'Estudis Catalans, Institut Alemany*, etc.

institutor institutriu institutors institutrius
nom masculí i femení — Persona que s'encarrega de l'ensenyament i l'educació d'una o més persones joves. Antigament, les persones de les famílies riques estudiaven a casa amb institutors i institutrius.

instrucció instruccions
nom femení — 1 La instrucció és el fet d'instruir o d'ensenyar algú a fer una cosa. Els soldats fan instrucció quan aprenen les normes militars. Es diu que una persona no té instrucció quan no ha anat a escola i no sap gairebé res.
nom femení plural — 2 Unes instruccions són unes explicacions que ens diuen com hem de fer una cosa. Els electrodomèstics tenen un llibret d'instruccions que cal llegir abans de fer-los anar per primera vegada.

instruir
verb, com *reduir* ◄ pàg. 39, Amb dièresi — 1 Donar a algú coneixements i informacions. Hi ha col·legis que instrueixen els estudiants a fer servir els ordinadors.
usat amb pronom — 2 **Instruir-se** és rebre coneixements i informacions. Anem a escola per instruir-nos i aprendre.
instructiu, instructiva, instructor

instrument instruments
nom masculí — 1 Un instrument és un objecte que ens serveix per a fer una cosa. Un ganivet, un martell o un bisturí són instruments.
2 Un instrument de música és un objecte fabricat de manera que produeix sons musicals.
3 Un **instrument de corda** és un instrument musical format per una caixa de ressonància i unes cordes especials. Es toca fent vibrar les cordes fregant-les amb un arquet, puntejant-les o picant-les. El violí, l'arpa i el piano són instruments de corda.
4 Un **instrument de percussió** és un instrument musical que es toca donant-li cops amb una baqueta, amb la mà o amb una altra cosa. El bombo, el timbal, el gong i el xilòfon són instruments de percussió.
págs. 394-395 (32)
5 Un **instrument de vent** és un instrument musical format per un o més tubs de formes i mides diverses. Es toca bufant per l'embocadura. Aquests instruments es divideixen en dos grups: els de fusta, com la flauta, el clarinet i el fagot, i els de metall, com la trompeta, la trompa i el trombó.
instrumentar, instrumentista

instrumental instrumentals
adjectiu — 1 Que fa servir instruments musicals. Una orquestra és un conjunt instrumental.
nom masculí — 2 L'instrumental és el conjunt d'instruments necessaris per a alguna cosa. Per a operar una persona, cal un instrumental molt precís i en perfectes condicions.

insubordinar

verb
com *cantar*
◄ pàg. 26

Fer que unes persones no obeeixin, no respectin l'autoritat. Hi ha persones que insubordinen els presos i provoquen conflictes. Quan la gent d'un país s'insubordina, hi ha una revolució.

insubordinació

insuficient insuficients

adjectiu — 1 Que no és suficient, que no n'hi ha prou. Dos mil euros és una quantitat insuficient per a comprar-se un cotxe nou.

nom masculí — 2 Un insuficient és la nota que en un examen indica que no s'ha arribat al nivell necessari per a aprovar.

insuficiència

insuflar

verb
com *cantar*
◄ pàg. 26

Fer entrar aire o un altre gas dins del cos. Quan un malalt no respira bé, se li insufla oxigen.

insular insulars

adjectiu i nom masculí i femení — Illenc.

insularitat

insulina insulines

nom femení — La insulina és una substància produïda pel pàncrees que fa que a la sang hi hagi sempre la quantitat de sucre que necessitem. Les persones que tenen diabetis han de prendre insulina perquè el seu pàncrees no funciona bé.

insuls insulsa insulsos insulses

adjectiu — Un menjar és insuls quan té poc gust, poc sabor. Una persona o una cosa és insulsa quan no té cap gràcia ni interès. Les persones insulses no són divertides.

insult insults

nom masculí — Un insult és una paraula que es fa servir per a insultar.

insultar

verb
com *cantar*
◄ pàg. 26

Dir a una persona una paraula o paraules que la fan enfadar molt, que li fan molt de mal. Si algú insulta un o una policia, pot haver de pagar una multa. Quan dues persones s'insulten sovint acaben barallant-se.

insuperable insuperables

adjectiu — Que no es pot superar. També es diu que una cosa és insuperable si és molt bona, de molta qualitat.

insuportable insuportables

adjectiu — Que no es pot suportar. A l'estiu, a ple sol, fa una calor insuportable.

insurrecció insurreccions

nom femení — Hi ha una insurrecció quan la gent d'un país va contra el seu govern o quan uns militars van contra els seus comandaments. Al segle XIX, hi va haver la insurrecció dels cubans contra els espanyols.

insurgent, insurgir-se, insurrecte

intacte intacta intactes

adjectiu — Que no s'ha tocat, que no s'ha fet servir, que està igual que al començament. Si l'ampolla de llet està intacta, és que ningú no n'ha begut.

integral integrals

adjectiu — Que és complet, que té tot el necessari. El pa integral està fet amb una farina que no ha perdut cap dels seus components.

integrar

verb
com *cantar*
◄ pàg. 26

1 Formar diverses coses o persones un conjunt. Una orquestra està integrada per molts músics i instruments.

usat amb pronom — 2 **Integrar-se** és entrar a formar part d'un grup de persones o d'un país, fent les mateixes coses que fa tothom. Hi ha estrangers que s'integren molt bé a Catalunya i aviat parlen català.

integració, integrant

íntegre íntegra íntegres

adjectiu — 1 Que és sencer. Si una quantitat de diner és íntegra, no hi falta ni un cèntim.
2 Una persona és íntegra quan compleix bé les seves obligacions i no enganya ni estafa. Un jutge íntegre mai no es deixa subornar.

integrisme integrismes

nom masculí — L'integrisme és la doctrina i l'actitud de les persones que no volen que hi hagi canvis ni en la religió ni en la societat ni en la política.

integrista

integritat integritats

nom femení — Una persona o una cosa té integritat quan és íntegra. Els polítics han de tenir una gran integritat. Un país dividit entre dos o més estats no té integritat.

intel·lecte intel·lectes

nom masculí — L'intel·lecte és la facultat de pensar i de comprendre, és el coneixement i la intel·ligència.

intel·lectiu, intel·lectiva

intel·lectual intel·lectuals

adjectiu — 1 Que és de la intel·ligència, que es fa amb la intel·ligència. Estudiar és una feina intel·lectual; escombrar és una feina manual.

nom masculí i femení — 2 Un o una intel·lectual és una persona que es dedica a l'estudi, que investiga, que escriu, etc.

intel·lectualitat

intel·ligència intel·ligències

nom femení — La intel·ligència és la capacitat d'entendre i de conèixer les coses. Com que tenim intel·ligència, podem resoldre situacions noves amb solucions també noves.

inintel·ligible, intel·ligible

intel·ligent intel·ligents

adjectiu — Que té intel·ligència. Es diu que una persona és intel·ligent quan entén molt bé les coses. També diem que alguns animals, com els gossos, són intel·ligents, perquè fan el que els manen.

intempèrie intempèries

nom femení — Es diu que una persona o una cosa està a la intempèrie si està a l'aire lliure. A l'estiu, molts excursionistes dormen a la intempèrie.

intenció intencions

nom femení — Una intenció és una idea o un pensament que tenim d'una cosa que volem fer. Si tens intenció d'anar a la platja, has d'agafar el banyador. Si fem una cosa amb bona intenció és que volem que vagi bé, que sigui bona per a tothom.

intencional, intencionalitat, intencionat, intencionada

intens intensa intensos intenses

adjectiu — Que té intensitat. Els fars fan una llum molt intensa.

intensificació, intensificar

intensitat intensitats

nom femení — Diem que algunes coses, com la calor, el fred, el dolor, el soroll o l'amor, tenen intensitat si són molt fortes, molt potents i les notem molt. Els televisors tenen uns comandaments per a augmentar la intensitat del color i del so.

intensiu intensiva intensius intensives

adjectiu — **1** Que demana molta activitat en poc temps. En un curs intensiu de francès es fan moltes hores en pocs dies. Si en una empresa es fa horari intensiu, es fan totes les hores de feina seguides.

2 Un cultiu és intensiu quan la terra s'aprofita molt per a obtenir grans quantitats de productes diferents.

intent intents

nom masculí — Es fa un intent quan s'intenta una cosa. Alguns atletes no poden batre un rècord fins al segon o tercer intent.

intentar

verb, com *cantar* ◄ pàg. 26 — Provar de fer una cosa, actuar per veure si l'aconseguim. En els jocs olímpics, els millors atletes intenten de batre els rècords establerts.

intercalar

verb, com *cantar* ◄ pàg. 26 — Posar una cosa entre altres coses. Els llibres de contes intercalen dibuixos entre les pàgines de text.

intercalació

intercanvi intercanvis

nom masculí — Es fa un intercanvi quan es canvien unes persones o unes coses per unes altres. En un intercanvi d'estudiants, uns estudiants d'aquí van a l'estranger, i uns d'estrangers vénen aquí.

intercanviar

verb, com *canviar* ◄ pàg. 30, Amb dièresi — Fer un intercanvi. Els països europeus intercanvien cada vegada més mercaderies.

intercanviable

intercedir

verb, com *servir* ◄ pàg. 28 — Demanar una cosa en favor d'una altra persona. Els pares sempre intercedeixen pels seus fills quan han fet una malifeta.

intercessió, intercessor

interceptar

verb, com *cantar* ◄ pàg. 26 — Sortir al pas d'algú o d'alguna cosa abans que arribi a la seva destinació, no deixar-los passar. Es pot interceptar una carta, un tren o una pilota que anava cap a la porteria.

intercomunicador intercomunicadors

nom masculí — Intèrfon.

interès interessos

nom masculí — **1** Una persona o una cosa té interès per a nosaltres si ens desperta un sentiment d'estima, si ens agrada i ens crida l'atenció. Si una novel·la no té cap interès, aviat deixem de llegir-la.

2 Cosa que ens és favorable, que ens va bé. Una persona egoista només té en compte el seu interès.

3 Quantitat de diners que un banc ens dóna cada any pels diners que hi tenim dipositats. Un interès del 7% vol dir que per cada 100 euros te'n donen 7.

4 Quantitat de diners que hem de donar al banc quan ens ha deixat uns diners. Si hem de pagar un 7% d'interès per cada 100 euros que ens hagin deixat, en pagarem 7.

interessar

verb, com *cantar* ◄ pàg. 26 — **1** Una persona o una cosa ens interessa quan té interès per a nosaltres. Si a una persona no li interessa la geografia, mai no en sabrà.

usat amb pronom — **2 Interessar-se** és prendre interès. Tots els grans compositors s'interessaven per la música des de ben petits. Quan estem ma-

A B C D E F G H I J K L M N O P Q R S T U V W X Y Z

)– parallamps
)– penell
)– àtic
)– enllumenat públic
)– dipòsit
)– terrat
7 – antena
8 – façana
9 – canaló
10 – ampit
11 – finestra
12 – persiana
13 – aire condicionat
14 – corró
15 – pintor
16 – formigó
17 – arquitecte
18 – guixaire
19 – barana
20 – balcó
21 – claraboia
22 – canonada
23 – fuster
24 – calefacció
25 – rajola de València
26 – radiador
27 – aixeta
28 – escalfador
29 – lampista
30 – reixeta
31 – escala
32 – esglaó
33 – rajola
34 – paleta
35 – runa
36 – envernissador
37 – vernís
38 – ebenista
39 – baixos
40 – ciment
41 – formigonera
42 – maó
43 – totxana
44 – electricista
45 – gaveta
46 – guix
47 – entrada

1 – estudi
2 – aparell de música
3 – llum
4 – caixa de nuvia
5 – teulada
6 – sofà
7 – tauleta
8 – xemeneia
9 – coixí
10 – llençol
11 – matalàs
12 – dormitori
13 – sostre
14 – cadira
15 – calaix
16 – vàter
17 – cortina
18 – bany
19 – banyera
20 – bidet
21 – lavabo
22 – tovallola
23 – paret mestra
24 – mirall
25 – calaixera
26 – cobrellit
27 – llit
28 – armari
29 – tauleta de nit
30 – roser
31 – heura
32 – xiprer
33 – garatge

34 – baieta
35 – cotxe
36 – agulles d'estendre
37 – terra
38 – safareig
39 – escombra
40 – rentadora
41 – galleda
42 – envà
43 – rebost
44 – escorredora
45 – rebedor
46 – penja-robes
47 – sòcol
48 – culler
49 – escombraries
50 – rentavaixella
51 – escumadora
52 – setrill
53 – cuina
54 – campana extractora
55 – cassola
56 – forn
57 – eixugamà
58 – bufet
59 – menjador
60 – taula
61 – estovalles
62 – porró
63 – butaca
64 – llar de foc
65 – sala
66 – televisor
67 – desmai
68 – gronxador
69 – caseta de gos

1 – gratacel
2 – masia
3 – barraca
4 – edifici
5 – mansió
6 – torre
7 – cases adossades
8 – borda
9 – xalet

1 – cruïlla
2 – plaça
3 – xamfrà
4 – cantonada
5 – illa
6 – avinguda
7 – carrer
8 – cartell
9 – rètol
10 – estafeta
11 – gual
12 – cabina telefònica
13 – vianant
14 – vorera
15 – quiosc
16 – semàfor
17 – fanal
18 – boca de claveguera
19 – calçada
20 – paperera
21 – autobús
22 – senyal de circulació
23 – bústia
24 – ambulància
25 – xofer d'ambulància
26 – embornal
27 – parada d'autobús
28 – vorada
29 – pas zebra
30 – guàrdia municipal

1 – volta
2 – clau de volta
3 – vitrall
4 – columna
5 – capitell
6 – sagristia
7 – confessionari
8 – altar
9 – càtedra
10 – cancell
11 – pica de l'aigua beneita
12 – baptisteri
13 – presbiteri
14 – banc
15 – cripta

1 – cúpula
2 – campanar
3 – tambor
4 – campana
5 – claustre
6 – arcbotant
7 – rosassa
8 – contrafort
9 – llinda
10 – llindar
11 – arquivolta
12 – gàrgola
13 – portalada
14 – timpà

el castell

1 – talaia
2 – camí de ronda
3 – garita
4 – plaça d'armes
5 – merlet
6 – muralla
7 – masmorra
8 – porta caladissa
9 – espitllera
10 – pont llevadís
11 – fossat
12 – torre de l'homenatge

lalts, els companys s'interessen per nosaltres.
interessant

interferir
verb
com *servir* ◄ pàg. 28
Una cosa interfereix en una altra quan no la deixa funcionar bé. Si una emissora de ràdio n'interfereix una altra, se senten les dues sobreposades. Hi ha països que s'interfereixen en els afers d'altres països.
interferència

intèrfon intèrfons
nom masculí
Un intèrfon és un aparell que permet que les persones que viuen o treballen en diferents llocs d'un edifici puguin parlar a distància sense necessitat d'usar el telèfon.

interior interiors
adjectiu
1 Que és situat a la part de dins d'una cosa. Les maletes acostumen a tenir butxaques interiors.
2 Que no dóna al carrer. Una habitació interior no té balcons.
3 Una ciutat o un poble és interior quan es troba lluny dels límits o de les fronteres del país o lluny del mar. Lleida és una ciutat interior.
nom masculí
4 L'interior d'una cosa és la part de dins, la que no es veu. A l'interior dels préssecs hi ha un pinyol.
5 Es parla de l'interior d'una persona per a referir-se als seus pensaments i els seus sentiments.
interioritat

interiorisme interiorismes
nom masculí
L'interiorisme és l'art i la tècnica de fer que l'interior de les cases i dels pisos sigui bonic i confortable. S'encarrega del tipus de mobles, de la il·luminació, de les cortines, etc.

interjecció interjeccions
nom femení
Amb J
Una interjecció és una paraula o un conjunt de paraules que indiquen admiració, sorpresa, alegria, dolor o altres sensacions. Normalment, les interjeccions s'escriuen amb un signe d'exclamació al darrere. *Oh!, apa!, ai!* i *ui!* són interjeccions.

interlocutor interlocutora interlocutors interlocutores
nom masculí i femení
Persona que intervé en una conversa. Quan parles amb les teves amigues, elles són les teves interlocutores.

intermedi intermèdia intermedis intermèdies
adjectiu
1 Que està entre el principi i el final d'una sèrie. Els equips que ocupen una posició intermèdia a la Lliga de futbol no estan ni entre els primers ni entre els últims.
nom masculí
2 Un intermedi és un temps de descans entre les dues parts d'un concert o d'una obra de teatre.

intermediari intermediària intermediaris intermediàries
nom masculí i femení
1 Persona que actua entre dues altres persones perquè facin negocis o es posin d'acord en alguna cosa. Hi ha intermediaris que ajuden a fer negocis a l'estranger.
2 Persona que compra productes i mercaderies als pagesos i fabricants i després les ven a altres persones. Els intermediaris fan només de distribuïdors.

interminable interminables
adjectiu
Que no s'acaba mai. Una pel·lícula avorrida és interminable.

intermitent intermitents
adjectiu
1 Una cosa és intermitent quan s'atura i torna a funcionar moltes vegades seguides. Una febre intermitent puja i baixa diverses vegades en poques hores.
nom masculí
2 Un intermitent és cada un dels llums que porten els cotxes per a indicar que qui condueix vol girar a la dreta o a l'esquerra. Hi ha quatre intermitents: dos al davant i dos al darrere, i, quan funcionen, s'encenen i s'apaguen. ✎ cotxe per fora
intermitència

intern interna interns internes
adjectiu
1 Que és situat a dins, que passa a dins. L'estómac és un òrgan intern. Els motors de cotxe es diuen de combustió interna perquè la gasolina es crema tancada dins dels pistons.
nom masculí i femení
2 Persona que viu en un internat, en un hospital, en una presó o en un lloc semblant.

internacional internacionals
adjectiu
Que té lloc entre dues o més nacions, entre persones de diverses nacions. En un congrés internacional, hi ha gent de tot el món.
internacionalisme, internacionalitzar

internar
verb
com *cantar* ◄ pàg. 26
1 Fer que una persona entri en una clínica, en un hospital, en una presó, en un col·legi o en un lloc semblant. Quan s'han d'operar, els malalts s'internen uns dies abans a l'hospital.
usat amb pronom
2 **Internar-se** és ficar-se molt endins d'un lloc. Encara hi ha selves on no s'ha internat mai ningú.

internat internats
nom masculí
Un internat és un col·legi on els alumnes hi viuen.

internauta internautes

nom masculí i femení — Un o una internauta és una persona que fa servir Internet.

Internet

nom femení — Internet és una xarxa informàtica que es fa servir a tot el món per a poder comunicar-se amb altres persones i poder consultar tot tipus d'informació a través d'un ordinador.

interpel·lar

verb com *cantar* ◄ pàg. 26 — Dirigir la paraula a algú per demanar-li alguna cosa, per fer-li explicar les coses que ha fet, etc. Al parlament, els diputats interpel·len el president del govern quan no estan d'acord amb la política que fa.

interpel·lació, interpel·lant

intèrpret intèrprets

nom masculí i femení — **1** Un o una intèrpret és una persona que tradueix la conversa entre persones de llengües diferents. A l'ONU hi ha molts intèrprets.

2 Artista que actua al cine o al teatre.

interpretar

verb com *cantar* ◄ pàg. 26 — **1** Fer un personatge en una obra de teatre, en una pel·lícula, en un programa de televisió. No tots els actors s'atreveixen a interpretar *Hamlet*.

2 Tocar o cantar una cançó, una peça musical. Les grans orquestres interpreten sovint les simfonies de Beethoven.

3 Explicar o comentar un text que no és gaire clar. Els juristes són persones que interpreten les lleis.

4 Donar a una cosa un significat determinat. Hi ha persones que saben interpretar els somnis.

interpretació

interrogant interrogants

nom masculí — **1** Un interrogant és un signe que es posa al final (?) d'una pregunta: *Vols venir?*

2 Pregunta o cosa que no sabem del cert. Encara és un interrogant si Cristòfol Colom era italià o català.

interrogar

verb com *cantar* ◄ pàg. 26 Amb GU davant E, I — Fer preguntes a algú per saber què ha passat. Els advocats interroguen els testimonis.

interrogació

interrogatiu interrogativa interrogatius interrogatives

adjectiu — Que indica una pregunta. *Qui ha sortit?* és una oració interrogativa. *On* és un adverbi interrogatiu.

interrogatori interrogatoris

nom masculí — Un interrogatori és un seguit de preguntes que la policia o el jutge fa a una persona per descobrir què ha passat.

interrompre

verb com *perdre* ◄ pàg. 27 — Fer que una cosa no pugui continuar, deixar de fer-la, aturar una feina. Es poden interrompre unes vacances, les obres d'una carretera o una conversa. També podem trobar que una pedra molt grossa interromp un camí.

interromput, interrompuda, ininterromput, ininterrompuda

interrupció interrupcions

nom femení — Es fa una interrupció quan s'interromp una cosa. Quan un jugador es fa mal, hi ha una interrupció del partit.

interruptor interruptors

nom masculí — Un interruptor és un mecanisme per a obrir i tancar els llums elèctrics o per a engegar alguns aparells. Els interruptors dels llums normalment són a les parets.

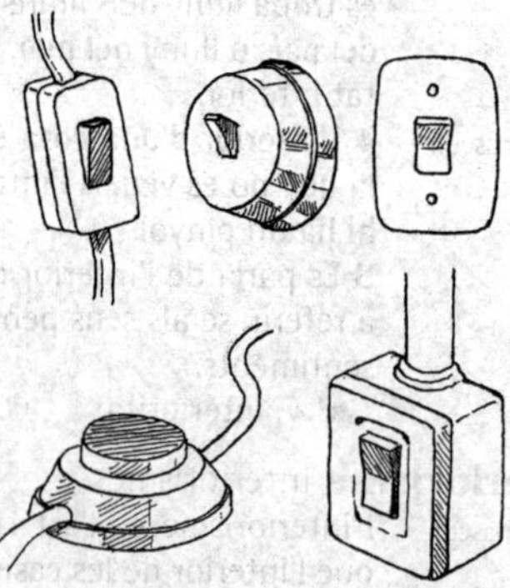

Interruptors

intersecció interseccions

nom femení — Es produeix una intersecció quan dues coses es tallen o s'encreuen. A la intersecció de dues carreteres hi ha senyals de trànsit que diuen qui ha de cedir el pas.

interval intervals

nom masculí — **1** Un interval és un espai que separa dues coses. A la vora d'algunes carreteres, hi ha arbres separats per intervals d'uns quants metres.

2 Temps que separa dos esdeveniments. Les dues parts d'un partit de futbol se separen per un interval d'un quart d'hora de descans.

intervenir

verb com *tenir* ◄ pàg. 42 Diferència: *intervén* — Prendre part en una cosa, en un negoci, per fer-lo anar endavant, canviar-lo, etc. En una pel·lícula intervenen els artistes i molta altra gent.

intervenció, intervencionisme, intervencionista

interventor interventora interventors interventores

nom masculí i femení — Persona que intervé en un assumpte, que vigila que una cosa es faci bé i que es compleixin les normes. A les votacions hi ha interventors dels partits polítics. Els revisors de tren són interventors.

interviu intervius

nom masculí — Un interviu és una entrevista que es fa en un mitjà de comunicació.

→ interviuar

intestí intestins

nom masculí — L'intestí, o els intestins, és un tub llarg que forma part de l'aparell digestiu i que va des de l'estómac fins a l'anus. No baixa recte, sinó que és molt llarg i està doblegat dins la panxa fent moltes voltes. Es divideix en dues parts: *l'intestí prim* i *l'intestí gros.*

intestinal intestinals

adjectiu — De l'intestí. La flora intestinal és un conjunt de bacteris que acaben de transformar les restes de la digestió dels aliments que arriben a l'intestí.

íntim íntima íntims íntimes

adjectiu — 1 Que és molt profund, molt personal. Tots tenim pensaments íntims que ningú no coneix. Si som amics íntims d'algú és que som molt amics i ens tenim molta confiança.

2 Que es fa amb molt poques persones. En una festa íntima només hi ha persones molt amigues i estimades.

→ intimar, intimista, intimitat

intimidar

verb com *cantar* ◄ pàg. 26 — Fer que una persona agafi por. Un gos que borda i ensenya les dents ens intimida.

→ intimidació

intolerable intolerables

adjectiu — Que no es pot tolerar, que no es pot permetre. Les imprudències d'alguns conductors de cotxe són intolerables.

intolerant intolerants

adjectiu i nom masculí i femení — Una persona és intolerant quan no admet la manera de pensar i d'actuar dels altres. És molt difícil conviure amb persones intolerants.

→ intolerància

intoxicació intoxicacions

nom femení — Una intoxicació és una malaltia provocada per haver menjat un verí o aliments en mal estat. Podem tenir una intoxicació si mengem bolets que no són comestibles.

→ desintoxicar, intoxicar

intramuscular intramusculars

adjectiu — Que es posa o que es fa dins dels músculs. Una injecció intramuscular es pot posar a la cuixa, i el líquid es fa entrar cap a dins del múscul.

intranscendent intranscendents

adjectiu — Que no és important. No hem de discutir per coses intranscendents.

intransitiu intransitiva intransitius intransitives

adjectiu — Un verb és intransitiu quan no pot tenir complement directe, com *créixer* i *roncar.* Les oracions que porten un verb intransitiu són intransitives, com *Les flors creixen de pressa.*

intrèpid intrèpida intrèpids intrèpides

adjectiu — Una persona és intrèpida si no té por dels perills. Els homes que van trepitjar la Lluna eren intrèpids.

→ intrepidesa

intriga intrigues

nom femení — 1 Una intriga és una acció feta amb astúcia i malícia per algú que vol aconseguir una cosa.

2 Una novel·la o una pel·lícula té intriga quan fa que tota l'estona estiguem pendents de com es resoldrà un misteri. Les pel·lícules policíaques tenen molta intriga.

intrigar

verb com *cantar* ◄ pàg. 26 Amb GU davant E, I — 1 Despertar el nostre interès, fer que tinguem molta curiositat per una cosa. El comportament d'alguns animals sempre ha intrigat els investigadors.

2 Fer intrigues per aconseguir una cosa. Hi ha persones que intriguen perquè volen tenir un càrrec important.

→ intrigant

intrínsec intrínseca intrínsecs intrínseques

adjectiu — Que ve de dins, que forma part necessàriament d'una cosa. Tenir plomes i bec són característiques intrínseques dels ocells.

introducció introduccions

nom femení — 1 Es fa una introducció quan s'introdueix una cosa. La policia vigila la introducció de droga en el país.

2 Tot allò que es fa o que es diu al començament d'un escrit, d'un discurs o d'una obra musical.

introduir

verb com *reduir* ◄ pàg. 39 Amb dièresi — 1 Fer entrar una cosa dins d'una altra. Per a obrir una porta hem d'introduir la clau al pany.

2 Fer la introducció d'un escrit, d'un discurs, d'un programa de televisió, etc. En un treball en grup, una persona pot introduir el tema i una altra el pot desenvolupar.

Continua a la pàgina següent

3 Fer que una cosa d'un lloc sigui coneguda o es faci en un altre lloc. Sembla que els àrabs van introduir el cultiu de l'arròs als països mediterranis.

usat amb pronom — **4 Introduir-se** és entrar, ficar-se en un lloc. Els mariners s'introdueixen en els submarins per una escotilla.

introductori, introductòria

intromissió intromissions

nom femení — Una persona fa una intromissió quan es fica en les coses d'una altra persona o en una qüestió que no li importa. La intromissió d'un país en la política d'un altre provoca moltes guerres.

introvertit introvertida introvertits introvertides

adjectiu i nom masculí i femení — Que parla poc i que no tracta gaire amb els altres. Les persones introvertides sembla que siguin antipàtiques.

introversió

intrús intrusa intrusos intruses

adjectiu — Que entra en un lloc on no pot estar. En una festa, una persona és intrusa si no hi està convidada.

intrusisme

intuir

verb com *reduir* ◀ pàg. 39 Amb dièresi — Imaginar-se que passarà una cosa que encara no se sap si passarà; pensar que passa una cosa que no es veu clarament. A vegades, amb una primera conversa, intuïm que algú serà amic nostre.

intuïció, intuïtiu, intuïtiva

inundació inundacions

nom femení — Hi ha una inundació quan una casa, un terreny o una regió s'inunda. Els rius desbordats provoquen inundacions.

inundar

verb com *cantar* ◀ pàg. 26 — 1 Cobrir d'aigua un lloc. Quan plou molt, alguns rius inunden camps i pobles. Algunes regions de l'Índia s'inunden sovint.

2 Es diu que un lloc **s'inunda** d'una cosa quan s'omple d'aquesta cosa. A l'estiu, les platges s'inunden de banyistes.

inútil inútils

adjectiu i nom masculí i femení — Que no és útil, que no serveix. Un cotxe sense rodes és un trasto inútil. Una persona és inútil si no sap fer les coses més bàsiques.

inutilitat, inutilitzar

invàlid invàlida invàlids invàlides

adjectiu i nom masculí i femení — 1 Una persona és invàlida quan per una malaltia o per un accident no es pot moure o li falta un braç o una cama. Alguns invàlids van en cadira de rodes.

adjectiu — 2 Una cosa és invàlida quan no té valor. Un xec que no està firmat és invàlid, el banc no el paga.

invalidació, invalidar, invalidesa

invariable invariables

adjectiu — 1 Que no és variable, que no canvia.

2 En gramàtica, una paraula és invariable quan no té diferents formes segons el gènere, el nombre, el temps, el mode o la persona. Les preposicions, els adverbis, les conjuncions i les interjeccions són invariables. Alguns noms i adjectius com *llapis* són invariables, tenen la mateixa forma en singular i en plural.

invasió invasions

nom femení — Hi ha una invasió quan moltes persones o un exèrcit envaeixen un lloc. Durant la Segona Guerra Mundial, la invasió de França pels aliats es va fer per Normandia.

invasor

invenció invencions

nom femení — 1 Invent.

2 Cosa inventada que una persona diu a una altra per enganyar-la. Els mentiders sempre expliquen invencions.

invent invents

nom masculí — 1 Un invent és el fet d'inventar una cosa. L'invent de la pólvora va ser molt important.

2 Cosa inventada per algú. La impremta és un gran invent.

inventar

verb com *cantar* ◀ pàg. 26 — 1 Fer o pensar una cosa nova, no coneguda abans. Les persones que inventen aparells i màquines dediquen molt de temps al treball i a l'estudi.

2 Dir coses que no són veritat, sinó que les imaginem. Es poden inventar històries molt divertides.

inventor

inventari inventaris

nom masculí — Un inventari és una llista de totes les coses que són d'una persona, d'una empresa o d'una associació. Algunes botigues, quan fan inventari, han d'estar uns quants dies tancades per a poder comptar-ho tot.

inventariar

inventiva inventives

nom femení — Una persona té inventiva quan inventa coses amb molta facilitat.

invers inversa inversos inverses

adjectiu — Oposat o contrari a una altra cosa. En una carretera, els cotxes que vénen de cara van en direcció inversa a la nostra.

A B C D E F G H I J K L M N O P Q R S T U V W X Y Z

invertebrat invertebrada invertebrats invertebrades

adjectiu i nom masculí — Un animal és invertebrat si no té columna vertebral. Els insectes són invertebrats.

invertir

verb com *servir* ◄ pàg. 28 — **1** Posar una cosa de cap per avall; canviar l'ordre, la direcció o la posició de dues o més coses. Si inverteixes un got ple d'aigua, caurà l'aigua a terra. Si invertim 3 + 4 queda 4 + 3.
2 Posar diners en un negoci; dedicar temps, treball o esforç a una cosa.
inversió, inversor

investigació investigacions

nom femení — Una investigació és el fet d'investigar. Els països dediquen molts diners a la investigació científica.

investigar

verb com *cantar* ◄ pàg. 26 Amb GU davant E, I — Mirar de conèixer una cosa, examinant-ne atentament tots els detalls, fent proves i experiments, etc. Els científics investiguen fenòmens naturals; la policia investiga crims.
investigador

invisible invisibles

adjectiu — Que no es pot veure. No hi ha persones invisibles.

invitar

verb com *cantar* ◄ pàg. 26 — Convidar.
invitació

invocar

verb com *cantar* ◄ pàg. 26 Amb QU davant E, I — Demanar amb súpliques i pregàries l'ajut i la protecció de Déu o dels déus, dels sants o d'una persona important.
invocació

involucrar

verb com *cantar* ◄ pàg. 26 — Ficar algú en un afer perillós, il·legal o complicat. Els estafadors involucren molta gent innocent en els seus negocis bruts.

involuntari involuntària involuntaris involuntàries

adjectiu — Que no és voluntari. Una falta involuntària s'ha fet sense voler.

invulnerable invulnerables

adjectiu — Que no pot ser ferit, que no se li pot fer mal. Superman és un heroi invulnerable.

ió ions

nom masculí — Un ió és un àtom o un grup d'àtoms que tenen una càrrega elèctrica. Hi ha ions positius i ions negatius.

iode iodes

nom masculí Amb I — El iode és un element químic sòlid de color gris fosc. N'hi ha a l'aigua del mar. Amb iode i alcohol es fa un líquid de color morat que desinfecta les ferides, la tintura de iode. El símbol del iode és: I.

ioga iogues

nom masculí Amb I — El ioga és una tècnica que la filosofia hindú proposa per a controlar el cos i la ment. Al nostre país hi ha persones que fan exercicis de ioga per relaxar-se o per mantenir-se àgils.

Ioga

iogurt iogurts

nom masculí Amb I — El iogurt és un aliment que es fa fermentant la llet. Porta molt calci i és molt bo per a la salut. És un líquid espès que es ven en uns pots petits de plàstic o de vidre. Hi ha iogurts naturals, que són de color blanc, i iogurts amb fruites o cereals.
págs. 398-399 (41)

io-io io-ios

nom masculí Amb I — Un io-io és una joguina formada per dos petits discos units pel mig per una barreta prima. S'hi juga fent-lo pujar i baixar amb un cordill que s'enrotlla en aquesta barreta.

ionosfera ionosferes

nom femení — La ionosfera és la capa de l'atmosfera de la Terra que està situada damunt de la mesosfera, fins a uns 600 quilòmetres d'altitud. A la ionosfera hi ha partícules carregades d'electricitat: electrons i ions. S'hi reflecteixen les ones de ràdio. Damunt de la ionosfera, hi ha l'exosfera.

iot iots

nom masculí Amb I — Un iot és una embarcació preparada per a fer viatges de vacances o de diversió. Hi ha iots molt grans, amb totes les comoditats.
págs. 194-195 (19)

ipso facto

locució que fa d'adverbi — Expressió llatina que fem servir per a indicar que una cosa es fa immediatament, de

A B C D E F G H I J K L M N O P Q R S T U V W X Y Z

seguida. *Vés ipso facto a la nevera i porta gel.*

ira ires
nom femení
La ira és una ràbia molt gran, un sentiment de violència contra algú o contra alguna cosa. Si una persona es deixa portar per la ira, pot fer mal als altres.
aïrar-se, iracund, irascible, irat, irada

iridi iridis
nom masculí
L'iridi és un element metàl·lic de color blanc grisós del mateix grup que el platí. És molt dur i unit amb el platí serveix per a fabricar la punta de les plomes estilogràfiques i instruments de cirurgia. El seu símbol és: Ir.

iris iris
nom masculí
1 L'iris és la part rodona que hi ha al centre de l'ull. Té al mig la pupil·la i fa que entri més o menys llum a dins de l'ull. El color dels ulls depèn del color que té l'iris.
pàgs. 798-799 (17)
2 Arc de Sant Martí.

irisat irisada irisats irisades
adjectiu
Que té els colors de l'arc de Sant Martí. Les robes irisades són molt boniques.

irlandès irlandesa irlandesos irlandeses
adjectiu
1 D'Irlanda. *Els catòlics irlandesos.*
nom masculí i femení
2 Persona que és d'Irlanda o que hi viu.
nom masculí
3 L'irlandès és una de les llengües que es parlen a Irlanda.

ironia ironies
nom femení
Una persona parla amb ironia quan diu una cosa però vol donar a entendre el contrari. Dir que el nostre equip és molt bo, ja que només ha perdut per 5 a 0, és una ironia: el que volem dir és que és molt dolent.
irònic, ironitzar

irracional irracionals
adjectiu
1 Que no és racional, que no té enteniment o raó. Les persones són animals racionals; els altres animals es diuen irracionals.
2 Que és absurd, que no té sentit, que no està ben pensat. Que la gent es mati en una guerra és irracional.
irracionalitat

irradiar
verb
com *canviar*
◄ pàg. 30
Amb dièresi
Llançar un cos raigs de llum o de calor. El sol irradia molta llum i calor.
irradiació

irreal irreals
adjectiu
Que no és real.
irrealitat

irregular irregulars
adjectiu
Que no és regular, que no és conforme a la regla, al model. Un polígon irregular no té els angles i els costats iguals. Si algú té una conducta irregular és que fa coses mal fetes o estranyes.

irregularitat irregularitats
nom femení
1 La irregularitat és la característica de les coses irregulars. Quan es construeix una casa, s'ha de tenir en compte la irregularitat del terreny.
2 Cosa que és irregular. Alguns verbs, com *cosir*, tenen irregularitats, formes que no segueixen el model: *jo cuso, nosaltres cosim.*

irrespirable irrespirables
adjectiu
Que no es pot respirar. Els vapors de mercuri són irrespirables.

irrigar
verb
com *cantar*
◄ pàg. 26
Amb GU davant E, I
1 Irrigar un terreny és regar-lo, fer-hi entrar aigua.
2 Arribar la sang a totes les parts del cos. Si la sang no irriga el cervell la persona perd el coneixement i pot morir.
3 Fer arribar aigua o un altre líquid a una part del cos per rentar-la o desinfectar-la.
irrigació

irrisori irrisòria irrisoris irrisòries
adjectiu
Una cosa és irrisòria si és petita i esquifida, de poc valor, sense importància. Tres cèntims és una quantitat irrisòria. Si una persona cobra un sou irrisori és que li paguen molt pocs diners.

irritació irritacions
nom femení
1 Hi ha una irritació en una part del cos quan està vermella o inflamada i fa mal. Les angines són una irritació del coll.
2 Una persona sent irritació quan està molt enfadada per alguna cosa.

irritar
verb
com *cantar*
◄ pàg. 26
1 Fer que una part del cos es posi vermella i faci mal o picor. Les ortigues irriten la pell.
2 Fer que una persona s'enfadi, es molesti molt. Les bromes pesades sovint ens irriten. Hi ha persones que s'irriten per qualsevol cosa.
irritable, irritant

irrompible irrompibles
adjectiu
Que no es trenca. Algunes ulleres porten vidres irrompibles.

irrompre
verb
com *perdre*
◄ pàg. 27
Entrar en un lloc de manera violenta i de sobte. A vegades la policia irromp en una casa per enxampar algun delinqüent.
irrupció

isard isards

nom masculí — Un isard és un mamífer de la mateixa família de les cabres. Té el pèl de color marró i unes banyes primes amb la punta en forma de ganxo. Els isards viuen a les muntanyes altes, com els Pirineus i els Alps.

islam islams

nom masculí — **1** L'islam és la religió dels musulmans. Es basa en els ensenyaments de Mahoma, continguts en el llibre sant de l'Alcorà.
2 Conjunt de pobles que tenen la religió musulmana: l'Iran, el Marroc i l'Aràbia Saudita són estats que formen part de l'islam.
islamitzar

islàmic islàmica islàmics islàmiques

adjectiu — De l'islam o l'islamisme, que està relacionat amb l'islam o l'islamisme. Els costums islàmics són diferents dels europeus.

islamisme islamismes

nom masculí — **1** L'islamisme és un moviment polític i religiós que vol aconseguir que les lleis, el govern i les institucions segueixin la llei islàmica.
2 Islam.

islandès islandesa islandesos islandeses

adjectiu — **1** D'Islàndia. *El bacallà islandès.*

nom masculí i femení — **2** Persona que és d'Islàndia o que hi viu.

nom masculí — **3** L'islandès és la llengua que es parla a Islàndia.

isòbara isòbares

nom femení — Una isòbara és una línia que en els mapes del temps indica els punts que tenen la mateixa pressió atmosfèrica en un moment determinat.
isobàric

isoglossa isoglosses

nom femení — Una isoglossa és una línia que en els mapes de llengües separa dues zones dialectals. En els mapes del català, per exemple, hi haurà una isoglossa que ens dirà on es comença a pronunciar la *r* final de les paraules o on es diu *corder* en lloc de *be*.

isolar

verb com *cantar* ◄ pàg. 26 — Aïllar.

isolínia isolínies

nom femení — Una isolínia és cada una de les línies que en un mapa uneixen punts que tenen les mateixes característiques. Hi ha isolínies que uneixen llocs amb la mateixa temperatura o amb la mateixa profunditat marina.

isòsceles isòsceles

adjectiu — Un triangle és isòsceles si té dos costats iguals. Un trapezi és isòsceles si té els dos costats no paral·lels iguals i els angles iguals dos a dos.

isòtop isòtops

nom masculí — Un isòtop és un àtom d'un element que té el mateix nombre de protons i d'electrons però diferent nombre de neutrons que un altre àtom del mateix element.

israelià israeliana israelians israelianes

adjectiu — **1** De l'Estat d'Israel. *A la bandera israeliana hi ha l'estrella de David.*

nom masculí i femení — **2** Persona que és d'Israel o que hi viu.

israelita israelites

adjectiu — **1** Del poble d'Israel, que, segons la Bíblia, és el poble de Déu.

nom masculí i femení — **2** Persona que pertanyia al poble d'Israel.

istme istmes

nom masculí — Un istme és un tros estret de terra que uneix dos continents o una península amb el continent. El canal de Suez es va construir en l'istme que uneix Àsia amb Àfrica.

italià italiana italians italianes

adjectiu — **1** D'Itàlia. *La pasta italiana.*

nom masculí i femení — **2** Persona que és d'Itàlia o que hi viu.

nom masculí — **3** L'italià és la llengua que es parla a Itàlia, a San Marino i en algunes zones de Suïssa i de Còrsega.
italianitzar

itinerari itinerària itineraris itineràries

nom masculí — **1** L'itinerari d'una persona o d'un vehicle és el camí que fa per a anar a un lloc. A les parades dels autobusos hi ha indicat l'itinerari que fan.
2 L'itinerari d'un viatge o d'una excursió és el pla dels llocs on anirem, les parades que farem i els vehicles que agafarem.

iuca iuques

nom femení — Una iuca és una planta que té unes fulles grosses i llargues, en forma d'espasa, de color gris verdós, i unes flors de color blanc en forma de campana. Les fulles s'ajunten en grups al final de les tiges. La iuca és d'origen americà i es planta en parcs i jardins.

ivori ivoris

nom masculí — Marfil.

ixent ixents

adjectiu — Una cosa és ixent quan ix o surt. Ho diem sobretot del sol. El país del sol ixent és el Japó.

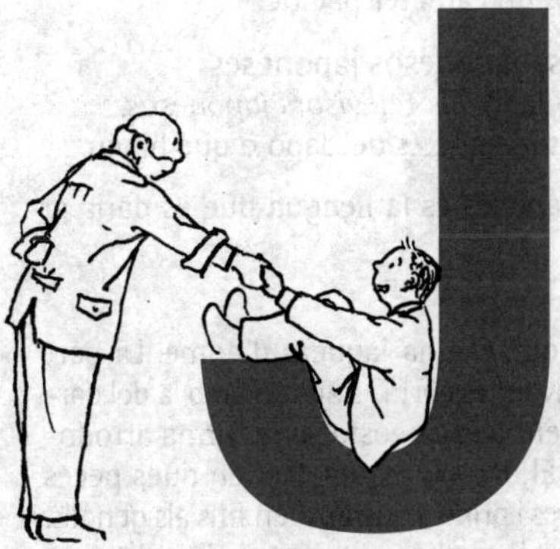

j
nom femení

Desena lletra de l'alfabet català. Normalment, trobem aquesta lletra davant les vocals *A, O, U,* com a *pijama, joc* i *just*; però també la podem trobar davant *E,* com a *injecció* i *jersei.* Pot formar part del dígraf *TJ,* com a *platja.*

ja
adverbi

1 Des d'abans d'un temps determinat, no més tard. *Quan hi vaig arribar, ells ja havien marxat.*
2 Ara mateix, tot seguit. *Elena!, que fem tard! -Ja vinc!*
3 Indica que algú creu, confia o espera que alguna cosa passarà. *Ja ens veurem demà. Ja ho faré.*

locució que fa de conjunció

4 Ja que vol dir com que. *Ja que tu no em trucaves, t'he trucat jo a tu.*

jaç jaços
nom masculí

1 Un jaç és qualsevol cosa preparada com si fos un llit per a poder dormir. Es pot fer un jaç amb palla, amb un matalàs a terra, etc.
2 El jaç d'un animal és el lloc on viu i on dorm.
ajaçar

jacent jacents
adjectiu

Una estàtua és jacent quan el personatge representat està estirat com si estigués al llit. En algunes catedrals, hi ha estàtues jacents de reis.

jaciment jaciments
nom masculí

1 Un jaciment de mineral és un lloc on n'hi ha molt. Per a treure el mineral dels jaciments, normalment es fan mines i pous.
2 Un jaciment arqueològic és un lloc on es troben restes de pobles antics.

jacint jacints
nom masculí

1 El jacint és una planta que fa fulles amples i unes flors acampanades de colors molt bonics. Es cultiva en els jardins.
2 El **jacint de Compostel·la** és una varietat de quars de color vermell que es fa servir en joieria.

jactar-se
verb usat amb pronom com *cantar* ◄ pàg. 26

Mostrar-se una persona molt satisfeta d'una cosa que ha dit o ha fet, explicar-la a tothom. No ens hem de jactar de complir bé les nostres obligacions.
jactància

jade jades
nom masculí

El jade és una pedra molt dura, de color negre, verd o blanquinós, constituïda per diverses substàncies. Es pot treballar molt bé per a fer joies i objectes d'adornament.

Continua a la pàgina següent

A B C D E F G H I J K L M N O P Q R S T U V W X Y Z

Els xinesos tenen moltes obres artístiques fetes amb jade.

jaguar jaguars
nom masculí — El jaguar és un mamífer carnívor que pot arribar als dos metres de longitud. És molt àgil i té el pèl curt, de color entre roig i negre, amb unes taques grosses en forma de cercle. Hi ha també jaguars negres. Els jaguars viuen a Amèrica.

jan jans
nom masculí — Diem que un home és un bon jan quan és bo i té un caràcter pacífic.

japonès japonesa japonesos japoneses
adjectiu — **1** Del Japó. *Els televisors japonesos.*
nom masculí i femení — **2** Persona que és del Japó o que hi viu.
nom masculí — **3** El japonès és la llengua que es parla al Japó.

jaqué jaqués
nom masculí — Un jaqué és una jaqueta d'home. La part del davant és curta i s'ajunta amb la del darrere fent a cada costat una forma arrodonida. El darrere es divideix en dues peces llargues i primes que arriben fins als genolls. Els jaqués sempre van cordats. Es porten en ocasions especials, de dia, quan es vol anar elegant.

Un jaqué

jaqueta jaquetes
nom femení — Una jaqueta és una peça de vestir amb mànigues que tapa el cos fins a sota de la cintura. Es corda al davant amb botons.

jardí jardins
nom masculí — Un jardí és un tros de terra ben separat i marcat on hi ha arbres i plantes diverses. A les ciutats hi ha jardins amb moltes flors; algunes cases particulars també tenen el seu jardí.
enjardinar, jardineria

jardiner jardinera jardiners jardineres
nom masculí i femení — **1** Persona que s'encarrega dels jardins o d'un jardí.
nom femení — **2** Una jardinera és un test gran, sovint de forma allargada, on podem posar més d'una planta.

jaspiat jaspiada jaspiats jaspiades
adjectiu — Que fa taques i vetes de formes irregulars. Hi ha marbres jaspiats, robes jaspiades i papers pintats jaspiats, per exemple.

jaure
verb, com *traure* ◄ pàg. 42, E i A a l'arrel — Jeure.

javelina javelines
nom femení — Una javelina és un instrument esportiu en forma de llança rodona i prima, acabada en una punta de metall, que es fa servir en la prova atlètica del llançament de javelina.

jazz jazz
nom masculí — El jazz és un tipus de música amb molt de ritme que va néixer a Amèrica del Nord al principi del segle XX. Es basa sobretot en cançons i músiques populars dels negres americans. Les orquestres de jazz consten de pocs instruments i els músics sovint improvisen. És una paraula anglesa.

jeep jeeps
nom masculí — Un jeep és un cotxe molt fort que pot anar per camins difícils. L'exèrcit fa servir jeeps. És una paraula anglesa.

jeia jeies
nom femení — **1** La jeia és la manera d'estar al llit. Quan una persona té bona jeia vol dir que no es belluga gaire i dorm tranquil·la. En canvi, quan té mala jeia, és que quan dorm es mou molt.
2 Es diu que algú té bona o mala jeia si té bon o mal caràcter, si tracta bé o malament els altres.

jejú jejuns
nom masculí, També *jejúnum* — El jejú és la segona part de l'intestí prim, entre el duodè i l'ili. pàgs. 798-799 (43)

jejúnum jejúnums
nom masculí — Jejú.

jerarquia jerarquies
nom femení — Hi ha jerarquia entre diverses persones o coses quan estan ordenades o organitzades segons la importància i l'autoritat que tenen. Els diferents comandaments de l'exèrcit, per exemple, formen una jerarquia.
jeràrquic, jerarquitzar

jeroglífic jeroglífica jeroglífics jeroglífiques
adjectiu i nom masculí, Amb J — **1** L'escriptura jeroglífica és el tipus d'escriptura que feien els antics egipcis amb uns signes que representaven figures. Un jeroglífic és cadascun d'aquests signes.

nom masculí — **2** Un jeroglífic és un joc que consisteix a endevinar unes paraules que tenen algunes lletres canviades per uns signes que representen animals o coses.

jersei jerseis
nom masculí
Amb J
Un jersei és una peça de vestir que ens posem damunt del vestit o de la camisa quan fa fred. A l'hivern portem jerseis gruixuts de llana.

jesuïta jesuïtes
nom masculí
Amb J
Un jesuïta és un religiós de la companyia de Jesús, orde fundat per sant Ignasi de Loiola.

jeure
verb
com *treure*
◄ pàg. 42
Amb J.
E i A a l'arrel
Diferències:
jagut, jaguda,
jaguts, jagudes
També *jaure*
1 Estar un animal o una persona ben estirat sobre el terra, sobre la sorra de la platja, sobre un llit, etc. A l'hivern, als gats els agrada jeure en llocs on toca el sol o prop de l'estufa.
frase feta — **2** **Anar a jeure** és anar a estirar-se damunt del llit o anar a dormir.

jo
pronom personal
Aquesta paraula, la diu la persona que parla per a referir-se a ella mateixa. *Jo no sé res de tot això. Ho farem entre tu i jo.*

joc jocs
nom masculí
1 Un joc és una activitat que fem per divertir-nos, per passar una estona distreta i agradable sols o amb els amics. En els jocs s'han de seguir unes regles.
2 Conjunt d'objectes o coses que fem servir per a jugar, com les dames, els escacs o les cartes.
3 En el futbol i altres esports, manera de jugar d'un equip o d'un jugador. Si un equip fa un bon joc, és possible que guanyi.
4 Grup d'objectes que van junts i serveixen per a una mateixa cosa. El joc de claus de casa serveix per a obrir les portes; un joc de cafè és el conjunt de les tasses, els plats, la cafetera, etc., per a prendre cafè.
5 Una persona té el vici del joc quan no pot deixar de jugar a les cartes i a altres jocs on es guanyen o perden diners.
6 Un **joc de mans** és qualsevol dels jocs que es fan en els espectacles de màgia, quan els mags i els il·lusionistes fan aparèixer i desaparèixer coses, que surtin mocadors de colors de dins d'un bastó, etc.
frase feta — **7** Diem que una cosa **fa joc** amb una altra quan totes dues es combinen molt bé, els seus colors no desentonen.
enjogassar-se, jogasser

jóc jócs
nom masculí — **1** El jóc d'una gallina o d'un altre animal semblant és el lloc on va a dormir.
frase feta — **2** **Anar a jóc** és anar a dormir.
ajocar-se

joglar joglars
nom masculí
Un joglar era un poeta i músic que a l'edat mitjana recitava poemes i cantava cançons.
joglaria

joglaressa joglaresses
nom femení
Una joglaressa és una dona que feia de joglar.

joguet joguets
nom masculí
Joguina.

joguina joguines
nom femení
També *joguet*
1 Una joguina és un objecte que els nens petits fan servir per a jugar. Les nines i les pilotes són joguines.
locució que fa d'adjectiu — **2** Una cosa és **de joguina** quan està mal feta i es fa malbé de seguida.
joguinaire

joia joies
nom femení
1 Una joia és un collaret, una polsera, un anell o qualsevol altre adornament fet amb or, plata i pedres precioses i que té molt de valor.
2 Diem que una persona és una joia quan és molt amable i compleix molt bé totes les seves obligacions.
3 Alegria molt gran.
enjoiar, joiell, joier, joieria

joiós joiosa joiosos joioses
adjectiu
Que és ple de joia o d'alegria.

joliu joliua jolius joliues
adjectiu
Que és agradable de veure o de sentir perquè és bonic.

jonc joncs
nom masculí
Un jonc és una planta de tija alta i prima que viu en llocs on hi ha aigua. Les fulles són allargades, primes, de forma cilíndrica, i sovint acaben en punxa.
jonquera

jònec jònecs
nom masculí
Un jònec és un bou jove, que no arriba als dos anys.

jònic jònica jònics jòniques
adjectiu
L'ordre jònic és un estil arquitectònic grec que es caracteritza per una columna amb estries posada sobre una base i acabada en un capitell amb dues volutes.

joquei joqueis
nom masculí i femení
Un o una joquei és una persona que munta cavalls en les curses de cavalls. Els joqueis han de pesar molt poc.

jòquer jòquers

nom masculí *També comodí* — El jòquer és una carta que en alguns jocs, com el pòquer, pot tenir el valor d'altres cartes.

jorn jorns

nom masculí — Dia. S'usa en llenguatge literari.
ajornar

jornada jornades

nom femení — La jornada de treball és la durada del treball diari. Hi ha persones que treballen només mitja jornada i altres que fan la jornada sencera. Fer jornada intensiva és fer totes les hores de feina seguides, sense aturar-se per dinar.

jornal jornals

nom masculí — **1** El jornal és la quantitat de diners que guanya un treballador durant un dia.
2 Feina que pot fer un treballador durant tot un dia.

locució que fa d'adverbi — **3** Una persona treballa **a jornal** si treballa per una quantitat fixa de diners al dia. *Cobres a jornal o a preu fet?*
ajornalar

jornaler jornalera jornalers jornaleres

nom masculí i femení — Persona que treballa a jornal.

jota jotes

nom femení — **1** Nom de la lletra *j, J*.
2 La jota és un cant i un ball molt animat que es balla en parella sobretot a l'Aragó. També es balla a València, a Mallorca i a Menorca.

jou jous

nom masculí — Un jou és una peça de ferro o de fusta que es posa damunt del cap de dos bous o de dos ases posats de costat. Amb el jou es fa que els dos animals puguin treballar junts al camp.

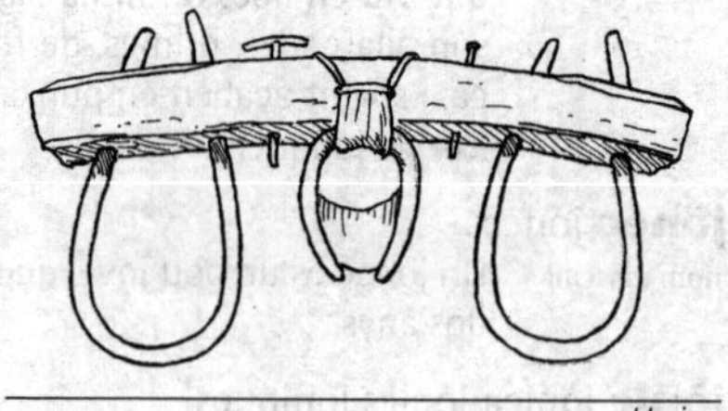

Un jou

joule joules

nom masculí — Un joule és una unitat que mesura el treball, l'energia. El seu símbol és: J.

jove joves

adjectiu i nom masculí i femení *Amb E final* — **1** Una persona o un animal jove té pocs anys. Els joves encara no tenen gaire experiència.

nom femení — **2** Nora.
jovenalla, jovençà, jovençana, jovenívol, rejovenir

jovent jovents

nom masculí — El jovent és el conjunt dels nois i de les noies joves.

joventut joventuts

nom femení — **1** Quan una persona és jove té joventut.
2 La joventut és el període de la vida de les persones que hi ha entre ser nen i ser persona gran.
3 Jovent. La joventut d'avui viu diferent de la del segle passat.

jovial jovials

adjectiu — Que és molt alegre, que sempre està content. Les persones jovials ens fan passar bones estones.

jubilar

verb *com cantar* ◄ pàg. 26 — **1** Fer que una persona deixi de treballar en una fàbrica, en un despatx, etc., perquè ha complert una edat determinada. Quan no hi ha gaire feina, algunes empreses jubilen els seus treballadors abans de l'edat establerta.

usat amb pronom — **2 Jubilar-se** és deixar de treballar perquè ja s'ha complert una edat determinada.
jubilació

jubilat jubilada jubilats jubilades

nom masculí i femení — Persona que ha deixat de treballar perquè ja és massa gran. Els jubilats reben uns diners cada mes de l'Estat.

judaisme judaismes

nom masculí — El judaisme és la religió dels jueus.

judicar

verb *com cantar* ◄ pàg. 26 *Amb QU davant E, I* — Jutjar.

judici judicis

nom masculí — **1** Un judici és un interrogatori que es fa davant d'un jutge per conèixer si una persona acusada d'un crim és culpable o no. En un judici hi ha l'acusat, el jutge i els advocats.
2 Quan fem un judici sobre alguna cosa o sobre una persona és que donem la nostra opinió després d'haver-hi pensat. Per a fer un judici sobre una situació complicada, cal conèixer molt bé totes les circumstàncies.
enjudiciar

judo judos

nom masculí — El judo és una lluita esportiva entre dues persones que fan servir només l'agilitat i la rapidesa de moviments i la mateixa força

A B C D E F G H I J K L M N O P Q R S T U V W X Y Z

del contrari per a fer-li perdre l'equilibri i fer-lo caure a terra.
judoka

jueu jueva jueus jueves
adjectiu — **1** Dels jueus o de Judea, regió de Palestina.
nom masculí i femení — **2** Persona que pertany a un poble que, a l'antiguitat, vivia en una regió de Palestina i que ha format modernament l'Estat d'Israel. Els jueus han estat perseguits moltes vegades i s'han estès per tot el món.
judaic, judaïtzar, jueria

jugada jugades
nom femení — **1** Es fa una jugada cada vegada que un jugador participa o intervé en un joc. El futbol és bonic quan els jugadors fan bones jugades.
2 Una persona ens fa una mala jugada quan ens enganya o fa una cosa contra nosaltres.

jugador jugadora jugadors jugadores
nom masculí i femení — **1** Persona que juga a algun joc o que forma part d'un equip de futbol, de bàsquet, etc. Les jugadores de bàsquet acostumen a ser molt altes.
2 Persona que té el vici de jugar diners a les cartes o a altres jocs de sort.

juganer juganera juganers juganeres
adjectiu — Una persona és juganera quan li agrada molt jugar. Un animal és juganer si s'entreté jugant amb les coses, fent salts i corregudes, com fan els gats.

jugar
verb, com *cantar* ◄ pàg. 26, Amb GU davant E, I — **1** Passar l'estona amb activitats divertides, amb les joguines, amb jocs com les dames o el parxís, amb els amics, etc.
2 Estar en un equip de futbol, de bàsquet, etc., i participar en els partits i les competicions.
3 Posar diners en un joc de sort, com la loteria, la ruleta, etc. Per Nadal, molta gent juga a la loteria.
4 Aquest verb es fa servir en expressions com: *Què t'hi jugues, que avui no vindrà el professor? M'hi jugo el coll que s'ha gastat els diners. Sempre fa negocis molt difícils; li agrada jugar amb foc.*

juguesca juguesques
nom femení — Dues persones fan una juguesca quan una diu que passarà una cosa i l'altra diu que no, i estan d'acord que la persona que no tingui raó pagui uns diners a la que guanyi.

jugueta juguetes
nom femení — Joguina. Es diu a les Illes Balears.

1
jugular jugulars
adjectiu — Del coll, que està relacionat amb el coll. La vena jugular és una vena molt important del coll.

2
jugular
verb, com *cantar* ◄ pàg. 26 — **1** Escanyar.
2 Jugular una revolta, un projecte o una altra cosa és impedir que es faci o que s'acabi.

juí juís
nom masculí — Judici. Es diu al País Valencià.

juli julis
nom masculí — El juli és el moviment cada vegada més ràpid que es fa en alguns balls o en el joc de saltar a corda. Fer juli és fer rodar cada vegada més de pressa la corda en aquest joc.

juliol juliols
nom masculí — El juliol és el setè mes de l'any. Té 31 dies. El juliol, els escolars ja tenen vacances.

julivert julíverts
nom masculí — El julivert és una planta de tiges primes i fulles compostes de tres peces de forma triangular. Es fa servir a la cuina en diversos guisats. Molts sofregits porten all i julivert trinxats. págs. 398-399 (14)

jull julls
nom masculí — El jull és una planta semblant al blat. És una mala herba que creix a vegades en els camps de blat. Les seves llavors són tòxiques.

jungla jungles
nom femení — **1** Una jungla és un bosc molt dens amb arbres i plantes no gaire alts. Hi ha jungles als països tropicals.
2 Diem que un bosc és una jungla quan és molt ple d'arbres i de plantes i gairebé no s'hi pot passar.

júnior júniors
adjectiu — **1** Quan dues persones porten el mateix nom, es diu o s'escriu aquesta paraula després del nom per a indicar la que és més jove. *Sammy Davis júnior (Jr.).*
adjectiu i nom masculí i femení — **2** En els esports, la categoria júnior és la dels nois i de les noies que tenen de divuit a vint-i-un anys.

1
junt junta junts juntes
adjectiu — Dues coses o dues persones juntes estan o van l'una al costat de l'altra, molt unides. En una biblioteca, els llibres es posen junts en els prestatges.

junt[2]

adverbi — Juntament. *Hi aniràs tu junt amb ella.*

junta juntes

nom femení — Una junta és una reunió de persones que han de parlar d'un tema, fer un negoci, presentar un projecte, etc. La junta d'accionistes d'una empresa és la reunió de les persones que hi han posat diners.

juntament

adverbi — En unió, en companyia. *Vaig rebre la teva carta juntament amb les fotografies que t'havia demanat.*

juntura juntures

nom femení — **1** La juntura de dues peces que estan unides és el lloc on hi ha la unió. La juntura de dues fustes pot anar encolada o clavada.
2 La juntura de dos ossos del cos és el punt per on s'uneixen. Les juntures dels ossos es diuen també *articulacions.*

juny junys

nom masculí — El juny és el sisè mes de l'any. Té 30 dies. Diu el refrany: "Pel juny, la falç al puny."

jupa jupes

nom femení — Una jupa és qualsevol peça de vestir amb mànigues que cobreix fins a la cintura. Es diu familiarment.

jura jures

nom femení — La jura és l'acció que fa una persona quan jura obediència i respecte a algú o a alguna cosa. En el servei militar es feia la jura de la bandera.

jurament juraments

nom masculí — Un jurament és una promesa que es fa invocant Déu o una cosa molt important o sagrada. Les persones que declaren en un judici han de prestar jurament de dir la veritat.

jurar

verb
com *cantar*
◄ pàg. 26 — Fer un jurament. Els ministres nous d'un govern juren que compliran les seves obligacions. A vegades es diu: *T'ho juro, encara que no t'ho creguis, t'estic dient la veritat.*

jurat jurats

nom masculí — **1** Un jurat és un grup de persones que es reuneixen per decidir en un judici si la persona acusada és innocent o culpable.
2 Grup de persones encarregades de decidir en un concurs qui mereix els premis. En el jurat d'un premi literari, hi sol haver escriptors i escriptores.

jurídic jurídica jurídics jurídiques

adjectiu — Del dret i de les lleis.
jurista

just justa justs justes

adjectiu
També *justos* — **1** Que és conforme a la justícia, que respecta els drets de les persones.
2 Una cosa és justa quan no té les mides necessàries, quan no arriba o és massa estreta. Si les sabates et són justes, et faran mal.
justesa

justament

adverbi — **1** De manera justa i legítima. *Havia de cobrar uns diners justament, i com que no me'ls pagaven els vaig reclamar.*
2 Precisament. *Estàvem parlant de tu i justament has arribat.*

justícia justícies

nom femení — **1** Hi ha justícia quan es respecten els drets de les persones, tothom té el que li correspon i ningú no fa mal a un altre. Les persones que roben, estafen i tracten malament els altres no actuen amb justícia.
2 La justícia és el conjunt de les persones que s'encarreguen d'agafar els delinqüents i jutjar-los.
3 Administrar justícia és jutjar.
ajusticiar, justicier

justificant justificants

nom masculí — Un justificant és un paper escrit que diu de manera oficial que hem pagat una cosa, que hem fet un treball, que hem assistit a unes classes, etc.

justificar

verb
com *cantar*
◄ pàg. 26
Amb QU davant E, I — Donar les raons d'alguna cosa, explicar per què l'hem feta. Si un dia faltes a classe, has de justificar la teva absència.
injustificable, injustificat, injustificada, justificació, justificatiu, justificativa

jutge jutgessa jutges jutgesses

nom masculí i femení — **1** Persona que en un judici diu si l'acusat és culpable o innocent i li imposa un càstig o el deixa en llibertat.
2 Persona que pot decidir en una qüestió o donar la raó a un o a un altre. En un partit de futbol, l'àrbitre fa de jutge i l'ajuden els jutges de línia.

jutjar

verb
com *cantar*
◄ pàg. 26
Amb TG davant E, I — **1** Examinar davant d'un jutge si una persona acusada és culpable o innocent. No es pot condemnar ningú sense haver-lo jutjat.
2 Una persona jutja sobre una cosa quan l'examina i després en dóna la seva opinió.

jutjat jutjats

nom masculí — Un jutjat és el lloc on se celebren els judicis.

A B C D E F G H I J K L M N O P Q R S T U V W X Y Z

juvenil juvenils

adjectiu
Amb U

1 Dels joves o de la joventut. Els vestits amb molts colors són juvenils.

adjectiu i nom masculí i femení

2 En els esports, la categoria juvenil és la dels esportistes que tenen entre quinze i disset anys.

k
nom femení Onzena lletra de l'alfabet català. Aquesta lletra es fa servir molt poc en català, només en paraules estrangeres, i representa el so [k], com a *karate* i a *kiwi*.

kàiser kàisers
nom masculí Nom amb què es coneixia l'emperador d'Àustria i l'emperador d'Alemanya.

kamikaze kamikazes
nom masculí **1** Un kamikaze era un aviador japonès que s'oferia voluntàriament per a llançar-se amb el seu avió sobre un vaixell o un altre objectiu enemic per a destruir-lo, encara que ell morís.
2 Conductor de qualsevol vehicle que es llança contra l'enemic de la mateixa manera que els kamikazes japonesos. Normalment, els vehicles van carregats d'explosius.

karate karates
nom masculí El karate és un tipus d'esport de lluita, d'origen japonès, que consisteix a concentrar tota la força en un punt del cos, normalment la mà, per a poder donar cops forts i precisos.

karateka karatekes
nom masculí i femení Un o una karateka és una persona que practica el karate.

khan khans
nom masculí Títol equivalent al d'emperador que feien servir els turcs i altres pobles asiàtics.

kibbutz kibbutz
nom masculí Quibuts.

kilogram kilograms
nom masculí Quilogram.

kilòmetre kilòmetres
nom masculí Quilòmetre.

kilowatt kilowatts
nom masculí Quilowatt.

kiwi kiwis
nom masculí **1** Un kiwi és una fruita de forma arrodonida que té una pell prima de color marró, coberta de pelets. La part de dins, que es menja, és de color verd i té moltes llavors petites de color negre. El kiwi té el seu origen a Nova Zelanda. És una paraula anglesa.
pàg. 397 (20)
2 Ocell de la mida d'una gallina que viu als boscos de Nova Zelanda. És de color bru, té un bec llarg i prim i no pot volar. Les seves potes són gruixudes i les ungles molt fortes. Les femelles ponen ous molt grossos. Els kiwis s'alimenten de cucs, larves i fruites. És una paraula anglesa.

l

nom femení — Dotzena lletra de l'alfabet català. Aquesta lletra la podem trobar formant part del dígraf *LL*, com a *llana*, *palla* i *ull*, i de l'anomenada *ela geminada (L·L)*, com a *til·la* i *col·legi.*

l'

determinant article — Forma apostrofada de les paraules *el* o *la*:
- *L'ànec, l'illa.*

l' 'l

pronom personal — Formes apostrofades dels pronoms *el* i *la*:
- *L'obre* (el pot), *obre'l* (el pot). *L'obre* (l'ampolla), *obre-la* (l'ampolla).

1
la les

determinant article — Forma femenina singular de l'article *el*:
- *Ja he buidat la galleda.*
- *La Matilde sempre fa tard.*

S'escriu l' quan va davant de *A, E, O*, davant de *I* i *U* tòniques i davant de *H* seguida d'aquestes vocals.
- *L'ànega, l'estrella, l'olla, l'illa, l'única, l'hora, l'hèlix.*
- *La història, la unitat.*

2
la les

pronom personal — Forma femenina singular del pronom *el*:
- *La veig cada dia* (la Maria).

3
la las

nom masculí — El la és la sisena nota d'una escala musical. Després del la ve el si.

laberint laberints

nom masculí — **1** Un laberint és un terreny tancat que té a dins molts camins que es creuen, que fan voltes, que no tenen sortida, etc.

Un laberint

2 Diem que una cosa és un laberint quan és molt complicada.

laberíntic

labial labials

adjectiu — Que està relacionat amb els llavis.
Amb B

labiodental labiodentals

adjectiu — **1** Un so és labiodental quan es pronuncia

amb les dents tocant els llavis. Són labiodentals els sons consonàntics de les paraules *fi* i *vi*.

nom femení — **2** Una labiodental és una lletra que representa un so labiodental.

labor labors

nom femení — **1** Treball. Escriure un llibre és una labor que porta molt de temps.
2 Una labor és un adornament que es fa en una peça de roba, brodant, cosint, fent ganxet, etc. Algunes àvies es dediquen a fer labors.
laborar, laboriós, laboriosa

laborable laborables

adjectiu — **1** Que pot ser treballat. Un terreny laborable es pot cultivar per tal que doni fruit.
2 Un dia laborable és un dia feiner.

laboral laborals

adjectiu — Que està relacionat amb el treball. Amb la majoria dels companys de feina, la gent només hi té una relació laboral.

laboratori laboratoris

nom masculí — Un laboratori és un local que té els aparells i els materials necessaris per a fer investigacions i experiments científics. També hi ha laboratoris on es fabriquen medicaments i altres productes. A les escoles acostuma a haver-hi un laboratori de química.

laca laques

nom femení — **1** Una laca és una resina produïda per diversos vegetals o per un insecte. Es fa servir per a fabricar vernissos i en la decoració d'objectes d'art, entre altres coses.
2 Vernís dur i brillant que serveix per a pintar mobles, quadres i teixits. S'obté de la laca natural o de productes sintètics.
3 Producte que es posa als cabells amb un esprai per a evitar que es despentinin. Quan et posen laca et queden els cabells endurits i no es mouen.

lacai lacais

nom masculí — Un lacai era un criat que acompanyava el seu amo a peu, a cavall o en el cotxe.

lacre lacres

nom masculí — El lacre és una pasta preparada en barretes, generalment de color vermell, que es desfà fàcilment i es torna a solidificar molt de pressa. Es fa servir, sobretot, per a tancar i segellar cartes o documents.
lacrar

lacrimal lacrimals

adjectiu — **1** Que està relacionat amb les llàgrimes.
2 L'aparell lacrimal és el conjunt d'òrgans destinats a produir llàgrimes.

lacrimogen lacrimògena lacrimògens lacrimògenes

adjectiu — Que fa plorar. Els gasos lacrimògens són perillosos per als ulls. Es diu que una pel·lícula és lacrimògena si és molt trista.

lactància lactàncies

nom femení — La lactància és el període de la vida d'un infant en què només s'alimenta de llet.

lactant lactants

adjectiu — **1** Que dóna llet a un infant, o a un animal, acabat de néixer.

adjectiu i nom masculí i femení — **2** Que encara mama. Els lactants acostumen a mamar de cinc a sis vegades al dia.

lacti làctia lactis làcties

adjectiu — Que està relacionat amb la llet. Una dieta làctia consisteix a prendre només llet i altres productes que se'n deriven.

làctic làctica làctics làctiques

adjectiu — Lacti. El formatge, el mató i el iogurt són productes làctics.

lactosa lactoses

nom femení — La lactosa és el sucre que hi ha a la llet de les persones i dels animals. Es fa servir per a preparar llet en pols per a lactants i per a malalts.

laic laica laics laiques

adjectiu — **1** Que no segueix cap religió. Hi ha escoles religioses i escoles laiques.

nom masculí i femení — **2** Persona que no és eclesiàstica.

lama lames

nom masculí — Un lama és un monjo budista del Tibet.

lament laments

nom masculí — Un lament és un crit, una paraula o una expressió de queixa, pena o dolor. Quan en un incendi hi ha ferits, se senten els seus laments.

lamentar

verb com *cantar* ◄ pàg. 26 — **1** Sentir pena o dolor per alguna cosa, saber greu. Tothom lamenta la mort dels familiars i amics.

usat amb pronom — **2** **Lamentar-se** és queixar-se d'alguna cosa. Quan algú té un problema, no ha de lamentar-se tot el dia, ha d'intentar solucionar-lo.
lamentable, lamentació

làmina làmines

nom femení — **1** Una làmina és un tros de metall o de fusta pla i molt prim. Alguns objectes daurats estan recoberts de làmines molt fines d'or.
2 Dibuix, fotografia o gravat impresos. Als llibres d'art acostumen a haver-hi moltes làmines de quadres i d'escultures.

làmpada làmpades
nom femení — Una làmpada és un aparell o un dispositiu que produeix llum. Les bombetes elèctriques són làmpades.
lampadari, portalàmpades

lampista lampistes
nom masculí i femení — **1** Un o una lampista és una persona que fa les instal·lacions d'electricitat, de gas i d'aigua i les repara quan cal. Si se't rebenta una canonada d'aigua, has d'avisar el lampista. ✎ pàg. 593 (29)
2 Persona que fabrica llums o que en ven.
lampisteria

lanceolat lanceolada lanceolats lanceolades
adjectiu — Que té la forma d'una punta de llança. Les fulles de l'espígol són lanceolades. ✎ limbe

landa landes
nom femení — Una landa és un tros de terreny ple de plantes salvatges, com joncs, ginesta, etc. Les landes no són bones per als cultius.

landó landós
nom masculí — Un landó és un cotxe de cavalls descobert, de quatre rodes, normalment tirat per dos cavalls, i amb una capota plegable per si es vol cobrir.

lanolina lanolines
nom femení — La lanolina és un greix de color groc que es treu de la llana dels xais i que es fa servir en cosmètica i en farmàcia.

lantà lantans
nom masculí — El lantà és un element metàl·lic d'un color blanc grisós que es fon a una temperatura molt alta i que quan es crema fa molta resplendor. El seu símbol és: La.

làpida làpides
nom femení — Una làpida és una pedra plana on hi ha una inscripció que commemora alguna cosa. A les façanes d'algunes cases hi ha làpides que recorden que allí hi va viure algun personatge important. A les tombes també acostumen a haver-hi làpides.
lapidari, lapidària

lapidar
verb com *cantar* ◄ pàg. 26 — Matar algú a pedrades. Alguns pobles antics lapidaven els lladres.

lapó lapona lapons lapones
adjectiu — **1** De Lapònia. *Els fiords lapons.*
nom masculí i femení — **2** Persona que és de Lapònia o que hi viu.
nom masculí — **3** El lapó és la llengua que parlen els lapons.

largo largos
nom masculí — Un largo és una composició musical molt lenta. Händel va compondre un largo molt famós. És una paraula italiana.

laringe laringes
nom femení; També *larinx* — La laringe és un òrgan de l'aparell respiratori que tenim a la part del davant del coll, damunt de la tràquea. Es comunica amb la faringe per una obertura, la glotis. La laringe conté les cordes vocals i vibra quan parlem o quan tossim. ✎ pàgs. 798-799 (51)

larinx larinxs
nom femení — Laringe.

larva larves
nom femení — La larva és la primera forma que tenen els amfibis i els insectes en sortir de l'ou, abans de fer-se adults. El capgròs és la larva de les granotes i dels gripaus.

lasanya lasanyes
nom femení — Una lasanya és un menjar format per capes de pasta de farina, de forma quadrada o allargada, i carn picada o verdura entremig. La lasanya sempre porta alguna salsa i formatge ratllat per sobre.

làser làsers
nom masculí — Un làser és un aparell que fa un raig de llum estret però molt potent. Es fa servir per a soldar, per a foradar alguns materials molt durs, per a fer petits talls en algunes operacions quirúrgiques, etc.

latent latents
adjectiu — Que existeix encara que no es vegi o no es manifesti molt clarament. Podem parlar d'un malestar, d'un nerviosisme o d'una malaltia latents.

lateral laterals
adjectiu — **1** Que és situat a un costat, no al centre. Els carrils laterals d'alguns carrers estan reservats per als autobusos o les bicicletes.
adjectiu i nom femení — **2** Un so és lateral quan es pronuncia amb la llengua col·locada de manera que deixa passar aire per un o pels dos costats. Són laterals els sons consonàntics de les paraules *lila* i *allà*.
nom femení — **3** Una lateral és una lletra que representa un so lateral.
lateralitat

làtex làtexs
nom masculí — Un làtex és un líquid semblant a la llet; surt dels talls fets en diverses plantes. Amb el làtex d'alguns arbres es fabrica el cautxú.

latifundi latifundis
nom masculí — Un latifundi és un terreny molt gran que és propietat d'una persona. Alguns lati-

fundis són cultivats; d'altres es dediquen a la ramaderia.
latifundisme

latitud latituds
nom femení — La latitud és la distància que hi ha des d'un punt qualsevol de la superfície de la Terra fins a l'equador. La latitud es mesura en graus.

latrina latrines
nom femení
Amb A — Una latrina és una comuna. Quan es va de campaments a la muntanya durant uns dies, es construeixen latrines a terra.

lava laves
nom femení — La lava és el líquid espès i molt calent que surt dels volcans en erupció. Quan es refreda, se solidifica i forma roques.

lavabo lavabos
nom masculí — 1 Un lavabo és una pica de porcellana o de ceràmica, amb aixetes d'aigua corrent, que es fa servir per a rentar-se les mans, la cara, les dents, etc. págs. 594-595 (21)
2 Habitació destinada a rentar-s'hi, on, a més del lavabo, hi ha també el vàter, la dutxa i el bidet.
3 Lloc d'un bar, d'un restaurant o d'un altre local on hi ha els lavabos i els vàters. Els lavabos dels homes i els de les dones acostumen a estar separats.

lavanda lavandes
nom femení — 1 Espígol.
2 La lavanda, o l'aigua de lavanda, és una colònia feta d'espígol.

lavativa lavatives
nom femení — Una lavativa és una mena d'injecció de líquid que es fica a l'intestí a través de l'anus. Abans els metges receptaven sovint lavatives. Es diu quan no es parla tècnicament.

lax laxa laxos laxes
adjectiu — Fluix, que no està prou tens. Quan estem relaxats tenim els músculs laxos.
laxitud

laxant laxants
adjectiu i nom masculí — Una substància és laxant quan ajuda a anar de ventre. Abans de prendre un laxant és millor consultar un metge.
laxar

lector lectora lectors lectores
adjectiu i nom masculí i femení — Que llegeix. Els lectors d'aquest diccionari aprenen paraules.

lectura lectures
nom femení — 1 La lectura és el fet de llegir alguna cosa. Després de la lectura d'un llibre, sabem de què tracta.
2 Una lectura és un llibre, un diari, una revista o una altra cosa que es llegeix. Hi ha lectures que, a més de divertir, instrueixen.

legal legals
adjectiu — Que està d'acord amb la llei, que la llei ho permet. Robar bicicletes o atracar persones no és legal.
legalisme, legalista, legalitat, legalització, legalitzar

legió legions
nom femení — 1 La legió era el cos principal de l'exèrcit de l'antiga Roma.
2 Nom que s'ha donat a diferents cossos de tropes, sovint amb una missió determinada.
3 Grup o multitud de persones o d'animals. Si t'acostes a un rusc, hi ha el perill que una legió d'abelles et persegueixi.
legionari, legionària

legislació legislacions
nom femení — Una legislació és un conjunt de lleis d'un país o d'una matèria determinada. La legislació laboral recull les lleis sobre l'organització del treball i els drets i els deures de les persones que treballen.

legislar
verb
com *cantar* ◄ pàg. 26 — Fer o establir lleis. Les assemblees parlamentàries són les encarregades de legislar.

legislatiu legislativa legislatius legislatives
adjectiu — Que té el dret i el poder de legislar, de fer lleis. El Parlament és un òrgan legislatiu.

legislatura legislatures
nom femení — Una legislatura és el període de temps que dura un mateix parlament en un país.

legítim legítima legítims legítimes
adjectiu — 1 Que està d'acord amb les lleis. Podem parlar, per exemple, d'un govern o d'una defensa legítims.
2 Que és autèntic, no fals. Si una jaqueta de pell té un preu molt baix, pot ser que no sigui de pell legítima.
legitimar, legitimitat

leitmotiv leitmotiv
nom masculí — El leitmotiv d'una obra literària o musical és el tema principal que es va repetint al llarg de tota l'obra. L'amor, la mort o la lluita poden ser el leitmotiv d'un poema. És una paraula alemanya.

lek leks
nom masculí — El lek és la moneda d'Albània.

lema lemes
nom masculí — Un lema és una frase que expressa l'objectiu o la manera d'actuar d'una empresa o la ma-

nera com algú s'ha de comportar. El lema d'algunes persones és "*Sempre endavant*".

1
lent lents

nom femení — 1 Una lent és un tros de vidre o d'un altre material transparent, amb dues superfícies corbes o una de corba i una de plana, que es fa servir per a fer instruments òptics, com ulleres i microscopis. Les lents permeten veure les coses millor, més grans, més petites, etc.

També *lentilles* — 2 Les **lents de contacte** són unes lents petites i primes de plàstic o de vidre que es posen a l'ull, sobre la còrnia, per a corregir algun defecte de la vista. Amb les lents de contacte no cal portar ulleres.

lenticular

2
lent lenta lents lentes

adjectiu — Que no va de pressa, que tarda o que dura més temps del normal. Quan passegem, caminem amb un pas lent. El tren és més lent que l'avió.

alentir

lentilla lentilles

nom femení — Lent de contacte.

lentitud lentituds

nom femení — La lentitud és la característica del que és lent. Els nens petits acostumen a menjar amb gran lentitud, a poc a poc.

leporí leporina leporins leporines

adjectiu — 1 Que està relacionat amb la llebre, que és semblant a la llebre.
2 Un llavi leporí és el llavi de dalt d'una persona que, per un defecte de naixement, està partit pel mig i recorda el de les llebres.

lepra lepres

nom femení — La lepra és una malaltia infecciosa i contagiosa produïda per un bacil, anomenat *bacil de Hansen*, que afecta sobretot la pell i el sistema nerviós. La lepra fa sortir taques i nafres per tot el cos.

leprós, leprosa

leri-leri

adverbi — A punt de passar alguna cosa. *Havien pujat el teló de l'escenari i el començament de l'espectacle era leri-leri.*

1
les

determinant article plural — Forma femenina plural de l'article *el*:
• *Les cases del poble. Les germanes d'en Pere.*

2
les

pronom personal — Forma femenina plural del pronom *el*:
• *Les porto posades* (les arracades).

lesbiana lesbianes

nom femení — Una lesbiana és una dona homosexual.

lesió lesions

nom femení, Amb S — Una lesió és un mal, una ferida, una fractura o un altre dany en una part de l'organisme. Quan una persona té una lesió a la cama, no camina bé.

lesiu, lesiva

lesionar

verb, com *cantar* ◄ pàg. 26 — Causar una lesió. El jugador que es lesiona durant el partit ha d'abandonar el camp de joc o la pista.

letal letals

adjectiu — Mortal, que pot produir la mort. Algunes malalties són letals. La picada d'algunes serps és letal.

letargia letargies

nom femení — 1 La letargia és un son profund i llarg que es té a vegades en algunes malalties.
2 Estat de repòs d'alguns animals quan les condicions del clima no són gaire bones. Els lirons passen l'hivern en letargia.

letàrgic

letó letona letons letones

adjectiu — 1 De Letònia. *El golf de Riga és a la costa letona.*

nom masculí i femení — 2 Persona que és de Letònia o que hi viu.

nom masculí — 3 El letó és la llengua que es parla a Letònia.

leucèmia leucèmies

nom femení — La leucèmia és una malaltia molt greu de la sang que consisteix en la producció excessiva de leucòcits o glòbuls blancs. La leucèmia és un càncer de la sang.

leucòcit leucòcits

nom masculí — Un leucòcit és una cèl·lula de la sang encarregada de lluitar contra els microbis. Les persones tenim milions de leucòcits a la sang.

lev levs

nom masculí — El lev és la moneda de Bulgària.

levita levites

nom femení — Una levita és una jaqueta d'home llarga fins a les cuixes que és més ampla de baix que de dalt. Les levites es portaven al segle XIX.

lexema lexemes

nom masculí — El lexema d'una paraula és l'arrel, la part que ens indica el seu significat. El lexema de *gelada*, *gelar* i *gelat* és *gel*.

lèxic lèxica lèxics lèxiques

adjectiu — 1 Que està relacionat amb les paraules o amb els lexemes d'una llengua. El repertori lèxic dels escriptors acostuma a ser molt ampli.

nom masculí — **2** El lèxic d'una llengua és el conjunt de les paraules que té. Quan s'estudia una llengua, a més de la gramàtica, se n'estudia el lèxic.

3 El lèxic d'una persona és el conjunt de paraules que fa servir normalment quan parla o quan escriu. Hi ha persones que tenen un lèxic variat.

lexicologia

lexicografia lexicografies

nom femení — La lexicografia és la ciència i la tècnica de fer diccionaris.

lexicògraf

li

pronom personal — S'usa en casos com aquests:

- *Li diré que et truqui. Dóna-li això quan el vegis. No li ho diguis.*

Té la mateixa forma tant si es refereix a un nom femení com a un nom masculí:

- *Porta-li aquest paquet* (a l'Àngels).
- *Porta-li aquest paquet* (al Lluís).

liana lianes

nom femení — Nom que reben algunes plantes que tenen el tronc llenyós i s'enfilen pels arbres. Les lianes es troben a les selves tropicals. Les branques de les lianes són llargues i flexibles.

libar

verb com *cantar* ◄ pàg. 26 — **1** Beure un glopet de vi, de licor o d'una altra beguda.

2 Xuclar el suc d'alguna cosa. Els insectes liben el nèctar de les flors.

libació

libèl·lula libèl·lules

nom femení — Una libèl·lula és un insecte gros, amb l'abdomen llarg i prim i amb quatre ales llargues, estretes i transparents. Les libèl·lules volen prop dels llocs on hi ha aigua, com les basses i els llacs. Les seves larves viuen a l'aigua.

liberal liberals

adjectiu. També *lliberal* — **1** Generós. A les persones liberals els agrada compartir les seves coses amb els altres.

2 Una professió es diu liberal quan és un treball intel·lectual i es fa lliurement, sense tenir ningú més amunt que mani. La professió d'arquitecte és liberal.

adjectiu i nom masculí i femení. També *lliberal* — **3** Que respecta la llibertat de les persones. Una persona d'idees liberals vol que tothom exposi les seves opinions. Els liberals accepten les diferents maneres de pensar de la gent.

liberalisme, liberalitat, liberalitzar

libi líbia libis líbies

adjectiu — **1** De Líbia. *El petroli libi.*

nom masculí i femení — **2** Persona que és de Líbia o que hi viu.

liceu liceus

nom masculí — **1** Nom que es dóna a alguns centres o societats on es fan activitats culturals o d'entreteniment.

2 Nom que, en alguns països com França i Bèlgica, es dóna a les escoles d'ensenyament secundari.

lícit lícita lícits lícites

adjectiu — Que es pot fer, que no està prohibit per la llei. Casar-se amb una persona estrangera i adoptar criatures són coses lícites.

licitud

licor licors

nom masculí — Un licor és una beguda alcohòlica dolça feta amb plantes o fruites, o amb substàncies com el cafè. Alguns licors són molt forts; d'altres són suaus.

líder líders

nom masculí i femení — **1** Un o una líder és una persona que dirigeix un grup de persones o un moviment. El líder d'un partit polític és admirat pels seus seguidors.

2 Persona o equip que en una competició esportiva va primer, és al capdavant de la classificació. Mantenir-se líder durant molt de temps costa molt.

liderar, lideratge

lignit lignits

nom masculí — El lignit és un tipus de carbó mineral de color marró o negre, que té menys poder calorífic que l'hulla. És suau i tou i el seu contingut en carboni va d'un 55 a un 75%.

lila liles

adjectiu — **1** Que és de color morat clar. Les flors del lilà són liles.

nom masculí — **2** El lila és el color de les flors del lilà.

lilà lilàs

nom masculí — Un lilà és un arbust de fulles en forma de cor i flors de color lila agrupades en raïms que fan molta olor. Els lilàs perden la fulla, i es planten en jardins.

limbe limbes

nom masculí — El limbe de les fulles d'una planta és la part més ampla, que té forma de làmina. El limbe té dues cares i en moltes plantes una cara és de color verd més fosc que l'altra.

limfa limfes

nom femení — La limfa és un líquid transparent que procedeix de la sang i circula per l'organisme per uns vasos anomenats *limfàtics*. La lim-

fa serveix per a l'alimentació de les cèl·lules.
limfàtic

límit límits
nom masculí
El límit és el punt, la línia o la part on s'acaba una extensió o un espai de temps. Els límits dels països estan marcats per les fronteres. Per a pagar els impostos hi ha un límit de temps: vint dies, trenta dies, etc.
limitació, limítrof

limitar
verb
com *cantar*
◄ pàg. 26
1 Posar límits a alguna cosa. Els teatres i els cinemes limiten el nombre d'espectadors.
2 Un territori limita amb un altre quan estan de costat i tenen uns límits comuns. Catalunya limita a l'oest amb Aragó.
usat amb pronom
3 Limitar-se a alguna cosa és fer només aquesta cosa. Quan algú va a buscar bolets es limita a collir els que coneix.
limitat, limitada

lineal lineals
adjectiu
Que està relacionat amb la línia o que està fet amb línies. Un dibuix lineal només representa els contorns de les coses.

linear linears
adjectiu
1 Lineal.
2 Una fulla de planta és linear quan és llarga i estreta i amb els marges gairebé paral·lels. ✎ limbe

lingot lingots
nom masculí
Un lingot és una barra de metall que encara no s'ha treballat i que manté la forma del motlle on s'ha fos. Un lingot d'or val molts diners.

lingüístic lingüística lingüístics lingüístiques
adjectiu
1 Que està relacionat amb la llengua i amb el llenguatge. Hi ha temes lingüístics molt interessants: els dialectes, el bilingüisme, etc.
nom femení
2 La lingüística és la ciència que estudia el llenguatge i les llengües.
lingüista

línia línies
nom femení
1 En geometria, una línia és un conjunt de punts units l'un darrere l'altre. Hi ha línies rectes, corbes, trencades i mixtes. Quan fas córrer un llapis per sobre d'un paper, tires o traces una línia.
2 Cada una de les tires de paraules seguides que formen la pàgina d'un llibre o d'un altre escrit. Si un llibre és gros, té moltes línies per pàgina.
3 Conjunt de persones o coses col·locades l'una al costat de l'altra en una mateixa direcció. Parlem, per exemple, d'unes cases situades a primera línia de la platja, de la línia de defenses d'un equip de futbol o dels soldats que lluiten a primera línia.
4 Camí que segueix un mitjà de transport. A moltes ciutats hi ha línies d'autobusos i de metro per a anar d'una banda a una altra. També es parla de línies aèries, marítimes i ferroviàries.
5 Conjunt de fils o de cables que transporten l'electricitat o que permeten les comunicacions telefòniques. Si el telèfon no té línia, no podem trucar.
alinear

liniment liniments
nom masculí
Un liniment és una substància oliosa per a fer fregues en alguna part del cos i evitar que s'inflami o per a calmar un dolor.

linotip linotips
nom femení
Una linotip és una màquina que serveix per a preparar textos per a la impremta fent les línies de les pàgines amb plom fos.
✎ pàg. 996 (21)
linotipista

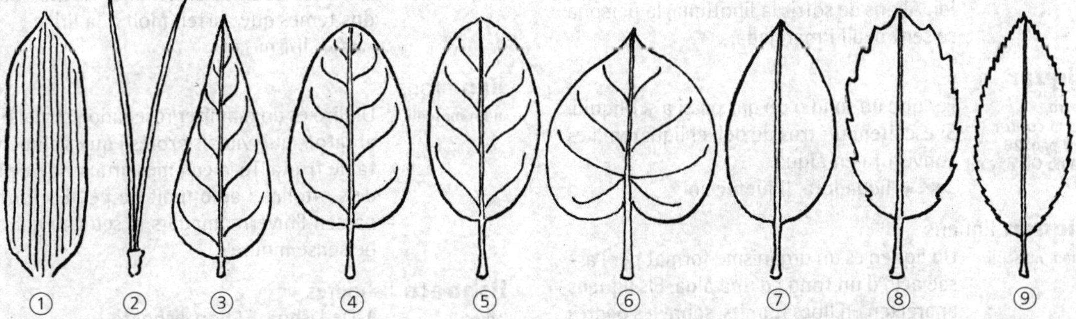

① *Linear.* ② *Acicular.* ③ *Lanceolat.* ④ *Ovalat.* ⑤ *El·líptic.* ⑥ *Cordiforme.* ⑦ *Enter.* ⑧ *Dentat.* ⑨ *Serrat.*
Formes del limbe

linx linxs
nom masculí
Un linx és un mamífer carnívor semblant al gat, que té les potes llargues, la cua curta, les orelles acabades en un floc de pèls rígids i el pelatge amb taques. Els linxs viuen a Europa i a l'Amèrica del Nord. N'hi ha a la Península Ibèrica.

Un linx

linxar
verb
com *cantar*
◄ pàg. 26
Atacar o apallissar algú perquè se'l considera culpable d'alguna cosa. Quan una multitud linxa una persona, pot arribar a matar-la.
linxament

lionesa lioneses
nom femení
Una lionesa és un pastís petit de forma rodona, obert pel mig en dues meitats i farcit de xocolata, de nata o de crema. Les lioneses es fan amb una pasta on hi ha farina, ous, mantega i sucre, i es couen al forn.
✎ pàg. 400 (26)

lípid lípids
nom masculí
Un lípid és una substància grassa d'origen animal o vegetal que té funcions importants en els organismes vius. Els greixos, els olis i la cera són lípids.

lipotímia lipotímies
nom femení
Una lipotímia és un desmai que es produeix quan no arriba prou sang al cervell. Algunes lipotímies passen quan la persona està en un lloc tancat on fa molta calor. Abans de sofrir la lipotímia, la persona se sent dèbil i marejada.

liquar
verb
com *cantar*
◄ pàg. 26
Amb QÜ davant E, I
Fer que un sòlid o un gas passi a ser líquid. Si escalfem un tros de gel, el liquarem i es convertirà en aigua.
liquadora, liqüefacció

liquen líquens
nom masculí
Un liquen és un organisme format per l'associació d'un fong i d'una alga. Els líquens apareixen en llocs humits, sobre les pedres o sobre els troncs dels arbres. Alguns s'assemblen a la molsa.

líquid líquida líquids líquides
adjectiu i nom masculí
Que ha d'estar contingut sempre en un recipient, perquè, si no, s'escamparia i es perdria. A diferència dels gasos, els líquids no es poden comprimir. L'aigua, el vi i l'oli són substàncies líquides. Un líquid, com l'aigua, es pot tornar sòlid si es refreda; i es torna gas si s'escalfa.
liquiditat

liquidar
verb
com *cantar*
◄ pàg. 26
1 Liquar. Hi ha màquines que liquiden la fruita.
2 Pagar un deute. Quan liquidem un compte vol dir que ja l'hem acabat de pagar del tot.
3 Vendre un producte a un preu molt baix per tal que s'acabi aviat. En èpoques de rebaixes, les botigues liquiden les mercaderies.
4 Diem que liquidem una situació complicada, un negoci o un problema que tenim quan hi donem una solució definitiva.
liquidació

lira[1] lires
nom femení
Una lira és un instrument musical de corda, molt antic, que té les cordes aguantades sobre la caixa per uns braços de forma corba.

lira[2] lires
nom femení
1 La lira era la moneda d'Itàlia abans de la seva substitució per l'euro.
2 Moneda de Turquia.

líric lírica lírics líriques
adjectiu
1 Que està relacionat amb la lírica. L'òpera és una forma de teatre líric.
nom femení
2 La lírica és un tipus de música que consisteix a representar una obra de teatre cantada. Les cantants d'òpera són intèrprets de lírica.
3 Tipus de poesia que es basa en els sentiments i les emocions. L'amor i la mort són dos temes que surten molt a la lírica.
lirisme

liró lirons
nom masculí
Un liró és un mamífer rosegador, semblant al ratolí, que viu als arbres i que s'alimenta de fruita. Té la cua més gruixuda que la dels ratolins i amb molt de pèl. Els lirons passen l'hivern amagats al seu cau gairebé sense moure's.

lisboeta lisboetes
adjectiu
1 De Lisboa. *El port lisboeta.*
nom masculí i femení
2 Persona que és de Lisboa o que hi viu.

A B C D E F G H I J K L M N O P Q R S T U V W X Y Z

literal literals

adjectiu — Que diu el mateix que un altre text. “Ser o no ser, aquesta és la qüestió” és la traducció literal d'una frase del *Hamlet* de Shakespeare.

literari literària literaris literàries

adjectiu — Que està relacionat amb la literatura. Els jocs florals són un concurs literari. A les revistes literàries hi ha poemes, contes, narracions i altres escrits.

literatura literatures

nom femení — **1** La literatura és l'art d'escriure poesies, novel·les, contes, narracions, etc.

2 Conjunt d'obres literàries escrites d'un país, d'una època, d'un gènere o d'un tema determinats. Algunes escriptores es dediquen a la literatura juvenil, escriuen per als nois i les noies.

3 Estudi de les obres literàries i dels seus autors. Les persones que es dediquen a la literatura llegeixen moltes novel·les.

literat

liti litis

nom masculí — El liti és un element metàl·lic d'un color blanc platejat, tou i molt lleuger. El liti, en combinació amb altres metalls, es fa servir en la indústria de la ceràmica. Algunes sals de liti s'usen com a medicament en psiquiatria. El seu símbol és: Li.

litigi litigis

nom masculí — Un litigi és una discussió o un enfrontament entre dues persones. A vegades, els litigis s'han de solucionar en un judici.

litigar

litoral litorals

adjectiu — **1** Que està relacionat amb la vora del mar. Les pagellides formen part de la fauna litoral, viuen enganxades a les roques de la costa.

nom masculí — **2** El litoral és la franja de terra que toca el mar. La Costa Brava forma part del litoral de Catalunya.

Un liró

litosfera litosferes

nom femení — La litosfera és la capa de la Terra que va des de la superfície fins a l'astenosfera. És formada per l'escorça i una part del mantell. La litosfera té un gruix d'uns 70 quilòmetres sota els oceans i d'uns 150 quilòmetres sota els continents.

litre litres

nom masculí — Un litre és una unitat de capacitat que serveix per a mesurar els líquids. Equival a un decímetre cúbic. Les ampolles de llet acostumen a ser d'un litre. El seu símbol és: l o L.

decilitre

lituà lituana lituans lituanes

adjectiu — **1** De Lituània. *Les aigües termals lituanes.*

nom masculí i femení — **2** Persona que és de Lituània o que hi viu.

nom masculí — **3** El lituà és la llengua que es parla a Lituània.

litúrgia litúrgies

nom femení — **1** La litúrgia és el conjunt de les cerimònies i dels actes de culte que l'Església celebra en honor de Déu, de la Verge Maria i dels sants.

2 Manera de celebrar les cerimònies religioses. La litúrgia de la missa és diferent de la litúrgia d'un bateig.

litúrgic

lívid lívida lívids lívides

adjectiu — D'un color moradenc, pàl·lid, com el que agafa la pell pel fred o per un cop. Alguns nens, quan estan molta estona en una piscina amb aigua molt freda, surten amb els llavis lívids.

llac llacs

nom masculí — Un llac és una gran extensió d'aigua envoltada de terra per totes bandes. Els llacs es troben en depressions del terreny.

lacustre

llaç llaços

nom masculí — **1** Un llaç és un nus que es fa amb un cordill, una cinta, etc., per a adornar o per a aguantar una cosa amb una altra. Els regals acostumen a anar adornats amb un llaç.

2 Nus de la corbata. És complicat aprendre a fer-se bé el llaç.

3 Un **llaç escorredor** es fa passant un cordill o una corda per una baga o anella que hem fet en un dels seus caps. Com més estirem, més estret es fa el llaç.

llaçada, llaçar

llacuna llacunes

nom femení — **1** Una llacuna és un llac petit.

2 Cosa que falta en un escrit, en una explicació o en un raonament. Si una perso-

A B C D E F G H I J K L M N O P Q R S T U V W X Y Z

na té llacunes en els seus coneixements d'història, és que hi ha coses que no sap.

lladrar

verb
com *cantar*
◄ pàg. 26

Fer el seu crit el gos. Quan algú s'acosta a la casa, els gossos lladren.

lladre lladres

nom masculí i femení — 1 Un o una lladre és una persona que roba. Els lladres aprofiten per entrar als pisos quan saben que no hi ha ningú.

nom masculí — 2 Un lladre és un dispositiu amb molts forats que permet que es puguin connectar diversos aparells en un mateix endoll.

lladregada, lladreguejar, lladronici

lladruc lladrucs

nom masculí — Un lladruc és un crit fort i curt que fan els gossos. Els lladrucs dels gossos són molestos.

llagost llagosts

nom masculí
També *llagostos*

Un llagost és un insecte anomenat també *llagosta*.

llagosta llagostes

nom femení
També *llagost*

1 Una llagosta és un insecte que té el cos allargat, amb dues ales dures, les antenes curtes, els ulls grossos i les potes del darrere molt llargues i potents que li permeten fer salts molt grans. N'hi ha de color marró, verd i d'altres. En alguns països, les plagues de llagostes fan malbé els cultius.

2 Crustaci amb cinc parells de potes, dues antenes molt llargues i dures i el primer parell de potes acabades en una ungla molt forta. Les llagostes són un menjar molt apreciat que es considera un luxe.

llagostí llagostins

nom masculí — Un llagostí és un crustaci amb cinc parells de potes primes, semblant a la gamba, però de color gris rosat, amb les antenes llargues i la closca poc consistent. Els llagostins són un menjar molt apreciat.

llàgrima llàgrimes

nom femení — 1 Una llàgrima és una gota d'un líquid produït per unes glàndules de l'ull anomenades *lacrimals*. Les llàgrimes netegen els ulls i fan que estiguin sempre humits. Quan plorem, ens surten moltes llàgrimes.

2 Diem que una persona plora amb **llàgrimes de cocodril** quan fa veure que està trista o penedida del que ha fet, però en realitat no ho està.

enllagrimar-se, llagrimejar, llagrimer, llagrimós, llagrimosa

llagut llaguts

nom masculí
També *llaüt*

Un llagut és una embarcació amb veles triangulars que serveix per a la pesca i el cabotatge.

llama llames

nom masculí o femení — Un llama o una llama és un mamífer semblant a una ovella però més gran i amb el coll llarg. Les llames viuen a l'Amèrica del Sud, a les zones dels Andes. Al Perú i a Bolívia, les fan servir com a animals de càrrega.

llamàntol llamàntols

nom masculí — Un llamàntol és un crustaci de color fosc, blau marronós, amb cinc parells de potes, unes antenes llargues de color vermell i unes pinces enormes al primer parell de potes. És un menjar molt apreciat.

✎ pàgs. 398-399 ⑦

llamborda llambordes

nom femení — Una llamborda és una pedra gruixuda, normalment rectangular, que es fa servir per a pavimentar carrers i carreteres.

llambregar

verb
com *cantar*
◄ pàg. 26
Amb GU davant E, I

Mirar o veure alguna cosa de manera ràpida, amb un cop d'ull. Quan tens pressa i t'ensenyen un llibre, només el llambregues.

llambrec, llambregada

llaminadura llaminadures

nom femení — Una llaminadura és una cosa dolça, agradable de menjar, com caramels, confitures, xocolates, pastissos, etc. Si es mengen llaminadures abans de dinar, després no es té gana.

llaminer llaminera llaminers llamineres

adjectiu
i nom masculí i femení

Que és aficionat a les llaminadures. Els llaminers es passarien el dia menjant coses dolces.

llamineria

llamp llamps

nom masculí — 1 Un llamp és una descàrrega elèctrica que es produeix entre dos núvols o entre un núvol i la terra. Els llamps van acompanyats d'una resplendor, el llampec, i d'un soroll fort, el tro.

locució que fa d'adverbi — 2 **Com un llamp** vol dir amb una gran rapidesa. *Corria com un llamp perquè no volia que l'agafessin.*

llampada

llampant llampants

adjectiu — 1 Lluent de tan nou o com si fos nou. Alguns personatges sempre van en cotxes llampants.

2 Un color és llampant quan és molt clar, viu i brillant. A l'estiu, hi ha gent que porta banyadors i camises de colors llampants.

llampec llampecs

nom masculí — **1** Un llampec és una resplendor viva que acompanya un llamp. Els llampecs duren molt poc i fan molta claror.

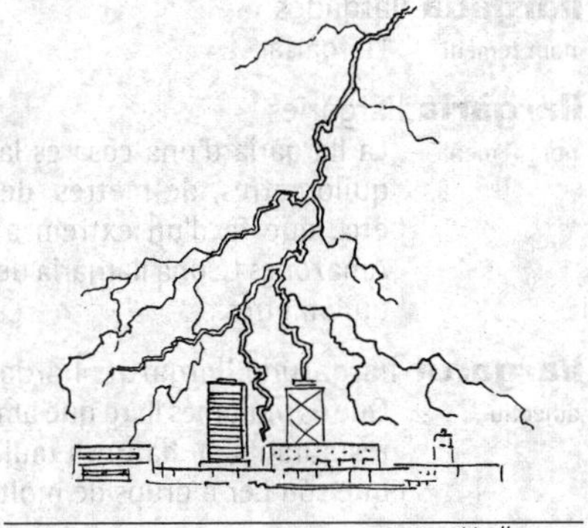

Un llampec

locució que fa d'adverbi — **2 Com un llampec** vol dir d'una manera sobtada i ràpida. *Va sonar el despertador i em vaig aixecar com un llampec.*

llampegar

verb, com *cantar* ◄ pàg. 26, Amb GU davant E, I, Només es conjuga en algunes persones — Fer llampecs. A vegades, abans de ploure llampega. A alguns animals, els llamps els fan molta por i quan llampega s'amaguen.

llampeguejar

llana llanes

nom femení — **1** La llana és el pèl de les ovelles, dels moltons i d'altres animals semblants.

2 Teixit fet amb el pèl de les ovelles i els moltons que es fa servir per a fer jerseis, bufandes i altres peces de vestir.

llaner, llaneria, llanut, llanuda

llança llances

nom femení — Una llança és una arma formada per un pal llarg de fusta i un tros de ferro punxegut i tallant a la punta. Els cavallers de l'edat mitjana lluitaven amb llances.

llançada, llancer

llançaflames llançaflames

nom masculí — Un llançaflames és una arma de guerra que permet enviar un raig de foc a distància.

llançament llançaments

nom masculí — Un llançament és el fet de llançar alguna cosa. El llançament dels coets que s'envien a l'espai és espectacular. Per a fer llançament de pes i de javelina cal tenir força als braços.

llançar

verb, com *cantar* ◄ pàg. 26, Amb C davant E, I, També *llençar* — **1** Deixar anar alguna cosa amb un fort impuls de manera que es desplaci per l'aire i vagi a parar més o menys lluny. A la prova atlètica de llançament de martell guanya qui el llança més lluny. Els volcans llancen lava.

usat amb pronom — **2 Llançar-se** és deixar-se anar amb impuls contra algú o alguna cosa, de dalt a baix, etc. En una competició de natació, tothom es llança a l'aigua alhora.

llançador

llanda llandes

nom femení, També *llanta* — Una llanda és un cèrcol metàl·lic que hi ha a les rodes dels vehicles per a aguantar el pneumàtic. Els raigs d'una bicicleta uneixen la llanda amb el centre de la roda.

cotxe per fora

llangardaix llangardaixos

nom masculí — Un llangardaix és un rèptil amb el cos llarg i cilíndric, amb quatre potes curtes i una cua llarga que es va fent estreta. Té el cos cobert d'unes escates petites i és de color blanc al ventre i verdós a l'esquena. Els llangardaixos adults fan més de 30 centímetres de llargària. S'alimenten sobretot d'insectes i de petits vertebrats, com granotes i ratolins.

llangor llangors

nom femení — La llangor és un estat de debilitat, de falta d'ànims i de forces que té una persona durant un temps.

llangorós, llangorosa, llanguiment, llanguir

llanta llantes

nom femení — Llanda.

llanterna llanternes

nom femení — Una llanterna és un llum petit de diverses formes que es pot portar a la mà i que funciona amb piles. Quan caminem de nit per un lloc fosc, la llanterna ens il·lumina el camí.

llàntia llànties

nom femení — **1** Una llàntia és un aparell per a fer llum. Consta d'un recipient on es posa oli, alcohol o un altre líquid combustible i d'una metxa que s'encén pel cap que sobresurt del líquid. Actualment les llànties no es fan servir gaire.

2 Taca, sobretot quan és d'oli o de greix. Si portes una llàntia a la camisa, te l'hauràs de rentar.

llanxa llanxes

nom femení — Una llanxa és una embarcació petita, sense veles, que es fa servir per a transportar

persones o coses a distàncies curtes. Les llanxes acostumen a ser ràpides, ja que porten motor. No es fan servir per a la pesca.
pàgs. 194-195 (23)

llapis llapis

nom masculí — Un llapis és una barreta de fusta que té una mina a dins. La mina dels llapis acostuma a ser de grafit. Els llapis serveixen per a dibuixar o escriure. pàgs. 998-999 (22)

llar llars

nom femení — **1** La llar d'una persona o d'una família és la casa on viuen. Quan tenim convidats a la nostra llar, fem que es trobin com a casa seva.
2 Una **llar de foc** és un lloc de dins d'una casa on es fa foc per a escalfar-se o per a cuinar alguna cosa. Les llars de foc tenen una xemeneia grossa per on se'n va el fum.
pàgs. 594-595 (64)
3 Una **llar d'infants** és una guarderia.

llard llards

nom masculí — El llard és el greix que es treu fonent el sagí del porc. A vegades, es fa servir llard per a cuinar en lloc de mantega o oli.
enllardar, llarder

llardó llardons

nom masculí — Un llardó és cadascun dels trossets de sagí, més o menys rostits, que queden després de treure'n el llard. El Dijous Gras es menja coca de llardons.

llardós llardosa llardosos llardoses

adjectiu — Que és brut de llard o d'un altre greix. Si fregeixes sense davantal et pot quedar la roba llardosa.

llarg llarga llargs llargues

adjectiu — **1** Que té molta llargada. Hi ha qui porta els cabells llargs i qui els porta curts. Els jugadors de bàsquet tenen les cames llargues.
2 Que dura molt. Un viatge d'un mes és llarg. A l'estiu, els dies són més llargs que a l'hivern.
3 Una peça de roba és llarga quan arriba fins als peus o fins als turmells. A l'hivern es porten pantalons llargs; a l'estiu, curts.

nom masculí — **4** El llarg d'una cosa és la seva llargada. Un jardí gran pot tenir set metres de llarg i cinc d'ample.

locució que fa de preposició — **5 Al llarg de** vol dir mentre dura alguna cosa. *Al llarg d'un curs, els alumnes aprenen moltes coses.*

locució que fa d'adverbi — **6 A la llarga** vol dir després d'haver passat un temps. *Menjava poc i malament, i a la llarga va notar les conseqüències.*

frase feta — **7 Anar** o **vestir de llarg** és portar un vestit o una faldilla llargs. Moltes núvies, quan es casen, van de llarg.
8 Passar de llarg vol dir passar per un lloc sense aturar-s'hi. Els trens directes passen de llarg per algunes estacions.
allargar, allargassar, llargament, llarguejar, llarguer

llargada llargades

nom femení — Llargària.

llargària llargàries

nom femení — La llargària d'una cosa és la quantitat de quilòmetres, de metres, de centímetres, etc., que fa d'un extrem a l'altre. El riu Amazones té una llargària de més de 6 000 quilòmetres.

llargarut llargaruda llargaruts llargarudes

adjectiu — Que és molt més llarg que ample. En alguns restaurants, hi ha unes taules llargarudes que són per a grups de molta gent.

llargmetratge llargmetratges

nom masculí — Un llargmetratge és una pel·lícula de cine que dura més de seixanta minuts.

llast llasts

nom masculí
També *llastos* — **1** El llast és un conjunt de sacs de sorra que es porten en un globus aerostàtic i que es deixen caure quan es vol que el globus s'enlairi més.
2 Sorra, grava o una altra matèria pesant que es posa al fons d'una embarcació per tal que s'enfonsi una mica i sigui més estable.
3 Cosa que no deixa moure's o actuar amb llibertat. Una malaltia pot ser un llast per a una persona.

llàstima llàstimes

nom femení — La llàstima és un sentiment de pena o de dolor que sentim per algú. Les criatures abandonades fan llàstima.
llastimós, llastimosa

llatí llatina llatins llatines

adjectiu — **1** Que està relacionat amb el llatí. El català, el castellà i el francès són llengües llatines, vénen del llatí.

nom masculí — **2** El llatí és la llengua que, antigament, parlaven els romans i que es va fer servir als països d'Europa durant molts segles.
llatinada, llatinisme, llatinista, llatinitat

llatinoamericà llatinoamericana llatinoamericans llatinoamericanes

adjectiu i nom masculí i femení — Hispanoamericà. A la majoria dels països llatinoamericans es parla l'espanyol.

llauna llaunes

nom femení — **1** La llauna és una planxa de ferro prima. Alguns estris de cuina són de llauna.
2 Recipient petit de metall tancat hermèticament per a guardar aliments en con-

serva. Hi ha sardines, anxoves i tonyina de llauna.
3 Recipient de metall no gaire gran per a contenir líquids. A les gasolineres venen llaunes d'oli per al motor dels cotxes.
4 Recipient ample i pla que es fa servir a la cuina per a guisar alguns aliments al forn. El bacallà a la llauna és molt bo.
enllaunar, llauneria

llauner llaunera llauners llauneres
nom masculí i femení — Persona que arregla objectes de llauna o instal·la i repara les conduccions d'aigua i de gas, canvia vidres trencats, etc.

llaurador llauradora llauradors llauradores
adjectiu — **1** Que serveix per a llaurar. Els bous són animals llauradors.
nom masculí i femení — **2** Persona que llaura la terra o que la cultiva.

llaurar
verb com *cantar* ◄ pàg. 26 — Fer solcs a la terra amb una arada o amb un altre instrument. La terra es llaura abans de sembrar-la per aconseguir que doni més fruit.

llaüt llaüts
nom masculí — **1** Un llaüt és un instrument musical de corda semblant a una guitarra però més petit, amb la caixa de forma arrodonida, com una mitja pera. El mànec és curt i té l'extrem corbat formant un angle que pot arribar a fer 90°.
2 Llagut.

llautó llautons
nom masculí — **1** El llautó és un aliatge de coure i zinc i, de vegades, petites quantitats d'altres metalls. És de color groc i es fa servir en la fabricació d'objectes de bijuteria, de tubs, d'aixetes i d'altres objectes.
frase feta — **2** Diem que **es veu el llautó** a algú o a alguna cosa quan es descobreix com és realment, a pesar de les seves aparences.

llavar
verb com *cantar* ◄ pàg. 26 — Rentar. Es diu només en algunes zones.

llavi llavis
nom masculí Amb V — **1** Un llavi és cadascuna de les dues parts carnoses que hi ha al voltant de la boca de les persones. Quan parlem movem els llavis. pàg. 793 (10)
2 Vora d'algunes coses que per la seva forma recorden els llavis. Parlem, per exemple, dels llavis d'una ferida.
3 Cadascuna de les vores de la part de dins o de la part de fora de la vulva.
pàgs. 798-799 (68)

llavor llavors
nom femení — Una llavor és una part d'un fruit que fa que neixi una nova planta.

llavors
adverbi — Aleshores. *Em va regalar un ram de flors; llavors jo li vaig fer un petó.*

llebeig llebeigs
nom masculí També *llebetjos* — Garbí.
llebetjol

llebre llebres
nom femení Amb E final — Una llebre és un mamífer rosegador semblant al conill però més gran, amb les orelles més llargues, el pèl més dens i les potes més preparades per a córrer i fer grans salts. La seva carn es menja i la pell es fa servir en pelleteria.

Una llebre

llebrer llebrers
nom masculí — **1** Gos que pot caçar llebres i conills.
2 Un **llebrer eivissenc** és un gos de raça llarg i prim, que té el cap petit, el musell estret, les orelles fines i dretes i el pèl curt. És un gos de caça; també participa en curses perquè és molt ràpid.

llec llega llecs llegues
adjectiu i nom masculí i femení — **1** Una persona és llega quan no és eclesiàstica. En alguns convents, hi ha religiosos llecs que s'encarreguen de la cuina i de la neteja.
2 Que no sap gaires coses sobre una matèria determinada. Els llecs en química no entenen com es produeixen algunes reaccions.

lledó lledons
nom masculí — Un lledó és un fruit comestible rodó, de color gairebé negre quan és madur, una mica més gran que un pèsol i amb un pinyol a dins. La polpa dels lledons és farinosa i dolça.
lledoner

llefiscós llefiscosa llefiscosos llefiscoses
adjectiu — Una cosa és llefiscosa quan és greixosa i enganxosa. Després d'haver menjat pollastre amb els dits, els tens llefiscosos.

lleganya lleganyes
nom femení — Una lleganya és una substància tova i blanquinosa que es produeix en una glàndula de les parpelles, i que s'asseca i s'enganxa a les pestanyes. Quan ens llevem, a vegades tenim lleganyes als ulls.
lleganyós, lleganyosa

llegar
verb
com *cantar*
◄ pàg. 26
Amb GU davant E, I
Deixar alguna cosa a algú a través d'un testament. Els pares acostumen a llegar les seves propietats als fills i a altres familiars.
llegat

llegenda llegendes
nom femení — Una llegenda és una narració sobre un personatge o un fet més o menys reals que s'ha anat transformant en imaginària a mesura que la gent l'anava explicant. La llegenda de Sant Jordi i el drac és molt coneguda.
llegendari, llegendària

llegir
verb
com *servir*
◄ pàg. 28
1 Anar passant la vista per sobre les lletres, els signes o els números d'un escrit per tal d'entendre què hi diu. Podem llegir en veu alta o en veu baixa. Les persones que llegeixen molt aprenen moltes coses.
2 Entendre o interpretar diferents signes gràfics. Els músics llegeixen les partitures. Un cec llegeix un codi de signes especial amb les mans.
il·legible, illegible, llegible

llegua llegües
nom femení — Una llegua és una antiga mesura de longitud que té diferents valors segons els països o les localitats. La llegua marina, per exemple, equival a 5 556 metres.

llegum llegums
nom masculí — Un llegum és un fruit o una llavor que creix dins d'una beina. Els cigrons, les faves, les mongetes i els pèsols són llegums.
leguminós, lleguminosa

llei lleis
nom femení
1 Una llei és una regla establerta per una autoritat que diu què es pot fer, què no es pot fer i com s'ha d'actuar en un cas determinat. Una persona està fora de la llei quan fa coses que estan prohibides per les lleis del país on viu.
2 Regla que permet explicar com es produeixen els fenòmens naturals. Newton va descobrir la llei de la gravetat.

lleial lleials
adjectiu — Que és molt fidel, que no és capaç de trair. Si tenim un amic lleial, hi confiem plenament. Un sentiment lleial és sincer, no enganya.
deslleial, lleialtat

lleidatà lleidatana lleidatans lleidatanes
adjectiu — 1 De Lleida. *La fruita lleidatana.*
nom masculí i femení — 2 Persona que és de Lleida o que hi viu.

lleig lletja lleigs lletges
adjectiu
També *lletjos*
1 Que no és agradable de veure, que no és bonic. Hi ha qui troba que les ratapinyades són molt lletges.
2 Diem que una cosa és lletja quan creiem que no està ben feta. Menjar-se les ungles és lleig.
enlletgir, lletgesa, lletgor

lleixa lleixes
nom femení — Una lleixa és un prestatge per a posar-hi coses al damunt. A les lleixes d'una cuina s'hi poden trobar plats, olles i altres estris.

lleixiu lleixius
nom masculí — El lleixiu és un líquid incolor fet amb aigua i sals de sodi que serveix per a desinfectar, netejar i descolorir. Fa una olor molt forta i s'ha de fer servir amb molt de compte, perquè crema la pell i taca la roba de color.

llémena llémenes
nom femení — Una llémena és un ou dels polls del cap. Les llémenes tenen forma ovalada, són molt petites i s'enganxen als cabells.

llemosí llemosina llemosins llemosines
adjectiu — 1 De Llemotges o del Llemosí. *La porcellana llemosina.*
nom masculí i femení — 2 Persona que és de Llemotges o del Llemosí o que hi viu.
nom masculí — 3 El llemosí és el dialecte occità que es parla a la regió del Llemosí.
4 Antigament i de manera equivocada, nom que es donava al català.

llenç llenços
nom masculí — El llenç és una tela de lli o de cànem que es teixia a mà. El llenç es feia servir per a fer llençols.

llenca llenques
nom femení — Una llenca és un tros estret i llarg d'alguna cosa. Podem parlar d'una llenca de terra, de paper, de roba, de cansalada, etc.

llençar
verb
com *cantar*
◄ pàg. 26
Amb C davant E, I
1 Llançar.
2 Tirar en un lloc adequat una cosa vella, gastada o que no es necessita per eliminarla, per desfer-se'n. Les deixalles del dinar

A B C D E F G H I J K **L** M N O P Q R S T U V W X Y Z

s'han de llençar a la galleda de les escombraries o de les deixalles orgàniques. Els papers i els vidres es llencen en contenidors diferents per a poder-los reciclar.

llenceria llenceries
nom femení
1 La llenceria és la roba interior femenina. També es diu *llenceria* altres peces de vestir i els llençols, que antigament es feien de llenç.
2 Una llenceria és una botiga on es ven aquest tipus de roba.

llençol llençols
nom masculí
Un llençol és una peça de roba de forma quadrangular que es posa als llits. Normalment, al llit hi ha dos llençols: un que cobreix el matalàs i l'altre que cobreix el cos de la persona que hi dorm. págs. 594-595 (10)

llenega llenegues
nom femení
Una llenega és un bolet que té el barret carnós i de forma corba, d'un color gris fosc. Té un tacte humit i llefiscós, com el del cos dels cargols. Pot fer de 3 a 15 centímetres d'ample. El peu és de color blanquinós i es fa més ample cap a la part de baix. Les llenegues són comestibles.

llenegar
verb
com *cantar*
◄ pàg. 26
Amb GU davant E, I
Relliscar. Quan les roques són humides hi ha el perill de llenegar. Es diu només en algunes zones.

llengota llengotes
nom femení
Fer llengotes és treure la llengua davant d'algú per a burlar-se'n.
llengotejar

llengua llengües
nom femení
1 La llengua és un òrgan tou i carnós, situat dins de la boca, que es mou i que serveix per a notar el gust dels aliments i per a parlar.
2 Una llengua és un conjunt de paraules i de regles per a combinar-les que fa servir un grup de persones per a parlar i entendre's entre elles. La majoria de llengües també s'escriuen i es llegeixen. La llengua catalana i la llengua japonesa són molt diferents.
3 Una **llengua morta** és una llengua que ja no es parla. El llatí és una llengua morta.
frase feta
4 **Anar-se'n de la llengua** és parlar massa i dir alguna cosa que s'hauria de mantenir en secret.
5 **Tenir a la punta de la llengua** una paraula o un nom és estar a punt de recordar-lo però no aconseguir-ho.
lingual, llengut, llenguda

llenguado llenguados
nom masculí
Un llenguado és un peix que té el cos pla i ovalat, envoltat per unes espines. Té els dos ulls molt junts i tots dos al mateix costat. El costat dels ulls és fosc amb taques negres i l'altre costat és blanquinós i cobert d'una pell gruixuda; quan el llenguado reposa sobre la sorra del fons del mar, ho fa per aquest cantó blanquinós. És un peix que té espines llargues i fortes. Per menjar-lo, se li treu la pell.

llenguallarg llenguallarga llenguallargs llenguallargues
adjectiu
i nom masculí
i femení
Que parla més del compte. Els llenguallargs a vegades expliquen coses que no haurien d'explicar.

llenguatge llenguatges
nom masculí
1 El llenguatge és la capacitat de les persones de comunicar els seus pensaments i sentiments a una altra persona mitjançant les paraules.
2 Manera de parlar d'una persona o d'un grup de persones. Els contes infantils fan servir el llenguatge dels nens petits.

llengüeta llengüetes
nom femení
1 Nom de diferents objectes que per la seva forma allargada i prima recorden una llengua. Si la llengüeta de les sabates queda mal col·locada quan ens les cordem, ens molesta.
2 Peça de canya, de fusta o de metall que produeix el so en alguns instruments musicals de vent, com el clarinet i l'harmònica.

llentia llenties
nom femení
També *llentilla*
Una llentia és un llegum de forma arrodonida i aplanada i de color marró. Les llenties són molt riques en ferro i s'acostumen a menjar bullides o estofades.

llentilla llentilles
nom femení
Llentia.

llenya llenyes
nom femení
1 La llenya és el conjunt de branques i de troncs d'arbre fets a trossos que es fan servir per a fer foc. Quan la llenya és humida costa d'encendre i fa molt de fum.
2 Sèrie de cops, pallissa. Algunes discussions s'acaben amb un tip de llenya.
frase feta
3 **Tirar llenya al foc** és fer que augmentin o que creixin les discussions i les baralles.

llenyataire llenyataires
nom masculí
i femení
Un o una llenyataire és una persona que es dedica a tallar i a recollir llenya al bosc.

A B C D E F G H I J K L M N O P Q R S T U V W X Y Z

llenyater llenyatera llenyaters llenyateres
nom masculí i femení — Llenyataire.

llenyós llenyosa llenyosos llenyoses
adjectiu — Que té llenya, que és semblant a la llenya. Una planta és llenyosa si té la tija dura com el tronc dels arbres.

lleó lleons
nom masculí — **1** Un lleó és un mamífer carnívor molt corpulent, amb el pèl de color entre roig i groc i una cua llarga acabada amb un pinzell de pèls. Els lleons viuen als deserts i als boscos d'Àfrica i d'Àsia.

Uns lleons

2 Mascle d'aquesta espècie. Els lleons tenen les espatlles i el coll coberts d'una gran cabellera.
3 El signe de lleó és el cinquè del zodíac; és el signe de les persones nascudes entre el 23 de juliol i el 23 d'agost.
4 Un **lleó marí** és un mamífer carnívor marí, semblant a la foca però més gros, que es diu així perquè els mascles tenen una gran cabellera al voltant del coll. Els lleons marins es domestiquen fàcilment i, a vegades, formen part d'espectacles de circ.
lleonat, lleonada, lleoner, lleoní, lleonina

lleona lleones
nom femení — La lleona és la femella del lleó. Les lleones no tenen cabellera.

lleonès lleonesa lleonesos lleoneses
adjectiu — **1** De Lleó. *Les mines de carbó lleoneses.*
nom masculí i femení — **2** Persona que és de Lleó o que hi viu.

lleopard lleopards
nom masculí — **1** Un lleopard és un mamífer carnívor que pot arribar al metre i mig de llargària. Té el pelatge groguenc ple de taques negres. Els lleopards són molt àgils i s'enfilen als arbres amb molta facilitat. Viuen a diverses zones d'Àfrica i d'Àsia.
2 Mascle d'aquesta espècie.

lleoparda lleopardes
nom femení — La lleoparda és la femella del lleopard.

llepa llepes
nom masculí i femení — Un o una llepa és una persona que diu coses boniques i agradables a algú per a aconseguir algun benefici. Només es diu de manera informal.

llepaculs llepaculs
nom masculí i femení — Llepa. Només es diu de manera informal. Es considera una paraula grollera.

llepafils llepafils
adjectiu i nom masculí i femení — Que és molt delicat i exigent en el menjar, que és difícil d'acontentar. Els llepafils sempre troben en un plat alguna cosa que no els agrada.

llepar
verb com *cantar* ◄ pàg. 26 — **1** Passar la llengua per alguna cosa. Quan llepes una piruleta de maduixa et queda la llengua vermella.
2 Diem que una persona en llepa una altra quan no para de dir-li coses boniques i agradables per a aconseguir algun benefici. Només es diu de manera informal.
frase feta i verb usat amb pronom — **3 Llepar-se els dits** d'alguna cosa és trobar-la boníssima. Els pastissos de xocolata són per llepar-se'n els dits.
llepada, llepaire

llépol llépola llépols llépoles
adjectiu i nom masculí i femení — Llaminer. Les persones llépoles s'estimen més el menjar dolç que el salat.

llepolia llepolies
nom femení — Llaminadura.

llesca llesques
nom femení — Una llesca és un tros de pa, prim i arrodonit, que es talla d'una barra o d'un pa rodó. Dues llesques de pa amb tomàquet i un tall de pernil és un bon esmorzar.
llescar

llessamí llessamins
nom masculí — Gessamí.

llest llesta llests llestes
adjectiu — També *llestos* — **1** Una persona és llesta quan comprèn les coses fàcilment i amb rapidesa i quan és espavilada.
2 Una cosa està llesta quan ja està acabada. Una persona està llesta quan ha acabat la feina que feia.
llestesa

llet llets
nom femení — **1** La llet és un líquid blanc que es fa a les mamelles de les femelles dels mamífers i serveix per a alimentar-ne els fills. Amb la

llet de les vaques, de les cabres i de les ovelles es fan productes alimentaris, com el formatge, la mantega i els iogurts.

2 Nom de diversos líquids de color blanquinós semblants a la llet, com el que surt d'algunes plantes.

3 Diem que una persona té llet quan té sort. Si et toca la loteria el primer dia que hi jugues és que tens molta llet. Es diu de manera informal.

4 Una persona té **mala llet** quan sempre està de mal humor i diu les coses de mala manera. Es diu de manera informal.

alletar, deslletar, lletós, lletosa

lletania lletanies

nom femení — Una lletania és una sèrie de pregàries semblants que es diuen seguides i en el mateix ordre per invocar Déu, la Verge Maria o alguns sants i santes.

lleter lletera lleters lleteres

adjectiu — **1** Lacti. *La indústria lletera.*

2 Que fa llet. Les vaques lleteres han de rebre una bona alimentació perquè donin bona llet.

nom masculí i femení — **3** Persona que ven llet.

lleteria lleteries

nom femení — Una lleteria és una botiga on es ven llet i altres productes lactis.

lletra lletres

nom femení — **1** Una lletra és cadascun dels signes que representen els sons d'una llengua. L'alfabet català és format per 26 lletres: *a, b, c, d, e, f*, etc.

2 Manera d'escriure. Si una persona fa bona lletra, escriu de manera clara i fàcil de llegir.

3 Carta que s'envia a una persona. En alguns museus, es conserven lletres escrites per personatges famosos.

4 La lletra d'una cançó és el conjunt de paraules que es diuen quan es canta. Si no et saps la lletra d'una cançó, només pots taral·lejar la música.

nom femení plural — **5** Les lletres són el conjunt d'estudis que comprenen la llengua, la literatura, la filosofia, la història, etc.

nom femení — **6** Una **lletra de canvi** és un document firmat per una persona que accepta pagar una quantitat de diners un dia determinat. Quan es compren coses a terminis, a vegades es firmen lletres amb les quantitats que es pagaran mensualment.

lletrejar

lletraferit lletraferida lletraferits lletraferides

adjectiu i nom masculí i femení — Que està molt interessat en la literatura i, en general, en els estudis de lletres. Als lletraferits els agrada molt llegir.

lletrat lletrada lletrats lletrades

adjectiu i nom masculí i femení — **1** Que és molt entès en literatura i en altres aspectes dels estudis de lletres. Els lletrats són persones que han llegit molt i que saben moltes coses.

nom masculí i femení — **2** Advocat. Es parla, per exemple, dels lletrats o lletrades de la defensa.

lletuga lletugues

nom femení — Enciam. Es diu només en algunes zones.

lleu lleus

adjectiu — Que és poc important, que no és greu. Si una persona té una ferida lleu, no cal que vagi a l'hospital.

alleujar

lleuger lleugera lleugers lleugeres

adjectiu — **1** Que pesa poc. Les plomes dels ocells són lleugeres.

2 Un menjar és lleuger si es digereix fàcilment i no es nota a l'estómac. Les amanides i la verdura bullida són aliments lleugers.

3 Que és àgil, que es mou amb facilitat. Els gats són animals lleugers; les tortugues, no.

4 Prim, fi, poc consistent. A l'estiu portem una roba més lleugera que a l'hivern.

alleugerar, alleugerir, lleugeresa

lleure lleures

nom masculí — El lleure és el temps lliure que té una persona per a fer allò que li agrada. Hi ha persones que, en el temps de lleure, fan excursions; altres es dediquen al bricolatge.

lleva lleves

nom femení — Una lleva era una quinta de joves que havien de fer el servei militar. Dos homes que són de la mateixa lleva han nascut el mateix any.

llevadís llevadissa llevadissos llevadisses

adjectiu — Una cosa és llevadissa quan és fàcil de posar i de treure, o de pujar i de baixar. Els ponts llevadissos s'aixequen quan ha de passar un vaixell i no té prou espai.

llevador llevadora llevadors llevadores

nom masculí i femení — Persona que està especialment preparada per a ajudar les dones durant el part.

llevant llevants

nom masculí — **1** El llevant és l'est o l'orient. El contrari del llevant és el ponent.

2 Banda de llevant. Mallorca és situada al llevant de Catalunya.

3 El llevant és el vent que bufa de l'est.

llevantejar, llevantí, llevantina

llevar
verb com *cantar* ◄ pàg. 26
1 Aixecar o treure algú del llit. Després de llevar un nen petit, se l'ha de rentar i vestir. Si hem de sortir d'excursió, ens llevem d'hora.
2 Treure alguna cosa del lloc on està unida o enganxada. Per obrir una ampolla li llevem el tap. Quan s'han de posar a navegar, els vaixells han de llevar àncores.
3 Fer desaparèixer alguna cosa d'algun lloc. Les taques d'oli costen molt de llevar.

llevat 1
preposició
1 Excepte. *Ja ha arribat tothom, llevat l'Helena.*
locució que fa de preposició
2 Llevat de vol dir excepte. *Llevat de tu, no ho sap ningú més.*
locució que fa de conjunció
3 Llevat que vol dir excepte que. *M'ho ha explicat tot, llevat que tu també hi havies anat.*

llevat 2 llevats
nom masculí
Un llevat és una substància constituïda per microorganismes que s'afegeix a alguns aliments per a fer-los fermentar. Els forners barregen la farina amb llevat quan preparen el pa. Un altre llevat important és el de la cervesa.

llevataps llevataps
nom masculí
Un llevataps és un estri per a treure els taps de suro de les ampolles. Consisteix en una espiral metàl·lica acabada en punta, que es cargola dins del tap.

Un llevataps

llevataques llevataques
nom masculí
Un llevataques és un producte per a treure les taques de la roba sense haver-la de rentar.

lli llins
nom masculí
El lli és una planta herbàcia d'uns 50 centímetres d'alçària, de fulles lanceolades i de flors de color blau clar, d'un centímetre de diàmetre. Es cultiva per treure'n una fibra tèxtil, que també es diu *lli*, i l'oli de llinosa.

liberal liberals
adjectiu i nom masculí i femení
Liberal.

llibertat llibertats
nom femení
1 La llibertat és la situació de qui no està empresonat, de qui no és esclau i de qui no està sota les ordres de ningú. Els animals del zoo no estan en llibertat.
2 Dret de fer, de parlar, de pensar o d'actuar d'una manera o d'una altra. Cadascú ha de tenir la llibertat de decidir què vol estudiar.
llibert, llibertar

llibertinatge llibertinatges
nom masculí
El llibertinatge és el comportament d'una persona que porta una vida plena de vicis i de desordre.
llibertí, llibertina

llibre llibres
nom masculí
Un llibre és un conjunt de fulls escrits o impresos, col·locats en l'ordre en què s'han de llegir, units per un costat i coberts amb unes tapes.
llibrer, llibresc

llibreria llibreries
nom femení
1 Una llibreria és una botiga on es venen llibres.
2 Moble amb prestatges per a guardar-hi llibres. A les llibreries, els llibres es posen drets, uns al costat dels altres, amb el llom cap enfora perquè es pugui llegir el títol.

llibret llibrets
nom masculí
Un llibret és un text d'una òpera. Quan un cantant d'òpera ha de fer una representació, s'ha d'estudiar el llibret.
llibretista

llibreta llibretes
nom femení
1 Una llibreta és un conjunt de fulls de paper per a escriure units per un costat com un llibre per mitjà d'un filferro en espiral o d'altres maneres. págs. 998-999 (9)
2 Una **llibreta d'estalvis** és un document semblant a una llibreta petita on hi ha apuntats els diners que tenim en una caixa d'estalvis o en un banc. També hi ha anotades les quantitats que en traiem o hi posem i els dies que ho fem.

llibreter llibretera llibreters llibreteres
nom masculí i femení
Persona que ven llibres. Els llibreters de vell venen llibres antics.

llicència llicències
nom femení
1 Una llicència és un permís per a fer al-

A B C D E F G H I J K L M N O P Q R S T U V W X Y Z

guna cosa. Per a posar una botiga s'ha de tenir una llicència. També hi ha llicències de pesca i de caça.
2 Llicenciatura.
llicenciar

llicenciat llicenciada llicenciats llicenciades
nom masculí i femení
Persona que ha obtingut una llicenciatura en una facultat universitària.

llicenciatura llicenciatures
nom femení
Una llicenciatura és un títol que s'obté quan s'acaba d'estudiar una carrera en una facultat universitària. Quan una persona ha obtingut la llicenciatura en dret pot començar a fer d'advocat.

lliçó lliçons
nom femení
1 Una lliçó és una explicació que fa un professor en una classe sobre un tema determinat. A l'escola es fan lliçons de llengua, d'història, de matemàtiques i d'altres assignatures.
2 Part d'una assignatura que un alumne ha d'aprendre. Quan una persona té un examen i se sap molt bé la lliçó, no s'ha de posar nerviosa.
frase feta
3 Diem que una cosa **serveix de lliçó** quan serveix per a aprendre que el que s'ha fet estava malament. Cremar-se serveix de lliçó per a saber que no s'ha de jugar amb foc.

llicorella llicorelles
nom femení
La llicorella és la pissarra de les teulades.

lliga lligues
nom femení
1 Una lliga és un acord o pacte entre dos o més estats per tal d'aconseguir alguna cosa. Egipte, Síria i altres països van formar la Lliga Àrab l'any 1945.
2 Associació que vol aconseguir determinats fins polítics, socials, religiosos o d'altra mena. Alguns partits polítics han portat el nom de lliga, com la Lliga Regionalista.
3 Competició esportiva en què cadascun dels equips que hi participen ha de jugar amb tots els altres de la seva categoria. En els esports de pilota s'acostumen a organitzar lligues.

lligacama lligacames
nom femení
Una lligacama és una cinta elàstica que fa que uns mitjons o unes mitges s'aguantin bé a la cama i no rellisquin cap avall.

lligadura lligadures
nom femení
1 Lligam.
2 Una lligadura és qualsevol objecte que una persona es posa al cap per a protegir-lo del fred o del sol o com a adornament. Els barrets, les boines, les barretines, les cintes i les diademes són lligadures.
3 Línia una mica corba que es fa servir en les partitures musicals per a indicar que dues o més notes s'han de tocar o cantar ben seguides i unides, sense interrompre el so. Quan una lligadura uneix dues notes del mateix nom, el so de la primera s'allarga i el valor de les dues notes s'uneix en un sol valor.

lligam lligams
nom masculí
1 Un lligam és qualsevol cosa que lliga o que serveix per a lligar. A vegades és difícil desfer els lligams d'alguns paquets.
2 Relació que hi ha entre dues persones. Quan dos amics fa molts anys que es coneixen, tenen un lligam molt fort d'amistat.

lligament lligaments
nom masculí
Un lligament és un conjunt de fibres que lliga els ossos a les articulacions o que aguanta algun òrgan al seu lloc. Algunes persones es trenquen els lligaments del peu jugant a futbol.

lligar
verb
com *cantar*
◄ pàg. 26
Amb GU davant E, I
1 Envoltar i estrènyer algú o alguna cosa amb una corda, un cordill, una cadena, etc., per tal d'unir-la a una altra, d'immobilitzar-la o de fer-ne un paquet. Si lligues un ram de flors no es desfarà. En alguns jocs, ens lliguem les cames per a no separar-les.
2 Subjectar amb una corda, una cadena o una corretja que surt d'un lloc fix i permet una certa llibertat de moviments. Algunes persones lliguen els gossos que vigilen la casa i així no s'escapen.
3 Unir dues o més coses de manera que en formin una de sola. Quan escrivim, normalment lliguem les lletres de les paraules; quan cantem, lliguem les notes musicals; quan fem maionesa, lliguem l'oli i l'ou.
4 Diem que dues coses o dues persones lliguen quan concorden, quan tenen una connexió. A vegades, les declaracions d'un testimoni en un judici no lliguen amb les d'un altre.
lligall

llim llims
nom masculí
Fang.

[1]
llima llimes
nom femení
1 Una llima és una eina per a polir i allisar materials durs, com metalls, formada per una barra d'acer llarga i estreta, amb la superfície coberta de solcs i estries.
pàg. 993 (24)
2 Una **llima d'ungles** és una tira petita de metall o de cartó per a polir les ungles i donar-los forma.
llimadura

2
llima llimes
nom femení — Llimona. Es diu només en algunes zones.

llimac llimacs
nom masculí — Un llimac és un mol·lusc terrestre amb el cos tou i llarg, semblant al del cargol però més gros, de color fosc i sense closca. Els llimacs també s'arrosseguen quan avancen i van deixant un rastre humit.

llimar
verb
com *cantar*
◄ pàg. 26 — Allisar, polir o desgastar un metall o un altre material amb una llima. Quan una clau no entra bé en un pany, s'ha de llimar. Després de tallar-nos les ungles, ens les llimem.

llimbs
nom masculí plural — **1** Segons la religió cristiana, els llimbs són el lloc on van a parar les ànimes dels infants que moren sense estar batejats.
frase feta — **2** Diem que una persona **està als llimbs** quan està distreta o no sap alguna cosa. Quan un alumne és a classe i està als llimbs, no sap de què parla el professor.

llimó llimons
nom masculí — Llimona. Es diu només en algunes zones.

llimona llimones
nom femení — Una llimona és un fruit de forma ovalada, amb les puntes que sobresurten una mica, la pell groga i rugosa i la polpa, també groga, d'un gust molt àcid. ✎ pàg. 397 ④
llimoner

llimonada llimonades
nom femení — Una llimonada és una beguda refrescant feta amb suc de llimona i, a vegades, amb sucre i aigua. Les llimonades tenen un gust molt àcid.

llinatge llinatges
nom masculí — **1** El llinatge d'una família és el conjunt de la seva ascendència i la seva descendència.
2 Cognom d'una família.

llinda llindes
nom femení — La llinda d'una porta o d'una finestra és la fusta o la pedra travessera que hi ha a la part de dalt i que descansa sobre els dos muntants. ✎ pàg. 599 ⑨

llindar llindars
nom masculí — **1** Un llindar és la part de baix de l'obertura d'una porta. Quan entrem en una casa, travessem el llindar de la porta d'entrada. ✎ pàg. 599 ⑩
2 Diem que algú és al llindar de la vellesa, de la pobresa o d'una altra cosa, quan és a punt d'entrar en aquest estat o en aquesta situació.

lliri lliris
nom masculí — **1** Un lliri és una planta que fa unes fulles molt grosses en forma de fletxa i de color verd fort. Les flors són també grosses, de color blanc, i formen com una paperina que té a dins un òrgan allargat de color groc.
2 El **lliri blanc** és l'assutzena.

llis llisa llisos llises
adjectiu — **1** Que té una superfície tota igual, plana, sense arrugues ni ondulacions. Les parets i les taules acostumen a ser llises.
2 Que és d'un sol color, que no fa cap dibuix. Un vestit tot negre és llis.
allisar, llisor

lliscar
verb
com *cantar*
◄ pàg. 26
Amb QU davant E, I — Moure's sobre una superfície llisa d'una manera molt suau, sense que hi hagi res que freni. Els patinadors llisquen sobre el gel.
lliscós, lliscosa, llisquent

llista llistes
nom femení — **1** Una llista és una sèrie de paraules, de números o de noms de persones o de coses que estan escrits un sota l'altre. Abans d'anar a comprar, va molt bé fer-se una llista de les coses que es necessiten.
2 Ratlla o faixa de color diferent que hi ha en una tela. Abans, la roba dels matalassos acostumava a ser de llistes de dos colors.
frase feta — **3 Passar llista** és cridar pel seu nom les persones d'una llista per comprovar si en falta alguna. Abans de sortir d'excursió, els professors passen llista dels alumnes.
allistar

1
llistat llistats
nom masculí — Un llistat és un document imprès per la impressora d'un ordinador en un paper molt llarg. Els llistats donen una sèrie d'informacions organitzades en forma de llista.

2
llistat llistada llistats llistades
adjectiu — Un vestit, una roba o una altra cosa és llistada quan té ratlles o llistes. Els pantalons llistats no queden gaire bé amb les camises de quadres.

llistó llistons
nom masculí — Un llistó és una peça de fusta llarga i estreta. Els vidres de les finestres s'aguanten amb uns llistons.
enllistonar

llit llits
nom masculí — **1** Un llit és un moble per a estirar-se a dormir o a descansar. Els llits són formats per un suport ample i allargat de ferro o de fus-

ta, normalment amb potes, i un matalàs a sobre, amb llençols, cobrellit o manta i coixins. ✎ pàgs. 594-595 (27)

2 El llit d'un riu és el lloc per on corren les seves aigües. També es diu *llit* el fons del mar o d'un llac.

frase feta **3** **Fer llit** vol dir estar al llit a causa d'alguna malaltia. Si una persona té febre, ha de fer llit.

allitar-se, enllitar-se

llitera llíteres

nom femení

1 Una llitera és un conjunt de dos llits posats un damunt de l'altre per a aprofitar més l'espai d'una habitació. En alguns trens, hi ha llíteres de tres llits.

2 Llit lleuger per a transportar malalts o ferits. Algunes llíteres van amb rodes; d'altres tenen una barra llarga a cada costat per a portar-les entre dues persones. Les ambulàncies sempre porten una o més llíteres.

lliura lliures

nom femení

1 Una lliura és una unitat de pes que té diferents valors segons els països i les localitats, però que equival aproximadament a 400 grams.

2 La lliura és la moneda de diversos països, com el Líban i Egipte. La **lliura esterlina** és la moneda de la Gran Bretanya.

lliurar

verb
com *cantar*
◄ pàg. 26

Entregar.

lliurament

lliure lliures

adjectiu
Amb E final

1 Que té llibertat. Els ocells que no estan engabiats són lliures. Les persones són lliures d'expressar les seves opinions.

2 Que no està ocupat. Cadascú ocupa el seu temps lliure a la seva manera. Si un taxi està lliure, hi pots pujar.

3 Gratuït. Si en un local hi ha entrada lliure, no has de pagar entrada.

4 Un alumne lliure s'examina d'un curs sense haver anat a classe.

5 Sense obstacles. Si una carretera està lliure, hi podem passar perfectament.

6 Que no ha de fer una cosa, que no ha de suportar una obligació. Hi ha productes lliures d'impostos. Una persona lliure del servei militar, no l'havia de fer.

lloança lloances

nom femení

Una lloança és el fet de lloar algú o alguna cosa. Els actors estan contents quan reben lloances del públic.

lloar

verb
com *canviar*
◄ pàg. 30
Amb dièresi

Dir coses bones d'algú o d'alguna cosa, destacant-ne els mèrits i les qualitats. Quan algú lloa el funcionament d'una companyia d'avions, és que no en té cap queixa i que sempre li ha anat molt bé.

lloable

lloba llobes

nom femení
Amb B

La lloba és la femella del llop.

llobarro llobarros

nom masculí

Un llobarro és un peix de forma allargada que fa normalment de 50 a 80 centímetres de llargària. És de color blavós de metall i té dues aletes dorsals. Viu prop de la costa i de la desembocadura dels rius. La seva carn és molt bona.

llobató llobatons

nom masculí

Un llobató és el petit del llop.

llòbrec llòbrega llòbrecs llòbregues

adjectiu

Fosc, tenebrós. Les coves acostumen a ser llòbregues, ja que no hi entra gens de llum.

lloc llocs

nom masculí

1 Un lloc és una porció determinada de l'espai. Els passadissos són un lloc de pas. Alguns armaris ocupen molt de lloc.

2 Porció d'espai que correspon a una cosa o a una persona determinades. Quan endreces l'habitació, poses cada cosa al seu lloc.

3 Posició que ocupa algú o alguna cosa en una classificació. Els atletes que en una cursa queden en desè lloc no reben cap premi.

4 Un **lloc web** és un conjunt de pàgines web que una empresa, una organització o una persona exposa a Internet perquè es pugui consultar.

locució que fa d'adverbi **5** **Al lloc d'**algú vol dir en la seva situació. *Jo, al lloc d'ella, no sé què hauria fet, no tinc tanta paciència com ella.*

Diferent d'*enlloc* **6** **En lloc de** vol dir en substitució de. *Avui, en lloc d'anar a la platja, anirem a la piscina.*

lloca lloques

nom femení

Una lloca és una gallina o una altra femella d'ocell que escalfa els ous perquè en surtin els pollets i que els cria quan ja han nascut.

llocada

lloctinent lloctinenta lloctinents lloctinentes

nom masculí i femení

Persona que substitueix un cap, un director, etc., quan aquest no hi és.

llodrigó llodrigons

nom masculí

Llorigó.

A B C D E F G H I J K L M N O P Q R S T U V W X Y Z

llodriguera llodrigueres

nom femení — Lloriguera.

llogar

verb
com *cantar*
◄ pàg. 26
Amb GU davant E, I

1 Deixar una cosa a algú perquè la faci servir durant un temps a canvi de diners. Si tens una casa a la muntanya i no hi pots anar, la pots llogar.

2 Pagar uns diners a canvi de fer servir una cosa d'una altra persona durant un temps. La gent que va a esquiar i no té esquís, els lloga. També es pot llogar un pis o un cotxe.

3 Contractar algú per a treballar en algun lloc durant un temps a canvi d'un sou. A l'estiu, els restaurants lloguen més cambrers.

llogaret llogarets

nom masculí — Un llogaret és un lloc més petit que un poble, amb poques cases i poca gent. Les persones que viuen en un llogaret han d'anar a comprar als pobles dels voltants.

llogarret, llogarró

llogater llogatera llogaters llogateres

nom masculí i femení — Persona que fa servir un pis, una casa, un cotxe, etc. d'una altra persona o d'una empresa pagant-ne uns diners. Els llogaters d'un pis han de firmar un contracte de lloguer amb el propietari.

lloguer lloguers

nom masculí — Un lloguer és un preu que s'ha de pagar al propietari d'una cosa quan la lloga. El lloguer de les pel·lícules de DVD no és gaire car.

llom lloms

nom masculí

1 El llom d'una persona o d'un animal és la part de l'esquena a banda i banda de la columna vertebral, des de les costelles fins a la pelvis.

2 Peça de carn molt bona i gustosa de l'esquena del porc. El llom es menja fregit, rostit o en forma de llibrets, amb formatge i pernil a dins, arrebossats i fregits.

pàgs. 398-399 (21)

3 El llom d'un llibre és la part per on s'ajunten les pàgines i on va també enganxada la coberta. Al llom, acostuma a haver-hi el títol del llibre i l'autor.

llombrígol llombrígols

nom masculí — El llombrígol és un clot petit i arrugat que tenim al mig del ventre. És la cicatriu que queda al lloc on hi havia el cordó umbilical.

pàgs. 794-795 (27)

llong llonga llongs llongues

adjectiu — Llarg. Es diu a l'Alguer.

llonganissa llonganisses

nom femení — Una llonganissa és un tipus d'embotit fet amb budell llarg i prim que s'omple de carn de porc ben picada i adobada amb pebre i altres espècies. Es menja crua un cop assecada.

llonguet llonguets

nom masculí — Un llonguet és un pa petit de forma ovalada amb un tall allargat a la part de dalt. Els llonguets són ideals per a fer entrepans.

llonza llonzes

nom femení — Una llonza és un tros de carn de porc, de vedella, etc. de la part de les costelles.

llop llops

nom masculí
Amb P

1 Un llop és un mamífer carnívor semblant a un gos però més gran, salvatge i de cos àgil amb bona musculatura. Té el pelatge gris marronós a la part de dalt del cos i gris blanquinós a la panxa. La cua és llarga i peluda. Els llops fan un udol característic i cacen en grup. Actualment, n'hi ha a l'Amèrica del Nord i en algunes zones d'Àsia i d'Europa.

2 Mascle d'aquesta espècie.

llopada

Un llop

llorer llorers

nom masculí — Un llorer és un arbre que pot fer de 2 a 15 metres d'alçària, que viu en llocs humits i poc freds i que no perd les fulles. Fa flors petites de color blanquinós i fruits arrodonits de color negre. Les fulles del llorer, allargades i grosses, fan molta olor i s'usen com a condiment. Es posen, per exemple, a l'escabetx.

llorejar, llorejat, llorejada

llorigó llorigons

nom masculí
També *llodrigó*

Un llorigó és un conill que fa poc que ha nascut.

lloriguera llorigueres

nom femení
També *llodriguera*

Una lloriguera és un cau de conills o d'altres animals.

lloro lloros

nom masculí — **1** Un lloro és un ocell gros que viu en països tropicals i té el bec curt, fort i molt corbat, les potes curtes i el cap gros i rodó. Els lloros són de colors vius, verd i groc, sobretot. S'enfilen pels arbres ajudant-se amb les potes i el bec. S'alimenten de llavors i de fruites. Es poden domesticar i aprenen a repetir algunes paraules.
2 Es diu que una persona és un lloro quan és molt xerraire.

frase feta — **3 Passar la nit del lloro** vol dir passar molt mala nit. *Avui he passat la nit del lloro; tota la nit suant i donant voltes al llit!*

llosa lloses

nom femení — **1** Una llosa és una pedra plana, prima i de forma normalment rectangular. Les lloses es fan servir per a pavimentar el terra, posar a les teulades en lloc de teules, fer sòcols, etc. Les teulades de les cases d'alta muntanya són fetes amb lloses de pissarra o llicorella.

locució que fa d'adjectiu i d'adverbi — **2** Un menjar és o es fa **a la llosa** quan es cou damunt d'una llosa de pissarra o llicorella molt calenta. Hi ha restaurants que fan carn a la llosa i la serveixen amb la llosa per si es vol menjar més cuita.
enllosar, llosada

llot llots

nom masculí — El llot és el fang molt tou i fi que es forma en els llocs on hi ha aigua, com ara els safareigs, les vores dels rius i les rieres, les basses, etc. El llot embruta molt.
enllotar, llotós, llotosa

llotja llotges

nom femení — **1** Una llotja és cada un dels compartiments separats, amb seients per a un cert nombre de persones, que hi ha en un teatre o en un altre lloc d'espectacles. Les llotges es troben a banda i banda de la platea.
pàgs. 394-395 (3)
2 Lloc on es reuneixen els comerciants i els mercaders per fer els seus tractes.

lluç lluços

nom masculí — Un lluç és un peix de cos allargat, arrodonit a la part central, amb el cap gros i la boca i els ulls també grossos. Té dents fines i punxants. És de color platejat i fosc a la part de l'esquena. És molt habitual al Mediterrani. Tallat a rodanxes, es menja fregit o a la romana. També es fa bullit o al forn. Quan és petit fa fins a uns 25 centímetres i es diu *llucet*. De gran, el lluç pot arribar a fer un metre. pàgs. 398-399 (12)

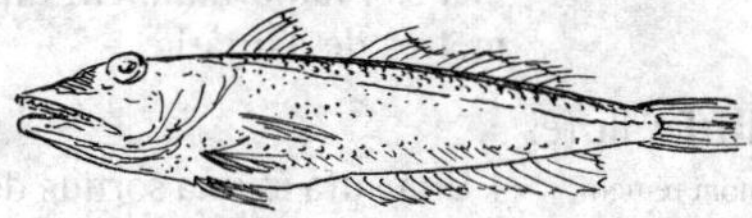
Un lluç

llucar

verb, com *cantar* ◄ pàg. 26, Amb QU davant E, I — **1** Mirar. Molts japonesos es queden embadalits llucant les obres de Gaudí.
2 Veure. Algunes persones grans no hi lluquen gaire.

llúcera llúceres

nom femení — Maire.

llucet llucets

nom masculí — Un llucet és un lluç petit, una cria de lluç.

llúdria llúdries

nom femení — Una llúdria és un mamífer que té el cos llarg, prim i flexible, el pèl curt i dens, les potes curtes i els dits dels peus units per una membrana. Les llúdries viuen a la vora dels rius i s'alimenten de peixos.

Una llúdria

lluent lluents

adjectiu — Que lluu. La plata ben neta és molt lluent.
enlluentar, enlluentir

lluentor lluentors

nom femení — La lluentor és la característica del que és lluent.

lluerna lluernes

nom femení — **1** Una lluerna és un forat que es fa en un sostre o a la part alta de la paret d'un soterrani per a deixar que entri la llum. Les lluernes sovint tenen vidres.
2 Cuca de llum.
3 Peix que té el cap gros, de forma quadrangular i cobert d'unes plaques dures. El cos és més estret que el cap, i les aletes pectorals són molt grosses. Sota del cap té uns apèndixs prims i llargs que li serveixen per

a arrossegar-se pel fons. És de color vermellós i fa normalment uns 40-45 centímetres de llargària.

llufa llufes

nom femení — **1** Una llufa és una sortida de gasos per l'anus produïda sense soroll.

2 Tros de paper en forma de ninot que es penja a l'esquena de les persones el dia dels Innocents, el 28 de desembre, per fer broma. ✎ pàg. 393 ⑨

frase feta — **3** Una bomba, un petard o una altra cosa semblant **fa llufa** quan es crema sense explotar, sense fer soroll.

llufar-se

lluir

verb ◄ pàg. 37 Amb dièresi — **1** Fer una llum viva, reflectir la llum. Els ulls dels gats lluen en la foscor.

com reduir ◄ pàg. 39 Amb dièresi — **2** Una cosa lluеix quan fa efecte, es nota i la gent s'hi fixa. Una estàtua no llueix posada en un lloc fosc i on no passa ningú.

com reduir — **3** Exhibir, fer que es vegi o es noti alguna cosa. A algunes persones, els agrada lluir les seves joies.

usat amb pronom com reduir — **4** **Lluir-se** és fer molt bé alguna cosa, tenir èxit. Si un cantant d'òpera es llueix en un concert, rep forts aplaudiments perquè ha cantat de manera perfecta.

com reduir — **5** També es diu amb ironia que una persona **s'ha lluït** quan ha fet una cosa molt malament. Si en l'examen de conduir et saltes un semàfor en vermell, t'has ben lluït: segur que no t'aproven.

lluïment, lluït, lluïda

lluïssor lluïssors

nom femení — La lluïssor d'una cosa que lluu és la llum que fa. Hi ha nits que els estels perden lluïssor.

lluita lluites

nom femení — **1** Hi ha una lluita entre dues o més persones quan es barallen i l'una vol guanyar l'altra. Les guerres antigues eren lluites entre els soldats, amb espases i armes semblants. També podem parlar de la lluita entre dos pobles, dues nacions, etc.

2 Esforç gran que es fa per aconseguir una cosa, per evitar un mal. Tots hem de col·laborar en la lluita contra el càncer.

3 Tipus d'esport que consisteix a agafar-se dues persones i fer esforços per a tombar el contrincant i posar-lo d'esquena contra el sòl.

lluitar

verb com cantar ◄ pàg. 26 — Fer una lluita. En època de zel, els mascles d'alguns animals lluiten entre ells. Els metges lluiten contra les malalties.

lluitador

1
llum llums

nom femení — **1** La llum és la forma d'energia que ens permet veure les coses. Si no hi hagués la llum tot seria fosc i no veuríem res. La font principal de llum és el Sol. També tenim llum produïda per l'electricitat. I els antics feien llum amb petroli, espelmes, oli i gas.

2 La llum natural és la que fa el Sol. La llum artificial és la que fem amb l'electricitat, amb espelmes o amb gas. Sempre és millor llegir amb llum natural.

frase feta — **3** Es diu que una dona **dóna a llum** quan té una criatura.

lumínic, luminotècnia

2
llum llums

nom masculí — **1** Un llum és un estri o aparell que fa llum artificial. Els llums més habituals són elèctrics i porten bombetes o fluorescents. Hi ha llums de sostre, de sobretaula, de paret i de peu. ✎ pàgs. 594-595 ③

2 Qualsevol dels dispositius que porten els cotxes i altres vehicles per a fer llum. Hi ha llums de posició, llums intermitents i llums de carretera.

llumí llumins

nom masculí — Misto.

lluminària lluminàries

nom femení — Una lluminària és un conjunt de llums, com els que es posen a les finestres i als balcons en algunes festes. Per Nadal hi ha grans lluminàries pels carrers.

lluminós lluminosa lluminosos lluminoses

adjectiu — Que fa llum. A la nit, els mosquits es dirigeixen cap als punts lluminosos.

lluminositat

lluna llunes

nom propi femení — **1** La Lluna és l'únic satèl·lit de la Terra, que gira al voltant d'aquesta i es veu amb formes diferents segons com la il·lumini el Sol.

nom femení — **2** La lluna és aquest satèl·lit vist des de la Terra. Les nits de lluna plena són molt clares.

3 Petita quantitat de greix o d'oli, de forma rodona, que es fa a la superfície d'alguns brous o de la llet.

4 Vidre d'un mirall.

5 Dibuix rodó estampat que hi ha en una roba o en un paper. Les balladores de flamenc porten a vegades vestits de llunes.

6 La **lluna de mel** és el primer mes o els primers temps d'un matrimoni, i, sobretot, el viatge que fan els nuvis just després del casament.

7 **Bona** o **mala lluna** vol dir bon o mal hu-

mor. Quan algú està de mala lluna és millor no fer-li bromes.
llunari

llunàtic llunàtica llunàtics llunàtiques
adjectiu — Una persona és llunàtica quan canvia d'humor molt sovint i té reaccions una mica estranyes.

lluny
adverbi — **1** A una gran distància en l'espai o en el temps. *Volia viatjar molt lluny, a Austràlia o al Japó. Som al mes de febrer i les vacances d'estiu encara són lluny.*
locució que fa de preposició — **2 Lluny de** vol dir a una gran distància de. *L'escola és lluny de casa meva i he d'agafar l'autobús per a arribar-hi.*
allunyar, llunyania

llunyà llunyana llunyans llunyanes
adjectiu — Que és lluny. Austràlia és llunyana.

llúpol llúpols
nom masculí — Un llúpol és una planta herbàcia enfiladissa, de fulles dentades i flors de color verd. Aquestes flors es fan servir en la fabricació de la cervesa.

llur llurs
determinant possessiu — Aquesta paraula s'usa per a indicar una cosa que pertany a dues o més persones que no són qui parla o qui escolta.
Va davant del nom i no porta article:
• *Els alumnes i llur professor. Els meus cosins i llurs fills.*
S'usa sobretot en literatura o quan s'escriu formalment.

llustre llustres
nom masculí — **1** Un objecte té llustre quan brilla perquè l'han netejat i fregat. Hi ha productes que ajuden a donar llustre als mobles.
2 Substància per a donar llustre a un objecte. Hi ha llustres per a les sabates.
enllustrar

llustrós llustrosa llustrosos llustroses
adjectiu — Que brilla, que té llustre. Quan et neteges bé les sabates, queden llustroses.

1
lo los
determinant article — Forma de l'article *el* que s'usa a la zona occidental de les terres de parla catalana i al País Valencià:
• *Lo meu pare. Tot lo dia rondina. Los seus oncles.*

2
lo los
pronom personal — Forma que poden tenir els pronoms *el* i *els* quan van darrere del verb:
• *He de portar-lo al taller* (el cotxe). *He de portar-los al taller* (els cotxes). *He de regalar-los unes invitacions* (a les cosines).

lòbul lòbuls
nom masculí — Un lòbul és una part de forma més o menys arrodonida que surt d'un òrgan del cos. Les arracades es pengen als lòbuls de les orelles.

local locals
adjectiu — **1** Que és d'un lloc determinat. En alguns pobles, els diumenges sempre hi ha un partit de futbol entre l'equip local i un altre de fora. Si et fan una anestèsia local, només t'adormen la part del cos que t'han d'intervenir.
nom masculí — **2** Un local és una part d'un edifici que està destinada a fer-hi alguna cosa. Es pot llogar un local per a fer una festa. Als locals públics hi pot anar tothom.
localisme

localitat localitats
nom femení — **1** Una localitat és un poble, una vila o una ciutat. Es pot viure en una localitat gran, petita, de la costa, etc.
2 Cadascun dels seients d'un teatre, d'un cinema o d'una altra sala d'espectacles. A les localitats reservades no hi pot seure qui vol.
3 Entrada o bitllet que et permet entrar a un espectacle i tenir-hi un seient. Les localitats es compren a les taquilles.

localitzar
verb com *cantar* ◄ pàg. 26 — **1** Descobrir algú o alguna cosa en un lloc determinat. Pots localitzar el telèfon d'una persona buscant-lo a la guia telefònica.
2 Fer que una cosa no s'escampi fora d'uns límits determinats. Per a apagar un incendi, el primer que s'ha de fer és localitzar-lo.

loció locions
nom femení — Una loció és un líquid preparat per a curar o refrescar la pell, els cabells o una ferida. Després d'afaitar-se, molts homes es posen una loció a la cara.

locomoció locomocions
nom femení — La locomoció és l'acte de moure's d'un lloc a un altre. El tren i el cotxe són dos mitjans de locomoció.
locomotiu, locomotiva

locomotor locomotriu *o* locomotora locomotors locomotrius *o* locomotores
adjectiu — Que produeix la locomoció. L'element locomotor d'un cotxe és el motor.

locomotora locomotores
nom femení — **1** Una locomotora és una màquina preparada per a córrer sobre carrils i arrossegar

els vagons d'un tren. Antigament, les locomotores eren de vapor.
2 Locomotora elèctrica ✎ pàg. 193 ④

locució locucions
nom femení — Una locució és un grup de paraules que sempre es fan servir juntes i que fan la funció d'un nom, d'un adjectiu, d'un verb, d'un adverbi, d'una preposició, etc. *De seguida* és una locució adverbial, en una frase fa la mateixa funció que l'adverbi *seguidament. De seguida anirem d'excursió. Seguidament anirem d'excursió.*

locutor locutora locutors locutores
nom masculí i femení — Persona que té per ofici parlar per la ràdio o per la televisió, i que dirigeix o presenta un programa, llegeix les notícies, etc.

locutori locutoris
nom masculí — **1** Un locutori és un lloc de les presons i dels convents on es pot parlar o rebre visites.
2 Local on hi ha les instal·lacions necessàries per a poder parlar per telèfon.

lògia lògies
nom femení — **1** Una lògia és el lloc on es reuneixen els maçons per a fer les seves assemblees.
2 Cadascun dels grups en què es divideixen els maçons.

lògic lògica lògics lògiques
adjectiu — **1** Una cosa és lògica quan és normal i raonable. *És lògic que si neva i es va en màniga curta es tingui fred.*
nom femení — **2** La lògica és la ciència que estudia les lleis del pensament, la manera de raonar.
logístic

logogrif logogrifs
nom masculí — Un logogrif és un entreteniment que consisteix a endevinar una paraula. Per a ferho, primer cal endevinar-ne unes altres que contenen una lletra o una síl·laba d'aquella paraula i que porten una explicació o alguna cosa que fa que les puguem saber.

logopèdia logopèdies
nom femení — La logopèdia és el conjunt de tècniques per a corregir els problemes de veu, de pronúncia i de llenguatge oral i escrit que pot tenir una persona.
logopeda

logotip logotips
nom masculí — Un logotip és un dibuix o un grup de lletres que representa una empresa, una marca o una organització i que surt sempre en els seus productes, els anuncis, etc.

lona lones
nom femení — La lona és un teixit molt fort, de cotó o de cànem, que es fa servir per a fer tendes de campanya, veles d'embarcacions, tendals de terrasses, etc.

londinenc londinenca londinencs londinenques
adjectiu — **1** De Londres. *Els autobusos londinencs.*
nom masculí i femení — **2** Persona que és de Londres o que hi viu.

longevitat longevitats
nom femení — La longevitat és el fet d'arribar a viure fins a una edat molt avançada.

longitud longituds
nom femení — **1** Llargada. *La longitud d'una carretera la mesurem en quilòmetres.*
2 Distància que hi ha des d'un punt qualsevol de la superfície de la Terra al meridià 0° o de Greenwich. *La longitud es mesura en graus.*
longitudinal

loquaç loquaços loquaces
adjectiu — Que parla molt. *Quan una persona no es troba bé, no està gaire loquaç.*
loquacitat

lord lords
nom masculí — Títol que tenen a la Gran Bretanya algunes persones nobles i que es col·loca davant del cognom: *Lord Byron.*

1 **los**
determinant article — Forma plural de l'article *lo* que s'usa a la zona occidental de les terres de parla catalana i al País Valencià.
• *Los meus oncles. Los anys de la guerra.*

2 **los**
pronom personal — Forma que pot tenir el pronom *els* quan va darrere del verb:
• *He de fregar-los bé* (els plats). *Vaig comprar-los unes flors* (a elles).

1 **lot** lots
nom masculí — Un lot és un conjunt de coses que es venen o es donen juntes.

2 **lot** lots
nom femení — Llanterna.

loteria loteries
nom femení — **1** Una loteria és un joc d'atzar que consisteix a vendre una sèrie de bitllets que porten números diferents. Si el número que tenim coincideix amb el que surt en un sorteig, podem cobrar uns diners o rebre un regal.
2 Diem que una cosa és una loteria quan depèn de la sort.

lotus lotus

nom masculí — Un lotus és una planta herbàcia que viu a l'aigua dels estanys. Fa unes fulles molt grosses i amples, amb els marges ondulats. Algunes d'aquestes fulles queden sota l'aigua. Els lotus fan flors de color blanc, rosa, groc o vermellós.

'ls

pronom personal — Forma apostrofada del pronom *els*:
• *Porta'ls demà* (els llibres).

lubrificant lubrificants

adjectiu i nom masculí — Una substància és lubrificant quan fa que dues superfícies o dues peces que estan en contacte llisquin fàcilment. Els lubrificants eviten que les peces s'escalfin i es desgastin. L'oli és un bon lubrificant.
lubricant, lubricar, lubrificació, lubrificar

lúcid lúcida lúcids lúcides

adjectiu — Una persona és lúcida quan entén les coses d'una manera molt clara i raona perfectament.
lucidesa

lucre lucres

nom masculí — El lucre és el guany o el profit que es treu d'alguna cosa. Les associacions sense ànim de lucre no pretenen guanyar diners amb el que fan.
lucrar, lucratiu, lucrativa

lúdic lúdica lúdics lúdiques

adjectiu — Que està relacionat amb el joc, amb la diversió. Jugar a cartes i fer excursions són activitats lúdiques.

ludoteca ludoteques

nom femení — Una ludoteca és un lloc on hi ha jocs i joguines a fi que els infants puguin jugar amb el que més els agradi. Els animadors de les ludoteques organitzen activitats per a distreure els infants i juguen amb ells.

lúgubre lúgubres

adjectiu — Una cosa és lúgubre quan expressa o provoca tristesa, por o dolor. Per a moltes persones, un cementiri és un lloc lúgubre.

lulú lulús

nom masculí — Un lulú és qualsevol gos de companyia que sigui petit i tingui el pèl llarg i el cos massís. Els pequinesos són lulús.

lumbago lumbagos

nom masculí — El lumbago és un dolor molt fort que se sent a la part baixa de l'esquena, per sota de la cintura.

lumbar lumbars

adjectiu — Que està relacionat amb la part baixa de l'esquena, amb el llom. Les persones tenim cinc vèrtebres lumbars. El lumbago és un dolor lumbar.

lunar lunars

adjectiu — Que està relacionat amb la Lluna. L'any 1969 un ésser humà va trepitjar per primera vegada la superfície lunar.

lupa lupes

nom femení — Una lupa és un estri amb una lent que permet veure els objectes més grans del que són en realitat. Normalment la lent és rodona i va agafada a un mànec. Amb una lupa es poden llegir lletres molt petites. Els col·leccionistes de segells fan servir lupes per a veure els detalls petits dels segells.
pàg. 1000 (17)

lustre lustres

nom masculí — Un lustre és un període de temps de cinc anys.

luterà luterana luterans luteranes

adjectiu — **1** Que està relacionat amb Martí Luter, personatge que, al segle XVI, va fer una reforma de l'Església.

nom masculí i femení — **2** Persona que segueix les idees de Martí Luter.
luteranisme

luxe luxes

nom masculí — **1** El luxe és la riquesa i l'abundància de coses cares, molt ornamentades, còmodes, etc. Alguns artistes viuen envoltats de luxe. Els hotels de luxe són molt bonics i ofereixen molt bon servei, però són molt cars.

frase feta — **2 Permetre's el luxe** de fer alguna cosa és una expressió que indica que allò que es fa és un privilegi o un caprici. De tant en tant, ens podem permetre el luxe d'anar a sopar a un bon restaurant.

luxemburguès luxemburguesa luxemburguesos luxemburgueses

adjectiu — **1** De Luxemburg.

nom masculí i femení — **2** Persona que és de Luxemburg o que hi viu.

luxós luxosa luxosos luxoses

adjectiu — Que té molt de luxe. Alguns milionaris tenen cases i cotxes luxosos.

m
nom femení
Tretzena lletra de l'alfabet català. En alguns casos, sobretot davant de *F*, aquesta lletra es pronuncia com una *N*, com a *amfibi* i *amfiteatre*.

m' 'm
pronom personal
Formes apostrofades del pronom *em*:
• *La nena no m'entenia* (a mi). *Acosta'm el pa* (a mi).

ma
determinant possessiu
Sense accent gràfic
Forma femenina singular de *mon*:
• *Ma germana, ma mare.*

mà mans
nom femení
Amb accent gràfic
1 La mà és la part final del braç, formada pel palmell i els dits. Amb les mans agafem les coses i escrivim. ✎ pàgs. 794-795 ④
2 Qualsevol dels dos peus de les potes del davant dels animals de quatre potes.
3 Cada una de les capes de pintura que es fan sobre alguna cosa. Hi ha fustes que necessiten tres mans de vernís.
4 Una **mà de morter** és una peça rodona de fusta per a picar o remenar els aliments en el morter. La part de dalt, per on l'agafem, és més estreta que la part de baix.
5 La **mà d'obra** és el treball que s'ha de fer per a obtenir un producte. La producció de clavells demana més mà d'obra que la de cols.
6 La **mà d'obra** és el conjunt de treballadors d'un sector o d'un país. En alguns països falta mà d'obra especialitzada.
interjecció
7 Mans enlaire ho diu algú que amenaça un altre amb una arma. *Mans enlaire!, i que ningú no es mogui.*
locució que fa de determinant
8 Una mà de vol dir molts, un gran nombre. A les biblioteques públiques hi ha una mà de llibres.
locució que fa d'adjectiu
9 Un aparell, una màquina o un altre objecte és **de primera mà** si no ha estat usat abans.
10 Un aparell, una màquina o un altre objecte és **de segona mà** si no és nou, sinó que un altre ja l'ha fet servir. La roba de segona mà és molt econòmica.
locució que fa d'adverbi
11 Tenim una cosa **a mà** si la tenim a prop i la podem agafar fàcilment. *Tens un bolígraf a mà? Doncs apunta el telèfon de la Joana.*
12 Es diu que un atracament és **a mà armada** si els lladres porten armes i amenacen la gent. *En un atracament a mà armada, més val donar els diners i no arriscar la vida.*
13 Una cosa està **a mà dreta** o **a mà es-**

querra si està al costat dret o al costat esquerre. *En aquell carrer, els cotxes només podien girar a mà dreta.*

frase feta — **14** Dues persones que discuteixen **arriben a les mans** si acaben pegant-se.

15 Si **donem un cop de mà** o **una mà** a algú és que l'ajudem.

16 **Donar-se la mà** dues persones és saludar-se o felicitar-se agafant-se la mà dreta mútuament.

17 **Fregar-se les mans** és estar molt content, molt satisfet.

18 **Posar mans a l'obra** és començar una feina.

19 Una persona **té mans de plata** quan fa molt bé les coses.

manotada, manyoc

maça maces

nom femení — **1** Una maça és una eina per a picar, de fusta dura o de ferro, travessada per un mànec. Les maces tenen una forma semblant als martells, però són més grosses. pàg. 993 (17)

2 Arma antiga per a donar cops, que consistia en un bastó amb la part final molt gruixuda i sovint coberta de ferro.

3 Bastó acabat en una bola grossa de roba, de feltre o de fusta que serveix per a tocar el bombo, les timbales i altres instruments de percussió, com el gong.

macabre macabra macabres

adjectiu — Que està relacionat amb la mort i amb els cadàvers. Una dansa macabra és una representació de la mort ballant amb diverses persones mortes.

maçana maçanes

nom femení — Poma. Es diu només en algunes zones.

macar

verb, com *cantar* ◄ pàg. 26, Amb QU davant E, I — **1** Fer dany a un ésser viu donant-li cops, trepitjant-lo o tractant-lo de qualsevol manera. Si algú camina per un camp cultivat macarà les plantes.

2 Fer-se malbé amb els cops les fruites molt toves, com els maduixots i els préssecs. La fruita delicada es transporta en caixes barrejada amb palla o papers perquè no es maqui.

macadura

macarró macarrons

nom masculí — Un macarró és un menjar de pasta de farina que té forma allargada, gruixuda i foradada per dins. Els macarrons sovint es mengen gratinats o amb salsa de tomàquet.

macedoni macedònia macedonis macedònies

adjectiu — **1** De Macedònia, estat independent i regió de Grècia.

nom masculí i femení — **2** Persona que és de Macedònia o que hi viu.

nom femení — **3** Una macedònia és una barreja de fruites diverses tallades a trossets petits. S'hi pot posar sucre, suc de taronja o algun licor. La macedònia es pren de postres.

macerar

verb, com *cantar* ◄ pàg. 26 — Fer que una cosa es faci tova posant-la durant un temps en un líquid. Alguna carn es posa a macerar en vi abans de coure-la.

maceració

maceta macetes

nom femení — Una maceta és un martell de ferro gros, de forma quadrada, que fan servir els paletes.

maco maca macos maques

adjectiu — **1** Bonic. Parlem d'un paisatge maco, d'un pis molt maco o d'una persona maca.

2 Es diu que una persona és maca si és agradable i simpàtica, si té un bon caràcter.

maçó maçona maçons maçones

nom masculí i femení — Persona que pertany a una societat secreta estesa per tot el món. Els maçons s'ajuden molt entre ells i defensen la llibertat de totes les persones.

maçoneria, maçònic

macramé macramés

nom masculí — El macramé és un treball manual que es fa lligant fils gruixuts o cordills. Amb macramé es fan cortines i tapissos.

madeixa madeixes

nom femení — Una madeixa és una gran quantitat de fil enrotllat i plegat de manera que no s'embulli ni s'enganxi. Hi ha botigues on venen madeixes de llana per a fer jerseis.

madrastra madrastres

nom femení — Una dona que es casa amb algú que té fills d'un matrimoni anterior és la madrastra d'aquests fills. La madrastra no és la mare autèntica.

madrileny madrilenya madrilenys madrilenyes

adjectiu — **1** De Madrid. *Els museus madrilenys.*

nom masculí i femení — **2** Persona que és de Madrid o que hi viu.

maduixa maduixes

nom femení — Una maduixa és una fruita petita, carnosa, de color vermell fosc i en forma de cor. Té molts pinyolets a la part de fora. Les maduixes es poden menjar soles, amb nata o amb suc de taronja. pàg. 397 (16)

maduixera

maduixot maduixots

nom masculí — Un maduixot és una fruita de forma semblant a la maduixa, però més grossa.

pàg. 397 (15)

madur madura madurs madures

adjectiu — **1** Una fruita és madura quan és dolça i tova i es pot menjar. Algunes fruites, com els préssecs, quan són madures agafen un color vermell o groc molt bonic.

2 Es diu que una persona és madura quan ja no és jove, però tampoc no és vella.

immadur, immaduresa, maduració, maduresa

madurar

verb com *cantar* ◄ pàg. 26 — **1** Fer-se madura una fruita. Els raïms maduren a finals d'estiu.

2 Es diu que un projecte o un pla madura si va agafant forma fins que es pot fer.

màfia màfies

nom femení — **1** La màfia és una societat de malfactors molt important i ben organitzada. Va començar a Sicília, però també funciona als Estats Units d'Amèrica.

2 Es diu que un grup de persones és una màfia si s'ajunten per fer negocis il·legals o per tenir elles soles el control d'alguns negocis.

mafiós, mafiosa

mag maga mags magues

nom masculí i femení Amb G — **1** Persona que fa màgia. Els mags que actuen als teatres també es diuen *il·lusionistes.*

adjectiu i nom propi masculí — **2** Els Reis Mags o els Mags són els tres reis d'Orient.

magarrufa magarrufes

nom femení — Una magarrufa és una demostració exagerada d'afecte, d'estimació. Hi ha persones que fan magarrufes al gos, com si fos una criatura.

Li fa una magarrufa

magatzem magatzems

nom masculí — **1** Un magatzem és un local gran on es guarden i conserven mercaderies i productes diversos. Les fàbriques han de tenir magatzem per a deixar-hi els productes acabats.

2 Establiment comercial gran on podem comprar de tot. Els magatzems acostumen a tenir els productes distribuïts per pisos o plantes: per exemple, a la planta baixa, perfumeria i discos; al primer pis, roba d'home; al tercer pis, roba de dona, etc.

emmagatzemar, magatzemista

magdalena magdalenes

nom femení Amb GD — Una magdalena és una pasta dolça i tova, sovint de forma rodona i alta, que es trenca amb els dits, com el pa de pessic. Es fa amb farina, ou, llet, sucre i llevat i es cou al forn dins d'uns motlles de paper ondulat.

magenta magentes

nom masculí — El magenta és un color vermell fosc. Es fa barrejant el vermell i el blau.

magí magins

nom masculí — El magí d'una persona és el seu enteniment i la seva imaginació. Si a una persona tossuda li passa una cosa pel magí, no hi ha manera de treure-li. Només es diu de manera informal.

màgia màgies

nom femení — **1** La màgia és el poder que es diu que tenen algunes persones de fer coses extraordinàries amb l'ajut de forces sobrenaturals i d'éssers invisibles. Els pobles antics creien en la màgia i tenien mags i bruixots.

2 Espectacle d'un mag que, amb diversos trucs, fa coses que semblen impossibles, com endevinar la carta que agafa una persona, fer desaparèixer una cosa o un animal, etc.

màgic màgica màgics màgiques

adjectiu — **1** De la màgia, que està relacionat amb la màgia, que fa coses extraordinàries. Algunes persones diuen que tenen poders màgics.

2 Els Reis Màgics són els tres reis d'Orient.

nom masculí i femení — **3** Persona que es dedica a la màgia, mag.

magisteri magisteris

nom masculí — **1** El magisteri és la professió i l'activitat dels mestres i les mestres. Les persones que es dediquen al magisteri sempre han d'estar estudiant.

2 Estudis que preparen per a ser mestre o mestra.

magistral magistrals
adjectiu
1 Diem que una cosa és magistral si està molt ben feta, com si fos obra d'un mestre. Pot ser magistral un discurs, una novel·la o fins i tot un gol.
2 Una fórmula magistral és un medicament preparat a la farmàcia segons una recepta especial.

magistrat magistrada magistrats magistrades
nom masculí i femení
Persona que treballa en l'administració de justícia en un lloc important, com alguns jutges.

magistratura magistratures
nom femení
1 La magistratura és el conjunt dels magistrats i les magistrades d'un país.
2 Càrrec de magistrat o magistrada.

magma magmes
nom masculí
El magma és el conjunt de les pedres i dels minerals fosos que hi ha a dins de la Terra. El magma és incandescent i surt pel cràter dels volcans en erupció en forma de lava.
magmàtic

magnat magnats
nom masculí i femení
Un o una magnat és una persona molt important en els negocis i en les qüestions financeres. Els magnats del petroli són els amos de les grans companyies petrolieres.

magne magna magnes
adjectiu
Molt gran. Es diu d'alguns reis com Alexandre Magne.

magnesi magnesis
nom masculí
El magnesi és un element metàl·lic blanc, molt lleuger, que crema amb una flama molt brillant. Es fa servir en la fabricació de coets i bengales i també en medicina. El seu símbol és: Mg.

magnèsia magnèsies
nom femení
La magnèsia és un carbonat de magnesi que s'havia usat molt en medicina com a purgant.

magnetisme magnetismes
nom masculí
1 El magnetisme és la força que tenen els imants per a atreure el ferro.
2 Part de la física que estudia els imants.
magnètic, magnetitzar

magnetita magnetites
nom femení
La magnetita és un mineral de color fosc, gairebé negre, bastant dur, compost de ferro i oxigen. És un imant natural. La seva fórmula és: Fe_3O_4.

magnetòfon magnetòfons
nom masculí
Mot pla
Un magnetòfon és un aparell que grava música i paraules en una cinta i després les pot reproduir. Els cassets són magnetòfons.
magnetofònic

magnicidi magnicidis
nom masculí
Un magnicidi és l'assassinat d'una persona molt important. L'assassinat del president Kennedy s'anomena *el magnicidi de Dallas*.

magnífic magnífica magnífics magnífiques
adjectiu
Que és molt gran, molt bo, molt luxós, que té una gran bellesa, una gran esplendor. Són magnífiques moltes coses: el dia, un vestit, un viatge, un llibre, una persona, una idea, una festa, etc.
magnificar, magnificència, magnificent

magnitud magnituds
nom femení
1 Una cosa té magnitud si és gran. Una guerra provoca destruccions de molta magnitud.
2 Les magnituds d'una cosa són les característiques que es poden mesurar, com la llargada, l'amplada i el pes.

magnòlia magnòlies
nom femení
Una magnòlia és un arbre que es planta en parcs i jardins per les seves fulles grosses de color verd fosc i les flors blanques, grosses, que fan molta olor. Aquestes flors també es diuen *magnòlies*.
magnolier

magrana magranes
nom femení
Una magrana és una fruita que té forma rodona i una pell molt dura de color vermell grogós. A dins té uns granets de color vermell clar separats per una pell fina de color groc. Aquests granets se separen de la pell i es mengen sols, amb sucre o amb suc de taronja. pàg. 397 (9)
magraner

magre magra magres
adjectiu
1 Una carn magra o un pernil magre tenen poc greix. Sobretot es diu *carn magra* la carn de porc que té poc greix.
pàgs. 398-399 (20)
2 Una persona magra està molt prima, té poc greix.
frase feta
3 Es diu que una persona **les passa magres** si viu en la misèria i passa necessitat.
amagrir, magresa, magror

magrebí magrebina magrebins magrebines
adjectiu i nom masculí i femení
Magribí.

magribí magribina magribins magribines
adjectiu
1 Del Magrib. *El Marroc i Algèria són països magribins.*
nom masculí i femení
2 Persona que és del Magrib o que hi viu.

maharaja maharages
nom masculí — Un maharaja és un príncep de l'Índia.

maharani maharanis
nom femení — Una maharani és la dona d'un maharaja.

mahometà mahometana mahometans mahometanes
adjectiu i nom masculí i femení — Musulmà.
mahometisme

mai
adverbi — 1 Cap vegada. *No he viatjat mai en avió, em fa por.*
2 En preguntes i en frases condicionals, alguna vegada. *Has anat mai a Ripoll? Si mai necessites informació sobre plantes demana-li a la Mònica, que en sap molt.*

maia maies
adjectiu — 1 Dels maies. *Els temples maies.*
nom masculí i femení — 2 Un o una maia és una persona d'un poble indi que vivia a l'Amèrica Central. Els maies van crear una gran cultura al sud de Mèxic, a Hondures i a Guatemala.

maig maigs
nom masculí — El maig és el cinquè mes de l'any. Té 31 dies. Diu el refrany: "Pel maig, cada dia un raig."

mainada mainades
nom femení — La mainada són els nens i les nenes petits. Els contes agraden molt a la mainada.

mainader mainadera mainaders mainaderes
nom masculí i femení — Persona que s'encarrega de la mainada.

maionesa maioneses
nom femení — La maionesa és una salsa de color groc que es fa amb ou i oli i, a vegades, amb una mica de llimona. Es pot posar a l'ensalada russa, als espàrrecs i al peix.

maire maires
nom femení — Una maire és un peix de cos allargat que pot arribar als 40 centímetres de llargària. És de color gris blavós a l'esquena, amb els costats gris clars i el ventre blanc de plata. Les maires tenen la carn tova.

majestat majestats
nom femení Amb J — Títol que es dóna als reis i a les reines, als emperadors i a les emperadrius.
majestàtic

majestuós majestuosa majestuosos majestuoses
adjectiu — Que impressiona pel fet que és molt elegant o solemne o molt gran. Algunes catedrals són edificis majestuosos.

major majors
adjectiu — 1 Que és més gran, més important. El carrer major d'un poble o l'altar major d'una església són més importants que altres carrers o que altres altars. La major part d'un conjunt és més de la meitat.
locució que fa d'adjectiu — 2 Una persona és **major d'edat** quan té els anys que estableix la llei per a poder fer totes les coses que fan les persones grans, com per exemple votar, treure's el permís de conduir, etc.
majoritat, majorment

majoral majorala majorals majorales
nom masculí i femení — Persona que dirigeix una colla de pastors, de segadors o de criats. Actualment s'usa poc.

majordom majordoma majordoms majordomes
nom masculí i femení — Persona encarregada del govern d'una casa sota les ordres directes de l'amo o de la mestressa. El majordom i la majordoma manen tots els altres criats.
majordomia

majordona majordones
nom femení — Una majordona és una dona que s'encarrega de les feines de la casa d'un capellà.

majoria majories
nom femení — 1 La majoria és la part més nombrosa dins d'un grup de persones o de coses. La majoria dels cotxes van amb gasolina.
2 En una votació treu majoria el partit o la persona que té més vots.
3 Una persona té **majoria d'edat** quan és major d'edat.
majoritari, majoritària

majorista majoristes
nom masculí i femení — Un o una majorista és una persona que compra els productes directament a la fàbrica o al camp i després els ven a les botigues.

majúscul majúscula majúsculs majúscules
adjectiu — 1 Molt gran o molt gros. Si et trobessis un tigre a l'ascensor tindries un espant majúscul.
adjectiu i nom femení — 2 Una lletra és majúscula quan és més gran i sovint diferent que la lletra normal. *A*, *M* i *T* són lletres majúscules. Les majúscules es fan servir al començament de paràgraf, després de punt i en els noms propis, com *Glòria*.

1 mal mals
nom masculí — 1 Un mal és tot allò que és contrari al benestar i a la felicitat de les persones, qualsevol cosa que causa mort i destrucció. Les guerres, les baralles i els accidents són mals.
2 Una persona té mal en una part del cos quan hi té una ferida o una malaltia. El mal de cap dóna molt malestar.

Continua a la pàgina següent

frase feta — 3 Una part del cos ens **fa mal** si hi sentim un dolor intens. Si et fan mal els queixals hauràs d'anar al dentista.

4 Prendre mal és caure o tenir un accident i fer-se ferides.

2
mal

adverbi — No gens bé. *Estava tan prim que semblava que estigués mal alimentat.*

3
mal mala mals males

adjectiu — Que no és bo. *Té mala memòria. Un mal comportament. És un mal negoci. Tenir mala sort. Era un mal amic. Un menjar que té mal gust.*

Es posa sempre al davant del nom; darrere del nom es diu *dolent:*
- *Un negoci dolent. Una fusta dolenta.*

malabarista malabaristes

nom masculí i femení — Un o una malabarista és una persona que es dedica a fer jocs d'habilitat, com anar llançant enlaire boles, bastons o altres objectes i agafar-los de manera que no caiguin a terra. També fan equilibris amb molts objectes alhora.
malabarisme

malagradós malagradosa malagradosos malagradoses

adjectiu — Una persona és malagradosa quan no és simpàtica i té un tracte desagradable. Si es despatxa en una botiga no es pot ser malagradós.

malagraït malagraïda malagraïts malagraïdes

adjectiu i nom masculí i femení — Una persona és malagraïda quan no agraeix les coses que algú ha fet per ella. Diu el refrany que, de malagraïts, l'infern n'és ple.

malaguanyat malaguanyada malaguanyats malaguanyades

adjectiu — Una cosa és malaguanyada quan s'ha perdut o s'ha fet malbé i no s'ha pogut aprofitar. Si se'ns ha podrit un quilo de fruita, diem: *Malaguanyada fruita, l'hem de llençar!*

malalt malalta malalts malaltes

adjectiu i nom masculí i femení — Que té una malaltia, que no es troba bé. Alguns malalts han d'ingressar als hospitals.
emmalaltir, malaltejar

malaltia malalties

nom femení — Una persona, un animal o una planta té una malaltia quan el seu cos o una part del seu cos no funciona bé i té un mal. Quan tenim una malaltia diem que no ens trobem bé. La grip i la verola són malalties.

malaltís malaltissa malaltissos malaltisses

adjectiu — Que té poca salut, que sovint està malalt.

malament

adverbi — No gens bé. *Tenia la grip i es trobava malament. Vam fer un exercici tan de pressa que el vam fer malament.*

malaquita malaquites

nom femení — La malaquita és un mineral de coure, de color verd molt bonic. S'usa per a fer objectes d'adornament.

malar malars

nom masculí — El malar és cada un dels dos ossos que hi ha a banda i banda de la cara, entre les òrbites dels ulls i el maxil·lar superior.
pàg. 797 (6)

malària malàries

nom femení — La malària és una malaltia greu que dóna molta febre. S'encomana per la picada d'un mosquit que fa que un microbi passi a la sang d'una persona.

malastruc malastruga malastrucs malastrugues

adjectiu — Que té desgràcia o que porta desgràcia. Diuen que els dies que són dimarts i 13 són malastrucs.

malastrugança malastrugances

nom femení — Mala sort, desgràcia. La gent supersticiosa diu que trencar un mirall o abocar un saler porta malastrugança.

malaurat malaurada malaurats malaurades

adjectiu — Que és desgraciat, que no és feliç.
malauradament, malaurança

malbaratar

verb com *cantar* ◄ pàg. 26 — Fer malbé les coses, deixar-les perdre, gastar-les inútilment. L'aigua és un element natural que no s'ha de malbaratar.
malbaratador, malbaratament

fer malbé

frase feta — Fer que una cosa estigui en mal estat, fer que no funcioni, trencar-la. Una pedregada fa malbé els arbres, la humitat fa malbé la fusta i una malaltia fa malbé la salut. Totes les coses que es fan servir s'acaben fent malbé.

malcarat malcarada malcarats malcarades

adjectiu — 1 Una persona és malcarada quan posa mala cara a tothom i sempre sembla que està enfadada. Una noia simpàtica no pot ser malcarada.
2 Que té la cara molt lletja.

malcriat malcriada malcriats malcriades

adjectiu — Es diu que una persona és malcriada si no sap portar-se bé i no té bona educació perquè li han deixat fer sempre el que volia.
malcriar

maldar
verb
com *cantar*
◄ pàg. 26
Fer esforços per arribar a una cosa, per aconseguir-la. Hi ha estudiants de música que malden per ser grans concertistes.

maldat maldats
nom femení
1 Les persones dolentes, que fan mal als altres, tenen maldat.
2 Una maldat és una acció dolenta, que fa mal als altres. Un assassinat és una gran maldat.

maldecap maldecaps
nom masculí
Un maldecap és una cosa que ens preocupa molt, que no ens deixa estar tranquils. La gent que té pocs diners passa molts maldecaps.

maleir
verb
com *reduir*
◄ pàg. 39
Amb dièresi
Una persona maleeix una altra persona o una cosa quan diu paraules contra elles perquè li han fet mal o l'han fet enfadar molt. Quan es maleeix, es diu, per exemple: *Maleït siga el qui m'ha enganyat!, tant de bo que prengui mal.*

maleït maleïda maleïts maleïdes
adjectiu
Molt dolent. Algú pot tenir una maleïda manera de parlar o un geni maleït.

malenconia malenconies
nom femení
La malenconia és una sensació de tristesa que dura força temps. Acostumem a sentir malenconia quan recordem persones estimades que no tornarem a veure.
malenconiós, malenconiosa

malentès malentesos
nom masculí
Un malentès és una cosa que no s'ha entès bé i que fa que ens equivoquem o que discutim amb algú. Moltes baralles comencen amb un petit malentès.

malesa maleses
nom femení
Malifeta. Sempre s'ha de vigilar la canalla que no faci maleses i no prengui mal.

malestar malestars
nom masculí
Una persona té malestar si no es troba bé o té preocupacions. Massa calor provoca malestar i desgana.

maleta maletes
nom femení
Una maleta és una mena de caixa, normalment de forma rectangular, amb nansa i tanca, per a portar la roba quan anem de viatge. Les maletes solen portar unes rodetes per a poder-les arrossegar.

maleter maleters
nom masculí
El maleter d'un cotxe és el lloc on posem les maletes. A la majoria de cotxes, el maleter va a la part del darrere.

maletí maletins
nom masculí
Un maletí és una maleta petita. S'hi posen papers, estris de feina, diners, etc.

malfactor malfactora malfactors malfactores
nom masculí i femení
Persona que fa robatoris i altres actes criminals.

malferit malferida malferits malferides
adjectiu
Que ha estat ferit greument. Les persones malferides han d'anar a l'hospital amb ambulància.
malferir

malfiar-se
verb usat amb pronom
com *canviar*
◄ pàg. 30
Amb dièresi
No fiar-se d'algú o d'alguna cosa. Ens hem de malfiar de la gent que diu mentides.
malfiança

malgastar
verb
com *cantar*
◄ pàg. 26
Gastar diners, temps, esforços o treball en coses inútils.
malgastador

malgirbat malgirbada malgirbats malgirbades
adjectiu
Que porta roba que no li cau bé, mal feta o mal posada. Els pallassos, per fer riure, van malgirbats i amb la cara pintada.

malgrat
preposició
1 A pesar de. *Malgrat el mal temps, vam aconseguir fer el cim.*
locució que fa de conjunció
2 **Malgrat que** s'usa en casos com aquest:
• *Malgrat que havia estat tres anys vivint a Anglaterra, no parlava gaire bé l'anglès.*

malhumorat malhumorada malhumorats malhumorades
adjectiu
Que està de mal humor, que no té ganes de broma. Quan una persona no es troba bé, acostuma a estar malhumorada.

malícia malícies
nom femení
Una persona té malícia quan vol fer coses dolentes, quan pensa la manera de fer mal als altres. A vegades fem mal a algú sense malícia, no volíem fer-n'hi.
maliciós, maliciosa

malifeta malifetes
nom femení
Una malifeta és una acció dolenta, una cosa que no s'ha de fer. Les malifetes s'acaben pagant.

maligne maligna malignes
adjectiu
1 Una persona és maligna si vol fer mal als altres.
2 Una ferida és maligna si està infectada. Un tumor maligne pot portar a la mort de la persona.
malignitat

A B C D E F G H I J K L **M** N O P Q R S T U V W X Y Z

malintencionat malintencionada malintencionats malintencionades
adjectiu — Que té mala intenció. Fer la traveta a algú és propi de persones malintencionades.

mall malls
nom masculí — Un mall és un martell gros, de mànec molt llarg. Els ferrers i els picapedrers fan servir malls. pàg. 993 ⑧

malla malles
nom femení — 1 Una malla és cadascun dels forats que formen els fils d'una xarxa. Quan les malles són amples, els peixos petits es poden escapar de les xarxes.
2 Teixit format per anelles de metall entrellaçades que portaven els guerrers medievals. La peça anomenada *cota de malla* protegia el pit i l'esquena dels soldats.
3 Un vestit o unes mitges són de malla si estan fets amb un teixit que imita les malles d'una xarxa de pescar.
emmallar

mal·leable mal·leables
adjectiu — Un sòlid és mal·leable si es pot estendre en làmines. L'or és molt mal·leable; se'n poden fer unes làmines molt primes, que s'anomenen *pa d'or*.

mallerenga mallerengues
nom femení — 1 Una mallerenga és un ocell petit que té el bec curt i dret i les ungles dels dits disposades de manera que es pot agafar a llocs que són verticals. Hi ha diverses classes de mallerengues i algunes tenen les plomes de colors molt variats i bonics.
2 Es diu que una persona és una mallerenga quan parla molt.

mallorquí mallorquina mallorquins mallorquines
adjectiu — 1 De l'illa de Mallorca. *Les ensaïmades i la sobrassada mallorquines.*
nom masculí i femení — 2 Persona que és de l'illa de Mallorca o que hi viu.

mallot mallots
nom masculí — Un mallot és una peça de vestir molt ajustada al cos, com la que es porta quan es fa esport, gimnàstica o ballet.

malmetre
verb com *perdre* ◄ pàg. 27 Diferències: *malmès, malmesa, malmesos, malmeses* — Fer malbé. Els aiguats i les pedregades malmeten les collites i els arbres. El pas del temps i l'acció humana han malmès molts monuments antics.

malnom malnoms
nom masculí — Un malnom és un nom que es dóna a una persona perquè té un vici, un aspecte físic especial o un costum estrany. A un home, per exemple, se'l coneix amb el malnom de "el cametes" pel fet que té les cames molt llargues i primes.

malparlar
verb com *cantar* ◄ pàg. 26 — Dir coses dolentes d'algú. Les persones que malparlen dels altres no tenen gaires amics.

malparlat malparlada malparlats malparlades
adjectiu — Una persona és malparlada quan diu constantment paraulotes i expressions grolleres.

malpensat malpensada malpensats malpensades
adjectiu i nom masculí i femení — Que pensa malament dels altres, que creu que els altres fan les coses amb mala intenció. Els malpensats no confien en ningú.
malpensar

malsà malsana malsans malsanes
adjectiu — Que fa mal a la salut, que no és bo per al cos, per a la vida. Un ambient molt humit és malsà.

malson malsons
nom masculí — Un malson és un somni estrany, que fa patir o que fa por. Quan tenim febre, podem tenir també malsons.

malt malts
nom masculí — El malt és l'ordi assecat i torrat. Es fa servir per a fabricar la cervesa. També es pren en lloc de cafè.

maltès maltesa maltesos malteses
adjectiu — 1 De l'illa de Malta. *"El falcó maltès" és una novel·la de Dashiell Hammett.*
nom masculí i femení — 2 Persona que és de l'illa de Malta o que hi viu.
nom masculí — 3 El maltès és un dialecte àrab que es parla a l'illa de Malta. S'escriu en caràcters llatins.

maltractar
verb com *cantar* ◄ pàg. 26 — Tractar malament. Es maltracta una persona pegant-li i insultant-la. Hi ha qui maltracta els animals i les coses.
maltractament

maluc malucs
nom masculí — Un maluc és cada un dels dos ossos que formen els dos costats del cos de les persones, sota de la cintura. També es diuen *malucs* les dues parts de fora del cos que corresponen a aquests dos ossos. Les dones tenen els malucs més amples que els homes. pàgs. 794-795 ⑭

malura malures
nom femení — Una malura és una malaltia, un mal que afecta les persones, els animals o les plantes. Hi ha insectes que provoquen malures als arbres fruiters.

malva malves

nom femení

1 Una malva és una planta amb moltes branques, que té una tija coberta de pèls i que fa unes flors grosses, de color violeta, molt boniques. Aquestes flors no s'obren si és de nit o si fa mal temps.

frase feta

2 Es diu que una persona **fa malves** quan ja és morta i enterrada.

malvat malvada malvats malvades

adjectiu

Una persona és malvada quan és molt dolenta i fa molt de mal als altres. Als contes hi ha personatges malvats com el llop de la Caputxeta Vermella o la madrastra de la Blancaneu.

malvestat malvestats

nom femení

Una malvestat és una acció dolenta, una maldat. A les guerres es cometen moltes malvestats.

malviure

verb
com *viure*
◄ pàg. 44

Viure malament. En alguns llocs del món on hi ha poca aigua i aliments escassos, els habitants només malviuen.

mam mams

nom masculí

El mam és l'aigua. Ho diuen els nens petits i les persones grans quan parlen amb ells.

mama mames

nom femení

1 Manera informal i afectuosa d'anomenar la mare. Ho diuen els nens petits i també algunes persones grans.

2 Una mama és una mamella, un pit. Les truges tenen moltes mames.

mamar

verb
com *cantar*
◄ pàg. 26

1 Els bebès i els cadells mamen quan xuclen la llet de les mamelles de les mares.

2 Xuclar una cosa com un infant quan xucla la mamella. Algunes criatures mamen el xumet quan s'adormen.

3 Es diu que una persona mama quan veu molt de vi o una altra beguda alcohòlica. Es diu de manera informal.

frase feta

4 Una dona **dóna de mamar** quan dóna el pit al seu fill perquè s'alimenti. També donen de mamar les femelles dels mamífers.

frase feta
i verb usat
amb pronom

5 Es diu que una persona **es mama el dit** quan s'ho creu tot i no desconfia de res.

mamada, mamari, mamària

mamarratxo mamarratxos

nom masculí

Un mamarratxo és una persona mal vestida o mal endreçada o una cosa mal feta i lletja. Per carnaval, algunes persones van fetes un mamarratxo.

mambo mambos

nom masculí

Un mambo és un ball amb molt de ritme.

mamella mamelles

nom femení

Una mamella és cadascun dels òrgans que tenen les femelles dels mamífers per a alimentar els petits. Les mamelles de les dones també es diuen *pits*.

mamellut, mamelluda

mamífer mamífers

nom masculí

Un mamífer és un animal vertebrat vivípar que alimenta els seus petits amb llet que surt de les mamelles de les femelles. Gairebé tots els mamífers són terrestres; alguns, com les balenes i els dofins, viuen a l'aigua. Els éssers humans són mamífers.

mampara mampares

nom femení

Una mampara és una peça de fusta, de plàstic o d'un altre material que es fa servir per a separar les diverses parts d'una sala o d'una habitació.

mamut mamuts

nom masculí

Un mamut és un mamífer que va viure fa molt de temps. Era semblant a un elefant, tenia el cos cobert de pèls molt llargs i uns ullals molt llargs. S'han trobat alguns mamuts enterrats entre els gels de Sibèria.

manament manaments

nom masculí

Un manament és allò que algú mana, una cosa que s'ha de fer. Els cristians segueixen els deu manaments que, segons la Bíblia, Déu va donar a Moisès.

manar

verb
com *cantar*
◄ pàg. 26

Dir que es faci una cosa, donar ordres a les persones. El capità d'un vaixell és qui mana a bord.

manaire

manat manats

nom masculí

Un manat és una quantitat d'una cosa llarga que es pot agafar amb la mà. Els raves i les pastanagues es venen en manats.

manc manca mancs manques

adjectiu
i nom masculí
i femení

Que li falta un braç o una mà, o els dos braços o les dues mans. Cervantes era manc.

mancar

verb
com *cantar*
◄ pàg. 26
Amb QU davant
E, I

1 No tenir una cosa. Molta gent manca d'aliments, de diners o d'intel·ligència.

2 Una cosa manca a algú o a alguna altra cosa quan no n'hi ha o no hi és. A algunes persones, els manca un ull. A alguns països, els manca l'aigua. En una reunió, hi poden mancar dues o tres persones.

3 Quan manquen cinc minuts per a les sis, vol dir que passats cinc minuts seran les sis. Quan manca un quilòmetre per a arribar a un lloc, ja només hem de recórrer un quilòmetre.

Continua a la pàgina següent

4 Fer actes contraris al deure, a la justícia, a alguna persona o a un conjunt de persones. Es pot mancar al deure, a la pròpia paraula, als pares, etc.
manca, mancament, mancança

mandarí mandarins
nom masculí
1 Un mandarí era un funcionari militar o civil al servei de l'emperador de Xina.
2 El mandarí és un dialecte de la llengua xinesa.

mandarina mandarines
nom femení
Una mandarina és una fruita de color carbassa i de pell arrugada com la taronja, però més petita. També té grills com la taronja i es pela fàcilment amb les mans.
pàg. 397 (8)
mandariner

mandíbula mandíbules
nom femení
1 Una mandíbula és cada una de les dues peces dures que alguns animals tenen al costat o al voltant de la boca on hi ha les dents. Hi ha una mandíbula de dalt i una mandíbula de baix.
2 En les persones, barra de baix, maxil·lar inferior.

mandioca mandioques
nom femení
Una mandioca és una planta que pot arribar a uns 3 metres d'alçària i que fa uns tubercles semblants a les patates. És un aliment important de molts països americans i africans. Amb la mandioca es fa l'aliment anomenat *tapioca*.

mandolina mandolines
nom femení
Una mandolina és un instrument de corda del tipus de la guitarra, però amb la caixa ovalada i molt bombada per la part del darrere. Té quatre cordes dobles i no es toca amb els dits, sinó amb el plectre.

mandonguilla mandonguilles
nom femení
Una mandonguilla és una bola feta amb carn picada, ou, julivert i pa ratllat. Les mandonguilles s'enfarinen i es fregeixen o es guisen.

mandra mandres
nom femení
1 Una persona té mandra quan no té ganes de fer res. Una feina pesada, sempre ens fa mandra de fer-la.
nom masculí i femení
2 Diem que una persona és un o una mandra quan no vol treballar, no té ganes de fer res.
frase feta
3 **Fer el mandra** és no fer res, només descansar. Els dies de molta calor, va bé de fer el mandra.
emmandrir

mandrejar
verb
com *cantar*
◄ pàg. 26
Amb G davant E, I
Fer el mandra, deixar-se portar per la mandra. Durant les vacances, tothom mandreja una mica.

mandril mandrils
nom masculí
Un mandril és un simi que pot arribar a fer un metre de llargària i uns 50 quilos de pes. És un animal fort i molt valent. Té el cap gros i el morro allargat, de color negre en les femelles i blau i vermell en els mascles. Els mandrils viuen a les selves africanes.

Un mandril

mandrós mandrosa mandrosos mandroses
adjectiu i nom masculí i femení
Que té mandra, que no li agrada treballar. Als mandrosos els costa acabar les feines.

manduca manduques
nom femení
La manduca és el menjar, els aliments. Es diu de manera informal.
manducar

mànec mànecs
nom masculí
Amb C
1 El mànec d'una eina o d'un instrument és la part per on l'agafem. Acostuma a ser una peça llarga, com el mànec d'un martell, d'un ganivet, d'una paella o d'una escombra.
frase feta
2 Es diu que algú **té la paella pel mànec** si és la persona que mana i disposa en un afer. Es diu de manera informal.

manefla manefles
adjectiu
Que sempre es fica en les coses que no li importen, que vol saber-ho tot només per curiositat i per dir-ho als altres.

mànega mànegues
nom femení
1 Una mànega és un tub llarg i flexible de goma o de plàstic per a portar aigua d'una banda a una altra o per a regar. Si tenim un jardí amb moltes plantes necessitem una bona mànega. Els bombers fan servir unes mànegues molt amples que deixen sortir molta aigua.
2 Tromba.

manegar
verb
com *cantar* ◄ pàg. 26
Amb GU davant E, I

1 Disposar i muntar de manera correcta les peces d'una màquina o d'un aparell per tal que funcioni.
2 Arreglar un assumpte difícil o embolicat. Es diu que una persona s'ho manega bé quan sap solucionar les coses.

maneguí maneguins
nom masculí
Un maneguí és una màniga postissa que es posa damunt de l'avantbraç perquè no s'embrutin les mànigues del vestit o de la camisa en algunes feines.

manejar
verb
com *cantar* ◄ pàg. 26
Amb G davant E, I

Fer anar un instrument amb les mans, treballar amb una eina o un aparell. Les carnisseres manegen amb seguretat i rapidesa els tallants i els ganivets.
maneig, manejable

manera maneres
nom femení
1 Conjunt de característiques que fan que una acció sigui diferent cada vegada que es fa. Podem guisar un pollastre de tres maneres, però només hi ha una manera d'obrir una porta.
2 Conjunt de característiques del comportament d'una persona. Tots tenim una manera de parlar, de caminar, de pensar o de menjar.
nom femení plural
3 Una persona té bones maneres si és educada i si es comporta bé quan està amb altres persones. Les persones mal educades tenen males maneres.
locució que fa d'adverbi
4 D'aquesta manera vol dir així, d'una manera determinada. *Vull que treballis d'aquesta manera i no com a tu et sembli.*
5 De cap manera es fa servir per a donar més força a una negació. *No accepto de cap manera que vingui a casa.*
6 De tota manera o **de totes maneres** vol dir sigui com sigui, passi el que passi. *Hem de sortir avui de totes maneres, demà no hi ha avions que hi vagin.*
7 De mala manera vol dir molt, amb excés. *Hi ha persones que xerren de mala manera.*
frase feta
8 No haver-hi manera indica que no és possible de fer una cosa.

manescal manescala manescals manescales
nom masculí i femení
Persona que es dedica a la veterinària. Actualment s'usa poc.

maneta manetes
nom femení
Una maneta és una peça d'un aparell, d'una màquina o d'una eina que agafem amb la mà per a fer-los anar. Algunes portes s'obren i es tanquen amb una maneta.

manetes manetes
nom masculí i femení
Un o una manetes és una persona que té molta traça per fer feines amb les mans. Si ets manetes i se t'espatlla una aixeta, podràs arreglar-la tu mateix.

manganès manganesos
nom masculí
El manganès és un element metàl·lic de color gris brillant amb reflexos vermellosos. És molt dur, però es trenca fàcilment. Es fa servir formant aliatge amb el ferro. El seu símbol és: Mn.

mango mangos
nom masculí
Un mango és una fruita tropical grossa de forma arrodonida i pell de color verdós. La part que es menja és de color groc vermellós. Els mangos són molt dolços i perfumats.

mangosta mangostes
nom femení
Una mangosta és un mamífer carnívor que té les potes curtes, el cos allargat, la cua llarga i el pèl gris o vermellós. Les mangostes s'alimenten d'ocells i de petits mamífers. Ataquen les serps i a l'Índia s'han ensinistrat com a defensa contra les cobres. Un tipus de mangosta que fa un metre de llargària viu a Andalusia.

mania manies
nom femení
1 Una mania és un costum o un comportament estrany o molt exagerat. Hi ha persones que tenen la mania de la neteja i treuen la pols tres vegades al dia.
2 Afició molt gran, exagerada, a una cosa. Alguns homes tenen la mania del futbol i no saben parlar d'altra cosa.
3 Si una persona té mania a algú o a alguna cosa és que no li agrada, li resulta desagradable o antipàtica, sense raó.

maniàtic maniàtica maniàtics maniàtiques
adjectiu i nom masculí i femení
Que té manies. Les persones maniàtiques no beuen mai en el got d'una altra.

manicomi manicomis
nom masculí
Un manicomi és un hospital per a malalts mentals.

manicura manicures
nom femení
Fer la manicura és tenir cura de les mans, netejar-les i tallar i pintar les ungles. En algunes perruqueries hi ha persones que fan la manicura a qui ho vol. Moltes persones es fan la manicura a casa.

manifest manifesta manifests manifestes
adjectiu
També *manifestos*
1 Que és evident, que es veu clarament. Entre un elefant i un ocell hi ha una diferència manifesta.
nom masculí
2 Un manifest és un escrit on un personatge o un grup de persones expliquen a tothom

A B C D E F G H I J K L M N O P Q R S T U V W X Y Z

el que pensen o el que volen fer. Alguns grups d'artistes han escrit manifestos.

manifestació manifestacions

nom femení

1 Una manifestació és el fet de manifestar alguna cosa. Els regals sempre es reben amb manifestacions d'alegria.

2 Grup de persones que recorre els carrers per protestar d'alguna cosa o per demanar alguna cosa. El 8 de març es fan manifestacions de dones.

manifestar

verb
com *cantar*
◄ pàg. 26

1 Donar a conèixer clarament una cosa, dir-la en públic. A tots ens agrada que ens deixin manifestar les nostres opinions.

usat amb pronom

2 **Manifestar-se** és donar-se a conèixer, dir les pròpies opinions, els projectes que es volen fer.

3 **Manifestar-se** és anar pels carrers en manifestació. A molts barris els veïns es manifesten contra els sorolls.

manifestant

màniga mànigues

nom femení

Una màniga és la part d'una peça de vestir que cobreix el braç. La màniga llarga cobreix tot el braç; la màniga curta només fins al colze o més amunt.

manillar manillars

nom masculí

Un manillar és una peça allargada que porten les motos i les bicicletes damunt de la roda del davant per a agafar-s'hi i poder-les dirigir. En el manillar hi ha els frens i altres mecanismes. bicicleta

manilles

nom femení plural

Les manilles són dues anelles de metall unides per una cadena que la policia tanca al voltant dels punys d'una persona quan la fa presonera. Amb les manilles, la persona detinguda no pot fer anar els braços i les mans.

emmanillar

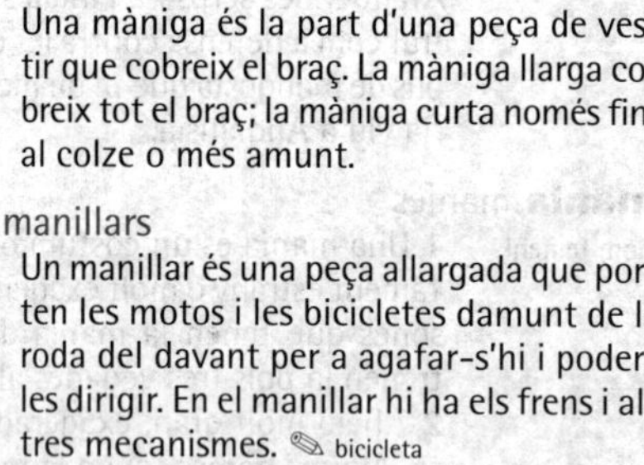

Unes manilles

maniobra maniobres

nom femení

1 Una maniobra és un moviment o un seguit de moviments que fa una embarcació, un cotxe, un tren o un avió per a canviar de direcció, aparcar, aterrar, etc.

2 Un exèrcit o un grup de soldats fan maniobres quan fan un conjunt d'exercicis com si estiguessin en guerra. A les maniobres s'entrenen els soldats i es proven les armes.

maniobrar

verb
com *cantar*
◄ pàg. 26

Fer maniobres o una maniobra. Un camió, si no té espai, no pot maniobrar bé.

maniobrable

manipular

verb
com *cantar*
◄ pàg. 26

1 Fer una acció sobre una cosa amb les mans o amb una eina, fer funcionar un aparell o una màquina. Els qui manipulen explosius fan una feina perillosa. No tothom sap com es manipula un aparell de vídeo.

2 Es diu que algú manipula una persona quan li fa fer el que vol. Manipular una informació, unes eleccions, és falsificar-les.

manipulació, manipulador

maniquí maniquins

nom masculí

1 Un maniquí és una figura d'home o de dona que es posa vestida als aparadors de les botigues de roba perquè la gent vegi com són els vestits i altres peces de roba.

nom masculí i femení

2 Un o una maniquí és una persona que fa de model.

manlleu manlleus

nom masculí

1 Fem un manlleu quan manllevem una cosa.

2 Paraula d'una llengua que s'ha agafat d'una altra llengua. En català, *xampany* és un manlleu del francès, i *còctel*, de l'anglès.

manllevar

verb
com *cantar*
◄ pàg. 26

Fer que una persona ens deixi una cosa, demanar en préstec. Si et falta un diccionari, el pots manllevar a un amic.

mannà mannàs

nom masculí

Segons la Bíblia, el mannà era un aliment que queia del cel per alimentar els israelites quan anaven pel desert.

manobre manobra menobres

nom masculí i femení

Persona que ajuda el paleta en la seva feina.

manoll manolls

nom masculí

Manat.

manòmetre manòmetres

nom masculí

Un manòmetre és un instrument per a mesurar la pressió d'un gas. A les gasolineres, hi ha un aparell d'aire amb un manòmetre per a comprovar si els pneumàtics dels cotxes estan ben inflats.

manresà manresana manresans manresanes

adjectiu

1 De Manresa. *La Seu manresana.*

nom masculí i femení **2** Persona que és de Manresa o que hi viu.

mans mansa mansos manses

adjectiu Que és dòcil, que no és fer i que es pot domesticar fàcilment. Els bens són animals mansos.

amansar, amansir, mansesa, mansoi, mansuet, mansuetud

a mansalva

locució que fa d'adverbi Sense cap risc, sense exposar-se gens. Es diu quan es parla de la manera d'atacar algú: *No es defensava i li van poder pegar a mansalva.*

mansió mansions

nom femení Una mansió és una casa gran. pàg. 596 (5)

manta mantes

nom femení Una manta és una peça teixida de llana, de cotó o de fibra sintètica que es fa servir per a abrigar-se quan fa fred. Hi ha mantes per a posar al llit, per a anar de viatge i per a tapar animals. Les mantes que es posen al llit es diuen també *flassades.*

mantega mantegues

nom femení La mantega és un aliment greixós, sòlid i tou, de color groc clar, que es treu de la llet. Es menja untada en llesques de pa o en els pastissos. Es guarda a la nevera i si s'escalfa massa es torna líquida.

mantegós, mantegosa

mantell mantells

nom masculí Un mantell és una peça de vestir en forma de capa, que es posa damunt del cap o de les espatlles. Les imatges de la Mare de Déu sovint porten un mantell.

mantellina mantellines

nom femení Una mantellina és una peça de roba fina de seda o de tul que les dones fan servir per a cobrir-se el cap. Les mantellines eren molt usades per a anar a missa.

manteniment manteniments

nom masculí **1** El manteniment és el fet de mantenir o de mantenir-se. L'esport ajuda al manteniment de la salut.

2 El manteniment d'una màquina o d'un aparell és el conjunt de les accions que es fan per mantenir-los en bon funcionament. Les companyies d'aviació tenen mecànics que s'encarreguen del manteniment dels aparells.

mantenir

verb com tenir ◄ pàg. 42 *Diferència: mantén o mantingues*

1 Fer que una cosa continuï en el mateix estat d'abans, que no es faci malbé, que no canviï, que no es destrueixi. Podem mantenir la temperatura d'un local, la velocitat del cotxe, la vida d'una planta o la salut.

2 Mantenir una cosa és fer que duri. Hi ha persones que han mantingut correspondència durant trenta anys. En canvi, alguna gent no sap mantenir una conversa.

3 Es diu que una persona manté un secret quan no l'explica a ningú.

4 Donar a una persona els diners, els aliments i els vestits que necessita. Els pares tenen l'obligació de mantenir els seus fills.

usat amb pronom **5 Mantenir-se** és continuar igual que abans, no canviar. Sovint diem que una persona es manté molt jove per l'edat que té.

6 Mantenir-se és viure d'una cosa. Hi ha gent que es manté només de fruita. Tothom ha de poder mantenir-se del seu treball.

mantenidor, manutenció

mantó mantons

nom masculí Un mantó és un mocador gros que es posa per damunt de les espatlles i de l'esquena. Els anomenats mantons de Manila són de seda i brodats amb colors molt bonics.

manual manuals

adjectiu **1** Que es fa amb les mans. A l'escola, es fan treballs manuals, amb paper, tisores, fang, colors, etc.

nom masculí **2** Un manual és un llibre on s'explica de manera resumida una ciència, una matèria d'estudi o el funcionament d'una màquina. Quan comprem un ordinador ens donen un manual d'instruccions.

manufacturat manufacturada manufacturats manufacturades

adjectiu Es diu que un producte és manufacturat quan ha estat fet en una fàbrica. Els automòbils es poden exportar manufacturats o en peces separades que es munten en un altre país.

manufactura, manufacturar, manufacturer

manuscrit manuscrita manuscrits manuscrites

adjectiu i nom masculí Que és escrit a mà. Les obres manuscrites dels grans autors, com Cervantes i Shakespeare, tenen molt de valor. En alguns museus hi ha manuscrits medievals.

manxa manxes

nom femení Una manxa és un estri per a fer aire. Hi ha manxes per a inflar les rodes de bicicleta.

manxar

manya manyes

nom femení Una persona té manya quan té habilitat amb les mans i sap fer moltes coses. Per a desfer certs nusos es necessita molta manya.

manyós, manyosa

A B C D E F G H I J K L M N O P Q R S T U V W X Y Z

A B C D E F G H I J K L M N O P Q R S T U V W X Y Z

manyà manyana manyans manyanes

nom masculí i femení — Persona que fabrica panys, claus i altres objectes de ferro. Quan no podem obrir un pany, hem d'avisar el manyà. ✎ pàg. 993 ⑥

manyac manyaga manyacs manyagues

adjectiu — **1** Mans. Hi ha gats que són molt manyacs.

nom femení — **2** Una manyaga és una carícia. Els infants necessiten manyagues i petons.

manyagueria

manyopla manyoples

nom femení — **1** Una manyopla és un guant que només té separat el dit gros.

2 Mena de guant sense dits que fem servir per a rentar-nos. Les manyoples són de roba de tovallola.

maó maons

nom masculí — Un maó és una peça d'argila cuita, de forma rectangular, que es fa servir per a fer parets i construir pisos i cases. Un maó normal fa 14 × 29 centímetres i té un gruix d'uns 5 centímetres. Els maons prims es diuen *rajoles*. Hi ha també maons foradats, que es diuen *totxanes*. ✎ pàg. 593 ㊷

mapa mapes

nom masculí — Un mapa és un full de paper o de plàstic on hi ha representat un país, una comarca, un continent, etc. Per a estudiar geografia i per a viatjar es fan servir mapes. ✎ pàgs. 998-999 ㉔

mapamundi mapamundis

nom masculí — Un mapamundi és un mapa on hi ha representada tota la Terra, tots els països del món.

maqueta maquetes

nom femení — **1** Una maqueta és una reproducció en petit d'una cosa. Es fan maquetes d'edificis, de vaixells i d'avions.

2 La maqueta d'un llibre o d'una revista és una prova d'unes quantes pàgines amb el tipus de lletra, els marges, els dibuixos i els títols.

maquillar

verb com *cantar* ◄ pàg. 26 — Posar color a la cara d'una persona que ha de fer teatre o cinema o que vol estar més maca i atractiva. Algunes maquilladores només maquillen els models que fan sessions de fotografia. Quan va a una festa, la gent es maquilla i es posa un vestit bonic.

maquillador, maquillatge

màquina màquines

nom femení — **1** Una màquina és un conjunt de peces i de mecanismes que funcionen junts per a fer un treball. A les màquines hi ha rodes, corretges, barres, bieles, tecles, manetes, etc. Hi ha màquines de rentar roba, de rentar plats, d'escriure, de foradar, de cosir, de calcular, de segar, d'afaitar i moltes altres.

2 **Màquina de fotografiar** ✎ pàg. 996 ⑨

3 Una **màquina de rentar** és una rentadora.

4 Una **màquina de tren** és una locomotora.

maquinal, maquinista

maquinar

verb com *cantar* ◄ pàg. 26 — Pensar alguna acció dolenta, planejar fer mal a algú. Els estafadors sempre maquinen noves maneres d'enganyar els altres.

maquinació

maquinari maquinaris

nom masculí — El maquinari d'un ordinador és el conjunt de peces i altres elements materials que el componen. El disc dur, el teclat i la impressora formen part del maquinari d'un ordinador.

maquinària maquinàries

nom femení — **1** La maquinària d'un taller o d'una fàbrica és el conjunt de màquines que tenen. Les fàbriques de cotxes tenen maquinària molt moderna.

2 Un taller de maquinària és un lloc on es fabriquen màquines.

maquineta maquinetes

nom femení — **1** Una maquineta és un estri petit per a fer punta al llapis. Té una fulla tallant i un forat on es fica el llapis. Aquest es fa girar fins que li surt la punta. ✎ pàgs. 998-999 ㉖

2 Una **maquineta d'afaitar** és un aparell amb un mànec que a la punta té una fulla d'afaitar.

mar mars

nom masculí o femení — **1** El mar o la mar és l'aigua salada que cobreix gran part de la superfície de la Terra. El mar es veu de color blau.

2 Un mar o una mar és una part d'aquesta massa d'aigua situada en una regió determinada. Cada mar té un nom: Mediterrani, Cantàbric, Negre, Mort, etc.

nom femení — **3** Hi ha **mar grossa** quan hi ha maregassa.

locució que fa de determinant — **4** **Una mar** o **la mar de** vol dir molts, en gran nombre. Si tens la mar de discos, en tens molts.

maraca maraques

nom femení — Una maraca és un instrument musical que té un mànec i, en un extrem del mànec, una bola buida plena de pedretes i pinyols. Quan es belluga la maraca, aquestes pedretes o pinyols fan soroll. Les maraques acompanyen ritmes sud-americans i de les Antilles.

maragda maragdes

nom femení
Amb A
Amb GD

Una maragda és una pedra preciosa de color verd brillant.

marató maratons

nom femení

Una marató és una cursa atlètica que té un recorregut de 42,192 quilòmetres. Només els atletes molt preparats poden córrer la marató.

maratonià, maratoniana

marbre marbres

nom masculí

El marbre és una roca formada quasi totalment per carbonat de calci. Quan és pur és de color blanc. Pot contenir elements que li donen diferents colors i fan que tingui vetes molt boniques. Es fa servir per a fer sòls i paviments, escales i taulells.

marmori, marmòria

marc marcs

nom masculí

1 Un marc és un conjunt de peces de fusta o d'un altre material que envolta un quadre, un mirall o un altre objecte. A vegades es posa marc a una fotografia i es penja a la paret.

2 El marc d'una porta o d'una finestra és el bastiment.

3 Moneda d'Alemanya abans de la seva substitució per l'euro.

emmarcar

març marços

nom masculí

El març és el tercer mes de l'any. Té 31 dies. El 21 de març comença la primavera.

marca marques

nom femení

1 Una marca és un punt, una ratlla, una lletra, un tall o qualsevol altre senyal que es fa en una cosa per poder-la reconèixer i distingir-la d'una altra. Les bèsties que van en un ramat porten la marca del seu amo.

2 Nom, lletres o senyal que porten els productes i que indica l'empresa que els ha fabricat. Hi ha moltes marques de cotxes i molts models de cada marca.

3 Senyal que deixa una cosa, un cop o una ferida. Els talls molt profunds deixen una marca.

4 Resultat que obté la persona que participa en una prova esportiva. En els jocs olímpics molts atletes milloren les seves marques: salten un centímetre més amunt, triguen un segon menys, etc.

locució que fa d'adjectiu

5 Es diu que un producte és **de marca** quan és fabricat per una empresa coneguda i és considerat de qualitat.

marcador marcadora marcadors marcadores

nom masculí

Un marcador és una pantalla o un tauler grans que hi ha als camps d'esports per a indicar els gols o els punts que fa cada equip.

marcapassos marcapassos

nom masculí

Un marcapassos és un aparell elèctric petit que porten algunes persones que pateixen del cor i que fa que aquest pugui funcionar bé.

marcar

verb
com *cantar*
◄ pàg. 26
Amb QU davant E, I

1 Fer una marca en alguna cosa. Hi ha persones que marquen els llençols amb les seves inicials.

2 Indicar o assenyalar alguna cosa. Les busques d'un rellotge marquen l'hora.

3 En el futbol i en altres esports, seguir un jugador els moviments d'un contrari per no deixar-lo jugar bé.

4 Fer un gol. Després de marcar, els jugadors salten i s'abracen. En alguns partits, es marquen molts gols.

5 Girar el disc o pitjar les tecles d'un telèfon per formar el número que volem. Si hem de telefonar a algunes ciutats, hem de marcar un prefix.

marcià marciana marcians marcianes

adjectiu

1 Del planeta Mart.

nom masculí i femení

2 Personatge imaginari que se suposa que viu al planeta Mart.

marcial marcials

adjectiu

Que és propi dels guerrers, dels militars. Es diuen arts marcials un conjunt de formes de lluita sense armes d'origen oriental, com el judo, el karate i el taekwondo, que avui dia són activitats esportives.

marcir

verb
com *servir*
◄ pàg. 28

Fer que una flor, una planta o un fruit deixi de ser fresc, s'arrugui i es faci malbé. La calor molt forta marceix les verdures. Hi ha rams de flors que es marceixen de seguida.

marduix marduixos

nom masculí

Un marduix és una planta aromàtica que té les fulles ovalades i les flors de color blanc o rosa. Té propietats digestives i sedants.

mare mares

nom femení
Amb E final

1 Una mare és una dona que ha tingut un o més fills.

2 Nom o títol que es dóna sovint a les monges.

3 Cosa que és la causa i l'origen d'una altra. L'experiència és la mare de la ciència.

4 Una **mare de lluç** és una maire. És un peix molt diferent del lluç i no hi té res a veure.

5 Les **mares del vi** o **del vinagre** són les substàncies que es dipositen al fons i que fan possible la fermentació.

Continua a la pàgina següent

6 La **mare política** d'una persona és la seva sogra.

frase feta — 7 Es diu que un riu **surt de mare** quan es desborda.

8 Es diu que una persona **surt de mare** quan es posa tan nerviosa que no es pot controlar.

emmarar-se, emmarat, emmarada

marea marees

nom femení

1 Una marea és un moviment de pujada i baixada que fa l'aigua del mar per l'atracció del Sol i de la Lluna. Quan l'aigua puja hi ha marea alta; quan baixa, marea baixa.

2 Una **marea negra** és una taca gran de petroli que un vaixell petrolier ha abocat al mar per accident.

marededéu marededéus

nom femení

Una marededéu és una imatge de la Verge Maria, la Mare de Déu. La marededéu de Montserrat és negra.

maregassa maregasses

nom femení

Hi ha maregassa al mar quan les ones són bastant fortes, ja que poden fer des de 2,5 metres fins a 4 metres.

mareig mareigs

nom masculí
També *marejos*

Un mareig és un malestar amb ganes de vomitar i sensació de rodament de cap. Moltes persones, quan van en vaixell, tenen mareig.

marejada marejades

nom femení

Hi ha marejada al mar quan l'aigua està bastant moguda, i les onades poden fer des de 1,25 metres fins a 2,5 metres.

marejar

verb
com *cantar*
◄ pàg. 26
Amb G davant E, I

1 Causar mareig. L'olor d'alguns productes químics mareja les persones.

2 Diem que algú o alguna cosa ens mareja si ens molesta molt, no ens deixa tranquils.

usat amb pronom — 3 **Marejar-se** és patir un mareig. Hi ha persones que es maregen anant amb cotxe.

marejol marejols

nom masculí

Hi ha marejol al mar quan l'aigua està bastant tranquil·la, i les onades només fan de 0,1 metres fins a 0,5 metres.

maresma maresmes

nom femení
També *maresme*

Una maresma és un terreny pla prop del mar inundat per l'aigua. Els aiguamolls de l'Empordà són maresmes.

maresme maresmes

nom masculí

1 Un maresme és una zona d'un país situada a la costa, prop del mar.

2 Maresma.

màrfega màrfegues

nom femení

Una màrfega és un sac gros ple de palla que serveix de matalàs.

marfil marfils

nom masculí

El marfil és una substància dura de color blanc que forma els ullals dels elefants. També n'hi ha a les dents dels altres mamífers. Amb marfil es fan objectes d'adornament molt bonics. Els caçadors mataven els elefants per treure'n el marfil.

margalida margalides

nom femení

Margarida. Es diu només en algunes zones.

margalló margallons

nom masculí

Un margalló és una petita palmera de fulles grosses en forma de ventall i uns fruits semblants als dàtils. La part de dins de les tiges es menja. Amb les fulles es fan escombres. És l'única palmera originària de Catalunya.

margarida margarides

nom femení

Una margarida és una planta que té les fulles amb entrants i sortints molt retallats i que fa unes flors molt boniques, rodones, de color blanc amb un botó al mig de color groc intens.

margarina margarines

nom femení

La margarina és una substància comestible tova, de color groc, feta amb el greix i l'oli d'alguns vegetals. Es menja en lloc de la mantega sobre el pa.

marge marges

nom masculí

1 Un marge és la part extrema d'una superfície, el lloc on s'acaba una cosa plana. Podem parlar del marge d'una taula o dels marges d'un riu.

2 Cada un dels espais blancs que es deixen al voltant de la pàgina d'un llibre o d'una revista. Els marges amples fan que els llibres siguin més bonics.

3 El marge que un comerciant guanya amb un producte és la diferència entre el que li costa i el que cobra quan el ven. Si li costa 1 euro i el ven a 1 euro i 5 cèntims, el marge és petit.

locució que fa d'adverbi — 4 Si ens mantenim **al marge** d'una discussió, d'un negoci, etc., és que no hi participem. En una discussió entre marit i muller, els amics solen mantenir-se al marge.

marginal marginals

adjectiu

1 Que és situat al marge, a les vores d'un escrit. Alguns llibres porten notes marginals, en lletra més petita.

2 Una qüestió marginal no té gaire interès, no és important.

marginar

verb
com *cantar*
◄ pàg. 26

1 Deixar de banda una persona o una cosa, no fer-li cas. Algunes societats marginen els immigrants estrangers.

usat amb pronom

2 Una persona **es margina** si no vol tenir relació amb els altres i s'està sempre sola.

marginació

marí marina marins marines

adjectiu — 1 Del mar. La balena és un mamífer marí.

nom masculí i femení — 2 Persona que treballa al mar, navegant. Els capitans de vaixell han de ser marins experts.

marialluïsa marialluïses

nom femení — Una marialluïsa és una planta que té les fulles lanceolades de color verd fort i les flors de color lila. Amb les fulles, que fan una olor intensa de llimona, es preparen infusions digestives.

marieta marietes

nom femení — Una marieta és un insecte de cos rodó, que té els èlitres de color vermell o groc amb uns puntets negres.

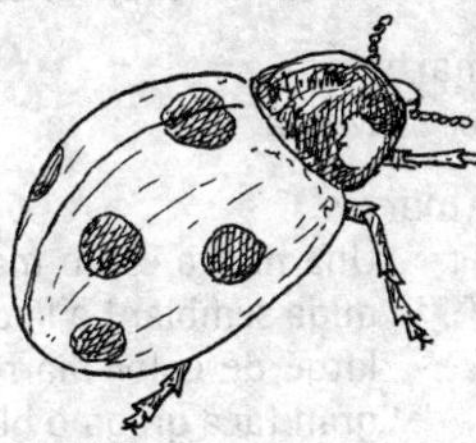

Una marieta

marihuana marihuanes

nom femení — Haixix.

marina marines

nom femení — 1 La marina és la zona d'un país situada prop del mar, a la costa. A l'estiu, els pobles de marina s'omplen de turistes.

2 Conjunt de vaixells que són d'un estat o un país. La marina de guerra són els vaixells que pertanyen a l'exèrcit.

3 Una marina és un quadre que representa una escena del mar, amb barques i pescadors.

marinada marinades

nom femení — La marinada és el vent que bufa de la banda de mar.

mariner marinera mariners marineres

adjectiu — 1 De la marina, dels vaixells i dels marins. A les viles marineres, hi ha barques a la platja.

nom masculí i femení — 2 Persona que treballa en un vaixell o en una altra embarcació.

marineria

marioneta marionetes

nom femení — Una marioneta és un titella que penja d'uns fils que li agafen les cames, els braços i el cap. La persona que fa moure la marioneta belluga aquests fils amb la mà des d'una certa altura.

marisc mariscs

nom masculí
També *mariscos*

El marisc és qualsevol dels mol·luscos i crustacis marins que són molt bons per a menjar, com les llagostes, els llagostins, les ostres i les navalles.

mariscal mariscala mariscals mariscales

nom masculí i femení — En alguns països, militar que mana més.

marit marits

nom masculí — El marit d'una dona o d'un home és l'home que s'hi ha casat. Després del casament, un home i una dona són marit i muller.

maridar, marital

marítim marítima marítims marítimes

adjectiu — Del mar, que està relacionat amb el mar. Si vas a Itàlia per via marítima, hi vas en vaixell.

markka markkes

nom masculí — El markka o marc finlandès era la moneda de Finlàndia abans de la seva substitució per l'euro.

marmita marmites

nom femení — Una marmita és una olla gran de metall.

marmota marmotes

nom femení — 1 Una marmota és un mamífer rosegador de mida semblant a la d'un gat que viu en galeries que excava sota terra. Té el cos gruixut i el pèl molt espès. Passa l'hivern dormint al cau. Hi ha marmotes a Europa, a l'Amèrica del Nord i a l'Àsia.

locució que fa d'adverbi — 2 Es diu que una persona dorm **com una marmota** quan dorm profundament. *Com que dorms com una marmota, no m'has sentit arribar.*

maroma maromes

nom femení — Una maroma és una corda gruixuda. Els vaixells estan agafats al port amb maromes.

maror marors

nom femení — 1 Hi ha maror a la mar quan l'aigua està més moguda que en el marejol, i fa onades que van des de 0,5 metres fins a 1,25 metres.

2 Es diu que hi ha maror o mala maror en un lloc o entre unes persones quan hi ha discussions, malestar i mal humor.

marquès marquesos
nom masculí — Un marquès és una persona que té el títol de noblesa que està per sobre del de comte i per sota del de duc.
marquesat

marquesa marqueses
nom femení — **1** Una marquesa és una persona que té el títol de noblesa que està per sobre del de comtessa i per sota del de duquessa.
2 Esposa d'un marquès.

marquesina marquesines
nom femení — Una marquesina és una coberta posada sobre la porta d'un edifici, sobre una andana o sobre una parada d'autobús per a protegir de la pluja i del sol. Les entrades d'alguns hotels de luxe tenen marquesines molt elegants.

màrqueting màrquetings
nom masculí — El màrqueting és el conjunt dels estudis i de les activitats que es fan per a vendre més i millor. Els grans magatzems tenen persones especialitzades en màrqueting, que preparen les campanyes de publicitat.

marrà marrana marrans marranes
adjectiu — **1** Una criatura és marrana quan plora i crida per qualsevol cosa.
2 Una persona és marrana si és molt bruta.
nom masculí — **3** El marrà és el mascle de l'ovella.
marranejar, marraneria

marrada marrades
nom femení — Una persona fa marrada quan es desvia del camí i fa més volta per a arribar a un lloc.
marrar

marrameu marrameus
nom masculí — Onomatopeia que imita el crit del gat, sobretot quan està enfadat o té mal. Si trepitges la cua d'un gat, sortirà corrents fent marrameus.

marranada marranades
nom femení — **1** Una marranada és una acció bruta, una cosa que fa fàstic. És una marranada tenir els plats bruts a la cuina dies i dies sense rentar-los.
2 Mala jugada que ens fa algú, acció dolenta que ens fa mal. Si ens roben els diners, ens fan una marranada.
3 Una criatura fa una marranada quan crida i plora perquè vol una cosa o perquè no li deixen fer una cosa.

marrec marreca marrecs marreques
nom masculí i femení — Noi o noia petits. Es diu de manera informal.

marro marros
nom masculí — **1** El marro és el cafè mòlt tal com queda a la cafetera després que ha passat l'aigua bullent. Quan rentem la cafetera, llencem el marro.
2 Quan diem que en una situació o en un assumpte hi ha marro és que hi ha algun embolic o alguna cosa que es vol amagar. Es diu de manera informal.

marró marrons
adjectiu — **1** Que és del color de la terra i de la xocolata. La majoria dels mobles de fusta són marrons.
nom masculí — **2** El marró és el color de la xocolata; es fa barrejant verd i vermell.
marronor, marronós, marronosa

marroquí marroquina marroquins marroquines
adjectiu — **1** Del Marroc. *L'artesania marroquina.*
nom masculí i femení — **2** Persona que és del Marroc o que hi viu.

marsupial marsupials
nom masculí — Els marsupials són un grup de mamífers que es distingeixen pel fet que les femelles tenen una bossa a la panxa on porten els petits. El marsupial més conegut és el cangur.

mart marts
nom masculí — Marta.

marta martes
nom femení
També *mart* — Una marta és un mamífer carnívor d'una mida semblant a la d'un gat, que té el pelatge de color marró vermellós amb una gran taca groga o blanca al coll. La cua és llarga. Les martes viuen a Europa i en algunes zones d'Àsia. N'hi ha als Pirineus.

Una marta

martell martells
nom masculí — **1** Un martell és una eina per a picar o clavar claus. Consisteix en una peça de ferro unida en forma de creu a un mànec de fusta. pàg. 993 (3)
2 Os de l'orella mitjana articulat amb un altre os, anomenat *enclusa*. pàgs. 798-799 (3)
martellada, martelleig

A B C D E F G H I J K L M N O P Q R S T U V W X Y Z

martingala martingales

nom femení — Una martingala és una trampa o un engany que es fa per aconseguir alguna cosa.

màrtir màrtirs

nom masculí i femení — **1** Un o una màrtir és una persona que pateix turments o la mort a causa de la seva religió. En temps dels emperadors romans, hi va haver molts màrtirs cristians.
2 Es diu que una persona és un o una màrtir quan hi ha algú o alguna cosa que la fa patir molt.
martiri, martiritzar

marxa marxes

nom femení — **1** La marxa és el fet de marxar. Podem parlar de la marxa d'uns soldats, de la marxa que fem a través d'un bosc o de la marxa d'una persona que se'n va de viatge.
2 La marxa d'un vehicle o d'una màquina és la seva velocitat. Un tractor és un vehicle de marxa lenta.
3 Prova d'atletisme que consisteix a caminar molt de pressa.
4 Una marxa és un mecanisme dels cotxes i de les motos que permet de córrer més o menys. La majoria dels cotxes tenen quatre o cinc marxes endavant i una marxa enrere.
5 Peça musical de ritme marcat. Quan desfilen els soldats es toca una marxa militar; en un casament es toca la marxa nupcial.
6 Una persona té marxa quan té molta energia per a moure's o per a fer coses. En un lloc hi ha marxa quan hi ha molta animació.

marxant marxants

nom masculí i femení — **1** Un o una marxant és una persona que va pels pobles venent mercaderies.
2 Persona que compra i ven quadres i altres obres d'art.

marxapeu marxapeus

nom masculí — **1** El marxapeu d'una escala és el primer graó, que és més llarg que els altres.
2 Llindar d'una porta.
3 Estrep d'un vehicle. La majoria dels cotxes actuals ja no tenen marxapeus.

marxar

verb com *cantar* ◄ pàg. 26 — **1** Caminar ordenadament un grup de persones. Si un soldat marxa diferent dels altres, li cridaran l'atenció.
2 Anar-se'n d'un lloc. Si marxes tard, se't pot escapar el tren.
3 Anar o funcionar. Quan a un aparell se li acaben les piles, no marxa. El negoci del menjar preparat marxa molt bé, dóna molts diners.

marxisme marxismes

nom masculí — El marxisme és la doctrina de Marx i d'Engels, que va donar origen als partits comunistes.
marxista

mas masos

nom masculí — Un mas és una casa de pagès, una masia.

màscara màscares

nom femení — Una màscara és una cara de cartó, de roba o d'un altre material que una persona es posa damunt la cara. Les màscares tenen forats per als ulls i la boca. Es fan servir per a disfressar-se o per a no ser coneguts.
emmascarar

mascaró mascarons

nom masculí — **1** Un mascaró és una cara de pedra o de metall que es posa com a adornament en algunes fonts, façanes de cases o cantonades de carrer.
2 Un **mascaró de proa** és una cara o una figura que es posava a la part de davant dels vaixells antics.

mascle mascles

nom masculí — **1** Un mascle és un animal de sexe masculí. El toro és el mascle de la vaca.
2 Peça de metall de forma allargada que s'introdueix en una altra peça plana i foradada anomenada *femella*. femella

mascletada mascletades

nom femení — A València, es fa una mascletada quan es fan explotar diversos petards molt forts, l'un darrere l'altre. Les mascletades es fan en algunes festes.

masclisme masclismes

nom masculí — El masclisme és la manera de pensar i de fer de les persones que creuen que els homes són més importants i més intel·ligents que les dones i que ells han de manar.
masclista

mascota mascotes

nom femení — Una mascota és una persona, un animal o un objecte que un club o una altra associació o grup de persones agafa com a símbol. Algunes persones tenen també una mascota que diuen que els porta sort. La mascota dels Jocs Olímpics de Barcelona va ser el Cobi.

masculí masculina masculins masculines

adjectiu — **1** De l'home. Els calçotets són una peça de vestir masculina.

adjectiu i nom masculí — **2** En gramàtica, una paraula té el gènere masculí quan pot concordar amb paraules com *el*, *els*, *algun*, *alguns*, *un*, *uns*, *meu*, *meus*, *aquell*, *aquells*, etc. Poden tenir forma masculina els noms, els pronoms, els determinants i els adjectius. *Pou* és una paraula masculina. El masculí de *gossa* és *gos*.

masegar

verb
com *cantar*
◄ pàg. 26
Amb GU davant E, I

Tractar malament una cosa, amb cops, pressions, fregaments, que fan que s'arrugui, s'aixafi, etc. Si posem la roba de qualsevol manera dins d'una maleta, la masegarem. També es diu que una persona està masegada quan ha estat en un lloc amb molta gent i ha rebut empentes, cops, trepitjades, etc.

masia masies

nom femení

Una masia és una casa de camp. Algunes masies molt boniques s'han convertit en restaurants. ✎ pàg. 596 ②

masmorra masmorres

nom femení

Una masmorra és una presó subterrània. ✎ pàg. 600 ⑦

masoquista masoquistes

adjectiu i nom masculí i femení

Una persona és masoquista quan s'ho passa bé si pateix i els altres li fan mal.

masover masovera masovers masoveres

nom masculí i femení

Persona que viu en una masia que no és seva, en treballa les terres i paga uns diners a la persona propietària.

massa [1] masses

nom femení

1 Una massa és una pasta feta amb una matèria en pols i un líquid. La massa per a fer pa té farina, aigua i llevat.

2 Quantitat de matèria que té un cos.

3 Conjunt gran de persones o de coses molt juntes. Parlem de la massa de gent que hi ha en un camp de futbol o d'una massa de núvols de tempesta.

locució que fa d'adverbi

4 En massa vol dir en una gran quantitat, formant una gran multitud. *Com que hi havia rebaixes, la gent anava en massa als grans magatzems.*

massificació, massificar, massiu, massiva

massa [2]

determinant i pronom quantitatius

1 Aquesta paraula indica que d'una cosa n'hi ha més del que cal.

Sempre té la mateixa forma:

- *Té massa ambició.*
- *Té massa ambicions.*
- *Té massa multes.*

adverbi

2 Excessivament, més del que cal. *Ha treballat molt i ara està massa cansada per a poder anar a ballar.*

massacrar

verb
com *cantar*
◄ pàg. 26

Matar una gran quantitat de persones d'una manera brutal, violenta.

massacre

massapà massapans

nom masculí

El massapà és una pasta feta amb ametlles mòltes i sucre. Amb massapà es fan tortells i torrons.

massatge massatges

nom masculí

Un massatge és un seguit de fregues, cops i pressions que es fan al cos d'una persona. Els massatges ajuden a relaxar-se i a curar alguns mals. Després d'un massatge, la persona es troba millor.

massatgista

masseter masseters

nom masculí

El masseter és un múscul que hi ha a la part del darrere del maxil·lar inferior.

✎ pàg. 800 ⑤

massís massissa massissos massisses

adjectiu

1 Que és sòlid, compacte i que no té cap buit a dins. Una biga de ferro és massissa.

2 Que és fort, consistent. Una persona massissa té una bona musculatura.

3 Un moble massís és fet tot ell amb una fusta forta i de qualitat. Una joia d'or massís és tota d'or.

nom masculí

4 Un massís és un conjunt de muntanyes que formen una unitat i tenen unes mateixes característiques. A Catalunya tenim els massissos del Garraf i del Montseny, entre altres.

mastegar

verb
com *cantar*
◄ pàg. 26
Amb GU davant E, I

Fer ben petit el menjar dins de la boca amb les dents i els queixals. Per a fer una bona digestió, s'ha de mastegar bé.

mastegot mastegots

nom masculí

Un mastegot és un cop donat a algú amb la mà.

mastí mastins

nom masculí

1 Un mastí és un gos de raça alt, corpulent i fort, que té les orelles caigudes i el cap gros, curt i ample. És un gos de guarda.

2 El **mastí dels Pirineus** té el pèl llarg, espès i de color blanc amb taques marrons. És fort, tranquil i molt resistent al fred i a la neu.

masticació masticacions

nom femení

La masticació és l'acció de mastegar els aliments. En la masticació, hi intervenen les dents, la llengua i la saliva.

masturbar

verb
com *cantar*
◄ pàg. 26

1 Tocar els òrgans sexuals d'una persona per donar-li plaer.

usat amb pronom

2 **Masturbar-se** és tocar-se un mateix les parts sexuals per obtenir plaer i satisfacció.

masturbació

1
mat mats

adjectiu

Que no és brillant. Quan es revelen unes fotografies es poden fer en còpia mat o brillant.

2
mat mats

nom masculí

En el joc d'escacs, paraula que diu un jugador quan vol matar el rei del seu contrincant a la jugada següent.

mata mates

nom femení

1 Una mata és un arbust molt petit, com la farigola o el romaní.

2 Una persona té o porta una mata de cabell quan té o porta el cabell llarg.

a mata-degolla

locució que fa d'adverbi

1 Es diu que un exèrcit o un grup de gent ha entrat a mata-degolla en un lloc quan hi ha entrat degollant la gent. *Els pirates els van atacar a mata-degolla.*

2 Dues o més persones estan a mata-degolla si estan barallades i es fan tot el mal possible. *Des que estan a mata-degolla, a casa hi ha mal ambient.*

matafaluga matafalugues

nom femení

Una matafaluga és una planta que també es diu *anís*.

matalaf matalafs

nom masculí

Matalàs. Es diu només en algunes zones.

matalàs matalassos

nom masculí

Un matalàs és una funda gran de roba plena de llana, d'escuma, de làtex o de ploma i cosida per tots dos costats que es posa al llit per a dormir-hi al damunt. També hi ha matalassos fets amb roba i molles.

págs. 594-595 (11)

matança matances

nom femení

Es fa una matança quan algú mata persones o animals. En un combat hi pot haver una gran matança. La matança del porc en alguns llocs és una festa; es fan les botifarres i un bon dinar.

matar

verb
com *cantar*
◄ pàg. 26
També *mort, morta, morts, mortes*

1 Fer que un ésser viu mori. Els insecticides maten els insectes; els herbicides, les males herbes.

2 Fer que una cosa s'acabi, s'apagui o es calmi. Es pot matar la gana menjant una mica o matar l'avorriment llegint un bon llibre.

3 En alguns jocs com els escacs, guanyar una peça al contrincant. Si et maten el rei, la partida d'escacs s'ha acabat.

usat amb pronom

4 **Matar-se** és donar-se un mateix la mort, treure's un mateix la vida. També es diu que una persona s'ha matat si ha tingut un accident i ha perdut la vida. Hi ha molta gent que es mata amb el cotxe.

5 Es diu que una persona **es mata** treballant si treballa molt i fa molta feina.

mata-rates mata-rates

nom masculí

1 Raticida.

2 Es diu que un licor o un conyac és un mata-rates quan és molt dolent.

mataroní mataronina mataronins mataronines

adjectiu

1 De Mataró. *La platja mataronina.*

nom masculí i femení

2 Persona que és de Mataró o que hi viu.

mata-segells mata-segells

nom masculí

1 Un mata-segells és un estri que tenen a les oficines de correus per a marcar els segells de les cartes i impedir que es tornin a fer servir.

2 Marca que aquest estri deixa en els segells i els sobres de les cartes.

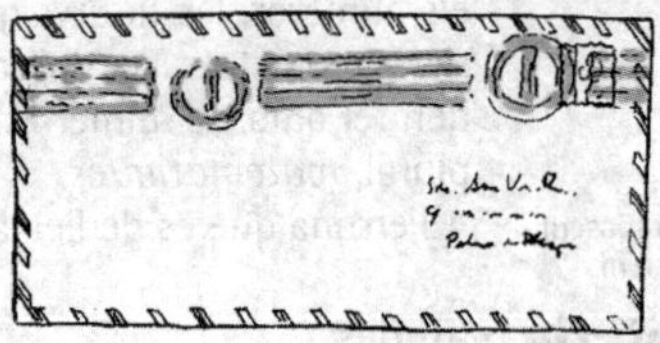

Un mata-segells

mate mates

nom masculí

Un mate és un petit arbre de fulles dentades, flors de color verd i fruits vermells. És propi de l'Amèrica del Sud i amb les seves fulles es fa una infusió que anima i ajuda a fer la digestió.

1
mateix mateixa mateixos mateixes

determinant i pronom indefinits

1 Que no és diferent, que és idèntic. *Aquelles dues noies tenen els mateixos gustos. Surten de casa a la mateixa hora. Aquest tren fa un recorregut i l'altre fa el mateix, però sense parar a totes les estacions.*

2 Una cosa és la mateixa que una altra si s'hi assembla molt. *Hi ha criatures que tenen els mateixos ulls que els seus pares. Aquest cotxe no és semblant al teu, és el mateix.*

3 S'usa per a remarcar que una cosa o una persona és precisament ella i no una altra.

Continua a la pàgina següent

Pot anar darrere d'un pronom:
• *Aquesta mateixa tarda ens trobarem. Tu mateix, fes-ho com vulguis. Pensa-ho tu mateixa.*

determinant indefinit — 4 Que és propi d'una persona i no d'una altra. *El seu mateix pare li va arreglar la moto.*

5 Es diu que algú és la mateixa bondat, la mateixa puntualitat, etc., per a indicar que és molt bo, molt puntual, etc.

2 mateix

pronom indefinit — 1 La mateixa cosa. *Continuo pensant el mateix que abans. Sempre dius el mateix, n'estic tipa.*

adverbi — 2 S'usa darrere d'adverbis o de complements de lloc o de temps en casos com aquests:
• *Podeu fer la festa a casa mateix. Deixeu els paquets aquí mateix, ja els endreçaré.*

matemàtic matemàtica matemàtics matemàtiques

adjectiu — 1 De la matemàtica, que està relacionat amb la matemàtica. Alguns càlculs matemàtics són molt difícils.

2 Que és molt exacte, molt precís. Alguns rellotges moderns són matemàtics: ni s'avancen ni s'endarrereixen.

nom femení — 3 La matemàtica és la ciència que estudia els números, les figures geomètriques, les seves propietats i les operacions que es poden fer amb els números. Sovint es diu en plural, *matemàtiques*.

nom masculí i femení — 4 Persona que es dedica a la matemàtica.

matèria matèries

nom femení — 1 La matèria és el conjunt de tot el que existeix i que podem veure i tocar. La matèria és constituïda de molècules, d'àtoms i de partícules elementals.

2 Una matèria és una substància de què és fet un objecte, un producte. Diem, per exemple, que la gasolina és una matèria inflamable, o que la pólvora és una matèria explosiva.

3 Assignatura. Una matèria optativa només s'ha de fer si ho volem.

4 Les **primeres matèries** són els productes que es treuen directament de la natura per a fabricar objectes o per a fer funcionar els aparells i les màquines. El carbó, el petroli i la fusta són primeres matèries.

material materials

adjectiu — 1 De la matèria, que està relacionat amb la matèria o que està format de matèria. Totes les coses que veiem i toquem són materials.

nom masculí — 2 Un material és una substància o un producte, normalment sòlids, que té unes propietats determinades. El ferro és un material dur; el fang és un material tou. La fusta, el ciment, el vidre, el ferro, el plàstic, etc., són els materials necessaris per a fer una casa.

immaterial, materialitzar

materialisme materialismes

nom masculí — El materialisme és la doctrina filosòfica que diu que només existeix la matèria i les coses materials. Segons el materialisme, no hi ha ànimes ni esperits.

materialista

matern materna materns maternes

adjectiu — De la mare. La llet materna és molt convenient per als nadons.

maternal, maternitat

matí matins

nom masculí — 1 El matí és la part del dia que va des de l'alba fins al migdia. Hi ha persones que només treballen al matí.

locució que fa d'adverbi — 2 **De bon matí** vol dir molt de matí. *Com que volíem sortir de bon matí, ens vam haver de llevar molt d'hora.*

3 **De matí** vol dir a les primeres hores del dia, molt d'hora. *Per poder veure sortir el sol, ens vam llevar de matí.*

matinador, matinal, matinar

matinada matinades

nom femení — 1 La matinada és el començament del dia, l'alba. Els galls canten de matinada.

locució que fa d'adjectiu — 2 Les hores **de la matinada** són les hores de la nit un cop passades les dotze: la una de la matinada, les dues de la matinada, etc.

frase feta — 3 Es diu que una persona **fa matinada** quan es lleva més tard de l'hora acostumada.

matiner matinera matiners matineres

adjectiu — 1 Del matí, que està relacionat amb el matí. La boira matinera es desfà quan surt el sol.

2 Una persona és matinera si es lleva de matí o li agrada llevar-se de matí.

matís matisos

nom masculí — Un matís és una petita diferència entre dues o més coses, una variació que gairebé no es veu o que no se sent. El verd de les plantes té molts matisos: més clar, més fosc, més brillant, etc.

matisar

mató matons

nom masculí — El mató és un formatge molt fresc, tou i de color blanc. Sovint es menja acompanyat de mel.

matoll matolls
nom masculí — Un matoll és un grup de mates i arbustos no gaire junts. També se'n diu *matoll*, d'una mata o arbust petit.

matràs matrassos
nom masculí — Un matràs és un recipient de vidre o de cristall que es fa servir en els laboratoris de química. Normalment, els matrassos són de forma rodona i tenen un coll llarg.
✎ pàg. 1000 ⑧

matrícula matrícules
nom femení — **1** Una persona fa una matrícula quan es matricula en un centre d'estudis o en un curs. Si no es paga la matrícula no es pot assistir a les classes. Una escola té la matrícula oberta quan la gent ja s'hi pot matricular.
2 Placa de metall que porten els cotxes per a saber d'on són i de qui són.
✎ cotxe per fora
3 Una **matrícula d'honor** és la nota més alta que es pot treure en un examen o en un curs. És més que *excel·lent.*

matricular
verb com *cantar* ◄ pàg. 26 — Apuntar una persona en un centre d'ensenyament, en un curs o en una assignatura. A començament de curs, els pares han de matricular els seus fills. Si no et matricules a temps, pots perdre el curs.

matrimoni matrimonis
nom masculí — **1** Un matrimoni és una unió de dues persones feta davant de testimonis i de la manera que mana la llei. Les parelles que s'uneixen en matrimoni volen viure juntes i formar una família.
2 Una parella que s'ha unit en matrimoni, que està casada. La majoria dels matrimonis estan formats per un home i una dona. Hi ha matrimonis que tenen fills i n'hi ha que no.
matrimonial

matriu matrius
nom femení — **1** Una matriu és un motlle per a donar forma i relleu a un objecte.
2 Úter.

matrona matrones
nom femení — **1** Una matrona és una dona molt respectable.
2 Es diu que una dona és una matrona quan es parla en broma i es vol dir que és molt grossa.

matusser matussera matussers matusseres
adjectiu — Que treballa malament, que fa les coses de qualsevol manera. Si un paleta és matusser, ens farà les parets tortes. També es diu que una feina és matussera si està mal feta, mal acabada.
matusseria

matutí matutina matutins matutines
adjectiu — Del matí, que està relacionat amb el matí. La brisa matutina és molt agradable.

matx matxs
nom masculí — Un matx és una competició esportiva. La final de la copa de futbol és un gran matx que veuen milions de teleespectadors.

matxet matxets
nom masculí — Un matxet és un ganivet ample, llarg i fort, originari d'alguns països americans. Es fa servir per a tallar la canya de sucre, obrir camí pel mig del bosc, etc.

matxo matxos
nom masculí — Mul.

maula maules
nom masculí i femení — Es diu que una persona és un o una maula quan amaga les seves intencions i fa veure que no sap què li diuen o de què es parla.

maular
verb com *cantar* ◄ pàg. 26 — Miolar. Es diu només en algunes zones.

mausoleu mausoleus
nom masculí — Un mausoleu és una tomba molt gran, amb estàtues i adornaments.

maxil·lar maxil·lars
adjectiu — **1** De les mandíbules, que està relacionat amb les mandíbules. Els ossos maxil·lars són els que formen les mandíbules.
nom masculí — **2** Un maxil·lar és un os maxil·lar, una mandíbula. Hi ha un maxil·lar superior i un maxil·lar inferior. ✎ pàg. 797 ⑦⑧

màxim màxima màxims màximes
adjectiu i nom masculí — Que té el valor més gran dels possibles, que no n'hi ha cap de més important. Alguns dies d'estiu, la temperatura màxima pot ser de 40°. El màxim que es pot treure en un examen que puntua sobre 10 és 10.

màxima màximes
nom femení — Una màxima és una frase que conté un ensenyament moral, que indica una manera de comportar-se que és bona. "No facis als altres el que no vols que et facin a tu" és una màxima.

me
pronom personal — Forma que pot tenir el pronom *em* quan va darrere del verb o amb altres pronoms:
• *Vaig adormir-me de seguida. Ja me la donaràs demà.*

meandre meandres

nom masculí — Un meandre és un revolt molt marcat que fa el curs d'un riu. Quan hi ha dos meandres seguits, el riu agafa forma de S.

Un meandre

mecànic mecànica mecànics mecàniques

adjectiu — **1** De la mecànica, que està relacionat amb la mecànica. Un taller mecànic s'encarrega de la reparació dels cotxes o d'altres màquines.

2 Que es fa sense pensar, sense voler. La digestió és un procés mecànic del nostre cos. Sovint fem gestos mecànics, sense adonar-nos del que fem.

nom femení — **3** La mecànica és l'estudi de les màquines i dels motors, de la seva construcció i del seu funcionament.

nom masculí i femení — **4** Persona que munta o repara motors i màquines. Els mecànics de cotxes fan una feina molt necessària.

mecanisme mecanismes

nom masculí — Un mecanisme és un conjunt de peces unides que formen part d'una màquina, d'un motor, d'una instal·lació. En un cotxe hi ha els mecanismes d'engegada, del fre, de tancar les portes i molts d'altres.

mecanitzar

verb com *cantar* ◄ pàg. 26 — **1** Fer servir màquines en una feina, en un treball. L'agricultura es va mecanitzar quan es van inventar els tractors.

usat amb pronom — **2** Es diu que una feina, un país, una regió **es mecanitza** quan s'hi comencen a fer servir màquines.

mecanització

mecanografiar

verb com *canviar* ◄ pàg.30 Amb dièresi — Escriure amb màquina. Un text que s'ha mecanografiat es llegeix millor que un text escrit a mà.

mecanògraf, mecanografia

mecenes mecenes

nom masculí i femení — Un o una mecenes és una persona rica que dóna diners per a obres artístiques, culturals o científiques.

medalla medalles

nom femení — Una medalla és una peça de metall, normalment rodona, que porta una figura o figures en relleu i es porta penjada del coll o agafada al vestit amb una agulla. Hi ha medalles religioses, medalles que porten els militars i medalles per als esportistes que guanyen competicions.

medalló medallons

nom masculí — Un medalló és una joia que té forma d'una petita capseta. Es pot obrir i a dins hi ha la fotografia d'una persona estimada o d'una altra cosa. Els medallons, com les medalles, es porten penjats del coll o agafats al vestit.

medecina medecines

nom femení — Medicament.

medi medis

nom masculí — **1** El medi on viu una persona o un animal és la substància o l'element que els envolta i els dóna tot el que necessiten per a viure. El medi dels peixos és l'aigua; el nostre medi és l'aire, amb la terra i les plantes.

2 El **medi ambient**, o simplement el medi, indica el conjunt dels elements naturals on es desenvolupen els éssers vius. Els rius, els boscos, l'aire, el mar i la terra formen el medi ambient. Les deixalles i els fums fan malbé el medi.

mediatriu mediatrius

nom femení — Una mediatriu és una recta perpendicular al punt mitjà d'un segment. Un segment i la seva mediatriu formen 4 angles rectes.

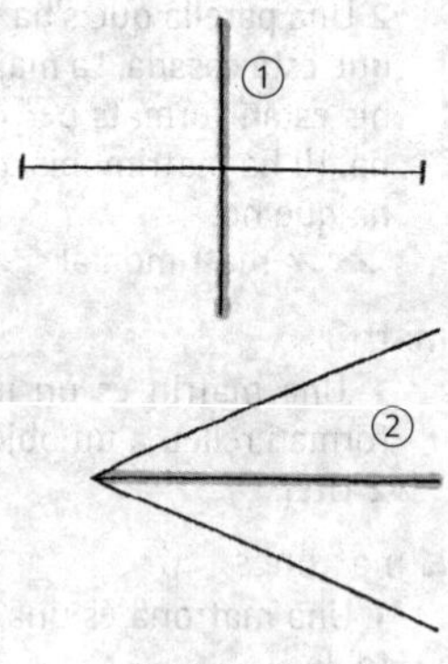

① Una mediatriu. ② Una bisectriu.

mèdic mèdica mèdics mèdiques

adjectiu — Dels metges o de la medicina, que està relacionat amb els metges o amb la medicina. De tant en tant cal que ens fem una revisió mèdica. Un certificat mèdic.

medicament medicaments
nom masculí
També *medecina* i *medicina*
Un medicament és una substància o un producte per a curar ferides i malalties. L'aspirina i els antibiòtics són medicaments.
medicació, medicar

medicina medicines
nom femení
1 La medicina és la ciència que estudia la salut i les malalties de les persones i la manera de curar-les.
2 Medicament.

medicinal medicinals
adjectiu
Que serveix per a curar ferides o malalties. Una aigua medicinal porta substàncies que van bé per a la salut, com ferro, sofre, calci o magnesi.

medieval medievals
adjectiu
De l'edat mitjana. Els cavallers medievals portaven armadures i lluitaven en torneigs.

mediocre mediocres
adjectiu
Que té poca qualitat, que no té gaire valor ni gaire mèrit. Un escriptor mediocre no aconseguirà el premi Nobel.
mediocritat

meditar
verb
com *cantar*
◄ pàg. 26
1 Una persona medita quan, estant en un lloc tranquil i silenciós, pensa en ella mateixa, en les seves obligacions, en alguna cosa de la seva religió, etc. Els monjos i les monges mediten molt sovint.
2 S'usa també amb el significat de reflexionar. Abans de fer certes coses, convé meditar-ne les conseqüències.
meditabund, meditació, meditatiu, meditativa

mediterrani mediterrània mediterranis mediterrànies
adjectiu
Del mar Mediterrani, relacionat amb el mar Mediterrani. Les costes mediterrànies tenen platges molt boniques.

mèdium mèdiums
nom masculí i femení
Un o una mèdium és una persona que diu que parla amb els esperits i les ànimes humanes. A les sessions d'espiritisme hi ha mèdiums.

medul·la medul·les
nom femení
Mot pla
1 La medul·la o medul·la òssia és la part tova que hi ha dins dels ossos.
2 La **medul·la espinal** és la part del sistema nerviós que està dins de la columna vertebral. Té la forma d'un cordó o cilindre tou d'on surten els nervis que van a les cames, als braços i a altres parts del cos.
pàgs. 798-799 (31)

medusa meduses
nom femení
Una medusa és un cnidari que té el cos tou i en forma de paraigua amb uns tentacles a la part de sota. Les meduses floten a l'aigua del mar i els seus tentacles deixen anar una substància urticant que fa molt mal.

megàfon megàfons
nom masculí
Un megàfon és un aparell per a augmentar un so o la veu d'una persona i fer que se senti a més distància. Els megàfons es fan servir amb molta gent quan no hi ha micròfons.
megafonia

Un megàfon

megàlit megàlits
nom masculí
Un megàlit és un monument prehistòric construït amb pedres molt grans. Els dòlmens i els menhirs són megàlits.

meitat meitats
nom femení
1 Una meitat és cada una de les parts iguals que queden quan dividim una cosa per dos. Si ens mengem la meitat d'un pastís, ens pot fer mal. La meitat de vuit és quatre.
2 Punt que està al mig d'un recorregut, d'una distància, d'un espai de temps. Si vas a un lloc situat a 30 quilòmetres, quan arribes al quilòmetre 15 has fet la meitat del camí. 1950 és la meitat del segle XX.

mel mels
nom femení
La mel és un aliment líquid molt espès i dolç, de color groc fort o marró. La fabriquen les abelles, i la posem a les begudes en lloc de sucre o per a endolcir algunes postres.
emmelar, melada

melangia melangies
nom femení
Malenconia.
emmelangir-se, melangiós, melangiosa

melassa melasses
nom femení
La melassa és un suc molt espès i dolç que es forma durant la fabricació del sucre. Hi

ha melasses de remolatxa i melasses de canya de sucre. Amb aquestes últimes es fa el rom.

melic melics

nom masculí — Llombrígol. Es diu només en algunes zones.

melicotó melicotons

nom masculí — Un melicotó és una varietat de préssec.

melindro melindros

nom masculí — Un melindro és una pasta dolça, flonja i tova, de forma allargada amb les puntes arrodonides. Es fa amb ou, farina i sucre. Els melindros es mengen sucats amb llet o xocolata desfeta. pàg. 400 (27)

melindrós melindrosa melindrosos melindroses

adjectiu — Es diu que una persona és melindrosa si parla i fa les coses d'una manera massa delicada i sembla que tot li molesta o li fa mal.

melissa melisses

nom femení — Una melissa és una planta de color groguenc, amb flors també groguenques, blanques o roses. Fa una olor molt agradable de llimona. Es pren en infusions.

melmelada melmelades

nom femení — Una melmelada és un aliment dolç fet amb fruita bullida i sucre. Les melmelades més habituals són les de préssec, pruna i maduixa. Les fruites en melmelada queden desfetes i es poden untar sobre el pa.

meló melons

nom masculí — Un meló és una fruita grossa, de forma rodona i ovalada, amb la pell molt dura i gruixuda, de color verd o groc. La part de dins que es menja és de color groc o verd clar i molt sucosa. Els melons tenen a dins moltes llavors juntes de color groc. Es menja habitualment a tallades. pàg. 397 (5)

melonaire, melonar, melonera

melodia melodies

nom femení — Una melodia és una sèrie de sons musicals que es poden cantar o tocar amb un instrument. Totes les cançons tenen la seva melodia, que podem aprendre i cantar.

melòdic, melodiós, melodiosa

melodrama melodrames

nom masculí — **1** Un melodrama és una obra teatral amb text i música.

2 Obra de teatre, pel·lícula o sèrie de televisió que tracta un tema trist.

melòman melòmana melòmans melòmanes

nom masculí i femení — Persona molt aficionada a la música. Els melòmans van a molts concerts.

melomania

melós melosa melosos meloses

adjectiu — **1** Una cosa és melosa quan té una dolçor com la de la mel. Els melons madurs són melosos.

2 Es diu que la carn és melosa si és tendra i agradable de menjar.

melsa melses

nom femení — La melsa és un òrgan de l'aparell circulatori situat darrere de l'estómac, a la part esquerra del nostre cos. Té forma ovalada i és de color vermell fosc. Pesa uns 200 grams.

membrana membranes

nom femení — **1** Una membrana és una làmina prima, flexible i resistent que hi ha a diverses parts o òrgans dels éssers vius per protegir-los o unir-los. Les cèl·lules tenen una membrana exterior i altres membranes interiors; els ànecs tenen els dits units per una membrana.

2 Làmina molt prima que hi ha en alguns aparells, màquines o motors.

membranós, membranosa

membre membres

nom masculí — **1** Un membre és cada un dels braços o cada una de les cames d'una persona. També es diuen *membres* les potes dels animals.

2 Persona que forma part d'una associació, d'un club, d'un partit polític, etc. Els membres del parlament es diuen *diputats*.

3 País o estat que pertany a un organisme internacional. La majoria dels països del món són membres de l'ONU.

4 El membre o el membre viril és el penis.

memorable memorables

adjectiu — Una cosa és memorable si ha de ser recordada sempre perquè és molt important, molt bona. L'arribada dels primers astronautes a la Lluna és un fet memorable.

memòria memòries

nom femení — **1** La memòria és la capacitat humana que ens permet recordar les coses que han passat i que hem viscut. Una persona té bona memòria quan recorda moltes coses.

nom femení plural — **2** Les memòries d'una persona són un llibre on explica les coses que li han passat durant la seva vida, les persones que ha conegut, etc.

locució que fa de preposició — **3** Una cosa es fa **en memòria d'**algú si es fa per recordar-lo sempre. *Molts monuments es fan en memòria d'una persona important.*

frase feta — **4** Una persona **dorm de memòria** si dorm ajaguda de boca amunt.

nom femení — **5** Part d'un ordinador o d'una màquina on s'emmagatzema informació que posteriorment es pot recuperar i utilitzar.

memoràndum, memorial

memoritzar

verb
com *cantar*
◄ pàg. 26

Fer que una cosa se'ns quedi a la memòria. La majoria de les persones memoritzen el seu número de telèfon.

mena menes

nom femení

1 Una mena és un tipus de coses o de persones, un conjunt que té les mateixes característiques. La síndria és una mena de fruita molt sucosa.

2 Mineral d'on es treu un metall.

menar

verb
com *cantar*
◄ pàg. 26

Conduir, guiar o dirigir una bèstia o un vehicle. Els pastors menen els ramats cap a les pastures. Es pot menar un carro, un cotxe, un autobús, etc.

menció mencions

nom femení

Fem menció d'una persona o d'una cosa quan en parlem una mica i en diem alguna cosa. A les converses familiars, es fa menció del que s'ha fet durant el dia.

mencionar

mendicar

verb
com *cantar*
◄ pàg. 26
Amb QU davant E, I

Demanar almoina, captar.

mendicitat

menester menesters

nom masculí

1 Un menester és allò que es necessita.

frase feta

2 Una persona o una cosa ens **fa menester** si ens és útil i ens ajuda molt en una feina. Un diccionari és un llibre que sempre et farà menester.

3 **Haver de menester** és necessitar una persona o una cosa. Si volem saber qui són alguns personatges, hem de menester una enciclopèdia.

menestral menestrala menestrals menestrales

nom masculí i femení

Persona que treballava amb les mans. Els pagesos i els artesans eren menestrals.

menestralia

mengívol mengívola mengívols mengívoles

adjectiu

Que es pot menjar bé, que no costa de menjar. Les sopes són mengívoles.

menhir menhirs

nom masculí

Un menhir és un monument prehistòric que consisteix en una pedra gran allargada clavada dreta a terra. L'Obèlix transporta menhirs amunt i avall.

meninge meninges

nom femení

Una meninge és cada una de les tres membranes que envolten l'encèfal i la medul·la espinal.

meningitis meningitis

nom femení

Una meningitis és una inflamació de les meninges. És una malaltia greu.

menisc meniscs

nom masculí
També *meniscos*

Un menisc és una làmina de fibra i de cartílag que hi ha entre dos ossos en algunes parts del cos. Els futbolistes tenen sovint lesions del menisc del genoll.

menja menges

nom femení

Una menja és una cosa per a menjar, sobretot si és molt bona.

menjacapellans menjacapellans

nom masculí i femení

Un o una menjacapellans és una persona que està en contra dels capellans i de l'Església.

menjador menjadora menjadors menjadores

adjectiu

1 Una persona o una bèstia és menjadora si menja molt.

nom masculí

2 El menjador d'una casa és l'habitació on hi ha la taula i on habitualment es menja.

págs. 594-595 (59)

nom femení

3 Una menjadora és un recipient o un lloc on es posa menjar a les bèsties. A les gàbies dels ocells hi ha una menjadora petita.

1
menjar

verb
com *cantar*
◄ pàg. 26
Amb G davant E, I

1 Prendre aliments, mastegar-los i empassar-se'ls. Hi ha persones que mai no mengen fruita. Quan un animal té gana, es menja tot el que troba.

usat amb pronom

2 Una cosa **se'n menja** una altra quan la desgasta i la fa desaparèixer. Els àcids es mengen alguns metalls.

3 Es diu que una persona **es menja** les lletres o les paraules quan no pronuncia bé.

frase feta i verb usat amb pronom

4 **Menjar-se a petons** algú és fer-li molts petons.

menjada

2
menjar menjars

nom masculí

El menjar és tot allò que es menja. Quan vas a un restaurant, els cambrers et porten el menjar a la taula. Els canelons són el menjar preferit de moltes persones.

menopausa menopauses

nom femení

Una dona té la menopausa quan li desapareix definitivament i de manera natural la regla o menstruació. Després de passar la menopausa, la dona no pot tenir fills.

menor menors

adjectiu

1 Més petit que un altre. El 3 és menor que el 10.

adjectiu i nom masculí i femení

2 Una persona és **menor d'edat** quan encara no té els anys que diu la llei i no pot fer moltes de les coses que fan les perso-

nes grans. Un menor d'edat no pot conduir un cotxe.

menorquí menorquina menorquins menorquines

adjectiu — 1 De l'illa de Menorca. *El formatge menorquí.*

nom masculí i femení — 2 Persona que és de l'illa de Menorca o que hi viu.

menovell menovells

nom masculí — El menovell és el dit petit de la mà.

menstruació menstruacions

nom femení — Una dona té la menstruació quan li surt per la vulva sang barrejada amb altres substàncies. La menstruació es té una vegada cada mes i s'acaba amb la menopausa.

menstrual

mensual mensuals

adjectiu — Que passa cada mes, que dura un mes o que es fa per mesos. Una revista mensual surt cada mes.

mensualitat

mènsula mènsules

nom femení — Una mènsula és un sortint que es fa en una paret o en una façana per a aguantar o suportar alguna cosa. Hi ha balcons que tenen a sota mènsules de pedra en forma de cap d'animal.

ment ments

nom femení — La ment d'una persona és el seu enteniment, la seva capacitat de pensar.

mentalitzar

menta mentes

nom femení — La menta és una herba de color verd fort, que es fa servir per a cuinar i per a fer infusions i licors. Hi ha caramels de menta que van bé per al mal de coll.

mental mentals

adjectiu — De la ment, que està relacionat amb la ment. Un càlcul mental es fa només pensant, sense llapis ni paper.

mentalment

mentalitat mentalitats

nom femení — La mentalitat d'una persona és la seva manera de pensar, el conjunt de les seves creences i de les seves opinions. Hi ha persones grans que tenen la mentalitat d'un nen petit.

mentida mentides

nom femení — 1 Una mentida és una cosa que es diu i que no és veritat, que no és certa. Si dius que has anat a Nova York i no has sortit de casa, dius una mentida.

frase feta — 2 Diem que una cosa **sembla mentida** quan sembla que no pot ser, que no pot haver passat. Sembla mentida que als països rics encara hi hagi gent que passi gana.

mentider mentidera mentiders mentideres

adjectiu i nom masculí i femení — Persona que diu mentides. La gent diu que als mentiders els cauen les dents.

mentir

verb com *dormir* ◄ pàg. 27 o *servir* ◄ pàg. 28 — Dir coses que no són veritat, que no són certes. És una falta molt greu que un testimoni menteixi en un judici.

mentó mentons

nom masculí — El mentó és la part de baix de la cara, sota la mandíbula inferior. Alguns homes es deixen una petita barba en el mentó.

mentol mentols

nom masculí — El mentol és una substància blanca que es treu de la menta. Es fa servir en alguns medicaments i caramels que curen els constipats i la tos.

mentre

conjunció — 1 Durant el temps en què. *Mentre tu prepares l'amanida jo faré la carn.*

2 Suposant que. *Mentre pugui anar als llocs amb transports públics, no agafaré el cotxe.*

mentrestant

adverbi — Durant el temps en què passa alguna cosa. *Jo faré el dinar; i tu, mentrestant, para la taula.*

menú menús

nom masculí — 1 Un menú és una llista dels plats de menjar que se serveixen en un àpat. El menú d'alguns casaments és molt esplèndid.

2 Grup de dos o tres plats de menjar que un restaurant ofereix a un preu fix. Menjar el menú és més econòmic que menjar a la carta, triant els plats.

menudalla menudalles

nom femení — Mainada.

menut menuda menuts menudes

adjectiu — 1 Que és petit, que té poc volum. Els canaris són ocells menuts.

nom masculí i femení — 2 Nen o nena. El parvulari és la classe dels menuts.

nom masculí plural — 3 Els menuts són les entranyes d'un animal mort. Als mercats hi ha parades de menuts que venen llengua, cor, fetge, ronyons, etc.

menudall, menudesa

menxevic menxevics

nom masculí i femení — Els menxevics eren els socialistes russos que no estaven d'acord amb la política feta pels bolxevics. Aquests els van guanyar i els van declarar fora de la llei.

menys menys

determinant quantitatiu i adverbi — **1** Aquesta paraula indica que en una comparació una cosa és més poc que una altra en quantitat o en qualitat. *En aquesta fruiteria tenen menys fruites que en aquella. És menys ros que jo. Parla menys, que estic tipa de sentir-te.*

preposició — **2** Aquesta paraula expressa la resta d'una quantitat. *Deu menys dos són vuit. El trajecte dura una hora menys deu minuts.*

locució que fa de pronom — **3 El menys** és el mínim. *El menys que podries fer era avisar que no vindries a sopar, no et sembla?*

locució que fa de pronom — **4 Els menys** o **les menys** són la minoria. *Els que estan descontents són els menys.*

menysprear

verb, com *canviar* ◄ pàg. 30, Amb dièresi — Sentir o tenir menyspreu. Les persones sinceres menyspreen els mentiders.

menyspreable

menyspreu menyspreus

nom masculí — Tenim o sentim menyspreu per una persona o per una cosa quan considerem que no té cap interès ni cap valor i no volem saber-ne res. Hi ha persones que tracten amb menyspreu els que són d'un altre país.

mer mera mers meres

adjectiu — Que és allò que es diu i prou, sense anar acompanyat de cap altra cosa. Si una pel·lícula és una mera diversió és que no es considera que sigui ni mitjà d'educació ni d'informació.

meravella meravelles

nom femení, Amb E — Una meravella és una cosa molt bonica, que ens impressiona molt, que està molt ben feta. Ho diem de moltes coses: d'un edifici, d'un paisatge, d'una obra d'art, d'un vestit, etc.

meravellós, meravellosa

meravellar

verb, com *cantar* ◄ pàg. 26 — Causar una gran admiració i impressió perquè és molt bonic, molt gran, molt ben fet. Les catedrals són construccions que ens meravellen.

mercadejar

verb, com *cantar* ◄ pàg. 26, Amb G davant E, I — Comprar i vendre coses. Als mercats de coses velles sempre hi ha gent que mercadeja.

mercadeig, mercader

mercaderia mercaderies

nom femení — Una mercaderia és una cosa que es pot comprar o vendre. Són, doncs, mercaderies els aliments, les màquines, els vestits, etc.

mercant mercants

adjectiu — Del comerç, que està relacionat amb el comerç. Un vaixell mercant es dedica al transport de mercaderies.

mercantil, mercantilisme

mercat mercats

nom masculí — Un mercat és un lloc on es venen aliments i altres productes. Els barris de les ciutats grans tenen el seu mercat. A molts pobles hi ha mercat setmanal de roba, d'eines, de fruita, etc.

mercè mercès

nom femení — **1** Una mercè és un favor, una cosa bona que algú concedeix a un altre. Els llibres d'història diuen que els reis concedien mercès als seus vassalls.

nom femení plural — **2 Mercès** o **moltes mercès** vol dir gràcies o moltes gràcies. *Moltes mercès pel ram de flors que em vau enviar pel meu aniversari!*

mercenari mercenària mercenaris mercenàries

nom masculí i femení — Persona que lluita a favor d'algú o d'un país només per diners.

merceria merceries

nom femení — Una merceria és una botiga on venen cintes, botons, fils, agulles i peces petites de roba, com mocadors o mitjons.

Una merceria

mercuri mercuris

nom masculí — El mercuri és un element metàl·lic de color blanc brillant. És l'únic metall líquid a temperatura ambient. S'usa per a fer termòmetres, miralls i productes de farmàcia. Els seus vapors són tòxics. El seu símbol és: Hg.

merda merdes

nom femení — **1** Caca. Es diu de manera informal.

2 Es diu de manera informal que una cosa és una merda quan és de baixa qualitat, molt dolenta o mal feta.

interjecció — **3** Expressió que es diu quan una persona s'equivoca o s'enfada. Es considera una paraula grollera. *Merda! He de repetir el dibuix!*

frase feta — **4** Es diu que una persona **ha trepitjat merda** quan té mala sort i tot li surt malament.

emmerdar, merdós, merdosa

merder merders

nom masculí — **1** Un merder és un lloc ple de merda, molt brut.

2 Es diu que un lloc o una reunió és un merder quan hi ha molt de soroll, molt de desordre.

merèixer

verb
com *néixer*
◄ pàg. 37 — Una persona mereix una cosa quan l'ha de rebre o li han de donar per les seves qualitats o pel seu comportament. Quan ens portem bé mereixem un premi. La gent que ajuda els altres, com els bombers, mereix la gratitud de tothom.

immerescut, immerescuda, mereixedor, mereixement

merenga merengues

nom femení — Una merenga és un dolç fet amb clares d'ou batudes i sucre, i després cuit al forn. La part de dalt de les merengues queda una mica torrada.

meridià meridians

nom masculí — Un meridià és una circumferència que ens imaginem que va des del pol nord al pol sud travessant l'equador i els paral·lels. Els meridians serveixen per a conèixer la longitud d'un lloc de la Terra.

meridional meridionals

adjectiu i nom masculí i femení — Del sud, que pertany al sud. Andalusia és un país meridional d'Espanya. Els meridionals són les persones que han nascut en un país situat al sud.

mèrit mèrits

nom masculí — **1** Una persona té mèrit quan ha fet una cosa difícil, un treball que li ha costat molt. Té molt de mèrit la persona poc intel·ligent que estudia i aprèn moltes coses.

2 Una cosa té mèrit quan està molt ben feta, quan costa molt de fer. Dedicar-se a l'educació té molt de mèrit.

meritíssim, meritori, meritòria

merla merles

nom femení — Una merla és un ocell de mida mitjana que fa un cant molt bonic. Menja de tot. El mascle és de color negre amb el bec groc; la femella és de color marronós amb el bec clar. Les merles viuen als boscos, però se'n poden veure també en alguns jardins i parcs.

merlet merlets

nom masculí — Un merlet és cada un dels pilars de pedra, separats per un espai, que hi ha damunt de les muralles. Per l'espai que queda entre els merlets, els defensors del castell o la fortalesa disparaven contra els assaltants.

pàg. 600 (5)

merlot merlots

nom masculí — El merlot és el mascle de la merla.

mero meros

nom masculí — Nero.

1
mes mesos

nom masculí
Sense accent gràfic — **1** Un mes és una de les dotze divisions d'un any. Hi ha mesos de 30 i de 31 dies; el mes de febrer en té 28, i 29 quan l'any és bixest.

2 Espai de temps que va des d'un dia determinat fins al mateix dia del mes següent. Si tens dos mesos de vacances i les comences el 15 de juliol, les acabaràs el 15 de setembre.

2
mes

conjunció — Però. Actualment s'usa poc. *Diuen que aquesta pel·lícula és molt bona, mes a mi no m'ha agradat gens.*

3
mes

determinant possessiu — Forma femenina plural de *mon*:
• *Mes germanes, mes cunyades.*

més

determinant quantitatiu i adverbi
Amb accent gràfic — **1** Aquesta paraula indica que en una comparació una cosa és superior a una altra en quantitat o en qualitat. *En aquesta fruiteria tenen més fruites que en l'altra. És més rossa que jo. Parlar menys i fer més!*

preposició — **2** Aquesta paraula expressa la unió d'una quantitat a una altra. *Dos bitllets més tres són cinc.*

locució que fa d'adjectiu — **3** **De més** vol dir que sobra, que és inútil, que n'hi ha massa. *Té un llapis de més i no me'l deixa, és un egoista. Em sembla que aquí hi som de més, és millor que ens n'anem.*

locució que fa d'adverbi — **4** **D'allò més** vol dir molt. *Ens ho hem passat d'allò més bé.*

5 **Ni més ni menys** vol dir exactament. *Porto ni més ni menys que tres anys fent aquesta feina.*

locució que fa de conjunció — **6** **A més** o **a més a més** vol dir que, a part del fet que diem, n'hi ha un altre. *És un desastre en la feina i, a més, està malament de salut.*

locució que fa de preposició — **7** **A més de** o **a més a més de** vol dir que una cosa s'afegeix a una altra. *Es necessiten ous i farina a més a més de sucre.*

mesa meses
nom femení
1 La mesa d'una reunió o d'una assemblea és el grup de persones que la dirigeixen. Generalment aquestes persones estan en un lloc més elevat darrere d'una taula.
2 La mesa de l'altar és la part de dalt, que és plana i normalment coberta per una peça de roba. Damunt de la mesa el sacerdot hi té el missal, el calze i la patena.
3 En unes eleccions, la mesa electoral és la taula on hi ha l'urna de les paperetes i les persones que vigilen el desenvolupament de les votacions.

mesada mesades
nom femení
Una mesada és una quantitat de diners que una persona cobra cada mes per la seva feina.

mesc mescs
nom masculí
També *mescos*
El mesc és una substància olorosa de gust amarg que és produïda per una glàndula del mesquer. Es fa servir en perfumeria.

mescla mescles
nom femení
1 Quan mesclem dues o més coses fem una mescla. Pots fer la mescla d'aigua i llet, però no d'aigua i oli.
2 Conjunt de dues o més coses mesclades. L'aire és una mescla d'oxigen i altres gasos.

mesclar
verb
com *cantar*
◄ pàg. 26
Ajuntar coses diferents de manera que formin una cosa nova i que no es puguin distingir les unes de les altres. Per a fer un cafè amb llet has de mesclar cafè i llet. Quan dos rius es troben, es mesclen les seves aigües.
miscible

mesell mesella mesells meselles
adjectiu
Que no se sent dels cops, que sembla que no li facin mal i que no senti res. Un animal mesell mai no es defensa, sempre fuig.

mesosfera mesosferes
nom femení
La mesosfera és la capa de l'atmosfera de la Terra que està situada damunt de l'estratosfera, fins a uns 80 quilòmetres d'altitud. En aquesta capa hi ha ozó i no s'hi forma vapor d'aigua.

mesquer mesquers
nom masculí
Un mesquer és un mamífer de la família del cérvol, més petit que aquest i sense banyes. Viu en algunes muntanyes d'Àsia i té una glàndula que produeix el mesc.

mesquí mesquina mesquins mesquines
adjectiu
1 Una persona és mesquina quan li costa molt donar i sempre pensa que fa massa per als altres. Els avars són gent mesquina.
2 Que indica falta de generositat, de bons sentiments. Burlar-se d'un deficient és una acció mesquina.
mesquinesa

mesquita mesquites
nom femení
Una mesquita és un edifici sagrat dels musulmans, on es fan les pregàries de la seva religió.

messes
nom femení plural
Les messes són els camps plantats de cereals. A entrada d'estiu, les messes estan a punt per a la sega.

mestís mestissa mestissos mestisses
nom masculí i femení
Persona que ha nascut de pares de races diferents. A l'Amèrica espanyola hi havia molts mestissos, fills de pares blancs i mares índies.

mestral mestrals
nom masculí
El mestral és un vent que bufa del nordoest.

mestratge mestratges
nom masculí
El mestratge és l'ensenyament que fa un mestre o una mestra. Tots recordem el mestratge excel·lent d'alguns professors.

mestre mestra mestres
nom masculí i femení
1 Persona que ensenya en una escola o en un col·legi.
2 Persona que ens ha ensenyat una art, un ofici o a fer alguna cosa. Parlem de la mestra de piano o del mestre d'escacs.

mestressa mestresses
nom femení
1 La mestressa és la dona que és propietària d'una casa, d'una botiga, d'un restaurant o d'un altre lloc i mana i dirigeix les persones que hi viuen o hi treballen.
2 Dona de l'amo d'una casa o d'un altre lloc.
3 Es diu que una dona és **mestressa de casa** si la seva feina és encarregar-se de la seva llar.

mestretites mestretites
nom masculí i femení
Es diu que una persona és un o una mestretites si intervé en totes les converses com si sabés molt i de tot, sense saber-ne.

mesura mesures
nom femení
1 Quan mesurem una cosa fem una mesura. Amb una balança fem la mesura de les coses que tenen pes.
2 Una mesura és un recipient de capacitat coneguda que es fa servir per a mesurar. Els pots de litre i de mig litre que tenim a la cuina ens serveixen de mesura per a calcular l'aigua que hem de posar a la sopa.
3 Mitjà o acció per a aconseguir una cosa. El govern pot prendre mesures contra els incendis dels boscos o contra la delinqüència.

Continua a la pàgina següent

locució que fa d'adverbi — **4 Amb mesura** vol dir de manera correcta i ordenada. *L'exercici físic fet amb mesura l'ajudava a mantenir-se en forma.*
5 Sense mesura vol dir de manera exagerada, amb excés. *Menjava sense mesura i es va posar malalt.*

mesurar
verb com *cantar* ◄ pàg. 26 — **1** Calcular el volum, la longitud o la superfície d'una cosa amb un instrument de mesura o amb un recipient adequat. Quan fem una paella hem de mesurar bé les quantitats d'arròs i d'aigua.
2 Diem que una persona ha de mesurar les seves paraules, els seus esforços, la seva activitat, per dir que ha de saber controlar el que diu i el que fa.

1
meta metes
nom femení — **1** La meta d'una cursa és la línia o zona assenyalada com a lloc d'arribada dels corredors. Guanya qui arriba primer a la meta.
2 Porteria dels camps de futbol i altres esports.

2
meta metes
nom femení — Una meta és un pit, una mamella. Ho diuen les criatures o les persones grans quan parlen amb elles. Quan una criatura mama es diu que fa metes.

metà metans
nom masculí — El metà és un hidrocarbur. És un gas que no té color i no és tòxic. Es fa servir en la indústria química i com a combustible de gran poder calorífic. Es produeix de manera natural en els pantans i és el principal component del grisú i del gas natural. La seva fórmula és: CH_4.

metabolisme metabolismes
nom masculí — El metabolisme és el conjunt dels processos químics que es produeixen en els éssers vius per a obtenir o produir energia. La part més important del nostre metabolisme és la digestió i l'aprofitament dels aliments.
metabòlic

metacarp metacarps
nom masculí — El metacarp és el conjunt dels cinc ossos que formen el palmell de la mà, entre el canell i els dits. pàg. 797 (19)

metàfora metàfores
nom femení — Fem una metàfora quan usem una paraula que té un significat concret per a indicar una altra cosa que té un significat semblant. Si diem que hi havia un mar d'herba estem fent una metàfora, perquè per comptes de dir *camp* diem *mar*. Amb això volem comparar l'aspecte d'un camp amb el del mar.
metafòric

metall metalls
nom masculí — **1** Un metall és un element químic que té aquestes característiques: és sòlid a temperatura ambient, llevat del mercuri, que és líquid; és bon conductor de la calor i de l'electricitat; té una brillantor especial. Molts metalls també són mal·leables i dúctils. El ferro, el coure i el zinc són metalls.
2 Els **metalls preciosos** són els que es fan servir per a fer joies. Són l'or, la plata i el platí.
metal·litzar

metàl·lic metàl·lica metàl·lics metàl·liques
adjectiu — **1** Que és fet de metall, que és com un metall. Els cotxes tenen moltes parts que són metàl·liques.
nom masculí — **2** Es diu que una persona paga en metàl·lic quan paga amb diners i no amb xecs o amb targeta de crèdit.

metal·lografia metal·lografies
nom femení — La metal·lografia és la ciència que estudia l'estructura dels metalls i dels aliatges.

metal·lúrgia metal·lúrgies
nom femení — La metal·lúrgia és la ciència i la tècnica que estudia la manera d'obtenir els metalls i de fabricar objectes de metall. La metal·lúrgia del ferro és una de les més importants.
metal·lúrgic

metamorfisme metamorfismes
nom masculí — **1** Hi ha metamorfisme en una roca quan canvia de composició i d'estructura a causa de la pressió, la temperatura i l'aigua.
2 Metamorfosi.

metamorfosi metamorfosis
nom femení — **1** La metamorfosi és el conjunt dels canvis que fan alguns animals des que surten de l'ou fins que arriben a la forma d'animal adult. Una papallona passa per una metamorfosi: comença sent un cuc i després li surten les ales i pot volar.
2 Es diu que una persona o una cosa ha fet una metamorfosi si ha canviat molt i és molt diferent de com era abans.
metamorfosar

metàstasi metàstasis
nom femení — Hi ha una metàstasi quan un càncer o una altra malaltia que afecta un òrgan o una part del cos s'estén a altres òrgans o parts del cos.

metatars metatarsos
nom masculí — El metatars és el conjunt dels cinc ossos que formen la part del peu que va des del taló fins als dits. pàg. 797 (27)

metazou metazous
nom masculí — Un metazou és un animal format per moltes cèl·lules agrupades en teixits, òrgans i aparells. Els cucs, els insectes i els mamífers són metazous.

meteor meteors
nom masculí — 1 Un meteor és qualsevol fenomen que passa dins de l'atmosfera de la Terra. La pluja, els llamps i la neu són meteors.
2 Estrella fugaç.
meteòric

meteorit meteorits
nom masculí — Un meteorit és una pedra que ve de l'espai interplanetari i travessa l'atmosfera de la Terra. Els meteorits petits es cremen quan passen per l'atmosfera i desapareixen; els grossos poden arribar a terra. També hi ha meteorits que cauen en altres planetes.

meteorologia meteorologies
nom femení — La meteorologia és la ciència que estudia els meteors o fenòmens atmosfèrics, com els núvols, la pluja i els vents.
meteoròleg, meteoròloga

meteorològic meteorològica meteorològics meteorològiques
adjectiu — De la meteorologia, que està relacionat amb la meteorologia. Un servei meteorològic és un grup de persones que estudia el temps que ha fet i fa previsions del temps que farà.

metge metgessa metges metgesses
nom masculí i femení — Persona que ha estudiat medicina i que es dedica a curar les malalties i a atendre els malalts.

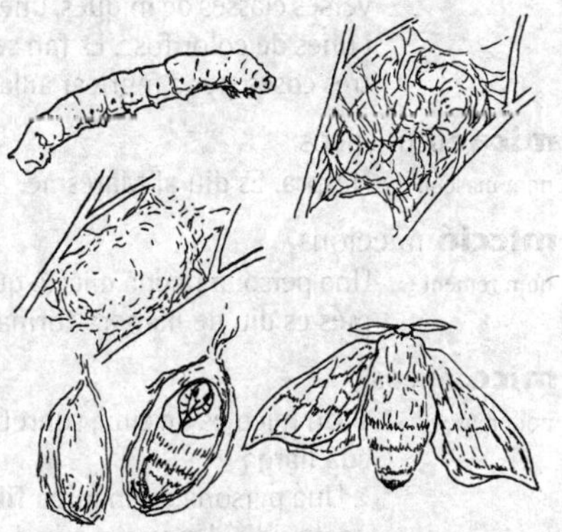

La metamorfosi del cuc de seda

meticulós meticulosa meticulosos meticuloses
adjectiu — Una persona és meticulosa quan es preocupa dels petits detalls i posa molta atenció en tot el que fa. Les bones metgesses han de ser meticuloses, escoltar atentament els malalts i examinar-los.
meticulositat

mètode mètodes
nom masculí — 1 Un mètode és una manera ordenada i ben pensada d'actuar, de fer una cosa, d'ensenyar-la o de fer-la funcionar. Si una persona treballa amb mètode la feina li surt millor.
2 Llibre per a aprendre alguna cosa. Hi ha mètodes de francès, de piano, de dibuix, de cant, etc.
metòdic, metodologia, metodològic

metralla metralles
nom femení — 1 La metralla són trossets de metall, perdigons, claus, etc., que es posen dins de les bombes i d'altres explosius i que surten disparats en totes direccions quan es produeix l'explosió.
2 Trossos d'una bomba o d'un projectil d'artilleria que surten disparats en el moment de l'explosió.

metralladora metralladores
nom femení — Una metralladora és una arma de foc que dispara ràpidament moltes bales seguides.
metrallador, metrallar

metralleta metralletes
nom femení — Una metralleta és una arma de foc portàtil que pot disparar una bala rere l'altra, com un fusell, o moltes bales seguides, com una metralladora.

metre metres
nom masculí — 1 El metre és la unitat fonamental de longitud o llargària del sistema mètric decimal. Correspon a la distància que recorre la llum en el buit durant 1/299 792 458 segons. Es divideix en decímetres, centímetres i mil·límetres. La majoria de persones fan entre 1 i 2 metres d'alçària.
2 Un metre és una cinta o una barra que fa un metre i serveix per a prendre mides. Porta marcades amb ratlletes i números els decímetres, els centímetres i els mil·límetres.
3 Un **metre cúbic** és una unitat fonamental de volum que correspon al volum d'un cub que té les arestes que fan un metre de longitud.
4 Un **metre quadrat** és una unitat fonamental de superfície que correspon a l'àrea d'un quadrat que té els costats que fan un metre de llargada.
metratge

A B C D E F G H I J K L M N O P Q R S T U V W X Y Z

mètric mètrica mètrics mètriques

adjectiu — 1 Del metre, que té relació amb el metre. Una cinta mètrica és un metre per a prendre mides.

nom femení — 2 La mètrica és la tècnica de fer versos comptant les síl·labes que té cada vers.

metro metros

nom masculí — Un metro és un tren que transporta viatgers per dins de les ciutats. La majoria dels metros passen per sota dels carrers.

metrònom metrònoms

nom masculí — Un metrònom és un aparell que marca el compàs d'una composició musical. Fa un sorollet que va indicant els temps del compàs i si hem de tocar més de pressa o no.

metròpoli metròpolis

nom femení
També *metròpolis* — Una metròpoli és una ciutat gran i important, com Roma, París, Barcelona i Nova York.

metropolità, metropolitana

metròpolis metròpolis

nom femení — Metròpoli.

metxa metxes

nom femení — Una metxa és un cordó fet d'una substància combustible que es va cremant a una velocitat controlada. Les metxes es fan servir per a encendre coets i explosius.

metzina metzines

nom femení — Verí. Als pots on hi ha metzines, s'hi posa sovint una etiqueta amb una calavera.

emmetzinar, metzinós, metzinosa

meu meva meus meves

determinant possessiu — 1 Aquesta paraula s'usa per a indicar una cosa que pertany a la persona que parla. Normalment, va entre l'article i el nom:

• *El meu cotxe, la meva germana, els meus llibres, les meves galetes.*

Algunes vegades va darrere el nom:

• *Vine a casa meva. Què et passa, fill meu?*

pronom possessiu — 2 S'usa darrere d'article en casos com aquests:

• *No tens bicicleta? Jo et deixaré la meva. Puc fer servir aquest bolígraf? M'he oblidat el meu.*

També pot anar darrere de preposició i de verb:

• *Davant meu, darrere meu, sobre meu, sota meu.*

• *El pastís és fet meu. Aquest dibuix no sembla que sigui pintat meu.*

mèu mèus

nom masculí — Onomatopeia que imita el crit del gat. Quan vol que li donis menjar, un gat et seguirà fent mèu, mèu.

meua meues

determinant i pronom possessius — Formes femenines de *meu*. S'usen sobretot al País Valencià.

meuca meuques

nom femení — Prostituta. Es diu de manera informal.

mexicà mexicana mexicans mexicanes

adjectiu — 1 De Mèxic. *Els barrets mexicans són rodons i d'ales molt amples.*

nom masculí i femení — 2 Persona que és de Mèxic o que hi viu.

1
mi

pronom personal — Aquesta paraula s'usa en lloc del pronom *jo* darrere d'algunes preposicions:

• *M'ho han dit a mi. Parlaven de mi. Cantaven amb mi. Anaven contra mi. Penseu en mi. Què faríeu sense mi?*

2
mi mis

nom masculí — El mi és la tercera nota d'una escala musical. Després del mi ve el fa.

1
mica miques

nom femení — 1 Una mica és un trosset d'alguna cosa. Després de menjar-hi, a taula queden miques de pa.

locució que fa de determinant — 2 **Una mica** d'alguna cosa és no gaire. Si queda una mica de llet, en queda poca. Hi ha coses que fan una mica de por.

locució que fa d'adverbi — 3 Si una cosa es fa **de mica en mica** es fa a poc a poc, de manera seguida però sense presses. *Hi ha una dita que fa: "De mica en mica s'omple la pica."*

esmicar, esmicolar

2
mica miques

nom femení — La mica és un mineral compost de silici. Fa unes làmines molt primes i brillants. És un dels tres components del granit. Hi ha diverses classes de miques, unes de color clar i unes de color fosc. Es fan servir, entre altres coses, per a fabricar aïlladors elèctrics.

micaco micacos

nom masculí — Nespra. Es diu al Maresme.

micció miccions

nom femení — Una persona fa una micció quan orina. Només es diu de manera formal.

mico micos

nom masculí — 1 Un mico és un simi, sobretot el que té la cua llarga.

2 Una persona és un **mico filós** si té un aspecte ridícul, poc atractiu. Es fa servir com un insult.

frase feta **3** Es diu que una persona **fa el mico** quan fa bestieses, coses ridícules, que fan riure.

micologia micologies

nom femení La micologia és la part de la botànica que estudia els fongs i els bolets.

micòleg, micòloga

micosi micosis

nom femení Una micosi és una malaltia produïda per fongs paràsits dels éssers humans. La tinya és una micosi.

microbi microbis

nom masculí Un microbi és un ésser viu molt petit, que només es pot veure amb el microscopi. Hi ha molts microbis que provoquen malalties. D'altres intervenen en les fermentacions. Els bacteris i els virus són microbis.

microbiologia microbiologies

nom femení La microbiologia és la part de la biologia que estudia els microbis.

microbús microbusos

nom masculí Un microbús és un autobús petit.

microfilm microfilms

nom masculí Un microfilm és una pel·lícula de fotografia per a fotografiar documents a una mida molt petita. En algunes biblioteques es poden consultar documents antics en microfilm.

micròfon micròfons

nom masculí Un micròfon és un aparell que recull la veu i altres sons i els transmet als altaveus o a un magnetòfon.

microones microones

nom masculí Un microones és un forn que funciona amb ones electromagnètiques i que serveix per a escalfar ràpidament els aliments sense necessitat de posar-los en cassoles o paelles.

microorganisme microorganismes

nom masculí Microbi.

microscopi microscopis

nom masculí Un microscopi és un instrument òptic per a veure coses petitíssimes que normalment no podríem veure. pág. 1000 (1)

microscòpic microscòpica microscòpics microscòpiques

adjectiu Una cosa és microscòpica quan només es pot veure amb el microscopi o quan és molt petita. Hi ha fongs microscòpics.

mida mides

nom femení **1** La mida d'una cosa és l'extensió, la llargada o l'amplada que té. Quan coneixem aquestes tres mides sabem si una cosa és gran o petita.

frase feta **2 Prendre mides** és calcular amb un metre o amb una cinta mètrica quines mides té o ha de tenir una cosa.

amidar

midó midons

nom masculí El midó és una substància blanca que es treu de diversos aliments, com els cereals, els llegums, l'arròs i les patates. Es fa servir en la indústria de l'alimentació i en farmàcia. El midó de les patates i d'altres aliments com la mandioca es diu *fècula*.

emmidonar

mig mitja mitjos mitges

determinant numeral **1** Que és la meitat d'una cosa. Mig any són sis mesos. Mitja hora són 30 minuts. Mitja dotzena d'ous són sis ous.

2 Davant de noms de ciutats o de països n'indica una part o una extensió bastant gran:

• *Hem corregut mig França. Hem visitat mig Índia.*

Davant d'un nom propi que no pot portar mai article, només s'usa la forma *mig*:

• *Barcelona, mig Barcelona. La Cerdanya, mitja Cerdanya.*

nom masculí i femení
També *centrecampista* o *migcampista* **3** En alguns esports de pilota, com el futbol, un o una mig és un jugador o una jugadora que juga entre la defensa i la davantera.

nom masculí **4** El mig d'una cosa és el punt que està a la mateixa distància dels dos extrems o de tots els punts del voltant. Si partim una barra de pa pel mig ens queden dos trossos iguals.

5 En matemàtiques, un mig és cada una de les dues parts iguals que s'obtenen quan es divideix una unitat entre 2. S'escriu 1/2. 1/2 de 10 és 5 i 1/2 d'1 és 0,5.

locució que fa d'adverbi **6 A mitges** vol dir fer les coses entre dos, partir-se una cosa dues persones. *Vam decidir pagar els 50 euros a mitges i ens va sortir per 25 euros cadascú.*

7 Una cosa està **a mitges** quan està incompleta. *Vam deixar la feina a mitges perquè no vam tenir prou temps per a acabar-la.*

locució que fa de preposició **8 En mig de** vol dir enmig de. *Hi ha un tronc en mig del camí i no es pot passar.*

migcampista, mitger

migcampista migcampistes

nom masculí i femení En alguns esports de pilota, mig.

migdia migdies

nom masculí **1** El migdia és el moment del dia en què el Sol està més alt al cel. Normalment, diem que les hores del migdia són de les 12 a les 2 o les 3, quan comença la tarda.

Continua a la pàgina següent

2 El sud o la part d'un país situada al sud. Una casa orientada al migdia té l'entrada principal de cara al sud.

migdiada migdiades
nom femení — La migdiada és una estona de repòs o una dormida que es fa després de dinar. La calor de l'estiu convida a fer la migdiada.

migjorn migjorns
nom masculí — **1** Migdia.
2 El migjorn és el vent que bufa del sud.

migmetratge migmetratges
nom masculí — Un migmetratge és una pel·lícula de cine que dura de trenta-cinc a seixanta minuts.

migració migracions
nom femení — Un grup de persones o d'animals fan una migració si deixen el lloc on eren i se'n van a un altre lloc. Molts ocells fan migracions a l'hivern des dels països freds als països càlids.

migranya migranyes
nom femení — Una migranya és un mal de cap molt fort, que a vegades va acompanyat de mareig i vòmits. Pot fer mal només un cantó del cap.
emmigranyar-se

migrar
verb
com *cantar*
◄ pàg. 26 — Anar d'un lloc a un altre. Les tribus nòmades són grups humans que migren constantment.
migrador, migratori, migratòria

migtemps migtemps
nom masculí — Entretemps.

mil mils
determinant numeral — **1** Mil coses són deu vegades cent coses.
nom masculí — **2** El mil és el nom del 1 000.

milà milans
nom masculí — Un milà és un ocell de rapinya de mida mitjana, de color castany i amb la part de sota el cos vermellosa. Els milans tenen la cua llarga i dividida en dos com una forca. S'alimenten d'animals morts, d'insectes i de petits mamífers.

miler milers
nom masculí — Un miler és un conjunt de mil coses. Hi ha molts pobles que tenen menys d'un miler d'habitants.

milhomes milhomes
nom masculí — Es diu que un noi o un nen és un milhomes si vol ficar-se en tot, saber-ho tot i fer coses de persona gran. A vegades també es diu d'un home gran.

milió milions
nom masculí — **1** Un milió de coses són mil milers.
2 El milió és el nom del 1 000 000.

milionari milionària milionaris milionàries
adjectiu — **1** Que té o que reparteix molts diners. Algunes loteries donen premis milionaris.
nom masculí i femení — **2** Persona que és molt rica.
multimilionari, multimilionària

milionèsim milionèsima milionèsims milionèsimes
adjectiu — **1** Una milionèsima part d'una cosa és cada una del milió de parts que ens queden si la dividim entre un milió.
nom masculí — **2** Un milionèsim d'una cosa és una milionèsima part.

militant militants
nom masculí i femení — Un o una militant és una persona que participa activament en un moviment artístic o cultural, en un sindicat o en un partit polític. Quan hi ha eleccions, els militants dels partits fan propaganda pel carrer.
militància

militar militars
adjectiu — **1** Que està relacionat amb l'exèrcit o amb la guerra. Els soldats fan maniobres militars per a entrenar-se.
nom masculí i femení — **2** Un o una militar és una persona que forma part de l'exèrcit.
milícia, militarisme, militarista, militaritzar

mill mills
nom masculí — El mill és un cereal cultivat des de molt antic que fa unes fulles allargades i amples. Es fa servir en moltes zones d'Àsia i Àfrica per a fer pa i alimentar el bestiar. Els grans de mill són molt petits i es donen als periquitos i altres ocells.

milla milles
nom femení — **1** Una milla és una mesura de distància que es fa servir en alguns països com Anglaterra. Equival a 1 609,3 metres.
2 Mesura de distància que fan servir els mariners. Equival a 1 852 metres.

mil·lenni mil·lennis
nom masculí — Un mil·lenni és un espai de temps de mil anys. L'any 2000, s'acaba el segon mil·lenni de l'era cristiana.
mil·lenari, mil·lenària

mil·lèsim mil·lèsima mil·lèsims mil·lèsimes
adjectiu i nom masculí — **1** Una mil·lèsima part d'una cosa és una de les mil parts iguals que s'obtenen si la dividim entre mil. La mil·lèsima part de 100 000 és 100.

A B C D E F G H I J K L M N O P Q R S T U V W X Y Z

nom masculí — 2 Un mil·lèsim d'una cosa és una mil·lèsima part.

mil·ligram mil·ligrams
nom masculí — Un mil·ligram és la mil·lèsima part d'un gram. Un paperet pot pesar un mil·ligram. El seu símbol és: mg.

mil·lilitre mil·lilitres
nom masculí — Un mil·lilitre és la mil·lèsima part d'un litre. Una gota d'aigua pot ser un mil·lilitre. El seu símbol és: ml.

mil·límetre mil·límetres
nom masculí — Un mil·límetre és la mil·lèsima part d'un metre. Hi ha puces que fan un mil·límetre de llargada. El seu símbol és: mm.

millor millors
adjectiu — 1 Una cosa és millor que una altra quan és més bona, té més qualitat. El clima mediterrani és millor que el polar. La millor tennista del món és la més bona, la número u.
2 Preferible, més convenient. Quan s'han de fer viatges llargs és millor anar per l'autopista.
adverbi — 3 Més bé. *Com més aviat vinguis millor, perquè tindrem més temps per xerrar.*
milloria

millora millores
nom femení — 1 Una millora és un canvi que es fa en una cosa perquè sigui més bona o més bonica. Posar calefacció en una casa és una millora que la fa més confortable.
2 Una persona malalta experimenta una millora quan comença a trobar-se més bé.

millorar
verb com *cantar* ◄ pàg. 26 — 1 Fer que una cosa sigui més bona, passi a una situació o a un estat millor. Podem millorar la nostra conducta, la lletra que fem o la manera d'estudiar.
2 Anar més bé, començar a estar millor. Si una persona malalta millora, aviat es trobarà bé. Hi ha qui diu que la situació econòmica del país millorarà l'any vinent.
immillorable, millorable

milotxa milotxes
nom femení — Una milotxa és un estel que es fa volar quan fa vent. Es diu al País Valencià.

mim mims
nom masculí — 1 El mim és una obra de teatre en la qual els actors i les actrius imiten les coses que fan les persones i els animals. En el mim, els artistes fan molts gestos, moviments i sorolls.
nom masculí i femení — 2 Un o una mim és una persona que representa mims.
mimar

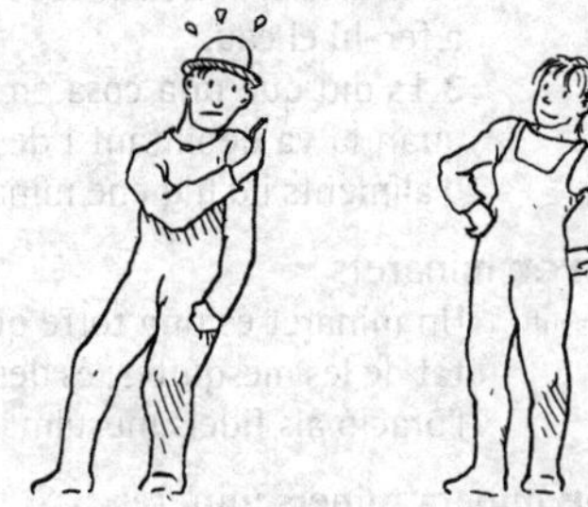

Uns mims

mimetisme mimetismes
nom masculí — 1 El mimetisme és la propietat que tenen alguns animals de canviar de color i de forma i impedir, així, que altres animals els ataquin. El camaleó és un cas molt conegut de mimetisme.
2 Es diu que una persona té mimetisme si canvia fàcilment d'opinió o de conducta perquè li convé o per adaptar-se als altres.
mimètic

mímic mímica mímics mímiques
adjectiu i nom femení — 1 Del mim, que està relacionat amb el mim. En els espectacles mímics, els actors no parlen, només fan gestos.
nom femení — 2 La mímica és la manera de dir-se coses sense paraules, només amb gestos. Les persones mudes es comuniquen a través de la mímica.

mimosa mimoses
nom femení — Una mimosa és un arbre que fa unes flors petites de color groc que semblen boletes de vellut. Floreix a mig hivern i es planta als jardins i als parcs.

mina mines
nom femení — 1 Una mina és un lloc sota terra d'on es treu carbó, metalls, pedres precioses o minerals. El treball a les mines és dur i perillós.
2 Lloc sota terra on passa un corrent d'aigua. L'aigua de les mines surt a fora a través de les fonts i dels pous.
3 Petita barra de grafit que està posada dins de la fusta dels llapis. És la part que escriu i es va fent sortir quan es fa punta al llapis.
4 Arma explosiva que es colga a terra o es deixa flotant al mar i que explota quan algú la trepitja o la toca. Els camps de mines fan que l'enemic avanci molt a poc a poc o que no pugui passar.
minaire

minar
verb com *cantar* ◄ pàg. 26 — 1 Posar mines explosives en un lloc. Quan hi ha una guerra, els exèrcits minen les carreteres perquè l'enemic no pugui passar.

2 Fer galeries sota terra. Alguns animals, com el talp, minen el bosc o els camps per a fer-hi el cau.

3 Es diu que una cosa en mina una altra quan la va debilitant i destruint. La falta d'aliments i d'higiene mina la salut.

minaret minarets

nom masculí — Un minaret és una torre que hi ha al costat de les mesquites; és des d'on es crida a l'oració als fidels musulmans.

miner minera miners mineres

adjectiu — 1 De les mines, que està relacionat amb les mines d'on es treuen minerals. A Súria i Cardona hi ha explotacions mineres de sal.

nom masculí i femení — 2 Persona que treballa en una mina de carbó.

mineral minerals

adjectiu — 1 Les substàncies minerals són les que estan formades per matèria no vivent.

2 Una aigua mineral és una aigua que es recull en fonts i conté substàncies que són bones per a la salut. Hi ha aigües minerals amb gas i sense gas.

nom masculí — 3 Un mineral és una substància natural sòlida que es troba a la superfície o a l'interior de la terra i forma les roques i les pedres. La majoria dels minerals es fan servir per a obtenir metalls.

mineralogia

mineria mineries

nom femení — La mineria és el conjunt de tècniques i activitats per a treure minerals i metalls de les mines.

minestra minestres

nom femení — Una minestra és un guisat fet amb diferents verdures i llegums.

mini minis

nom masculí — El mini és una substància composta de plom i d'oxigen. És de color vermell i es presenta en forma de pólvores. Se'n fa una pintura que evita que el ferro es rovelli. Les baranes de ferro es pinten primer amb mini i després del color que es vol.

miniatura miniatures

nom femení — 1 Una miniatura és una pintura de petites dimensions feta amb tots els detalls. Alguns llibres antics tenen miniatures molt boniques al començament de cada capítol.

2 Cosa molt petita. A dins de l'ordinador hi ha peces que són una miniatura.

locució que fa d'adverbi — 3 Una cosa està feta **en miniatura** quan s'ha copiat amb tots els detalls però en una mida molt petita. *Era molt aficionat a fer trens, cotxes i avions en miniatura.*

minifaldilla minifaldilles

nom femení — Una minifaldilla és una faldilla molt curta.

minifundi minifundis

nom masculí — Un minifundi és un conjunt de camps de cultiu molt petits. Els minifundis donen molt poca collita.

mínim mínima mínims mínimes

adjectiu — 1 Molt petit o molt poc important. El cafè descafeïnat té una quantitat mínima de cafeïna.

2 Que arriba al nivell o al grau més baix. La temperatura mínima d'un lloc ens indica si hi fa molt fred.

adjectiu i nom masculí — 3 El mínim d'una cosa és el valor més baix que pot tenir. La nota mínima d'un examen és el suspens. A l'hivern la temperatura mínima pot ser per sota dels 0° centígrads. Una feina urgent s'ha de fer amb el mínim de temps possible.

locució que fa d'adverbi — 4 **Com a mínim** vol dir almenys. *Si no hi vas, com a mínim telefona'ls.*

ministeri ministeris

nom masculí — 1 Un ministeri és cada una de les divisions que hi ha en el govern d'un estat o d'un país. Els diversos ministeris s'encarreguen de coses diferents: de l'agricultura, de la indústria, de l'ensenyament, etc.

2 Edifici o lloc on hi ha les persones que treballen en un ministeri. A Espanya els ministeris són a Madrid.

ministerial

ministre ministra ministres

nom masculí i femení — Persona que dirigeix un ministeri. En alguns països el primer ministre o la primera ministra és el president o la presidenta del govern.

minoria minories

nom femení — 1 La minoria és la part més poc nombrosa dins d'un grup de persones o coses. Les persones multimilionàries són una minoria.

2 En una votació, es diu que té la minoria el partit o la persona que té més pocs vots.

3 Una persona té **minoria d'edat** quan encara no és major d'edat.

minoritat

minso minsa minsos minses

adjectiu — Que és escàs. Un sou minso gairebé no dóna per a viure.

minúcia minúcies

nom femení — Una minúcia és una cosa que no té cap importància. Si tinc un constipat molt fort amb febre i tot, saber si l'he agafat al carrer o a casa és una minúcia.

minuciós, minuciosa, minuciositat

minuend minuends

nom masculí — El minuend d'una resta és la quantitat d'on es resta una altra quantitat. En la resta 8 - 5 = 3, 8 és el minuend.

minuet minuets

nom masculí — Un minuet és una dansa d'origen francès, molt elegant, en compàs de 3/4. Es ballava per parelles que, de tant en tant, feien reverències. Alguns músics van compondre minuets per a les seves simfonies i sonates.

minúscul minúscula minúsculs minúscules

adjectiu — **1** Molt petit, de petites dimensions. La sorra fina és formada de pedres minúscules.

adjectiu i nom femení — **2** La lletra minúscula és la que fem servir normalment per a escriure textos seguits. Després d'un punt, la primera lletra és majúscula, i les altres, minúscules. Són minúscules: *a*, *m* i *p*. Les minúscules acostumen a tenir una forma una mica diferent de les majúscules.

minusvàlid minusvàlida minusvàlids minusvàlides

adjectiu i nom masculí i femení — Una persona és minusvàlida si té un trastorn físic o mental que no li permet de moure's i treballar com les altres persones. Hi ha associacions que ajuden els minusvàlids a viure com la resta de la gent.

minusvalidesa minusvalideses

nom femení — Una persona té minusvalidesa quan és minusvàlida. Alguns cecs esquien malgrat la seva minusvalidesa.

minut minuts

nom masculí — Un minut és cada una de les seixanta parts d'una hora. Un minut és un espai de temps molt petit. Per a vestir-te en un minut, has d'anar molt de pressa.

minutera minuteres

nom femení — La minutera d'un rellotge és l'agulla que indica els minuts. Acostuma a ser més llarga que l'agulla que marca les hores.

minvar

verb com *cantar* ◄ pàg. 26 — Una cosa minva quan es fa més petita, quan se'n perd una part. Si no plou, l'aigua dels pantans minva.

minva, minvant

minyó minyona minyons minyones

nom masculí i femení — **1** Noi o noia. Es diu sovint que un nen és bon minyó o una nena bona minyona quan es porten bé i fan les coses ben fetes.

nom femení — **2** Una minyona és una criada.

miocardi miocardis

nom masculí — El miocardi és el múscul que forma el cor.

miol miols

nom masculí — Un miol és un crit del gat.

miolar

verb com *cantar* ◄ pàg. 26 — Fer el seu crit el gat. Quan tenen gana, els gats miolen.

miop miops

adjectiu i nom masculí i femení — Que té miopia. Els miops necessiten ulleres o lents de contacte.

miopia miopies

nom femení — La miopia és un defecte de l'ull que fa que la persona no vegi bé les coses que estan lluny. Qui té miopia no pot llegir la pissarra des del fons de la classe.

miquel miquels

nom masculí — Un miquel és una paraula o unes paraules que algú ens diu i que ens fan quedar malament o que ens resulten desagradables. Quan preguntem una cosa i ens contesten que no ens importa ens donen un miquel.

mira mires

nom femení — **1** La mira o el punt de mira d'una arma de foc és una peça petita que serveix per a apuntar. Va posada al final del canó.

2 Peça que tenen alguns aparells d'òptica per a dirigir la vista sobre les coses que volem observar.

3 Intenció o propòsit que tenim quan fem una cosa. La mira de les persones pacifistes és que no hi hagi guerres.

miracle miracles

nom masculí — **1** Segons la religió, un miracle és una cosa que no segueix les lleis de la naturalesa i que només la pot fer Déu. Que una persona paralítica torni a caminar després de resar una oració és un miracle.

2 Es diu que una cosa és un miracle quan és extraordinària i sembla que no pugui ser. Donar dues voltes de campana amb el cotxe i no prendre mal és un miracle.

miraculós, miraculosa

mirada mirades

nom femení — Quan una persona mira fa una mirada. Quan llegim fixem la mirada sobre les pàgines escrites.

mirador miradors

nom masculí — Un mirador és un lloc des d'on es pot mirar al lluny, veure un paisatge bonic o una gran extensió de terreny.

mirall miralls

nom masculí — Un mirall és una làmina de vidre tapada pel darrere on es reflecteix la imatge de la nostra figura i la dels objectes. Ens mirem al mirall per pentinar-nos i arreglar-nos.

pàgs. 594-595 (24)

emmirallar-se

A B C D E F G H I J K L M N O P Q R S T U V W X Y Z

mirament miraments

nom masculí — Tenim miraments amb una persona o la tractem amb miraments quan la tractem amb molt de respecte i mirant de no fer res que la molesti. Les persones grans i malaltes han de ser tractades amb miraments.

mirar

verb, com *cantar* ◀ pàg. 26

1 Posar o fixar la vista sobre una persona o una cosa per veure-la, per examinar-la. Abans de sortir de casa ens mirem al mirall.

2 Anar amb compte, posar atenció. Si no mires el que fas t'equivocaràs sovint.

3 Si mirem de fer una cosa és que procurem fer-la, ho intentem. Hem de mirar de ser puntuals quan algú ens espera.

4 Si una cosa mira a una altra és que es troba situada de cara a aquesta. L'agulla de la brúixola sempre mira al nord.

frase feta — **5** Si quan fas una cosa **t'hi mires** és que hi poses molta atenció i molta cura.

6 Si una persona **mira prim** quan fa o diu una cosa és que la fa o la diu pensant-la molt bé, tenint en compte tots els detalls. Hi ha qui no mira prim quan gasta diners i aviat no n'hi queden.

miratge miratges

nom masculí — Una persona té o pateix un miratge quan veu molt a prop una cosa que encara és lluny o quan veu una cosa que no hi és. Les persones que van pel desert tenen sovint miratges: creuen veure un oasi i quan hi arriben no hi és.

miríada miríades

nom femení — Una miríada són deu mil persones o coses o una gran quantitat de persones o de coses.

miriàpode miriàpodes

nom masculí — Un miriàpode és un artròpode que té el cos llarg amb moltes potes. Alguns miriàpodes s'enrotllen i formen una bola quan algú els toca. Els centpeus o centcames són miriàpodes.

mirra mirres

nom femení — La mirra és una substància aromàtica que es treu d'uns arbres. És de color gris groguenc i de gust amargant. Es fa servir en farmàcia i en perfumeria.

miserable miserables

adjectiu i nom masculí i femení

1 Que és molt pobre. Podem parlar d'una família miserable o d'una casa miserable.

2 Es diu també que una persona és miserable quan no dóna mai res ni fa cap favor als altres. Els avars són miserables.

3 Que fa mal als altres i els enganya. Sovint es fa servir com un insult.

miserrim

misèria misèries

nom femení

1 La misèria és una pobresa molt gran. En alguns llocs del món, la gent viu en la misèria.

2 Una misèria és una cosa de poc valor, una quantitat de diners molt petita. Si una persona cobra una misèria per la seva feina és que cobra molt poc.

miseriós, miseriosa

misericòrdia misericòrdies

nom femení — La misericòrdia és un sentiment de pietat i de compassió que ens fa ajudar els altres i perdonar-los.

misericordiós, misericordiosa

miss misses

nom femení — Una miss és una dona que guanya un concurs de bellesa. És una paraula anglesa.

missa misses

nom femení — La missa és l'acte de culte i de pregària més important de l'Església catòlica. És la celebració del sagrament de l'eucaristia. Els fidels cristians van a missa sobretot els diumenges.

missal

missatge missatges

nom masculí — Un missatge és allò que es diu a algú de viva veu, per escrit o d'una altra manera. Els contestadors automàtics recullen missatges per telèfon.

missatger missatgera missatgers missatgeres

adjectiu — **1** Que porta un missatge. Els coloms missatgers tenen un gran sentit de l'orientació.

nom masculí i femení — **2** Persona que va en moto i porta petits paquets, documents i cartes d'un lloc a un altre.

míssil míssils

nom masculí, Mot pla — Un míssil és una arma explosiva que es pot llançar contra un objectiu. Els míssils volen com els coets i poden recórrer distàncies molt llargues.

missió missions

nom femení

1 Una missió és una obra o un encàrrec que una persona o un grup de persones ha de fer. La missió encarregada a una ambaixadora pot ser evitar una guerra.

2 Lloc on viuen i treballen uns missioners o unes missioneres. A la majoria dels països africans hi ha missions cristianes.

missional

missioner missionera missioners missioneres

adjectiu i nom masculí i femení — Persona cristiana que es dedica a explicar l'evangeli i la doctrina de l'Església en països estrangers, sobretot d'Àsia i d'Àfrica.

missiva missives
nom femení Una missiva és una carta que una persona envia a una altra per dir-li alguna cosa.

mistela misteles
nom femení La mistela és una beguda feta amb aiguardent, aigua, sucre i canyella.

misteri misteris
nom masculí **1** Diem que una cosa és un misteri quan no la podem explicar o no la coneixem prou bé. El començament de la vida a la Terra és encara un misteri. Una pel·lícula o una novel·la és de misteri si hi ha situacions estranyes i personatges que no se sap qui són fins al final.
2 Segons el cristianisme, un misteri és una veritat que no es pot entendre però que els fidels han de creure.
misteriós, misteriosa

misto mistos
nom masculí Un misto és una tija petita de fusta que porta en una punta un compost de fòsfor o una altra substància que s'encén fàcilment. Els mistos s'encenen fregant-los contra una superfície rugosa.

mite mites
nom masculí **1** Un mite és una història inventada i fantàstica sobre déus, personatges molt antics i coses que van passar fa molt de temps. Totes les religions tenen mites que expliquen la creació del món.
2 Personatge molt famós o cosa molt important i coneguda de tothom. Algunes pel·lícules són un mite de la història del cine.
mític, mitificar

míting mítings
nom masculí Un míting és una reunió de moltes persones per a escoltar discursos de temes polítics o socials. Durant les campanyes electorals, els líders polítics fan mítings.

mitja mitges
nom femení Una mitja és una peça de vestir que cobreix el peu i la cama, normalment fins més amunt del genoll. Les dones porten unes mitges que arriben fins a la cintura, els *pantis*.

1
mitjà mitjans
nom masculí **1** Un mitjà és qualsevol cosa que serveix per a fer una altra cosa. Per a apagar incendis, els bombers disposen de molts mitjans: cotxes, escales, mànegues, extintors i helicòpters.
2 Els **mitjans de transport** són els cotxes, els trens, els avions i altres vehicles que permeten de transportar persones i mercaderies.
3 Els **mitjans de comunicació** són els diaris i les revistes, la ràdio i la televisió, perquè ens fan saber notícies i ens posen en contacte amb altres persones.
locució que fa de preposició **4** **Per mitjà de** indica la persona o la cosa que fem servir per a aconseguir un fi. *Ens van comunicar la notícia per mitjà d'una carta.*

2
mitjà mitjana mitjans mitjanes
adjectiu **1** Que és al mig, que no és ni el més petit ni el més gran, ni el més alt ni el més baix. La germana mitjana està entre la gran i la petita. Un jersei de mida mitjana no és ni el més gran ni el més petit.
2 En història, l'edat mitjana és entre l'antiga i la moderna, dels segles V al XV aproximadament.
mitjania

a mitjan
locució que fa de preposició Diem aquesta expressió quan ens referim aproximadament a la meitat d'un espai de temps. *Em vaig casar a mitjan juliol, ara no recordo bé el dia.*
També pot ser amb altres preposicions:
- *Des de mitjan setembre que no plou.*
- *De mitjan segle XVII fins a començament del XVIII.*
- *No torni a venir fins a mitjan juliol.*

mitjana mitjanes
nom femení **1** En matemàtiques, la mitjana d'unes quantitats és el resultat d'haver-les sumat totes i haver dividit el total pel nombre de quantitats que hi havia. La mitjana de temperatures de 15°, 20° i 25° centígrads és 20°: 15 + 20 + 25 = 60 : 3 = 20.
2 En geometria, la mitjana d'un triangle és la recta que va d'un vèrtex al centre del costat oposat.
3 Una mitjana és un tall de carn de be o de vedella de la part del llom, prop de les costelles.
4 Línia pintada al terra de les carreteres que les divideix en dues calçades, per on circulen els vehicles en un sentit i en l'altre. A les autopistes, la mitjana és una barrera metàl·lica o d'un altre material que no permet passar d'una banda a l'altra.

mitjançant
preposició Per mitjà de. *El corrent elèctric funciona mitjançant uns fils conductors.*

mitjancer mitjancera mitjancers mitjanceres
adjectiu i nom masculí i femení Una persona fa de mitjancera quan intervé en favor d'una altra persona o ajuda dues o més persones enfrontades a solucionar un conflicte o a resoldre un assumpte. Els representants dels jugadors de futbol són

mitjancers entre aquests i el club. Hi ha associacions internacionals, com les Nacions Unides, que fan de mitjanceres en els conflictes entre estats.
mitjançar

mitjanit mitjanits
nom femení — La mitjanit és l'hora del mig de la nit, les dotze de la nit. Hi ha persones que no se'n van a dormir fins passada la mitjanit.

mitjó mitjons
nom masculí — Un mitjó és una peça de vestir que cobreix el peu i la part de baix de la cama. Hi ha mitjons que arriben fins a sota el genoll; altres són més curts. A l'hivern es porten mitjons gruixuts.

mitologia mitologies
nom femení — La mitologia és el conjunt d'històries fabuloses i de llegendes sobre els déus i les deesses, els herois i les heroïnes d'un poble o d'una regió del món. Les mitologies més conegudes per nosaltres són les de Grècia i Roma.
mitològic

mix mixa mixos mixes
nom masculí i femení — Un mix és un gat i una mixa és una gata. Es diu de manera informal.

mixelín mixelins
nom masculí — Un mixelín és un sacsó de greix que es fa al voltant de la cintura d'algunes persones. Si tenim molts mixelins és que estem massa grassos. Es diu de manera informal.

mixt mixta mixts mixtes
adjectiu
També *mixtos* — Una cosa és mixta quan és formada de parts o d'elements que no són iguals, que no s'assemblen. Una línia mixta consta d'una línia recta i una de corba. Un tren mixt porta passatgers i mercaderies.
mixtura

mòbil mòbils
adjectiu
Amb B — **1** Que no és fix i es pot moure o transportar, que es belluga. Les rodes d'un cotxe són elements mòbils. Els conills i altres animals tenen orelles mòbils.
nom masculí — **2** Un mòbil és un objecte decoratiu que té una part fixa i unes altres parts soltes, que fan equilibris i es mouen amb l'aire.
3 En física, un mòbil és qualsevol objecte que es mou. Un avió o una bola de billar impulsada per un jugador són mòbils.
4 El mòbil d'una acció és allò que fa que algú dugui a terme aquesta acció. La necessitat de diners és el mòbil de molts robatoris.
5 Telèfon petit i portàtil, sense cables, per a poder parlar des de qualsevol lloc. Els mòbils reben el senyal per mitjà d'ones.

Un mòbil

mobiliari mobiliaris
nom masculí — El mobiliari és el conjunt de mobles que hi ha en una casa, en una oficina, etc. Les taules, les cadires i els penjadors formen part del mobiliari d'una escola.

mobilitat mobilitats
nom femení
Amb B — Les coses mòbils tenen mobilitat. Si ens lliguem de peus i braços, no tindrem mobilitat, no ens podrem bellugar.

mobilitzar
verb
com *cantar*
◄ pàg. 26
Amb B — Fer que moltes persones es preparin i s'organitzin per fer una cosa o per anar a la guerra. Quan hi ha una gran desgràcia en un país, tothom es mobilitza per portar-hi ajuda i diners.
mobilització

moble mobles
nom masculí — Un moble és un dels objectes que sempre hi ha a les cases per a poder seure, dormir, guardar coses, etc. Els mobles principals són les cadires, les taules, els llits i els armaris.
moblar

moc mocs
nom masculí — **1** El moc és un líquid molt espès i enganxós, de color clar, que surt del nas. Normalment es diu en plural, *mocs*. Quan estem constipats tenim molts mocs.
2 Tros de carn de color vermell que el gall dindi té sobre el bec i que li penja com un moc.
3 Paraules desagradables que es diuen contra algú. Quan algú està de mala lluna més val que no li diguis res, que et clavarà un moc. Es diu de manera informal.
mocós, mocosa

1
moca moques
nom femení — La moca d'un animal és el conjunt de l'estómac, els budells i les altres entranyes.

2 moca moques

nom masculí — 1 El moca és una classe de cafè que ve de l'Aràbia.

nom femení — 2 Crema feta amb cafè, mantega, vainilla i sucre. Alguns pastissos i caramels porten moca.

mocador mocadors

nom masculí — 1 Un mocador és una peça quadrada i petita de roba per a mocar-se, eixugar-se la suor o les llàgrimes o netejar-se. Normalment tots portem un o dos mocadors a la butxaca. Hi ha també mocadors de paper, que es llencen després de fer-los servir.

2 Peça de seda o d'una altra roba fina, més gran que un mocador de butxaca, que es porta com a adornament o com a abric al voltant del coll, damunt de les espatlles o posat al cap.

3 Un **mocador de fer farcells** és una peça de roba quadrada, bastant gran, per a transportar roba o altres objectes. Les coses que s'han de transportar s'emboliquen amb el mocador i aquest es lliga per les puntes. Avui, els mocadors de fer farcells no es fan servir gaire.

mocadorada

mocar

verb
com *cantar*
◄ pàg. 26
Amb QU davant E, I

Treure els mocs d'algú. Les persones grans han de mocar les criatures que no saben mocar-se. Per a mocar-nos fem servir normalment un mocador.

mocassí mocassins

nom masculí — Un mocassí és un calçat pla, flexible i molt lleuger. Els mocassins no porten cordons i imiten el calçat fet amb pells que usaven els indis nord-americans.

moció mocions

nom femení — 1 Una moció és una proposta que es fa en una assemblea o en una sessió de les corts.

2 Un partit o un grup polític presenta una **moció de censura** quan creu que el govern s'ha equivocat o no compleix bé les seves obligacions.

moda modes

nom femení
Amb A final

Una moda és una manera de vestir-se, de pentinar-se, d'adornar-se o de comportar-se que la majoria de la gent segueix durant una temporada. Hi ha qui no fa cas de les modes i es vesteix al seu gust. Abans no hi havia la moda d'anar per la ciutat vestit amb roba esportiva.

mode modes

nom masculí
Amb E final

1 Un mode és una manera, una forma particular de fer, d'actuar. Podem parlar del mode de vida d'algunes tribus africanes o dels habitants de Nova York.

2 En gramàtica, el mode del verb ens indica com és l'acció o quina és la intenció de la persona que parla. Hi ha tres modes: l'indicatiu, el subjuntiu i l'imperatiu.

modal, modalitat

model models

nom masculí — 1 Un model és qualsevol cosa que ens serveix per a fer-ne còpies o imitacions. En una classe de dibuix els alumnes dibuixen un gerro que tenen com a model.

2 Cada un dels tipus o de les classes d'un producte. Les marques de cotxes tenen diversos models: més grans o més petits, amb tres o cinc portes, etc.

3 Persona que per les seves qualitats i bones maneres serveix d'exemple a d'altres. Els pares han de ser models per als seus fills.

nom masculí i femení — 4 Un o una model és una persona que presenta davant del públic els vestits i complements dissenyats per uns o unes modistes.

5 Persona que es posa davant d'un o una artista perquè pugui fer un quadre o una estàtua amb la seva imatge. La persona que fa de model ha d'estar moltes hores en una mateixa posició, sense bellugar-se.

modèlic

modelar

verb
com *cantar*
◄ pàg. 26

Donar forma a una estàtua o a un altre objecte, fer figures amb fang, cera o plastilina.

modelat, modelada

modelisme modelismes

nom masculí — El modelisme és la tècnica de fer en petit cases, avions, cotxes, vaixells i altres objectes.

mòdem mòdems

nom masculí — Un mòdem és un aparell que va connectat a un ordinador i que permet enviar i rebre informació a través d'una línia telefònica. Per a connectar-te a Internet necessites tenir un mòdem.

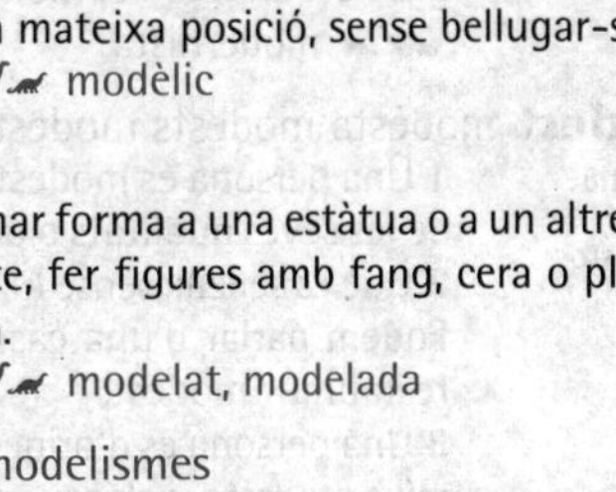

Un mòdem

A B C D E F G H I J K L M N O P Q R S T U V W X Y Z

moderar
verb
com *cantar*
◄ pàg. 26
1 Fer que una cosa sigui menys forta, menys intensa, menys violenta. Amb l'aire condicionat moderem la calor de l'estiu. Quan frenes, moderes la velocitat del cotxe.
2 En una reunió o una assemblea, controlar que es parli dels temes acordats i donar la paraula a les persones que la demanen.
immoderació, immoderat, immoderada, moderació, moderador, moderat, moderada

modern moderna moderns modernes
adjectiu
Que és del temps actual o d'una època molt pròxima a l'actual. Una persona moderna està d'acord amb els costums i les idees del seu temps, amb les coses noves que es fan.
modernitat, modernització, modernitzar

modernisme modernismes
nom masculí
El modernisme és un moviment cultural que va tenir lloc als països europeus al final del segle XIX i començament del segle XX. Destaca sobretot per les obres d'arquitectura i de pintura. Antoni Gaudí és un gran arquitecte del modernisme.
modernista

modest modesta modests modestes
adjectiu
També *modestos*
1 Una persona és modesta si no presumeix de les seves qualitats o de les coses que té.
2 Que és senzill, sense luxes ni pretensions. Podem parlar d'una casa modesta o d'un restaurant modest.
3 Una persona és d'origen modest o de família modesta si els seus pares són gent treballadora, que té pocs diners.
immodest, immodèstia, modèstia

mòdic mòdica mòdics mòdiques
adjectiu
Que és poc important, moderat, baix. Es fa servir sobretot parlant de diners: 3 euros és una quantitat mòdica.

modificar
verb
com *cantar*
◄ pàg. 26
Amb QU davant E, I
1 Fer canvis en una cosa sense transformar-la totalment. Podem modificar la decoració de la casa i canviar les cortines, el lloc dels mobles i el color de les parets.
2 En gramàtica, es diu que una paraula en modifica una altra quan en precisa, limita o completa el significat. Els adjectius modifiquen els substantius: *El vestit verd* és un significat més concret i precís que si només diem *El vestit*.
modificació

modista modistes
nom masculí i femení
Un o una modista és una persona que fa vestits, barrets i altres peces de vestir. Hi ha un grup de modistes importants que diuen com han de ser les modes.
modisteria

mòdul mòduls
nom masculí
Un mòdul és cada un dels elements o de les parts que formen una construcció, un aparell o un moble. Algunes llibreries es venen per mòduls.
modular

mofa mofes
nom femení
Es fa mofa d'una persona o d'una cosa quan algú se'n burla o se'n riu. Mai no s'ha de fer mofa dels sentiments de les persones.
mofar-se

1
mofeta mofetes
nom masculí i femení
Un o una mofeta és una persona que té tendència a fer mofa dels altres. Els mofetes són persones antipàtiques.

2
mofeta mofetes
nom femení
Una mofeta és un mamífer carnívor d'uns 45 centímetres de llargària, amb una cua d'uns 20 centímetres. Té el cos robust, recobert d'una pell negra amb dues ratlles blanques al costat. A la zona de l'anus té unes glàndules que deixen anar un líquid que fa molta pudor. Viu a l'Amèrica del Nord.

moix moixa moixos moixes
adjectiu
1 Una persona està moixa quan no té ànims ni alegria. Si tenim la il·lusió d'una cosa i no podem fer-la, ens quedem moixos.
nom masculí i femení
2 Un moix és un gat i una moixa és una gata. Es diu de manera informal.

moixaina moixaines
nom femení
Una moixaina és una carícia que es fa passant la mà per la cara. Les criatures necessiten moixaines i petons dels pares.
amoixar

moixernó moixernons
nom masculí
Un moixernó és un bolet que té el barret de color blanc grogós, d'uns 3 a 10 centímetres d'ample i de forma convexa. El peu és gruixut i de color blanquinós. Els moixernons són comestibles. Amb el nom de *moixernons* es venen uns altres bolets assecats, els *cama-secs*.

moixó moixons
nom masculí
Un moixó és qualsevol ocell petit. Són moixons les orenetes, els canaris, els rossinyols i els pit-roigs.

mola moles
nom femení
1 Una mola és una pedra d'esmolar que es

fa girar ràpidament. Serveix per a esmolar ganivets, tisores i eines. pàg. 993 (12)

2 Cada una de les peces grosses de pedra que formen un molí. Una de les moles gira sobre l'altra i aixafa els grans, les olives, etc., que es posen enmig.

molar molars

nom femení — Queixal. Es diu quan es parla tècnicament.

moldre

verb
com *valer*
◄ pàg. 43
Diferències:
mòlt, mòlta, mòlts, mòltes

1 Convertir en pols o en trossets molt petits els grans de cereals o de cafè o altres productes. Per a moldre es fan servir molins o aparells com els molinets de cafè.

frase feta — **2** **Arribar i moldre** es diu per a indicar que algú ha fet una cosa de manera ràpida i bé.

molècula molècules

nom femení — Una molècula és una agrupació d'àtoms. La molècula de l'aigua és formada per dos àtoms d'hidrogen i un d'oxigen.

molecular

molestar

verb
com *cantar*
◄ pàg. 26

Fer que una persona senti una molèstia, produir-li malestar, fer-li perdre la tranquil·litat. El soroll i la calor són coses que molesten. Quan una persona llegeix o treballa és millor no molestar-la.

molest, molestós, molestosa

molèstia molèsties

nom femení — Una molèstia és una cosa desagradable, pesada, que ens fa mal o que no ens deixa estar tranquils. Una malaltia sempre dóna moltes molèsties.

molí molins

nom masculí — Un molí és un edifici on hi ha una màquina o màquines per a moldre cereals o altres productes. També es diu *molí* la màquina mateixa de moldre. Els molins antics funcionaven per la força de l'aigua o del vent.

moliner

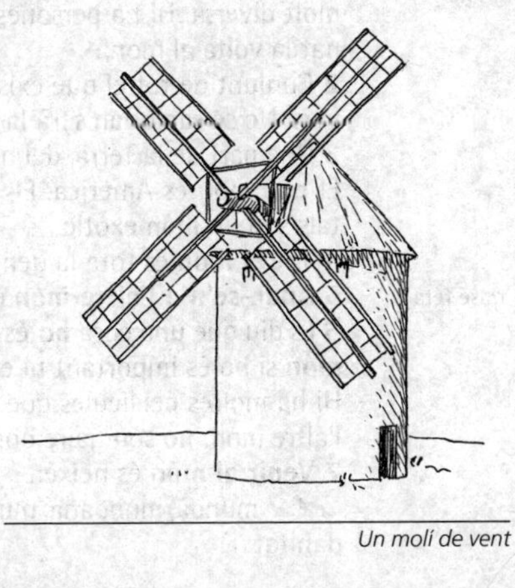

Un molí de vent

molibdè molibdens

nom masculí — El molibdè és un element metàl·lic de color blanc grisenc. És dur, es trenca fàcilment i és difícil de fondre. Se sol trobar combinat amb el plom. Forma aliatges amb el ferro que es fan servir en la indústria de l'automòbil i en la fabricació d'eines de tall. El seu símbol és: Mo.

molinet molinets

nom masculí — **1** Un molinet és un aparell electrodomèstic per a moldre alguns aliments i especialment el cafè.

2 Un **molinet de vent** és una joguina que consisteix en un bastonet que porta en un extrem unes pales de paper que el vent fa giravoltar.

1
moll molls

nom masculí — El moll o el moll de l'os és la medul·la o medul·la òssia.

2
moll molls

nom masculí — Un moll és un peix de cos allargat, amb escates grosses i dues barbes sota de la boca que li serveixen per a buscar l'aliment entre la sorra del fons. Els molls són de color rosa tirant a vermellós i la seva carn és molt saborosa. N'hi ha de petits, que fan entre 10 i 18 centímetres de llargària, i de més grossos, que poden arribar als 25 i als 30 centímetres.

3
moll molls

nom masculí — Un moll és una construcció a la vora del mar per a embarcar o desembarcar persones i mercaderies. Als ports hi ha diversos molls. pàgs. 194-195 (9)

4
moll molla molls molles

adjectiu — **1** Que està impregnat d'aigua o que té aigua per tota la seva superfície. Si no portes paraigua quan plou, et quedaran els vestits molls. Després de fregar, el terra és moll.

2 Que és tou, que cedeix fàcilment a la pressió. El fang és una matèria molla.

1
molla molles

nom femení — Una molla és una peça de metall en forma d'espiral que s'estira i s'arronsa sense trencar-se ni perdre la forma. Les molles es fan servir en diversos aparells i mecanismes. Alguns bolígrafs porten una molla que permet que la punta pugui sortir i amagar-se.

2
molla molles
nom femení
La molla és la part de dins del pa, sota de la crosta. És tova i més blanca que la crosta. El pa de pagès té molta molla.

molló mollons
nom masculí
Un molló és una pedra o un altre senyal clavat a terra per a indicar fins on arriba el camp o el terreny d'un propietari. També hi ha mollons que indiquen els quilòmetres d'una carretera o d'una via de tren.
amollonar

molls
nom masculí plural
Uns molls són un instrument fet amb dues làmines de ferro que s'obren i es tanquen com unes tisores. Es fan servir per a agafar brases del foc sense perill de cremar-se. També hi ha molls que serveixen per a girar el menjar que es fa a la brasa.

mol·lusc mol·luscs
nom masculí
També *mol·luscos*
Un mol·lusc és un animal invertebrat que té el cos tou i sovint protegit per una closca. Són mol·luscos els musclos, els cargols, els pops, els calamars i les ostres.

molsa molses
nom femení
Una molsa és una planta que es fa en llocs humits. Les molses formen com unes estores denses sobre les roques i el terra dels boscos. La gent acostuma a posar molsa al pessebre de Nadal.
molsós, molsosa, molsut, molsuda

1
molt molta molts moltes
determinant i pronom quantitatius
Sense accent gràfic
1 Aquesta paraula s'usa per a indicar que, d'una cosa, n'hi ha en gran quantitat. *Ha begut molta aigua i molt suc de fruita. -Fa molta calor. -Sí, molta.*
També pot ser *molt de* en casos com aquests:
• *Té molts de diners. Té molts d'amics.*
pronom quantitatiu plural
2 *Molts* vol dir molta gent. *Molts creuen que viure al camp és millor que viure a la ciutat.*

2
molt
adverbi
1 Considerablement, en gran quantitat. *És molt intel·ligent. És una dona que escriu molt.*
pronom quantitatiu
2 Es refereix a una cosa considerable, gran, important. *Ha fet molt per nosaltres i després no li ho agraïm.*

mòlt mòlta mòlts mòltes
adjectiu
Amb accent gràfic
Una substància és mòlta quan s'ha convertit en pols o en trossets molt petits en un molí o un molinet. El cafè es ven en gra o mòlt.

moltó moltons
nom masculí
El moltó és el mascle de l'ovella castrat.

moment moments
nom masculí
1 Un moment és un espai de temps molt curt. Si quan telefones et diuen que t'esperis un moment, de seguida parlaran amb tu. Si una persona ha sortit fa un moment és que acaba d'anar-se'n.
2 Espai de temps més o menys llarg que té una importància o unes característiques especials. Es pot parlar dels moments de felicitat en la vida d'una persona o del bon moment d'una empresa que fabrica cotxes.

momentani momentània momentanis momentànies
adjectiu
Que només dura un moment, que es fa en un espai de temps molt breu. Un llamp és una descàrrega elèctrica momentània.

mòmia mòmies
nom femení
1 Una mòmia és un cadàver tractat amb substàncies químiques que eviten que es podreixi. Les mòmies es poden conservar durant molt de temps. En alguns museus hi ha mòmies de faraons egipcis.
2 Es diu que una persona és una mòmia quan és molt seca i té la pell de color fosc. També es diu d'una persona que és aturada i no serveix per a treballar.
momificar

mon ma mos mes
determinant possessiu
Sense accent gràfic
Forma d'*el meu* que es fa servir davant de noms de parentiu o en poesia i en expressions antigues. No s'apostrofa mai.
• *Mon pare, ma mare, mon àvia, mos oncles, mes àvies. Mon cor està ple de joia. En ma vida m'havia divertit tant.*

món mons
nom masculí
Amb accent gràfic
1 El món és el planeta on vivim, la Terra. Al món hi ha països molt diferents i gent molt diversa. Hi ha persones que han donat la volta al món.
2 Conjunt de tot el que existeix, de l'univers. No se sap quan serà la fi del món.
3 Una part de la Terra, del nostre planeta. El nou món és Amèrica. Els països orientals són un món exòtic.
4 **Tot el món** és tota la gent, tothom.
frase feta
5 **Anar-se'n a l'altre món** és morir-se.
6 Es diu que una cosa **no és res de l'altre món** si no és important ni extraordinària. Hi ha moltes pel·lícules que no són res de l'altre món: no són gaire bones.
7 **Venir al món** és néixer.
mundà, mundana, mundanal, mundanitat

mona mones
nom femení
1 Simi.
2 Borratxera. Es diu informalment que una persona ha agafat una mona quan s'ha emborratxat. I si va a dormir la mona és que se'n va al llit fins que li passi la borratxera.
3 Pastís amb fruita, figures o ous de xocolata i altres adornaments que es menja per Pasqua.
monada

monacal monacals
adjectiu
Dels monjos i les monges, que té relació amb els monjos i les monges. *La vida monacal és de silenci i oració.*

monarca monarques
nom masculí i femení
Amb A final
Rei o reina, emperador o emperadriu. *A Europa, alguns països encara tenen monarques.*

monarquia monarquies
nom femení
Una monarquia és un estat o un país que té com a cap de l'estat un rei o una reina. *Holanda, Bèlgica i Espanya són monarquies.*
monàrquic

monàstic monàstica monàstics monàstiques
adjectiu
Dels monestirs o dels monjos i les monges, que té relació amb els monestirs, amb els monjos i les monges. *Alguns costums monàstics són molt antics.*

moneda monedes
nom femení
1 Una moneda és una peça de metall rodona que es dóna a canvi dels productes que es venen i es compren. *Les monedes són de color i mida diferent segons el valor que tenen.*
2 Tipus de diner que es fa servir en cada país. *L'euro és la moneda de molts països de la Unió Europea.*
amonedar

moneder moneders
nom masculí
Portamonedes.

monegasc monegasca monegascs monegasques
adjectiu
També *monegascos*
1 De Mònaco. *Les princeses monegasques.*
nom masculí i femení
2 Persona que és de Mònaco o que hi viu.
nom masculí
3 El monegasc és un dialecte occità que es parla a Mònaco.

monestir monestirs
nom masculí
Amb E
Un monestir és una casa on viuen monjos o monges. *A Catalunya hi ha monestirs molt importants com Poblet i Montserrat.*

monetari monetària monetaris monetàries
adjectiu
De les monedes, que té relació amb les monedes o el diner. *Els bancs s'encarreguen de temes monetaris.*

mongeta mongetes
nom femení
Una mongeta és un llegum de beina allargada i prima que fa unes llavors que també es diuen *mongetes* o *mongetes seques*, de color blanc o fosc. Aquestes llavors es mengen bullides, bullides i passades per la paella o estofades. La mongeta tendra és el llegum que es cull quan encara és verd i les llavors són petites. És de color verd, llarga i plana, i se sol menjar bullida amb patates. pàg. 400 (12)
mongetera

moniato moniatos
nom masculí
Un moniato és un tubercle de la planta anomenada també *moniato*. Els moniatos són semblants a les patates, tenen un gust dolç i es mengen fets al forn, bullits o fregits. N'hi ha de blancs i de carbasses. *Per Tots Sants s'acostumen a menjar fets al forn.*

monitor monitora monitors monitores
nom masculí i femení
1 Persona que dirigeix i ensenya a d'altres en la pràctica d'un esport, en una excursió o en un campament. *A les colònies d'estiu, sempre hi ha monitors i monitores.*
nom masculí
2 Aparell electrònic que proporciona dades o imatges a través d'una pantalla. *Molts ordinadors tenen monitors de pantalla plana.*

monjo monja monjos monges
nom masculí i femení
Persona cristiana que deixa la família i no es casa per dedicar-se especialment a l'oració i al servei de Déu. *Hi ha monges que cuiden malalts i persones pobres. A Montserrat hi ha monjos benedictins.*

monocle monocles
nom masculí
Un monocle és una lent que es posa davant d'un sol ull. *El monocle es portava penjant d'un cordonet i es posava a l'ull quan es volia mirar. Avui els monocles gairebé no es fan servir.*

monocrom monocroma monocroms monocromes
adjectiu
Que és d'un sol color. *La majoria de les carrosseries dels cotxes són monocromes.*

monogàmia monogàmies
nom femení
La monogàmia és la situació de les persones que només tenen un marit o una muller. *A la majoria dels països hi ha monogàmia, i la poligàmia és prohibida.*
monògam

monòleg monòlegs
nom masculí — Una persona fa un monòleg quan parla sola. Al teatre, hi ha personatges que fan monòlegs. Algunes obres de teatre, fins i tot, són monòlegs, amb un sol actor o una sola actriu que actua dalt de l'escenari.

monòlit monòlits
nom masculí — Un monòlit és un monument que consisteix en una sola pedra alta plantada a terra.

monolític monolítica monolítics monolítiques
adjectiu — **1** Que és fet d'una sola pedra. Un monument monolític és un monòlit.
2 Es diu que una cosa és monolítica si és forta i resistent com una roca. Les parets dels castells eren monolítiques: eren gruixudes i no es podien foradar.

monomi monomis
nom masculí — Un monomi és una expressió matemàtica que consta d'un terme format per números i lletres. $8x$ i $4a^3b^3c^2$ són monomis.

monopoli monopolis
nom masculí — Una persona o una empresa té el monopoli d'una cosa quan només ella la pot vendre i no té competència. En alguns països hi ha companyies que tenen el monopoli del petroli.
monopolitzar

monorail monorails
nom masculí — Un monorail és un ferrocarril que corre damunt d'una sola via.

monosíl·lab monosíl·laba monosíl·labs monosíl·labes
adjectiu i nom masculí — Que només té una síl·laba. Un monosíl·lab és un mot d'una síl·laba. *Pa* i *vi* són monosíl·labs.
monosil·làbic, monosil·làbica

monoteisme monoteismes
nom masculí — El monoteisme és la doctrina que diu que només hi ha un sol Déu. El cristianisme i l'islam són monoteismes. El contrari és el politeisme.
monoteista

monòton monòtona monòtons monòtones
adjectiu — Que sempre és igual, que no fa cap canvi ni variació i, per tant, ens avorreix i ens cansa. Fer sempre les mateixes coses és monòton. Les músiques monòtones fan venir son.
monotonia

monsó monsons
nom masculí — El monsó és el vent propi d'alguns països del sud-est d'Àsia, com l'Índia. A l'estiu, el monsó porta moltes pluges.

monstre monstres
nom masculí — **1** Un monstre és un ésser fantàstic molt lleig i estrany que fa por. Hi ha novel·les i pel·lícules on surten monstres com l'home llop i Frankenstein.
2 Persona o animal que neix amb el cos o una part del cos que no són normals, sinó estranys i mal fets. Un animal amb dos caps és un monstre.
3 Es diu que una persona és un monstre quan és molt lletja o molt dolenta. Un assassí és un monstre.
monstruós, monstruosa, monstruositat

mont monts
nom masculí — Un mont és una muntanya. Aquesta paraula forma part de noms de lloc: Montseny, Montserrat, Mont Calvari, etc.
montuós, montuosa

montblanquí montblanquina montblanquins montblanquines
adjectiu — **1** De Montblanc. *Les muralles montblanquines.*
nom masculí i femení — **2** Persona que és de Montblanc o que hi viu.

montenegrí montenegrina montenegrins montenegrines
adjectiu — **1** De Montenegro.
nom masculí i femení — **2** Persona que és de Montenegro o que hi viu.

monticle monticles
nom masculí — Un monticle és una muntanya petita.

monument monuments
nom masculí — Un monument és una construcció o una escultura que es fa o que es posa en un lloc públic en honor d'una persona o d'un fet històric. A Barcelona hi ha un monument a Colom.
monumental, monumentalisme, monumentalitat

monyo monyos
nom masculí — Un monyo és un grup de cabells que es porta recollit en forma rodona al darrere, a dalt o als costats del cap. Les dones grans acostumaven a fer-se un monyo damunt del clatell.

monyó monyons
nom masculí — Un monyó és una part d'un braç o d'una cama que s'ha hagut de tallar per malaltia o accident. En el monyó de la cama, s'hi pot posar una cama artificial i la persona pot caminar.

moqueta moquetes
nom femení — Una moqueta és un teixit fort i gruixut que es fa servir per a cobrir les parets i el

A B C D E F G H I J K L M N O P Q R S T U V W X Y Z

terra de les habitacions. Hi ha moquetes de llana molt confortables.

mora mores

nom femení
Sense accent gràfic

Forma femenina de *moro*.

móra móres

nom femení
Amb accent gràfic

1 Una móra és una fruita que surt d'una planta que es diu *esbarzer*. Té forma rodona i és formada per petites boles enganxades de color vermell molt fosc o negre quan és madura. Les móres són molt dolces i es mengen fresques o en confitura.

2 Fruit de la morera, de forma una mica allargada, format per un conjunt de boletes que tenen uns pèls petits a la superfície. Hi ha móres blanques i móres negres, i es poden menjar.

moradenc moradenca moradencs moradenques

adjectiu

Que és de color semblant al morat.

moral morals

adjectiu

1 Una actitud o una acció és moral quan té en compte el que és bo o és dolent, el que està ben fet o mal fet.

2 Una persona és moral si es comporta segons els seus deures i les seves responsabilitats i no fa coses dolentes als ulls de la societat.

nom femení

3 La moral és la ciència que estudia el comportament de les persones i diu quines coses es poden fer perquè són bones i quines altres no s'han de fer.

4 Es diu que una persona o un equip té moral quan estan molt animats i amb ganes de treballar o de guanyar.

amoral, moralisme, moralista, moralitzar

moralitat moralitats

nom femení

1 Una persona té moralitat quan es comporta d'acord amb la moral. També es parla de la moralitat d'una acció o d'una actitud.

2 La moralitat d'un conte o d'una faula és l'ensenyament que se'n pot treure. La moralitat de la faula del corb i la guineu és que no s'ha de ser cregut ni presumit.

morat morada morats morades

adjectiu

1 Que és d'un color blavós tirant a vermell, com el suc de les móres.

nom masculí

2 El morat és el color del suc de les móres.

3 Un morat és un blau produït per un cop. Si una persona cau per les escales, li surten morats per tot el cos.

moradura

mordaç mordaços mordaces

adjectiu

Es diu que una persona és mordaç si parla malament dels altres i fa comentaris cruels que els molesten.

mordacitat

mordassa mordasses

nom femení

1 Una mordassa és qualsevol cosa que es posa a la boca d'una persona per impedir que parli o que cridi.

2 Instrument o aparell constituït per dues peces en forma de tenalla per a subjectar alguna cosa.

emmordassar

morè morena morens morenes

adjectiu

Moreno.

morena morenes

nom femení

Hemorroide.

moreno morena morenos morenes

adjectiu

Que té la pell fosca, torrada pel sol. Molta gent va a la platja per posar-se morena.

emmorenir, morenor

morera moreres

nom femení

Una morera és un arbre poc alt, de fulles grosses dentades en forma de cor i de fruits petits, comestibles, blancs o negres, formats per molts granets. Les moreres es planten en parcs i jardins i les seves fulles serveixen d'aliment als cucs de seda.

Una morera

moresc moresca morescs moresques

adjectiu
També *morescos*

1 Dels moros, que té relació amb els moros.

nom masculí

2 Blat de moro.

morfema morfemes

nom masculí

1 En gramàtica, un morfema és una partícula que forma part d'una paraula i n'indica el significat, el gènere, el nombre, la persona, el mode o el temps. Així, *-s* és un morfema de plural: *noi*, *nois*.

Continua a la pàgina següent

2 Un **morfema gramatical** és una terminació d'una paraula que n'indica el gènere, el nombre, el temps, el mode o la persona. En la forma *cantava*, *-av-* indica el temps i *a* la persona.

3 El **morfema lèxic** d'una paraula és el lexema o l'arrel. En la forma *cantava*, el lexema és *cant*.

morfina morfines

nom femení — La morfina és una substància que es treu de l'opi. Es dóna a vegades a les persones malaltes per a calmar-los el dolor.

morfologia morfologies

nom femení — 1 En gramàtica, la morfologia és l'estudi de les formes de les paraules. La morfologia estudia, per exemple, com es fan els plurals i les famílies de paraules.

2 En biologia, la morfologia és l'estudi de la forma i l'estructura dels éssers vius.

morfològic

moribund moribunda moribunds moribundes

adjectiu i nom masculí i femení — Que s'està morint, que està molt pròxim a la mort. Alguns religiosos es dedicaven a vetllar els moribunds.

morir

verb com *dormir* ◄ pàg. 27 Diferències: *mort, morta, morts, mortes* — 1 Deixar de viure, perdre la vida. Moltes persones moren cada mes en accidents de trànsit. Sense aigua, les plantes es moren.

2 Acabar, deixar de ser, de funcionar. Una via de tren mor en un lloc quan s'acaba allà. Hi ha sentiments i costums que moren, no duren sempre.

usat amb pronom — 3 Quan algú **es mor** de set o de gana, és que té molta set o molta gana. També diem que ens morim de riure si riem molt, o d'avorriment, d'enyorança, d'enveja, etc.

morisc morisca moriscs morisques

nom masculí i femení També *moriscos* — Persona musulmana que vivia a la Península Ibèrica i que es va batejar i s'hi va quedar a viure després de la conquesta cristiana. Els moriscos van crear unes formes artístiques pròpies.

mormó mormona mormons mormones

nom masculí i femení — Persona que pertany a un moviment religiós que es va fundar a Nova York l'any 1830. Els mormons van contribuir al desenvolupament de l'estat nord-americà d'Utah.

mormolar

verb com *cantar* ◄ pàg. 26 — Fer un soroll continu i apagat l'aigua d'un riu, les fulles mogudes pel vent, un grup de persones que parlen o resen, etc.

mormol

moro mora moros mores

adjectiu — 1 Dels països del nord d'Àfrica. *El te moro.*

nom masculí i femení — 2 Persona que és dels països del nord d'Àfrica.

3 També es diuen *moros* i *mores* els musulmans i les musulmanes.

morrió morrions

nom masculí — Un morrió és un aparell fet de filferros o de corretges que es posa a la boca dels gossos i d'altres animals perquè no puguin mossegar. En alguns parcs, els gossos s'han de portar lligats amb la corretja i amb el morrió posat.

morro morros

nom masculí — 1 El morro dels animals és la part de davant de la cara on hi ha el nas i la boca.

2 Els morros són els llavis d'una persona. Per això es diu que algú ha caigut de morros quan ha caigut de cara endavant. Només es diu de manera informal.

3 Una persona beu a morro quan posa els llavis en el broc del càntir o del porró.

frase feta — 4 **Ser del morro fort** és ser molt tossut, no fer cas dels altres.

5 Diem que algú **fa morros** quan demostra amb l'expressió de la cara que està molt enfadat.

amorrar, morrada, morral, morrejar, morrut, morruda

morsa morses

nom femení — Una morsa és un mamífer carnívor semblant a la foca, però més gros. El mascle té uns ullals molt llargs que li surten de la boca. Les morses viuen a la regió àrtica i són de color vermellós o groguenc. Els esquimals les cacen per menjar-ne la carn i aprofitar-ne la pell.

morse morses

adjectiu i nom masculí — Es diu morse el sistema de signes que es fa servir per a enviar missatges per telègraf. El morse consta de ratlletes (-) i de punts (.) que, combinats, formen les lletres i les paraules. En l'alfabet morse, la lletra *s* es representa per tres punts, i la lletra *o* per tres ratlles. Quan es demana auxili amb morse es fa: ...---... (SOS).

1

mort morts

nom femení — 1 La mort és l'acabament de la vida. Es representa sovint com un esquelet que porta una dalla.

2 Destrucció o acabament d'una cosa. Es diu que els incendis provocaran la mort dels boscos.

locució que fa d'adjectiu — 3 Un ensurt o un disgust **de mort** és molt fort, molt gran.

4 Un local és **de mala mort** si és brut i abandonat i mai no hi ha ningú.

frase feta — **5 Donar mort** a algú és matar-lo.
mortaldat, mortífer, mortuori, mortuòria

2
mort morta morts mortes

adjectiu — **1** Que ha deixat de viure.
2 Una llengua és morta quan ja no es parla. El llatí és una llengua morta.
3 Molt cansat. *He corregut tant, que estic morta.*
4 Estar mort de gana, de set o d'una altra cosa és tenir molta gana, molta set, etc.

nom masculí i femení — **5** Persona morta.

nom masculí — **6** Diem que una cosa o una persona és un mort quan no serveix per a res i més aviat molesta, fa nosa. Els dies que no plou, el paraigua és un mort.

frase feta — **7 Carregar el mort** a algú és donar-li la culpa d'alguna cosa.
8 Fer el mort és aguantar-se estirat i de cara enlaire, sense moure's, damunt de l'aigua.

mortadel·la mortadel·les

nom femení — Una mortadel·la és un embotit fet amb carn de porc i de vedella o de bou cuita. S'hi posen també trossets de llard, herbes aromàtiques i espècies. Algunes mortadel·les són molt amples.

mortal mortals

adjectiu — **1** Que s'ha de morir. Tots els éssers vius són mortals.
2 Que provoca o pot provocar la mort. Hi ha serps que tenen un verí mortal.
3 Una cosa és mortal si és molt cansada, molt pesada i fa patir molt. Caminar cinc hores seguides és un esforç mortal.
4 Un odi és mortal quan és molt fort, molt intens. Unes persones són enemics mortals si fins i tot es matarien si ho poguessin fer.

mortalitat mortalitats

nom femení — **1** La mortalitat és la característica dels éssers mortals.
2 Nombre de persones que s'han mort en un lloc o en un període de temps determinat. En alguns països pobres, la mortalitat és molt alta.

mortalla mortalles

nom femení — Una mortalla és una peça de roba o un vestit per a cobrir una persona morta.
amortallar

morter morters

nom masculí — **1** Un morter és un recipient de forma rodona on es trituren aliments o es fa maionesa o allioli. En un morter es pica o es remena amb una mà de morter.
pàg. 400 (19)
2 Arma de canó ample i curt que es posa damunt del terra i dispara projectils a distàncies curtes.
3 Barreja de ciment, sorra i aigua que fan servir els paletes en la construcció.

1
mos mossos

nom masculí — **1** Un mos és una mica de menjar que es mastega d'un cop. Quan una persona diu que fa un mos és que menja una mica.
2 Mossegada.
mossada

2
mos

determinant possessiu — Forma plural de *mon*:
• *Mos avis, mos germans.*

mosaic mosaics

nom masculí — **1** Un mosaic és una decoració, una obra artística, que es fa enganxant en una paret o en un terra trossets de pedres de colors. Amb els colors diferents es fan dibuixos i figures de persones.
2 Rajola normalment de color i amb dibuixos que es posa al terra de les habitacions. Els mosaics són resistents i fàcils de fregar.

mosca mosques

nom femení — Una mosca és un insecte petit que té dues ales transparents, el cos de color fosc i una boca en forma de trompa per a picar i xuclar. Hi ha moltes classes de mosques. A l'estiu n'hi ha moltes.

moscatell moscatells

nom masculí — **1** El moscatell és un raïm que fa uns grans grossos, de forma ovalada i molt dolços.
2 Vi dolç fet amb raïm moscatell que es pren amb les postres i els dolços.

mosquet mosquets

nom masculí — Un mosquet és un arma de foc antiga semblant a un fusell o una escopeta, però més llarga. Els soldats que portaven mosquet es deien *mosqueters*.
mosquetó

mosquit mosquits

nom masculí — Un mosquit és un insecte petit, que té el cos molt prim, les potes molt llargues i una trompa llarga i fina. Els mosquits tenen dues ales i quan volen fan un so molt agut. Piquen per xuclar la sang de les persones i dels animals.

mosquitera mosquiteres

nom femení — Una mosquitera és una peça de gasa o una reixa molt fina de filferro o de plàstic que deixa passar la llum però impedeix l'entrada dels mosquits i altres insectes. Les mos-

A B C D E F G H I J K L M N O P Q R S T U V W X Y Z

A B C D E F G H I J K L M N O P Q R S T U V W X Y Z

quiteres de gasa es posaven tapant els llits com unes cortines; les altres mosquiteres es posen a les diverses obertures de les cases, com finestres i portes.

mossa mosses
nom femení — Forma femenina de *mosso.*

mossàrab mossàrabs
adjectiu i nom masculí i femení — Un o una mossàrab era una persona cristiana que vivia a la Península Ibèrica abans que la conquistessin els musulmans i que es va quedar a viure entre aquests després de la conquesta. Els mossàrabs van deixar obres d'art i tenien un parlar propi.

mossegada mossegades
nom femení — **1** Quan una persona o un animal mossega fa una mossegada. Els gossos es defensen i ataquen a mossegades.
2 Ferida feta mossegant. Una mossegada és molt perillosa si s'infecta.

mossegar
verb com *cantar* ◄ pàg. 26 Amb GU davant E, I — Agafar una cosa amb les dents i clavar-les amb força. Els gossos que tenen ràbia mosseguen les persones. Diu el refrany que "gos que lladra no mossega".

mossèn mossens
nom masculí — Un mossèn és un capellà. Aquesta paraula es posa davant del nom o del cognom quan es vol anomenar un capellà: *Mossèn Joan, Mossèn Puig.*

mosso mossa mossos mosses
nom masculí i femení — **1** Noi o noia grans, xicot o xicota.
2 El cos de **mossos d'esquadra** és la policia de Catalunya.

most mosts
nom masculí També *mostos* — El most és el suc del raïm abans que fermenti i es faci vi.

mostassa mostasses
nom femení — La mostassa és una salsa de color marró i gust fort i picant que es menja amb la carn. Es fa amb les llavors d'una planta que s'anomena *mostassa negra.*

mostatxo mostatxos
nom masculí — Bigoti. Abans, molts homes duien uns mostatxos amb les puntes cargolades cap amunt.

mostela mosteles
nom femení — Una mostela és un mamífer carnívor de la mida d'un gat, que té el cap allargat i les potes curtes. És de color vermellós per sobre i blanc a la banda de la panxa. S'alimenta de ratolins, talps i ous d'ocells.

mostra mostres
nom femení — **1** Una mostra és un tros, una petita quantitat o un exemplar d'una cosa; serveix per a veure com és, per a provar-la o per a analitzar-la. Algunes perfumeries regalen mostres de perfum. Quan han de fer una anàlisi de sang a algú, li han de treure una mostra de sang.
2 Si una persona dóna mostres de gratitud és que ens dóna les gràcies per alguna cosa. També podem donar mostres d'amabilitat, de paciència, d'alegria, etc.
mostrari

mostrar
verb com *cantar* ◄ pàg. 26 — **1** Posar davant dels ulls d'algú una cosa perquè la vegi. Quan vas a comprar un jersei, te'n mostren diversos models.
2 Indicar, fer veure amb un gest o un signe. Quan algú explica un viatge, mostra amb el dit damunt del mapa els llocs on ha estat.
3 Es diu que una persona mostra valentia, coratge, alegria o qualsevol altre sentiment si l'expressa, el dóna a conèixer. Els enamorats mostren els seus sentiments fent-se petons.

mot mots
nom masculí — **1** Paraula. Aquest diccionari és ple de mots.
2 Els **mots encreuats** són un joc que consisteix a trobar els mots corresponents a unes definicions que es donen. Cada mot es va posant en els quadrets blancs d'una quadrícula, de dalt a baix (verticals) o d'esquerra a dreta (horitzontals). Uns altres quadrets negres separen els diversos mots.

motí motins
nom masculí — Un motí és una revolta de la tropa contra els seus comandants o dels mariners contra el seu capità.
amotinar

motiu motius
nom masculí — Un motiu és allò que ens fa fer una cosa. Felicitar una amiga és el motiu d'escriure una carta. Hi ha persones que s'enfaden sense motiu, perquè sí.
motivació

Una mostela

motivar
verb
com *cantar*
◄ pàg. 26
1 Ser el motiu d'alguna cosa. La separació de fronteres ha motivat moltes guerres.
2 Una persona o una cosa ens motiva quan ens fa tenir il·lusió per una cosa, quan ens fa venir ganes de treballar, de fer alguna activitat. Si una persona està desanimada, costa molt motivar-la.

motlle motlles
nom masculí
Amb TLL
També *motllo*
Un motlle és una peça que té una part buida que es pot omplir amb una substància líquida o en pols que n'agafa la forma. Hi ha motlles per a fer pastissos.
emmotllar

motllo motllos
nom masculí
Amb TLL
Motlle.

motllura motllures
nom femení
Amb TLL
1 Una motllura és un adornament allargat i sortint que es posa en algunes façanes o al sostre de les habitacions, on acaben les parets.
2 Tira de fusta que es posa per a tapar el lloc on s'ajunten alguns elements de construcció. Es posen motllures en els marcs de les portes.
emmotllurar

moto motos
nom femení
Una moto és un vehicle de dues rodes amb un motor que funciona amb gasolina, com el dels cotxes. Es condueix amb un manillar, com una bicicleta.

motocicleta motocicletes
nom femení
Moto.

motociclisme motociclismes
nom masculí
El motociclisme és l'esport que es fa amb motos.
motociclista

motocròs motocròs
nom masculí
El motocròs és una competició de motos que es fa corrent per un terreny que no és pla, sinó que té molts obstacles, pujades, baixades i sots.

motor motors
nom masculí
Un motor és un aparell que fa funcionar una màquina, un vehicle o un altre aparell. Les neveres tenen un motor elèctric; els cotxes, un motor de gasolina.
motora, motoritzar, motriu

motorista motoristes
nom masculí i femení
Un o una motorista és una persona que condueix una moto. Els motoristes han de portar casc.

motxilla motxilles
nom femení
Una motxilla és una mena de sac amb butxaques i compartiments que es porta penjat a l'esquena amb unes corretges. A les motxilles s'hi posen els queviures i la roba quan se surt d'excursió.

moure
verb
com *beure*
◄ pàg. 29
1 Fer que una cosa es posi en moviment, canviï de posició o de lloc. El motor mou el cotxe. Per a caminar hem de moure les cames.

Continua a la pàgina següent

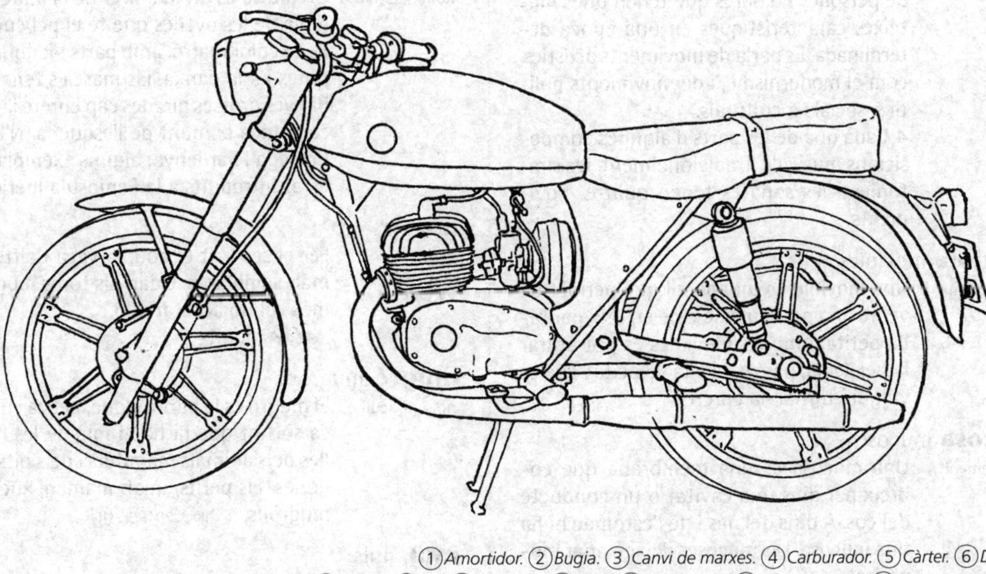

① *Amortidor.* ② *Bugia.* ③ *Canvi de marxes.* ④ *Carburador.* ⑤ *Càrter.* ⑥ *Dipòsit.* ⑦ *Estrep.* ⑧ *Far.* ⑨ *Parafang.* ⑩ *Radi.* ⑪ *Silenciador.* ⑫ *Tambor de fre.* ⑬ *Tub d'escapament.*

Parts de la moto

usat amb pronom — **2 Moure's** és canviar de posició, anar d'una banda a l'altra; fer anar, una persona, els peus, les cames, el cos. Les agulles del rellotge es mouen d'esquerra a dreta. Els sentinelles no es poden moure del lloc que vigilen.

mousse mousses
nom femení — Una mousse és un menjar esponjós fet amb diferents ingredients que es quallen després de barrejar-los amb clara d'ou batuda, nata muntada o gelatina. Podem menjar una mousse de llimona de postres o una mousse d'espàrrecs de primer plat. És una paraula francesa.

movedís movedissa movedissos movedisses
adjectiu — Que es mou fàcilment. L'arena del desert és movedissa.

movible movibles
adjectiu — Que es pot fer moure, que es pot fer canviar de lloc o de situació. El canvi de marxes d'un cotxe és una palanca movible.
amovible, inamovible

moviment moviments
nom masculí
Amb V — **1** Algú o alguna cosa fa un moviment quan es mou. El cor i la sang estan sempre en moviment, es mouen dins del nostre cos. Quan es neda, es fan moviments amb els braços i les cames.
2 Es diu que en un lloc, com en una carretera o en un aeroport, hi ha molt de moviment quan hi passen molts vehicles i moltes persones.
3 Un moviment és un conjunt d'activitats, de persones i d'obres que tenen unes mateixes característiques en una època determinada. Es parla de moviments artístics, com el modernisme, i de moviments polítics, socials o culturals.
4 Cada una de les parts d'algunes composicions musicals. Tradicionalment, les simfonies i les sonates tenen quatre moviments.

moviola movioles
nom femení — Una moviola és un aparell que permet de veure una pel·lícula de cine en una pantalla petita. Amb les movioles es pot aturar la pel·lícula, passar-la a la velocitat que es vulgui i tornar-la enrere.

mucosa mucoses
nom femení — Una mucosa és una membrana que cobreix per dins una cavitat o un conducte del cos. A dins del nas i de l'estómac hi ha una mucosa. Les mucoses deixen anar mucositats.
mucós

mucositat mucositats
nom femení — Una mucositat és un líquid dens que surt d'una mucosa, sobretot quan està inflamada. Els mocs del nas són mucositats.

muda mudes
nom femení — **1** Una muda és un conjunt de roba interior i de camisa o brusa que una persona fa servir per a canviar-se. Quan anem de viatge, posem a la maleta unes quantes mudes.
2 Canvi de pell, de plomes o de pèl que fan alguns animals. Caminant pel bosc pots trobar pells senceres de serps que han fet la muda.

mudar
verb
com *cantar*
◄ pàg. 26 — **1** Posar un vestit nou o diferent del de cada dia a una persona. Els pares muden els nens per anar de visita.
2 Una persona es muda de casa quan se'n va a viure a una altra casa.
3 Canviar la pell o el pèl alguns animals i les plomes els ocells. Quan els canaris muden la ploma, deixen de cantar.
4 Un noi o una noia muda la veu quan deixa de tenir la veu de nen o de nena i comença a tenir la veu de persona gran.
mudança

mudat mudada mudats mudades
adjectiu — Una persona va mudada quan porta vestits nous o molt elegants i bonics. Els convidats a un casament acostumen a anar molt mudats.

mufló muflons
nom masculí — Un mufló és un mamífer de la mateixa família de les ovelles que té el pèl curt i llis. És de color marró, amb parts blanques a les potes i a la panxa. Els mascles tenen unes banyes grosses girades cap enrere i una taca blanca damunt de l'esquena. N'hi ha a Còrsega i Sardenya; alguns exemplars han estat introduïts a la Península Ibèrica.

mugir
verb
com *servir*
◄ pàg. 28 — Fer el seu crit el bou, la vaca i altres animals semblants. Quan els toros mugeixen, més val no acostar-s'hi.
mugit

mugró mugrons
nom masculí — El mugró és la part rodona, petita i una mica sortint que hi ha al mig de les mamelles dels animals mamífers i dels pits de les dones. Els petits, quan mamen, xuclen els mugrons. págs. 794-795 (10)

mul muls
nom masculí — **1** Un mul és un animal mamífer que és fill d'un cavall i una burra o d'un burro i una

A B C D E F G H I J K L M N O P Q R S T U V W X Y Z

egua. Els muls són més grossos que els burros i semblants als cavalls, però amb les orelles una mica més llargues. Es fan servir per a portar càrregues i arrossegar carros.
2 Mascle d'aquesta espècie.

mula mules
nom femení — La mula és la femella del mul. Les mules i els muls no poden tenir fills.

mulat mulata mulats mulates
nom masculí i femení — Persona que és filla d'una persona negra i d'una altra blanca. A Cuba i altres països americans hi ha molts mulats.

mullar
verb com *cantar* ◄ pàg. 26 — Fer que l'aigua penetri dins dels porus d'una cosa, que toqui una persona o una cosa o que en cobreixi tota la superfície. Per a rentar-la, la roba s'ha de mullar. Si quan plou sortim sense paraigua, ens mullarem.
mullader, mullat, mullada

mullena mullenes
nom femení — Una mullena és una quantitat gran d'aigua o d'un altre líquid que mulla una persona o una cosa. Si estem una estona sota la pluja, agafarem una mullena i ens haurem de canviar de roba.

muller mullers
nom femení — La muller d'un home o d'una dona és la dona que s'hi ha casat. Després del casament, l'home i la dona són marit i muller.
amullerar-se

multa multes
nom femení — Una multa és una quantitat de diners que una persona ha de pagar quan fa una acció que és prohibida. Les multes més freqüents són les de circulació de vehicles: aparcar malament, excés de velocitat i altres.
multar

multicopista multicopistes
nom femení — Una multicopista és una màquina que fa còpies d'un text o d'un dibuix que primer es marca en un clixé. Aquest clixé deixa passar la tinta pels llocs marcats.

multilingüe multilingües
adjectiu — Un lloc és multilingüe quan s'hi parlen diverses llengües. Una persona és multilingüe si parla unes quantes llengües.
multilingüisme

multimilionari multimilionària multimilionaris multimilionàries
adjectiu i nom masculí i femení — Que té molts diners, molts milions. Els àrabs que exporten petroli són multimilionaris.

multinacional multinacionals
adjectiu i nom femení — Que té relació amb diversos països o nacions. Una empresa multinacional, o una multinacional, té fàbriques en països diferents.

múltiple múltipla múltiples
adjectiu i nom masculí — Una quantitat és múltipla d'una altra quan la conté un nombre exacte de vegades. 12 és un múltiple de 4, ja que és tres vegades 4.
multiplicitat

multiplicació multiplicacions
nom femení — **1** Hi ha una multiplicació quan una cosa es multiplica, es fa més nombrosa. Quan hi ha una multiplicació de virus, hi ha una malaltia.
2 Operació matemàtica que permet saber el resultat de la suma d'un número amb si mateix tantes vegades com indica un altre número. Per exemple, 3 multiplicat per 5 és 3 sumat 5 vegades i dóna el resultat de 15; $3 \times 5 = 15$ és una multiplicació.

multiplicador multiplicadors
nom masculí — El multiplicador d'una multiplicació és el número que en multiplica un altre i diu quantes vegades l'hem de sumar a ell mateix. En $3 \times 5 = 15$, el multiplicador és 5.

multiplicand multiplicands
nom masculí — El multiplicand d'una multiplicació és el número que s'ha de multiplicar per un altre. En $3 \times 5 = 15$, el multiplicand és 3 i diu quin número hem de sumar 5 vegades.

multiplicar
verb com *cantar* ◄ pàg. 26 Amb QU davant E, I — **1** Fer que una cosa sigui més nombrosa, que n'hi hagi més. Les persones que saben fer negocis multipliquen els seus diners en poc temps.
2 Fer una multiplicació matemàtica. Convé saber de memòria les taules de multiplicar.
usat amb pronom — **3 Multiplicar-se** és augmentar en nombre, tenir fills les persones o els animals. Les rates són animals que es multipliquen molt.

multitud multituds
nom femení — Una multitud és un gran nombre de persones o de coses. Quan hi ha un accident, sempre s'ho mira una multitud de curiosos.
multitudinari, multitudinària

mundial mundials
adjectiu Amb U — Que és de tot el món o de la majoria de països. Parlem de l'economia mundial, d'un campionat mundial de futbol o d'una guerra mundial.

munició municions
nom femení — La munició és el conjunt de les bales i d'altres projectils de les armes de foc. En un combat, els soldats no es poden quedar sense municions.

municipal municipals

adjectiu — Del municipi. La policia municipal depèn d'un municipi o ajuntament.
municipalitat, municipalitzar

municipi municipis

nom masculí — Un municipi és un territori governat i administrat per un ajuntament.

munió munions

nom femení — Hi ha una munió de persones o de coses quan n'hi ha moltes. A les estacions de tren sol haver-hi una munió de persones que van amunt i avall.

munt munts

nom masculí — 1 Un munt és un conjunt de coses que estan posades les unes sobre les altres. Hi ha plantes que poden créixer sobre un munt de pedres.
2 Muntanya. Es diu sobretot en noms de lloc, com Sant Llorenç del Munt.

locució que fa de determinant — 3 **Un munt** és una gran quantitat, un gran nombre. Si una persona té un munt de cases en té moltes.
amuntegar

muntacàrregues muntacàrregues

nom masculí — Un muntacàrregues és un ascensor per a pujar i baixar coses. Hi ha muntacàrregues en alguns magatzems, supermercats i restaurants.

muntant muntants

nom masculí — Un muntant és cada una de les peces verticals que formen els dos costats del bastiment o marc d'una porta o d'una finestra. El muntant on hi ha les frontisses es diu muntant de penjar; el muntant on hi ha el pany, muntant de tancar.

muntanya muntanyes

nom femení
Amb U — 1 Una muntanya és una part del terreny que és alta, que s'aixeca per damunt del pla. Els Pirineus són un conjunt de muntanyes.
2 La muntanya és la part d'un país on hi ha les muntanyes. Hi ha persones que passen les vacances a la muntanya i no a la platja.
3 Diem que una cosa és una muntanya o se'ns fa una muntanya quan ens costa molt de fer.
4 Les **muntanyes russes** són una diversió que hi ha als parcs d'atraccions. La gent munta en unes vagonetes que corren per una via i pugen, baixen i giren molt de pressa.
muntanyès, muntanyesa, muntanyisme

muntanyenc muntanyenca muntanyencs muntanyenques

adjectiu
Amb U — 1 De la muntanya, que té relació amb la muntanya o que viu a la muntanya.

nom masculí i femení — 2 Persona que va d'excursió a la muntanya. A molts llocs hi ha refugis per als muntanyencs.

muntanyós muntanyosa muntanyosos muntanyoses

adjectiu
Amb U — Un lloc o un país és muntanyós quan hi ha moltes muntanyes. El Tibet és una zona muntanyosa de la Terra.

muntar

verb
com *cantar*
◄ pàg. 26
Amb U — 1 Pujar en un vehicle. Algunes persones es maregen quan munten en una barca.
2 Pujar o anar dalt d'un cavall o d'un altre animal semblant. Abans, molta gent muntava a cavall.
3 Posar en el seu lloc les diverses peces o parts que formen una cosa. Alguns mobles es venen a peces separades que després s'han de muntar.
4 Es diu que algú munta una empresa si la instal·la i prepara perquè funcioni.
muntador, muntura

muntatge muntatges

nom masculí — Es fa un muntatge quan es munta un aparell, una màquina, una joguina, etc. A les fàbriques de cotxes hi ha les cadenes de muntatge, on es van posant les diverses peces dels automòbils en el lloc corresponent.

munyir

verb
com *dormir*
◄ pàg. 27 — Treure la llet de les vaques o de les cabres fent pressió sobre les mamelles. Es pot munyir amb les mans o amb uns aparells especials.

mur murs

nom masculí — Un mur és una paret gruixuda. Durant molts anys un mur de pedra i formigó va separar la ciutat de Berlín en dues parts.

mural murals

adjectiu — 1 Que està posat en un mur. A moltes coves s'hi han trobat pintures murals prehistòriques.

nom masculí — 2 Un mural és una pintura o un mosaic fet sobre un mur o una paret. A l'aeroport de Barcelona hi ha un mural de Joan Miró.
✎ pàgs. 998-999 (21)

muralla muralles

nom femení — Una muralla és un mur situat al voltant d'un castell o d'un altre edifici o al voltant d'u-

na ciutat. Les muralles servien de defensa.
pàg. 600 (6)
emmurallar

murcià murciana murcians murcianes
adjectiu — 1 De Múrcia. *L'horta murciana.*
nom masculí i femení — 2 Persona que és de Múrcia o que hi viu.

murga murgues
nom femení — Una cosa és una murga quan costa de fer, és pesada, és molesta o és molt sorollosa. Quan volem dormir, els sorolls del carrer són una murga.

múrgola múrgoles
nom femení — Una múrgola és un bolet que té el barret prim i alt, amb solcs i forats, de color gris negrós. El peu és blanquinós. Les múrgoles viuen als boscos humits i són comestibles.

muricec muricecs
nom masculí — Ratapinyada. Es diu només en algunes zones.

murmurar
verb com *cantar* ◄ pàg. 26 — 1 Parlar amb altres dient mal d'algú o queixant-se d'alguna cosa. En lloc de murmurar, les persones hem d'intentar solucionar les coses que van malament.
2 Mormolar, fer un soroll continu i suau com el vent o l'aigua corrent.
murmuració, murmurejar

murmuri murmuris
nom masculí — Un murmuri és un soroll continu i suau, com el que fa l'aigua d'un riu o unes persones que parlen en veu baixa.

murri múrria murris múrries
adjectiu — Una persona és múrria quan sap obtenir tot el que vol. Si un venedor és murri acabaràs comprant les coses que et recomana.
murrieria, emmurriar-se

musa muses
nom femení — 1 Una musa és una de les deesses gregues que protegien la poesia, el cant i altres arts. Euterpe, per exemple, és la musa de la música.
2 Persona o cosa que serveix d'inspiració a un o a una artista. L'amor és la gran musa de les persones que escriuen poesies.

musaranya musaranyes
nom femení — Una musaranya és un mamífer petit que s'alimenta d'insectes. Sembla un ratolí, amb el morro llarg i punxegut i els ulls molt petits. Les musaranyes viuen en parcs, horts i jardins pròxims a les cases. Es defensen deixant anar una substància que fa una olor molt forta.

Una musaranya

muscle muscles
nom masculí — Espatlla.

musclo musclos
nom masculí — Un musclo és un mol·lusc que té dues closques iguals de color negre per fora i blavoses per dins. Els musclos viuen enganxats a les roques. Són de color groc vermellós. Es posen a l'arròs i es mengen amb ceba i tomàquet o oberts al vapor. pàgs. 398-399 (10)

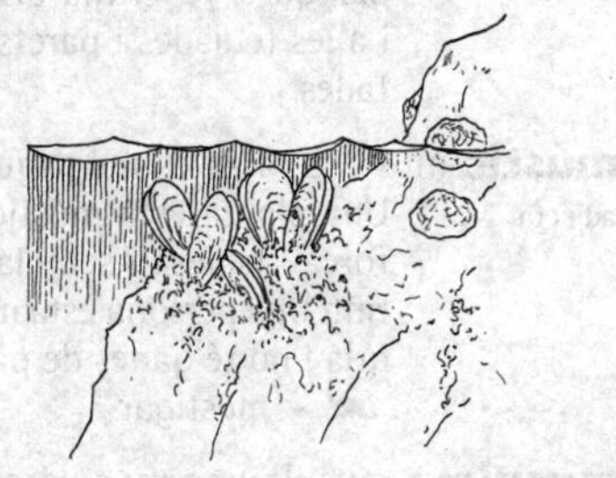

Uns musclos

múscul músculs
nom masculí — Un múscul és un òrgan del nostre cos que es pot estirar i contreure i així fa possibles els nostres moviments. Els músculs estan per damunt dels ossos. La carn és formada principalment pels músculs. El bíceps és un múscul del braç.
musculatura, musculat, musculada, musculós, musculosa

muscular musculars
adjectiu — Dels músculs, que té relació amb els músculs. La majoria dels atletes tenen molta força muscular.

musell musells
nom masculí — Morro d'un animal.

museu museus
nom masculí — Un museu és un local on es guarden i es poden veure obres d'art, objectes antics, joies, vestits, etc. En un museu de cera hi ha la reproducció de personatges en figures de cera.

músic música músics músiques
nom masculí i femení — 1 Persona que es dedica a la música o que toca un instrument de música. Wagner és

un gran músic alemany. Una orquestra simfònica consta de molts músics i músiques.

nom femení — **2** La música és l'art de combinar els sons per a fer cançons, òperes, simfonies, peces de rock, etc. La música s'estudia als conservatoris.

3 Obra musical, composició de música. A la majoria de la gent li agrada sentir música.

musical musicals

adjectiu — De la música, que té relació amb la música. El piano i el violí són instruments musicals.

mussol mussols

nom masculí
Amb U — Un mussol és un ocell de rapinya nocturn que fa uns 20 centímetres de llargada. Té el cap gros i rodó i els ulls, també grossos i rodons, al davant de la cara. El cos és ample, amb les plomes de color de terra i blanques. Fa el niu als forats dels arbres i a les teulades i parets de cases deshabitades.

mústic mústiga mústics mústigues

adjectiu — Una planta està mústiga quan ha perdut força i bellesa i sembla que s'estigui morint. Una persona està mústiga si no té alegria i no té ganes de parlar amb ningú.

mustigar

musulmà musulmana musulmans musulmanes

adjectiu — **1** Islàmic. A Andalusia hi ha molts exemples d'art musulmà. Algèria i Egipte són països musulmans.

nom masculí i femení — **2** Persona que segueix la religió predicada per Mahoma. A l'Àfrica i a l'Àsia hi ha molts musulmans.

mut muda muts mudes

adjectiu i nom masculí i femení — **1** Que no pot parlar. Els muts i les mudes es comuniquen amb signes.

adjectiu — **2** Que no diu res. Diem que en una conversa algú va estar mut tota l'estona, sense fer cap comentari.

3 Una lletra muda s'escriu, però no es pronuncia. La *p* de *camp* és muda.

emmudir, mudesa

mutació mutacions

nom femení — Hi ha una mutació quan un ésser viu canvia una de les característiques que ha heretat, de manera que, quan es reprodueix, les properes generacions mantindran el canvi. Les radiacions atòmiques provoquen mutacions a les cèl·lules de les persones i dels animals.

mutilar

verb
com *cantar*
◄ pàg. 26 — Tallar un membre o una part important del cos. A la guerra, els explosius mutilen molts soldats.

mutilació

mutilat mutilada mutilats mutilades

nom masculí i femení — Persona que ha perdut un braç, una cama o una altra part important del cos. Hi ha mutilats que porten braços o cames artificials.

mutis mutis

nom masculí — **1** Un o una artista de teatre fa mutis quan surt d'escena.

2 Si una persona fa mutis és que calla, que no diu paraula.

interjecció — **3** Quan algú diu "Mutis!" és que vol que tothom calli. *Mutis! Ara parlarà l'avi.*

mutisme

mutu mútua mutus mútues

adjectiu — Una cosa és mútua quan va de tu cap a un altre i d'aquest cap a tu. La simpatia entre dues persones pot ser mútua. Quan l'amor no és mutu, una de les dues persones pateix.

mutualisme, mutualitat

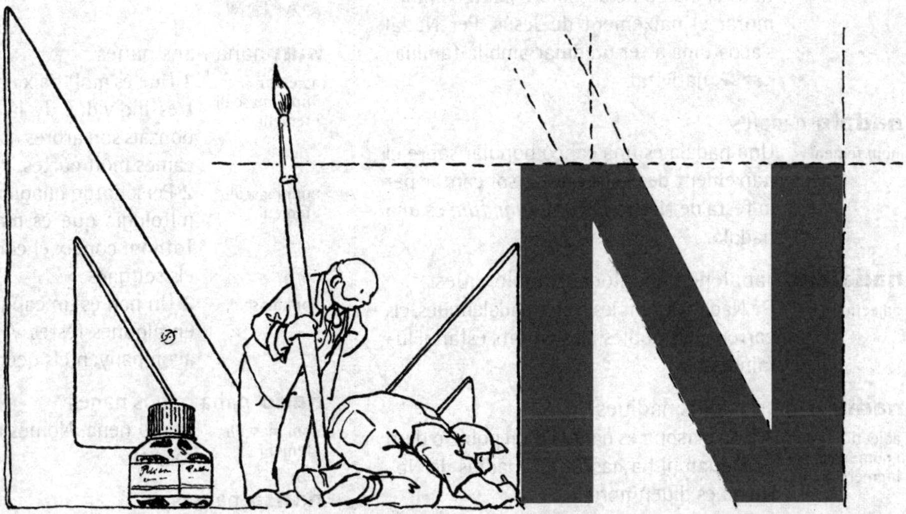

n
nom femení
Catorzena lletra de l'alfabet català. En alguns casos, sobretot davant de *V*, aquesta lletra es pronuncia com si fos una *M*, com a *canvi* o a *enveja*. Forma part del dígraf *NY*, com a *pany* i a *manyà*.

n'
determinant article
Forma apostrofada d'*en* o *na* quan van davant de nom de persona:
• *N'Albert, n'Helena.*

n' 'n
pronom adverbial
Formes apostrofades del pronom *en*:
• *N'estic molt orgullosa* (de tu). *No t'acabis tot el pastís, deixa'n una mica* (de pastís).

na
determinant article
Forma femenina singular de l'article *en*. S'usa en casos com aquests:
• *Na Caterina. Na Isabel Oller i Soler.*

nació nacions
nom femení
Una nació és un conjunt de persones que tenen una llengua, una història, una cultura i uns costums comuns i que viuen en un mateix territori.
nacional

nacionalisme nacionalismes
nom masculí
El nacionalisme és la doctrina política i l'actuació de les persones que tenen una gran estimació per la pròpia nació i, per tant, volen defensar-la i impedir que estigui dominada per una altra nació.
nacionalista

nacionalitat nacionalitats
nom femení
La nacionalitat d'una persona és el fet de ser d'una nació o d'un estat, de formar part dels seus membres.

nacionalitzar
verb
com *cantar*
◄ pàg. 26
1 Fer que una propietat, una empresa o un servei passi a ser de l'Estat. Hi ha governs que nacionalitzen les mines, les empreses del petroli o els ferrocarrils.
usat amb pronom
2 Nacionalitzar-se és aconseguir la nacionalitat d'un país que no és el nostre. Alguns jugadors de futbol es nacionalitzen per a poder jugar en un equip d'un altre país sense ser considerats estrangers.
nacionalització

nacre nacres
nom masculí
El nacre és una substància dura i blanca que es forma a la part de dins de les closques d'alguns mol·luscs. Amb el nacre es fan botons, taulers d'escacs, etc.

A B C D E F G H I J K L M N O P Q R S T U V W X Y Z

Nadal Nadals
nom propi masculí — El Nadal és la festa que celebren els cristians el dia 25 de desembre per a commemorar el naixement de Jesús. Per Nadal s'acostuma a fer un dinar amb la família.
nativitat

nadala nadales
nom femení — Una nadala és una cançó popular sobre el naixement de Jesús que se sol cantar per la festa de Nadal. El *Fum, fum, fum* és una nadala.

nadalenc nadalenca nadalencs nadalenques
adjectiu — De Nadal. Durant les festes nadalenques, els carrers dels pobles i les ciutats estan il·luminats.

nadiu nadiua nadius nadiues
adjectiu i nom masculí i femení — **1** Una persona és nadiua d'un poble o d'un país quan hi ha nascut. Els nadius de Noruega es diuen noruecs.
adjectiu — **2** El poble nadiu o la ciutat nadiua d'una persona és el poble o la ciutat on ha nascut. El poble nadiu de Pau Casals és el Vendrell.

nadó nadons
nom masculí — Un nadó és una persona o un animal acabats de néixer. Els nadons s'alimenten sobretot de llet.

nafra nafres
nom femení — Una nafra és una ferida oberta amb caiguda de la pell que deixa cicatriu quan es cura.
nafrar

naftalina naftalines
nom femení — La naftalina és un hidrocarbur que fa una olor molt forta. És una substància de color blanc que es ven en forma de boles per a eliminar les arnes. Si es posen boles de naftalina als armaris, les arnes no fan malbé la roba que hi ha.

naip naips
nom masculí — Un naip és una carta per a jugar a cartes.

naixement naixements
nom masculí — **1** El naixement és el fet de néixer algú, de venir al món. El dia del naixement d'un fill és un dia feliç. A tothom li agrada celebrar l'aniversari del seu naixement.
2 Quan parlem del naixement d'una cosa ens referim al seu origen. El naixement d'un riu és el lloc on es forma, la font que li dóna aigua.

naixença naixences
nom femení — Naixement.

nàixer
verb
◄ pàg. 37
E i A a l'arrel — Néixer.

nan nana nans nanes
adjectiu i nom masculí i femení — **1** Que és molt baix en comparació amb altres individus de la mateixa espècie. Els bonsais són arbres nans. Els nans tenen les cames molt curtes.
nom masculí i femení — **2** Personatge imaginari dels contes i de la mitologia que és molt baix i molt petit. Tothom coneix el conte de la Blancaneu i els set nans.
nom masculí — **3** Un nan és un capgròs de cartó que surt en algunes festes. A molts llocs, els nans acompanyen els gegants.

nano nana nanos nanes
nom masculí i femení — Nen o nena. Només es diu de manera informal.

nansa nanses
nom femení
També *ansa* — Una nansa és una part d'un objecte que sobresurt, en forma d'arc o d'anella, i que serveix per a agafar-lo. Les tasses de cafè tenen una nansa; les cassoles, en tenen dues.

nap naps
nom masculí — Un nap és una arrel gruixuda d'una planta que també es diu *nap*. Els naps tenen forma allargada i arrodonida i són de color groc blanquinós. Es mengen bullits en escudella o en plats com l'ànec amb naps. També serveixen d'aliment als animals.

napa napes
nom femení — La napa és la pell d'ovella o de cabra que, preparada de manera adequada, es fa servir per a fer guants i altres peces de vestir.

napalm napalms
nom masculí — El napalm és un producte gelatinós, format a base de gasolina i de compostos de sodi o d'alumini, que cala foc. Es fa servir en la càrrega d'algunes armes explosives.

nap-buf nap-bufs
nom masculí — Nom que es diu a una criatura quan és la més petita entre d'altres o quan és la més baixa.

nàpia nàpies
nom femení — Una nàpia és un nas gros. Les persones que tenen una bona nàpia són nassudes.

narcís narcisos
nom masculí — Un narcís és una planta herbàcia de fulles allargades en forma de cinta i de flors blanques o grogues que tenen sis pètals clarament separats. Els narcisos es planten en jardins.

narcisista narcisistes

adjectiu i nom masculí i femení — Una persona és narcisista quan està massa satisfeta d'ella mateixa. Als narcisistes, els agrada mirar-se al mirall.

narcisisme

narcòtic narcòtics

nom masculí — Un narcòtic és una substància que produeix molta son i una disminució de la sensibilitat. Les drogues com l'heroïna i la cocaïna són narcòtics.

narcotitzar

narcotràfic narcotràfics

nom masculí — El narcotràfic és el tràfic de drogues. El narcotràfic és un delicte.

narcotraficant

nard nards

nom masculí — Un nard és una planta originària de Mèxic que pot fer fins a un metre i mig d'alçària. Té fulles primes i allargades i fa unes flors blanques o roses, agrupades en forma d'espiga, d'una olor forta i agradable, sobretot al vespre.

nariu narius

nom masculí — Un nariu és cadascun dels dos forats del nas.

naronja naronges

nom femení — Una naronja és un fruit semblant a una taronja però de gust molt agre i de pell plena de berrugues. Es fa servir per a fer confitures i licors.

narració narracions

nom femení — **1** Una narració és el fet de narrar alguna cosa. Les narracions de viatges són entretingudes i divertides.
2 Escrit o obra literària en prosa, més llarg que un conte i més curt que una novel·la, que explica ordenadament un seguit de fets.

narrador narradora narradors narradores

adjectiu i nom masculí i femení — **1** Que narra. En alguns reportatges de la televisió, hi ha un narrador que ens va explicant les imatges.

nom masculí i femení — **2** Persona que escriu narracions. Pere Calders va ser un gran narrador.

narrar

verb com *cantar* ◄ pàg. 26 — **1** Explicar alguna cosa amb tots els seus detalls i d'una manera ordenada. Quan tornem d'una excursió, ens agrada narrar el que hem fet.
2 Escriure una narració.

inenarrable, narratiu, narrativa

nas nassos

nom masculí — **1** El nas és l'òrgan de l'olfacte. És la part del cos que sobresurt de la cara entre el front i la boca. Té dos forats per on entren les olors i l'aire de la respiració. Quan estem constipats, tenim el nas tapat.

✎ pàg. 793 (15)

2 Olfacte. Els gossos tenen el nas molt fi.

frase feta — **3** Diem que a una persona **li puja la mosca al nas** quan s'enfada molt.
4 Diem que una persona **treu el nas** en un lloc quan hi va però només per a estar-s'hi una estoneta.

nassut, nassuda

nasal nasals

adjectiu — **1** Del nas, que té relació amb el nas. Hi ha gotes nasals que ajuden a respirar millor quan estem refredats.
2 Un so és nasal quan el pronunciem deixant anar l'aire pel nas o pel nas i la boca. Els sons consonàntics de *mà*, *nen* i *any* són nasals.

nom femení — **3** Una nasal és una lletra que representa un so nasal.

nat nada nats nades

adjectiu — Nascut. Actualment s'usa poc.

nata nates

nom femení — **1** La nata és una substància greixosa, tova i de color blanquinós que es forma a la superfície de la llet que està en repòs. Hi ha qui cola la llet per a treure'n la nata. També es fa nata centrifugant la llet. La nata es fa servir molt en pastisseria.
2 Bufetada.

natació natacions

nom femení — La natació és un esport que consisteix a nedar. La braça, el crol i la papallona són tres estils diferents de natació.

natal natals

adjectiu — Que està relacionat amb el naixement d'algú. El poble natal d'una persona és el poble on va néixer.

natalici natalicis

nom masculí — El natalici d'una persona és el dia del seu naixement i cadascun dels aniversaris.

natalitat natalitats

nom femení — La natalitat és el nombre de naixements que hi ha en una població en comparació amb el nombre d'habitants. A alguns països de l'Àsia la natalitat és molt alta.

natiu nativa natius natives

adjectiu i nom masculí i femení — **1** Nadiu. Els pobles natius d'Amèrica es diuen *amerindis*.

adjectiu — **2** Es diu que un metall o altres substàncies minerals, com l'or i la plata, són natius si es troben sols a la natura, sense estar combinats amb un altre element.

natja natges

nom femení — Una natja és cadascuna de les dues parts carnoses que formen el cul. Les natges són la part de dalt de les cuixes.

págs. 794-795 (20)

natura natures

nom femení — **1** La natura és el conjunt d'éssers i de coses que existeixen a l'univers i que no han estat fabricats per l'ésser humà. Els animals i les plantes formen part de la natura.
2 Tot allò que s'oposa a les ciutats, com les muntanyes, els camps, els rius, els llacs, els boscos, els mars, etc.
3 L'essència, les característiques pròpies d'algú o d'alguna cosa. Els cavalls són de natura fogosa.

natural naturals

adjectiu — **1** Que està relacionat amb la natura o que és produït per la natura. Les ciències naturals estudien els animals, les plantes i les roques. La pluja i la neu són fenòmens naturals.
2 Que no ha estat produït per l'ésser humà. La llum del sol és natural; la llum que fa una bombeta elèctrica és artificial. Una persona mor de mort natural si es mor perquè és molt vella.
3 Normal. És natural que la carn es faci malbé si es deixa fora de la nevera.
4 Una persona és natural quan actua i parla d'una manera molt espontània i normal.

adjectiu i nom masculí i femení — **5** Que ha nascut en un poble o en un país determinats. Els africans són naturals de l'Àfrica.

antinatural, naturalisme, naturalitzar, naturisme, naturista

naturalesa naturaleses

nom femení — **1** Natura.
2 La naturalesa d'una persona o d'un animal és el conjunt de característiques i qualitats que té, la seva manera de ser. Les persones que tenen una naturalesa dèbil poden agafar moltes malalties. Alguns gossos són de naturalesa amable i confiada.

naturalista naturalistes

nom masculí i femení — Un o una naturalista és una persona especialitzada en l'estudi de les ciències naturals.

naturalitat naturalitats

nom femení — La naturalitat és la característica del que és natural, normal i espontani. Els bons actors actuen amb molta naturalitat, sense exagerar gens els moviments i les paraules.

naturalment

adverbi — D'una manera natural, normal; evidentment. *Naturalment, si hagués sonat el telèfon l'hauria agafat!*

naturisme naturismes

nom masculí — El naturisme és la doctrina que diu que els éssers humans han d'estar en contacte amb la natura i s'han d'alimentar i curar-se de les malalties només amb productes naturals. El naturisme és partidari dels banys de mar i de sol.

naturista

nau naus

nom femení — **1** Embarcació.
2 En una església o en un altre edifici, una nau és cadascun dels espais que hi ha entre dues parets o entre files d'arcades, de pilars o de columnes. La nau principal d'una catedral és més ampla que les naus del costat.
3 Una **nau aèria** és una aeronau.
4 Una **nau espacial** és un vehicle preparat per a desplaçar-se per l'espai. Els astronautes viatgen dins les naus espacials.

nàufrag nàufraga nàufrags nàufragues

adjectiu i nom masculí i femení — Que ha naufragat. Els nàufrags d'un vaixell poden salvar-se si porten un salvavides posat.

naufragar

verb com *cantar* ◀ pàg. 26 Amb GU davant E, I — Una embarcació naufraga quan s'enfonsa. Durant les guerres, naufraguen molts vaixells. També es diu que naufraguen les persones que van en una nau que s'enfonsa.

naufragi naufragis

nom masculí — Un naufragi és el fet de naufragar una embarcació. Quan hi ha un naufragi, els supervivents són rescatats del mar per altres embarcacions o per helicòpters.

nàusea nàusees

nom femení — **1** Una nàusea és una sensació de malestar que acompanya les ganes de vomitar. Quan tenim nàusees no ens trobem gens bé.
2 Diem que una cosa ens provoca nàusees quan ens fa fàstic i ens repugna.

nauseabund nauseabunda nauseabunds nauseabundes

adjectiu — Que fa molt mala olor, que provoca nàusees. Els abocadors d'escombraries fan una olor nauseabunda.

nàutic nàutica nàutics nàutiques

adjectiu — **1** Que està relacionat amb la navegació. El rem i la vela són esports nàutics.

nom femení — **2** La nàutica és el conjunt de tècniques i de coneixements que permeten navegar. En una escola de nàutica s'aprèn a conduir embarcacions.

naval navals
adjectiu — Que està relacionat amb les naus i amb la navegació. La construcció naval es fa a les drassanes.

navalla navalles
nom femení — **1** Una navalla és un ganivet que es pot plegar, posant la fulla d'acer dins d'una ranura que hi ha al mànec. Hi ha unes navalles molt fines que serveixen per a afaitar el pèl.
2 Mol·lusc que té la closca allargada i en forma de tub i que viu a la sorra. Les navalles són comestibles i molt apreciades.

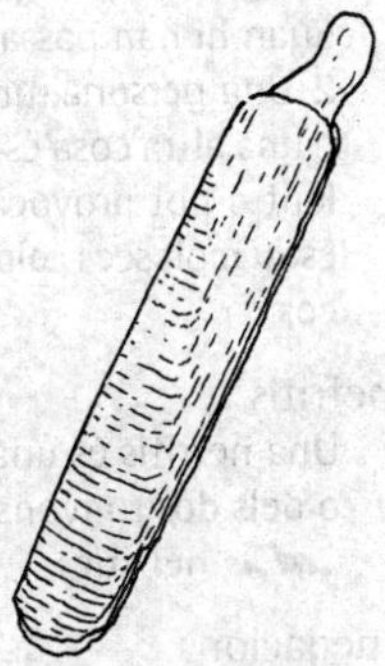

Una navalla

navarrès navarresa navarresos navarreses
adjectiu — **1** De Navarra. *Les valls navarreses.*
nom masculí i femení — **2** Persona que és de Navarra o que hi viu.

navegable navegables
adjectiu — Que s'hi pot navegar. El Rin és un riu navegable: hi ha persones que fins i tot hi fan viatges turístics amb vaixells.
innavegable

navegació navegacions
nom femení — **1** La navegació és el fet de navegar. Quan hi ha mala mar, la navegació és perillosa.
2 Nàutica.
3 La **navegació aèria** és el conjunt de tècniques i coneixements que permeten que els avions circulin per l'aire.

navegant navegants
adjectiu i nom masculí i femení — Que navega. Els navegants han de tenir sentit de l'orientació i conèixer bé l'estat de la mar.

navegar
verb com *cantar* ◄ pàg. 26 Amb GU davant E, I — **1** Anar o viatjar per la mar o per un riu amb una embarcació. Si fas un creuer pel Rin, navegues per aquest riu.
2 Una embarcació navega quan va per l'aigua. Hi ha vaixells que naveguen molts dies seguits sense parar.
3 Passar d'una pàgina web a una altra quan busquem informació per Internet. Navegant per Internet pots descobrir moltes coses interessants sobre qualsevol tema.

navili navilis
nom masculí — Un navili és un vaixell gros. Els portaavions són navilis de guerra.
navilier

nazisme nazismes
nom masculí — El nazisme és la doctrina del partit que dirigia Hitler i que governà Alemanya al principi del segle XX. Fomentava el nacionalisme alemany i el racisme, i afirmava que la raça ària havia de dominar el món.
nazi

ne
pronom personal — Forma que pot tenir el pronom *en* quan va darrere del verb:
• *Vaig comprar-ne tres ampolles.*

nebot neboda nebots nebodes
nom masculí i femení — Fill d'un germà o d'una germana. Si tens un nebot, ets el seu oncle o la seva tia.

nebulós nebulosa nebulosos nebuloses
adjectiu — **1** Amb boira. Els dies nebulosos són molt humits.
nom femení — **2** Una nebulosa és un núvol constituït a l'espai per la condensació de diversos elements. Hi ha nebuloses lluminoses i nebuloses opaques que ens tapen les estrelles.

necessari necessària necessaris necessàries
adjectiu — Una cosa o una persona és necessària quan no es pot passar sense ella, quan no se'n pot prescindir. Els aliments són necessaris per al nostre cos.
innecessari

necesser necessers
nom masculí — Un necesser és un estoig o una bossa petita per a portar la pinta, el raspall i la pasta de dents, el sabó i altres coses per a arreglar-se. Quan anem de viatge ens emportem un necesser.

necessitar
verb com *cantar* ◄ pàg. 26 — Necessitem una persona o una cosa si ens fa molta falta i no podem estar sense ella. Les criatures necessiten els seus pares, i les plantes necessiten aigua.
necessitós, necessitosa

necessitat necessitats
nom femení — **1** Una necessitat és una cosa necessària, que ens fa molta falta. La calefacció és una necessitat a l'hivern.
2 Falta d'alguna cosa important, que és necessària per a viure. Algunes persones roben per necessitat.

Continua a la pàgina següent

frase feta — **3** Una persona o un animal **fa les seves necessitats** quan fa pipí o caca.

neci nècia necis nècies
adjectiu i nom masculí i femení — Una persona és nècia quan és ignorant i no sap el que hauria de saber.
neciesa

nècora nècores
nom femení — Una nècora és un cranc marí, comestible, que pot fer al voltant dels 30 centímetres d'amplada. La closca és llisa i de color gris marronós amb taques, i quan es cou es torna vermella.

necròfag necròfaga necròfags necròfagues
adjectiu — Que s'alimenta de cadàvers. Alguns insectes són necròfags.

necrologia necrologies
nom femení — Una necrologia és un escrit amb el qual es comunica la mort d'una persona. Als diaris hi ha una secció de necrologies.
necrològic

necròpoli necròpolis
nom femení
També *necròpolis* — Una necròpoli és un cementiri d'una època prehistòrica o molt antiga.

necròpolis necròpolis
nom femení — Necròpoli.

necrosi necrosis
nom femení — Una necrosi és la mort d'un teixit del cos o només d'una part de teixit. La gangrena és un tipus de necrosi.

nèctar nèctars
nom masculí — **1** El nèctar és un líquid dolç produït per les flors de moltes plantes i que atrau els insectes. Les abelles fabriquen la mel a partir del nèctar.
2 Segons la mitologia grega, beguda que prenien els déus i que els feia immortals. Es diu que una beguda és un nèctar quan és molt bona.

nectarina nectarines
nom femení — Una nectarina és una fruita semblant a un préssec, però una mica més petit, amb la pell molt fina i de color vermell fort. La polpa és de color groc viu i de gust dolç molt agradable. Les nectarines s'obtenen d'una varietat de presseguer.

nedador nedadora nedadors nedadores
adjectiu i nom masculí i femení — Que neda. Les bones nedadores poden participar en els jocs olímpics.

nedar
verb
com *cantar*
◄ pàg. 26 — **1** Aguantar-se dins l'aigua i avançar fent diversos moviments amb els braços i les cames. Es pot travessar un riu nedant d'una punta a l'altra.

frase feta — **2 Nedar en l'abundància** és ser ric. Els magnats del petroli neden en l'abundància.

neerlandès neerlandesa neerlandesos neerlandeses
adjectiu i nom masculí i femení — **1** Holandès.
nom masculí — **2** El neerlandès és la llengua que es parla a Holanda, al nord de Bèlgica i al nord-oest de França.

nefast nefasta nefasts nefastes
adjectiu
També *nefastos* — **1** Un dia, un any o un altre període de temps és nefast quan ha estat molt trist o quan hi han passat moltes desgràcies.
2 Una persona, un viatge, un terratrèmol o una altra cosa és nefast quan és molt dolent o pot provocar alguna desgràcia. Un estiu molt sec i calorós és nefast per als boscos.

nefritis nefritis
nom femení — Una nefritis és una inflamació d'un ronyó o dels dos ronyons.
nefrític

negació negacions
nom femení — **1** Una negació és el fet de negar alguna cosa. La negació de l'existència de la xocolata és absurda.
2 Frase que nega alguna cosa. *No m'agrada planxar* és una negació.

1
negar
verb
com *cantar*
◄ pàg. 26
Amb GU davant E, I — **1** Dir que una cosa no és veritat. Els ateus neguen l'existència de Déu.
2 Dir que no. A vegades, com que tenim la boca plena i no podem parlar, neguem alguna cosa amb el cap.
usat amb pronom — **3 Negar-se** a alguna cosa és no voler-la, refusar-la. Podem negar-nos a anar al cinema o a menjar arròs.

2
negar
verb
com *cantar*
cantar
◄ pàg. 26
Amb GU davant E, I — **1** Cobrir d'aigua. Quan hi ha inundacions, les aigües dels rius neguen els camps i algunes poblacions.
usat amb pronom — **2** Una persona o un animal **es nega** quan s'ofega dins l'aigua.
3 Una salsa **es nega** si no es fa espessa, sinó que queda mig líquida i els seus ingredients no es barregen bé.

negatiu negativa negatius negatives
adjectiu — **1** Que nega, que expressa una negació. *No* és una resposta negativa.

2 Una cosa és negativa quan no és bona, quan és desfavorable. A ningú no li agrada rebre crítiques negatives. *Negatiu* és el contrari de *positiu.*
3 En matemàtiques, un número és negatiu quan és més petit que zero. Els números negatius porten un signe menys (-) al davant.
4 En física, un pol és negatiu quan és capaç de proporcionar electrons.

nom masculí
5 Un negatiu és la primera imatge que s'obté quan es fa una fotografia amb rodet. En el negatiu, els colors clars surten foscos i els que són foscos surten clars. Quan vas a revelar un rodet de fotos, et donen els negatius.
negativitat

negligent negligents
adjectiu i nom masculí i femení
Que no posa gaire cura o gaire interès en les coses que fa. Els negligents poden tenir accidents quan condueixen un cotxe.
negligència, negligible, negligir

negoci negocis
nom masculí
1 Un negoci és una feina o qualsevol altra activitat relacionada amb la compra i la venda de coses. Les persones fan negocis per guanyar diners. Tenir una botiga és tenir un negoci.
2 Fer **el negoci d'en Robert amb les cabres** és fer un mal negoci.
innegociable, negociable, negociació, negociar, negociat

negociant negociants
nom masculí i femení
Un o una negociant és una persona que fa negocis.

negra negres
nom femení
Una negra és una de les formes d'escriure una nota musical. Les negres duren la meitat que les blanques. nota

negre negra negres
adjectiu
1 Que té el color del carbó. Hi ha un tipus d'olives que són negres.
2 Que és molt fosc. Abans d'una tempesta, el cel està negre. Es diu que una persona té o porta les ungles negres quan hi té molta bruticia.
3 Diem que una cosa és negra quan és molt trista o quan porta una desgràcia. Un cap de setmana és negre si hi ha hagut molts accidents de trànsit.

nom masculí
4 El negre és el color del carbó.
5 Part negra o molt fosca d'alguna cosa. Es pot parlar, per exemple, del negre de l'ull.

nom masculí i femení
6 Persona de pell fosca. Als Estats Units d'Amèrica hi viuen molts negres.

frase feta
7 **Treballar com un negre** és treballar molt.
ennegrir, negror, negrós, negrosa, negrenc

negrer negrera negrers negreres
nom masculí i femení
1 Persona que es dedicava a vendre i a comprar esclaus negres. Els negrers traslladaven els esclaus d'un país a un altre.
2 Es diu que una persona és un negrer o una negrera quan tracta les persones que treballen per a ella sense gens de respecte, com si fossin esclaves.

negreta negretes
nom femení
Una lletra d'impremta es diu *negreta* quan és més gruixuda del normal. **Aquesta frase és escrita en negreta.**

neguit neguits
nom masculí
Un neguit és una inquietud produïda per una forta preocupació o impaciència. Els actors, el dia de la seva primera representació, acostumen a passar un gran neguit.
enneguitar-se

neguitejar
verb
com *cantar*
◄ pàg. 26
Amb G davant E, I
Fer passar neguit. Si no avises els de casa que arribaràs tard, els neguiteges. No cal neguitejar-se per coses sense importància, com el resultat d'un partit de futbol.

neguitós neguitosa neguitosos neguitoses
adjectiu
Que té neguit. Quan una persona està neguitosa, no pot dormir bé.

néixer
verb
◄ pàg. 37
E i A a l'arrel
També *nàixer*
1 Venir al món, sortir del ventre de la mare o de l'ou. Antoni Gaudí va néixer a Reus. Alguns animals, com els ocells, neixen quan surten de l'ou.
2 Sortir, aparèixer o començar a existir alguna cosa. A la primavera neixen moltes flors. Quan neix un problema, has d'intentar solucionar-lo.
3 Tenir l'origen en un lloc determinat. El riu Llobregat neix a Castellar de n'Hug.

frase feta
4 **Tornar a néixer** és salvar-se d'un perill molt gran. Si una persona té un accident molt fort i no li passa res, es diu que ha tornat a néixer.

nen nena nens nenes
nom masculí i femení
Noi o noia petits. Als nens i a les nenes els agrada anar a l'escola perquè estan amb els companys.

nenúfar nenúfars
nom masculí
Un nenúfar és una planta que viu a l'aigua com els lotus. Té unes fulles grosses de forma ovalada o de fletxa, que floten a l'aigua d'alguns estanys de jardí. Les flors dels nenúfars són blanques, grogues o taronges.

neó neons
nom masculí
El neó és un gas noble que es posa dins dels tubs lluminosos dels anuncis d'algunes botigues o locals, ja que fa que la llum sigui

A B C D E F G H I J K L M N O P Q R S T U V W X Y Z

d'un color taronja molt vistós. El seu símbol és: Ne.

neòfit neòfita neòfits neòfites
nom masculí i femení — Persona que fa poc que ha entrat a formar part d'una religió, d'un partit polític, d'una professió, o que fa poc que segueix una doctrina.

neolític neolítica neolítics neolítiques
adjectiu — **1** Del neolític. *La ceràmica neolítica.*
nom masculí — **2** El neolític és la segona part de l'edat de la pedra. Va després del paleolític i es caracteritza per la pedra polida.

neologisme neologismes
nom masculí — Un neologisme és una paraula nova que s'introdueix en una llengua. La paraula *fax* és un neologisme, ve de la primera part de *facsímil.*

nepotisme nepotismes
nom masculí — El nepotisme és el fet d'afavorir amics o parents donant-los càrrecs o altres privilegis, encara que hi hagi altres persones que s'ho mereixin tant o més.

nero neros
nom masculí
També *mero* — Un nero és un peix de cos voluminós i robust, amb el cap i la boca grossos i uns llavis molt marcats. És de colors foscos amb taques clares. Alguns exemplars poden arribar a més d'un metre de llargària; normalment, els neros fan entre 25 i 90 centímetres. La seva carn és molt apreciada.

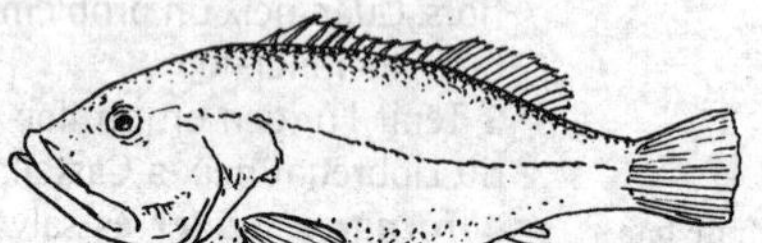

Un nero

nervi nervis
nom masculí — **1** Un nervi és cadascun dels òrgans en forma de fil o cordó que posen en contacte les diferents parts del cos amb l'encèfal o la medul·la espinal. Els nervis transmeten les sensacions que rebem, com el dolor o la calor. ✎ pàgs. 798-799 (32)
2 Els nervis de les fulles d'una planta són les línies fines que s'hi veuen i que es van ramificant.
3 Diem que algú o alguna cosa té nervi quan té força i energia. Per a començar un negoci es necessita gent que tingui nervi.
4 Nervi acústic ✎ pàgs. 798-799 (5)
5 Nervi òptic ✎ pàgs. 798-799 (24)
frase feta — **6 Tenir nervis** és estar nerviós. Moltes persones tenen nervis abans d'un examen.
nervació, nervadura

nerviós nerviosa nerviosos nervioses
adjectiu — **1** Dels nervis. La neurastènia és una malaltia nerviosa.
adjectiu i nom masculí i femení — **2** Que no està tranquil, que és ple d'inquietud i d'excitació. Algunes persones es posen molt nervioses quan han d'anar al dentista.
nerviosisme, nerviositat

nespla nesples
nom femení — Nespra.

nespra nespres
nom femení
També *nespla* — Una nespra és una fruita de forma rodona i de color de taronja, que té la pell fina també de color taronja. A dins té uns pinyols grossos de color marró fosc. ✎ pàg. 397 (18)
nesprer

1 net neta nets netes
adjectiu
Sense accent gràfic — **1** Que no té taques, que no té brutícia ni greix ni pols. Abans de dinar ens rentem les mans i així les tenim netes.
2 Una persona és neta quan es preocupa per la seva neteja i la de les seves coses.

2 net
adverbi
Sense accent gràfic — **1** De manera neta. *Aquesta impressora escriu molt net.*
locució que fa d'adjectiu i d'adverbi — **2** Un treball o un exercici és o es fa **en net** quan es fa de manera que ja no s'hagi de corregir res, que quedi tal com el volem. *Vaig fer la redacció directament en net.*
frase feta — **3 Jugar net** és jugar o fer les coses sense trampes ni enganys.

nét néta néts nétes
nom masculí i femení
Amb accent gràfic — Fill d'un fill o d'una filla. Si tu tens un avi, ets el seu nét.

netedat netedats
nom femení — La netedat és la característica del que és net. A la cuina, hi ha d'haver sempre molta netedat.

neteja neteges
nom femení — La neteja és el fet de netejar o de netejar-se. Fa un temps, el dissabte era el dia que es feia la neteja a moltes cases.

netejar
verb
com *cantar*
◄ pàg. 26
Amb G davant E, I — Fer que una cosa estigui neta, treure-li la brutícia, les taques, etc. Quan prepares una amanida, neteges l'enciam, el tomàquet i els altres ingredients. Quan algú té les ungles brutes, se les ha de netejar.

neu neus

nom femení — La neu és un conjunt de petits cristalls de gel que cauen dels núvols en forma de trossets blancs i tous que es diuen *borrallons*, *flocs* o *volves*. Quan cau molta neu, tot queda cobert d'una capa blanca i freda.
neviscar, nevisquejar, nevós, nevosa

neula neules

nom femení — Una neula és un menjar dolç en forma de tub o canó prim i allargat fet amb un full de pasta de farina enrotllat i després torrat. Les neules es mengen sobretot per Nadal. pàg. 400 (10)

neuler neulera neulers neuleres

nom masculí i femení — 1 Persona que fa neules o que en ven.

nom masculí — 2 Un neuler és un aparell per a fer neules.

frase feta — 3 **Carregar els neulers** a algú vol dir ferli fer la feina més pesada o donar-li les culpes d'alguna cosa.

neuràlgia neuràlgies

nom femení — Una neuràlgia és un dolor intens al llarg d'un nervi i de les seves ramificacions.
neuràlgic

neurastènia neurastènies

nom femení — Una neurastènia és una malaltia nerviosa que produeix un cansament molt fort i una depressió. La persona que pateix de neurastènia no té ganes de fer res i està trista.
neurastènic

neurologia neurologies

nom femení — La neurologia és la branca de la medicina que estudia el sistema nerviós.
neuròleg, neuròloga

neurona neurones

nom femení — Una neurona és una cèl·lula del sistema nerviós. Consta d'un nucli i de diverses ramificacions en forma de fils.

neurosi neurosis

nom femení — Una neurosi és una alteració mental. Quan una persona té una neurosi, es troba malament, nerviosa i excitada, però no té cap lesió física.
neuròtic

neutral neutrals

adjectiu — Una persona o un país és neutral quan no es posa a favor de ningú en una lluita, una discussió, un conflicte, una competició, etc. Els àrbitres dels partits esportius han de ser neutrals.
neutralitat, neutralitzar

neutre neutra neutres

adjectiu — Una cosa és neutra quan està entremig de dos extrems o de dues coses oposades. Una opinió és neutra quan no està ni a favor ni en contra d'alguna cosa. Un color neutre no és ni càlid ni fred.

neutró neutrons

nom masculí — Un neutró és una de les partícules que formen el nucli d'un àtom. Els neutrons no tenen càrrega elèctrica.

nevada nevades

nom femení — Una nevada és una caiguda de neu. Després d'una gran nevada, les muntanyes són blanques.

nevar

verb com *cantar* ◄ pàg. 26 Només es conjuga en algunes persones — Caure neu. Quan neva, fa fred. Als països del nord d'Europa, hi neva molt; als deserts de l'Àfrica, no hi neva mai.

nevera neveres

nom femení — Una nevera és una mena d'armari que serveix per a mantenir freds els aliments i les begudes. La majoria de les neveres són elèctriques i tenen un congelador.

nexe nexes

nom masculí — El nexe entre dues coses és allò que les uneix o les relaciona. En la frase *Un cotxe blanc i negre* hi ha un nexe: *i*. Les conjuncions, les preposicions i alguns pronoms fan de nexe.

ni

conjunció — 1 Fem servir aquesta paraula per a unir dues frases negatives o dues paraules o grups de paraules que neguem. *Avui no fa fred ni fa calor. No m'agrada ni l'un ni l'altre.*
2 Es fa servir per a reforçar una negació. *No tinc ni un duro. No em convidaràs a la teva festa? Ni ganes! Ni que em convidessis, no hi vindria.*

locució que fa de conjunció — 3 **Ni que** vol dir encara que. *No vindria ni que m'ho demanéssiu de genolls.*

locució que fa d'adjectiu — 4 **Ni un** vol dir cap persona o cap cosa. *Ja no en queda ni un, de caramel.*

niar

verb com *canviar* ◄ pàg. 30 Amb dièresi — Fer el niu. Les orenetes nien al ràfec de les teulades.

nicotina nicotines

nom femení — La nicotina és una substància molt tòxica que hi ha al tabac.

nigromància nigromàncies

nom femení — La nigromància és la pràctica d'endevinar el futur invocant els morts.
nigromàntic

nigul niguls
nom masculí — Núvol. Es diu a Mallorca.

nihilisme nihilismes
nom masculí — **1** El nihilisme és la doctrina social i política dels qui creuen que l'organització actual de la societat és tan dolenta que s'ha de destruir del tot.
2 Doctrina filosòfica que diu que no es pot conèixer res.
nihilista

niló nilons
nom masculí — El niló és un material resistent i elàstic, fabricat artificialment, que serveix per a fer fils, teixits, fibres, plàstics, etc.

nimbe nimbes
nom masculí — Aurèola.

nimbostrat nimbostrats
nom masculí
També *nimbostratus* i *nimbus* — Un nimbostrat és un núvol baix, per sota dels 2 000 metres d'altura, que forma capes molt gruixudes i fosques. Els nimbostrats indiquen tempestats de neu i pluges.

nimbostratus nimbostratus
nom masculí — Nimbostrat.

nimbus nimbus
nom masculí — Nimbostrat.

nimfa nimfes
nom femení — Una nimfa és qualsevol de les deesses de l'antiga mitologia grega que vivien als rius, als boscos, als prats, etc. Les nereides eren les nimfes dels mars.

nin nina nins nines
nom masculí i femení — Nen. Es diu només en algunes zones.

nina nines
nom femení — **1** Una nina és una joguina en forma de persona feta de drap, de cartó, de porcellana o de plàstic. Als infants, els agrada vestir i desvestir les nines.
2 La nina de l'ull és la rodoneta fosca que hi ha al mig de l'iris i que deixa passar la quantitat de llum que l'ull necessita. Per això, quan és fosc es fa més gran i quan és clar es fa més petita.

nineta ninetes
nom femení — Nina de l'ull. Quan és fosc, els gats tenen les ninetes molt obertes.

ningú
pronom indefinit — Aquesta paraula s'usa per a referir-se a cap persona.
S'usa en frases negatives, interrogatives o condicionals:
• *Eren les nou i encara no havia arribat ningú. Si trucava ningú, digues que tornaré aviat.*

nino ninos
nom masculí — Un nino és una nina que representa un nen o un home.

ninot ninots
nom masculí — **1** Un ninot és una figura que representa una persona feta de drap, de paper, de fusta o d'un altre material. El dia dels Innocents es pengen uns ninots de paper a l'esquena de la gent, les *llufes*. A les falles de València es cremen ninots de fusta i cartó.
2 Figura de persona o d'animal dibuixada de manera còmica o com a caricatura. Els diaris publiquen acudits amb ninots.

ninotaire ninotaires
nom masculí i femení — Un o una ninotaire és una persona que fa ninots o que en dibuixa.

nínxol nínxols
nom masculí — Un nínxol és cadascuna de les cavitats allargades que es construeixen en els cementiris per a enterrar-hi els morts. Els nínxols estan posats els uns al costat dels altres i en files, les unes damunt de les altres.

niobi niobis
nom masculí — El niobi és un element metàl·lic de color blanc gris que es fa servir en la fabricació d'aliatges. El seu símbol és: Nb.

nipó nipona nipons nipones
adjectiu i nom masculí i femení — Japonès. La indústria nipona és molt avançada.

níquel níquels
nom masculí — El níquel és un element metàl·lic dur, de color blanc grisós, brillant. Se'n poden fer fils i làmines primes. Es fa servir per a fer estris de cuina, objectes de laboratori, instruments de cirurgia, etc. El seu símbol és: Ni.
niquelar

nirvana nirvanes
nom masculí — Segons el budisme, el nirvana és un estat ideal on s'aconsegueix l'alliberament del dolor, del sofriment i dels mals d'aquest món.

nirvi nirvis
nom masculí — Nervi. Es diu a les Illes Balears.

nissaga nissagues
nom femení — Casta o estirp. Hi ha persones que són de nissaga reial, són parents d'un rei o d'una reina.

nit nits
nom femení — **1** La nit és l'espai de temps que va des que s'acaba el crepuscle del vespre fins que comença el crepuscle del matí. La nit és fosca, no hi ha claror de dia. A l'hivern la nit és més llarga que el dia.

locució que fa d'adverbi — **2 De la nit al dia** vol dir de cop, en un moment. *Va canviar d'opinió de la nit al dia.*

frase feta — **3 Fer nit** en un lloc és dormir-hi quan s'està de viatge. Si es fa una excursió a la muntanya, es pot fer nit en un refugi.

4 Passar la nit en blanc és passar la nit sense dormir.

nítid nítida nítids nítides

adjectiu — Que és molt net i molt clar, que s'entén molt bé i no és gens confús. Les imatges de les fotografies ben enfocades són nítides.

nitidesa

nitrat nitrats

nom masculí — Un nitrat és una substància composta de nitrogen, oxigen i un metall. És una sal que prové de l'àcid nítric. El nitrat de sodi és un adob mineral.

nitrogen nitrògens

nom masculí — El nitrogen és el gas que forma la major part de l'aire que respirem. No té color, no fa olor i no té gust. Té una gran importància per als éssers vius i la conservació de la natura. El seu símbol és: N.

nitroglicerina nitroglicerines

nom femení — La nitroglicerina és un líquid explosiu molt potent i molt perillós de transportar i manipular. Té un aspecte oliós i no fa olor. Per evitar que exploti accidentalment, el físic Nobel va inventar la dinamita, que és una barreja de nitroglicerina amb una substància absorbent.

niu nius

nom masculí — Un niu és una construcció que fan la majoria dels ocells per a pondre-hi els ous, covar-los i criar els petits. Els nius són fets de branquetes, molsa, plomes i altres elements.

Un niu

nivell nivells

nom masculí — **1** El nivell d'una superfície, d'un líquid o d'una altra cosa és l'altura fins on arriba. El monestir de Montserrat és a 720 metres per sobre del nivell del mar. Quan el nivell dels rius puja molt, hi ha inundacions.

2 El nivell d'una persona és el punt de coneixement on es troba, on ha arribat. Si tens un nivell de francès molt bo, en saps molt.

3 Aparell per a comprovar si una superfície és horitzontal. Els paletes fan servir nivells per a pujar ben rectes les parets.

anivellar

nivòmetre nivòmetres

nom masculí — Un nivòmetre és un instrument que serveix per a mesurar la quantitat de neu que cau en un lloc.

1
no

adverbi — **1** Aquesta paraula s'usa per a negar una cosa. Pot ser la resposta a una pregunta. *-Has anat al cinema? -No.*

Quan no nega tota l'oració va abans del verb:

• *No vull venir. No els vull veure. Avui la Joana no està d'humor.*

Quan *no* nega només una part de la frase, va davant d'aquesta part:

• *Cal avisar els no classificats en el concurs.*

2 S'usa sense ser una negació i sense que sigui necessària en frases comparatives:

• *Si fos més gran que no és... És més despistat que no sembla.*

S'usa en frases que van darrere d'un verb que expressa temor:

• *Vigila que no et facis mal. La doctora temia que l'aire no li fes mal.*

S'usa en les frases que van darrere d'*abans que* o *fins que*:

• *Endreça l'habitació abans que no m'enfadi.*

• *No em creuré que s'ha casat fins que no ho vegi.*

2
no nos

nom masculí — Un no és una resposta negativa. Hi ha baralles que comencen per un sí o per un no. Hi ha persones que sempre tenen el no a la boca.

nobeli nobelis

nom masculí — El nobeli és un element químic radioactiu. El seu símbol és: No.

noble nobles

adjectiu i nom masculí i femení
Amb E final — **1** Una persona és noble quan pertany a una classe social que es considera diferent de la de la resta de ciutadans per una sèrie de privilegis. Antigament, els nobles tenien moltes terres i eren gent important en el govern i l'administració del país.

adjectiu — **2** Que és molt bo, respectuós i sincer, incapaç de fer mal o de trair. Es pot confiar en les persones nobles: mai no ens enganyaran.

ennoblir, innoble, nobiliari, nobiliària

noblesa nobleses

nom femení — **1** La noblesa és la característica del que és noble. Les persones que reconeixen els seus errors es comporten amb noblesa.
2 Conjunt dels nobles.

noces

nom femení plural — Unes noces són un casament i la festa que es fa per a celebrar-lo. Les noces d'argent se celebren quan fa vint-i-cinc anys que s'està casat.

noció nocions

nom femení — Una persona té una noció d'alguna cosa quan en té una idea, quan en sap alguna cosa. Tots tenim nocions de matemàtiques o d'història.

nociu nociva nocius nocives

adjectiu — Que fa mal, que perjudica. Alguns productes químics són nocius. Hi ha insectes que són nocius per a les plantes.

noctàmbul noctàmbula noctàmbuls noctàmbules

adjectiu i nom masculí i femení — Una persona és noctàmbula quan li agrada sortir, passejar o fer altres activitats durant la nit. Els noctàmbuls prefereixen estudiar a la nit.

nocturn nocturna nocturns nocturnes

adjectiu — **1** Que és de la nit, que passa o es fa a la nit. Els forners fan jornada nocturna, treballen de nit.
2 Un animal nocturn és el que caça, menja i es mou sobretot quan és de nit. Les òlibes són animals nocturns.

nom masculí — **3** Un nocturn és una composició musical, especialment per a piano. També s'han escrit nocturns per a diferents formacions d'instruments i per a una o dues veus. Són famosos els nocturns de Chopin.

nodriment nodriments

nom masculí — El nodriment d'un ésser viu és el fet de nodrir-lo o de nodrir-se. El nodriment d'una criatura és molt important per tal que creixi ben forta.

nodrir

verb com *servir* ◄ pàg. 28 — Donar a un ésser viu els aliments que necessita. Els pares nodreixen els seus fills.

nodrissa nodrisses

nom femení — Dida.

nodrissó

nogensmenys

adverbi — Sense que sigui un obstacle el que s'acaba de dir, això no obstant. *Es trobava malament, però, nogensmenys, va sortir al carrer.*

noguera nogueres

nom femení — Una noguera és un arbre que pot arribar als 30 metres d'alçària, que perd les fulles durant l'hivern i que té l'escorça llisa i de color grisenc. Té una capçada molt ampla. Els seus fruits, les nous, són comestibles, i la seva fusta és dura, de color fosc, molt bona per a fer mobles.

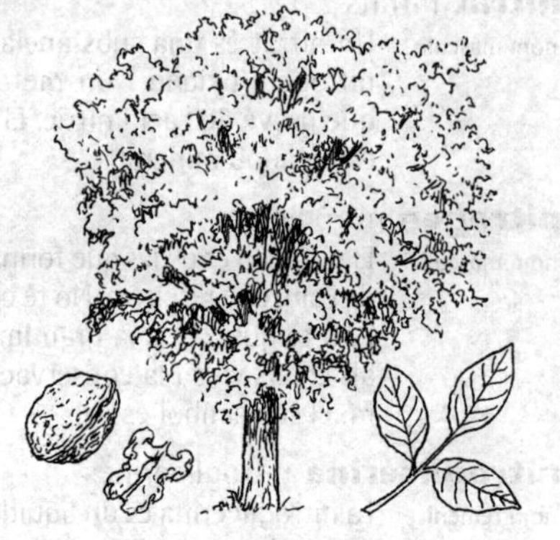

Una noguera

noi noia nois noies

nom masculí i femení — Persona jove. A les classes, acostuma a haver-hi nois i noies. Quan els pares parlen dels seus fills, parlen dels seus nois.

nom noms

nom masculí — **1** Un nom és una paraula o un grup de paraules que es refereixen a un animal, una persona o una cosa. Cada cosa té el seu nom. *Glòria* és un nom de dona. *Cristall de roca* és el nom d'un mineral.
2 En gramàtica, un nom és un substantiu.
3 Fama. Els cantants que tenen nom atrauen molt de públic als seus concerts.
4 Un **nom comú** és una paraula que fa referència a totes les coses de la mateixa classe o a tots els individus de la mateixa espècie. *Muntanya* i *gos* són noms comuns.
5 Un **nom propi** és una paraula que fa referència a una persona concreta, a un lloc concret, a un individu d'una espècie. *Marta* i *Marina* són noms propis de dona. *Milú* és un nom propi de gos. *Montseny* és un nom propi de muntanya.

locució que fa de preposició — **6 En nom de** vol dir en lloc o en representació d'algú. *Quan el president d'una associació no pot anar a una reunió, un altre membre parla en nom d'ell.*

frase feta — **7 Conèixer de nom** algú és haver-ne sen-

A B C D E F G H I J K L M N O P Q R S T U V W X Y Z

tit parlar, però no haver-lo vist ni haver-hi parlat mai.
anomenar, innominable, innominat, innominada, sobrenom

nòmada nòmades

adjectiu i nom masculí i femení — Una persona o un grup de persones és nòmada quan no té una residència fixa i es va desplaçant d'un lloc a un altre per a trobar condicions de vida millors. Els nòmades canvien de zona segons el clima, la cacera, l'agricultura, etc.
nomadisme

nombre nombres

nom masculí — **1** El nombre d'una cosa és la quantitat que n'hi ha. A prop dels rius hi ha un gran nombre de mosquits. 50 és un nombre excessiu d'alumnes per classe.
2 En gramàtica, el nombre d'una paraula pot ser singular o plural. Els noms, adjectius, determinants, pronoms i verbs poden portar marques, com la *s* de *carros*, que ens indiquen si el nombre és plural o singular. Les paraules que van juntes han de concordar en el nombre. En la frase *els redactors escriuen*, el nombre de totes les paraules és el plural.
3 Número. El 3, el 6 i el 9 són nombres enters.

nombrós nombrosa nombrosos nombroses

adjectiu — Que és en gran nombre, en gran quantitat. Hi ha nombroses espècies d'arbres diferents.

nomenar

verb com *cantar* ◄ pàg. 26 — Escollir algú per a fer una feina o una funció determinades. El president del govern nomena els diversos ministres.
nomenament

nomenclàtor nomenclàtors

nom masculí — Un nomenclàtor és una llista de paraules, de noms de persones, de ciutats o d'una altra cosa, ordenada per ordre alfabètic.
nomenclatura

només

adverbi — Únicament, exclusivament. *Va estar pescant tot el dia i només va portar dues sardinetes.*

nòmina nòmines

nom femení — Una nòmina és una llista de noms de persones o de coses, sobretot la de les persones que treballen en una empresa o en un altre lloc de manera fixa i que reben un sou.

nominal nominals

adjectiu — Que està relacionat amb un nom o substantiu. *Una nit fosca* és un sintagma nominal, perquè la paraula més important és el nom *nit*.
nominalització

nominar

verb com *cantar* ◄ pàg. 26 — Seleccionar, entre la producció cinematogràfica d'un any, les persones i les pel·lícules que concursaran per a guanyar un premi. Les pel·lícules nominades per als Oscar de Hollywood atrauen més públic que les altres.

nominatiu nominativa nominatius nominatives

adjectiu — **1** Que porta indicat el nom d'una persona. En un xec nominatiu, hi consta el nom de la persona que el pot cobrar.
nom masculí — **2** El nominatiu és el cas d'algunes llengües com el llatí que sol indicar el subjecte o el predicat nominal de l'oració. La paraula llatina *rosa* en nominatiu té la forma *rosa*.

nona nones

nom femení — **1** Una persona té nona quan té son. Ho diuen les criatures o les persones grans quan parlen amb elles.
frase feta — **2 Fer nones** és dormir. Els nens petits van a fer nones molt d'hora.

nonagenari nonagenària nonagenaris nonagenàries

adjectiu i nom masculí i femení — Que ha complert noranta anys i encara no ha arribat a cent. Els nonagenaris han viscut moltes experiències.

non-non non-nons

nom femení — **1** Una non-non és una cançó per a fer adormir les criatures.
frase feta — **2 Fer non-non** és dormir. Ho diuen les criatures i les persones grans quan parlen amb elles.

nopal nopals

nom masculí — Figuera de moro.

nora nores

nom femení — La nora d'una persona és la dona del seu fill o de la seva filla.

noranta norantes

determinant numeral — **1** Noranta coses són nou vegades deu coses.
nom masculí — **2** El noranta és el nom del 90.
nonagèsim, norantè, norantena

nord nords

nom masculí Amb D — **1** El nord és un dels quatre punts cardinals. Quan mires cap al nord, el sol surt per la dreta i es pon per l'esquerra. França és situada al nord de Catalunya.
frase feta — **2** Diem que una persona **perd el nord** quan no sap què ha de fer.
nòrdic

A B C D E F G H I J K L M N O P Q R S T U V W X Y Z

nord-americà nord-americana nord-americans nord-americanes

adjectiu — 1 De l'Amèrica del Nord. *El cinema nord-americà.*

nom masculí i femení — 2 Persona que és de l'Amèrica del Nord o que hi viu.

nord-est nord-ests

nom masculí — El nord-est és el punt de l'horitzó que hi ha entre el nord i l'est.

nord-oest nord-oests

nom masculí — El nord-oest és el punt de l'horitzó que hi ha entre el nord i l'oest.

no-res no-res

nom masculí — El no-res és l'absència de totes les coses, és el fet de no existir res. Segons la Bíblia, Déu va fer el món del no-res.

norma normes

nom femení — Una norma és una regla que diu com s'ha de fer una cosa, com s'ha de comportar una persona. De ben petits, ja aprenem les normes de conducta per a poder conviure amb els altres.

normal normals

adjectiu — Que no es desvia de la norma, que no és estrany. La temperatura normal d'una persona és d'uns 36°C. És normal que tinguem gana si portem moltes hores sense menjar.

normalitat

normalització normalitzacions

nom femení — 1 La normalització és el fet de normalitzar o normalitzar-se alguna cosa. La normalització de la mida dels fulls d'un treball és important per tal que tots siguin iguals.

2 La **normalització lingüística** és un procés que consisteix a fer que una llengua tingui una normativa i que funcioni en tots els àmbits d'ús lingüístic: a les escoles, als rètols de les botigues, als mitjans de comunicació, etc.

normalitzar

verb com *cantar* ◄ pàg. 26 — Fer que alguna cosa sigui normal o segueixi una norma. És important normalitzar els horaris dels àpats, fer-los sempre més o menys a la mateixa hora. Quan hi ha un accident a la carretera, el trànsit triga a normalitzar-se.

normalment

adverbi — D'una manera normal. *Normalment, s'encostipa dues o tres vegades l'any.*

normand normanda normands normandes

adjectiu — 1 De Normandia. *El camembert és un formatge normand.*

nom masculí i femení — 2 Persona que és de Normandia o que hi viu.

normatiu normativa normatius normatives

adjectiu i nom femení — Que estableix una norma o un conjunt de normes. Quan volem aprendre a parlar i a escriure una llengua fem servir una gramàtica normativa.

noruec noruega noruecs noruegues

adjectiu — 1 De Noruega. *Els fiords noruecs.*

nom masculí i femení — 2 Persona que és de Noruega o que hi viu.

nom masculí — 3 El noruec és la llengua que es parla a Noruega.

nos

pronom personal — Forma que pot tenir el pronom *ens* quan va darrere del verb:

- *Escriviu-nos aviat!*

nós

pronom personal — Aquesta paraula, l'usen en lloc del pronom *jo* algunes persones que tenen molta dignitat i autoritat, com els reis i les reines o el papa de Roma. *Nós, rei d'Aragó...*

nosa noses

nom femení — 1 Una nosa és una cosa que, amb la seva presència, molesta. Les joguines escampades per terra són una nosa, no deixen caminar.

frase feta — 2 **Fer nosa** és molestar. Una taula al mig d'un passadís fa nosa, no es pot passar bé.

nosaltres

pronom personal — Aquesta paraula, la diu la persona que parla per a referir-se a un grup de persones entre les quals hi ha qui parla i a vegades també qui escolta. *Ja ho farem nosaltres mateixos. A nosaltres ens agrada la música clàssica.*

nostàlgia nostàlgies

nom femení — Enyorança.

nostàlgic

nostre nostra nostres

determinant possessiu — 1 Aquesta paraula s'usa per a indicar una cosa que pertany a un grup de persones entre les quals hi ha qui parla i a vegades també qui escolta.

Normalment, va entre l'article i el nom:

- *El nostre ideal, la nostra amistat, els nostres jerseis, les nostres bicicletes.*

Algunes vegades va darrere el nom:

- *Soparem a casa nostra.*

pronom possessiu — 2 S'usa darrere d'article en casos com aquests:

- *Si no teniu esquís podeu agafar els nostres. Aquesta taula és igual que la nostra.*

També pot anar darrere de preposició i de verb:

- *Prop nostre, lluny nostre, davant nostre, darrere nostre.*
- *Aquest conte és escrit nostre.*

anostrar, nostrat, nostrada

nota notes

nom femení — **1** Una nota és cadascun dels sons d'una composició musical i el signe gràfic que els representa. La partitura d'una cançó és plena de notes.

① *Rodona.* ② *Blanca.* ③ *Negra.* ④ *Corxera.* ⑤ *Semicorxera.* ⑥ *Fusa.* ⑦ *Semifusa.*

Notes

2 Comunicació breu i concisa d'alguna cosa. Si deixes una nota a casa dient que no hi aniràs a dinar, no caldrà que hi telefonis per a avisar.

3 Número o paraula que indica si una prova o un examen s'ha fet bé o malament. Un 9 sobre 10 i un excel·lent són notes molt bones.

4 Paper on s'indica la quantitat de diners que s'ha de pagar per un servei rebut o per un producte. Quan el client d'un restaurant demana la nota, és que ja ha acabat de dinar i vol anar-se'n.

nom femení plural — **5** Les notes són el conjunt d'idees, de característiques o de coses importants que escrivim quan escoltem una conferència, una classe, una conversa, etc. També agafem notes quan llegim un llibre o quan preparem un treball.

notació

notable notables

adjectiu
Amb E final — **1** Que atreu l'atenció pel seu interès, per la seva qualitat, per la seva raresa, etc. Un diamant és notable quan és molt gran. Les catedrals gòtiques són monuments notables.

nom masculí — **2** Un notable és una nota d'estudis que està per sota de l'excel·lent i per sobre del bé.

notar

verb
com *cantar*
◄ pàg. 26 — Adonar-se d'una cosa, veure-la. Si notes que un amic està trist, parles amb ell per ajudar-lo.

notari notària notaris notàries

nom masculí i femení — Persona que fa contractes de compres i de vendes, testaments i altres documents importants i que assegura que són legals. Quan una persona compra un pis, ha de signar un contracte davant d'un notari.

notaria, notarial, notariat

notícia notícies

nom femení — **1** Una notícia és una informació sobre alguna cosa donada pels mitjans de comunicació. Hi ha persones que escolten les notícies de la ràdio mentre esmorzen.

2 Anunci d'alguna cosa fet a algú que no en sap res. Els casaments i els naixements sempre són bones notícies.

3 Informació sobre una persona o una cosa que fa temps que no veiem ni en sabem res. A tots ens agrada tenir notícies dels amics que viuen lluny de nosaltres.

noticiari

1
nou nous

nom femení — **1** Una nou és una fruita seca de forma arrodonida, una mica ovalada, que té una closca molt dura, com de fusta, amb moltes arrugues. La part de dins és de color groc marronós i també és molt arrugada. Es menja sola o en pastissos i dolços.

2 Una **nou moscada** és una llavor de forma semblant a la nou que es fa servir, en petites quantitats, com a condiment en alguns guisats. També se'n treu un oli que es fa servir en farmàcia.

2
nou nous

determinant numeral — **1** Nou coses són vuit més una.

nom masculí — **2** El nou és el nom del 9.

3
nou nova nous noves

adjectiu — **1** Que ha aparegut, ha passat, s'ha fet o s'ha comprat fa poc temps. Les fàbriques de cotxes, quan treuen un model nou, en fan propaganda. A tothom li fa il·lusió estrenar roba nova.

2 Que substitueix algú o alguna cosa o que s'hi afegeix. Si tens un número de telèfon nou, has d'avisar els teus amics. Quan una botiga té molts clients, necessita nous dependents.

locució que fa d'adverbi — **3** **De nou** vol dir una altra vegada. *A la primera cursa va quedar segon, i va voler-ho intentar de nou per veure si quedava primer.*

novençà, novençana

noucasat noucasada noucasats noucasades

adjectiu i nom masculí i femení — Que s'acaba de casar. Els noucasats solen fer un viatge de lluna de mel.

noucentisme noucentismes

nom masculí — El noucentisme és un moviment cultural que va començar a Catalunya al principi del segle XX.

noucentista

nou-cents nou-centes

determinant numeral 1 Nou-centes coses són nou vegades cent coses.

nom masculí 2 El nou-cents és el nom del 900.

nou-centè, nou-centena

nounat nounada nounats nounades

adjectiu i nom masculí i femení Acabat de néixer. Els nounats s'alimenten de llet.

nou-ric nou-rica nou-rics nou-riques

adjectiu i nom masculí i femení Una persona és nou-rica quan és rica des de fa poc temps. Sovint, als nou-rics, els agrada que tothom s'adoni que tenen diners.

nouvingut nouvinguda nouvinguts nouvingudes

adjectiu i nom masculí i femení Que acaba d'arribar. Les persones nouvingudes a un país no en coneixen els costums.

nova noves

nom femení Notícia. Si no hi ha noves, bones noves, no passa res anormal.

novament

adverbi De nou, una altra vegada. *Si aquest dibuix tampoc no em surt bé, l'hauré de repetir novament.*

novè novena novens novenes

determinant numeral i nom masculí i femení 1 Que té el número d'ordre 9. El novè pis d'un edifici és a sobre del vuitè. Al novè d'una cursa no li donen cap medalla.

determinant numeral 2 Una novena part d'una cosa és una de les nou parts iguals que ens queden si la dividim entre nou. La novena part de 45 és 5.

novell novella novells novelles

adjectiu 1 Que fa poc que fa alguna cosa, que encara no en té experiència. Els treballadors novells en un ofici tarden més temps a fer la feina que els veterans.

2 Que ha nascut o s'ha fet fa poc, que té poc temps, que és jove. Un gat novell té moltes ganes de jugar. Un vi novell és de la collita de raïm del mateix any.

novel·la novel·les

nom femení Una novel·la és una obra literària en prosa, d'una llargada considerable, que explica els fets, les accions o els caràcters de personatges imaginaris.

novel·lar, novel·lat, novel·lada, novel·lesc, novel·lístic

novel·lista novel·listes

nom masculí i femení Un o una novel·lista és una persona que escriu novel·les.

novembre novembres

nom masculí El novembre és l'onzè mes de l'any. Té 30 dies.

novetat novetats

nom femení 1 La novetat és la característica del que és nou. La novetat d'un museu fa que moltes persones el vagin a visitar.

2 Una novetat és una cosa nova, que ha aparegut fa poc. El servei de novetats d'una llibreria té les últimes novel·les publicades.

'ns

pronom personal Forma apostrofada del pronom *ens*:
• *Deixa'ns la bicicleta* (a nosaltres).

nu nua nus nues

adjectiu 1 Que no va vestit. Per a dutxar-nos, ens traiem la roba i quedem nus.

2 Un arbre nu no té fulles; una muntanya nua no té vegetació; en una casa nua no hi ha mobles.

nudista, nuesa

nuar

verb com canviar ◄ *pàg. 30* *Amb dièresi* Fer un nus o nusos. De petits, tots aprenem a nuar els cordons de les sabates.

núbil núbils

adjectiu Una persona és núbil quan està en edat de casar-se.

nuc nucs

nom masculí Nus. Es diu al País Valencià.

nuca nuques

nom femení La nuca és la part de darrere del coll, on s'ajunten el cap i la columna vertebral. Els cops a la nuca són perillosos. pàg. 793

nuclear nuclears

adjectiu Que està relacionat amb el nucli dels àtoms i amb l'energia atòmica. Les centrals nuclears transformen l'energia dels nuclis dels àtoms en electricitat.

antinuclear

nucleó nucleons

nom masculí Un nucleó és qualsevol de les partícules que formen el nucli d'un àtom. Són nucleons, doncs, els neutrons i els protons.

nucli nuclis

nom masculí 1 El nucli és la part central, més densa i més important d'algunes coses, com el nucli de la Terra. El nucli d'un àtom és format per neutrons i protons.

2 Lloc on es concentren coses, persones, activitats, etc. En un nucli industrial hi ha moltes fàbriques i tallers.

3 En gramàtica, el nucli d'un grup de paraules o sintagma és la paraula més important i les altres paraules del grup són determinants o complements seus. A *la casa del pare*, el nucli és *casa* i *la* i *del pa-*

re són el determinant i el complement de *casa*. Només alguns tipus de paraules poden fer de nucli, com per exemple els noms i els verbs.

nudisme nudismes
nom masculí
El nudisme és una pràctica que consisteix a estar a l'aire lliure completament despullat, en contacte amb la natura. En algunes platges es practica el nudisme.

nugar
verb
com *cantar*
◄ pàg. 26
Amb GU davant E, I
Nuar. Es diu al País Valencià.

nul nul·la nuls nul·les
adjectiu
1 Que no existeix. Quan la diferència entre dues coses és nul·la vol dir que és molt petita o que les dues coses són iguals.
2 Que no té aptituds per a fer alguna cosa, que és inútil. Hi ha persones que pensen que són nul·les per a les matemàtiques o per a la informàtica.
3 Que no és vàlid. Quan un atleta comença a córrer abans d'hora, la cursa és nul·la.
anul·lar

nul·litat nul·litats
nom femení
1 La nul·litat és la característica del que és nul. La nul·litat d'un matrimoni permet a una persona tornar-se a casar per l'Església.
2 Persona que no val res. Alguns artistes de cine són molt bons com a actors, però com a directors són una nul·litat.

numeració numeracions
nom femení
La numeració d'una cosa és el fet de numerar-la. La numeració d'un carrer és el conjunt de números que porten les cases d'aquest carrer.

numerador numeradors
nom masculí
El numerador d'una fracció és el número que hi ha sobre de la ratlleta. Ens diu les parts que s'agafen de les que indica el denominador. El numerador de 3/5 és 3.

numeral numerals
adjectiu i nom masculí
Un determinant o un pronom són numerals quan expressen o representen un número. *Setze*, *segon* i *vintè* són numerals.

numerar
verb
com *cantar*
◄ pàg. 26
Marcar alguna cosa amb un número. Quan es fa un llibre, es numeren les pàgines.
innumerable

numèric numèrica numèrics numèriques
adjectiu
Que està relacionat amb els números. Un càlcul numèric és fet amb números.

número números
nom masculí
1 Un número és el resultat de comptar els elements d'un conjunt: un, dos, tres, quatre, deu, setze, etc. També es diu així la seva representació gràfica: els números 1, 2, 3, 4, 10, 16, etc.
2 Element dins d'una sèrie o d'una col·lecció. Les revistes setmanals treuen un número cada setmana.
3 Mida d'una cosa, sobretot d'una peça de vestir. Moltes noies fan servir els números 38 i 39 de sabata.
4 Cadascuna de les peces que formen part del programa d'un circ, d'un concert o d'un altre espectacle. Els números dels acròbates acostumen a ser espectaculars.

numismàtica numismàtiques
nom femení
La numismàtica és la ciència que estudia l'origen i el desenvolupament de les medalles i de les monedes.

nunci nuncis
nom masculí
1 Un nunci és un missatger encarregat d'anunciar alguna cosa.
2 Representant del papa de Roma a cada país.
nunciatura

nupcial nupcials
adjectiu
Que està relacionat amb les noces. Les cerimònies nupcials solen ser alegres.
núpcies

nus nusos
nom masculí
1 Un nus és un lligam fet amb un o més fils, cordes o cintes, que si s'estira pels extrems s'estreny. Quan cosim, hem de fer un nus al final del fil. Hi ha qui sempre es fa el nus de la corbata davant del mirall.
2 Punt on s'uneixen els ossos dels dits. Podem trucar a una porta amb els nusos dels dits.
3 Punt d'un tronc o d'una tija, que acostuma a sobresortir, d'on brota una branca o una fulla. En algunes fustes, es veuen unes taques que són els nusos que hi havia al tronc.
4 Punt on es troben diversos carrers, carreteres, camins o altres vies de comunicació.
5 El nus d'una pel·lícula o d'una novel·la és el moment en què passa l'acció. Després del nus, ve el desenllaç.
6 Diem que hi ha un nus entre dues persones quan hi ha un lligam, una relació. Parlem, per exemple, del nus del matrimoni.
7 Diem que **se'ns fa un nus a la gola** quan tenim la sensació que hi tenim alguna cosa que no ens deixa respirar, menjar o parlar de manera normal.

nutrició nutricions
nom femení
Amb U
La nutrició és el procés d'absorbir aliments, de transformar-los dins del cos i d'aprofitar-los per a la conservació i el creixement de l'organisme.
malnutrició

nutritiu nutritiva nutritius nutritives
adjectiu
Amb U
Que nodreix. La llet és un aliment molt nutritiu.

nuvi núvia nuvis núvies
nom masculí i femení
Persona que està a punt de casar-se o que s'acaba de casar. El dia del casament, les núvies acostumen a anar de blanc.
nuviatge

núvol núvols
nom masculí
Amb V
1 Un núvol és una massa de gotes d'aigua molt petites o de partícules de gel que s'aguanta suspesa a l'atmosfera. Els núvols es classifiquen segons la forma que tenen: estrat, forma allargada, i cúmulus, forma arrodonida, i segons la seva altura: alts, mitjans i baixos.
frase feta
2 Diem que una persona **està als núvols** quan està molt despistada. Els savis acostumen a estar als núvols.
3 **Posar pels núvols** algú és lloar-lo, dir-ne coses bones.
ennuvolar-se, nuvolada, nuvolós, nuvolosa, nuvolositat

nyac nyacs
nom masculí
Paraula que imita el soroll que fan dues coses quan s'acosten ràpidament i l'una agafa l'altra.

fer nyam-nyam
frase feta
Menjar. Ho diuen les criatures o les persones grans quan parlen amb elles.

nyanyo nyanyos
nom masculí
Un nyanyo és un bony que es fa en alguna part del cos quan ens hi donem un cop. Les criatures es fan nyanyos sobretot al front.

nyap nyaps
nom masculí
Un nyap és una cosa mal feta. Si una feina ens surt feta un nyap, l'haurem de repetir.

nyec nyecs
nom masculí
Paraula que imita el soroll d'una cosa que grinyola o el crit de dolor o de pena d'un gos, d'un ànec o d'un altre animal amb un crit semblant.

nyeu-nyeu nyeu-nyeus
nom masculí i femení
1 Un o una nyeu-nyeu és una persona hipòcrita i que sempre amaga les seves intencions. Dels nyeu-nyeus, no te'n pots fiar.
nom masculí
2 Paraula que imita la manera de parlar de les persones hipòcrites.

nyic nyics
nom masculí
Paraula que imita un soroll agut i desagradable, com el d'una porta que grinyola.

nyicris nyicris
nom masculí i femení
Un o una nyicris és una persona petita, prima i dèbil. Els nyicris es posen malalts sovint.

nyigo-nyigo nyigo-nyigos
nom masculí
Paraula que imita el so d'un violí o d'un violoncel, sobretot quan es toca malament.

de nyigui-nyogui
locució que fa d'adjectiu
Que és fet amb materials dolents i és poc resistent. Les joguines de nyigui-nyogui es trenquen fàcilment.

nyonya nyonyes
nom femení
La nyonya és la mandra que ens fa agafar son. La calor fa venir nyonya.

nyora nyores
nom femení
Una nyora és una classe de pebrot semblant al bitxo. Les nyores es venen assecades, tenen forma arrodonida i són de color vermell marronós. Les nyores es posen en algunes salses i guisats.

A B C D E F G H I J K L M N O P Q R S T U V W X Y Z

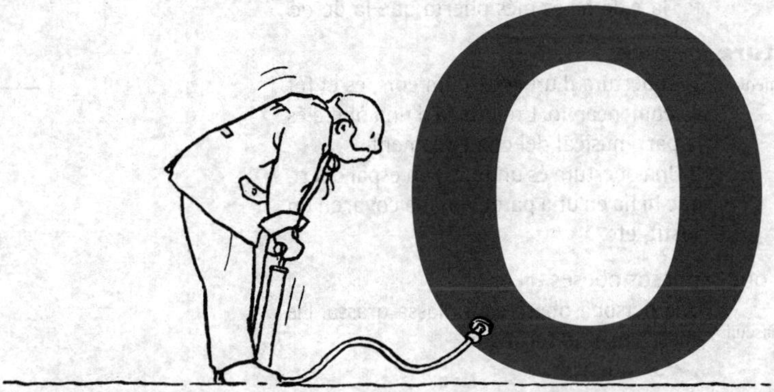

1
o os
nom femení
Nom de la lletra *o*, *O*. Quinzena lletra de l'alfabet català. Pot representar tres sons: el so obert de [ɔ], com a *bo*; el so tancat de [o], com a *por*, i en alguns llocs el so de [u], com a *bonàs*. Pot portar accent obert: *dipòsit*, o tancat: *cartó*.

2
o
conjunció
Aquesta paraula expressa una alternativa. *Véns tu o vinc jo? Quin color t'agrada més, el blanc o el negre?*
A vegades va seguida de l'adverbi *bé*:
• *O bé plourà o bé farà vent.*

oasi oasis
nom masculí
Un oasi és un lloc del desert on hi ha aigua, palmeres, camps i cases. Quan els viatgers arriben a un oasi, poden descansar i refrescar-se.

obac obaga obacs obagues
adjectiu
1 Un lloc és obac quan no hi arriba el sol.
nom masculí o femení
2 L'obac o l'obaga d'una muntanya és el cantó més humit, on el sol no toca gaire i fa menys calor que a l'altre cantó, al solell.

obcecar
verb
com *cantar*
◄ pàg. 26
Amb QU davant E, I
Una cosa ens obceca quan no ens deixa veure-hi clar o no ens deixa pensar amb tranquil·litat el que hem de fer. Si estem obcecats, més val que reflexionem abans de fer res.
obcecació

obeir
verb
com *reduir*
◄ pàg. 39
Amb dièresi
1 Obeïm una persona quan fem allò que ens mana o ens demana. Els fills acostumen a obeir els pares.
2 Complir un manament. Els soldats obeeixen el reglament de l'exèrcit.
3 Un objecte obeeix quan cedeix a l'acció d'algú o d'alguna cosa. Els vaixells obeeixen el timó i els frens dels cotxes obeeixen els conductors.
obediència, obedient

obelisc obeliscs
nom masculí
També *obeliscos*
Un obelisc és un monument que té una base quadrada i una columna alta, més ampla de baix que de dalt, que acaba en forma de piràmide.

obert oberta oberts obertes
adjectiu
1 Que ja s'ha tret allò que impedia d'entrar-hi, de passar-hi, de fer-ho servir, etc. Si una botiga és oberta, podem anar-hi a

A B C D E F G H I J K L M N O P Q R S T U V W X Y Z

comprar. Quan una carretera és oberta al trànsit, els cotxes hi circulen.
2 Que té comunicació directa amb l'exterior, amb l'aire lliure. Un pati obert no té teulada; quan plou, es mulla.
3 Una vocal és oberta quan la pronunciem amb la boca més oberta que quan en pronunciem una altra. La *a* és la vocal més oberta; la *e* de *be* és més oberta que la de *bé*.

obertura obertures
nom femení
1 L'obertura d'un acte, d'un curs, és el fet de començar-lo. L'obertura d'una òpera és la part musical del començament.
2 Una obertura és un forat, un espai obert, que hi ha en una paret, en una cova, en un vestit, etc.

obès obesa obesos obeses
adjectiu i nom masculí i femení
Una persona obesa està massa grassa. Els obesos han de fer règim.
obesitat

objecció objeccions
nom femení
Amb J
1 Fer una objecció és dir que s'està en contra d'una afirmació, d'una proposta o d'una ordre. Els diputats al parlament poden fer objeccions a una proposta de llei.
2 L'**objecció de consciència** és el fet de negar-se a fer el servei militar o a fer servir armes.
inobjectable, objectar, objector

objecte objectes
nom masculí
Amb J
1 Un objecte és qualsevol cosa que podem veure i tocar. Una cadira, un llapis i un martell són objectes.
2 En gramàtica, paraula o grup de paraules que són necessàries per a complementar un verb. En la frase *Mengen bombons*, *bombons* és l'objecte del verb *mengen*. L'objecte directe i l'objecte indirecte són el complement directe i el complement indirecte.

objectiu objectiva objectius objectives
adjectiu
Amb J
1 Que tracta els fets sense posar-hi emocions ni opinions personals. Hi ha mares objectives que saben veure els defectes dels fills encara que se'ls estimin molt.
nom masculí
2 L'objectiu d'algú és la seva finalitat, allò que vol aconseguir. L'objectiu dels estudiants de medicina és ser metges.
3 L'objectiu d'una màquina de fotografiar o d'un altre aparell òptic és una lent o un sistema de lents que permet veure les imatges amb la mida i les característiques que es vol. Hi ha objectius que permeten fer fotos de coses que són molt lluny.
objectivitat

oblic obliqua oblics obliqües
adjectiu
1 Inclinat. Dues línies són obliqües si coincideixen en un punt i no són perpendiculars.
2 Un prisma, un cilindre, una piràmide o un con són oblics quan el seu eix no és perpendicular a la base.
obliquar, obliqüitat

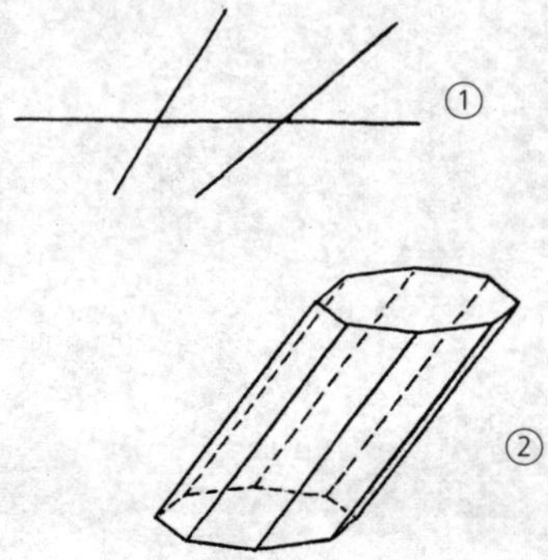

① Unes línees obliqües. ② Un prisma oblic.

oblidar
verb
com *cantar*
◄ pàg. 26
Amb B
1 Oblidar alguna cosa és deixar de recordar-la, no fer-ne memòria. Hi ha persones que sempre obliden les dates.
2 Oblidar una persona és no tenir-la en compte. Si oblides els amics, és fàcil que ells també t'oblidin.
usat amb pronom
3 **Oblidar-se** d'una cosa o d'algú és no fer-ne memòria, no recordar-se'n. Si has d'anar a visitar algú i te n'oblides, hauràs de demanar disculpes.
inoblidable

obligació obligacions
nom femení
1 Una obligació és allò que s'ha de fer tant si es vol com si no. Tenim obligacions imposades per les lleis, com la de pagar impostos, i d'altres que ens busquem nosaltres, com la de regar les plantes.
2 Compromís de l'Estat o d'una altra institució de pagar uns diners a qui li'n deixa una determinada quantitat. Cada obligació té un preu, que és la suma dels diners prestats.

obligar
verb
com *cantar*
◄ pàg. 26
Amb GU davant E, I
1 Fer que algú digui o faci una cosa, encara que no vulgui. Un contracte de treball obliga l'empresa a pagar un sou i el treballador a anar a treballar.
2 Fer que algú digui o faci alguna cosa per la força, de mala manera. Els lladres obliguen a qui roben a donar-los els diners.

obligatori obligatòria obligatoris obligatòries
adjectiu
Que obliga. Si un carrer és de sentit obligatori, només es pot circular en un sentit.

oblit oblits
nom masculí — L'oblit és el fet d'oblidar. És fàcil tenir un petit oblit i descuidar-se les claus.

oblong oblonga oblongs oblongues
adjectiu — Més llarg que ample. A les taules oblongues la gent de les puntes queda llunyana.

obnubilar-se
verb usat amb pronom com *cantar* ◄ pàg. 26 — Enterbolir-se i fer-se més lentes les capacitats mentals d'algú. Hi ha gent que en els exàmens s'obnubila i no sap què escriure.
obnubilació

oboè oboès
nom masculí — Un oboè és un instrument musical de vent, de fusta. Té forma de tub estret que s'eixampla una mica cap al final. L'embocadura és molt prima i porta una doble llengüeta.
pàgs. 394-395 (11) (40)

obra obres
nom femení — **1** Una obra és allò que algú fa o ha fet. Demostres que estimes algú amb obres i no només amb paraules: si el tractes bé i li dónes alegries.
2 Resultat de l'activitat d'algú. Les obres dels pintors i escultors s'acostumen a exposar en sales d'art.
3 Treball de construcció o de reparació de parets, d'edificis, de carreteres, etc. Quan es fan obres en una carretera, s'han de desviar els cotxes.
4 Una construcció d'**obra vista** és feta amb maons o pedra i sense recobrir amb ciment.
5 Les **obres públiques** són les construccions necessàries per al bon funcionament d'una col·lectivitat i pagades per l'Administració pública. Els ports, les carreteres o els embassaments són obres públiques.

obrador obradors
nom masculí — Un obrador és un lloc on es fan les feines manuals d'un art, d'una indústria o d'un comerç. L'obrador d'una fleca és on es fa el pa, el d'un escultor és el seu taller.

obrar
verb com *cantar* ◄ pàg. 26 — **1** Actuar, comportar-se. Si obres bé, segons la moral, tindràs amics.
2 Fer efecte, deixar-se sentir. Si un xarop encara no ha obrat, no l'has de deixar de prendre sense permís dels metges.

obreampolles obreampolles
nom masculí — Un obreampolles és un obridor per a treure els taps metàl·lics d'algunes ampolles.

obrellaunes obrellaunes
nom masculí — Un obrellaunes és un estri per a obrir llaunes de conserves.

obrer obrera obrers obreres
adjectiu — **1** Dels obrers. Un partit obrer defensa els interessos dels obrers.
nom masculí i femení — **2** Persona que treballa a sou en un ofici manual. En una fàbrica poden arribar a treballar-hi molts obrers.
adjectiu i nom femení — **3** Són obreres les abelles, les formigues o els tèrmits que, encara que són femelles, no es poden reproduir. Les obreres s'ocupen de recollir l'aliment i de cuidar les larves.
obrerisme

obridor obridora obridors obridores
adjectiu — **1** Que obre.
nom masculí — **2** Un obridor és un estri per a obrir llaunes de conserves o ampolles.

obrir
verb com *dormir* ◄ pàg. 27
Diferències: *obres, obre, obert, oberta, oberts, obertes*
1 Fer que es pugui arribar a dins d'alguna cosa o d'algun lloc traient o movent allò que els tanca. Es pot obrir la porta d'una habitació, la tapa d'una capsa o el tap d'una ampolla.
2 Obrir una sessió, un ball o un curs és fer que comenci.
3 Fer una obertura en un vestit, en una cova, en una paret, etc.
4 Obrir parèntesi, cometes o un altre signe de puntuació semblant és escriure'l abans d'un text. Després s'escriu el text que ha d'anar entre parèntesis, entre cometes, etc., i es tanca el signe de puntuació.
frase feta — **5** **Obrir els ulls** a algú és fer-li veure la veritat. De vegades un petit detall t'obre els ulls sobre el desenllaç d'una pel·lícula.
6 Algú **obre boca** quan parla. Si no saps què dir, més val que no obris boca.

obscè obscena obscens obscenes
adjectiu — Que es refereix al sexe de manera contrària a la moral. Hi ha pel·lícules obscenes.
obscenitat

obscur obscura obscurs obscures
adjectiu Amb BSC — **1** Fosc, que no té llum. En un pis obscur, s'hi han de fer servir més llums elèctrics que en un de clar.
2 Una idea, una classe o un escrit són obscurs quan són poc clars i costen de comprendre.
obscurir

obscuritat obscuritats
nom femení Amb BSC — L'obscuritat és la característica de les coses obscures. Caminar en l'obscuritat és difícil.

obsequi obsequis
nom masculí — Un obsequi és allò que es fa per a obsequiar algú. Hi ha obsequis senzills, com un petó, i d'altres molt cars.
obsequiós, obsequiosa

A B C D E F G H I J K L M N O P Q R S T U V W X Y Z

obsequiar
verb
com *canviar*
◄ pàg. 30
Amb dièresi
Obsequiar algú és mostrar-li molt d'afecte amb regals, festes, àpats i altres atencions.

observació observacions
nom femení
1 L'observació és el fet d'observar.
2 Fer una observació a algú és advertir-lo d'alguna cosa que no fa gaire bé. Les observacions que acompanyen un treball corregit ens ajuden a millorar-lo.

observador observadora observadors observadores
adjectiu
1 Que observa. Les persones observadores es fixen en tots els detalls.
nom masculí i femení
2 Persona encarregada d'observar una situació econòmica, unes eleccions, una reunió, etc., sense participar-hi, només per a informar el govern o la institució que li ha encomanat fer-ho.

observar
verb
com *cantar*
◄ pàg. 26
1 Mirar una cosa o una persona amb molta atenció per adonar-se de qualsevol detall. Observant els estels, ens podem orientar de nit.
2 Observar una llei, un estatut o un altre reglament és complir-lo estrictament; no fer res que hi estigui prohibit.
observança

observatori observatoris
nom masculí
Un observatori és un lloc especial per a fer-hi observacions. Hi ha observatoris astronòmics, per a observar els astres, i observatoris meteorològics, per a observar la temperatura, les pluges i altres variables del temps.

obsessió obsessions
nom femení
Una obsessió és una preocupació o una idea que tenim contínuament al cap i no ens deixa tranquils. Hi ha obsessions que són molt difícils de treure.
obsés, obsessa, obsessiu, obsessiva

obsessionar
verb
com *cantar*
◄ pàg. 26
Una idea o una preocupació obsessiona algú quan no el deixa pensar en res més. De vegades ens obsessiona acabar una feina i no estem tranquils fins que no l'hem acabada.

obsolet obsoleta obsolets obsoletes
adjectiu
Antiquat, que ja no es fa servir o que ha passat de moda.

obstacle obstacles
nom masculí
Un obstacle és alguna cosa que impedeix el pas o que fa que el camí sigui més difícil. Els arbres caiguts són obstacles en una carretera. Es diu que una persona ha tingut molts obstacles a la vida si ha passat per dificultats importants.
obstaculitzar

obstant
Aquesta paraula no es diu ni s'escriu mai sola.
locució que fa de preposició
1 No obstant una cosa vol dir a pesar d'aquesta cosa. *No obstant la pluja, vam fer l'excursió.*
locució que fa de conjunció
2 No obstant això o **això no obstant** vol dir sense que això que s'acaba de dir sigui un impediment. *Va ploure molt, i no obstant això, vam fer el cim.*

obstetrícia obstetrícies
nom femení
L'obstetrícia és la branca de la medicina que tracta de l'embaràs, del part i de les dones que acaben de tenir una criatura.

obstinar-se
verb usat amb pronom
com *cantar*
◄ pàg. 26
Mantenir-se en una opinió o en un propòsit sense dubtar-ne ni acceptar altres possibilitats. Hi ha qui s'obstina a votar un partit encara que veu que governa malament.
obstinació

obstruir
verb
com *reduir*
◄ pàg. 39
Amb dièresi
Tancar el pas d'un conducte o d'un camí. A vegades una excavadora obstrueix la carretera.
obstrucció

obtenció obtencions
nom femení
L'obtenció d'una cosa és el fet d'obtenir-la. L'obtenció d'alguns diplomes costa molts anys d'estudi.

obtenir
verb
com *tenir*
◄ pàg. 42
Diferència: *obtén* o *obtingues*
1 Aconseguir amb algun esforç. Alguns escriptors només obtenen un premi quan ja són molt grans.
2 Arribar a algun resultat en una feina, en la resolució d'un problema o en un experiment. Amb la fermentació de la llet s'obté formatge.

obturar
verb
com *cantar*
◄ pàg. 26
Tapar o tancar una obertura o un conducte. Si et surt sang del nas, pots obturar els forats del nas amb una mica de cotó fluix.
obturació

obtús obtusa obtusos obtuses
adjectiu
Es diu que una persona és obtusa quan no és gaire intel·ligent.

obtusangle obtusangles
adjectiu
Un triangle és obtusangle quan té un angle obtús.

obús obusos

nom masculí — **1** Un obús és una arma de foc grossa que dispara projectils amb una trajectòria més corba que la dels canons.
2 Projectil disparat per un obús o un canó.

obvi òbvia obvis òbvies

adjectiu — Que és evident, que es veu o es comprèn molt fàcilment. És obvi que els ulls són a la cara.
obvietat

oca oques

nom femení — Una oca és un ocell semblant a un ànec, però més gros i amb el coll més llarg. Les oques mengen cereals i verdures. Les domèstiques normalment són de color blanc i no volen. Es crien per a menjar-ne la carn. Serveixen per a vigilar les masies, ja que quan s'acosta una persona estranya criden molt fort.

ocàs ocasos

nom masculí — **1** L'ocàs és la posta del sol. Aquesta paraula es fa servir sobretot en literatura. *La calitja s'allunya en l'ocàs.*
2 L'ocàs d'una vida o d'una civilització és el final. L'ocàs de l'edat mitjana coincideix amb el començament del Renaixement.

ocasió ocasions

nom femení — **1** Una ocasió és el moment en què passa o es fa una cosa. En algunes ocasions més val que ningú no et conegui.
2 Bon moment per a alguna cosa. Es diu que l'ocasió fa el lladre perquè el moment és tan bo per a robar que la persona ho acaba fent.

locució que fa d'adjectiu — **3** Un article **d'ocasió** es ven a un preu més baix del normal. Els cotxes d'ocasió acostumen a ser vells i atrotinats.
ocasional

ocasionar

verb, com *cantar* ◄ pàg. 26 — Causar, provocar. Un virus pot ocasionar una malaltia.

occident occidents

nom masculí — **1** L'occident és l'oest, el punt per on es pon el sol. Aragó és situat a l'occident de Catalunya.
2 Conjunt de països de l'oest d'Europa i d'Amèrica del Nord que tenen un règim polític semblant. Els governs d'occident són democràtics.
occidentalitzar

occidental occidentals

adjectiu — **1** De l'occident o situat a l'occident. El català occidental es parla a Lleida, a part de Tarragona i al País Valencià.

nom masculí i femení — **2** Un o una occidental és una persona que és d'occident. La majoria d'occidentals són de pell blanca.

occipital occipitals

adjectiu — **1** Del clatell.

nom masculí — **2** L'occipital és l'os pla i amb un forat rodó que hi ha entre el crani i la columna vertebral. ✎ pàg. 797 ⑨

occir

verb, com *servir* ◄ pàg. 28 — Matar. Es fa servir en literatura.

occità occitana occitans occitanes

adjectiu — **1** D'Occitània. *La cuina occitana.*

nom masculí i femení — **2** Persona que és d'Occitània o que hi viu.

nom masculí — **3** L'occità és la llengua romànica pròpia d'Occitània, anomenada també *llengua d'oc*. Actualment es fa un gran esforç per recuperar-la, perquè els occitans parlen més en francès que en la seva llengua. L'aranès és un parlar occità i es parla a la Vall d'Aran.
occitanisme

oceà oceans

nom masculí — **1** L'oceà és la totalitat d'aigua salada que cobreix el planeta.
2 Un oceà és cadascuna de les cinc parts que es considera que té l'oceà: l'oceà Atlàntic, l'oceà Pacífic, l'oceà Índic, l'oceà Àrtic i l'oceà Antàrtic.
oceanografia, oceanogràfic

oceànic oceànica oceànics oceàniques

adjectiu — **1** De l'oceà. *La fauna oceànica.*
2 D'Oceania. *Les illes oceàniques.*

nom masculí i femení — **3** Persona que és d'Oceania o que hi viu.

ocell ocells

nom masculí — **1** Un ocell és un animal vertebrat que té el cos cobert de plomes, dues ales a la part de dalt del cos, dues potes i bec. Els ocells es reprodueixen per ous. La majoria d'ocells pot volar, com els coloms, els pardals i les àguiles.
2 Un **ocell del paradís** és un ocell de mida mitjana que té la cua molt llarga i plomes de colors molt bonics. Els ocells del paradís viuen a Nova Guinea i a Austràlia.
3 Es diu que una persona és un **ocell de mal averany** si només diu que passaran desgràcies.
4 Es diu que algú és un **ocell de primera volada** quan és molt jove i no té gaire experiència.
ocellada, ocellaire, ocelleria

oci ocis
nom masculí
1 L'oci és el fet d'estar sense fer res. Durant les vacances hi ha moments d'oci.
2 Temps lliure. Les estones d'oci permeten anar al teatre i viatjar.
ociós, ociosa, ociositat

oclusiu oclusiva oclusius oclusives
adjectiu
1 Que tanca.
adjectiu i nom femení
2 Un so és oclusiu quan els òrgans que es fan servir en la pronunciació arriben a tancar en un petit moment l'aire que surt de la boca. Els sons oclusius no es poden allargar, són curts. Són oclusius els sons consonàntics de les paraules *pa*, *tu* i *ca*.
nom femení
3 Una oclusiva és una lletra que representa un so oclusiu.

ocórrer
verb
com *córrer* ◄ pàg. 32
1 Succeir, passar. Durant les guerres ocorren coses molt desagradables.
2 Una idea ens ocorre quan ens ve al pensament. A vegades no hi ha manera que ens ocorri la solució d'un problema.

ocre ocres
adjectiu
1 Que és de color marró grogós o marró vermellós.
nom masculí
2 L'ocre és el color de la terra i de la sorra.

octaedre octaedres
nom masculí
També *octàedre*
Un octaedre és un poliedre regular de vuit cares que són triangles equilàters.

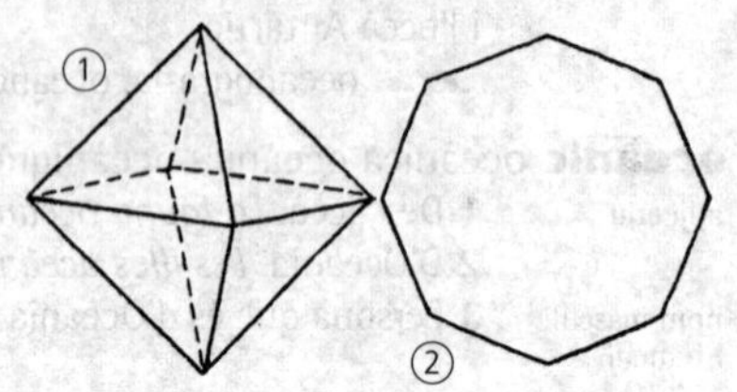

①Un octaedre. ②Un octàgon.

octàgon octàgons
nom masculí
També *octògon*
Un octàgon és un polígon de vuit costats.
✎ octaedre

octava octaves
nom femení
1 Una octava és una estrofa que té vuit versos. A vegades per Nadal es reciten octaves.
2 En música, una octava és una sèrie de vuit notes que té les set d'una escala i la primera de l'escala següent. "Do, re, mi, fa, sol, la, si, do" és una octava.

octogenari octogenària octogenaris octogenàries
nom masculí i femení
Persona que té entre vuitanta i noranta anys.

octògon octògons
nom masculí
Octàgon.

octubre octubres
nom masculí
L'octubre és el desè mes de l'any. Té 31 dies. Diu el refrany: "Quan octubre ha finit, mor la mosca i el mosquit".

ocular oculars
adjectiu
1 Que està relacionat amb els ulls. Unes gotes oculars són per als ulls. El testimoni ocular d'uns fets és la persona que els ha vist directament.
nom masculí
2 L'ocular d'un instrument òptic és la lent o el sistema de lents que hi ha al lloc per on es mira. Per mirar per un microscopi has de posar els ulls a l'ocular.

oculista oculistes
nom masculí i femení
Un o una oculista és un metge o una metgessa dels ulls.

ocult oculta ocults ocultes
adjectiu
Que no es veu o no es coneix. La Lluna té una cara oculta que no veiem mai des de la Terra.
ocultació, ocultar, ocultisme

ocupa ocupes
adjectiu
També *okupa*
1 Dels ocupes. Podem parlar del col·lectiu ocupa o del moviment ocupa.
nom masculí i femení
2 Un o una ocupa és una persona que s'instal·la sense permís en una casa buida que no és seva.

ocupació ocupacions
nom femení
1 L'ocupació d'alguna cosa és el fet d'ocupar-la. Ja fa molts anys de l'ocupació de Menorca pels anglesos.
2 L'ocupació d'algú és la feina que fa. Una persona sense ocupació no va a treballar i no cobra sou.
3 Tot allò que fa una persona. Les persones que tenen moltes ocupacions no tenen temps d'estar sense fer res.

ocupar
verb
com *cantar* ◄ pàg. 26
1 Posar-se en un lloc. El públic no ocupa un teatre fins que no falta poc per a començar la representació.
2 Envair. Quan l'exèrcit d'un país n'ocupa un altre, acostuma a haver-hi una guerra.
3 Estar en un lloc o en un càrrec. El president del govern ha de presentar-se a les eleccions si vol ocupar el seu càrrec quatre anys més.
4 Omplir un lloc. Els escrits molt llargs ocupen molt de paper.
5 Omplir un espai de temps. Cuinar ocupa moltes hores.
6 Donar feina a algú. Les empreses multinacionals ocupen molts treballadors.
ocupant

ocurrència ocurrències

nom femení — Tenir una ocurrència és tenir de sobte una idea original.
ocurrent

oda odes

nom femení — Una oda és un poema líric que acostuma a dividir-se en estrofes o parts iguals. Bonaventura Carles Aribau va escriure l'oda *La Pàtria* el 1833.

odi odis

nom masculí — L'odi és un sentiment molt fort contra algú o alguna cosa. Si odies una persona no vols fer res amb ella. Si odies les bledes, no t'agrada haver-ne de menjar.
odiar, odiós, odiosa

odissea odissees

nom femení — Una odissea és una sèrie de dificultats que s'han de passar per aconseguir un propòsit. L'*Odissea* és un poema grec molt antic que explica el viatge llarg i ple de perills d'un heroi que torna a casa seva, a l'illa d'Ítaca.

odontologia odontologies

nom femení — L'odontologia és la branca de la medicina que tracta de les dents.
odontòleg, odontòloga

odorífer odorífera odorífers odoríferes

adjectiu — **1** Que fa olor.
2 Les glàndules odoríferes són les que produeixen líquids d'una olor molt forta. Alguns animals, com els eriçons, tenen glàndules odoríferes per a espantar els seus enemics amb la pudor que fan.

oest oests

nom masculí — L'oest és un dels quatre punts cardinals, aquell per on es pon el sol. Aragó és situat a l'oest de Catalunya.

ofec ofecs

nom masculí — L'ofec és una forta dificultat per a respirar. Les persones que pateixen d'ofec fan servir uns esprais de la farmàcia.

ofegar

verb, com *cantar* ◄ pàg. 20, Amb GU davant E, I — **1** Ofegar una persona o un animal és matar-lo impedint que respiri. Si treus un peix de l'aigua, l'ofegaràs.
2 No deixar respirar bé. Quan es crema un edifici, els fums ofeguen les persones que s'hi queden. Diem que una cosa ens ofega quan ens atabala molt i no ens deixa respirar tranquils.

usat amb pronom — **3 Ofegar-se** és no poder respirar bé. Els malalts dels pulmons s'ofeguen.
4 Una persona o un animal **s'ofega** quan es mor perquè queda dins d'un líquid i no pot respirar. Si una persona no sap nedar i cau a l'aigua, es pot ofegar.

frase feta i verb usat amb pronom — **5 Ofegar-se en un got d'aigua** és trobar insalvable qualsevol petita dificultat.

ofendre

verb, com *prendre* ◄ pàg. 38, Diferència: *ofèn, ofès* — **1** Ofendre una persona és ferir els seus sentiments, la seva dignitat. Si a un amic que et fa un favor li dius que li pagaràs, l'ofens.
2 Una sensació ofèn quan molesta molt, fins i tot fa mal. Els raigs del sol, mirats directament, ofenen els ulls; hi ha pudors que ofenen.

usat amb pronom — **3** Una persona **s'ofèn** quan se sent ferida en la seva dignitat. Hi ha qui és molt sensible i s'ofèn sense motiu.

ofensa ofenses

nom femení — Una ofensa és tot allò que ofèn, com, per exemple, un insult.
ofensor

ofensiu ofensiva ofensius ofensives

adjectiu — **1** Que pot ofendre o que pot atacar. Hi ha paraules ofensives.

nom femení — **2** Una ofensiva és una acció d'atac. Una bona ofensiva és la millor defensa d'un exèrcit.

oferir

verb, com *servir* ◄ pàg. 28, Diferències: *ofert, oferta, oferts, ofertes* — **1** Dir a algú que pot agafar, mirar o usar allò que no li pertany. Si una amistat t'ofereix casa seva, pots anar-hi a viure. Quan l'ajuntament ofereix una sardinada, tothom pot anar-hi a menjar sardines.

usat amb pronom — **2 Oferir-se** a fer alguna cosa és estar disposat a fer-la. Hi ha persones que s'ofereixen com a voluntàries per a apagar incendis.
oferent, oferiment

oferta ofertes

nom femení — **1** Una oferta és el fet d'oferir o d'oferir-se. Si una empresa et fa una oferta de treball, has de pensar si t'interessa agafar la feina.
2 En el comerç, els productes d'oferta són els que s'ofereixen a un preu rebaixat. La roba d'oferta després no es pot canviar.
3 L'oferta és el conjunt de productes que es poden vendre en un moment determinat. L'economia capitalista es regeix per la llei de l'oferta i la demanda. A la tardor augmenta l'oferta de bolets.

en off

locució que fa d'adjectiu — En teatre, cine o televisió, una veu en off és una veu que parla des de fora de l'acció que es representa. En els anuncis, s'acostuma a sentir una veu en off que diu el nom de la marca anunciada. És una expressió anglesa.

ofici oficis
nom masculí
1 Un ofici és una feina de tipus manual que serveix per a guanyar-se la vida. Per a tenir un ofici es pot estudiar formació professional. Per a ser lampista s'ha de conèixer l'ofici.
2 Qualsevol responsabilitat que té algú pel càrrec que ocupa. L'ofici d'alcalde obliga a molts deures.
3 Document oficial escrit per una persona d'una institució a una persona d'un altre departament o d'una altra institució.
4 Celebració religiosa que es fa en diades assenyalades.
oficiar

oficial[1] oficials
adjectiu
1 De l'Estat o de les autoritats. En el Diari Oficial de la Generalitat es publiquen les noves lleis. El cotxe oficial d'una autoritat és pagat per l'Estat.
2 Un alumne oficial està matriculat en un curs i hi assisteix normalment, al contrari dels alumnes lliures.
oficialitat, oficialitzar, oficiós, oficiosa

oficial[2] oficiala oficials oficiales
nom masculí i femení
1 Persona que té un ofici.
2 Persona que té un càrrec important a l'exèrcit. Els tinents i els capitans són oficials.

oficina oficines
nom femení
1 Una oficina és un lloc on l'Administració ofereix els seus serveis. Hi ha oficines de correus, de turisme, de recaptació d'impostos, d'informació, etc.
2 En una empresa, lloc on es fan les feines d'administració: la comptabilitat, la correspondència, etc.

oficinista oficinistes
nom masculí i femení
Un o una oficinista és una persona que treballa en una oficina.

ofidi ofidis
nom masculí
Un ofidi és un rèptil dels que comunament es diuen *serps*. Els ofidis avancen arrossegant-se per terra.

ofrena ofrenes
nom femení
Una ofrena és allò que s'ofereix a una divinitat. En alguns temples es fan ofrenes religioses a Déu.
ofrenar

òfset òfsets
nom masculí
L'òfset és un sistema modern d'impressió. Consisteix a passar les imatges de la planxa de gravar a un clixé de cautxú, que és el que imprimeix el paper. Com que el cautxú és flexible, el clixé es munta en un cilindre. L'òfset serveix per a imprimir diaris; permet fer tirades de més exemplars que els sistemes tradicionals sense que es desgasti el clixé, per això és un sistema econòmic.

oftalmologia oftalmologies
nom femení
L'oftalmologia és la branca de la medicina que tracta dels ulls.
oftalmòleg, oftalmòloga

ogiva ogives
nom femení
Una ogiva és una corba formada per dos arcs iguals que es tallen en un punt. Els arcs característics de les construccions gòtiques tenen forma d'ogiva, acaben en punta.
ogival

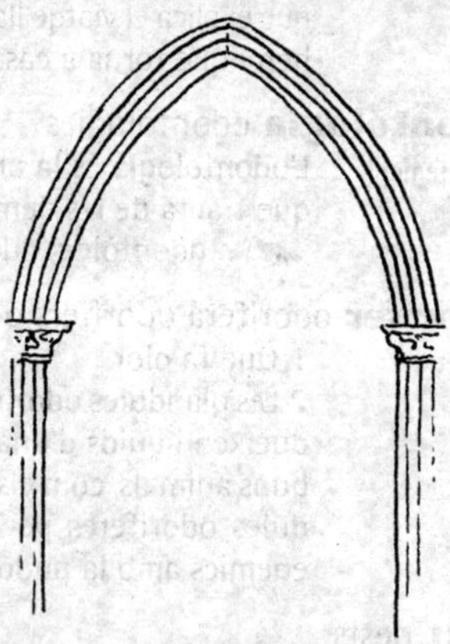

Una ogiva

ogre ogressa ogres ogresses
nom masculí i femení
1 Personatge monstruós dels contes de fades que es menja els nens i les persones.
2 Persona que té molt mal caràcter.

oh
interjecció
1 Exclamació que diem quan tenim una gran sorpresa, pena o alegria. *Oh!, m'ha tocat la grossa! Oh!, quina rascada!, Oh!, no te n'havies anat? Oh!, em pensava que ens veuríem més estona.*
2 Paraula que diem abans d'anomenar algú quan li parlem amb solemnitat. *Oh, amor meu, no em deixi's.*

ohm ohms
nom masculí
Un ohm és una unitat que mesura la resistència elèctrica dels conductors d'electricitat.

oi
interjecció
1 Paraula que diem just abans o just després de preguntar alguna cosa o de dema-

nar algun favor. Quan diem *oi* és perquè volem que ens contestin que sí. *Oi que la meitat de deu és cinc? La meitat de deu és cinc, oi? Oi que em portaràs a casa? Em portaràs a casa, oi?*
2 Exclamació de sorpresa. *Oi!, ja ets aquí?*

oidà
interjecció — Exclamació d'alegria o de sorpresa. *Oidà!, ja han arribat les vacances!*

oïda oïdes
nom femení — L'oïda és el sentit que ens permet sentir els sons. Els gats tenen el sentit de l'oïda molt fi.
oïdor

oient oients
adjectiu i nom masculí i femení — **1** Que escolta. Els oients d'una emissora de ràdio són les persones que l'escolten.
nom masculí i femení — **2** Un o una oient d'un curs és una persona que va a classe sense estar-ne matriculada.

oir
verb com *reduir* ◄ pàg. 39 Amb dièresi — **1** Sentir amb l'oïda. Els sons molt llunyans costen d'oir.
frase feta — **2 Oir missa** és anar a missa.

okupa okupes
adjectiu i nom masculí i femení — Ocupa. Es diu de manera informal.

oleaginós oleaginosa oleaginosos oleaginoses
adjectiu — **1** Que té oli. Les olives i els cacauets són oleaginosos.
2 Que és relliscós com l'oli. Alguns vernissos són oleaginosos.

oleoducte oleoductes
nom masculí — Un oleoducte és una canonada molt llarga per a transportar petroli.

olfacte olfactes
nom masculí — L'olfacte és el sentit que ens permet sentir les olors. Els gossos tenen molt d'olfacte.
olfactiu, olfactiva

oli olis
nom masculí — **1** Un oli és un greix que a temperatura ambient és líquid. Els olis no es dissolen en l'aigua. Hi ha olis vegetals, com l'oli d'ametlles; animals, com l'oli de fetge de bacallà, i minerals, com el que es treu del petroli. L'oli que es fa servir més a la cuina és el d'oliva, que dóna molt bon gust als fregits i a les amanides.
2 Tipus de pintura feta amb colors barrejats amb oli.
3 L'**oli de llinosa** és un oli que es treu de les llavors del lli. Es fa servir en pintura i en farmàcia.
locució que fa d'adjectiu — **4** Una cosa **de pa sucat amb oli** és de poca categoria.
frase feta — **5 Haver begut oli** és estar perdut, no poder evitar una desgràcia.
6 Ser oli en un llum és ser un remei molt bo i molt senzill.
7 Una notícia **s'escampa com una taca d'oli** quan de seguida la sap tothom.
oliar, olier, oliós, oliosa

òliba òlibes
nom femení — Una òliba és un ocell de rapinya que surt a la nit com els mussols. Fa de 32 a 34 centímetres i té les plomes de color clar i daurat a tot el cos, amb petites taques negres. Al voltant dels ulls, situats al davant de la cara, hi té com unes grans ulleres. Fa el niu als campanars i a les cases en ruïnes.

oligopoli oligopolis
nom masculí — Unes quantes empreses tenen l'oligopoli sobre un producte quan gairebé són les úniques que el venen o el fabriquen.

olimpíada olimpíades
nom femení Mot esdrúixol — **1** Una olimpíada és l'espai de temps que hi ha entre la celebració de dos jocs olímpics.
2 És també la celebració dels jocs olímpics.
olímpic

oliva olives
nom femení — Una oliva és un fruit de color verd o negre, de forma arrodonida i amb un pinyol gros. Les olives tenen gust salat i es posen a les amanides. De les olives es treu l'oli.
págs. 398-399 (23)
olivaire, olivar, olivarer, oliverar

olivera oliveres
nom femení — Una olivera és un arbre que fa olives. Té el tronc gruixut, sovint recargolat, i les fulles petites i de color verd fort.

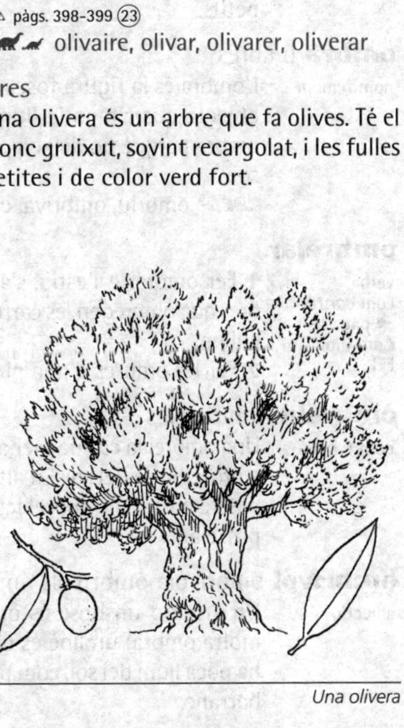

Una olivera

olla olles

nom femení — 1 Una olla és un recipient de cuina més alt que ample que es fa servir per a bullir els aliments o per a escalfar aigua. Té dues nanses i pot ser de terrissa o de metall. Algunes olles tenen forma arrodonida com una panxa.

frase feta — 2 Diem que una reunió o una classe **és una olla de grills** quan tothom parla alhora i ningú no s'entén.

ollada, oller, olleria

olor olors

nom femení — L'olor és la sensació que experimentem amb el nas quan hi ha a prop una flor, un perfum, un aliment cuinat, etc. Les coses fan olor perquè desprenen partícules invisibles. Una olor desagradable és una pudor.

olorar

verb, com *cantar* ◄ pàg. 26 — Fer que l'aire entri pel nas per a sentir l'olor de les coses.

olorós olorosa olorosos oloroses

adjectiu — Que fa olor, sobretot bona olor.

olotí olotina olotins olotines

adjectiu — 1 D'Olot. *Els volcans olotins.*

nom masculí i femení — 2 Persona que és d'Olot o que hi viu.

om oms

nom masculí — Un om és un arbre que viu prop de llocs humits, com les vores dels rius. Té les fulles caduques i de forma dentada i fa uns fruits petits.

ombra ombres

nom femení — L'ombra és la figura fosca que projecta un objecte quan tapa la llum. Els arbres fan ombra perquè no deixen passar la llum del sol.

ombriu, ombriva, ombrós, ombrosa

ombrejar

verb, com *cantar* ◄ pàg. 26, Amb G davant E, I — 1 Fer ombra. A l'estiu, s'agraeixen els arbres que ombregen les carreteres per on circulem.

2 Fer les ombres d'una pintura.

ombrel·la ombrel·les

nom femení — Una ombrel·la és una mena de paraigua per a protegir-se del sol. En altre temps les dones feien servir ombrel·les quan sortien a passejar.

ombrívol ombrívola ombrívols ombrívoles

adjectiu — Un arbre o un bosc és ombrívol quan fa molta ombra; un lloc és ombrívol quan hi ha poca llum del sol, com passa al fons d'un barranc.

omega omegues

nom femení — Nom de la vint-i-quatrena lletra de l'alfabet grec ω, Ω. És l'última lletra d'aquest alfabet.

ometre

verb, com *perdre* ◄ pàg. 27, Diferències: *omès, omesa, omesos, omeses* — Deixar de banda alguna cosa, no fer o no dir alguna cosa. Si en un escrit et deixes unes paraules és que les has omeses.

omissió

omís omisa omisos omises

adjectiu — Fer cas omís d'una cosa és deixar-la de banda, no tenir-la en compte.

omnívor omnívora omnívors omnívores

adjectiu — Que menja de tot. Les persones som omnívores, perquè ens alimentem amb vegetals, ous, llet, carn, etc.

omòplat omòplats

nom masculí — L'omòplat és l'os pla i ample que hi ha a l'espatlla. Cada espatlla té un omòplat.

pàg. 797 (12)

omplir

verb, com *dormir* ◄ pàg. 27, Diferències: *omples, omple, omplert, omplerta, omplerts, omplertes* — 1 Fer que una bossa, una ampolla o un altre recipient quedi ple, que no hi càpiga res més. Omplim els cistells amb fruita i els gots amb aigua.

2 Ocupar, la gent, totalment un local, un espai. Els aficionats omplen el camp de futbol, el públic omple el teatre.

usat amb pronom — 3 **Omplir-se** és quedar-se ple un recipient, un local. Així, una ampolla s'omple de llet. També diem que els mobles s'omplen de pols i que els dissabtes els mercats s'omplen de gent.

¹on

pronom relatiu — Aquesta paraula introdueix frases que complementen un nom i es refereix a llocs.

La frase introduïda fa la funció d'un adjectiu.

- *Aquesta és la casa on viu des de fa tres anys.*

També va darrere de preposicions:

- *El país d'on vénen és molt pobre. Els llocs per on passarem seran molt pintorescos.*

²on

adverbi i pronom interrogatius — Aquesta paraula s'usa per a preguntar en quin lloc, de quin lloc, per quin lloc.

També pot ser *a on*:

- *On vas? A on vas? A on vius? On vas néixer?*
- *D'on véns? D'on surts?*
- *Per on es passa per anar als Pirineus? No sabem on viu.*

ona ones

nom femení — **1** Una ona és el moviment que fa l'aigua del mar, que puja i després baixa.
2 També es diuen *ones* altres moviments que s'assemblen als de les ones del mar. Per això, en física es parla d'ones sonores, magnètiques i radioelèctriques.

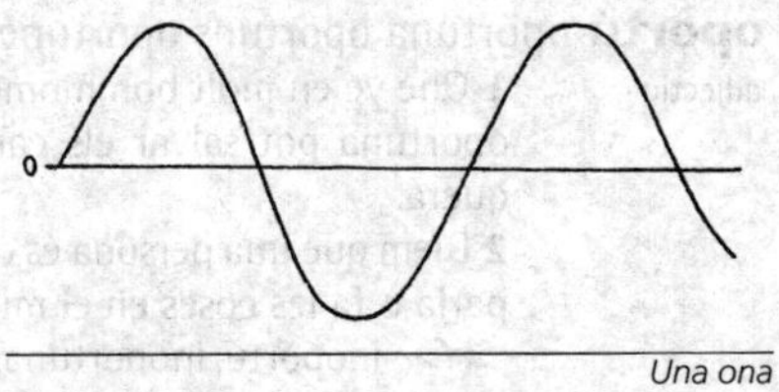

Una ona

3 L'**ona expansiva** d'una explosió és el moviment fort i violent de l'aire que aquesta provoca. L'ona expansiva trenca els vidres de les cases i fa moltes destrosses.
oneig, onejar

onada onades

nom femení — Ona del mar.

onatge onatges

nom masculí — L'onatge és el conjunt d'onades que el vent produeix en el mar, en un llac o en un pantà.

oncle oncles

nom masculí — L'oncle d'una persona és el germà de la seva mare o del seu pare. Si els teus pares no tenen germans, no pots tenir oncles.

oncologia oncologies

nom femení — L'oncologia és la branca de la medicina que tracta dels tumors.
oncòleg, oncòloga

onda ondes

nom femení — Una onda és una corba cap amunt o cap avall del perfil d'una cosa que no és llisa. El cabell que no és estirat fa ondes.
ondejar

ondina ondines

nom femení — Una ondina és un personatge de les faules tradicionals europees que diuen que viu a l'aigua, com les sirenes.

ondular

verb
com *cantar*
◄ pàg. 26

1 Fer que una cosa es mogui formant ones. El vent ondula el mar.
2 Fer que una cosa agafi forma d'ondes. Si tens el cabell llis, a la perruqueria te'l poden ondular.
ondulació, ondulat, ondulada

oníric onírica onírics oníriques

adjectiu — Dels somnis. Les imatges oníriques són estranyes.

onomàstic onomàstica onomàstics onomàstiques

adjectiu — **1** Dels noms propis.
nom femení — **2** L'onomàstica és la ciència que estudia els noms propis.
3 L'onomàstica d'una persona és la celebració del seu sant.

onomatopeia onomatopeies

nom femení — Una onomatopeia és una paraula que imita un so natural. *Mèu* és una onomatopeia que imita el miolar del gat.
onomatopeic

onsevulga

adverbi — En qualsevol lloc. *Onsevulga que vagis trobaràs gent que treballa.*

onze onzes

determinant numeral
Amb Z
1 Onze coses són deu més una.
nom masculí — **2** L'onze és el nom de l'11.
onzè, onzena

opac opaca opacs opaques

adjectiu — Que no deixa passar la llum. Les finestres d'un laboratori de fotografia han de ser opaques.
opacitat

òpal òpals

nom masculí — **1** L'òpal és un mineral compost de silici. Generalment té un to blanquinós, però pot tenir tots els colors.
2 L'**òpal noble** és una varietat d'òpal que es fa servir en joieria. També es poleix en forma de làmines molt primes que deixen passar la llum.

opció opcions

nom femení — **1** Una opció és cadascuna de les possibilitats que tens quan pots triar entre més d'una cosa. Si fa molt fred a casa hi ha dues opcions: abrigar-se més o encendre una estufa.
2 Tenir l'opció d'una cosa és poder-la triar entre d'altres. Si tens l'opció d'un safari a l'Àfrica és que t'han preguntat si hi vols anar i t'ho pots permetre.
opcional

òpera òperes

nom femení — **1** Una òpera és una obra de teatre escrita per a representar-se cantant i amb l'acompanyament d'una orquestra. Té lletra i música. *Aïda* és una òpera ambientada a Egipte.
2 Teatre on es fa òpera. El Teatro alla Scala és l'òpera de Milà.

operació operacions

nom femení — **1** Una operació és una acció que es fa d'acord amb un pla o unes normes establertes, segons unes condicions determinades. Es parla, per exemple, d'operacions militars o d'una operació de compravenda.

2 Manera de tractar alguns mals que consisteix a obrir una part del cos de la persona que s'opera per a poder treure'n un tumor, arreglar un trencament d'ossos, cosir un teixit esquinçat, etc. També es fan operacions d'estètica per a millorar l'aspecte de les persones.

3 Una operació matemàtica és qualsevol càlcul que es fa amb números. Quan volem resoldre un problema hem de fer diverses operacions: sumes, divisions, etc.

operacional, operatiu, operativa

operador operadora operadors operadores

nom masculí i femení

1 Persona que opera amb una màquina. En una pel·lícula, hi treballen força operadors.

2 Metge o metgessa que fa operacions quirúrgiques.

operar

verb
com *cantar*
◄ pàg. 26

1 Fer una operació quirúrgica. Els cirurgians operen amb les mans i amb instruments molt delicats.

2 Fer una acció, actuar. Durant la Segona Guerra Mundial, els submarins alemanys operaven a l'Atlàntic nord.

operari, operària, operatiu, operativa, operatori, operatòria

opercle opercles

nom masculí

Un opercle és una tapa que tenen alguns animals per a obrir i tancar les entrades del seu cos. Els caragols de mar tenen una peça dura i arrodonida que tapa el forat de la closca. Els peixos obren i tanquen els opercles per fer passar l'aigua per les brànquies.

opereta operetes

nom femení

Una opereta és una obra de teatre que es representa en part cantada i en part parlada, amb l'acompanyament d'una orquestra.

opi opis

nom masculí

L'opi és una substància que es treu del fruit del cascall. De l'opi, se'n fan drogues com la morfina i l'heroïna.

opinar

verb
com *cantar*
◄ pàg. 26

Tenir o donar una opinió. Dues persones poden opinar contràriament i ser molt amigues.

opinable

opinió opinions

nom femení

1 Una opinió és una manera de pensar sobre un tema. L'opinió d'alguns és que el món ja s'acaba; la d'uns altres, que encara li queden molts segles.

2 L'**opinió pública** és la manera de pensar de la gent d'un país sobre un fet que l'afecta. L'opinió pública està en contra de la violència.

opípar opípara opípars opípares

adjectiu

Un àpat opípar és molt abundant i deliciós. Hi ha festes que se celebren amb un banquet opípar.

oportú oportuna oportuns oportunes

adjectiu

1 Que ve en molt bon moment. Una pluja oportuna pot salvar els camps de la sequera.

2 Diem que una persona és oportuna quan parla o fa les coses en el millor moment.

inoportú, inoportuna, oportunisme, oportunista

oportunitat oportunitats

nom femení

1 L'oportunitat és la característica de les coses oportunes. L'oportunitat d'una trucada pot evitar un viatge innecessari.

2 Una oportunitat és un moment molt bo per a alguna cosa. Si s'aprofita una oportunitat per a comprar un cotxe, es poden estalviar molts diners.

inoportunitat

oposar

verb
com *cantar*
◄ pàg. 26

1 Dir o fer una cosa contrària a algú altre. Un país oposa el seu exèrcit al de l'enemic; una parlamentària pot oposar la seva opinió a la del govern.

usat amb pronom

2 Una cosa o una persona **s'oposa** a una altra quan hi va en contra. Fumar s'oposa a tenir bona salut. En un partit de futbol s'oposen dos equips.

oponent, opositor

oposició oposicions

nom femení

1 L'oposició a una cosa o a una persona és el fet d'oposar-s'hi.

2 Entre les coses oposades hi ha una oposició, com entre el bé i el mal, la dreta i l'esquerra o el blanc i el negre.

3 L'oposició a un govern és el conjunt de personalitats i de partits polítics que hi estan en contra. Els partits polítics de l'oposició volen guanyar les eleccions.

4 Una oposició per a un càrrec de l'Administració és una sèrie de proves que es fan a totes les persones que volen aconseguir aquest càrrec. Hi ha oposicions molt difícils on els opositors han d'estudiar molt per a aprovar.

opressió opressions

nom femení

1 L'opressió és el fet d'oprimir o el resultat d'haver oprimit. L'opressió d'un cinturó no deixa respirar bé.

A B C D E F G H I J K L M N O P Q R S T U V W X Y Z

2 Es diu que una persona o un país pateix opressió quan una autoritat l'oprimeix.
opressiu, opressiva, opressor

oprimir
verb com *servir* ◄ pàg. 28
1 Molestar amb el pes. Els cobrellits antics eren molt pesants i oprimien el cos. La roba estreta oprimeix.
2 Tractar malament i injustament una persona o tot un país. Els dictadors oprimeixen el poble.

optar
verb com *cantar* ◄ pàg. 26
Triar entre diferents possibilitats, una de les que se'ns presenten. Quan es va d'excursió es pot optar per anar a la platja o a la muntanya.

optatiu optativa optatius optatives
adjectiu
Que s'ha triat. Les assignatures optatives es poden triar, no són obligatòries.

òptic òptica òptics òptiques
adjectiu
1 Que està relacionat amb la vista o amb l'òptica. El nervi òptic ens permet veure-hi.
nom femení
2 L'òptica és la branca de la física que estudia la llum i els fenòmens lluminosos.
3 L'òptica d'una màquina de fotos o de cine és el conjunt de lents que té. Hi ha òptiques que deformen molt les imatges.
4 Una òptica és una botiga on venen ulleres i altres instruments òptics.
nom masculí i femení
5 Persona especialista en òptica.

òptim òptima òptims òptimes
adjectiu
Que és bonÍssim, el millor possible. Un deu sobre deu és una nota òptima.
optimar, optimitzar

optimista optimistes
adjectiu i nom masculí i femení
Que sempre veu la part més bona de les coses. Segons un pronòstic optimista, la humanitat mantindrà l'equilibri natural del planeta. Els optimistes veuen la mitja ampolla plena, i no la mitja ampolla buida.
optimisme

opulent opulenta opulents opulentes
adjectiu
D'una gran riquesa. Hi ha països opulents on es consumeix molt.
opulència

opuscle opuscles
nom masculí
Un opuscle és un escrit científic o literari curt.

or ors
nom masculí
1 L'or és un element metàl·lic de color groc brillant que no es fa malbé amb l'aire ni amb l'aigua, és molt tou i se'n poden fer làmines molt primes. És molt car. Amb l'or es fan joies i monedes. El seu símbol és: Au.
2 Es diu que una cosa és or o és d'or quan té molt valor. El temps és or. Hi ha artistes que tenen les mans d'or.
3 Es diu **or negre** al petroli.

oració oracions
nom femení
1 En gramàtica, una oració és una frase. *Les vaques pasturen* és una oració.
2 Paraules que es diuen a Déu, a la Mare de Déu o als sants per a lloar-los, donar-los gràcies o demanar-los alguna cosa. Sovint són fórmules que es repeteixen sempre igual i s'aprenen de memòria.

orada orades
nom femení
Una orada és un peix de cos ovalat, bastant alt a la part del llom i una mica pla, amb el cap gros. És de color gris clar, amb els costats platejats, i té una taca daurada al cap, entre els dos ulls. Les orades fan normalment uns 35 centímetres de llargària, però algunes poden arribar als 50. L'orada es pot coure al forn, coberta de sal.

orador oradora oradors oradores
nom masculí i femení
Persona que parla en públic. A una bona oradora se li entén bé el que diu.

oral orals
adjectiu
1 Que es diu parlant, que no és escrit. En un examen oral les preguntes i les respostes no s'escriuen.
2 Que està relacionat amb la boca. Els medicaments per via oral es prenen per la boca.

orangutan orangutans
nom masculí
Un orangutan és un simi que té els braços molt llargs i el cos cobert de pèl llarg i vermellós. Els orangutans viuen a les selves del sud-est d'Àsia i van d'un lloc a l'altre passant per les branques dels arbres. Els orangutans mascles tenen barba i bigoti.

orar
verb com *cantar* ◄ pàg. 26
Resar. Els monjos i les monges dediquen la vida a orar i treballar.

orat orada orats orades
adjectiu
Boig.

oratge oratges
nom masculí
1 Vent.
2 L'oratge és el temps atmosfèric. Si fa bon oratge podem sortir d'excursió.

oratori oratòria oratoris oratòries
adjectiu
1 Que està relacionat amb l'oratòria.
nom femení
2 L'oratòria és l'art de parlar en públic.
nom masculí
3 Un oratori és un lloc on es fa oració, i també una composició musical de tema religiós, com *El Messies* de Haendel.

A B C D E F G H I J K L M N O P Q R S T U V W X Y Z

orb orba orbs orbes
adjectiu Cec.

orbe orbes
nom masculí L'orbe és l'univers, el conjunt de totes les coses existents.

orbicular orbiculars
adjectiu 1 Que té el contorn de forma circular, semblant a un disc. Les fulles d'alguns arbres són orbiculars.
nom masculí 2 Nom de diferents músculs de forma circular.
3 Orbicular de les parpelles pàg. 800 (3)
4 Orbicular dels llavis pàg. 800 (4)

òrbita òrbites
nom femení 1 L'òrbita d'un astre és el camí que recorre al voltant d'un altre astre. Els satèl·lits artificials descriuen una òrbita al voltant de la Terra.
2 Cada un dels dos forats rodons de la cara on hi ha els ulls.
orbital

orca orques
nom femení Una orca és un mamífer de la família dels dofins que viu als mars freds i s'alimenta de peixos i altres animals marins. Les orques arriben a fer deu metres de llarg, tenen el dors negre i la part del ventre blanca. Són molt intel·ligents i es poden ensinistrar.

orde ordes
nom masculí 1 Un orde és una societat de religiosos o de religioses que prometen solemnement obeir una regla i viuen normalment en monestirs i convents. L'orde benedictí segueix la regla de sant Benet.
2 Un **orde militar** era una de les institucions militars i religioses que es van crear al final de l'edat mitjana per a assegurar les conquestes dels cristians. Els templers eren un orde militar.

ordenació ordenacions
nom femení 1 L'ordenació és el fet d'ordenar o d'ordenar-se.
2 Cerimònia religiosa que se celebra quan un bisbe de l'Església catòlica fa que un fidel cristià passi a ser capellà o que un capellà passi a ser bisbe.

ordenada ordenades
nom femení En matemàtiques, l'ordenada d'uns eixos de coordenades és la línia vertical.

ordenança ordenances
nom femení 1 Una ordenança és un conjunt d'ordres per al bon funcionament d'una ciutat, de l'exèrcit o d'una altra comunitat.
nom masculí i femení 2 Un o una ordenança és una persona que en algunes oficines s'encarrega de portar les cartes i altres papers.

ordenar
verb com *cantar* ◄ pàg. 26
1 Posar en ordre. Si ordenes els llibres per autors, et molesta que te'ls desordenin.
2 Donar ordres. Per a saber ordenar s'ha de saber obeir.
3 Fer l'ordenació d'un fidel cristià. Els bisbes ordenen els capellans. Si un home s'ordena capellà, pot celebrar missa.
contraordenar

ordi ordis
nom masculí L'ordi és un cereal propi de les zones temperades. Es cultiva molt per a l'alimentació del bestiar i per a la fabricació de cervesa. Amb l'ordi es fa el malt, que es pren com a succedani del cafè.

ordinador ordinadors
nom masculí Un ordinador és una màquina automàtica que pot rebre informació, emmagatzemar-la en la memòria i tractar-la segons uns programes o conjunts d'instruccions. Els ordinadors personals o PC i els ordinadors portàtils són petits i estan pensats per a resoldre necessitats individuals: portar la comptabilitat de casa, tenir una agenda de telèfons, escriure textos, dibuixar, jugar, navegar per Internet, etc.
pàg. 996 (15)

ordinal ordinals
adjectiu i nom masculí Que implica el número d'ordre. En gramàtica, els ordinals són determinants numerals o adverbis. *Primer* és un determinant numeral ordinal i *primerament* és un adverbi ordinal. *El primer dia del mes és l'u. Primerament parlarem i després...*

ordinari ordinària ordinaris ordinàries
adjectiu 1 Segons el costum, sense res d'especial. Un examen ordinari és com els que es fan normalment; en canvi, una convocatòria extraordinària es fa fora de les dates acostumades.
2 Que és de baixa qualitat o de poca educació. No queda bé anar a una gran cerimònia amb un vestit ordinari. Una persona ordinària no sap comportar-se en situacions molt formals.

ordit ordits
nom masculí L'ordit d'una tela teixida és el conjunt dels fils que van en la mateixa direcció que les vores de la peça de tela. Els fils de l'ordit s'entrecreuen amb els de la trama.
ordir

ordre ordres

nom masculí 1 L'ordre és la manera com estan posades les coses o la manera com van les unes darrere de les altres quan no estan o no van de qualsevol manera. Si en una habitació hi ha ordre, les joguines estan en capses, els llibres estan ben col·locats a les prestatgeries i la roba s'ha desat a l'armari. Un grup de persones poden estar per ordre d'alçades, d'edats o per ordre alfabètic.

2 Conjunt d'animals o de plantes que tenen unes mateixes característiques. En la classificació científica, l'ordre va després de la classe i abans de la família. El gat és de l'ordre dels carnívors.

3 Manera disciplinada i responsable de comportar-se. En una assemblea cal que hi hagi ordre per a arribar a acords.

nom femení 4 Una ordre és un manament que s'ha de complir. A les persones autoritàries els agrada donar ordres. Si no es fa una ordre de pagament, el banc no pot pagar una factura.

contraordre

oreig oreigs

nom masculí L'oreig és un vent suau.
També *orejos*

orejar

orella orelles

nom femení 1 L'orella és l'òrgan de l'oïda. L'orella interna i l'orella mitjana es troben dins del crani i són formades per ossets, membranes, músculs, líquids i terminacions nervioses. L'orella externa és formada per un conducte i un cartílag.

2 Part exterior d'aquest òrgan que tenim a banda i banda del cap, formada de cartílag i pell. És l'orella externa dels mamífers. Alguns animals, com els gossos i els gats, poden moure les orelles per sentir-hi millor. pàg. 793 (19)

frase feta 3 Diem que algú **ensenya l'orella** quan se li veuen les intencions que porta encara que se n'amagui.

4 Diem que algú **es veu les orelles** quan comença a sentir-se fort després d'una malaltia greu o d'un altre perill.

5 Diem, en broma, que a algú **li xiulen les orelles** quan estan parlant d'ell sense que hi sigui.

orellut orelluda orelluts orelludes

adjectiu Que té les orelles grosses.

oremus oremus

nom masculí 1 Paraula llatina que es diu abans d'algunes oracions de la missa en llatí.

frase feta 2 **Perdre l'oremus** és despistar-se, perdre la memòria.

oreneta orenetes

nom femení Una oreneta és un ocell petit que té la part de l'esquena fosca i la del ventre clara. Té la cua llarga i dividida en dos com una forca. Les orenetes s'alimenten d'insectes i sovint volen molt a prop de terra, fent passades amunt i avall. Fan el niu amb fang sota de les bigues de terrasses i coberts.

Unes orenetes

orenga orengues

nom femení Una orenga és una planta herbàcia aromàtica que pot arribar a uns 90 centímetres d'alçària. Les seves fulles tenen forma ovalada i fa flors de color violeta rosat amb molts pètals petits. Té propietats digestives. Les fulles i les flors es fan servir com a condiment. Algunes pizzes porten orenga.

orfe òrfena orfes òrfenes

adjectiu i nom masculí i femení
Amb O
Sense H

Que és menor d'edat i no té pare, no té mare, o no té pare ni mare. A vegades una família adopta un orfe.

orfandat, orfenat, orfenesa

orfebre orfebres

nom masculí i femení Un o una orfebre és una persona que treballa l'or o altres metalls preciosos. Els orfebres fan joies o en venen.

orfeó orfeons

nom masculí Un orfeó és un agrupament de persones que canten juntes en un cor i fan altres activitats culturals.

òrgan òrgans

nom masculí 1 Un òrgan és una part del cos formada per diversos teixits que fan una funció conjuntament. El cor és un òrgan que fa circular la sang per tot el cos.

2 Mitjà per a fer una funció important. Un partit polític pot tenir un diari que sigui l'òrgan per a fer conèixer les seves idees.

organdí organdís

nom masculí L'organdí és un teixit de cotó que té un aspecte transparent i una mica rígid.

orgànic orgànica orgànics orgàniques

adjectiu

1 Dels òrgans. Algunes malalties provenen d'un mal funcionament orgànic.

2 Dels éssers vius. Una terra amb molta matèria orgànica té moltes restes d'éssers vius.

organisme organismes

nom masculí

1 Un organisme és un conjunt d'òrgans que formen un ésser viu. El nostre organisme té una gran quantitat d'aigua.

2 Ésser viu. Hi ha organismes vegetals i animals.

3 Conjunt de persones que estan organitzades per a aconseguir una finalitat. Els partits i els governs són organismes.

organització organitzacions

nom femení

1 L'organització és el fet o el resultat d'organitzar. L'organització d'un curs és més complicada del que sembla.

2 Conjunt de persones organitzades. Hi ha organitzacions polítiques, com els partits, organitzacions esportives, com els clubs, organitzacions religioses, etc.

organitzar

verb
com *cantar*
◄ pàg. 26

1 Fer que totes les parts d'una cosa puguin funcionar conjuntament. Les empreses s'han d'organitzar molt bé si no es vol que uns departaments desfacin el que els altres fan.

usat amb pronom

2 Algú **s'organitza** quan ordena la seva vida, decideix què vol fer i no confia només en la sort.

organitzador, organitzatiu, organitzativa

orgasme orgasmes

nom masculí

Un orgasme és un moment d'excitació sexual molt intensa, quan el plaer arriba al punt màxim.

orgia orgies

nom femení

Una orgia és una festa on es menja i es beu molt i es tenen plaers sexuals.

orgue orgues

nom masculí
Amb E

1 Un orgue és un instrument musical de vent compost de grups de tubs verticals i d'un mecanisme que fa passar aire per dins dels tubs i els fa sonar. Els òrgans són molt grans i es toquen amb teclats i pedals.

2 Un **orgue electrònic** és un instrument electrònic que imita el so dels orgues.

3 Es diu que una reunió és un **orgue de gats** quan tothom discuteix i ningú no s'entén.

organista, orguener

orguenet orguenets

nom masculí

Un orguenet és un instrument musical que sembla un piano petit i porta una maneta que quan gira fa sonar la música. Per a tocar l'orguenet no cal saber música.

orgull orgulls

nom masculí

1 L'orgull és un sentiment de satisfacció de les persones que es consideren més importants que els altres. L'orgull fa que les persones siguin cregudes i insuportables.

2 Cosa que dóna molta satisfacció. Per als pares és un orgull que els fills estudiïn.

enorgullir-se, orgullós, orgullosa

orient orients

nom masculí

1 L'orient és l'est, el punt per on surt el sol. Itàlia és situada a l'orient de Catalunya.

2 L'Orient Llunyà o Extrem Orient és Oceania i la part d'Àsia que queda més lluny de nosaltres. El Japó és a l'Extrem Orient.

3 El Pròxim Orient o Orient Mitjà és la part d'Àsia i del nord d'Àfrica que queda a la part de la Mediterrània més allunyada de nosaltres. Egipte i Israel són al Pròxim Orient.

orientació orientacions

nom femení

1 L'orientació d'un edifici o d'una altra cosa és la posició que ocupa en relació als punts cardinals. A les cases amb orientació al nord hi toca poc el sol.

2 Es diu que es dóna una orientació quan es dóna un consell a algú. La direcció dóna orientacions als seus empleats sobre què ha d'aconseguir l'empresa. El professorat dóna orientació escolar o professional als alumnes perquè sap què els pot anar bé en el futur.

oriental orientals

adjectiu

1 De l'orient o situat a l'orient. El català oriental es parla a la Catalunya del Nord, a Girona, a Barcelona, a part de Tarragona, a les Illes Balears i a l'Alguer.

nom masculí i femení

2 Un o una oriental és una persona d'algun país de l'Orient Llunyà o Pròxim. La majoria d'orientals tenen els ulls estrets i allargats.

orientar

verb
com *cantar*
◄ pàg. 26

1 Situar una cosa en una posició determinada respecte als punts cardinals. Cal orientar les veles dels vaixells perquè rebin bé l'aire.

2 Dir a algú el lloc on és o on ha d'anar. Si et perds en una ciutat desconeguda hauràs de demanar que t'orientin.

3 Donar consells a algú. Hi ha programes de televisió que orienten sobre com cuidar la salut.

usat amb pronom

4 Una persona o un animal **s'orienta** quan sap trobar el camí que ha de seguir. Els gats s'orienten en la foscor. Abans de fer un treball ens hem d'orientar llegint llibres.

orifici orificis

nom masculí

Forat. Es diu en expressions formals.

origen orígens
nom masculí
L'origen d'una cosa és el principi, on ha començat. L'origen d'un riu és el lloc on neix. L'origen d'una baralla pot ser un malentès.

original originals
adjectiu
1 De l'origen. La idea original d'una pel·lícula pot quedar al final molt canviada.
2 Que és especial i no s'assembla als altres. Un cotxe pintat de rosa i verd és molt original.
adjectiu i nom masculí
3 Un text o un dibuix originals no són copiats. Per a algunes gestions s'han de presentar documents originals, no hi valen fotocòpies. L'original d'un llibre s'ha de corregir abans d'enviar-lo a imprimir.
originalitat

originar
verb
com *cantar*
◄ pàg. 26
1 Originar una cosa és ser-ne el començament. Un virus pot originar una malaltia.
usat amb pronom
2 Una cosa **s'origina** quan comença. Les ciutats s'originaven a prop dels rius.
originari, originària

orina orines
nom femení
L'orina és un líquid grogós que es forma dins del cos d'alguns éssers vius amb substàncies que ja no fan cap profit i que s'han de treure fora. Els nens petits mullen la roba amb l'orina si no porten bolquers.

orinador orinadors
nom masculí
Un orinador és un urinari.

orinal orinals
nom masculí
Un orinal és un recipient per a orinar-hi. A vegades es deixa un orinal a l'habitació per a no sortir a orinar a la nit.

orinar
verb
com *cantar*
◄ pàg. 26
Treure l'orina del cos.
orinada, orinaire

orins
nom masculí plural
Els orins són l'orina quan ha sortit del cos. Els orins de cavall fan una pudor molt forta.

oriünd oriünda oriünds oriündes
adjectiu
1 Que és d'un lloc concret. Encara no se sap d'on era oriünd Cristòfor Colom.
2 Un jugador de futbol oriünd d'Amèrica o d'un altre lloc és nascut en aquest lloc; però té la nacionalitat del país on el fitxen i, per tant, no compta com a estranger.

orla orles
nom femení
1 Una orla és una sanefa que emmarca una peça de roba o un paper.
2 Quadre amb una orla al voltant i les fotos dels alumnes i professors d'un curs.

ormeig ormeigs
nom masculí
També *ormejos*
1 Un ormeig és el conjunt dels arreus d'un animal.
2 Conjunt de les eines i dels accessoris d'una feina o d'un aparell, com l'ormeig dels sabaters o d'un teler.
3 Un ormeig de pesca és el conjunt d'elements que serveixen per a pescar, per exemple, les xarxes, els suros i els pesos.
ormejar

ornament ornaments
nom masculí
Un ornament és tot allò que fa més maca una cosa o una persona. Moltes parets són llises, però hi ha edificis amb molts ornaments a les parets.
ornamentació, ornamental, ornamentar, ornar

fer l'orni
frase feta
Fer l'orni és fer veure que no veus una cosa. Si descobreixes que t'estan preparant una sorpresa, fas l'orni per no espatllar-la.

ornitologia ornitologies
nom femení
L'ornitologia és la ciència que estudia els ocells.
ornitòleg, ornitòloga

ornitorinc ornitorincs
nom masculí
Un ornitorinc és un mamífer que viu a Oceania. Pot arribar al mig metre de llarg, té el cos aplanat, un bec semblant al de l'ànec, els dits units per membranes i el cos cobert de pèl grisós. La cua és ampla i plana. Neda amb molta agilitat i les femelles fan uns nius on ponen els ous.

orografia orografies
nom femení
L'orografia és la part de la geografia que estudia el relleu dels terrenys.

oronella oronelles
nom femení
Oreneta.

oros
nom masculí plural
Els oros són una de les quatre sèries de cartes de la baralla.

orquestra orquestres
nom femení
1 Una orquestra és un conjunt d'instruments musicals i de músics agrupats per a interpretar obres musicals.
2 Una **orquestra simfònica** interpreta música clàssica i té molts instruments, tant de corda, com de vent i de percussió. Pot arribar a tenir més de cent músics.
orquestració, orquestral, orquestrar

orquestrina orquestrines
nom femení
Una orquestrina és una orquestra de pocs músics que sol tocar música de ball.

A B C D E F G H I J K L M N O P Q R S T U V W X Y Z

orquídia orquídies

nom femení — Una orquídia és una planta herbàcia, amb fulles que s'apleguen normalment a la part de baix de la tija. La flor adopta una forma molt curiosa: tres pètals, dos d'iguals i un tercer que cau cap endavant, penjant com un davantal. Hi ha moltes classes d'orquídies. Les que viuen als tròpics fan unes flors molt grosses i de colors molt vistosos. Hi ha orquídies que es regalen dins de capses transparents.

orquitis orquitis

nom femení — Una orquitis és una inflamació dels testicles.

orri orris

nom masculí — **1** Un orri és un lloc on es munyen les ovelles i es fa formatge.

frase feta — **2 Anar-se'n en orri** o **en orris** una cosa és anar malament, espatllar-se. Si un negoci se'n va en orris, no dóna diners.

ortiga ortigues

nom femení — Una ortiga és una planta herbàcia que fa d'un a dos pams d'alçària, de fulles ovalades amb el marge dentat i flors poc vistoses. Les ortigues tenen les tiges i les fulles plenes d'uns pèls rígids que punxen i injecten un líquid que produeix molta picor. Per això, s'ha de vigilar molt de no tocar aquestes plantes.

ortodox ortodoxa ortodoxos ortodoxes

adjectiu — **1** Que segueix estrictament les opinions d'un grup religiós, filosòfic o polític.

adjectiu i nom masculí i femení — **2** Dels cristians de l'orient d'Europa que segueixen el patriarca de Constantinoble. Els ortodoxos no obeeixen el papa de Roma.

ortodòxia

ortoedre ortoedres

nom masculí
También *ortòedre* — Un ortoedre és un poliedre de sis cares rectangulars.

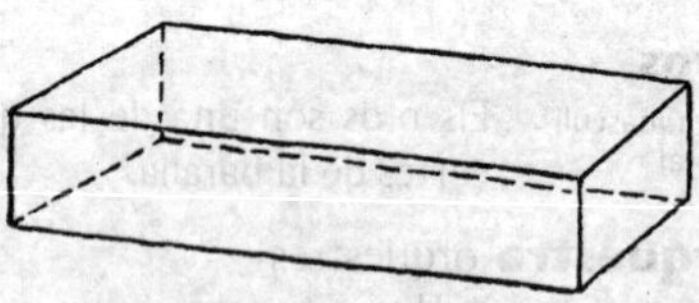

Un ortoedre

ortografia ortografies

nom femení — **1** L'ortografia és el conjunt de regles que diuen com s'han d'escriure les lletres i els signes d'una llengua.

2 Manera d'escriure una llengua. Les faltes d'ortografia poden fer que un escrit no s'entengui.

ortogràfic

ortologia ortologies

nom femení — L'ortologia és el conjunt de regles que diuen com s'han de pronunciar els sons d'una llengua. Les persones que es dediquen a parlar per televisió han d'estudiar ortologia.

ortopèdia ortopèdies

nom femení — L'ortopèdia és la branca de la medicina que tracta de corregir els defectes i les desviacions dels ossos. Les persones enteses en ortopèdia diuen si una persona necessita portar plantilles.

ortopèdic

orxata orxates

nom femení
Sense H
Amb O — L'orxata és una beguda blanca feta amb aigua, sucre i el suc de xufles o d'ametlles aixafades. A l'estiu es pren ben freda.

os ossos

nom masculí
Sense accent gràfic
Sense H — **1** Un os és una de les peces dures que la majoria de vertebrats tenen a dins del cos per a sostenir-lo i per a protegir-ne les parts més delicades. També permeten de moure's. Quan algú es trenca un os, l'acostumen a enguixar.

2 Es diu que una cosa o una persona és un os quan és una cosa difícil d'aconseguir o una persona difícil de tractar.

3 Os del nas pàg. 797 (5)

frase feta — **4** Una persona **té un os a l'esquena** o **al ventre** quan no vol fer feina i té molta mandra.

ossada, ossam, ossari, ossera, ossi, òssia, ossificar

ós óssos

nom masculí
Amb accent gràfic — **1** Un ós és un mamífer corpulent, més gros que una persona, de cua curta i que camina posant a terra tota la planta del peu. Els óssos es belluguen molt lentament a terra però són molt àgils dins l'aigua. Els óssos mengen plantes i petits animals.

Un ós

2 Mascle d'aquesta espècie.

3 Un **ós formiguer** és un mamífer molt llarg, amb les orelles petites i la cua llarga i peluda. Els óssos formiguers tenen el musell llarg i sense dents, i la llengua estreta, llarga, arrodonida i enganxosa. Mengen formigues i altres insectes que agafen amb la llengua.

osca osques
nom femení — Una osca és un tall poc profund que es fa a la vora d'un objecte. Les espases dels lluitadors estaven plenes d'osques.

oscil·lar
verb com *cantar* ◄ pàg. 26 — **1** Moure's amunt i avall a partir d'un punt que queda fix. Els gronxadors i els pèndols oscil·len.
2 Variar entre uns límits. La temperatura d'un hivernacle per a clavells pot oscil·lar entre 15 i 25 graus.
oscil·lació

osonenc osonenca osonencs osonenques
adjectiu — **1** D'Osona. *La boira osonenca.*
nom masculí i femení — **2** Persona que és d'Osona o que hi viu.

óssa ósses
nom femení — L'óssa és la femella de l'ós.

ostatge ostatges
nom masculí i femení — Un o una ostatge és una persona retinguda contra la seva voluntat per un país, per una organització política o per delinqüents. Quan uns lladres atraquen un banc, les persones de dins l'oficina són ostatges dels lladres: són la garantia que la policia no entrarà a trets.

ostentació ostentacions
nom femení — Algú fa ostentació d'una cosa que no té tothom quan en presumeix i la va ensenyant. Hi ha persones que fan ostentació de les joies que porten; d'altres són molt discretes.
ostentós, ostentosa

ostentar
verb com *cantar* ◄ pàg. 26 — Mostrar, fer que tothom vegi alguna cosa per presumir-ne.
ostensible, ostensiu, ostensiva

osteologia osteologies
nom femení — L'osteologia és la branca de la medicina que tracta els ossos.

ostra ostres
nom femení — Una ostra és un mol·lusc que té la closca amb dues valves fosques i bonyegudes. Les ostres viuen enganxades a les roques de dins del mar. La seva carn es menja generalment crua i és molt apreciada. Hi ha un tipus d'ostres per a obtenir perles cultivades que es crien al Japó.

otitis otitis
nom femení — Una otitis és una inflamació d'orella.

otomà otomana otomans otomanes
adjectiu — **1** De Turquia. *L'imperi otomà.*
nom masculí i femení — **2** Persona que és de Turquia o que hi viu.
nom femení — **3** Una otomana és un sofà ample i sense respatller.

otorinolaringologia otorinolaringologies
nom femení — L'otorinolaringologia és la part de la medicina que s'ocupa de les malalties de l'orella, del nas i de la laringe.
otorinolaringòleg, otorinolaringòloga

ou ous
nom masculí Sense H — **1** Un ou és un conjunt de líquids nutritius amb una closca arrodonida que els conté. Els ous els ponen les femelles dels ocells i d'altres animals. Si són fecundats, contenen l'embrió de l'animal, que va creixent fins que pot néixer. Els ous de gallina són blancs o rossos i es mengen.
✎ pàgs. 398-399 (44)
2 Manera informal de dir *testicle*.
3 Un **ou dur** és un ou bullit amb closca fins que tot el líquid de dins queda quallat.
4 Un **ou ferrat** és un ou que es fregeix sense closca i sense batre'l. Els ous ferrats queden amb la clara cuita i el rovell líquid.
5 Un **ou de reig** és un reig.
6 Un **ou passat per aigua** és un ou que es bull amb closca poca estona i queda mig cuit.
frase feta — **7** **No haver sortit de l'ou** és no tenir gaire experiència, ser molt jove.
ouataire, ouateria, ouera, oueria, ovoide

ovació ovacions
nom femení — Una ovació és un aplaudiment fet amb molt d'entusiasme. Els artistes reben ovacions del públic.

ovalat ovalada ovalats ovalades
adjectiu — Que té la forma del perfil d'un ou. Hi ha persones amb la cara ovalada i d'altres amb la cara rodona. ✎ limbe
oval, ovalar

ovari ovaris
nom masculí — Un ovari és un òrgan de l'aparell reproductor d'una femella o d'una planta on es fan els òvuls. ✎ pàgs. 798-799 (65) ✎ flor

ovat ovada ovats ovades
adjectiu — Que té forma ovalada, com els ous. Les fulles d'algunes plantes, com el boix, són ovades.

ovella ovelles
nom femení — **1** Una ovella és un mamífer remugant no gaire alt, de cos arrodonit i cobert d'un pèl molt llarg i espès: la llana, que és blanca o rossenca. Moltes ovelles tenen banyes car-

golades cap enrere. Les ovelles es crien per a obtenir-ne llana, carn i llet per a fer formatges.
2 Femella de l'ovella.

oví ovina ovins ovines
adjectiu
De les ovelles. El bestiar oví s'adapta bé a les regions seques.

ovípar ovípara ovípars ovípares
adjectiu
Un animal és ovípar si es reprodueix ponent ous d'on surten els fills.

ovni ovnis
nom masculí
Un ovni és un objecte volador no identificat. Es diu que els ovnis vénen d'altres planetes.

ovovivípar ovovivípara ovovivípars ovovivípares
adjectiu
Un animal és ovovivípar si es reprodueix per ous i la femella guarda els ous dins del seu cos fins que neixen els fills.

òvul òvuls
nom masculí
1 Un òvul és una cèl·lula reproductora femenina que, fecundada per una de masculina, passa a ser l'embrió d'un nou ésser. Normalment en la dona en edat de tenir fills cada mes hi ha un òvul que es pot fecundar.
2 Cèl·lula reproductora femenina d'algunes plantes. Els òvuls es troben dins de l'ovari i són fecundats pel pol·len. flor
3 Medicament en forma d'ou que es posa a la vagina.
ovular

ovulació ovulacions
nom femení
L'ovulació és la sortida d'un òvul de l'ovari. Després de l'ovulació, l'òvul pot quedar fecundat.

òxid òxids
nom masculí
1 Un òxid és un compost químic format per oxigen i un altre element que no sigui el fluor.
2 Rovell que es fa en alguns metalls.

oxidar
verb
com *cantar*
◄ pàg. 26
Rovellar. L'or no s'oxida.
oxidació

oxigen oxígens
nom masculí
L'oxigen és un element químic que normalment és un gas i que no té color, olor, ni gust. És a l'aire que respirem i forma part de l'aigua. Els animals i les plantes necessiten oxigen per a viure. El seu símbol és: O.
oxigenar

oxíton oxítona oxítons oxítones
adjectiu i nom masculí
Una paraula és oxítona si té l'accent a l'última síl·laba. Els oxítons també es diuen *mots aguts*. *Senyor* i *botó* són paraules oxítones.

ozó ozons
nom masculí
Amb Z
L'ozó és un gas blavós que té a cada molècula tres àtoms d'oxigen. És a les capes altes de l'atmosfera i ens protegeix de les radiacions del sol. Alguns esprais perjudiquen la capa d'ozó. El seu símbol és: O_3.

P

p
nom femení Setzena lletra de l'alfabet català. Aquesta lletra no es pronuncia a final de paraula quan va darrere de *M*, com a *temps* o a *camp*. En canvi, sí que es pronuncia en paraules com *prop*.

pa pans
nom masculí **1** El pa és un aliment fet amb farina de blat o un altre cereal, aigua, sal i llevat, i cuit al forn. Hi ha moltes classes de pa, segons la farina, la forma que se li dóna o la manera de fer-lo: pa de blat, pa de sègol, pa integral; pa de barra, pa rodó o de pagès, pa de motlle, etc.
2 Un pa és una peça de pa, de forma i pes determinats. Hi ha pans de quilo, de mig quilo, de quart, etc.
3 El **pa amb tomàquet** és pa sucat amb tomàquet i amanit amb oli. Es menja amb pernil, embotits, truita i altres menjars.
pàg. 400 (31)
4 El **pa de pessic** és una pasta dolça molt suau i esponjosa feta amb farina, ous i sucre. Amb el pa de pessic es fan pastissos. També es menja sol i sucat amb llet o xocolata. pàg. 400 (1)
5 El **pa de Viena** és un pa fet com el pa normal però afegint-hi llet en pols, mantega, sucre i farina de malt. Té un gust una mica dolç.
panificar

paca paques
nom femení Una paca és un paquet gros de llana, cotó o d'una altra matèria, lligat molt estret amb cintes metàl·liques o filferros.
empacar

paciència paciències
nom femení Una persona té paciència si suporta i aguanta les dificultats i els sofriments sense queixar-se ni enfadar-se. Per a cuidar persones malaltes es necessita molta paciència.

pacient pacients
adjectiu **1** Una persona és pacient quan aguanta incomoditats i mals tractes amb tranquil·litat. Viure amb altres persones demana que siguem pacients.
nom masculí i femení **2** Un o una pacient és una persona que està malalta o que s'ha d'operar.
pacientment

pacífic pacífica pacífics pacífiques
adjectiu **1** Que no es baralla, que no es comporta mai amb violència. Les persones pacífiques no s'enfaden gairebé mai.
2 Que té un comportament tranquil, que

és fàcil de tractar. Hi ha gossos que són molt pacífics.
pacificació, pacificar, pacifista

pacifisme pacifismes
nom masculí — El pacifisme és la doctrina i el comportament de les persones que estimen la pau i no volen la guerra.

de pacotilla
locució que fa d'adjectiu — Es diu que una cosa és de pacotilla quan és de poca qualitat i té molt poc valor. Si un rellotge és de pacotilla aviat s'espatllarà i no es podrà reparar.

pactar
verb
com *cantar*
◄ pàg. 26
Fer un pacte. Quan una persona entra a treballar en una empresa pacta el sou i les altres condicions de la feina.

pacte pactes
nom masculí — Dues persones o dues nacions fan un pacte si es posen d'acord per complir alguna cosa. Les guerres acaben amb un pacte entre els combatents. Un contracte de lloguer o de compravenda és també un pacte.

padrastre padrastres
nom masculí — Un home que es casa amb algú que té fills d'un matrimoni anterior és el padrastre d'aquests fills. El padrastre no és el pare autèntic.

padrí padrina padrins padrines
nom masculí i femení — Persona que presenta i acompanya un infant en la cerimònia del bateig. Els padrins són responsables del nen o de la nena juntament amb els seus pares. També hi ha padrins en altres cerimònies o festes, com en els casaments.
apadrinar, padrinatge

padró padrons
nom masculí — El padró és la llista dels habitants d'una ciutat o d'un poble. En el padró municipal hi ha els noms i cognoms de les persones, el seu domicili i la feina que fan.

paella paelles
nom femení — **1** Una paella és un estri de cuina per a fregir. Les paelles són rodones i tenen un mànec llarg. Hi ha paelles amb nanses per a fer arròs.
2 Arròs que es fa amb carn o peix o les dues coses en una paella plana amb nanses. A València, la paella és un plat molt habitual.

paer paera paers paeres
nom masculí i femení — A les terres de Lleida, un paer era la persona que governava un municipi. Encara avui, l'alcalde de Lleida s'anomena així.

paf pafs
nom masculí — Onomatopeia que imita el soroll que fa algú o alguna cosa que xoca amb violència contra una cosa.

paga pagues
nom femení — **1** Una paga és una quantitat de diners que es dóna a algú per una feina o per un dret que té. El sou que cobra un treballador és la seva paga.
2 Deixem **paga i senyal** en una botiga quan donem una quantitat de diners en encarregar un producte que no ens emportem. La paga i senyal és una part del preu total de l'objecte que comprem.
3 Una **paga doble** és la paga de dos mesos donada en un sol mes.

pagà pagana pagans paganes
adjectiu i nom masculí i femení — Segons el cristianisme, persona que no és de religió cristiana o que adora molts déus.
paganisme

pagar
verb
com *cantar*
◄ pàg. 26
Amb GU davant E, I
1 Donar els diners que val una cosa a la persona que ens la ven. Les compres es poden pagar també amb una targeta de crèdit.
2 Donar els diners que algú deu a una persona. Mensualment s'ha de pagar el lloguer del pis. Hi ha persones que mai no paguen els seus deutes.
impagable, pagament

pagell pagells
nom masculí — Un pagell és un peix semblant al besuc, que fa normalment de 20 a 40 centímetres de llargària. És de color rosat clar, que es fa més fort a la part de les aletes. El cos és alt a la part del llom, i el cap és gros. Els pagells són molt apreciats per la seva carn i es fan al forn o a la planxa.

pagellida pagellides
nom femení — Una pagellida és un mol·lusc que té una closca de forma cònica i viu enganxat a les roques de la costa. Les pagellides sovint costen d'arrencar, ja que s'agafen molt fort. Es poden menjar.

pagerol pagerola pagerols pageroles
nom masculí i femení — Persona que té maneres de parlar o de comportar-se poc fines. Es diu de manera informal.

pagès pagesa pagesos pageses
nom masculí i femení — Persona que viu i treballa al camp, que cultiva els camps per obtenir-ne aliments.
pàgs. 994-995 (2) (21)

pagesia pagesies
nom femení — **1** La pagesia és el conjunt dels pagesos.
2 Conjunt de les masies i els camps de conreu.

pàgina pàgines

nom femení

1 Una pàgina és cadascuna de les dues cares d'un full d'un llibre, d'una revista o d'una llibreta. Les pàgines dels llibres van numerades. Si un llibre té moltes pàgines és molt gruixut.

2 Una **pàgina web** és un document amb informació que trobem en una adreça determinada d'Internet.

paginar

pago pagos

nom masculí

Paó.

pagoda pagodes

nom femení

Una pagoda és un edifici sagrat dels budistes. Les pagodes tenen normalment forma de torre amb diversos sostres cada vegada més petits.

paio paia paios paies

nom masculí i femení

1 En el parlar dels gitanos, els paios són les persones que no són gitanes.

2 Es diu de manera informal d'una persona, d'un individu: *Hi havia un paio que ens mirava. Quin paio, aquell!, ja ens ha enganyat.*

pair

verb
com *reduir*
◄ pàg. 39
Amb dièresi

Fer la digestió, digerir. Les verdures són aliments fàcils de pair. Si una persona no paeix bé, tindrà mal d'estómac.

païdor

pairal pairals

adjectiu

La casa pairal d'una persona és la dels seus pares, on vivia o viu la seva família.

país països

nom masculí

1 Un país és el territori d'una nació, d'un conjunt de persones que tenen una mateixa llengua i unes característiques comunes. Es parla, per exemple, del País Basc o dels Països Catalans.

2 Territori i persones d'un estat independent. Grècia és un país mediterrani i l'Argentina i Xile són països americans.

paisà paisana paisans paisanes

nom masculí i femení
Amb S

1 Persona que és del mateix país o del mateix poble que una altra. Totes les catalanes són paisanes nostres.

2 Persona que no és militar. Quan un militar no porta uniforme es diu que va de paisà.

paisatge paisatges

nom masculí
Amb S

Un paisatge és un tros de territori que podem veure i contemplar des d'un lloc. A les valls pirinenques, hi ha paisatges molt bonics.

paisatgista

paixà paixàs

nom masculí
També *baixà*

Un paixà era un governador de l'imperi turc.

pal pals

nom masculí

1 Un pal és un tros de fusta recte, normalment rodó i bastant llarg. Hi ha pals que aguanten els cables elèctrics i les veles de les embarcacions. pàgs. 194-195 (17)

2 Un **pal de fregar** és un estri per a fregar el terra sense haver-se d'ajupir. Té un pal que porta en un extrem unes tires de roba o una baieta.

empalar

Un pal de fregar

pala pales

nom femení

1 Una pala és una eina formada per una làmina o fulla ampla i plana i un mànec llarg. Amb les pales es remena o recull sorra, terra, ciment, etc.

2 Estri amb un mànec i una part més o menys ampla per on es toca la pilota en alguns jocs com el ping-pong.

3 Peça ampla que forma part d'alguns aparells. Tenen pales les hèlices dels vaixells i els ventiladors.

empalar, palada, palejar, paló

paladar paladars

nom masculí

1 El paladar és la part de dalt de la boca. Si movem la llengua cap amunt toquem el paladar.

2 Es diu que una persona té paladar o bon paladar quan li agraden els aliments bons i sap distingir les coses de menjar ben cuinades.

paladejar

verb
com *cantar*
◄ pàg. 26
Amb G davant E, I

Tenir un menjar o una beguda a la boca una estona per a sentir-ne ben bé el gust que tenen. Els guisats exquisits s'han de paladejar.

A B C D E F G H I J K L M N O P Q R S T U V W X Y Z

paladí paladins
nom masculí **1** Un paladí era un cavaller que lluitava i feia grans proeses.
2 Persona que defensa una causa. Els ecologistes són paladins de la conservació de la natura.

palafit palafits
nom masculí **1** Un palafit és cada un dels pals o altres suports, fets de fusta, de ferro o de formigó, que s'enfonsa a terra per a construir-hi damunt un edifici.
2 Casa construïda sobre pals o estaques. Els palafits es fan sobretot en llocs humits, com els pantans o les vores dels llacs.

palaia palaies
nom femení Una palaia és un peix que té el cos pla i ovalat i els dos ulls a la mateixa banda. Aquesta banda on hi ha els ulls és de color marronós; l'altra banda és blanquinosa o groguenca. Les palaies més grosses no arriben als 30 centímetres de llargària i tenen tot el cos envoltat d'espines. S'assemblen als llenguados, però la seva carn no és tan apreciada i es menja fregida.

palanca palanques
nom femení **1** Una palanca és una fusta plana i llarga que es posa entre una embarcació i el moll per a poder baixar i pujar, o entre les dues vores d'un corrent d'aigua per a poder-lo passar. Hi ha palanques formades per dues o tres fustes, per fer-les més amples.
2 Barra rígida que es pot moure al voltant d'un punt de suport. Es diu que es fa palanca amb una barra quan es fa força en un extrem per a obrir una cosa o aixecar un pes amb l'altre extrem.

palangana palanganes
nom femení Una palangana és un recipient molt ample i poc fondo on es posa aigua per a rentar-se, posar roba en remull o rentar alguna cosa.

palangre palangres
nom masculí Un palangre és un estri per a pescar. Consisteix en una corda llarga on van penjades altres cordes més petites que al final porten un ham. El lluç de palangre és el que es pesca amb els palangres; com que no s'arrossega ni frega amb altres peixos, té la pell brillant.

palanquí palanquins
nom masculí Un palanquí és una mena de cadira o de llitera que fan servir alguns pobles orientals per a transportar persones. Els palanquins tenen uns pals als costats que les persones que els porten es posen damunt de les espatlles.

Un palanquí

palatal palatals
adjectiu **1** Del paladar, que té relació amb el paladar.
2 Un so és palatal quan es fa amb la llengua tocant alguna zona del paladar. Són palatals els sons consonàntics de les paraules *illa*, *jeu*, *això* i *any* i els sons compostos de les paraules *metge* i *metxa*.
nom femení **3** Una palatal és una lletra que representa un so palatal.

palau palaus
nom masculí Un palau és un edifici molt gran i molt elegant on viuen els reis i altres personatges importants. Per tot Europa hi ha palaus magnífics del temps de les grans monarquies.
palatí, palatina

paleografia paleografies
nom femení La paleografia és la ciència que estudia les lletres i altres signes gràfics dels documents antics. La paleografia ens diu en quin temps es va escriure un pergamí.

paleolític paleolítica paleolítics paleolítiques
adjectiu **1** Del paleolític, que té relació amb el paleolític. Les coves d'Altamira són paleolítiques.
nom masculí **2** El paleolític és la primera part de l'edat de la pedra. La humanitat vivia de la caça i es feien pintures a les parets de les coves.

paleontologia paleontologies
nom femení La paleontologia és la ciència que estudia els fòssils. La paleontologia ens explica com eren els animals i les plantes que van viure fa molts milers d'anys.

palès palesa palesos paleses
adjectiu Una cosa és palesa si és molt clara, molt evident. És palès que les plantes necessiten sol i aigua.
palesar

palet palets
nom masculí Un palet és una pedra que l'aigua del riu o del mar ha fet fina i rodona. Les vores d'alguns rius són plenes de palets.

paleta paletes

nom femení
1 Una paleta és una pala petita. Les criatures juguen a la platja amb galledes i paletes.
2 Fulla de ferro de forma triangular amb un mànec, que fan servir els paletes per a posar el ciment.
3 Pala d'un ventilador o d'altres aparells que giren.
4 Làmina prima de fusta on l'artista que pinta quadres posa els colors per a barrejar-los. Les paletes tenen un forat per on es passa el dit gros per a aguantar-les.

nom masculí i femení
5 Un o una paleta és una persona que es dedica a la construcció de cases: aixeca parets i fa sostres i terres. ✎ pàg. 593 (34)

palíndrom palíndroms

nom masculí
Un palíndrom és una paraula o una frase que diu el mateix si es llegeix d'esquerra a dreta que de dreta a esquerra. *Sorra i arròs* és un palíndrom.

palinòdia palinòdies

nom femení
1 A la poesia antiga, una palinòdia era un poema que una persona escrivia per dir el contrari del que havia dit en un poema anterior.

frase feta
2 Es diu que una persona **canta la palinòdia** quan reconeix que s'ha equivocat en les coses que ha dit.

palissada palissades

nom femení
Una palissada és una tanca feta amb troncs i taulons posats ben junts. Els campaments antics es defensaven amb palissades.

palissandre palissandres

nom masculí
El palissandre és una fusta de color vermell fosc molt bona per a fer mobles. Es treu d'uns arbres tropicals del mateix nom.

palla palles

nom femení
1 Una palla és una tija de blat o d'un altre cereal seca i separada del gra. És com una canya prima que es trenca fàcilment.
2 La palla és una gran quantitat d'aquestes tiges dels cereals. És de color groc i es fa servir com a aliment del bestiar i per a posar al terra dels estables. També s'ha fet servir durant molt de temps per a omplir matalassos.
empallar, pallós, pallosa

pal·ladi pal·ladis

nom masculí
El pal·ladi és un element metàl·lic del grup del platí. És de color blanc brillant i se'n poden fer fils i làmines primes. Es fa servir en la fabricació de resistències elèctriques i d'instruments de cirurgia. El seu símbol és: Pd.

pallarès pallaresa pallaresos pallareses

adjectiu
1 Del Pallars. *Els rius pallaresos.*

nom masculí i femení
2 Persona que és del Pallars o que hi viu.

pallasso pallassa pallassos pallasses

nom masculí i femení
1 Artista de circ que diverteix i fa riure el públic, sobretot els infants. Els pallassos van disfressats amb robes de colors i porten la cara molt pintada i alguns porten nassos grossos de color vermell.
2 Es diu que algú és un pallasso o fa el pallasso si mai no fa les coses seriosament i tothom se'n riu.
pallassada

paller pallers

nom masculí
Un paller és un munt gros de palla que té al mig un pal llarg que l'aguanta. Els pallers es fan a la intempèrie i serveixen per a conservar la palla. ✎ pàgs. 994-995 (1)

pal·liar

verb
com *canviar*
◄ pàg. 30
Amb dièresi

Pal·liar una cosa és fer que sigui menys forta, menys intensa. Es pot pal·liar el dolor d'una malaltia amb un calmant.
pal·liatiu, pal·liativa

pàl·lid pàl·lida pàl·lids pàl·lides

adjectiu
Que té molt poc color o que és d'un color poc viu, poc brillant. Quan una persona es mareja, té la cara pàl·lida.
empal·lidir, pal·lidesa

pallissa[1] pallisses

nom femení
Una pallissa és un lloc on els pagesos guarden la palla i l'herba seca que serveix d'aliment al bestiar durant l'hivern.
empallissar

pallissa[2] pallisses

nom femení
1 Una pallissa és un seguit de cops que es dóna a algú.
2 Es diu que a algú li han donat una pallissa si ha perdut en un joc, en un partit de futbol, etc., per una gran diferència. Si ens guanyen per 10 a 0 ens han clavat una bona pallissa.
apallissar

pallús pallussa pallussos pallusses

adjectiu i nom masculí i femení
Es diu que una persona és pallussa si és molt curta d'enteniment i no sap mai què ha de fer. Si et fies d'un pallús per fer una feina, no l'acabaràs mai.

palma palmes

nom femení
1 Palmera.
2 Una palma és una fulla de palmera que s'ha fet tornar de color groc i es treballa fent trenes per donar-li una forma bonica. Les palmes es porten a la benedicció del Diumenge de Rams.

palmarès palmaresos
nom masculí — **1** Un palmarès és una llista de vencedors d'una competició esportiva.
2 Llista dels èxits d'un o d'una esportista. Alguns equips de futbol tenen un gran palmarès, han guanyat moltes copes.

palmat palmada palmats palmades
adjectiu — Que té la forma del palmell de la mà amb els dits oberts. Les fulles de la figuera són palmades.

palmatòria palmatòries
nom femení. També *espalmatòria* — Una palmatòria és un estri per a posar una espelma. Consta d'un tub que aguanta l'espelma i d'un peu o suport rodó que té una nansa.

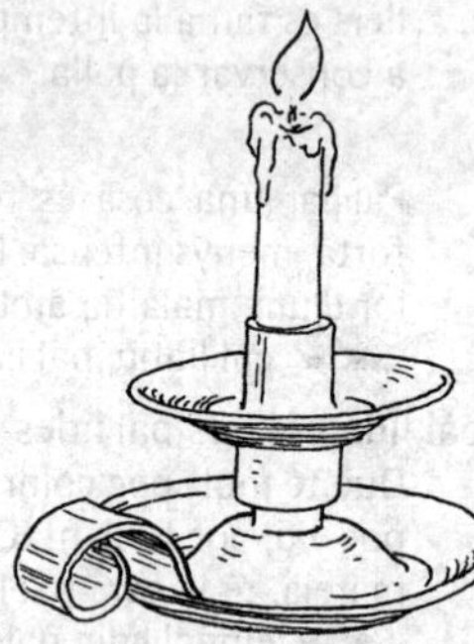

Una palmatòria

palmell palmells
nom masculí — El palmell de la mà és la part de dins, cap on es tanquen els dits. El palmell va des dels dits fins al canell. págs. 794-795 (18)
palmar

palmera palmeres
nom femení — Una palmera és un arbre que té el tronc alt i rodó, sense branques, i un conjunt de fulles molt grosses i llargues al capdamunt. Aquestes fulles són formades per una tija gruixuda i forta al mig d'on surten a banda i banda tot d'altres fulles allargades. El tronc no és llis, sinó que té unes parts sortints com els graons d'una escala. Hi ha palmeres que fan dàtils i altres que fan cocos.
palmerar

palmípede palmípedes
nom masculí — Un palmípede és un ocell que té els dits de les potes units per una membrana. Són palmípedes els ànecs i les oques.

palmó palmons
nom masculí — Un palmó és una fulla llarga de palmera que s'ha fet tornar de color groc i que es porta a la benedicció del Diumenge de Rams, juntament amb les palmes. Els palmons s'adornen amb llaços.

palo palos
nom masculí — El palo és una beguda alcohòlica pròpia de Mallorca. Es fa amb quina, aiguardent, sucre i arrels de plantes.

paloma palomes
nom femení — Papallona. Es diu només en algunes zones.

palometa palometes
nom femení — Papallona. Es diu només en algunes zones.

palp palps
nom masculí — Un palp és cada un dels apèndixs mòbils que alguns animals tenen davant de la boca. Els palps serveixen per a tocar les coses. En tenen alguns cucs, mol·luscs i artròpodes.

palpar
verb com *cantar* ◄ pàg. 26 — Examinar una cosa tocant-la amb les mans. Els metges sovint palpen el cos de les persones per saber què els fa mal.
palpable, palpejar

a les palpentes
locució que fa d'adverbi — Una persona va a les palpentes quan no hi ha llum i camina amb les mans cap endavant per saber on són els objectes i no topar-hi. *Se'n va anar la llum i vaig anar a buscar una espelma a les palpentes.*

a les palpes
locució que fa d'adverbi — A les palpentes.

palpís palpissos
nom masculí — **1** Un palpís és un tros de carn sense os.
2 Carn que hi ha en una part del cos. Parlem del palpís de la cuixa o dels palpissos de darrere de les cames.

palpitar
verb com *cantar* ◄ pàg. 26 — Bategar. Les emocions fortes fan palpitar el cor.
palpitació, palpitant

Una palmera

palplantat palplantada palplantats palplantades
adjectiu — Una persona està palplantada si està dreta i sense moure's com si estigués clavada a terra. Els soldats, quan fan guàrdia, resten palplantats davant del lloc que vigilen.

paludisme paludismes
nom masculí — Malària.

pam pams
nom masculí — **1** Un pam és la distància que hi ha entre la punta del dit gros i la punta del dit petit de la mà quan està ben oberta i els dits ben estesos. Hi ha coses que es poden mesurar a pams. Es considera que un pam fa uns 20 centímetres.
locució que fa d'adverbi — **2** Un lloc s'examina o s'escorcolla **pam a pam** si es mira molt bé, sense deixar cap racó sense mirar. *La policia va escorcollar pam a pam el local però no hi va trobar droga.*
frase feta — **3 Deixar amb un pam de boca oberta** és causar una gran sorpresa. Alguns trucs de màgia ens deixen amb un pam de boca oberta.
4 Deixar amb un pam de nas és enganyar, defraudar. Si ens prometen una cosa i després no ens la donen, ens deixen amb un pam de nas.
5 Fer pam i pipa és burlar-se d'algú posant-se el polze tocant el nas i estenent la ma en direcció a ell.
apamar

pamela pameles
nom femení — Una pamela és un barret de dona d'ales molt amples i flexibles. Les pameles es porten per a protegir-se del sol.

pàmfil pàmfila pàmfils pàmfiles
adjectiu — Es diu que una persona és pàmfila quan sembla que no té interès per res i triga molt a fer les coses.

pamflet pamflets
nom masculí — Un pamflet és un escrit que ataca amb violència una persona o una cosa. Normalment, no se sap qui l'ha escrit. En els pamflets es diuen coses exagerades i no del tot certes.
pamfletari, pamfletària

pampa pampes
nom femení — Una pampa és una planura molt extensa i sense arbres que hi ha a l'Argentina i a altres llocs de l'Amèrica del Sud. Els habitants típics de la pampa argentina es diuen *gautxos*.

pampallugues
nom femení plural — Es diu que els ulls fan pampallugues quan es veuen llumetes que s'apaguen i s'encenen i ombres que no deixen veure bé, com passa si tanquem i obrim els ulls diverses vegades de manera molt ràpida.
pampalluguejar

pàmpol pàmpols
nom masculí — Un pàmpol és una fulla de cep o vinya. Els pàmpols són amples, tenen forma semblant a un cor i les vores dentades. Quan el raïm és madur, els pàmpols tenen un color groc vermellós molt bonic.

pana[1] panes
nom femení — La pana és un teixit gruixut que fa unes ratlles que sobresurten en relleu. Amb la pana es fan pantalons i americanes que es porten a l'hivern.

pana[2] panes
nom femení — Es diu que un cotxe o un altre vehicle té pana quan s'ha espatllat. Si ens quedem amb pana a la carretera, ens hauran de remolcar.

panacea panacees
nom femení — **1** Una panacea és un remei que serveix per a curar moltes malalties. Hi ha persones que creuen que els alls són una panacea.
2 Es diu que una cosa és la panacea si serveix per a tot i soluciona molts problemes.

panada panades
nom femení — Empanada.
empanar

panadís panadissos
nom masculí — Un panadís és una inflamació molt dolorosa dels dits, provocada per una infecció.

panarra panarres
nom masculí i femení — Un o una panarra és una persona que menja molt pa. Als panarres, els agraden molt els entrepans.

pancarta pancartes
nom femení — Una pancarta és una tira ampla i gran de roba on hi ha escrita alguna cosa. Les pancartes es porten a les manifestacions o es pengen en llocs on molta gent les pot veure.

pancreàtic pancreàtica pancreàtics pancreàtiques
adjectiu — Del pàncrees o que té relació amb el pàncrees. El suc pancreàtic és un líquid dens, que surt del pàncrees i és molt important en la digestió dels aliments.

pàncrees pàncrees
nom masculí — El pàncrees és una glàndula que hi ha a l'abdomen, darrere de l'estómac, entre el duodè i la melsa. Intervé en la digestió dels aliments. págs. 798-799 (41)

A B C D E F G H I J K L M N O P Q R S T U V W X Y Z

panda pandes
nom masculí — Un panda és un mamífer que sembla un ós petit. Té el pèl de color blanc i negre i viu als boscos de bambú de l'Àsia. Al voltant dels ulls, hi té unes taques negres, com si portés ulleres. S'alimenta sobretot de vegetals.

pandereta panderetes
nom femení — Una pandereta és un instrument musical que consisteix en un cèrcol petit de fusta on s'aguanta una pell tibant com la dels tambors. Es toca donant cops amb la mà a la pell. Al voltant del cèrcol hi ha unes làmines de metall que sonen quan es belluga o es toca la pandereta. págs. 394-395 (26)

pandero panderos
nom masculí — **1** Un pandero és un instrument de percussió semblant a una pandereta però sense les làmines de metall que sonen.
2 El pandero d'una persona és el cul, la part del darrere. Es diu de manera informal.

panegíric panegírics
nom masculí — Un panegíric és un discurs o un sermó on es fan lloances d'una persona o d'una cosa. Quan un personatge mor, es fan panegírics dient que era molt bona persona.

panellet panellets
nom masculí — Un panellet és un dolç fet amb una pasta d'ametlles, sucre i una mica de moniato blanc. A la pasta, s'hi barreja llimona, xocolata, coco, codonyat i altres aliments. Els panellets es fan de formes i gustos diferents i es couen al forn. Es mengen per Tots Sants.

paner paners
nom masculí — **1** Cistell.
2 El paner d'una persona és el cul, la part del darrere. Es diu de manera informal.

panera paneres
nom femení — **1** Una panera és un recipient per a posar-hi el pa.
2 Cistell amb una nansa grossa i adornat amb llaços que s'omple d'aliments i de begudes i es regala per Nadal.

panerola paneroles
nom femení — **1** Una panerola és un escarabat de cuina.
2 Petit crustaci terrestre de color gris fosc que es pot enrotllar i es queda en forma de bola.

panet panets
nom masculí — Un panet és un pa petit i rodó. Els panets van molt bé per a fer entrepans.

pànic pànics
nom masculí — El pànic és una por molt gran. Quan es produeix un incendi la gent fuig emportada pel pànic.

panís panissos
nom masculí — Blat de moro. Es diu sobretot en algunes zones.

panoli panolis
nom masculí — **1** Un panoli és una coca feta amb farina, sucre, oli i vi blanc o aiguardent, i cuita al forn.
nom masculí i femení — **2** Es diu que una persona és un o una panoli quan té poc enteniment i és ignorant.

panorama panorames
nom masculí
Amb A final — Una persona veu o contempla un panorama quan des d'un lloc veu o contempla una extensió de terreny molt extensa. Des del cim d'una muntanya es veu un panorama magnífic.
panoràmic

panotxa panotxes
nom femení — Una panotxa és una espiga de blat de moro. Les panotxes són gruixudes i tenen un conjunt de fils gruixuts a la punta, com una cabellera.

pansa panses
nom femení — **1** Una pansa és un gra de raïm que s'ha deixat assecar. Les panses tenen un color vermell fosc i són molt dolces. Sovint es mengen amb ametlles, avellanes i figues.
2 Inflamació d'un trosset de la pell del llavi produïda per un virus. Les panses fan molta picor.

pansir
verb
com *servir*
◄ pàg. 28 — **1** Fer que una planta o una fruita s'assequi. La falta d'aigua panseix les flors. Quan una taronja es panseix, no se'n pot treure gens de suc.
2 Es diu que una persona està pansida quan no té ganes de fer res i està desanimada.
pansiment

pantà pantans
nom masculí — **1** Un pantà és un terreny pla cobert d'aigua i de fang. Caminar per un pantà és difícil i perillós.
2 Llac artificial gran que recull les aigües d'un riu. Molts pantans serveixen per a fer electricitat.
empantanar

pantalla pantalles
nom femení — **1** Una pantalla és una superfície plana on es projecten imatges amb un projector de cine, de diapositives o d'un altre tipus.
2 Part d'un televisor o d'un ordinador on es veuen les imatges. pàg. 996 (5)
3 Part d'alguns llums de peu o de sobre-

taula que es posa al voltant de la bombeta. Les pantalles fan que la llum directa no faci mal a la vista; també serveixen d'element decoratiu.
4 Es diu que una cosa fa de pantalla si, posada davant del foc, d'un forn, del sol, etc., protegeix de les flames i de la calor.

pantaló pantalons
nom masculí — Uns pantalons són una peça de vestir que cobreix el cos des de la cintura cap avall i les dues cames per separat. Cada cama es posa dins de cada un dels camals. Hi ha pantalons llargs i pantalons curts.

pantanós pantanosa pantanosos pantanoses
adjectiu — Un terreny és pantanós si forma un pantà o aiguamoll. És molt difícil de caminar per llocs pantanosos.

panteisme panteismes
nom masculí — El panteisme és la doctrina que diu que l'univers, el món, és Déu.

panteixar
verb com *cantar* ◄ pàg. 26 — Una persona panteixa quan respira molt fort i de pressa, com passa després de córrer molt. panteix

panteó panteons
nom masculí — **1** Un panteó és una sepultura gran i adornada on s'enterren les diverses persones d'una família. En un panteó reial hi ha enterrats els reis i les reines d'un país.
2 Temple on es veneren tots els déus. Els grecs i els romans tenien panteons.

pantera panteres
nom femení — Lleopard. La pantera negra és el lleopard negre.

pantis
nom masculí plural — Uns pantis són unes mitges de dona que arriben fins a la cintura i estan unides formant una sola peça.

pantògraf pantògrafs
nom masculí — Un pantògraf és un aparell que les màquines de tren elèctriques porten damunt del sostre i que fa contacte amb la línia elèctrica. ✎ pàg. 193 (3)

pantomima pantomimes
nom femení — Una pantomima és una obra de teatre muda, sense paraules. En les pantomimes, els actors i les actrius fan molts gestos amb el cos i la cara i sovint van molt pintats.

panxa panxes
nom femení — **1** La panxa és l'abdomen, la part del cos humà que conté l'estómac i els intestins. Quan algun menjar ens ha fet mal, tenim mal de panxa. ✎ pàgs. 794-795 (13)
2 Part del davant del cos, a la part del ventre. Hi ha persones grasses que fan molta panxa.
3 Es diu que una cosa fa panxa quan té una part que sobresurt cap enfora. Hi ha càntirs i olles que fan panxa.

panxacontent panxacontenta panxacontents panxacontentes
adjectiu i nom masculí i femení — Es diu que una persona és panxacontenta si mai no es molesta ni s'amoïna per res i sembla que tot li va bé. Als panxacontents no els agrada gaire treballar.

panxada panxades
nom femení — **1** Una panxada és un cop donat amb la panxa.
2 Panxó. Si et fas una panxada de riure és que rius molt.

panxell panxells
nom masculí — El panxell és la part de carn de darrere de la cama, entre el genoll i el turmell. Quan hem caminat molt, tenim punxades al panxell. ✎ pàgs. 794-795 (22)

panxó panxons
nom masculí — Quan algú es fa un panxó de menjar és que menja molt. També diem que algú s'ha fet un panxó de treballar, de nedar o d'una altra cosa si se n'ha fet un tip.

panxut panxuda panxuts panxudes
adjectiu — Que fa molta panxa, que té la panxa molt grossa. Una dona embarassada és molt panxuda. Alguns càntirs són panxuts.

pany panys
nom masculí — **1** Un pany és un mecanisme per a tancar la porta o una altra cosa, com un calaix o una maleta. Els panys que s'obren i es tanquen amb clau tenen un forat on es posa la clau.
2 Un pany de paret és un tros de paret llis i sense cap porta o finestra. En els panys de paret de les habitacions, s'hi posen els armaris.

paó paons
nom masculí — **1** Un paó és un ocell gros que té el coll, el cap i el pit de color blau i un plomall al cap. La resta del cos és de color marró fosc amb la part de dalt de les ales de color gris amb ratlles fosques.
2 Mascle d'aquesta espècie. Els paons tenen una cua molt llarga formada per plomes de colors vius. A vegades obren aquesta cua en forma de ventall molt bonic.

paona paones
nom femení — La paona és la femella del paó.

paorós paorosa paorosos paoroses
adjectiu — Que fa molta por. Els incendis forestals sovint són paorosos.

A B C D E F G H I J K L M N O P Q R S T U V W X Y Z

pap paps

nom masculí **1** El pap és una bossa que alguns ocells tenen a dins del coll, entre la gola i l'estómac. Els aliments passen de la boca al pap, abans d'entrar a l'estómac.

2 El pap d'una persona és la part entre la barba i el coll. Algunes persones grasses tenen molt de pap.

frase feta **3** Es diu que una persona **buida el pap** quan diu tot el que pensa i volia dir feia temps.

4 **Tenir el pap ple** d'una cosa és estar-ne tip i cansat.

papa papes

nom masculí **1** Manera informal i afectuosa d'anomenar el pare.

2 El papa és la persona que governa l'Església catòlica. El papa viu a Roma, a la Ciutat del Vaticà.

papal, papat, papista

papada papades

nom femení **1** Es diu que una persona té papada si té un sotabarba molt gros.

2 Tros de pell i carn que penja sota el coll d'alguns animals, com el porc, la iguana i el gall dindi.

papagai papagais

nom masculí Guacamai.

papaia papaies

nom femení Una papaia és una fruita tropical de color groc ataronjat i de forma arrodonida i allargada, com un carbassó o un meló. La polpa de les papaies es menja crua, confitada o guisada. N'hi ha a Cuba i al Vietnam.

papaier

papallona papallones

nom femení **1** Una papallona és un insecte que té el cos llarg i unes ales molt grosses. Algunes papallones tenen colors molt bonics a les ales.

2 La papallona és una manera de nedar amb el cos de cara cap avall, bellugant els braços, amb un moviment circular, i les cames al mateix temps.

papallonejar

papaorelles papaorelles

nom masculí Un papaorelles és un insecte petit i allargat que té un parell de pinces al final del cos. És de color marró fosc.

paparra paparres

nom femení **1** Una paparra és un àcar de cos aplanat i ovalat que xucla la sang d'alguns animals, sobretot dels gossos. Les paparres s'enganxen fortament a la pell.

2 Es diu que una persona és una paparra quan molesta molt i sempre demana coses.

paper papers

nom masculí **1** El paper és un producte en forma de fulls prims que es fa a base de fusta, draps, palla i altres fibres vegetals. Hi ha moltes classes de paper. Es fa servir per a escriure, per a imprimir llibres, revistes i diaris, per a embolicar objectes i per a moltes altres coses.

2 Un paper és un tros o un full d'aquest producte. Els papers no s'han de llençar a terra, sinó a les papereres.

3 El paper d'un actor o d'una actriu és el personatge que ha de representar en una obra de teatre o en una pel·lícula. Molts actors famosos han fet el paper de Hamlet.

4 El **paper d'alumini** és un paper de color de plata que es fa servir per a embolicar aliments o altres coses.

5 El **paper d'estrassa** és un paper gruixut i molt absorbent fet amb draps de baixa qualitat. El paper d'estrassa es fa servir per a embolicar.

6 El **paper higiènic** o **paper de vàter** és el que es fa servir al lavabo. Es ven en rotlles que a vegades són de color.

7 El **paper pintat** és un paper gruixut que es fa servir per a recobrir les parets de les habitacions. Els papers pintats s'enganxen a la paret amb una cola especial.

8 El **paper de vidre** és un paper fort que porta enganxat en una cara pols de vidre o granets de sílice. Es fa servir per a polir fusta, parets i altres superfícies.

frase feta **9** Es diu que algú **fa un paper d'estrassa** quan queda malament amb algú o fa una cosa mal vista per la gent.

empaperar, paperam, paperer

paperassa paperasses

nom femení **1** Es diu que en un lloc hi ha paperassa si hi ha molts papers escrits o impresos. Si no es llencen els papers inútils, aviat la paperassa s'acumula i destorba.

2 També es parla de paperassa quan es tracta dels impresos que es necessiten en els llocs oficials. Per treure el carnet de conduir, es necessita omplir molta paperassa.

paperera papereres

nom femení Una paperera és un recipient per a llençar-hi papers inútils. Als carrers dels pobles i de les ciutats s'hi posen papereres i així la gent no ha de llençar els papers a terra.

pàg. 597 (20), pàgs. 998-999 (20)

papereria papereries

nom femení Una papereria és una botiga on venen diverses classes de paper, llibretes, llapis, bolígrafs i altres objectes per al treball d'escola, d'oficines o d'escriptoris.

papereta paperetes
nom femení
Una papereta és un full petit de paper per a escriure-hi alguna cosa. Quan hi ha eleccions, votem amb unes paperetes on hi ha escrit el nom de la persona o del partit que escollim.

paperets
nom masculí plural
Els paperets són uns petits retalls de papers de colors que es tiren a grapats en algunes festes i processons.

paperina paperines
nom femení
Una paperina és un full de paper cargolat o plegat en forma de cilindre o de con i tapat per un dels dos cantons. Per la part que és oberta es pot omplir de qualsevol cosa. Les castanyes torrades es venen en paperines.

papil·la papil·les
nom femení
Una papil·la és un sortint o un bony que hi ha sota l'epidermis i a la superfície d'algunes membranes del cos. A la llengua tenim unes papil·les que ens fan sentir el gust dels aliments.

papir papirs
nom masculí
Un papir és una làmina prima feta amb tires tretes d'una planta que també es diu *papir*. Els antics feien servir el papir com si fos paper per a escriure-hi. S'han trobat molts papirs escrits pels egipcis.

papissot papissota papissots papissotes
adjectiu i nom masculí i femení
Que pronuncia les *s* i les *z* amb la llengua posada entre les dents. Els papissots no pronuncien bé.
papissotejar

papu papus
nom masculí
Un papu és un ésser fantàstic que algunes persones inventen quan volen fer por a les criatures. Si no volen que un nen o una nena entri en un lloc li diuen, per exemple, que és ple de papus.

paquet paquets
nom masculí
Un paquet és una cosa embolicada o un conjunt de coses embolicades o lligades juntes. Els fulls de paper es venen en paquets de 100 i de 500. Hi ha empreses que transporten paquets. pàg. 193 (12)
empaquetar

paquiderm paquiderms
nom masculí
Es deien *paquiderms* un grup de mamífers que tenien unes característiques semblants: menjar herba, tenir la pell molt gruixuda i no ser remugant, com per exemple l'elefant o l'hipopòtam.

paràbola paràboles
nom femení
1 Una paràbola és un conte o una història breu que ens ensenya com comportar-nos. Les paràboles més conegudes són les que s'expliquen en els Evangelis.
2 Línia corba semblant a la trajectòria que segueix una pedra quan la tirem cap endavant i cap amunt. Alguns projectils d'artilleria fan una paràbola quan es disparen.
parabòlic

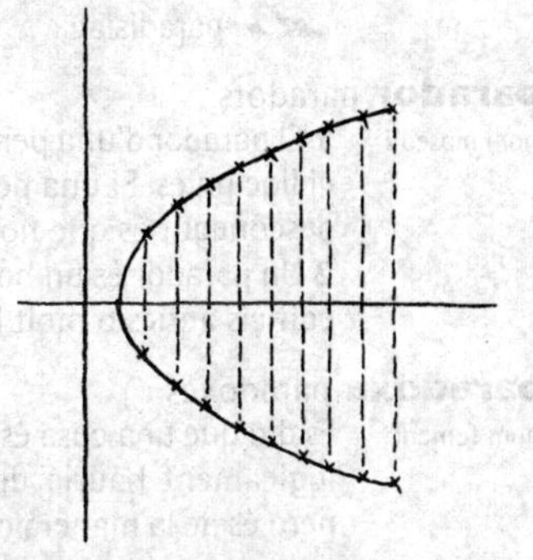
Una paràbola

parabrisa parabrises
nom masculí
El parabrisa d'un cotxe o d'un altre vehicle és el vidre del davant, per on mira el conductor. Els parabrises són transparents i si es trenquen no poden fer mal a les persones. cotxe per fora

paracaigudes paracaigudes
nom masculí
Un paracaigudes és un aparell fet amb un teixit molt resistent que s'obre en forma de cúpula per a frenar la caiguda d'una persona que s'ha llançat des de molt amunt. Hi ha soldats i esportistes que s'entrenen a saltar des d'un avió amb paracaigudes.
paracaigudista

parada parades
nom femení
1 Un vehicle o una persona fa una parada quan para en un lloc. Hi ha trens que no fan parada en algunes estacions.
2 Lloc on para un vehicle o una persona. Els autobusos tenen parades on la gent s'espera per pujar-hi. pàg. 597 (27)
3 Lloc d'un mercat on es venen els diversos aliments. Les parades de peix de la plaça fan molt de goig. pàgs. 398-399 (5)

paradigma paradigmes
nom masculí
1 En gramàtica, un paradigma és un conjunt ordenat de formes que serveix de model o d'exemple. En aquest diccionari hi ha els paradigmes de la conjugació dels diversos verbs.
2 Es diu que una persona és un paradigma si serveix d'exemple per als altres. Si al-

gú és paradigma de bona educació és que és molt educat.

paradigmàtic

paradís paradisos

nom masculí — **1** Segons algunes religions, el paradís és el lloc de felicitat on van les persones bones després de la mort.
2 Segons la Bíblia, lloc de felicitat on Déu va posar Adam i Eva.
3 Es diu que un lloc és un paradís quan és molt bonic i s'hi està molt bé.

paradisíac

parador paradors

nom masculí — **1** El parador d'una persona o d'una cosa és el lloc on és. Si una persona és en parador desconegut és que no se sap on és.
2 Un parador és un hotel de luxe situat en edificis antics o molt bonics.

paradoxa paradoxes

nom femení — Es diu que una cosa és una paradoxa quan lògicament hauria de ser d'una manera però és de la manera contrària. És una paradoxa que a una pianista no li agradi la música.

paradoxal

parafang parafangs

nom masculí — Un parafang és una peça que cobreix la roda d'un vehicle per evitar que la pols, l'aigua o el fang embruti la carrosseria o les persones. Si una bicicleta no porta parafangs, quan passem per un toll d'aigua ens esquitxem. ✎ moto

parafina parafines

nom femení — La parafina és una substància sòlida de color blanc, molt tova, semblant a la cera. És una barreja d'hidrocarburs i s'obté del petroli. Es fa servir en la fabricació de mistos i en perfumeria.

paràgraf paràgrafs

nom masculí — Un paràgraf és una part d'un text escrit que queda entre dos punts i a part o entre el començament i un punt i a part. Un capítol d'una novel·la té diversos paràgrafs.

paraigua paraigües

nom masculí — Un paraigua és un estri per a protegir-se de la pluja. Els paraigües tenen una peça de tela que s'obre i es tanca amb unes varetes de metall. S'agafen per un mànec que a vegades té forma corba.

paraigüer

paràlisi paràlisis

nom femení — Una persona té paràlisi quan no pot bellugar alguna part del cos. Hi ha malalties que produeixen paràlisi de les cames.

paralític paralítica paralítics paralítiques

adjectiu i nom masculí i femení — Que té paràlisi. Alguns paralítics recuperen els moviments amb exercicis adequats.

paralitzar

verb, com *cantar* ◄ pàg. 26 — **1** Provocar paràlisi, impedir de bellugar-se. Hi ha serps que paralitzen les seves preses amb el verí.
2 Fer que una cosa perdi activitat i energia, que no funcioni com abans. La falta de combustible paralitza les fàbriques i el transport.

paralització

parallamps parallamps

nom masculí — Un parallamps és una barra de metall acabada en punta que atrau els llamps i impedeix que caiguin damunt de les cases. Els parallamps es posen a les parts més altes dels edificis. ✎ pàg. 593 (1)

paral·lel paral·lela paral·lels paral·leles

adjectiu — **1** Dues rectes són paral·leles quan tenen la mateixa direcció i per molt que les allarguem mai no es trobaran. Les vies del tren són paral·leles.
2 Una cosa és paral·lela a una altra si les dues van en la mateixa direcció l'una al costat de l'altra sense trobar-se. Hi ha carreteres que van paral·leles a una autopista o a una via del tren.

nom masculí — **3** Un paral·lel és una circumferència que ens imaginem que divideix horitzontalment la Terra. Els paral·lels serveixen per a conèixer la latitud d'un lloc de la Terra.
4 Si fem un paral·lel entre dues coses o dues persones és que les comparem i veiem què tenen que sigui igual o diferent. Es pot fer un paral·lel entre l'art americà i l'art europeu.

nom femení plural — **5** Unes paral·leles són unes barres de fusta paral·leles per a fer exercicis de gimnàstica.

paral·lelisme

paral·lelepípede paral·lelepípedes

nom masculí — Un paral·lelepípede és un prisma de sis cares que són paral·lelograms. Un maó i una capsa de galetes tenen forma de paral·lelepípede.

paral·lelogram paral·lelograms

nom masculí — Un paral·lelogram és un quadrilàter que té els costats oposats paral·lels i iguals.

parament paraments

nom masculí — Un parament és un conjunt d'objectes que serveixen per a parar o adornar una cosa. Es diu parament de taula el conjunt de plats, els gots, els coberts i totes les altres coses que es posen a taula.

paranimf paranimfs
nom masculí — Un paranimf és una sala gran que hi ha en algunes universitats per a celebrar-hi actes acadèmics, com el començament del curs.

paranoia paranoies
nom femení — La paranoia és una malaltia mental que fa que la persona tingui manies molt fortes, com per exemple que tothom li vol fer mal o que la persegueixen.

paranoic paranoica paranoics paranoiques
nom masculí i femení — Persona que pateix de paranoia.

parany paranys
nom masculí — Un parany és qualsevol trampa o aparell per a agafar animals. Alguns pagesos posaven paranys per atrapar guineus. També es diu que algú ha parat un parany a una altra persona, si li ha fet fer una cosa mal feta o l'ha enganyat.

parapet parapets
nom masculí — Un parapet és una paret feta amb sacs de sorra, pedres, taulons de fusta o qualsevol altra cosa per a protegir els soldats en un combat.
parapetar

paraplegia paraplegies
nom femení — Una persona té paraplegia si té paràlisi de la part de baix del cos i de les dues cames.
paraplègic

parar
verb com *cantar* ◄ pàg. 26
1 Estendre la mà, un plat o una altra cosa per rebre una cosa que ens tiren o que ens allarguen. Quan en una botiga ens tornen el canvi, parem la mà.
2 Fer que una persona o una cosa deixi d'avançar, de moure's o de funcionar. A vegades algú ens para pel carrer per preguntar-nos l'hora. Si el rellotge ens cau a terra, segur que es pararà.
3 Deturar-se un vehicle en un lloc. Hi ha trens que no paren a totes les estacions.
4 Una persona o una cosa va a parar a un lloc si hi arriba i hi fa cap. Diem que algú va a parar a una fonda molt dolenta o que les restes d'un àpat van a parar a les escombraries.
5 Deixar de fer una cosa. La canalla no para mai de jugar.
6 Para de ploure, de nevar, de fer vent, etc., quan deixa de ploure, de nevar, de fer vent, etc.
7 Posar una cosa a punt per a funcionar, per a fer el servei que ha de fer. Per a caçar rates, s'han de parar rateres i altres paranys.
frase feta — **8** **Parar la taula** és posar-hi les estovalles, els coberts, els gots i totes les altres coses necessàries per a menjar-hi.

En Pere para la taula

paràsit paràsita paràsits paràsites
adjectiu i nom masculí — **1** Un ésser viu és paràsit si viu a sobre o a dins d'un altre ésser viu i s'alimenta de les substàncies que aquest altre produeix, de la seva sang, de la saba, etc. Les puces són paràsites dels gats.
nom masculí — **2** Es diu que una persona és un paràsit si no treballa mai i viu del treball dels altres.
parasitari, parasitària

para-sol para-sols
nom masculí — **1** Un para-sol és una mena de paraigua que es fa servir per a protegir-se del sol. Alguns para-sols són molt grans, com els que es porten a la platja.
2 Petita pantalla movible que porten els cotxes al vidre del davant perquè el sol no molesti el conductor.

parat parada parats parades
adjectiu — **1** Una persona és parada si no té gaire intel·ligència i no sap mai què ha de fer o què ha de dir.
frase feta — **2** **Deixar parat** és donar una gran sorpresa, dir o fer una cosa que ningú no esperava.
3 **Quedar parat** és tenir una gran sorpresa i no saber què dir.
adjectiu i nom masculí i femení — **4** Que ha perdut la feina, desocupat.

paratge paratges
nom masculí — Indret, lloc. A la costa hi ha paratges molt bonics.

paraula paraules
nom femení — **1** Una paraula és un so o un conjunt de sons que tenen significat. *Casa* i *ser* són paraules. En els escrits, les paraules van separades per espais en blanc.
2 Quan algú dóna la seva paraula que farà una cosa és que la farà amb tota seguretat. Sovint es diu que algú ha donat paraula d'honor.

Continua a la pàgina següent

3 Capacitat que tenim les persones d'expressar els nostres pensaments parlant. Si algú té facilitat de paraula és que sap parlar molt bé.

paraulejar

paraulota paraulotes

nom femení — Una paraulota és una paraula grollera, que es considera que no s'ha de dir en públic. Quan una persona fa una conferència, no dirà paraulotes com *collons* i *fotre*.

paravent paravents

nom masculí — Un paravent és un conjunt de peces de roba o de pell subjectades per uns marcs de fusta i unides entre si. Els paravents es poden obrir i tancar. Es fan servir per a evitar els corrents d'aire o fer separacions en una habitació.

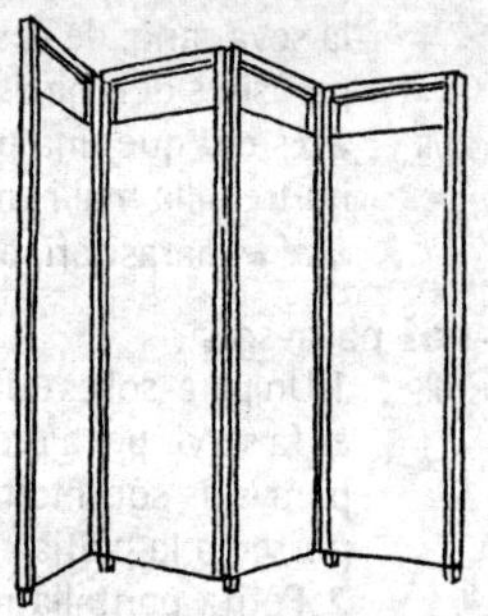

Un paravent

para-xocs para-xocs

nom masculí — Un para-xocs és una peça allargada i horitzontal que els cotxes porten a la part del davant i del darrere per a impedir que els cops facin malbé la carrosseria.

✎ cotxe per fora

parc parcs

nom masculí — **1** Un parc és un terreny amb arbres, jardins i estanys, amb camins per a poder-hi passejar la gent i bancs per a seure-hi.
2 Un **parc d'atraccions** és un lloc on hi ha cavallets, autos de xoc i altres atraccions per a divertir-se.
3 Un **parc de bombers** és un edifici on els bombers tenen vehicles, mànegues, escales i tot el que necessiten.
4 Un **parc zoològic** és un zoo.

parca parques

nom femení — La parca és un ésser que personifica la mort. Aquesta paraula es fa servir en literatura.

parcel·la parcel·les

nom femení — Una parcel·la és cada una de les divisions que es fan d'un terreny. Hi ha gent que compra parcel·les en una urbanització i s'hi construeix cases.

parcel·lar

parcer parcera parcers parceres

nom masculí i femení — Pagès o pagesa que té llogades terres de conreu i dóna una part de les collites a qui en té la propietat.

parcial parcials

adjectiu — **1** Una cosa és parcial si només es fa o només té lloc en part. En un eclipsi parcial de Lluna, aquesta no queda totalment tapada.
2 Una persona és parcial si quan hi ha dos bàndols enfrontats ajuda i fa favors només a un bàndol. Els jutges no poden ser parcials.

imparcial, imparcialitat, parcialitat

pardal pardals

nom masculí — Un pardal és un ocell petit que té el bec gruixut i el cos de color castany, amb clapes grises, negres i blanques. Les femelles són grises. Els pardals s'alimenten de llavors. N'hi ha molts als camps i als pobles de Catalunya.

pare pares

nom masculí — **1** Un pare és un home que ha tingut un o més fills.
2 Nom que es dóna als capellans.

nom masculí plural — **3** Els pares d'algú són el seu pare i la seva mare. Hi ha nens que no han conegut els seus pares.

nom masculí — **4** El **pare polític** d'una persona és el seu sogre.

paredar

verb com *cantar* ◄ pàg. 26 — **1** Fer les parets d'una casa.
2 Tapar una obertura amb una paret. Les portes i les finestres de les cases abandonades a vegades es pareden perquè no hi pugui entrar cap persona estranya.

parèixer

verb com *conèixer* ◄ pàg. 31 — Semblar. Hi ha núvols que pareixen cotó fluix. Es diu sobretot en algunes zones.

parell parella parells parelles

adjectiu — **1** Dues coses són parelles si són iguals o semblants. Els mitjons d'un peu i de l'altre són parells.
2 Un número és parell quan és múltiple de dos. El 4, el 6 i el 8 són números parells.

nom masculí — **3** Un parell de persones, d'animals o de coses són dues persones, dos animals o dues coses que van junts o que s'assemblen. Quan comprem un parell de sabates hem de mirar que no ens facin mal.

nom femení — **4** Una parella és un conjunt de dues persones, dos animals o dues coses. Quan un home i una dona surten o viuen junts o s'han casat formen una parella.

aparellar, imparell

parenostre parenostres
nom masculí — El parenostre és una de les oracions principals dels cristians. Segons l'Evangeli, Jesús la va ensenyar als seus deixebles.

parent parenta parents parentes
nom masculí i femení — Persona que és de la mateixa família que una altra. Els teus pares, els teus avis, els oncles i els cosins, si en tens, són els teus parents.
emparentar, parentela, parentesc, parentiu

parèntesi parèntesis
nom masculí Amb S — Un parèntesi és una explicació que es posa dins d'un text. Els parèntesis s'escriuen entre dos guions o dins dels signes ( ), que també es diuen *parèntesis*. *Aquell estiu (l'últim que vam passar a Girona) va fer molta calor.*

parer parers
nom masculí — El parer d'una persona és allò que pensa d'una qüestió, l'opinió que té sobre una cosa, sobre el que s'ha de fer. Quan donem el nostre parer a algú li diem el que nosaltres faríem.

paret parets
nom femení — **1** Una paret és una construcció prima i alta que tanca un terreny o forma els costats d'una casa, d'un pis o d'un altre edifici.
2 Part d'una muntanya que és molt dreta, gairebé vertical. Els escaladors pugen al cim de les muntanyes per parets molt difícils.
3 La **paret mestra** d'una casa és la paret més gruixuda, la que aguanta les bigues.
pàgs. 594-595 (23)
aparedar, emparedar

pària pàries
nom masculí i femení — **1** A l'Índia, un o una pària és una persona de la classe social més baixa.
2 Es diu que una persona és un o una pària si és molt pobra, i ningú no se'n preocupa.

parietal parietals
nom masculí — El parietal és un dels dos ossos que formen la part de dalt del cap. pàg. 797 (2)

parió pariona parions pariones
adjectiu — **1** Una cosa és pariona d'una altra si totes dues formen parella. La sabata del peu dret és pariona de la del peu esquerre.
2 Un os o un òrgan del cos és parió si n'hi ha un altre d'igual. Els fèmurs i els ronyons són parions, ja que en tenim dos.
aparionar

parir
verb com *servir* ◄ pàg. 28 — Tenir fills una dona o una femella. Les conilles pareixen moltes cries.

parisenc parisenca parisencs parisenques
adjectiu — **1** De París. *La moda parisenca.*
nom masculí i femení — **2** Persona que és de París o que hi viu.

parla parles
nom femení — La parla és el llenguatge, la capacitat que tenim les persones de parlar. Una persona muda ha perdut la parla.

parlament parlaments
nom masculí — **1** El parlament d'un estat o d'una nació és la reunió de les persones que el poble ha elegit perquè facin les lleis i discuteixin de política. El lloc on es reuneixen també es diu *parlament*.
2 Discurs que fa una persona. Alguns polítics acostumen a fer parlaments molt llargs.

parlamentar
verb com *cantar* ◄ pàg. 26 — Fer tractes per arribar a un pacte, a un acord de pau o a la solució d'un conflicte. Abans que esclati una guerra, les nacions han de parlamentar.

parlamentari parlamentària parlamentaris parlamentàries
adjectiu — **1** Del parlament, que té relació amb un parlament. En alguns debats parlamentaris hi ha discussions molt fortes.
nom masculí i femení — **2** Persona escollida pel poble per a estar en el parlament del país. Al parlament del nostre país encara hi ha poques parlamentàries.

1 parlar
verb com *cantar* ◄ pàg. 26 — **1** Dir paraules, expressar el que pensem amb paraules. Els nens d'un any encara no parlen. Algunes persones saben parlar de tot: d'esports, d'art, de política, etc.
2 Es diu que una persona parla una llengua quan la sap, quan pot comunicar-se amb els altres en aquesta llengua. Els intèrprets han de parlar molt bé dos o més idiomes.
usat amb pronom — **3** Es diu que dues persones no **es parlen** quan estan enfadades i no són amigues.
frase feta — **4** **Parlar en veu baixa** és parlar fluix. Dins d'una església sempre s'ha de parlar en veu baixa.
parlant, parler, parlotejar

2 parlar parlars
nom masculí — **1** El parlar d'una persona és la seva manera d'expressar-se, de dir les coses. No és igual

A B C D E F G H I J K L M N O P Q R S T U V W X Y Z

el parlar de les criatures que el de les persones grans.
2 Manera d'expressar-se, de parlar, d'un lloc, d'un país, d'una regió. El parlar de Lleida no és el de Girona.

paròdia paròdies
nom femení — Una paròdia és una imitació que es fa d'una persona o d'una cosa per a fer-ne burla o per a fer riure. Hi ha sèries de televisió que fan paròdies de la vida política.
parodiar

paroxíton paroxítona paroxítons paroxítones
adjectiu i nom masculí — Una paraula és paroxítona si té l'accent a la penúltima síl·laba. Els paroxítons també es diuen *paraules planes*. *Cotxe* i *córrer* són paraules paroxítones.

parpella parpelles
nom femení — La parpella és el trosset de pell que tapa o destapa l'ull quan el tanquem o l'obrim.
pàg. 793 (1), pàgs. 798-799 (15)

parpellejar
verb com *cantar* ◄ pàg. 26 Amb G davant E, I
1 Obrir i tancar els ulls, moure les parpelles. Una llum molt forta ens fa parpellejar.
2 Un llum parpelleja quan sembla que s'encengui i s'apagui moltes vegades i molt de pressa. Els llums de les ambulàncies parpellegen.

parquet parquets
nom masculí — Un parquet és un paviment per al terra de les cases fet amb tires de fusta unides.
emparquetar

pàrquing pàrquings
nom masculí — Un pàrquing és un lloc on es poden deixar aparcats els cotxes, normalment pagant. Els pàrquings s'indiquen amb una P grossa de color blanc sobre un fons blau.

parra parres
nom femení — Una parra és un cep de raïms que es deixa créixer i que es manté amb les branques enlaire agafant-les a uns suports.
emparrar

parrac parracs
nom masculí — **1** Un parrac és un tros de roba que penja quan s'ha fet un estrip en un vestit. Algú va ple de parracs quan porta una roba estripada i descosida.
2 Pedaç mal cosit.
aparracar, esparracar, parracaire

parral parrals
nom masculí — Emparrat.

parricidi parricidis
nom masculí — Una persona comet un parricidi quan mata el seu pare o la seva mare. A vegades també es considera parricidi si es mata el marit, la muller o un parent molt pròxim.
parricida

parroquià parroquiana parroquians parroquianes
nom masculí i femení — **1** Fidel cristià que és membre d'una parròquia.
2 Persona que va sovint a comprar a unes mateixes botigues i que ja és coneguda de l'amo o de la mestressa. Els parroquians són molt estimats per les persones que venen.

parròquia parròquies
nom femení — Una parròquia és una divisió que l'Església fa d'un territori i dels fidels que hi viuen. Cada parròquia té la seva església i un sacerdot o més que se n'encarreguen.
Conjunt dels clients habituals d'una botiga o de diverses botigues. Els supermercats tenen una parròquia molt nombrosa.
parroquial

parrup parrups
nom masculí — El parrup és el cant que fan els coloms i les tórtores. No és tan bonic com el d'altres ocells.
parrupar

parsimònia parsimònies
nom femení — Una persona actua amb parsimònia quan no va amb pressa, sinó a poc a poc, amb calma i moderació. Si algú gasta amb parsimònia és que compra molt poques coses.
parsimoniós

1
part parts
nom masculí — Un part és l'acció de parir. Es diu que una dona va de part quan és a punt de tenir la criatura.
partera

2
part parts
nom femení — **1** Una part és cada una de les divisions que es fan d'una cosa. Si partim un pastís per la meitat en fem dues parts.
2 Cosa que juntament amb d'altres forma una unitat, un tot. El cos humà consta de diverses parts: el cap, el tronc, els braços, etc. Les parts d'un llibre són els capítols que té.
3 Allò que correspon a cada persona quan es reparteix una cosa. Si has de repartir 15 pomes entre 5 companys, la part de cadascú serà 3 pomes.
4 En un enfrontament, cada una de les persones o dels grups que tenen uns mateixos interessos. En un plet, el jurat ha d'escoltar les dues parts abans de dir qui té raó.
5 Lloc, punt de l'espai, regió, etc. Diem que

A B C D E F G H I J K L M N O P Q R S T U V W X Y Z

algú és de la part de Lleida o que hi havia gent que corria d'una part a l'altra.
6 Si una cosa ve de part d'algú és que aquest ens l'envia.

nom femení plural — **7** Les parts o les parts sexuals d'una persona o d'un animal són els seus òrgans genitals.

frase feta — **8 Prendre part** en una cosa és participar-hi, col·laborar en la seva realització. Sempre és bonic de prendre part en una competició esportiva.
9 Deixar a part una cosa és deixar-la a un costat, no preocupar-se'n de moment.
partió, partitiu, partitiva

parterre parterres
nom masculí — Un parterre és un tros de jardí plantat de flors o de gespa i separat de la resta per camins o passeigs.

partició particions
nom femení — Quan algú divideix o parteix una cosa fa una partició. Alguns propietaris fan partició dels seus terrenys i els venen en parcel·les.

participació participacions
nom femení — **1** La participació en una cosa és el fet de participar-hi. La participació en un concurs obliga a acceptar-ne les bases.
2 Una participació és un escrit o un imprès per a comunicar alguna cosa. Moltes parelles fan saber que es casen enviant participacions de casament.

participar
verb com *cantar* ◄ pàg. 26 — **1** Fer una cosa juntament amb altres, intervenir en alguna cosa. En els jocs olímpics hi participen atletes de tot el món. Si una persona participa en un negoci és que hi posa diners o treball; si participa en els beneficis, és que rep diners dels guanys. També es pot participar en una discussió.
2 Fer saber una cosa a moltes persones. Es pot participar el casament d'uns nuvis, un canvi de domicili o la defunció d'un familiar.
partícip, participant, participatiu, participativa

participi participis
nom masculí — Els participis són formes no personals del verb. *Cantant* és el participi present o gerundi de *cantar*; *cantat, cantada, cantats, cantades* són les formes del participi passat. El participi passat es fa servir per a formar els temps compostos: *he cantat, han sortit*, etc.

partícula partícules
nom femení — **1** Una partícula és una part molt petita d'una cosa. La pols és formada de partícules de terra.
2 En gramàtica, paraula invariable com les preposicions i els adverbis.
3 Les **partícules elementals** de la matèria són els electrons, els protons i els neutrons, que formen els àtoms.

particular particulars
adjectiu — **1** Que només és d'unes persones o d'unes coses. Podem parlar dels costums particulars dels pastors o del sabor particular dels mangos.
2 Que és de propietat privada, que només ho fan servir unes determinades persones. El president del govern pot viatjar en cotxe oficial o en el cotxe particular. Per un camí particular no hi pot passar tothom.
3 Que és diferent de les altres persones o coses, que té elements especials, extraordinaris. L'Everest és una muntanya particular.
particularisme, particularitzar

particularitat particularitats
nom femení — Una particularitat és qualsevol element o característica que fa que una persona o una cosa sigui diferent de les altres. Alguns ordinadors tenen la particularitat que són portàtils.

partida partides
nom femení — **1** En un joc com els escacs, les cartes o el dòmino, una partida és un seguit de jugades que es fan fins que algú guanya. Algunes partides d'escacs duren molta estona.
2 Acció d'anar-se'n o de marxar una persona o un vehicle. Quan preparem un viatge, hem de fixar el dia de la partida i el de la tornada.
3 Document oficial on consta el dia i l'any de naixement, de mort o de casament d'una persona. Per treure's el carnet d'identitat, es necessita la partida de naixement.
4 Quantitat d'una mercaderia, d'un producte, que s'envia o que es rep. Cuba sempre ha exportat grans partides de sucre.

partidari partidària partidaris partidàries
adjectiu i nom masculí i femení — Persona que va a favor d'una doctrina, d'un partit polític o d'un govern. Cada vegada hi ha més partidaris i partidàries del pacifisme.

partir
verb com *servir* ◄ pàg. 28 — **1** Dividir una cosa en dues o més parts. Els socis d'un negoci es parteixen els guanys.
2 Trencar una cosa pel mig, obrir-la amb un cop o a cops. Es poden partir nous amb una pedra. Si ens cau un meló a terra, sens dubte que es partirà. També es diu que algú ha caigut i s'ha partit el cap.

Continua a la pàgina següent

3 Anar-se'n a un lloc que és lluny. Colom va partir del port de Palos cap a Amèrica.
tripartit, tripartida

partit partits
nom masculí
1 Un partit és un conjunt de persones que defensen unes idees o doctrines polítiques i que volen governar un país. Els partits participen en les eleccions.
2 Dos esportistes o dos equips fan un partit quan juguen l'un contra l'altre durant un temps determinat. Per la televisió sovint fan partits de futbol i de bàsquet.
frase feta
3 **Prendre partit** per algú o per alguna cosa és anar-hi a favor.
4 **Treure partit** d'una cosa és treure'n un benefici, fer-la servir per a l'obtenció d'un fi.
partidisme, partidista

partitura partitures
nom femení
Una partitura és un full de paper o un grup de fulls on hi ha escrita la música que ha de tocar un músic o els músics d'una orquestra. Els concertistes de piano toquen sense partitura, de memòria. pàgs. 394-395 (22)

pàrvul pàrvula pàrvuls pàrvules
nom masculí i femení
Nen petit o nena petita que comença a anar a l'escola. Els pàrvuls encara no estudien, però aprenen moltes coses.

parvulari parvularis
nom masculí
Un parvulari és una escola per a pàrvuls.

parxís parxissos
nom masculí
El parxís és un joc que consisteix a fer avançar unes fitxes rodones de color per unes caselles tants punts com indica el dau. Guanya el jugador que arriba primer amb les seves fitxes a l'última casella.
pàg. 393 (7)

1
pas passos
nom masculí
1 Un pas és un moviment que fa una persona que camina. Quan fem un pas, aixequem un peu, l'avancem i el tornem a posar a terra. Si una persona porta un bon pas és que camina bastant de pressa.
2 Cada un dels moviments que es fan ballant. Els passos de tango són molt bonics, però molt difícils.
3 Lloc per on es pot passar. Algunes autopistes es poden travessar per passos subterranis o elevats. A les ciutats hi ha passos de vianants.
4 Fet de passar. El pas del temps és inevitable. El pas d'un sòlid a líquid es produeix quan aquest s'escalfa molt.
5 Un **pas a nivell** és un lloc on una carretera travessa una via de tren. En els passos a nivell hi ha barreres que impedeixen que els cotxes travessin la via quan passa un tren.
6 Un **pas zebra** és un lloc del terra del carrer marcat amb unes ratlles molt amples. En els passos zebra els cotxes s'han d'aturar per a deixar passar les persones.
pàg. 597 (29)
locució que fa d'adverbi
7 Si estem **de pas** en un lloc és que no ens hi aturarem gaire estona, no hi estarem gaire temps. *Com que estava a la ciutat de pas, no va buscar pis: es va quedar en un hotel.*
frase feta
8 **Seguir els passos** d'algú és imitar-lo, fer les mateixes coses que ell.

2
pas
adverbi
S'usa combinat amb *no* en casos com aquests:
- *Treballa més que no pas es pensava.*
- *–Tothom té cotxe. –No pas jo, que no en tinc!*
- *–He perdut la llibreta. –No és pas aquesta?*
- *No em facis pas quedar malament!*

pasdoble pasdobles
nom masculí
Un pasdoble és una música i un ball espanyol de ritme viu. Els pasdobles més coneguts són dedicats als toreros famosos.

Pasqua Pasqües
nom propi femení
1 La Pasqua o la Pasqua florida és la festa cristiana que celebra la resurrecció de Jesús. El diumenge de Pasqua és el final de la Setmana Santa.
nom femení
2 Es diu que una persona està més alegre que unes pasqües si està molt contenta.
pasqual

pasquí pasquins
nom masculí
Un pasquí és un escrit que algú penja en un lloc públic per a criticar una persona o una cosa o per a comunicar alguna cosa.

passa passes
nom femení
1 Una passa és un pas fet caminant. Les passes es fan servir a vegades per a calcular una distància. Es diu, per exemple, que entre dues cases hi ha una separació de trescentes passes.
2 Manera informal de dir *epidèmia*. A l'hivern hi ha passes de grip.

passada passades
nom femení
1 Una persona o un vehicle fa una passada quan passa per un lloc. Quan hi ha un incendi forestal, hi ha avions que fan passades i llancen aigua sobre el foc.
2 Cada vegada que es fa passar una eina sobre una cosa o un pinzell sobre una superfície. Convé donar dues passades de vernís a les portes de fusta.

3 **Una mala passada** és una acció que molesta, que fa mal o que enganya algú. Si una persona ens juga una mala passada ja no tornarem a tenir-hi tractes.

passadís passadissos

nom masculí — Un passadís és una part d'un edifici llarga i estreta per on es pot anar d'una banda a una altra. A molts pisos, hi ha un passadís que porta del rebedor al menjador.

passador passadors

nom masculí — 1 Un passador és una agulla o una pinça que es posa al cap per a subjectar els cabells o com a adornament.

2 Qualsevol peça que es pot fer córrer i es pot introduir dins d'una altra peça. Hi ha uns passadors molt senzills per a tancar portes i finestres.

passamà passamans

nom masculí — 1 Un passamà és la part plana i llisa de dalt d'una barana o d'una escala. Les persones s'agafen al passamà per no caure.

2 Cinta de roba que es posa a la vora d'un vestit, d'un moble o d'un altre objecte com a adornament.

passamuntanyes passamuntanyes

nom masculí — Un passamuntanyes és una peça de roba gruixuda que tapa el cap, el coll, les orelles i part de la cara. Els passamuntanyes es porten en llocs molt freds.

Un passamuntanyes

passaport passaports

nom masculí — Un passaport és un document que porta la fotografia i les dades d'una persona i serveix per a viatjar a l'estranger. El passaport s'ha d'ensenyar a la policia quan s'entra en alguns països.

passar

verb
com *cantar*
◀ pàg. 26

1 Anar d'una banda a una altra recorrent un camí, travessant un lloc; entrar en un lloc travessant una porta, una entrada. Diem que l'autobús passa per davant de casa, que per un carrer no hi passa mai ningú, que el riu Llobregat passa per Sallent, que els fils elèctrics passen per sota terra, que algú passa cap dins de casa, que una taula no passa per la porta.

2 Un fet passa quan es produeix, quan succeeix o té lloc. Tothom sap què va passar durant la Revolució Francesa. A algunes persones sempre els passen coses rares.

3 El temps passa quan se'n va. Una hora ens pot passar volant. Els dies, els anys, etc. passen quan s'acaba l'un i comença el següent. Si acaba el març i comença l'abril, ja ha passat un altre mes.

4 Quan es diu que una cosa ja ha passat és que ja s'ha acabat. Quan ha passat un perill, ja no hem de tenir por.

5 Una persona passa una malaltia quan la té o la pateix. Moltes criatures passen el xarampió.

6 Travessar un espai, un lloc. Per passar els rius es fan ponts.

7 Estar una temporada en un lloc o estar un temps determinat fent una cosa. Moltes persones passen l'estiu a la muntanya. Una pianista ha de passar moltes hores diàries tocant el piano.

8 Es diu que una persona passa un examen si l'aprova. No tothom passa l'examen de conduir a la primera.

9 Es diu que una persona passa la baieta, la pinta, etc., si frega, pentina, etc., d'una manera ràpida, sense entretenir-s'hi gaire.

usat amb pronom — 10 Una fruita, una verdura o un altre aliment **es passa** si es fa malbé o es podreix.

frase feta — 11 **Passar de llarg** és no aturar-se en un lloc, no quedar-s'hi. Si l'autobús passa de llarg per la parada, no hi podrem pujar.

12 **Passar per alt** una cosa és oblidar-la o no tenir-la en compte.

passable

passarel·la passarel·les

nom femení — 1 Una passarel·la és un pont petit i estret per a passar un riu, un torrent, una via de tren, etc. Les passarel·les es fan amb taulons de fusta.

2 Corredor o passadís per on passen els models i les models en una desfilada de modes.

passat passats

nom masculí — 1 El passat és el temps d'abans del present, el conjunt de les coses que ja han succeït. Sempre hi ha qui pensa que el passat és millor que el present. Un nen acabat de néixer no té passat.

2 Temps del verb que indica que l'acció ja ha passat o ja s'ha fet. *Vaig sortir* i *sortírem* són formes del verb *sortir* en passat.

passatemps passatemps
nom masculí — Un passatemps és qualsevol objecte o joc que ens entreté o diverteix. Molts diaris i revistes publiquen passatemps, com els mots encreuats i les endevinalles.

passatge passatges
nom masculí — **1** Un passatge és un carrer curt, sovint sense circulació de cotxes, que uneix uns altres dos carrers.
2 Conjunt de passatgers que viatgen en un vaixell, un avió o qualsevol altre mitjà de transport. Les hostesses dels avions atenen el passatge durant el vol.
3 Preu que es paga per viatjar en un avió o en un vaixell. També es diu *passatge* el bitllet d'avió o de vaixell.

passatger passatgera passatgers passatgeres
adjectiu — **1** Una cosa és passatgera si passa aviat, si dura poc. Un dolor passatger no molesta gaire.
nom masculí i femení — **2** Persona que viatja en un mitjà de transport. En un autocar, tots els passatgers han d'anar asseguts.

passavolant passavolants
nom masculí i femení — **1** Un o una passavolant és una persona que compra en una botiga alguna vegada, però que no n'és client habitual.
2 Persona que només està de pas en una fonda o en un hotel.

passeig passeigs
nom masculí
També *passejos* — **1** Quan una persona passeja fa un passeig. Si fa bon temps ens agrada sortir o anar a passeig.
2 Un passeig és un lloc on la gent va a passejar. A les ciutats, els passeigs són carrers amples, amb moltes botigues.

passejar
verb
com *cantar*
◄ pàg. 26
Amb G davant E, I — **1** Anar d'una banda a una altra tranquil·lament, per distreure's, prendre l'aire, mirar botigues o fer una mica d'exercici físic. Podem passejar a peu, amb bicicleta o amb un altre vehicle.
2 Es diu que una persona passeja una criatura o un gos si els porta al carrer.
passejada

passera passeres
nom femení — Una passera és qualsevol cosa que ens permet de travessar o passar un corrent d'aigua. Si el corrent és petit, unes pedres poden servir de passera.

passerell passerells
nom masculí — **1** Un passerell és un ocell petit, que té la part de dalt del cos de color castany fosc i les ales i la cua amb les vores de color blanc. A l'estiu, els mascles tenen el pit i el cap de color vermell. Els passerells es poden tenir en gàbies i tenen un cant molt bonic.
2 Es diu que una persona és un passerell si fa poc que es dedica a una cosa i encara no en sap gaire. Si algú és un passerell com a porter, segur que li faran molts gols.

passi passis
nom masculí — Un passi és un document que permet d'entrar en un lloc o de passar per un lloc. Les persones jubilades tenen passis per a viatjar en els autobusos més econòmicament.

passi-ho bé
interjecció — Expressió que diem quan marxem d'un lloc, quan se'n va algú o quan saludem una persona que ens trobem pel carrer. *Passi-ho bé! Fins demà!*

passió passions
nom femení — Una passió és una emoció molt forta, un sentiment o un amor molt viu, que gairebé no deixa pensar. Les persones molt enamorades tenen una gran passió. Hi ha qui té passió per la música, pels esports o per la lectura.
apassionar-se, passional

passiu passiva passius passives
adjectiu — **1** Que no actua. Estar a classe amb una actitud passiva és no participar-hi ni treballar.
nom masculí — **2** El passiu d'una empresa és el conjunt dels diners que deu.
passivitat

past pasts
nom masculí
També *pastos* — **1** El past és l'aliment. Es diu sobretot de les coses que mengen els animals, com l'herba, la palla o l'alfals.
2 Es diu que una cosa és past de les flames o del foc quan es crema. A l'estiu, hi ha boscos que són past del foc.

pasta pastes
nom femení — **1** Una pasta és una massa tova feta amb un sòlid mòlt o desfet i barrejat amb un líquid. Quan s'escalfen algunes coses, també es fa una pasta, com passa amb la xocolata o la cera. El fang és una pasta que quan s'asseca queda dura. Els canelons i les croquetes estan farcits d'una pasta molt gustosa.
2 Aliment fet amb farina i aigua i deixat assecar. Les pastes tenen noms diferents: macarrons, espaguetis, fideus, etc.
3 Aliment dolç de pastisseria, de forma diversa, com els croissants, les ensaïmades i les ulleres.
4 Manera informal de dir *diners*. Es diu, per

exemple, que una artista guanya molta pasta.

5 La **pasta de full** o **pasta fullada** és un tipus de massa de pastisseria que quan es cou fa capes. Es pot menjar farcida de crema, de xocolata, de pernil, amb pinyons i de moltes altres maneres. La majoria de tortells són de pasta de full.

6 La **pasta seca** o **pasta de te** és un tipus de dolç petit dur com les galetes, que s'acostuma a prendre amb el te o per berenar.

locució que fa d'adjectiu
7 Es diu que una persona és **de bona pasta** si no s'enfada mai i no es baralla amb ningú.

empastar

pastanaga pastanagues

nom femení
Una pastanaga és una arrel gruixuda comestible d'una planta que també es diu així. Les pastanagues són de color taronja i tenen forma cònica. Es mengen crues o cuites. pàgs. 994-995 (34)

pastar

verb
com *cantar*
◄ pàg. 26
1 Fer que una substància sigui una pasta. Els terrissaires pasten el fang i fan càntirs i altres objectes.

2 Preparar i treballar la pasta per fer pa, galetes, pastissos o altres aliments. Els forners pasten de nit.

pastel pastels

nom masculí
Un pastel és un llapis de color fet amb una pasta dura. Per a pintar al pastel es fa servir un paper especial. Els colors pastel són suaus.

pastera pasteres

nom femení
Una pastera és una caixa amb tapa on es pasta la farina per fer el pa. Avui, ja no es fan servir pasteres, sinó màquines de pastar.

pasterada pasterades

nom femení
1 Es fa una pasterada cada vegada que es pasta una cosa.

2 Es diu que una persona ha fet una pasterada si ha fet malament una feina. Si el lampista posa unes aixetes que perden aigua, ha fet una pasterada.

pastetes

nom femení plural
1 Es diuen pastetes les sopes que són espesses, com les farinetes que es donen als nens petits.

2 Fang poc espès. A vegades la canalla juga a fer pastetes amb terra i aigua.

pasteuritzar

verb
com *cantar*
◄ pàg. 26
Escalfar alguns aliments a uns 70°-80° centígrads durant un temps determinat i després refredar-los per tal que es puguin conservar millor. La llet o els sucs de fruita sovint es pasteuritzen.

pastifa pastifes

nom masculí i femení
Es diu que una persona és un o una pastifa si treballa malament i deixa les feines mal fetes, mal acabades.

pastilla pastilles

nom femení
1 Una pastilla és un trosset d'un medicament. La majoria de les pastilles tenen forma rodona. N'hi ha que són de colors.

2 Peça normalment rectangular d'alguns productes que es venen d'aquesta forma, com el sabó o la xocolata. La mantega es pot comprar en pastilla o en pot.

3 Una **pastilla del fre** és una peça petita de goma que els frens de les bicicletes porten a banda i banda de la llanda. Quan es frena, les pastilles freguen contra la llanda i fan que la bicicleta s'aturi. bicicleta

pastís pastissos

nom masculí
1 Un pastís és un aliment dolç, de mida gran, fet amb farina, mantega, ous i sucre, i cuit al forn. Els pastissos normalment són rodons i poden portar xocolata, fruita confitada, llimona, nata, etc. En els pastissos d'aniversari, s'hi posen espelmes. pàg. 400 (9)

2 Aliment preparat en forma de pastís. Es poden fer pastissos de carn o de peix.

pastisser, pastisset

pastisseria pastisseries

nom femení
Una pastisseria és una botiga on venen pastissos, pastes i altres dolços.

pastitx pastitxos

nom masculí
Un pastitx és una obra mal feta que imita una pintura, una novel·la o una composició musical.

pastitxo pastitxos

nom masculí
Un pastitxo és una obra mal feta, una feina mal deixada.

pastor pastora pastors pastores

nom masculí i femení
1 Persona que porta animals a pasturar. Les pastores passen soles moltes hores al dia.

2 Persona que dirigeix i guia espiritualment altres persones. Són pastors els sacerdots catòlics i els responsables de les esglésies protestants.

nom masculí
3 Un **pastor alemany** és un gos de raça alt, allargat i robust, que té les orelles dretes i punxegudes, el cap llarg i el pèl, que pot ser curt o llarg, de color marronós i negre. És un gos de pastor, de guarda i de policia.

pastorel·la

pastoral pastorals

adjectiu
1 Dels pastors o de la vida dels pastors. La

literatura pastoral tracta temes de la vida del camp i de l'amor entre pastors i pastores.

2 Que està relacionat amb la vida i la feina dels pastors de l'Església. Una carta pastoral és un escrit d'un bisbe als seus fidels.

pastós pastosa pastosos pastoses

adjectiu

1 Que forma una pasta o que sembla una pasta. El fang és pastós.

2 Es diu que una persona té la boca pastosa quan sembla que tingui la saliva molt espessa i la llengua sense gust.

pastositat

pastura pastures

nom femení

1 Una pastura és un lloc on van a pasturar animals. Als prats de l'alta muntanya hi ha molt bones pastures.

2 Past, herba que pastura el bestiar.

pasturar

verb
com *cantar*
◄ pàg. 26

1 Les vaques, els bens i altres animals pasturen quan mengen lliurement l'herba dels camps. Els millors pernils surten dels porcs que pasturen glans a Andalusia.

2 Una persona pastura uns animals quan els porta al camp a menjar lliurement. La majoria de pastors pasturen les ovelles amb l'ajut de gossos d'atura.

pasturatge pasturatges

nom masculí

Un pasturatge és un lloc on van a pasturar els animals.

patacada patacades

nom femení

Una patacada és un cop fort que una persona dóna o rep. Si rellisques i caus, et claves una bona patacada.

patapam patapams

nom masculí

Onomatopeia que imita el soroll d'una persona o d'una cosa que cau. També es fa servir quan es vol indicar que algú ha encertat un cop o un tret. *Vaig relliscar i... patapam!*

pataplaf pataplafs

nom masculí

Onomatopeia que imita el soroll d'una cosa que cau i xoca amb violència contra el terra o contra una altra cosa. *I... pataplaf!, li clava una bufetada.*

patata patates

nom femení

Una patata és un tubercle de forma arrodonida, de color blanc groc i amb una pell molt prima de color de terra o vermellós. Les patates són un bon aliment i es mengen sobretot bullides o fregides.

patatera

patatxap patatxaps

nom masculí

Onomatopeia que imita el soroll d'una cosa que cau a l'aigua. *No sabia nedar, però... patatxap!, es va llançar a la piscina.*

paté patés

nom masculí

Un paté és un aliment en forma de pasta que es menja estenent-lo damunt del pa. Es fa amb fetge d'ànec, d'oca o de porc trinxat ben petit i barrejat amb espècies aromàtiques i altres components. Hi ha patés amb fines herbes, amb pebre, etc.

patena patenes

nom femení

1 Una patena és un platet molt pla i prim on es posa l'hòstia consagrada durant la missa. Les patenes han de ser d'or, de plata o de metall daurat.

2 Es diu que una cosa està neta com una patena quan està molt neta.

patent patents

adjectiu

1 Que és molt clar i evident, que tothom ho veu de seguida. És patent que, si no hi ha núvols, no plou.

nom femení

2 Una patent és un document de l'autoritat on es diu qui és l'inventor d'un aparell o d'una altra cosa. Només la persona que té la patent pot fabricar i vendre l'invent. També pot vendre la patent a una fàbrica.

patentar

patern paterna paterns paternes

adjectiu

Del pare, que té relació amb el pare. L'avi patern és el pare del teu pare.

paternal, paternitat

paternalisme paternalismes

nom masculí

El paternalisme és l'actitud i la manera de fer de les persones que tracten els altres i els manen com si fossin nens i nenes petits.

paternalista

patètic patètica patètics patètiques

adjectiu

Una cosa és patètica quan desperta emocions de tristesa, de compassió o de llàstima. La visita a un hospital és patètica.

patetisme

patge patges

nom masculí

Un patge és un criat jove dels senyors i dels reis.

pati patis

nom masculí

Un pati és un espai tancat i descobert que forma part d'un edifici. Les escoles tenen un pati on juguen els nens i les nenes.

patí patins

nom masculí

1 Un patí és un aparell per a lliscar sobre el gel o sobre una superfície llisa. Els patins es posen al peu com una sabata i porten unes rodetes o una làmina prima de metall.

2 Embarcació feta amb dos flotadors posats en paral·lel i moguda per rems. A les platges hi ha uns patins que es fan anar amb uns pedals i un timó.

patíbul patíbuls
nom masculí — Un patíbul és un lloc on es compleix la pena de mort contra una persona. Un condemnat a mort va al patíbul quan el porten a morir.
patibulari, patibulària

patidor patidora patidors patidores
adjectiu — Que sempre pateix, que sempre està preocupat per algú o per alguna cosa. Els pares patidors esperen desperts que els fills tornin quan surten de nit.

patilla patilles
nom femení — Una patilla és una mica de cabell que es deixa a cada banda de la cara pel costat de l'orella, des dels polsos en avall. Els primers cantants de rock portaven les patilles llargues.

patinar
verb com *cantar* ◄ pàg. 26 — **1** Avançar lliscant amb patins sobre el gel o sobre una superfície llisa. Cada vegada hi ha més persones aficionades a patinar.
2 Una persona, un cotxe o un altre vehicle patina si rellisca perquè hi ha aigua, sorra o greix sobre el terra. Quan plou o neva, és fàcil que els cotxes patinin.

patinatge patinatges
nom masculí — El patinatge és l'esport que es fa amb patins. L'hoquei i el patinatge artístic formen part d'aquest esport.

patinet patinets
nom masculí — Un patinet és una joguina feta amb una planxa de metall o de fusta que porta rodes i un manillar. Els patinets es fan córrer amb un peu damunt de la planxa i amb l'altre donant-se impuls contra el terra.

patir
verb com *servir* ◄ pàg. 28 — **1** Tenir un dolor, un mal, un dany físic. Moltes persones pateixen de mal d'esquena. Si es pateix de l'estómac no es poden prendre aspirines.
2 Diem que algú pateix gana, fred o calor si té molta set o molta gana, o passa molt fred o molta calor.
3 Una persona pateix per una altra si està molt preocupada per ella, si té por que li passi alguna cosa dolenta. Els pares pateixen pels fills. També es pot patir per una cosa, si pensem que no anirà bé o que es farà malbé.
patiment

patologia patologies
nom femení — La patologia és la part de la medicina que tracta de les malalties i de les seves causes. Un bon metge ha de saber molta patologia.
patològic

patracol patracols
nom masculí — **1** Un patracol és un llibre molt gruixut o un conjunt de molts documents junts. Es diu de manera informal.
nom masculí plural — **2** Es diuen patracols la paperassa, els documents que a vegades demanen en els llocs oficials.

pàtria pàtries
nom femení — La pàtria d'una persona és la nació que considera seva i que s'estima. Hi ha persones que diuen que la seva pàtria és tot el món. Moltes persones no són del nostre país, però consideren que aquest és la seva pàtria.
patriota, patrioter, patrioterisme, patriòtic, patriotisme

patriarca patriarques
nom masculí — **1** El patriarca d'una família o d'un grup és l'home que tothom obeeix i respecta, com un avi o el cap d'una tribu.
2 Segons la Bíblia, personatge que té molta importància en la història del poble d'Israel. Abraham és un patriarca.
3 Nom que es dóna als bisbes d'algunes esglésies cristianes orientals i a alguns bisbes catòlics.
patriarcal, patriarcat

patrici patrícia patricis patrícies
nom masculí i femení — **1** A la Roma antiga, persona que era membre d'una família noble.
2 Es diu que una persona és un patrici o una patrícia si és filla d'una família molt important.

patrimoni patrimonis
nom masculí — El patrimoni d'una persona és el conjunt dels seus béns, de les coses de valor que té: les cases, les finques, les empreses, etc. El patrimoni familiar passa de pares a fills a través de l'herència.
patrimonial

patró patrona patrons patrones
nom masculí i femení — **1** Persona que mana o que dirigeix unes altres persones. El patró d'una barca de pesca és el responsable dels mariners.
2 Sant o santa que són venerats i estimats especialment per un poble, per un país o per un grup de persones. Sant Jordi és el patró de Catalunya i d'Anglaterra.
nom masculí — **3** Un patró és una cosa que fem servir com a model. Els modistes fan patrons dels ves-

tits amb paper i després tallen la roba.
patronal, patronat, patronatge

patrocinador patrocinadora patrocinadors patrocinadores
nom masculí i femení Persona que ajuda i protegeix una empresa, un equip d'esports o un projecte. Els patrocinadors d'una expedició a l'Himàlaia donen els diners per a comprar el material, per al transport, etc.
patrocinar, patrocini

patrulla patrulles
nom femení **1** Una patrulla és un grup petit de soldats o d'altres persones que van en missió de vigilància, de reconeixement o de rescat.
2 Grup d'avions o de vaixells militars que van en missió de vigilància o de defensa.
patrullar, patruller

patufet patufeta patufets patufetes
nom masculí i femení **1** Noi o noia petits. Es diu de manera informal.
nom masculí **2** Un patufet és un tebeo per a criatures. El nom ve d'una revista infantil molt famosa, publicada a Catalunya del 1904 al 1938.

patuleia patuleies
nom femení Una patuleia és un grup de criatures i d'altres persones. Els mestres de pàrvuls han d'ensenyar a la patuleia que tenen a les classes. Es diu de manera informal.

patum patums
nom femení **1** Una patum és una figura de cartó que representa un animal fantàstic. Les patums surten en algunes processons i festes populars.
2 Festa que se celebra a la ciutat de Berga per Corpus.
3 Es diu que una persona és una patum quan té molta fama pel càrrec que ocupa, però en realitat no té gaires mèrits i no és gaire entesa.

patxoca patxoques
nom femení Es diu que una persona fa patxoca quan té molt bon aspecte i es fa mirar pel seu aspecte físic, per la seva elegància o per la manera de vestir. Quan estrenem un vestit, tots fem molta patxoca.

pau paus
nom femení **1** La pau és la situació dels països i dels grups de persones que no tenen baralles ni guerres. Quan s'acaba una guerra es firma un tractat de pau.
2 Hi ha pau en un lloc quan hi ha tranquil·litat i silenci. Per descansar, molta gent busca la pau de la muntanya.
3 Una persona està en pau si no té preocupacions ni molèsties, si no hi ha cap cosa que la faci estar intranquil·la. Quan algú vol que el deixem en pau, no vol que li diguem res.
frase feta **4 Fer les paus** dues o més persones és tornar a ser amigues, deixar d'estar barallades.
5 Dues persones **estan en paus** quan una d'elles ha pagat els diners que devia a l'altra i ja no li deu res.

paupèrrim paupèrrima paupèrrims paupèrrimes
adjectiu Molt pobre. Alguns països d'Àfrica són paupèrrims, no tenen cap riquesa.

pausa pauses
nom femení **1** Una persona fa una pausa quan deixa de fer una cosa durant uns moments. Si portem moltes hores treballant, convé fer una pausa i descansar una mica.
2 En música, signe que indica que s'ha de deixar de cantar o de tocar.
3 Es diu que algú fa les coses amb pausa si les fa molt a poc a poc.
pausat, pausada

pauta pautes
nom femení **1** Una pauta és una norma o un model que algú segueix per a fer una cosa. Tothom ha d'aprendre les pautes de conducta correctes.
2 Full amb ratlles gruixudes que es posa sota d'un paper blanc per a escriure sense desviar-se.
3 En música, pentagrama.
pautat, pautada

pavelló pavellons
nom masculí Amb V **1** Un pavelló és un edifici separat d'altres edificis semblants que forma part d'un edifici més gran. Alguns palaus antics tenen pavellons al mig dels jardins. Una fira de mostres consta de diversos pavellons.
2 Bandera d'un país. Tots els vaixells han de portar en lloc visible el pavelló de l'estat o de la nació.
3 Part final més ampla dels instruments de vent. La trompeta té el pavelló més ample que el clarinet.
4 El **pavelló de l'orella** és la part de fora de l'orella, a banda i banda del cap. A la part tova del pavelló, moltes persones hi porten arracades. pàgs. 798-799 (1)

paviment paviments
nom masculí El paviment d'una carretera, d'una casa o d'un altre lloc és la capa de ciment, d'asfalt, de rajoles o d'un altre material que s'ha posat damunt del terra. En alguns pisos hi ha paviments fets amb parquet. El paviment d'una pista d'aeroport ha de ser molt resistent i no ha de tenir cap forat.
pavimentar

A B C D E F G H I J K L M N O P Q R S T U V W X Y Z

pe pes

nom femení — Nom de la lletra *p*, *P*.

peanya peanyes

nom femení — Pedestal. A les esglésies, les estàtues dels sants i de les santes estan sobre una peanya.

peatge peatges

nom masculí — **1** Un peatge és una quantitat de diners que es paga per a passar per un lloc. La majoria de les autopistes són de peatge: s'ha de pagar per a circular-hi.

2 Lloc d'una autopista on es paga. Als peatges hi ha unes barreres que s'obren automàticament quan s'ha pagat.

pebràs pebrassos

nom masculí — Un pebràs és un bolet que té un barret de forma corba quan és jove i aplanada quan és madur, d'uns 7 a 20 centímetres d'ample. És de color blanquinós, a vegades amb taques grogues. El peu és de forma cilíndrica. Els pebrassos són comestibles, però quan són molt madurs tenen un gust picant i amarg.

pebre pebres

nom masculí — **1** El pebre és una substància picant que es fa servir per a cuinar alguns aliments i per a fer embotits. Hi ha pebre negre, pebre blanc i pebre verd. Es presenta en forma de boletes i es treu d'una planta anomenada *pebrer*.

2 El **pebre vermell** és una substància de color vermell fort que es fa servir per a cuinar. És picant, ja que es fa amb bitxo assecat i reduït a pols.

empebrar, pebrer

pebrot pebrots

nom masculí — Un pebrot és un fruit ample i allargat, buit per dins, de pell molt fina i de color verd o vermell. A la part on hi ha la tija que l'uneix a la planta, per dins, hi té enganxades tot de llavors petites. Es menja de moltes maneres: en amanides, fregit, en samfaina, escalivat o en truita. págs. 994-995 (36)

pebrotera

peça peces

nom femení — **1** Una peça és cada una de les parts que, unides de manera convenient, formen una màquina, un aparell o un objecte. El motor d'un cotxe consta de moltes peces diferents.

2 Cada una de les coses que formen un conjunt, un grup o una col·lecció. Els plats, les safates, la sopera i les tasses són peces d'una vaixella.

3 Fitxa o figura de jocs com les dames o els escacs. En els escacs, cada jugador té 16 peces. pàg. 393 (11)

4 Cada una de les sales o habitacions d'una casa o d'un pis. El menjador acostuma a ser una de les peces grans d'una casa.

5 Cada una de les monedes de valor diferent d'un país. Les peces de 2 euros són més grosses que les peces d'1 euro.

6 Tros llarg de paper o de roba que es fabrica d'un cop. Alguns magatzems venen la roba a peces.

7 Obra de teatre o de música. Beethoven va compondre peces per a piano i per a orquestra.

8 Una **peça de vestir** és qualsevol dels objectes de teixit que ens posem damunt del cos per a vestir-nos. Són peces de vestir les americanes, les bruses i els pantalons.

frase feta — **9** Una cosa **ens fa peça** si ens agrada i ens sembla bé. Si una novel·la et fa peça, la llegiràs sense adonar-te'n.

10 Es diu que una persona **és una mala peça** quan és dolenta i no es porta bé.

especejar

pecat pecats

nom masculí — **1** Segons la religió catòlica, un pecat és una acció contra la llei de Déu o els manaments de l'Església.

Continua a la pàgina següent

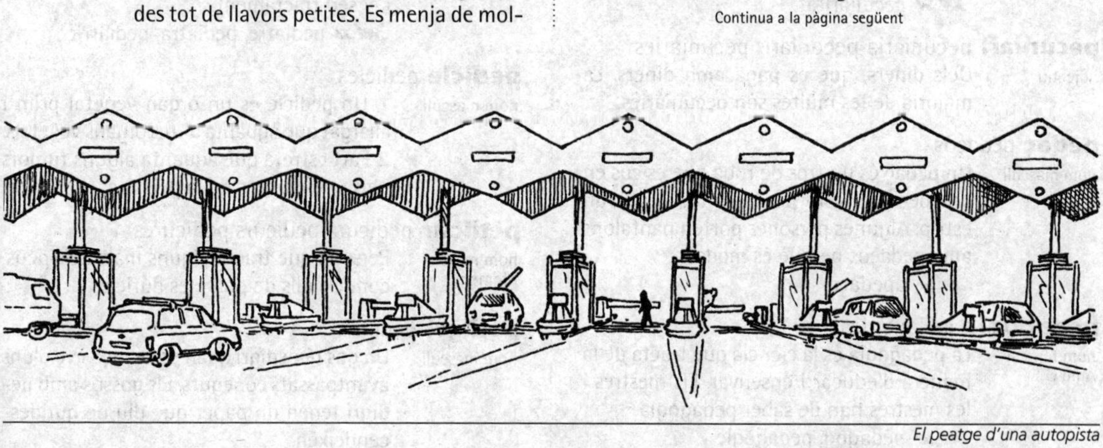

El peatge d'una autopista

2 Es diu que una persona és lletja com un pecat si és molt lletja.
pecador, pecaminós, pecaminosa, pecar

pecíol pecíols
nom masculí
El pecíol d'una fulla vegetal és la part allargada i prima que l'uneix a la branca de l'arbre o a la tija de la planta.

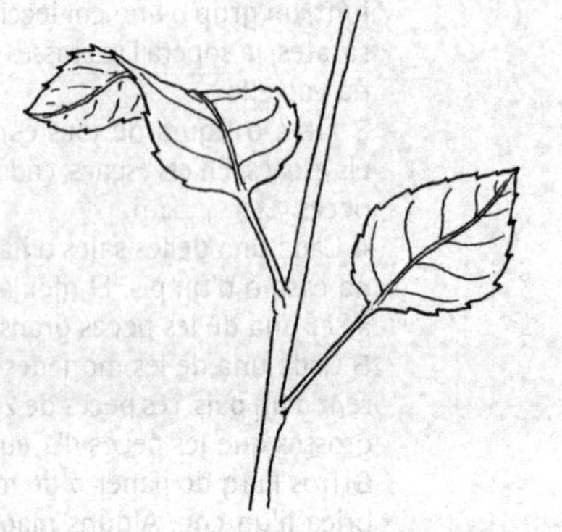

Un pecíol d'una fulla

pectoral pectorals
adjectiu
1 Del pit, que té relació amb el pit o que és situat al pit. Les aletes pectorals dels peixos són situades darrere del cap, a banda i banda del cos.
nom masculí
2 El pectoral és un múscul que hi ha a la part del pit. pàg. 800 (8)

pecuari pecuària pecuaris pecuàries
adjectiu
Dels ramats, relacionat amb els animals de ramat. Suïssa té una gran riquesa pecuària.

peculiar peculiars
adjectiu
Que és propi d'una persona, d'un animal o d'una cosa. La trompa i els llargs ullals són peculiars dels elefants.
peculiaritat

pecuniari pecuniària pecuniaris pecuniàries
adjectiu
Dels diners, que es paga amb diners. La majoria de les multes són pecuniàries.

pedaç pedaços
nom masculí
Un pedaç és un tros de roba que es cus en una peça de vestir per tapar un forat o un estrip. Algunes persones porten pantalons amb pedaços perquè és moda.
apedaçar

pedagogia pedagogies
nom femení
Amb G
La pedagogia és la ciència que tracta de la manera d'educar i ensenyar. Els mestres i les mestres han de saber pedagogia.
pedagog, pedagògic

pedal pedals
nom masculí
Un pedal és una peça que s'ha de fer anar amb el peu. Les bicicletes funcionen amb pedals. També tenen pedals els pianos.
bicicleta

pedalar
verb
com *cantar*
◄ pàg. 26
Pedalejar.

pedalejar
verb
com *cantar*
◄ pàg. 26
Amb G
davant E, I
També *pedalar*
Fer anar els pedals d'una màquina o d'un aparell. S'ha de pedalejar per anar en bicicleta o en patí de pedals.

pedant pedants
adjectiu
i nom masculí
i femení
Una persona és pedant si sempre diu i demostra que sap moltes coses, que és molt sàvia. Amb els pedants no es pot tenir una conversa agradable.
pedanteria

pedestal pedestals
nom masculí
Un pedestal és una base plana de poca altura que aguanta una columna, una estàtua o un objecte de decoració.

pedestre pedestres
adjectiu
1 Que va a peu o que es fa a peu. La marxa atlètica és un esport pedestre. Si fem una excursió pedestre, no agafarem cap vehicle.
2 Es diu que una persona o una cosa és pedestre si és poc fina, poc elegant i mal feta. Hi ha sèries de televisió que són pedestres i vulgars.

pediatria pediatries
nom femení
La pediatria és la branca de la medicina que estudia el creixement i desenvolupament de les criatures, les malalties que pateixen i el seu tractament.
pediatre, pediatra, pediàtric

pedicle pedicles
nom masculí
1 Un pedicle és un òrgan vegetal prim i allargat que aguanta altres òrgans vegetals.
2 Part estreta que aguanta alguns tumors i els uneix al cos de la persona.

pedicur pedicura pedicurs pedicures
nom masculí
i femení
Persona que tracta alguns mals dels peus, com els ulls de poll i les durícies.

pedigrí pedigris
nom masculí
Un gos té pedigrí quan és de raça i ve d'uns avantpassats coneguts. Els gossos amb pedigrí tenen un paper que diu de qui descendeixen.

pedra pedres

nom femení

1 La pedra és la matèria natural sòlida i dura que forma les roques. La pedra es troba per tota la superfície de la Terra. Les parets de les cases antigues es feien amb pedra.

2 Una pedra és un tros d'aquesta matèria dura. No es pot caminar bé per un camí ple de pedres.

3 Es diu que cau pedra quan cau granís o calamarsa gruixuda. La pedra fa malbé les plantes.

4 Trosset de substància dura que es forma en algunes parts del cos, com els ronyons o la bufeta de l'orina. Quan una persona té un atac de pedra, pateix molt.

5 Una **pedra d'esmolar** és una pedra natural o artificial per a esmolar ganivets i altres eines de tall.

6 Una **pedra foguera** és un tros d'un tipus de sílex que quan es frega amb un metall o una altra pedra fa saltar espurnes. Amb la pedra foguera, els antics encenien foc. També s'havia fet servir en les armes de foc primitives i en els encenedors.

7 Una **pedra preciosa** és un mineral molt bonic que, un cop tallat i polit, serveix per a fer joies. Els robins i les maragdes són pedres precioses.

frase feta

8 Es diu que una persona **es queda de pedra** quan té una gran sorpresa, quan rep una notícia que no esperava.

apedregar, empedrar, empedregar

pedrada pedrades

nom femení

1 Una pedrada és el fet de tirar una pedra contra algú o alguna cosa. Els antics a vegades es barallaven a pedrades.

2 Cop que rep una persona amb una pedra que algú ha tirat. Una pedrada al cap ens pot fer una bona ferida.

pedram pedrams

nom masculí

Pedregam.

pedregada pedregades

nom femení

Una pedregada és una pluja d'aigua gelada en forma de pedra o calamarsa. Les pedregades fan mal als camps.

pedregam pedregams

nom masculí
També pedram

Un pedregam és una gran quantitat de pedres. Alguns castells antics s'han convertit en un pedregam.

1
pedregar pedregars

nom masculí

1 Un pedregar és un lloc ple de pedres. A les faldes de les muntanyes a vegades hi ha pedregars difícils de pujar.

frase feta

2 Es diu que **el carro va pel pedregar** quan una cosa va molt malament.

2
pedregar

verb
com cantar
◄ pàg. 26
Amb GU davant E, I

Caure pluja en forma de pedra o calamarsa. Quan pedrega és millor posar-se a cobert.

pedregós pedregosa pedregosos pedregoses

adjectiu

Ple de pedres. Algunes carreteres de muntanya són pedregoses.

pedrenyal pedrenyals

nom masculí

Pedra foguera.

pedrer pedrers

nom masculí

El pedrer és un segon estómac dels ocells on els aliments es trituren. Alguns ocells s'empassen pedretes que van a parar al pedrer i ajuden a trencar els aliments. El pedrer del pollastre s'acostuma a posar al brou.

pedrera pedreres

nom femení

Una pedrera és un lloc d'on es treu pedra per a fer cases, carreteres i altres obres.

pedreria pedreries

nom femení

La pedreria és el conjunt de les pedres precioses. Algunes corones reials són d'or i pedreria.

pedrís pedrissos

nom masculí

Un pedrís és un banc fet de pedra o de maons.

pedruscall pedruscalls

nom masculí

El pedruscall és el conjunt de les pedres petites que es desprenen d'una roca o que salten quan algú pica una pedra.

pedrusca

peduncle peduncles

nom masculí

1 El peduncle d'una flor o d'una fruita és la part allargada i prima que l'aguanta i la uneix a la tija. flor

2 En el cos, tenim algunes parts que s'uneixen a la resta per un cantó allargat i prim que es diu també *peduncle*. A l'encèfal, hi ha, per exemple, els peduncles cerebrals.

pega pegues

nom femení

1 La pega és una substància negra o molt fosca, densa i enganxosa. La pega es treu del quitrà i s'ha fet servir en la construcció d'embarcacions de fusta i en la fabricació de bótes i bots per a vi.

2 Mala sort d'una persona. Quan una cosa no ens surt bé, diem que hem estat de pega.

3 La **pega dolça** és una substància dolça de color negre que es prepara en barretes o pastilles per a llepar. Es fa amb regalèssia.

empegar, pegós, pegosa

pegar
verb
com *cantar*
◄ pàg. 26
Amb GU davant E, I

1 Donar cops violents a una persona o a un animal. Hi ha persones que quan s'enfaden de seguida volen pegar als altres. Una persona es pot defensar pegant empentes, cops de puny o puntades de peu.
2 Fer un bot, un salt. A vegades, quan un gat s'espanta, pega un bot i surt corrents.
3 Una cosa pega contra una altra quan hi xoca o toca amb violència. En el futbol, a vegades, la pilota pega contra els pals de la porteria i no entra a dins.

pegat pegats
nom masculí
1 Un pegat és un tros de roba, de paper, de plàstic o d'un altre material que està enganxat sobre una cosa. Si es fa un forat en el pneumàtic d'una bicicleta, es pot tapar amb un pegat de goma.
2 Es diu que una cosa és un pegat si està unida a una altra i queda malament, no lliga i no és bonica. A vegades portar l'americana d'un conjunt amb els pantalons d'un altre és un pegat.

pegot pegots
nom masculí
1 Un pegot és una cosa que no està ben feta, que no fa bonic en el lloc on l'hem posada. Hi ha obres d'art que són un pegot.
2 Persona que arregla sabates velles.

peix peixos
nom masculí
1 Un peix és un animal vertebrat que viu a l'aigua. La majoria dels peixos tenen forma allargada, el cos recobert d'escates, una espina que va del cap a la cua i unes aletes per a poder nedar. No tenen pulmons i respiren a través de brànquies. Alguns peixos són molt bons per a menjar.
nom masculí plural
2 El signe de peixos és el dotzè del zodíac; és el signe de les persones nascudes entre el 19 de febrer i el 20 de març.
nom masculí
3 Es diu **peix blanc** el que té la carn de color molt clar i de gust molt fi. El lluç, el rap i el llobarro són peixos blancs.
4 Es diu **peix blau** el que té un color blau verdós brillant i la carn vermellosa i de gust fort. La tonyina, la sardina i el seitó són peixos blaus. Els peixos blaus tenen molt d'aliment.
5 Un **peix espasa** és un peix de cos allargat i cilíndric, que té la mandíbula superior molt llarga i acabada en punta, semblant a una espasa. Les aletes ventral i dorsal són molt altes. És de color blavós o negrós a l'esquena, amb els costats i el ventre més clars. Fa normalment uns dos metres de llargària.
6 Es diu que una persona és un **peix gros** si és molt important, té molt de poder.
frase feta
7 Es diu que un estudiant **està peix** o **va peix** quan ha de fer un examen i no sap res.
8 **Estar com un peix a l'aigua** és estar molt bé en un lloc.

peixateria peixateries
nom femení
Una peixateria és una botiga on venen peix. pàgs. 398-399 (1)
peixater, peixatera pàgs. 398-399 (3)

péixer
verb
com *néixer*
◄ pàg. 37

Donar aliment a una persona o a un animal. Els ocells peixen les seves cries posant-los el menjar al bec.
apeixar, apeixir

peixera peixeres
nom femení
Una peixera és un recipient de vidre o de plàstic transparent per a tenir-hi peixos vius. L'aigua de les peixeres ha d'estar molt neta i ventilada.

peixet peixets
nom masculí
1 Un peixet és un peix petit. El peixet fregit és molt bo.
2 Un **peixet de plata** és un insecte petit, de forma allargada i de color gris, que viu entre els papers i els llibres, ja que menja paper.
frase feta
3 **Donar peixet** en un joc és deixar que l'adversari o el contrincant tingui uns punts d'avantatge, perquè no sap jugar tan bé com nosaltres.

pejoratiu pejorativa pejoratius pejoratives
adjectiu
Una paraula o una expressió és pejorativa si la fem servir per a dir coses dolentes o poc favorables d'una persona o d'una cosa. Quan la paraula *burro* s'usa per a insultar, té un sentit pejoratiu.

pel pels
preposició més article
Sense accent gràfic

Paraula formada per la unió de *per* i *el* o *per* i *els*. Aquesta contracció no es fa quan *el* té darrere una paraula que comença amb vocal o *h*:
• *Anem pel camí. Pels carrers no hi havia ningú. La llum entra per l'horitzó.*

pèl pèls
nom masculí
Amb accent gràfic

1 Un pèl és cada un dels apèndixs prims en forma de fils que cobreixen la pell dels mamífers. Els homes tenen més pèls al cos que les dones.
2 El pèl és el conjunt dels pèls de les persones i dels animals. Hi ha panteres que tenen el pèl negre brillant.
3 Es diu que una roba té pèl quan té uns fils o unes fibres que sobresurten de la seva superfície. Alguns jerseis de llana tenen molt de pèl.
4 Quantitat molt petita d'una cosa. Diem,

per exemple, que no corre ni un pèl d'aire o que ha anat d'un pèl que no passés una cosa.

pela peles
nom femení
1 La pela d'una fruita o d'un altre aliment és la part prima de fora que podem treure amb un ganivet. Les peles de la poma es poden menjar.
2 Manera informal de dir *pesseta.* Una persona rica té moltes peles.

pelacanyes pelacanyes
nom masculí i femení
Una persona és un o una pelacanyes si és pobra i no té cap feina per a guanyar-se la vida. Es diu de manera informal.

pelada pelades
nom femení
1 Una persona es fa una pelada quan cau o frega contra alguna cosa i se li aixeca la pell d'una part de cos. Les pelades couen i fan mal.
2 Es diu que algú s'ha fet una pelada quan s'ha tallat el cabell molt curt. Als nois que anaven al servei militar, els feien una pelada.

peladures
nom femení plural
Les peladures són les pells o peles que queden després de pelar la fruita, les patates o altres aliments. Alguns pagesos donen les peladures als porcs.

pelar
verb com *cantar* ◄ pàg. 26
1 Treure la pell d'una fruita o d'una altra cosa. La majoria de vegades, pelem les patates abans de cuinar-les.
2 Tallar el pèl, el cabell. Quan algú es fa pelar al zero es fa tallar tots els cabells i se li veu la closca del cap.
3 Diem que ens pelem de fred quan tenim molt fred. I si fa un fred que pela és que fa molt fred.
4 Si ens pelen jugant a cartes o a un altre joc semblant és que els altres ens han guanyat tots els diners.
5 Matar. Els gàngsters pelaven la gent sense cap escrúpol. Es diu de manera informal.
usat amb pronom
6 Pelar-se és fer-se una pelada. Si caus en un camí de terra, ben segur que et pelaràs els genolls.

pelat pelada pelats pelades
adjectiu
1 Un lloc és pelat, una muntanya és pelada, quan no té arbres ni altres plantes.
nom masculí i femení
2 Persona que és molt pobra.

pelatge pelatges
nom masculí
Un pelatge és la pell i el pèl dels animals. El pelatge dels tigres és ratllat.

pelegrí pelegrina pelegrins pelegrines
nom masculí i femení
Persona que per fe i devoció fa un viatge a una església o a un lloc sagrat. Molts pelegrins van a Roma a visitar Sant Pere del Vaticà.
pelegrinar, pelegrinatge

pelfa pelfes
nom femení
La pelfa és un teixit de seda o de llana que sembla el vellut, però té un pèl més llarg. A l'hivern es porten calçotets i samarretes de pelfa.
apelfat, apelfada

pelicà pelicans
nom masculí
Un pelicà és un ocell gros que viu en llocs amb aigua, neda molt bé i s'alimenta de peixos. Té una bossa sota el bec i és de color blanc amb algunes plomes negres o grises a les ales.

pell pells
nom femení
1 La pell és la part prima que cobreix tot el cos de les persones i de molts animals. És l'òrgan del tacte en les persones. Per sota de la pell hi ha la carn.
2 Pell d'alguns animals, com els conills, les cabres, els castors i els visons, netejada i preparada per a fer-ne guants, abrics, sabates, etc. Les pells sovint conserven el pèl o la llana de l'animal.
3 Pela de la fruita i d'altres aliments. Les patates es poden bullir amb pell.
4 La pell és la vida d'una persona. Es diu, per exemple, que algú s'ha jugat la pell escalant una muntanya.
pellaire, pelleter

pelleringa pelleringues
nom femení
1 Una pelleringa és un tros de roba o de pell que penja. Quan s'esquinça un vestit, tot són pelleringues.
2 Quan una persona està molt prima es diu que està feta una pelleringa.

pelleteria pelleteries
nom femení
1 La pelleteria és la indústria i el comerç de peces de vestir i altres objectes fets de pell.
2 Una pelleteria és una botiga on venen abrics i jaquetes de pell.

pel·lícula pel·lícules
nom femení
1 Una pel·lícula és una capa molt fina que formen alguns productes o que es forma a la superfície d'un líquid. El tel de la llet és una pel·lícula.
2 Cinta de cel·luloide on queden gravades les imatges que es filmen o fotografien amb una màquina de cine o de fer fotos. A les pel·lícules de cine s'expliquen històries que podem veure projectades a la pan-

talla d'un cine o a la televisió. Ara també es fan pel·lícules gravades amb vídeo o amb DVD.

pellissa pellisses

nom femení — Una pellissa és qualsevol jaqueta feta o folrada de pell.

pellofa pellofes

nom femení — La pellofa és, quan es parla sense precisar, la pell de la fruita, de les ametlles i de les avellanes o les tavelles dels pèsols, de les mongetes i d'altres llegums.

pellerofa

pellroja pellroges

nom masculí i femení — Un o una pellroja és un indi o una índia de l'Amèrica del Nord. Els blancs els van dir pellroges pel fet que es pintaven la cara amb color roig.

pèl-roig pèl-roja pèl-roigs pèl-roges

adjectiu. També *pèl–rojos* — Que té els cabells roigs. Les persones pèl-roges tenen la cara pigada.

peluix peluixos

nom masculí — El peluix és un teixit que fa un pèl molt llarg i suau. Amb peluix es fan ninots i animalets de joguina.

pelussa pelusses

nom femení — **1** Una peça de roba fa pelussa si li surten unes boletes de fil que cauen quan hi passem el raspall. Alguns jerseis de llana al cap d'un temps fan pelussa.

2 Pèls molt fins i curts que cobreixen la pell d'algunes fruites com els préssecs.

pelut peluda peluts peludes

adjectiu — Que té molt de pèl. Els terriers són gossos peluts.

pelvis pelvis

nom femení — La pelvis és el conjunt dels ossos que formen la part de baix del cos, on comencen les cuixes. Els ossos de la pelvis protegeixen la bufeta de l'orina i la part de dins dels òrgans sexuals.

pena penes

nom femení — **1** Una pena és un càstig que s'imposa a la persona que ha comès un delicte o una falta. En alguns països encara existeix la pena de mort.

2 Sofriment o tristesa per algú o per alguna cosa. Els gossos abandonats fan molta pena.

3 La **pena capital** és la pena de mort.

locució que fa d'adverbi — **4** **A penes** és gairebé gens. *A penes el coneixia i em va demanar 100 euros!*

5 **A penes** és tot seguit, de seguida. *A penes acabi de ploure, sortirem a donar un tomb.*

6 Si fem una cosa **amb penes i treballs** és que ens costa molt de fer. *Amb penes i treballs vam aconseguir pintar el pis en dos dies.*

7 Una cosa passa **sense pena ni glòria** si no ha tingut cap importància i ningú no s'hi ha fixat.

frase feta — **8** Si una cosa **val la pena** és que té importància, que està bé. No val la pena anar al cine a veure certes pel·lícules.

penalitat, penalitzar, penar, penible

1 penal penals

adjectiu — **1** Que té relació amb les penes que la llei imposa. El dret penal fixa els delictes contra la societat i les penes que els corresponen.

nom masculí — **2** Un penal és una presó gran on els condemnats compleixen la pena que els va ser imposada.

2 penal penals

nom masculí — En el futbol i en altres esports, un jugador fa penal quan dins de l'àrea pròpia toca la pilota amb la mà o fa caure un jugador contrari. El penal es castiga amb un xut des del punt de penal contra la porteria de l'equip que ha comès la falta. Molts gols s'aconsegueixen de penal.

penca penques

nom femení — **1** Una penca és una tira ampla i bastant gruixuda d'una cosa. El bacallà salat es ven en penques.

frase feta — **2** Es diu que una persona **té penques** o **moltes penques** quan té barra i abusa dels altres.

pencar

verb, com *cantar* ◄ pàg. 26. Amb QU davant E, I — Treballar o posar molt esforç en una feina. A l'estiu, amb els incendis dels boscos, els bombers penquen de valent. Es diu de manera informal.

pendent pendents

adjectiu — **1** Una cosa és pendent quan s'ha de resoldre o acabar de fer. Si una persona té factures pendents, encara les ha de pagar.

2 Que té inclinació, que fa baixada. Per una carretera pendent, si la bicicleta no té bons frens, ens podem estimbar.

nom masculí — **3** Un pendent és un terreny o qualsevol altra superfície que té molta inclinació, que fa molta baixada. Algunes pistes d'esquí són grans pendents.

pendís pendissos

nom masculí — Pendent, terreny que fa baixada.

pendó pendons
nom masculí
1 Penó.
2 Es diu que una dona és un pendó si vesteix molt provocativament i té relacions amb molts homes.

pèndol pèndols
nom masculí
Un pèndol és qualsevol objecte allargat que, penjat per un dels extrems, es mou d'una banda a l'altra, de dreta a esquerra i d'esquerra a dreta. Els rellotges de paret tenen un pèndol que els fa funcionar.
pèndola, pendular

penedesenc penedesenca penedesencs penedesenques
adjectiu
1 Del Penedès. *Les vinyes penedesenques.*
nom masculí i femení
2 Persona que és del Penedès o que hi viu.

penedir-se
verb usat amb pronom com *servir* ◄ pàg. 28
Una persona es penedeix d'una cosa quan li sap greu haver-la feta. També es pot penedir de no haver fet una cosa.
penediment

penell penells
nom masculí
Un penell és una peça de metall posada al capdamunt d'una torre, d'un campanar o d'un altre lloc alt que indica la direcció del vent. Els penells tenen normalment forma de fletxa i el vent els fa girar. ✎ pàg. 593 (2)

penelló penellons
nom masculí
Un penelló és una taca vermella inflada que es fa a la pell a causa del fred. Els penellons surten a l'hivern sobretot a les mans, als peus i a les orelles i piquen molt.

penetració penetracions
nom femení
1 Una penetració és el fet de penetrar. La penetració del líquid d'una injecció a vegades fa mal.
2 Es diu que una persona té penetració si comprèn molt bé les coses i de seguida en copsa tots els detalls.

penetrar
verb com *cantar* ◄ pàg. 26
1 Entrar en una cosa, passar-hi cap endins. Quan hi ha inundacions, l'aigua penetra les cases. Els espeleòlegs penetren dins de coves molt profundes.
2 Es diu que algú ha penetrat un misteri o una qüestió científica si l'ha estudiada molt.
penetrable, penetrant

pengim-penjam
adverbi
Una persona va pengim-penjam si camina deixant-se anar d'una banda a l'altra, sense cap gràcia ni elegància.

penic penics
nom masculí
Un penic és una moneda de la Gran Bretanya que val una centèsima part d'una lliura.

penicil·lina penicil·lines
nom femení
La penicil·lina és un antibiòtic molt conegut. Es fa servir contra diversos bacteris i fongs.

península penínsules
nom femení
Una península és una part més o menys gran de terra envoltada d'aigua gairebé per tots costats, menys per un, que l'uneix a un territori més gran. Itàlia és una península del Mediterrani, unida pel nord a la resta del continent europeu.
peninsular

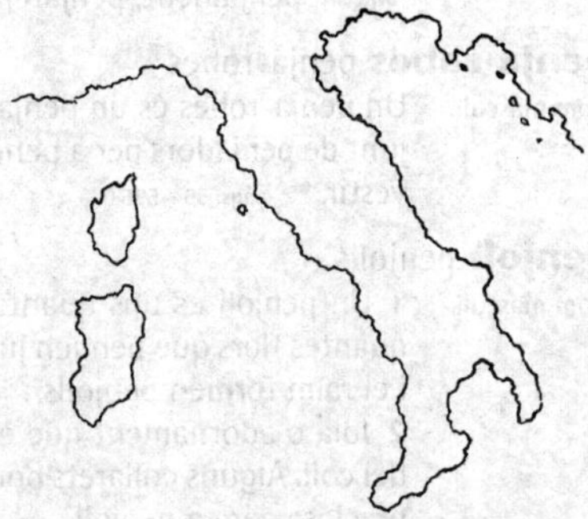

Una península

penis penis
nom masculí
El penis és l'òrgan de l'home que li serveix per a tenir relacions sexuals i per a orinar. El penis es pot fer gros i dur.
✎ pàgs. 794-795 (28), pàgs. 798-799 (71)

penitència penitències
nom femení
1 La penitència és un sagrament de l'Església catòlica que perdona els pecats.
2 Una penitència és una oració, una obra de caritat o una acció costosa que una persona fa per expiar els seus pecats. A les processons de Setmana Santa, hi ha persones que van descalces com a penitència.
penitencial, penitenciari, penitent

penjador penjadors
nom masculí
Un penjador és qualsevol objecte o moble per a penjar-hi la roba. El penjador més senzill és un ganxo o un clau agafat a la paret. Dins dels armaris de roba hi ha penjadors en forma de triangle, que s'aguanten en una barra horitzontal.

penjar
verb com *cantar* ◄ pàg. 26
Amb G davant E, I
1 Fer que una cosa s'aguanti per la part de dalt sense que res la sostingui per sota. A la xarcuteria, pengen les llonganisses i els pernils en una barra metàl·lica. Les fruites pengen de les branques dels arbres.
Continua a la pàgina següent

A B C D E F G H I J K L M N O P Q R S T U V W X Y Z

2 Posar una peça de vestir en un armari o en un penjador. Si no la pengem bé, la roba s'arruga.
3 Fer que algú mori posant-li una corda al voltant del coll i deixant-lo suspès en l'aire. Antigament, la gent penjava els lladres i criminals. Algunes persones se suïciden penjant-se.
4 Deixar l'auricular del telèfon al seu lloc després d'acabar de parlar. Si no pengem bé el telèfon, els altres no ens podran trucar.
5 Penjar un estudiant és suspendre-li alguna assignatura. Es diu de manera informal.
penjament, penjarella

penja-robes penja-robes
nom masculí Un penja-robes és un penjador o un conjunt de penjadors per a penjar-hi peces de vestir. pàgs. 594-595 (46)

penjoll penjolls
nom masculí 1 Un penjoll és uns quants fruits o unes quantes flors que pengen junts. Les cireres i el raïm formen penjolls.
2 Joia o adornament que es porta penjat del coll. Alguns collarets porten una pedra preciosa com a penjoll.
penjaroll

penó penons
nom masculí
També *pendó* Un penó és una bandera o un estendard petits. Els penons eren les insígnies dels diferents cavallers o dels diversos grups de soldats que formaven un exèrcit.

penombra penombres
nom femení Una penombra és una ombra suau, que té una mica de llum. Una cosa és a la penombra si és en un lloc que no és totalment fosc.

penós penosa penosos penoses
adjectiu Que és ple de penes, de treballs, de dificultats. Arribar al cim de l'Everest és una activitat molt penosa.

pensa penses
nom femení La pensa és l'activitat de pensar. Per a estudiar i investigar, fem servir la pensa.

pensament pensaments
nom masculí 1 El pensament és el fet i la capacitat de pensar. Si no ens podem treure una cosa del pensament és que hi estem pensant constantment.
2 Un pensament és allò que el nostre enteniment pensa, allò que ens ve a la ment. Quan parlem, expressem els nostres pensaments amb paraules.
3 Planta de jardí del mateix grup que les violetes que es planta sovint en parcs i jardins. Fa unes flors de cinc pètals que també es diuen *pensaments* i tenen dos o tres colors diferents, molt bonics.
locució que fa de determinant 4 **Un pensament d'**una cosa és una quantitat molt petita. Si només posem un pensament de sal en un guisat, no el trobarem salat.
frase feta 5 Es diu que algú **fa un pensament** quan es decideix a fer una cosa. Quan s'ha fet tard, s'ha de fer un pensament i anar-se'n a dormir.

pensar
verb
com *cantar*
◄ pàg. 26 1 Fer servir l'enteniment per a conèixer, formar idees, jutjar sobre les coses. Quan una persona té febre no pot pensar amb claredat. Abans de prendre una decisió, hem de pensar-ne les conseqüències.
2 Pensar en algú o en alguna cosa és tenir-los presents a l'enteniment, no oblidar-los. Els enamorats sempre pensen en la persona estimada. Si no penses a agafar les claus, no podràs obrir la porta.
3 Tenir el propòsit de fer una cosa. Si pensem anar a l'Àfrica de vacances, ens haurem de vacunar contra algunes malalties.
4 Creure una cosa, opinar sobre una cosa. Els antics pensaven que la Terra estava quieta i que el Sol donava voltes.
pensada, pensador, pensarós, pensarosa

pensatiu pensativa pensatius pensatives
adjectiu Una persona està pensativa si està ocupada en els seus pensaments i no es distreu amb altres coses.

pensió pensions
nom femení 1 Una pensió és una quantitat de diners que algunes persones, com els jubilats, cobren cada mes de l'Estat o d'una institució.
2 Quantitat de diners que una persona separada o divorciada ha de donar a la seva antiga parella per a mantenir-la o per a mantenir els fills.
3 Preu que es paga per menjar o per dormir en un lloc. En un hotel, es paga pensió completa quan s'hi dorm i s'hi fan tots els àpats del dia. I es paga mitja pensió quan s'hi dorm i s'hi fa l'esmorzar i un àpat. Uns alumnes estan a mitja pensió quan dinen al menjador del col·legi.
4 Casa on, pagant, una persona pot dormir i menjar.

pensionat pensionats
nom masculí Internat.

pensionista pensionistes
nom masculí i femení Un o una pensionista és una persona que cobra una pensió de l'Estat o d'una insti-

tució. La majoria dels pensionistes són persones jubilades.

pentaedre pentaedres
nom masculí — Un pentaedre és un poliedre de cinc cares.
També *pentàedre*

pentàgon pentàgons
nom masculí — Un pentàgon és un polígon de cinc costats.
pentagonal

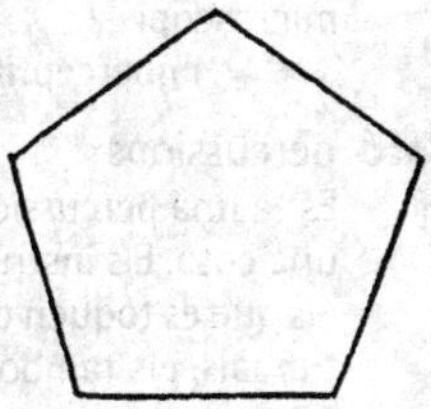

Un pentàgon

pentagrama pentagrames
nom masculí
Mot pla — Un pentagrama és un conjunt de cinc ratlles horitzontals i paral·leles on s'escriuen les notes musicals. Les partitures de música tenen molts pentagrames seguits.

Un pentagrama

pentatló pentatlons
nom masculí — El pentatló és un conjunt de cinc proves d'atletisme masculí que s'han de fer l'una darrere l'altra en una mateixa jornada: salt de longitud, llançament de javelina, cursa de 200 metres, llançament de disc i cursa de 1 500 metres.

pentinar
verb
com *cantar*
◄ pàg. 26
1 Posar bé els cabells amb una pinta, de manera que no estiguin escabellats ni embullats. Els pares pentinen les criatures fins que aquestes aprenen a pentinar-se soles.
2 Es diu de manera informal que una persona pentina algú quan el renya i li fa crits. Quan un àrbitre s'equivoca, sovint el públic el pentina, li diu de tot.
pentinador

pentinat pentinats
nom masculí — Un pentinat és una manera de deixar els cabells ben posats, amb una forma determinada. Les perruqueries fan pentinats molt diferents, segons les persones i els tipus de cabells.

penúltim penúltima penúltims penúltimes
adjectiu — Que va o està immediatament abans de l'últim. En una casa de cinc pisos, el penúltim és el quart.

penya penyes
nom femení
1 Una penya és una roca grossa.
2 Grup de persones que comparteixen unes mateixes aficions o fan unes mateixes activitats. Hi ha penyes d'aficionats al futbol, als toros, a la gastronomia, etc.

penyal penyals
nom masculí — Un penyal és una roca grossa aïllada, sola. A la costa del País Valencià, hi ha el penyal d'Ifac, i al sud d'Espanya, el penyal de Gibraltar.

penya-segat penya-segats
nom masculí — Un penya-segat és una paret de roca amb un pendent molt fort, gairebé vertical. La Costa Brava és plena de penya-segats.

penyora penyores
nom femení
1 Una penyora és una cosa que deixem a una persona com a garantia que li pagarem un deute o que farem el que li vam prometre.
2 En alguns jocs, cosa que els guanyadors fan fer als qui perden. Una penyora pot ser explicar un acudit, cantar una cançó o ballar una mica.
empenyorar

peó peons
nom masculí i femení
1 Un o una peó és un treballador que fa feines que no demanen cap preparació especial. Quan és el temps de la collita, als camps hi treballen peons.
2 Manobre.
nom masculí
3 Peça del joc d'escacs. Hi ha vuit peons blancs i vuit peons negres, que, en començar el joc, es posen al davant de les altres peces i només poden avançar cap endavant i un quadrat cada vegada.

pequinès pequinesos
nom masculí — Un pequinès és un gos de raça molt petit, que té el musell curt, ample i arrugat, els ulls sortints, les orelles caigudes i el pèl llarg i abundant. És un gos de companyia, d'origen xinès.

per
preposició — S'usa en casos com aquests:
- *De Barcelona a Mataró es passa per Premià.*
- *Per la Mare de Déu d'agost fa calor.*
- *La Sagrada Família va ser dissenyada per Antoni Gaudí.*
- *Obrim la finestra per la calor. Agafa el nen per la mà.*

Continua a la pàgina següent

- *Et posaré el xiulet per barret.*
- *Et canvien un cromo que et falta per tres de repetits.*
- *Ens hem salvat per casualitat.*
- *Si voleu, per mi ja hi podem anar.*
- *Ha vingut per veure't.*

S'uneix a les paraules *el* i *els* i forma les contraccions *pel* i *pels*:

- *Passar pel cantó equivocat pot ser mortal. Treballar pels diners.*

Quan va amb la preposició *a*, forma *per a*:

- *Comprar caramels per a tots els nens.*

per a

preposició — S'usa en casos com aquests:

- *Treballa molt per a l'empresa i poc per a ella. Han portat uns quants tomàquets per a tu.*
- *Hi ha mil llibres per a vendre. No queda sabó per a la roba.*

pera peres

nom femení — Una pera és una fruita de forma arrodonida i allargada, més prima per la banda on hi ha el peduncle i més ampla per l'altra banda. La pell és verda, groga, marró clar o lleugerament vermellosa. La polpa és de color blanc groguenc i en algunes varietats és molt tova i sucosa. Es menja natural, en almívar o amb vi. pàg. 397 (17)

perer, perera

perbocar

verb, com *cantar* ◄ pàg. 26, Amb QU davant E, I — Treure per la boca, vomitar. Quan una cosa ens fa molt fàstic, ens vénen ganes de perbocar.

per capita

locució que fa d'adverbi — Expressió llatina que vol dir *per cap, per habitant*. La renda *per capita* d'un país és la quantitat que correspondria a cada habitant si es repartissin els diners de l'Estat entre tots els habitants. *Els països rics tenen una renda per capita molt alta.*

percebe percebes

nom masculí — Un percebe és un crustaci marí comestible que té el cos tou i tancat dins d'una funda allargada. Aquesta funda és tova, però a la part de dalt té unes plaques dures semblants a ungles que protegeixen l'animal. Els percebes són de color marronós fosc i viuen enganxats en grups a les roques.

percebre

verb, com *perdre* ◄ pàg. 27, Diferències: *perceps, percep* — **1** Rebre la impressió d'una cosa, conèixer-la a través dels sentits. Els cecs no poden percebre amb la vista els colors i les formes dels objectes.

2 Rebre una quantitat de diners. A final de mes, les persones que treballen perceben el sou.

percepció, perceptiu, perceptiva, perceptivitat, perceptor

percentatge percentatges

nom masculí — Tant per cent.

percentual

perceptible perceptibles

adjectiu — Que es pot veure, que es pot percebre. Els microbis només són perceptibles amb el microscopi.

imperceptible

percussió percussions

nom femení — Es fa una percussió quan es dóna un cop a una cosa. Els instruments de percussió són els que es toquen donant-los cops, com els timbals, els tambors i els platerets.

percudir

percussor percussors

nom masculí — Un percussor és una peça prima de metall que en les armes de foc dóna un cop contra el mecanisme que fa disparar la bala.

perdició perdicions

nom femení — La perdició d'una persona és qualsevol persona o cosa que li causa un gran dany moral, greus perjudicis. La drogoaddicció o les ganes de tenir diners poden ser la perdició d'una persona.

perdigó perdigons

nom masculí — **1** Un perdigó és un pollet d'una perdiu.

2 Cada una de les boletes de plom que formen la càrrega d'un cartutx de caçar. Dins de cada cartutx hi ha molts perdigons.

perdiu perdius

nom femení — Una perdiu és un ocell de mida mitjana de color gris vermellós amb unes ratlles negres i blanques al costat. El bec i les potes són vermelles. Les perdius fan un cant molt característic i són molt apreciades pels caçadors. La carn de la perdiu és molt bona.

perdigot, perdiguer

perdó perdons

nom masculí — **1** El perdó és el fet de perdonar. Quan hem molestat algú, li hem de demanar perdó.

interjecció — **2** Es diu per a excusar-se amb algú o per a demanar-li alguna cosa. *Perdó!, li he donat un cop sense voler. Perdó, que sap quan surt el pròxim tren?*

perdonar

verb, com *cantar* ◄ pàg. 26 — **1** No posar un càstig a algú que ha fet una cosa mal feta. Els pares sovint perdonen les malifetes dels seus fills.

2 Quan perdonem algú que ens ha molestat, és que no ens enfadem amb ell i fem com si no hagués passat res.

3 Es fa servir també per a demanar excuses o demanar alguna cosa. *Perdoni que arribi tan tard. Perdoneu, que hi és en Jaume?*
imperdonable

perdonavides perdonavides
nom masculí i femení
Un o una perdonavides és una persona que presumeix de ser molt valenta i forta. A vegades, els perdonavides tenen por d'una injecció.

perdre
verb
◀ pàg. 27
1 Deixar de tenir una cosa que abans teníem. Quan es fan grans, algunes persones perden les dents. Si algú perd la vista, ja no hi veu com abans.
2 Quan perdem una cosa no sabem on l'hem deixada ni què n'hem fet. Si has perdut les claus de casa, no podràs entrar-hi.
3 Un càntir, un pot, una olla o qualsevol altre recipient perd quan deixa escapar un líquid que té a dins. També diem que un cotxe perd oli o gasolina.
4 Quan perdem la gana o la son és que no tenim gana de menjar o no podem dormir bé. També es pot perdre la paciència, la salut o les forces.
5 Ser vençut en un partit, en un joc o en una batalla. A ningú no li agrada que perdi el seu equip de futbol.
6 No arribar a temps d'agafar un mitjà de transport. Si perds el tren, hauràs d'esperar que n'arribi un altre.
7 Diem que hem perdut una persona quan s'ha mort o ha marxat lluny i ja no la veurem mai més. Perdre una persona estimada sempre sap molt de greu.
usat amb pronom
8 **Perdre's** és deixar el bon camí i anar per un camí equivocat. És fàcil perdre's en una ciutat que no coneixem. Es diu que una persona s'ha perdut si fa coses mal fetes i té mals costums.
9 Una cosa **es perd** quan desapareix i ja no es veu o no hi és més. Molts rius es perden en el mar. Besar la mà dels pares és un costum que s'ha perdut.
frase feta
10 Es diu que una persona **perd el temps** quan el deixa passar sense fer res que sigui útil o profitós. Quan tenim molta feina no podem perdre el temps.
11 **Perdre de vista** una persona o una cosa és deixar de veure-la. Quan el sol es pon darrere una muntanya, el perdem de vista.
12 **Perdre la vida** és morir de manera violenta o inesperada. Molta gent perd la vida en accidents de carretera.
perdedor, perdut, perduda

pèrdua pèrdues
nom femení
Hi ha una pèrdua quan es perd una persona o una cosa. Les pèrdues d'una guerra són les persones que hi han mort. Una empresa té pèrdues si gasta diners i no els guanya.

perdulari perdulària perdularis perdulàries
nom masculí i femení
Persona que no es preocupa dels seus interessos ni d'ella mateixa, que porta una vida miserable i té vicis i mals costums. L'alcoholisme ha convertit moltes persones en perdularis.

perdurar
verb
com *cantar*
◀ pàg. 26
Durar molt de temps, continuar durant. Celebrar el Nadal és un costum que perdura.
perdurable

peregrí peregrina peregrins peregrines
adjectiu
Que és rar i es veu molt poques vegades. Algunes persones tenen una bellesa peregrina: és extraordinària i crida l'atenció.

peregrinar
verb
com *cantar*
◀ pàg. 26
Una persona peregrina quan va d'un lloc a un altre o d'un país a un altre, sense tenir una residència fixa. A causa de la guerra, hi ha gent que ha de peregrinar durant molt de temps.
peregrinació

peremptori peremptòria peremptoris peremptòries
adjectiu
Que s'ha de fer de seguida, que no pot esperar. Una persona que es mor de gana té la necessitat peremptòria de menjar.

perenne perennes
adjectiu
Amb NN
1 Que dura sempre, que no acaba. Shakespeare és un dramaturg de fama perenne, fa segles que és conegut.
2 Una planta és perenne quan viu tres o més anys. Les fulles d'un arbre són perennes si no cauen a la tardor i es mantenen durant tot l'any.

perepunyetes perepunyetes
adjectiu i nom masculí i femení
Que vol que tot estigui perfecte o que es faci com a ell li agrada. Els perepunyetes són difícils d'acontentar. Es diu de manera informal.

peresa pereses
nom femení
La peresa és la mandra, les poques ganes de treballar.
emperesir, peresós, peresosa

perfeccionar
verb
com *cantar*
◀ pàg. 26
Fer que una cosa sigui millor, més bona, gairebé perfecta. Les fàbriques de cotxes perfeccionen constantment els seus models. Per a perfeccionar l'alemany, s'ha d'anar una temporada a Alemanya.
perfeccionament, perfeccionisme, perfeccionista

A B C D E F G H I J K L M N O P Q R S T U V W X Y Z

perfecte perfecta perfectes
adjectiu — Que és molt bo, que no li falta res i que no té cap defecte. Si tenim una salut perfecta, no tenim malalties i no ens fa mal res.
perfecció, perfectible

perfet perfeta perfets perfetes
adjectiu i nom masculí — En gramàtica, es diuen *perfets* els temps del verb que expressen una acció acabada. *Ha vingut* i *hauríem vingut* són formes de temps perfets del verb *venir*.

pèrfid pèrfida pèrfids pèrfides
adjectiu — Una persona és pèrfida si traeix i enganya els qui hi confien, si és molt dolenta.

perfil perfils
nom masculí — 1 El perfil d'una figura plana és el seu contorn, la línia que ens indica la forma que té. El perfil d'una circumferència és rodó.
2 El perfil d'una persona és el contorn de la seva cara, vista de costat. En una fotografia de perfil només se'ns veu un ull i es nota perfectament si tenim el nas llarg o curt.
perfilar

perforació perforacions
nom femení — 1 Quan es perfora una cosa es fa una perforació. Si es vol trobar petroli, s'han de fer perforacions en els terrenys petrolífers.
2 Forat fet perforant alguna cosa. Les perforacions dels rodets de fotografia permeten que la pel·lícula avanci dins de la màquina.
3 Forat o trencament que es fa en un òrgan. Les perforacions d'estómac són molt greus i s'han d'operar.

perforar
verb com cantar ◄ pàg. 26 — Fer un forat, travessar una cosa foradant-la. Alguns projectils poden perforar planxes de ferro molt gruixudes. Es diu quan es parla tècnicament.
perforador

perfum perfums
nom masculí — 1 Un perfum és un producte que fa molt bona olor. Alguns perfums són molt forts i només se'n poden posar unes gotes.
2 Olor bona, agradable. Algunes roses fan molt de perfum.
perfumeria

perfumar
verb com cantar ◄ pàg. 26 — 1 Posar perfum, omplir de perfum. Un ram de roses pot perfumar tota una habitació.
usat amb pronom — 2 **Perfumar-se** és posar-se perfum. La majoria de persones es perfumen quan s'arreglen i es vesteixen per sortir, anar a una festa, etc.

pergamí pergamins
nom masculí — 1 El pergamí és una pell prima d'ovella, de cabra o d'un altre animal semblant que s'ha preparat per a poder-hi escriure al damunt. Abans del paper, la gent escrivia en pergamí.
2 Un pergamí és un escrit fet damunt de pergamí. Algunes biblioteques conserven pergamins molt antics.
apergaminar-se

pèrgola pèrgoles
nom femení — Una pèrgola és un conjunt de columnes que aguanten un enreixat com a sostre.

Una pèrgola

perícia perícies
nom femení — Una persona té perícia en una cosa quan la coneix bé o la sap fer anar perfectament. Els pilots amb moltes hores de vol tenen perícia.

perifèria perifèries
nom femení — 1 La perifèria d'una figura o d'un cos és el seu perfil, la seva part exterior.
2 La perifèria d'un lloc és la seva part més exterior, la que està més lluny del centre. La perifèria d'una ciutat és formada per barris més nous que el centre.
perifèric

perífrasi perífrasis
nom femení — 1 Una perífrasi és una frase o expressió que es fa servir amb el mateix significat que té una sola paraula. *Ciutat Comtal* és una perífrasi per a dir *Barcelona*.
2 Una **perífrasi verbal** és una o més paraules, entre les quals hi ha un verb, que van davant d'altres verbs i en modifiquen el significat. Hi ha perífrasis verbals d'obligació, de probabilitat, de freqüència, etc. *Cal que anem a passejar. Has de tractar-me millor.*

perill perills
nom masculí — 1 Un perill és qualsevol cosa que pot fer

mal, provocar un accident o causar una desgràcia. Fumar mentre es posa gasolina al cotxe és un perill.
2 Una persona està en perill quan pot prendre mal fàcilment o li pot passar una desgràcia. Els bombers salven moltes vegades les persones que estan en perill.
perillar

perillós perillosa perillosos perilloses
adjectiu **1** Que té perill, que s'hi pot prendre mal. Algunes carreteres de muntanya tenen revolts perillosos.
2 Que pot fer mal, que pot provocar una desgràcia. Les persones violentes i cruels són perilloses.
perillositat

perímetre perímetres
nom masculí El perímetre és el perfil i el contorn d'una figura geomètrica plana; mesura d'aquest perfil o contorn. Es pot calcular el perímetre d'una circumferència.

període períodes
nom masculí **1** Un període és un espai de temps durant el qual passa una cosa o s'ha de fer una cosa. La Revolució Francesa és un període de la història d'Europa.
2 El període és la menstruació.

periòdic periòdica periòdics periòdiques
adjectiu **1** Que es repeteix a intervals o períodes fixos, de manera regular. La revisió periòdica del cotxe cada 15 000 quilòmetres ens assegura que tot funciona bé. Una publicació periòdica surt cada quinze dies, cada mes, etc.
nom masculí **2** Un periòdic és un diari, una publicació que surt cada dia i explica les notícies.
periodicitat

periodista periodistes
nom masculí i femení Un o una periodista és una persona que es dedica a la informació, a presentar i comentar les coses que passen, les notícies. Hi ha periodistes que treballen als diaris i a les revistes; d'altres ho fan a la ràdio i a la televisió. pàg. 996 ⑦
periodisme, periodístic

peripècia peripècies
nom femení Una peripècia és una cosa complicada que ens passa de manera imprevista, sense esperar-ho. El segrest d'un avió en ple vol és una peripècia dramàtica.

periple periples
nom masculí **1** Un periple és un viatge que es fa donant molta volta i arribant al mateix lloc d'on s'ha sortit.
2 Per als antics, viatge amb vaixell al voltant d'un territori.

periquito periquitos
nom masculí Un periquito és un ocell petit, d'origen tropical, que es pot domesticar fàcilment i pot aprendre a imitar sons i paraules. Els periquitos són com lloros petits. N'hi ha de color verd, amb el cap groc i la cua blau fosc i ratlles negres i grogues a la part de dalt del cos. D'altres són grocs, verds, blaus i fins i tot blancs. S'alimenten de llavors.

Un periquito

perir
verb com *servir* ◄ pàg. 28 Morir o deixar d'existir una cosa. Actualment s'usa poc.
perible

periscopi periscopis
nom masculí Un periscopi és un aparell que porten els submarins per a poder veure el que hi ha a fora. El periscopi pot pujar i baixar, i gira en totes direccions.
periscòpic

perit perita perits perites
nom masculí i femení Pèrit.

pèrit pèrita pèrits pèrites
nom masculí i femení També *perit* Persona que coneix molt bé un art, una ciència o una tècnica. Una pèrita en pintura diu si un quadre és autèntic o fals.

peritar
verb com *cantar* ◄ pàg. 26 Dir, un pèrit o una pèrita, si una cosa és bona o no, donar la seva opinió sobre el preu d'una cosa. Quan un cotxe té un accident, un tècnic ha de peritar la importància dels danys i el preu de la reparació.
peritatge

perjudicar
verb com *cantar* ◄ pàg. 26 Amb QU davant E, I Causar perjudici a una persona o a una cosa. L'excés de treball pot perjudicar la nostra salut.

A B C D E F G H I J K L M N O P Q R S T U V W X Y Z

A B C D E F G H I J K L M N O P Q R S T U V W X Y Z

perjudici perjudicis

nom masculí — Un perjudici és un dany, un mal que es fa al funcionament, a la marxa o a l'economia d'una persona o d'una cosa. Les inundacions causen molts perjudicis a l'agricultura.

perjudicial

perjuri perjuris

nom masculí — Una persona comet o fa perjuri quan jura en fals o no compleix el jurament que ha fet. Si el testimoni d'un fet jura que no ha vist res, comet perjuri.

perjurar

perla perles

nom femení — Una perla és una bola petita de nacre que es fa a la part de dins de les closques d'alguns mol·luscs com les ostres. Les perles tenen un color blanc gris i són lluents. Amb les perles es fan collarets i altres joies.

emperlar

perllongar

verb
com *cantar*
◄ pàg. 26
Amb GU davant E, I

1 Fer més llarga una cosa afegint-hi una peça o un altre tros. Si un cordill és curt, el podem perllongar lligant-hi un altre cordill.

2 Deixar per a més tard, ajornar. Si una reunió es perllonga per a dijous vinent, es farà aquest dia i no avui.

perllongament

permanent permanents

adjectiu — 1 Que es manté en el mateix estat, que no canvia ni es mou, i dura molt de temps. Un museu de pintura es pot considerar una exposició permanent de quadres.

nom femení — 2 Una permanent és una ondulació dels cabells feta a la perruqueria i que dura molt de temps.

permanència

permeable permeables

adjectiu — Un cos és permeable si deixa passar un líquid o un gas a través seu. Si una jaqueta és permeable, quan plou et mulles.

permeabilitat

permetre

verb
com *perdre*
◄ pàg. 27
Diferències:
permès, permesa, permesos, permeses

1 Donar llibertat per a fer una cosa, deixar-la fer. Fer-se soci d'una piscina permet anar-hi a nedar sempre que es vulgui.

2 Fer que una cosa sigui possible. El bon temps ens permet sortir d'excursió.

usat amb pronom — 3 **Permetre's** és prendre's la llibertat de fer una cosa. Quan tenim amistat i confiança amb una persona, ens permetem dir-li les nostres opinions francament.

permissible, permissiu, permissiva

permís permisos

nom masculí — 1 Una persona dóna permís quan permet una cosa, quan deixa que algú la faci. Si has d'entrar en un lloc on hi ha una reunió és millor que primer demanis permís.

2 Un militar o una altra persona està de permís quan pot abandonar la caserna o deixar la feina que fa.

3 Document oficial que permet fer una cosa determinada. El permís d'arma permet tenir i usar armes de foc; el permís de conduir permet portar cotxes o motos.

permutar

verb
com *cantar*
◄ pàg. 26

Canviar una cosa per una altra. Si dues persones permuten un pis a Barcelona per una casa en un poble, es canvien de casa sense pagar diners.

permuta, permutació

pern perns

nom masculí — Un pern és un clau gros amb cabota i rosca per a poder-hi collar una femella. Els perns serveixen per a unir dues peces de ferro o de fusta o dues parts d'una peça.

perniciós perniciosa perniciosos pernicioses

adjectiu — Que causa molt de mal, molts perjudicis. La contaminació del mar és perniciosa per als peixos. Una malaltia perniciosa, com la sida, és molt greu.

pernil pernils

nom masculí — 1 Un pernil és una cuixa o una espatlla de porc salada i deixada assecar durant un temps. El pernil es menja sovint amb pa amb tomàquet. pàgs. 398-399 (17)

2 El **pernil dolç** o **pernil de York** és una cuixa o una espatlla de porc desossada, adobada i cuita. Es menja amb entrepans i com a entremès.

pernoctar

verb
com *cantar*
◄ pàg. 26

Passar la nit en un lloc diferent de casa nostra. En un viatge llarg amb cotxe, podem pernoctar en un hotel de carretera.

1
però

conjunció — 1 Aquesta paraula indica que hi ha una oposició entre dues frases: el que diu la segona és una cosa contrària al que diu la primera, una excepció, un advertiment, etc. *Vol comprar-se un cotxe, però no té prou diners. És una bona persona, però no és gaire treballadora. Vés-hi, però no tornis tard.*

2 S'usa també en casos com aquests i va entre comes:

- *Et deixo les meves claus; has d'arribar, però, abans de les vuit. No et puc dir per què ho fan; sàpigues, però, que no ho fan sense raó.*

2
però peròs

nom masculí — Un però és una dificultat o un obstacle. Algunes persones troben peròs en tot, res no els agrada.

perol perols

nom masculí — Un perol és qualsevol recipient de cuina de forma arrodonida que pot anar al foc. Una olla és un perol. En alguns pobles venen botifarres de perol molt bones.

perola peroles

nom femení — Una perola és un perol gran, una caldera. El menjar de les escoles es fa en peroles.

peroné peronés

nom masculí — El peroné és un os llarg i prim de la cama. Va del genoll al turmell i és situat al costat de la tíbia. pàg. 797 (25)

perpendicular perpendiculars

adjectiu — Una recta o un pla és perpendicular quan forma un angle recte amb una altra recta o un altre pla. Els dos pals d'una creu (+) són perpendiculars.

perpetrar

verb
com *cantar*
◄ pàg. 26

Fer una acció dolenta, cometre un crim. Cremar un bosc és perpetrar un atemptat greu contra la natura. Es diu quan es parla formalment.

perpetu perpètua perpetus perpètues

adjectiu — Que no acaba mai, que dura sempre. L'Himàlaia és una zona de neus perpètues: sempre hi ha neu a les muntanyes.

perpetuar, perpetuïtat

perpinyanès perpinyanesa perpinyanesos perpinyaneses

adjectiu — 1 De Perpinyà.

nom masculí i femení — 2 Persona que és de Perpinyà o que hi viu.

perplex perplexa perplexos perplexes

adjectiu — Una persona està perplexa si dubta del que ha de fer, si no sap quina decisió ha de prendre. En unes eleccions, els votants que no saben a quin partit han de votar estan perplexos.

perplexitat

1
perquè

conjunció
Diferent de *per què*

1 Aquesta paraula indica el motiu pel qual passa o es fa alguna cosa. *No vaig acabar la feina perquè no vaig tenir temps.*

2 Aquesta paraula indica la finalitat per la qual es fa una cosa. *T'ho diré perquè vull que ho sàpigues.*

2
perquè perquès

nom masculí — El perquè és la raó o el motiu pel qual es fa o passa alguna cosa. *No et sabria dir el perquè de la seva actitud.*

perruca perruques

nom femení — Una perruca és una cabellera postissa, que no és natural. Molts homes calbs porten perruca.

perruquí

perruquer perruquera perruquers perruqueres

nom masculí i femení — Persona que talla els cabells i pentina. Els perruquers d'homes també afaiten.

perruqueria perruqueries

nom femení — Una perruqueria és una botiga on treballen els perruquers i les perruqueres. En una perruqueria unisex s'hi tallen els cabells i es pentinen els homes i les dones.

persa perses

adjectiu — 1 De Pèrsia. *Els gats perses.*

nom masculí i femení — 2 Un o una persa és una persona que és de Pèrsia o que hi viu.

persecució persecucions

nom femení — Una persecució és el fet de perseguir. Després d'un atracament, la policia organitza la persecució dels lladres.

persecutori, persecutòria

perseguir

verb
com *servir*
◄ pàg. 28

1 Anar darrere d'algú per agafar-lo. Si perseguim un cotxe amb una bicicleta, no l'atraparem.

2 Anar contra els fidels d'una religió, contra uns grups de persones determinats. Els jueus han estat sovint perseguits.

3 Es diu que una persona en persegueix una altra si li va al darrere per obtenir alguna cosa.

perseguidor

perseverar

verb
com *cantar*
◄ pàg. 26

Una persona persevera en una cosa quan no deixa de fer-la, sinó que es manté ferma i decidida. Arribar a ser concertista de piano és molt difícil, però si algú ho vol i persevera en l'estudi, ho pot aconseguir.

perseverança, perseverant

persiana persianes

nom femení — Una persiana és un conjunt de tires unides les unes amb les altres formant una superfície llisa que es posa a les finestres o als balcons per a impedir que entri la llum de fora. Les persianes es poden fer pujar o baixar. N'hi ha que s'enrotllen sobre elles mateixes estirant una corda. pàg. 593 (12)

persistir

verb
com *servir*
◄ pàg. 28

1 Una persona persisteix en una cosa si la continua fent o defensant i no canvia d'ac-

titud. Només una persona ignorant persistirà a dir que el Sol dóna voltes al voltant de la Terra.
2 Una cosa persisteix quan dura molt de temps. Hi ha hiverns que s'allarguen i el fred persisteix.
persistència, persistent

persona personas

nom femení — **1** Una persona és un ésser humà, un home o una dona. Aquesta paraula es diu quan es parla en general dels individus humans: *Hi ha vint persones a la sala. Va arribar una persona que jo no coneixia. Aquest home és una bona persona. Les persones guanyadores del concurs.*
2 En gramàtica, la persona d'un verb o d'un pronom pot ser primera, si es refereix a qui parla; segona, si es refereix a qui escolta; i tercera, si es refereix a la persona de qui es parla. *Jo canto* és primera persona. *Tu cantes* és segona persona. *Ella canta* és tercera persona.

locució que fa d'adverbi — **3** Si fem una cosa **en persona** ho fem nosaltres mateixos, i no a través d'un altre. *Voldria parlar amb la directora en persona, per favor, no amb el seu secretari.*
personificació

personal personals

adjectiu — **1** De la persona, que té relació amb les persones o amb una persona. Una invitació personal porta el teu nom, i només tu la pots fer servir.
2 En gramàtica, els pronoms personals, com *jo, nosaltres, elles*, es refereixen a les persones; en els modes personals, indicatiu, subjuntiu, condicional i imperatiu, els verbs tenen una terminació per a cada persona, com per exemple: *estimo* per a la primera, *estimes* per a la segona, *estima* per a la tercera, etc.

adjectiu i nom femení — **3** En el bàsquet, una falta personal o una personal és una falta contra un jugador o una jugadora que ataca.

nom masculí — **4** El personal d'una empresa és el conjunt de les persones que hi treballen.
personalisme, personalista, personalitzar, personalment

personalitat personalitats

nom femení — **1** La personalitat d'algú és el conjunt de les característiques que fan que sigui com és. Si una persona té molta personalitat vol dir que és molt decidida, molt enèrgica, i sap espavilar-se tota sola.
2 Una personalitat és una persona molt coneguda, que té autoritat i prestigi. Els ministres d'un govern són personalitats.

personatge personatges

nom masculí — **1** Un personatge és una persona coneguda del món de la ciència, de l'art i de l'espectacle. Colom i Napoleó són personatges històrics.
2 Cada una de les persones de ficció que intervenen en una obra de teatre, en una pel·lícula o en una novel·la. Indiana Jones és un personatge de pel·lícules d'aventures; Harrison Ford és la persona que ha representat el personatge d'Indiana Jones.

personificar

verb com *cantar* ◄ pàg. 26
Amb QU davant E, I — Fer que els animals o les coses tinguin característiques o qualitats de les persones. Les pel·lícules de Walt Disney personifiquen molts animals: fan que es comportin com les persones.

perspectiva perspectives

nom femení — **1** La perspectiva és la manera de dibuixar les coses sobre un pla de manera semblant a com les veiem, com si tinguessin profunditat. Quan un dibuix s'ha fet amb perspectiva, els objectes que estan lluny són més petits que els que estan a prop.
2 Vista d'un conjunt de coses des d'una certa distància. Des d'un lloc alt es té una bona perspectiva d'un territori o d'una ciutat.
3 Cosa bona o dolenta que veiem que ens pot passar en el futur. Si tenim bones perspectives, és que pensem que tot ens anirà bé.

perspicaç perspicaços perspicaces

adjectiu — Una persona és perspicaç si veu de seguida el que passa o el que pot passar en un assumpte o en una situació. Els detectius han de ser molt perspicaços, no se'ls pot escapar cap detall.
perspicàcia

persuadir

verb com *servir* ◄ pàg. 28 — Convèncer algú, fer que cregui o que faci una cosa. Cada partit polític ens vol persuadir que és el millor i que l'hem de votar.
persuasió, persuasiu, persuasiva

pertànyer

verb com *témer* ◄ pàg. 26 — **1** Ser una cosa propietat d'algú. Si aquest diccionari és teu, et pertany. L'illa de Sardenya pertany a l'estat italià.
2 Formar part d'una cosa. Les balenes pertanyen a la classe dels mamífers; Cervera pertany a la comarca de la Segarra.

pertinaç pertinaços pertinaces

adjectiu — Una persona és pertinaç si no canvia d'opinió i es manté ferma en una idea, en un propòsit, encara que s'equivoqui. Els fanàtics d'una religió són gent pertinaç.
pertinàcia

A B C D E F G H I J K L M N O P Q R S T U V W X Y Z

pertinença pertinences
nom femení
1 La pertinença d'una cosa és el fet de pertànyer a algú o de formar part d'alguna cosa. Un document de compravenda serveix per a demostrar la pertinença d'una finca.
2 Una pertinença és una cosa que pertany a una persona o que forma part d'una altra que és més important. Si compres una casa amb totes les pertinences, compres també tot el que hi ha a dins: els mobles, els quadres, les cortines, etc.

pertinent pertinents
adjectiu
Que és adequat i convenient, que es fa en el moment oportú. Si una amiga guanya un premi és pertinent celebrar-ho.
pertinència

pertocar
verb
com *cantar*
◄ pàg. 26
Amb QU davant E, I
1 Correspondre o tocar una cosa a algú en un repartiment. Si repartim dotze llibres entre tres, a cada un li pertoquen quatre llibres.
2 Si em pertoca de fer una cosa, és que l'haig de fer jo. En algunes famílies, pertoca de fregar plats un dia a cada u.

pertorbar
verb
com *cantar*
◄ pàg. 26
Fer que es perdi la tranquil·litat i l'ordre, que hi hagi confusió i malestar. Una guerra pertorba la vida de les persones.
impertorbable, pertorbació

pertot
adverbi
Diferent de *per tot*
A tots els llocs, per totes bandes. *Quan plou molt, hi ha aigua pertot.*

pervers perversa perversos perverses
adjectiu
Que estima el mal, que causa dany als altres expressament. La conducta dels dictadors és perversa i fa patir el poble.
perversió, perversitat, pervertir

pervivència pervivències
nom femení
Una cosa té pervivència quan dura molt i continua existint. Una festa popular, com Nadal, té una gran pervivència.

perxa perxes
nom femení
1 Una perxa és un pal llarg i estret, com el que es fa servir per a moure una barca per un riu poc fondo.
2 Barra llarga i flexible que es fa servir en la prova d'atletisme del salt de perxa. En aquesta prova se salta per damunt d'un llistó horitzontal ajudant-se amb la perxa.
3 Peça llarga de fusta amb claus o clavilles per a penjar-hi peces de vestir, embotits o qualsevol altra cosa.

pes pesos
nom masculí
1 El pes d'una cosa és la força que fa sobre els objectes que l'aguanten; és conseqüència de la gravetat. Les bigues de les cases han de ser fortes, ja que aguanten molt de pes. El pes d'una moto és més gran que el d'una bicicleta.
2 Peça de metall que serveix per a pesar en una balança. Els pesos acostumen a tenir forma rodona i porten indicat si fan un quilo, mig quilo, etc.
3 Peça metàl·lica rodona que es fa servir en la prova d'atletisme del llançament de pes.
4 Cosa que molesta, que costa de fer o de suportar. Quan hem acabat un treball difícil, diem que ens hem tret un pes del damunt.
locució que fa d'adverbi
5 Si hem pagat una cosa **a pes d'or** ens ha costat molts diners. *Vaig veure una jaqueta que m'agradava, però anava a pes d'or!*
frase feta
6 Una cosa **ens fa el pes** si ens agrada i ens sembla bé. Quan un vestit no ens fa el pes, val més no comprar-lo.

pesant pesants
adjectiu
Que té pes. En una càpsula espacial, les coses no són pesants i per això els astronautes floten. El ferro és més pesant que el suro: si comparem dues peces de la mateixa mida, la de ferro pesa més.
pesadesa, pesantor

1
pesar pesars
nom masculí
1 Quan sentim pesar per una cosa és que ens sap greu, ens causa tristesa i malestar. És normal sentir pesar si ens hem equivocat.
locució que fa de preposició
2 **A pesar de** vol dir encara que hi hagi dificultats en contra del que es vol fer. *Van pujar a la muntanya a pesar de la pluja que feia.*
pesarós, pesarosa

2
pesar
verb
com *cantar*
◄ pàg. 26
1 Mesurar el pes d'una persona o una cosa. Al mercat, les persones que venen pesen la truita i els altres aliments.
2 Tenir pes una cosa, fer un pes determinat. Tots els cossos pesen. Si una maleta pesa cent quilos no podrem aixecar-la.

pesat pesada pesats pesades
adjectiu
1 Que pesa molt, que és feixuc. Les bicicletes de ferro són molt pesades.
2 Es diu que una cosa és pesada si costa de fer, si molesta o cansa molt. Rentar els plats i planxar són feines pesades. Si una pel·lícula se'ns fa pesada és que ens avorreix.

Continua a la pàgina següent

3 Es diu que una persona és pesada si molesta els altres amb el seu parlar o amb les coses que fa. Una persona que no calla mai, se'ns fa molt pesada.

pesca pesques

nom femení — 1 La pesca és el fet de pescar peixos. Hi ha vaixells de pesca molt grans i barques de pesca molt petites. Algunes persones practiquen la pesca com a esport.

2 Peix que s'ha agafat pescant. Quan fan una bona pesca, les barques tornen al port molt carregades.

pesquer

pescador pescadora pescadors pescadores

nom masculí i femení — Persona que es dedica a la pesca. Als rius, s'hi poden veure pescadors de canya.

pescaire pescaires

nom masculí i femení — 1 Pescador.

nom masculí — 2 Bernat pescaire.

pescant pescants

nom masculí — 1 El pescant d'un carro o d'un cotxe de cavalls és el seient on va la persona que el guia.

2 Barra de ferro o tros de biga que surt a la part alta d'una casa per a penjar-hi una corriola i poder baixar o pujar els mobles.

pescar

verb, com *cantar* ◄ pàg. 26, Amb QU davant E, I — 1 Agafar peix o altres animals traient-los de l'aigua del mar o dels rius. Es pot pescar amb xarxes o amb canya.

2 Treure de l'aigua alguna altra cosa, com corall, petxines o algues.

3 Es diu que algú pesca una persona si l'agafa o l'enxampa fent una cosa que no està bé. Es pot pescar algú dient una mentida. Es diu de manera informal.

peso pesos

nom masculí — El peso és la moneda de diversos països americans, com Colòmbia, Cuba i Mèxic.

pèsol pèsols

nom masculí — Un pèsol és un llegum de beina allargada que fa unes llavors petites, de forma rodona i de color verd, que també es diuen *pèsols*. Els pèsols es mengen bullits amb patates i ceba; es posen també en molts guisats.

pesolera

pesquis pesquis

nom masculí — Seny. Si algú decideix pujar una muntanya en plena tempesta és que no té pesquis. Es diu de manera informal.

pessebre pessebres

nom masculí — Un pessebre és un conjunt de figuretes, posades entre pedres, molsa i muntanyes fetes de suro, que representen el naixement de Jesús i l'arribada dels Reis Mags. Els pessebres es fan per Nadal.

pesseta pessetes

nom femení — 1 La pesseta era la moneda de l'Estat espanyol abans de la seva substitució per l'euro.

frase feta — 2 Es diu que una persona **canvia la pesseta** si vomita.

3 Una persona **fa la primera pesseta** si fa bons negocis i guanya molts diners.

pesseter

pessic pessics

nom masculí — 1 Pessigada.

2 Petita quantitat d'una cosa que agafem amb els dits. El pa amb tomàquet és més gustós amb un pessic de sal.

pessigada pessigades

nom femení — Una pessigada és el fet de pessigar. Hi ha pessigades que deixen un blau a la pell.

pessigar

verb, com *cantar* ◄ pàg. 26, Amb GU davant E, I — 1 Agafar amb força una mica de pell o de carn d'una persona entre el dit gros i un altre dit. Quan es pessiga molt fort, es pot fer sang. També diem que una cosa ens pessiga si ens agafa la pell i ens fa mal com un pessic. A vegades ens pessiguem amb una cremallera.

2 Prendre o agafar una petita quantitat d'una cosa. El pa es pot menjar pessigant-lo.

pessigolles

nom femení plural — 1 Les pessigolles són una sensació que ens fa riure quan algú ens toca algunes parts del cos. La majoria de les persones tenim pessigolles a la planta dels peus i a les aixelles.

frase feta — 2 Es diu que algú **busca les pessigolles** a una persona si la molesta i provoca, com si volgués barallar-s'hi.

pessigolleig

pèssim pèssima pèssims pèssimes

adjectiu — Que és molt dolent, el pitjor de tots. Una carretera en pèssimes condicions és plena de forats i s'hi passa amb dificultats.

pessimista pessimistes

adjectiu i nom masculí i femení — Que sempre veu la part més dolenta de les coses. Segons un pronòstic pessimista, la humanitat destruirà totalment l'equilibri natural del planeta. Els pessimistes veuen la mitja ampolla buida, i no la mitja ampolla plena.

pessimisme

A B C D E F G H I J K L M N O P Q R S T U V W X Y Z

pesta pestes

nom femení **1** La pesta és una malaltia greu causada per un bacil que passa a les persones a través de les rates, les puces i altres animals. La pesta és molt contagiosa.

2 Una pesta és una pudor molt forta. Les clavegueres fan molta pesta.

3 Es diu que hi ha una pesta d'una cosa molesta o desagradable si n'hi ha molta. A l'estiu, hi ha una pesta de mosques i mosquits.

empestar, pestilència, pestilent

pestanya pestanyes

nom femení **1** Una pestanya és cada un dels pèls que hi ha a la vora de les parpelles. Si t'entra una pestanya a l'ull, et molestarà molt.

pàg. 793 ⑯, pàgs. 798-799 ⑭

2 Part estreta que surt a la vora d'una cosa. Algunes llibretes de telèfons tenen unes pestanyes amb les lletres de l'abecedari per a trobar fàcilment les pàgines que es busquen.

pestanyejar

pestell pestells

nom masculí **1** El pestell d'un pany és la peça de ferro que es belluga quan es mou la clau. Quan es tanca la porta, el pestell surt del pany i entra en el forat del bastiment.

2 Petita peça de metall collada a una porta o a una finestra que es fa córrer i entrar en un forat del bastiment. Serveix per a tancar la porta o la finestra.

pesticida pesticides

nom masculí Un pesticida és un producte químic que mata els animals i les plantes que són dolents per a les persones o per a l'agricultura. Els pesticides també poden fer mal, perquè en grans quantitats són verinosos.

pet pets

nom masculí **1** Un pet és una sortida de gasos per l'anus. Els pets fan soroll i pudor.

2 Soroll que fa una cosa que es trenca o esclata. Alguns petards i coets fan un pet molt fort.

frase feta **3** **Anar** o **estar pet** és anar o estar borratxo.

4 Si una cosa **fa un pet com una gla** és que es trenca o rebenta.

petaca petaques

nom femení **1** Una petaca és una bossa de pell, de plàstic o d'un altre material per a portar-hi tabac o cigarrets. Les persones que es fan els cigarrets acostumen a fer servir la petaca.

2 Ampolla petita i plana de metall per a portar-hi conyac o un altre licor. Les petaques es poden portar a la butxaca.

pètal pètals

nom masculí Un pètal és cada una de les peces de color semblants a fulles que formen la corol·la d'una flor. Els pètals de les margarides són blancs.

petanca petanques

nom femení La petanca és el joc de botxes.

petaner petanera petaners petaneres

adjectiu **1** Que es tira pets sovint.

2 Es diu que un gos és petaner si és casolà, de mida petita i no és de raça.

petar

verb com *cantar* ◄ pàg. 26

1 Fer un soroll sec una cosa que es trenca, que esclata o que topa contra una altra. El vent fa petar les finestres que estan obertes.

2 Xocar violentament contra una cosa. Si una moto peta contra una paret, l'accident pot ser greu.

3 Trencar una cosa. Un cop molt fort al braç te'l pot petar. Les gomes elàstiques, si s'estiren molt, es peten.

4 Morir. Tothom petarà un dia o un altre. Es diu de manera informal.

frase feta **5** **Fer-la petar** és parlar de coses sense importància, xerrar una estona.

6 Si algú fa una cosa **peti qui peti**, la fa a pesar de les dificultats i costi el que costi.

frase feta i verb usat amb pronom **7** **Petar-se de riure** és riure molt. Hi ha pel·lícules que ens fan petar de riure.

petament

petard petards

nom masculí Un petard és un paquetet ple de pólvora o d'un altre explosiu que s'encén amb una metxa i esclata fent molt de soroll. Els petards es tiren per la revetlla de Sant Joan i en altres festes populars.

petarrell petarrella petarrells petarrelles

nom masculí **1** Una criatura fa un petarrell quan posa la cara de manera que es veu que es posarà a plorar o que s'aguanta el plor.

nom masculí i femení **2** Criatura petita, el fill o la filla de la casa.

petició peticions

nom femení Quan es demana una cosa es fa una petició. Es fa servir sovint de manera formal: es pot fer una petició de clemència per a una persona que és a la presó.

petitori, petitòria

petit petita petits petites

adjectiu **1** Que és més curt, més estret, més baix o que n'hi ha menys en comparació amb una altra cosa o amb el que es considera normal. Els plats de postres són més petits que els altres plats. Una persona petita és baixeta i prima.

Continua a la pàgina següent

2 Una persona és petita si té pocs anys i encara ha de créixer. Els nens petits han de dormir moltes hores.

3 Els germans i les germanes petits són els que tenen menys anys, els últims que han nascut.

nom masculí i femení 4 Un petit o una petita és una criatura o un animal petit, que encara creix. Els petits dels llops es diuen *llobatons*.

→ empetitir, petitesa

petja petges

nom femení 1 La petja d'una persona o d'un animal és la manera que té de caminar, de posar el peu a terra. Si un cavall té bona petja, camina i corre lleuger i amb seguretat.

2 Petjada. En alguns camins de bosc, s'hi pot veure la petja dels senglars.

frase feta 3 **No deixar de petja** algú és anar-li al darrere, no deixar de seguir-lo.

→ petjar

petjada petjades

nom femení 1 Una petjada és un senyal que el peu d'una persona o la pota d'un animal deixa a terra, al lloc on ha trepitjat. Quan hi ha neu o fang, les petjades que fem es veuen molt bé.

frase feta 2 **Seguir les petjades** d'algú és anar-li al darrere, o també seguir-ne l'exemple. Els deixebles segueixen les petjades dels seus mestres.

petjapapers petjapapers

nom masculí Un petjapapers és un objecte que es posa damunt dels papers que hi ha en una taula per a impedir que caiguin o que el vent se'ls emporti.

peto petos

nom masculí 1 Un peto és una peça de tela que cobreix la part del pit i que normalment va cosida a la cintura d'uns pantalons o d'una faldilla.

2 Pantalons o faldilla amb aquesta peça de tela.

Un peto

petó petons

nom masculí Un petó és el fet de tocar amb els llavis una part del cos d'una persona o una altra cosa. Mentre es fa el petó els llavis s'obren i es tanquen. Les persones que s'estimen es fan petons sovint.

→ petonejar, petoner

petri pètria petris pètries

adjectiu Que és de pedra. Les esglésies antigues s'aguanten en columnes pètries.

→ petrificar

petricó petricons

nom masculí Un petricó és una mesura antiga per a líquids. Equival aproximadament a un quart de litre.

petroli petrolis

nom masculí El petroli és un líquid de color fosc, espès i inflamable, que es troba sota terra. Del petroli es treuen la gasolina i el gasoil per als cotxes.

petrolier petroliera petroliers petrolieres

adjectiu 1 Del petroli, que té relació amb el petroli. La indústria petroliera té una gran importància.

nom masculí 2 Un petrolier és un vaixell que transporta petroli. ✎ pàgs. 194-195 ①

petrolífer petrolífera petrolífers petrolíferes

adjectiu Que conté petroli. Els pous de petroli es fan en terrenys petrolífers.

petroquímic petroquímica petroquímics petroquímiques

adjectiu i nom femení La indústria petroquímica és la que es dedica a obtenir productes derivats del petroli, com la gasolina o alguns plàstics i fibres sintètiques. També diem que els productes fabricats per aquesta indústria són petroquímics. Una explosió en una petroquímica pot ser molt perillosa.

petulant petulants

adjectiu Una persona és petulant si es pensa que és més important que els altres i presumeix i es comporta com si ho fos. Les persones petulants es fan antipàtiques.

→ petulància

petúnia petúnies

nom femení Una petúnia és una planta que fa de 20 a 50 centímetres d'alçària, de fulles ovades i flors en forma de campana, de colors variats. Les petúnies es planten molt en testos i en jardins.

petxina petxines

nom femení 1 Nom de diversos mol·luscs que tenen una closca amb dues valves.

Una petxina

2 Closca de mol·lusc. Hi ha qui fa collarets amb les petxines que troba a la platja.

peu peus

nom masculí — **1** El peu és la part final de la cama. Amb els peus ens aguantem drets i caminem.

pàgs. 794-795 (25)

2 Part final de la pota dels animals. Els peus de porc guisats agraden a molta gent.

3 Part de baix d'una cosa. Es parla del peu d'una copa, d'un llum, d'una estàtua o d'una muntanya.

nom masculí plural — **4** Els peus del llit és la part oposada a la capçalera, on tenim els peus quan dormim.

nom masculí — **5** Una persona té els **peus plans** si la planta del peu no té forma corba i tota ella toca a terra. Aquest defecte es pot corregir amb unes plantilles.

6 Un **peu de rata** és un bolet que té un peu gruixut i carnós, de color blanquinós, que es divideix al capdamunt en moltes branques, com una coliflor. No té, per tant, pròpiament barret. Les branques són cilíndriques i de color blanquinós amb les puntes de color púrpura. Els peus de rata poden arribar als 15 centímetres d'alçària. Són comestibles i tenen propietats purgants.

locució que fa d'adverbi — **7** Si expliques una cosa **al peu de la lletra** l'expliques tal com és o com va passar, sense afegir ni canviar res. També diem que algú ha seguit unes instruccions al peu de la lletra. *Va seguir la recepta al peu de la lletra, però el pastís li va quedar fet un desastre.*

8 Si vas **a peu** a un lloc hi vas caminant, sense agafar cap mitjà de transport. *Com que visc a prop de l'escola, hi vaig a peu.*

9 Si estem **a peu dret** o **en peus** estem drets, no estem asseguts. *Ahir vam fer tres hores de cua a peu dret i ara em fan mal les cames.*

10 **A peu pla** vol dir a nivell del carrer, sense escales. *Les botigues solen estar a peu pla.*

11 **De cap a peus** és de dalt a baix de la persona. *Vaig caure vestit a la piscina i vaig quedar xop de cap a peus.*

locució que fa d'adjectiu — **12** Una cosa **feta amb els peus** està mal feta, mal deixada.

frase feta — **13** **Anar amb peus de plom** és fer les coses amb molta prudència, pensant-les bé.

14 **Ficar-se de peus a la galleda** és dir o fer una cosa que no és adequada o convenient.

15 Si una cosa **no té cap ni peus** està mal feta, és absurda o desordenada.

16 Si una persona **no toca de peus a terra** és que sempre està somiant fantasies i no sap com complir les responsabilitats de cada dia.

peuada

peüc peücs

nom masculí — Un peüc és un mitjó molt curt i gruixut que algunes persones es posen per a dormir.

peülla peülles

nom femení — També *peüngla* — Una peülla és una coberta dura, com una ungla, que protegeix el peu d'alguns mamífers com els cavalls i les cabres.

peüngla peüngles

nom femení — Peülla.

pi pins

nom masculí — Un pi és un arbre que no perd les fulles a l'hivern. Té el tronc alt i prim, amb uns solcs característics, i les fulles en forma d'agulla. El fruit del pi és la pinya i la llavor és el pinyó. Als boscos dels Països Catalans creixen alguns tipus de pins com el pi pinyoner i el pi bord.

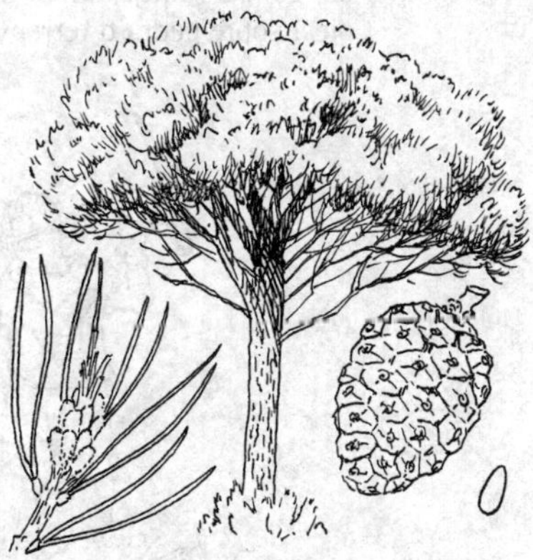

Un pi

piadós piadosa piadosos piadoses

adjectiu — **1** Que té compassió i pietat.

2 Que és devot, que es dedica a resar i a les coses de la religió.

A B C D E F G H I J K L M N O P Q R S T U V W X Y Z

piano pianos
nom masculí — Un piano és un instrument musical de corda amb teclat. Es toca amb unes tecles blanques i negres que mouen uns martellets que copegen les cordes. Té uns pedals que permeten fer canvis en el so. Hi ha pianos verticals i pianos de cua.
pianista

Un piano

pianola pianoles
nom femení — Una pianola és un piano mecànic que toca ell sol unes determinades peces de música.

piastra piastres
nom masculí — La piastra és una moneda que val la centèsima part de les monedes d'alguns països com Egipte i Turquia.

pic pics
nom masculí — **1** Un pic és una eina que consisteix en una peça de ferro que acaba en punta en un extrem o en els dos i un mànec llarg de fusta. Els pics tenen una forma una mica corba, com de mitja lluna. Serveixen per a picar sobre pedra o terrenys durs.

Un pic

2 Cim d'una muntanya acabat en punta.
3 Cop donat a una porta amb el picaporta o a una campana amb el batall. Els pics de campana anuncien l'hora de missa.
4 Senyal petit i rodó que hi ha o es fa en una cosa.
5 Moment de màxima força o intensitat d'una cosa. El pic del sol és el migdia, quan fa més calor.
frase feta — **6** Una embarcació **se'n va a pic** quan s'enfonsa.

pica piques
nom femení — **1** Una pica és un recipient per a rebre o posar-hi aigua o un altre líquid. Les piques de les cuines són metàl·liques o de pedra.
✎ pàg. 1000 (12)
2 Pic d'una muntanya.
3 Pica de l'aigua beneita ✎ pàg. 598 (11)

picabaralla picabaralles
nom femení — Hi ha una picabaralla entre dues o més persones quan s'enfaden i discuteixen. En els partits de futbol, a vegades hi ha picabaralles entre els jugadors.

picada picades
nom femení — **1** Quan un animal ens pica ens fa una picada. Les picades de vespa són molt doloroses.
2 Petita ferida feta per un animal que ens pica, per la punxa d'una planta o per la punta d'una agulla. A vegades les picades es poden infectar.
3 Aliment o aliments que s'aixafen en un morter per a afegir-los a un guisat. Algunes salses porten una picada d'ametlles; d'altres, una picada d'all i julivert.

picadura picadures
nom femení — **1** Una picadura és una picada d'animal.
2 Tabac a trossets petits que es ven en paquets per a fer cigarrets o omplir una pipa.

picamà picamans
nom masculí — Mà de morter.

picant picants
adjectiu — Una aigua mineral és picant si fa bombolles i dóna sensació de pessigolles a la boca. Un aliment és picant si dóna a la boca una sensació molt viva, com si cremés, i fa venir molta set.

picapedrer picapedrera picapedrers picapedreres
nom masculí i femení — Persona que treballa les pedres per fer cases.

pica-pica pica-piques
nom masculí — Un pica-pica és un àpat que es fa amb menjars variats i en racions petites i on cadascú va agafant una mica de cada cosa. Podem fer un pica-pica a peu dret o asseguts al voltant d'una taula.

picaporta picaportes
nom masculí — Un picaporta és una peça de ferro penjada a una porta per a donar-hi cops i avisar que obrin. Antigament, totes les cases tenien picaporta.

picar
verb, com *cantar* ◄ pàg. 26; Amb QU davant E, I
1 Fer un petit forat a la pell un ocell, un insecte, un altre animal o un objecte que té punxa. Els tàvecs piquen els cavalls per xuclar-los la sang. Si et piques amb una agulla, et sortirà sang.
2 Agafar el menjar un ocell amb el bec. Les gallines sempre van picant tot el que troben per terra.
3 Es diu que un peix pica si mossega l'ham i el pescador el pot treure de l'aigua.
4 Agafar una mica de menjar o anar menjant miques de diversos menjars. Si es fa un sopar de picar, es mengen moltes coses diferents totes alhora. Si tot el dia es va picant, a les hores de menjar no es té gana.
5 Una aigua o una altra beguda pica si dóna a la boca una sensació de pessigolles; un aliment pica si dóna una sensació de cremor, com si tinguéssim una ferida a la boca.
6 Una peça de roba pica si ens produeix a la pell una molèstia que ens fa venir ganes de gratar. També diem que ens pica el cap, el nas o una altra part del cos quan tenim aquesta molèstia.
7 Si diem que el sol pica és que fa molt de sol, molta calor; si diem que el fred pica, fa molt de fred.
8 Donar cops amb una eina, un estri de cuina o un altre objecte a una cosa per trencar-la, estovar-la, fer-la a trossets o aixafar-la. Es pot picar una pedra, uns quants alls al morter o un tall de carn per fer-ne hamburgueses.
usat amb pronom — **9** **Picar-se** un objecte de metall és començar a rovellar-se. Quan una barra de ferro es pica, s'hi fan uns puntets vermellosos.
10 Un vi **es pica** quan comença a agafar gust de vinagre.
11 Es diu que una persona **es pica** si es molesta per una paraula que algú li ha dit.
12 La mar **es pica** si deixa d'estar tranquil·la i comença a fer onades.
frase feta — **13** **Picar a la porta** és trucar-hi.
14 **Picar de mans** és fer xocar els palmells de les mans de manera que facin soroll per demostrar alegria o aprovació, o per acompanyar un ball o una música.
15 **Picar de peus** és donar cops amb els peus a terra, normalment per protestar.
picador, picament, picantor

picardia picardies
nom femení — Una persona té picardia si veu de seguida què ha de fer per a aprofitar-se dels altres o per a enganyar-los.
picardiós, picardiosa

picaresc picaresca picarescs picaresques
adjectiu; També *picarescos*
1 Que fa malifetes i enganya, però amb una certa gràcia.
2 A la literatura espanyola, la novel·la picaresca és un tipus de novel·la dels segles XVI i XVII on surten personatges que tenen comportaments picarescos.
nom femení — **3** Es diu que en un lloc o en una situació hi ha picaresca si hi ha persones que s'aprofiten dels altres o fan trampes i enganyen per obtenir diners o altres coses.

picarol picarols
nom masculí
1 Un picarol és una esquella petita que es penja del coll d'animals com les cabres i els bens.
2 Cada un dels cascavells que els carreters posaven als guarniments dels cavalls i dels muls.
3 Es diu que una persona és alegre com un picarol si és molt alegre i sempre riu.

pica-soques pica-soques
nom masculí — Un pica-soques és un ocell petit que té la part de dalt del cos de color blau grisenc, la part del pit de color de terra i els costats castanys. Té un bec punxegut i fort que fa servir per a picar els animalets que hi ha a les escletxes i forats dels troncs.

picat picats
nom masculí
1 Un picat és un aliment o uns quants aliments fets a trossets molt petits. Les hamburgueses es fan amb un picat de carn.
2 Baixada d'un avió o d'una altra aeronau a velocitat més gran que la màxima que hauria de portar.
locució que fa d'adverbi — **3** Un avió cau **en picat** quan s'estavella. *Els motors es van encendre i l'avió va caure en picat.*

pícnic pícnics
nom masculí — Un pícnic és una sortida al camp, a la muntanya o a la platja, amb el menjar ja preparat.

picolar
verb, com *cantar* ◄ pàg. 26
Tallar la carn o un altre aliment a trossets molt petits. Per a fer mandonguilles s'ha de picolar carn.

piconadora piconadores
nom femení — Una piconadora és una màquina d'obres públiques que allisa i fa ben fort el terra d'una carretera o d'un carrer abans de posar-hi l'asfalt o el paviment definitius
piconar

picor picors
nom femení — La picor és la sensació de molèstia que tenim quan la pell o una peça de roba ens pica. Quan tenim picor, ens gratem o rasquem.

picossada picossades
nom femení — Una picossada és una quantitat de diners. Si per una feina ens donen una bona picossada, cobrem molts diners.

picotejar
verb
com *cantar*
◄ pàg. 26
Amb G davant E, I — Donar cops de bec un ocell. Els coloms a vegades picotegen veces o trossets de pa a la mà de la gent.

pidolar
verb
com *cantar*
◄ pàg. 26 — Demanar almoina o una altra cosa amb humilitat, per favor. A la porta de les esglésies, a vegades hi ha persones que pidolen.
pidolaire

pietat pietats
nom femení — 1 Una persona té pietat d'una altra si té compassió i li sap greu el mal que pateix. En els circs romans, a vegades el cèsar tenia pietat d'un gladiador i li perdonava la vida.
2 Devoció i amor per les coses de la religió. Resar i anar a l'església són pràctiques de pietat.
pietós, pietosa

pífia pífies
nom femení — Espifiada.

piga pigues
nom femení — Una piga és una taca de color fosc a la pell. Algunes persones tenen pigues a la cara; el refrany diu que "cara pigada, cara estimada".
pigallós, pigallosa, pigat, pigada

pigall pigalls
nom masculí — Un pigall era un noi que acompanyava una persona cega per a guiar-la.

pigment pigments
nom masculí — 1 Un pigment és una substància que hi ha en algunes cèl·lules dels éssers vius. Hi ha un pigment que fa que la pell es posi morena amb el sol. El color verd de les plantes depèn d'un pigment: la clorofil·la.
2 Substàncies naturals o químiques que s'usen per a donar color.

pigmeu pigmea pigmeus pigmees
nom masculí i femení — 1 Persona d'alguns dels pobles d'Àsia i d'Àfrica que tenen la pell fosca, els llavis gruixuts i l'estatura molt baixa.
nom masculí — 2 Es diu que una persona és un pigmeu o una pigmea si és molt baixa i petita.

pigota pigotes
nom femení — Verola.

pijama pijames
nom masculí — 1 Un pijama és un vestit que ens posem per a dormir. Hi ha pijames de dona i d'home.
2 Postres dolces que consisteixen en gelat, pinya i préssec en almívar, flam i nata posats en un mateix plat.

pila piles
nom femení — 1 Una pila és una quantitat de coses posades les unes sobre les altres. Als quioscos, els diaris i les revistes estan posades en piles.
2 Pica de pedra que hi ha a les esglésies per a batejar les criatures. A dins de la pila baptismal es posa l'aigua beneita.
3 Dipòsit petit tancat hermèticament que produeix electricitat per una reacció química de les substàncies que conté. Amb les piles es fan funcionar llanternes, ràdios i joguines.
locució que fa de determinant — 4 **Una pila** d'alguna cosa és una gran quantitat d'aquesta cosa. En un museu de pintura, hi ha una pila de quadres.
empilar

pilar pilars
nom masculí — Un pilar és un element vertical molt fort, més alt que ample, que aguanta un sostre o una altra part d'una construcció. Els pilars acostumen a ser quadrats i més grossos que les columnes.

pilastra pilastres
nom femení — Una pilastra és una columna de forma quadrada o rectangular que acostuma a estar enganxada a una paret.

pillatge pillatges
nom masculí — Una persona o un grup de persones fan pillatge si agafen amb violència coses que no són seves. Els pirates i els bandolers vivien del pillatge.

pillet pilleta pillets pilletes
nom masculí i femení — Persona que fa les coses amb astúcia, que enganya els altres i se n'aprofita. Si algú és un pillet, dirà que es troba malament perquè li facin la feina, i aleshores podrà sortir a divertir-se.
pilleria

piló pilons
nom masculí — 1 Un piló és un tros de fusta dura, generalment de forma cilíndrica, on es posen les coses que s'han de trencar, picar o tallar. Les carnisseres tallen la carn damunt d'uns pilons. págs. 398-399 (31)

2 Petita columna de pedra, de formigó o de ferro que es posa a les voravies dels carrers per a impedir que els cotxes hi aparquin o hi passin.

pílor pílors

nom masculí — El pílor és un orifici que comunica l'estómac amb els budells. ✎ pàgs. 798-799 (39)

pilós pilosa pilosos piloses

adjectiu — **1** Pelut.

2 Dels pèls, que té relació amb els pèls. Hi ha productes que enforteixen les arrels piloses.

pilot[1] pilots

nom masculí — Un pilot de coses és un munt de coses en desordre. Quan s'ensorra una casa, hi ha pilots de pedres pertot arreu.

apilotar

pilot[2] pilots

nom masculí i femení — **1** Un o una pilot és una persona que guia un avió o una embarcació, o bé un cotxe o una moto en una competició esportiva. Per a ser pilot d'avions de passatgers, cal tenir moltes hores de vol. ✎ pàg. 196 (13)

nom masculí — **2** Llum petit que hi ha en alguns aparells, com un escalfador elèctric, per a indicar que està funcionant o a punt de funcionar.

3 El **pilot automàtic** d'un avió o d'una embarcació és un mecanisme que els guia i els manté en la direcció i la velocitat que se li indica, sense intervenció de cap persona.

pilota pilotes

nom femení — **1** Una pilota és un objecte de forma rodona fet de cuir, de goma, de roba o de plàstic, per a jugar a diferents jocs. Hi ha pilotes de futbol, de bàsquet, de tennis, de ping-pong, etc. Les de rugbi tenen forma de meló.

2 Menjar fet amb carn picada barrejada amb ou, molles de pa, farina i julivert que forma una massa compacta. Se li dóna la forma d'una bola una mica allargada. La pilota es posa a la carn d'olla.

pilotar

verb com *cantar* ◀ pàg. 26 — Conduir un avió o qualsevol altra aeronau, o bé una moto o un cotxe de competició esportiva.

pilotilla pilotilles

nom femení — Mandonguilla.

pim-pam pim-pams

nom masculí — Onomatopeia que imita el soroll d'un seguit de cops o de trets d'arma de foc.

pinacoteca pinacoteques

nom femení — Una pinacoteca és un edifici on es conserven i s'exposen col·leccions de quadres d'artistes.

pinassa pinasses

nom femení — **1** Una pinassa és un tipus de pi que pot arribar als 40 metres d'alçària i té un tronc recte i una capçada ampla. L'escorça és de color gris fosc, i les fulles, de color verd intens, punxen. Hi ha pinasses en llocs de muntanya, entre 500 i 1 000 metres d'altura.

2 Fulles seques de pi. La pinassa s'encén de seguida.

pinça pinces

nom femení — **1** Unes pinces són un instrument per a agafar coses petites format per dues peces que es poden tancar fent pressió amb els dits o per mitjà d'una molla. Quan se'ns ha clavat una punxa, l'arrenquem amb unes pinces. ✎ pàg. 1000 (22)

2 Una pinça de la roba és un estri semblant a unes pinces que es fa servir per a estendre la roba que s'ha rentat. N'hi ha de fusta i de plàstic.

3 La pinça d'un crustaci és la part final de les potes que li serveix per a agafar. Els llamàntols que venen a la plaça porten les pinces lligades perquè no pessiguin.

4 Plec cosit que es fa en algunes peces de vestir. Els pantalons de pinces queden una mica amples.

píndola píndoles

nom femení — **1** Una píndola és una medicina en forma de boleta. Sovint les píndoles estan recobertes d'una capa dolça.

frase feta — **2** **Daurar la píndola** vol dir presentar una cosa difícil o desagradable com si fos molt fàcil o molt agradable.

pineda pinedes

nom femení — Una pineda és un bosc de pins.

pinetell pinetells

nom masculí — Un pinetell és un bolet que té el barret pla, amb la part del mig una mica enfonsada, de color vermellós. El damunt del barret té unes ratlles concèntriques, i el sota és de color carbassa. El peu és buit quan el bolet és vell. Quan es trenca, el pinetell desprèn un suc de color taronja. Viu en boscos de pins i es fa a la tardor. És comestible i molt conegut. S'assembla al rovelló i hi ha qui els confon.

ping-pong ping-pongs

nom masculí — El ping-pong és un joc que es juga amb pales primes i rodones i una pilota petita de cel·luloide sobre una taula rectangular dividida en dues meitats per una xarxa. És com un tennis que té la taula com a camp de joc. Per això també se'n diu *tennis de taula.*

pingüí pingüins

nom masculí — Un pingüí és un ocell gros, de color gris o negre a l'esquena i blanc al ventre, que viu a les zones del sud de la Terra, sobretot a les illes i al mar del sud de l'Argentina. Els pingüins tenen el bec llarg i fort, les potes molt curtes i les ales convertides en aletes que els permeten nedar. En canvi, no poden volar.

pinsà pinsans

nom masculí — Un pinsà és un ocell petit que té el pit i el coll de color rogenc, el cap gris blau i les ales negres amb unes ratlles blanques. Fa un cant molt bonic i es pot tenir en gàbies.

pinso pinsos

nom masculí — El pinso és el menjar que es dóna als animals. La palla i l'alfals es donen com a pinso. Hi ha pinsos fabricats industrialment que es diuen *pinsos compostos.*

1 **pinta** pintes

nom femení — Una pinta és un estri per a pentinar o pentinar-se. Consisteix en una làmina prima de fusta, d'os, de vori, de plàstic o de metall que té tot de pues més o menys juntes en una de les vores.

2 **pinta** pintes

nom femení — **1** La pinta d'una persona o d'una cosa és el seu aspecte exterior. Si no ens hem pentinat ni arreglat, segur que fem molt mala pinta.

nom masculí i femení — **2** Es diu que una persona és un o una pinta si és dolenta i fa coses mal fetes. S'ha d'anar amb compte amb els pintes que estafen.

pintada pintades

nom femení — **1** Quan pintem una cosa fem una pintada. De tant en tant s'ha de fer la pintada de les parets i els sostres de les cases.

2 Escrit que una persona fa en una façana o en una paret del carrer. Moltes pintades són de protesta contra alguna cosa.

pintallavis pintallavis

nom masculí — Un pintallavis és una barreta de color per a pintar-se els llavis.

pintar

verb, com *cantar* ◄ pàg. 26 — **1** Cobrir una cosa amb una capa de color. Les persianes sovint es pinten de color verd.

2 Fer una pintura artística, representar persones o coses amb colors. Hi ha artistes que només pinten paisatges.

usat amb pronom — **3 Pintar-se** una persona és posar-se color a la cara, als llavis, als ulls.

frase feta — **4** Si algú **no pinta res** en un lloc o en una situació és que ningú no li fa cas, que no li correspon ser-hi.

pintor pintora pintors pintores

nom masculí i femení — **1** Persona que té per ofici pintar cases, portes, parets, etc. ✎ pàg. 593 (15)

2 Artista que fa quadres o pintures.

pintoresc pintoresca pintorescs pintoresques

adjectiu, També *pintorescos* — **1** Un paisatge, un lloc, etc. és pintoresc si és agradable i bonic i pensem que podria ser representat en una pintura. Algunes festes populars són pintoresques.

2 Es diu que una persona o una cosa és pintoresca si és una mica estranya, divertida i extravagant.

pintura pintures

nom femení — **1** Una pintura és un líquid espès blanc o de color per a pintar parets, portes, ferros, etc. Les pintures es venen en pots de metall a les drogueries.

2 Quadre artístic, obra d'art pintada per un pintor o una pintora.

3 La pintura és l'art de pintar. Es parla d'una escola de pintura, de la pintura flamenca o d'una història de la pintura.

pinxo pinxos

nom masculí — Es diu que un home és un pinxo si presumeix de ser molt valent i va provocant els altres per fer-los por o barallar-s'hi.

pinya pinyes

nom femení — **1** Una pinya és un fruit dels pins. Les pinyes tenen forma de con i són formades per un seguit de petites làmines dures. A dins de les pinyes hi ha els pinyons.

2 Fruit de la planta tropical anomenada *ananàs.* És de forma rodona, més llarga que ampla, amb la pell formada per làmines dures, com de fusta. La part de dins, que es menja, és de color groc. Es ven amb un conjunt de fulles verdes al capdamunt i es menja crua o en almívar. Es diu també *pinya americana* i *pinya tropical.*

3 Cop de puny. Algunes discussions acaben a pinyes i trompades.

4 Topada o xoc d'un vehicle contra alguna cosa.

5 Grup o colla de persones molt unides.

pinyer, pinyoner

1 **pinyó** pinyons

nom masculí — Un pinyó és una fruita seca blanca, allargada i molt petita. Té una pell de color clar que es treu fàcilment i una closca dura i gairebé negra. Els pinyons són les llavors de les pinyes. Els del pi pinyoner es mengen.

1 – parpella
2 – cella
3 – barba
4 – bigoti
5 – pòmul
6 – rínxol
7 – ull
8 – front
9 – clenxa
10 – llavi
11 – galta
12 – barbeta
13 – boca
14 – dent
15 – nas
16 – pestanyes
17 – serrell
18 – cabell
19 – orella
20 – coll
21 – nuca

1 – genoll
2 – avantbraç
3 – canell
4 – mà
5 – braç
6 – espatlla
7 – esquena
8 – cul
9 – pit
10 – mugró
11 – aixella
12 – cintura
13 – panxa
14 – maluc
15 – engonal
16 – vulva

17 – dit
18 – palmell
19 – colze
20 – natja
21 – cuixa
22 – panxell
23 – canyella
24 – turmell
25 – peu
26 – tors
27 – llombrígol
28 – penis
29 – testicle

1 – fer bots
2 – portar a collibè
3 – caminar de quatre grapes
4 – ajupir-se
5 – estar de genolls
6 – jeure de bocaterrosa

– frontal
– parietal
– temporal
– esfenoide
– os del nas
– malar
7 – maxil·lar superior
8 – maxil·lar inferior
9 – occipital
10 – columna vertebral
11 – clavícula
12 – omòplat
13 – estern
14 – costelles
15 – húmer
16 – cúbit
17 – radi
18 – carp
19 – metacarp
20 – falanges de la mà
21 – coxal
22 – fèmur
23 – ròtula
24 – tíbia
25 – peroné
26 – tars
27 – metatars
28 – falanges del peu

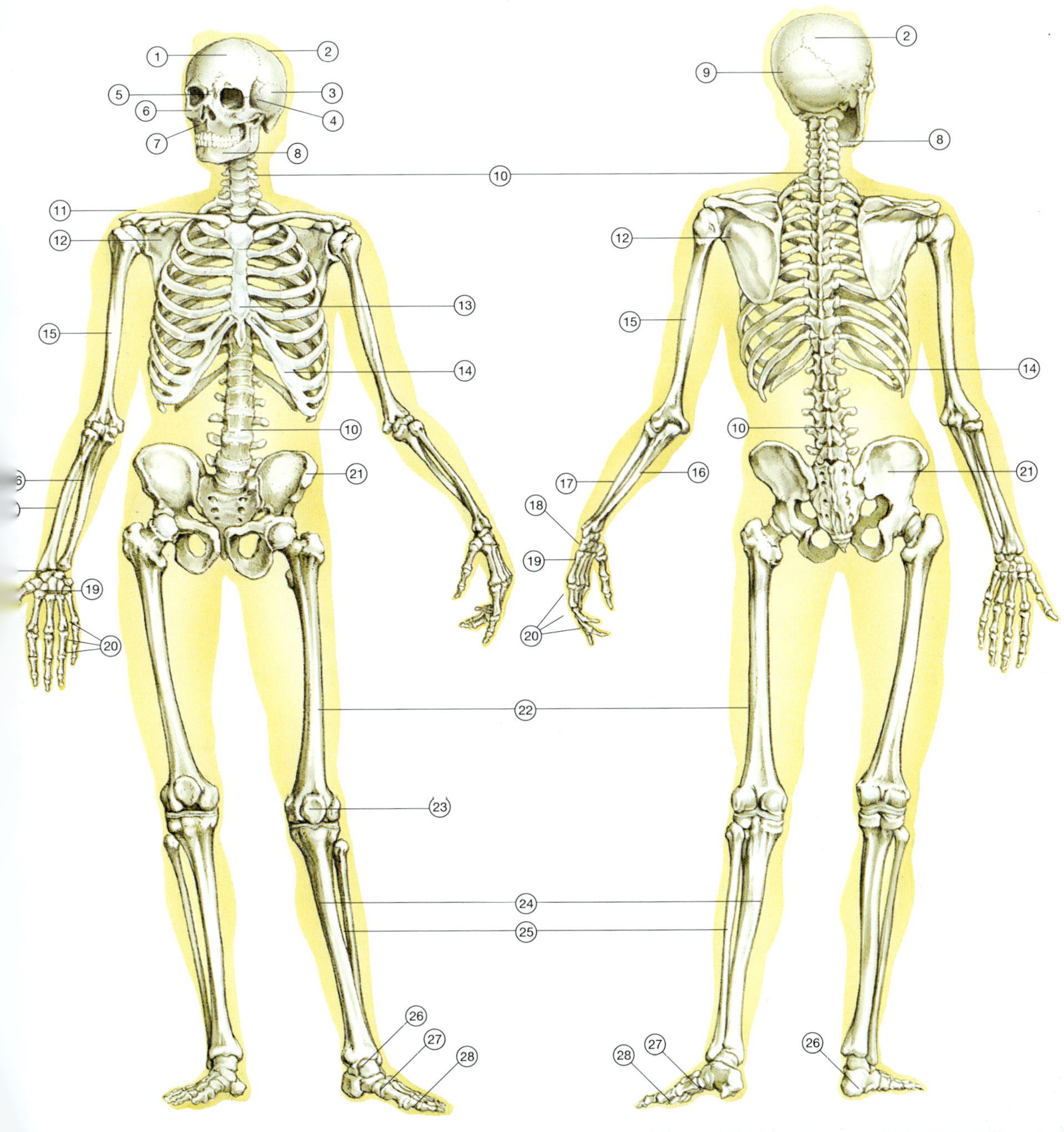

1 – pavelló de l'orella
2 – conducte auditiu extern
3 – martell
4 – canals semicirculars
5 – nervi acústic
6 – cargol
7 – timpà
8 – enclusa
9 – estrep
10 – trompa d'Eustaqui
11 – glàndules lacrimals
12 – cella
13 – globus ocular
14 – pestanyes
15 – parpella
16 – úvea
17 – iris
18 – humor aquós
19 – pupil·la
20 – còrnia
21 – cristal·lí
22 – escleròtica
23 – retina
24 – nervi òptic
25 – humor vitri
26 – encèfal
27 – cervell
28 – hemisferis cerebrals
29 – cerebel
30 – bulb raquidi
31 – medul·la espinal
32 – nervis
33 – vèrtebra
34 – faringe
35 – esòfag
36 – càrdies
37 – estómac
38 – fetge
39 – pílor
40 – vesícula bilia
41 – pàncrees
42 – duodè (intestí p
43 – jejú (intestí prim)
44 – ili (intestí prim)
45 – cec (intestí gros)

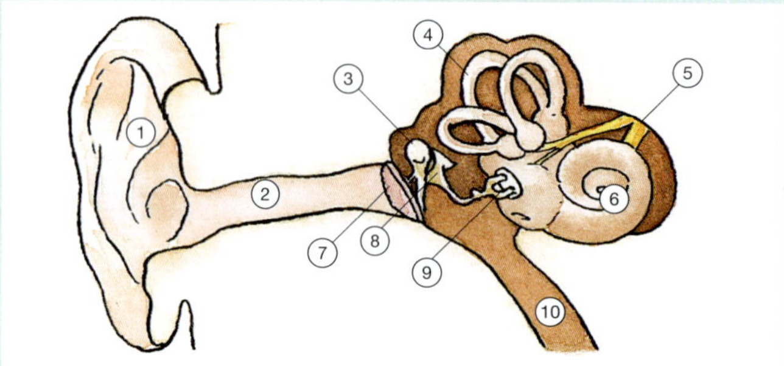

sentit de l'oïda

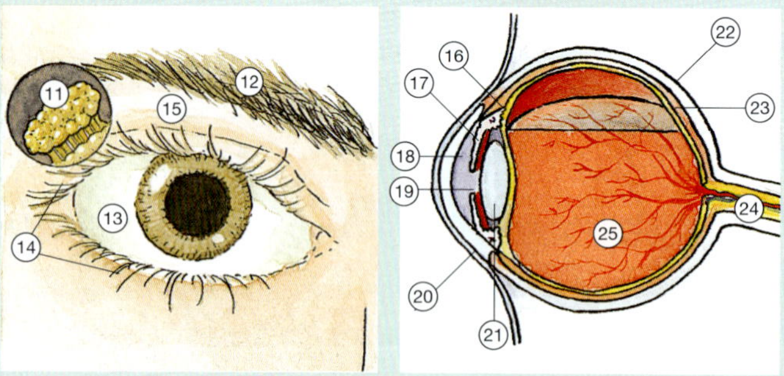

sentit de la vista

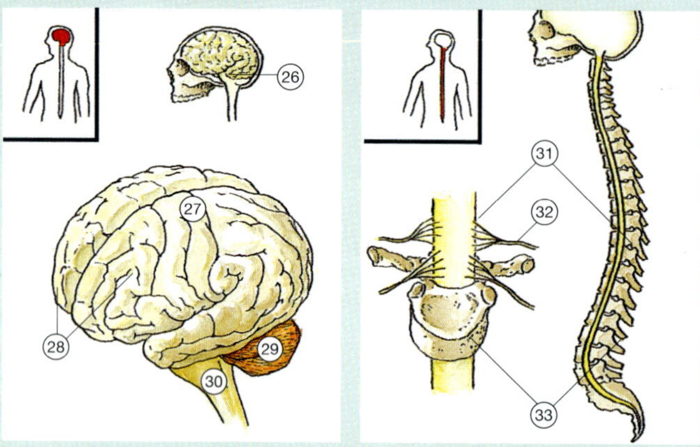

sistema nerviós

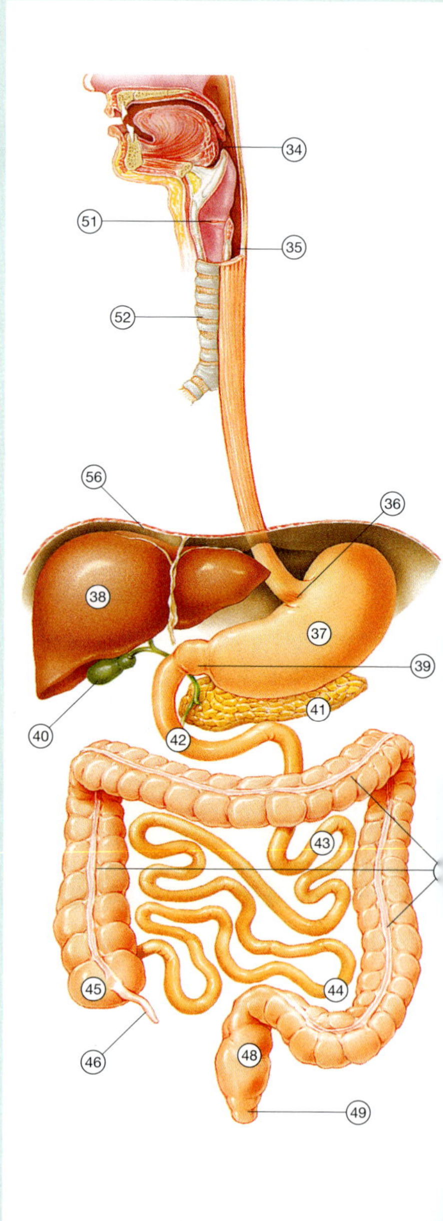

aparell diges

(46) – apèndix (intestí gros)
(47) – còlon (intestí gros)
(48) – recte (intestí gros)
(49) – anus
(50) – fosses nasals
(51) – laringe
(52) – tràquea
(53) – bronquíol
(54) – bronquis
(55) – pulmons
(56) – diafragma
(57) – alvèols pulmonars
(58) – vasos sanguinis
(59) – ronyó
(60) – urèter
(61) – bufeta de l'orina
(62) – uretra
(63) – trompes de Fal·lopi
(64) – úter
(65) – ovari
(66) – vagina
(67) – vulva
(68) – llavis
(69) – vesícules seminals
(70) – conducte deferent
(71) – penis
(72) – uretra
(73) – testicle
(74) – escrot
(75) – pròstata
(76) – aurícula dreta
(77) – aurícula esquerra
(78) – ventricle dret
(79) –ventricle esquerre
(80) – diàstole
(81) – sístole
(82) – artèria
(83) – capil·lars
(84) – vena

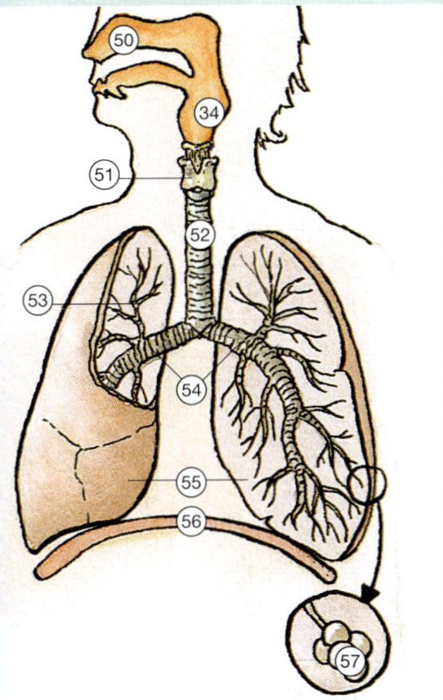

aparell respiratori

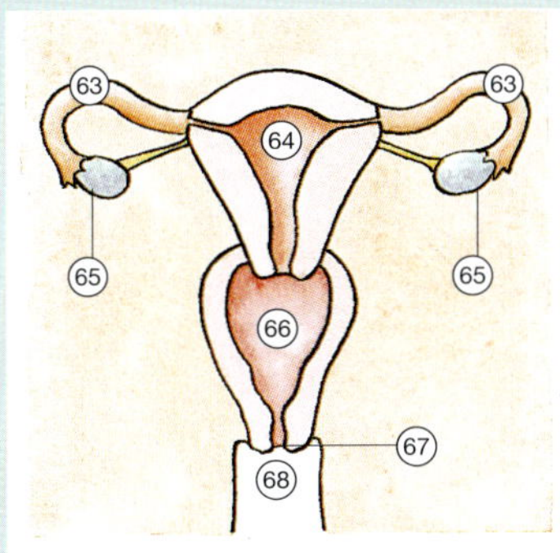

aparell reproductor femení

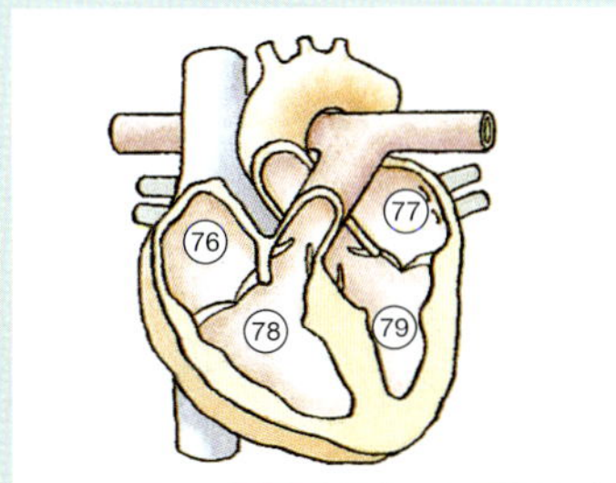

cavitats del cor

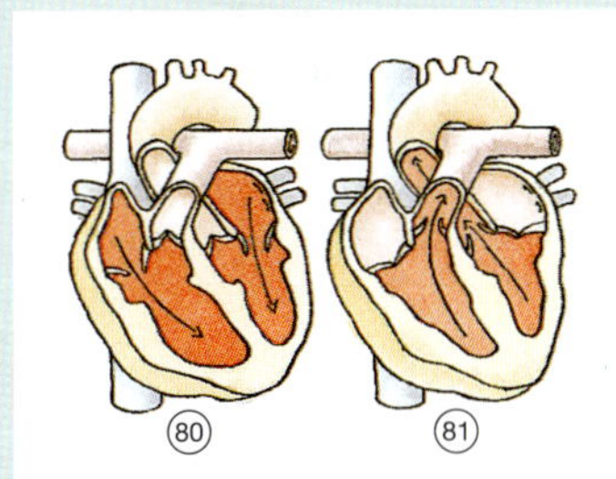

moviments del cor

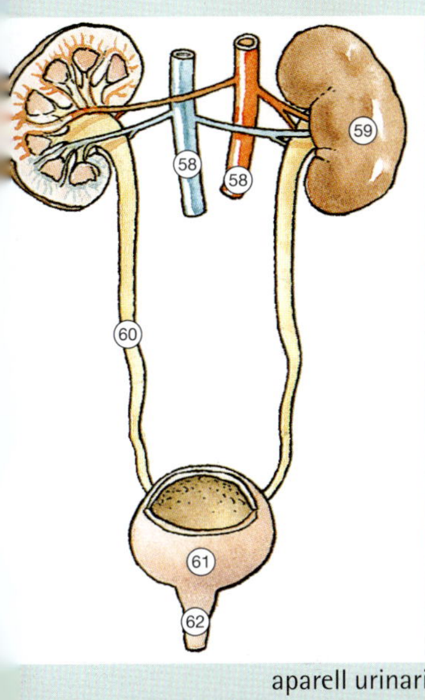

aparell urinari

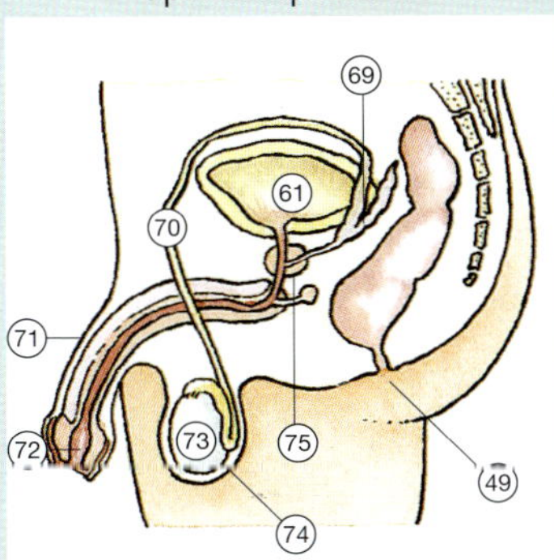

aparell reproductor masculí

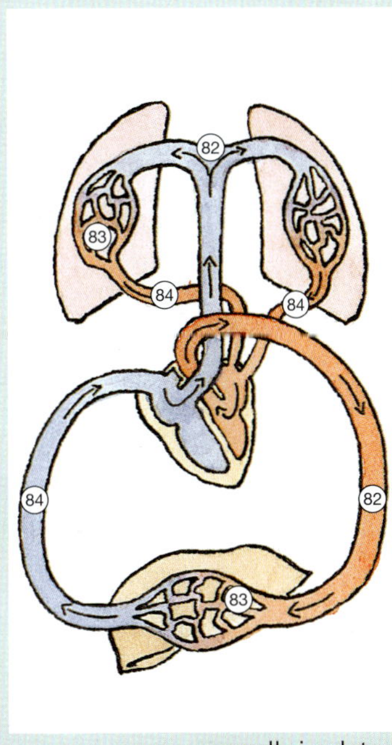

aparell circulatori

(1) – temporal
(2) – frontal
(3) – orbicular de les parpelles
(4) – orbicular dels llavis
(5) – masseter
(6) – esternoclidomastoïdal
(7) – trapezi
(8) – pectoral
(9) – recte de l'abdomen
(10) – dorsal ample
(11) – deltoide
(12) – bíceps
(13) – tríceps
(14) – extensor dels dits
(15) – sartori
(16) – quàdriceps
(17) – gluti
(18) – bíceps crural
(19) – bessons
(20) – tendó d'Aquil·les

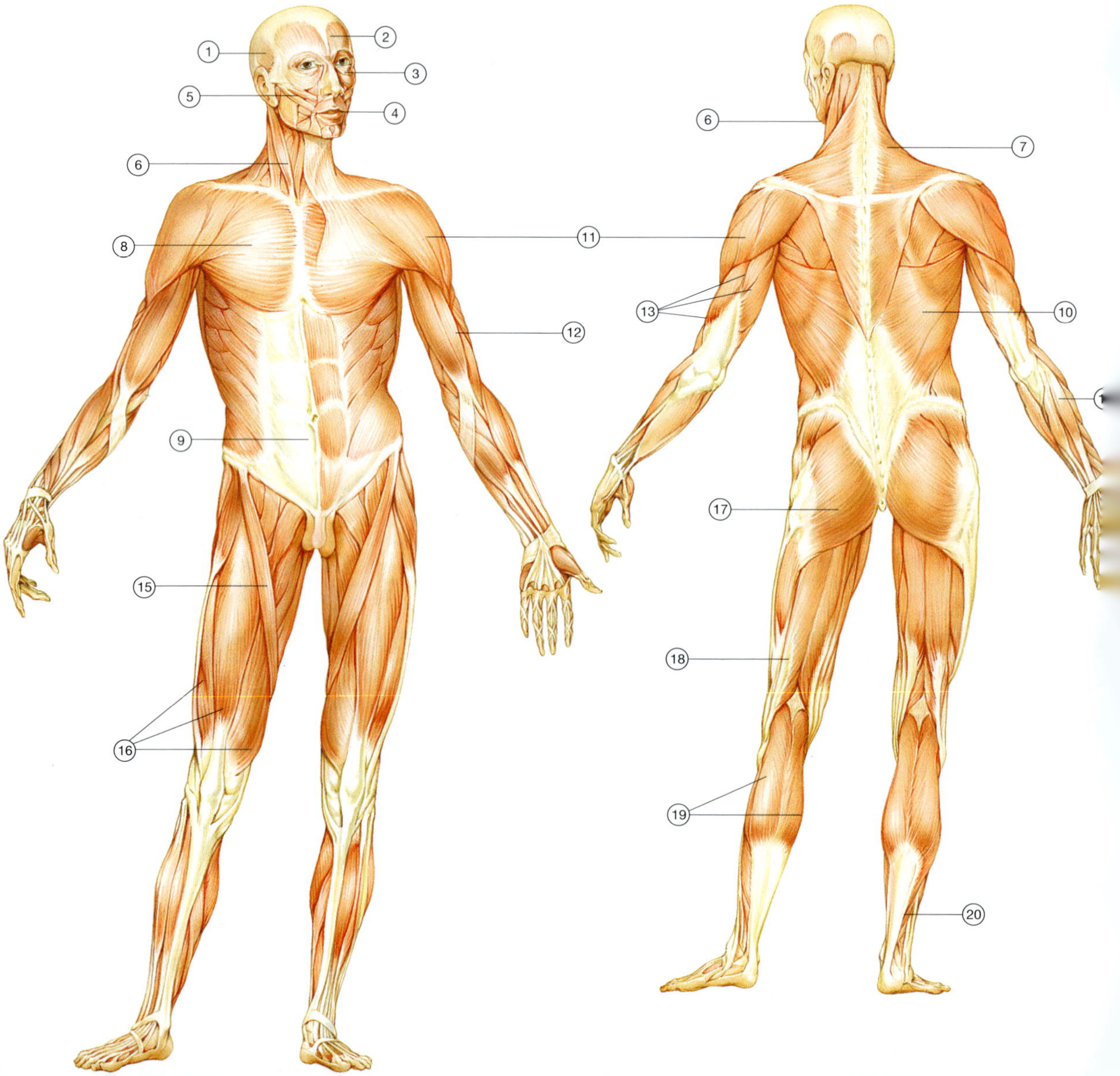

pinyó pinyons [2]

nom masculí — Un pinyó és una roda petita amb dents que gira unida a una altra roda més grossa amb dents o amb una cadena. Les bicicletes porten un o més pinyons a la roda del darrere. ✎ bicicleta

pinyol pinyols

nom masculí — Un pinyol és una llavor dura i de forma arrodonida que tenen a dins algunes fruites. Els pinyols no es mengen. En tenen les olives, els préssecs, les cireres, etc.

pinzell pinzells

nom masculí
Amb Z — Un pinzell és un estri per a pintar que consisteix en un mànec que té agafat a la punta un conjunt de pèls o de fibres. Hi ha pinzells rodons i plans.

pinzellada pinzellades

nom femení
Amb Z — Una pinzellada és una passada de pinzell per damunt d'alguna cosa.

pioc piocs

nom masculí — **1** Gall dindi.

adjectiu — **2** Es diu que una persona està pioca si no es troba bé, si està malalta.

piolet piolets

nom masculí — Un piolet és un estri semblant a un pic que fan servir els alpinistes quan pugen pels llocs amb gel.

pioner pionera pioners pioneres

adjectiu i nom masculí i femení — Que va al davant en una exploració, en una investigació científica, en un esport o en qualsevol altra activitat. Els nord-americans són els pioners en l'exploració de l'espai.

piorrea piorrees

nom femení — La piorrea és una malaltia de les genives que produeix inflamació i pus.

pipa pipes

nom femení — **1** Una pipa és un estri per a fumar tabac. Té un petit recipient, on es posa el tabac, unit a un tub prim acabat en una peça, el broquet, que la persona que fuma es posa a la boca.

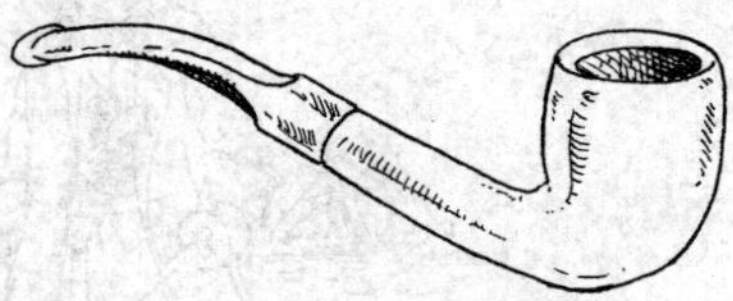

Una pipa

2 Xumet.

frase feta — **3 Fer la pipa** és ficar-se el dit gros a la boca, com fan les criatures.

pipada, pipar

pipeta pipetes

nom femení — Una pipeta és un tub de vidre que es fa servir als laboratoris per a passar petites quantitats de líquid d'un recipient a un altre. Quan es passa el líquid, la part de dalt del tub es tapa amb el dit, cosa que fa que el líquid no caigui. ✎ pàg. 1000 (20)

pipí pipins

nom masculí — **1** Orina. Es diu de manera informal.

frase feta — **2 Fer pipí** és orinar.

pipioli pipiolis

nom masculí — Un pipioli és un noi jovenet, inexpert.

piquet piquets

nom masculí — **1** Un piquet és un petit grup de soldats que fan algun servei extraordinari.

2 Grup de treballadors que, en una vaga, van a les empreses per aconseguir que ningú no treballi.

piqueta piquetes

nom femení — **1** Una piqueta és un pic petit, de la mida d'un martell, per a picar pedra. Un cantó de la fulla de ferro és vertical i l'altre és horitzontal.

2 Clau amb un ganxo a la punta que es clava a terra i aguanta una de les cordes d'una tenda de campanya.

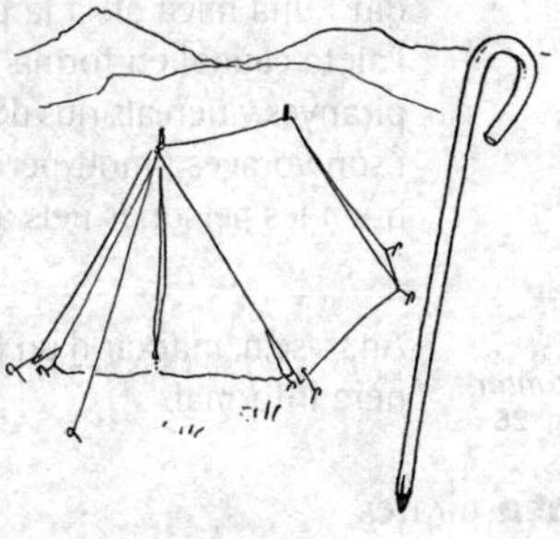

Una piqueta

pira pires

nom femení — Una pira és una foguera gran on es cremaven o es cremen els cadàvers en alguns països.

piragua piragües

nom femení — Una piragua és una embarcació llarga i estreta que es fa anar amb uns rems curts i amples. Alguns indis americans feien servir piragües per a anar pels rius. Actualment hi ha piragües per a activitats esportives.

piragüisme

piràmide piràmides

nom femení
Amb E final — **1** Una piràmide és un poliedre que té per base un polígon i la resta de cares formades per triangles amb un vèrtex comú.

Continua a la pàgina següent

A B C D E F G H I J K L M N O P Q R S T U V W X Y Z

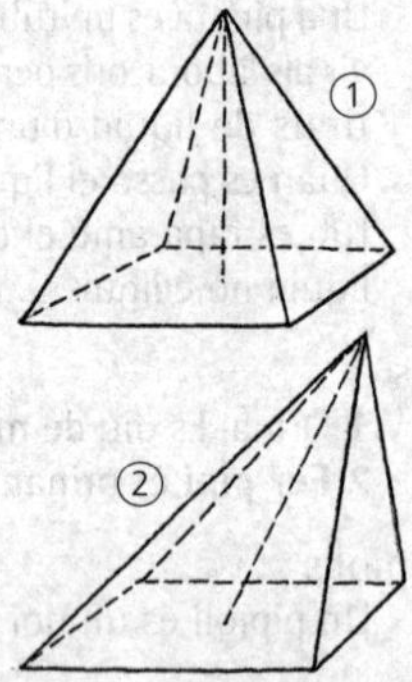

(1) Una piràmide. (2) Una piràmide obliqua.

2 Construcció que té forma de piràmide. Alguns pobles antics, com els maies i els egipcis, van construir piràmides molt grans.
piramidal

tocar pirandó
frase feta
Es diu que una persona toca pirandó quan se'n va d'un lloc. Si en una reunió la gent comença a discutir i barallar-se, val més tocar pirandó.

piranya piranyes
nom femení
Una piranya és un peix petit, de cos allargat i una mica alt a la part del llom, amb l'aleta caudal en forma de mitja lluna. Les piranyes viuen als rius de l'Amèrica del Sud i són voraces i molt perilloses, ja que ataquen les persones i els animals.

pirar
verb
com *cantar*
◄ pàg. 26
Anar-se'n, marxar d'un lloc. Es diu de manera informal.

pirata pirates
adjectiu
1 Dels pirates, que té relació amb els pirates. Els vaixells pirates portaven una bandera negra amb una calavera.
nom masculí i femení
2 Un o una pirata és una persona que anava en un vaixell i es dedicava a capturar altres vaixells i a robar el que portaven. Els pirates també atacaven les poblacions de la costa.
3 Persona que segresta un avió o un vaixell per a demanar diners o una altra cosa.
piratejar, pirateria

pírcing pírcings
nom masculí
1 Una persona fa un pírcing a algú quan li fa un petit forat en alguna part del cos per a posar-li una arracada o una altra joia.
2 Un pírcing és una arracada o una altra joia que es porta en alguna part del cos. Hi ha qui porta un pírcing al nas i un altre al melic.

pirinenc pirinenca pirinencs pirinenques
adjectiu
Dels Pirineus, que té relació amb els Pirineus. *Els llacs pirinencs.*
pirenaic

pirita pirites
nom femení
La pirita és un mineral format per sofre i ferro. És dur, de color groc brillant i molt abundant a l'escorça terrestre. Es fa servir per a obtenir ferro i àcid sulfúric. Hi ha altres minerals que també es diuen *pirites* i contenen coure, estany i níquel en lloc de ferro.

piròman piròmana piròmans piròmanes
nom masculí i femení
Persona que té la mania de provocar incendis. Alguns boscos s'han cremat per culpa dels piròmans.

pirotècnia pirotècnies
nom femení
La pirotècnica és la tècnica de fer petards i coets per a divertir-se o explosius per a la guerra. En una botiga de pirotècnia no es pot fumar.
pirotècnic

pirueta piruetes
nom femení
Una pirueta és un salt o un moviment del cos difícil i que demana molt sentit de l'equilibri. Les equilibristes del circ sovint fan piruetes.

piruleta piruletes
nom femení
Una piruleta és un caramel que porta un bastonet per a agafar-lo.

pirulí pirulins
nom masculí
Piruleta.

pis pisos
nom masculí
1 Un pis és cada una de les divisions d'una casa o d'un altre edifici situades una damunt de l'altra. Hi ha cases grans que tenen planta baixa i dos pisos. Els gratacels són edificis que tenen molts pisos.

Un pirata

2 Cada una de les divisions d'un pis o d'una planta, on pot viure una persona o una família. Els pisos tenen menjador, cuina, bany i una o més habitacions. Si vius al pis tercer segona, vius a la segona porta de la tercera planta.
3 Cada una de les capes d'una cosa que té diferents parts, una a sobre de l'altra. Als casaments, s'acostuma a fer un pastís de molts pisos.

pisa pises
nom femení
1 La pisa és un tipus de ceràmica que es recobreix d'un vernís i es cou a una temperatura molt alta.
2 Conjunt d'objectes de pisa que hi ha en una casa.

piscicultura piscicultures
nom femení
La piscicultura és la tècnica de criar i fer créixer peixos per repoblar els rius o per a l'alimentació humana.

pisciforme pisciformes
adjectiu
Que té forma de peix.

piscina piscines
nom femení
Amb SC
Una piscina és una construcció per a tenir-hi aigua i poder practicar el bany i la natació.

piscolabis piscolabis
nom masculí
Un piscolabis és una mica de menjar i de beure que es pren fora de les hores habituals de menjar. Quan es fa la presentació d'un llibre, a vegades s'ofereix un piscolabis als assistents.

pispa pispes
nom masculí i femení
Un o una pispa és un lladre. Es diu de manera informal.

pispar
verb
com *cantar*
◄ pàg. 26
Furtar, robar. Es diu de manera informal.

pissarra pissarres
nom femení
1 La pissarra és una roca de color negre blavós que se separa fàcilment en fulls o plaques plans i bastant prims. Amb pissarra es fan les teulades de les cases de muntanya.
2 Planxa de fusta o d'un altre material pintada de negre o de verd fosc on es pot escriure o dibuixar amb una barreta de guix. També hi ha pissarres de color molt clar per a escriure-hi amb retoladors especials. Moltes professores expliquen i escriuen a la pissarra el més important del que diuen. ✎ pàgs. 998-999 ③
empissarrar, pissarrí

pista pistes
nom femení
1 La pista d'una persona o d'un animal és el senyal que deixa quan passa per un lloc. Si un caçador ha perdut la pista d'un senglar, ja no sap on és.
2 Senyal o qualsevol objecte que permet de descobrir un fet. Si la policia no té pistes, la investigació d'un crim és difícil.
3 Extensió de terreny plana i llarga d'un aeroport des d'on s'envolen o on aterren els avions. ✎ pàg. 196 ⑩
4 Lloc d'un poliesportiu on es fan proves d'atletisme o d'altres esports.
5 Carretera de muntanya, sense asfaltar i no gaire bona per a circular-hi amb cotxe.

pistatxo pistatxos
nom masculí
Un pistatxo és una llavor comestible d'un arbre tropical. Els pistatxos tenen una clofolla fàcil d'obrir i la part que es menja és de color verd groguenc i té una pell prima marronosa. Es fan gelats de pistatxo.

Uns pistatxos

pistil pistils
nom masculí
El pistil és l'òrgan reproductor femení de la flor. És situat a la part més endins de la flor i té forma allargada, semblant a una ampolla amb un coll molt alt o a una mà de morter. Rep el pol·len en la fecundació de la flor. La majoria dels pistils tenen tres parts: estigma, estil i ovari. ✎ flor

pistó pistons
nom masculí
1 Un pistó és un èmbol d'un motor. Pels cilindres dels cotxes, pugen i baixen els pistons o els èmbols moguts per l'explosió del combustible.
2 Cada una de les petites peces de les trompetes i altres instruments de vent que es fan pujar i baixar amb els dits per a fer els diferents sons.
3 Petit explosiu per a carregar algunes escopetes i pistoles de joguina.

pistola pistoles
nom femení
Una pistola és una arma de foc de canó curt, que s'agafa i es dispara amb una mà. Les pistoles porten un carregador de bales que es posa a la culata.

pistoler pistolera pistolers pistoleres
nom masculí i femení
Persona que fa servir pistoles per a atacar els altres o robar-los. Els caps dels gàngs-

A B C D E F G H I J K L M N O P Q R S T U V W X Y Z

A B C D E F G H I J K L M N O P Q R S T U V W X Y Z

ters tenien pistolers a sou que eliminaven els enemics.

a can Pistraus

locució que fa d'adverbi — Es diu que una cosa se n'ha anat a can Pistraus si s'ha fet malbé, s'ha perdut o s'ha destruït. *Hi ha hagut una pedregada i moltes plantes se n'han anat a can Pistraus.*

pistrincs

nom masculí plural — Diners. Una persona rica té molts pistrincs. Es diu de manera informal.

pit pits

nom masculí — **1** El pit és la part del nostre cos que va des del coll fins al ventre. Dins del pit hi ha els pulmons, les costelles i el cor. També es diu *pit* la part semblant d'un altre animal. El pit del pollastre o d'un altre ocell comestible normalment és unit a l'ala. Hi ha qui prefereix menjar pit i no cuixa.
2 Mamella d'una dona. ✎ pàgs. 794-795 ⑨

interjecció — **3 Pit i fora** és una expressió que es diu quan algú vol animar els altres o animar-se a fer una cosa. *Vinga! Pit i fora! Anem a jugar!*

frase feta — **4** Es diu que una persona **té el pit carregat** quan està constipada o refredada dels pulmons o dels bronquis.

pitram, espitegrar-se

pita pites

nom femení — **1** Atzavara.
2 Fibra que es treu de les fulles de la pita o atzavara per a fer teixits, cordes i cordills.

pitafi pitafis

nom masculí — Un pitafi és una cosa mal feta, un pastitxo. Es diu de manera informal.

pitança pitances

nom femení — La pitança és el menjar. En algunes fondes serveixen una bona pitança. Es diu de manera informal.

pitet pitets

nom masculí — **1** Un pitet és una peça de roba que es posa davant del pit de les criatures per a evitar que es taquin quan mengen. Els pitets es corden darrere el coll amb unes cintes.
2 Peça de roba d'alguns pantalons o vestits que tapa la part del pit. Normalment, s'aguanta amb uns tirants de la mateixa roba.

pítima pítimes

nom femení — Borratxera. Es diu de manera informal.

pitjar

verb com *cantar* ◄ pàg. 26 Amb TG davant E, I — Fer pressió sobre una cosa per moure-la, per comprimir-la, per ficar-la en un lloc. Es pitja una porta que s'obre cap dins, el pedal de l'accelerador d'un cotxe o el timbre d'una porta.

pitjor pitjors

adjectiu — **1** Més dolent. Treballar i no guanyar diners és dolent, però perdre'n és pitjor.

adverbi — **2** Més malament. *Cada vegada em trobava pitjor, fins que em van canviar la medicació.*

empitjorar

pitó pitons

nom masculí — Un pitó és una serp no verinosa de la mateixa família que les boes. Els pitons tenen el cap gros i la cua curta. N'hi ha de petits, que fan uns 50 centímetres, i de molt grossos i forts, que poden arribar als 10 metres. Viuen a les regions tropicals d'Àfrica, Àsia i Amèrica.

pitof pitofa pitofs pitofes

adjectiu — Es diu que algú està o va pitof si ha begut molt alcohol i està borratxo. Es diu de manera informal.

pitonissa pitonisses

nom femení — Una pitonissa és una dona que diu que endevina el futur. Sovint es representen les pitonisses mirant les coses futures en una bola de vidre.

pitrera pitreres

nom femení — **1** La pitrera és la part de davant del pit. Quan portem la camisa descordada, se'ns veu tota la pitrera.
2 Part del davant d'una camisa o d'una altra peça de roba, que cobreix el pit. Algunes persones es posen el tovalló davant del pit i així no es taquen la pitrera de la camisa o de la brusa.

pit-roig pit-roigs

nom masculí También *pit-rojos* — Un pit-roig és un ocell petit de cos arrodonit, que té la part de davant del cap, el coll i el pit de color taronja. Les plomes de la panxa i de l'esquena són grises. Té el bec prim i punxegut. S'alimenta d'insectes, aranyes, cucs de terra i cargols. Els pit-roigs es poden veure sovint als boscos i parcs de Catalunya.

pitxer pitxers

nom masculí — Un pitxer és un gerro per a posar-hi flors.

1 piu pius

nom masculí — Un piu és una peça petita que surt d'un objecte i es pot encaixar en un forat o en un buit que hi ha en un altre objecte. Els discos de música giren agafats en un piu que sobresurt del plat del tocadiscos.

2 piu pius

nom masculí — **1** Piulet.

frase feta — **2 No dir ni piu** és no dir res.

piula piules
nom femení — Una piula és un petard petit que té forma de tub i una metxa que surt per un dels extrems.

piuladissa piuladisses
nom femení — Una piuladissa és un seguit de piulets o de crits d'ocells. La piuladissa dels ocells a vegades no deixa dormir.

piular
verb
com *cantar*
◄ pàg. 26
— **1** Fer el seu crit els pollets i altres ocells petits.
frase feta — **2 No piular** és no dir res.

piulet piulets
nom masculí — Un piulet és un crit d'un pollet o d'un altre ocell.

piu-piu piu-pius
nom masculí — **1** Onomatopeia que imita el crit dels ocells. Quan els pollets fan piu-piu, la mare els porta menjar.
2 Piuladissa.

pivot pivots
nom masculí — **1** Un pivot és un piu, una peça que s'encaixa en una altra.
nom masculí i femení — **2** Un o una pivot és un jugador o una jugadora de bàsquet que es posa prop de la cistella contrària i és el centre del joc del seu equip quan ataca.

pixa pixes
nom femení — Penis. Es diu de manera informal.

pixar
verb
com *cantar*
◄ pàg. 26
— **1** Orinar. Es diu de manera informal.
frase feta — **2** Es diu que algú **pixa fora de test** quan parla sense saber les coses.
frase feta i verb usat amb pronom — **3** Una persona **es pixa de riure** si riu tant que no pot parar de riure.
pixaner, pixarada, pixats, pixera

pixatinters pixatinters
nom masculí i femení — Es diu en to de burla que una persona és un o una pixatinters si treballa en un despatx i fa feines sense cap importància.

pixum pixums
nom masculí — El pixum és l'orina, el pipí d'una persona o d'un animal.

pizza pizzes
nom femení — Una pizza és una coca plana i rodona que es cou al forn amb formatge i altres coses de menjar posades al damunt. Hi ha pizzes de tonyina, d'embotits, de pernil dolç, de vegetals diversos, etc.; sovint les pizzes porten també olives i tàperes.
pizzer, pizzeria

1
pla plans
nom masculí — **1** En geometria, un pla és una superfície que té com a característica que qualsevol recta que passi per dos dels seus punts es troba tota ella continguda en la dita superfície.
2 Dibuix que representa una ciutat, un edifici o un altre espai com si el veiéssim des de dalt. Els arquitectes fan els plans de les cases que volen construir.
3 Terreny o part d'un territori que no té muntanyes.
4 Conjunt de les accions o dels elements necessaris que algú pensa o prepara per aconseguir una cosa. Fer plans per a les vacances és decidir on anirem, els dies que hi passarem, etc.
5 Conjunt de mesures i d'activitats que fa un govern o una altra institució per solucionar un problema o atendre unes necessitats. Es pot fer un pla contra incendis forestals o un pla d'estudis.
6 Conjunt d'imatges d'una pel·lícula que es filmen d'un sol cop. Quan es fa un primer pla es veu la cara dels protagonistes o els objectes molt a prop, molt grans.

2
pla plana plans planes
adjectiu — **1** Que no té punts elevats, ni baixades ni pujades, que és horitzontal i exactament igual en tots els seus punts. Les pistes d'un aeroport han de ser planes.
2 Una paraula plana té l'accent a la penúltima síl·laba. *Ràpid* i *roca* són paraules planes.
aplanar

placa plaques
nom femení — **1** Una placa és una làmina rígida de metall, de fusta, de plàstic o d'un altre material que es posa sobre una superfície plana. Els cotxes porten una placa amb la matrícula.
2 Aparell de calefacció elèctric que consisteix en una superfície ampla i prima que es penja a la paret o s'aguanta amb unes rodes.

plaça places
nom femení — **1** Una plaça és un lloc ample dins d'una població, voltat de cases i on van a parar diversos carrers. pàg. 597 (2)
2 Ciutat o poble importants en temps de guerra. Un exèrcit ha conquistat dues places quan s'ha apoderat de dues ciutats enemigues. Una plaça forta és una ciutat o un poble fortificats.
3 Mercat per a anar a comprar. Hi ha gent que va a plaça amb els carrets de la compra.
Continua a la pàgina següent

A B C D E F G H I J K L M N O P Q R S T U V W X Y Z

4 Lloc o seient que ocupa una persona en un mitjà de transport, en un local o en una feina. Si no hi ha places buides en un avió, no hi podrem pujar.
5 La **plaça d'armes** d'un castell o d'una ciutat fortificada és un espai gran on els soldats encarregats de la seva defensa s'entrenaven. pàg. 600 (4)
6 Una **plaça de toros** o **de braus** és un local descobert de forma rodona on se celebren les corrides de toros. El terra és d'arena.

placenta placentes
nom femení — La placenta és un òrgan que es forma dins de l'úter d'una dona o d'una femella de mamífer durant l'embaràs. Serveix per a passar aliment i oxigen al fetus a través del cordó umbilical. La placenta surt a fora en el moment del part.

plàcet plàcets
nom masculí — Una autoritat o una persona dóna el plàcet si diu que està d'acord amb una cosa, que li sembla bé. Els governs han de donar el plàcet quan un altre govern presenta una persona com a ambaixador o ambaixadora.

plàcid plàcida plàcids plàcides
adjectiu — Que és tranquil, quiet, que està en calma i en pau. Si la nostra vida és plàcida, no tenim preocupacions ni disgustos.
placidesa

plaent plaents
adjectiu — Que causa plaer, satisfacció. A l'estiu, banyar-se al mar és plaent.
desplaent

plaer plaers
nom masculí — 1 El plaer és la sensació de trobar-se molt bé, de tenir les nostres necessitats i els nostres desitjos satisfets i de ser feliços. Quan sentim plaer, no voldríem que el que ens passa s'acabés.
2 Un plaer és qualsevol cosa o persona que ens causa una sensació molt agradable. Trobar-se amb les persones que estimem és un plaer.

plafó plafons
nom masculí — Un plafó és una peça plana de fusta o d'un altre material, bastant gran, per a diversos usos. Hi ha plafons per a enganxar les fotografies i explicacions d'una exposició, plafons per a posar publicitat i plafons que aguanten els llums elèctrics d'un local.
emplafonar

1
plaga plagues
nom femení — Una plaga és una gran quantitat d'insectes o d'altres éssers vius que fan mal a les plantes o als animals. A vegades, al nord d'Àfrica, hi ha plagues de llagostes que destrueixen tot el que troben.

2
plaga plagues
nom masculí i femení — Un o una plaga és una persona que de tot fa broma i no es pren res seriosament.
plagasitat

plagi plagis
nom masculí — Un plagi és la còpia que algú fa de l'obra, dels escrits o de les paraules d'una altra persona fent veure que ell n'és l'autor. Hi ha novel·les que són un plagi d'obres antigues.
plagiar

plana planes
nom femení — 1 Una plana és un terreny o una part de territori que no té muntanyes i que és situat a poca altura sobre el nivell del mar.
2 Pàgina, cada una de les dues cares d'un full de paper. Aquesta entrada és en una plana del nostre diccionari.
3 La **plana major** d'un exèrcit o d'un partit polític és el conjunt de persones que el dirigeixen.

planador planadors
nom masculí — Un planador és un avió molt lleuger i senzill, sense motor, que vola emportat pels corrents d'aire. Els planadors tenen les ales molt llargues i s'enlairen arrossegats per un altre avió o per una avioneta. pàg. 196 (4)

planar
verb
com *cantar*
◄ pàg. 26
1 Mantenir-se un ocell enlaire amb les ales esteses però sense moure-les.
2 Volar, un planador o un avió, amb els motors parats, deixant-se dur pels corrents d'aire.
3 Es diu que una cosa plana sobre algú o sobre alguna cosa quan és un perill o una amenaça. La fam fa temps que plana sobre molts països africans.

plançó plançons
nom masculí — 1 Un plançó és un arbre encara jove o un arbre o una branca que han de ser plantats. Els vivers venen plançons d'arbres fruiters.
2 Es diu que els fills d'una persona són els seus plançons.

plàncton plànctons
nom masculí — El plàncton és el conjunt d'animals i de plantes petitíssims que es troben flotant a les aigües del mar o dels llacs. El plàncton serveix d'aliment als peixos i a altres animals.

planejar
verb
com *cantar*
◄ pàg. 26
Amb G davant E, I

1 Fer el pla d'una obra, d'una empresa; pensar o discutir els plans d'una cosa que volem fer. Unes vacances llargues s'han de planejar bé.
2 Fer que una peça de fusta o de metall sigui llisa i plana, treballant-la amb les eines adequades.
3 Un camí o una carretera planeja si no fa pujades ni baixades.

planell planells
nom masculí

Un planell és un terreny pla i no gaire gran que s'aixeca enmig d'una plana.

planer planera planers planeres
adjectiu

1 Un camí és planer si no fa gaire pendent, si és més aviat pla.
2 Una cosa és planera si és fàcil de fer, si no ofereix gaires dificultats. És més planer trucar per telèfon que escriure una carta i enviar-la per correu.
3 Una paraula o una manera de parlar és planera si és senzilla i s'entén fàcilment.

planeta planetes
nom masculí
Amb A final

Un planeta és un astre que gira al voltant del Sol o d'una altra estrella. Els planetes no tenen llum pròpia. La Terra, Mercuri i Venus són planetes.
interplanetari, interplanetària, planetari, planetària

planificar
verb
com *cantar*
◄ pàg. 26
Amb QU davant E, I

Fer els plans d'un projecte, estudiar-ne tots els detalls i elements perquè funcioni correctament. Es pot planificar la producció de cotxes, una campanya d'ajuda als països pobres o les feines que hem de fer durant la setmana.
planificació

planisferi planisferis
nom masculí

Un planisferi és una representació de la Terra o del cel sobre una superfície plana. El planisferi de la Terra es diu també *mapamundi*.

plànol plànols
nom masculí

Un plànol és un pla d'una ciutat, d'un país, d'un edifici, etc. Quan visitem una ciutat, un bon plànol ens ajuda a no perdre'ns.

planta plantes
nom femení

1 Una planta és un organisme que viu agafat a la terra, sense moviment propi, i que s'alimenta de les substàncies que hi ha al sòl. Els arbres són plantes que tenen una tija dura i grossa: el tronc; normalment ens referim a les plantes que no tenen tronc.

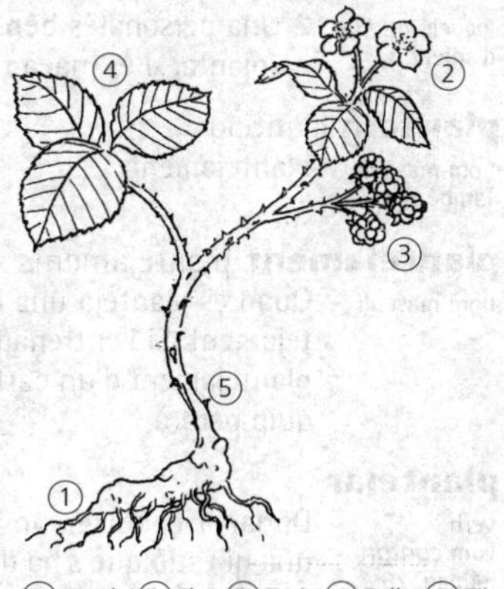

① Arrels. ② Flor. ③ Fruit. ④ Fulla. ⑤ Tija.
Les parts de la planta

2 Aspecte físic d'una persona. Si algú té bona planta, és alt, de bones proporcions i atractiu físicament.
3 Part de sota del peu, des del taló fins als dits. Molta gent té pessigolles a la planta del peu.
4 Pis, cada una de les divisions d'un edifici situades una damunt de l'altra. Un edifici de trenta plantes és molt alt. La planta baixa és al nivell del carrer.
5 Fàbrica o instal·lació industrial. Una planta de muntatge de cotxes ocupa molts metres quadrats.

plantació plantacions
nom femení

1 Quan es planten arbres o plantes es fa una plantació. Cada classe de planta té el seu temps de plantació.
2 Extensió gran d'arbres o de plantes cultivats. A Cuba hi ha grans plantacions de canya de sucre.

plantar
verb
com *cantar*
◄ pàg. 26

1 Posar dins de la terra una llavor o un planço perquè hi faci arrels i en surti una planta o un arbre. Cada verdura s'ha de plantar en una època de l'any.
2 Posar o col·locar una cosa en un lloc. Una tenda de campanya s'ha de plantar en un lloc pla i amb poca humitat.
3 Es diu que algú planta una persona si l'abandona i trenca la relació que hi tenia, o si no acudeix a la cita que tenien. Fa molta ràbia que l'amiga amb qui havíem quedat ens planti a la porta del cine.

usat amb pronom

4 Plantar-se en un lloc és arribar-hi. Si ets a Girona i et plantes a la frontera de França en una hora, has anat força ràpid.

plantat plantada plantats plantades
adjectiu

1 Que està aturat a peu dret. Quan espe-

A B C D E F G H I J K L M N O P Q R S T U V W X Y Z

rem l'autobús, estem plantats una bona estona.

locució que fa d'adjectiu — 2 Una persona és **ben plantada** si té bona planta, si és maca físicament.

planteig planteigs

nom masculí
També *plantejos* — Plantejament.

plantejament plantejaments

nom masculí — Quan es planteja una cosa es fa un plantejament. Si l'entrenador s'equivoca en el plantejament d'un partit, és segur que l'equip perdrà.

plantejar

verb
com *cantar*
◄ pàg. 26
Amb G davant E, I — Donar a conèixer un problema, explicar una qüestió que s'ha de resoldre, un tema que s'ha de discutir. Quan un negoci no va bé, la direcció de l'empresa ha de plantejar els canvis que caldrà fer. Si et planteges estudiar medicina, comences a pensar si t'agradarà, les coses que hauràs de fer, el temps que hi dedicaràs, etc.

planter planters

nom masculí — 1 Un planter és un lloc on es crien plantes que seran plantades en altres llocs. Les plantes s'agafen del planter quan encara són petites.

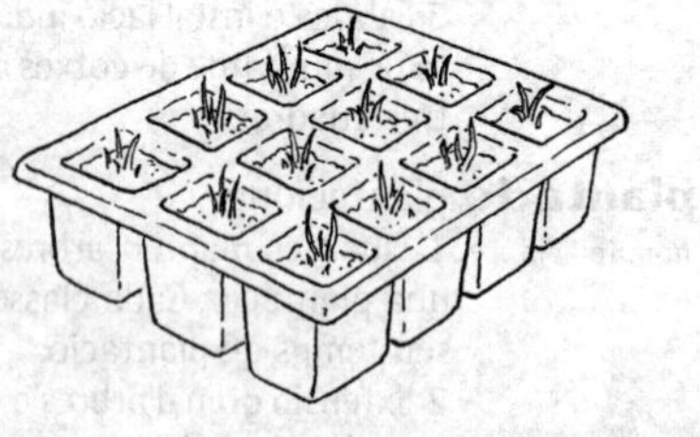

Un planter

2 Es diu que una escola, un club, etc., és un planter si prepara els seus membres des del començament. Una jugadora del planter ha començat des de petita en el club fins a arribar al primer equip.

plantígrad plantígrada plantígrads plantígrades

adjectiu i nom masculí — Un mamífer és plantígrad si quan camina posa a terra tota la planta del peu. Un ós és un plantígrad.

plantilla plantilles

nom femení — 1 Una plantilla és una peça de roba, de cuir o d'un altre material que es posa dins d'una sabata per a impedir que la planta del peu toqui directament la part de dins del calçat. Hi ha plantilles per a corregir defectes dels peus.

2 Peça retallada segons una forma determinada que serveix per a fer altres peces iguals. La plantilla es posa damunt del material i aquest es retalla resseguint-la.

3 Conjunt de totes les persones que treballen en una empresa.

4 Conjunt de totes les persones que juguen en un equip esportiu.

plantofa plantofes

nom femení — Una plantofa és un calçat sense taló per a estar per casa.

plantofada plantofades

nom femení — Una plantofada és una bufetada, un cop donat amb la mà.

planura planures

nom femení — Una planura és un terreny pla, una plana. A les grans planures nord-americanes, hi havia ramats de bisons.

planúria

planxa planxes

nom femení — 1 Una planxa és una làmina gran i més o menys gruixuda d'un material rígid com el metall. La planxa d'un cotxe és un seguit de planxes soldades que constitueixen la major part de la carrosseria.

2 Aparell per a planxar la roba. Té una superfície metàl·lica llisa en forma de triangle arrodonit i una nansa per on s'agafa. La majoria de les planxes són elèctriques.

3 Estri de cuina que consisteix en una peça de metall ampla i amb un cert gruix per a coure carn o peix amb foc fort i amb molt poc oli.

4 Es diu que una persona fa una planxa si s'equivoca, si diu o fa una cosa que la deixa en ridícul davant dels altres. Quina planxa preguntar per la salut d'una persona que fa tres mesos que s'ha mort!

5 Una **planxa de surf** és una planxa allargada per a practicar el surf.

6 Una **planxa de vela** és una embarcació senzilla que consisteix en una planxa allargada que porta una vela. La persona que llisca pel mar damunt de la planxa s'agafa a un mànec llarg que va unit a la vela.

locució que fa d'adjectiu i d'adverbi — 7 Un aliment és o es fa **a la planxa** si es cou damunt d'una planxa. *Avui he dinat un bistec a la planxa amb patates fregides.*

planxar

verb
com *cantar*
◄ pàg. 26 — Passar una planxa calenta sobre una peça de roba per a treure-li les arrugues i estirar-la. La llana i el niló es planxen a temperatures suaus.

planxista planxistes

nom masculí i femení — Un o una planxista és una persona que treballa planxes de metall per a construir o reparar objectes. En un taller de cotxes, els planxistes fan la reparació dels bonys i les rascades de la carrosseria.

planxisteria

plànyer

verb
com *témer*
◄ pàg. 26

1 Tenir compassió o pietat d'algú. Hem de plànyer les persones que moren en una guerra.

usat amb pronom

2 **Plànyer-se** és queixar-se, expressar que no s'està content, que no s'és feliç. Els pessimistes es planyen de tot.

plany

plaqueta plaquetes

nom femení

Una plaqueta és una cèl·lula de la sang que impedeix les hemorràgies. Les plaquetes són les cèl·lules més petites de la sang.

plasma plasmes

nom masculí

El plasma és la part líquida que queda de la sang quan se li han tret les diverses cèl·lules que conté. És de color groc i té molta aigua.

plasmar

verb
com *cantar*
◄ pàg. 26

Donar forma a una cosa. Els escultors plasmen estàtues.

plasmació

plàstic plàstica plàstics plàstiques

adjectiu

1 Un material o una substància són plàstics si es poden treballar amb les mans i se'ls pot fer canviar de forma fàcilment. El fang i la cera són matèries plàstiques.

nom masculí

2 Un plàstic és una substància química composta que s'obté de productes naturals com el petroli. Hi ha plàstics tous i plàstics durs, n'hi ha de transparents i de colors. Cada vegada hi ha més coses que es fan de plàstic: plats, coberts, mobles, capses, ulleres, etc.

nom femení

3 La plàstica és el conjunt dels treballs manuals que es fan amb fang, plastilina, cera i altres materials.

plastificar

plasticitat plasticitats

nom femení

Un material té plasticitat quan és plàstic, quan se li pot donar forma fàcilment. El fang té molta plasticitat quan no s'ha assecat.

plastilina plastilines

nom femení

La plastilina és una pasta tova de diversos colors per a fer treballs manuals. Les figures fetes amb plastilina es poden desfer fàcilment i amb la mateixa pasta podem fer-ne d'altres.

plat plats

nom masculí

1 Un plat és un recipient de forma rodona i poc fondo que fem servir per a menjar. Hi ha plats de sopa o sopers o fondos, plats plans i plats de postres.

pàg. 396 ⑭ ⑰

2 Quantitat d'aliment que cap en un plat. Quan es fa arròs a la cassola, hi ha qui se'n menja dos o tres plats.

3 Cada un dels guisats i dels aliments que formen part d'un àpat o del menú d'un restaurant. El pollastre amb llagostins és un plat molt bo. Un menú de dos plats pot tenir, de primer plat, macarrons, i de segon, peix.

4 Peça plana i una mica fonda d'una balança on es posa el que es pesa.

5 Nom de diverses peces que formen part d'algunes màquines o d'alguns aparells, com el plat dels pedals d'una bicicleta.

6 Un **plat volador** és un ovni.

frase feta

7 Una persona **paga els plats trencats** si la fan culpable de les malifetes que ha fet una altra persona.

8 Dues o més persones **es tiren els plats pel cap** si es barallen i discuteixen molt fort.

1
plata plates

nom femení

La plata és un element metàl·lic blanc i brillant, tou i fàcil de treballar. Es fa servir per a fer monedes, joies i altres objectes. És un dels metalls preciosos. El seu símbol és: Ag.

platejar

2
plata plates

nom femení

Una plata és un plat gran, rodó o ovalat, per a servir el menjar a taula. Una amanida per a moltes persones es pot posar en plates.

platada

plataforma plataformes

nom femení

1 Una plataforma és una superfície plana i horitzontal més alta que el terra.

2 Part del davant i del darrere dels vagons de tren, dels tramvies o d'alguns autobusos, on hi ha les portes.

plàtan plàtans

nom masculí

1 Un plàtan és una fruita de forma allargada i una mica corba, com una C molt oberta. Té una pell de color groc, a vegades amb taques fosques, que s'obre i es treu fàcilment. La part de dins, que es menja, és tova, de color groguenc, amb les dues puntes més primes que la resta. Els plàtans es fan en una planta que també es diu *plàtan*. N'hi ha molts a les illes Canàries.

pàg. 397 ②

2 Arbre que creix de pressa i quan és gran fa força ombra. Té el tronc de color clar i unes fulles bastant grosses que cauen a

l'hivern. Fa unes boles peludes de color marró clar. Es planta sobretot als carrers i a les places.
plataner

platea platees
nom femení La platea d'un teatre o d'un cine és el conjunt de seients de la planta baixa. En un teatre, les primeres files de platea són molt bones, ja que tot es veu i se sent perfectament.

plàtera plàteres
nom femení Una plàtera és una plata per a servir menjar.

platerets
nom masculí plural Uns platerets són un instrument musical de percussió que consisteix en dos plats grans de metall que es fan xocar l'un contra l'altre. La persona que els toca n'agafa un amb cada mà. pàgs. 394-395 (18)

platet platets
nom masculí Un platet és un plat de la balança.

platí platins
nom masculí El platí és un element metàl·lic de color blanc grisós que agafa fàcilment la forma de làmines fines. És més car que l'or i es fa servir en joieria i en algunes indústries. És un dels metalls preciosos. El seu símbol és: Pt.

platina platines
nom femení **1** La platina d'un microscopi és la part on es posen les coses que es volen mirar.
2 Part d'una cadena musical on es posen les cassets.

platja platges
nom femení Una platja és una part de la costa que és baixa, plana i té sorra. A l'estiu, les platges s'omplen de gent que es banya al mar.

plató platós
nom masculí Un plató és un espai dels estudis de cine i de televisió on es filmen escenes de pel·lícules o programes. En els platós hi ha llums, aparells d'efectes especials i càmeres.

platònic platònica platònics platòniques
adjectiu **1** Del filòsof grec Plató, que té relació amb aquest filòsof o amb les seves obres.
2 Que només és ideal, que no es porta a terme en la vida real. Si una persona té un amor platònic, no té cap relació física amb la persona estimada.

plats-i-olles plats-i-olles
nom masculí i femení Un o una plats-i-olles és una persona que ven plats, olles, càntirs i altres objectes de terrissa i de pisa.

plaure
verb com *complaure* ◄ pàg. 31 **1** Agradar. Quan tenim mal de cap, no ens plau d'anar al cine.
interjecció **2 Si us plau** o **si et plau** es diu quan demanem una cosa amb amabilitat, quan volem que algú ens faci un favor. *Si us plau, passeu-me la sal.*
locució que fa d'adverbi **3** Si una cosa es fa **si us plau per força** es fa tant si es vol com si no es vol. *Per tenir el carnet de conduir, m'havia d'examinar si us plau per força.*

plausible plausibles
adjectiu Una cosa és plausible si es pot acceptar, si té lògica i és raonable. No és plausible que una persona pugui viure 200 anys.

ple plena plens plenes
adjectiu **1** Una cosa és plena quan ja no hi cap res més, no s'hi poden posar més persones o coses. Si el cine és ple, no ens deixaran entrar.
2 Una cosa és plena d'una altra cosa quan n'hi ha molta quantitat. En un jardí ple de flors hi ha moltes flors.
3 Que està en el moment de més intensitat o força. La lluna plena està sencera i completa. Si treballes a ple sol suaràs molt.
4 Una persona se sent plena si ha menjat molt i ja no té més gana.
5 Una persona està plena si està grassa.
nom masculí **6** En un teatre o en un altre espectacle hi ha un ple quan tots els seients són ocupats i no hi cap ningú més.
7 Un ple de l'ajuntament, d'un partit o d'una altra organització és la reunió de tots els membres o de tots els dirigents.
nom femení **8** El joc de la plena és el joc del bingo.

plebeu plebea plebeus plebees
nom masculí i femení **1** Persona que a la Roma antiga era de la classe baixa del poble.
adjectiu i nom masculí i femení **2** Que és vulgar, ordinari, de poca categoria. Actualment s'usa poc. Es diu quan es parla en un to despectiu.

plebiscit plebiscits
nom masculí Un plebiscit és una consulta que l'autoritat fa als ciutadans sobre una qüestió que interessa tothom. Un plebiscit es pot fer per a decidir un canvi de fronteres.

plebs plebs
nom femení **1** A la Roma antiga, la plebs era la classe baixa del poble.
2 Es diu a vegades de manera despectiva del conjunt de la gent de baixa condició social, que no té diners, ni cultura, ni educació.

plec plecs
nom masculí **1** Es fa un plec en una roba o en un paper si una part es doblega o s'hi fa una ondu-

lació. Hi ha faldilles que tenen plecs tot al voltant.
2 Full de paper plegat pel mig.
3 Conjunt de les pàgines d'un llibre que s'imprimeixen d'un cop en un full de paper.

plectre plectres
nom masculí — Un plectre és una petita peça en forma d'ungla o de triangle, feta de vori, de fusta, de plàstic, etc., per a fer sonar les cordes d'alguns instruments com la bandúrria, la mandolina i la cítara.

plegar
verb
com *cantar*
◄ pàg. 26
Amb GU davant E, I
1 Doblegar dues o més vegades una roba o un full de paper. Abans de desar-la a l'armari, la roba neta s'ha de plegar.
2 Ajuntar les parts mòbils d'un objecte i fer que ocupi menys lloc. Hi ha taules i cadires que es poden plegar.
3 Plegar els braços o les cames és fer que estiguin recollits, que ocupin poc espai.
4 Deixar una persona que treballa el que està fent. Quan portem moltes hores treballant, tots tenim ganes de plegar.
5 Una botiga o un altre negoci plega si deixa de vendre o de fabricar. Diuen que els grans supermercats fan que pleguin algunes botigues petites.
plegable

plegat plegada plegats plegades
adjectiu — **1** Que s'ha plegat. Amb un paper plegat podem fer diverses figures.
adjectiu plural — **2** Dues o més persones van plegades si van juntes. Tu i els teus amics podeu anar plegats al cine o cadascú pel seu cantó.
locució que fa d'adverbi — **3 Tot d'un plegat** vol dir de manera inesperada, de sobte. *Semblava contenta i, tot d'un plegat, es va posar a plorar.*
4 Tot plegat vol dir tot junt, considerant diverses coses al mateix temps. *He comprat dues camises, una americana i un jersei, i tot plegat només m'ha costat dos-cents euros.*
5 Tot plegat també vol dir en resum, en definitiva. *Semblava que tenia pulmonia, però tot plegat no ha estat res: s'ha curat.*

plenamar plenamars
nom femení — La plenamar és el nivell més alt de l'aigua del mar durant les marees.

pleniluni plenilunis
nom masculí — El pleniluni és la lluna plena.

plenitud plenituds
nom femení — **1** La plenitud d'una persona o d'una cosa és el millor moment, la millor època de la seva vida.
2 Es diu que una persona està en plenitud de facultats si pot fer servir tots els seus sentits, els seus membres i el seu enteniment.

a pleret
locució que fa d'adverbi — A poc a poc, sense pressa. *Es mirava les fotografies que més li agradaven a pleret.*

plet plets
nom masculí — Un plet és una discussió, un litigi entre dues persones, dues famílies o dos grups. Molts plets es discuteixen i se solucionen davant dels jutges.
pledejar

pleta pletes
nom femení — Una pleta és un lloc tancat on hi ha bestiar.

pletòric pletòrica pletòrics pletòriques
adjectiu — Que té molta salut, molts ànims, moltes esperances, molta força, etc. Una persona pletòrica de felicitat és molt feliç.

pleura pleures
nom femení — La pleura és una membrana prima que cobreix els pulmons i la part de dins del tòrax. La inflamació de la pleura és una malaltia molt perillosa.

plint plints
nom masculí — Un plint és un aparell de gimnàstica per a fer exercicis i salts. Està format per diversos calaixos de fusta de forma rectangular, posats els uns sobre els altres, i té la part de sobre tova i folrada de cuir.

Un plint

plom ploms
nom masculí — **1** El plom és un element metàl·lic de color gris blau que es torna gris en contacte amb l'aire. És pesant i tou, i es fon a una temperatura baixa, a uns 327° centígrads. Es pot estirar en fils i fer-ne làmines fàcilment. Es feia servir molt per a fabricar canonades d'aigua i de gas. El seu símbol és: Pb.
2 Tros de plom que es posa a les xarxes de pescar perquè s'enfonsin.

Continua a la pàgina següent

3 Fusible. Sempre s'ha de tenir una llanterna o una espelma preparada per si es fonen els ploms.
emplomar, plomaire

ploma plomes
nom femení
1 Una ploma és cada una de les peces allargades que cobreixen el cos dels ocells. Les plomes tenen una tija i un conjunt de pèls a banda i banda. Donen el color als ocells.
2 Braç d'una grua.
3 Estri per a escriure consistent en un mànec prim que porta a la punta una petita làmina metàl·lica que se suca amb tinta.
4 Una **ploma estilogràfica** és una estilogràfica.
plomer, plomí, plomís, plumífer

plomada plomades
nom femení
Una plomada és un instrument per a pujar rectes les parets o per a posar del tot vertical alguna cosa. És un cordill que porta penjat en un extrem un pes de ferro o de plom. La fan servir els paletes.
aplomar

plomall plomalls
nom masculí
1 Un plomall és un conjunt de plomes juntes que alguns ocells tenen al cap. El paó mascle té un plomall molt vistós.
2 Feix de plomes que porten alguns cascos o barrets com a adornament.
3 Estri per a treure la pols que té un mànec i porta lligat un conjunt de plomes en un extrem. Els plomalls ja no es fan servir gaire.
emplomallar

plomar
verb
com *cantar*
◄ pàg. 26
1 Arrencar les plomes a un ocell. Els pollastres que es venen al mercat, abans s'han plomat.
2 Guanyar a algú tots els diners en el joc de les cartes o en un altre joc o en una juguesca. Els jugadors professionals plomen els innocents que s'asseuen a jugar amb ells.

plomatge plomatges
nom masculí
El plomatge d'un ocell és el conjunt de plomes que té. Els lloros tenen un plomatge de colors molt vius.

plomí plomins
nom masculí
Un plomí és una petita làmina de metall acabada en punta que porten les plomes estilogràfiques per a poder escriure. També hi ha plomins que es fan servir fixant-los en un mànec.

plomissol plomissols
nom masculí
El plomissol d'un ocell és el conjunt de petites plomes que té damunt de la pell i sota de les altres plomes. Els pollets dels ocells tenen el cos cobert només pel plomissol. Quan creixen, els surten les altres plomes.

plor plors
nom masculí
El plor és el fet de plorar. Les criatures diuen amb el plor que tenen gana o que no es troben bé.
ploradissa, ploralla, plorera, plorós, plorosa

ploramiques ploramiques
nom masculí i femení
Un o una ploramiques és una persona que plora per no res.

ploraner ploranera ploraners ploraneres
adjectiu
1 Que plora per qualsevol cosa o que plora molt. Les criatures ploraneres no deixen dormir els seus pares.
nom masculí i femení
2 En alguns països, persona que plora professionalment en els enterraments i manifesta així el dolor de tota la família.

plorar
verb
com *cantar*
◄ pàg. 26
1 Deixar anar llàgrimes per una tristesa, un dolor molt fort o, també, una alegria molt intensa. Quan es té una gran pena, va molt bé plorar.
frase feta
2 Diem que **ens ploren els ulls** si per un constipat o per una altra causa ens surten moltes llàgrimes, encara que no plorem.

ploricó ploricons
nom masculí
Un ploricó és un plor que no és de debò. Quan volen alguna cosa que no els donen, les criatures a vegades fan un ploricó.

ploriquejar
verb
com *cantar*
◄ pàg. 26
Amb G davant E, I
Una persona ploriqueja quan fa veure que plora, quan gemega igual que si plorés.

ploure
verb
com *beure*
◄ pàg. 29
Només es conjuga en algunes persones
1 Caure aigua dels núvols en forma de gotes molt seguides. A la primavera i a la tardor, acostuma a ploure. Quan plou molt, és perillós anar amb cotxe a molta velocitat.
frase feta
2 Si algú **fa com qui sent ploure** és que no fa cas del que li diuen.
3 **Ploure a bots i barrals** és ploure molt.
4 **Ploure sobre mullat** és tenir un treball o un contratemps darrere d'un altre, sense parar.
ploguda

plovisquejar
verb
com *cantar*
◄ pàg. 26
Amb G davant E, I
Ploure una mica, amb gotes molt petites. Si a l'estiu plovisqueja, el temps refresca.
plovinejar, ploviscar

A B C D E F G H I J K L M N O P Q R S T U V W X Y Z

plugim plugims

nom masculí — Un plugim és una pluja petita.

pluja pluges

nom femení — **1** La pluja és l'aigua que cau dels núvols en condensar-se el vapor d'aigua que contenen. La tardor i la primavera són temps de pluges.

2 Es diu que hi ha una pluja d'alguna cosa quan cau o la tiren. Es pot parlar d'una pluja de pedres, de bales o de flors.

3 Una **pluja àcida** és una pluja que arrossega àcids i altres productes químics que fan malbé la vegetació.

4 Una **pluja radioactiva** és una pluja contaminada per elements químics que tenen radioactivitat.

emplujar-se, plujós, plujosa, pluvial

plural plurals

adjectiu i nom masculí — En gramàtica, una paraula és plural si, de les dues formes possibles de nombre, té la que indica més d'una persona o més d'una cosa. *Els nois* i *les finestres* són formes plurals. La marca de plural és la lletra *s*: *un noi* / *uns nois*. El plural de *noia* és *noies*.

pluralitat

pluralisme pluralismes

nom masculí — En una societat o en un país hi ha pluralisme si hi conviuen persones i grups que tenen idees i creences diferents. En els països democràtics, hi ha pluralisme polític, diversos partits es presenten a les eleccions.

plusquamperfet plusquamperfets

nom masculí — El plusquamperfet és un temps verbal compost que indica una acció passada anterior a una altra acció també passada. En la frase següent: *Jo ja havia sortit quan el pare va arribar*, *havia sortit* és un plusquamperfet.

plutoni plutonis

nom masculí — El plutoni és un element radioactiu que s'obté artificialment a partir de l'urani. Es troba també en petites quantitats en els minerals que contenen urani. Es fa servir com a combustible en les centrals nuclears i per a la fabricació d'explosius atòmics. El seu símbol és: Pu.

pluviòmetre pluviòmetres

nom masculí — Un pluviòmetre és un aparell per a mesurar la quantitat de pluja que ha caigut en un lloc.

pluviositat pluviositats

nom femení — La pluviositat és la quantitat de pluja que cau en un lloc durant un espai de temps determinat. Als deserts la pluviositat és pràcticament inexistent, no hi plou mai.

pneumàtic pneumàtica pneumàtics pneumàtiques

adjectiu Amb PN — **1** Que pot contenir aire comprimit o que pot funcionar amb aire comprimit.

nom masculí — **2** Un pneumàtic és una part de la roda dels cotxes i d'altres vehicles que és de goma i va inflada d'aire. Els pneumàtics estan en contacte amb el paviment del carrer o la carretera. cotxe per fora

nom femení — **3** La pneumàtica és la part de la física que estudia l'aire i els altres gasos i el seu moviment.

poal poals

nom masculí — **1** Un poal és un càntir d'un sol broc. Es diu només en algunes zones.

2 Galleda. Es diu només en algunes zones.

població poblacions

nom femení — **1** La població d'un lloc és el conjunt de les persones que hi viuen. En alguns pobles de muntanya, hi ha molt poca població.

2 Una població és una ciutat o un poble. A l'estiu, les poblacions de la costa reben molts visitants.

3 Conjunt d'animals d'una mateixa espècie que viuen en una zona determinada. La població de cérvols a Europa és en perill d'extinció.

poblador pobladora pobladors pobladores

adjectiu i nom masculí i femení — Que pobla, que ocupa un lloc determinat i hi viu. Quan van arribar els europeus a Amèrica, els pobladors eren els indis.

poblar

verb com *cantar* ◄ pàg. 26 — **1** Entrar en un territori i quedar-s'hi a viure. Diverses tribus índies van poblar Amèrica abans de l'arribada dels europeus.

2 Viure, habitar en un lloc. Els esquimals poblen les terres fredes del nord d'Amèrica.

poblament

poblat poblats

nom masculí — Un poblat és una població petita, un lloc on viuen persones. Alguns poblats africans tenen cases fetes de fang.

poble pobles

nom masculí — **1** Un poble és un lloc amb cases i carrers on viuen persones. És més petit que una ciutat. Els pobles de la costa viuen de la pesca i del turisme.

2 Conjunt dels habitants d'un país. Els governants han d'escoltar la veu del poble.

3 Conjunt de persones d'una mateixa ètnia, cultura o religió. Es parla, per exemple, del poble jueu o dels pobles africans.

pobletà

pobre pobra pobres

adjectiu i nom masculí i femení — 1 Que no té diners, que a penes té el necessari per a viure. En els països rics, també hi ha famílies pobres que no tenen on viure.

adjectiu — 2 Que li falta alguna cosa, que és de poc valor, escàs o insuficient. Un país pot ser pobre d'aigua o de minerals.

3 Es posa davant d'un nom per a indicar llàstima, pena o menyspreu. *Pobra noia, quina desgràcia! És un pobre desgraciat. Pobres de nosaltres!, què farem ara?*

nom masculí i femení — 4 Persona que demana almoina. Sovint hi ha pobres a la porta de les esglésies.

empobrir, pobretalla, pobrissalla, pobrissó, pobrissona

pobresa pobreses

nom femení — 1 La pobresa és la falta de diners, de les coses necessàries per a la vida. Molts pobles del món viuen en la pobresa.

2 Falta d'alguna cosa. Parlem de la pobresa d'idees d'una persona o de la pobresa de mitjans tècnics en una pel·lícula.

1
poc poca pocs poques

determinant i pronom quantitatius — 1 Aquesta paraula s'usa per a indicar que d'una cosa n'hi ha en petita quantitat. *Si tens poc menjar, passaràs gana. Si al tren hi ha poca gent, podrem seure. -Quant falta? -Falta poc.*

locució que fa de determinant — 2 **Un poc** és una petita quantitat, una mica. *Als guisats sovint s'hi posa un poc de sal i un poc de pebre.*

2
poc

adverbi — 1 De manera moderada, una mica. *Aquest cavall corre poc. La llet encara és poc calenta.*

locució que fa d'adverbi — 2 **A poc a poc** vol dir sense presses, lentament. *Com que anava coix, caminava molt a poc a poc.*

3 **De poc** indica que ha faltat poc perquè passés una cosa. *De poc que no m'atropella un cotxe!*

frase feta — 4 Si **fa poc** d'una cosa és que fa poc temps.

pocapena pocapenes

nom masculí i femení — Un o una pocapena és una persona desvergonyida.

poca-solta poca-soltes

nom masculí i femení — Un o una poca-solta és una persona poc seriosa, que diu o fa bestieses, coses sense seny, que a vegades molesten els altres. Els poca-soltes acostumen a fer bromes pesades.

poca-soltada

pocatraça pocatraces

nom masculí i femení — Un o una pocatraça és una persona que no sap fer les coses, que tot ho espatlla i no sap arreglar res. Un pocatraça no pot ser un bon electricista.

pocavergonya pocavergonyes

nom masculí i femení — Un o una pocavergonya és una persona desvergonyida, que fa malifetes i enganya els altres. Els qui s'aprofiten de les necessitats dels altres són uns pocavergonyes.

poció pocions

nom femení — Una poció és un medicament en forma de beguda. Els gals del poblat d'Astèrix i Obèlix prenen una poció màgica que els fa molt forts.

podar

verb com cantar ◄ pàg. 26 — Treure les branques inútils d'una planta o d'un arbre perquè creixi millor.

poda, podador

1
poder

verb ◄ pàg. 38 O i U a l'arrel — 1 Ser capaç de fer una cosa; tenir la possibilitat o la llibertat de fer-la. Algunes persones malaltes no poden caminar. Sense diners, no es pot comprar. Per saber si pots anar a una festa, has de comprovar que no tinguis cap altre compromís. Unes parets primes no poden sostenir un sostre molt pesant.

2 Ser possible que passi. Pot ser que demà plogui. En canvi, no pot ser que a l'hivern faci més calor que a l'estiu.

3 Tenir molta força, molta resistència, molta capacitat. Hi ha persones amb molta energia que poden amb tot. Quan algú està molt cansat té la sensació de no poder més.

2
poder poders

nom masculí — 1 El poder és la capacitat o la facultat de fer una cosa. Els governants tenen el poder de fer lleis. Alguns explosius tenen un gran poder de destrucció.

2 Una persona té poder quan mana sobre els altres, quan té molts diners, moltes empreses, i influeix en la política i en l'economia d'un país o del món.

poderós, poderosa

podi podis

nom masculí També pòdium — Un podi és un lloc posat a més altura que el terra. El director o la directora d'una orquestra es posa sobre un podi; els esportistes que han guanyat en una prova reben les medalles dalt del podi.

A B C D E F G H I J K L M N O P Q R S T U V W X Y Z

Un podi

pòdium pòdiums
nom masculí
Podi.

podologia podologies
nom femení
La podologia és la branca de la medicina que tracta de les malalties dels peus.
podòleg, podòloga

podrir
verb
com *servir*
◄ pàg. 28
Amb O a l'arrel
Fer que una cosa es faci malbé, que perdi les seves qualitats, que es torni dolenta i no es pugui fer servir. L'aigua podreix la fusta. Si un aliment es podreix, no ens el podem menjar.
podridura, podrimener

poema poemes
nom masculí
1 Un poema és una obra literària escrita en vers, que és molt llarga i tracta un tema determinat, com l'*Eneida* i el *Cantar de Mio Cid.*
2 Qualsevol obra escrita en vers o segons l'art de la poesia. Hi ha llibres que recullen poemes d'amor.
3 Es diu que una persona o una cosa és un poema si és extraordinària, estranya o fora del que és habitual o normal.

poesia poesies
nom femení
1 La poesia és l'art i la tècnica de descriure coses, idees o sensacions tenint en compte la sonoritat, l'harmonia i el ritme de les paraules.
2 Una poesia és una obra escrita en vers o segons l'art de la poesia.
poètic

poeta poetes
nom masculí i femení
Amb A final
També *poetessa*
Un o una poeta és una persona que fa poesia, que escriu poesies.

poètic poètica poètics poètiques
adjectiu
1 De la poesia, que té relació amb la poesia, que sembla poesia. Algunes persones expliquen les coses d'una manera poètica.
nom femení
2 La poètica és l'art i la tècnica de fer poesies.
3 Una poètica és un llibre que tracta sobre els principis i les regles de la poesia.

pol pols
nom masculí
1 Un pol és cada un dels extrems de l'eix d'una esfera.
2 Cada un dels dos punts situats més al nord i més al sud de la Terra. Al pol nord, hi ha l'oceà Glacial Àrtic, i al pol sud, l'oceà Glacial Antàrtic.
3 Cada un dels dos punts d'un aparell elèctric o d'una pila per on es connecta, o d'un imant per on s'atrau el ferro. Aquests pols es diuen *positiu* i *negatiu* i s'indiquen + i –.
polaritat, polarització, polaritzar

polaina polaines
nom femení
Una polaina és una peça de roba o de cuir que cobreix la cama des de sota el genoll fins al turmell. Normalment, les polaines es corden amb botons per la banda de fora de la cama. En portaven algunes tropes. Ara no es fan servir gaire.

polar polars
adjectiu
1 Dels pols de la Terra, situat a prop dels pols. Les regions polars estan cobertes sempre de gel.
2 El cercle polar és la zona del paral·lel de la Terra situat a 23° 28' del pol nord i del pol sud. El cercle polar àrtic és el del pol nord; l'antàrtic és el del pol sud.

polca polques
nom femení
Una polca és una dansa de parelles de ritme ràpid que va néixer a Bohèmia al segle XIX. Alguns compositors han escrit polques per a orquestra.

polèmic polèmica polèmics polèmiques
adjectiu
1 Que provoca discussions i fa que la gent en parli. L'eutanàsia i l'avortament són temes polèmics.
nom femení
2 Una polèmica és una discussió sobre un tema de filosofia, de política, de cultura, etc. Les declaracions dels polítics sovint provoquen polèmiques als diaris.
polemitzar

poliàndria poliàndries
nom femení
La poliàndria és la poligàmia d'una dona amb dos o més homes.
poliàndric

policia policies
nom femení
1 La policia és el conjunt de persones organitzades i armades per a defensar l'ordre i les lleis d'una societat i perseguir els malfactors.
nom masculí i femení
2 Un o una policia és una d'aquestes persones.
policíac, policial

A B C D E F G H I J K L M N O P Q R S T U V W X Y Z

A B C D E F G H I J K L M N O P Q R S T U V W X Y Z

policrom policroma policroms policromes

adjectiu — Que és de diferents colors. L'arc de Sant Martí és policrom.

policromat, policromada, policromia

poliedre poliedres

nom masculí
També *polièdre* — Un poliedre és una figura geomètrica amb volum formada per quatre o més cares que són polígons. Un cub és un poliedre.

poliesportiu poliesportius

nom masculí — Un poliesportiu és un lloc on es poden practicar diversos esports. Als poliesportius hi ha piscina, camp de futbol, pista de bàsquet, handbol i altres esports.

polièster polièsters

nom masculí — Un polièster és un tipus de plàstic que té una gran resistència i permet fabricar productes molt diferents: carrosseries de cotxes i bucs d'embarcacions, fibres tèxtils, pintures i vernissos i objectes transparents com el vidre que costen molt de trencar.

polifacètic polifacètica polifacètics polifacètiques

adjectiu — Una persona és polifacètica si fa alhora moltes activitats i s'encarrega de moltes coses. Si pintes, toques el piano, fas classes d'anglès i treballes en una oficina ets una persona polifacètica.

polifonia polifonies

nom femení — La polifonia és la música que combina diverses veus que canten al mateix temps però amb melodies diferents. Els cors i els orfeons fan normalment polifonia.

polifònic

poligàmia poligàmies

nom femení — La poligàmia és el fet que una persona estigui casada amb dues o més persones a la vegada. Algunes societats, com la musulmana, permeten la poligàmia d'un home amb més d'una dona.

polígam

poligínia poligínies

nom femení — La poligínia és la poligàmia d'un home amb dues o més dones.

poliglot poliglota poliglots poliglotes

nom masculí i femení
Mot agut — Persona que pot parlar en diferents llengües. La majoria de guies turístiques són poliglotes.

polígon polígons

nom masculí — Un polígon és una figura geomètrica plana que té tres o més costats formats per segments. Un quadrat i un pentàgon són polígons.

poligonal

polígraf polígrafa polígrafs polígrafes

nom masculí i femení — Persona que escriu sobre temes molt diversos: art, història, literatura, gastronomia, etc.

polinomi polinomis

nom masculí — Un polinomi és una expressió matemàtica que consta de dos o més monomis. $3^4 + 5x^2 - 4$ és un polinomi.

binomi, trinomi

poliol poliols

nom masculí — Poniol.

poliomielitis poliomielitis

nom femení — La poliomielitis és una malaltia greu provocada per virus. Produeix una inflamació de la medul·la espinal i pot fer que la persona malalta quedi paralítica.

pòlip pòlips

nom masculí — **1** Un pòlip és un cnidari amb el cos en forma de tub gruixut i amb una corona de tentacles al voltant de la boca, que es troba en un dels extrems del tub. Els pòlips viuen enganxats a les roques o a la sorra del fons del mar.

2 Tumor tou que s'uneix a algunes parts del cos, com el nas, la vagina o la matriu, per mitjà d'un pedicle. Té forma d'un petit arbre.

polipodi polipodis

nom masculí — Un polipodi és una falguera de fulles de color verd clar que poden arribar als 50 centímetres de llargària. Amb el seu rizoma, que té un gust dolç com el de la regalèssia, es fa un preparat que és laxant.

polir

verb
com *servir*
◄ pàg. 28 — **1** Fer que una cosa sigui llisa i lluent fregant-la. Els paviments de marbre o de pedra s'han de polir de tant en tant.

2 Revisar i corregir una cosa perquè quedi bé i no tingui faltes. Abans de passar un treball en net, l'hem de polir.

3 Es diu de manera informal que ens han polit una cosa si ens l'han robada.

usat amb pronom — **4 Polir-se** una cosa és vendre-la. Si et poleixes els diners és que te'ls gastes tots. Es diu de manera informal.

polidor, poliment

polisèmic polisèmica polisèmics polisèmiques

adjectiu — Una paraula és polisèmica quan té més d'un significat. La paraula *llagosta* és polisèmica perquè tant pot ser un insecte com un crustaci.

polisèmia

polisíl·lab polisíl·laba polisíl·labs polisíl·labes

adjectiu i nom masculí — Que té dues o més síl·labes. Un polisíl·lab és un mot de més d'una síl·laba. *Taula* i *bicicleta* són polisíl·labs.

polisil·làbic

pòlissa pòlisses

nom femení — Una pòlissa és un document que una persona firma quan fa un contracte amb una companyia d'assegurances o amb un servei públic com l'aigua i l'electricitat. A la pòlissa hi ha les condicions que la companyia i la persona que fa el contracte han de complir.

polissó polissona polissons polissones
nom masculí i femení — Persona que puja sense bitllet i sense permís en un vaixell o en un avió.

polit polida polits polides
adjectiu — Una persona és polida si va molt neta i ben arreglada i té les coses endreçades i ordenades. Als actes oficials, tothom va sempre molt polit.
polidesa

politècnic politècnica politècnics politècniques
adjectiu — Un centre d'estudis és politècnic si hi podem estudiar diverses carreres tècniques de nivell superior.

politeisme politeismes
nom masculí — El politeisme és la doctrina que diu que hi ha molts déus. Els antics romans creien en el politeisme.
politeista

polític política polítics polítiques
adjectiu — **1** De la política, que té relació amb la política. En els sistemes democràtics, hi ha partits polítics.
nom masculí i femení — **2** Persona que es dedica a la política.
nom femení — **3** La política és el conjunt de normes i d'activitats necessàries per al govern d'un estat o d'un país.
4 Es diu que una persona té política si sap portar bé els assumptes i tractar amb tothom sense barallar-se.
politiqueig, politiqueria, polititzar

politja politges
nom femení — Una politja és una roda que gira al voltant d'un eix i que té a la part de fora una canal buida per on es passa una corda o una cadena. Les politges són per a aixecar pesos o per a pujar aigua d'un pou.

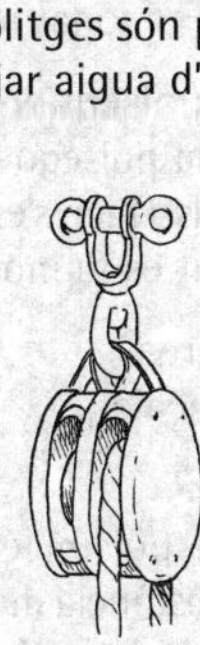

Una politja

polivalent polivalents
adjectiu — Que serveix per a diverses coses. En una aula polivalent es poden fer classes, reunions o gimnàstica.

poll [1] polls
nom masculí — Pollet.

poll [2] polls
nom masculí — Un poll és un insecte petit que és paràsit de les persones i d'alguns animals. Els polls es posen entre els cabells, fan molta picor i costen de treure.

poll [3] polls
nom masculí — Pollancre.

polla polles
nom femení — **1** Una polla és una gallina jove.
2 Escórpora.

pollancre pollancres
nom masculí — Un pollancre és un arbre que pot arribar als 30 metres d'alçària, de tronc recte i branques gairebé verticals que li donen una forma prima. Les branques comencen a sortir a baix de tot del tronc i les fulles són petites amb les vores dentades. Creix molt de pressa i es planta en zones humides. Els pollancres perden la fulla i tenen una fusta tova que es fa servir per a fabricar pasta de paper.
pollancreda

pollastre pollastres
nom masculí — Un pollastre és un gall jove de corral o de granja, que es cria per a l'alimentació humana. Els pollastres es mengen rostits, a l'ast i d'altres maneres. págs. 398-399 (39)
pollastraire págs. 398-399 (37)

polleguera pollegueres
nom femení — **1** Una polleguera és una peça que té un forat o un clot on entra el piu que hi ha a la vora d'una porta o d'una finestra. Aquest piu gira dins de la polleguera i fa que la porta o la finestra pugui girar. Les pollegueres van agafades al bastiment.
frase feta — **2 Fer sortir de polleguera** algú és fer-lo enfadar, fer-li perdre la tranquil·litat.
3 Treure de polleguera una cosa és fer-la sortir de la seva situació normal.

pol·len pòl·lens
nom masculí — El pol·len és una pols de color groc que hi ha als estams de les flors. És format per unes cèl·lules rodones, els grans de pol·len, que són les cèl·lules reproductores masculines, necessàries per a la formació de les llavors i dels fruits. flor

polleria polleries
nom femení — Una polleria és una botiga on venen pollastres, gallines i ous. pàgs. 398-399 (35)

pollet pollets
nom masculí — Un pollet és un petit d'un ocell. Els pollets de les gallines són de color groc.
pàgs. 994-995 (29)
pollada

pollí pollina pollins pollines
nom masculí i femení — Petit d'una burra o d'una egua.

pol·linització pol·linitzacions
nom femení — La pol·linització és el transport del pol·len des dels estams d'una flor als pistils d'una altra flor. Els grans de pol·len són arrossegats pel vent o portats per les potes i les ales d'alguns animals com les abelles.
pol·linitzar

pollós pollosa pollosos polloses
adjectiu — 1 Que té molts polls al cap.
2 Es diu que una persona és pollosa si és bruta i desendreçada.

pol·lució pol·lucions
nom femení — Contaminació.
pol·luir

polo polos
nom masculí — 1 El polo és un esport de pilota que es juga entre dos equips de quatre jugadors muntats a cavall. La pilota s'ha de fer entrar en una porteria impulsant-la amb un estri semblant a una maça de mànec llarg.
2 Un polo és una samarreta de punt amb coll obert, com el d'una camisa.

Un polo

polonès polonesa polonesos poloneses
adjectiu — 1 De Polònia. *Chopin és un músic polonès.*
nom masculí i femení — 2 Persona que és de Polònia o que hi viu.
nom masculí — 3 El polonès és la llengua que es parla a Polònia.
nom femení — 4 Una polonesa és una dansa pròpia de Polònia, de ritme solemne i alegre. Chopin va compondre diverses poloneses per a piano.

polp polps
nom masculí — Pop.

polpa polpes
nom femení — 1 La polpa d'una fruita és la part carnosa que hi ha sota la pell. És el que es menja de les fruites. La polpa dels préssecs es menja crua o en almívar.
2 Part carnosa d'un òrgan o d'una part del cos. La polpa dels dits és la part tova de la punta, sota les ungles.

1 pols polsos
nom masculí — 1 El pols d'una persona és el moviment que fan les artèries al pas de la sang. Es nota en forma de petits cops quan es posa el dit al canell de la mà o a les temples. Quan el cor batega més ràpid, el pols s'accelera.
2 Es diu que una persona té pols si la mà no li tremola quan fa coses com posar aigua en un got o enfilar una agulla.
3 Templa. Un cop al pols és molt perillós.
locució que fa d'adverbi — 4 **A pols** vol dir fent força amb el braç sense que s'aguanti enlloc. *Aixecar pesos a pols és molt cansat. Es diu que s'ha aconseguit una cosa a pols si ha costat molt i ningú no hi ha ajudat.*

2 pols pols
nom femení — 1 La pols és una massa formada per trossets de terra i altres matèries tan petits que poden ser alçats i emportats pel vent. A les carreteres sense asfaltar, els cotxes fan molta pols. La pols dels mobles s'ha de treure sovint.
frase feta — 2 **Fer pols** una cosa és trencar-la, fer-la miques.
empolsegar, espolsar, polsegós, polsegosa, polsina, polsós, polsosa

polsar
verb com *cantar* ◄ pàg. 26 — 1 Prendre el pols a una persona.
2 Fer pressió amb un dit sobre un timbre o un botó de comandament d'un aparell. Quan entrem en un ascensor, polsem el botó del pis on volem anar.
3 Fer sonar les cordes d'un instrument.

polseguera polsegueres
nom femení — Una polseguera és una gran quantitat de pols. Quan s'escombra un lloc molt brut, sovint es fa molta polseguera.

polsera polseres
nom femení — Braçalet.

polsim polsims
nom masculí — Un polsim és una pols molt fina, una substància molt dividida i suspesa dins l'aire. La boira és un polsim d'aigua. Quan remenem llibres vells surt un polsim que ens fa esternudar.

poltre poltra poltres

nom masculí i femení — 1 Cavall o egua joves.

nom masculí — 2 Un poltre és un aparell de gimnàstica per a fer salts. Consisteix en una peça llarga i gruixuda folrada de cuir que s'aguanta sobre quatre potes.

poltrona poltrones

nom femení — Una poltrona és una cadira de braços. Les poltrones acostumen a ser molt còmodes.

pólvora pólvores

nom femení — 1 La pólvora és una mescla explosiva sòlida que es fa servir per a disparar armes de foc i per a preparar explosius i focs artificials. Normalment es presenta en forma de grans, com una sorra, i n'hi ha de diverses classes. La més antiga que es va fabricar portava carbó, sofre i un compost de nitrogen i oxigen.

nom femení plural — 2 Les pólvores són les substàncies sòlides que es presenten en forma de partícules finíssimes. Alguns cosmètics són pólvores.

empolvorar

polvorí polvorins

nom masculí — Un polvorí és un lloc o un edifici on es guarda la pólvora o altres explosius.

polvoritzar

verb com *cantar* ◄ pàg. 26 — 1 Convertir una substància sòlida en pols o pólvores. Els molinets polvoritzen els grans de cafè.

2 Convertir un líquid en gotes molt petites. Els esprais polvoritzen la colònia.

polvorització, polvoritzador

polze polzes

nom masculí — El polze és el dit gros de la mà.

polzada

pom poms

nom masculí — 1 Un pom és un ram petit de flors o d'herbes oloroses. Les floristes venen poms de clavells i de roses.

2 Peça de forma arrodonida que serveix d'adornament al final d'una barana o de les barres verticals de la capçalera o dels peus d'un llit.

3 Peça petita de forma arrodonida per a estirar un calaix o per a obrir una porta.

poma pomes

nom femení — Una poma és una fruita de forma rodona, amb la pell prima i de color verd, groc o vermellós. La polpa és forta, de color groguenc i en algunes varietats té un gust una mica àcid. A la part de dins, té uns pinyols petits de color fosc. Les pomes es mengen crues, bullides, fetes al forn, en compota i en melmelada. pàg. 397 (12)

pomer, pomera, pomerar

pomada pomades

nom femení — Una pomada és un medicament en forma de crema molt espessa que s'estén damunt de la pell al lloc on tenim una cremada, un gra o una ferida.

pomell pomells

nom masculí — Un pomell és un pom de flors.

pomelo pomelos

nom masculí — Aranja gran. El suc de pomelo és amarg.

pompa pompes

nom femení — 1 La pompa d'una cerimònia és el conjunt de coses luxoses que fan que sigui molt espectacular: els llums, la música, els vestits elegants, etc. Alguns artistes del món del cine i de la televisió es casen amb molta pompa.

nom femení plural — 2 Les **pompes fúnebres** són les cerimònies i els actes que es fan quan s'enterra una persona morta. El servei de pompes fúnebres d'una ciutat s'encarrega de fer els enterraments.

pompós, pomposa, pompositat

pòmul pòmuls

nom masculí — El pòmul és l'os que hi ha a la galta, el malar. També es diu de la part de la cara que correspon a aquest os. Hi ha persones que tenen els pòmuls molt sortits. pàg. 793 (5)

poncella poncelles

nom femení — Una poncella és una flor abans d'obrir-se. Als poms de clavells, hi ha poncelles i flors obertes.

ponderar

verb com *cantar* ◄ pàg. 26 — 1 Mirar bé si una cosa és convenient o no, estudiar-ne les qualitats i els defectes. Quan ens fan una proposta de treball, convé ponderar-la i no dir que sí de seguida.

2 Dir que una persona o una cosa és molt bona, que té moltes qualitats. Tothom qui ha anat a Suïssa pondera la netedat i la bellesa d'aquell país.

ponderació

pondre

verb com *fondre* ◄ pàg. 35 Diferències: *post, posta, postos, postes* — 1 Fer els ous una gallina o un altre ocell. Hi ha gallines que ponen molt.

frase feta — 2 **Pondre's el sol** és desaparèixer darrere l'horitzó. Quan el sol es pon, el cel agafa colors molt bonics.

ponedor ponedora ponedors ponedores

adjectiu — 1 Que pon. Hi ha races de gallines molt ponedores.

nom masculí — 2 Un ponedor és un lloc on les gallines i altres ocells domèstics ponen els ous.

A B C D E F G H I J K L M N O P Q R S T U V W X Y Z

A B C D E F G H I J K L M N O P Q R S T U V W X Y Z

ponència ponències
nom femení — Una ponència és un escrit que una persona o un grup de persones presenten a una assemblea, un congrés o un parlament.

ponent ponents
nom masculí — **1** El ponent és l'oest o l'occident, el cantó per on el sol es pon.
2 Banda de ponent. La ciutat de Lleida és al ponent de Catalunya.
3 Vent que bufa de l'oest.
ponentí, ponentina

poni ponis
nom masculí — Un poni és un cavall de mida petita, d'entre 0,60 i 1,50 metres d'altura. Els ponis tenen una crinera abundant i són valents, resistents i de molt bon caràcter. N'hi ha diverses races.

poniol poniols
nom masculí
També *poliol* — El poniol és una planta aromàtica de fulles ovades i petites de color grisós i flors blanquinoses. Amb el poniol es fan infusions digestives.

pont ponts
nom masculí — **1** Un pont és una construcció feta damunt d'un riu, d'un barranc o d'un altre obstacle per poder passar d'una banda a l'altra.
2 Part d'un vaixell situada per damunt de la coberta des d'on es dirigeix.
pàgs. 194-195 (12)
3 Dos dies de festa amb un dia de feina al mig que també es converteix en festiu. Si el dimarts és festa i el dilluns fem pont, amb el dissabte i el diumenge tenim quatre dies de festa.
4 El **pont del peu** és la part de la planta que té una forma una mica còncava. Les persones de peus plans no tenen pràcticament pont.
5 Un **pont basculant** és fet de dues parts que s'aixequen i deixen espai al mig per a passar-hi els vaixells.
6 Un **pont llevadís** és el pont que hi havia a l'entrada dels castells, que permetia travessar el fossat i s'aixecava amb cordes o cadenes quan es volia impedir l'entrada d'algú. pàg. 600 (10)

pontífex pontífexs
nom masculí — Un pontífex és un bisbe i, especialment, el papa, bisbe de Roma, anomenat sovint *summe pontífex*.
pontificar, pontificat, pontifici, pontifícia

pontó pontons
nom masculí — **1** Un pontó és un pont petit.
2 Pont flotant format per dues o més barques o per flotadors que aguanten unes peces amples de fusta.

ponx ponxos
nom masculí — Un ponx és una beguda feta amb aigua, te, rom, llimona i sucre. S'acostuma a prendre calenta.

pop[1] pops
nom masculí
També *polp* — Un pop és un mol·lusc cefalòpode que té vuit potes o braços al cap. El cos és tou i de forma arrodonida. Els pops poden canviar de color i deixen anar un líquid fosc, la tinta, com a defensa. La seva carn és molt bona.

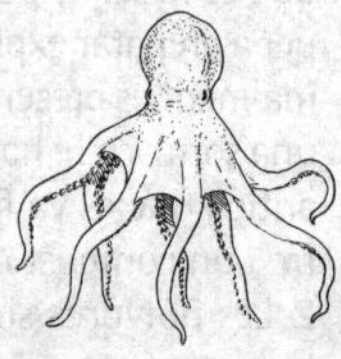
Un pop

pop[2] pops
nom masculí — El pop és un tipus de música que dóna més importància a la melodia que al ritme. Va néixer als anys seixanta del segle XX a la Gran Bretanya, i després als Estats Units d'Amèrica, i té elements del rock, del jazz i del folk.

popa[1] popes
nom femení — La popa d'una embarcació és la part del darrere, on hi ha el timó i les hèlices.
embarcació pàgs. 194-195 (6)

popa[2] popes
nom femení — Mamella.

popa[3] popes
nom masculí — Un popa és un sacerdot de les Esglésies anomenades ortodoxes, com la de Grècia i la de Rússia.

popular populars
adjectiu — **1** Del poble, que té relació amb el poble, amb la gent. Les festes majors són festes populars.
2 Que és molt conegut i molt estimat per la gent. Hi ha artistes que són molt populars.
impopular, impopularitat, popularitat, popularitzar

populatxo populatxos
nom masculí — El populatxo és la plebs, la gent de classe social baixa. Es diu quan es parla en un to despectiu.
populatxer

populós populosa populosos populoses

adjectiu — Que té molts habitants. Nova York i Mèxic són ciutats molt populoses.

popurri popurris

nom masculí — 1 Un popurri és un conjunt de fragments de melodies diferents que s'interpreten seguits l'un darrere l'altre sense interrupció. Per la festa major, a vegades les orquestres toquen popurris.

2 Conjunt de coses diverses barrejades.

pòquer pòquers

nom masculí — El pòquer és un joc de cartes d'origen nordamericà que es juga amb una baralla amb figures que són cors, diamants, piques i trèvols.

por pors

nom femení — 1 Una persona té por si sent una gran inquietud i perd la tranquil·litat i l'ànim davant d'un perill, d'una amenaça. Hi ha animals salvatges que ens fan por.

frase feta — 2 Es diu que una cosa **fa por** si és molt extraordinària, molt gran. Si a les rebaixes hi havia una gentada que feia por és que hi havia tanta gent que no s'hi cabia.

porc porca porcs porques

nom masculí — 1 Un porc és un animal mamífer que té el cos gruixut i arrodonit i les potes curtes, amb quatre dits. El cap és gros i el morro llarg i acabat en forma plana, amb els dos forats del nas al davant. Té els ulls petits i les orelles grosses. La pell dels porcs és gruixuda i coberta d'uns pèls molt durs. Hi ha porcs negres i porcs de color rosat. La carn de porc es menja fresca, assecada en forma de pernils o en forma d'embotits. págs. 994-995 (13)

2 Mascle d'aquesta espècie.

adjectiu i nom masculí i femení — 3 Es diu que una persona és un porc o una porca si és molt bruta.

nom masculí — 4 Un **porc espí** és un mamífer rosegador, de cos gruixut i potes curtes, que pot arribar als 60 centímetres de llargària. Té el pèl de damunt del cos convertit en unes punxes o espines llargues. És de color fosc i té una ratlla blanca sota el coll. Els porcs espins viuen al nord d'Àfrica i als països mediterranis.

5 Un **porc senglar** és un senglar.

emporcar, porquejar, porquerol

porca porques

nom femení — Truja.

porcada porcades

nom femení — 1 Una porcada és un ramat o un conjunt de porcs.

2 Es diu que una persona fa una porcada quan fa una cosa mal feta que perjudica algú.

porcell porcella porcells porcelles

nom masculí i femení — Garrí o garrina.

porcellana porcellanes

nom femení — La porcellana és una terrissa molt fina, blanca, dura i que dóna la sensació de transparència. Hi ha objectes de porcellana amb dibuixos pintats i amb adornaments d'or que tenen un gran valor.

porcí porcina porcins porcines

adjectiu — Del porc, que té relació amb el porc. La ramaderia porcina és important a Catalunya.

porció porcions

nom femení — Una porció és una part, un tros d'una cosa; pot estar separada o no. Alguns formatges es venen en porcions. Una rajola de xocolata porta marcades les diverses porcions, les preses.

porfídia porfídies

nom femení — Una persona té porfídia o actua amb porfídia si de totes maneres vol obtenir una cosa i no cedeix mai. La porfídia pot fer que algunes persones actuïn malament.

porfidiós, porfidiosa

pornografia pornografies

nom femení — La pornografia és el conjunt d'activitats, publicacions, espectacles, etc., que tracten només temes sexuals, sovint de manera grollera.

pornogràfic

porpra porpres

adjectiu i nom masculí — Púrpura.

emporprar

porqueria porqueries

nom femení — 1 Una porqueria és una cosa bruta, podrida, que embruta, que fa pudor. Diuen els científics que el mar Mediterrani és ple de porqueries. Si en un lloc hi ha porqueria està brut.

2 Cosa de poc valor, que no funciona bé, que és dolenta, de poca qualitat. Si un aparell se'ns espatlla de seguida, devia ser una porqueria.

porquerol porquerola porquerols porqueroles

nom masculí i femení — Persona que pastura porcs.

porra porres

nom femení — 1 Una porra és un bastó prim de l'extrem per on s'agafa i es va fent cada vegada més gruixut cap a l'altre extrem. Els bastons del joc de cartes tenen forma de porra.

2 Arma per a donar cops que porta la policia i altres guàrdies.

Continua a la pàgina següent

frase feta — **3 Vés a la porra** es diu quan no es vol continuar discutint o parlant amb algú, o no se'l vol veure més.

porro porros

nom masculí — 1 Un porro és un bulb d'una planta que també es diu *porro*. Els porros són gruixuts i allargats i de color blanquinós. Es mengen bullits. Es fan també en conserva.

2 Cigarret d'haixix. Es diu de manera informal.

porró porrons

nom masculí — Un porró és un recipient de vidre per a beure vi o un altre líquid. Té a la part de dalt un broc gros, per on s'omple, i per la part de baix li surt un altre broc llarg que es va aprimant. Per la punta d'aquest broc es beu, aixecant el porró enlaire i fent que la beguda caigui a la boca des d'una certa altura. págs. 594-595 (62)

port ports

nom masculí — 1 Un port és un lloc de la costa preparat de manera que hi puguin estar els vaixells i fer les feines de càrrega i descàrrega de mercaderies. En els ports, també embarquen o desembarquen les persones.

2 Pas entre les dues bandes d'una muntanya. Els ports estan a força altura, i a l'hivern alguns queden tancats per la neu.

portuari, portuària

porta portes

nom femení — 1 Una porta és una obertura feta en un lloc per poder-hi entrar i poder-ne sortir. Les cases tenen portes que donen al carrer i portes que comuniquen les habitacions.

cotxe per fora

2 Peça de fusta o d'un altre material que tapa una d'aquestes obertures. Les portes normalment tenen pany per a tancar-les. La majoria estan agafades per una banda i s'obren i es tanquen girant-les.

3 Una **porta caladissa** és una porta que es tanca abaixant-la. Els castells medievals tenien portes caladisses. pàg. 600 (8)

portaavions portaavions

nom masculí — Un portaavions és un vaixell de guerra molt gran que té com a arma principal els avions que transporta. La major part de la coberta és una pista d'aterratge.

portabombetes portabombetes

nom masculí — Un portabombetes és una peça rodona on va enroscada una bombeta elèctrica. El llum més senzill és un portabombetes penjat del fil elèctric.

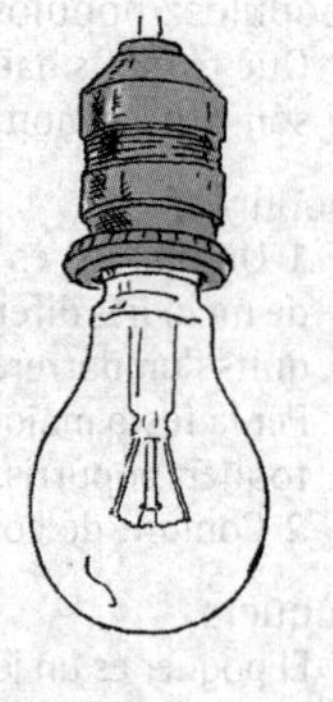

Un portabombetes

portada portades

nom femení — 1 Portalada.

2 La portada d'un llibre és la pàgina del davant, on hi ha el títol, el nom de l'autor o autora i el lloc i l'any de l'edició.

3 Primera pàgina d'un diari o d'una revista. Les notícies importants sempre van a la portada.

portador portadora portadors portadores

adjectiu — 1 Que porta.

nom masculí i femení — 2 Persona que passa a altres persones els microbis i els virus que porta en el seu cos. Un portador d'una malaltia pot estar sa i encomanar-la.

3 El portador o la portadora d'un xec o taló bancari és la persona que té el dret de cobrar-lo.

nom femení — 4 Una portadora és un recipient de fusta gran per a transportar-hi raïm, vi, fruites, aigua, etc. Les portadores tenen un agafador de fusta a banda i banda i es porten entre dues persones, sovint amb l'ajuda d'uns pals llargs que es passen per sota dels agafadors.

portaequipatge portaequipatges

nom masculí — El portaequipatge d'un cotxe o d'un altre vehicle és el lloc on es posa l'equipatge.

portal portals

nom masculí — El portal d'un edifici és la porta principal. Antigament algunes ciutats tenien un portal per a entrar-hi.

portalada portalades

nom femení — La portalada d'una església o d'un altre edifici important és un portal molt gran.

pàg. 599 (13)

portamonedes portamonedes

nom masculí
També *moneder* — Un portamonedes és una bossa o una cartereta per a portar-hi monedes. Un portamonedes ple pesa molt.

portar
verb
com *cantar*
◄ pàg. 26
1 Anar amb alguna cosa a sobre, anar carregat amb una cosa. Algunes persones porten moltes maletes quan van de viatge. Alguns petroliers porten petroli a les refineries.
2 Fer que algú vagi d'un lloc a un altre, guiar-lo, conduir-lo. El pare pot portar els nens a l'escola o un autobús ens pot portar al centre de la ciutat.
3 Anar amb un vestit determinat. A l'estiu, tots portem roba lleugera i sense mànigues.
4 Quan portem una notícia, la fem conèixer en un lloc. Si una cosa ens porta records fa que recordem el que va passar.
usat amb pronom
5 Una persona **es porta** bé si fa les coses bé, si compleix bé les seves obligacions; en cas contrari, es porta malament.
frase feta
6 **Portar de cap** una cosa és voler fer-la, tenir intenció de fer-la.

portàtil portàtils
adjectiu
Un aparell o qualsevol altre objecte és portàtil si el podem portar al damunt o és fàcil de transportar d'un lloc a un altre. Un televisor portàtil es pot agafar per una nansa i portar-lo com una maleta.

portaveu portaveus
nom masculí i femení
1 Un o una portaveu és una persona que s'encarrega de transmetre les opinions, les decisions o les idees d'un partit polític, d'una escola o d'un altre grup. La portaveu d'un govern parla amb els periodistes i contesta les seves preguntes.
nom masculí
2 Un portaveu és un diari o una revista que dóna a conèixer les opinions i la doctrina d'un partit, d'una empresa o d'una altra organització.

portaviandes portaviandes
nom masculí
Carmanyola.

portell portells
nom masculí
Un portell és una obertura feta en una paret tirant-ne un tros a terra. Quan els assaltants obrien un portell a la muralla, ja podien entrar a dins del castell.

portella portelles
nom femení
1 Una portella és una porta petita. Algunes portes molt grans tenen al mig una portella, per on es pot entrar i sortir sense haver d'obrir l'altra porta.
2 Porta d'un cotxe o d'un altre vehicle.

portent portents
nom masculí
Un portent és una persona o una cosa extraordinària, que causa admiració. Mozart va ser un portent de la música.
portentós, portentosa

porter portera porters porteres
nom masculí i femení
1 Persona que es cuida de l'entrada d'una casa, d'una escola, d'una fàbrica, etc.
2 En alguns esports com el futbol o l'handbol, jugador o jugadora que defensa la porteria.

porteria porteries
nom femení
1 Una porteria és un lloc on hi ha el porter o la portera d'una casa, d'una escola, d'una fàbrica, etc.
2 En alguns esports com el futbol i l'handbol, conjunt de dos pals verticals i un d'horitzontal tancats amb una xarxa, on ha d'entrar la pilota per a marcar un gol.

pòrtic pòrtics
nom masculí
Un pòrtic és un espai cobert envoltat de columnes o d'arcs que hi ha a l'entrada d'alguns temples i altres edificis importants.

porticó porticons
nom masculí
1 Finestró. Quan anem a dormir, tanquem els porticons de la finestra.
2 Portella que hi ha en una porta més gran.

portuguès portuguesa portuguesos portugueses
adjectiu
1 De Portugal. *El porto és un vi portuguès.*
nom masculí i femení
2 Persona que és de Portugal o que hi viu.
nom masculí
3 El portuguès és la llengua que es parla a Portugal i al Brasil.

poruc poruga porucs porugues
adjectiu
Que té molta por, que de seguida s'espanta. Els gats, quan són petits, són molt porucs.

porus porus
nom masculí
Un porus és un foradet molt petit, que no es veu a simple vista, que hi ha a les membranes i a alguns òrgans dels vegetals i dels animals. La suor del nostre cos surt a través dels porus de la pell.
porós, porosa

porxada porxades
nom femení
Una porxada és un conjunt de porxos o de pòrtics.

porxo porxos
nom masculí
1 Un porxo és un espai cobert que té columnes o pilars en un cantó i és adossat per l'altre costat a la paret d'un edifici.
2 Cobert fet amb tres parets i teulada per a tenir-hi eines, bestiar, un tractor, etc. Moltes cases de pagès tenen porxos.
emporxar

posa poses
nom femení
Una posa és una manera de posar-se algú, sobretot quan l'han de retratar en un quadre o li han de fer una fotografia. Quan es-

tem en una festa i ens fan una foto, tots fem poses divertides.

posada posades

nom femení

1 La posada d'una cosa és el fet de posar-la. Es parla de la posada d'uns tubs per a portar aigua, de la posada en pràctica d'un projecte o de la posada en marxa d'un motor.

2 Casa o lloc on, pagant, una persona s'està uns dies o s'atura anant de camí.

3 La **posada al punt** d'un motor és la sèrie d'operacions que s'hi fan per a deixar-lo en perfectes condicions.

posar

verb
com *cantar*
◄ pàg. 26

1 Fer que una cosa estigui en un lloc on abans no era. Quan es para la taula, s'hi han de posar els plats, els gots i els coberts. Per a obrir una porta, es posa la clau al pany.

2 Fer que una cosa estigui en una nova posició, en un nou estat, d'una manera diferent. Quan fem la vertical, posem el cap avall i els peus amunt. Si poses una cadira de cap per avall, no hi podràs seure.

3 Servir de model a un artista; deixar-se fer fotografies per a una revista. Les persones que posen per a un pintor han d'estar molt quietes.

4 Vestir una persona, fer que porti una peça de roba. Quan els infants són molt petits, els pares els posen l'abric; quan són més grans, es posen ells la roba.

5 Posar la televisió o un altre aparell és engegar-lo.

6 Aquest verb es fa servir en moltes frases amb significats diversos: *Posar sentinelles a la porta. Posar-se dret, de genolls. Posar-se a treballar, a plorar. Posar-se una cosa al cap d'algú i no poder-lo fer canviar d'opinió. Posar ordre en un lloc, en els negocis. Posar atenció a les coses que diu una persona. Posar un nom a algú. Posar preu a una casa. Posar en dubte el que diu algú. Posar-se vermella una persona.*

juxtaposar, transposar, transposició

posat posats

nom masculí

Un posat és una manera d'estar o de posar-se algú davant d'un altre, sobretot quan vol fer-li entendre alguna cosa. Si fas un posat trist, tothom veurà que et passa alguna cosa.

posició posicions

nom femení

1 La posició d'una persona, d'una cosa, d'un país, d'un astre, etc., és el punt o el lloc on es troba. Itàlia ocupa una posició central en el Mediterrani.

2 Manera d'estar posada una persona o una cosa. Si dormim en mala posició, tindrem mal d'esquena.

3 En el llenguatge militar, lloc que els soldats han d'ocupar o defensar. Una posició ben protegida i armada costa de conquistar.

4 Situació econòmica d'una persona o d'una família. Si s'està en bona posició, es tenen diners i no falta res.

juxtaposició

pòsit pòsits

nom masculí

El pòsit d'un líquid és el conjunt de brosses petites que deixa al fons de l'ampolla o del got. Alguns vins fan molt de pòsit.

positiu positiva positius positives

adjectiu

1 Una cosa és positiva si és bona i beneficiosa, si ens va bé i ens agrada. Fer excursions per la muntanya és una activitat molt positiva.

2 Una persona és positiva si és optimista i pràctica i sempre veu la part bona de les coses. Si els teus amics són positius, t'animaran quan tinguis un projecte.

3 Que indica que una cosa hi és, que funciona, que ha tingut lloc. Si una prova d'embaràs és positiva, una dona sap que tindrà una criatura.

4 Nom que es dóna a un tipus d'electricitat i a un dels pols d'una pila o d'un altre generador elèctric.

5 En matemàtiques, el signe més es diu també signe positiu i s'indica amb una creu (+).

6 Un número positiu és un número més gran que zero. 6 és positiu i -6 és negatiu.

positivisme, positivista

positura positures

nom femení

Postura. *Els pallassos fan positures perquè la gent rigui.*

posologia posologies

nom femení

La posologia és la part de la medicina i de la farmàcia que tracta de la manera de donar les medicines. Quan en el prospecte d'un medicament en llegim la posologia ens informem de quina quantitat n'hem de prendre i cada quantes hores.

posposar

verb
com *cantar*
◄ pàg. 26

Posar una persona o una cosa darrere d'una altra. En l'expressió *portar-me*, el pronom *me* es pospósa al verb.

posseïdor posseïdora posseïdors posseïdores

adjectiu
i nom masculí
i femení

Que posseeix. Les persones posseïdores de finques ho han de declarar a hisenda. El possessiu *meva* indica un sol posseïdor, que sóc jo; en canvi, *vostra* indica que els posseïdors són més persones.

possessor

A B C D E F G H I J K L M N O P Q R S T U V W X Y Z

posseir
verb
com *reduir*
◄ pàg. 39
Amb dièresi
Ser l'amo o la mestressa d'una cosa, tenir-la en el nostre poder i aprofitar-la, fer-la servir. Els britànics van posseir l'Índia durant molt de temps. Si una persona no posseeix res, és pobra.

possessió possessions
nom femení
1 Una persona té la possessió d'una cosa quan la posseeix. La possessió d'objectes robats és un delicte.
2 Cosa que algú posseeix. Les possessions d'una persona són les cases i les terres que té. Les possessions d'un país són els territoris que governa fora de les seves fronteres.
frase feta
3 Una persona **pren possessió** d'un càrrec o d'una feina quan els accepta davant de testimonis i comença a treballar-hi.

possessiu possessiva possessius possessives
adjectiu
Un determinant o un pronom es diu possessiu si indica la persona que té o posseeix una cosa. *Meu* i *nostre* són possessius.

possibilitat possibilitats
nom femení
1 Hi ha possibilitat d'una cosa quan pot passar, quan és possible. No hi ha cap possibilitat d'anar a la Lluna amb tren.
2 Una persona té possibilitat o possibilitats d'una cosa quan la pot fer o li pot passar. Si compres loteria tens la possibilitat que et toquin molts diners.
3 Les possibilitats econòmiques d'una persona són els diners que té. Algú amb poques possibilitats econòmiques no pot tenir un cotxe de luxe.

possible possibles
adjectiu
1 Que es pot fer, que pot passar. Amb una antena parabòlica és possible veure molts canals de televisió.
nom masculí plural
2 Els possibles d'una persona són els béns, els diners que té. Es necessiten molts possibles per a comprar-se un iot.
possibilisme, possibilista, possibilitar

possiblement
adverbi
D'una manera possible. *Possiblement, demà aniré a la platja.*

1
post posts
nom masculí
També *postos.*
Un post és un lloc on hi ha un grup de soldats per a una operació militar. En el post de comandament, hi ha els oficials que dirigeixen el combat.

2
post posts
nom femení
1 Una post és una peça de fusta plana, més llarga que ampla i no gaire gruixuda. Per passar a l'altra banda d'algunes rieres, la gent posava un parell de posts.
2 La **post de planxar** és una fusta plana i ampla que serveix per a planxar la roba. Per un dels dos cantons és més estreta i arrodonida, i va muntada damunt d'unes potes que es pleguen.
empostissar

posta postes
nom femení
1 La posta del sol és el fet de pondre's, de desaparèixer darrere l'horitzó. Una posta de sol és l'estona que passa mentre el sol es pon. Hi ha postes de sol que són molt boniques.
2 Acció de pondre una gallina o un altre ocell. Després de la posta, les gallines criden.

postal postals
adjectiu
1 Del servei de correus, que té relació amb el servei de correus. Un gir postal o un paquet postal s'envien per correu.
nom femení
2 Una postal és una targeta que es pot enviar per correu sense necessitat de posar-la en un sobre. Quan va de vacances, la gent envia postals a les amistats.

postdata postdates
nom femení
Una postdata és una frase o unes frases que s'escriuen al final d'una carta, després de la signatura. Les postdates afegeixen coses que s'han oblidat en escriure la carta. Davant de la postdata s'escriu PD o PS.

pòster pòsters
nom masculí
Un pòster és un cartell que es penja a la paret per a fer bonic.

postergar
verb
com *cantar*
◄ pàg. 26
Amb GU davant E, I
Deixar de fer una cosa per fer-ne abans una altra. Un estudiant pot postergar els seus estudis de música fins que acabi la carrera de medicina.

posterior posteriors
adjectiu
1 Que existeix o que passa després d'una altra cosa. L'art gòtic és posterior al romànic. El segle XXI és el segle posterior al XX.
2 Del darrere. Els animals tenen la cua a la part posterior del cos.
posterioritat

posteriorment
adverbi
En un temps posterior, després. *Hi va haver una revolta i, posteriorment, una guerra civil.*

posteritat posteritats
nom femení
1 La posteritat d'una persona és la seva descendència. Si algú té una gran posteritat, té molts fills, molts néts.

Continua a la pàgina següent

2 Conjunt de persones que viuran després de nosaltres, generacions futures. Es diu que una persona ha passat a la posteritat si té molta fama i serà coneguda en el futur.

postguerra postguerres

nom femení — Una postguerra és un període de temps que ve després d'una guerra. A les postguerres s'han de reconstruir els edificis destruïts i hi ha poc menjar.

postís postissa postissos postisses

adjectiu — **1** Una cosa és postissa quan està en lloc d'una cosa natural. Les perruques són cabells postissos. Les dents postisses es fan amb la mateixa forma que tenien les autèntiques.

nom masculí — **2** Un postís és un grup de cabells que es posa entre els cabells naturals quan no se'n tenen gaires.

postor postora postors postores

nom masculí i femení — Persona que en una subhasta ofereix un preu per un objecte. El millor postor o la millor postora és la persona que es queda l'objecte, ja que ofereix més diners que les altres persones de la subhasta.

postres

nom femení plural — **1** Les postres són els aliments que es prenen al final d'un àpat. Normalment consisteixen en fruita, formatge o dolços.
2 Les **postres de músic** són ametlles, avellanes, panses, nous, figues i pinyons.

pàg. 400 (7)

pòstum pòstuma pòstums pòstumes

adjectiu — Que passa, que es fa, després de la mort d'una persona. Un fill pòstum és el que ha nascut després de la mort del pare. Una obra pòstuma és publicada després de morir-se qui l'ha feta.

postura postures

nom femení — Una postura és qualsevol manera de posar-se una persona. Si estem asseguts, estem en una postura; si estem estirats, en una altra.

pot pots

nom masculí — Un pot és un recipient, normalment de forma cilíndrica, per a guardar-hi aliments o altres coses. Els pots de metall amb nansa serveixen per a escalfar aigua o altres líquids. N'hi ha de vidre o de plàstic i amb tapa per a posar-hi l'arròs, la mel, el cafè i altres aliments. És normal tenir sobre l'escriptori un pot amb llapis i bolígrafs.

pota potes

nom femení — **1** Una pota és cada un dels membres dels animals que els serveixen per a aguantar el cos i per a caminar, córrer o saltar. Els mamífers tenen quatre potes; els ocells, dues; els insectes, sis.
2 Cada una de les barres o peces primes que aguanten una taula, una cadira o un altre moble. Hi ha tamborets que només tenen tres potes.

frase feta — **3 Ficar la pota** és equivocar-se, dir o fer una cosa que ens fa quedar malament o que molesta algú.

potable potables

adjectiu — Un líquid és potable si es pot beure. Si bevem d'una aigua que no és potable podem agafar malalties.

potassa potasses

nom femení — **1** La potassa és un producte químic compost de potassi, carboni i oxigen.
2 Nom de diversos adobs de la terra que contenen potassi i clor. A Cardona i a Sallent hi ha mines de potassa.

potassi potassis

nom masculí — El potassi és un element metàl·lic tou i lleuger, de color blanc gris semblant al de la plata. És molt important per a les plantes, ja que la falta de potassi provoca malalties a les fulles, a les arrels i als fruits. També el necessitem les persones. El seu símbol és: K.

potatge potatges

nom masculí — Un potatge és una barreja de diversos aliments cuits, normalment llegums, arròs, verdures i carn.

potència potències

nom femení — **1** Una màquina, un aparell, té potència quan té força, quan pot fer una feina, un treball. Les excavadores que fan les carreteres tenen molta potència.
2 Un estat, una nació, té potència militar, econòmica, industrial, etc., si té un gran exèrcit, molts diners, una indústria que produeix molts productes, etc.
3 Una potència és un estat que té un gran poder, una indústria i un comerç importants, i un exèrcit modern i preparat. França i Alemanya són potències europees.
4 En matemàtiques, una potència és el resultat de multiplicar un número per ell mateix tantes vegades com indica l'exponent, un altre número petit posat a la dreta, a la part de dalt. 8 és una potència de 2, perquè $8 = 2^3 = 2 \times 2 \times 2$.

omnipotència, potencial, potenciar

potent potents

adjectiu — Que té potència, que té força per a fer una cosa o per a imposar la seva autoritat. Un ordinador potent permet fer molts treballs alhora de manera ràpida i segura. Els elefants són animals potents.

potentat potentada potentats potentades

nom masculí i femení — Persona que és molt rica i poderosa. Els prínceps àrabs que venen petroli són uns potentats.

potestat potestats

nom femení — Una persona té potestat sobre una altra si li pot manar coses, si la pot dirigir. Quan els fills són petits, es diu que estan sota la pàtria potestat dels pares. La persona que és propietària d'una cosa té potestat sobre aquesta cosa.

potestatiu, potestativa

potiner potinera potiners potineres

adjectiu — **1** Que és brut, que embruta les coses. Quan cuina una persona potinera, tot queda ple d'oli.

2 Que fa les feines malament, que deixa les coses mal acabades. Un mecànic potiner no repara bé els cotxes.

potinejar, potineria

potinga potingues

nom femení — Una potinga és un medicament, una crema de perfumeria, una colònia, etc., que pensem que no és bona, que fa més mal que bé. Val més un bon suc de taronja natural que moltes potingues que venen embotellades. Es diu de manera informal.

empotingar

poti-poti poti-potis

nom masculí — Un poti-poti és un conjunt de coses barrejades i desordenades. Hi ha persones que tenen la nevera feta un poti-poti. Es diu de manera informal.

pòtol pòtols

nom masculí — Un pòtol és un home que no té casa ni feina fixa i viu miserablement, anant d'una banda a l'altra. A les grans ciutats, hi ha pòtols que demanen almoina i dormen al carrer.

potser

adverbi — Paraula que indica que és possible el que es diu. *Potser vindran demà* vol dir que poden venir demà, però que no és segur.

pou pous

nom masculí — **1** Un pou és un forat fondo que es fa a terra per a trobar aigua, petroli o un mineral. Alguns pous d'aigua tenen baranes i una corriola amb una galleda per a pujar l'aigua.

2 Un **pou mort** és un dipòsit fet sota terra on van a parar l'aigua bruta de la cuina i del bany en les cases on no hi ha clavegueres.

frase feta — **3** Es diu que una persona **és un pou de ciència** quan sap moltes coses, és molt sàvia.

pouar

Un pou

pràctic pràctica pràctics pràctiques

adjectiu — **1** Qué és molt útil, molt necessari, que fa un bon servei i no costa de manejar. El comandament a distància de la televisió és un aparell pràctic: engeguem, apaguem i canviem de canal des del lloc on som.

2 Que s'ha après fent-ho servir, amb l'experiència de cada dia. Qui ha viscut molts anys a França, té un coneixement pràctic del francès.

3 Es diu que una persona és pràctica si sap fer bé les coses de cada dia i resol les situacions difícils de manera eficaç segons la seva experiència.

nom femení — **4** Si tenim pràctica d'una cosa és que en sabem molt perquè l'hem feta molt sovint. Les persones que porten molts anys conduint el cotxe hi tenen molta pràctica.

5 Una pràctica és una activitat, un exercici per a aprendre a fer una cosa. Per a treure's el carnet de conduir és important fer pràctiques de cotxe.

pràcticament

adverbi — **1** De manera pràctica. *Vaig anar a Anglaterra i vaig aprendre l'anglès pràcticament.*

2 Gairebé. *El dinar ja està pràcticament acabat, només falta fer la maionesa.*

practicant practicants

adjectiu — **1** Que practica una cosa. Diem que algú és practicant dels esports de muntanya o que és practicant de la religió musulmana.

nom masculí i femení — **2** Un o una practicant és una persona que ajuda els metges i pot posar injeccions i fer cures.

A B C D E F G H I J K L M N O P Q R S T U V W X Y Z

practicar
verb
com *cantar*
◄ pàg. 26
Amb QU davant E, I

1 Fer pràctiques d'una cosa, aplicar una teoria. Els concertistes de piano han de practicar moltes hores al dia.
2 Seguir les normes d'una religió i assistir als seus actes de culte. Si un catòlic no practica vol dir que no va a l'església.
practicable

prada prades
nom femení
Prat.

praderia praderies
nom femení
1 Una praderia és una gran extensió de prats.
2 Territoris amb herba i arbustos propis de l'Amèrica del Nord. A les praderies hi havia els grans ramats de bisons.

pragmàtic pragmàtica pragmàtics pragmàtiques
adjectiu
Una persona és pragmàtica quan és molt pràctica i només té en compte els fets reals, les coses tal com són. Els qui fan teories i somien en grans projectes no són pragmàtics.
pragmatisme

prat prats
nom masculí
Un prat és un terreny amb herba per al bestiar. Als prats de muntanya, s'hi veuen ramats de vaques i cavalls.

preàmbul preàmbuls
nom masculí
Un preàmbul és allò que es diu abans de començar a explicar una cosa, abans d'entrar en el tema. En el preàmbul, la conferenciant saluda els presents i es presenta.

prebenda prebendes
nom femení
Es diu que una ocupació o un ofici és una prebenda si dóna poca feina i molts diners.

prec precs
nom masculí
Una persona fa un prec quan demana alguna cosa a algú, quan prega que l'escoltin o l'atenguin. Al final d'algunes reunions, els assistents fan precs i preguntes.

precari precària precaris precàries
adjectiu
Que no durarà gaire, que és dèbil i poc segur. Si una persona té una salut precària, està molt malalta.

precaució precaucions
nom femení
La precaució és l'atenció que es posa a fer una cosa per a no prendre mal. Quan plou, s'ha de conduir el cotxe amb precaució. Si prenem precaucions, fem una sèrie de coses per a evitar un perill.

precedent precedents
adjectiu
1 Que precedeix. La Guerra Civil Espanyola és un fet precedent de la Segona Guerra Mundial.

nom masculí
2 Un precedent és un fet igual o semblant a un altre que ha passat abans. Els jocs olímpics actuals tenen el seu precedent en els antics jocs atlètics de Grècia.
3 Es diu que una cosa és sense precedent si és la primera vegada que es fa, si és desconeguda fins aleshores.

precedir
verb
com *servir*
◄ pàg. 28

1 Anar davant d'algú o d'alguna cosa, estar posat davant. Quan hi ha una manifestació, les autoritats i els líders polítics precedeixen la resta de la gent.
2 Passar abans que una altra cosa. El regnat del rei Jaume I va precedir el de Jaume II.
precedència

precepte preceptes
nom masculí
Un precepte és una cosa manada, una obligació o una llei, sobretot quan ve d'una autoritat religiosa. Els musulmans tenen el precepte de no beure alcohol; els catòlics, d'anar a missa.
preceptiu, preceptiva

preceptor preceptora preceptors preceptores
nom masculí i femení
Persona que s'encarrega de l'educació i l'ensenyament d'un nen o d'una nena. Els prínceps i les princeses tradicionalment han tingut preceptors.

precintar
verb
com *cantar*
◄ pàg. 26

Posar en un paquet, una porta, etc., una tanca amb un segell oficial perquè només puguin obrir-los l'autoritat i altres persones autoritzades. Si la policia precinta un local, els clients no hi poden entrar.
precinte

preciós preciosa preciosos precioses
adjectiu
1 Que té molt de preu, que val molt. Les maragdes i els diamants són pedres precioses.
2 Que és molt bonic, molt bo. Diem que una pintura és preciosa o que fa un dia preciós.
preciosisme, preciosista, preciositat

precipici precipicis
nom masculí
Un precipici és un lloc alt de parets verticals on acaba un camí o un terreny pla. Moltes carreteres de muntanya passen al costat de precipicis.

precipitació precipitacions
nom femení
1 Una persona actua amb precipitació si fa les coses molt de pressa, com si no tingués temps. Un treball fet amb precipitació segur que no surt bé.
2 Quantitat de pluja o de neu que cau en un lloc. Els llocs que no tenen precipitacions són deserts.
precipitat, precipitada

precipitar
verb
com *cantar*
◄ pàg. 26

1 Fer caure daltabaix d'un lloc molt alt. Les allaus precipiten pedres i arbres cap al fons de les valls. Si un cotxe es precipita per un penya-segat queda totalment destrossat.
2 Donar pressa, fer que una cosa passi de seguida. La invasió de Polònia pels alemanys va precipitar la Segona Guerra Mundial.

usat amb pronom
3 Precipitar-se és fer una cosa amb moltes presses, sense pensar-la gaire. Quan hem de prendre una decisió important, no ens podem precipitar.

precís precisa precisos precises
adjectiu
1 Que està perfectament determinat, que és justament el que ha de ser. Quan tens la idea precisa d'una cosa, saps molt bé què és.
2 Que funciona molt bé, que fa la feina molt bé. Un rellotge precís no s'avança ni s'endarrereix.

precisament
adverbi
Paraula que es fa servir en algunes frases per a remarcar una cosa. *Hola, Maria! Precisament ara parlàvem de tu. Ahir van castigar en Manel, i precisament ell no havia fet res. Precisament ara que volia anar a la platja comença a ploure!*

precisar
verb
com *cantar*
◄ pàg. 26
Determinar una cosa amb precisió, de manera exacta. A les curses de velocitat, es precisen fins i tot les centèsimes de segon dels temps dels participants.

precisió precisions
nom femení
Les coses precises tenen precisió. Una balança de precisió dóna el pes exacte de quantitats molt petites d'alguna cosa. Els rellotges digitals tenen més precisió que els mecànics.

precoç precoços precoces
adjectiu
1 Que és més desenvolupat del que li correspon per l'edat que té, que fa coses que altres de la seva edat no fan. Mozart va ser un músic precoç: als set anys ja donava concerts.
2 Que madura o succeeix abans del temps normal. Si algú té calvície precoç, li cauen els cabells quan és molt jove.
precocitat

precursor precursora precursors precursores
adjectiu
1 Que va abans que una altra cosa i indica la seva arribada. La febre i les esgarrifances són símptomes precursors de la grip.

adjectiu i nom masculí i femení
2 Que va abans i prepara l'arribada d'algú o d'algun fet. El cotxe de cavalls és el precursor de l'automòbil.

predador predadors
nom masculí
Depredador.

predecessor predecessora predecessors predecessores
adjectiu i nom masculí i femení
Que ha ocupat abans el càrrec que ara té una persona o que ha fet la feina que ara fa aquesta. No sempre els ministres continuen la política dels seus predecessors.

predestinar
verb
com *cantar*
◄ pàg. 26
Destinar una persona o una cosa per endavant a una acció. El pare de Mozart va predestinar el seu fill a ser un gran músic.
predestinació

predicar
verb
com *cantar*
◄ pàg. 26
Amb QU davant E, I
1 Ensenyar i anunciar una doctrina moral o religiosa. Els sacerdots catòlics i els pastors protestants prediquen l'evangeli.
2 Dir als altres el que han de fer, fer-los recomanacions, donar-los consells. Una persona predica amb l'exemple si fa les coses que diu que els altres haurien de fer.
prèdica, predicació, predicador

predicat predicats
nom masculí
El predicat és el verb amb tots els seus complements i ens informa de les coses que diem del subjecte. El verb del predicat ha de concordar en persona i en nombre amb el subjecte de la frase. En la frase *La primavera és meravellosa*, el predicat és *és meravellosa* i si el predicat fos *són meravelloses* la frase estaria mal feta.

predicció prediccions
nom masculí
Quan una persona prediu una cosa fa una predicció. Les prediccions del temps ens ajuden a saber quin dia farà.

predilecció predileccions
nom femení
Una persona té o sent predilecció per una altra persona o per una cosa si li agrada molt i la prefereix a totes les altres. Qui té predilecció pel color blau es compra molta roba d'aquest color.
predilecte, predilecta

predir
verb
com *dir*
◄ pàg. 32
Diferència: *prediques* o *prediu*
Anunciar una cosa abans que passi. Segons la forma i el color dels núvols, es pot predir si farà bon temps o hi haurà tempestes.
predictiu, predictiva

predominar
verb
com *cantar*
◄ pàg. 26
Ser més fort, més abundant, tenir més influència, més importància. Als boscos mediterranis predominen els pins, les alzines i els roures.
predomini

preescolar preescolars
adjectiu
L'ensenyament preescolar és el que va abans dels sis anys.

prefaci prefacis
nom masculí Pròleg.

preferència preferències
nom femení **1** Una persona té preferència per una altra persona o per una cosa quan la prefereix. Si no tens preferència per cap classe de formatge, t'agraden tots.
2 La preferència d'un teatre o d'un cine és el conjunt de butaques millors.
3 Un cotxe o un altre vehicle té preferència quan ha de passar abans que els altres. Normalment tenen preferència els cotxes que ens surten per la dreta.
preferent

preferir
verb
com *servir*
◄ pàg. 28
Estimar-se més una persona o una cosa que una altra, agradar més, considerar que és millor. Hi ha persones que prefereixen el cine al teatre.
preferible

prefix prefixos
nom masculí **1** Un prefix és una partícula que s'afegeix al començament d'una paraula per a formarne una altra de significat diferent. *In* és un prefix que podem afegir a mots com *útil* o *combustible* i formar *inútil* i *incombustible*.
2 Número que es marca en alguns casos abans d'un número de telèfon. Per a trucar a les comarques gironines des de fora, hem de marcar primer el prefix 972 i tot seguit el número de la persona amb qui volem parlar.
prefixar

pregadéu pregadéus
nom masculí Un pregadéu és un insecte que té el cos estret i llarg i dues potes al davant molt grosses i acabades en una pinça. Normalment els pregadéus són de color verd; n'hi ha també de marrons. Si se'ls agafa per l'abdomen, ajunten i mouen les potes del davant com si fessin una pregària.

Un pregadéu

pregar
verb
com *cantar*
◄ pàg. 26
Amb GU davant E, I
1 Demanar a algú per favor i amb humilitat que concedeixi o faci alguna cosa. Si a una persona li agrada que li preguin abans de dir que sí, es diu que li agrada fer-se pregar. Les invitacions a un acte oficial acostumen a pregar la nostra assistència.
2 Resar.
pregària

pregó pregons
nom masculí Un pregó és un discurs que es fa en la inauguració d'una festa. S'acostuma a encarregar el pregó a un personatge conegut i estimat de la gent.
pregonar

pregon pregona pregons pregones
adjectiu Profund. En algunes zones, el mar és molt pregon.
apregonar, pregonesa

pregunta preguntes
nom femení Una pregunta és una paraula o unes paraules que diem a algú per a demanar-li informació. Es fan preguntes en un examen, en una entrevista i en alguns concursos de televisió. Quan una persona fa una pregunta indiscreta és que vol saber coses que no es poden dir.

preguntar
verb
com *cantar*
◄ pàg. 26
Fer una pregunta o fer preguntes. Quan no sabem on és el carrer on anem, ho hem de preguntar.

prehistòria prehistòries
nom femení La prehistòria és el període de la història humana que va abans de l'invent de l'escriptura. Se sap que, durant la prehistòria, els éssers humans van descobrir el foc i el cultiu de les plantes.

prehistòric prehistòrica prehistòrics prehistòriques
adjectiu De la prehistòria, que té relació amb la prehistòria. L'arqueologia ens fa conèixer molts costums prehistòrics.

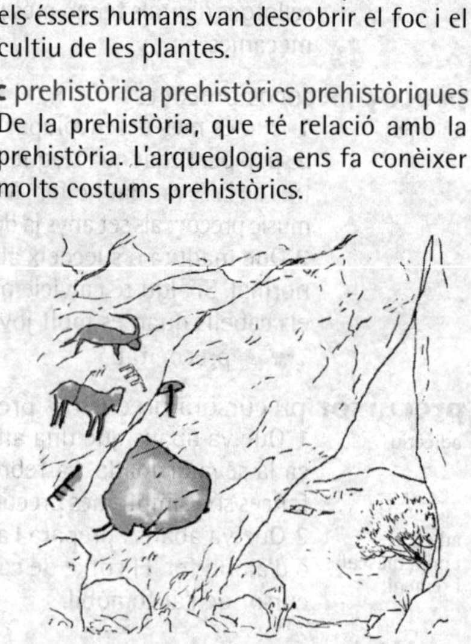

Unes pintures prehistòriques

prejudici prejudicis

nom masculí — Un prejudici és una idea, una opinió o una manera de fer que tenen algunes persones i que fa que prefereixin una cosa o una altra sense saber per què. Tenir prejudicis contra algú és pensar que és mala persona sense conèixer-lo.

prelat prelats

nom masculí — Un prelat és un personatge eclesiàstic, com un bisbe o un abat.

prelatura

preliminar preliminars

adjectiu — 1 Que es fa abans d'una altra cosa i la prepara. Un partit de futbol preliminar es juga abans del partit important.

nom masculí — 2 Un preliminar és allò que es fa abans d'un acte o d'un afer.

preludi preludis

nom masculí — 1 Un preludi és qualsevol acció o esdeveniment que succeeix abans d'una cosa important i la prepara. Una cercavila és sovint el preludi d'una festa major.

2 En música, composició que introdueix algunes òperes o composició per a piano. Són famosos els preludis de Chopin.

preludiar

prematur prematura prematurs prematures

adjectiu — 1 Que passa abans d'hora, massa aviat. Una nevada prematura pot fer malbé la collita. Quan hi ha un part prematur, la criatura neix dèbil i amb poc pes.

nom masculí — 2 Un prematur és una criatura que ha nascut abans del temps normal. Els prematurs sovint s'han de posar en una incubadora.

premeditació premeditacions

nom femení — Una persona actua amb premeditació quan pensa molt bé una cosa abans de fer-la. Un crim comès amb premeditació és molt greu, no s'ha fet sense voler.

impremeditat, impremeditada, premeditadament, premeditar

prémer

verb
com *témer*
◄ pàg. 26

Agafar una cosa amb una altra que la comprimeix i hi fa pressió. Per treure el suc d'una taronja, la pots prémer amb les mans o posar-la en una espremedora.

premi premis

nom masculí — 1 Un premi és l'objecte o els diners que es donen a la persona que ha guanyat en un concurs o en una competició esportiva o que ha destacat per les seves obres, pel seu comportament, etc. Els premis esportius són, normalment, copes i medalles.

2 Persona o obra que ha guanyat un premi. Pots llegir la novel·la guanyadora del premi Ramon Llull de l'any o veure una fotografia de la dona que és premi Nobel de la pau.

premiar

verb
com *canviar*
◄ pàg. 26
Amb dièresi

Donar a una persona o a una obra el premi que es mereix. Moltes persones premien aquell que els retorna un objecte que havien perdut.

premolar premolars

nom femení — Una premolar és una dent situada entre els ullals i els queixals. Les persones tenim vuit premolars, quatre a cada mandíbula.

premonició premonicions

nom femení — Una premonició és un pensament, una idea o un somni que algunes persones creuen que explica les coses que els passaran.

premonitori, premonitòria

premsa premses

nom femení
Amb MS

1 Una premsa és una màquina per a aixafar i comprimir alguna cosa. Consisteix en dues peces planes o cilíndriques, molt fortes, que agafen entre elles la cosa que s'ha d'aixafar. Hi ha premses d'olives per a fer oli, premses de raïm per a fer vi i altres.

2 La premsa d'un país és el conjunt dels diaris i les revistes que s'hi publiquen. Quan hi ha llibertat de premsa, es pot opinar i escriure sobre tots els temes.

frase feta — 3 Es diu que algú o alguna cosa **té bona** o **mala premsa** si té bona o mala fama.

premsar

prendre

verb
◄ pàg. 38

1 Agafar, emportar-se, una cosa que és d'una altra persona o que té una altra persona. En un lloc amb molta gent, s'ha de vigilar que no ens prenguin la cartera o la bossa.

2 Menjar o beure un aliment, un líquid, un medicament. Els diabètics no poden prendre sucre. Quan s'està refredat, és bo prendre suc de llimona amb mel.

3 Rebre els efectes d'una cosa, deixar que ens toqui. Es pot prendre un bany o una dutxa, el sol o la fresca.

4 Acceptar. Les persones necessitades prenen tot el que els donen. Si ens prenem bé el que ens diuen, no ens molestem ni enfadem.

5 El verb prendre es fa servir amb altres significats molt habituals: *Prendre entrades per al cine. Prendre notes, apunts. Prendre lliçons de rus. Preneu cadires i seieu. Prendre l'autobús, l'avió, el tren. Ha pres moltes precaucions. Prendre les mesures convenients per a evitar els incendis. He pres la resolució de deixar la feina. Prendre part en una empresa. El jutge pren de-*

claració als testimonis. Tot seguit prendrà la paraula el president i després parlarà la directora. Prendre exemple d'una persona i fer com ella. Prendre mides d'una habitació. Prendre un camí equivocat. Prendre una persona per una altra i saludar-la equivocadament.

frase feta — **6 Prendre mal** és tenir un accident, patir un dany, fer-se mal.

prenyada prenyades

adjectiu i nom femení — Embarassada.

preocupació preocupacions

nom femení — Una preocupació és una cosa que preocupa, que ens fa estar intranquils i capficats. Les preocupacions no deixen dormir amb tranquil·litat.

preocupar

verb com *cantar* ◄ pàg. 26 — **1** Una cosa preocupa algú si li causa una gran inquietud i no el deixa estar tranquil. Ens pot preocupar una malaltia o una feina que hem d'acabar demà.

usat amb pronom — **2 Preocupar-se** és estar intranquil, tenir constantment al pensament una cosa que és un perill o que és difícil de fer o de solucionar. Les persones egoistes només es preocupen de les seves coses. Quan volem donar ànims a algú, li diem que no es preocupi.

preparació preparacions

nom femení — **1** La preparació és el fet de preparar o de preparar-se. Uns bons canelons demanen una llarga preparació.

2 Coneixements que té una persona sobre una matèria. Una professora de piano ha de tenir una bona preparació musical.

3 Entrenament d'un o d'una esportista o d'un equip. Durant la pretemporada, els futbolistes fan la preparació per a la lliga.

preparar

verb com *cantar* ◄ pàg. 26 — **1** Fer que una cosa estigui a punt per a ser usada, que pugui funcionar, que surti bé. Quan algú surt de viatge, prepara les maletes. També es pot preparar un programa de televisió, el guió d'un treball, un sopar, etc.

usat amb pronom — **2 Preparar-se** és posar-se a punt per a fer una cosa. Si es prepara una tempesta és que aviat hi haurà llamps, trons i pluja.

preparatiu, preparatori, preparatòria

preparat preparats

nom masculí — Un preparat és un medicament o un altre producte que algú ha fet o fabricat. En algunes farmàcies pots trobar preparats per a la tos.

preposició preposicions

nom femení — Una preposició és un tipus de paraula que uneix paraules o grups de paraules a un nucli, o paraula més important, que acostuma a anar al davant: *pollastre a l'ast, jugar a futbol, útil a tothom, semblantment a tu*. Les paraules que van al darrere de la preposició (*l'ast, futbol,tothom, tu*) passen a ser complements de les del davant, els nuclis (*pollastre, jugar, útil, semblantment*). Hi ha preposicions que soles no volen dir res: *a, amb, de, en* i *per*; i n'hi ha que tenen més significat, com *contra, segons, sense*, etc.

Les preposicions són invariables, sempre tenen el mateix gènere i nombre, encara que algunes poden tenir diferents formes perquè es poden apostrofar i contraure:

- *Un entrepà de pernil, un entrepà de sobrassada, un entrepà de seitons, un entrepà de truita.*
- *Un entrepà d'anxoves, l'entrepà del company, l'entrepà de la Marina, l'entrepà de l'amiga d'un amic.*

Les preposicions formen part d'algunes perífrasis verbals com HAVER + DE + INFINITIU:

- *Hem de vigilar, hem d'anar amb compte, hauríem hagut de ser més prudents.*

preposicional preposicionals

adjectiu — **1** De la preposició, que té relació amb la preposició.

2 Una oració, un complement o una locució és preposicional si es construeix amb una preposició. *Per mitjà de* és una locució preposicional.

prepuci prepucis

nom masculí — El prepuci és una pell que cobreix la part final del penis. Normalment es pot enretirar i deixar aquesta part descoberta. En alguns nens, aquesta pell s'ha de tallar en una senzilla operació.

pres presa presos preses

adjectiu i nom masculí i femení — Que no té llibertat, que està tancat en una presó. Per a portar una persona presa, la policia fa servir les manilles. Hi ha presos condemnats a cadena perpètua.

presa preses

nom femení — **1** La presa d'una cosa és el fet de prendre-la. La presa de les antigues fortaleses a vegades costava molts dies de setge i de lluita.

2 Una presa és una quantitat d'un medicament o d'un aliment que es pren d'una vegada. Si hem de fer tres preses d'un xarop al dia, n'hem de prendre tres vegades.

3 Paret que es construeix en un riu o en un llac per a desviar l'aigua o per a impedir que corri. Els pantans per a fer electricitat es tanquen amb preses molt altes i fortes.

4 Animal o cosa que algú ha pres. Els conills de bosc i els ratolins són les preses de les àguiles.

5 Una **presa de corrent** és un endoll. Si no tenim preses de corrent a les parets, no podrem connectar cap aparell.

6 Una **presa de xocolata** és cada una de les divisions que porten les rajoles de xocolata, el trosset que normalment es menja una persona.

locució que fa d'adjectiu — **7** Els ocells i els gossos **de presa** es fan servir per a caçar i ataquen i agafen altres animals.

presagi presagis

nom masculí, Amb S — Un presagi és un senyal, una indicació que anuncia una cosa que ha de passar. Els núvols negres són presagi de tempesta.

presagiar

presbiteri presbiteris

nom masculí — El presbiteri d'una església és el lloc on hi ha l'altar. Normalment, és situat a més altura que la resta del temple. pàg. 598 (13)

prescindir

verb, com *servir* ◄ pàg. 28 — No fer cas d'una persona o d'una cosa, deixar-la de banda. Quan plou, no podem prescindir del paraigua. Si una persona no té diners, ha de prescindir de moltes coses que els altres tenen.

presència presències

nom femení — **1** La presència d'una persona o d'una cosa és el fet d'estar present físicament en un lloc. Si en una reunió hi ha molta gent, pot ser que no notem la presència d'una amiga.

2 Aspecte, forma externa d'algú. Els models tenen molt bona presència.

locució que fa d'adverbi — **3** Una cosa es fa **a la presència** o **en presència** d'algú si es fa davant d'ell. *Les persones es casen, normalment, en presència de molta gent.*

frase feta — **4** **Fer acte de presència** és presentar-se en un lloc, arribar-hi. La directora i els artistes d'una pel·lícula fan acte de presència el dia de l'estrena si estan entre el públic.

presenciar

verb, com *canviar* ◄ pàg. 26, Amb dièresi — Estar present quan passa una cosa, veure-la. Milions de persones de tot el món poden presenciar un partit de futbol per televisió.

1
present presents

adjectiu — **1** Una persona és present en un lloc quan s'hi troba, quan hi és. Les persones presents en un accident poden declarar com a testimonis.

2 Que és d'ara, del moment que som. Qui només pensa en les necessitats presents i s'ho gasta tot, quan arriba a la vellesa no té res estalviat.

nom masculí — **3** El present és el moment d'ara, el temps present. Si només es pensa en el present s'estalvien moltes preocupacions.

4 El present és el temps del verb que indica que una acció es fa en el moment que s'està parlant: *Surto ara.* També es fa servir quan ens referim a fets que passen cada dia o que són sempre de la mateixa manera: *Em llevo a les vuit. Les gallines ponen ous.*

nom masculí i femení plurals — **5** Els o les presents són les persones que es troben en el lloc on hi ha la persona que parla. Si una dona parla en nom de totes les presents, parla en nom de totes les altres dones que hi ha en una assemblea, en un local.

locució que fa d'adverbi — **6** Una persona morta està **de cos present** si encara no està enterrada. *Com podeu riure si encara està de cos present?*

frase feta — **7** **Tenir present** una cosa és recordar-la, pensar-hi.

2
present presents

nom masculí — Un present és una cosa que es regala, que es dóna a algú. Un ram de flors sempre és un bell present.

presentació presentacions

nom femení — **1** Es fa una presentació quan es presenta una persona o una cosa. A les llibreries, a vegades es fan presentacions de llibres. Quan dues persones no es coneixen, s'han de fer les presentacions, han de dir qui són.

2 La presentació d'un escrit és la lletra, el tipus de paper, els títols, etc.

presentar

verb, com *cantar* ◄ pàg. 26 — **1** Fer conèixer una persona o una cosa a algú, ensenyar-la, anunciar-la a un públic. Es presenta, per exemple, una nova artista, un nou model de cotxe, una pel·lícula d'aventures o un llibre de memòries.

2 Ensenyar o donar una cosa a algú perquè la vegi, doni la seva opinió. Es presenten, per exemple, uns documents, un treball escolar o el passaport.

3 Donar a conèixer una persona a una altra o unes altres. Quan presentem algú, diem el seu nom i el seu cognom.

usat amb pronom — **4** **Presentar-se** és dir qui som a les altres persones. Si en una festa o en una altra reunió, algú no ens coneix, ens podem presentar.

5 **Presentar-se** és fer-se present en un

lloc, aparèixer davant de la gent. En un enterrament, no podem presentar-nos vestits de color vermell. També es diu que una persona es presenta a un examen.
impresentable, presentable, presentador

preservar
verb
com *cantar*
◄ pàg. 26
Impedir que una cosa faci mal, protegir una persona o una cosa d'un dany. Els jerseis de llana preserven del fred.
preservació

preservatiu preservatius
nom masculí
Un preservatiu és una funda d'un plàstic molt fi que es posa al penis quan s'han de tenir relacions sexuals. L'ús del preservatiu impedeix que la dona quedi embarassada i evita algunes malalties.

president presidenta presidents presidentes
nom masculí i femení
Persona que presideix, que és responsable de la política d'un país o que dirigeix un club, una associació, una assemblea, etc.
presidència, presidencial, presidencialisme

presidi presidis
nom masculí
Un presidi és un penal, un lloc on hi ha gent empresonada.
presidiari, presidiària

presidir
verb
com *servir*
◄ pàg. 28
1 Dirigir les discussions i els treballs d'una reunió, d'una assemblea o d'un acte públic. En les votacions, una persona presideix la mesa electoral i és responsable de l'urna.
2 Ser el responsable d'una associació, d'un govern, d'un club, etc. Indira Gandhi va presidir l'Índia.

presó presons
nom femení
Una presó és un lloc on estan tancades les persones que han estat detingudes per haver comès un delicte o per altres motius.
empresonar

presoner presonera presoners presoneres
adjectiu i nom masculí i femení
1 Pres o presa. Les persones presoneres no surten al carrer. En alguns països, hi ha presoners polítics, enemics del govern.
nom masculí i femení
2 Soldat que l'enemic ha agafat. Els presoners de guerra no han de ser maltractats.

pressa presses
nom femení
1 Una persona té pressa quan ha de fer les coses molt ràpidament, quan no es pot esperar ni perdre temps. La pressa a vegades ens fa fer les coses malament.
2 Una persona va amb presses o fa les coses amb presses si corre i tot ho fa sense tenir temps. Una feina ben feta no es pot fer amb presses.
locució que fa d'adverbi
3 De pressa vol dir ràpidament, sense perdre ni un minut. *Si un cotxe va molt de pressa va a molta velocitat.*
frase feta
4 Una cosa **corre pressa** si és molt urgent i s'ha de fer de seguida.
apressar-se

préssec préssecs
nom masculí
Amb C
Un préssec és una fruita de forma rodona, que té la pell prima, de color groc o vermell i coberta d'uns pèls molt fins. La polpa és tova i sucosa, de color groc vermellós o vermell. Té un pinyol molt gros i dur. Els préssecs es mengen crus, en melmelada o en almívar. ✎ pàg. 397 ⑪
presseguer

pressentiment pressentiments
nom masculí
Una persona té un pressentiment quan creu que passarà alguna cosa.

pressentir
verb
com *dormir*
◄ pàg. 27
Creure que una cosa ha de passar. Hi ha persones que no han volgut agafar un avió perquè pressentien que tindrien un accident.

pressió pressions
nom femení
1 La pressió és la força que fa una cosa que prem o actua contra una altra. Alguns pots es tanquen fent pressió sobre la tapa.
2 La **pressió arterial** és la força que fa la sang quan circula per dins de les artèries. Hi ha aparells per a prendre's la pressió.
3 La **pressió atmosfèrica** és la força que fa el pes de l'aire de l'atmosfera sobre la superfície de la Terra i sobre les persones i les coses que s'hi troben. Els canvis de la pressió atmosfèrica indiquen canvis de temps.
pressionar

pressuposar
verb
com *cantar*
◄ pàg. 26
Pensar o creure que una cosa és d'una manera determinada abans que hagi passat o que s'hagi fet. Si pressuposes que una amiga et convidarà al seu casament, comences a pensar quin regal li faràs; però pot ser que no et convidi.
pressuposició, pressupòsit

pressupost pressuposts
nom masculí
També *pressupostos.*
1 Un pressupost és un càlcul dels diners que costarà una feina, fer unes obres, arreglar una cosa, etc. Abans de pintar el pis o reparar el cotxe, convé demanar un pressupost per saber si tenim prou diners.
2 Càlcul de les despeses i dels ingressos d'una empresa, d'una associació o de l'Estat. Els pressupostos de l'Estat es presenten i s'aproven una vegada l'any.
3 Quantitat de diners que es destinen a una

A B C D E F G H I J K L M N O P Q R S T U V W X Y Z

cosa. El pressupost que una família gasta en menjar cada mes és de molts diners.

pressupostar, pressupostari, pressupostària

prestar

verb com *cantar* ◄ pàg. 26

1 Deixar diners o una altra cosa a una persona. Quan et presten un llibre, l'has de tornar.

2 Aquest verb forma part d'algunes construccions amb significats diversos: *Prestar ajuda* és ajudar; *prestar atenció* és atendre; *prestar jurament* és jurar.

usat amb pronom

3 **Prestar-se** a fer una cosa és estar preparat o disposat a fer-la per a ajudar algú.

prestació, prestador, prestatari, prestatària

prestatge prestatges

nom masculí

Un prestatge és una peça plana de fusta, de metall o de plàstic que es col·loca horitzontal en un moble o en un armari per a posar-hi llibres o altres coses. També hi ha prestatges que es pengen de la paret.

prestatgeria prestatgeries

nom femení

Una prestatgeria és un moble amb prestatges.

préstec préstecs

nom masculí

Una persona fa un préstec quan deixa diners o una altra cosa a algú. Si necessitem molts diners de cop, podem demanar un préstec a un banc. Les biblioteques públiques tenen un servei de préstec de llibres i et pots emportar a casa el llibre que necessites.

prestidigitador prestidigitadora prestidigitadors prestidigitadores

nom masculí i femení

Artista que fa jocs de màgia i fa aparèixer i desaparèixer coses amb molta habilitat davant del públic.

Una prestidigitadora

prestigi prestigis

nom masculí

Una persona té prestigi si és molt coneguda pels seus coneixements científics o artístics, per la feina que fa o pels èxits que ha tingut. Guanyar un Oscar dóna molt de prestigi als artistes de cine.

prestigiós, prestigiosa

prestissimo prestissimos

nom masculí

Un prestissimo és una composició musical que té un ritme més ràpid i més viu que el presto. És una paraula italiana.

presto prestos

nom masculí

Un presto és una composició musical que té un ritme més ràpid i més viu que l'allegro. És una paraula italiana.

presumir

verb com *servir* ◄ pàg. 28 o *dormir* ◄ pàg. 27

1 Una persona presumeix quan creu que té un mèrit o una qualitat i ho diu a tothom. Hi ha persones que presumeixen de sàvies i de fet només saben quatre coses.

2 Vestir-se i arreglar-se molt bé perquè tothom ho vegi i s'hi fixi. Quan a una persona li agrada presumir, només pensa en la roba, en els pentinats i en les joies.

3 Creure, pensar que passarà una cosa pels senyals o indicis que en tenim. Si plou molt, podem presumir que hi haurà inundacions.

presumible, presumpció, presumpte, presumpta

presumit presumida presumits presumides

adjectiu

Que presumeix, que vol que tothom es fixi en els vestits i les joies que porta. Una persona presumida pateix molt si un vestit no li cau bé.

presumptuós presumptuosa presumptuosos presumptuoses

adjectiu

Que es pensa que és millor que els altres, que presumeix molt de les coses que sap fer, de la gent important que coneix, dels diners que té, etc.

pretendent pretendenta pretendents pretendentes

nom masculí i femení

Persona que pretén alguna cosa. Un pretendent al tron vol arribar a ser rei. Els pretendents i les pretendentes d'algú són les persones que s'hi volen casar.

pretendre

verb com *prendre* ◄ pàg. 38 Diferències: *pretén, pretès*

Anar darrere d'una cosa que es desitja molt, que es vol aconseguir. Tots els equips que juguen un campionat pretenen ser-ne guanyadors.

pretensió pretensions

nom femení

1 La pretensió és el fet de pretendre una cosa. Alguns polítics tenen la pretensió de ser ministres.

Continua a la pàgina següent

A B C D E F G H I J K L M N O P Q R S T U V W X Y Z

2 Es diu que una persona té pretensions si es pensa que té moltes qualitats i mèrits, i que aconseguirà feines o càrrecs importants.
pretensiós, pretensiosa

pretèrit pretèrita pretèrits pretèrites
adjectiu — Que és totalment del passat. La prehistòria és un temps pretèrit, que no pot tornar.

pretext pretexts
nom masculí
També *pretextos*
Un pretext és qualsevol cosa que algú fa o diu per amagar la raó o el motiu reals de la seva acció. Tenir mal de cap pot servir de pretext si una persona no vol sortir de casa o no té acabada una feina.
pretextar

preu preus
nom masculí — **1** El preu d'una cosa és la quantitat de diners que val. L'or i els diamants tenen un preu molt alt, valen molt.
2 El **preu de cost** d'un producte és el que val fabricar-lo.
3 El **preu de venda al públic** d'un producte és el que es paga quan es compra a la botiga.
locució que fa d'adverbi — **4** Si hem comprat una cosa **a preu d'or** ens ha costat molts diners. *Les primeres cireres van a preu d'or.*
5 Una persona treballa **a preu fet** si cobra un tant per cada peça, per cada unitat, etc., que fa. *Anem molt ràpids perquè treballem a preu fet.*
preuar

prevaler
verb
com *valer*
◄ pàg. 43
1 Una persona o una cosa preval quan, en competència amb altres, guanya o aconsegueix ser la millor. Si en una discussió preval la nostra opinió és que al final tothom ha acceptat el que diem.
usat amb pronom — **2** **Prevaler-se** és aprofitar-se o servir-se d'una cosa. Algunes persones es prevalen del seu càrrec per a estafar els altres.

prevenció prevencions
nom femení — **1** La prevenció és el fet de prevenir. Per a la prevenció de les malalties infeccioses cal vigilar la higiene.
2 Actitud que no és favorable a una persona o a una cosa. No hem de tenir prevencions contra les persones d'altres països.
preventiu, preventiva

prevenir
verb
com *tenir*
◄ pàg. 42
Diferència: *prevén*
1 Disposar i preparar les coses de manera que no passi una desgràcia, que no es declari una malaltia o que s'eviti un perill. Les autoritats han de prevenir els incendis forestals.
2 Advertir algú per endavant d'alguna cosa que li pot passar. Els metges ens prevenen que si no descansem les hores necessàries ens podem trobar malament.

prevere preveres
nom masculí — Un prevere és un capellà, un sacerdot catòlic.

preveure
verb
com *veure*
◄ pàg. 43
Veure, pensar o planejar per endavant les coses que poden passar. És difícil de preveure com serà el món d'aquí a cent anys. Els meteoròlegs preveuen el temps que farà l'endemà.
imprevisible, imprevisor, previsible, previsió, previsor

previ prèvia previs prèvies
adjectiu — Que és abans o que s'ha de fer abans que una altra cosa. Quan s'ha de construir una casa, es fa un estudi previ del terreny.

prèviament
adverbi — Per endavant, abans. Per a retirar un paquet de correus, prèviament s'ha de pagar.

prim prima prims primes
adjectiu — **1** Que té poc gruix. Els fulls de les llibretes són prims.
2 Una persona és prima si té poc greix i pesa poc. Quan algú està molt prim es diu que sembla un fideu o que només té pell i ossos.
3 Es diu que una cosa és prima si té poca consistència, si és feble i escassa, poc important. Si una persona té el son prim es desperta amb el més petit soroll.

prima primes
nom femení — **1** Una prima és una quantitat de diners que rep una persona com a premi perquè ha resolt un encàrrec perfectament. A vegades, els jugadors de futbol tenen una prima si guanyen un partit important.
2 Quantitat de diners que una persona paga per una assegurança. Una assegurança a tot risc té una prima més cara que una altra perquè assegura de més perills.
primar

primacia primacies
nom femení — Una persona o una cosa té primacia sobre una altra si és més important, té més qualitats o ocupa una posició de més poder. La Revolució Francesa va anar contra la primacia dels reis i dels nobles dins de la societat.

primari primària primaris primàries
adjectiu — **1** Que és el primer en una ordenació. Una escola primària és de nens i nenes petits. L'era primària és la més antiga de la història de la Terra.
2 El sector primari de la societat és constituït per totes les activitats relacionades amb l'agricultura, la ramaderia, els boscos, la caça i la pesca.

nom femení
3 La primària és l'etapa de l'ensenyament obligatori que va dels sis als dotze anys.

primat primats

nom masculí
Un primat és un mamífer del grup dels que tenen el cervell més desenvolupat i que poden agafar coses amb les mans. Els simis i els éssers humans són primats.

primavera primaveres

nom femení
La primavera és l'estació de l'any que ve després de l'hivern. Comença el 21 de març i acaba el 21 de juny. A la primavera floreixen els arbres fruiters.
primaveral

1
primer

adverbi
1 La primera vegada. *La casa on primer vaig viure era molt gran.*
2 Abans. *Jo he arribat a casa primer que tu. Primer anirem a comprar, i després farem el sopar.*
3 En un principi. *Primer parlarem dels mamífers i després dels ocells.*

2
primer primera primers primeres

determinant numeral i nom masculí i femení
1 Que té el número d'ordre 1 i no en té cap davant seu. El primer pis d'un edifici és a la planta baixa. El mes de gener és el primer de l'any.

adjectiu
2 Que és el més important, el més bo. Costa molt arribar a ser la primera tennista mundial.

nom femení
3 La primera és el premi més important del sorteig de la loteria. Si a una persona li toca la primera de Nadal, cobra molts diners.

locució que fa d'adjectiu i d'adverbi
4 Una cosa és o es fa **de primera** si és molt bona, de molta qualitat. També es diu que un vestit ens va de primera si ens va a la mida.

primerament

adverbi
En primer lloc. *Primerament, us voldria agrair la vostra amabilitat.*

primerenc primerenca primerencs primerenques

adjectiu
Que neix o que madura abans del temps normal, en primer lloc. Els rovellons primerencs sempre van molt cars.

primeria primeries

nom femení
La primeria d'una cosa és el seu principi, el seu començament. Alguns anys, a la primeria de l'estiu ja fa molta calor.

primfilar

verb com *cantar* ◄ pàg. 26
Filar prim, fixar-se molt en tots els detalls del que es diu o es fa.

primícia primícies

nom femení
1 Una primícia és una cosa que es dóna, que se sap o que es fa per primera vegada. Quan una periodista publica una primícia, dóna una notícia que encara no sap ningú.
2 Primers fruits que es cullen d'una collita. Els pobles antics oferien les primícies a Déu.

primigeni primigènia primigenis primigènies

adjectiu
Primitiu, que ve des de l'origen. L'existència de dones i homes a l'espècie humana és primigènia.

primitiu primitiva primitius primitives

adjectiu
1 Que pertany a l'origen, al començament d'una cosa. No coneixem gaire com vivien els pobles primitius de la Terra.
2 Un mot primitiu és un mot que no ve d'un altre mot. *Llum* és un mot primitiu que ha donat diversos derivats com *lluminós*, *lluminària* i *il·luminar*.

primmirat primmirada primmirats primmirades

adjectiu
Que es fixa molt en els detalls de les coses, que vol fer-ho tot molt ben fet. Una persona primmirada en el vestir no es posarà mai una peça de roba que no estigui molt neta i ben planxada.

primogènit primogènita primogènits primogènites

adjectiu i nom masculí i femení
Que ha nascut el primer. El fill primogènit o la filla primogènita és el germà o la germana gran en una família. El primogènit del rei és l'hereu de la corona.

primordial primordials

adjectiu
Una cosa primordial és molt important, fonamental. La llet és un aliment primordial dels infants.

príncep prínceps

nom masculí
1 Un príncep és un fill d'un rei o d'una reina. El príncep és l'hereu del tron.
2 Home que té el poder en un principat.
copríncep, principesc

princesa princeses

nom femení
1 Una princesa és una filla d'un rei o d'una reina.
2 Dona que té el poder en un principat.
3 Esposa d'un príncep.

principal principals

adjectiu
1 Que és el primer, el més important. París és la ciutat principal de França.

nom masculí
2 El principal d'un edifici és el pis que hi ha després de la planta baixa. Si hi ha entresòl, el principal ve després d'aquest.
principalitat

principalment

adverbi
De manera especial, en primer lloc, sobretot. *S'ha de netejar tota la cuina, principalment els fogons.*

A B C D E F G H I J K L M N O P Q R S T U V W X Y Z

principat principats
nom masculí — Un principat és un estat governat per una persona que porta el títol de príncep o princesa. A Europa, hi ha el principat de Mònaco.

principi principis
nom masculí — **1** Començament. Ningú no sap com va ser el principi del món. Al principi d'anar en bicicleta costa de mantenir l'equilibri.
2 Un principi és una afirmació, una veritat que es considera fonamental. Totes les ciències es basen en principis. Un principi de la física és que l'energia no desapareix, sinó que es transforma.
3 Norma moral, manera correcta de comportar-se. Es diu que algú no té principis si es porta malament i fa mal als altres.
principiar

principiant principiants
adjectiu i nom masculí i femení — Que encara és al començament de treballar, de fer qualsevol activitat. Una actriu principiant només fa papers secundaris.

prior priora priors priores
nom masculí i femení — Religiós o religiosa que governa un convent. En alguns monestirs, el prior o la priora tenen el càrrec més important després de l'abat o l'abadessa.
priorat

prioratí prioratina prioratins prioratines
adjectiu — **1** Del Priorat. *Els vins prioratins.*
nom masculí i femení — **2** Persona que és del Priorat o que hi viu.

prisma prismes
nom masculí — **1** Un prisma és un poliedre que té dues cares paral·leles i iguals anomenades *bases* i diverses cares que són paral·lelograms. Un prisma és triangular si les bases tenen tres costats; quadrangular, si tenen quatre costats, etc.

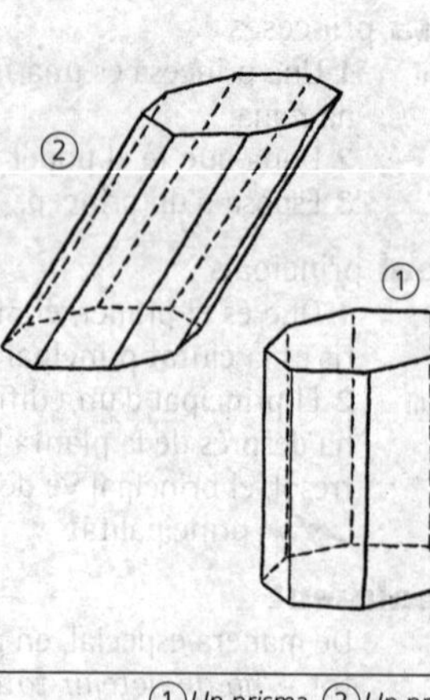

① *Un prisma.* ② *Un prisma oblic.*

2 Prisma triangular i transparent que descompon un raig de llum blanca en diversos colors.

prismàtic prismàtica prismàtics prismàtiques
adjectiu — **1** Que té forma de prisma, que és format per un prisma.
nom masculí plural — **2** Uns prismàtics són un binocle que porta a dins dos prismes transparents que reflecteixen la llum. Així els objectes que estan lluny es veuen grans i clars. En un camp de futbol, si portes prismàtics pots veure millor els jugadors.

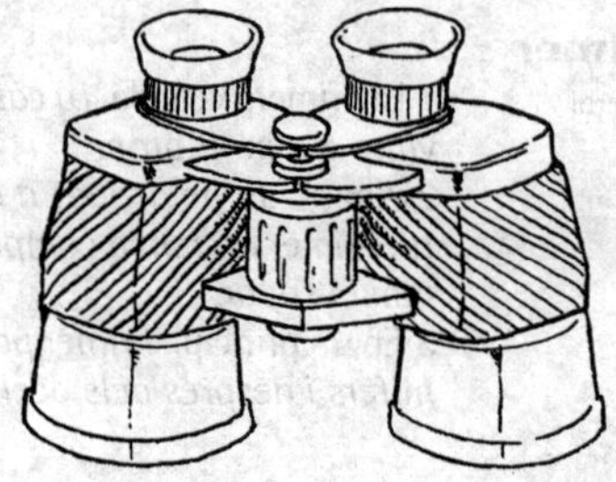
Uns prismàtics

privar
verb com *cantar* ◄ pàg. 26 — **1** Fer que algú no tingui una cosa que vol o que necessita. Si estem malalts de la panxa, el metge ens priva de menjar dolços.
2 Fer que algú no tingui una cosa que abans tenia. Les persones que són a la presó estan privades de llibertat.
usat amb pronom — **3** **Privar-se** d'una cosa és abstenir-se'n, estar-se de tenir-la, de prendre-la o de ferla. Sempre sap greu privar-se d'una bona companyia.
privació, privatiu, privativa

privat privada privats privades
adjectiu — **1** Que és d'una persona particular o d'algunes persones. Per un camí privat no hi pot passar tothom.
2 Que es fa davant només d'algunes persones, que no és públic. Hi ha converses privades o sessions privades de cine.
3 Que no pertany al càrrec, a l'ofici o a la feina d'algú, sinó a la seva persona. S'ha de respectar sempre la vida privada de la gent.
locució que fa d'adverbi — **4** **En privat** vol dir sense que hi assisteixi gent estranya, davant només de les persones que ens interessen. *Es van casar en privat, no hi havia ni convidats ni fotògrafs.*
privatitzar

privilegi privilegis
nom masculí — Un privilegi és qualsevol cosa que ens és bona i positiva, que ens dispensa d'una obligació o que ens concedeix un avantatge.

Les persones jubilades tenen el privilegi de viatjar gratis en alguns transports.
privilegiar

1
pro
preposició
A favor. *Van organitzar una campanya en pro dels drets humans.*

2
pro pros
nom masculí
Els pros d'una cosa són la part més bona. Abans de decidir on es va de viatge, cal analitzar els pros i els contres de cada lloc.

proa proes
nom femení
1 La proa d'una embarcació és la part del davant. pàgs. 194-195 (7) embarcació
2 Part del davant d'un avió.

probabilitat probabilitats
nom femení
Una cosa té probabilitat si és probable. Si hi ha probabilitats d'una cosa és que hi ha senyals o fets que ens diuen que és molt possible que passi. Com més números tenim d'una rifa, més probabilitats tenim que ens toqui.

probable probables
adjectiu
Amb B
Diferent de *provable*
Que tenim moltes raons per a creure que passarà, que hi ha moltes probabilitats que sigui com pensem o diem. És probable que l'any 2030 encara existeixi la humanitat.
improbable

probablement
adverbi
De manera probable, gairebé segur. *L'any 2100 la Terra tindrà probablement més habitants que ara.*

problema problemes
nom masculí
Amb A final
1 Un problema és un exercici de matemàtiques per a trobar una solució que no sabem a partir d'unes dades que sabem. Si tenim 10 caramels i els hem de repartir entre dos amics, resolent el problema sabrem que hem de donar 5 caramels a cadascú.
2 Situació difícil, qüestió complicada, que s'ha de resoldre. La humanitat té problemes urgents, com el de la fam en el món o el de la contaminació.
problemàtic

probòscide probòscides
nom femení
Una probòscide és una trompa d'elefant o d'un altre animal.
proboscidi

procaç procaços procaces
adjectiu
Que és insolent i desvergonyit, que diu i fa coses grolleres que escandalitzen la gent.
procacitat

procedència procedències
nom femení
La procedència d'una persona o d'una cosa és el lloc d'on ve, d'on ha sortit. Als aeroports i a les estacions s'indiquen les procedències dels avions i dels trens que arriben. El rocafort és un formatge de procedència francesa.

procediment procediments
nom masculí
Un procediment és una manera de fer una cosa. Hi ha diversos procediments per a obtenir acer.

procedir
verb
com *servir*
◄ pàg. 28
1 Posar-se a fer una cosa. Es pot procedir a una votació o a la demostració d'un aparell.
2 Venir d'un lloc. Molts habitants de la Gran Bretanya procedeixen de les antigues colònies.
procedent

procés processos
nom masculí
1 Un procés és el conjunt de canvis, d'accions o de situacions diferents que segueix una cosa que evoluciona, es fabrica, es projecta, etc. La grip segueix un procés des que comença fins que acaba.
2 Conjunt dels actes que es fan quan es jutja algú. Durant el procés s'interroga els testimonis i la persona o persones acusades.
processar

processionària processionàries
nom femení
Una processionària és una eruga que ataca els pins i els roures. Les processionàries són de color verd vermellós, tenen el cos cobert de pèls i es desplacen en fila, l'una darrere l'altra. En els pins on hi ha processionària es veuen unes boles blanques com de cotó fluix penjades de les branques.

processó processons
nom femení
1 Una processó és un grup nombrós de persones que caminen les unes darrere de les altres, de manera ordenada i solemne, amb motiu d'una celebració, especialment religiosa. Fa uns anys, la processó del Corpus era una de les més famoses.
frase feta
2 Es diu que a algú **la processó li va per dins** quan fa veure que està tranquil, però de fet està molt preocupat o trist.
processional

proclamar
verb
com *cantar*
◄ pàg. 26
Anunciar una cosa públicament, comunicar-la a la gent de manera solemne. Es pot proclamar una llei o la independència d'un país. Quan un país guanya un campionat, es diu que s'ha proclamat campió.
proclama, proclamació

procrear
verb
com *canviar*
◄ pàg. 30
Amb dièresi
Tenir fills. Alguns animals procreen dues vegades l'any.
procreació

procurador procuradora procuradors procuradores
nom masculí i femení
Persona que s'encarrega dels assumptes i negocis d'una altra.

procurar
verb
com *cantar*
◄ pàg. 26
1 Fer el possible per aconseguir o obtenir una cosa. La persona que roba sempre procura que no la vegi ningú.
2 Mirar que es faci una cosa. Els pares procuren que els fills rebin un bon ensenyament.

pròdig pròdiga pròdigs pròdigues
adjectiu
Amb G
Una persona és pròdiga quan gasta molts diners, quan és molt generosa i dóna coses a tothom.
prodigalitat, prodigar

prodigi prodigis
nom masculí
1 Un prodigi és una cosa extraordinària, meravellosa, que sembla que no pot ser. Es diu que algunes santes feien molts prodigis.
2 Un nen prodigi o una nena prodigi té unes qualitats extraordinàries i fa coses pròpies de persones grans. Mozart va ser un nen prodigi de la música.

prodigiós prodigiosa prodigiosos prodigioses
adjectiu
Que és meravellós i extraordinari, molt gran i molt bo. Si algú té una memòria prodigiosa recorda moltes coses.

producció produccions
nom femení
1 La producció és el fet de produir; és també la cosa que s'ha produït, que s'ha fabricat. Si augmenta la producció de cotxes, se'n fan més cada dia; quan els cotxes no es venen, cal tenir grans magatzems per a guardar la producció.
2 Conjunt de les activitats i dels diners necessaris per a fer una pel·lícula de cine. La producció d'algunes pel·lícules d'aventures és molt cara.

producte productes
nom masculí
1 Un producte és un objecte que s'ha produït o fabricat. Els supermercats són plens de tota classe de productes d'alimentació i de neteja.
2 Resultat de multiplicar dos números. 8 és el producte de 2 multiplicat per 4 : $2 \times 4 = 8$.

productor productora productors productores
adjectiu
1 Que produeix, que fabrica coses. Els països àrabs són productors i exportadors de petroli.
nom masculí i femení
2 Persona que fabrica, que treballa en la producció de coses. Entre els productors i els consumidors hi ha les persones que distribueixen els productes.

produir
verb
com *reduir*
◄ pàg. 39
Amb dièresi
1 Fabricar coses, transformar i treballar les primeres matèries per a fer-ne objectes. Els països industrialitzats produeixen cotxes, mobles, productes alimentaris i moltes altres coses.
2 Fer que una cosa sigui, donar-li naixença. Alguns productes químics poden produir irritació.
productiu, productiva

proemi proemis
nom masculí
Un proemi és una part d'un discurs o d'una obra que fa d'introducció. En alguns llibres el pròleg es diu *proemi*.

proesa proeses
nom femení
Una proesa és una acció valenta, arriscada, feta amb moltes dificultats i superant molts obstacles. Si el nostre equip guanya un partit que perdia per 3 a 0, ha fet una proesa.

profà profana profans profanes
adjectiu
1 Que no és sagrat, que no té en compte les coses de la religió. La música profana no es pot tocar en una església.
adjectiu i nom masculí i femení
2 Es diu que una persona és profana en una cosa si no en sap res. Avui dia no es pot ser profà en l'ús dels ordinadors.

profanar
verb
com *cantar*
◄ pàg. 26
Tractar de mala manera les coses sagrades, fer actes criminals en una església o entrar-hi per a trencar-ne els objectes i fer-la malbé. Totes les religions castiguen la persona que profana els seus temples.
profanació

profecia profecies
nom femení
Una profecia és l'anunci d'una cosa futura feta per un profeta o per una altra persona. Quan comença l'any nou, algunes persones fan profecies del que passarà.

proferir
verb
com *servir*
◄ pàg. 28
Dir coses en veu alta. Quan s'enfaden, alguns profereixen insults i blasfèmies.

professió professions
nom femení
1 La professió d'una persona és l'ofici que té, la feina que fa.
2 Celebració de l'Església durant la qual una persona cristiana promet els vots religiosos i es fa religiós o monja.
professional, professionalitat

A B C D E F G H I J K L M N O P Q R S T U V W X Y Z

professor professora professors professores

nom masculí i femení — Persona que ensenya una ciència, una llengua, un art, etc. págs. 998-999 ④

professorat

profeta profetes

nom masculí i femení — Persona que inspirada per Déu anuncia les coses que passaran en el futur o fa conèixer coses amagades. A la Bíblia surten molts profetes enviats per Déu.

profètic, profetitzar

profetessa profetesses

nom femení — Una profetessa és una dona que és profeta.

profilaxi profilaxis

nom femení — La profilaxi és el conjunt de mesures i d'accions per a evitar que hi hagi malalties. Rentar-se bé una ferida amb aigua i sabó és una bona profilaxi que impedirà que s'infecti.

profit profits

nom masculí — **1** Un profit és una cosa bona que algú treu d'haver fet una acció. Si estudies amb profit és que aprofites el temps i aprens moltes coses.

2 Un menjar ens fa profit si el païm bé i ens alimenta.

interjecció — **3** **Bon profit** es diu a les persones que comencen a menjar o que acaben de menjar. *–Hola, bon profit! –Gràcies, si en vols? –No, gràcies.*

profiterola profiteroles

nom femení — Una profiterola és una lionesa petita, farcida de nata o de crema i recoberta amb xocolata desfeta.

profitós profitosa profitosos profitoses

adjectiu — Que fa profit, que dóna beneficis i guanys. Un negoci profitós fa guanyar molts diners.

pròfug pròfuga pròfugs pròfugues

adjectiu i nom masculí i femení — Que fuig per escapar de la justícia. Els pròfugs van a viure a un altre país.

profund profunda profunds profundes

adjectiu Amb D — **1** Que és molt fondo, que entra molt cap dins des de la superfície. Lluny de la costa, el mar és profund. Un tall profund pot arribar fins a l'os.

2 Un amor, un dolor o un altre sentiment és profund si el sentim molt fort, si és molt intens. Si una persona dorm amb un son profund no sent res i costa despertar-la.

3 Es diu que una persona és profunda o té un enteniment profund si estudia i examina coses difícils i arriba fins al fons de les qüestions. Si algú ha fet un estudi profund d'un tema, el coneix perfectament.

aprofundir, profunditzar

profundament

adverbi — De manera profunda, anant fins al fons de les coses, amb tots els detalls. *Estic estudiant profundament la història per a poder entendre les coses que passen ara.*

profunditat profunditats

nom femení — **1** La profunditat d'una cosa és la distància que hi ha entre la seva superfície i el fons. En alguns punts, els oceans tenen una profunditat de més de 5 000 metres.

2 Un dolor, un sentiment o uns coneixements tenen profunditat quan són forts o grans.

progenitor progenitora progenitors progenitores

nom masculí i femení — **1** Pare o mare d'algú. També es diuen *progenitors* els avantpassats, les persones de qui procedeix una família.

nom masculí plural — **2** Els progenitors d'una persona són el seu pare i la seva mare.

progènie

programa programes

nom masculí Amb A final — **1** Un programa és l'anunci o la llista de les coses que una persona o un grup de persones volen fer. El programa de la festa major ens diu totes les activitats i els espectacles que es faran. Si vols fer moltes coses, millor que et facis un programa.

2 Llibret de paper imprès on hi ha el programa d'una festa, d'un concert, d'una sessió de cine o d'un altre acte. En els programes es poden llegir les biografies dels artistes o altres temes interessants.

3 Conjunt dels temes d'una assignatura que s'explicaran durant un curs o en una part del curs.

4 Un programa de ràdio o de televisió és cada un dels espais de temps que una emissora dedica a un tema determinat. Hi ha programes esportius, culturals, de notícies, de cine, etc.

5 Conjunt d'instruccions que s'introdueixen en un ordinador per a fer una feina concreta o resoldre un problema determinat. Si tens un programa de tractament de textos podràs escriure, corregir i imprimir tot el que vulguis.

programació, programador, programar, programàtic

programari programaris

nom masculí — El programari d'un ordinador és el conjunt de programes que conté o que pot fer servir.

progrés progressos

nom masculí — Hi ha progrés en una cosa quan va endavant, quan és cada vegada millor, més important, més bona. El progrés de la medi-

A B C D E F G H I J K L M N O P Q R S T U V W X Y Z

A B C D E F G H I J K L M N O P Q R S T U V W X Y Z

cina ha eliminat moltes malalties. Si un músic fa grans progressos en els seus estudis, cada vegada toca més bé.

progressar
verb
com *cantar*
◄ pàg. 26
Anar endavant, fer progressos, millorar. Una persona progressa en la seva professió o en els estudis. També es diu que una malaltia ha progressat i el malalt està greu.
progressió, progressiu, progressiva

progressista progressistes
adjectiu i nom masculí i femení
Que defensa idees i programes polítics i socials renovadors, que volen el canvi, el progrés. Els progressistes volen que l'Estat protegeixi les persones més desvalgudes.
progressisme

progressiu progressiva progressius progressives
adjectiu
Que avança, es fa o es desenvolupa per etapes, l'una darrere l'altra, sense fer salts. El creixement de les persones és progressiu: no es pot passar de nen a vell sense ser jove i adult.

progressivament
adverbi
De manera progressiva, per graus, sense salts. *S'ha anat trobant malament progressivament i, al final, l'hem portat al metge.*

prohibició prohibicions
nom femení
Quan es prohibeix una cosa es fa una prohibició. Els senyals de circulació rodons ens indiquen les prohibicions que hi ha: la prohibició de girar a l'esquerra, la d'avançar, la d'aparcar, etc.

Uns senyals de prohibició

prohibir
verb
com *servir*
◄ pàg. 28
No deixar fer una cosa, dir que no es faci. La llei prohibeix que es portin armes sense permís.
prohibitiu, prohibitiva

prohom prohoms
nom masculí
Un prohom és una persona famosa i molt estimada per la gent del seu grup o de la seva classe. Els prohoms d'un partit polític són els seus dirigents.

proïsme proïsmes
nom masculí
Amb dièresi
El proïsme són les altres persones, els homes i les dones que conviuen amb nosaltres. Una norma cristiana diu que hem d'estimar el proïsme com ens estimem a nosaltres mateixos.

projecció projeccions
nom femení
Amb J
La projecció d'una cosa és el fet de projectar-la. Durant la projecció d'una pel·lícula, el cine està a les fosques.

projectar
verb
com *cantar*
◄ pàg. 26
Amb J
1 Llançar cap endavant, a distància. Els volcans projecten cendres i pedres.
2 Fer que es vegi sobre una pantalla una pel·lícula de cine, una diapositiva o una altra imatge.
3 Fer el projecte d'una cosa. Es pot projectar un edifici o una obra de teatre.

projecte projectes
nom masculí
Amb J
1 Un projecte és la idea o el pensament que una persona té de fer una cosa. Quan s'acosten les vacances, fem projectes de les coses que ens agradaria fer.
2 Escrit o dibuix que explica o fa veure com ha de ser una activitat, un edifici, una màquina, etc. Per a construir una casa, primer cal un projecte amb els plànols i el càlcul dels materials que es necessiten.

projectil projectils
nom masculí
Amb J
Un projectil és qualsevol objecte que és llançat o disparat contra algú. Els projectils de les armes de foc són les bales.

projector projectors
nom masculí
Amb J
1 Un projector és un llum que porta miralls i lents i fa molta llum a molta distància.
2 Aparell que permet de projectar pel·lícules o diapositives sobre una pantalla. Els projectors tenen bombetes molt fortes, que s'escalfen molt.

prole proles
nom femení
La prole d'una persona és el conjunt dels fills i de les filles que té.

pròleg pròlegs
nom masculí
Un pròleg és un escrit que hi ha al començament d'un llibre per a explicar-ne les característiques, presentar la persona que l'ha escrit, etc.
prologar

proletari proletària proletaris proletàries
nom masculí i femení
Persona treballadora, que es guanya la vida amb un sou modest.
proletariat

proliferació proliferacions
nom femení
Diem que hi ha proliferació d'una cosa quan en surt o se'n fa molta. En alguns boscos la proliferació de rovellons és extraordinària.

proliferar
verb
com *cantar*
◄ pàg. 26
Multiplicar-se ràpidament una cosa, uns animals; créixer en nombre. Als llocs on hi ha ramats de bestiar, hi proliferen les mosques.

prolífic prolífica prolífics prolífiques
adjectiu
1 Que produeix molt de fruit o que pot tenir molts fills. Les rates són animals prolífics.
2 Que fa moltes obres, que produeix molt. Una escriptora prolífica publica molts llibres.

prolongar
verb
com *cantar*
◄ pàg. 26
Amb GU davant E, I
Fer més llarga una cosa, fer que duri més. Es pot prolongar una carretera, una discussió o la vida d'un malalt. Si prolongues les vacances, en fas uns quants dies més.
prolongació, prolongament

promès promesa promesos promeses
nom masculí i femení
Un promès i una promesa són un home i una dona que han dit que es casarien. El dia que es casen, els promesos són els nuvis i després del casament ja són marit i muller.

promesa promeses
nom femení
Una persona fa una promesa quan promet una cosa. Les persones de paraula compleixen sempre les seves promeses i són de fiar.

prometatge prometatges
nom masculí
El prometatge és el temps que un home i una dona són promesos. El prometatge comença quan la parella promet que es casarà i s'acaba amb el casament.

prometre
verb
com *perdre*
◄ pàg. 27
Diferències: *promès, promesa, promesos, promeses*
1 Dir que es farà una cosa amb tota seguretat. Que es donarà una cosa a algú. No hem de prometre coses que no podem complir. Quan algú diu *Et prometo que...* t'està assegurant una cosa, dient que una cosa és veritat.
2 Es diu que una persona o una cosa promet si sembla que tindrà èxit, que anirà bé. Les gimnastes joves que prometen reben entrenament especial.
usat amb pronom
3 Prometre's un home i una dona és donar-se paraula que es casaran.
prometedor, prometença

prominència prominències
nom femení
Una prominència és una cosa que sobresurt, que està més elevada que les altres del voltant. Algunes persones es destaquen per la prominència dels llavis.
prominent

promiscu promíscua promiscus promíscues
adjectiu
Es diu que una persona és promíscua quan té relacions sexuals amb diverses persones i no amb una sola parella.
promiscuïtat

promoció promocions
nom femení
1 Una promoció és un grup de persones que acaben juntes una carrera o reben juntes un càrrec o una responsabilitat. Es parla d'una promoció de metges o d'advocats, o de la segona promoció d'una acadèmia militar.
2 Campanya de publicitat que fa una empresa amb ofertes dels seus productes. Mentre dura la promoció, les coses es venen més barates o es regalen cromos o altres coses.
promocionar

promontori promontoris
nom masculí
Un promontori és un lloc elevat, una altura del terreny. Es diu sobretot dels llocs alts de la costa que es fiquen cap dins del mar.

promotor promotora promotors promotores
adjectiu i nom masculí i femení
Que promou alguna cosa. Les persones promotores d'un concert busquen un local, trien una orquestra i fan propaganda de l'acte. Una promotora immobiliària és una empresa que s'encarrega de construir i vendre pisos.

promoure
verb
com *beure*
◄ pàg. 29
Fer que una cosa comenci o es faci. Les persones que promouen la pau entre els pobles són dignes d'elogi. En algunes manifestacions hi ha gent que promou baralles i aldarulls.

1
prompte
adverbi
Aviat.

2
prompte prompta promptes promptes
adjectiu
1 Preparat a fer una cosa.
2 Que fa les coses de pressa, sense perdre temps.
promptitud

promulgar
verb
com *cantar*
◄ pàg. 26
Amb GU davant E, I
Donar a conèixer de manera oficial una llei o un edicte. La Constitució d'un estat, després d'aprovada, s'ha de promulgar.
promulgació

pronom pronoms
nom masculí — Un pronom és un tipus de paraula que representa un nom. En la frase *Vols pomes o no en vols?*, el pronom *en* representa el nom *pomes*; però en altres frases representa altres coses. Hi ha pronoms que tenen el mateix gènere i nombre que el nom que representen, com *aquell, aquella, aquells, aquelles* i n'hi ha, com *em*, que sempre tenen la mateixa forma.
pronominal

pronòstic pronòstics
nom masculí — Una persona fa un pronòstic quan diu el que passarà basant-se en alguns senyals o en la seva experiència. La gent de pagès no s'equivoca gaire quan fa el pronòstic del temps.
pronosticar

pronúncia pronúncies
nom femení — La pronúncia és la manera de pronunciar. La pronúncia de *bé* és diferent de la de *be*.

pronunciació pronunciacions
nom femení — La pronunciació és el fet de pronunciar. Alguns dialectes catalans fan la pronunciació de la *r* final de les paraules.

pronunciar
verb
com *canviar*
◀ pàg. 30
Amb dièresi
1 Fer els sons d'una llengua. No es pronuncien igual la *e* tancada que la *e* oberta. En totes les llengües hi ha mots difícils de pronunciar.
2 Dir en veu alta una paraula, una frase o un discurs. Podem estar dies sencers sense pronunciar paraula. Els líders polítics pronuncien discursos.
usat amb pronom — **3 Pronunciar-se** és donar l'opinió, comunicar la decisió que s'ha pres. Alguns països s'han pronunciat en contra de la pena de mort.
pronunciament

prop
adverbi — **1** A una petita distància en l'espai o en el temps. *Ja arribem al cim, hi som molt a prop. Posa't cap enrere; aquest quadre no s'ha de mirar de prop.*
preposició — **2** S'usa en casos com aquest:
• *Era prop meu i no em veia.*
També pot ser *prop de*:
• *Viuen prop de casa. Ja som prop de Nadal.*
3 Aproximadament, més o menys. Va seguit de *de*.
• *Li ha costat prop de vint milions.*

propà propans
nom masculí — El propà és un hidrocarbur. És un gas més pesant que l'aire que es fa servir com a combustible, sobretot a les indústries. És un dels components del gas natural. La seva fórmula és: C_3H_8.

propagació propagacions
nom femení — Hi ha una propagació quan una cosa es propaga. El vent contribueix a la propagació del foc.

propaganda propagandes
nom femení — La propaganda és el conjunt d'activitats que es fan per a vendre un producte o per a fer que la gent segueixi unes idees o una doctrina. A la televisió tallen les pel·lícules i fan propaganda. Quan hi ha eleccions, trobem la bústia plena de propaganda electoral.
propagandístic

propagar
verb
com *cantar*
◀ pàg. 26
Amb GU davant E, I
1 Fer que un animal o una cosa creixi en nombre, s'estengui per molts llocs. La brutícia i la falta d'higiene propaguen les mosques. Un incendi es propaga amb rapidesa quan fa vent.
2 Difondre una cosa, fer que la conegui molta gent. Els grups polítics propaguen les seves doctrines per tots els mitjans. Mai no s'han de propagar notícies falses.

proparoxíton proparoxítona proparoxítons proparoxítones
adjectiu i nom masculí — Una paraula és proparoxítona si té l'accent a l'antepenúltima síl·laba. Els proparoxítons també es diuen *mots esdrúixols*. *Música* és una paraula proparoxítona.

propens propensa propensos propenses
adjectiu — Que té propensió a alguna cosa. Si una persona és propensa a dir mentides, no sabràs mai quan diu la veritat.

propensió propensions
nom femení — Una persona té propensió a una cosa o per una cosa si la fa o la diu molt sovint. Hi ha qui té propensió a menjar xocolata. Si una persona té propensió per una malaltia és que pot agafar-la més fàcilment que una altra persona.

proper propera propers properes
adjectiu — Pròxim.

propi pròpia propis pròpies
adjectiu — Que és d'una persona o d'una cosa i no d'altres, que és meu i no d'un altre. Parlar és propi dels éssers humans. A tothom li agrada tenir casa pròpia.
apropiar, impropi, impròpia, impropietat

propici propícia propicis propícies
adjectiu — Que està a favor nostre, que ens va bé per a alguna cosa, que és adequat. Els llocs tranquils són propicis per a la conversa i la lectura.
propiciar, propiciatori, propiciatòria

propietari propietària propietaris propietàries
nom masculí i femení — Persona que és l'amo o la mestressa d'una cosa, que la té en propietat.

propietat propietats
nom femení — **1** Una propietat és una característica o una qualitat d'una cosa, allò que és propi d'una cosa i que ens permet conèixer-la. El vidre té dues propietats principals: és transparent i es trenca fàcilment.
2 Cosa que és d'una persona. Hi ha persones que tenen moltes propietats: finques, boscos, cases, pintures, etc.

propina propines
nom femení — Una propina és una quantitat de diners que es dóna a la persona o persones que ens han fet un servei. És costum de deixar propina quan recollim el canvi del compte que hem pagat en un restaurant.

proporció proporcions
nom femení — Hi ha proporció entre dues coses quan es poden relacionar per la quantitat, el pes o la grandària. Si una estàtua és tres vegades més gran que una altra, pots dir que hi ha entre elles una proporció de 3 a 1. Les proporcions d'una cosa són les mides que fa. Els transatlàntics són vaixells de grans proporcions.

proporcional proporcionals
adjectiu — Que està en proporció amb una cosa, que guarda una proporció. Les multes han de ser proporcionals a les infraccions de trànsit: si la infracció és greu, la multa ha de ser molt alta.
proporcionalitat

proporcionar
verb com *cantar* ◄ pàg. 26 — Fer que una persona tingui allò que vol o que necessita, donar-li una cosa que ha de fer servir. Les botigues de recanvis proporcionen les peces que s'han de canviar d'un cotxe.

proposar
verb com *cantar* ◄ pàg. 26 — **1** Dir o indicar a algú una cosa perquè la faci, l'examini, l'accepti, etc. Ens poden proposar un viatge, una nova feina o anar a veure una pel·lícula.
2 Presentar una persona per a un càrrec o per a una feina. Quan hi ha eleccions, els partits polítics proposen els seus candidats.
usat amb pronom — **3 Proposar-se** una cosa és voler-la fer, estar ben disposat a fer-la. Hi ha moltes persones que es proposen deixar de fumar i ho aconsegueixen.

proposició proposicions
nom femení — **1** Quan es proposa una cosa a algú es fa una proposició. Si una persona demana a una altra que es casin, li fa una proposició de matrimoni.
2 En gramàtica, oració o frase. *Sortirem demà a la nit* és una proposició.

propòsit propòsits
nom masculí — **1** Un propòsit és qualsevol cosa que algú es proposa de fer, que algú vol fer. Algunes persones fan molts propòsits per a les vacances, però no en compleixen cap.
locució que fa d'adverbi — **2** Una cosa és **a propòsit** si va bé i és adequada. *Hi ha ulleres de sol a propòsit per a esquiar.*

proposta propostes
nom femení — Una proposta és una proposició, una cosa que es proposa a algú. Si una persona rep una bona proposta de treball, l'accepta tot seguit. Els bons jugadors de futbol reben propostes de bons equips.

proppassat proppassada proppassats proppassades
adjectiu — Un dia, un mes, un any, etc., és proppassat si acaba de passar. Si parles del proppassat dilluns et refereixes al dilluns últim. L'any proppassat és l'any passat.

propulsar
verb com *cantar* ◄ pàg. 26 — Fer anar cap endavant amb força. Els avions de reacció són propulsats pels gasos que surten pel darrere dels motors.
propulsió, propulsor

propvinent propvinents
adjectiu — Un dia, un mes, un any, etc., és propvinent si ve immediatament. Si parles del propvinent dimarts et refereixes al primer dimarts que vindrà. L'any propvinent és l'any que ve.

pròrroga pròrrogues
nom femení — Una pròrroga és una mica més de temps que es concedeix per a fer una cosa, un cop acabat el temps establert. En alguns partits de futbol, quan s'empata s'ha de jugar una pròrroga.
prorrogar

prorrompre
verb com *perdre* ◄ pàg. 27 — Manifestar de cop un sentiment amb expressions que pot veure o sentir tothom. En un concert de rock, molt sovint el públic prorromp en aplaudiments i xiulets.

prosa proses
nom femení — La prosa és la forma habitual i normal de parlar i d'escriure les persones. En literatura, els escrits en prosa són tots els que no són poesia.
prosista

A B C D E F G H I J K L M N O P Q R S T U V W X Y Z

prosaic prosaica prosaics prosaiques
adjectiu
Que no té poesia ni bellesa, que és de la vida normal i corrent. Les feines de cada dia són prosaiques: netejar, rentar-se les dents, treure la bossa de les escombraries, etc.

prosòdia prosòdies
nom femení
La prosòdia és la part de la gramàtica que tracta de la pronunciació de les paraules. Les normes de la prosòdia ens poden servir per a parlar bé en públic.
prosòdic

prosopopeia prosopopeies
nom femení
1 Una prosopopeia és un conte o una història en què es fa parlar els objectes com si fossin persones o les persones mortes com si estiguessin vives.
2 Es diu que una persona parla o actua amb prosopopeia si ho fa de manera molt solemne i amb paraules molt serioses.
prosopopeic

prospecció prospeccions
nom femení
Una prospecció és un conjunt de treballs que es fan en un lloc per a trobar minerals, petroli o aigua. En les prospeccions és molt important la feina dels geòlegs.
prospectiu, prospectiva

prospecte prospectes
nom masculí
1 Un prospecte és un paper imprès petit que es reparteix a la gent per a donar a conèixer un espectacle, un establiment o un producte.
2 Escrit que hi ha a dins de les capses dels medicaments o que va junt amb un aparell o un producte i n'explica les característiques i la manera de fer-lo servir. Abans de prendre una medicina, s'ha de llegir el prospecte.

pròsper pròspera pròspers pròsperes
adjectiu
Que és bo i favorable, que va bé, que té riquesa. Una regió pròspera té camps que donen molts fruits.

prosperar
verb
com *cantar*
◄ pàg. 26
Anar cada vegada més bé una persona o una cosa, estar cada vegada millor. Si l'economia d'un país va bé, la majoria de la població prospera. Els bolets només prosperen en terrenys humits on hi ha arbres.

prosperitat prosperitats
nom femení
Una persona o un país té prosperitat si va bé, si creix i té riquesa, si obté molts beneficis.

prosseguir
verb
com *servir*
◄ pàg. 28
Continuar. Quan tornes a agafar una novel·la que estaves llegint, prossegueixes la lectura des del punt on l'havies deixada.
prossecució

pròstata pròstates
nom femení
La pròstata és una glàndula situada al començament de la uretra dels homes. Deixa anar un líquid que es barreja amb els espermatozoides, sobretot en el moment de l'ejaculació. pàgs. 798-799 (75)

prostíbul prostíbuls
nom masculí
Un prostíbul és una casa on treballen persones que es dediquen a la prostitució.

prostitució prostitucions
nom femení
La prostitució és l'activitat dels prostituts i de les prostitutes.
prostituir

prostitut prostituta prostituts prostitutes
nom masculí i femení
Persona que cobra diners per tenir relacions sexuals amb altres persones.

protagonista protagonistes
nom masculí i femení
Un o una protagonista és el personatge principal en una obra de teatre, en una pel·lícula, en una novel·la, etc. En els drames, els protagonistes acostumen a morir.
protagonitzar

protecció proteccions
nom femení
1 La protecció és el fet de protegir o de protegir-se. Els infants han d'estar sota la protecció dels pares o d'altres persones.
2 Una protecció és una cosa que protegeix. A les carreteres, hi ha proteccions que no deixen que caiguin pedres sobre el paviment.
proteccionisme, proteccionista, protectorat

protector protectora protectors protectores
adjectiu i nom masculí i femení
Que protegeix. La societat protectora d'animals i plantes recull animals abandonats. Els protectors dels infants són, en primer lloc, els pares.

protegir
verb
com *servir*
◄ pàg. 28
1 Cobrir, abrigar o defensar una persona o una cosa contra un mal o un perill. Els abrics i els guants ens protegeixen del fred. A la platja, protegim la pell amb crema que porta filtre solar.
2 Fer que una cosa vagi endavant, que prosperi, que millori. Els governs han de protegir la ciència i la cultura del seu país.

proteïna proteïnes
nom femení
Una proteïna és una substància química composta de carboni, oxigen, hidrogen, nitrogen i, sovint, sofre, fòsfor o ferro. Les proteïnes són molt importants per a la vida, ja que es troben a totes les cèl·lules. Quan s'està fent el creixement és molt necessari prendre proteïnes per a la formació de

teixits. La carn, els llegums i la llet tenen moltes proteïnes.
proteic

pròtesi pròtesis
nom femení Una pròtesi és una peça o un aparell que es posa en lloc d'un òrgan o d'una part d'un òrgan. Les persones que han perdut un braç o una cama poden portar una pròtesi. Una pròtesi dental és una o més dents postisses.

protestant protestants
adjectiu **1** De les Esglésies cristianes que es van separar de la catòlica, que té relació amb aquestes Esglésies. La litúrgia protestant dóna molta importància a la lectura de la Bíblia.
nom masculí i femení **2** Un o una protestant és una persona que pertany a una Església protestant.
protestantisme

protestar
verb com *cantar* ◄ pàg. 26 Dir que no s'està d'acord amb una persona o una cosa, manifestar la nostra oposició a alguna cosa. Quan cal un semàfor en un carrer, els veïns protesten perquè l'ajuntament el posi.
protesta, protestatari, protestatària

pròtid pròtids
nom masculí Un pròtid és una substància química composta de carboni, hidrogen, oxigen, nitrogen, fòsfor i sofre. Les proteïnes són pròtids.

protó protons
nom masculí Un protó és una de les partícules que formen el nucli d'un àtom. Els protons tenen càrrega elèctrica positiva.

protocol protocols
nom masculí **1** El protocol és el conjunt de normes que s'han d'observar en algunes cerimònies o actes oficials. El protocol diu qui ha de seure a la dreta del rei o d'una altra personalitat.
2 Document o conjunt de documents firmats per dos o més països sobre algun assumpte internacional. Un protocol té menys importància que un tractat.
protocol·lari, protocol·lària

prototip prototips
nom masculí Un prototip és un primer model d'una màquina o d'un vehicle construït per a fer proves i estudiar-ne el funcionament. Els prototips dels avions de passatgers s'han de provar molt fins a arribar al model definitiu.

protozou protozous
nom masculí Un protozou és un ésser viu que només té una cèl·lula. Els protozous són microscòpics i es poden bellugar per mitjà d'uns apèndixs allargats, els *cilis* i els *flagels*. Són aquàtics i n'hi ha que són paràsits de les persones i dels animals.

protuberància protuberàncies
nom femení Una protuberància és un sortint, un bony, que hi ha a la superfície d'un cos o en un òrgan. Els grans són petites protuberàncies que surten a la pell.

prou
determinant i pronom quantitatius **1** Aquesta paraula indica que d'una cosa n'hi ha en quantitat suficient, tanta com cal o com en necessitem. *Ja has begut prou aigua, no pot ser que encara tinguis set. Si no vols més croquetes, digues que ja en tens prou. Creus que ja has fet prou per ells?*
Sempre té la mateixa forma:
- *Ha menjat prou amanida.*
- *Ha menjat prou amanides.*
- *Ha menjat prou entrepans.*

adverbi **2** Suficientment. *Ets prou comprensiva per a admetre-ho. Bé, farem una pausa, avui ja hem treballat prou.*
3 Sí, certament, segur. *-T'agraden els bolets? -Prou. Prou saps que m'agrada més la platja que la muntanya.*
interjecció **4** Es fa servir per a indicar que s'acabi una cosa, que no continuï una acció. *Prou, ja n'estic tip, de les vostres baralles.*
locució que fa d'adverbi **5** **Amb prou feines** vol dir difícilment, a penes. *Avui dia, amb un euro amb prou feines si podem prendre un cafè.*

prova proves
nom femení Amb V **1** Una prova és el fet de provar un sistema, una màquina, etc. Es pot fer la prova d'un cotxe nou o d'una instal·lació elèctrica.
2 Una persona fa una prova quan s'examina d'alguna cosa o demostra que sap fer una cosa. Algunes empreses fan fer una prova a les persones que hi volen entrar a treballar.
3 Fet que demostra alguna cosa. Per a condemnar una persona acusada d'assassinat calen proves: les seves empremtes, testimonis i altres.
4 Operació matemàtica que es fa per veure si una altra operació o un problema han estat ben resolts. La prova d'una divisió és multiplicar el quocient pel divisor i sumar-hi el residu.
5 Competició d'alguns esports. En algunes proves de motociclisme s'agafen grans velocitats.

provar
verb
com *cantar*
◄ pàg. 26
Amb V

1 Fer anar o funcionar una cosa per veure si va bé, si està ben feta, si ha quedat ben arreglada. Hi ha cases de cotxes que deixen provar els seus models als compradors.
2 Examinar una persona, fer-li fer uns exercicis o una feina per veure si en sap. Les empreses proven les persones que hi entren a treballar durant uns mesos abans de contractar-les definitivament.
3 Emprovar.
4 Arribar a la veritat d'una cosa donant raons i arguments i presentant fets que la demostren. Els advocats defensors han de provar la innocència de la persona que defensen.
5 Una cosa ens prova si ens va bé, si ens fa profit. Les vacances proven a tothom.
provable, provador

provatura provatures
nom femení
Amb V

Una provatura és una prova o un assaig que fem d'una cosa per veure si és possible, si es pot fer o si es pot aconseguir. Quan hem perdut la clau d'una porta, podem fer provatures amb altres claus semblants per si podem obrir.

proveir
verb
com *reduir*
◄ pàg. 39
Amb dièresi

Fer que algú tingui les coses que necessita, que no li falti res. Les gasolineres proveeixen de gasolina els conductors. Quan anem d'excursió, ens hem de proveir bé d'aigua i d'aliments.
desproveir, proveïdor, proveïment

provençal provençals
adjectiu
1 De la Provença, regió d'Occitània. *Els trobadors provençals.*
nom masculí i femení
2 Un o una provençal és una persona que és de la Provença o que hi viu.
nom masculí
3 El provençal és la varietat de l'occità que es parla a la Provença.

provenir
verb
com *tenir*
◄ pàg. 42
Diferència: *provén*

Tenir origen en una persona o en un lloc. Les riqueses d'algunes persones provenen dels seus pares. Hi ha malalties que provenen d'una mala alimentació.
provinença

proverbi proverbis
nom masculí
Frase antiga i popular que conté un ensenyament moral. "Qui de jove no treballa, quan és vell dorm a la palla" és un proverbi.
proverbial

proveta provetes
nom femení
Una proveta és un tub de vidre tancat per un extrem, amb un peu ample i un bec. Les provetes es fan servir als laboratoris per a mesurar líquids i passar-los d'un lloc a un altre. pàg. 1000 (7)

providència providències
nom femení
1 Una providència és una cosa que es prepara o que es fa per atendre una necessitat. Tenir telèfon és una providència indispensable per a les persones que viuen soles.
2 Segons la religió, la providència és el que fa Déu per cuidar de les persones i de totes les coses. Diuen que gràcies a la divina providència els ocells troben menjar.
providencial

provincià provinciana provincians provincianes
adjectiu
1 Que és d'una província i no de la capital de l'Estat. La vida provinciana acostuma a ser tranquil·la.
2 Es diu que una persona o una cosa és provinciana si té poca elegància, poca cultura i unes qualitats pobres comparades amb les persones o coses de la capital.

província províncies
nom femení
Una província és una divisió del territori d'alguns estats.
provincial, provincialisme

provinent provinents
adjectiu
Que prové. Els habitants dels Estats Units d'Amèrica són gent provinent de països molt diferents.

provisió provisions
nom femení
1 Una provisió és el fet de reunir o d'agafar una certa quantitat de les coses que es necessiten. En els llocs freds, s'ha de fer provisió de llenya o de butà per a les estufes.
2 Les provisions són les coses de menjar que es tenen per a passar un cert temps. Si en un poble aïllat per la neu s'acaben les provisions, la gent pot passar gana.
aprovisionar

provisional provisionals
adjectiu
Que no és definitiu, que es pot canviar o que només serveix per a un temps. Un carnet provisional només serveix mentre no ens donen el definitiu.
provisionalitat, provisori, provisòria

provocar
verb
com *cantar*
◄ pàg. 26
Amb QU davant E, I

1 Fer que passi una cosa, produir-la. La caiguda d'un llamp pot provocar un incendi.
2 Excitar algú a fer una cosa, fer que tingui un desig, que se li desperti un sentiment, una passió. Un malentès pot provocar una baralla; una pel·lícula pot provocar tristor.
provocació, provocatiu, provocativa

proxeneta proxenetes
nom masculí i femení
1 Alcavot o alcavota.
2 Un o una proxeneta és una persona que viu dels diners que guanya un prostitut o una prostituta.

pròxim pròxima pròxims pròximes
adjectiu
1 Que és a prop. En una urbanització, les cases estan pròximes les unes de les altres.
2 Que ve immediatament després, propvinent. Parlem de la setmana pròxima o del diumenge pròxim.
nom masculí
3 El pròxim és el proïsme. S'ha de tractar bé el pròxim.

proximitat proximitats
nom femení
La proximitat d'una cosa és el fet d'estar pròxima. La proximitat de les vacances ens fa estar contents.

prudència prudències
nom femení
La prudència és la característica de les persones prudents. Per un lloc alt sense baranes, s'ha de passar amb molta prudència.
prudencial

prudent prudents
adjectiu
Que actua amb precaució, mirant bé els perills i les conseqüències d'una acció; que no vol córrer cap risc ni rebre cap dany. S'ha de ser molt prudent quan es manegen armes de foc.

pruna prunes
nom femení
Una pruna és una fruita de forma rodona, més petita que els préssecs, que té la pell prima, de gust una mica àcid i de color verd, groc verdós o morat. La polpa és molt tova i sucosa, de colors semblants als de la pell. Les prunes es mengen crues o en melmelada. També hi ha prunes assecades que es posen en alguns rostits i en el pollastre farcit. pàg. 397 (19)
pruner, prunera

psalm psalms
nom masculí
Salm.

pseudònim pseudònims
nom masculí
Un pseudònim és un nom fals que usa una persona per a escriure un llibre o per a fer una altra cosa. "Víctor Català" és el pseudònim de l'escriptora Caterina Albert.

psicologia psicologies
nom femení
1 La psicologia és la ciència que estudia l'enteniment i la consciència de les persones, la seva manera de ser i els seus comportaments.
2 Es parla de la psicologia d'una persona per a indicar el seu caràcter i la seva manera de ser.
3 Es diu que una persona té psicologia si sap entendre bé els altres, si coneix de seguida com és una persona.
psicòleg, psicòloga, psicològic

psicòpata psicòpates
nom masculí i femení
Un o una psicòpata és una persona que té una malaltia mental, que es comporta de manera agressiva contra els altres per una deficiència psíquica. Alguns criminals són psicòpates.
psicopatia

psicosi psicosis
nom femení
Una psicosi és una malaltia mental que fa que la persona canviï de personalitat i sovint pensi i actuï com si fos una altra.

psiquiatria psiquiatries
nom femení
La psiquiatria és la ciència que estudia les malalties mentals i el seu tractament i també els problemes mentals relacionats amb la vida familiar o de treball d'algunes persones.
psiquiatre, psiquiatra, psiquiàtric

psíquic psíquica psíquics psíquiques
adjectiu
De l'ànima, de la ment o de la consciència de les persones, que té relació amb l'esperit o l'enteniment. Els sentiments, les passions, les preocupacions i els somnis són fenòmens psíquics.

pua pues
nom femení
Una pua és un objecte prim i fort acabat en punta. Les pintes i alguns raspalls tenen pues.

pubertat pubertats
nom femení
La pubertat és el període de la vida durant el qual els nens i les nenes passen una sèrie de canvis del cos que els preparen per a tenir relacions sexuals i fills.
impúber, púber

pubilla pubilles
nom femení
1 Una pubilla és una dona que és l'hereva d'una família.
2 Filla gran o única d'una casa.
3 Noia que és escollida per la seva bellesa i simpatia com a personatge important en una festa major o en un ball.

pubis pubis
nom masculí
El pubis és la part més baixa de la panxa, damunt mateix dels òrgans sexuals. Es cobreix de pèl durant la pubertat.
pùbic

públic pública públics públiques
adjectiu
1 De les persones que formen la societat, de tota la gent. Als parcs públics, hi pot anar tothom. Un autobús és un vehicle de servei públic; els carrers són vies públiques.

Continua a la pàgina següent

nom masculí — **2** El públic és el conjunt de les persones que assisteixen a un espectacle o a un acte. Als concerts de rock hi ha un públic jove.

publicació publicacions

nom femení — **1** La publicació d'una obra és el fet de publicar-la. Les universitats s'encarreguen de la publicació de revistes científiques.
2 Una publicació és qualsevol escrit que es publica, que es pot llegir. Un diari, una revista i una novel·la són publicacions.

publicar

verb
com *cantar*
◄ pàg. 26
Amb QU davant E, I

1 Fer que tothom conegui una cosa. Les revistes que es diuen "del cor" publiquen notícies de la vida sentimental i quotidiana de personatges famosos.
2 Fer que arribi a la gent un llibre, una revista, un diari o un disc. Hi ha editorials que publiquen moltes novel·les policíaques; hi ha cantants que publiquen tots els discos en la mateixa companyia discogràfica.

publicitat publicitats

nom femení — **1** La publicitat és el conjunt de tècniques i d'objectes que es fan servir per a fer propaganda d'una cosa. A la televisió hi ha molta publicitat de cotxes i de detergents.
2 Quan es fa publicitat d'una cosa o d'una persona és que se'n parla, algú fa que el públic la conegui. Hi ha publicacions que fan publicitat de la vida privada dels artistes.
publicista, publicitari, publicitària

puça puces

nom femení — Una puça és un insecte molt petit, que té el cos fosc i tan prim que sembla aixafat de costat. No té ales, però té unes potes molt llargues que li permeten saltar molt amunt. Les puces xuclen la sang dels gossos i dels gats i poden transmetre malalties.
espuçar

pudent pudents

adjectiu — Que fa molta pudor. Les fàbriques de paper fan un fum pudent.

pudibund pudibunda pudibunds pudibundes

adjectiu — Que té pudor, vergonya de certes coses. Una persona pudibunda no vol despullar-se davant d'altres persones.

púding púdings

nom masculí — Un púding és un menjar d'origen anglès. És un pastís que pot tenir gustos diferents segons els ingredients: farina, llet, ous, peix, panses, fruita confitada, arròs, etc.

pudir

verb
com *dormir*
◄ pàg. 27
Diferències:
puts, put

Fer pudor. Les escombraries puden de seguida. Si una persona fuma molt, put a tabac.

1
pudor pudors

nom masculí — El pudor és un sentiment de vergonya, de malestar i de rebuig de les accions i de les paraules relacionades amb el sexe. Les escenes d'algunes pel·lícules, amb gent despullada, poden ferir el pudor de les persones.
impúdic, impudícia, púdic, pudorós, pudorosa

2
pudor pudors

nom femení — Una pudor és una mala olor. Les coses que es podreixen fan pudor. Una persona pot fer pudor de tabac, de vi, de suor, etc.

puericultura puericultures

nom femení — La puericultura és la branca de la medicina que s'encarrega del benestar i del desenvolupament físic i psíquic dels infants. Els mestres de parvulari han d'estudiar puericultura.
puericultor, puericultora

pueril puerils

adjectiu — Que és propi dels nens, que és tan senzill que sembla fet o dit per un nen. Tenir por de dormir sol és una cosa pueril.
puerilitat

puerperi puerperis

nom masculí — El puerperi és el període que passa una mare després del part. Durant el puerperi, la mare està dèbil i ha de reposar.

puf pufs

nom masculí — **1** Onomatopeia que imita el soroll d'una cosa tova i no elàstica que topa amb una altra.
2 Un puf és un tamboret molt baix i ample, fet amb un material tou folrat de pell o de plàstic.

púgil púgils

nom masculí i femení — Boxejador o boxejadora. Alguns púgils tenen la cara feta malbé dels cops que han rebut.

pugna pugnes

nom femení — Una pugna és una baralla, un combat o una discussió entre dues o més persones.
pugnaç, pugnar

pugó pugons

nom masculí — Un pugó és un insecte molt petit que ataca els vegetals. Hi ha pugons amb ales i sense ales. Els rosers, les pomeres i les cols s'omplen a vegades de pugó.

puig puigs

nom masculí — Un puig és una elevació del terreny que fa un pendent més o menys fort i acaba en un cim. Hi ha muntanyes i pobles que porten aquesta paraula en el nom, com Puigsacalm, Puigventós i Puiggròs.

① *Un puig.* ② *Un pujol.*

puix

conjunció — Com que, atès que. *Puix que no hi era, no he pogut parlar amb la directora.*

puja puges

nom femení — La puja del valor o del preu d'una cosa és el seu augment. Per Nadal, els preus dels aliments experimenten una puja important.

pujada pujades

nom femení — **1** Una pujada és el fet de pujar a un lloc. La pujada a l'Everest és molt difícil.
2 Una pujada és també un carrer o un camí per on es pot pujar. *Pujada de la font. Pujada del castell.*
3 Un camí o un carrer fa pujada quan té un pendent molt fort vist des de baix. Tot el que fa pujada, vist des de dalt fa baixada.

pujar

verb
com *cantar*
◄ pàg. 26
Amb G davant E, I

1 Anar des d'un lloc que és baix a un lloc que és alt. Podem pujar des de la planta baixa al cinquè pis amb l'ascensor o per les escales.
2 Agafar una cosa que és a baix i portarla a dalt. Les expedicions que escalen l'Everest han de pujar queviures i material fins al campament base.
3 Passar a un nivell més alt, haver-n'hi més. Quan la calor puja, s'ha de portar roba molt fresca.
4 Augmentar de valor, de preu. Els sous pugen un cop l'any.
5 Arribar una cosa a un preu, a una quantitat de diners. La construcció d'una autopista puja a uns quants milions d'euros.
6 Posar-se damunt d'un cavall o d'un altre animal semblant per cavalcar-hi. Per a pujar a cavall, es fa servir l'estrep.
7 Entrar en un vehicle. Els autobusos fan parades perquè hi pugi la gent.
frase feta — **8** Una beguda **puja al cap** quan la persona en nota els efectes, se sent marejada.
9 A una persona **li puja la mosca al nas** si s'enfada i es molesta molt.

pujol pujols

nom masculí — Un pujol és un puig petit. ✎ puig

pulcre pulcra pulcres

adjectiu — Una persona pulcra és molt neta i ho deixa tot molt ben endreçat. Una cosa pulcra està feta amb molta cura i netedat.
pulcritud

pul·lòver pul·lòvers

nom masculí — Un pul·lòver és un jersei que es posa pel cap i té un escot bastant gran.

Un pul·lòver

pul·lular

verb
com *cantar*
◄ pàg. 26

Les persones o els animals pul·lulen si es multipliquen molt, si n'hi ha en gran nombre. Prop de les basses d'aigua pul·lulen els mosquits; en una ciutat, milers de persones pul·lulen pels carrers.

pulmó pulmons

nom masculí — Un pulmó és cada un dels dos òrgans en forma de sac que tenen els mamífers i altres animals per a respirar. Els nostres pulmons estan al tòrax, protegits per les costelles.
✎ pàgs. 798-799 (55)
pulmonar

pulmonia pulmonies

nom femení — Una pulmonia és una malaltia dels pulmons causada per virus o bacteris. Dóna febre i tos i pot ser molt greu.

púlpit púlpits

nom masculí — Un púlpit és la trona d'una església.

pulsació pulsacions

nom femení — **1** Una pulsació és cada un dels batecs del cor i de les artèries. Quan es pren el pols a una persona, es noten les pulsacions.
2 Cop o pressió que es fa sobre les tecles d'una màquina d'escriure o sobre les tecles o les cordes d'un instrument musical. Hi ha qui escriu molt ràpid a màquina i fa 300 pulsacions per minut.

pulverulent pulverulenta pulverulents pulverulentes

adjectiu — Una substància és pulverulenta si està en forma de pols o de pólvores. El ciment i la llet en pols són pulverulents.

puma pumes

nom masculí — Un puma és un mamífer carnívor de la mateixa família dels gats i dels tigres que viu a les muntanyes d'Amèrica. És gran, pot fer dos metres de llargària, i té el pèl curt i dens, de color marronós, sense taques. Surt sobretot de nit i s'enfila als arbres.

punció puncions

nom femení — Una punció és una operació de medicina que es fa introduint una agulla o un bisturí en una part del cos perquè en surti un líquid.

punir

verb, com *servir* ◄ pàg. 28 — Posar un càstig a algú que ha comès una falta. La llei puneix alguns delinqüents amb cadena perpètua.

punible, punició, punitiu, punitiva

punt punts

nom masculí — **1** Un punt és una part d'espai molt petita, que es pot representar pel lloc on es troben dues rectes. Es parla d'una recta que passa per dos punts o del punt central d'una circumferència.
2 Petit senyal, marca o taca, molt petita, a la superfície d'una cosa. Podem marcar una línia de punts. Algunes flors tenen punts de color blanc.
3 Petita rodona que es fa servir com a signe gràfic en les lletres o en els escrits. Damunt de la *i*, hi posem un punt. Quan escrivim, fem servir el punt (.), que pot ser seguit o a part; els dos punts (:), i els punts suspensius (...). El punt i seguit separa frases que gramaticalment no depenen les unes de les altres. *Vaig venir. Em vas fer fora.* El punt i a part separa paràgrafs. Els dos punts van davant d'una llista o d'una cosa que és exemple del que s'ha dit abans. *A Catalunya hi ha una ciutat de més d'un milió de persones: Barcelona.* Els punts suspensius indiquen que es podria continuar amb el que s'està dient però que no es fa perquè no es vol. *Ets un... Vas venir i... ja se sap!*
4 Lloc determinat, indret geogràfic. A la Costa Brava hi ha molts punts on ens podem banyar.
5 Estat o situació d'una cosa, grau o nivell on s'ha arribat. Es parla del punt de fusió d'una substància o del punt on es troba l'economia d'un país.
6 Unitat que mesura en una classificació les habilitats i els coneixements d'un estudiant, la qualitat d'un esportista o d'un equip o la capacitat d'una persona o d'una empresa per a fer una feina. L'equip guanyador d'un partit de futbol s'emporta tres punts; si només empata, té un punt.
7 Senyal que posem entre les pàgines d'un llibre per saber on hem de continuar la lectura. Com a punt, podem fer servir una cinta o una tira de cartolina.
8 Tros de fil que va d'un forat al següent dels que es fan en una tela quan es cus. Si s'escapen els punts, la roba es descús.
9 Tros de fil que els metges posen en una ferida per cosir-la. Uns dies després d'una operació, es treuen els punts de la ferida.
10 La paraula *punt* es fa servir, normalment seguida de la preposició *de* i d'un nom, amb significats diversos: el punt de mira d'una arma; el punt de venda de begudes; el punt de vista d'una persona, el punt d'honor d'algú; el punt culminant d'una muntanya o d'una discussió; el punt mort d'unes converses, el punt mort del canvi de marxes d'un cotxe; un punt negre en una carretera, on passen molts accidents.

locució que fa d'adjectiu — **11** Una tela és **de punt** si no està teixida amb molts fils que es creuen en sentit vertical i horitzontal, sinó amb un sol fil. Els jerseis teixits a mà són de punt; la roba de punt és elàstica i s'adapta a la forma del cos.

locució que fa d'adverbi — **12** Si estàs **a punt** de fer una cosa, ja t'has preparat. *Fins que les corredores no estan a punt, no es dóna la sortida.*
13 Una cosa està **a punt de solfa** si està acabada i preparada. *El pis ja es pot vendre: està a punt de solfa.*
14 **En punt** vol dir exactament, ni un minut menys, ni un minut més. *La mitjanit comença a les dotze en punt.*
15 Si expliquem una cosa **punt per punt** l'expliquem amb tots els detalls, exactament com va passar. *En un judici s'han d'explicar els fets punt per punt.*
16 **Tan bon punt** vol dir al moment que, així que. *Tan bon punt arriba el tren a l'estació, els passatgers hi pugen o en baixen.*

frase feta — **17** Si algú **és** o **està a punt de marxa** està preparat per a sortir, per a anar a un lloc.

18 Si un menjar **té un punt** de dolç, de salat, d'àcid, etc., és una mica dolç, salat, àcid, etc.

punta puntes

nom femení — 1 La punta d'un objecte és la seva part final, l'extrem. Parlem de la punta del nas, dels dits, d'un bastó, d'una sabata o de la cua d'un animal.

2 Part final d'una cosa que és molt fina i aguda, que punxa i forada. Parlem de la punta d'un ganivet de cuina, d'una agulla, d'un llapis o d'una espasa.

3 Cadascun dels angles o extrems d'un objecte, d'una peça. Un mocador té quatre puntes. Una habitació pot fer cinc metres d'una punta a l'altra.

nom femení plural — 4 Les puntes són unes tires de teixit molt lleuger i ben decorat que es posen com a adornament a les vores dels vestits. Es porten sovint al coll i a les mànigues. També hi ha mocadors i altres peces de roba delicada fetes de puntes.

nom femení — 5 Una **punta de cigarret** o **de puro** és una burilla.

locució que fa d'adverbi — 6 **A punta de dia** és molt de matí, quan comença a fer-se clar. *És molt lluny: sortirem a punta de dia.*

puntada puntades

nom femení — 1 Una puntada és un cop donat amb la punta d'una cosa. Dues persones que es barallen es donen cops i puntades de peu.

2 Forat que es fa a la roba cada vegada que s'hi passa fil amb una agulla. Quan s'embasta un vestit, les puntades es fan molt separades.

puntaire puntaires

nom masculí i femení — Un o una puntaire és una persona que fa puntes d'adornament per a vestits. Els o les puntaires treballen amb uns coixins llargs de forma cilíndrica, els coixins de fer puntes, i amb unes agulles que aguanten els fils de la punta que s'està fent.

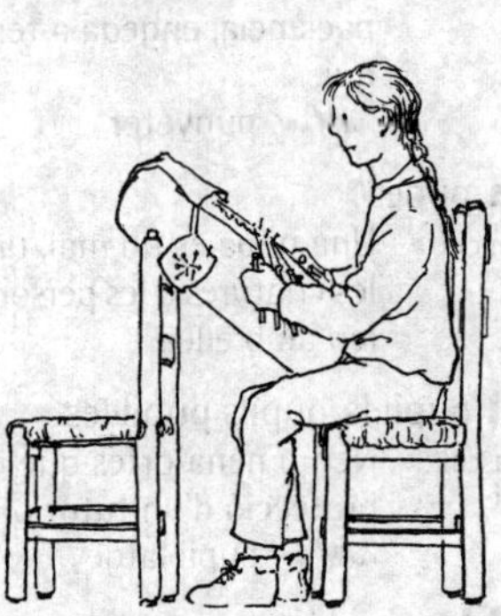

Una puntaire

puntal puntals

nom masculí — Un puntal és un pal, un tronc d'arbre, una peça de ferro, etc., que aguanta una biga, una paret o qualsevol altra cosa perquè no caigui.

apuntalar

puntejar

verb
com *cantar*
◄ pàg. 26
Amb G davant E, I

1 Fer o marcar punts en una cosa.

2 Tocar una guitarra o un altre instrument de corda fent sonar cada corda amb un dit.

3 Puntejar una sardana o una altra dansa és marcar-ne els passos, el moviment, amb els peus.

4 Es diu que punteja el dia o l'alba quan la nit se'n va i comença a fer-se clar.

punter puntera punters punteres

adjectiu — 1 Que acaba en punta. Alguns ganivets de cuina són punters.

nom femení — 2 La puntera d'una sabata, d'un altre calçat, d'una mitja o d'un mitjó és la part del davant que cobreix la punta del peu. Algunes botes porten punteres reforçades.

punteria punteries

nom femení — 1 Una persona fa punteria quan apunta una arma de la millor manera per a tocar un blanc o un objectiu. Els soldats han de fer pràctiques de punteria.

2 Una persona té punteria si quan dispara una arma toca sovint el blanc o l'objectiu.

de puntetes

locució que fa d'adverbi — Una persona va o camina de puntetes si només toca a terra amb la punta dels peus. *El ballet clàssic es balla de puntetes.*

puntuació puntuacions

nom femení — 1 La puntuació és el fet de puntuar, d'obtenir punts en una competició esportiva o en un concurs. És també el nombre de punts que obté un equip o una persona. L'esportista que obté la puntuació més alta guanya.

2 Manera de puntuar un escrit. Si un text té una puntuació equivocada, es llegeix malament.

puntual puntuals

adjectiu — 1 Que fa les coses exactament en el moment indicat, que arriba sempre a l'hora convinguda. Una persona puntual no ens fa esperar mai. Si un tren és puntual, saps a quina hora arribaràs a l'estació.

2 Un fet, una actuació, és puntual si només passa o es fa una vegada o poques vegades.

puntualitat puntualitats

nom femení — La puntualitat és la qualitat de les persones

A B C D E F G H I J K L M N O P Q R S T U V W X Y Z

i de les coses puntuals. Les persones responsables arriben amb puntualitat a les cites.

puntualitzar
verb
com *cantar*
◄ pàg. 26
Remarcar bé i precisar cada un dels detalls, cada una de les circumstàncies d'un assumpte o d'una conversa. En els contractes, s'han de puntualitzar les condicions per evitar que després hi hagi problemes.

puntuar
verb
com *canviar*
◄ pàg. 30
Amb dièresi
1 Posar en un escrit els signes de puntuació. Un text ben puntuat fa de bon llegir i s'entén perfectament.
2 Obtenir punts en una competició esportiva, en un concurs, en una avaluació. Si el nostre equip de futbol puntua fora de casa, té un o tres punts positius en la classificació.
3 Qualificar un examen o un treball de classe.

punxa punxes
nom femení
1 Una punxa és cada una de les parts fines i agudes d'algunes plantes o d'alguns animals, que ens poden esgarrapar o punxar. Els rosers i els esbarzers tenen punxes; també en té la pell dels eriçons i la closca d'alguns cargols de mar.
2 Part prima i aguda d'un objecte, d'una eina. Les forquilles i alguns ganivets tenen punxes.
3 Cim d'una muntanya que és molt prim i acaba en punta.

punxada punxades
nom femení
1 Una punxada és una ferida feta amb una punxa o amb un objecte punxegut. Si passem entre esbarzers, rebrem punxades i esgarrinxades.
2 Dolor fort i de curta durada en alguna part del cos. Quan hem caminat molt, sentim punxades al darrere de les cames.

punxar
verb
com *cantar*
◄ pàg. 26
Foradar la pell d'algú o la part de fora d'una cosa amb una punxa o un objecte acabat en punxa o en una punta molt aguda. Les roses punxen molt. Les persones que cusen a vegades es punxen amb les agulles.
punxant, punxós, punxosa

punxegut punxeguda punxeguts punxegudes
adjectiu
Que té punxa, que acaba en punxa. Els ganivets de cuina acostumen a ser punxeguts.
punxut, punxuda

punxó punxons
nom masculí
Un punxó és un instrument de ferro acabat en punta per a fer forats. Els punxons són prims i porten un mànec per a agafar-los. pàg. 993 (15)

puny punys
nom masculí
1 Canell.
2 Part de la màniga d'una camisa o d'una altra peça de vestir que cobreix el puny o canell. Els punys de les camises es corden amb botons o amb botons de puny.
3 Mà tancada. Els boxejadors es donen cops de puny amb les mans protegides amb guants.
frase feta
4 Es diu que una persona **és del puny estret** si no dóna mai res i és molt avara.
apunyegar, punyada

punyal punyals
nom masculí
Un punyal és una arma blanca que té un mànec i una fulla curta amb tall a banda i banda i acabada en punxa. Els punyals es fan servir en la lluita cos a cos o per a llançar-los contra algú.
apunyalar, punyalada

punyent punyents
adjectiu
1 Que punxa, que entra dins de la pell i fa mal. Les espines dels cactus són punyents. També es diu que fa un fred punyent quan sembla que el fred se'ns clavi a la pell com les punxes.
2 Es diu que una situació, un fet, un accident, etc., és punyent si ens impressiona i ens provoca malestar. Les escenes de guerra sempre són punyents.

punyeta punyetes
nom femení
1 Una punyeta és qualsevol cosa que molesta, que no ens serveix de res. Haver perdut els apunts de classe és una punyeta. Es diu de manera informal.
locució que fa d'adverbi
2 Anar, viure o estar **a la quinta punyeta** és anar, viure o estar molt lluny.
frase feta
3 **Fer la punyeta** és molestar, empipar.
frase feta
4 Una cosa **se'n va a fer punyetes** si es fa malbé o s'espatlla. Si es trenca la cassola, tot el rostit se'n va a fer punyetes.
frase feta
5 **Aneu** o **vés a fer punyetes** es diu quan una persona s'enfada amb algú i no vol continuar discutint. Quan a algú se li acaba la paciència, engega a fer punyetes a qui sigui.
punyeter

pupa pupes
nom femení
Una pupa és un mal, una ferida. Ho diuen les criatures o les persones grans quan parlen amb elles.

pupil pupil·la pupils pupil·les
nom masculí i femení
Nen o nena orfes que estan sota la cura i protecció d'un tutor o d'una tutora.
pupil·latge

pupil·la pupil·les
nom femení
La pupil·la és la nina o nineta de l'ull. Les

pupil·les dels gats s'obren molt quan és de nit. págs. 798-799 (19)

pupitre pupitres

nom masculí — Un pupitre és una taula per a escriure o per a dibuixar que a vegades té la part de sobre una mica inclinada. Aquesta part a vegades també es pot obrir cap amunt i dins del pupitre s'hi poden deixar papers, llapis o altres objectes. Moltes escoles tenen pupitres.

puput puputs

nom masculí o femení — Un puput o una puput és un ocell de mida mitjana, de color bru rosat, amb unes ratlles grosses i negres a les ales i a la cua. Té el bec llarg i una cresta de plomes que s'obre i es tanca com un ventall. S'alimenta d'insectes. El nom de la puput ve dels sons que fa quan crida.

pur pura purs pures

adjectiu — **1** Que no està barrejat amb altres coses. Un formatge pur d'ovella no porta llet d'altres animals.
2 Que no conté coses estranyes, que està net de brosses, de microbis o de substàncies químiques. L'aigua d'algunes fonts és pura i cristal·lina.
puresa

puré purés

nom masculí — Un puré és un menjar que es fa triturant i fent gairebé líquid algun aliment, com els pèsols, les mongetes o les patates. Els purés van bé per a les persones que no poden mastegar.

purga purgues

nom femení — **1** Purgant.
2 Es diu que en un país o en un partit polític hi ha una purga quan les persones que manen eliminen o destitueixen els qui no pensen com elles.
purgació, purgar

purgant purgants

adjectiu i nom masculí — Una substància o un medicament és purgant quan fa anar de ventre. Els purgants suaus es diuen *laxants*.

purgatori purgatoris

nom masculí — Segons la doctrina catòlica, el purgatori és un lloc on van a parar durant un temps les persones que, per alguna falta o pecat, no poden entrar directament al cel.

purificar

verb, com *cantar* ◄ pàg. 26, Amb QU davant E, I — **1** Fer que una cosa sigui pura, que no contingui cap element que l'embruti. Els vins i els olis, abans d'embotellar-los, s'han de purificar.

usat amb pronom — **2** Segons la majoria de religions, una persona **es purifica** quan, amb oracions i unes determinades accions, fa que se li perdonin les faltes que ha comès.
purificació

purità puritana puritans puritanes

adjectiu — Que està d'acord amb una moral molt estricta. Algunes religions molt puritanes prohibeixen als seus fidels fer res que pugui semblar una mica escandalós, com ballar o portar banyador.

puro puros

nom masculí — Un puro és un conjunt de fulles de tabac enrotllades que es fuma. Els puros més famosos són fets a Cuba.

púrpura púrpures

adjectiu — **1** Que és d'un color vermell fosc tirant a morat. El vestit que porten els cardenals és de color púrpura.

nom masculí — **2** El púrpura és el color púrpura.

púrria púrries

nom femení — La púrria d'una societat o d'un país es considera que és la gent dolenta, que es dedica als vicis, als robatoris, al crim.
purrialla

purulent purulenta purulents purulentes

adjectiu — Que conté pus, que és com el pus. Una ferida purulenta s'ha de netejar i desinfectar molt bé.

pus pus

nom masculí — El pus és un líquid de color groc que surt de les ferides infectades i d'alguns grans.

pusil·lànime pusil·lànimes

adjectiu — Una persona és pusil·lànime si té molt pocs ànims, si és dèbil de caràcter i fa sempre el que diuen els altres.

puta putes

nom femení — Una puta és una dona que fa de prostituta. Aquesta paraula es fa servir com un insult.
putada, puteria

putejar

verb, com *cantar* ◄ pàg. 26, Amb G davant E, I — **1** Fer de puta o tenir tracte amb putes.
2 Es diu que una persona puteja algú quan el tracta malament, el molesta i no el deixa tranquil. Hi ha qui puteja els companys només per ganes de fer la punyeta. Es diu de manera informal.

putrefacció putrefaccions

nom femení — La putrefacció és el fet de podrir-se, de descompondre's una cosa, un cos mort. La putrefacció dels animals fa molta pudor.
putrefacte, putrefacta, pútrid

putxinel·li putxinel·lis
nom masculí Un putxinel·li és un titella que té el cap i els braços enganxats a un vestit. La persona que el fa moure posa les mans per dins del vestit i fa que es belluguin el cap i els braços. El teatre de putxinel·lis és molt divertit.

puzle puzles
nom masculí Trencaclosques.

q

nom femení — Dissetena lletra de l'alfabet català. Aquesta lletra, en català, sempre va seguida d'una *U*. La *U* es pronuncia quan va davant de *A, O* o quan porta dièresi, com a *quan* i *qüestió*; però no es pronuncia davant de *E, I*, com a *quilo* i *queixal*.

quadern quaderns

nom masculí — Un quadern és un conjunt d'uns quants fulls de paper units en forma de llibre. Les llibretes que fem servir a la classe són quaderns.

quadra quadres

nom femení
Amb A final — Una quadra és un estable de cavalls, de muls o d'ases.

quadrangular quadrangulars

adjectiu — Que té quatre angles. Un camp de futbol és un terreny quadrangular.
quadrangle

quadrant quadrants

nom masculí — **1** Un quadrant és una quarta part d'una circumferència. Forma un arc de 90°.
2 Rellotge de sol.
3 Instrument que serveix per a determinar l'altura d'un astre sobre l'horitzó.

quadrat quadrada quadrats quadrades

adjectiu — **1** Que té forma de quadrat. Algunes pantalles d'ordinador són quadrades.

nom masculí — **2** Un quadrat és un quadrilàter que té els quatre costats iguals i els quatre angles rectes.

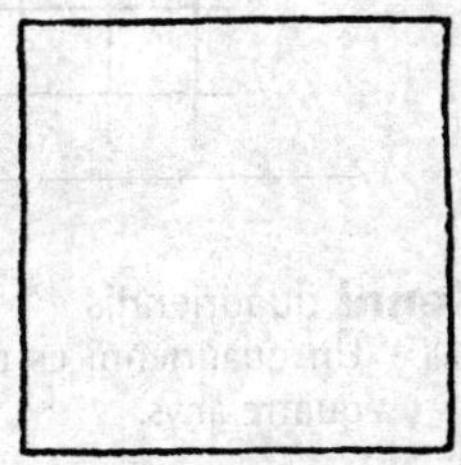

Un quadrat

3 Un número s'eleva al quadrat si es multiplica per ell mateix: $3^2 = 3 \times 3$. El quadrat d'un número és el resultat de multiplicar-lo per ell mateix. 4 és el quadrat de 2, ja que $2 \times 2 = 4$.
quadrar

quadre quadres

nom masculí
Amb E final
També *quadro*. — **1** Un quadre és una figura o un objecte de forma quadrada. Els escocesos, a vegades, porten faldilles de quadres. quadrícula

Continua a la pàgina següent

2 Tela o làmina on hi ha un dibuix o una pintura. Els quadres es posen en marcs i es pengen a la paret. Els museus de pintura tenen quadres de grans artistes.
3 Resum d'un text o d'una lliçó o conjunt de dades ordenades de manera que es puguin consultar fàcilment. Als llibres d'estudi hi ha quadres que ens recorden els temes principals de la lliçó.
4 El **quadre de comandament** d'un avió o d'un cotxe és el conjunt de mecanismes i de rellotges indicadors que el conductor té davant seu i li serveixen per a conduir.
✎ cotxe per dins

quàdriceps quàdriceps
nom masculí El quàdriceps és un múscul que hi ha a la part del davant de la cuixa. ✎ pàg. 800 ⑯

quadrícula quadrícules
nom femení Una quadrícula és un conjunt de quadrats que es formen quan es tiren línies paral·leles de dalt a baix i al damunt unes altres línies també paral·leles de dreta a esquerra. El tauler dels escacs o del joc de dames és una quadrícula.
quadricular, quadriculat, quadriculada

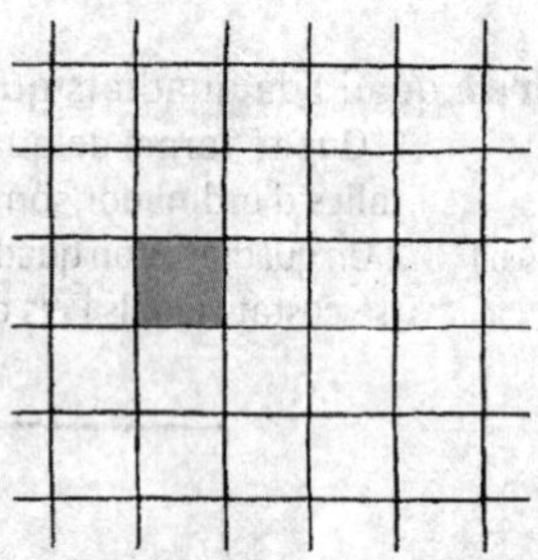

Un quadre i una quadrícula

quadrienni quadriennis
nom masculí Un quadrienni és un espai de temps de quatre anys.

quadriga quadrigues
nom femení Una quadriga era un carro tirat per quatre cavalls que feien servir alguns pobles antics, com els romans.

quadrilàter quadrilàtera quadrilàters quadrilàteres
nom masculí Un quadrilàter és una figura geomètrica que té quatre costats.

quadrilla quadrilles
nom femení 1 Una quadrilla és una colla de persones.
2 Grup de toreros que formen l'equip del torero principal.
quadriller

quadrimestre quadrimestres
nom masculí Un quadrimestre és un espai de temps de quatre mesos.

quadro quadros
nom masculí Quadre.

quadrúpede quadrúpeda quadrúpedes
adjectiu i nom masculí Un animal és quadrúpede si té quatre potes. El cavall és un quadrúpede.

quàdruple quàdrupla quàdruples
adjectiu i nom masculí Que és quatre vegades més gran que una altra cosa. El quàdruple de 2 és 8.
quadruplicar

qual quals
pronom relatiu 1 Aquesta paraula s'usa sempre amb un article al davant i introdueix frases que complementen un nom. La frase introduïda fa la funció d'un adjectiu i sol anar entre comes:
• *El comerciant, el qual se sentia perjudicat, va protestar.*
• *Ha vingut una amiga del meu germà, la qual és francesa.*
• *Hi vaig passar cinc dies, els quals van ser els millors de la meva vida.*
• *Vaig rebre dues cartes, les quals em van fer molta il·lusió.*
2 S'usa darrere de preposició amb un article entre la preposició i el pronom.
• *És la filla del meu amic, del qual hem parlat aquest matí. El cotxe amb el qual vaig a treballar és d'un amic. La persona en la qual confia no ha pogut venir. El llibre al qual es referia és exhaurit.*
• *Era una casa el menjador de la qual tenia llar de foc. Vaig treballar en una empresa la directora de la qual era molt treballadora.*
• *Li van fer diverses preguntes a totes les quals va respondre.*
locució que fa de pronom 3 **La qual cosa** s'usa amb preposició o sense i introdueix frases que complementen tota una altra frase.
• *La Pepita ja dorm bé, la qual cosa m'alegra molt.*
• *Finalment, he aprovat l'examen, de la qual cosa estic molt orgullosa.*

qualcú
pronom indefinit Algú. Es diu només en algunes zones.

qualcun qualcuna qualcuns qualcunes
determinant i pronom indefinits Algun, alguna. Es diu només en algunes zones.

qualificació qualificacions
nom femení 1 Es fa una qualificació quan es qualifica algú o alguna cosa. Algunes persones reben la qualificació d'herois.

2 Nota o puntuació que es dóna a una persona que s'ha examinat o que ha participat en un concurs o en una prova esportiva. La qualificació d'excel·lent és molt bona.

qualificar

verb com *cantar* ◄ pàg. 26
Amb QU davant E, I

1 Dir que una persona és d'una manera determinada o que té una característica especial. La gent ens pot qualificar d'intel·ligents, de bones persones o de mandrosos, per exemple.
2 Posar nota o puntuació a un examen o un treball d'un estudiant o a una prova esportiva.
inqualificable, qualificatiu, qualificativa

qualitat qualitats

nom femení

1 La qualitat d'una cosa és la característica o el grup de característiques que fan que sigui bona o dolenta. Si un aliment és de mala qualitat ens pot fer mal.
2 Cada una de les característiques o de les propietats de les coses. La duresa és una qualitat del ferro.
3 Les qualitats d'una persona són les coses bones que té, com la intel·ligència, la simpatia, la bellesa o la bondat. També es diu que una persona té moltes qualitats si sap fer bé moltes coses.
qualitatiu, qualitativa

quall qualls

nom masculí

1 El quall és una substància que es fa servir per a convertir la llet en iogurt, mató o formatge.
2 Quallada.

quallada quallades

nom femení

La quallada és la part coagulada de la llet. Consta d'un compost de calci i de greix. És el primer pas per a l'obtenció del formatge.

quallar-se

verb usat amb pronom com *cantar* ◄ pàg. 26

Coagular-se. Per a la fabricació del formatge, s'ha de quallar la llet.

qualque qualques

determinant indefinit

Algun. Actualment s'usa poc.

qualsevol qualssevol

determinant i pronom indefinits

Aquesta paraula s'usa per a indicar una d'entre diferents persones o coses, sense importar quina d'elles. *Pots venir qualsevol dia; sempre trobaràs algú a casa. En aquesta casa, hi queden bé qualssevol mobles. -Qui de nosaltres vols que t'ajudi? -Qualsevol.*

qualsevulla qualssevulla

determinant i pronom indefinits

Qualsevol. Es diu només en algunes zones.

quan

adverbi i pronom interrogatius
Diferent de *quant*

1 Aquesta paraula s'usa per a preguntar en quin moment, en quina època. *Quan vindreu? Digueu-nos quan vindreu.*

adverbi

2 En el moment que. *Començarem quan sigui fosc. Quan hi arribarem ja serà fosc.*

1
quant quanta quants quantes

determinant i pronom interrogatius
Diferent de *quan*

1 Aquesta paraula s'usa per a preguntar la quantitat d'alguna cosa. *No sé quants anys fa que ens vam conèixer. -Quant de temps fa que ens vam conèixer? -No sé quant, però molt. -Quants dius que fa?*

determinant i pronom quantitatius

2 *Quant* o *quant de* indica que d'una cosa n'hi ha molta quantitat.
• *-Quant de temps feia que no et veia! -Quina sort!, quant feia que no ens vèiem?*
3 Algun o alguns, una certa quantitat.
Va darrere *un, una, uns* o *unes* i sense *de*:
• *Ja han passat uns quants dies. Això, ho he vist unes quantes vegades. Deixa passar un quant temps. -N'has menjat, d'aquests? -Sí, n'he menjat uns quants.*

pronom quantitatiu

4 Alguns, una part de les coses o persones que s'han anomenat abans.
Va darrere d'*uns* o *unes* i seguit de *de*:
• *-Que té llibres de ciència-ficció? - Sí, en tinc uns quants de molt bons.*
• *De quin color són, les bruses?*
• *-N'hi ha unes quantes de negres i unes quantes de blanques.*
quantificador, quantificar

2
quant

adverbi
Diferent de *quan*

1 En quina mesura.
Va davant d'adjectiu o de verb.
• *Quant gran és el seu atreviment!*
• *Quant has corregit!, deus estar cansat!*

locució que fa de preposició

2 **Quant a** vol dir pel que es refereix a. *Avui acabarem de fer això; quant a demà, ja en parlarem.*

quantitat quantitats

nom femení

1 Una quantitat és un número que ens diu si hi ha moltes o poques persones o coses, molt tros o poc tros d'una cosa. 30 milions de persones és una quantitat gran; un euro és una quantitat petita.
2 Conjunt, part o tros, gran o petit, d'una cosa. Si tens una gran quantitat de llibres, tens molts llibres. Quan has de pagar una quantitat has de donar diners.

quantitatiu quantitativa quantitatius quantitatives
adjectiu — Que està relacionat amb la quantitat, que expressa la quantitat. *Bastant* i *molt* són mots quantitatius. Hi ha determinants, pronoms i adverbis quantitatius.

quaranta quarantes
determinant numeral — **1** Quaranta coses són quatre vegades deu coses.
nom masculí — **2** El quaranta és el nom del 40.
quarantè, quarantena

quaresma quaresmes
nom femení — La quaresma és l'espai de temps de quaranta dies que els cristians celebren abans de Pasqua. Comença el dimecres de cendra i acaba amb la Setmana Santa.

quars quarsos
nom masculí — El quars és una varietat cristal·litzada de sílice. És un mineral dur, molt abundant a la natura i un dels components del granit. Té moltes varietats, que formen pedres de colors diferents, molt boniques i usades en joieria, com l'ametista i l'àgata.

quart quarta quarts quartes
determinant numeral i nom masculí i femení — **1** Que té el número d'ordre quatre. El quart pis d'un edifici és a sobre del tercer. Al quart d'una cursa no li donen cap medalla.
determinant numeral — **2** Una quarta part d'una cosa és una de les quatre parts iguals que ens queden si la dividim entre quatre. La quarta part de 40 és 10.
nom masculí — **3** Un quart d'hora és la quarta part d'una hora. Els quarts tenen quinze minuts.
quartet, quarteta

quarter quarters
nom masculí — **1** Un quarter d'una cosa és cada una de les quatre parts semblants que ens queden si la dividim entre quatre. Es divideixen en quarters sobretot les gallines i els pollastres.
2 Caserna.
3 El **quarter general** és el lloc on hi ha els militars que manen l'exèrcit o dirigeixen els combats.

quartilla quartilles
nom femení — Una quartilla és un full de paper que és la meitat d'un foli.

quartos
nom masculí plural — Manera informal de dir *diners*. Hi ha cotxes que valen molts quartos.

quasi
adverbi — Gairebé.

quaternari quaternària quaternaris quaternàries
adjectiu — **1** Que és el quart en una ordenació. L'era quaternària va després de la terciària.
2 Que té quatre unitats o elements. Un vers quaternari és de quatre síl·labes.

quatre quatres
determinant numeral — **1** Quatre coses són tres més una.
nom masculí — **2** El quatre és el nom del 4.

quatre-cents quatre-centes
determinant numeral — **1** Quatre-centes coses són quatre vegades cent coses.
nom masculí — **2** El quatre-cents és el nom del 400.

1
que
pronom relatiu. Diferent de *què* — **1** Aquesta paraula introdueix frases que complementen un nom. La frase introduïda fa la funció d'adjectiu:
• *La nena que porta els cabells llargs és la meva filla. Vaig veure una nena que portava els cabells llargs.*
• *La nena que porta els cabells llargs, es passa el dia pentinant-se.*
locució que fa de pronom — **2 El que** vol dir *allò que* o *aquell que*. Introdueix frases que fan la funció d'un nom:
• *Ja has pensat el que t'he dit abans?*
• *Llegeix aquest article i el que t'he ensenyat abans.*
També pot ser *la que*, *els que* o *les que*:
• *Llegeix aquesta novel·la i la que t'he ensenyat abans.*
• *Llegeix aquestes poesies i les que t'he ensenyat abans.*

2
que
conjunció. Diferent de *què* — **1** Aquesta paraula introdueix frases que complementen una altra frase. La frase introduïda fa la funció d'un nom:
• *És fàcil que arribin tard. M'agrada que siguis tan constant. Suposo que no ens farà mal.*
• *Van arribar que el tren ja havia marxat. Obre les finestres, que entri l'aire. Obre les finestres, que no podem respirar.*
• *Era tan gran que no hi cabia. Plovia tant que no es podia sortir. És igual que la seva mare.*
• *Si volen més diners que treballin. Qui vulgui peix, que es mulli el cul.*
Que forma part de moltes locucions que fan de conjunció:
• *ja que, encara que, sols que, només que, per bé que, malgrat que, fins que, per tal que, a fi que, atès que, mentre que, com que,* etc.
2 Introdueix frases interrogatives que es po-

den respondre amb sí o no i frases exclamatives.
- *Que hi és, en Pere? Que vols més pastís?*
- *Que Déu et beneeixi! Que digui el que vulgui!, jo faré la meva.*

3 Davant del verb s'usa per a donar èmfasi en casos com aquests:
- *Llavors, ella que va i li diu...*
- *I ell, espera que espera. Tots dos, camina que caminaràs.*

3 que

adverbi
Diferent de *què*

1 S'usa en frases exclamatives per a indicar quantitat:
- *Que bonic! Que corren! Que lluny es veuen!*

determinant quantitatiu

2 S'usa en casos com aquests:
- *Que gent que hi ha! Que n'has vistes, de coses!*

què

pronom relatiu
Diferent de *que*

Aquesta paraula introdueix frases que complementen un nom. Sempre va darrere de preposició.
- *Aquesta és la taula en què menja. Aquest és el cotxe amb què viatja. Aquest és el llibre de què t'havia parlat.*

pronom interrogatiu

Aquesta paraula s'usa per a preguntar quina cosa. *Què vols, te o cafè? De què parleu? Per què plores? Amb què vols la llet, amb cacau o amb cafè?*

quec queca quecs queques

adjectiu i nom masculí i femení

Tartamut.

quequejar, quequesa

queda quedes

nom femení

1 La queda era un toc de campana que es feia antigament en alguns pobles o ciutats per a avisar la gent que es retirés a casa quan arribava la nit.

2 El toc de queda és l'obligació que les autoritats imposen a la gent de no sortir de casa a partir d'una hora del vespre. Hi ha toc de queda en un lloc quan hi ha guerra o perills per a la població.

quedar

verb
com *cantar*
◄ pàg. 26

1 Tenir encara part d'una cosa després d'haver-ne gastat o separat una altra part. Si tenim 100 euros i en gastem 20, ens en queden 80. Si algú pregunta si queda pa vol saber si encara hi ha pa o si s'ha acabat tot.

2 Arribar a un estat definitiu, a una manera d'estar. Podem dir que una casa ha quedat totalment destruïda o que un moble ha quedat molt ben posat. Si una cosa queda a mig fer és que encara s'ha d'acabar. Quan et fan un regal quedes molt content.

3 Prendre un acord, decidir una cosa. Podem quedar que anirem d'excursió.

4 Fixar un lloc i un moment per trobar-se amb algú. Si quedem amb un amic a les vuit vol dir que ens hem de veure a aquesta hora.

usat amb pronom

5 **Quedar-se** és no sortir d'un lloc, no anar-se'n. Quan ens trobem malament és millor que ens quedem a casa.

6 Si una persona **es queda** una cosa és que la fa seva, es converteix en la seva propietària. Quedar-se les coses que són d'un altre és una manera de robar.

quefer quefers

nom masculí

Un quefer és qualsevol feina o encàrrec que s'ha de fer. Si una persona està molt ocupada és que té molts quefers.

queix queixos

nom masculí

1 El queix és la part de la galta que correspon a la mandíbula o barra.

frase feta

2 Es diu que una persona **menja a dos queixos** si menja amb molta gana, molt de pressa.

queixal queixals

nom masculí

1 Un queixal és cada una de les dents que hi ha a la part de més endins de la boca. Els queixals tenen la part de dalt plana i serveixen per a aixafar i triturar els aliments. Quan tens mal de queixal has d'anar al dentista.

2 El **queixal del seny** és un queixal que surt darrere dels altres quan una persona ja és gran.

queixalada queixalades

nom femení

1 Una queixalada és una mossegada. Si fem una bona queixalada a un entrepà, n'agafarem un bon tros. Les queixalades dels gossos poden fer molt de mal.

2 Bocí d'un menjar qualsevol. Es diu que una persona fa una queixalada quan menja una mica i de manera ràpida.

queixar-se

verb usat amb pronom
com *cantar*
◄ pàg. 26

1 Una persona es queixa quan expressa la pena o el dolor que sent. Si algú es queixa de mal de panxa o de cap, cal que el vegi un metge.

2 Diem que algú es queixa si no està content d'una cosa i ho diu als altres. Quan una persona té mal humor es queixa de tot.

queixa

queixós queixosa queixosos queixoses

adjectiu

Que es queixa d'algú o d'alguna cosa. Si estem queixosos d'un restaurant, podem demanar el llibre de reclamacions i escriure el que ens ha passat.

A B C D E F G H I J K L M N O P Q R S T U V W X Y Z

quelcom
pronom indefinit — Alguna cosa. Es diu quan es parla formalment. *No tinc res a la nevera, hauré de comprar quelcom per a sopar.*

querella querelles
nom femení — Una querella és una acusació que algú fa davant d'un jutge contra una persona o una institució. Si un diari parla malament d'un polític, aquest pot presentar una querella contra el diari.
querellar-se

querubí querubins
nom masculí — Segons el cristianisme, un querubí és un àngel d'una categoria inferior a la del serafí. En escultura i en pintura es representa per un cap d'infant amb ales.

qüestió qüestions
nom femení — **1** Una qüestió és un punt que s'ha de discutir o aclarir. El ministre d'afers estrangers s'encarrega de les qüestions internacionals.
2 Pregunta que es fa a algú, fet de demanar una cosa que volem saber. Els exàmens tipus test es fan amb moltes qüestions que s'han de contestar ràpidament.
3 Baralla o discussió amb algú. Amb persones violentes val més no tenir-hi qüestions.
locució que fa d'adjectiu — **4** La persona o la cosa **en qüestió** és aquella que ens preocupa o que és motiu de la nostra conversa.
frase feta — **5 Posar en qüestió** una cosa és discutir-la, no estar-hi d'acord.
inqüestionable, qüestionar

qüestionari qüestionaris
nom masculí — Un qüestionari és una llista de preguntes que algú ens fa en un examen, en una entrevista o per a saber la nostra opinió sobre una cosa.

quètxup quètxups
nom masculí — El quètxup és una salsa feta amb tomàquet i condiments com vinagre, sal, suc de llimona i sucre. És de color vermell i bastant espessa. Hi ha qui menja patates fregides amb quètxup.

queviures
nom masculí plural — Els queviures són les coses de menjar. Els supermercats són plens de queviures.

qui [1]
pronom relatiu — **1** Aquesta paraula introdueix frases que complementen un nom i es refereix a persones; la frase introduïda fa la funció d'un adjectiu.
• *Em sembla que conec l'home de qui parlàveu. Les dones a qui has saludat són amigues meves. La nena amb qui anaves, és la teva filla?*
2 Introdueix frases que fan la funció d'un nom i es refereix a persones.
• *Qui canta, els seus mals espanta. Que ho faci qui vulgui.*
També pot ser *el qui, aquell qui, tothom qui,* etc:
• *El qui t'ha dit això t'ha enganyat. No us fieu del qui no us aguanta la mirada.*
• *Aquell qui sempre protesta després no proposa solucions.*
• *Tothom qui vulgui, que agafi caramels.*

qui [2]
pronom interrogatiu — Aquesta paraula s'usa per a preguntar quina persona o quines persones. *Qui és? Amb qui surts? Qui ha trucat?*

quibuts quibuts
nom masculí També *kibbutz* — Un quibuts és una comunitat agrària de l'Estat d'Israel. En els quibuts, la gent s'organitza per treballar la terra i comparteix les feines i les propietats.

quiet quieta quiets quietes
adjectiu — Que no es belluga, que està en repòs, en calma. Els infants sempre juguen, mai no estan quiets. En una mar quieta es pot navegar sense perill.
aquietar, quietud

quil quils
nom masculí — El quil és el líquid d'aspecte semblant a la llet en què es converteix el quim a l'intestí prim.

quilla quilles
nom femení — La quilla és la part d'una embarcació que va de proa a popa per la part de sota. La quilla queda dins de l'aigua.
pàgs. 194-195 (16)

quilo quilos
nom masculí — Un quilo és una unitat de massa que equival a mil grams. La fruita es ven per quilos. El seu símbol és: kg.

quilogram quilograms
nom masculí També *kilogram* — **1** Quilo.
2 El quilogram per metre cúbic, kg/m^3, és la unitat de mesura de la densitat d'un cos.

quilòmetre quilòmetres
nom masculí També *kilòmetre* — Un quilòmetre és una unitat de mesura de longituds que equival a mil metres. A les carreteres, les distàncies entre els pobles o les ciutats s'indiquen en quilòmetres. La velocitat dels cotxes es dóna en quilòmetres per hora. El seu símbol és: km.
quilometratge, quilomètric

quilowatt quilowatts
nom masculí — També *kilowatt*
Un quilowatt és una unitat que mesura la potència d'un corrent elèctric que equival a mil watts. Les factures de l'electricitat ens diuen els quilowatts que hem gastat. El seu símbol és: kW.

quilowatt hora quilowatts hora
nom masculí
Un quilowatt hora és una unitat d'energia elèctrica, equivalent a l'energia produïda per una potència d'un quilowatt durant una hora. El seu símbol és: kWh.

quim quims
nom masculí
El quim és la pasta líquida i espessa en què es converteix el bol alimentari quan passa per l'estómac.

quimera quimeres
nom femení
1 La quimera és un monstre fantàstic que es representa amb cap de lleó, cos de cabra i cua de dragó i que treu foc per la boca.
2 Una quimera és qualsevol cosa que algú s'imagina o pensa i que creu que existeix realment. La felicitat que moltes persones busquen és una quimera.
frase feta
3 Es diu que una persona **passa quimera** si passa ànsia o està preocupada.
quimèric

químic química químics químiques
adjectiu
1 De la química, que té relació amb la química. Els detergents són productes químics.
nom masculí i femení
2 Persona que es dedica a la química.
nom femení
3 La química és la ciència que estudia les propietats i la composició de les substàncies i els canvis i les reaccions que hi ha entre elles.

quimono quimonos
nom masculí
Un quimono és una túnica oberta pel davant, sense botons, que porten els japonesos i les japoneses. És llarga i té les màniques molt amples. Es lliga amb un cinturó.

quin quina quins quines
determinant i pronom interrogatius
1 Aquesta paraula s'usa per a preguntar sobre un o uns quants elements d'un grup de persones o de coses possibles. *Quin dia vindràs? Quins dies seràs aquí? No sé quina roba posar-me. Quins colors creus que hi van bé? -Digues quines arracades creus que hi van millor. -No sé quines.*
2 També s'usa en frases exclamatives i expressa admiració, sorpresa o disgust. *Quina noia més intel·ligent! Quina una que me n'has feta! Quin mal de cap! De quina me n'he escapat!*

1
quina quines
nom femení
El joc de la quina és el joc del bingo.

2
quina quines
nom femení
1 La quina és una substància que es treu de l'escorça d'uns arbustos que es fan als Andes i en algunes zones d'Àsia. La quina es fa servir contra malalties tropicals com el paludisme o malària.
2 Licor fet amb quina.

quincalla quincalles
nom femení
Es diu que són quincalla els objectes de metall o les imitacions de joies que no tenen cap valor econòmic. Hi ha persones que els agrada adornar-se amb quincalla.
quincallaire

quiniela quinieles
nom femení
Una quiniela és un paper on una persona escriu els resultats que creu que hi haurà en uns partits de futbol, en una cursa de cavalls o en un altre esport. Si encerta els resultats guanya un premi de molts diners.

quinina quinines
nom femení
La quinina és una substància que conté quina i es treu dels mateixos arbustos que aquesta. Es fa servir, igual que la quina, contra la febre i el paludisme.

quinqué quinqués
nom masculí
Un quinqué és un llum que té un dipòsit, on hi ha el petroli o un altre combustible, i un tub de vidre que impedeix que la flama s'apagui. Actualment hi ha quinqués elèctrics que imiten els de petroli.

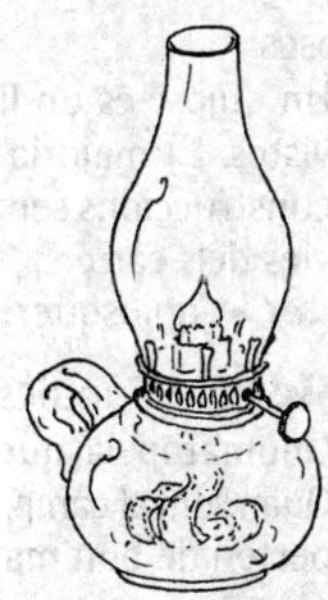

Un quinqué

quinquenni quinquennis
nom masculí
Un quinquenni és un espai de temps de cinc anys.
quinquennal

quint quinta quints quintes

determinant numeral i nom masculí i femení — **1** Cinquè. Carles quint va ser rei d'Espanya i emperador d'Alemanya.

nom femení — **2** Una quinta és el conjunt de tots els joves que feien el servei militar el mateix any. Si dues persones són de la quinta del 56 és que totes dues van entrar a fer el soldat l'any 1956.

3 Distància de cinc graus entre dues notes musicals. Entre el do i el sol hi ha una quinta musical.

quíntuple

1
quintar quintars

nom masculí — Un quintar és una antiga mesura de pes que equival a uns quaranta-cinc quilos i mig aproximadament.

2
quintar

verb com *cantar* ◄ pàg. 26 — Treure per sort els joves que havien de fer el servei militar.

quintet quintets

nom masculí — **1** Un quintet és una composició musical per a cinc veus o cinc instruments.

2 Conjunt de cinc músics.

quinto quintos

nom masculí — **1** Recluta.

2 El joc del quinto és el joc del bingo.

quinze quinzes

determinant numeral — **1** Quinze coses són catorze més una.

nom masculí — **2** El quinze és el nom del 15.

locució que fa d'adverbi — **3 A tres quarts de quinze** vol dir molt tard, fora de temps. Si dines a tres quarts de quinze és que dines gairebé a l'hora de berenar.

quinzè, quinzena, quinzenal

quiosc quioscs

nom masculí També *quioscos* — Un quiosc és un lloc on venen diaris i revistes. La majoria dels quioscos són unes construccions senzilles posades a les voravies dels carrers. pàg. 597 ⑮

quiosquer

quiquiriquic quiquiriquics

nom masculí — Onomatopeia que imita el cant del gall. Quan som al camp, els quiquiriquics ens desperten de bon matí.

quirat quirats

nom masculí — **1** Un quirat és una unitat de mesura que indica la quantitat d'or pur que hi ha en un aliatge d'aquest metall. En un anell d'or de 22 quirats hi ha més or que en un altre de 18 quirats.

2 Mesura de pes per a les perles i les pedres precioses.

quiròfan quiròfans

nom masculí — Un quiròfan és una sala d'una clínica o d'un hospital on es fan les operacions quirúrgiques. Els quiròfans han d'estar molt nets i ben desinfectats.

quiromància quiromàncies

nom femení — La quiromància és la pràctica d'endevinar el futur mirant la forma i les ratlles de la mà.

quiromàntic

quirúrgic quirúrgica quirúrgics quirúrgiques

adjectiu — De la cirurgia, que té relació amb la cirurgia. Alguns tumors es treuen amb una operació quirúrgica.

quisca quisques

nom femení — Manera informal de dir *brutícia.* Si una persona no es renta, aviat anirà plena de quisca.

quisso quissa quissos quisses

nom masculí i femení — Gos o gossa petits, un cadell de gos. Els quissos són molt juganers.

quist quists

nom masculí També *quistos* — Un quist és una bola petita plena de líquid o greix que es forma en alguns llocs a dins del cos. La majoria dels quists es poden operar.

quitrà quitrans

nom masculí — El quitrà és un líquid molt espès, de color negre i olor molt forta, que es fa servir per a fer el terra de les carreteres i per a impedir que es podreixin les fustes de les barques. Es treu del carbó, del petroli i de la fusta.

enquitranar

quitxalla quitxalles

nom femení — Mainada.

quocient quocients

nom masculí — El quocient és el resultat d'una divisió. Si dividim 20 entre 5 el quocient és 4.

quota quotes

nom femení — Una quota és una quantitat que hem de pagar si som socis d'un club, membres d'un partit o d'un sindicat o d'una altra associació.

quotidià quotidiana quotidians quotidianes

adjectiu — Que és de cada dia, que es fa cada dia. Esmorzar i vestir-se són activitats quotidianes.

quotidianitat

r
nom femení — Divuitena lletra de l'alfabet català. Pot representar dos sons: el so de [r], com a *pare*, o el so de [rr], com a *roca* o a *carro*. Quan té el so de [rr] i va entre vocals, s'escriu *rr*, com a *arròs*. En la parla de molts catalans, quan va a final de paraula no es pronuncia, com a *cantar*.

rabadà rabadans
nom masculí — Un rabadà és un noi que fa d'ajudant d'un pastor.

rabassa rabasses
nom femení — Una rabassa és la part de la soca d'un arbre que queda coberta per la terra. De la rabassa en surten les arrels de l'arbre.

rabassola rabassoles
nom femení — Múrgola.

rabassut rabassuda rabassuts rabassudes
adjectiu — Que és molt gruixut, molt ample, i molt poc alt. Una persona grassa i baixa és rabassuda.

1
rabent rabents
adjectiu — Que té un moviment molt ràpid. *Quan plou molt, les aigües rabents dels rius s'emporten alguns ponts.*

2
rabent
adverbi — Molt ràpid. *Els cotxes de fórmula 1 passaven rabent.*

rabí rabins
nom masculí — Un rabí és una persona encarregada del culte i de l'ensenyament religiós d'una comunitat jueva.

ràbia ràbies
nom femení — **1** Una persona té ràbia quan està molt enfadada amb algú o alguna cosa.
2 Una cosa o una persona ens fa ràbia si ens molesta, ens posa en una situació difícil o ens causa molts problemes. *Ens fa ràbia que el mal temps no ens deixi fer una excursió.*
3 La ràbia és una malaltia infecciosa que agafen alguns animals, sobretot els gossos, i que pot passar a les persones si un animal infectat les mossega. *Els gossos es vacunen i així no agafen la ràbia.*

rabiós rabiosa rabiosos rabioses
adjectiu — **1** Que està malalt de ràbia. *Els gossos rabiosos s'han de matar.*
2 Que té molta ràbia, que està molt enfadat. També diem que una persona és rabiosa si s'enfada de seguida.

rabiüt rabiüda rabiüts rabiüdes
adjectiu — Rabiós, que de seguida s'enfada. Amb una persona rabiüda no s'hi val a fer bromes.

rabosa raboses
nom femení — Guineu. Es diu només en algunes zones.

raça races
nom femení — **1** Una raça és cada un dels grans grups en què es dividien tradicionalment els habitants de la Terra. Es deia que una persona era de raça negra o de raça blanca. Actualment aquests grups s'anomenen *tipus humans.*
2 Varietat d'una espècie d'animal domèstic creada per seleccionar-ne unes característiques determinades. El setter i el terrier són races de gossos de caça, i el caniche i el pequinès són races de gossos de companyia.
racial

ració racions
nom femení — **1** Una ració és una quantitat de menjar que es dóna a una persona o a un animal cada vegada que menja. Els gats, quan són petits, necessiten racions molt reduïdes i menjar sovint.
2 Quantitat de cada menjar que els bars, les fondes i els restaurants donen per un preu determinat. Les racions per a fer el vermut són més petites que les del dinar.
racionament, racionar

raciocini raciocinis
nom masculí — El raciocini és la capacitat que tenen les persones de fer servir la raó per a conèixer les coses, examinar-les i treure'n conclusions. Si no fem ús del raciocini podem cometre moltes bestieses.

racional racionals
adjectiu — **1** Que té raó, capacitat de conèixer les coses amb la intel·ligència. Es diu que les persones som animals racionals, ja que l'enteniment ens fa diferents de la resta d'animals.
2 Que és conforme a la raó, que és fet de manera intel·ligent, adequada a la finalitat que es vol aconseguir. Podem parlar d'un mètode racional d'aprendre llengües estrangeres o d'un sistema racional de prevenir incendis.
racionalitat, racionalitzar

racionalisme racionalismes
nom masculí — El racionalisme és la doctrina de les persones que diuen que la raó és l'única o la principal font de coneixement, i que totes les activitats humanes, com la religió, s'han d'examinar amb la raó.
racionalista

racisme racismes
nom masculí — El racisme és la doctrina de les persones que diuen que algunes races humanes són millors que altres i que per això es pot maltractar o apartar de la societat les persones considerades inferiors.
racista

racó racons
nom masculí — **1** Un racó és un lloc on es troben dues parets. Les habitacions tenen quatre racons.
2 Lloc solitari, apartat i amagat en una casa, en una ciutat o en un indret. En alguns boscos, hi ha racons on no hi ha anat mai ningú. Si una persona viu en un racó de món pot ser que no conegui les modes que es porten a la ciutat.
3 Es diu que una persona té un racó si guarda uns diners estalviats.
arraconar, raconada

radar radars
nom masculí — Un radar és un aparell que porten els vaixells i els avions per a descobrir i identificar els objectes que s'acosten. Amb el radar es pot dirigir un vaixell enmig de la boira.

1
radi radis
nom masculí — **1** El radi d'una esfera és qualsevol segment que va des del seu centre fins a qualsevol punt de la circumferència del cercle o de la superfície de l'esfera.
2 Espai circular on es fa o passa alguna cosa. Un terratrèmol es pot sentir en un radi de 30 quilòmetres o més.
3 Raig d'una roda de bicicleta o de moto.
moto
4 Os llarg situat a la part de fora de l'avantbraç, davant del cúbit. pàg. 797 (17)
5 El **radi d'acció** d'un avió és la distància que pot recórrer sense haver-se de proveir de combustible. El radi d'acció d'una arma és la distància o la zona fins on poden arribar els seus efectes.

2
radi radis
nom masculí — El radi és un element metàl·lic de color blanc de plata que té radioactivitat. S'ha de tractar amb molta cura, ja que les seves radiacions ataquen l'organisme, sobretot els ossos. Es fa servir en medicina contra el càncer. El seu símbol és: Ra.

radiació radiacions
nom femení — Una radiació és una quantitat d'energia que surt d'un cos, d'un mineral o d'un aparell i s'estén a través de l'aire. Les radiacions solars són de llum i de calor. Que les ra-

A B C D E F G H I J K L M N O P Q R S T U V W X Y Z

diacions d'una central nuclear surtin cap a fora és molt perillós.

radioteràpia

radiador radiadors

nom masculí **1** Un radiador és un aparell de calefacció que funciona amb aigua calenta que hi passa per dins. Els radiadors estan subjectats a les parets de les habitacions i units els uns amb els altres amb tubs. També hi ha radiadors elèctrics portàtils. pàg. 593 ㉖

2 El radiador d'un cotxe és un aparell per on circula aigua per a refredar el motor. És situat a la part del davant del motor i porta un ventilador. Si el radiador s'espatlla, el motor s'escalfa massa i el cotxe no pot funcionar.

radial radials

adjectiu Disposat com els radis o raigs d'una roda de bicicleta. Els sistemes de carreteres radials surten del centre d'un país.

radiant radiants

adjectiu **1** Que deixa sortir radiacions. El Sol és un astre radiant.

2 Es diu que una cosa és radiant si és molt bonica i esplèndida, plena de llum i de colors. Una persona està radiant si la veiem plena d'alegria i de bellesa.

radical radicals

adjectiu **1** De l'arrel, que té relació amb l'arrel.

2 Que va a l'arrel de les coses, al principi, que afecta totalment i amb força les coses. Unes reformes de casa radicals ho canvien tot: es tiren envans, es fan finestres, s'abaixa el sostre, etc.

3 Es diu que una persona és radical si no està d'acord amb el funcionament de les coses i vol fer molts canvis, moltes reformes.

radicalisme, radicalitzar

ràdio ràdios

nom femení **1** La ràdio és la transmissió a distància, a través de l'aire, de la veu humana i de música des d'una emissora fins a moltes persones que ho escolten a casa o en altres llocs. Els programes de ràdio distreuen i informen la gent.

2 Una ràdio és un aparell per a captar emissores de ràdio. Les ràdios poden connectar-se al corrent elèctric o funcionar amb piles. També hi ha ràdios que es posen al cotxe.

radiar, radiodifusió, radiofònic

radioactivitat radioactivitats

nom femení La radioactivitat és un fenomen físic que consisteix en l'emissió de radiacions o de partícules atòmiques per part d'algunes substàncies o minerals. Quan els tècnics manipulen elements que tenen radioactivitat, porten vestits especials.

radioactiu, radioactiva

radioafeccionat radioafeccionada radioafeccionats radioafeccionades

adjectiu i nom masculí i femení Radioaficionat.

radioaficionat radioaficionada radioaficionats radioaficionades

adjectiu i nom masculí i femení Que es dedica a parlar amb altres a través d'una emissora particular de ràdio. Els radioaficionats es comuniquen amb gent de països diferents i donen notícies d'accidents o de fets polítics.

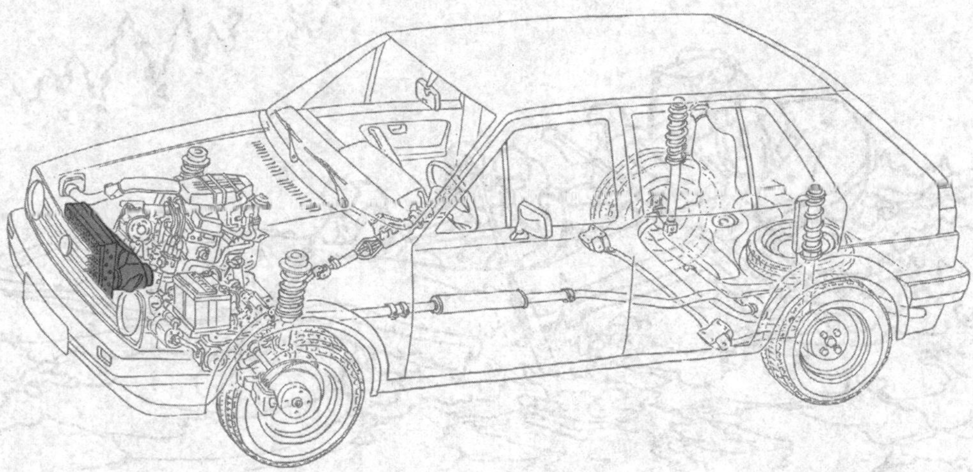

El radiador d'un cotxe

A B C D E F G H I J K L M N O P Q R S T U V W X Y Z

radiografia radiografies

nom femení — Una radiografia és una fotografia que els metges fan d'alguna part del cos amb un aparell especial. Amb les radiografies es veuen els ossos trencats, els tumors o la inflamació d'algun òrgan. Les radiografies són de color negre i les parts del cos surten de color blanc.

radiologia radiologies

nom femení — La radiologia és la branca de la medicina que fa servir radiacions per a fer diagnòstics i curar algunes malalties.

radiòleg, radiòloga

radó radons

nom masculí — El radó és un gas noble que té radioactivitat i s'obté a partir del radi. Es fa servir en medicina per al tractament de tumors. El seu símbol és: Rn.

rafal rafals

nom masculí — Un rafal és un cobert que s'aguanta amb pals o pilars. A pagès, els rafals protegeixen del sol i de la pluja.

ràfec ràfecs

nom masculí — El ràfec d'una teulada és la part que sobresurt de la façana. Sota dels ràfecs, a vegades hi fan nius les orenetes.

ràfega ràfegues

nom femení
Amb E — 1 Una ràfega és una bufada de vent forta i curta.
2 Sèrie de projectils disparats per una arma de foc. Les metralladores poden fer ràfegues molt llargues i seguides.

ràfia ràfies

nom femení — La ràfia és una fibra vegetal molt forta que es treu de les fulles d'una planta. Serveix per a fer cordills, cabassos i cistells.

ràfting ràftings

nom masculí — El ràfting és un esport d'aventura que consisteix a baixar diverses persones per un riu amb molta aigua, pendents i llocs estrets, dins una embarcació sense motor.

rai[1] rais

nom masculí — 1 Un rai és un conjunt de troncs lligats els uns amb els altres que es deixen anar riu avall, seguint el corrent, conduïts amb rems per dues o més persones. Els rais eren la manera de transportar els troncs des de les muntanyes.
2 Conjunt de troncs fortament units que es fa servir com a barca en un riu o en el mar.

raier

rai[2]

Aquesta paraula es diu quan una cosa no és tan dolenta o desfavorable com sembla. *He de pagar tres-cents euros per la reparació. -Tu rai, que ets ric. He caigut i s'ha trencat l'ampolla. -Això rai, ja en comprarem una altra, l'important és que no t'has fet mal.*

raig raigs

nom masculí
També *rajos* — 1 Un raig és una quantitat d'un líquid o d'un gas que surt o s'escapa d'un forat, d'una aixeta o d'un aparell. Algunes fonts tenen un raig d'aigua molt abundant. Si d'una ferida en surt un raig de sang, surt molta sang.
2 Cadascuna de les ratlles de llum que surten d'un cos lluminós. Els raigs de sol donen llum i escalfor.
3 Conjunt de les partícules d'energia que surten d'un cos, d'una substància, i es

El ràfting

mouen seguint una mateixa línia i direcció. Els raigs anomenats X serveixen per a fer radiografies.
4 Cada una de les varetes metàl·liques d'una roda de bicicleta o de moto, que van des del centre fins a la llanda. Els raigs de les rodes dels carros, en canvi, són unes barres gruixudes de fusta.

rail rails
nom masculí
Carril. La separació entre rails dels trens espanyols és més gran que la dels trens francesos.

raïm raïms
nom masculí
1 El raïm és una fruita que té forma d'un conjunt de grans rodons que estan units entre ells i a la planta per branquetes. El raïm negre té els grans de color morat i el raïm blanc els té de color verd. La pell del raïm és fina i la polpa és tova i molt sucosa, amb unes llavors petites de color fosc. El raïm es menja cru o assecat en forma de panses. El vi es fa amb raïm. ✎ pàg. 397 (22)
2 Un raïm és un conjunt de fruits que pengen plegats de la planta. Els dàtils i el raïm surten de la planta en forma de raïms.

raima raimes
nom femení
Una raima és una unitat de mesura que fan servir les fàbriques i els comerços de paper. Equival a cinc-cents fulls de paper.

raja rages
nom masculí
Maharaja.

rajada rajades
nom femení
Una rajada és un peix que té un cos i una cua molt diferenciats. El cos és pla i ample, en forma quadrangular o de rombe, amb les aletes pectorals unides totalment a les vores del cap. La cua és llarga i té sovint fileres d'espines fortes. Al cos hi té moltes espines una mica gelatinoses. Les rajades són de tons marronosos o grisencs i tenen una llargària variable, entre 50 centímetres i dos metres, segons la classe.

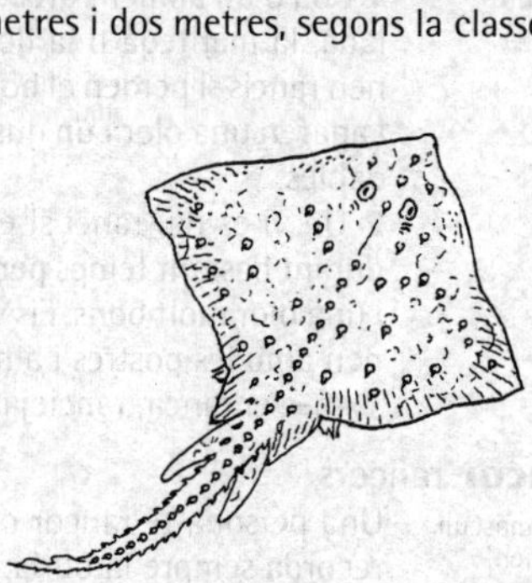

Una rajada

rajar
verb
com *cantar*
◄ pàg. 26
Amb G davant E, I
1 Sortir un líquid per un forat, un tub, una aixeta, etc., formant un raig. L'aigua d'algunes fonts raja amb molta força. Quan estàs constipat, et ragen molts mocs.
2 Un recipient, un forat, etc., deixar anar aigua o un altre líquid. En èpoques de sequera, hi ha fonts que no ragen. Si un porró té el forat massa petit, no rajarà bé.

rajola rajoles
nom femení
1 Una rajola és una peça de ceràmica normalment de forma quadrada o rectangular per a fer paviments o recobrir les parets d'una habitació, d'una cuina o d'un bany. ✎ pàg. 593 (33)
2 Maó prim.
3 Una **rajola de València** és una rajola decorada i envernissada per una cara. A les parets de moltes cuines i de molts banys hi ha rajoles de València. ✎ pàg. 593 (25)
4 Una **rajola de xocolata** és una peça de xocolata de forma semblant a la d'una rajola allargada. Normalment es divideix en porcions que es diuen *preses*.
enrajolar

rajolí rajolins
nom masculí
Un rajolí és un raig molt prim d'aigua o d'un altre líquid. Els setrills deixen sortir un rajolí d'oli i així es pot amanir bé, sense que caigui molt d'oli de cop.

ral rals
nom masculí
1 Antiga moneda equivalent a vint-i-cinc cèntims, la quarta part d'una pesseta.
2 Nom de diverses monedes antigues, com el ral d'or i el ral de billó.

ral·li ral·lis
nom masculí
Un ral·li és una prova esportiva de velocitat i de resistència per a cotxes o motos que passa per carreteres, camins o pistes difícils. Hi ha ral·lis que travessen el desert.

ram rams
nom masculí
1 Un ram és un grup de flors o d'herbes tallades i unides de forma bonica. Els rams es decoren amb llaços i papers vistosos. Quan una persona celebra el sant o l'aniversari, se li pot regalar un ram de roses.
2 Branca d'olivera, de llorer o d'un altre arbre que es porta a les mans i es beneeix el diumenge de Rams, juntament amb les palmes i els palmons.

rama rames
nom femení
1 La rama d'un arbre és el conjunt de les seves branques, sobretot de les més primes i allunyades de la soca.
2 Conjunt de branques d'arbre tallades i amb les seves fulles. La rama es fa servir per

a fer el sostre de rafals i altres coberts, per a fer foc o per a alimentar el bestiar.
3 Branca petita.
enramar, ramada, ramatge

ramadà ramadans
nom masculí — El ramadà és el novè mes de l'any musulmà, que és un mes de dejuni.

ramader ramadera ramaders ramaderes
adjectiu — **1** Que té relació amb els ramats. Per un camí ramader, hi passen ramats.
nom masculí i femení — **2** Persona que es dedica a la ramaderia.

ramaderia ramaderies
nom femení — **1** La ramaderia és l'activitat de les persones que crien bestiar, en compren i en venen.
2 Conjunt del bestiar d'un país o d'una regió. Els països que tenen una ramaderia important produeixen carn, llet, formatges i pells.

ramal ramals
nom masculí — **1** Un ramal és un tros de corda que es lliga al morro o al cap d'una bèstia per a portar-la.
2 Camí, carretera, via de ferrocarril, canal, séquia, etc., que surt d'un altre de més important.

ramat ramats
nom masculí
Amb A — Un ramat és un conjunt d'animals que es crien i pasturen junts. Els ramats més habituals són d'ovelles.

rambla rambles
nom femení — **1** Riera.
2 Una rambla és un carrer ample de ciutat on es pot passejar tranquil·lament. Les primeres rambles es feien aprofitant l'espai de les antigues rieres o rambles, i per això es diuen així.

ramell ramells
nom masculí — Un ramell és un ram de flors o un penjoll de fruita.

ramificar-se
verb usat amb pronom
com *cantar*
◄ pàg. 26
Amb QU davant E, I — **1** Dividir-se en branques una planta, un arbre.
2 Dividir-se una cosa com ho fa una planta. Alguns rius es ramifiquen a la desembocadura en diversos cursos d'aigua.
ramificació

1
rampa rampes
nom femení — **1** Una rampa és una peça o una construcció inclinada que hi ha entre un lloc alt i un lloc baix per a poder baixar i pujar. Els diferents pisos d'un garatge estan comunicats per rampes.
2 Terreny que fa pendent.

2
rampa rampes
nom femení — Una rampa és una contracció forta i dolorosa d'un múscul, sobretot d'un braç o d'una cama. La rampa agafa de cop, sense que fem res en especial, i passa al cap d'una estona.

rampell rampells
nom masculí — Un rampell és un desig de fer una cosa que ens ve de sobte i que no dura gaire. Si una persona fa les coses a rampells, no les acaba mai.
rampellut, rampelluda

rampí rampins
nom masculí — Un rampí és una eina per a arreplegar palla o herbes, o per a gratar la terra. Consisteix en un mànec que porta a l'extrem un seguit de pues de ferro, com una forquilla. pàgs. 994-995 (24)

rampinyar
verb
com *cantar*
◄ pàg. 26 — Robar, furtar. Es diu de manera informal.

rampoina rampoines
nom femení — Una rampoina és qualsevol objecte que ja no té valor, que no serveix per a res. Un bolígraf trencat, que no escriu, és una rampoina.

ran
adverbi i preposició — Arran. *Si un avió vola ran de terra, vola molt baix.*

ranc ranca rancs ranques
adjectiu — **1** Una cama o una pota és ranca si no està bé i fa que la persona o l'animal camini malament.
2 Que té una o més potes o cames ranques i camina malament. És millor no muntar un cavall ranc.
rancallós, rancallosa, ranquejar

ranci rància rancis ràncies
adjectiu — **1** L'oli o un aliment greixós, com la cansalada, la mantega o la llonganissa, es tornen rancis si perden el bon gust que tenien i agafen una olor i un gust forts i desagradables.
2 Un vi es diu ranci si es deixa a la bóta durant bastant temps perquè agafi un gust i una olor molt bons. Els vins rancis es prenen amb les postres i amb galetes.
enrancir, ranciejar, ranciesa

rancor rancors
nom masculí o femení
Amb A — Una persona té rancor o guarda rancor si recorda sempre la burla, el dany o la cosa desagradable que algú li ha fet i no vol perdonar-lo. Les persones venjatives es deixen

emportar pel rancor. El pas del temps fa desaparèixer a vegades la rancor que té algú.
rancorós, rancorosa

rancúnia rancúnies
nom femení — La rancúnia és un sentiment d'odi contra algú i de ganes de fer mal. Mentre dura la rancúnia, les persones no poden ser amigues.
rancuniós, rancuniosa

randa randes
nom femení — **1** Una randa és una punta de teixit que es posa com a adornament.
locució que fa d'adverbi — **2** Explicar una cosa **fil per randa** és explicar-la amb tots els detalls, sense deixar-se res. *Vam fer el que ens vas dir fil per randa.*

ranera raneres
nom femení — Una persona té ranera si quan respira fa un soroll estrany i anormal. La ranera indica sempre una malaltia dels òrgans de la respiració.

rang rangs
nom masculí — El rang d'una persona és el lloc o el grau que ocupa en una societat o en una jerarquia. Hi ha militars que tenen el rang de capità, de coronel o de general.

ranura ranures
nom femení — Una ranura és un solc, una canal estreta que es fa en una peça de fusta o de metall o en una paret. Les ranures serveixen per a fer-hi encaixar una altra peça, passar-hi un fil elèctric o una rodeta, subjectar-hi un piu, etc.

ranxo ranxos
nom masculí — **1** Un ranxo és una casa gran i un conjunt de terres i de pastures per a la cria de bestiar. Els ranxos són típics de l'oest americà.
2 Menjar que es prepara per a moltes persones. Es diu principalment del menjar de les presons, de les casernes militars i dels vaixells. El ranxo es considera un menjar no gaire bo i acostuma a ser un sol plat de guisat.
ranxer

raó raons
nom femení — **1** La raó és la facultat que tenim les persones de pensar, d'examinar-ho tot amb la intel·ligència per fer les coses més convenients i evitar els perills i els mals. Es diu que una persona té ús de raó o arriba a l'ús de raó quan comença a fer servir la intel·ligència i a decidir per ella mateixa.
2 La raó d'una cosa és allò que fa que passi, que sigui, que la puguem conèixer i entendre. La raó d'escriure aquest diccionari és que els estudiants aprenguin paraules. Si una cosa es fa sense raó, no se sap per què s'ha fet.
3 Allò que algú diu per explicar una cosa que ha fet, per justificar la seva manera d'actuar. No sabem les raons que tenen algunes persones per a canviar de feina.
nom femení plural — **4** Les raons són les discussions, les baralles de paraules. Si algú busca raons, és que vol discutir.
frase feta — **5 Donar la raó** a algú és reconèixer que ha dit una cosa que és veritat o ha fet una cosa que està bé.
6 Tenir raó és dir una cosa que és certa o fer una cosa que està bé. Algunes persones es pensen que no s'equivoquen mai i sempre volen tenir raó.

raonable raonables
adjectiu — **1** Una cosa és raonable si és conforme a la raó, si es pot acceptar perquè és bona i convenient i no és exagerada ni estranya. Un preu raonable està bé, no és molt car ni molt barat.
2 Una persona és raonable si admet les raons i explicacions dels altres i no vol tenir sempre la raó. Hem de ser raonables si volem evitar discussions inútils.

raonar
verb com *cantar* ◄ pàg. 26 — Fer ús de la raó, pensar en les coses per entendre-les, explicar-les i treure'n conseqüències. Si et diuen que raonis la solució d'un problema, has d'explicar com hi has arribat i quines operacions has fet per trobar la solució.
raonament

rap[1] raps
nom masculí — Un rap és un peix que té un cap molt gros, pla i ample, tan llarg com la cua, que és molt més prima. La boca és també grossa, amb dents fortes i ganxudes. La pell és de color marronós i sense escates, i la part del ventre és de tons blancs o groguencs. La cua del rap té una carn molt bona i només té una espina arrodonida al mig. Amb el cap es fa sopa.

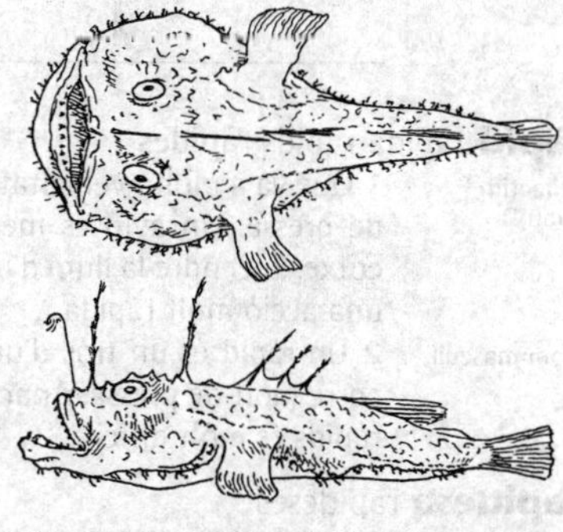

Un rap

2
rap raps
nom masculí — El rap és un tipus de música que consisteix a recitar les lletres de les cançons amb el ritme que marca la música. Va néixer als Estats Units d'Amèrica als anys vuitanta del segle XX.
raper

rapaç rapaços rapaces
adjectiu — 1 Un animal és rapaç si agafa les seves preses amb moltes ganes i molta fúria. Els llops són rapaços.
2 Es diu que una persona és rapaç si fa tot el possible per agafar i quedar-se les coses que són dels altres. Els avars i els usurers són gent rapaç.
adjectiu i nom masculí — 3 Un ocell rapaç o un rapaç és un rapinyaire.

rapar
verb
com *cantar*
◄ pàg. 26
Tallar arran el cabell o el pèl. Les persones que tenen algunes malalties s'han de rapar el cap.

rapè rapès
nom masculí — El rapè és un tabac en pols perfumat que es pren posant-lo al nas i ensumant. Avui en dia, el costum de prendre rapè s'ha perdut molt.

ràpel ràpels
nom masculí — El ràpel és una tècnica que es fa servir en escalada per a baixar parets amb l'ajuda d'una corda. Consisteix a anar lliscant per la corda donant-se impuls amb els peus contra la paret.

Un ràpel

ràpid ràpida ràpids ràpides
adjectiu
Amb D
1 Que va a molta velocitat, que es fa molt de pressa. Un avió és més ràpid que un cotxe. Encendre la llum d'una habitació és una acció molt ràpida.
nom masculí — 2 Un ràpid és un tros d'un riu on l'aigua corre molt de pressa. Anar amb barca pels ràpids és molt difícil.

rapidesa rapideses
nom femení — Tenen rapidesa les coses i les persones ràpides. Els mags i els il·lusionistes fan anar les mans amb molta rapidesa.

rapinya rapinyes
nom femení — 1 La rapinya és el fet de rapinyar. Els pirates vivien de la rapinya.
2 Un ocell de rapinya és un rapinyaire.

rapinyaire rapinyaires
adjectiu i nom masculí i femení — 1 Que rapinya, que roba. Alguns gats són rapinyaires: si et descuides, et prenen el tall.
adjectiu i nom masculí — 2 Un ocell rapinyaire o un rapinyaire és un ocell que té bec fort i en forma de ganxo i les urpes també molt fortes, amb les ungles adequades per a agafar fortament les seves preses. Les àguiles, els falcons i les òlibes són rapinyaires.

rapinyar
verb
com *cantar*
◄ pàg. 26
Robar una cosa amb violència, arrabassarla. En una revolta, molta gent es dedica a rapinyar el menjar, la roba i altres objectes de les botigues.

rapsode rapsoda rapsodes
nom masculí i femení — Persona que es dedica a recitar poesies pròpies o d'un altre o populars.

raptar
verb
com *cantar*
◄ pàg. 26
Agafar una persona i emportar-se-la amb violència, contra la seva voluntat. Antigament, hi havia homes que raptaven una dona per casar-s'hi.
raptor

rapte raptes
nom masculí — Un rapte és el fet de raptar una persona.

raqueta raquetes
nom femení — 1 Una raqueta és una mena de pala plana que té un mànec llarg i un marc ovalat en un extrem, que aguanta un conjunt de cordes resistents i tibants entrellaçades en forma de reixa. Les raquetes són per a jugar a alguns esports de pilota com el tennis i l'esquaix.
2 Calçat amb la sola semblant a una raqueta per a caminar damunt la neu.

raquidi raquídia raquidis raquídies
adjectiu — Del raquis, que té relació amb el raquis.

raquis raquis
nom masculí — 1 El raquis és la columna vertebral.
2 Part de la tija d'una ploma d'ocell on s'aguanten els pèls o filaments que la formen.
3 Nervi central d'una fulla de planta.

raquític raquítica raquítics raquítiques
adjectiu — 1 Que pateix raquitisme. Les criatures raquítiques estan primes i són dèbils.
2 Es diu que una cosa és raquítica si és poc abundant, poc generosa. Una ració de men-

jar raquítica no ens treurà pas la gana.

raquitisme raquitismes
nom masculí
El raquitisme és una malaltia dels infants que fa que no creixin bé perquè els ossos no tenen prou calç ni minerals.

rar rara rars rares
adjectiu
1 Una cosa és rara si n'hi ha molt poca o passa molt poques vegades. Les cabres de color blanc són rares; gairebé sempre són negres o rosses.
2 Que és estrany, extraordinari. La muntanya de Montserrat té una forma rara, diferent de les altres muntanyes.
3 Una persona és rara si fa coses poc normals, si vesteix, parla o es comporta de manera diferent de les altres persones.
raresa

rarament
adverbi
Poques vegades, molt de tard en tard. *A l'hivern rarament vaig a la piscina, m'agrada més anar-hi a l'estiu.*

1
ras rasa rasos rases
adjectiu
1 Tallat molt curt. Si portes el cabell ras, se't veu la closca del cap.
2 Que té el pèl molt curt. Algunes races de gats són de pèl ras; els gats d'angora, en canvi, són de pèl llarg.
3 Que té una superfície molt plana i llisa, sense cap altura. En un camp ras, els tractors hi poden treballar perfectament.
4 Que és ple fins a les vores, sense sobresortir. Un got ras de llet és ple, però no en cau ni una gota a fora.
5 Un cel ras no té cap núvol, està ben destapat.
nom masculí
6 Un ras és un terreny pla i sense arbres en una muntanya. Els rasos de Peguera estan a la comarca del Berguedà.
locució que fa d'adverbi
7 Al ras vol dir enmig del camp o del bosc, sense cap cobert. *Quan una persona dorm al ras, si plou es mulla.*

2
ras
adverbi
Arran, a poca altura. *L'avió ha passat ras.*

rasant rasants
adjectiu
1 Que passa a poca altura de terra. Els caces de combat a vegades metrallaven posicions enemigues en vols rasants.
nom femení
2 Un canvi de rasant en una carretera és una pujada seguida d'una baixada. En els canvis de rasant no es pot avançar un altre cotxe perquè el conductor no té prou visibilitat.

rascada rascades
nom femení
1 Quan es rasca una cosa es fa una rascada. Abans de pintar una paret, convé una bona rascada de la pintura antiga.
2 Senyal que deixa en una cosa una altra que la frega amb força. Si un cotxe toca la paret entrant en un garatge, es farà una rascada a la carrosseria.
3 Ferida feta pel fregament amb una cosa dura i rasposa. Quan caiem per terra i portem pantalons curts, no ens podem escapar d'una bona rascada.

rascar
verb
com *cantar*
◄ pàg. 26
Amb QU davant E, I
1 Gratar.
2 Fregar fort una superfície amb una eina adequada per a fer-ne saltar allò que la cobreix. Abans de pintar una paret, convé rascar-la per treure la pintura vella.
3 Una cosa rasca si és rasposa i ens molesta quan la passem damunt de la pell. Si no s'hi posa suavitzant, les tovalloles rasquen.

rascle rascles
nom masculí
Un rascle és una eina de pagès per a trencar els terrossos de la terra o aplanar-la, tapar les llavors o arreplegar herba o palla. Consisteix en un tros de fusta pla, amb unes pues o claus a sota, que es passen per damunt de la terra. Els rascles grans són estirats per un animal o un tractor; els petits es fan anar amb un mànec.
rasclar

rasclet rasclets
nom masculí
Rampí.

raspall raspalls
nom masculí
Un raspall és un instrument per a fregar o netejar que consisteix en una peça plana que porta clavats o enganxats un gran nombre de pèls, de cerres o de brins de plàstic. Hi ha raspalls suaus per a la roba i raspalls molt forts per a superfícies dures. El raspall de les dents és petit i està posat al final d'un mànec.

raspallar
verb
com *cantar*
◄ pàg. 26
1 Passar un raspall per damunt d'una cosa per a fregar-la o netejar-la. Després de menjar, ens hem de raspallar les dents.
2 Es diu que algú raspalla una persona si l'afalaga i li diu coses boniques per a obtenir-ne alguna cosa.
raspallada

raspar
verb
com *cantar*
◄ pàg. 26
Fregar fort una cosa amb una eina adequada per treure'n trossets de la superfície o alguna cosa que hi ha enganxada. Abans de pintar una porta de nou, la fusta es pot raspar amb paper de vidre.

raspós rasposa rasposos rasposes
adjectiu — Que és aspre, que no té la superfície fina i llisa. Quan tenim les mans rasposes, ens hi posem una mica de crema.

rasqueta rasquetes
nom femení — Una rasqueta és una eina per a rascar superfícies. Consta d'una pala triangular allargada i prima amb un mànec. Els pintors fan servir les rasquetes per a treure la pintura o el paper vell de les parets que han de tornar a pintar.

rastellera rastelleres
nom femení — Una rastellera és un conjunt de coses posades en fila l'una al costat de l'altra. A les xarcuteries, hi ha penjades rastelleres de salsitxes.

rastre rastres
nom masculí — Un rastre és un senyal, una olor, un seguit de petjades, que una persona o un animal deixa pel lloc on passen. Els gossos dels caçadors saben seguir el rastre dels conills. Si no hi ha ni rastre d'una persona o d'una cosa és que ha desaparegut, no saben on ha anat.
rastreig, rastrejar

rasurar
verb
com *cantar*
◄ pàg. 26
Tallar ras, molt curt, la barba o els cabells.

rata rates
nom femení — Una rata és un mamífer rosegador que pot fer uns 20 centímetres, amb la cua llarga i el cos arrodonit, de color fosc, gris o negrós. Hi ha rates de camp i rates de claveguera que viuen a les ciutats.
ratar

Una rata de camp

ratafia ratafies
nom femení — La ratafia és un licor que es fa macerant nous verdes.

ratapenada ratapenades
nom femení — Ratapinyada.

ratapinyada ratapinyades
nom femení — Una ratapinyada és un mamífer petit de color fosc que vola. Les ratapinyades tenen unes orelles grosses i les potes unides amb una membrana que fan servir com a ala per a volar. Les ratapinyades surten quan es fa fosc i cacen insectes. Dormen penjades de cap per avall en coves i altres llocs foscos.

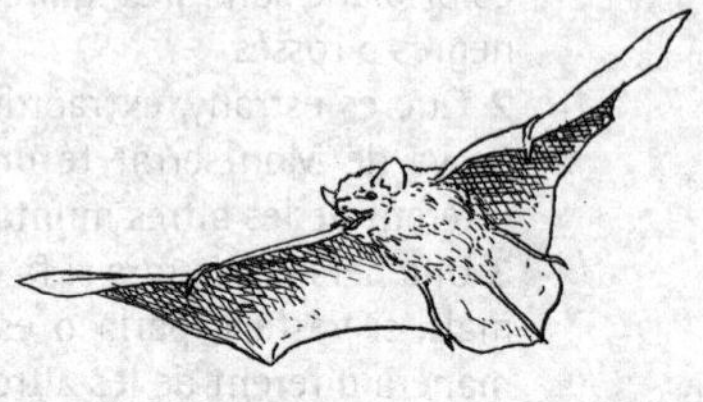
Una ratapinyada

ratat ratada ratats ratades
adjectiu — Rosegat o com rosegat per una rata o per les rates. Es diu que una persona porta un vestit ratat si el vestit és molt vell, amb petits estrips i forats, amb fils que pengen, etc.

rater ratera raters rateres
adjectiu — **1** Un gos o un gat és rater si caça rates. En un magatzem de farines, convé tenir-hi gats raters.
nom femení — **2** Una ratera és una trampa per a agafar rates i ratolins.

raticida raticides
nom masculí — Un raticida és un producte per a matar les rates.

ratificar
verb
com *cantar*
◄ pàg. 26
Amb QU davant E, I
Dir que una cosa està ben feta, que és com algú ho diu, que és certa i que val. Si un testimoni ratifica una declaració, no canvia res del que ha declarat abans.
ratificació

ratlla ratlles
nom femení — **1** Una ratlla és una línia feta damunt d'un paper, d'una roba o d'una altra superfície. Quan subratlles un mot, hi fas una ratlla a sota. Les ratlles d'una camisa són de color diferent que la resta de la peça.
2 Solc o línia feta sobre una superfície amb un clau, un ganivet o un altre objecte amb punxa. Les ratlles a la carrosseria d'un cotxe es poden tapar amb una mica de pintura.
3 Línia de paraules en la pàgina d'un llibre o un altre escrit. Si escrivim o fem quatre ratlles a algú, li escrivim una carta o una nota molt curta.
4 La ratlla d'uns pantalons és el plec o doblec que fan els camals. Els pantalons es planxen i es pleguen seguint la ratlla.

5 Clenxa. Hi ha persones que es fan la ratlla al mig del cap.

ratllar

verb
com *cantar*
◄ pàg. 26

1 Fer una ratlla o ratlles a alguna cosa. Si arrosseguem ferros per damunt d'un parquet, el ratllarem.
2 Fer un aliment a trossets molt petits passant-hi o fent-lo passar per un estri adequat. Podem ratllar formatge per posar-lo als macarrons.
ratlladora, ratlladura

ratolí ratolins

nom masculí

1 Un ratolí és un mamífer rosegador semblant a una rata, però més petit. Els ratolins tenen el cap allargat, la cua llarga i les orelles bastant grosses.
2 Mecanisme que porten alguns ordinadors que permet actuar sobre la pantalla per a modificar textos, canviar de programa, muntar pàgines i moltes altres funcions. Els ratolins es fan moure sobre la taula de treball i porten una tecla que es prem amb un dit quan es vol fer funcionar.
pàg. 996 (16)

ratpenat ratpenats

nom masculí

Ratapinyada.

ratxa ratxes

nom femení

1 Una ratxa és un cop, una bufada, de vent. Quan hi ha temporal, les ratxes són molt fortes.

frase feta

2 Es diu que una cosa **va a ratxes** si no és continuada, sinó que només passa de tant en tant. Si una feina va a ratxes, ara n'hi ha molta i després no n'hi ha gens.

ràtzia ràtzies

nom femení

Una ràtzia és una incursió armada en territori enemic per a robar o destruir.

raucar

verb
com *cantar*
◄ pàg. 26
Amb QU davant E, I

Fer el seu crit la granota. Només les granotes rauquen.

rau-rau rau-raus

nom masculí

Un rau-rau es una sensacio de malestar que sentim quan tenim gana, o quan estem nerviosos o preocupats. Quan fa estona que no hem menjat, diem que sentim un rau-rau a l'estómac.

raure

verb
com *complaure*
◄ pàg. 31
Diferències: *ras, rasa, rasos, rases*

1 Anar a parar a un lloc sense voler-ho. El qui fa el boig amb el cotxe anirà a raure sens dubte a l'hospital.
2 Estar-se en un lloc, viure-hi. Si no saps on rau una persona, no la podràs visitar.
3 Consistir, trobar-se, estar. Quan se sap on rau la dificultat d'un problema, és més fàcil trobar-hi la solució.

rauxa rauxes

nom femení

Una rauxa és una decisió que es pren de sobte, sense pensar-s'hi gens. Si ens ve la rauxa de veure pel·lícules, ho deixem tot i anem al cine.

raval ravals

nom masculí
Amb V

Un raval és un conjunt de cases situades fora d'una població. Quan els pobles creixen, alguns antics ravals acaben formant-ne part.

rave raves

nom masculí
Amb E
Amb V

Un rave és una arrel comestible de color morat vermellós d'una planta que també es diu *rave*. Els raves són de forma arrodonida o allargada i es venen amb un plomall de fulles verdes al capdamunt. Es posen a les amanides. pàgs. 994-995 (40)
ravenera

ravioli raviolis

nom masculí

Un ravioli és un menjar de pasta de farina que té forma quadrada i és farcit de carn o d'altres ingredients.

1
re

pronom indefinit

Res.

2
re res

nom masculí

El re és la segona nota d'una escala musical. Després del re ve el mi.

reacció reaccions

nom femení

1 Una reacció és qualsevol acció contrària a una altra acció. En els avions de reacció, la força que fan cap enrere els gasos que surten del motor fa moure els aparells cap endavant.
2 Canvi provocat en el cos per una malaltia o un medicament. Les vacunes sempre fan reacció: una mica de febre o de dolor.
3 Canvi o transformació d'una substància o de substàncies químiques en altres de diferents. Si cau un àcid damunt de marbre, hi ha una reacció i el marbre queda tacat.
4 Manera de fer o de comportar-se una persona davant de l'acció d'una altra o d'una situació. Podem tenir reaccions de por, d'alegria, de disgust, d'ira, etc.

reaccionar

verb
com *cantar*
◄ pàg. 26

Respondre d'una manera determinada a un estímul; canviar a causa d'un fet. Un malalt reacciona a un medicament; una persona que té fred reacciona si es pren una cosa calenta; un equip de futbol reacciona a l'atac del contrari i marca tres gols; dues substàncies químiques reaccionen si les ajuntem i poden produir un gas, una explosió, etc.

reaccionari reaccionària reaccionaris reaccionàries

adjectiu i nom masculí i femení — Que s'oposa als canvis polítics i socials, que defensa actituds i formes polítiques antiquades. Els reaccionaris són enemics de la llibertat de les persones.

reactor reactors

nom masculí — **1** Un reactor és un avió de reacció. Els reactors no porten hèlices i són impulsats per motors que fan sortir gasos cap enrere de l'aparell.
2 Un **reactor nuclear** és un aparell on es fa una reacció atòmica sota control per a produir electricitat o calor. Els reactors nuclears es troben a les centrals nuclears.

1
real reals

adjectiu — **1** Que existeix, que és al món, a la naturalesa i que es pot veure, sentir i tocar. Les persones i els animals són reals; els fantasmes, no.
2 Que és veritat. Algunes pel·lícules expliquen fets reals, coses que han passat de debò.

2
real reals

nom masculí — El real és la moneda del Brasil, que va substituir el cruzeiro i el cruzado.

realçar

verb com *cantar* ◄ pàg. 26 Amb C davant E, I — Fer que una cosa es vegi millor, que produeixi un efecte més viu. Un vestit nou i elegant realça la bellesa d'una persona.

realisme realismes

nom masculí — El realisme és la característica de les persones i les coses realistes. Hi ha pel·lícules filmades amb molt de realisme: les ferides i els morts semblen de debò.

realista realistes

adjectiu — **1** Una persona és realista si sempre té en compte les coses tal com són, si actua i jutja d'acord amb els fets reals i no es deixa portar per les imaginacions i els somnis.
2 Una pel·lícula, una novel·la o una altra història de ficció és realista si descriu fets de la vida real o que sembla que ho siguin. Les biografies són realistes.

realitat realitats

nom femení — **1** Tot el que existeix, tot el que és real, té realitat. Els fantasmes i els homes llop no tenen realitat.
2 La realitat és el conjunt de tot el que és real, de tot el que existeix. Quan un desig es fa realitat es compleix, aconseguim el que desitjàvem.

locució que fa d'adverbi — **3 En realitat** vol dir de fet, sense cap dubte. *En realitat no volíem comprar aquest moble, però la venedora era tan atenta que ens ha convençut.*

realització realitzacions

nom femení — La realització d'una cosa és el fet de fer-la. Al final d'un programa de televisió surt la llista de les persones que han intervingut en la seva realització.

realitzar

verb com *cantar* ◄ pàg. 26 — Fer una cosa, dur-la a terme. Per a realitzar una pel·lícula d'acció es necessiten efectes especials. No sempre es realitzen els nostres projectes.

realment

adverbi — D'una manera real, de debò, efectivament. *Ens va dir que trigaríem dues hores i realment va ser així.*

reanimar

verb com *cantar* ◄ pàg. 26 — Tornar a la vida, fer que una persona reaccioni després de perdre el coneixement; fer que algú torni a tenir ànims i força. El repòs i els bons aliments reanimen les persones que acaben de passar una malaltia. Algunes persones es prenen un cafè per a reanimar-se.
reanimació

reaparèixer

verb com *conèixer* ◄ pàg. 31 — Tornar a aparèixer. El sol reapareix a l'horitzó cada dia. Si una artista s'havia retirat i reapareix, és que torna a actuar.
reaparició

rebaixa rebaixes

nom femení — Una rebaixa és el fet de rebaixar el preu d'una cosa. Quan les botigues fan rebaixes, tot és molt més barat que els altres dies.

rebaixar

verb com *cantar* ◄ pàg. 26 — **1** Fer que sigui més baix el nivell, l'alçària o el gruix d'una cosa. Es pot rebaixar una paret de tres metres i deixar-la en dos, o rebaixar una planxa de fusta i fer-la més prima.
2 Disminuir els preus de les coses. A començament d'any, moltes botigues rebaixen els productes i es pot comprar a 50 el que abans valia 60 euros.

rebava rebaves

nom femení — Una rebava és un trosset de material que surt o s'escapa de la vora d'un objecte. La majoria d'objectes de plàstic tenen una rebava on s'ajunten les dues meitats del motlle.

rebec rebeca rebecs rebeques

adjectiu — Una persona, especialment una criatura, és rebeca si no fa cas del que li diuen i contesta de mala manera.

rebeca rebeques

nom femení — Una rebeca és una jaqueta de punt que arriba fins a la cintura, sense coll i cordada amb botons al davant.

rebedor rebedors

nom masculí — El rebedor d'una casa o d'un pis és el primer lloc que hi ha quan s'entra des del carrer, on es fa entrar les persones perquè no s'estiguin a fora. ✎ pàgs. 594-595 ㊺

rebel rebels

adjectiu i nom masculí i femení — Que no vol obeir l'autoritat. En alguns països, hi ha grups de rebels armats que lluiten contra el govern.

rebel·lia, rebel·lió

rebel·lar-se

Verb usat amb pronom com *cantar* ◄ pàg. 26 — Una persona es rebel·la si no vol obeir l'autoritat, si no vol fer el que li manen. Els revolucionaris francesos es van rebel·lar contra el govern del rei i dels aristòcrates.

rebentar

verb com *cantar* ◄ pàg. 26 Amb B

1 Obrir-se una cosa, trencar-se amb força, per la pressió que té a dins. Si un globus de goma o un pneumàtic rebenta, fa un soroll molt fort i sec. Quan es rebenten alguns grans de la pell, surt pus i sang.

2 Trencar, esbotzar, fer malbé. Els lladres que entren en un pis ho rebenten tot buscant diners i joies.

3 Si algú ha rebentat la seva fortuna és que s'ho ha gastat tot de manera ràpida i amb coses que no eren necessàries.

4 Una persona ens rebenta si ens molesta molt, si no ens agrada tractar-hi; una cosa ens rebenta si ens costa de fer.

usat amb pronom — **5** Es diu que una persona **es rebenta** de riure si riu molt i no pot parar.

rebequeria rebequeries

nom femení — La rebequeria és la manera de fer de les persones rebeques. Aquestes persones fan rebequeries com plorar perquè volen una cosa o entossudir-se a fer el que volen encara que sigui perillós.

reblanir

verb com *servir* ◄ pàg. 28 — Fer que sigui més tova una cosa que no ho era. El pa dur es pot reblanir amb aigua.

reblar

verb com *cantar* ◄ pàg. 26 — **1** Doblegar la punta d'un clau que surt per l'altre costat d'un objecte perquè quedi més fort o no pugui fer mal.

frase feta — **2** Es diu que una persona **rebla el clau** si insisteix en una cosa fins a deixar-la resolta del tot, sense dubtes de cap mena.

rebolcar

verb com *cantar* ◄ pàg. 26 Amb B Amb QU davant E, I — Fer donar tombs o voltes per terra a algú. Durant les corrides de toros, a vegades l'animal enganxa el torero i el rebolca per damunt de la sorra. Si jugant ens rebolquem per terra, se'ns embrutarà la roba.

a rebolcons

locució que fa d'adverbi — Donant tombs o voltes per terra. *Pobre!, va ensopegar i va baixar l'escala a rebolcons.*

rebombori rebomboris

nom masculí — Una persona o un grup de persones fan rebombori si criden, parlen fort, es mouen i juguen fent soroll. Quan hi ha molt de rebombori en un lloc, no es pot llegir ni escoltar música.

rebost rebosts

nom masculí També *rebostos*. — Un rebost és un lloc on es guarden els comestibles i les begudes que no han d'estar a la nevera. Al rebost, hi podem tenir un pernil, ampolles d'oli, sucre, llaunes de conserva, pasta de sopa, etc. ✎ pàgs. 594-595 ㊸

Un rebost

rebosteria rebosteries

nom femení — La rebosteria és un assortiment de petits pastissos de formes i gustos variats: boles de coco, cistellets amb cireres, flamets, borratxos, etc. Molta gent compra rebosteria com a postres els dies de festa. ✎ pàg. 400 ⑰

rebot rebots

nom masculí — **1** Un rebot és un moviment que fa una pilota després que ha tocat a terra i ha fet un bot. Quan el camp de futbol està mullat, el rebot de la pilota és difícil de controlar.

locució que fa d'adverbi — **2** Una cosa arriba **de rebot** després d'haver tocat a terra o en un altre lloc. *La ba-*

A B C D E F G H I J K L M N O P Q R S T U V W X Y Z

la l'ha ferit de rebot. No ens va dir res, vam saber la notícia de rebot.

rebotar
verb
com *cantar*
◄ pàg. 26
Botar contra una cosa després d'haver botat contra una altra. En el tennis i el ping-pong, si la pilota rebota és falta.

rebotiga rebotigues
nom femení
Una rebotiga és una habitació o una sala que hi ha a la part del darrere d'una botiga; quan els clients compren, no veuen la rebotiga. Algunes rebotigues fan de magatzem.

rebotre
verb
com *perdre*
◄ pàg. 27
Rebotar. Les pilotes de goma es poden fer rebotre al terra moltes vegades seguides.

rebre
verb
com *perdre*
◄ pàg. 27
Diferències: *reps, rep*
1 Agafar, prendre, acceptar, el que ens donen o ens envien. Podem rebre un regal o una carta, un premi o un missatge, un servei, un consell o una bufetada.
2 Deixar entrar algú a casa nostra, voler-lo com a companyia. Hi ha persones malaltes que no poden rebre visites. Si rebem algú amb els braços oberts, estem molt contents que vingui a veure'ns.
3 Anar a trobar algú que ens visita, que arriba des d'un altre lloc. Quan una artista o un personatge arriba a l'aeroport, sempre hi ha gent que els va a rebre.
4 Es diu que algú rebrà si li pegaran o li faran mal. Si ha rebut és que ja li han pegat.
rebuda

rebregar
verb
com *cantar*
◄ pàg. 26
Amb GU davant E, I
Fer que una cosa llisa i ben planxada perdi la forma i s'ompli d'arrugues agafant-la de mala manera, donant-li cops, aixafant-la, etc. La roba que es porta en una maleta es rebrega i s'ha de planxar.
rebrec

rebrot rebrots
nom masculí
Un rebrot és un brot nou d'una planta.
rebrotar

rebuig rebuigs
nom masculí
També *rebutjos*
1 El rebuig és el fet de rebutjar. El rebuig dels pares és una cosa molt dolorosa per a un fill.
2 Cosa que tothom ha rebutjat, part d'una mercaderia que ningú no ha volgut. Si al mercat només queda el rebuig de la fruita, és que tot el que era bo ja s'ha venut.
3 En un trasplantament d'òrgans hi ha rebuig si el cos no accepta l'òrgan trasplantat.

rebuscat rebuscada rebuscats rebuscades
adjectiu
Que és complicat o poc clar per la seva falta de naturalitat. Algunes persones fan servir un llenguatge molt rebuscat i no les entenem quan parlen.

rebut rebuts
nom masculí
Un rebut és un paper que diu que hem pagat una factura, un compte o un deute. Si no tenim el rebut, no podrem demostrar que ja hem pagat.

rebutjar
verb
com *cantar*
◄ pàg. 26
Amb TG davant E, I
No voler, no acceptar, una persona o una cosa perquè és dolenta, perquè no ens agrada o perquè ens pot fer mal. Les persones pacifistes rebutgen la guerra. Quan l'estómac rebutja els aliments, la persona vomita i no pot menjar.

rec recs
nom masculí
Un rec és un canal d'aigua per a regar. Els recs acostumen a córrer pels costats dels camps. pàgs. 994-995 (5)

recalar
verb
com *cantar*
◄ pàg. 26
Arribar una embarcació, després de la navegació, a la vista d'un port, d'un cap o d'un altre punt de la costa que és conegut.

recalcar
verb
com *cantar*
◄ pàg. 26
Amb QU davant E, I
Dir una paraula o unes paraules amb veu més alta o a poc a poc perquè els qui escolten entenguin perfectament el que es diu.

recalcitrant recalcitrants
adjectiu
Una persona és recalcitrant si no vol cedir i continua fent el que vol, sense obeir el que li diuen.

recambra recambres
nom femení
1 Una recambra és una cambra al costat d'una altra de més gran i més important. Les habitacions de les mansions antigues tenien una sala d'estar i la recambra per a dormir.
2 Part d'una arma de foc on hi ha la bala que ha de ser disparada o la càrrega d'explosiu.

recança recances
nom femení
La recança és la pena i el disgust que té una persona per una cosa que ha fet o que ha deixat de fer. Pots sentir recança de no haver anat a una excursió molt interessant.

recanvi recanvis
nom masculí
1 Un recanvi és una peça d'una màquina o un aparell que es posa en lloc d'una altra que s'ha trencat o que s'ha fet malbé. Costa de trobar recanvis per als cotxes que són molt antics.

locució que fa d'adjectiu — **2** Una cosa és **de recanvi** si la tenim guardada per a canviar-la per una altra d'igual que es trenqui o que es faci malbé. Tots els cotxes porten una roda de recanvi.
recanviar

recaptar
verb
com *cantar*
◄ pàg. 26
Cobrar els impostos o les contribucions que han de pagar els ciutadans d'un estat, d'una ciutat, etc. Amb el pagament de la declaració de renda, el govern recapta molts diners.
recaptació, recaptador

recar
verb
com *cantar*
◄ pàg. 26
Amb QU davant E, I
Només es conjuga en algunes persones
Saber greu una cosa, tenir recança d'una cosa. Si a una persona no li reca res, viu molt feliç i tranquil·la. Mai no ens ha de recar ajudar els altres quan ho necessiten.

recargolar
verb
com *cantar*
◄ pàg. 26
1 Cargolar molt una cosa, tant com es pot. Si recargoles un cargol, et serà difícil de treure'l.
usat amb pronom — **2** Es diu que una persona **es recargola** de dolor si pateix molt; si es recargola de riure, riu molt.

recàrrec recàrrecs
nom masculí
Un recàrrec és una quantitat que s'afegeix a la que s'ha de pagar per una cosa. Quan una multa no es paga a temps, després s'ha de pagar un recàrrec: si valia 50 euros, se n'han de pagar 60.
recarregar

recaure
verb
com *caure*
◄ pàg. 30
1 Tornar a caure malalt de la malaltia que s'havia acabat de passar. Si sortim al carrer abans d'hora, podem recaure en la grip.
2 Tornar a caure en un vici, en una falta. Algunes persones que havien deixat el tabac recauen si algú les convida a fumar.
3 Es diu que una cosa recau en algú quan és com si li caigués al damunt, com si fos d'ell. Un càrrec pot recaure en una persona competent, una feina difícil sobre nosaltres i les sospites d'un crim sobre un amic de la família.
recaiguda

recel recels
nom masculí
Una persona té recel d'algú o d'alguna cosa si no se'n fia i li desperta sospites. Quan se'ns acosta un desconegut, sentim una mica de recel. Si et fan por els gossos, els miraràs amb recel.
recelar, recelós, recelosa

recensió recensions
nom femení
Una recensió és un escrit no gaire llarg on es presenta una novel·la o una altra obra i se'n fa una crítica. A les seccions de literatura dels diaris, hi ha recensions de llibres.

recent recents
adjectiu
Que s'ha fet o que ha passat fa poc. Dels fets històrics recents, n'hi ha fotografies i pel·lícules.

recepció recepcions
nom femení
1 La recepció d'una persona o d'una cosa és el fet de rebre-la, d'acceptar-la, de deixar-la entrar. Podem parlar de recepció d'un paquet a casa, d'un aliment a l'estómac o d'un nou ambaixador per part del cap de govern.
2 La recepció d'un hotel, d'un restaurant o d'una empresa és el lloc on hi ha la persona o les persones que reben els clients.
3 Una recepció és una festa que se celebra en un lloc oficial, en una casa important, en una associació, etc. L'ambaixada dels Estats Units d'Amèrica al nostre país celebra una recepció el Dia d'Acció de Gràcies.
receptiu, receptiva

recepcionista recepcionistes
nom masculí i femení
Un o una recepcionista és una persona que s'encarrega de la recepció d'un hotel o d'una empresa.

recepta receptes
nom femení
1 Una recepta és una explicació de la manera de fer un guisat, un medicament, una beguda o un altre preparat. Hi ha molts llibres de receptes de cuina.
2 Escrit on un metge indica els medicaments que ha de prendre una persona i les dosis de cada un. Hi ha medicaments que les farmàcies no poden vendre sense recepta.

receptacle receptacles
nom masculí
1 Un receptacle és un objecte buit que pot contenir alguna cosa. Un vas, una pica, una capsa i una bossa són receptacles.
2 Nom que es dóna a algunes parts o a alguns òrgans de les plantes, com la part final del peduncle de la flor, on aquesta s'aguanta.

receptar
verb
com *cantar*
◄ pàg. 26
Dir un metge quins medicaments ha de prendre una persona malalta. És perillós prendre coses que no ens han receptat.

A B C D E F G H I J K L M N O P Q R S T U V W X Y Z

receptor receptora receptors receptores

adjectiu i nom masculí i femení Que rep. Es pot parlar d'una persona receptora d'una transfusió de sang o de l'orella com a òrgan receptor del so. Hi ha receptors de ràdio de mida molt petita.

recer recers

nom masculí **1** Un recer és qualsevol lloc on una persona és a cobert del vent, de la pluja o d'altres fenòmens atmosfèrics. Quan plou i anem pel carrer, busquem recer sota els portals.

locució que fa d'adverbi i de preposició **2 A recer** vol dir protegits contra alguna cosa o per alguna cosa. *Quan som a casa, ens trobem a recer: ni el vent ni la pluja no ens poden tocar. Si ens posem a recer d'un bon arbre, tindrem ombra.*

recerca recerques

nom femení Una persona fa una recerca si busca amb molta cura alguna cosa, si investiga i examina amb atenció per a descobrir alguna cosa. Moltes persones es dediquen a la recerca científica. Les recerques arqueològiques han permès trobar ciutats antigues enterrades.

recercar

recés recessos

nom masculí Un recés és un lloc tranquil, on es pot estar sol sense res que molesti. Algunes persones trien recessos a muntanya per a passar les vacances.

reciclar

verb com cantar ◄ pàg. 26 **1** Transformar un material vell, un producte gastat, perquè pugui tornar a servir per a les mateixes coses o per a unes altres. El paper reciclat no és tan blanc com el paper nou.

usat amb pronom **2** Una persona **es recicla** si assisteix a classes i estudia perquè vol saber coses noves de la seva professió. Reciclar-se és necessari per a estar al dia.

reciclatge

recinte recintes

nom masculí Un recinte és un espai tancat. El recinte dels museus sovint és vigilat per càmeres de televisió.

recipient recipients

nom masculí Un recipient és qualsevol objecte buit per dins i preparat per a poder contenir qualsevol cosa, sobretot líquids, productes en pols o gasos. Els pots, les olles, les ampolles, les galledes, les banyeres, les bombones, etc., són recipients.

recíproc recíproca recíprocs recíproques

adjectiu Una cosa és recíproca quan la fan dues persones alhora, l'una a l'altra; quan la donen i la reben totes dues persones al mateix temps. Si dues persones s'estimen, tenen un amor recíproc.

reciprocitat

recital recitals

nom masculí Un recital és un seguit d'obres de música o de cant interpretades per una sola persona.

recitar

verb com cantar ◄ pàg. 26 Dir en veu alta una poesia o un altre text, de memòria i amb l'entonació i el ritme adequats. Els actors i les actrius han de saber recitar.

recitació

reclam reclams

nom masculí **1** Un reclam és un crit o un objecte que imiten la veu d'un ocell. Quan senten el reclam, altres ocells s'acosten i aleshores els cacen.
2 Qualsevol cosa que es fa per a atreure l'atenció de la gent i fer que compri un producte o que es posi a favor d'alguna cosa. Els carrers de les grans ciutats són plens de reclams publicitaris.

reclamar

verb com cantar ◄ pàg. 26 **1** Demanar amb força i seriosament una cosa a què tenim dret. Si se suspèn un espectacle, el públic pot reclamar que li tornin els diners de l'entrada.
2 Demanar una cosa. Si una persona reclama l'atenció d'algú, vol que estigui per ella.

reclamació

reclinar

verb com cantar ◄ pàg. 26 Posar inclinada una part del cos fent que descansi sobre alguna cosa. Per a dormir, reclinem el cap sobre el coixí. En alguns sofàs es pot reclinar molt còmodament l'esquena.

reclinatori

reclús reclusa reclusos recluses

adjectiu i nom masculí i femení Que està tancat, empresonat. Les mares recluses tenen dret a tenir els fills petits amb elles. Alguns reclusos poden sortir de la presó durant el dia.

recloure, reclusió

recluta reclutes

nom masculí i femení Un o una recluta és una persona jove que ha estat cridada a fer el servei militar.

reclutar

verb com cantar ◄ pàg. 26 Reunir gent per formar un equip de treball, la tripulació d'un vaixell, un partit polític o un exèrcit.

recobrar
verb
com *cantar*
◄ pàg. 26
Tornar a tenir una cosa que havíem perdut. Es pot recobrar la salut després d'una malaltia, la tranquil·litat un cop han passat les preocupacions o la cartera que se'ns havia extraviat.
recobrament

recobrir
verb
com *servir*
◄ pàg. 28
Diferències: *recobert, recoberta, recoberts, recobertes.*
1 Tornar a cobrir una cosa. Quan salta la pintura, la carrosseria del cotxe s'ha de recobrir amb pintura nova, si no, es rovella.
2 Cobrir del tot una cosa. Alguns pastissos es recobreixen de xocolata.
recobriment

recol·lecció recol·leccions
nom femení
La recol·lecció és la collita, el fet de collir els productes de la terra. Hi ha persones que es dediquen a la recol·lecció de tòfones i d'altres bolets.

recol·lectar
verb
com *cantar*
◄ pàg. 26
Fer la collita, collir els productes de la terra. Per a recol·lectar els cereals, avui es fan servir màquines.

recol·lector recol·lectora recol·lectors recol·lectores
adjectiu
1 Que recol·lecta o serveix per a recol·lectar.
nom masculí i femení
2 Persona que es dedica a collir els productes que dóna la terra. A l'època de la verema, colles de recol·lectors es traslladen d'un lloc a un altre, fins i tot a l'estranger.
nom femení
3 Una recol·lectora és una màquina per a recol·lectar algun producte de la terra. Hi ha recol·lectores de cereals i d'hortalisses.

recollir
verb
com *sortir*
◄ pàg. 41
1 Reunir i agafar coses que estan disperses perquè no es perdin, per aguantar-les o per treure'n profit. Les peces dels jocs s'han de recollir després de jugar.
2 Acollir, donar casa a una persona o a un animal abandonats. La Societat Protectora d'Animals recull gossos abandonats.
recollida, recollidor, recolliment

recolzar
verb
com *cantar*
◄ pàg. 26
1 Una cosa recolza sobre una altra si aquesta l'aguanta, li fa de suport. Un sostre recolza sobre les bigues; la cúpula d'una església recolza sobre les parets.
2 Tu recolzes una cosa quan la poses de manera que descansi o s'aguanti sobre una altra cosa. Pots recolzar una escala a la paret o els braços damunt de la taula.
usat amb pronom
3 **Recolzar-se** és mantenir-se en una posició inclinada fent descansar els colzes o l'esquena sobre una cosa que ens aguanta. Ens podem recolzar d'esquena en un arbre. Si et recolzes a la barana del balcó, pots abocar-te i mirar al carrer.
recolzament

recomanació recomanacions
nom femení
1 Una persona fa una recomanació quan recomana algú a una altra persona. Si busques feina i portes una carta de recomanació d'una persona important, és més fàcil que t'acceptin.
2 Consell que es dóna a algú. Quan els fills van de colònies, els pares els fan moltes recomanacions: no perdre la roba, rentar-se les dents, etc.

recomanar
verb
com *cantar*
◄ pàg. 26
1 Demanar a algú que escolti, atengui i ajudi una persona que nosaltres li enviem. En algunes empreses, només hi entren les persones que algú conegut ha recomanat.
2 Donar consells a algú. Les autoritats recomanen no conduir el cotxe si s'ha begut alcohol.
recomanable

recomençar
verb
com *cantar*
◄ pàg. 26
Amb C davant E, I
Tornar a començar. A finals d'estiu, recomencen els treballs de collir el raïm i fer el vi.

recompensa recompenses
nom femení
Una recompensa és una quantitat de diners o una altra cosa que es dóna com a premi a la persona que ha fet un servei. A l'oest americà es donaven recompenses als qui capturaven els lladres de cavalls.

recompensar
verb
com *cantar*
◄ pàg. 26
Donar una recompensa. Algunes persones recompensen esplèndidament els qui troben el gosset que han perdut.

recomptar
verb
com *cantar*
◄ pàg. 26
Tornar a comptar. Si vols saber segur els llibres que tens, després de comptar-los, els recomptes.
recompte

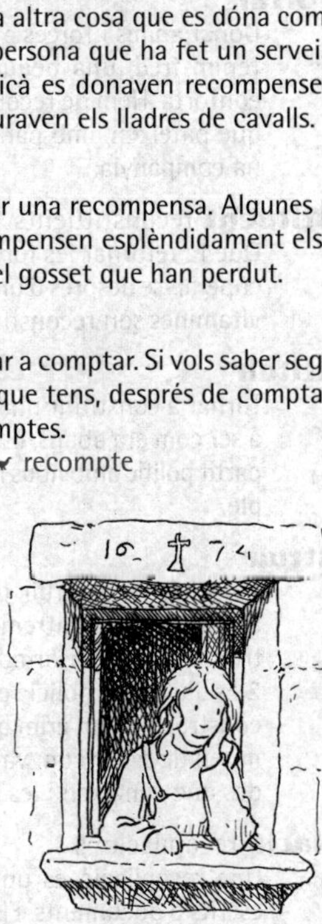

La noia es recolza a l'ampit de la finestra

A B C D E F G H I J K L M N O P Q R S T U V W X Y Z

A B C D E F G H I J K L M N O P Q R S T U V W X Y Z

reconciliar

verb
com *canviar*
◄ pàg. 30
Amb dièresi

Fer que dues o més persones tornin a ser amigues. És difícil reconciliar dues persones que s'odien. Hi ha matrimonis que després de divorciar-se es reconcilien.

irreconciliable, reconciliació

reconèixer

verb
com *conèixer*
◄ pàg. 31

1 Veure o descobrir que una persona o una cosa és tal persona o tal cosa que ja coneixíem. Quan han passat molts anys, ens costa reconèixer un company de quan érem petits. La torre Eiffel ens fa reconèixer París en qualsevol fotografia.

2 Examinar una persona o una cosa per veure si està bé, per conèixer la seva naturalesa, les seves circumstàncies, etc. Quan ens fem una ferida important, cal que un metge la reconegui. Abans de llançar un atac, el comandament d'un exèrcit ha de reconèixer el terreny i les posicions enemigues.

3 Si algú reconeix el seu error, admet que s'ha equivocat.

4 Acceptar i confessar algú que una cosa és seva. Podem reconèixer la nostra firma en un document. Hi ha pares que no volen reconèixer un fill.

reconeixement, reconeixença

reconfortar

verb
com *cantar*
◄ pàg. 26

Donar ànims i forces a una persona. Quan tenim fred, una beguda calenta ens reconforta. Hem de reconfortar les persones que pateixen amb paraules amables i bona companyia.

reconstituent reconstituents

adjectiu

Que fa retornar les forces, que ajuda a recuperar-se després d'una malaltia. Algunes vitamines són reconstituents.

reconstituir

verb
com *reduir*
◄ pàg. 39
Amb dièresi

Tornar a constituir una cosa, fer que torni a ser com era abans. Es pot reconstituir un partit polític amb nous membres, per exemple.

reconstruir

verb
com *reduir*
◄ pàg. 39
Amb dièresi

1 Tornar a construir una cosa destruïda. Després d'un terratrèmol, s'han de reconstruir les cases ensorrades.

2 Es diu que la policia o altres persones reconstrueixen un crim o un fet qualsevol si miren de saber com va passar amb les dades que coneixen i les hipòtesis que fan.

recopilació recopilacions

nom femení

Una recopilació és un recull de diversos escrits o documents. Els advocats i els jutges necessiten recopilacions de les diverses lleis del país.

recopilar

verb
com *cantar*
◄ pàg. 26

Reunir en una sola obra textos i documents que hi ha en moltes altres obres. Una persona pot recopilar poesies amoroses dels segles XIX i XX.

record records

nom masculí

1 Un record és una cosa passada que algú recorda. Les persones grans tenen més records que les joves.

2 Objecte que guardem per recordar una persona, un lloc o una cosa. Tothom guarda records dels seus viatges.

nom masculí
plural

3 Salutacions que dirigim a una persona que no veiem a través d'una altra persona que sí que la veurà. *Dóna records a la teva mare. Si veus en Jaume, dóna-li records. M'han donat records per als teus germans. Records a tota la família.*

rècord rècords

nom masculí

1 Un rècord és un resultat aconseguit en una prova esportiva que és millor que tots els anteriors. En els jocs olímpics s'aconsegueixen nous rècords.

locució que fa
d'adverbi

2 Fer una cosa **en un temps rècord** és fer-la molt de pressa, a gran velocitat. *He anat i tornat de casa en mitja hora, en un temps rècord.*

frase feta

3 **Batre un rècord** és obtenir un resultat millor que el del rècord que es bat.

recordar

verb
com *cantar*
◄ pàg. 26

1 Fer que algú pensi en alguna cosa, que li vingui a la memòria allò que ja sabia. A les persones despistades se'ls ha de recordar tot.

2 Venir o estar una idea o una imatge a la memòria. Tota la vida recordem els avis que hem conegut.

usat amb
pronom

3 **Recordar-se** d'algú o d'alguna cosa és que ens vinguin a la memòria o conservar-los-hi. Cal que et recordis de rentar-te les dents abans d'anar a dormir.

recordatori recordatoris

nom masculí

Un recordatori és un mitjà per a recordar una persona o una cosa. Algunes persones es canvien l'anell de mà com a recordatori d'una cosa que han de fer. Hi ha estampes que són recordatoris de la mort i l'enterrament d'una persona.

recorregut recorreguts

nom masculí

Un recorregut és un espai, un seguit de llocs, per on passa una persona, un animal o un vehicle. Hi ha un tren que fa un recorregut per tota la Sibèria fins a la Xina.

recórrer

verb
com *córrer*
◀ pàg. 32

1 Anar d'un lloc a un altre, fer el camí entre dos punts. Per a anar de Barcelona a París s'ha de recórrer una gran distància.

2 Anar a demanar un ajut, una informació a algú. Quan ets a l'estranger i tens problemes, pots recórrer a l'ambaixada del teu país.

recrear

verb
com *canviar*
◀ pàg. 30
Amb dièresi

1 Ser agradable, causar plaer i satisfacció, a la vista, a l'orella, a l'enteniment o a l'esperit. La bona música recrea l'ànima; un paisatge bell ens recrea els ulls.

usat amb pronom

2 Una persona **es recrea** si descansa del treball amb algun entreteniment. Després de la feina, podem recrear-nos amb un esport o amb una bona lectura.

recreació

recreatiu recreativa recreatius recreatives

adjectiu

Que recrea, que serveix per a recrear. L'esport, la lectura i el cine són activitats recreatives.

rectangle rectangles

adjectiu

1 Que és rectangular. Un triangle rectangle té un angle recte.

nom masculí

2 Un rectangle és un paral·lelogram que té els quatre angles rectes i els costats iguals dos a dos. Un camp de futbol és un rectangle.

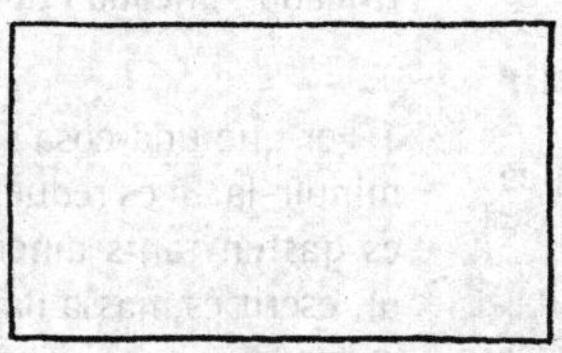

Un rectangle

rectangular rectangulars

adjectiu

1 Que té un o més angles rectes.

2 Que té forma de rectangle. Les taules de ping-pong són rectangulars.

recte recta rectes

adjectiu

1 Que és dret, que no està tort ni torçat. Els llapis i els bolígrafs són rectes. Una carretera recta no té revolts.

nom masculí

2 El recte és l'última part de l'intestí dels vertebrats. En les persones, al final del recte hi ha l'anus. pàgs. 798-799 (48)

3 El recte de l'abdomen és un múscul que hi ha a l'abdomen. pàg. 800 (9)

nom femení

4 Una recta és una línia sense cap corba. La recta és la distància més curta entre dos punts.

rectitud

rectificar

verb
com *cantar*
◀ pàg. 26
Amb QU davant E, I

1 Fer que una cosa sigui recta. Quan es rectifica un tros de carretera s'eliminen els revolts que hi ha.

2 Corregir una cosa, treure'n les equivocacions. Si ens hem equivocat en una suma, l'haurem de rectificar.

3 Una persona rectifica si reconeix que s'ha equivocat i no continua fent les coses que feia.

rectificació

rectilini rectilínia rectilinis rectilínies

adjectiu

1 Que segueix la línia recta, que va segons una recta. Els raigs de sol són rectilinis.

2 Que és format per rectes. El pentagrama musical és rectilini.

rector rectora rectors rectores

adjectiu

1 Que regeix, que dirigeix. El volant d'un cotxe és el mecanisme rector de les rodes.

nom masculí i femení

2 Persona que dirigeix o governa un hospital, una comunitat, un col·legi o una universitat.

nom masculí

3 Capellà que s'encarrega d'una parròquia.

rectorat

rectoria rectories

nom femení

La rectoria d'una parròquia és la casa on viu el rector. Les rectories acostumen a estar prop de l'església parroquial.

rècula rècules

nom femení

1 Una rècula és una colla d'animals de càrrega. Alguns carros eren estirats per una rècula de tres matxos.

2 Conjunt de persones o de coses que van l'una darrere l'altra. Hi ha persones que quan s'enfaden engeguen una rècula de paraulotes.

recular

verb
com *cantar*
◀ pàg. 26

Anar cap enrere, tornar enrere. Si et fiques amb el cotxe en un carrer sense sortida, hauràs de recular.

a recules

locució que fa d'adverbi

Una persona o un animal va o camina a recules si camina endarrere. *Per què camines a recules? Que tens por?*

recull reculls

nom masculí

Un recull és un conjunt de coses que algú ha recollit d'acord amb una característica. Es pot fer un recull de cançons populars o de contes de por.

recuperació recuperacions

nom femení

1 Quan es recupera una cosa es fa una recuperació. La recuperació de vaixells enfonsats és molt difícil.

2 Un alumne fa una recuperació si es torna a examinar d'una assignatura que te-

A B C D E F G H I J K L M N O P Q R S T U V W X Y Z

nia suspesa. Quan es fan classes de recuperació, s'ajuda els alumnes que ho necessiten a posar-se al nivell dels altres alumnes.

recuperar

verb
com *cantar*
◄ pàg. 26

1 Recobrar. A vegades la policia recupera els diners i les joies que uns lladres han robat.
2 Un alumne recupera una assignatura suspesa si l'aprova.
irrecuperable

recurs recursos

nom masculí

1 Un recurs és qualsevol mitjà o acció que serveix per a fer una cosa o per a sortir d'una situació difícil. Escoltar música suau és un bon recurs per a relaxar-se. Una persona té recursos si sap com solucionar les coses i sortir-se'n quan hi ha una situació complicada.
2 Escrit legal que algú presenta a una autoritat superior perquè anul·li o canviï la decisió d'una autoritat inferior. Si una persona no està d'acord amb la sentència d'un tribunal, pot presentar recurs a un tribunal més important.

nom masculí plural

3 Els recursos econòmics d'algú són els diners i altres béns que té. Els recursos naturals són tot allò que la natura ens ofereix, com els minerals, l'aigua, el petroli, les plantes, la fusta, etc.

redacció redaccions

nom femení

1 La redacció d'una cosa és el fet de redactar-la. Algunes persones grans es dediquen a la redacció de les seves memòries.
2 Exercici escrit per a aprendre a escriure bé.
3 Conjunt de les persones que escriuen els articles i les notícies en un diari, una revista, una ràdio o una televisió; lloc on treballen aquestes persones. A la redacció d'un diari sempre hi ha presses.

redactar

verb
com *cantar*
◄ pàg. 26

Escriure una cosa amb les paraules més convenients i de manera correcta. Es pot redactar una carta, un contracte de lloguer o el capítol d'un llibre.
redactor

redempció redempcions

nom femení

La redempció és el fet de redimir. Els frares de l'orde de la Mercè es dedicaven a la redempció dels cristians captius.
redemptor

redimir

verb
com *servir*
◄ pàg. 28

1 Obtenir la llibertat d'una persona captiva o presonera pagant un preu.
2 Alliberar una persona d'una situació pagant una quantitat.
3 Fer que una persona deixi un vici o una conducta criminal i que es comporti com es considera que està bé.

rèdit rèdits

nom masculí

El rèdit d'uns diners és la quantitat que un banc ens dóna pel fet d'ingressar-los i no tocar-los durant un temps. Si ingressem 1 000 euros en un banc i ens donen un 6%, el rèdit són 60 euros.

redós redossos

nom masculí

1 Recer.

locució que fa d'adverbi i de preposició

2 **A redós** vol dir a recer. A la muntanya, en una cova som a redós. Si plou i no portem paraigua, podem posar-nos a redós d'un portal.

redreçar

verb
com *cantar*
◄ pàg. 26
Amb C davant E, I

Tornar a posar dreta o recta una cosa que s'havia corbat o torçat, o que s'havia inclinat. Si el vent ha tombat l'antena de la televisió, l'haurem de redreçar.
redreçament

reducció reduccions

nom femení

Una reducció és el fet de reduir una cosa, de fer-la més petita. Si una empresa fa una reducció de personal, uns quants treballadors perden la feina.

reducte reductes

nom masculí

Un reducte és una construcció militar fortificada, tancada i de mida petita.

reduir

verb
◄ pàg. 39
Amb dièresi

1 Fer que una cosa sigui més petita, disminuir-la. Si es redueixen les despeses, no es gasten tants diners com abans. Quan un escrit és massa llarg, el reduïm, el fem més curt.
2 Canviar l'estat d'una substància molentla, batent-la, picant-la, etc. Per a fer cafè, s'han de reduir els grans a pols amb un molinet. El foc redueix la fusta a cendra.
3 Fer que una persona se sotmeti, es trobi en una situació desagradable i dolorosa. Les guerres redueixen molta gent a la pobresa.
irreductible

redundància redundàncies

nom femení

Hi ha redundància en un escrit o en un discurs quan hi ha moltes paraules i frases que diuen la mateixa cosa. Dir que algú té vint anys d'edat és una redundància: tots els anys d'una persona són d'edat.

redundant redundants

adjectiu

Que fa servir moltes paraules i moltes frases per a dir una mateixa cosa. Els escrits redundants costen de llegir.

reeixir
verb
com *eixir*
◄ pàg. 33
Diferències: *reïxo, reïxes, reïx, reïxen, reïxi, reïxis, reïxin*

Sortir bé una cosa que algú s'ha proposat, tenir èxit una persona. Els nord-americans van reeixir en els esforços per a arribar a la Lluna.
reeixida

refectori refectoris
nom masculí
Un refectori és una sala on mengen les persones que viuen en comunitat, sobretot els monjos i les monges.

refer
verb
com *fer*
◄ pàg. 35
Diferències: *refàs, refà, refés*

1 Tornar a fer una cosa que ha quedat malament, que s'ha desfet o s'ha trencat. Les peces de ceràmica, un cop cuites, no es poden refer. Es diu que una persona ha refet la seva vida d'una situació difícil i torna a portar una vida normal.

usat amb pronom
2 Es diu que una persona **es refà** d'una malaltia si cada dia es troba millor i es va curant.

referència referències
nom femení
1 Fem referència a una persona o a una cosa quan en parlem, en diem alguna cosa. No pots explicar com és la teva ciutat sense fer referència als monuments que hi ha.
2 En un escrit hi ha una referència si l'autor fa una indicació, un aclariment, si ens remet o envia a una altra pàgina o a una altra obra. Les obres científiques són plenes de referències i de notes.
3 Si es donen referències d'una persona a una altra se li fa saber com és, quines qualitats té, si es porta bé, si és treballadora, etc. En algunes feines, abans de contractar una persona, s'acostuma a demanar-ne referències.

referèndum referèndums
nom masculí
Un referèndum és una votació que fa el poble quan el govern li vol consultar sobre una llei, una reforma de la constitució o un altre canvi polític important.

referent referents
adjectiu
1 Que fa referència a una persona o a una cosa. Les paraules referents als temes científics, com *anticicló, catalític* i *fusió* s'anomenen *termes*.

locució que fa de preposició
2 Referent a vol dir pel que es refereix a, tocant a, pel que fa a.

referir
verb
com *servir*
◄ pàg. 28

1 Contar, fer saber una cosa de paraula o per escrit. Els testimonis d'un crim han de referir a la policia tot el que han vist.

usat amb pronom
2 Referir-se a una persona o a una cosa és parlar-ne, sovint de manera indirecta, sense dir-ne el nom. Quan un historiador parla del Rei Sol, es refereix a Lluís XIV de França. Si no sabem a qui es refereixen en una conversa, no sabem de qui estan parlant.
3 Una cosa **es refereix** a una altra si hi té una relació, si estan lligades d'alguna manera. En la frase: *Aquella pel·lícula d'acció era la seva preferida*, el mot *preferida* es refereix a *pel·lícula*.

refiar-se
verb usat amb pronom
com *canviar*
◄ pàg. 30
Amb dièresi

Refiar-se d'una persona és esperar i creure que ens ajudarà, que no ens enganyarà ni ens deixarà; refiar-se d'una cosa és creure que ens servirà, que ens anirà bé. No ens podem refiar d'un mentider; tampoc d'una biga podrida.

refilar
verb
com *cantar*
◄ pàg. 26

1 Cantar com un ocell, amb un seguit de notes molt ràpides en una mateixa síl·laba del text.
2 Cantar alguns ocells, com els rossinyols, els canaris i les caderneres, fent sons diferents i ràpids, molt bonics.
refilet

refinar
verb
com *cantar*
◄ pàg. 26

Fer que un producte sigui més fi, més net, que tingui una olor més bona, un color més clar, que no contingui substàncies estranyes, etc. Es refinen, entre altres productes, la gasolina, l'oli i el sucre.
refinació, refinament, refinatge

refinat refinada refinats refinades
adjectiu
Que és exquisit, molt bo, molt educat i elegant, molt fi. Hi ha restaurants que preparen plats molt refinats. Una persona refinada en el parlar no diu paraules grolleres.

refineria refineries
nom femení
1 Una refineria és una indústria on es refina un producte.
2 Conjunt d'instal·lacions industrials on es transforma el petroli brut per a obtenir-ne altres productes com les gasolines.

reflectir
verb
com *servir*
◄ pàg. 28

1 Canviar la direcció d'un raig de llum. Amb un mirall pots reflectir la llum del sol i dirigir-la sobre alguna cosa.
2 Reproduir la imatge d'una cosa com ho fa un mirall. L'aigua d'un llac reflecteix els núvols que hi ha al cel. La lluna es reflecteix en el mar.
3 Demostrar, donar a conèixer. Dir que la Terra no és rodona reflecteix la ignorància de qui ho diu.

reflector reflectora reflectors reflectores
adjectiu
1 Que reflecteix. Els miralls són superfícies reflectores de la llum.

Continua a la pàgina següent

nom masculí — **2** Un reflector és un aparell lluminós que envia una gran quantitat de llum a molta distància. Durant un bombardeig nocturn, es fan servir reflectors per a veure els avions.

reflex reflexa reflexos reflexes

nom masculí — **1** Un reflex és una llum reflectida. Els reflexos del sol en un mirall ens fan mal als ulls.

2 Moviment involuntari d'una part del cos que és la resposta a un estímul extern o intern. Quan una cosa ens toca les pestanyes, hi ha un reflex de l'ull i aquest es tanca de seguida.

reflexió reflexions

nom femení — **1** Quan un raig de llum o un objecte es reflecteix en un mirall es produeix una reflexió.

2 Fet de reflexionar. Si actuem sense reflexió, moltes vegades ens equivocarem.

3 Cosa que hem pensat i que podem dir a algú altre perquè ell també hi pensi. Convé escoltar les reflexions dels qui tenen més experiència que nosaltres.

irreflexió, irreflexiu, irreflexiva, reflexiu, reflexiva

reflexionar

verb, com *cantar* ◄ pàg. 26 — Pensar amb molta atenció una cosa, considerant-ne tots els detalls i les conseqüències. Si les persones reflexionéssim, ens estalviaríem moltes discussions i baralles.

reflux refluxos

nom masculí — El reflux és la baixada de la marea. Quan hi ha el reflux, la platja es fa més gran.

reforçar

verb, com *cantar* ◄ pàg. 26, Amb C davant E, I — **1** Fer que una cosa sigui més forta. Les portes dels pisos es poden reforçar amb planxes de ferro.

2 Donar noves forces. Una persona que ha estat malalta s'ha de reforçar amb vitamines.

reforç, reforçament, reforçant

reforma reformes

nom femení — Una reforma és un canvi que es fa en una cosa per a millorar-la o donar-li una nova forma. Quan una casa és vella, s'hi poden fer reformes: es pinta, es fa la cuina nova, s'hi fa un bany, etc.

reformar, reformista

reformatori reformatoris

nom masculí — Un reformatori és un lloc on es porten els infants i els joves que han comès delictes o que viuen en un ambient de delinqüència. El reformatori pretén ajudar-los a canviar la vida i educar-los.

refracció refraccions

nom femení — Hi ha una refracció quan un raig de llum canvia de direcció en passar per una lent o per un altre medi més dens que l'aire.

refrany refranys

nom masculí — Un refrany és una dita popular. "Cel rogent, pluja o vent" és un refrany.

refranyer

refredar

verb, com *cantar* ◄ pàg. 26 — **1** Fer que una cosa agafi una temperatura més baixa que la que té. Per refredar una beguda, hi posem un o dos glaçons. Si la sopa és molt calenta s'ha de deixar refredar.

usat amb pronom — **2** **Refredar-se** és constipar-se.

refredament

refredat refredats

nom masculí — Constipat.

refresc refrescs

nom masculí, També *refrescos* — **1** Un refresc és una beguda fresca.

2 Festa on se serveixen begudes i coses de menjar.

locució que fa d'adjectiu — **3** Una cosa **de refresc** serveix per a renovar-ne o substituir-ne una altra quan es gasta. Les tropes de refresc entren en combat quan els altres soldats estan molt cansats.

refrescar

verb, com *cantar* ◄ pàg. 26, Amb QU davant E, I — **1** Fer que una cosa estigui fresca. A l'estiu, convé refrescar les begudes.

2 Mullar amb aigua o amb un altre líquid fresc. Quan tenim molta calor, ens refresquem la cara.

3 Començar a fer una mica de fred. Als llocs de muntanya, a finals d'estiu ja refresca una mica.

frase feta — **4** **Refrescar la memòria** d'algú és recordar-li alguna cosa.

refrescant

refrigerar

verb, com *cantar* ◄ pàg. 26 — **1** Refredar una cosa, fer-li agafar una temperatura molt baixa per a conservar-la. La llet i altres aliments s'han de refrigerar a la nevera.

2 Impedir que una cosa s'escalfi massa. El motor dels cotxes es refrigera amb un circuit d'aigua o amb ventiladors.

refrigeració, refrigerador

refrigeri refrigeris

nom masculí — Un refrigeri és una menjada lleugera que es pren per mantenir les forces i matar la gana.

refugi refugis

nom masculí — Un refugi és un lloc on algú pot estar segur i escapar d'un perill, d'una persecució o del mal temps. A la muntanya, hi ha refugis per a passar la nit o per a posar-se a cobert de les tempestes. En temps de guerra, es fan refugis on va la gent quan hi ha un bombardeig.

refugiar
verb
com *canviar*
◄ pàg. 30
Amb dièresi

1 Donar auxili i protecció a una persona que està en perill. Quan hi ha una desgràcia, molta gent ha de refugiar els seus parents i amics a casa.

usat amb pronom

2 **Refugiar-se** és posar-se en un refugi, en un lloc segur. En cas d'inundacions, la gent es refugia en llocs alts, on l'aigua no arriba.

refugiat, refugiada

refusar
verb
com *cantar*
◄ pàg. 26

No voler acceptar o agafar una cosa. Els pacifistes refusen agafar les armes, no volen matar ningú.

refutar
verb
com *cantar*
◄ pàg. 26

Demostrar amb arguments que una teoria o una afirmació és falsa. Darwin, amb la teoria de l'evolució, va refutar que Adam i Eva fossin els primers humans.

irrefutable, refutable, refutació

reg regs
nom masculí

El reg és l'acció de donar aigua a la terra, als camps. Amb el reg per aspersió, l'aigua cau damunt de les plantes en forma de pluja.

regadiu regadius
nom masculí

Un regadiu és un terreny de cultiu que es rega.

regadora regadores
nom femení

Una regadora és un recipient amb nansa per a regar les plantes. De la part de baix, en surt un tub llarg que acaba en una peça ampla amb molts foradets per on cau l'aigua en forma de pluja.

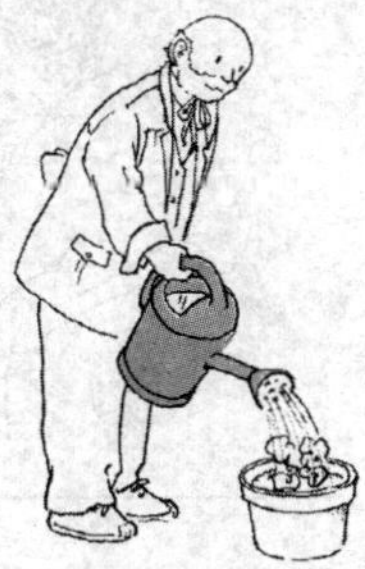

Una regadora

regal regals
nom masculí

Un regal és un objecte que es dóna a una persona quan és el seu sant, el seu aniversari o en una altra ocasió. Per Nadal la gent es fa regals.

regalar
verb
com *cantar*
◄ pàg. 26

Donar una cosa a algú com a regal o obsequi.

regalèssia regalèssies
nom femení

La regalèssia és l'arrel d'una planta de flors blaves o violades que també es diu *regalèssia*. Aquesta arrel és de color marró per fora i groga per dins. Es talla a trossets i es mastega, ja que té un gust dolç molt agradable. La pega dolça es fa amb regalèssia.

regalimar
verb
com *cantar*
◄ pàg. 26

Caure un líquid d'un lloc o per damunt d'una cosa en forma de gotetes o de rajolins. Del sostre de les coves sovint en regalima aigua.

regalim

regar
verb
com *cantar*
◄ pàg. 26
Amb GU davant E, I

1 Posar aigua a les plantes, als camps. Alguns cultius s'han de regar més sovint que altres.

2 Tirar aigua als carrers o al terra per netejar-los o refrescar l'ambient.

regatge

1
regata regates
nom femení

Una regata és una competició esportiva per a embarcacions, siguin de vela, de motor o de rems.

2
regata regates
nom femení

1 Una regata és un solc o una estria ampla que es fa en una cosa. Els paletes fan regates a la paret quan s'han de posar fils elèctrics i tapar-los.

2 Juntura de les rajoles d'una paret o d'un terra.

regatejar
verb
com *cantar*
◄ pàg. 26
Amb G davant E, I

Mirar d'obtenir una cosa a bon preu discutint amb la persona que ven. A les fires dels pobles, molta gent regateja fins que aconsegueix un preu que li sembla bo.

regateig

regent regents
nom masculí i femení

Un o una regent és una persona que dirigeix o que governa alguna cosa. Quan un rei o una reina són menors d'edat, un regent o una regent governa l'Estat.

regència, regentar

regi règia regis règies
adjectiu

1 Del rei o de la reina, que està relacionat amb el rei o la reina.

Continua a la pàgina següent

2 Es diu que una cosa és règia si és luxosa, molt esplèndida i magnífica. Parlem d'un banquet de noces regi o d'una habitació règia.

regicidi regicidis
nom masculí
Un regicidi és l'assassinat d'un rei o d'una reina.

regidor regidora regidors regidores
nom masculí i femení
Persona que forma part d'un ajuntament. Alguns regidors i regidores tenen càrrecs de govern, juntament amb l'alcalde; altres, fan d'oposició.

règim règims
nom masculí
1 El règim d'un país és la forma de govern que té. En els règims democràtics, se celebren eleccions per escollir els governants.
2 Manera de viure o de menjar que té una persona per a conservar la salut, aprimar-se o curar-se d'una malaltia. Es diu que una persona fa règim quan menja poc perquè no vol engreixar-se.

regiment regiments
nom masculí
Un regiment és un grup de soldats que pertanyen tots a la mateixa arma i estan manats per un coronel.

regina regines
nom femení
Reina.

regió regions
nom femení
1 Una regió és una extensió de territori que té unes mateixes característiques de clima, vegetació, etc.
2 Part d'un país que ha resultat de fer una divisió del territori: hi ha regions administratives, regions militars, regions aèries i altres.
3 Part determinada del cos humà. També se'n diu *regió anatòmica.* La regió lumbar és la part de l'esquena que correspon als ronyons.
regional

regir
verb
com *servir*
◄ pàg. 28
Dirigir o governar una cosa. Alguns papes han regit l'Església molt poc temps. Hi ha lleis que regeixen l'univers o normes que regeixen l'ús dels accents.

regirar
verb
com *cantar*
◄ pàg. 26
1 Treure les coses del seu lloc, posar les de dalt a baix i les de baix a dalt, fer anar d'una banda a l'altra les coses que hi ha en un calaix, en un armari, etc. Quan tenim pressa i busquem una cosa, regirem els calaixos.
2 Diem que un menjar ens ha regirat l'estómac si notem que ens provoca malestar i una mala digestió.
usat amb pronom
3 **Regirar-se** és bellugar-se molt d'una banda a l'altra, sobretot quan s'està al llit.

registrar
verb
com *cantar*
◄ pàg. 26
Escriure una cosa en un llibre oficial per poder-la consultar i controlar. Els ajuntaments registren els naixements, els casaments i les defuncions. També s'han de registrar els contractes de compravenda.
registre

regla regles
nom femení
Amb A final
1 Una regla és qualsevol cosa escrita o dita que dirigeix la conducta de les persones, que els diu com han de fer les coses. Hi ha regles d'educació, d'ortografia, etc. Les regles d'un joc ens diuen com hi hem de jugar. La regla o les regles d'un convent indiquen les coses que han de fer els religiosos o les religioses.
2 Menstruació.
locució que fa d'adverbi
3 Una cosa està **en regla** si està conforme a la llei, al que està manat. *Si no tenim els papers en regla, no podem viatjar a l'estranger.*
frase feta
4 **Per regla general** vol dir gairebé sempre, normalment. Per regla general els gats cacen ratolins.

reglament reglaments
nom masculí
Un reglament és un conjunt ordenat de regles per al bon funcionament d'una associació, d'un club, etc. El reglament del futbol diu quan una jugada és penal.
reglamentar, reglamentari, reglamentària

regle regles
nom masculí
Amb E final
Un regle és un instrument llarg i dret, rectangular i poc gruixut, per a tirar línies rectes. Un regle graduat porta marcats els decímetres i els centímetres. ✎ pàgs. 998-999 (16)

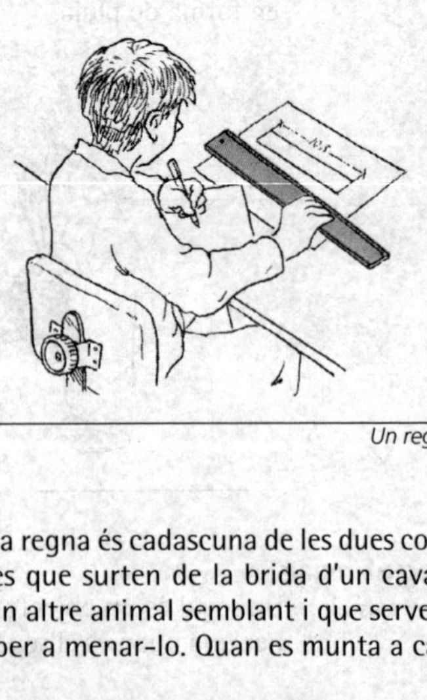

Un regle

regna regnes
nom femení
Amb A final
1 Una regna és cadascuna de les dues corretges que surten de la brida d'un cavall o d'un altre animal semblant i que serveixen per a menar-lo. Quan es munta a ca-

vall, les regnes són curtes; si es porta un carro, les regnes són llargues.

locució que fa d'adverbi
2 Un cavall va o corre **a regna solta** si corre molt, sense que el frenin. *Els cavalls no es van aturar, anaven a regna solta.*

regnar

verb
com cantar ◄ pàg. 26
Amb GN

1 Dirigir o governar un rei o una reina el seu país.
2 Es diu que una cosa regna si és molt important en un lloc, si té molta influència. En alguns països, hi regnen la fam i la misèria.

regne regnes

nom masculí
Amb E final
Amb GN

1 Un regne és un país que és una monarquia, on governa un rei o una reina. Alguns regnes tenen una constitució que els reis han de respectar.
2 Cada una de les grans divisions dels éssers vius, com el regne animal o el regne vegetal. Antigament, es considerava que els minerals també formaven un regne.

regnat

regressar

verb
com cantar ◄ pàg. 26

Tornar al lloc d'on una persona o un vehicle va sortir. Els tècnics han d'assegurar que els astronautes puguin regressar sans i estalvis.

regueró reguerons

nom masculí

Un regueró és un petit canal, un solc, per on passa l'aigua.

reguitzell reguitzells

nom masculí

Un reguitzell és una sèrie llarga de coses. Als prestatges d'una llibreria hi ha un reguitzell de llibres que no s'acaba mai.

regulador reguladora reguladors reguladores

adjectiu

Que regula o que serveix per a regular. Els pantans tenen comportes reguladores de la sortida d'aigua.

1 regular regulars

adjectiu

1 Que és normal, ni molt gran ni molt petit, ni molt bo ni molt dolent. Si una persona té una estatura regular no és ni molt baixa ni molt alta.
2 Que segueix una regla que és conforme a una norma. *Cantar* és un verb regular: es conjuga segons el model de la primera conjugació.
3 En geometria, una figura és regular quan tots els seus elements de la mateixa categoria, com costats i angles, són iguals entre si.

2 regular

verb
com cantar ◄ pàg. 26

Fer que una cosa estigui d'acord amb una regla, que es mantingui en un estat o una condició determinats. El govern ha de regular els preus dels productes. Els aparells de calefacció porten un mecanisme que regula la temperatura.

regulació, regularitzar

regularitat regularitats

nom femení

La regularitat és la característica de les persones i de les coses regulars. Les agulles del rellotge es mouen amb regularitat.

regularment

adverbi

1 D'una manera regular. *Aquest tren funciona regularment, arribarà puntual.*
2 Segons el que és comú, generalment, sovint. *Regularment, les persones simpàtiques tenen molts amics.*

regurgitar

verb
com cantar ◄ pàg. 26

Moure's els aliments o un líquid del cos en direcció contrària a la que segueixen normalment dins del cos. Quan es vomita, els aliments regurgiten de l'estómac a la boca.

regust regusts

nom masculí
També regustos

1 Un regust és un gust desagradable que deixa una cosa. Després d'una pluja, l'aigua d'algunes fonts deixa a la boca regust de fang.
2 Gust o sabor que agafa una cosa que ha estat en contacte amb una altra. Un aliment pot agafar regust de ceba o de peix.

rei reis

nom masculí

1 Un rei és un home que per herència o per una elecció és el cap suprem d'un país normalment durant tota la seva vida.
2 Cada una de les cartes del joc de cartes que porta pintada la figura d'un rei i té el número 12. carta
3 En el joc d'escacs, peça principal de les blanques i les negres que si és eliminada pel contrincant fa perdre la partida.
4 Home, animal o cosa que ocupa un lloc important, que sobresurt entre els altres. Es pot parlar del rei del petroli, del lleó, rei de la selva, o del Sol, que és l'astre rei.

nom propi masculí
5 Un Rei és cada un dels personatges que, segons la Bíblia, van anar a adorar el nen Jesús i li van portar regals. La festa dels tres Reis, que es diuen *Reis Mags*, *Reis Màgics* o *Reis d'Orient*, se celebra el dia 6 de gener.

reietó

reial reials

adjectiu

Del rei o de la reina, que està relacionat amb el rei o la reina. Aquesta paraula forma part del nom d'algunes associacions o clubs, com el Reial Automòbil Club de Catalunya.

reialesa

A B C D E F G H I J K L M N O P Q R S T U V W X Y Z

A B C D E F G H I J K L M N O P Q R S T U V W X Y Z

reialme reialmes
nom masculí
Regne, país on hi ha un rei o una reina.

reig reigs
nom masculí
També *rejos*
Un reig és un bolet del grup de les amanites que té un barret carnós i gruixut, de color groc taronja i de 8 a 20 centímetres d'ample. El peu pot arribar als 15 centímetres d'alçària i és de color groc amb un anell grogós sota el barret. Els reigs es consideren uns dels millors bolets comestibles.

reina reines
nom femení
També *regina*
1 Una reina és una dona que té la màxima autoritat en un regne o que és la dona del rei. En els actes solemnes les reines porten corona.
2 Paraula afectuosa que es diu a les nenes o a les dones: *Vine, reina, que t'explicaré una història.*
3 En el joc d'escacs, la peça més important després del rei.
4 Entre les formigues, les abelles o els tèrmits, la reina és la femella que pon els ous. La reina només es dedica a la reproducció.

reïna reïnes
nom femení
Resina.

reincidir
verb
com *servir*
◄ pàg. 28
Tornar a fer una falta, una errada o un delicte. Quan surten de la presó, algunes persones reincideixen i les han d'empresonar de nou.
reincidència, reincident

reivindicar
verb
com *cantar*
◄ pàg. 26
Amb QU davant E,I
Demanar o reclamar una cosa que ens pertany o a la qual tenim dret. A vegades, quan els treballadors fan una vaga reivindiquen un augment de sou.
reivindicació, reivindicatiu, reivindicativa

reixa reixes
nom femení
Una reixa és un seguit de barres paral·leles o entrecreuades que tanquen una obertura o fan de porta d'un lloc. Alguns jardins tenen reixes molt boniques a l'entrada. A les finestres dels calabossos i les presons hi ha reixes de ferro.
enreixar

reixat reixats
nom masculí
Un reixat és una reixa que fa de porta d'un jardí, d'un hort o d'un altre lloc semblant.

reixeta reixetes
nom femení
1 Una reixeta és una reixa petita. Als forats de ventilació de les cuines s'hi posa una reixeta. pàg. 593 (30)
2 Finestra petita tancada amb una reixa.

rejovenir
verb
com *servir*
◄ pàg. 28
Fer que una persona gran sembli més jove. Una vida tranquil·la i una alimentació adequada rejoveneixen moltes persones. Diuen que les iaies es rejoveneixen quan tenen néts i nétes.
rejoveniment

rel rels
nom femení
Arrel.

relació relacions
nom femení
1 Una relació és el fet d'explicar o de relatar alguna cosa. En un judici, els testimonis han de fer una relació de les coses que han vist.
2 Llista de noms, d'adreces o d'altres dades ordenades. Es pot fer una relació dels números de telèfon que fem servir més i portar-la sempre al damunt.
3 Hi ha relació entre dues o més persones si es coneixen i es tracten, si són amigues o familiars. Hi ha relació entre dues o més coses quan s'assemblen o hi ha entre elles alguna cosa que les lliga, quan una depèn de l'altra o n'és la causa. Les estrelles tenen relació amb el cel, la febre amb la grip, etc.
4 Un home i una dona tenen relacions si estan promesos o surten junts com a parella.
interrelació

relacionar
verb
com *cantar*
◄ pàg. 26
1 Fer que dues o més persones o coses tinguin relació, descobrir la relació que hi ha entre dues o més coses. El teorema de Pitàgores relaciona els catets d'un triangle amb la hipotenusa.
usat amb pronom
2 Dues coses **es relacionen** si tenen relació. Alguns accidents de cotxe es relacionen amb l'excés de velocitat.
3 Una persona **es relaciona** amb altres si hi té tractes, hi parla, surten juntes, etc. A l'escola, ens relacionem amb companys i companyes.

relat relats
nom masculí
Un relat és una relació o explicació d'alguna cosa. Els contes són relats inventats; el relat d'una batalla explica un fet històric.
relatar

relatiu relativa relatius relatives
adjectiu
1 Que fa referència a una cosa o que hi té relació. Hi ha moltes pel·lícules relatives a la Segona Guerra Mundial.
2 Que no és absolut, que no pot canviar fàcilment, que no és segur ni fix. La felicitat és sempre relativa: es pot acabar en un moment.
adjectiu i nom masculí
3 Un pronom és relatiu si uneix una ora-

ció subordinada a una altra oració, de manera que l'oració subordinada faci d'adjectiu d'una de les parts de l'oració principal. En l'oració *La doctora que va venir ahir és belga*, el fragment *que va venir ahir* fa d'adjectiu de *doctora* i *que* és un pronom relatiu.
relativisme, relativitat, relativitzar

relativament
adverbi — De manera relativa, de manera poc segura. *Es troba relativament bé, no s'acaba de trobar bé del tot. Hem acabat la feina relativament, encara falten alguns detalls.*

relaxar
verb
com *cantar*
◄ pàg. 26
Fer que disminueixi la tensió física o psíquica. Un bon massatge relaxa els músculs. Si no ens relaxem bé, ens costarà adormir-nos i descansar.
relaxació, relaxant

relé relés
nom masculí — Un relé és un mecanisme que permet obrir o tancar un circuit elèctric.

relegar
verb
com *cantar*
◄ pàg. 26
Amb GU davant E, I
Fer que una persona o una cosa quedin com oblidades, com si no tinguessin importància, sense tenir-les en compte. Hi ha artistes que han quedat relegats pel temps: avui ningú no els coneix.

religió religions
nom femení — **1** La religió és el conjunt de creences, d'actituds i de pràctiques que relacionen les persones amb Déu i amb les coses considerades sagrades. Els ateus no tenen religió.
2 Una religió és una forma determinada de viure i practicar la religió. Al món hi ha moltes religions: cristianisme, islam, judaisme, hinduisme, etc.
frase feta — **3** Es diu que una persona **entra en religió** si es fa monjo, frare o monja.
religiositat

religiós religiosa religiosos religioses
adjectiu — **1** De la religió, que està relacionat amb la religió. Les creences religioses són molt diverses.
2 Que té religió o que practica una religió; que es fa segons les normes d'una religió. Les persones religioses resen sovint. El matrimoni religiós se celebra a l'església.
nom masculí i femení — **3** Persona cristiana que no es casa i viu en una comunitat dedicada a l'oració i a diverses activitats com l'ensenyament o l'ajuda als malalts. Les religioses de clausura surten del convent molt poques vegades. Els monjos i els frares són religiosos; les monges són religioses.

relíquia relíquies
nom femení — Una relíquia és un trosset del cos d'un sant o d'una santa, de qualsevol objecte que hagin tingut o tocat. Els devots d'algunes religions tenen en gran estima les relíquies.

rella relles
nom femení — La rella d'una arada és la peça de ferro tallant que entra a la terra i obre els solcs.

rellegir
verb
com *servir*
◄ pàg. 28
Tornar a llegir. Si no entenem un text, el rellegim amb més atenció.

relleu relleus
nom masculí — **1** El relleu d'una cosa és la part que sobresurt de la seva superfície. Les escultures tenen relleu; les pintures, només ens donen sensació de relleu. Les muntanyes i altres accidents geogràfics són el relleu de la Terra.
2 Fet de rellevar, de substituir una persona per una altra. Quan es fa un canvi de guàrdia, uns soldats fan el relleu d'uns altres soldats.
frase feta — **3** **Posar en relleu** vol dir destacar, indicar que una cosa té importància.

rellevant rellevants
adjectiu — Que és molt bo, molt important, que sobresurt per damunt d'altres. Els premis Nobel són personalitats rellevants de l'art i de la ciència.
irrellevant, rellevància

rellevar
verb
com *cantar*
◄ pàg. 26
Posar-se en lloc d'un altre en una feina, en una obligació o en una cursa. Quan una persona malalta està molt greu, uns familiars relleven els altres al costat del llit.

relligar
verb
com *cantar*
◄ pàg. 26
Amb GU davant E, I
1 Tornar a lligar.
2 Enquadernar.

relliscar
verb
com *cantar*
◄ pàg. 26
Amb QU davant E, I
1 Moure's els peus cap endavant i perdre l'equilibri en passar sobre un terra fi i mullat o en trepitjar una cosa que llisca. Si hi ha oli o una pell de fruita a terra, és segur que relliscarem.
2 Una superfície rellisca si fa que les coses que hi ha al damunt llisquin i s'escapin. Les carreteres amb gel o mullades rellisquen.
3 Si una cosa ens rellisca de les mans és que se'ns escapa, que no la podem aguantar.
relliscada, relliscós, relliscosa

rellotge rellotges
nom masculí — **1** Un rellotge és un aparell que indica l'hora que és. Hi ha rellotges que marquen

l'hora amb unes agulles, les busques, que corren sobre una esfera; els rellotges digitals, en canvi, donen les hores amb números: a les 12 de la nit marquen les 24:00. Els rellotges de polsera es porten al canell de la mà.

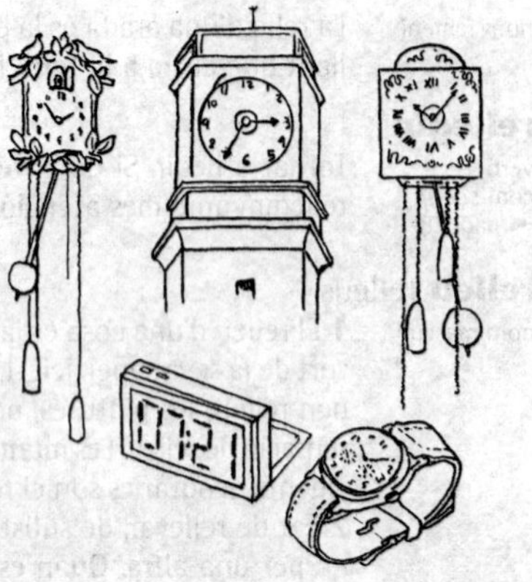

Uns rellotges

2 Un **rellotge de sol** indica l'hora amb l'ombra que fa un pal o una barra de ferro sobre una superfície on hi ha marcades les dotze hores. Les parets de moltes masies tenen rellotges de sol.

locució que fa d'adverbi — 3 Si treballem **contra rellotge** ho fem amb presses, per acabar de seguida. *En una prova ciclista que es corre contra rellotge s'ha de recórrer una distància en el mínim temps possible.*

rellotgeria

rellotger rellotgera rellotgers rellotgeres

nom masculí i femení — Persona que fa, repara o ven rellotges.

relluir

verb
com *lluir*
◄ pàg. 37
Diferència: *relluu o rellú*

Brillar molt, resplendir. Els objectes de plata acabats de netejar relluen.

rem rems

nom masculí — 1 Un rem és una barra de fusta acabada en una pala que serveix per a fer avançar una barca o una altra embarcació. Els rems es posen a banda i banda de l'embarcació i es mouen a força de braços.

2 Esport que consisteix en competicions entre embarcacions mogudes amb rems.

remer

remar

verb
com *cantar*
◄ pàg. 26

Moure els rems per a fer avançar una embarcació. Quan es va en barca riu amunt, contra corrent, s'ha de remar amb molta força.

remarcar

verb
com *cantar*
◄ pàg. 26
Amb QU davant E, I

Fer que es vegi la importància d'una cosa, fer que es noti. Quan volem remarcar una frase en un escrit, la subratllem.

remarca, remarcable

rematar

verb
com *cantar*
◄ pàg. 26

1 Acabar de matar, posar fi a la vida d'una persona o un animal que s'està morint.

2 Rematar una feina o una altra cosa és donar-la per acabada. Quan rematem un curs i comencem les vacances estem contents.

3 En el futbol i altres esports, acabar una jugada tirant a gol. Hi ha jugadors que rematen molt bé de cap.

rematada, rematador

remei remeis

nom masculí — 1 Un remei és qualsevol cosa per a curar una malaltia o un mal. Les pastilles són remeis de farmàcia; les tisanes d'herbes són remeis casolans.

frase feta — 2 Es diu que una cosa **no té remei** si no té solució, no es pot arreglar.

irremeiable, remeiar, remeier

remenar

verb
com *cantar*
◄ pàg. 26

1 Moure el menjar amb una cullera o amb un altre estri de cuina perquè no s'enganxi o perquè es barregi bé. També es remenen les coses que es barregen o mesclen, com la xocolata en pols que posem a la llet.

2 Moure o bellugar d'una banda a l'altra. Quan un gos remena la cua està content.

3 Tocar molt una cosa, fer anar coses d'una banda a l'altra. Si remenem llibres i papers vells ens omplirem de pols.

4 Quan un jugador remena les cartes de la baralla les barreja per tornar a començar el joc, les canvia de lloc, passa les de dalt a baix, etc.

remença remences

nom femení — 1 La remença era un pagament que, a l'edat mitjana, havia de fer el pagès al seu senyor si volia abandonar la terra que tenia obligació de treballar.

nom masculí — 2 Un remença era un pagès que havia de pagar la remença al seu senyor si volia abandonar la terra. Els remences també es deien *pagesos de remença*.

remetre

verb
com *perdre*
◄ pàg. 27
Diferències: *remès, remesa, remesos, remeses*

1 Enviar una cosa, fer-la arribar a una altra persona. Les cartes es remeten per correu.

2 En un escrit, indicar on es trobarà l'explicació o l'aclariment d'una cosa que només es menciona. Uns números petits a continuació d'una paraula o d'una frase

A B C D E F G H I J K L M N O P Q R S T U V W X Y Z

remeten a les notes que hi ha al peu de pàgina o al final del capítol.

3 Perdre intensitat una cosa, fer-la menys forta. Si remet la febre, és senyal que una malaltia comença a anar millor.

irremissible, remesa, remissió

remitent remitents

nom masculí i femení — Un o una remitent és una persona que remet o envia una carta o una altra cosa a algú. Darrere del sobre d'una carta, s'acostuma a posar el nom i l'adreça del remitent.

remolatxa remolatxes

nom femení — Bleda-rave.

remolc remolcs

nom masculí — **1** Un remolc és un vehicle que va remolcat per un altre. Hi ha camions que porten un remolc molt gran.

frase feta — **2 Anar a remolc** d'algú és seguir-lo en tot, fer tot el que diu.

remolcar

verb
com *cantar*
◄ pàg. 26
Amb QU davant E, I

Un vehicle, estirar o arrossegar un altre vehicle o altres vehicles darrere seu. Una barcassa pot remolcar altres embarcacions riu avall, la màquina de tren remolca els vagons, i quan s'espatlla el cotxe una grua el remolca fins al taller.

remolcador ✎ pàgs. 194-195 ⑩

remolí remolins

nom masculí — **1** Un remolí és una massa d'aire, d'aigua o de neu que gira ràpidament i amb força. És perillós banyar-se als llocs d'un riu on l'aigua fa remolins.

2 Grup de cabells o de pèls que creixen en direcció contrària als altres i no es poden pentinar o allisar bé.

arremolinar

remor remors

nom femení — Una remor és un soroll poc clar, que no es distingeix bé, com el que se sent en un lloc ple de gent que parla o el que fan les ones del mar.

rèmora rèmores

nom femení — **1** Una rèmora és un peix de cos llarg i prim, de color fosc, que pot arribar a un metre de llargària. Les rèmores s'enganxen al cos d'altres peixos, com els taurons i les rajades, o al de les balenes i els dofins, amb un òrgan que tenen damunt del cap. Així van d'una banda a l'altra arrossegades per l'altre animal.

2 Es diu que una persona o una cosa és una rèmora quan posa dificultats i entrebancs i no deixa anar endavant.

remordiment remordiments

nom masculí — Un remordiment és una pena o un dolor que sentim quan hem fet una cosa mal feta.

remorejar

verb
com *cantar*
◄ pàg. 26
Amb G davant E, I

Fer remor. El bosc remoreja quan el vent passa entre els arbres.

remot remota remots remotes

adjectiu — **1** Que està lluny, a una gran distància. L'edat de la pedra és molt remota.

2 Que no és gaire probable, que segurament no passarà. Si hi ha un perill remot d'inundacions, no cal prendre gaires precaucions.

remoure

verb
com *beure*
◄ pàg. 29

1 Tornar a moure. Podem remoure les cadires al voltant de la taula si no estan ben posades.

2 Fer anar les coses d'un lloc a un altre, regirar-les. Quan has perdut les claus, remous bosses i calaixos fins que les trobes.

remugant remugants

adjectiu — **1** Que remuga. Les cabres són animals remugants.

nom masculí — **2** Un remugant és un mamífer que té la dentadura adequada per a trinxar herba i l'estómac dividit en quatre parts. Els remugants mouen constantment la boca, ja que, quan no mengen, remuguen. Les vaques, les cabres i els cérvols són remugants.

remugar

verb
com *cantar*
◄ pàg. 26
Amb GU davant E, I

1 Un animal remugant remuga quan torna a mastegar l'herba que s'havia empassat i que ha fet tornar a la boca des de la primera part de l'estómac.

2 Es diu que una persona remuga si diu coses en veu baixa, entre dents, queixant-se d'algú o d'alguna cosa.

remull remulls

nom masculí — Una cosa es posa en remull quan es deixa dins de l'aigua. Per a treure-li la sal, el bacallà s'ha de posar unes hores en remull.

remullar

verb
com *cantar*
◄ pàg. 26

1 Posar una cosa en contacte amb l'aigua o amb un altre líquid. Per a fer calamars a la romana, els hem de remullar amb ou.

2 Mullar molt. Quan plou molt fort i anem pel carrer ens remullem.

remunerar

verb
com *cantar*
◄ pàg. 26

Pagar a algú la feina que ha fet, els serveis que ha prestat. Si es remunera molt bé un treball, es cobren molts diners.

remuneració

remuntador remuntadors

nom masculí — Un remuntador és qualsevol de les instal·lacions que hi ha a les estacions d'esquí per a pujar les persones que esquien fins al capdamunt de les pistes. Els telecadires i els teleesquís són remuntadors.

remuntar
verb
com *cantar*
◄ pàg. 26

1 Un ocell remunta el vol si puja més amunt.
2 Anar per un riu en direcció cap al lloc on neix. Els exploradors van descobrir les fonts dels grans rius d'Àfrica remuntant-los.
usat amb pronom
3 **Remuntar-se** és anar cap enrere en el temps. Per explicar certs fenòmens actuals, els llibres d'història es remunten al segle passat. Les mòmies egípcies es remunten a l'època dels faraons, són d'aquesta època.

ren rens
nom masculí
Un ren és un mamífer remugant de la família dels cérvols que, com aquests, té les banyes amb branques, una de les quals girada cap endavant. Els rens són animals grossos, de cap allargat, orelles curtes i ulls petits i de pèl molt suau. Viuen al nord d'Europa i els lapons els tenen domesticats.

renàixer
verb
com *nàixer*
◄ pàg. 37
Renéixer.

renal renals
adjectiu
Dels ronyons, que està relacionat amb els ronyons. Si una persona té insuficiència renal no pot orinar amb normalitat.

renda rendes
nom femení
1 Una renda és una quantitat de diners que una propietat dóna. Els diners posats en un banc o en una caixa d'estalvis produeixen una renda. La persona que té pisos llogats cobra unes rendes: els lloguers.
2 Una persona viu de renda si obté diners suficients de les seves propietats i no ha de treballar.

rendible rendibles
adjectiu
Una cosa és rendible si dóna diners, si produeix un benefici. Quan un negoci no és rendible, ha de plegar.
rendibilitat, rendibilitzar

rendiment rendiments
nom masculí
1 El rendiment d'una cosa és el benefici que se'n treu, els diners que dóna. El negoci del petroli té un gran rendiment.
2 Una màquina o un aparell té un rendiment alt si produeix molt, si fa molta feina. També diem que al final d'un partit, els jugadors han baixat en el seu rendiment, ja no juguen tan bé.
3 Cansament molt gran. Hi ha malalties que produeixen una sensació de rendiment.

rendir
verb
com *servir*
◄ pàg. 28
1 Un camp, un animal, un negoci, etc., rendeix si produeix molt, si fa guanyar diners. Hi ha negocis que rendeixen molts diners cada mes. També es diu que una persona no rendeix en una feina si treballa molt a poc a poc i no l'acaba mai.
2 Cansar molt. Caminar cinc hores seguides rendeix la gent poc entrenada.
usat amb pronom
3 **Rendir-se** és deixar de lluitar, acceptar que l'altre ha guanyat.
rendició

renegar
verb
com *cantar*
◄ pàg. 26
Amb GU davant E, I
1 Dir paraules grolleres contra Déu i les coses de la religió.
2 Dir que ja no es vol tenir relació amb una persona o amb una cosa, que ja no es creu en alguna idea. Una persona pot renegar de la seva fe religiosa, de les idees polítiques que ha defensat o de la seva família.
renec, renegat, renegada

renéixer
verb
com *néixer*
◄ pàg. 37
També *renàixer*
1 Tornar a néixer. És ben segur que les persones no podem renéixer.
2 Es diu que la primavera reneix quan torna a començar després de l'hivern; també es diu que reneix l'amor, l'esperança o l'alegria si sentim que n'hi torna a haver.
renaixement, renaixença, renaixentista

rengle rengles
nom masculí
Fila de persones o de coses. Al cine, el públic s'asseu en butaques posades en rengle.

renglera rengleres
nom femení
Rengle, fila.

renill renills
nom masculí
Un renill és un crit del cavall.

renillar
verb
com *cantar*
◄ pàg. 26
Fer el seu crit el cavall.

renoi
interjecció
Paraula que diem quan ens admirem d'alguna cosa. *Renoi, quin cotxe més ferm! Renoi, si que en saps, d'història!*

renom renoms
nom masculí
1 Una persona o un lloc té renom si té molta fama, molta anomenada. El pernil de Jabugo és un producte de renom.
2 Àlies o malnom d'una persona.

renou renous
nom masculí
També *enrenou*
En un lloc hi ha renou o s'hi fa renou si hi ha soroll, moviment de gent i de coses que es porten amunt i avall. Quan es fa un canvi de casa hi ha molt de renou.

renovar
verb com *cantar* ◄ pàg. 26
1 Fer de nou una cosa. Si ens renoven el contracte de treball, continuarem tenint feina.
2 Fer que una cosa vingui a substituir la que hi havia. Per a renovar l'aire d'una habitació, s'han d'obrir les finestres. Si s'ha de renovar el sistema de treball d'una empresa, no n'hi ha prou de canviar la maquinària.
usat amb pronom
3 **Renovar-se** és canviar totalment. Ens podem renovar d'aspecte, de feina, d'idees, etc.
renovació, renovador

rentadora rentadores
nom femení
Una rentadora és una màquina de rentar roba. Les peces de roba que s'han de rentar es posen dins d'un recipient rodó que gira. Algunes rentadores s'obren per la part de dalt; d'altres tenen una porteta rodona amb un vidre a la part del davant.
pàgs. 594-595 (40)

rentamans rentamans
nom masculí
1 Un rentamans és un gibrell gran per a rentar-s'hi les mans. Quan no hi havia lavabos, la gent feia servir rentamans i gerros d'aigua per a rentar-se.
2 Pica petita amb una aixeta per a rentar-s'hi les mans.

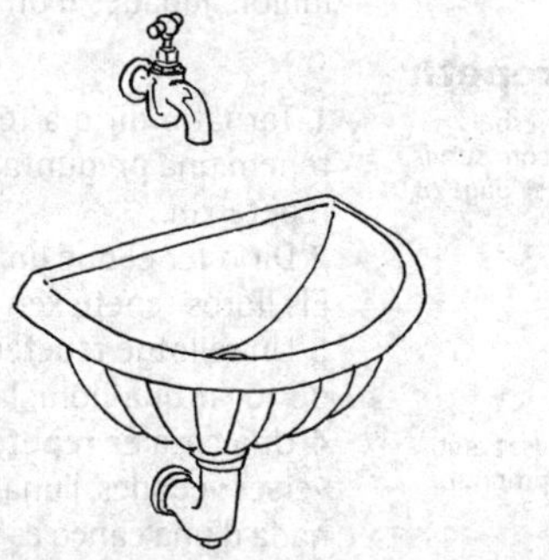
Un rentamans

rentaplats rentaplats
nom masculí i femení
1 Un o una rentaplats és una persona que renta plats i la resta de la vaixella en un restaurant o en un altre lloc.
nom masculí
2 Un rentaplats és un rentavaixella.

rentar
verb com *cantar* ◄ pàg. 26
Netejar amb aigua, o amb aigua i sabó o un detergent. Podem rentar la roba, una ferida, la cara d'una criatura o la verdura. Quan una persona es dutxa, es renta tot el cos. Abans de tocar el menjar, ens hem de rentar les mans.

rentavaixella rentavaixelles
nom masculí i femení
Un rentavaixella o una rentavaixella és una màquina per a rentar els plats i la resta de la vaixella. Els rentavaixelles tenen uns prestatges amb separacions on es posen els plats, les safates i els gots. En un recipient separat es posen els coberts.
pàgs. 594-595 (50)

renunciar
verb com *canviar* ◄ pàg. 30 Amb dièresi
Dir que no volem una cosa que ens correspon, que és nostra, a la qual tenim dret. Si renunciem a una herència, els altres hereus rebran més coses. Hi ha prínceps que han renunciat a la corona, no han volgut ser reis.
irrenunciable, renúncia

renyar
verb com *cantar* ◄ pàg. 26
Dir a algú que s'ha equivocat, que ha fet una cosa mal feta, amb paraules que indiquen que estem molt enfadats, molt descontents. Que els pares renyin els fills no vol dir que no se'ls estimin.
reny

renyina renyines
nom femení
1 Una renyina és el fet de renyir dues o més persones. Sempre sap greu la renyina entre dos bons amics.
2 Discussió o baralla de paraula entre familiars, veïns o companys. Les persones envejoses sempre mouen renyines, fan que la gent es baralli.

renyir
verb com *servir* ◄ pàg. 28
Trencar les relacions amb algú, deixar de ser amics. Si renyim amb algú no hi parlem ni sortim junts. Moltes parelles han renyit alguna vegada i després s'han reconciliat.

repapar-se
verb usat amb pronom com *cantar* ◄ pàg. 26
Arrepapar-se.

repapiejar
verb com *cantar* ◄ pàg. 26 Amb G davant E, I
Tenir l'enteniment dèbil a causa de l'edat i dir i fer coses que semblen de criatura. S'ha de tenir molta paciència amb un avi que repapieja.
repapieig

reparació reparacions
nom femení
Es fa una reparació quan es repara o s'arregla una cosa que està espatllada. Els cotxes vells necessiten moltes reparacions.

reparar
verb com *cantar* ◄ pàg. 26
1 Fer que una cosa que no va bé torni a funcionar; tornar a posar en bon estat una cosa espatllada o trencada. Podem reparar la teulada d'una casa, la instal·lació elèctrica o el motor del cotxe.
2 Posar l'atenció en una cosa, parar-se a considerar-la. Hi ha persones que no reparen

A B C D E F G H I J K L M N O P Q R S T U V W X Y Z

en el mal que fan als altres. Es diu que una persona no repara en les despeses si gasta molts diners sense pensar-s'hi gaire.
3 Una persona repara les forces perdudes si s'alimenta i descansa després d'un gran esforç, d'un treball intens.
irreparable

repartir
verb com *servir* ◄ pàg. 28
1 Fer parts d'una cosa i donar a cada u la part que li toca. Es pot repartir una herència, un pastís, etc.
2 Donar una quantitat de coses iguals a diverses persones. El dia del teu aniversari pots repartir caramels entre els amics.
3 Portar un producte als diferents llocs de venda o a casa dels clients. De bon matí, hi ha persones que reparteixen els diaris pels quioscos.
repartidor, repartiment

repàs repassos
nom masculí
Es fa un repàs d'una cosa quan es repassa, es torna a mirar, a llegir o a examinar. Quan fem el repàs d'una lliçó, l'aprenem més bé.

repassar
verb com *cantar* ◄ pàg. 26
1 Tornar a mirar, a examinar, a llegir o a estudiar una cosa per veure si té algun defecte, si ha quedat bé, si la sabem, etc. Quan repassem un escrit, mirem que no hi hagi cap falta.
2 Tornar a passar per un lloc. Una persona ha de repassar la frontera si l'havia passada i no tenia els papers en regla.
repassada

repatani repatània repatanis repatànies
adjectiu
Que és tossut, difícil de convèncer. Les persones repatànies fan sempre la seva encara que s'equivoquin.
repataneria

repel·lir
verb com *servir* ◄ pàg. 28
1 Fer força contra una persona o contra una cosa i obligar-la a allunyar-se, a retrocedir. Si repel·lim una agressió ens defensem i fem fugir els qui ens ataquen.
usat amb pronom
2 Dos cossos **es repel·leixen** si no es poden ajuntar, si hi ha una força que els allunya i els separa. Les càrregues elèctriques del mateix signe es repel·leixen.
repel·lent

repeló repelons
nom masculí
Un repeló és un trosset de pell que s'aixeca al costat d'una ungla. Si els estirem i arrenquem, els repelons fan mal.

repenjar-se
verb usat amb pronom com *cantar* ◄ pàg. 26
Amb G davant E, I
Recolzar-se, agafar-se a una cosa recolzant-s'hi. Quan mires el riu des d'un pont, et repenges a la barana.

repensar
verb com *cantar* ◄ pàg. 26
1 Tornar a pensar. Si no trobem la solució d'un problema, l'haurem de repensar.
usat amb pronom
2 **Repensar-se** és canviar d'idea, d'intenció, després d'haver-hi reflexionat. Has dit que no aniries al cine, però t'hi has repensat, i finalment hi vas.

repertori repertoris
nom masculí
1 Un repertori és un recull de dades classificades de manera que es poden trobar fàcilment. Una guia de telèfons és un repertori.
2 Recull general d'alguna cosa. Hi ha repertoris de refranys o d'endevinalles.
3 Conjunt de les obres que pot interpretar un artista o una companyia. En el repertori d'algunes pianistes hi ha música d'Albéniz i de Granados.

repetició repeticions
nom femení
Fem una repetició quan repetim una cosa. La televisió permet veure la repetició de les millors jugades d'un partit de futbol.

repetir
verb com *servir* ◄ pàg. 28
1 Tornar a dir o a fer una cosa. Si no entenem una pregunta, demanem que ens la repeteixin.
2 Dir o fer el que una persona ha dit o fet. Els lloros repeteixen les coses que senten.
3 Un rellotge repeteix les hores si, després de tocar una hora, la torna a tocar.
usat amb pronom
4 Una cosa **es repeteix** si passa o es fa diverses vegades, l'una darrere l'altra. La tornada d'una cançó es va repetint després de cada estrofa. Hi ha terratrèmols que es repeteixen al cap de poques hores.
repetitiu, repetitiva

repic repics
nom masculí
1 El repic d'una superfície és el fet de repicar-la.
2 Cada un dels cops que es donen a una campana en repicar-la; so que fan les campanes quan les repiquen. Als pobles, diversos repics indiquen que és l'hora de la missa.

repicar
verb com *cantar* ◄ pàg. 26
Amb QU davant E, I
1 Tornar a picar una cosa, sobretot la pedra d'una paret o d'una columna quan s'ha fet massa llisa.
2 Donar cops repetits i vius a una campana en senyal de festa o per indicar alguna cosa.

repicó repicons
nom masculí
1 Un repicó és un repic de campana ràpid i repetit.
2 Sèrie de cops ràpids donats amb un picaporta, normalment després del pic o dels pics que indicaven el pis on es trucava. Si es feien dos pics i repicó es trucava al segon pis i a la segona porta del replà.

replà replans
nom masculí
1 Un replà és cada un dels espais plans que hi ha a l'escala d'un edifici davant de les portes dels pisos o entre dos grups d'esglaons. En el replà dels pisos hi ha les portes de l'ascensor.
2 Tros pla i horitzontal en un terreny que fa pendent.

replec replecs
nom masculí
1 Un replec és un plec doble que es fa en una peça de roba. A les vores dels vestits a vegades s'hi fa un replec.
2 Ondulació que hi ha en una cosa. La pell fa replecs en algunes zones del cos.

replegar
verb
com *cantar*
◀ pàg. 26
Amb GU davant E, I
1 Tornar a posar com estava abans una cosa que s'havia desplegat o estès. Quan els ocells s'aturen en algun lloc, repleguen les ales.
2 Arreplegar.
usat amb pronom
3 Les tropes, uns soldats, **es repleguen** si es retiren de les seves posicions i s'ajunten més enrere.
replegament

replet repleta replets repletes
adjectiu
Molt ple. Una nevera petita aviat queda repleta de menjar i begudes.

replicar
verb
com *cantar*
◀ pàg. 26
Amb QU davant E, I
Contestar a les coses que algú ha dit, per discutir-les, per protestar. Hi ha persones que s'enfaden si manen una cosa i els altres repliquen.
rèplica

repoblació repoblacions
nom femení
La repoblació d'un lloc és el fet de repoblar-lo. Quan es cremen els boscos, s'ha de fer una repoblació forestal.

repoblar
verb
com *cantar*
◀ pàg. 26
Tornar a poblar un lloc amb habitants; tornar a plantar arbres en un bosc o a posar peixos en un riu. Hi ha famílies de ciutat que repoblen petits pobles de muntanya.
repoblador, repoblament

report reports
nom masculí
Un report és un informe escrit.

reportatge reportatges
nom masculí
Un reportatge és un conjunt d'informacions sobre un fet o sobre un tema escrites, fotografiades o filmades per fotògrafs i periodistes. Fer reportatges de guerra és molt perillós.

reporter reportera reporters reporteres
nom masculí i femení
Persona que s'encarrega de donar notícies als mitjans de comunicació i de fer reportatges. Alguns reporters han mort treballant en zones de guerra.

repòrter repòrters
nom masculí i femení
Reporter.

repòs reposos
nom masculí
El repòs és el fet de deixar una activitat, de no treballar. Després d'algunes malalties, les persones han de fer repòs.

reposacaps reposacaps
nom masculí
Un reposacaps és una peça que porten els respatllers d'alguns seients per a repenjar-hi el cap. Alguns cotxes porten reposacaps als seients del davant i del darrere.

reposar
verb
com *cantar*
◀ pàg. 26
1 Descansar, deixar de treballar, de fer una activitat. És convenient reposar una mica quan es porten més de dues hores conduint.
2 Posar una cosa sobre una altra, fer que una cosa n'aguanti una altra. Quan dormim, reposem el cap sobre el coixí. El sostre d'una casa reposa sobre les bigues.
3 Es diu que un aliment reposa si, després de preparar-lo o manipular-lo, el deixem una estona sense fer-hi res.
4 Tornar a representar una obra de teatre o a projectar una pel·lícula que fa temps que es van estrenar. Hi ha cines on reposen pel·lícules antigues.

reposició reposicions
nom femení
Una reposició és el fet de reposar una obra de teatre o una pel·lícula. A l'estiu, alguns cines fan reposicions.

reprendre
verb
com *prendre*
◀ pàg. 38
Diferència: *reprèn, reprès*
1 Continuar una cosa que s'havia deixat interrompuda. Hi ha persones que deixen els estudis i els reprenen al cap d'uns anys.
2 Renyar.
3 Un aliment reprèn si no és ben rebut per l'estómac, si no és ben digerit. Si mengem de pressa i amb nervis, el menjar ens pot reprendre.
represa

represàlia represàlies
nom femení
Una represàlia és una acció que es fa contra algú com a resposta a un dany, un mal

o una ofensa que ell ha fet. Si un estat captura un vaixell d'un altre estat, aquest com a represàlia pot deixar de comprar-li productes.

representació representacions

nom femení

1 Una representació és cada una de les vegades que es fa un espectacle, que es representa una obra de teatre. Si una comèdia té èxit, se'n fan moltes representacions.

2 Conjunt de persones que representen una associació, una empresa, un estat, etc. En el parlament d'un país, els diputats són la representació del poble.

3 Una persona té la representació d'un producte si s'encarrega de vendre'l en una regió o en un país.

representant representants

nom masculí i femení

1 Un o una representant és una persona que parla o actua en nom d'una altra. A l'ONU hi ha representants de tots els estats del món.

2 Persona que té la representació d'un producte. Els representants visiten les botigues on tenen clients.

representar

verb
com *cantar*
◄ pàg. 26

1 Ser una cosa el símbol o el signe d'algú o d'alguna cosa, ser allò que ens hi fa pensar, que ens la fa conèixer. La bandera representa un país, un quadre representa una batalla, el sol representa el dia i la llum.

2 Fer davant del públic una obra de teatre, una òpera, etc.; fer un o una artista un paper en una d'aquestes obres. Als teatres de Londres es representen constantment les obres de Shakespeare.

3 Parlar o actuar en nom d'una altra persona, substituir-la en determinats actes o cerimònies. Els diputats representen la gent que els ha votat.

representatiu, representativa

repressió repressions

nom femení

La repressió és el fet de reprimir o de reprimir-se. Alguns governants es mantenen en el poder per la repressió que fan contra el poble.

reprimenda reprimendes

nom femení

Quan una persona renya una altra persona li dóna una reprimenda.

reprimir

verb
com *servir*
◄ pàg. 28

1 No deixar que es manifesti una cosa, posar-hi límits. Hem de reprimir la ira i la violència si no volem fer disbarats.

2 Impedir que una cosa que es considera dolenta vagi endavant, fer que s'acabi. A tots els països, la policia reprimeix les manifestacions violentes al carrer.

usat amb pronom

3 Una persona **es reprimeix** si no diu tot el que pensa o sent, si no fa tot el que voldria fer.

irreprimible, repressiu, repressiva

reproducció reproduccions

nom femení

1 La reproducció és el procés que fa que neixi un ésser viu d'un altre ésser viu. Per a la reproducció dels mamífers es necessiten mascles i femelles.

2 Una reproducció és una còpia d'una cosa. Es fan reproduccions de quadres de pintors famosos, de plànols, d'edificis, de monuments, etc.

reproductor reproductora reproductors reproductores

adjectiu

Que reprodueix, que serveix per a reproduir. Per a escoltar música, necessitem un aparell reproductor de sons, com un tocadiscos o un casset. Els animals tenen un aparell reproductor per a poder tenir fills.

reproduir

verb
com *reduir*
◄ pàg. 39
Amb dièresi

1 Fer còpies d'una cosa. Hi ha artesans que reprodueixen quadres, escultures i medalles antigues.

2 Fer que se senti amb els aparells adequats una música, un discurs, etc., que hi ha en un disc o en una casset. Els aparells d'alta fidelitat reprodueixen la música perfectament.

usat amb pronom

3 **Reproduir-se** és tenir fills, criar, multiplicar-se. Els éssers vius neixen, creixen, es reprodueixen i moren.

reproductiu, reproductiva

reprotxar

verb
com *cantar*
◄ pàg. 26

Dir a una persona el que creiem que no ha fet bé, fer-li veure les coses dolentes que ha dit o que ha fet. Si els enganyes, els teus companys t'ho poden reprotxar.

irreprotxable

reprovar

verb
com *cantar*
◄ pàg. 26

Dir que una cosa és dolenta, condemnar-la. Moltes persones reproven la guerra i les accions violentes.

reprovable, reprovació

reptar

verb
com *cantar*
◄ pàg. 26

1 Desafiar. Ens poden reptar a fer una partida de ping-pong, per exemple.

2 Moure's arrossegant el ventre sobre el terra, com fan les serps.

repte reptes

nom masculí

1 Un repte és el fet de desafiar algú, de provocar-lo a lluitar, a fer un partit, una competició. Ningú no té l'obligació d'acceptar un repte.

2 Cosa difícil que ens proposem de fer,

que ens serveix d'estímul per a treballar. Per a un muntanyenc, fer cims molt alts és un repte i una il·lusió.

rèptil rèptils

nom masculí
Mot pla

Un rèptil és un animal vertebrat que es mou arrossegant el cos per terra i té una pell dura coberta per unes plaques unides les unes amb les altres. Alguns rèptils, com els cocodrils, tenen quatre potes amb cinc dits; altres, com les serps, no tenen potes. Els rèptils es reprodueixen per ous i no tenen temperatura constant.

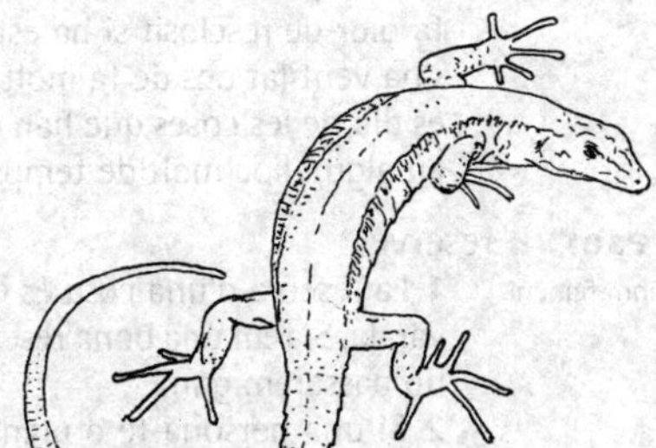

Un rèptil

república repúbliques

nom femení

Una república és un estat o un país que té com a cap de l'estat una persona escollida pel poble i no un rei o una reina. França i Itàlia són repúbliques.

republicà, republicana

repugnància repugnàncies

nom femení

Una persona té o sent repugnància per una cosa si li repugna, si li fa molt fàstic. Si un menjar ens causa molta repugnància, ens pot fer vomitar.

repugnant

repugnar

verb
com *cantar*
◄ pàg. 26

Una cosa ens repugna si no ens agrada gens, si pensem que és lletja, dolenta o bruta i sentim una sensació molt desagradable quan la veiem, la toquem, la sentim o la mengem. A moltes persones, els repugnen les escenes de violència d'algunes pel·lícules.

repulsa repulses

nom femení

Reprimenda.

repulsió repulsions

nom femení

1 Una persona sent repulsió quan sent fàstic o repugnància per una cosa. Hi ha malalts mentals que tenen repulsió als aliments i no mengen.

2 Hi ha repulsió entre dos cossos o dues substàncies si no es poden acostar i es repel·leixen, com passa amb les càrregues elèctriques del mateix signe.

repulsiu, repulsiva

repunt repunts

nom masculí

El repunt és una manera de cosir que fa que, pel davant de la roba, cada punt comenci al mateix lloc on acaba l'altre i que, pel darrere, els punts siguin dobles. Amb repunt es fan costures molt fortes.

reputació reputacions

nom femení

La reputació d'una persona o d'una cosa és l'opinió que en té la gent, allò que en pensa. Si un restaurant té bona reputació, moltes persones hi van a menjar.

requerir

verb
com *servir*
◄ pàg. 28

Demanar una cosa a algú; exigir una cosa perquè és necessària. Si un amic requereix la nostra ajuda, no la hi podem negar. També es diu que el tennis és un esport que requereix força i habilitat o que l'artesania requereix paciència.

requeriment

requesta requestes

nom femení

Quan hi ha requesta d'una cosa és que tothom en vol i en demana. Quan n'és l'època, els rovellons tenen molta requesta.

rèquiem rèquiems

nom masculí

1 Un rèquiem és una oració que es diu per als difunts. Les misses de rèquiem es diuen en record dels difunts.

2 Composició musical cantada que té com a text algunes pregàries de la missa de rèquiem. El *Rèquiem* de Mozart és molt conegut.

requisar

verb
com *cantar*
◄ pàg. 26

Agafar l'autoritat una cosa que és d'una persona particular i fer-la servir per a un servei públic. En temps de guerra, a vegades es requisen els cotxes particulars o algunes cases grans que es converteixen en centres de comandament o d'allotjament dels soldats.

requisa

requisit requisits

nom masculí

1 Un requisit és una condició, una cosa necessària per a fer una altra cosa. Per a treure's el carnet de conduir és requisit indispensable tenir divuit anys o més.

2 Cosa de menjar molt bona i molt ben preparada que es dóna a una persona que no té gana, a un convidat, etc.

rere

adverbi
i preposició

Darrere.

rereguarda rereguardes

nom femení — **1** La rereguarda d'un exèrcit o d'una tropa que avança és el grup de soldats que va al darrere. La rereguarda ha de vigilar que l'enemic no ataqui pel darrere.
2 Espai de terreny que hi ha darrere del front de guerra. L'alt comandament dóna les ordres des de la rereguarda.

res

pronom indefinit — **1** Aquesta paraula s'usa per a referir-se a cap cosa.
Sense accent gràfic — S'usa en frases negatives, interrogatives o condicionals:
• *Era el seu aniversari i no em vaig recordar de comprar-li res. Que vols res de la botiga? –No, res. Si vols res, avisa'm.*

interjecció — **2** Es fa servir quan algú no vol continuar parlant d'una cosa o pensant en una cosa. *Res, noi, val més que ho deixem córrer.*

nom masculí — **3** Un **no res** és una cosa molt petita, sense importància. Sovint les criatures ploren per un no res.

locució que fa d'adverbi — **4** **Com si res** vol dir com si no hagués passat res, sense tenir en compte el que ha passat o el que algú ha dit. *Els futbolistes fan caigudes molt fortes, però s'aixequen com si res.*

rés resos

nom masculí — El rés és el fet de resar. El rés del rosari és una devoció catòlica popular.
Diferent de *res*

resar

verb com *cantar* ◄ pàg. 26 — Dir oracions a Déu, a la Mare de Déu o als sants. Durant la missa es resa.
Amb S

rescat rescats

nom masculí — **1** El rescat d'algú o d'alguna cosa és el fet de rescatar-los.
2 Quantitat que es paga per a rescatar una persona o una cosa. Hi ha delinqüents que segresten persones i demanen un rescat per a alliberar-les.

rescatar

verb com *cantar* ◄ pàg. 26 — **1** Recobrar, tornar a tenir, pagant uns diners o fent una acció de força, una persona o una cosa que tenia algú altre. La policia aconsegueix rescatar moltes persones segrestades.
2 Fer sortir una persona o un animal d'un lloc perillós, treure'ls d'un lloc on han quedat atrapats. Els bombers a vegades han de rescatar excursionistes que s'han perdut.

rescindir

verb com *servir* ◄ pàg. 28 — Fer que un contracte o una altra obligació quedin anul·lats, que no tinguin cap valor. Quan un jugador de futbol rescindeix el seu contracte, pot fitxar per qualsevol club.
rescissió

resclosa rescloses

nom femení — **1** Una resclosa és una paret que es fa en un riu o en un altre curs d'aigua per fer-la pujar de nivell i desviar-la. Les rescloses serveixen per a portar aigua als camps i a les fàbriques.
2 Construcció feta en un canal navegable, com el de Panamà, que permet que els vaixells puguin salvar els desnivells que hi ha entre l'entrada i la sortida.

resclosit resclosida resclosits resclosides

adjectiu — Es diu que una habitació o un altre local fa olor de resclosit si ha estat tancat i no s'ha ventilat des de fa molt temps. També es diu de les coses que han estat tancades en algun lloc molt de temps.

reserva reserves

nom femení — **1** La reserva d'una cosa és el fet de reservar-la. Si fem una bona reserva d'aliments, no passarem gana.
2 Si una persona té o manifesta reserves sobre una cosa és que no hi està totalment d'acord, que pensa que es podria fer d'una altra manera.
3 Atenció que una persona posa a no dir tot el que pensa o tot el que sap. Si ens expliquen una cosa amb reserva, no la podem explicar a ningú més, és un secret.
4 Una persona fa una reserva en un hotel, un restaurant, un tren o un espectacle si demana que li guardin lloc per a un dia i hora determinats.
5 Un militar passa a la reserva si es retira i deixa el servei actiu.
6 La reserva de gasolina d'un cotxe és una petita quantitat que en queda al dipòsit. Quan s'encén el llum de la reserva, hem de posar gasolina.
7 Una reserva índia és un territori tancat que el govern dels Estats Units d'Amèrica va deixar per als indis perquè aquests poguessin viure segons els seus costums.

nom femení plural — **8** Les reserves de la Terra o d'un país són la quantitat de primeres matèries o de productes que es poden fer servir. Les reserves de petroli del món un dia s'acabaran.

nom masculí i femení — **9** En el futbol i altres esports, un o una reserva és un jugador o una jugadora que no juga, però pot entrar a jugar si així ho diu l'entrenador.

reservar

verb com *cantar* ◄ pàg. 26 — **1** Guardar una cosa per a més endavant, no gastar-la de seguida. Quan hi ha perill d'una guerra, els països reserven aliments i petroli.

2 Fer que ens guardin lloc en un restaurant, un hotel, un avió, un espectacle, etc. Hi ha restaurants on només s'hi pot anar si es reserva taula.

usat amb pronom — **3 Reservar-se** una cosa és no dir-la, deixar-la per a més endavant.

reservat reservada reservats reservades

adjectiu — **1** Una persona és reservada si sap guardar els secrets i parla poc.

2 Un informe o qualsevol altre escrit és reservat si és secret i només el poden llegir algunes persones.

3 El dret d'admissió està reservat en un local quan els responsables poden impedir que hi entrin algunes persones.

nom masculí — **4** Un reservat és un lloc separat, fora de la vista de la gent. Alguns restaurants tenen reservats per a personatges polítics o persones que volen menjar en privat.

resguard resguards

nom masculí — **1** Un resguard és un paper on es diu que algú ha deixat una cosa en un lloc, ha dipositat diners en un banc, etc.

2 Qualsevol cosa per a resguardar o resguardar-se. Un paraigua és un bon resguard contra la pluja.

resguardar

verb com *cantar* ◀ pàg. 26 — Defensar o protegir contra un dany o un perill. Les esculleres resguarden els ports dels temporals del mar. Per a resguardar-se del fred no hi ha res com un bon anorac.

residència residències

nom femení — **1** La residència d'una persona és el lloc on viu. Moltes persones quan es casen canvien de residència.

2 Una residència és una casa o un edifici on viuen diverses persones que tenen en comú l'edat, la feina que fan, el sexe, les creences religioses o altres motius. Hi ha residències d'estudiants, de persones grans, de malalts o de monges.

residencial residencials

adjectiu — Un barri residencial és una zona d'un poble o d'una ciutat destinada només a cases per a viure-hi. Les zones residencials se situen en llocs tranquils i són per a gent que té diners.

residir

verb com *servir* ◀ pàg. 28 — Viure en un lloc de manera continuada. Si una persona resideix prop de la feina s'estalviarà molt de temps i molts diners.

residu residus

nom masculí Amb S — **1** Un residu és el que queda d'una cosa un cop s'ha destruït o transformat o se n'han tret una o més parts. La cendra és el residu que deixen les coses que es cremen.

2 En una divisió entre dos números, el residu és la diferència entre el dividend i el resultat de multiplicar el divisor pel quocient. En les divisions exactes, el residu és 0. En la divisió 11 : 2, el quocient és 5 i el residu és 1.

residual

resignar-se

verb usat amb pronom com *cantar* ◀ pàg. 26 — Acceptar amb paciència una cosa que ens perjudica, que ens fa mal. Quan agafem la grip, ens hem de resignar a passar una setmana de malestar.

resignació

resina resines

nom femení També *reïna* — Una resina és una substància que es treu sobretot dels arbres i d'altres plantes i es dissol en alcohol, però no en aigua. Les resines són sòlides o semisòlides, denses i viscoses, i es fan servir per a preparar vernissos. La resina més corrent es treu del pi, és de color groc i molt enganxosa.

resinós, resinosa

resistència resistències

nom femení — **1** La resistència és el fet de resistir. És natural que una persona oposi resistència a qui li vulgui fer mal.

2 Una persona té resistència si pot aguantar un gran esforç físic, un dolor. Els atletes que corren la marató han de tenir molta resistència.

3 Un material té resistència si és fort, si no es trenca fàcilment, si aguanta bé l'acció dels àcids, de l'aigua, de la intempèrie, etc. Les gomes dels pneumàtics de cotxe tenen molta resistència.

4 Qualsevol força que s'oposa a una altra força. Els avions i els cotxes, quan es mouen, han de vèncer la resistència de l'aire.

5 Dificultat que té el corrent elèctric per a circular per una substància. Un metall ofereix poca resistència a l'electricitat.

6 Fil d'alguns aparells elèctrics que produeix escalfor quan hi passa el corrent. Les torradores elèctriques tenen unes resistències que quan es posen vermelles torren el pa.

resistent resistents

adjectiu — Que té resistència, que aguanta un esforç o una força sense trencar-se ni fer-se malbé. Els cables que fan anar els funiculars han de ser molt resistents.

resistir

verb com *servir* ◀ pàg. 28 — **1** Una construcció, un aparell o qualsevol altra cosa resisteix si s'oposa a la força que vol destruir-lo i aguanta sense trencar-se o fer-se malbé. Les parets d'un pantà han de resistir la pressió de molts litres d'aigua.

Continua a la pàgina següent

2 No cedir, no deixar-se vèncer ni convèncer. Quan un exèrcit no pot resistir més, es rendeix a l'enemic.

3 Aguantar i suportar una cosa desagradable o que fa mal. Algunes malalties provoquen dolors que no es poden resistir.

usat amb pronom — 4 Una persona **es resisteix** quan s'oposa a fer o a creure el que li diuen. La majoria de la gent es resistia a creure que el món s'hagués d'acabar l'any 2000.

irresistible

resoldre

verb
com *valer*
◄ pàg. 43
Diferències:
resolt, resolta, resolts, resoltes

1 Donar solució a un problema, a una dificultat, a una situació complicada. Per a resoldre alguns problemes matemàtics s'han de fer moltes operacions.

2 Prendre la decisió de fer una cosa. Quan una persona ha resolt comprar-se un cotxe, comença a pensar quina marca i quin model vol.

irresolt, irresoluble

resolució resolucions

nom femení

1 La resolució d'un problema o d'una dificultat és el fet de trobar-ne la solució, d'arribar a resoldre'ls.

2 Decisió, determinació de fer una cosa. Els estats membres de l'ONU han de complir les resolucions d'aquest organisme.

3 Es diu que una persona té resolució si actua amb decisió, si és valenta i fa sense dubtar el que creu convenient.

resolutiu, resolutiva

respatller respatllers

nom masculí

El respatller d'una cadira o d'un altre seient és la part on recolzem l'esquena. Hi ha butaques que tenen un respatller que es pot tirar cap enrere.

respectar

verb
com *cantar*
◄ pàg. 26

1 Tenir respecte a algú o a alguna cosa, tractar les persones i les coses de bona manera. La convivència és agradable quan les persones es respecten les unes a les altres.

2 No fer malbé les coses, no destruir-les. Algunes persones només respecten les coses que són seves; per això destrossen les papereres que hi ha als carrers.

irrespectuós, irrespectuosa, respectable, respectuós, respectuosa

respecte respectes

nom masculí

1 Tenim respecte a una persona quan la tractem bé, amb educació i bones maneres; tenim respecte a una cosa si la fem servir de manera adequada i no la destrossem ni la fem malbé. Si tractes les coses amb respecte, et duraran més.

2 Tenim respecte a les lleis, a la veritat, a la religió, etc., si considerem que són importants i no fem res que hi vagi en contra.

3 Una persona o una cosa ens fa respecte si ens impressiona i gairebé ens fa por perquè és gran, misteriosa, desconeguda, etc. A algunes persones, els cementiris els fan molt de respecte.

locució que fa de preposició — 4 **Respecte a** vol dir relativament a, amb relació a. *Respecte al nostre viatge, encara no sabem on anirem.*

respectiu respectiva respectius respectives

adjectiu

Que és de cadascuna de dues o més persones o coses. Si la Maria i la Teresa estan amb les mares respectives, la Maria està amb la seva mare i la Teresa amb la seva.

respectivament

adverbi

De manera que cada cosa d'una sèrie correspon a una cosa d'una altra sèrie. *Els femenins de "porc" i "cavall" són respectivament "truja" i "euga".*

respir respirs

nom masculí

1 Respiració. Algunes malalties fan que el respir sigui lent i difícil.

2 Un respir és un temps breu de repòs, d'interrupció de la feina o de l'esforç. Si portem molta estona treballant, convé prendre's un respir.

respiració respiracions

nom femení

La respiració és el fet de deixar entrar aire pel nas i la boca fins als pulmons i després treure'l. La respiració permet que les persones i els animals aprofitem l'oxigen i expulsem del cos un gas que no necessitem, el diòxid de carboni. La respiració dels peixos és diferent: els permet aprofitar l'oxigen de l'aigua.

respirar

verb
com *cantar*
◄ pàg. 26

1 Fer una persona o un animal la respiració. Quan hem corregut molt, respirem molt de pressa.

2 Es diu que una persona o un animal respira o encara respira per indicar que encara són vius. Si deixem de respirar ens morim.

3 Diem que respirem quan després de molts treballs o preocupacions tenim uns moments de repòs o quan se solucionen els problemes que teníem.

4 Una habitació respira si té comunicació amb l'exterior i s'hi pot renovar l'aire. Les habitacions interiors dels pisos respiren pel celobert.

respirador

respiratori respiratòria respiratoris respiratòries

adjectiu

De la respiració, que està relacionat amb la respiració. L'aparell respiratori de les persones és constituït bàsicament pels pulmons.

resplendir

verb
com *servir*
◄ pàg. 28

Brillar molt. Els dies d'estiu, el sol resplendeix. També resplendeixen els diamants quan els toca la llum.

resplendent

resplendor resplendors

nom femení

La resplendor és la llum que fa una cosa que resplendeix. La resplendor del sol és més forta que la de la lluna.

respondre

verb
com *fondre*
◄ pàg. 35
Diferències:
respost, resposta, respostos, respostes

1 Contestar, dir una cosa a la persona que ens ha parlat, que ens ha demanat una cosa. Quan et fan una enquesta, has de respondre un seguit de preguntes.

2 Donar un resultat que algú espera, funcionar bé, anar de manera correcta. Si els frens del cotxe no responen, el cotxe no frena.

3 Es diu que algú respon d'una persona o d'una cosa si se'n fa responsable, si dóna garanties de la seva honradesa, de la seva bondat, del seu bon funcionament, etc. Ningú no pot respondre d'una persona que no coneix.

responsabilitat responsabilitats

nom femení

1 La responsabilitat és la característica de les persones responsables. D'una persona amb responsabilitat, te'n pots refiar: si et diu que et farà un favor, no se'n descuidarà.

2 Una cosa és responsabilitat d'una persona si és ella que l'ha de fer, qui se n'ha d'encarregar. La responsabilitat de portar la correspondència és del servei de correus.

3 Una responsabilitat és una cosa important que s'ha de fer, una feina, un càrrec. Els governants tenen moltes responsabilitats.

irresponsabilitat, responsabilitzar-se

responsable responsables

adjectiu

1 Una persona és responsable d'una altra persona o d'una cosa si té l'obligació d'encarregar-se'n, si l'ha de cuidar i vigilar, si ha de procurar que vagi bé, que no prengui mal o que no es faci malbé. Els controladors aeris són responsables de la seguretat dels avions en vol.

2 Es diu que una persona és responsable si és seriosa, si pensa bé el que ha de fer i compleix perfectament les seves obligacions.

nom masculí i femení

3 El o la responsable d'una cosa és la persona que la dirigeix, que pren decisions i mana altres persones. La responsable d'una empresa ha de saber organitzar i tractar amb el personal.

4 Persona que és l'autora d'un fet, que en té la culpa. Els traficants de droga són els responsables de moltes morts.

irresponsable

resposta respostes

nom femení

1 Una resposta és allò que una persona diu o escriu quan respon a una altra. A tots ens agrada rebre resposta de les cartes que enviem.

frase feta

2 Deixar sense resposta algú és deixar-lo sense saber què dir.

ressaca ressaques

nom femení

1 La ressaca és el moviment enrere, cap al mar, que fa l'aigua d'una onada després de xocar contra un obstacle.

2 Mal de cap i malestar que té la persona que ha pres molta quantitat de begudes alcohòliques.

ressagar-se

verb usat amb pronom
com *cantar*
◄ pàg. 26
Amb GU davant E, I

Quedar-se enrere en una marxa, anant de camí. Si ens ressaguem molt quan anem pel mig del bosc, ens podem perdre.

ressaltar

verb
com *cantar*
◄ pàg. 26

1 Sortir enfora, per damunt d'una superfície plana. A la portalada de moltes esglésies hi ha estàtues que ressalten.

2 Es diu que una cosa ressalta si es veu de seguida entre altres, si crida l'atenció pels seus colors, la seva bellesa, la seva originalitat, etc. També es diu que ressalta una persona per la seva intel·ligència, la seva bondat, etc.

ressec resseca ressecs resseques

adjectiu

1 Que està completament sec, sense gens d'humitat o de suc. Quan la terra està resseca es fa molta pols.

2 Que està molt prim, amb la pell i l'os.

ressecar

resseguir

verb
com *servir*
◄ pàg. 28

1 Passar una i altra vegada per un camí, per un lloc.

2 Examinar un lloc amb molta atenció, mirant per tots els racons, per trobar-hi una cosa, per no deixar res del que es busca. Quan surten bolets, els boletaires ressegueixen els boscos.

3 Tornar a passar per sobre d'un dibuix o d'un escrit per deixar-lo més ben marcat; repassar una cosa per corregir-la.

ressentir-se

verb usat amb pronom
com *dormir*
◄ pàg. 27

1 Una cosa es ressent quan comença a fer-se malbé o a funcionar malament per l'acció d'una altra cosa. La suspensió d'un cotxe es pot ressentir de circular per mals camins; la nostra salut es ressentirà si no descansem prou.

2 Enfadar-se, sentir disgust per una ofensa, una burla o un dany. No podrem ser amics d'una persona que s'ha ressentit amb nosaltres.

ressentiment

ressò ressons

nom masculí
1 Un so produeix un ressò quan topa amb un obstacle i torna cap a la nostra orella. En algunes sales grans se sent el ressò de les nostres veus i sembla que algú ens contesti.
2 Es diu que una cosa té ressò quan la coneix molta gent. La celebració dels jocs olímpics té ressò mundial.

ressonància ressonàncies

nom femení
1 Una cosa té ressonància quan fa que els sons se sentin més fort. La caixa de ressonància d'un piano o d'un violí fa que el so de les cordes arribi lluny.
2 Es diu que una cosa té ressonància si té ressò, si la coneix molta gent. El casament d'una princesa és una notícia de molta ressonància.

ressonar

verb
com *cantar*
◄ pàg. 26
1 Una cosa ressona quan té ressonància. En una sala que ressona molt, no s'hi poden fer concerts.
2 Omplir-se de sons. Es diu que el bosc ressona amb el cant dels ocells.

ressonant

ressopó ressopons

nom masculí
Un ressopó és una menjada poc abundant que es fa quan es va a dormir tard i ja fa estona que s'ha sopat.

ressort ressorts

nom masculí
Un ressort és una molla o un altre element elàstic que, quan torna a la seva forma primitiva, serveix per a moure o fer funcionar algun mecanisme. Hi ha ressorts en els panys, en les suspensions dels cotxes i en els rellotges.

ressuscitar

verb
com *cantar*
◄ pàg. 26
Tornar a la vida després de morir-se o fer que una persona morta torni a viure. Els Evangelis expliquen que Jesús ressuscitava els morts i que ell mateix també va ressuscitar.

resta restes

nom femení
1 Una resta és una operació matemàtica que consisteix a treure una quantitat d'una altra. 30 – 10 = 20 és una resta.
2 La resta d'una cosa és allò que queda quan se n'ha agafat un tros o n'ha desaparegut o passat una part. Un o dos mesos l'any fem vacances; la resta de l'any, hem de treballar.

nom femení plural
3 Les restes d'una cosa són les deixalles, els residus que n'han quedat. Podem parlar de les restes d'un naufragi o de les restes d'un dinar.
4 Les restes d'una persona és el que queda del seu cos després de la mort. En les excavacions arqueològiques es troben restes humanes molt antigues.

restant restants

adjectiu i nom masculí
Que queda. Quan collim bolets, només hem d'agafar els que sabem que són bons; els restants, els hem de deixar.

restar

verb
com *cantar*
◄ pàg. 26
1 Quedar.
2 Fer una resta, treure una quantitat d'una altra. Si de 8 en restes 6, te'n queden 2.

restaurador restauradora restauradors restauradores

nom masculí i femení
1 Persona que restaura obres d'art, mobles o altres objectes.
2 Persona que s'encarrega d'un restaurant, sobretot de la cuina i dels menús. Hi ha escoles que ensenyen l'ofici de restaurador o restauradora.

restaurant restaurants

nom masculí
Un restaurant és un local amb taules on es preparen i serveixen menjars. Les persones que hi van a dinar o a sopar paguen el que mengen.

restaurar

verb
com *cantar*
◄ pàg. 26
1 Tornar a posar en bon estat un objecte que és vell o que s'ha fet malbé. Es pot restaurar un moble antic o la façana d'una catedral.
2 Es diu que un medicament restaura les forces o que el descans ens restaura la salut perquè ens fa tornar a tenir forces i salut.

restauració

restituir

verb
com *reduir*
◄ pàg. 39
Amb dièresi
1 Tornar a algú una cosa que abans tenia. El govern democràtic va restituir als sindicats els locals que el govern franquista els havia pres.
2 Tornar a posar una cosa en l'estat o la forma que tenia abans. Hi ha especialistes que restitueixen els escrits antics i així els podem llegir.

restitució

restrenyiment restrenyiments

nom masculí
Una persona té restrenyiment quan li costa molt defecar.

restrènyer, restret, restreta

restricció restriccions

nom femení
1 Es fa una restricció quan es restringeix o limita alguna cosa. Les dictadures comporten sempre una restricció de la llibertat de les persones.

2 En un lloc hi ha restricció d'alguna cosa quan en falta i no se'n pot fer servir sempre que es vol. Quan plou poc, hi ha restriccions d'aigua.

restringir
verb
com *servir*
◄ pàg. 28
Limitar una cosa, fer que no es pugui usar totalment. Es pot restringir el pas de camions per una carretera o la llibertat d'una persona.
restrictiu, restrictiva

resultar
verb
com *cantar*
◄ pàg. 26
1 Ser l'efecte o la conseqüència d'una cosa. El mal de panxa resulta de menjar coses massa fortes.
2 Comprovar-se que una cosa és de certa manera. Comparats amb altres mitjans de transport, els viatges amb avió resulten molt cars. Si som set de família, una casa amb tres habitacions resulta petita.

resultat resultats
nom masculí
1 Un resultat és allò que resulta d'una cosa, que n'és la conseqüència. El resultat d'unes votacions diu quins són els guanyadors. Si un equip juga fora de casa, un empat pot ser un bon resultat.
2 El resultat d'una operació matemàtica, d'un problema, és la quantitat, el número que s'obté quan es fa aquesta operació. 20 és el resultat de sumar 15 + 5.

resum resums
nom masculí
Un resum és un escrit o una explicació oral que diu de manera breu allò que es pot dir molt extensament. El resum d'una novel·la pot ser una sola pàgina.

resumir
verb
com *dormir*
◄ pàg. 27
o *servir*
◄ pàg. 28
Explicar o escriure una cosa de manera breu, tenint en compte només les dades importants. Hi ha llibres que resumeixen en un sol volum la història de molts segles.

resurrecció resurreccions
nom femení
La resurrecció és el fet de ressuscitar. Els Evangelis ens expliquen la resurrecció de Llàtzer i la de Jesús.

ret rets
nom masculí
Un ret és una petita bossa teixida formant una xarxa que portaven les dones per a recollir el cabell. El ret es porta encara en festes populars amb el vestit tradicional.

retall retalls
nom masculí
Un retall és un tros de paper, de roba o d'un altre material que s'ha tallat d'una peça gran. Hi ha persona que guarda retalls de diaris vells, amb notícies o articles que creu interessants. Algunes botigues venen retalls de roba en comptes de peces senceres.

retallable retallables
nom masculí
Un retallable és una figura que es pot retallar d'un paper i fer servir com a joguina. Hi ha retallables amb nines i vestits, amb soldats, amb animals, etc.

retallar
verb
com *cantar*
◄ pàg. 26
1 Tallar un paper, una roba o un altre material seguint les vores d'un dibuix o d'una figura. Es fan maquetes d'edificis retallant cartolines i enganxant-les.
2 Fer més curt un escrit o una altra cosa, traient-ne trossos. Es pot retallar una pel·lícula que es considera massa llarga.

retaló retalons
nom masculí
El retaló és la part del darrere del taló. Es diu que algú porta les sabates a retaló si se les posa només de la part del davant i porta el taló descobert.

retard retards
nom masculí
Un retard és el fet de retardar-se, de no anar a l'hora. Si un tren ha d'arribar a les dues i ho fa a dos quarts de tres, porta un retard de mitja hora.

retardar
verb
com *cantar*
◄ pàg. 26
1 Fer que una cosa passi més tard. La sortida dels avions s'ha de retardar si hi ha molta boira a l'aeroport.
2 Quan retardem un rellotge fem anar les agulles cap enrere perquè marqui una hora anterior a la que és realment.
3 Un rellotge retarda o es retarda si marca una hora anterior a la que és realment.

retaule retaules
nom masculí
Un retaule és una peça o un conjunt de peces planes, de fusta o de pedra, amb pintures o escultures, que es posa a la part de darrere d'un altar com a adornament. En els retaules s'hi representen escenes de la vida de Jesús, de la Mare de Déu o de sants i santes.

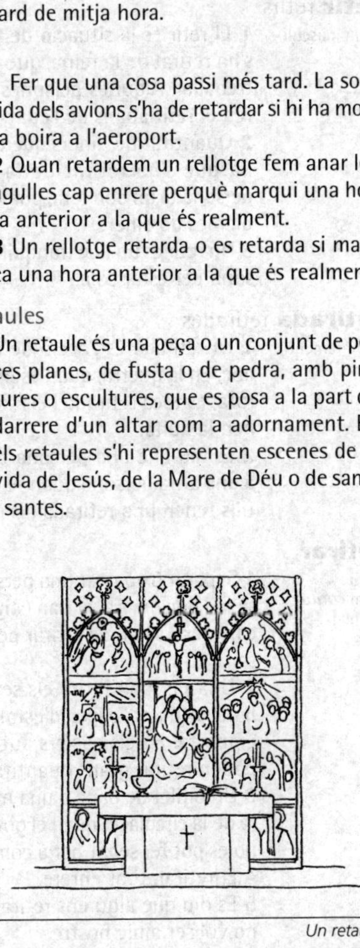

Un retaule

A B C D E F G H I J K L M N O P Q R S T U V W X Y Z

A B C D E F G H I J K L M N O P Q R S T U V W X Y Z

retenir
verb
com *tenir*
◄ pàg. 42
Diferència: *retén o retingues*

1 No deixar que una persona o una cosa se'n vagi, fer que no surti d'un lloc. Es pot retenir una persona a la frontera o un vaixell al port. Les criatures molt petites no saben encara retenir l'orina.
2 Conservar en la memòria o en l'enteniment. Quan una persona es fa gran, li costa retenir les coses que llegeix.
retenció, retentiu, retentiva

reticent reticents
adjectiu
Que no està totalment d'acord amb alguna cosa, que manifesta dubtes sobre una cosa. Hi ha persones molt reticents a acceptar que hi hagi divorci.
reticència

retina retines
nom femení
La retina és la part interna del globus de l'ull. És una làmina prima, formada de cèl·lules nervioses, que rep la llum de l'exterior i la transforma en impulsos nerviosos cap al cervell. pàgs. 798-799 (23)

retir retirs
nom masculí
1 El retir és la situació de la persona que s'ha retirat de la feina, que ja ha deixat de treballar. Algunes persones malaltes agafen el retir abans de l'edat.
2 Quantitat de diners que cobra la persona que s'ha retirat de la feina. Si una persona té un bon retir, pot viure sense problemes de diners.
3 Un retir és un lloc tranquil on va una persona per estar sola.

retirada retirades
nom femení
1 La retirada és l'acció de retirar-se d'un lloc. En la guerra, quan es preveu una derrota, es toca retirada i els soldats abandonen la lluita.
2 Es diu que una persona té una retirada a una altra persona quan se li assembla. Els fills tenen una retirada als pares.

retirar
verb
com *cantar*
◄ pàg. 26

1 Separar o apartar una persona o una cosa del lloc on era. Si han caigut pedres a la carretera, s'han de retirar per a poder passar.
2 Una persona retira els seus diners d'un banc o d'una caixa d'estalvis quan se'ls emporta. En els caixers automàtics no es poden retirar grans quantitats de diners.
3 Un bitllet de banc o una moneda es retira de la circulació quan el govern diu que ja no es pot fer servir per a comprar i vendre.
4 Enretirar, tirar enrere.
5 Es diu que algú ens retira l'amistat si ja no vol ser amic nostre.
usat amb pronom
6 Retirar-se d'un lloc és sortir-ne, anar-se'n. Quan anem convidats a casa d'algú, hem de saber retirar-nos a l'hora convenient.
7 Una persona **es retira** quan deixa de treballar, de tenir un càrrec. La majoria dels treballadors es retiren passats els seixanta anys.
8 Una persona **es retira** si s'aparta del tracte amb els altres. Els monjos es retiren a una vida solitària en un convent.
9 Un exèrcit o un grup de soldats **es retira** si abandona el combat i marxa cap enrere, fugint de l'enemic.

retirat retirada retirats retirades
adjectiu
1 Un lloc és retirat si queda lluny de la ciutat o del poble més propers, sense soroll ni gent. Els monjos construïen els monestirs en paratges retirats.
2 Una persona està retirada si ja ha deixat de treballar o de tenir un càrrec i cobra un retir.

retocar
verb
com *cantar*
◄ pàg. 26
Amb QU davant E, I

Esmenar, tornar a fer alguna part d'una cosa per treure-li algun defecte i deixar-la més ben acabada. A vegades es retoca la fotografia d'una persona i aquesta queda millor.
retoc

rètol rètols
nom masculí
Un rètol és una peça de fusta, de metall o d'un altre material on hi ha escrites informacions que cal que siguin ben visibles: el nom d'una botiga, el d'un departament d'una empresa o el d'una secció d'un museu. Hi ha rètols que són lluminosos.
pàg. 597 (9)
retolista

retolador retoladors
nom masculí
Un retolador és un estri per a escriure o dibuixar semblant a un llapis o un bolígraf, que té un dipòsit de tinta o una punta de fibra tèxtil. N'hi ha de menes molt diferents i amb tinta de diversos colors.
pàgs. 998-999 (25)
retolació, retolar

de retop
locució que fa d'adverbi
Una cosa ens toca de retop si ens toca després de topar amb una altra cosa. *Hi ha gols que es fan de retop: la pilota entra després de topar amb un jugador.*

retòrica retòriques
nom femení
1 La retòrica és l'art de saber parlar bé, de dir les coses de manera correcta i efectiva per convèncer un públic. Les persones que es dediquen a la política i al dret convé que sàpiguen retòrica.

2 Es diu que una persona parla amb retòrica o fa retòrica si parla o escriu de manera ampul·losa i elegant, però no diu res interessant ni seriós.

retòric

retorn retorns

nom masculí — El retorn és el fet de retornar, de tornar al lloc d'on s'havia sortit. El retorn dels exiliats al seu país no sempre és fàcil.

retornar

verb
com *cantar*
◄ pàg. 26

1 Tornar una cosa a algú. Hem de retornar sempre els llibres que ens deixen.

2 Fer que una persona recobri els sentits, l'ànim, les ganes de fer coses. A moltes persones, l'arribada de la primavera les retorna.

3 Anar del lloc on hem anat al lloc d'on hem sortit, tornar. Quan acaben les vacances, els turistes retornen al seu país. També diem que alguns costums perduts no retornaran mai més.

retoromànic retoromànica retoromànics retoromàniques

adjectiu — 1 Del retoromànic, que pertany al retoromànic.

nom masculí — 2 Es diu *retoromànic* un grup de dialectes romànics que es parlen a l'est de Suïssa i al nord d'Itàlia. Els retoromànics suïssos formen el romanx.

retractar-se

verb usat amb pronom
com *cantar*
◄ pàg. 26

Una persona es retracta quan diu que no és veritat el que ha dit abans, que ara ja no hi està d'acord.

retractació

retràctil retràctils

adjectiu — Que es pot tirar enrere o endins. Els gats tenen les ungles retràctils: quan han d'esgarrapar les treuen i després les amaguen.

retransmetre

verb
com *perdre*
◄ pàg. 27
Diferències: *retransmès, retransmesa, retransmesos, retransmeses*

Explicar per ràdio un espectacle o la celebració d'un acte o donar-ne les imatges per televisió mentre s'està fent. Els diumenges, les ràdios retransmeten partits de futbol.

retransmissió

retrat retrats

nom masculí — 1 Un retrat és un quadre, un gravat o una fotografia que representa una persona. El pintor Velázquez va fer el retrat del rei Felip IV d'Espanya.

2 Es diu que una persona és el retrat d'algú quan s'hi assembla molt. És natural que una filla sigui el retrat de la seva mare.

retratar

verb
com *cantar*
◄ pàg. 26

1 Fer el retrat d'una persona. En un casament tothom retrata els nuvis, els fa fotografies.

2 Una màquina de retratar és una màquina de fer fotografies, una càmera fotogràfica.

usat amb pronom — 3 Es diu que una persona **es retrata** quan diu o fa una cosa que demostra com és, què pensa, etc.

retraure

verb
com *traure*
◄ pàg. 42

Retreure.

retre

verb
com *perdre*
◄ pàg. 27

1 Donar a algú allò que li correspon, que se li deu. Les persones religioses reten culte a Déu. Quan una persona important es retira dels seus càrrecs, se li ret un homenatge.

usat amb pronom — 2 **Retre's** és rendir-se, deixar de combatre i donar-se a l'enemic.

frase feta — 3 **Retre compte** d'una cosa és fer-ne una explicació exacta, dir com s'ha fet.

retret retrets

nom masculí — Un retret és allò que es diu a algú per a recordar-li que ha fet malament una cosa, per a renyar-lo, per a reprotxar-li alguna cosa. No cal molestar amb retrets una persona que està penedida del que ha fet.

retreure

verb
com *treure*
◄ pàg. 42
També *retraure*

1 Recordar a una persona que no ha actuat bé, que s'ha portat malament. Si som comprensius amb els companys, no els retraurem que un dia no ens hagin ajudat.

2 Tirar enrere o endins, com fan els gats amb les ungles o els rèptils amb la llengua.

retribuir

verb
com *reduir*
◄ pàg. 39
Amb dièresi

Donar uns diners per una feina o per un servei. Alguns treballs estan molt ben retribuïts: les persones que els fan cobren molt.

retribució

retrò retrons

nom masculí — Un retrò és una ressonància que fa un tro o un altre soroll molt fort. Quan hi ha tempesta, els trons i els retrons fan tremolar els vidres.

retrobar

verb
com *cantar*
◄ pàg. 26

1 Trobar una cosa que havíem perdut o que havia desaparegut. Quan retrobem la cartera que hem oblidat, en un lloc, estem contents.

2 Trobar de nou una persona de qui érem separats. Les associacions d'antics alumnes fan que es puguin retrobar els companys.

retrobament

retrocedir
verb, com *servir* ◄ pàg. 28 — Anar cap enrere, recular. La marxa enrere fa retrocedir el cotxe.

retrocés retrocessos
nom masculí — Un retrocés és el fet de retrocedir. Les armes de foc, quan es disparen, fan un retrocés.

retrògrad retrògrada retrògrads retrògrades
adjectiu — Una persona, una actitud o una política és retrògrada si va contra el progrés, si només està d'acord amb les coses del passat.

retrospectiu retrospectiva retrospectius retrospectives
adjectiu — Que es refereix a coses del passat, que informa d'aquestes coses. Una exposició retrospectiva de fotografies ens mostra persones i edificis que ja no existeixen.

retrovisor retrovisors
nom masculí — Un retrovisor és un mirall petit que els cotxes porten a dins, davant del conductor, o a fora, al costat de les portes del davant. Amb els retrovisors es poden veure els cotxes que vénen al darrere. ✎ cotxe per fora

de retruc
locució que fa d'adverbi — De retop. *La pilota va topar contra la porta i de retruc va trencar un vidre de la finestra.*

retrunyir
verb, com *dormir* ◄ pàg. 27 — Una cosa retruny quan fa un soroll fort i ressonant com el d'un tro. Les traques de petards retrunyen tant que si hi ets molt a prop et fan mal les orelles.
retruny

reu rea reus rees
nom masculí i femení — Persona que ha comès un crim, que és condemnada per una malifeta.

de reüll
locució que fa d'adverbi. Amb dièresi — Una persona mira de reüll quan mira pel cantó de l'ull sense moure el cap, fent veure que no mira. *Mirant de reüll podem veure dissimuladament què fa la persona que tenim al costat.*

1
reuma reumes
nom masculí — El reuma és una malaltia que provoca dolor als ossos i als músculs. Quan una persona té reuma a les cames, camina malament.
reumàtic, reumatisme, reumatòleg, reumatòloga

2
reuma reumes
nom femení — Una reuma és una flegma, un moc que es treu per la boca quan s'està constipat.

reunió reunions
nom femení — Una reunió és el fet de reunir diverses coses o de reunir-se diverses persones. Hi ha llibres que són la reunió d'escrits de diversos autors. Als col·legis es fan reunions de pares i de professors.

reunir
verb, com *servir* ◄ pàg. 28 — **1** Ajuntar coses que estan separades, unir parts, fragments o elements d'una cosa. Podem reunir els trossos trencats d'un gerro o segells per a una col·lecció.
2 Fer que estiguin juntes diverses persones en un lloc amb una finalitat determinada. Quan hi ha un problema greu, el president del govern reuneix tots els ministres per parlar-ne. Per Nadal, moltes famílies es reuneixen al voltant de la taula.

reusenc reusenca reusencs reusenques
adjectiu — **1** De Reus. *Les festes reusenques de Sant Pere.*
nom masculí i femení — **2** Persona que és de Reus o que hi viu.

revelar
verb, com *cantar* ◄ pàg. 26. Diferent de *rebel·lar-se* — **1** Fer que algú conegui una cosa que estava amagada. Si ens confien un secret, no el podem revelar a ningú. A vegades una notícia es revela a la premsa per una denúncia.
2 Fer que d'una pel·lícula fotogràfica en surtin les fotografies. Hi ha empreses que revelen els rodets de fotografies en una hora.
revelació, revelador, revelatge

revenjar-se
verb usat amb pronom, com *cantar* ◄ pàg. 26. Amb G davant E, I — Una persona es revenja si fa mal a qui primer n'hi ha fet o, en un joc, pot guanyar la persona que abans l'havia guanyat. El nostre equip de futbol ha fet 5-0 i s'ha revenjat de l'equip rival, que ens havia guanyat primer al seu camp.
revenja

reverberació reverberacions
nom femení — Hi ha reverberació en un cos si fa que rebotin sobre la seva superfície la llum, els sons o la calor. En una sala de concerts, hi ha d'haver una mica de reverberació i així els sons arriben a tot arreu.
reverberar

reverdir
verb, com *servir* ◄ pàg. 28 — Tornar a ser verd. A la primavera, molts arbres reverdeixen.

reverència reverències
nom femení — **1** Tenim reverència a algú o el tractem amb reverència si li tenim molt de respecte i d'estimació i li dirigim sempre la pa-

A B C D E F G H I J K L M N O P Q R S T U V W X Y Z

raula amb molta educació. També es diu que les coses sagrades s'han de tractar amb reverència.

2 Una reverència és una inclinació del cos que es fa davant d'una persona important. Abans, moltes persones se saludaven fent reverències.

irreverència, reverencial, reverenciar

reverend reverenda reverends reverendes

adjectiu — Que mereix reverència. Aquesta paraula es fa servir a vegades davant del nom dels capellans i d'algunes monges. *El reverend pare predicador. La reverenda mare superiora.*

reverent reverents

adjectiu — Que indica reverència. Durant una celebració religiosa s'ha d'estar en actitud reverent.

irreverent

revers reversos

nom masculí — **1** El revers d'una cosa és el seu revés, la cara oposada al dret.

2 Part de sota d'una fulla d'arbre o d'una altra planta. El revers de les fulles és d'un verd més clar que l'anvers.

3 Creu d'una moneda, part contrària a la cara. Al revers, acostuma a haver-hi un escut.

reversible reversibles

adjectiu — **1** Una cosa és reversible si es pot girar del revés i serveix igual que del dret. Les gavardines reversibles tenen colors diferents si es posen del dret o del revés.

2 Un procés o una reacció reversible pot tornar a una etapa anterior de la seva evolució. Una malaltia reversible es pot curar.

irreversible

revés revessos

nom masculí — **1** El revés d'una cosa és la cara o la part oposada al dret, al cantó que es considera principal o que es presenta més sovint a la vista. Si ens posem una camisa del revés, els botons queden a la part de dins i es veuen les costures.

2 El revés de la mà és la part de fora, oposada al palmell.

3 Un revés és un cop donat amb el revés de la mà estesa.

4 Cosa que ens va malament, negoci que no funciona, un contratemps de salut, de diners, etc. Un incendi és un revés molt important per a una indústria.

locució que fa d'adverbi — **5 Al revés** vol dir canviant l'ordre, fent les coses de manera contrària a la normal, al que és habitual. *Els anglesos circulen al revés que nosaltres: van per l'esquerra de la carretera.*

revestir

verb com *servir* ◀ pàg. 28 — **1** Posar un vestit especial. Alguns pobles revesteixen les imatges de la Mare de Déu amb mantells i joies. Per Carnaval, la gent es revesteix de disfresses estranyes i extravagants.

2 Cobrir una cosa amb un material per a protegir-la, reforçar-la o fer-la més bonica. Es pot revestir una paret amb planxes de suro.

revestiment

revetlla revetlles

nom femení — Una revetlla és una festa que es fa la nit abans d'algunes festes. Per la revetlla de Sant Joan es menja coca i es tiren coets.

reveure

verb com *veure* ◀ pàg. 43 — **1** Tornar a veure. Si una pel·lícula t'agrada molt, la reveus diverses vegades.

interjecció — **2 A reveure** es diu quan algú se separa d'una persona que aviat tornarà a veure. *Ja et trucaré. A reveure, Jaume!*

revifar

verb com *cantar* ◀ pàg. 26 — Fer que una persona o una cosa tingui nova vida, noves forces, més ànims, etc. Si fem aire, podem revifar el foc de la llar. Amb un bon cafè, molta gent es revifa i torna a la feina més animada.

revifalla, revifament

revisar

verb com *cantar* ◀ pàg. 26 — Examinar i tornar a examinar una cosa per corregir-ne els errors o les coses espatllades, si n'hi ha, o per veure si està d'acord amb les lleis o les normes. De tant en tant, s'ha de portar el cotxe al taller perquè el revisin. Abans de donar un examen escrit, és millor revisar-lo.

revisió, revisionisme, revisionista

revisor revisora revisors revisores

nom masculí i femení — Persona que comprova que els passatgers d'un tren, d'un autobús o d'un altre mitjà de transport tinguin bitllet i ocupin el lloc que els correspon. Si el revisor o la revisora troba algú sense bitllet, li posa una multa.

✎ pàg. 193 (5)

revista revistes

nom femení — **1** Una revista és una publicació d'actualitat, normalment setmanal i amb moltes fotografies. Hi ha revistes d'informació general, de modes, de cotxes, de ciència, d'esports i de molts altres temes.

2 Espectacle musical divertit, amb números de cant, de ball i d'humor.

3 Inspecció que un comandant o un personatge polític fa de la tropa. Quan un cap d'estat arriba de visita a un país, passa revista a un grup de soldats que li reten honors.

reviure
verb com *viure* ◄ pàg. 44
1 Tornar a viure, ressuscitar. Les persones i els animals que han mort no poden reviure.
2 Fer que una cosa torni a ser, que es renovi i es pugui tornar a veure i a fer servir. Els jueus han fet reviure modernament l'antiga llengua hebrea.

revolada revolades
nom femení
Fer una cosa amb una revolada o d'una revolada és fer-la amb un moviment ràpid i violent. Si algú obre la porta d'una revolada ens podem espantar.

revolt revolts
nom masculí
Un revolt és un lloc on una carretera, una via de tren o un camí fa un canvi de direcció molt fort. Algunes carreteres de muntanya tenen revolts molt perillosos.

revolta revoltes
nom femení
Una revolta és un seguit d'accions contra el govern o les persones que manen en un lloc. La revolta pacífica de Gandhi i milions d'hindús va donar la independència a l'Índia.

revoltar
verb com *cantar* ◄ pàg. 26
Provocar una revolta. Uns militars poden revoltar la tropa i prendre el poder. Les colònies americanes es revoltaren contra la corona anglesa i aconseguiren la independència.

revolució revolucions
nom femení
1 Una revolució és un canvi polític, social, econòmic o científic molt important. El descobriment dels plàstics va ser una revolució tècnica.
2 Moviment d'un cos que gira al voltant d'un eix o d'un astre que recorre una trajectòria al voltant d'un altre astre. Les revolucions per minut d'un cotxe són les vegades que gira el motor en un minut.
antirevolucionari, antirevolucionària, revolucionar, revolucionari, revolucionària

revòlver revòlvers
nom masculí
Un revòlver és una arma de foc que s'agafa i es dispara amb una mà. Els revòlvers tenen les bales posades dins d'un mecanisme de forma rodona que gira cada vegada que es dispara un projectil. El revòlver era una arma de foc molt usada a l'oest americà.

rialla rialles
nom femení
1 Quan una persona riu fa una rialla o rialles. Diu el refrany que de les rialles vénen les ploralles.
2 Riota. Una persona vestida de manera ridícula és la rialla de la gent.
rialler

riallada riallades
nom femení
Una riallada és una rialla molt forta o les rialles de molta gent. Si una comèdia és molt divertida, les riallades són contínues.

riba ribes
nom femení
1 Una riba és una vora d'un riu, d'un llac o del mar. Miravet és un poble situat a la riba de l'Ebre.
2 Marge, vora d'un terreny, d'un camp.

ribagorçà ribagorçana ribagorçans ribagorçanes
adjectiu
1 De la Ribagorça. *El parlar ribagorçà.*
nom masculí i femení
2 Persona que és de la Ribagorça o que hi viu.

ribera riberes
nom femení
1 Una ribera és un conjunt de terrenys pròxims a un riu o al mar.
2 Riba, vora del mar, d'un riu o d'un llac.
3 Riu, corrent d'aigua. Es diu només en algunes zones.
riberenc

ribot ribots
nom masculí
Un ribot és una eina de fuster per a arrencar trossets de fusta i fer les peces més primes i més llises. Quan es treballa amb el ribot es fan encenalls. pàg. 993 (20)

ric rica rics riques
adjectiu i nom masculí i femení
1 Que té molts diners. Si una persona és rica pot comprar moltes coses. Els rics fan negocis amb els seus diners.
adjectiu
2 Que té molta quantitat d'una cosa. Els països àrabs són rics en petroli. Les taronges són molt riques en vitamina C.
3 Es diu que una cosa és rica si té un gran valor, si està feta amb materials molt cars. Als palaus reials hi ha tapisseries molt riques.
enriquir

ricí ricins
nom masculí
El ricí és un arbre originari de l'Àfrica tropical que fa unes fulles grosses i unes flors agrupades en forma de raïm. De les seves llavors se'n treu una substància purgant que es diu *oli de ricí*.

ridícul ridícula ridículs ridícules
adjectiu
1 Una persona o una cosa és ridícula si fa riure, si se'n pot fer burla o broma, perquè és rara, fora del que és normal. Que un home gran es vesteixi com un nen petit és ridícul.
2 Es diu que una cosa és ridícula si és poc

A B C D E F G H I J K L M N O P Q R S T U V W X Y Z

abundant, insignificant. Si algú cobra un sou ridícul, li paguen molt pocs diners.

nom masculí — **3** El ridícul és la situació que fa que la gent es rigui d'algú. Si una persona està en una platja plena de gent en banyador i va abrigada com a ple hivern, fa el ridícul.
ridiculesa

ridiculitzar
verb com *cantar* ◄ pàg. 26 — Posar en ridícul algú o alguna cosa, fer-ne burla i fer que els altres se'n riguin. Les caricatures ridiculitzen alguns personatges.

riera rieres
nom femení — Una riera és un curs d'aigua de menys importància que un riu i que habitualment només porta aigua quan plou. Quan hi ha pluges fortes, les rieres d'alguns pobles provoquen inundacions.
rierada

rieral rierals
nom masculí — Un rieral és un terreny per on passa una riera.

rierol rierols
nom masculí — Un rierol és un corrent d'aigua petit i de poca profunditat. Els rierols es formen de manera natural, amb l'aigua de la pluja, d'una font o del desglaç de la neu.

rifa rifes
nom femení — **1** Una rifa és el fet de rifar una cosa. Per Nadal, hi ha botigues que fan la rifa d'una panera.
2 Loteria. La rifa de Nadal és la més important de l'any.

rifar
verb com *cantar* ◄ pàg. 26 — **1** Rifar una cosa és donar-la com a premi a la persona que té el número que ha sortit escollit en un sorteig.
usat amb pronom — **2 Rifar-se** és burlar-se d'una persona, enganyar-la.
rifada

rifle rifles
nom masculí — Un rifle és un fusell de canó bastant llarg, amb un mecanisme que després de cada tret posa automàticament l'arma en posició de disparar una nova bala.

rígid rígida rígids rígides
adjectiu — **1** Una cosa és rígida si no es pot torçar o doblegar, si no és flexible. Els raigs de la roda d'una bicicleta han de ser rígids, si no, la roda s'aixafaria.
2 Es diu que una persona és rígida si no canvia mai d'idees o de manera de fer, si no accepta suggeriments ni novetats.
enrigidir, rigidesa

rigor rigors
nom masculí i femení — **1** Una persona es comporta amb rigor o tracta amb rigor si ho fa de manera poc amable, sense cap comprensió amb els altres, sense permetre cap falta.
2 Una cosa es fa amb rigor si es fa amb molta exactitud, de manera que no hi falti res, que sigui totalment lògica. Un argument fet amb rigor no es pot discutir.
rigorós, rigorosa

rimar
verb com *cantar* ◄ pàg. 26 — Dues o més paraules rimen si acaben amb els mateixos sons. *Cultura* rima amb *confitura*. Els versos de molts poemes rimen entre ells.
rima

rímel rímels
nom masculí — El rímel és un producte de cosmètica per a pintar-se les pestanyes i fer que semblin més llargues.

ring rings
nom masculí — **1** Un ring és una plataforma de forma quadrada on se celebren els combats de boxa. Els rings tenen unes cordes com a baranes i estan molt ben il·luminats.
2 Onomatopeia que imita el soroll d'un timbre o d'un telèfon.

rinoceront rinoceronts
nom masculí — Un rinoceront és un mamífer de cos gros i pesant. Té la pell dura i gruixuda, sense pèl, les potes també molt gruixudes acabades en tres dits i una banya o dues damunt del morro. Quan tenen dues banyes, una està darrere l'altra i la segona és més petita que la primera. Els rinoceronts mengen herba i viuen a l'Àfrica i en alguns països d'Àsia.

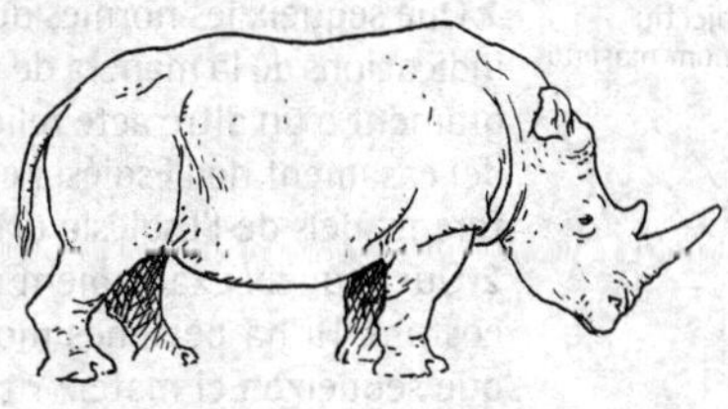
Un rinoceront

rínxol rínxols
nom masculí — Un rínxol és un grup de cabells cargolats en espiral. pàg. 793 (6)
enrinxolar

riota riotes
nom femení — Es diu que una persona o una cosa és la riota de la gent si és ridícula i fa riure.

ripollès ripollesa ripollesos ripolleses

adjectiu — **1** Del Ripollès o de Ripoll. *El romànic ripollès.*

nom masculí i femení — **2** Persona que és del Ripollès o de Ripoll o que hi viu.

riquesa riqueses

nom femení — **1** La riquesa és l'abundància de diners, de béns, de coses de valor que té una persona o un país. Al món, hi ha unes quantes persones que tenen una riquesa que no es pot calcular. Alguns països tenen una gran riquesa en minerals.
2 Es diu que una persona té riqueses quan té molts diners, molts béns. Si algú s'arruïna, perd totes les seves riqueses.

risc riscs

nom masculí
nom masculí També *riscos* — Un risc és un perill, una cosa que pot fer mal. Quan hi ha neu a la carretera, es corre el risc de patinar.
→ arriscar

ritme ritmes

nom masculí — **1** El ritme és una repetició d'una sèrie de sons, de moviments o de fenòmens de manera regular. Les estacions de l'any vénen l'una darrere l'altra amb un ritme de tres mesos, sempre igual. El ritme dels batecs del cor és més ràpid si hem corregut molt.
2 Moviment més o menys ràpid, més o menys marcat, d'una música. El jazz té molt de ritme, és molt viu i animat.

rítmic rítmica rítmics rítmiques

adjectiu — Que està relacionat amb el ritme, que es fa segons un ritme determinat. El pèndol d'un rellotge té un moviment rítmic. En la gimnàstica rítmica els moviments del cos es fan seguint el ritme d'una música.

ritual rituals

adjectiu i nom masculí — **1** Que segueix les normes de la litúrgia, les indicacions de la manera de celebrar un sagrament o un altre acte religiós. Els rituals del casament de l'Església catòlica són diferents dels de l'Església ortodoxa.
2 Que segueix exactament una norma, un costum. Hi ha persones molt metòdiques que segueixen el mateix ritual cada matí: gimnàstica, dutxa, esmorzar, etc.
→ ritu

riu rius

nom masculí — Un riu és un corrent natural d'aigua, procedent de les muntanyes, que va a parar al mar, a un llac o a un altre riu. Hi ha rius molt grans, que porten molta aigua, com l'Amazones; n'hi ha d'altres que la major part de l'any porten molt poca aigua.

riuada riuades

nom femení — Una riuada és una gran quantitat d'aigua que baixa de cop per un riu i causa inundacions. Les riuades es produeixen quan plou molt i entra molta aigua dins d'un riu.

1
riure

verb com *complaure* ◄ pàg. 31 — **1** Una persona riu quan obre la boca, mou els músculs de la cara i fa uns sorolls amb la gola d'una manera determinada per a expressar l'alegria i la diversió. Quan una persona riu molt es diu que es trenca o es rebenta de riure.

usat amb pronom — **2** **Riure's** d'algú o d'alguna cosa és fer-ne burla, menysprear-la, no fer-ne cap cas. És molt cruel riure's dels defectes dels altres.

locució que fa d'adjectiu — **3** Una cosa és **de per riure** o **per riure** si no és de debò, si no es fa seriosament. Les pistoles de joguina són de plàstic, de per riure, no poden fer mal.

2
riure riures

nom masculí — El riure és el fet de riure. A vegades no podem aguantar-nos el riure i tothom ens mira.

rival rivals

adjectiu i nom masculí i femení — Que s'oposa a un altre en una competició, que és el seu contrincant o adversari. L'equip de futbol rival és el que juga contra el nostre equip.
→ rivalitat, rivalitzar

rivet rivets

nom masculí — **1** Un rivet és una cinta que es cus com a adornament a la vora d'un vestit o d'una peça de roba.
2 Doblec fet a la pell d'una sabata i cosit per fora que serveix d'adornament.
→ enrivetar

rizòfag rizòfaga rizòfags rizòfagues

adjectiu i nom masculí i femení — Un animal és rizòfag si s'alimenta d'arrels. Els insectes rizòfags fan mal als sembrats atacant les arrels de les plantes.

rizoma rizomes

nom masculí — Un rizoma és una tija subterrània d'una planta. Els rizomes són allargats, ja que creixen horitzontalment dins de la terra. Del rizoma en surten les arrels i les tiges que creixen cap amunt.

roba robes

nom femení — **1** Una roba és una peça de teixit o un tros de peça que serveix per a fer vestits, estovalles, llençols, etc. A l'hivern portem camises i pantalons fets de robes gruixudes, que abriguen molt.
2 Conjunt de les peces de vestir, de tot allò

que serveix per a tapar-nos i abrigar-nos. Quan es renta la roba bruta, se separen la roba blanca i la de color.

robar
verb
com *cantar*
◄ pàg. 26
Agafar amb engany, violència o d'amagat una cosa que és d'una altra persona i quedar-se-la. Hi ha persones que roben productes dels grans magatzems.

robatori robatoris
nom masculí
Quan es roba una cosa es fa un robatori. Les oficines dels bancs tenen sistemes d'alarma i de protecció contra els robatoris.

robí robins
nom masculí
Un robí és una pedra preciosa de color vermell fort, molt dura i brillant. Robins petits o altres pedres dures semblants es fan servir en els mecanismes d'alguns rellotges.

robot robots
nom masculí
Un robot és una màquina automàtica que pot fer feines i treballs en lloc de les persones seguint un programa determinat. A les fàbriques de cotxes, hi ha robots que munten la carrosseria. En algunes pel·lícules de ciència-ficció, surten robots que semblen persones.
robòtica, robotitzar

robust robusta robusts robustes
adjectiu
També *robustos*
Que és molt fort, que resisteix bé l'esforç físic, el cansament. Algunes atletes són molt robustes.
enrobustir

roc rocs
nom masculí
Un roc és un tros de pedra. Si un camp és ple de rocs, no s'hi pot treballar bé.

roca roques
nom femení
Una roca és un tros gran de pedra, del material que constitueix la part dura de la Terra. A la costa, hi ha roques que sobresurten del mar.
rocall, rocallós, rocallosa, roquissar

rock rocks
nom masculí
El rock és un tipus de música moderna amb molt de ritme que es toca amb guitarres i altres instruments elèctrics. Va néixer als Estats Units d'Amèrica als anys cinquanta del segle XX. És una paraula anglesa.

rococó rococós
adjectiu
i nom masculí
L'estil rococó és un estil artístic molt adornat que va ser moda a Europa a la primera meitat del segle XVIII. El rococó fa servir molts adornaments imitats de la natura, com branques i fulles.

rocós rocosa rocosos rocoses
adjectiu
Que és de roca, que és ple de roques. En un terreny rocós, és difícil que hi creixin plantes.

roda rodes
nom femení
1 Una roda és una peça de forma circular que pot girar al voltant d'un eix que passa pel seu centre. Les rodes es fan servir sobretot en els vehicles: cotxes, trens, carros, avions, etc. També hi ha rodes en molts aparells i màquines. bicicleta
2 Una **roda de fira** és una diversió que hi ha als parcs d'atraccions que consisteix en una gran roda que gira verticalment i que té seients per a la gent que hi vol pujar.

Una roda de fira

rodalia rodalies
nom femení
La rodalia d'una ciutat, d'un poble, d'una casa o d'un altre lloc és el conjunt dels terrenys que hi ha al seu voltant. Els pobles de les rodalies de les grans ciutats acostumen a tenir molts trens i bones carreteres que van a la ciutat.

rodamón rodamons
nom masculí
i femení
Un o una rodamón és una persona que va d'una banda a l'altra, de poble en poble i de país en país, per a guanyar-se la vida, pel plaer de viatjar o per qualsevol altre motiu.

rodanxa rodanxes
nom femení
Una rodanxa és un tros de forma rodona que es talla d'un aliment més o menys llarg. Es fan rodanxes del peix, dels embotits o de les llimones.

rodanxó rodanxona rodanxons rodanxones
adjectiu
Una persona és rodanxona si és grossa i baixa.

rodar
verb
com *cantar*
◄ pàg. 26
1 Donar voltes al voltant d'un eix com fa una roda. Per a cargolar un cargol a la fusta, l'hem de fer rodar amb el tornavís. També roden les sínies o algunes atraccions de fira, com els cavallets.
2 Caure fent voltes sobre si mateix. Les monedes, quan cauen, roden per terra.
Continua a la pàgina següent

3 Filmar una pel·lícula. Els estudis de cine nord-americans roden moltes pel·lícules al cap de l'any.

frase feta — 4 Una persona diu que li **roda el cap** quan se sent marejada i sembla que tot doni voltes al seu voltant.

rodament

rodatge rodatges

nom masculí — 1 El rodatge d'una pel·lícula és el conjunt d'activitats que es fan mentre es roda. Algunes pel·lícules d'acció tenen un rodatge molt difícil, hi ha molts extres i molts efectes especials.

2 Es fa el rodatge d'un motor o d'un cotxe nou quan es fa funcionar amb certes precaucions durant un quant temps.

rodejar

verb com *cantar* ◄ pàg. 26 Amb G davant E, I — Envoltar. L'aigua del mar rodeja completament les illes. Algunes ciutats conserven encara les muralles que les rodejaven.

rodera roderes

nom femení — Una rodera és el senyal que deixa la roda d'un vehicle. En una carretera amb fang, les roderes es veuen molt bé; en una carretera asfaltada, en canvi, no hi ha roderes.

rodet rodets

nom masculí — Un rodet és una peça en forma cilíndrica, sovint amb un forat al centre, per a enrotllar-hi fil, cordill, filferro, paper o una altra matèria flexible. A les merceries, venen rodets de fil de molts colors. Els rodets de fotografia van protegits de la llum.

rodó rodona rodons rodones

adjectiu — 1 Que té una figura circular, que té forma de roda. Les monedes són rodones.

2 Es diu que una cosa és o ha sortit rodona si no té cap defecte, si ha sortit molt bé. Si algú fa un negoci rodó, guanya molts diners.

frase feta — 3 **Girar en rodó** és fer mitja volta. Quan un conductor s'equivoca de carretera, ha de girar en rodó i tornar enrere.

arrodonir

rodolar

verb com *cantar* ◄ pàg. 26 — Caure cap avall per un lloc inclinat, donant voltes sobre si mateix. Quan anem per la muntanya hem d'anar amb compte amb les pedres grosses que a vegades rodolen pendent avall.

rodoladís, rodoladissa

rodolí rodolins

nom masculí — Un rodolí és un parell de versos que rimen. *Tinc un gat petit / que és molt divertit* és un rodolí.

a rodolons

locució que fa d'adverbi — Rodolant. *A vegades, els esquiadors perden l'equilibri i baixen la pista a rodolons.*

rodona rodones

nom femení — 1 Una rodona és una figura o un dibuix en forma de cercle o de circumferència. La lluna plena és una rodona. Per dibuixar les rodes d'un cotxe fem rodones.

2 Rotllana, cercle de persones o coses. En un foc de camp, les persones es posen fent una rodona al voltant del foc.

3 Una rodona és una de les formes d'escriure una nota musical. Les rodones equivalen a dues blanques o a quatre negres.

nota

roent roents

adjectiu — Un metall o un material està roent si està tan calent que agafa un color vermell groc i fa llum. Per a treballar el ferro, els ferrers l'han de posar roent.

roger rogers

nom masculí — Peix que també es diu *moll.*

rogle rogles

nom masculí — Rotllo. Es diu sobretot al País Valencià.

roí roïna roïns roïnes

adjectiu — Que és dolent i mesquí, que fa coses dignes de menyspreu. Fer mal a una criatura indefensa és una acció roïna.

roïndat, roïnesa

roig roja roigs roges

adjectiu També *rojos* — 1 Que és d'un color tirant a vermell. Després d'un bon tec les galtes se'ns posen roges.

nom masculí — 2 El roig és el color del cel quan es pon el sol.

adjectiu i nom masculí i femení — 3 Es diuen *roges* les persones comunistes o d'un moviment o partit revolucionari. En temps de la dictadura franquista els *rojos* eren perseguits.

enrogir, rogenc, rogent

roina roines

nom femení — Una roina és una pluja molt fina.

rom roms

nom masculí — El rom és una beguda alcohòlica que es fa fermentant i destil·lant el suc i les melasses de la canya de sucre. Hi ha un rom incolor i un rom de color marró que porta sucre cremat.

romà romana romans romanes

adjectiu — 1 De Roma. *L'imperi romà.*

nom masculí i femení — 2 Persona que és de Roma o que hi viu.

3 Persona ciutadana de l'imperi romà.

locució que fa d'adjectiu i d'adverbi — 4 Un aliment és o es fa **a la romana** si s'arrebossa amb farina i ou i tot seguit es fre-

geix. El lluç i el calamar es fan sovint a la romana.
romanitzar

romana romanes
nom femení — Una romana és una balança que té dos braços desiguals penjats d'un suport que la persona que pesa aguanta amb una mà. En el braç més curt es penja la cosa que es pesa i en el braç més llarg es posa un pes que es fa córrer endavant o endarrere fins a equilibrar els dos braços.

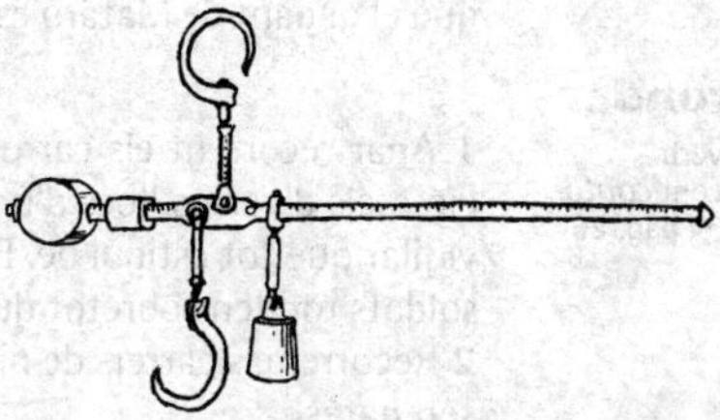

Una romana

romanç romanços
nom masculí — **1** Un romanç és una narració en forma de novel·la que explica les aventures d'un heroi o d'una heroïna.
2 Nom que es va donar a les llengües romàniques quan ja s'havien separat definitivament del llatí.

romanços
nom masculí plural — Es diuen *romanços* les excuses i les falses raons que dóna una persona per a justificar la seva manera de fer. *No em vingueu amb romanços i acabeu la feina.*
romancejar, romancer

romandre
verb ◀ pàg. 39 — **1** Quedar-se en un lloc, no sortir-ne. Els àrabs van romandre a la Península Ibèrica durant molts segles. Si romans a casa sense ningú, podràs treballar millor.
2 No sortir d'un estat, d'una situació. Hi ha persones que romanen solteres tota la vida.

romanès romanesa romanesos romaneses
adjectiu — **1** De Romania. *El petroli romanès.*
nom masculí i femení — **2** Persona que és de Romania o que hi viu.
nom masculí — **3** El romanès és la llengua que es parla a Romania.

romaní romanins
nom masculí — El romaní és un arbust petit molt aromàtic, de fulles linears i molt blavoses unides en petits rams. Es fa servir com a remei d'alguns mals i com a condiment a la cuina.

romànic romànica romànics romàniques
adjectiu i nom masculí — **1** L'estil romànic és un estil artístic que es va desenvolupar a Europa entre els segles XI i XII i, en alguns llocs, fins a començament del XIII. El romànic té obres molt importants a Catalunya, com el monestir de Ripoll i l'església de Santa Maria de Taüll.
adjectiu — **2** Les llengües romàniques són les llengües d'Europa que provenen del llatí. El català, el castellà i el gallec són llengües romàniques.
romanista

romàntic romàntica romàntics romàntiques
adjectiu — **1** Del romanticisme, que està relacionat amb el romanticisme. Mendelssohn i Schumann són músics romàntics.
adjectiu i nom masculí i femení — **2** Es diu que una persona és romàntica si es deixa portar per la fantasia i pels sentiments amorosos. Si una cosa és romàntica desperta les emocions i la fantasia i estimula els sentits.

romanticisme romanticismes
nom masculí — El romanticisme és un moviment cultural que va néixer a Alemanya al final del segle XVIII i es va estendre per tot Europa durant el segle XIX. Dóna molta importància als sentiments i a les passions, i valora sobretot la llibertat de les persones i dels pobles.

romanx romanxos
nom masculí — El romanx és una llengua romànica que es parla a Suïssa, al cantó dels Grisons. Pertany al conjunt dels parlars retoromànics.

rombe rombes
nom masculí — Un rombe és un paral·lelogram que té els quatre costats iguals però no els angles.
ròmbic, romboedre, rombòedre

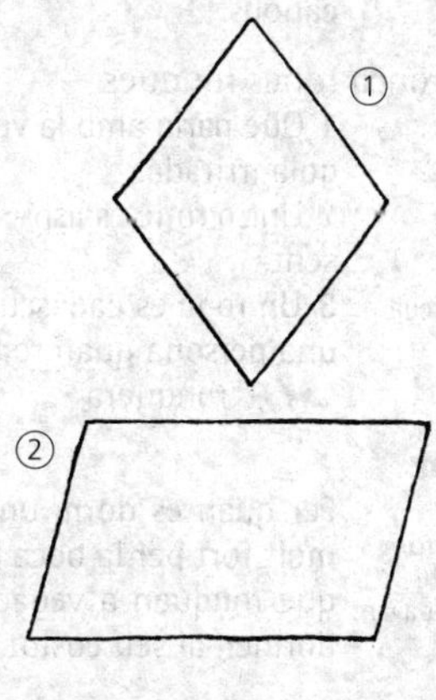

①Un rombe. ②Un romboide.

romboide romboides
nom masculí — Un romboide és un paral·lelogram que té els costats i els angles iguals dos a dos.
rombe

romeguera romegueres
nom femení — 1 Esbarzer.
2 Es diu que una persona o una cosa és una romeguera si destorba, si ens entreté pel camí i no deixa arribar a l'hora.

romer romers
nom masculí — Romaní.

romeria romeries
nom femení — Romiatge.

romesco romescos
nom masculí — El romesco és una salsa típica catalana que es fa amb nyores o pebrots vermells, alls i tomàquets escalivats, ametlles torrades, pa torrat, oli i vinagre. A vegades també s'hi posa julivert i pebre. És una salsa per a plats de peix però es posa també en altres menjars.

romeu romeva romeus romeves
nom masculí i femení — Persona que va en romiatge a un santuari. Al cap de l'any, pugen a Montserrat milers de romeus i romeves.

romiatge romiatges
nom masculí — Un romiatge és un viatge que una persona o un grup de persones fan per fe i devoció a un santuari o a un lloc sagrat. Molts catòlics fan romiatges a Lorda i a Fàtima.

rompent rompents
nom masculí — Un rompent és un lloc on xoquen les ones del mar i es desfan. Quan el mar està molt agitat, els rompents són perillosos.

rompre
verb com *perdre* ◄ pàg. 27 — Trencar. Les ametlles i les avellanes no s'han de rompre amb les dents, sinó amb un trencanous.

ronc ronca roncs ronques
adjectiu — 1 Que parla amb la veu aspra perquè té la gola irritada.
2 Un so ronc és aspre i baix, gairebé no se sent.
nom masculí — 3 Un ronc és cadascun dels sorolls que fa una persona quan ronca.
ronquera

roncar
verb com *cantar* ◄ pàg. 26 Amb QU davant E, I — Fer quan es dorm un soroll de respiració molt fort per la boca i el nas. Les persones que ronquen a vegades molesten els qui dormen al seu costat.

ronda rondes
nom femení — 1 Una ronda és un itinerari que es fa quan es ronda. Es diu que un sentinella o una persona que vigila fa la ronda si passa per un seguit de llocs i comprova que tot està bé.
2 Grup de persones o de soldats que van vigilant pels carrers o per altres llocs.
3 Conjunt de begudes iguals que prenen en un bar una colla de persones. En alguns llocs és costum que cada membre de la colla pagui una ronda als altres companys.

rondalla rondalles
nom femení — Una rondalla és un conte, una narració fantàstica i tradicional per a entretenir els infants. Hi ha una rondalla que explica per què el gegant de Mataró es diu Robafaves.

rondar
verb com *cantar* ◄ pàg. 26 — 1 Anar recorrent els carrers d'una població o els diversos llocs d'una fortalesa per vigilar que tot estigui bé. Els guàrdies i els soldats ronden sobretot durant la nit.
2 Recórrer els carrers de nit cantant i fent serenates.
3 Anar pels carrers passejant.
4 Donar voltes al voltant d'algú o d'alguna cosa, anar-hi contínuament al darrere per obtenir-ne alguna cosa. Els gats ronden sempre pels llocs on hi ha menjar.
5 Quan diem que ens ronda la son és que comencem a tenir ganes de dormir.

rondinaire rondinaires
adjectiu i nom masculí i femení — Que sempre rondina, que només fa que queixar-se. Els rondinaires no acostumen a ser gaire amables.

rondinar
verb com *cantar* ◄ pàg. 26 — Anar dient constantment que les coses no estan o que no es fan bé, queixar-se de tot, amb mitges paraules i sovint en veu baixa.

rondó rondós
nom masculí — Un rondó és una composició musical de moviment alegre que va repetint una tonada després de diverses melodies.

rònec rònega rònecs rònegues
adjectiu — Una casa és rònega si està abandonada i en mal estat i no s'hi pot viure; un camp, un terreny o un altre lloc és rònec si és solitari, sense cultius, ple de males herbes.

ronsal ronsals
nom masculí — Un ronsal és un tros de corda que es lliga al coll o al cap d'una haveria per menar-la quan camina. El ronsal també permet lligar l'animal perquè no s'escapi.

ronya ronyes
nom femení — 1 Sarna.
2 La ronya és la brutícia que hi ha enganxada a la pell o a una altra superfície.

A B C D E F G H I J K L M N O P Q R S T U V W X Y Z

ronyó ronyons

nom masculí — **1** Un ronyó és cada un dels dos òrgans en forma de mongeta que tenen els vertebrats per a filtrar la sang i produir l'orina. Els ronyons són la part més important de l'aparell urinari. En les persones, es troben a banda i banda de la columna vertebral i més avall de la cintura. pàgs. 798-799 (59)

frase feta — **2** Si una cosa **costa un ronyó** és molt cara, val molts diners.

ronyonada, ronyonera

ronyós ronyosa ronyosos ronyoses

adjectiu — **1** Que és ple de brutícia. Amb un vestit ronyós no es pot anar a una festa.

2 Que és gasiu i avar. No esperis que una persona ronyosa et convidi.

ros rossa rossos rosses

adjectiu — **1** Una persona és rossa o té el cabell ros si té el cabell d'un color entre el castany clar i el groc d'or. Algunes cabelleres rosses no són naturals, sinó tenyides.

nom masculí i femení — **2** Persona que té els cabells rossos. Molts rossos tenen els ulls blaus.

enrossir, rossejar, rossenc

rosa roses

nom femení — **1** Una rosa és una flor grossa, amb molts pètals col·locats els uns al voltant dels altres. Hi ha roses de moltes classes i amb una gran varietat de colors i de formes. Fan una olor molt fina i agradable.

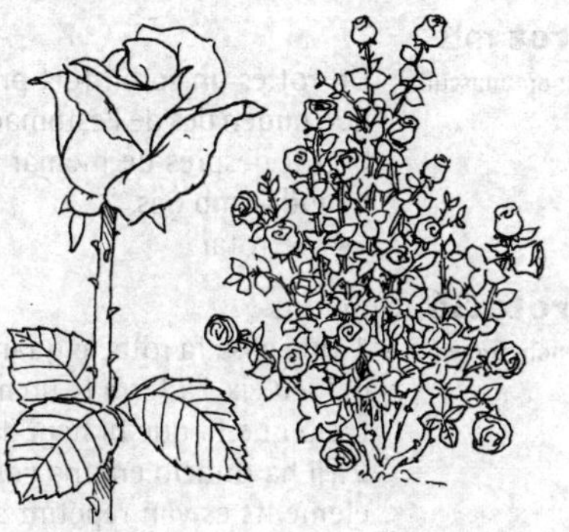

Una rosa i un roser

2 Rubèola. Es diu quan no es parla tècnicament.

rosada rosades

nom femení — La rosada és el conjunt de gotes d'aigua que es formen sobre les plantes i sobre les superfícies fredes durant la nit. Quan baixen les temperatures, el vapor d'aigua que hi ha a l'aire es condensa i es forma la rosada.

rosari rosaris

nom masculí — **1** El rosari és una pregària cristiana que consisteix a resar seguits un conjunt de cinc parenostres i cinquanta avemaries.

2 Un rosari és un conjunt de boletes unides per un fil o una cadeneta que es fa servir per a comptar els parenostres i les avemaries mentre es resa el rosari.

frase feta — **3** Es diu que una cosa **acaba com el rosari de l'aurora** si acaba malament, amb crits i baralles, amb ruïna i fracàs.

rosassa rosasses

nom femení — Una rosassa és una obertura gran de forma rodona que hi ha a les façanes d'algunes esglésies. Les rosasses acostumen a tenir vidrieres molt boniques de colors. pàg. 599 (7)

rosat rosada rosats rosades

adjectiu — De color de rosa. Una pell rosada indica bona salut. El vi rosat es pot servir fresc.

rosca rosques

nom femení — **1** Una rosca és una part sortint cargolada en espiral que hi ha en els cargols i a dins de les femelles i que permet de cargolar-los. Si la rosca es trenca o es fa malbé, el cargol o la femella no es poden cargolar.

2 Pasta seca de menjar que té forma d'anell.

rosec rosecs

nom masculí — **1** El rosec és el fet de rosegar. El rosec de les rates fa malbé moltes coses.

2 Una persona té un rosec quan sent un dolor continuat i fort en alguna part del cos, com el que fa el mal de queixal.

rosegador rosegadors

nom masculí — Un rosegador és un mamífer de mida més aviat petita que té en cada mandíbula dues dents incisives llargues i tallants i no té ullals. Els rosegadors mengen rosegant amb les incisives i s'alimenten de gra, d'arrels i d'altres vegetals. Les rates i els esquirols són rosegadors.

rosegar

verb
com *cantar* ◄ pàg. 26
Amb GU davant E, I

1 Emportar-se petites parts d'una cosa dura, fer-la a trossets a poc a poc mossegant-la amb les dents incisives. Quan a les criatures petites els surten les dents, roseguen pa o galetes. Els ratolins ho roseguen tot: paper, sacs, aliments i roba.

2 Atacar o desgastar una cosa amb una acció lenta i contínua. Els corcs roseguen la fusta.

frase feta — **3** Es diu que una persona **es rosega els punys** quan sent ràbia o remordiment per alguna cosa.

rosegó rosegons

nom masculí — **1** Un rosegó és un trosset de pa que es deixa després d'haver començat a menjar-lo.

Continua a la pàgina següent

2 Tros petit de pa sec. Hi ha qui fa sopes amb els rosegons que queden.

rosella roselles
nom femení Una rosella és una planta herbàcia que pot fer d'uns 30 centímetres fins a gairebé un metre d'alçària i que té unes tiges plenes de pèls aspres. Les flors són de color vermell intens i els pètals cauen fàcilment. Les roselles es fan a les vores i enmig dels camps de cereals.

roser rosers
nom masculí Un roser és una planta de tiges fortes com petits troncs, amb moltes punxes, i de fulles petites amb la vora serrada. Hi ha moltes varietats de rosers, silvestres i cultivats, que fan roses de formes i colors molt variats.
✎ rosa ✎ pàgs. 594-595 (30)

roserar roserars
nom masculí Un roserar és un lloc plantat amb rosers.

roseta rosetes
nom femení 1 Una roseta és qualsevol adornament que imita una rosa.
2 Crispeta.

rosquilla rosquilles
nom femení Una rosquilla és una pasta de menjar de forma rodona i plana amb un forat al mig. Les rosquilles són molt bones sucades en llet o en vi dolç.

ròssec ròssecs
nom masculí 1 El ròssec d'una cosa és la part que s'arrossega per terra. Alguns vestits de núvia tenen una cua llarga, amb molt de ròssec.
2 Allò que queda com a conseqüència d'una cosa. La destrucció i la mort és el ròssec de les guerres.

rossellonès rossellonesa rossellonesos rosselloneses
adjectiu 1 Del Rosselló. *Les vinyes rosselloneses.*
nom masculí i femení 2 Persona que és del Rosselló o que hi viu.
nom masculí 3 El rossellonès és la varietat del català que es parla a la part nord-oriental dels Pirineus, en una zona que comprèn el Rosselló, el Vallespir, el Conflent, el Capcir i l'Alta Cerdanya.

rossí rossins
nom masculí Un rossí és un cavall vell, sense forces per a treballar.

rossinyol rossinyols
nom masculí 1 Un rossinyol és un ocell petit de color bru vermellós amb la part de sota blanquinosa. La cua és molt llarga i ampla i el bec és llarg. S'alimenta sobretot d'insectes. Els rossinyols canten de dia i de nit i el seu cant és molt estimat.
2 Bolet que té el barret de color groc vermellós, de forma corba quan és jove i de forma de copa o embut quan és madur, d'uns 5 a 12 centímetres d'ample i amb el marge ondulat. El peu és curt i de color groc. Els rossinyols són comestibles i assecats es conserven molt bé.

rossolar
verb
com *cantar*
◄ pàg. 26
Baixar lliscant per un lloc pendent. Rossolar pels tobogans és divertit.

rost rosta rosts rostes
adjectiu
També *rostos*
Que fa pendent. Un camí rost costa de pujar.

rostir
verb
com *servir*
◄ pàg. 28
Coure a foc viu en un ast o bé en una cassola o al forn amb oli o amb un altre greix. El pollastre rostit es pot menjar fred o calent.

rostit rostits
nom masculí Un rostit és carn o un altre menjar rostit.

rostoll rostolls
nom masculí El rostoll és el conjunt dels trossos de les tiges del blat i d'altres cereals que queden al camp, arrelades a terra, després de segar. Si camines per damunt del rostoll les tiges poden esgarrinxar-te les cames.

rostre rostres
nom masculí 1 El rostre d'una persona és la seva cara. El riure anima el rostre.
2 Bec d'un ocell. Les cigonyes tenen un rostre força llarg.

rot rots
nom masculí Un rot és un soroll fort produït per gasos que pugen des de l'estómac. Es fan rots sobretot després de menjar o de beure una beguda amb gas.
rotar

rotació rotacions
nom femení 1 Una cosa fa rotació quan roda al voltant del seu eix. La Terra té un moviment de rotació que fa que hi hagi dia i nit.
2 Hi ha rotació en una cosa quan els seus elements es van repetint segons un ordre determinat. Hi ha rotació entre les quatre estacions de l'any.
rotatiu, rotativa, rotatori, rotatòria

rotativa rotatives
nom femení Una rotativa és una màquina d'imprimir diaris i revistes en color. Les rotatives són grans, molt ràpides i fan servir rotlles de paper continu. Van gairebé sempre unides a una màquina que plega els fulls impresos.
✎ pàg. 996 (22)

rotgle rotgles
nom masculí Rotllo. Es diu sobretot al País Valencià.

rotllana rotllanes

nom femení — **1** Una rotllana és un cèrcol de fusta o de ferro que fa de suport d'alguna cosa. Per a posar la cafetera al foc es fa servir a vegades una rotllana de ferro.
2 Grup de persones o de coses que estan posades en cercle, fent una forma rodona. A les sardanes, les persones que ballen formen una rotllana. pàg. 997 ⑧

rotlle rotlles

nom masculí — Rotllo.

rotllo rotllos

nom masculí
També *rotlle* — **1** Un rotllo és un tros molt llarg de paper o d'un altre material flexible plegat damunt d'ell mateix donant voltes sobre un eix. A la cuina es fan servir rotllos de paper d'alumini per a embolicar el menjar; al lavabo, hi tenim rotllos de paper de vàter.
2 Grup de persones o de coses posades en forma de cercle, fent rotllana. Si es posen les cadires formant rotllo, tothom veu a tothom.
enrotllar

rotonda rotondes

nom femení — **1** Una rotonda és un edifici o una sala de forma rodona. Moltes rotondes acaben per la part de dalt en una cúpula.
2 Plaça rodona situada en un encreuament de carreteres o de carrers que sovint té un monument o un jardinet al centre. Gràcies a les rotondes, els encreuaments de carreteres són menys perillosos.

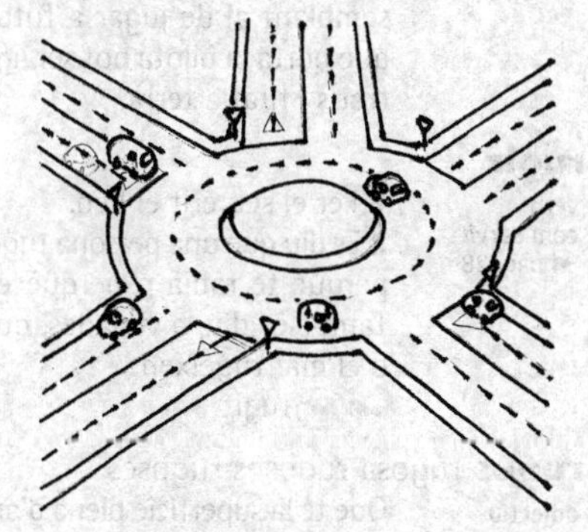

Una rotonda

ròtula ròtules

nom femení — La ròtula és un os que hi ha a la part del davant del genoll. És pla i té forma rodona. pàg. 797 ㉓

rotund rotunda rotunds rotundes

adjectiu — Es diu que una afirmació o una negació és rotunda si és molt decidida i ferma, si es fa sense cap dubte. Si demanem una cosa i ens contesten amb un no rotund, no cal que ho tornem a demanar.
rotunditat

roure roures

nom masculí — Un roure és un arbre de tronc rugós i fosc semblant al de les alzines. Té les fulles petites, arrodonides i dentades, que a vegades punxen. Els roures perden la fulla, i la seva fusta es fa servir com a llenya i en la construcció.
roureda

rova roves

nom femení — Arrova.

rovell rovells

nom masculí — **1** El rovell d'un ou és la part groga i vermellosa que hi ha al mig, envoltada per la clara. Quan ens mengem un ou ferrat, suquem pa al rovell.
2 Capa de color vermell fosc que es forma a la superfície del ferro i d'altres metalls per l'acció de l'aigua i l'aire humit. El rovell fa malbé els ferros.

rovellar

verb
com *cantar*
◄ pàg. 26 — **1** Fer que el ferro o un altre metall agafi rovell i es faci malbé. L'aigua del mar rovella els elements de ferro de les barques. Les bigues i les baranes de ferro es pinten i així no es rovellen.

usat amb pronom — **2** Es diu que una persona **es rovella** si fa temps que no practica una activitat; una cosa es rovella si fa temps que no funciona, que no la fem servir. Un esportista que ha deixat de fer exercici es rovella.

rovelló rovellons

nom masculí — Un rovelló és un bolet que té el barret pla, en forma una mica d'embut, d'uns 6 a 15 centímetres d'ample. El color és vermellós, a vegades tacat de verd. El peu és del mateix color que el barret. Quan es trenca, el rovelló fa un suc de color violat, com de vi negre. Els rovellons viuen en els boscos de pins i surten a finals d'estiu i a la tardor. Són bolets molt coneguts i molt bons per a menjar. A vegades es confonen amb els pinetells.

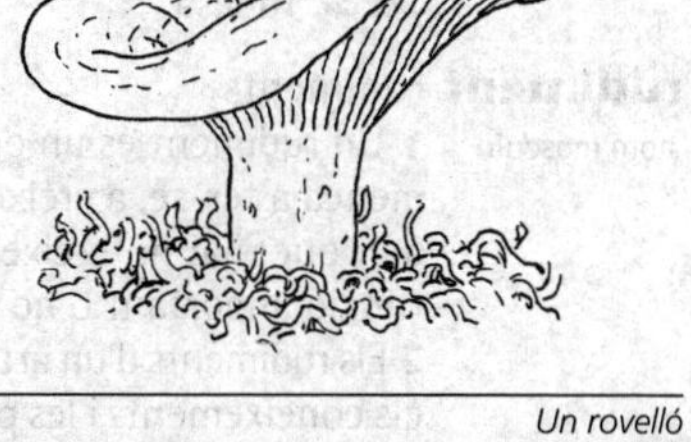

Un rovelló

rubèola rubèoles
nom femení — La rubèola és una malaltia infecciosa causada per un virus que ataca sobretot els nens i les nenes petits. És molt contagiosa, dóna febre i fa que surtin a la pell unes taquetes vermelles que piquen.

ruble rubles
nom masculí — El ruble és la moneda de Rússia i d'altres estats de l'antiga Unió Soviètica.

rubor rubors
nom masculí i femení — El rubor o la rubor és el color vermell que surt a una persona a les galtes, a la cara, quan sent vergonya, la posen en ridícul o es posa nerviosa perquè la miren.

ruboritzar-se
verb usat amb pronom com *cantar* ◄ pàg. 26 — Tornar-se vermell, sortir-li, a algú, el rubor a la cara. Les persones tímides es ruboritzen sovint.

rúbrica rúbriques
nom femení — **1** La rúbrica d'una persona és una ratlla o un seguit de ratlles que fa juntament amb el seu nom i cognom quan firma. La rúbrica es fa sempre igual.
2 En els llibres per a celebrar els sagraments de l'Església, explicació impresa en color vermell que diu les normes que s'han de seguir.
3 En manuscrits i llibres antics, part que era escrita en lletres vermelles.

ruc ruca rucs ruques
nom masculí — **1** Ase, burro.
adjectiu i nom masculí i femení — **2** Es diu que una persona és ruca quan és poc intel·ligent o fa bestieses. Aquesta paraula es fa servir com un insult.

rucada rucades
nom femení — Una rucada és una bestiesa, una ximpleria.

rude rudes
adjectiu — **1** Que té poca delicadesa, que no segueix les normes considerades de bona educació. Una persona rude no sap menjar bé: tot ho agafa amb les mans, mastega fent soroll, parla amb la boca plena, etc.
2 Es diu que el temps o el clima és rude si és difícil de suportar, si fa molt de fred o molta calor. Els països nòrdics tenen un clima rude.
rudesa

rudiment rudiments
nom masculí — **1** Un rudiment és un òrgan petit, que comença a fer-se, a créixer. És també un òrgan que mai no creixerà i que no té una funció important o no té cap funció.
2 Els rudiments d'un art o d'una ciència són els coneixements i les pràctiques més senzills, les nocions més elementals. És pràctic que la persona que condueix un cotxe conegui els rudiments del funcionament del motor.

rudimentari rudimentària rudimentaris rudimentàries
adjectiu — **1** Que és un rudiment, un òrgan imperfecte. Podem parlar, per exemple, dels ulls o de l'estómac rudimentaris d'alguns animals.
2 Si una persona té coneixements rudimentaris d'una cosa només en sap les nocions elementals.
3 Que és molt senzill, molt primitiu. Els homes antics tenien llances i ganivets rudimentaris.

rufià rufiana rufians rufianes
nom masculí i femení — Persona que és dolenta, que enganya i que fa mal als altres. La persona que té el vici de jugar a vegades es comporta com un rufià.

rúfol rúfola rúfols rúfoles
adjectiu — Que és ple de núvols, que amenaça tempesta de vent i pluja o neu. Si fa un dia rúfol, convé abrigar-se i agafar el paraigua.
rufolós, rufolosa

rugbi rugbis
nom masculí — El rugbi és un esport entre dos equips de tretze o de quinze jugadors que es juga amb les mans i amb els peus amb una pilota que té forma ovalada, com un meló. Els punts es fan quan els jugadors d'un equip aconsegueixen de fer passar la pilota més enllà de la línia de gol contrària en un camp semblant al de jugar a futbol. El jugador que porta la pilota pot ser agafat pels contraris i tirat a terra.

rugir
verb com *servir* ◄ pàg. 28 — **1** Fer el seu crit el lleó.
2 Es diu que una persona rugeix si crida fort perquè té ràbia o perquè està enfadada. També es diu, a vegades, que la tempesta o el mar rugeixen.
rugit

rugós rugosa rugosos rugoses
adjectiu — Que té la superfície plena d'arrugues, de petits bonys separats per solcs. Alguns rèptils tenen la pell rugosa.
rugositat

ruïna ruïnes
nom femení — **1** La ruïna d'una casa o d'un altre edifici és el fet d'ensorrar-se, de fer-se malbé. Si una casa amenaça ruïna, està a punt de caure i no s'hi pot viure.
2 La ruïna d'una persona o d'un negoci és el fet de perdre tots els seus diners, tots els

seus béns. En temps de crisi econòmica, moltes empreses van a la ruïna.

nom femení plural — 3 Unes ruïnes són les restes d'una ciutat antiga o els trossos de parets, de sostres, etc., d'un edifici que s'ha ensorrat. D'alguns castells antics, només en queden ruïnes. A Catalunya hi ha ruïnes de ciutats gregues i romanes.

frase feta — 4 Es diu que una persona **és una ruïna** si està molt malalta, molt envellida o sense forces espirituals i morals.

arruïnar

ruïnós ruïnosa ruïnosos ruïnoses

adjectiu — 1 Que amenaça ruïna, que està a punt de caure, d'ensorrar-se. És molt perillós entrar en un edifici ruïnós.

2 Que provoca la ruïna d'algú. Quan es fa un negoci ruïnós, es perden els diners que s'hi han invertit.

ruixar

verb, com *cantar* ◄ pàg. 26 — 1 Llançar un líquid en forma de gotes o de rajolins molt fins. Amb un esprai podem ruixar-nos de colònia el cos i els vestits.

2 Mullar una persona o una cosa tirant-hi a sobre un raig d'aigua. Amb una mànega d'aigua deixem ben ruixat el terra i les plantes.

ruixat ruixats

nom masculí — Un ruixat és una pluja forta que dura poca estona. Els ruixats d'estiu refresquen l'ambient.

ruixim ruixims

nom masculí — 1 Un ruixim és un seguit de gotetes, com les que cauen d'un líquid que es fa bellugar.

2 Plugim.

ruleta ruletes

nom femení — La ruleta és un joc d'atzar que consisteix en una roda amb números que gira i una boleta que es llança sobre aquesta roda. Quan la roda s'atura, la bola cau en un dels números, i aquest número és el guanyador.

rulot rulots

nom femení — Una rulot és un remolc preparat com si fos una casa que porten alguns cotxes. La gent dorm i menja dins de la rulot.

rumb rumbs

nom masculí — El rumb d'una embarcació o d'un avió és la direcció que segueix. Amb boira i sense brúixola, una embarcació perdrà el rumb.

rumba rumbes

nom femení — La rumba és un ball que va néixer entre els negres de Cuba, de ritme molt alegre i amb un compàs de dos per quatre.

rumbós rumbosa rumbosos rumboses

adjectiu — Una persona és rumbosa si en les coses que fa no li importa gastar diners, si convida els altres i els fa regals. La gent que és pobra no pot ser gaire rumbosa.

rumbejar

rumiar

verb, com *canviar* ◄ pàg. 30, Amb dièresi, També *ruminar* — Pensar molt en una cosa, examinar-la una i altra vegada amb l'enteniment. Si et demanen que contestis una pregunta en mig minut, no et deixen rumiar gaire.

ruminant ruminants

adjectiu — 1 Que rumina.

nom masculí — 2 Un ruminant és un animal remugant, com una cabra o un cérvol.

ruminar

verb, com *cantar* ◄ pàg. 26 — 1 Remugar els animals.

2 Rumiar.

rumor rumors

nom masculí i femení — Un rumor o una rumor és una notícia que no se sap del cert però que corre de boca en boca. Quan corre el rumor que hi haurà dos dies de festa, ens posem contents, però no podem estar-ne segurs.

runa runes

nom femení — La runa és el conjunt de les pedres, trossos de guix i ciment, ferros i altres materials que queden quan s'ha ensorrat una casa o un altre edifici. pàg. 593 (35)

enrunar

rupestre rupestres

adjectiu — De les roques, que està relacionat amb les roques. Els homes prehistòrics van fer pintures rupestres damunt de les parets de coves.

rupia rupies

nom femení — La rupia és la moneda de l'Índia i d'altres estats de l'Extrem Orient, com Indonèsia, Nepal i Pakistan.

ruptura ruptures

nom femení — Hi ha ruptura quan es trenca o es romp una cosa. La ruptura d'una canonada fa que l'aigua s'escapi. També es parla de la ruptura d'un tractat o d'unes negociacions.

rural rurals

adjectiu — Del camp, que està relacionat amb la vida que es fa al camp. Una propietat rural és una casa i terres que algú té al camp o en un poble petit.

ruralia ruralies

nom femení — Una ruralia és un terreny on hi ha masies i terres de cultiu. A la ruralia de la plana de Vic hi ha cases antigues molt boniques.

rus russa russos russes

adjectiu — **1** De Rússia. *El caviar rus.*

nom masculí i femení — **2** Persona que és de Rússia o que hi viu.

nom masculí — **3** El rus és la llengua que es parla a Rússia.

rusc ruscs

nom masculí
També *ruscos* — Un rusc és una construcció normalment de fusta on viu un eixam d'abelles. En el rusc també fan la mel i la cera.

rústec rústega rústecs rústegues

adjectiu — **1** Una cosa és rústega si no és fina ni està polida, si té un tacte aspre i raspós. A algunes persones, els agraden els objectes de fusta rústega, sense polir.
2 Es diu que una persona és rústega si té poca educació, poca cultura.
3 Un mecanisme o una peça són rústecs si funcionen amb dificultat. Les portes rústegues necessiten oli a les frontisses.

rústic rústica rústics rústiques

adjectiu — **1** De les persones o les coses del camp. La vida rústica no és com la vida de la ciutat.
2 Que és fet amb materials poc treballats, poc fins. Els mobles que es diuen *rústics* imiten els mobles antics de les cases de pagès.
rusticitat

ruta rutes

nom femení — Una ruta és un itinerari, un camí, que s'ha de seguir per a arribar a un lloc. Si fem una excursió a París, podem triar diverses rutes, passar per uns llocs o per uns altres. Les rutes marítimes i aèries porten viatgers a tots els països del món.

rutilant rutilants

adjectiu — Que brilla molt, que llança raigs de llum. Els làsers són rutilants.

rutina rutines

nom femení — Una rutina és un costum que s'ha agafat de fer sempre una cosa d'una certa manera. Si fem les coses per rutina o de rutina, les fem mecànicament, sense reflexionar. Si una persona surt de la rutina, fa una cosa diferent: va a passejar o es permet un bon dinar.
rutinari, rutinària

rutllar

verb
com *cantar*
◄ pàg. 26 — Es diu que una cosa rutlla quan funciona bé, quan va endavant, segueix el seu curs perfectament. El negoci del petroli sempre rutlla, dóna molts diners.

A B C D E F G H I J K L M N O P Q R S T U V W X Y Z

S

s
nom femení
Dinovena lletra de l'alfabet català. Pot representar dos sons: el de [z], com a *casa* i a *enfonsar*, i el de [s], com a *savi* i a *dansa*. Quan té el so de [s] i va entre vocals, s'escriu *ss* o *sc*, com a *passar* o *ascensor*.

s'
determinant article
Forma apostrofada de l'article *es* que s'usa a les Illes Balears i en algunes zones de la Costa Brava.
• *S'arbre, s'ànima.*

s' 's
pronom personal
Formes apostrofades del pronom es:
• *S'asseu a la cadira. Va asseure's a la cadira.*

1
sa sana sans sanes
adjectiu
1 Que no està malalt, que no té problemes de salut.
2 Que és bo per a la salut.
3 Sortir **sa i estalvi** d'un accident o d'un altre perill és sortir-ne sense fer-se mal.
🐾 sanejament, sanejar

2
sa
determinant article
Forma femenina singular de l'article *es* que s'usa a les Illes Balears i en algunes zones de la Costa Brava.
• *Sa taula.*

3
sa
determinant possessiu
Forma femenina singular de *son*:
• *Sa germana, sa cunyada.*

saba sabes
nom femení
La saba és un líquid que circula per dins de les plantes i que les nodreix.

sabadellenc sabadellenca sabadellencs sabadellenques
adjectiu
1 De Sabadell. *La indústria tèxtil sabadellenca.*
nom masculí i femení
2 Persona que és de Sabadell o que hi viu.

sabana sabanes
nom femení
Una sabana és una extensió de terreny gran i plana amb herbes altes i amb algun arbre aïllat. Les sabanes són pròpies de les regions tropicals.

sàbat sàbats
nom masculí
1 El sàbat és el setè dia de la setmana dels hebreus, el dissabte.
2 Reunió nocturna de bruixes i bruixots.

sabata sabates
nom femení
1 Una sabata és un calçat que cobreix el peu i de vegades arriba fins al turmell, amb sola de cuiro o de goma. Si ens traiem les sabates ens quedem descalços.
2 La **sabata de fre** d'un fre de tambor és una peça metàl·lica de forma còncava que

és recoberta en una de les cares d'un material flexible i resistent. Per aquesta cara, la sabata frega contra el tambor de la roda i fa que el vehicle freni.
sabateria

sabater sabatera sabaters sabateres
nom masculí i femení — 1 Persona que fa sabates, que n'arregla o que en ven.
nom masculí — 2 Un sabater és un moble fet especialment per a guardar-hi sabates.

sabatilla sabatilles
nom femení — 1 Una sabatilla és un calçat fet d'un material tou, sense cordons ni cap altra subjecció, i sovint sense taló, que es porta per estar per casa.

Unes sabatilles

2 Calçat de sola molt flexible que fan servir els esportistes.

sabatot sabatots
nom masculí — 1 Un sabatot és una sabata vella.
2 Es diu que una persona és un sabatot quan no és gaire intel·ligent.

saber [1]
verb ◄ pàg. 40 — 1 Tenir notícia, informació o coneixement d'alguna cosa. Quan no portes rellotge no saps mai quina hora és. Després de llegir el diari saps més coses que abans.
2 Haver estudiat i haver après alguna matèria. Hi ha persones que saben moltes llengües.
3 Tenir un gust determinat. Si un plat sap bé, té un gust bo i agradable.
frase feta — 4 Una persona **fa saber** una cosa a algú quan la hi diu. Quan prens una decisió important, l'has de fer saber als altres.
5 Una persona **la sap llarga** quan és espavilada, té experiència i sap com solucionar les coses.
6 **Saber greu** és sentir pena per alguna cosa. Sempre sap greu no poder anar al casament d'una amiga.

saber [2] sabers
nom masculí — El saber és el conjunt de coneixements que s'adquireixen amb l'estudi.

saberut saberuda saberuts saberudes
adjectiu i nom masculí i femení — Que sap molt. Per a arribar a ser un saberut s'ha de llegir molt.

sabó sabons
nom masculí — El sabó és un producte que barrejat amb aigua serveix per a netejar. Hi ha sabó líquid, en pols o en pastilles.
ensabonar, sabonós, sabonosa

sabonera saboneres
nom femení — 1 Una sabonera és un recipient per a posar-hi sabó. A tots els lavabos acostuma a haver-hi saboneres.
2 Escuma que fa el sabó quan es barreja amb aigua. Si poses molt sabó en una banyera plena i mous l'aigua, es fa una gran sabonera.

sabor sabors
nom masculí o femení — El sabor o la sabor és la sensació que una substància produeix al sentit del gust. Les llimones tenen un sabor molt àcid. La mel té un sabor dolç.
assaborir

saborós saborosa saborosos saboroses
adjectiu — Que té bon sabor o que té un sabor intens. La sal i el pebre fan el menjar més saborós.

sabotatge sabotatges
nom masculí — Un sabotatge és una acció que fa que una cosa no funcioni normalment, quedi destrossada, etc., amb la intenció de perjudicar algú o de reivindicar alguna cosa. En temps de guerra, hi ha comandos que fan sabotatges en territori enemic.
sabotejador, sabotejar

sabre sabres
nom masculí — Un sabre és una arma semblant a una espasa, però més llarga i una mica corbada que només talla per un costat.

sac sacs
nom masculí — 1 Un sac és un recipient de roba obert per un extrem que serveix per a contenir coses, com cafè, blat o ciment. Els sacs, sovint són fets d'un teixit anomenat *arpillera*.
2 Un **sac de dormir** és una mena de sac gruixut i tou que es fa servir per a dormir en tendes de campanya o a l'aire lliure.
3 Un **sac de gemecs** és un instrument musical de vent que és format per un sac de cuir amb diversos tubs que en pengen i que té un so molt característic. El sac de gemecs és típic d'Escòcia i de Galícia.

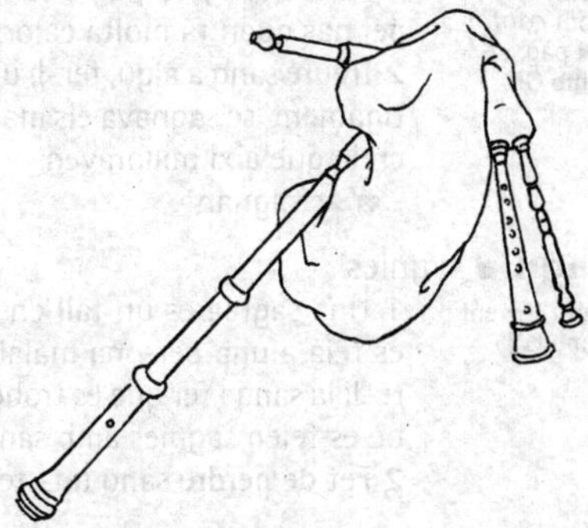
Un sac de gemecs

frase feta — **4 Ser un sac d'ossos** és ser molt prim.
→ ensacar

saca saques
nom femení
Una saca és un sac més gros del normal. A correus fan servir saques per a transportar les cartes.

sacada sacades
nom femení
En alguns esports, servei.

sacar
verb
com *cantar*
◄ pàg. 26
Amb QU davant E, I
En alguns esports, servir la pilota, posar-la en joc.

sacarina sacarines
nom femení
La sacarina és una substància per a endolcir els aliments. Les persones que no poden prendre sucre es posen sacarina en alguns menjars i begudes.

sacerdot sacerdots
nom masculí
Un sacerdot és un home que s'ha consagrat al servei d'una religió. En la religió catòlica, els sacerdots també s'anomenen *capellans* i *preveres*.
→ sacerdoci, sacerdotal

sacerdotessa sacerdotesses
nom femení
Una sacerdotessa és una dona que s'ha consagrat al servei d'una religió.

saciar
verb
com *canviar*
◄ pàg. 30
Amb dièresi
Satisfer els desitjos d'algú, la gana, la set, etc. Les persones amb molta gana són difícils de saciar.
→ insaciable, sacietat

sacre sacra sacres
adjectiu
Sagrat. La música sacra s'acostuma a escoltar a les esglésies.
→ sacralitzar

sacrificar
verb
com *cantar*
◄ pàg. 26
Amb QU davant E, I
1 Matar una persona o un animal i oferir-los a un déu o a Déu. Els grecs i els romans sacrificaven animals als seus déus.
2 Matar un animal. Als escorxadors, cada dia se sacrifiquen vedells i altres animals per a vendre'n la carn.
3 Renunciar a alguna cosa per una altra o per ajudar algú. A vegades hem de sacrificar les vacances per cuidar un amic que està malalt. Els pares sempre se sacrifiquen pels fills.
→ sacrifici

sacrilegi sacrilegis
nom masculí
Un sacrilegi és una falta de respecte contra una persona, una cosa o un lloc sagrats. Robar dins d'una església és un sacrilegi.
→ sacríleg

sacsejar
verb
com *cantar*
◄ pàg. 26
Amb G davant E, I
Moure una cosa amb força, de dalt a baix i de baix a dalt o d'un costat a un altre. Abans d'obrir una ampolla de taronjada, s'ha de sacsejar.
→ sacseig

sacsó sacsons
nom masculí
1 Un sacsó és un plec que es fa a la vora d'una peça de roba per a fer-la més curta i poder-la allargar més endavant si es vol.
2 Plec o arruga que es fa a la pell de les persones grasses. Algunes criatures petites tenen sacsons a les cames i als braços.

sàdic sàdica sàdics sàdiques
adjectiu i nom masculí i femení
Una persona és sàdica quan s'ho passa bé amb el dolor i el sofriment dels altres. Alguns criminals són sàdics.
→ sadisme

safanòria safanòries
nom femení
Pastanaga. Es diu només en algunes zones.

safareig safareigs
nom masculí
També *safarejos*
1 Un safareig és un dipòsit fet de ciment, i generalment quadrat o rectangular, que s'omple d'aigua i es fa servir per a rentar-hi roba. A moltes cases la rentadora és al costat del safareig.
2 Habitació petita de moltes cases on hi ha el safareig i altres elements relacionats amb la bugada. ✎ pàgs. 594-595 (38)

safari safaris
nom masculí
Un safari és una expedició que es fa a la selva africana per a caçar o fotografiar animals salvatges.

safata safates
nom femení
Una safata és un plat gran i pla per a servir el menjar o per a portar els plats i al-

tres estris a la taula. Els cambrers porten safates molt carregades sense que els caigui res.

safir safirs
nom masculí — Un safir és una pedra preciosa de color blau.

safrà safrans
nom masculí — El safrà és una planta herbàcia que pot fer entre 10 i 30 centímetres d'alçària, de fulles molt estretes i flors grosses de color violeta. Aquestes flors tenen tres estigmes llargs de color escarlata que, un cop assecats, es fan servir com a espècia.

saga[1] sagues
nom femení — **1** La saga d'alguna cosa és la part del darrere. Parlem, per exemple, de la saga d'un vehicle de càrrega o d'un grup de gent.
frase feta — **2 Anar a la saga** d'alguna cosa és anar-hi al darrere per aconseguir-la.

saga[2] sagues
nom femení — **1** Una saga és una llegenda de la literatura escandinava.
2 Història, narració o novel·la sobre una família determinada. *La saga dels Rius* té molts capítols.

sagaç sagaços sagaces
adjectiu — Que és molt hàbil a descobrir les coses, que té astúcia. Sherlock Holmes és un detectiu molt sagaç.
sagacitat

sagal sagals
nom masculí — **1** Un sagal és un noi que fa d'ajudant d'un pastor, que guarda el bestiar d'una masia.
2 Noi petit.

sageta sagetes
nom femení — Fletxa.

sagí sagins
nom masculí — El sagí és el greix d'un animal. El llard és el greix que es treu del sagí del porc.
ensaginar

sagitari sagitaris
nom masculí — El signe de sagitari és el novè del zodíac; és el signe de les persones nascudes entre el 21 de novembre i el 22 de desembre.

sagitat sagitada sagitats sagitades
adjectiu — Que té forma de sageta o fletxa. Les fulles d'algunes plantes, com l'albercoquer, són sagitades.

sagnar
verb
com *cantar*
◄ pàg. 26
Amb GN — **1** Perdre sang. Hi ha persones que sagnen pel nas quan fa molta calor.
2 Treure sang a algú, fer-li una sagnia. Antigament, se sagnava els malalts perquè es creia que així milloraven.
sagnant

sagnia sagnies
nom femení
Amb GN — **1** Una sagnia és un tall en una vena que es feia a una persona malalta per a treure-li la sang i fer que es trobés millor. També es feien sagnies amb sangoneres.
2 Fet de perdre sang una ferida.

sagrament sagraments
nom masculí — Un sagrament és cadascuna de les set cerimònies que celebra l'Església catòlica en moments molt importants de la vida de les persones, com el matrimoni, o per a mantenir la vida espiritual dels fidels, com l'eucaristia.
sacramental, sagramental

sagrat sagrada sagrats sagrades
adjectiu — **1** Que està relacionat amb Déu i amb la religió. L'església és un lloc sagrat. A l'Índia, les vaques són animals sagrats.
2 Diem que una cosa o una persona és sagrada quan mereix molt de respecte, molta estimació. Es diu que la vida és sagrada: ningú no té dret a matar els altres.

sagristà sagristana sagristans sagristanes
nom masculí i femení — Persona que s'encarrega d'una sagristia, d'arreglar una església i de preparar les coses necessàries per a les celebracions dels actes religiosos.

sagristia sagristies
nom femení — La sagristia d'una església és el lloc on es guarden els vestits, els llibres i els vasos sagrats, i on es prepara el sacerdot per a celebrar la missa i les altres cerimònies religioses. pàg. 598 ⑥

saguntí saguntina saguntins saguntines
adjectiu — **1** De Sagunt. *Les taronges saguntines.*
nom masculí i femení — **2** Persona que és de Sagunt o que hi viu.

saïm saïms
nom masculí — Sagí. Es diu només en algunes zones.

sainet sainets
nom masculí — Un sainet és una obra de teatre còmica que acostuma a ser curta i només d'un acte.

sajolida sajolides
nom femení — Una sajolida és una planta aromàtica de 10 a 40 centímetres d'alçària que té les fulles lanceolades i molt estretes i fa unes flors

blanques o una mica rosades. Es diu també *herba de les olives* perquè es fa servir per a adobar aquests fruits. També se'n fan infusions estimulants.

sal sals
nom femení
1 La sal és una substància en pols de color blanc que s'usa per a fer més saborosos els aliments o per a conservar-los. També se'n diu *sal comuna*.
2 En química, hi ha molts compostos que reben el nom de *sal*. Les sals provenen de la reacció química d'un àcid amb una base.
salar

sala sales
nom femení
1 Una sala és una habitació gran i espaiosa destinada a alguna cosa determinada: ferhi reunions, tenir-hi malalts, exposar-hi obres d'art, etc. A la sala d'armes dels castells, s'hi guardaven les armes. Els cabarets i altres locals semblants es diuen sales de festes o d'espectacles.
2 La sala d'una casa és l'habitació principal, on es fa més vida, es llegeix, es veu la televisió, es reben visites, etc. pàgs. 594-595 (65)
3 La **sala d'espera** de cal metge, d'una estació o d'un altre lloc és on la gent s'espera.

salabror salabrors
nom femení
La salabror és la característica del que és salat. Si t'entra a la boca aigua de mar, notaràs la salabror que té.
salabrós, salabrosa

salacot salacots
nom masculí
Un salacot és un barret amb ala tot al voltant i de forma una mica ovalada que es fa servir als països molt calorosos. N'hi ha de tires de canya, però també pot ser d'un material més dur i recobert de roba. Els salacots tenen a la part de dalt un petit bony amb uns forats perquè l'aire circuli.

Un salacot

salamandra salamandres
nom femení
1 Una salamandra és un amfibi semblant a una sargantana però de cos més robust i amb la pell llisa, de color negre amb taques grogues. Les salamandres viuen a l'aigua fins que es fan grans i després només hi van a pondre els ous.
2 Estufa de ferro on es crema carbó i que té al davant una finestra amb làmines transparents de mica que deixen veure el foc.

salari salaris
nom masculí
Un salari és una quantitat de diners que un treballador rep per la seva feina. Si una persona cobra el salari mínim, li paguen la quantitat de diners més petita que el govern ha fixat per a qualsevol treballador.
salarial

salat salada salats salades
adjectiu
1 Que té gust de sal, que conté sal. L'aigua del mar és salada.
2 Diem que una persona és salada quan és molt simpàtica i té molta gràcia.

salconduit salconduits
nom masculí
Un salconduit és un document donat per l'autoritat que permet a una persona anar per un lloc sense que li ho prohibeixin.

saldo saldos
nom masculí
1 El saldo d'un compte corrent és la quantitat de diners que hi tenim. Si tenim un saldo negatiu vol dir que devem diners al banc.
2 Un saldo és tot el que queda d'una mercaderia i que es ven a un preu molt baix per tal de treure-s'ho del damunt.
3 Diem que una persona o una cosa és un saldo quan val molt poc o quan no serveix de gaire.
saldar

saler salers
nom masculí
Un saler és un recipient per a tenir-hi sal i poder portar-ne a taula per a servir-se'n. Si demanes amanida en un restaurant, et portaran unes setrilleres i un saler.

salfumant salfumants
nom masculí
El salfumant és un líquid grogós, fet amb aigua i l'àcid anomenat *clorhídric*. Té una olor molt forta i desprèn un fum blanc en contacte amb l'aire. Es fa servir per a netejar alguns materials o paviments i en algunes indústries. El salfumant crema la pell i fa malbé el marbre, la roba i altres matèries.

salí salina salins salines
adjectiu
Que està relacionat amb la sal o que conté sal. L'aigua del mar és salina.

A B C D E F G H I J K L M N O P Q R S T U V W X Y Z

salina salines
nom femení — Una salina és un lloc d'on es treu sal. Les salines marines obtenen sal per evaporació de l'aigua del mar.

saliva salives
nom femení — **1** La saliva és un líquid produït per unes glàndules que hi ha dins de la boca. Estova els aliments quan els mengem, fa que ens els puguem empassar millor i els prepara per a la digestió.
frase feta — **2** **Gastar saliva** és parlar inútilment.
ensalivar

salival salivals
adjectiu — Que està relacionat amb la saliva. Les glàndules salivals produeixen la saliva.

salivera saliveres
nom femení — **1** Tenim salivera quan tenim molta saliva a la boca. Quan som al dentista amb la boca oberta i no podem empassar saliva, tenim salivera.
frase feta — **2** Un menjar **fa venir salivera** quan desperta la gana o el desig de menjar-lo. A les persones llamineres, els pastissos els fan venir salivera.

salm salms
nom masculí
També *psalm* — Un salm és una composició musical religiosa en lloança de Déu. A la Bíblia, hi ha un llibre que conté 150 salms.
salmòdia, salmodiar

salmó salmons
nom masculí — **1** Un salmó és un peix de forma allargada i de color fosc amb taques a la part de sobre. Fa un metre de llargària aproximadament. Els salmons viuen al mar i als rius, on ponen els ous. La seva carn és de color rosat i es menja fresca o fumada.
adjectiu — **2** Que és de color rosa clar tirant a taronja, com el del peix anomenat *salmó*.
nom masculí — **3** El salmó és el color de la carn del peix anomenat *salmó*.
salmonat, salmonada

salmorra salmorres
nom femení — La salmorra és un líquid format per aigua i molta sal que es fa servir per a conservar alguns aliments. Les anxoves es conserven en salmorra.

salnitre salnitres
nom masculí — El salnitre és el nitrat de potassi, substància cristal·lina, de color blanc o grisós i de gust salat. Es fa servir com a adob dels camps i en la fabricació de la pólvora i altres explosius. La seva fórmula és: KNO_3.

saló salons
nom masculí — **1** Un saló és una sala gran o luxosa. Alguns palaus tenen salons on es feien balls i recepcions.
2 Nom que es dóna a algunes exposicions. Cada any, per Nadal, se celebra el saló de la infància a Barcelona.
3 Local d'alguns establiments. Algunes perruqueries es diuen salons de bellesa o de perruqueria.

salobre salobres
nom masculí — El salobre és la capa de sal que es forma sobre una superfície quan s'evapora l'aigua salada. El salobre fa malbé les fustes i els ferros de les barques.

salpar
verb
com *cantar*
◄ pàg. 26 — Una embarcació salpa quan lleva l'àncora i es posa en camí. Alguns vaixells que van a les Illes Balears salpen de Barcelona.

salpebrar
verb
com *cantar*
◄ pàg. 26 — Posar sal i pebre als aliments. Abans de coure la carn, la salpebrem.

salsa salses
nom femení — **1** Una salsa és un líquid alimentari més o menys espès fet de diversos ingredients. Les salses acompanyen els menjars i els fan més gustosos. Els espaguetis s'acostumen a menjar amb salsa de tomàquet. L'allioli i la maionesa són dues salses diferents.
2 La salsa és un tipus de música per a ballar que barreja la samba, la rumba, el mambo i altres ritmes de l'Amèrica Llatina amb el jazz i el rock.
salsera pàg. 396 (21)

salsitxa salsitxes
nom femení — **1** Una salsitxa és una mena d'embotit semblant a la botifarra crua però més prim.
pàgs. 398-399 (19)
2 Una **salsitxa de Frankfurt** és un tipus de salsitxa cuita i fumada. Les salsitxes de Frankfurt se solen menjar acompanyades de mostassa o quètxup.

salt salts
nom masculí — **1** Un salt és un moviment que algú fa cap amunt o cap avall de manera que durant uns moments no toca de peus a terra. Els cangurs corren fent salts. Hi ha gent que baixa les escales d'un salt. El salt d'alçada i el de llargada són dues proves atlètiques.
2 Diem que fem un salt quan passem d'una cosa a una altra ràpidament sense aturar-nos en el que hi ha pel mig. Després d'estudiar la història del segle XV, podem fer un salt i estudiar la del segle XX.
3 Un **salt d'aigua** és una cascada.
4 Un **salt mortal** és un salt que consisteix a fer una volta en l'aire abans de tornar a tocar a terra. Alguns esportistes fan salts mortals des d'un trampolí.

frase feta — **5 Fer el salt** a algú és no complir un compromís. Si prepares el sopar per a uns convidats que han de venir i no vénen, et fan el salt.

saltador saltadora saltadors saltadores

adjectiu — **1** Que salta. La llagosta és un animal saltador.

nom masculí i femení — **2** Persona que practica l'esport del salt d'alçada, de llargada, etc.

saltamarges saltamarges

nom masculí i femení — Un o una saltamarges és una persona que roba fruites i verdures dels camps.

saltamartí saltamartins

nom masculí — **1** Un saltamartí és un insecte molt semblant a la llagosta però amb les antenes més llargues. Els saltamartins fan salts molt grans. En algunes èpoques, als camps, n'hi ha moltíssims.

2 Figura o ninot que porta un pes a la part de sota que fa que mai no es pugui tombar o fer caure. Si es desvia de la seva posició vertical, el saltamartí es balanceja i es torna a posar dret.

saltant saltants

nom masculí — Cascada.

saltar

verb com *cantar* ◄ pàg. 26 — **1** Fer un o més salts. Els gats són animals que salten amb molta facilitat. Hi ha persones que quan reben una bona notícia salten d'alegria.

2 Desprendre's una cosa del lloc on està enganxada o unida. Pot saltar la pintura d'una paret, la crosta d'una ferida, el botó d'uns pantalons, etc.

3 Passar per damunt d'una cosa fent un salt. En algunes curses, els cavalls salten obstacles.

4 Diem que saltem alguna cosa quan la passem de llarg. Si ens saltem un capítol d'una novel·la, ens podem perdre una part important de la història.

saltataulells saltataulells

nom masculí i femení — Un o una saltataulells és una persona que fa d'aprenent o de dependent en una botiga.

saltaterrats saltaterrats

nom masculí i femení — Un o una saltaterrats és una persona que entra als pisos dels altres per a robar.

saltejar

verb com *cantar* ◄ pàg. 26 Amb G davant E, I — Robar una persona que va per un camí, lluny d'una població. Antigament, els camins eren plens de lladres que saltejaven els viatgers.

saltejador

saltimbanqui saltimbanquis

nom masculí i femení — Un o una saltimbanqui és una persona que es guanya la vida fent jocs, acrobàcies i altres espectacles pels carrers dels pobles i de les ciutats.

saltiri saltiris

nom masculí — Un saltiri és un recull de salms.

saltiró saltirons

nom masculí — Un saltiró és un salt petit. Els esquirols corren fent saltirons.

saltironar

verb com *cantar* ◄ pàg. 26 — Fer saltirons. Els ocells petits saltironen quan caminen.

salubre salubres

adjectiu — Saludable. L'aire d'alta muntanya és salubre.

insalubre, insalubritat, salubritat

saludable saludables

adjectiu — Que va bé per a la salut, que és bo. La natació és un exercici molt saludable.

saludar

verb com *cantar* ◄ pàg. 26 — Dirigir a algú paraules o gestos en el moment de trobar-lo o d'acomiadar-lo. Quan saludem podem dir *hola!*, *bon dia!*, *adéu!*, moure el cap o aixecar la mà.

1 salut saluts

nom masculí — Un salut és el fet de saludar. Els militars fan un salut especial.

2 salut saluts

nom femení — **1** La salut és el bon funcionament de l'organisme d'una persona o d'un animal. Quan no es tenen malalties es gaudeix de bona salut. Fer exercici és bo per a la salut.

frase feta — **2** Diem que una persona **es cura en salut** quan fa alguna cosa per a evitar un perill, una malaltia o un risc quan encara no és gaire probable.

salutació salutacions

nom femení — **1** Una salutació és el fet de saludar.

2 Paraules o gestos que es diuen o es fan quan se saluda. Quan s'escriu a una persona, s'envien salutacions als seus familiars.

salv salva salvs salves

adjectiu — Alliberat d'un perill. Si una noia després d'un accident torna sana i salva a casa, torna sense haver patit cap dany.

salva salves

nom femení — Una salva és una descàrrega d'armes de foc que es fa en senyal de festa, de salutació o d'homenatge.

salvació salvacions
nom femení
1 La salvació és el fet de salvar o de salvar-se. Hi ha organitzacions que treballen per a la salvació d'espècies animals.
2 Persona, mitjà o cosa que salva. Uns pescadors poden ser la salvació d'un nàufrag.

salvador salvadora salvadors salvadores
adjectiu i nom masculí i femení
Que salva algú d'un dany o d'un perill. Alguns gossos han estat salvadors dels seus amos.

salvaguarda salvaguardes
nom femení
La salvaguarda és la protecció d'algú o d'alguna cosa. Quan uns pares se separen, els fills queden sota la salvaguarda del pare o de la mare.
salvaguardar

salvament salvaments
nom masculí
El salvament d'una persona és el fet de salvar-la d'una situació perillosa. Quan un vaixell s'enfonsa, els bots salvavides ajuden al salvament dels nàufrags.

salvar
verb com *cantar* ◄ pàg. 26
1 Fer que algú o alguna cosa deixi d'estar en perill, apartar-lo de la mort o de qualsevol cosa dolenta. En un incendi, els bombers salven les persones que hi han quedat atrapades.
2 Superar un obstacle, evitar una dificultat. Si en un camí trobem una tanca, la salvem passant-hi per sobre.
insalvable, salvable

salvatge salvatges
adjectiu Amb E final
1 Un animal és salvatge quan viu en llibertat a la natura, sense tenir contactes amb les persones. Els isards són animals salvatges.
2 Una planta és salvatge quan creix sense ser cultivada per les persones. La flor de neu és una planta salvatge.
3 Un lloc és salvatge quan no està poblat ni cultivat. Al món, ja no queden gaires territoris salvatges.
adjectiu i nom masculí i femení
4 Una població o una persona és salvatge quan té una manera de viure primitiva, no evolucionada. A l'Amazones hi ha tribus de salvatges.
5 Diem que una persona és salvatge quan es comporta d'una manera poc educada o violenta.
ensalvatgir-se, salvatgia, salvatjada

salvatgí salvatgina salvatgins salvatgines
adjectiu
1 Un animal és salvatgí quan viu al bosc i no està domesticat. Els cérvols, els isards i els porcs senglars són bèsties salvatgines.
nom femení
2 Una salvatgina és un animal salvatgí. Les salvatgines acostumen a ser perseguides pels caçadors.

salvavides salvavides
nom masculí
Un salvavides és un flotador que, posat al voltant del cos per sota els braços, serveix perquè un nàufrag o una persona que ha caigut a l'aigua no s'ofegui i pugui ser salvada. Hi ha salvavides que es posen com una armilla.

salve salves
nom femení
Una salve és una oració dirigida a la Mare de Déu que, en llatí, comença amb les paraules *Salve Regina*.

sàlvia sàlvies
nom femení
Una sàlvia és una planta aromàtica i medicinal de 30 a 60 centímetres d'alçària que té les fulles allargades, de forma lanceolada, i fa unes flors grosses de color blau violat. Les infusions de sàlvia van bé contra la febre i són estimulants.

salze salzes
nom masculí
Un salze és un arbre que pot fer fins a 25 metres d'alçària, d'escorça grisa i fulles lanceolades que tenen la part de sota de color blanquinós amb molts pèls de tacte semblant a la seda. Els salzes viuen vora dels rius i altres cursos d'aigua. Perden la fulla i la seva fusta és tova.

samarra samarres
nom femení
Una samarra és una jaqueta de pell que fan servir els pastors.

samarreta samarretes
nom femení
Una samarreta és una peça de vestir que cobreix del coll fins a la cintura i que es posa directament sobre la pell. N'hi ha de molts tipus: de màniga llarga o curta, de coll obert o tancat, amples o estretes, llises o amb dibuixos, etc.

samba sambes
nom femení
Una samba és un ball amb molt de ritme que prové dels negres del Brasil.

samfaina samfaines
nom femení
La samfaina és un menjar fet amb pebrot, albergínia, tomàquet i ceba, tot tallat a trossets i sofregit a la paella. A vegades la samfaina es pren com a acompanyament d'altres plats.

samurai samurais
nom masculí
Un samurai era un guerrer japonès, membre de la noblesa, que coneixia molt bé les arts marcials.

sanatori sanatoris
nom masculí
Un sanatori és una clínica o un hospital preparat per a atendre un determinat tipus de malalts. En principi, als sanatoris es tractaven els malalts de tuberculosi.

sanció sancions

nom femení — **1** Una sanció és un càstig que s'aplica a algú que no fa cas d'una llei o d'un reglament. Si un conductor passa un semàfor en vermell, pot rebre una sanció.
2 El cap de govern fa la sanció d'una llei quan l'aprova.
sancionar

sàndal sàndals

nom masculí — Un sàndal és un arbre petit propi d'algunes zones d'Àsia, com l'Índia, de fulles lanceolades, llises i de color verd intens, flors petites i fruits semblants a les cireres. Amb la fusta del sàndal, de color groc marronós i molt perfumada, es fan mobles i objectes d'adornament. Del sàndal es treu també un oli usat en farmàcia i en perfumeria.

sandàlia sandàlies

nom femení — Una sandàlia és un calçat format per una sola que se subjecta al peu mitjançant unes tires de roba, de cuir o d'un altre material. Les sandàlies són fresques i es porten a l'estiu.

sandvitx sandvitxos

nom masculí — Entrepà.

sanefa sanefes

nom femení
Amb A — Una sanefa és una tira de dibuixos que es posa a les vores d'algunes peces de roba, a les parets o als sostres, a les pàgines dels llibres, etc., com a adornament. Normalment, les sanefes fan un dibuix que es va repetint.

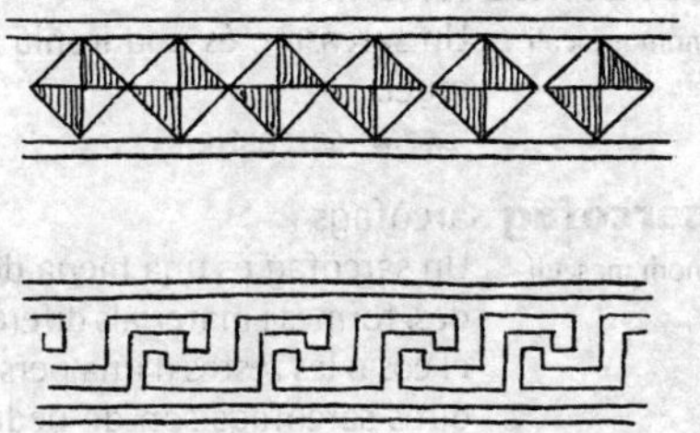

Unes sanefes

sang sangs

nom femení — **1** La sang és un líquid vermell que circula per les venes, per les artèries i pels capil·lars del cos de les persones i dels animals vertebrats. La sang proporciona a les diferents parts del cos les substàncies nutritives i l'oxigen que necessiten.
2 Diem que en una baralla o en una lluita hi ha sang quan hi ha persones ferides o mortes.
3 Tenir **sang freda** és tenir molta serenitat i molt control d'un mateix davant d'una situació difícil, d'un perill, etc.

frase feta — **4** Diem que en una baralla o en un incident **la sang no arribarà al riu** quan creiem que no tindrà conseqüències greus.
5 Diem que una persona **no té sang a les venes** quan és massa tranquil·la i no es molesta ni s'enfada per res.
ensagnar, ensangonar, sangonent, sangonós, sangonosa, sanguinolent

sanglot sanglots

nom masculí — Un sanglot és una respiració brusca i sorollosa que es produeix a vegades quan una persona plora.

sanglotar

verb
com *cantar*
◄ pàg. 26 — Plorar fent sanglots. Quan una persona sanglota no pot parlar bé.

sangonera sangoneres

nom femení — **1** Una sangonera és un anèl·lid que fa de 6 a 10 centímetres de llargària, de cos aplanat i fosc, que viu als estanys, a les basses i als regs. Amb unes ventoses que té a la boca i a l'anus s'enganxa a altres animals i els xucla la sang. Abans es feien servir sangoneres per a treure sang als malalts.
2 Diem que una persona és una sangonera quan viu dels diners i dels esforços dels altres i se n'aprofita.

sangtraït sangtraïts

nom masculí — Un sangtraït és un blau provocat per un cop.

sanguinari sanguinària sanguinaris sanguinàries

adjectiu — Una persona és sanguinària quan és cruel i li agrada fer mal als altres i, fins i tot, matar-los.

sanguini sanguínia sanguinis sanguínies

adjectiu — Que està relacionat amb la sang, que conté sang. La sang del nostre cos circula pels vasos sanguinis.

sanitari sanitària sanitaris sanitàries

adjectiu — **1** Que està relacionat amb la sanitat o amb la higiene. Podem parlar de mesures o d'instal·lacions sanitàries.

nom masculí i femení — **2** Persona que està al servei dels malalts i ferits i ajuda els metges i altre personal especialitzat. Els sanitaris van a buscar persones que estan malaltes a casa i les porten a l'hospital.

nom masculí — **3** Un sanitari és cadascun dels objectes o aparells d'higiene de les cambres de bany. El lavabo i la banyera són sanitaris.

sanitat sanitats

nom femení — **1** La sanitat és la característica del que és sa. La sanitat de l'aigua d'un riu fa que ens la puguem beure sense cap problema.
2 Conjunt de serveis de l'Administració

que s'ocupen de la salut pública, com els hospitals, els ambulatoris, etc.

sànscrit sànscrits

nom masculí — El sànscrit és l'antiga llengua culta de l'Índia. Actualment encara es fa servir a les cerimònies religioses.

sant santa sants santes

adjectiu — **1** Que està relacionat amb Déu, amb l'Església o amb la religió. La Terra Santa és la regió de Palestina on va viure Jesucrist.

nom masculí i femení — **2** Persona que ha estat molt bona durant la seva vida i que, després de la mort, l'Església considera que pot ser venerada pels fidels i objecte de culte.

nom masculí — **3** Dia en què es commemora un sant determinat i en què les persones que porten el seu nom ho celebren. El 29 de juliol és Santa Marta. El 23 d'abril és el sant dels qui es diuen Jordi.

santedat, santoral

santbernat santbernats

nom masculí — Un santbernat és un gos de raça molt alt i robust, que té les orelles caigudes i el pèl curt i atapeït. És un gos de guarda; també ajuda en el salvament de persones que s'han perdut a la neu.

santificar

verb
com *cantar*
◄ pàg. 26
Amb QU davant E, I

1 Fer sant algú o alguna cosa. Algunes religions santifiquen els seus personatges més importants.

2 Celebrar amb pregàries i amb altres actes i sense treballar les festes religioses. Els jueus santifiquen el dissabte; els catòlics santifiquen el diumenge.

santuari santuaris

nom masculí — Un santuari és una capella o una església on es venera una imatge de la Mare de Déu o d'un sant o una santa, o també una relíquia important.

saó saons

nom femení — **1** La saó és l'estat de maduresa o de perfecció d'una cosa. Quan els fruits arriben a la seva saó, ja es poden collir.

2 La saó d'una terra és el grau d'humitat que va bé perquè produeixi fruit. Després d'una pluja, la terra té una bona saó.

assaonar

sapa sapes

nom femení — **1** Una sapa és una excavació subterrània o una trinxera. Antigament, es feien sapes sota les construccions enemigues per ferles caure.

2 Una persona fa un treball de sapa quan fa una sèrie d'accions de manera amagada per tal d'aconseguir alguna cosa.

sapador

sapastre sapastra sapastres

adjectiu i nom masculí i femení — **1** Una persona és sapastre quan sempre fa la feina malament. Si s'ha de fer un treball acurat, no es pot comptar amb un sapastre.

2 Que té poc enteniment, que és curt de gambals.

saquejar

verb
com *cantar*
◄ pàg. 26
Amb G davant E, I

Entrar en un lloc i prendre o robar totes les coses que hi ha de valor. En una guerra, ha passat sovint que els soldats saquegen les cases dels enemics.

saqueig

sarau saraus

nom masculí — **1** Un sarau és una festa on hi ha música i es balla. Els saraus s'acostumen a fer en llocs tancats.

2 Baralles o discussions acompanyades de crits i de soroll. A vegades, en alguns bars hi ha saraus.

sarbatana sarbatanes

nom femení
Amb A

1 Una sarbatana és una arma per a caçar formada per un tub llarg de fusta, de canya o de metall obert pels dos extrems. Dins d'aquest tub es posa una petita fletxa o un dard i es bufa amb força per un extrem per a llançar aquest projectil contra la víctima. Sovint, els projectils porten verí.

2 Tub de fusta o de plàstic que la mainada fa servir, bufant per un extrem, per a llançar petits objectes, com boles de paper, pedretes, cigrons, grans d'arròs, etc.

sarcasme sarcasmes

nom masculí — Un sarcasme és una ironia desagradable i cruel.

sarcàstic

sarcòfag sarcòfags

nom masculí — Un sarcòfag és una mena de caixa, de mides, formes i materials diferents, que conté el cos o les restes d'una persona morta. Alguns sarcòfags són de pedra i porten esculpides figures i altres adornaments. Hi ha sarcòfags egipcis que tenen forma de persona.

sard sarda sards sardes

adjectiu — **1** De Sardenya. *Els ramats d'ovelles sards.*

nom masculí i femení — **2** Persona que és de Sardenya o que hi viu.

nom masculí — **3** El sard és la llengua que es parla a Sardenya.

sardana sardanes

nom femení — Una sardana és una dansa popular catalana que es balla amb un grup de persones agafades de les mans i formant una rotllana.

sardina sardines

nom femení — Una sardina és un peix de mida mitjana o petita, que no fa més de 25 centímetres de llargària. Té el cos allargat, de color blau verdós brillant, més clar a la part del ventre. És molt habitual al Mediterrani. Es menja fresca o en conserva. És un peix blau. Les sardines conservades en sal es diuen *arengades* o *sardines de la costa*.

págs. 398-399 (9)

sardinada

sargantana sargantanes

nom femení — Una sargantana és un rèptil semblant al llangardaix però més petit. Sovint hi ha sargantanes a les parets o damunt de les pedres on toca el sol.

sargir

verb, com *servir* ◄ pàg. 28 — Cosir una roba foradada intentant tapar el forat i que quedi tal com estava. Quan se sargeixen mitjons es fa servir un ou de fusta.

sarja sarges

nom femení — Una sarja és una tela amb un teixit que forma uns solcs diagonals.

sarment sarments

nom masculí o femení — Un sarment o una sarment és una branca d'un cep o d'una parra. Els sarments secs fan un foc molt viu.

sarna sarnes

nom femení — La sarna és una malaltia contagiosa de la pell que fa sortir nafres i provoca una forta picor. És causada per la presència d'uns àcars sota la pell.

sarnós, sarnosa

sarraí sarraïna sarraïns sarraïnes

nom masculí i femení — Nom que es donava als musulmans a l'època medieval.

sàrria sàrries

nom femení — Una sàrria és un recipient gros d'espart que es posa damunt l'esquena d'una bèstia de càrrega, com un mul o un ase, per a transportar coses. Consisteix en dues bosses que pengen una a cada banda de l'animal. Dins d'aquestes bosses es porta la càrrega.

ensarriar

sarró sarrons

nom masculí — Un sarró és una bossa de pell que els pastors fan servir per a portar el menjar. També es diuen *sarró* les bosses de pell o d'un altre material que es porten penjades i que es fan servir per a portar coses.

sarsuela sarsueles

nom femení — **1** La sarsuela és una obra de teatre hispànica que té unes parts parlades i unes altres cantades. Va tenir molta importància al final del segle XIX i començament del XX, sobretot a Madrid.

2 Plat de peix variat amb gambes, llagostins, musclos, etc., preparat amb un sofregit de tomàquet, ceba i altres ingredients.

pàg. 400 (32)

sartori sartoris

nom masculí — El sartori és un múscul llarg i ample que uneix l'os coxal amb la tíbia. És situat a la part del davant i de dins de la cuixa.

pàg. 800 (15)

sastre sastressa sastres sastresses

nom masculí i femení — Persona que fa vestits i que en ven. Els sastres acostumen a fer vestits d'home.

sastreria sastreries

nom femení — Una sastreria és una botiga o un taller d'un sastre o d'una sastressa. En algunes sastreries també venen camises i corbates.

satèl·lit satèl·lits

nom masculí — **1** Un satèl·lit és un cos celeste que gira al voltant d'un planeta o d'un altre cos celeste. Els satèl·lits no tenen llum pròpia. La Lluna és el satèl·lit de la Terra.

2 Un **satèl·lit artificial** és un aparell que els científics posen en òrbita al voltant d'un planeta, generalment la Terra. Els satèl·lits artificials permeten fer observacions meteorològiques, enviar ones de ràdio i de televisió, controlar moviments de tropes i d'armament, etc.

sàtir sàtirs

nom masculí — Un sàtir és un personatge de la mitologia grega que es representa amb cap i cos d'home, cames de boc, orelles allargades i punxegudes, banyes i cua. Vivia als boscos amb les nimfes.

sàtira sàtires

nom femení — Una sàtira és un llibre, una pel·lícula, una obra de teatre, un discurs o una altra cosa que ridiculitza els defectes d'algú, els costums d'una època, unes situacions determinades, etc.

satíric, satiritzar

satisfacció satisfaccions

nom femení — La satisfacció és un sentiment d'alegria i de plaer que se sent per alguna cosa. Quan una persona es compra un pis, sent una gran satisfacció.

insatisfacció, insatisfet, satisfactori, satisfactòria

satisfer

verb
com *fer*
◄ pàg. 35
Diferències: *satisfàs, satisfà, satisfés*

1 Fer content algú fent o donant-li allò que demana o que desitja. Els bons venedors sempre intenten satisfer els clients.
2 Fer que un desig s'acompleixi o que una necessitat s'acabi o quedi resolta. Bevent aigua o un altre líquid se satisfà la set.
3 Pagar una cosa que es deu. Si satisfem tots els deutes, ja no devem res a ningú.

sàtrapa sàtrapes

nom masculí
1 Un sàtrapa era un governador d'una província de l'antiga Pèrsia.

nom masculí i femení
2 Es diu que una persona és un o una sàtrapa o viu com un o una sàtrapa si viu molt bé, amb diners i comoditats.

saturar

verb
com *cantar*
◄ pàg. 26

Fer que una cosa estigui totalment plena d'una altra, que no en pugui acceptar més. Quan plou molt, l'aigua satura els camps.
saturació

saüc saücs

nom masculí
També *saüquer*

Un saüc és un arbust de dos a cinc metres d'alçària que viu prop dels rierols i de llocs fondos i humits. Fa unes fulles d'olor forta i desagradable, que cauen a l'hivern, i uns fruits arrodonits de color negre. Les seves flors, blanques i oloroses, tenen propietats medicinals.

sauna saunes

nom femení
Una sauna és un bany de vapor que es fa en una sala on hi ha una temperatura molt alta. Les saunes són d'origen finlandès.

saüquer saüquers

nom masculí
Saüc.

savi sàvia savis sàvies

adjectiu i nom masculí i femení
Amb V

Que sap moltes coses sobre una matèria determinada o sobre diverses matèries. Einstein i Newton van ser dos grans savis.

saviesa savieses

nom femení
Amb V

La saviesa és el conjunt de coneixements que té una persona. Es necessita molta saviesa per a dirigir alguns projectes científics.

saxo saxos

nom masculí
Saxòfon.

saxofon saxofons

nom masculí
Saxòfon.

saxòfon saxòfons

nom masculí
Tambe *saxofon*

Un saxòfon és un instrument musical de vent fet de metall. Està format per un tub en forma de J i uns forats que es tapen amb uns mecanismes de metall.
saxofonista

se

pronom personal
Sense accent gràfic

Forma que pot tenir el pronom *es* quan va darrere del verb o amb altres pronoms:
• *Va adonar-se que s'havia oblidat les claus. La llet, se la pren com si fos aigua.*

sec seca secs seques

adjectiu
Sense accent gràfic

1 Que no té gens d'aigua, gens d'humitat, que no té suc. Quan no plou, els boscos estan secs. A la tardor, cauen les fulles seques de molts arbres.
2 Que és molt prim, que té poca carn o poc greix. Algunes malalties fan que les persones es quedin molt seques.
3 El vi, el xampany o un licor és sec quan està preparat per tal que no sigui dolç.
4 Brusc, sense afecte. A ningú no li agraden les respostes seques.

nom femení plural
5 Les seques són les mongetes seques. Les seques amb botifarra són un plat típic de Catalunya.

locució que fa d'adverbi
6 **En sec** vol dir de cop, de sobte. *Quan van veure el seu germà, van parar de parlar en sec.*
assecar

séc sécs

nom masculí
Amb accent gràfic

1 Un séc és un senyal que queda en una roba, en un paper, etc., per la part per on es doblega.
2 Tall o solc que deixa una corda o un filferro que frega o estreny alguna cosa.

secà secana secans secanes

adjectiu
1 Una terra secana o un camp secà és el que només es rega quan plou.

nom masculí
2 El secà és el conjunt de terres cultivades que només es reguen quan plou. Els camps de blat són de secà.

Un saxòfon

secada secades

nom femení
Una secada és una temporada llarga de temps sec, sense pluja. En temps de secada és fàcil que hi hagi incendis als boscos.

secall secalls

nom masculí — **1** Un secall és una branca seca, o el conjunt de branques seques, d'una planta o d'un arbre.

2 Bescuit prim i llarg que es menja sobretot amb xocolata.

3 Diem que una persona és un secall quan és molt seca, molt prima.

secalló secallona secallons secallones

adjectiu — **1** Un fruit és secalló quan és molt tou i rugós de tan madur com és. Es parla sobretot de figues secallones.

2 Una persona és secallona quan és molt prima i pansida a causa de la vellesa.

secant secants

adjectiu — **1** Dues línies, dues rectes o dues superfícies són secants quan es tallen.

adjectiu i nom femení — **2** Una secant és una recta que talla una circumferència en dos punts. També es pot dir una recta secant.

secció seccions

nom femení — **1** Una secció és cadascuna de les parts que hi ha en una organització, una empresa, una botiga, una publicació, etc. En un supermercat, els sabons i les colònies es compren a la secció de perfumeria. Els telenotícies tenen una secció d'esports.

2 Tall que es fa en un cos o en un objecte per a poder-lo veure i estudiar per dins.

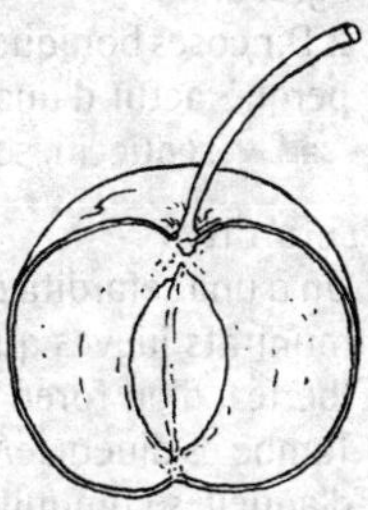

Secció d'una cirera

3 Dibuix que representa l'aspecte d'un edifici, d'un terreny, d'una peça o d'un objecte qualsevol com si hagués estat tallat per un pla determinat.

seccionar

secessió secessions

nom femení — Es produeix una secessió quan una part de la població d'un estat se'n separa per formar un estat nou o per unir-se a un altre estat.

secessionisme

secreció secrecions

nom femení — **1** Una secreció és el fet de secretar. Quan estem constipats, tenim molta secreció de mocs.

2 Substància produïda per una glàndula o un altre òrgan del cos. La saliva és una secreció de les glàndules salivals de la boca. Alguns animals tenen secrecions verinoses.

secret secreta secrets secretes

adjectiu — **1** Que és amagat, que ningú no ho coneix. En alguns castells hi havia portes i passadissos secrets.

2 Que es fa d'amagat. Un matrimoni secret no el coneix ningú. La policia secreta no porta uniforme i actua sense que ningú se n'adoni.

nom masculí — **3** Un secret és una cosa que només saben unes poques persones i que no es pot dir a ningú. Quan et confien un secret, l'has de saber guardar.

4 Un secret és també una cosa encara desconeguda, que no es coneix bé, que no ha estat descoberta del tot. Els científics no saben tots els secrets de la natura.

locució que fa d'adverbi — **5** Una cosa es fa o es diu **en secret** quan es fa o es diu de manera amagada, sense que ningú no ho sàpiga. *El govern té trobades en secret per a tractar assumptes greus.*

secretejar

secretar

verb com *cantar* ◄ pàg. 26 — Produir, una glàndula o un altre òrgan del cos, una substància. El fetge secreta la bilis.

secretari secretària secretaris secretàries

nom masculí i femení — Persona que treballa per a algú altre o per a una empresa i que és l'encarregada d'escriure les cartes, d'agafar el telèfon, de classificar documents, etc.

secretaria

secreter secreters

nom masculí — Un secreter és un moble escriptori format per un tauler, que a vegades es pot plegar, i calaixos i caselles o departaments per a guardar-hi papers i altres coses.

secta sectes

nom femení — Una secta és un grup de persones que tenen unes creences religioses, filosòfiques o polítiques que els separen de la societat. Els membres d'algunes sectes deixen de pensar per ells mateixos i només fan el que els mana el seu líder.

sectari, sectària

sector sectors

nom masculí — **1** Un sector és una zona, un espai o una part d'un local, d'una ciutat o d'un altre lloc. Als grans magatzems hi ha un sector dedicat al bricolatge.

2 Grup de persones dins d'una col·lectivitat. Entre les persones de divuit anys, hi ha un sector que treballen i un altre sector que estudien.

3 Cadascuna de les parts en què es divideix l'economia. El sector primari inclou l'agricultura, la ramaderia, els boscos, la caça, la pesca i la mineria. El sector secundari inclou la indústria i la construcció. El sector terciari inclou tot el que són serveis, com els transports, les comunicacions, el comerç, la cultura, el turisme, etc.

4 Porció de cercle que queda entre un arc i dos radis.

sectorial

secundari secundària secundaris secundàries

adjectiu — **1** Que és el segon en una ordenació. L'era secundària va després de la primària.

2 Que no és gaire important. Per les carreteres secundàries no hi ha tant de trànsit com per les principals.

nom femení — **3** La secundària és l'agulla del rellotge que indica els segons. Acostuma a ser la més estreta i la que gira més ràpid.

4 Etapa de l'ensenyament obligatori que va dels dotze als divuit anys.

seda sedes

nom femení — **1** La seda és una fibra fina, resistent i brillant que produeixen les larves d'alguns insectes, com el cuc de seda, per a fer el seu capoll.

2 Fil i teixit fets amb aquesta fibra que es fan servir per a fabricar peces de vestir. Les camises de seda tenen un tacte suau.

3 Fil molt fi i resistent que fabriquen les aranyes per a fer les teranyines.

frase feta — **4** Una cosa **va com una seda** quan va molt bé, sense cap problema.

seder

sedant sedants

adjectiu i nom masculí — **1** Que calma. Per a algunes persones, la música és un sedant.

2 Una substància és sedant quan calma el dolor o l'excitació dels nervis. Alguns sedants fan venir son.

sedàs sedassos

nom masculí — Un sedàs és un cèrcol de fusta amb una xarxa de forats més o menys petits al fons que serveix per a separar les pedretes, brosses o altres elements estranys de la farina, del guix o d'altres matèries que s'hi passen.

sedentari sedentària sedentaris sedentàries

adjectiu — **1** Que passa moltes hores assegut, que fa poc exercici, que no surt gaire de casa. Les persones velles acostumen a ser sedentàries.

2 Una feina, una ocupació o una manera de viure és sedentària quan obliga a estar assegut moltes hores i no comporta gaire moviment. La feina de telefonista és sedentària.

adjectiu i nom masculí i femení — **3** Una persona o un grup de persones és sedentari quan té una residència fixa en un lloc i no es va desplaçant d'un lloc a un altre. Els sedentaris, al contrari dels nòmades, poden conrear la terra.

sedentarisme

sedició sedicions

nom femení — Una sedició és un delicte que consisteix en un alçament popular contra l'autoritat establerta.

sediciós

sediment sediments

nom masculí — **1** Un sediment és una matèria sòlida que flotava dins d'un líquid i que s'ha quedat al fons del recipient.

2 Material sòlid que el vent i l'aigua arrosseguen i dipositen en alguns llocs. Els deltes dels rius es formen pels sediments que l'aigua va deixant a la desembocadura.

sedimentació, sedimentar, sedimentari, sedimentària

seduir

verb, com *reduir* ◄ pàg. 39, Amb dièresi — **1** Atreure o agradar algú per alguna qualitat. Hi ha persones que sedueixen tothom amb la seva simpatia. Si un viatge, una casa o una altra cosa ens sedueix és que ens agrada.

2 Dir coses boniques o fer promeses a algú perquè actuï d'una manera determinada.

seducció, seductor

sefardita sefardites

nom masculí i femení — Un o una sefardita és un membre de les comunitats jueves que vivien a la Península Ibèrica, d'on foren expulsades al segle XV. També es diuen *sefardites* els descendents d'aquelles comunitats que es van establir en altres països.

segador segadora segadors segadores

adjectiu — **1** Que sega o que serveix per a segar. La falç és una eina segadora.

nom masculí i femení — **2** Persona que sega.

nom femení — **3** Una segadora és una màquina per a segar.

segar

verb, com *cantar* ◄ pàg. 26, Amb GU davant E, I — **1** Tallar l'herba, el blat o altres cereals amb la falç, amb la segadora o amb una altra eina. El blat se sega a l'estiu.

2 Tallar alguna cosa en rodó i amb un sol cop, com es fa amb la falç quan se sega. La guillotina segava el cap dels condemnats a mort.

sega

segarrenc segarrenca segarrencs segarrenques

adjectiu — **1** De la Segarra. *Els castells segarrencs.*

nom masculí i femení — **2** Persona que és de la Segarra o que hi viu.

segell segells

nom masculí — **1** Un segell és un trosset de paper, amb un dibuix i el preu estampats en un cantó, que s'enganxa als sobres de les cartes quan s'han d'enviar per correu.

2 Estri, normalment de goma, que porta gravats dibuixos, lletres o altres signes per a estampar-los amb tinta sobre un paper. Hi ha segells que tenen números gravats i que serveixen per a posar la data. Hi ha també segells que s'escalfen i s'estampen sobre cera o lacre.

3 Empremta o marca estampada amb un segell. Alguns documents no són vàlids si no porten un segell oficial.

segellar

seglar seglars

nom masculí i femení — Laic.

segle segles

nom masculí — **1** Un segle és un conjunt de cent anys seguits. La història es divideix en segles. El període que va de l'any 1801 al 1900 és el segle XIX.

2 Diem que fa un segle o que fa segles d'alguna cosa quan fa molt de temps. *Fa segles que no vaig al cinema.*

secular

segment segments

nom masculí — **1** Un segment és una part d'alguna cosa. Les potes d'alguns trípodes es divideixen en tres segments i es pleguen.

2 En geometria, part d'una recta que hi ha entre dos punts determinats.

segmentar, segmentari, segmentària

segó segons

nom masculí — El segó és el conjunt de pells dels cereals que se separa dels grans quan es mol. Es diu sobretot del segó del blat. Les gallines i els porcs mengen segó.

sègol sègols

nom masculí — El sègol és un cereal que pot arribar als dos metres d'alçària i que fa unes espigues llargues i molt denses. La seva farina és de color fosc i dóna un pa també fosc, de molla densa, molt saborós. El sègol es fa servir també en la fabricació del whisky.

1
segon segons

nom masculí — Un segon és una unitat de temps molt petita. Un minut té 60 segons i una hora, 3 600.

2
segon segona segons segones

determinant numeral i nom masculí i femení — Que té el número d'ordre 2. El segon pis d'un edifici és a sobre del primer. El segon d'una cursa sol rebre una medalla de plata.

segons

preposició — **1** Seguint una direcció determinada o una norma determinada. *El globus es movia segons la direcció del vent. Actuaré segons el que em diguin.*

2 Tenint en compte l'opinió d'una persona determinada. *Segons la Carme, el culpable era el conductor del cotxe verd.*

3 Tenint en compte una circumstància determinada. *Segons el temps que faci, anirem a la platja o a la muntanya.*

segregació segregacions

nom femení — Una segregació és el fet de segregar o de segregar-se alguna cosa.

segregacionisme

segregar

verb com *cantar* ◄ pàg. 26 Amb GU davant E, I — **1** Separar alguna cosa, algun element, d'una mescla o d'un conjunt. Per a segregar la sal barrejada en un got d'aigua, cal escalfar l'aigua fins que s'evapori. Si una part d'un país se segrega de la resta, es fa independent.

2 Separar de la societat, de les activitats normals de la gent, algunes persones per motiu del color de la pell, de la religió, etc. Les lleis d'alguns països han segregat els negres durant molt temps.

3 Secretar.

segrestar

verb com *cantar* ◄ pàg. 26 — Emportar-se i retenir una o més persones per la força per tal de demanar diners a canvi del seu rescat.

segrest, segrestador

següent següents

adjectiu — Que segueix, que va darrere d'un altre. A la pàgina següent trobaràs més definicions.

seguici seguicis

nom masculí — Un seguici és un conjunt de persones que acompanyen i segueixen algú per a protegir-lo, per a fer-li honors, etc. Els reis i els caps d'estat acostumen a portar un seguici de personalitats i ajudants.

de seguida

locució que fa d'adverbi — Sense tardar, molt aviat. *Espereu-me: vinc de seguida!*

seguidament

adverbi — D'una manera seguida, sense parar. *Seguidament, escoltarem la novena simfonia de Beethoven.*

seguir

verb
com *servir*
◄ pàg. 28

1 Anar darrere d'algú o d'alguna cosa fent el mateix camí. En una cercavila, la gent segueix els gegants i els capgrossos.
2 Estar situat, venir, darrere d'algú o d'alguna cosa. El sopar segueix el dinar, i el dinar segueix l'esmorzar. El número 5 segueix el 4.
3 Anar per un camí sense deixar-lo. Per anar a la Costa Brava pots seguir diverses carreteres.
seguidor, seguiment

segur segura segurs segures

adjectiu

1 Sense cap perill ni cap risc. Els bancs són un lloc segur per a guardar els diners.
2 Una cosa és segura quan és certa, quan no pot fallar o quan s'hi pot confiar del tot. Un restaurant gratuït tindria un èxit segur.
3 Una persona està segura d'alguna cosa quan n'està convençuda o la sap amb certesa. Algunes persones diuen que estan segures que hi ha extraterrestres.

segurament

adverbi

1 Amb seguretat, sense por. *Parla tan segurament que sempre sembla que tingui raó.*
2 Probablement. *Segurament no podré arribar a l'hora, però ho intentaré.*

seguretat seguretats

nom femení

1 La seguretat és la característica del que és segur. En els cotxes, cada vegada es té més en compte la seguretat: bons frens, barres de protecció lateral, llums potents, etc.
2 La **seguretat social** és un sistema d'assegurança obligatòria de l'Estat, encarregat d'ajudar els ciutadans quan tenen determinades necessitats o quan estan malalts.

seient seients

nom masculí

1 Un seient és qualsevol moble o altre objecte fet per a seure-hi, com les cadires, les butaques i els tamborets. Als teatres hi ha molts seients per als espectadors.
bicicleta
2 Lloc on algú seu o pot seure. Quan anem a la muntanya, una pedra ens pot servir de seient.

seitó seitons

nom masculí

Un seitó és un peix de forma allargada i de mida petita, que no fa més de 20 centímetres de llargària. Té un color blau verdós, semblant al de la sardina, i s'alimenta de plàncton. És molt abundant al Mediterrani. Es menja fresc, salat o en vinagre. És un peix blau. Els seitons conservats en sal o en llauna es diuen *anxoves*.

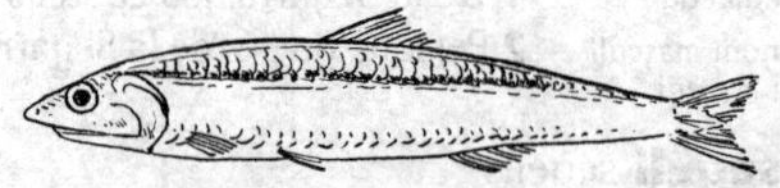

Un seitó

seixanta seixantes

determinant numeral — **1** Seixanta coses són sis vegades deu coses.
nom masculí — **2** El seixanta és el nom del 60.
frase feta — **3** Diem que un lloc **és** o **sembla can seixanta** quan és un lloc on tothom fa el que vol i no hi ha cap mena d'ordre.
seixantè, seixantena

selecció seleccions

nom femení

1 Una selecció és el fet de seleccionar algú o alguna cosa. El jurat d'un concurs de fotografia ha de fer una selecció entre totes les fotos que hi participen.
2 Conjunt de coses o de persones que es considera que són les millors de la seva espècie. La selecció de futbol d'un país és formada pels millors jugadors d'aquest país.

seleccionar

verb
com *cantar*
◄ pàg. 26

Escollir entre un conjunt de persones o de coses les més adequades per a un fi determinat. Un entrenador selecciona els jugadors que ell creu que són més bons per a formar l'equip.
selectiu, selectiva

selecte selecta selectes

adjectiu

Una cosa o una persona és selecta quan és considerada millor que les altres de la mateixa espècie. Els restaurants més selectes acostumen també a ser els més cars.

seleni selenis

nom masculí

El seleni és un element no metàl·lic semblant al sofre que es fa servir en la indústria del vidre per a donar color, en electrònica i en metal·lúrgia. El seu símbol és: Se.

sella selles

nom femení

Una sella és un seient de cuir que es posa a l'esquena dels cavalls per poder-los muntar còmodament.
ensellar

1
selló sellons

nom masculí

Un selló és un seient d'una bicicleta, d'una moto o d'alguns tractors.

2
selló sellons

nom masculí

Càntir. Es diu només en algunes zones.

selva selves

nom femení — **1** Una selva és un bosc dels països tropicals. A les selves hi plou molt, hi ha arbres molt grans i una vegetació densa. Hi viuen també molts animals salvatges. Una selva es diu verge quan encara no s'ha explorat del tot.
2 Bosc ple d'arbres i de vegetació on les persones no han tocat ni canviat gairebé res.
selvàtic

selvatà selvatana selvatans selvatanes

adjectiu — **1** De la Selva. *Les aigües minerals selvatanes.*
nom masculí i femení — **2** Persona que és de la Selva o que hi viu.

semàfor semàfors

nom masculí — Un semàfor és un senyal de circulació que hi ha als carrers i a les carreteres per a indicar si es pot o no es pot passar. Els semàfors tenen tres llums de colors diferents: un de verd, que permet passar; un de vermell, que prohibeix passar, i un de carbassa, que indica el canvi de verd a vermell.
pàg. 597 ⑯

semblança semblances

nom femení — **1** La semblança és la característica del que és semblant. Entre dues germanes bessones hi ha una gran semblança.
2 Allò que fa que dues o més coses siguin semblants. Es pot parlar de les semblances i les diferències entre dues pel·lícules.

semblant semblants

adjectiu — Que té gairebé les mateixes característiques, les mateixes qualitats o el mateix aspecte. El préssec i la nectarina són dues fruites molt semblants.

semblar

verb com *cantar* ◄ pàg. 26 — **1** Una persona o una cosa sembla d'una manera o d'una altra quan fa aquesta impressió, quan té aquest aspecte. Si algú ens sembla sincer, creiem que no ens enganyarà.
2 Tenir gairebé el mateix aspecte d'una persona o d'una cosa. Alguns insectes semblen una fulla o un bastonet.
3 Creure que una cosa és probable, és veritat, és justa o és convenient. Si el cel és ple de núvols foscos, diem que ens sembla que plourà.

sembra sembres

nom femení — **1** La sembra és el fet de sembrar. La sembra s'acostuma a fer a la primavera o a l'estiu.
2 Període de l'any en què se sembra. En l'època de sembra, els pagesos tenen molta feina.

sembrador sembradora sembradors sembradores

adjectiu — **1** Que sembra o que serveix per a sembrar.
nom masculí i femení — **2** Persona que sembra.
nom femení — **3** Una sembradora és una màquina per a sembrar.

sembrar

verb com *cantar* ◄ pàg. 26 — **1** Escampar la llavor d'una planta en la terra d'un camp ben preparat, perquè hi creixi i doni fruit. Els cereals se sembren a la tardor.
2 Diem que sembrem de coses un lloc quan les escampem llançant-les com si fossin llavors. Podem sembrar un jardí de pedres o un terra de papers.

sembrat sembrats

nom masculí — Un sembrat és un camp que s'ha sembrat, on hi ha plantes que han de créixer. Els sembrats no s'han de trepitjar.

semen sèmens

nom masculí — El semen és un líquid espès de color blanquinós produït pels òrgans sexuals dels homes i d'altres animals mascles. En el semen hi ha els espermatozoides.
seminal

sement sements

nom femení — Llavor.

semental sementals

adjectiu i nom masculí — Un animal semental és un mascle que es fa servir per a la reproducció. Els sementals són animals de bona raça.

semestre semestres

nom masculí — Un semestre és un conjunt de sis mesos seguits. El primer semestre de l'any va del gener al juny.
semestral

semicercle semicercles

nom masculí — Un semicercle és cadascuna de les dues parts que queden si partim un cercle per la meitat. Una mitja lluna té la forma d'un semicercle.

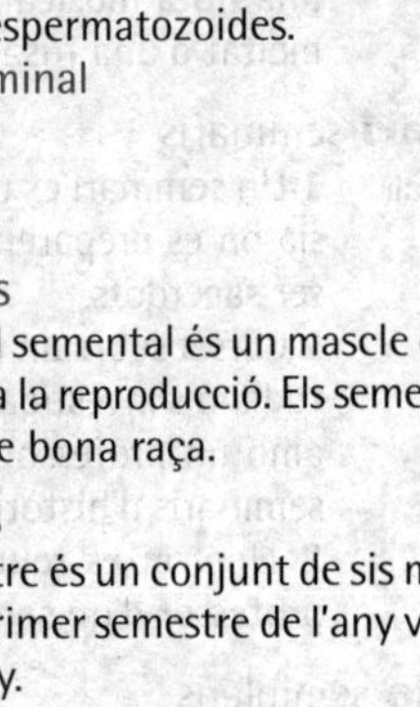

①Un semicercle. ②Una semicircumferència.

semicircumferència semicircumferències
nom femení — Una semicircumferència és cadascuna de les dues parts que queden si partim una circumferència per la meitat.

semiconsonant semiconsonants
nom femení — Una semiconsonant és una *i* o una *u* que van al començament d'un diftong, com en les paraules *iogurt* i *quatre*.
semiconsonàntic

semicorxera semicorxeres
nom femení — Una semicorxera és una de les formes d'escriure una nota musical. Les semicorxeres duren la meitat d'una corxera. nota

semifinal semifinals
nom femení — Una semifinal d'una competició esportiva o d'un concurs és el conjunt de partits o de proves que es fan just abans de la final. Els participants que guanyen les semifinals passen a la final.

semifusa semifuses
nom femení — Una semifusa és una de les formes d'escriure una nota musical. Les semifuses duren la meitat d'una fusa. nota

seminari seminaris
nom masculí — 1 Un seminari és una institució de l'Església on es preparen les persones que volen ser sacerdots.
2 Curset sobre un tema determinat on s'estudia o s'investiga alguna cosa juntament amb un professor. A la universitat es fan seminaris d'història, de llengües, etc.
3 Lloc on es reuneixen els alumnes i el professor d'un seminari.

semiplà semiplans
nom masculí — Un semiplà és cadascuna de les dues regions d'un pla que queden quan aquest pla conté una recta que el divideix.

semirecta semirectes
nom femení — Una semirecta és cadascuna de les dues parts d'una recta que queden quan aquesta recta conté un punt que la divideix.

semita semites
adjectiu — 1 Semític.
nom masculí i femení — 2 Un o una semita és una persona que pertany a un conjunt de pobles del Pròxim Orient. Els àrabs i els hebreus són semites.

semític semítica semítics semítiques
adjectiu — Dels semites. *Les llengües semítiques.*

semitò semitons
nom masculí — En música, un semitò és la diferència d'altura entre dues notes consecutives que correspon a la meitat d'un to. En l'escala de do natural, entre el mi i el fa i entre el si i el do hi ha un semitò.

semivocal semivocals
nom femení — Una semivocal és una *i* o una *u* que van al final d'un diftong, com en les paraules *eina* i *nou*.
semivocàlic

sèmola sèmoles
nom femení — Una sèmola és un producte que s'obté del blat o d'un altre cereal quan es mol de manera que quedi en forma de trossets i no en forma de farina. Les sèmoles es fan servir per a fer sopa i pastes de sopa.

sempre
adverbi — 1 En tot temps, en el temps passat i en el futur. *Aquelles muntanyes sempre estan nevades. Són molt amics, sempre van junts a tot arreu.*
locució que fa d'adverbi — 2 **Sempre més** vol dir en tot el temps que ha de venir. *Va morir ahir, ens va deixar per sempre més.*
locució que fa d'adjectiu — 3 **De sempre** vol dir de costum. *T'esperaré al lloc de sempre.*
locució que fa de conjunció — 4 **Sempre que** indica una condició. En la frase: *Sempre que no plogui, demà anirem d'excursió*, vol dir: *Si no plou, demà anirem d'excursió.*
5 **Sempre que** vol dir cada vegada que. *Sempre que ve de visita porta algun regal.*

senalla senalles
nom femení — Una senalla és un cabàs gran d'espart o de palma, més ample de dalt que de baix i gairebé tan alt com ample de boca.

senar senars
adjectiu — 1 Un nombre és senar quan no és múltiple de dos. L'1, el 3 i el 5 són senars.
2 **Parells o senars** és un joc on s'ha d'endevinar si el nombre total de dits que entre tots els jugadors ensenyaran estirats serà parell o serà senar.

senat senats
nom masculí — En alguns sistemes polítics moderns, el senat és un dels dos organismes de persones elegides que formen el parlament. A l'Estat espanyol, hi ha el senat i el congrés dels diputats. El lloc on es reuneixen els membres del senat també es diu *senat*.
senador

sencer sencera sencers senceres
adjectiu — Que no en falta cap tros, que hi és tot, que no està trencat. Si et menges una barra sencera de pa, no en deixes gens.

senda sendes
nom femení — Una senda és un camí estret.

sendemà sendemans
nom masculí — Endemà. Es diu només en algunes zones.

senderi senderis
nom masculí — El senderi és el seny o l'enteniment d'una persona. Només es diu de manera informal.

senectut senectuts
nom femení — Vellesa. Algunes persones, quan arriben a la senectut, es troben molt soles.

senglar senglars
nom masculí — Un senglar és un porc salvatge. Té el pelatge fosc i molt dur, el morro més curt que el porc i uns ullals molt grossos que li surten de la boca. Els petits del senglar tenen el pelatge ratllat; en neixen entre cinc i deu a cada part. La carn del senglar es menja.

Un senglar

sengles
determinant indefinit plural — Un per a cada una de dues o més persones o coses. *Tres noies amb sengles bicicletes: cada una la seva bicicleta.*

sénia sénies
nom femení — **1** Sínia.
2 Una sénia és un tros de terra que es rega de manera artificial per a cultivar-hi hortalisses.

senil senils
adjectiu — Dels vells, que està relacionat amb els vells o amb la vellesa. La falta de memòria és un defecte senil.

sènior sèniors
adjectiu — **1** Quan dues persones porten el mateix nom, es diu o s'escriu aquesta paraula després del nom per a indicar la que és més gran. *John Miles sènior (Sr).*
2 En els esports, la categoria sènior és la de les persones més grans de vint-i-un anys.

sens
preposició — Sense. *Sens dubte, no existeixen elefants de color verd.*

sensació sensacions
nom femení — **1** Una sensació és un efecte o una impressió que rebem a través dels sentits. Quan tenim sensació de fred, ens hem d'abrigar.
2 Diem que una cosa fa o provoca sensació quan impressiona i causa sorpresa o admiració. L'enlairament d'un coet espacial sempre provoca sensació.
sensacional, sensacionalisme, sensacionalista

sensat sensata sensats sensates
adjectiu — Que sap què s'ha de fer i què no s'ha de fer, que és incapaç de fer imprudències o coses mal fetes. Una persona sensata mai no fumarà mentre posa gasolina al cotxe.
insensat, insensatesa, sensatesa

sense
preposició — **1** Aquesta paraula s'usa per a indicar que no hi ha o que falta alguna cosa. *M'han regalat un llibre sense textos, només hi ha dibuixos. Un càntir sense nansa. Ens hem quedat sense pa.*
2 Quan va davant d'un verb vol dir no fent el que indica aquest verb. *Com que havia d'acabar un treball, he passat tota la nit sense dormir.*
locució que fa de conjunció — **3 Sense que** vol dir encara que no. *Em sembla que podrem fer aquest pastís sense que tu ens ajudis.*

sensibilitat sensibilitats
nom femení — **1** La sensibilitat és la capacitat de sentir, de rebre o de notar una sensació. Si una persona perd la sensibilitat a les cames, no se les nota.
2 Diem que una persona té sensibilitat si s'emociona fàcilment, si es deixa endur per sentiments de tendresa i de compassió.

sensible sensibles
adjectiu — **1** Que té sensibilitat. Els animals són éssers sensibles. Les persones sensibles ploren amb molta facilitat.
2 Que es veu, que es nota, que no passa desapercebut. Quan una revista passa de ser en blanc i negre a ser en color, millora de manera sensible.
3 Que reacciona amb el més mínim contacte d'alguna cosa. Les pells sensibles al sol es posen vermelles de seguida. Una balança molt sensible dóna el pes de coses petites.
sensibilitzar, sensibleria

sentència sentències
nom femení — **1** Una sentència és la decisió que un jutge o un tribunal pren al final d'un judici. Una sentència pot ser: "Tres mesos de presó i pagar una indemnització."

Continua a la pàgina següent

2 Frase curta que recull un ensenyament moral, com "no facis als altres el que no vols que et facin a tu".
sentenciós

sentenciar
verb
com *canviar*
◄ pàg. 30
Amb dièresi
Dir o donar la sentència en un judici. Hi ha països on el jurat no pot sentenciar a mort.

sentiment sentiments
nom masculí
Un sentiment és cadascuna de les sensacions o dels estats d'ànim que una persona pot tenir en qualsevol moment. L'alegria, la tristesa, l'amor, l'odi, la tendresa i el dolor són sentiments.
sentimental

sentinella sentinelles
nom masculí i femení
Un o una sentinella és una persona armada que s'està en un lloc per vigilar-lo. Els sentinelles d'una caserna no poden deixar entrar una persona sense saber qui és.

sentir
verb
com *dormir*
◄ pàg. 27
1 Notar alguna sensació, rebre impressions mitjançant els sentits. Sentim les olors, els sabors i els sorolls. També podem sentir fred, calor, dolor o pena, alegria i emoció.
2 Percebre veus, sorolls o altres sons per l'orella, oir. Quan anem a un concert de piano, sentim música.
3 Tenir la sensació d'alguna cosa. Si una persona sent que algú la segueix, es pot espantar.
4 Lamentar alguna cosa, saber greu. Sempre sentim la mort de les persones que estimem.
usat amb pronom
5 **Sentir-se** bé, malament, cansat o d'una altra manera és trobar-se així, d'aquesta manera. Quan fas una feina molt ben feta et sents orgullós de tu mateix.

sentit sentits
nom masculí
1 Un sentit és cadascuna de les facultats de rebre sensacions que tenen les persones i els animals. Les persones tenen cinc sentits: la vista, el gust, l'olfacte, l'oïda i el tacte.
2 Significat d'una cosa. Quan no entenem el sentit d'una paraula, la busquem al diccionari.
3 Direcció. Totes les agulles d'un rellotge giren en el mateix sentit.
4 El **sentit comú** és la capacitat de les persones per saber com han d'actuar. És de sentit comú que no es pot encendre foc quan es manipula gasolina.
locució que fa d'adverbi
5 **Amb els cinc sentits** vol dir amb tota l'atenció possible. *Escalar una paret de muntanya s'ha de fer amb els cinc sentits per tal de no caure.*
frase feta
6 **Perdre els sentits** és quedar-se per uns moments sense veure ni sentir res. Quan una persona perd els sentits, els altres l'han d'agafar perquè no caigui a terra.
sensitiu, sensitiva, sensorial

sentor sentors
nom femení
Una sentor és una olor forta. La sentor del peix fet malbé és molt desagradable.

seny senys
nom masculí
El seny és la capacitat de pensar bé les coses, de veure el que és convenient i d'actuar de manera correcta. Les persones que actuen amb seny no fan bestieses. Si algú perd el seny és que s'ha tornat boig.

senya senyes
nom femení
Una senya és un detall o una característica que serveix per a poder reconèixer algú o alguna cosa. Una cicatriu a la cara és una senya que permet reconèixer una persona.

senyal senyals
nom masculí
1 Un senyal és una marca que es fa en un objecte per a poder-lo reconèixer, distingir-lo d'altres, etc. El punt que posem en un llibre és el senyal que ens indica per quina pàgina anem.
2 Gest o moviment que es fa per indicar o per expressar alguna cosa a algú. En una cursa, sempre hi ha una persona que fa el senyal de sortida.
3 Allò que fa que puguem saber o conèixer alguna cosa. Quan no contesten al telèfon, és senyal que no hi són.
4 Marca, cicatriu o ferida. Una operació quirúrgica deixa un senyal al lloc on s'ha fet.
5 Un **senyal de circulació** és una placa, un disc, un cartell o un semàfor que, en una carretera o en un carrer, indica alguna cosa i facilita el trànsit de vehicles i de persones. Els senyals de circulació poden marcar la velocitat màxima, la prohibició de passar o d'aparcar, etc. pàg. 597 (22)
assenyalar, senyalització, senyalitzar

senyalar
verb
com *cantar*
◄ pàg. 26
Fer o posar un senyal en alguna cosa. A vegades s'han de senyalar les peces de roba per a saber de qui són.

senyar
verb
com *cantar*
◄ pàg. 26
Fer una creu amb el dit gros o amb la mà sobre algú o alguna cosa. Algunes persones cristianes senyen els seus fills com a signe de benedicció. Hi ha persones que quan entren en una església se senyen.

senyera senyeres

nom femení — **1** Una senyera és un estendard d'una corporació.

2 Nom que es fa servir a vegades per a referir-se a una bandera, sobretot a la catalana.

senyor senyora senyors senyores

nom masculí i femení — **1** Persona que té autoritat sobre algú o alguna cosa. A l'edat mitjana hi havia senyors feudals, que tenien vassalls que els cuidaven les terres.

2 Paraula que es fa servir en senyal de respecte i d'educació per a referir-se a les persones. Molts discursos comencen dient: "Senyores i senyors."

3 Paraula que es posa davant del nom, del cognom o del càrrec d'una persona: *Senyor Joan. Senyora Roig. Senyor director.*

4 Espòs o esposa. Es diu de manera formal.

nom masculí — **5** En el llenguatge dels cristians, el Senyor o nostre Senyor és Déu o Jesucrist.

nom femení — **6** Una senyora és una dona casada.

frase feta — **7** Quan diem que una persona **és tot un senyor** o **tota una senyora** volem dir que és molt ben educada i molt atenta.

senyorejar

senyoreta senyoretes

nom femení — **1** Paraula que es fa servir per a referir-se a una noia o a una dona que treballa de mestra, de dependenta en una botiga o a l'Administració.

2 Paraula que es fa servir en senyal de respecte i d'educació per a referir-se a una noia o a una dona soltera.

senyoria senyories

nom femení — Tractament honorífic que es dóna a algunes persones que tenen càrrecs importants, com els jutges.

senyorial senyorials

adjectiu — Que és propi de les persones d'una classe social alta. Les cases senyorials són molt luxoses.

senzill senzilla senzills senzilles

adjectiu — **1** Que no és gens complicat, que és fàcil. Comptar els dits d'una mà és molt senzill.

2 Que és simple, format per pocs elements. El pa sucat amb oli és un aliment senzill.

3 Que no té adornaments, que no és luxós. Les persones que tenen pocs diners viuen en cases senzilles.

4 Una persona és senzilla quan actua o es comporta amb naturalitat i de manera espontània, sense presumir.

senzillesa

senzillament

adverbi — Simplement. *És una feina que faràs molt senzillament, no et costarà gens. No vull anar al cine; senzillament, no tinc ganes de sortir.*

sèpal sèpals

nom masculí — Un sèpal és cadascuna de les fulles que formen el calze d'una flor. Els sèpals estan situats a la base dels pètals.

separació separacions

nom femení — **1** La separació és el fet de separar o separar-se. La separació d'un matrimoni o d'una parella pot afectar els fills.

2 Allò que separa una persona o una cosa d'una altra. En un pis, les parets fan de separació de les habitacions.

3 Distància que hi ha entre dues coses separades. A vegades convé deixar una petita separació entre els mobles i la paret.

separar

verb com *cantar* ◀ pàg. 26 — **1** Fer que dues o més coses o persones que estan juntes o barrejades deixin d'estar-ho. Per a fer alguns pastissos, separem la clara del rovell de l'ou.

2 Estar enmig de dues persones o dues coses impedint que es toquin. El canal de la Mànega separa França d'Anglaterra.

usat amb pronom — **3** Dues persones casades o que viuen juntes **se separen** quan deixen de viure juntes.

separatisme separatismes

nom masculí — El separatisme és la doctrina o l'actitud dels qui volen separar-se de l'estat del qual formen part i formar-ne un altre d'independent.

sepeli sepelis

nom masculí — Enterrament. Als sepelis de les grans personalitats hi va molta gent. Només es diu de manera formal.

sèpia sèpies

nom femení — **1** Sípia.

adjectiu — **2** Que és d'un color marró clar, tirant a groc. Les fotografies molt antigues són de color sèpia.

nom masculí — **3** El sèpia és el color d'un suc espès que tenen les sèpies a dins.

septentrional septentrionals

adjectiu i nom masculí i femení — Del nord, que pertany al nord. Islàndia és un país septentrional d'Europa. Els septentrionals són les persones que han nascut en un país situat al nord.

septentrió

sepulcre sepulcres

nom masculí — Un sepulcre és una construcció excavada a terra o a la roca, o feta damunt del sòl, per a enterrar-hi un o més cadàvers. Els se-

pulcres d'alguns papes són obres artístiques molt importants.
sepulcral

sepultar
verb
com *cantar*
◄ pàg. 26
1 Enterrar un cadàver.
2 Diem que una allau, un enderrocament, una esllavissada, etc., sepulta algú o alguna cosa quan els colga, els cobreix del tot.
insepult, sepultura

sequaç sequaços sequaces
adjectiu i nom masculí i femení
Que segueix la doctrina, el partit o l'opinió d'una persona i està disposat a fer el que els mani.

sequedat sequedats
nom femení
La sequedat és la característica del que és sec. La sequedat dels boscos afavoreix els incendis.

seqüela seqüeles
nom femení
Una seqüela és una conseqüència que queda d'alguna cosa. La pèrdua de la vista pot ser una seqüela de la diabetis.

seqüència seqüències
nom femení
1 Una seqüència és una sèrie ordenada de lletres, de números o d'una altra cosa. 4, 5, 6, 7 i 8 és una seqüència.
2 Conjunt de plans i d'escenes d'una pel·lícula on passa una mateixa acció.

sequera sequeres
nom femení
Secada. La sequera perjudica les collites.

séquia séquies
nom femení
També *siquia*
Una séquia és un canal que porta aigua per a regar els camps.

sequoia sequoies
nom femení
Una sequoia és un arbre propi de Califòrnia que es fa molt alt i molt gran i que pot viure molts anys. Algunes sequoies tenen 100 metres d'alçària. Són arbres que no perden les fulles. La seva fusta és molt bona. N'hi ha alguns exemplars al Montseny.

1
ser
verb
◄ pàg. 40
1 Com a verb copulatiu es fa servir per a unir el subjecte amb alguna cosa que se li atribueix, com per exemple una qualitat, un defecte o una altra característica. *La persiana és verda. La Maria és simpàtica. En Pau és llibreter. La sopa és freda. La finestra era ajustada. Els gossos són mamífers.*
2 Estar present, algú o alguna cosa, en un lloc i en un moment determinats, trobar-s'hi. *Que hi és, la Pepeta? No, no hi és. A quina hora seràs a casa?*
3 Passar o esdevenir-se un fet en un moment determinat. *Les falles de València són el març. Santa Marta és el 29 de juliol.*
4 Existir, tenir realitat. *Ser o no ser, aquesta és la qüestió.*
5 Fem servir la paraula *ser* en altres construccions. *Quina hora és? Són les set. Ja és de nit. Quant seran dos-cents grams de pernil dolç?*
6 Una cosa **és d'**algú quan li pertany, quan li és pròpia. *La bicicleta és del David.*
7 Una cosa o una persona **és d'**un lloc quan hi té el seu origen, quan hi ha nascut. *Aquest formatge és d'Holanda.*
frase feta
8 Diem que una persona **no hi és tota** quan ha perdut la raó.
9 Diem que una cosa **tant és** a algú quan no li importa. *Tant m'és que no em convidi a venir.*

2
ser sers
nom masculí
Ésser.

serafí serafins
nom masculí
1 Segons el cristianisme, un serafí és un àngel de la categoria més elevada.
2 Diem que una persona és un serafí quan és d'una gran bellesa.

serbi sèrbia serbis sèrbies
adjectiu
1 De Sèrbia.
nom masculí i femení
2 Persona que és de Sèrbia o que hi viu.

serè serena serens serenes
adjectiu
1 Un cel, un temps o un dia és serè quan és clar i no hi ha núvols ni boira.
2 Tranquil, sense agitació ni preocupacions. Si una persona s'ha disgustat molt, no pot estar serena.
nom femení
3 La serena és la humitat de l'aire que hi ha durant la nit. Quan una persona dorm a l'aire lliure, es diu que dorm a la serena.
asserenar, serenar

serenata serenates
nom femení
Una serenata és una composició musical que es canta o es toca, a la nit i a l'aire lliure, com a homenatge a una persona o per a expressar-li l'amor que algú sent per ella.

serenitat serenitats
nom femení
La serenitat és la característica del que és serè. A l'estiu hi ha dies d'una gran serenitat al cel. En moments de perill, no s'ha de perdre la serenitat.

sereno serenos
nom masculí
Un sereno era una persona que vigilava, durant les nits, els carrers d'un poble o d'una ciutat. Els serenos tenien les claus dels veïns per si algú se les havia deixat o les havia perdut.

serf serva serfs serves

nom masculí i femení — Persona que no és lliure. En el feudalisme, els serfs depenien d'un senyor i no es podien casar sense el seu permís.

sergent sergenta sergents sergentes

nom masculí i femení
Amb E — Militar que està per sobre del caporal i per sota dels oficials.

serial serials

nom masculí — Un serial és una novel·la que es retransmet per la ràdio o per la televisió en diversos capítols.

sèrie sèries

nom femení
Amb E final — **1** Una sèrie és un conjunt de coses que se segueixen les unes a les altres i que estan relacionades entre elles. Podem parlar, per exemple, d'una sèrie de colors, de preguntes o de fets.

2 Pel·lícula llarga que es passa per televisió en diversos capítols.

locució que fa d'adverbi — **3** Uns productes són fabricats **en sèrie** quan són fets amb màquines i queden tots iguals, sense cap diferència. *Els vestits fets en sèrie són més barats que els fets a mida.*

locució que fa d'adjectiu — **4** Algú o alguna cosa és **fora de sèrie** quan és excepcional. Si al matí habitualment només prenem un cafè, podem dir que un esmorzar molt abundant i variat és fora de sèrie.

seriós seriosa seriosos serioses

adjectiu — **1** Que és responsable, que actua amb coneixement, que fa les coses a consciència. Una empresa seriosa compleix els compromisos amb els seus clients.

2 Que no riu o no fa broma. Quan una persona té un gran disgust, està seriosa.

3 Que és important, greu, considerable. La pulmonia és una malaltia seriosa.

serietat, seriositat

seriosament

adverbi — D'una manera seriosa. *No m'agrada que facis broma quan et parlo seriosament!*

serjant serjants

nom masculí — Un serjant és una eina que fan servir els fusters per a mantenir ben juntes dues peces de fusta encolades fins que quedin ben enganxades. pàg. 993 (31)

sermó sermons

nom masculí — **1** Un sermó és un discurs de tema religiós que el sacerdot fa durant la missa o en una altra cerimònia.

2 Diem que una persona fa un sermó a una altra quan la renya i li fa moltes recomanacions.

sermonejar

serp serps

nom femení
Amb P — Una serp és un rèptil sense potes, que té el cos molt llarg, cilíndric i recobert d'escates. Les serps es mouen arrossegant-se per terra. Algunes serps són verinoses.

serpent serpents

nom masculí o femení — Un serpent o una serpent és una serp.

serpentí serpentins

nom masculí — Un serpentí és un tub enroscat que hi ha a dins d'alguns aparells que escalfen o refreden líquids. El serpentí fa que es pugui tenir molta quantitat de tub en un espai petit. Els alambins tenen un serpentí.

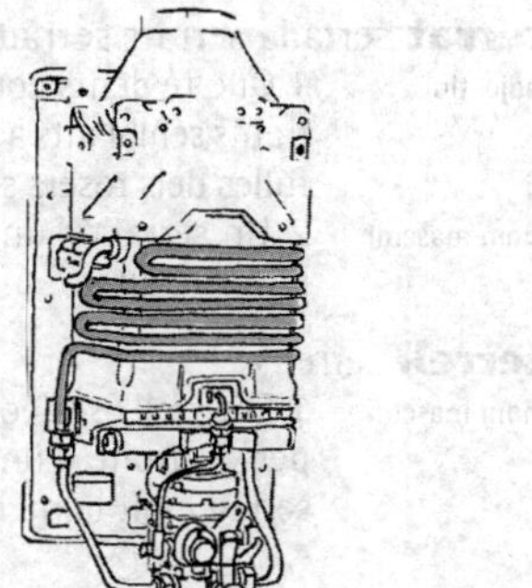

Un serpentí

serpentina serpentines

nom femení — Una serpentina és una tira de paper estreta i llarga que està enrotllada i que es desenrotlla quan es llança tenint-la agafada només per una punta. En algunes festes es tiren serpentines de diferents colors.

serra serres

nom femení — **1** Una serra és una eina que serveix per a tallar fusta, ferro, pedra o altres materials durs. És formada per una fulla d'acer amb unes dents punxegudes i tallants en una de les seves vores i un mànec o un bastidor. pàg. 993 (4)

2 Serralada de dimensions petites.

serra, serrana

serradures

nom femení plural — Les serradures són els trossets petits de fusta que cauen en serrar-la. Si ha caigut oli a terra, s'hi tiren serradures perquè la gent no rellisqui.

serralada serralades

nom femení — Una serralada és un conjunt de muntanyes situades les unes al costat de les altres. A la serralada de l'Himàlaia hi ha la muntanya més alta del món, l'Everest.

serraller serrallera serrallers serralleres
nom masculí i femení — Manyà. Si un pany no funciona bé, el serraller ens l'arreglarà.
serralleria

1 serrar
verb com *cantar* ◄ pàg. 26 — Tallar alguna cosa amb una serra. Les serres de serrar fusta tenen les dents més grosses que les de serrar ferro.

2 serrar
verb com *cantar* ◄ pàg. 26 — Estrènyer, fer estreta alguna cosa. Es diu que una persona serra les dents quan tanca la boca amb força, de manera que les dents es toquen i no deixen cap espai.

serrat serrada serrats serrades
adjectiu — 1 Que té dents com una serra o petits entrants semblants a les dents d'una serra. Les fulles dels rosers són serrades. limbe
nom masculí — 2 Un serrat és un conjunt de muntanyes no gaire altes.

serrell serrells
nom masculí — 1 El serrell és el conjunt de cabells que tapen el front d'una persona. Si portes el serrell molt llarg, et tapa els ulls i tot.
pàg. 793 (17)
2 Un serrell és un tros de fils que es deixen sense teixir a les vores de tovalloles, catifes, mantes, etc., per tal que facin d'ornament.

sèrum sèrums
nom masculí — 1 El sèrum és el líquid clar que queda de la sang o d'algun altre líquid, com la llet, quan es coagula.
2 Substància líquida que s'injecta al cos de les persones per a evitar que agafin malalties o per a alimentar-les quan no poden menjar.

servar
verb com *cantar* ◄ pàg. 26 — Complir les pròpies obligacions. Les promeses sempre s'han de servar.

servei serveis
nom masculí — 1 Un servei és una acció o activitat útil. Les coses que usem per a treballar, per a menjar, per a rentar-nos, etc., ens fan servei.
2 Activitat pública o oficial que ajuda la gent, que soluciona els problemes de les persones, com el servei de correus, el de telèfons i el de taxis.
3 El servei d'una casa, d'un hotel o d'un restaurant és el conjunt de persones que s'encarreguen de les feines. De vegades, els criats, els cuiners i altres treballadors entren per la porta de servei.
4 Conjunt de plats, tasses, gots i altres utensilis que es fan servir per a posar el menjar a taula o per a prendre el cafè o les postres.
5 En el tennis i en altres jocs, un servei és el fet de servir la pilota. Els tennistes que tenen un bon servei tenen molt de guanyat.
6 El **servei militar** és l'obligació que els governs d'alguns països imposen als joves d'estar-se un temps aprenent la disciplina militar i l'ús de les armes.
frase feta — 7 **Prestar un servei** és ajudar algú. Si li deixes un llibre a un amic, li prestes un servei.

servent serventa servents serventes
nom masculí i femení — Servidor, criat.

servicial servicials
adjectiu — Que sempre està disposat a ajudar i a fer serveis i favors als altres. Les persones que despatxen cal que siguin servicials.

servidor servidora servidors servidores
nom masculí i femení — 1 Persona que està al servei d'algú. En altres temps, els nobles tenien molts servidors. Els bombers són servidors dels ciutadans.
nom masculí — 2 Un servidor és un ordinador que proporciona serveis i recursos a tots els altres ordinadors d'una xarxa informàtica.

servil servils
adjectiu — Que està relacionat amb els esclaus o que és propi d'un esclau. Una persona té una actitud servil si es comporta com si fos esclava d'algú.
servilisme

servir
verb ◄ pàg. 28 — 1 Ser útil per a fer un treball, una feina, o ser útil a una persona. Els llibres serveixen per a aprendre i per a divertir-se.
2 Posar el menjar al plat o la beguda al got. Al restaurant, els cambrers serveixen els plats per l'esquerra.
3 Atendre els clients d'una botiga.
4 Fer de criat. Quan algú entra a servir en una casa, li demanen referències.
frase feta — 5 **Fer servir** una cosa és fer que sigui útil o que compleixi la seva finalitat. Si volem pelar una poma, fem servir un ganivet.
6 **Servir la pilota**, en el tennis i en altres jocs, és posar-la en joc. Quan un jugador serveix es diu que té el servei.

servitud servituds
nom femení — La servitud és l'estat de la persona que no és lliure, que està sota les ordres d'un amo.

1
ses

determinant article — Forma femenina plural de l'article *es* que s'usa a les Illes Balears i en algunes zones de la Costa Brava.
• *Ses taules i ses cadires.*

2
ses

determinant possessiu — Forma femenina plural de *son*:
• *Ses àvies, ses cosines.*

sessió sessions

nom femení — **1** Una sessió és cadascuna de les reunions que fan els membres d'una junta, d'un tribunal, d'una associació, etc. La sessió d'un ajuntament és pública quan hi pot assistir gent del carrer.
2 Cada una de les vegades que es passa una pel·lícula en un cinema. També es diu de les obres de teatre o d'altres espectacles. Als cines, a vegades hi ha més gent a la sessió de la nit que a les sessions de la tarda.
3 Cada vegada que es fa alguna cosa. Hi ha persones que fan una sessió de ioga a la setmana.

sesta sestes

nom femení — Migdiada.

1
set sets

nom femení — **1** La set és la necessitat o les ganes de beure. Després de fer un gran esforç, estem acalorats i tenim set.
2 Es diu que una persona té set d'alguna cosa quan sent un gran desig de tenir-la. La set de riqueses ha portat algunes persones a cometre robatoris.
assedegar, sedejar

2
set sets

determinant numeral — **1** Set coses són sis més una.
nom masculí — **2** El set és el nom del 7.
sèptuple

setanta setantes

determinant numeral — **1** Setanta coses són set vegades deu coses.
nom masculí — **2** El setanta és el nom del 70.
setantè, setantena

set-cents set-centes

determinant numeral — **1** Set-centes coses són set vegades cent coses.
nom masculí — **2** El set-cents és el nom del 700.

setciències setciències

nom masculí i femení — Un o una setciències és una persona que sempre presumeix de saber-ho tot. No és gaire agradable parlar amb els setciències.

setè setena setens setenes

determinant numeral i nom masculí i femení — **1** Que té el número d'ordre 7. El setè pis d'un edifici és a sobre del sisè. El setè d'una cua va darrere del sisè.
determinant numeral — **2** Una setena part d'una cosa és una de les set parts iguals que ens queden si la dividim entre set. La setena part de 21 és 3.

setembre setembres

nom masculí — El setembre és el novè mes de l'any. Té 30 dies. Al setembre comença la tardor.

setge setges

nom masculí — Un setge és una acció violenta contra un castell o un altre lloc que consisteix a envoltar-lo per lluitar contra els qui el defensen i conquistar-lo. Els setges d'algunes ciutats podien durar molt de temps.
assetjar

setí setins

nom masculí — El setí és una tela de seda, de cotó o de lli, llisa i brillant que es fa servir per a fer folres.
setinar

setial setials

nom masculí — Un setial és un seient molt elegant i ben adornat que es fa servir en algunes cerimònies.

setmana setmanes

nom femení Amb TM — **1** Una setmana és un període de set dies. Les setmanes comencen el dilluns i acaben el diumenge. Els mesos tenen 4 setmanes.
2 La **setmana dels barbuts** és la setmana on cauen el 15 i el 17 de gener, els dies de sant Pau i sant Antoni. Aquests sants són representats amb molta barba. Acostuma a ser una setmana molt freda.
3 La **Setmana Santa** és una setmana en què es recorda la mort de Jesucrist i la seva resurrecció. Comença el diumenge de Rams i acaba el diumenge de Pasqua.
locució que fa d'adverbi — **4** **Entre setmana** vol dir qualsevol dia de la setmana menys el dissabte i el diumenge. *Els estudiants van a l'escola entre setmana.*

setmanada setmanades

nom femení Amb TM — Una setmanada és una quantitat de diners que una persona cobra cada setmana pel seu treball.

setmanal setmanals

adjectiu Amb TM — Que es fa o que passa un cop cada setmana. Una revista setmanal surt cada setmana.

setmanari setmanaris

nom masculí Amb TM — Un setmanari és una publicació que surt cada setmana.

setmesó setmesona setmesons setmesones
adjectiu i nom masculí i femení
Una criatura és setmesona quan neix als set mesos d'estar al ventre de la mare en lloc de néixer als nou. Quan neixen, els setmesons acostumen a ser més petits que els altres nadons.

setrill setrills
nom masculí
Un setrill és un recipient de vidre, de ceràmica o de metall per a tenir-hi oli o vinagre i poder-lo abocar per a amanir. Els setrills són amples de baix i tenen un broc normalment corbat i una nansa grossa.
pàgs. 594-595 (52)

setrilleres
nom femení plural
Unes setrilleres són un objecte de metall, de fusta o de plàstic que porta dos setrills, un per a l'oli i l'altre per al vinagre. En algunes setrilleres també hi ha un saler i un recipient per al pebre.

setter setters
nom masculí
1 Un setter és un gos de raça alt i robust, que té el pèl llarg i fi i les orelles llargues i caigudes. És un gos de caça. És una paraula anglesa.
2 El **setter irlandès** és el més conegut i és de color vermellós.

setze setzes
determinant numeral
1 Setze coses són quinze més una.
nom masculí
2 El setze és el nom del 16.
setzè

1
seu seus
nom femení
Sense accent gràfic
1 La seu d'una empresa, d'una institució o d'un altre organisme és el lloc on té el seu domicili principal. La seu de l'ONU és a Nova York.
2 Ciutat que és la capital d'un bisbat, on normalment viu el bisbe.
3 Catedral. La seu de Girona té elements romànics, gòtics i barrocs.

2
seu seva seus seves
determinant possessiu
Amb U o V
1 Aquesta paraula s'usa per a indicar una cosa que pertany a una o a més persones que no són ni qui parla ni qui escolta.
Normalment, va entre l'article i el nom:
• *El seu llit, la seva habitació, els seus cosins, les seves coses.*
Algunes vegades va darrere el nom:
• *Anaven tots a dormir a casa seva.*
pronom possessiu
2 S'usa darrere d'article en casos com aquests:
• *No tenia sabates i em vaig posar les seves. Se m'ha acabat el paper i n'he agafat del seu.*
També pot anar darrere de preposició i de verb:
• *Davant seu, darrere seu, prop seu, lluny seu.*
• *Aquesta escultura és feta seva.*

sèu sèus
nom masculí
Amb accent gràfic
El sèu és el greix sòlid i tou, de color blanquinós o grogós, que s'obté d'alguns animals com els bous i les ovelles. Es fa servir com a lubrificant i per a fabricar espelmes i sabons.
enseuar

seua seues
determinant i pronom possessius
Formes femenines de *seu*. S'usen sobretot al País Valencià.

seure
verb
◄ pàg. 41
Una persona seu quan està en una cadira o en un altre suport amb tot el pes del cos descansant sobre la part de baix del tronc. Quan seiem a terra dobleguem les cames.

sever severa severs severes
adjectiu
Que és molt exigent i molt estricte, que no permet que es cometin faltes ni errors. És difícil tenir confiança en una persona molt severa.
severitat

sexagenari sexagenària sexagenaris sexagenàries
adjectiu i nom masculí i femení
Que ha complert seixanta anys d'edat. Molts sexagenaris ja són avis.

sexagesimal sexagesimals
adjectiu
Un sistema de numeració sexagesimal és aquell que té com a base el número 60. La divisió de les hores i dels minuts, i la mesura dels angles, es basen en el sistema sexagesimal.

sexe sexes
nom masculí
1 El sexe d'una persona o d'un animal és el conjunt de característiques i de funcions que fan que sigui un mascle o una femella.
2 Òrgans genitals externs del mascle i de la femella.
3 Conjunt de persones de sexe femení o de sexe masculí. En una perruqueria unisex es pentinen persones dels dos sexes.
sexisme, sexòleg, sexòloga, sexologia, sexuat, sexuada

sexenni sexennis
nom masculí
Un sexenni és un conjunt de sis anys seguits.

sexual sexuals
adjectiu
Del sexe, que està relacionat amb el sexe. Podem parlar de l'educació sexual dels jo-

ves o de l'activitat sexual d'una espècie animal.
asexual, sexualitat

show shows
nom masculí Xou. És una paraula anglesa.

1
si sis
nom masculí Sense accent gràfic
El si és la setena nota d'una escala musical. Després del si torna a venir el do i l'escala torna a començar.

2
si
pronom personal Sense accent gràfic
Aquesta paraula s'usa en lloc dels pronoms *ell, ella, ells* o *elles* darrere d'algunes preposicions. *Sempre parla de si mateix. No ho feia per als altres, sinó per a si mateixa. Només ho feien per a si mateixos.*

3
si
conjunció Sense accent gràfic
1 Aquesta paraula va davant d'una frase que expressa una condició, una possibilitat.
Normalment, les frases amb *si* completen una altra frase i en diuen una condició:
• *Si plou, ens mullarem.*
• *Si haguessis vingut, t'ho hauries passat molt bé.*
2 Darrere d'un verb que expressa dubte o interrogació, introdueix la frase que el complementa:
• *No sé si hi arribarem a temps. Pregunta-li si ha rebut la carta.*
3 Ja que. *Si calla és per alguna cosa.*

1
sí
adverbi Amb accent gràfic
Aquesta paraula s'usa per a afirmar una cosa o per a confirmar que és veritat. Acostuma a ser la resposta a una pregunta. *Ella sí, que és una sàvia. -Vindràs demà? -Sí, vindré a les 7.*

2
sí sís
nom masculí Amb accent gràfic
Un sí és una resposta afirmativa. En la cerimònia del casament, es pregunta al nuvi i a la núvia si s'accepten per muller i per marit i cada un contesta amb un sí.

sia
conjunció
1 Forma antiga del verb *ser* que es feia servir en lloc de *sigui* per a indicar alternativa. *Aquesta sopa, sia bona o sia dolenta, te l'has de menjar.*
locució que fa de conjunció
2 O sia vol dir o sigui, és a dir. *L'Albert, o sia el meu pare, ha escrit un llibre.*

siamès siamesa siamesos siameses
adjectiu **1** De Siam, antic nom de Tailàndia. *Un gat siamès.*
nom masculí i femení **2** Persona que era de Siam o que hi vivia.
adjectiu **3** Dos germans són siamesos quan neixen units per alguna part del seu cos.

sibarita sibarites
adjectiu i nom masculí i femení
Una persona és sibarita quan té uns gustos molt refinats i li agrada portar una vida còmoda i luxosa. Als sibarites els agrada anar als bons restaurants.

siberià siberiana siberians siberianes
adjectiu **1** De Sibèria. *El fred siberià.*
nom masculí i femení **2** Persona que és de Sibèria o que hi viu.

sicari sicaris
nom masculí Un sicari és una persona que n'assassina d'altres a canvi d'un sou.

sida sides
nom femení
La sida és una malaltia molt greu produïda per un virus que fa que les persones que el tenen es quedin sense defenses de l'organisme i agafin moltes altres malalties. La sida es contagia per la sang. La paraula *sida* ve de les inicials de *Síndrome d'ImmunoDeficiència Adquirida.*
sidós, sidosa

sidecar sidecars
nom masculí
Un sidecar és una mena de cotxet, amb una roda i un seient, que algunes motos porten enganxat al costat per tal de poder-hi portar una altra persona.

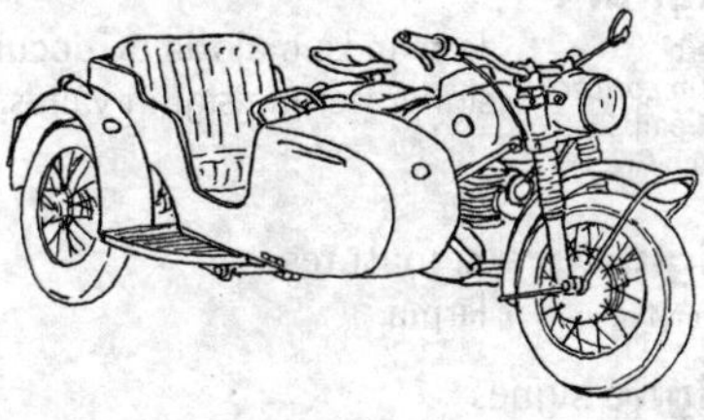
Un sidecar

sideral siderals
adjectiu Que està relacionat amb les estrelles o amb els astres en general.

siderúrgia siderúrgies
nom femení
La siderúrgia és la indústria que es dedica a l'obtenció del ferro i a l'elaboració dels seus derivats.
siderúrgic

sidra sidres
nom femení La sidra és una beguda alcohòlica que s'obté del suc de les pomes.

sidral sidrals
nom masculí
1 El sidral és un producte efervescent en forma de petits grans de color blanquinós que es barreja amb aigua i es pren com a refresc.
2 Diem que una situació és un sidral quan és un gran desordre i hi ha molt de soroll.

sífilis sífilis
nom femení
La sífilis és una malaltia infecciosa que es transmet a través del contacte sexual.
sifilític

sifó sifons
nom masculí
1 Un sifó és una ampolla que porta un tap amb una palanqueta que quan es pressiona fa que surti l'aigua amb gas que hi ha dins. El líquid de dins de l'ampolla també es diu *sifó*.
2 Tub doblegat en forma de U que serveix per a fer passar el líquid d'un recipient a un altre. Podem treure gasolina d'un dipòsit per a posar-la en un altre fent servir un tub de goma com a sifó.
3 Part d'una canonada doblegada en forma de U que hi ha sota d'una aigüera, d'un safareig o d'un lavabo, on sempre hi ha aigua retinguda que impedeix que surtin les males olors. pàg. 1000 (15)

sigla sigles
nom femení
Una sigla és una abreviatura del nom d'una persona, d'una entitat, d'un partit, etc., formada per la primera lletra de cada una de les diverses paraules que formen aquest nom. *IEC* és la sigla de l'Institut d'Estudis Catalans.

signar
verb
com *cantar*
◄ pàg. 26
Amb GN
Firmar. La majoria de documents s'han de signar perquè siguin vàlids.

signatura signatures
nom femení
Firma.

signe signes
nom masculí
1 Un signe és allò que representa alguna cosa. Els bemolls i els sostinguts són signes musicals. En matemàtiques hi ha molts signes: +, −, =, π, etc.
2 Moviment, gest o una altra acció que es fa per a indicar, assenyalar o expressar alguna cosa. Les persones mudes es comuniquen amb signes.
3 Un **signe d'admiració** és un signe de puntuació que es posa al darrere (!) o al davant i al darrere (¡...!) d'una exclamació. Per a marcar que una cosa es diu amb un to més alt, podem fer servir un signe d'admiració, com a *Vigila!*
4 Un **signe d'interrogació** és un interrogant (¿?).
5 Un **signe del zodíac** és cadascuna de les dotze zones en què es divideix el zodíac. Bessons i taure són dos signes del zodíac.
6 Es diuen **signes de puntuació** els diversos signes ortogràfics que indiquen pauses, separacions, preguntes, etc., en un escrit. Ho són el punt (.), la coma (,), el punt i coma (;), el signe d'interrogació (¿?) i d'altres.

significar
verb
com *cantar*
◄ pàg. 26
Amb QU davant E, I
1 Indicar, ser senyal d'alguna cosa. El llum verd dels semàfors significa que es pot passar.
2 Una paraula o una expressió significa una cosa quan vol dir aquesta cosa, quan és equivalent. En francès, *maison* significa *casa*.
significació, significant, significatiu, significativa

significat significats
nom masculí
El significat d'una paraula, d'una frase, d'un signe o d'un gest és allò que significa, allò que vol dir. Quan no saps el significat d'una paraula, el busques al diccionari.

silenci silencis
nom masculí
1 El silenci és l'absència de sorolls i de sons. A la muntanya sol haver-hi un gran silenci.
2 Fet de no parlar, de callar. Quan comença una obra de teatre s'ha de guardar silenci.
3 En música, pausa.
silenciar

silenciador silenciadors
nom masculí
Un silenciador és un aparell que es col·loca en un mecanisme o en un motor perquè faci menys soroll. Els tubs d'escapament dels cotxes poden portar un silenciador. Una pistola amb silenciador gairebé no fa soroll quan es dispara. moto

silenciós silenciosa silenciosos silencioses
adjectiu
1 Que no fa gens de soroll, que no parla. Si una màquina és silenciosa no molesta que funcioni durant la nit. Les persones tímides acostumen a ser silencioses.
2 Un lloc és silenciós quan hi ha silenci. Els carrers on no passen cotxes són silenciosos.

sílex sílexs
nom masculí
El sílex és una varietat del quars força abundant i molt dura. Quan es trenca, forma trossos de vores afilades i tallants. Els homes de l'edat de la pedra van fabricar destrals i altres objectes de sílex.

sílice sílices
nom femení
La sílice és una substància mineral composta d'oxigen i de silici. Forma cristalls incolors

o pólvores cristal·lines blanques i té una gran varietat de formes; una d'aquestes formes és el quars. Es fa servir en la indústria del vidre i de la ceràmica. La seva fórmula és: SiO_2.

silici silicis

nom masculí — El silici és un element no metàl·lic molt dur, el més abundant a la natura després de l'oxigen. Es fa servir en electrònica i en la preparació d'acers especials i d'altres aliatges. El seu símbol és: Si.

síl·laba síl·labes

nom femení — Una síl·laba és un o més sons que es pronuncien junts en un sol cop de veu. La paraula *casa* té dues síl·labes: *ca* i *sa*.
sil·làbic

silueta siluetes

nom femení — **1** La silueta d'una cosa o d'una persona és la forma que veiem que té des de lluny, el seu contorn. A la nit, només es veu la silueta de les muntanyes.
2 Dibuix d'algú o d'alguna cosa fet solament amb el seu contorn. Hi ha quaderns amb siluetes dibuixades que s'han d'acolorir.

silvestre silvestres

adjectiu — Una planta és silvestre si creix naturalment als boscos o als camps sense que les persones la cultivin. Les maduixes que es cullen als boscos són silvestres.

silvicultura silvicultures

nom femení — La silvicultura és la ciència que estudia el cultiu dels boscos. S'ocupa també de prevenir els incendis forestals.

simbiosi simbiosis

nom femení — Una simbiosi és una associació entre dos organismes d'espècies diferents que no poden viure l'un sense l'altre. En una simbiosi els dos organismes surten beneficiats. Els líquens són un cas de simbiosi entre una alga i un fong.

símbol símbols

nom masculí — **1** Un símbol és una figura, un ésser viu o una cosa que es fa servir com a representació d'una altra cosa perquè s'hi assembla o per una convenció. L'olivera i el colom són símbols de la pau.
2 Lletra o conjunt de lletres que representen els elements químics. El símbol de l'or és *Au*.
simbòlic, simbolisme, simbolitzar

simbomba simbombes

nom femení — Una simbomba és un instrument musical format per un recipient tapat amb una pell tibant i un pal que la travessa. Es toca movent el pal amunt i avall, cosa que fa que la pell vibri i faci un so ronc.

simetria simetries

nom femení — La simetria és la característica de les coses simètriques.

simètric simètrica simètrics simètriques

adjectiu — **1** Que es pot dividir en dues meitats iguals. El cos humà és simètric: el cantó dret és igual que l'esquerre.
2 Dues coses simètriques tenen totes les parts coincidents si es posen una davant o damunt de l'altra. Tu i la teva figura en un mirall sou simètrics.
asimètric

simfonia simfonies

nom femení
Amb MF — Una simfonia és una composició musical per a orquestra que té la mateixa estructura que la sonata. Beethoven va compondre nou simfonies.
simfònic

simi simis

nom masculí — Un simi és un primat que té el cos molt semblant al de les persones i que fa servir els peus i les mans per a agafar-se. Els simis viuen, sobretot, a les selves i als boscos d'Àfrica i d'Amèrica. El ximpanzé, el goril·la i l'orangutan són simis.

símil símils

nom masculí — Un símil és una cosa que és molt semblant a una altra. Una jaqueta feta en símil de pell és feta amb una tela que imita la pell.

similar similars

adjectiu — Semblant. La sargantana i el llangardaix són dos animals similars.
similitud

simitarra simitarres

nom femení — Una simitarra és un sabre amb la fulla molt corbada i més ampla de la punta. Els àrabs, els turcs i els perses la feien servir a l'edat mitjana.

Una simbomba

simpatia simpaties

nom femení — **1** La simpatia és un sentiment d'atracció

que tenim cap a una persona que ens agrada.
2 Caràcter i manera de ser d'una persona que fa que la trobem agradable i divertida.
simpatitzar

simpàtic simpàtica simpàtics simpàtiques
adjectiu — Que inspira o que té simpatia. Quan una persona ens és simpàtica, ens agrada estar amb ella.

simpatitzant simpatitzants
adjectiu i nom masculí i femení — Que té simpatia per un partit, una idea, un moviment, etc. No tots els simpatitzants d'un club de futbol en són socis.

simple simples
adjectiu — 1 Que només està format per un element. L'hidrogen és un element simple.
2 Que és fàcil, que no és gens complicat. Les instruccions dels aparells acostumen a ser simples perquè tothom les pugui entendre.
simplicitat, simplista

simplement
adverbi — 1 D'una manera simple. *La suma 7 + 7 es resol molt simplement.*
2 Només, solament. *Us escric, simplement, per a donar-vos les gràcies per les fotos que em vau enviar.*

simplificar
verb com *cantar* ◄ pàg. 26 Amb QU davant E, I — Fer que una cosa sigui més simple, menys complicada. Anar al mercat amb el carro de la compra simplifica la feina de portar els aliments a casa.
simplificació

simposi simposis
nom masculí — Un simposi és una reunió de persones de la mateixa professió per parlar sobre temes relacionats amb aquesta. En un simposi internacional de medicina es donen a conèixer els últims descobriments sobre malalties i remeis.

símptoma símptomes
nom masculí Amb MPT — 1 Un símptoma és un canvi que es produeix en el funcionament normal de l'organisme i que anuncia una malaltia. La tos i el mal de coll són símptomes de les angines.
2 Indici o senyal d'una cosa. L'augment de la compravenda de productes pot ser un símptoma que l'economia d'un país funciona bé.
simptomàtic

simular
verb com *cantar* ◄ pàg. 26 — Fingir, fer veure alguna cosa que no és veritat. Hi ha persones que simulen que no es troben bé per no haver de fer una feina.
simulació, simulacre

simultani simultània simultanis simultànies
adjectiu — Que es fa al mateix temps que una altra cosa. Si es juguen dos partits de bàsquet simultanis en llocs diferents, només en podràs veure un.
simultaneïtat, simultaniejar

sina sines
nom femení — La sina és el pit o la pitrera.

sinagoga sinagogues
nom femení — Una sinagoga és un edifici sagrat dels jueus, on es fan les pregàries de la seva religió.

sinalefa sinalefes
nom femení — Fem una sinalefa quan, en parlar, ajuntem en una sola síl·laba l'última vocal d'una paraula i la primera vocal de la paraula següent. Quan diem *la universitat*, fem sinalefa i pronunciem com si estigués escrit *launiversitat*.

sincer sincera sincers sinceres
adjectiu — Una persona és sincera quan diu exactament el que sent i el que pensa, sense amagar res.
sinceritat

síncope síncopes
nom femení — Una persona té una síncope quan perd el coneixement i, per uns moments, el moviment del cor i la respiració s'aturen.

sincronia sincronies
nom femení — La sincronia és la manera d'estudiar una llengua, una qüestió de gramàtica o una paraula en un moment determinat, sense tenir en compte la seva evolució en el temps.

sindicat sindicats
nom masculí — Un sindicat és una associació de treballadors per a defensar els drets i els interessos econòmics dels seus membres.
sindical, sindicalisme, sindicar, sindicatura

síndria síndries
nom femení — Una síndria és una fruita de forma rodona, molt grossa, amb la pell gruixuda, de color verd, i la polpa tova i molt sucosa, de color vermell. Té moltes llavors de color negre. Es menja crua a tallades i és molt dolça i refrescant. ✎ pàg. 397 ③

síndrome síndromes
nom femení — Una síndrome és un conjunt de símptomes i de signes que fan conèixer una malaltia.

singlot singlots
nom masculí — El singlot és una sèrie de moviments bruscos de la part de dalt del cos que es produeixen per una contracció del diafragma i que van acompanyats d'un soroll carac-

terístic. Es diu que els ensurts fan passar el singlot.
singlotar

singular singulars
adjectiu i nom masculí
1 En gramàtica, una paraula és singular si, de les dues formes possibles de nombre, té la que indica una sola persona o cosa. *El cotxe* i *la taula* són formes singulars. El singular de *cotxes* és *cotxe*.
adjectiu
2 Que és estrany, únic, extraordinari. Veure un helicòpter aterrar al mig de la plaça d'un poble és un fet singular.
singularitat

singularitzar
verb
com *cantar*
◄ pàg. 26
Fer que una persona, un animal o una cosa sigui singular, que es distingeixi dels altres per alguna característica. La llarga cabellera singularitza el lleó entre els altres felins.

sínia sínies
nom femení
També *sénia*
Una sínia és una màquina per a treure aigua d'un pou. És formada per unes rodes que es mouen per la força d'un animal que dóna voltes al voltant de la sínia. Una de les rodes té una sèrie de recipients que van baixant buits dins del pou i en van pujant plens d'aigua. ✎ pàgs. 994-995 ⑮

sinistre sinistra sinistres
adjectiu
1 Esquerre, no dret. Algunes persones escriuen amb la mà sinistra.
2 Que porta la desgràcia o conseqüències molt dolentes. Si el mateix dia se't trenca la bicicleta i se t'espatlla l'ordinador, podem dir que és un dia sinistre.
nom masculí
3 Un sinistre és un accident greu, un esdeveniment on hi ha destruccions importants. Els incendis i els terratrèmols són sinistres que poden produir víctimes mortals.

sinó
conjunció
Diferent de *si no*
Aquesta paraula es fa servir per a afirmar una cosa després d'haver-ne negat una altra. *No ho va fer la Maria, sinó el seu germà. L'estiu passat no vam anar de vacances, sinó que ens vam quedar a casa.*

sínode sínodes
nom masculí
Un sínode és una reunió de bisbes i de sacerdots per a parlar d'assumptes de l'Església.

sinònim sinònima sinònims sinònimes
adjectiu i nom masculí
Una paraula és sinònima d'una altra quan en una frase té el mateix significat que l'altra i podríem intercanviar-les. *Escombra* i *granera* són dos sinònims.
sinonímia

sinopsi sinopsis
nom femení
Una sinopsi és una exposició de les coses més importants d'una matèria feta de manera resumida i esquemàtica. Una sinopsi d'història ens permet trobar ràpidament quan va passar una cosa o els anys que va regnar una reina.
sinòptic

sintagma sintagmes
nom masculí
Un sintagma és una paraula o un grup de paraules que, en una frase, formen una unitat i tenen una funció determinada. *La Maria escriu una carta* es divideix en un sintagma nominal, *La Maria*, i un sintagma verbal, *escriu una carta*.

sintaxi sintaxis
nom femení
La sintaxi és la part de la gramàtica que estudia com funcionen i com es combinen els tipus de paraules dins de les frases.
sintàctic

síntesi síntesis
nom femení
1 Una síntesi és la combinació de diversos elements per a formar una sola cosa.
2 Resum. Si es fa la síntesi de la història d'un país, s'expliquen només els fets més importants.

sintètic sintètica sintètics sintètiques
adjectiu
1 Que és resumit. Quan en una classe no hi ha temps per a explicar tot un tema, s'explica de manera sintètica.
2 Una substància o un material és sintètic quan no està fet amb materials naturals, sinó a partir de productes que els imiten. La llana és una fibra natural; el niló i el polièster són fibres sintètiques.

sintetitzador sintetitzadors
nom masculí
Un sintetitzador és un aparell electrònic per a fer música que té un teclat semblant al d'un piano. Els sintetitzadors reprodueixen els sons de molts instruments i fins i tot en fan de nous.

sintetitzar
verb
com *cantar*
◄ pàg. 26
Fer una síntesi. En química, se sintetitzen diversos elements per a produir un compost. Si se sintetitza un discurs, se n'exposen les coses més importants.

sintonia sintonies
nom femení
1 La sintonia d'una emissora de ràdio és la melodia que es va repetint al llarg de l'emissió per tal que l'oient sàpiga quina emissora escolta.
2 Un aparell de ràdio o de televisió està en sintonia amb una emissora quan capta les seves ones i, per tant, rep els sons o les imatges perfectament.
sintonitzar

sinuós sinuosa sinuosos sinuoses
adjectiu — Una carretera o un camí és sinuós quan no és recte, sinó que té molts revolts. Si es condueix per una carretera sinuosa, s'ha d'estar molt atent.
sinuositat

sionisme sionismes
nom masculí — El sionisme és un moviment polític jueu, que comença durant la segona meitat del segle XIX, que volia aconseguir un territori a Palestina que fos la pàtria de tots els jueus del món que ho volguessin.

sípia sípies
nom femení
També *sèpia* — Una sípia és un mol·lusc cefalòpode que té el cos de forma ovalada i de color gris, amb la part de l'esquena de color molt fosc, gairebé negre. Les sípies tenen al cap vuit braços amb ventoses i dos tentacles llargs també amb ventoses. Dins del cos tenen una peça dura, de color blanc, que els fa d'esquelet. Les sípies que es pesquen a la costa mediterrània poden fer uns 30 centímetres de llargària. La carn de la sípia és blanca, i es menja a la planxa o amb suc. També es posa a l'arròs.

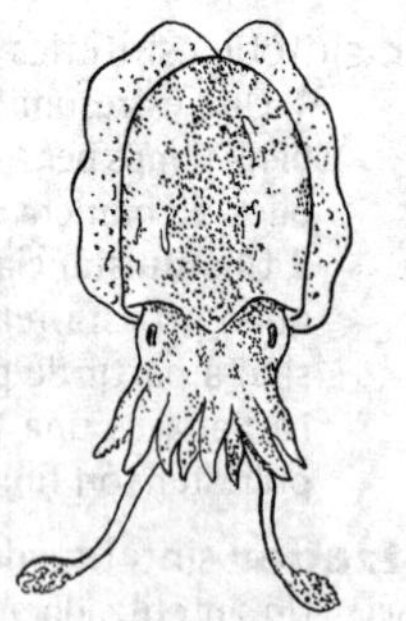

Una sípia

síquia síquies
nom femení — Séquia. Es diu només en algunes zones.

sirena sirenes
nom femení — **1** Una sirena és un ésser fantàstic que, segons la mitologia, té la part de dalt del cos de dona i la de baix de peix.
2 Aparell que fa un so molt fort per tal d'avisar d'alguna cosa. Quan les ambulàncies tenen pressa porten la sirena engegada.

sirventès sirventesos
nom masculí — Un sirventès és una poesia de l'època dels trobadors que no tractava temes amorosos, sinó polítics, religiosos, morals, literaris i altres.

sis sisos
determinant numeral — **1** Sis coses són cinc més una.
nom masculí — **2** El sis és el nom del 6.
sèxtuple

sis-cents sis-centes
determinant numeral — **1** Sis-centes coses són sis vegades cent coses.
nom masculí — **2** El sis-cents és el nom del 600.
sis-centè

sisè sisena sisens sisenes
determinant numeral i nom masculí i femení — **1** Que té el número d'ordre 6. El sisè pis d'un edifici és a sobre del cinquè. El sisè d'una cua va darrere del cinquè.
determinant numeral — **2** Una sisena part d'una cosa és una de les sis parts iguals que ens queden si la dividim entre sis. La sisena part de 24 és 4.

sisme sismes
nom masculí — Un sisme és un conjunt d'ones que s'originen en algun punt de dins de la Terra pel moviment de grans blocs de roca. Els sismes es desplacen fins a la superfície de la Terra i causen els terratrèmols.
sísmic

sismògraf sismògrafs
nom masculí — Un sismògraf és un aparell per a mesurar la intensitat dels terratrèmols.

sistema sistemes
nom masculí
Amb A final — **1** Un sistema és un conjunt d'òrgans, d'elements, de normes, d'instruments, de mecanismes, etc., que estan organitzats per a fer una activitat determinada. El sistema nerviós és format pel cervell, la medul·la espinal i els nervis. Cada país té el seu sistema polític.
2 Mètode, manera de fer una cosa. Cadascú té el seu sistema d'estudi.
3 El **sistema cegesimal** o **sistema CGS** és un sistema d'unitats de mesura que té com a unitats fonamentals el centímetre per a la longitud, el gram per a la massa i el segon per al temps.
4 El **sistema mètric decimal** és un sistema que té com a base el número deu, és a dir, que cada unitat és deu vegades més gran que la unitat anterior i deu vegades més petita que la unitat posterior. Per exemple, 1 decímetre té deu centímetres i 1 metre té deu decímetres.
sistemàtic, sistematitzar

sístole sístoles
nom femení — Una sístole és un moviment de contracció del cor que fa que la sang passi dels ventricles cap a les artèries i circuli per tot el cos. pàgs. 798-799 (81)

sitja sitges
nom femení — Una sitja és un dipòsit, generalment de forma cilíndrica, per a guardar i conservar

A B C D E F G H I J K L M N O P Q R S T U V W X Y Z

productes collits del camp, com cereals, farratge, minerals, etc. Algunes sitges són subterrànies. ✎ pàgs. 994-995 ⑯

ensitjar

Les sitges d'un port

sitrell sitrells

nom masculí — Setrill. Es diu només en algunes zones.

situació situacions

nom femení — **1** La situació d'algú o d'alguna cosa és la manera com estan situats i el lloc on es troben. Les cases que estan a primera línia de mar tenen una situació molt bona.

2 Estat o circumstància en què es troba algú o alguna cosa. Quan un país està en crisi, la seva situació política i econòmica no és bona.

situar

verb
com *canviar*
◄ pàg. 30
Amb dièresi — **1** Posar algú o alguna cosa en un lloc. Si situem el cotxe damunt d'una vorera, ens poden posar una multa.

usat amb pronom — **2 Situar-se** és aconseguir una bona posició social o econòmica.

siulet siulets

nom masculí — Xiulet. Es diu a les Illes Balears i a l'Alguer.

siurell siurells

nom masculí — Un siurell és un objecte de terrissa, típic de Mallorca, pintat de blanc amb taques de colors vius, que fa un so semblant al del xiulet. Els siurells tenen formes d'animals o de persones.

Un siurell

sivella sivelles

nom femení
Amb V — Una sivella és una peça de metall o d'un altre material per a cordar un cinturó o unes sabates. Va unida a un dels cantons de la cosa que s'ha de cordar i porta una peça prima i allargada que es fa passar per un dels forats que hi ha a l'altre cantó.

ensivellar

Una sivella

so sons

nom masculí — **1** Un so és qualsevol sensació que rebem a través del sentit de l'oïda. El so es transmet per l'aire en forma d'ones. És agradable despertar-se amb el so dels ocells refilant.

2 Manera de sonar dels instruments musicals, de les lletres, etc. El contrabaix té un so greu. La *r* de *roca* i la de *cara* tenen un so diferent.

sobirà sobirana sobirans sobiranes

adjectiu — **1** Suprem, que està per damunt de tots els altres, que té l'autoritat màxima. Els governs democràtics respecten la voluntat sobirana del poble.

2 Que és situat més alt que un altre, que es troba per sobre d'un altre. El Pallars Sobirà és al nord del Pallars Jussà.

nom masculí i femení — **3** Persona que té el poder suprem dins de l'Estat, rei o reina, emperador o emperadriu.

sobirania

sobra sobres

nom femení — **1** Hi ha sobra d'alguna cosa quan n'hi ha un excés, quan en sobra. Si plou molt durant molts dies, hi ha sobra d'aigua.

nom femení plural — **2** Les sobres d'un menjar és tot allò que sobra. Si es fa molt de menjar per dinar i no s'acaba, a la nit es poden menjar les sobres.

locució que fa d'adverbi — **3** Quan d'una cosa n'hi ha **de sobres** o **de sobra** vol dir que n'hi ha més del compte. *Amb un quart d'hora tenia temps de sobres per fer una truita a la francesa.*

A B C D E F G H I J K L M N O P Q R S T U V W X Y Z

sobrar

verb
com *cantar*
◄ pàg. 26

1 Una cosa sobra quan n'hi ha més del que es necessita. Si hi ha deu cadires al voltant d'una taula on hi ha set persones, sobren tres cadires.
2 No ser necessari, estar de massa en un lloc, en un grup, etc. Si una persona sobra en una reunió és que no hi ha de ser.
3 Quedar després d'haver gastat o consumit el que es necessitava. El menjar que sobra d'un dinar, es pot congelar.
sobrant

sobrassada sobrassades

nom femení

La sobrassada és un embotit de color vermellós, fet amb carn de porc i adobat amb sal, pebre vermell i altres espècies. És tova i es pot estendre sobre el pa. És típica de les Illes Balears.

1
sobre sobres

nom masculí

1 El sobre d'un objecte és la part de dalt. Al sobre d'un armari, s'hi poden posar caixes.
2 Un sobre és una bossa plana de paper per a posar-hi cartes, papers, fotografies, etc. Els sobres de correus han de portar a la part del davant el nom i l'adreça de la persona que ha de rebre la carta.
ensobrar

2
sobre

adverbi i preposició

1 En una posició més alta que una altra cosa que és a sota o més avall. *Deixa-ho allà sobre. Tenia un munt de paperassa sobre la taula.*

preposició

2 Tocant a, amb relació a. *Avui parlarem sobre les eleccions de la setmana vinent. Sobre tot això han escrit diversos autors.*

sobreàtic sobreàtics

nom masculí

Un sobreàtic és un pis que hi ha en alguns edificis sobre de l'àtic i que queda més endins de la façana. Els sobreàtics acostumen a tenir una terrassa.

sobrecarregar

verb
com *cantar*
◄ pàg. 26
Amb GU davant E, I

Carregar alguna cosa més del que és convenient. Si sobrecarreguem un ascensor es pot espatllar.
sobrecàrrega

sobredosi sobredosis

nom femení

Una sobredosi és una dosi excessiva, més gran del que hauria de ser. Les sobredosis d'alguns medicaments poden provocar la mort.

sobreeixir

verb
com *eixir*
◄ pàg. 33
Diferències: *sobreïxo, sobreïxes, sobreïx, sobreïxen, sobreïxi, sobreïxis, sobreïxin*

Un recipient sobreïx quan el líquid que té a dins sobresurt per les vores. Quan una olla molt plena d'aigua bull és fàcil que sobreïxi. També podem dir que l'aigua sobreïx de l'olla.
sobreeixidor

sobrenatural sobrenaturals

adjectiu

Una cosa és sobrenatural quan no es pot explicar segons les lleis de la natura. Un miracle és un fet sobrenatural.

sobrepassar

verb
com *cantar*
◄ pàg. 26

1 Passar per damunt d'alguna cosa, superar-la, anar més enllà. El primer que sobrepassa la línia d'arribada d'una cursa és el que guanya. El preu de la majoria dels cotxes sobrepassa els dotze mil euros.
2 Ser més alt o ser millor que algú. Alguns fills sobrepassen els seus pares en alçada.

sobreposar

verb
com *cantar*
◄ pàg. 26

1 Posar una cosa sobre una altra. Podem sobreposar un dibuix o un farbalà a una roba.

usat amb pronom

2 Sobreposar-se és vèncer un obstacle, una dificultat, un sentiment, etc. Per a aprendre a esquiar, cal sobreposar-se a la por de caure.
sobreposat, sobreposada

sobrer sobrera sobrers sobreres

adjectiu

Que sobra, que és massa gran, massa llarg, etc. Quan acabes de cosir, talles el fil sobrer.

sobresaltar

verb
com *cantar*
◄ pàg. 26
Amb S

Espantar algú, causant-li una sensació sobtada. Els trons sobresalten molta gent. Hi ha qui se sobresalta cada vegada que sona el telèfon.
sobresalt

sobresortir

verb
com *sortir*
◄ pàg. 41
Amb S

1 Una cosa sobresurt quan és més alta o està més cap enfora que les que té al seu voltant. Un gratacel sobresurt entre els altres edificis.
2 Diem que una persona o una cosa sobresurt entre les altres quan és millor, té més qualitats. Hi ha nens i nenes que ja de petits sobresurten per la seva intel·ligència.
sobresortint

sobresou sobresous

nom masculí
Amb S

Un sobresou és un sou especial que es rep a més del sou normal. Quan es fa més feina de la que és normal, és lògic que es cobri un sobresou.

sobretaula sobretaules
nom masculí — 1 Cobretaula.
nom femení — 2 La sobretaula és el temps que la gent es queda asseguda a la taula xerrant després de menjar. Per Nadal s'acostuma a fer una sobretaula molt llarga.

1
sobretot sobretots
nom masculí — Un sobretot és un abric llarg.

2
sobretot
adverbi
Diferent de *sobre tot* — Per damunt de tot, principalment. *Si vas a pescar, sobretot no et deixis la canya.*

sobreviure
verb
com *viure* ◄ pàg. 44 — Seguir vivint després de la mort d'algú o després d'un altre fet qualsevol. Els qui sobreviuen a un naufragi són els supervivents.

sobrevolar
verb
com *cantar* ◄ pàg. 26 — Volar per sobre d'un lloc. Els avions que van de Catalunya a Amèrica sobrevolen l'oceà Atlàntic.

sobri sòbria sobris sòbries
adjectiu — Una persona és sòbria quan menja i beu amb mesura, sense excés. També es parla d'una decoració o d'una altra cosa sòbria quan no té gaires adornaments.
sobrietat

sobtadament
adverbi — D'una manera sobtada. *Va obrir la porta sobtadament i ens va espantar.*

sobtar
verb
com *cantar* ◄ pàg. 26 — Una cosa ens sobta quan ens sorprèn i ens agafa d'improvís. Sobta veure, en ple estiu, una persona vestida amb anorac.
sobtat, sobtada

de sobte
locució que fa d'adverbi
Amb BT — D'una manera ràpida i inesperada. *Vam sortir a passejar i, de sobte, es va posar a ploure i vam tornar cap a casa.*

soc socs
nom masculí
Sense accent gràfic — 1 Un soc és una soca d'arbre.
2 Esclop.

soca soques
nom femení — La soca d'un arbre és la part del tronc i les arrels que queden a terra quan es talla. A les soques dels arbres s'hi pot seure. També es fa servir *soca* per a referir-se a tot el tronc d'un arbre.

de soca-rel
locució que fa d'adverbi — Del tot. *Va arrencar la planta de soca-rel perquè havia agafat una malura.*

socarrar
verb
com *cantar* ◄ pàg. 26 — Cremar una cosa per fora, només superficialment. El pa s'ha de torrar sense deixar-lo socarrar.

socarrimar
verb
com *cantar* ◄ pàg. 26 — Socarrar. Si es deixa massa temps la paella al foc, l'arròs es pot socarrimar.
socarrim

soci sòcia socis sòcies
nom masculí i femení — 1 Persona que s'uneix a una altra o a altres per a fer un negoci, una feina o una altra cosa.
2 Persona que forma part d'una associació, d'un club o d'una societat. Alguns clubs de futbol tenen molts socis.

social socials
adjectiu — 1 Que està relacionat amb la societat. El terrorisme, l'atur i la pol·lució són problemes socials.
2 Les ciències socials són les que es dediquen a l'estudi dels éssers humans i de la societat, com la història, l'antropologia, la sociologia i la geografia.
sociable

socialisme socialismes
nom masculí — El socialisme és la doctrina política dels qui pensen que les classes socials haurien de desaparèixer i que l'Estat hauria de controlar l'economia perquè hi hagués més igualtat entre totes les persones.
socialista

societat societats
nom femení — 1 La societat és el conjunt ampli de persones que viuen juntes amb unes mateixes normes, uns mateixos costums, una determinada organització, etc. La societat medieval era molt diferent de l'actual.
2 Una societat és un conjunt de persones que s'uneixen per fer o per compartir alguna cosa. Hi ha una societat que es dedica a protegir els animals.
3 Conjunt d'animals que viuen en grup i que es reparteixen les feines entre ells. Formen societats les formigues, les abelles i altres.

sociologia sociologies
nom femení — La sociologia és la ciència que estudia les societats humanes.
sociòleg, sociòloga, sociològic

sòcol sòcols
nom masculí — Un sòcol és una tira de fusta, de marbre o d'un altre material que hi ha enganxat a la part de baix de les parets.
pàgs. 594-595 (47)

socórrer

verb
com *córrer*
◄ pàg. 32
Ajudar algú que està en perill o que necessita alguna cosa. Hi ha helicòpters que socorren els excursionistes que es perden a la muntanya.

socorrisme socorrismes

nom masculí
El socorrisme és el conjunt de mitjans i de tècniques senzilles per a ajudar les persones que estan en perill o que han tingut un accident.
socorrista

socors socors

nom masculí
Auxili. A les platges hi ha vigilants per a prestar socors si hi ha algun accident.

soda sodes

nom femení
1 La soda és una beguda feta amb aigua amb gas i xarop de fruites o una altra substància per a donar-li aroma o endolcir-la.
2 Aigua amb gas artificial continguda o elaborada en un sifó.

sodi sodis

nom masculí
El sodi és un element metàl·lic tou, molt lleuger, de color blanc i brillant com la plata, quan és acabat de tallar. Combinat amb el clor forma la sal comuna o de cuina. El seu símbol és: Na.

sofà sofàs

nom masculí
Un sofà és un seient amb respatller i braços per a dues o més persones. Els sofàs acostumen a ser tous i a tenir coixins.
págs. 594-595 (6)

sofert soferta soferts sofertes

adjectiu
1 Una persona és soferta quan aguanta bé els sofriments, amb paciència i sense queixar-se.
2 Una roba és soferta si és resistent, no es gasta i no es nota gaire quan s'embruta. Un color és sofert si no perd i no deixa.

sofre sofres

nom masculí
El sofre és un element no metàl·lic de color groc clar, fràgil, que quan es crema fa una flama blava i una olor molt forta i desagradable. Serveix per a fabricar pólvora i diversos compostos químics. El seu símbol és: S.
ensofrar

sofregir

verb
com *servir*
◄ pàg. 28
Fregir una mica els aliments per tal que es tornin rossos. La ceba i els alls se sofregeixen com a base de molts guisats.

sofregit sofregits

nom masculí
Un sofregit és una salsa feta amb ceba i tomàquets fregits. A vegades als sofregits també s'hi posa carn picada o altres ingredients.

sofriment sofriments

nom masculí
El sofriment és una sensació de pena o de dolor. Les guerres provoquen molt de sofriment.

sofrir

verb
com *servir*
◄ pàg. 28
Amb O a l'arrel
Diferències:
sofert, soferta, soferts, sofertes
1 Patir, suportar un dolor, una pena, etc. Alguns esportistes sofreixen moltes lesions. A vegades, els metges donen calmants als malalts perquè no sofreixin.
2 Aguantar, suportar o tolerar algú o alguna cosa. Molta gent no pot sofrir les persones que diuen mentides. Els vegetarians no poden sofrir la carn.
insofrible, sofrença

soga sogues

nom femení
1 Una soga és una corda gruixuda.
frase feta
2 **Veure's amb la soga al coll** és veure's en un gran perill o en una situació molt difícil.

sogre sogra sogres

nom masculí i femení
Els sogres d'una persona són els pares de la seva dona o del seu marit. Nosaltres som el gendre o la nora dels nostres sogres.

soia soies

nom femení
Soja.

soja soges

nom femení
També *soia*
La soja és una planta que té les fulles formades per tres fulles més petites i fa unes flors violades i uns fruits en forma de llegum. Les seves llavors es poden menjar com a llegum i germinades. També s'usen per a fer pinsos i oli.

sojornar

verb
com *cantar*
◄ pàg. 26
Estar-se en un lloc durant un cert temps. En alguns albergs, no s'hi pot sojornar gaires dies seguits.
sojorn

1
sol sols

nom propi masculí
Sense accent gràfic
1 El Sol és un astre que fa molta llum i que il·lumina la Terra i fa que sigui de dia. La Terra i altres planetes giren al voltant del Sol.
nom masculí
2 El sol és aquest astre vist des de la Terra. Les postes de sol són molt boniques.
3 La llum i l'escalfor que arriba del Sol. A l'estiu molta gent va a la platja a prendre el sol.
locució que fa d'adverbi
4 **De sol a sol** és des que surt el sol fins que es pon. *Al camp es treballa de sol a sol.*
assolellada, assolellar, solejar, solellada

A B C D E F G H I J K L M N O P Q R S T U V W X Y Z

2
sol sols
nom masculí
Sense accent gràfic
El sol és la cinquena nota d'una escala musical. Després del sol ve el la.

3
sol sola sols soles
adjectiu
Sense accent gràfic
1 Sense cap companyia, sense ningú més. Les persones que viuen soles cuinen només per a una persona. Si mengem pa sol, no mengem res més que pa.
2 Únic. Si tens un sol germà, només en tens un.

sòl sòls
nom masculí
Amb accent gràfic
1 El sòl és la superfície de la terra, damunt de la qual es mouen les persones i els animals, creixen les plantes i es construeixen els edificis.
2 Paviment, terra d'una habitació, d'una casa. El sòl de les terrasses descobertes ha de ser impermeable, si no, hi haurà goteres.

sola soles
nom femení
Una sola és la part de sota del calçat que toca a terra quan caminem. La planta del peu descansa sobre la sola de les sabates.

solà solana solans solanes
adjectiu
1 El costat solà d'una muntanya o d'una casa és el costat on toca més el sol durant el dia.
nom femení
2 La solana és el solell.

solaç solaços
nom masculí
Un solaç és un entreteniment agradable, una diversió. Les vacances són un temps de solaç i de tranquil·litat.
solaçar

solament
adverbi
Només.

solapa solapes
nom femení
1 La solapa d'una americana, d'una jaqueta o d'una altra peça de vestir és la part del coll que es doblega cap enfora i que deixa el pit més o menys descobert.
2 Part d'algunes coses que es doblega, com la solapa dels sobres o de les cobertes d'un llibre.

1
solar solars
nom masculí
Un solar és un terreny destinat a construir-hi un edifici. Si una persona es vol fer una casa, primer ha de comprar un solar.

2
solar solars
adjectiu
1 Que està relacionat amb el Sol. Si aprofitem la llum solar, estalviem electricitat.
2 El sistema solar és el conjunt d'astres que giren al voltant del Sol.

solàrium solàriums
nom masculí
Un solàrium és un lloc preparat per a prendre-hi el sol.

solatge solatges
nom masculí
Pòsit.

solc solcs
nom masculí
1 Un solc és un forat allargat i no gaire fondo que es fa a la terra amb l'arada o amb una altra eina. Les llavors es deixen caure dins dels solcs. ✎ pàgs. 994-995 (8)
2 Senyal allargat i una mica fondo que hi ha o es fa en una superfície. Els vaixells deixen solcs a l'aigua quan naveguen.

solcar
verb
com *cantar* ◄ pàg. 26
Amb QU davant E, I
Fer solcs en la terra o en una altra superfície. Abans de plantar-hi, els camps s'han de solcar.

soldà soldans
nom masculí
Nom donat als sobirans turcs o als prínceps islàmics.

soldador soldadora soldadors soldadores
nom masculí i femení
1 Persona que té per ofici soldar metalls.
nom masculí
2 Un soldador és un aparell que serveix per a soldar metalls. ✎ pàg. 993 (7)

soldar
verb
com *cantar* ◄ pàg. 26
Unir molt fort dues peces de metall fonent-les pels extrems o afegint una mica de metall fos al punt d'unió de les peces.

soldat soldada soldats soldades
nom masculí i femení
1 Persona que forma part d'un exèrcit i que té el grau més baix.
2 Militar.
nom masculí
3 Un **soldat ras** no té cap grau militar.
frase feta
4 **Fer el soldat** és fer el servei militar.
soldadesc

soledat soledats
nom femení
Solitud.

solell solells
nom masculí
El solell d'una muntanya és el cantó on toca més sol. El cantó oposat al solell és l'obac.

solemne solemnes
adjectiu
Amb E final
1 Una festa, una reunió o un altre acte és solemne quan se celebra amb gran pompa i amb unes cerimònies que li donen importància. Les inauguracions dels jocs olímpics són molt solemnes.
2 Seriós, majestuós, molt important. Algunes persones, quan fan un discurs, parlen en un to solemne.
solemnitat

soler

verb
com *valer*
◄ pàg. 43
Només es conjuga en algunes persones

1 Fer normalment alguna cosa. Els atletes solen entrenar-se cada dia.

2 Ser freqüent. A l'estiu, sol fer calor.

solfa solfes

nom femení

1 Una solfa és una partitura musical. Es diu de manera informal.

2 Solfeig. Saber de solfa va bé per a tocar un instrument. Es diu de manera informal.

solfeig solfeigs

nom masculí
També *solfejos*

1 El solfeig és el fet de solfejar.

2 Conjunt de coneixements i d'exercicis pràctics per a aprendre a llegir les notes musicals i les partitures.

solfejar

verb
com *cantar*
◄ pàg. 26
Amb G davant E, I

Cantar les notes d'una partitura dient el nom de les notes i marcant el compàs.

sòlid sòlida sòlids sòlides

adjectiu i nom masculí

1 Que té sempre la mateixa forma i no s'escampa ni s'escapa com els líquids i els gasos. Un sòlid, com la cera, es pot tornar líquid si s'escalfa.

adjectiu

2 Que és fort i resistent, que no es trenca amb facilitat. Les parets de les cases han de ser sòlides.

semisòlid, solidesa

solidari solidària solidaris solidàries

adjectiu

Que comparteix les idees, els problemes i les responsabilitats amb algú altre i l'ajuda. Hem de ser solidaris amb els qui treballen per evitar les guerres.

insolidari, insolidària, solidaritat, solidaritzar

solidificar

verb
com *cantar*
◄ pàg. 26
Amb QU davant E, I

Fer que una substància líquida o gasosa passi a ser sòlida. Les baixes temperatures solidifiquen l'aigua, la converteixen en gel. Quan un metall fos es refreda se solidifica.

solidificació

solista solistes

nom masculí i femení

Un o una solista és una persona que interpreta tota sola, amb la veu o amb un instrument, una obra musical.

solitari solitària solitaris solitàries

adjectiu

1 Que viu sol o que li agrada estar sol. Els eremites són persones solitàries. Un navegant solitari viatja sol a través de l'oceà.

2 Un lloc és solitari quan està desert, quan no hi ha ningú. Alguns pobles que a l'estiu són plens de gent, a l'hivern estan solitaris.

nom femení

3 Una solitària és una tènia.

4 Joc de cartes que juga una sola persona.

solitud solituds

nom femení

La solitud és l'estat de la persona que està sola o que viu sola. A algunes persones no els agrada la solitud, prefereixen estar acompanyades d'amics.

sol·lícit sol·lícita sol·lícits sol·lícites

adjectiu

Que està disposat a servir o a complaure algú. Una bona venedora ha de ser sol·lícita amb els clients.

sol·licitar

verb
com *cantar*
◄ pàg. 26

Demanar alguna cosa amb educació o seguint els passos corresponents. Quan sol·licites una plaça a la universitat, has de presentar un munt de papers.

sol·licitud

sols

adverbi

Només. *És petit, sols té dos anys.*

solsoní solsonina solsonins solsonines

adjectiu

1 Del Solsonès o de Solsona. *La indústria de la fusta solsonina.*

nom masculí i femení

2 Persona que és del Solsonès o de Solsona o que hi viu.

solstici solsticis

nom masculí

Un solstici és cada un dels dos moments de l'any en què es dóna el dia més llarg, solstici d'estiu, o la nit més llarga, solstici d'hivern. El primer té lloc el 21 o 22 de juny; el segon, el 21 o 22 de desembre.

solsticial

solt solta solts soltes

adjectiu

1 Deixat anar d'un lligam, lliure. Els gossos no haurien d'anar solts pels llocs públics.

2 Separat d'un conjunt de coses. Si tenim només números solts d'una publicació, no en tenim la col·lecció sencera.

solta soltes

nom femení

1 La solta és la característica d'allò que s'adapta a les circumstàncies, als fets i a la manera com s'han de fer les coses. Unes paraules sense solta són paraules sense sentit.

frase feta

2 Una cosa **no té solta ni volta** quan no té sentit, quan no és gens raonable.

solter soltera solters solteres

adjectiu i nom masculí i femení

Una persona és soltera quan no és casada. Molts solters i solteres tenen parella i viuen en companyia.

soluble solubles

adjectiu

1 Que es pot dissoldre. El sucre és soluble en aigua.

2 Que es pot resoldre. No tenir menjar a la nevera és un problema soluble: es va al mercat i se'n compra.

indissoluble

solució solucions

nom femení — **1** Una solució és el fet de resoldre un problema, una dificultat, una qüestió, etc., o allò que el resol. A vegades situacions molt complicades tenen una solució senzilla.
2 Resultat d'un problema de matemàtiques. La solució de la divisió 8 : 2 és 4.
3 En química, barreja que queda després de dissoldre una o més substàncies en un líquid o en un gas.

solucionar

verb
com *cantar*
◀ pàg. 26
Resoldre un problema, una dificultat, una qüestió, etc. La sequedat d'un jardí es pot solucionar regant-lo.

solvent solvents

adjectiu — Una persona és solvent quan és capaç de complir degudament amb el seu càrrec i amb els seus compromisos. Les persones solvents poden pagar els deutes que tenen.
insolvència, insolvent, solvència

som soma soms somes

adjectiu — Que té poca profunditat, que és superficial. Les aigües somes del mar tenen una temperatura més alta que les del fons.

somera someres

nom femení — La somera és la femella de l'ase.

sometent sometents

nom masculí — **1** Un sometent era un toc de campanes que avisava la gent del poble perquè sortís a defensar-se d'un atac o a perseguir criminals.
2 Conjunt de persones que es reunia amb aquest toc de campanes.
3 El sometent era un grup de persones armades que no pertanyien a l'exèrcit ni a la policia i que feia missions de vigilància i de defensa contra els bandolers i els enemics del país. Ja existia al segle XVI, va ser suprimit diverses vegades i dissolt definitivament després de la Guerra Civil Espanyola.

somiar

verb
com *canviar*
◀ pàg. 30
També *somniar*
Amb dièresi
1 Tenir un o més somnis. Hi ha persones que parlen quan somien.
2 Veure alguna cosa en un somni. A vegades somiem que ens donen una cosa, i quan l'anem a agafar ens despertem.
3 Imaginar com a possibles coses que no ho són o que són molt difícils d'aconseguir. La majoria d'atletes somien que guanyaran una medalla olímpica.
frase feta — **4 Somiar truites** és fer-se il·lusions i imaginar coses impossibles.
somiador, somieig, somiejar, somiós, somiosa

somiatruites somiatruites

nom masculí i femení — Un o una somiatruites és una persona que sempre es fa il·lusions i s'imagina coses impossibles o molt estranyes.

somicar

verb
com *cantar*
◀ pàg. 26
Amb QU davant E, I
Ploriquejar. Quan volen una cosa i no els la donen, algunes criatures somiquen.
somic, somicó

somier somiers

nom masculí — Un somier és un suport que hi ha als llits per a aguantar el matalàs. Pot estar format per una tela metàl·lica amb molles o per una sèrie de tires de fusta.

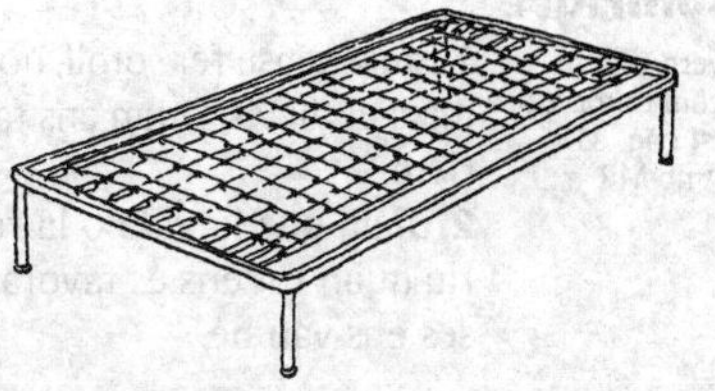

Un somier

sòmines sòmines

nom masculí i femení — Un o una sòmines és una persona aturada, adormida, que sembla poc intel·ligent.

somnàmbul somnàmbula somnàmbuls somnàmbules

adjectiu i nom masculí i femení — Una persona és somnàmbula quan mentre somia es mou, camina, parla o escriu com si estigués desperta. Els somnàmbuls poden mantenir converses amb algú mentre dormen.

somni somnis

nom masculí
Amb MN
1 Un somni és una sèrie d'imatges, de pensaments o d'emocions que passen per la ment d'una persona mentre dorm. No sempre recordem els somnis que tenim.
2 Diem que una cosa és un somni quan la desitgem molt però és impossible o molt difícil d'aconseguir. Per als futbolistes que comencen, jugar en un gran equip europeu és un somni.

somniar

verb
com *canviar*
◀ pàg. 30
Amb dièresi
Somiar.

somnífer somnífera somnífers somníferes

adjectiu — **1** Que fa venir son. Les pel·lícules avorrides són somníferes.
nom masculí — **2** Un somnífer és un medicament que fa venir son.

A B C D E F G H I J K L M N O P Q R S T U V W X Y Z

somnolència somnolències

nom femení — La somnolència és l'estat de la persona que té molta son. Alguns medicaments provoquen somnolència.

somnolent

somort somorta somorts somortes

adjectiu — Fluix, sense força, que gairebé no es nota. Si el sol és somort no escalfa gaire. Un soroll somort no molesta.

somrient somrients

adjectiu — Que somriu. Una persona somrient indica que està contenta.

somrís somrisos

nom masculí — Somriure.

1 **somriure**

verb, com *complaure* ◄ pàg. 31, Amb MR — **1** Riure sense fer soroll, només movent una mica els llavis. Quan ens fan una foto somriem.

2 Diem que la vida o la fortuna ens somriu quan tot ens és favorable, quan les coses ens van bé.

2 **somriure** somriures

nom masculí, També *somrís*, Amb MR — Un somriure és el fet de somriure.

1 **son** sons

nom masculí, Sense accent gràfic — **1** El son és l'estat de repòs en què es troben les persones i els animals quan dormen. Si algú té el son molt lleuger, es desperta de seguida.

nom femení — **2** La son és el desig de dormir, les ganes de dormir. Quan tenim molta son només volem anar-nos-en al llit.

frase feta — **3 Trencar el son** o **fer un son** és dormir una estoneta. Després de dinar va bé fer un son.

ensonyar

2 **son**

determinant possessiu — Forma de *el seu* que es fa servir davant de noms de parentiu o en poesia i en expressions antigues. No s'apostrofa mai.

• *Son germà, sa germana, son àvia, sos cosins, ses cosines. Son cor estava trist.*

sonall sonalls

nom masculí — Un sonall és una joguina per a criatures que consisteix en un objecte amb boletes o granets a dins que quan es belluga fa soroll. Hi ha sonalls que tenen forma d'animalet, de pilota o de bola amb un mànec.

sonar

verb, com *cantar* ◄ pàg. 26 — **1** Produir un o més sons. Una guitarra desafinada sona malament. Les campanes de les esglésies sonen per a indicar l'hora de la missa.

2 Tocar un instrument. En una orquestra, els músics sonen diferents instruments.

3 Diem que una cosa ens sona quan ens sembla que ja l'hem vista o ja l'hem sentida abans.

sonat sonada sonats sonades

adjectiu — **1** Una cosa és sonada quan és molt famosa i se'n parla molt. Els casaments d'alguns artistes són molt sonats, totes les revistes en van plenes.

adjectiu i nom masculí i femení — **2** Es diu que una persona està sonada si està boja.

sonata sonates

nom femení — Una sonata és una composició musical per a un instrument o un petit conjunt d'instruments que es divideix normalment en quatre parts o moviments: un allegro, un andante o un adagio, un minuet i un rondó o un allegro al final. Mozart, Haydn i Beethoven van compondre sonates per a piano.

sonatina sonatines

nom femení — Una sonatina és una composició musical semblant a la sonata però més curta.

sonda sondes

nom femení — **1** Una sonda és una corda amb un tros de plom en un dels extrems que es va baixant dins de l'aigua del mar, d'un riu o d'un llac per a saber-ne la profunditat.

2 Tub petit i llarg que s'introdueix dins del cos per a explorar cavitats, conductes o ferides o per a introduir o treure líquids.

sondar, sondeig, sondejar

sonet sonets

nom masculí — Un sonet és un poema format per quatre estrofes, les dues primeres de quatre versos i les dues últimes de tres versos.

sonor sonora sonors sonores

adjectiu — **1** Que sona. Els rellotges amb alarma són rellotges sonors. Abans el cinema era mut; ara és sonor.

2 Que sona bé, fort i d'una manera agradable. Les bones contralts tenen una veu sonora.

3 Una sala és sonora quan ressona.

4 Un so és sonor quan en pronunciar-lo les cordes vocals vibren. La *s* de *casa* es pronuncia sonora; la de *sala* es pronuncia sorda.

insonor, insonorització, insonoritzar, sonoritat, sonoritzar

sonso sonsa sonsos sonses

adjectiu — **1** Que és avorrit, que no té gaire gràcia. En una obra de teatre sonsa, el públic no s'ho passa bé.

nom masculí — **2** Un sonso és un peix de cos prim que fa uns 25 centímetres de llargària. És de color blau verdós, amb el ventre platejat, i té la boca llarga i punxeguda. Només té escates a la part de darrere del cos. És un peix blau. Els sonsos es mengen fregits.

frase feta — **3** **Fer el sonso** és fer el desentès o fer el beneit.

sopa sopes

nom femení — **1** Una sopa és un plat fet d'arròs, tapioca, fideus o altres coses bullits amb aigua o amb brou.

2 Pa sucat amb brou o amb un altre líquid. Als gats els agraden les sopes de llet.

locució que fa d'adjectiu — **3** Estar **com una sopa** o **fet una sopa** vol dir molt mullat, xop. Si t'agafa un xàfec et quedes fet una sopa.

4 Estar **com una sopa** o **fet una sopa** vol dir molt constipat.

1
sopar sopars

nom masculí — El sopar és l'àpat que fem al vespre. És convenient que els sopars siguin lleugers.

2
sopar

verb com *cantar* ◄ pàg. 26 — Menjar el sopar. Moltes persones sopen entre les nou i les deu del vespre.

soper sopera sopers soperes

adjectiu — **1** Un plat soper és un plat fondo per a menjar sopa.

2 Una persona és sopera quan li agraden molt les sopes.

nom femení — **3** Una sopera és un recipient per a posar-hi sopa i servir-la a taula. ✎ pàg. 396 ④

sopor sopors

nom masculí o femení — Un sopor o una sopor és una sensació de son molt forta. Els àpats molt abundants produeixen sopor.

soporífic

soporífer soporífera soporífers soporíferes

adjectiu — Que fa venir son. Els discursos d'algunes persones són soporífers.

soprano sopranos

nom femení — Dins la classificació de les veus humanes, una soprano és una cantant que té el tipus de veu més agut. Alguns nens també poden tenir veu de soprano.

sor sors

nom femení — Paraula que es fa servir davant del nom de les religioses. *Sor Maria.*

sorbet sorbets

nom masculí — Un sorbet és un menjar que es pren molt fred com els gelats, normalment com a postres. Els sorbets es fan congelant una barreja d'aigua amb sucre i altres ingredients, com fruites, menta o xampany.

sord sorda sords sordes

adjectiu i nom masculí i femení — **1** Una persona és sorda quan no hi sent o hi sent molt poc. Alguns sords llegeixen els llavis de les persones i així saben què diuen.

adjectiu — **2** Que no fa soroll, que té un so fluix. Quan una tempesta és lluny, els trons són sords, se senten molt poc.

3 Un so és sord quan en pronunciar-lo les cordes vocals no vibren. La *d* de *solitud* es pronuncia sorda; la de *dit* es pronuncia sonora.

ensordir, sordejar

sordesa sordeses

nom femení — La sordesa és la disminució o la pèrdua del sentit de l'oïda.

sòrdid sòrdida sòrdids sòrdides

adjectiu — Molt brut, repugnant. Algunes cases abandonades són velles i sòrdides.

sordidesa

sordina sordines

nom femení — **1** Una sordina és un dispositiu que fa que els instruments musicals facin un so més suau, més fluix. La sordina d'un piano funciona amb un pedal.

2 Botonet o palanca que tenen els rellotges amb alarma per a impedir que soni.

sordmut sordmuda sordmuts sordmudes

adjectiu i nom masculí i femení — Una persona és sordmuda quan no hi sent i no pot parlar. La majoria de sordmuts neixen sords i és per això que no aprenen a parlar.

sordmudesa

sorell sorells

nom masculí — Un sorell és un peix de cos allargat i una mica alt a la part del llom, que s'aprima molt a la part de la cua. És de color gris verdós o blavós, amb el ventre clar, platejat. Alguns sorells poden fer més de 50 centímetres de llargària. És un peix blau i no és gaire apreciat.

sorgir

verb com *servir* ◄ pàg. 28 Amb O a l'arrel — Aparèixer de sobte algú o alguna cosa. Quan sorgeix una bona oportunitat s'ha d'aprofitar.

sorna sornes

nom femení — La sorna és una ironia feta amb mala intenció o en to burleta. Una persona parla amb sorna si, després de donar-li un cop a

A B C D E F G H I J K L M N O P Q R S T U V W X Y Z

una altra expressament, li pregunta si s'ha fet mal.

sorneguer sorneguera sorneguers sorneguers sornegueres

adjectiu — Que dissimula la seva mala intenció, que parla en to burleta. Les persones sornegueres no són de fiar.

sornegueria

soroll sorolls

nom masculí — Un soroll és un so o un conjunt de sons que no són produïts ni per la veu de persones o d'animals ni pel so d'un instrument musical. Els sorolls acostumen a ser desagradables. En alguns carrers hi ha molt de soroll de cotxes.

sorollós sorollosa sorollosos sorolloses

adjectiu — Que fa soroll. Els tractors són vehicles molt sorollosos.

sorprendre

verb
com *prendre*
◄ pàg. 38
Diferència:
sorprèn, sorprès

1 Agafar algú d'improvís. Si la policia sorprèn una persona robant, la deté.
2 Diem que una cosa ens sorprèn quan ens impressiona perquè no l'esperàvem o perquè és molt estranya. Sorpèn veure com surten quinze persones d'un cotxe petit.

sorprenent sorprenents

adjectiu — Que sorprèn perquè no ens ho esperàvem o perquè és molt estrany o extraordinari. És sorprenent que alguns avions puguin volar tan ràpid.

sorpresa sorpreses

nom femení — 1 Una sorpresa és una cosa inesperada que sorprèn. Que els teus amics et preparin una festa d'aniversari sense que tu ho sàpigues és una gran sorpresa.
2 Regal que hi ha dins d'algunes coses. Els tortells de Reis sempre porten una fava i una sorpresa.

sorra sorres

nom femení — La sorra és un conjunt de pedres molt petites que es desprenen de les roques. Les platges de la Costa Brava són de sorra grossa; les de la Costa Daurada són de sorra fina.

ensorrar, sorral

sorrenc sorrenca sorrencs sorrenques

adjectiu — Que està ple de sorra o que és semblant a la sorra. En els terrenys sorrencs no hi creix bé l'herba.

sorrut sorruda sorruts sorrudes

adjectiu — Una persona és sorruda quan és molt tancada i difícil de tractar. Les persones sorrudes no tenen gaires amics.

sort sorts

nom femení — 1 La sort és qualsevol cosa bona o dolenta que pot passar a una persona. Si trobem la cartera i les claus que havíem perdut, tenim bona sort. Si te'n vas de vacances a la platja i plou cada dia, tens mala sort.
2 Bona sort. Tenir a casa una persona que sàpiga cuinar bé és una sort.

sortós, sortosa

sorteig sorteigs

nom masculí
També *sortejos*

Un sorteig és el fet de decidir a través de la sort els premis de la loteria, d'una rifa o d'una altra cosa. El sorteig de la loteria de Nadal reparteix molts premis.

sortejar

sortida sortides

nom femení — 1 Una sortida és el fet de sortir. La sortida del sol fa que s'acabi la nit.
2 Lloc per on se surt. Si una habitació té dues portes, té dues sortides.
3 Acudit, cosa divertida o sorprenent que diu algú. La canalla a vegades té sortides que fan riure molt.

sortidor sortidors

nom masculí — Brollador. En alguns jardins hi ha sortidors d'on surten raigs d'aigua amb molta força.

sortint sortints

adjectiu — 1 Que sobresurt. Les granotes tenen els ulls sortints.

nom masculí — 2 Un sortint és una part que sobresurt d'una cosa. Un balcó és un sortint d'una façana.

sortir

verb
◄ pàg. 41
O i U a l'arrel

1 Una cosa o una persona surt quan passa de dins a fora. Quan surts de casa has de tancar la porta. Quan el pa acaba de sortir del forn és calent.
2 Moure's, desplaçar-se del seu lloc habitual. Si les rodes surten dels carrils de la via, el tren descarrila.
3 Aparèixer una cosa o una persona que no es veia o que estava amagada. A l'estiu, el sol surt més aviat que a l'hivern. Quan surten les primeres dents, les genives fan mal.
4 En alguns jocs, ser el primer a jugar. A vegades, surt el jugador o la jugadora que tirant un dau treu el número més alt.
5 Ser feta una cosa, produir-se o donar-se, com a resultat d'una acció, d'un sorteig, d'una votació, etc. Si a la loteria surt el nostre número, tenim premi. En unes eleccions, tothom vol que surtin elegits el seus candidats.
6 Una cosa surt bé o malament si té un resultat bo o dolent. Si la primera truita que fem no ens surt bé, no ens hem de desanimar.
7 Provenir. De les vinyes de Sant Sadurní d'Anoia surten vins i xampanys de gran qualitat.

frase feta i verb usat amb pronom — **8** Una persona **se surt amb la seva** quan aconsegueix allò que vol.

sos

determinant possessiu — Forma plural de *son*:
- *Sos oncles, sos sogres.*

SOS

nom masculí — Un SOS és un senyal de socors que es fa servir internacionalment. Es forma amb les inicials de la frase anglesa *Save Our Souls* "Salveu les nostres ànimes". Els SOS es transmeten per ràdio, per telègraf o per altres mitjans en el codi del sistema morse (...– – –...).

sosa soses

nom femení — La sosa és un mineral que es dissol molt bé en aigua i que es fa servir com a detergent i en la indústria tèxtil per a blanquejar el lli i el cotó. És un carbonat de sodi. La seva fórmula és: Na_2CO_3.

soscavar

verb com *cantar* ◄ pàg. 26 — Excavar alguna cosa per sota. Si se soscava un mur, és fàcil que caigui.

sospesar

verb com *cantar* ◄ pàg. 26 — **1** Aixecar alguna cosa amb la mà i aguantar-la una mica per fer-se una idea del que pesa. Quan volem que algú noti el pes d'una cosa, li diem: "Sospesa, veuràs com pesa, això!"
2 Diem que sospesem una cosa quan l'examinem bé per saber si és important, perillosa, etc. Abans de comprar-nos una bicicleta nova, hem de sospesar si realment la necessitem.

sospir sospirs

nom masculí Amb O — Un sospir és el fet d'agafar aire profundament i treure'l fent soroll o exclamant alguna cosa. Els sospirs acostumen a ser senyal de pena, d'angoixa, de desig o de cansament.

sospirar

verb com *cantar* ◄ pàg. 26 Amb O — **1** Fer un o més sospirs. Moltes persones sospiren quan estan preocupades.
2 Diem que sospirem per algú o per alguna cosa quan la desitgem molt. Si sospires per una persona és que l'estimes.

sospitar

verb com *cantar* ◄ pàg. 26 — **1** Pensar que algú és culpable d'una cosa mal feta. Si la policia sospita d'una persona, sol vigilar-la i interrogar-la.
2 Imaginar o pensar alguna cosa pels senyals o per les aparences. Si telefonem a casa d'algú i no contesten, podem sospitar que no hi són.
insospitable, insospitat, insospitada, sospita, sospitós, sospitosa

sostenidor sostenidora sostenidors sostenidores

adjectiu — **1** Que sosté. Els ponts penjants tenen cables de ferro sostenidors de l'estructura.

nom masculí plural — **2** Uns sostenidors són una peça de roba interior de dona per a aguantar els pits.

sostenir

verb com *tenir* ◄ pàg. 42 Diferència: *sostén o sostingues* — **1** Aguantar alguna cosa, impedir que caigui. Les columnes de les esglésies sostenen arcs. Quan es té una cama trencada, es fan servir crosses per a sostenir-se dret.
2 Ajudar algú o alguna cosa perquè no defalleixi, no decaigui. Les vitamines i els aliments sostenen les forces de les persones.
insostenible, sosteniment

sostingut sostinguda sostinguts sostingudes

adjectiu — **1** Que se sosté, que és constant. Si un dolor és sostingut, dura molta estona. Algunes feines demanen un esforç sostingut, es fan sense parar.

nom masculí i adjectiu — **2** Un sostingut és un signe que es posa davant d'una nota musical per fer que soni un semitò per sobre del seu so natural. Un sol sostingut és un sol afectat per un sostingut.

sostre sostres

nom masculí — El sostre d'una casa, d'una habitació o d'una altra construcció és la part de dalt que la cobreix. A les cuines i als menjadors solen haver-hi llums penjats del sostre.
pàgs. 594-595 (13)
ensostrar

sot sots

nom masculí — Clot.
ensotar, ensotat, ensotada

1
sota sotes

nom femení — Una sota és cada una de les cartes del joc de cartes que porta pintada una figura de patge i té el número 10. carta

2
sota

adverbi i preposició — En una posició més baixa que una altra cosa. *Quin soroll que fan els veïns del pis de sota! Vam fer la migdiada sota un arbre.*

sotabarba sotabarbes

nom masculí o femení — El sotabarba o la sotabarba és una bossa de pell i de carn que es forma a vegades sota la cara de les persones, entre el mentó i el coll. Acostumem a tenir sotabarba les persones que estan molt grasses.

sotabosc sotaboscs

nom masculí També *sotaboscos* — El sotabosc és el conjunt de plantes i d'arbustos que hi ha a la part baixa dels boscos, per sota dels arbres.

de sotamà
locució que fa d'adverbi
D'amagat d'algú, sense que se sàpiga. *Aquell noi rebia diners de sotamà a canvi d'informacions secretes.*

sotana sotanes
nom femení
Una sotana és un vestit llarg fins als peus i cordat de dalt a baix que porten alguns capellans. Les sotanes solen ser de color negre. La del papa de Roma és blanca.

sotateulada sotateulades
nom masculí
Un sotateulada és un espai situat sota la teulada. Al sotateulada hi pot haver un pis o unes golfes.

soterrani soterrània soterranis soterrànies
adjectiu
1 Que és sota terra. Els metros circulen per túnels soterranis.
nom masculí
2 Un soterrani és un pis o una altra part d'un edifici que és situat més avall del nivell del carrer. Per anar a un soterrani s'ha de baixar. Al soterrani d'alguns edificis hi ha un aparcament.

soterrar
verb
com *cantar*
◄ pàg. 26
Posar una cosa sota terra, enterrar-la. Les llavors s'han de soterrar perquè neixi una nova planta.

sotjar
verb
com *cantar*
◄ pàg. 26
Amb TG davant E, I
Observar algú o alguna cosa d'amagat per veure què fa o què passa. Els gats sotgen els ocells per poder-los enxampar.

sotmetre
verb
com *perdre*
◄ pàg. 27
Amb TM
Diferències: *sotmès, sotmesa, sotmesos, sotmeses*
1 Obligar algú a obeir, a fer el que se li mana. Els romans sotmeteren la majoria dels pobles antics d'Europa.
2 Presentar una cosa a algú per tal que en doni la seva opinió, ho aprovi o ho desaprovi. Les lleis s'han de sotmetre a l'aprovació del parlament.
3 Fer que algú o alguna cosa rebi una acció determinada. Si una persona és diabètica, el metge l'ha de sotmetre a un règim sense sucre.

sotrac sotracs
nom masculí
1 Un sotrac és un cop sobtat i violent que rep un vehicle quan va per una carretera plena de clots.
2 Diem que un accident, una mort o una altra desgràcia és un sotrac per a algú, quan l'afecta i l'impressiona molt. La pèrdua d'un fill és un sotrac molt fort per als pares.
sotragar, sotraguejar

sotragada sotragades
nom femení
Sotrac.

sotsobrar
verb
com *cantar*
◄ pàg. 26
Una embarcació sotsobra quan es tomba cap a un costat i fa mitja volta. Quan una barca sotsobra, les persones que hi ha dins cauen a l'aigua.

sou sous
nom masculí
1 Un sou és una quantitat de diners que es reben a canvi d'una feina o d'un servei. La majoria de persones cobren el sou a final de mes.
2 Moneda antiga de diferents països.
locució que fa de conjunció
3 **Per quins set sous** és una manera informal de dir per quin motiu. *Per quins set sous sempre hi he d'anar jo, a comprar el pa?*

soviètic soviètica soviètics soviètiques
adjectiu
De l'antiga Unió Soviètica. *El comunisme soviètic.*

sovint
adverbi
Moltes vegades i en intervals de temps curts. *M'agrada anar sovint a la muntanya.*

sovintejar
verb
com *cantar*
◄ pàg. 26
Amb G davant E, I
Fer o passar sovint alguna cosa. Si sovintegés les anades al cinema, veuràs moltes pel·lícules.

stop stops
nom masculí
Estop. És una paraula anglesa.

suar
verb
com *canviar*
◄ pàg. 30
Amb dièresi
1 Eliminar suor del cos pels porus de la pell. Si a l'estiu ens abriguem, suarem molt.
2 Diem que suem per aconseguir alguna cosa quan ens costa molt i hem de fer un gran esforç.
suada

suara
adverbi
Ara mateix, ara fa poc. *Suara he llegit la notícia.*

suau suaus
adjectiu
1 Que és agradable, fi, llis, no gens aspre. La seda és un teixit que té un tacte suau.
2 No gens fort, brusc ni violent. Les llums suaus no molesten la vista.
assuaujar

suavitat suavitats
nom femení
La suavitat és la característica del que és suau. Podem parlar de la suavitat d'un llençol, d'una pell, d'una veu, etc.

suavitzant suavitzants
nom masculí
1 Un suavitzant és un producte que posem dins la rentadora de roba perquè la roba quedi suau i flonja.
2 Producte de cosmètica que ens posem quan ens rentem els cabells i que els deixa suaus, sense nusos i fàcils de pentinar.

suavitzar
verb, com *cantar* ◄ pàg. 26 — Fer que una cosa sigui suau. Hi ha unes cremes que suavitzen la pell de les mans.

subaltern subalterna subalterns subalternes
adjectiu i nom masculí i femení — Una persona és subalterna quan té un rang o una posició més baixa que una altra. El personal subaltern d'una oficina treballa sota les ordres de la direcció.

subconjunt subconjunts
nom masculí — En matemàtiques, un subconjunt és un conjunt que està dins d'un altre conjunt. A és subconjunt de B quan tots els elements de A també ho són de B.

subdesenvolupat subdesenvolupada subdesenvolupats subdesenvolupades
adjectiu — Un país és subdesenvolupat quan té una economia molt pobra i una indústria i una agricultura molt poc desenvolupades.
→ subdesenvolupament

súbdit súbdita súbdits súbdites
adjectiu i nom masculí i femení — Que està sota les ordres d'un rei o d'una altra persona d'autoritat. Els dictadors no tenen cap respecte pels seus súbdits.

subdividir
verb, com *servir* ◄ pàg. 28 — Dividir en més parts una cosa que ja s'havia dividit. Els capítols d'un llibre estan subdividits en paràgrafs.

subdivisió subdivisions
nom femení — **1** Una subdivisió és el fet de subdividir alguna cosa. La subdivisió de les ciutats en districtes facilita el repartiment del correu.
2 Part que queda quan se subdivideix alguna cosa. Un pis és una subdivisió d'un edifici.

subhasta subhastes
nom femení, Amb H — Una subhasta és un sistema de venda que consisteix a vendre una cosa a la persona que n'ofereixi més diners. A les subhastes diverses persones van dient quantitats cada vegada més altes, fins que una persona diu una quantitat que ningú ja no supera, i així es queda l'objecte subhastat.
→ subhastar

subjectar
verb, com *cantar* ◄ pàg. 26 — Tenir algú o alguna cosa de manera que no es pugui moure ni es pugui separar d'una altra cosa. Per evitar que un gos s'escapi, el subjectem amb una corretja.

subjecte subjecta subjectes
adjectiu — **1** Que està agafat de manera que no es pot moure o no es pot separar d'algú o d'alguna cosa. L'esquí ha d'estar ben subjecte al peu de la persona que esquia.
2 Que està sota el poder d'algú o d'alguna cosa. Els membres d'un club estan subjectes a les seves normes.
nom masculí — **3** Un subjecte és una persona, sobretot quan no s'esmenta el seu nom perquè no se sap o perquè no es vol dir. A vegades té un sentit despectiu. *Va entrar un subjecte sospitós a la botiga.*
4 El subjecte d'una frase és un nom, un sintagma nominal o un pronom que ens diu de qui o de què parlem. El subjecte ha de concordar amb el verb de la frase en persona i en nombre. En la frase *Les gallines ponen ous*, el subjecte és *les gallines* i si el verb fos *pon* la frase estaria mal feta.
→ subjecció

subjectiu subjectiva subjectius subjectives
adjectiu — Que explica les coses des del punt de vista personal, que tracta els fets posant-hi emocions i opinions personals. Si un historiador és subjectiu mai no sabrem amb certesa si els esdeveniments van succeir com ell els explica.
→ subjectivitat

subjugar
verb, com *cantar* ◄ pàg. 26, Amb GU davant E, I — Posar alguna cosa sota el domini d'algú per la força, de manera violenta. Els romans van subjugar molts pobles.

subjuntiu subjuntiva subjuntius subjuntives
nom masculí — El subjuntiu d'un verb és el mode que agrupa els temps que expressen dubte, possibilitat o desig. Acostuma a portar davant la conjunció *que*. En la frase *M'agradaria que vinguessis al cinema*, *vinguessis* és un verb en subjuntiu.

sublim sublims
adjectiu — Una cosa és sublim quan provoca una gran emoció per la seva bellesa, la seva grandesa o la seva perfecció. Els quadres d'alguns pintors són sublims.
→ sublimar, sublimitat

sublimació sublimacions
nom femení — La sublimació d'una substància és el pas de l'estat sòlid a l'estat gasós, o a l'inrevés, sense passar per l'estat líquid.

submarí submarina submarins submarines
adjectiu — **1** Que està, que viu o que es fa al fons del mar. Els pescadors que fan pesca submarina s'han de submergir dins l'aigua.
nom masculí — **2** Un submarí és un vaixell que pot navegar per sota l'aigua.

submarinisme submarinismes
nom masculí — El submarinisme és una activitat esportiva o científica que consisteix a nedar per sota l'aigua. Les persones que fan subma-

rinisme porten vestits hermètics de goma i una botella d'oxigen a l'esquena.
submarinista

submergible submergibles
adjectiu
Amb BM
Que es pot submergir. Si et dutxes amb un rellotge submergible no es fa malbé.

submergir
verb
com *servir*
◀ pàg. 28
Amb BM
Posar una cosa sota l'aigua o sota un altre líquid. Quan una persona es banya, submergeix el cos a la banyera. Si ens tirem de cap a una piscina, ens hi submergim.

subministrar
verb
com *cantar*
◀ pàg. 26
Amb BM
Donar a algú les coses que necessita. Hi ha empreses que subministren electricitat als pobles i a les ciutats.
subministrament

submís submisa submisos submises
adjectiu
Amb BM
Que és obedient i dòcil. Les persones submises no solen crear problemes.
submissió

subnormal subnormals
adjectiu i nom masculí i femení
Una persona és subnormal quan té una intel·ligència que està per sota del que es considera normal. Hi ha escoles especials per a subnormals.
subnormalitat

subordinar
verb
com *cantar*
◀ pàg. 26
1 Fer dependre una cosa o una persona d'una altra. Un viatge s'ha de subordinar als diners que podem gastar.
2 Posar una cosa a un nivell més baix que una altra, considerar-la menys important. Les persones estudioses subordinen la diversió a l'estudi.
subordinació

subordinat subordinada subordinatssubordinades
adjectiu
En gramàtica, dos elements són subordinats si estan lligats entre ells amb una partícula que fa que un passi a ser més important que l'altre. *La filla de la veïna* és un sintagma nominal on *filla* és el nucli i *de la veïna* un complement; *la veïna* és un sintagma nominal subordinat. Les oracions subordinades s'uneixen amb conjuncions i pronoms relatius o interrogatius. En la frase *Molta gent pensa que la vida és divertida, la vida és divertida* és una oració subordinada a l'oració principal.

subornar
verb
com *cantar*
◀ pàg. 26
Convèncer algú que a canvi de diners o d'una altra recompensa faci alguna cosa que no hauria de fer. Uns lladres poden subornar el vigilant d'un banc per aconseguir que els deixi entrar a robar.
insubornable, suborn

subratllar
verb
com *cantar*
◀ pàg. 26
1 Fer una ratlla sota una lletra, una paraula o una frase. Algunes persones subratllen les coses que més els interessen dels llibres.
2 Diem que subratllem alguna cosa quan la destaquem, quan li volem donar importància. Alguns anuncis de cotxes subratllen la potència del motor; d'altres, la comoditat interior.

subscriure
verb
com *escriure*
◀ pàg. 34
Amb BSC
1 Firmar un escrit, posar-hi el nom. Quan una persona comença a treballar en un lloc, subscriu un contracte.
2 Estar d'acord amb les idees o les propostes d'una altra persona. Si algú diu d'anar a esquiar i ho subscrivim, vol dir que hi volem anar.
usat amb pronom
3 **Subscriure's** a un diari o a una revista és pagar una quantitat de diners a canvi de rebre'l periòdicament.
subscripció, subscriptor

subsidi subsidis
nom masculí
Un subsidi és un ajut econòmic que l'Estat dóna a les persones que ho necessiten. El subsidi d'atur es dóna a les persones que no tenen feina.
subsidiari

subsistència subsistències
nom femení
1 La subsistència és el fet de subsistir. Si una persona té mitjans de subsistència, té el que necessita per a viure.
nom femení plural
2 Les subsistències són el conjunt d'aliments i d'altres coses que són necessàries per a viure. Si algú té la nevera i el rebost buits, se li han acabat les subsistències.

subsistir
verb
com *servir*
◀ pàg. 28
Continuar existint. En alguns països subsisteixen encara costums d'èpoques molt antigues.

subsòl subsòls
nom masculí
El subsòl és el terreny situat sota la capa de terreny que es pot cultivar o sota la superfície de la terra en general. El subsòl dels països àrabs és ric en petroli.

substància substàncies
nom femení
Amb BST
1 Una substància és cada una de les diferents classes de matèria de què estan fetes les coses. Les substàncies es diferencien entre elles perquè tenen unes característiques i unes propietats determinades. El carbó és una substància mineral. L'aigua és una substància líquida.
2 Part més important d'una cosa. Quan es fa el resum d'una conferència, se n'explica la substància.
3 Part d'un menjar que alimenta més o suc

que se'n treu. El brou de pollastre té molta substància.

insubstancial, substancial, substanciós, substanciosa

substantiu substantius

nom masculí
Amb BST

Un substantiu és un tipus de paraula que fa referència a una persona, a un animal o a una cosa concreta o abstracta. *Amiga, gos, muntanya* i *alegria* són substantius. Els substantius tenen gènere i nombre, i són una categoria gramatical que pot ser nucli d'un grup de paraules: en l'expressió *els diplodocs extingits, diplodocs* és un substantiu.

substitució substitucions

nom femení
Amb BST

Fer una substitució és substituir. Una cosa és en substitució d'una altra quan la substitueix.

substituir

verb
com *reduir*
◄ pàg. 39
Amb dièresi
Amb BST

Posar una persona o una cosa en el lloc d'una altra. Quan es fon una bombeta se substitueix per una de nova.

insubstituïble, substitutiu, substitutiva

substitut substituta substituts substitutes

nom masculí i femení
Amb BST

Persona que en substitueix una altra. Si una professora està malalta, s'ha de buscar una substituta.

subterrani subterrània subterranis subterrànies

adjectiu

Que és situat sota terra. Les clavegueres són subterrànies.

subtil subtils

adjectiu
Amb BT

1 Que és tan fi, delicat o petit que és difícil de notar. L'aire és una substància subtil: no es veu, no es pot tocar, no fa olor. La diferència entre alguns germans bessons és molt subtil: semblen una sola persona.
2 Que és fet o dit amb enginy, amb intel·ligència. Algunes teories filosòfiques són subtils, s'han d'estudiar amb molta atenció.

subtilesa, subtilitat, subtilitzar

subtítol subtítols

nom masculí

1 Un subtítol és un títol que es posa a vegades sota el títol principal d'un llibre o d'un altre escrit.

nom masculí plural

2 Els subtítols d'una pel·lícula estrangera que es passa en versió original són les inscripcions que surten a la part de sota de la pantalla i que tradueixen els diàlegs dels actors.

subtitular

subtracció subtraccions

nom femení

En matemàtiques, resta.

subtrahend subtrahends

nom masculí

El subtrahend és la quantitat que es resta d'una altra quantitat. En la resta 7 – 3 = 4, 3 és el subtrahend.

suburbi suburbis

nom masculí

Un suburbi és un barri que hi ha als afores d'una ciutat i que, sovint, és habitat per gent que té pocs diners.

suburbial

subvenció subvencions

nom femení

Una subvenció és una quantitat de diners que l'Estat dóna a una persona o a una institució per ajudar-la a fer una investigació, un estudi o una altra activitat.

subvencionar

suc sucs

nom masculí

1 El suc és un líquid que hi ha en els teixits animals o vegetals. El suc de la taronja té moltes vitamines.
2 Líquid que acompanya la carn, el peix o altres coses guisades. El suc es pot sucar amb pa.
3 Nom d'alguns líquids que es produeixen en el nostre cos, com el suc gàstric que es fa a l'estómac.

suca-mulla suca-mulles

nom femení

La suca-mulla és el fet de sucar pa en vi. Algunes persones fan suca-mulla per berenar.

sucar

verb
com *cantar*
◄ pàg. 26
Amb QU davant E, I

Posar una cosa dins d'un suc o d'un altre líquid i tornar-la a treure de manera que en quedi ben mullada. Quan mengem xocolata desfeta, hi suquem melindros. També diem que suquem el pa amb tomàquet quan freguem el tomàquet damunt del pa perquè quedi ben tou.

succedani succedània succedanis succedànies

adjectiu i nom masculí

Una substància és succedània d'una altra quan la pot substituir perquè té unes característiques molt semblants. El malt és un succedani del cafè.

succeir

verb
com *reduir*
◄ pàg. 39
Amb dièresi

1 Ocupar el lloc d'una persona que deixa un càrrec o una funció. Quan un rei mor, normalment el seu fill o la seva filla el succeeix.
2 Passar, esdevenir-se alguna cosa. Quan hi ha un accident, els testimonis expliquen què ha succeït.
3 Venir una cosa després d'una altra. El mes de juny succeeix el de maig.

successor

succés successos
nom masculí
Amb CC
1 Esdeveniment. Un naufragi és un succés tràgic.
2 Èxit. Algunes novel·les tenen un gran succés, se'n venen milers d'exemplars.

successió successions
nom femení
Amb CC
1 Una successió és el fet de succeir. Podem parlar de la successió d'una reina en el tron.
2 Conjunt de coses que van l'una darrere l'altra. Una melodia és una successió de sons.
3 Descendència d'una persona. Si una persona mor sense successió, vol dir que no ha tingut fills.
successori, successòria

successiu successiva successius successives
adjectiu
Amb CC
Dues o més coses són successives quan van l'una darrere l'altra sense interrupció. Els dies de la setmana sempre són successius, no hi ha mai dos dilluns seguits.

successivament
adverbi
Amb CC
D'una manera successiva, l'un darrere l'altre. *Els nostres àpats són l'esmorzar, el dinar, el berenar, el sopar, altra vegada l'esmorzar, i així successivament.*

succint succinta succints succintes
adjectiu
Amb CC
Breu i resumit. Si hem de fer una explicació succinta d'un esdeveniment, només n'explicarem les coses més importants.

succió succions
nom femení
Una succió és el fet de xuclar. La succió d'una ferida de serp verinosa és molt important per a treure'n el verí.

sucós sucosa sucosos sucoses
adjectiu
Que té suc. Els melons i alguns préssecs són fruites sucoses.

sucre sucres
nom masculí
El sucre és una substància dolça, cristal·lina, normalment de color blanc, que es desfà en l'aigua, en la llet, en el cafè, etc., i els dóna un gust dolç. S'obté del suc d'algunes plantes, sobretot de la bleda-rave i de la canya de sucre. Els pastissos, els gelats i els caramels porten sucre.
ensucrar

sucrer sucrera sucrers sucreres
adjectiu
1 Que està relacionat amb el sucre i amb la seva fabricació. A Catalunya, la indústria sucrera és poc important.
nom femení
2 Una sucrera és un recipient per a guardar-hi el sucre i per a servir-lo.
pàg. 393 (14)

suculent suculenta suculents suculentes
adjectiu
Un menjar o un àpat és suculent quan té molt de suc o quan és molt bo i molt nutritiu. Els rostits i l'arròs a la cassola són suculents.

sucumbir
verb
com *servir*
◄ pàg. 28
1 Una persona sucumbeix a alguna cosa quan ja no la pot resistir més i es rendeix. Si sucumbim al cansament no podem continuar treballant.
2 Morir. Normalment, en un accident d'avió sucumbeixen tots els passatgers.

sucursal sucursals
nom femení
Una sucursal és una botiga o una oficina que depèn d'una altra de principal. Els bancs tenen una seu central i diverses sucursals.

sud suds
nom masculí
Amb D
El sud és un dels quatre punts cardinals. És el punt oposat al nord. Si França és al nord de Catalunya, Catalunya és al sud de França.

sud-americà sud-americana sud-americans sud-americanes
adjectiu
1 D'Amèrica del Sud. *Els països sud-americans.*
nom masculí i femení
2 Persona que és d'Amèrica del Sud o que hi viu.

sud-est sud-ests
nom masculí
El sud-est és el punt de l'horitzó que hi ha entre el sud i l'est.

sud-oest sud-oests
nom masculí
El sud-oest és el punt de l'horitzó que hi ha entre el sud i l'oest.

suec sueca suecs sueques
adjectiu
1 De Suècia. *L'acer suec.*
nom masculí i femení
2 Persona que és de Suècia o que hi viu.
nom masculí
3 El suec és la llengua que es parla a Suècia.

suèter suèters
nom masculí
Un suèter és un jersei gruixut de llana.

Un suèter

suficient suficients

adjectiu — **1** Que és la quantitat que es necessita, que n'hi ha prou. Un plat d'arròs, un bistec i una peça de fruita és suficient per a dinar.

nom masculí — **2** Un suficient és un aprovat en uns estudis.

suficiència

sufix sufixos

nom masculí — Un sufix és una partícula que s'afegeix al final d'una paraula per a formar-ne una altra de significat diferent. *-íssim* és un sufix que podem afegir a mots com *petit* i *divertit* per a formar *petitíssim* i *divertidíssim*.

sufocar

verb com *cantar* ◄ pàg. 26 Amb QU davant E, I — **1** No deixar respirar bé algú. A algunes persones, estar en una habitació amb les finestres tancades les sufoca.
2 Apagar, extingir. Els bombers són els encarregats de sufocar els incendis.
3 Fer passar vergonya a algú, fer-li pujar els colors a la cara. Si, de sobte, moltes persones es giren cap a tu i et miren, és normal que et sufoquis.

sufocació, sufocant

sufragi sufragis

nom masculí — Un sufragi és un vot. En els països democràtics, els càrrecs polítics són elegits amb els sufragis dels ciutadans i les ciutadanes. Si en un país hi ha sufragi universal, pot votar tothom.

sufragar, sufragista, sufragisme

suggeriment suggeriments

nom masculí Amb GG — **1** Un suggeriment és el fet de suggerir alguna cosa. Per Nadal, quan no es tenen idees, sempre s'agraeix el suggeriment de regals.
2 Cosa que se suggereix, idea o proposta.

suggerir

verb com *servir* ◄ pàg. 28 Amb GG — **1** Donar una idea a algú, proposar-li alguna cosa com a solució a un problema. A les persones amb mal d'esquena, normalment els metges els suggereixen que facin natació.
2 Una cosa ens en suggereix una altra quan ens hi fa pensar. La lectura d'un llibre ens pot suggerir una idea per a fer un treball.

suggestió, suggestiu, suggestiva

suïcida suïcides

nom masculí i femení — **1** Un o una suïcida és una persona que s'ha suïcidat o que ho ha intentat.

adjectiu — **2** Una acció o una actitud és suïcida quan és molt perillosa, arriscada i imprudent. Conduir amb els ulls tancats és un acte suïcida.

suïcidar-se

verb usat amb pronom com *cantar* ◄ pàg. 26 — Matar-se a si mateix. Alguns poetes romàntics es van suïcidar.

suïcidi

suís suïssa suïssos suïsses

adjectiu — **1** De Suïssa. *Els Alps suïssos.*

nom masculí i femení — **2** Persona que és de Suïssa o que hi viu.

nom masculí — **3** Un suís és una tassa amb xocolata desfeta i nata per damunt. Els suïssos acompanyats amb melindros són un bon berenar.

suite suites

nom femení — **1** Una suite és una habitació d'hotel molt gran i molt luxosa formada per diverses sales. És una paraula francesa.
2 Composició musical formada per diverses peces de ritme diferent. Va néixer al segle XVI com un conjunt de danses.

sulfamida sulfamides

nom femení — Nom d'algunes substàncies que es fan servir per a tractar infeccions.

sulfat sulfats

nom masculí — Un sulfat és una substància composta de sofre, oxigen i un metall. És una sal que prové de l'àcid sulfúric. El sulfat de coure es fa servir per a protegir les vinyes dels fongs i altres malures.

sultà sultans

nom masculí — Soldà.

suma sumes

nom femení — **1** Una suma és una operació matemàtica i el resultat d'aquesta operació. 6 + 2 = 8 és una suma. La suma de 3 + 7 és igual a 10.
2 Quantitat de diners. Quan et compres un cotxe, has de pagar una suma important.

sumand sumands

nom masculí — Un sumand és cadascuna de les quantitats que se sumen. En la suma 5 + 3 = 8, el 5 i el 3 són sumands.

sumar

verb com *cantar* ◄ pàg. 26 — **1** Fer una operació matemàtica que consisteix a afegir una quantitat a una altra per tal d'aconseguir un resultat. Si sumem 2 + 3, el resultat és 5.
2 Dos números sumen una quantitat quan donen aquest resultat. 4 + 5 sumen 9.

sumari sumària sumaris sumàries

adjectiu — **1** Que és breu, resumit. En una explicació sumària d'un fet, només ens fixem en les coses importants.

nom masculí — **2** Un sumari és un resum breu d'alguna cosa.
3 Conjunt de documents, d'informacions i d'altres coses que es fan servir per a pre-

A B C D E F G H I J K L M N O P Q R S T U V W X Y Z

parar un judici. Els sumaris de casos importants tenen moltes pàgines.

sumaríssim

summe summa summes

adjectiu

1 Suprem, el més important. El papa de Roma es diu *summe pontífex*, ja que és l'autoritat més gran de l'Església.

2 Molt gran. La contaminació és un problema de summa importància.

súmmum súmmums

nom masculí

El súmmum és el màxim, el grau més alt d'alguna cosa. No menjar per no haver d'anar a comprar és el súmmum de la vagància.

sumptuós sumptuosa sumptuosos sumptuoses

adjectiu

Que és molt luxós. Els palaus dels reis són sumptuosos.

sumptuari, sumptuària, sumptuositat

suor suors

nom femení

La suor és un líquid que surt en forma de gotetes pels porus de la pell. La suor és produïda per unes glàndules que hi ha sota la pell, les glàndules sudoripares.

suós, suosa

supeditar

verb com cantar ◄ pàg. 26

1 Fer dependre una cosa d'una altra. Quan una persona es vol comprar una moto, supedita la compra als diners que té.

2 Sotmetre. Els militars han de supeditar les seves opinions a les ordres dels superiors.

supeditació

superar

verb com cantar ◄ pàg. 26

1 Ser superior a algú o a alguna cosa. L'atleta més ràpida supera totes les seves contrincants en una cursa.

2 Vèncer un obstacle o una dificultat. Per a entrar a la universitat s'ha de superar un examen.

usat amb pronom

3 **Superar-se** és fer alguna cosa millor que altres vegades. Cada vegada que fa un temps millor en una cursa, l'atleta se supera.

superació

superb superba superbs superbes

adjectiu

1 D'una gran bellesa, molt elegant. Les catedrals acostumen a ser edificis superbs.

2 Una persona és superba quan creu que és millor que els altres.

supèrbia, superbiós, superbiosa

superdotat superdotada superdotats superdotades

adjectiu i nom masculí i femení

Una persona és superdotada quan té una capacitat intel·lectual més alta que la de les persones normals. Mozart era un superdotat que als cinc anys ja componia música.

superficial superficials

adjectiu

1 De la superfície; situat a la superfície. Les rascades, els talls i les nafres són ferides superficials.

2 Que és poc profund, que no arriba fins al fons de les qüestions. Si algú fa una lectura superficial d'un llibre, se'l llegeix per sobre, sense fixar-se en els detalls.

superficialitat

superfície superfícies

nom femení

1 La superfície d'una cosa és la part de fora. La superfície de la Terra no és plana.

2 Extensió de terreny. Les superfícies es mesuren amb hectàrees.

3 Extensió d'una figura geomètrica. Per a calcular la superfície d'un triangle o d'una circumferència es poden aplicar fórmules diferents.

4 Part de sobre d'un líquid, la que està en contacte amb l'aire. Algunes deixalles que es llancen als rius es queden flotant per la superfície.

superflu supèrflua superflus supèrflues

adjectiu

Que està de més, que no és necessari. Hi ha persones que gasten més diners en coses supèrflues que en coses necessàries.

superfluïtat

1 superior superiors

adjectiu

1 Que és situat més amunt que una altra cosa, a la part alta. El cap ocupa la part superior del nostre cos.

2 Es diu que una cosa és superior a una altra si és més bona, més rica, més important, etc. Parlem d'un cafè de qualitat superior o d'un hotel de categoria superior.

nom masculí i femení

3 Un o una superior és una persona que mana sobre les altres perquè té un càrrec més important. Un capità és un superior dels soldats.

superioritat

2 superior superiora superiors superiores

nom masculí i femení

Persona que dirigeix una comunitat religiosa. Les monges no poden sortir del convent sense permís de la superiora.

superlatiu superlativa superlatius superlatives

adjectiu i nom masculí

El grau superlatiu d'un adjectiu o d'una qualitat és el grau més alt. *Contentíssim* és el superlatiu de *content*.

supermercat supermercats

nom masculí

Un supermercat és una botiga molt gran on es venen coses de tot tipus: aliments, roba, electrodomèstics, productes de neteja, etc. Als supermercats, els clients se serveixen ells mateixos i paguen a les caixes que hi ha a la sortida.

superposar
verb
com *cantar* ◄ pàg. 26
Posar una cosa sobre una altra. Quan fas el llit, superposes el cobrellit als llençols i les mantes.
superposició

supersònic supersònica supersònics supersòniques
adjectiu
Un objecte es mou a una velocitat supersònica quan va més ràpid que la velocitat del so. Alguns avions són supersònics.

superstició supersticions
nom femení
La superstició és el fet de creure que algunes coses, com tocar fusta, veure un gat negre o passar per sota d'una escala, porten bona o mala sort.
supersticiós

supervisar
verb
com *cantar* ◄ pàg. 26
Mirar o controlar una feina o una altra cosa perquè estigui ben feta. Els professors supervisen els treballs dels seus alumnes i els corregeixen.
supervisió, supervisor

supervivent supervivents
adjectiu i nom masculí i femení
Que ha sobreviscut a un accident o a una desgràcia. En els accidents d'avió, hi sol haver molt pocs supervivents.
supervivència

suplantar
verb
com *cantar* ◄ pàg. 26
Posar-se de manera tramposa en el lloc que ocupa una persona o en el lloc que li correspon. Si algú suplanta la personalitat d'una persona, es fa passar per aquesta persona.

suplement suplements
nom masculí
1 Un suplement és una cosa que s'afegeix a una altra que ja és acabada o completa. Si som molta colla a dinar, es pot posar un suplement a la taula i fer-la més llarga.
2 Quantitat que es paga de més del preu d'una cosa perquè s'hi afegeix algun element o és de més qualitat. En alguns viatges col·lectius, si es vol una habitació individual s'ha de pagar un suplement.
3 Revista o altra publicació que surt juntament amb una altra. Els caps de setmana, molts diaris tenen un suplement amb fotografies i reportatges.

suplementari suplementària suplementaris suplementàries
adjectiu
Que fa de suplement o que completa alguna cosa. Alguns diccionaris porten una gramàtica suplementària.

suplent suplents
adjectiu i nom masculí i femení
Que supleix algú en alguna cosa. Els equips de futbol tenen jugadors suplents. Si un metge està de vacances, s'ha de posar un suplent en el seu lloc.

suplicar
verb
com *cantar* ◄ pàg. 26
Amb QU davant E, I
Demanar una cosa important amb humilitat i amb insistència. Alguns pobles antics suplicaven al déu de la pluja que fes ploure.
súplica, suplicatori, suplicatòria

suplici suplicis
nom masculí
1 Un suplici és un sofriment físic que s'aplica a algú com a càstig. En altres temps, assotar els delinqüents era un suplici molt habitual.
2 Patiment molt gran. No poder beure quan es té set és un suplici.

suplir
verb
com *servir* ◄ pàg. 28
Diferències: *suplert, suplerta, suplerts, suplertes.*
1 Una persona supleix una altra persona quan ocupa el lloc d'aquesta o fa la feina que aquesta feia. Si una professora està malalta, una altra professora la supleix a les classes.
2 Si suplim una cosa amb una altra, posem aquesta en lloc d'aquella. Si un autobús s'espatlla, l'empresa el supleix amb un altre.
suplència, supletori, supletòria

suport suports
nom masculí
Amb U
1 Un suport és qualsevol cosa que n'aguanta o que en sosté una altra. Les bigues són el suport d'un sostre. Una cinta de cel·luloide és el suport d'una pel·lícula de cine. ✎ pàg. 1000 ⑥
2 Si donem suport a una persona és que li fem costat, l'ajudem; si donem suport a un projecte, el defensem.

suportar
verb
com *cantar* ◄ pàg. 26
Amb U
1 Tenir una cosa al damunt i aguantar-la, no deixar-la caure. Les columnes i les bigues suporten el pes dels edificis.
2 Rebre una força, un pes, un xoc violent, molta temperatura, etc., i aguantar sense trencar-se o fer-se malbé. El motor d'un cotxe suporta temperatures molt altes.
3 Es diu que una persona suporta una dificultat quan la resisteix molt encara que costi. Alguns malalts suporten bé el dolor. Suportar una persona és estar amb ella encara que ens resulti desagradable.
suportable

suposar
verb
com *cantar* ◄ pàg. 26
Quan suposem una cosa, pensem i diem que és d'una manera, però no n'estem segurs. Els antics suposaven que el Sol donava

voltes al voltant de la Terra, però s'equivocaven.
suposició

supòsit supòsits
nom masculí — Un supòsit és allò que suposem o que diem que és cert. Si partim del supòsit que les plantes necessiten aigua, aleshores cal regar-les.

supositori supositoris
nom masculí — Un supositori és un medicament que es fica dins de l'anus. Té una forma rodona i allargada; la punta és arrodonida i així no fa mal.

suprem suprema suprems supremes
adjectiu — **1** Que és més important, més gran que tots els altres. Si algú té el poder suprem, mana més que ningú. El tribunal suprem de justícia d'un país és el que està per damunt de tots els altres tribunals.
2 L'ésser suprem és Déu.

supremacia supremacies
nom femení — Una persona o un país té supremacia quan mana sobre les altres persones o sobre altres països. La Gran Bretanya va tenir la supremacia sobre l'Índia durant molt de temps.

supressió supressions
nom femení — Fem una supressió quan suprimim alguna cosa. Si de la paraula *rodar* faig la supressió de la *r* final, queda la paraula *roda*.

suprimir
verb
com *servir*
◄ pàg. 28 — Fer desaparèixer una cosa, esborrar-la. Quan es revisa un escrit, sovint se suprimeixen algunes paraules.

supurar
verb
com *cantar*
◄ pàg. 26 — Una ferida supura quan produeix pus. Si un tall supura, és que s'ha infectat.

suquejar
verb
com *cantar*
◄ pàg. 26
Amb G davant E, I — Treure suc. Les peres d'aigua són una fruita que suqueja molt.

suquet suquets
nom masculí — Un suquet és un guisat de peix que es fa amb un sofregit. Acostuma a portar patates i a vegades marisc. S'hi afegeix aigua, sal i pebre i es deixa bullir una estona.

surar
verb
com *cantar*
◄ pàg. 26 — Flotar. El suro sura a l'aigua; el plom, en canvi, no sura, sinó que se'n va al fons.

sureny surenys
nom masculí — Un sureny és un bolet que també es diu *cep*.

surer surera surers sureres
adjectiu — Del suro, que està relacionat amb el suro. La indústria surera és important a Catalunya.

surera sureres
nom femení — Una surera és un arbre semblant a l'alzina que pot arribar als 20 metres d'alçària. Té les fulles una mica dentades i l'escorça molt gruixuda formada per suro. En alguns boscos, es poden veure sureres que tenen un tros de tronc descobert perquè se n'han tret peces de suro.

surf surfs
nom masculí — **1** El surf és un esport que es fa al mar, a prop de la platja, i que consisteix a mantenir l'equilibri damunt d'una planxa que llisca sobre les onades grosses.
2 El **surf de neu** és un esport que consisteix a lliscar per la neu mantenint l'equilibri damunt d'una planxa especial que s'agafa als peus.

El surf de neu

3 El **surf de vela** és un esport que consisteix a navegar a prop de la platja amb una planxa que porta una vela.
surfista

suro suros
nom masculí — El suro és una matèria lleugera, porosa i impermeable que es treu de l'escorça de la surera. És de color marró clar i serveix, entre altres coses, per a fer taps d'ampolles.

surra surres
nom femení — Una surra és un cop o un seguit de cops que es donen amb la mà a les natges.

susceptible susceptibles
adjectiu — **1** Que pot admetre un canvi, una modificació. El marbre és un material susceptible de poliment, es pot polir.
2 Una persona és susceptible si s'ofèn de seguida i s'enfada per qualsevol cosa. Si una

persona és susceptible, més val no fer-li bromes.
susceptibilitat

suscitar
verb
com *cantar*
◄ pàg. 26
Fer que surti, que comenci una cosa. L'enveja suscita baralles i discussions.

sushi sushis
nom masculí
El sushi és un menjar d'origen japonès fet amb arròs bullit acompanyat de peix o marisc, generalment crus, o de verdures. Es prepara embolicat amb una fulla d'alga, formant un rotllo, i se serveix tallat en trossos petits. És una paraula japonesa.

suspendre
verb
com *prendre*
◄ pàg. 38
Diferència:
suspèn, suspès
1 Suspendre una cosa és tenir-la a l'aire de manera que pengi. A moltes habitacions, el llum està suspès al sostre per un fil.
2 Quan se suspèn una cosa, s'atura, es deixa de fer. Quan arriben les vacances, suspenem les classes i els estudis. Si una empresa suspèn pagaments, no paga les factures que deu.
3 Suspendre un alumne és no aprovar-lo. Si un alumne suspèn una assignatura pot ser que no hagi estudiat prou o que no l'entengui.

suspens suspensa suspensos suspenses
nom masculí
1 Un suspens és una nota que certifica que un estudiant ha estat suspès. Una estudianta amb pocs suspensos passa de curs.
2 Una novel·la o una pel·lícula de suspens és plena de situacions interessants i misterioses, i fins al final no se sap qui són els dolents.
locució que fa d'adverbi
3 Si una cosa es deixa **en suspens** no s'acaba de fer, sinó que queda interrompuda. *Si les relacions comercials entre dos països estan en suspens, no hi ha importacions ni exportacions.*

suspensió suspensions
nom femení
1 La suspensió d'una activitat és el fet de suspendre-la. Un accident imprevist pot provocar la suspensió de les nostres vacances.
2 La suspensió d'un vehicle és el conjunt dels mecanismes que fan que els passatgers no notin els forats i els bonys de la carretera. La suspensió va muntada entre el xassís i les rodes.

suspensiu suspensiva suspensius suspensives
adjectiu
Que indica que hi ha una suspensió. Els punts suspensius ens fan veure que la frase no està acabada: *I ella va dir...*

suspicaç suspicaços suspicaces
adjectiu
Una persona és suspicaç si de seguida sospita de tot i de tothom i li costa molt de confiar en la gent. Les persones suspicaces tenen pocs amics.
suspicàcia

sustentar
verb
com *cantar*
◄ pàg. 26
1 Donar aliments a una persona o a un animal. Els pares tenen l'obligació de sustentar els fills.
2 Aguantar, no deixar caure. Si rellisques i algú et sustenta, no cauràs a terra.
sustentació

sutge sutges
nom masculí
Un sutge és una substància de color negre que es fa a les parets de les xemeneies de les llars de foc i dels tubs de les estufes de llenya o de carbó. El sutge embruta molt i s'ha de netejar de tant en tant.

t
nom femení
Vintena lletra de l'alfabet català. Aquesta lletra no es pronuncia a final de paraula quan va darrere *L* o *N*, com a *molt* i *cantant*, o quan va enmig de consonants, com a *dimarts*. La *T* forma part dels dígrafs *TJ*, *TG* i *TX*, com a *platja*, *fetge* i *despatx*.

t' 't
pronom personal
Formes apostrofades del pronom *et*:
• *Quina música t'agrada? Emporta't les claus.*

ta
determinant possessiu
Forma femenina singular de *ton*:
• *Ta mare, ta germana.*

tabac tabacs
nom masculí
El tabac és un producte que es fa amb les fulles assecades i trinxades d'una planta que també es diu *tabac*. El tabac es fuma en pipa o en forma de cigarrets i de puros. Conté nicotina, quitrà i altres substàncies que perjudiquen la salut.
tabacar, tabaquer, tabaquera

tàbac tàbacs
nom masculí
Un tàbac és un cop de puny.

tabal tabals
nom masculí
1 Timbal.
2 Tabalot.
tabalejar

tabalot tabalots
nom masculí
Es diu que una persona és un tabalot si es comporta amb poc enteniment, si crida i esvalota constantment.

tabard tabards
nom masculí
Un tabard és una peça de vestir per a l'hivern més curta que un abric.

tabarra tabarres
nom femení
1 Una tabarra és una conversa o un discurs llargs i pesats. Una persona dóna la tabarra si parla molt i de coses que no ens interessen.
nom masculí i femení
2 Un o una tabarra és una persona que sempre xerra i és molt pesada.

tabola taboles
nom femení
Unes persones fan tabola quan es diverteixen rient, cantant i fent gresca.

tac tacs
nom masculí
1 Un tac és una peça petita de plàstic, rodona i amb un forat al mig, que es fica en un forat fet a la paret. Els tacs serveixen per a cargolar-hi un cargol o clavar-hi un clau.
2 Bastó prim i rodó per a donar impuls a les boles del joc de billar. Els tacs tenen la

A B C D E F G H I J K L M N O P Q R S **T** U V W X Y Z

punta recoberta per una peça de metall.
✎ pàg. 393 ②

taca taques
nom femení — **1** Es fa una taca en una peça de vestir o en una altra cosa quan l'oli, la fruita, un greix, etc., l'embruta i hi deixa un senyal. Hi ha taques que costen molt de treure.
2 Petita part d'una cosa que té el color diferent que la resta. Algunes persones tenen taques a la pell.

tacar
verb
com *cantar*
◄ pàg. 26
Amb QU davant E, I
Fer una taca o taques. Si menjant ens taquem el vestit, ens haurem de canviar. El vi i la fruita taquen molt.

taciturn taciturna taciturns taciturnes
adjectiu — Una persona és taciturna si no li agrada conversar gaire i sovint està silenciosa. La gent taciturna no és divertida.

tacó tacons
nom masculí — Un tacó és un taló de sabata o d'un altre calçat. Algunes sabates porten tacons alts.

tacte tactes
nom masculí — **1** El tacte és el sentit que ens serveix per a notar les coses que toquem. Amb el tacte sabem si les coses són fredes o calentes.
2 Es diu que una persona té tacte si parla i fa les coses de la manera més convenient i adequada i mai no molesta ningú.
tàctil

tàctic tàctica tàctics tàctiques
adjectiu — **1** De la tàctica, que fa referència a la tàctica. Si la tropa fa un moviment tàctic, es mou de la millor manera per a combatre.
nom femení — **2** La tàctica és el conjunt de coneixements i de regles per a dirigir una batalla o les diverses operacions militars en una guerra.
3 Es diu que una persona actua amb tàctica si sap fer les coses de la millor manera per a obtenir el que vol. Alguns governs segueixen la tàctica de promocionar el turisme i així aconseguir moneda estrangera.

taekwondo taekwondos
nom masculí — El taekwondo és un tipus d'esport de lluita, d'origen coreà, molt semblant al karate. En el taekwondo es donen cops amb els punys i amb els peus. És una paraula coreana.

tafanejar
verb
com *cantar*
◄ pàg. 26
Amb G davant E, I
Una persona tafaneja quan vol saber coses que no li importen, quan fa preguntes que no ha de fer sobre les coses dels altres.

tafaner tafanera tafaners tafaneres
adjectiu i nom masculí i femení — Que tafaneja. Una persona tafanera a vegades espia què fan els altres. A les persones educades i discretes, no els agraden els tafaners.
tafaneria

taifa taifes
nom femení — Una taifa era cada un dels petits regnes que es van formar quan es va dividir el califat musulmà de Còrdova, al segle XI.

taigà taigàs
nom femení — La taigà és un bosc de pins, avets i altres arbres que s'estén pel nord d'Europa, Àsia i Amèrica. A la taigà, hi ha neu la major part de l'any.

tai-txi tai-txi
nom masculí — El tai-txi és una antiga art marcial, d'origen xinès, que consisteix a fer moviments molt lents i precisos. Fer tai-txi serveix per a aconseguir un equilibri entre el cos i la ment.

1
tal tals
determinant indefinit — **1** D'aquesta mena, semblant. *Jo no diria mai tal mentida.*
2 Aquesta paraula s'usa per a indicar una cosa determinada però sense dir exactament quina. *Em va dir: et trucaré tal dia.*
nom masculí i femení — **3** S'usa en lloc del nom d'una persona quan no el recordem o no el volem dir. *El llibre començava: En tal va sortir de casa i es va deixar les claus a dins.*

2
tal
adverbi — **1** Així, d'aquesta manera. *He fet la feina tal com m'havies dit.*
pronom indefinit — **2** Tal cosa, sense dir exactament quina. *Tal faràs, tal trobaràs.*
locució que fa d'adverbi — **3 Tal qual** vol dir tal com és o com era, sense cap canvi. *T'ho tornaré tot tal qual.*
locució que fa de preposició — **4 Per tal de** vol dir amb la finalitat de. *Em posaré les ulleres per tal de veure-hi millor.*
locució que fa de conjunció — **5 Per tal que** vol dir amb la finalitat que. *Et donaré diners per tal que puguis comprar-te unes sabates.*

talaia talaies
nom femení — Una talaia és una torre des d'on es pot mirar molt lluny i veure molt de terreny. Moltes talaies es feien per a descobrir l'arribada de les tropes enemigues. Hi ha talaies en alguns llocs per a vigilància dels boscos.
✎ pàg. 600 ①
atalaiar

talaiot talaiots

nom masculí — Un talaiot és un monument prehistòric propi de Mallorca i Menorca. És una mena de torre gran de pedra, no gaire alta. Sembla que els talaiots eren elements de protecció i defensa.

Un talaiot

1
talar talars

adjectiu — Una peça de vestir és talar si és llarga fins als turmells. Es diu sobretot que són *talars* els hàbits dels monjos i les monges.

2
talar

verb
com *cantar*
◄ pàg. 26 — Tallar arran de terra un arbre o un bosc. Quan s'ha cremat un bosc, s'han de talar els troncs cremats.

tala

talc talcs

nom masculí — El talc és un mineral molt tou i de tacte suau, com de sabó, format de silici, magnesi i oxigen. Amb el talc es fan unes pólvores de color blanc que es posen a la pell quan hi ha una irritació.

talent talents

nom masculí — Una persona té talent si és intel·ligent i sap fer molt bé una cosa determinada. Hi ha nenes que de ben petites tenen un gran talent per a tocar el piano.

talismà talismans

nom masculí — Un talismà és una joia, un anell, una pedra o qualsevol altre objecte que algú creu que té poders màgics o sobrenaturals. En els contes de fades, hi surten talismans i varetes màgiques.

tall talls

nom masculí — **1** El tall d'un ganivet o d'una eina és la part fina i esmolada que talla. Hi ha ganivets que tenen el tall en forma de serreta.
2 Un tall és una ferida feta amb un ganivet, una navalla o una eina que talla. Quan ens fem un tall, la pell i la carn s'obren.
3 Tros de carn, de peix, de formatge o d'un altre aliment. Els embotits es poden comprar sencers o a talls.
4 El tall és el peix o la carn que es menja per dinar o sopar després del primer plat.

talla talles

nom femení — **1** La talla d'una persona és la seva estatura o alçària. Els pigmeus són de talla baixa.
2 Mida de les peces de roba. Si una camisa no és de la nostra talla ens vindrà petita o gran.
3 Una talla és una escultura de fusta. L'art romànic té talles de marededéus molt boniques.

tallafoc tallafocs

nom masculí — Un tallafoc és un tros llarg de bosc que es deixa sense arbres ni arbustos per a aturar les flames si hi ha un incendi. També es fan tallafocs en els edificis, amb parets gruixudes o portes metàl·liques especials.

tallant tallants

adjectiu — **1** Que talla. Les fulles d'afaitar són molt tallants.

nom masculí — **2** Un tallant és qualsevol instrument o eina que serveix per a tallar donant cops sobre una cosa. Els tallants tenen una fulla d'acer amb una vora que talla i un mànec o dos. pàgs. 398-399 (29)

tallapapers tallapapers

nom masculí — Un tallapapers és una làmina estreta de metall, de plàstic, de fusta o de vori, acabada en una mica de punta, per a obrir les cartes. També serveix per a obrir els fulls tancats d'un llibre o per a dividir en dos un full de paper.

tallar

verb
com *cantar*
◄ pàg. 26 — **1** Dividir una cosa, fer-ne parts, amb una eina o amb un instrument que té una vora molt fina. Per a tallar el pa es fa servir un ganivet de serra.
2 Treure les parts que sobren d'una cosa. Quan portem els cabells o les ungles massa llargs, ens els hem de tallar.
3 Una cosa en talla una altra quan la travessa. Si dues carreteres es tallen, s'hi ha de posar un estop.
4 Deturar el pas o el curs d'una cosa, no deixar que continuï corrent o circulant. Es pot tallar el corrent elèctric o la comunicació telefònica entre dues ciutats. Alguns medicaments són per a tallar la febre, fan que no continuï pujant.

usat amb pronom — **5** **Tallar-se** és fer-se un tall, obrir-se la pell i la carn amb un ganivet, una fulla d'afaitar o un altre instrument.
6 La pell **es talla** quan s'obre en petits talls o clivelles a causa del fred. Quan se'ns tallen les mans, ens hi posem una crema.
7 La digestió **es talla** si pel fred o per una impressió forta no s'acaba de fer bé; la persona es troba malament i pot ser que

A B C D E F G H I J K L M N O P Q R S T U V W X Y Z

vomiti.
8 Una maionesa **es talla** si l'ou i l'oli no es barregen bé i queda molt líquida.
9 Una persona **es talla** si està parlant i tot d'un plegat es queda sense saber què dir.

tallarina tallarines
nom femení
Diferent de *tellerina*
Una tallarina és un menjar de pasta de farina que té forma de tira llarga i estreta. Hi ha tallarines de color verd que porten espinacs.

tallat tallada tallats tallades
adjectiu **1** Que té talls. Quan fa fred tenim les mans i els llavis tallats.
nom masculí **2** Un tallat és un cafè amb una mica de llet.
nom femení **3** Una tallada és l'acció de treure alguna cosa tallant-la. Als boscos a vegades es fan tallades de pins.
4 Tros allargat que es talla d'una fruita o d'un altre aliment. Els melons i les síndries es mengen a tallades.

taller tallers
nom masculí Un taller és un local on es fan obres d'art o d'artesania o bé treballs mecànics i industrials. En un taller de ceràmica hi ha forns per a coure les peces. Els tallers de reparació de cotxes sempre tenen feina.

talment
adverbi **1** De tal manera. *Parla talment que no tens més remei que escoltar el que diu.*
2 Exactament, d'igual manera. *Els gats es comporten talment com els tigres.*

taló talons
nom masculí **1** El taló és la part del darrere del peu.
2 Part d'un calçat, d'un mitjó o d'una mitja que cobreix el taló. Els talons de les sabates són de goma.
3 Xec. En algunes botigues es pot pagar amb un taló.

talonari talonaris
nom masculí Un talonari és un llibret de talons o xecs.

talòs talossa talossos talosses
adjectiu Que és poc intel·ligent, que sap fer molt poques coses. A una persona talossa li costarà conduir un cotxe.

talp talps
nom masculí Un talp és un mamífer petit, de pèl fosc i molt fi, els ulls molt petits i les potes del davant grans, amb ungles molt fortes per a excavar galeries sota terra. Els talps tenen el cos arrodonit, gairebé sense coll, i s'alimenten sobretot d'insectes i d'altres animalons.

Un talp

talús talussos
nom masculí Un talús és una part inclinada que hi ha davant d'un mur, d'una paret o en el lloc on acaba un terreny.

també
adverbi De la mateixa manera, igualment. *Tots han donat diners; nosaltres també en donarem.*

tambor tambors
nom masculí **1** Un tambor és un instrument de percussió que consisteix en una caixa rodona que porta a dalt i a baix una peça de pell tibant. Quan es donen cops en una d'aquestes pells amb uns bastonets de fusta, el tambor sona. A les bandes de música militars sempre hi ha trompetes i tambors.
2 Part d'una màquina de rentar roba, de forma cilíndrica com un tambor, que gira amb la roda a dins.
3 Peça de forma cilíndrica, buida, que hi ha a la part de dins de les rodes dels cotxes o d'altres vehicles que porten el fre anomenat de *tambor.* Sobre la cara interior del tambor actuen les sabates del fre que aturen el moviment de la roda i del vehicle. ✎ moto
4 Mur de forma cilíndrica que serveix de base d'una cúpula. El tambor fa que la cúpula sigui més alta i té, moltes vegades, finestres per a donar llum a l'interior de l'edifici. ✎ pàg. 599 ③

tamboret tamborets
nom masculí **1** Un tamboret és un seient sense braços ni respatller per a una sola persona. A les cafeteries i als bars hi ha taules i tamborets.
2 Moble baix i petit per a posar-hi els peus quan estem asseguts.

tamborí tamborins
nom masculí Un tamborí és un instrument musical de percussió. Sembla un tambor petit. Té la caixa allargada, es porta penjat al braç esquerre i es toca amb una sola baqueta. A les co-

bles, hi ha un músic que toca el flabiol i el tamborí.

tamborinada tamborinades

nom femení Una tamborinada és una tempestat forta i curta.

tamís tamisos

nom masculí Un tamís és un sedàs de forats molt petits. Per a fer pastissos, es passa la farina per un tamís i així no es fan grumolls.

tampó tampons

nom masculí **1** Un tampó és un tros de cotó fluix o de gasa per a tapar una ferida o un forat del cos.
2 Producte de cotó o de material sintètic que les dones fan servir quan tenen la regla.
3 Peça de feltre o de goma xopa de tinta on se suca un segell de goma.

tampoc

adverbi Paraula que indica que diem que no a una cosa, de la mateixa manera que abans hem dit que no a una altra cosa. *Jo no hi aniré ni tu tampoc. -Jo no vindré. -Jo tampoc.*

tam-tam tam-tams

nom masculí Un tam-tam és un tambor alt i estret, fet normalment d'un tros de tronc buit, que fan servir diversos pobles primitius, sobretot de l'Àfrica.

tan

adverbi
Diferent de *tant* Igualment, en el mateix grau, talment. Aquest mot s'escriu sempre davant d'adjectius, d'adverbis o de locucions que fan d'adverbi.
• *Era tan alt que tocava el sostre. No cridis tan fort. Aneu tan de pressa com pugueu.*

tanatori tanatoris

nom masculí Un tanatori és un edifici destinat a vetllar els morts i a preparar-los per a ser enterrats o incinerats.

tanc tancs

nom masculí **1** Un tanc és un recipient o un dipòsit gros de metall per a contenir líquids. Quan no plou, hi ha camions que transporten tancs d'aigua a les zones més necessitades.
2 Vehicle de combat totalment cuirassat i armat amb un canó i metralladores. Els tancs no van amb rodes, sinó amb unes tires fortes i amples de metall, les erugues, que els permeten desplaçar-se per llocs difícils.

tanca tanques

nom femení **1** Una tanca és una reixa, un conjunt de pals junts o unes bardisses ben juntes per a tancar un terreny o una obertura. Els camps on hi ha vaques s'envolten de tanques elèctriques perquè els animals no s'escapin. ✎ pàgs. 994-995 ⑲
2 Dispositiu per a tancar una bossa de mà, un collaret, una polsera, etc.

tancar

verb
com *cantar*
◄ pàg. 26
Amb QU davant E, I
1 Posar davant d'una obertura o en un lloc de pas una cosa que no deixi passar. Les habitacions i els armaris es tanquen amb portes. Els passos a nivell dels trens es tanquen amb barreres.
2 Fer funcionar el pany d'una porta o un altre mecanisme per a impedir el pas. Una caixa forta es tanca amb dispositius de seguretat especials.
3 Quan tanquem la ràdio o la televisió fem que deixi de funcionar.
4 Quan tanquen una botiga, una oficina o un cine ja no deixen entrar-hi ningú.
5 Posar dins d'un lloc, no deixar sortir d'un lloc. Es pot tancar una persona a la presó, un animal al corral o el cotxe al garatge.
6 També tanquem un llibre, un ganivet plegable o un calaix.
7 Si tanques els ulls, no veus res; si tanques la boca, no pots parlar.
8 Tancar un parèntesi, unes cometes o un altre signe de puntuació semblant és escriure'l després d'un text que va entre parèntesis, entre cometes, etc.

tancat tancada tancats tancades

adjectiu **1** Que hi ha una porta o una altra cosa que no deixa entrar-hi, passar-hi, etc. Si una botiga és tancada, no podem comprar-hi res. Per una carretera tancada al trànsit, els cotxes no hi circulen.
2 Una vocal és tancada quan la pronunciem amb la boca més tancada que quan en pronunciem una altra. La *u* és la vocal més tancada; la *e* de *bé* és més tancada que la de *be*.

nom masculí **3** Un tancat és una tanca, una reixa, que tanca un lloc. En alguns jardins, s'hi posen tancats de fusta.
4 Lloc tancat on pasturen animals.

tanda tandes

nom femení La tanda d'una persona que fa cua en una botiga és el lloc que li toca en la cua, darrere de qui va. Quan entrem en una botiga i hi ha molta gent, demanem tanda per saber quan ens tocarà a nosaltres.

tàndem tàndems
nom masculí — Un tàndem és una bicicleta per a dues persones. Una va al davant i l'altra al darrere i totes dues fan anar els pedals.

tanga tangues
nom masculí — Un tanga és un tipus de calcetes o calçotets que no tapen les natges.

tangent tangents
adjectiu — 1 Que toca en un sol punt una línia o una superfície. Dues circumferències tangents es toquen en un punt.
frase feta — 2 Es diu que una persona **se'n va** o **fuig per la tangent** si no vol parlar d'un tema o acceptar una responsabilitat.

tangible tangibles
adjectiu — Que es pot tocar, que se sent amb el tacte. Les coses materials són tangibles; les idees, no.
intangible

tango tangos
nom masculí — El tango és un ball d'origen argentí. El balla una parella d'home i dona i té molts passos diferents i espectaculars.

tanmateix
adverbi
Amb NM — 1 Indica que una cosa passa encara que hi ha altres coses que sembla que s'hi oposen. *Crèiem que no vindria i tanmateix ja és aquí.*
2 Això no obstant, amb tot. *Té molts diners i tanmateix no és feliç.*

tanoca tanoques
adjectiu i nom masculí i femení — Que és curt d'enteniment o es comporta com si fos ximple. És de tanoques encendre mistos en llocs on hi ha gasolina.

1
tant tanta tants tantes
determinant i pronom quantitatius
Diferent de *tan* — 1 Aquesta paraula s'usa per a indicar que d'una cosa n'hi ha la mateixa quantitat que d'una altra. *Avui no fa tant vent com ahir. -Tens gaires diners? -Tants com tu.*
També pot ser *tant de*:
• *Tens tants d'amics com qualsevol altra persona.*
2 Indica que d'una cosa n'hi ha en molta quantitat. *Fan tant soroll que no et sento. -Té paciència? -En té tanta que es mereix un monument.*
També pot ser *tant de*:
• *Hi havia tant de menjar que va sobrar de tot.*
nom masculí — 3 Un tant és una quantitat, sobretot de diners. *A vegades, quan es va a dinar en grup, cadascú paga un tant.*
4 **Tant per cent** vol dir que per cada cent has de pagar o has de rebre la quantitat que s'indica. Si el banc et paga un sis per cent (6%) pels teus diners, et dóna sis euros per cada cent euros.

2
tant
adverbi
Diferent de *tan* — 1 En tal quantitat, en tal grau. *No mengis tant, que et farà mal.*
2 En la mateixa quantitat, en la mateixa proporció. *Ella ha treballat tant com tu. Tant l'un com l'altre no saben res.*

tany tanys
nom masculí — Un tany és una branqueta tendra que surt a la soca d'un arbre.

tap taps
nom masculí — 1 Un tap és una peça de suro o d'un altre material que es posa a la boca de les ampolles o dels pots. Els taps no deixen que

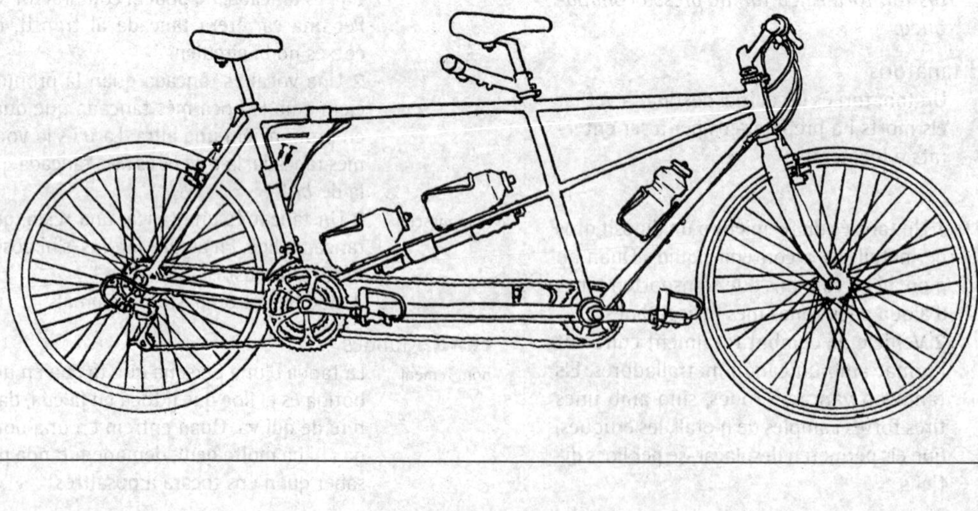

Un tàndem

A B C D E F G H I J K L M N O P Q R S T U V W X Y Z

entrin coses a dins de les ampolles i impedeixen que se'n vessi el contingut.
2 Qualsevol cosa que no deixa passar. Quan es forma un tap en una canonada, s'ha de desembussar. Si hi ha molts cotxes a l'autopista, es fa un tap.
3 Un **tap de nas** és un trosset de la massa que es forma dins del nas per la pols que hi entra i la mucositat que hi ha. Per treure els taps de nas, hi ha qui es posa el dit al nas.
taper

tapa tapes
nom femení
1 Una tapa és la peça d'una capsa, d'una caixa o d'un recipient que els tanca per la part de dalt. Les tapes de les capses de sabates no solen anar enganxades a la capsa, sinó que sovint estan soltes.
2 Coberta d'un llibre. Hi ha llibres de tapa dura i altres que tenen la tapa flexible.
3 Petita ració d'un menjar que es pren amb l'aperitiu o el vermut. Es poden fer una gran varietat de tapes: de musclos a la marinera, de croquetes, de pernil, etc.

tapaboques tapaboques
nom masculí
1 Un tapaboques és una peça d'abric semblant a una bufanda grossa per a tapar també la boca.
2 Peça de fusta o de metall per a tapar la boca de les armes de foc i impedir que entri pols dins del canó.
3 Peça rodona de metall que tapa els cargols que aguanten les rodes dels cotxes.

tapadora tapadores
nom femení
1 Una tapadora és una tapa d'una cassola, d'una olla o d'un altre recipient de boca ampla. Quan una olla bull, el vapor aixeca la tapadora.
2 Es diu que una persona o una cosa és una tapadora si serveix per a encobrir un negoci il·legal o un delicte. Es diu de manera informal.

tapar
verb
com *cantar*
◄ pàg. 26
1 Posar un tap a una ampolla o a un altre recipient, o una tapadora a una olla, una cassola, etc.
2 Posar en un forat una cosa que l'ompli. Abans de pintar una paret, s'han de tapar els forats i les esquerdes que hi hagi.
3 Posar una cosa damunt d'una altra perquè no es pugui veure, per a abrigar-la, protegir-la, fer que no li toqui el sol, etc. Al llit ens tapem amb llençols i mantes. Si et tapes les orelles no sentiràs res.
usat amb pronom
4 Es diu que el cel **es tapa** si s'hi fan núvols i no es veu el sol.
tapall, tapament

tàpera tàperes
nom femení
Una tàpera és un aliment petit, tou, de forma arrodonida i color verd que es conserva en vinagre i es posa a les amanides.
taperera

tapet tapets
nom masculí
Cobretaula.

tapí tapins
nom masculí
Un tapí és una sandàlia de roba amb una sola de suro coberta de cuiro. Els tapins eren un calçat de dona.

tàpia tàpies
nom femení
1 Una tàpia és un tros de paret feta amb terra pastada i premsada dins d'un motlle.
2 Paret feta amb unes quantes tàpies l'una al costat de l'altra.
frase feta
3 Es diu que una persona **és sorda com una tàpia** quan és molt sorda.
tapiar

tapioca tapioques
nom femení
La tapioca és un aliment que es presenta en forma d'una pols blanca que es bull en aigua per fer-ne una sopa. Es treu de les arrels d'una planta que es diu *mandioca*.

tapís tapissos
nom masculí
Un tapís és una peça de roba amb dibuixos i colors que es penja de les parets com a adornament. Als palaus antics hi havia tapissos de gran valor.
entapissar, tapisser

tapisseria tapisseries
nom femení
1 La tapisseria és l'art i la tècnica de fer tapissos.
2 Conjunt de tapissos que hi ha en un palau, en un museu o en un altre lloc.
3 Una tapisseria és un teixit fort, sovint amb colors bonics i amb dibuixos, per a cobrir cadires, sofàs i butaques. També es fan tapisseries per als seients dels cotxes.

taquigrafia taquigrafies
nom femení
La taquigrafia és un sistema d'escriure amb uns signes especials semblants a les lletres. Amb la taquigrafia es pot escriure molt de pressa, amb la mateixa velocitat que es parla.
taquígraf, taquigràfic

taquilla taquilles
nom femení
Una taquilla és un lloc on es venen les entrades d'un cine o d'un altre espectacle o els bitllets del tren o d'un altre mitjà de transport. Als camps de futbol hi ha moltes taquilles.

tara tares
nom femení
Una tara és un defecte, una cosa mal feta

en un producte. En algunes botigues, es venen peces de roba amb una tara a preus molt barats.

taral·lejar

verb
com *cantar*
◄ pàg. 26
Amb G davant E, I

Cantar una cançó sense dir-ne les paraules, només fent-ne la melodia. Quan no sabem la lletra d'una cançó, la taral·legem.

taral·lirot taral·lirots

nom masculí i femení

Es diu que una persona és un o una taral·lirot si és poc seriosa, sempre està de broma i no s'hi pot confiar.

tarannà tarannàs

nom masculí

El tarannà d'una persona és el seu caràcter, la seva manera de ser i de fer les coses. La gent de tarannà pacífic es discuteix molt poques vegades. També es parla del tarannà dels animals.

taràntula taràntules

nom femení

Una taràntula és una aranya que viu entre les pedres o en forats fets a terra i que té una picada dolorosa. Les taràntules són bastant grosses, de color fosc i tenen el cos gruixut i pelut. Les més conegudes viuen a l'Amèrica tropical.

tard

adverbi

1 Que es fa després del temps oportú, indicat o acostumat. Quan un tren arriba tard, arriba passada l'hora que té assenyalada. Les persones puntuals no arriben tard.

locució que fa d'adverbi

2 **Més tard** vol dir algun temps després. *Els dies de festa, molta gent es lleva més tard que els dies feiners.*

frase feta

3 **Fer tard** és arribar passada l'hora, amb retard. Si no sentim el despertador, farem tard.

tarda tardes

nom femení

La tarda és la part del dia que va des del migdia fins al vespre.

tardà tardana tardans tardanes

adjectiu

1 Es diu que una persona és tardana si tarda a fer les coses. Si som tardans, els nostres companys sempre ens hauran d'esperar.

2 Una cosa és tardana si és de fa poc temps. Hi ha festes populars que són tardanes, fa només uns anys que se celebren.

3 Les fruites o altres productes del camp són tardans si maduren o es cullen més tard que altres de la mateixa classe. Per Nadal encara es poden menjar melons tardans.

tardar

verb
com *cantar*
◄ pàg. 26

1 Una persona o un vehicle tarda si ve tard. Algunes persones, quan tarda l'autobús, es posen nervioses.

2 Passar tant o tant temps a fer una cosa. Un bon rostit tarda més d'una hora a fer-se.

3 Posar-se tard a fer una cosa. Hi ha persones que tarden molt a anar-se'n a dormir.

tardaner

tardor tardors

nom femení

La tardor és l'estació de l'any que ve després de l'estiu i abans de l'hivern. A la tardor, molts arbres perden les fulles.

tardorenc

targarí targarina targarins targarines

adjectiu

1 De Tàrrega.

nom masculí i femení

2 Persona que és de Tàrrega o que hi viu.

targeta targetes

nom femení
Diferent de *tarja*

1 Una targeta és un full petit de cartolina de forma rectangular on hi ha impresos el nom i els cognoms d'una persona i també l'adreça i el telèfon. Quan volem que un conegut sàpiga on vivim i quin telèfon tenim, li podem donar la nostra targeta.

2 Full de cartolina on hi ha imprès un permís, una invitació, la comunicació d'un acte, d'un casament, etc.

3 Una **targeta postal** és una postal. Les persones que estan de viatge envien targetes postals als amics o a la família.

4 Una **targeta de crèdit** és una targeta de plàstic que permet pagar les compres o els serveis sense portar diners en metàl·lic i treure diners del banc o la caixa d'estalvis.

tarifa tarifes

nom femení

Una tarifa és una llista dels preus fixats per a determinats productes. Els taxis tenen tarifes diferents segons si han d'anar a dins o a fora de la ciutat.

tarima tarimes

nom femení

Una tarima és una plataforma de fusta posada a una certa altura del terra. Les tarimes es fan servir per a posar-hi una taula o cadires, quan es fa un acte públic, o per a pujar-hi l'orquestra, uns artistes o un professor o una professora i que tothom els pugui veure bé.

entarimar

tarja targes

nom femení
Diferent de *targeta*

1 Una tarja és una placa rectangular o ovalada on hi ha escrit un nom o una indicació. A la porta d'alguns edificis hi ha les targes que indiquen les empreses o les persones que hi tenen oficines o despatx.

2 Obertura rectangular que hi ha dalt de la porta d'una habitació interior perquè hi entri una mica de llum.

tarongina tarongines

nom femení — **1** La tarongina és la flor del taronger. És de color blanc i fa molta olor.
2 Melissa.

taronja taronges

nom femení
Amb A final — **1** Una taronja és una fruita grossa de forma rodona, amb la pell gruixuda i arrugada, de color vermellós. Les taronges, un cop pelades, es divideixen en trossos iguals en forma de mitja lluna, que es diuen *grills* o *grillons*. El suc de taronja és molt refrescant i una mica àcid. ✎ pàg. 397 ①

adjectiu i nom masculí — **2** Color carbassa.
ataronjat, ataronjada, taronger

taronjada taronjades

nom femení — Una taronjada és una beguda feta amb suc de taronja.

tarot tarots

nom masculí — **1** Un tarot és un joc de cartes especial que fan servir les persones que es dediquen a endevinar el futur i a certa classe de màgia.
2 Barret vell.

tarragoní tarragonina tarragonins tarragonines

adjectiu — **1** De Tarragona. *El barri de pescadors tarragoní.*

nom masculí i femení — **2** Persona que és de Tarragona o que hi viu.
tarragonès, tarragonesa

tars tarsos

nom masculí — El tars és el conjunt de set ossos que formen la part del darrere del peu, des del taló fins a la meitat del peu. El tars uneix la cama amb el peu. ✎ pàg. 797 ㉖

tartamut tartamuda tartamuts tartamudes

adjectiu i nom masculí i femení — Una persona és tartamuda si quan parla no pot dir les paraules seguides, sinó que en repeteix algunes síl·labes. Els tartamuts triguen molt a explicar una cosa.
tartamudejar, tartamudesa

tartana tartanes

nom femení — Una tartana és un carro de dues rodes, amb vela i seients per a transportar persones.

tàrtar tàrtara tàrtars tàrtares

adjectiu — **1** Dels tàrtars.

nom masculí i femení — **2** Persona que pertanyia a una tribu asiàtica que va formar part dels exèrcits que al segle XIII van atacar Europa.
3 Pobles musulmans que viuen als territoris de l'antiga URSS.

adjectiu — **4** Un bistec tàrtar és carn crua picada que es menja amb diversos condiments i un rovell d'ou.
5 Una salsa tàrtara és una salsa maionesa que porta una picada de cogombres petits, tàperes i herbes aromàtiques.

tarter tarters

nom masculí — Tartera.

tartera tarteres

nom femení — Una tartera és un tros de falda d'una muntanya que és ple de pedres que han baixat des del cim.

tasca tasques

nom femení — Una tasca és un treball, una feina que hem de fer o que estem fent. La tasca dels miners és dura i perillosa.

tascó tascons

nom masculí — Un tascó és un tros de fusta o de ferro que té un cantó molt prim. Serveix per a esberlar pedra o fusta. El tascó es fa entrar per la part prima en una escletxa de la pedra o de la fusta i es pica amb un martell o un mall. També hi ha tascons per a subjectar un martell, una aixada o una altra eina al mànec.

Un tascó

tassa tasses

nom femení
Amb SS — Una tassa és un vas petit de porcellana, pisa o un altre material, amb nansa, per a prendre cafè, te, llet o una altra beguda. ✎ pàg. 393 ⑱

tassó tassons

nom masculí — **1** Un tassó és una tassa gran, amb nanses o sense.
2 Got. Es diu a Mallorca.

tast tasts

nom masculí
També tastos — **1** Una persona fa un tast d'un menjar quan el tasta o en menja una mica, un trosset molt petit.
2 Gust que es troba en un menjar o en una beguda en tastar-lo. La mostassa té tast de vinagre.

tastaolletes tastaolletes

nom masculí i femení — Un o una tastaolletes és una persona que comença moltes coses i no n'acaba cap.

tastar

verb
com *cantar*
◄ pàg. 26 — Prendre una mica d'una beguda, un trosset d'un menjar, per veure quin gust té, si està ben cuinat o no. Les persones que cui-

A B C D E F G H I J K L M N O P Q R S T U V W X Y Z

nen tasten el menjar per saber si li falta sal. Hi ha especialistes en vins que tastant-los saben quin és més bo.
tastador

tastavins tastavins
nom masculí i femení — Un o una tastavins és una persona que es dedica a tastar els vins per a indicar-ne la qualitat i les característiques.

tatuar
verb
com *canviar*
◄ pàg. 30
Amb dièresi
Fer dibuixos en una part del cos d'una persona amb un aparell que introdueix tintes de colors sota la pell.
tatuatge

tatxa tatxes
nom femení — **1** Una tatxa és un clau curt amb una cabota grossa i plana. La tapisseria d'alguns mobles es clava amb tatxes daurades com a adornament.
2 Defecte, cosa mal feta. Una persona meticulosa i primmirada és fàcil que trobi tatxes a tot.

taula taules
nom femení — **1** Una taula és un moble que consisteix en una peça llisa i plana sostinguda en posició horitzontal per tres o quatre peus o potes. Serveix per a menjar, escriure, treballar o jugar. Hi ha taules que es poden estirar i es fan més grans. pàgs. 594-595 (60)
2 Peça de fusta, de suro o d'un altre material, plana i prima, que es penja en una paret per a posar-hi llistes, anuncis, avisos, horaris, etc.
3 En matemàtiques, llistes de resultats que permeten una consulta ràpida i ajuden a fer certes operacions. Saber les taules de multiplicar de memòria permet fer multiplicacions amb més rapidesa.
4 Una taula de xocolata és una rajola de xocolata.
entaular-se

taulell taulells
nom masculí — Un taulell és una taula llarga que hi ha a les botigues per a ensenyar el gènere als clients i per a vendre els productes. En un cantó del taulell, hi ha qui ven; a l'altre, qui compra.

tauler taulers
nom masculí i femení — **1** Un tauler és una taula d'anuncis i avisos.
nom masculí — **2** Escaquer.

tauleta tauletes
nom femení — **1** Una tauleta és una taula petita.
pàgs. 594-595 (7)
2 Una **tauleta de nit** és un petit moble, normalment amb un o més calaixos, que es posa al costat de la capçalera del llit per a deixar-hi el rellotge, les ulleres o altres objectes mentre dormim. Sovint, damunt de la tauleta de nit, s'hi posa un llum.
pàgs. 594-595 (29)
3 Una tauleta de xocolata és una rajola de xocolata.

tauló taulons
nom masculí — Un tauló és una peça de fusta llarga i gruixuda, plana i molt poc ampla. Amb dos o tres taulons es pot fer una passarel·la per a travessar un corrent d'aigua.

taure taures
nom masculí — El signe de taure és el segon del zodíac; és el signe de les persones nascudes entre el 20 d'abril i el 21 de maig.

tauró taurons
nom masculí — Un tauró és un peix de cos allargat i robust i de mida mitjana o grossa, ja que algunes classes poden fer més de 10 metres de llargària. Té el morro ample i una mica aixafat i la boca situada per sota del cap, bastant enrere del morro. Té moltes dents fortes i agudes, diferents les de les dues mandíbules. Els taurons tenen dues aletes dorsals: la del davant és grossa i alta i es veu sobresortir per damunt del mar quan l'animal neda prop de la superfície. Alguns taurons ataquen les persones.

tauromàquia tauromàquies
nom femení — La tauromàquia és el conjunt de normes i maneres de fer tradicionals que s'apliquen en una corrida de toros.

taüt taüts
nom masculí — Un taüt és una caixa allargada i amb tapa on es posa una persona morta per portar-la a enterrar.

tàvec tàvecs
nom masculí — Un tàvec és un insecte semblant a una mosca però més gros, que xucla la sang d'animals com el cavall, el mul i el bou. Els tàvecs tenen un fibló molt fort i gruixut que travessa la pell d'aquests animals. Els tàvecs també piquen les persones.

tavella tavelles
nom femení — La tavella d'un llegum és la bajoca, la part de fora que cobreix les llavors. Els cigrons, els pèsols i les faves es mengen sense la tavella.

taverna tavernes
nom femení
Amb V
Una taverna és un establiment on venen vi i altres begudes alcohòliques i també sifons, gasoses i refrescos. En algunes tavernes s'hi pot prendre alguna cosa de beure, com en un bar.
taverner

taxa taxes

nom femení — Una taxa és una quantitat de diners que s'ha de pagar per un producte, per una mercaderia o per un servei. Quan algú es matricula d'un curs, moltes vegades ha de pagar una taxa.

taxar

taxi taxis

nom masculí — Un taxi és un cotxe amb xofer que les persones poden agafar, pagant, perquè les porti allà on volen anar. A les ciutats, els taxis volten pels carrers o s'esperen aturats a les parades. pàgs. 194-195 (14)

taxidèrmia taxidèrmies

nom femení — La taxidèrmia és la tècnica de dissecar animals per conservar-los amb la mateixa aparença que quan eren vius.

taxímetre taxímetres

nom masculí — Un taxímetre és un aparell que porten els taxis per comptar els quilòmetres recorreguts i el preu que ha de pagar el client.

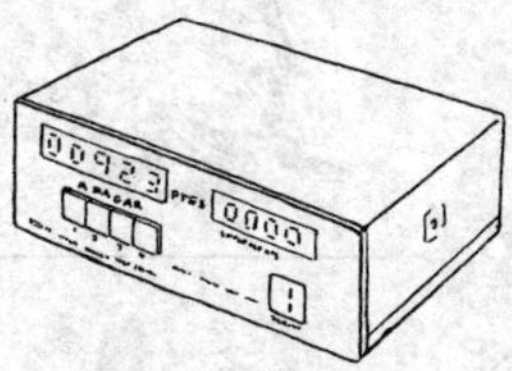

Un taxímetre

taxista taxistes

nom masculí i femení — Un o una taxista és una persona que condueix un taxi.

1
te tes

nom femení
Sense accent gràfic — Nom de la lletra *t*, *T*.

2
te

pronom personal — Forma que pot tenir el pronom *et* quan va darrere del verb o amb altres pronoms:
• *He de cosir-te la cremallera. Te la vaig donar ahir.*

3
te tes

nom masculí
Sense accent gràfic — **1** El te és una planta de fulles lanceolades amb la vora dentada i flors de color blanc o rosat, molt cultivada als països asiàtics, com l'Índia, la Xina i el Japó.
2 Fulles i brots tendres del te; en alguns, s'hi posen aromes de fruites.
3 Infusió que es fa amb les fulles i els brots del te. Els anglesos tenen el costum de prendre te a mitja tarda, acompanyat de pastes. Moltes persones prenen te, amb llet o llimona, en lloc de cafè.

teatral teatrals

adjectiu — **1** Del teatre, que està relacionat amb el teatre. Una representació teatral és cada una de les vegades que es fa una obra de teatre.
2 Es diu que una persona és teatral o fa accions o gestos teatrals si fa les coses de manera exagerada, perquè els altres ho vegin i quedin impressionats.

teatre teatres

nom masculí — **1** El teatre és l'art i la tècnica de representar davant d'un públic, obres dramàtiques, còmiques, musicals, etc. Hi ha obres de teatre que només es fan amb gestos i accions, sense paraules.
2 Un teatre és un edifici on es representen obres de teatre. Els teatres tenen fileres de seients per al públic.

tebeo tebeos

nom masculí — Un tebeo és una revista de còmics. El nom ve del *TBO*, coneguda publicació per a nens i joves. Els tebeos acostumen a explicar històries fantàstiques i aventures.

tebi tèbia tebis tèbies

adjectiu — Que no és fred ni calent, que té una temperatura moderada. Si ens prenem una beguda tèbia, no ens cremarem la boca.

tebior

tec tecs

nom masculí — Un tec és un àpat molt abundant i bo. Després d'una excursió de moltes hores, va bé recuperar forces amb un bon tec.

teca teques

nom femení — La teca és el menjar, els aliments. A les persones que són gurmets, els agrada la bona teca. Es diu de manera informal.

tecla tecles

nom femení — **1** Una tecla és cada una de les peces de forma allargada que serveixen per a tocar instruments musicals com el piano o l'orgue. Hi ha tecles de color blanc i altres de color negre.
2 Cada una de les peces de forma quadrada o rodona que fan funcionar les màquines d'escriure, els ordinadors i altres aparells semblants.

teclat pàg. 996 (18), teclejar

tècnic tècnica tècnics tècniques

adjectiu — **1** De la tècnica, que està relacionat amb la tècnica. Un informe tècnic dóna dades ben comprovades i està fet de manera científica i per especialistes.

Continua a la pàgina següent

nom masculí i femení — **2** Persona que sap fer funcionar màquines i aparells, que coneix molt bé un ofici, una branca de la tècnica, un procés de fabricació, etc. Quan s'espatlla el vídeo o el televisor, hem de cridar un tècnic que el repari.

nom femení — **3** La tècnica és l'estudi de les coses que es poden fer amb les ciències i les arts. Amb la tècnica es fan ponts i carreteres, telèfons i aparells de televisió, avions i cotxes.

4 Una tècnica és una manera de fer una cosa, el conjunt dels procediments d'un art o d'un ofici. A les escoles d'art, s'aprenen les tècniques del dibuix i la pintura.

5 Es diu que una persona té tècnica si sap fer molt bé les coses de la seva professió, si té molta habilitat en una activitat. Es parla de la tècnica d'una pianista o d'un jugador de futbol.

tecnocràcia tecnocràcies

nom femení — Es diu que en un estat o en un país hi ha tecnocràcia quan el govern està en mans de tècnics i especialistes que volen solucionar tots els problemes aplicant només criteris científics.

tecnologia tecnologies

nom femení — La tecnologia és la ciència que tracta de les màquines, de les eines i dels procediments que es fan servir a la indústria.

tecnològic

tedi tedis

nom masculí — El tedi és un avorriment molt gran, una sensació de malestar o de molèstia que ens causa una cosa llarga, pesada, que no ens interessa gens. Les persones malaltes que estan molts dies al llit passen estones de tedi i avorriment.

tediós

teia teies

nom femení — Una teia és un tros prim de fusta de pi o d'un altre arbre que crema fàcilment. Les teies s'havien fet servir per a fer llum i encendre el foc.

teixir

verb com *servir* ◄ pàg. 28 — Fer tela o peces de roba com jerseis, mitjons, etc., entrellaçant de manera molt estreta i forta un sol fil, en els teixits de punt, o dues sèries de fils, l'una perpendicular a l'altra. Una sèrie de fils es diu *ordit*; l'altra, *trama*. Abans, la gent teixia a mà en telers petits; ara, les fàbriques de teixits tenen màquines automàtiques grans i ràpides.

teixidor

teixit teixits

nom masculí — **1** El teixit d'una tela o d'una peça de roba és el fil o els fils entrellaçats que la formen. Els jerseis que tenen el teixit amb algun defecte es venen més barats.

2 Un teixit és una tela o una roba teixida. Les botigues de teixits venen peces de roba per a fer vestits.

3 Conjunt de cèl·lules del cos que fan una mateixa funció i són diferents d'altres conjunts. En el cos humà distingim el teixit nerviós, el teixit muscular i el teixit ossi.

teixó teixons

nom masculí. També *toixó* — Un teixó és un mamífer carnívor de cos massís i potes i cua més aviat curtes que pot arribar al metre de llargària i a uns 14 quilos de pes. Els teixons tenen el pèl llarg i fort i dues franges de pèl negre al cap, que pugen des del musell, passen per damunt dels ulls i arriben fins a les orelles, que són blanques. A les potes del davant, tenen ungles molt fortes.

Un teixó

tel tels

nom masculí — **1** Un tel és una capa fina que es forma damunt d'un líquid o d'una altra substància. Quan s'escalfa la llet i després es refreda, s'hi forma tel i s'ha de colar.

2 Coberta molt fina, gairebé transparent, que hi ha en alguns productes. Sota la closca dels ous hi ha un tel. També hi ha tels entre les capes de les cebes.

entelar

tela teles

nom femení — **1** Una tela és una peça flexible i molt prima, de llargada i amplada bastant grans, que resulta d'entrellaçar fils en un teler.

2 Roba. Els vestits d'estiu es fan amb teles primes.

3 Pintura, quadre pintat per un artista sobre una tela blanca muntada en un marc de fusta.

4 Una **tela d'aranya** és una teranyina.

tele teles

nom femení — **1** Televisió. A la tele fan reportatges d'animals molt interessants. Es diu de manera informal.

2 Televisor. Actualment hi ha unes teles planes que ocupen molt poc espai. Es diu de manera informal.

telecadira telecadires

nom masculí — Un telecadira és una instal·lació amb seients penjats d'un cable que hi ha a les estacions d'esquí per a pujar les persones que esquien fins al capdamunt de les pistes.

telesella

telecomunicació telecomunicacions

nom femení — La telecomunicació és la transmissió i la recepció de sons i imatges a través del telèfon, la ràdio, la televisió o qualsevol altre mitjà elèctric o electrònic. Una bona xarxa de telecomunicacions és necessària per al funcionament d'un país.

teledirigit teledirigida teledirigits teledirigides

adjectiu — Un vehicle o un projectil és teledirigit si es fa anar des de fora, a distància. Hi ha cotxes de joguina que van teledirigits.

teleespectador teleespectadora teleespectadors teleespectadores

nom masculí i femení — Persona que mira els programes de televisió.

teleesquí teleesquís

nom masculí — Un teleesquí és una instal·lació d'esquí que hi ha a les estacions d'esquí per a pujar les persones que esquien fins al capdamunt de les pistes arrossegant-les amb unes barres de metall que pengen d'un cable.

telefèric telefèrics

nom masculí — Un telefèric és un vehicle per al transport de persones o de materials que va penjat d'un cable. L'anomenat *aeri de Montserrat* és un telefèric.

telefilm telefilms

nom masculí — Un telefilm és una pel·lícula filmada expressament per a la televisió. Molts telefilms són de policies.

telèfon telèfons

nom masculí — Un telèfon és un aparell per a parlar a distància per mitjà de fils i dispositius elèctrics. Per a fer servir el telèfon, cal primer marcar el número de la persona amb qui volem parlar. pàg. 996 (10)

telefonada telefonades

nom femení — Es fa una telefonada cada vegada que es telefona. Hi ha assumptes que es poden solucionar amb una telefonada.

telefonar

verb com *cantar* ◀ pàg. 26 — Dir coses per telèfon, parlar per telèfon. Quan volem saber si una amiga es troba bé, li telefonem.

telefònic telefònica telefònics telefòniques

adjectiu — Del telèfon, que està relacionat amb el telèfon. Si no sabem un número, el busquem a la guia telefònica.

telefonista telefonistes

nom masculí i femení — Un o una telefonista és una persona que s'encarrega de rebre i de contestar les telefonades d'una empresa o d'una institució.

telègraf telègrafs

nom masculí — Un telègraf és un aparell per a transmetre missatges a distància per mitjà de senyals convinguts. El telègraf més habitual és elèctric i funciona a través de fils conductors o bé sense fils, per ones de ràdio.

telegrafia, telegrafiar, telegràfic

telegrama telegrames

nom masculí Amb A final — Un telegrama és un missatge enviat per telègraf. Els telegrames s'escriuen fent servir el mínim de paraules.

telenotícies telenotícies

nom masculí — Un telenotícies és un programa de televisió que explica les notícies del dia. Mirar el telenotícies és una manera d'estar informat del que passa al món.

telenovel·la telenovel·les

nom femení — Una telenovel·la és una novel·la adaptada o escrita per a la televisió i que s'emet per capítols. Algunes telenovel·les duren molts anys.

teleobjectiu teleobjectius

nom masculí — Un teleobjectiu és un objectiu de màquina de fotografiar que permet de fer fotografies de coses que estan molt lluny. Els teleobjectius també es fan servir per a fotografiar objectes o animals molt petits, que queden molt grans a les fotografies.

telepatia telepaties

nom femení — La telepatia és el fenomen que consisteix a saber què pensa i què sent una persona sense parlar-hi, comunicant-se mentalment. A vegades diem que hem tingut telepatia amb un amic: tots dos hem coincidit a anar al mateix cine, per exemple.

teler telers

nom masculí — Un teler és un aparell o una màquina per a teixir.

telescopi telescopis

nom masculí — Un telescopi és un aparell òptic per a mirar objectes que estan molt lluny, sobretot les estrelles i altres cossos que hi ha al cel.

A B C D E F G H I J K L M N O P Q R S T U V W X Y Z

Alguns telescopis són molt grans i estan tancats dins d'un edifici amb una cúpula que s'obre quan es vol mirar el cel.
telescòpic

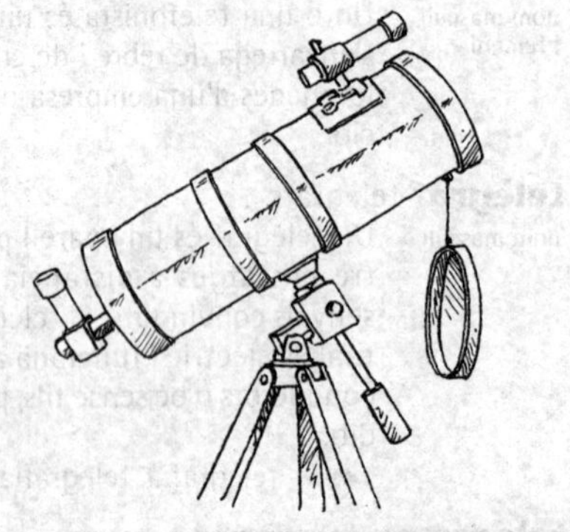

Un telescopi

teletip teletips
nom masculí
Un teletip és un aparell amb un teclat com una màquina d'escriure que permet enviar missatges a distància, a través de cable, de manera molt ràpida. En el lloc on reben el missatge, el teletip l'escriu en una tira de paper. Els teletips es fan servir a les redaccions dels diaris per a rebre notícies.
pàg. 996 (12)

televisar
verb
com *cantar*
◄ pàg. 26
Transmetre imatges, programes, per televisió. Els partits de futbol s'acostumen a televisar en directe.

televisió televisions
nom femení
La televisió és la transmissió d'imatges i de so a distància a través d'ones electromagnètiques recollides per una antena o a través d'un cable. Per televisió es fan pel·lícules, sèries i transmissions esportives en directe o en diferit.
televisiu, televisiva

televisor televisors
nom masculí
Un televisor és un aparell que permet de rebre les imatges i el so retransmès per televisió. pàgs. 594-595 (66), pàg. 996 (19)

tèlex tèlexs
nom masculí
Un tèlex és un servei de transmissió de missatges a través de teletip que poden fer servir les persones o les empreses que hi estan abonades. Els diaris fan servir el servei de tèlex.

tellerina tellerines
nom femení
Diferent de *tallarina*
Una tellerina és un mol·lusc comestible molt apreciat que fa uns 2 o 3 centímetres de llargària i té una closca de dues valves més llargues que amples, de forma una mica triangular amb la part de baix arrodonida. Aquesta closca és lluent, de color groc marronós per fora i violeta a la part de dins.

teló telons
nom masculí
Un teló és una roba gran, normalment pintada i decorada, que tapa l'escenari d'un teatre. Quan comença la funció, el teló puja.

tema temes
nom masculí
Amb A final
Un tema és allò que es tracta en una conferència o en una reunió on tot el que es diu té relació. El tema d'una conferència sobre la sida és la sida. Podem fer un escrit que tracti dos temes: l'ecologia i l'economia. El tema d'una novel·la o d'una pel·lícula és allò de què tracta. S'han fet moltes pel·lícules amb el tema de la Segona Guerra Mundial. Hi ha periodistes que tracten temes de política internacional.
temari, temàtic

temença temences
nom femení
Temor.

témer
verb
◄ pàg. 26
Creure o pensar que algú o alguna cosa ens pot fer mal, ens pot anar malament o pot perjudicar-nos. Si una persona tem els viatges en avió, agafarà el tren o el vaixell.

temerari temerària temeraris temeràries
adjectiu
Que s'exposa i es llança als perills sense reflexionar, sense por de prendre mal. Els conductors temeraris no fan cas de les indicacions de velocitat i poden provocar accidents.
temeritat

temible temibles
adjectiu
Amb E final
Que fa por, que causa temor. Les riuades són temibles: destrossen ponts i carreteres.

temor temors
nom masculí o femení
El temor o la temor és l'estat de la persona que tem algú o alguna cosa. No s'ha de tenir temor de fantasmes i bruixes, només n'hi ha als contes i a les pel·lícules de por.
atemorir, temorec, temorega, temorenc, temorós, temorosa

temperament temperaments
nom masculí
El temperament d'una persona és el seu caràcter, la manera que té de reaccionar davant de les coses i dels altres. Si algú té un temperament tranquil i pacífic, no es discutirà gairebé mai.
temperamental

temperat temperada temperats temperades
adjectiu
Que no és gaire calent ni gaire fred. En un

clima temperat, no es necessita gaire calefacció.
temperar

temperatura temperatures
nom femení
1 La temperatura d'un cos és la quantitat de calor que té, que fa que diguem que el notem fred o calent. A l'estiu, la temperatura de l'ambient i de l'aigua del mar és alta.
2 Quan una persona té febre, es diu que té la temperatura alta o que li ha pujat la temperatura.

temperi temperis
nom masculí
Un temperi és una estona de mal temps, de tempestat. Si fa un temperi de pluja i vent, val més refugiar-se en un lloc cobert.

tempesta tempestes
nom femení
Tempestat.

tempestat tempestats
nom femení
Una tempestat és una estona de pluja i vent forts, amb llamps i trons, i a vegades amb pedra. També hi ha tempestats de neu a l'alta muntanya, i tempestats al mar, quan es formen grans onades.
tempestuós, tempestuosa

templa temples
nom femení
Amb A final
Una templa és cada una de les dues parts del costat del cap, entre el front, l'orella i la galta. Un cop a la templa ens pot deixar sense sentits.

temple temples
nom masculí
Amb E final
Un temple és un edifici construït en honor d'un déu o d'una deessa. Els creients d'una religió es reuneixen en el temple per a celebrar els actes de culte. Els temples cristians són les esglésies.

temporada temporades
nom femení
Una temporada és un espai de temps dins de l'any. La tardor és una temporada de pluges; l'estiu és la temporada en què fem vacances més llargues. Una fruita de temporada només la podem menjar uns quants dies a l'any.

1
temporal temporals
adjectiu
1 Que està relacionat amb el pas del temps; que s'acaba. L'existència dels animals és temporal: arriba un dia que es moren.
2 Que forma part de les coses materials, que no és espiritual ni diví. Els diners, les cases i totes les altres coses que tenen les persones són béns temporals.
3 En gramàtica, que indica el temps. Hi ha adverbis, complements i oracions que són temporals. En la frase: *Avui m'he dutxat*, el mot *avui* és temporal.
nom masculí
4 Un temporal és una tempestat.
intemporal

2
temporal temporals
adjectiu
1 De les temples, que està relacionat amb les temples. Si posem els dits a la regió temporal, notarem el batec de la sang que hi circula.
nom masculí
2 El temporal és un dels dos ossos del crani situats a banda i banda del cap, a la zona de l'orella. pàg. 797 ③
3 Múscul que hi ha sobre de l'os temporal. pàg. 800 ①

temporer temporera temporers temporeres
adjectiu i nom masculí i femení
Que només treballa durant un temps o una temporada. Quan es fa la verema, hi ha molts temporers a les vinyes.

temps temps
nom masculí
1 El temps és allò que passa mentre duren les coses, mentre els fets es van succeint de manera contínua, els uns rere els altres. El temps es mesura amb fets que passen regularment: cada vegada que la lluna torna a ser plena han passat 28 dies. Els anys, els mesos, els dies o les hores són maneres de mesurar el temps que passa.
2 Estat de l'atmosfera en un lloc i en un moment determinats. Quan fa sol i bona temperatura, diem que fa bon temps.
3 Cada una de les parts d'una competició esportiva o d'una altra activitat. Un partit de futbol es juga en dos temps de 45 minuts cada un.
4 Cada una de les divisions d'un compàs musical. La música de vals s'escriu en compàs de tres temps.
5 Moviment, part d'una composició musical. Una simfonia té quatre temps.
6 En gramàtica, els temps d'un verb són les sèries de formes personals que indiquen si es parla en present, en passat, en futur, en un passat anterior a un altre passat, etc. El verb *menjar* es pot conjugar en molts temps: *menjo*, *menjaré*, *he menjat*, *menjava*, etc. Cada temps té sis persones: tres en singular i tres en plural.
locució que fa d'adverbi
7 Fer una cosa **a temps** és fer-la en el moment oportú, quan s'ha de fer. *Sort que hem recollit la roba a temps! Si no, s'hauria mullat!*
8 **Al mateix temps** vol dir a la vegada, de manera simultània. *No podem estar drets i asseguts al mateix temps.*
frase feta
9 Es diu que una persona **fa temps** si ha de passar una estona esperant perquè encara és d'hora per fer una cosa.
10 **Tenir temps** és disposar d'hores per a fer coses, no estar totalment ocupat.

temptació temptacions

nom femení
Amb MPT

1 Una persona té una temptació si té el desig, les ganes, de fer una cosa mal feta o que creu que no ha de fer. Les persones que pateixen de diabetis tenen a vegades la temptació de prendre sucre, que els fa molt mal.

2 Cosa que atreu, que fa néixer un desig, un impuls. Quan tenim gana, l'aparador d'una xarcuteria és una temptació.

temptar

verb
com *cantar*
◄ pàg. 26
Amb MPT

Una persona o una cosa ens tempta si ens desperta el desig de fer una cosa que no hem de fer, que no ens convé o que no teníem previst de fer. Si estem temptats de fer una cosa, tenim ganes de fer-la, però no acabem de decidir-nos.

temptador, temptatiu, temptativa

tempteig tempteigs

nom masculí
Amb MPT
També *temptejos*

Un tempteig és el fet de temptejar. Quan fabriquen un nou producte, les empreses poden fer un tempteig entre diverses persones, a veure si els agrada.

temptejar

verb
com *cantar*
◄ pàg. 26
Amb G davant E, I
Amb MPT

Fer proves per veure com és una cosa que volem usar; fer o dir alguna cosa per veure com reacciona una persona amb qui volem tenir relació o treballar. Si hi ha fang pel camí, podem temptejar amb un bastó els llocs per on podem passar.

tenaç tenaços tenaces

adjectiu

1 Un metall o un material és tenaç si costa molt de trencar-lo i pot suportar esforços molt grans. El ferro és tenaç: per això, es fa servir per a construir les vies i les rodes dels trens.

2 Una persona és tenaç si manté amb fermesa les seves idees i opinions i no deixa de fer el que creu que ha de fer.

tenacitat

tenalles

nom femení plural

Estenalles.

tenallar

tenda tendes

nom femení

1 Una tenda és una peça de roba forta, de lona o de material sintètic, de forma adequada, que s'aguanta amb uns pals i unes cordes i forma com una habitació per a estar-hi i dormir-hi. Els excursionistes sovint dormen en tendes de campanya. Les poblacions nòmades del desert viuen en tendes.

2 Establiment o botiga on es venen aliments, begudes i a vegades objectes de merceria.

tendal tendals

nom masculí

Un tendal és una peça de tela o de plàstic que es manté estesa a una certa altura de terra per a fer ombra i protegir de la pluja.

tendència tendències

nom femení

1 Una tendència és una característica d'una persona o d'una cosa que la porta a comportar-se d'una determinada manera. Les persones pessimistes tenen tendència a creure que tot va malament. Les plantes tenen tendència a créixer cap a on hi ha llum.

2 Orientació o direcció que va prenent una cosa. Les noves tendències de la moda són els estils, els teixits i els colors que es portaran.

3 Si en un moviment artístic, en un partit polític o en un altre grup humà hi ha tendències és que hi ha diverses maneres de pensar i de fer les coses.

tendenciós, tendenciosa

tendir

verb
com *servir*
◄ pàg. 28

Tenir una tendència cap a un fi o un objecte, moure's gairebé sempre en una determinada direcció. Una persona optimista tendeix sempre a l'alegria i a passar-s'ho bé. La població del món tendeix a augmentar: cada vegada hi haurà més gent a la Terra.

tendó tendons

nom masculí

1 Un tendó és un feix de fibres que uneix un múscul amb un os. Els tendons transmeten les contraccions de la musculatura als ossos i fan que aquests es belluguin.

2 El **tendó d'Aquil·les** és un tendó que hi ha a la part de darrere del turmell i que uneix el taló amb el panxell. ✎ pàg. 800 (20)

tendre tendra tendres

adjectiu

1 Que es pot trencar, tallar i mastegar fàcilment, que no es dur. Una carn tendra es pot tallar amb qualsevol ganivet. La fruita madura és tendra i sucosa.

2 Que té poc temps, que és nou o novell. A la primavera, alguns arbres s'omplen de brots i fulles tendres.

3 Es diu que una persona és tendra si de seguida es deixa portar pels sentiments de bondat, d'afecte i d'amor. També parlem de paraules o expressions tendres, que són plenes d'afecte i bons sentiments.

entendrir

tendresa tendreses

nom femení

La tendresa és la qualitat de les coses i de les persones tendres. Si una persona sent tendresa per algú, el tracta amb afecte i li diu paraules dolces.

A B C D E F G H I J K L M N O P Q R S T U V W X Y Z

- – torn
- – clau anglesa
- – martell
- – serra de metall
- – fresa
- – manyà
- 7 – soldador
- 8 – mall
- 9 – enclusa
- 10 – cisalla
- 11 – cargol de banc
- 12 – mola
- 13 – xerrac
- 14 – tornavís
- 15 – punxó
- 16 – estenalles
- 17 – maça
- 18 – trepant
- 19 – fuster
- 20 – ribot
- 21 – broques
- 22 – alicates
- 23 – garlopa
- 24 – llima
- 25 – banc de fuster
- 26 – barrina
- 27 – filaberquí
- 28 – envernissador
- 29 – vernís
- 30 – brotxa
- 31 – serjant

1 – paller
2 – pagès
3 – aixada
4 – bleda
5 – rec
6 – enciam
7 – hort
8 – solc
9 – femer
10 – arada
11 – cort
12 – truja
13 – porc
14 – garrí
15 – sínia
16 – sitja
17 – hivernacle
18 – gat
19 – tanca
20 – gall dindi

21 – pagesa
22 – galliner
23 – falç
24 – rampí
25 – conill
26 – gàbia
27 – dalla
28 – gall
29 – pollet
30 – gallina
31 – ànec
32 – albergínia
33 – ceba
34 – pastanaga
35 – tomàquet
36 – pebrot
37 – era
38 – carxofa
39 – carbassa
40 – rave
41 – carbassó
42 – bitxo

1 – director
2 – administratiu
3 – guarda de seguretat
4 – documentalista
5 – pantalla
6 – fotògrafa
7 – periodista
8 – arxiu
9 – màquina de fotografiar
10 – telèfon
11 – corrector
12 – teletip
13 – fax
14 – CD-ROM
15 – ordinador
16 – ratolí
17 – dibuixant
18 – teclat
19 – televisor
20 – corresponsal
21 – linotip
22 – rotativa
23 – capçalera
24 – fotografia
25 – titular
26 – article a dues columnes

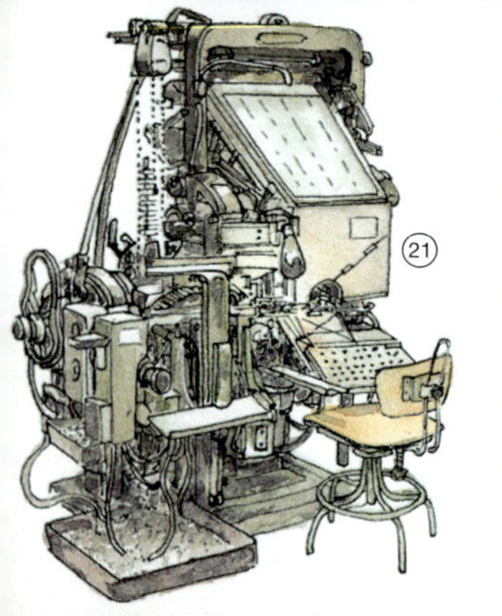

1 – tobogan
2 – fila
3 – estel
4 – font
5 – xarranca
6 – bitlles
7 – titelles
8 – rotllana
9 – bales
10 – fireta

(1) – biblioteca
(2) – globus terra-
qüi
(3) – pissarra
(4) – professora
(5) – fitxa
(6) – arxivador
(7) – alumna
(8) – diccionari
(9) – llibreta
(10) – carpeta
(11) – guix
(12) – esborrador
(13) – full
(14) – compàs
(15) – escaire

16 – regle
17 – bolígraf
18 – transportador
19 – alumne
20 – paperera
21 – mural
22 – llapis
23 – goma
24 – mapa
25 – retolador
26 – maquineta

1 – microscopi
2 – trípode
3 – terrari
4 – aixeta de pas
5 – tub d'assaig
6 – suport
7 – proveta
8 – matràs
9 – balança
10 – gresol
11 – vas de precipitats
12 – pica
13 – aixeta
14 – embut
15 – sifó
16 – herbari
17 – lupa
18 – fogó d'alcohol
19 – estisores
20 – pipeta
21 – termòmetre
22 – pinces

tendrum tendrums
nom masculí
Cartílag. Els tendrums de la carn costen de mastegar, i no ens els mengem. Es diu quan no es parla tècnicament.

tenebra tenebres
nom femení
Una tenebra és una gran foscor, que pot provocar por i angoixa. Si hi ha una apagada general, la ciutat queda envoltada per la tenebra. Aquest mot es fa servir sovint en plural:
• *Estar en un bosc ple de tenebres. Passar de les tenebres a la llum.*
entenebrir

tenebrós tenebrosa tenebrosos tenebroses
adjectiu
1 Ple de tenebres, cobert per la tenebra. De nit, els barrancs són tenebrosos i fan por.
2 Que és misteriós, secret, fet de manera fosca i amagada. Les connexions de la màfia amb la política són una qüestió tenebrosa.

tènia tènies
nom femení
Una tènia és un cuc paràsit de les persones i d'alguns animals. Les tènies són llargues i tenen forma de cinta plana, amb un cap molt petit on hi ha uns òrgans com ganxets o ventoses per a enganxar-se a les parets dels budells. Les persones agafen la tènia si mengen carn de porc crua o poc cuita que estigui infectada.

tenir
verb
◄ pàg. 42
1 Verb que indica que una persona o una cosa és d'algú, que està en el seu poder, o que hi està relacionada, que l'afecta, que li passa, que en forma part. *Tinc una biblioteca amb tres mil llibres. Tenia quatre filles. No té marit. Té dues cases a Planoles. Si tens diners pots comprar moltes coses. Molts animals tenen cua. A l'estiu tenim calor. Té febre, mal humor i tristesa. Els nens petits tenen por. Té una memòria d'elefant. Tinc motius per a anar-me'n d'aquí.*
2 Amb les mans o els braços, impedir que una cosa caigui, s'afluixi o es deixi anar. Si tens la cartera en una mà i el paraigua en l'altra, no pots obrir la porta.
3 *Té* o *teniu* es diu a una persona o unes persones quan se'ls dóna una cosa. *Té, menja una mica de rostit. Teniu, tots aquests llibres són per a vosaltres.*
frase feta
4 **Tenir lloc** una cosa és realitzar-se, ferse. Al segle XX van tenir lloc dues guerres mundials.

tenis tenis
nom masculí
Tennis.
tenista

tennis tennis
nom masculí
Amb NN
També *tenis*
1 El tennis és un joc de pilota que juguen dues persones o dues parelles en una pista rectangular dividida per una xarxa. S'ha de fer passar la pilota, per damunt d'aquesta xarxa, donant-li cops amb una raqueta.
2 El **tennis de taula** és el ping-pong.
tennista

tenor tenors
nom masculí
Dins la classificació de les veus humanes, un tenor és un cantant que té el tipus de veu més aguda o més alta de les tres que són habituals en els homes.

tenora tenores
nom femení
Una tenora és un instrument musical de vent fet de fusta, semblant a l'oboè però de notes més greus. És un dels instruments més característics de la cobla.

Una tenora

tens tensa tensos tenses
adjectiu
1 Una cosa està tensa si està molt estirada, molt tibada, de manera que queda rígida. Els cables que arrosseguen un funicular estan tensos perquè aguanten un pes molt gran.
2 Es diu que una situació, una discussió, una reunió, etc., és tensa si les persones no s'entenen i les relacions entre elles són difícils. Una persona està tensa quan està preocupada, molt nerviosa i amb els músculs contrets i rígids.

tensar
verb
com *cantar*
◄ pàg. 26
També *tesar*
Estirar molt una cosa, tibar-la fins a posarla rígida. Si no es tensen bé els vents, la tenda de campanya es pot plegar.

tensió tensions
nom femení
1 La tensió és el fet de tensar. Una cosa té tensió si està molt tibada. Els cables d'un telefèric han de ser molt forts perquè suporten una gran tensió.
2 Pressió que fa un líquid o un gas dins del

cos. La tensió de la sang és la pressió arterial. Una tensió massa alta és perillosa.

3 Es diu que una persona està en tensió si està molt preocupada, molt nerviosa per alguna cosa que passa o que ha de fer. Abans d'un examen, se sol estar en tensió.

4 Hi ha tensió o tensions entre dues o més persones si no s'entenen i es discuteixen sovint. També es parla de la tensió entre dos països.

tentacle tentacles

nom masculí — Un tentacle és cada un dels apèndixs llargs i flexibles que tenen alguns animals al cap o al voltant de la boca. Les potes dels calamars són tentacles.

tentines

nom femení plural — Les tentines són les passes insegures i vacil·lants que fa una persona, com les d'una criatura que comença a caminar. Una persona que es recupera d'un accident fa tentines.

tentinejar

tènue tènues

adjectiu — Que és molt prim, molt fi o molt petit; que gairebé no es pot veure o tocar. Els fils d'una teranyina són tènues. Una llum tènue va bé per a descansar, però no per a llegir.

tenyir

verb com *servir* ◄ pàg. 28 — Fer que una roba, un fil, un paper o una altra matèria agafi un color que no tenia. Hi ha tintoreries on tenyeixen roba. Algunes persones es tenyeixen els cabells.

teologia teologies

nom femení — La teologia és l'estudi de Déu o dels déus i de les coses de la religió. Els sacerdots han estudiat teologia.

teòleg, teòloga, teològic

teorema teoremes

nom masculí — Un teorema és una afirmació científica que es pot demostrar. Els teoremes matemàtics són afirmacions que es demostren a partir d'altres afirmacions que ja s'han demostrat abans.

teoria teories

nom femení — **1** Una teoria és un conjunt de principis, de regles o d'afirmacions científiques que volen explicar un fet o un seguit de fets. Segons la teoria de la psicoanàlisi, tenim vida sexual des que naixem.

2 Conjunt de principis i normes d'una ciència o d'un art. La teoria de la música ens fa conèixer les notes, els diversos instruments, la manera de fer cançons i altres coses.

locució que fa d'adverbi — **3 En teoria** vol dir sense haver comprovat una cosa en la realitat, d'acord només amb estudis i projectes. *En teoria, es podria arribar al centre de la Terra, però encara no s'ha fet.*

teòric, teoritzar

tequila tequiles

nom masculí — El tequila és una beguda alcohòlica molt forta que es fa destil·lant el suc d'un tipus d'atzavara. És propi de Mèxic.

teranyina teranyines

nom femení — Una teranyina és un teixit que fan les aranyes amb un fil molt prim i fort que treuen de dins del seu cos. Amb les teranyines, les aranyes cacen insectes i emboliquen els ous d'on sortiran aranyes petites.

enteranyinar-se, esteranyinar

teràpia teràpies

nom femení — **1** Una teràpia és un procediment o un conjunt d'accions que es fan per curar una malaltia. Els psicòlegs fan teràpia parlant amb els seus clients. Els banys de mar són una bona teràpia per a certes afeccions de la pell.

2 Aquesta paraula s'ajunta amb altres per a indicar diferents maneres de curar: *hidroteràpia*, curació amb banys d'aigua; *helioteràpia*, curació prenent el sol; *quimioteràpia*, curació amb productes i substàncies químics; *radioteràpia*, curació per radiacions.

terapeuta, terapèutic

tèrbol tèrbola tèrbols tèrboles

adjectiu — **1** Un líquid és tèrbol si conté brosses que fan que no sigui net ni transparent. Quan ha plogut molt, l'aigua de les rieres és tèrbola, plena de fang.

2 Es diu que una cosa és tèrbola si està mal feta, si és moralment incorrecta. Les persones que fan negocis tèrbols acaben sovint a la presó.

terbolesa

terç terça terços terces

nom masculí — Un terç és la tercera part d'una cosa. El terç de 9 és 3.

terça

nom femení — Una terça és una mesura de pes que s'havia fet servir molt per a vendre carn. Equival a 400 grams, per tant, a una lliura.

tercer tercera tercers terceres

determinant numeral i nom masculí i femení — **1** Que té el número d'ordre 3. El tercer pis d'un edifici és a sobre del segon. Al tercer d'una cursa li donen una medalla de bronze.

determinant numeral — **2** Una tercera part d'una cosa és una de les tres parts iguals que ens queden si la dividim entre tres. La tercera part de 30 és 10.

tercet tercets

nom masculí

1 Un tercet és un grup de tres persones que acostumen a anar juntes.

2 Trio musical.

3 Conjunt de tres versos.

terciari terciària terciaris terciàries

adjectiu

1 Que és el tercer en una ordenació. L'era terciària va després de la secundària.

2 El sector terciari de la societat està constituït pels serveis, els transports i el comerç: hotels, hospitals, escoles, botigues, etc.

tergiversar

verb
com *cantar*
◀ pàg. 26

Explicar malament uns fets, repetir de manera equivocada les paraules que algú ha dit. Si un diari tergiversa les declaracions d'un personatge, no sabrem què ha dit realment.

tergiversació

termal termals

adjectiu

1 Una aigua termal és la que surt calenta d'una font. Els balnearis tenen piscines d'aigües termals per a curar malalties.

2 Una font termal dóna aigua calenta.

terme termes

nom masculí

1 Un terme és una divisió d'un territori. El terme municipal és el territori d'un municipi o ajuntament.

2 Cadascuna de les diferents distàncies on hi ha objectes en un quadre o en un paisatge. Diem que en una fotografia hi ha en primer terme una parella i en segon terme una casa.

3 Final, acabament d'una cosa. Alguns atletes arriben molt cansats al terme de la cursa.

4 Paraula que és pròpia d'una ciència o d'una activitat artística. *Sulfat* i *difenil* són termes de química.

locució que fa d'adverbi

5 Una persona compra **a termes** o **a terminis** si va pagant cada mes una part del preu de les coses que compra. Aquests pagaments es diuen *termes* o *terminis*. *Com que ara no tenim diners per a pagar un cotxe, el comprarem a terminis.*

frase feta

6 **Portar** o **dur a terme** una cosa és acabar-la, fer-la.

termes

nom femení plural

Unes termes són un establiment de banys on hi ha aigües termals. Els antics romans havien tingut termes molt grans.

tèrmic tèrmica tèrmics tèrmiques

adjectiu

De la calor, que està relacionat amb la calor. Una central tèrmica crema carbó o altres combustibles per a produir electricitat.

terminació terminacions

nom femení

1 La terminació d'una cosa és la seva part final, el seu acabament. Podem parlar de la terminació de les obres d'un túnel o de les terminacions nervioses d'un òrgan.

2 En gramàtica, última part d'una paraula. Les terminacions s'uneixen a l'arrel i li afegeixen un significat (temps del verb, augmentatiu, femení, etc). *Ar*, *er* i *ir* són terminacions d'infinitiu: *cantar*, *témer*, *servir*.

terminal terminals

adjectiu

1 Que és de la terminació, que forma la terminació. Les síl·labes terminals de *cantaré* i *pagès* porten accent.

2 Que es troba a l'extrem, al capdamunt, d'un tronc, d'una tija o d'una branca.

3 Es diu que un malalt és terminal si està molt greu i es morirà en poc temps.

nom femení

4 La terminal d'una línia de tren o d'autobús és l'última estació o l'última parada.

nom masculí

5 Un terminal és una pantalla o qualsevol altre element que es pot connectar a un ordinador per a treballar-hi a distància.

terminar

verb
com *cantar*
◀ pàg. 26

1 Acabar una cosa, posar-hi final. Hi ha discussions i baralles que terminen davant del jutge.

2 Una cosa termina quan té terme, quan acaba. Totes les línies de tren terminen en alguna ciutat. *Cantar* és un mot terminat en *r*.

terminant

termini terminis

nom masculí

1 Un termini és un espai de temps per a fer una cosa. Per a cobrar un bitllet de loteria hi ha un termini d'uns mesos, després ja no es pot cobrar.

2 Cada un dels pagaments que es fan mensualment en una venda a termes o terminis. Si es paga un electrodomèstic en dotze terminis, al cap d'un any ja s'ha pagat.

terminologia terminologies

nom femení

1 La terminologia d'una ciència o d'una tècnica és el conjunt dels termes o paraules perfectament definides que s'hi usen. *Otitis*, *neuràlgia* i *edema* formen part de la terminologia mèdica.

2 La terminologia és la disciplina lingüística que tracta de les paraules que s'han de fer servir en una ciència o en una tècnica.

terminòleg, terminòloga, terminològic

tèrmit tèrmits

nom masculí

Un tèrmit és un insecte semblant a una formiga que s'alimenta de fusta i de vegetals.

Continua a la pàgina següent

Algunes classes de tèrmits viuen en uns nius especials, els termiters, on hi ha individus diversos: rei i reina, obrers i soldats. Altres tèrmits viuen dins de troncs, pals i objectes de fusta, on excaven galeries. Els tèrmits són abundants a les zones tropicals.

termòmetre termòmetres

nom masculí — Un termòmetre és un aparell per a saber la temperatura de l'ambient o del cos humà. És allargat i en un extrem té un dipòsit amb mercuri o alcohol. Aquesta substància es dilata amb la calor i puja per un tub de vidre molt fi: com més amunt, més alta és la temperatura. Quan el termòmetre marca més de 37 graus, la persona té febre. També hi ha termòmetres digitals.

pàg. 1000 (21)

termos termos

nom masculí — Un termos és un recipient molt ben aïllat per a conservar calentes o fredes les begudes o els aliments líquids. Quan es va d'excursió, a vegades es porta la beguda en un termos.

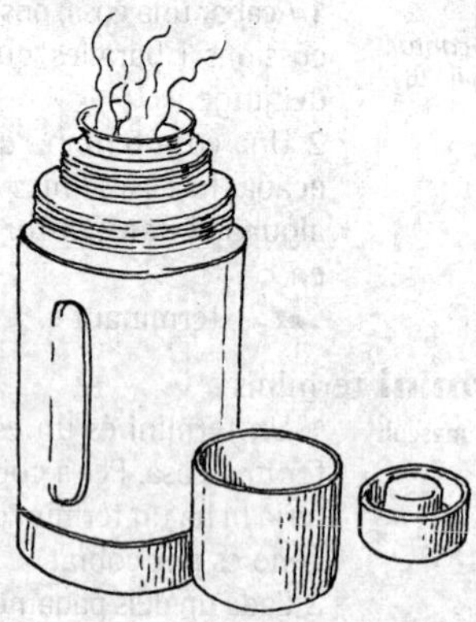

Un termos

termòstat termòstats

nom masculí — Un termòstat és un dispositiu regulador de la temperatura que porten alguns aparells de calefacció i d'aire condicionat. El termòstat fa que l'aparell es vagi encenent i apagant i que la temperatura de l'habitació es mantingui sempre igual.

terra [1] terres

nom masculí — El terra d'una habitació, d'un edifici o d'un terreny és la part plana per on caminen i passen les persones i els animals. El contrari del terra és el sostre. Hi ha terres fets amb rajoles i terres fets amb parquet. Hi ha animals que s'arrosseguen per terra.

pàgs. 594-595 (37)

terra [2] terres

nom propi femení — 1 La Terra és el planeta on vivim. La Terra gira al voltant del Sol.

nom femení — 2 Part sòlida de la superfície de la Terra, diferent de l'aigua i de l'aire. No podem anar a Mallorca per terra, perquè és una illa.

3 Extensió de terreny que és d'algú. Els propietaris d'algunes masies tenen també moltes terres.

4 Capa o part de la superfície de la Terra que és tova i diferent de la roca. A la terra, hi creixen les plantes. Una terra ben regada és fèrtil i dóna bones collites.

5 País, contrada, d'on és o on viu una persona, pàtria d'algú. Els costums de la nostra terra són diferents dels altres llocs. Si un vi o un fruit és de la terra és del país on som.

aterrar, enterrar, terrè, terrena, terrejar, terrenal, terrer

terrabastall terrabastalls

nom masculí — 1 Un terrabastall és un soroll fort que fa una cosa grossa que cau o diverses coses que xoquen.

2 Espai que queda a la part de dalt d'un doble sostre que divideix una habitació o un passadís. En els terrabastalls, s'hi poden desar joguines, mantes o objectes que no fem servir.

terraplè terraplens

nom masculí — Un terraplè és una superfície plana feta amb terra, pedres i altres materials, i aguantada per una paret de pedra i ciment.

terraplenar

terraqüi terràqüia terraqüis terràqüies

adjectiu — Un globus terraqüi o una esfera terràqüia és el globus o l'esfera que representa la Terra. Els globus terraqüis serveixen per a estudiar geografia.

terrari terraris

nom masculí — Un terrari és una instal·lació preparada per a criar-hi animals com granotes, serps i tortugues. En els terraris hi ha terra o sorra, plantes i sovint aigua, que reprodueixen el medi on viuen aquests animals.

pàg. 1000 (3)

terrassa terrasses

nom femení — 1 Una terrassa és un espai descobert que forma part d'un pis o d'una casa. Alguns àtics tenen terrasses molt amples on es pot prendre el sol i menjar-hi.

2 Espai amb tauletes i cadires davant d'un restaurant, d'un bar o d'un altre establiment semblant. Les nits d'estiu dóna gust d'asseure's a la terrassa d'un bar, davant del mar.

terrassenc terrassenca terrassencs terrassenques

adjectiu — **1** De Terrassa. *La indústria tèxtil terrassenca.*

nom masculí i femení — **2** Persona que és de Terrassa o que hi viu.

terrat terrats

nom masculí — Un terrat és la part plana i descoberta de dalt d'un edifici. Els terrats fan de teulada, però estan envoltats per una barana i s'hi pot caminar, prendre el sol o estendre la roba. pàg. 593 (6)

terratinent terratinents

nom masculí i femení — Un o una terratinent és una persona que té moltes terres.

terratrèmol terratrèmols

nom masculí — Un terratrèmol és una sèrie de moviments bruscos o de tremolors de la superfície de la Terra causats per un sisme. Els terratrèmols poden fer caure edificis, destrossar carreteres i provocar altres desgràcies.

terreny terrenys

nom masculí — **1** Un terreny és una extensió de terra que té unes mateixes característiques. En un terreny erm, no s'hi pot plantar res.

2 Tros de terra destinat a construir-hi una casa o a fer-hi una activitat. En uns terrenys es pot fer una urbanització o un poliesportiu. El terreny de joc d'un partit de futbol és el camp on es juga.

locució que fa d'adjectiu — **3** Un vehicle és **tot terreny** si pot circular per carretera normal i per pistes accidentades i difícils.

frase feta — **4** **Guanyar terreny** és anar endavant en un combat, en un negoci, etc.

5 **Perdre terreny** és anar enrere. El masclisme perd cada vegada més terreny en la nostra societat.

terrestre terrestres

adjectiu — **1** De la Terra, de la superfície sòlida de la Terra o que habita a la Terra. Un viatge per via terrestre es fa amb tren o amb cotxe.

nom masculí i femení — **2** Un o una terrestre és un o una habitant de la Terra.

terrible terribles

adjectiu — **1** Que fa por, que té uns efectes molt dolents. L'incendi d'un bosc és una cosa terrible.

2 Que és excessiu, molt gran. Diem que en un lloc hi fa un fred terrible o que tenim una gana terrible.

terrícola terrícoles

adjectiu — **1** Un animal o un organisme terrícoles són els que viuen al sòl, de les substàncies que conté la terra.

nom masculí i femení — **2** Un o una terrícola és un o una habitant de la Terra.

terrier terriers

nom masculí — Un terrier és un gos de raça més aviat petit i molt intel·ligent, que té el musell rectangular, les orelles petites i caigudes endavant i la cua curta. És un gos de caça. El Milú del Tintín és un terrier.

terrífic terrífica terrífics terrífiques

adjectiu — Terrorífic.

terrina terrines

nom femení — Una terrina és un recipient petit de terrissa envernissada, rodó i de fons pla. Alguns menjars, com els patés, es venen en terrines.

terrissa terrisses

nom femení — **1** La terrissa és el conjunt dels objectes com olles, càntirs, gerros i cassoles fets amb argila pastada amb aigua i després cuita en un forn.

2 Una terrissa és un objecte fet amb pasta d'argila cuita al forn. Si una persona col·lecciona càntirs es pot dir que col·leciona terrisses.

terrissaire, terrisseria

territori territoris

nom masculí — Un territori és una extensió de terra on hi ha un país, una comarca, una ciutat, etc., o on viuen determinats grups de persones o d'animals. El territori d'Occitània és més gran que el de Catalunya. Hi ha animals que marquen el seu territori i el defensen contra altres animals.

territorial

terror terrors

nom masculí o femení — **1** Una persona té o sent terror quan té o sent una por molt gran. Frankenstein i l'home llop són personatges del cinema de terror.

2 Persona o cosa que infon terror, que fa por. Durant molts anys, els turcs van ser el terror de l'Europa cristiana.

aterrir, terroritzar

terrorífic terrorífica terrorífics terrorífiques

adjectiu — Que causa terror, que fa molta por.

terrorisme terrorismes

nom masculí — El terrorisme és l'activitat de les persones que creuen que les finalitats polítiques es poden aconseguir amb accions violentes. Els grups partidaris del terrorisme tenen armes i preparen atemptats amb explosius.

terrorista

terrós terrosa terrosos terroses

adjectiu — **1** Una substància és terrosa si és semblant a la terra.

2 Que és del color de la terra. La pell del lleó és terrosa.

Continua a la pàgina següent

3 Que està barrejat amb terra.

locució que fa d'adverbi — 4 **De boca terrosa** vol dir de cara a terra, de bocaterrosa. *Algunes persones dormen de boca terrosa.*

terròs terrossos

nom masculí — 1 Un terròs és un tros petit de terra solt i compacte, com els que es fan en els camps després de llaurar.

2 Tros petit i compacte d'una altra substància, com la sal i el sucre. Si el cafè ens agrada molt dolç, hi posem dos terrossos de sucre.

aterrossament, aterrossar

tertúlia tertúlies

nom femení — 1 Una tertúlia és una reunió de persones que es troben per a conversar una estona o distreure's amb alguns passatemps.

frase feta — 2 **Fer tertúlia** és passar l'estona conversant.

1
tes tesa tesos teses

adjectiu — Que està molt estirat, molt tibat, tens. La corda de penjar la roba ha d'estar tesa, si no, la roba pot fregar per terra.

2
tes

determinant possessiu — Forma femenina plural de *ton*:
• *Tes ties, tes cosines.*

tesar

verb com *cantar* ◄ pàg. 26 — Tensar. Les cordes que lliguen una càrrega s'han de tesar bé perquè els paquets no caiguin.

tesi tesis

nom femení Amb S — 1 Una tesi és una afirmació o un conjunt d'afirmacions que es prenen com a punt de partida per a demostrar alguna cosa. Alguns economistes han defensat tesis que al cap dels anys s'ha vist que eren falses.

2 Treball escrit que ha de presentar en una universitat la persona que vol obtenir el títol de doctor o doctora.

tesina tesines

nom femení — Una tesina és un treball escrit que en algunes facultats universitàries ha de presentar la persona que vol obtenir el títol de llicenciat o llicenciada.

1
test tests

nom masculí També *testos* — 1 Un test és un recipient de terrissa o de plàstic per a posar-hi terra i fer-hi créixer una planta. Els geranis es fan molt bé en els testos.

2 Tros d'un objecte de terrissa que s'ha trencat.

2
test tests

nom masculí — Un test és una prova de tipus psicològic que es fa a una persona per a conèixer les seves qualitats i aptituds, els problemes que pot tenir, la seva intel·ligència i altres coses. Alguns tests són llistes de preguntes; altres, tenen dibuixos, números, etc.

testa testes

nom femení — 1 La testa és el cap, la part del cos on hi ha la boca i els ulls. Els toros tenen banyes a la testa.

2 Les **testes coronades** és una expressió literària per a indicar els reis i les reines.

testament testaments

nom masculí — Un testament és un escrit en què una persona diu a qui s'han de donar, quan hagi mort, els seus diners i les altres coses que té.

testar

verb com *cantar* ◄ pàg. 26 — Fer testament. Si una persona mor sense testar, els seus béns passen al marit o a la muller i als fills.

testarrut testarruda testarruts testarrudes

adjectiu — Una persona és testarruda si s'obstina en una cosa i no fa cas dels consells que li donen. Qui és testarrut s'equivoca moltes vegades.

testicle testicles

nom masculí — Un testicle és cada un dels dos òrgans sexuals masculins on es produeixen els espermatozoides. Els testicles es troben sota del penis, a la part del darrere.

pàgs. 794-795 (29), pàgs. 798-799 (73)

testificar

verb com *cantar* ◄ pàg. 26 Amb QU davant E, I — 1 Declarar com a testimoni en un judici. Les persones cridades a testificar han de dir la veritat.

2 Provar una cosa amb testimonis o documents autèntics. Hi ha pel·lícules que testifiquen que el 1945 es van tirar dues bombes atòmiques sobre ciutats japoneses.

testimoni testimonis

nom masculí i femení — 1 Un o una testimoni és una persona que ha vist o ha sentit alguna cosa i que pot dir-la i assegurar que és certa. Els testimonis d'un accident poden ser cridats a declarar per l'autoritat.

2 Persona que assisteix a determinats actes per a poder afirmar que s'han celebrat de veritat. En la celebració d'un matrimoni hi ha d'haver dos testimonis.

nom masculí — 3 Una persona dóna testimoni d'una cosa quan afirma que és certa o que ha passat de determinada manera. El testimoni fals en un judici és castigat per la llei.

testimonial, testimoniar, testimoniatge

teta tetes
nom femení
1 Una teta és una mamella, un pit de dona.
2 La teta és la germana gran d'un nen o d'una nena petits. Ho diuen les criatures o les persones grans quan parlen amb elles.

tètan tètans
nom masculí
Tètanus.

tètanus tètanus
nom masculí
També *tètan*
El tètanus és una malaltia infecciosa greu que es pot agafar a través de ferides fetes amb objectes bruts i rovellats. Produeix fortes contraccions dels músculs, molt doloroses, i fa que les mandíbules no es puguin bellugar normalment. Quan ens ferim amb un ferro rovellat, ens pregunten si portem la vacuna del tètanus.
antitetànic

tetera teteres
nom femení
Una tetera és un recipient amb nansa i broc per a servir el te. pàg. 396 ⑧

Una tetera

tetina tetines
nom femení
Una tetina és una peça de goma o de plàstic que es posa al biberó perquè la criatura que mama pugui xuclar la llet. Les tetines tenen forma de mugró de dona.

tetraedre tetraedres
nom masculí
També *tetràedre*
Un tetraedre és un poliedre de quatre cares.

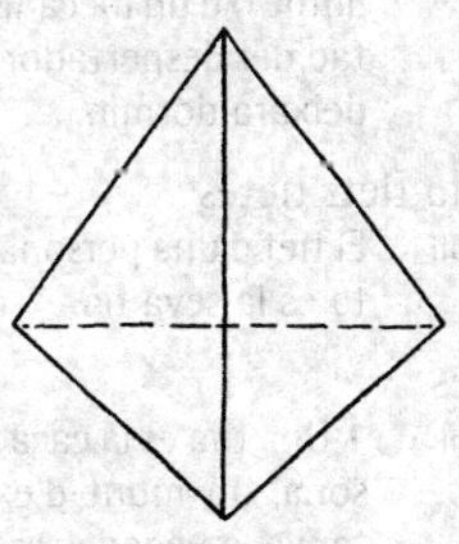
Un tetraedre

tetràgon tetràgons
nom masculí
Un tetràgon és un quadrilàter, un polígon de quatre costats.

tètric tètrica tètrics tètriques
adjectiu
Que causa una sensació de tristesa i de por, que és lúgubre i depriment. Els cementiris són llocs tètrics.

teu teva teus teves
determinant possessiu
1 Aquesta paraula s'usa per a indicar una cosa que pertany a la persona que escolta.
Normalment, va entre l'article i el nom:
• *El teu ordinador, la teva camisa, els teus companys, les teves idees.*
Algunes vegades va darrere el nom:
• *Corre cap a casa teva. Aquest noi és amic teu?*

pronom possessiu
2 S'usa darrere d'article en casos com aquests:
• *Ja he trobat el meu llibre; et torno el teu. No trobo les claus; agafaré les teves.*
També pot anar darrere de preposició i de verb:
• *Davant teu, darrere teu, sobre teu, sota teu.*
• *Aquesta poesia no sembla escrita teva.*

teua teues
determinant i pronom possessius
Formes femenines de *teu*. S'usen sobretot al País Valencià.

teula teules
nom femení
Una teula és cada una de les peces de terrissa que, unida amb altres d'iguals, formen la coberta d'algunes cases. Les teules més corrents són corbades en forma de canal i més amples d'un extrem que de l'altre.

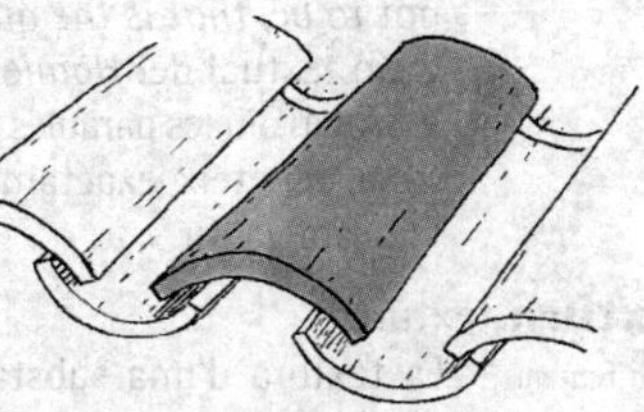
Una teula

teulada teulades
nom femení
La teulada d'una casa o d'un altre edifici és la part que els cobreix, que els tapa per dalt. Les teulades es fan amb teules o amb peces d'altres materials: lloses de pedra, planxes de metall o de plàstic, etc. Als edificis de pisos, sovint un terrat fa de teulada. pàgs. 594-595 ⑤

teulat teulats
nom masculí
1 Teulada.
2 Pardal.
frase feta
3 **Sota teulat** vol dir protegit sota una teulada o un sostre. Quan plou va bé poder estar sota teulat.

A B C D E F G H I J K L M N O P Q R S T U V W X Y Z

texà texana texans texanes

adjectiu — **1** De Texas. *Els barrets texans.*

nom masculí i femení — **2** Persona que és de Texas o que hi viu.

adjectiu i masculí plural — **3** Uns pantalons texans, o simplement uns texans, són uns pantalons d'una roba de cotó gruixuda, normalment de color blau, amb butxaques a la part del davant i a la del darrere, i molt còmodes de portar. Amb el mateix tipus de roba també es fan faldilles, camises, caçadores, etc.

text texts

nom masculí — También *textos* — **1** Un text és un conjunt de frases que estan relacionades entre elles i formen un escrit. A les revistes il·lustrades hi ha textos i fotografies. També es pot parlar del text d'una cançó, d'una conferència o d'una obra de teatre.

2 Part impresa de la pàgina d'un llibre, diferent dels marges blancs del paper i dels dibuixos o il·lustracions. Aquesta entrada que estàs llegint forma part del text del nostre diccionari.

3 Un **llibre de text** serveix per a estudiar una assignatura a la primària, a la secundària o a la universitat.

tèxtil tèxtils

adjectiu — Mot pla — Que està relacionat amb els teixits, amb les indústries dels teixits. El cotó i la llana són fibres tèxtils.

textual textuals

adjectiu — **1** Que és contingut en un text, que és exactament igual que un text. Si dius *To be or not to be, that is the question* fas una citació textual del *Hamlet* de Shakespeare.

2 Si algú diu les paraules textuals d'una persona, repeteix exactament les coses que aquesta va dir.

textura textures

nom femení — La textura d'una substància o d'un producte és la manera com es disposen els seus elements, les seves parts. Es nota a través del tacte i de la vista. Un mineral, per exemple, té una textura compacta, forta; una fruita madura té una textura tova.

tia ties

nom femení — **1** La tia d'una persona és la germana de la seva mare o del seu pare.

2 Dona. Es diu de manera informal.

tiara tiares

nom femení — Una tiara és un barret que feia servir en algunes ocasions solemnes el papa de Roma. És de forma ovalada i formada per tres corones sobreposades amb una creu al capdamunt.

tibant tibants

adjectiu — **1** Un cos flexible, com una corda o una tela, està tibant quan l'estirem molt fort i queda rígid, sense moure's. Les cordes dels violins han d'estar tibants si volem que sonin bé.

2 Es diu que una relació és tibant si dues o més persones ja no s'entenen. Quan les relacions entre dos països són tibants, pot esclatar una guerra.

tibantor

tibar

verb — com *cantar* — ◄ pàg. 26 — **1** Estirar molt una cosa, fer que estigui tibant. Si tibem molt una goma elàstica, se'ns trencarà.

2 Una camisa, uns pantalons o una altra peça de roba ens tiba si ens va molt estreta, si ens és petita.

tibat tibada tibats tibades

adjectiu — **1** Que algú ho ha estirat. Quan es planta una tenda de campanya, els vents han d'estar molt tibats.

2 Es diu que una persona és tibada quan és molt presumida i es pensa que és millor que els altres.

tiberi tiberis

nom masculí — Un tiberi és un àpat abundant i bo. Les persones que estan a règim no poden fer gaires tiberis. Es diu de manera informal.

tíbia tíbies

nom femení — La tíbia és un os llarg i gruixut de la cama. Va del genoll al turmell i està al costat del peroné. És l'os que ens toquem al davant de la cama. ✎ pàg. 797 (24)

tic tics

nom masculí — Un tic és un moviment brusc i involuntari que algú fa constantment, sobretot amb el cap, els ulls o la boca. Les persones que tenen tics, quan es posen nervioses, en fan molts més.

tic-tac tic-tacs

nom masculí — Onomatopeia que imita el soroll d'un rellotge o d'un mecanisme semblant. Si el tic-tac del despertador és massa fort, no ens deixarà dormir.

tiet tieta tiets tietes

nom masculí i femení — El tiet d'una persona és el seu oncle i la tieta és la seva tia.

tifa tifes

nom femení — **1** Una tifa és la caca d'un animal o una persona, un munt d'excrements. A la muntanya, a vegades es veuen tifes de vaca.

nom masculí i femení — **2** Es diu que una persona és un o una tifa si mai no es compromet a res, si és poc valenta i sempre deixa que els altres decideixin i facin les coses.

frase feta **3 Fer el tifa** és presumir, creure que s'és molt important.
tifarada

tifó tifons
nom masculí Un tifó és un huracà o un cicló tropical, del mar de la Xina i del Pacífic occidental.

tifus tifus
nom masculí El tifus, o tifus exantemàtic, és una malaltia infecciosa i contagiosa molt greu que dóna una febre molt alta, mal de cap, esgarrifances com de fred i dolor general del cos.

tigre tigres
nom masculí **1** Un tigre és un mamífer carnívor gros i robust que té el pèl de color rogenc amb unes ratlles amples i fosques a tot el cos. Alguns tigres poden arribar als tres metres de llargària i als 300 quilos de pes. Els tigres viuen a diverses zones d'Àsia, com Manxúria i l'Índia, i són grans caçadors d'altres animals com cérvols, antílops i búfals.
2 Mascle d'aquesta espècie.

tigressa tigresses
nom femení La tigressa és la femella del tigre.

tija tiges
nom femení **1** Una tija és la part d'una planta que és prima i llarga i creix normalment cap amunt. De la tija en surten les branques i les fulles. Les tiges dels arbres són molt gruixudes i es diuen *troncs.* planta
2 Barreta llarga i prima de metall o d'un altre material.

til·la til·les
nom femení Una til·la és una infusió sedant i tranquil·litzant que es prepara amb les fulles del tell o til·ler.
til·ler

timba timbes
nom femení **1** Precipici.
2 Una timba és una casa de joc, un local on es juga.
3 Partida de cartes.

timbal timbals
nom masculí Un timbal és un instrument de percussió anomenat també *tambor.* pàgs. 394-395 (28)

timbre timbres
nom masculí **1** Un timbre és un aparell que hi ha a les portes i a altres llocs i que sona per a avisar que algú vol entrar o que demana alguna cosa.
2 Segell de correus.
3 Segell especial que es posa en alguns documents oficials i que es paga a l'Estat com a impost o taxa.
timbrar

tímid tímida tímids tímides
adjectiu Una persona és tímida si li costa molt parlar i fer coses davant dels altres, si sembla que sempre tingui vergonya i por de quedar malament. Els tímids de seguida es posen vermells.

timidesa timideses
nom femení Les persones tímides tenen timidesa. Per timidesa, a vegades no ens atrevim a demanar una cosa.

1
timó timons
nom masculí **1** Un timó és una peça plana situada a la part baixa de la popa d'una embarcació. Serveix per a girar cap a la dreta o cap a l'esquerra. El timó es fa moure amb una barra o amb una roda des de dalt de l'embarcació. pàgs. 194-195 (15)
2 Es diu que una persona porta el timó quan dirigeix un assumpte o mana en una empresa.

2
timó timons
nom masculí Farigola. Es diu sobretot en algunes zones.

timoner timonera timoners timoneres
nom masculí i femení Persona que s'encarrega del timó en una embarcació.

timpà timpans
nom masculí **1** El timpà és una membrana de l'orella que vibra amb els sons que vénen de fora. El timpà separa l'orella externa de l'orella interna. pàgs. 798-799 (7)
2 Espai en forma de semicercle situat damunt de la portalada d'una església romànica o gòtica. Els timpans estan adornats amb escultures. pàg. 599 (14)

tina tines
nom femení Una tina és un recipient gran, de poca altura i obert per dalt, que es fa servir per a diverses coses, com trepitjar raïms, posar roba en remull i tenyir teixits.
tinell

tindre
verb
◄ pàg. 42
Tenir.

tinent tinenta tinents tinentes
nom masculí i femení **1** Militar que està sota les ordres del capità.
2 Persona que ocupa un càrrec que és d'una altra persona, que actua per ordre d'aquesta. Els tinents i les tinentes d'alcalde d'alguns ajuntaments representen l'alcalde o l'alcaldessa en alguns actes.

tint tints

nom masculí — Un tint és un color per a tenyir. Hi ha persones que es posen tints de color vermell o verd als cabells.

tintar

tinta tintes

nom femení — 1 La tinta és un líquid espès de diferents colors que es fa servir per a escriure, per a dibuixar o per a imprimir. La tinta dels bolígrafs taca la roba.

2 Líquid que els cefalòpodes deixen anar per a defensar-se. Amb la tinta de calamars o de sípia es fa un arròs negre.

entintar

tinter tinters

nom masculí — Un tinter és un recipient petit on es posa la tinta d'escriure o de dibuixar.

tintoreria tintoreries

nom femení — Una tintoreria és un establiment on tenyeixen la roba, la netegen i li treuen les taques. Les peces de vestir que no es poden posar a la rentadora s'han de portar a la tintoreria.

tintorer

tintura tintures

nom femení — 1 La tintura és el fet de tenyir. Hi ha persones grans que es fan la tintura dels cabells blancs.

2 La **tintura de iode** és un líquid de color morat que es ven a les farmàcies per a desinfectar ferides.

tinya tinyes

nom femení — 1 La tinya és una malaltia de la pell, especialment de la del cap, causada per fongs. Fa que surtin taques cobertes de crostes a la pell i que caiguin els cabells.

frase feta — 2 Es diu que una persona **és la tinya** o **més dolenta que la tinya** si és molt dolenta.

tinyar-se, tinyós, tinyosa

tió tions

nom masculí — 1 Un tió és un tros gruixut de branca o de soca d'arbre, com el que es posa a les estufes i a la llar de foc.

2 Tronc gros que, per Nadal, es diu que dóna regals i confits si se li donen cops. Aquest costum tradicional es diu *fer cagar el tió*.

Un tió

tip tipa tips tipes

adjectiu — 1 Que ha menjat molt i ja no té gens de gana.

2 Que està cansat d'una cosa, que no la vol veure ni sentir més. Si estem tips d'una feina, convé reposar i distreure's una estona.

nom masculí — 3 **Fer-se un tip** de menjar, de beure o de qualsevol altra acció és fer-la molt, en excés. Ens podem fer un tip de llegir o de córrer.

atipar

típic típica típics típiques

adjectiu — Que és propi i característic d'una persona, d'un grup de persones, d'un lloc o d'un país. Els panellets i les castanyes són típics de Tots Sants.

tiple tiples

nom femení — Soprano.

tipus tipus

nom masculí — 1 Un tipus és una classe o una categoria que agrupa o reuneix persones o coses que tenen unes mateixes característiques. Es parla de cotxes d'un mateix tipus, o de diversos tipus de vins negres.

2 Persona de sexe masculí. Podem dir que un amic nostre és un tipus simpàtic o que van detenir dos tipus sospitosos. Es diu de manera informal.

3 Figura d'una persona, conjunt de les formes i característiques del seu cos. Els models que presenten vestits tenen un tipus molt ben proporcionat.

tipificar

tiquet tiquets

nom masculí — Un tiquet és un paper o un bitllet que ens permet entrar en una festa, assistir a un acte, participar en un àpat, etc.

tir tirs

nom masculí — 1 Es fa un tir quan es dispara una arma. Un tir d'arc o de ballesta no arribava tan lluny com un tir de fusell. Els soldats fan pràctiques de tir.

2 Animal o conjunt d'animals que tiren d'un carruatge. Algunes carrosses portaven un tir de sis cavalls. Els cavalls i els muls són animals de tir: estiren els carros i altres carruatges.

tira tires

nom femení — Una tira és un tros llarg i estret de roba, de paper, de cuir o d'un altre material. Amb tires de papers de colors es poden fer adornaments.

tirà tirana tirans tiranes

nom masculí i femení — Persona que governa amb un poder total i absolut, que no deixa cap llibertat als

seus súbdits. Alguns emperadors romans es van comportar com a tirans.
tirànic, tiranicidi, tiranitzar

tirabuixó tirabuixons
nom masculí
1 Llevataps.
2 Floc de cabells llarg i cargolat en espiral.

Un pentinat amb tirabuixons

tirada tirades
nom femení
1 Una tirada és el fet de tirar els daus o les cartes en un joc. En el parxís, el jugador que treu un sis repeteix tirada.
2 Llargària d'un camí, distància. De Barcelona a Lleida hi ha una bona tirada, hi ha bastants quilòmetres.
3 Nombre d'exemplars d'un diari, d'una revista o d'un llibre que s'imprimeixen d'un cop. Algunes revistes del cor fan tirades de molts milers d'exemplars.
locució que fa d'adverbi
4 Una cosa es fa **d'una tirada** si es fa tota seguida, sense cap interrupció. El viatge de Lleida a Saragossa es pot fer d'una tirada, no hi ha gaire distància.

tirador tiradora tiradors tiradores
nom masculí i femení
1 Persona que tira, que dispara una arma. La policia té tiradors especialitzats que tenen una gran punteria.
2 Un **tirador** o una **tiradora de cartes** és una persona que diu que endevina el futur mirant les cartes de la baralla o les del tarot.
nom masculí
3 Un tirador és una peça de mida i forma diversa que serveix per a estirar una cosa. Els calaixos i les portes d'alguns mobles tenen tiradors rodons.
4 Objecte en forma de forca petita que porta dues gomes elàstiques als extrems unides per un tros de cuir o de roba forta. Els tiradors serveixen per a llançar pedres petites posant-les en el tros de cuir o de roba, estirant les gomes i deixant-les anar bruscament.

tiralínies tiralínies
nom masculí
Un tiralínies és un instrument per a fer línies amb tinta.

tirallonga tirallongues
nom femení
Una tirallonga és una sèrie llarga de coses que es diuen, s'escriuen o passen, l'una darrere l'altra. Cada pàgina de la guia de telèfons és una tirallonga de noms i de números.

tiramisú tiramisús
nom masculí
El tiramisú és un pastís fet de melindros sucats en cafè i licor, coberts amb una crema que porta clara d'ou, nata, sucre i un formatge molt suau. El tiramisú se serveix fred i amb cacau en pols per sobre.

tirania tiranies
nom femení
Una tirania és un govern d'una sola persona que ho domina tot i no deixa cap llibertat als altres.

tirant tirants
nom masculí
1 Un tirant és qualsevol corretja, corda, cadena o peça rígida de fusta o de metall que serveix per a estirar una cosa o per a impedir que dues coses se separin.
2 Cadascuna de les dues tires que passen pel damunt de les espatlles i sostenen un vestit, una combinació, una faldilla o una altra peça de vestir.
3 Uns tirants són uns elàstics per a sostenir uns pantalons.

tirar
verb
com *cantar*
◄ pàg. 26
1 Fer força una persona, un animal o un vehicle, des del davant d'una cosa per a moure-la en la mateixa direcció que ells es mouen. Els cavalls tiren dels carros, i les màquines de tren, dels vagons.
2 Fer una línia, una ratlla, sobre un paper o una altra cosa amb un llapis, un bolígraf, un tiralínies, etc. Per a tirar línies ben rectes fem servir un regle.
3 Imprimir diversos exemplars d'un diari, d'un llibre, d'un gravat, etc.
4 Un conducte tira si deixa passar bé un fluid. Si una llar de foc no tira, la casa s'omple de fum.
5 Agafar una direcció determinada. En una cruïlla de camins pots tirar a la dreta, a l'esquerra o pel camí del mig.
6 Fer córrer cap a una banda una cosa que descansa sobre una altra cosa empenyent-la o estirant-la sense aixecar-la. Si volem més llum, podem tirar la taula de treball cap a la finestra.
7 Estendre, posar o deixar anar una cosa sobre una altra, de manera que la tapi. Es pot tirar una persiana avall, una cortina o el teló d'un teatre. Quan fa fresca, ens tirem un jersei sobre les espatlles.
8 Deixar anar amb una certa força una cosa. Tirar pedres és perillós: pots tocar algú i fer-li mal.

Continua a la pàgina següent

A B C D E F G H I J K L M N O P Q R S T U V W X Y Z

9 Deixar caure una cosa dins d'un recipient o en un altre lloc. Quan es fa caldo, es tira sal a l'olla. També tirem llenya al foc i menjar als peixos. Es tiren els daus i les cartes en el joc, i es tira una carta al correu.

10 Disparar, fer sortir els projectils d'una arma de foc; encendre i fer esclatar un artifici de pólvora. Per la revetlla de Sant Joan es tiren petards i coets.

11 Tirar fotografies és fer-les, disparar la màquina de fotografiar.

usat amb pronom — **12** **Tirar-se** és llançar-se, deixar-se anar en un lloc amb un cert impuls i una certa força.

frase feta — **13** Una persona diu que **va tirant** si va fent normalment la seva vida sense grans progressos, però sense cap desgràcia.

14 **Tirar les cartes** és mirar d'endevinar el futur mirant les cartes de la baralla o les del tarot.

15 **Tirar a terra** és fer caure, ensorrar. Els edificis vells es tiren a terra i se'n fan de nous.

tiratge

tireta tiretes

nom femení — **1** Una tireta és una tira de roba, de pell, de paper o d'un altre material.

2 Petita tira d'un material plàstic que porta una mica de gasa amb un desinfectant per a tapar petites ferides. Quan anem de viatge, convé portar tiretes per si ens fem una rascada o un tall.

tiroide tiroides

adjectiu i nom femení — La tiroide o glàndula tiroide és una glàndula que les persones tenim a dins del coll, a la part de sota, davant dels primers anells de la tràquea. És un òrgan molt important per al desenvolupament dels ossos i el creixement de les persones.

tirotejar

verb com cantar ◄ pàg. 26 Amb G davant E, I — Disparar un seguit de trets d'armes de foc contra algú o contra alguna cosa.

tiroteig

tírria tírries

nom femení — Una persona té tírria a algú o a alguna cosa si li té una mania molt gran i no li agrada gens. Les persones que es tenen tírria ni se saluden ni es parlen.

tisana tisanes

nom femení — Una tisana és una beguda que es fa bullint herbes medicinals amb aigua o tirant aigua molt calenta damunt de les herbes, com en una infusió.

tisores

nom femení plural — Estisores.

tisoreta tisoretes

nom femení — Papaorelles.

tissú tissús

nom masculí — Un tissú és un teixit de seda adornat amb fils de plata i d'or. S'ha fet servir molt en les vestidures que porten els sacerdots quan celebren missa o altres actes religiosos.

tita tites

nom femení — **1** Una tita és una gallina o un altre animal de corral. Ho diuen les criatures o les persones grans quan parlen amb elles.

2 Penis. Es diu de manera informal.

tità titans

nom masculí — **1** Segons la mitologia grega, un tità era cada un dels fills del Cel i de la Terra. Els titans tenien molta força.

2 Es diu que un home és un tità si té molta força o molta intel·ligència, si treballa molt.

titani titanis

nom masculí — El titani és un element metàl·lic de color blanc brillant, més dur, més resistent i més lleuger que l'acer. Es fa servir molt en la indústria de les armes i dels vehicles espacials i en la fabricació d'eines de tall. El seu símbol és: Ti.

titànic titànica titànics titàniques

adjectiu — **1** Dels titans, que té relació amb els titans.

2 Molt gran, molt fort. Es diu sobretot d'un esforç, d'un treball, de la voluntat d'una persona.

titella titelles

nom masculí — Un titella és qualsevol tipus de ninot que una persona amagada fa moure i parlar per a representar una obra de teatre. Els titelles que es mouen amb fils són les marionetes; els que es mouen directament amb les mans són els putxinel·lis. pàg. 997 ⑦

titllar

verb com cantar ◄ pàg. 26 — Atribuir a una persona una cosa dolenta, un defecte, un vici. Si titllen algú de mentider, és que diu mentides; si el titllen d'avar, és que no dóna res i només busca tenir diners.

títol títols

nom masculí — **1** Un títol és una paraula o una frase que dóna nom a un llibre, una pel·lícula o una altra obra. El títol d'un llibre sempre es posa a la coberta i a la primera pàgina. Quan s'escriu un text convé posar-hi un títol per a poder recordar de què tracta.

2 Document oficial que assegura que una

persona ha acabat uns estudis i pot exercir una professió. El títol de metge permet visitar els malalts i receptar medicaments.
3 Es diu que una persona té el títol de marquès si és marquès, i un equip de futbol té el títol de campió si ha guanyat el campionat.

titola titoles
nom femení — Penis. Es diu de manera informal.

titubejar
verb
com *cantar*
◄ pàg. 26
Amb G davant E, I
Tenir dubtes en el moment de parlar o d'anar a fer una cosa, no saber quines paraules s'han de dir o què s'ha de fer. Quan un estranger ens parla en català, és natural que titubegi en l'ús d'alguns verbs i en la pronunciació d'alguns mots.
titubeig

titular titulars
adjectiu
Amb U
1 Que té un lloc de treball propi, una plaça que li pertany pel seu títol. Quan la metgessa titular està malalta, pot fer les visites un substitut.
nom masculí — **2** Un titular és un títol en un diari o en una revista. Els titulars van en una lletra molt grossa. pàg. 996 (25)

to tons
nom masculí — **1** El to d'una nota musical, d'un so, d'una veu és el grau d'altura que té, si és agut o greu, alt o baix. Les criatures canten amb un to de veu més agut i fi que les persones grans.
2 En música, un to és la unitat que indica la diferència d'altura entre dues notes consecutives. Consta de dos semitons. En l'escala de do natural, entre el do i el re hi ha un to; entre el mi i el fa, un semitò.
3 Manera de dir les coses segons els sentiments i l'estat d'ànim de la persona. Es pot parlar en to de broma, en to d'amenaça o en to de súplica.
4 Grau d'intensitat o de vivor d'un color. En un bosc, hi ha diversos tons de verd.
entonar

toaleta toaletes
nom femení — La toaleta és el fet de rentar-se, pentinar-se i arreglar-se al matí. Algunes persones necessiten més d'una hora per a fer-se la toaleta.

tobogan tobogans
nom masculí — Un tobogan és una superfície molt inclinada per on es pot baixar lliscant. Normalment els tobogans tenen baranes i s'hi puja per una escala situada al darrere. A molts parcs infantils hi ha tobogans.
pàg. 997 (1)

toc tocs
nom masculí — **1** Un toc és cada una de les vegades que algú fa sonar una trompeta, una campana, un tambor o un timbre per a avisar d'alguna cosa. Els àrbitres de futbol indiquen les faltes a tocs de xiulet. L'hora de la missa s'anuncia amb tocs de campana.
2 Sensació que fa una roba o un altre material al tacte. La seda té un toc molt agradable.
3 Cop de pinzell, de burí o d'un altre instrument que es dóna a una pintura, una escultura, un dibuix, etc., per millorar-los. Quan donem els últims tocs a una cosa, ja la tenim acabada.
4 Si es dóna un **toc d'atenció** a algú, se l'avisa d'alguna cosa que no ha fet bé.

tocacampanes tocacampanes
nom masculí i femení — Un o una tocacampanes és una persona de poca intel·ligència, que diu i fa coses sense sentit.

tocadiscos tocadiscos
nom masculí
També *tocadiscs*
Un tocadiscos és un aparell per a fer sonar els discos de música. Consta d'un plat que gira, on es posa el disc, i d'un braç que porta l'agulla que reprodueix els sons.

tocador tocadora tocadors tocadores
nom masculí i femení — **1** Persona que toca un instrument de música. En una cobla és important que hi hagi un bon tocador o una bona tocadora de tenora.
nom masculí — **2** Un tocador és un moble baix amb calaixos i un mirall que es fa servir per a pentinar-se i arreglar-se.

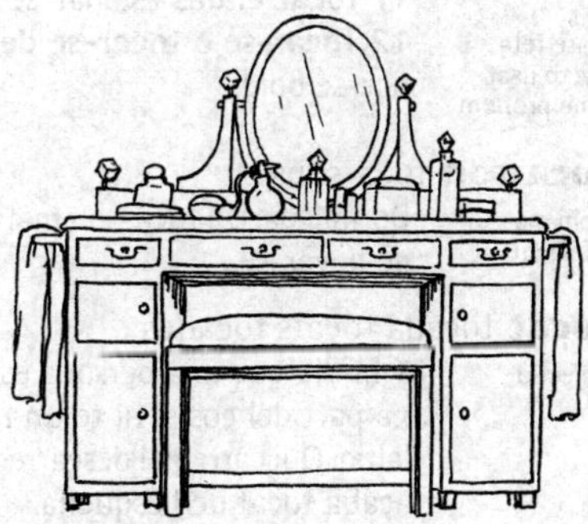
Un tocador

tocant a
locució que fa de preposició — **1** Amb relació a. *Tocant al que m'has dit, et contestaré demà.*
2 Si una cosa està tocant a una altra és que hi està molt a prop. *A molts pobles, el cementiri està tocant a l'església.*

A B C D E F G H I J K L M N O P Q R S T U V W X Y Z

tocar

verb com *cantar* ◄ pàg. 26 Amb QU davant E, I

1 Posar la mà o els dits en contacte amb algú o amb alguna cosa. Quan toquem l'aigua sabem si és freda o calenta. També podem tocar una cosa amb els peus, amb la boca o amb una altra part del cos.

2 Encertar algú o alguna cosa amb un tret d'arma de foc, amb una pedra o amb un cop. Hi ha projectils dirigits per radar que sempre toquen el blanc.

3 Canviar una cosa del seu lloc habitual, treure-la del lloc on és. Si ens toquen els papers que tenim sobre la taula, després no els trobem.

4 Fer sonar un instrument de música, interpretar una composició musical. Per a tocar bé el piano, s'ha d'estudiar moltes hores.

5 Fer sonar una trompeta, un timbre, una campana, etc., per avisar d'alguna cosa. Els bombers toquen una sirena quan van de pressa pels carrers.

6 Si a una persona li toca una feina, una responsabilitat, és que l'ha de fer. En una família, a uns els toca anar a comprar i a d'altres fregar els plats.

7 Si a algú li toca una quantitat de diners o un altre bé és que passa a ser-ne propietari en un repartiment, en un sorteig, etc.

usat amb pronom

8 Dues persones o dues coses **es toquen** si estan en contacte, si no hi ha separació entre elles. Si els dos fils d'un cordó elèctric es toquen, es fa un curtcircuit i salten els ploms.

frase feta

9 Dues coses són **a tocar** si són molt a prop.

10 Una persona diu que **toca ferro** o **fusta** quan vol impedir que li passi alguna desgràcia.

11 **Tocar el dos** és anar-se'n.

frase feta i verb usat amb pronom

12 **Tocar-se** o **tocar-se del bolet** és tornar-se boig.

toca-son toca-sons

nom masculí i femení

Dormilega. Un toca-son mai no troba l'hora de llevar-se.

tocat tocada tocats tocades

adjectiu

1 Es diu que una persona està tocada d'una part del cos si hi té un mal o una malaltia. Qui carrega i descarrega pesos sovint acaba tocat de l'esquena.

2 Una fruita o una verdura està tocada si es comença a fer malbé pels cops o per una altra causa.

locució que fa d'adjectiu

3 Es diu que una persona és **tocada i posada** si va amb molt de compte a fer les coses, si és molt meticulosa.

frase feta

4 **Estar tocat de l'ala** o **del bolet** és estar boig.

tocatardà tocatardana tocatardans tocatardanes

adjectiu i nom masculí i femení

Que es lleva tard o que és lent i tarda molt a fer les coses. Si anem amb un tocatardà sempre arribarem tard.

tocologia tocologies

nom femení

Obstetrícia.

tofa tofes

nom femení

Una tofa és un conjunt espès de coses toves com els cabells o les fulles d'una planta. Una tofa de neu és una massa de neu flonja, tal com queda després de nevar.

tòfona tòfones

nom femení

Una tòfona és un bolet de forma arrodonida i arrugada, sense peu i d'una mida entre una nou i una poma. Les tòfones creixen als boscos, enterrades prop dels arbres. Hi ha tòfona negra, que és molt aromàtica, i tòfona blanca, de color marró negrós amb la part de dins blanca, que no és de tanta qualitat. Alguns embotits porten petits bocins de tòfona.

toga togues

nom femení

1 Una toga és una vestidura llarga i ampla que portaven els ciutadans de l'antiga Roma.

2 Vestidura llarga, de color negre, que porten els jutges, els advocats i alguns professors universitaris en actes solemnes.

toia toies

nom femení

1 Una toia és un ram de flors. El dia del casament, algunes núvies porten una toia de flors blanques.

2 Es diu que una persona és una toia si no sap fer bé les coses, si és poc animada, poc decidida. Si un porter de futbol és una toia, li faran molts gols.

toix toixa toixos toixes

adjectiu

Que no és gaire intel·ligent, que li costa molt entendre les coses.

toixó toixons

nom masculí

Teixó.

tolerar

verb com *cantar* ◄ pàg. 26

1 Una persona tolera una cosa si la deixa fer o no la impedeix encara que no li agradi. Els sorolls nocturns que no deixen dormir no s'han de tolerar.

2 Poder prendre un aliment o un medicament sense que ens faci mal. La majoria de les persones toleren bé la verdura bullida, mai no els fa mal.

tolerable, tolerància, tolerant

toll tolls

nom masculí

1 Un toll és un clot ple d'aigua en un carrer, en una carretera o en un lloc semblant.

Quan passa un cotxe per un toll aixeca molta aigua i ens pot mullar.
2 Lloc profund d'un riu o d'un altre corrent d'aigua on aquesta és neta i té poc moviment. *Els tolls són com piscines per a banyar-s'hi.*
entollar

tom toms
nom masculí — Un tom és cada un dels llibres que formen part d'una obra molt extensa. *La majoria d'enciclopèdies tenen diversos toms.*

tomaca tomaques
nom femení — Tomàquet. Es diu sobretot al País Valencià.

tomàquet tomàquets
nom masculí — Un tomàquet és un fruit rodó de color vermell, de pell molt fina i de polpa molt tova i sucosa. Barrejades amb la polpa, té moltes llavors petites. Té un gust una mica àcid. *Es posa a les amanides i en molts guisats. El pa sucat amb tomàquet és molt bo.* pàgs. 994-995 (35)
tomaquera

tomar
verb
com *cantar*
◄ pàg. 26
Entomar.

tomata tomates
nom femení — Tomàquet. Es diu sobretot en algunes zones del nord de Catalunya, de les comarques lleidatanes i del País Valencià.

tomàtec tomàtecs
nom masculí — Tomàquet. Es diu només en algunes zones.

tomàtic tomàtics
nom masculí — Tomàquet. Es diu només en algunes zones.

tomàtiga tomàtigues
nom femení — Tomàquet. Es diu sobretot a les Illes Balears.

tomb tombs
nom masculí
Amb B
1 Un tomb és una mitja volta donada a alguna cosa. *Per a obrir alguns panys has de donar dos o tres tombs a la clau. Quan tenim una truita cuita d'una banda, li donem un tomb perquè es faci de l'altra.*
2 Una cosa fa un tomb quan canvia. *Si abans feia sol i ara està núvol, el temps ha fet un tomb.*
frase feta — **3 Fer un tomb** és fer un passeig curt, caminar una mica.

tomba tombes
nom femení — Una tomba és un lloc on s'enterra una o més persones mortes. *Normalment, les tombes es cobreixen amb una placa de pedra o de marbre amb el nom i les dates de naixement i de mort de la persona enterrada.*

de tomballons
locució que fa d'adverbi — Una o més persones van de tomballons si van per terra donant tombs. *Va relliscar en un pendent i va baixar de tomballons.*

tombant tombants
nom masculí — **1** Un tombant és un lloc on tomba o gira un camí o un carrer. *En una cruïlla de carreteres, hem de saber si hem d'agafar el tombant de la dreta o el de l'esquerra.*
2 Moment en què s'acaba un temps i en comença un altre. *Es parla del tombant de segle quan es canvia d'un segle a un altre.*

tombar
verb
com *cantar*
◄ pàg. 26
1 Fer donar mitja volta a una cosa, posar el que era a baix a dalt. *Per a obrir un pany, s'ha de tombar la clau. Les truites s'han de tombar i així es couen de les dues bandes.*
2 Fer caure una cosa que estava dreta. *Els temporals de vent tomben alguns arbres.*
3 Girar, canviar de direcció. *En una autopista, no es pot tombar mai a l'esquerra.*
usat amb pronom — **4 Tombar-se** és girar-se. *Quan es condueix un cotxe, és perillós tombar-se a parlar amb les persones que van al darrere.*

tombarella tombarelles
nom femení — Una tombarella és un tomb o una volta que es fa amb el cos, posant el cap i les mans a terra. *Es poden fer tombarelles endavant o endarrere.*

tómbola tómboles
nom femení — Una tómbola és una loteria on es rifen o sortegen objectes. *Algunes associacions de beneficència fan tómboles per obtenir diners.*

ton ta tos tes
determinant possessiu — Forma de *el teu* que es fa servir davant de noms de parentiu o en poesia i en expressions antigues. No s'apostrofa mai.
• *Ton pare, ta mare, ton àvia, tos gendres, tes nores. Tos ulls eren plens de llàgrimes. No veuràs res semblant en ta vida.*

tona tones
nom femení — Una tona és una unitat de pes que equival a 1 000 quilos.
tonatge

tonada tonades
nom femení — La tonada d'una cançó és la seva melodia. *Quan volem saber com és una cançó, preguntem quina tonada fa.*

tonalitat tonalitats
nom femení — La tonalitat d'una pintura, d'un quadre, d'un gravat, etc., és el color o el conjunt de colors que hi són més importants. *Quan el sol es pon, el cel té una tonalitat vermellosa.*

A B C D E F G H I J K L M N O P Q R S T U V W X Y Z

tongada tongades
nom femení — Una tongada és una sèrie de fets semblants que passen durant un període de temps. Si la feina va a tongades, hi ha dies de molta feina i dies de poca feina.

tònic tònica tònics tòniques
adjectiu — **1** Un producte, una beguda o un medicament són tònics si donen força al cos i ens fan sentir animats.
2 La síl·laba tònica d'una paraula és la que es pronuncia amb més força o intensitat. En alguns casos, porta accent gràfic. Les síl·labes de *porta* i *càntir* són *por* i *càn*.
nom femení — **3** Una tònica és una beguda refrescant amb gas i sense alcohol. Té gust amarg i porta quinina i altres substàncies amargants.
tonificar

tonyina tonyines
nom femení
Amb O — Una tonyina és un peix molt gros, que pot arribar als tres metres de llargària. Té el cos allargat, alt a la part del llom i molt prim a la part de la cua. Aquesta té forma de mitja lluna. Les tonyines són d'un color blau negrós a l'esquena i de tons blavencs més clars als costats i al ventre. La carn és de color vermellós i molt saborosa. Es menja fresca o en conserva. págs. 398-399 (13)

top tops
nom masculí — Un top és una samarreta de tirants feta amb un teixit elàstic, que queda ajustada al cos.

Un top

topall topalls
nom masculí — Un topall és un element o una peça que sobresurt en una cosa i per on aquesta topa amb una altra. Al final de les vies de tren, hi ha uns topalls per a esmorteir el cop si el tren no frena a temps. pág. 193 (10)

topants
nom masculí plural — Els topants són els llocs on anar o per on passar. Tothom coneix bé els topants de casa seva. La gent de pagès sap en quins topants es poden trobar bolets.

topar
verb
com *cantar*
◄ pág. 26
1 Xocar, donar-se un cop fort dues coses que es troben. En una autopista és gairebé impossible que topin dos cotxes de cara.
2 Es diu que dues o més persones topen si no estan d'acord, si es discuteixen o barallen sovint.
3 Trobar algú o alguna cosa per casualitat, per atzar. Podem topar al metro una amiga que feia anys que no vèiem.
topada

topazi topazis
nom masculí
Amb Z — Un topazi és una pedra preciosa de color groc.

tòpic tòpica tòpics tòpiques
adjectiu — **1** Un medicament és tòpic o d'ús tòpic si és per a posar-lo damunt de la pell o d'una ferida i no per a prendre'l per la boca. Les pomades són d'ús tòpic.
nom masculí — **2** Un tòpic és una afirmació sobre una cosa que tothom diu, que tots repeteixen, sense examinar si és veritat en tots els casos. Que tots els catalans són estalviadors i treballadors és un tòpic.

topografia topografies
nom femení — La topografia és la tècnica que permet saber quina forma i quines mides té un terreny i dibuixar-lo damunt d'un paper amb tots els detalls. Serveix per a fer mapes i per a construir carreteres.
topògraf, topògrafa, topogràfic

topònim topònims
nom masculí — Un topònim és un nom de lloc. *Planoles*, *Premià* i *Arbúcies* són topònims.
toponímia

toràcic toràcica toràcics toràciques
adjectiu — Del tòrax, que està relacionat amb el tòrax. Dins de la cavitat toràcica hi ha els pulmons.

tòrax tòraxs
nom masculí — **1** El tòrax és el pit, la part del cos de les persones i d'alguns vertebrats on hi ha els pulmons, el cor i les costelles.
2 Part del cos dels insectes entre el cap i l'abdomen. Al tòrax hi ha les ales i les potes.

torb torbs
nom masculí — El torb és un vent molt fort propi dels Pirineus, que provoca remolins de neu.

torba torbes
nom femení — La torba és una matèria negra o marró, esponjosa, que es troba en llocs pantanosos. Prové de vegetals descompostos i, un cop assecada, es fa servir com a combustible.

A B C D E F G H I J K L M N O P Q R S T U V W X Y Z

torbar

verb
com *cantar*
◄ pàg. 26

1 Trencar la quietud, la tranquil·litat d'algú o d'un lloc. No s'ha de torbar el repòs d'un malalt amb sorolls i converses.

2 Fer que una cosa deixi de funcionar bé, de seguir el seu curs normal. Una beguda molt freda ens pot torbar la digestió.

usat amb pronom

3 **Torbar-se** és entretenir-se, passar temps en una cosa. Si ens torbem mirant aparadors, arribarem tard a casa.

4 Una persona **es torba** si es posa nerviosa o s'emociona per alguna cosa.

torbació, torbament

torbonada torbonades

nom femení

Una torbonada és un vent molt fort que dura poca estona i que va acompanyat gairebé sempre de pluja forta i de calamarsa.

torcaboques torcaboques

nom masculí

Tovalló. Es diu sobretot en algunes zones.

torcar

verb
com *cantar*
◄ pàg. 26
Amb QU davant E, I

Netejar una cosa o netejar-se fregant amb un drap, un paper, un tovalló, etc. Es diu sobretot en algunes zones.

torçar

verb
com *cantar*
◄ pàg. 26
Amb Ç davant E, I
També *tòrcer*

1 Deformar una cosa plegant-la o corbant-la sobre si mateixa. Un filferro es pot torçar fàcilment; una barra de ferro, no.

2 Fer que una cosa que està dreta o vertical s'inclini, canviï de posició. Un cop de vent fort pot torçar els arbres joves. Si les bigues aguanten massa pes, es torcen.

3 Deformar un objecte flexible fent-lo girar per un dels extrems mentre l'altre extrem es manté sense moure's o es gira en sentit contrari. Les cordes es fan torçant diversos cordills i ajuntant-los com en una trena.

usat amb pronom

4 **Torçar-se** una part del cos és fer-s'hi mal per un fals moviment, una girada violenta. Quan ens torcem un peu, s'infla i fa mal.

torçada, torsió

tòrcer

verb
com *témer*
◄ pàg. 26
Diferències: *torces, torç*
Amb Ç davant O, U

Torçar.

tord tords

nom masculí

Un tord és un ocell petit, de color bru, amb el ventre blanquinós tacat de negre. S'alimenta d'insectes, cucs, cargols, llavors i parts verdes de les plantes. És un ocell de gàbia i canta molt bé.

torejar

verb
com *cantar*
◄ pàg. 26
Amb G davant E, I

Posar-se davant d'un toro brau esquivant els seus atacs amb un drap vermell que es diu *capa*.

torero torera toreros toreres

nom masculí i femení

Persona que toreja.

tori toris

nom masculí

El tori és un element metàl·lic radioactiu i molt dúctil, de color blanc, que es torna gris en contacte amb l'aire. Es fa servir en els reactors nuclears i en la fabricació de làmpades especials. El seu símbol és: Th.

torn torns

nom masculí

1 Un torn és una màquina per a polir o donar forma a un objecte de fusta, de metall o d'un altre material dur. Hi ha una peça que gira i que frega l'objecte que volem polir. pàg. 993 (1)

2 Nom de diversos aparells que treballen per mitjà d'una o més peces que giren, com el torn dels terrissaires, que consisteix en un disc gros que es mou amb els peus i fa girar un disc més petit on hi ha la peça de fang que es treballa.

3 Moment en què li toca a algú fer una cosa. En algunes botigues, les persones que hi van a comprar saben el seu torn per un número que surt en una pantalla.

torner

torna tornes

nom femení

1 La torna d'una cosa que comprem és una porció que el venedor ens posa per a acabar de fer el pes que hem demanat. Abans, en els forns de pa, quan les barres no feien el pes, es donava la torna.

2 Es diu que una cosa és la torna d'una altra si s'afegeix a aquesta quan algú la ven o la dóna. Una persona que ven tots els mobles, per torna, pot donar una col·lecció de revistes.

tornada tornades

nom femení

1 La tornada és el fet de tornar a un lloc. Durant la tornada dels caps de setmana, es formen caravanes en algunes carreteres. Es poden comprar bitllets de tren d'anada i tornada.

2 Estrofa o rodolí que es repeteix després de cada una de les estrofes d'una poesia o d'una cançó.

tornado tornados

nom masculí

Un tornado és una tempesta molt intensa, amb un vent fort que gira en espiral a gran velocitat. Els tornados són freqüents a les costes nord-americanes i fan moltes destrosses.

A B C D E F G H I J K L M N O P Q R S T U V W X Y Z

tornar
verb com *cantar* ◀ pàg. 26
1 Anar cap al lloc d'on s'havia sortit. A final d'agost, molta gent torna de les vacances d'estiu.
2 Anar a un lloc una altra vegada. Si hem estat malament en un hotel, no hi tornem mai més.
3 Fer una cosa una altra vegada. Si un dibuix no ens agrada, el tornem a fer.
4 Passar una cosa una altra vegada. Si torna a ploure és que ja havia plogut.
5 Quan tornem una cosa al seu lloc, la posem on era abans. Si tornem una cosa a una persona, és que abans ens l'ha deixada.
usat amb pronom
6 Una cosa **es torna** una altra cosa si canvia, si passa a ser d'una altra manera. El gel es torna aigua quan l'escalfem.
frase feta
7 Una persona **es torna vermella** quan les galtes se li posen de color vermell perquè passa vergonya.

tornassol tornassols
nom masculí
1 Un paper o una tela fa tornassol quan produeix reflexos diferents segons com li toqui la llum.
2 El tornassol és una substància que es fa servir en química per a reconèixer els àcids, ja que quan hi està en contacte es torna de color vermell.
tornassolat, tornassolada

tornavís tornavisos
nom masculí
Un tornavís és una eina per a cargolar visos o cargols que té un mànec i una tija de ferro. L'extrem de la tija pot acabar pla o en forma d'estrella, segons el tipus de visos que s'han de cargolar. ✎ pàg. 993 (14)

torneig torneigs
nom masculí
També *tornejos*
1 Un torneig és una competició esportiva entre equips o esportistes. Els torneigs de tennis més importants es transmeten per televisió.
2 Seguit de combats, a peu o a cavall, que feien els cavallers medievals com a espectacle i diversió.
tornejar

torniquet torniquets
nom masculí
1 Un torniquet és un aparell que es posa a l'entrada d'alguns llocs per a deixar passar les persones d'una en una i en una sola direcció. A l'entrada de les estacions del metro hi ha un torniquet: unes barres de metall que giren quan la persona passa.
2 Aparell de medicina per a comprimir una artèria i aturar una hemorràgia. A vegades es fa un torniquet amb un mocador que es lliga ben fort per damunt d'una ferida que sagna.

toro toros
nom masculí
Brau o bou brau.
taurí, taurina

torpede torpedes
nom masculí
Un torpede és un projectil que es dispara des d'un submarí o que es llança al mar des d'un avió o des d'un vaixell contra un altre vaixell. Els torpedes tenen forma de tub llarg, es desplacen per sota l'aigua i exploten quan toquen el blanc.
torpedinar

torracollons torracollons
nom masculí i femení
Una persona és un o una torracollons si molesta molt i es fa pesada demanant coses o discutint-les. Es considera una paraula grollera.

torrada torrades
nom femení
Una torrada és una llesca de pa torrat. Les torrades es mengen sucades amb mantega, amb all, amb tomàquet o amb un altre menjar.

torradora
nom femení
1 Una torradora és un aparell per a torrar.
2 Torrapà. Les torradores elèctriques tenen una obertura allargada on es posen les llesques.

torrapà torrapans
nom masculí
Un torrapà és un estri o un aparell per a torrar les llesques de pa.

Uns torrapans

torrar
verb com *cantar* ◀ pàg. 26
1 Cremar per damunt un aliment com el pa o les ametlles. Els aliments torrats agafen un color fosc i canvien de gust.
usat amb pronom
2 Una persona **es torra** si està molta estona prenent el sol i la pell li va agafant un color fosc.
3 Es diu que una persona **s'ha torrat** quan s'ha emborratxat. Es diu de manera informal.

torratxa torratxes

nom femení — **1** Una torratxa és una torre petita que serveix de mirador.
2 Test per a posar plantes i flors. Es diu només en algunes zones.

torre torres

nom femení
Amb E final — **1** Una torre és una construcció més alta que ampla que està separada o sobresurt d'un edifici com un castell o una església. Hi ha torres que servien de defensa; en d'altres, hi ha un rellotge o unes campanes.
2 Casa en una urbanització o en un altre lloc fora de la ciutat. Les torres normalment tenen un jardí. ✎ pàg. 596 (6)
3 Peça del joc dels escacs que té forma de torre i que es mou sempre paral·lelament als costats del tauler.
4 Es diu que una persona és una torre si és molt alta i forta.
5 La **torre de control** d'un aeroport és una construcció alta on hi ha les persones que per ràdio ajuden els avions a enlairar-se o aterrar. ✎ pàg. 196 (7)
6 La **torre de l'homenatge** d'un castell és la torre més alta i més important. En aquesta torre, el governador del castell jurava defensar-lo i guardar-lo per al seu senyor. ✎ pàg. 600 (12)

torrencial torrencials

adjectiu — Una pluja és torrencial quan és molt forta i fa que s'omplin els torrents i les rieres.

torrent torrents

nom masculí — Un torrent és un corrent d'aigua molt fort que es forma quan plou.

torrentada torrentades

nom femení — Hi ha una torrentada quan plou molt i un torrent baixa ple.

torrentera torrenteres

nom femení — Una torrentera és un barranc, un enfonsament del terreny, per on baixa l'aigua d'un torrent.

torreta torretes

nom femení — **1** Una torreta és una torre petita.
2 Test per a plantes i flors.
3 Part que sobresurt d'un tanc de guerra, on hi ha el canó i les metralladores i que pot girar a una banda i l'altra.
4 Part situada a la part de dalt d'un submarí que fa de pont de comandament quan no està submergit.

tòrrid tòrrida tòrrids tòrrides

adjectiu — Molt càlid. El desert d'Aràbia té un clima tòrrid.

torró torrons

nom masculí
Amb O — El torró és un dolç fet d'ametlles, sucre i altres productes, com rovell d'ou, coco, fruites confitades, mel i xocolata. Els torrons es fan en forma de barra i es mengen sobretot per Nadal.

tors torsos

nom masculí — Un tors és una estàtua d'una persona que només té la part del pit, normalment sense el cap ni els braços. ✎ pàgs. 794-795 (26)

tort torta torts tortes

adjectiu — **1** Que no està dret ni vertical, que fa corba o que s'inclina més a un costat que a l'altre. La torre de Pisa és un monument que està tort.
locució que fa d'adverbi — **2** **A tort i a dret** vol dir sense mirar si és amb raó o sense, sense reflexionar.
3 Es diu que una persona o un vehicle va **de tort** si no segueix la línia recta, sinó que va fent esses.

tortell tortells

nom masculí — Un tortell és un pastís rodó i foradat pel mig, en forma d'anella, fet de pasta de full o de brioix i farcit de nata, de cabell d'àngel, etc. Per Reis es menja un tortell que porta una figureta a dins com a sorpresa. ✎ pàg. 400 (8)

tortel·lini tortel·linis

nom masculí — Un tortel·lini és un menjar de pasta de farina farcida de carn o de verdura, que té forma d'anella. Els tortel·linis es bullen i s'acompanyen d'alguna salsa.

tórtora tórtores

nom femení — Una tórtora és un colom petit, molt bonic, de color castany amb taques fosques, el cap gris rosat i la cua fosca, en forma de ventall. Té unes ratlles blanques i negres als dos costats del coll. S'alimenta de llavors. La seva carn és molt apreciada.

tortosí tortosina tortosins tortosines

adjectiu — **1** De Tortosa. *El castell tortosí de la Suda.*
nom masculí i femení — **2** Persona que és de Tortosa o que hi viu.

tortuga tortugues

nom femení — **1** Una tortuga és un rèptil que té el tronc tancat dins d'una closca dura, de forma arrodonida per dalt i plana per baix, amb forats per on surten el cap, la cua i les quatre potes. Les tortugues caminen molt a poc a poc. N'hi ha que viuen a terra; d'altres, a l'aigua. Algunes tortugues marines són molt grosses, poden fer més de dos metres.

Continua a la pàgina següent

locució que fa d'adverbi — **2** Es diu que una persona camina **a pas de tortuga** si camina molt a poc a poc.

Una tortuga

tortuós tortuosa tortuosos tortuoses

adjectiu — **1** Que fa moltes voltes i revolts, que no va en línia recta. Les sendes de muntanya acostumen a ser tortuoses.
2 Es diu que una persona és tortuosa si mai no parla clarament i no podem saber què pensa o què vol fer realment.
tortuositat

torturar

verb, com *cantar* ◄ pàg. 26 — Fer mal expressament a algú com a càstig o per a fer-li dir alguna cosa. En alguns països encara es tortura els presoners.
tortura

torxa torxes

nom femení — Una torxa és una teia llarga o un bastó embolicat a la punta amb draps mullats amb una substància que crema. Les torxes servien per a fer llum.

1
tos tos

nom femení — La tos és la sortida per la boca de l'aire del pit de manera violenta i amb soroll. Els constipats poden produir tos.
estossegar

2
tos

determinant possessiu — Forma plural de *ton*:
• *Tos oncles, tos sogres.*

tosc tosca toscs tosques

adjectiu, També *toscos* — **1** Una cosa tosca és poc fina, sense polir; una persona tosca és poc educada, es comporta de manera grollera.
nom femení — **2** La tosca és el carrall.
tosquedat

tossa tosses

nom femení — **1** Es diu que una persona o una cosa fa tossa si és molt grossa, té molt de volum. Un bebè fa poca tossa; un home de cent quilos, en fa molta.
2 Tossal. La paraula *tossa* forma part de diversos noms de lloc, com Tossa de Mar i la Tossa de Montbui.

tossal tossals

nom masculí — Un tossal és una elevació del terreny no gaire alta i de poc pendent.

tossir

verb, com *sortir* ◄ pàg. 41, O i U a l'arrel, Diferències: *tusses, tus* — Tenir o patir tos. Si una persona tus molt, potser està malalta dels pulmons.

tossut tossuda tossuts tossudes

adjectiu — Que no vol fer el que li diuen, que no vol canviar d'opinió.
entossudir-se, tossuderia, tossudesa

1
tot

pronom indefinit — **1** Les coses o els fets en conjunt. *S'ho menja tot. Ha aconseguit tot el que volia.*
adverbi — **2** Al mateix temps que una altra cosa. Va davant d'un verb en gerundi:
• *Tot cantant, vam arribar fins al cim de la muntanya.*
3 Completament. *Parlava tot baix. Té tot just cinc anys. Estava molt atent, era tot orelles.*
locució que fa d'adverbi — **4** **Tot seguit** vol dir a continuació, seguidament. *Tot seguit, passarem a les notícies internacionals.*
5 **Del tot** vol dir completament. *La casa va quedar destruïda del tot per un incendi.*
6 **Tot d'una** o **tot d'un plegat** vol dir de sobte, de cop i volta. *Tot d'una, va veure que venia un cotxe i va saltar.*
locució que fa de preposició — **7** **Tot i** o **amb tot i** vol dir a pesar de. *Tot i que és fotògrafa, no té fotografies del seu fill.*
locució que fa de conjunció — **8** **Amb tot** o **tot i així** vol dir no obstant això. *Té molta feina; amb tot, t'acompanyarà al metge.*
9 **Tot i que** vol dir encara que. *Tot i que plovia, va arribar sense mullar-se.*

2
tot tota tots totes

determinant i pronom indefinits — **1** Que és sencer. *Va ploure tota la tarda sense parar. Quin entrepà!; si te'l menges tot quedaràs ben tip.*
2 Els uns i els altres, sense excepció. *Va convidar tots els seus amics; no se'n va deixar cap. He perdut totes les claus. -Totes?*
determinant indefinit — **3** Davant d'un nom de país o de ciutat:
• *Ha recorregut tot el Pirineu. He viatjat per tota la Cerdanya.*
Quan el nom propi no porta article només s'usa la forma *tot*:
• *Coneixen tot França i tot Itàlia.*

adverbi — **4** Completament, enterament. S'usa davant d'adjectius:
• *Viu tota sola. Els va deixar tots admirats. Portaven la roba tota mullada.*

nom masculí plural — **5** Totes les persones de què es tracta. *Tots portaven jerseis vermells. Tu li respondràs per tots.*

1
total totals

adjectiu — **1** De totes les parts d'una cosa. En la destrucció total d'un edifici, tot l'edifici s'ha destruït, cap part no està bé.

nom masculí — **2** El total d'una cosa és la suma de tots els seus elements, la reunió de totes les seves parts. Quan compres diverses coses, la suma dels preus de cada una és el total d'euros que has de pagar.

2
total

adverbi — En conclusió, resumint. *No vam trobar entrades; total, no vam anar al concert.*

totalitat totalitats

nom femení — Una totalitat és el conjunt o la suma de diverses persones o coses. Si ens gastem la totalitat dels diners que tenim, no ens en queden gens.

totalment

adverbi — Del tot, completament. *Una illa és voltada totalment pel mar.*

tothom

pronom indefinit — Aquesta paraula s'usa per a referir-se a tota la gent. *Volia que fos un secret però ja ho sap tothom.*

tothora

adverbi — Sempre, en tots els moments. *No podem estar tothora fent les mateixes coses: s'ha de canviar de feina.*

1
tòtil tòtils

nom masculí — Un tòtil és un gripau de mida petita, que pot fer de 40 a 50 mil·límetres, de color divers, que viu a molts països europeus. Els mascles porten els ous d'on sortiran les cries enganxats durant un temps a les potes del darrere.

2
tòtil tòtila tòtils tòtiles

nom masculí i femení — Persona que no té gaire enteniment, que és molt aturada i una mica babaua.

totpoderós totpoderosa totpoderosos totpoderoses

adjectiu — **1** Que tot ho pot. Es diu que només Déu és totpoderós.

nom masculí — **2** El Totpoderós és Déu.

totxana totxanes

nom femení — Una totxana és un maó gruixut que té sis forats en el sentit de la llargada. pàg. 593 (43)

totxo totxa totxos totxes

adjectiu i nom masculí i femení — **1** Que és curt d'enteniment o que és molt ingenu, de molt bona fe.

nom masculí — **2** Un totxo és un maó normal.

tou tova tous toves

adjectiu — **1** Una cosa tova s'enfonsa, es ratlla i es trenca fàcilment, no és dura ni forta. Els pastissos són tous, es tallen de seguida amb un ganivet.

locució que fa de determinant — **2** Si d'una cosa n'hi ha **un tou** és que n'hi ha molta quantitat. Quan hi ha un bon tou de neu s'esquia molt bé.

nom masculí — **3** El **tou de la cama** és el panxell.
estovar

tovalla tovalles

nom femení — Tovallola. Es diu només en algunes zones.

tovalles

nom femení plural — Estovalles.

tovalló tovallons

nom masculí — Un tovalló és una peça de roba de forma quadrada per a netejar-nos els llavis i les mans mentre mengem. A vegades es fan servir tovallons de paper, que no s'han de rentar. pàg. 396 (9)

tovallola tovalloles

nom femení — Una tovallola és una peça rectangular de roba per a eixugar-nos les mans, la cara o tot el cos després de rentar-nos. Les tovalloles es fan amb teixits que eixuguen molt bé l'aigua. Les de bany i les de platja són molt grans. pàgs. 594-595 (22)
tovalloler

tòxic tòxica tòxics tòxiques

adjectiu i nom masculí — Que és un verí o una metzina, que fa mal al cos. El lleixiu és un tòxic molt fort.
toxicitat

toxicòman toxicòmana toxicòmans toxicòmanes

nom masculí i femení — Drogoaddicte.
toxicomania

toxina toxines

nom femení — Una toxina és una substància tòxica produïda per un organisme viu, especialment per un bacteri. Les toxines circulen per tot el cos a través de la sang i infecten tota la persona.

trabuc trabucs

nom masculí — **1** Un trabuc és una arma de foc portàtil, semblant a una escopeta, però de canó curt i ample, amb la boca oberta en forma de campana. En algunes festes populars, hi ha colles de persones que disparen trabucs i fan molt de soroll.

locució que fa d'adjectiu — **2** Un carro o un camió és **de trabuc** si el lloc on va la càrrega es pot aixecar cap enrere per a descarregar-los.

trabucaire

trabucar

verb
com *cantar*
◄ pàg. 26
Amb QU davant E, I

1 Tombar o fer caure un recipient de manera que es buidi. Si trabuques un gerro d'aigua, ho mullaràs tot. També es trabuquen els carros i els camions de trabuc per a descarregar-los.

usat amb pronom — **2** **Trabucar-se** parlant és canviar les paraules o les lletres, dir-ne unes en lloc d'unes altres.

traç traços

nom masculí — Un traç és cada una de les línies que formen una figura o un dibuix, o el senyal que fa un llapis, una ploma o qualsevol altre estri semblant sobre un paper o una altra superfície. Quan escrivim lletres fem traços rectes i corbs.

traca traques

nom femení — Una traca és un conjunt de petards posats al llarg d'una corda que es fan esclatar seguits l'un darrere l'altre. Les traques s'acostumen a encendre com a final d'un castell de focs artificials.

traça traces

nom femení — **1** Es diu que una persona té traça si sap fer molt bé les coses, si té habilitat. Algunes persones no tenen gaire traça aparcant el cotxe: donen cops als cotxes del davant i del darrere.

2 Senyal que deixa algú o alguna cosa per allà on ha passat. Els gossos caçadors saben seguir les traces dels conills.

nom femení plural — **3** Es diu que en un líquid o en un compost hi ha traces d'un element quan n'hi ha en molt poca quantitat.

traçar

verb
com *cantar*
◄ pàg. 26
Amb C davant E, I

1 Fer una línia sobre una superfície, fer les línies d'un dibuix. Si volem traçar línies rectes, hem de fer servir un regle.

2 Quan es traça una carretera o una línia de tren, es dibuixen sobre un mapa els llocs per on ha de passar.

traçat

tracció traccions

nom femení — La tracció és el fet de fer avançar un vehicle, la força que el fa moure. Es parla de tracció animal si el vehicle és tirat per un mul, un gos, etc., com els carros i els trineus, i de tracció mecànica quan el vehicle es mou per la força d'un motor. Un cotxe té tracció a les quatre rodes si el motor fa anar les rodes del davant i les del darrere alhora.

tractament tractaments

nom masculí
Amb CT

1 Un tractament és la manera de tractar algú o alguna cosa. Si en un lloc hem rebut un bon tractament, ens agrada tornar-hi.

2 Manera de tractar una persona quan ens hi dirigim. Si escrivim una carta oficial, fem servir els tractaments de *vós* o de *vostè*: *Us comuniquem que... Li comuniquem que...* En canvi, parlem de tu als amics: *Et dic que és veritat.*

3 Conjunt de les coses que es fan i de les medicines que es prenen per a curar una malaltia o un mal. En algunes infeccions, s'ha de fer un tractament amb antibiòtics.

tractar

verb
com *cantar*
◄ pàg. 26
Amb CT

1 Comportar-se amb una persona o fer anar una cosa d'una manera o d'una altra. Les persones amables tracten bé tothom. Si no tractem bé els llibres, aviat estaran bruts i esquinçats.

2 Tractar de vós, de vostè o de tu a una persona és parlar-hi fent servir una d'aquestes formes. Quan no coneixem una persona, és normal tractar-la de vós o de vostè.

3 Dir que una persona és d'una manera, que es comporta de tal manera. Si tracten algú de lladre, l'acusen d'haver robat.

4 Parlar amb algú per a solucionar un assumpte, fer un negoci, arribar a un acord, etc. El Parlament Europeu tracta qüestions que afecten tots els països d'Europa.

5 Tenir una cosa com a objecte d'estudi o de discussió. S'han publicat molts llibres que tracten dels animals de companyia.

6 Aplicar a un malalt o a una malaltia un tractament. Alguns càncers es poden tractar amb radiacions.

intractable, tractable, tractant

tractat tractats

nom masculí
Amb CT

1 Un tractat és un acord firmat entre dos o més estats o organitzacions internacionals. Hi ha un tractat que regula la pesca dels països europeus.

2 Llibre que tracta un tema d'estudi de manera ordenada. Un tractat d'anatomia explica amb detall tots els òrgans i parts del cos.

tracte tractes

nom masculí
Amb CT

1 El tracte és la manera de tractar algú o alguna cosa. Els mals tractes no agraden ni a les persones ni als animals.

2 Un tracte és un acord o un pacte. Si fem un tracte de paraula, no firmem cap paper.

tractor tractors
nom masculí
Un tractor és un vehicle automòbil preparat per a fer feines al camp, com arrossegar una arada, una màquina de tallar herba o un remolc. Els tractors tenen les rodes del darrere molt grosses i les del davant petites.

traçut traçuda traçuts traçudes
adjectiu
Que té molta traça, molta habilitat. A les persones traçudes, els agrada fer bricolatge.

tradició tradicions
nom femení
1 La tradició és el conjunt de creences, de costums, de maneres de fer d'un poble o d'una nació que passen de pares a fills. Les festes que se celebren per tradició són molt antigues.
2 Una tradició és cada un d'aquests costums, creences o maneres de fer. Al nostre país, hi ha la tradició de fer el pessebre per Nadal.

tradicional tradicionals
adjectiu
Que es fa segons la tradició, que consisteix en una tradició. Els panellets i els torrons són tradicionals del nostre país.
tradicionalisme, tradicionalista

traducció traduccions
nom femení
1 Es fa una traducció quan un escrit o una explicació oral es tradueix d'una llengua a una altra. Per a fer una bona traducció s'han de conèixer molt bé les dues llengües. En algunes reunions internacionals, hi ha traducció simultània dels discursos.
2 Text que resulta de traduir una obra. Hi ha traduccions en català de les tragèdies de Shakespeare.

traduir
verb
com *reduir*
◄ pàg. 39
Amb dièresi
Escriure o dir en una llengua allò que ha estat escrit o dit en una altra llengua. Les frases no es poden traduir paraula per paraula.
traductor

tràfec tràfecs
nom masculí
1 Un tràfec és un assumpte que causa molt de trasbals i maldecaps, que provoca una gran activitat. Canviar-se de casa i haver de traslladar els mobles o les altres coses és un gran tràfec.
2 En un lloc hi ha molt de tràfec si hi ha molta activitat, molt de moviment, molta gent que va amunt i avall de pressa, fent feina.
3 Es diu que una persona és un tràfec si vol intervenir en tot i no para de ficar-se en les coses que fan els altres.
trafegar

tràfic tràfics
nom masculí
El tràfic és el moviment, el comerç i el transport de persones i de mercaderies d'un lloc a un altre, d'un país a un altre. En època de vacances, el tràfic dels aeroports és molt intens. Durant molt de temps, hi va haver tràfic d'esclaus des de l'Àfrica cap a Amèrica.

traficar
verb
com *cantar*
◄ pàg. 26
Amb QU davant E, I
Fer tràfic, comprar i vendre. Es diu generalment de coses il·legals o poc honorables: traficar en drogues, en esclaus, en armes.
traficant

tragar
verb
com *cantar*
◄ pàg. 26
Amb GU davant E, I
1 Engolir, empassar-se. Quan tenim mal de coll, ens costa de tragar els aliments.
frase feta
2 Si una persona diu que **no pot tragar** algú és que no el pot suportar, li és molt antipàtic.

tragèdia tragèdies
nom femení
1 Una tragèdia és una obra de teatre molt dramàtica, amb personatges que, emportats per grans passions o pel destí, provoquen desgràcies i sofriments.
2 Esdeveniment terrible, gran desgràcia. Un terratrèmol fort en una zona molt poblada és una tragèdia.

tragí tragins
nom masculí
Un tragí és una feina o un treball que comporta molta activitat, molt de moviment. Anar a viure a una altra casa és un gran tragí: s'han de pintar les habitacions, fer noves instal·lacions, muntar els mobles, etc.

tràgic tràgica tràgics tràgiques
adjectiu
De la tragèdia, que està relacionat amb la tragèdia o que és una tragèdia. Un accident d'aviació és un esdeveniment tràgic: hi moren moltes persones.

traginar
verb
com *cantar*
◄ pàg. 26
Portar objectes d'un lloc a un altre. Si canvies la biblioteca d'una habitació a una altra, hauràs de traginar molts llibres.

traginer traginers
nom masculí
Un traginer era una persona que tenia l'ofici de traginar mercaderies. Els traginers portaven les mercaderies damunt de bèsties de càrrega o de carros.

trago tragos
nom masculí
1 Un trago és una quantitat de vi, d'aigua o d'una altra beguda que es beu d'un cop. A l'estiu, va bé un bon trago d'aigua fresca.
2 Un **mal trago** és una situació difícil, una desgràcia, una mala notícia.

A B C D E F G H I J K L M N O P Q R S T U V W X Y Z

traguet traguets
nom masculí — Un traguet és un trago curt. A vegades uns traguets de cafè calent ajuden a pair el dinar.

traïció traïcions
nom femení — **1** Una traïció és el fet de trair algú. Alguns espies han fet traïció al seu país descobrint secrets militars a un país enemic.
locució que fa d'adverbi — **2** Una cosa es fa **a traïció** si es fa enganyant, sense avisar.

traïdor traïdora traïdors traïdores
adjectiu i nom masculí i femení — Que fa una traïció. En temps de guerra, els traïdors al seu país són castigats.

traïdoria traïdories
nom femení — Una persona actua amb traïdoria quan fa una traïció, quan es comporta de manera que pot enganyar o fer mal sense ser descoberta. Els actes de terrorisme sempre es cometen amb traïdoria.

trair
verb
com *reduir*
◄ pàg. 39
Amb dièresi — Trair algú és enganyar-lo, no complir el que se li havia promès; dir als altres les coses que ha fet o dit. Hi ha persones que traeixen els seus amics o el seu país per diners.

trajecte trajectes
nom masculí — Un trajecte és un camí, una distància entre dos llocs, que recorre una persona o un vehicle quan va de l'un a l'altre. El trajecte amb tren de Barcelona a Girona és curt; el trajecte fins a París, en canvi, és molt llarg.

trajectòria trajectòries
nom femení — **1** La trajectòria d'un projectil o d'un altre objecte que es desplaça per l'aire és la línia que recorre des que surt fins que arriba al lloc. Hi ha estacions de radar que segueixen la trajectòria dels coets espacials.
2 Es parla de la trajectòria d'una artista, d'un esportista o de qualsevol altre personatge quan es vol indicar el conjunt de les seves activitats, la carrera que ha fet.

tralla tralles
nom femení — Una tralla és un tros prim i llarg de corda o de cuir que va lligada a un bastó i serveix per a pegar a les bèsties que estiren un carro, transporten una càrrega o treballen al camp.

tram trams
nom masculí — **1** Un tram és una part o un tros d'una cosa que té una certa llargada. A l'hivern, en algunes carreteres hi ha trams amb gel.
2 Tros d'una escala entre dos replans. Els trams tenen diversos esglaons.

trama trames
nom femení — **1** La trama d'una tela teixida és el conjunt dels fils que van d'una vora a l'altra entrellaçats amb els fils de l'ordit.
2 La trama d'una novel·la, d'una obra de teatre o d'una pel·lícula és el conjunt de coses que hi passen i la manera com estan lligades i relacionades. Algunes sèries de televisió tenen una trama complicada, amb molts personatges.
3 Unes persones fan o preparen una trama si planegen un seguit d'accions per a fer mal a algú o aconseguir alguna cosa que volen. Els diaris parlen de les trames per a fer grans estafes.

tramar
verb
com *cantar*
◄ pàg. 26 — **1** Fer passar en un teixit els fils de trama entre els fils d'ordit.
2 Fer o preparar una trama. En un robatori important, sempre hi ha la persona que l'ha tramat i les persones que l'han dut a terme.
tramat

tramesa trameses
nom femení — Una tramesa és el fet d'enviar una cosa i també la cosa que s'envia. Podem fer la tramesa d'uns documents per correu o a través d'un missatger.

trametre
verb
com *perdre*
◄ pàg. 27
Diferències: *tramès, tramesa, tramesos, trameses* — Enviar, fer anar algú o alguna cosa a un lloc. Les cartes es trameten normalment per correu.

tràmit tràmits
nom masculí — Un tràmit és una cosa que s'ha de fer per a obtenir una altra cosa. Quan es compra un cotxe es fan diversos tràmits, com matricular-lo i pagar-ne l'assegurança.
tramitar

tramoia tramoies
nom femení — La tramoia d'un teatre és el conjunt de mecanismes que hi ha a l'escenari per a canviar els decorats, la il·luminació i els efectes especials.

tramoista tramoistes
nom masculí i femení — Un o una tramoista és la persona que construeix o dirigeix la tramoia d'un teatre.

trampa trampes
nom femení — **1** Una trampa és un forat fet a terra i tapat amb branques o fustes o bé qualsevol objecte construït per a agafar animals. Les trampes funcionen quan l'animal hi passa pel damunt o quan trepitja un mecanisme que les dispara.

2 Qualsevol cosa que es fa per a enganyar algú, per a obtenir el que es vol o per a guanyar en el joc. Si fem trampes, ningú no voldrà jugar amb nosaltres.
3 En un joc de màgia, allò que el públic no sap i no ha de descobrir. Tots els jocs que fan els mags tenen la seva trampa.
entrampar, trampós, tramposa

trampejar
verb
com *cantar*
◄ pàg. 26
Amb G davant E, I

1 Fer trampes en el joc o en un negoci.
2 En un assumpte complicat, anar superant les dificultats i tirar endavant. Si una empresa no pot trampejar els moments difícils, acabarà plegant.

trampolí trampolins
nom masculí
1 Un trampolí és una peça de fusta allargada o flexible que hi ha a les piscines per a donar-se impuls abans de saltar a l'aigua. Normalment, hi ha un trampolí a poca altura i un altre a més altura.
2 En les competicions de salts d'esquí, plataforma inclinada per on baixen els esportistes per agafar velocitat i saltar amb gran impuls.

tramuntana tramuntanes
nom femení
La tramuntana és un vent que bufa del nord i acostuma a ser fort i fred. A l'Empordà, hi fa sovint tramuntana.

tramvia tramvies
nom masculí
Amb MV
Un tramvia és un vehicle per al transport de persones que circula damunt d'unes vies planes pels carrers d'una ciutat. La majoria dels tramvies són elèctrics.

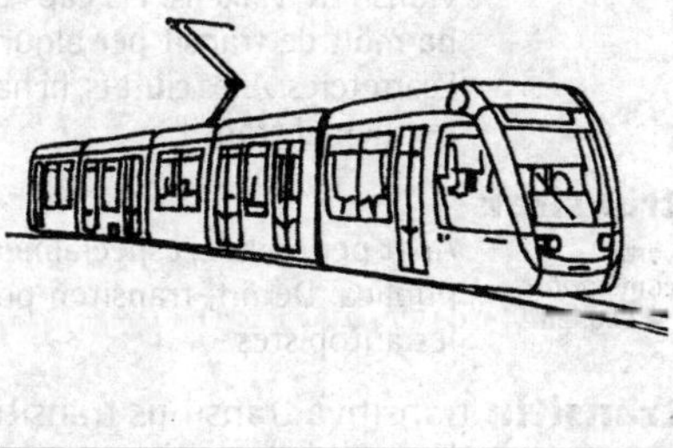
Un tramvia

tràngol tràngols
nom masculí
Un tràngol és una situació complicada, una cosa difícil de resoldre. Perdre's de nit per la muntanya és un bon tràngol.

tranquil tranquil·la tranquils tranquil·les
adjectiu
1 Que està sense moviment, sense soroll, que dóna una impressió de pau, de quietud. Si volem descansar i dormir, ens cal un lloc tranquil.
2 Una persona està tranquil·la si no té preocupacions, si no està nerviosa i se sent segura.
intranquil, intranquil·la, tranquil·lament

tranquil·litat tranquil·litats
nom femení
La tranquil·litat és la característica de les persones i de les coses tranquil·les. Als pobles petits hi ha més tranquil·litat que a les ciutats.
intranquil·litat

tranquil·litzar
verb
com *cantar*
◄ pàg. 26
Fer que algú es posi tranquil, deixi d'estar preocupat o inquiet. Quan el metge diu a una persona que no té res greu, la tranquil·litza. Algunes persones prenen infusions de til·la per a tranquil·litzar-se.
tranquil·litzant

transatlàntic transatlàntics
nom masculí
Un transatlàntic és un vaixell molt gran que porta persones i mercaderies en viatges llargs a través dels oceans. Quan encara no hi havia avions de passatgers, els transatlàntics unien Amèrica amb Europa a través de l'Atlàntic. ✎ pàgs. 194-195 (2)

transbordador transbordadors
nom masculí
Un transbordador és una embarcació per a transportar persones, vehicles i mercaderies entre les dues vores d'un riu, d'un estret o d'un canal. Alguns transbordadors són grans i semblen vaixells; d'altres són una barcassa amb una coberta ampla, o una plataforma flotant.
transbord, transbordar

transcendental transcendentals
adjectiu
Que és de gran importància per les conseqüències que pot tenir. El descobriment de l'electricitat va ser transcendental per a la vida de les persones.
transcendentalisme, transcendentalista

transcórrer
verb
com *córrer*
◄ pàg. 32
El temps, els dies, la vida d'una persona, etc., transcorren quan passen. Durant les vacances, sembla que els dies i les hores transcorrin molt de pressa, de seguida s'acaben.

transcriure
verb
com *escriure*
◄ pàg. 34
1 Escriure una còpia d'un text. Les persones que transcriuen documents han d'anar amb compte de no equivocar-se.
2 Reproduir una paraula o un text amb un sistema de signes diferent de les lletres. Es pot transcriure una carta en l'alfabet fonè-

tic, en l'alfabet dels cecs o en morse.

3 En música, fer que una composició escrita per a un instrument o per a cant pugui ser tocada per altres instruments o cantada per una altra veu. Una obra per a piano es pot transcriure per a orquestra.

transcripció

transcurs transcurs

nom masculí — El transcurs és el fet de transcórrer. En el transcurs de la vida, una persona viu coses bones i coses dolentes.

transeünt transeünts

adjectiu — **1** Que és de pas en un lloc, que no s'hi està sempre. Les persones que fan turisme són transeünts en els països que visiten.

nom masculí i femení — **2** Un o una transeünt és una persona que camina pels carrers d'una ciutat o per una altra via pública. Els transeünts han de travessar els carrers pels llocs indicats.

transferència transferències

nom femení — Una transferència és el fet de transferir alguna cosa. Si ho volem, el banc ens farà una transferència de diners d'un compte corrent a un altre.

transferir

verb, com *servir* ◄ pàg. 28 — Portar algú o alguna cosa d'un lloc a un altre. Quan una empresa obre noves oficines, hi transfereix alguns dels seus empleats. Si transferim diners a una persona, fem que el banc els hi posi en el compte corrent.

transformació transformacions

nom femení — Hi ha o es fa una transformació quan es transforma algú o alguna cosa. Les autopistes provoquen una gran transformació del paisatge.

transformar

verb, com *cantar* ◄ pàg. 26 — Fer que una cosa canviï de forma, donar un altre aspecte a algú o alguna cosa. Les indústries transformen les primeres matèries en productes fabricats. Els capgrossos es transformen en granotes.

trànsfuga trànsfugues

nom masculí i femení — Un o una trànsfuga és una persona que passa d'un partit polític a un altre, d'un bàndol o d'un exèrcit a un altre. Els trànsfugues són considerats traïdors pels seus antics companys.

transfusió transfusions

nom femení — Una transfusió de sang és una operació de medicina que consisteix a posar sang d'una persona a una altra. Es fan transfusions quan una persona ha patit un accident i ha perdut molta sang.

transgredir

verb, com *servir* ◄ pàg. 28 — No complir una llei, un precepte o una ordre. Quan algú transgredeix les normes de la circulació li posen una multa.

transgressió

transhumant transhumants

adjectiu — Un ramat és transhumant quan es desplaça d'un lloc a un altre per a trobar el menjar que necessita. Els ramats transhumants pugen a la muntanya a l'estiu, i baixen a les planes quan arriba l'hivern.

transhumància, transhumar

transició transicions

nom femení — Hi ha una transició quan es passa més o menys ràpidament d'una cosa a una altra. La tardor és un temps de transició entre la calor de l'estiu i el fred de l'hivern. En una transició política hi ha un canvi de sistema de govern sense violència.

transigir

verb, com *servir* ◄ pàg. 28 — Una persona transigeix quan accepta o deixa fer una cosa que no li agrada per arribar a un acord o a una solució, o per aconseguir alguna cosa més important.

intransigència, intransigent, transigència, transigent

transistor transistors

nom masculí — **1** Un transistor és un dispositiu electrònic de mida molt petita per a controlar corrents elèctrics i fer-los més grans. Amb els transistors es construeixen aparells de ràdio portàtils molt petits.

2 Aparell receptor de ràdio que funciona amb transistors.

trànsit trànsits

nom masculí, Amb S — El trànsit és la circulació de vehicles i de persones pels carrers i altres vies de comunicació. També hi ha trànsit de trens, d'avions i de vaixells. Els caps de setmana hi ha molt de trànsit per algunes autopistes i carreteres. A les ciutats, hi ha semàfors que regulen el trànsit.

transitar

verb, com *cantar* ◄ pàg. 26 — Anar per un lloc, especialment per una via pública. De nit, transiten pocs cotxes per les autopistes.

transitiu transitiva transitius transitives

adjectiu — Un verb és transitiu quan porta o pot portar complement directe, com *transportar* i *estimar*: *Transporta pomes al mercat. Estimava la seva mare.* Les oracions que porten un verb transitiu són transitives, com *Li tocava la cara.*

transitori transitòria transitoris transitòries

adjectiu — Que dura poc temps, que serveix per a passar d'una cosa a una altra. En alguns països, després d'una guerra hi ha un govern transitori mentre es preparen unes eleccions generals.

translació translacions

nom femení

1 Una translació és l'acció de fer passar una cosa d'un lloc a un altre.

2 Moviment d'un astre que es desplaça seguint una òrbita al voltant d'un altre astre. La Terra fa una translació al voltant del Sol.

translúcid translúcida translúcids translúcides

adjectiu

Un cos és translúcid si deixa passar la llum però no deixa veure les coses que hi ha a l'altra banda. Hi ha finestres amb vidres translúcids.

transmetre

verb
com *perdre*
◄ pàg. 27
Diferències:
transmès, transmesa, transmesos, transmeses

1 Fer passar una cosa d'un lloc a un altre. Es pot transmetre una notícia, una ordre o un telegrama. Hi ha emissores de ràdio que transmeten durant tot el dia.

2 Fer passar una cosa nostra a un altre o a altres. Els pares transmeten els seus costums i els seus béns als fills.

3 Deixar passar a través seu. Els nervis transmeten les impressions dels sentits fins al cervell.

4 Fer passar una malaltia d'una persona a una altra. Hi ha un tipus de mosquit que transmet la malària.

transmissió transmissions

nom femení

1 Una transmissió és el fet de transmetre. Les tempestes poden interrompre les transmissions de ràdio i televisió.

2 La transmissió d'un cotxe és el conjunt de peces i mecanismes que fan passar el moviment del motor a les rodes. En els cotxes tot terreny, la transmissió mou les quatre rodes.

transmissor transmissora transmissors transmissores

adjectiu

1 Que transmet. Hi ha animals transmissors de malalties. La ràdio i la televisió no poden funcionar sense una estació transmissora.

nom masculí

2 Un transmissor és un aparell de ràdio per a enviar a distància senyals, sons, música o paraules. Amb transmissors es pot controlar el moviment de vehicles.

transparència transparències

nom femení

1 La transparència és la característica de les coses transparents. Quan un vidre s'entela, perd transparència.

2 Una transparència és una diapositiva; també és un full transparent on es fan dibuixos i escrits que es poden projectar com si fossin diapositives.

transparent transparents

adjectiu

Que deixa passar la llum i deixa veure clarament les coses que hi ha a l'altra banda. La majoria de finestres tenen vidres transparents. Alguns vestits tenen les mànigues transparents: per sota es veuen els braços.

transparentar

transpiració transpiracions

nom femení

1 La transpiració és la sortida d'aigua del nostre cos, en forma de suor o de vapor. Quan fa molt fred, la transpiració forma com un fum que traiem per la boca.

2 Eliminació d'aigua en forma de vapor que fan les plantes. La transpiració es produeix sobretot a través de les fulles.

La transmissió d'un cotxe

transpirar
verb, com *cantar* ◄ pàg. 26 — Fer la transpiració. A l'estiu convé portar roba que deixi transpirar.

transport transports
nom masculí — El transport és el fet de transportar. Els cotxes, els trens, els avions i els vaixells són mitjans de transport.

transportador transportadora transportadors transportadores
adjectiu — **1** Que transporta. Un ascensor és un aparell transportador, puja i baixa persones i coses. ✎ pàgs. 998-999 ⑱
nom masculí — **2** Un transportador és un cercle o un semicercle graduat per a mesurar i dibuixar angles sobre un paper.

transportar
verb, com *cantar* ◄ pàg. 26 — Portar persones o mercaderies d'un lloc a un altre. Hi ha vaixells especials, molt grans, que transporten petroli.

transportista transportistes
nom masculí i femení — Un o una transportista és una persona que es dedica a transportar mercaderies o objectes. Alguns transportistes s'han especialitzat en el transport de pianos.

transversal transversals
adjectiu — Una línia, un carrer, una via de tren, etc., és transversal si travessa una altra línia o un grup de línies, un altre carrer, una altra via de tren, etc. En un pas a nivell, una carretera és transversal a una línia de tren.

transvestit transvestida transvestits transvestides
nom masculí i femení — Persona que s'arregla i es vesteix de la manera que es considera pròpia del sexe contrari.

tranuitar
verb, com *cantar* ◄ pàg. 26 — Passar la nit o gran part de la nit sense anar a dormir. Els forners tranuiten perquè el pa estigui a punt a primera hora del matí.

trapa trapes
nom femení — Una trapa és una tapa, generalment de fusta, que tanca una obertura feta en un sostre o al terra. En algunes cases de pagès, per a pujar a les golfes, s'ha d'obrir una trapa.

trapella trapelles
nom masculí i femení — Un o una trapella és una persona que té habilitat per a enganyar els altres i així aconseguir el que vol.
trapelleria

trapezi trapezis
nom masculí — **1** Un trapezi és una figura geomètrica plana de quatre costats que té dos costats oposats paral·lels i els altres dos no paral·lels.
2 El trapezi és cada un dels dos músculs en forma de triangle que tapen la nuca, l'esquena i la part de dalt de les espatlles. ✎ pàg. 800 ⑦

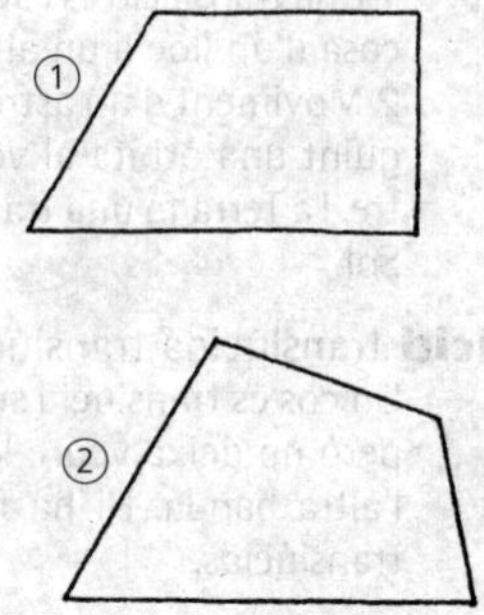

①Un trapezi. ②Un trapezoide.

3 Aparell per a fer exercicis de gimnàstica o d'acrobàcia que consisteix en una barra horitzontal penjada de dues cordes verticals. Al circ, sovint hi ha artistes que salten i s'agafen d'un trapezi a un altre.

trapezista trapezistes
nom masculí i femení — Un o una trapezista és una persona que fa exercicis de gimnàstica o d'acrobàcia en un trapezi.

trapezoide trapezoides
nom masculí — Un trapezoide és una figura geomètrica plana de quatre costats que no té cap dels costats paral·lel a un altre. ✎ trapezi

tràquea tràquees
nom femení — La tràquea és un òrgan de l'aparell respiratori que té forma de tub i va des de la faringe fins als pulmons. La formen una sèrie d'anells de cartílag. ✎ pàgs. 798-799 ⑤②

trasbals trasbals
nom masculí — **1** Un trasbals és el fet de canviar coses de lloc, de traslladar-les. Quan anem a viure a un altre pis, algú ens ha de fer el trasbals dels mobles.
2 Un esdeveniment, un fet, és un trasbals quan preocupa i fa perdre la tranquil·litat. Per a la majoria de la gent, quedar-se sense feina és un trasbals.
trasbalsar

de trascantó
locució que fa d'adverbi — D'una manera inesperada, no prevista. En els creuaments de carrers, s'ha de vigilar que no ens surti un cotxe de trascantó.

traslladar
verb, com *cantar* ◄ pàg. 26 — **1** Fer passar una persona o una cosa d'un lloc a un altre. Es poden traslladar els treballadors d'una empresa a un altre edifici.
2 Fer que un acte, una celebració o un dia

de festa tingui lloc o se celebri en un altre temps, en un altre moment. Hi ha festes entre setmana que s'han traslladat al diumenge següent.

usat amb pronom — **3 Traslladar-se** una o més persones és canviar de casa, de població, de lloc de treball, etc.

trasllat trasllats
nom masculí — Un trasllat és el fet de traslladar. Hi ha transportistes que s'encarreguen del trasllat dels mobles quan algú canvia de pis.

traspaperar-se
verb usat amb pronom com *cantar* ◄ pàg. 26 — Perdre's un o més papers entre altres papers. En una taula plena de llibres i papers se'ns poden traspaperar uns apunts.

traspàs traspassos
nom masculí — **1** Un traspàs és el fet de traspassar. Els ponts ens permeten fer el traspàs d'un riu a peu o en cotxe.
2 Quantitat que paga la persona que lloga un pis o un local a la persona que el tenia abans. El traspàs d'una botiga gran situada en un lloc cèntric pot costar molts diners.
3 El traspàs d'una persona és la seva mort. El traspàs dels artistes famosos s'anuncia per ràdio i televisió.

traspassar
verb com *cantar* ◄ pàg. 26 — **1** Passar a l'altra banda d'un carrer, d'un riu, d'una via de tren, etc. Els vianants han de traspassar els carrers pels llocs on hi ha semàfors.
2 Foradar una cosa de part a part, d'una banda a l'altra. Si claves un clau molt llarg en una fusta prima, la traspassaràs.
3 Passar a través d'una cosa. Quan una persona sua molt, la suor li traspassa la roba.
4 Fer passar algú o alguna cosa d'una banda a una altra. En alguns rius, hi ha barques o transbordadors que traspassen persones i mercaderies.
5 Deixar un pis o un local a una persona que el lloga a canvi d'una quantitat de diners. Els pisos cars costen de traspassar.
6 Morir.

trasplantar
verb com *cantar* ◄ pàg. 26 — **1** Canviar una planta de lloc, plantar-la en un altre lloc. Alguns arbres, si es trasplanten, es moren.
2 Posar a una persona un òrgan d'una altra persona. Trasplantar un cor és una operació molt delicada.
trasplantament

traspuar
verb com *canviar* ◄ pàg. 30 Amb dièresi — Un cos traspua quan deixa passar aigua o un altre líquid cap a fora. Hi ha càntirs que sempre estan mullats, perquè traspuen. Les parets de les coves i d'alguns locals subterranis traspuen humitat.

trast trasts
nom masculí — Trasto.

trastejar
verb com *cantar* ◄ pàg. 26 Amb G davant E, I — Anar d'una banda a l'altra mentre es va fent la feina. A les persones que fan bricolatge, els agrada trastejar per la casa arreglant les coses espatllades.

traster trasters
nom masculí — Un traster és una habitació on es guarden els mals endreços: trastos, eines i objectes que no es fan servir.

trasto trastos
nom masculí — Un trasto és una cosa vella, que ja no fa servei, que està espatllada o trencada.

trastocar
verb com *cantar* ◄ pàg. 26 Amb QU davant E, I — Fer tornar boig, fer perdre el seny, la raó. Hi ha desgràcies que trastoquen la gent. Les persones que s'emborratxen sovint es trastoquen i no saben el que fan.

trastorn trastorns
nom masculí — Un trastorn és un canvi en el funcionament d'un òrgan o del nostre cos. Si una persona pateix un trastorn de la memòria, no recorda les coses, no recorda com es diu.
trastornar

trau traus
nom masculí — **1** Un trau és cada un dels forats que hi ha en una de les vores d'una peça de vestir per a poder cordar-la passant-hi els botons.
2 Tall bastant profund fet en una part del cos. Si et tiren un roc, et poden fer un trau al cap.

trauma traumes
nom masculí — **1** Un trauma és un fet que viu una persona i que altera el seu ànim i la seva ment, i l'omple de preocupacions. La persona que veu un assassinat pot patir un trauma molt fort.
2 Ferida o cop fort que pateix una persona.
traumàtic, traumatòleg, traumatòloga, traumatologia

traure
verb ◄ pàg. 42 E i A a l'arrel — Treure. Les taques de fruita costen molt de traure. Si no juguem a la loteria, mai no traurem cap premi.

trava traves

nom femení — **1** Una trava és qualsevol objecte o aparell per a impedir que una bèstia o una cosa es pugui moure. El cep que impedeix moure un cotxe mal aparcat és una trava.

2 Diem que una cosa és una trava si no ens deixa fer el que volem, si ens impedeix d'aconseguir alguna cosa. Alguns països posen traves a l'entrada d'immigrants.

travar

verb com *cantar* ◄ pàg. 26 Amb V — **1** Posar una o més traves a alguna cosa. Si es deixa un cotxe en una baixada, és convenient travar-lo amb una pedra posada sota les rodes.

2 Unir dues o més coses per tal que no puguin separar-se o moure's independentment l'una de l'altra.

frase feta — **3** A una persona **se li trava la llengua** quan no la belluga bé i parla amb dificultat, quan s'embarbussa.

través travessos

nom masculí — **1** El través d'una cosa és la seva dimensió en sentit perpendicular a la llargària. Una post de fusta es pot tallar al llarg o al través.

locució que fa de preposició — **2 A través de** vol dir d'una banda a una altra d'una cosa, per dins d'una cosa. *La llum passa a través dels vidres.*

locució que fa d'adverbi — **3 Camps a través** vol dir travessant els camps, sense seguir un camí. *Si anem camps a través anirem més ràpid que pel camí.*

4 Posar una cosa **de través** és posar-la de manera que la seva llargada estigui en sentit perpendicular a la llargada d'una altra cosa. *La manta era posada de través al llit i penjava pels costats.*

5 De través vol dir en una direcció desviada de la normal, no recta. *Si no volem que es noti que mirem alguna cosa, la mirem de través, sense moure el cap.*

travessa travesses

nom femení — **1** Una travessa és una peça llarga, sovint de fusta, que es posa en sentit perpendicular a la llargada d'una altra. Les vies del tren van muntades damunt d'unes travesses. ✎ pàg. 193 (15)

2 Quiniela. Hi ha travesses de futbol que donen premis milionaris.

3 Excursió llarga per la muntanya que consisteix a pujar a un cim per un cantó i baixar-ne per l'altre.

travessar

verb com *cantar* ◄ pàg. 26 — **1** Passar a través d'alguna cosa, traspassar. Hi ha carrers que travessen tota una ciutat, van d'una punta a l'altra. Per a anar d'un país a un altre, s'ha de travessar la frontera.

2 Ferir algú traspassant-lo amb una arma o amb un instrument punxant. Alguns pescadors travessen els peixos grossos amb arpons.

travessada

travesser travessera travessers travesseres

adjectiu — **1** Que està posat de través, en sentit transversal. Les travesses de la via del tren són travesseres.

nom masculí — **2** Un travesser és una peça de fusta, de ferro o d'un altre material que uneix dues parts oposades d'un moble, d'una màquina, d'una eina, etc. Quan pugem per una escala de mà, posem els peus sobre els travessers.

nom femení — **3** Una travessera és un carrer o una carretera que travessa una població.

travessia travessies

nom femení — **1** Una travessia és un carrer travesser, sovint curt i estret, que uneix dos carrers principals.

2 Viatge per mar o per riu.

traveta travetes

nom femení — **1** Una traveta és el fet de posar la cama al davant de la cama d'algú mentre camina o corre per fer-lo caure. Hi ha jugadors de futbol que fan la traveta al contrari quan s'escapa amb la pilota.

2 Diem que una persona fa la traveta a una altra quan li posa obstacles i entrebancs per a fer-la fracassar.

treball treballs

nom masculí Amb E — **1** El treball és el fet de treballar. Un fuster fa un treball físic; una professora, un treball intel·lectual.

2 El treball d'una persona és la feina que fa, la seva activitat per a guanyar-se la vida. Hi ha treballs més ben pagats que d'altres.

3 Obra escrita sobre un tema que ha de fer una persona que estudia. Si hem de fer un treball de botànica, haurem de consultar llibres de plantes.

frase feta — **4** Diem que una persona **té treballs** a fer alguna cosa quan li costa molt, quan ha de fer molts esforços.

treballador treballadora treballadors treballadores

adjectiu — **1** Que treballa.

2 Que treballa molt, que li agrada treballar. Les persones treballadores aviat acaben la feina.

nom masculí i femení — **3** Persona que treballa i que cobra un sou. Les fàbriques grans tenen molts treballadors.

treballar
verb
com *cantar*
◄ pàg. 26
Amb B

1 Esforçar-se a fer una cosa per a aconseguir un resultat. Quan prepara un concert, una pianista ha de treballar molt.
2 Tenir una ocupació, una feina, una activitat que ens proporciona uns diners. Les persones que treballen cobren un sou.
3 Sotmetre alguna cosa a una acció per a donar-li forma, millorar-la o preparar-la d'una manera determinada. Els forners treballen la pasta per a fer el pa.
treballós, treballosa

trellat trellats
nom masculí

Raó, seny; sentit d'una cosa. Es diu que una persona té trellat si és sensata i fa les coses amb seny. Una cosa sense trellat no té sentit. Es diu sobretot al País Valencià.

tremolar
verb
com *cantar*
◄ pàg. 26

1 Tenir tremolor. Quan tenim molt de fred, tremolem. A algunes persones, els nervis els fan tremolar les mans.
2 La veu o un altre so tremola quan se sent de manera irregular, ara més fort, ara més fluix, ara més agut, ara més greu, etc. La por fa que a una persona li tremoli la veu.
3 Tenir molta por d'alguna cosa. Hi ha persones que tremolen de pensar que han de pujar a un avió.
tremolós, tremolosa, trèmul

tremolor tremolors
nom masculí o femení

Un tremolor o una tremolor és una sèrie de moviments curts, ràpids i repetits que es produeixen de manera involuntària a tot el cos o només en una part del cos. Quan tenen por, a algunes persones els ve un tremolor de cames.
tremolí

tremp tremps
nom masculí

1 El tremp és el fet de trempar.
2 Punt de duresa i d'elasticitat que es dóna a l'acer, al vidre o a altres substàncies quan se les trempa.
3 El tremp d'una persona és l'energia que posa en el treball i la fermesa a superar les dificultats.
4 Plomí.

trempar
verb
com *cantar*
◄ pàg. 26

1 Fer que l'acer o el vidre tinguin la duresa i l'elasticitat que necessiten per a certs usos. L'acer es trempa escalfant-lo molt fort i refredant-lo de sobte.
2 Un home o un animal mascle trempa quan el penis se li posa o se li manté dret. Es diu de manera informal.

trempat trempada trempats trempades
adjectiu

Una persona és trempada quan és simpàtica, divertida i agradable en el tracte.

trempolí trempolina trempolins trempolines
adjectiu
1 De Tremp.
nom masculí i femení
2 Persona que és de Tremp o que hi viu.

tremuja tremuges
nom femení

Una tremuja és un dipòsit gran semblant a un embut, que s'omple per la part de dalt amb un material que s'ha de fondre, de moldre, de carregar, etc. Per l'obertura que hi ha a sota surt el material i va a parar a un forn, un recipient, un camió, etc.

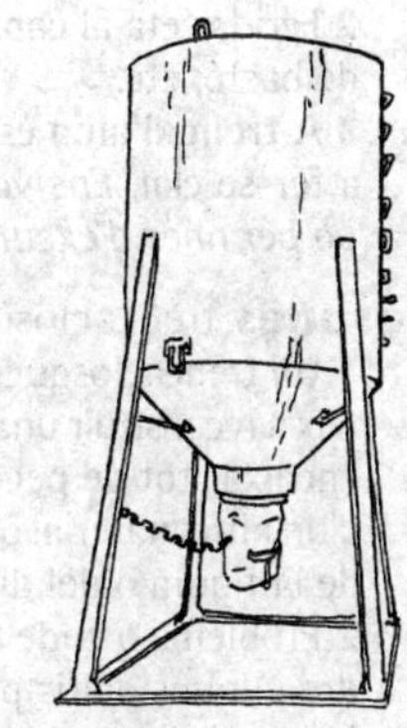

Una tremuja

tren trens
nom masculí

1 Un tren és un conjunt de vagons enganxats entre si i arrossegats per una locomotora. Els trens poden transportar persones o mercaderies. Si agafes el tren és que hi puges; si el perds és que se t'escapa.
2 Manera de viure una persona amb més o menys luxe. El tren de les persones amb molts diners no és el mateix que el de les persones treballadores. També es fa servir l'expressió *tren de vida.*
3 El **tren d'aterratge** d'un avió és el conjunt de les rodes i altres mecanismes per a aterrar i enlairar-se. Els trens d'aterratge normalment es pleguen i queden tancats a la part de sota de l'avió.
pàg. 196 (6)

trena trenes
nom femení

Una trena és un conjunt de cabells llargs separats en tres parts que es van entrecreuant i queden ajuntats. Una persona es pot fer una sola trena, o dues o més trenes, com en alguns pentinats africans.
trenar
Vegeu la il·lustració a la pàgina següent

Una trena

trenc trencs

nom masculí — **1** Un trenc és una esquerda produïda per un cop.
2 Ferida feta al cap amb un cop de pedra, de bastó, etc.

locució que fa d'adverbi — **3 A trenc d'alba** és a l'hora que comença a fer-se clar. *Ens vam llevar a trenc d'alba per anar d'excursió.*

trencaclosques trencaclosques

nom masculí — **1** Un trencaclosques és un joc que consisteix a reconstruir una figura o un dibuix fent encaixar tot de peces de cartó, de fusta o d'un altre material que només són una part de la figura o del dibuix. ✎ pàg. 393 ⑥
2 Problema o endevinalla difícils de resoldre. Alguns diaris posen trencaclosques a la secció d'entreteniments.

trencacolls trencacolls

nom masculí — **1** Un trencacolls és un lloc perillós on és fàcil de caure.
2 Diem que un afer és un trencacolls quan és difícil o perillós. Hi ha persones que sempre es posen en trencacolls.

trencadís trencadissa trencadissos trencadisses

adjectiu — **1** Que es trenca fàcilment, que és fràgil. El vidre és un material trencadís.

nom femení — **2** Una trencadissa és el fet de trencar o de trencar-se moltes coses en molts trossos. Si et cauen els plats i els gots que portes, faràs una bona trencadissa.

trencaglaç trencaglaços

nom masculí — Un trencaglaç és un vaixell especial per a trencar la capa de gel que es forma sobre la superfície d'alguns mars i fer possible la navegació.

trencall trencalls

nom masculí — Un trencall és un camí que surt a la dreta o a l'esquerra d'un altre camí o d'una carretera.

trencalòs trencalossos

nom masculí — Un trencalòs és un ocell gros i fort, de la mateixa família del voltor i del milà. És de color castany fosc i té el bec corbat i fort com els rapinyaires. S'alimenta dels ossos dels animals morts. Per trencar els ossos els deixa caure des d'una gran altura.

trencanous trencanous

nom masculí — Un trencanous és un estri en forma d'estenalles o de pinces per a trencar nous, ametlles, avellanes, etc.

trencant trencants

nom masculí — Rompent.

trencapinyons trencapinyons

nom masculí — Un trencapinyons és un trencanous petit per a trencar pinyons.

trencar

verb
com *cantar*
◄ pàg. 26
Amb QU davant E, I — **1** Fer trossos una cosa donant-li cops, tirant-la a terra o prement-la. Les pedregades poden trencar els vidres de les cases. Les peces de terrissa es trenquen molt fàcilment.
2 Fer malbé una cosa, fer que perdi la forma, la unió dels seus elements. Si poses molt de pes en una tauleta, la trencaràs. Quan es trenquen les bigues d'un sostre, aquest s'ensorra.
3 Fer que s'obri la clofolla de fruits com les ametlles, les avellanes i les nous per a poder menjar-se'ls. Podem trencar ametlles amb un trencanous o picant amb una pedra.
4 Un camí, una carretera o un carrer trenca a la dreta o a l'esquerra quan canvia de direcció i va cap a la dreta o cap a l'esquerra.
5 Una persona trenca una promesa, un pacte o la paraula donada si no fa el que va dir o va prometre.
6 Deixar de tenir amistat o relació amb algú. És normal que trenquem amb una persona si ens ha estafat.

usat amb pronom — **7** Una persona **es trenca** una cama o una altra part del cos si un os de la cama o d'aquesta altra part se separa en dos o més fragments. Si et trenques un braç, te l'han d'enguixar.

frase feta — **8 Trencar-se de riure** és riure molt.

trencadura, trencament

trencat trencada trencats trencades

adjectiu — **1** Una línia trencada no és recta, sinó que fa angles.

nom masculí — **2** Un trencat és un tallat, un cafè amb una mica de llet.
3 En matemàtiques, un trencat és una fracció.

frase feta — **4** Es diu que algú **té la mà trencada** en una cosa si sap fer-la molt bé.
5 Es diu que algú **paga els plats trencats** si es carrega les culpes o pateix les conseqüències d'una acció que no ha fet.

trenta trentes

determinant numeral — **1** Trenta coses són tres vegades deu coses.

nom masculí — **2** El trenta és el nom del 30.

trentè, trentena

trepa trepes

nom femení — Una trepa és una colla de gent. Es diu de manera informal.

trepant trepants

nom masculí — Un trepant és una eina o una màquina per a fer forats. Els trepants elèctrics foraden fent girar molt de pressa una broca que es pot treure i posar. pàg. 993 (18)

trepar

verb com *cantar* ◄ pàg. 26 — Perforar, fer forats. Les barrines serveixen per a trepar la fusta.

trepidar

verb com *cantar* ◄ pàg. 26 — Una cosa trepida quan és sacsejada per moviments curts, ràpids i repetits. Quan un tren passa per un pont, el fa trepidar.

trepidant

trepig trepigs

nom masculí. També *trepitjos* — **1** El trepig és el fet d'anar posant algú els peus a terra quan camina. La gespa d'un jardí es pot fer malbé amb el trepig de la gent.

2 Soroll que es fa quan es camina. Si portem sabates amb sola de goma, gairebé no se sentirà el nostre trepig.

trepitjada trepitjades

nom femení — **1** Una trepitjada és el fet de posar el peu sobre alguna cosa. Quan hi ha molta gent en un lloc, ens poden donar una trepitjada al peu.

2 Petjada, senyal que deixa el peu sobre alguna cosa. Si passes quan s'ha acabat de fregar el terra, hi deixaràs moltes trepitjades.

trepitjar

verb com *cantar* ◄ pàg. 26. Amb TG davant E, I — **1** Posar el peu sobre algú o alguna cosa. A l'estiu, és agradable trepitjar la sorra humida de la platja.

2 Es diu que una persona trepitja algú si el maltracta i li fa sentir vergonya davant dels altres.

tres tresos

determinant numeral — **1** Tres coses són dues més una.

nom masculí — **2** El tres és el nom del 3.

locució que fa d'adverbi — **3 En un tres i no res** vol dir molt de pressa, en un moment. *Vaig fer una truita a la francesa en un tres i no res.*

trescar

verb com *cantar* ◄ pàg. 26. Amb QU davant E, I — **1** Anar i venir les abelles del rusc a les plantes que els donen l'aliment.

2 Caminar o treballar amb energia i relativament de pressa. Hi ha persones que els caps de setmana se'n van a trescar per la muntanya.

tres-cents tres-centes

determinant numeral — **1** Tres-centes coses són tres vegades cent coses.

nom masculí — **2** El tres-cents és el nom del 300.

tres-centè

treset tresets

nom masculí — En música, un treset és un grup de tres notes de la mateixa durada que s'han de fer en el temps en què normalment se'n farien dues. En una partitura, els tresets s'indiquen amb una línia que lliga les tres notes i amb un número 3.

Dos tresets

tresillo tresillos

nom masculí — **1** Un tresillo és un conjunt de sofà i dues butaques.

2 Joc de cartes que es juga entre tres persones.

tresor tresors

nom masculí — **1** Un tresor és una quantitat de diners, de joies o d'altres objectes preciosos. En moltes pel·lícules, hi ha pirates que busquen un tresor.

2 Diem que una cosa és un tresor quan té un gran valor. Algunes pintures que es guarden als museus són tresors.

3 El **tresor públic** és el conjunt de diners que té l'Estat, l'erari.

atresorar, tresorer, tresoreria

trespeus trespeus

nom masculí — **1** Un trespeus és una rotllana de ferro amb tres peus baixets per a posar olles, paelles o altres recipients al foc.

2 Trípode.

trespol trespols

nom masculí — Sostre.

A B C D E F G H I J K L M N O P Q R S T U V W X Y Z

tret trets

nom masculí
1 Es fa un tret quan es dispara una arma. Els trets d'escopeta fan força soroll.
2 Distància que separa dos punts. De Lleida a Tarragona hi ha un bon tret.
3 Cadascuna de les línies que caracteritzen la cara d'una persona. Hi ha gent que té els trets molt marcats.
4 Característica, qualitat. A l'escola s'estudien els trets principals dels dialectes del català.

locució que fa d'adverbi
5 **A grans trets** vol dir en poques paraules, sense detalls. *Us explicaré, a grans trets, el que vaig fer ahir.*

tret de

locució que fa de preposició
Excepte. *Vindrem tots a sopar, tret de la Mireia.*

tretze tretzes

determinant numeral
Amb Z
1 Tretze coses són dotze més una.

nom masculí
2 El tretze és el nom del 13.
tretzè, tretzena

treure

verb
◄ pàg. 42
E i A a l'arrel
1 Fer sortir algú o alguna cosa del lloc o de la situació on és. Podem treure una olla del foc, una persona de la presó, etc.
2 Separar o fer desaparèixer una cosa del lloc on és. Les taques d'oli són difícils de treure.
3 Separar una part d'un tot. Si de set pomes en traiem quatre, en queden tres.
4 Guanyar alguna cosa per sort. Si treus la grossa de Nadal, et toquen molts diners.
5 Crear alguna cosa i donar-la a conèixer. Quan un conjunt de música treu un disc, en fa molta propaganda.
6 Llançar a fora d'un mateix. Quan vomitem, traiem el que tenim dins de l'estómac.
7 Fer sortir una part del cos per una obertura. Treure el cap per la finestra quan es va en cotxe és perillós.
8 Fer sortir a l'exterior allò que normalment es té a dins, amagat, que no es té a la vista. Els gats treuen les ungles; els cargols, les banyes. Treure la llengua a algú és lleig. Les plantes treuen fulles i flors.

treva treves

nom femení
1 Una treva és una suspensió de la lluita o de la guerra entre exèrcits enemics durant un temps i de comú acord.
2 Diem que hi ha una treva o un moment de treva quan un treball, un sofriment, una discussió, etc., s'atura per un temps i ens deixa reposar.

trèvol trèvols

nom masculí
Amb V
Un trèvol és una planta que té les fulles formades per tres fulles més petites i fa unes flors rosades, blanques o grogues i uns fruits petits. Hi ha diverses classes de trèvols, que poden fer de 5 a 60 centímetres d'alçària. Els trèvols es fan servir com a farratge.

tria tries

nom femení
Una tria és el fet de triar. Als mercats, podem fer la tria dels productes que volem comprar.

trial trials

nom masculí
El trial és un esport que consisteix a recórrer amb una moto una distància sobre un terreny ple de pujades, baixades i obstacles. Es pot fer a l'aire lliure o en un circuit tancat.

triangle triangles

nom masculí
1 Un triangle és una figura geomètrica formada per tres costats que s'uneixen en tres punts i formen tres angles. Les parets de les piràmides d'Egipte són triangles.

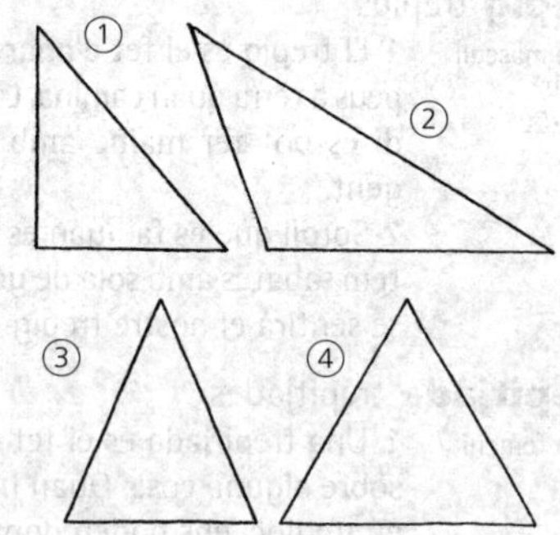

① *Un triangle rectangle.* ② *Un triangle obtusangle.* ③ *Un triangle isòsceles.* ④ *Un triangle equilàter.*

2 Instrument de percussió que té forma de triangle i que es fa sonar donant-li cops amb una baqueta d'acer. págs. 394-395 ㉗

triangular triangulars

adjectiu
Que té forma de triangle. Les ales deltes tenen una forma triangular.

triar

verb
com canviar
◄ pàg. 30
Amb dièresi
1 Escollir. Si et proposen diversos jocs, pots triar el que et vingui més de gust.
2 Netejar una cosa separant-ne les impureses o tot allò que no és bo. Per a triar cereals es fan servir garbells.

tribu tribus

nom femení
Una tribu és un grup de persones format per diverses famílies amb un origen, una

llengua i una cultura comuns i que obeeixen un mateix cap. A l'Àfrica encara hi ha pobles organitzats en tribus.

tribulació tribulacions
nom femení — Una tribulació és una pena molt gran, una preocupació que ens fa estar inquiets, tristos, com un accident, la mort d'una persona estimada, etc.

tribuna tribunes
nom femení — **1** Una tribuna és un lloc elevat des d'on parlen les persones en una assemblea.
2 Part coberta i on hi ha els millors seients en un camp de futbol o en un altre lloc d'espectacles.

tribunal tribunals
nom masculí — **1** Un tribunal és el lloc on es posen els jutges en un judici, des d'on fan justícia i pronuncien sentències.
2 Conjunt de persones que han de jutjar en un judici i decidir si algú és culpable o és innocent.
3 Conjunt de persones que, en un examen, un concurs o unes oposicions, decideixen els resultats.

tribut tributs
nom masculí — Un tribut és un impost o una contribució. Les persones que viuen en una ciutat paguen diversos tributs a l'ajuntament: recollida d'escombraries, circulació del cotxe, etc.
tributació, tributar, tributari, tributària

tríceps tríceps
nom masculí — Un tríceps és un múscul que té tres tendons per a unir-se a l'os. Hi ha un tríceps a la part del darrere del braç. pág. 800 (13)

tricicle tricicles
nom masculí — Un tricicle és un vehicle de tres rodes. La majoria de nens petits, abans d'anar en bicicleta, van en tricicle.

tricorni tricornis
nom masculí — Un tricorni és un barret negre de tres puntes propi de la guàrdia civil espanyola.

tricot tricots
nom masculí — Un tricot és un teixit de llana blanc o negre, sobretot quan és fet de punt de mitja.
tricotosa

trident tridents
nom masculí — Un trident és una forca de tres puntes, com la que porta el déu Neptú quan se'l representa. Antigament es feien servir tridents per a pescar i per a caçar.

trienni triennis
nom masculí
Amb NN — Un trienni és un conjunt de tres anys seguits.

triftong triftongs
nom masculí — Un triftong és un grup de tres vocals que es pronuncien en una mateixa síl·laba. Les dues vocals dels extrems sempre han de ser una *i* o una *u*. En català només existeix el triftong *uai* en molt poques paraules, com *guaita*.

trifulga trifulgues
nom femení — Una trifulga és una situació difícil que produeix angúnia i malestar. A les guerres es passen moltes trifulgues.

trigar
verb
com *cantar*
◄ pàg. 26
Amb GU davant E, I — Fer una cosa més tard del que s'havia de fer o del que s'esperava, tardar. Si algú triga molt a arribar a casa, la família es preocupa.
trigança

trilió trilions
nom masculí — Un trilió és un milió de bilions.

trilita trilites
nom femení — La trilita és un compost químic sòlid, de color groc, que no es dissol en aigua. És un explosiu molt potent, que es pot manipular sense perill. Es coneix també amb el nom de *trinitrotoluè* i amb les sigles TNT. La seva fórmula és: $C_7H_5N_3O_6$.

trilogia trilogies
nom femení — Una trilogia és un conjunt de tres obres, sobretot dramàtiques, entre les quals hi ha un enllaç històric, temàtic, etc., i que formen una unitat.

trimestre trimestres
nom masculí — Un trimestre és un conjunt de tres mesos seguits. Els cursos escolars estan dividits en tres trimestres.
trimestral

trinca trinques
nom femení — **1** Una trinca és un conjunt de tres coses o de tres persones de la mateixa classe. Si en un joc de cartes tenim tres asos, tenim una trinca d'asos.
2 Una cosa és nova de trinca si és molt nova, acabada d'estrenar. Quan unes sabates són noves de trinca, estan netes i brillants. Un cotxe nou de trinca va molt fi.

trinco-trinco
adverbi — Bitllo-bitllo.

trineu trineus
nom masculí — Un trineu és un vehicle que, en lloc de rodes, té patins o esquís. Els trineus es desplacen per la neu o el gel estirats per gossos, cavalls o rens.

trinitat trinitats

nom propi femení Segons la religió cristiana, la Trinitat és el misteri d'un sol Déu en tres persones divines: el Pare, el Fill i l'Esperit Sant.

trinquis trinquis

nom masculí 1 Trencadissa. Quin trinquis de vidres, si al cambrer li cau la safata plena de gots!

frase feta 2 **Fer trinquis** és fer trencadissa. Si juguem a pilota en un lloc on hi ha finestres, podem fer trinquis.

trinxar

verb com cantar ◄ pàg. 26 Partir en trossos molt petits la carn o una altra cosa de menjar. Quan fem allioli, trinxem l'all i el barregem amb l'oli.

trinxant

trinxera trinxeres

nom femení Una trinxera és una excavació llarga i més o menys estreta que serveix per a protegir els soldats dels trets dels enemics. La terra que es treu de l'excavació es fa servir de parapet.

atrinxerar

trio trios

nom masculí 1 Un trio és un conjunt de tres persones que toquen un instrument musical o que canten juntes.

2 Composició musical per a tres veus o tres instruments.

3 Conjunt de tres persones.

4 Tres cartes de jugar que tenen el mateix valor, com tres quatres, tres sotes, etc. Alguns jocs de cartes consisteixen a fer trios.

triomf triomfs

nom masculí Amb MF Un triomf és una victòria o un èxit molt gran. Si una tennista guanya una competició tres anys seguits és un gran triomf.

triomfador, triomfal, triomfalisme, triomfant

triomfar

verb com cantar ◄ pàg. 26 *Amb MF* Aconseguir un triomf, tenir èxit en alguna cosa. Moltes persones triomfen gràcies al seu esforç.

tripa tripes

nom femení 1 La tripa, o les tripes, és el conjunt dels intestins o budells. Quan tenim gana, a vegades les tripes ens fan soroll.

2 Panxa, ventre.

frase feta **3 Treure les tripes per la boca** és vomitar.

tripijoc tripijocs

nom masculí Un tripijoc és un embolic, una situació complicada, o una acció que es fa per enganyar algú, per aconseguir alguna cosa de manera poc neta. Es parla, per exemple, dels tripijocs d'alguns polítics o d'algunes persones que fan negocis.

1
triple triples

adjectiu Format per tres. A Europa hi va haver una triple aliança entre Alemanya, Àustria-Hongria i Itàlia.

triplicar

2
triple tripla triples

adjectiu 1 Que és com tres vegades una cosa. 60 és una quantitat tripla de 20.

nom masculí 2 El triple d'una quantitat és el resultat de multiplicar-la per 3. El triple de 3 és 9.

trípode trípodes

nom masculí Un trípode és un suport de tres peus que es pleguen. Serveix per a aguantar càmeres de fotografia, de cine o altres instruments. pàg. 1000 (2)

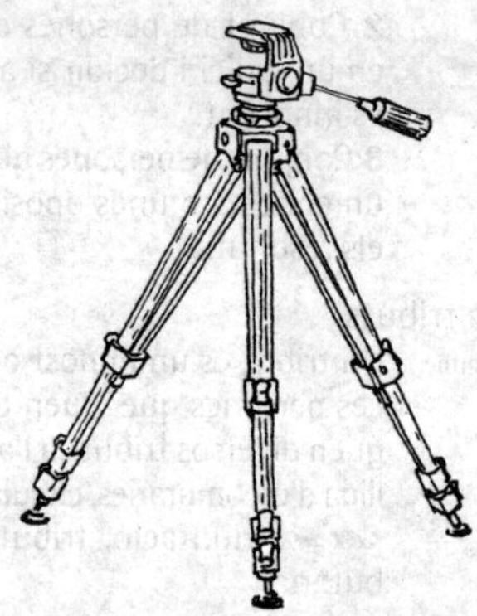

Un trípode

tríptic tríptics

nom masculí 1 Un tríptic és un quadre dividit en tres plaques de fusta articulades, de manera que les dues dels costats es poden plegar sobre la del mig.

2 Full informatiu o de publicitat plegat en forma de tríptic.

tripulació tripulacions

nom femení La tripulació d'un vaixell, d'un avió o d'una nau espacial és el conjunt de persones encarregades del servei i de les maniobres. La tripulació d'un portaavions consta de centenars de persones.

tripular

verb com cantar ◄ pàg. 26 Conduir un vaixell, un avió o una nau espacial o formar part de la seva tripulació.

tripulant

trisíl·lab trisíl·laba trisíl·labs trisíl·labes

adjectiu i nom masculí Que té tres síl·labes. Un trisíl·lab és un mot de tres síl·labes. *Música* i *romàntic* són trisíl·labs.

trisil·làbic, trisil·làbica

A B C D E F G H I J K L M N O P Q R S T U V W X Y Z

trist trista trists tristes
adjectiu
També *tristos*
1 Que sent pena, que no està animat, que no té alegria. Si un amic està trist, mira de fer-li companyia i animar-lo.
2 Que deixa veure l'estat d'ànim de les persones tristes. Es pot fer una cara trista o parlar amb veu trista.
3 Que provoca aquest estat d'ànim. Les guerres, la pobresa o una vida plena de desgràcies són coses tristes.
tristor

tristesa tristeses
nom femení
La tristesa és l'estat d'ànim de les persones tristes. La mort d'una persona que estimem ens produeix tristesa.

triturador trituradora trituradors trituradores
adjectiu
1 Que tritura o que serveix per a triturar.
nom femení
2 Una trituradora és una màquina que serveix per a triturar aliments, papers, escombraries o altres coses sòlides. Quan es vol fer la pasta dels canelons, es passa la carn per la trituradora.

triturar
verb
com *cantar*
◄ pàg. 26
Convertir una substància sòlida en trossets molt petits. El puré de patates és un menjar que es fa triturant patates.

trivial trivials
adjectiu
Vulgar, de poca dificultat, sabut per tothom. Als ascensors s'acostumen a tenir converses molt trivials, poc importants.
trivialitat, trivialitzar

tro trons
nom masculí
1 Un tro és un soroll fort que se sent després d'un llamp.
2 Tub de paper ple de pólvora ben comprimida i lligat amb dues o més voltes de fil que, si es tira contra el terra amb força, es rebenta i fa un soroll molt fort. Per Sant Joan, es tiren trons, coets i petards.

trobada trobades
nom femení
1 Una trobada és el fet de trobar algú o alguna cosa. Les trobades a l'estranger de persones conegudes fan gràcia.
2 Reunió de persones per a parlar, celebrar un esdeveniment o fer alguna altra activitat. Les trobades de castellers apleguen molta gent.

trobador trobadora trobadors trobadores
nom masculí i femení
Persona que a l'edat mitjana feia composicions poètiques i musicals que després eren recitades i cantades pels joglars.

troballa troballes
nom femení
Una troballa és una cosa que es troba o es descobreix per sort, per casualitat. Si una persona excava un terreny i troba unes restes romanes, ha fet una troballa.

trobar
verb
com *cantar*
◄ pàg. 26
Amb B
1 Descobrir algú o alguna cosa que s'estava buscant o que apareix per atzar, per casualitat. És molt difícil trobar una agulla en un paller. Si et trobes un amic pel carrer, t'atures a parlar-hi.
2 Veure que algú o alguna cosa es presenta en un estat determinat o d'una manera determinada. Els diumenges, els conductors solen trobar la carretera plena de cotxes. Quan fas una feina que no t'agrada, trobes el temps llarg.
3 Pensar, creure o considerar. Els ecologistes troben que els governs no es dediquen prou a la conservació de la natura.
usat amb pronom
4 Trobar-se bé, malament, cansat, còmode, etc., és tenir la sensació d'estar d'aquesta manera. Quan una persona no es troba bé, no té ganes de fer res.
5 Trobar-se dues o més persones en un lloc és reunir-s'hi per fer una cosa. Quan fas un treball en grup, et trobes amb els teus companys i prepareu la feina.
6 Trobar-se en un lloc en un moment donat és ser-hi. Si et trobes a Londres, quan algú et telefoni a casa no podrà parlar amb tu.
introbable, trobable, trobadís, trobadissa, trobament

troca troques
nom femení
Madeixa.

trofeu trofeus
nom masculí
Amb U
1 Un trofeu és un premi que un club esportiu o un o una esportista reben per haver guanyat en una competició. Les copes i les medalles són trofeus.
2 Objecte que es penja com a record d'una victòria. Alguns caçadors decoren les parets amb els trofeus de caça, els caps dels animals que han caçat.

tròfic tròfica tròfics tròfiques
adjectiu
Que es refereix a la nutrició. La cadena tròfica és la relació que hi ha entre els éssers vius d'un ecosistema per a alimentar-se: els herbívors mengen plantes, els carnívors mengen herbívors, etc.

troglodita troglodites
nom masculí i femení
1 Un o una troglodita era una persona que vivia a les cavernes durant la prehistòria.
2 Persona que viu en una cova o que és molt primitiva.

troica troiques
nom femení
Una troica és un grup de tres persones que governen juntes. A l'URSS, durant molts anys, van governar diverses troiques.

A B C D E F G H I J K L M N O P Q R S T U V W X Y Z

tròlei tròleis
nom masculí
Un tròlei és una peça metàl·lica flexible que porten a sobre de la carrosseria els vehicles que funcionen amb electricitat. Fa contacte amb el cable suspès en l'aire que porta el corrent elèctric i permet que aquest arribi fins al motor del vehicle. Porten tròlei els trens elèctrics, els tramvies i els troleibusos.

troleibús troleibusos
nom masculí
Un troleibús és un autobús que funciona amb electricitat. Els troleibusos porten un tròlei.

tromba trombes
nom femení
Una tromba és un núvol en forma d'embut que puja des del mar o des d'un llac fins a la part de baix d'un altre núvol. Té un moviment giratori molt ràpid i per on passa fa moltes destrosses.

trombe trombes
nom masculí
Un trombe és un coàgul de sang dins d'una artèria o d'una vena. Quan es forma un trombe, es produeix una trombosi.

trombó trombons
nom masculí
Un trombó és un instrument de vent, de metall, que té el tub molt llarg i amb dues corbes. N'hi ha de pistons i d'altres que tenen dos tubs i es toquen fent córrer un tub amunt i avall per dins de l'altre, cosa que permet de fer els diversos sons.
✎ pàgs. 394-395 ⑩ ㊳

trombosi trombosis
nom femení
Hi ha una trombosi quan dins d'una artèria o d'una vena hi ha un trombe o s'hi està formant.

trompa trompes
nom femení
1 Una trompa és un instrument de vent, de metall, que té un tub llarg i estret enroscat circularment i que es va eixamplant des de l'embocadura fins al final.
✎ pàgs. 394-395 ㉔ ㉝
2 La trompa d'un elefant és el nas, que és llarg i flexible. Alguns insectes tenen un aparell xuclador que també es diu *trompa*.
3 Part del cos que es diu així perquè és un tub que es va eixamplant. A l'orella, hi tenim la trompa d'Eustaqui.
4 La **trompa d'Eustaqui** és un conducte que comunica l'orella mitjana amb la faringe.
✎ pàgs. 798-799 ⑩
5 Les **trompes de Fal·lopi** són dos conductes que comuniquen cada un dels ovaris amb l'úter. ✎ pàgs. 798-799 ㊽

trompada trompades
nom femení
1 Una trompada és un cop de trompa.
2 Cop molt fort. Si un cotxe es dóna una trompada, caldrà portar-lo al planxista.

trompeta trompetes
nom femení
Una trompeta és un instrument de vent, de metall i amb un tub llarg, generalment corbat dues vegades, que es va eixamplant des de l'embocadura i acaba en una forma acampanada. Fa un so agut. Les trompetes modernes tenen pistons. ✎ pàgs. 394-395 ㉓ ㉞
trompetejar, trompetista

de trompis
locució que fa d'adverbi
Anar de trompis és ensopegar i anar per terra. *Anava per un carrer en mal estat i va anar de trompis.*

trompitxol trompitxols
nom masculí
Un trompitxol és una baldufa petita que es fa rodar amb els dits.

tron trons
nom masculí
1 Un tron és un seient gran i luxós per a seure-hi els reis, els papes i altres autoritats en actes solemnes.
2 Parlem del tron per referir-nos al poder reial. El successor del tron és l'hereu del rei o de la reina.

trona trones
nom femení
Una trona és una cadira de braços amb el seient força alt. Les criatures petites seuen a taula en una trona.

tronar
verb
com *cantar*
◄ pàg. 26
Només es conjuga en algunes persones
Fer trons. Quan hi ha una tempesta, trona i llampega.

tronat tronada tronats tronades
adjectiu
Que està gastat, que s'ha fet servir molt. En unes sabates tronades es fan forats a la sola.

tronc troncs
nom masculí
1 El tronc d'un arbre és la tija principal, que és la més gruixuda i molt dura. La fusta es treu del tronc dels arbres.
2 El tronc de les persones o dels animals és la part central del cos, sense el cap ni les extremitats.
frase feta
3 **Dormir com un tronc** és dormir molt profundament. Si dorms com un tronc potser no sentiràs el despertador.

trontollar
verb
com *cantar*
◄ pàg. 26
1 Moure's amb un moviment ràpid i d'un cantó a l'altre. Els vidres de les finestres trontollen quan hi ha un soroll molt fort.
2 Diem que una cosa trontolla quan no és

gaire segura i corre perill. Quan en un país hi ha inestabilitat política, el govern trontolla.
trontoll

tronxo tronxos
nom masculí — El tronxo d'una hortalissa és el tronc.

tropa tropes
nom femení — **1** Una tropa és un grup de gent d'armes.
2 La tropa és el conjunt de persones d'un exèrcit que no manen o que tenen molt poc comandament. La majoria de militars són la tropa.

tròpic tròpics
nom masculí — Els tròpics són dues línies imaginàries paral·leles a l'equador. Totes dues són a la mateixa distància de l'equador, però l'una és al nord i l'altra al sud. La zona que queda entre aquestes dues línies és la més càlida de la Terra.

tropical tropicals
adjectiu — Dels tròpics o situat entre els dos tròpics. El clima tropical és més calorós.

troposfera troposferes
nom femení — La troposfera és la capa més baixa de l'atmosfera de la Terra, fins a uns 17 quilòmetres d'altitud. Hi tenen lloc la majoria dels fenòmens meteorològics, com els núvols, la pluja i el vent.

tros trossos
nom masculí
Amb S o SS — **1** Un tros d'una cosa és una part separada de la resta de la mateixa cosa. Per a agafar un tros de pa s'ha de tallar la barra.
2 Part d'una cosa considerada com si estigués separada de la resta. Pot ser que d'una cançó te n'agradi més un tros que un altre. Algunes carreteres tenen trossos en molt mal estat.
3 Un **tros de dona** o **d'home** és una dona o un home corpulents, alts i ben plantats. *Quin tros d'home, aquest jugador de bàsquet!*
frase feta — **4 Fer trossos** una cosa és tallar-la o trencar-la separant-ne les parts.
5 Diem que algú **és un tros de pa** quan és molt bona persona.
trossejar

trossa trosses
nom femení — Monyo.

trot trots
nom masculí — El trot és una manera ràpida de caminar d'un cavall. Quan un cavall va al trot avança movent les quatre potes una després de l'altra.
trotar

truà truana truans truanes
nom masculí i femení
Sense H — Persona que enganya i s'aprofita dels altres.

1
truc trucs
nom masculí — Un truc és un cop donat a una porta, a una finestra o a una paret amb la mà o amb un altre objecte per demanar que obrin. També són trucs els sons d'un timbre o d'una campaneta que indiquen que algú demana alguna cosa.

2
truc trucs
nom masculí — Un truc és una manera habilidosa d'enganyar algú, d'aconseguir una cosa o de fer que una cosa que no és real ho sembli. Els prestidigitadors i els tècnics en efectes especials saben molts trucs.

trucar
verb
com *cantar*
◄ pàg. 26
Amb QU davant E, I — **1** Donar trucs a una porta o a una finestra per demanar que obrin. Quan truquen has d'anar a obrir.
2 Fer sonar el timbre del telèfon per parlar amb algú. A vegades truquem a un familiar per felicitar-lo.
3 Trucar un motor o un altre aparell és ferhi un truc perquè sembli el que no és. Una moto de 49 cc trucada pot córrer com si fos de 90 cc.
trucada

truculent truculenta truculents truculentes
adjectiu — Feroç, atroç, que produeix horror. Els diaris parlen de crims truculents.
truculència

trufa trufes
nom femení — **1** Una trufa és un dolç petit i rodó fet amb una barreja de nata i xocolata. Generalment les trufes van recobertes de xocolata ratllada i es mengen gelades.
2 Tòfona.

1
truita truites
nom femení — **1** Una truita és un menjar fet amb ous fregits amb altres aliments o bé sols. Les truites són planes i de forma allargada o rodona. Hi ha truites de patates, de pernil o del que es vulgui.
2 Truita de patates ✎ pàg. 400 ㉓

2
truita truites
nom femení — Una truita és un peix de cos allargat i robust i de mida mitjana, que pot arribar als 60 centímetres de llargària. És de color verd groguenc amb taques fosques. Les

truites viuen als rius i als llacs. També es crien en vivers especialitzats. Es mengen fregides o fetes al forn.

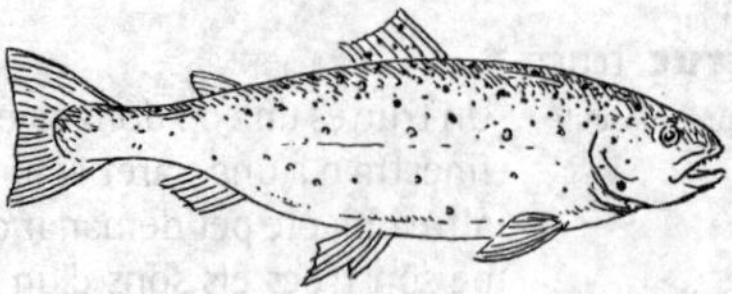

Una truita de riu

truja truges
nom femení — La truja és la femella del porc.
pàgs. 994-995 (12)

trull trulls
nom masculí — Un trull és un lloc on es fabrica oli.

trumfa trumfes
nom femení — Patata.

trumfo trumfos
nom masculí — En alguns jocs de cartes, un trumfo és una carta que guanya les altres. Qui té molts trumfos guanya la partida.

truncar
verb
com *cantar*
◄ pàg. 26
Amb QU davant E, I
Tallar l'extrem d'alguna cosa. Truncar una frase és deixar-la inacabada. També diem que es trunca la vida d'una persona quan mor inesperadament.

trust trusts
nom masculí
També *trustos*
Un trust és el resultat de la unió d'algunes empreses. Les empreses que formen un trust continuen existint independentment, però controlades per una direcció comuna.

tsar tsarina tsars tsarines
nom masculí i femení — Persona que era rei o reina de Rússia, de Sèrbia o dels antics búlgars.

tu
pronom personal — Aquesta paraula, la diu la persona que parla per referir-se a la persona que escolta quan la coneix o li té confiança. *Fa dies que volia parlar amb tu. Tu saps alguna cosa de la Montserrat? A tu què et sembla, això?*

tub tubs
nom masculí
Amb B
1 Un tub és qualsevol objecte buit i més llarg que ample. Les canonades són tubs per on passa l'aigua de les cases.
2 Un **tub d'assaig** és un tub de vidre, tancat de baix i obert de dalt, que es fa servir en els laboratoris. pàg. 1000 (5)
3 Un **tub d'escapament** és un tub que porten els cotxes i les motos per on surten a fora els gasos del motor. Algunes motos porten dos tubs d'escapament. moto
4 El **tub digestiu** és el conducte per on passa el menjar. És format per la boca, l'esòfag, l'estómac i els intestins.
tubular

tuba tubes
nom femení — Una tuba és un instrument de vent, de metall i amb quatre pistons. És més grossa que una trompeta i sona molt greu.
pàgs. 394-395 (1) (38)

tubercle tubercles
nom masculí
També *tubèrcul*
1 Un tubercle és una part d'una planta que és gruixuda i arrodonida i creix sota terra, com les arrels. Acumula substàncies per a alimentar la planta. Alguns tubercles, com la patata, es mengen.
2 Qualsevol bony arrodonit d'un òrgan. Alguns ossos tenen tubercles.

tubèrcul tubèrculs
nom masculí — Tubercle.

tuberculosi tuberculosis
nom femení — La tuberculosi és una malaltia infecciosa provocada per un bacteri. Afecta sobretot l'aparell respiratori i s'encomana molt fàcilment. Actualment es pot curar, però abans provocava la mort de la majoria de les persones que l'agafaven.
tuberculós, tuberculosa

tucà tucans
nom masculí — Un tucà és un ocell que viu a les selves del Brasil i a altres països americans. Els tucans són de colors molt vius i variats i tenen un bec molt gros. S'alimenten de fruits.

tudó tudons
nom masculí — Un tudó és un colom salvatge que viu als boscos. És el més gros dels coloms. Té les plomes de color gris, el pit de color vermellós i una taca blanca a banda i banda del coll. S'alimenta de tota mena de llavors.

tuf tufs
nom masculí — Un tuf és una pudor no gaire forta. Si no ens rentem sovint fem tuf de suor.

tuguri tuguris
nom masculí — Un tuguri és una habitació petita i pobra. Es diu que un local públic és un tuguri quan és brut, pobre i hi ha mal ambient.

tul tuls
nom masculí — El tul és un teixit de seda o d'una altra fibra que té els fils molt separats i deixen uns forats per on passa la llum; per això el tul és molt transparent.

tulipa tulipes

nom femení — **1** Una tulipa és una planta herbàcia de fulles ovalades que fa una única flor alta i rodona de forma semblant a la d'una campana posada cap per amunt. Les tulipes tenen colors molt variats i es planten molt en els jardins. És una flor típica d'Holanda.

2 Pantalla d'un llum de forma acampanada que recorda la de la flor. Les tulipes dels llums es poden treure per a netejar-les.

tumor tumors

nom masculí — Un tumor és un bony que es forma a qualsevol part del cos amb teixits que creixen anormalment i que no tenen cap funció dins l'organisme. Alguns són benignes, però n'hi ha de malignes. Els càncers i les berrugues són tipus de tumors.

túmul túmuls

nom masculí — **1** Un túmul és un munt de pedres o de sorra que es posava sobre la tomba d'una persona. A vegades sobre el túmul s'aixecava un monument.

2 En un funeral, plataforma elevada coberta de draps negres on es posa el taüt.

tumult tumults

nom masculí — Un tumult és una situació de desordre on hi ha molt de soroll, crits, confusió, moviment de persones amunt i avall, etc.

tumultuós, tumultuosa

tundra tundres

nom femení — La tundra és una zona de la regió àrtica que té molt poca vegetació a causa del clima. Només hi ha líquens i molses.

túnel túnels

nom masculí — Un túnel és un pas subterrani que es fa a través d'una muntanya, per sota els carrers d'una ciutat, per sota un riu, etc., perquè hi passi una carretera, un metro, un tren, etc. *Un túnel sota el mar uneix França i Gran Bretanya.* pàg. 193 ⑦

tungstè tungstens

nom masculí — El tungstè és un metall molt dur, de color blanc grisenc, que es fon a una temperatura molt alta. El filament de les bombetes elèctriques és de tungstè. El seu símbol és: W.

túnica túniques

nom femení — Una túnica és un vestit llarg i folgat. Els romans portaven túniques.

Una túnica

tunisià tunisiana tunisians tunisianes

adjectiu — **1** De Tunísia. *Els dàtils tunisians.*

nom masculí i femení — **2** Persona que és de Tunísia o que hi viu.

tupè tupès

nom masculí — Un tupè és un floc de cabells del damunt del front que es deixa créixer més que els altres i que es pentina cap amunt. A vegades, l'Elvis Presley portava un tupè molt exagerat.

Un tupè

tupí tupins

nom masculí — Un tupí és una olla petita amb una sola nansa.

turba turbes

nom femení — Una turba és una multitud de gent. Els dissabtes al matí, als mercats hi ha una turba movent-se amunt i avall.

turbant turbants

nom masculí — **1** Un turbant és una faixa de tela que porten enrotllada al voltant del cap alguns homes dels països orientals.

2 Gorra de dona feta amb un tros de roba

flexible cosit de manera que s'ajusta al cap i que sembla un turbant oriental.

turbina turbines

nom femení — Una turbina és una màquina formada per unes aspes unides a un eix que giren quan reben un fluid, com aigua, gas o vapor, a molta pressió. Les turbines transformen l'energia d'aquests fluids en energia mecànica.

turbulent turbulenta turbulents turbulentes

adjectiu — **1** Que està molt agitat, molt mogut. Quan neva i fa vent, podem dir que fa un temps turbulent.

2 Diem que una persona és turbulenta quan sempre provoca disturbis, discussions i problemes.

turbulència

turc turca turcs turques

adjectiu, Amb C — **1** De Turquia. *El cafè turc.*

nom masculí i femení — **2** Persona que és de Turquia o que hi viu.

nom masculí — **3** El turc és la llengua que es parla a Turquia.

turisme turismes

nom masculí — **1** El turisme és l'activitat de les persones que viatgen per conèixer un país, una ciutat, una contrada, veure els seus monuments, visitar els seus museus, etc. Durant les vacances, moltes persones es dediquen a fer turisme.

2 Un turisme és un cotxe o automòbil que pot portar un màxim de nou persones, inclòs el conductor. Hi ha un carnet de conduir que permet portar turismes, però no camions.

turista turistes

nom masculí i femení — Un o una turista és una persona que fa turisme.

turístic turística turístics turístiques

adjectiu — Que està relacionat amb el turisme. Les Illes Balears són un lloc turístic.

turmell turmells

nom masculí, Amb U — El turmell és la part del cos on s'ajunten la cama i el peu; és també l'os que en sobresurt. Si col·loquem malament el peu en un esglaó, és fàcil que ens torcem el turmell.

págs. 794-795 (24)

turment turments

nom masculí, Amb U — **1** Un turment és un dolor, una pena o un sofriment molt grans. El mal de queixal és un turment.

2 Persona o cosa que molesta o que causa dolor. Sentir tot el dia com un veí aprèn a tocar la trompeta és un turment.

turmentar

turó turons

nom masculí — Un turó és una elevació no gaire alta d'un terreny, una muntanya petita.

turquesa turqueses

nom femení — **1** Una turquesa és una pedra preciosa de color blau cel o verd blavós.

adjectiu — **2** Que és de color blau cel o verd blavós, com el de la turquesa.

nom masculí — **3** El turquesa és el color turquesa.

tustar

verb, com *cantar* ◄ pàg. 26 — **1** Copejar. Hi ha persones que quan se saluden es tusten l'esquena.

2 Pegar. Si no vols que et tustin, no molestis els altres. Es diu de manera informal.

frase feta — **3 Tustar a la porta** és trucar-hi donant cops amb els nusos dels dits.

tutejar

verb, com *cantar* ◄ pàg. 26, Amb G davant E, I — Parlar de tu a una persona. Actualment, la majoria de fills tutegen els pares; abans, els parlaven de vostè.

tuteig

tutela tuteles

nom femení — **1** Una persona té la tutela d'un menor d'edat, o d'un adult que no es pot valer per si mateix, quan té l'obligació de protegir-lo i d'ocupar-se'n.

2 Diem que estem sota la tutela d'un metge, d'una llei o d'una altra cosa, quan estem sota la seva protecció i vigilància.

tutelar

tutor tutora tutors tutores

nom masculí i femení — **1** Persona que té la tutela d'un menor o d'un adult que no es pot valer per si mateix.

2 Professor o professora responsable dels alumnes d'una o més classes.

tutoria

txec txeca txecs txeques

adjectiu, Amb TX — **1** De la República Txeca. *La independència txeca.*

nom masculí i femení — **2** Persona que és de la República Txeca o que hi viu.

nom masculí — **3** El txec és la llengua que es parla a la República Txeca.

1
u us

nom femení — Nom de la lletra *u*, *U*. Vint-i-unena lletra de l'alfabet català. Pot representar una vocal [u], com a *cru*, i una consonant [w], com a *veuen*. Quan porta accent, sempre el porta cap al mateix cantó, com a *algú*.

2
u uns

determinant numeral — **1** Que és el primer d'una sèrie o d'una ordenació, que no en té cap al davant. El dia u de gener és el primer de l'any.

nom masculí — **2** L'u és el nom de l'1.

ubicar

verb
com *cantar*
◄ pàg. 26
Amb QU davant E, I — En el llenguatge d'alguns contractes o altres documents, situar un edifici o un terreny en un lloc determinat. "Una masia ubicada a la banda nord del poble i uns corrals ubicats prop de la carretera..."

ubicació

ucraïnès ucraïnesa ucraïnesos ucraïneses

adjectiu — **1** D'Ucraïna. *La producció de ferro ucraïnesa.*

nom masculí i femení — **2** Persona que és d'Ucraïna o que hi viu.

nom masculí — **3** L'ucraïnès és la llengua que es parla a Ucraïna.

udol udols

nom masculí — **1** Un udol és un crit llarg de dolor o de tristesa que fan a vegades els llops, els xacals i els gossos.
2 Crit o soroll semblant als udols d'un animal. Podem parlar, per exemple, dels udols del vent.

udolar

verb
com *cantar*
◄ pàg. 26
Fer udols. Quan els llops tenen gana, udolen.

uf

interjecció — **1** Paraula que es diu quan s'està tip d'una situació, quan ja s'està cansat o avorrit. *Uf!, una altra vegada pujar les escales? Uf!, quina calor que fa!*
2 Paraula que expressa fàstic o menyspreu. *Uf!, quina porqueria!*

ufà ufana ufans ufanes

adjectiu — Ufanós.

ufana ufanes

nom femení — La ufana és la gran verdor i l'abundància de fulles en les plantes. A la primavera, la ufana dels boscos i dels camps és esplèndida.

ufanós ufanosa ufanosos ufanoses
adjectiu — També *ufà*
Molt abundant, amb un aspecte exterior que fa goig de veure. Una planta ufanosa té moltes fulles i moltes flors.

ui
interjecció
1 Paraula que fem servir quan tenim una sorpresa. *Ui!, no m'esperava que diguessis això!*
2 Paraula que diem quan ens fem mal. *Ui, quina punxada!*

uix
interjecció
Paraula que expressa fàstic. *Uix, quin puré més fastigós!*

uixer uixera uixers uixeres
nom masculí i femení
Persona que s'encarrega de feines auxiliars en un tribunal o en algunes assemblees importants.

úlcera úlceres
nom femení
Una úlcera és una ferida oberta amb pèrdua de teixit que es fa a la pell, a l'estómac o a altres parts del cos i que no cicatritza o que costa molt de cicatritzar.

ull ulls
nom masculí
1 L'ull és l'òrgan de la visió. Les persones i molts animals tenen dos ulls, situats a la cara, un a cada banda del nas o del morro. Quan dormim tenim els ulls tancats.
pàg. 793 (7)
2 Nom que es dóna a algunes coses que recorden un ull o que fan un forat o clot en forma d'ull. Parlem dels ulls d'un formatge o de l'ull d'una agulla, d'un pany o d'una escala.
3 Un **ull de vellut** és un ull que té un morat al voltant a causa d'un cop.
4 Diem que una cosa costa **un ull de la cara** quan val molts diners.
locució que fa d'adverbi
5 **En un tancar i obrir d'ulls** vol dir en un espai de temps molt curt, molt ràpidament. *Hi havia un mag que feia aparèixer i desaparèixer coses en un tancar i obrir d'ulls.*
frase feta
6 **Fer uns ulls com unes taronges** és obrir-los molt a causa d'una sorpresa.
7 **Mirar de cua d'ull** és mirar de costat, fent veure que no s'està mirant.
8 **Tenir els ulls al clatell** és no veure una cosa que es té just al davant.
9 Diem que una persona **té pa a l'ull** quan no veu una cosa que és evident.

ullada ullades
nom femení
Una ullada és una mirada ràpida, un cop d'ull. Quan arribes a una reunió, fas una ullada a veure si veus algú conegut.

ullal ullals
nom masculí
1 Un ullal és una dent que té una forma punxeguda i que és situada entre les incisives i les premolars. Les persones tenim quatre ullals. Els ullals també es diuen *dents canines*.
2 Dent molt llarga i corbada que tenen els elefants i els senglars a banda i banda de la boca.

ullera ulleres
nom femení
1 Una ullera és un instrument en forma de tub amb una lent a cada extrem que serveix per a veure bé coses que estan lluny.
nom femení plural
2 Unes ulleres són un instrument que serveix per a corregir els defectes de la vista o per a protegir els ulls. A l'estiu, moltes persones porten ulleres de sol.
3 Pastís de pasta de full, molt torrat, que té una forma que recorda unes ulleres.
pàg. 400 (3)
4 Taca fosca que es fa sota els ulls d'una persona quan està molt cansada o quan ha dormit poc. Algunes persones malaltes també fan ulleres.
ullerós, ullerosa

ullet ullets
nom masculí
1 Un ullet és un foradet rodó, normalment reforçat amb un anell petit de metall, per a passar-hi un cordó. Les sabates de cordons tenen diversos ullets.
frase feta
2 **Fer l'ullet** és tancar i obrir molt ràpid un ull tenint l'altre obert.

últim última últims últimes
adjectiu
Que en una ordenació o en una sèrie va darrere de tots els altres i no en té cap darrere seu. El desembre és l'últim mes de l'any.
últimament, ultimar

ultimàtum ultimàtums
nom masculí
Un ultimàtum és un conjunt de condicions, sovint acompanyades d'amenaces, que es posen a algú per aconseguir alguna cosa. A vegades, un país presenta un ultimàtum a un altre: si no retira les seves tropes d'un territori, els declararan la guerra.

1
ultra
preposició
A més de. *Ultra el rellotge que porta sempre, en té tres més que li han regalat.*

2
ultra ultres
nom masculí i femení
Un o una ultra és una persona que té unes idees d'extrema dreta molt radicals, que defensa fins i tot amb violència.

ultramar ultramars
nom masculí
País o territori que és a l'altra banda del mar. Si un català se'n va a viure a Amèrica, se'n va a viure a ultramar.

A B C D E F G H I J K L M N O P Q R S T U V W X Y Z

ultramarí ultramarina ultramarins ultramarines
adjectiu — 1 Que és d'ultramar o que ve d'ultramar.
nom masculí plural — 2 Els ultramarins són els productes comestibles que vénen d'ultramar, com algunes espècies. La botiga on es venen aquests productes també es diu *ultramarins.* Actualment s'usa poc.

a ultrança
locució que fa d'adverbi — Fins al límit, fins a les últimes conseqüències. Un combat a ultrança és un combat a mort.

ultrapassar
verb com *cantar* ◄ pàg. 26 — Anar més enllà d'un límit. La persona que ultrapassa primer la línia d'arribada d'una cursa és qui la guanya.

ultratge ultratges
nom masculí — Un ultratge és una acció o una paraula que ofèn algú.
ultratjador, ultratjar, ultratjós, ultratjosa

ultratomba ultratombes
nom femení — La ultratomba és el que està més enllà de la tomba, de la mort; l'altra vida.

ultraviolat ultraviolada ultraviolats ultraviolades
adjectiu — La llum ultraviolada és una radiació que forma part de la llum del sol i dels estels i també d'algunes làmpades elèctriques. L'ull humà no la pot veure. Els raigs ultraviolats es fan servir per a esterilitzar l'aigua i els aliments, i per a prendre banys de llum solar artificial.

umbilical umbilicals
adjectiu — Que està relacionat amb el llombrígol. El cordó umbilical és un conducte en forma de cordó flexible que uneix el llombrígol del fetus amb la placenta de la mare.

un una uns unes
determinant indefinit — 1 Aquesta paraula indica que el nom que hi ha a continuació és desconegut, de moment, per a les persones a qui ens dirigim. *Vaig conèixer una noia i un noi. La noia era de Menorca, i el noi, de Tremp.*
determinant numeral — 2 Indica quantitat d'unitats que és més que zero i menys que dos. *Les persones tenim a la cara dos ulls, un nas i una boca.*
nom masculí — 3 L'un és el nom de l'1. També pot ser *u:* • *L'u d'abril acostuma a fer bon dia.*
pronom indefinit — 4 Aquesta paraula s'usa per a referir-se a una cosa que ja s'ha dit abans i que és una qualsevol de totes les que podrien ser. *He conegut molts països: en uns mengen amb les mans i en els altres amb coberts. Posi'm un entrepà de llom i un de llonganissa.*
5 Algú, qui sigui. *Hi ha dies que a un li surt tot malament.*

unànime unànimes
adjectiu — Un conjunt de persones és unànime quan totes estan d'acord en una mateixa cosa. Una decisió o una opinió és unànime si tothom hi està d'acord. Si una persona és escollida amb el vot unànime d'una assemblea, és que tothom l'ha escollit.

unanimitat unanimitats
nom femení — La unanimitat és el fet d'estar d'acord, un conjunt de persones, en una mateixa cosa. Si en una votació algú guanya per unanimitat, vol dir que tots els vots eren a favor seu.

unça unces
nom femení — 1 Una unça és una unitat de pes que equival a 33,33 grams. Tres unces són 100 grams.
2 Moneda d'or antiga.

unció uncions
nom femení — 1 Una unció és el fet d'ungir.
2 La **unció dels malalts** és l'extremunció.

unflar
verb com *cantar* ◄ pàg. 26 — Inflar.

ungir
verb com *servir* ◄ pàg. 28 — Posar un oli beneït per damunt d'una persona o d'una cosa per consagrar-la. En el catolicisme, el sacerdot ungeix les criatures durant el bateig.

ungla ungles
nom femení — 1 Una ungla és una capa dura que creix a la part final dels dits de les persones, dels ocells i d'altres animals. Les ungles s'han de tallar de tant en tant.
2 Unglot o peülla.
frase feta — 3 Diem que una persona **ensenya** o **treu les ungles** quan es mostra agressiva.

unglada unglades
nom femení — Una unglada és una ferida feta amb l'ungla. Les unglades d'un gat poden fer molt de mal.

unglot unglots
nom masculí — Un unglot és l'ungla dels porcs i dels altres animals que tenen el peu dividit en dues parts.

ungüent ungüents
nom masculí — Un ungüent és una substància espessa i tova que s'aplica damunt de la pell per a curar alguna malaltia o per a calmar un dolor.

ungulat ungulada ungulats ungulades
adjectiu i nom masculí — Els mamífers ungulats són els que tenen els dits protegits per una peülla. Un cavall és un ungulat.

A B C D E F G H I J K L M N O P Q R S T U V W X Y Z

A B C D E F G H I J K L M N O P Q R S T U V W X Y Z

únic única únics úniques

adjectiu **1** Que no n'hi ha cap altre d'igual o del mateix tipus. Els fills únics no tenen germans.
2 Que és diferent dels altres per alguna qualitat, perquè és extraordinari, rar, etc. Podem parlar, per exemple, d'un paisatge únic o d'una joia única.

únicament

adverbi D'una manera única, només. *En aquest país, únicament són majors d'edat les persones que tenen divuit anys o més.*

unicorn unicorns

nom masculí Un unicorn és un animal fabulós que té forma de cavall o de boc blanc i porta una banya llarga i recta al mig del front.

Un unicorn

uniforme uniformes

adjectiu **1** Que sempre té la mateixa forma, la mateixa intensitat, el mateix caràcter, etc. El verd d'alguns boscos és uniforme, no hi ha tons diferents de color.

nom masculí **2** Un uniforme és un vestit igual que porten tots els membres d'un cos, d'una institució, d'una escola, etc. Els bombers i els soldats porten uniforme.

uniformar, uniformitat

unigènit unigènita unigènits unigènites

adjectiu Una persona és unigènita quan és filla única.

unió unions

nom femení **1** La unió de dues o més coses és el fet d'unir-les o d'unir-se. La unió de dos cordills fa que tinguem un cordill més llarg.
2 Una unió és una associació de persones que tenen uns mateixos interessos i que es dediquen a les mateixes coses.

unir

verb com *servir* ◄ pàg. 28

1 Ajuntar dues o més coses per a formarne una de sola. Si unim dues o tres cordes, en farem una de més llarga.
2 Establir un lligam o una relació entre dues o més coses o persones. Les línies d'avions uneixen els països. Quan dues persones s'uneixen en matrimoni, es casen.

desunir

unisex unisex

adjectiu Una cosa és unisex si serveix per a les dones i els homes sense cap distinció. Els texans són roba unisex.

unitat unitats

nom femení **1** Una unitat és cadascun dels elements que formen un conjunt i que no es poden dividir. En un quilo de pomes, poden haver-n'hi quatre o cinc unitats, quatre o cinc pomes.
2 Hi ha unitat en un grup de persones quan hi ha una bona relació i quan es posen d'acord fàcilment.
3 Número enter més petit, l'1.
4 Valor que es fa servir de base per a mesurar una magnitud. El metre és una unitat de longitud.

unitari

univers universos

nom masculí L'univers és el conjunt de tot el que existeix. Les estrelles, les persones i els països formen part de l'univers.

universal universals

adjectiu **1** Que està relacionat amb l'univers.
2 Que afecta tot el món, totes les persones i tots els països. En una història universal s'explica el que ha passat a tots els països del món.
3 Una clau és universal quan obre tots els panys.

universalitat

universitat universitats

nom femení Una universitat és un centre d'ensenyament superior on s'estudien diferents carreres. La universitat es divideix en facultats.

universitari, universitària

unívoc unívoca unívocs unívoques

adjectiu Una cosa és unívoca quan només pot ser entesa d'una manera, quan només té un significat. *Agradable* és una paraula unívoca.

untar

verb com *cantar* ◄ pàg. 26

Recobrir alguna cosa amb oli o amb una altra matèria greixosa. Podem untar torrades amb mantega o galetes amb melmelada. Quan tenim la pell resseca, ens la untem amb crema.

untós, untosa, untuós, untuosa

upa

interjecció **1** Exclamació que fem per animar o pujar alguna cosa o quan fem força cap amunt. *Posa el peu aquí i dóna'm la mà. Upa!*

locució que fa d'adjectiu **2** Una cosa és **d'upa** quan és molt important i de categoria. *Volíem que tothom ho recordés i vam fer una festa d'upa.*

frase feta **3** **Fer upa** és pujar una criatura enlaire. Ho diuen els nens petits o les persones grans quan parlen amb ells.

urani uranis

nom masculí — L'urani és un element metàl·lic dur i pesant, radioactiu, d'aspecte semblant al ferro, que es fa servir com a combustible en les centrals nuclears. El seu símbol és: U.

urbà urbana urbans urbanes

adjectiu — **1** Que és de la ciutat. El metro és un transport urbà.

nom masculí i femení — **2** Persona que controla el trànsit dins d'una ciutat.

interurbà, suburbà

urbanisme urbanismes

nom masculí — L'urbanisme és l'estudi i la tècnica que s'ocupen de l'ordenació de les ciutats i dels territoris.

urbanístic

urbanitat urbanitats

nom femení — La urbanitat és la característica de les persones que són educades.

urbanització urbanitzacions

nom femení — **1** La urbanització d'un terreny és el fet d'urbanitzar-lo.
2 Una urbanització és un grup de torres o de cases construïdes en un terreny de bosc o de costa, prop d'un poble o d'un altre nucli de població.

urbanitzar

verb com *cantar* ◄ pàg. 26 — Convertir un terreny en un nucli de població, amb la construcció de cases, de carrers, etc., i proveint-lo d'aigua, d'electricitat i d'altres serveis necessaris.

urbs urbs

nom femení — Una urbs és una ciutat gran.

urea urees

nom femení — La urea és una substància que hi ha a l'orina de les persones i dels altres mamífers. Es forma principalment al fetge.

urèter urèters

nom masculí — L'urèter és un conducte estret per on baixa l'orina del ronyó a la bufeta de l'orina. Les persones tenim dos urèters.

pàgs. 798-799 (60)

uretra uretres

nom femení — La uretra és el conducte per on l'orina que hi ha acumulada a la bufeta surt fora del cos. En l'home, la uretra passa per dins del penis; en la dona, acaba a l'orifici de la vagina. pàgs. 798-799 (62) (72)

urgellès urgellesa urgellesos urgelleses

adjectiu — **1** De l'Urgell o de la Seu d'Urgell.

nom masculí i femení — **2** Persona que és de l'Urgell o de la Seu d'Urgell o que hi viu.

urgellenc

urgència urgències

nom femení — **1** La urgència és la característica del que és urgent. Apagar un incendi és un cas d'urgència: no es pot perdre temps.
2 Una urgència és qualsevol cosa que s'ha de fer, de tractar, de solucionar sense perdre temps, amb rapidesa. Aturar una hemorràgia és una urgència.
3 El **servei d'urgència** o **d'urgències** d'un hospital és el conjunt d'instal·lacions preparades per a atendre els malalts més greus o les persones que han patit un accident.

urgent urgents

adjectiu — Que s'ha de fer o s'ha d'atendre de seguida, sense retard, que no pot esperar. El correu urgent arriba més aviat.

urgir

verb com *servir* ◄ pàg. 28 — Una cosa urgeix quan és urgent. Les feines que urgeixen s'han de fer abans que les altres.

urinari urinària urinaris urinàries

adjectiu — **1** Que està relacionat amb l'orina. L'aparell urinari és l'aparell excretor.

nom masculí — **2** Un urinari és un lloc on es pot orinar. En algunes ciutats, hi ha urinaris públics.

urna urnes

nom femení — **1** Una urna és una caixa que serveix per a posar les paperetes d'una votació, les boles o els números d'un sorteig, etc.
2 Recipient o caixa de diferents formes per a guardar les cendres d'una persona morta després de cremar-ne el cadàver.

urpa urpes

nom femení — Una urpa és una ungla llarga, corbada i punxeguda, com les que tenen els gats.

urpada

urticant urticants

adjectiu — Que produeix urticària o coïssor. Les ortigues són plantes urticants.

urticària urticàries

nom femení — Una urticària és un mal que surt a la pell en forma d'una taca vermella una mica inflada que fa molta picor. Les urticàries desapareixen al cap de poca estona. Es produeixen pel contacte amb algunes plantes o animals, per al·lèrgia, etc.

us

pronom personal Sense accent gràfic — S'usa en casos com aquests:
• *Us ho diré quan ho sàpiga. No us canseu gaire.*
També pot tenir la forma *vos* segons com es combina amb el verb i altres pronoms:
• *Vull donar-vos una notícia. Compreu-vos-el, aquest disc és molt bo.*
Té la mateixa forma tant si es refereix a un nom femení o a un masculí:

Continua a la pàgina següent

- *Als homes, us donaré un barret verd.*
- *A les dones, us donaré un barret groc.*

ús usos
nom masculí
Amb accent gràfic
1 L'ús d'alguna cosa és el fet de fer-la servir. L'ús dels ordinadors s'ha estès pertot arreu.
2 Funció, servei o utilitat que pot tenir alguna cosa. Els ganivets tenen diversos usos: tallar, pelar, foradar, etc.

usar
verb
com *cantar*
◄ pàg. 26
Fer servir alguna cosa. Quan cosim, usem un fil i una agulla.

userda userdes
nom femení
Alfals.

usual usuals
adjectiu
Que es fa servir normalment, que és freqüent. Els llapis i els bolígrafs són estris usuals. La pluja a Escòcia és molt usual.

usuari usuària usuaris usuàries
adjectiu i nom masculí i femení
Que fa servir una cosa o un servei normalment. Cada dia hi ha més persones usuàries dels ordinadors.

usura usures
nom femení
La usura és un delicte que consisteix a deixar diners a algú amb un interès molt més alt del normal.
usurer

usurpar
verb
com *cantar*
◄ pàg. 26
Apropiar-se d'una cosa que pertany a una altra persona sense tenir-ne dret. En un cop d'estat, hi ha un grup de persones que volen usurpar el poder.
usurpació, usurpador

utensili utensilis
nom masculí
Un utensili és una eina o un estri. Les cassoles, les paelles, la batedora, etc., són utensilis de cuina.

úter úters
nom masculí
L'úter és l'òrgan de l'aparell reproductor de les femelles dels mamífers destinat a contenir l'embrió durant tot el seu desenvolupament i a proporcionar-li l'aliment.
pàgs. 798-799 (64)

útil útils
adjectiu
Que pot servir o que pot anar bé a algú. Els mapes de carreteres són útils quan anem de viatge amb cotxe.

utilitat utilitats
nom femení
1 La utilitat és la característica del que és útil. La utilitat del paraigua quan plou és evident.
2 Servei o benefici que proporciona algú o alguna cosa. El plàstic té moltes utilitats.
utilitari, utilitària

utilitzar
verb
com *cantar*
◄ pàg. 26
Fer servir alguna cosa. Quan plou, utilitzem el paraigua per a no mullar-nos.
utilitzable, utilització

utillatge utillatges
nom masculí
Un utillatge és un conjunt d'eines o d'instruments que són necessaris per a fer una feina. Els pinzells, les pintures i les teles formen part de l'utillatge d'un pintor.

utopia utopies
nom femení
Una utopia és una cosa molt bona però que és impossible de realitzar. Un món sense guerres és una utopia.
utòpic

úvea úvees
nom femení
L'úvea és una capa de l'ull situada entre l'escleròtica i la retina. Conté l'iris.
pàgs. 798-799 (16)

úvula úvules
nom femení
Campaneta del coll.
uvular

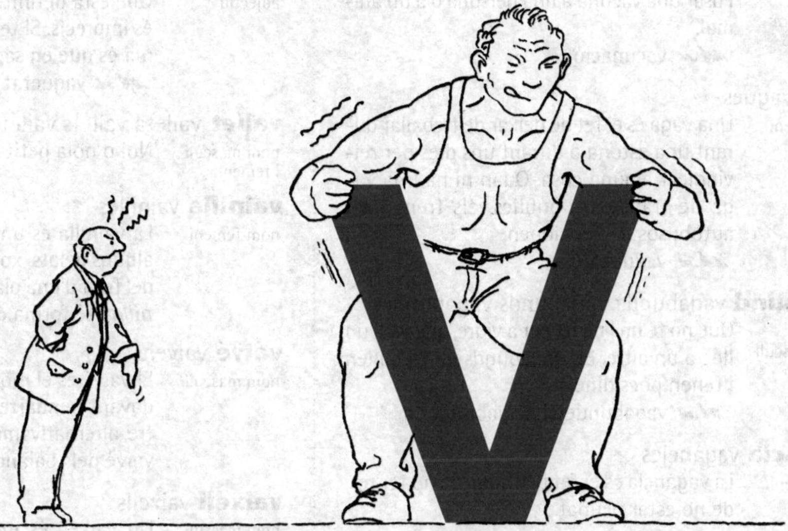

v
nom femení
Vint-i-dosena lletra de l'alfabet català. En la parla de molts catalans, aquesta lletra es pronuncia igual que la *B*; només a les Illes Balears, a València, a una part de Tarragona i a l'Alguer es pronuncien diferent. La *V* no es troba mai a final de paraula.

va vana vans vanes
adjectiu
1 Que no té fonament en la realitat. Hi ha persones que sempre es fan vanes il·lusions i després tenen un desengany.
locució que fa d'adverbi
2 En va vol dir inútilment, sense que serveixi per a res. *Havíem treballat en va, perquè després ens van destrossar la feina.*

vaca vaques
nom femení
La vaca és la femella del bou. La llet de vaca té molt d'aliment.
vaquí, vaquina

vacacions
nom femení plural
Vacances.

vacances
nom femení plural
Unes vacances són un període de temps en què una persona deixa de treballar o d'estudiar i es dedica a reposar, a viatjar i a altres activitats. A l'estiu, la majoria de la gent fa vacances.

vacant vacants
adjectiu i nom femení
Un càrrec o una plaça és vacant quan no és ocupat per ningú. Si una persona deixa el seu lloc de treball, quedarà una vacant en aquest lloc.

vaccí vaccina vaccins vaccines
adjectiu
1 Que està relacionat amb les vaques. *Un ramat vaccí.*
nom masculí
2 Un vaccí és una vacuna.
vaccinació, vaccinar

vacil·lar
verb com *cantar* ◄ pàg. 26
1 Moure's una persona o una cosa d'un costat a un altre per falta d'equilibri. Quan una persona està dreta i es mareja, vacil·la i ha de seure.
2 Diem que vacil·lem a l'hora de prendre una decisió quan dubtem i ens costa decidir-nos.
vacil·lació, vacil·lant

vacuna vacunes
nom femení
Una vacuna és una substància que s'injecta o s'ingereix per evitar que les persones o els animals agafin algunes malalties. La vacuna contra el tètanus es posa quan es té una ferida bruta o que es pot infectar.

A B C D E F G H I J K L M N O P Q R S T U V W X Y Z

vacunar
verb · com *cantar* ◄ pàg. 26
Posar una vacuna a una persona o a un animal.
vacunació

vaga vagues
nom femení
Una vaga és el fet de deixar de treballar durant una estona o durant uns dies per reivindicar alguna cosa. Quan hi ha una vaga de transports públics, els trens i els autobusos no funcionen.
vaguista

vagabund vagabunda vagabunds vagabundes
adjectiu i nom masculí i femení
Que no té un lloc fix per a viure, que va d'un lloc a un altre. Els vagabunds no treballen i tenen pocs diners.
vagabundejar, vagabunderia

vagància vagàncies
nom femení
La vagància és el fet de vagar, de no fer res, de no estar ocupat.

vagar
verb · com *cantar* ◄ pàg. 26 · Amb GU davant E, I
1 Anar d'un lloc a un altre sense un objectiu concret. Hi ha grups de turistes que vaguen pels carrers de les ciutats que visiten.
2 Tenir temps o ganes de fer alguna cosa. Si un dia no et vaga de comprar el diari, pots comprar-lo l'endemà.
vagareig, vagarós, vagarosa

vagarejar
verb · com *cantar* ◄ pàg. 26 · Amb G davant E, I
1 Vagar, anar a la ventura d'un lloc a un altre.
2 Passar el temps sense fer res. Després d'uns dies de molta feina, ve de gust vagarejar.

vagina vagines
nom femení
La vagina és l'òrgan de l'aparell reproductor de les femelles dels mamífers on s'introdueix el penis en la relació sexual i per on surt el fill en el moment del part. La vagina té una forma cilíndrica i va de l'úter a l'exterior. págs. 798-799 (66)
vaginal

vagó vagons
nom masculí
1 Un vagó és cadascun dels vehicles per a transportar persones o mercaderies que formen part d'un tren o d'un metro. Els trens que viatgen de nit porten vagons amb llits o lliteres.
2 Vagó cisterna pàg. 193 (16)
3 Vagó de mercaderies pàg. 193 (17)
4 Vagó de passatgers pàg. 193 (6)

vagoneta vagonetes
nom femení
Una vagoneta és un vagó petit i descobert per a transportar mineral, terra, pedres, etc., que hi ha a les mines, en algunes obres públiques i en altres treballs.

vague vaga vagues
adjectiu
Que està definit de manera poc clara, que és imprecís. Si tens una idea vaga d'un tema és que en saps poca cosa.
vaguetat

vailet vaileta vailets vailetes
nom masculí i femení
Noi o noia petits.

vainilla vainilles
nom femení
La vainilla és una espècia que es posa en alguns gelats, xocolates i pastissos. Es treu del fruit d'una planta que també es diu *vainilla* i té forma d'uns fils marronosos.

vaivé vaivens
nom masculí
El vaivé és el moviment que fa un cos endavant i endarrere, o d'un costat a un altre, alternativament. A algunes persones, el vaivé dels balancins els fa agafar son.

vaixell vaixells
nom masculí
Un vaixell és una embarcació gran, que disposa dels mitjans necessaris per a navegar a llarga distància i amb seguretat. Hi ha vaixells de passatgers, com els transatlàntics, de guerra, com els portaavions, i de pesca.

vaixella vaixelles
nom femení
Una vaixella és un conjunt de plats, plates, gots, copes i tasses per a servir el menjar a taula. Algunes vaixelles són molt adornades, amb dibuixos, sanefes daurades, etc.

vaja
interjecció
Paraula que fem servir quan una cosa ens desagrada o per a dir que l'acceptem però que no hi estem d'acord. *Vaja, s'ha espatllat el cotxe! No m'agrada que hi vagis, però vaja...*

val vals
nom masculí
Un val és un paper que es dóna a una persona perquè a canvi rebi una quantitat de diners, un objecte, una mercaderia, etc. Alguns fabricants regalen vals amb els seus productes que es poden canviar per regals: samarretes, tasses i altres coses.

valdre
verb · com *valer* ◄ pàg. 43
Valer.

valencià valenciana valencians valencianes
adjectiu
1 De València o del País Valencià. *Les falles valencianes.*
nom masculí i femení
2 Persona que és de València o del País Valencià o que hi viu.
nom masculí
3 El valencià és la varietat del català que es parla al País Valencià.

valent valenta valents valentes
adjectiu
1 Que no té por, que no es fa enrere da-

vant dels perills o de les dificultats. Els bombers són gent molt valenta.

locució que fa d'adverbi — **2 A la valenta** vol dir amb molta voluntat i molt d'esforç. *Es va prendre la feina a la valenta i la va acabar en dos dies.*

3 De valent vol dir molt. *Aquest estiu he llegit de valent i he après moltes coses.*

valentia valenties

nom femení — La valentia és la característica del qui és valent. Els domadors de feres tenen una gran valentia.

valer

verb ◄ pàg. 43 — **1** Una persona o una cosa val quan té una qualitat o unes qualitats que la fan bona.

2 Ser útil o eficaç. Un martell no val per a llescar el pa.

3 Tenir una cosa les condicions necessàries per a poder-la acceptar, fer servir, tenir en compte, etc. Un document d'identitat no val si no porta la foto i la signatura de la persona. Els gols fets en pròpia porteria també valen.

4 Tenir un preu o un valor. Els cotxes valen molts diners.

usat amb pronom — **5 Valer-se** d'una persona o d'una cosa és fer-la servir per a aconseguir un objectiu. Si hem de clavar claus, ens hem de valdre d'un martell.

frase feta — **6 No s'hi val** vol dir no és just, no hi ha dret. En el joc de les cartes, no s'hi val a mirar les cartes dels companys.

7 Valer més vol dir ser millor, ser preferible. Quan plou molt, val més no sortir al carrer sense paraigua.

8 Poder valer-se és poder moure's i fer les coses sense ajuda d'una altra persona. Algunes persones, tot i ser grans i estar malaltes, encara poden valer-se.

valedor

valeriana valerianes

nom femení — Una valeriana és una planta d'uns quatre pams d'alçària que viu en lloc humits. Té un rizoma d'on surten les tiges amb flors de color rosa o blanc. És una planta medicinal i amb les seves arrels es fan pastilles i es preparen tisanes que calmen els nervis.

valerós valerosa valerosos valeroses

adjectiu — Valent.

vàlid vàlida vàlids vàlides

adjectiu — Que val, que reuneix les condicions necessàries per a alguna cosa. Quan un gol no és vàlid, no s'apunta al marcador.

validar, validesa

valisa valises

nom femení — **1** Maleta.

2 Una valisa és una cartera o un sac de cuir on els carters porten les cartes.

vall valls

nom femení, Diferent de *ball* — Una vall és un espai de terra que queda entre dues cadenes de muntanyes i que té forma de V. Pel fons de les valls, acostuma a passar-hi un riu.

vallenc vallenca vallencs vallenques

adjectiu — **1** De Valls. *Les calçotades vallenques.*

nom masculí i femení — **2** Persona que és de Valls o que hi viu.

vallesà vallesana vallesans vallesanes

adjectiu — **1** Del Vallès. *La indústria tèxtil vallesana.*

nom masculí i femení — **2** Persona que és del Vallès o que hi viu.

vallespirà vallespirana vallespirans vallespiranes

adjectiu — **1** Del Vallespir. *La vinya vallespirana.*

nom masculí i femení — **2** Persona que és del Vallespir o que hi viu.

vallespirenc

valor valors

nom masculí o femení — **1** El valor o la valor d'una persona o d'una cosa és la qualitat o el conjunt de qualitats que fan que sigui apreciada, que valgui. Podem parlar d'un dibuix amb molt de valor.

2 Preu d'alguna cosa. En alguns museus hi ha obres d'art que tenen molt de valor, costen molts diners.

3 Una persona té valor quan és valenta. Els paracaigudistes són persones que tenen valor.

valorar

verb, com *cantar* ◄ pàg. 26 — **1** Determinar el valor d'una cosa, la importància que té, els diners que costa. Si valoren un quadre en sis mil euros, li posen aquest preu.

2 Donar valor o vàlua a algú o a alguna cosa. Els professors han de valorar l'esforç que els alumnes fan en els estudis.

menysvalorar, sobrevalorar, valoració

vals valsos

nom masculí — Un vals és un ball de parella que consisteix a anar avançant donant voltes, gairebé fent lliscar els peus per terra. El vals és d'origen alemany.

vàlua vàlues

nom femení — La vàlua d'una persona o d'una cosa és el seu valor, allò que fa que valgui. Un robí és un mineral de gran vàlua.

valuós valuosa valuosos valuoses

adjectiu — Que val molt, que té molta vàlua. Els col·leccionistes de segells en tenen alguns de molt valuosos.

valva valves
nom femení — Una valva és cadascuna de les dues peces que formen la closca d'alguns mol·luscs, com les ostres o els musclos.

vàlvula vàlvules
nom femení — **1** Una vàlvula és una peça per a obrir o tancar el pas d'un líquid, d'un gas o d'un altre fluid per un tub. Quan infles la roda d'una bicicleta, introdueixes l'aire per una vàlvula. bicicleta
2 Plec que hi ha a l'obertura d'alguns conductes del cos, com les venes, per tal que el líquid que hi circula només ho faci en una direcció i no pugui tornar enrere.

vamba vambes
nom femení — Una vamba és un calçat amb la sola de goma per a fer esport.

Una vamba

vampir vampira vampirs vampires
nom masculí i femení — **1** Personatge imaginari que representa que és mort i que a la nit s'aixeca de la tomba i xucla la sang dels qui dormen.
nom masculí — **2** Un vampir és una ratapinyada que xucla la sang d'altres animals i, fins i tot, la de les persones. Els vampirs viuen en algunes zones d'Amèrica del Sud.

Uns vampirs

vampiressa vampiresses
nom femení — Una vampiressa és una dona molt atractiva que juga a seduir els homes.

vanadi vanadis
nom masculí — El vanadi és un element metàl·lic de color i brillantor semblants als de la plata. És tou, es pot treballar amb facilitat i quan s'alia amb l'acer fa que aquest es torni més dur. Es fa servir en siderúrgia i en les indústries del vidre i de la ceràmica. El seu símbol és: V.

vàndal vàndala vàndals vàndales
adjectiu — **1** Dels vàndals, que està relacionat amb els vàndals.
nom masculí i femení — **2** Persona que era d'un poble germànic que durant els segles IV i V va envair la Gàl·lia, Hispània i el nord d'Àfrica i va causar moltes destruccions.
3 Diem que algú és un vàndal quan destrueix o fa malbé les coses per gust.
vandàlic

vanitat vanitats
nom femení — La vanitat és l'orgull de les persones que es pensen que tenen unes qualitats molt bones, que tot ho fan bé, i que els agrada molt que els altres les admirin i les lloïn. La vanitat d'algunes persones és insuportable.

vanitós vanitosa vanitosos vanitoses
adjectiu — Que està molt orgullós de si mateix i en presumeix.

vano vanos
nom masculí — Un vano és un ventall per a fer-se aire.

vànova vànoves
nom femení — Una vànova és un cobrellit gruixut i ornamentat que acostuma a ser de punt o de ganxet.

vapor vapors
nom masculí — **1** El vapor és el gas en què es converteix un líquid quan s'escalfa molt. Quan l'aigua bull, en surt vapor.
2 Una màquina de vapor és una màquina que es mou amb la força del vapor d'aigua. Antigament, hi havia locomotores i vaixells de vapor.
vaporitzar, vaporós, vaporosa

vaquer vaquera vaquers vaqueres
adjectiu — **1** Dels vaquers o les vaqueres, que està relacionat amb els vaquers o les vaqueres.
2 Uns pantalons vaquers són uns pantalons texans.
nom masculí i femení — **3** Persona que es cuida d'un ramat de vaques, de bous i de vedells.
vaqueria

vara vares
nom femení — Una vara és una branca prima i llarga, sense fulles, que es fa servir com a bastó, com a suport d'una bandera, etc. Alguns genets fan servir una vara per a arriar els cavalls.

vareta varetes
nom femení — **1** Una vareta és una vara petita.
2 Bastó prim que tenen els mags, les fades i els endevins, i que, segons ells, té uns poders màgics. També se'n diu *vareta màgica.*

vari vària varis vàries
adjectiu — **1** Que és diferent d'una vegada a una altra, que canvia. Els llunàtics tenen un humor vari.
2 Divers, diferent. Als museus, s'exposen coses vàries: quadres, escultures, objectes antics, escrits, etc.

variable variables
adjectiu — **1** Que pot variar o que varia sovint. El preu del peix és molt variable.
2 En gramàtica, una paraula és variable si pot tenir diferents formes segons el gènere, el nombre, la persona, el temps o el mode. Els verbs, els noms, els determinants, els pronoms i els adjectius solen ser variables.
nom femení — **3** En matemàtiques, una variable és un símbol que representa un número que pot anar canviant de valor. La variable de 3b és la b.
variabilitat

variació variacions
nom femení — Una variació és el fet de variar, és un canvi de la forma, de la posició o de les característiques d'alguna cosa. La variació del temps pot fer suspendre una excursió.

variant variants
nom femení — Una variant és cadascuna de les diferències que hi ha entre dues o més coses del mateix tipus. Entre la primera edició d'un diccionari i la segona acostuma a haver-hi algunes variants.

variar
verb
com *canviar*
◄ pàg. 30
Amb dièresi
1 Modificar alguna cosa, fer-la diferent. Hi ha qui, de tant en tant, varia la disposició dels mobles de l'habitació.
2 Una cosa varia quan esdevé diferent, quan sofreix un canvi. En cada estació de l'any el temps varia.

variat variada variats variades
adjectiu — Que té varietat. Als balls de festa major es toca una música molt variada.

variça varices
nom femení — Variu.

varicel·la varicel·les
nom femení — La varicel·la és una malaltia contagiosa que afecta els infants i que es caracteritza per l'aparició d'una mena de grans, semblants als de la verola, que surten per tot el cos.

varietat varietats
nom femení — **1** Hi ha varietat quan hi ha coses diverses, persones o animals diferents. La carta d'alguns restaurants té una gran varietat de plats.
2 Cadascun dels grups d'una mateixa espècie que es poden formar perquè tenen unes característiques determinades diferents. Hi ha, per exemple, moltes varietats de lliris.
nom femení plural — **3** Un espectacle és de varietats quan és format per una sèrie de números diferents, de cant, de ball, de teatre còmic i altres actuacions.

variu varius
nom femení — Una variu és la dilatació d'una vena a causa d'una acumulació de sang. Les varius apareixen sobretot a les cames.

vas vasos
nom masculí — **1** Un vas és qualsevol recipient de metall, de fusta, de vidre, etc., per a contenir un líquid. Les ampolles, els pots, els gots i les tasses són vasos.
2 Alguns parlants del català fan servir *vas* en lloc de *got.*
3 Qualsevol tub o conducte del cos per on circula la sang, la limfa o un altre líquid. Les venes i les artèries són els vasos sanguinis. págs. 798-799 (58)
4 Un **vas de precipitats** és un recipient de laboratori de forma cilíndrica i sovint graduat que, en els experiments químics, es fa servir per a escalfar substàncies.
pàg. 1000 (11)
vascular

vaselina vaselines
nom femení — La vaselina és una substància líquida espessa i groguenca que es treu del petroli. Serveix per a fer pomades i com a lubrificant.

vassall vassalla vassalls vassalles
nom masculí i femení — A l'edat mitjana, persona noble que depenia d'un senyor. Els vassalls servien els senyors a canvi de protecció i d'altres beneficis.
vassallatge

vast vasta vasts vastes
adjectiu
També *vastos*
D'una gran extensió, molt gran. El desert del Sàhara ocupa un territori vast.

vàter vàters

nom masculí — Un vàter és un recipient per a orinar i defecar que té una sortida cap a les clavegueres i un dipòsit d'aigua que permet netejar-lo cada vegada que es fa servir. S'escriu sovint en la forma abreujada *WC*.

págs. 594-595 (16)

vaticà vaticana vaticans vaticanes

adjectiu — Del Vaticà, que és el palau i el territori on viu el papa de Roma.

vaticini vaticinis

nom masculí — Pronòstic.

vaticinar

vatua

interjecció — Paraula que es fa servir quan s'està sorprès o enfadat. *Vatua l'olla! Una altra vegada t'has equivocat?*

ve ves

nom femení — **1** Nom de la lletra *v*, *V*. També es pot dir *ve baixa*.
2 Ve doble és el nom de la lletra *w*, *W*.

veça veces

nom femení — Una veça és una planta enfiladissa de 30 a 80 centímetres d'alçària, coberta de pèls fins, que fa unes flors de color púrpura. El fruit és un llegum que també es diu *veça* i que es dóna com a aliment als coloms i altres ocells.

veda vedes

nom femení — **1** La veda d'una cosa és el fet de vedar-la.
2 Espai de temps durant el qual és prohibit de caçar i de pescar.

vedar

verb com *cantar* ◄ pàg. 26 — Prohibir alguna cosa. L'autoritat veda la pesca en alguns rius si no es té un permís.

vedat vedats

nom masculí — Un vedat és un lloc on és prohibit d'entrar o on és prohibit de caçar o de pescar.

vedell vedella vedells vedelles

nom masculí i femení — **1** Bou o vaca que té menys d'un any.

nom femení — **2** La vedella és la carn de vedell o de vedella. págs. 398-399 (33)

vedet vedets

nom femení — **1** Una vedet és l'artista principal d'un espectacle de teatre, de varietats, etc.
2 Diem que una persona és una vedet quan destaca en un grup, en una celebració, etc. En una festa d'aniversari, la persona que fa anys és la vedet.

vegada vegades

nom femení — **1** Una vegada és cadascuna de les realitzacions d'una acció, cada una de les repeticions que es fan d'una cosa. Hi ha persones que han vist una mateixa pel·lícula tres o quatre vegades.

locució que fa d'adverbi — **2 A la vegada** vol dir tot alhora, al mateix temps. *Tenia per costum escriure i escoltar música a la vegada.*
3 A vegades o **de vegades** indica que una cosa no passa gaire sovint. *A vegades, aquell poble es queda sense llum.*
4 D'una vegada vol dir sense fer esperar més. *Vols acabar de sopar d'una vegada!*
5 Una vegada és una expressió que es fa servir per a començar un conte, una narració, etc. *Una vegada hi havia una rateta que escombrava l'escaleta...*

vegetació vegetacions

nom femení — La vegetació és el conjunt de plantes que creixen en una regió o en un lloc. A les zones humides hi ha una vegetació més verda que a les zones seques.

vegetal vegetals

adjectiu — **1** De les plantes. El regne vegetal és el conjunt de totes les plantes.

nom masculí — **2** Un vegetal és una planta.

vegetar

verb com *cantar* ◄ pàg. 26 — **1** Una planta vegeta quan creix, s'alimenta i es desenvolupa.
2 Diem que una persona vegeta quan porta una vida totalment passiva, sense participar en cap activitat.

vegetatiu, vegetativa

vegetarià vegetariana vegetarians vegetarianes

adjectiu — **1** Que està relacionat amb els vegetarians o amb la seva manera de menjar. Hi ha restaurants vegetarians.

nom masculí i femení — **2** Persona que no menja cap tipus de carn i que s'alimenta sobretot de vegetals. Alguns vegetarians més estrictes no mengen cap aliment d'origen animal, ni llet, ni formatge, ni ous, ni mel, etc.

vehement vehements

adjectiu — Que posa passió, força o entusiasme en les coses que fa o que diu. Els polítics acostumen a fer discursos vehements.

vehemència

vehicle vehicles

nom masculí — Un vehicle és un aparell o una màquina per a transportar persones o coses d'un lloc a un altre. Les bicicletes, els cotxes, els vaixells i els avions són vehicles.

vehicular

veí veïna veïns veïnes

adjectiu, Amb dièresi — **1** Situat a prop. França i Bèlgica són dos països veïns.

nom masculí i femení **2** Persona que viu en el mateix poble, barri, carrer o casa que una altra. En edificis grans, és difícil conèixer tots els veïns.
veïnal, veïnatge

veïnat veïnats
nom masculí El veïnat és el conjunt de veïns d'un poble, d'un barri, d'un carrer o d'un edifici.

veixiga veixigues
nom femení Bufeta.

vel vels
nom masculí **1** Un vel és un tros de roba molt fina i prima que es fa servir per a tapar alguna cosa. Algunes dones musulmanes porten un vel que els tapa la cara i el cap.
2 El **vel del paladar** és un plec muscular i membranós que hi ha a la part final del paladar. Separa la boca de la faringe. Al vel del paladar hi ha la campaneta del coll.

vela veles
nom femení **1** Una vela és un tros de lona o de tela molt forta que, lligada als pals d'una embarcació, serveix per a fer-la avançar gràcies a la força del vent. pàgs. 194-195 (8)
2 La vela és un esport que consisteix a navegar amb embarcacions que es mouen mitjançant veles.
3 Tros de lona o de tela molt forta que es posa en un lloc per a fer ombra, per a protegir-lo de la pluja, etc. Les terrasses d'alguns bars tenen veles.
frase feta **4** Diem que una persona **plega veles** quan se'n va o quan deixa de fer una cosa.

velam velams
nom masculí El velam d'una embarcació és el conjunt de veles que porta.

velar velars
adjectiu **1** Que està relacionat amb el vel del paladar.
2 Un so és velar quan el pronunciem tocant, o gairebé tocant, amb la part del darrere de la llengua el vel del paladar. Són velars els sons consonàntics de les paraules *ca* i *guia*.
nom femení **3** Una velar és una lletra que representa un so velar.

veler velera velers veleres
adjectiu **1** De vela o que es mou mitjançant veles. Si no fa vent, les naus veleres no avancen.
nom masculí **2** Un veler és un vaixell de vela. pàgs. 194-195 (11)

vell vella vells velles
adjectiu i nom masculí i femení **1** Que té molta edat. Els vells acostumen a explicar contes i històries als néts.
adjectiu **2** Que ha durat molt, que s'ha fet servir durant molt de temps. Els aparells vells s'espatllen sovint.
3 Antic, del temps passat. Sempre fa il·lusió trobar-se amb vells amics.
locució que fa d'adjectiu **4** Una botiga **de vell** és una botiga on venen coses de segona mà, coses fetes servir. A les llibreries de vell pots trobar llibres del segle passat.

vellesa velleses
nom femení *Diferent de bellesa* La vellesa és l'últim període de la vida de les persones. Quan s'arriba a la vellesa, no es tenen les mateixes facultats físiques que a la joventut.

vellut velluts
nom masculí El vellut és un teixit de seda, de llana o de cotó, que per un costat és llis i per l'altre és cobert d'uns pèls molt curts i densos. El vellut té un tacte molt suau.
vellutat, vellutada

veloç veloços veloces
adjectiu Que va molt ràpid. L'avió és un transport molt veloç.

velocitat velocitats
nom femení La velocitat és la rapidesa amb què es mou algú o alguna cosa. Per les autopistes, els cotxes van a molta velocitat.

velòdrom velòdroms
nom masculí Un velòdrom és un lloc on es fan curses de bicicletes.

vena venes
nom femení *Diferent de bena* **1** Una vena és un conducte que porta la sang des de les diverses parts del cos cap al cor. pàgs. 798-799 (84)
2 Nervi d'una fulla.
3 Inspiració o estat d'ànim que et porta a fer alguna cosa o a actuar d'una manera determinada. A tots ens ha agafat la vena poètica alguna vegada.
frase feta **4** Diem que una persona **no té sang a les venes** quan no té energies ni forces per a res.
venós, venosa

1 venal venals
adjectiu Que està relacionat amb les venes

2 venal venals
adjectiu **1** Que està en venda, que es pot vendre. Si una edició no és venal, els llibres s'han de regalar.
2 Una persona és venal quan se la pot subornar.

vèncer

verb
com *témer*
◄ pàg. 26
Diferències: *vences, venç*
Amb Ç davant O i U

1 Guanyar algú en una lluita, en una competició, en un joc, etc. Vèncer una persona més gran en una partida d'escacs fa il·lusió.

2 Diem que una persona venç un obstacle o una dificultat quan aconsegueix de dominar-los, quan els sobrepassa o els soluciona.

3 Acabar-se un termini. Si et vols inscriure en un curset d'anglès, t'has d'informar de quin dia venç el termini d'inscripció.

invencible, vencedor, venciment

venda vendes

nom femení — 1 La venda d'una cosa és el fet de vendre-la. Els peixaters es dediquen a la venda de peix.

locució que fa d'adjectiu — 2 **En venda** vol dir que es vol vendre. Alguns pisos en venda tenen un cartell al balcó que ho diu.

vendaval vendavals

nom masculí — Un vendaval és un vent molt fort.

vendre

verb
com *prendre*
◄ pàg. 38
Diferències: *venut, venuda, venuts, venudes*

1 Donar una cosa que és nostra a algú altre a canvi d'una quantitat de diners. Els llibreters venen llibres.

usat amb pronom — 2 **Vendre's** és deixar-se subornar per diners o per alguna altra cosa. Si un equip de futbol es deixa guanyar en un partit a canvi de diners, diem que aquest equip s'ha venut.

malvendre

vendrellenc vendrellenca vendrellencs vendrellenques

adjectiu — 1 Del Vendrell. *Les platges vendrellenques.*

nom masculí i femení — 2 Persona que és del Vendrell o que hi viu.

venedor venedora venedors venedores

nom masculí i femení — Persona que ven. Els venedors d'algunes botigues porten uniforme.

venenós venenosa venenosos venenoses

adjectiu — Verinós.

venerar

verb
com *cantar*
◄ pàg. 26

1 Retre culte a Déu, als sants o a les coses sagrades. A l'Església catòlica es veneren les imatges de la Mare de Déu.

2 Sentir un gran afecte i respecte per algú. La majoria dels deixebles veneren els seus mestres.

venerable, veneració

vènia vènies

nom femení — Una vènia és un permís que una persona dóna a una altra que té un càrrec més baix.

venial venials

adjectiu — Que es pot perdonar. Les faltes venials acostumen a ser faltes poc greus.

venir

verb
com *tenir*
◄ pàg. 42
Diferències: *véns, ve, vénen, vine*

1 Traslladar-se al lloc on és, on era o on serà la persona que parla o la persona a qui es parla. *Si véns aquesta tarda al cinema et tornaré el teu llibre. Avui vindré a sopar a casa teva, d'acord?*

2 Estar situada una cosa després d'una altra. Després del dimarts ve el dimecres. Si aquest any fas deu anys, l'any que ve en faràs onze.

3 Provenir. El cafè que ve de Colòmbia és molt bo.

4 Venir son, venir singlot, venir mal de cap, etc., és començar-ho a notar, aparèixer. Si ens ve una idea al cap és que se'ns acudeix.

frase feta — 5 Diem que una persona **ve de l'hort** quan no està al corrent del que passa.

6 Diem que **veiem venir** algú quan endevinem les seves intencions, sabem el que farà.

adveniment, advenir, sobrevenir, venidor

venjança venjances

nom femení — Una venjança és un dany o un perjudici que una persona causa a una altra per tal de tornar-li el mal que aquesta li havia fet abans a ella o a algú conegut.

venjar

verb
com *cantar*
◄ pàg. 26
Amb G davant E, I

Dur a terme una venjança. Els almogàvers van venjar la mort de Roger de Flor i altres capitans. Algunes religions consideren que venjar-se és una falta.

venjatiu, venjativa

vent vents

nom masculí — 1 El vent és el moviment de l'aire. El vent fa que les fulles dels arbres es moguin. Els ventiladors fan vent.

2 Un vent és un punt cardinal. Els quatre vents són el nord, el sud, l'est i l'oest.

3 Cadascun dels cordills d'una tenda de campanya que s'aguanten a terra amb les piquetes i que serveixen perquè quedi ben tensa i no es desmunti.

4 Ventositat.

frase feta — 5 Diem que una cosa **va vent en popa** quan va molt bé.

6 Diem que algú **corre més que el vent** quan va a una gran velocitat.

ventijol, ventolejar, ventós, ventosa

ventada ventades

nom femení — Una ventada és una bufada de vent molt forta.

A B C D E F G H I J K L M N O P Q R S T U V W X Y Z

ventafocs ventafocs

nom masculí **1** Un ventafocs és un instrument rodó d'espart, amb un mànec també d'espart, que es fa servir per a ventar el foc.

nom femení **2** Una ventafocs és una persona que en una casa és obligada a fer les feines més humils i més desagradables.

ventall ventalls

nom masculí **1** Un ventall és un instrument que serveix per a moure l'aire. Els ventalls de cuina acostumen a ser d'espart.

Un ventall

2 Tros de paper o de tela en forma de semicercle que serveix per a fer-se aire i refrescar-se. Va muntat sobre unes làmines de fusta o d'un altre material unides per la part de baix que permeten plegar-lo i desplegar-lo.

3 Diem que hi ha un ventall de possibilitats, de joguines o d'una altra cosa quan n'hi ha una sèrie, un conjunt.

ventallot ventallots

nom masculí Un ventallot és un cop violent donat a algú.

ventar

verb com *cantar* ◄ pàg. 26 **1** Fer vent artificialment amb un ventall o amb una altra cosa. Si ventem un foc apagat però que encara té brasa, es torna a encendre. Quan tenim calor i no tenim ventall, ens podem ventar amb el diari.

2 Quan una persona venta una bufetada, un cop de puny o una puntada de peu és que els dóna a algú.

ventejar

verb com *cantar* ◄ pàg. 26 Amb G davant E, I — Fer vent. Quan venteja no és agradable sortir a passejar.

ventilador ventiladors

nom masculí Un ventilador és un aparell que fa moure l'aire d'un lloc tancat i el refresca. Els motors dels cotxes porten un ventilador.

ventilar

verb com *cantar* ◄ pàg. 26 **1** Renovar l'aire d'un lloc tancat, fer-hi entrar aire net. Després de llevar-nos, ventilem l'habitació.

2 Diem que ventilem un assumpte o un dubte quan el discutim i l'examinem per tal de resoldre'l.

ventilació

ventosa ventoses

nom femení **1** Una ventosa és un estri de goma o de plàstic en forma de campana que s'enganxa a les superfícies planes per pressió. Hi ha ninots que s'enganxen als vidres dels cotxes amb ventoses.

2 Òrgan de forma rodona que tenen alguns animals a les potes o a la boca que els permet quedar-se enganxats a un objecte o a una superfície. Els pops capturen les seves preses amb les ventoses que tenen als tentacles.

ventositat ventositats

nom femení Una ventositat és un pet, una sortida de gas per l'anus.

ventral ventrals

adjectiu Del ventre, que està relacionat amb el ventre o que és situat al ventre. La majoria de peixos tenen dues aletes ventrals.

ventre ventres

nom masculí **1** Panxa.

frase feta **2 Anar de ventre** és fer caca.

esventrar, ventrell

ventricle ventricles

nom masculí Un ventricle és cada una de les dues cavitats que hi ha a la part de baix del cor on entra la sang que ve de les aurícules. Dels ventricles, la sang passa als pulmons i a les artèries. pàgs. 798-799 (78) (79)

ventríloc ventríloqua ventrílocs ventríloqües

adjectiu i nom masculí i femení Que sap parlar sense moure els llavis i canviant la veu de manera que sembla que parli una altra persona. Alguns ventrílocs fan veure que la veu que fan surt d'un ninot.

ventura ventures

nom femení **1** La ventura és allò bo o dolent que pot passar a algú i que és impossible de preveure. Si una persona té bona ventura és que les coses li van bé.

2 Felicitat.

locució que fa d'adverbi **3 A la ventura** és sense un objectiu ni una direcció determinats. *Anava a la ventura per la muntanya i, com que no coneixia el camí, es va perdre.*

4 Per ventura vol dir potser, per casualitat. *Per ventura ho sabies, que ja tenia aquest llibre?*

malaventura, venturós, venturosa

A B C D E F G H I J K L M N O P Q R S T U V W X Y Z

ver vera vers veres
adjectiu Veritable. Aquesta paraula s'usa poc.

veraç veraços veraces
adjectiu Que diu la veritat. Sempre es pot confiar en les persones veraces.
veracitat

veral verals
nom masculí Un veral és un tros de terra, una extensió de terreny separada d'un poble o d'una ciutat. A la tardor, els verals de prop de Berga s'omplen de boletaires.

verat verats
nom masculí Un verat és un peix de cos allargat i bastant alt, que s'aprima a la part de la cua. És de color gris verdós a l'esquena, amb unes ratlles negres semblants a les de la pell d'un tigre. La part dels costats i del ventre és més clara i platejada. Té el cap i els ulls grossos. És un peix blau. Els verats fan uns 30 centímetres de llargària, però n'hi ha que poden arribar als 50. Són de gust fort i es mengen frescos o en conserva, sobretot en escabetx.

verb verbs
nom masculí Un verb és una paraula que expressa les accions, els estats, l'existència o els processos d'algú o d'alguna cosa. *Cantar*, *sentir*, *ser* i *créixer* són verbs. Els verbs tenen moltes formes i són una categoria gramatical que pot ser el nucli d'un grup de paraules. En les frases, les formes personals del verb tenen el mateix nombre que el subjecte de la frase. En la frase *Els gegants ballen a la plaça*, el verb *ballen* és plural, com *els gegants*.

verbal verbals
adjectiu **1** Que està relacionat amb el verb. L'infinitiu, el gerundi i el participi són formes verbals. *Mengen pa amb xocolata* és un sintagma verbal perquè la paraula més important és un verb: *mengen*.
2 Que està relacionat amb la paraula i amb el llenguatge.
3 Que es fa de paraula i no per escrit. En un contracte verbal no es firmen documents.
verbalisme

verborrea verborrees
nom femení Una persona té molta verborrea quan parla molt.

verd verda verds verdes
adjectiu **1** Que té el color de l'herba o de les fulles dels arbres.
2 Una fruita és verda quan encara no ha acabat de madurar.
3 Que encara no ha acabat de desenvolupar-se. Si estem escrivint un llibre i encara anem pel principi, podem dir que està molt verd.
4 Diem que un acudit, una pel·lícula o una revista és verda quan és obscena.
nom masculí **5** El verd és el color de l'herba.
6 Part verda d'un vegetal. Als conills, els agrada el verd.
verdor, verdós, verdosa

verdader verdadera verdaders verdaderes
adjectiu Veritable.

verdejar
verb
com *cantar*
◄ pàg. 26
Amb G davant E, I
1 Tornar-se verda o ser verda alguna cosa. A la primavera els camps verdegen.
2 Una fruita verdeja quan encara no és madura.

verderol verderols
nom masculí Verdum.

verdet verdets
nom masculí El verdet és una capa verda i fina, sovint llefiscosa, que es forma a la superfície de les aigües que no corren. És constituït per diferents tipus d'algues microscòpiques. També es forma verdet a les parets o a altres llocs molt humits.

verdum verdums
nom masculí Un verdum és un ocell que pot arribar als 15 centímetres de llargària, tot ell de color verdós amb unes taques grogues a les ales. Té el bec curt i fort. Els verdums són freqüents prop de masies, en els boscos de les urbanitzacions, en jardins i en camps de fruiters. Es poden tenir en gàbies.

verdura verdures
nom femení Nom que es dóna al conjunt de les hortalisses, sobretot a les que es mengen cuites. Les patates, les mongetes tendres, les bledes i els tomàquets són verdures.
verdulaire ✎ págs. 398-399 ⑥, verduleria

veredicte veredictes
nom masculí Un veredicte és la decisió que pren un jurat d'un judici, d'un concurs, d'un certamen, etc. En un judici, el veredicte pot ser de culpabilitat o d'innocència.

verema veremes
nom femení **1** La verema és la collita del raïm. Es fa cap a final de setembre i principi d'octubre.
2 Període de temps en què es cull el raïm.

veremar
verb
com *cantar*
◄ pàg. 26
Fer la verema. Molts treballadors espanyols van a veremar al Rosselló.

de veres
locució que fa d'adverbi — De debò, de veritat. *Et dic de veres que vull venir d'excursió.*

verga vergues
nom femení — 1 Vara.
2 Penis.
vergassa

verge verges
adjectiu
Amb E final — 1 Que no ha estat tocat, explorat ni cultivat per les persones. Al món ja no queda gairebé cap zona verge; els exploradors i els científics han anat pertot arreu.
2 Una substància és verge quan es troba en estat natural, quan no ha estat barrejada ni tractada amb cap producte. Les abelles produeixen cera verge, que després les persones manipulen per a fer-ne ciris o altres objectes.
3 Una persona és verge quan no ha tingut mai relacions sexuals.
nom femení — 4 El signe de verge és el sisè del zodíac; és el signe de les persones nascudes entre el 23 d'agost i el 23 de setembre.
5 Segons la religió cristiana, **la Verge** o **la Verge Maria** és la mare de Jesús.
virginal, virginitat

vergonya vergonyes
nom femení — 1 Una vergonya és una cosa dolenta o una cosa que deshonra. No ajudar els amics quan t'ho demanen és una vergonya.
2 La vergonya és la sensació que tenim quan ens trobem en una situació incòmoda, quan ens equivoquem, quan fem el ridícul, quan hem de fer alguna cosa davant de molta gent, etc. Sovint, quan passem vergonya ens enrojolem.
nom femení plural — 3 Les vergonyes d'una persona són els seus òrgans genitals.
avergonyir, vergonyant

vergonyós vergonyosa vergonyosos vergonyoses
adjectiu — 1 Una cosa és vergonyosa quan està molt mal feta. És vergonyós que sempre que plou els trens funcionin malament.
2 Una persona és vergonyosa quan sent vergonya fàcilment. Les persones tímides són molt vergonyoses.

verí verins
nom masculí — Un verí és una substància o un producte que si s'introdueix al cos de les persones pot provocar-los malalties o, fins i tot, la mort. Les cobres tenen un verí molt fort.

verídic verídica verídics verídiques
adjectiu — Que és veritat, que correspon a la realitat. Algunes novel·les expliquen històries verídiques.

verificar
verb
com *cantar*
◄ pàg. 26
Amb QU davant E, I — Comprovar que una cosa és certa o que funciona bé. Als aeroports es demana el passaport als viatgers per a verificar-ne la identitat.
verificació

verinós verinosa verinosos verinoses
adjectiu — Que té o que porta verí. L'escurçó és una serp verinosa.

veritable veritables
adjectiu — 1 Que és veritat. Que al món hi ha dones i homes és una afirmació veritable.
2 Que és autèntic, que és real. Els veritables amics no t'abandonen quan tens problemes.

veritablement
adverbi — D'una manera veritable. *Veritablement, el paisatge de la muntanya a la tardor és extraordinari.*

veritat veritats
nom femení — 1 Una cosa és veritat si està d'acord amb el que és o ha passat realment. És veritat que el ferro és més fort que el vidre; no és veritat que hi hagi persones a la Lluna.
2 Una persona diu la veritat si diu realment el que ha fet o el que ha passat. Quan es declara en un judici, s'ha de dir la veritat.
3 Una veritat és una afirmació, una idea, que no es pot negar, que és realment tal com es diu, que està d'acord amb la realitat. L'existència de l'electricitat és una veritat científica: hi ha molts aparells que funcionen elèctricament.
locució que fa d'adjectiu — 4 Una cosa és **de veritat** si és autèntica, real, tal com ha de ser. Una escopeta de veritat dispara cartutxos i pot matar; una escopeta de mentida, no.
locució que fa d'adverbi — 5 Una cosa es diu **de veritat** si es diu seriosament, d'acord amb el que és realment. *De veritat que m'ho he descuidat: no ho veus, que no ho porto?*

vermell vermella vermells vermelles
adjectiu — 1 Que té el color de la sang o dels tomàquets madurs.
nom masculí — 2 El vermell és el color de la sang.
envermellir, vermellor, vermellós, vermellosa

vermellejar
verb
com *cantar*
◄ pàg. 26
Amb G davant E, I — Tornar-se vermella o ser vermella alguna cosa. Quan les pomes vermellegen vol dir que aviat seran madures.

vermut vermuts
nom masculí — 1 Un vermut és una beguda alcohòlica feta amb vi blanc aromatitzat amb substàn-

A B C D E F G H I J K L M N O P Q R S T U V W X Y Z

cies vegetals que li donen un gust amarg.
2 Aperitiu. Els dies de festa, hi ha gent que abans de dinar fa el vermut.

vernacle vernacla vernacles
adjectiu
Que és del país on una persona ha nascut. El català és la llengua vernacla dels catalans.

vernís vernissos
nom masculí
Amb V
Un vernís és una substància transparent o de color marró clar que s'aplica, com si fos pintura, a la fusta o a altres materials. Els vernissos protegeixen la fusta i li donen brillantor, la fan més bonica, més agradable al tacte, etc. pàg. 593 (37), pàg. 993 (29)
envernissar

verola veroles
nom femení
La verola és una malaltia contagiosa que dóna molta febre i fa que surtin, per tot el cos, uns grans amb pus que fan crosta. Quan aquesta crosta cau, queda un senyal a la pell. Gràcies a les campanyes de vacunació, actualment ja no hi ha casos de verola.

verra verres
nom femení
Truja.

verro verros
nom masculí
Un verro és un porc mascle no castrat que es fa servir per a criar.

vers [1] versos
nom masculí
1 Un vers és una paraula o un conjunt de paraules que formen una ratlla d'un poema. N'hi ha de diversos tipus segons el nombre de síl·labes que tinguin. Els sonets tenen 14 versos.
2 Poema. Per Nadal, els més petits diuen el vers que han après a l'escola. Només es diu de manera informal.
versificar

vers [2]
preposició
També *envers*
1 Cap a, en direcció a. *Després d'esmorzar es va dirigir vers la ciutat.*
2 Pels voltants de, aproximadament cap a. *Aquest llibre va ser escrit vers el 1800.*

versar
verb
com *cantar*
◄ pàg. 26
Un llibre, una conversa o un discurs versa sobre un tema quan tracta d'aquest tema. Els articles dels diaris versen sobre esdeveniments d'actualitat: allò que passa al país i al món.

versat versada versats versades
adjectiu
Una persona és versada en una ciència o en un art quan en té un gran coneixement o una gran pràctica. Un metge ha de ser una persona versada en anatomia.

versemblant versemblants
adjectiu
Que sembla que és veritat, que pot ser cert. Que una persona arribi tard perquè ha perdut l'autobús és versemblant.
inversemblança, inversemblant, versemblança

versicle versicles
nom masculí
Un versicle és cadascuna de les divisions breus dels capítols de llibres com la Bíblia o l'Alcorà. Els capítols i els versicles serveixen per a citar els textos bíblics: Mateu 3,13 vol dir: Evangeli de sant Mateu, capítol 3, versicle 13.

versió versions
nom femení
1 Una versió és una traducció d'un text d'una llengua a una altra. Hi ha versió catalana de les tragèdies de Shakespeare.
2 En cinema, traducció dels diàlegs originals d'una pel·lícula a una altra llengua.
3 Manera d'interpretar i d'explicar una cosa. Si hi ha dues versions diferents d'un accident, és que algun dels testimonis no diu la veritat.
4 Cadascuna de les maneres d'interpretar una mateixa cançó, una mateixa obra teatral, o de dur a la pantalla un mateix guió de cine, etc.

vertader vertadera vertaders vertaderes
adjectiu
Veritable.

vèrtebra vèrtebres
nom femení
Una vèrtebra és cadascun dels ossos que formen la columna vertebral. pàgs. 798-799 (33)

vertebral vertebrals
adjectiu
De les vèrtebres, que està relacionat amb les vèrtebres.

vertebrat vertebrats
adjectiu i nom masculí
Un animal és vertebrat si té columna vertebral. Els vertebrats són els mamífers, els ocells, els rèptils, els amfibis i els peixos.

vèrtex vèrtexs
nom masculí
1 Un vèrtex és el punt on es troben els dos costats d'un angle, els dos costats d'un polígon o les tres o més arestes d'un poliedre.

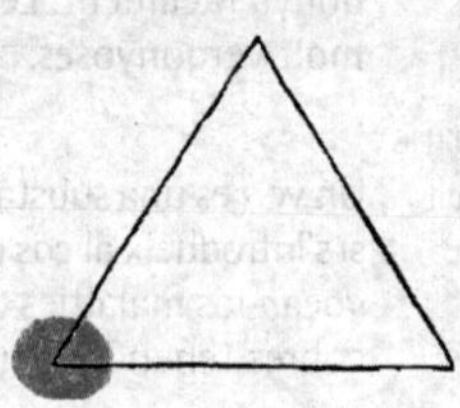

Un vèrtex d'un triangle

2 Punt d'un con o d'una piràmide que està més lluny de la base.

vertical verticals

adjectiu i nom femení — Que forma un angle recte amb una superfície plana, que va de dalt a baix. Quan estem drets, estem en posició vertical.
verticalitat

vertigen vertígens

nom masculí — El vertigen és la sensació que tenim de perdre l'equilibri i que tot el que hi ha al nostre voltant dóna voltes. Sentim vertigen normalment quan des d'un lloc molt alt mirem cap a baix.
vertiginós

vesc vescs

nom masculí
També vescos — El vesc és un arbust que té moltes branquetes amb fulles allargades, flors de color groc i fruits petits com un pèsol, de forma rodona i color blanquinós. D'aquests fruits es treu una substància enganxosa que també es diu *vesc* i que s'ha fet servir per a agafar ocells. Molta gent compra branquetes de vesc per Nadal.
envescar

vescomte vescomtes

nom masculí — Un vescomte és un home que té el títol de noblesa que està per damunt del de baró i per sota del de comte.

vescomtessa vescomtesses

nom femení — **1** Una vescomtessa és una dona que té el títol de noblesa que està per damunt del de baronessa i per sota del de comtessa.
2 Esposa d'un vescomte.

vesícula vesícules

nom femení — **1** Una vesícula és una butllofa que es fa a la pell.
2 Bufeta petita. La **vesícula** o **bufeta biliar**, per exemple, és al costat del fetge i conté la bilis. pàgs. 798-799 (40)
3 La **vesícula seminal** és la part de l'aparell reproductor masculí on hi ha els espermatozoides i on es produeix el semen. Els homes tenen dues vesícules seminals.
pàgs. 798-799 (69)

vespa vespes

nom femení — Una vespa és un insecte petit, amb ales, que té el cos de color groc amb ratlles negres i un fibló que fa unes picades molt doloroses. És semblant a l'abella, però no produeix mel.
vesper

vespertí vespertina vespertins vespertines

adjectiu — Que està relacionat amb el vespre. El crepuscle vespertí és el de la posta del sol.

vesprada vesprades

nom femení — La vesprada és l'última part de la tarda, les últimes hores.

vespre vespres

nom masculí — **1** El vespre és la part del dia que va des del final de la tarda al començament de la nit. A moltes cases se sopa cap a les nou del vespre.

frase feta — **2 Fer-se vespre** és fer-se fosc, fer-se de nit.

vesprejar

verb
com *cantar*
◄ pàg. 26
Amb G davant E, I — Fer-se vespre, fer-se fosc. A l'estiu vespreja més tard que a l'hivern.

vessant vessants

nom masculí — **1** El vessant d'una muntanya és cadascun dels pendents que uneixen el cim amb la part baixa. El vessant nord dels Pirineus és el que mira cap a França.
2 Quan parlem dels diferents vessants d'una qüestió és que l'analitzem des de diferents punts de vista. El racisme té un vessant polític i un vessant humà.

nom masculí o femení — **3** El vessant o la vessant d'una teulada és cada una de les parts inclinades que la formen, per on s'escorre l'aigua quan plou.

vessar

verb
com *cantar*
◄ pàg. 26 — **1** Sortir o escapar-se un líquid o una substància com la sal, la farina, etc., del recipient que el conté. Quan l'aigua bull, és fàcil que vessi.
2 Un recipient vessa quan deixa escapar el líquid o la substància que conté. Si un càntir vessa, ja no hi podem posar aigua.
3 Fer que un líquid o una altra substància surti del recipient que la conté, sovint sense voler. Si vessem la sopa sobre la taula, les estovalles quedaran brutes. Si no la vigilem, la llet que hem posat a bullir es vessarà pels fogons.
4 Vessar-la és equivocar-se, cometre un error.
vessament

vestíbul vestíbuls

nom masculí — El vestíbul d'una casa o d'un edifici és la part que hi ha just després de la porta d'entrada. El vestíbul d'una casa també es diu *rebedor*.

vestidor vestidors

nom masculí — Un vestidor és un lloc per a vestir-se. Als camps d'esports hi ha vestidors on els esportistes es poden dutxar i canviar de roba.

vestimenta vestimentes

nom femení — Vestit. A vegades es fa servir en to irònic.

A B C D E F G H I J K L M N O P Q R S T U V W X Y Z

vestir

verb
com *servir*
◄ pàg. 28

1 Cobrir el cos d'una persona amb vestits o altres robes. Els pares vesteixen els seus nadons. Algunes persones es vesteixen molt ràpid. Quan un home es vesteix de frac, va molt elegant.

2 Fer els vestits a algú. Si et vesteix un sastre, et fa la roba a mida.

3 Anar vestit d'una manera determinada. Molts jugadors de futbol vesteixen samarretes amb ratlles. Si una persona vesteix de dol, va amb roba negra.

4 Un vestit vesteix quan fa que la persona que el porta es vegi mudada. L'esmòquing és una jaqueta d'home que vesteix.

desvestir

vestit vestits

nom masculí

1 Un vestit és una peça o un conjunt de peces de roba o de pell que es posa sobre el cos per a cobrir-lo o abrigar-lo. Normalment, els vestits es posen al damunt de la roba interior.

2 Vestit de dona, format per un cos i una faldilla, d'una sola peça. A l'estiu es porten vestits lleugers i sense mànigues.

3 Conjunt de roba d'home format per un pantaló i una americana. A vegades també porta una armilla.

vestidura

vestuari vestuaris

nom masculí

1 El vestuari d'una persona és el conjunt de vestits que té. Es diu sobretot dels vestits que un actor o una actriu porten durant una representació.

2 Un vestuari és un lloc on es guarden els vestits d'algú. En algunes sales d'espectacles hi ha vestuaris on guarden els abrics dels assistents.

vet vets

nom masculí

Veto.

vetar

veta vetes

nom femení

1 Una veta és una tira de roba llarga i estreta, de lli o de cotó, que es fa servir per a lligar, per a fer rivets, etc.

frase feta

2 **Seguir la veta** a algú és no portar-li la contrària.

veterà veterana veterans veteranes

adjectiu
i nom masculí
i femení

Una persona és veterana quan porta molts anys d'experiència en una professió o en una activitat. A vegades es fan partits de futbol on juguen els veterans contra els jugadors nous.

veterinària veterinàries

nom femení

La veterinària és la ciència i l'art de curar les malalties dels animals.

veterinari, veterinària

vetesifils vetesifils

nom masculí

1 Un vetesifils és una merceria. Es diu de manera informal.

nom masculí
i femení

2 Un o una vetesifils és una persona que ven en una merceria. Es diu de manera informal.

vetlla vetlles

nom femení

1 Una vetlla és el fet de vetllar. La vetlla dels malalts greus és una cosa necessària: no es poden deixar sols.

2 Espai de temps que hi ha entre el sopar i l'anar a dormir que es dedica a alguna activitat. Hi ha persones que passen les vetlles llegint el diari.

vetllada vetllades

nom femení

1 Una vetllada és el fet de vetllar, una vetlla.

2 Reunió, festa o tertúlia que se celebra en una casa després de sopar per a parlar o entretenir-se d'una altra manera.

vetllar

verb
com *cantar*
◄ pàg. 26

1 Passar la nit o part de la nit sense dormir. Algunes persones, com forners, metges, periodistes i d'altres, vetllen part de la nit perquè treballen.

2 Estar despert durant la nit al costat d'un malalt o d'un difunt.

3 Diem que vetllem per algú o per alguna cosa quan en tenim cura. Tots hem de vetllar per la conservació de la natura.

veto vetos

nom masculí
També *vet*

El veto és la facultat que té una persona o una organització d'impedir que una decisió presa per una altra es pugui dur a la pràctica. En una assemblea, les persones que tenen dret de veto poden fer que no s'accepti una proposta encara que tothom hi estigui d'acord.

veu veus

nom femení

1 La veu és el so que fan les persones o els animals quan treuen l'aire fent-lo passar per les cordes vocals. Hi ha qui parla amb una veu molt dolça i hi ha qui té la veu gruixuda.

2 En gramàtica, la veu d'un verb és la forma que pren segons si el subjecte fa o rep l'acció; en la veu activa, el subjecte del verb és qui fa l'acció: *La Pepita diu mentides*; en la veu passiva, el subjecte del verb és qui rep l'acció: *Les mentides són dites per la Pepita.*

locució que fa
d'adverbi

3 Parlar o llegir **en veu alta** és fer-ho amb la veu normal de la persona. *No li agradava llegir en veu alta perquè es posava nerviós i s'equivocava sovint.*

4 Parlar o llegir **en veu baixa** és fer-ho gairebé sense que se senti o en silenci. *Quan llegia en veu baixa, entenia millor el text.*

frase feta **5** Diem que una persona **aixeca la veu** a una altra quan li parla amb males paraules i sense respecte. A ningú no li agrada que li aixequin la veu.

6 Algú **porta la veu cantant** en un grup o en una feina quan parla i decideix pels altres.

veure

verb ◄ pàg. 43 Amb V. Diferent de *beure*

1 Percebre una cosa amb els ulls. Quan anem al cine, anem a veure una pel·lícula. Alguns animals s'espanten quan es veuen en un mirall.

2 Visitar algú o alguna cosa. Quan una persona és a l'hospital agraeix que els amics la vagin a veure. Als aventurers, els agrada veure món.

3 Notar una cosa, tenir la certesa d'un fet. Si veus que una persona no té bones intencions, no hi confies.

4 Examinar alguna cosa, considerar-la. Abans de començar un treball cal veure com es plantejarà.

5 Vejam és una forma antiga del verb que indica curiositat o por per alguna cosa que passarà. Es diu de manera informal. *Vejam qui guanyarà les eleccions. Vigila! Vejam si cauràs!*

6 Ves és una paraula que es fa servir de manera informal per a cridar l'atenció o per a indicar estranyesa. *Ves que no caiguis! Ves que n'és, de pàmfila! Ves qui ho havia de dir!*

7 Vet aquí és una forma antiga del verb que es fa servir de manera informal per a cridar l'atenció. *Vet aquí la Teresa.*

usat amb pronom **8** Una persona **es veu** d'una manera determinada quan s'hi sent. Si ens veiem obligats a fer una cosa, no podem deixar de ferla. Si ens veiem amb cor de fer una cosa, ens sentim capaços de fer-la, la podem fer.

frase feta **9 Veure-hi** és tenir el sentit de la vista. Els cecs no hi veuen.

10 Fer veure és fingir. A vegades fem veure que no sentim el que ens diuen perquè no volem discutir.

11 No poder veure algú o alguna cosa és no suportar-lo, no poder-lo aguantar. Algunes persones no poden veure que es maltractin els animals.

vi vins

nom masculí El vi és una beguda alcohòlica que es fa amb suc de raïm. Hi ha vi blanc, negre i rosat.

vinater, vinicultor, vinicultura, vinificar

1 via vies

nom femení **1** Una via és un conjunt de dues barres de ferro paral·leles i unides entre si per on circulen els ferrocarrils, els tramvies i altres vehicles semblants, com els funiculars. Abans de creuar la via del tren s'ha de mirar que no en vingui cap. ✎ pàg. 193 ⑧

2 Espai per on es pot passar, camí per anar d'un lloc a un altre. Els carrers i les places són vies públiques, tots els ciutadans hi poden circular.

3 Carril d'una autopista o d'una carretera.

4 Conducte del cos de les persones o dels animals per on passen fluids, aliments o altres substàncies. Els bronquis, el nas i la laringe són vies respiratòries.

5 En via de vol dir en procés, en camí de. Si un problema està en via de solucionarse, aviat quedarà resolt.

frase feta **6 Fer via** és caminar. Quan es puja una muntanya, cadascú va fent via al seu ritme. També diem que fem via si anem molt de pressa a fer alguna cosa, si la fem en poc temps.

viari, viària

2 via vies

nom femení Una via és una ratlla o llista de diferent color en una roba, un aliment o una altra cosa. Les samarretes d'alguns clubs de futbol tenen vies.

viable viables

adjectiu Que es pot fer, que té possibilitats de ser dut a terme. Fer un herbari és un projecte viable.

inviable, viabilitat

viacrucis viacrucis

nom masculí Un viacrucis és un conjunt de catorze creus o de catorze quadres on es representen les diverses etapes de la passió, la mort i la resurrecció de Jesús. Les creus o els quadres es distribueixen al llarg d'un camí o a l'interior d'una església. Els fidels cristians fan el viacrucis quan van resseguint les creus o els quadres mentre resen diverses pregàries.

vial vials

nom masculí Un vial és un camí ample que, sovint, té arbres a cada costat.

vianant vianants

nom masculí i femení Un o una vianant és una persona que va a peu per un camí, per un carrer o per una altra via semblant. A les grans ciutats, hi ha zones de vianants, on no circulen cotxes. ✎ pàg. 597 ⑬

vianda viandes

nom femení Una vianda és qualsevol cosa que es pot menjar. Als mercats podem trobar tota mena de viandes.

viarany viaranys
nom masculí Un viarany és un camí estret.

viat viada viats viades
adjectiu Que fa vies o ratlles de diferent color. La cansalada viada té tires de carn entre el greix.

viatge viatges
nom masculí 1 Un viatge és una anada a un lloc que és lluny, a una altra població, a un altre país, etc. Molts nuvis, després de casar-se, fan un viatge.
2 Cadascuna de les vegades que una persona va i ve d'un lloc a un altre per a portar alguna cosa, fer un encàrrec, etc. En un trasllat, si no caben tots els mobles en una furgoneta, es fan dos o més viatges.

viatger viatgera viatgers viatgeres
adjectiu i nom masculí i femení Que viatja. Els viatgers acostumen a portar maletes.

viatjant viatjanta viatjants viatjantes
nom masculí i femení Persona que es dedica a viatjar per a una empresa per tal d'oferir els productes d'aquesta als clients.

viatjar
verb com cantar ◄ pàg. 26 *Amb TG davant E, I*
1 Fer un viatge, anar de viatge. Si es viatja en avió es va més ràpid que si es viatja en vaixell.
2 Fer de viatjant.
3 Una cosa viatja quan és transportada d'un lloc a un altre. En un tren, les mercaderies viatgen en un vagó diferent del dels passatgers.

vibració vibracions
nom femení 1 Una vibració és el fet de vibrar. La vibració de les cordes d'una guitarra produeix el so d'aquest instrument.
2 Cadascun dels moviments cap a un costat i cap a l'altre que fa un cos quan vibra. Hi ha uns aparells que calculen les vibracions que fa un cos en un temps determinat.

vibrant vibrants
adjectiu 1 Que vibra. Alguns cantants d'òpera tenen una veu vibrant.
2 Una pel·lícula, un llibre, un discurs o una altra cosa és vibrant quan ens emociona i ens entusiasma.
adjectiu i nom femení 3 Un so és vibrant quan el pronunciem movent la llengua de manera que el pas de l'aire queda interromput una o més vegades a molta velocitat. Són vibrants els sons consonàntics de les paraules *ara* i *raó*.
nom femení 4 Una vibrant és una lletra que representa un so vibrant.

vibrar
verb com cantar ◄ pàg. 26
1 Un cos vibra quan es mou molt ràpidament d'un costat a l'altre. Quan parlem, les cordes vocals vibren.
2 Diem que una persona vibra quan s'emociona. La música clàssica fa vibrar moltes persones.
vibratori, vibratòria

vicari vicària vicaris vicàries
nom masculí i femení 1 Persona que n'ajuda una altra en les seves tasques i la substitueix quan no hi és. Actualment s'usa poc.
nom masculí 2 Un vicari és un capellà que ajuda el rector d'una parròquia.
vicaria, vicarial, vicariat

vicepresident vicepresidenta vicepresidents vicepresidentes
nom masculí i femení Persona que ajuda el president o la presidenta i que, a vegades, els substitueix.
vicepresidència

viceversa
adverbi Al contrari, a l'inrevés del que s'ha dit abans. *Jo el mirava a ell, i viceversa, ell em mirava a mi. No sé si el germà gran es diu Joan i el petit Miquel o viceversa.*

vici vicis
nom masculí 1 Un vici és un mal costum que costa de deixar. Moltes persones tenen el vici de mossegar-se les ungles.
2 Defecte, cosa imperfecta. Els logopedes s'encarreguen de corregir els vicis de pronunciació.
aviciar, viciar, viciós, viciosa

vicissitud vicissituds
nom femení Les vicissituds són la sèrie de circumstàncies i d'esdeveniments, ara bons i ara dolents, que ens van passant al llarg de la vida o d'un temps determinat. Abans d'acabar una carrera universitària s'ha de passar per moltes vicissituds.

víctima víctimes
nom femení Una víctima és una persona o un animal que mor o que sofreix per culpa d'algú o d'alguna cosa. Podem parlar de les víctimes de la guerra, d'un atracador, d'un accident, etc.

victòria victòries
nom femení 1 La victòria és el fet de guanyar un enemic o un adversari en una guerra, una lluita, una competició, etc. El qui arriba primer en una cursa s'emporta la victòria.
frase feta 2 **Cantar victòria** és celebrar una victòria. En el futbol, no es pot cantar victòria fins que no s'ha acabat el partit.
victoriós, victoriosa

vida vides

nom femení
1 La vida és allò que caracteritza les persones, els animals i les plantes, que fa que creixin, respirin, s'alimentin, es reprodueixin i s'adaptin a les circumstàncies que els envolten.
2 Espai de temps que va des del naixement fins a la mort. La vida de Mozart va ser curta, va morir als trenta-cinc anys.
3 Manera de viure. La vida al camp és dura, però és més tranquil·la que la vida a la ciutat.
4 Conjunt de coses que es necessiten per a viure, com els aliments, la roba, etc. Avui dia la vida és molt cara.
5 Força, energia, activitat intensa. A un quadre li falta vida quan té poc color i no desperta gaire interès.

locució que fa d'adjectiu
6 Una persona és **de vida** quan menja molt i de tot.

vivificar

vident vidents

nom masculí i femení
Un o una vident és una persona que és capaç de preveure el futur, d'endevinar les coses que han de passar.

vídeo vídeos

nom masculí
Un vídeo és un aparell que permet enregistrar programes o pel·lícules de la televisió en una cinta de vídeo.

videocasset videocassets

nom femení
Una videocasset és una cinta de vídeo.

videoclip videoclips

nom masculí
Un videoclip és un vídeo musical que il·lustra amb imatges una cançó. Els grups musicals fan videoclips de les seves cançons per a promocionar-les a la televisió.

videojoc videojocs

nom masculí
Un videojoc és un joc electrònic d'habilitat que una o més persones practiquen en una pantalla de televisió, d'ordinador o en una consola portàtil. Els videojocs van en discos o disquets que es posen en una consola o en un ordinador.

vidre vidres

nom masculí
1 El vidre és una substància transparent o translúcida, dura i que es trenca fàcilment. Moltes ampolles són de vidre.
2 Un vidre és una peça o un objecte de vidre. Si es trenca el vidre d'una finestra, s'ha de canviar per un altre. Els vidres d'unes ulleres de sol són foscos.
3 Un **vidre glaçat** és un vidre de color blanc, que no és transparent. Els vidres glaçats es posen en algunes portes i finestres quan no es vol que es vegi el que hi ha al darrere.

envidrar, envidriar-se, vidrier, vidriós, vidriosa

vidriera vidrieres

nom femení
Una vidriera és una porta o una finestra feta amb vidres aguantats per llistons. Hi ha vidrieres de colors que són molt decoratives.

vidriola vidrioles

nom femení
Guardiola.

vidu vídua vidus vídues

adjectiu i nom masculí i femení
Viudo.

vigatà vigatana vigatans vigatanes

adjectiu
1 De Vic. *La boira vigatana.*

nom masculí i femení
2 Persona que és de Vic o que hi viu.

vigent vigents

adjectiu
Una llei, una ordre, un costum o una moda és vigent quan és vàlida, quan serveix o quan la gent la compleix o la segueix.

vigència

vigilància vigilàncies

nom femení
1 La vigilància és el fet de vigilar algú o alguna cosa. Hi ha gossos que s'encarreguen de la vigilància de la casa.
2 Conjunt de persones o de mitjans per a vigilar alguna cosa. Quan es fa un acte on hi ha d'haver molta gent, s'hi posa vigilància, un grup de guàrdies que vigilen.

vigilant vigilants

adjectiu i nom masculí i femení
Que vigila. Els vigilants acostumen a portar uniforme.

vigilar

verb com *cantar* ◄ pàg. 26
Estar atent a una persona o a una cosa, observar-la i controlar-la per evitar algun perill. Quan escalfes llet, has de vigilar que no bulli i es vessi. Els infermers d'un hospital vigilen els malalts.

vigília vigílies

nom femení
La vigília és el dia abans d'una festa o d'un esdeveniment especial. La vigília de Nadal les famílies es reuneixen per sopar. Els nuvis acostumen a estar nerviosos la vigília del seu casament.

vigor vigors

nom masculí o femení
1 El vigor o la vigor és la força que té un ésser viu i que li permet desenvolupar-se i resistir esforços i malalties. Les plantes ben regades creixen amb vigor. Una persona gran no té el vigor de la joventut.

locució que fa d'adverbi
2 Una llei, una ordre, un costum, una moda o una altra cosa està **en vigor** quan és

vigent, quan està en ús. *Fins el dia que la llei no entri en vigor, no cal fer-ne cas.*

envigorir, vigoria, vigoritzar, vigorós, vigorosa

víking víkings

adjectiu — **1** Que està relacionat amb els víkings. Els vaixells víkings portaven una vela quadrada.

nom masculí i femení — **2** Un o una víking era una persona d'un poble escandinau de tradició marinera i també guerrera. Entre els segles VIII i XI van atacar i conquistar diferents terres de l'oest d'Europa.

Un víking

vil vils

adjectiu — Que és de baixa condició o que és digne de menyspreu. Una persona que enganya els seus amics és una persona vil.

envilir, vilesa

vila viles

nom femení — Una vila és un lloc on viuen persones. És més gran que un poble però no prou per a ser una ciutat.

vilà, vilana

vilafranquí vilafranquina vilafranquins vilafranquines

adjectiu — **1** De Vilafranca del Penedès. *La vinya vilafranquina.*

nom masculí i femení — **2** Persona que és de Vilafranca del Penedès o que hi viu.

vilanoví vilanovina vilanovins vilanovines

adjectiu — **1** De qualsevol població que es digui Vilanova.

nom masculí i femení — **2** Persona que és d'una població que es diu Vilanova o que hi viu.

vilatà vilatana vilatans vilatanes

adjectiu — **1** De la vila. Alguns costums vilatans no són com els costums ciutadans.

nom masculí i femení — **2** Veí o veïna d'una vila.

vil·la vil·les

nom femení — Una vil·la és una casa gran, més o menys luxosa, situada fora de la ciutat. Les vil·les solen estar envoltades d'un jardí.

vímet vímets

nom masculí — Un vímet és una branca llarga, prima i flexible de l'arbre anomenat *vimetera*. Els vímets es fan servir per a fer cistells, paneres, mobles lleugers i altres objectes.

vimetera

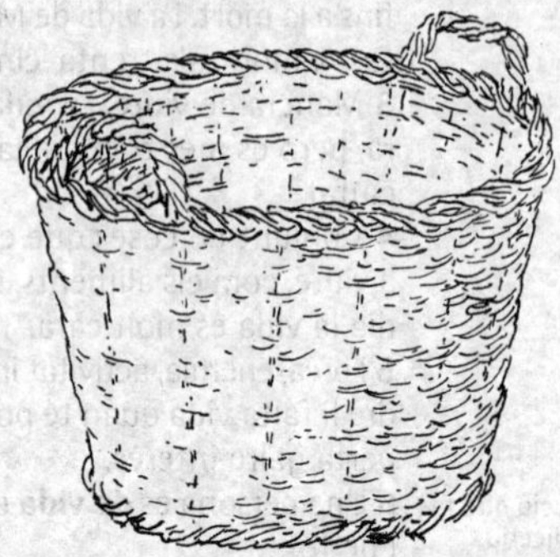

Un cove de vímet

vinagre vinagres

nom masculí — El vinagre és un líquid que prové de la fermentació del vi. Té un gust àcid i es fa servir com a condiment i com a conservant dels aliments.

avinagrar, envinagrar, vinagrera

vinagreta vinagretes

nom femení — Una vinagreta és una salsa feta amb vinagre, oli, sal i altres condiments, com ceba, julivert, mostassa i ou dur.

vinclar

verb com *cantar* ◄ pàg. 26 — Doblegar, corbar una cosa flexible. Quan has d'agafar una cosa de terra, vincles el cos cap endavant per a arribar-hi. Les canyes es vinclen amb el vent.

vincladís, revinclar-se

vincle vincles

nom masculí — Un vincle és un lligam o una relació entre dues persones. Els vincles d'amistat són molt forts.

vinculant vinculants

adjectiu — Que uneix amb un vincle legal, moral o d'afecte. Una resolució, un pacte o una decisió és vinculant quan obliga a complir-lo.

vinculació, vincular

vindre

verb com *tenir* ◄ pàg. 42 — Venir.

vinent vinents

adjectiu — Que ve, sobretot quan es parla de coses que van l'una darrere l'altra. *La setmana vinent és festa. Hem de baixar a l'estació vinent.*

vinga
interjecció — Paraula que es fa servir per a animar algú o nosaltres mateixos a fer una cosa. *Au, vinga! Anem cap allà.*

vinguda vingudes
nom femení — Una vinguda és el fet de venir. Moltes persones esperen amb il·lusió la vinguda de l'estiu i de les vacances.

vinícola vinícoles
adjectiu — Que està relacionat amb la fabricació del vi. La indústria vinícola de Catalunya és força important.

vint vints
determinant numeral — 1 Vint coses són dinou més una.
nom masculí — 2 El vint és el nom del 20.
vintè, vintena

vinya vinyes
nom femení — 1 Una vinya és un camp plantat de ceps, de plantes que fan raïm. Els llocs on es fa vi i xampany són plens de vinyes.
2 Cep, planta que fa raïm.
vinyataire

vinyeta vinyetes
nom femení — Una vinyeta és cadascun dels dibuixos que, l'un al costat de l'altre, formen un còmic o expliquen una historieta. Les auques estan formades per diverses vinyetes i rodolins.

1
viola violes
nom femení — Violeta.

2
viola violes
nom femení — Una viola és un instrument de corda molt semblant al violí però una mica més gran: la seva caixa fa de 38 a 44 centímetres de llarg. Té un so més greu que el del violí i no tan brillant. pàgs. 394-395 ⑭ ㊲

violar
verb com *cantar* ◄ pàg. 26 — 1 Actuar en contra del que diu una llei, una regla, un jurament, un pacte, etc. Els lladres són persones que violen la llei.
2 Tenir relacions sexuals amb una persona contra la seva voluntat, forçar-la a fer un acte sexual.
inviolable, violació, violador

violència violències
nom femení — 1 La violència és una força molt forta, molt intensa, que sovint fa mal o causa danys, pèrdues, etc. Quan el vent bufa amb molta violència, pot arribar a tombar arbres.
2 Manera de comportar-se de les persones que ataquen els altres, els fan mal, els causen dolor, sofriments i fins i tot la mort. En algunes pel·lícules d'acció hi ha escenes de molta violència: baralles, crims, explosions, etc.
violentar

violent violenta violents violentes
adjectiu — 1 Que té violència, que és fet amb violència. Les tempestes molt violentes poden provocar inundacions.
2 Que fa servir la força, que actua amb violència. Quan una persona violenta s'enfada, crida, dóna cops i destrossa les coses.
3 Una persona està violenta en una situació quan està incòmoda, cohibida i no sap com ha d'actuar.

violeta violetes
nom femení — 1 Una violeta és una planta d'uns 5 a 15 centímetres d'alçària que fa unes flors amb cinc pètals de color morat clar, d'olor molt agradable.
adjectiu — 2 Que és de color morat clar, com el de les violetes.
nom masculí — 3 El violeta és el color de les violetes.

violí violins
nom masculí — Un violí és un instrument de corda de mida petita que es toca fregant un arquet per les quatre cordes que té. La seva caixa fa de 35 a 36 centímetres de llarg i té dues obertures en forma de f. Fa sons molt aguts. La persona que el toca se'l col·loca entre la mandíbula i l'espatlla. pàgs. 394-395 ⑨ ㉚ ㉛
violinista

violó violons
nom masculí — Contrabaix.

violoncel violoncels
nom masculí — Un violoncel és un instrument de corda semblant al violí i a la viola però més gran: la caixa fa de 75 a 76 centímetres de llarg. Té un so més greu que el de la viola. La persona que toca el violoncel està asseguda i se'l col·loca entre els genolls; la part de baix de l'instrument reposa a terra.
pàgs. 394-395 ⑯ ㊶
violoncel·lista

virar
verb com *cantar* ◄ pàg. 26 — Una embarcació o qualsevol altre vehicle vira quan gira per canviar de direcció.
viratge

viril virils
adjectiu — Dels homes, que està relacionat amb els homes. Es parla de l'edat viril o de la força viril. Una veu viril és greu i forta.
virilitat

virolai virolais
nom masculí — Un virolai és una poesia per a ser cantada, formada per algunes estrofes i una torna-

da. El virolai més conegut és el de la Mare de Déu de Montserrat.

virolat virolada virolats virolades
adjectiu — Que és de diversos colors molt vius, llampants i cridaners. Una camisa verda, vermella i groga és virolada.

virolla virolles
nom femení — **1** Una virolla és una anella de metall que es posa a la punta d'un bastó o d'un paraigua, o al final del mànec d'una eina, per a evitar que s'obrin o es desgastin.
2 Es diu que una persona té molta virolla si té molts diners. Es diu de manera informal.

virrei virreis
nom masculí — Un virrei és una persona que governa un territori o un país en nom i en representació del rei d'un altre país. Els reis espanyols tenien virreis en els països d'Amèrica.
virregnat

virreina virreines
nom femení — **1** Una virreina és una dona que té el càrrec de virrei.
2 Esposa d'un virrei.

virtuosisme virtuosismes
nom masculí — El virtuosisme és l'habilitat extraordinària d'una persona per a fer alguna cosa. El virtuosisme d'un pianista només s'aconsegueix dedicant moltíssimes hores al piano.

virtut virtuts
nom femení — **1** Una virtut és una característica o una qualitat bona d'una persona. La paciència és una virtut.
2 Capacitat d'una cosa per a produir un efecte. Les plantes medicinals tenen la virtut de curar malalties.
virtuós, virtuosa

virulent virulenta virulents virulentes
adjectiu — **1** Que és nociu, que pot provocar malalties. Alguns microbis són virulents.
2 Diem que una crítica, un article, un discurs, etc., és virulent quan és violent, agressiu i fet amb intenció de fer mal.
virulència

virus virus
nom masculí — **1** Un virus és un microbi que transmet malalties.
2 Un virus informàtic és un element que s'introdueix als ordinadors i que fa que els programes funcionin malament.
antivirus, víric

vis visos
nom masculí — Un vis és un cargol per a enroscar. En una fusteria sempre hi ha visos.

visat visats
nom masculí — Un visat és un senyal o unes paraules que es posen en un passaport o en un altre document per a certificar que ja ha estat examinat i autoritzat. Per a entrar en alguns països es necessita un visat.
visar

visca
interjecció — **1** Forma antiga del verb *viure* que es fa servir per a desitjar una vida llarga o prosperitat. *Visca Catalunya! Visca la presidenta!*
2 Exclamació d'alegria que diem quan rebem una bona notícia. *-Finalment, podrem fer el viatge. -Visca!*

víscera vísceres
nom femení — Una víscera és qualsevol dels òrgans que hi ha dins les cavitats del tórax i de l'abdomen. Els ronyons, els intestins i el cor són vísceres.

visceral viscerals
adjectiu — **1** Que està relacionat amb les vísceres.
2 Diem que l'odi o un altre sentiment és visceral quan és molt fort, molt profund. Algunes persones tenen una por visceral als gossos.

viscós viscosa viscosos viscoses
adjectiu — **1** Una substància líquida és viscosa si és densa i enganxosa. La baba dels cargols o dels llimacs és viscosa.
nom femení — **2** La viscosa és una substància líquida i enganxosa que s'obté de la cel·lulosa i que es fa servir per a fabricar fibres tèxtils.
viscositat

visera viseres
nom femení — **1** La visera d'una gorra és la part que sobresurt pel davant per a protegir la vista del sol.
2 Peça de cartó, de plàstic, etc., semblant a la visera d'una gorra, que es lliga al cap amb una cinta o una goma.
3 Part del davant d'alguns cascos que s'aixeca i s'abaixa. Les viseres dels cascos dels motoristes protegeixen del vent i eviten que entrin brosses als ulls.

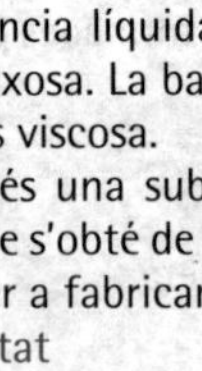

Un vis

A B C D E F G H I J K L M N O P Q R S T U V W X Y Z

visibilitat visibilitats
nom femení
1 La visibilitat és la característica del que és visible. La visibilitat d'un senyal de circulació és molt important per a evitar accidents.
2 Possibilitat de veure-hi en un lloc determinat. Quan hi ha boira, disminueix la visibilitat.

visible visibles
adjectiu
1 Que es pot veure. El mar no és visible des de molts pobles de l'interior.
frase feta
2 Una persona **està visible** quan està vestida, arreglada i a punt per a rebre una visita.

visigot visigoda visigots visigodes
adjectiu
1 Dels visigots, que està relacionat amb els visigots.
nom masculí i femení
2 Persona que era d'un poble germànic que es va establir al sud de la Gàl·lia i a la Península Ibèrica.
visigòtic

visió visions
nom femení
1 Una visió és el fet de veure algú o alguna cosa. La visió d'un amic a la televisió sempre fa gràcia.
2 Aptitud o capacitat per a veure. Algunes persones han perdut la visió d'un ull.
3 Persona o cosa que algú veu com si fos real, però que en realitat no ho és. Algunes malalties fan veure visions.
visionari, visionària

visita visites
nom femení
1 Una visita és el fet de visitar o d'anar a veure algú o alguna cosa. Les visites al zoològic són sempre entretingudes.
2 Observació que un metge fa d'una persona que ha anat a la seva consulta. Els metges tenen dies i hores de visita.
3 Persona que va a visitar-ne una altra. Quan s'està malalt, fa il·lusió rebre visites.

visitant visitants
nom masculí i femení
Un o una visitant és una persona que visita algú o alguna cosa. Els visitants d'una ciutat acostumen a portar una màquina de fer fotos.

visitar
verb
com *cantar*
◄ pàg. 26
1 Passar una estona amb algú a casa seva, al seu despatx, a l'hospital o en un altre lloc per cortesia, per amistat o per a parlar-hi. Als avis, els fa il·lusió que els néts els vagin a visitar.
2 Un metge visita un malalt quan el va a veure a casa seva o quan el rep a la consulta.
3 Anar a una ciutat, a un país, etc., per a conèixer-lo o per a veure-hi alguna cosa. Les escoles acostumen a portar els alumnes a visitar museus.
visitació

visó visons
nom masculí
Un visó és un mamífer carnívor molt semblant a la marta que viu en algunes zones d'Europa i de l'Amèrica del Nord. La pell dels visons és marró fosc o gris fosc, amb el pèl curt, i es fa servir per a fer abrics.

Un visó

visor visors
nom masculí
Un visor és un dispositiu que tenen les màquines de fotografiar o les de cine i televisió per a enfocar o per a enquadrar la imatge.

vista vistes
nom femení
1 La vista és el sentit que ens permet veure les coses. Si es té bona vista no cal portar ulleres.
2 Els ulls. Si segueixes una persona amb la vista, no deixes de mirar-la.
3 Allò que es veu des d'un lloc determinat. Des del cim de l'Everest es deu veure una vista impressionant.
4 Una persona és curta de vista quan és miop.
locució que fa d'adverbi
5 **A primera vista** vol dir veient-ho o mirant-ho per primera vegada. *A primera vista, aquest exercici no sembla difícil; quan comencem a fer-lo ja ho veurem.*
frase feta
6 Una persona **coneix** algú **de vista** quan l'ha vist una o més vegades però no hi ha parlat mai.

vistiplau vistiplaus
nom masculí
El vistiplau és l'aprovació que una persona dóna d'alguna cosa. Alguns edificis no es poden construir sense el vistiplau de l'ajuntament.

vistós vistosa vistosos vistoses
adjectiu
Que atrau, que destaca pel seu aspecte o pel seu color. El plomatge dels guacamais és molt vistós.
vistent, vistositat

visual visuals
adjectiu
Que està relacionat amb la visió, amb la vis-

A B C D E F G H I J K L M N O P Q R S T U V W X Y Z

ta. Les persones que porten ulleres tenen algun defecte visual.

visualitzar
verb
com *cantar*
◄ pàg. 26
Fer visible allò que normalment no es pot veure directament. Quan visualitzem unes diapositives fem servir un projector.

vital vitals
adjectiu
1 Que està relacionat amb la vida. El cor i el cervell són òrgans vitals.
2 Que és de gran importància, decisiu, imprescindible. L'aire és vital per als éssers vius.
vitalista, vitalitat

vitalici vitalícia vitalicis vitalícies
adjectiu
Que dura des que s'aconsegueix fins a la mort. Les persones vídues o jubilades cobren una pensió vitalícia.

vitamina vitamines
nom femení
Una vitamina és una substància necessària per al cos que es troba als aliments. La falta o l'escassetat de vitamines pot provocar malalties.
vitamínic

viticultura viticultures
nom femení
La viticultura és la branca de l'agricultura que es dedica a l'estudi i al cultiu de la vinya.

vitrall vitralls
nom masculí
Un vitrall és una composició artística, amb figures i dibuixos, feta amb vidres de colors. Hi ha vitralls als finestrals d'algunes esglésies. ✎ pàg. 598 ③
envitrallar, vitraller, vitralleria

vitrificar
verb
com *cantar*
◄ pàg. 26
Amb QU davant E, I
Convertir una substància en vidre o en un material que s'hi assembli.

vitrina vitrines
nom femení
Una vitrina és una caixa o un armari amb una o més parets de vidre per a tenir-hi exposats objectes d'art, vaixelles i cristalleries, coses per a vendre, etc.

vitualla vitualles
nom femení
La vitualla o les vitualles d'un exèrcit o d'un grup de persones són les provisions que tenen. Si s'acaben les vitualles, la gent comença a passar gana.
avituallar

vituperi vituperis
nom masculí
1 Insult, blasme. Algunes persones, quan es discuteixen, s'omplen de vituperis.
2 Ignomínia. Tothom considera que és un vituperi abandonar un fill petit.
3 Diem que una cosa és un vituperi quan molesta moltíssim.
vituperar

viu viva vius vives
adjectiu
1 Que té vida, que no és mort.
2 Que no ha desaparegut, que encara està en activitat o en moviment. Una llengua és viva quan encara es parla.
3 Fort, intens, penetrant. Una llum massa viva ens molesta. El groc i el vermell són colors vius.
4 Una persona és viva quan és espavilada.
nom masculí
5 Un viu és una persona que té vida, que no és morta. Es parla sobretot dels vius per a referir-se al conjunt de persones vives.
avivar, vivesa

viudo viuda viudos viudes
adjectiu i nom masculí i femení
Una persona és viuda quan se li ha mort el marit o la muller i no s'ha tornat a casar.
enviudar, viduïtat, viudetat

viure
verb
◄ pàg. 44
1 Tenir vida. Els animals i les plantes neixen, viuen i moren. Els peixos no poden viure fora de l'aigua.
2 Passar la vida d'una manera o d'una altra. Podem viure bé, malament, tranquils o preocupats.
3 Ser normalment en un lloc, dormir-hi, tenir-hi les coses, fer-hi vida. Si dius la teva adreça, dius on vius. Les persones que viuen a Egipte són egipcis.
4 Durar amb vida. Si una persona mor jove, viu pocs anys.
5 Mantenir-se, guanyar-se la vida. Els jubilats viuen d'una pensió i dels estalvis que tenen.
vividor

fer la viu-viu
frase feta
Anar tirant, anar passant la vida sense grans esforços i sense grans problemes.

vivaç vivaços vivaces
adjectiu
Que té molta vida, molta energia. Les persones vivaces són molt actives, els agrada fer moltes coses.
vivacitat

vivència vivències
nom femení
Una vivència és una experiència molt profunda que ha tingut una persona i que l'ha afectat molt.

vivent vivents
adjectiu
Que té vida, que no és mort. Les persones, els animals i les plantes són éssers vivents.

viver vivers
nom masculí
1 Un viver és un lloc on es crien peixos, ostres o altres animals aquàtics per vendre'ls.

2 Planter d'arbres o altres plantes.

vivípar vivípara vivípars vivípares

adjectiu — Un animal és vivípar quan es reprodueix sense pondre ous. L'embrió dels animals vivípars es desenvolupa dins el ventre de la mare. Els mamífers són vivípars.

vivor vivors

nom femení — La vivor és la característica del que és viu, intens, penetrant. Alguns pintors es caracteritzen per la vivor de colors dels seus quadres.

vocable vocables

nom masculí — Paraula. Es diu quan es parla tècnicament.

vocabulari vocabularis

nom masculí — 1 Un vocabulari és un conjunt de paraules d'un tema determinat, normalment ordenades alfabèticament. En un vocabulari de zoologia, hi trobarem el nom de tots els mamífers.

2 Conjunt de paraules que té una llengua o que una persona fa servir normalment quan parla o escriu. El vocabulari d'alguns escriptors és molt formal i solemne.

vocació vocacions

nom femení — Una persona té vocació d'artista, de metge, de capellà o d'una altra cosa quan té una inclinació, unes aptituds i una disposició a dedicar-s'hi.

vocacional

vocal vocals

adjectiu — 1 Que està relacionat amb la veu. Les cordes vocals ens permeten parlar.

nom femení — 2 Una vocal és un so del llenguatge que es pot pronunciar tot sol en una síl·laba. Les vocals són sons sonors i es pronuncien amb la boca bastant oberta, perquè l'aire surti lliurement. També es diuen vocals les lletres que representen aquests sons: *a*, *e*, *i*, *o*, *u*.

nom masculí i femení — 3 Un o una vocal és un membre d'una junta, d'una convenció, etc., que té dret a parlar-hi, a intervenir-hi.

nom femení — 4 Una **vocal neutra** és un so del català oriental que correspon gràficament a la *a* i a la *e* quan es troben en posició àtona.

intervocàlic, vocàlic

vocalitzar

verb com *cantar* ◄ pàg. 26 — 1 Parlar pronunciant de manera molt clara les vocals i les síl·labes. Quan parlem amb algú que no hi sent gaire, vocalitzem perquè ens entenguin.

2 Fer exercicis amb la veu sense dir les notes, sinó fent servir una vocal. Abans d'un concert, els cantants acostumen a vocalitzar.

vocalització

vocatiu vocatius

nom masculí — 1 El vocatiu és el cas d'algunes llengües com el llatí que es fa servir per a dirigir-se a algú, per a cridar-lo, etc. La paraula llatina *rosa* té en vocatiu singular la forma *rosa*.

2 Un vocatiu és una paraula o un grup de paraules que queden separades de la frase i que serveixen per a cridar a qui volem que ens escolti. A la frase *Marina, que ja han portat el butà?*, la paraula *Marina* és un vocatiu.

vociferar

verb com *cantar* ◄ pàg. 26 — Parlar a grans crits. Hi ha persones que no saben parlar normalment, només vociferen.

vodevil vodevils

nom masculí — Un vodevil és una obra de teatre divertida on es van produint una sèrie de situacions equívoques que fan riure.

vodka vodkes

nom masculí o femení — El vodka o la vodka és una beguda alcohòlica molt forta que s'obté de la fermentació de patates, de sègol o d'altres cereals. És típica de Rússia.

vodú vodús

nom masculí. També *vudú* — El vodú és un ritual religiós dels negres de les Antilles i del sud dels Estats Units d'Amèrica on es barregen elements cristians amb altres de les religions africanes. En el vodú es fan danses i cants amb molt de ritme i se sacrifiquen gallines i altres animals.

voga vogues

nom femení — 1 La voga és el fet de vogar o remar. En algunes naus antigues, els esclaus i els presoners feien la voga.

frase feta — 2 **Estar en voga** és estar de moda, estar acceptat per molta gent.

vogar

verb com *cantar* ◄ pàg. 26. Amb V. Amb GU davant E, I — 1 Remar. Les persones que voguen tenen molta força als braços. També es diu que una barca voga quan navega amb rems.

2 Fer que alguna cosa es mogui d'un costat a l'altre amb un moviment semblant al de les naus quan naveguen. Podem vogar unes campanes, un bressol, etc.

vol vols

nom masculí — 1 El vol és l'acció de volar. El vol dels ocells es fa bellugant les ales. Si un avió fa un vol rasant, passa a prop de terra.

2 Recorregut que fa un avió de passatgers. Als aeroports, els diferents vols s'anuncien en unes pantalles grans.

locució que fa d'adverbi — 3 Caçar un ocell o agafar una cosa **al vol** és caçar-lo o agafar-la quan passa volant. *Les àguiles cacen els ocells al vol.*

Continua a la pàgina següent

frase feta **4 Llançar les campanes al vol** és celebrar una cosa amb molta alegria i dient-ho a tothom.
envolar-se

volada volades
nom femení **1** Un ocell fa una volada quan vola d'un lloc a un altre. Els ocells migratoris fan volades molt llargues.
2 Un ocell pren volada quan comença a volar. Un projecte, un negoci, etc., pren volada si agafa molta importància i va funcionant cada vegada millor.
locució que fa d'adjectiu **3** Un artista, una empresa, una obra, etc., és **de molta volada** si és molt important, molt conegut, molt gran, etc. Organitzar uns Jocs Olímpics és una feina de molta volada.

voladís voladissa voladissos voladisses
adjectiu **1** Una cosa és voladissa si el vent se l'emporta fàcilment. Les fulles que cauen dels arbres són voladisses.
2 Que surt enfora, que sobresurt d'un edifici o d'un altre lloc. Els balcons d'una casa són elements voladissos.
nom femení **3** Una voladissa d'ocells és un grup d'ocells que passa volant.

volador voladora voladors voladores
adjectiu Que vola o que pot volar. Hi ha una classe de formigues que són voladores.

voladura voladures
nom femení Una voladura és el fet de volar una cosa amb explosius. Els tècnics avui dia fan la voladura d'edificis vells sense cap perill per a les persones.

volant volants
adjectiu **1** Volador.
nom masculí **2** Un volant és una peça de forma rodona que tenen els cotxes per a poder conduir-los. Els automòbils anglesos porten el volant a la dreta. cotxe per dins
3 Banda o tira ampla de roba que va cosida a un vestit, una cortina o un altre lloc i serveix d'adornament. Els vestits de sevillana porten molts volants.
4 Full petit de paper que serveix per a comunicar alguna cosa. Si volem que ens visiti un metge especialista, necessitem un volant del metge de capçalera.

volantí volantins
nom masculí Un volantí és un ormeig de pesca que consisteix en un cordill llarg que porta diversos hams penjats. Els volantins s'estiren des d'una barca.

volar
verb com *cantar* ◄ pàg. 26
1 Anar un ocell, un avió o un altre aparell d'un lloc a un altre suspesos en l'aire. Per anar a Mallorca els avions volen sobre el mar.
2 Diem que una cosa vola si es manté suspesa en l'aire pel vent, com passa amb els estels i les fulles que cauen dels arbres. Quan hi ha corrent d'aire en una habitació, poden volar els papers que tenim damunt de la taula.
3 Fer saltar per l'aire una cosa, trencar-la a trossos amb explosius. Quan un pont s'ha fet malbé i no és segur, s'ha de volar i construir-ne un altre.
4 Es diu que una cosa ha volat si ha desaparegut i no sabem on és, o si s'ha acabat o s'ha gastat molt de pressa.
5 Anar molt de pressa. Quan estem molt divertits, el temps passa volant.
volament, voletejar

volateria volateries
nom femení Aviram.

volàtil volàtils
adjectiu **1** Que pot volar o que pot mantenir-se enlaire perquè és molt lleuger i l'aire se l'endú. Una ratapinyada és un mamífer volàtil. La pols és formada de partícules volàtils.
2 Una substància és volàtil si s'evapora fàcilment. Un producte volàtil, com l'èter, s'ha de tenir sempre en un recipient molt ben tapat.
volatilitzar

volcà volcans
nom masculí **1** Un volcà és una obertura que es fa a la superfície de la Terra, per on surten materials encesos, cendra i gasos. Els volcans tenen normalment forma de muntanya. Hi ha volcans molt perillosos, que han destruït pobles i ciutats.

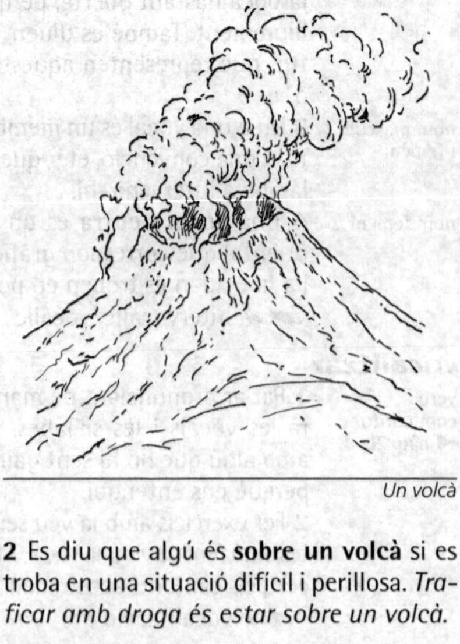
Un volcà

locució que fa d'adverbi **2** Es diu que algú és **sobre un volcà** si es troba en una situació difícil i perillosa. *Traficar amb droga és estar sobre un volcà.*

A B C D E F G H I J K L M N O P Q R S T U V W X Y Z

volcànic volcànica volcànics volcàniques

adjectiu — Dels volcans, que està relacionat amb els volcans. La lava és un producte volcànic. En una zona volcànica hi ha volcans.

voleiar

verb
com *conviar*
◄ pàg. 30
Amb dièresi

1 Fer que algú o alguna cosa doni un o més tombs enlaire. Si un cavall s'encabrita i salta, fa voleiar i caure a terra la persona que el munta.

2 Moure's una cosa en l'aire per la força del vent o pel moviment que algú fa amb la mà. En alguns actes o competicions esportives, el públic fa voleiar els mocadors en senyal d'alegria o de protesta.

voleibol voleibols

nom masculí — El voleibol és un esport que consisteix a fer passar una pilota amb les mans al camp contrari per damunt d'una xarxa que divideix la pista per la meitat. Hi juguen dos equips de sis persones.

voler

verb
◄ pàg. 44
O i U a l'arrel

1 Tenir la intenció ferma, la decisió molt clara, de fer alguna cosa. Quan tenim son, volem anar a dormir. Hi ha una màxima que diu que "voler és poder".

2 Una cosa en vol una altra si la necessita, l'exigeix o la demana. Hi ha plantes que volen molta aigua. El mal d'esquena vol repòs i un bon massatge.

3 Quan es diu que sembla que vol ploure o nevar és que segurament caurà pluja o neu.

frase feta — 4 **Voler dir** és significar.

5 Si una cosa es fa **sense voler** es fa involuntàriament, sense haver-nos-ho proposat.

interjecció — 6 **Vols dir?** és una expressió que diem quan parlem amb algú i ens sorprenem del que diu. Ho diem quan volem que ens continuïn parlant sobre el tema. -*Sembla que ens apujaran el sou. -Vols dir?*

volença

voliaina voliaines

nom femení — 1 Papallona.

2 Volva.

voliana volianes

nom femení — Voliaina.

1
volt volts

nom masculí — 1 El volt d'una cosa és el seu perímetre, el seu contorn. Per recórrer el volt d'una ciutat gran necessitaràs molt de temps.

2 Volta que es fa donar a una cosa que gira, especialment a una clau. Alguns panys es tanquen amb tres volts de la clau.

3 Espai o trajecte que recorre un vehicle o una persona fins a tornar al punt de partida. Si li demanes a una amiga que et deixi fer un volt amb la seva bicicleta, vols que t'hi deixi pujar.

4 **Fer un volt** és fer una passejada breu, sortir a estirar les cames. Quan portem molta estona tancats a casa, va bé sortir a fer un volt.

nom masculí plural — 5 Els volts d'un lloc són els seus voltants.

locució que fa de preposició — 6 **Pels volts de** és una expressió que indica que un lloc és molt pròxim a un altre o que una quantitat de temps és aproximada. *Pels volts d'Olot hi ha volcans apagats. Pels volts de les deu és una mica abans o una mica després de les deu.*

envoltar

2
volt volts

nom masculí — Un volt és una unitat que mesura la força d'un corrent elèctric. El corrent que es fa servir a les cases és de 220 volts. El seu símbol és: V.

volta voltes

nom femení — 1 Una volta és un moviment giratori, una trajectòria tancada que fa un cos al voltant d'un eix, d'un altre cos o de si mateix. La Terra fa voltes entorn del Sol i voltes sobre si mateixa. Les rodes d'un cotxe fan voltes sobre la carretera.

2 Recorregut o trajecte més o menys circular que fa una persona o un vehicle. Quan guanya el campionat, l'equip fa una volta d'honor pel camp de futbol.

3 Cada una de les dues o més parts d'algunes competicions esportives o d'unes eleccions. Es parla, per exemple, de la primera volta de la lliga de futbol o de la segona volta de les eleccions franceses.

4 Vegada. Les persones tossudes es fan repetir les coses moltes voltes.

5 Sostre corbat que uneix dos o més murs o pilars. pàg. 598 ①

6 Una **volta ciclista** és una cursa de bicicletes que es fa per etapes recorrent un país. La volta ciclista a França és diu "el Tour" i la volta ciclista a Itàlia, "el Giro".

frase feta — 7 **Fer una volta** és passejar, fer un volt.

voltadits voltadits

nom masculí — Un voltadits és un panadís que es fa a la vora d'un dit, al voltant de l'ungla.

voltant voltants

nom masculí — 1 El voltant d'una cosa és l'espai que l'envolta. Al voltant de les places normalment hi ha cases.

nom masculí plural — 2 Els voltants d'un poble o d'una ciutat, etc., són els indrets que té al voltant o molt a prop.

voltar

verb
com *cantar*
◄ pàg. 26

1 Fer voltes, girar. Hi ha satèl·lits artificials que volten entorn de la Terra.
2 Un camí o una carretera volta si no va en línia recta, sinó que fa una volta o voltes. Els cinturons de ronda volten, i així els cotxes i els camions no passen pel mig de la ciutat.
3 Anar d'una banda a una altra, passejar-se per un lloc. Quan visites una ciutat, convé voltar pels seus indrets més característics, com els mercats i el barri vell.
4 Envoltar. Algunes ciutats antigues estan voltades de muralles.
voltejar

voltatge voltatges

nom masculí
El voltatge és la força que fa que un corrent elèctric circuli. Es mesura en volts.

voltor voltors

nom masculí
Amb V
Un voltor és un ocell de rapinya gros que té un collar de plomes al voltant del coll. És de color bru vermellós, amb el cap i el coll de color clar. Té les ales llargues i la cua arrodonida. Els voltors s'alimenten d'animals morts.

voluble volubles

adjectiu
Que canvia fàcilment, que és poc constant. Les persones amb un caràcter molt voluble són difícils de tractar.

volum volums

nom masculí
1 Un volum és un llibre que conté una obra sencera o només una part. Les enciclopèdies acostumen a tenir diversos volums.
2 El volum d'una cosa és l'espai que ocupa. El volum d'un cotxe és més gran que el d'una bicicleta.
3 Intensitat de la veu, d'un so, etc. Si apuges el volum de la ràdio, se sentirà més fort.
voluminós, voluminosa

voluntari voluntària voluntaris voluntàries

adjectiu
1 Que es fa perquè es vol, sense estar-hi obligat. Una propina és voluntària: ningú no la pot reclamar o exigir.

adjectiu i nom masculí i femení
2 Que s'ofereix a fer una cosa sense estar-hi obligat. Algunes organitzacions busquen voluntaris que hi col·laborin.
voluntarietat

voluntat voluntats

nom femení
1 La voluntat és la capacitat que té una persona per a fer alguna cosa que no li agrada o que comporta un esforç.
2 Capacitat d'una persona per a escollir i decidir per ella mateixa el que vulgui. Si fas una cosa per la teva voluntat, la fas sense que ningú no t'hi obligui.
3 La voluntat d'una persona és allò que vol, que desitja. Hi ha persones que sempre volen que es faci la seva voluntat, no accepten les propostes dels altres.
4 La **bona voluntat** és la bona intenció, les ganes de fer bé les coses i de complaure els altres.

locució que fa d'adverbi
5 A voluntat vol dir quan es vulgui o com es vulgui. *Amb aquesta jaqueta em puc posar i treure la caputxa a voluntat.*
volenterós, voluntarisme, voluntarista

voluta volutes

nom femení
Una voluta és un ornament en forma d'espiral o de cargol que hi ha en alguns capitells.

Una voluta

volva volves

nom femení
1 Una volva és un tros molt petit i lleuger de terra, de pols o d'una altra cosa que l'aire s'emporta fàcilment. Tenir una volva a l'ull és molt molest.
2 Floc de neu.

vòmit vòmits

nom masculí
El vòmit és el fet de vomitar o allò que es vomita. Algunes malalties de l'estómac provoquen vòmits.

vomitar

verb
com *cantar*
◄ pàg. 26

Treure per la boca, d'una manera violenta, els aliments que hi ha dins l'estómac. Hi ha persones que quan van en cotxe es maregen i vomiten.
vomitada

vomitiu vomitiva vomitius vomitives

adjectiu i nom masculí
Un medicament és vomitiu quan fa vomitar. El cafè amb sal és un vomitiu casolà.

vora vores

nom femení
1 La vora d'una cosa és la part que hi ha a l'extrem, allà on s'acaba. Si vols fer un full més petit, en retalles les vores.
2 Terra que hi ha a banda i banda d'un camí, d'un riu, etc. Els pescadors posen les seves canyes a la vora del riu.

3 Part final d'una peça de roba que es doblega cap endins i es cus. Les vores serveixen perquè la roba no es desfili.

preposició — 4 Prop de. *Vam berenar vora el riu.*
També pot ser *vora de* o *a la vora de*:
• *A l'hivern, passem moltes hores vora del foc. El meu avi té a la vora de vuitanta anys.*

locució que fa d'adverbi — 5 **A la vora** vol dir a prop, a poca distància, a poc temps. *Les festes de Nadal ja són a la vora!*

esvorar, vorada

voraç voraços voraces

adjectiu — 1 Que menja molt i amb molta gana, com si estigués afamat. Si una persona té un apetit voraç té molta gana.
2 Diem que un incendi o una inundació és voraç quan ho destrueix tot molt ràpidament.

voracitat

vorada vorades

nom femení — La vorada d'una vorera o d'una andana és la filera de pedres o de rajoles que hi ha a la vora, a la part on la vorera o l'andana s'acaba. Després de la vorada, ja ve la calçada o la via. pàg. 597 (28)

voravia voravies

nom femení — Vorera.

voraviu voravius

nom masculí — 1 Un voraviu és una vora resistent d'una tela, cosida de manera que no es pugui desfer, com per exemple la d'uns texans.

frase feta — 2 Diem que algú o alguna cosa ens **toca el voraviu** quan ens molesta i ens fa enfadar.

vorejar

verb com *cantar* ◄ pàg. 26 Amb G davant E, I — Recórrer les vores d'un riu, d'un bosc, d'un barranc o d'un altre lloc. És més llarg vorejar un llac que travessar-lo pel mig.

vorera

nom femení — La vorera d'un carrer, d'un pont, etc., és la part que hi ha als costats, normalment més elevada, per on passen les persones que van a peu. pàg. 597 (14)

vori voris

nom masculí — Marfil.

vos

pronom personal Sense accent gràfic — Forma que pot tenir el pronom *us* quan va darrere del verb:
• *Renteu-vos les mans.*

vós

pronom personal Amb accent gràfic — Aquesta paraula s'usa en lloc del pronom *tu* en senyal de respecte quan es parla amb algú que no es coneix o que és més gran o més important. *Vós direu, majestat. Pere, vós sabeu que això no és cert.*

vosaltres

pronom personal — Aquesta paraula, la diu la persona que parla per a referir-se a un grup de persones entre les quals hi ha qui escolta i no hi ha qui parla. *Què fareu, vosaltres, demà? Sense vosaltres no hauríem pogut acabar la feina.*

vostè vostès

pronom personal — Aquesta paraula s'usa en lloc de *tu*, *vós* o *vosaltres* en senyal de respecte quan es parla amb algú que no es coneix o que és més gran. També parlem de vostè amb qui no tenim o no volem tenir gaire confiança. *Com es troba, vostè? Ho farem com vostès vulguin.*

vostre vostra vostres

determinant possessiu — 1 Aquesta paraula s'usa per a indicar una cosa que pertany a un grup de persones entre les quals no hi ha la persona que parla.
Normalment, va entre l'article i el nom:
• *El vostre cosí, la vostra casa, els vostres gats, les vostres ovelles.*
Algunes vegades va darrere el nom:
• *Com si estiguéssiu a casa vostra.*

pronom possessiu — 2 S'usa darrere d'article en casos com aquests:
• *Tinc els telèfons de tothom; només em falten els vostres. Té un cotxe igual que el vostre.*
També pot anar darrere de preposició i de verb:
• *Sobre vostre, sota vostre, damunt vostre, davant vostre.*
• *Aquesta recepta és inventada vostra?*

vot vots

nom masculí — 1 Un vot és l'opinió que dóna una persona quan es fan eleccions, quan s'ha de decidir alguna cosa en assemblea, etc. Després d'unes eleccions, s'han de comptar els vots.
2 Promesa d'una cosa que una persona o un grup de persones fan a Déu, a la Mare de Déu o a algun sant. Els religiosos fan vots de pobresa, de castedat i d'obediència.

votiu

votació votacions

nom femení — 1 Una votació és el fet de votar. En els països democràtics es fan votacions per a escollir les persones que han de governar.
2 Conjunt de vots d'una elecció. Quan la votació és favorable a un polític és que aquest té més vots que els altres.

A B C D E F G H I J K L M N O P Q R S T U V W X Y Z

votar
verb
com *cantar*
◄ pàg. 26
Donar el vot. Es pot votar posant una papereta en una urna o aixecant la mà. Quan s'escull el delegat d'una classe, tots els alumnes voten.
votant

vudú vudús
nom masculí
Vodú.

vuit vuits
determinant numeral
1 Vuit coses són set més una.
nom masculí
2 El vuit és el nom del 8.

vuitanta vuitantes
determinant numeral
1 Vuitanta coses són vuit vegades deu coses.
nom masculí
2 El vuitanta és el nom del 80.
octogèsim, vuitantè, vuitantena

vuitcentista vuitcentistes
adjectiu
1 Que està relacionat amb el segle XIX.
nom masculí i femení
2 Un o una vuitcentista és una persona que va viure o que va fer la seva obra al segle XIX.

vuit-cents vuit-centes
determinant numeral
1 Vuit-centes coses són vuit vegades cent coses.
nom masculí
2 El vuit-cents és el nom del 800.
vuit-centè, vuit-centena

vuitè vuitena vuitens vuitenes
determinant numeral i nom masculí i femení
1 Que té el número d'ordre 8. El vuitè pis d'un edifici és a sobre del setè. El vuitè d'una cua va darrere del setè.
determinant numeral
2 Una vuitena part d'una cosa és una de les vuit parts iguals que ens queden si la dividim entre vuit. La vuitena part de 24 és 3.

vulgar vulgars
adjectiu
1 Que és molt normal, que no té res d'especial. Els llegums són un menjar vulgar, però es poden cuinar de manera molt saborosa.
2 El llenguatge vulgar és el llenguatge parlat que fa servir la gent del carrer en contraposició al que fan servir els especialistes. El nom vulgar de la rubèola és *rosa*.
3 Que és poc refinat o de baixa qualitat; que indica poca educació. El verb *fotre* es considera vulgar: no el faríem servir parlant amb persones amb qui no tenim confiança.
vulgaritat, vulgaritzar

vulgarisme vulgarismes
nom masculí
Un vulgarisme és una paraula, una frase o una expressió vulgars, com *poguer* per *poder*.

vulnerar
verb
com *cantar*
◄ pàg. 26
1 Ferir o causar un dany o un perjudici a algú. Si una persona n'insulta una altra davant de molta gent, vulnera el seu amor propi.
2 No complir una llei, una norma, un precepte, etc. Quan en un joc un participant vulnera el reglament, queda eliminat.
vulnerabilitat, vulnerable, vulneració

vulva vulves
nom femení
La vulva és la part externa de l'aparell genital femení que envolta l'obertura de la vagina. pàgs. 794-795 (16), pàgs. 798-799 (67)

w
nom femení Vint-i-tresena lletra de l'alfabet català. Aquesta lletra només es fa servir en paraules estrangeres, sobretot en les que vénen de l'anglès i de l'alemany, com *whisky*, *watt* i *western*.

waterpolo waterpolos
nom masculí El waterpolo és un esport de pilota que es juga dins d'una piscina. Hi juguen dos equips de set jugadors cadascun i consisteix a fer entrar la pilota dins la porteria de l'equip contrari.

watt watts
nom masculí Un watt és una unitat que mesura la potència d'un corrent elèctric. Una bombeta de 100 watts fa més llum que una de 25 i gasta quatre vegades més.

web webs
nom masculí **1** Lloc web. És una paraula anglesa.
nom femení **2** Pàgina web. És una paraula anglesa.

western westerns
nom masculí Un western és una pel·lícula sobre l'oest americà que explica la conquesta de noves terres pels blancs i la lluita amb els indis. És una paraula anglesa.

whisky whiskies
nom masculí El whisky és una beguda alcohòlica d'origen escocès molt forta i aromàtica, de color marró clar. A vegades, es beu amb gel o combinat amb una altra beguda. És una paraula anglesa.

windsurfing windsurfings
nom masculí El windsurfing és el surf de vela. És una paraula anglesa.

x
nom femení
Vint-i-quatrena lletra de l'alfabet català. Pot representar el so de [ʃ], com a *xic* i a *planxa*; el so de [ks], com a *màxim* i a *índex*, i el so de [gz], com a *examen*. Pot formar part del dígraf *IX*, com a *caixa* i a *fluix*. També pot formar part del dígraf *TX*, com a *txec*, *fletxa* i *escabetx*.

xacal xacals
nom masculí
Un xacal és un mamífer de la mateixa família del gos i del llop que viu sobretot en alguns llocs d'Àsia i d'Àfrica. És més petit que el llop. S'alimenta d'animals que caça, sobretot, de nit.

xacra xacres
nom femení
Una xacra és un mal que queda després de passar algunes malalties o un mal que surt perquè la persona ja és molt vella.
xacrós, xacrosa

xafar
verb
com *cantar*
◄ pàg. 26
Aixafar.

xafardejar
verb
com *cantar*
◄ pàg. 26
Amb G davant E, I
1 Parlar de les altres persones dient coses que no se saben del cert o explicant fets que poden perjudicar.
2 Una persona també xafardeja quan mira o pregunta coses que no ha de saber.
xafardeig, xafarderia

xafarder xafardera xafarders xafarderes
nom masculí i femení
Persona que xafardeja. Els xafarders sempre ho volen saber tot.

xafarranxo xafarranxos
nom masculí
1 Els mariners fan xafarranxo quan treuen els objectes que hi ha en una part del vaixell per a poder fer una maniobra o una feina.
2 Es feia **xafarranxo de combat** quan es deixava la coberta del vaixell sense cap obstacle i es preparaven els canons i altres armes per al combat.
3 Es diu que en un lloc hi ha xafarranxo quan hi ha molt de desordre, molta gent que crida i es baralla.

xàfec xàfecs
nom masculí
1 Un xàfec és una pluja molt forta que dura poc.
2 Diem que algú rep o aguanta un xàfec quan l'insulten molt i li fan molts crits.

xafogor xafogors
nom femení
A l'estiu fa xafogor quan es nota una sensació de calor molt forta que sembla que ens ofegui.
xafogós, xafogosa

xai xais
nom masculí
1 Un xai és un petit de l'ovella.
2 El xai és la carn de xai. pàgs. 398-399 (32)

xal xals
nom masculí — Un xal és una peça de roba que les dones es posen damunt de les espatlles per a abrigar-se o com a adornament.

xalar
verb
com *cantar*
◄ pàg. 26 — Divertir-se molt, passar-s'ho molt bé.

xalet xalets
nom masculí — Un xalet és una casa envoltada de jardí que es té en un lloc d'estiueig o en una urbanització. ✎ pàg. 596 ⑨

xaloc xalocs
nom masculí — El xaloc és el vent que bufa del sud-est.

xalupa xalupes
nom femení — Una xalupa és una embarcació petita, amb coberta o sense, que es fa servir en feines auxiliars als ports o als vaixells.

xamba xambes
nom femení — Tenir xamba és tenir molt bona sort. Es diu quan es parla informalment.

xamfrà xamfrans
nom masculí
Amb MF — Un xamfrà d'una casa és la cantonada, el lloc on s'ajunten la façana que dóna a un carrer amb la façana de l'altre carrer.
✎ pàg. 597 ③

xamós xamosa xamosos xamoses
adjectiu — Una persona és xamosa quan agrada a tothom per la seva manera de parlar simpàtica i agradable, per les seves maneres plenes de gràcia.

xampany xampanys
nom masculí — El xampany és un vi escumós que es prepara en uns cellers especials anomenats *caves*. Prové d'un vi fet amb raïm blanc de qualitat i passa per diverses fases de preparació a la cava, que poden durar molts mesos. Quan es posa a la copa fa escuma i bombolles perquè porta gas carbònic que s'ha produït de manera natural en el mateix vi. El xampany és molt tradicional a Catalunya i a França. El xampany català se sol anomenar *cava*.
xampanyera ✎ pàg. 396 ⑫

xampinyó xampinyons
nom masculí — Un xampinyó és un bolet comestible de color blanc que es cultiva en llocs foscos i humits. Té el barret arrodonit i convex i la cama curta. Fa una olor agradable. Pot arribar als 10 centímetres d'alçària.

xampú xampús
nom masculí — Un xampú és un líquid o una crema per a rentar-se els cabells.

xampurrejar
verb
com *cantar*
◄ pàg. 26
Amb G davant E, I — Parlar malament una llengua barrejant-hi paraules d'una altra llengua.

xanca xanques
nom femení — Una xanca és un pal llarg que porta una peça o una anella a una certa altura per a posar-hi el peu. Amb dues xanques es pot caminar sense tocar el terra, com es fa a vegades en algunes cercaviles.

xancle xancles
nom masculí — Un xancle és una sabata amb sola de suro. També es diu *xancle* un calçat de goma que es posa damunt de la sabata quan plou o hi ha fang.

xancleta xancletes
nom femení — Una xancleta és una sabatilla molt lleugera. Quan anem a la platja portem xancletes.

xandall xandalls
nom masculí — Un xandall és un jersei i uns pantalons de roba ampla i lleugera per a fer esport, anar al camp o estar per casa.

xanguet xanguets
nom masculí — Un xanguet és un peix comestible molt petit que té el cos gairebé transparent. Es menja en truita i sencer, sense treure-li res.

xano-xano
adverbi
També *xino-xano* — Caminar o anar xano-xano és caminar o anar a poc a poc.

xantatge xantatges
nom masculí — Una persona fa xantatge a una altra quan li demana diners a canvi de no dir o de no fer alguna cosa que li pot fer mal.

xap xaps
nom masculí — Onomatopeia que imita el soroll que fa una cosa o una persona que cau a terra o a l'aigua.

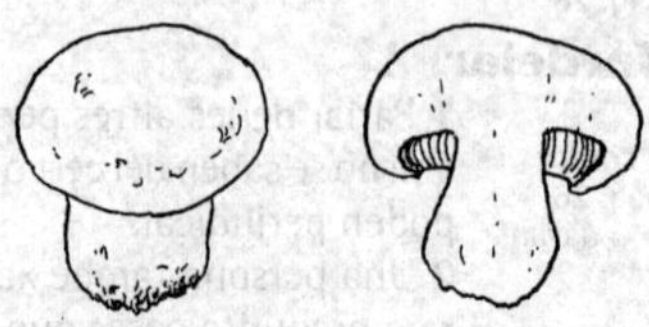
Un xampinyó

A B C D E F G H I J K L M N O P Q R S T U V W X Y Z

xapa xapes
nom femení
1 Una xapa és una fulla o làmina prima de metall, fusta o plàstic. La xapa de fusta es diu *fullola*; la de metall es diu *planxa*.
2 Peça petita de metall que hi ha damunt del tap de les ampolles de xampany.
3 Tap de metall de les ampolles d'algunes begudes com la cervesa.
xapar

xaparro xaparra xaparros xaparres
adjectiu
Es diu que una persona és xaparra si no té gràcia ni bellesa en les seves formes ni en la seva manera de caminar.

xapat xapada xapats xapades
adjectiu
Cobert amb xapa. Un rellotge xapat d'or és de metall amb unes làmines molt fines d'or pel damunt.

xapata xapates
nom femení
Una xapata és una barra de pa ampla, aplanada i en forma de rectangle, amb la crosta gruixuda i poca molla.

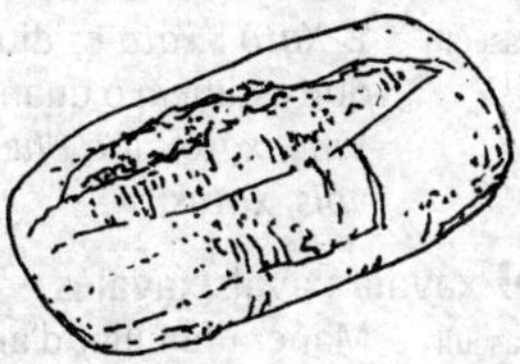

Una xapata

xapotejar
verb
com *cantar*
◄ pàg. 26
Amb G davant E, I
Xipollejar.

xaragall xaragalls
nom masculí
Un xaragall és un petit rec que fa l'aigua de la pluja quan s'escorre per la terra.

xarampió xarampions
nom masculí
El xarampió és una malaltia que passen els nens i les nenes petits i que fa que surtin unes taques vermelles a la pell. Dóna molta febre i, si s'agafa de gran, pot ser perillosa.

xaranga xarangues
nom femení
Una xaranga és una orquestra on només hi ha trompetes i altres instruments semblants. Algunes bandes militars també es diuen *xarangues*.

xarbotar
verb
com *cantar*
◄ pàg. 26
També *xarbotejar*
Moure's un líquid dins d'una ampolla, una garrafa, etc., quan les bellugem. Si portem una galleda molt plena, l'aigua xarbota i sovint vessa.

xarbotejar
verb
com *cantar*
◄ pàg. 26
Amb G davant E, I
Xarbotar.

xarcuteria xarcuteries
nom femení
Una xarcuteria és una botiga on venen botifarra, pernil i altres productes que es treuen del porc. També s'hi poden comprar formatges i conserves.

xarel·lo xarel·los
nom masculí
1 El xarel·lo és una classe de raïm blanc que té gust dolç. Amb el xarel·lo es fa vi i xampany.
2 Manera familiar d'anomenar el vi.

xarlatà xarlatana xarlatans xarlatanes
nom masculí i femení
1 Persona que va per les fires i altres llocs on hi ha gent i explica amb moltes paraules les bones qualitats dels productes que ven. En realitat, els productes no tenen les propietats que s'anuncien.
2 Persona que parla molt només per a cridar l'atenció. Els xarlatans mai no diuen res que sigui interessant.

xarnego xarnega xarnegos xarnegues
nom masculí i femení
Manera d'anomenar les persones de llengua castellana que viuen a Catalunya i no han après el català. Aquesta paraula es fa servir en un to despectiu i, a vegades, com un insult.

xaró xarona xarons xarones
adjectiu
Que no és elegant, que no té gràcia, que és de mal gust.

xarol xarols
nom masculí
El xarol és un vernís molt lluent que es posa en algunes pells per a fer sabates, bosses de mà, cinturons, etc. Les sabates de xarol són negres i brillants.
enxarolar

xarop xarops
nom masculí
Un xarop és un líquid espès que porta molt de sucre. Hi ha xarops de fruita i xarops que porten un medicament contra la tos.
xaropós, xaroposa

xarpellera xarpelleres
nom femení
Arpillera.

xarranca xarranques
nom femení
La xarranca és un joc que es fa saltant a peu coix per damunt d'uns quadrats pintats a terra. En cada salt s'ha de fer passar amb el peu un tros de rajola o una pedra d'un quadrat a un altre. pàg. 997 (5)

A B C D E F G H I J K L M N O P Q R S T U V W X Y Z

xarrupar

verb
com *cantar*
◄ pàg. 26
També
xarrupejar

Beure xuclant i a glopets una beguda bona.

xarrup, xarrupada

xarrupejar

verb
com *cantar*
◄ pàg. 26
Amb G davant
E, I

Xarrupar.

xarrupeig

xàrter xàrters

adjectiu
i nom masculí

Un vol xàrter es fa en un avió llogat per a un grup de passatgers que viatgen fora dels horaris normals. Els xàrters són més econòmics que els vols normals de les companyies.

xaruc xaruga xarucs xarugues

adjectiu

Que és decrèpit, que té l'enteniment poc clar i parla malament pel fet que té molts anys. La quaresma es representa amb la imatge d'una vella xaruga que té set cames.

xarxa xarxes

nom femení

1 Una xarxa de pescar és un conjunt de fils molt forts lligats entre ells que formen un teixit amb uns forats més o menys grossos. Les barques de pesca tiren les xarxes al mar; amb les de forats més grossos es pesquen peixos grossos i els peixos petits s'escapen.

2 Qualsevol teixit semblant a una xarxa de pescar, com el que es posa al circ sota dels equilibristes perquè no es facin mal si cauen, el que hi ha a les porteries dels camps de futbol, el que separa les dues parts d'un camp de tennis, el que hi ha a les cistelles de bàsquet, etc.

3 Una xarxa de ferrocarril o de carreteres és el conjunt de les vies de tren i de les carreteres d'una zona determinada o d'un país.

4 La xarxa elèctrica és el conjunt dels fils i les conduccions elèctriques d'un edifici, una ciutat, un país, etc.

5 Una xarxa informàtica és un conjunt d'ordinadors que estan connectats entre ells de manera que poden compartir informació.

6 Conjunt de persones o d'empreses que estan unides o comunicades per a fer alguna cosa. Una empresa de derivats del petroli pot tenir una xarxa de gasolineres molt completa.

enxarxar

xassís xassissos

nom masculí
Mot agut

El xassís d'un automòbil és el conjunt de barres i altres elements forts on va muntada la carrosseria. El xassís d'una màquina, d'un aparell electrònic, etc., és la part on es munten els seus components.

xat xats

nom masculí

Un xat és una comunicació entre diverses persones alhora a través d'Internet. En un xat, el que tu escrius surt de seguida a la pantalla dels altres i el que escriuen els altres surt a la teva, i així us podeu comunicar a distància com si estiguéssiu molt a prop.

xatejar

verb
com *cantar*
◄ pàg. 26
Amb G davant
E, I

Participar en un xat. Quan xategem estem connectats a Internet.

xativí xativina xativins xativines

adjectiu

1 De Xàtiva.

nom masculí

2 Persona que és de Xàtiva o que hi viu.

xato xata xatos xates

adjectiu

1 Que té el nas curt i aplanat.

nom masculí
i femení

2 *Xato* i *xata* es diu sovint a les persones que estimem o quan hi ha molta intimitat. *Vine, xato, que t'he de dir una cosa. Què vols, xata?*

xaval xavala xavals xavales

nom masculí
i femení

Manera familiar d'anomenar un noi o una noia.

xavalla xavalles

nom femení

La xavalla és el conjunt de les monedes soltes que es porten al portamonedes. Els bitllets de banc són de paper; la xavalla és de metall.

xaveta xavetes

nom femení

1 Una xaveta és un clau que es clava a la punta d'un eix perquè no s'escapi la roda o qualsevol altre aparell que hi vagi muntat.

frase feta

2 **Perdre la xaveta** és perdre el seny, tornar-se boig.

xavo xavos

nom masculí

1 Un xavo és una moneda antiga.

2 Manera familiar d'anomenar les monedes de poc valor.

frase feta

3 Diem que una cosa **val quatre xavos** quan val molt poc.

4 **No tenir un xavo** és ser molt pobre, no tenir cèntims.

xe

interjecció

Paraula que es fa servir al País Valencià per a cridar algú i per a indicar sorpresa, alegria, admiració, etc. *Xe, vine aquí! Xe, quina sorpresa!*

1
xec xecs
nom masculí — Un xec és un paper firmat per una persona per manar a un banc o a una caixa d'estalvis que paguin una quantitat a una altra persona. La persona que firma el xec ha de tenir diners al banc o a la caixa.

2
xec xecs
nom masculí — Onomatopeia que imita el soroll que fa un cop o un xoc.

xef xefs
nom masculí i femení — El xef o la xef d'un restaurant és la persona encarregada de la cuina.

xeflis xeflis
nom masculí — Un xeflis és un àpat abundant i alegre. Les famílies es reuneixen i fan un xeflis quan volen celebrar una cosa.

xeix xeix
nom femení — Nom de la lletra *x*, *X*, sobretot quan representa el so de paraules com *xèrif* i *peix*.

xemeneia xemeneies
nom femení — **1** Una xemeneia és un tub o un conducte per on surt el fum d'una cuina, d'una llar de foc o d'una estufa de carbó o de llenya.
págs. 594-595 (8)
2 La xemeneia d'un volcà és el conducte per on pugen cap a fora els materials encesos i el fum que surten de dins de la Terra.

xenó xenons
nom masculí — El xenó és un gas noble que es fa servir, sobretot, a les indústries nuclear i electrònica. El seu símbol és: Xe.

xenofòbia xenofòbies
nom femení — Una persona té xenofòbia quan rebutja els estrangers i els vol fer mal.
xenòfob

xéquel xéquels
nom masculí — El xéquel és la moneda d'Israel.

xerès xeressos
nom masculí — El xerès és un vi andalús molt apreciat. N'hi ha de sec i de dolç.

xèrif xèrifa xèrifs xèrifes
nom masculí i femení — Persona que fa de cap de la policia d'alguns pobles nord-americans. A les pel·lícules de l'oest, el xèrif fa complir la llei i deté els bandits.

xerigot xerigots
nom masculí — El xerigot és el líquid clar que queda de la llet quan es fan formatges i mantega.

xeringa xeringues
nom femení — Una xeringa és un tub petit de vidre o de plàstic que s'ajunta a una agulla que té un forat a la punta. A dins porta un altre tub que empeny el líquid que es posa entre tots dos i el fa sortir pel forat de l'agulla. Les xeringues serveixen per a posar injeccions.

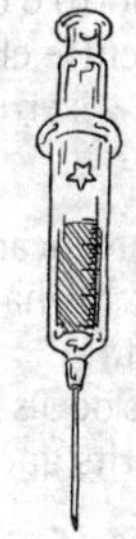

Una xeringa

xerinola xerinoles
nom femení — Fer xerinola és divertir-se amb molt de soroll i alegria.

xerpa xerpes
nom masculí i femení — Un o una xerpa és una persona d'un poble del Nepal. Els xerpes ajuden els alpinistes que pugen a l'Himàlaia.

xerrac xerracs
nom masculí — Un xerrac és una eina per a serrar fusta que té la fulla ampla i s'agafa amb un mànec.
pàg. 993 (13)

xerrada xerrades
nom femení — **1** Tenir una xerrada és xerrar una estona. Una persona fa una xerrada quan explica algun tema a unes altres persones reunides per a escoltar-la.
frase feta — **2 Fer petar la xerrada** és estar-se una bona estona parlant de coses sense gaire importància.

xerraire xerraires
adjectiu i nom masculí i femení — **1** Que xerra o parla molt.
2 Diem que una persona és xerraire quan explica coses que no hauria d'explicar.

xerrameca xerrameques
nom femení — Una xerrameca és el fet d'estar parlant molta estona sense dir res que sigui interessant. La xerrameca d'algunes persones és avorrida.

xerrar
verb com *cantar* ◄ pàg. 26 — **1** Parlar durant molta estona sense dir res que sigui interessant, només pel gust de parlar.
2 Dir o explicar coses que s'havien de mantenir en secret. Hi ha persones que no els pots dir res en confiança, perquè de seguida ho xerren tot als altres.
xerradissa

xerric xerrics
nom masculí
1 Un xerric és un soroll agut que molesta, com el que fa una porta quan frega i s'ha de posar oli a les frontisses.
2 Es fa un xerric quan es veu a galet amb un porró o un càntir i es fa passar el líquid per entre els llavis molt tancats.
xerricar

xerrotejar
verb
com *cantar*
◄ pàg. 26
Amb G davant E, I
1 Començar a dir paraules les criatures petites. Hi ha infants que xerrotegen molt aviat.
2 Els ocells xerrotegen quan fan un seguit de crits que no són un cant.

xibeca xibeques
nom femení
Òliba.

xic xica xics xiques
adjectiu i nom masculí i femení
1 Petit. El dit xic és el dit petit de la mà o del peu.
nom masculí i femení
2 Noi o noia. Es diu només en algunes zones.
locució que fa de determinant
3 Quan tens **un xic** d'una cosa és que en tens una mica.
xicalla

xiclet xiclets
nom masculí
Un xiclet és una llaminadura tova com una goma que es pot mastegar molta estona. Porta sucre i té gust de menta, de maduixa i d'altres fruites.

xicó xicona xicons xicones
nom masculí
Nen o nena, jove. Es diu al País Valencià.

xicoira xicoires
nom femení
La xicoira és un producte que algunes persones prenen en lloc de cafè. És bona per a l'estómac i no posa nerviós. Es treu d'una planta que també es diu *xicoira*.

xicot xicota xicots xicotes
nom masculí i femení
1 Noi o noia.
2 El xicot o la xicota d'algú és el seu promès o la seva promesa, el noi o la noia amb qui surt o festeja.

xicotet xicoteta xicotets xicotetes
adjectiu
1 Petit. Es diu al País Valencià.
nom masculí i femení
2 Noiet o noieta.

xicra xicres
nom femení
Una xicra és una tassa petita per a prendre xocolata desfeta.

xifra xifres
nom femení
1 Una xifra és el signe gràfic que es fa servir per a escriure cada número. 1, 2 i 3 són les xifres que representen l'u, el dos i el tres. El número 123 té tres xifres. I, V i X són xifres romanes.
2 Escriure en xifra és escriure fent servir uns signes diferents de les lletres.
xifrar

xíling xílings
nom masculí
Un xíling és una moneda antiga de la Gran Bretanya. Les lliures esterlines es dividien en vint xílings.

xilofon xilofons
nom masculí
Xilòfon.

xilòfon xilòfons
nom masculí
També *xilofon*
Un xilòfon és un instrument de música fet amb unes làmines de fusta o de metall de mida diferent. Es toca picant aquestes làmines amb dos bastons que acaben en una bola. págs. 394-395 (21)

ximpanzé ximpanzés
nom masculí
Un ximpanzé és un mamífer de la mateixa família dels goril·les i els orangutans que pot arribar als 170 centímetres d'alçària. Té molt de pèl de color negrós, que es torna gris quan l'animal es fa vell. El cos és de formes arrodonides i les orelles són molt grosses. Viu als boscos i a les selves africans i passa la nit enfilat als arbres.

Un ximpanzé

ximple ximples
adjectiu i nom masculí i femení
Que sembla boig, que fa coses poc sensates.

ximpleria ximpleries
nom femení
Una persona fa o diu una ximpleria quan fa o diu una cosa que no té cap ni peus, que és poc assenyada.

ximplet ximpleta ximplets ximpletes
adjectiu i nom masculí i femení
Ximple, que sembla boig, que fa coses poc sensates.

xim-xim xim-xims
nom masculí
Un xim-xim és una pluja fina i seguida. A la tardor, a vegades fa xim-xim tot el matí o tota la tarda.

xinel·la xinel·les
nom femení — Una xinel·la és una sabatilla sense taló i destapada per darrere que es porta per casa.

xinès xinesa xinesos xineses
adjectiu — **1** De la Xina. *Un restaurant xinès.*
nom masculí i femení — **2** Persona que és de la Xina o que hi viu.
nom masculí — **3** El xinès és la llengua que es parla a la Xina.

xino-xano
adverbi — Xano-xano.

xinxa xinxes
nom femení — Una xinxa és un insecte molt petit que xucla sang de les persones i d'alguns animals. Les xinxes tenen el cos pla i rodó.

xinxeta xinxetes
nom femení — Una xinxeta és un clau curt amb un cap gros i rodó que es fa servir per a clavar papers a la paret o en un tauler de fusta o de suro.

xipoll xipolls
nom masculí — Bassal, gran quantitat d'aigua escampada per terra.

xipollejar
verb com *cantar* ◄ pàg. 26 Amb G davant E, I — Una persona xipolleja quan mou l'aigua d'un bassal, d'una banyera, de la vora del mar, etc., i fa esquitxos.
xipolleig

xiprer xiprers
nom masculí — Un xiprer és un arbre alt i estret que es planta sovint als cementiris. Pot arribar als 30 metres d'alçària, té les fulles en forma de petites agulles i fa uns fruits rodons durs com les pinyes. La fusta dels xiprers és molt apreciada. pàgs. 594-595 (32)

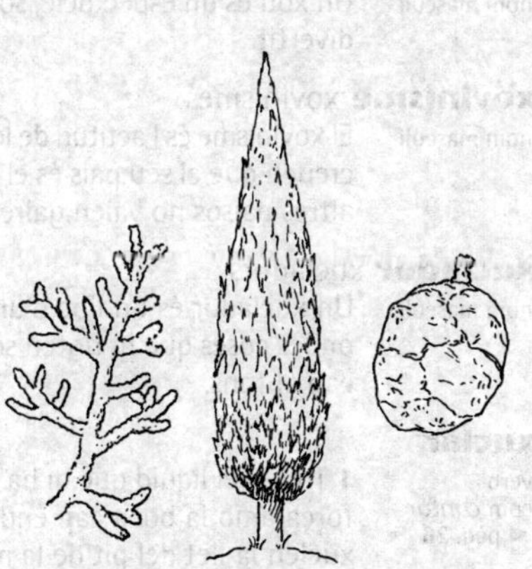
Un xiprer

xiquet xiqueta xiquets xiquetes
adjectiu — **1** Petit. Es diu només en algunes zones.
nom masculí i femení — **2** Nen o nena. Es diu només en algunes zones.
nom masculí — **3** Els **xiquets de Valls** és un nom popular dels castellers.

xirimoia xirimoies
nom femení — Una xirimoia és una fruita que té la pell de color verd clar i la polpa blanca, mantegosa, sense suc i amb llavors de color negre. Les xirimoies fan molta olor. pàg. 397 (23)
xirimoier

xirivia xirivies
nom femení — Una xirivia és una hortalissa semblant a la pastanaga, però de color blanc grogós. Es menja com a verdura o a l'escudella. També es dóna als animals com a aliment.

xiroi xiroia xirois xiroies
adjectiu — Que és alegre i graciós, que sembla molt content.

xiscladissa xiscladisses
nom femení — Una xiscladissa és el que sentim quan es fan molts crits.

xisclar
verb com *cantar* ◄ pàg. 26 — Fer xiscles. Sovint, la gent xiscla quan s'espanta.

xiscle xiscles
nom masculí — Un xiscle és un crit molt fort i penetrant. Les persones fan xiscles quan tenen por o quan senten un gran dolor. També es fan xiscles quan es fa broma o es juga.
xisclet

xitxarel·lo xitxarel·los
nom masculí — **1** Un xitxarel·lo és un noi que encara no sap fer bé les coses, que no té experiència.
2 Es diu que un home és un xitxarel·lo quan és poc seriós i fa coses que no són pròpies de la seva edat.

xiular
verb com *cantar* ◄ pàg. 26 — **1** Fer un so musical fent sortir aire entre els llavis. Hi ha qui, per cridar una persona o el seu gos, xiula.
2 Algunes coses diem que xiulen perquè fan un so semblant, com el del vent quan es mou entre els arbres.
3 Quan un espectacle no agrada a la gent, uns jugadors de futbol no ho fan bé, etc., el públic xiula.
xiulada

xiulet xiulets
nom masculí — **1** Un xiulet és un so que fa una persona o una cosa que xiulen.
2 Un xiulet és un petit instrument que es fa servir per a xiular. Els àrbitres de futbol porten sempre un xiulet per a marcar les faltes i aturar el joc.

xiu-xiu xiu-xius
nom masculí — **1** El xiu-xiu és el crit dels ocells. A la primavera, els ocells fan xiu-xiu.
2 Una persona parla amb xiu-xius quan parla molt baix perquè els altres no l'entenguin.
3 Diem que sentim un xiu-xiu quan sentim el soroll molt baix d'una conversa però no entenem res del que es diu.

xiuxiuejar
verb, com *cantar* ◄ pàg. 26, Amb G davant E, I — Parlar amb una veu molt baixa. Les persones xiuxiuegen quan diuen alguna cosa a l'orella d'algú.
xiuxiueig

xivarri xivarris
nom masculí — En un lloc hi ha xivarri quan la gent parla amb veu alta o crida, quan tothom es belluga i fa soroll. A l'hora del pati, a les escoles sempre hi ha molt de xivarri.

xoc xocs
nom masculí — Hi ha xoc entre dues coses, entre dos vehicles, quan van l'un contra l'altre i es toquen violentament.

xocant xocants
adjectiu — Una cosa és xocant quan ens causa sorpresa o ens fa gràcia. Algunes revistes informen de notícies xocants: una viatgera que ha fet la volta al món a peu, un pagès que ha collit una pastanaga gegant, etc.

xocar
verb, com *cantar* ◄ pàg. 26, Amb QU davant E, I — **1** Anar dues coses o dos vehicles l'un contra l'altre i tocar-se violentament. Poden xocar dues boles de billar, dos trens, dos cotxes, etc.
2 Diem que una cosa ens xoca quan ens estranya molt o ens fa gràcia.

xocolata xocolates
nom femení — **1** La xocolata és un aliment fet amb cacau i sucre. Hi ha també xocolata que porta llet, ametlles o avellanes. pàg. 400 (25)
2 La **xocolata desfeta** és xocolata en pols barrejada amb aigua o llet. Es pren calenta.
xocolatí, xocolatina

xofer xofera xofers xoferes
nom masculí i femení, Mot agut, També *xòfer* — Persona que té per feina conduir cotxes, camions o altres automòbils. pàg. 597 (25)

xòfer xòfera xòfers xòferes
nom masculí i femení — Xofer.

xollar
verb, com *cantar* ◄ pàg. 26 — Esquilar. Per a treure la llana, s'han de xollar les ovelles.

1 xop xops
nom masculí — Pollancre.

2 xop xopa xops xopes
adjectiu — Que està totalment mullat; que porta els vestits plens d'aigua. Quan plou molt i no tenim paraigua, ens quedem ben xops.

xopar
verb, com *cantar* ◄ pàg. 26 — Mullar una cosa amb un líquid. Quan hem de desinfectar una ferida, xopem una bola de cotó fluix amb alcohol.

xoriç xoriços
nom masculí — El xoriç és una llonganissa prima, que es fa amb llom de porc.

xoriço xoriços
nom masculí — El xoriço és un embotit de color vermell que a vegades és una mica picant. Es fa amb carn de porc, cansalada i pebre vermell.

xoriguer xoriguers
nom masculí — Un xoriguer és un ocell de presa de la mateixa família del falcó, que no fa més de 35 centímetres. Té el plomatge de tons marronosos amb taques negres i una banda negra molt gruixuda damunt de la cua.

xot xota xots xotes
nom masculí — **1** Cabrit petit que encara mama.
nom masculí i femení — **2** En alguns llocs, un xot és un be i una xota és una ovella.
nom masculí — **3** Ocell de rapinya nocturn semblant al mussol però més petit, de 17 a 19 centímetres. Té les plomes de color gris i l'iris de l'ull de color groc llimona. Damunt del cap té dos grups de plomes semblants a unes orelles.

xou xous
nom masculí — Un xou és un espectacle, sobretot quan és divertit.

xovinisme xovinismes
nom masculí — El xovinisme és l'actitud de les persones que creuen que el seu país és el millor i que els altres països no valen gaire.

xuclador xucladors
nom masculí — Un xuclador és un lloc d'un riu o del mar on les coses que hi floten són emportades cap al fons.

xuclar
verb, com *cantar* ◄ pàg. 26 — **1** Treure el líquid que hi ha en un lloc fent força amb la boca cap endins. Els infants xuclen la llet del pit de la mare.
2 Un remolí d'aigua o de vent, un corrent d'aire molt fort, etc., emportar-se les coses, arrossegar-les.
3 Alguns animals, com els mosquits, ab-

sorbir la sang de les persones i d'altres animals.

xueta xuetes

nom masculí i femení — Un o una xueta és una persona de Mallorca que és descendent dels jueus mallorquins que es van convertir al cristianisme.

xufla xufles

nom femení — Una xufla és un tubercle petit comestible, de sabor dolç, que es fa en una planta que també es diu *xufla*. Les xufles per fora són marrons i arrugades i per dins són blanques. Amb les xufles es fa l'orxata.

xumar

verb com *cantar* ◄ pàg. 26

1 Beure a morro. Les persones que no saben beure a galet d'un porró o d'un càntir han de xumar.
2 Diem que els nens petits xumen quan mamen.
3 Es diu que una persona xuma si beu molt vi.

xumet xumets

nom masculí — Un xumet és un objecte de goma o de plàstic que es posa a la boca dels infants perquè xumin i no plorin. Els xumets tenen la forma del lloc del pit de la mare per on els nens petits mamen.

xuplar

verb com *cantar* ◄ pàg. 26

Xuclar. Es diu al País Valencià.

xup-xup xup-xups

nom masculí — Un guisat fa xup-xup quan bull a poc a poc. Alguns menjars s'han de deixar que facin xup-xup una bona estona.

xurriaques

nom femení plural — Unes xurriaques són un bastó amb una corda o una tira de cuiro en un cantó per a pegar els cavalls, els muls i altres bèsties de càrrega.

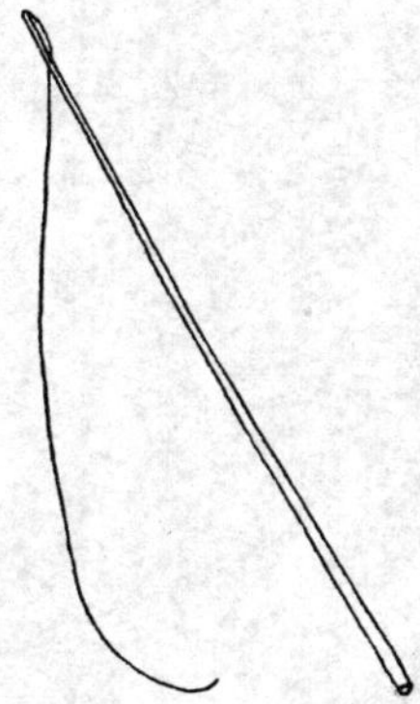

Unes xurriaques

xurro xurra xurros xurres

nom masculí — Un xurro és una pasta de forma prima i allargada, amb estries, feta amb farina i aigua i després fregida. Els xurros es fan amb un aparell especial que hi ha a les xurreries. Són molt bons sucats en xocolata desfeta.

xusma xusmes

nom femení — La xusma és el conjunt de la gent quan es considera que és mal educada, que no té bons sentiments, que fa malifetes.

xut xuts

nom masculí — Un xut és un cop donat a una pilota amb el peu. Alguns jugadors de futbol poden fer xuts molt forts.

xutar

verb com *cantar* ◄ pàg. 26

Donar un cop a una pilota amb el peu.

y

nom femení Vint-i-cinquena lletra de l'alfabet català. Només la trobem en noms de lloc i altres paraules d'origen estranger, com a *Nova York*, i en el dígraf *NY*, com a *canya* o a *company*.

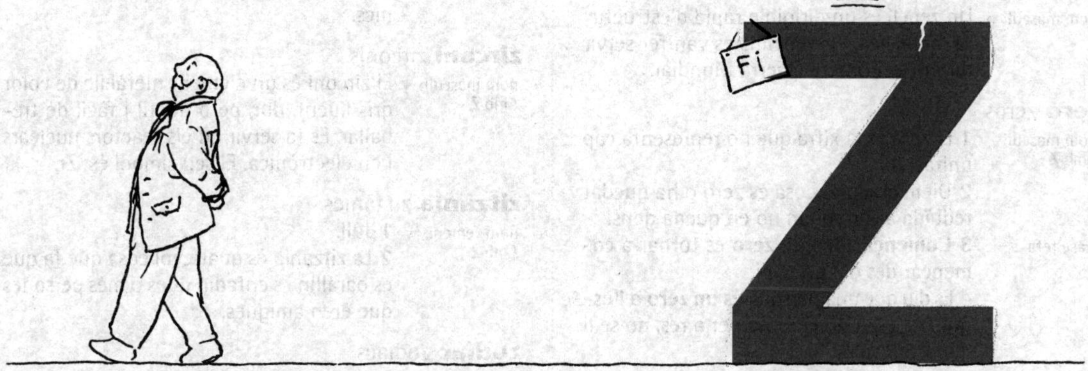

z
nom femení
Vint-i-sisena i última lletra de l'alfabet català. Representa el so de [z], com a *trapezi* i *onze*. Aquesta lletra no es troba mai a final de paraula; es troba al començament de paraula com a *zona* i *zero* o entre consonant i vocal, com a *colze*.

zàping zàpings
nom masculí
Una persona fa zàping quan va canviant tota l'estona d'un canal de televisió a un altre amb el comandament a distància. Molta gent fa zàping mentre fan anuncis al canal que estan mirant.

zas zas
nom masculí
Onomatopeia que imita el soroll d'una cosa que es mou molt ràpid en l'aire. *Va llençar el dard, zas!, i va fer diana.*

zebra zebres
nom femení
Amb Z
Una zebra és un mamífer semblant a un cavall que té la pell amb unes ratlles fosques. Les zebres viuen a l'Àfrica.

zebú zebús
nom masculí
Amb Z
El zebú és un mamífer semblant al bou que té un bony gros a l'esquena. Els zebús viuen a l'Àfrica i a l'Índia.

zèfir zèfirs
nom masculí
Amb Z
El zèfir és el vent fluix que bufa de l'oest. Aquesta paraula es fa servir sobretot en poesia.

zel zels
nom masculí
Amb Z
1 El zel és un gran interès i una gran dedicació que es posa en una feina, a ajudar els altres, etc.
2 L'època de zel dels animals és el temps de l'any en què els mascles i les femelles s'ajunten per a tenir fills.
zelador, zelar, zelós, zelosa

Una zebra

A B C D E F G H I J K L M N O P Q R S T U V W X Y Z

zenit zenits

nom masculí
Mot agut
Amb Z

1 El zenit és el punt del cel situat verticalment sobre el lloc de la Terra on som.

2 Diem que una cosa o una persona estan en el zenit quan estan en el moment més important.

zepelí zepelins

nom masculí

Un zepelí és un dirigible ràpid d'estructura metàl·lica. Els zepelins es van fer servir durant la Primera Guerra Mundial.

zero zeros

nom masculí
Amb Z

1 El zero és la xifra que no representa cap unitat: 0.

2 Diem que una cosa és zero o ha quedat reduïda a zero quan no en queda gens.

frase feta

3 **Començar des de zero** és tornar a començar des del principi.

4 Es diu que una persona **és un zero a l'esquerra** quan no compta per a res, no se li dóna cap valor.

zeta zetes

nom femení

Nom de la lletra *z*, *Z*.

ziga-zaga ziga-zagues

nom femení
També *zig-zag*

Una cosa fa una ziga-zaga quan va d'un cantó a un altre, com la línia de la lletra zeta.

zigzaguejar

Una ziga–zaga

zigot zigots

nom masculí
Amb Z

Un zigot és la cèl·lula que resulta de la unió de les cèl·lules sexuals masculina i femenina. A partir del zigot es desenvolupa l'embrió d'un ésser viu.

zig-zag zig-zags

nom masculí

Ziga-zaga.

zinc zincs

nom masculí
Amb Z

El zinc és un element metàl·lic de color blanc blavós brillant que no es troba lliure a la natura. És molt important per als organismes vius i forma part de moltes proteïnes. Es fa servir en la fabricació del bronze i del llautó, per a fer canonades i recipients, per a cobrir teulades, etc. El seu símbol és: Zn.

zíngar zíngara zíngars zíngares

nom masculí
i femení
Amb Z

Persona que forma part de les comunitats gitanes de l'est d'Europa, sobretot d'Hongria. Els zíngars i les zíngares tenen vestits, costums i músiques tradicionals molt bonics.

zirconi zirconis

nom masculí
Amb Z

El zirconi és un element metàl·lic de color gris lluent, dur, però dúctil i fàcil de treballar. Es fa servir en els reactors nuclears i en electrònica. El seu símbol és: Zr.

zitzània zitzànies

nom femení
Amb Z

1 Jull.

2 La zitzània és qualsevol cosa que fa que es barallin i s'enfadin dues o més persones que eren amigues.

zodíac zodíacs

nom masculí

El zodíac és una franja o banda imaginària que es considera que hi ha al cel i on se situen el Sol, la Lluna i els planetes. Es divideix en dotze zones que corresponen als mesos de l'any i a les quatre estacions. Aquestes zones es diuen signes del zodíac i cada una té un nom; cada persona neix en una època de l'any que correspon a un dels signes del zodíac. Igual que els antics, moltes persones avui dia creuen que els signes del zodíac serveixen per a predir el futur.

zombi zombis

nom masculí
i femení

1 Un o una zombi és una persona que ha ressuscitat després de morta a través de la bruixeria. La llegenda dels zombis té el seu origen a Haití i a la ciutat estatunidenca de Nova Orleans.

2 Diem que una persona és un zombi quan està encantada, sembla que no hi sigui i no té voluntat per a res. Algunes persones quan es desperten són zombis. Es diu de manera informal.

zona zones

nom femení

1 Una zona és un espai, un tros de terreny, tancat o no, amb unes característiques semblants. Així, a la Terra hi ha zones de deserts i zones poblades; en una fàbrica hi ha la zona dels magatzems i la zona dels tallers, etc.

2 Diem també que al cos i a la pell dels animals i de les persones hi ha diverses zones, com la zona del cap, dels braços, etc.

zoo zoos

nom masculí

Un zoo és un lloc on hi ha molts animals diferents perquè la gent pugui veure com són.

zoòfag zoòfaga zoòfags zoòfagues

adjectiu — Que s'alimenta d'animals. Els lleons són zoòfags.

zoologia zoologies

nom femení — La zoologia és la ciència que estudia els animals.

zoòleg, zoòloga

zoològic zoològica zoològics zoològiques

adjectiu — **1** De la zoologia.

nom masculí — **2** Un zoològic és un zoo.

zumzeig zumzeigs

nom masculí
També *zumzejos* — Un zumzeig és un soroll continuat com el de les onades quan pugen i baixen o el d'una cosa flexible que vibra.

zumzejar

zum-zum zum-zums

nom masculí — Es diu que una cosa fa zum-zum si fa un soroll apagat i continu, com el que fa un grup d'abelles.

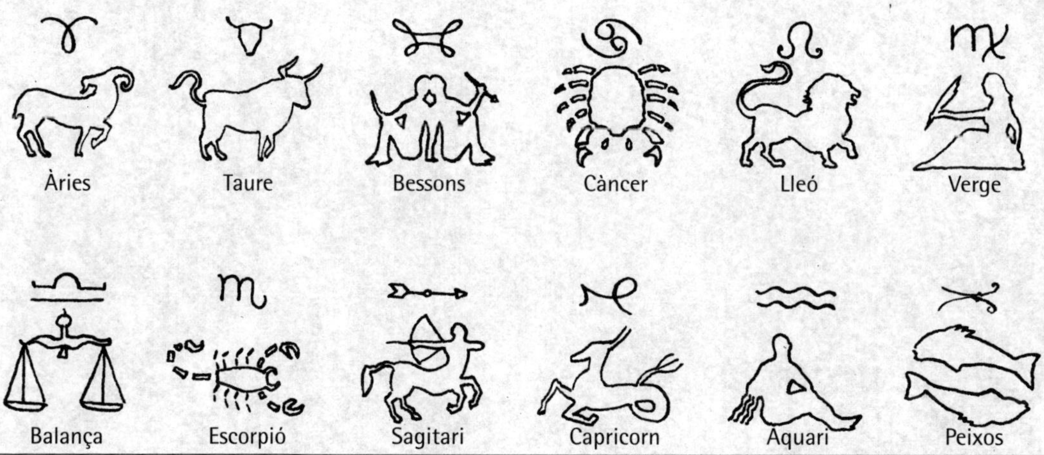

Els signes del zodíac

A B C D E F G H I J K L M N O P Q R S T U V W X Y Z

A B C D E F G H I J K L M N O P Q R S T U V W X Y Z